前汉演义
后汉演义

中国历朝通俗演义

1935年会文堂铅印本简体版权威定本

蔡东藩 著

北京理工大学出版社
BEIJING INSTITUTE OF TECHNOLOGY PRESS

版权专有　侵权必究

图书在版编目（CIP）数据

前汉演义；后汉演义 / 蔡东藩著 . — 北京：北京理工大学出版社，2019.10（2019.12重印）

（中国历朝通俗演义）

ISBN 978-7-5682-7537-8

Ⅰ.①前… Ⅱ.①蔡… Ⅲ.①章回小说－小说集－中国－现代 Ⅳ.① I246.4

中国版本图书馆 CIP 数据核字（2019）第 185485 号

出版发行 / 北京理工大学出版社有限责任公司
社　　址 / 北京市海淀区中关村南大街5号
邮　　编 / 100081
电　　话 /（010）68914775（总编室）82562903（教材售后服务热线）
　　　　　68948351（其他图书服务热线）
网　　址 / http：//www.bitpress.com.cn
经　　销 / 全国各地新华书店
印　　刷 / 三河市华骏印务包装有限公司
开　　本 / 880毫米 × 1230毫米　1/32
印　　张 / 34.25
字　　数 / 1220千字　　　　　　　　　　　　　责任编辑 / 魏　诺
版　　次 / 2019年10月第1版　2019年12月第4次印刷　责任校对 / 陈　玉
定　　价 / 408.00元（共6册）　　　　　　　　　责任印制 / 边心超

图书出现印装质量问题，请拨打售后服务热线，本社负责调换

目 录

前汉演义

《前汉演义》自序 …………………………………………………… 3
《前汉演义》世系图 ………………………………………………… 5
第 一 回　移花接木计献美姬　用李代桃欢承淫后 ………………… 7
第 二 回　诛假父纳言迎母　称皇帝立法愚民 …………………… 12
第 三 回　封泰岱下山避雨　过湘江中渡惊风 …………………… 17
第 四 回　误椎击逃生遇异士　见图谶遣将造长城 ……………… 21
第 五 回　信佞臣尽毁诗书　筑阿房大兴土木 …………………… 26
第 六 回　阬深谷诸儒毙命　得原璧暴主惊心 …………………… 31
第 七 回　寻生路徐市垦荒　从逆谋李斯矫诏 …………………… 36
第 八 回　葬始皇骊山成巨冢　戮宗室犴狱构奇冤 ……………… 41
第 九 回　充屯长中途施诡计　杀将尉大泽揭叛旗 ……………… 46
第 十 回　违谏议陈胜称王　善招抚武臣独立 …………………… 51
第十一回　降真龙光韬泗水　斩大蛇夜走丰乡 …………………… 56
第十二回　戕县令刘邦发迹　杀郡守项梁举兵 …………………… 61
第十三回　说燕将郦卒救王　入赵宫叛臣弑主 …………………… 65
第十四回　失兵机陈王毙命　免子祸婴母垂言 …………………… 70
第十五回　从范增访立楚王孙　信赵高冤杀李丞相 ……………… 75
第十六回　驻定陶项梁败死　屯安阳宋义丧生 …………………… 81
第十七回　破釜沉舟奋身杀敌　损兵折将畏罪乞降 ……………… 86
第十八回　智郦生献谋取要邑　愚胡亥遇弑毙斋宫 ……………… 91
第十九回　诛逆阉难延秦祚　坑降卒直入函关 …………………… 97

第二十回	宴鸿门张樊保驾	焚秦宫关陕成墟	102
第二十一回	烧栈道张良定谋	筑郊坛韩信拜将	107
第二十二回	用秘计暗度陈仓	受密嘱阴弑义帝	113
第二十三回	下河南陈平走谒	过洛阳董老献谋	118
第二十四回	脱楚厄幸遇戚姬	知汉兴抈死陵母	123
第二十五回	木罂渡军计擒魏豹	背水列阵诱斩陈余	128
第二十六回	随何传命招英布	张良借箸驳郦生	133
第二十七回	纵反间范增致毙	甘替死纪信被焚	139
第二十八回	入内帐潜夺将军印	救全城幸舍舍人儿	144
第二十九回	贪功得祸郦生就烹	数罪陈言汉王中箭	148
第三十回	斩龙且出奇制胜	划鸿沟接眷修和	154
第三十一回	大将奇谋麇兵垓下	美人惨别走死江滨	159
第三十二回	即帝位汉主称尊	就驿舍田横自刭	164
第三十三回	劝移都娄敬献议	伪出游韩信受擒	169
第三十四回	序侯封优待萧丞相	定朝仪功出叔孙通	174
第三十五回	谋弑父射死单于	求脱围赂遗番后	179
第三十六回	宴深宫奉觞祝父寿	系诏狱抈白王冤	184
第三十七回	议废立周昌争储	讨乱贼陈豨败走	190
第三十八回	悍吕后毒计戮功臣	智陆生善言招蛮酋	194
第三十九回	讨淮南箭伤御驾	过沛中宴会乡亲	199
第四十回	保储君四皓与宴	留遗嘱高祖升遐	204
第四十一回	折雄狐片言杜祸	看人彘少主惊心	209
第四十二回	媚公主靦颜拜母	戏太后嫚语求妻	214
第四十三回	审食其遇救谢恩人	吕娥姁挟权立少帝	219
第四十四回	易幼主诸吕加封	得悍妇两王枉死	224
第四十五回	听陆生交欢将相	连齐兵合拒权奸	229
第四十六回	夺禁军捕诛诸吕	迎代王废死故君	234
第四十七回	两重喜窦后逢兄弟	一纸书文帝服蛮夷	240
第四十八回	遭众忌贾谊被迁	正阃仪袁盎强谏	245
第四十九回	辟阳侯受椎毙命	淮南王谋反被囚	250
第五十回	中行说叛国降虏庭	缇萦女上书赎父罪	255
第五十一回	老郎官犯颜救魏尚	贤丞相当面劾邓通	261

第五十二回	争棋局吴太子亡身　肃军营周亚夫守法	266
第五十三回	呕心血气死申屠嘉　主首谋变起吴王濞	271
第五十四回	信袁盎诡谋斩御史　遇赵涉依议出奇兵	277
第五十五回	平叛军太尉建功　保屠王邻封乞命	282
第五十六回	王美人有缘终作后　栗太子被废复蒙冤	287
第五十七回	索罪犯曲全介弟　赐肉食戏弄条侯	293
第五十八回	嗣帝祚董生进三策　应主召申公陈两言	299
第五十九回	迎母姊亲驰御驾　访公主喜遇歌姬	304
第六十回	因祸为福仲卿得官　寓正于谐东方善辩	309
第六十一回	挑鳌女即席弹琴　别娇妻入都献赋	315
第六十二回	厌夫贫下堂致悔　开敌衅出塞无功	320
第六十三回	执国法王恢受诛　骂座客灌夫得罪	325
第六十四回	遭鬼祟田蚡毙命　抚夷人司马扬镳	330
第六十五回	窦太主好淫甘屈膝　公孙弘变节善承颜	335
第六十六回	飞将军射石惊奇　愚主父受金拒谏	340
第六十七回	失俭德故人烛隐　庆凯旋大将承恩	345
第六十八回	舅甥踵起一战封侯　父子败谋九重讨罪	350
第六十九回	勘叛案重兴大狱　立战功还挈同胞	356
第七十回	贤汲黯直谏救人　老李广失途刎首	361
第七十一回	报私仇射毙李敢　发诈谋致死张汤	366
第七十二回	通西域复灭南夷　进神马兼迎宝鼎	371
第七十三回	信方士连番被惑　行封禅妄想求仙	377
第七十四回	东征西讨绝域穷兵　先败后成贰师得马	383
第七十五回	入房庭苏武抗节　出朔漠李陵败降	389
第七十六回	巫蛊狱丞相灭门　泉鸠里储君毙命	394
第七十七回	悔前愆痛下轮台诏　授顾命嘱遵负扆图	400
第七十八回	六龄幼女竟主中宫　廿载使臣重还故国	406
第七十九回	识诈书终惩逆党　效刺客得毙番王	411
第八十回	迎外藩新主入都　废昏君太后登殿	417
第八十一回	谒祖庙骖乘生嫌　嘱女医入宫进毒	422
第八十二回	孝妇伸冤于公造福　淫妃失德霍氏横行	428
第八十三回	泄逆谋杀尽后族　矫君命歼厥渠魁	434

第八十四回	询宫婢才识酬恩　擢循吏选闻报绩	439
第八十五回	两疏见机辞官归里　三书迭奏罢兵屯田	445
第八十六回	逞淫谋番妇构衅　识子祸严母知几	451
第八十七回	杰阁图形名标麟史　锦车出使功让蛾眉	456
第八十八回	宠阉竖屈死萧望之　惑谗言再贬周少傅	461
第八十九回	冯婕妤挺身当猛兽　朱子元仗义救良朋	467
第九十回	斩郅支陈汤立奇功　嫁匈奴王嫱留遗恨	472
第九十一回	赖直谏太子得承基　宠正宫词臣同抗议	478
第九十二回	识番情指日解围　违妇言上书惹祸	483
第九十三回	惩诸舅推恩赦罪　嬖二美夺嫡宣淫	489
第九十四回	智班伯借图进谏　猛朱云折槛留旌	494
第九十五回	泄机谋鸩死许后　争座位怒斥中官	500
第九十六回	忤重闱师丹遭贬　害故妃史立售奸	505
第九十七回	莽朱博附势反亡身　美董贤阖家同邀宠	511
第九十八回	良相遭囚呕血致毙　幸臣失势与妇并戕	516
第九十九回	献白雉冈上居功　惊赤血杀儿构狱	522
第一百回	窃国权王莽弑帝　投御玺元后覆宗	527

后汉演义

《后汉演义》自序 ……… 537
《后汉演义》世系图 ……… 539

第一回	假符命封及卖饼儿　惊连坐投落校书阁	541
第二回	毁故庙感伤故后　挑外衅激怒外夷	546
第三回	盗贼如蝟聚众抗官　父子聚麀因奸谋逆	552
第四回	受胁迫廉丹战死　图光复刘氏起兵	557
第五回	立汉裔淯水升坛　破莽将昆阳扫敌	563
第六回	害刘縯群奸得计　诛王莽乱刃分尸	568
第七回	杖策相从片言悟主　坚冰待涉一德格天	573
第八回	投真定得婚郭女　平邯郸受封萧王	579
第九回	斩谢躬收取邺中　毙贾强扬威河右	584
第十回	光武帝登坛即位　淮阳王奉玺乞降	589

第十一回	刘盆子乞怜让位	宋司空守义拒婚	594
第十二回	掘园陵淫寇逞凶	张挞伐降王服罪	599
第十三回	诛邓奉惩奸肃纪	戕刘永献首邀功	605
第十四回	愚彭宠卧榻丧生	智王霸举杯却敌	610
第十五回	奋英谋三战平齐地	困强房两载下舒城	615
第十六回	诣东都马援识主	图西蜀冯异定谋	620
第十七回	抗朝命甘降公孙述	重士节亲访严子陵	626
第十八回	借寇君颍上迎銮	收高峻陇西平乱	631
第十九回	猛汉将营中遇刺	伪蜀帝城下拚生	636
第二十回	废郭后移宠阴贵人	诛蛮妇荡平金溪穴	642
第二十一回	洛阳令撞柱明忠	日逐王献图通款	647
第二十二回	马援病殁壶头山	单于徙居美稷县	652
第二十三回	纳直言超迁张佚	信谶文怒斥桓谭	657
第二十四回	幸津门哭兄全孝友	图云台为后避勋亲	662
第二十五回	抗北庭郑众折强威	赴西竺蔡愔求佛典	667
第二十六回	辨冤狱寒朗力谏	送友丧范式全交	672
第二十七回	哀牢王举种投诚	匈奴兵望营中计	677
第二十八回	使西域班超焚房	御北寇耿恭拜泉	682
第二十九回	拔重围迎还校尉	抑外戚曲诲嗣皇	687
第三十回	请济师司马献谋	巧架诬牝鸡逞毒	692
第三十一回	诱叛王杯酒施巧计	弹权威力疾草遗言	698
第三十二回	杀刘畅惧罪请师	系郅寿含冤毕命	703
第三十三回	登燕然山夸功勒石	闹洛阳市渔色贪财	708
第三十四回	黜外戚群奸伏法	歼首房定远封侯	714
第三十五回	送番母市恩遭反噬	得邓女分宠启阴谋	719
第三十六回	鲁叔陵讲经称帝旨	曹大家上表乞兄归	725
第三十七回	立继嗣太后再临朝	解重围副尉连毙房	730
第三十八回	勇梁慬三战著功	智虞诩一行平贼	735
第三十九回	作女诫遗编示范	拒羌房增灶称奇	740
第四十回	驳百僚班勇陈边事	畏四知杨震却遗金	746
第四十一回	黜邓宗父子同绝粒	祭甘陵母女并扬威	751
第四十二回	班长史捣破车师国	杨太尉就死夕阳亭	756

第四十三回	秘大丧还宫立幼主	诛元舅登殿滥封侯	762
第四十四回	救忠臣阉党自相攻	应贵相佳人终作后	767
第四十五回	进李固对策膺首选	举祝良解甲定群蛮	773
第四十六回	马贤战殁姑射山	张纲驰抚广陵贼	779
第四十七回	立冲人母后摄政	毒少主元舅横行	784
第四十八回	父死弟孤文姬托命	夫骄妻悍孙寿肆淫	790
第四十九回	忤内侍朱穆遭囚	就外任陈龟拜表	795
第五十回	定密谋族诛梁氏	嫉忠谏冤杀李云	801
第五十一回	受一钱廉吏迁官	劾群阉直臣伏阙	806
第五十二回	导后进望重郭林宗	易中宫幽死邓皇后	812
第五十三回	激军心焚营施巧计	信谗构严诏捕名贤	817
第五十四回	驳问官范滂持正	嫉奸党窦武陈词	822
第五十五回	驱蠹贼失计反遭殃	感蛇妖进言终忤旨	828
第五十六回	段颎百战平羌种	曹节一网殄名流	833
第五十七回	葬太后陈球伸正议	规嗣主蔡邕上封章	838
第五十八回	弃母全城赵苞破敌	蛊君逞毒程璜架诬	844
第五十九回	诛大憝酷吏除奸	受重赂妇翁嫁祸	849
第六十回	挟妖道黄巾作乱	毁贼营黑夜奏功	854
第六十一回	曹操会师平贼党	朱儁用计下坚城	860
第六十二回	起义兵三雄同杀贼	拜长史群寇识尊贤	864
第六十三回	请诛奸孙坚献议	拚杀贼傅燮捐躯	870
第六十四回	登将坛灵帝张威	入宫门何进遇救	875
第六十五回	元舅召兵泄谋被害	权阉伏罪奉驾言归	880
第六十六回	逞奸谋擅权易主	讨逆贼歃血同盟	885
第六十七回	议迁都董卓营私	遇强敌曹操中箭	891
第六十八回	入洛阳观光得玺	出磐河构怨兴兵	896
第六十九回	骂逆贼节妇留名	遵密嘱美人弄技	902
第七十回	元恶伏辜变生部曲	多财取祸殃及全家	907
第七十一回	攻濮阳曹操败还	失幽州刘虞縶戮	913
第七十二回	糜竺陈登双劝驾	李傕郭汜两交兵	918
第七十三回	御跸蒙尘沿途遇寇	危城失守抗志捐躯	924
第七十四回	孟德乘机引兵迎驾	奉先排难射戟解围	929

第七十五回	略横江奋迹兴师　下宛城痴情猎艳	935
第七十六回	策十胜郭嘉申议　劝再进贾诩善谋	940
第七十七回	愎谏招尤吕布殒命　推诚待士孙策知人	946
第七十八回	穿地道焚死公孙瓒　害国戚勒毙董贵妃	952
第七十九回	袁本初驰檄疗风疾　孙伯符中箭促天年	957
第 八 十 回	焚乌巢曹操屡施谋　奔荆州刘备再避难	963
第八十一回	守孤城审配全忠　嫁二夫甄氏失节	969
第八十二回	出塞外绕途歼众虏　顾隆中决策定三分	974
第八十三回	入江夏孙权复仇　走当阳赵云救主	980
第八十四回	召周郎东吴主战　破曹军赤壁鏖兵	985
第八十五回	续嘉耦老夫得少妻　上遗笺壮年悲短命	991
第八十六回	拒马儿许褚效忠　迎虎主刘璋失计	996
第八十七回	失冀城马超奔难　逼许宫伏后罹殃	1002
第八十八回	见外使奸雄代捉刀　察重伤功臣邀赐盖	1007
第八十九回	得汉中刘玄德称王　失荆州关云长殉义	1013
第 九 十 回	济父恶曹丕篡位　接宗祧蜀汉开基	1018
第九十一回	陆伯言定计毁连营　刘先主临危传顾命	1024
第九十二回	尊西蜀难倒东吴使　平南蛮表兴北伐师	1030
第九十三回	失街亭挥泪斩马谡　返汉中设计戮王双	1036
第九十四回	木门道张郃毙命　五丈原诸葛归天	1041
第九十五回	王子均昌言平乱　公孙渊战败受擒	1047
第九十六回	承遗诏司马秉权　缴印绶将军赤族	1052
第九十七回	猛姜维北伐丧师　老丁奉东兴杀敌	1059
第九十八回	司马师擅权行废立　毌丘俭失策致败亡	1065
第九十九回	满恶贯孙綝伏诛　竭忠贞王经死节	1070
第 一 百 回	失蜀土汉宗绝祀　篡魏祚晋室开基	1076

中国历朝通俗演义

前汉演义

《前汉演义》自序

吾国之有史,由来久矣。自汉司马迁创作《史记》,体例独详,遂为后世史家之祖。班固因之,辑成《汉书》,而迁、固之名乃并著焉。窃案迁《史》起自黄帝,迄于天汉,大旨在叙古从略,叙秦汉从详,综计得百三十篇,共五十二万六千余言。班《书》则始于秦季,终于孝平、王莽,凡百二十卷,计七十余万言,视迁《史》为尤繁矣。后之学者,慕其名,辄购《史》、《汉》二书而庋藏之,问其熟览与否,则固无以应也。盖二书繁博,非旬月所能卒读,且文义精奥,浅见之士,尚不能辨其句读,一卷未终,憪然生厌,遑问其再四寻绎乎?他若《涑水通鉴》、《紫阳纲目》,以及《通鉴纪事本末》、《通鉴辑览》、《纲鉴会纂》、《纲鉴易知录》等书,编年纪事历姓相承,而首数卷间,各列秦汉事实,读史者辄举而窥之,固求其提要钩玄,记忆不忘者,亦罕有所闻。至如稗官野史之记载,则一鳞一爪,或犹能称道之,是无佗,稗史之引起观感,令人悦目,固较正史为尤易也。鄙人不敏,尝借说部体裁,演历史故事,由今追昔,溯而上之,以至秦汉。秦自始皇至子婴历国三世,第十有五年耳。依事演述,寥寥数回,不足以成卷帙;且名为一朝,但闻暴政,未底于治,实为由周至汉之过渡时代,附入于汉,存其名而已足矣。汉则两京迭嬗,阅年四百有余,而前汉二百一十年间,有女宠,有外戚,有方镇,有夷狄,有嬖幸,有阉宦,有权奸,盖已举古今来病国之厉阶,汇集其中,故治日少而乱日多。其尤烈者,则为女宠,为外戚。高祖以巨战成帝业,而其权且移于宫闱;文、景惩之,厥祸少杀;至武帝尊田蚡,贵卫青,女宠外戚,于此复盛;至许、史盛于宣、元,王、赵、丁、傅盛于成、哀;平帝入嗣,元皇后老而不死,卒贻王莽篡弑之祸;然则谓前汉一代与女宠外戚相终始,亦无不可也。本编兼采正稗,贯彻初终,所有前汉治乱之大凡,备载无遗,而于女宠外戚之兴衰,尤再三致意,揭示后人,非敢谓有当史学,但以浅近之词,演述故乘,期为通俗教育之助云尔。班、马可作,当亦不笑我粗疏也。惟书成仓猝,不无讹词,匡而正之,是在海内之通儒。中华民国十四年立冬之日,古越蔡东藩序。

秦朝世系图　凡三主共十五年

①始皇嬴政在位十二年——②二世胡亥在位三年——③子婴在位不逾年

前汉世系图　凡十二主共二百一十年

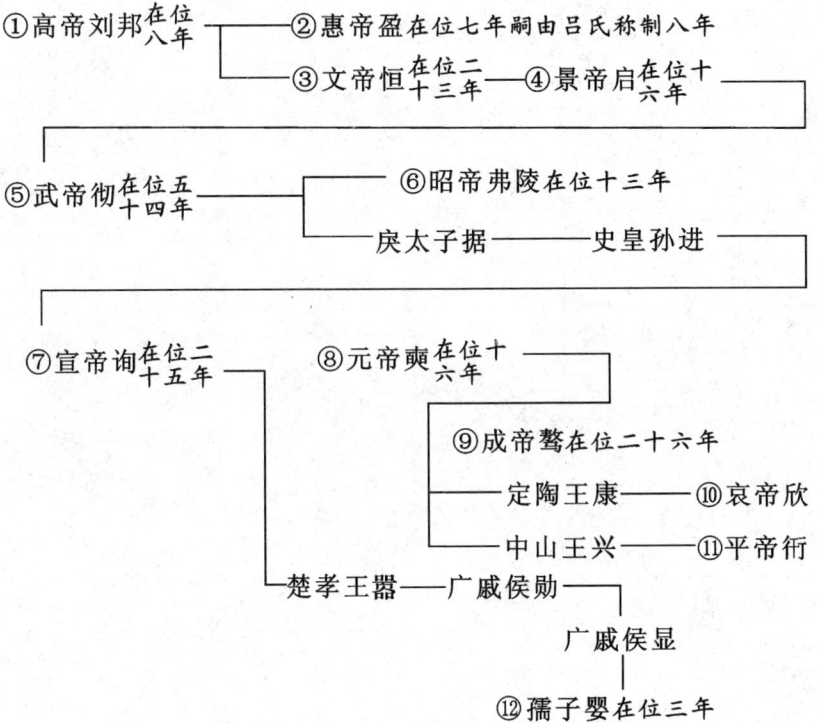

第一回　移花接木计献美姬
　　　　用李代桃欢承淫后

　　皇有皇猷,帝有帝德,史家推论史事,首推三皇五帝。其实三皇五帝的本身,并未尝自称为皇,自称为帝,后人因他首出御宇,创造文明,把一个浑浑沌沌的世界,化成了雍雍肃肃的国家,真是皇猷丕显,帝德无垠,所以格外推崇,因把皇字帝字的徽号,加将上去。是意未经人道,一经揭破,恰有至理。到了夏商周三朝,若大禹,若成汤,若周文武,统是有道明君,他却恐未及古人,不敢称皇道帝,但降号为王罢了。及东周已衰,西秦崛起,暴如嬴政,凭借了祖宗遗业,招揽关陇间数十百万壮丁,横行海内,蚕食鲸吞,今日灭这国,明日灭那国,好容易把九州版图,一古脑儿聚为己有,便自以为震古铄今,无人可及,遂将三皇的"皇"字,五帝的"帝"字,合成了一个名词,叫做"皇帝"。

　　咳!这皇帝两字的头衔,并不是功德造就,实在是腥血铸成。试看暴秦历史,有甚么皇猷?有甚么帝德?无非趁着乱世纷纷的时候,靠了一些武力,侥幸成功,他遂昂然自大,惟我独尊。还有一种千古纪念的事情,就是我国的君主专制,实是嬴政一人,完全造成。从前黄帝开国以来,颁定国法,原是君主政体,历代奉为准绳,但究未尝有"言莫予违,独断独行"的思想。尧置谏鼓,立谤木,舜询四岳,咨十有二牧,禹拜昌言,汤改过不吝,周有询群臣询群吏询万民的制度,简策流传,至今勿替。可见古时的圣帝明王,虽然尊为天子,管辖九州,究竟也要集思广益,依从舆论,好民所好,恶民所恶,才能长治久安,做一位升平主子,贻谋永远,传及子孙。看官听说!这便是开明专制,不是绝对专制哩。声大而闳。

　　自从嬴政得国,专务君权,待遇百姓,好似牛马犬豕一般,凡所有督责抑勒的命令,严酷残暴的刑罚,无一不作,无一不行,也以为生杀予夺,惟我所为,百姓自然帖伏,不敢再逞,从此皇帝的位置,牢固不破,好教那子子孙孙,千代万代的遗传下去。那知专欲难成,众怒难犯,本身幸得速死,不致陨首,才及一传,宫廷里面,就闹得一塌糊涂,戍卒叫,函谷举,楚人一炬,可怜焦土。于是楚汉逐鹿,刘项争雄。项羽力能扛鼎,叱咤万夫,却是个空前绝后的壮士,无如有勇无谋,以暴易暴,反让那泗上亭长,出人头地,用了好几个策士谋臣,武夫猛将,终将项霸王除去,安安稳稳的得了中原。史官说他豁达大度,确非凡夫,而且入关约法,尽除苛禁,能得百姓欢心,所以扫秦灭项,五年大成。

但小子追溯汉家事迹，多半沿袭秦制，并没有一番大改革的事业。萧何原是刀笔吏，叔孙通又是绵蕝生，绵蕝系表位标准，绵是置设绵索，蕝是植茅地上，为肆习典礼之处，使知尊卑次序。所见所闻，无非是前秦故事，晓得甚么体国经野的宏规，因此佐汉立法，仍旧是换汤不换药的手段，厉行专制政体，尊君抑民。汉高祖尝沾沾自喜，谓吾今日乃知皇帝之贵。照此看来，秦汉二代，规模大略相同，不过严刑峻法，算比暴秦差了一层。史官或铺张扬厉，极端称许，其实多是浮词谀颂，未足尽信呢。汉高一殁，吕后专权，险些儿覆灭刘氏，要继续那亡秦的后尘。这便是贻谋未善。幸亏还有一二社稷臣，拨乱反正，才得保全刘家基业。孝文入嗣，却是个守成令主，允恭玄默，守俭持盈，宽刑律，奖农事，府藏充实，囹圄空虚，汉家元气，实是孝文一代，休养成功。景帝遵业，略带刻薄，用兵七国，未免劳民，但尚是万不得已的举动，未可讥他黩武，此外还有乃父遗风，不忘恭俭。周云成康，汉言文景，两相比例，颇若同揆。传至孝武，与祖考全不相同，简直是好大喜功，仿佛秦始皇一流人物。秦皇好征伐，汉武亦好征伐；秦皇好巡游，汉武亦好巡游；秦皇好雄猜，汉武亦好雄猜；秦皇好诛夷，汉武亦好诛夷；秦皇好土木，汉武亦好土木；秦皇好神仙，汉武亦好神仙；秦皇好财色，汉武亦好财色。后世尝以秦皇汉武并称，还道他力征经营，开拓疆宇，东西南北的外族，闻风远遁，好算是一代武功，两朝雄主。谁知秦亡不由胡亥，实自始皇；汉亡不在孝平，实始武帝。本编并列秦汉，隐寓此意。文景二主四十余年积蓄，被汉武一生荡尽，从此海内虚耗，民生困敝。昭宣二朝，尚能与民更始，励精图治，勉强维持过去。传到元成时代，弘恭石显，几类赵高，杜钦谷永，酷似李斯，外戚王氏，遂得乘隙入朝，把持国柄。哀平昏庸，汉祚潜移。不文不武的王莽，佯作谦恭，愚弄士民，朝野称安汉公功德，多至八千人，虽由王莽善能运动，得此无谓的标榜，但也由汉武以来，人心渐贰，不愿归汉，遂为那逆莽所绐，平白地将汉室江山，篡夺了去。推究祸根，不能不归咎汉武。若谓秦传二世，汉传至十一世，历年久暂，大判径庭，这是由汉祖汉宗，有一两代积德累仁的效果，不比那秦嬴政一味暴横，无人感念，所以一暂一久，有此区别呢。评论的确，话休叙烦，事归正传。

且说秦朝第一代皇帝，就是嬴政，远祖乃是帝舜时代的伯益。益掌山泽，佐禹治水，有功沐封，赐姓嬴氏。好几传到了蜚廉，生子恶来，善走有力，助纣为虐，与纣同诛。恶来五世孙非子，住居犬邱，善养马，得周孝王宠召，令主汧渭间畜牧。马大蕃息，孝王遂封他为附庸，食邑秦地。四传至襄公，佐周平戎，护送平王东迁，得岐丰地，受封为伯，嬴秦始大。又数传至穆公，并国十二，遂霸西戎；再历十余传，正当六国七乱的时候，孝公奋起，用商鞅为左庶长，变法图强，战胜各国，定都咸阳。子惠文君嗣，僭号称王，嗣是为武王、昭襄王，与山东六国争衡，攻城略地，日见盛强。周赧王献地入秦，所有宝器九鼎，统被秦人取归。昭襄王子孝文王，有子异人，入质赵国，阳翟大贾吕不韦，行经赵都邯郸，见了异人，私叹为奇货可居，乃阳为结纳，与订知交。异人质居异地，举目无亲，免不得抑郁寡欢，离愁百结，蓦然碰着了意外良朋，正是天涯知己，相得益欢，当下往来日密，情好日深，遂把那羁旅苦衷，及平生愿望，一一流露出来。不韦遂替他设法，想出一条斡旋的妙计。原来异人出质时，昭襄王尚然在位，孝文王柱，正为太子，有妃华阳夫人，未得生男，异人乃是夏姬所出，兄弟甚多，约有二十余人。不韦既得异人传述，便即乘间进言，谓必取悦华阳夫人，作为嫡嗣，将来方得承统云云。异人当然称善，但恨无人代为先容，偏不韦又愿为效劳，且慨出千金，半赠异人，令结宾客，半贮行囊，西行诣秦，替异人作运动费。这真叫作投机事业。异人听到这般帮忙，怎得不感激万分？便与不韦订了密约，说是计果得成，他日当与共秦国。不韦便欣然西去，沿途购办奇物玩好，携入关中，先向华阳夫人的阿姊处，买通关节，托她入白夫人。大略谓：夫人无子，亟宜择贤过继，若待至色衰爱弛，尚且无嗣承立，悔何可及？今异人出质赵国，日夜泣思太子及夫人，乘此机会，立异人为嫡嗣，请令归国，是异人必感德不忘，夫人亦终身有靠，一举两得，莫如此策"云云。这一席话，说得夫人如梦初醒，非常感佩。当夜转告太子，用着一种含颦带泪的柔颜，宛转陈词，不由太子不从。彼此破符为约，决立异人为嗣子。夫人得自姊言，知由不韦替他画策，便嘱使不韦归傅异人，并赠他厚赆。已经赚得利息。不韦返报异人，异人自然欣慰，从此与异人交谊，又加添了一层。

不韦更怀着鬼胎，随时访觅美人儿，凑巧赵都中有一歌妓，生得袅娜娉婷，楚楚可爱，遂不惜重资，纳为篋室，凭着那天生精力，交欢数次，居然种下了一点灵犀。不韦预先窥测，料是男胎，这是何术？想是不韦蓄有种子秘方。便去引那异人进来，开筵相待。酒到半酣，才令赵姬盛妆出见，从旁劝酒。异人不瞧犹可，瞧着那花容月貌，禁不住目眩心迷，一时神情失主，尽管偷眼相窥。偏那赵姬也知凑趣，转动了一双秋波，与他对映，想是不韦已经授意，但此姬本来狂荡，当然爱及少年。惹得异人心痒难熬，跃跃欲动。可巧不韦似有酒意，就在席间假寐，把手枕头，略有鼾声。异人色胆如天，便去牵动翠袖，涎脸乞怜。那美姬若嗔若喜，半就半推，正要引人入胜，不防座上拍的一声，接连便闻呵叱道："你，你敢调戏我姬人么？"异人慌忙回顾，见不韦已立起座前，面有怒容，顿吓得魂飞天外，只好在不韦前做了矮人，长跪求恕。不韦又冷笑道，"我与君交好有年，不应这般戏侮，就使爱我姬人，也可直言告我，何必鬼鬼祟祟，作此伎俩呢？"异人听了，转惊为喜，便向不韦叩头道："果蒙见惠，感恩不浅，此后如得富贵，誓必图报。"不韦复道："交友贵有始终，我便将此姬赠君，但有条约二件，须要依我。"异人道："除死以外，无不可从。"不韦即说出两大条件："一是须纳此姬为正室，二是此姬生子，应立为嫡嗣。"异人满口应承，方由不韦将他扶起，索性嘱使赵姬，坐在异人座侧，缓歌侑觞，直饮到夜色仓黄，才唤入一乘轻舆，使赵姬陪伴异人上车，同返客馆。这时赵姬的身孕，已经阅两月了。美眷如花，流光似水，异人与赵姬日夕绸缪，约莫过了八个月，本来是腹中儿胎，应该分娩，偏偏这个异种，安然藏着，不见震动，又迟延了两月，方才坐蓐临盆，生下一个男儿。说也奇怪，巧遇是日为正月元旦，因取名为政，寄姓赵氏。非吕非赢，不如姓赵。异人总道是十月生男，定由己出，那知是吕氏种下的暗胎，已有以吕代赢的默兆了。特笔表明。

越三年秦赵失和，邯郸被围，赵欲杀害异人，亏得吕不韦阴赂守吏，把他纵去，逃赴秦军，妻子由不韦引匿。待至魏兵救赵，秦军西还，异人原得归国，不韦也将异人妻子，送入咸阳，俾他完聚。华阳夫人见了异人，异人当即下拜，涕泣陈情，叙那数年离别的思慕，引起夫人的感情。他又因夫人本是楚女，特地改着楚服，取悦亲心。果然夫人悲感交并，也挥泪与语道："我本楚人，汝能曲体我心，便当养汝为子，汝可改名为楚罢。"异人唯唯从命，自是晨昏定省，格外殷勤。想又是不韦所教。就是赵姬母子，得入秦宫，见了华阳夫人，也是致敬尽礼，不敢少疏，因此华阳夫人，喜得佳儿佳妇，便与孝文王再申前约，决不负盟。既而昭襄王病殁，孝文王嗣位，即立楚为太子。丧葬才毕，升殿视事，才阅三日，便即逝世。太子楚安然继统，得为秦王，报德践约的期限，居然如愿以偿。当下尊嫡母华阳夫人为华阳太后，生母夏姬为夏太后，立赵姬为王后，子政为嗣子，进吕不韦为相国，封文信侯，食河南洛阳十万户，一番大交易，至此成功。

会东周君联合诸侯，谋欲伐秦，为秦王楚所闻，遂遣相国吕不韦督兵往攻。东周君地狭兵单，那里敌得过秦军，诸侯复观望不前，眼见是周家一脉，不得再延。东西周详情，应载入周史中，故本回从略。吕不韦大出风头，灭了东周，把东周君迁锢阳人聚。周朝八百多年的宗祧，反被一个阳翟贾人，铲灭无遗，文武成康，恐也不免余恫呢。明《蒥姬策》暗移嬴祚，凶狡如吕不韦，怎得久存。不韦班师还朝，饮至受赏，不劳细说。

转眼间又是四年，秦王楚春秋鼎盛，坐享荣华，总道是来日方长，好与那正宫王后，白头偕老，毕世同欢。谁料到二竖为灾，膏肓受厄，终落得呜呼哀哉，伏惟尚飨，年才三十有六。子政甫十三岁，继承秦祚，追谥父楚为庄襄王，尊母为王太后,名目上虽是以子承父,暗地里实是以吕易嬴。画龙点睛。政未能亲政,国事俱委任吕不韦,号为仲父。应该呼父。不韦大权在握,出入宫廷,时常与秦王母子,见面叙谈。只这位庄襄太后,尚不过三十岁左右,骤遭大故,竟作孀妹,她本是个送旧迎新的歌姬,怎禁得深宫寂寂,孤帐沉沉?空守了好几月,终有些忍耐不住,好在不韦是个旧欢,乐得再与勾引,申续前盟。不韦也未免有情,因同她重整旗鼓,演那颠凤倒鸾的老戏文。宫娥彩女,统是太后心腹,守口如瓶,秦王政究竟少年,未识个中情景,所以两口儿暗地往来,仍然与伉俪相似。

一年二年三四年,秦王政已将弱冠了,不韦年亦渐老了。偏太后淫兴未衰,时常宣召不韦,入宫同梦。不韦未免愁烦,一则恐精力浸衰,禁不住连宵戕贼,一则恐少主浸长,免不得瞧破机关,于是想出一法,私拟荐贤自代。凑巧有个浪子嫪毐,读若爱。阳道壮伟,尝戏御桐木小车,不假手力,但用那话儿插入轮轴,也能转捩运行。见不韦列传。事为不韦所闻,立即召为舍人,先向太后关说,极称嫪毐绝技。太后果然歆羡,亲欲一试,当由不韦令人告讦,诬毐有罪,当置宫刑,一面厚贿刑吏,但将毐拔去须眉,并未割势,便使冒作阉人,入侍太后。太后即引登卧榻,实地试验,果然坚强无比,久战不疲,惹得太后乐不可支,如获至宝,朝朝暮暮,我我卿卿,老淫妪又居然有娠了。多年不闻生育,至此又复怀妊。毕竟嫪毐有力。会值夏太后病逝,嫪毐遂与太后密商,买通卜人,诈言宫中不利母后,应该迁居避祸。秦王政不知有诈,就请母后徙往雍宫,嫪毐当然从住。嗣是母子离居,不必顾忌,一索得男,再索复得男,保抱鞠育,视若寻常,且封嫪毐为长信侯,食邑山阳,寻且加封太原郡国。凡宫室车马衣服,及苑囿驰猎等情,均归嫪毐主持,毒至此真快活极了。小子有诗叹道:

宫闱厮养得封侯,肉战功劳也厚酬。
若使雄狐长得志,人生何惮不淫偷!

欲知嫪毐后事,且待下回说明。

本回第一段文字,揭出皇帝专制四字,是笼罩全书之大宗旨。秦造成之,汉沿袭之,是秦汉本一脉相关,无甚区别,此著书人之所以并为一编不烦另提也。且秦皇汉武,为后人连语之口头禅,两两相较,不期而合,即秦即汉,会心固不远耳。叙事以后,即写秦政出世之来历,见得嬴吕相代,暗寓机关。后来政母复通吕不韦,并淫及嫪毐,母既不贞,子安得不流为暴虐?演述之以示后人,亦一儆世之苦心也。

第二回　诛假父纳言迎母
　　　　称皇帝立法愚民

　　却说嫪毐得封长信侯，威权日盛，私下与秦太后密谋，拟俟秦王政殁后，即将毐所生私子，立为嗣王。毐非常快乐，往往得意妄言。一日与贵臣饮博，喝得酪酊大醉，遂互起龃龉，大肆口角，毐瞋目大叱道："我乃秦王假父，怎敢与我斗口？汝等难道有眼无珠，不识高下么？"贵臣等听了此言，便都退去，往报秦王。秦王政已在位九年，年已逾冠，血气方刚，蓦然听到这种丑事，不禁忿怒异常，当下密令干吏，调查虚实。旋得密报，说毐原非阉人，确与太后有奸通情事，遂授昌平君昌文君为相国，引兵捕毐。昌平昌文史失姓名，或谓昌平君为楚公子，入秦授职，未知确否，待考。毐得知消息，不甘坐毙，便捏造御玺，伪署敕文，调发卫兵县卒，抗拒官军。两下里争锋起来，究竟真假有凭，难免败露，再经昌文昌平两君，声明毐罪，毐众当即溃散，单剩毐数百亲从，如何支持，也便窜去。

　　秦王政更下令国中，悬赏缉毐，活擒来献，赏钱百万，携首来献，赏钱五十万。大众期得厚赏，踊跃追捕，到了好時，竟得擒住淫贼，并贼党二十人，献入阙下。秦刑本来酷烈，再加嫪毐犯了重罪，当命处毐辗刑，五马分尸。毐党一体骈诛，且夷毐三族。父族、母族、妻族。一面饬将士往搜雍宫，得太后私生二子，扑杀了事。就把太后驱往萯阳宫，派吏管束，不准自由。是谓乐极生悲。吕不韦引毐入宫，本当连坐，因念他侍奉先王，功罪相抵，不忍加诛，但褫免相国职衔，勒令就国，食采河南。

　　秦大臣等互相议论，多怪秦王背母忘恩，未免过甚，就中有几个激烈官吏，上疏直谏，请秦王迎还太后。秦王政本来蜂鼻长目，鹘膺豺声，是个刻薄少恩的人物，一阅谏书，怒上加怒，竟命处谏官死刑，并榜示朝堂，敢谏者死。还有好几个不怕死的，再去絮聒，徒落得自讨苦吃，身首分离。总计直谏被杀，已有二十七人，太后不谓无罪，谏官真自取死。群臣乃不敢再言。独齐客茅焦，伏阙请谏，秦王大怒，按剑危坐，且顾左右取镬，即欲烹焦。焦毫不畏缩，徐徐趋进，再拜起语道："臣闻生不讳死，存不讳亡，讳死未必得生，讳亡未必终存，死生存亡的至理，为明主所乐闻，陛下今亦愿闻否？"秦王政听了，还道他别有至论，不关母事，因即改容相答道："容卿道来。"焦见秦王怒容已敛，便正色朗声道："陛下今日行同狂悖，车裂假父，囊扑二弟，言之太甚。幽禁母后，残戮谏士，夏桀商纣，尚不至此，若使天下得闻此事，必且瓦解，无复响秦，秦国必亡，陛下必危。臣不忍缄默无言，与国同尽，情愿先就鼎镬，视死如归！"说着，便解去外衣，赴镬就烹。说得秦王政也觉着忙，下座揽焦，当面谢过。秦王政之得据中原，想由这点好处。遂命焦为上卿，令他随往迎母，与太后同辇还都，再为母子如初。

吕不韦既往河南，一住年余，山东各国，多遣使问讯，劝驾请往。莫非也要他去作淫乱么。事为秦廷所闻，秦王政防他为变，即致不韦书道："君与秦究有何功，得封国河南，食十万户？君与秦究属何亲，得号仲父？可率领家属速徙蜀中，毋得逗留！"不韦得书览毕，长叹数声，几乎泪下。任君用尽千般计，到头仍是一场空。意欲上书申辩，转思从前情事，统皆暧昧，未便明言，倘若唐突出去，反致速毙。想了又想，将来总没有良好结果，不如就此自尽，免得刀头受苦。主意已定，便取了鸩酒，勉强吞下，须臾毒发，当然毕命。看到此处，方知刁钻无益。

不韦妻已经先死，安葬洛阳北邙，僚佐等恐尚有后命，急将不韦遗骸，草草棺殓，黄夜舁往与妻合葬。后人但知吕母冢，不知吕相坟，其实是已经合墓，乏人知晓，所以有此传闻呢。生时不明白，死也不明白。惟这位庄襄王后，又苟延了七八年，与华阳太后相继病亡。秦王政总算举哀成服，发丧引柩，与庄襄王合葬茝阳。实是不必。这也毋庸细表。

且说秦王政亲揽大权，很是辣手，居然有雷厉风行的气象。当时山东各国，均已浸衰，秦遂乘隙出兵，陆续吞并。秦王政十七年，使内史胜《史记》作腾。灭韩，虏韩王安；十九年又遣将王翦灭赵，虏赵王迁；二十二年复命将王贲灭魏，虏魏王假；二十四年再令王翦灭楚，虏楚王负刍；二十五年更令王贲灭燕，虏燕王喜；二十六年饬贲由燕南攻齐，掩入齐都临淄，齐王建举国降秦，被徙至共，活活饿死，六国悉数荡平，秦遂得统一中原，囊括海内了。于是秦王政满志踌躇，想干出一番空前绝后的大事业，号令四方，遂首先下令道：

  寡人以眇眇之身，兴兵诛暴乱，赖宗庙之灵，咸伏其辜，天下大定，今名号不更，无以称成功，传后世，其妥议帝号上闻。

这令一下，丞相王绾，御史大夫冯劫，廷尉李斯，便召集博士，会议了一日一夜。越宿方入朝奏闻道："古时五帝在位，地方不过千里，外列侯服夷服等类，或朝或否，天子常不能制。今陛下兴义兵，除残贼，平定天下，法令统一，自从上古以来，得未曾有，五帝何能及此？臣等与博士合议，统言古有天皇，有地皇，有泰皇，想即人皇。泰皇最贵。今当恭上尊号，奉陛下为泰皇，命为制，令为诏，自称曰朕，伏乞陛下裁择施行。"秦王听了，半响无言，暗想泰皇虽是贵称，究竟成为陈迹，没甚稀奇，我既功高古人，奈何再袭旧名，众议当然未合，应即驳去，另议为是。"嗣又转念道："有了有了，古称三皇五帝，我何不将皇帝二字合成徽称，较为美善呢。"乃宣谕群臣道："去泰存皇，更采古帝位号，称为皇帝便了。余可依议。"王绾等便皆俯伏，口称陛下德过三皇，功高五帝，应该尊称皇帝，微臣等才疏识浅，究竟不及圣明。说着又舞蹈三呼，方才起来。一班媚子谐臣。秦王大喜，便命退朝，自己乘辇入宫。过了一日，又复颁制道：

> 朕闻太古有号毋谥，中古有号，死而以行为谥，如此则子得议父，臣得议君，甚无谓也，朕所弗取，自今以后，除去谥法，朕为始皇帝，后世子孙，以次计数，二世三世至千万世，传之无穷，岂不懿欤！

看官，你道这篇制书，是何命意？他想谥有美恶，都是本人死后，定诸他人。美谥原不必说了；倘若他人指摘生平，加一恶谥，岂不要遗臭万年？我死后，保不住定得美谥，不若除去谥法，免得他人妄议。且我手定天下，无非为子孙起见，得能千万代的传将下去，方不负我一番经营，所以特地颁制，说出这般一厢情愿的话头。当下追尊庄襄王为太上皇，自称始皇，小子依史叙述，此后也呼他为始皇了。提清眉目。

先是齐人邹衍，尝论五德推迁，更迭相胜，如火能灭金，即火能胜金，金能克木，即金能胜木，列代鼎革，就是相胜等语。始皇采用衍说，以为周得火德，秦应称为水德，水能胜火，故秦可代周。自是定为水德，命河名为德水。又因夏正建寅，商正建丑，周正建子，秦应特创一格，与昔不同，乃定制建亥，以十月朔为岁首。阴历莫如夏正，商周改建，不免多事，如秦更觉无谓了。衣服旌旄节旗，概令尚黑，取象水色。水主北方，终数为六，故用六为纪数，六寸为符，六尺为步，冠制六寸，舆制六尺。且谓水德为阴，阴道主杀，所以严定刑法，不尚慈惠，一切举措，纯用法律相绳，宁可失入，不可失出。后世谓秦尚法律，似有法治国规模，不知秦以刑杀为法，如何制治。从此秦人不能有为，动罹法网，赭衣满道，黑狱丛冤。

会丞相王绾等伏阙上言，略说诸侯初灭，燕齐楚地方辽远，应封子弟为王，遣往镇守。始皇不以为然，乃令群臣妥议。群臣多赞成绾言，唯廷尉李斯驳议道："周朝开国，封建同姓子弟，不可胜计，后嗣疏远，互相攻击，视若仇雠，周天子无法禁止，坐致衰亡。今赖陛下威灵，统一海内，何勿析置郡县，设官分治？所有诸子功臣，但宜将公家赋税，量为赏给，不令专权。内重外轻，天下自无异志，这乃是安宁至计哩。"计非不善，但上无令主，无论如何妙法，总难持久。始皇欣然喜道："天下久苦兵革，正因列侯互峙，战斗不休。现在天下初定，若再仍旧制封王立国，岂不是复开兵祸么？廷尉议是，朕当照行！"王绾等

第二回　诛假父纳言迎母　称皇帝立法愚民

扫兴退出,始皇即命李斯会同僚属,规划疆土。费了许多心力,才得支配停当,分天下为三十六郡,列名如下:

内史郡	三川郡	河东郡	南阳郡	南　郡	九江郡	鄣　郡
会稽郡	颖川郡	砀　郡	泗水郡	薛　郡	东　郡	琅琊郡
齐　郡	上谷郡	渔阳郡	古北平郡	辽西郡	辽东郡	代　郡
巨鹿郡	邯郸郡	上党郡	太原郡	云中郡	九原郡	雁门郡
上　郡	陇西郡	北地郡	汉中郡	巴　郡	蜀　郡	黔中郡
长沙郡						

每郡分置守尉,守掌治郡,尉掌佐守,典武职甲卒。朝廷设御史监郡,便称为监。每县设令,与郡守尉同归朝廷简放。守令下有郡佐县佐,各由守令任用。以下便是乡官,选自民间,大约十里一亭,亭有长;十亭一乡,乡有三老,及啬夫游徼。三老掌教化,啬夫判诉讼,游徼治盗贼,这还是周朝遗制,略存一斑。改命百姓为黔首,特创出一条恩例,许民大酺。原来秦律尝不准偶语,不准三人以上,一同聚饮,此次因海内混壹,总算特别加恩,令民人合宴一两天,所以叫做大酺。百姓接奉此令,才得亲朋相聚,杯酒谈心,也可谓一朝幸遇。那知酒兴未阑,朝旨又到,一是令民间兵器,悉数缴出,不准私留;二是令民间豪家名士,即日迁居咸阳,不准迟慢;三是令全国险要地方,凡城堡关塞等类,统行毁去。小子揣测始皇心理,无非为防人造反起见,吸收兵器,百姓无从得械,徒手总难起事。迁入豪家名士,就近监束,使他无从勾结,自然不能反抗朝廷。削平城堡关塞,无险可据,何人再敢作乱?这乃是始皇穷思极想,方有这数条号令,颁发出来。自以为智,实是呆鸟。只可怜这百姓又遭荼毒,最痛苦的是令民迁居。他本来各守土著,安居乐业,不劳远行,此番无端被徙,抛去田园家产,又受那地方官吏的驱迫,风餐露宿,饱尝路途辛苦,才到咸阳。咸阳虽然热闹,无如人地生疏,谋食维艰,好好一个富户,变做贫家,好好一个豪士,也害得垂头丧气,做了落魄的穷氓,可叹不可叹呢!就是名城巨堡,无故削平,虽是与民无碍,但总要劳动百姓,且将来或有盗贼,究靠何处防守?至若兵器一项,乃是民间出资购造,防卫身家,始皇叫他一概缴出,并没有相当偿给,百姓只有自认晦气。郡县守令,把兵器收下,一古脑儿运入咸阳。这种兵器,统是铜质造成,始皇立命熔毁,共有数百万斤。适值临洮县中,报称有十二大人出现,长约五丈,足履六尺,统着夷人服饰云云。始皇以为瑞兆,即命将熔化诸铜,摹肖大人影像,铸成铜人十二个,每个重二十四万斤,摆列宫门外面。这好算做铜像开始。还有余铜若干,令铸钟及钟架,分置各殿。相传这十二个铜人,汉时尚存,至汉末董卓入京,始椎破了十个,移铸小

钱，尚剩两个，传到西晋亡后，被后赵主石虎徙至邺城，后来秦王苻坚，又把铜人搬还长安，销毁了事。这是后话不题。

惟秦始皇令行禁止，梦想太平，自思天下可从此无事，乐得寻些快乐，安享天年。从前秦国诸宗庙，及章台上林等苑榭，统在渭南。及削平六国，辄令画工往视，仿绘各国宫室制度，汇呈秦廷，始皇便择一精巧华丽的图样，令匠役依式营造。当下在咸阳北坂，辟一极大旷地，南临渭水，西距雍门，东至泾渭二水合流处，迤逦筑宫，若殿宇，若楼阁，若台榭，沿路连络，层接不穷，下亘复道，上架周阁，风雨不侵，日光无阻。落成以后，就将六国的妃嫔子女，钟簴鼓乐，分置宫中，没一处不有美人，没一室不有音乐。始皇除临朝视政外，往往至宫中玩赏，张乐设饮，唤女侑筵。这班被俘的娇娃，还记甚么国亡主辱，但期得始皇欢心，殷勤伺候，一遇召幸，好似登仙一般，巴不得亲承雨露，仰沐皇恩。可惜始皇只有一身，怎能到处周旋，慰她渴望，所以咸阳宫里，怨女成群，惟不敢流露面目，只背人拭泪罢了。亡国妇女，状似可怜，实是可恨。

始皇尚嫌宫宇狭小，才阅一年，又在渭南添造宫室，叫做信宫，嗣复改名"极庙"，取象天极。自极庙通至骊山，造一极大的殿屋，叫做甘泉前殿。殿通咸阳宫，中筑甬道，如街巷相似，乘舆所经，外人不得望见，这也是防人侵犯的计策。始皇到此，好算是穷奢极欲，快乐无比了。偏他是个好动不好静的人物，日日在宫中游宴，似觉得味同嚼蜡，没甚兴趣，遂又想出一法，令天下遍筑驰道，准备御驾巡游。小子有诗叹道：

> 为臣不易为君难，名论相传最不刊。
> 古有覆车今可鉴，暴秦遗史试重看！

欲知驰道规模，及始皇出巡事迹，且至下回续详。

嫪毐自称假父，可丑之至，但毐固一无赖子，宜有此等口吻。茅焦乃亦以假父称之，而始皇乃下座谢过，煞是异事！乃母既与毐犯奸，则已自绝于宗祧，迁居别宫，亦无不可。惟秦王若念鞠育之恩，但报之以终养可耳，禁锢固不可也，迎还亦属不必。独怪他人谏死，至二十七人，而茅焦独能数语挽回，此非始皇尚知恋母，实因焦以天下瓦解之语，作为恐吓，始皇有志统一，乃不得不迫而相从尔。不然，嫪毐当诛，吕不韦尚若可赦，胡为亦逼诸死地，不念前功耶？厥后始皇并吞六国，自称皇帝，种种法令，无一非毒民政策，彼果若知孝亲，何至如此不仁？不过彼毒民，民亦必还而毒彼，彼以为智，实则愚甚。夫始皇为吕不韦所生，不韦欲愚人而卒致自愚，始皇亦欲愚民而终亦自愚，有是父即有是子，是毋乃所谓父作子述耶？阅此回，可笑亦可慨矣。

第三回　封泰岱下山避雨
　　　　过湘江中渡惊风

　　却说秦始皇欲出外巡游，特令天下遍筑驰道。驰道便是御驾往来的大路，须造得平坦宽敞，方便游行。当时秦筑驰道，定制广五十步，相距三丈，土高石厚，各用铁椎敲实，两旁栽植青松，浓阴密布，既可却暑，复可赏心，真是最好的布置，不过劳民费财，骚扰天下罢了。始皇二十七年秋季，下诏西巡，令一班文武百官，扈跸起行，卤簿仪仗，很是繁盛。始皇戴冕旒，著衮龙袍，安坐銮舆上面。骅骝开道，貔虎扬镳，出陇西，经北地，逾鸡头山，直达回中。时当深秋，草木凋零，也没有甚么景色。惟劳动了地方官吏，奔走供应，迎送往来，费了若干金银，尚不见始皇如何喜欢，但得免罪愆，总算幸事。始皇亦兴尽思归，即就原路回入咸阳。

　　过了残年，渐渐的冬尽春来，日光和煦。秦以十月为岁首，已见前回，故文中加入渐渐二字。始皇游兴又动，复照着西巡故事，改令东巡。途中俱已筑就驰道，两旁青松，方经着春风春露，饶有生意，欣欣向荣。始皇左顾右瞩，兴致盎然。行了一程又一程，已到齐鲁故地，望见前面层峦迭嶂，木石嵯峨，便向左右问明山名，才知是邹峄山。当下登山游眺，览胜探奇，向东顾视，又有一大山遥峙，比邹峄山较为高峻，岚光拥碧，霞影增红，写景语自不可少。不由的瞻览多时，便指问左右道："这便是东岳泰山么？"左右答声称是。始皇复道："朕闻古时三皇五帝，多半巡行东岳，举办封禅大典，此制可有留遗否？"左右经此一问，都觉对答不出，但说是年湮代远，无从查考。始皇道："朕想此处为邹鲁故地，就是孔孟二人的故乡，儒风称盛，定有读书稽古的士人，晓得封禅的遗制，汝等可派员征召数十人，教他在泰山下接驾，朕向他问明便了。"左右奉命，立即派人前去。始皇又顾语群臣道："朕既到此，不可不勒石留铭，遗传后世！卿等可为朕作文，以便镌石。"群臣齐声遵旨。始皇一面说，一面令整銮下山，留宿行宫。是夕即由李斯等咬文嚼字，草成一篇勒石文，呈入御览。始皇览着，语语是歌功颂德，深惬心怀。翌日便即发出，令他缮就篆文，镌石为铭，植立邹峄山上，当由臣工赶紧照办，不消细叙。

　　始皇随即启程，顺道至泰山下，早有耆儒七十人候着，上前迎驾。行过了拜跪礼，即由始皇传见，问及封禅仪制。各耆儒虽皆有学识，但自成周以后，差不多有七八百年，不行此礼，倒也无词可对。就中有一个龙钟老生，仗着那年高望重，贸然进言道："古时封禅，不过扫地为祭，天子登山，恐伤土石草木，特用蒲轮就道，蒲干为席，这乃所以昭示仁俭哩。"始皇听了，心下不悦，露诸形色。有几个乖巧的儒生，见老儒所对忤旨，乃易说以进。谁知始皇都不合意，索性叫他罢议，一概回去。便为坑儒伏案。

各儒生都扫兴而回，那始皇饬令工役，斩木削草，开除车道，就从山南上去，直达山巅，使臣下负土为坛，摆设祭具，望空祷祀，立石作志，这便叫作封礼。又徐徐向山北下来，拟至梁父小山名。行禅。禅礼与封礼不同，乃在平地上扫除干净，辟一祭所，古称为墠，后人因墠为祭礼，改号为禅。车驾正要下山，忽刮到一阵大风，把旗帜尽行吹乱，接连又是几阵旋飙，吹得沙石齐飞，满山皆黯，霎时间大雨如注，激动溪壑，上降下流，害得巡行人众，统是带水拖泥，不堪狼狈。幸喜山腰中有大松五株，亭亭如盖，可避风雨，大众急忙趋近，先将乘舆拥入树下，然后依次环绕，聚成一堆。虽树枝中不免余滴，究比那空地中间，好得许多。始皇大喜，谓此松护驾有功，可即封为五大夫。树神有知，当不愿受封。

既而风平雨止，山色复明，乃行，就梁父山麓，申行禅礼，衣仗多半霑湿，免不得礼从简省，草草告成。始皇返入行辕，尚觉雄心勃勃，复命词臣撰好颂辞，自夸功德，勒石山中。史家曾将原文载录，由小子抄述如下。

   皇帝临位，作制明法，臣下修饬。二十有六年，初并天下，罔不宾服。亲巡远方黎民，登兹泰山，周览东极。从臣思迹，本原事业，只诵功德。治道运行，诸产得宜，皆有法式。大义休明，垂于后世，顺承勿革。皇帝躬圣，既平天下，不懈于治。夙兴夜寐，建设长利，专隆教诲。训经宣达，远近毕理，咸承圣志，贵贱分明，男女礼顺，慎遵职事。昭融内外，靡不清净，施于后嗣。化及无穷，遵奉遗诏，永承重戒。

封禅已毕，游兴未终，再沿渤海东行，过黄腄，穷成山，跋之罘，之今作芝。历祀山川八神，天主、地主、兵主、阴主、阳主、日主、月主、四时主，共称八神。见《史记·封禅》书。统是立石纪功，异辞同颂。又南登琅琊山，见有古台遗址，年久失修，已经毁圮，始皇问是何人所造？有几人晓得此台来历，便即陈明。原来此台为越王勾践所筑，勾践称霸时，尝在琅琊筑一高台，以望东海，遂号召秦晋齐楚，就台上歃血与盟，并辅周室。到了秦并六国，约莫有数百年，怪不得台已毁圮了。始皇得知原委，便道："越王勾践，僻处偏隅，尚筑一琅琊台，争霸中原，朕今并有天下，难道不及一勾践么？"说着，即召谕左右，速令削平旧台，另行构造，规模须较前高敞数倍，不得有违。左右答称台工浩大，非数月不能成事，始皇作色道："偌大一台，也须数月么？朕准留此数旬，亲自督造，何患不成！"摹写暴主口吻，恰是毕肖。左右不敢再言，只好赶紧兴工。即命就

第三回 封泰岱下山避雨 过湘江中渡惊风

地官吏,广招夫役,日夜营造。万人不足,再加万人,二万人不足,又加万人,三万人一齐动手,运木石,施畚挶,加版筑,劳苦的了不得,尚未能指日告成。始皇连日催促,势迫刑驱,备极苛酷,工役无从诉冤,没奈何拚命赶筑,直至三易蟾圆,方才毕事。台基三层,层高五丈,台下可居数万家,端的是崇闳无比,美大绝伦。始皇亲自察看,逐层游幸,果然造得雄壮,极合己意。乃下令奖励工役。命三万人各迁家属,居住台下,此后得免役十二年。好大皇恩。遂又使词臣珥笔献颂,刻石铭德。略云:

维二十八年,皇帝作始,端平法度,万物之纪。以明人事,合同父子。圣智仁义,显白道理。东抚东土,以省卒士。事已大毕,乃临于海。皇帝之功,勤劳本事。上农除末,黔首是富。普天之下,抟心揖志。器械一量,同书文字。日月所照,舟舆所载,皆终其命,莫不得意。应时动事,是维皇帝。匡饬异俗,陵水经地。忧恤黔首,朝夕不懈。除疑定法,咸知所辟。方伯分职,诸治经易。举措毕当,莫不如画。皇帝之明,临察四方。尊卑贵贱,不逾次行。奸邪不容,皆务贞良。细大尽力,莫敢怠荒。远迩辟隐,专务肃庄。端直敦忠,事业有常。皇帝之德,存定四极。诛乱除害,兴利致福。节事以时,诸产繁殖。黔首安宁,不用兵革。六亲相保,终无寇贼。欢欣奉教,尽知法式。六合之内,皇帝之土,西涉流沙,南尽北户,东有东海,北过大夏,人迹所至,无不臣者。功盖五帝,泽及牛马,莫不受德,各安其宇。

俗语说得好,做了皇帝好登仙,这就是秦始皇故事。始皇督造琅琊台,一住三月,常在山上眺望,遥见东海中间,隐隐有楼阁耸起,灿烂庄严。俄而又有人影往来,肩摩毂击,仿佛如市中一般。无非是蜃楼海市。及仔细辨认,又觉半明半灭,转眼间且绝无所见了。始皇不禁惊异,连称怪事,左右问为何因?由始皇述及海中形态,并询左右有无见过。左右或言所见略同,且乘间进言道:"这想是海上三神山,就叫做蓬莱方丈瀛洲。"捣鬼。始皇猛然触悟道:"是了!是了!朕记得从前时候,有燕人宋毋忌羡门子高等,入海登仙,徒侣辗转传授,谓海上有三神山,诸仙丛集,并有不死药,齐威王宣王燕昭王,尝派人入海访求,可惜皆不得至。相传神山本在渤海中,不过舟不能近,往往被风吹回,朕今亲眼看见,才知传闻是实。可惜朕未能亲往,无从乞求不死药,就使贵为天子,总不免生老病死,怎得与神仙相比哩。"说罢,又长叹了数声。左右亦未便劝解,只好听他自言自叹罢了。及琅琊台筑成,再到海边探望神山,有时所见,仍与前相同,不由的瞻顾徘徊,未忍舍去。

可巧齐人徐市等,市系古黻字,一作徐福。素为方士,上书言事,说是斋戒沐浴，与童男童女若干人，乘舟往求，可到神山云云。始皇大喜，立命他如法施行。徐市等分雇船只，率领童男女数千名，航海东去。始皇便在海滨布幄为辕，恭候了一两天，并不见有好音回报。又越一二日，仍无音信，忍不住焦躁起来，复亲出探望。适有好几船回来，移时停泊，始皇还道有仙药采到，急忙传问。那知舟中人统是摇首，谓被逆风吹转，虽近神山，不得拢岸，说得始皇满腔欲望，化作冰消，旋由徐市等到来复命，亦如前说。不知到何处玩耍几天。

始皇不便再留，只好命他随时访求，得药即报，自己启跸西归。千乘万骑，陆续拔还。道过彭城，始皇又发生幻想，欲向泗水中寻觅周鼎，因即虔心斋戒，购募熟习水性的人民，入水捞取。原来周有九鼎，为秦昭王所迁，迁鼎时用船载归，行经泗水，突有一鼎跃入水中，无从寻取，只有八鼎徙入咸阳。始皇得自祖传，记在心里，此次既过泗水，乐得乘便搜寻。当下茹素三日，祷告水神，一面传集水夫，共得千人，督令泗水取鼎。千人各展长技，统向水中投入，巴不得将鼎取出，好领重赏。偏偏如大海捞针一般，并没有周鼎影迹。好多时出水登岸，报称鼎无着落，始皇又讨了一场没趣，喝退募夫，渡淮西去。顺道过江，至湘山祠，蓦从水波中刮起狂飙，接连数阵，舟如箕簸，吓得始皇魂魄飞扬，比在泰山上面，还要危险十分。一班扈跸人员，亦皆惊惶得很，还亏船身坚固，舵工纯熟，方才支撑得住，慢慢儿驶近岸旁。登山遇风，过江又遇风，莫谓山川无灵。

始皇屡次失意，懊恼的了不得，待船既泊定，就向岸上望去，当头有一高山，山中露出红墙，料是古祠，便语左右道："这就是湘山祠么？"左右答声称是。始皇又问祠中何神？左右以湘君对。再经始皇问及湘君来历，连左右都答不出来。幸有一位博士，在旁复奏道："湘君系尧女舜妻，舜崩苍梧，二妻从葬，故后人立祠致祭，号为湘君。"始皇听了，不禁大怒道："皇帝出巡，百神开道，甚么湘君，敢来惊朕？理应伐木赭山，聊泄朕忿。"左右闻命，忙传地方官吏，拨遣刑徒三千人，携械登山，把山上所有树木，一律砍倒，复放起一把无名火来，烧得满山皆赤，然后回报始皇。始皇才出了胸中恶气，下令回銮，取道南郡，驰入武关，还至咸阳。

好容易又是一年，已是秦始皇二十九年了，天下初平，人心思治，虽是以暴易暴，受那秦始皇的专制，各种法律，非常森严，但比七国战乱的时代，究竟情势不同，略能安静，四面八方，没有兵戈。百姓但得保全骨肉，完聚家室，就是终岁勤劳，竭力上供，也算是太平日子。受赐已多，还要起甚么异心？闯甚么祸祟？所以始皇两次游幸，只有那风师雨伯，山神川祗，同他演了些须恶剧，隐示儆戒，此外不闻有狂徒暴客，犯跸惊尘等事。始皇得安安稳稳的出入往来,未始非当日幸事。自从东巡还都以后,安息咸阳宫中,所有六国的珍宝,任他玩弄,六国的乐悬,任他享受,六国的美女娇娃,任他颠鸾倒凤,日夕交欢,这也好算得无上快乐,如愿以偿,又况天下无事,不劳筹划,正好乘着政躬闲暇,坐享承平,何必再出巡游,饱受那风霜雨露,跋涉那高山大川呢?那知他好大喜功,乐游忘倦,还都不过数月,又想出去巡行。默思去年东巡时,余兴未阑,目下又是阳春时候,不妨再往一游,乃即日下制,仍拟东巡。文武百官,不敢进谏,只好遵制奉行。一切仪仗,比前次还要整备,就是随从武士,亦较前加倍。前呼后拥,复出了咸阳城,向东进发。但见戈铤蔽日,甲乘如云,一排排的雁行而过,一队队的鱼贯而趋,当中乃是赫声濯灵的御驾,坐着一位蜂准鸟膺的暴主,坦然就道,六辔无惊。好在驰道宽大,能容多人并走,拥驾过去。全为下文返射。夹道青松,逐年加密,愈觉阴浓,也似为了天子出巡,露出欢迎气象。始皇到此,当然目旷神怡,非常爽适。一路行来,已入阳武县境,径过博浪沙,猛听得一声怪响,即有一大铁椎飞来,巧从御驾前擦过,投入副车。小子就以博浪椎为题,咏成一诗道:

削平六合恣巡游,偏有奇男誓报仇。
纵使祖龙犹未死,一椎已足永千秋!

毕竟铁椎从何处飞来,且至下回叙明。

巡狩古制也,而封禅不见古书,惟《管子》中载及之,此未始非后人之謷言,伪托管子遗文,作为证据,欺惑时主耳。况古时天子巡狩,度亦必轻车简从,不扰吏民,宁有如秦皇之广筑驰道,恣意巡游,借封禅之美名,为荒耽之佚行也者?而且筑琅琊台,遣方士率童男女数千,航海求仙,种种言动,无非厉民之举。至若渡江遇风,即非真天意之示儆,亦应知行路之艰难,奈何迁怒湘君,复为此伐木赭山之暴令也!后世以好大喜功讥始皇,始皇之恶,岂止好大喜功已哉!

第四回　误椎击逃生遇异士
　　　　　见图谶遣将造长城

却说博浪沙在今河南省阳武县境内,向系往来大道,并没有崇山峻岭,曲径深林,况已遍设驰道,车马畅行,更有许多卫队,拥着始皇,呵道前来,远近行人,早已避开,那个敢触犯乘舆,浪掷一椎。偏始皇遇着这般怪剧,还幸命不该绝，那铁椎从御驾前擦过，投入副车。古称天子属车三十六乘，副车就是属车的别号，随着乘舆后行，车中无人坐着，所以铁椎投入，不至伤人，惟将车轼击断了事。始皇闻着异响，出一大惊，所有随驾人员，齐至始皇前保护，免不得哗噪起来。始皇按定了神，喝定哗声，早有卫士拾起铁椎，上前呈报。始皇瞧着，勃然大怒，立命武士搜捕刺客，武士四处查缉，毫无人影，不得已再来复命。始皇复瞋目道："这难道是天上飞来吗？想是汝等齐来护朕，所以被他溜脱，前去定是不远，朕定当拿住凶手，碎尸万段！"说着，即传令就地官吏，赶紧兜拿。官吏怎敢违慢，严饬兵役，就近搜查，害得家家不宁，人人不安，那刺客终无从捕获，只好请命驾前，展宽期限。始皇索性下令，饬天下大索十日，务期捕到凶人，严刑究办。那知十日的限期，容易经过，那刺客仍没有捕到。奇哉怪哉。始皇倒也无法可施，乃驰驾东行，再至海上，重登之罘，又命词臣撰就歌功颂德的文辞，镌刻石上。一面传问方士，仍未得不死药，因即怅然思归。此次还都，不愿再就迂道，但从上党驰入关中，匆匆言旋，幸无他变。一椎已足褫魄。

　　看官欲究问椎击情由，待小子补叙出来。投椎的是一个力士，史家不载姓名，小子也不便臆造。惟主使力士者，乃是一位大名鼎鼎的人物，后来报韩兴汉，号称人杰，姓张名良字子房。张子房为无双谱中第一人，应该特笔提出。良系韩人，祖名开地，父名平，并为韩相，迭事五君。秦灭韩时，良尚在少年，未曾出仕，家童却有三百人，弟死未葬，他却一心一意，想为韩国报仇，所有家财，悉数取出，散给宾客，求刺秦皇。无如此时秦威远震，百姓都屏足帖耳，不敢偶谈国事，还有何人与良同志，思复国仇。就使有几个力大如虎的勇士，也是顾命要紧，怎敢到老虎头上搔痒，太岁头上动土？所以良蓄志数年，终难如愿。他想四海甚大，何患无人，不如出游远方，或可得一风尘大侠，藉成己志。于是托名游学，径往淮阳。好容易访闻仓海君，乃是东方豪长，蓄客多人，当下携资东往，倾诚求见。仓海君确是豪侠，坦然出见，慨然与语，讲到秦始皇暴虐无道，也不禁怒发冲冠，愤眦欲裂。再加张良是绝有口才，从旁怂恿，激起雄心，遂为张良招一力士，由良使用。良见力士身躯雄伟，相貌魁梧，料非寻常人物，格外优待，引作知交。平时试验力士技艺，果然矫健绝伦，得未曾有，因此解衣推食，俾他知感，然后与谈心腹大事，求为臂助。力士不待说毕，便即投袂起座，直任不辞。也是专诸聂政一流人物。张良大喜，就秘密铸成一个铁椎，重量约一百二十斤，交与力士，决计偕行。一面与仓海君辞别，自同力士西返，待时而动。

　　可巧始皇二次东巡，被良闻知，急忙告知力士，迎将上去。到了博浪沙，望见尘头大起，料知始皇引众前来，便就驰道旁分头埋伏，屏息待着。驰道建筑高厚,两旁低洼,又有青松植立,最便藏身。力士身体矫捷,伏在近处,张良没甚技力,伏得较远。这是想当然之事,否则张良怎得逃生?待至御驾驰至,由力士纵身跃上,兜头击去,不意用力过猛,那铁椎从手中飞出,误中副车。扈跸人员,方惊得手足无措,力士已放开脚步,如风驰电掣一般,飞奔而去。张良远远听着响声,料力士已经下手,只望他一击成功;不过因身孤力弱,还是乘此远扬,再探虚实。所以良与力士,分途奔脱,不得重逢,后来闻得误中副车,未免叹惜。继又闻得大索十日,无从缉获,又为力士欣幸,自己亦改姓埋名,逃匿下邳去了。张良以善谋闻,不闻多力,《史记》虽有良与客狙击秦皇之言,但必非由良自击,作者读书得间,故演述情形语有分寸。

且说下邳地濒东海,为秦时属县,距博浪沙约数百里,张良投奔此地,尚幸腰间留有余蓄,可易衣食,不致饥寒。起初还不敢出门,蛰居避祸。嗣因始皇西归,捕役渐宽,乃放胆出游,尝至圯上眺望景色。圯上就是桥上,土人常呼桥为圯,良不过借此消遣,聊解忧思。忽有一皓首老人,踽踽登桥,行至张良身旁,巧巧坠落一履,便顾语张良道:"孺子,汝可下去,把我履取来!"张良听着,不由的动起怒来。自思此人素不相识,如何叫我取履?意欲伸手出去,打他一掌,旋经双眼一瞟,见老人身衣毛布,手持竹杖,差不多有七八十岁的年纪,料因足力已衰,步趋不便,所以叫我拾履。语言虽是唐突,老态却是可矜,不得已耐住忿怀,抢下数步,把他的遗履拾起,再上桥递给老人。老人已在桥间坐下,伸出一足,复与良语道:"汝可替我纳履。"张良至此,又气又笑,暗想我已替他取履,索性好人做到底,将他穿上罢了。遂屈着一腿,长跪在老人前,将履纳入老人足上。亏他容忍。老人始掀髯微笑,待履已着好,从容起身,下桥径去。良见老人并不称谢,也不道歉,情迹太觉离奇,免不得诧异起来。且看他行往何处,作何举动,一面想,一面也即下桥,远远的跟着老人。走了一里多路,那老人似已觉着,转身复来,又与张良相值,温颜与语道:"孺子可教!五日以后,天色平明,汝可仍到此地,与我相会!"张良究竟是个聪明的人,便知老人有些来历,当即下跪应诺。老人始扬长自去,张良也不再随,分投归寓。

流光易过,倏忽已到了第五日的期间,良遵老人前约,黎明即起,草草盥洗,便往原地伺候老人。偏老人先已待着,愤然作色道:"孺子与老人约会,应该早至,为何到此时才来?汝今且回去,再过五日,早来会我!"良不敢多言,只好复归。越五日格外留心,不敢贪睡,一闻鸡鸣,便即趋往,那知老人又已先至,仍责他迟到,再约五日后相会。这也可谓历试诸艰。良又扫兴而回。再阅五日,良终夜不寝,才过黄昏,便已戴月前往,差幸老人尚未到来,就伫立一旁,眼睁睁的望着。约历片时,老人方策杖前来,见张良已经伫候,才开颜为喜道："孺子就教,理应如此!"说着,就从袖中取出一书,交给张良,且嘱咐道："汝读此书,将来可为王者师!"良心中大悦,再欲有问,老人已申嘱道："十年后,当佐命兴国;十三年后,孺子可至济北谷城山下,如见有黄石,就算是我了。"说毕遂去。此时夜色苍茫,空中虽有淡月,究不能看明字迹,良乃怀书亟返。卧了片刻,天已大明,良急欲读书,霍然而起,即将书展阅。书分三卷,卷首注明太公兵法,当然惊喜。他亦知太公为姜子牙,熟谙韬略,为周文王师,惟所传兵法,未曾览过,此次由老人传授,叫他诵读,想必隐寓玄机。嗣是勤读不辍,把太公兵法三卷,念得烂熟。古谚有云:熟能生巧。张良既熟读此书,自然心领神会,温故生新,此后的兴汉谋画,全靠这太公兵法,融化出来。惟圯上老人,究系何方人氏,或疑他是黄石化身,非仙即怪。若编入寻常小说,必且鬼话连篇,捏造出许多洞府,许多法术。小子居今稽古,征文考献,虽未免有谈仙说怪等书,但多是托诸寓言,究难信为实事。就是圯上老人黄石公,大约为周秦时代的隐君子,饱览兵书,参入玄妙,只因年已衰老,不及待时,所以传授张良,俾为帝师。后来张良从汉高祖过济北,果见谷城山下,留一黄石,乃取归供奉,计与圯上老人相见,正阅一十三年,这安知非老人尚在,特留黄石以践前言。况老人既预知未来时事,怎见得不去置石,否则张良殁后,将黄石并葬墓内,为甚么不见变化呢?夹入论断,扫除一切怪谈。话休叙烦。

再说始皇自上党回都,为了博浪沙一击,未敢远游,但在宫中安乐。一住三年,渐渐的境过情迁,又想出宫游幸。他以为京畿一带,素为秦属,人民向来安堵,总可任我驰驱,不生他变,但尚恐有意外情事,特屏去仪仗,扮作平民模样,微服出宫,省得途人注目。随身带着勇士四名,也令他暗藏兵器,不露形迹,以便保护。一日正在微行,忽听道旁有数人唱歌,歌云:"神仙得者茅初成,驾龙上升入太清,时下玄洲戏赤城,继世而往在我盈,帝若学之腊嘉平。"

始皇听得这种歌谣,一时不能索解,遂向里中父老询明歌中的语意,父老便据他平日所闻,约略说明。原来太原地方,有一茅盈,研究道术,号为真人。他的曾祖名蒙,表字初成,相传在华山中,得道成仙,乘云驾龙,白日升天。这歌谣便是茅蒙传下,流播邑中,因此邑人无不成诵,随口讴吟。始皇欣然道:"人生得道,果可成仙么?"父老不知他是当代皇帝,但答称人有道心,便可长生!既得长生,便可成仙。始皇不禁点首,遂与父老相别,返入宫中,依着歌中末句的意思,下诏称腊月为嘉平月,算作学仙的初基。复在咸阳东境,择地凿池,引入渭水,潴成巨浸,长二百里,广二十里,号为兰池。池中垒石为基,筑造殿阁,取名蓬瀛,就是将蓬莱瀛洲并括在内的痴想。又选得池中大石,命工匠刻作鲸形,长二百丈,充做海内的真鲸。不到数月,便已竣工,始皇就随时往来,视此地如海上神山,聊慰渴望。实是呆鸟。

第四回　误椎击逃生遇异士　见图谶遣将造长城

　　不意仙窟竟成盗薮，灵沼变做萑蒲，都下有几个暴徒，亡命兰池中，昼伏夜出，视同巢穴。始皇那里知晓，日日游玩，未见盗踪。某夕乘着月色，又带了贴身武士四人，微行至兰池旁，适值群盗出来，一拥上前，夹击始皇。始皇慌忙避开，倒退数步，吓做一团，亏得四武士拔出利刃，与群盗拚命奋斗，才得砍倒一人。盗众尚未肯退，再恶狠狠的持械力争，究竟盗众乌合，不及武士练就武工，杀了半晌，复打倒了好几个，余盗自知不敌，方呼啸一声，觅路逃去。始皇经此一吓，把游兴早已打消，急忙由武士卫掖，拥他回宫。诘旦有严旨传出，大索盗贼。关中官吏，当然派兵四缉，提了几个似盗非盗的人物，毒刑拷讯，不待犯人诬伏，已早毙诸杖下。官吏便即奏报，但说是已得罪人，就地处决。始皇尚一再申斥，责他防检不严，申令搜缉务尽。官吏不得不遵，又复挨户稽查，骚扰了好几天，直至二旬以后，才得消差。自是始皇不再微行。

　　忽忽间又过一年，始皇仍梦想求仙，念念不忘，暗思仙术可求，不但终身不死，就是有意外情事，亦能预先推测，还怕甚么凶徒？主见已定，不能不冒险一行，再命东游，出抵碣石。适有燕人卢生，业儒不就，也借着求仙学道的名目，干时图进。遂往谒始皇，凭着了一张利口，买动始皇欢心。始皇就叫他航海东去，访求古仙人羡门高誓。卢生应声即往，好几日不见回音。始皇又停踪海上，耐心守候，等到望眼将穿，方得卢生回报。卢生一见始皇，行过了礼，便捏造许多言词，自称经过何处，得入何宫，满口的虚无缥渺，夸说了一大篇，然后从怀中取出一书，捧呈始皇，谓仙药虽不得取，仙书却已抄来。始皇接阅一周，书中不过数百言，统是支离恍惚，无从了解。惟内有"亡秦者胡"一语，映入始皇目中，不觉暗暗生惊。此语似应后谶，不识卢生从何采入？他想胡是北狄名称，往古有獯鬻狎狁等部落，占据北方，屡侵中国，辗转改名，叫作匈奴。现在匈奴尚存，部落如故，据仙书中意义，将来我大秦天下，必为胡人所取，这事还当了得？趁我强盛时候，除灭了他，免得养痈贻患，害我子孙。当下收拾仙书，令卢生随驾同行，移车北向，改从上郡出发，一面使将军蒙恬，调兵三十万人，北伐匈奴。

　　匈奴虽为强狄，但既无城郭，亦无宫室，土人专务畜牧，每择水草所在，作为居处，水涸草尽，便即他往。所推戴的酋长，也不过设帐为庐，披毛为衣，宰牲为食，差不多与太古相类。只是身材长大，性质强悍，礼义廉耻，全然不晓，除平时畜牧外，一味的跑马射箭，搏兽牵禽。有时中国边境，空虚无备，他即乘隙南下，劫夺一番。所以中国人很加仇恨，说他是犬羊贱种。独史家称为夏后氏远孙淳维后裔，究竟确实与否，小子也无从证明。但闻得衰周时代，燕赵秦三国，统与匈奴相近，时常注重边防，筑城屯兵，所以匈奴尚不敢犯边，散居塞外。匈奴源流不得不就此略叙。此次秦将军蒙恬，带着大兵，突然出境，匈奴未曾预备，骤遇大兵杀来，如何抵当，只好分头四窜，把塞外水草肥美的地方，让与秦人。这地就是后人所称的河套，在长城外西北隅，秦人号为河南地，由蒙恬画土分区，析置四十四县，就将内地罪犯，移居实边；再乘胜斥逐匈奴，北逾黄河，取得阴山等地，分设三十四县。便在河上筑城为塞，并把从前三国故城，一体修筑，继长增高，西起临洮，东达辽东，越山跨谷，延袤万余里，号为万里长城。看官！你想此城虽有旧址，恰是断断续续，不相连属，且东西两端，亦没有这般延长，一经秦将军蒙恬监修，才有这流传千古的长城，当时需工若干，费财若干，实属无从算起，中国人民的困苦，可想而知，毋容小子描摹了。小子有诗叹道：

　　鼙鼓频鸣役未休，长城增筑万民愁。

　　亡秦毕竟谁阶厉？外患虽宁内必忧。

　　长城尚未筑就，又有一道诏命，使将军蒙恬遵行。欲知何事，请看下回。

　　博浪沙之一击，未始非志士之所为，但当此千乘万骑之中，一椎轻试，宁必有成，幸而张良不为捕获，尚得重生，否则如荆卿之入秦，杀身无补，徒为世讥，与暴秦果何损乎？苏子瞻之作《留侯论》，谓幸得圯上老人，有以教之，诚哉是言也！彼始皇之东巡遇椎，微行厄盗，亦应力惩前辙，自戒佚游，乃惑于求仙之一念，再至碣石，遣卢生之航海，得图谶而改辕。北经上郡，遽发重兵，逐胡不足，继以修筑长城之役，其劳民为何如耶？后人或谓始皇之筑长城，祸在一时，功在百世，亦思汉晋以降，外患相寻，长城果足恃乎？不足恃乎？天子有道，守在四夷，筑城亦何为乎！

第五回　信佞臣尽毁诗书
　　　　筑阿房大兴土木

　　却说蒙恬方监筑长城，连日赶造，忽又接到始皇诏旨，乃是令他再逐匈奴。蒙恬已返入河南，至此不敢违诏，因复渡河北进，拔取高阙陶山北假等地。再北统是沙碛，不见行人，蒙恬乃停住人马，择视险要，分筑亭障，仍徙内地犯人居守，然后派人奏报，伫听后命。嗣有复诏到来，命他回驻上郡，于是拔塞南归，至行宫朝见始皇。始皇正下令回都，匆匆与蒙恬话别，使他留守上郡，统治塞外。并命辟除直道，自九原抵云阳，悉改坦途。蒙恬唯唯应命，当即送别始皇，依旨办理。此时的万里长城，甫经修筑，役夫约数十万，辛苦经营，十成中尚只二三成，粗粗告就，偏又要兴动大工，开除直道，这真是西北人民的厄运，累得叫苦不迭！又况西北一带，多是山地，层岭复杂，深谷漾洄，欲要一律坦平，谈何容易。怎奈这位蒙恬将军，倚势作威，任情驱迫，百姓无力反抗，不得不应募前去，今日堑山，明日堙谷，性命却拚了无数，直道终不得完工；所以秦朝十余年间，只闻长城筑就，不闻直道告成，空断送了许多民命，耗费了许多国帑，岂不可叹！一片凄凉鸣咽声。

越年为秦始皇三十三年，始皇既略定塞北，复思征服岭南，岭南为蛮人所居，未开文化，大略与北狄相似，惟地方卑湿，气候炎燠，山高林密等处，又受热气熏蒸，积成瘴雾，行人触着，重即伤生，轻亦致病，更利害的是毒蛇猛兽，聚居深箐，无人敢攖。始皇也知路上艰难，不便行军，但从无法中想出一法，特令将从前逃亡被获的人犯，全体释放，充作军人，使他南征。又因兵额不足，再索民间赘婿，勒令同往。赘婿以外，更用商人充数，共计得一二十万人，特派大将统领，克日南行。可怜咸阳桥上，爷娘妻子，都来相送，依依惜别，哭声四达。那大将且大发军威，把他赶走，不准喧哗。看官，你道这赘婿商人，本无罪孽，为何与罪犯并列，要他随同出征呢？原来秦朝旧制，凡入赘人家的女婿，及贩卖货物的商人，统视作贱奴，不得与平民同等，所以此次南征，也要他行役当兵。这班赘婿商人，无法解免，没奈何辞过父母，别了妻子，衔悲就道，向南进行。途中越山逾岭，备尝艰苦，好多日才至南方。南蛮未经战阵，又无利械，晓得甚么攻守的方法，而且各处散居，势分力薄，蓦然听得鼓声大震，号炮齐鸣，方才有些惊疑。登高遥望，但见有大队人马，从北方迤逦前来，新簇簇的旗帜，亮晃晃的刀枪，雄纠纠的武夫，恶狠狠的将官，都是生平未曾寓目，至此才得瞧着，心中一惊，脚下便跑，那里还敢对敌？有几个蛮子蛮女，逃走少慢，即被秦兵上前捉住，放入囚车。再向四处追逐蛮人，蛮人逃不胜逃，只好匍匐道旁，叩首乞怜，情愿充作奴仆，不敢抗命。叙写南蛮，与前回北伐匈奴时，又另是一种笔墨。其实秦兵也同乌合，所有囚犯赘婿商人，统未经过训练，也没有甚么技艺，不过外面形式，却是有些可怕，侥幸侥幸，竟得吓倒蛮人，长驱直入。不到数旬，已将岭南平定，露布告捷。旋得诏令颁下，详示办法，命将略定各地，分置桂林南海象郡，设官宰治。所有岭南险要，一概派兵驻守。岭南即今两粤地，旧称南越，因在五岭南面，故称岭南。五岭就是大庾岭，骑田岭，都庞岭，萌渚岭，越城岭，这是古今不变的地理。惟秦已取得此地，即将南征人众，留驻五岭，镇压南蛮。又复从中原调发多人，无非是囚犯赘婿商人等类，叫他至五岭间助守，总名叫做谪戍，通计得五十万人。这五十万人离家远适，长留岭外，试想他愿不愿呢！近来西国的殖民政策，也颇相似，但秦朝是但令驻守，不令开垦，故得失不同。

独始皇因平定南北，非常快慰，遂在咸阳宫中，大开筵宴，遍饮群臣。就中有博士七十人，奉觞称寿，始皇便一一畅饮。仆射周青臣，乘势贡谀，上前进颂道:"从前秦地不过千里,仰赖陛下神圣,平定海内,放逐蛮夷,日月所照,莫不宾服,当今分置郡县,外轻内重,战斗不生,人人乐业,将来千世万世,传将下去,还有甚么后虑?臣想从古到今,帝王虽多,要像陛下的威德,实是见所未见,闻所未闻。"始皇素性好谀,听到此言,越觉开怀。偏有博士淳于越,本是齐人,入为秦臣,竟冒冒失失的,起座插嘴道:"臣闻殷周两朝,传代久远,少约数百年,多约千年,这都是开国以后,大封子弟功臣,自为枝辅。今陛下抚有海内,子弟乃为匹夫,倘使将来有田常等人,从中图乱,淳于越实是齐人,所以仅知田常。若无亲藩大臣,尚有何人相救?总之事不师古,终难持久,今青臣又但知谀媚,反为陛下重过,怎得称为忠臣!还乞陛下详察!"始皇听了,免不得转喜为怒,但一时却还耐着,便即遍谕群臣,问明得失。当下有一大臣勃然起立,朗声启奏道:"五帝不相因,三王不相袭,治道无常,贵通时变。今陛下手创大业,建万世法,岂愚儒所得知晓!且越所言,系三代故事,更不足法,当时诸侯并争,广招游学,所以百姓并起,异议沸腾,现在天下已定,法令画一,百姓宜守分安己,各勤职业,为农的用力务农,为工的专心作工,为士的更应学习法令,自知避禁,今诸生不思通今,反想学古,非议当世,惑乱黔首,这事如何使得?愿陛下勿以为疑!"始皇得了这番言语,又引起余兴,满饮了三大觥,才命散席。看官道最后发言的大员,乃是何人?原来就是李斯。李斯此时,已由廷尉升任丞相,他本是创立郡县,废除封建的主议,见第二回。得着始皇信用,毅然改制,经过了六七年,并没有甚么弊病,偏淳于越独来反对,欲将已成局面,再行推翻,真正是岂有此理!为此极力驳斥,不肯少容。淳于越却是多事。到了散席回第,还是余恨未休,因复想出严令数条,请旨颁行,省得他人再来饶舌。当下草就奏章,连夜缮就,至翌晨入朝呈上,奏中说是:

> 丞相李斯昧死上言:古者,天下散乱,莫之能一,是以诸侯并作,语皆道古以害今,饰虚言以乱实,人善其所私学,以非上之所建立。今皇帝并有天下,别黑白而定一尊。私学而相与非法教,人闻令下,则各以其学议之。入则心非,出则巷议,夸主以为名,异趣以为高,率群下以造谤。如此弗禁,则主势降乎上,党与成乎下。禁之便!臣请:史书非秦纪皆烧之;非博士官所职,天下敢有藏诗书百家语者,悉诣守尉杂烧之;有敢偶语诗书,弃市;以古非今者族;吏见知不举者与同罪。令下三十日不烧,黥为城旦。剌面成文为黥,即古墨刑,城旦系发边筑城,每旦必与劳役,为秦制四岁刑。所不去者,医药卜筮种树之书,若欲有学法令,以吏为师。庞言息而人心一,天下久安,永誉无极。谨昧死以闻。

这篇奏章,呈将进去,竟由始皇亲加手笔,批出了一个"可"字。李斯当

第五回　信佞臣尽毁诗书　筑阿房大兴土木

即奉了制命，号令四方，先将咸阳附近的书籍，一体搜索，视有诗书百家语，尽行烧毁，依次行及各郡县，如法办理。官吏畏始皇，百姓畏官吏，怎敢为了几部古书，自致犯罪，一面将书籍陆续献出，一面把书籍陆续烧完，只有曲阜县内孔子家庙，由孔氏遗裔藏书数十部，暗置复壁里面，才得保存。此外如穷乡僻壤，或尚有几册留藏，不致尽焚，但也如麟角凤毛，不可多得。惟皇宫所藏的书籍，依然存在，并未毁去，待至咸阳宫尽付一炬，烧得干干净净，文献遗传，也遭浩劫，煞是怪事！无非愚民政策。

一年易过，便是始皇三十五年。始皇厌故喜新，又欲大兴土木，广筑宫殿，乘着临朝时候，面谕群臣道："近来咸阳城中，户口日繁，屋宇亦逐渐增造，朕为天下主，平时居住只有这几所宫殿，实不敷用。从前先王在日，不过据守一隅，所筑宫廷，不妨狭小，自朕为皇帝后，文武百官，比前代多寡不同，未便再拘故辙。朕闻周文都丰，周武都镐，丰镐间本是帝都，朕得在此定居，怎得不扩充规制，抗迹前王！未知卿等以为何如？"群臣闻命，当然连声称善，异口同辞。于是在渭南上林苑中，营作朝宫，先命大匠绘成图样，务期规模阔大，震古铄今，各匠役费尽心思，才得制就一个样本，呈入御览。复经始皇按图批改，某处还要增高，某处还要加广，也费了好几日工夫，方将前殿图样，斟酌完善，颁发出去，令他照样赶筑；此外陆续批发，次第经营。匠役等既经奉命，就将前殿筑造起来，役夫不足，当由监工大吏，发出宫刑徒刑等人，一并作工，逐日营造。相传前殿规模，东西五百步，南北五十丈，分作上下两层，上可坐万人，下可建五丈旗，四面统有回廊，可以环绕，廊下又甚阔大，无论高车驷马，尽可驱驰。再经殿下筑一甬道，直达南山，上面都有重檐复盖，迤逦过去，与南山相接，就从山巅竖起华表，作为阙门。殿阙既就，随筑后宫，五步一楼，十步一阁，不消细说。监工人员，与作工役夫，统已累得力尽筋疲，才算把前殿营造，大略告就。偏始皇又发诏令，说要上象天文，天上有十七星，统在天极紫宫后面，穿过天汉，直抵营室。今咸阳宫可仿天极，渭水不啻天汉，若从渭水架起长桥，便似天上十七星的轨道，可称阁道。因此再命加造桥梁，通过渭水。渭水两岸，长约二百八十步，筑桥已是费事，且桥上须通车马，不能狭隘，最少需五六丈，这般巨工，比筑宫殿还要加倍。始皇也不管民力，不计工费，但教想得出，做得到，便算称心。需用木石，关中不足，就命荆蜀官吏，随地采办，随时输运。工役亦依次征发，逐届加添，除匠人不计外，如宫徒两刑犯人，共调至七十万有奇。他尚以为人多事少，再分遣筑宫役夫，往营骊山石椁，所以此宫一筑数年，未曾全竣，到了始皇死后，尚难完成。惟当时宫殿接连，照图计算，共有三百余所，关外且有四百余所，复压至三百多里，一半已经筑就，不过装潢垩饰，想还欠缺，就中先造的前殿，已早告成。时人因他四阿旁广，叫做阿房。其实始皇当日，欲俟全工落成，取一美名，后来病死沙邱，终不能偿此宿愿，遂至阿房宫三字，长此流传，作为定名了。实是幻影。

且说始皇既筑阿房宫，不待告竣，便将美人音乐，分宫布置，免不得有一番忙碌。适有卢生入见，始皇又惹起求仙思想，便问卢生道："朕贵为天子，所有制作，无不可为，只是仙人不能亲见，不死药无从求得，如何是好！"卢生便信口答道："臣等前奉诏令，往求仙人，并及灵芝奇药，曾受过多少风波，终未能遇，这想是有鬼物作祟，隐加阻害。臣闻人主欲求仙术，必须随时微行，避除恶鬼，恶鬼远离，真人便至；若人主所居，得令群臣知晓，便是身在尘凡，不能招致真人，真人入水不濡，入火不爇，乘云驾雾，到处可至，所以万年不死，寿与天地同长。今陛下躬亲万机，未能恬淡，虽欲求仙，终恐无益。自今以后，愿陛下所居宫殿，毋使外人得知，然后仙人可致，不死药亦可得呢。"全是瞎说。这一席话，说得始皇爽然若失，不禁欷歔道："怪不得仙人难致，仙药难求！原来就中有这般阻难，朕今才如梦初觉了。但朕既思慕真人，便当自称真人，此后不再称朕，免为恶鬼所迷。"面前就是恶鬼，奈何不识。卢生即顺势献谀道："究竟陛下圣明天纵，触处洞然，指日就可成仙了。"指日就要变鬼了。说毕，即顿首告退。看官试想始皇为人，虽然有些痴呆，究竟非妇孺可比；况并吞六国，混一区宇，总有一番英武气象，为甚么听信卢生，把一派荒诞绝伦的言语，当作真语相看，难道前此聪明，后忽愚昧么？小子听得乡村俗语云：聪明一世，懵懂一时，越是聪明越是昏，想始皇一心求仙，所以不多思索，误入迷途呢。

自经始皇迷信邪言，遂令咸阳附近二百里内，已成宫观二百余所，统要添造复道甬道，前后联接，左右遮蔽，免得游行时为人所见，瞧破行踪。并令各处都设帷帐，都置钟鼓，都住妃嫱，其余一切御用物件，无不具备。今日到这宫，明日到那宫，一经趋入，便是吃也有，穿也有，侑觞伴寝，一概都有。只是这班宋子齐姜，吴姬赵女，拨入阿房宫里，伺候颜色，打扮得齐齐整整，袅袅婷婷，专待那巫峡襄王，来做高唐好梦。有几个侥幸望着，总算不虚此生，仰受一点圣天子的雨露，但也不过一年一度，仿佛牛郎织女，只许七夕相会，还有一半晦气的美人，简直是一生一世，盼不到御驾来临，徒落得深宫寂寂，良夜凄凄。后人杜牧尝作《阿房宫赋》，中有数语云：

  妃嫔媵嫱，王子皇孙，辞楼下殿，辇来于秦，朝歌夜弦，为秦宫人。明星荧荧，开妆镜也；绿云扰扰，梳晓鬟也；渭流涨腻，弃脂水也；烟斜雾横，焚椒兰也；雷霆乍惊，宫车过也；辘辘远听，杳不知其所之也。一肌一容，尽态极妍，缦立远视，而望幸焉，有不得见者，三十六年。

内多怨女,外多旷夫,兴朝景象,岂宜若此!那始皇尚执迷不悟,镇日里微行宫中,不使他人闻知。且令侍从人员,毋得漏泄,违命立诛,侍从自然懔遵。不过始皇是开国主子,究竟不同庸人,所有内外奏牍,仍然照常批阅。凡一切筑宫人役,劳绩可嘉,便令徙居骊邑云阳,十年免调。总计骊邑境内,迁住三万家,云阳境内,迁住五万家。又命至东海上朐界中,立石为表,署名东门。他以为皇威广被,帝德无涯,那知百姓都愿守土著,不乐重迁,虽得十年免役,还是怨多感少,忍气吞声。始皇何从知悉?但觉得言莫予违,快乐得很。

一日游行至梁山宫,登山俯瞰,忽见有一队人马,经过山下,武夫前呵,皂吏后随,约不下千余人,当中坐着一位宽袍大袖的人员,也是华丽得很,可惜被羽盖遮住,无从窥见面目。不由的心中惊疑,便顾问左右道:"这是何人经过,也有这般威风?"左右仔细审视,才得据实复陈。为了一句答词,遂令始皇又起猜嫌。小子有诗咏道:

> 欲成大德务宽容,宁有苛残得保宗!
> 怪底秦皇终不悟,但工溪刻好行凶。

究竟山下是何人经过,容至下回发表。

始皇之南征北略,已为无名之师,顾犹得曰华夷大防,不可不严,乘锐气以逐蛮夷,亦圣朝所有事也。乃误信李斯之言,烧诗书,燔百家语,果奚为者?诗书为不刊之本,百家语亦有用之文,一切政教,恃为模范,顾可付诸一炬乎?李斯之所以敢为是议者,乃隐窥始皇之心理,揣摩迎合耳。天下非一人之天下,岂一人所得而私?始皇不知牖民,但务愚民,彼以为世人皆愚,而我独智,则人莫予毒,可以传世无穷。庸讵知其不再传而即止耶!若夫阿房之筑,劳役万民,图独乐而忘共乐,徒令怨女旷夫,充塞内外,千夫所指,无疾而死,况怨旷者之数不胜数乎!其亡也忽,谁曰不宜!

第六回　阮深谷诸儒毙命
　　　　得原璧暴主惊心

却说梁山下面,经过的大员,就是丞相李斯。当由始皇左右,据实陈明,始皇道:"丞相车骑,果如此威风么?"这句说话,明明是含有怒意。左右从旁窥透,便有人报知李斯。李斯听说,吃惊不小,嗣是有事出门,减损车从,不复如前。偏又被始皇看见,越觉动疑,便将前日在梁山宫时,所有侍从左右,一律传到,问他何故泄漏前言?左右怎敢承认,相率狡赖,惹得始皇怒不可遏,竟命武士进来,把左右一齐绑出,悉数斩首。冤酷之至。余人无不股栗,彼此相戒,永不多言。卢生屡绐始皇,免不得暗地心虚,私下与韩客侯生商议道:"始皇为人,天性刚戾,予智自雄,幸得并吞海内,志骄意满,自谓从古以来,无人可及。虽有博士七千人,不过备员授禄,毫不信用。丞相诸大臣,又皆俯首受成,莫敢进言。尚且任刑好杀,亲幸狱吏,天下已畏罪避祸,裹足不前。我等近虽承宠,锦衣美食,但秦法不得相欺,不验辄死,仙药岂真可致?我也不愿为求仙药,不如见机早去,免受祸殃。"真是乖刁。侯生也以为然,遂与卢生乘隙逃去。

及始皇闻知,追捕无及,不由的大怒道:"我前召文学方士,并至都中,无非欲佐致太平,炼求奇药。今徐市等费至巨万,终不得药,卢生等素邀厚赐,今反妄肆诽谤,敢加侮蔑。我想方士如此,其他可知。现在咸阳诸生,不下数百,必有妖言构造,煽惑黔首。我已使人探察,略得情伪,此次更不得不彻底清查了。"随即颁诏出去,令御史案问诸生,讯明呈报。御史等隐承意旨,传集诸生数百人,问他有无妖言惑众等情。诸生等俱齐声道:"圣明在上,某等怎敢妄议?"说尚未毕,但听得一声惊堂木,出人意外。接连有厉声呵词道:"汝等若不用刑,怎肯实供!"说着,即喝令皂役,取出许多刑具,把诸生拖翻地上,或加杖,或加笞,打得诸生皮开肉烂,鲜血直喷。有几个凄声呼冤,又经问官令加重刑。三木之下,何求不得,没奈何屈打成招,无辜诬伏。问官煞是厉害,再把供词深文锻炼,辗转牵引,遂构成一场大狱,砌词朦奏。始皇反说他有治狱才,立即准词批复,饬将犯禁诸生一体处死,使天下知所惩戒,不敢再犯。可怜诸生遭此惨祸,尽被狱卒如法捆绑,推出咸阳市上,共计得四百六十余人。可巧始皇长子扶苏,入宫省父,瞥见市上一班罪犯,统是两手反劐,踯躅前来,面上都带惨容,口中尚有呼词,情既可怜,迹亦可悯,遂商诸监刑官,叫他暂时停刑,俟自己奏请后,再行定夺。监刑官见是扶苏,自然不敢反抗,连声相应。扶苏忙抢步入宫,寻见始皇。好容易才得觅着,行过了问省礼,便向始皇进谏道:"天下初定,黔首未安,诸生皆诵法孔子,习知礼义,今若绳以重法,概处死刑,臣恐人心不服,反累圣聪。还求陛下特沛仁恩,酌予赦免。"道言甫毕,即闻始皇盛怒道:"孺子何知?也来多言!此处用你不着,你可北赴上郡,监督蒙恬,快将长城直道,赶紧造就,我就要北巡了。"扶苏见始皇面带威稜,料知不好再谏,只得奉谕出宫,饬人报知监刑官,述明情形。监刑官怎好再缓,索性将四百六十多个儒生,尽驱入深谷中,上面抛掷土石,霎时间将谷填满。一班读书士子,冤魂相接,统入枉死城中去了。恐枉死城中尚是容受不住。

第六回　阮深谷诸儒毙命　得原璧暴主惊心

扶苏闻诸生坑死,也为泪下,只因父命在身,未敢稽留,只得匆匆北去。也是前去送死。始皇虽尽坑咸阳诸生,尚嫌不足,意欲将四方名士,悉数屠灭,才得斩草除根,不留遗种。惟一旦下诏,叫地方官尽杀文人,究未免令出无名,反致骚动天下,况文人多半狡猾,一闻命令,或即远飏,如卢生、侯生等类,在逃未获,终致漏网,岂不可虑!于是辗转图维,竟得想就了一个妙策,下诏求才,限令地方官访求名儒,送京录用。地方官当即采访,便有许多梯荣干进的儒生,冒死应征。不到数月,已由各处保送,陆续赴都,准备召见。始皇大喜,一齐宣入,检点人数,约有七百名,半系耆年,半系后进。当即温言询问,得了答词,或通经,或善文,尽命左右证明履历,然后令退。越宿即传出一道旨意,命七百人都为郎官。七百人得此恩诏,真个是意外高升,弹冠相庆,热中者尤听诸。便即联翩入宫,舞蹈谢恩。

转瞬间已届寒冬,忽由骊山守吏,报称马谷地方,有瓜成实,累累可观。始皇便召集郎官,故意惊问道:"现当严寒时候,果实皆残,为何马谷生出瓜来?卿等稽古有年,可能道出原因否?"诸郎官闻此异事,倒也暗暗称奇,但又不敢不对答数语。有的说是瑞兆,有的说是咎征,聚讼盈庭,莫衷一是。还是始皇定出主意,叫他同往马谷,亲去审视,方足核定灾祥。各郎官也欲亲往一瞧,验明真伪,随即联袂出都。一口气跑至马谷,果然谷中有瓜数枚,新鲜得很,大众越加惊讶,互相猜疑。正在纷纷议论的时候,猛闻得有爆裂声,不由的慌张四望。说也奇怪,那一声暴响后,便有许多土石,从头上压来,急忙忍痛四窜,觅路欲奔,偏偏谷口外面,已被木石塞住,不留一隙。大众到此,才知始皇是设计阴险,巧为陷害,彼此懊悔无及,哭作一淘。过了数时,都已被木石打倒,骈死谷中。谁叫你等甜做高官。看官阅此,应已晓得马谷坑儒的冤案,但冬令如何有瓜,不免费后人疑猜。原来骊山下有温泉,通入马谷,谷中包含热气,无论天时寒暖,常生草木。始皇密令心腹,至谷内植下瓜种,逐渐发生,竟得结实。诸生那里晓得毒谋,遂为始皇所欺,骗到谷中。那时谷外已预设伏机,一经诸生入谷,便有人扳动机捩,乱抛土石,且把谷口塞断,使他无从飞越,除死以外无他法,七百人竟不留一个。后人称马谷为坑儒谷,或号为愍贤乡,至唐明皇时,又改为旌贤乡,这是后话不提。

且说始皇在世,刻忌的了不得,不但读书士人,冤冤枉枉的死了无算,就是海内百姓,也为了连年徭役,吃尽了许多苦楚,并没有甚么封赏。就中只有两人,得叨恩眷,亲受封旌。一个是乌氏县中的贩竖,名叫做倮,一个是巴郡中的寡妇,名叫做清。倮素畜牧,至畜类蕃盛,便即出售,赚了若干银钱,便去改买绸绢,运往西戎兜销。戎人素着毛褐,从未见过花花色色的缯彩,一经见到,都是啧啧称羡,立向戎王报知。戎王召倮入见,看了许多缯物,即把玩流连，不忍释手。也是倮福至心灵，便挑选上等绸匹，双手奉献。戎王不禁大悦，情愿偿还价值，只苦西戎境内，没有金银，只有牲畜，当下命将牲畜给倮，约千百头，作为缯价。倮乐得收受，谢别戎王，驱归牲畜，再至内地销售，赢利十倍。又辗转豢养马牛，越养越多，数不胜计，连圈笠都不够容纳，索性购置一座山园，就将马牛等驱至谷内，朝出暮羁，但教谷中满足，便算没有走失。从来富可致贵，钱足通灵，不知如何运动官长，竟将他奏闻始皇，说他专心畜牧，因致巨富。若非阿堵物上献，则倮本贩夫，为秦所贱，怎得仰邀封赏。好容易得了一道恩诏，竟比倮为封君，准他按时入都，得与群臣同班朝贺，号为朝请。一介贾竖，居然参入朝班，岂非异数？那寡妇清青年守节，靠着祖传的丹穴，作为生计，克勤克俭，享有巨资。她恐盗贼抢劫，也随时取出金帛，馈送官吏。官吏也派兵保护，严拒盗贼，又复代为出奏，说她如何矢志，如何持家。始皇平日未尝不好色宣淫，独对着民间妇女，偏要他男女有别，谨守防闲。既得巴郡奏举，便下一特旨，叫寡妇清入朝见驾。寡妇清是个女中丈夫，闻命以后，一些儿没有惊惶，当即带着行囊，乘传入都。沿途守吏，因寡妇清由朝廷征召，来历很大，当然不敢怠慢，一切照料，格外周到。妇人就征，却是难得。寡妇清既至咸阳，就将囊中所贮白锱，散给始皇心腹，当有人代为称誉，预达始皇。无非是要钱财做出。始皇即命引见，寡妇清放胆进去，跪下丹墀，九叩三呼，均皆合节。始皇见她楚楚有礼，特垂青眼，命她起身，且嘱左右取过金墩，赐令旁坐。秦朝制度，阶级很不平等，就是当朝丞相，也只得在旁站立，从不闻有赐坐等情。偏这位巴蜀妇人，初次登殿，竟沐这般厚恩，居然以客礼相待，引得两旁文武，无不惊奇。及始皇好言慰问，寡妇清亦应对周详，并无仓皇态度。始皇甚喜，优加赏赐。经清起身拜谢，便欲告辞，又由始皇留住数日，使得周游咸阳宫，然后命归。一别出都，长途无恙，又由官吏沿路欢送，供应与前相同。至清既归家，即有郡守前来问候，据言朝命复下，当为夫人筑一怀清台，旌扬贞节。寡妇清倍加欣慰。果然不日兴工，即就寡妇清所居乡中，倚山建筑，造成一台，曰怀清。至今蜀中名为台山，或称贞女山，便是秦时寡妇清居处。事且慢表。

再说始皇三十六年，荧惑守心，荧惑与心皆星名。有流星坠于东郡，化成一石，石上留有字迹，好像有人雕镂。仔细认明，乃是"始皇帝死而地分"，共得七字。这事虽属希奇，究竟无关紧要，似不必报达朝廷。无如始皇尝下命令，凡世间无论何事，俱由地方官奏闻，不准隐匿。东郡郡守，既得将怪石验明，不敢不报。始皇大怒道："甚么怪石！大约是莠民咒我，刻石成词，非派员查明，不能惩奸！"说着，即遣御史速往东郡，严行究治。御史奉诏，立即出发，驰往东郡，传问石旁人民，统说是天空下坠，无人刻字。御史但务严酷，拷讯多日,不得实供,因即使人驰报。谁知始皇还要刻毒,即日传诏,饬将石旁居民,全体诛戮,并将怪石毁去。御史遵诏施行,又晦气了许多百姓,身首两分,石头也遭劫火,变成泥沙,事毕复命。始皇单怕一个死字,虽将石头灭迹,心中尚觉不快。乃使博士各咏仙真人诗,共若干首,无非是长生不死等语,当下付与乐人,叫他谱入管弦,作为歌曲。每出游幸,即令乐工歌弹,消遣愁怀。也是无聊之极思。

到了秋日,有使臣从关东来,经过华阴,出平舒道,忽有一人持璧相授,且与语道:"可替我赠滈池君,今年祖龙当死。"使臣愕然不解,再欲详问,那人倏然不见,惊得使臣莫名其妙。顾视手中,璧仍携着,未尝失去。料知事必有因,只好入都报闻。始皇把璧取视,璧上也没有甚么怪异,一面摩挲,一面思量,好多时才启口道:"汝在华阴相遇,定是华山脚下的山鬼。山鬼有何智识,就使稍有知觉,也不过晓得眼前情事,至多不出一年,何足凭信!"使臣不敢多言,默然自退。始皇又自言自语道:"祖龙两字,寓何意义?人非祖宗,身从何来?是祖字应该作始字解;龙为君象,莫非果应在我身不成!"继又自慰道:"祖龙是说我先人,我祖亦曾为王,早已死去,这等荒诞无稽的说话,睬他甚么?"恰有此种心理,一经作者摹写,比史家叙得有味。当下将璧交与御府,府中守吏却认得此御府故物,谓从前二十八年时,东行渡江,曾将此璧投水祀神,今不知如何出现,也觉不解。始皇听了,越觉心下动疑,踌躇莫决。不得已召入太卜,叫他虔诚卜卦,辨定吉凶。太卜遂向神祷告,演出龟兆,证诸三易,连山、归藏、周易,号为三易。辞义多半深奥,未尽明了。太卜不便直告,但云游徙最吉。仍是迎合上意。始皇暗想,我可游不可徙,民可徙不可游,不如我游民徙,双方并作,当可趋吉避凶。但又恐山鬼所言,今年当死,一或出游,未免遭人暗算,我且在年内徙民,年外出游,便可无虑了。于是颁诏出去,命将内地百姓三万家,分徙河北榆中。百姓并无事故,又要离乡背井,扶老携幼,辛辛苦苦的历碌奔波,这种不幸情事,真是出诸意外,没奈何吞声饮恨,遵旨移徙去了。

秋去冬来,便经残腊,始皇只恐致死,深居简出。静养了好几月,居然疾病不作,安稳过年。一出正月,即夏正十月。始皇心宽体泰,把数月间的惊惶情态,已尽消释,便即下诏出巡。史称始皇三十七年十月东巡,同年七月至沙邱而崩,想是编年准诸秦法,纪月准诸夏正,否则,十月之后,何又有七月耶。这番巡行,却是不循原辙,特向东南出发。法驾具备,但留右丞相冯去疾居守。本拟令少子胡亥,与去疾同在都中,偏胡亥年已弱冠,也想从父出游,一扩眼界,便即禀请乃父,托名随侍,乞许偕行。始皇本爱怜少子,又见他具有孝思,欣然允诺,遂令他随着,陪辇出都。所有侍从人等,不胜缕述。最著名的乃是左丞相李斯,及中车府令赵高。

赵高是一个阉竖,在宫服役,生性非常刁猾,善伺人主颜色,又能强记秦朝律令,凡五刑细目若干条,俱能默诵。始皇尝披阅案牍,遇有刑律处分,稍涉疑义,一经赵高在旁参决,无不如律。始皇就说他明断有识,强练有才,竟渐加宠信,擢为中车府令,且使教导少子胡亥,判决讼狱。胡亥少不更事,又是个皇帝爱子,怎肯静心去究法律?一切审判,均委赵高代办。赵高熟悉始皇性情,遇着刑案,总教严词锻炼,就使犯人无甚大罪,也说他死有余辜。一面奉承胡亥,导他淫乐,所以始皇父子,并皆称赵高为忠臣。高越加横恣,渐渐的招权纳贿,舞法弄文,不料事被发觉,竟为始皇所闻,饬令参谋大臣蒙毅,审讯高罪。毅依罪定谳,应该处死,偏始皇格外加怜,念他前时勤敏,特下赦书,不但贷他一死,并且赏还原官。偏是此人不死。此次胡亥从行,赵高也一同相随。为了阉人骖乘,遂至贻祸无穷。小子有诗叹道:

　　　　休言天道本微茫,假手阉人复帝纲。
　　　　若使佥壬先伏法,强秦何至遽论亡。

欲知始皇出巡后事,待至下回再叙。

　　始皇之杀人多矣,而心计之刻毒,莫如坑儒,即其亡国之祸根,亦实自坑儒始。儒不坑,则扶苏不致进谏,扶苏不谏,则不致外出,而后日赵高矫诏之事,亦不致发生。始皇道死,扶苏继立,秦其犹可不亡乎!然始皇能杀诸生,而不能杀一赵高,所谓人有千算,天教一算者非与?或谓始皇生平,非无小惠:乌氏倮之比为封君,巴寡妇之待以客礼,亦为后世庸主所未逮。不知巴寡妇尚属可能,乌氏倮何足致赏?赏罚不明,倒行逆施,适以见其昏谬耳。况滥杀石旁居民,肝脑涂地,若再不死,民命曷存?至若归璧一事,似近荒诞,但乖气致戾,反常为妖,莫谓灾异之尽出无凭也?

第七回　寻生路徐市垦荒
　　　　从逆谋李斯矫诏

　　却说始皇出巡东南,行至云梦,道过九嶷山,闻山上留有舜冢,乃望山祷祀。前曾迁怒湘山祠,伐木赭山,此次胡为祀舜?再渡江南下,过丹阳,入钱塘,临浙江。江上适有大潮,风波甚恶,因向西绕道,宽行百二十里。从中渡过江流,乃上会稽山,祭大禹陵,又望祀南海。仍依前时故例,立石刻颂。文云:

　　　　皇帝休烈,平一宇内,德惠修长。三十有七年,亲巡天下,周览远方。

第七回　寻生路徐市垦荒　从逆谋李斯矫诏

遂登会稽，宣省习俗，黔首斋庄。群臣诵功，本原事迹，追首高朋。秦圣临国，始定刑名，显陈旧彰。初平法式，审别职任，以立恒常。六王专倍，贪戾傲猛，率众自疆。暴虐恣行，负力而骄，数动甲兵。阴通间使，以事合从，行为僻方。内饰诈谋，外来侵边，遂起祸殃。义威诛之，殄熄暴悖，乱贼灭亡。圣德广密，六合之中，被泽无疆。皇帝并宇，兼听万事，远近毕清。运理群物，考验事实，各载其名。贵贱并通，善否陈前，靡有隐情。饰省宣义，有子而嫁，倍死不贞。防隔内外，禁止淫泆，男女洁诚。夫为寄豭，杀之无罪，男秉义程。妻为逃嫁，子不得母，咸化廉清。大治濯俗，天下承风，蒙被休经。皆遵度轨，和安敦勉，莫不顺令。黔首修洁，人乐同则，嘉保太平。后敬奉法，常治无极，舆舟不倾。从臣诵烈，请刻此石，光垂休铭。

立石以后，始皇也不久留，便即启銮北行，还过吴郡，从江乘渡江，又到海上，再至琅琊。传问方士徐市，曾否求得仙药。徐市借求药为名，逐年领取费用，已不胜计，他是逍遥海上，并未去寻不死药。此次忽蒙宣召，眼见得无从报命，亏他能言善辩，见了始皇，但言连年航海，好几次得到蓬莱，偏海中有大鲛鱼为祟，掀风作浪，阻住海船，故终不得上山求药。臣想蓬莱药非不可得，唯必须先除鲛鱼；欲除鲛鱼，只有挑选弓弩手，乘船同去，若见鲛鱼出没，便好连弩迭射，不怕鲛鱼不死。始皇听说，不但不责他欺诳，还要依议施行，竟择得善射数百人，伴着御舟，亲往射鱼。这虽是始皇求仙心切，容易受欺，但也有一种原因，因致此举。始皇尝梦与海神交战，不能得胜，唯见海神形状，也与常人相同。及醒后召问博士，博士答称水中有神，不易见到，平时常有大鱼鲛龙，作为候验。今陛下祀神甚谨，偏有此种恶神，暗中作祟，理应设法驱除，方得善神相见。全是捣鬼。始皇还将信将疑，及闻徐市言，适与博士相符，不由的迷信起来，所以带了弓弩手数百，亲往督射，欲与海神一决雌雄。愚不可及。随即由琅琊起程，北至荣成山，约航行了数十里，并不见有甚么大鱼，甚么鲛龙。再前行至之罘，方有一大鱼扬鬐前来，若沉若浮，巨鳞可辨。各弓弩手齐立船头，突见此鱼，便各施展技艺，向鱼射去。霎时间血水漂流，那大鱼受了许多箭伤，不能存活，便悠悠的沉下水去。各弓弩手统皆喜跃，报知始皇。始皇已早瞧着，即指大鱼为恶神，谓已射死了他，此后当可无虞，乃命徐市再去求药。

徐市即将原有船只，载得童男童女各三千人，并许多粮食物品，航海东去。此番东行，已含有避秦思想，拟择一安身地方，作为巢窟。也是天从人愿，竟被他觅得一岛，岛中草木丛生，并无人迹。当由徐市领着童男童女，齐至岛上眺览多时，且与大众语道："秦皇要我等求不死药，试想不死药从何而来？若再空手回报，必逢彼怒，我等统要被斩首了。"大众听着，禁不住号哭起来。徐巿又道："休哭！休哭！我已想得一条活路在此。汝等试看这座荒岛，虽然榛莽丛杂，却是地热易生；若经我等数千人，并力开垦，种植百谷，定有收获，便可资生。好在舟中备有谷种，并有农具，一经动作，无不见效。如虑目前为难，我已筹足资粮，足供半年食料。照此办法，我等均得安居乐业，既不必输粮纳税，又不至犯法受刑，岂不是一劳永逸么？"大众鼓掌称善，当然转悲为喜，愿听徐巿指挥。徐巿即分派男女，逐日垦荒，即垦即耕，即耕即种，半年以后，便有生息。已而麻麦芄芄，禾役穟穟，竟把这荒芜海岛变做了饶沃田园。既得足食，复拟营居，辟地筑庐，上栋下宇，起初还是寄宿舟中，朝出暮返，至此复得就地栖身，不劳跋涉。再加徐巿体察周到，索性将童男童女配为夫妇，使得双宿双栖，这是与众同乐，最惬人情。大众俱有室家，安然度日，还想甚么西归？就奉徐巿为主子，做了一个海外桃源。后来徐巿老死，便在岛上安葬。相传现今日本境内，尚留徐巿古墓，数千年来，遗迹未泯，倒也好算个殖民首领了。哥伦布不得专美，应该称许。

且说始皇驻舟海上，还想徐巿得药，就来回报，偏他一去不返，杳无消息，不得已命驾西还。渡河至平原津，忽觉得龙体不安，寒热交作，连御膳都吃不下去，日间还是勉强支持，夜间更不得安眠，心神恍惚，言语狂谵，好似见神遇鬼，不知人事。随驾非无医官，诊脉进药，全不见效，反且逐日加重，病到垂危。左丞相李斯，逐次省视，眼见始皇病笃，巴不得即日到京，催趱人马，赶快就道。好容易得至沙邱，始皇病已大渐，差不多要归天了。沙邱尚有故赵行宫，至此不得不暂憩乘舆，就借行宫住下。李斯明知始皇将死，每思启问后事，怎奈始皇生平，最忌一个死字，李斯恐触犯忌讳，又不敢率尔进陈。及始皇自知不起，乃召李斯、赵高入谕，嘱为玺书，赐与长子扶苏，叫他速回咸阳，守候丧葬。斯、高二人，依言草就，呈与始皇复阅，始皇已痰气上壅，只睁着眼对那玺书。李斯还道他留心察视，那知他已死去，只有双目未瞑。原难瞑目。毕竟赵高乖巧，用手一按，已是气息全无，奄然长逝，他即把玺书取置袖中，方与李斯说明驾崩。李斯不免张皇，急筹后事，也无暇向高索取玺书了。赵高已蓄阴谋。始皇死时，年正五十，一代暴主，从此了局。总计始皇在位三十七年，惟就并吞六国，自称皇帝时算起，只有一十二年。

李斯筹画一番，恐始皇道死，内外有变，不如秘不发丧，暂将始皇棺殓，载置辒辌车中，伪称始皇尚活，仍拟起行。一面催赵高发出玺书，速召扶苏回入咸阳。偏赵高怀着鬼胎，匿书不发，私下语胡亥道："主上驾崩，不闻分封诸子，乃独赐长子书，长子一到，嗣立为帝，如公子等皆无寸土，岂不可虑！"胡亥答道："我闻，知臣莫若君，知子莫若父，父无遗命分封诸子，为子自应遵守，何待妄议。"赵高不悦道:"公子错了!方今天下大权,全在公子与高,及丞相三人,愿公子早自为谋,须知人为我制,与我为人制,大不相同,怎可错过?"胡亥勃然道:"废兄立弟,便是不义,不奉父诏,便是不孝,自问无材,因人求荣,便是不能,三事统皆背德,如或妄行,必至身殉国危,社稷且不血食了!"此时胡亥尚有天良,故所言如此。赵高哑然失笑道:"臣闻汤武弑主,天下称义,不为不忠;卫辄拒父,国人皆服,孔子且默许,不为不孝。从来大行不顾小谨,盛德不矜小让,事贵达权,怎可墨守?及此不图,后必生悔,愿公子听臣大计,毅然决行,后必有成。"小人之言,往往于无理中说出一理,故足淆人听闻。这数语说罢,引得胡亥也为心动,沉吟半晌,方叹息道:"今大行未发,丧礼未终,怎得为了此事,去求丞相?"赵高见说,便接口道:"时乎时乎,稍纵即逝!臣自能说动丞相,不劳公子费心。"说着即走,胡亥并不拦阻,由他自去。已为赵高所惑。

赵高别了胡亥,便往见李斯,李斯即问道:"主上遗书已发出否?"赵高道:"这书现在胡亥手中,高正为了此事,来与君侯商议。今日主上崩逝,外人皆未闻知,就是所授遗嘱,只有高及君侯,当时预闻,究竟太子属诸何人,全凭君侯与高口中说出。君侯意中,果属如何?"李斯闻言大惊道:"汝言从何处得来?这是亡国胡言,岂人臣所得与议么?"赵高道:"君侯不必惊忙。高有五事,敢问君侯。"李斯道:"汝且说来。"赵高道:"君侯不必问高,但当自问,才能可及蒙恬否?功绩可及蒙恬否?谋略可及蒙恬否?人心无怨,可及蒙恬否?与皇长子的情好,可及蒙恬否?"李斯道:"这五事原皆不及蒙恬,敢问君何故责我?"赵高道:"高为内官厮役,幸得粗知刀笔,入事秦宫二十余年,未尝见秦封赏功臣,得传二世,且将相后嗣,往往诛夷。皇帝有二十余子,为君侯所深悉,长子刚毅武勇,若得嗣位,必用蒙恬为丞相,难道君侯尚得保全印绶,荣归乡里么?高尝受诏教习胡亥,见他慈仁笃厚,轻财重士,口才似拙,心地却明,诸公子中,无一能及,何不立为嗣君,共成大功?"李斯道:"君毋再言!斯仰受主诏,上听天命,得失利害,不暇多顾了。"赵高又道:"安即可危,危即可安,安危不定,怎得称明?"李斯作色道:"斯本上蔡布衣,蒙上宠擢,得为丞相,位至通侯,子孙并得食禄,这乃主上特别优待,欲以安危存亡属斯,斯怎忍相负呢!且忠臣不避死,孝子不惮劳,斯但求自尽职守罢了!愿君勿再生异,致斯得罪。"赵高见斯色厉内荏,不能坚持,便再进一步,用言胁迫道:"从来圣人无常道,无非是就变从时,见末知本,观指睹归。今天下权命,系诸胡亥手中,高已从胡亥意旨,可以得志,惟与君侯相好有年,不敢不真情相告。君侯老成练达,应该晓明利害。从外制中谓之惑,从下制上谓之贼,秋霜降,草花落,水摇动,万物作,势有必至,理有固然,君侯岂尚未察么?"仍是怵以利害。李斯喟然道:"我闻晋易太子,三世不安,齐桓兄弟争位,身死为戮,纣杀亲戚，不听谏臣，国为邱墟，遂危社稷。总之逆天行事，宗庙且不血食，斯亦犹人，怎好预此逆谋？"不遽声明高罪，反将迂词相答，斯已气为所夺了。赵高听着故作愠色道："君侯若再疑虑，高也无庸多说，惟今尚有数言，作为最后的忠告。大约上下合同，总可长久，中外如一，事无表里，君侯诚听高计议，就可长为通侯，世世称孤，寿若乔松，智如孔墨，倘决意不从，必至祸及子孙，目前就恐难免。高实为君侯寒心，请君侯自择去取罢。"言毕，即起身欲行。李斯一想，这事关系甚大，胡亥赵高，已经串同一气，非独力所能制，我若不从，必有奇祸，从了他又觉违心，一时无法摆布，禁不住仰天长叹，垂泪自语道："我生不辰，偏遭乱世，既不能死，何从托命！主上不负臣，臣却要负主上了！"看你后来果能不死否？

赵高见他已有允意，欣然辞出，返报胡亥道："臣奉太子明令，往达丞相，丞相斯已愿遵从。"胡亥闻李斯也肯依议，乐得将错便错，好去做那二世皇帝。便与赵高密谋，假传诏旨，立子胡亥为太子，另缮一书，赐与长子扶苏，将军蒙恬。略云：

  朕巡天下，祷祠名山诸神，以延寿命。今扶苏与蒙恬，将师数十万以屯边，十有余年矣，不能进而前，士卒多耗，无尺寸之功，乃反数上书，直言诽谤我所为，以不得归为太子，日夜怨望。扶苏为子不孝，其赐剑以自裁。恬与扶苏居外，不能匡正，应与同谋，为人臣不忠，其赐死！以兵属裨将王离，毋得有违！

书已缮就，盖上御玺，托为始皇诏命，即由胡亥派遣门下心腹，赍往上郡。李斯并皆与闻，明知赵高所为，悖逆天理，行险图功，但为自己身家起见，不能不勉强与谋，暂保富贵，所以一切秘计，无不赞同。人生败名丧节，统为此念所误。赵高又恐扶苏违诏，先入咸阳，因即将辒辌车出发，自与心腹阉人，跨辕参乘。沿途所经，仍令膳夫随食，文武百官，亦皆照常奏事。辒辌车本是卧车，四面有窗帷遮蔽，外人无从了见，还道始皇未死，恭恭敬敬的伫立车旁。那赵高等坐在车内，随口乱道，统当作圣旨一般。好在途中没甚大事，总教随奏随允，便可敷衍过去。百官等既邀允准，大都高兴得很，转身就去，何人敢来探察？因此赵高、李斯的诡谋，终未被人窥破。无如时当秋令，天时寒暖无常，有时已是清凉，有时还觉炎热，再加天空红日，照彻车驾，免不得尸气熏蒸，冲出一种臭气。赵高又想出一策，矫诏索取鲍鱼，令百官车上，各载一石。百官都不解何意，只因始皇专制，已成习惯，无论甚么命令，总须懔遵无违，才得免罪，所以矫诏一传，无不立办。鲍鱼向有臭气，各车中一概载着，惹得人人掩鼻，怎能再辨得明白，这是鲍鱼的臭气，还是尸身的臭气呢？赵高真是乖巧。

当下一路催趱,星夜前进,越井陉,过九原,经过蒙恬监筑的直道,径抵咸阳。都中留守冯去疾等,出郊迎驾,当由赵高传旨,疾重免朝。冯去疾等也不知是诈,拥着辒辌车,驰入咸阳。可巧前时胡亥心腹,从上郡回来,报称扶苏自杀,蒙恬就拘,胡亥、赵高、李斯三人,并皆大喜。小子却有诗叹道:

    扶苏不死未亡秦,谁料邪谋使逆伦。
    祸本已成翻自喜,嗟他忘国并忘身!

欲知扶苏自杀,及蒙恬就拘等情,待小子下回叙明。

  徐市一方士耳,假异术以欺始皇,其存心之叵测,与卢生相似。独其后航行入海,垦辟荒岛,不可谓非殖民之至计,较诸卢生等之但知远扬,专务私图者,盖不可同日语矣。始皇稔恶,道死沙邱,赵高包藏祸心,倡谋废立,始唆胡亥,继唆李斯;胡亥少不更事,为高所惑,尚可言也,李斯身为丞相,位至通侯,受始皇之顾命,乃甘心从逆,与谋不轨,是岂大臣之所为乎?虽暴秦之罪,上通于天,不如是不足以致亡,但斯为秦相,应具相术,平时既不能匡主,临变又不思除奸,徒营营于利禄之私,同预废立之计,例以《春秋》书法,斯为首恶,而赵高犹其次焉者也。故本回标目,独斥李斯,隐寓《春秋》之大义云尔。

第八回　葬始皇骊山成巨冢
　　　　　戮宗室豜狱构奇冤

  却说扶苏本监督蒙恬,出居上郡,自胡亥派遣心腹,赍着伪诏御剑,前往赐死,扶苏得书受剑,泣入内舍,即欲自刎。蒙恬慌忙抢入,谏止扶苏道:"主上在外,未立太子,令臣将三十万众守边,公子为监,这是天下重任,非得主上亲信,怎肯相授!今但凭一使到此,便欲自杀,安知他不有诈谋,且待派人驰赴行在,再行请命,如果属实,死也未迟。"扶苏却也怀疑,偏经使人连番催促,速令自尽,逼得扶苏胸无主宰,只好痛哭一场,顾语蒙恬道:"父要子死,不得不死,我死便罢,何必多请。"说着,即取御剑自挥,青锋入项,颈血狂喷,便即倒毙。也是个晋太子申生。蒙恬替他棺殓,草草藁葬。使人又促蒙恬自裁,蒙恬却不肯遽死,但丢出兵符,给与裨将王离接受,自入阳周狱中,再待后命。使人也无可如何,因即匆匆返报。

  胡亥、赵高、李斯,既得如愿,方传出始皇死耗,即日发丧,就立胡亥为二世皇帝。胡亥即位受朝,文武百官总道是始皇遗命,自然没有异议,相率朝贺。礼成以后,丞相以下,俱仍旧职,惟进赵高为郎中令,格外宠任。赵高欲尽杀蒙氏兄弟,报复前仇。即蒙毅审讯赵高一事,见第六回中。既将蒙恬拘系阳周,复因蒙毅出外祠神,传诏出去,把他拿办。蒙毅方回至代地,正与朝使相遇,接读诏旨,俯首就缚,暂锢代地狱中。

是年九月,便将始皇棺木,奉葬骊山。骊山在骊邑南境,与咸阳相近,山势雄峻,下有温泉。始皇在日,早已就山筑墓,穿圹辟基,直达三泉,四周约五六里。泉本北流,冲碍墓道,因特用土障住,移使东西分流。且因山上有土无石,须从别山挑运,需役甚多,所以调发人夫,不下数十万,就中多系犯着徒刑,叫他服劳抵罪,小子于第五回中,曾叙及骊山石椁一语,便是指此。待石椁筑成轮廓,已似一座城墙,工程费了无数。还要内作宫观,备极巧妙,上象天文,用绝大的珍珠,当作日月星辰,下象地舆,取极贵的水银,当作江河大海。宫中备列百官位次,刻石为象,站立两旁。余如珍奇物玩,统皆罗致,灿然杂陈。又令匠人制造机弩,分置四围,倘若有人发掘,误触机关,弩矢便即射出,可以拒人。再从东海中觅取人鱼,取油作烛,常燕圹中。人鱼产自东海,四足能啼,状如人形,长约尺许,肉不堪食,惟熬油可以作烛,耐久不灭。似此穷奢极欲,真是古今罕闻,自兴土建筑后,差不多有十余年,工方告竣。棺已待窆,当由二世皇帝胡亥,带着宫眷,及内外文武官吏,一体送葬,舆马仪仗,繁丽绝伦,笔下尚描写不尽。既至葬所,便即下棺,胡亥却自出一令道:"先帝后宫,未曾产子,应该殉葬,不必出境!"这例出自何处?这令一下,宫眷等多半无子,当然号啕大哭,响彻山谷。那胡亥毫不加怜,但命有子的妃嫔,走出圹外;余皆留住圹内,不准私逃。有几个已经撞死,有几个亦已吓倒,尚有一大半绝色娇娃,正在没法摆布,偏被工匠闭了圹门,用土封固。这班美人儿不是闷死,便是饿死,仙姿玉骨,尽作髑髅,看官道是惨不惨呢!红粉骷髅,原是一体,不足深怪!工匠等重重封闭,已至外面第一重圹门,有人向胡亥说道:"圹中宝藏甚多,虽有机弩伏着,工匠等应皆知悉,保不住有偷掘等事,不如就此除灭,免留后患。"胡亥召过赵高,向他问计。经赵高附耳数语,即由胡亥派令亲卒,遽将外门掩住,再用土石填塞,一些儿不留余隙,工匠等无路可出,当然毕命。胡亥也这般刻毒,好算是始皇肖子。封圹既毕,又从墓旁栽植草木,环绕得周周密密,郁郁苍苍,墓高已五十余丈,再经草木长大起来,参天蔽日,真是一座绝好的山林。谁知不到数年,便被项羽发掘,搜刮一空,后来牧童到此牧羊,为了羊坠圹中,取火寻觅,羊既觅着,掷去余炬,索性将始皇遗冢,烧得干干净净,连枯骨都作灰尘!后人才知始皇父子,用尽心机,俱属无益,倒不如小民百姓,死后葬身,五尺桐棺,一抔黄土,或尚可传诸久远呢!慨乎言之。

且说秦二世胡亥，葬父已毕，还朝听政，即欲释放蒙恬。独赵高阴恨蒙氏，定欲害死蒙氏兄弟，不但欲诛蒙恬，并且欲诛蒙毅。当下向二世进谗道："臣闻先帝未崩时，曾欲择贤嗣立，以陛下为太子；只因蒙恬擅权，屡次谏阻，蒙毅且日短陛下，所以先帝遗命，仍立扶苏。今扶苏已死，陛下登基，蒙氏必将为扶苏复仇，恐陛下终未能安枕哩。"二世闻言，自然不肯轻赦蒙氏兄弟，再经赵高日夜怂恿，也巴不得斩草除根，遂即拟定诏书，欲把蒙氏兄弟，就狱论死。忽有一少年进谏道："从前赵王迁杀死李牧，误用颜聚，燕王喜轻信荆轲，骤背秦约，齐王建屠戮先世遗臣，偏听后胜，终落得身死国亡，夷灭宗祀。今蒙氏兄弟，为我秦大臣谋士，有功国家，陛下反欲将他骈诛，臣窃以为不可！臣闻轻虑不可以治国，独智不可以存君，今诛戮忠臣，宠任宵小，必至群臣懈体，斗士灰心，还请陛下审慎为是！"二世瞧着，乃是兄子子婴。他竟不愿对答，叱令退去，便使御史曲宫，赍诏往代，谴责蒙毅道："先帝尝欲立朕为太子，卿乃屡次阻难，究是何意？今丞相以卿为不忠，将罪及卿宗，朕颇不忍，但赐卿死，卿当曲体朕心，速即奉诏！"误杀大臣，还要示意。蒙毅跪答道："臣少事先帝，迭沐厚恩，许参末议，先帝未尝欲立太子，臣亦未敢无故进谗。且太子从先帝周游天下，臣又不在主侧，何嫌何疑，乃加臣罪？臣非敢爱死，但恐近臣蛊惑嗣君，反累先帝英明，故臣不能无辞！从前秦穆杀三良，楚平杀伍奢，吴王夫差杀伍子胥，昭襄王杀武安君白起，四君所为，皆贻讥后世，所以圣帝明王，不杀无罪，不罚无辜，唯大夫垂察！"曲宫已受赵高密嘱，怎肯容情？待至蒙毅说罢，竟潜拔佩剑，顺手一挥，砉的一声，毅已首落，曲宫也不复多顾，抽身便走，还都复旨。

二世又遣使至阳周，赐蒙恬书道："卿负过甚多，卿弟毅又有大罪，因赐卿死。"蒙恬愤然道："自我祖父以及子孙，为秦立功，已越三世。今臣将兵三十余万，身虽囚系，势足背畔。今自知必死，不敢生逆，无非是不忘先主，不辱先人。古时周成王冲年嗣阼，周公旦负扆临朝，终定天下。及成王有病，周公旦且祷河求代，藏书金縢。后来群叔流言，成王误信，几欲加罪公旦，幸发阅金縢藏书，流涕悔过，迎还公旦，周室复安。今恬世守忠贞，反遭重谴，想必由孽臣谋乱，蔽惑主聪。桀杀关龙逄，纣杀王子比干，信谗拒谏，终致灭亡。恬死且进言，非欲免咎，实欲慕死谏遗风，为陛下补阙，敢请大夫复命。"朝使答说道："我只知受诏行法，不敢以将军所言，再行上闻。"蒙恬望空长叹道："我何罪于天，无过而死？"继复太息道："恬知道了！前起临洮至辽东城，穿凿万余里，难保不掘断地脉，这乃是恬的罪过，死也应该了！"劳役人民，不思谏主，这是蒙恬大罪，与地脉何关。乃仰药自杀。朝使当即返报，海内都为呼冤，独赵高得泄前恨，很是欣慰。

好容易已越一年,秦二世下诏改元,尊始皇庙为祖庙,奉祀独隆。二世复自称朕,并与赵高计议道:"朕尚在少年,甫承大统,百姓未必畏服,每思先帝巡行郡县,表示威德,制服海内,今朕若不出巡行,适致示弱,怎能抚有天下呢?"赵高满口将顺,极力逢迎,越引起二世游兴,立即准备銮驾,指日启程。赵高当然随行,丞相李斯,一同扈驾。此外文武官吏,除留守咸阳外,并皆出发。一切仪制,统仿始皇时办理。路中约历月余,才到碣石。碣石在东海岸边,曾由始皇到过一两次,立石纪功。见第四回。二世复命在旧立石旁,更竖一石,也使词臣等摛藻扬华,把先帝嗣皇的创业守成,一古脑儿说将上去,无非是父作子述,先后同揆等语,文已缮就,照刻石上。再从碣石沿过海滨,南抵会稽,凡始皇所立碑文,统由二世复视,尚嫌所刻各辞,未称始皇盛德,因各续立石碑,再将先帝恩威,表扬一番,并将择贤嗣立的大意,并叙在内,李斯等监工告成,复奏明白,乃转往辽东,游历一番,然后还都。

于是再申法令,严定刑禁,所有始皇遗下的制度,非但不改,反而加苛。中外吏民,虽然不敢反抗,免不得隐有怨声。而且二世的位置,是从长兄处篡夺得来,天下事若要不知,除非莫为,当时被他隐瞒过去,后来总不免渐渐漏泄,诸公子稍有所闻,暗地里互相猜疑,或有交头接耳等情。偏有人报知二世,二世未免加忧,因与赵高密谋道:"朕即位后,大臣不服,官吏尚强,诸公子尚思与我争位,如何是好!"这数语正中赵高心怀,高却故意踌躇,欲言不言。贼头贼脑。二世又惊问数次,赵高乃复说道:"臣早欲有言,实因未敢直陈,缄默至今。"说到今字,便回顾两旁。二世喻意,即屏去左右,侧耳静听。赵高道:"现在朝上的大臣,多半是累世勋贵,积有功劳。今高素微贱,乃蒙陛下超拔,擢居上位,管理内政,各大臣虽似貌从,心中却怏怏不乐,阴谋变乱。若不及早防维,设法捕戮,臣原该受死,连陛下也未必久安。陛下如欲除此患,亟须大振威力,雷厉风行,所有宗室勋旧,一体除去,另用一班新进人员,贫使骤富,贱使骤贵,自然感恩图报,誓为陛下尽忠,陛下方可高枕无忧了!"二世听毕,欣然受教道:"卿言甚善,朕当照办!"赵高道:"这也不能无端捕戮,须要有罪可指,才得加诛。"二世点首会意。

才阅数日,便已构成大狱,有诏孥究公子十二人,公主十人,一并下狱,并将旧臣近侍,也拘系若干,悉付讯鞫。问官为谁?就是郎中令赵高。赵高得二世委任,一权在手,还管甚么金枝玉叶,故老遗臣?但令把犯人提出阶前,硬要加他谋逆的罪名,喝令详供。诸公子间或怀疑,并没有确实逆谋,甚且平时言论,也不敢大加谤讟,平白地作了犯人,叫他从何供起?当然全体呼冤。偏赵高忍心害理,专仗那桁杨箠楚,打得诸公子死去活来。诸公子熬受不住,只好随口承认,赵高说一句,诸公子认一句,赵高说两句,诸公子认两句,此外许多诬供，统由赵高一手捏造，连诸公子俱不得闻。至若冤枉坐罪的官吏，见诸公子尚且吃苦，不如拚着一死，认作同谋，省得皮肉受刑。赵高遂牵藤摘瓜，穷根到底，不论他皇亲国戚，但教与己有嫌，一股脑儿扯入案中，谳成死罪。有几个素无仇怨，不过怕他将来升官，亦趁此贬黜了事。<small>乐得一网打尽。</small>当下复奏二世，二世立即批准，一道旨下，竟将公子十二人，推出市曹，尽行处斩，陪死的官吏，不可胜计。还有公主十人，不便在大廷审问，索性驱至杜陵，由二世亲往鞫治，赵高在旁执法。十公主统是生长深宫，娇怯得很，禁锢了好几日，已是黛眉损翠，粉脸成黄，再经胡亥、赵高两人，逞凶恫喝，不是气死，已是吓倒，连半句话儿都说不出来。赵高还说他不肯招承，也命刑讯，接连喝了几个打字，鞭挞声相随而下，雪白的嫩皮肤，怎经得一番摧折？霎时间香消玉殒，血渍冤沉。<small>赵高是个阉人，怪不得仇视好女，敢问胡亥是何心肠。</small>

　　公子将闾等兄弟三人，秉性忠厚，素无异议，至此也被株连，因系内宫，尚未议罪。二世既搥死十公主，还惜甚么将闾兄弟，因遣使致辞道："公子不臣，罪当死！速就法吏！"将闾叫屈道："我平时入侍阙廷，未尝失礼，随班廊庙，未尝失节，受命应对，未尝失辞，如何叫做不臣，乃令我死？"使人答道："奉诏行法，不敢他议。"将闾乃仰天大呼，叫了三声苍天，又流涕道："我实无罪！"遂与兄弟二人拔剑自杀。

　　尚有一个公子高，未曾被收，自料将来必不能免，意欲逃走，转思一身或能幸免，全家必且受累，妻子无辜，怎忍听他骈戮？乃辗转思维，想出了一条舍身保家的方法，因含泪缮成一书，看了又看，最后竟打定主意，决意呈入。二世得书，不知他有何事故，便展开一阅，但见上面写着：

　　　　臣高昧死谨奏：昔先帝无恙时，臣入则赐食，出则乘舆，御府之衣，臣得赐之，中厩之宝马，臣得赐之；臣当从死而不能。为人子不孝，为人臣不忠，不孝不忠者，无名以立于世。臣请从死愿葬骊山之足，惟陛下幸哀怜之！

　　二世阅毕，不禁喜出望外，自言自语道："我正为了他一人，尚然留着，要想设法除尽，今他却自来请死，省得令我费心，这真可谓知情识意，我就照办便了。"继又自忖道："他莫非另有诡计，假意试我？我却要预防一着，休为所算。"遂召赵高进来，把原书取示赵高。待赵高看罢，便问高道："卿看此书，是否真情？朕却防他别寓诈谋，因急生变呢。"赵高笑答道："陛下亦太觉多心，人臣方忧死不暇，难道还能谋变么？"二世乃将原书批准，说他孝思可嘉，应即赐钱十万，作为丧葬的费用。这诏发出，公子高虽欲不死，亦不能不死了。当下与家人诀别，服药自尽，才得奉旨发丧，安葬始皇墓侧。总计始皇子

女共有三四十人,都被二世杀完,并且籍没家产,只有公子高拚了一死,尚算保全妻孥,不致同尽。小子有诗叹道:

> 祖宗作恶子孙偿,故事何妨鉴始皇!
> 天使孽宗生孽报,因教骨肉自相戕。

欲知二世后事,且看下回分解。

始皇之恶,浮于桀纣。桀纣虽暴,不过及身而止,始皇则自筑巨冢,死后尚且殃民。妃嫔之殉葬,出自胡亥之口,罪在胡亥,不在始皇。若工匠之掩死圹中,实自始皇开之,始皇不预设机弩,预防发掘,则好事者无从借口,而胡亥之毒计,无自而萌;然则始皇之死尚虐民,可以知矣。夫始皇一生之心力,无非为一己计,无非为后嗣计,枯骨尚欲久安,而项羽即起而乘其后。至若子女之骈诛,且假之于少子胡亥之手,骨尚未寒,而后嗣已垂尽矣。狡毒之谋,果奚益哉!

第九回　充屯长中途施诡计
　　　　杀将尉大泽揭叛旗

却说秦二世屠戮宗室,连及亲旧,差不多将手足股肱,尽行斫去。他尚得意洋洋,以为从此无忧,可以穷极欢娱,肆行无忌,因此再兴土木,重征工役,欲将阿房宫赶筑完竣,好作终身的安乐窝。乃即日下诏道:

> 先帝谓咸阳朝廷过小,故营阿房宫为室堂,未就而先帝崩,暂辍工作,移筑先陵,今骊山陵工已毕,若舍阿房宫而弗就,则是章先帝举事过也。朕承先志,不敢怠遑,其复作阿房宫,毋忽!

这诏下后,阿房宫内,又聚集无数役夫,日夕营缮,忙个不了。二世尚恐臣下异心,或有逆谋,特号令四方,募选才勇兼全的武士,入宫屯卫,共得五万人。于是畜狗马,豢禽兽,命内外官吏,随时贡献,上供宸赏,官吏等无不遵从。但宫内的妇女仆从,本来不少,再加那筑宫的匠役,卫宫的武人,以及狗马禽兽等类,没一个不需食品,没一种不借刍粮,咸阳虽大,怎能产得出许多刍粟,足供上用?那二世却想得妙策,令天下各郡县,筹办食料,随时运入咸阳,不得间断,并且运夫等须备粮草,不得在咸阳三百里内,购食米谷,致耗京畿食物。各郡县接奉此诏,不得不遵旨办理。但官吏怎有余财,去买刍米?无非是额外加征,取诸民间。百姓迭遭暴虐,已经困苦不堪,此次更要加添负担,今日供粟菽,明日供刍藁,累得十室九空,家徒四壁,甚至卖男鬻女,赔贴进去。正是普天愁怨,遍地哀鸣。二世安处深宫,怎知民间苦况?还要效乃父始皇故事,调发民夫,出塞防胡。为此一道苛令,遂致乱徒四起,天下骚扰,秦朝要从此灭亡了。承上启下,线索分明。

且说阳城县中有一农夫,姓陈名胜字涉,少时家贫,无计谋生,不得已受雇他家,做了一个耕田佣。他虽寄人篱下,充当工役,志向却与众不同。一日在田内耦耕,扶犁叱牛,呼声相应,约莫到了日昃的时候,已有些筋疲力乏,便放下犁耙,登垄坐着,望空唏嘘。与他合作的佣人,见他懊恨情形,还道是染了病症,禁不住疑问起来。陈胜道:"汝不必问我,我若一朝得志,享受富贵,却要汝等同去安乐,不致相忘!"胜虽具壮志,但只图富贵,不务远大,所出无成。佣人听了,不觉冷笑道:"汝为人佣耕,与我等一样贫贱。想甚么富贵呢?"陈胜长叹道:"咄!咄!燕雀怎知鸿鹄志哩!"说着,又叹了数声。看看红日西沉,乃下垄收犁,牵牛归家。

至二世元年七月,有诏颁到阳城,遣发闾左贫民,出戍渔阳。秦俗民居,富强在右,贫弱在左,贫民无财输将,不能免役,所以上有征徭,只好冒死应命。阳城县内,由地方官奉诏调发,得闾左贫民九百人,充作戍卒,令他北行。这九百人内,陈胜亦排入在内,地方官按名查验,见胜身材长大,气宇轩昂,便暗加赏识,拔充屯长。又有一阳夏人吴广,躯干与胜相似,因令与胜并为屯长,分领大众,同往渔阳。且发给川资,预定期限,叫他努力前去,不得在途淹留。陈、吴两人当然应命,地方官又恐他难恃,特更派将尉二员,监督同行。

好几日到了大泽乡,距渔阳城尚数千里,适值天雨连绵,沿途阻力。江南北本是水乡,大泽更为低洼,一望弥漫,如何过去?没奈何就地驻扎,待至天色晴霁,方可启程。偏偏雨不肯停,水又增涨,惹得一班戍卒,进退两难,互生嗟怨。胜与广虽非素识,至此已做了同事,却是患难与共,沆瀣相投,因彼此密议道:"今欲往渔阳,前途遥远,非一二月不能到达。官中期限将至,屈指计算,难免逾期,秦法失期当斩,难道我等就甘心受死么?"广跃起道:"同是一死,不若逃走罢!"胜摇首道:"逃走亦不是上策。试想你我两人,同在异地,何处可以投奔?就是有路可逃,亦必遭官吏毒手,捕斩了事。走亦死,不走亦死,倒不如另图大事,或尚得死中求生,希图富贵。"希望已久,正好乘此发作。广瞿然道:"我等无权无势,如何可举大事?"胜答说道:"天下苦秦已久,只恨无力起兵。我闻二世皇帝,乃是始皇少子,例不当立。公子扶苏,年长且贤,从前屡谏始皇,触怒乃父,遂致迁调出外,监领北军。二世篡立,起意杀兄,百姓未必尽知,但闻扶苏贤明,不闻扶苏死状。还有楚将项燕,尝立战功,爱养士卒,楚人忆念勿衰,或说他已死,或说他出亡。我等如欲起事,最好托名公子扶苏,及楚将项燕,号召徒众,为天下倡。我想此地本是楚境,人心深恨秦皇,定当闻风响应,前来帮助,大事便可立办了。"借名号召,终非良图。广也以为然,但因事关重大,不好冒昧从事,乃决诸卜人,审问吉凶。卜人见胜、广趋至,面色匆匆,料他必有隐衷,遂详问来意,以便卜卦。胜广未便明言,惟含糊说了数语。卜人按式演术,焚香布卦,轮指一算,便向二人说道:"足下同心行事,必可成功,只后来尚有险阻,恐费周折,足下还当问诸鬼神。"已伏下文。胜广也不再问,便即告别。途中互相告语道:"卜人欲我等问诸鬼神,敢是教我去祈祷么?"想了一番,究竟陈胜较为聪明,便语吴广道:"是了!是了!楚人信鬼,必先假托鬼神,方可威众,卜人教我,定是此意。"吴广道:"如何办法?"胜即与广附耳数语,约他分头行事。

翌日上午,胜命部卒买鱼下膳,士卒奉令往买,拣得大鱼数尾,出资购归。就中有一鱼最大,腹甚膨胀,当由部卒用刀剖开,见腹中藏着帛书,已是惊异。及展开一阅,书中却有丹文,仔细审视,乃是"陈胜王"三字,免不得掷刀称奇。大众闻声趋集,争来看阅,果然字迹无讹,互相惊讶。当有人报知陈胜,胜却喝着道:"鱼腹中怎得有书?汝等敢来妄言!曾知朝廷大法否?"做作得妙。部卒方才退去,烹鱼作食,不消细说。但已是啧啧私议,疑信相参。到了夜间,部卒虽然睡着,尚谈及鱼腹中事,互相疑猜。忽闻有声从外面传来,仿佛是狐嗥一般,大众又觉有异,各住了口谈,静悄悄的听着。起初是声浪模糊,不甚清楚,及凝神细听,觉得一声声像着人语,约略可辨。第一声是"大楚兴",第二声是"陈胜王"。众人已辨出声音,仗着人多势旺,各起身出望,看个明白。营外是一带荒郊,只有西北角上,古木阴浓,并有古祠数间,为树所遮,合成一团。那声音即从古祠中传出,顺风吹来,明明是"大楚兴,陈胜王"二语。更奇怪的是丛树中间,隐约露出火光,似灯非灯,似磷非磷,霎时间移到那边,霎时间又移到这边,变幻离奇,不可测摸。过了半晌,光已渐灭,声亦渐稀了。叙笔亦奇。大众本想前去探察,无如时当夜半,天色阴沉得很,路中又泥滑难行,再加营中有令,不准夜间私出,那时只好回营再睡。越想越奇,又惊又恐,索性都做了反舌无声,一同睡熟了。

看官欲知鱼书狐嗥的来历,便是陈胜、吴广两人的诡计。倒戟而出。陈胜先私写帛书,夜间偷出营门,寻得渔家鱼网中,蓄有大鱼,料他待旦出售,便将帛书塞入鱼口。待鱼汲入腹中,胜乃悄悄回营。大泽乡本乏市集,自经屯卒留驻,各渔家得了鱼虾,统向营中兜销,所以这鱼即被营兵买着,得中胜计。至若狐嗥一节,也是陈胜计划,嘱令吴广乘夜潜出,带着灯笼,至古祠中伪作狐嗥,惑人耳目。古祠在西北角上,连日天雨,西北风正吹得起劲,自然传入营中,容易听见。后人把疑神见鬼等情,说做篝火狐鸣,便是引用陈胜、吴广

第九回　充屯长中途施诡计　杀将尉大泽揭叛旗

的古典。陈胜既行此二策，即与吴广暗察众情，多是背地私语，以讹传讹。有的说是鱼将化龙，故有此变；有的说是狐已成仙，故能预知。只胜、广两人，相视而笑，私幸得计。好在营中的监督大员，虽有将尉二员，却是一对糊涂虫，他因天雨难行，无法消遣，只把那杯中物作为好友，镇日里两人对饮，喝得酩酊大醉，便即睡着，醒来又是饮酒，醉了又睡，无论甚么事情，一概不管，但令两屯长自去办理，无暇过问。胜、广乐得设法摆布，又在营中买动人心，一衣一食，都与部卒相同，毫不克扣。部卒已愿为所用，更兼鱼书狐鸣种种怪异，尤足耸动观听，益令大众倾心。

　　陈胜见时机已至，又与吴广定谋，乘着将尉二人酒醉时，闯入营帐，先由广趋前朗说道："今日雨，明日又雨，看来不能再往渔阳。与其逾限就死，不如先机远扬，广特来禀知，今日就要走了。"将尉听着，勃然怒道："汝等敢违国法么？欲走便斩！"广毫不惊慌，反信口揶揄道："公两人监督戍卒，奉令北行，责任很是重大，如或愆期，广等原是受死，难道公两人尚得生活么？"这数句话很是利害，惹得一尉用手拍案，连声呼咎。一尉还要性急，索性拔出佩剑，向广挥来。广眼明手快，飞起一脚，竟将剑踢落地上，顺手把剑拾起，抢前一步，用剑砍去，正中将尉头颅，劈分两旁，立即倒毙。还有一尉未死，咆哮得很，也即拔剑刺广。广又持剑格斗，一往一来，才经两个回合，突有一人驰至将尉背后，喝一声"着"，已把将尉劈倒，接连又是一刀，结果性命。这人为谁？便是主谋起事的陈胜。

　　胜、广杀死二尉，便出帐召集众人，朗声与语道："诸君到此，为雨所阻，一住多日，待到天晴，就使星夜前进，也不能如期到渔。失期即当斩首，侥幸遇赦，亦未必得生。试想北方寒冷，冰天雪窖，何人禁受得起？况胡人专喜寇掠，难保不乘隙入犯。我等既受风寒，又撄锋刃，还有甚么不死！丈夫子不死便罢，死也要死得有名有望；能够冒死举事，才算不虚此一生。王侯将相，难道必有特别种子？"大众见他语言慷慨，无不感动，但还道二尉尚存，一时未敢承认，只管向帐内探望，似有顾虑情状。胜、广已经窥透，又向众直言道："我两人不甘送死，并望大众统不枉死，所以决计起事，已将二尉杀死了。"大众到此，才齐声应道："愿听尊命！"胜广大喜，便领众人入帐，指示二尉尸首，果然血肉模糊，身首异处。当由陈胜宣令，枭了首级，用竿悬着。一面指挥大众，在营外辟地为坛，众擎易举，不日告成。就将二尉头颅，做了祭旗的物品。旗上大书一个"楚"字。陈胜为首，吴广为副，余众按次并列，对着大旗，拜了几拜，又用酒为奠。奠毕以后，并将二尉头上的血沥，滴入酒中，依次序饮，大众喝过同心酒，当然对旗设誓，愿奉陈胜为主，一同造反。胜便自称将军，广为都尉，登坛上坐，首先发令，定国号为大楚。再命大众各袒右臂，作为记号。

一面草起檄文，诈称公子扶苏，及楚将项燕，已在军中，分作主帅。项燕与秦为仇，死于楚难，假使不死，宁有拥戴扶苏之理。陈胜虽智，计亦大谬。

檄文既发，就率众出略大泽乡。乡中本有三老，又有啬夫，见第二回。听得陈胜造反，早已逃去。胜即把大泽乡占住，作为起事的地点。居民统皆散走，家中留有耡头铁耙等类，俱被大众掠得，充作兵器，尚苦器械不足，再向山中斩木作棍，截竹为旗。忙碌了好几日，方得粗备军容。老天却也奇怪，竟放出日光，扫除云翳，接连晴了半个月，水势早退，地上统干干燥燥，就是最低洼的地方，也已滴水不留。老天非保佑陈胜，实是促秦之亡。大众以为果得天助，格外抖擞精神，专待出发。各处亡命之徒，复陆续趋集，来做帮手。于是陈胜下令，麾众北进。原来大泽乡属蕲县管辖，胜既出兵略地，不得不先攻蕲县。蕲县本非险要，守兵寥寥无几，县吏又是无能，如何保守得住？一闻胜众将至，城内已惊惶得很，结果是吏逃民降。胜众不烦血刃，便已安安稳稳的据住县城。再令符离人葛婴，率众往略蕲东，连下铚、酂、苦、柘及谯县，声势大震。沿路收得车马徒众，均送至蕲县，归胜调遣。

胜复大举攻陈，有车六七百乘，骑兵千余，步卒数万人，一古脑儿趋集城下。适值县令他出，只有县丞居守，他却硬着头皮，招集守兵，开城搦战。胜众一路顺风，势如破竹，所有生平气力，未曾施展，完全是一支生力军。此次到了陈县，忽见城门大开，竟拥出数百人马，前来争锋，胜众各摩拳擦掌，一拥齐上，前驱已有刀枪，乱砍乱戳，凶横得很。后队尚是执着木棍，及耡头铁耙等类，横扫过去。守兵本是单弱，不敢出战，但为县丞所逼，没奈何出城接仗。偏碰着了这班暴徒，情形与瘈犬相似，略一失手，便被打翻，稍一退步，便被冲倒，数百兵马，死的死，逃的逃，县丞见不可敌，也即奔还。那知胜众紧紧追入，连城门都不及关闭。害得县丞无路可奔，不得不翻身拚命，毕竟势孤力竭，终为胜众所杀。县丞身食秦禄，不得谓非忠良。

胜与吴广联辔入城，也想收拾人心，禁止侵掠，各处张贴榜示，居然说是除残去暴，伐罪吊民。过了数日，复号召三老豪杰共同议事，三老豪杰闻风来会，由胜温颜召入，问及善后事宜。但听得众人齐声道："将军披坚执锐，伐无道，诛暴秦，复立楚国社稷，功无与比，应即称王，以副民望。"这数句话正中胜意，只一时不便应允，总要退让数语，方可自表谦恭。当下说了几句假话，引起三老豪杰的哗声，彼誉此颂，一再劝进。胜正要允诺，忽外面有人入报，说有大梁二士，前来求见。胜问过姓名，便向左右道："这二人也来见我么？我素闻二人贤名，今得到此，事无不成了。"说着即命左右出迎，且亲自起座，下阶伫候。正是：

饰礼宁知真下士？伪恭但欲暂欺人。

毕竟大梁二士姓甚名谁,容待下回详报。

　　暴秦之季,发难者为陈胜、吴广,而陈胜尤为首谋。是胜之起事,实暴秦存亡之一大关键也。胜一耕佣,独具大志,不可谓非轶类材。但观其鱼腹藏书,及篝火狐鸣之术,亦第足以欺愚夫,而不足以服枭杰。况其徒贪富贵,孳孳为利,子舆氏所谓蹠之徒者,胜其有焉。惟因暴秦无道,为民所嫉,史家所以大书曰:陈胜、吴广,起兵于蕲,实则皆为叛乱之首而已。杀将驱卒,斩木揭竿,乱秦有余,平秦不足。本书之不予胜、广,其好治抑乱之心,已寓言中,正不徒以文字见长也。

第十回　　违谏议陈胜称王
　　　　善招抚武臣独立

　　却说大梁二士来谒陈胜,一个叫作张耳,一个叫作陈余。两人俱籍隶大梁,家居不远。张耳年长,陈余年少,所以余事耳如父,耳亦待余如子弟,两人誓同生死,时人称为刎颈交。耳曾为魏公子门客,后因犯事出奔,避居外黄。外黄有一富家女,生得美貌如花,艳名鹊起,偏偏嫁了一个庸奴,免不得夫妻反目,时有怨声。一日又复噪闹,甚至互哄,富家女身材袅娜,怎禁得起乃夫老拳!如花美眷,不知温存,还想饱以老拳,真是庸奴。急不暇择,逃出夫家,竟潜至父执家中,匿身避祸。父执见他泪容满面,楚楚可怜,遂与富家女说道:"汝果不欲适庸奴,何妨再求贤夫。我意中却有一人,未知汝可愿否?"富家女当然心动,含糊答应。父执复令女在屏后立着,亲判妍媸,自己出外一走。不到片时,已引入一个俊俏郎君,故意的高声与语。女从屏后露出半面,约略相窥,果然是温文尔雅,与前夫大不相同。及父执送客出门,入与女语;女问及来客姓名,才知是大梁人张耳,芳心欲醉,恨不得即与并头。父执愿为玉成,即往与女父熟商,令女改嫁张耳。女父本来溺爱,悔为女误配匪人,至此愿出巨资,给女前夫,与他离婚。女夫与女不和,乐得取钱弃女,听他转嫁。呆鸟。俏佳人终偶才郎,错姻缘幸得改正,不但富家女心满意足,就是亡命徒张耳,得此意外奇逢,也是乐不胜言。还有一桩极好的机缘,张耳既得美妇,又得妇财,索性结交远客,广为延誉,声名渐达魏廷。魏主竟不记前愆,反用耳为外黄令,铜章墨绶,俨然一百里小侯了。富家女得做县令夫人,应更惬意。

　　陈余少好读书,并喜游览,偶至赵国苦陉地方,得邀富人公乘氏赏识,也愿招他为婿。女貌颇亦不俗,陈余自然乐允,择日成礼。两小无猜,又是一对好夫妻。张、陈两人,想都是红鸾星照命。及魏被秦灭,张耳失官,仍在外黄居住,陈余亦挈妻还乡。不料秦朝竟悬出赏格,购缉两人,赏格上面,煌煌写着:"获张耳赏千金,获陈余赏五百金。"二人不知何因,但情急逃生,不得已移名改姓,避居陈县,充当里正监门。

仔细探听,方知秦令购缉,实恐二人多才,重复兴魏,所以务欲翦除。张耳得此消息,时常戒勉陈余,须要谨慎小心,毋得败露真情,陈余亦格外记着。冤冤相凑,竟为着一些小事,触怒里吏,里吏将加余笞罪。余不肯忍耐,起身欲走,可巧张耳在旁,慌忙把足蹑余,使他受笞。及笞毕,吏去。耳引余至桑下,悄悄与语道:"我与汝曾已说过,汝奈何失记!区区小辱,不甘忍受,乃欲与里吏拚命,死何足惜!"余始悔悟谢过。复由耳想出一计,用着监门名义,号令里中,叫他访拿张耳、陈余。里人怎知诈谋?心下贪赏,还往四处寻缉。其实张、陈二人,原在眼前,反被他用计瞒过了。却是好计。

至胜、广入陈,张耳、陈余乃踵门求见。胜也闻得二人大名,尝遭秦忌,因此亟欲一见,特地下阶伫候,表明敬意。待二人既入,向胜行礼,胜忙与答揖,引至座前,令他分坐两旁,然后与议军情,并谈及称王意见。张耳答道:"秦为无道,破人国家,灭人社稷,绝人后嗣,疲民力,竭民财,暴虐日甚。今将军瞋目张胆,万死不顾一生,为天下驱除残贼,真是绝大的义举。惟现方发迹至陈,亟欲以王号自娱,窃为将军不取!愿将军毋急称王,速引兵西向,直指秦都。一面立六国后人,自植党援,俾益秦敌。敌多力自分,与众兵乃强,将见野无交兵,县无守城,诛暴秦,据咸阳,号令诸侯,诸侯转亡为存,无不感戴,将军再能怀柔以德,天下自相率悦服,帝业也可成就了,还要称王何用!"说到此处,见陈胜默默无言,似有不悦情状。正想开言再劝,那陈余已接入道:"将军不欲平定四海,倒也罢了,如有志安邦,宜图大计。若仅据一隅,便拟称王,恐天下都疑及将军,怀挟私意,待至人情失望,远近灰心,将军悔也无及了!"陈胜沉吟半晌,方才说出一语道:"容待再议。"两人见话不投机,本想就此告辞,只因途中多阻,不能不暂时安身,再作计较,乃留住陈胜麾下,充作参谋。胜竟自立为王,国号张楚,隐寓张大楚国的意思。

是时河南诸郡县,苦秦苛法,豪民多戕杀官吏,起应陈胜。胜乃使吴广为假王,监督诸将,西攻荥阳。广已出发,张耳、陈余也想乘此外出,离开陈邑,遂由张耳暗嘱陈余,令他向胜献计道:"大王举兵梁楚,志在西讨,入关建业,若要顾及河北,想尚未遑,臣尝游赵地,素知河北地势,并结交豪杰多人,今愿请奇兵,北略赵地,既足牵制秦军,复足抚定赵民,岂不是一举两得么?"也想飞去。胜听余言,却也称为奇计,但因他新来归附,总难深信,乃特选故人武臣为将军,邵骚为护军,督同张耳、陈余二人,领兵三千,往徇赵地。耳与余不给重任,但使他为左右校尉,作为武臣的帮办。二人别有隐衷,不暇计及官职大小,欣然领命,渡河北去。

胜将葛婴,未曾至陈,独率部往略九江。行至东城,遇着楚裔襄疆,一见

第十回　违谏议陈胜称王　善招抚武臣独立

如故,竟不待胜命,擅立襄疆为楚王。嗣得陈胜文书,内有"张楚王"字样,始知胜已称王,不能另立襄疆,自悔一时卤莽,潜图变计。凑巧陈胜命令,又复颁到,叫他领兵还陈,他越恐陈胜动疑,竟将襄疆杀死,持首还报。果然胜已闻知,待婴到后,立即传婴入见,数责罪状,喝令斩首。左右将婴推出,一刀两段,死于非命。<small>婴已悔过,罪不至死。</small>部众见婴惨死,未免寒心,互相私议。胜尚以为令出法行,可无他虑,复遣汝阴人邓宗,东略九江,魏人周市,北徇魏地。

会接吴广军报,说是进攻荥阳,不能得胜,现由秦三川守李由,坚守荥阳城,非再行发兵,难下此城等语。胜乃召集谋士,申议攻秦方法。上蔡人蔡赐,本为房邑君长,献议胜前,请派名将西行,径入函谷关,直捣咸阳。胜依了赐议,并封他为上柱国。一面访求良将,得着陈人周文,召入与语。文自述履历,谓曾事春申君黄歇,又为项燕军占验吉凶,素谙军事。胜即大喜,特给将军印信,使他西行攻秦。周文奉命就道,沿途收集壮士,编入队伍,众至数十万,长驱西进,直薄函谷关。关中守吏,飞章告急,谁知秦廷里面,好像没人一般,任他如何急报,总不闻有将士出援。原来二世恣意淫乐,朝政俱归赵高把持,高专事炀蔽,凡遇外面奏报,一律搁起,不使二世得闻,所以陈胜起兵,已有数月,二世全然不知。会有使臣从东方回来,面谒二世,奏称陈胜造反,郡县多叛,请即遣将讨平。二世还道他是妄言欺主,命将使臣下狱。嗣是他使还京,由二世问及乱事,俱答称么么小丑,不足有为,现已由各郡守尉,四面兜捕,即可荡平,陛下尽可放心。二世大喜,把乱事置诸度外,毫不提及,朝廷得过且过,也不敢渎陈外事,上下相蒙,乱端益炽,直至周文入关,秦廷尚视若无事,这真叫做糊涂世界呢。<small>不如是,不足致亡。</small>

且说周文一路进兵,攻城掠地,所向无前,当然派人至陈,一再报捷。陈胜喜如所望,遂轻视秦室,不复设备。博士孔鲋,系孔夫子的八世孙,曾持家传礼器,诣陈谒胜,胜因留为博士,至此独进谏道:"臣闻兵法有言:不恃敌不攻我,但恃我不可攻,今大王恃敌不攻,未知所以自恃的道理;倘或敌人骤至,无法抵御,一有蹉跌,全局瓦解,虽悔也是迟了!"胜不肯从,惟专望各路捷音,好去做那关中皇帝。怎知福为祸倚,乐极悲生,那四面八方的警报,已是陆续到来。第一路的警信,就是出徇赵地的武臣等军;第二路的警信,乃是进攻秦都的周文等军,小子只有一枝秃笔,不能双管齐下,只好依次叙述,先后说明。

自武臣等率兵北去,从白马津渡河,所过诸县,偏谕豪杰,无非说是暴秦无道,劳役百姓,绳以重法,迫以苛征,今由陈王起义,天下响应,我等奉令北渡,前来招安,诸君皆为豪士,理应并力同心,共除暴秦云云。豪杰等正苦秦暴,听了这番名正言顺的话儿,还有甚么不服,当即愿为前导,分趋各城,城中守吏,多被杀死。接连得了十座城池,人数亦越聚越多,渡河时只有三千人,至是却多了好几万名。当下推武臣为武信君,再出招谕。偏是余城不屈,各募兵民拒守，武臣因诸城无关险要，竟引众趋向东北，独攻范阳。范阳令徐公，有志保城，也即缮甲厉兵，准备抵御。偏有一个辩士蒯彻，入见徐公，先说出一个吊字，后说出一个贺字。便是说客口吻。惹得徐公莫明其妙，不得不惊问理由。蒯彻道："彻闻公将死，故来吊公；但公得彻一言，便有生路，故又复贺公。"徐公道："君不必故作疑团，正好明白说来。"彻又道："足下为范阳令，已十余年，杀人父，孤人子，断人足，黥人首，想已不可胜数。百姓无不怀怨，但恐秦法严重，未敢刃公腹，致灭全家。今天下大乱，秦法不行，足下岂尚得自全？一旦敌临城下，百姓必乘机报仇，刃及公胸，这岂不是可吊么？幸亏彻来见公，为公定计，俟武信君尚未到来，即由彻先去游说，为公效力，使公转祸为福，这又便是可贺了！"徐公喜道："君言甚善，请即为我往说武信君！"蒯彻因即前往，求见武臣。武臣方招致豪杰，当然许见。蒯彻进言道："足下到此，必待战胜然后略地，攻破然后入城，未免过劳。彻有一计，可不攻而得城，不战而得地，但教一纸檄文，便足略定千里，未知足下愿闻否？"武臣急问道："果有此计，怎不愿闻！"蒯彻道："今范阳令闻公攻城，正拟整顿兵马，守城拒敌，惟城中士卒不多，该令又逡巡畏死，贪恋禄位，目下不肯归降，实因公前下十城，见吏即诛，降亦死，守亦死，故不得不拼死图存。就使范阳少年，嫉吏如仇，起杀范阳令，亦必据城拒公，不甘就死。为公设法，不若赦范阳令，并给侯印，该令喜得富贵，自愿开城出降，范阳少年亦不敢杀令，是全城便唾手可下了。公再使该令乘朱轮，坐华毂，徇行燕赵郊野，燕赵吏民，孰不欣羡，必争先降公。公得不攻而取，不战而服，这就所谓传檄可定呢！"面面俱到，真好口才。武臣点首称善，便令刻就侯印，交彻赍赐范阳令。范阳令徐公，大喜过望，即开城迎武臣军。武臣复如彻言，特给徐公高车驷马，往抚燕赵，赵地果闻风趋附，不到旬月，已平定了三十余城，乘势入邯郸县。适有周文败报，自西传来，又探得陈胜部将，多因谗毁得罪，武臣不免疑惧。张耳、陈余，更生异谋。他本怨陈胜不用己言，复只得了左右校尉的名目，未绾兵符，因此乘隙生心，遂进说武臣道："陈王起兵蕲县，才得陈地，便自称为王，不愿立六国后裔，居心可知。今将军率三千人，下赵数十城，偏居河北，若非称王，何由镇抚，况陈王好信谗言，妒功忌能，将军功高益危，不如南面称王，脱离陈王羁绊，免得意外受祸。时不可失，愿将军勿疑！"武臣听了称王二字，岂有不喜欢的道理，当下在邯郸城外，辟城为坛，也居然堂皇高坐，朝见僚属，竟称孤道寡起来。武臣自为赵王，授陈余为大将军，张耳为右丞相，邵骚为左丞相，且使人报知陈胜。

胜得报后，怒不可遏，即欲收拘武臣家属，尽行屠戮，更发兵往击武臣。独上柱国蔡赐入谏道："秦尚未灭，先杀武臣家属，是又增出一秦，为大王敌，大王东西受攻，必遭牵制，如何得成大业！今不若遣使往贺，暂安彼心，并令他从速攻秦，遥援周文，是东顾既可无忧，西略便为得势。灭秦以后，图赵未迟，何必急急哩！"陈胜乃转怒为喜，但将武臣家属，徙入王宫，把他软禁。并封张耳子敖为成都君,派人贺赵,乘便报闻。张耳、陈余,见了胜使,早已瞧透胜意,表面上佯与为欢,背地里却私语武臣道:"大王据赵称尊,必为陈王所忌,今遣使来贺,明明是怀着诡谋,使我并力灭秦,然后再北向图我。大王不如虚与周旋,优待来使,至来使去后,尽管北收燕代,南取河内。若得南北两方,尽为赵有,楚虽胜秦,也必不敢制赵,反且与我修和,大王却好沈着观变,坐定中原了。"计亦甚是。武臣也称好计,款待胜使,厚礼遣归。随即使韩广略燕,李良略常山,张黶略上党,三路出发,独不遣一卒西向。

那时攻入秦关的周文,孤军无助,竟被秦将章邯击退,败走出关。章邯为秦少府,官名。颇有智勇,因闻周文攻入关中,直至戏地,不由的愤激得很,意欲入宫详陈。可巧警报与雪片相似,飞达咸阳,连赵高也觉吃惊,不得不据实奏明。二世至此,方才似梦初觉,吓出一身冷汗,急召文武百官,入朝会议。自己也亲出御朝,询问御敌方法。百官都面面相觑,莫敢发言,独章邯出班奏道:"贼众已近,亟须征剿,若要征集将士,已恐不及,臣请赦免骊山徒犯,尽给兵器,由臣统领前去,奋力一击,当可退贼。"二世已焦急万分,只望有人解忧,幸得章邯替他画策,并请效力,当然喜逐颜开,褒奖了好几语。一面颁诏大赦,即命章邯为将军,招集骊山役徒,编制成军,出都退敌。章邯确是有些能力,挑选丁壮,作为前驱,自居中坚调度,老弱派充后队,管领辎重。待至戏地相近,又晓谕大众,有进无退,进即重赏,退即斩首。兵役都是犯人出身,本来是不甚怕死,此次得了将令,都望赏赐,当即拚命杀出,冲入周文营中。周文自东至西,沿途未遇大敌,总道是秦人无用,意存轻视。不料章邯兵到,势似潮涌,一时招架不住,只好倒退,那秦兵得占便宜,越加厉害,杀得周军七零八落,东逃西散。周文无法禁遏,也跑出函谷关去了,小子有诗叹道:

<blockquote>
孤军转战入函关,一败颓然即遁还。
锐进由来防速退,先贤名论总难删。
</blockquote>

秦兵大捷,关内粗安,偏东方复迭出异人,与秦为难。就中更有个真命天子,乘时崛起,奋发有为。欲知他姓名履历,待至下回再详。

张耳、陈余,号称贤者,实亦策士之流亚耳。当其进谒陈胜,谏阻称王,请胜西向,为胜计不可谓不忠。及胜不从忠告,便起异心,徇赵之计,出自二人,武臣为将,二人为副,渡河北赴,连下赵城,向时之阻胜称王者,乃反以王号推武臣,何其自相矛盾若此?彼且曰:"为胜计,不宜称王;为武臣计,正应称王。"此即辩士之利口,荧惑人听,实则无非为一己计耳。始欲助胜,继即图胜,纤芥之嫌,视若仇敌,策士之不可恃也如此。然二人之不克有成,亦于此可见矣。

第十一回　降真龙光韬泗水
　　　　　斩大蛇夜走丰乡

却说秦二世元年九月,江南沛县地方,有个丰乡阳里村,出了一位真命天子,起兵靖乱,后来就是汉朝高祖皇帝,姓刘名邦字季。父名执嘉,母王氏,名叫含始。执嘉生性长厚,为里人所称美,故年将及老,时人统称为太公。王氏与太公年龄相等,因亦呼为刘媪。刘媪尝生二子,长名伯,次名仲,伯、仲生时,无甚奇异,到了第三次怀孕,却与前二胎不同。相传刘媪有事外出,路过大泽,自觉脚力过劳,暂就堤上小坐,闭目养神,似寐非寐,蓦然见一个金甲神人,从天而下,立在身旁,一时惊晕过去,也不知神人作何举动。此亦与姜嫄履拇同一怪诞,大抵中国古史,好谈神话,故有此异闻。惟太公在家,记念妻室,见他久出未归,免不得自去追寻。刚要出门,天上忽然昏黑,电光闪闪,雷声隆隆,太公越觉着急,忙携带雨具,三脚两步,趋至大泽。遥见堤上睡着一人,好似自己的妻房,但半空中有云雾罩住,回环浮动,隐约露出鳞甲,像有蛟龙往来。当下疑惧交乘,又复停住脚步,不敢近前。俄而云收雾散,天日复明,方敢前往审视,果然是妻室刘媪,欠伸欲起,状态朦胧,到此不能不问。偏刘媪似无知觉,待至太公问了数声,方睁眼四顾,开口称奇。太公又问她曾否受惊,刘媪答道:"我在此休息,忽见神人下降,遂至惊晕,此后未知何状。今始醒来,才知乃是一梦。"太公复述及雷电蛟龙等状,刘媪全然不知,好一歇神气复原,乃与太公俱归。

不意从此得孕,过了十月,竟生一男。难道是神人所生么？长颈高鼻,左股有七十二黑痣。太公知为英物,取名为邦,因他排行最小,就以季为字。太公家世业农,承前启后,无非是春耕夏耘,秋收冬获等事。伯、仲二子,亦就农业,随父营生。独刘邦年渐长大,不喜耕稼,专好浪游。太公屡戒勿悛,只好听他自由。惟伯、仲娶妻以后,伯妻素性悭吝,见邦身长七尺八寸,正是一个壮丁,奈何勤吃懒做,坐耗家产,心中既生厌恨,口中不免怨言。太公稍有所闻,索性分析产业,使伯仲挈眷异居。邦尚未娶妻,仍然随着父母。

光阴易过,倏忽间已是弱冠年华,他却不改旧性,仍是终日游荡,不务生产。又往往取得家财,结交朋友,征逐酒食。太公本说邦禀资奇异,另眼相看,至此见他年长无成,乃斥为无赖,连衣食都不愿周给。邦却怡然自得,不以为意,有时恐乃父叱逐,不敢回家,便至两兄家内栖身。两兄究系同胞,却

第十一回　降真龙光韬泗水　斩大蛇夜走丰乡

也呼令同食，不好漠视。那知伯忽得疾，竟致逝世，伯妻本厌恨小叔，自然不愿续供了。邦胸无城府，直遂径行，不管她憎嫌与否，仍常至长嫂家内索食。长嫂尝借口孤寡，十有九拒，邦尚信以为真。一日更偕同宾客数人，到长嫂家，时正晌午，长嫂见邦复至，已恐他来扰午餐，讨厌得很，再添了许多朋友，越觉不肯供给，双眉一皱，计上心来，急忙趋入厨房，用瓢刮釜，佯示羹汤已尽，无从取供。邦本招友就食，乘兴而来，忽闻厨中有刮釜声，自悔来得过迟，未免失望。友人倒也知趣，作别自去。邦送友去后，回到长嫂厨内，探视明白，见釜上蒸气正浓，羹汤约有大半锅，才知长嫂逗刁使诈，一声长叹，掉头而出。不与长嫂争论，便是大度。

嗣是绝迹不至嫂家，专向邻家两酒肆中，做了一个长年买主。有时自往独酌，有时邀客共饮。两酒肆统是妇人开设，一呼王媪，一呼武妇。《史记》作负，负与妇通。二妇虽是女流，却因邦为毗邻少年，也不便斤斤计较；并且邦入肆中，酤客亦皆趋集，统日计算，比往日得钱数倍，二主妇暗暗称奇，所以邦要赊酒，无不应允。邦生平最嗜杯中物，见二肆俱肯赊给，乐得尽情痛饮，往往到了黄昏，尚未回去，还要痛喝几杯。待至醉后懒行，索性假寐座上，鼾睡一宵。王媪、武妇，本拟唤他醒来，促令回家，谁知他头上显出金龙，光怪离奇，不可逼视。那时二妇愈觉希罕，料邦久后必贵，每至年终结账，也不向邦追索。邦本阮囊羞涩，无从偿还，历年宿帐，一笔勾销罢了。两妇都也慷慨。

但邦至弱冠后，非真绝无知识，也想在人世间做些事业，幸喜交游渐广，有几人替他谋划，教他学习吏事。他一学便能，不多时便得一差，充当泗上亭长。亭长职务，掌判断里人狱讼，遇有大事，乃详报县中，因此与一班县吏，互相往来。最莫逆的就是沛县功曹，姓萧名何，与邦同乡，熟谙法律。何为三杰之一，故特笔叙出。次为曹参、夏侯婴诸人，每过泗上，邦必邀他饮酒，畅谈肺腑，脱略形骸。萧何为县吏翘楚，尤相关切，就使刘邦有过误等情，亦必代为转圜，不使得罪。

会邦奉了县委，西赴咸阳，县吏各送赆仪，统是当百钱三枚，何独馈五枚。及邦既入咸阳城，办毕公事，就在都中闲逛数日。但见城阙巍峨，市廛辐凑，车马冠盖，络绎道旁，已觉得眼界一新，油然生感。是时始皇尚未逝世，坐了銮驾，巡行都中。邦得在旁遥观，端的是声灵赫濯，冠冕堂皇，至御驾经过，邦犹徘徊瞻望，喟然叹息道："大丈夫原当如是哩！"人人想做皇帝，无怪刘季。

既而出都东下，回县销差，仍去做泗上亭长。约莫过了好几年，邦年已及壮了，壮犹无室，免不得怅及鳏居。况邦原是好色，怎能忍耐得住？好在平时得了微俸，除沽酒外，尚有少许余蓄，遂向娼寮中寻花问柳，聊做那蜂蝶勾当。里人岂无好女？只因邦向来无赖，不愿与婚。邦亦并不求偶，还是混迹平康，随我所欲,费了一些缠头资,倒省了多少养妇钱。

会由萧何等到来晤谈,述及单父单音善,父音斧。县中,来了一位吕公,名父字叔平,与县令素来友善。此次避仇到此,挈有家眷,县令顾全友谊,令在城中居住,凡为县吏,应出资相贺云云。邦即答道:"贵客辱临,应该重贺,邦定当如约。"说毕,大笑不止。已寓微旨。何亦未知邦怀何意,匆匆别去。越日,邦践约进城,访得吕公住处,昂然径入。萧何已在厅中,替吕公收受贺仪,一见刘邦到来,便宣告诸人道:"贺礼不满千钱,须坐堂下!"明明是戏弄刘邦。刘邦听着,就取出名刺,上书贺钱盈万,因即缴进。当有人持刺入报,吕公接过一阅,见他贺礼独丰,格外惊讶,便亲自出迎,延令上坐。端详了好一会,见他日角斗胸,龟背龙股,与常人大不相同,不由的敬礼交加,特别优待。萧何料邦乏钱,从旁揶揄道:"刘季专好大言,恐无实事。"吕公明明听见,仍不改容,待至酒肴已备,竟请邦坐首位。邦并不推让,居然登席,充作第一位嘉宾。大众依次坐下,邦当然豪饮,举杯痛喝,兴致勃然。到了酒阑席散,客俱告辞,吕公独欲留邦,举目示意。邦不名一钱,也不加忧,反因吕公有款留意,安然坐着。吕公既送客出门,即入语刘邦道:"我少时即喜相人,状貌奇异,无一如季,敢问季已娶妇否?"邦答称尚未。吕公道:"我有小女,愿奉箕帚,请季勿嫌。"邦听了此言,真是喜从天降,乐得应诺。当即翻身下拜,行舅甥礼,并约期亲迎,欢然辞去。吕公入告妻室,已将娥姁许配刘季。娥姁即吕女小字,单名为雉。吕媪闻言动怒道:"君谓此儿生有贵相,必配贵人,沛令与君交好,求婚不允,为何无端许与刘季?难道刘季便是贵人么?"吕公道:"这事非儿女子所能知,我自有慧鉴,断不致误!"吕媪尚有烦言,毕竟妇人势力,不及乃夫,只好听吕公备办妆奁,等候吉期。转瞬间吉期已届,刘邦着了礼服,自来迎妇。吕公即命女雉装束齐整,送上彩舆,随邦同去。邦回转家门,迓女下舆,行过了交拜礼,谒过太公、刘媪,便引入洞房。揭巾觑女,却是仪容秀丽,丰采逼人,不愧英雌。顿时惹动情肠,就携了吕女玉手,同上阳台,龙凤谐欢,熊罴叶梦。过了数年,竟生了一子一女,后文自有表见,暂且不及报名。

只刘邦得配吕女,虽然相亲相爱,备极绸缪,但他是登徒子一流人物,怎能遂不二色?况从前在酒色场中,时常厮混,免不得藕断丝连,又去闲逛。凑巧得了一个小家碧玉,楚楚动人,询明姓氏,乃系曹家女子,彼此叙谈数次,竟弄得郎有情,女有意,合成一场露水缘,曹女却也有识。她却比吕女怀妊,还要赶早数月,及时分娩,就得一男。里人多知曹女为刘邦外妇,邦亦并不讳言,只瞒着一个正妻吕雉,不使与闻。已暗伏吕雉之妒。待吕氏生下一子一女,曹女尚留住母家,由邦给资赡养,因此家中只居吕妇,不居曹妾。

邦为亭长,除乞假归视外,常住亭中。吕氏但挈着子女,在家度日。刘家

第十一回　降真龙光韬泗水　斩大蛇夜走丰乡

本非富贵,只靠着几亩田园,作为生活,吕氏嫁夫随夫,暇时亦至田间刈草,取做薪刍。适有一老人经过,顾视多时,竟向吕氏乞饮。吕氏怜他年老,回家取汤给老人,老人饮罢,问及吕氏家世,吕氏略述姓氏,老人道:"我不意得见夫人,夫人日后必当大贵。"吕氏不禁微哂,老人道:"我素操相术,如夫人相貌,定是天下贵人。"当时何多相士。吕氏将信将疑,又引子至老人前,请他相视,老人抚摩儿首,且惊且语道:"夫人所以致贵,便是为着此儿。"又顾幼女道:"此女也是贵相。"说毕自去。适值刘邦归家,由吕氏具述老人言语,邦问吕氏道:"老人去了,有多少时候?"吕氏道:"时候不多,想尚未远。"邦即抢步追去,未及里许,果见老人踯躅前行,便呼语道:"老丈善相,可为我一看否?"老人闻言回顾,停住脚步,即将邦上下打量一番,便道:"君相大贵,我所见过的夫人子女,想必定是尊眷。"邦答声称是。老人道:"夫人子女,都因足下得贵,婴儿更肖足下,足下真贵不可言。"邦喜谢道:"将来果如老丈言,决不忘德!"老人摇首道:"这也何足称谢。"一面说,一面转身即行,后来竟不知去向。至刘邦兴汉,遣人寻觅,亦无下落,只得罢了。惟当时福运未至,急切不能发迹,只好暂作亭长,静待机会。

闲居无事,想出一种冠式,拟用竹皮制成。手下有役卒两名,一司开闭埽除,一司巡查缉捕,当下与他商议,即由捕盗的役卒,谓薛地颇有冠师,能作是冠,邦便令前去。越旬余见他返报,呈上新冠,高七寸,广三寸,上平如板,甚合邦意。邦就戴诸首上,称为刘氏冠。后来垂为定制,必爵登公乘,才得将刘氏冠戴着。这乃是汉朝特制,为邦微贱时所创出,后人号为鹊尾冠,便是刘邦的遗规了。叙入此事,见汉朝创制之权舆。

二世元年,秦廷颁诏,令各郡县遣送罪徒,西至骊山,添筑始皇陵墓。沛县令奉到诏书,便发出罪犯若干名,使邦押送前行。邦不好怠玩,就至县中带同犯人,向西出发。一出县境,便逃走了好几名,再前行数十里,又有好几个不见,到晚间投宿逆旅,翌晨起来,又失去数人。邦孑然一身,既不便追赶,又不能禁压,自觉没法处置,一路走,一路想,到了丰乡西面的大泽中,索性停住行踪,不愿再进。泽中有亭,亭内有人卖酒,邦嗜酒如命,怎肯不饮,况胸中方愁烦得很,正要借那黄汤,灌浇块垒,当即觅地坐下,并令大众都且休息,自己呼酒痛饮,直喝到红日西沉,尚未动身。

既而酒兴勃发,竟抽身语众道:"君等若至骊山,必充苦役,看来终难免一死,不得还乡,我今一概释放,给汝生路,可好么?"大众巴不得有此一着,听了邦言,真是感激涕零,称谢不置。邦替他一一解缚,挥手使去,众又恐刘邦得罪,便问邦道:"公不忍我等送死,慨然释放,此恩此德,誓不忘怀,但公将如何回县销差?敢乞明示。"邦大笑道:"君等皆去,我也只好远扬了,难道还去报县,寻死不成?"道言至此,有壮士十数人,齐声语邦道:"如刘公这般大德,我数人情愿相从,共同保卫,不敢轻弃。"邦乃申说道:"去也听汝,从也听汝。"于是十数人留住不行,余皆向邦拜谢,踊跃而去。刘邦胆识,可见一斑。

邦乘着酒兴,戴月夜行,壮士十余人,前后相从。因恐被县中知悉,不敢履行正道,但从泽中觅得小径,鱼贯而前。小径中最多荆莽,又有泥洼,更兼夜色昏黄,不便急走。邦又醉眼模糊,慢慢儿的走将过去,忽听前面哗声大作,不禁动了疑心。正要呼问底细,那前行的已经转来,报称大蛇当道,长约数丈,不如再还原路,另就别途。邦不待说毕,便勃然道:"咄!壮士行路,岂畏蛇虫?"说着,独冒险前进。才行数十步,果见有大蛇横架泽中,全然不避,邦拔剑在手,走近蛇旁,手起剑落,把蛇劈作两段。复用剑拨开死蛇,辟一去路,安然趋过。行约数里,忽觉酒气上涌,竟至昏倦,就择一僻静地方,坐下打盹,甚且卧倒地上,梦游黑甜乡。待至醒悟,已是鸡声连唱,天色黎明。

适有一人前来,也是丰乡人氏,认识刘邦,便与语道:"怪极!怪极!"邦问为何事?那人道:"我适遇着一个老妪,在彼处野哭,我问他何故生悲?老妪谓人杀我子,怎得不哭?我又问他何故被杀,老妪用手指着路旁死蛇,又向我呜咽说着,谓我子系白帝子,化蛇当道,今被赤帝子斩死,言讫又泪下不止。我想老妪莫非疯癫,把死蛇当做儿子,因欲将她笞辱,不意我手未动,老妪已经不见。这岂不是一件怪事?"邦默然不答,暗思蛇为我杀,如何有白帝、赤帝等名目,语虽近诞,总非无因,将来必有征验,莫非我真要做皇帝么?想到此处,又惊又喜,那来人还道他酒醉未醒,不与再言,掉头径去。邦亦不复回乡,自与十余壮士,趋入芒砀二山间,蛰居避祸去了。小子有诗咏道:

不经冒险不成功,仗剑斩蛇气独雄。
漫说帝王分赤白,乃公原不与人同。

刘邦避居芒砀山间,已有数旬,忽然来了一个妇人,带了童男童女,寻见刘邦。欲知此妇为谁,请看下回便知。

本回叙刘季微贱时事,脱胎《高祖本纪》,旁采史汉各传,语语皆有来历,并非向壁虚造。惟史官语多忌讳,往往于刘季所为,舍瑕从善,经本回一一直叙,才得表明真相,不没本来。盖刘季本一酒色徒,其所由得成大业者,游荡之中,具有英雄气象,后来老成练达,知人善任,始能一举告成耳。若刘媪之感龙得孕,老妪之哭蛇被斩,不免为史家附会之词;然必谓竟无此事,亦不便下一断笔。有闻必录,抑亦述史者之应有事也。

第十二回　戕县令刘邦发迹
杀郡守项梁举兵

却说芒砀二山，本来是幽僻的地方，峰回路转，谷窈林冥。刘邦与壮士十余人，寄身此地，无非为避祸起见，并恐被人侦悉，随处迁移，踪迹无定。偏有一妇人带着子女，前来寻邦，好像河东熟路，一寻就着。邦瞧将过去，不是别人，正是那妻室吕氏。夫妻父子，至此聚首，正是梦想不到的事情。邦惊问原委，吕氏道："君背父母，弃妻孥，潜身岩谷，只能瞒过别人，怎能瞒妾？"邦闻言益惊，越要详问。吕氏道："不瞒君说，无论君避在何地，上面总有云气盖着，妾善望云气，所以知君下落，特地寻来。"父善相人，女善望气，确是吕家特色。邦欣然道："有这等事么？我闻始皇常言，东南有天子气，所以连番出巡，意欲厌胜，莫非始皇今死，王气犹存，我刘邦独能当此么？"始皇语借口叙出，可省笔墨。吕氏道："苦尽甘来，安知必无此事。但今日是甘尚未回，苦楚已吃得够了。"说着，两眼儿已盈盈欲泪，邦忙加劝慰，并问他近时苦况。待吕氏说明底细，邦亦不禁泪下盈眶。

原来邦西行后，县令待他复报，久无消息。嗣遣役吏出外探听明白，才知邦已纵放罪徒，逃走了去。当下派役搜查邦家，亦无着落。此时邦父太公，已令邦分居在外，幸免株连。只吕氏连坐夫罪，竟被县役拘送至县，监禁起来。秦狱本来苛虐，再经吕氏手头乏钱，不能贿托狱吏，狱吏遂倚势作威，任意凌辱。且因吕氏华色未衰，往往在旁调戏，且笑且嘲。吕氏举目无亲，没奈何耐着性子，忍垢蒙羞。巧有一个小吏任敖，也在沛县中看管狱囚，平时与刘邦曾有交谊，一闻邦妻入狱，便觉有心照顾，虽然吕氏不归他看管，究竟常好探视，许多便当。某夕又往视吕氏，甫至狱门，即有泣声到耳。他便停步细听，复闻狱吏吆喝声，嫚侮声，谑浪笑敖，语语难受。顿时恼动侠肠，大踏步跨入门内，抡起拳头，就向该狱吏击去。狱吏猝不及防，竟被他殴了数拳，打得头青目肿，两下里扭做一团，往诉县令。县令登堂审问，彼此各执一词，一说是狱吏无礼，调戏妇女，一说是任敖可恶，无端辱殴。县令见他各有理由，倒也不好遽判曲直，只好召入功曹萧何，委令公断。萧何谓狱吏知法犯法，情罪较重，应该示惩。任敖虽属粗莽，心实可原，宜从宽宥。左袒任敖，就是隐护吕氏。这谳案一经定出，县令亦视为至公，把狱吏按律加罚。狱吏挨了一顿白打，还要加受罪名，真是自讨苦吃，俯首退下，连呼晦气罢了。谁教你凌辱妇人？萧何更为吕氏解免，说他身为女流，不闻外事,乃夫有过,罪不及妻,不如释出吕氏,较示宽大等语。县令也得休便休,就将吕氏释放还家。吕氏既至家中,不知如何探悉乃夫,竟挈子女寻往芒砀,得与刘邦相遇。据吕氏谓望知云气,或果有此慧眼,亦未可知。

邦已会晤妻孥,免得忆家,索性在芒砀山中,寻一幽谷,作为家居。后世称芒砀山中有皇藏峪,便是因此得名,这且不必絮述。

且说陈胜起兵蕲州,传檄四方,东南各郡县,往往戕杀守令,起应陈胜。沛县与蕲县相近,县令恐为胜所攻,亦欲举城降胜。萧何、曹参献议道:"君为秦吏,奈何降盗?且恐人心不服,反致激变,不若招集逋亡,收得数百人,便可压制大众,保守城池。"县令依议,乃遣人四出招徕。萧何又进告县令,谓刘季具有豪气,足为公辅,若赦罪召还,必当感激图报。县令也以为然,遂使樊哙往召刘邦。哙亦沛人,素有膂力,家无恒产,专靠着屠狗一业,当做生涯,娶妻吕媭,就是吕公的少女,吕雉的胞妹。哙得吕媭为妻,想亦由吕公识相,特配以女,好与刘邦做成一对特别连襟。县令因他与邦有亲,故叫他召邦。果然哙已知邦住处,竟至芒砀山中,与邦相见,具述沛令情意。邦在山中已八九月,收纳壮士,约有百人,既闻沛令相招,便带领家属徒众,与哙同诣沛县。

行至中途,蓦见萧何、曹参,狼狈前来。当即惊问来意,萧、曹二人齐声道:"前请县令召公,原期待公举事,不意县令忽有悔意,竟疑我等召公前来,将有他变,特下令闭守城门,将要诛我两人,亏得我两人闻风先逃,逾城而出,尚得苟延生命。现只有速图良策,保我家眷了。"邦笑答道:"承蒙两公不弃,屡次照拂,我怎得不思报答?幸部众已有百人,且到城下察看形势,再作计较。"萧曹二人,遂与邦复返,同至沛县城下。城门尚是关着,无从闯入。萧何道:"城中百姓,未必尽服县令,不若先投书函,叫他杀令自立,免受秦毒。可惜城门未开,无法投递,这却如何是好?"刘邦道:"这有何难?请君速即缮书,我自有法投入。"萧何听着,急忙草就一书,递与刘邦。邦见上面写着道:

> 天下苦秦久矣!今沛县父老,虽为沛令守城,然诸侯并起,必且屠沛。为诸父老计,不若共诛沛令,改择子弟可立者以应诸侯,则家室可完!不然,父子俱屠无益也。

邦约略阅过,便道:"写得甚好!"便将书加封,自带弓箭,至城下呼守卒道:"尔等毋徒自苦,请速看我书,便可保住全城生命。"说罢,即把书函系诸箭上,用弓搭着,飕的一声,已将箭干射至城上。城上守卒,见箭上有书,取过一阅,却是语语有理,便下城商诸父老。父老一体赞成,竟率子弟们攻入县署,立把县令杀死,然后大开城门,迎邦入城。

邦集众会议,商及善后方法,众愿推邦为沛令,背秦自主。邦慨然道:

第十二回　戕县令刘邦发迹　杀郡守项梁举兵

"天下方乱，群雄并起，今若置将不善，一败涂地，悔何可追？我非敢自爱，恐德薄能鲜，未能保全父老子弟，还请另择贤能，方足图谋大事。"众见邦有让意，因更推萧何、曹参。萧、曹统是文吏出身，未娴武事，只恐将来无成，诛及宗族，因力推刘邦为主，自愿为辅。邦仍然推辞，诸父老同声说道："平生素闻刘季奇异，必当大贵，且我等卜问过卜筮，莫如季为最吉，望勿固辞！"邦还想让与别人，偏大众俱不敢当，只好毅然自任，应允下去。众乃共立刘邦为沛公，是时刘邦年已四十有八了。

九月初吉，邦就沛公职，祠黄帝，祭蚩尤，杀牲衅鼓，特制赤旗赤帜，张挂城中。他因前时斩蛇，老妪夜哭，有赤帝子斩白帝子语，故旗帜概尚赤色。即授萧何为丞，曹参为中涓，樊哙为舍人，夏侯婴为太仆，任敖等为门客。部署既定，方议出兵。看官听说！自刘邦做了沛公，史家统称沛公二字，作为代名，小子此后叙述，也即称为沛公，不称刘邦了。沛公令萧何、曹参，收集沛中子弟，得二三千人，出攻胡陵、方与，俱县名，方音旁，与音豫。命樊哙、夏侯婴为统将，所过无犯。胡陵、方与二守令，不敢出战，但闭城守着。哙与婴正拟进攻，忽接到沛公命令，乃是刘媪去世，宜办理丧葬，未遑治兵，因召二人还守丰乡。二人不好违命，只得率众还丰。沛公至丰治丧，暂将军事搁起。那故楚会稽郡境内，又出了项家叔侄，戕吏起事，集得子弟八千人，横行吴中。叙出项氏叔侄，笔亦不苟。

看官欲知他叔侄姓名，便是项梁、项籍。项梁本下相县人，即楚将项燕子，燕为秦将王翦所围，兵败自杀，楚亦随亡。梁既遭国难，复念父仇，常思起兵报复，只因秦方强盛，自恨手无寸铁，不能如愿。有侄名籍，表字子羽，少年丧父，依梁为生。梁令籍学书，历年无成，改令学剑，仍复无成。梁不禁大怒，呵叱交加，籍答说道："学书有甚么大用？不过自记姓名。学剑虽稍足护身，也只能敌得一人。一人敌何如万人敌，籍愿学万人敌呢！"有志如此，也好算是英雄。梁听了籍言，怒气渐平，方语籍道："汝有此志，我便教汝兵法。"籍情愿受教。梁祖世为楚将，受封项地，故以项为姓。家中虽遭丧乱，尚有祖传遗书，未曾毁灭，遂一律取出，教籍阅读。籍生性粗莽，展卷时却很留心，渐渐的倦怠起来，不肯研究，所以兵法大意，略有所知，终未能穷极底蕴。籍之终于无成者，便由此夫？梁知他的本性难移，听他蹉跎过去。

既而梁为仇家所讦，株连成狱，被系栎阳县中。幸与蕲县狱掾曹无咎，素相认识，作书请托，得无咎书，投递狱掾司马欣，替梁缓颊，梁才得减罪，出狱还家。惟梁是将门遗种，怎肯受人构陷，委屈了事？冤冤相凑，那仇人被梁遇着，由梁与他评论曲直，仇人未肯认过，惹起梁一番郁愤，竟把仇人拳打足踢，殴死方休。一场大祸，又复闯出，自恐杀人坐罪，为吏所捕，不得已带同项籍，避居吴中。吴中士大夫，未知项梁来历，梁亦隐姓埋名，伪造氏族，出与士大夫交际，遇事能断，见义必为，竟得吴人信从，相率悦服。每遇地方兴办大工，及豪家丧葬等事，辄请梁为主办。梁约束徒众，派拨役夫，俱能井井有条，差不多与行军相似，吴人越服他才识，愿听指挥。

当秦始皇东巡时，渡浙江，游会稽，梁与籍随着大众，往看銮驾。大众都盛称天子威仪，一时无两，独籍指语叔父道："他！他虽然是个皇帝，据侄儿看来，却可取得，由我代为呢！"与刘季语异心同。梁闻言大惊，忙举手掩住籍口道："休得胡言，倘被听见，罪及三族了！"籍才不复说，与梁同归。时籍年已逾冠，身长八尺，悍目重瞳，力能扛鼎，气可拔山，所有三吴少年，无一能与籍比勇，个个惮籍。梁见籍艺力过人，也料他不在人下，因此阴蓄大志，潜养死士数十人，私铸兵器，静待时机。

到了陈胜发难，东南扰攘，梁正思起应，忽由会稽郡守殷通，差人前来，召梁入议。梁奉召即往，谒见郡守，殷通下座相迎，且引入密室，低声与语道："蕲陈失守，江西皆叛，看来是天意亡秦，不可禁止了。我闻先发制人，后发为人所制，意欲乘机起事，君意以为何如？"这一席话，正中项梁心坎，便即笑颜相答，一力赞成。殷通又道："行兵须先择将，当今将才，宜莫如君。还有勇士桓楚，也是一条好汉，可惜他犯罪逃去，不在此地。"梁答道："桓楚在逃，他人都无从探悉，惟侄儿项籍，颇知楚住处。若召楚前来，更得一助，事无不成了！"殷通喜道："令侄既知桓楚行踪，不得不烦他一往，叫楚同来。"梁又说道："明日当嘱籍进谒，向公听令。"说着，即起身告辞，径回家中，私下与籍计议多时，籍一一领教。

翌日早起，梁令籍装束停当，暗藏利剑，随同前往。既至郡衙，即嘱籍静候门外，待宣乃入，并申诫道："毋得有误！"话里藏刀。籍唯唯如命。梁即入见郡守殷通，报称侄儿已到，听候公命。殷通道："现在何处？"梁答道："籍在门外，非得公命，不敢擅入。"殷通闻言，忙呼左右召籍。籍在外伫候传呼，一闻内召，便趋步入门，直至殷通座前。通见籍躯干雄伟，状貌粗豪，不由的喜欢得很，便向梁说道："好一位壮士，真不愧项君令侄。"梁微笑道："一介蠢夫，何足过奖。"殷通乃命籍往召桓楚，梁在旁语籍道："好行动了。"口中说着，眼中向籍一瞅。籍即拔出怀中藏剑，抢前一步，向通砍去，首随剑落，尸身倒地。殷通的魂灵儿恐尚莫名其妙。

梁俯检尸身，取得印绶，悬诸腰间。复将通首级拾起，提在手中，与项籍一同出来。行未数步，就有许多武夫，各持兵器，把他拦住。籍有万夫不当之勇力，看那来人不过数百，全不放在心里，一声叱咤，举剑四挥，剑光闪处，便有好几个头颅，随剑落地。众武夫不敢近籍，一步步的倒退下去。籍索性大展武艺，仗着一柄宝剑，向前奋击，复杀死了数十人，吓得余众四散奔逃，不留一人。府中文吏，越觉心慌，统在别室中躲着，不敢出头。还是项梁自去找寻，叫他无恐，尽至外衙议事。于是陆续趋出，战兢兢的到了梁前。梁婉言晓谕，无非说是秦朝暴虐，郡守贪横，所以用计除奸，改图大事。众人统皆惊惶，怎敢说一个不字，只好随声应诺，暂保目前。梁又召集城中父老，申说大意，父老等不敢反抗，同声应命。

　　全城已定，派吏任事。梁自为将军，兼会稽郡守，籍为偏将，遍贴文告，招募兵勇。当有丁壮逐日报名，编入军籍，复访求当地豪士，使为校尉，或为候司马。有一人不得充选，竟效那毛遂故事，侈然自荐。项梁道："我非不欲用君，只因前日某处丧事，使君帮办，君尚未能胜任，今欲举大事，关系甚巨，岂可轻易用人！君不如在家安身，尚可无患。"这一席话，说得那人垂头丧气，怀惭自去。众益称项梁知人，相偕畏服。梁即使籍往徇下县。籍引兵数百，出去招安，到处都怕他英名，无人与抗，或且投效马前，愿随麾下。籍并收纳，计得士卒八千人，统是膂力方刚，强壮无比。籍年方二十有四，做了八千子弟的首领，越显出一种威风。他表字叫做子羽，因嫌双名累坠，减去一字，独留羽字，自己呼为项羽，别人亦叫他项羽，所以古今相传，反把项羽二字出名，小子后文叙述，也就改称项羽了。小子有诗咏道：

　　　　欲成大业在开端，有勇非难有德难。
　　　　一剑敢挥贤郡守，发硎先已太凶残。

　　项氏略定江东，同时又有几个草头王，霸据一方。欲知姓名履历，容至下回再详。

　　刘项起兵，迹似相同，而情则互异。沛令从萧何言，往召刘邦，设非后来之翻悔，则亦不至自杀其身。且杀令者为沛中父老，非真邦亲手下刃也。若项梁之赴召，明明为郡守之诚意，梁正不妨依彼举事，为君父复仇，何必计嘱项籍，无端下刃乎！况仇为秦皇，无关郡守，杀之尤为无名，适以见其贪诈耳。观此而刘、项之仁暴，即此而分，即刘、项之成败，从此而定。若夫刘邦之退让鸣恭，项梁之专横自立，盖第为一节之见端，犹其小焉者也。

第十三回　说燕将厮卒救王　入赵宫叛臣弑主

　　却说陈胜为张楚王，曾遣魏人周市，北略魏地。见前文第十回。市引兵至狄城，狄令拟婴城固守。适有故齐王遗族田儋，充当城守，独与从弟田荣、田横等,潜谋自立。当即想出一法,佯把家奴缚住,说他有通敌情事,押解县署,自率少年同往,请县令定罪加诛。县令不知是计,贸然出讯,被田儋拔出宝剑,砍死县令,也与项梁相类,怪不得与梁同死。遂招豪吏子弟,当面晓谕道:"诸侯皆背秦自立,我齐人如何落后？况齐为古国,由田氏为主百数十年,儋为田氏后裔,理应王齐,光复旧物。"大众各无异言,儋遂自称齐王,募兵数千,出击周市。周市经过魏地,未遇剧战,猛见齐人奋勇前来,料知不便轻敌,遂即引兵退还。儋既击退周市军,威名渐震,便遣荣、横等分出招抚,示民恢复。齐人正因秦法暴虐,追怀故国,闻得田儋称王,自然踊跃投诚,不劳兵革。惟周市退还魏地,魏人亦欲推市为王,市慨然道:"天下昏乱,乃见忠臣,市本魏人,应该求立魏王遗裔,才好算是忠臣呢。"会闻魏公子咎,投效陈胜麾下,市即遣使往迎。胜不肯将咎放归,再经市再三固请,直至使人往复五次,方得陈胜允许,命咎返魏,立为魏王。市为魏相,辅咎行政。于是楚、赵、齐、魏已成四国。

同时尚有燕王出现,看官道是何人？原来就是赵将韩广。见前文第十回。赵王武臣,使韩广略燕,广一入燕境,各城望风归附,燕地大定。燕人且欲奉广为王,广也欲据燕称尊;但因家属居赵,并有老母在堂,不忍致死,所以对众告辞,未敢相从。燕人说道:"当今楚王最强,尚不敢害赵王家属,赵王岂敢害将军老母？尽请放心,不妨自主。"广见燕人说得有理,便自称燕王。赵王武臣,得知此信,遂与张耳、陈余商议。两人意见,以为杀一老妪,无甚益处,不如遣令归燕,示彼恩惠,然后乘他不防,再行攻燕未迟。武臣依议,遣人护送广母,并广妻子,一同赴燕。广得与骨肉相见,当然大喜,厚待赵使,遣令归谢。

武臣便欲侵燕,亲率张耳、陈余诸人,出驻燕赵交界的地方。早有探马报知韩广,广恐赵兵入境,急令边境戒严,增兵防守。张耳、陈余,觇知燕境有备,拟请武臣南归,徐作后图。偏武臣志在得燕,未肯空回,耳、余也无可如何,只好随着武臣,仍然驻扎。惟彼此分立营帐,除有事会议外,各守各营,未尝同住。武臣独发生异想,竟思潜入燕界,窥探虚实,只恐耳、余二人谏阻,不愿与议,自己放大了胆,改装易服,扮做平民模样,挈了仆从数名,竟出营门,偷入燕境。燕人日夕巡逻,遇有闲人出入,都要盘查底细,方才放过。冒冒失失的赵王武臣,不管甚么好歹,闯将进去,即被燕人拦住,向他究诘。武臣言语支吾,已为燕人所疑,就中还有韩广亲卒,奉令助守,明明认得武臣,大声叫道:"这就是赵王。快快拿住!"道言未绝,守兵都想争功,七手八脚,来缚武臣,武臣还想分辩,那铁链已套上头颈,好似凤阳人戏猢狲,随手牵去。咎由自取。余外仆从,多半被拘,有两三个较为刁猾,转身就走,奔还赵营,报知张耳、陈余。

耳、余两人,统吃了一大惊,寻思没法营救,互商多时,别无他策,只有选

第十三回　说燕将厮卒救王　入赵宫叛臣弑主

派辩士,往说燕王韩广,愿将金银珍宝,赎回赵王。及去使返报,述及燕王索割土地,必须将赵国一半,让与了他,方肯放还赵王。张耳道:"我国土地,也没有甚么阔大,若割去一半,便是不成为国了。这事如何允许!"陈余道:"广本赵臣,奈何无香火情;况从前送还家眷,亦应知感,今当致书诘责,令彼知省,万不得已,亦只能许让一二城,怎得割畀一半呢?"书生迂论。张耳踌躇一会,委实没法,乃依陈余言,写好书信,复遣使赍去。那知待了数日,杳无复音,再派数人往探消息,仍不见报。到后来逃回一人,说是燕王韩广,贪虐得很,非但不允所请,反把我所遣各使,陆续杀死。顿时恼动了张耳、陈余,恨不即驱动大众,杀入燕境,把韩广一刀两段。但转想投鼠忌器,如欲与燕开战,胜负未可预料,倒反先送了赵王性命。两人搔头挖耳,思想了两三日,终没有甚么良策,忽帐外有人入报道:"大王回来了!"张耳、陈余,又惊又疑,急忙出营探望。果见赵王武臣,安然下车,后面随一御人,从容入帐。二人似梦非梦,不得不上前相迎,拥入营中,详问情状。我亦急欲问明。武臣微笑道:"两卿可问明御夫。"二人旁顾御者,御者便将救王计策,说明底细。

原来御人本赵营厮卒,不过在营充当火夫,炊爨以外,别无他长。自闻赵王被掠,张、陈两将相,束手无策,他却顾语同侪道:"我若入燕,包管救出我王,安载回来!"同侪不禁失笑道:"汝莫非要去寻死不成?试想使人十数,奉命赴燕,都被杀死,汝有甚么本领,能救我王?"厮卒不与多言,竟换了一番装束,悄悄驰往燕营,燕兵即将他拘住,厮卒道:"我有要事来报汝将军,休得无礼!"燕兵不知他有何来历,倒也不敢加缚,好好的引他入营。厮卒一见燕将,作了一个长揖,便开口问燕将道:"将军知臣何为而来?"燕将道:"汝系何人?"厮卒道:"臣系赵人。"直认不讳,确是有胆有识。燕将道:"汝既是赵人,无非来做说客,想把赵王迎归。"厮卒道:"将军可知张耳、陈余为何等人?"飏开一笔妙。燕将道:"颇有贤名,今日想亦无策了。"厮卒道:"将军可知两人的志愿否?"燕将道:"也不过欲得赵王。"厮卒哑然失笑,吃吃有声,好做作。燕将怒道:"何事可笑!"厮卒道:"我笑将军未知敌情,我想张耳、陈余,与武臣并辔北行,唾手得赵数十城。他两人岂不想称王?但因初得赵地,未便分争,论起年龄资格,应推武臣为王,所以先立武臣,暂定人心。今赵地已定,两人方想平分赵地,自立为王。可巧赵王武臣,为燕所拘,这正是天假机缘,足偿彼愿。佯为遣使,求归赵王,暗中巴不得燕人下手,立把赵王杀死,他好分赵自立,一面合兵攻燕,借口报仇,人心一奋,何战不克?将军若再不知悟,中他诡计,眼见得燕为赵灭了!"三寸舌贤于十万师。燕将听了,频频点首,待厮卒说罢,便道:"据汝说来,还是放还赵王为妙。"正要你说出这句。厮卒道:"放与不放,权在燕国,臣何敢多口!又作一飏,愈妙。但为燕国计,不如放还赵王,一可打破张、陈诡谋,二可永使赵王感激,就使张、陈逞刁,有赵王从中牵制,还有何暇图燕呢!"明明为自己计,反说为燕国计,真好利口。燕将乃进白韩广,广也信为真情,遂放出赵王武臣,依礼相待,并给车一乘,使厮卒御王还赵。张耳、陈余,穷思极索,反不及厮卒一张利口,也觉惊叹不置。赵王武臣,乃拔营南归,驰回邯郸。

适赵将李良,自常山还报,谓已略定常山,因来复命。赵王复使良往略太原,进至井陉。井陉为著名关塞,险要得很,秦用重兵扼守,阻住良军。良引兵到了关下,正拟进攻,偏有秦使到来,递入一书,书面并不加封,由良顺手取出一纸,但见上面写着,竟是秦二世的谕旨。略云:

> 皇帝赐谕赵将李良:良前曾事朕,得膺贵显,应知朕待遇之隆,不应相负。今乃背朕事赵,有乖臣谊,若能翻然知悔,弃赵归秦,朕当赦良罪,并予贵爵,朕不食言!

李良看罢,未免心下加疑。他本做过秦朝的官员,只因位居疏远,乃归附赵国,愿事赵王。此次由二世来书,许赐官爵,究竟是事赵呢?还是事秦呢?那知这封书信,并不由二世颁给,乃是守关秦将,假托二世谕旨,诱惑李良,且故意把书不封,使他容易漏泄,传入赵王耳中,令彼相疑,这就叫做反间计呢。李良不知是计,想了多时,方得着一条主意。当下遣回秦使,自引兵径回邯郸,且到赵王处申请添兵,再作计较。

一路行来,距邯郸只十余里,遥见有一簇人马,吆喝前来,当中拥着銮舆,前后有羽扇遮蔽,男女仆从,环绕两旁,仿佛似王者气象。暗想这种仪仗,除赵王外还有何人?遂即一跃下马,伏谒道旁。那车马疾驰而至,顷刻间已到李良面前,良不敢抬头,格外俯伏,口称臣李良见驾。道言甫毕,即听车中传呼,令他免礼。良才敢昂起头来,约略一瞧,车中并不是赵王,乃是一个华装炫服的妇人。正要开口启问,那车马已似风驰电掣一般,向前自去。李良勃然起立,顾问从吏道:"适才经过的车中,究系何人坐着?"有数人认得是赵王胞姊,便据实答称。良不禁羞惭满面,且愧且忿道:"王姊乃敢如此么?"旁有一吏接口道:"天下方乱,群雄四起,但教才能迈众,便可称尊。将军威武出赵王右,赵王尚且优待将军,不敢怠慢,今王姊乃一女流,反敢昂然自大,不为将军下车,将军难道屈身妇女,不思雪耻么?"这数语激动李良怒气,越觉愤愤不平,便下令道:"快追上前去,拖落此妇,一泄我恨!"说着,便奋身上马,加鞭疾走。部众陆续继进,赶了数里,竟得追着王姊的车马,就大声呼喝道:"大胆妇人,快下车来!"王姊车前的侍从,本没有什么骁勇,不过摆个场面,表示雌威。既见李良引众赶来,料他不怀好意,统吓得战战兢兢。有几个胆子稍大的，还道李良不识王姊，因此撒野，遂撑着喉咙，朗声答道："王姊在此，汝是何人，敢来戏侮？"李良叱道："甚么王姊不王姊？就使赵王在此，难道敢轻视大将不成！"一面说，一面拔出佩剑，横掠过去，砍倒了好几人。部众又扬声助威，霎时间把王姊侍从，尽行吓散。王姊素来嗜酒，此次出游郊外，正是为饮酒起见。她已喝得醉意醺醺，所以前遇李良，视作寻常小吏，未尝下车。邯郸城内岂无美酒，且身为王姊，何求不得，必要出城觅饮，真是自来送死！偏偏弄成大错，狭路中碰着冤家，竟至侍从逃散，单剩了孤身只影，危坐车中。正在没法摆布，见李良已跃下了马，伸出蒲扇一般的大手，向她一抓。她便身不由主，被良抓出，摔在地上，跌得一个半死半活。是喝酒的回味。发也散了，身也疼了，泪珠儿也流下来了，索性拚着一死，痛骂李良。良正忿不可耐，怎忍被她辱骂？便举剑把她一挥，断送性命。好去做女酒鬼了。

王姊既死，良已知闯了大祸，还是先发制人，乘着赵王尚未知晓，一口气跑到邯郸。邯郸城内的守兵，见是李良回来，当然放他进城，他竟驰入王宫，去寻赵王武臣。武臣毫不预防，见良引众进来，不知为着何事，正要向良问明，良已把剑砍到，一时不及闪避，立被劈死。宫中卫兵，突然遭变，统皆逃去。良又搜杀宫中，把赵王武臣家眷，一体屠戮，再分兵出宫，往杀诸大臣，左丞相邵骚，也冤冤枉枉的死于非命。不良如此，如何名良！只右丞相张耳，大将军陈余，已得急足驰报，溜出城门，不遭毒手。两人素有闻望，为众所服，所以城中逃出的兵民，陆续趋附。

才过了一二日，已聚了数万人，两人便想编成队伍，再入邯郸，替赵王武臣报仇，适有张耳门客，为耳献谋道："公与陈将军，均系梁人，羁居赵地，赵人未必诚心归附。为两公计，不如访立赵后，由两公左右夹辅，导以仁义，广为号召，方可扫平乱贼，得告成功。"张耳也觉称善，转告陈余，余亦赞成。乃访得故赵后裔，叫做赵歇，立为赵王，暂居信都。那李良已据住邯郸，胁迫居民，奉他为主，遂部署徒众，增募兵勇，约得一二万人，即拟往攻张耳、陈余，会闻张、陈复立赵王歇，传檄赵地，料他必来报复，还是赶早发兵，往攻信都，较占先着。主见已定，当即率兵前往，倍道亟进。

张耳、陈余，正思出击邯郸，巧值李良自来讨战，便由张耳守城，陈余出敌。安排妥当，余即领兵二万，开城前行，约越数里，已与李良相遇。两阵对圆，兵刃相接，彼此才经战斗，李良麾下的人马，已多离叛，四散奔逃。看官听说！师直为壮，曲为老，本是兵法家的恒言。李良已为赵臣，无端生变，入弑赵王，并把赵王家眷，屠戮殆尽，这乃大逆不道的行为。时局虽乱，公论难逃，人人目李良为乱贼，不过邯郸城内的百姓，无力抵御，只好勉强顺从。良尚自鸣得意，引众攻入，怎能不溃？张耳、陈余，本来是有些名声，更且此番出师，纯然为主报仇，光明坦白，又拥立一个赵歇，不没赵后，足慰赵人想望，因此同心同德，一古脑儿杀将上去。李良抵当不住，部众四窜，各自逃生。陈余见良军败退，趁势追击，杀得良军七零八落，人仰马翻。李良也逃命要紧，奔回邯郸。尚恐陈余前来攻城，支持不住，不若依了秦二世的来书，投降秦朝。当下派将守城，自率亲兵数百人，径至秦将章邯营中，屈膝求降去了。小子有诗咏道：

人心叵测最难防，挟刃公然弑赵王。
只是舆情终未服，战场一鼓便逃亡。

欲知章邯驻兵何地，待至下回叙明。

赵王武臣，为燕所拘，张耳、陈余二人，竭毕生之智力，终不能迎还赵王，而大功反出一厮卒，可见皂隶之中，未尝无才，特为君相者不善访求耳。史称厮卒御归赵王，不录姓氏，良由厮卒救王以后，未得封官，仍然湮没不彰，故姓氏无从考据耳。夫有救主之大功，而不知特别超擢，此赵王武臣之所以终亡也。赵王姊出城游宴，得罪李良，既致杀身，并致亡国，古今来之破家复国者，往往由于妇人之不贤，然亦由君主之不知防闲，任彼所为，因至酿成巨衅。故武臣之死，衅由王姊，实即武臣自取之也，于李良乎何诛！

第十四回　失兵机陈王毙命
　　　　　　兔子祸婴母垂言

却说秦将章邯，自击退周文后，追逐出关。文退至曹阳，又被章邯追到，不得不收众与战。那知军心已散，连战连败，再奔入渑池县境，手下已将散尽，那章邯还不肯罢休，仍然追杀过来。文势穷力竭，无可奈何，便即拚生自刎，报了张楚王的知遇。*士为知己者死，还算不负。*

时已为秦二世二年了，章邯遣使奏捷，二世更命长史司马欣，都尉董翳，领兵万人，出助章邯，嘱邯进击群盗，不必还朝。邯乃引兵东行，径向荥阳进发。荥阳为楚假王吴广所围，数月未下。*见前文第十回。*及周文战死，与章邯进兵的消息，陆续传来，吴广尚没有他法，仍然顿屯城下，照旧驻扎。部将田臧、李归等，私下谋议道："周文军闻已败溃了，秦兵旦暮且至，我军围攻荥阳，至今未克，若再不知变计，恐秦兵一到，内外夹攻，如何支持！现不若少留兵队，牵制荥阳，一面悉锐前驱，往御秦军，与决一战，免致坐困。今假王骄不知兵，难与计议，看来只有除去了他，方好行事。"*除去吴广，亦未必遽能成功。*于是

第十四回　失兵机陈王毙命　免子祸婴母垂言

决计图广,捏造陈王命令,由田臧、李归两人赍入,直至广前。广下座接令,只听得田臧厉声道:"陈王有谕,假王吴广,逗留荥阳,暗蓄异谋,应即处死!"说到死字,不待吴广开口,便拔出佩刀,向广砍去。广只赤手空拳,怎能抵御,况又未曾防着,眼见得身受刀伤,不能动弹。再经李归抢上一步,剁下一刀,自然毙命。随即枭了广首,出示大众,尚说是奉命诛广,与众无干。大众统被瞒过,无复异言。也是广平日不得众心之过。

田臧刁猾得很,即缮就一篇呈文,诬广如何顿兵,如何谋变,说得情形活现,竟派人持广首级,与呈文并达陈王。陈胜与吴广同谋起兵,资格相等,本已暗蓄猜疑,既得田臧禀报,快意的了不得,还要去辨甚么真假?当即遣还来使,另派属吏赍着楚令尹印信,往赐田臧,且封臧为上将。臧对使受命,喜气洋洋,一俟使人去讫,便留李归等围住荥阳,自率精兵西行,往敌秦军。到了敖仓,望见秦军漫山遍野,飞奔前来,旗械鲜明,兵马雄壮,毕竟是朝廷将士,比众不同,楚兵都有惧色,就是田臧也有怯容,没奈何排成队伍,准备迎敌。秦将章邯,素有悍名,每经战阵,往往身先士卒,锐厉无前,此次驰击楚军,也是匹马当先,亲自陷阵。秦军踊跃随上,立将楚阵冲破,左右乱搅,好似虎入羊群,所向披靡。田臧见不可敌,正想逃走,恰巧章邯一马突入,正与田臧打个照面,臧措手不及,被章邯手起一刀,劈死马下。好与吴广报仇。楚军失了主帅,纷纷乱窜,晦气的个个送终,侥幸的还算活命。章邯乘胜前进,直抵荥阳城下。李归等闻臧败死,已似摄去魂魄一般,茫无主宰,既与秦军相值,不得不开营一战。那秦军确是利害,长枪大戟,无人敢当,再加章邯一柄大刀,旋风飞舞,横扫千军。李归不管死活,也想挺枪与战,才经数合,已由章邯大喝一声,把好头颅劈落地上,一道灵魂,驰入鬼门关,好寻着密友田臧,与吴广同对冥簿去了。贪狡何益。余众或死或降,不消细叙。

且说章邯阵斩二将,解荥阳围,复分兵攻郏,逐去守将邓说,自引兵进击许城。许城守将伍徐,亦战败逃还,与邓说同至陈县,进见陈胜。胜查讯两人败状,情迹不同,伍徐寡不敌众,尚可曲原;独邓说不战即逃,有忝职守,因命将他绑出,置诸死刑。遂命上柱国蔡赐,引兵御章邯军,武平君畔,出使监郏下军。时陵县人秦嘉,铚县人董经,符离县人朱鸡石,取虑县人郑布,徐县人丁疾等,各纠集乡人子弟,攻东海郡,屯兵郯下。武平君畔奉使至郯,欲借楚将名目,招抚各军,秦嘉不肯受命,自立为大司马,且遍告军吏道:"武平君尚是少年,晓得甚么兵事,我等难道受他节制么?"说着,即率军吏攻畔。畔麾下只数百人,怎能敌得过秦嘉,急切无从逃避,竟被杀死。就是上柱国蔡赐,与章邯军交战一场,也落得大败亏输,为邯所杀。邯长驱至陈,陈境西偏,有楚将张贺驻守,贺闻秦军杀到,飞报陈胜,请速济师。胜至此才觉惊惶,急忙调集将吏,呼令出援。偏是众叛亲离,无人效命,害得陈胜仓皇失措,只好带领亲卒千人,自往援应。

原来胜自田间起兵,所有从前耕佣,多半与胜相识,且因胜有富贵不忘的约言,所以闻胜为王,统想攀鳞附翼,博取荣华。<small>癞虾蟆想吃天鹅肉。</small>当下结伴至陈,叩门求见。门吏见他面目黧黑,衣衫褴褛,已是讨厌得很,便即喝问何事? 大众也不晓得甚么称呼,但说是要见陈涉。门吏怒叱道:"大胆乡愚,敢呼我王小字!"一面说,一面就顾令兵役,拿下众人。还亏众人连忙声辩,说是陈王故交,总算门吏稍留情面,饬令免拿,但将他撵逐出去。大众碰了一鼻子灰,心尚未死,镇日里在王宫附近,伫候陈胜出来,好与他见面扳谈。果然事有凑巧,陈王整驾出门,众人一齐上前,争呼陈胜小字,陈胜听着,低头一瞧,都是贫贱时的好朋友,倒也不好怠慢,便命众人尽载后车,一同入宫。乡曲穷氓,骤充贵客,所见所闻,统是稀罕得很,不由的大呼小叫,满口喧哗。或说殿屋有这么高大,或说帷帐有这般新奇,又大众依着楚声,伙颐伙颐,道个不绝。<small>楚人谓多为伙,颐语助声,即多唉之意。</small>宫中一班役吏,实在瞧不过去,只因他们是陈王故人,不便发作,但把那好酒好肉,取供大嚼。众人吃得高兴,越加胡言乱道,往往拍案喧呼道:"陈涉陈涉,不料汝竟有此日! 沉沉王府,由汝居住。"还有几个凑趣的愚夫,随口接着道:"我想陈涉佣耕时,衣食不周,吃尽苦楚,为何今日这般显耀,交此大运呢?"随后你一句,我一语,各将陈胜少年的故事,叙述出来,作为笑史。谁知谈笑未终,刀锯已伏,这种鄙俚琐亵的言论,早有人传入陈王耳中,且请陈王诛此愚夫,免得损威。陈胜老羞成怒,依了吏议,竟把几个多说多话的农人,传将进去,一体绑缚,砍下头颅。<small>酒肉太吃得多了,应该把头颅赔偿。</small>大众不防有此奇祸,蓦听得这个消息,顿吓得魂飞天外,情愿回去吃苦,不愿在此杀头,遂陆续告辞,踉跄趋归。胜有妻父妻兄,尚未知胜如此薄情,贸然进见。胜虽留居王宫,惟惩着前辙,当作家奴看待。妻父怒说道:"怙势慢长,怎能长久! 我不愿居此受累!"即不别而行,妻兄亦去。为此种种情迹,他人都知陈胜刻薄,相率灰心,不肯效力。胜尚不以为意,命私人朱房为中正,胡武为司过主司,专察将吏小疵,滥加逮捕,妄用严刑。甚至将吏无辜,惟与朱、胡有嫌,即被他囚系狱中,任情刑戮。于是将吏等越加离心,到了秦军入境,个个冷眼相看,谁愿为胜致死,拚命杀敌。胜悔恨无及,只因大敌当前,没奈何自去督战。行至汝阴,已有败兵逃回,报称张贺阵亡,全军覆没。<small>贺死用虚写,笔法一变。</small>

陈胜一想,去亦无益,徒自送死,不若逃回城中,再作后图,遂命御人速即回车。御夫叫作庄贾,依言返奔,途中略一迟缓,便被胜厉声呼叱,骂不绝口。庄贾当然衔恨,驱车至下城父,索性停车不进,自与从吏附耳密谈。胜焦急异

第十四回　失兵机陈王毙命　免子祸婴母垂言

常，连叫数声，贾竟反唇相讥，恶狠狠的仇视陈胜。结果是掣剑在手，没头没脑，劈将过去，可怜六个月的张楚王，竟被一介车夫，砍成两段！贾不顾胜尸，驰入陈县，草起降书，遣人往投秦营。去使尚未回报，将军吕臣已从新阳杀入，为胜复仇，诛死庄贾。当即收胜尸首，礼葬砀山。后来汉沛公平定海内，追念胜为革命首功，特命地方官修治胜墓，且置守冢三十家，俾得世祀。若大佣夫，得此食报，也算是不虚此一生了。<u>原还值得。</u>

先是陈令宋留，奉胜军令，率兵往略南阳，西指武关，至胜已被杀，秦军复将南阳夺去，截住宋留归路。留进退失据，奔还新蔡，又遭秦军邀击，苦不能支，只好乞降。章邯以宋留本为陈令，不能死难，反为陈胜攻秦，罪无可恕，因将留捆缚起来，囚解进京。二世向来苛酷，命处极刑，车裂以徇。各郡县官吏，得此风声，引为大戒，既已叛秦自主，不得不坚持到底，誓死拒秦。秦嘉等闻陈胜已死，求得楚族景驹，奉为楚王，自引兵略方与城，攻下定陶，且遣公孙庆往齐，欲与齐王田儋，合兵御秦。田儋尚未知陈胜死状，遂向庆诘责道："我闻陈王战败，生死未卜，怎得另立楚王，且何不向我请命，竟敢擅立呢！"庆不肯少屈，也大声对答道："齐未尝向楚请命，自立为王，楚何必向齐请命，方得立王呢！况楚首先起兵，西攻暴秦，诸侯应该服从楚令，奈何反欲楚听齐命呢？"田儋听他言语不逊，勃然怒起，竟命将庆推出斩首，不肯发兵助楚。

那吕臣既据陈县，也假楚字为名，号令人民。秦将章邯，连下各地，军威大震，又收得赵将李良，自往邯郸，徙赵民至河内，毁去城郭，随处部署，无暇亲攻二楚。<u>回应前回李良降秦事。</u>但遣左右校秦官名。引兵击陈。吕臣出战败绩，引兵东走，途次遇见一彪人马，为首一员猛将，面有刺文，生得威风凛凛，相貌堂堂，麾下兵士，统用青布包头，不似秦军模样。料知他是江湖枭桀，乘乱起事，与秦抗衡，当下停住下马，拱手问讯。来将却也知礼，在马上欠身相答，彼此各通姓名，才知来将叫做黥布。<u>如闻其声。</u>吕臣从未闻有黥姓，不禁相讶，及黥布详叙本末，方得真相。当由吕臣邀布为助，反攻秦军。布慨然乐允，因与吕臣一同北行。

看官欲知黥布履历，待小子演述出来。布系六县人氏，本来姓英，少时遇一相士，谛视布面，许为豪雄，且与语道："当先受黥刑，然后得王。"布半疑半信，唯恐他日受黥，特改称黥布，谋为厌解。偏偏厌解无效，过了数载，年已及壮，竟至犯法论罪，被秦吏捉入狱中，谳定黥刑，就布面上刺成数字，且充发骊山作工。布欣然笑道："相士谓我当刑而王，莫非我就要做王了！"旁人听了，都相嘲讽，布毫不动怒，竟启行到了骊山。骊山役徒，不下数十万名，有几个骁悍头目，材技过人，布尽与交好，结为至友。当即密谋逃亡，乘隙偕行，辗转遁入江湖，做了一班亡命奴。及陈胜发难，也想起应，只因朋辈寥寥，不过三五十人,如何举事!闻得番阳番音婆,即今之鄱阳县。令吴芮,性情豪爽,喜交宾客,随即只身往谒,劝他起兵。吴芮见他举止不凡,论断有识,不觉改容相待,留居门下。嗣复面试技艺,又是拳棒精通,弓马纯熟,引得吴芮格外器重,愿招布为快婿,诹吉成礼。一个是壮年俊杰,出色当行,一个是仕女班头,及时许嫁,两人做了并头莲,真个是郎才女貌,无限欢娱。艳语夺目。惟布具有大志,怎肯在温柔乡中,消磨岁月,当下招引旧侣,并集番阳,即向吴芮借兵,出略江北,可巧碰着了楚将吕臣,互谈心曲,布毫不踌躇,愿助吕臣一臂之力,夺还陈县。吕臣喜出望外,便合兵还陈,再与秦军交战。秦军无战不胜,无攻不克,偏遇了这位黥将军,执槊飞舞,无论如何勇力,不敢进前,并且黥布麾下的弁目,亦无一弱手,东冲西突,杀人如麻,吕臣也麾众继进,立将秦阵踹破,扫将过去,赶得一个不留。

秦左右校统已窜去,由吕臣收还陈城,邀入黥布,置酒高会。欢宴了好几天,布不屑安居,便与吕臣作别,率徒众东去。适项梁叔侄,渡江西指,声威传闻远近,布亦乐得相从,遂径诣项氏营中,愿为属将。项梁方招揽英雄,那有不收纳的道理,惟项氏西向的原因,却也有一人引他出来。

当时有一广平人召平,曾为陈胜属将,往攻广陵,旬月未下。会接陈胜死耗,自知孤军难恃,恐为秦军所乘,乃渡江东下,伪称陈王尚在,矫命拜项梁为上柱国,且传语道:"江东已定,请即西向击秦!"梁信为真言,就带了八千子弟,逾江西行。沿途有许多难民,扶老携幼,向前急趋。梁未识何因,遂命左右追捉数人,问明意见。难民答道:"现闻东阳县令,为众所戕,另立令史陈婴。陈公素来长厚,体恤民艰,小民等所以前往,求他保护,免得受殃。"梁不禁惊叹道:"东阳有这般贤令史么?我当先与通问,邀他同往攻秦,方为正当办法。"说罢,遂将难民纵去,自命属吏缮就一书,招致陈婴,派人持去。

婴平日循谨,为邑人所推重,自经东阳乱起,避居家中,不欲与闻。偏东阳少年,聚积至数千人,杀死县令,公议立婴,统至婴门固请,定要他出来统众。婴固辞不获,只得出诣县署,妥为约束。并将县令遗尸埋葬。远近闻婴贤名,争先趋附,越数日即得二万人。众又欲推婴为王,婴不敢遽允,立白老母。母摇首道:"自从我为汝家妇,从不闻汝家先代出一贵人,可见汝家向来寒微,没有闻望。今汝投效县中,又不过一寻常小吏,徒靠着平生忠厚,与人无忤,方得大众信从。但忠厚二字,只能勉强自守,不能突然兴国,若骤得大名,非但不能享受,转恐惹出祸殃,况且天下方乱,未知瞻乌所止,汝断不可行险侥幸,自取后悔!我为汝计,不如择主事人,有所依附,事成可得封赏,事败容易逃亡,省得被人指名,这还是处乱知几的方法呢!"如此审慎,才不愧为母教。婴唯唯而出,决意不受王号,但自称东阳县长。适项梁遣使到来,递入梁书,由婴展阅一周,便召集属吏部兵,开言晓谕道:"今项氏致书相招,欲我与他连和,合兵西向,我想项氏世为楚将,素有威名,项梁叔侄,又是英武绝伦,不愧将种,我等欲举大事,非与他叔侄连合,终恐无成。看来不如依书承认,徙倚名族,然后西向攻秦,不患不能成事了!"众人听得婴言,颇有至理,且闻项氏叔侄,英名盖世,势难与敌,还是先机趋附,保全城池为是。乃齐声称善,各无异言。婴就写好复书,先遣来使返报。旋即持了军籍,赴项梁营,愿率部众相依,悉听指挥。

项梁大喜,受婴军籍,仍令婴自统部众。不过出兵打仗,总要禀承项氏,方好遵行。这乃是主权所关,不足深怪。项梁遂与婴合兵渡淮,并得黥布相从,已约有四五万人。嗣复来了一位蒲将军,也有一二万部众,投附项梁。《史记》不载蒲将军姓名,故本书亦从阙略。于是项梁属下的兵士,差不多有六七万名,一古脑儿会齐下邳,探听前途消息,再定行止。忽有探卒走报,乃是秦嘉驻兵彭城,不容大军过去。项梁听说,遂召谕将士道:"陈王首先起事,攻秦失利,未即死亡,秦嘉乃遽背陈王,擅立景驹,这便叫做大逆不道,诸君当为我努力,往诛此贼!"道言未绝,各将士已齐声应令,便排好队伍,执定兵械,一声炮响,好似潮水奔赴,争向彭城杀去。小子有诗咏道:

八千子弟渡江来,一鼓便将伪楚摧。
若使到头无误事,声威原足挟风雷。

欲却胜负如何,待至下回详叙。

历朝革命,首事者往往无成,而胜、广之名为益著,即其败亡也亦甚速。广不足道耳。陈胜以陇上耕佣,一呼而起,集众数万,据陈称王,何兴之暴也?厥后各军连败,秦兵相逼,胜不能一战,竟死于御者之手,又何其遽也!史称其滥杀故人,苛待属吏,遂至众叛亲离,以底于亡,此固不可谓非陈胜之定评,然自来真主出现,必有首事者为之先驱,首事者死,而真主乃得收功,项氏且不能据有海内,遑论一陈胜乎?若陈婴母其知此道矣,诫婴称王,嘱使依人,宁辞大名,免遭大祸。莫谓巾帼中必无智者,婴母固前事之师也。

第十五回　从范增访立楚王孙
　　　　　信赵高冤杀李丞相

却说项梁带领部众,杀奔彭城,仗着一股锐气,冲入秦嘉营垒,杀的杀,砍的砍,厉害得很。嘉自起兵以来,从未经过大敌,骤然遇了项家兵队,勇悍异常，叫他如何抵挡？没奈何弃营逃去。项梁驱兵追赶，直至胡陵，逼得秦嘉无路可奔，只好收集败兵，还身再战。奋斗多时，究竟强弱不敌，终落得兵败身亡。残众进退两难，统皆弃械投降。秦嘉所立的楚王景驹，孤立无依，出奔梁地，后来也一死了事。项梁进据胡陵，复引兵西进，适值秦将章邯，南下至栗，为梁所闻，乃使别将朱鸡石、余樊君等，往击秦军。余樊君战死，朱鸡石逃还。梁愤杀鸡石，驱兵东出，攻入薛城。忽由沛公刘邦，到来乞师，梁与沛公本不相识，两下晤谈，见沛公英姿豪爽，却也格外敬礼，慨然借兵五千人，将吏十人，使随沛公同行。沛公谢过项梁，引兵自去。回应第十二回。

惟沛公何故乞师，应该就此补叙。沛公前居母丧，按兵不动，偏秦泗川监官名来攻丰乡，乃调兵与战，得破秦兵。泗川监遁还，沛公命里人雍齿居守，自引兵往攻泗川，泗川监平，及泗川守北，出战败绩，逃往薛地，又被沛公军追击，转走戚县。沛公左司马曹无伤，从后赶去，杀死泗川守，只泗川监落荒窜去，不知下落。沛公既得报怨，乃还军亢父，不意魏相周市，遣人至丰，招诱雍齿，啖以侯封。雍齿素与沛公不协，竟背了沛公，举丰降魏。沛公闻报，急引兵还攻雍齿，偏雍齿筑垒固守，屡攻不下。丰乡为沛公故里，父老子弟，本已相率畏服，不生贰心，乃被雍齿胁迫，反抗沛公，沛公如何不愤！自思顿兵非计，不如另借大兵，再来决斗，乃撤兵北向，拟至秦嘉处乞师。道出下邳，巧与张良相遇。张良伏处有年，闻得四方兵起，也欲乘势出头，特纠集同志百余人，拟往从楚王景驹。会见沛公过境，因乘便求见，沛公与语一切兵机，良应对如流，大得沛公赏识，授为厩将。最奇怪的是张良所言，无人称赏，独沛公一一体会，语语投机。良因叹息道："沛公智识，定由天授，否则我所进说，统是太公兵法，别人不晓，为何沛公独能神悟呢？"良得太公兵法，见前文第四回。嗣是良遂随着沛公，不复他去。会秦嘉为项梁所杀，景驹走死，沛公乃竟造项梁营门，乞师攻丰。既得项军相助，便亟返丰乡，再攻雍齿。雍齿保守不住，出投魏国去了。

沛公逐去雍齿，驰入丰乡，传集父老子弟，训责一番。大众统皆谢过，乃不复与较，但改丰乡为县邑，筑城设堡，留兵扼守，再向薛城告捷，送还项军。旋接项梁来书，特邀沛公至薛商议另立楚王。沛公方感他厚惠，当然应召，带同张良等趋至薛城。适值项羽战胜班师，因得与羽相见，询明战状，乃是羽拔襄城，尽坑敌兵，方才告归。羽一出师，便尽坑襄城敌兵，其暴可知。惺惺惜惺惺，两人一见如故，联成为萍水交。刘、项相交自此始。

过了一宵，项氏属将，一齐趋集。当由项梁升帐议事，顾语大众道："我闻陈王确已身死，楚国不可无主，究应推立何人？"大众听了，一时也不便发言，只好仍请项梁定夺。有几个乘机献媚的将吏，竟要项梁自为楚王，梁方欲承认下去,忽帐外有人入报,说是居鄛人范增,前来求见。鄛一作巢,即今巢县。梁即传令入帐。少顷见一个老头儿,伛偻进来,趋至座前,对梁行礼。死多活少,何苦再来干进!梁亦拱手作答,延坐一旁,并温颜与语道:"老先生远来,必有见教,愿乞明示!"范增答道:"增年已老朽,不足谈天下事,但闻将军礼贤下士,舍己从人,所以特来见驾,敬献刍言。"项梁道:"陈王已逝,新王未立,现正筹议此事,尚无定论,老成人想有高见,幸即直谈!"增又道:"仆正为此事前来,试想陈胜本非望族,又乏大才,骤欲据地称王,谈何容易!此次败亡,原不足惜。自从暴秦并吞六国,楚最无罪,怀王入秦不反,楚人哀思至今。仆闻楚隐士南公,深通术数,尝谓楚虽三户,亡秦必楚,照此看来,三户尚足亡秦,今陈胜首先起事,不知求立楚后,妄自称尊,怎得不败!怎得不亡!将军起自江东,渡江前来,故楚豪杰,争相趋附,无非因将军世为楚将,必立楚后,所以竭诚求效,同复楚国。将军诚能俯顺舆情,扶植楚裔,天下都闻风慕义,投集尊前,关中便一举可下了。"增言亦似是而非。

项梁喜道:"我意也是如此,今得老先生高论,更无疑义,便当照行。"增闻言称谢,梁又留与共事,增亦不辞。此时增年已七十,他本家居不仕,好为人设法排难,谋无不中。既居项梁幕下,当然做了一个参谋。梁遂派人四出,访求楚裔,可巧民间有一牧童,替人看羊,查问起来,确是楚怀王孙,单名是个心字,当即报知项梁。梁即派遣大吏数人,奉持舆服,刻日往迎。说也奇怪,那牧童得了奇遇,倒也毫不惊慌,就将破布衣服脱下,另换法服,居然像个华贵少年,辞别主人,出登显舆,一路行抵薛城。项梁已率领大众,在郊迎接,一介牧童,不知从何处学得礼节,居然不亢不卑,与梁相见。梁遂导入城中,拥他高坐,就号为楚怀王,自率僚属谒贺。牧童为王,虽后来不得令终,总有三分奇异。行礼既毕,复与大众会议,指定盱眙为国都,命陈婴为上柱国,奉着怀王,同往盱眙。梁自称武信君,又因黥布转战无前,功居人上,封他为当阳君。布乃复英原姓,仍称英布。

张良趁此机会,谋复韩国,遂入白项梁道:"公已立楚后,足副民望,现在齐、赵、燕、魏,俱已复国,独韩尚无主,将来必有人拥立,公何不求立韩后,使他感德;名虽为韩,实仍属楚,免得被人占了先着,与我为敌呢。"语有分寸。项梁道:"韩国尚有嫡派否?"良答道:"韩公子成,曾受封横阳君,现尚无恙,且有贤声,可立为韩王,为楚声援,不致他变。"梁依了良议,遂使良往寻韩公子成。良一寻便着,返报项梁。梁因命良为韩司徒,使他往奉韩成,西略韩地。良拜辞项梁,又与沛公作别,径至韩地,立韩成为韩王,自为辅助,有兵千人,取得数城。从此山东六国,并皆规复,暴秦号令,已不能远及了。

独秦将章邯,自恃勇力,转战南北,飘忽无常,竟引兵攻入魏境。魏相周市，急向齐、楚求救。齐王田儋，亲自督兵援魏，就是楚将项梁，亦命项它领兵赴援。田儋先至魏国，与周市同出御秦，到了临济，正与秦军相遇，彼此交战一场，杀伤相当，不分胜负。儋与市择地安营，为休息计，总道夜间可以安寝，不致再战。那知章邯狡黠得很，竟令军士衔枚夜走，潜来劫营。时交三鼓，齐、魏各军，都在营中高卧，沉沉睡着，蓦地里一声怪响，方才从梦中惊醒，开眼一瞧，那营内已被秦军捣入。急忙爬起，已是人不及甲，马不及鞍，如何还能对敌？秦军四面围杀，好似砍瓜切菜一般，齐、魏兵无路可奔，多被杀死。田儋周市，也死于乱军中，同至枉死城头，挂号去了。章邯踏平齐、魏各营，遂驱兵直压魏城。魏王咎自知不支，因恐人民受屠，特遣使至章邯营，请邯毋戮人民，便即出降。邯允如所请，与定约章，遣使回报。魏王咎看过约文，心事已了，当即纵火自焚，跟着祝融氏祝融，火神名。同去，却是一个贤王，可惜遭此结果。弟魏豹缒城出走，巧遇楚将项它，与述国破君亡等事，项它知不可救，偕豹还报项梁。

梁方出攻亢父，闻得魏都破灭，项它还军，正拟自往敌秦，赌个输赢。适值齐将田荣，差来急足，涕泣求援。经梁问明底细，才知田儋死后，齐人立故齐王建弟田假为王，田角为相，田间为将。独田儋弟荣不服田假，收儋余兵，自守东阿，秦兵乘势攻齐，把东阿城围住。城中危急万分，因特遣使求救，项梁奋然道："我不救齐，何人救齐！"遂撤了亢父，立偕齐使同赴东阿。

秦将章邯，方督兵攻东阿城，限期攻入，忽闻楚军前来救齐，乃分兵围攻，自率精锐去敌项梁。一经交锋，觉得项梁兵力，与各国大不相同，当下抖擞精神，率兵苦斗，偏项军都不怕死，专从中坚杀来，无人敢当。章邯持刀独出，拦截楚军，兜头碰着一个楚将，横槊相迎，刀槊并交，不到数合，杀得章邯浑身是汗，只好抛刀败退。看官道楚将为谁？就是力能扛鼎的项羽。邯生平未遇敌手，乃与项羽争锋，简直是强弱悬殊，不足一战。自思楚军中有此健将，怎能抵敌？不如赶紧收军，走为上计，于是挥众急走，奔回东阿，索性将攻城人马，一律撤去，向西驰还。田荣引兵出城，会合楚军，追击秦兵至十里外，望见章邯去远，荣托词告归。独项梁尚不肯舍，再追章邯，逐节进兵。

既而田假逃至，报称为荣所逐，乞师讨荣，项梁未许，但促田荣会师攻秦。荣方驱逐田假及田角、田间，另立兄儋子市为齐王，自为齐相，弟横为将，出徇齐地，无暇发兵攻秦。及楚使到来，荣与语道："田假非前王子弟，不应擅立，今闻他逃入楚营，楚应为我讨罪。田角、田间，与假同恶，现皆奔往赵国；若楚杀田假，赵杀田角、田间，我自当引兵来会，烦汝回报便了。"田假系齐王建弟，岂必不可为王？荣为是言，无非强词夺理。楚使还见项梁，具述荣言，项梁道："田假已经称王，今穷来投我，怎忍杀他？田荣不肯来会，由他去罢。"一面说，一面

第十五回　从范增访立楚王孙　信赵高冤杀李丞相

使沛公项羽,往攻城阳。羽亲冒矢石,首先登城,入城以后,又将兵民尽行屠戮。沛公亦无法劝阻,俟羽屠城毕事,同归告捷。

项梁复率众西追章邯,再破秦军,邯败入濮阳,乘城固守。梁攻城不克,移攻定陶。定陶城内亦有重兵守着,兀自支撑得住。梁自驻定陶城下,指挥军事,另命沛公、项羽,往西略地。两人行至雍邱,却遇秦三川守李由引兵迎敌,项羽一马当先,突入秦阵,李由不知好歹,仗剑来迎,被项羽手起一槊,挑落马下,眼见是一命告终了。秦兵失了主将,自然大乱,逃去一半,死了一半。惟李由为秦丞相李斯长子,战死沙场,总算是为秦尽忠,那知秦廷还说他谋反,竟把乃父李斯,拘入狱中!李由死无对证,李斯冤枉坐罪,这真叫做不明不白,生死含冤呢。也是李斯造孽太深,故有此报。说将起来都是赵高一人的狡计。

秦二世宠任赵高,不亲政务,及四方乱起,警报频闻,却不向赵高归罪,但去责成丞相李斯。李斯是个贪恋禄位的佞臣,只恐二世加谴,反要迎合上意,请二世讲求刑名,严行督责,且云督责加严,臣民自然畏惧,不敢生变。这数语正合二世心理,遂大申刑威,不论有罪无罪,孰贵孰贱,每日总要刑戮数人,总算实做那督责的事情。官民栗栗危惧,各有戒心。赵高平日,恃恩专恣,往往报复私仇,擅杀无辜,此次恐李斯等从旁讦发,祸及己身,乃先行设法,入白二世道:"陛下贵为天子,亦知天子称贵的原因么?"二世茫然不解,转问赵高,高答说道:"天子所以称贵,无非是高拱九重,但令臣下闻声,不令臣下见面。从前先皇帝在位日久,臣下无不敬畏,故得日见臣下,臣下自不敢为非,妄进邪说。今陛下嗣位,才及二年,春秋方富,奈何常与群臣计事?倘或言语有误,处置失宜,反使臣下看轻,互相诽议,这岂不是有玷神圣么?臣闻天子称朕,朕字意义,解作朕兆,朕兆便是有声无形,使人可望不可近,愿陛下从今日始,不必再出视朝,但教深居宫禁,使臣与二三侍中,或及平日学习法令诸吏员,日侍左右,待有奏报,便好从容裁决,不致误事。大臣见陛下处事有方,自不敢妄生议论,来试陛下,陛下才不愧为圣主了。"好似哄骗小儿。

二世闻言甚喜,乐得在宫安逸,恣意淫荒。从前尚有视朝的日子,至此杜门不出,唯与宦官宫妾,一淘儿寻欢取乐,所有诰命出纳,统委赵高办理。赵高便往访李斯,故意谈及关东乱事,李斯皱眉长叹,唏嘘不已。高便进说道:"关东群盗如毛,警信日至,主上尚恣为淫乐,征调役夫,修筑阿房宫,采办狗马无用等物,充斥宫廷,不知自省。君侯位居丞相,不比高等服役宫中,人微言轻,奈何坐视不言,忍使国家危乱哩!"哄骗李斯又另用一番口吻。李斯道:"非我不愿进谏,实因主上深居宫中,连日不出视朝,叫我如何面奏?"赵高道:"这有何难,待我探得主上闲暇,即来报知君侯,君侯便好进谏了。"李斯听着，还道赵高是个忠臣，怀着好意，当即欣然允诺。

过了一二日，果由赵高遣一阉人，通知李斯促令进谏。李斯忙穿了朝服，匆匆至宫门外，求见二世。二世正在宫中宴饮，左抱右拥，快乐无比的时候，忽见内官趋入，报称丞相李斯求见，不由的艴然道："有何要事，败我酒兴？快叫他回去罢！明日也好进来。"内官出去，依言拒斯，斯只好回去。明日再往求见，又被二世传旨叱回，斯乃不敢再往。偏赵高又着人催促，说是主上此刻无事，正好进谏，不得再误。斯尚以为真，急往求见，又受了一碗闭门羹。斯白跑三次，倒也罢了，那知二世动了懊恼，赵高乘势进谗，说是沙邱矫诏，斯实与谋，他本望裂地封王，久不得志，因与长子由私下谋反。近日屡来求见，定有歹意，不可不防！二世听了，尚在沉吟，赵高又加说道："楚盗陈胜等人，统是丞相旁县子弟，斯为上蔡人，与陈胜阳城相近，故云旁县。为甚么得横行三川，未闻李由出击？这就是真凭实据了。请陛下速拘丞相，毋自贻患！"二世仍沉吟多时，究因案情重大，不好草率，特先使人按察三川，是否有通盗实迹，再行问罪。赵高不敢再逼，只好听二世派人出去，暗中贿嘱使臣，叫他诬陷李斯父子。

偏李斯已知中计，且闻有查办李由等情，因上书劾奏赵高，历陈罪恶。二世略阅斯书，便顾语左右道："赵君为人，清廉强干，下知人情，上适朕意，朕不任赵君，将任谁人？丞相自己心虚，还来诬劾赵君，岂不可恨！"李斯越弄越糟。说着，即将原奏掷还。李斯见二世不从，又去邀同右丞相冯去疾，将军冯劫，联名上书，请罢修阿房宫，请减发四方徭役，并有隐斥赵高的语意。惹得二世越加动怒，愤然作色道："朕贵为天子，理应肆意极欲，尚刑明法，使臣下不敢为非，然后可制御海内。试看先帝起自侯王，兼并天下，外攘四夷，所以安边境，内筑宫室，所以尊体统，功业煌煌，何人不服。今朕即位二年，群盗并起，丞相等不能禁遏，反欲举先帝所为，尽行罢去，是上不能报先帝，次又不能为朕尽忠，这等玩法的大臣，还要何用呢？"赵高在旁，连忙凑趣，请即将三人一并罢官，下狱论罪。二世当即允准，遂由赵高派出卫士，拿下李斯冯去疾冯劫，囚系狱中。

去疾与劫，倒还有些志趣，自称身为将相，不应受辱，慨然自杀。独李斯还想求生，不肯遽死，再经赵高奉旨讯鞫，硬责他父子谋反，定要李斯自供。斯怎肯诬服？极口呼冤，被赵高喝令役隶，搒掠李斯，直至一千余下，打得李斯皮开肉烂，实在熬受不住，竟至昏晕过去。若得就此毕命，也免身受五刑。小子有诗叹道：

严刑峻法任君施，祸报临头悔已迟。
家族将夷犹惜死，桁杨况味请先知。

毕竟李斯性命如何,且看下回续叙。

范增之请立楚后,与张耳、陈余之进说陈胜,其说相同。此第为策士之诈谋,无足深取。丈夫子迈迹自身,岂必因人成事?试观郦食其请立六国后,而张良借箸以筹,促销刻印,汉卒成统一之功,是可知范增之谋,不足图功,反足贻祸。项氏之亡,实亡于弑义帝,谓非增贻之祸而谁贻之乎?或谓张良亦尝请立韩公子成,夫良之请立韩后,不过为韩存祀而已,其与范增之借楚为名,亦安可同日语者?苏子瞻资议范增,犹目之为人杰,毋乃尚重视范增欤!彼夫李斯之下狱,原属冤诬,然试思残刻如斯,宁能令终?坑儒生者李斯,杀扶苏、蒙恬者亦李斯,请行督责者亦李斯,斯杀人多矣,安保不为人杀乎?故杀斯者为赵高,实不啻斯自杀之耳,冤云乎哉!

第十六回　驻定陶项梁败死
　　　　　屯安阳宋义丧生

却说李斯受了刑讯,搒掠至千余下,竟至昏晕不醒。赵高令左右取过冷水,喷上斯面,斯才苏醒转来。再经高喝令供实,斯恐重遭搒掠,不得已当堂诬服,随即牵还狱中。斯且忍痛作书,自叙前功,尚望二世从轻发落,特浼狱吏呈将进去,偏又为赵高所闻,呼吏入责道:"囚犯怎得上书?汝莫非受他贿托么?"说得狱吏魂魄飞扬,慌忙自称不敢,叩谢而出。斯书当然毁去,不得上闻。赵高复使心腹人伪为御史,及侍中、谒者等官,私往按验,至再至三,斯一呼冤,便即笞杖交下,不令翻供。嗣经二世派人复审,斯以为徒受笞杖,无从明冤,不如拚了一死,诬供了事。复审员还报二世,二世喜说道:"若非赵君,几为李斯所卖!"于是斯遂谳成死罪。及三川查办员还都,先向赵高处陈明,说是李由阵亡,死无对证,正好捏造反词,构成大狱。赵高喜甚,遂令他捏词奏报。二世益怒,竟令斯备受五刑,并诛三族。应有此报。

可怜李斯家内,所有子弟族党,一古脑儿拿到法庭,与李斯一同捆缚,推出市曹。斯顾次子呜咽道:"我欲与汝再牵黄犬,出上蔡东门,赶捕狡兔,已不能再得了!"说着,大哭不止,次子亦哭,家属无一不哭。俄而监刑官至,先命将李斯刺字,次割鼻,次截左右趾,又次枭首,又次斩为肉泥。五刑用毕,斯魂早入阿鼻地狱。余外子弟族党等,一并诛死,真落得阴风惨惨,冤魄沉沉。总计李斯一门,除长子由为三川守外,诸男多尚秦公主,诸女多嫁秦公子,显贵无比。李斯也尝叹物极必衰,终因贪恋禄位,倒行逆施,害得这般结果,可见贵富二字,最足误人,愿后世看作榜样,切勿贪心不足呢!暮鼓晨钟,无此异响。

且说赵高既害死李斯,遂得代斯后任,做了一个中丞相,凡军国大事,都归他一人包揽,二世似傀儡一般,毫无主权。高因祸乱日亟,特致书章邯,责成平盗。章邯困守濮阳,也想出奇制胜,建立战功,每日派遣侦骑,探听项梁军情,以便乘隙定计。项梁驻兵定陶城下,适值霪雨兼旬,不便力攻。沛公项羽,自雍邱还攻外黄,亦为雨所阻,但把外黄城围住,为持久计。项梁屡胜而骄,既不将两军召回,又复逐日宽懈,但在营中饮酒消遣,所有军纪军律,几乎搁起一边,不复过问,全营将士,亦乐得逍遥自在,快活几天。这种情形,早被秦探窥知,往报章邯,邯尚恐兵力未足,不敢轻出,但向各处征调兵马。待至各军趋集,方图大举,与项梁决一雌雄。

项梁麾下,有一谋士宋义,察知秦兵日增,引以为忧,遂入帐谏项梁道:"公渡江到此,屡破秦军,威名日盛,可喜无过今日,可惧亦无过今日,大约战胜以后,将易骄,卒易惰,骄惰必败,不如不胜。试看各营将士,已渐骄了,已稍惰了,秦兵虽败,秦将章邯,究竟是经过百战,不可轻视。近闻他屡次添兵,必将与我决一死斗;若我军不先戒备,一旦被他袭击,如何抵敌!所以义日夜担忧,为公增惧呢。"项梁道:"君亦太觉多心。章邯屡次败退,那里还敢再来!就使他逐日添兵,也不过守着濮阳罢了;况天公连日下雨,路上泥泞得很,怎能攻我,一俟天晴,我即当攻克此城,去杀那章邯,看他逃往何处!"说至此,掀髯大笑。骄态如绘。

宋义尚欲有言,项梁先接入道:"我前拟征集齐师,同去攻秦,偏田荣有怀私怨,忘我大惠,我本想遣使诘责,只因一时无暇,延误多日,今若虑章邯增兵,与我为难,不如再召田荣,率师来会。荣若仍然不至,我却要移兵攻齐了。"宋义见梁语益支离,料难再谏,眉头一皱,计上心来,即向项梁说道:"公如欲使齐,臣愿一往。"梁欣然许诺,义即起身辞行,出营东去。越快越妙。

走至半途,适遇齐使高陵君显,免不得互相接谈。义便问显道:"君将往见武信君么?"显答声称是。义又与说道:"我受武信君差遣,出使贵国,一是为两国修和,二是为一己避祸,愿君亦不可速进,免受灾殃。"显不禁诧异,详问原因,义答道:"武信君屡战屡胜,已致骄盈,士卒亦多懈怠,恐难再战。我闻秦将章邯,连日增兵,志在报复,武信君轻视秦军,拒谏不纳,将来必为所乘,不败何待?君今前去,未免受累,看来还是徐徐就道,方可无虞。我料这旬日内,武信君就要失败了!"显似信非信,乃与义拱手揖别,各走各路。自思义为楚臣,有此关照,不为无因,今何妨迟迟吾行,较为妥当。遂嘱咐舆夫,缓缓前进。

果然高陵君未到楚营,武信君已经败亡。原来项梁遣去宋义,仍然宽弛得很,不但军中未曾戒严,就是斥堠巡卒,也听他散处,不加检查。时当秋季,凄

第十六回　驻定陶项梁败死　屯安阳宋义丧生

风苦雨,连宵不止,把定陶城下的几座楚营,直压得黑气弥漫,不见天日。便是不祥之兆。楚军也无人候,但知昼餐夜宿,蹉跎过去。一夕俱安睡营中,忽闻营外喊杀连天,好似千军万马,奔杀进来。楚军方才惊起,但见四面统是火光,照彻内外,一队队的敌军,统向营门中突入,见人便砍,遇马便刺,吓得楚军倒躲不及。勉强持了军械,上前拦阻,那里是敌军对手,徒断送了许多头颅。最厉害的是后面大将,金盔铁甲,跃马舞刀,锋刃所及,血肉横飞,越使楚人丧胆,只恨自己未生羽翼,不能飞上天空,逃脱性命。还有这位武信君项梁,仓皇出帐,单穿着一身常服,执着一把短剑,要想冲出大营,觅路逃生。冤家碰着狭路,正与敌军中大将相值,被他拦住。两下里争起锋来,一个是长刀乱劈,光焰逼人,一个是短剑难支,心胆已落。才阅片时,即由敌帅一刀刹下,劈作两段。敌帅为谁?就是秦将章邯。邯既招集兵马,贪夜冒着风雨,来劫楚营,项梁毫不预备,自然中了邯计,一死不足,还要害及全军,这便叫做骄兵必败,应了宋义的前言呢。前回述章邯劫营,是顺叙而下,此回即用倒笔,愈见突兀。

楚营中失了主帅,没头乱跑,当被秦兵掩杀一阵,多半毙命。只有几个命不该死的兵士,溜出营外,逃往外黄,报知沛公、项羽。项羽不听犹可,听了叔父阵亡,不由的悲从中来,放声大哭。沛公亦为泪下,待羽停住哭声,方与羽商议道:"武信君已死,军心不免摇动,此处断难再驻了。我等只好东归,保卫怀王,抵御秦军。"羽也以为然,乃撤外黄围,引兵东还。道出陈县,复邀同吕臣军,共至江左,择地分驻。吕臣军驻彭城东,项羽军驻彭城西,沛公军驻砀郡,彼此列成犄角,约为声援。嗣恐怀王居住盱眙,为秦所攻,因请他移都彭城。怀王依议迁都,至彭城后,命将项羽、吕臣两军,并作一处,自为统帅。牧童能作统帅,却是不凡。惟沛公军仍使留砀,授为砀郡长,封武安侯。号项羽为鲁公,封长安侯,进吕臣为司徒,且使吕臣父青为令尹。部署已定,专待章邯到来,与他厮杀。偏章邯不来攻楚,反去攻赵,他道是项梁已死,楚无能为,所以北去。怀王闻秦军北行,料知魏地空虚,即使魏豹往略魏地。魏豹奔楚见前回。给兵千人,即日出发。豹却也顺手,竟得平定二十余城,派人报捷。怀王乃命豹为魏王,使作屏藩,这且慢表。

且说齐使高陵君显,在途中缓行数日,果得项梁死耗,才服宋义先见,幸得避灾。只因使命尚未交卸,不便回齐,且在途中探听楚人消息,再定行止。嗣闻楚怀王迁都彭城,刘、项等同心夹辅,兵威复震,乃改道转趋彭城,入见怀王,传达使命。怀王依礼接见,赐座与谈。显问及宋义使齐,有无回来,怀王答称尚未。显又述及途次相遇,幸得宋义指示,不至及祸等情,怀王愕然道:"义何以知项君必败?"显答道:"据宋使言,武信君志骄气满,已露败象,后来不到数日,竟如所料。试想兵未交战,先见败征,岂不是特别知兵么?"怀王点头称是。

事有凑巧，正值宋义回来，即由怀王立刻召见，问明使齐情形，义据实复陈，无非说是齐愿修和，只因国内未定，所以暂缓出师。怀王复与语项梁败状，义答道："臣早知有此祸变，武信君不肯听臣，因致败亡。"怀王乃更商及拒秦政策，义仍主张西进，谓必须择一良将，剿抚兼施，进止有法，方可成功。怀王大喜，遂留宋义居侍左右，随时与议。一面遣回齐使，令他复命。俟齐使去后，乃遍召诸将，会议攻秦。怀王首先开口道："秦始皇暴虐人民，海内交怨，今二世尤为无道，自速危亡，前武信君西向进攻，所过皆克，不幸中道失计，忽遭败挫，现拟再接再厉，誓灭暴秦，还问何人敢当此任？"说至此，即顾视两旁，见诸将瞠目结舌，无一应命。怀王复朗声道："诸君听着，今日无论何人，但能麾兵西向，首先入关，便当立为秦王。"言未已，即有一人应声道："末将愿往！"是怀王激励出来。往字方才说毕，又有一人厉声道："我亦愿往！须当让我先去。"两人口吻，便有区别。怀王瞧着，第一个应声的乃是沛公，第二个厉声的就是项羽，两人统要西行，反弄得怀王左右为难，俯首沉吟。项羽又进说道："叔父梁战死定陶，仇尚未报，末将谊关子侄，誓不甘休！今愿请兵数千，捣入秦关，复仇雪耻，就使刘季愿往，末将亦决与同行，前驱杀贼。"怀王听着，方徐声道："两将能同心灭秦，尚有何言？现且部署兵马，择日启行。"

　　沛公、项羽，奉令趋出。尚有老将数人，未曾告退，续向怀王进言道："项羽为人，慓悍残忍，前次往攻襄城，月余才得破入，他因日久怀恨，纵兵屠戮，直把襄城百姓，杀得一个不留。嗣复转攻城阳，又将全城人民，任情残杀。此外所过地方，无不酷待，如此凶暴，怎好令他统军？况楚兵起义以来，陈王、项梁，统皆无成，这都为了以暴易暴，不足服人，所以终归败死。今既定议攻秦，不应单靠武力，须得一忠厚长者，仗义西行，沿途约束军士，慰谕父老，非至万不得已，不可加诛。彼秦地百姓，苦秦已久，若得义师前去，除暴救民，自然箪食相迎，无思不服。故为大王计，项羽决不可遣，宁可独遣沛公！沛公宽大有名，必不至如项羽的残暴呢。"怀王道："我知道了！"诸老将方兴辞而出。怀王返入内室，免不得大费踌躇，自思羽若不遣，是自背前言；若遣令同往，必至所过残掠，大拂民意。想了多时，究竟是不遣为佳。

　　次日升堂议事，沛公、项羽，都来禀请出兵的日期。怀王顾语项羽，叫他暂留彭城，不必与沛公同行。项羽不禁暴躁起来，正要与怀王辩论，可巧外面有人入报，说是赵国使臣，前来求见。怀王正恐项羽多言，乐得打断了他，急命左右召入赵使。赵使跟跄进来，行过了礼，便将国书呈上。怀王虽做过牧童，究竟幼时读书识字，未尝忘却，况且天资聪敏，一习便熟，所以看到来书，就知赵使来楚乞援。原来秦将章邯，移兵攻赵，赵王歇使将军陈余，出兵抵敌，吃了一个大败仗，退至巨鹿。赵相张耳，亟奉赵王歇入巨鹿城，令陈余屯营城北，保护

第十六回　驻定陶项梁败死　屯安阳宋义丧生

城池。章邯在城南下寨,就棘原筑起甬道,两面迭墙,俾通粮路,自督兵士攻城,昼夜不辍。城中当然危急,不得不遣使四出,分道求援。怀王将来书阅毕,传示诸将,惹得项羽雄心勃勃,又想去攻杀章邯,替叔报仇,当下请命欲行,怀王说道:"此行正要烦君,但须有人同去,方慰我心!"无非防他残虐。遂即命宋义为上将,加号卿子冠军,卿子系时人褒美之辞,即与公子相类。冠读去声,有统军之意。作为统帅,项羽为次将,范增为末将,率兵数万,前往救赵。

赵使先归,宋义等随后出发,行至安阳,顿兵不进。怀王深信宋义,不欲遥制,由他自定行止,惟另遣沛公西行。沛公别过怀王,出都就道,遇着陈胜、项梁散卒,一并收集,约得万人。复至砀郡招领旧部,共同西进,过了成阳、杠里二县,连破秦军二戍,击走秦将王离,因向昌邑进发。时已为秦二世三年了。是年为秦亡之岁,不能从略。

秦将王离,败走河北,投章邯军,邯令他助攻巨鹿。巨鹿守兵,越加惴惧,日望楚军入援。偏宋义逗留安阳,不肯进兵,甚至赵使一再敦促,仍然不行。接连住了四十六日,部将等俱莫名其妙,项羽更忍耐不住,入帐语义道:"秦兵围赵甚急,我军既已来援,应该速渡黄河,与秦交战,我为外合,赵为内应,秦兵便可破灭,为甚么久驻此间,坐失时机呢?"宋义摇首道:"公言错了!古谚有言,当搏牛虻,不当破虮虱。虻大虱小,我等应从大处下手,方得大功。今秦兵攻赵,就使战胜,兵亦必疲,我可乘敝进攻,无虑不破。若秦兵不能胜赵,我便鼓行西进,直入秦关,还要去顾甚么章邯? 我所以按兵不进,专待秦、赵两军,决一胜负,方定进止,公亦何必性急,且住为佳。总之披坚执锐,我不如公;运筹决策,公尚不如我哩。"言已,鼓掌大笑。义能知梁,不能知羽,想是命已该绝了。

羽忿忿而出。少顷有军令传出道:"猛如虎,狠如羊,贪如狼,强不可使,俱应处斩!"这数语明明是指着项羽,气得项羽三尸暴炸,七窍生烟,恨不得手刃宋义,立即渡河。那宋义全然不睬,且遣子襄往做齐相,亲送至无盐地方,饮酒高会,自鸣得意。会值天气严寒,雨雪纷飞,士卒且冻且饥,不得一餐,独宋义堂皇高坐,与诸将豪饮大嚼,谈笑生风。看官试想! 如此行为,能令众人心服么? 将卒须共尝甘苦,义号为知兵,奈何不晓。

项羽虽然列席,胸中却说不出的烦躁,但借酒浇愁,喝干了数大觥。待至酒阑席散,宋襄东去,宋义归营,约莫是夜餐时候,士卒都一齐会食,羽独无心下膳,自出巡行,听得士卒且食且谈,互有怨言,不由的激起宿愤,乘机欲发。一俟大众食毕,即趋入宣言道:"我等冒寒前来,实为救赵破秦起见,为何久留此地,不闻进行? 方今岁饥民贫,士卒食芋菽,军营无现粮,乃尚饮酒高会,不思引兵渡河,往就赵粟,合攻秦兵,反说要乘他疲敝。试想秦兵强悍,攻一新立的赵国,势如摧枯,赵灭秦且益强,何敝足乘? 况我国新遭败衄,主上坐不安席,尽发境内兵士,属诸上将军,国家安危,在此一举,今上将军不恤士卒,但顾私谋,这还好算得社稷臣么?"大众听了,虽未敢高声响应,但已是全体赞成。项羽窥透众意,方才归寝。宋义已经酒醉,回营便睡,一些儿没有知晓。竟变做糊涂虫。

到了翌日早起,羽借进谒为名,大踏步驰入义帐,义方在盥洗,被羽走近身旁,拔剑砍义,砉的一声,已将义首级劈落帐下。小子有诗叹道:

漫言智识果超群,一死何殊武信君!
才识恃才徒速祸,可怜身首已中分。

羽既杀死宋义,复枭了他的首级,提出帐前,举示大众。欲知大众是否服羽,且看下回便知。

项梁之死,失之于骄,宋义之死,亦未始非骄所致。义知项梁之骄兵必败,而果为其所料,诩诩然自夸先见之明,盖亦骄矣。及怀王召入幕中,宠信日深,更足酿成义之骄态。及擢为上将军,给以美号,畀以重权,而义之骄乃益甚。夫救兵如救火然,岂可中道逗留,月余不进乎?况行兵以锐气为主,锐气一衰,何足御敌?义尝以此讥项梁,而不知自蹈此辙,即使项羽无杀义之举,亦安在而不致败也!视人则明,处已则昏,吾于宋义亦云。

第十七回　破釜沉舟奋身杀敌　损兵折将畏罪乞降

却说项羽杀死宋义,携首出帐,举示大众,且号令军中道:"宋义与齐私通,谋叛楚国,我奉楚王命令,已把他斩首了。"众将士已多怨义,更见羽奋髯如戟,振喉如雷,仿佛与黑煞神相似,顿令人人生畏,莫敢枝梧。当有数将士应命道:"首立楚国,原出将军家中,今将军诛乱有功,应该代任上将军,统辖全营。"羽接入道:"这也须禀明我王,静候旨意。"将士复道:"军中不可无主,将军何妨摄行职务,再候王命未迟。"羽便允诺,大众便同声推立,称羽为假上将军。羽想出一条斩草除根的法子,索性派遣心腹将弁,赶上宋襄,一刀杀死,然后使属将桓楚,报命怀王,诡言宋义父子,谋叛不道,已由大众公同议决,诛死了事。怀王亦明知项羽夺权,但又不能制服项羽,只好将错便错,遣使传命,就使项羽为上将军。怀王之不得其死,已在此处伏案。一朝权在手,就把令来行,便遣当阳君英布,及蒲将军等,领兵二万人,渡河前进,自为后应,徐徐进行。

第十七回　破釜沉舟奋身杀敌　损兵折将畏罪乞降

赵将陈余，自为秦军所败，不敢与秦争锋，惟征集常山兵数万人，屯驻巨鹿城北，虚张声势。秦兵得王离为助，饷足兵多，急攻巨鹿。巨鹿城内，日夜不安，守兵逐日伤亡，粮草又逐日减少，急得赵相张耳，焦灼异常，屡使人缒城夜出，往促陈余进战。余只畏战不进，耳越加惶急，又使张黡、陈泽二将，往责陈余，传述己言道："耳本与君为刎颈交，誓同生死，今王与耳困坐围城，朝不保暮，所望惟君，君乃拥兵数万，不肯相救，岂非有负前盟！如果诚心践约，何不亟赴秦军，拚同一死！死中或可求生，十分危险中，未必无一二分侥幸，请君细思。"陈余喟然道："我非不欲相救，但兵力未足，冒昧前进，有败无胜，有亡无存，且余所以不敢轻死，实欲为赵王、张君，破秦报怨，今若同去拼死，譬如举肉喂虎，有何益处！"语虽近是，终由怯战。张黡、陈泽道："事已万急，总须誓死全信，后事也无暇顾虑了。"余又道："据我意见，同死终归无益，两君必欲尽忠，何勿先去一试？"黡、泽齐声道："公如拨兵相助，虽死何辞！"原是要你去死。余乃拨兵五千人，使随二人进战。还要断送五千人性命。黡、泽也嫌兵少，因未便申请，就把死生置诸度外，引着五千兵士，径向秦营杀去。秦军开壁与战，拥出千军万马，来斗黡、泽，黡、泽虽拚命力争，怎奈秦兵越来越多，部兵越斗越少，终落得全军覆没，一并归阴。

秦兵益振，巨鹿益危。燕齐诸国，为了赵使一再乞援，各派兵赴救。张耳子敖，也从代郡招兵万余，入援巨鹿。惟皆惮秦兵威，只远远的驻扎兵马，未敢轻试。陈余也为加忧，因闻楚兵已发，多日不至，乃更使人敦促，直至项羽营中。羽正拟进兵，复得英布、蒲将军兵报，前驱尚称得利，惟请后军接应等语，羽遂与赵使约定军期，先使归报，一面驱动大队，悉数渡河。既至对岸，便下令沉船，破釜甑，烧庐舍，但令军士持三日粮，与秦兵决一死战，不求生还。将士等到了绝地，也晓得有进无退，个个怀着必死的念头，向前驰去。

行了半日有余，即与英布、蒲将军相遇。两人见了项羽，谓已与秦兵交战数次，杀死多人，不过秦兵气势尚盛，粮运不绝，须先断彼粮道，方可制秦云云。项羽点头道："断截粮道，原是要策；但秦将章邯、王离等人，岂有不防？且待我直救巨鹿，杀他一阵，再作计较。"说着，复麾兵急进，趋向巨鹿。途次遇着秦兵拦阻，但教项羽横槊一扫，都已东倒西歪，抱头窜去。及望见巨鹿城，城上虽有守兵列着，已是残缺不全，城下的秦营，好似围棋一般，四面密布，杀气腾腾。羽毫不畏缩，仍然拨马当先，率兵前进。

秦将王离等，听得楚军远来，竟敢进战，也料他有些胆力，不敢轻视，且又接得败兵回报，具述楚将厉害，于是调动兵马，自往接仗，留他将涉间围城，命裨将苏角守住甬道，放心大胆，去敌楚军。离城仅及里许，已碰着楚军前队，慌忙布阵，那知前队的统帅，就是项羽，举槊一扬，楚将楚兵，便向秦阵拥入。

羽亦跃马入阵,王离麾兵拦截,俱被杀退。再加羽一杆长槊,神出鬼没,不可捉摸,秦阵里面,只见他一道槊影,七上八下,戳倒人马无数。离料不可当,回马便退,羽步步进逼,不肯少缓。惹得王离性起,仗着人多势旺,翻身再战,偏项羽越战越勇,余外将士,亦越斗越奋,直杀到山摇地动,天日无光。离三进三却,只好奔回本营。

　　章邯见王离战败,亲来援应,再与楚军对垒。这时候的各国援军,统在自己营中,踞壁观战。遥见秦楚两方的将士,渐渐接近。秦兵甲仗整齐,人马雄壮,差不多如泰山一般,聚成一堆。楚军是衣服简陋,步伐粗疏,三三五五,各自成队,也没有甚么阵式,但向秦垒中冲来。各国将士,还道楚军没有纪律,一味蛮触,必败无疑,徒观皮相,晓得甚么!那知项羽是杀星下降,但令兵士向前奋斗,不管甚么形式。况且楚兵不多,比秦兵要少一半,若要将对将,兵对兵,配搭均匀,方好动手,简直是不够分派,只好罢休。所以羽申令将士,使他各自为战,不必相顾,违令立斩。一班楚军,统是拼着性命,上前争杀,一当十,十当百,呼声动天地,怒气冲斗牛。不但秦兵在场交手,挡不住这种劲敌,吓得胆战心惊,就是壁上旁观的将士,也不禁目瞪口呆,不寒自栗。章邯本已在项羽手中,经过败仗,此次见楚军越加利害,料难久持,连忙引兵退下,十成中已丧失了三五成。项羽见章邯退去,才令部众下营休息,到了夜间,仍然严装待着。

　　好容易过了一宵,令军士饱食干粮,再行进攻。羽且下令道:"今日若不扫尽秦兵,粮要绝了,彼死我活,就在今日,大众务要努力!"众将士齐称得令,就从营中拥出,直奔秦军。秦将章邯,不得已再来接战。这次交锋,邯亦鼓励将士,誓决雌雄。无如部下已经胆落,任你章邯如何激励,总是不能敌楚。章邯屡令前进,部众进一步,退两步,进两步,退四步,直至五进五退,已是不能成军了。计自项羽至巨鹿城下,与秦兵先后大战,已经九次,秦兵无一不败,章邯逃回城南大营,王离、涉间,勉强守住本寨,不敢出头。项羽乃得使英布、蒲将军,往堵甬道,自攻王离、涉间。捣将进去,营门立破,王离想夺路逃生,兜头碰着项羽,只得持枪抵敌,战不三合,被羽用槊一拨,那王离手中的枪杆,陡向天空中飞了上去,奇语。离只剩一双空手,回头欲跑,楚兵一齐赶上,把离打倒,活擒出寨。涉间见王离被擒,自知死在眼前,索性放起火来,把营盘烧个净尽,连自身也葬入火窟,变做一段黑炭团,造语亦新。

　　羽见秦营火起,倒也一惊,忙令军士少退。俄而火势渐衰,秦营已成焦土,秦兵非死即降。各国军将,方陆续趋集,求见项羽,愿共击章邯军,羽狞笑道:"嘻,此时才来见我么?"得意语,亦奚落语。说罢,复命各国军将,往候自己营前,准备传见。羽整辔回营,升帐上坐,才召见各国军将。各军将正要入营,蓦见有一彪人马,拥着两员大将,踊跃前来。一将手持长枪,枪上挑着一

第十七回　破釜沉舟奋身杀敌　损兵折将畏罪乞降

个血淋淋的首级,可惊可怖。既至营前,两将一同下马,命部兵留站营外,且将枪械交付弁目,但携首级进去。须臾即有一人持出首级,悬示营门。各国军将,越觉惊惶,问明楚军,方知进营两将,就是英布、蒲将军,所携首级,乃是秦将苏角,为布所杀,故特来报功。杀苏角用虚写法,比实写尤有神采。各国军将听了,恐慌愈甚,不由的跪倒营门,膝行而入,至项羽座前,俯伏报名,不敢仰视。丑。羽故意迟慢,好一歇才命起身,刁。各军将又叩头称谢,慢慢儿的立起。经羽嘱令旁坐,略问了两三语,但听各人齐声道:"上将神威,古今罕有,末将等愿听指挥!"羽也不多让,即答说道:"既承诸公见推,我有僭了!诸公且回营静守,俟有战事,自当通报。"各军将乃一律告退。

　　既而赵王歇及赵相张耳,也出城至项羽营,表明谢意,羽始下座相迎,与赵王歇等分坐左右。歇拱手称谢,羽略略谦逊,谈了数语,歇与耳亦起座辞去。耳尚私恨陈余,不及回城,便往陈余营中,责他坐视不救。又问及张黡、陈泽二人,陈余道:"张黡、陈泽劝余拼死,余以为徒死无益,他两人定要出战,余乃拨遣五千人随他同往,果致全军覆没,两人俱死,真正可惜!"张耳变色道:"恐怕不是这般。"陈余道:"余与两人无仇无怨,想不至暗中加害,况两将出兵,万人注目,亦非余一人可以捏造,请公休疑。"两人虽非余所杀,但余也不能无咎。张耳总是不信,还要问他如何战死,如何不去救应,唠唠叨叨,说个不休,余不觉动怒道:"公何怨余至此!余情愿缴出将印罢了!"说着,便将印绶解下,交与张耳,耳不意陈余决裂,倒也未敢接受。余将印绶置诸案上,出外如厕,当由张耳随员,私下语耳道:"古人有言,天与不取,反受其咎。今陈将军解印与公,公若不受,恐违天不祥,何必多辞!"耳乃取过印绶,佩诸身上。及陈余复入,见张耳居然佩印,越有愠色,不复再言。竟出与亲卒数百人,悻悻自去,散居河上泽中,捕鱼猎兽,自寻生活,待后再表。余若从此不出,却是一个高人。

　　且说陈余既去,张耳身兼将相,收揽陈余部曲,仍奉赵王歇还居信都,自复引兵随从项羽,一同攻秦。项羽遂进逼章邯,邯在棘原固垒自守,部众尚有二十余万人,羽又欲麾兵猛攻,还是这位老将范增,主张缓战,待他粮尽势蹙,自然溃退,省得多费兵力。羽乃就漳南下寨,与邯相持。邯也不敢出战,惟奏报咸阳,具陈败状,请旨定夺。

　　赵高独揽大权,竟将邯奏报搁着,概不呈入,二世当然无闻。偏有一班宦官宫妾,交头接耳,互谈章邯败耗,致被二世闻知。二世乃召入赵高,诘问军事,高复奏道:"现在朝廷兵马,多归章邯一人调遣,臣忝为内相,不能远察军情,章邯亦没有甚么军报,不过近日传来风闻,说他损兵折将,究竟如何情状,尚未详悉。臣正拟奏闻,不意陛下烛照四方,先已周知,臣想关东群盗,多系乌合,为何章邯手拥重兵,不亟荡平,请陛下降诏切责,免致拖延。"二世听着,仍以赵高为忠,嘱使颁诏出去。其实赵高是疑忌章邯,还道他暗通内线,禀闻二世,所以将纵盗玩寇的罪名,一古脑儿推在章邯身上,即令文吏缮就严诏,派人驰递邯营。

邯接读诏书,且愤且惧,又使长史司马欣速诣咸阳,面奏一切。欣不敢怠慢,星夜入都,趋至朝门,急求进谒。那知二世久不视朝,殿内只有赵高作主,听得章邯差人到来,故意不见,但使他在外伺候。欣只好耐心待着,一住三日,仍不闻有召见消息。不得已贿托门吏,探问底细,凡事非钱不行。门吏才为告知,无非说是丞相赵高,阴忌章邯等语。欣吃了一惊,且恐自己受累,急向朝门逃出,上马离都,从小路奔还棘原。待赵高闻欣出走,遣人追捕,但从官道赶去,杳无影迹,白跑了数十里,只好返报。那司马欣奔回本营,便向章邯报明情迹,且皇然道:"赵高居中用事,不利将军,将军有功亦诛,无功亦诛,请将军自图良策。"章邯听到欣言,自然加忧,一时也想不出方法,但闷坐营中,嗟叹不已。忽帐外传入一书,当即取过展阅,但见上面写着:

章大将军麾下:仆闻白起为秦将,南征鄢郢,皆楚地。北坑马服,赵括嗣父官爵,号马服君,为白起所杀。攻城略地,不可胜计而竟赐死。蒙恬为秦将,北逐戎人,开榆中地数千里,竟斩阳周。何者?功多秦不能尽封,因以法诛之。今将军为秦将三岁矣,所亡失以十万数,而诸侯并起,今且益多,彼赵高但知阿谀,今事急,亦恐二世诛之,故欲以法诛将军以塞责,使人更代将军以脱其祸。夫将军居外日久,必多内隙,无功固诛,有功亦诛。且天之亡秦,无论智愚,并皆知之,今将军内不能直谏,外为亡国将,孤持独立,而欲常存,岂不哀哉!将军何不还兵,与诸侯合纵连盟,约共攻秦,分王其地,南面称孤,岂不愈于身伏釜锧,妻子为戮乎?惟将军图之!故赵将陈余再拜。

章邯阅了又阅,反复数周,颇为感动,乃使候官始成,诣项羽营中请和。羽拍案大怒道:"章邯杀我叔父,仇恨未消,我方欲枭邯首级,祭我叔父,乃还敢来请和么?本该将汝先斩,今暂借汝口还报,叫章邯速来受死,还可赦汝全军!"说罢,喝令左右将始成驱出营门。始成踉跄回报,邯愁上加愁。正在进退两难的时候,突有探骑入禀道:"楚兵已渡三户津,由蒲将军带领过来,想是要来攻营了。"邯忙说道:"休教他进逼我营!"一面说,一面即派令偏师,出去堵截。才越半日,便有败兵跑入道:"楚兵甚锐,我军敌他不过,只好退回,请主帅速即济师。"章邯一想,项羽不来总还可当,不如自去抵敌为是。当下披挂上马,麾兵径行,才至汙水岸旁,便已接着楚军。彼此毫不答话,立即交战,约有一两个时辰,不分胜负。蓦听得楚军后面,喊声震地,鼓角喧天,乃是项羽引着大队人马,亲自杀到。写得有声有色。邯不禁心慌,秦兵越觉胆怯,纷纷倒退。说时迟,那时快,楚军已突过战线,冲破秦兵阵脚,秦兵登时大乱,四散奔逃;章邯亦顾命要紧,回马便走。好容易逃入本营,已亡失了无数士卒,还幸楚军赶了数里,便即停住,尚得徐收溃兵,勉守大寨。

邯至此穷极没法,都尉董翳,又劝邯向楚乞降,邯皱眉道:"项羽记念前仇,不肯收纳,奈何?"董翳道:"可教司马欣前去,便无他虑。"邯乃召入司马欣,叫他赍书降楚,欣竟不推辞,索书即去。未几便得欣复报,说是项羽已肯收容,不念旧怨了。看官,你道司马欣投诣楚营,何故一说便妥?原来欣曾充过栎阳狱掾,救免项梁,与项氏本有交情,小子于十二回中,也已叙及。此次往见项羽,便把前情说起,且劝羽舍私图公。羽尚不肯遽允,由范增从旁解劝,并言兵多粮少,未易支持,还是收降章邯,较为得计,羽乃允欣所请,与欣订约,决不害邯。总不免有负叔父。于是邯与司马欣、董翳等人,至洹水南岸,候着项羽,解甲乞降。小子有诗咏道:

扫尽雄威作楚奴,男儿志节太卑汙。
洹南立约虽逃死,终愧昂藏七尺躯!

欲知羽与邯相见等情,待至下回再表。

项羽之救巨鹿,为秦史上第一大战,秦楚兴亡之关键,实本于此。盖章邯为秦之骁将,邯不败,即秦不亡。且山东各国,无敢敌邯,独羽以破釜沉舟之决心,与拔山扛鼎之大力,一往直前,九战皆胜,虏王离,杀苏角,焚涉间,卒使能征善战之章邯,一蹶不振,何其勇也!然使秦无赵高之奸佞,二世之昏愚,则邯犹不至降楚,或尚能反攻为守,亦未可知。天意已嫉秦久矣,故特使赵高以乱其中,复生项羽以挠其外,章邯一去而秦无人,安得不亡!谁谓冥冥中无主宰乎?

第十八回　智郦生献谋取要邑
愚胡亥遇弑毙斋宫

却说章邯等行至洹南,向羽请降。羽引着许多将士,及各国军帅,昂然前来,旌旗严整,甲仗鲜明,威武的了不得,既至洹南,才一簇儿停住。洹南在安阳县北,商朝盘庚迁殷,就是此处,故号为殷墟。章邯等见羽到来,慌忙下马,长跪道旁。羽传令免礼,方起立道:"邯为秦臣,本思效忠秦室,无如赵高用事,二世信谗,秦亡只在旦夕,邯不能随他俱亡。今仰将军神威,无战不克,此去除暴安良,入关称王,舍将军外,尚有何人。邯早欲择主而事,不过前时奋不顾私,触犯将军,自知负罪,未敢遽投。现蒙将军宽宥,恩同再造,誓当竭力图效,借报深恩。"说至此,呜咽流涕。<small>想亦怕羞起来。</small>羽乃出言抚慰道:"君也不必多心,既知去逆效顺,我亦不便因私废公;若得乘此灭秦,富贵与共,决不食言。"章邯拜谢,秦将士并皆叩首。俟项羽一一登录,方敢起立,羽即命司马欣为上将军,令他带领秦兵二十余万,充作前驱,立章邯为雍王,留置营中。<small>全是专擅行事,已不知有楚怀王了。</small>自己引着楚军,及各国将士,约得四十万人,按程前进,关中大震。

还有一位赶先走着的沛公,已经向西直入,一路顺风,径指秦关。说将起来,也有一番事迹,自从沛公道出昌邑,守将据城不下,只好督兵进攻。适有昌邑人彭越,领了徒众,来见沛公,沛公甚喜,即令越一同攻城。城上矢石如雨,反伤了几百攻城兵,沛公饬令暂停,且与彭越另商他法。

越小字为仲,向在巨鹿泽中,捕鱼为业,膂力过人,泽中少年,推为渔长。及陈胜发难,项梁继起,海内鼎沸,相率叛秦,越党也欲起事,劝越据地自立。独越未肯遽发,说是两龙方斗,少待为佳。转眼间又过一年,泽中有百余少年,往从彭越,定要举他为长,定期举事。越辞无可辞,乃与诸少年预约,翌晨会议,后期即斩。诸少年应声而去。到了次日,越早起待着,诸少年陆续到来,或先至,或后至,最后的竟迟至日中。越忿然作色道:"我原不欲为诸君长,诸君乃按年推立,必欲长我,应该听我指挥。昨与诸君立约,日出会议,今已差不多日中了,违约迟来,共计有十余人,本当一律处斩,但念人数太多,不可尽诛,只有将最后一人,斩首号令。"诸少年不待说完,便都笑说道:"何至如此!后当遵约便了。"那知越已令校长,竟将后至的少年,推出外面,剁成两段。一面设坛祭神,悬首示众。<small>也是一个杀星下凡。</small>诸少年始相惊畏,不敢违越。越遂招集各地散卒,得千余人,一闻沛公过境,遂来助战。

沛公见昌邑难下,意欲改道进兵,与越相商。越谓改从高阳,亦无不可。沛公乃与越作别,但以后会为期,自率部兵径往高阳。<small>叙彭越事,为后文封王张本。</small>

高阳有一老儒,家贫落魄,无以为生,但充当里中监门吏,姓郦名食其。<small>食音异,其音几。</small>项梁等起兵楚中,尝遣将吏过高阳,先后约数十人。郦食其问明姓氏,统以为龌龊小才,不足成事,免不得背地揶揄。旁人笑他满口狂言,因呼为狂生。<small>郦之不得令终,亦由多言取祸。</small>至沛公到了高阳,有一麾下骑士为郦生同里子弟,与郦生素来认识,彼此相见,当然有一番扳谈。郦生语骑士道:"我闻沛公性情倨傲,不肯下人,究竟是否属实?"骑士道:"这种传说,不

第十八回　智郦生献谋取要邑　愚胡亥遇弑毙斋宫

为无因；但却喜求豪俊，所过必问，如果有智士与谈，倒也极表欢迎，未尝轻视。"沛公之所长在此。郦生道："照汝说来，沛公确有大略，与众不同。我却愿与从游，汝肯为我先容否？"骑士半晌无言，郦生道："汝疑我老不中用么？汝可去见沛公，但言同里中有个郦生，年六十余，身长八尺，素号大言，里人都目为狂生，他却自谓非狂，读书多智，能助大业呢。"骑士摇首道："沛公最不喜儒生，遇有儒冠文士，前来求见，沛公便命他免冠，作为溺器，就是平日谈论，亦常谓儒生迂腐，笑骂不休，公奈何欲以儒生名义，往说沛公？"郦生道："汝试为我进言，我料沛公必不拒我。"

骑士欲试郦生智识，乃径见沛公，如郦生言。沛公也不多说，但令骑士往召。及郦生进谒时，沛公方在驿馆中，踞坐床上，使两女子洗足。郦生瞧着，故意徐进，从容至沛公前，长揖不拜。沛公仍然不动，好似未曾看见一般。郦生朗声道："足下引兵到此，欲助秦攻各国呢？还是与各国攻秦呢？"沛公见他儒服儒冠，已觉惹厌，并且举动粗疏，语言唐突，不由的动了怒意，开口骂道："竖儒！尚不知天下苦秦么？诸侯统欲灭秦，难道我独助秦不成！"郦生接口道："足下果欲伐秦，为何倨见长者！试想行军不可无谋，若慢贤傲士，还有何人再来献计呢！"无非战国时说士口吻。

沛公听了，才命罢洗，整衣而起，延他上坐。两下问答，郦生具述六国成败，口若悬河，滔滔不绝。沛公很是佩服，便与商及伐秦计策。郦生道："足下兵不满万，乃欲直入强秦，这真是驱羊入虎，但供虎吻罢了。据仆愚见，不如先据陈留，陈留当天下要冲，四通八达，进可战，退可守，且城中积粟甚多，足为军需，仆与该县令相识有年，愿往招安，倘若该令不从，请足下引兵夜攻，仆为内应，城可立下。既得陈留，然后招集人马，进破关中，这乃是今日的上计。"沛公大悦，即请郦生先行，自率精兵继进。

郦生到了陈留，投刺进见，当由该令迎入。叙过几句寒暄套话，郦生便将利害得失的关系，说了一遍，偏该令不为所动，情愿与城俱亡。郦生乃改变论调，佯与县令议守，一直谈到日昃时候，县令甚为合意，设宴相待。郦生本是酒徒，百杯不醉，那县令饮了数大觥，却已烂醉如泥，自去就寝，令郦生留宿署中。郦生待至夜半，竟静悄悄的混出县署，开了城门，放入沛公军，复导至县署左右。一声鼓噪，大众拥入，县署中能有几个卫队，一古脑儿逃之夭夭。县令尚高卧未醒，被军士突至榻前，用刀乱砍，便即身死。当下大开城门，迎入沛公，揭榜安民，秋毫无犯。城中百姓，统皆帖服，毫无异言。沛公检查谷仓，果然贮粟甚多，益信郦生妙算，封号广野君。

郦生有弟名商，颇有智勇，由郦生荐诸沛公，召为裨将，使他招募士卒，得四千人，沛公遂命他统带，随同西进，围攻开封。数日未下，蓦闻秦将杨熊，前来救应，沛公索性麾兵撤围，竟去截击杨熊。行至白马城旁，正值杨熊到来，便即冲杀过去。熊未及防备，慌忙退军，前队兵马，已伤亡多人，及退至曲遇东偏，地势平旷，熊因就地布阵，准备交战。沛公引兵进击，两阵对圆，各不相让。正杀得难解难分，忽有一支生力军赶到，竟向杨熊阵内，横击过去，把熊军冲作两段。熊军前后截断，自然溃乱！再经沛公乘势驱杀，哪里还能支持？杨熊夺路奔走，逃入荥阳，手下各军，伤失殆尽。惟沛公此次交兵，幸亏有人夹攻杨熊，有此大捷。正要派员道谢，来将已到面前，滚鞍下马，向沛公低头便拜。沛公也下马答礼，亲自扶起，当头一瞧，乃是韩司徒张良，突如其来，回应第十五回。故人重聚，喜气洋洋，当即择地安营，共叙契阔。良自言拜别以后，与韩王成往略韩地，取得数城。可恨秦兵屡来骚扰，数城乍得乍失，不得已在颍川左右，往来出没，作为游兵。今闻沛公过此，特来相助云云。沛公道："君来助我，我亦当助君且去取了颍川，再攻荥阳。"说罢，便麾动人马，南攻颍川。

颍川守兵，登陴抵御，高声辱骂。沛公大怒，亲自督攻，好几日才得破入，尽将守兵杀死，乃复议进兵荥阳。会有探骑来报，秦将杨熊，已由秦廷遣使加诛了。沛公喜道："杨熊已死，近地可无他患，我等且把韩地夺还，再作计较。"张良亦以为然。

会闻赵将司马卬，也欲渡河入关，沛公恐自己落后，乃北攻平阴，急切不能得手，改趋洛阳。洛阳颇多秦戍，攻不胜攻，因移就𫟹辕进军。𫟹辕乃是山名，岭路崎岖，共计有十二曲，须要盘旋环行，故名𫟹辕。秦人以地势迂险，不必扼守，遂使沛公畅行无阻。一过𫟹辕，势如破竹，连下韩地十余城。适韩王成来见沛公，沛公即令居守阳翟，自与张良等南趋阳城，夺得马千余头，配充马队，令作前驱，直向南阳进发。南阳郡守名齮，史失其姓。出兵至犨县东，拦截沛公，被沛公迎头痛击，齮军大败，走保宛城。沛公追至城下，望见城上已列守卒，不愿围攻，便从城西过兵，迤逦而去。约行数十里，张良叩马进谏道："公不欲攻宛，想是急欲入关，但前途险阻尚多，秦戍必众，若不下宛城，恐滋后患，秦击我前，宛塞我后，进退失据，岂非危迫！不如还攻宛城，掩他不备，幸得攻下，方可后顾无忧了。"沛公依议施行，复由良详为画策，传令各军绕道回宛，偃旗息鼓，黉夜疾行。静悄悄的到了城下，天色尚是未明，便将宛城围住，环绕三匝。布置已定，方放起号炮，响彻城中。

南阳守齮，总道沛公已去，不至再回，乐得放心安胆，鼾睡一宵。及城外炮声大震，方才惊起，登城俯视，见敌军环集如蚁，吓得魂飞天外，踌躇多时，除死外无他法，不由的凄然道："罢！罢！"说到第二个罢字，便拔出佩剑，意欲自刎。忽后面有人急呼道："不必，不必，死时尚早呢！"救星来了。齮闻言回

第十八回　智郦生献谋取要邑　愚胡亥遇弑毙斋宫

顾，乃是舍人陈恢，便惊问道："君叫我不死，计将安出？"陈恢道："沛公宽厚容人，公不如投顺了他，既可免死，且可保全禄位，安定人民。"齮半晌方答道："君言也是有理，肯为我往说否？"恢一口应承，便缒城下来，当被攻城兵拘住。恢自称愿见沛公，军士便押至沛公座前。

沛公问他来意，恢进说道："仆闻楚王有约，先入关中，便可封王。今足下留攻宛城，宛城连县数十，吏民甚众，自知投降必死，不得不乘城固守，足下虽有精兵猛将，未必一鼓就下，反恐士卒多伤；若舍宛不攻，仍然西进，宛城必发兵追蹑，足下前有秦兵，后有宛卒，方且腹背受敌，胜负难料，如何骤能进关？为足下计，最好是招降郡守，给他封爵，使得仍守宛城，通道输粮，一面带领宛城士卒，一同西行，将见前途各城，闻风景慕，无不开门迎降，足下自可长驱入关，毫无阻碍了。"沛公一再称善，且语陈恢道："我并非拒绝降人，果使郡守出降，自当给他封爵，烦君还报便了。"恢即驰回城中，报知郡守。

郡守齮开城相迎，引导沛公入城。沛公封齮为殷侯，恢为千户，官名。仍然留守宛城。随即招集宛城人马，引与俱西，果然沿途城邑，无不迎降。嗣是经丹水，出胡阳，下析郦，严申军禁，毋得掳掠。秦民安堵如常，统皆喜跃，王师原宜如此。沛公遂得直抵武关。关上非无守将，只因沛公兵长驱直进，忽然掩至，急得仓皇无措，不及征兵，但令老弱残卒数千人，开关迎敌，不值沛公一扫，守将抱头窜去，好好把一座关城，让与沛公。沛公安然入关，咸阳一夕数惊，讹言四起，人多逃亡；那阴贼险狠的赵高，至此也惶急起来。恶贯已将满了。

赵高威权日重，已把二世骗入宫中，好似软禁一般，不得过问。还恐朝上大臣，或有反对等情，因特借献马为名，入报二世。二世道："丞相来献，定是好马，可即着人牵来。"赵高遂令从吏牵入。二世瞧着，并不是马，乃是一鹿。便笑说道："丞相说错了！如何误鹿为马？"高尚说是马，二世不信，顾问左右，左右面面相觑，未敢发言。再经二世诘问，方有几个大胆的侍臣，直称是鹿。不料赵高竟忿然作色，掉头径去。不到数日，高竟将前时说鹿的侍臣，诱出宫禁，一并拿住，硬派他一个死罪，并皆斩首。二世全然糊涂，竟不问及，一任赵高横行不法。惟宫内的近侍，宫外的大臣，从此越畏惮赵高，没一个稍敢违慢，自丧生命。及刘、项两路兵马，东西并进，赵高还想瞒住二世，不使得闻。到了沛公陷入武关，遣人入白赵高，叫他赶紧投降，高方才着急。一时想不出方法，只好诈称有病，数日不朝。

二世平日，全仗赵高侍侧，判决政务，偏赵高连日不至，如失左右两手，未免惊惶。日间心乱，夜间当然多梦，朦朦胧胧，见有一只白虎，奔到驾前，竟将他左骖马鳌死，还要跳跃起来，吓得二世狂叫一声，顿时醒悟，心下尚突突乱跳，才知是一个恶梦。死兆已见。翌日起床，越想越慌，乃召太卜入宫，令占梦兆。太卜说是泾水为祟,须由御驾亲祭水神,方可禳灾。敢问他如何依附上去。二世信为真言,遂至泾水岸旁的望夷宫,斋戒三日,然后亲祭。惟二世既离开赵高,总不免有左右侍臣,报称外间乱事,且云楚军已入武关。二世大惊,忙使人责问赵高,叫他赶紧调兵,除灭盗贼。

高不文不武,徒靠着一种刁计,窃揽大权,此次叫他调兵御乱,简直是无能为力,况且敌军逼近,大势已去,无论如何智勇,也难支持。高欲保全身家,想出一条卖主的法儿,意欲嫁祸二世,杀死了他,方得借口有资,好与楚军讲和。当下召入季弟赵成,及女婿阎乐,秘密定计。赵高阉人,如何有女,想是一个干女婿。成为郎中令,乐为咸阳令,是赵高最亲的心腹。高因与二人密语道:"主上平日,不知弭乱,今事机危迫,乃欲加罪我家,我难道束手待毙,坐视灭门么?现在只有先行下手,改立公子婴。婴性仁俭,人民悦服,或能转危为安,也未可知。"毒如蛇蝎,可惜也算错了一着。成与乐唯唯听命。高又道:"成为内应,乐为外合,不怕大事不成!"阎乐听了,倒反迟疑道:"宫中也有卫卒,如何进去?"高答道:"但说宫中有变,引兵捕贼,便好闯进宫门了。"乐与成受计而去。高尚恐阎乐变心,又令家奴至阎乐家,劫得乐母,引置密室,作为抵押。乐乃潜召吏卒千余人,直抵望夷宫。

宫门里面,有卫令仆射守着,蓦见阎乐引兵到来,忙问何事。乐竟麾令左右,先将他两手反绑,然后开口叱责道:"宫中有贼,汝等尚佯作不知么?"卫令道:"宫外都有卫队驻扎,日夜梭巡,哪里来的剧贼,擅敢入宫!"乐怒道:"汝尚敢强辩么?"说着,便顺手一刀,把卫令枭了首级,随即昂然直入,饬令吏卒射箭,且射且进。内有侍卫郎官,及阉人仆役,多半惊窜,剩下几个胆力稍壮的卫士,向前格斗,毕竟寡不敌众,统皆杀死。赵成复自内趋出,招呼阎乐,同入内殿,乐尚放箭示威,贯入二世坐帐。二世惊起,急呼左右护驾,左右反向外逃去,吓得二世莫名其妙,转身跑入卧室。回顾左右,只有太监一人随着,因急问道:"汝何不预先告我,今将奈何!"太监道:"臣不敢言,尚得偷生至今,否则,早已身死了!"

答语未完,阎乐已经追入,厉声语二世道:"足下骄恣不道,滥杀无辜,天下已共叛足下,请足下速自为计!"二世道:"汝由何人差来?"阎乐答出丞相二字。二世又道:"丞相可得一见否?"阎乐连称不可。二世道:"据丞相意见,料必欲我退位,我愿得一郡为王,不敢再称皇帝,可好么?"阎乐不许。二世又道:"既不许我为王,就做一个万户侯罢!"乐又不许。二世呜咽道:"愿丞相放我一条生路,与妻子同为黔首。"乐瞋目道:"臣奉丞相命,为天下诛足下,足下多言无益,臣不敢回报。"说着,麾兵向前,欲弑二世。二世料不可免,便横着心肠,拔剑自刎。总计在位三年,年二十三岁。小子有诗叹道:

虎父由来多犬儿,况兼阉祸早留贻。
望夷求免终难免,为问祖龙知不知。

阎乐既杀死二世,当即返报赵高。欲知赵高后事,且至下回表明。

沛公素不喜儒,乃独能礼遇郦生,虽由郦生之语足动人,而沛公之甘捐己见,易倨为恭,实非常人所可及。厥后从张良之计,用陈恢之言,何一非舍己从人,虚心翕受乎!古来大有为之君,非必真智勇绝伦,但能从善如登,未有不成厥功者,沛公其前师也。彼赵高穷凶极恶,玩二世于股掌之上,至于敌军入境,不惜卖二世以保身家,逆谋弑主,横尸宫中,此为有史以来,宦官逞凶之首例。汉唐不察,复循复辙,何其愚耶!顾不有二世父子,何有赵高。始皇贻之,二世受之,一赵高已足亡秦,刘、项其次焉者也。

第十九回　诛逆阉难延秦祚　坑降卒直入函关

却说阎乐返报赵高,高闻二世已死,自然大喜,立即趋入宫中,抢得传国玉玺,悬挂身上。本想自己篡位,因恐中外不服,且将公子婴抬举上去,俟与楚军讲定和议,再作后图。主见已定,乃召集一班朝臣,及宗室公子,当众晓示道:"二世不肯从谏,恣行暴虐,天下离畔,人人怨愤,今日已自刎了。公子婴仁厚得众,应该嗣立。惟我秦本一王国,自始皇统驭天下,乃称皇帝,现在六国复兴,海内分裂,秦地比前益小,不应空沿帝号,可仍照前称王为是。"大众闻言,心中统皆反对,因为积威所制,未敢异议,只好勉强作答,听凭裁夺。赵高便令子婴斋戒,择日庙见,行受玺礼。一面收拾二世尸首,视作寻常百姓一般,草草棺殓,藁葬杜南宜春苑中。三年皇帝,求生不得,死且不许服衮冕,也觉可怜!

公子婴虽被推立,自思赵高弑主,大逆不道,倘非设法加诛,将来必致篡位。旁顾大臣公子,无一可与同谋,只有膝下二儿,系是亲生骨肉,不妨密商,乃唤入与语道:"赵高敢弑二世,岂尚畏我!不过布置未妥,暂借我做个傀儡,徐图废立。我不先杀赵高,赵高必且杀我了。"二子听着,不禁泣下。

正密议间,忽有一人跟跄趋入道:"可恨丞相赵高,遣使往楚营求和,将要大杀宗室,自称为王,与楚军平分关中了。"子婴一瞧,乃是心腹太监韩谈,可与密商,因低声嘱咐道:"我原料他不怀好意,今使我斋戒数日,入庙告祖,明明是欲就庙中杀我,我当托病不行,免遭毒手。"韩谈答道:"公子但言有病,尚非善策。"子婴道:"我若不去告庙,高必自行来请,汝可与我二子,先伏两旁,俟他进见,突出刺高,大患便可永除了。"谈欣然领命,与子婴二子预先准备,专等赵高进来,一同下手。

高正遣人诣沛公营,欲分王关中,偏沛公不肯允许,叱还高使。高不得逞计,且恐人心益散,急欲子婴告庙,镇定一时,因此定了日期,派人往报子婴,子婴并不推辞。届期这一日,高先至庙中,待了多时,竟不见子婴到来。一再差人催促,回称公子有疾,不能亲临。高愤然道:"今日何日,尚好不至么?我当亲往速驾。"今日是汝死期,汝尚不知么?说毕,即匆匆驰赴斋宫。下马入门,遥见子婴伏案假寐,便大声呼道:"公子今已为王,速宜入庙告祖,奈何不行!"道言未绝,两旁趋出三人,持刃至前,喝声弑君乱贼,还敢胡言!赵高不及答话,已被韩谈手起刀落,砍倒地上,再经子婴二子,双刃并举,连下二刀,当即送命。也有此日。子婴见赵高已诛,亟召群臣入宫,指示高尸,历数罪恶。群臣争颂子婴英明,且言高死不足蔽辜,应夷三族。从前何皆无言?子婴点首,便令卫队往捕赵高家属,并及赵成、阎乐一并拿到,俱处死刑,于是往告祖庙,嗣登大位,征兵遣将,往守隩关。

探报至沛公营,具述底细,沛公即欲引兵进击,张良进言道:"秦兵尚强,未可轻攻。良闻守关秦将,系一屠家子,必然贪利,愿公暂留营中,但使人赍着金宝,往唊秦将,一面就峣关四近,登山张旗,作为疑兵,秦将内贪重赂,外怯强兵,还有甚么不降?"沛公依议施行,命郦食其赍宝入关,招诱秦将,且拨部兵数千,悄悄上山,遍列旗帜。秦将登关东望,但见高低上下,统是楚帜竖着,不由的胆裂心寒。可巧郦生叩关入见,送上多珍,引得秦将心花怒开,看一样,爱一样,便问沛公何故厚遗?郦生道:"沛公素仰大名,所以备物致意,通告将军,将军试想事至今日,秦朝尚能长存么?将军若孤守关中,愿为秦死,沛公有精兵数十万,当与将军相见。惟闻将军明察事机,熟知利害,所以先礼后攻,敢请将军明示。"秦将不待听毕,便已一口应承,愿与沛公连和,同攻咸阳。所谓利令智昏。

郦生当即告别,还报沛公。沛公甚喜,复欲令郦生入关订约,旁有一人出阻道:"不可!不可!"沛公把头回顾,就是前日献计的张良。不觉动了疑心,问为何意?我亦要疑。张良道:"这不过秦将一人,贪利轻诺,料他部下未必尽从。我若骤与连和,入关同行,万一彼众生变,潜袭我军,可危孰甚!最好是乘他不备,即日掩击,定获全胜。"是从假途灭虢的遗计变化出来。沛公连声称善,便令部将周勃,引步兵潜逾蒉山,绕出峣关后面,径袭秦营。秦将方以为郦生去后,必来续约,安心待着。猛听得一声喊起,即有许多敌兵,从营后杀来,秦兵茫无头绪,还道是做梦一般,纷纷惊溃。秦将不识何因,亲至营后察

第十九回　诛逆阉难延秦祚　坑降卒直入函关

看,不防一大将持刀突入,直至面前,刀光闪处,已把秦将劈开头颅,脑浆迸流,死于非命。实是该死!

这大将就是周勃。勃系沛邑贫民,少时学织蚕箔,赚钱糊口,又因他善能吹箫,常往丧家充役,列入乐工。既而渐届壮年,身长力大,学习弓马,无不具精。沛令闻他技勇,引为中涓。官名。及沛公起兵入城,勃即投效麾下,战必先驱,所向有功。沛公为砀郡长,拜勃为虎贲令,及随军西向,尤多战绩。至是复杀死秦将,踏平秦营,关上守卒,亦皆遁去。沛公又引军入关,接应周勃,追杀秦兵。到了蓝田县南境,遇有戍将拦截,便痛击一阵。戍将大败,逃回咸阳。嗣是沿途无阻,直抵霸上。

是年适为夏正十月间,秦王子婴沿秦旧例,方在改元,交相庆贺,是年为汉元年,故特提明。不意败将溃兵,陆续逃回,报称沛公军已逼都下。子婴闻报,惶急失措,忙集大臣计议。好多时来了三五人,统皆束手无策,莫敢发言。子婴越加焦灼,俄有军书递入,取过一阅,乃是沛公招降书。子婴想了一会,既不能战,又不能守,只好依书出降。乃驾着素车,乘着白马,用带套颈,捧着传国玉玺,流泪出城,至轵道旁,守候沛公。沛公领着全军,整队驰入,戈铤并耀,徒御无惊。既至子婴面前,子婴不得不屈膝就跪,俯首请降。始皇子孙,出丑至此,当是始皇在日百思不到。沛公接了玉玺,命他起身,偕入咸阳。众将中或请杀子婴,免滋后患,沛公道:"怀王遣我入秦,正因我宽容大度,不为已甚,况人已投降,还要杀他,也是不详,君等幸勿多言!"说着,遂召过属吏叫他看管子婴,自率将佐入殿去了。总计子婴为王,只有四十六日,便把秦室江山,双手奉献。这并非子婴误国,实由始皇二世,造孽太深,所以有此惨象呢。评断的确。话休叙烦。

且说沛公既入殿中,与众休息,将士等乘隙取财,各去打开府库,携出金银宝贝,大家分用。独萧何自往丞相府,特觅秦朝图籍一并收藏,好待日后检查,得知海内情形,凡关塞险要,户口多寡等事,都可按图寻索,一目了然。这就是萧何特别精细,与他人不同。不愧为佐汉元勋。沛公也趁着闲暇,入宫探视,但见雕楼画栋,曲榭回廊,一步步的引人入胜,一层层的换样生新,到了内外便殿,端的是规模宏丽,构筑精工,所有花花色色的帷帐,奇奇怪怪的珍玩,罗列四围,目不胜睹。最可怜的是一班美人儿,娇怯怯的前来迎接,有的是蛾眉半蹙,有的是蝤领低垂,有的是粉脸生红,有的是云鬟弹翠,有的是带雨海棠,盈盈欲泪,有的是迎风杨柳,袅袅生姿。沛公左顾右盼,不禁惹动那好色心肠,一面传谕免礼,一面步入正寝,将身坐定,好多时不见出来。

突有一将趋入道:"沛公欲有天下呢?还是做个富家翁,便算满志呢?"沛公看是樊哙,默然不答,但呆呆的坐着。痴了。哙又道:"沛公一入秦宫,难道就受迷不成！试看秦宫有此奢丽，所以致亡，沛公何需此物，请速还军霸上，毋留宫中！"沛公仍然不动，徐徐答道："我自觉困倦，今夕便在此一宿罢！"看中一班美人了。哙不觉动恼，又恐出言唐突，反致触怒，便转身趋出，去寻那智士张良。可巧张良进来，即与语沛公情形，浼他进谏。良点头径入，与沛公说道："秦为无道，故公得至此，公为天下除残去暴，首宜反秦敝政，力与更新。今始入秦都，便想居此为乐，恐昨日秦亡，明日公亡，何苦为了一时安佚，自败垂成？古人有言：良药苦口利于病，忠言逆耳利于行，愿公听樊哙言，勿自取祸。"

沛公听了良言，倒也翻然自悟，起身趋出，<small>幸有此尔。</small>封府库，闭宫室，竟回霸上。召集父老豪杰，慨然与语道："父老苦秦苛法，不为不久，诽谤受族诛，偶语便弃市，使诸父老痛苦至今，如何得为民上？今我奉怀王命令，伐暴救民，怀王曾有约语，先入秦关，便可称王，今我已入关中，当为秦王。从此与诸父老等约法三章：杀人处死，伤人及盗抵罪。外如亡秦苛法，一律除去，凡官吏人民，统可安枕，不必惊惶。我所以还军霸上，不过待别军到来，共定约束，余无他意。"父老豪杰，当然心喜，拜谢而去。沛公即传令大小三军，不得骚扰居民，违令立斩。又使人会同秦吏，安抚郡县。秦民欢欣鼓舞，惟恐沛公不为秦王。沛公因在霸上驻扎，听候项羽消息。

项羽自收服章邯，由东入西，行至新安，驀闻秦兵有谋变消息，又惹动项羽一片杀机。原来秦朝盛时，各处吏卒，征调入都，往往为秦兵所虐待，此次联同项羽，战胜攻取，做了上手，那秦兵反为降虏，自然受着报复，被他凌辱。秦兵遂私相告语道："章将军无端投楚，教我等一同归降，我等被他哄骗，自入罗网，充做各国奴隶。如楚军得乘胜入关，我等尚得一见骨肉，死也甘心；否则，各国吏卒，把我等掳掠东归，秦必杀我父母妻子，奈何奈何！"这种议论，渐渐的传到各国军中。各国军将，便去告知项羽。项羽道："我自有计！"说着，即召英布、蒲将军入帐，与他面语道："秦兵虽然投降，闻他私下谋议，心甚不服，若我军到了秦关，降兵不肯听我号令，猝然生变，作为内应，我军尚能生还么？看来只有先行下手，夤夜围击，把他一并杀死，只留章邯、司马欣、董翳三人，同他入秦，方可无虞。"<small>一语杀死二十万人，羽心何毒！</small>

英布、蒲将军，受了面命，就去预备妥当，待到夜半，趁着月色无光，引兵出营，往袭降兵。降兵在新安城南，靠山立寨，沉沉夜睡。英布指麾部众，把他三面围住，单留后面山路，故意纵他逃走。又分兵与蒲将军，令他上山伏着，待有秦兵入山，便用矢石抛发，不使遗留。蒲将军分头自去，英布与兵士休息片时，大约蒲将军已可上山，乃驱动兵士，破营直入。降兵方才惊起，睡眼模糊，不知外兵从何处杀到，就是司马欣亦未知秘计，慌忙出来，兜头遇着英布，英布道："君为全营统领，奈何营中谋变，尚安然睡着哩！亏得我军已侦

第十九回　诛逆阉难延秦祚　坑降卒直入函关

破逆谋，前来剿杀，君可速往项上将营，自去声辩，免得连坐呢。"司马欣中了布计，急觅得一马，将身跃上，加鞭径去。英布放出司马欣，便将营门堵住，秦兵逃出一个，杀死一个，逃出两个，杀死一双。可怜秦兵前无去路，只得向后逃生，后面都是山谷，七高八低，就是日间行走，也防失足，况且天色又暗，心内又急，忙不择路，多半堕入谷中。忽见山上火炬齐明，还道是遇着救星，谁知却是催命使，或放箭，或掷石，一班逃兵，不受箭伤，就遭石压。到了鸡声远起，曙色微明，二十万人，已经死完，简直是一个不留了！惨乎不惨！

英布、蒲将军，坑尽降兵，返报项羽。项羽早已接见司马欣，好言慰谕，留置本营，自己坐待消息。及两将复命，才得放心进兵，拔营西指。途中已无秦垒，如入无人之境，一口气跑至函谷关，关门却是紧闭，上面列着守卒，也是楚军，只随风荡漾的旗帜当中都有刘字写着。羽在途中，已微闻沛公入关音信，至此见有刘字旗帜，越觉心中着忙，便仰呼守卒道："汝等替何人守关？"守卒答道："奉沛公令，在此守着。"羽复道："沛公已入咸阳否？"守卒又答道："沛公早破咸阳，现在霸上驻扎。"羽急说道："我率大军前来，汝等快快开关，使我入见沛公。"守卒道："沛公有命，无论何军，不准放入！"羽大怒道："刘季无礼，竟敢拒我么？"便令英布等努力攻关，自在后面监督，退后立斩。英布等挥兵猛攻，沿关驾起云梯，冒险上登。守兵不过数千，顾左失右，顾右失左，如何禁遏得住。不到一日，便被英布等跃登关上，杀散守兵，随即开关迎入项羽，进至戏地。

时已天暮，就在戏地西首，扎下营盘。这地方叫作鸿门，羽在营中设宴，大飨士卒，且与将佐商议，对付沛公。有主张决裂的，有主张从缓的，羽亦不能自决。忽来了一个使人，说是沛公左司马曹无伤，有机密事传报。羽即召他入帐，那人上前跪禀，谓由曹无伤差来。羽问为何事？那人道："沛公欲王关中，用秦子婴为相，秦宫府中一切珍宝，都想据为己有了。"羽不禁跃起，拍案大骂道："可恨刘邦，目无他人，我明日定要灭他！"范增在旁进言道："沛公居山东时，贪财好色，今入秦关，闻他不取财物，不近妇女，先后若出两人，这定是具有大志，不可小觑！且增已令望气人士，遥观彼营，据言营上有龙虎形，迭成五采，就是天子气。若此时不除，还当了得！请将军号令将士，急击勿失！"增既知有天子气，应该舍此就彼，才算智士，奈何尚欲逆天行事呢？羽悍然道："我破一刘邦，如摧枯朽，有何难处！今日大众饮宴，时又昏夜，且让他活着一宵，明晨进击便了。"说罢，遣回来使，嘱他还报曹无伤，明日进兵，请作内应，来使应声自去。

看官听说！项羽有众四十万，号称百万，气焰无比。沛公只有兵十万人，比那项羽部下，四成中仅得一成。并且鸿门、霸上，相距止四十里，又没有甚么险阻,羽兵一发即至,如何遮拦?眼见得一强一弱,一众一寡,沛公生死关头,就在旦夕间了。那知人有千算,天教一算,天意已属沛公,当然有救星出现,化险为夷。小子有诗咏道:

> 到底天心是好生,云龙独护沛公营。
> 任他亚父多谋算,怎及苍穹视听明?

欲知何人往救沛公,下文自当说明。

子婴不动声色,能诛赵高,未始非英明主;假使秦尚可为,子婴得在位数年,兴利除害,救衰起弊,则秦亦不至遽亡。然如始皇之暴虐,二世之愚顽,岂尚得传诸久远?子婴不幸,为始皇之孙,贤而失位,且为项羽所杀,祖宗不善,贻祸子孙,报应其果不爽欤!项羽以暴易暴,坑死秦降卒二十万人,无道若此,宁能久存?沛公虽弱,独能除暴救民,约法三章,且财物无所取,妇女无所幸,一变至道,天命攸归,项羽岂能加害乎?范增于项羽之暴,并不进谏,且激项羽之怒,欲害沛公。人谓其智,吾谓其愚,如增者何足道焉!

第二十回　宴鸿门张樊保驾
　　　　　　焚秦宫关陕成墟

却说项羽有个叔父,叫做项伯,为楚左尹。他在秦朝时候,因怒杀人,自知不免死罪,逃往下邳,幸亏遇着张良,与他同病相怜,引同居处,方得避祸。嗣是记念旧恩,常欲图报。时正在项羽营中,闻知范增计策,不免为张良担忧。暗思沛公被攻,与我无涉,惟张良跟着沛公,一同受祸,岂不可惜!当下乘夜出营,单骑加鞭,直至沛公营前,求见张良。好在沛公营内,闻得项羽入关,驻扎鸿门,也恐他夜来袭击,所以格外戒严,不敢安睡。张良也凭烛坐着,听说项伯来会,料有密事,急忙出迎。项伯入见张良,即与悄语道:"快走快走!明日便要遇祸了!"良惊问原委,由项伯略述军情。良沉吟道:"我不能急走!"项伯道:"同死何益,不如随我去罢!"良又道:"我为韩王送沛公,沛公今有急难,我背地私逃,就是不义。君且少坐,待我报知沛公,再定行止。"说着,抽身便去,项伯禁止不住,又未便擅归,只好候着。

张良匆匆入沛公营,可巧沛公亦尚未寝,即向沛公说道:"明日项羽要来攻营了!"沛公愕然道:"我与项羽并无仇隙,如何就来攻我?"良答道:"何人劝公守函谷关?"沛公道:"鲰生前来语我!鲰生即小生,或谓姓鲰。谓当派兵守

第二十回　宴鸿门张樊保驾　焚秦宫关陕成墟

关,毋纳诸侯,方可据秦称王。我乃依议照行,莫非我误听了么?"自知有误,便是聪明。良便问道:"公自料部下士卒,能敌项羽否?"沛公徐说道:"只怕未必。"良接口道:"我军只十万人,羽军却有四十万,如何敌得!今幸项伯到此,邀良同去,良怎敢负公?不得不报。"沛公顿足道:"今且奈何?"良又道:"看来只好情恳项伯,叫他转告项羽,只说公未尝相拒,不过守关防盗,请勿误会。项伯乃是羽叔,当可止住羽军。"沛公道:"君与项伯何时相识?"良答道:"项伯尝杀人坐罪,由良救活,今遇着急难,故来告良。"沛公道:"比君少长如何?"良答言项伯年长。沛公道:"君快与我呼入项伯,我愿以兄礼相事。如能代为转圜,决不负德!"

良乃出招项伯,邀他同见沛公。项伯道:"这却未便。我来报君,乃是私情,怎得径见沛公?"良急说道:"君救沛公,不啻救良,况天下未定,刘、项二家,如何自相残杀?他日两败俱伤,与君亦属不利,故特邀君入商,共议和平。"娓娓动人。项伯尚要推辞,再经良苦劝数语,方偕良入见沛公。沛公整衣出迎,延他上坐,一面令军役摆出酒肴,款待项伯,自与良殷勤把盏,陪坐一旁。酒至数巡,沛公开言道:"我入关后,秋毫不敢私取,封府库,录吏民,专待项将军到来。只因盗贼未靖,擅自出入,所以遣吏守关,不敢少忽,何尝是拒绝将军?愿足下代为传述,但言我日夜望驾,始终怀德,决无二心。"项伯道:"君既见委,如可进言,自当代达。"张良见项伯语尚支吾,又想出一法,问项伯有子几人,有女几人?想入非非。项伯一一具答,良乘间说道:"沛公亦有子女数人,好与伯结为姻好。"沛公毕竟心灵,连忙承认下去。项伯尚是迟疑,托词不敢攀援,良笑说道:"刘、项二家,情同兄弟,前曾约与伐秦,今得入咸阳,大事已定,结为婚姻,正是相当,何必多辞!"好一个撮合山。沛公闻言遽起,奉觞称寿,递与项伯,项伯不好不饮,饮尽一觞,也酌酒相酬。良待沛公饮讫,即从旁笑谈道:"杯酒为盟,一言已定,他日二姓谐欢,良亦得叨陪喜席。"项伯沛公,亦皆欢洽异常,彼此又饮了数杯。项伯起身道:"夜已深了,应即告辞。"沛公复申说前言,项伯道:"我回去即当转告,惟明日早起,公不可不来相见!"沛公许诺,亲送项伯出营。

项伯上马驰驰,返入本营,差不多有三四更天气了。营中多已就寝,及趋入中军,见项羽还是未睡,因即进见。羽问道:"叔父何来?"项伯道:"我有一故友张良,前曾救我生命,现投刘季麾下,我恐明日往攻,破灭刘季,良亦难保,因此往与一言,邀他来降。"项羽素来性急,即张目问道:"张良已来了么?"项伯道:"良非不欲来降,只因沛公入关,未尝有负将军,今将军反欲加攻,良谓将军未合情理,所以不敢轻投,窃恐将军此举,未免有失人心了。"羽愤然道:"刘季乘关拒我,怎得说是不负?"项伯道:"沛公若不先破关中,将军亦未能骤入，今人有大功，反欲加击，岂非不义！况沛公守关，全为防备盗贼起见，他却财物不敢取，妇女不敢幸，府库宫室，一律封锁，专待将军入关，商同处置，就是降王子婴，也未尝擅自发落。如此厚意，还要遭击，岂不令人失望么？"力为沛公解说，全是张良之力。羽迟疑半晌，方答说道："据叔父意见，莫非不击为是？"项伯道："明日沛公当来谢罪，不如好为看待，借结人心。"羽点头称是。项伯方才退出，略睡片刻，便即天晓。

营中将士，都已起来，吃过早餐，专候项羽命令，往击沛公。不料羽令未下，沛公却带了张良、樊哙等人，乘车前来。到了营前，即下车立住，先遣军弁通名求谒。守营兵士，入内通报，项羽即传请相见。沛公等走入营门，见两旁甲士环列，戈戟森严，绕成一团杀气，不由的忐忑不安。独张良神色自若，引着沛公，徐步进去。既至中军营帐，始让沛公前行，留樊哙守候帐外，自随沛公趋入。项羽高坐帐中，左立项伯，右立范增，待沛公已到座前，才把身子微动，总算是迓客的礼仪。沛公身入虎口，不能不格外谦恭，便向羽下拜道："邦未知将军入关，致失迎谒，今特踵门谢罪。"羽冷笑道："沛公亦自知罪么？"沛公道："邦与将军，同约攻秦，将军战河北，邦战河南，虽是两路分兵，邦却遥仗将军虎威，得先入关破秦。为念秦法暴酷，民不聊生，不得不立除苛禁，但与民约法三章，此外毫无更改，静待将军主持，将军不先示邦，说明入关期间，邦如何得知？只好派兵守关，严备盗贼。今日幸见将军，使邦得明心迹，尚复何恨？惟闻有小人进谗，使将军与邦有隙，这真是出人意外，还求将军明察！"这一席话，想是张良教他。

项羽本是个粗豪人物，胸无城府，喜怒靡常，一闻沛公语语有理，与项伯所说略同，反觉自己薄情，错恨沛公。因即起身下座，握沛公手，和颜直告道："这是沛公左司马曹无伤，使人来说，否则籍何至如此！"沛公复婉言申辩，说得项羽躁释矜平，欢昵如旧，便请沛公坐下客位。张良亦谒过项羽，侍立沛公身旁。羽在主位坐定，命具酒肴相待，才阅片时，已将筵宴陈列，由羽邀沛公入席。沛公北向，羽与项伯东向，范增南向，各就位次坐定，张良西向侍坐，帐外奏起军乐，大吹大打，侑觞劝酒。沛公素来善饮，至此却提心吊胆，不敢多喝。羽却真情相劝，屡与沛公赌酒，你一杯，我一觥，正在高兴得很。偏范增欲害沛公，屡举身上所佩玉玦，目示项羽。一连三次，羽全然不睬，尽管喝酒。增不禁着急，托词趋出，召过项羽从弟项庄，私下与语道："我主外似刚强，内实柔懦，沛公自来送死，偏不忍杀他。我已三举玉玦，不见我主理会，此机一失，后患无穷。汝可入内敬酒，借着舞剑为名，刺杀沛公，我辈才得安枕了！"何苦逞刁。

项庄听罢，遂撩衣大步，闯至筵前。先与沛公斟酒，然后进说道："军中乐

第二十回　宴鸿门张樊保驾　焚秦宫关陕成墟

不足观,庄愿舞剑一回,聊助雅兴。"羽也不加阻,一任项庄自舞。庄执剑在手,运动掌腕,往来盘旋。良见庄所执剑锋,近向沛公,慌忙顾视项伯。项伯已知良意,也起座出席道:"剑须对舞方佳。"说着,即拔剑出鞘,与庄并舞。一个是要害死沛公,一个是要保护沛公,沛公身旁,全仗项伯一人挡住,不使项庄得近,因此沛公不致受伤。但沛公已惊慌得很,面色或红或白,一刻数变。张良瞧着,亦替沛公着急,即托故趋出帐外。见樊哙正在探望,便与语道:"项庄在席间舞剑,看他意思,欲害沛公。"哙跃起道:"依此说来,事已万急了!待我入救罢!"张良点首。哙左手持盾,右手执剑,闯将进去。帐前卫士,看了樊哙形状,还道他要去动武,当然出来拦住。哙本来力大,再加此时拚出性命,不管甚么利害,但向前乱撞乱推,格倒卫士数人,得了一条走路,竟至席前,怒发上冲,瞋目欲裂。项庄、项伯,见有壮士突至,都停住了剑,呆呆望着。项羽倒也一惊,便问哙道:"汝是何人?"哙正要答言,张良已抢步趋入,代哙答道:"这是沛公参乘樊哙。"项羽随口赞道:"好一个壮士!可赐他卮酒彘肩。"左右闻命,便取过好酒一斗,生猪蹄一只,递与樊哙。哙横盾接酒,一口喝干,复用刀切肉,随切随食,顷刻亦尽。<small>屠狗英雄,自然能食生肉。</small>乃向羽拱手称谢。项羽复问道:"可能再饮否?"哙朗声答道:"臣死且不避,卮酒何足辞!"羽又问道:"汝欲为谁致死?"哙正色道:"秦为无道,诸侯皆叛,怀王与诸将立约,先入秦关,便可称王。今沛公首入咸阳,未称王号,独在霸上驻扎,风餐露宿,留待将军。将军不察,乃听信小人,欲杀功首,这与暴秦何异?臣窃为将军不取呢!惟臣未奉传宣,遽敢突入,虽为沛公诉枉而来,究竟是冒渎尊严,有干禁令,臣所以谓死且不避,还请将军鉴原!"羽无言可答,只好默然。

　　张良又目视沛公,沛公徐起,伪说如厕,且叱樊哙出外,不必在此絮聒。哙因即随同出帐。既至帐外,张良也即出来,劝沛公速回霸上,勿再停留。沛公道:"我未曾辞别,怎得遽去?"张良道:"项羽已有醉意,不及顾虑,公此时不走,尚待何时?良愿代公告辞。惟公随身带有礼物,请取出数件,留作赠品便了。"沛公乃取出白璧一双,玉斗一双,交与张良,自己另乘一马,带了樊哙,及随员三人,改从间道行走,驰回霸上。独张良一人留着,迟迟步入,再见项羽。<small>真好大胆。</small>羽据席坐着,但觉得醉眼朦胧,似寐非寐,好一歇方才旁顾道:"沛公到何处去了?如何许久不回!"<small>他已去远,不劳费心。</small>良故意不答。项羽因使都尉陈平,出寻沛公。既而陈平入报,谓沛公车从尚在,只沛公不见下落。羽乃问张良道:"沛公如何他去?"良答道:"沛公不胜酒力,未能面辞,谨使良奉上白璧一双,恭献将军,还有玉斗一双,敬献范将军!"说着,即将白璧玉斗取出,分头献上。项羽瞧着一双白璧,确是光莹夺目,毫无瑕点,不由的心爱起来,便即取置席上,且顾问张良道:"沛公现在何处?"良直说道:"沛公自恐失仪,致被将军督责,现已脱身早去,此时已可还营了。"羽愕问道:"为何不告而去?"良又道:"将军与沛公情同兄弟,谅不致加害沛公;惟将军部下,或与沛公有隙,想将沛公杀害,嫁祸将军。将军今日,初入咸阳,正应推诚待人,下慰物望,为何要疑忌沛公,阴谋设计?沛公若死,天下必讥议将军,将军坐受恶名,诸侯乐得独立。譬如卞庄刺虎,一计两伤。沛公不便明言,只好脱身避祸,静待将军自悟。将军英武天纵,一经返省,自然了解,岂尚至责备沛公么?"好似为项羽画策,妙甚。

项羽躁急多疑,听了张良说话,反致疑及范增,向他注视。增因计不得行,已是说不出的懊恼,再见项羽顾视,料他起了疑心,禁不住怒上加怒,气上加气,当即取过玉斗,掷置地上,拔剑砍破,且目视项庄,恨恨说道:"唉!竖子不足与谋!将来夺项王天下,必是沛公,我等将尽为所虏哩!"项羽见增动怒,不欲与较,起身拂袖,向内竟入。范增等也即趋出,只项伯、张良,相顾微笑,徐徐引退。到了营外,良谢过项伯,召集随从人员,一径回去。是时沛公早回霸上,唤过左司马曹无伤,责他卖主求荣,罪在不赦。无伤不能抵赖,垂首无言,当被沛公喝令推出,枭首正法。待张良等还营报闻,沛公喜惧交并,且再驻扎霸上,徐作计较。

过了数日,项羽自鸿门入咸阳,屠戮居民,杀死秦降王子婴,及秦室宗族,所有秦宫妇女,秦库货币,一古脑儿劫取出来,自己收纳一半,余多分给将士。最可怪的是将咸阳宫室,付诸一炬,无论什么信宫极庙,及三百余里的阿房宫,统共做了一个火堆。今日烧这处,明日烧那处,烟焰蔽天,连宵不绝,一直过了三个月,方才烧完。可怜秦朝数十年的经营,数万人的构造,数万万的费用,都成了眼前泡影,梦里空花!秦固无谓,项羽尤觉无谓。羽又令兵士三十万名,至骊山掘始皇墓,收取圹内货物,输运入都,足足搬了一月。只剩下一堆枯骨,听他抛露,此外搜刮净尽,毫不遗留。厚葬何益。本来咸阳四近,是个富庶地方,迭经秦祖秦宗,创造显庸,备极繁盛。此次来了一个项羽,竟把他全体残破,弄得流离满目,荒秽盈途。羽为了一时意气,任意妄行,及见咸阳已成墟落,也觉没趣,不愿久居,便欲引众东归。适有韩生入见,劝羽留都关中,且向羽说道:"关中阻山带河,四塞险阻,地质肥饶,真是天府雄国,若就此定都,便好造成霸业了。"羽摇首道:"富贵不归故乡,好似衣锦夜行,何人知晓?我已决计东归哩!"韩生趋出,顾语他人道:"我闻里谚有言,楚人沐猴而冠,今日果然相验,才知此言不虚了。"那知为了这语,竟有人传报项羽,羽即命将韩生拿到,剥去衣服,掷入油锅,用了烹燔的方法,把韩生炙成烧烤。看官试想,惨不惨呢!羽之暴且过亡秦。

羽既烹韩生,便想起程,转思沛公尚在霸上,我若一走,他便名正言顺的做了秦王,如何使得?看来不如报知怀王,请他改过前约,方好将沛公调徙远方,杜绝后患。于是派使东往,嘱他密请怀王,毋如前约。待使人去后,眼巴巴的望着复报,好容易盼到回音,乃是怀王不肯食言,仍将如约二字,作了复书。羽顿时动恼,召集诸将与议道:"天下方乱,四方兵起,我项家世为楚将,所以权立楚后,仗义伐秦。但百战经营,全出我叔侄两人,及将相诸君的劳力。怀王不过一个牧竖,由我叔父拥立,暂畀虚名,毫无功业,怎得自出主见,分封王侯?今我不废怀王,也算是始终尽道,若诸君披坚执锐,劳苦三年,怎得不论功行赏,裂土分封?诸君可与我同意否?"诸将皆畏项羽,且各有王侯希望,当然齐声答应,各无异词。项羽又道:"怀王究系我主子,应该尊他帝号,我等方可为王为侯。"何必尊牧儿为帝,不如废去了他,较为直捷。众又同声称是。羽遂决称怀王为义帝,另将有功将士,按次加封。惟第一个分封出去,已觉有些为难,先不免踌躇起来。正是:

只手难遮天下目,分封要费个中思。

毕竟项羽欲封何人,须待踌躇,小子且暂停一停,俟至下回发表。

沛公身入鸿门,为生平罕有之危机,项羽令焚秦宫,为史册罕有之大火,于此见刘、项之成败,即定楚、汉之兴亡。鸿门一宴,沛公已在项氏掌握,取而杀之,反手事耳。乃有项伯为之救护,有张良、樊哙为之扶持,卒使项羽不能逞其勇,范增不能施其智,虽曰人事,岂非天命!天不欲死沛公,羽与增安得而杀之?若羽之焚秦宫,愚顽实甚,秦宫之大,千古无两,材料无不值钱,散给民生,正足嘉惠黎庶,焚之果何为者?武王灭纣,不闻举纣宫而尽焚之,越王沼吴,又不闻举吴台而尽焚之,羽果何心,付诸一炬?甚且杀子婴,屠咸阳,掘始皇塚,烹韩生,以若所为,求若所欲,安往而不败亡耶?秦之罪上通于天,羽且过之,故秦尚能传至二世,而羽独及身而亡。

第二十一回 烧栈道张良定谋
筑郊坛韩信拜将

却说项羽欲分封诸将,想了多时,自己不能决定,只好仍请范增商议。范增虽为了鸿门一役,有些懊恼,但总不忍遽去,尚为项氏效忠。血气既衰,戒之在得,增何不三复斯言,洁身早去。既闻项羽召请,便即入帐相见。项羽与增密议道:"我欲按功加封,别人都不难处置,只有刘季一人,封他何处,请君为我一决。"增答道："将军不杀刘季,实是错着,今日又把他加封,是更留遗患了。"项羽道："他未尝有罪,无故杀他,必致人心不服,且怀王又欲照原约,种种为难,君亦应该谅我。并非我不肯从君!"增又答道："既经如此,不如封他王蜀,蜀地甚险,易入难出,秦时罪人,往往发遣蜀中,便是此意。且蜀亦关中余地,使为蜀王,也好算是依照旧约了。"项羽点首称善。增又道："章邯、司马欣、董翳三人,皆秦降将,最好令他分王关中,使他阻住蜀道,他必感恩效力,堵截刘季,就是将军东归,亦可无虞。"后来偏不如所料,奈何!羽喜说道："此计甚妙,应即照行。"说罢,复与增妥议各将封地,及所有名称,一一决定,增始退出。

　　适由沛公遣人探信,至项伯处详问一切,项伯已闻项羽定议,封沛公为蜀王,乃即告知大略。来人忙去回报沛公,沛公大怒道："项羽无礼,竟敢背约么?我愿与他决一死战。"樊哙、周勃、灌婴等,亦皆摩拳擦掌,想去厮杀。独萧何进谏道："不可,不可!蜀地虽险,总可求生,不至速死。"沛公道："难道去攻项羽,便至速死么?"萧何道："彼众我寡,百战百败,怎能不死?汤武尝服事桀纣,无非因时机未至,不得不因屈求伸。今诚能先据蜀地,爱民礼贤,养精蓄锐,然后还定三秦,进图天下,也未为迟哩。"沛公听了,怒气稍平,因转问张良。良亦如萧何言,但请沛公厚赂项伯,使他转达项羽,求汉中地。为暗度陈仓伏案。沛公乃取出金币,派人遣遗项伯,乞将汉中地加封。项伯已阴助沛公,且有金币可取,乐得代为说情。项羽竟依了项伯,把汉中地加给沛公,且改封沛公为汉王。于是颁发分封诸王的命令,列记如下:

　　　　沛公为汉王,得巴蜀汉中地,都南郑。
　　　　秦降将章邯为雍王,得咸阳以西地,都废邱。
　　　　司马欣为塞王,得咸阳以东地,都栎阳。
　　　　董翳为翟王,得上郡地,都高奴。
　　　　魏王豹徙封河东,号西魏王,都平阳。
　　　　赵王歇徙封代地,仍号赵王,都代郡。
　　　　赵将张耳为常山王,得赵故地,都襄国。
　　　　司马卬为殷王,得河内地,都朝歌。
　　　　申阳张耳嬖臣,先下河南迎楚。为河南王,得河南地,都洛阳。
　　　　楚将英布为九江王,都六。
　　　　楚柱国共敖曾击南郡有功。为临江王,都江陵。
　　　　燕王韩广徙封辽东,改号辽东王,都无终。
　　　　燕将臧荼从楚救赵,且随项羽入关。为燕王,得燕故地,都蓟。
　　　　番君吴芮芮为英布妇翁,曾由布招芮,从羽入关。为衡山王,都邾。

第二十一回　烧栈道张良定谋　筑郊坛韩信拜将

齐王田市徙封胶东，改号胶东王，都即墨。

齐将田都从楚救赵，随羽入关。为齐王，得齐故地，都临淄。

田安故齐王建孙，下济北数城，引兵降楚。为济北王，都博阳。

韩王成封号如旧，仍都阳翟。

项羽自称西楚霸王，拟还都彭城，据有梁楚九郡。一面派遣将士，迫义帝迁往长沙，定都郴地。郴音琛。郴地僻近南岭，比不得彭地繁庶。羽欲自去建都，怎肯使义帝久住，所以将他逼徙，好似迁锢一般。另拨部兵三万人，托词护送沛公，即令西往就国。此外各国君臣，皆一律还镇。

沛公既为汉王，此后叙述，应该以汉王相呼。汉王就从霸上起行，因念张良功劳，赐金百镒，珠二斗。良拜受后，却去转赠项伯，并与项伯作别，还送汉王出关。就是各国将士，或慕汉王仁厚，也尽愿跟随西去，差不多有数万人，汉王并不拒绝，一同登程。好容易到了褒中，张良意欲归韩，即向汉王说明，汉王乃遣良东归。两下告别，统是依依不舍。良复请屏左右，献上一条密计，汉王也即依从。良即拜辞而去，汉王仍然西进。不料后队人马，统皆喧嚷起来。当下问为何因？有军吏入报道："后面火起，烈焰冲天，闻说栈道都被烧断了！"汉王绝不回顾，但促部众西行，说是到了南郑，再作后图，部众不敢违慢，只好前进。旋闻栈道为张良所烧，免不得咒骂张良，说他断绝后路，永不使回见父老，真是一条绝计，太觉忍心。那知张良烧绝栈道，却是寓着妙算，与庸众思想不同。一是计给项羽，示不东归，好教他放心安胆，不作准备；二是计御各国，杜绝出入，好教他知难而退，不敢入犯。当时拜别汉王，与汉王秘密定谋，便是这条计策。良之决送汉王，也是为此。汉王已经接洽，自然不致惊惶，一心一意的驰赴南郑去了。既至南郑，拜萧何为丞相，此外将佐亦皆授职有差，不必细述。

惟张良拜别汉王，转身东行，过一路，烧一路，已将栈道烧尽，方向阳翟进发，等候韩王成归国。原来项羽入关，韩王成未曾相随，嗣经羽进驻鸿门，号令诸王，韩王成方才往见。羽虽嫌他无功，终究是无罪可加，不得不许复旧封。只有一语相嘱，叫他召回张良。及韩王成与良接洽，良亦知项羽加忌，不令事汉，所以有此要约，当时答复韩王，俟送汉王出境，然后还韩。韩王不便相强，因即应诺。偏偏项羽借口有资，责成违命纵良，将他留住，不令归国，但使随军东行。成无拳无勇，怎能拗得过项羽，没奈何跟着羽军，出发秦关。羽把秦宫中所得金银，及子女玉帛等类，一古脑儿载入后车，启程东归，到了彭城，复将韩王成贬爵，易王为侯。过了数月，索性把他杀死了事。还有燕王韩广，不愿迁往辽东，被臧荼引兵逐出，追至无终，一鼓击死。韩广了。乃使人报知项羽，羽不咎臧荼擅杀，反说荼讨广有功，令他兼王辽东。就是齐王田市，本由齐将田荣拥立，田荣前不愿从项氏攻秦，为羽所憎，见第十六回。故羽徙封田市，改封田都、田安，独将田荣搁起不提。全是私心用事。荣秉性倔强，不服羽命，竟羁留田市，拒绝田都，待田都将到临淄，竟发兵邀击中途，把都杀败，都逃往彭城。田市闻田都败却，恐他向羽求救，复来攻齐，因此潜身脱走，驰诣胶东。偏田荣恨他私逃，自领兵追杀田市，荣亦太觉猖狂。再西向袭击济北，刺死田安，便自称齐王，并有三齐。是时彭越尚在巨野，彭越见前文。有众万人，无所归属，田荣给与将军印绶，使他略夺梁地，越遂为荣效力，攻下数城。赵将陈余，自去职闲游后，羁居南皮，仍然留意外务，常欲出山。陈余事见前文，但余既归隐，何必再寻烦恼。他本与张耳齐名，项羽封耳为常山王，却有人进说项羽，请封陈余。羽因余未尝从军，但封他南皮附近的三县。余怒说道："余与张耳，功业相同，今耳封常山王，余乃只得三县地方，充个邑侯，岂非不公！我要这三县地何用呢？"当下使党徒张同、夏说，往见田荣道："项羽专怀私意，不顾公道，所有部将，尽封善地，独将旧王徙封，使居僻境，如此不公，何人肯服？今大王崛起三齐，首先拒羽，威声远震，东海归心。赵地与齐相近，素为邻国，现赵王被徙至代，也觉不平。臣余本赵旧将，愿大王拨兵相助，往攻常山，若得将常山攻破，仍迎赵王还国，当世为齐藩，永不背德！"田荣听了，立即应允，因派兵往助陈余。陈余尽发三县士卒，会同齐兵，星夜驰击常山。张耳未曾预防，仓猝拒敌，竟被杀败，向西遁走。陈余遂迎赵王歇还国，遣还齐兵。赵王号余为成安君，兼封代王。余因赵王初定，不便遽离，仍然留辅赵王，但命夏说为代相，令往守代，事且慢表。

且说汉王刘邦，到了南郑，休兵养士，安息了一两月，独将士皆思东归，不乐西居。汉王部下，有一韩故襄王庶孙，单名为信，此与淮阴侯韩信异人同名。曾从汉王入武关，辗转至南郑，为汉属将。因见人心思归，自己亦生归志，乃入见汉王道："项王分封诸将，均在近地，独使大王西居南郑，这与迁谪何异？况军吏士卒，皆山东人，日夜望归，大王何不乘锋东向，与争天下？若待海内已定，人心皆宁，恐不可复用，只好老死此地了。"汉王道："我亦未尝不忆念家乡，但一时不能东还，如何是好！"正议论间，忽有军吏入报，丞相萧何，今日出走，不知去向。汉王大惊道："我正思与他商议，奈何逃去！莫非另有他事么？"说着，即派人往追萧何。一连二日，未见萧何回来，急得汉王坐立不安，如失左右两手。方拟续派得力兵弁，再去追寻，却有一人踉跄趋入，向王行礼，望将过去，正是两日不见的萧何。却是奇怪。心中又喜又怒，便佯骂道："汝怎得背我逃走？"何答道："臣不敢逃，且去追还逃人！"汉王问所追为谁？何又道："臣去追还都尉韩信！"汉王又骂道："我自关中出发，直至此地，沿途逃亡多人，就是近日又有人逃去，汝并不往追，独去追一韩信，这明明是骗我了。"何说道："前时逃失诸人，无关轻重，去留不妨听便，独韩信乃是国士，当世无双，怎得令他逃去？大王若愿久居汉中，原是无须用信，如必欲争天下，除信以外，无人合用，故臣特亟去追回。"汉王道："我难道不愿东归，乃郁郁久居此地么？"何即接入道："大王果欲东归，宜急用韩信，否则信必他去，不肯久留了。"汉王道："信有这般才干么？君既以为可用，我即用他为将，一试优劣。"何又道："但使为将，尚未足留信。"汉王道："我就用他为大将可好么？"何连说了几个好字。汉王道："君为我召入韩信，我便当命为大将。"何正色道："大王岂可轻召么？本来大王用人，简慢少礼，今欲拜大将，又似传呼小儿，所以韩信不愿久留，乘隙逃去。"汉王道："拜大将当用何礼？"何答道："须先择吉日，预为斋戒，筑坛具礼，敬谨行事，方算是拜将的礼节。"汉王笑道："拜一大将，须要这般郑重么？我就依君一行，君为我按礼举行便了。"看到此种问答，便是兴王大度。何乃退出，便去照办。

究竟韩信，是何等人物？听小子约略叙明。信为三杰中人，自应补叙明白。信本淮阴人氏，少年丧父，家贫失业，不农不商，要想去充小吏，也属无善可推，因此游荡过日，往往就人寄食。家中虽有老母，不获赡养，也累得愁病缠绵，旋即逝世。南昌亭长，颇与信相往来，信常去吃饭，致为亭长妻所嫉。晨炊蓐食，不使信知，待信来时，好多时不见具餐。信知惹人厌恨，乃掉头径去，从此绝迹不至。便是有志。独往淮阴城下，临水钓鱼。有时得鱼几尾，卖钱过活，有时鱼不上钩，莫名一钱，只好挨着饥饿，空腹过去。会有诸老妪濑水漂絮，与韩信时常遇着，大家见他落魄无聊，当然不去闻问。独有一位漂母，另具青眼，居然代为怜惜，每当午餐送至，辄分饭与信。信亦饥不择食，乐得吃了一餐，借充饥腹。那知漂母慷慨得很，今日饲信，明日又饲信，接连数十日，无不如此。与亭长妻相较，相去何如！信非常感激，便向漂母称谢道："承老母这般厚待，信若有日得志，必报母恩。"道言甫毕，漂母竟含嗔相叱道："大丈夫不能谋生，乃致坐困，我特看汝七尺须眉，好像一个王孙公子，所以不忍汝饥，给汝数餐，何尝望汝报答呢！"妇人中有此识见，好算千古一人。说着，携絮自去。韩信呆望一会，很觉奇异，但心中总怀德不忘，待至日后发迹时，总要重重谢她，方足报德。无如福星未临，命途多舛，只好得过且过，将就度日。他虽家无长物，尚有一把随身宝剑，时时挂在腰间。一日无事，踯躅街头，碰着一个屠人子，当面揶揄道："韩信，汝平时出来，专带刀剑，究有何用？我想汝身体长大，胆量如何这般怯弱呢！"信绝口不答，市人却在旁环视。屠人子又对众嘲信道："信能拼死，不妨刺我，否则只好出我胯下！"说着，便撑开两足，立在市中。韩信端详一会，就将身子匍伏，向他胯下爬过。能忍人所不能忍，方可有为。市人无不窃笑，信却不以为辱，起身自去。

到了项梁渡淮,为信所闻,便仗剑过从,投入麾下。梁亦不以为奇,但编充行伍,给以薄秩。至项梁败死,又属项羽,羽使为郎中。信屡次献策,偏不见用,于是弃楚归汉,从军至蜀。汉王亦淡漠相遭,惟给他一个寻常官职,叫做连敖。连敖系楚官名,大约与军中司马相类。信仍不得志,未免牢骚,偶与同僚十三人,叙饮谈心,到了酒后忘情,竟发出一种狂言,大有独立自尊的志愿。适被旁人闻知,报告汉王,汉王疑他谋变,即命拿下十三人,并及韩信,立委夏侯婴监斩。婴将众犯驱往法场,陆续枭首,已有十三个头颅,滚落地上。猛听得一人狂呼道:"汉王不欲得天下么?奈何杀死壮士!"这是命中注定,应有一番作为,故脱口而出。婴不禁诧异,便命停斩,引那人至面前,见他状貌魁梧,便动了怜才的念头。及验过斩条,乃是韩信,便问他有甚么经略?信将腹中所藏的材具,一一吐露出来,大为婴所叹赏。就与语道:"十三人皆死,唯汝独存,看汝将来当为王佐,所以漏出刀下,我便替汝解免罢!"说着,遂命将信释缚,自去返报汉王,极称信才,不应处死,且当升官。汉王是个无可无不可的人物,一闻婴言,即宥信死罪,命为治粟都尉。治粟都尉一官,虽比连敖加升一级,但也没甚宠异。独有丞相萧何,留意人才,随时物色。闻得夏侯婴器重韩信,也召与共语,果然经纶满腹,应对如流,才知婴言不谬,即面许他为大将才。信既得何称许,总道是相臣权重,定当保荐上去,不致长屈人下。偏偏待了旬月,毫无影响,自思汉王终不能用,不如见机引去,另寻头路,乃收拾行装,孑身出走,并不向丞相署内报闻。及有人见信自去,告知萧何,何如失至宝,忙拣了一匹快马,耸身跃上,加鞭疾驰,往追韩信。差不多跑了百余里,才得追及,将信挽住。信不愿再回,经何极力敦劝,且言自己尚未保荐,因此稽迟。信见他词意诚恳,方与何仍回原路。既入汉都,由何禀报汉王,与汉王问答多词,决意拜为大将。语见上文。因即命礼官选定吉日,筑坛郊外。

　　汉王斋戒三日,才届吉期,清晨早起,即由丞相萧何,带领文武百官,齐集王宫,专候汉王出来。汉王也不便迟慢,整肃衣冠,出宫登车。萧何等统皆随行,直抵坛下。当由汉王下车登坛,徐步而上。但见坛前悬着大旗,迎风飘扬,坛下四围,环列戎行,静寂无哗,容止不紊,天公都也做美,一轮红日,光照全坛,尤觉得旌旄变色,甲杖生威,顿令汉王心中,倍加欣慰。这是兴汉基础,应该补叙数语。丞相何也即随登,捧上符印斧钺,交与汉王。一班金盔铁甲的将官,都翘首伫望,不知这颗斗大的金印,应该属诸何人?就中如樊哙、周勃、灌婴诸将,身经百战,积功最多,更眼巴巴的瞧着,想总要轮到己身。忽由丞相何代宣王命,请大将登坛行礼,当有一人应声趋出,从容步上。大众眼光,无不注视,装束却甚端严,面貌似曾相识,仔细看来,乃是治粟都尉韩信,不由的出人意外,全军皆惊!小子有诗咏道:

　　　　　胯下王孙久见轻，谁知一跃竟成名。
　　　　　古来将相本无种，庸众何为色不平！
　欲知韩信登坛情形，容至下回再表。

　本回叙述，可作为三杰合传：张良之烧绝栈道，一奇也；萧何之私追逃人，二奇也；韩信之骤拜大将，三奇也。有此三奇，而汉王能一一从之，尤为奇中之奇。乃知国家不患无智士，但患无明君，汉王虽倨慢少礼，动辄骂人，然如张良之烧栈道而不以为怪，萧何之追逃人而不以为嫌，韩信之拜大将而不以为疑，是实有过人度量，固非齐赵诸王所得与同日语者。有汉王而后有三杰，此良臣之所以必择主而事也。

第二十二回　用秘计暗度陈仓
　　　　　　受密嘱阴弑义帝

　却说韩信上登将坛，向北立着，便有乐工奏起军乐，鸣铙击鼓，响遏行云。既而弦管悠扬，变成细曲，当由赞礼官朗声宣仪，第一次授印，第二次授符，第三次授斧钺，俱由汉王亲自交代，韩信一一拜受。汉王复面谕道："阃外军事，均归将军节制，将军当善体我意，与士卒同甘苦，无胥戕，无胥虐，除暴安良，匡扶王业。如有藐视将军，违令不从，尽可军法从事，先斩后闻！"说到末句，喉咙格外提响，故意使大众闻知。大众听了，果皆失色。韩信拜谢道："臣敢不竭尽努力，仰报大王知遇隆恩。"汉王大喜，因命信旁坐，自己亦即坐下，开口问道："丞相屡言将军大材，将军究有何策，指教寡人？"信答道："大王今欲东向争衡，岂非与项王为敌么？"汉王说了一个是字。信又道："大王自料勇悍仁强，能与项王相比否？"汉王沉吟道："寡人恐不如项王。"信应声道："臣亦谓大王不如项王，但臣尝投项王麾下，素知项王行为。项王暗呜叱咤，千人皆惊，独不能任用良将，这乃所谓匹夫之勇，不足与语大谋。有时项王亦颇仁厚，待人敬爱，言语温和，遇人疾病，往往涕泣分食，至见人有功，应该加封，他却把玩封印，未肯遽授，这乃所谓妇人之仁，不足与成大事。此两节，实不如汉王。今日项王虽称霸天下，役使诸侯，乃不都关中，往都彭城，明明是自失地利；况违背义帝原约，任性妄行，甚且放逐义帝，专把私人爱将，分封善地，诸侯亦皆效尤，各将旧王驱逐，据国称雄，试想山东诸国，倏起倏仆，争夺不休，如何致治？且项王称兵以来，所过地方，无不残灭，天下多怨，百姓不亲，不过眼前威势，总要算项王最强，所以被他劫制，不敢俱叛，将来各国势力，逐渐养足,何人肯再服项王?可见项王虽强,容易致弱。今大王诚能遵道而行,与彼相反,专任天下谋臣勇将,何敌不摧?所得天下城邑,悉封功臣,何人不服?率领东归将士,仗义东征,何地不克?三秦诸王,虽似扼我要塞,犄角设防;但彼皆秦朝旧将,带领秦士卒数年,部下死亡,不可胜计,到了智尽能索,复胁众归降项王,项王又起了杀心,诈坑秦降卒二十余万,只剩章邯、司马欣、董翳三人,生还秦关。秦父老怨此三人,痛入骨髓,恨不得将三人食肉寝皮,今项王反立此三人为王,秦民当然不服,怎肯诚心归附?惟大王首入武关,秋毫无犯,除秦苛法,与秦民约法三章,秦民无不欲大王王秦,且义帝原约,无人不知,大王被迫西行,不但大王怨恨项王,就是秦民亦无不怀愤!大王若东入三秦,传檄可定,三秦既下,便好进图天下了!"看似平常计议,但已如兵法所云,知己知彼,百战百胜。汉王喜甚,即慰谕道:"寡人悔不早用将军!今得亲承指导,如开茅塞。此后全仗将军调度,指日东征!"信复答道:"将非练不勇,兵非练不精,项王虽有败象,终究是百战经营,未可轻视,现须部署诸将,校阅士卒,约过旬月,方可启行。"汉王称善,乃与信下坛回朝。

越日即由信升帐阅兵,定出军律数条,号令帐外。大小将士,因他兵权在手,只好勉遵约束。信遂亲自督操,口讲指画,如何排列阵势,如何整齐步伐,如何奇正相生,如何首尾相应,如何可合可分,如何可常可变,种种法制,都是樊哙、周勃、灌婴等人,未曾详晓,既得韩信训示,才知信确有抱负,不等寻常,于是相率敬畏,各听信命。操演部曲,甫经数日,已是军容丕振,壁垒一新。乃择定汉王元年八月吉日,出师东征。特标年月,点清眉目。是时栈道已经烧绝,不便行军。汉王却早由张良定计,叫他明修栈道,暗度陈仓。当下召入韩信,问明出路,信所言适与张良相合。汉王鼓掌道:"英雄所见,毕竟略同。"遂派了兵士数百人,佯去修筑栈道,自与韩信率领三军,悄悄的出发南郑。但使丞相萧何居守,征税收粮,接济军饷。

时当仲秋,天高气爽,将士等各愿东归,日夜趱程,由故道直达陈仓。雍王章邯,本奉项王密嘱,堵住汉中,作为第一重门户,平时亦派兵巡察,但恐汉王出来。不过他算差一着,总道汉王东出,必须经过栈道,栈道未曾修筑,纵有千家万马,也难通行,所以章邯安心坐待,一些儿不加防备。旋经探卒走报,汉兵已有数百人,修理栈道,章邯微笑道:"栈道甚长,烧毁时原是容易,修筑时却是万难,区区数百人,怎能济事?汉王既欲东来,当时何必烧绝栈道,呆笨如此,真正可笑极了!"他并不呆,你却呆甚!既而又有人传入邯耳,谓汉已拜韩信为大将。邯尚不知韩信为何人,复派干员探明履历,及返报后,闻说韩信屈身胯下,毫无志节,遂又大笑道:"胯下庸夫,也配做大将么?汉王如此糊涂,怪不得他行为乖谬,前烧栈道,已是失策,今修栈道,又只派了数百人,看

第二十二回　用秘计暗度陈仓　受密嘱阴弑义帝

他至何年何月，方将栈道修竣哩！"嗣是愈加轻视，毫不为意。

到了八月中旬，忽有急报传到，乃是汉兵已抵陈仓。章邯尚疑是说谎，顾语左右道："栈道并未修好，汉兵从何处出来，难道真能插翅高飞么？"话虽如此，但也不得不再派干员，探听明白。未几果有陈仓逃兵，走至废邱，报称汉王亲率大军，据住陈仓，杀死戍将，不日就要进攻了。章邯才觉有些着忙，自思汉兵未经栈道，如何通路，莫非另有小径，可出陈仓！今不如亲领兵队，前往邀击为是。乃引兵数万，径赴陈仓，邀截汉军。一路行去，但见逃兵，不见难民。原来汉兵经过的地方，丝毫不准侵掠，所以民皆安堵，不致流离。章邯将逃兵收集，急急的赶到陈仓，正值汉兵整队东来。两下相遇，便即交战，汉兵是积愤已深，奋身不顾，一经对垒，好似猛虎离山，无论甚么刀兵水火，统是不怕，只管向前杀去。章邯部下的兵士，本是怀恨未销，勉强隶属，怎肯为邯拚着死力，自伤生命？所以战不多时，已经四溃。章邯只得回走，奔往好畤，汉兵从后追杀，不肯罢休。

究竟章邯是个惯战人员，也不愿为了一败，甘心歇手。且看部兵丧失一半，还有一半随着，不若回头再战，出敌不意，返戈奋斗，或能转败为胜，亦未可知，因此号令军中，再与汉兵赌个死活。那知韩信早已防着，嘱令前驱小心追赶，免为所乘，自己居中调度，随时策应，待至章邯还军拚命，汉兵前队，毫不慌乱，仍然照前厮杀，无懈可击。邯见汉兵整肃如故，自知所谋不遂，添了一种懊恼，没奈何支撑一阵。偏汉中军又调出左右两翼，策应前驱。前锋就是樊哙，左翼主将，就是灌婴；右翼主将，就是周勃。这三人系著名大将，夹攻一个章邯，叫邯如何抵敌！徒然断送了许多士卒，去做一班冤死鬼。邯却乘间溜脱，使长子平一说平为邯弟。入守好畤，自引败卒遁还废邱。

汉军两获胜仗，即进攻好畤。章平已知汉兵利害，怎敢出头？只有召集兵民，乘城拒守。汉将樊哙等率兵围城，竭力攻扑。约阅两日，见城上守兵稍懈，哙即令兵士架起云梯，督令登城。城上尚有矢石，陆续放掷，兵士未敢遽上，恼动樊哙性子，左拥盾，右执刀，首先登梯。此公惯用两般兵器。梯级尚未毕登，那城上已是大哗，乱放硬箭，乱掷巨石，哙竟用盾格开，觑着城上空隙，一跃而上，用刀乱掠，剁落头颅好几个。守兵措手不迭，再经汉兵蜂拥登城，杀散守兵，立即下城开门，放入余军。章平忙从后门逃出，落荒窜去。县令、县丞，不及出奔，尽被杀死。城中百姓，无一反抗，情愿降汉。汉兵不杀一民，当即平定。韩信也即入城，叙哙首功，报知汉王。汉王已封哙为临武侯，至此复加授郎中骑将。哙与周勃、灌婴等，分徇下鄜、槐里、柳中诸地，俱皆略定。乘势攻入咸阳，击走守将赵贲。惟废邱为章邯所守，往攻不下。

韩信得报，亲至废邱城外，周览地势，已得破城方法，遂召樊哙等授以密计，嘱他分头往办。章邯因汉兵攻城，日夜防守，很是留意。长子章平，已从好畤逃至废邱，与乃父相助为理，竭力抵御，所以汉兵虽盛，急切未能攻入。一日到了夜间，忽闻城中兵民，大噪起来。章邯父子，慌忙巡视，但见平地上面，水深数尺，却不知从何处涌来。未几水势更涨，仿佛似万马奔腾，不可控遏。转眼间竟涨至丈许，漂没民庐，外面偏喊声大震，骇人听闻。章邯料不能守，急同长子平带领家小，及所有将士，从北门水浅处冲出，奔往桃林。最奇的是章邯一走，城中水势，便即退下。看官道是何因？原来废邱城两面环水，自西北流向东南，韩信令樊哙等壅住下流，使水不得顺下，水无可归，当然泛滥，涌入城中。况当秋季水涨，奔流湍急，单靠一座城墙，如何阻得住急流。章邯名为大将，徒知浪战，不知预防，正中了韩信的秘计。叙得明白。樊哙等既逐章邯，便将下流宣泄，水自泻去，城中就点滴不留。汉兵陆续入城，安民已毕，复去追击章邯，章邯父子，无路可奔，再战再败，章平被擒，章邯自刎而亡。始终难免一死，不若前时死于漳南，免为贰臣。

雍地尽为汉有，乃移兵转攻翟、塞二王。翟王董翳，塞王司马欣，本来是章邯手下的属将，勇武远不及章邯。邯败走后，曾遣人向二王求救，二王恐汉兵入境，不敢发兵救雍。及闻章邯败死，更吓得胆战心惊。再加民心不服，一闻汉兵杀到，多去降汉。董翳先知不敌，向汉请降，司马欣越加孤立，也只有低首下心，降汉了事。三秦地方，不到一月，都归汉王，项霸王第一着计策，是完全失败了。赵相张耳，西行入关，正值汉兵平定三秦，也即投顺汉王。汉王兵力，因此益强。

项王前闻齐赵皆叛，已是忿恨，此次又闻关中失去，三秦都为汉属，不由的大肆咆哮，急欲西向击汉。一面令故吴令郑昌为韩王，牵制汉兵；一面使萧公角率兵数千，往攻彭越。萧公当是官号，角为萧公名。越击败萧角，项羽更为动怒，自思彭越小丑，何能为力，无非仗着田荣声势，有此猖狂，欲除彭越，不得不先除田荣。于是既欲攻汉，又欲攻齐。可巧来了一封书函，接过一阅，乃是张良署名。他本深忌张良，偏这番看了良书，竟要依他行事，是又堕入张良计中了。张良书中，略言汉王失职，但得收复三秦，如约即止，不再东进。惟有齐梁蠢动，连同赵国，要想灭楚等语，这明明是良为汉计，使项王北向击齐，不急攻汉，好教汉王乘隙东来。那项王有勇无谋，竟被张良一激便动，先去攻齐。良复归入汉，为汉王画策东行。

汉王使韩庶子信领兵图韩，许俟韩地平定后，封为韩王，信即受命去讫。张良又欲从信东去，因由汉王挽留，乃居住幕下，受封为成信侯。汉王复遣郦商等往取上郡北地，俱皆得手，再使将军薛欧、王吸，引兵前往南阳，会同王陵徒众，东入丰沛，迎取眷属入关。陵亦沛人，素与汉王相识，颇有胆略，汉王因

第二十二回　用秘计暗度陈仓　受密嘱阴弑义帝

陵年较长，事以兄礼。及起兵西进，路过南阳，适值陵亦集党数千人，在南阳独立一帜，汉王因遣人招陵，陵尚不甘居汉王下，托词不往。至此次薛、王二将，复来邀同王陵，陵闻汉王已得三秦，声威远著，乃决拟归汉。且有老母在沛，正好乘此迎接，脱离危机，于是合兵东行。到了阳夏，却被楚兵拦住，不得前进，只好暂时停驻，派人报告汉王，时已为汉王二年了。汉王得薛、王二将报告，本思即日东略，只因项王兵威未挫，正是一个劲敌，不便轻率发兵，所以大加简阅，广为号召，待筹足三五十万兵马，方好启行。

那项王却已亲率大众，向齐进攻，临行时候，征召九江王英布，一同会师。英布独称病不赴，但遣偏将往会。项王也不加诘责，另有一道密嘱，寄与英布，叫他即日照行，不得再违。布接着密令，明知事关重大，易受恶名，惟不好屡次违拗，开罪项王，没奈何叫过心腹，示以项王密书，令他前去照办。心腹将士，奉令承教，便去改扮装束，乘了快船，急向长江上流，星夜驰去。约莫赶了数百里，望见前面有大小船只，鼓棹西行，料知办事目的，已在眼前，当即抢前速驶，追行数里，已得与前船相并。可巧天日已暮，夜色朦胧，一班改装的九江兵，竟跳上前船仓中，拔出利刃，顺手剁去。前船也有军人，一时不及对敌，只好伸着头颅，由他屠戮。还有一位身穿龙袍的主子，无从奔避，也落得一命呜呼，死得不明不白。究竟此人为谁？就是前号怀王后号义帝的楚王孙心。画龙点睛。

自从项王回都彭城，迁徙义帝，义帝不能不行。但左右群臣，依恋故乡，未肯速徙，义帝也须整顿行李，慢慢儿的启程。至项王将到彭城，不愿再见义帝，屡使人催促西行。义帝不得已出都就道，所有从吏，陆续逃去，就是舟夫水手，也瞧不起义帝，沿途延挨，今日驶了五十里，明日驶了三十里，因此出都多日，尚不能到郴地，终被九江兵追及，假扮强盗，弑死义帝。舟中人夫，不做刀头面，就做江中鬼。九江兵既经得手，乐得将舟中财物，搬取一空，饱载而回。途次又遇着好几艘来船，彼此问讯，乃是衡山王吴芮、临江王共敖。两处遣派的兵士，也是受了项王密命，来弑义帝，及见九江兵已占先着，不烦再进，遂各分路回去。九江兵还报英布，布自然转达项王。项王方自喜得计，谁知被人做了话柄，反好声罪致讨了！小子有诗叹道：

　　敢将故主弑江中，如此凶残怎望终？
　　漫道阴谋人未觉，须知翘首有苍穹。

欲知何人声讨项羽，容待下回说明。

不识地理者，不足以为将。章邯为将有年，乃于栈道以外，未知汉中之可出陈仓，是实颟顸糊涂，毫无将略，无惑乎其败死也。汉王还定三秦，为项羽计，正宜大举攻汉，杜其侵轶，乃因张良一书，不攻汉而攻齐，尤为误事。良书所言，不足以欺他人，而项羽乃堕其计中，全是有勇无谋之弊。且敢冒天下之大不韪，弑义帝于江中，夫乱臣贼子，人人得诛，自羽弑义帝，为天下所不容，而汉乃得起而乘之，故羽之失道，莫甚于弑义帝，而羽之失计，亦莫过于弑义帝。

第二十三回　下河南陈平走谒
　　　　　　过洛阳董老献谋

　　却说汉王整缮兵马，志在东略，且闻项羽攻齐，相持未决，正好乘间出师，遂与大将韩信等，出关至陕郡。关外父老，相率欢迎，汉王传令慰抚，众皆喜悦，额手称庆。河南王申阳，望风输款，由汉王复书许降，惟改置河南郡，仍令申阳镇守。会接韩地捷音，乃是韩庶子信击败郑昌，昌穷蹙乞降，韩地大定，汉王乃实授信为韩王。郑昌当然失位，不过做了一个韩王的属员，苟全性命罢了。项羽第二着拒汉计谋，又复失败。

　　是时已值隆冬，雨雪纷飞，途中多阻。汉尚沿秦正朔，故虽已改年，尚在隆冬。汉王因未便远征，重还关中，暂都栎阳。开放秦时苑囿，令民耕作，改秦社稷为汉社稷，赦罪人，减赋税，凡民年五十以上，具有善行，得选为三老，每乡一人；复就乡三老中，采择一人，令为县三老，辅助县令丞尉，兴教施仁，关中大安。待至春回寒尽，汉王乃复引兵东出，从临晋关渡过黄河，直抵河内。河内为殷王司马卬居守，闻知汉兵入境，不得不发兵迎敌。一场交战，哪里敌得过汉军，徒折伤了好几千人，败回朝歌。汉将樊哙等进逼城下，麾众围攻，司马卬自然督守，不敢少懈。一面遣人驰报项王，乞求援兵。

　　项王方攻入齐地，所向无敌，进迫城阳，齐王田荣，未娴兵略，徒靠那一股悍气，横行青齐，但欲与项羽赌决雌雄。究竟强弱不同，主客悬绝，所以田荣屡战屡败，连城阳都不能守，只带了残卒数百，走入平原。平原百姓，未尝实受荣惠，荣反叫他输粮纳刍，不准迟延，顿时恼动众意，纠合至万余人，围住田荣。荣手下只敌百残兵，如何抵挡，眼见得众怒难犯，坐被那平原百姓，击毙了事。军阀家其鉴诸。项王乘势直入，纵兵焚杀，毁城郭，坏庐舍，坑死降兵，拘系老弱妇女，一些儿没有仁恩。惟复立田假为齐王，总算不绝齐后。田假为荣所逐，亡入楚军，事见前文。齐人不愿奉假，情愿拥戴田荣弟田横，横得收集余烬，得众数万，逐走田假，再据城阳。假又走入楚营，项王说他庸弱无才，不能

第二十三回　下河南陈平走谒　过洛阳董老献谋

自立，索性赏他一刀，结果性命，自领兵猛扑城阳，总道田横新立，容易铲灭，谁知田横却得人心，合力拒守，齐人又皆惮羽凶威，自知难免一死，不如拚出性命，坚持到底。因此楚兵虽盛，终不能攻破城阳。项王又未肯舍去，总想把城阳荡平，方足泄恨。接连数旬，仍然相持不下。及河内求救，不过分拨将士若干名，作为援应，且令使人先归，虚张声势，但言楚军将移动全队，来援朝歌。只是误事。

　　司马卬得了复音，越觉抖擞精神，乘城拒敌，忽见汉兵逐渐撤围，一日一夜，竟皆撤尽，不留一人。他想汉兵无故退去，定由项王亲自到来所以致此，此时正好追击一阵，干些功劳。遂不待踌躇，立率城中将士，开门追赶。约跑了五六十里，未见动静，天色却已薄暮，四面又尽是山林，司马卬也防有埋伏，吩咐收兵。道言未绝，林中一声炮响，闪出两员汉将，各带精兵，来攻司马卬。司马卬不敢恋战，往后便退，部众慌乱，多半弃甲抛戈，随卬奔回。卬策马先奔，只恐汉兵赶来，恨不得一步入城，好容易到了城下，突遇一猛将据住吊桥，大声喝道："司马卬往哪里走？快快下马受缚，免得一死！"卬魂飞天外，欲想窜避，又虑后面追兵到来，越觉难敌。没奈何硬着头皮，挺枪与战，才经三合，已被猛将用刀格枪，轻舒左臂，把卬擒住，及卬众奔还，卬已早作俘囚。又经猛将厉声呼降，还有何人再敢交锋，落得匍匐桥边，乞降求生。究竟这猛将是谁？就是汉先锋樊哙，还有埋伏林中的两将，就是周勃、灌婴，这三将分头伏着，都是韩信所授的密计。他料司马卬败还城中，必向项王处求援，倘或援兵骤至，里应外合，反不胜防，因特用了诱敌的方法，佯为撤围，使樊哙退伏城隅，周勃、灌婴退伏林间，专诱司马卬来追，便好前后截杀，把他擒捉，果然司马卬贪功中计，被樊哙活捉到手，献至汉王面前。汉王令即解缚，慰谕数语，卬拜伏地上，自称愿降，当由汉王带领将士，偕卬入城，城中兵民，见卬已归顺汉王，自然全体投诚。

　　汉兵复出略修武，适有一美貌丈夫，前来投谒，当由军吏问过姓名，便是楚都尉陈平，名见前文。自称阳武县人，与汉王部将魏无知素来相识。至说明履历，即有人入报魏无知，无知便出营迎入。班荆道故，相得益欢，且为陈平设宴接风，私下问道："闻足下已事项王，为何今日到此？"陈平道："险些儿不能见君，还亏平具有小智，方得脱险前来。"无知惊问原因，陈平道："平自往事项王，受官都尉，虽未得项王宠信，却还不见薄待。前因殷王司马卬，谋叛项王，项王遣平往讨，平不欲劳兵，只与殷王说明利害，殷王总算谢罪了事。平还报项王，项王却赐平金二十镒。近日汉王攻殷，由项王拨兵救应，行至中途，闻殷王已经降汉，因即折回。项王见救兵还营，问明情形，登时大怒，便欲将平加罪。平只好封还金印，脱身西走，是以到此。"陈平弃楚投汉，借他口中叙出,且将司马卬前时叛楚,及楚兵救司马卬中道折还等情,一并叙过,省却许多转折。无知道:"汉王豁达大度,知人善任,远近豪杰,相率归心。今足下弃暗投明,无知当即为荐举,俾展大才!"陈平道:"故人高谊,很是可感,但平尚有一种危险的情事,容待说明。平逃出楚营,还幸无人知觉,得离大难。乃到了黄河,雇舟西渡,舟子却有四五人,统是粗蛮大汉,平急不暇择,只好下船坐着,催他速驶。偏舟子一面摇船,一面只管向我注目,还道我怀珍宝,要想谋财害命。我身旁只有一剑,并且不习武事,怎能敌得过数人?君想这般情景,岂不是危险万分么?"无知道:"这却如何脱难?"平笑道:"我想舟子动疑,无非利我财物,我索性脱下衣服,赤着身体,帮他摇船。他看我空无所有,也就罢休,一到对岸,我仍将衣服穿好,付与船钱,跳上河岸,一口气跑到此间,还算是天大的造化哩。"又借平口中自述,以见平之急智。无知道:"如足下的聪明,真是一时无两了。"说着,复与平畅饮多时,待至日暮更深,即留平住宿营中。

翌日早起,无知便往见汉王,面荐陈平。汉王遂召平入见。平从容进谒,行过了礼,未蒙汉王问及,只好站立一旁。时当午餐,汉王即顾令左右,引平至侧厢就食。同席共有七人,俱是因事进见,留赐午膳,及彼此食毕,平又欲入白汉王,使中涓石奋代请,适汉王饮酒微醺,不愿见平,只令他往就馆中。石奋出语陈平,平答道:"臣为要事前来,今日便当详告,不能再延。"奋因再报汉王,汉王乃复召入,问有何谋,平进言道:"大王诚欲讨楚,何不乘项王伐齐时,迅速东行,捣破巢穴,若得入彭城,截彼归路,那时楚军心乱,容易溃散,项王虽勇,也无能为了。"汉王大喜,复问及进军方略。平具陈路径,了如指掌,说得汉王眉飞色舞,欣慰异常,便问平在楚时,受何官职?平答言曾为都尉。汉王道:"我亦任汝为都尉,何如?"平当然拜谢。汉王道:"且慢!我还要使汝参乘,兼掌护军。"平亦即受命,再拜而出。

帐下诸将,见陈平骤得贵官,不禁大哗,你一言,我一语,无非说是陈平初至,心迹未明,如何得引为亲近,不辨贤奸!这种私议,传入汉王耳中,汉王不以为意,且待平加厚。这便是汉王过人处。一面整顿兵马,指日东行。平代为部署,急切筹备,限令甚严。众将故意试平,向平行贿,乞稍展限,平亦未尝峻拒,每得贿金,往往直受不辞。于是众将得隙攻平,并推周勃、灌婴出头,进白汉王道:"陈平虽美如冠玉,恐徒有外貌,未具真才。臣等闻他家居时,逆伦盗嫂,今掌护军,又多受诸将贿金,如此淫黩,实为不法乱臣,请大王熟察,毋为所惑!"汉王听了此言,也不免疑心起来,遂召入魏无知,当面诘责道:"汝荐陈平可用,今闻他盗嫂受金,行止不端,岂不是荐举非人么?"无知道:"臣举陈平,但重平才,大王乃责及行谊,实非今日要务,今日楚汉相距,全仗奇谋,不尚细行,就使信若尾生,古信士,与女子期于桥下,女子不来,水至不去,抱桥柱而

第二十三回　下河南陈平走谒　过洛阳董老献谋

死,语见《庄子》。贤如孝己,殷高宗子事亲至孝,高宗惑于后妻之言,放之而死。有何效用？大王但当察平计划,曾否可采,不必详究盗嫂受金等事。倘平实无智能,臣甘坐罪！"无知所言,亦未免落偏。汉王听着,尚是半信半疑,待无知退后,又召平入责问。平直答道:"臣本为楚吏,项王不能用臣,故弃楚归汉,沿途受尽艰难,只剩得孑然一身,来归大王,若不受金,即无自取资,如何展策！大王今日,如以为臣言可用,不妨听臣行事,否则原金具在,尽当输官,请恩赐骸骨便了！"必受金,方可行事,平之言毋乃太过。汉王乃改容谢平,更加厚赐。嗣且迁任护军中尉,监护诸将,诸将乃不敢复言。

　　惟受金一事,平既自认不讳,毋庸拟议,独盗嫂事关系暧昧,平不自辩,无知亦未尝代为洗刷,迄今犹传为疑案。其实事属子虚,应该剖白,免致误传。平少丧父母,惟与兄伯同居,兄已娶妻,务农为业,独平喜读书,手不释卷。兄见他诚心好学,遣使从师,情愿独身耕稼,勉力持家,但兄妻是女流见识,很滋不悦。一日陈平在家,有里人看他面色丰腴,便戏语道:"君家素来贫乏,君食何物,乃这般丰肥？"平尚未及答,忽伊嫂遽出来对答道:"我叔有何美食,无非吃些糠秕罢了,有叔如此,不如无有！"此妇亦与汉王嫂相类,但庸妇局量,往往如此,能有几个漂母慧眼识人？这数语明寓讥嘲,急得陈平面红耳赤,几乎无地自容。可巧乃兄进来,亦有所闻,怒责彼妇,说他离间兄弟,立刻休回母家。平慌忙解劝,乃兄决计不从,竟将彼妇撵逐。好一位贤兄。照此看来,嫂叔绝对不和,何有私通情事？况且陈平后来,又得了一个美妻,乃是同里富翁张负的孙女。平不事生产,年逾弱冠,尚未娶妻,富家不肯与平联姻,贫家亦为平所不愿。适张负孙女,五次许字,五次丧夫,遂致无人过问。独平见张宅多财,张女又貌美如花,暗暗艳羡,只苦无人替他作伐。事有凑巧,里人举办大丧,浼平襄理,平先往后归,格外出力。张负亦在丧家吊唁,见平丰仪出众,办事精勤,不由的大加赏识,记在胸中。嗣复往视平家,虽是陋巷贫居,门外却有贵人车辙,当下趋回家中,召子仲与语道:"我欲将孙女嫁与陈平。"仲愕然道:"陈平系一介贫儒,邑人统笑他寒酸,不愿联姻,奈何我家独遣女往嫁呢？"张负拈髯笑道:"世上岂有美秀如陈平,尚至长久贫贱么！"也是别具青眼。仲尚不欲,入问伊女,伊女却无违言。想是平日亦见过陈平,两心相悦之故。再经张负遣媒定约,上下相迫,任他张仲如何不乐,也只好筹办妆奁,嫁女出门。张负又阴出财帛,给与陈平,使得诹吉成礼。平大喜过望,指日完娶。亲迎这一日,张负且叮嘱孙女,叫她谨守妇道,勿得倚富压贫。孙女唯唯登舆,到了平家,青庐交拜,绿酒谐欢,可意郎君,得了如花美眷,真个是情投意合,我我卿卿,一夜夫妻百夜恩,无论甚么外缘,总夺不去两人恩爱,就使乃兄再娶后妻,亦不过乡村俗女,怎及得张女纤秾,是可知盗嫂情事,定属虚诬。自从平娶得张女，用度既充，交游益广，就是里人亦另眼相待。会遇里中社祭，公推平为社宰，分肉甚均，父老交口称赞道："好一个陈孺子，不愧社宰。"平闻言叹息道："使我得宰天下，也当如分肉一般，秉公办事呢！"志趣不凡，平佐汉王定天下，后为丞相，故补叙独详。既而陈胜起兵，使部将周市徇魏，立魏咎为魏王，见前文。平就近往谒，得为太仆。未几有人构平，平乃走投项羽，从羽入关，受官都尉。至此复西归汉王，言听计从，指挥如意，遂得与汉家三杰，并传不朽了。这且慢表。

且说汉王传集人马，统率东征，渡过平阴津，进抵洛阳。途次遇一龙钟老人，叩谒马前，汉王询明姓氏，乃是新城三老董公，年已八十有二。当即命他起立，问有何言？董公道："臣闻顺德必昌，逆德必亡，师出无名，如何服人？敢问大王出兵，究讨何人？"汉王道："项王不道，所以往讨。"董公又道："古语有言，明其为贼，敌乃可服。项羽原是不仁，但逆天害理，莫如弑主一事。大王前与羽共立义帝，北面臣事，今义帝被弑江中，遗骸委地，虽说江畔居民，捞尸藁葬，终究是阴灵未瞑，逆恶未彰。为后文建立义帝祠冢张本。为大王计，果欲东讨项羽，何不为义帝发丧，全军缟素，传檄诸侯，使人人知义帝凶信，罪由项羽，然后师出有名，天下瞻仰，三王盛举，亦不过如是了。"汉王听说，很觉有理，遂向董公答道："好极！好极！若非先生，寡人几不得闻此正论了。"足愧三杰。当下欲留住董公，使参军政。董公自称老病，不求仕进，告辞而去。汉王乃为义帝举哀，令三军素服三日，分遣使人，赍着檄文，布告各国。文中说是：

　　天下共立义帝，北面事之，今项羽放杀义帝于江南，大逆无道，寡人亲为发丧，诸侯皆缟素，悉发关内兵，收三河士，南浮江汉以下，愿从诸侯王击楚之杀义帝者！

这檄文传报各国，魏王豹复书请从，汉王当然作答，叫他发兵相助。魏王豹如约而来，惟汉使至赵，赵相陈余，却要汉王杀死张耳，方肯听命。使人返报汉王，汉王不忍杀耳，偏从兵中寻出一人，面貌与耳相类，竟将他割下首级，仍遣原使持示陈余。杀一无辜而得天下，仁者不为，汉王此举，毋乃伤仁！余举首审视，已是血肉模糊，未能细辨，不过大略相似，遽以为真，因也拨兵从汉。汉得塞、翟、韩、魏、殷、赵、河南各路大兵，共计五十六万人，浩浩荡荡，杀奔彭城。又恐项羽乘虚袭秦，特使韩信留驻河南，扼要防守，自引大兵东出。路过外黄，正值彭越进谒，报告杀败楚将，收取魏地十余城。见前回。汉王道："将军既得魏地，应该仍立魏后，魏王豹可以复位，将军即为魏相便了。"越领命自去，汉王径至彭城。

彭城里面，守兵寥寥，所有精兵猛将，都随项王伐齐，单剩老弱数千人，留守城中，如何抵敌数十万大兵，当下闻风遁去，听令汉兵入城。汉兵鱼贯而进，即将彭城占住，汉王揽辔徐入，检查项王宫中，美人具在，珍宝杂陈，不由的故态复萌，就在宫中住下，朝饮醇酒，暮拥娇娃，享受那温柔滋味。就是部下将士，亦皆置酒高会，欢呼畅饮，快活异常。此时张良、樊哙想亦从军，奈何不复进谏！小子有诗叹道：

　　　　乐极悲生本古箴，如何一得便骄淫！
　　　　彭城置酒寻欢夜，锦帐沉沉祸已深。

　　汉王正在纵乐，不料项王已回马杀来。欲知两军胜负，且待下回叙明。

　　司马卬之反复无常，宜为项王所痛恨，然不能责及陈平。平之说降司马卬，已为尽职，若卬之战败降汉，平亦安能预料。乃项羽无端迁怒，拟加平以连坐之罚，幸使平畏罪走汉，是何异于为丛殴爵，为渊殴鱼乎？汉得陈平，卒赖其六出奇计，以成王业，故本回特详叙履历，代为表扬。至若盗嫂一事，却一再辨证，所以维持风化，杜后人之口实，意至深也。然陈平主议东征，而未及缟素发丧之大义，反使新城遗老，叩马进辞，是可知策士遗风，但尚诡谋，不知正道，王迹亡而乱贼兴，纲常或几乎息矣，得董公以规正之，未始非末流之砥柱也。

第二十四回　　脱楚厄幸遇戚姬
　　　　　　　知汉兴拚死陵母

　　却说彭城溃卒，奔至城阳，往报项羽。羽闻彭城失守，气得暴跳如雷，留下诸将攻齐，自率精骑三万人，倍道回援。由鲁地出胡陵，径抵萧县。萧县东南，有汉兵数营扎住，本由汉王遣使防羽，营中亦不甚戒备。谁知项王贪夜到来，时正黎明，全营将士，方才睡起，竟被项王麾军突入，任意蹂躏。汉兵除被杀外，逃避一空，项王长驱直进，奔向彭城。汉王日耽酒色，宴卧迟起，众将亦连宵醉卧，不知早晚。忽闻楚兵已临城下，统吓得形色仓皇，心神慌乱。当由汉王擦开倦眼，出宫升帐，调齐大队人马，开城迎战。遥见项王跨着乌骓，穿着铁甲，当先开道，挟怒前来。一声大吼，激成异响，已令人胆战心寒，再加楚兵楚将，都是凶悍得很，要来与汉军拚命，夺还家室。这般毒气，不堪逼近，汉将亦晓得厉害，不得已向前争锋。战一合，败一合，战十合，败十合，那项王复亲自动手，执着一竿火尖枪，左右乱搠，无人可当，突然间冲入汉阵，挑落数将,竟向汉王马前,狂杀过来。樊哙等慌忙拦截,统不是项王对手,纷纷倒退。汉王也觉心慌,但恐项王杀到,只好拍马返奔,才走数步,回顾大纛,已被项王枪尖拨倒。大纛为全军耳目,一经倒地,军士自然乱窜,汉王不暇顾及,只好落荒奔去,没命乱跑。众将亦各走各路,无心保护汉王。项王从后追击,杀得昏天黑地,日色无光,汉兵都从谷泗二水旁,逃将过去,前走的自相践踏,后走的都遭屠戮,惨死至十余万人。还有三四十万人马,南窜入山,又为楚兵所追,杀毙了好几万。余众至灵璧县东,竟渡睢水,水中溺死了许多,岸上挤落了许多,约莫有十多万人,随波漂积,睢水为之不流。前日喝得好酒,今日要他去吸清流了。

　　汉王逃了一程,竟被楚兵追及,围至三匝。自顾随身士卒,止数百骑,如何冲突得出?不禁仰天长叹道:"我今日死在此地了!"语尚未毕,忽天上狂风大作,飞砂走石,拔木扬尘,自西北吹向东南,遍地昏冥,好似夜间一般。楚兵既站立不住,又咫尺不辨尔我,只得退回。汉王乘间脱围,觅路再走。行了数里,后面又有楚兵追来,回望楚将面目,很是熟识,便高声呼道:"两贤何必相厄?不若放我逃生!"说罢,又掉头急奔,却好后面的楚将,停住不追,竟自回去。这楚将叫做丁公,闻得汉王称为贤人,就乐得卖个人情,收兵还营。谁知后来竟致陨首!因此汉王复得脱走。自思距家不远,不如趁便回家,搬取老父娇妻,免落楚兵毒手,当下驰至丰乡,走近家门,但见双扉紧闭,外加封锁,禁不住吃了一惊,慌忙查问四邻,俱云不知去向。那时孑影徘徊,踌躇了好多时,谅想无从追寻,只好纵辔自去。

　　行行复行行,倏已走了数十里,日色已经西沉,渐觉得饥寒交迫,疲乏不堪。本拟下马休息,又恐楚兵追来,未便小憩,没奈何垂头丧气,向前再走。又过了好几里,遥闻有犬吠声,料知前面定有村落。及抬头一望,果见前面有一树林,从林隙处露出灯光,隐隐有村落出现,摹写有致。当即策马前进,想到村中借宿。事有凑巧,适与村内老人相遇,不得不殷勤问讯,求宿一宵。老人见汉王容止,不同凡人,因就引至家中,延令上坐,叩明姓氏。汉王也不讳言,讲明实迹。老人说道:"老朽不知驾到,有失远迎!今因里中有喜庆事,夜宴归来,得遇大王尊驾,不胜荣幸。"说着,便向汉王下拜。汉王忙即扶起,且转问老人家世,老人道:"老朽姓戚,系定陶县人,前因秦、项交兵,避乱至此,当时妻子流离,俱皆丧失,现只小女随着,权借此地寓居,乱世为人,不如太平为犬,说也可怜。"言下甚是惨沮。汉王已饥肠辘辘,急欲求食,向老人说道:"此处有无酒饭可沽?"老人道:"此地乃是僻乡,并无市镇,大王如不嫌简亵,寒家尚有薄酒粗肴,可以上供。"汉王不待说毕,连忙说好。老人即传声入内,叫他女儿整备酒饭。约阅一时,便有一个二九佳人,携着酒食,姗步来前,汉

第二十四回　脱楚厄幸遇戚姬　知汉兴挤死陵母

王瞧着,虽是衣衫朴陋,却也体态轻盈,免不得称羡起来。老人命女放下酒肴,便向汉王行礼。汉王起身相答,那戚女盈盈拜毕,转身返入。老人遂与汉王酌饮,汉王连饮数觥,愁肠渐放,娓娓言情,且问戚女曾否字人。老人道:"小女尚未许字。前有相士谈及,谓小女颇有贵相,今日大王到此,莫非前缘注定,应侍大王巾栉,未知大王尊意如何?"汉王道:"寡人逃难到此,得蒙留宿,已感盛情,怎好再屈令媛为姬妾哩?"也要做作。老人道:"只怕小女不配侍奉,大王何必过谦!"汉王乃说道:"既承老丈美意,我即领情便了。"当下解交玉带,作为聘礼。老人复唤女出拜,女腼腆出来,含羞敛衽,受了玉带。并由老人叫她斟酒,捧献汉王,汉王一饮而尽。至戚女斟至第二杯,汉王就命戚女酬饮,戚女也不固辞,慢慢儿的喝干,这便算做合卺酒了。既而戚女复入内取饭,出供汉王,汉王又吃了一饱。夜色已阑,老人却甚知趣,便令该女陪着汉王,入室安寝。汉王趁着酒兴,挽女同宿。戚女年已及笄,已解云情雨意,且终身得侍汉王,可望富贵,不如曲意顺承,由他宽衣解带,拥入衾中。两情缱绻,一索得男,居然是结下珠胎,不虚此乐了。为生子如意张本,戚女想做妃嫔,谁知后来竟为人彘!

诘旦起床,出见戚公,吃过早膳,汉王即欲辞行。戚公父女,苦留汉王再住数日,汉王道:"我军败溃,将士等不知所在,我何能在此久留?且容我往收散卒,待有大城可住,当来迎接老丈父女,决不爽约!"戚公乃不好强留,送别汉王,只有戚女格外生感,仅得了一宵恩爱,偏即要两地分离,怎得不蹙损眉尖,依依惜别!汉王到了此时,也未免儿女情长,英雄气短,临歧絮语,握着戚女的柔荑,恋恋不舍。结果是硬着心肠,嘱咐了一声珍重,出门上马,扬鞭径去。

走了多时,忽见尘头起处,约有数百骑驰来,他恐防是楚兵,急忙藏入林中,偷眼窥着。待来骑已近,方认得是自己人马,当先一员将弁,不是别人,就是部将夏侯婴。时婴已受封滕公,兼职太仆,常奉王车。彭城一战,婴亦随着,惟因战败以后,汉王舍车乘马,仓皇走脱,所以与婴相失。婴保着空车,突出楚围,四处找寻汉王,走了一夜有余,方得与汉王相遇。汉王见是夏侯婴,自然放胆出来,婴即下马拜见,具述经过情形,且请汉王换马登车。汉王依了婴言,改坐车上,由婴跨辕随行。沿途见有难民,纷纷奔走,就中有一幼童,一幼女,狼狈同行,屡顾车中,夏侯婴眼光灵警,一经瞧见,似曾相识,便语汉王道:"难民中有两个孩儿,好似大王的子女,究竟是与不是,请大王鉴察!"汉王方张目外顾,果然两孩非别,乃是亲生的子女,便命婴叫他过来。婴下车招呼,抱登车上,当由汉王问明情由,两孩谓与祖父母亲等,避难奔出,想来寻访我父,途次被乱兵冲散,遂致分离,今祖父母亲,已不知何处去了。汉王又惊又喜，更问及昨宵情状，两孩答道："儿等已离家两日，夜间统借宿别村。今日出门行路，偏偏撞着乱兵，祖父失散，母亲等又忽然不见，幸亏遇着父亲！"说到亲字，泪下不止。你的父亲，昨夜却快活得很。汉王也为动容。

正叙谈间，夏侯婴忽惊报道："那边有旗帜飘扬，莫非楚兵追来么？"汉王急着道："快走罢！"婴也觉着忙，自至汉王车后，亲为汉王推车，向前飞奔。后面果有楚兵追至，首将叫做季布，前来赶拿汉王。汉王走一程，季布追一程，一走一追，看看将及。汉王恐车重行迟，竟将子女推堕车下。夏侯婴见了，仍然左提右挈，把两孩抱置车中。俄而汉王又将两孩推落，夏侯婴再把两孩扶载，接连有好几次，惹得汉王怒起，顾叱夏侯婴道："我等危急万分，难道还要收管两孩，自丧性命么？"婴抗答道："这是大王亲生骨肉，奈何弃去？"汉王更加懊恼，拔出剑来，欲杀夏侯婴。何以粗暴乃尔！婴闪过一旁，见两孩复被汉王踢下，索性令别将御车疾驰，自己伸展左右两腋，轻轻挟住两孩，一跃上马，随王走免。楚将季布，追赶不及，也只好领兵回去。

汉王见追兵去远，稍稍放心，夏侯婴亦策马驰至，两下会叙，决向下邑投奔。下邑在砀县东，曾由汉王妻兄吕泽，带兵驻扎。汉王与夏侯婴挈了子女，从间道行至下邑，吕泽正派兵探望，见了汉王，当然迎入，汉王方得了一个安身的地方。已而汉将等闻王所在，陆续趋集，势又渐振。惟调查各路诸侯消息，殷王司马卬已经阵亡，塞王司马欣与翟王董翳，又复降楚。韩赵河南各路残兵，亦皆散归。这虽是关系不小，但尚随合随离，不足深恨。最关紧要的，乃是汉王父太公，及妻吕氏等人，好多日不闻音信。仔细探听，已被楚军掳掠去了。原来太公带领家眷，避楚奔难，子妇孙女以外，尚有舍人审食其相从。食其亦读为异基。大家扮做难民，鬼鬼祟祟，从僻路潜行出去，首二日还算平安，昼行夜宿，不过稍受一些辛苦。至第三日早起，又复启行，约越数里，适来了许多楚兵，慌忙避开。偏偏楚兵队里，有几个认识太公，及汉王妻吕氏，竟一哄过来，把他两人拘住。审食其不肯舍去，也为所拘，余皆走散。汉王仅得子女二人，所有兄弟亲族，又俱未见，更闻得老父娇妻，为敌所虏，生死未卜，忍不住号啕起来。旋经诸将解劝，勉强收泪，乃引众转趋砀县，再着侦骑往探，寻问太公、吕氏音信。后来接得确音，才知二人在楚军中，尚幸未死，只项羽视为奇货，留作抵押，要想汉王往降。汉王怎肯身入虎口，只得暂从割舍，徐图良策。妻子可以割舍，老父亦可割舍吗？

过了数日，复接王陵哀报，乃是老母被掠，伏剑身亡，现愿奉母遗命，事汉无二，誓报大仇云云。汉王听着，悲喜交并，当下复书劝慰，叫他节哀顺变，协力复仇。一面启节西行，道出梁地，复得楚军进攻消息，且惧且忿，特召集将佐，商议退敌方法。将佐等甫经败衄，未敢主战，彼此相觑，不发一言。汉王

第二十四回　脱楚厄幸遇戚姬　知汉兴拚死陵母

勃然道："我情愿弃去关东，分授豪杰，但不知何人肯为效力，破楚立功，得享受此关东土地呢！"道言甫毕，即有一人接口道："九江王英布，与楚有隙，彭越助齐据梁，两人皆有大材，可以招致，使为我用。若大王部下，莫如韩信，大王果将关东土地，分给英布、彭越、韩信三人，彼必感激思奋，愿出死力，项羽虽强，也容易破灭了。"汉王见献计的人，就是张良，便连声称善，并顾问左右道："何人能为我往说九江王，使他背楚从我？"旁有谒者随何，谒者二字，系秦官名，汉亦仍之。挺身出应，自愿前往。汉王乃派吏二千人，与何偕行，何即领命去讫。汉王复向韩彭两军，派使求援，自引兵由梁至虞，由虞至荥阳。荥阳为河右要冲，不得不就此扼住，阻楚西进。汉王命部众屯驻城外，自入城中安歇。

才阅一宵，忽来了一员将弁，素衣素服，踉跄趋入，拜倒汉王座前，呜咽不止。汉王急忙审视，见是沛中故友王陵，当即离座扶起，延令旁坐。陵且泣且语道："臣与逆贼项羽，不知有何宿世冤仇，既逼我母自杀，还要将我母遗骸，付诸鼎烹。臣愤不欲生，愿大王拨助雄师，与臣偕行，若不将贼羽碎尸万段，誓不甘休！"汉王愕然道："项羽竟这般残忍么？不但君欲报仇，就是我与君多年故交，亦当替君出力。况我的衰父弱妻，亦陷没羽军，存亡难料，怎好不前去救应？只恨我军新败，还须搜乘补阙，募兵添将，方好前去争锋，一鼓破贼。否则彼强我弱，彼众我寡，再若一败，不堪收拾了！"王陵仍然流涕，又由汉王慰谕一番，拟俟韩信等兵马到来，便当出发。陵亦无可奈何，只好含泪拜谢。惟陵母也是个女中豪杰，何故自杀，何故被烹，小子应该补叙大略，表明烈妇情形。补笔断不可少。陵母为羽所虏，羽留置军营，胁她招降王陵，陵母不肯作书，由羽使人驰往阳夏，假传陵母遗命，嘱陵弃汉归楚。陵料有诈谋，且亦不愿降羽，乃遣归楚使，另派心腹往楚省母，探明虚实。陵使到了彭城，无从与陵母相见，不得已进谒项羽，传述陵言，愿见陵母，羽即唤陵母出见，使他东向坐着，面谕陵使，叫陵即日来降，保全母命。陵母对着项羽面前，不便直述己见，只得支吾对付，敷衍数语。及陵使辞归，陵母假送使为名，步出辕门。直至使人将要登车，向母拜别，陵母流泪与语道："烦使人传语陵儿，叫他善事汉王，汉王宽厚得民，将来必有天下，吾儿切勿顾念老妇，怀着二心，言已尽此，老妇当以死相送了。"使人尚不知陵母已具死意，还道是一时愤语，不足介怀，但说了尊体保重四字，匆匆上车。那知陵母袖中，取出一柄亮晃晃的匕首，向西叫了两声陵儿，便咬着牙关，把匕首向颈上一横，喉管立断，鲜血直喷，好一位志节高超的老母，撞倒车旁，一命归阴去了！比漂母更高一倍。使人不及施救，并恐连害自身，疾驰而去。项羽正差人出视陵母，见了陵母言动等情，也为惊愕。至陵母已死，即刻入报，项羽大怒，喝令左右，舁入陵母尸首，掷置鼎镬,用火一烧,顷刻糜烂,羽才算泄忿。但人已死去,烹亦何益?徒使王陵闻知,越加痛恨,这真叫做冤仇不解,越结越深呢。

汉王专待韩信等来援,韩信果然率兵来会,还有丞相萧何,也遣发关中守卒,无论老弱,悉诣荥阳,人数又至十余万。汉王大喜,遂使韩信统军留着,阻住楚锋,自引子女还栎阳。韩信究竟能军,出与楚兵连战三次,统获胜仗。一次是在荥阳附近,二次是在南京地方,南京系春秋时郑京,与近今之江宁不同。三次是在索城境内,楚兵节节败退,不敢越过荥阳。韩信复令军士沿着河滨,筑起甬道,运取敖仓储粟,接济军粮,渐渐的兵精粮足,屹成重镇。汉王到了栎阳,连得韩信捷报,放心了一大半,遂立子盈为太子,大赦罪犯,命充兵戍。太子盈年只五岁,使丞相萧何为辅,监守关中。且立宗庙,置社稷,一切举措,俱委萧何便宜行事。何慨然受命,愿在关中转漕输粟,担任兵饷,并请汉王仍往荥阳,督兵东讨。汉王依议,乃与萧何嘱别,复东往荥阳去了。小子有诗赞萧丞相道:

> 从龙带甲入关中,转粟应推第一功。
> 为语武夫休击柱,发踪指示孰如公?

汉王再到荥阳,究竟如何东讨,且看下回叙明。

汉王既入彭城,应该亟迎老父,乃耽恋美人宝货,置酒高会,匪特不知有亲,亦不知有敌,何其昏迷乃尔!睢水之败,乃其自取,太公、吕后之被掳,家族亦王致之?况予身避难,一遇戚女,即兴谐欢,父可忘,妻可弃,兄弟不顾,将帅士卒可不计,而肉欲独不可不偿,汉王亦毋乃不经乎?惟当时项王暴虐,各诸侯亦不足有为,苍苍者天,乃不得不属意汉王,大风之起,已有特征。陵母以一妇人,独能见微知著,挤死嘱儿,是真一女中丈夫,非庸姬所得同日语也。本回叙及戚姬,所以原人彘之祸,不没陵母,所以扬彤帏之光,详正史之所略,而惩劝之意寓于中,是亦一中垒之遗绪云。

第二十五回　木罂渡军计擒魏豹
　　　　　　背水列阵诱斩陈余

却说汉王再至荥阳,与韩信会师进讨,诸将皆踊跃从命,期雪前耻。独魏王豹入白汉王,乞假归视母疾。汉王见他始终相从,未尝擅返,总道是存心不贰,可无他患。况且老母有病,理应归省,遂慨然应诺,与约后期。豹订约而去,回到平阳,遽将河口截断,设兵扼守,叛汉联楚。当有人报知汉王,汉王虽然懊

第二十五回　木罂渡军计擒魏豹　背水列阵诱斩陈余

恨，但尚以为待豹不薄，或可劝他悔悟，免致动兵。因即召过郦食其，令他见魏豹，且与语道："先生善长口才，若能劝豹回心，使我减去一敌，便是大功，我当拨出魏地万户，封赏先生！"郦生欣然领命，星夜驰往平阳，进见魏豹，仗着三寸不烂的舌根，反复陈词，晓谕祸福。偏魏豹毫不动情，淡淡的答说道："人生世间，好似白驹过隙，若得一日自主，便是一日如愿。况汉王专喜侮人，待遇诸侯群臣，不啻奴仆，今朝骂，明朝又骂，毫无君臣礼节，我不愿与他再见了。"

郦生说他不动，只得归报。汉王大怒，即命韩信为左丞相，率同曹参、灌婴二将，统兵讨魏。待韩信等已经出发，又召问郦生道："魏豹竟敢叛我，想必有恃无恐，究竟他命何人为大将？"郦生道："闻他大将叫做柏直。"汉王掀髯笑道："柏直口尚乳臭，怎能挡我韩信，还有骑将为谁？"郦生又答是冯敬。汉王道："敬系秦将冯无择子，颇有贤名，惜少战略，也不能挡我灌婴，此外只有步将了。"郦生接入道："叫做项它。"汉王大喜道："这也不能挡我曹参，我可无虑了！"料事如见。遂放下愁肠，静待韩信军报。

韩信等到了临晋津，望见对岸统是魏兵，不便径渡，乃择地安营，赶办船只，与魏兵隔河相距，暗中却派遣干员，探察上流形势。未几即得探报，谓对河统有魏兵守着，惟上流的夏阳地方，魏兵甚少，守备空虚。韩信听着，便已想得破敌的计策，先召曹参入帐，嘱令引兵入山，采取木料，不论大小，尽可合用，但教从速为妙，参受令而去。继又召入灌婴，叫他派遣兵士，分往市中，购取瓦罂，每罂须容纳二石，约数千具，即日候用，不得少延。灌婴听了，不禁疑讶起来，便问韩信道："瓦罂有何用处？"韩信道："将军不必急问，但教依令往办，自可建功。"婴尚是莫明其妙，只因军令难违，不得不如言办理。才阅两日，参与婴先后缴令，各将木料瓦罂，一律办齐。信又取出一函，交与两人，命他自去展阅。两人受函出帐，拆视函中，乃是叫他制造木罂。这木罂的造法，系用木夹住罂底，四围缚成方格，把绳绊住，一格一罂，两格两罂，数十格即数十罂，合为一排，数千罂分做数十排。制成以后，再行请令。灌婴道："渡河须用船只，现在船已渐集，何故要造这木罂？真正奇事！"故作疑幻，令人不测。曹参道："想元帅总有妙用，我等且监督工兵，依法制就便了。"于是日夜赶造，不到数日，已将木罂制齐，因即请令定夺。韩信亲自验毕，待至黄昏，留兵数千，使灌婴带着，但准摇旗擂鼓，守住船只，不得擅自渡河，违令斩首。灌婴唯唯受教。这却是个美差。信却与曹参督同大兵，搬运木罂，夤夜行抵夏阳，即将木罂放入河中，每罂内装载兵士两三人，却也四平八稳，不致倾覆。兵士就在罂内，用械划动，自然移去。信与曹参亦下马就罂，一同渡河。好容易到了对岸，并皆跃登陆地，整队前行。那魏将柏直等人，但扼住临晋津，不使汉兵得渡。嗣闻汉兵陈船呐喊，越加小心防守，一步儿不敢他去。就是魏王豹亦注意临晋，不及夏阳。因为夏阳平日，向无船只，势难徒涉，所以置诸度外，绝不过问。谁知韩信竟用木罂渡军，无阻无碍，直至东张，才见有魏兵营盘，挡住大道。曹参拍马舞刀，竟向魏营杀入，汉兵当然随上。魏将孙遫，仓猝抵敌，终落得大败亏输，向北窜去。曹参乘胜直入，进薄安邑，守将王襄，出城迎战，甫经数合，即被曹参卖个破绽，让他劈来，轻身一闪，彼落空，此得势，顺手牵住丝缲，活擒下马，掷付部军。魏兵见主将被擒，何人再敢抵敌？或逃或降，安邑城空若无人，遂由曹参引兵占住。韩信也即进城，犒赏将士，再拟入攻魏都。

魏都就是平阳。魏王豹居住都中，连接东张、安邑败耗，惊慌的了不得，遂差人追回柏直等军，自率亲兵出都，堵截汉军。到了曲阳，刚遇汉军杀来，当即摆开兵马，与他交战。汉军已经深入，自知有进无退，奋不顾身，俗语说得好，一夫拚命，万夫莫当，况大众不下数万，又有韩信、曹参两将帅，前后指麾，凭他如何劲敌，也是不能支持。魏王豹既无韬略，又乏精锐，眼见得有败无胜，向北乱逃。汉兵用力追赶，驰抵东垣，复将魏豹围住。豹冒死冲突，总不得出，韩信知豹穷蹙，传语魏兵，叫他早降免死。魏兵弃甲投戈，都称愿降。魏豹穷极无奈，也顾不得面子，只好下马伏地，束手受擒。*却不怕汉王辱骂么？*

韩信把豹囚入槛车，直抵平阳城下，便令曹参押豹出示，晓谕守兵，叫他出降。守兵瞠目伸舌，无心抵御，乐得举城奉献，保全性命。韩信、曹参，依次入城，下令兵民，一体赦宥，惟将魏豹家眷，尽行拿下，与豹一同系着。会值魏将柏直等引兵回援，途次闻得汉军袭入，连破城邑，并魏王亦被擒去，统吓得不知所为。可巧韩信着人招降，指示一条生路，大众无法可施，没奈何走到平阳，跪降了事。*魏将全然无用，果如汉王所料。*韩信召到灌婴，令与曹参分徇魏地，各处城邑，无不归附，魏地大定。信欲乘便击赵，留兵不返，但将魏豹全家，悉数解往荥阳，听候汉王发落。自请添兵三万人，往平赵国，且言从赵入燕，从燕入齐，东北既平，方好专力击楚，南下会师。*却是绝大计划。*汉王允如所请，立拨部兵三万，使张耳带去，会同韩信等击赵。一面提入魏豹，拍案大骂，意欲将豹枭首，慌得豹匍匐座前，头如捣蒜，乞贷死罪。*亏他一张老脸皮。*汉王转怒为笑道："量汝这等鼠子，有何能力！我今日不妨饶汝，权给汝首，汝若再有异心，族诛未迟。"豹又叩了几个响头，方才退出。

汉王又命将魏豹家眷，除老母年迈不能充役外，余皆没入为奴。豹妾薄姬，姿容最美，发往织室作工。后来被汉王瞧见，颇觉中意，又把她送入后宫。说将起来，这个薄姬却与汉魏大有关系。姬母薄氏，本为魏国宗女，魏为秦灭，流落他乡，与吴人薄姓私通，俨成夫妇，生下一女，出落得袅袅婷婷，齐齐整整。魏豹得立为王，薄女已经及笄，夤缘入宫，得为豹妾。时有河内老妪许氏，具相人术，言无不中，世人称为许负。*负与妇通，注见前文。*豹闻许负善相，

第二十五回 木罂渡军计擒魏豹 背水列阵诱斩陈余

特召她进来,遍相家属。许负看到薄女,不胜惊愕道:"将来必生龙种,当为天子。"豹亦惊喜道:"可真么？试看我面,应该如何结果。"许负笑说道:"大王原是贵相,今已为王,尚好说是未贵么？"句中有眼。豹听到此语,料知自己不过为王,惟得子为帝,胜如自为,倒也欢喜得很。当下厚赠许负,送她归家,且格外宠爱薄女,几与正室无二。就是兴兵背汉,也为了许负一言,激成变志。他想有子为帝,必须由自身先立基业,方可造成帝系。若尽管臣事汉王,如何独立,如何贻谋,所以决意叛汉,负嵎自雄。子尚未生,便作痴想,安得不败,安得不亡。偏偏痴愿难偿,反致国亡家破,那相亲相爱的薄家女,竟被汉王攫去,罚作宫妃。薄女也自伤薄命,身为罪人,充当贱役,始居织室,继入汉宫,终不见有意外幸事,只得死心塌地,做个白头宫人,便算了却一生。那知过了年余,竟得了一个梦兆,乃是苍龙据腹,大惊而寤。默思此梦有何吉凶,一时也无从详起。越宿起床,并无征验,迟至夜间,忽接内使宣召,叫她入侍,不得不略略整妆,前去应命。及见过汉王,在旁侍立,汉王方在酣饮,一双醉眼,注视了好几回,等到酒后撤肴,竟将她扯入内寝,要演那高唐故事,此时身不由主,任所欲为,到了交欢的时候,薄女始将昨宵梦兆,告知汉王。汉王道:"这是贵征,我今夕就与汝玉成了。"说也奇怪,薄女经过一番雨露,便得怀胎,十月满足,果生一男,取名为恒,便是将来的汉文帝。只晦气了一个魏王豹,求福得祸,一败涂地。可见人生遇合,都有命数,切勿可过信术士,痴心妄想呢！唤醒世梦。闲话休表。

且说韩信寓居平阳,筹备伐赵,可巧张耳带兵到来,与信会师,信遂合兵东行,进攻代郡。这伐赵的原因,系由赵相陈余,本已出兵从汉,自汉王为楚所败,赵兵散归,报称张耳尚存,顿时恼动陈余,复与汉绝和。张耳诈死见二十三回。韩信援为话柄,责赵背汉,因此长驱攻代,直抵阏与。代为陈余受封地,余留辅赵王,用夏说为代相,使他居守。见二十一回。说闻汉兵已至阏与,距代城不过数十里,当即引兵出敌,与汉兵前队相遇。汉先锋将乃是曹参,跃马持刀,直指夏说,说亦持刀相迎。战了一二十合,参虚晃一刀,拍马就走,汉兵亦返身同奔。明明是诈。说麾兵大进,迤逦追赶,约行了二十多里,忽两面喊声大起,左有灌婴,右有张耳,两路兵杀出,冲断代兵,再经曹参引兵杀回,三面夹攻,代兵大败,说慌忙遁还。偏汉兵不肯罢手,从后急追,走至鄡东,已被曹参追及,刃伤说马后股,马负痛倒地,把说掀翻,便为汉兵所擒。参劝说投降,说反骂汉欺人无信,激动参怒,手起刀落,把说劈下头颅,因即攻入代城。

安民已毕,就去迎接韩信。信立即至代,再拟移兵入赵。适有汉王使命到来,调回将士,助守敖仓,信乃使曹参南还。参道出鄡城,为赵将戚将军所阻,一场恶斗,力把戚将军劈死,方得打通路径,还诣敖仓去了。惟韩信麾下,要算参最为智勇,所领部曲,亦皆善战。参既南下,部众当然随去,信不得不募兵补阙,好容易招添万人,驱往击赵。沿途探听赵兵消息,先后接得探报,各称赵兵据井陉口,差不多有二十万人。信素知井陉口的险要,未便轻进,约距井陉口三十里外,停兵下寨,再遣细作往觇虚实,然后进兵。

是时赵已知代地失守,格外严防,所以扼险固守,阻住汉军。有谋士广武军李左车,进说陈馀道:"韩信、张耳,乘胜远斗,锋不可当。但臣闻千里馈粮,士有饥色,樵苏后爨,师不宿饱,他敢远道至此,必利在速战。好在我国门户,有井陉口为阻,车不得方轨,骑不得成列,彼若从此处进兵,势难兼运粮草,所有辎重,定在后面。愿假臣三万人,由间道潜出,截取彼粮,足下但深沟高垒,勿与交锋,彼前不得战,后不得还,野无所掠,何从得食,不出十日,两将首级,可致麾下!否则,虽有险阻,不足深恃,恐反为二子所擒了!"左车之计,足以守赵,若必谓足擒信耳,亦觉过夸。陈馀本是书生出身,见识迂拘,尝自称为义兵,不尚诈谋,因辞退李左车,屏绝勿用。

事为韩信所闻,暗暗心喜,遂传入骑都尉靳歙,嘱他如此如此。待靳歙去后,又召左骑将傅宽,及常山太守张苍,亦授以密计,令他分头去讫。自己待至夜半,拔寨起行,及抵井陉口,天色微明,只令裨将分给干粮,叫全军暂时果腹,且传谕大众道:"今日便好破赵,待成功后,会食未迟。"将士等统皆疑讶,但亦不敢细问,只好齐声应令。却是奇怪。信又挑选精兵万人,叫他渡过泜水,背着河岸,列阵待着。赵军望见背水阵,不禁窃笑,就是汉将等亦皆惊疑。只韩信平日兵谋,往往令人不测,所以依令照行,未敢有违。信复笑语张耳道:"赵兵据险立营,未见我大将旗鼓,故坚持不动。我当与君同往,亲去督攻,使彼夺气,彼自然退去了。"耳亦未以为然,勉从信言,相偕渡河。信即命军士扬旗示众,伐鼓助威,大模大样的闯入井陉口。

早有赵卒报达陈馀,馀大开营门,麾兵出战。两下交绥,赵兵仗着势众,一拥上前,来围韩信、张耳。信呼耳急走,且令军士抛去帅旗,掷去战鼓,一齐返奔,驰还泜河。显是诡谋。陈馀部众得胜,自然并力追击,还有居守营内的赵兵,也想乘势邀功,竟把赵王歇都拥了出来,掠取汉军旗鼓,扬扬得意,哗声如雷。那时韩信等已退到泜河,陈馀等亦皆追至。泜河上面,本有汉军列着,纳入韩信、张耳,出拒陈馀。韩信下令军中,决一死战,退后立斩。汉兵本无退路,就使没有号令,也只可拼死求生。当下奋力拒战,争先杀敌,自辰牌斗至午牌,不分胜负,陈馀恐部众腹饥,不能再战,乃收军回去。不料到了半途,遥见营中旗帜,都已变色,一张张的随风飘动,好似红霞散彩,灿烂异常。及仔细辨认,分明是汉军赤帜,不由的魂驰魄丧,色沮心惊。正在慌张的时候,刺斜里突出一军,乃是汉左骑将傅宽,引兵杀来。馀急忙对敌,且战且走,忽又有一路人马,兜头拦住,为首统将,系汉常山太守张苍,吓得余不知所措,反从后面倒退。张苍、傅宽,合兵赶杀,却故意不去夹击,惟把余逼回泜水。余军不顾前后,但教有路可逃,走了再说。余明知泜水旁边,驻有汉军,此去乃是一条绝路,自往寻死,为此喝止部众,饬令死战,偏部众已无斗志,不肯听令,只管狂奔。余不觉怒起,命部将连杀数人,越杀越逃,越逃越乱,连余亦只好跟着,不能独返。看看泜水将近,心下愈急,忽来了一个冤家,驱兵乱斫,先将余蘷砍翻,继即将余围住。余没甚武力,怎能自脱,即被来兵杀死。这来兵中的主将,究是何人?看官听着,就是前时刎颈交张耳!杀人不杀己,想也好算是刎颈交。

余既被杀,赵兵除逃去外,悉数降汉。张耳还报韩信,且请往拿赵王歇,信微笑道:"公得斩陈余,大功已立,那擒拿赵王歇的功劳,就让与别人罢了。"言未毕,已由靳歙部下,押到一个俘虏,张耳瞧着,俘虏非他,正是赵王歇,又喜又惊。韩信令推歇至前,问了数语,歇默然不答,由信喝令斩讫。当有将士奉令,牵歇出外,枭首复命。赵君臣统皆授首,赵地自平。

惟诸将虽得大捷,却看了韩信用兵,好似神出鬼没,无从捉摸,各欲向信问明。好在功成以后,应该入贺,就趁那贺捷的机会,请教玄机。正是:

欲知妙计平强敌,要待明言示暗机。

究竟韩信如何答说,且至下回再详。

本回叙述韩信兵谋,说得迷离惝恍,不可究诘。迨一经揭出,始知韩信用兵,确有神出鬼没之妙。谋固奇而笔亦奇,以视正史中之直言记载,趣味何如!夫正史尚直笔,小说尚曲笔,体裁原是不同,而世人之厌阅正史,乐观小说,亦即于此处分之。然或向壁虚造,与正史毫不相符,则又为荒诞无稽,何关学术。试看本回之演述木罂渡军,背水列阵,于史事有否不同?不过化正为奇,较足夺目,能令阅者兴味不穷,是即历史小说之特长也。中插薄姬一段,更于阵云战雨之中,辟出风流佳话,尤足生色。且事关汉魏兴亡,不可不叙,文以载事,即以道情,吾于是书亦云。

第二十六回　随何传命招英布
　　　　　　张良借箸驳郦生

却说韩信灭赵,诸将入贺,乘便问及计谋。经韩信从头叙明,才知前时所遣的三路人马,都寓玄机。靳歙一路,是叫他贪夜出发,绕到赵营后面,暗暗伏着,等到赵兵空壁出战,便乘虚劫营,拔去赵帜,改竖汉帜。傅宽、张苍两路,是叫他向晨出发,埋伏赵营附近,等到陈余回军,分头截杀,仍使陈余退还泜上,好教张耳守候,把他送终。陈余果然中计,徒落得身首两分。就是赵王歇被众拥出,一闻营塞失陷,当即回马,巧值靳歙杀出,击走赵兵,赵王歇走得少慢,且被勒歙赶着,活捉了来,也致毕命。这都是韩信预先布置,好似设着天罗地网,把赵君臣二十万人,一古脑儿罩住,无从摆脱,待至功成事就,由韩信表白出来,众将方如梦初醒,无不佩服。说破疑团,使人醒目。惟背水列阵,乃是兵法所忌,韩信违法行兵,反得大捷,尚令诸将生疑。要想问个明白,当下齐声问信道:"兵法有言,右背山林,前左山泽。今将军背水为阵,竟得胜赵,究是何因?"信答说道:"这也何尝不是兵法?诸君虽阅兵书,未得奥旨,所以生疑。兵法中曾有二语云:陷之死地而后生,置之亡地而后存,便是此意。试想我军新旧夹杂,良窳难分,信又非善能拊循,徒叫他奋身杀敌,怎望有成?惟置诸死地,使他人自为战,然后勇气百倍,无人可当,这又如兵法所言,驱市人为战,不能不用此术哩。"诸将听了,皆下拜道:"将军妙算,非他人可及,末将等谨受教了。"信又说道:"赵歇、陈余,虽皆擒斩,但尚有一谋士李左车,不知去向,此人不除,尚为后患,诸君能为我活擒到来,当有重赏。"诸将受命而出,四处寻捉李左车,竟无音响。信又明悬赏格,谓能生擒李左车,立赏千金。

过了数日,果然有人捉住左车,解到辕门,信验明属实,即出千金为赏,一面召入李左车。诸将在侧,总道是将他立斩,谁知左车进来,信忽下座相迎,亲为解缚,延令东向坐着,自己西向陪坐,仿佛弟子见师,格外敬礼,且柔声婉问道:"仆欲北向攻燕,东向伐齐,如何可收全功?"左车皱眉道:"亡国大夫,不足图存,请将军另择高明!左车何敢参议?"信又道:"仆闻百里奚居虞,无救虞亡,及到了秦国,佐成霸业,这并非虞计拙,为秦计巧,乃是用与不用,听与不听,因致先后不同。若使成安君陈余号成安君,见二十一回。听用君计,恐仆亦束手成擒了。今仆虚心求教,幸勿推辞。"左车方才说道:"将军涉西河,虏魏王,擒夏说,东下井陉,仅阅半日,得破赵兵二十万众,诛成安君,兼毙赵王,名闻海内,威震天下,农夫莫不辍耕释耒,争望将军颜色,这是将军的长处,一时无两了。但迭经战阵,师劳卒疲,不堪再用,今将军若引往攻燕,燕人凭城固守,将军欲战不得,欲攻不克,情急势拙,日久粮尽,燕既不服,齐又称强,二国相持,刘、项胜负,终难决定,这反变做将军的短处,岂不可惜!古来良将用兵,须要用长击短,切不可用短击长。"信听言至此,忍耐不住,连忙接问道:"君言甚是,今日究用何策?"左车道:"为将军计,莫若安兵息甲,镇抚赵民,百里以内,如有牛酒来献,尽可宰飨将士,鼓励军心。暗中先遣一辩士,赍着尺书,晓示燕王,

第二十六回　随何传命招英布　张良借箸驳郦生

详陈利害,燕惧将军声威,不敢不从。待燕已听命,便好东向击齐!齐成孤立,不亡何待!虽有智士,也无能为谋了。这就是先声后实的兵法,请将军采择。"信鼓掌称善,当即厚待左车,留居幕中。特派一个说客,持书赴燕。燕王臧荼,当然畏威乞降,复书报信。信得燕王降书,更遣人报知汉王,且请加封张耳,使他王赵。汉王闻燕赵皆平,当然心喜,因即依了信议,封张耳为赵王,另命信引兵击齐。复使已发,复接得随何书报,已将九江王英布说妥,指日来降。这真是喜气重重,无求不遂了。随何出使九江,见二十四回。

先是随何到了九江,九江王英布,但使太宰招待,留居客馆,一连三日,未许进见。何因语太宰道:"仆奉汉王使命,来谓大王,大王托故不见,迄今已阅三日。仆料大王意思,无非楚强汉弱,尚待踌躇,但亦何妨与仆相见,仆所言如果合意,大王便可听从,倘若不合,就可将仆等二十人,枭首市曹,转献楚王,岂不较快!愿足下转达鄙忱。"太宰乃入白英布,布始召何入见,命坐左侧。何便开口道:"汉王使何到此,敬问大王起居,且嘱何转请大王,为甚么与楚独亲?"英布道:"寡人尝为楚属,北向臣事,自不得不相亲了。"何又道:"大王与楚王,俱列为诸侯,今乃北向事楚,想是视楚为强,可以托国;但楚尝伐齐,项王身先士卒亲负版筑,大王理应亲率部众,为楚先驱,奈何只拨四千人,往会楚军,难道北面称臣,好这般敷衍塞责吗?且汉王入彭城时,项王尚在齐地,一时不及赴援,大王距居较近,应早统兵出救,渡淮力争,乃不闻一卒逾淮,坐视成败,难道托身他人,好这般袖手旁观吗?大王名为事楚,并无实际,将来项王动怒,定要归罪大王,前来声讨,不知大王将如何对待呢?"英布听了,沉吟不答,何复申说道:"大王视楚为强,必且视汉为弱,其实楚兵虽强,天下已皆嫉视,不愿臣服。试想项王背盟约,弑义帝,何等不道!今汉王仗义讨逆,招集诸侯,固守成皋荥阳,转运蜀粟,深沟高垒,与楚相持,楚兵千里深入,进退两难,势且坐困,强必转弱,何一可恃?就使楚得胜汉,诸侯必将团结一气,并力御楚,众怒难犯,怎得不败?照此看来,楚实远不及汉哩。今大王不肯联汉,反向外强中干,危亡在迩的楚国,称臣托庇,岂非自误!目前九江军马,虽未必果能灭楚,但使大王背楚与汉,项王必前来攻击,大王能将项王绊住数月,汉王便可稳取天下,那时何与大王,提剑归汉,汉王自然裂土分封,仍将九江归诸大王,大王方得高枕无忧,否则大王与受恶名,必遭众矢,恐楚尚未亡,九江先已摇动,不但项王记念前嫌,要来与大王寻衅呢!"一层逼进一层。英布被他说动,不由的起身离座,与何附耳道:"寡人当遵从来命,惟近日且勿声张,少待数日,然后宣示便了。"何乃辞归客馆。

守候了好几天,仍无动静,探问馆员,才知楚使到来,促布发兵攻汉,布尚未决议,因此迟延。他就想出一法,专伺楚使行止。一日楚使入见,坐催布下动员令,何亦昂然趋入,走至楚使上首,坐定与语道:"九江王已经归汉,汝系楚使,怎得来此征兵?"英布还想瞒住,一经随何道破,当然失色。楚使见有变故,也即惊起,向外走出。随何急语英布道:"事机已露,休使楚使逃归,不如杀死了他,速即助汉攻楚,免得再误!"英布一想,好似箭在弦上,不得不发,索性依了随何,立命左右追拘楚使,一刀两段。于是宣告大众,自即日起,与楚脱离关系,联络汉王,兴师伐楚。

这消息传到彭城,气得项王双目圆睁,无名火高起三丈,立饬亲将项声,与悍将龙且,领着精兵,驰攻九江。英布出兵对敌,连战数次,却也杀个平手,没甚胜败,相持了一月有余,楚兵逐渐加增,九江兵逐渐丧失,害得布支持不住,吃了一回大败仗,只好弃去九江,与随何偕赴荥阳,投顺汉王。

汉王传请相见,即由随何导布进去。到了大厅,尚不见汉王形影,再曲曲折折的行入内室,始见汉王踞坐榻上,令人洗足。恐汉王有洗足癖,故屡次如此。但前见郦生本是无心,此次见布,却是有意,阅者休被瞒过。布不禁懊怅,但事已到此,只得向前通名,屈身行礼。汉王略略欠身,便算是待客的礼节,余不过慰问数语,也没有多少厚情。布因即辞出,很是愧悔。凑巧随何也即出来,便怅然与语道:"不该听汝诳言,骤到此地!现在懊悔已迟,不如就此自杀罢!"说至此,拔剑出鞘,即欲自刎。随何连忙止住,惊问何因?布复说道:"我也是一国主子,南面称王,今来与汉王相见,待我不啻奴仆,我尚有何颜为人,不如速死了事。"看到英布后来结局,原是速死为宜。随何又急劝道:"汉王宿酒未醒,所以简慢,少顷自有殊礼相待,幸勿性急。"

正对答间,里面已派出典客人员,请布往寓馆舍,貌极殷勤,布乃藏剑入鞘,随同就馆。但见馆中陈设华丽,服御辉煌,所有卫士从吏,统皆站立两旁,非常恭敬,俨然如谒见主子一般,既而张良、陈平等人,亦俱到来,延布上坐,摆酒接风。席间肴馔精美,器皿整洁,已觉得礼隆物备,具惬心怀。到了酒过数巡,更来了一班女乐,曼声度曲,低唱侑觞,引得布耳鼓悠扬,眼花缭乱,快活的了不得,把那前半日寻死的心肠,早已销融净尽,不留遗迹了。及酒阑席散,夜静更深,尚有歌女侍着,未敢擅去。布乐得受用,左拥右抱,其乐陶陶,一夜风光,不胜殚述。差不多似迷人馆。翌日,乃入谢汉王,汉王却竭诚相待,礼意兼优,比那昨日情形不相同。操纵庸夫,便是此术。布越觉惬意,当面宣誓,愿为汉王效死。汉王乃令布出收散卒,并力拒楚。

布受命退出,即差人潜往九江,招徕旧部,并乘便搬取家眷。好多日方得回音,旧部却有数千人同来,独不见妻妾子女。问明底细,才知楚将项伯,已入九江,把他全家诛戮了。布大为悲忿,立刻进见汉王,说明惨状,原教你全家诛戮,好令死心归汉。且欲自带部卒,赴楚报仇。汉王道:"项羽尚强,不宜轻

第二十六回　随何传命招英布　张良借箸驳郦生

往,况闻将军部曲,不过数千,怎能敷用?我当助兵万人,劳将军往扼成皋,一俟有机可乘,便好进兵雪恨了。"布闻言称谢,出具行装,即日就道。汉王亦知他情急,便派兵万名,随他同往,布即辞行而去。

汉王既遣出英布,拟向关中催趱军粮,与楚兵决一大战。可巧丞相萧何,差了许多兄弟子侄,押着粮车,运到荥阳,汉王一一传见,且问及丞相安否?大众齐声道:"丞相托大王福庇,安好如常,惟念大王栉风沐雨,亲历戎行,恨不得橐鞬相随,分任劳苦。今特遣臣等前来服役,愿乞大王赐录,籴籍从军!"汉王大喜道:"丞相为国忘家,为公忘私,正是忠诚无两了。"当下召入军官,叫他将萧氏兄弟子侄,量能录用,不得有违。军官应命,引着大众,自去支配,无庸细说。惟丞相萧何,派遣兄弟子侄,投效军前,却有一种原因。自从汉王出次荥阳,时常遣使入关,慰问萧何,萧何也不以为意。偏有门客鲍生,冷眼窥破,独向萧何进言,说是汉王在军,亲尝艰苦,及时来慰问丞相,定怀别意。最好由丞相挑选亲族,视有丁壮可用,遣使从军,方足固宠释疑等语。萧何依计而行,果得汉王心喜,不复猜嫌,君臣相安,自然和洽,还有甚么异言?

惟关中转饷艰难,不能随时接济,全靠那敖仓积粟,取资军食。敖仓在荥阳西北,因在敖山上面,筑城储粮,所以叫做敖仓,这是秦时留存的遗制。前由韩信遣将占据,旁筑甬道,由山达河,接济荥阳屯兵,原是保卫荥阳的要策。回应二十四回,且足补前次所未详。至韩信北征,敖仓委大将周勃驻守,更拨曹参为助,非常注重。项羽屡欲进攻荥阳,发兵数次,不能得手,旋闻汉王招降英布,失去一个帮手,更不禁怒发冲冠,亟拟督军亲出,踏破荥阳。旁有范增献议道:"汉王固守荥阳,无非靠着敖仓粮运,今欲往攻荥阳,必须先截敖仓,敖仓路断,荥阳乏食,自然一战可下了。"项王听着,立遣部将钟离眜,率兵万人,往截敖仓粮道,连番冲突,攻破甬道好几处,把汉兵输运军粮,抢去甚多。周勃虽闻信赶救,已是不及,且被钟离眜邀击一阵,反致败回。钟离眜飞书告捷,竟促项王进攻荥阳,项王遂大举西行,直向荥阳进发。

荥阳城内,已忧乏食,刚要派兵救应敖仓,夹攻钟离眜,不防项王统率大军,亲来夺取荥阳。这事非同小可,累得汉王寝馈难安,因召入郦食其,向他问计。郦生答道:"项羽倾国前来,锐气正盛,未可与敌。为大王计,惟有分封诸侯,牵制楚军,方可纾患。从前商汤放桀,仍封夏后,周武灭纣,亦封殷后,至暴秦并吞六国,不使存祀,所以速亡。今大王若分封六国后嗣,六国君民,必皆感恩慕义,愿为臣妾,合力拥戴大王。大王得道多助,自可南乡称霸,楚成孤立,必然失势,亦当袵衽来朝,不敢与大王抗衡了。"汉王道:"此计甚善,可即命有司刻印,赍封六国,各处都烦先生一行,为我传命。"郦生趋出,当然代戒有司,速铸六国王印。印尚未成,郦生已整装待发。

适值张良入谒,见汉王方在午膳,趑趄不前。汉王已经瞧着,向良招呼道:"子房来得正好,可为我商决一事。"良乃趋近座前,汉王又与语道:"近日有人献策,请封六国后人,牵制楚军,究竟可否照行?"张良忙答道:"何人为大王出此下计? 此计若行,大事去了!"汉王不觉一惊,把箸放下,就将郦生所言,转告张良。良随手取箸,指陈利弊道:"臣请为大王借箸代筹,说明害处。从前汤武放伐桀纣,仍封后嗣,乃是能制彼死命,不妨示恩。今日大王自问,能制项羽的死命否? 这就是一不可行。武王入殷,表商容闾,释箕子囚,封比干墓,今日大王能否为此? 这就是二不可行。武王发钜桥粟,散鹿台财,专济贫穷,今日大王能否为此? 这就是三不可行。武王胜殷回国,偃革为轩,倒载干戈,示不复用,今日大王能否为此? 这就是四不可行。休马华山,不复再乘,大王能做得到否? 这就是五不可行。放牛桃林,不复再运,大王能做得到否? 这就是六不可行。况且天下豪杰,抛亲戚,弃坟墓,去故旧,来从大王,无非为日后成功,冀得尺寸封土,今复立六国后,尚有何地可封诸臣,豪杰统皆失望,不如归事故主,大王得靠着何人,共取天下? 这就是七不可行。楚若不强,倒也罢了,倘强盛如故,六国新王,必折服楚国,大王怎得强令称臣? 这就是八不可行。有此八害,岂不是大事尽去么?"汉王口中含饭,仔细听说,及张良说罢,竟将口中饭吐出,大骂郦生道:"竖儒无知,几误乃公大事! 幸亏子房为我指明,免得错行。"说至此,急命左右传语有司,促令销印。郦生一场高兴,化作冰销。但细思良言,确是有理,也觉得自己错想,不敢渎陈了。老头儿太多言。

　　过了数日,楚兵前锋,竟逼至荥阳城下,城外戍兵,陆续避入城中。汉王急命大小诸将,闭城固守,自在厅室中坐着,默筹方法。适值陈平来报军情,汉王即令他旁坐,商议破敌事宜。这一番有分教:

　　　　六出奇谋缘此始,七旬亚父命该终。

欲知陈平如何献谋,且至下回再表。

　　英布实一鄙夫耳! 患得患失之见,横亘胸中,故随何怵以祸福,即为所动,背楚归汉。及入见汉王,偶遭慢侮,便欲自刎,何其轻躁乃尔! 就馆以后,服御满前,美人侍侧,采色悦目,肥甘适口,转不禁大喜欲狂,又何其志趣之卑陋也! 唐李文饶以汉王见布,深得驾驭英雄之术,吾谓此足以驭鄙夫,断不足以驭英雄。伊尹必三聘而始至,吕尚必师事而后来,倘如汉王之踞床洗足,已早望望然去之矣,宁如英布之易受牢笼乎? 郦生之初见汉王,亦遭踞床洗足之侮,而不复他适,其志识亦不过尔尔。请封六国,所见何左,一经张子房之驳斥,而其计谋之绌,已可概见。英布固鄙夫也,不得为英雄,郦生亦庸流耳,宁真得为智士!

第二十七回　纵反间范增致毙
　　　　　　甘替死纪信被焚

　　却说陈平入见汉王，汉王正忧心时局，亟顾语陈平道："天下纷纷，究竟何时得了？"平答说道："大王所虑，无非是为着项王，臣料项王麾下，不过范亚父，项羽尊范增为亚父。钟离昧等数人，算做项氏忠臣，替他出力。大王若肯捐弃巨金，贿通楚人，流言反间，使他自相猜疑，然后乘隙进攻，破楚自容易了。"汉王道："金银何足顾惜？但教折除敌焰，便足安心。"说着，即命左右取出黄金四万斤，交与陈平，任令行事。平受金退出，提出数成，交与心腹小校，使他扮做楚兵模样，怀金出城，混入楚营，贿嘱项王左右，偏布谣言。俗语说是钱能通神，有了黄金，没一事不能照办，大约过了两三日，楚军中便纷纷传说，无非是嫁诬钟离昧等，说他功多赏少，不得分封，将要联汉灭楚等语。项王素来好猜，一闻讹传，就不禁动了疑心，竟把钟离昧等视做贰臣，不肯信任。惟待遇范增，尚然如故。范增且请速攻荥阳，休使汉王逃走。项王遂亲督将士，把荥阳城团团围住，四面猛扑，一些儿不肯放松。
　　汉王恐不能守，姑遣人与楚讲和，愿画荥阳为界，将荥阳东面属楚，西面属汉。项王未肯遽允，不过因汉使前来，就也遣使入城，递一个回话手本，且借此探察城中虚实。这也由项王中气渐馁，故愿遣使入城，否则已将汉使杀毙，何用回报！那知被陈平凑着机会，摆就了现成圈套，好教楚使着迷，堕入计中。楚使未曾预防，贸然径入，先向汉王报命。汉王已由陈平指导，佯作酒醉，模模糊糊的对付数语。楚使不便多言，即由陈平等导入客馆，留他午宴。陈平等走了出去，楚使静坐片刻，便有一班仆役，抬进牛羊鸡豚，及美酒佳肴，向厨房中趋入。楚使心中暗想，莫非汉王格外优待，须要飨我太牢盛馔，所以有许多物品，扛抬进来。已而又由陈平趋进，问及范亚父起居，并询亚父有无手书？楚使道："我奉项王使命，为了和议而来，并非由亚父所遣。"陈平听了，故意失色道："原来是项王使人。"说着又去。未几即有吏人跑入厨房，指令仆役，尽将牲饩酒肴等抬出，且听他厨下私语道："他不是由亚父差来，怎得配飨太牢呢？"楚使不禁惊愕，俟各物抬去后，竟好一歇不见动静。到了日影西斜，饥肠乱鸣，才见有一两人搬入酒饭，放在案上，来请用膳。楚使大略一瞧，无非是蔬食菜羹等类，连鱼肉都不见面，不由的怒气上冲。本想拒绝不吃，只因肚饥难熬，胡乱的吃了少许。不料菜蔬中带着臭味，未能下咽，而且酒也是酸的,饭也是烂的,叫他如何适口? 越看越恼,当时放下杯箸,大踏步走出客馆,但与门吏说了一声辞别,匆匆出城去了。分明是个饭桶。

城中守吏,并不阻挡,由他自去。他竟一口气跑回军营,入见项王,便一五一十的报告明白,且言亚父私通汉王,应该防备。项王怒道:"我前日早有传闻,还道他是老成可靠,不便遽信人言,那知他果有通敌情事! 这个老匹夫,想是活得不耐烦了!"说着,便欲召入范增,当面诘责。还是左右替增排解,请项王勿可过急,待有真凭实据,方可加罪,否则恐防敌人诡谋,不宜遽信云云。如陈平的反间计,尚易窥破,只因项羽躁急,乃入彀中。项王乃暂从含忍,不遽发作。

独范增尚未得知,一心思想,要为项王设法灭汉。他见项王为了和议,又复把攻城事情,宽懈下去,免不得暗暗着急,因此再入见项王,仍请督励将士,速下荥阳。项王已心疑范增,默默无言。范增急说道:"古人有言:当断不断,反受其乱。从前鸿门会宴时,臣曾劝大王速杀刘季,大王不从臣言,因致养痈贻患,挨到今日,复得了天赐机会,把他困住荥阳,若再被逃脱,纵虎离山,一旦卷土重来,必不可敌。臣恐我不逼人,人且逼我,后悔还来得及么!"项王被他一诘,忍不住一种闷气,便勃然道:"汝叫我速攻荥阳,我非不欲从汝,但恐荥阳未必攻下,我的性命,要被汝送脱了!"

范增摸不着头脑,只对着项王双目睞着。忽然想到项王平日,从没有这等话说,今定是听人谗间,故有是语。因也忍耐不下,便向项王朗声道:"天下事已经大定,愿大王好好自为,勿堕敌人狡计,臣年已衰老,原宜引退,乞赐臣骸骨,归葬乡里便了。"说毕,掉头径出。项王也不挽留,一任增回入本营。增至此已知绝望,遂将项王所封历阳侯印绶,遣人送还项王,自己草草整装,即日东归。一路走,一路想,回溯近几年来,为了项王夺取天下,费尽了无数心机,满望削平刘汉,好教项王混一宇内,自己亦得安享荣华,聊娱暮景。偏偏项王信谗加忌,弄得功败垂成,此后楚国江山,看来总要被刘氏夺去,一腔热血,付诸流水,岂不可叹! 于是自嗟自怨,满腹牢骚,日间踯躅途中,连茶饭都无心吃下,夜间投宿逆旅,也是睡不得安,翻来复去,好几夜不能合眼。从来愁最伤人,忧易致疾,况范增已年逾七十,怎经得起日夕烦闷,郁极无聊! 因此迫成疾病,渐渐的寒热侵身,起初还是勉强支持,力疾就道,忽然背上奇痛得很,才阅一宵,便突起一个恶疮。途次既无良医,增亦不愿求生,但思回见家人,与他永诀。所以卧在车中,催趱速行。将到彭城,背疽越痛越大,不堪收拾,增亦昏迷不醒。尚有几个从人,见他死在目前,不得不暂停旅舍。过了两日,增大叫一声,背疽暴裂,流血不止,竟尔身亡,寿终七十一岁。时已为汉王三年四月中了。急点年月。

从吏见范增已死,买棺殓尸,运回居鄛,埋葬郭东。后人因他忠事项王,

第二十七回　纵反间范增致毙　甘替死纪信被焚

被敌构陷,死得可怜,乃为他立祠致祭,流传不绝。并称县廷中井为亚父井,留作纪念。九泉有知,也好从此告慰了。还算是身后幸事。

且说项王闻范增道死,反觉伤感,又未免起了悔心。自思范增事我数年,当无歹意,安知非汉王设计,害我股肱,今与刘季誓不两立,定当踏平此城,方足泄恨。晓得迟了。乃又召入钟离眛等,好言抚慰,且嘱他用力攻城,立功候赏等语。钟离眛等倒也感奋,拼死进攻,四面围扑,晨夕不休。

荥阳城内的将士,连日抵御,害得筋疲力尽,困惫得很,再加粮道断绝,贮食将罄,眼见得危急万分,朝不保暮。汉王亦焦灼异常,陈平、张良,虽然智术过人,到此亦没有良法,只好向众将面前,用了各种激励的话头,鼓动众志。果然有一位替死将军,慷慨过人,情愿粉骨碎身,仰报知遇。这人为谁?乃是汉将纪信。当下入见汉王,请屏左右,悄悄相告道:"大王困守孤城,已有数月,现在敌势甚盛,城内兵少粮空,定难久守,为大王计,不如脱围他去,方得自全。但敌军四面围着,毫无隙路,须要设法诳敌,把臣躯代作大王,只说是出城投降,好教敌军无备,然后大王可以乘间出围,不致危险了。"汉王道:"如将军言,我虽得出重围,将军岂不冒险吗?"纪信又道:"大王若不用臣言,城破以后,玉石俱焚,臣虽死亦有何益。今只死了一臣,不但大王脱祸,就是许多将士,亦得全生,是一臣可抵千万人性命,也算是值得了!"汉王尚迟疑未决,恐也是做作出来。纪信奋然道:"大王不忍臣死,臣终不能独生,不如就此先死罢。"说着意拔剑在手,遽欲自刎。慌得汉王连忙下座,把他阻住,且向他垂涕道:"将军忠诚贯日,古今无二,但愿天心默佑,共得保全,更为万幸。"纪信乃收剑答说道:"臣死也得所了。"汉王更召入陈平,与语纪信替死等情。陈平道:"纪将军果肯替死,尚有何说!但也须添设一计,方保无虞。"汉王问有何策?平与汉王附耳数语,汉王自然称妙。便由陈平写了降书,嘱使干吏出城,赍书往谒项王。

项王展书阅毕,便问汉使道:"汝主何时出降?"汉使道:"今夜便当出降了。"项王大喜,发放汉使,叫他复告汉王,不得误约。否则明日屠城,汉使唯唯而去。项王便令钟离眛等,领兵伺候,一俟汉王出来,就好将他拿下祭刀。钟离眛等振起精神,眼巴巴的待着。

时至黄昏,尚未见城中动静。转眼间已是夜半,方见东门大启,放出多人,前后并无火炬,望将过去,好似穿着军装,满身甲胄。大众恐他诈降,忙将兵器高举,向前拦阻。但听得娇声高叫道:"我等妇女,无食无衣,只好趁着开门时候,出外求生,还望将军们放开走路,赏我一线生机,将来当福寿双全,公侯万代!"想都是陈平教他。楚兵仔细一瞧,果然是妇人女子,老少不同,有的是鸡皮白发,有的是蝉鬓朱颜,只身上都披着敝甲,扭扭捏捏,好看得很,禁不住惊异起来。又问他出城逃生,如何有这种异装?妇女统答说道:"我等没有衣穿,不得已将守兵弃甲,取来御寒,幸请勿怪!"楚兵听说,虽然释去疑团,总不免少见多怪,暗暗称奇。大众分立两旁,让开走路,看他过去,且个个睁着馋眼,见有姿色的娇娃,恨不将他搂抱过来,图些快乐。更奇怪的是这种妇女,陆续不绝,过了一班,又是一班,连连络络,鱼贯而出,一时传为奇观。却是楚军的眼福。甚至西、南、北三方的楚兵,亦都趋至东门,来看热闹。楚将也道是东门大启,汉王总要出降,不必顾着营寨,但教趋候东门左右,不使汉王走脱,就好算得尽职,所以兵士到来,将吏等亦皆踵至。那汉王就潜开西门,带着陈平、张良,及夏侯婴、樊哙等,溜了出去,但留御史大夫周苛,裨将枞公,与前魏王豹同守荥阳,保住城池。

楚兵毫无所闻,专在东门丛集,尚见纷纷妇女出来,好多时才得走完,约莫有二三千人。天色已将黎明了,城中始有兵队继出,还执着旌旗羽葆,徐徐行动。又走了好一歇,无非推延时刻,好使汉王远飏。方来了一乘龙车,当中端坐一位王者,黄屋左纛,前遮后拥,面目模糊难辨。楚将楚兵,总道是汉王来降,都替项王喜欢,高呼万岁,喧声如雷。待至龙车推近楚营,并不见汉王下车,大众不免惊疑,入报项王。项王亲自出营,张开那重瞳炬目,审视车中,那车内仍无动静,不由的大怒道:"刘邦莫非醉死,见我亲出,尚端坐如木偶么?"说着,便喝令左右,用着火炬,环照车中。但见坐着这位人物,衣服虽似汉王模样,面貌却与汉王不同,因厉声叱问道:"汝是何人,敢来冒充汉王?"车中人才应声出答道:"我乃大汉将军纪信。"说了一语,又复停住。一语已足千秋。项王越觉咆哮,大骂不止。纪信反呵呵笑说道:"项羽匹夫,仔细听着!我王岂肯降汝?今已早出荥阳,往招各路兵马,来与汝决一雌雄,料汝总要失败,必为我王所擒,汝若知己,不若赶紧退去,尚得免死。"项王气极,麾令军士齐集火炬,烧毁来车。军士应命,环车纵火,烈焰飞腾,车中幰盖,统皆燃着。纪信在车中大呼道:"逆贼项羽,敢弑义帝,复要焚杀忠臣,我死且留名,看汝死后何如?"说至此,身上已经被火,仍然忍痛端坐,任他延烧,霎时间皮焦骨烂,全车成灰,一道忠魂,已往九霄云外去了。

项王急欲入城,不料城门已闭,城上又满列守卒,整备矢石,抵御楚军。项王督兵再攻,城中兵粮虽少,却靠着周苛、枞公两人,誓死固守,振作士气,连番放箭掷石,不使楚军近城。楚军攻扑数次,终被击退。周苛更与枞公商议道:"我等奉了王命,留守此城。城存与存,城亡与亡,仓中尚有积粟数十石,总有旬日可以支持,但恐魏豹居心反复,或被楚兵勾通,作了内应,那时防不胜防,难免失手,不如把他杀死,除绝内患。就使我王将来,责我擅杀,我等也好据实答复,万一我王不肯赦宥,我也宁可完城坐罪,比那亡城死敌,好得多了!"枞公也是一个忠臣,当即赞成,惟说是欲诛魏豹,须要乘他不备,从速

第二十七回　纵反间范增致毙　甘替死纪信被楚

下手。周苛遂想出一法，托言会议军情，召豹入商。豹未曾预料，坦然趋至，周苛、枞公，迎他入座。才说数语，就被周苛拔出佩剑，砍将过去。豹不及闪避，立致受伤，还想负痛逃走，又由枞公取剑一挥，劈倒地上，了结性命。该死久矣。豹母已死，豹妾薄氏又由汉王带去，无人出来领尸。周苛索性陈尸军中，声言豹有异心，因此加诛，如有怯战通敌等情，当与豹一同科罪。军吏等统皆咋舌，不敢少懈。嗣是拚死拒敌，戮力同心，竟得将一座危城，兀自守住。周苛见众心已固，方将豹尸收殓埋葬，自与枞公分陴固守。

项王怎肯舍去？还想并力破城。会有侦骑走报，汉王向关中征兵，驰出武关，竟向宛洛进发。说得项王惊愕失常，奋袂起座道："刘邦诡计甚多，我中他诈降计，被他走脱，今复移兵南下，莫非又去攻我彭城？我应急往拦截为是。"随即传令将士，撤围南行。

究竟汉王何故转出武关，说来也有原因。汉王用陈平密计，东放妇女出城，误人耳目，西向成皋驰去，不见楚兵追击，幸得安抵成皋。旋闻纪信被焚，且悲且恨，遂向关中招集兵马，再拟出救荥阳，替信报仇。可巧有一辕生，入白汉王道："大王不必再往荥阳，但教出兵武关，南向宛洛，项王必虑大王复袭彭城，移兵拦阻，荥阳自可解围，成皋亦不致吃紧。大王遇着楚兵，更当坚壁勿战，与他相持数月，一可使荥阳、成皋，暂时休息，二可待韩信、张耳，平定东北，前来会师，然后大王再还荥阳，合军与战，我逸彼劳，我盈彼竭，还怕不能破楚吗？"汉王道："汝言颇有至理，我当依议便了。"于是出师武关。到了宛城，果闻项王引兵前来，连忙命军士竖栅掘濠，立定营垒，待至楚军逼近，已经预备妥当，好同他坚持过去。小子有诗咏道：

> 到底行军在运筹，尚谋尚力总难侔。
> 深沟高垒坚持日，不怕雄兵不逗遛？

欲知项王曾否进攻，容待下回分解。

陈平致死范增，称为六出奇计之二，请捐金以间项王，一也，进草具以待楚使，二也。吾谓此计亦属平常，项王虽愚，度亦不至遽为所欺，或者范增应该毕命，遂致项王动疑，迫令道死耳。夫范增事项数年，于项王之残暴不仁，未闻谏止，而且老犹恋栈，可去不去，安知非天之假手陈平，使之用谋毙增乎？郯人之立祠致祭，实为无名，死而有知，恐亦愧享庙食矣！彼纪信之甘代汉王，舍身赴难，脱汉王于围城之中，而自致焚死，此为汉室之第一忠臣。及汉已定国，功臣多半封侯，而独不闻有追恤纪信之典，汉王其真寡恩哉！范增有祠，而纪信无祠，此古今仁人智士，所以有不平之叹也。

第二十八回　入内帐潜夺将军印
救全城幸得舍人儿

　　却说项王移兵至宛，见汉兵固垒守着，好几次前往挑战，并不见汉兵迎敌。要想攻打进去，又为壕栅所阻，不能冲入。项王正暴躁得很，忽接得探马急报，乃是魏相国彭越，渡过睢水，大破下邳驻扎的楚军，杀死楚将薛公，气势甚盛。项王大愤道："可恨彭越，这般撒野，我且去击毙了他，再来擒捉刘邦。"说着，又拔营东去，往击彭越。越自受汉王命，为魏相国，见二十二回。略定梁地十余城。至汉王败走睢水，楚兵漫山遍野，争逐汉军，越亦保守不住，北走河上。项王进攻荥阳，又由越往来游弋，截楚粮道，那时项王已恨越不置，此次越又阵斩楚将，叫项羽如何不愤？倍道东行，一遇越兵，便与豺虎相似，兜头乱噬。越抵敌不住，又只得退渡睢水，仍然向北奔去。项王追赶不及，复拟往攻汉王，因即探听汉王行踪。时汉王已由宛城转入成皋，与英布合兵驻守。英布往扼成皋，见二十六回中。项王接到确音，便引兵西进，顺道先攻荥阳。

　　荥阳城内，仍由周苛、枞公住着，两人原赤胆忠心，为汉守土，但总道项王已去，一时不致骤来，所以防备少疏，与民休息。那知楚兵大至，乘锐攻打，比前次还要凶狠。周苛、枞公，连忙登城拒敌，已是不及。楚兵四面齐上，竟将荥阳城攻破，并把周苛、枞公，一并擒住。项王也即入城，先召周苛至前，温颜与语道："汝能坚守孤城，至今才破，不可谓非将材，可惜汝误投汉王，终为我军所擒，若肯向我降顺，我当授汝上将，封邑三万户，汝可愿否？"周苛睁目怒叱道："汝不去降汉，反要劝我降汝，真是怪极！汝岂是汉王敌手么？"项王怒起，厉声大骂道："不中抬举的东西！我若将汝一刀两段，还太便宜，左右快与我取过鼎镬来！"左右闻命，即将鼎镬取入，由项王命烹周苛。苛毫无惧色，任他褫剥衣服，掷入鼎镬，眼见是水火既济，熔成一锅人肉羹了。造语新颖。苛既烹死，枞公也被推入。项王令他顾视鼎镬，枞公道："我与周苛同守荥阳，苛遭烹死，我亦何忍独生！情愿受死，听凭大王处置便了！"项王听他说得有理，总算不使就烹，但令推出斩首，刀光一闪，魂离躯壳，随那汉御史大夫周苛，同返太虚，这也不消细说。已极褒扬。

　　项王遂进逼成皋，警信传入成皋城内，汉王不免惊心。暗思荥阳已失，成皋恐亦难守，哪里还有第二个纪信，再来替死？因此带同夏侯婴，潜开北门，

第二十八回　入内帐潜夺将军印　救全城幸得舍人儿

预先出走。及至诸将得知，汉王已经去远，彼此不愿再留，遂陆续出城追去。英布独力难支，索性也弃城北走，成皋遂被项王夺去。项王闻汉王早出，料知不及追赶，就在成皋驻下，休养兵锋，徐图进取。独汉王驰出成皋，北向修武，拟往依韩信、张耳等军。原来韩信本想伐齐，只因赵地未平，乃与张耳四处剿抚，驻扎修武县中。汉王已曾闻报，所以星夜趱程，渡河至小修武，宿了一宵，到了翌晨，清早即起，与夏侯婴出了驿舍，径入韩信、张耳营中。

营兵方起，出视汉王，尚是睡眼朦胧，且见汉王未着王服，不知他从何处差来，当下略问来历，不遽放入。汉王诈称汉使，奉命来此，有急事要报元帅。营兵闻有王命，当然不便再阻，但言元帅尚未起来，请入营待报。汉王也不与多说，抢步趋入内帐，当有中军护卫，认识汉王，慌忙向前行礼。汉王向他摆手，不令声张，惟使引往韩信卧室。信还在梦中，一些儿没有知晓。汉王却静悄悄的走至榻旁，见案上摆着将印兵符，当即取在手中，出升外帐，命军吏传召诸将。诸将尚疑是韩信点兵，统来参谒，及走近案前，举头仰望，并不是韩元帅，却是一位汉大王，大家统皆惊愕。但也不便细问，只好依礼下拜。汉王待他拜罢，径自发令，把诸将改换职守，一一遣出。

韩信、张耳，至此方得人唤醒，整衣进见，伏地请罪道："臣等不知大王驾到，有失远迎，罪该万死！"韩信号为国士，何竟有此失着。汉王微笑道："这也没有甚么死罪，不过军营里应该如何严备，方免不测，况天已大明，亦须早起，奈何高卧未醒，连将印兵符等要件，俱未顾着！倘若敌人猝至，如何抵御，或有刺客诈称汉使，混入营中，恐将军首级，亦难自保，这岂不是危险万分么？"韩张二人听着，禁不住满面羞惭，无词可对。汉王又问韩信道："我本烦将军攻齐，一得齐地，即来会师攻楚。今将军留此不往，意欲何为？"韩信乃答说道："赵地尚未平定，若即移兵东向，保不住赵人蠢动，复为我患。就使有张耳驻守，恐兵分力薄，未足支持，况臣率士卒数万，转战赵魏，势已过劳，骤然东出，齐阻我前，赵扼我后，腹背受敌，兵不堪战，岂非危道！故臣拟略定赵地，宽假时日，既可少纾兵力，复可免蹈危机，近正部署粗定，意欲伐齐，适值大王驾到，得以面陈。大王且屯兵此地，伺便攻复成皋，臣即当引兵东去，得仗大王威力，一鼓平齐，便好乘胜西向，与大王会师击楚了。"汉王方和颜道："此计甚善。将军等可起来听令。"两人拜谢而起。汉王命张耳带着本部，速回赵都镇守，使韩信募集赵地丁壮，东往攻齐。所有修武驻扎的营兵，尽行截留，归汉王自己统带，再出击楚。韩、张两人，不敢有违，只好就此辞行，分头办事去了。

韩、张既去，汉王坐拥修武大营，得了许多人马，复见成皋诸将，陆续奔集，声势复振。因拟再出击楚，忽从外面递入军书，报称项王从成皋发兵，向西进行。汉王忙遣得力将士,前往巩县,堵住楚兵西进,一面与众商议道:"项王今欲西往,无非是窥我关中。关中乃我根本重地,万不可失,我意愿将成皋东境,一律弃去,索性还保巩洛,严拒楚军,免得关中摇动,诸君以为何如?"郦食其急忙应声道:"臣意以为不可!臣闻君以民为本,民以食为天,敖仓储粟甚多,素称足食,今楚兵既拔荥阳,不知进据敖仓,这正是天意助汉,不欲绝我民命呢。愿大王速即进兵,收复荥阳,据敖仓粟,塞成皋险,控太行山,距蜚狐口,守白马津,因势利便,阻遏敌人,敌恐后路中断,必不敢轻向关中,关中自可无虞,何必往守巩洛呢?"汉王乃决计复出敖仓,路经小修武,誓众进战。

郎中郑忠,却献了一条绝粮的计策,谓不如断楚粮饷,使他乏食自乱,然后进击未迟。汉王乃令部将卢绾、刘贾,率领步卒二万,骑士数百,渡过白马津,潜入楚地,会同彭越,截楚粮草。越知楚兵辎重,屯积燕西,遂与卢、刘二将,议定计策,曩夜往劫。楚兵未曾防备,被彭越等暗暗过去,放起一把火来,烧得满地皆红,一片哗哗剥剥的声音,惊起楚兵睡梦,慌忙起身出望,已是烟焰逼人。再加彭越、卢绾、刘贾三将,三面杀入,闹得一塌糊涂,楚兵除被杀外,四散窜去,霎时间逃得精光。所有辎重粮草,尽行弃下,一半被焚,一半搬散。彭越更乘势夺还梁地,共取睢阳、外黄等十七城。得失原是无常。

项王尚在成皋,未得西军捷报,正在愁烦,不防燕西粮饷,又被彭越等焚掠一空,恼得项王火星透顶,复要亲击彭越。因召大司马曹咎进嘱道:"彭越又劫我军粮,可恨已极!且闻他大扰梁地,猖獗异常,看来非我亲自往征,不能扫平此贼!今留将军等守住成皋,切勿出战,但当阻住汉王,使他不得东来,便是有功。我料此番击越,大约十五日内,就可平定梁地,再来与将军相会。将军须要谨记我言,毋违毋误!"项王此言,却也精细,可惜任用非人。曹咎唯唯听命,项王尚恐曹咎误事,复留司马欣助守,然后引兵自去。

彭越不怕别人,但怕项王自至,怎奈冤家碰着对头,偏又闻得项王亲来,越只好入外黄城,督兵拒守。外黄在梁地西偏,项王从成皋过来,第一重便是外黄城。他已怒气勃勃,目无全敌,一见外黄城关得甚紧,上面有守兵等列着,越觉忍无可忍,立率将士攻城。写出项王暴躁,反衬舍人小儿。接连攻了数日,城中很是危急,彭越自知难守,等到夜静更深的时候,开了北门,引兵冲出,得了一条走路,飞马驰去。楚兵不及追赶,仍然留住城下。城内已无主帅,如何保守!因即开门投降。

项王挥动三军,鱼贯入城,既至署中,当即查点百姓,凡年在十五以上,悉令前往城东,听候号令。看官道是何故?他因百姓投顺彭越,帮他守城,好几日才得攻下,情迹可恨,意欲将十五岁以上的男子,一体坑死,方足泄愤。这号令传示民间,人人晓得项王残暴,定是前去送死,你也慌,我也怕,激成一片

第二十八回　入内帐潜夺将军印　救全城幸得舍人儿

悲号声，震响全城。就中有一个髫龄童子，发仅及肩，独能顾全万家，挺身出来，竟往楚军中求见项王。楚兵瞧着，怪他年幼，不免问及履历。小儿说道："我父曾为县令舍人，我年一十三岁，今有要事，前来禀报大王，敢烦从速通报。"楚兵见他口齿伶俐，愈觉称奇，遂替他入报项王。项王闻有小儿求见，倒也诧异，便令兵士引入。小儿从容入内，见了项王，行过了拜跪礼，起立一旁。项王见他面白唇红，眉清目秀，已带着三分怜爱，便柔声问道："看汝小小年纪，也敢来见我么？"小儿道："大王为民父母，小臣就是大王的赤子，赤子爱慕父母，常思瞻依膝下，难道父母不许谒见么？"开口便能动人。项王本来喜谀，更兼小儿所言，入情入理，便欣然问道："汝既来此，定有意见，可即说明。"小儿道："外黄百姓，久仰大王威德，只因彭越逞强，骤来攻城，城中无兵无饷，只有一班穷苦百姓，不能抵敌，没奈何向他暂降。百姓本意，仍日望大兵来援，脱离苦厄，今幸大王驾临，逐去彭越，使百姓重见天日，感戴何如？乃大王军中，忽有一种讹传，想把十五岁以上的丁口，统皆坑死，小臣以为大王德同尧舜，威过汤武，断不忍将一班赤子，屠戮净尽。况屠戮以后，与大王不但无益，反且有损。所以小臣斗胆进来，请大王颁下明令，慰谕大众，免得人人危疑。"好一番说词，恐郦生等尚恐勿如。项王道："汝说彭越劫制人民，也还有理，但我已引兵到此，为何尚助越拒我？我所以情不甘休。且我要坑死人民，就使无益，何致有损！汝能说出理由，我便下令安民；否则连汝都要坑死了！"小儿并不慌忙，反正容答说道："彭越入据城中，部兵甚多，闻得大王亲征，但恐百姓作为内应，就将四面城门，各派亲兵把守。百姓手无寸铁，无从斩关出迎，只好由他守着，惟心中总想设法驱越，所有越令，均不承认。越见人心未附，所以夤夜北遁。若百姓甘心助逆，还要拼死坚守，等到全城死亡，方得由大王入城，最速亦须经过五日十日，今彭越一去，立即开城迎驾，可见百姓并不助越，实是效顺大王。大王不察民情，反欲坑死壮丁，大众原是没法违抗，不得不俯首就死，但外黄以东，尚有十数城，听说大王坑死百姓，何人再敢效顺？降亦死，不降亦死，何如始终抗命，尚有一线希望。试想彭越从汉，必且向汉乞师，来敌大王，大王处处受敌，纵使处处得胜，也要费尽心力，照此看来，便是无益有损了。"说得明明白白，不怕项王不依。项王一想，这个小儿，却是语语不错，况与曹咎期约半月，便回成皋，今已过了数日，倘或前途十余城，果如小儿所言，统皆固守，多费心力，倒也罢了；倘或误过时日，成皋被汉兵夺去，关系甚大，如何使得。因面嘱小儿道："我就依汝，赦免全城百姓罢。"小儿正要拜辞，项王又令左右取过白银数两，赏赐小儿，小儿领谢而出。

项王即传出军令，收回前命，所有全城百姓，一体免罪，部兵不准侵扰。这令一下，百姓变哭为笑，易忧为喜。起初还道由项王大发慈悲，相率称颂，后来知是舍人儿为民请命，才得幸免，于是感念项王的情意，统移到舍人儿身上。一介黄童，竟得保全千万苍生，真是从古以来，得未曾有了。可惜史家不留姓名。项王复引兵出外黄城，向东进发，沿途所过郡县，统畏楚军声威，不敢与抗。且闻外黄人民，毫不遭害，乐得望风投诚。彭越已向谷城奔去，把前时略定十七城的功劳，化为乌有。项王得唾手取来，行至睢阳，差不多要半个月了。

　　时已秋尽冬来，照着秦时旧制，又要过年。项王就在睢阳暂住，待将佐庆贺元旦，方才启行。转眼间已是元旦，即汉王四年。项王就在行辕中，升帐受贺。将佐等统肃队趋入，行过了礼，即由项王赐宴，内外列座，开怀畅饮，兴会淋漓。忽有急足从成皋驰来，报称城已失守，大司马曹咎阵亡。项王大惊道："我叫曹咎谨守成皋，奈何被汉兵夺去？"报子说道："曹咎违命出战，被汉兵截住汜水，不能退回，因致自尽。"项王又顿足道："司马欣呢？"报子又说道："司马欣也殉难了。"项王忙即起座，命左右撤去酒肴，立刻传集三军，西赴成皋。小子有诗叹道：

　　　　圣王耀德不劳兵，得国何从仗力征。
　　　　试问乌骓奔命后，到头曾否告成功！

　　究竟成皋如何归汉，下回再当叙明。

　　自汉王起兵以来，所有军谋，似皆出诸他人之口，几若汉王无所用心，不过好受人言，虚怀若谷而已。然观他驰入赵营，潜夺兵符，并不由旁人之授计，乃知汉王未尝无谋，且谋出韩信诸人之上，此张子房之所以称为天授也。但韩信号为名将，而防禁乃疏阔若此，岂古所谓节制之兵者？张耳更无论已。彼十三岁之外黄儿，竟能说动暴主，救出万人生命，智不可及，仁亦有余。昔项王坑秦降卒二十万人，未有能进阻之者，使当时有如外黄儿之善谏，宁有不足动项王之心乎？故项王若能得人，非不足与为善，惜乎其部下将佐，均不逮一黄口小儿，范增以人杰称，对外黄儿且有愧色，遑问其他！无惑乎项王之终亡也。

第二十九回　贪功得祸郦生就烹
　　　　　　　　数罪陈言汉王中箭

　　却说楚大司马曹咎，与塞王司马欣，统是项王故人，始终倚任。咎与欣尝有德项梁，事见十二回。项王且封咎为海春侯，叫他坚守成皋，原是特别重委，

第二十九回　贪功得祸郦生就烹　数罪陈言汉王中箭

再派司马欣为助,总道是万稳万当,可无他虞。曹咎也依命守着,不欲轻动。偏汉兵屡来挑战,一连数日,未见曹咎出兵,倒也索然无味,还报汉王。汉王与张良、陈平等人,商就一计,用了激怒的方法,使兵士往诱曹咎。一面派遣各将,埋伏汜水左右,专等曹咎出击,好教他入网受擒。布置已定,遂由兵士再逼城下,百般辱骂,语语不堪入耳。城中守兵,都听得懊恼异常,争向曹咎请战。曹咎素性刚暴,也欲开城厮杀,独司马欣谏阻道:"项王临行,曾有要言嘱托足下,但守毋战,今汉兵前来挑动,明明是一条诱敌计,请足下万勿气忿,静候项王到来,与他会战,不怕不胜。"曹咎听了,只得勉强忍耐,饬令兵士静守,不准出战。汉兵骂了一日,不见城中动静,方才退出。越日天晓,又到城下喊闹,人数越多,骂声越高,甚至四面八方,环集痛詈。到了日已亭午,未免疲倦,就解衣坐着,取出怀中干粮,饱食一顿,又复精神勃发,仍然叫骂不绝。直到暮色凄凉,乃复收队回营。至第三四日间,汉兵且各持白布幡,写着曹咎姓名,下绘猪狗畜生等类,描摹丑态,众口中仍然一派讥嘲。曹咎登城俯望,不由的怒气填胸,且见汉兵或立或坐,或卧或舞,手中用着兵械,乱戳土石,齐声喧呼,当做剁解曹咎一般。若非诱敌,宁作此态。咎实不能再耐,便一声号令,召集兵马,杀出城来。红曲鳝上钩了。司马欣不及拦阻,也只好跟了曹咎,一同出城。

汉兵不及整甲,连衣盔旗帜等类,一齐抛弃,都纷纷向北逃走。咎与欣从后追赶,但见汉兵到了汜水,陆续跃下,凫水遁去。咎愤愤道:"我军也能凫水,难道怕汝贼军不成!"遂催动人马,趋至水滨,不管前后左右,有无埋伏,就督兵渡将过去。才渡一半,便有两岸汉兵,摇旗呐喊,踊跃前来。左岸统将为樊哙,右岸统将为靳歙,各持长枪大戟,来杀楚兵。楚兵行伍已乱,不能抵敌,咎在水中,欣尚在岸上,两人又无从相顾,慌张的了不得。欣心中埋怨曹咎,想收集岸上人马,自返成皋,偏汉兵已经杀到,无从脱身,只好拚命敌住。那曹咎进退两难,还想渡到对岸,冒死一战,谁知对岸又来了许多兵马,隐隐拥着麾盖,竟是汉王带领众将,亲来接应。咎料难再渡,不得已招兵渡回,忽听得鼓声一响,箭似飞蝗般射来。楚兵泅在水中,不能昂头,多半淹毙。咎亦身中数箭,受伤甚重,慌忙登岸,又被汉兵截住,没奈何拔出佩刀,自刎而亡。司马欣左冲右突,好多时不能脱身,手下残兵,只有数十骑随着,眼见得死在目前,不如自尽,索性也举枪自刺,断喉毕命。

汉王见前军大胜,便令停止放箭,安渡汜水,会同樊哙、靳歙两军,直入成皋。成皋已无守将,百姓都开城迎接,由汉王慰谕一番,尽命安居复业,百姓大悦。还有项王遗下的金银财宝,一古脑儿归入汉王。汉王取出数成,分赏将士,将士亦喜出望外,欢跃异常。休息三日,汉王命向敖仓运粟,接济军粮,待粮已运至，复引兵出屯广武，据险设营，阻住项王回军，一面探听齐地，专望齐地得平，便可调回韩信，共同御楚。

小子叙到此处，更要补叙数语，方能前后贯通。原来韩信奉汉王命，往招赵地兵丁，东出击齐，免不得费时需日。汉王部下的郦食其，志在邀功，独请命汉王，自愿招降齐王，省得劳兵。汉王乃遣令赴齐。是时齐王为谁？就是田横兄子田广，即田荣子。由田横拥立起来，横为齐相，佐广守齐。齐经过城阳一役，严兵设戍，力拒楚兵。城阳事见二十三回。项王为了彭城失守，南归败汉，嗣后专与汉王战争，无暇顾齐。就是留攻城阳的楚将，也因齐地难下，次第调归，所以齐地已有年余，不遭兵革。回顾前文，笔不渗漏。至韩信募兵击齐，颇有风声传入齐都。齐都便是临淄城。齐王广与齐相横，由城阳还都故土，一闻韩信将要来攻，亟遣族人田解，与部将华无伤等，带同重兵，出戍历下。可巧郦食其驰至，求见齐王，齐王广便即召入，两下相见，郦生就进说道："方今楚汉相争，连年未解，大王可料得将来结果，究应归属何人？"齐王道："这事怎能预料？"郦生道："将来定当归汉。"齐王道："先生从何处看来？"郦生道："汉楚二王，同受义帝差遣，分道攻秦。当时楚强汉弱，何人不知，乃汉王得先入咸阳，是明明为天意所归，不假兵力。偏项王违天负约，徒靠着一时强暴，迫令汉王移入汉中，又将义帝迁弑郴地，海内人心，无不痛恨。自从汉王仗义兴师，出定三秦，即为义帝缟素发丧，传檄讨贼，名正言顺，天下向风。所过城邑，但教降顺，悉仍旧封，所得财货，不愿私取，尽给士卒，与天下共享乐利，所以豪杰贤才，俱愿为用。项王背约不信，弑主不忠，勒惜爵赏，专用私亲，人民背畔，贤才交怨，怎能不败！怎能不亡！照此看来，便可见天下归汉，无庸疑议了。况且汉王起兵蜀汉，所向皆克，三秦既定，复涉西河，破北魏，出井陉，诛成安君，势如破竹，若单靠人力，那有这般神速！今又据敖仓，塞成皋，守白马津，杜太行坂，距蜚狐口，地利人和，无往不胜，楚兵不久必破。各地诸侯王，已皆服汉，惟齐国尚未归附，大王诚知几助顺，向汉输款，齐国尚可保全，否则大兵将至，危亡就在眼前了！"齐王广乃答说道："寡人依言归汉，汉兵便可不来么？"郦生道："仆此来并非私行，乃由汉王顾惜齐民，不忍涂炭，特遣仆先来探问。如果大王诚心归汉，免动兵戈，汉王自然心喜，便当止住韩信，不复进兵。尽请大王放心！"郦生此时可谓踌躇满志，那知后来偏不如此。

田横在旁接入道："这也须由先生修书，先与韩信接洽，方免他虑。"郦生毫不推辞，就索了书笺，写明情迹，请韩信不必进兵，即差从人赍书，偕同齐使，往报韩信。信正招足赵兵，东至平原，接着郦生书信，展阅一周，即对着来使道："郦大夫既说下齐国，还有何求？我当旋师南下便了。"随即写了复书，交付来使，遣还齐国。郦生接到复函，立白齐国君相。齐王广与齐相横，互阅

第二十九回　贪功得祸郦生就烹　数罪陈言汉王中箭

来书，当然勿疑，且有齐使作证，更加相信。遂传令历下各军，一律解严，并款留郦生数日，昼夜纵饮，不问外情。郦生本高阳酒徒，见了这杯中物，也是恋恋不舍，今日不行，明日复不行，一连数日，仍然不行，遂致一条老性命，要从此送脱了。酒能误人，一至于此。

自韩信发回齐使，便拟移军南下，与汉王会同击楚，忽有一人出阻道："不可！不可！"韩信瞧着，乃是谋士蒯彻，彻系燕人，已见前文。就启问道："齐已降顺，我自应改道南行，有什么不可呢？"蒯彻道："将军奉命击齐，费了若干心机，才得东指。今汉王独使郦生先往，说下齐国，究竟可恃与否，尚难料定。况汉王并未颁下明令，止住将军，将军岂可徒凭郦生一书，仓猝旋师呢？还有一说，郦生是个儒生，凭三寸舌，立下齐国七十余城，将军带甲数万，转战年余，才得平赵国五十余城，试想为将数年，反不敌一竖儒的功劳，岂不是可愧可恨么？为将军计，不如乘齐无备，长驱直入，扫平齐境，方得将所有功绩，归属将军了。"韩信闻言，意亦少动，沉吟了好一歇，才向蒯彻道："郦生尚在齐国，我若乘虚袭齐，齐必将郦生杀毙，是我反害死郦生，这事恐难使得！"韩信尚有良心。蒯彻微笑道："将军不负郦生，郦生已早负将军了。若使非郦生想夺功劳，摇惑汉王，汉王原遣将军攻齐，为什么又遣郦生呢？"辩士之口，诚属可畏。韩信勃然起座，即刻点齐人马，渡过平原，突向历下杀入。齐将田解、华无伤，已接齐王解严的命令，毫不戒备，骤然遇着汉兵，吓得莫名其妙，纷纷四溃。韩信麾兵追击，斩田解，擒华无伤，一路顺风，竟至临淄城下。

齐王广闻报大惊，急召郦生诘责道："我误信汝言，撤除边防，总道韩信不再进攻，谁知汝怀着鬼胎，佯劝我归汉撤兵，暗中却使韩信前来，乘我不备，覆我邦家，汝真行得好计，看汝今日尚有何说？"郦生也觉着忙，便答语道："韩信不道，背约进攻，非但卖友，实是欺君！愿大王遣一使臣，同仆出责韩信，信必无言可答，不得不引兵退去了。"齐王尚未及答，齐相田横冷笑道："先生想借此脱罪么？我前日已经受欺，今可不必哄我了。"郦生道："足下既疑仆至此，仆就死在此地，不复出城。但也须修书往诘，看韩信如何答复，就死未迟！"广与横齐声道："韩信如果退兵，不必说了，否则请就试鼎镬，莫怪我君臣无情！"郦生应着，匆匆写好书信，派人出城，递与韩信。信拆书一阅，着墨无多，备极凄恻，也不禁激动天良，半响答不出话来。偏蒯彻又来进言道："将军屡临大敌，不动声色，如何为一郦生，反沾沾似儿女子态，不能遽决？一人性命，顾他甚么？毕世大功，岂可轻弃？请将军勿再迟疑。"想是前生积有冤孽，故必欲害死郦生。韩信道："逼死郦生，还是小事，抗违王命，岂非大罪！"蒯彻道："将军原奉命伐齐，得平齐地，正是为王尽力，有功无罪。若使今日退兵，使郦生得归报汉王，从中谗间，恐真要构成大罪了！"韩信本来贪功，又恐得罪,遂听了郦彻言语,拒回来使,且与语道:"我是奉命伐齐,未闻谕止,就使齐君臣果然许降,安知非一条缓兵计策,今日降汉,不久复叛?我既引兵到此,志在一劳永逸,烦为我转告郦大夫,彼此为国效死,不能多事瞻顾了。"

来使只好返报。齐王闻着,便令左右取过油鼎,要烹郦生。郦生道:"我为韩信所卖,自愿就烹,但大王国家,亦必就灭,韩信将来,也难免诛夷,果报不爽,恨我不得亲见哩!"为下文韩信夷族张本。说罢,就用衣裹首,投入油鼎,须臾毕命。也是贪功所致。齐君臣登城拒守,不到数日,竟被韩信攻破。齐王广开了东门,当先出走,留住田横断后。田横带领齐兵,再与汉军奋斗数合,终致败却,落荒遁去。君臣先后离散,广奔高密,横走博阳,韩信驰入齐都,安民已毕,复拟引兵东出,追击齐王。齐王广得知风声,很是惶急,不得已派使西出,奉表项王,向他求救。

项王自梁地还兵,使钟离昧为先锋,驰回荥阳。汉王闻楚军到来,急命诸将出阻,诸将跃马驰去,随兵约有好几万名。行至荥阳城东,已与钟离昧相遇,彼此无暇问答,就一齐围裹拢来,把钟离昧困在垓心。钟离昧兵少难支,惶急得很。可巧项王从后驱至,一声呐喊,杀入围中。汉兵慌忙退回,已丧亡了数百人,项王救出钟离昧,进逼广武,与汉王夹涧屯军。广武本是山名,东连荥泽,西接汜水,形势险阻,山中有一断涧划开,分峙两峰。汉王就西边筑垒,依涧自固。项王即就东边筑垒,与汉相拒。彼此不便进攻,各自驻守。惟汉由敖仓运粟,源源接济,连日不绝,楚兵却没有这般谷仓,渐渐的粮食减少,不便久持。项王已是加忧,再经齐使驰至军前,乞发救兵,更令项王心下踌躇。想了多时,还是发兵相救,尚好牵制韩信,免得他来会汉王。乃使大将龙且,副将周兰,领兵二十万东往援齐。一面向汉王索战,汉王只是不出。

项王想出一法,命将汉王父太公,置诸俎上,推至涧旁,自在后面押住,厉声大呼道:"刘邦听着!汝若不肯出降,我便烹食汝父!"这数语响震山谷,汉兵无不闻知,即向汉王通报。汉王大惊道:"这……这却如何是好!"张良在旁进说道:"大王不必着急!项王因我军不出,特设此计,来诱大王。请大王复词决绝,免堕诡谋!"汉王道:"倘使我父果然被烹,我将如何为子?如何为人?"张良道:"现在楚军里面,除项王外,要算项伯最有权力。项伯与大王已结姻亲,定当谏阻,不致他虞。"汉王乃使人传语道:"我与项羽同事义帝,约为兄弟,我翁就是汝翁,必欲烹汝翁,请分我一杯羹!"项王听到此语,怒不可遏,就顾令左右,将太公移置俎下,付诸鼎烹。险哉太公。旁边闪出一人道:"天下事尚未可知,还望勿为已甚,况欲争天下,往往不顾家族,今杀一人父,有何益处?多惹他人仇恨罢了。"项王乃命将太公牵回,照前软禁。这救护太公的楚人,就是项伯,果如张良所料。

第二十九回 贪功得祸郦生就烹 数罪陈言汉王中箭

项王又遣吏致语道："天下汹汹,连岁不宁,无非为了我辈两人,相持不下。今愿与汉王亲战数合,一决雌雄,我若不胜,卷甲即退,何苦长此战争,劳疲兵民呢！"汉王笑谢来使道："我愿斗智,不愿斗力。"楚使回报项王,项王一跃上马,跑出营门,挑选壮士数十骑,令作先驱,驰向涧旁挑战。汉营中有一弁目楼烦,素善骑射,由汉王派他出垒,夹涧放箭。飕飕的响了数声,射倒了好几个壮士。蓦见涧东来了一匹乌骓马,乘着一位披甲持戟的大王,眼似铜铃,须似铁帚,一种凶悍情状,令人生怖,再加一声叱咤,震响山谷,好似天空中霹雳一般,吓得楼烦双手俱颤,不能再射,还有两脚亦站立不住,倒退数步,索性回头就跑,走入营中。见了汉王,心中尚是乱跳,口齿几说不清楚。汉王着人探视敌踪,乃是项王尚在涧旁,专呼汉王答话。

汉王闻报,虽然有些惊心,但又不便始终示弱,因也整队趋出,与项王夹涧对谈。项王又叱语道："刘邦,汝敢与我亲斗三合否？"专恃蛮力,实属无谓。汉王道："项羽休得逞强,汝身负十大罪,尚敢向我饶舌么？汝背义帝旧约,王我蜀汉,罪一；擅杀卿子冠军,目无主上,罪二；奉命救赵,不闻还报,强迫诸侯入关,罪三；烧秦宫室,发掘始皇坟墓,劫取财宝,罪四；子婴已降,汝尚把他杀死,罪五；诈坑秦降卒二十万人,累尸新安,罪六；部下爱将,分封善地,却将各国故主,或徙或逐,罪七；出逐义帝,自都彭城,又把韩梁故地,多半占据,罪八；义帝尝为汝主,竟使人扮作强盗,行弑江南,罪九；为政不平,主约不信,神人共愤,天地不容,罪十。我为天下起义,连合诸侯,共诛残贼,当使刑余罪人击汝,难道我配与汝打仗么？"泗上亭长,居然自高位置了。

项王气极,并不答言,但用戟向后一挥,便有无数弓弩手,赶将上来。一阵乱射,放出许多箭镞,跃过断涧,防不胜防。汉王正想回马,那胸中已中了一箭,疼痛的了不得,险些儿堕落马下。幸亏旁列将士,上前救护,把马牵转,驰入营门。汉王痛不可忍,屈身伏鞍,暗暗叫苦。将佐等统皆问安,汉王佯用手扪足道："贼……贼箭中我足趾了！"左右忙扶汉王下马,拥至榻前安卧。当即传召医官,取出箭镞,敷了疮药。还幸疮痕未深,不致伤命。小子有诗咏道：

> 一矢相遗已及胸,托词中趾示从容。
> 聪明毕竟由天授,通变才能却敌锋。

汉王中箭回营,项王始转怒为喜,只因绝涧难越,不便进攻,也即收兵退归。欲知后事,且看下回自知。

郦生之被烹,韩信实使之,而韩信将来之受诛,亦即由郦生之烹死,暗伏祸根。郦生之说齐，固奉汉王之命而往，既得招降齐国，不辱使命，乃偏为韩信所卖，卒致焚身，汉王闻之，宁有不隐恨韩信？不过楚尚未平，恃信为辅，因含忍而未发耳。况汉王之生平，本能忍人所不能忍，乃父已置诸敌俎，犹有分我杯羹之言，对父且如此，况他人乎！至若项王索战，夹涧与语，历数项王十罪，虽事有可征，并无虚构，然项王罪恶之大，莫过于弑义帝，汉王置此罪于八九之间，独以背约为罪首，重私轻公，易先为后，其心已可概见矣。彼智如韩信，独不能察汉王之隐，犹沾沾于平齐之功绩，听蒯彻而害郦生，此所以终遭诛戮也。

第三十回　斩龙且出奇制胜　　　　划鸿沟接眷修和

却说项王归营以后，专探听汉营动静，拟俟汉王身死，乘隙进攻。汉营里面的张良，早已料着，即入内帐看视汉王。汉王箭创未愈，还可勉强支持，良因劝汉王力疾起床，巡行军中，借镇人心。汉王乃挣扎起来，裹好胸前，由左右扶他上车，向各垒巡视一周。将士等正在疑虑，忽见汉王乘车巡查，形容如故，方皆放下愁怀，安心守着。汉王巡行既遍，自觉余痛难禁，索性吩咐左右，不回原帐，竟驰返成皋，权时养病去了。这也是汉王急智。项王得着探报，据称汉王未死，仍在军中巡行，又不禁暗暗叹惜，大费踌躇。自思进不得进，退不得退，长此屯留过去，恐粮尽兵疲，后难为继。正在委决不下，蓦地里传到警耗，乃是大将龙且，战败身亡。项王大惊失色道："韩信有这般厉害么？他伤我大将龙且，必要乘胜前来，与刘邦合兵攻我，韩信韩信，奈何奈何！"句法似通非通，益觉形容得妙。说罢，复着人探明虚实，再作计较。究竟韩信如何得胜？龙且如何被杀？待小子演述出来。

龙且领着大兵，倍道东进，行入齐地，即遣急足驰报齐王，叫他前来会师。齐王广闻楚军大至，当然心喜，急忙收集散兵，出高密城，往迎楚军。两下至潍水东岸，凑巧相遇，彼此晤谈以后，一同就地安营。韩信正要向高密进兵，闻得龙且兵到，也知他是个劲敌，因复遣人报知汉王，调集曹参、灌婴两军，方才出发，到了潍水西岸，遥见对河遍扎军营，气势甚盛，乃召语曹、灌两将道："龙且系有名悍将，只可智取，不可力敌，我当用计擒他便了。"曹、灌两将，自然同声应令。韩信命退军三里，择险立寨，按兵不出。楚将龙且，还疑是韩信怯战，便欲渡河进击。旁有属吏献议道："韩信引兵远来，定必向我奋斗，骤与接仗，恐不可当，齐兵已经败衄，万难再恃，且兵皆土著，顾念室家，容易逃散，我军虽与异趋,免不得被他牵动,他若四溃,我亦难支。最好是坚壁自守,勿与交锋,一面使齐王派遣使臣,招辑亡城。各城守吏,闻知齐王无恙,楚兵又大举来援,定然还向齐王,不肯从汉。汉兵去国二千里,客居齐地,无城可因,无粮可食,怎能长久相持?旬月以后,就可不战自破了。"龙且摇首道:"韩信鄙夫,有何能力?我曾闻他少年贫贱,衣食不周,甚至寄食漂母,受辱胯下。这般无用的人物,怕他甚么!况我奉项王命,前来救齐,若不与韩信接仗,就使他粮尽乞降,也没有什么战功,今诚一战得胜,威震齐国,齐王必委国听从,平分土地,一半归我,岂不是名成利就么?"全是妄想。副将周兰,也恐龙且轻战有失,上前进谏道:"将军不可轻视韩信。信助汉王定三秦,灭赵降燕,今复破齐,闻他足智多谋,机谋莫测,还望将军三思后行。"龙且笑说道:"韩信所遇,统是庸将,故得侥幸成功,若与我相敌,管教他首级不保了。"慢说慢说,且管着自己头颅。当下差一弁目,渡过潍水,投递战书。韩信即就原书后面,批了"来日决战"四字,当即遣回。

楚使既去,信命军士赶办布囊万余,当夜候用,不得有违。又要作怪。原来营中随带布囊,本来不少,多半是盛贮干粮,此次军士得了将令,但将干粮取出,便可移用,因此不到半日,已经办齐。延至黄昏,由信召入部将傅宽,授与密计道:"汝可领着部曲,各带布囊,潜往潍水上流,就在水边取了泥沙,贮入囊中,择视河面浅狭的地方,把囊沉积,阻住流水。待至明日交战时,楚军渡河,我军传发号炮,竖起红旗,可速命兵士捞起沙囊,仍使流水放下,至要至嘱!"傅宽遵令,率兵自去。此处设计用明写法,但非看到后文,尚未知此计之妙。信又召集众将道:"汝等明日交战,须看红旗为号,红旗竖起,急宜并力击敌,擒斩龙且、周兰,便在此举,今可静养一宵,明日当立大功了。"众将闻言,俱各归帐安息。信但令巡兵守夜,自己亦即就寝,诘旦起来,命大众饱餐一顿,传令出营。信自往挑战,带同裨将数名,径渡潍水,所有曹参、灌婴等军,统叫他留住西岸,分站两旁。潍水本来深广,不能徒涉,此时由傅宽壅住上流,水势陡浅,但教褰衣过去,便可渡登对岸。韩信到了岸东,摆成阵势,正值龙且驱众过来,信便出阵大呼道:"龙且快来受死!"龙且听了,跃马出营,大声叱道:"韩信,汝原是楚臣,为何叛楚降汉?今日天兵到此,还不下马受缚,更待何时?"信笑答道:"项羽背约弑主,大逆不道,汝乃甘心从逆,自取灭亡,今日便是汝的死期了。"龙且大怒,举刀直取韩信,信退入阵中,当有众将杀出,敌住龙且。龙且抖擞精神,与众力战,约有一二十合,未分胜负,副将周兰,也来助阵,汉将等渐渐退却。韩信拍马就走,仍向潍水奔回。众将见信驰还,也即退下,随信同奔。龙且大笑道:"我原说韩信无能,不堪一战呢。"说着,遂当先力赶,周兰等从后追上,行近潍水,那汉兵却渡过河西去了。龙且赶得起劲,还管甚么水势深浅，也即跃马西渡。惟周兰瞧着水涧，不免动疑，见龙且已经渡河，急欲向前谏阻，因此紧紧随着，也望河西过去。无如龙且跑得甚快，转眼间已达彼岸，周兰不便折回，只好纵马过河，部众统皆落后，跟着龙且、周兰，不过二三千骑，余兵或渡至中流，或尚在东岸。猛听得一声炮响，震动波流，水势忽然增涨，高了好几尺，既而澎湃汹涌，好似曲江中的大潮，突如其来，不可推测，河中楚兵，无从立足，多被漂去。只东岸未渡的人马，尚在观望，未曾遇险。还有龙且、周兰，及骑兵二三千名，已登西岸，一时免做溺死鬼。还是溺死，省得饮刀。那时汉兵中已竖起红旗，曹参、灌婴，两旁杀来，韩信亦领诸将杀回。三路人马，夹击龙且、周兰，任你龙且如何骁勇，周兰如何精细，至此俱陷入罗网，摆脱不出。并且寡不敌众，单靠着二三千名骑兵，济得甚么战事？结果是龙且被斩，周兰受擒，二三千骑楚兵，扫得干干净净，不留一人。东岸的楚兵，遥见龙且等统已战殁，不寒自栗，立即骇散。齐王广似惊弓鸟，漏网鱼，哪里还堪再吓，便即弃寨逃回。行至高密，因见后面尘头大起，料有汉兵赶来，且随身兵士，多已逃散，自知高密难守，不如走往城阳，于是飞马再奔。将到城阳相近，汉兵已经赶到，七手八脚，把他拖落马下，捆绑了去，解至韩信军前。韩信责他擅烹郦生，太觉残忍，便令推出斩首。总算为郦生抵命。

复使灌婴往攻博阳，曹参进略胶东。博阳为田横所守，闻得田广已死，自为齐王，出驻嬴下，截住灌婴。婴麾兵奋击，杀得田横势穷力竭，止带了数十骑，遁往梁地，投依彭越去了。尚有横族田吸，与横分路逃生，奔至千乘，被灌婴一马追及，戮死了事。此外已无齐兵，遂枭了首级，还营报功。适值曹参也持了一个首级，奏凯归来，问明底细，乃是胶东守将田既，为参所杀，荡平胶东，回来缴令。两将并入大营，报明韩信，信登簿录功，并将齐地所得财帛，分赏将士，不必细述。

惟韩信既平齐地，便想做个齐王，遂缮了一封文书，使人至汉王前告捷，且要求齐王封印。汉王在成皋养病，已经告痊，复至栎阳察视城守，勾留四日，仍驰抵广武军前。可巧韩信差来的军弁，也到广武，遂将书信呈上。汉王展阅未终，不禁大怒道："我困守此地，日夜望他来助，他不来助我，还要想做齐王么？"张良、陈平在侧，慌忙走近汉王，轻蹑足趾。汉王究竟心灵，停住骂声，即将原书持示两人。书中大意，说是齐人多伪，反复无常，且南境近楚，难免复叛，请暂许臣为假王，方期镇定等语。两人看罢，附耳语汉王道："汉方不利，怎能禁止韩信为王？今不若使他王齐，为我守着，可作声援。否则恐变生不测了。"幸有此说。汉王因复佯叱道："大丈夫得平定诸侯，不妨就做真王，为何还要称假呢！"转风得快。随即遣回来使，叫韩信守候册封，来使自去。汉王

第三十回　斩龙且出奇制胜　划鸿沟接眷修和

便遣张良赍印赴齐，立韩信为齐王。信得印甚喜，厚待张良。良又述汉王意见，劝信发兵攻楚，信亦满口应承。良叨了一席盛宴，饮罢即归。

信择吉称王，大阅兵马，准备击楚，忽有楚使武涉，前来求见。韩信暗想，我与楚为仇敌，为何遣使到此？想必来做说客，我自有主意，何妨相见。因即顾令左右，引入武涉。武涉系盱眙人，饶有口才，素居项王幕下。项王探得齐地确信，果被韩信破灭，当然惊心，所以派遣武涉，往说韩信，为离间计。涉一见信面，便下拜称贺，信起座答礼，且微笑道："君来贺我做甚！无非为了项王，来作说客，尽请道来！"涉乃申说道："天下苦秦已久，故楚汉戮力击秦，今秦已早亡，分土割地，各自为王，正应休息士卒，与民更始，乃汉王复兴兵东来，侵入地，夺入土，胁制诸侯，与楚相争，可见他贪得无厌，志在并吞。足下明智过人，难道尚未能预察么？且汉王前日，尝入项王掌握中，项王不忍加诛，使王蜀汉，也算是情义两尽。偏汉王不念旧谊，复击项王，机诈如此，尚好亲信么？足下自以为得亲汉王，替他尽力，涉恐足下他日，亦必遭反噬，为彼所擒了！试想足下得有今日，实由项王尚存，汉王不能不笼络足下。足下眼前处境，还是进退裕如的时候，左投汉王，汉胜，右投项王，楚胜，汉胜必危及足下，楚胜当不致自危。项王与足下本有故交，时常系念，必不相负！若足下尚不肯深信，最好是与楚连和，三分天下，鼎足称王，楚汉两国，都不敢与足下为难，这乃是万全良策了。"为韩信计，却是此策最善。韩信笑答道："我前事项王，官不过郎中，位不过执戟，言不听，计不用，所以背楚归汉。汉王授我上将军印，付我数万兵士，解衣衣我，推食食我，我若负德，必至不祥。我已誓死从汉了！幸为我复谢项王。"武涉见他志决，只好辞归。

信送出武涉，有一人随他进去，由信回头一顾，乃是蒯彻，因即邀令入座。彻开口道："仆近已学习相术了，相君面不过封侯，相君背乃贵不胜言。"信听得甚奇，料他必有微意，复引彻至密室，屏人与谈。彻又说道："秦亡以后，楚汉分争，不顾人民，专务角逐。项王起兵彭城，转战逐北，直下荥阳，威震远近，今乃久困京索，连年不得再进。汉王率数十万众，据有巩洛，凭借山河，一日数战，无尺寸功，反致屡败，这乃所谓智勇俱困呢。仆料现今大势，非有贤圣，莫能息争。足下乘时崛起，介居楚汉，为汉即汉胜，为楚即楚胜，楚汉两主的性命，悬在足下手中，诚能听仆鄙计，莫若两不相助，三分鼎峙，静待时机。其实如足下大才，据强齐，并燕赵，得时西向，为民请命，何人不服？何国不从？将来宰割天下，分封诸侯，诸侯俱怀德畏威，相率朝齐，岂不是霸王盛业么？仆闻天与不取，反致受咎，时至不行，反致受殃，愿足下深思熟虑，毋忽鄙言！"韩信道："汉王待我甚厚，怎可向利背义呢？"彻又道："从前常山王张耳，与成安君陈余，约为刎颈交，后来为了张黡、陈泽的嫌疑，竟成仇敌，泜水一战,陈余授首。足下自思与汉王交情,能如张、陈二人否？所处嫌疑,止如厉、泽一事否？乃犹欲自全忠信,见好汉王,岂非大误！越大夫文种,存亡越,霸勾践,立功成名,尚且被戮,兽死狗烹,已成至论,足下的忠信,想亦不过如大夫种罢了。且仆闻勇略震主,往往自危,功盖天下,往往不赏,今足下已蹈此辙,归汉汉必惧,归楚楚不信,足下将持此何归呢？"语虽近是,但蒯彻与汉无仇,何故唆人叛主。韩信不免动疑,因即语彻道:"先生且休,待我细思,更定进止。"彻乃辞退。过了数日,杳无动静,乃复入见韩信,请他决机去疑,慎勿失时。信终不忍背汉,又自恃功高,总道汉王不致变卦,决将蒯彻谢绝。彻恐久居被祸,假作疯癫,竟向别处作巫去了。信闻彻他去,也不着人挽留,惟心下忐忑不定,且将兵马停住,再听汉王消息。既已拒彻,应即发兵击楚,偏又停住不进,真是何意。

　　汉王固守广武,又是数旬,日望韩信到来,信终不至。乃立英布为淮南王,使他再赴九江,截楚后路。一面贻书彭越,仍侵入梁地,断楚粮道。布置已定,尚恐项王粮尽欲回,又取出太公,挟制多端,或乘怒将太公杀死,更觉可危。当下与张良陈平,商议救父的方法。两人齐声道:"项王乏粮,必将退归,此时正好与他讲和,救回太公、吕后了。"汉王道:"项王情性暴戾,一语不合,便至动怒,欲要遣使议和,必须选择妥人,方可无虞。"言未毕,有一人应声闪出道:"臣愿往。"汉王一瞧,乃是洛阳人侯公,从军有年,素长应对,因即准如所请,嘱令小心从事。侯公遂驰赴楚营,求谒项王。

　　项王得武涉归报,甚是愁烦,又见粮食将尽,越觉愁上加愁,忽闻汉营中遣到使臣,乃仗剑高坐,传令入见。侯公徐徐步入,见了项王,毫无惧色,从容向前,行过了礼。项王瞋目与语道:"汝主既不出战,又不退去,今差汝到来,有何话说?"侯公道:"大王还是欲战呢？还是欲退呢?"项王道:"我愿一战!"侯公道:"战是危机,胜负难料;况相持已久,兵力皆疲,臣今为罢兵息争而来,故敢进见大王。"项王不觉脱口道:"据汝来意,是欲与我讲和么?"侯公道:"汉王并不欲与大王争锋,大王如为保国安民起见,易战为和,敢不从命。"项王意已稍平,把剑放下,问及议和约款。侯公道:"使臣奉汉王命,却有二议:一是楚汉两国,划定疆界,彼此相安,不再侵犯。二请释还汉王父太公,及妻室吕氏,使他骨肉团圆,久感圣德。"项王掀髯狞笑道:"汝主又来欺我么？他想保全骨肉,故令汝诡词请和。"侯公道:"大王知汉王东出的意思否？人情无不念父母,顾妻子,汉王西居蜀汉,离家甚远,免不得怀念在心,前次潜至彭城,无非欲搬取家眷,嗣闻为大王所拘,急不暇择,遂至与大王为敌,累战不休。今大王无意言和,原是不必说了,既商和议,何不将两人释还,不但使汉王从此感德,誓不东行,就是天下诸侯,亦且争慕大王,无不歌颂。试想大王不杀人父，就是明孝，不污人妻，就是明义，已经拘住，又复放归，所以明仁，三德俱备，声名洋溢，如恐汉王负约，是曲在汉王，直在大王。古人有言：师直为壮，曲为老。大王直道而行，天下无敌，何论一汉王呢！"

项王最喜奉承，听了侯公一番言语，深惬心怀，遂复召入项伯，与侯公商议国界。项伯本是袒汉，乐得卖个人情，两人议决，就荥阳东南二十里外的鸿沟，划分界限，沟东属楚，沟西属汉。当由项王遣使，与侯公同报汉王，订定约章，各无异言。所有迎还太公、吕后的重差，仍然要劳烦侯公。侯公再偕楚使同行，至楚营请求如约，项王毫不迟疑，便放出太公、吕后，及从吏审食其，使与侯公同归。汉王闻知，当然出营迎接，父子夫妇，复得相见，正是悲喜交集，庆贺同声。汉王嘉侯公功，封他为平国君，是为汉四年九月间事。越日，即闻项王拔营东归，汉王亦欲西返，传令将士整顿归装，忽有两人进谏道："大王不欲统一天下么？奈何归休！"这一语有分教：

坛坫方才休玉帛，疆场又复启兵戈。

欲知两人为谁，待至下回报明。

兵法有言：骄兵必败。龙且未胜先骄，即非韩信之善谋，亦无不败之理。项王以二十万众，委诸龙且，何用人之不明欤？然项王固一有勇无谋之暴主，而龙且即为有勇无谋之莽将，同气相求，故有是失。龙且死而项王亦将败亡，此徒勇之所以无益也。武涉之说韩信，各为其主，原不足怪。蒯彻并非楚臣，何为唆信叛汉，使之君臣相猜，他时钟室之祸，非彻致之而谁致之乎？若汉之遣使请和，得归太公、吕后，虽由侯生之善言，实出一时之徼幸。假使项王不允，加刃太公，则汉王虽得天下，终不免为无父之罪人而已。贪天幸以图功，君子所勿取焉。

第三十一回　大将奇谋麇兵垓下
　　　　　美人惨别走死江滨

却说汉王欲西还关中，有两人进来谏阻，两人为谁？就是张良、陈平。汉王道："我与楚立约修和，彼已东归，我尚留此做甚？"良平齐声道："臣等请大王议和，无非为了太公、吕后二人。今太公、吕后，已得归来，正好与他交战，况天下大势，我已得了大半，四方诸侯，又多归附，彼项王兵疲食尽，众叛亲离，乃是天意亡楚的时候，若听他东归，不去追击，岂不是养虎遗患么？"专知趋利,如信义何！汉王深信二人,遂复变计,再拟向东进攻。只因孟冬已届,照了前秦旧制,又要过年,乃就营中备了酒席,宴饮大小三军,自与吕后陪着太公,在内帐奉觞称寿,畅饮尽欢。太公、吕后,从未经过这种乐事,此次父子完聚,夫妇团圆,白发红颜,相偕醉月,金樽玉斝,合宴连宵,真个是苦尽甘回,不胜欣慰了。恐此时吕后心中,尚恨审食其不得在座。元旦这一日,就是汉王五年,大书特书,是为汉王灭楚称帝之岁。汉王先向太公祝釐,然后升座外帐,受了文武百官的谒贺。礼已粗毕,即与张良、陈平,商议军事,决定分路遣使,往约齐王韩信,及魏相国彭越,发兵攻楚,中道会师,当下派员去讫。

过了一日,又差车骑数百人,送太公、吕后入关。汉王遂亲率大队,向东进发,沿路不复耽延,一直驰至固陵。前驱早有侦骑派出,探得楚兵相去不远,回报汉王。汉王乃择险安营,专待韩、彭两军到来,便好合击楚军。偏韩、彭两军,杳无音信,那项王已得了消息,恨汉负约,竟驱动兵马,骤向汉营杀来。汉王恐楚兵踹营,反觉不妙,不如督兵出战,较为得势,乃麾众出营,与楚接仗。两下相遇,汉兵尚未成列,项王已拍动乌骓,挺戟当先,专向汉军中坚,鼓勇冲入,寻杀汉王。汉将见项王到来,慌忙拦阻,怎禁得项王一股怒气,把手中戟飞舞起来,任凭汉军中有许多勇将,没有个是他敌手,有几个命中带晦,不是被他刺死,就是被他戳伤,于是汉将俱纷纷倒退。汉王见不可支,还是拍马奔回,避开危险。主帅一动,全军皆散,项王乐得大杀一阵,把汉兵驱回营中,然后收兵自去。汉王狼狈还营,检点兵士,丧失了好几千名,将佐亦伤亡了好几十名,不由的垂头丧气,闷坐帐中。可巧张良进来,因即顾问道:"韩彭、失约,我军又遭败挫,如何是好!"张良道:"楚兵虽胜,尽可勿虑,只是韩、彭不至,却是可忧。臣料韩、彭二人,必由大王未与分地,所以观望不前。"汉王道:"我封韩信为齐王,拜彭越为魏相国,怎得说是没有分地?"良答道:"齐王信虽得受封,并非大王本意,信亦当然不安,彭越曾略定梁地,大王命他往佐魏豹,所以移兵,今魏豹已死,越亦望封王,乃大王未尝加封,不免觖望。今若取睢阳北境,直至谷城,封与彭越,再由陈以东,直至东海,封与韩信,信家在楚,尝想取得乡土,大王今日慨允,两人明日便来了。"窥透两人志愿。

汉王不得已依议,再遣使人飞报韩、彭,许加封地,果然两人满望,即日发兵。还有淮南王英布,与汉将刘贾,进兵九江,招降守将楚大司马周殷,一些儿不劳兵革,反得了九江许多人马,会同英布、刘贾,接应汉王。三路大兵,陆续趋集,汉王自然放胆行军。项王闻汉兵大至,兵食又尽,巴不得急回彭城,所以固陵虽获胜仗,仍然不愿久留,引军再退。路上恐汉兵追袭,用了步步为营的兵法,依次退去。好容易到了垓下,遥听得后面一带,鼓声马声呐喊声,非常震响。当下登高西望,见汉兵踊跃追来,差不多与蚂蚁相似,不禁仰天叹

第三十一回　大将奇谋麋兵垓下　美人惨别走死江滨

道："好多汉兵，我悔前日不杀刘邦，养成他这番气焰哩！"话虽如此，还仗着自己勇力，并手下将士，尚有十万名左右，倒也不甚着忙。遂就垓下扎营，准备对敌。汉王已会齐三路兵马，共至垓下，人数不下三十余万，复用韩信为大将，调度诸军。韩信素知项王骁勇，无人敢当，特将各军分作十队，各派统将带领，分头埋伏，回环接应，请汉王守住大营，自率三万人挑战。

项王单靠勇力，不尚兵谋，一闻敌兵逼营，立即怒马突出，迎敌汉军。楚兵亦一齐出寨，随着项王，奋勇向前。两军相接，交战了好几合，项王横戟一挥，部众统不管生死，专望汉军中杀入。韩信且战且走，诱引项王入网。项王平日，所向无敌，全不把韩信放在眼中，就使有人谏阻项王，叫他不可轻追，他亦不甘罢休，定要杀奔前去。约莫追了好几里，已入汉军伏中，一味莽撞，总要遭祸。韩信便鸣放号炮，唤起伏兵。先有两路杀出，与项王交战一次，项王全不退怯，鏖斗了好多时，冲开汉军，还要追赶韩信。但听第二次炮声复发，又有两路伏兵杀出，截住项王，再加厮杀，好多时又被冲破。项王杀得性起，仍旧有进无退，接连是炮声迭响，伏兵迭起。项王杀开一重，又复一重，杀到第七八重时候，部众已零落了，将弁多伤亡了，项王也自觉力疲，渐渐的退却下来。那知韩信放完号炮，十面埋伏，一齐发出，都向项王马前，围裹拢来。所有楚兵，好似鸡犬一样，纷纷四窜，但靠项王一枝画戟，究竟挡不住百般兵器。项王悔已无及，只得令钟离昧、季布等断后，自己当先开路，猛喝一声，已足吓退汉兵，再加长戟纵横，一经触着，无不立毙，因此汉兵左右避开，让出一条血路，得使项王走脱，驰回垓下大营。

自从项王起兵以来，向未经过这般挫辱，此次已该数尽，偏碰着汉元帅韩信，用着十面埋伏的计策，杀败项王，把楚营十万锐卒，击毙了三四成，赶走了三四成，只剩得两三万残兵，跟回营中，叫项王如何不恼，如何不忧！他有一个宠姬虞氏，秀外慧中，知书识字，虽遇项王出兵打仗，也尝乘车随行，形影不离。名姬陪着悍王，似觉不甚相配。此番也在营间，守候项王归来。项王战败入营，当由虞姬迎着，见他形容委顿，神色仓皇，也觉惊异得很。待至项王坐定，喘息稍平，才问及战争情状。项王唏嘘道："败了！败了！"虞姬劝慰道："胜负乃兵家常事，愿大王不必忧劳。"项王道："怪不得汝等妇女，未识利害，连我也不曾遇此恶战哩。"虞姬本已嘱咐行厨，整备酒肴，想为项王接风。此时因项王败还，更欲替他解闷，便即令厨役搬出，陈列席间，请项王上坐小饮。项王已无心饮酒，但为了宠姬情意，未便遽却，乃向席间坐下，使虞姬旁坐相陪。才饮了三五杯，就有帐外军弁趋入，报称汉兵围营。项王道："汝去传谕将士，小心坚守，不可轻动，待我明日再决一战罢！"军弁应声退出。

时已天晚，项王复与虞姬并饮数觥，灯红酒绿，眉黛鬓青，平时对此情景，何等惬意，偏是夕反成惨剧，越饮越愁，越愁越倦，顿时睡眼模糊，敛肱欲寐。还是虞姬知情识意，请项王安卧榻中，休养精神。项王才就榻睡下，虞姬坐守榻旁，一寸芳心，好似小鹿儿乱撞，甚觉不宁。耳近又听得凄风飒飒，鹡鸰鸣鸣，俄而车驰马骤，俄而鬼哭神号，种种声浪，增人烦闷。旋复有一片歌音，递响进来，如怨如慕，如泣如诉，一声高，一声低，一声长，一声短，仿佛九皋鹤唳、四野鸿哀。虞姬是个解人，禁不住悲怀戚戚，泪眦荧荧。从虞姬一边叙入楚歌，尤觉凄切。回顾项王，却是鼻息如雷，不闻不知，急得虞姬有口难言，凄其欲绝。究竟这歌声从何而来？乃是汉营中张子房，编出一曲楚歌，教军士至楚营旁，四面唱和，无句不哀，无字不惨，激动一班楚兵，怀念乡关，陆续散去。就是钟离昧、季布等人，随从项王好几年，也忽然变卦，背地走了。甚至项王季父项伯，亦悄悄的往投张良，求庇终身。树未倒而猢狲先散。单剩项王亲兵八百骑，守住营门，未曾离叛。正想入报项王，却值项王酒意已消，猛然醒寤。起闻楚歌，不禁惊疑，出帐细听，那歌声是从汉营传出，越加诧异道：" 汉已尽得楚地么？为何汉营中有许多楚人呢？"说着，便见军弁禀报，谓将士皆已逃散，只有八百人尚存。项王大骇道："有这等急变吗？"当即返身入帐，见虞姬站立一旁，已变成一个泪人儿，也不由的泣下数行。旁顾席上残肴，尚未撤去，壶中酒亦颇沉重，乃再令厨人烫热，唤过虞姬，再与共饮。饮尽数觥，便信口作歌道：

　　力拔山兮气盖世！时不利兮骓不逝！骓不逝兮可奈何！虞兮虞兮奈若何！

　　项王生平的爱幸，第一是乌骓马，第二是虞美人，此番被围垓下，已知死在目前，惟心中实不忍割舍美人骏马，因此悲歌慷慨，呜咽欷歔！虞姬在旁听着，已知项王歌意，也即口占一诗道：

　　汉兵已略地，四面楚歌声。大王意气尽，贱妾何聊生！

　　虞姬吟罢，潸潸泪下，项王亦陪了许多眼泪。就是左右侍臣，统皆情不自禁，悲泣失声。蓦听得营中更鼓，已击五下，乃顾语虞姬道："天将明了，我当冒死出围，卿将奈何！"虞姬道："妾蒙大王厚恩，追随至今，今亦当随去，生死相依；倘得归葬故土，死也甘心！"项王道："如卿弱质，怎能出围？卿可自寻生路，我当与卿长别了。"虞姬突然起立，竖起双眉，喘声对项王道："贱妾生随大王，死亦随大王，愿大王前途保重！"说至此，就从项王腰间，拔出佩剑，向颈一横，顿时血溅珠喉，香销残垒。阅书至此，虽铁石心肠，亦当下泪。

　　项王还欲相救，已是不及，遂抚尸大哭一场，命左右掘地成坑，将尸埋葬。至今安徽省定远县南六十里，留有香冢，传为佳话。文人墨客，且因虞姬贞节

第三十一回　大将奇谋麇兵垓下　美人惨别走死江滨

可嘉,谱入词曲,竟把虞美人三字,作为曲名,美人千古,足慰芳魂。比后来人
尨何如？惟项王已看虞姬葬讫,勉强收泪,出乘乌骓,趁着天色未明的时候,带
了八百骑亲兵,衔枚疾走,偷过楚营,向南遁去。及汉兵得知,急报韩信,已是
鸡声报晓,晨光熹微了。韩信闻项王溃围,急令将军灌婴,率领五千兵马,往
追项王。项王也防汉兵追来,匆匆至淮水滨,觅船东渡,部骑又散去大半,只
剩了一二百人。行至阴陵,见路有两歧,不知何道得往彭城,未免踌躇。适有
老农在田间作工,因向他访问行径,老农却有些认识项王,素来恨他暴虐,竟
用手西指道："向这边去！"项王信是真话,策马西奔,约跑了好几里,扑面寒
风,很是凛冽,前途流水潺潺,随风震响,仔细瞧着,乃是一个大湖,挡住去路。
至此方知受欺,慌忙折回,再到原处,重向东行。为了这番盘旋,遂被汉将灌
婴追及,一阵冲击,又丧失了百余骑。还是项王坐下的乌骓,跑走甚快,当先
驰脱。后面陆续跟上,寥寥无几,到了东城,经项王回头察看,只有二十八骑,
尚算随着。那四面的金鼓声,呐喊声,仍然不住,渐渐相逼。项王自知难脱,
引骑至一山前,走登岗上,摆成圆阵,慨然顾骑士道："我自起兵到今,倏已八
年,大小七十余战,所挡必靡,所击必破,未尝一次败北,因得霸有天下。今日
乃被困此间,想是天意已欲亡我,并非我不能与战呢。我已自决一死,愿为诸
君再决一战,定要三战三胜,为诸君突围,斩将搴旗,使诸君知我善战,今实天
意亡我,与我无干,免得向我归罪了！"善战必亡,奈何至死不悟。

道言甫毕,汉兵已四面赶集,把山围住。项王乃分二十八骑为四队,与汉
兵相向。东首有一汉将,不知死活,驱兵登岗,想来活捉项王。项王语骑士
道："君等看我刺杀此将！"说着纵辔欲走,又回头顾语道："诸君可四面驰下,
至东山下取齐,再作三处驻扎罢。"于是奋声大呼,挺戟驰下,一遇汉将,便猛
力戳去。汉将不及躲避,陡被刺落,骨辘辘滚下山去,霎时毕命。汉兵见了,
统皆逃还,项王便纵马下山。山下的汉将,仗着人多势旺,团团围绕,竟至数
匝,都被项王杀退。汉骑将杨喜,上前追赶,由项王回头一喝,人马辟易,倒退
了一两里。就是项王部下的二十八骑,亦皆驰集,先与项王打个照面,然后三
处分驰。汉兵又从后赶来,未知项王所在,也分兵三路,追围项王。项王左手
持戟,右手仗剑,或劈或刺,斩一汉都尉,剁毙汉兵数十百人,仍得杀透重围,
再救出两处部骑,重聚一处,检点数目,只少了两个骑兵。便笑向部骑道："我
的战仗如何？"部骑皆拜伏道："如大王言！"统计项王自山上杀下,一连九战,
汉兵遇着项王,无不溃散,故后人称是山为九头山,亦号四溃山。

项王既得脱围,走至乌江,却值乌江亭长,泊船岸旁,请项王渡江过去。
且敦促道："江东虽小,地方千里,尚足自王,现惟臣有一船,愿大王急渡！"项
王听了,笑对亭长道：用两笑字,比哭尤惨。"天已亡我,我何必再渡！且籍与江

东子弟八千人,渡江西行,今无一生还,就使江东父老,见我生怜,再肯王我,我有何面目相见哩?"说着,后面尘头又起,料知汉兵复到,亭长又出言催促,项王喟然道:"我知公为忠厚长者,厚情可感,我无以为报,惟坐下的乌骓马,随我五年,日行千里,临阵无敌,今我不忍杀此马,特地赐公,见马犹如见我呢。"一面说,一面跳下马来,令部卒牵付亭长,又命部骑皆下马步行,各持短刀,转身待着汉兵。汉兵一齐赶至,项王又鼓勇再战,乱削乱劈,连毙汉兵数百人,自身亦受了十余创。蓦见有数骑将驰至,认得一人是吕马童,凄声与语道:"汝不是我旧友吗?"吕马童不敢正视,但向项王望了一面,便旁顾僚将王翳道:"这位就是项王。"项王又说道:"我闻汉王悬有赏格,得我首级,赐千金,封邑万户,我今日就卖情与汝罢!"说毕,便用剑自刎,年终三十一岁。小子记得前人咏项王诗,曾有二绝,特录述如下云:

> 争帝图王势已倾,八千兵散楚歌声。
> 乌江不是无船渡,耻向东吴再起兵。
>
> 不修仁政枉谈兵,天道如何尚力争?
> 隔岸故乡归不得,十年空负拔山名。

项王已死,所余二十六骑,亦皆逃亡。欲知项王尸首如何,待至下回续表。

韩信之十面埋伏计,史策未详,但相传已久,度非无因。况当时汉兵竞集,为特一无二之大举,人数不下三十万,分作十队,绰有余裕,非行此计以困项王,则项王之勇悍,无人敢敌,几何而不蹈固陵之复辙也。虞姬之别,乌江之刎,最为项氏惨史,经著书人依次写来,尤觉得情节苍凉,令人悲咽。且虞姬守贞,何如吕后、戚姬之秽辱?慨然决死,何如韩信、彭越之诛夷?美人英雄,名播千秋,泉下有知,其亦足以自慰乎?惟观于项王之坑降卒,杀子婴,弑义帝,种种不道,死有余辜。彼自以为非战之罪,罪固不在战,而在残暴也。彼杀人多矣,能无及此乎!天亡天亡,夫复谁尤!

第三十二回　即帝位汉主称尊
　　　　　就驿舍田横自刭

却说项王自刎以后,汉将争夺项王尸骸,甚至自相残杀,死了好几十人,结果是王翳得了头颅,吕马童与杨喜、吕胜、杨武等四将,各得一体,持向汉王

第三十二回　即帝位汉主称尊　就驿舍田横自刭

前报功。汉王命将五体凑合，果然相符，遂即分封五人，命吕马童为中水侯，王翳为杜衍侯，杨喜为赤泉侯，杨武为吴防侯，吕胜为涅阳侯。楚地望风请降，独鲁城坚守不下，汉王大怒，引兵攻鲁，恨不得立刻入城，一体屠戮，荡成平地。不意到了城下，觉有一种弦诵的声音，悠扬入耳，因不禁转念道："鲁国素知礼义，今为主守节，不得为非，我不如设法招抚为是。"只一转念，便是兴王气象。乃将项王首级，令将士挑在竿上，举示城上守兵，且传谕降者免死，于是鲁城吏民，开门迎降。先是楚怀王尝封项羽为鲁公，至是鲁最后降，汉王因命用鲁公礼，收葬项王尸身，就在谷城西隅，告窆筑坟，亲为发丧。并命文吏缮成一篇祭文，无非说是前同兄弟，本非仇雠，拘太公不杀，虏吕后不犯，三年留养，尤见盛情，死后有知，应视此觞等语。及临祭读文，汉王亦不禁悲泣，泪下潸潸。恐非真情。将士等都为动容，祭毕乃还。吕马童为项王故人，到此亦知感否？今河南省河阳县有项羽墓，就是项羽自刎的地方，便系今日的乌江浦，在安徽省和县东北，留有祠宇，号为西楚霸王庙，这且不必细述。

汉王命赦项氏宗亲，一律免罪，且闻项伯已在张良营中，特别召见，封为射阳侯，赐姓刘氏。卖主求荣，项伯不能无惭。还有项襄、项佗等，亦皆封侯赐姓，如项伯例。结婚一节，史中未曾提及，想由汉王赖去。各路诸侯，都附势输诚，奉书称贺。惟临江王共敖子尉，嗣爵为王，尚记念项王旧恩，不肯从汉。经汉王派遣刘贾等人，率兵往讨，才阅旬日，便将共尉擒归，江陵亦平。临江王都江陵，见前文。

汉王还至定陶，与张良、陈平二人，密议多时，即趋入韩信营中。信亟起相迎，奉王就座，但听得汉王面谕道："将军屡建大功，得平强项，寡人当始终不忘。今应休兵息民，不复劳师，将军可缴还军符，仍就原镇便了！"此时信无词可拒，只好把印信取出，交还汉王。汉王得了印信，便即持去。俄而又传出一令，说是楚地已定，义帝无后，齐王信生长楚中，习楚风俗，可改封楚王，镇定淮北，定都下邳。魏相国越，勤抚魏民，屡破楚军，今即将魏地加封，号称梁王，就都定陶云云。彭越是加授封爵，当然心喜，便至汉王前拜谢，受印而去。惟韩信易齐为楚，明知汉王记着前嫌，不愿再令王齐，但自思衣锦还乡，也足显扬故土，计不如遵着命令，就此荣归为是。乃亦缴出齐王印，改领楚王印起行。

到了下邳，即差人寻访漂母，及受辱胯下的恶少年。漂母先至，信下座慰问，特赐千金，漂母拜谢去讫。可谓一登龙门，饭价百倍。既而恶少年到来，面无人色，俯伏请罪。信笑说道："我岂小丈夫所为，睚眦必报？汝可不必恐惧，我且授汝为中尉官。"少年叩首道："小人愚蠢，曾误犯尊威，今蒙赦罪不诛，恩同再造，怎敢再邀封赏？"信又说道："我愿授汝为官，汝何必多辞！"少年乃再拜称谢，起身退出。信顾语左右道："这也是个壮士，他辱我时，我岂不能挤死与争？但死得无名，所以忍耐至此，得有今日。"左右都服信大度，交口称贤。信复与梁王彭越、淮南王英布、韩王信、故衡山王吴芮、赵王张敖，是年张耳病殁，子敖嗣爵。燕王臧荼等，联名上疏，尊汉王为皇帝。疏中略云：

  先时秦为无道，天下诛之。大王先得秦王，定关中，于天下功最多；存亡定危，救败继绝，以安万民，功盛德厚。又加惠于诸侯王，有功者使得立社稷。地分已定，而位号比拟，无上下之分，是大王功德之著，于后世不宜。谨昧死再拜上皇帝尊号，伏乞准行！

汉王得疏，召集群臣，与语道："寡人闻古来帝号，只有贤王可当此称，虚名无实，殊不足取。今诸侯王乃推高寡人，寡人乏德，如何敢当此尊号？"群臣都齐声道："大王起自细微，诛不义，立有功，平定海内，功臣皆得裂土分封，可见大王本无私意。今大王德加四海，诸侯王不足与比，实至名归，应居帝位，天下幸甚！"汉王还要推让，再由内外臣僚，合词申请，乃命太尉卢绾及博士叔孙通等择吉定仪，就在汜水南面，郊天祭地，即汉帝位。文武百官，一齐朝贺，颁诏大赦，追尊先妣刘媪为昭灵夫人，立王后吕氏为皇后，王太子盈为皇太子。接连有谕旨二道，分封长沙、闽粤二王，文云：

  故衡山王吴芮，与子二人，兄子一人，从百粤之兵，以佐诸侯，诛暴秦，有大功，为衡山王。项羽侵夺之，降为番君，今其以长沙、豫章、象郡、桂林、南海诸郡，立番君芮为长沙王，钦哉惟命！吴芮传国最久，故特录此诏。

  故粤王无诸，越勾践后，姓驺氏。世奉越祀，秦侵夺其地，使其社稷，不得血食。诸侯伐秦，无诸身率闽中兵，以佐灭秦。项羽废而勿立，今以为闽粤王，王闽中地，勿使失职，以酬王庸。此诏并录，为后文闽越不靖张本。

是时诸侯王受地分封，共计八国，就是楚、韩、淮、南、梁、赵、燕及长沙、闽粤二王。此外仍为郡县，各置守吏，如秦制相同。汉王命诸侯王皆罢兵归国，所有部下士卒，除量能授职外，亦俱遣令还家，本身免输户赋。一面启跸入洛，即以洛阳为国都。特派大臣赴栎阳奉迎太公、吕后及太子盈，又遣使至沛邑故里，召入次兄刘仲，从子刘信，并同父异母的少弟刘交。想是太公继室所生。还有微时外妇曹氏，暨定陶人戚氏父女，亦乘便接入。曹女生子名肥，戚女生子名如意，当然挈同至都。曹氏见第十一回，戚氏见第二十四回。父子兄弟，妻妾子侄，陆续到齐，欢聚皇宫，没一个不喜出望外，额手称庆，汉帝亦乐不胜言。看官听说！汉帝后来庙号叫做高皇帝，并因他为汉朝始祖，就称为汉高祖，史家统是这般纪述，小子此后叙录，也沿例呼为汉高祖了。特笔提清。

第三十二回　即帝位汉主称尊　就驿舍田横自刭

　　高祖既平定海内,筹画政治,却也忙乱了好几月。由春及夏,诸事粗有头绪,方得少闲,因就洛阳南宫,大开筵宴,遍召群臣入内,一同会饮。酒行数巡,高祖乃对众宣言道:"列侯诸将,佐朕得有天下,今日一堂宴会,君臣同聚,最好是直言问答,不必忌讳。朕却有一问,朕何故得有天下?项氏何故致失天下?"当有两人起座,同声答道:"陛下平日待人,未免侮慢,不及项羽的宽仁。但陛下使人攻城略地,每得一城,即作为封赏,能与天下共利,所以人人效命,得有天下。项羽妒贤忌能,多疑好猜,战胜不赏功,得地不分利,人心懈体,乃失天下,这便是得失的辨别呢。"高祖听了,瞧着两人,乃是高起王陵,便笑说道:"公等知一不知二,据我想来,得失原因,须从用人上立说。试想运筹帷幄,决胜千里,我不如子房;镇国家,抚百姓,运饷至军,源源不绝,我不如萧何;统百万兵士,战必胜,攻必取,我不如韩信。这三人系当今豪杰,我能委心任用,故得天下。项羽只有一范增,尚不能用,怪不得为我所灭了!"群臣闻言,各下座拜伏,称为至言。高祖大悦,又令大众归座,续饮多时,兴尽始散。

　　过了数日,有人入报高祖,说是故齐王田横,避匿海岛,有徒党五百余人,一同居住。高祖不免加忧,即派朝臣,赍了诏书,前往招安。横自被灌婴击败,投奔彭越,见第三十回。留居月余,闻越起兵从汉,自恐被祸,因潜身奔赴东海,寻得一个岛屿,作为枝栖。他本来疏财好士,广结豪侠,此次投奔海岛,有同时随行的,有闻风趋集的,因此人数得五百有余。及汉使到了岛中,交付诏书,由横阅毕,便向汉使说道:"我前时曾烹郦食其,今虽蒙天子赦罪,召令入都,但闻食其弟郦商,方为上将,肯不为兄报仇?因此不敢奉诏。"汉使听说,当即告辞,还都复命。高祖道:"这有何妨?横亦不免多虑。"因召入卫尉郦商,当面嘱咐道:"齐王田横,将要来朝,汝不得怀着兄仇,私下陷害!如若有违,罪当夷族。"郦商心虽不服,但未敢辩驳,只好应声退出。高祖再遣原使召横,叫他不必忧惧,且令传谕道:"田横来,大可封王,小亦封侯,倘再违诏不至,朕将发兵加诛,毋贻后悔!"这数语传入横耳,横不得已随使动身,徒党五百余人,俱请相从。横与语道:"我非不愿与诸君同行,惟人数过多,反招疑忌,不如留居此地,听候消息。我若入都受封,自当来召诸君。"大众乃止。横但与门客二人,同了汉使,航海登岸,乘驲赴都。行至尸乡驿,距洛阳约三十里,横顾语汉使道:"人臣入朝天子,应该沐浴表诚,此处幸有驿舍,可许我就馆洗沐否?"汉使不料他有别意,当然应诺,遂入驿小憩,听令沐浴。

　　横既得避开汉使,密唤二客近前,唒然与语道:"横与汉王皆南面称孤,本不相属,今汉王得为天子,横乃降为亡虏,要去北面朝谒汉帝,岂不可耻!况我曾烹杀人兄,乃欲与伊弟并肩事主,就使他震慑主威,不敢害我,我难道就好无愧乎?汉帝必欲召我,无非欲见我一面,汝可割下我首,速诣洛阳,此去不过三十里,形容尚可相认,不致腐败。我已国破家亡,死也罢了!"二客大惊,方欲劝阻,那知横已拔剑在手,刎颈丧生。总之是不肯降汉。汉使坐在外面,并未闻知,及听到二客哭声,慌忙趋过一看,见二客抚着横尸,正在悲恸。当下问明原委,由二客泣述横言。汉使也觉没法,只好将横首割下,令二客捧着,带同入都,报知高祖。高祖即传令二客入见,二客捧呈横首,高祖约略一瞧,面目如生,尚余英气,不由的叹息道:"我知道了!田横等兄弟三人,起自布衣,相继称王,好算是当今贤士。今乃慷慨就死,不肯屈节,可惜可惜!"说罢也为流涕。

二客尚跪在座前,高祖命他起来,各授都尉。二客虽然称谢,却没有甚么喜容,怏怏退出。高祖又遣发士卒二千人,为横筑墓,并令收殓横尸,将首缝上,即用王礼安葬,送空墓中。二客送至葬处,大哭一场,就在墓旁挖穿二穴,拔剑自刺,仆入穴中。当有人再行报闻,高祖越加惊叹,复遣有司驰诣墓所,出尸棺殓,妥为营葬。

待葬毕报命,高祖道:"田横自杀,二客同殉,却是一种异事。但闻得海岛中,尚有五百多人,若统似二客忠贤,为横效死,岂不是一大隐患么?"乃复遣使驰赴海岛,诈称田横已受封爵,特来相招。汉高但知使诈,无怪田横等宁死不降。岛中五百余人,信为真言,一齐起行,同至洛阳。既入汉都,才知横及二客死耗,免不得涕泪交横,遂共至田横墓前,且拜且哭,并凑成一曲《薤露歌》,聊当哀词。歌哭以后,统皆自杀。至今河南省偃师县西十五里,尚存田横墓。就是《薤露歌》,亦流传千古。"薤露"二字的意义,谓人生如薤上露,容易晞灭。后世常称是歌为《挽逝歌》,这且搁过不提。

且说汉使既与五百人同来,本拟引他入朝,偏五百人自去谒墓,同时殉主,不得不据实入奏。高祖且惊且喜,仍令吏役一律掩埋。继思田横门客,尚且如此忠义,那项王手下的遗将,保不住暗中号召,与我反对,仔细记忆,想到季布、钟离昧二人,嗣复回思睢水战败时,季布追赶甚急,险些儿遭他毒手,现在要将他缉获,醢为肉酱,方足泄恨。因再悬赏千金,购拿季布,如有藏匿不报,罪及三族。这道命令申行出去,那一个不思得赏,那一个还敢窝留。究竟季布遁往何处?原来是在濮阳周家。周家与季布交好多年,所以将布收留。旋闻汉廷悬赏缉拿,并有罪及三族的厉禁,也不觉慌急起来。当下想出一法,令布薙去头发,套环入颈,伪充髡钳刑犯,引至鲁朱家处,卖做奴仆。髡钳为奴,是秦朝遗制,汉仍之。朱家是个著名大侠,向与周氏相识,明知他不是贩奴,特欲保全此人,有意转托。若非依言收买,怎好算得济困扶危?于是将季布看了一番,问明身价,立即交付,送出周氏,然后再盘问季布数语。季布阅人已多,见他英姿豪爽,与众不同,已料是一位义士,可以求救,因也吞吞吐吐,说了一篇悲婉的吁词。朱家不待说明,便知除季布外,别无他人,因即买置田舍,使布经营,自己扮做商人模样,径往洛阳,替布设法去了。小子有诗赞道:

> 挺身入洛救人危,智勇深沉世独推。
> 游侠传中膺首席,大名留与后生知。

欲知朱家如何救布,待看下回便知。

韩信身为大将,能挫项王于垓下,而不能防一汉高。前在修武,被夺军符,至定陶驻军,复由汉高驰入军营,片语相传,立取帅印,何其易也! 且易齐为楚,仓猝改封,而韩信不能不去。此由汉高能用善谋,操纵有方,故信无从反抗耳。及汜水称尊,信实为劝进之领袖,前此怀疑而不来,后此献媚而不恤,自相矛盾,皆入汉祖之术中,汉祖其真雄主哉! 独田横自居海岛,不肯事汉,应诏起行,所以保众,入驿自到,所以全名,至若二客同殉,五百人亦并捐躯,其平日信义之相孚,更可知矣。大丈夫虽忠不烈,视死如归,若田横诸人,其庶几乎!

第三十三回　劝移都娄敬献议
伪出游韩信受擒

却说朱家欲救季布,亲到洛阳,暗想满朝公卿,只滕公夏侯婴一人,颇有义气,尚可进言,乃即踵门求见。夏侯婴素闻朱家大名,忙即延入,彼此晤谈,却是情投意合,相得甚欢。遂将他留住幕下,每日与饮,对酌谈心。朱家畅论时事,娓娓动人,说得夏侯婴非常佩服,越加敬重。乃乘间进言道:"仆闻朝廷饬拿季布,究竟季布犯何大罪,须要这般严厉呢?"夏侯婴道:"布前时帮着项羽,屡困主上,所以主上必欲捕诛。"朱家道:"公视季布为何如人?"夏侯婴道:"我闻他素性忠直,倒也是一个贤士。"朱家又道:"人臣各为其主,方算尽忠。季布前为楚将,应该为项氏效力,今项氏虽灭,遗臣尚多,难道可一一捕戮么? 况主上新得天下,便欲报复私仇,转觉不能容人了。季布无地容身,必将远走,若非北向奔胡,便是南向投粤,自驱壮士,反资敌国,这正从前伍子胥去楚投吴,乞师入郢,落得倒行逆施,要去鞭那平王的遗墓呢! 公为朝廷心腹,何不从容进说,为国尽言?"夏侯婴微笑道:"君既有此美意,我亦无不效劳。"明人不用细说。朱家甚喜,乃向夏侯婴告别,回至家中,静候消息。果然不到数旬,便有朝命颁下,赦免季布,叫他入朝见驾。朱家方与季布说明,季布当然拜谢，别了朱家，至洛阳先见滕公。滕公夏侯婴，具述朱家好意，且已代为疏通等情，布称谢后，即随婴入朝，屈膝殿前，顿首请罪。不及田横客多矣。高祖不复加责，但向布说道："汝既知罪前来，朕不多较，可授官郎中。"布谢恩而退。当时一班朝臣，已由夏侯婴说明原委，都说季布能摧刚为柔，朱家能救人到底，两难相并，不愧英雄，其实季布贪生怕死，未足称道，惟朱家救活季布，并不求报，且终身不与布相见，这真叫做豪侠过人呢。褒贬得当。

　　且说布既得官，有一个季布母弟，闻知此信，也即赶至洛阳，来求富贵。看官道是何人？原来就是楚将丁公。见前文。布系楚人，丁公系薛人，《楚汉春秋》云：丁公薛人，名固，或云齐丁公伋支裔，故号丁公。两人本不相关，只因布父早死，布母再醮，乃生丁公，籍贯姓氏，虽然不同，究竟是一母所生，故称为季布母弟。他曾在彭城西偏，纵放高祖，早拟入都求见，因恐高祖不念旧情，以怨报德，所以且前且却，未敢遽至。及闻季布遇赦，并得受官，自思布为汉仇，尚且如此，若自己入谒，贵显无疑，乃匆匆驰入洛都，诣阙伺候。殿前卫士，也知他与主有恩，格外敬礼，待至高祖临朝，便即通报。高祖口中，虽嘱令传见，心中却已暗暗筹画。及见丁公趋入，俯伏称臣，便勃然变色，喝令左右卫士，把丁公捆绑起来。丁公连称无罪，并不见睬。卫士等亦暗暗称奇，只因皇帝有命，不敢违慢，只得将丁公两手反缚，牢牢缚定。丁公哭语道："陛下不记得彭城故事么？"高祖拍案怒叱道："我正为了这事，将汝加罪，彼时汝为楚将，奈何纵敌忘忠？"丁公至此，才自知悔，闭目就死，不复多言。求福得祸，可为热中者鉴。高祖又令卫士牵出殿门，徇示军中，且使人传谕道："丁公为项王臣，不肯尽忠；使项王失天下，就是此人！"传谕既遍，复从殿内发出诏旨，立斩丁公。可怜丁公一场高兴，反把性命送脱，徒落得身首两分。刑官事毕复命，高祖且申说道："朕斩丁公，足为后世教忠，免致效尤！"这是汉高祖的狡词，他正因诸将争功，无法处置，故决斩丁公，借以警众。否则项伯来降，何故得封列侯？

　　正议论间，忽由虞将军入殿，报称陇西戍卒娄敬求见。高祖方有意求才，不问贵贱，已贵者恐反招嫌。且有虞将军带引，料他必有特识，因即许令进谒。虞将军出来召敬，敬褐衣草履，从容趋入。见了高祖，行过了君臣礼，当由高祖命他起立，见敬衣服不华，形貌独秀，便与语道："汝既远来，不免饥馁，现正要午膳了，汝且去就食，再来见朕。"说罢，便令左右引敬就餐。待敬食毕进见，乃问他来意，敬因说道："陛下定都洛阳，想正欲比隆周室么？"高祖点头称是。敬又道："陛下取得天下，与周室不同。周自后稷封邰，积德累仁数百年，至武王伐纣，乃有天下。成王嗣位，周公为相，特营洛邑，无非因地处中州，四方诸侯，纳贡述职，道里相均，故有此举。但有德可王，无德易亡。周公欲令后王嗣德，不尚险阻，非不法良意美，只是隆盛时代，群侯四夷，原是宾

第三十三回　劝移都娄敬献议　伪出游韩信受擒

服，传到后世，王室衰微，天下莫朝。虽由后王德薄，究竟也是形势过弱，致有此弊。今陛下起自丰沛，卷蜀汉，定三秦，与项羽转战荥阳成皋间，大战七十次，小战四十次，累得天下人民，肝脑涂地，哭声未绝，疮痍满目，乃欲比隆周室，臣却不敢依声附和，徒事献谀。陛下试回忆关中，何等险固，负山带河，四面可守，就使仓猝遇变，百万人都可立办，所以秦地素称天府，号为雄国。为陛下计，莫如移都关中，万一山东有乱，秦地总可无虞，这所谓扼吭拊背，才可操纵自如哩。"这一席话，惹得高祖心下狐疑，未能遽决，因命娄敬暂退，另召群臣会议。群臣多系山东人氏，不愿再入关中，睽违乡里，当即纷纷争议，说是周都洛阳，传国至数百年，秦都关中，二世即亡，洛阳东有成皋，西有崤黾，背河向洛，险亦足恃，何必定都关中？

　　高祖听着众论，越弄得没有把握，想了多时，还是去召那足智多谋的张子房，商量可否，方能定夺。原来张良佐汉成功，志愿已足，遂学导引吐纳诸术，不甚食谷，并且杜门不出，谢绝交游。尝自语道："我家累世相韩，韩为秦灭，故不惜重金，替韩复仇。今暴秦已亡，汉室崛兴，我但靠着三寸舌，为帝王师，自问也应知足，愿从此不问世事，得从赤松子游，方足了我一生！"此乃张子房设词，看者莫被瞒过。话虽如此，高祖怎肯听他谢职？不过许令休养，有事仍要入朝。此时为了都城问题，便即遣人宣召。张良不便怠慢，只好应命入见。高祖遂将娄敬所陈，及群臣议论，具述一遍，命良折中裁决，良答道："洛阳虽有险阻，但中区狭小，不过数百里平原，田地又甚瘠薄，四面受敌，究非用武的地方。若关中左有崤函，右有陇蜀，三面据险，一面东临诸侯，诸侯安定，可由河渭运漕，西给京师；诸侯有变，顺流而下，征发不烦，运输亦便，昔人所谓金城千里，诚非虚言！娄敬所说，不为无见，请陛下决议施行。"高祖接入道："子房以为可行，朕就依议便了。"当下择日移都，命有司整备行装，不得迟延。百官虽然不愿，也只得遵旨办理。忙碌了好几天，期限已届，即排齐仪仗，摆好法驾，请高祖登程。高祖奉着太公及后妃、太子等出宫就辇，向西进发，文武百官，统皆随行。

　　好容易到了栎阳，丞相萧何，当然接驾。高祖与谈迁都事宜，萧何道："秦关雄固，形势最佳，惟自项羽入关以后，咸阳宫统被毁去，就使剩下几间屋宇，也是残缺不完，陛下只好暂住栎阳，俟臣往修宫室，从速竣工，方好迁居呢。"高祖乃就栎阳住下，使萧何西入咸阳，监修宫阙，何领命自去。

　　忽有一个警报，从北方传到，乃是燕王臧荼，公然造起反来。是诸侯中第一个造反。高祖大怒道："臧荼本无大功，我因他见机投降，仍使王燕，他不知感恩，反敢叛我。我当亲征便了！"于是部署人马，克日备齐，星夜趱程，突入燕境。臧荼方议出兵，不料汉军已至，且由高祖督兵亲来，正是迅雷不及掩耳，急得脚忙手乱，魄散魂驰。燕地居民，又皆厌乱思治，不服臧荼，臧荼没法，只得冒险一战，胁同部兵，出了蓟城，迎敌汉军。两下里战不数合，燕兵已皆溃散，臧荼也只好逃回。高祖麾兵大进，把蓟城四面围住。城中兵民懈体，单靠着臧荼父子两人，如何济事？勉强支持了三五天，即被汉兵攻入。臧荼不及逃走，竟为所擒，惟荼子臧衍，开了北门，微服走脱，投奔匈奴去了。为下文诱叛卢绾伏案。高祖既得擒住臧荼，把他枭了首级，悬示燕民，燕民自然降顺，燕地遂平。

高祖因欲另立燕王，诏命将相列侯，公选一人，暗中却密嘱心腹遍告大众，叫他保荐太尉卢绾。绾与高祖同里，向属世交，又与高祖同日诞生，少同学，长同游，很见亲爱。高祖起兵，绾即相从，后来受官太尉，出入高祖卧室，不必避嫌，一切衣食赏赐，格外从优，就是萧何、曹参等人，都不能及。但绾才不过平庸，连岁从军，也没有多少功绩，只与刘贾往攻江陵，总算把共尉擒回，稍著战功。事见前回。此次高祖出讨臧荼，绾亦随着，有了两番微劳，高祖遂欲假公济私，想将绾抬举上去，封他为王。惟表面上不得不令大众推举，暗地里却又不得不代为疏通，方好玉成此事。好算一番苦心，那知他后来变计。大众明知卢绾不配封王，无如主上偏爱卢绾，乐得将顺了事，遂一齐复旨，只说太尉卢绾，随从征战，所向有功，应请立为燕王。高祖遂留卢绾守燕，加了燕王的封册，自率大兵西归。

谁知一波才平，一波又起，降将颍川侯利几，又复逆命。因复移师东征，直抵颍川。利几本是楚臣，为陈县令，项羽败亡，乃举城降汉，受封颍川侯。颍川系一座小城，如何挡得住大兵？也是利几命运该绝，忽生叛志，遂致汉兵一到，城即陷落。好好一个吃饭家伙，随着刀锋，向地上滚了一转，寂静无声了。妙语解颐。

未几已是汉朝第六年，高祖还至洛阳，元旦受贺，宴集群臣，不劳细表。闲暇无事，想起项氏遗臣，尚有一个钟离眛，至今未获，却是可忧。乃复申令通缉，务获到案。未几有人通风报信，谓钟离眛避居下邳，由楚王韩信收留。高祖闻言，不觉失色。他本恐韩信为乱，屡次加防，此次又添了一个钟离眛，居信幕下，怎得不惊？乃亟派使赍诏晓谕韩信，令拿送钟离眛入都。眛与信同为楚人，素来相识，此时穷蹙无归，确是投依韩信。信顾念旧情，权令居住，及接到高祖诏书，仍不忍将眛献出，只托言眛未到此，当饬吏查缉云云。使臣如言返报，高祖似信未信，总难放怀，因此潜派干吏，驰向下邳附近，探察虚实。适值韩信出巡，车马喧阗，前后护卫，不下三五千人，声势很是威赫。侦吏遂援为话柄，密奏高祖，说信已有叛意。

高祖忙召集诸将，询问对信方法，诸将各摩拳擦掌，跃然有声，齐向高祖

第三十三回　劝移都娄敬献议　伪出游韩信受擒

进言道："竖子造反，但教天兵一至，便可就擒！"莽夫嫚语。高祖默然不答，诸将转觉扫兴，陆续退出。可巧陈平进见，高祖便向他问计。陈平料知韩信未反，只未便替信辩护，但答称事在缓图，不宜欲速。高祖着急道："这事如何从缓？汝总要为朕设法呢！"陈平道："诸将所说如何？"高祖道："都要我发兵往讨。"陈平接口道："陛下如何晓得韩信谋反？"高祖道："已有人密书奏报，谋反属实。"平又道："除有人上书外，有无别人知信反状？"高祖道："这却未曾闻得，想尚没人知晓。"平又道："信可晓得有人奏报否？"高祖又答言未知。平复问道："陛下现有的士卒，能否胜过楚兵？"高祖摇首道："不能！"平又道："陛下如欲用兵，必须遣将，今诸将中有能及韩信否？"高祖又连称不及。平接说道："兵不能胜楚，将又不及信，若突然起兵往击，激成战事，恐信不反亦反了。臣以为陛下此举，未必万全。"高祖皱眉道："这却如何是好？"平踌躇多时，才进陈一策道："古时天子巡狩，必大会诸侯。臣闻南方有云梦泽，向称形胜，陛下但云出游云梦，遍召诸侯，会集陈地。陈与楚西境相接，韩信既为楚王，且闻陛下无事出游，定然前来谒见，趁他谒见的时候，只需一二武夫，便好将信拿下，这岂不是唾手可得么？"相传陈平此策，为六出奇计之一，计非不奇，可惜尚诈。高祖大喜道："妙计！妙计！"当下遣使四出，先向各国传诏，谓将南游云梦，令诸侯会集陈地，诸侯王怎知有诈？一律应命。

惟韩信得了使命，不免动疑，他被高祖两夺兵符，已晓得高祖多诈，格外留心。既知预防，何必收留钟离昧，又何必陈兵出巡。此次驾游云梦，令诸侯会集陈地，更觉得莫名其妙。惟陈楚地界毗连，应该先去迎谒，但又恐有不测情事，意外惹祸，因此迟疑莫决。将佐等见他纳闷，意欲代为解忧，因贸然进言道："大王并无过失，足招主忌，惟收留钟离昧一人，不免违命，今若斩昧首级，持谒主上，主上必喜，还有何忧！"信听了此言，很觉有理，便延入钟离昧，模模糊糊的说了数语。昧听他言中寓意，且面目上含有怒容，不似从前相待，因即出言探试道："公莫非虑昧在此，得罪汉帝么？"信略略点首，昧又道："汉所以不来攻楚，还恐昧与公相连，同心抗拒；若执昧献汉，昧今日死，公亦明日亡了！"一面说，一面瞧着信面，仍然如故。乃起座骂信道："公系反复小人，我不合误投至此！"说着，即拔剑自杀。信见昧已刎死，乐得割下首级，带了从骑数人，径至陈地，谒候高祖。

高祖既派出使臣，不待返报，便自洛阳启行，直抵陈地。韩信已守候多时，一见御跸前来，便伏谒道旁，呈上钟离昧首级。但听高祖厉声道："快与我拿下韩信！"话未说完，已有武士走近信旁，把信反绑起来。信不禁惊叹道："果如人言，狡兔死，走狗烹，高鸟尽，良弓藏，敌国破，谋臣亡，天下已定，我固当烹。"高祖听着，瞋目语信道："有人告汝谋反，所以拘汝。"信也不多辩，任他缚置后车。高祖已得逞计,还要会集甚么诸侯,遂复颁诏四方,托词韩信谋叛,无暇往游云梦,各诸侯王不必来会。此诏一传,即带着韩信,仍由原路驰回洛阳。小子曾记得古诗云:

> 筑坛拜将成何济?破楚封王事已虚。
> 堪叹韩侯知识浅,何如范蠡五湖居。

究竟韩信如何发落,容待下回说明。

都洛阳,原不如都关中,娄敬之说以矣。然必谓关中险固,可无后忧,则又何解于嬴秦之亡?然则有国家者,仍在尚德,德足服人,天下自治,徒恃险阻无益也。高祖释季布而斩丁公,后世以劝忠称之,实则未然。夫以直报怨,以德报德,乃圣人不偏之至论。季布可赦也,赦之不失为直,丁公可赏也,执而杀之,背德实甚!如谓丁公事楚不忠,罪无可逭,则项伯早在应诛之列,一封一诛,何其背谬若此!要之汉高为当时雄主,一生举措,专喜诡谲,出人意外,释季布而斩丁公,正其所以示人不测也。厥后伪游云梦,诱擒韩信,虽由陈平之进策,实自高祖之好猜。信未尝反,而诬之以反,即斩丁公之谲谋耳。雄主寡恩,其信然乎!

第三十四回　序侯封优待萧丞相
　　　　　　定朝仪功出叔孙通

却说高祖诱执韩信,还至洛阳,乃大赦天下,颁发诏书。大夫田肯进贺道:"陛下得了韩信,又治秦中,秦地带河阻山,地势雄踞,东临诸侯,譬如高屋建瓴,由上向下,沛然莫御,所以秦得百二,二万人可当诸侯百万人。还有齐地,濒居海滨,东有琅琊、即墨的富饶,南有泰山的保障,西有浊河即黄河。的制限,北有渤海的利益,地方二千里,也是天然生就的雄封,所以齐得十二,二万人可当诸侯十万人。这乃所谓东西两秦呢。陛下自都秦中,更须注重齐地,若非亲子亲弟,不宜使为齐王,还望陛下审慎后行!"高祖恍然有悟道:"汝言甚善,朕当依从。"田肯乃退,群臣在旁听着,总道高祖即日下令,封子弟为齐王。不意齐王的封诏,并未颁下,那赦免韩信的谕旨,却传递出来。大众才知田肯所言,不是徒请分封子弟,并且寓有救免韩信的意思。韩信第一次功劳,是定三秦,第二次功劳,就是平齐,田肯不便明说,却先将韩信提出,再把齐秦形胜,略说一遍,叫高祖自去细思。高祖却也乖觉,便随口称善,且

第三十四回　序侯封优待萧丞相　定朝仪功出叔孙通

思韩信功多过少,究未曾明露反状,若把他下狱论刑,必滋众议。因此决意赦免,但降封韩信为淮阴侯。<small>叙出田肯、高祖两人的微意,心细似发。</small>

信既遇赦,不得不入朝谢恩。及退回寓邸,时常怏怏不乐,托疾不朝。高祖已夺他权位,料无能为,因也不再计较。惟功臣尚未封赏,诸将多半争功,聚讼不休,高祖不得不选出数人,封为列侯,约略如下:

萧何封鄼侯,　　曹参封平阳侯,　　周勃封绛侯,　　樊哙封舞阳侯,
郦商封曲周侯,　夏侯婴封汝阴侯,　灌婴封颍阴侯,　傅宽封阳陵侯,
靳歙封建武侯,　王吸封清阳侯,　　薛欧封广严侯,　陈婴封堂邑侯,
周绁封信武侯,　吕泽封周吕侯,　　吕释之封建成侯,孔熙封蓼侯,
陈贺封费侯,　　陈豨封阳夏侯,　　任敖封曲阿侯,　周昌封汾阴侯,
即周苛从弟。　　王陵封安国侯,　　审食其封辟阳侯。

还有张良、陈平,久参帷幄,功在赞襄,高祖特将张良召入,使自择齐地三万户。良答说道:"臣在下邳避难,闻陛下起兵,乃至留邑相会,这是天意举臣授陛下。陛下听用臣谋,幸得有功,今但赐封留邑,臣愿已足,怎敢当三万户呢?"高祖乃封良为留侯,良拜谢而退。嗣又召入陈平,因陈平为户牖乡人,就封他为户牖侯。平拜让道:"这不是臣的功劳,请陛下另封他人。"高祖道:"我用先生计画,战胜攻取,为何不得言功?"平答说道:"臣若非魏无知,怎得进事陛下?"高祖嘉叹道:"汝可谓不忘本了!"乃传见无知,特赐千金,且令平仍然受封。平与无知一同谢恩,然后退出。<small>良、平两人,毕竟聪明。</small>

一班有功战将,看到张良、陈平,俱得封侯,心下已有些不服,暗想两人有谋无勇,也受荣封,真是万幸!但赏虽溢功,总还说得过去。独有萧何安居关中,毫无殊绩,反将他封为鄼侯,食邑独多,究竟什么理由?因即约同进见,齐向高祖质问道:"臣等披坚执锐,亲临战阵,多至百余战,少亦数十战,九死一生,才得邀受恩赐。今萧何并无汗马功劳,徒弄文墨,安坐论议,如何赏赐独隆,出臣等上?臣等不解,还请陛下明示!"高祖道:"诸君亦知田猎否?追杀兽兔,靠着猎狗,发纵指示,靠着猎夫。诸君攻城克敌,却与猎狗相似,徒然取得几只走兽罢了。萧何能发纵指示,使猎狗逐取兽兔,这正可比得猎夫。据此看来,诸君不过功狗,萧何却是功人!况且萧何举族相随,多至数十人,试问诸君从我,能有数十人么?我所以重赏萧何,愿诸君勿疑!"诸将才不敢再言,惟心中总还未惬。后来排置列侯位次,高祖又欲举何为首,诸将慌忙进言道:"平阳侯曹参,攻城略地,功劳最多,宜就首位。"高祖不觉沉吟,正想设词谕答,凑巧有一谒者官名。鄂千秋,出班发议道:"平阳侯曹参,虽有攻城略地的功劳,究不过是一时的战绩,回忆主上与楚相争,先后共历五年,丧师失众,

屡致败北，亏得萧何居守关中，遣兵补缺，输粮济困，才得转危为安，这乃是功传万世，比众不同。臣意以为少百曹参，汉尚无患，失一萧何，汉必无成，奈何欲将一时战绩，掩盖万世丰功！今当以萧何为第一，次属曹参。"高祖喜顾左右道："如鄂君言，才算公平。因即命萧何列第一位，特赐他剑履上殿，入朝不趋。一面又褒奖千秋，谓进贤应受上赏，加封千秋为安平侯。"迎合上意，究竟取巧。诸将拗不过高祖，纷纷趋退。高祖返入内殿，又想起从前时事，由泗上赴咸阳，别人各送钱三百，惟萧何送钱五百，赆仪独厚，现在我为天子，应该特别酬报，遂又加赏何食邑二千户，并封何父母兄弟十余人。二百钱得换食邑二千户，真好一种大交易。

诸将虽不免私议，但究竟与何无仇，倒也含忍过去。惟韩信曾做过大帅，所有许多战将，统皆隶属麾下，不意世事变迁，升降无定，前时部将，多得封侯，自己亦不过一个侯爵，反要与他称兄道弟，真正冤苦得很。一日闷坐无聊，乃乘着轻车，出外消遣。一路行来，经过舞阳侯樊哙宅门，本意是不愿进去，偏被樊哙闻知，连忙出来迎接，执礼甚恭，仍如前时在军时候，向信跪拜，自称臣仆。且语信道："大王乃肯下临臣家，真是荣幸极了！"韩信至此，自觉难以为情，不得不下车答礼，入门小坐，略谈片刻，便即辞出。哙恭送出门，俟信登车，方才返入。信不禁失笑道："我乃与哙等为伍么？"说着，匆匆还邸。嗣是更深居简出，免得撞见众将，多惹愁烦。何不挂冠归休？这且慢表。

且说高祖既封赏功臣，复记起田肯计议，要将子弟分封出去，镇抚四方。将军刘贾，系是高祖从兄，随战有功，应该首先加封。次兄仲与少弟交，更是同父所生，亦应畀他封土，列为屏藩。乃分楚地为二国，划淮为界，淮东号为荆地，就封贾为荆王；淮西仍楚旧称，便封交为楚王。代地自陈馀受戮，久无王封，因将仲封为代王。齐有七十三县，比荆、楚、代地方阔大，特将庶长子肥，封为齐王，即用曹参为齐相，佐肥同去。分明是存着私见。于是同姓诸王，共得四国。惟从子信不得分封，留居栎阳。后来太公说及，还疑是高祖失记，高祖愤然说道："儿并非忘怀，只因信母度量狭小，不愿分羹，儿所以尚有余恨呢。"事见第十一回。阿嫂原是器小，阿叔亦非真大度。太公默然无言。高祖见父意未惬，乃封信为羹颉侯。号为羹颉，始终不肯释嫌。看官试想，高祖对着侄儿，还是这般计较，不肯遽封。他如从征诸将，岂止二三十人，前此萧何等得了侯封，无非因他亲旧关系，多年莫逆，所以特加封赏。此外未曾邀封，尚不胜数。大众多半向隅，免不得互生嗟怨，隐有违言。

一日高祖在洛阳南宫，徘徊瞻顾，偶从复道上望将出去，见有一簇人聚集水滨，沿着沙滩，接连坐着，身上统是武官打扮，交头接耳，不知商量何事。一时无从索解，只好再去宣召张良，代为解决。待至张良到来，便与良述及情

第三十四回　序侯封优待萧丞相　定朝仪功出叔孙通

形。良毫不筹思，随口答道："这乃是相聚谋反呢！"一鸣惊人。高祖愕然道："为何谋反？"良解说道："陛下起自布衣，与诸将共取天下，今所封皆故人亲爱，所诛皆平生私怨，怎得不令人疑畏呢！疑畏一生，必多顾虑，恐今日未得受封，他日反致受戮，彼此患得患失，所以急不暇择，相聚谋反了。"高祖大惊道："事且奈何？"良半晌才道："陛下平日，对着诸将，何人最为憎嫌？"高祖道："我所最恨的就是雍齿。我起兵时，曾叫他留守丰邑，他无故降魏，由魏走赵，由赵降张耳。张耳遣令助我攻楚，我因天下未平，转战需人，不得已将他收录。及楚为我灭，又不便无故加诛，只得勉强容忍，想来实是可恨呢！"雍齿数年行迹，正好借口叙过。良急说道："速封此人为侯，方可无虞。"高祖惟良是从，就使不愿封他，也只好权从办理。越宿在南宫置酒，宴会群臣，面加奖励。及宴毕散席，竟传出诏命，封雍齿为什邡侯。雍齿更喜出望外，疾趋入谢，就是未得封侯的将吏，亦皆喜跃道："雍齿且得封侯，我辈还有何虑呢？"不出张良所料。嗣是相安无事，不复生心。高祖闻着，自然喜慰。

　　转眼间已是夏令，高祖居洛多日，忆念家眷，因启跸回至栎阳，省视太公。太公是个乡间出身，见了高祖，无非依着家常情事。高祖守着子道，每朝乃父，必再拜问安，且酌定五日一朝，未尝失约，总算是孝思维则的意思。独有一侍从太公的家令，见高祖即位已久，如何太公尚无尊号，急切又不便明言，乃想出一法，进向太公说道："皇帝虽是太公的儿子，究竟是个人主；太公虽是皇帝的父亲，究竟是个人臣，奈何令人主拜人臣呢！"太公闻所未闻，乃惊问家令，须用何种礼仪，家令教他拥篲迎门，才算合礼。太公便即记着，待至高祖入朝，急忙持帚出迎，且前且却。高祖大为诧异，慌忙下车，扶住太公。太公道："皇帝乃是人主，天下共仰，为何为我一人，自乱天下法度呢。"高祖猛然省悟，心知有失，因将太公扶入，婉言盘问。太公朴实诚恳，就把家令所言，详述一遍。高祖也不多说，辞别回宫，即命左右取出黄金五百斤，叫他赏给太公家令。一面使词臣拟诏，尊太公为太上皇，订定私朝礼仪。于是太公得坐享尊荣，不必拥篲迎门了。高祖称帝逾年，尊母忘父，全是不学无术，何张良等亦未闻入请？可见良等不过霸佐，未足称为帝佐。

　　但太公生平，喜朴不喜华，爱动不爱静，从前乡里逍遥，无拘无束，倒还清闲自在，偏做了太上皇，受了许多束缚，反比不得居乡时候，可以随便游行，因此常提及故乡，有意东归。乡村风味原比皇都为胜，可惜俗子凡夫，未能解此！高祖略有所闻，且见太公多虑少乐，也已瞧透三分，乃使巧匠吴宽，驰往丰邑，把故乡的田园屋宇，绘成图样，携入洛阳，就择栎阳附近的骊邑地方，照样建筑。竹篱茅舍，容易告成。复由丰邑召入许多父老，及妇孺若干人，散居是地，乃请太上皇暇时往游，与父老等列坐谈心，不拘礼节，太上皇才得言笑自如，易愁为乐。这也未始非曲体亲心,才有此举呢。不没孝思。高祖又名骊邑为新丰,垂为纪念。事且慢表。

且说高祖既安顿了太上皇,复想到一班功臣,举止粗豪,全然没有礼法。起初是嫉秦苛禁,改从简易,不料删繁就简,反生许多弊端。有功诸将,任意行动,往往入宫宴会,喧语一堂,此夸彼竞,张大己功,甚至醉后起舞,大呼大叫,拔剑击柱,闹得不成样子。似此野蛮举动,若再不加禁止,朝廷将变作吵闹场,如何是好!可巧有个薛人叔孙通,是秦朝博士出身,辗转归汉,仍为博士,号稷嗣君。平时素务揣摩,能伺人主喜怒,遂乘间入见道:"儒生难与进取,可与守成,现在天下已定,朝仪不可不肃,臣愿往鲁征集儒生,及臣所有的弟子,并至都中,讲习朝仪。"高祖道:"朝仪要改定,但恐礼繁难行。"叔孙通道:"臣闻五帝不同乐,三王不同礼,务在因时制宜,方可合用。今请略采古礼,与前秦仪制,折中酌定,想不至繁缛难行了。"高祖道:"汝且去试办,总教容易举行,便好定夺。"

通受命而出,当即启行至鲁,招集了二三十个儒生,嘱使随行入都,共定朝仪。各儒生乐得攀援,情愿相随,独有两生不肯同行,且当面嘲笑道:"公前事秦,继事楚,后复事汉,历事数主,想都是曲意奉承,才得这般宠贵。今天下粗定,死未尽葬,伤未尽复,乃欲遽兴礼乐,谈何容易!古来圣帝明王,必先积德百年,然后礼乐可兴,公不过借此献谀罢了。我两人岂肯学公,请公速行,毋得污我!"可谓庸中佼佼。叔孙通被他一嘲,强颜为笑道:"汝两人不知世务,真是鄙儒。"乃随他自便,但与愿行诸儒生,返回原路。又从薛地招呼弟子百余人,同至栎阳,先将朝仪大略,公同商定,逐条开明。嗣且实地练习,往就郊外旷地,拣一宽敞场所,与众演礼。惟因朝仪本旨,是在朝上举行,理应由侍臣到场,亲自学习,方免错误,乃奏闻高祖,请拨选左右文吏若干名,至演礼场观习仪文。高祖当然依言,即派文吏数十人,随通前去。大众到了郊外,已有人在场铺设,竖着许多竹竿,当做位置的标准,又用绵线搓成绳索,横缚竹竿上面,就彼接此,分划地位,再把剪下的茅草,捆缚成束,一束一束的植立起来,或在上面,或在下面,作为尊卑高下的次序。这个名目,可叫做绵蕞习仪。布置已定,然后使侍臣儒生弟子等,权充文武百官,及卫士禁兵,依着草定的仪注,逐条演习,应趋即趋,应立即立,应进即进,应退即退,周旋有序,动作有规,好容易习了月余,方觉演熟。当由叔孙通入朝,请高祖亲出一观,高祖便即往视,但见诸人演习的礼仪,无非是尊君抑臣,上宽下严,两语括尽。便欣然语通道:"我能为此,尽可照行。"语罢回宫,又颁诏群臣,令各赴演礼场观礼,准于次年岁首举行。

未几已秋尽冬来,例当改岁。仍沿秦制。巧值萧何驰奏到来,报称长乐宫告成。长乐宫就是秦朝的兴乐宫,萧何监工修筑,已经告竣。高祖正好凑便,遂至长乐宫过年。未几为汉朝七年元旦,各国诸侯王与大小文武百官,均诣新宫朝贺。天色微明,便有谒者官名见前。待着,见了诸侯群臣,当即依次引入,序立东西两阶。殿中早陈列仪仗,非常森严。卫官张旗,郎中执戟,左右分站,夹陛对楹。大行官名。肃立殿旁,计有九人,职司传命,迎送宾客。待至高祖乘辇出来,卫官郎中,交声传警,纠饬百官。高祖徐徐下辇,南面升坐,方由大行传呼出来,令诸侯王丞相列侯以下,逐班进见。诸侯王丞相列侯等,趋跄入殿,一一拜贺。高祖不过略略欠身,便算答礼,大行复传语平身,大众才敢起身趋退,仍归位次站立。于是分排筵宴,称为法酒。高祖就案宴饮,余人分席侍宴,旁立御史数人,注意监察,众皆屈身俯首,莫敢失仪,并且不敢擅饮,须按着尊卑次第,捧觞上寿,然后方得各饮数卮。酒至九巡,谒者便进请罢席,偶有因醉忘情,略略欠伸,便被御史引去,不准再坐,因此盈廷肃静,与前时宴会状态,大不相同。及大众谢宴散归,高祖亦退入内廷,不由的大喜道:"我今日方知皇帝的尊贵了!"正是:

> 拔剑酣歌成往事,肃班就序睹新仪。

高祖既大喜过望,当然要重赏叔孙通。欲知通得何赏赐,且待下回再详。

功人、功狗之喻,不为无见,但必譬诸将为狗马,亦未免拟于不伦。子舆氏谓君之视臣如犬马,则臣视君如国人,高祖未能知比,徒以犬马视功臣,无惑乎沙中偶语,臣下不安,反侧者且四起也。况封同姓而忌异姓,全出私情,尊生母而忘生父,几亏子道,绳以修齐治平之大法,有愧多矣,何足与语王者之礼乐乎?叔孙通揣摩求合,欲起朝仪,徒以绵蕞从事,贻讥后世;而高祖反喜出望外,叹为皇帝之贵,及今始知。夸外观而失真意,乌足制治?此鲁两生之所以不肯从行,而名节独高千古也。

第三十五回　谋弑父射死单于
　　　　　　求脱围赂遗番后

却说叔孙通规定朝仪,适合上意,遂由高祖特别加赏,进官奉常,官名。赐金五百斤。通入朝谢恩,且乘机进言道:"诸儒生及臣弟子,随臣已久,共起朝仪,愿陛下俯念微劳,各赐一官。"高祖因皆授官为郎。通受金趋出,见了诸生,便悉数分给,不入私囊。诸弟子俱喜悦道:"叔孙先生,真是圣人,可谓确知世务了!"原来叔孙通前时归汉,素闻高祖不喜儒生,特改着短衣,进见高祖,果得高祖欢心,命为博士,加号稷嗣君。他有弟子百余人,也想因师求进,屡托保荐,通却一个不举,反将乡曲武夫,荐用数人,甚至盗贼亦为先容。诸弟子统皆私议道:"我等从师数年,未蒙引进,却去抬举一班下流人物,真是何意?"叔孙通得闻此语,乃召语弟子道:"汉王方亲冒矢石,争取天下,试问诸生能相从战斗否?我所以但举壮士,不举汝等,汝等且安心待着,他日有机可乘,自当引用,难道我真忘记么?"诸弟子才皆无语,耐心守候。待至朝仪订定,并皆为官,然后感谢师恩,方知师言不谬,互相称颂。有其师,必有其弟,都是一班热衷客。这且搁过不提。

且说长城北面的匈奴国,前被秦将蒙恬逐走,远徙朔方。见前文。至秦已衰灭,海内大乱,无暇顾及塞外,匈奴复逐渐南下,乘隙窥边。他本号国王为单于、王后为阏氏。音烟支。此时单于头曼,亦颇勇悍,长子名叫冒顿,音墨特。悍过乃父,得为太子。后来头曼续立阏氏,复生一男,母子均为头曼所爱。头曼欲废去冒顿,改立少子,乃使冒顿出质月氏,冒顿不得不行。月氏居匈奴西偏,有战士十余万人,国势称强。头曼阳与修和,阴欲进攻,且好使他杀死冒顿,免留后患。因此冒顿西去,随即率兵继进,往击月氏。月氏闻头曼来攻,当然动怒,便思执杀冒顿。冒顿却先已防着,暗中偷得一马,夤夜逃归。头曼见了冒顿,不禁惊讶,问明底细,却也服他智勇,使为骑将,统率万人,与月氏战了一仗,未分胜负,便由头曼传令,收兵东还。

冒顿回入国中,自知乃父此行,并非欲战胜月氏,实是陷害自己,好教月氏杀毙,归立少弟。现在自己幸得逃回,若非先发制人,仍然不能免害。乃日夕踌躇,想出一条驭众的方法,先将群人收服,方可任所欲为。主意已定,遂造出一种骨箭,上面穿孔,使他发射有声,号为鸣镝,留作自用。惟传语部众道:"汝等看我鸣镝所射,便当一齐射箭,不得有违,违者立斩!"部众虽未知冒顿用意,只好一齐应令。冒顿恐他阳奉阴违,常率部众射猎,鸣镝一发,万矢齐攒,稍有迟延,立毙刀下。部众统皆知畏,不敢少慢。冒顿还以为不足尽恃,竟将好马牵出,自用鸣镝射马,左右亦皆竞射,方见冒顿喜笑颜开,遍加奖励。嗣复看见爱妻,也用鸣镝射去,部众不能无疑,只因前命难违,不得不射。有几个多心人还道是冒顿病狂,未便动手,那知被冒顿察出,竟把他一刀杀死。从此部众再不敢违,无论甚么人物,但教鸣镝一响,无不接连放箭。头曼有好马一匹,放在野外,冒顿竟用鸣镝射去,大众闻声急射,箭集马身差不多与刺猬相似,冒顿大悦。复请头曼出猎,自己随着马后,又把鸣镝注射头曼,部众也即同射。可怜一位匈奴国王,无缘无故,竟死于乱箭之下!虽由头曼自取,然胡人之不知君父,可见一斑。冒顿趁势返入内帐,见了后母少弟,一刀一个,均皆劈死。且去寻杀头曼亲臣,复剁落了好几个头颅,冒顿遂自立为单于。国人都怕他强悍,无复异言。

惟东方有东胡国,向来挟众称强,闻得冒顿弑父自立,却要前来寻衅。先遣部目到了匈奴,求千里马。冒顿召问群臣,群臣齐声道:"我国只有一匹千里马,乃是先王传下,怎得轻畀东胡?"冒顿摇首道:"我与东胡为邻,不能为了一马,有失邻谊,何妨送给了他。"说着,即令左右牵出千里马,交与来使带去。不到数旬,又来了一个东胡使人,递上国书,说是要将冒顿的宠姬,送与东胡王为妾。冒顿看罢,传示左右,左右统发怒道:"东胡国王,这般无礼,连我国的阏氏,都想要求,还当了得!请大单于杀了来使,再议进兵。"冒顿又摇首道:"他既喜欢我的阏氏,我就给与了他,也是不妨。否则,重一女子,失一邻国,反要被人耻笑了!"全是骄兵之计,可惜戴了一顶绿头巾。当下把爱姬召出,也交原使带回。又过了好几月,东胡又遣使至匈奴来索两国交界的空地,冒顿仍然召问群臣。群臣或言可与,或言不可与,偏冒顿勃然起座道:"土地乃国家根本,怎得与人?"一面说,一面喝使左右,把东胡来使,及说过可与的大臣,一齐绑出,全体诛戮。待左右献上首级,便披了戎服,一跃上马,宣谕全国兵士,立刻启行,往攻东胡,后出即斩。匈奴国人,原是出入无常,随地迁徙,一闻主命,立刻可出。当即浩浩荡荡,杀奔东胡。

东胡国王得了匈奴的美人良马,日间驰骋,夜间偎抱,非常快乐。总道冒顿畏他势焰,不敢相侵,所以逐日淫佚,毫不设备。暮闻冒顿带兵入境,慌得不知所措,仓猝召兵,出来迎敌。那冒顿已经深入,并且连战连败,无路可奔,竟被冒顿驱兵围住,杀毙了事。所有王庭番帐,捣毁净尽,东胡人畜,统为所掠,简直是破灭无遗了。未知匈奴阏氏是否由冒顿带归。冒顿饱载而归,威焰益张。复西逐月氏,南破楼烦白羊,乘胜席卷,把蒙恬略定的散地,悉数夺还。兵锋直达燕代两郊。

直至汉已灭楚,方议整顿边防,特使韩王信移镇太原,控御匈奴。韩王信引兵北徙,既已莅镇,又表请移都马邑,实行防边。高祖本因信有材勇,特地调遣,及接到信表,那有不允的道理?信遂由太原转徙马邑,缮城掘堑。甫得竣工,匈奴兵已蜂拥前来,竟将马邑城围住。信登城俯视,约有一二十万胡骑,自思彼众我寡,如何抵敌? 只好飞章入关,乞请援师。无如东西相距,不下千里,就使高祖立刻发兵,也不能朝发夕至。那冒顿却麾众猛扑,甚是厉害。信恐城池被陷,不得已一再遣使,至冒顿营求和。和议虽未告成,风声却已四达,汉兵正奉遣往援,行至中途,得着韩王求和消息,一时不敢遽进,忙着人报闻高祖。高祖不免起疑,亟派吏驰至马邑,责问韩王,为何不待命令,擅向匈奴求和? 韩王信吃了一惊,自恐得罪被诛,索性把马邑城献与匈奴,愿为匈奴臣属。何无志气乃尔！冒顿收降韩王信，令为向导，南逾勾注山，直攻太原。

警报与雪片相似，飞入关中，高祖遂下诏亲征，冒寒出师。时为七年，冬十月中。猛将如云，谋臣如雨，马步兵共三十二万人，陆续前进。前驱行至铜鞮，适与韩王信兵相值，一场驱杀，把信赶走，信将王喜，迟走一步，做了汉将的刀头血。信奔还马邑，与部将曼邱臣、王黄等，商议救急方法。两人本系赵臣，谓宜访立赵裔，笼络人心。信已无可奈何，只得听了两人的计议，往寻赵氏子孙。可巧得了一个赵利，便即拥戴起来。好好的国王不愿再为，反去拥戴他人，真是呆鸟。一面报达冒顿，且请出兵援应。冒顿在上谷闻报，便令左右贤王，引兵会信。左右贤王的称号，乃是单于以下最大的官爵，仿佛与中国亲王相似。两贤王带着铁骑万人，与信合兵，气势复盛，再向太原进攻。到了晋阳，偏又撞着汉兵，两下交战，复被汉兵杀败，仍然奔回。汉兵追至离石，得了许多牲畜，方才还军。

会值天气严寒，雨雪连宵，汉兵不惯耐冷，都冻得皮开肉裂，手缩足僵，甚至指头都堕落数枚，不胜困苦。高祖却至晋阳住下，闻得前锋屡捷，还想进兵，不过一时未敢冒险，先遣侦骑四出，往探虚实，然后再进。及得侦骑返报，统说冒顿部下，多是老弱残兵，不足深虑，如或往攻，定可得胜。高祖乃亲率大队，出发晋阳。临行时又命奉春君刘敬，再往探视，务得确音。这刘敬原姓是娄，就是前时请都关中的戍卒，高祖因他议论可采，授官郎中，赐姓刘氏，号奉春君。回应三十三回。此时奉了使命，当然前往。高祖麾兵继进，沿途遇着匈奴兵马，但教呐喊一声，便把他吓得乱窜，不敢争锋，因此一路顺风，越过了勾注山，直抵广武。却值刘敬回来复命，高祖忙问道："汝去探察匈奴情形，必有所见，想是不妨进击哩。"刘敬道："臣以为不宜轻进。"高祖作色道："为何不宜轻进？"敬答道："两国相争，理应耀武扬威，各夸兵力，乃臣往探匈奴人马，统是老弱瘦损，毫无精神，若使冒顿部下，不过如此，怎能横行北塞？臣料他从中有诈，佯示羸弱，暗伏精锐，引诱我军深入，为掩击计，愿陛下慎重进行，毋堕诡谋！"确是有识。高祖正乘胜长驱，兴致勃勃，不意敬前来拦阻，挠动军心，一经懊恼，便即开口大骂道："齐虏！敬本齐人。汝本靠着一张嘴，三寸舌，得了一个官职，今乃造言惑众，阻我军锋，敢当何罪？"说着，即令左右拿下刘敬，械系广武狱中，待至回来发落。粗莽已极。自率人马再进，骑兵居先，步兵居后，仍然畅行无阻，一往直前。

高祖急欲徼功，且命太仆夏侯婴，添驾快马，迅速趱程。骑兵还及随行，步兵追赶不上，多半剩落。好容易到了平城，蓦听得一声胡哨，尘头四起，匈奴兵控骑大至，环集如蚁。高祖急命众将对敌，战了多时，一些儿不占便宜。匈奴

第三十五回　谋弑父射死单于　求脱围赂遗番后

单于冒顿，复率大众杀到，兵马越多，气势越盛。汉兵已跑得力乏，再加一场大战，越觉疲劳，如何支撑得住，便纷纷的倒退下来。高祖见不可支，忙向东北角上的大山，引兵退入，扼住山口，迭石为堡，并力抵御。匈奴兵进扑数次，还亏兵厚壁坚，才得保守。冒顿却下令停攻，但将部众分作四支，环绕四周，把山围住。是山名为白登山，冒顿早已伏兵山谷，专待高祖到来，好教他陷入网罗。偏偏高祖中计，走入山中，冒顿乃率兵兜围，使他进退无路，内外不通，便好一网打尽，不留噍类。这正是冒顿先后安排的绝计！狡哉戎首。高祖困在山上，无法脱身，眼巴巴的望着后军，又不见到，没奈何鼓励将士，下山冲突，偏又被胡骑杀退。高祖还是痛骂步兵，说他逗留不前，那知匈奴兵马，共有四十万众，除围住白登山外，尚有许多闲兵，分扎要路，截住汉兵援应。汉兵虽徒步驰至，眼见是胡兵遍地，如何得入？遂致高祖孤军被围，无法摆脱。高祖逐日俯视，四面八方，都是胡骑驻着，西方尽白马，东方尽青马，北方尽黑马，南方尽赤马，端的是色容并壮，威武绝伦。冒顿不读诗书，何亦知按方定色？

　　接连过了三五日，想不出脱围方法，并且寒气逼人，粮食复尽，又冻又饿，实在熬受不起。当时张良未曾随行，军中谋士，要算陈平最有智计。高祖与他商议数次，他亦没有救急良方，但劝高祖暂时忍苦，徐图善策。转眼间已是第六日了，高祖越觉愁烦，自思陈平多智，尚无计议，看来是要困死白登，悔不听刘敬所言，轻惹此祸！正惶急间，陈平已想了一法，密报高祖，高祖忙令照行，平即自去办理，派了一个有胆有识的使臣，赍着金珠及画图一幅，乘雾下山，投入番营。天下无难事，惟有银钱好，一路贿嘱进去，只说要独见阏氏，乞为通报。原来冒顿新得一个阏氏，很是爱宠，时常带在身旁，朝夕不离。此次驻营山下，屡与阏氏并马出入，指挥兵士，适被陈平瞧见，遂从他身上用计，使人往试。果然番营里面，阏氏的权力，不亚冒顿，平时举动，自有心腹人供役，不必尽与冒顿说明，但教阏氏差遣，便好照行。因此汉使买通番卒，得入内帐。可巧冒顿酒醉，鼾睡胡床，阏氏闻有汉使到来，不知为着何事，就悄悄的走出帐外，屏走左右，召见汉使。汉使献上金珠，只说由汉帝奉赠，并取出画图一幅，请阏氏转达单于。她原是女流，见了光闪闪的黄金，亮晃晃的珍珠，怎得不目眩心迷？一经到手，便即收下。惟展览画图，只绘着一个美人儿，面目齐整得很，便不禁起了妒意，含嗔启问道："这幅美人图，有何用处？"汉使答道："汉帝为单于所围，极愿罢兵修好，所以把金珠奉送阏氏，求阏氏代为乞请，尚恐单于不允，愿将国中第一美人，献于单于。惟美人不在军中，故先把图形呈上，今已遣快足去取美人，不日可到，就好送来，诸请阏氏转达便了。"阏氏道："这却不必，尽可带回。"汉使道："汉帝也舍不得这个美人，并恐献于单于，有夺阏氏恩爱，惟事出无奈，只好这样办法。若阏氏能设法解救，还有何说！当然不献入美人，情愿在阏氏前，再多送金珠呢。"阏氏道："我知道了！烦汝返报汉帝，尽请放心。"已入彀中。说着，即将图画交还汉使。汉使称谢，受图自归。

阏氏返入内帐，坐了片刻，暗想汉帝若不出围，又要来献美人，事不宜迟，应从速进言为是。当下起身近榻，巧值冒顿翻身醒来，阏氏遂进说道："单于睡得真熟，现在军中得了消息，说是汉朝尽起大兵，前来救主，明日便要到来了。"冒顿道："有这等事么？"阏氏道："两主不应相困，今汉帝被困此山，汉人怎肯甘休？自然拚命来救。就使单于能杀败汉人，取得汉地，也恐水土不服，未能久居；倘或有失，便不得共享安乐了。"说到此句，就呜咽不能成声。是妇女惯技，但亦由作者体会出来。冒顿道："据汝意见，应该如何？"阏氏道："汉帝被困六七日，军中并不惊扰，想是神灵相助，虽危亦安，单于何必违天行事？不如放他出围，免生战祸。"冒顿道："汝言亦是有理，我明日相机行事便了。"于是阏氏放下愁怀，到晚与冒顿共寝，免不得再申前言，凭你如何凶悍的冒顿单于，也不得不谨依阃教了。小子有诗咏道：

　　　　狡夷残忍本无亲，床笫如何溺美人。
　　　　片语密陈甘纵敌，牝鸡毕竟戒司晨。

究竟冒顿是否撤围，待至下回再表。

　　冒顿之谋狡矣哉！怀恨乃父，作鸣镝以令大众，射善马，射爱妻，旋即射父。忍心害理，不顾骨肉，此乃由沙漠之地，戾气所钟，故有是悖逆之臣子耳。至若计灭东胡，诱困汉祖，又若深谙兵法，为孙吴之流亚。彼固目不知书，胡为而狡谋迭出也？高祖之被困白登，失之于骄，若非陈平之多谋，几致陷没。骄兵必败，理有固然。然冒顿能出奇制胜，而卒不免为妇人女子所愚，百炼钢化作绕指柔。甚矣，妇口之可畏也！

第三十六回　宴深宫奉觞祝父寿
　　　　　　　系诏狱拚死白王冤

　　却说冒顿听了妻言，已经心动，又因韩王信及赵利等亦未到来，疑他与汉通谋，乃即于次日早起，传令出去，把围兵撤开一角，纵放汉兵。高祖自接得使臣复报，一夜不睡，专在山冈上面，眼巴巴的瞧着胡马。待至天色大明，才见山下有一角隙地，平空腾出，料知冒顿已听从阏氏，此时不走，尚待

第三十六回　宴深宫奉觞祝父寿　系诏狱挤死白王冤

何时？乃即指麾大众，立刻下山。陈平忙说道："且慢，山下虽有走路，但也不可不防，须令弓弩手夹护陛下，张弓搭箭，各用双镞，视敌进止，方可下山。"又顾语太仆夏侯婴道："宁缓毋速，速即有祸！"夏侯婴听着，遂为高祖御车，徐徐下阪。两旁由弓弩手拥护，夹行而下，到了山麓，匈奴兵虽然望见，却也未尝拦阻，汉兵亦不发一箭，慢慢儿的过去，后面汉兵已陆续出围，幸皆走脱。到了平城附近，才得与步兵会合，一齐入城。冒顿见高祖从容不迫，始终防有他谋，不复追击，收兵自去。高祖经过七日的苦楚，侥幸逃生，当然不愿再击匈奴，也即引兵南还。行经广武，亟敕刘敬出狱，向敬面谢道："我不用公言，致中虏计，险些儿不得相见！前次侦骑，不审虚实，妄言误我，我已把他尽诛了！"乃加封敬为关内侯，食邑二千户，号为建信侯。善能悔过，方不愧为英主。又加封夏侯婴食邑千户，再南行至曲逆县，见城池高峻，屋宇连绵，不由的赞叹道："壮哉此县！我遍行天下，惟有洛阳与此城，最算形胜哩。"乃召过陈平，说他解围有功，便将全县采地，悉数酬庸，且改封户牖侯为曲逆侯。总计陈平，随征有年，屡献智谋，一是捐金行反间计，二是用恶劣菜蔬进食楚使，三是夜出妇女，解荥阳围，四是潜蹑帝足，请封韩信，五是伪游云梦，六是救出白登，这便叫作六出奇计。高祖转战四方，幕中谋士，张良以外，要推陈平。此外都声望平常，想是不过如此了。话休叙烦。

且说高祖至曲逆县，略略休息，仍复启行，路过赵国。赵王张敖，出郊迎接，执礼甚恭。他与高祖谊属君臣，情兼翁婿。就是吕后所生一女，许字张敖，虽尚未曾下嫁，却已定有口约。因此敖格外殷勤，小心伺候。史中但言张敖执子婿礼，未及公主下嫁事，但观后来娄敬所言，请以长公主嫁单于，则其未嫁可知。谁知高祖瞧他不起，箕踞嫚骂，发了一番老脾气，便即动身自去。为下文贯高谋叛伏笔。行到洛阳，方才住下，忽见刘仲狼狈回来，说是匈奴移兵寇代，抵敌不住，只好奔回。刘仲封代事，见三十四回。高祖发怒道："汝只配株守田园，怪不得见敌就逃，连封土都不管了。"刘仲碰了一鼻子灰，俯首退出。高祖本欲将他加罪，因念手足相关，不忍重惩，因从宽发落，降仲为合阳侯。另封少子如意为代王，如意戚姬所出，见三十二回。得蒙高祖宠爱，故年仅八岁，便得王封，嗣恐如意年幼，未能就国，特命阳夏侯陈豨为代相，先往镇守。陈豨也领命就任去了。

惟高祖接得萧何奏报，咸阳宫阙，大致告就，请御驾亲往巡视，高祖乃由洛阳至栎阳，复由栎阳至咸阳。萧何当然接驾，导入游览。最大的叫做未央宫，周围约有二三十里，东北两方，阙门最广，殿宇规模，亦多高敞。前殿尤为壮丽。还有武库太仓，分造殿旁，也是崇闳轮奂，气象巍峨。高祖巡视未周，便勃然动怒道："天下汹汹,劳苦已甚,成败尚未可知,汝修治宫室,怎得这般奢侈哩!"何不慌不忙,正容答说道:"臣正因天下未定,不得不增高宫室,借壮观瞻。试想天子以四海为家,若使规模狭隘,如何示威!且恐后世子孙,仍要改造,反多费一番工役,还不如一劳永逸,较为得宜!"说到宜字,见高祖改怒为喜,和颜与语道:"汝说亦是,我又不免错怪了。"看官听说!前时修筑的长乐宫,不过踵事增华,没甚烦费。若未央宫乃是新造,由萧何煞费经营,两载始成,虽不及秦代的阿房宫,却也十得二三,不过占地较少,待役较宽,自然不致聚怨,激成民变。萧何与高祖结识多年,岂不知高祖性情,也是好夸,所以开拓宏规,务从藻饰,高祖责他过奢,实是佯嗔佯怒,欲令萧何代为解释,才免贻讥。一主一臣,心心相印,瞒不过明人炬眼,惟庸耳俗目,还道是高祖俭约哩!勘透一层。读史得间。高祖又命未央宫四围,添筑城垣,作为京邑,号称长安。当即带同文武官吏,至栎阳搬取家眷,徙入未央宫,从此皇居已定,不再迁移了。

但高祖生性好动,不乐安居,过了月余,又往洛阳。一住半年,又要改岁。至八年元月,闻得韩王信党羽,出没边疆,遂复引兵出击。到了东垣,寇已退去,乃南归过赵,至柏人县中寄宿。地方官早设行幄,供张颇盛。高祖已经趋入,忽觉得心下不安,急问左右道:"此县何名?"左右答是柏人县,高祖愕然道:"柏与迫声音相近,莫非要被迫不成?我不便在此留宿,快快走罢?"命不该死,故有此举。左右闻言,仍出整法驾,待着高祖上车,一拥而去。看官试阅下文,才知高祖得免毒手,幸亏有此一走呢。作者故弄狡狯,不肯遽说。

高祖还至洛阳,又复住下。光阴易过,转瞬年残,淮南王英布,梁王彭越,赵王张敖,楚王刘交,陆续至洛,朝贺正朔。高祖欲还都省亲,乃命四王扈跸同行。及抵长安,已届岁暮。未几便是九年元旦,高祖在未央宫中,奉太上皇登御前殿,自率王侯将相等人,一同谒贺。拜跪礼毕,大开筵宴,高祖陪着太上皇正座饮酒,两旁分宴群臣,按班坐下。肴核既陈,笾豆维楚,高祖即捧觞起座,为太上皇祝寿。太上皇笑容可掬,接饮一觞,王侯将相,依次起立,各向太上皇恭奉寿酒。太上皇随便取饮,约莫喝了好几杯,酒酣兴至,越觉开颜,高祖便戏说道:"从前大人常说臣儿无赖,不能治产,还是仲兄尽力田园,善谋生计。今臣儿所立产业,与仲兄比较起来,究竟是谁多谁少呢?"大庭广众之间,亦不应追驳父言,史家乃传为美谈,真是怪极。太上皇无词可答,只好微微笑着。群臣连忙欢呼万岁,闹了一阵,才把戏言搁过一边,各各开怀畅饮,直至夕阳西下,太上皇返入内廷,大众始谢宴散归。

才过了一两日,连接北方警报,乃是匈奴犯边,往来不测,几乎防不胜防。高祖又添了一种忧劳,因召入关内侯刘敬,与议边防事宜。刘敬道:"天下初定,士卒久劳,若再兴师远征,实非易事,看来这匈奴国不是武力所能征服

第三十六回　宴深宫奉觞祝父寿　系诏狱挤死白王冤

哩。"高祖道："不用武力，难道可用文教么？"敬又道："冒顿单于，弑父自立，性若豺狼，怎能与谈仁义？为今日计，只有想出一条久远的计策，使他子孙臣服，方可无虞；但恐陛下未肯照行。"高祖道："果有良策，可使他子孙臣服，还有何说！汝尽可明白告我。"敬乃说道："欲要匈奴臣服，只有和亲一策，诚使陛下割爱，把嫡长公主遣嫁单于，他必慕宠怀恩，立公主为阏氏，将来公主生男，亦必立为太子，陛下又岁时间遗，赐他珍玩，谕他礼节，优游渐渍，俾他感格，今日冒顿在世，原是陛下的子婿，他日冒顿死后，外孙得为单于，更当畏服。天下岂有做了外孙，敢与外王父抗礼么？这乃是不战屈人的长策呢。还有一言，若陛下爱惜长公主，不令远嫁，或但使后宫子女，冒充公主，遣嫁出去，恐冒顿刁狡得很，一经察觉，不肯贵宠，仍然与事无益了。"刘敬岂无耳目？难道不知长公主已字赵王？且冒顿不知有父，何知妇翁，此等计策，不值一辩。高祖道："此计甚善，我亦何惜一女呢。"想是不爱张敖，因想借端悔婚。当下返入内寝，转语吕后，欲将长公主遣嫁匈奴。吕后大惊道："妾惟有一子一女，相依终身，奈何欲将女儿弃诸塞外，配做番奴？况女儿已经许字赵王，陛下身为天子，难道尚可食言？妾不敢从命！"说至此处，那泪珠儿已莹莹坠下，弄得高祖说不下去，只好付诸一叹罢了。

过了一宵，吕后恐高祖变计，忙令太史择吉，把长公主嫁与张敖。好在张敖朝贺未归，趁便做了新郎，亲迎公主。高祖理屈词穷，只好听她所为。良辰一届，便即成婚，两口儿恩爱缠绵，留都数日，便进辞帝、后，并辇回国去了。这位长公主的封号，叫做鲁元公主，一到赵国，当然为赵王后，不消细说。惟高祖意在和亲，不能为此中止，乃取了后宫所生的女儿，诈称长公主，使刘敬速诣匈奴，结和亲约。往返约越数旬，待敬归报，入朝见驾，说是匈奴已经允洽，但究竟是以假作真，恐防察觉，仍宜慎固边防，免为所乘。高祖道："朕知道了。"刘敬道："陛下定都关中，不但北近匈奴，须要严防，就是山东一带，六国后裔，及许多强族豪宗，散居故土，保不住意外生变，觊觎帝室，陛下岂真可高枕无忧吗？"高祖道："这却如何预防！"敬答道："臣看六国后人，惟齐地的田、怀二姓，楚地的屈、昭、景三族，最算豪强，今可徙入关中，使他屯垦。无事时可以防胡，若东方有变，也好率领东征。就是燕、赵、韩、魏的后裔，以及豪杰名家，俱可酌迁入关，用备驱策。这未始非强本弱末的法制，还请陛下采纳施行！"高祖又信为良策，即日颁诏出去，令齐王肥、楚王交等饬徙齐楚豪族，西入关中。还有英布、彭越、张敖诸王，已早归国，亦奉到诏令，调查豪门贵阀，迫使挈眷入关。统共计算，不下十余万口。亏得关中经过秦乱，户口散离，还有隙地，可以安插，不致失居。但无故移民，乃是前秦敝政，为何不顾民艰，复循旧辙？当时十万余口，为令所迫，不得不扶老携幼，狼狈入关。后来居住数年，语庞人杂，遂致京畿重地，变做五方杂处。豪徒侠客，借此混迹，渐渐的结党弄权，所以汉时三辅，号称难治。汉称京兆、左冯翊、右扶风，号称三辅。看官试想！这不是刘敬遗下的祸祟么？

高祖还都两月，又赴洛阳，适有赵相贯高的仇人，上书告变。高祖阅毕，立即大怒，遂亲写一道诏书，付与卫士，叫他前往赵国，速将赵王张敖，及赵相贯高、赵午等人，一并拿来。这事从何而起？便由高祖过赵，嫚骂赵王，激动贯高、赵午两人，心下不平，竟起逆谋。他两人年过六旬，本是赵王张敖父执，使他为相，好名使气，到老不衰。自从张敖为高祖所侮，便觉得看不过去，互相私语，讥敖孱弱，且同入见敖，屏人与语道："大王出郊迎驾，备极谦恭，也算是致敬尽礼了。乃皇帝毫不答礼，任情辱骂，难道做得天子，便好如此？臣等愿为大王除去皇帝！"张敖大骇，啮指出血，指天为誓道："这事如何使得？从前先王失国，全仗皇帝威力，得复故土，传及子孙，此恩此德，世世不忘，君等奈何出此妄言！"还有良心。两人见敖不从，出语私人道："我等原是弄错了，我王生性忠厚，不忍背德，惟我等义难受辱，总要出此恶气，事成归王，不成当自去受罪罢。"何必如此。两人遂暗地设法，欲害高祖。

高祖匆匆过境，并不久留，一时无从下手，只好作罢。嗣闻高祖出次东垣，还兵过赵，遂密遣刺客数人，伺候高祖行踪，意图行刺。当时高祖行经柏人，心动即行，并未尝知有刺客，其实刺客正隐身厕壁，想要动手。偏偏高祖似有神助，不宿而去，仍致贯高等所谋不成。回应本回前文，说明事迹。及贯高怨家，讦发密谋，一道严诏，颁到赵国，赵王张敖，全然不觉，冤冤枉枉的受了罪名，束手就缚。赵午等情急拚生，统皆自到，独贯高怒叱诸人道："我王并未谋逆，事由我等所为，今日连累我王，都教一死了事，试问我王的冤枉，何人替他申辩呢？"于是情愿受绑，随敖同行。有几个赤胆忠心的赵臣，也想随着。偏诏书中不准相从，并有罪及三族的厉禁，乃皆想出一法，自去髡钳，注释见前。假充赵王家奴，随诣洛阳。高祖也不与张敖相见，即交廷尉典狱官名。讯办。廷尉因张敖曾为国王，且是高祖女婿，当然另眼相待，留居别室。独使贯高对簿，贯高朗声道："这都是我等所为，与王无涉。"廷尉疑他袒护赵王，不肯直供，便令隶役重笞贯高。贯高咬牙忍受，绝无他言。一次讯毕，明日再讯，后日三讯，贯高惟坚执前词，为王呼冤，廷尉复喝用严刑，当由隶役取过铁针向火烧热，刺入贯高肢体，可怜贯高不堪忍受，晕过数次，甚至身无完肤，九死一生，仍然不改前言。廷尉也弄得没法，只好把高系狱，从缓定谳。可巧鲁元公主，为了丈夫被逮，急往长安，谒见母后，涕泣求援。吕后也忙至洛阳，见了高祖，力为张敖辩诬，且说他身为帝婿，不应再为逆谋。高祖尚发怒道："张敖若得据天下，难道尚少汝一个女儿。"

第三十六回　宴深宫奉觞祝父寿　系诏狱挤死白王冤

吕后见话不投机，未便再请，但遣人往问廷尉。廷尉据实陈明，且即将屡次审讯情形，详奏高祖。高祖也不禁失声道："好一个壮士！始终不肯改言。"口中虽这般说，心下尚不能无疑，乃遍问群臣，何人与贯高相识？中大夫泄公应声道："臣与贯高同邑，也曾相识，高素尚名义，不轻然诺，却是一个志士。"高祖道："汝既识得贯高，可即至狱中探视，问明隐情，究竟赵王是否同谋？"泄公应命，持节入狱。狱吏见了符节，始敢放入。行至竹床相近，才见贯高奄卧床上，已是遍体鳞伤，不忍逼视。可谓黑暗地狱。因轻轻的唤了数声，贯高听着，方开眼仰视道："君莫非就是泄公么？"泄公答声称是。贯高便欲起坐，可奈身子不能动弹，未免呻吟。泄公仍叫他卧着，婉言慰问，欢若平生。及说到谋逆一案，方出言探问道："汝何必硬保赵王，自受此苦？"贯高张目道："君言错了！人生世上，那一个不爱父母，恋妻子，今我自认首谋，必致三族连坐，难道我痴呆至此？为了赵王一人，甘送三族性命？不过赵王实未同谋，如何将他扳入，我宁灭族，不愿诬王。"泄公乃依言返报，高祖才信张敖无罪，赦令出狱。且复语泄公道："贯高至死，且不肯诬及张王，却是难得，汝可再往狱中，传报张王已经释出，连他也要赦罪了。"于是泄公复至狱中，传述谕旨。贯高跃然起床道："我王果已释出么！"泄公道："主上有命，不止释放张王，还说足下忠信过人，亦当赦罪。"贯高长叹道："我所以拚着一身，忍死须臾，无非欲为张王白冤。今王已出狱，我得尽责，死亦何恨！况我为人臣，已受篡逆的恶名，还有何颜再事主上？就使主上怜我，我难道不知自愧么？"说罢，扼吭竟死。小子有诗咏道：

　　　　一身行事一身当，拚死才能释赵王。
　　　　我为古人留断语，直情使气总粗狂！

泄公见贯高自尽，施救无及，乃回去复命。欲知高祖如何措置，且至下回说明。

观汉高之言动，纯是粗豪气象，未央宫之侍宴上皇，尚欲与仲兄比赛长短，追驳父语，非所谓得意忘言欤？鲁元公主，已字张敖，乃欲转嫁匈奴，其谬尤甚。帝王驭夷，叛则讨之，服则舍之，从未闻有与结婚姻者，刘敬之议，不值一辩，况鲁元之先已字人乎？本回叙鲁元公主事，先字后嫁，最近人情。否则鲁元已为赵王后，夺人妻以嫁匈奴，就使高祖、刘敬，愚鲁寡识，亦不至此。彼贯高等之谋弑高祖，亦由高祖之嫚骂而来。谋泄被逮，宁灭族而不忍诬王，高之小信，似属可取。然弑主何事，而敢行乎？高祖之欲赦贯高，总不脱一粗豪之习。史称其豁达大度，大度者果若是乎？

第三十七回　议废立周昌争储　讨乱贼陈豨败走

却说高祖闻贯高自尽，甚是叹惜。又闻有几个赵王家奴，一同随来，也是不怕死的好汉，当即一体召见，共计有十余人，统是气宇轩昂，不同凡俗。就中有田叔、孟舒，应对敏捷，说起赵王冤情，真是慷慨淋漓，声随泪下。廷臣或从旁诘难，都被他据理申辩，驳得反舌无声。高祖瞧他词辩滔滔，料非庸士，遂尽拜为郡守，及诸侯王中的国相。田叔、孟舒等谢恩而去。高祖乃与吕后同返长安，连张敖亦令随行。既至都中，降封敖为宣平侯，移封代王如意为赵王，即将代地并入赵国，使代相陈豨守代，另任御史大夫周昌为赵相。如意封代王，陈豨为代相，均见前回。周昌系沛县人，就是前御史大夫周苛从弟。苛殉难荥阳，见前文。高祖令昌继领兄职，加封汾阴侯。见三十四回。昌素病口吃，不善措词，惟性独强直，遇事敢言，就使一时不能尽说，挣得头面通红，也必要徐申己意，不肯含糊，所以萧、曹等均目为诤臣，就是高祖也称为正直，怕他三分。

一日，昌有事入陈，趋至内殿，即闻有男女嬉笑声，凝神一瞧，遥见高祖上坐，怀中揽着一位美人儿，调情取乐，那美人儿就是专宠后宫的戚姬，昌连忙掉转了头，向外返走。不意已被高祖窥见，撇了戚姬，赶出殿门，高呼周昌。昌不便再行，重复转身跪谒，高祖趁势展开两足，骑住昌项，成何体统？且俯首问昌道："汝既来复去，想是不愿与朕讲话，究竟看朕为何等君主呢？"昌仰面睁看高祖，把嘴唇乱动片刻，激出了一句话说道："陛下好似桀纣哩！"应有此说。高祖听了，不觉大笑，就将足移下，放他起来。昌乃将他事奏毕，扬长自去。

惟高祖溺爱戚姬，已成癖性，虽然敬惮周昌，哪里能把床笫爱情，移减下去？况且戚姬貌赛西施，技同弄玉，能弹能唱，能歌能舞，又兼知书识字，信口成腔，当时有《出塞》《入塞》《望妇》等曲，一经戚姬度入娇喉，抑扬宛转，真个销魂，叫高祖如何不爱？如何不宠？高祖常出居洛阳，必令戚姬相随。入宫见嫉，掩袖工啼，本是妇女习态，不足为怪。因高祖素性渔色，那得不堕入迷团！古今若干英雄，多不能打破此关。戚姬既得专宠，便怀着夺嫡的思想，日夜在高祖前颦眉泪眼，求立子如意为太子。高祖不免心动，且因太子盈秉性柔弱，不若如意聪明，与己相类，索性趁早废立，既可安慰爱姬，复可保全国祚。只吕后随时防着，但恐太子被废，几视戚姬母子似眼中钉。无如色衰爱弛，势隔情疏，戚姬时常伴驾，吕后与太子盈每岁留居长安，咫尺天涯，总不敌戚姬的

第三十七回　议废立周昌争储　讨乱贼陈豨败走

亲媚,所以储君位置,暗致动摇。会值如意改封,年已十龄,高祖欲令他就国,惊得戚姬神色仓皇,慌忙向高祖跪下,未语先泣,扑簌簌的泪珠儿,不知堕落几许! 高祖已窥透芳心,便婉语戚姬道:"汝莫非为了如意么? 我本思立为太子,只是废长立幼,终觉名义未顺,只好从长计议罢!"那知戚姬听了此言,索性号哭失声,宛转娇啼,不胜悲楚。高祖又怜又悯,不由的脱口道:"算了罢! 我就立如意为太子便了。"

翌日临朝,召集群臣,提出废立太子的问题,群臣统皆惊骇,黑压压的跪在一地,同声力争,无非说是立嫡以长,古今通例,且东宫册立有年,并无过失,如何无端废立,请陛下慎重云云。高祖不肯遽从,顾令词臣草诏,蓦听得一声大呼道:"不可! 不……不可!"高祖瞧着,乃是口吃的周昌,便问道:"汝只说不可两字,究竟是何道理?"昌越加情急,越觉说不出口,面上忽青忽紫,好一歇才挣出数语道:"臣口不能言,但期期知不可行。陛下欲废太子,臣期期不奉诏。"高祖看昌如此情形,忍不住大笑起来,就是满朝大臣,听他说出两个"期期",也为暗笑不置。究竟"期期"二字是甚么解,楚人谓"极"为"綦",昌又口吃,读"綦"如"期",并连说"期期",倒反引起高祖欢肠,笑了数声,退朝罢议。群臣都起身退归,昌亦趋出,殿外遇着宫监,说是奉皇后命,延入东厢,昌不得不随他同去。既至东厢门内,见吕后已经立候,正要上前行礼,不料吕后突然跪下,急得昌脚忙手乱,慌忙屈膝俯伏,但听吕后娇声道:"周君请起,我感君保全太子,所以敬谢。"未免过礼,即此可见妇人心性。昌答道:"为公不为私,怎敢当此大礼?"吕后道:"今日若非君力争,太子恐已被废了。"说毕乃起,昌亦起辞,随即自去。看官阅此,应知吕后日日关心,早在殿厢伺着,窃听朝廷会议,因闻周昌力争,才得罢议,不由的感激非常,虽至五体投地,也是甘心了。

惟高祖退朝以后,戚姬大失所望,免不得又来絮聒。高祖道:"朝臣无一赞成,就使改立,如意也不能安,我劝汝从长计议,便是为此。"戚姬泣语道:"妾并非定欲废长立幼,但妾母子的性命,悬诸皇后手中,总望陛下曲为保全!"高祖道:"我自当慢慢设法,决不使汝母子吃亏。"戚姬无奈,只好收泪,耐心待着。高祖沉吟了好几日,未得良谋,每当愁闷无聊,惟与戚姬相对悲歌,唏嘘欲绝。家事难于国事。

掌玺御史赵尧,年少多智,揣知高祖隐情,乘间入问道:"陛下每日不乐,想是因赵王年少,戚夫人与皇后有隙,恐万岁千秋以后,赵王将不能自全么?"高祖道:"我正虑此事,苦无良法。"赵尧道:"陛下何不为赵王择一良相,但教为皇后太子及内外群臣素来所敬畏的大员,简放出去,保护赵王,就可无虞。"高祖道:"我亦尝作是想,惟群臣中何人胜任。"尧又道:"无过御史大夫周昌。"高祖极口称善。便召周昌入见,令为赵相,且与语道:"此总当劳公一行。"昌泫然流涕道:"臣自陛下起兵,便即相从,奈何中道弃臣,乃使臣出为赵相呢？"明知赵相难为，故有此设词。高祖道："我亦知令君相赵，迹类左迁，当时尊右卑左，故谓贬秩为左迁。但私忧赵王，除公无可为相，只好屈公一行，愿公勿辞。"昌不得已受了此命，遂奉赵王如意，陛辞出都。如意与戚姬话别，戚姬又洒了许多珠泪，不消细说。屡次下泪，总是不祥之兆。惟御史大夫一缺，尚未另授，所遗印绶，经高祖摩弄多时，自言自语道："这印绶当属何人？"已而旁顾左右，正值赵尧侍侧，乃熟视良久。又自言自语道："看来是莫若赵尧为御史大夫。"尧本为掌玺御史，应属御史大夫管辖。赵人方与公，尝语御史大夫周昌道："赵尧虽尚少年，乃是奇士，君当另眼相看，他日必代君位。"昌冷笑道："尧不过一刀笔吏，何能至此！"及昌赴赵国，尧竟继昌后任。昌得知消息，才佩服方与公的先见，这也不在话下。

且说汉高祖十年七月，太上皇病逝，安葬栎阳北原。栎阳与新丰毗连，太上皇乐居新丰，视若故乡。见三十四回。故高祖徙都长安，太上皇不过偶然一至，未闻久留。就是得病时候，尚在新丰，高祖闻信往视，才得将他移入栎阳宫，未几病剧去世，就在栎阳宫治丧。皇考升遐，当然有一番热闹，王侯将相，都来会葬，独代相陈豨不至。及奉棺告窆，特就陵寝旁建置一城，取名万年，设吏监守。高祖养亲的典礼，从此告终。此事原不能略去。

葬事才毕，赵相周昌，乘便进谒，说有机密事求见。高祖不知何因，忙即召入。昌行过了礼，屏人启奏道："代相陈豨，私交宾客，拥有强兵，臣恐他暗中谋变，故特据实奏闻。"高祖愕然道："陈豨不来会葬，果想谋反么？汝速回赵坚守，我当差人密查；若果有此事，我即引兵亲征，谅豨也无能为呢！"周昌领命去讫，高祖即遣人赴代，实行查办。豨本宛朐人氏，前从高祖入关，累著战功，得封阳夏侯，授为代相。代地北近匈奴，高祖令他往镇，原是格外倚任的意思。豨与淮阴侯韩信友善，且前日也随信出征，联为至交。当受命赴代时，曾至韩信处辞行，信挈住豨手，引入内廷，屏去左右，独与豨步立庭中，仰天叹息道："我与君交好有年，今有一言相告，未知君愿闻否？"豨答道："惟将军命。"信复道："君奉命往代，代地士马强壮，天下精兵，统皆聚集，君又为主上信臣，因地乘势，正好图谋大事。若有人报君谋反，主上亦未必遽信，及再至三至，方激动主上怒意，必且亲自为将，督兵北讨，我为君从中起事，内应外合，取天下也不难了。"豨素重信才，当即面允道："谨受尊教。"信又嘱托数语，方才相别。豨到了代地，阴结爪牙，预备起事。他平时本追慕魏信陵君，即魏公子无忌。好养食客，此次复受韩信嘱托，格外广交，无论豪商巨猾，统皆罗致门下。尝因假归过赵，随客甚多，邯郸旅舍，都被占满。周昌闻豨过境，前去拜会，见他人多势旺，自然动疑。及豨假满赴镇，从骑越多，豨且意气自豪，越觉得野心勃勃，不可复制。昌又与晤谈片刻，待豨出境，正想上书告密，适值上皇驾崩，西行会葬，见陈豨未尝到来，当即谒见高祖，说明豨有谋变等情。嗣由高祖派员赴代，查得陈豨门客，诸多不法，豨亦未免同谋，乃即驰还

第三十七回　议废立周昌争储　讨乱贼陈豨败走

报闻。高祖尚不欲发兵，但召豨入朝，豨仍不至，潜谋作乱。韩王信时居近塞，侦悉陈豨抗命情形，遂遣部将王黄、曼邱臣，入诱陈豨。豨乐得与他联结，举兵叛汉，自称代王，胁迫赵代各城守吏，使为己属。

高祖闻报，忙率将士出发，星夜前进，直抵邯郸。周昌出城迎入，由高祖升堂坐定，向昌问道："陈豨兵有无来过？"昌答言未来，高祖欣然道："豨不知南据邯郸，但恃漳水为阻，不敢遽出，我本知他无能为，今果验了。"昌复奏道："常山郡共二十五城，今已有二十城失去，应把该郡守尉，拿来治罪。"高祖道："守尉亦皆造反否？"昌答称尚未。高祖道："既尚未反，如何将他治罪？他不过因兵力未足，致失去二十城。若不问情由，概加罪责，是迫使造反了。"随即颁出赦文，悉置不问，就是赵代吏民，一时被迫，亦准他自拔来归，不咎既往。这也是应有之事。复命周昌选择赵地壮士，充做前驱将弁。昌挑得四人，带同入见，高祖忽漫骂道："竖子怎配为将哩！"四人皆惶恐伏地，高祖却又令他起来，各封千户，使为前锋军将。全是权术驭人。左右不解高祖命意，待四人辞退，便进谏道："从前一班开国功臣，经过许多险难，尚未尽得封赏，今此四人并无功绩，为何就沐恩加封？"高祖道："这非汝等所能知，今日陈豨造反，赵代各地，多半被豨夺去，我已传檄四方，征集兵马，乃至今还没有到来。现在单靠着邯郸兵士，我岂可惜此四千户，反使赵地子弟，无从慰望呢！"左右乃皆拜服。高祖又探得陈豨部属，多系商人，即顾语左右道："豨属不难招致，我已想得良法了。"于是取得多金，令干吏携金四出，收买豨将，一面悬赏千金，购拿王黄、曼邱臣二人。二人一时未获，豨将却陆续来降。高祖便在邯郸城内，过了残年。至十一年元月，诸路兵马，奉檄援赵，会讨陈豨。豨正遣部将张春，渡河攻聊城，王黄屯曲逆，侯敞带领游兵，往来接应，自与曼邱臣驻扎襄国。还有韩王信，亦进居参合，赵利入守东垣，总道是内外有备，可以久持。那高祖亦分兵数道，前去攻击，聊城一路，付与将军郭蒙及丞相曹参；曲逆一路，付与灌婴；襄国一路，付与樊哙；参合一路，付与柴武；自率郦商、夏侯婴等，往攻东垣。另派绛侯周勃，从太原进袭代郡。代郡因陈豨他出，空虚无备，被周勃一鼓入城，立即荡平。复乘胜进攻马邑，马邑固守不下，由勃猛扑数次，击毙守兵多人，方才还军。已而郭蒙会合齐兵，亦击败张春，樊哙又略定清河常山等县，击破陈豨及曼邱臣，灌婴且阵斩张敞，击走王黄，数路兵均皆得胜。惟高祖自击东垣，却围攻了两三旬，迭次招降，反被守城兵士，罗罗苏苏，叫骂不休。顿时恼动高祖，亲冒矢石，督兵猛攻，城中尚拚死守住，直至粮尽势穷，方才出降。高祖驰入城中，命将前时叫骂的士卒，悉数处斩，惟不骂的始得免死。赵利已经窜去，追寻无着，也即罢休。

是时四路胜兵，依次会集，已将代地平定，王黄、曼邱臣，被部下活捉来献，先后受诛。陈豨一败涂地，逃往匈奴去了。独汉将柴武，出兵参合，未得捷报。高祖不免担忧，正想派兵策应，可巧露布驰来。乃是参合已破，连韩王信都授首了。事有先后，故叙笔独迟。原来柴武进攻参合，先遣人致书韩王信，劝他悔过归汉，信报武书，略言仆亦思归，好似痿人不忘起，盲人不忘视，但势已至此，归徒受诛，只好舍生一决罢。柴武见信不肯从，乃引兵进击，与韩王信交战数次，多得胜仗。信败入城中，坚守不出。武佯为退兵，暗地伏着，俟韩王信出来追赶，突然跃出，把信劈落马下，信众皆降，武方露布告捷。

高祖当然喜慰，乃留周勃防御陈豨，自引诸军西归。途次想到赵代二地，不便强合，还是照旧分封，才有专责。乃至洛阳下诏，仍分代赵为二国，且从子弟中择立代王。诸侯王及将相等三十八人，统说皇中子恒，贤智温良，可以王代，高祖遂封恒为代王，使都晋阳。这代王恒就是薄姬所生，薄姬见幸高祖，一索得男。见前文。后来高祖专宠戚姬，几把薄姬置诸不睬，薄姬却毫无怨言，但将恒抚养成人，幸得受封代地。恒辞行就国，索性将母妃也一同接去。高祖原看薄姬如路人，随他母子偕行，薄姬反得跳出祸门，安享富贵去了。小子有诗咏道：

　　莫道生离不足欢，北行母子尚团圞；
　　试看人彘贻奇祸，得宠何如失宠安！

高祖既将代王恒母子，遣发出去，忽接着吕后密报，说是诛死韩信，并夷三族。惹得高祖又喜又惊。毕竟韩信何故诛夷，且至下回再详。

周昌固争废立，力持正道，不可谓非汉之良臣。或谓太子不废，吕后乃得擅权，几至以吕代刘，是昌之一争，反足贻祸，此说实似是而非。吕氏之得擅权于日后，实自高祖之听杀韩、彭，乃至酿成隐患，于太子之废立与否，尚无与也。惟高祖既欲保全赵王，不若使与戚姬同行。戚姬既去，则免为吕后之眼中钉，而怨亦渐销。试观代王母子之偕出，并无他虞，可以知矣。乃不忍远离宠妾，独使周昌相赵，昌虽强项，其如吕后何哉！若夫陈豨之谋反，启于韩信，而卒致无成。例以《春秋》大义，则豨实有不忠之罪，正不得徒咎淮阴也，豨若效忠，岂淮阴一言所能转移乎？《纲目》不书信反，而独书豨反，有以夫！

第三十八回　悍吕后毒计戮功臣
　　　　　　　　智陆生善言招蛮酋

却说韩信自降封以后，怏怏失望，前与陈豨话别，阴有约言。及豨谋反，高祖引兵亲征，信托故不从，高祖也不令随行。原来高祖得灭项王，大功告成，不欲再用韩信，信还想夸功争胜，不甘退居人后，因此君臣猜忌，越积越深。一日信入朝见驾，高祖与论诸将才具，信品评高下，均未满意。高祖道："如我可领多少兵马？"信答道："陛下不过能领十万人。"高祖道："君自问能领若干？"信遽答道："多多益善。"高祖笑道："君既多多益善，如何为我所擒？"信半晌才道："陛下不善统兵，却善驭将，信所以为陛下所擒。且陛下所为，均由天授，不是单靠人力呢。"高祖又付诸一笑。待信退朝，尚注目多时，方才入内。看官可知高祖意中，是更添一层疑忌了。及出师征豨，所有都中政事，内委吕后，外委萧何，因得放心前去。

吕后正想乘隙揽权，做些惊天动地的事业，使人畏服。<small>三语见血。</small>适有韩信舍人栾说，遣弟上书，报称信与陈豨通谋，前次已有密约，此次拟遥应陈豨，乘着夜间不备，破狱释囚，进袭皇太子云云。吕后得书，当然惶急，便召入萧何，商定秘谋。特遣一心腹吏役，假扮军人，悄悄的绕出北方，复入长安，只说由高祖遣来，传递捷音，已将陈豨破灭云云。朝臣不知有诈，便即联翩入贺，只韩信仍然称病，杜门不出。萧何借着问病的名目，亲来探信，信不便拒绝，没奈何出室相迎。何握手与语道："君不过偶然违和，当无他虑，现在主上遣报捷书，君宜入宫道贺，借释众疑。奈何杜门不出呢？"信听了何言，不得已随何入宫。谁知宫门里面，已早伏匿武士，俟信入门，就一齐拥出，把信拿下。信急欲呼何相救，何早已避开，惟吕后含着怒脸，坐在长乐殿中，一见信至，便娇声喝道："汝何故与陈豨通谋，敢作内应？"信答辩道："此话从何而来？"吕后道："现奉主上诏命，陈豨就擒，供称由汝主使，所以造反，且汝舍人亦有书告发，汝谋反属实，尚有何言？"信还想申辩，偏吕后不容再说，竟令武士将信推出，即就殿旁钟室中，处置死刑。信仰天长叹道："我不用蒯彻言，反为儿女子所诈，岂非天命？"说至此，刀已近颈，砉然一声，头已坠地。

看官阅过前文，应知萧何追信回来，登坛拜将，何等重用。就是垓下一战，若非信足智多谋，围困项王，高祖亦未必骤得天下，乃十大功劳，一笔勾销，前时力荐的萧丞相，反且向吕后进策，诱信入宫，把他处决，岂不可叹？后人为信悲吟云：成也萧何，败也萧何，原是一句公论。尤可痛的是韩信被杀，倒也罢了，信族何罪，也要夷灭，甚至父族、母族、妻族，一古脑儿杀尽，冤乎不冤，惨乎不惨！<small>世间最毒妇人心，即此已见吕后之泼悍。</small>

高祖接得此报，惊喜交并，当即至长安一行，夫妻相见，并不责后擅杀，只问韩信死时，有无他语。<small>其欲信之死也，久矣。</small>吕后谓信无别言，但自悔不用蒯彻计议。高祖惊愕道："彻系齐人，素有辩才，不应使他漏网，再哄他人。"乃即使人赴齐，传语曹参，速将蒯彻拿来。参怎敢违慢，严饬郡吏，四处兜拿，任他蒯彻如何佯狂，也无从逃脱，被吏役拿解进京，由高祖亲自鞫问，怒目诘责道："汝敢教淮阴侯造反么？"彻直答道："臣原叫他独立，可惜竖子不听我言，遂至族诛,若竖子肯用臣计,陛下怎得杀他?"高祖大怒,喝令左右烹彻。彻呼天鸣冤,高祖道:"汝教韩信造反,罪过韩信,理应受烹,还有何冤?"彻朗声说道:"秦失其鹿,天下共逐,高材疾足,方能先得。此时有甚么君臣名义,箝制人心。臣闻跖犬可使吠尧,尧岂不仁?犬但知为主,非主即吠。臣当时亦唯知韩信,不知陛下,就是今日海内粗平,亦未尝无暗地怀谋,欲为陛下所为。试问陛下能一一尽烹否?人不尽烹,独烹一臣,臣所以要呼冤了!"佯狂不能免祸,还是用彼三寸舌。*蒯彻佯狂见前文。*高祖闻言,不禁微笑道:"汝总算能言善辩,朕便赦汝罢!"遂令左右将彻释缚,彻再拜而出,仍回到齐国去了。*究竟是能说的好处。*

且说梁王彭越,佐汉灭楚,战功虽不及韩信,却也相差不远,截楚粮道,烧楚积聚,卒使项王食尽,蹙死垓下,这种功劳,也好算是汉将中的翘楚。自韩信被擒,降王为侯,越亦恐及祸,阴有戒心。到了陈豨造反,高祖亲征,曾派人召越,使越会师,越托病不赴,*是越亦大失着。*惹动高祖怒意,驰诏诘责。越又觉生恐,拟自往谢罪,部将扈辄旁阻道:"王前日不行,今日始往,定必成擒,不如就此举事,乘虚西进,截住汉帝归路,尚可快心。"越听了扈辄一半计策,仍然借口生病,未尝往谢。但究竟不敢造反,只是蹉跎度日。不料被梁太仆闻知,暗暗记着,当下瞧越不起,擅自行事。越欲把他治罪,他却先发制人,竟一溜烟似的往报高祖。适值高祖返洛,途中遇着,便即上书告讦,谓越已与扈辄谋反。高祖信为实事,立遣将士赍诏到梁,出其不意,把越与扈辄两人,一并拘至洛阳,便令廷尉王恬开讯办。恬开审讯以后,已知越不听辄言,无意造反,但默窥高祖微旨,不得不从重定谳,略言谋反计画,出自扈辄,越果效忠帝室,理应诛辄报闻,今越不杀辄,显是反形已具,应该依法论罪等语。高祖为了韩信受诛,入都按问情形,因将越事悬搁数日。*前后呼应。*及再到洛阳,乃下诏诛辄,贷越死罪,废为庶人,谪徙至蜀地青衣县居住。越无可奈何,只好依诏西往,行至郑地,却碰着一位女杀星,要将彭越的性命催讨了去。看官道是何人?原来就是擅杀韩信的吕雉。*直斥其名,痛嫉之至。*

吕后闻得彭越下狱,私心窃喜,总道高祖再往洛阳,定将越置诸死刑,除绝后患。偏高祖将他赦免,但令他废徙蜀中,她一得此信,大为不然,所以即日启行,要向高祖面谈,请速杀越。冤家路狭,蓦地相逢,便即呼越停住,假意慰问。越忙拜谒道旁,涕泣陈词,自称无罪,且乞吕后乘便说情,请高祖格外开恩,放回昌邑故里。*向女阎罗求生,真是妄想。*吕后毫不推辞,一口应允,就命越回,从原路同入洛阳,自己进见高祖,使越在宫外候信。越眼巴巴的恭候好音,差不多待了一日,那知宫中有卫士出来,复将他横拖直拽,再至廷尉王恬开处候讯。王恬开也暗暗称奇,便探听宫内消息,再定谳词。未几已得确音,

第三十八回　悍吕后毒计戮功臣　智陆生善言招蛮酋

乃是吕后见了高祖，便劝高祖诛越，大旨谓越本壮士，徙入蜀中，仍旧养虎遗患，不如速诛为是，今特把越截住，嘱使同来云云。一面嘱令舍人告变，诬越暗招部兵，还想谋反，内煽外蛊，不由高祖不从，因再执越，交付廷尉，重治越罪。恬开是个逢迎好手，更将原谳加重，不但诛及越身，还要灭越三族。越方知一误再误，悔无及了。诏令一下，悉依定谳，遂将越捆缚出去，枭首市曹。并把越三族拘至，全体屠戮。越既枭首示众，还要把尸身醢作肉酱，分赐诸侯。何其残忍若此？且就悬首处揭张诏书，如有人收祀越首，罪与越同。

才阅数日，忽有一人素服来前，携了祭品，向着越首，摆设起来，且拜且哭，当被守吏闻知，便将那人捉住，送至高祖座前。高祖怒骂道："汝何人？敢来私祭彭越。"那人道："臣系梁大夫栾布。"高祖越厉声道："汝难道不见我诏书，公然哭祭，想是与越同谋，快快就烹！"时殿前正摆着汤镬，卫士等一闻命令，即将栾布提起，要向汤镬中掷入。布顾视高祖道："容待臣一言，死亦无恨。"高祖道："尽管说来！"栾布道："陛下前困彭城，败走荥阳、成皋间，项王带领强兵，西向进逼，若非彭王居住梁地，助汉苦楚，项王早已入关了。当时彭王一动，关系非浅，从楚即汉破，从汉即楚破，况垓下一战，彭王不至，项王亦未必遽亡。今天下已定，彭王剖符受封，岂不欲传诸万世，乃一征梁兵，适值彭王有病，不能遽至，便疑为谋反，诛彭王身，灭彭王族，甚至悬首醢肉，臣恐此后功臣，人人自危，不反也将逼反了！今彭王已死，臣尝仕梁，敢违诏私祭，原是拚死前来，生不如死，情愿就烹。"高祖见他语言慷慨，词气激昂，也觉得所为过甚，急命武士放下栾布，松开捆绑，授为都尉。布乃向高祖拜了两拜，下殿自去。

这栾布本是彭越旧友，向为梁人，家况甚寒，流落至齐充当酒保。后来被人掠卖，入燕为奴，替主报仇，燕将臧荼，举为都尉。及荼为燕王，布即为燕将，已而荼起兵叛汉，竟至败死，布为所掳，亏得梁王彭越，顾念交情，将布赎出，使为梁大夫。越受捕时，布适出使齐国，事毕回梁，始闻越已被诛，乃即赶至洛阳，向越头下，致祭尽哀。古人有言："烈士徇名。"又云："士为知己者死。"栾布才算不愧哩！应该称扬。

惟高祖既诛彭越，即分梁地为二，东北仍号为梁，封子恢为梁王；西南号为淮阳，封子友为淮阳王。两子为后宫诸姬所出，母氏失传，小子也不敢臆造。只高祖猜忌异姓，改立宗支，明明是将中国土地，据为私产，也与秦始皇意见相似，异迹同情。若吕后妒悍情形，由内及外，无非为保全自己母子起见，这更可不必说了。讥刺得当。

梁事已了，吕后劝高祖还都。高祖乃挈后同归，入宫安居。约阅月余，忽想起南粤地方，尚未平服，因特派楚人陆贾，赍着印绶，往封赵佗为南粤王，叫他安辑百越,毋为边害。赵佗旧为龙川令,属南海郡尉任嚣管辖。嚣见秦政失纲,中原大乱,也想乘时崛起,独霸一方,会因老病缠绵,卧床不起,到了将死时候,乃召赵佗入语道:"天下已乱,胜、广以后,复有刘、项,几不知何时得安。南海僻处蛮夷,我恐被乱兵侵入,意欲塞断北道,自开新路,静看世变如何,再定进止,不幸老病加剧,有志未逮。今郡中长吏,无可与言,只有足下倜傥不羁,可继我志。此地负山面海,东西相距数千里,又有中原人士,来此寓居,正可引为臂助,足下能乘势立国,却也是一州的主子呢!"佗唯唯受教,嚣即命佗行南海尉事。未几嚣死,佗为嚣发丧,实任南海尉,移檄各关守将,严守边防,截阻北路。所有秦时派置各县令,陆续派兵捕戮,另用亲党接充。嗣是袭取桂林、象郡,自称南粤武王。及汉使陆贾,到了南海,佗虽不拒绝,却大模大样的坐在堂上,头不戴冠,露出一个椎髻,身不束带,独伸开两脚,形状似箕,直至陆贾进来,仍然这般容态。陆贾素有口才,也不与他行礼,便朗声开言道:"足下本是中国人,父母兄弟坟墓,都在真定。今足下反易天常,弃冠裂带,要想举区区南越,与天子抗衡,恐怕祸且立至了!试想秦为不道,豪杰并起,独今天子得先入关,据有咸阳,平定暴秦。项羽虽强,终致败亡,先后不过五年,海内即归统一。这乃天意使然,并不是专靠人力呢!今足下僭号南越,不助天下诛讨暴逆,天朝将相,俱欲移兵问罪。独天子怜民劳苦,志在休息,特遣使臣至此,册封足下。足下正应出郊相迎,北面称臣。不意足下侈然自大,骤思抗命,倘天子得闻此事,赫然一怒,掘毁足下祖墓,屠灭足下宗族。再遣偏将领兵十万,来讨南越,足下将如何支持?就是南越吏民,亦且共怨足下。足下生命,就在这旦夕间了!"怵以利害,先挫其气。佗乃竦然起座道:"久处蛮中,致失礼仪,还请勿怪!"贾答道:"足下知过能改,也好算是一位贤王。"佗因问道:"我与萧何、曹参、韩信等人,互相比较,究竟孰贤?"贾随口说道:"足下似高出一筹。"略略奉承,俾悦其心。佗喜溢眉宇,又进问道:"我比皇帝如何?"贾答说道:"皇帝起自丰沛,讨暴秦,诛强楚,为天下兴利除害,德媲五帝,功等三王,统天下,治中国,中国人以亿万计,地方万里,尽归皇帝,政出一家,自从天地开辟以来,未尝得此!今足下不过数万兵士,又僻居蛮荒,山海崎岖,约不过大汉一郡,足下自思,能赛得过皇帝否?"佗大笑道:"我不在中国起事,故但王此地;若得居中国,亦未必不如汉帝呢!"乃留贾居客馆中,连日与饮,纵谈时事,贾应对如流,备极欢洽。佗欣然道:"越中乏才,无一可与共语,今得先生到来,使我闻所未闻,也是一幸。"贾因他气谊相投,乐得多住数日,劝他诚心归汉。佗为所感动,乃自愿称臣,遵奉汉约,并取出越中珍宝,作为贽仪,价值千金。贾亦将随身所带的财帛,送给赵佗,大约也不下千金,主客尽欢,方才告别。

贾辞归复命，高祖大悦，擢贾为大中大夫。贾既得主眷，时常进谒，每与高祖谈论文治，辄援据诗书，说得津津有味。高祖讨厌得很，向贾怒骂道："乃公以马上得天下，要用什么诗书？"贾答道："马上得天下，难道好马上治天下么？臣闻汤武逆取顺守，方能致治；秦并六国，任刑好杀，不久即亡。向使秦得有天下，施行仁义，效法先王，陛下怎能得灭秦为帝呢？"明白痛快。高祖听说，暗自生惭，禁不住面颊发赤。停了半晌，方与贾语道："汝可将秦所以失天下，与我所以得天下，分条解释，并引古人成败的原因，按事引证，著成一书，也可垂为后鉴了。"贾奉命趋出，费了好几天工夫，辑成十二篇，奏闻高祖。高祖逐篇称善，左右又齐呼万岁，遂称贾书为《新语》。小子有诗咏道：

奉书出使赴南藩，折服枭雄语不烦。
更有一编传治道，古今得失好推原。

欲知后事如何，且看下回分解。

韩信谋反，出自舍人之一书，虚实尚未可知，吕后遽诱而杀之，无论其应杀与否，即使应杀，而出自吕后之专擅，心目中亦岂尚有高祖耶？或谓高祖出征，必有密意授诸帷房，故吕后得以专杀，此言亦不为无因，试观高祖之不责吕后，与吕后之复请诛越，可以知矣。然吾谓韩彭之戮，高祖虽未尝无意，而主其谋者，必为吕后。高祖擒信而不杀信，拘越而不杀越，犹有不忍之心，惟吕后阴悍过于高祖，高祖第黜之而不杀，吕后必杀之而后快，越可诬，信亦何不可诬？《纲目》于韩、彭之杀，皆不书反，而杀信则独书皇后，明其为吕后之专杀，于高祖固尚有恕辞也。妇有长舌，洵可畏哉！彼陆贾之招降赵佗，乃以口舌取功名，与郦食其、随何相类。惟"马上取天下，不能以马上治"二语，实足为佐治良谟。《新语》之作，流传后世，谓为汉室良臣，不亦宜乎！

第三十九回　讨淮南箭伤御驾
　　　　　　过沛中宴会乡亲

却说高祖既臣服南越，复将伪公主遣嫁匈奴，也得冒顿欢心，奉表称谢，正是四夷宾服，函夏风清。偏偏天有不测风云，人有旦夕祸福，高祖政躬不豫，竟好几日不闻视朝。群臣都向宫中请安，那知高祖不愿见人，吩咐守门官吏，无论亲戚勋旧，一概拒绝。遂致群臣无从入谒，屡进屡退，究不知高祖得何病症，互启猜疑。独舞阳侯樊哙，往返数次，俱不得见，惹得一时性起，号召群僚，排闼直入，门吏阻挡不住，只得任令入内。哙见高祖躺在床上，用一小太监作枕，皱着两眉，似寐非寐，便不禁悲愤道："臣等从陛下起兵，大小百战，从未见陛下气沮，确是勇壮得很。今天下已定，陛下乃不愿视朝，累日病卧，又为何困惫至此！况陛下患病，群臣俱为担忧，各思觐见天颜，亲视安否？陛下奈何拒绝不纳，独与阉人同处，难道不闻赵高故事么？"樊哙敢为是言，想知高祖并非真病。高祖闻言，一笑而起，方与哙等问答数语。哙见高祖无甚大病，也觉心安，遂不复多言，须臾即退。其实高祖乃是愁病，一大半为了戚姬母子，踌躇莫决，所以闷卧宫中，独自沉思。一经樊哙叫破，只好撇下心事，再起听政，精神一振，病魔也自然退去了。

过了数日，忽来一个淮南中大夫贲赫，报称淮南王英布谋反，速请征讨。高祖恐赫挟嫌诬控，未便轻信，乃把赫暂系狱中，别令人查办淮南。究竟英布谋反，是否属实，容小子约略表明。先是彭越被诛，醢肉为酱，分赐王侯。布得醢大惊，恐轮到自己身上，阴使部将带兵守边，预防不测。会因爱姬得病，就医诊治，医家对门，就是中大夫贲赫宅第。赫尝在英布左右，与王姬亦曾见过。此时因姬就医，便想乘便奉承，特购得奇珍异宝，作为送礼。待至姬病渐瘥，又备了一席盛筵，即借医家摆设，恭请王姬上坐，自就末座相陪。男女有别，奈何不避嫌疑？王姬不忍却情，就也入席畅饮，直至玉山半颓，酒阑席散，方才谢别还宫。布见姬已就痊，倒也心喜。有时追问病中情景，姬即就便称赫，说他忠义兼全。那知布面色陡变，迟疑半晌，方说出一语道："汝为何知赫忠义？"姬被他一诘，才觉得出言冒昧，追悔无及，但又不能再讳，只好将赫如何厚馈，如何盛宴，略说一遍。布不听犹可，听他说完，越加动怒，厉声诃责道："贲赫与汝何亲？乃这般优待，莫非汝与赫另有别情！"姬且悔且惭，又急又恼，慌忙带哭带辩，宁死不认。偏英布不肯相信，竟欲贲赫对质，使人宣召。何必这般性急。赫见了来使，还道是王姬代为吹嘘，非常高兴。及见来使语言有异，乃殷勤款待，探问情由。使人感赫厚情，便与他附耳说明。赫始知弄巧成拙，不敢应召，佯说是病不能起，只好从宽。待至使人去后，又恐布派兵来拿，当即乘车出门，飞奔而去。果然不到半日，即由布发到卫兵，围住赫第，入宅搜捕。四处寻觅，并不见赫，只得回去告布。布又命卫兵追赶，行了一二百里，杳无赫踪，仍然退归。赫已兼程西进，入都告变。

高祖恨不得杀尽功臣，正要他自来寻祸，还是萧何防赫挟嫌，奏明高祖，才得高祖首肯，也虑赫怀有诈意，一面将赫系住，一面派使查布。布因追赫不及，已料他西往长安，讦发隐情。至朝使到来，虽然没有严诏，但见他逐事调查，定由赫从中挑唆。自知一不做，二不休，索性将赫家全眷，尽行屠戮，且欲拿住朝使，一刀两段，亏得朝使预得风声，先期逃脱，奔还长安，报称布已起反。

高祖闻知,乃赦赫出狱,拜为将军,并召诸将会议出师。诸将统齐声道:"布何能为?但教大兵一到,便好擒来。"高祖却不免迟疑,一时不能遽决。原来高祖病体新愈,尚未复原,意欲使太子统兵,出击英布。莫非与头曼单于同一思想?太子有上宾四人,统是岩栖谷隐,皓首庞眉。一叫做东园公,一叫做夏黄公,一叫做绮里季,一叫做甪音禄。里先生。向来蛰居商山,号为商山四皓。高祖尝闻他重名,屡征不至。建成侯吕释之,系吕后亲兄,奉吕后命,要想保全太子,特向张良问计。良教他往迎四皓,辅佐太子,当不致有废立情事。释之也不知他有何妙用,但依了张良所言,卑礼厚币,往聘四人。四人见来意甚诚,勉允出山,面谒储君。及至长安,太子盈格外礼遇,情同师事,四人又不好遽去,只得住下。到了英布变起,太子盈有监军消息,四皓已窥透高祖微意,亟往见吕释之道:"太子出去统兵,有功亦不能加封,无功却不免受祸。君何不急请皇后,泣陈上前,但言英布为天下猛将,素善用兵,不可轻敌。现今朝廷诸将,都系陛下故旧,怎肯安受太子节制。今若使太子为将,何异使羊率狼,谁肯为用?徒令英布放胆,乘隙西来,中原一动,全局便至瓦解。看来只有陛下力疾亲征,方可平乱云云。照此进言,太子方可无虞了。"释之得四皓教导,忙入宫报知吕后。吕后即记着嘱语,乘间至高祖前,呜呜咽咽,泣述一番。高祖乃慨然道:"我原知竖子不能任事,总须乃公自行,我就亲征便了。"谁知已中了四皓的秘计。

是日即颁下诏命,准备亲征。汝阴侯夏侯婴,尚谓英布未必遽反,特召入门客薛公,与他商议。薛公为故楚令尹,向有才智,料事如神,既入见夏侯婴,说起英布造反等情,便以为确实无疑。婴复问道:"主上已裂地封布,举爵授布,布得南面称王,难道还要造反么?"薛公道:"往年杀彭越,前年杀韩信,布与信越,同功一体,两人受诛,布怎能不惧?因惧思反,何足为怪?"婴又道:"布果能逞志否?"薛公道:"未必!未必!"婴深服薛公言论,遂入白高祖,力为保荐。高祖也即传见,向他问计。薛公道:"布反不足深虑,设使布出上策,山东恐非汉有;若出中策,胜负尚未可知;惟出下策,陛下好高枕安卧了!"高祖道:"上策如何?"薛公道:"南取吴,西取楚,东并齐鲁,北收燕赵,坚壁固守,乃为上策,布能出此,山东即非汉有了!"高祖又问及中策下策。薛公道:"东取吴,西取楚,并韩取魏,据敖仓粟,塞成皋口,便是中策。若东取吴,西取下蔡,聚粮越地,身归长沙,这乃所谓下策哩。"高祖道:"汝料布将用何策?"薛公道:"布一骊山刑徒,遭际乱世,得封王爵;其实是无甚远识,但顾一身,不顾日后。臣料他必出下策,尽可无忧!"高祖听了,欣然称善,面封薛公为关内侯,食邑千户。且立赵姬所生子长为淮南王,预为代布地步。

时方新秋,御跸启行,战将多半相从,惟留守诸臣,辅着太子,得免从军,但皆送行出都,共至霸上。留侯张良,平时多病,至此亦强起出送。想是辟谷所致。临别时方语高祖道:"臣本宜从行,无如病体加剧,未便就道,只好暂违陛下!惟陛下此去,务请随时慎重,楚人生性剽悍,幸勿轻与争锋!"高祖点首道:"朕当谨记君言。"良又说道:"太子留守京都,关系甚重,陛下应命太子为将军,统率关中兵马,方足摄服人心。"高祖又依了良议,且嘱良道:"子房为朕故交,今虽抱病,幸为朕卧傅太子,免朕悬念。"良答道:"叔孙通已为太子太傅,才足胜任,请陛下放心。"高祖道:"叔孙通原是贤臣,但一人恐不足济事,故烦子房相助,子房可屈居少傅,还望勿辞!"良乃受职自归。无非为着太子。高祖又发上郡、北地、陇西车骑,及巴蜀材官,并中尉卒三万人,使屯霸上,为太子卫军。部署既定,然后麾兵东行,逐队进发。

布已出兵略地,东攻荆,西攻楚,号令军中道:"汉帝已老,必不亲来,从前善战诸将,只有韩信彭越,智勇过人,今已皆死,余不足虑。诸君能努力向前,包管得胜,取天下也不难呢!"部众闻命,遂先向荆国进攻。荆王刘贾,战败走死。布取得荆地,复移兵攻楚。楚王刘交,分兵三路,出城拒布,有人谓楚统将道:"布善用兵,为众所惮,我若并力抵拒,还可久持。今作为三路,势分力散,彼若败我一军,余军皆散,楚地便不保了!"楚将不从,果然两造交锋,前军为布所败,左右二军,不战自溃,楚将亦遁。就是楚王刘交,也保不住淮西都城,避难奔薛。布以为荆楚已下,正好西进,遂如薛公所料,甘出下计,溯江西行,及抵蕲州属境会甄地方,正值高祖亲率大队,迤逦前来。布望将过去,隐隐见有黄屋左纛,却也吃了一惊。偏不如汝所料。但势成骑虎,不能再下,只得摆成阵势,与决雌雄。

高祖就庸城下营,登高窥敌,见布军甚是精锐,一切阵法,仿佛与项羽相似,心下很是不悦,因即策励诸将,出营与战。布严装披挂,立住阵门,高祖遥与布语道:"我封汝为王,也足报功,何苦兴兵动众,猝然造反!"布说不出甚么理由,但随口答说道:"为王何如为帝,我亦无非想做皇帝呢!"倒也痛快。高祖大怒,痛骂数语,便即用鞭一挥,诸将依次杀出,突入布阵。布令前驱射箭,群镞齐飞,争注汉军,汉军虽不免受伤,仍然拼死直前,有进无退。高祖也冒矢督战,毫无惧色。忽遇一箭飞来,迫不及避,竟中胸前,还亏身披铁甲,镞未深入,不过入肉数分,痛楚尚可忍耐。高祖用手扪胸,保护痛处,越觉得怒气上冲,大呼杀贼。诸将见高祖已经中箭,尚且舍命奋呼,做臣子的理应为主效劳,争先赴敌,还管甚么生死利害,但教一息尚存,总要拚个你死我活,于是从众矢攒集的中间,拨开一条血路,齐向布阵杀入。布兵矢已垂尽,汉军气尚未衰,顿时布阵捣破,横冲直撞,好似生龙活虎,不可复制,布众七零八落,纷纷

第三十九回　讨淮南箭伤御驾　过沛中宴会乡亲

四溃，布亦禁止不住，带领残骑，回头退走。高祖尚麾众追击，直逼淮水。布兵渡淮东行，只恐汉军追及，急忙凫水，多被漂没。及渡过对岸，随兵已不满千人，再加沿途散失，相从只百余骑兵，哪里还能保守淮南。布势尽力穷，不敢还都，专望江南窜走。适有长沙王吴臣，贻书与布，叫他避难长沙。吴臣即吴芮子，芮已病殁，由臣嗣立，与布为郎舅亲。布得书心喜，急忙改道前往。行至鄱阳，夜宿驿中，不料驿舍里面，伏着壮士，突起击布。布猝不及防，竟被杀死，好与韩信、彭越一班阴魂，混做一淘，彼此诉苦去了。看官不必细猜，便可晓得杀布的壮士，乃是吴臣所遣。既得布首，当然赍献高祖，释嫌报功。大义灭亲，原不足怪，但必诱而杀之，毋乃不情。

那时高祖已顺道至沛，省视故乡父老，寓有衣锦重归的意思。沛县官吏，预备行宫，盛设供帐，待至高祖到来，出城跪迎。高祖因他是故乡官吏，却也另眼相看，就在马上答礼，命他起身，引入城中。百姓统扶老携幼，欢迎高祖，香花载道，灯彩盈街，高祖瞧着，非常高兴，一入行宫，即传集父老子弟，一体进见，且嘱他不必多礼，两旁分坐。沛中官吏，早已备着筵席，摆设起来。高祖坐在上面，即令父老子弟，共同饮酒，又选得儿童二百二十人，教他唱歌侑筋，儿童等满口乡音，咿咿呀呀的唱了一番，高祖倒也欢心。并因酒入欢肠，越加畅适，遂令左右取筑至前，亲自击节，信口作歌道：

大风起兮云飞扬，威加海内兮归故乡，安得猛士兮守四方！

歌罢，命儿童学习，同声唱和。儿童伶俐得很，一经教授，便能上口，并且抑扬顿挫，宛转可听，引得高祖喜笑颜开，走下座来，回旋动舞。无赖依然旧酒徒。舞了片刻，又回想到从前苦况，不由的悲感交乘，流下数行老泪。父老子弟等，看到高祖泪容，都不禁相顾错愕。高祖亦已瞧着，便向众宣言道："游子悲故乡，乃是常情。我虽定都关中，万岁以后，魂魄犹依恋故土，怎能忘怀？且我起自沛公，得除暴逆，幸有天下，是处系朕汤沐邑，可从此豁免赋役，世世无与。"大众听了，俱伏地拜谢。高祖又令他起身归座，续饮数巡，至晚始散。到了次日，复使人召入武负、王媪，及亲旧各家老妪，都来与宴。妇女等未知礼节，由高祖概令免礼，大众不过是敛衽下拜，便算是觐见的仪制。草草拜毕，依次入座。高祖与他谈及旧事，相率尽欢，且笑且饮，又消磨了一日。嗣是男女出入，皆各赐宴，接连至十余日，方拟启行，父老等固请再留。高祖道："我此来人多马众，日需供给，若再留连不去，岂不是累我父兄？我只好与众告辞了！"乃下令起程。

父老等不忍相别，统皆备办牛酒，至沛县西境饯行，御驾一出，全县皆空。高祖感念父老厚情，命在沛西暂设行幄，与众共饮，眨眨眼又是三日，始决计与别。父老复顿首请命道："沛中幸免赋役，唯丰邑未沐殊恩，还乞陛下矜怜!"高祖道:"丰邑是我生长地,更当不忘,只因从前雍齿叛我,丰人亦甘心助齿,负我太甚,今既由父老固请,我就一视同仁,允免赋役罢了。"雍齿已给侯封,何必再恨丰人?父老等再为丰人叩谢。高祖待他谢毕,拱手上车,向西自去。父老等回入沛中,就在行宫前筑起一台,号为歌风台。曾记清朝袁子才,咏有《歌风台》诗云:

> 高台击筑记英雄,马上归来句亦工。
> 一代君民酣饮后,千年魂魄故乡中。
> 青天弓剑无留影,落日河山有大风。
> 百二十人飘散尽,满村牧笛是歌童。

高祖行次淮南,连接两次喜报,心下大悦。究竟所报何事,待看下回自知。

韩、彭未反而被戮,英布已反而始诛,是布固明明有罪,与韩、彭之受戮不同。然韩、彭不死,布亦未必遽反,兔死狐悲,物伤其类,布之反,实汉高有以激成之耳!究令布终不反,亦未必免祸。功成身危,千古同慨,此张子房之所以独称明哲也。及高祖破布,过沛置酒,宴集父老,大风作歌,慨思猛士,是岂因功臣之死,自觉寂寥,乃为慷慨悲歌乎?夫猛士可使守,枭将亦不反矣。甚矣哉高祖之徒知齐末,不知揣本也!

第四十回　保储君四皓与宴　　留遗嘱高祖升遐

却说高祖到了淮南,连接两次喜报,一即由长沙王吴臣,遣人献上英布首级,高祖看验属实,颁诏褒功,交与来使带回;一是由周勃发来的捷音,乃是追击陈豨,至当城破灭豨众,将豨刺死,现已悉平代郡,及雁门、云中诸地,候诏定夺云云。高祖复驰诏与勃,叫他班师。周勃留代,见三十八回。惟淮南已封与子长,楚王交复归原镇,独荆王贾走死以后,并无子嗣,特改荆地为吴国,立兄仲子濞为吴王。濞本为沛侯,年方弱冠,膂力过人,此次高祖讨布,濞亦随行,临战先驱,杀敌甚众。高祖因吴地轻悍,须用壮王镇守,方可无患,乃特使濞王吴。濞受命入谢,高祖留神细视,见他面目犷悍,隐带杀气,不由的懊悔起来,便怅然语濞道:"汝状有反相,奈何?"说到此句,又未便收回成命,大费踌躇。濞暗暗生惊,就地俯伏,高祖手抚濞背道:"汉后五十年,东南有乱,莫

第四十回　保储君四皓与宴　留遗嘱高祖升遐

非就应在汝身？汝当念天下同姓一家，慎勿谋反，切记！切记！"既知濞有反相，何妨收回成命，且五十年后之乱事，高祖如何预知？此或因史笔好诙，故有是记载，未足深信。濞连称不敢，高祖乃令他起来，又嘱咐数语，才使退出。濞即整装去讫。嗣是子弟分封，共计八国，齐、楚、代、吴、赵、梁、淮阳、淮南，除楚王交、吴王濞外，余皆系高祖亲子。高祖以为骨肉至亲，当无异志。就是吴王濞，已露反相，还道是犹子比儿，不必过虑，谁知后来竟变生不测呢？这且慢表。

且说高祖自淮南启跸，东行过鲁，遣官备具太牢，往祀孔子。待祀毕复命，改道西行。途中箭创复发，匆匆入关，还居长乐宫，一卧数日。戚姬早夕侍侧，见高祖呻吟不辍，格外担忧，当下觑便陈词，再四吁请，要高祖保全母子性命。高祖暗想，只有废立太子一法，尚可保他母子，因此旧事重提，决议废立。张良为太子少傅，义难坐视，便首先入谏，说了许多言词，高祖只是不睬。良自思平日进言，多见信从，此番乃格不相入，料难再语，不如退归，好几日杜门谢客，托病不出。当时恼了太子太傅叔孙通，入宫强谏道："从前晋献公宠爱骊姬，废去太子申生，晋国乱了好几十年，秦始皇不早立扶苏，自致灭祀，尤为陛下所亲见。今太子仁孝，天下共闻，吕后与陛下，艰苦同尝，只生太子一人，如何无端背弃？今陛下必欲废嫡立少，臣情愿先死，就用颈血洒地罢。"说着，即拔出剑来，竟欲自刎。高祖慌忙摇手，叫他不必自尽，且与语道："我不过偶出戏言，君奈何视作真情？竟来尸谏，幸勿如此误会！"通乃把剑放下，复答说道："太子为天下根本，根本一摇，天下震动，奈何以天下为戏哩？"高祖道："我听君言，不易太子了！"通乃趋退。既而内外群臣，亦多上书固争，累得高祖左右两难，既不便强违众意，又不好过拒爱姬，只好延宕过去，再作后图。

既而疮病少瘥，置酒宫中，特召太子盈侍宴。太子盈应召入宫，四皓一同进去，俟太子行过了礼，亦皆上前拜谒。高祖瞧着，统是须眉似雪，道貌岩岩，心中惊异得很，便顾问太子道："这四老乃是何人？"太子尚未答言，四皓已自叙姓名。高祖愕然道："公等便是商山四皓么？我求公已阅数年，公等避我不至，今为何到此，从吾儿游行？"四皓齐声道："陛下轻士善骂，臣等义不受辱，所以违命不来。今闻太子仁孝，恭敬爱士，天下都延颈慕义，愿为太子效死。臣等体念舆情，故特远道来从，敬佐太子。"高祖徐徐说道："公等肯来辅佐我儿，还有何言？幸始终保护，毋致失德。"四皓唯唯听命，依次奉觞上寿。高祖勉强接饮，且使四皓一同坐下，共饮数卮。约有一两个时辰，高祖总觉寡欢，就命太子退去。太子起座，四皓亦起，随着太子，谢宴而出。高祖急召戚姬至前，指示四皓，且唏嘘向戚姬道："我本欲改立太子，奈彼得四人为辅，羽翼已成，势难再动了。"戚姬闻言，立即泪下。妇女徒知下泪，究属无益。高祖道："汝亦何必过悲，须知人生有命，得过且过，汝且为我作楚舞，我为汝作楚

歌。"戚姬无奈,就席前飘扬翠袖,轻盈回舞。高祖想了片刻,歌词已就,随即高声唱着道:

   鸿鹄高飞,一举千里。羽翼已就,横绝四海。横绝四海,当可奈何!虽有缯缴,尚安所施!

  歌罢复歌,回环数四,音调凄怆。戚姬本来通文,听着语意,越觉悲从中来,不能成舞,索性掩面痛哭,泣下如雨。高祖亦无心再饮,吩咐撤肴,自携戚姬入内,无非是婉言劝解,软语温存,但把废立太子的问题,却从此搁起,不复再说了。太子原不宜废立,但欲保全戚姬,难道竟无别法么?

  是时萧何已进位相国,益封五千户。高祖意思,实因何谋诛韩信,所以加封。群僚都向何道贺,独故秦东陵侯召平往吊。平自秦亡失职,在长安种瓜,味皆甘美,世称为东陵瓜。萧何入关,闻平有贤名,招致幕下,尝与谋议。此次平独入吊道:"公将从此惹祸了!"何惊问原因,平答道:"主上连年出征,亲冒矢石,惟公安守都中,不被兵革。今反得加封食邑,名为重公,实是疑公,试想淮阴侯百战功劳,尚且诛夷,公难道能及淮阴么?"何惶急说道:"君言甚是,计将安出?"平又道:"公不如让封勿受,尽将私财取出,移作军需,方可免祸。"何点首称善,乃只受相国职衔,让还封邑,且将家财佐军。果得高祖欢心,褒奖有加。及高祖讨英布时,何使人输运军粮,高祖又屡问来使,谓相国近作何事。来使答言,无非说他抚循百姓,措办粮械等情,高祖默然。寓有深意。来使返报萧何,何也未识高祖命意,有时与幕客谈及,忽有一客答说道:"公不久便要灭族哩!"又作一波。何大惊失色,连问语都说不出来。客复申说道:"公位至相国,功居第一,此外已不能再加了。主上屡问公所为,恐公久居关中,深得民心,若乘虚号召,据地称尊,岂不是驾出难归,前功尽隳么?今公不察上意,还要孳孳为民,益增主忌!忌日益深,祸日益迫,公何不多买田地,胁民贱售,使民间稍稍谤公,然后主上闻知,才能自安,公亦可保全家族了。"何依了客言,如议施行,嗣有使节往返,报知高祖,高祖果然欣慰。已而淮南告平,还都养疴,百姓遮道上书,争劾萧何强买民田,高祖全不在意,安然入宫。至萧何一再问疾,才将谤书示何,叫他自己谢民,何乃补给田价,或将田宅仍还原主,谤议自然渐息了。过了数旬,何上了一道奏章,竟触高祖盛怒,把书掷下,信口怒骂道:"相国萧何,想是多受商人货赂,敢来请我苑地,这还当了得么?"说着,遂指示卫吏,叫他往拘萧何,交付廷尉。可怜何时时关心,防有他变,不料大祸临头,竟来了一班侍卫,把他卸除冠带,加上锁链,拿交廷尉,向黑沉沉的冤狱中,亲尝苦味去了。古时刑不上大夫,况属相国,召平等胡不劝何早去,省得受辱? 一连幽系了数日,朝臣都不知何因,未敢营救。后来探得萧何奏牍,乃是为了长安都中,居民

第四十回　保储君四皓与宴　留遗嘱高祖升遐

日多，田地不敷耕种，请将上苑隙地，俾民入垦，一可栽植菽粟，赡养穷氓，二可收取槁草，供给兽食。这也是一条上下交济的办法，谁知高祖疑他讨好百姓，又起猜嫌，竟不计前功，饬令系治！猜忌之深，无孔不入。群臣各为呼冤，但尚是徘徊观望，惮发正言。幸亏有一王卫尉，代何不平，时思保救。一日入侍，见高祖尚有欢容，遂乘问高祖道："相国有何大罪，遽致系狱？"高祖道："我闻李斯相秦，有善归主，有恶自受。今相国受人货赂，向我请放苑地，求媚人民，我所以把他系治，并不冤诬。"卫尉道："臣闻百姓足，君孰与不足？相国为民兴利，请辟上苑，正是宰相应尽的职务，陛下奈何疑他得贿呢？且陛下距楚数年，又出讨陈豨、黥布，当时俱委相国留守。相国若有异图，但一动足，便可坐据关中，乃相国效忠陛下，使子弟从军，出私财助饷，毫无利己思想，今难道反贪商贾财贿么？况前秦致亡，便是由君上不愿闻过，李斯自甘受谤，实恐出言遭谴，何足为法？陛下未免浅视相国了！"力为萧何洗释，语多正直，可惜史失其名。高祖被他一驳，自觉说不过去，踌躇了好多时，方遣使持节，赦何出狱。何年已老，械系经旬，害得手足酸麻，身躯困敝，不得已赤了双足，徒跣入谢。高祖道："相国可不必多礼了！相国为民请愿，我不肯许，我不过为桀纣主，相国乃成为贤相，我所以系君数日，欲令百姓知我过失呢！"何称谢而退，自是益加恭谨，静默寡言。高祖也照常看待，不消细说。

适周勃自代地归来，入朝复命，且言陈豨部将，多来归降，报称燕王卢绾，与豨曾有通谋情事。高祖以绾素亲爱，未必至此，不如召他入朝，亲察行止。乃即派使赴燕，传旨召绾。绾却是心虚，通谋也有实迹，说将起来，仍是由所用非人，致被摇惑，遂累得身名两败，贻臭万年！先是豨造反时，尝遣部将王黄至匈奴求援，匈奴已与汉和亲，一时未肯发兵。事为卢绾所闻，也遣臣属张胜，前往匈奴，说是豨兵已败，切勿入援。张胜到了匈奴，尚未致命，忽与故燕王臧荼子衍，旅次相遇。衍奔匈奴，见前文。两下叙谈，衍是欲报父仇，恨不得汉朝危乱，乃用言诱胜道："君习知胡事，乃为燕王所宠信，燕至今尚存，乃是因诸侯屡叛，汉不暇北顾，暂作羁縻，若君但知灭豨，豨亡必及燕国，君等将尽为汉虏了！今为君计，惟有一面援豨，一面和胡，方得长保燕地，就使汉兵来攻，亦可彼此相助，不至遽亡。否则汉帝好猜，志在屠戮功臣，怎肯令燕久存哩！"张胜听了，却是有理。遂违反卢绾命令，竟入劝冒顿单于，助豨敌汉。绾待胜不至，且闻匈奴发兵入境，防燕攻豨，不由的惊诧起来。暗想此次变端，定由张胜暗通匈奴，背我谋反，乃飞使报闻高祖，要将张胜全家诛戮。使人方发，胜却自匈奴回来，绾见了张胜，当然要把他斩首，嗣经胜具述情由，说得绾亦为心动，乃私赦胜罪，掉了一个狱中罪犯，绑出市曹，枭去首级，只说他就是张胜。暗中却遣胜再往匈奴与他连和，另派属吏范齐，往见陈豨，叫他尽力御汉,不必多虑。偏偏陈豨不能久持,败死当城,遂致绾计不得逞,悔惧交并。蓦地里又来了汉使,宣召入朝,绾怎敢遽赴?只好托言有病,未便应命。

汉使当然返报,高祖尚不欲讨绾,又派辟阳侯审食其,及御史大夫赵尧,相偕入燕,察视绾病虚实,仍复促绾入朝。两使驰入燕都,绾越加惊慌,仍诈称病卧床中,不能出见,但留西使居客馆中。两使住了数日,未免焦烦,屡与燕臣说及,要至内室问病。燕臣依言报绾,绾叹息道:"从前异姓分封,共有七国,现在只存我及长沙王两人,余皆灭亡。往年族诛韩信,烹醢彭越,均出吕后计划。近闻主上抱病不起,政权均归诸吕后。吕后妇人,阴贼好杀,专戮异姓功臣。我若入都,明明自去寻死,且待主上病愈,我方自去谢罪,或尚能保全性命呢!"燕臣乃转告两使,虽未尝尽如绾言,却也略叙大意。赵尧还想与他解释,独审食其听着语气,似含有不满吕后的意思,心中委实难受,遂阻住赵尧言论,即与尧匆匆还报。审食其袒护吕后,却有一段隐情,试看下文便知。

高祖得两人复命,已是愤恨得很,旋又接到边吏报告,乃是燕臣张胜,仍为燕使,通好匈奴,并未有族诛等情。高祖不禁大怒道:"卢绾果然造反了!"遂命樊哙率兵万人,往讨卢绾。哙受命即去。高祖因绾亦谋反,格外气忿,一番盛怒,又致箭疮迸裂,血流不止。好容易用药搽敷,将血止住,但疮痕未愈,痛终难忍,辗转榻中,不能成寐。自思讨布一役,本拟令太子出去,乃吕后从中谏阻,使我不得不行,临阵中箭,受伤甚重,这明明是吕后害我,岂不可恨?所以吕后、太子,进来问疾,高祖或向他痛骂一顿。吕后、太子,不堪受责,往往避不见面,免得时听骂声。适有侍臣与樊哙不协,趁着左右无人,向前进谗道:"樊哙为皇后妹夫,与吕后结为死党,闻他暗地设谋,将俟宫车晏驾后,引兵报怨,尽诛戚夫人、赵王如意等人,不可不防!"高祖瞋目道:"有这等事么?"侍臣说是千真万真,当由高祖召入陈平、周勃,临榻与语道:"樊哙党同吕后,望我速死,可恨已极,今命汝两人乘驿前往,速斩哙首,不得有误!"两人闻命,面面相觑,不敢发言。高祖顾陈平道:"汝可将哙首取来,愈速愈妙!"又顾周勃道:"汝可代哙为将,讨平燕地!"两人见高祖盛怒,并且病重,未便为哙解免,只好唯唯退出,整装起行。在途私议道:"哙系主上故人,积功甚多,又是吕后妹夫,关系贵戚,今主上不知听信何人,命我等速去斩哙!我等此去,只好从权行事,宁可把哙拘归,请主上自行加诛罢。"这计议发自陈平,周勃亦极口赞成,便即乘驿前往。两人尚未至哙军,那高祖已经归天了。

高祖一病数月,逐日加重,至十二年春三月中,自知创重无救,不愿再行疗治。吕后却遍访良医,得了一有名医士,入宫诊视。高祖问疾可治否?医士却还称可治,高祖嫚骂道:"我以布衣提三尺剑,取得天下,今一病至此,岂非天命?命乃在天,就使扁鹊重生,也是无益,还想甚么痊愈呢!"说罢,顾令近侍取金五十斤赐与医士，令他退去，不使医治。医士无功得金，却发了一注小财。吕后亦无法相劝，只好罢了。高祖待吕后退出，便召集列侯群臣，一同入宫，嘱使宰杀白马，相率宣誓道："此后非刘氏不得封王，非有功不得封侯。如违此约，天下共击之！"誓毕乃散。高祖再寄谕陈平，令他由燕回来，不必入报，速往荥阳，与灌婴同心驻守，免致各国乘丧为乱。布置已毕，再召吕后入宫，嘱咐后事，吕后问道："陛下百岁后，萧相国若死，何人可代？"高祖道："莫若曹参。"吕后道："参年亦已将老，此后当属何人？"高祖道："王陵可用。但陵稍愚直，不能独任，须用陈平为助。平智识有余，厚重不足，最好兼任周勃。勃朴实少文，但欲安刘氏，非勃不可，就用为太尉便了。"大约是阅历有得之谈。吕后还要再问后人，高祖道："后事恐亦非汝所能知了。"吕后乃不复再言。又越数日，已是孟夏四月，高祖在长乐宫中，瞑目而崩，享年五十有三。自高祖为汉王后，方才改元，五年称帝，又阅八年，总计得十有二年。称帝以五年为始，故合计只十二年。小子有诗咏道：

> 仗剑轻挥灭暴秦，功成垓下壮图新。
> 如何功狗垂烹尽，身后牝鸡得主晨。

　　高祖已崩，大权归诸吕后手中，吕后竟想尽诛遗臣，放出一种辣手出来。当下召入一人，秘密与商，这人为谁？容至下回再详。

　　四皓为秦时遗老，无权无勇，安能保全太子，使不废立？高祖明知废立足以召祸，故迟回审慎，终不为爱妾所移，其所谓羽翼已成，势难再动，特绐戚夫人耳。戚姬屡请易储，再四涕泣，高祖无言可答，乃借四皓以折其心，此即高祖之智术也。厥后械系萧何，命斩樊哙，无非恐太子柔弱，特为此最后之防维。何本谦恭，挫辱之而已足；哙兼亲贵，刑戮之而始安。至若预定相位，嘱用周勃，更为身后之图，特具安刘之策，盖其操心危，虑患深，故能谈言微中，一二有征。必谓其洞察未来，则尧舜犹难，遑论汉高。况戚姬赵王，固为高祖之最所宠爱者，奈何不安之于豫，而使有人彘之祸也哉！

第四十一回　折雄狐片言杜祸　看人彘少主惊心

　　却说吕后因高祖驾崩，意欲尽诛诸将，竟将丧事搁起，独召一心腹要人，入宫密商。这人姓名，就是辟阳侯审食其。食其与高祖同里，本没有甚么才干，不过面目文秀，口齿伶俐，夤缘迎合，是他特长。高祖起兵以后，因家中无人照应，乃用为舍人，叫他代理家务。食其得了这个美差，便在高祖家中，厮混度日。高祖出外未归，家政统由吕后主持，吕后如何说，食其便如何行，唯唯诺诺，奉命维谨，引得吕后格外喜欢。于是日夕聚谈，视若亲人，渐渐的眉来眼去，渐渐的目逗心挑，太公已经年老，来管甚么闲事，一子一女，又皆幼稚，怎晓得他秘密情肠？他两人互相勾搭，居然入彀，瞒过那老翁幼儿，竟演了一出露水缘。这是高祖性情慷慨，所以把爱妻禁脔，赠送他人。一番偷试，便成习惯，好在高祖由东入西，去路越远，音信越稀，两人乐得相亲相爱，双宿双飞。及高祖兵败彭城，家属被掳，食其仍然随着，不肯舍去，无非为了吕后一人，愿同生死。好算有情。吕后与太公被拘三年，食其日夕不离，私幸项王未尝虐待，没有甚么刑具，拘挛肢体，因此两人仍得续欢，无甚痛苦。到了鸿沟议约，脱囚归汉，两人相从入关，高祖又与项王角逐江淮，毫不知他有私通情事。两人情好越深，俨如一对患难夫妻，昼夜不舍。既而项氏破灭，高祖称帝，所有从龙诸将，依次加封，吕后遂从中怂恿，乞封食其。高祖也道他保护家属，确有功劳，因封为辟阳侯。床第功劳，更增十倍。

　　食其喜出望外，感念吕后，几乎铭心刻骨，从此入侍深宫，较前出力。吕后老且益淫，只避了高祖一双眼睛，镇日里偷寒送暖，推食解衣。高祖又时常出征，并有戚夫人为伴，不嫌寂寞，但教吕后不去缠扰，已是如愿以偿。吕后安居宫中，巴不得高祖不来，好与食其同梦。有几个宫娥彩女，明知吕后暗通食其，也不敢漏泄春光，且更帮两人做了引线，好得些意外赏钱。所以高祖戴着绿巾，到死尚未知晓。惟吕后淫妒性成，见了高祖已死，便即起了杀心，一是欲保全太子，二是欲保全情人。他想遗臣杀尽，自然无人为难，可以任所欲为。当下召入食其，与他计议道："主上已经归天，本拟颁布遗诏，立嗣举丧，但恐内外功臣，各怀异志，若知主上崩逝，未必肯屈事少主，我欲秘不发丧，佯称主上病重，召集功臣，受遗辅政，一面埋伏甲士，把他悉数杀死，汝以为可好否？"食其听着，倒也暗暗吃惊，转思功臣诛夷，与自己亦有益处，因即信口赞成，惟尚恐机谋不慎，反致受害，所以除赞成外，更劝吕后慎密行事。

　　吕后也未免胆小，复召乃兄吕释之等入商。释之也与食其同意，故一时未敢发作。转眼间已阅三日，朝臣俱启猜疑，不过没有的确消息。独曲周侯郦商子寄，素与释之子禄，斗鸡走马，互相往来，禄私与谈及宫中秘事，寄亟回家报告乃父。乃父商愕然惊起，匆匆趋出，径往辟阳侯宅中，见了审食其，屏人与语道："足下祸在旦夕了！"食其本怀着鬼胎，蓦闻此言，不由的吓了一跳，慌忙问为何事？商低声说道："主上升遐，已有四日，宫中秘不发丧，且欲尽诛诸将。试问诸将果能尽诛么？现在灌婴领兵十万，驻守荥阳，陈平又奉

第四十一回　折雄狐片言杜祸　看人彘少主惊心

有诏令，往助灌婴，樊哙死否，尚未可知，周勃代哙为将。北徇燕代，这都是佐命功臣，倘闻朝内诸将，有被诛消息，必然连兵西向，来攻关中。大臣内畔，诸将外入，皇后太子，不亡何待？足下素参宫议，何人不晓，当此危急存亡的时候，未尝进谏，他人必疑足下同谋，将与足下拚命，足下家族，还能保全么？"诛心之语。食其嗫嚅道："我……我实未预闻此事！外间既有此谣传，我当禀明皇后便了。"还想抵赖。

商乃告别，食其忙入宫告知吕后。吕后一想，风声已泄，计不得行，只好作为罢论，惟嘱食其转告郦商，切勿喧传。食其自然应命，往与郦商说知。商本意在安全内外，怎肯轻说出去，当令食其返报吕后，尽请放怀。吕后乃传令发丧，听大臣入宫哭灵。总计高祖告崩，已四日有余了。棺殓以后，不到二旬，便即奉葬长安城北，号为长陵。群臣进说道："先帝起自细微，拨乱反正，平定天下，为汉太祖，功德最高，应上尊号为高皇帝。"皇太子依议定谥，后世遂称为高帝，亦称高祖。又越二日，太子盈嗣践帝位，年甫一十七岁，尊吕后为皇太后，赏功赦罪，布德行仁，后来庙谥曰惠，故沿称惠帝。

喜诏一颁，四方遄听，燕王卢绾，闻樊哙率兵出击，本不欲与汉兵对仗，自率宫人家属数千骑，避居长城下，拟俟高祖病愈，入朝谢罪。及惠帝嗣立的消息，传达朔方，料知太子登基，吕后必专国政，何苦自来寻死，遂率众投奔匈奴，匈奴使为东胡卢王。事见后文。

惟樊哙到了燕地，绾已避去，燕人原未尝从反，不劳征讨，自然畏服。哙进驻蓟南，正拟再出追绾，忽有一使人持节到来，叫他临坛受诏。哙问坛在何处？使人答称在数里外。哙亦不知何因，只好随着使人，前去受命。行了数里，已至坛前，望见陈平登坛宣敕，不得不跪下听诏。才听得一小半，突有武士数名，从坛下突出，把哙揪住，反接两手，绑缚起来。哙正要喧嚷，那陈平已读完敕文，三脚两步的走到坛下，将哙扶起，与他附耳说了数语，哙方才无言。当由平指麾武士，把哙送入槛车。哙手下只有数人，见哙被拿，便欲返身跑去，可巧周勃瞧着，出来喝住，命与偕行。于是勃与平相别，向北自去，平押哙同走，向西自归。这也是陈平达权的妙计。可谓六出以外又是一出。勃驰至哙营，取出诏书，晓示将士，将士等素重周勃，又见他奉诏代将，倒也不敢违慢，相率听令。勃得安然接任，并无他患。独陈平押着樊哙，将要入关，才接到高祖后诏，命他前往荥阳，帮助灌婴，所有樊哙首级，但速着人送入都中。平与诏使本来相识，当即与他密谈意见，诏使也佩服平谋，且知高祖病已垂危，不妨缓复，索性与平同宿驿中。逍遥了两三日，果然高祖驾崩的音耗，传将出来。平一得风声，急忙出驿先行，使诏使代押樊哙，随后继进。诏使尚欲细问，那知平已加了一鞭，如风驰电掣一般，赶入关中去了。又要作怪。

看官听说！陈平不急诛哙，无非为了吕后姊妹。幸而预先料着，尚把哙命保留，但哙已被辱，哙妻吕嬃，或再从中进谗，仍然不美，不如赶紧入宫，相机防备为是。毕竟多智。计划一定，刻不容缓，因此匆匆入都，直至宫中，向高祖灵前下跪，且拜且哭，泪下如雨。吕后一见陈平，急向帷中扑出，问明樊哙下落，平始收泪答说道："臣奉诏往斩樊哙，因念哙有大功，不敢加刑，但将哙押解来京，听候发落。"吕后听了，方转怒为喜道："究竟君能顾大局，不乱从命，惟哙今在何处？"平又答道："臣闻先帝驾崩，故急来奔丧，哙亦不日可到了。"吕后大悦，便令平出外休息。平复道："现值宫中大丧，臣愿留充宿卫。"吕后道："君跋涉过劳，不应再来值宿，且去休息数天，入卫未迟。"平顿首固请道："储君新立，国是未定，臣受先帝厚恩，理宜为储君效力，上答先帝，怎敢自惮劳苦呢！"吕后不便再却，且听他声声口口，顾念嗣君，心下愈觉感激，乃温言奖励道："忠诚如君，世所罕有，现在嗣主年少，随时需人指导，敢烦君为郎中令，傅相嗣主，使我释忧，便是君不忘先帝了！"平即受职谢恩，起身告退。

甫经趋出，那吕嬃已经进来，至吕后前哭诉哙冤，并言陈平实主谋杀哙，应该加罪。吕后怫然道："汝亦太错怪好人，他要杀哙，哙死久了，为何把他押解进来？"吕嬃道："他闻先帝驾崩，所以变计，这正是他的狡猾，不可轻信。"吕后道："此去到燕，路隔好几千里，往返须阅数旬，当时先帝尚存，曾命他立斩哙首，他若斩哙，亦不得责他专擅。奈何说他闻信变计呢？况汝我在都，尚不能设法解救，幸得他保全哙命，带同入京，如此厚惠，正当感谢，想汝亦有天良，为什么恩将仇报哩？"这一番话，驳得吕嬃哑口无言，只好退去。未几樊哙解到，由吕后下了赦令，将哙释囚。哙入宫拜谢，吕后道："汝的性命，究亏何人保护？"哙答称是太后隆恩。吕后道："此外尚有他人否？"哙记起陈平附耳密言，自然感念，便即答称陈平。吕后笑道："汝倒还有良心，不似汝妻痴狂哩！"都不出陈平所料。哙乃转向陈平道谢。聪明人究占便宜，平非但无祸，反且从此邀宠了。

惟吕太后既得专权，自思前时谋诛诸将，不获告成，原是无可如何，若宫中内政，由我主持，平生所最切齿的，无过戚姬，此番却在我手中，管教她活命不成。当下吩咐宫役，先将戚姬从严处置，援照髡钳为奴的刑律，加她身上。可怜戚姬的万缕青丝，尽被宫役拔去，还要她卸下宫装，改服赭衣，驱入永巷内圈禁，勒令舂米，日有定限。戚姬只知弹唱，未娴臼臿，一双柔荑的玉手，怎能禁得起一个米杵？偏是太后苛令，甚是森严，欲要不遵，实无别法。何不自尽。没奈何勉力挣扎，携杵学舂，舂一回，哭一回，又编成一歌，且哭且唱道：

　　子为王，母为虏！终日舂薄暮，常与死相伍！相离三千里，谁当使告汝！

第四十一回　折雄狐片言杜祸　看人彘少主惊心

歌中寓意，乃是纪念赵王如意，汝字就指赵王。不料被吕太后闻知，愤然大骂道："贱奴尚想倚靠儿子么？"说着，便使人速往赵国，召赵王如意入朝。一次往返，赵王不至，二次往返，赵王仍然不至。吕太后越加动怒，问明使人，全由赵相周昌一人阻往。昌曾对朝使道："先帝嘱臣服事赵王，现闻太后召王入朝，明明是不怀好意，臣故不敢送王入都。王亦近日有病，不能奉诏，只好待诸他日罢！"吕太后听了，暗思周昌作梗，本好将他拿问，只因前时力争废立，不为无功，此番不得不略为顾全，乃想出一调虎离山的法儿，征昌入都，昌不能不至。及进谒太后，太后怒叱道："汝不知我怨戚氏么？为何不使赵王前来？"昌直言作答道："先帝以赵王托臣，臣在赵一日，应该保护一日，况赵王系嗣皇帝少弟，为先帝所钟爱。臣前力保嗣皇帝，得蒙先帝信任，无非望臣再保赵王，免致兄弟相戕，若太后怀有私怨，臣怎敢参预？臣唯知有先帝遗命罢了！"吕太后无言可驳，叫他退出，但不肯再令往赵。一面派使飞召赵王，赵王已失去周昌，无人作主，只得应命到来。

是时惠帝年虽未冠，却是仁厚得很，与吕后性情不同。他见戚夫人受罪司春，已觉太后所为，未免过甚。至赵王一到，料知太后不肯放松，不如亲自出迎，与同居住，省得太后暗中加害。于是不待太后命令，便乘辇出迓赵王。可巧赵王已至，就携他上车，一同入宫，进见太后。太后见了赵王，恨不得亲手下刃，但有惠帝在侧，未便骤然发作，勉强敷衍数语。惠帝知母不欢，即挈赵王至自己宫中。好在惠帝尚未立后，便教他安心住着，饮食卧起，俱由惠帝留心保护。好一个阿哥，可惜失之柔弱。赵王欲想一见生母，经惠帝婉言劝慰，慢慢设法相见。毕竟赵王年幼，遇事不能自主，且恐太后动怒，只好含悲度日。太后时思害死赵王，惟不便与惠帝明言，惠帝也不便明谏太后，但随时防护赵王。

俗语说得好，明枪易躲，暗箭难防，惠帝虽爱护少弟，格外注意，究竟百密也要一疏，保不定被他暗算。光阴易过，已是惠帝元年十二月中，惠帝趁着隆冬，要去射猎，天气尚早，赵王还卧着未醒，惠帝不忍唤起，且以为稍离半日，谅亦无妨，因即决然外出。待至射猎归来，赵王已七窍流血，呜呼毕命！惠帝抱定尸首，大哭一场，不得已吩咐左右，用王礼殓葬，谥为隐王。后来暗地调查，或云鸩死，或云扼死，欲要究明主使，想来总是太后娘娘，做儿子的不能罪及母亲，只好付诸一叹！惟查得助母为虐的人物，是东门外一个官奴，乃密令官吏搜捕，把他处斩，才算为弟泄恨，不过瞒着母后，秘密处治罢了。

哪知余哀未了，又起惊慌，忽有宫监奉太后命，来引惠帝，去看"人彘"。惠帝从未闻有"人彘"的名目，心中甚是稀罕，便即跟着太监，出宫往观。宫监曲曲折折，导入永巷，趋入一间厕所中，开了厕门，指示惠帝道："厕内就是'人彘'哩。"惠帝向厕内一望，但见是一个人身，既无两手，又无两足，眼内又无眼珠,只剩了两个血肉模糊的窟窿,那身子还稍能活动,一张嘴开得甚大,却不闻有甚么声音。看了一回,又惊又怕,不由的缩转身躯,顾问宫监,究是何物?宫监不敢说明,直至惠帝回宫,硬要宫监直说,宫监方说出"戚夫人"三字。一语未了,几乎把惠帝吓得晕倒,勉强按定了神,要想问个底细。及宫监附耳与语,说是戚夫人手足被断,眼珠挖出,熏聋两耳,药哑喉咙,方令投入厕中,折磨至死。惠帝不待说完,又急问他"人彘"的名义,宫监道:"这是太后所命,宫奴却也不解。"惠帝不禁失声道:"好一位狠心的母后,竟令我先父爱妃,死得这般惨痛么?"说也无益。说着,那眼中也不知不觉,垂下泪来。随即走入寝室,躺卧床上,满腔悲感,无处可伸,索性不饮不食,又哭又笑,酿成一种呆病。宫监见他神色有异,不便再留,竟回复太后去了。

惠帝一连数日,不愿起床,太后闻知,自来探视,见惠帝似傻子一般,急召医官诊治。医官报称病患怔忡,投了好几服安神解忧的药剂,才觉有些清爽,想起赵王母子,又是呜咽不止。吕太后再遣宫监探问,惠帝向他发话道:"汝为我奏闻太后,此事非人类所为。臣为太后子,终不能治天下,可请太后自行主裁罢!"宫监返报太后,太后并不悔杀戚姬母子,但悔不该令惠帝往看"人彘",旋即把银牙一咬,决意照旧行去,不暇顾及惠帝了。小子有诗叹道:

娄猪未定寄豭来,人彘如何又惹灾!
可恨淫妪太不道,居然为蜮复为虺。

欲知吕太后后来行事,且看下回再叙。

有史以来之女祸,在汉以前,莫如褒、妲。褒、妲第以妖媚闻,而惨毒尚不见于史。自吕雉出而淫悍之性,得未曾有,食其可私,韩、彭可杀,甚且欲尽诛诸将,微郦商,则冤死者更不少矣。厥后复鸩死赵王,惨害戚夫人,虽未始非戚氏母子之自取,而忍心辣手,旷古未闻,甚矣,悍妇之毒逾蛇蝎也。惠帝仁有余而智不足,既不能保全少弟,复不能几谏母后,徒为是惊忧成疾,夭折天年,其情可悯,其咎难辞,敝笱之刺,宁能免乎!

第四十二回　媚公主靦颜拜母
戏太后嫚语求妻

却说吕太后害死赵王母子,遂徙淮南王友为赵王,且把后宫妃嫔,或锢或黜,一律扫尽,方出了从前恶气。只赵相周昌,闻得赵王身死,自恨无法保全,有负高祖委托,免不得郁郁寡欢,嗣是称疾不朝,厌闻外事。吕太后亦置诸不问。到了惠帝三年,昌竟病终,赐谥悼侯,命子袭封,这还是报他力争废立的功劳。吕太后又恐列侯有变,增筑都城,迭次征发丁夫,数至二三十万,男子不足,济以妇女,好几年才得造成。周围计六十五里,城南为南斗形,城北为北斗形,造得非常坚固,时人号为斗城。无非民脂民膏。

惠帝二年冬十月,齐王肥由镇入朝。肥是高祖的庶长子,比惠帝年大数岁,惠帝当然待以兄礼,邀同入宫,谒见太后。太后佯为慰问,心中又动了杀机,想把齐王肥害死。毒上加毒。可巧惠帝有意接风,命御厨摆上酒肴,请太后坐在上首,齐王肥坐在左侧,自己坐在右旁,如家人礼。肥也不推辞,竟向左侧坐下,太后越生忿恨,目注齐王,暗骂他不顾君臣,敢与我子作为兄弟,居然上坐。眉头一皱,计上心来,遂借更衣为名,返入内寝,召过心腹内侍,密嘱数语,然后再出来就席。惠帝一团和气,方与齐王乐叙天伦,劝他畅饮,齐王也不防他变,连饮了好几杯。嗣由内侍献上酒来,说是特别美酒,酌得两卮,置诸案上。太后令齐王饮下,齐王不敢擅饮,起座奉觞,先向太后祝寿。太后自称量窄,仍令齐王饮尽,齐王仍然不饮,转敬惠帝。惠帝亦起,欲与齐王互相敬酒,好在席上共有两卮,遂将一卮与肥,一卮接在手中,正要衔杯饮入,不防太后伸过一手,突将酒卮夺去,把酒倾在地上。惠帝不知何因,仔细一想,定是酒中有毒,愤闷得很。齐王见太后举动蹊跷,也把酒卮放下,假称已醉,谢宴趋出。

返至客邸,用金贿通宫中,探听明白,果然是两卮鸩酒。当下喜惧交并,自思一时幸免,终恐不能脱身,辗转图维,无术解救。没奈何召入随员,与他密商,有内史献议道:"大王如欲回齐,最好自割土地,献与鲁元公主,为汤沐邑。公主系太后亲女,得增食采,必博太后欢心,太后一喜,大王便好辞行了!"幸有此策。齐王依计行事,上表太后,愿将城阳郡献与公主,未几即得太后褒诏。齐王乃申表辞行,偏偏不得批答,急得齐王惊惶失措,再与内史等商议,续想一法写入表章,愿尊鲁元公主为王太后,事以母礼。以同父姊妹为母,不知他从何处想来?这篇表文呈递进去,果有奇效,才经一宿,便有许多宫监宫女,携着酒肴,趋入邸中,报称太后、皇上,及鲁元公主,在后就到,为王饯行。齐王大喜,慌忙出邸恭迎。小顷便见銮驾到来,由齐王跪伏门外,直至銮舆入门,方敢起身随入。吕太后徐徐下舆,挈着惠帝姊弟两人,登堂就座。齐王拜过太后,再向鲁元公主前,行了母子相见的新礼,引得吕太后笑容可掬。就是鲁元公主,与齐王年龄相类,居然老着脸皮,自命为母,戏呼齐王为儿,一堂笑语,备极欢娱。及入席以后,太后上坐,鲁元公主坐左,惠帝坐右,齐王下坐相陪。浅斟低酌,逸兴遄飞,再加一班乐工,随驾同来,笙簧杂奏,雅韵悠扬。太后悦目赏心，把前日嫌恨齐王的私意，一齐抛却，直饮到日落西山，方才散席。齐王送回銮驾，乘机辞行，黄夜备集行装，待旦即去，离开了生死关头，驰还齐都，仿佛似死后还魂，不胜庆幸了。命中不该枉死，故得生还。

是年春正月间，兰陵井中，相传有两龙现影。想是一条老雌龙，一条小雄龙。未几又得陇西传闻，地震数日。到了夏天，又复大旱。种种变异，想是为了吕后擅权，阴干天谴。是为新学界中所不道，但我国古史，尝视为天人相应，故特录之。及夏去秋来，萧相国何，抱病甚重。惠帝亲往视病，见他骨瘦如柴，卧起需人，料知不能再治，便唏嘘问何道："君百年后，何人可代君任？"何答说道："知臣莫若君。"惠帝猛忆起高祖遗嘱，便接口道："曹参可好么？"何在榻上叩首道："陛下所见甚是，臣死可无恨了！"惠帝又安慰数语，然后还宫。过了数日，何竟病殁，蒙谥为文终侯，使何子禄袭封鄼侯。何毕生勤慎，不敢稍纵，购置田宅，必在穷乡僻壤间，墙屋毁损，不令修治。尝语家人道："后世有贤子孙，当学我俭约，如或不贤，亦省得为豪家所夺了！"后来子孙继起，世受侯封，有时因过致谴，总不至身家绝灭，这还是萧相国以俭传家的好处。留讽后世。

齐相曹参，闻萧何病逝，便令舍人治装。舍人问将何往？参笑说道："我即日要入都为相了。"舍人似信非信，权且应命料理，待行装办齐，果得朝使前来，召参入都为相，舍人方知参有先见，惊叹不休。参本是一员战将，至出为齐相，刻意求治，志在尚文，因召集齐儒百余人，遍询治道，结果是人人异词，不知所从。嗣访得胶西地方，有一盖公，老成望重，不事王侯，乃特备了一份厚礼，使人往聘，竭诚奉迎。幸得盖公应聘到来，便殷勤款待，向他详询。盖公平日，专治黄帝老子的遗言，此时所答，无非是归本黄老，大致谓治道毋烦，须出以清静，自定民心。参很是佩服，当下避居厢房，把正堂让给盖公，留他住着，所有举措，无不奉教施行，民心果然禽服，称为贤相。自从参到齐国，已阅九年，至此应召起行，就将政务一切，交与后任接管，且嘱托后相道："君此后请留意狱市，慎勿轻扰为要。"后相答问道："一国政治，难道除此外，统是小事么？"参又说道："这也并不如此，不过狱市两处，容人不少，若必一一查究，奸人无所容身，必致闹事，这便叫做庸人自扰了，我所以特别嘱托呢！"惩奸不应过急，纵奸亦属非宜。曹参此言，得半失半。后相才无异言。参遂向齐王告别，随使入都，谒过惠帝母子，接了相印，即日视事。

当时朝臣私议，共说萧、曹二人，同是沛吏出身，本来交好甚密，嗣因曹参积有战功，封赏反不及萧何，未免与何有嫌。现既入朝代相，料必至怀念前隙，力反前政，因此互相戒儆，唯恐有意外变端，关碍身家。还有相府属官，日夜不安，总道是曹参接任，定有一番极大的调动。谁知参接印数日，一些儿没有变更，又过数日，仍然如故，且揭出文告，凡用人行政，概照前相国旧章办理，官吏等始放下愁怀，誉参大度。参不动声色，安历数旬，方渐渐的甄别属僚，见有好名喜事、弄文舞法的人员，黜去数名，另选各郡国文吏，如高年谨厚，口才迟钝诸人，罗致幕下，令为属吏，嗣是日夕饮酒，不理政务。

有几个朝中僚佐，自负才能，要想入陈谋议，他也并不谢绝，但一经见面，便邀同宴饮，一杯未了，又是一杯，务要劝入醉乡。僚佐谈及政治，即被他用言截住，不使说下，没奈何止住了口，一醉乃去。古人有言，上行下效，捷于影响。参既喜饮，属吏也无不效尤，统在相府后园旁，聚坐饮酒。饮到半酣，或歌或舞，声达户外。参虽有所闻，好似不闻一般，惟有二三亲吏，听不过去，错疑参未曾闻知，故意请参往游后园。参到了后园中，徐玩景色，巧有一阵声浪，传递过来，明明是属吏宴笑的喧声，参却不以为意，反使左右取入酒肴，就在园中择地坐下，且饮且歌，与相唱和。这真令人莫名其妙，暗暗的诧为怪事。原是一奇。参不但不去禁酒，就是属吏办事，稍稍错误，亦必替他掩护，不愿声张。属吏等原是感德，惟朝中大臣，未免称奇，有时入宫白事，便将参平日行为，略略奏闻。

惠帝因母后专政，多不惬意，也借这杯中物、房中乐，作为消遣，聊解幽愁。及闻得曹参所为，与己相似，不由的暗笑道："相国也来学我，莫非瞧我不起，故作此态。"正在怀疑莫释的时候，适值大中大夫曹窋入侍，窋系参子，当由惠帝顾语道："汝回家时，可为朕私问汝父道：高祖新弃群臣，嗣皇帝年尚未冠，全仗相国维持，今父为相国，但知饮酒，无所事事，如何能治平天下？如此说法，看汝父如何答言，即来告我。"窋应声欲退，惠帝又说道："汝不可将这番言词，说明由我教汝哩。"窋奉命归家，当如惠帝所言，进问乃父，惟遵着惠帝密嘱，未敢说出上命。道言甫毕，乃父曹参，竟攘袂起座道："汝晓得甚么？敢来饶舌！"说着，就从座旁取过戒尺，把窋打了二百下，随即叱令入侍，不准再归。又是怪事。窋无缘无故，受了一番痛苦，怅然入宫，直告惠帝。知为君隐，不知为父隐，想是有些恨父了。

惠帝听说，越觉生疑，翌日视朝，留心左顾，见参已经站着，便召参向前道："君为何责窋？窋所言实出朕意，使来谏君。"参乃免冠伏地，顿首谢罪，又复仰问惠帝道："陛下自思圣明英武，能如高皇帝否？"惠帝道："朕怎敢望及先帝？"参又道："陛下察臣材具，比前相萧何，优劣如何？"惠帝道："似乎不及萧相国。"参再说道："陛下所见甚明，所言甚确。从前高皇帝与萧何定天下，明订法令，备具规模，今陛下垂拱在朝，臣等能守职奉法，遵循勿失，便算是能继前人，难道还想胜过一筹么？"惠帝已经悟着，乃更语参道："我知道了，君且归休罢。"参乃拜谢而出，仍然照常行事。百姓经过大乱，但求小康，朝廷没有甚么兴革，官府没有甚么征徭，就算做天下太平，安居乐业。所以曹参为相，两三年不行一术，却得了海内讴歌，交相称颂。当时人民传诵道："萧何为法，斠音较若画一；曹参代之，守而勿失。载其清净，民以宁一。"到了后世史官，亦称汉初贤相，要算萧曹，其实萧何不过恭慎，曹参更且荒怠，内有淫后，外有强胡，两相不善防闲，终致酿成隐患。秉公论断，何尚可原，参实不能无咎呢！抑扬得当。

且说匈奴国中冒顿单于，自与汉朝和亲以后，总算按兵不动，好几年不来犯边。至高祖驾崩，耗问遥传，冒顿遂遣人入边侦察，探得惠帝仁柔，及吕后淫悍略情，遂即藐视汉室，有意戏弄，写着几句谑浪笑傲的嫚词，当作国书，差了一个弁目，赍书行至长安，公然呈入。惠帝方纵情酒色，无心理政，来书上又写明汉太后亲阅，当然由内侍递至宫中，交与吕后。吕后就展书亲览，但见书中写着：

孤偾之君，生于沮泽之中，长于平野牛马之域，数至边境，愿游中国。陛下独立，孤偾独居，两主不乐，无以自娱，愿以所有，易其所无。

吕后看到结末两语，禁不住火星透顶，把书撕破，掷诸地上。想是只喜审食其，不喜冒顿。一面召集文武百官，入宫会议，带怒带说道："匈奴来书，甚是无礼，我拟把他来人斩首，发兵往讨，未知众意如何？"旁有一将闪出道："臣愿得兵十万，横行匈奴中！"语尚未完，诸将见是舞阳侯樊哙发言，统皆应声如响，情愿从征。忽听得一人朗语道："樊哙大言不惭，应该斩首！"这一语不但激怒樊哙，瞋目视着；就是吕太后亦惊出意外。留神一瞧，乃是中郎将季布。又来出风头了。布不待太后申问，忙即续说道："从前高皇帝北征，率兵至三十多万，尚且受困平城，被围七日，彼时哙为上将，前驱临阵，不能努力解围，徒然坐困，天下尝传有歌谣云：'平城之中亦诚苦，七日不食，不能彀弩！'今歌声未绝，兵伤未瘳，哙又欲摇动天下，妄言十万人可横行匈奴，这岂不是当面欺上么？且夷狄情性，野蛮未化，我邦何必与较，他有好言，不足为喜，他有恶言，也不足为怒，臣意以为不宜轻讨哩。"吕太后被他一说，倒把那一腔盛怒，吓退到子虚国，另换了一种惧容。就是樊哙也回忆前情，果觉得匈奴可怕，不敢与季布力争。老了，老了，还是与吕媭欢聚罢。当下召入大谒者张释，令他草一复书，语从谦逊，并拟赠他车马，亦将礼意写入书中，略云：

单于不忘敝邑，赐之以书。敝邑恐惧，退日自图，年老气衰，发齿堕落，行步失度。单于过听，不足以自汙，敝邑无罪，宜在见赦，窃有御车二乘，马二驷，以奉常驾。

书既缮就，便将车马拨交来使，令他带同复书，反报冒顿单于。冒顿见书意谦卑，也觉得前书唐突，内不自安，乃复遣人入谢，略言僻居塞外，未闻中国礼义，还乞陛下赦宥等语。此外又献马数匹，另乞和亲。大约因吕后复书发白齿落，不愿相易，所以另求他女。吕太后乃再取宗室中的女子，充作公主，出嫁匈奴。冒顿自然心欢，不复生事。但汉家新造，冠冕堂皇，一位安富尊荣的母后，被外夷如此侮弄，还要卑词逊谢，送他车马，给他宗女，试问与中国朝体，玷辱到如何地步呢！说将起来，无非由吕后行为不正，所以招尤。她却不知少改，仍然与审食其混做一淘，比那高祖在日，恩爱加倍。审食其又恃宠生骄，结连党羽，势倾朝野，中外人士，交相訾议。渐渐的传入惠帝耳中，惠帝又羞又忿，不得不借法示惩，要与这淫奴算帐了。小子有诗叹道：

几经愚孝反成痴，欲罚雄狐已太迟。
尽有南山堪入咏，问他可读古齐诗？

究竟惠帝如何惩处审食其，待至下回再表。

偏憎偏爱，系妇人之通病，而吕后尤甚。亲生子女，爱之如掌上珠，旁生子女，憎之如眼中钉，杀一赵王如意，犹嫌不足，且欲举齐王肥而再鸩之，齐王不死亦仅矣。迨以城阳郡献鲁元公主，即易恨为喜，至齐王事鲁元公主为母，则更盛筵相待，即日启行。尝考迁、固二史，于鲁元公主之年龄，未尝详载，要之与齐王不相上下，或由齐王早生一二岁，亦未可知。齐王愿事同父姊妹为母，谬戾已甚，而吕后反喜其能媚己女，何其偏爱之深，至于此极！厥后且以鲁元女为惠帝后，逆伦害理，一误再误，无怪其不顾廉耻，行同禽兽，甘引审食其为寄瑕也。冒顿单于遗书嫚亵，戚本自诒，复书且以年老为辞，假使年貌未衰，果将出嫁匈奴否欤？盈廷大臣，不知谏阻，而季布反主持其间，可耻孰甚！是何若屠狗英雄之尚有生气乎！

第四十三回　审食其遇救谢恩人
　　　　　　吕娥姁挟权立少帝

却说惠帝闻母后宣淫，与审食其暗地私通，不由的恼羞成怒，要将食其处死。但不好显言惩罪，只好把他另外劣迹，做了把柄，然后捕他入狱。食其也知惠帝有意寻衅，此次被拘，煞是可虑，惟尚靠着内援，日望这多情多义的吕太后，替他设法挽回，好脱牢笼。吕太后得悉此事，非不着急，也想对惠帝说情，无如见了惠帝，一张老脸，自觉发赤，好几次不能出口。也怕倒霉么？只望朝中大臣，曲体意旨，代为救免，偏偏群臣都嫉视食其，巴不得他一刀两段，申明国法。因此食其拘系数日，并没有一人出来保救。且探得廷尉意思，已经默承帝旨，将要谳成大辟，眼见得死多活少，不能再入深宫，和太后调情作乐了。惟身虽将死，心终未死，总想求得一条活路，免致身首两分，辗转图维，只有平原君朱建，受我厚惠，或肯替我画策，亦未可知，乃密令人到了建家，邀建一叙。

说起朱建的历史，却也是个硁硁小信的朋友。他本生长楚地，尝为淮南王英布门客。布谋反时，建力谏不从，至布已受诛，高祖闻建曾谏布，召令入见，当面嘉奖，赐号平原君。建因此得名，遂徙居长安。长安公卿，多愿与交游，建辄谢绝不见，惟大中大夫陆贾，往来莫逆，联成知交。审食其也慕建名，欲陆贾代为介绍，与建结好，偏建不肯贬节。虽经贾从旁力说，始终未允，贾只好回复食其。会建母病死，建生平义不苟取，囊底空空，连丧葬各具，都弄得无资措办，不得不乞贷亲朋。陆贾得此消息，忙趋至食其宅中，竟向食其道贺。怪极。食其怪问何事？陆贾道："平原君的母亲已病殁了。"食其不待说毕，便接入道："平原君母死，与我何干？"贾又道："君侯前日，尝托仆介绍平原君，平原君因老母在堂，未敢轻受君惠，以身相许；今彼母已殁，君若厚礼相馈，平原君必感君盛情，将来君有缓急，定当为君出力，是君便得一死士了，岂不可贺！"食其甚喜，乃遣人赍了百金，送与朱建当作赙仪。朱建正东借西掇，万分为难，幸得这份厚礼，也只好暂应急需，不便峻情却还，乃将百金收受，留办丧具。百金足以污节，贫穷之累人实甚！一班趋炎附势的朝臣，闻得食其厚赠朱建，乐得乘势凑奉，统向朱家送赙，少约数金，多且数十金，统共计算，差不多有五百金左右。朱建不能受此却彼，索性一并接收，倒把那母亲丧仪，备办得闹闹热热。到了丧葬毕事，不得不亲往道谢，嗣是审食其得与相见，待遇甚殷。建虽然鄙薄食其，至此不能坚守初志，只好与他往来。

及食其下狱，使人邀建，建却语来使道："朝廷方严办此案，建未敢入狱相见，烦为转报。"使人依言回告食其，食其总道朱建负德，悔恨兼并，自思援穷术尽，拚着一死，束手待毙罢了。谁知食其命未该死，绝处逢生，在狱数日，竟蒙了皇恩大赦，放出狱中。食其喜出望外，匆匆回家，想到这番解免，除太后外，还是何人？不料仔细探查，并不由太后救命，乃是惠帝幸臣闳孺，替他哀求，才得释放，不由的惊讶异常。原来宫廷里面内侍甚多，有一两个巧言令色的少年，善承主意，往往媚态动人，不让妇女。古时宋朝弥子瑕，传播《春秋》，就是汉高祖得国以后，也宠幸近臣籍孺，好似戚夫人一般，出入与偕。补前文所未及。至惠帝嗣位，为了母后淫悍，无暇理政，镇日里宴乐后宫，遂有一个小臣闳孺，仗着那面庞俊秀，性情狡慧，十分巴结惠帝，得了主眷，居然参预政事，言听计从。惟与审食其会少离多，虽然有些认识，彼此却无甚感情。食

第四十三回 审食其遇救谢恩人 吕娥姁挟权立少帝

其闻他出头解救,免不得啧啧称奇,但既得他保全性命,理该前去拜谢。及见了闳孺,由闳孺说及原因,才知救命恩人,直接的似属闳孺,间接的实为朱建。

建自回复食其使人,外面毫不声张,暗中却很是关切。他想欲救食其,只有运动惠帝幸臣,帮他排解,方可见功。乃亲至闳孺住宅,投刺拜会。闳孺也知朱建重名,久思与他结识,偏得他自来求见,连忙出来欢迎。建随他入座,说了几句寒暄的套话,即请屏去侍役,低声与语道:"辟阳侯下狱,外人都云足下进谗,究竟有无此事?"一鸣惊人。闳孺惊答道:"素与辟阳侯无仇,何必进谗?此说究从何而来?"建说道:"众口悠悠,本无定论,但足下有此嫌疑,恐辟阳一死,足下亦必不免了。"闳孺大骇,不觉目瞪口呆。建又说道:"足下仰承帝宠,无人不知,若辟阳侯得幸太后,也几乎无人不晓。今日国家重权,实在太后掌握,不过因辟阳下吏,事关私宠,未便替他说情。今日辟阳被诛,明日太后必杀足下,母子龃龉,互相报复,足下与辟阳侯,凑巧当灾,岂不同归一死么?"闳孺着急道:"据君高见,必须辟阳侯不死,然后我得全生。"建答道:"这个自然。君诚能为辟阳侯哀请帝前,放他出狱,太后亦必感念足下。足下得两主欢心,富贵当比前加倍哩。"闳孺点首道:"劳君指教,即当照行便了。"建乃别去。到了次日,便有一道恩诏,将食其释出狱中。看官阅此,应知闳孺从中力请,定有一番动人的词色,能使惠帝怒意尽销,释放食其,可见金壬伎俩,不亚娥眉。女子小人,原是相类。惟食其听了闳孺所述,已晓得是朱建疏通,当即与闳孺揖别,往谢朱建。建并不夸功,但向食其称贺,一贺一谢,互通款曲,从此两人交情,更添上一层了。看到后来结局,建总不免失计。

吕太后闻得食其出狱,当然喜慰,好几次召他进宫。食其恐又蹈复辙,不敢遽入,偏被那宫监纠缠,再四敦促,没奈何硬着头皮,悄悄的跟了进去。及见了吕太后,略略述谈,便想告退。奈这位老淫妪,已多日不见食其,一经聚首,怎肯轻轻放出。先与他饮酒洗愁,继同他入帏共枕,续欢以外,更密商善后问题。毕竟老淫妪智虑过人,想出一条特别的妙策,好使惠帝分居异处,并有人从旁牵绊,免得他来管闲事。这条计划,审食其也很是赞成。

看官听着,惠帝当十七岁嗣位,至此已阅三载,刚刚是二十岁了。寻常士大夫家,子弟年届弱冠,也要与他合婚,况是一位守成天子,为何即位三年,尚未闻册立皇后呢?这是吕太后另有一番思想,所以稽延。他因鲁元公主生有一女,模样儿却还齐整,情性儿倒也温柔,意欲配与惠帝,结做重亲,只可惜年尚幼稚,一时不便成礼。等到惠帝三年,那外孙女尚不过十龄以上,论起年龄关系,尚是未通人道,吕太后却假公济私,迫不及待,竟命太史诹吉,择定惠帝四年元月,行立后礼。惠帝明知女年相差,约近十岁,况鲁元公主,乃是胞姊,胞姊的女儿,乃是甥女,甥舅配做夫妻,岂非乱伦。偏太后但顾私情,不管辈分,欲要与他争执,未免有违母命,因此将错便错,由他主持。真是愚孝。

转瞬间已届佳期,鲁元公主与乃夫张敖,准备嫁女,原是忙碌得很。吕太后本与惠帝同居长乐宫,此番筹办册后大典,偏令在未央宫中,安排妥当,举行盛仪,一则使惠帝别宫居住,自己好放心图欢,二则使外甥女羁住惠帝,叫他暗中监察,省得惠帝轻信蜚言,这便是枕席喁喁的妙计。此计一行,外面尚无人知觉,就是甥舅成婚,虽似名分有乖,大众都为他是宫闱私事,无关国家,何必多去争论,自惹祸端,所以噤若寒蝉,惟各自备办厚礼,送往张府,为新皇后添妆。吉期一届,群至张府贺过了喜,待到新皇后出登凤辇,又一齐簇拥入宫,同去襄礼。皇家大婚,自有一种繁文缛节,不劳细述。及册后礼毕,龙凤谐欢,新皇后娇小玲珑,楚楚可爱,虽未能尽惬帝意,却觉得怀间偎抱,玉软香柔。恐犹乳臭。惠帝也随遇而安,没甚介意。接连又举行冠礼,宫廷内外的臣工,忙个不了。一面大赦天下,令郡国察举孝悌力田,免除赋役,并将前时未革的苛禁,酌量删除。秦律尝禁民间挟书,罪至族诛,至是准民储藏,遗书得稍稍流传,不致终没,这也是扶翼儒教的苦衷。

惟自惠帝出居未央宫,与长乐宫相隔数里,每阅三五日入朝母后,往来未免费事。吕太后暗暗喜欢,巴不得他旬月不来,独惠帝顾全孝思,总须随时定省,且亦料知母后微意,越要加意殷勤。因思两宫分隔东西,中间须经过几条市巷,銮跸出入,往往辟除行人,有碍交通,乃特命建一复道,就武库南面,筑至长乐宫,两面统置围墙,可以朝夕来往,不致累及外人。当下鸠工赶筑,定有限期,忽由叔孙通入谏道:"陛下新筑复道,正当高皇帝出游衣冠的要路,奈何把他截断,渎嫚祖宗?"惠帝大惊道:"我一时失却检点,致有此误,今即令罢工便了。"叔孙通道:"人主不应有过举,今已兴工建筑,尽人皆知,如何再令废止呢?"惠帝道:"这却如何是好?"通又道:"为陛下计,惟有就渭北地方,另建原庙,可使高皇帝衣冠,出游渭北,省得每月到此。且广建宗庙,也是大孝的根本,何人得出来批评呢。"惠帝乃转惊为喜,复令有司增建原庙,原庙的名义,就是再立的意思。从前高祖的陵寝,本在渭北,陵外有园,所有高祖留下的衣冠法物,并皆收藏一室,唯按月取出衣冠,载入法驾中,仍由有司拥卫,出游高庙一次,向例号为游衣冠。但高庙设在长安都中,衣冠所经,正与惠帝所筑的复道,同出一路,所以叔孙通有此谏诤,代为设法,使双方不致阻碍。实在是揣摩迎合,善承主旨,不足为后世法呢。论断谨严。及原庙将竣,复道已成,惠帝得常至长乐宫,吕太后亦无法阻止,只得听他自由,不过自己较为小心,免露马脚罢了。

既而两宫中屡有灾异,祝融氏尝来惠顾,累得宫娥彩女,时有戒心。总计自惠帝四年春季,延至秋日,宫内失火三次,长乐宫中鸿台,未央宫中的凌室,

第四十三回　审食其遇救谢恩人　吕娥姁挟权立少帝

系藏冰室，冰室失火，却是一奇。先后被焚。还有织室亦付诸一炬，所失不资。此外又有种种怪象，如宜阳雨血，十月动雷，冬天桃李生华，枣树成实，都是古今罕闻。即阴盛阳衰之兆。

　　过了一年，相国曹参，一病身亡，予谥曰懿，子窋袭爵平阳侯。吕太后追忆高祖遗言，拟用王陵、陈平为相，踌躇了两三月，已是惠帝六年，乃决计分任两人，废去相国名号，特设左右二丞相，右丞相用了王陵，左丞相用了陈平，又用周勃为太尉，夹辅王家。未几留侯张良，也即病终。良本来多病，且见高祖屠戮功臣，乐得借病为名，深居简出，平时托词学仙，不食五谷。及高祖既崩，吕后因良保全惠帝，格外优待，尝召他入宴，强令进食，并与语道："人生世上，好似白驹过隙，何必自苦若此！"想她亦守着此意，故乐得寻欢，与人私通。良乃照旧加餐。至是竟致病殁，由吕太后特别赙赠，赐谥文成。良尝从高祖至谷城，取得山下黄石，视作圯上老人的化身，设座供奉。临死时留有遗嘱，命将黄石并葬墓中。长子不疑，照例袭封，次子辟疆，年才十四，吕太后为报功起见，授官侍中。谁知勋臣懿戚，相继沦亡，留侯张良方才丧葬，舞阳侯樊哙又复告终。哙是吕太后的妹夫，又系高祖时得力遗臣，自然恤典从优，加谥为武，命子樊伉袭爵。且尝召女弟吕媭，入宫排遣，替她解忧，姊妹深情，也不足怪。总不及汝老姬的快乐。

　　好容易又过一年，已是惠帝七年了。孟春月朔日食，仲夏日食几尽。到了仲秋，惠帝患病不起，竟在未央宫中，撒手归天。一班文武百官，统至寝宫哭灵，但见吕太后坐在榻旁，虽似带哭带语，唠叨有声，面上却并无一点泪痕。大众偷眼瞧视，都以为太后只生惠帝，今年甫二十有四，在位又止及七年，乃遭此短命，煞是可哀，为何有声无泪，如此薄情？一时猜不出太后心事，各待至棺殓后，陆续退出。侍中张辟疆，生性聪明，童年有识，他亦随班出入，独能窥透吕太后隐情，径至左丞相陈平住处，私下进言道："太后独生一帝，今哭而不哀，岂无深意？君等曾揣知原因否？"陈平素有智谋，到此也未曾预想，一闻辟疆言论，反觉得惊诧起来，因即随声转问道："究竟是甚么原因？"辟疆答道："主上驾崩，未有壮子，太后恐君等另有他谋，所以不遑哭泣。但君等手握枢机，无故见疑，必至得祸，不若请诸太后，立拜吕台、吕产为将，统领南北两军，并将诸吕一体授官，使得居中用事，那时太后心安，君等自然脱祸了。"授权吕氏如刘氏何？辟疆究竟童年，不顾全局。

　　陈平听了，似觉辟疆所言，很是有理，遂即别了辟疆，竟入内奏闻太后，请拜吕台、吕产为将军，分管南北禁兵。台与产皆吕太后从子，乃父就是周吕侯吕泽。南北二军，向为宫廷卫队，南军护卫宫中，驻扎城内，北军护卫京城，驻扎城外。这两军向归太尉兼管，若命吕台、吕产分领，是都中兵权，全为吕氏所把持。吕太后但顾母族，不顾夫家，所以听得平言，正惬私衷，立即依议施行。于是专心哭子，每一举哀，声泪俱下，较诸前此情形，迥不相同。过了二十余日，便将惠帝灵輀，出葬长安城东北隅，与高祖陵墓相距五里，一作十里。号为安陵。群臣恭上庙号，叫作孝惠皇帝。惠帝后张氏，究竟年轻，未得生男育女，吕太后却想出一法，暗取后宫中所生婴儿，纳入张后房中，佯称是张后所生，立为太子。又恐太子的生母，将来总要漏泄机关，索性把她杀死，断绝后患。计策固狡，奈天道不容何？惠帝既葬，便将伪太子立为皇帝，号做少帝。少帝年幼，吕太后即临朝称制，史官因少帝来历未明，略去不书，惟汉统究未中绝，权将吕后纪年：一是吕后为汉太后，道在从夫，二是吕后称制，为汉代以前所未闻，大书特书，寓有垂戒后人的意思。存汉诛吕，书法可谓谨严了。小子有诗叹道：

漫言男女贵平权，妇德无终自昔传。
不信但看汉吕后，雌威妄煽欲滔天。

吕太后临朝以后，更欲封诸吕为王，就中恼了一位骨鲠忠臣，要与吕太后力争。欲知此人为谁，待至下回说明。

朱建生平，无甚表见，第营救审食其一事，为《史》《汉》所推美，特为之作传，以旌其贤。夫食其何人？淫乱之小人耳，国人皆曰可杀，而建以百金私惠，力为解免，私谊虽酬，如公道何！且如《史》《汉》所言，谓其行不苟合，义不取容，夫果有如此之行义，胡甘为百金所污？母死无财，尽可守孔圣之遗训，敛首足形，还葬无椁，亦不失为孝子。建不出此，见小失大，宁足为贤？史迁乃以之称美，不过因自罹腐刑，无人救视，特借朱建以讽刺交游耳。班氏踵录迁文，相沿不改，吾谓迁失之私，而班亦失之陋也。彼如陈平之轻信张辟疆，请封诸吕，更不足道。吕氏私食其，宠诸吕，取他人子以乱汉统，皆汉相有以纵成之，本回标目，不称吕太后，独书吕娥姁，嫉恶之意深矣。然岂仅嫉视吕后已哉！

第四十四回　易幼主诸吕加封
　　　　　　　得悍妇两王枉死

却说吕太后欲封诸吕为王，示意廷臣，当时有一位大臣，首先反对道："高皇帝尝召集众臣，宰杀白马，歃血为盟，谓非刘氏为王，当天下共击，不使

第四十四回　易幼主诸吕加封　得悍妇两王枉死

蔓延。今口血未干,奈何背约!"吕太后瞋目视着,乃是右丞相王陵,一时欲想驳诘,却是说不出理由,急得头筋饱绽,面颊青红。左丞相陈平,与太尉周勃,见太后神色改变,便齐声迎合道:"高帝平定天下,曾封子弟为王,今太后称制,分封吕氏子弟,有何不可?"吕太后听了此言,方才易怒为喜,开了笑颜。王陵愤气填胸,只恨口众我寡,不便再言。待至辍朝以后,与平、勃一同退出,即向二人发语道:"从前与高皇帝喋血为盟,两君亦尝在列,今高帝升遐,不过数年,太后究是女主,乃欲封诸吕为王,君等遽欲阿顺背约,将来有何面目,至地下去见高帝呢?"千人诺诺,不如一士谔谔。平勃微笑道:"今日面折廷争,仆等原不如君,他日安社稷,定刘氏后裔,恐君亦不及仆等了。"究属勉强解嘲,不得以后来安刘信为知几之言。陵未肯遽信,悻悻自去。

约阅旬日,就由太后颁出制敕,授陵为少帝太傅。陵知太后夺他相权,不如先几远引,尚可洁身,乃上书称病,谢职引归。后来安逝家中,无庸再表。了过王陵。惟陵既谢免,陈平得进任右丞相,至左丞相一缺,就用那幸臣审食其。食其本无相材,仍在宫中厮混,名为监督官僚,实是趋承帷闼。不过太后宠眷特隆,所有廷臣奏事,往往归他取决,所以食其势焰,更倍曩时。吕太后更查得御史大夫赵尧,尝为赵王如意定策,荐任周昌相赵,见前文。至此大权在手,遂诬他溺职,坐罪褫官,另召上党郡守任敖入朝,命为御史大夫。敖前为沛县狱掾,力护吕后,见前文。因此破格超迁,以德报德。一面追尊生父吕公为宣王,长兄周吕侯泽为悼武王,作为吕氏称王的先声。又恐人心未服,先从他处入手,特封先朝旧臣郎中令冯无择等为列侯,再取他人子五人,强名为惠帝诸子,一名疆,封淮阳王;一名不疑,封恒山王;一名山,封襄城侯;一名朝,封轵侯;一名武,封壶关侯。适鲁元公主病死,即封公主子张偃为鲁王,谥公主为鲁元太后。父降为侯,子得封王,真是子以母贵。于是欲王诸吕,密使大谒者张释,讽示左丞相陈平等人,请立诸吕为王。陈平等为势所迫,不得已阿旨上书,请割齐国的济南郡为吕国,做了吕台的王封。吕太后有词可借,即封吕台为吕王。偏吕台不能久享,受封未几,一病身亡。早死数年,免得饮刀,却是大幸。吕太后很是悲悼,命台子嘉袭封。此外封吕种释之子。为沛侯,吕平为扶柳侯,吕平系吕后姊子,依母姓吕。吕禄为胡陵侯,吕他为俞侯,吕更始为赘其侯,吕忿为吕城侯,甚至吕太后女弟吕嬃,亦受封为临光侯。何不封为女王?

吕氏子侄,俱沐光荣,威显无比。吕太后尚恐刘吕不睦,互相鱼肉,复想出一条亲上加亲的计策,使他联结婚姻,方可永久为欢,不致龃龉。是时齐王刘肥已死,予谥悼惠,命他长子襄嗣封。还有次子章,三子兴居,均召入京师,使为宿卫。当即将吕禄女配与刘章,封章为朱虚侯。兴居也得为东牟侯。又因赵王友与梁王恢,年并长成,也代作撮合山,把吕家女子,嫁与二王为妻。

二王不敢违命，只好娶了过去。太后以为刘吕两姓，从此好相安无事了。

那知外面尚未生衅，内廷却已启嫌，吕太后所立的少帝，起初是年幼无知，由她播弄，接连做了三四年傀儡，却有些粗懂人事，往往偷听近侍密谈，得知吕后暗地掉包，杀死自己生母，硬要他母事张后。心中一恨，口中即随便乱言，就是张后平时教训，也全不听从，且任性怒说道："太后杀我母，待我年壮，总要为我母报仇！"志向倒也不小，可惜卤莽一点。这种言语，被人听着，当即报知吕太后。太后大吃一惊，暗想他小小年纪，便有这般狂言，将来还当了得，不若趁早废去，结果了他，还可瞒住前谋，除灭后患。当下诱入少帝，把他送至永巷中，幽禁暗室，另拟择人嗣立。遂发出一道敕书，伪言少帝多病，迷罔昏乱，不能治天下，应由各大臣妥议，改立贤君。陈平等壹意逢迎，带领僚属，伏阙上陈道："皇太后为天下计，废暗立明，奠定宗庙社稷，臣等敢不奉诏！"说着，复顿首请示。吕太后尚令群臣推选，叫他退朝协议，议定后陈。大众奉命退出，互相讨论，究未知太后属意何人，不敢擅定。毕竟陈平多智，嘱托宫中内侍，密向太后问明。太后却已意有所属，欲立恒山王义，就是前日的襄城侯山。山为恒山王不疑弟，不疑夭逝，山因嗣封，改名为义。一经太后授意内侍，转告群臣，群臣遂表请立义，由太后下诏依言，立义为帝。又叫他改名为弘，且将幽禁永巷的少帝，置诸死地，易称弘为少帝。弘年亦幼，吕太后仍得临朝，所有恒山王爵，令轵侯朝接封。已而淮阳王强亦死，壶关侯武继承兄爵，嗣为淮阳王。

独吕王嘉骄恣不法，傲狠无亲，连太后都看不过去，因欲把嘉废置，另立吕产为吕王。产本嘉叔，即吕台胞弟。以弟继兄，已成当日惯例，偏吕太后假托公道，仍欲经过大臣会议，方好另封，所以延迟数日，未曾立定。适有一个齐人田子春，来游都下，察知宫中情事，巧为安排。一来是为吕氏效劳，二来是为刘氏报德，双方并进，也是个心计独工的智士。先是高祖从堂兄弟刘泽，受封营陵侯，留居都中。子春常到长安，旅次乏资，挽人引进泽门，立谈以下，甚合泽意。泽屡望封王，子春允为画策，当由泽赠金三百斤，托他钻谋。不意子春得了厚赠，饱载归齐，泽大失所望，但还疑他家中有事，代为曲原。偏迟至二年有余，仍无音信，乃特遣人到齐，寻访子春，责他负友。子春正得金置产，经营致富，接到来使责言，慌忙谢过，且托使人返报，约期入都。待使人去后，也即整备行装，挈子同行。既至长安，并不向泽求见，却另赁大宅住下，取出囊中金银，贿托大谒者张释密友，为子介绍，求居门下。释本是阉人，因得宠吕后，骤致贵显，他心中也想罗致士人，倚作爪牙，一闻友人荐引田子，便即慨允收留。田子得父秘授，谄事张释，买动欢心，即请释到家宴饮。释绝不推辞，昂然前往。到了子春赁宅，子春早盛设供张，开门迎接。待至释缓步登

第四十四回　易幼主诸吕加封　得悍妇两王枉死

堂，左右旁顾，见他帷帐器具，无不华丽，仿佛与侯门相似，已是诧异得很，及肴核上陈，又皆件件精美，山珍海错，备列筵前，乐得开怀畅饮，自快老饕。饮至半酣，子春屏人与语道："仆至都中，见王侯邸第百余，多是高皇帝的功臣，惟思太后母家吕氏，亦曾佐助高帝，立有大功，并且谊居懿戚，理应优待。今太后春秋已高，意欲多封母家子侄，但恐大臣不服，止立吕王一人，今闻吕王嘉得罪将废，太后必且另立吕氏，足下久侍太后，难道未知太后命意么？"张释道："太后命意，无非欲另立吕产呢。"子春道："足下既知太后隐衷，何不转告大臣，立刻奏请？吕产若得封王，足下亦不失为万户侯，否则足下知情不言，必为太后所恨，祸且及身了！"田生之请封吕产，实是为刘泽着想，略迹原心，尚属可恕。张释惊喜道："非君提醒此意，我且失机，他日得如君言，定当图报。"子春谦逊一番，又各饮了好几杯，方才尽欢而别。

不到数日，即由吕太后升殿，问及群臣，决意废去吕嘉，改立他人。群臣已经张释示意，便将吕产保荐上去，太后甚喜，下诏废吕王嘉，立吕王产，至退朝后，取出黄金千斤，赏与张释。释却不忘前言，分金一半，转赠田子春。子春坚辞不受，释愈加敬礼，引为至交。嗣是常相往来，遇事辄商。子春方得做到本题，乘间进言道："吕产为王，诸大臣究未心服，看来须要设法调停，才得相安。"释问他有何妙法？子春道："现今营陵侯刘泽，为诸刘长，虽得兼官大将军，究竟未受王封，不免怨望。足下何不入白太后，裂十余县，封泽为王？泽得了王封，必然心喜，诸大臣亦可无异言。就是吕王地位，也因此巩固了。"释甚以为然，便去进白太后。太后本不欲多封刘氏，此时听了释言，封刘就是安吕，不为无计，并且泽妻为吕媭女，婚姻相关，当无他患，乃封刘泽为琅琊王，遣令就国。子春为泽运动，已得成功，方自往见泽，向泽道贺。泽已查知封王原因，功出子春，当即下座相迎，延令就坐，盛筵相待。子春饮了数觥，便命撤席。泽不禁动疑，问为何事？子春道："王速整装登程，幸勿再留，仆当随王同行便了。"泽尚欲再问，子春但促他速行，不肯明言。故意弄巧。泽乃罢饮整装，亟夜备齐。子春返至寓所，草草收拾，俟至翌晨，复去催泽辞行。泽入宫谒见太后，报告行期，太后并不多言，泽即顿首告退。一出宫门，已由子春办好车马，请泽登车，一鞭加紧，马不停蹄，匆匆的驰出函谷关。既越关门，复急走数十里，始命缓辔徐行。泽尚以为疑，后来得知太后生悔，饬人追还，行至函谷关，已知无及，方才折回。泽乃服子春先见，格外礼遇，欢然就国去了。

太后方悔封刘泽，苦难收回成命，再加赵王友的妻室，入宫告密，说是赵王将有他变，气得吕太后倒竖双眉，立派使人，召还赵王。究竟赵王有无异谋，详查起来，实是子虚乌有，都由他妻室吕氏，信口捏造，有意架诬。吕女为赵王妻，仗着吕太后势力，欺凌赵王。赵王屡与反目，别爱他姬，吕氏且妒且怒,遂不与赵王说明,径至长安,入白太后道:"赵王闻得吕氏为王,常有怨言,平居屡语人道:'吕氏怎得为王?太后百年后,我定当讨灭吕氏,使无孑遗。'此外尚有许多妄语,无非是与诸吕寻仇,故特来报闻。"吕太后信以为真,怎肯干休?一俟赵王召到,也不讯明虚实,立把他锢住邸中,派兵监守,不给饮食。赵王随来的从吏,私下进馈,都被卫兵阻住,甚且拘系论罪。可怜赵王友无从得食,饿得气息奄奄,因作歌鸣冤道:

> 诸吕用事兮刘氏微,迫胁王侯兮强授我妃!我妃既妒兮诬我以恶,谗女乱国兮上曾不寤!我无忠臣兮何故弃国,自决中野兮苍天与直!吁嗟不可悔兮宁早自戕,为王饿死兮谁者怜之,吕氏绝理兮托天报仇!

歌声呜呜,饥肠辘辘,结果是饿死邸中。所遗骸骨,但用民礼藁葬长安,未知他妻曾否送葬。吕太后遂徙梁王恢为赵王,改封吕王产为梁王,又将后宫子太封济川王。产始终不闻就国,留京为少帝太傅。太尚年幼,亦不令东往,仍住宫中。赵王恢妻,便是吕产的女儿,阃内雌威,不可向迩,恢秉性懦弱,屡为所制。及移梁至赵,恢本不甚愿意,且从前赵都官吏,半为吕氏所把持,至此复由梁地带去随员,亦有吕姓多人,两处蟠互,累得恢事事受制,一些儿没有主权。那位床头夜叉,气焰越威,竟将恢所宠爱的姬妾,用药毒死。恢既经郁愤,复兼悲悼,辗转思想,毫无生趣,因撰成歌诗四章,令乐工谱入管弦,如怨如慕,如泣如诉,益令恢悲不自胜,索性仰药自尽,到冥府中追寻爱姬,重续旧欢去了。倒是一个情种。

赵臣奏报恢丧,吕太后不责产女,反说恢为一妇人,竟甘自殉,上负宗庙,有亏孝道,不准再行立嗣。另遣使臣至代,授意代王,令他徙赵。代王恒避重就轻,情愿长守代边,不敢移封赵地,乃托朝使告辞。使臣返报吕太后,吕太后遂立吕禄为赵王,留官都中。禄父就是吕释之,时已去世,特追封为赵昭王。会闻燕王建病殁,遗有一子,乃是庶出,吕太后不欲他承袭封爵,潜遣刺客赴燕,刺死建子,独封吕台子通为燕王。于是高祖八男,仅存二人,一是代王恒,一是淮南王长,加入齐、吴、楚及琅琊等国,总算还有六七国。恒山、淮阳、济川三国姓氏可疑,故不列入。那吕氏亦有三王,吕产王梁、吕禄王赵、吕通王燕,与刘氏势力相侔。而且产、禄遥领藩封,仍然蟠踞宫廷,手握兵马大权,势倾内外,这却非刘氏诸王所能与敌。刘家天下,几已变做吕家天下了!

流光如驶,倏忽八年,这八年内,统是吕太后专制时代,阴阳反变,灾异迭生,忽而地震,忽而山崩,忽而水溢,忽而红日晦冥,星且尽现。吕太后却也有些知觉,尝见日食如钩,向天嗔语道:"这莫非为我不成?"话虽如此,终究是本性难移,活一日,干一日,除死方休。少帝弘名为人主,不使与政,简直与木偶无二。内惟临光侯吕嫛，左丞相审食其，大谒者张释，出纳诏奏，参赞秘谋；外惟吕产、吕禄，分典禁兵，护卫宫廷。右丞相陈平，太尉周勃，有位无权，有权无柄，不过旅进旅退，借保声名。独有一位刘家子孙，少年负气，慷慨激昂，他却不肯冒昧图功，暗暗的待着机会，来出风头。小子有诗咏道：

> 不顾纲常只逆施，妇人心性总偏私。
> 须知龙种非全替，且看筵前拔剑时。

欲知此人为谁，待至下回再详。

妇道从夫，乃古今之通例。吕雉若不为刘家妇，如何得为皇后，如何得为皇太后！富贵皆出自夫家，奈何遽忘刘氏，徒欲尊宠诸吕乎？当其媾婚刘吕之时，尚不过欲母家子侄，同享荣华，非必欲遽倾刘氏也。然古人有言，物莫能两大，刘吕并权，势必相倾，彼吕氏两女，犹弃其夫而不顾，况产、禄乎？田子春为刘泽计，先劝张释讽示大臣，请封吕产，然后以刘泽继之。泽居外而产居内，以势力论，泽亦何能及产！但观子春之本心，实为刘泽起见，且后来之安刘灭吕，泽与有功，故本回叙及此事，详而不略，贬亦兼褒。至若陈平、周勃，则力斥其逢迎之失，不以后事而曲恕之，书法不隐，是固一良史手笔也，若徒以小说目之，偾矣！

第四十五回　　听陆生交欢将相
　　　　　　　　连齐兵合拒权奸

却说吕氏日盛，刘氏日衰，剩下几个高祖子孙，都是栗栗危惧，只恐大祸临头，独有一位年少气盛的龙种，却是隐具大志，想把这汉家一脉，力为扶持。这人为谁？就是朱虚侯刘章。刘氏子弟，莫如此人，故特笔提叙。他奉吕太后命令，入备宿卫，年龄不过二十，生得仪容俊美，气宇轩昂。娶了一个赵王吕禄的女儿，合成夫妇，两口儿却是很恩爱，与前次的两赵王不同。吕太后曾为作合，见他夫妇和谐，自然喜慰，就是吕禄得此快婿，亦另眼相待，不比寻常。那知刘章却别有深心，但把这一副温存手段，笼络妻房，好教她转告母家，相亲相爱，然后好乘间行事，吐气扬眉。可见两赵王之死，半由自取，若尽如刘章，吕女反为利用了。

一夕入侍宫中，正值吕太后置酒高会，遍宴宗亲，列席不下百人，一大半是吕氏王侯。刘章瞧在眼中，已觉得愤火中烧，但面上仍不露声色，静待太后命令。太后见章在侧,便命为酒吏,使他监酒。章慨然道:"臣系将种,奉命监酒,请照军法从事!"太后素视章为弄儿,总道他是一句戏言,便即照允。待至大众入席,饮过数巡,自太后以下,都带着几分酒兴,章即进请歌舞,唱了几曲巴里词,演了一回莱子戏,引得太后喜笑颜开,击节叹赏。章复申请道:"臣愿为太后唱《耕田歌》。"太后笑道:"汝父或尚知耕田,汝生时便为王子,怎知田务?"章答说道:"臣颇知一二。"太后道:"汝且先说耕田的大意。"章吭声作歌道:

> 深耕溉种,立苗欲疏。非其种者,锄而去之。

太后听着,已知他语带双敲,不便在席间诘责,只好默然无言。章佯作不知,但令近侍接连斟酒,灌得大众醉意醺醺。有一个吕氏子弟,不胜酒力,潜自逃去,偏偏被章瞧着,抢步下阶,拔剑追出,赶至那人背后,便喝声道:"汝敢擅自逃席么?"那人正回头谢过,章张目道:"我已请得军法从事,汝敢逃席,明明藐法,休想再活了!"说着,手起剑落,竟将他首级剁落,回报太后道:"适有一人逃席,臣已谨依军法,将他处斩!"这数语惊动大众,俱皆失色。就是吕太后亦不禁改容,惟用双目盯住刘章,章却似行所无事,从容自若。太后瞧了多时,自思已准他军法从事,不能责他擅杀,只得忍耐了事。大众皆踧踖不安,情愿告退,当由太后谕令罢酒,起身入内。众皆离席散去,章亦安然趋出。自经过这番宴席,诸吕始知章勇敢,怕他三分。吕禄也有些忌章,但为儿女面上,不好当真,仍然照常待遇。诸吕见禄且如此,怎好无故害章,没奈何含忍过去。惟刘氏子弟,暗暗生欢,都望章挽回门祚,可以抑制诸吕。就是陈平、周勃等,亦从此与章相亲,目为奇才。

时临光侯后媭,女掌男权,竟得侯封,她与乃姊性情相类,专喜察人过失,伺间进谗。至闻刘章擅杀诸吕,却也想不出什么法儿,加害章身,唯与陈平是挟有宿嫌,屡白太后,说他日饮醇酒,好戏妇人,太后久知媭欲报夫怨,有心诬告,所以不肯轻听,但嘱近侍暗伺陈平。平已探得吕媭谗言,索性愈耽酒色,沉湎不治,果然不为太后所疑,反为太后所喜。一日入宫白事,却值吕媭旁坐,吕太后待平奏毕,即指吕媭语平道:"俗语有言,儿女子话不可听,君但教照常办事,休畏我女弟吕媭,在旁多口,我却信君,不信吕媭哩!"平顿首拜谢,起身自去。只难为了一个皇太后胞妹,被太后当面奚落,害得无地自容,几乎要淌下泪来。太后却对她冷笑数声,自以为能,那知已中了陈平诡计。她坐又不是,立又不是,竟避开太后,远远的去哭了一场。但自此以后,也不敢再来潜平了。

平虽为禄位起见,凡事俱禀承吕后,不敢专擅,又且拥美姬,灌黄汤,看似

第四十五回　听陆生交欢将相　连齐兵合拒权奸

麻木不仁的样子，其实是未尝无忧，平居无事，却也七思八想，意在安刘。无如吕氏势焰，日盛一日，欲要设法防维，恐如螳臂挡车，不自量力，所以逐日忧虑，总觉得艰危万状，无法可施。谁叫你先事纵容。

大中大夫陆贾，目睹诸吕用事，不便力争，尝托病辞职，择得好时地方，挈眷隐居。老妻已死，有子五人，无甚家产，只从前出使南越时，得了赆仪，变卖值一千金，乃作五股分派，分与五子，令他各营生计。自己有车一乘，马四匹，侍役十人，宝剑一口，随意闲游，逍遥林下。所需衣食，令五子轮流供奉，但求自适，不尚奢华。保身保家，无逾于此。有时到了长安，与诸大臣饮酒谈天，彼此统是多年僚友，当然沉瀣相投。就是左丞相府中，亦时常进出，凡门吏仆役，没一个不认识陆大夫，因此出入自由，不烦通报。

一日又去往访，阍人见是熟客，由他进去，但言丞相在内室中。贾素知门径，便一直到了内室，见陈平独自坐着，低着了头，并不一顾。乃开口动问道："丞相有何忧思？"平被他一问，突然惊起，抬头细瞧，幸喜是个熟人，因即延令就座，且笑且问道："先生道我有什么心事？"贾接着道："足下位居上相，食邑三万户，好算是富贵已极，可无他望了。但不免忧思，想是为了主少国疑，诸吕专政呢？"平答说道："先生所料甚是。敢问有何妙策，转危为安？"聪明人也要请教吗？贾慨然道："天下安，注意相，天下危，注意将，将相和睦，众情归附，就使天下有变，亦不至分权，权既不分，何事不成！今日社稷大计，关系两人掌握，一是足下，一是绛侯。仆常欲向绛侯进言，只恐绛侯与我相狎，视作迂谈。足下何不交欢绛侯，联络情意，互相为助呢！"平尚有难色，贾复与平密谈数语，方得平一再点首，愿从贾议。贾乃与平告别，出门自去。

原来平与周勃，同朝为官，意见却不甚融洽。从前高祖在荥阳时，勃尝劾平受金，虽已相隔有年，总觉余嫌未泯，所以平时共事，貌合神离。自从陆贾为平画策，叫他与勃结欢，平遂特设盛筵，邀勃过饮。待勃到来，款待甚殷，当即请勃入席，对坐举觞，堂上劝斟，堂下作乐，端的是怡情悦性，适口充肠，好多时方才毕饮。平又取出五百金，为勃上寿，勃未肯遽受，由平遣人送至勃家，勃称谢而去。

过了三五日，勃亦开筵相酬，照式宴平。平自然前往，尽醉乃归。嗣是两人常相往来，不免谈及国事。勃亦隐恨诸吕，自然与平情投意合，预为安排。平又深服陆贾才辩，特赠他奴婢百人，车马五十乘，钱五百万缗，使他交游公卿间，阴相结纳，将来可倚作臂助，驱灭吕氏。贾便到处结交，劝他背吕助刘。朝臣多被他说动，不愿从吕，吕氏势遂日孤。不过吕产、吕禄等，尚未知晓，仍然恃权怙势，不少变更。

会当三月上巳，吕太后依着俗例，亲临渭水，祓除不祥。事毕即归，行过轵道，见有一物突至，状如苍狗，咬定衣腋，痛彻心腑，免不得失声大呼。卫士慌忙抢护，却不知为何因，但听太后呜咽道："汝等可见一苍狗否？"卫士俱称不见，太后左右四顾，亦觉杳然。因即忍痛回宫，解衣细视，腋下已经青肿，越加惊疑。当即召入太史，令卜吉凶，太史卜得爻象，乃是赵王如意为祟，便据实报明。太后疑信参半，姑命医官调治。那知敷药无效，服药更无效，不得已派遣内侍，至赵王如意墓前，代为祷免，亦竟无效。时衰受鬼迷。日间痛苦，还好勉强忍耐，夜间痛苦益甚，几乎不能支持。幸亏她体质素强，一时不致遽死，直至夏尽秋来，方将全身气血，折磨净尽。吃了三五个月苦痛，还是不足蔽辜？镇日里缠绵床褥，自知不能再起，乃命吕禄为上将，管领北军，吕产管领南军。且召二人入嘱道："汝等封王，大臣多半不平，我若一死，难免变动。汝二人须据兵卫宫，切勿轻出，就使我出葬时，亦不必亲送，才能免为人制呢！"产与禄唯唯受教。

又越数日，吕太后竟病死未央宫，遗诏令吕产为相国，审食其为太傅，立吕禄女为皇后。产在内护丧，禄在外巡行，防备得非常严密，到了太后灵柩，出葬长陵，两人遵着遗嘱，不去送葬，但带着南北两军，保卫宫廷，一步儿不敢放松。陈平、周勃等，虽有心除灭诸吕，可奈无隙得乘，只好耐心守着。独有朱虚侯刘章，盘问妻室，才知产禄谨守遗言，蟠踞宫禁。暗想如此过去，必将作乱，朝内大臣，统是无力除奸，只好从外面发难，方好对付产禄。乃密令亲吏赴齐，报告乃兄刘襄，叫他发兵西向，自在都中作为内应，若能诛灭吕氏，可奉乃兄为帝云云。

襄得报后，即与母舅驷钧，郎中令祝午，中尉魏勃，部署人马，指日出发。事为齐相召平所闻，即派兵入守王宫，托名保卫，实是管束。齐王襄被他牵制，不便行动，急与魏勃等密商良策。勃素有智谋，至此为襄画策，往见召平，佯若与襄不协，低声语平道："王未得朝廷虎符，擅欲发兵，迹同造反，今相君派兵围王，原是要着，勃愿为相君效力，指挥兵士，禁王擅动，未知相君肯赐录用否？"召平闻言大喜，就将兵符交勃，任勃为将，自在相府中安居，毫不加防。忽有人来报祸事，乃是魏勃从王府撤围，移向相府，立刻就到，吓得召平手足无措，急令门吏掩住双扉，前后守护。甫经须臾，那门外的人声马声，已聚成一片，东冲西突，南号北呼，一座相府门第，已被勃众四面围住，势将捣入。平不禁长叹道："道家有言，当断不断，反受其乱，我自己不能断判，授权他人，致遭反噬，悔无及了！"遂拔剑自杀。此召平似与东陵侯同名异人。待至勃毁垣进来，平已早死，乃不复动手，返报齐王。齐王襄便令勃为将军，准备出兵，并任驷钧为丞相，祝午为内史，安排檄文，号召四方。

此时距齐最近，为琅琊、济川及鲁三国。济川王是后宫子刘太，鲁王是鲁元公主子张偃，两人为吕氏私党，不便联络。惟琅琊王刘泽，辈分最长，又与

第四十五回　听陆生交欢将相　连齐兵合拒权奸

吕氏不甚相亲，并见前文。论起理来，当可为齐王后援。齐王使祝午往见刘泽，约同起事，午尚恐泽有异言，因与齐王附耳数语，然后起行。及抵琅琊，与泽相见，当即进言道："近闻诸吕作乱，朝廷危急，齐王襄即欲起兵西向，讨除乱贼，但恐年少望轻，未习兵事，为此遣臣前来，恭迎大王！大王素经战阵，又系人望，齐王情愿举国以听，幸乞大王速莅临淄，主持军务！即日连合两国兵马，西入关中，讨平内乱，他时龙飞九五，舍大王将谁属呢？"言甘者心必苦。刘泽本不服吕氏，且听得祝午言词，大有利益，当即与午起行。到了临淄，齐王襄阳表欢迎，阴加监制，再遣午至琅琊，矫传泽命，尽发琅琊兵马，西攻济南。济南向为齐地，由吕太后割畀吕王，所以齐王发难，首先往攻。一面陈诸吕罪状，报告各国，略云：

> 高帝平定天下，王诸子弟，悼惠王薨，惠帝使留侯张良，立臣为齐王。惠帝崩，高后用事，听诸吕，擅废帝更立，又杀三赵王，灭梁、赵、燕以王诸吕，分齐国为四，即琅琊、济川、鲁三国，与齐合计为四。忠臣进谏，上惑乱不听。今高后崩，皇帝春秋富，未能治天下，固待大臣诸侯。今诸吕又擅自尊官，聚兵严威，劫列侯忠臣，矫制以令天下，宗庙以危。寡人率兵入诛不当为王者！

这消息传入长安，吕产、吕禄，未免着急，遂遣颍阴侯大将军灌婴，领兵数万，出击齐兵。婴行至荥阳，逗留不进，内结绛侯，外连齐王，静候内外消息，再定行止。齐王襄亦勒兵西界，暂止进行。独琅琊王刘泽，被齐王羁住临淄，自知受欺，乃亦想出一法，向齐王襄进说道："悼惠王为高帝长子，王系悼惠冢嗣，就是高帝嫡长孙，应承大统。现闻诸大臣聚议都中，推立嗣主，泽忝居亲长，大臣皆待泽决计，王留我无益，不如使我入关，与议此事，管教王得登大位呢？"齐王襄亦为所动，乃代备车马，送泽西行。赚人者亦为人所赚，报应何速。泽出了齐境，已脱齐王羁绊，乐得徐徐西进，静候都中消息。

都中却已另有变动，计图吕氏。欲问他何人主谋，就是左丞相陈平，与太尉周勃。平、勃两人，既已交欢，往往密谈国事，欲除诸吕。只因产、禄两人，分握兵权，急切不便发作。此次因齐王发难，有机可乘，遂互相谋画，作为内应。就是灌婴留屯荥阳，亦明明是平勃授意，叫他按兵不动。平又想到郦商父子，向与产、禄结有交谊，情好最亲，遂托称计事，把郦商邀请过来，作为抵押。再召郦商子寄，入嘱秘谋，使他诱劝吕禄，速令就国。寄不得已往给吕禄道："高帝与吕后共定天下，刘氏立九王，即吴、楚、齐、代、淮南、琅琊与恒山、淮阳、济川三国。吕氏立三王。即梁、赵、燕。都经大臣议定，布告诸侯，诸侯各无异言。今太后已崩，帝年尚少，足下既佩赵王印，不闻就国守藩，乃仍为上将，统兵留京,怎能不为他人所疑。今齐已起事,各国或且响应,为患不小,足下何不让还将印,把兵事交与太尉,再请梁王亦缴出相印,与大臣立盟,自明心迹,即日就国,彼齐兵必然罢归。足下据地千里,南面称王,方可高枕无忧了!"

吕禄信以为然,遂将寄言转告诸吕。吕氏父老,或说可行,或说不可行,弄得禄狐疑未决。寄却日日往探行止,见他未肯依言,很是焦急,但又不便屡次催促,只好虚与周旋,相机再劝。禄与寄友善,不知寄怀着鬼胎,反要寄同出游猎,寄不能不从。两人并辔出郊,打猎多时,得了许多鸟兽,方才回来。路过临光侯吕媭家,顺便入省。媭为禄姑,闻禄有让还将印意议,不待禄向前请安,便即怒叱道:"庸奴!汝为上将,乃竟弃军浪游,眼见吕氏一族,将无从安处了!"却是一个悍妇。禄莫名其妙,支吾对答,媭越加动气,将家中所藏珠宝,悉数取出,散置堂下,且恨恨道:"家族将亡,这等物件,终非我有,何必替他人守着呢?"禄见不可解,惘然退回。寄守候门外,见禄形色仓皇,与前次入门时,忧乐迥殊,即向禄问明原委。禄略与说明,寄不禁一惊,只淡淡的答了数语,说是老人多虑,何致有此。禄似信非信,别了郦寄,自返府中。寄驰报陈平、周勃,平、勃也为担忧,免不得大费踌躇。小子有诗叹道:

谋国应思日后艰,如何先事失防闲?
早知有此忧疑苦,应悔当年太纵奸!

过了数日,又由平阳侯曹窋,奔告平、勃,累得平、勃忧上加忧。究竟所告何事,容至下回说明。

观平、勃对王陵语,谓他日安刘,君不如仆。果能如是,则早应同心合德,共拒吕氏,何必待陆贾之献谋,始有此交欢之举耶!且当吕后病危之日,又不能乘隙除奸,以号称智勇之平、勃,且受制于垂死之妇人,智何足道!勇何足言!微刘章之密召齐王,则外变不生,内谋曷逞,吕产、吕禄,蟠踞宫廷,复刘氏如反掌,试问其何术安刘乎?后此之得诛诸吕,实为平、勃一时之侥幸,必谓其有安刘之效果,克践前言,其固不能无愧也夫。

第四十六回　夺禁军捕诛诸吕
　　　　　　　迎代王废死故君

却说平阳侯曹窋,是前相国曹参嗣子,见四十三回。方代敖为御史大夫,在朝办事,他正与相国吕产,同在朝房。适值郎中令贾寿,由齐国出使归来，报称灌婴屯留荥阳，与齐连和，且劝产赶紧入宫，为自卫计。产依了寿言，匆匆驰去。窋闻知底细，慌忙走告陈平、周勃，平、勃见事机已迫，只好冒险行事，便密召襄平侯纪通，及典客刘揭，一同到来。通为前列侯纪成子，或谓即纪信子，方掌符节。平即叫他随同周勃，持节入北军，诈传诏命，使勃统兵，又恐吕禄不服，更遣郦寄带了刘揭，往迫吕禄，速让将印。勃等到了北军营门，先令纪通持节传诏，再遣郦寄、刘揭，入给吕禄道："主上有诏，命太尉掌管北军，无非欲足下即日就国，足下急宜缴出将印，辞别出都，否则祸在目前了！"此语也只可欺禄，不能另欺别人。禄本来无甚才识，更因郦寄是个好友，总道他不致相欺，乃即取出将印，交与刘揭，匆匆出营。

揭与寄急往见勃，把将印交付勃手。勃喜如所望，握着印信，召集北军，立即下令道："为吕氏右袒，为刘氏左袒！"此令亦欠周到，倘或军中左右袒，勃将奈何！北军都袒露左臂，表示助刘。勃因教他静待后令；不得少哗；一面遣人报知陈平。平又使朱虚侯刘章，驰往助勃。勃令章监守军门，再遣曹窋往语殿中卫尉，毋得容纳吕产。产已入未央宫，号召南军，准备守御，蓦见曹窋驰入，不知他所为何事，乃亦欲入殿探信。偏殿中卫尉，已皆听信曹窋，将产阻住，产不能进去，只好在殿门外面，徘徊往来。与吕禄同是庸奴，怎能不为所杀！窋见产虽无急智，但南军尚听他指挥，未敢轻动，复使人往报周勃。勃亦恐不能取胜，惟令刘章入宫，保卫少帝。刘章道："一人何足成事？请拨千人为助，方好相机而行。"勃乃拨给步卒千余人，各持兵械，随章入未央宫。章趋进宫门，时已傍晚，见产尚立着庭中，不知所为，暗思此时不击，尚待何时？于是顾语步卒，急击勿延。幸有此尔。一语甫毕，千人齐奋，都向吕产面前，挺刃杀去。章亦拔剑继进，大呼杀贼。产大惊失色，回头便跑，手下军士，却想抵敌刘章，不意谽喇一声，暴风骤至，吹得毛发皆竖，立足不住，众心遂致慌乱。更兼吕产平日没有甚么恩德，那个肯为他效死，一哄都走，四散奔逃。章率兵士分头捕产，产不得出宫，逃入郎中府吏舍厕中，蹲伏一团。相国要想尝粪么？偏是死期已至，竟被兵士寻着，一把抓出，上了锁链，牵出见章。章不与多言，顺手一剑，砍中产头，眼见是一命呜呼了！

俄而有一谒者持节出来，口称奉少帝命，慰劳军人。章即欲夺节，偏谒者不肯交付，拚死持着。章转念一想，还是胁与同行，乃将他一手扯住，同载车中，出了未央宫，转赴长乐宫。部下千余人，自然跟去。行至长乐宫前，叩门竟入，门吏见有谒者持节，不敢拦阻，由他直进。长乐卫尉就是赘其侯吕更始。章正为他前来，出其不意，除灭了他，免得多费兵力。更始尚未知吕产被杀，贸然出迎，又被章仗剑一挥，劈落头颅。章不容谒者开口，便即诈称帝命，只诛吕氏，不及他人。卫士各得生命，且见有谒者持节在旁，当然听命。章乃返报周勃，勃跃然起座，向章拜贺道："我等只患一吕产，产既伏诛，天下事大定了！"当下遣派将士，分捕诸吕，无论男女老幼，一古脑儿拿到军前。就是吕禄、吕嬃，也无从逃免。勃命将吕禄先行绑出，一刀毕命。吕嬃还想挣扎，信口胡言，惹动周勃盛怒，命军士揿她倒地，用杖乱笞，一副老骨头，禁得起几多大杖！不到百下，已经断气。何不早死数日。此外悉数处斩，差不多有数百人。燕王吕通，已经赴燕，也由勃派一朝使，托称帝命，迫令自尽。又将鲁王张偃，削夺官爵，废为庶人。后来文帝即位，追念张耳前功，乃复封偃为南宫侯。独左丞相审食其，明明是吕氏私党，并且浊乱宫闱，播弄朝政，理应将他治罪，明正典刑，偏由陆贾、朱建，代为说情，竟得幸逃法网，仍官原职。陈平、周勃究竟未识大体，就是陆贾亦不免阿私。

陈平、周勃，因已扫清诸吕，遂将济川王刘太徙封，改称梁王，且遣朱虚侯刘章赴齐，请齐王襄罢兵，再使人通知灌婴，令即班师回朝。灌婴闻得齐将魏勃，劝襄举兵，并擅杀齐相召平，料他不是个驯良人物，索性把勃召至，面加质问。勃答说道："譬如人家失火，何暇先白家长，然后救火哩。"说着，退立一旁，面有战色，不敢复言。这是魏勃故作此态，瞒过灌婴。灌婴注目多时，向勃微笑道："我道魏勃有什么勇敢，原来是个庸人，有何能为？"遂释使归齐，自引兵驰还长安。

琅琊王刘泽，探悉吕氏尽诛，内外解严，才得放胆登程，驱车入都。可巧朝内大臣，密议善后事宜，一闻刘泽到来，统以为刘氏宗室，泽齿居长，不能不邀他参议，免有后言。泽从容入座，起初是袖手旁观，不发一语，但听平、勃等宣言道："从前吕太后所立少帝，及济川、淮阳、恒山三王，实皆非惠帝遗胤，冒名入宫，滥受封爵。今诸吕已除，不能不正名辨谬，若使他姓再得乱宗，将来年纪长成，秉国用事，仍与吕氏无二，我等且无遗类了！不如就刘氏诸王中，择贤拥立，方可免祸。"这番论调说将出来，大众统皆赞成，就是泽也无异词。及说到刘氏诸王，当有人出来主张，谓齐王襄系高帝长孙，应该迎立。泽即发言驳斥道："吕氏以外家懿戚，得张毒焰，害勋亲，危社稷，今齐王母舅驷钧，如虎戴冠，行为暴戾，若齐王得立，钧必专政，是去一吕氏，复来一吕氏了。此议如何行得？"陈平、周勃，听到此语，当然附和泽议，不愿立襄。其实泽是怀着前恨，借端报复，故有此言。大众又复另议，公推了一个代王恒，并说出两种理由：一是高祖诸子，尚存两王，代王较长，性又仁孝，不愧为君；二是代王母家薄氏，素来长厚，未尝与政，可无他患。有此两善，确是名正言顺，允洽舆情。平勃遂依了众议，阴使人往见代王，迎他入京。

代王恒接见朝使，问明来意，虽觉得是一大喜事，但也未敢骤然动身，因召集僚属，会议行止。郎中令张武等谏阻道："朝上大臣，统是高帝旧将，素习兵事，专尚诈谋。前由高帝吕太后，相继驾御，未敢为非，今得灭诸吕，喋血京师，何必定要迎立外藩？大王不宜轻信来使，且称疾勿往，静观时变。"说到末语，忽有一人进说道："诸君所言，都属非是，大王得此机会，即应命驾入都，何必多疑？"代王瞧着，乃是中尉宋昌，正欲启问，昌已接说道："臣料大王此行，万安万稳，保无后忧！试想暴秦失政，豪杰并起，那一个不想称尊，后来得践帝位，终属刘家，天下都屏息敛足，不敢再存奢望，这便是第一件无忧呢。高帝分王子弟，地势如犬牙相制，固如磐石，天下莫不畏威，这第二件也可无忧。汉兴以后，除秦苛政，约定法令，时施德惠，人心已皆悦服，何致动摇。这第三件更不必忧了。就是近日吕后称制，立诸吕为三王，擅权专政！何等威严，太尉以一节入北军，奋臂一呼，士皆左袒，助刘灭吕，可见得天意归刘，并不是专靠人力呢。今大臣虽欲为变，百姓不肯听从，如何成事？况内有朱虚、东牟二侯，外有吴、楚、淮、南、齐、代诸国，互相制服，必不敢动。现在高帝子嗣，只存淮南王与大王二人，大王年长，又有贤圣仁孝的美名，传闻天下，所以诸大臣顺从舆情，来迎大王，大王尽可前往，统治天下，何必多疑呢！"见得到，说得透。

代王恒素性谨慎，还有三分疑意，乃入白母后薄氏。薄太后前居宫中，亦经过许多艰苦，幸得西行，脱身免祸，此时尚带余惊，不敢决计令往。代王又召入卜人，嘱令占卦。卜人占得卦象，即向代王称贺，说是大吉。代王问及卦兆爻辞，卜人道："卦兆叫做大横，爻辞有云：大横庚庚，余为天王，夏启以光。"《周易》中无此三语，想是出诸连山、旧藏。代王道："寡人已经为王，还做什么天王呢？"卜人道："天王就是天子，与诸侯王不同。"代王乃遣母舅薄昭，先赴都中，问明太尉周勃，勃极言诚意迎王，誓无他意。薄昭即还报代王，代王方笑语宋昌道："果如君言，不必再疑！"随即备好车驾，与昌一同登车，令昌骖乘，随员惟张武等六人，循驿西行。

到了高陵，距长安不过数十里，代王尚未尽放心，使昌另乘驿车，入都观变。昌驰抵渭桥，但见诸大臣都已守候，因即下车与语，说是代王将至，特来通报。诸大臣齐声道："我等已恭候多时了。"昌见群臣全体出迎，料是同意，乃复登车回至高陵，请代王安心前进。代王再使骖乘，命驾进行，至渭桥旁，诸大臣已皆跪伏，交口称臣。代王也下车答拜，昌亦随下。待至诸大臣起来，周勃抢前一步，进白代王，请屏左右，昌即在旁正色道："太尉有事，尽可直陈，所言是公，公言便是；所言是私，王者无私！"正大光明。勃被昌一说，不觉面颊发赤，仓猝跪地，取出天子符玺，捧献代王。代王谦谢道："且至邸第，再议未迟。"勃乃奉玺起立，请代王登车入都，自为前导，直至代邸。时为高后八年闰九月中，勃与右丞相陈平，率领群僚，上书劝进。略云：

　　丞相臣平，太尉臣勃，大将军臣武，即柴武。御史大夫臣苍，即张苍，前文云曹窋为御史大夫,此时想已辞职。宗正臣郢,朱虚侯臣章,章本赴齐,至此已经还都。东牟侯臣兴居,典客臣揭,再拜言大王足下:子弘等皆非孝惠皇帝子,不当奉宗庙,臣谨请阴安侯,系高祖兄,刘伯妻,即羹颉侯信母。顷王后,高祖兄,仲妻。仲尝废为郃阳侯,子濞为吴王,故仲死后,得谥为顷王。琅琊王,暨列侯吏二千石公议,大王为高皇帝子,宜为嗣,愿大王即天子位!

代王览书,复申谢道:"奉承高帝宗庙,乃是重事,寡人不才,未足当此,愿请楚王到来,再行妥议,选立贤君。"群臣等又复面请,并皆俯伏,不肯起来。代王逡巡起座,西向三让,南向再让,还是向众固辞。平勃等齐声道:"臣等几经恭议,现在奉高帝宗庙,唯大王最为相宜,无论天下列侯万民,无思不服,臣等为宗庙社稷计,原非轻率从事,愿大王幸听臣等。臣等谨奉天子玺符,再拜呈上!"说着,即由勃捧玺陈案,定要代王接受。代王方应允道:"既由宗室、将相、诸侯王,决意推立寡人,寡人也不敢违众,勉承大统便了!"群臣俱舞蹈称贺,即尊代王为天子,是为文帝。

东牟侯兴居进奏道:"此次诛灭吕氏,臣愧无功,今愿奉命清宫。"文帝允诺,命与太仆汝阴侯夏侯婴同往。两人径至未央宫,入语少帝道:"足下非刘氏子,不当为帝,请即让位!"一面说,一面挥去左右执戟侍臣。左右去了多人,尚有数人未肯退去,大谒者张释,巧为迎合,劝令退出,乃皆释戟散走。夏侯婴即呼人便舆,迫少帝登舆出宫。少帝弘战栗道:"汝欲载我何往?"婴直答道:"出就外舍便是!"说着,即命从人御车驱出,行至少府署中,始令少帝下车居住。兴居又逼使惠帝后张氏,移徙北宫,然后备好法驾,至代邸迎接文帝。文帝即夕入宫,甫至端门,尚有十人持戟,阻住御驾,且朗声道:"天子尚在,足下怎得擅入?"文帝不觉惊疑,忙遣人驰告周勃。勃闻命驰入,晓示十人,叫他避开。十人始知新天子到来,弃戟趋避,文帝才得入内。当夜拜宋昌为卫将军,镇抚南北军,授张武为郎中令,巡行殿中,自御前殿,命有司缮成恩诏,颁发出去。诏曰:

> 制诏丞相、太尉、御史大夫,间者诸吕用事擅权,谋为大逆,欲危刘氏宗庙,赖将相、列侯、宗室大臣诛之,皆伏其辜。朕初即位,其赦天下,赐民爵一级,女子百户牛酒,酺五日。

是夜少帝弘暴死少府署中,还有常山王朝,淮阳王武,梁王太三人,当时虽受王封,统因年幼无知,未便就国,仍然留居京邸,这三人亦同时被杀。想是陈平、周勃,恐他留为后患,不如斩草除根,杀死了事。文帝乐得置诸不问。究竟少帝与三王,是否惠帝子,亦无从证实,不过这数人无罪无辜,同致杀死,就使果是杂种,也觉得枉死可怜。推究祸原,还是吕太后造下冤孽哩。冤有

第四十六回　夺禁军捕诛诸吕　迎代王废死故君

头,债有主,应该追究。话分两头。

且说文帝既已正位,倏忽间已是十月,沿着旧制,下诏改元。月朔谒见高庙,礼毕还朝,受群臣觐贺,下诏封赏功臣。有云:

> 前吕产自置为相国,吕禄为上将军,擅遣将军灌婴,将兵击齐,欲代刘氏。婴留荥阳,与诸侯合谋,以诛吕氏。吕产欲为不善,丞相平与太尉勃等,谋夺产等军,朱虚侯章首先捕斩产,太尉勃身率襄平侯通,持节承诏入北军,典客揭夺吕禄印。其益封太尉勃邑万户,赐金千斤,丞相平、将军婴邑各三千户,金二千斤,朱虚侯章、襄平侯通邑各二千户,金千斤,封典客揭为阳信侯,赐金千斤,用酬劳勚。其毋辞!

封赏已毕,遂尊母后薄氏为皇太后,遣车骑将军薄昭,带着卤薄,往代奉迎。追谥故赵王友为幽王,赵王恢为共王,燕王建为灵王。共、灵二王无后,惟幽王友有二子,长子名遂,由文帝特许袭封,命为赵王,移封琅琊王泽为燕王,所有从前齐、楚故地,为诸吕所割封,至是尽皆给还,不复置国。中外胪欢,吏民额手。

忽由右丞相陈平,上书称病,不能入朝,文帝乃给假数日。待至假满,平只好入谢,且请辞职。文帝惊问何因?平复奏道:"高皇帝开国时,勃功不如臣,今得诛诸吕,臣功不如勃,愿将右丞相一职,让勃就任,臣心方安。"可见称病是诈。文帝乃命勃为右丞相,迁平为左丞相,罢去审食其。实是可杀。任灌婴为太尉。勃受命后,趋出朝门,面有骄色,文帝却格外敬礼,注目送勃。郎中袁盎,从旁瞧着,独出班启奏道:"陛下视丞相为何如人?"文帝道:"丞相可谓社稷臣!"袁盎道:"丞相乃是功臣,不得称为社稷臣。古时社稷臣所为,必君存与存,君亡与亡,丞相当吕氏擅权时,身为太尉,不能救正,后来吕后已崩,诸大臣共谋讨逆,丞相方得乘机邀功。今陛下即位,特予懋赏,敬礼有加,丞相不自内省,反且面有德色,难道社稷臣果如是么?"文帝听了,默然不答,嗣是见勃入朝,辞色谨严,勃亦觉得有异,未敢再夸,渐渐的易骄为畏了。暗伏下文。小子有诗叹道:

> 漫言厚重足安刘,功少封多也足羞。
> 不是袁丝袁盎字丝。先进奏,韩彭遗祸且临头!

君严臣恭,月余无事,那车骑将军薄昭,已奉薄太后到来,文帝当即出迎。欲知出迎情事,容待下回再详。

诸吕之诛,虽由平、勃定谋,而首事者为朱虚侯刘章。齐之起兵,章实使之,前回总评中已经叙及。至若周勃已夺北军,即应捕诛产、禄,乃尚不敢遽

发,但遣刘章入卫,设章不亟杀吕产,则刘吕之成败,尚未可知。陈平有谋无勇,因人成事,论其后日定策之功,未足以赎前日阿谀之罪。至文帝即位,厚赉平、勃,而刘章不即加赏,文帝其亦有私意欤?西向让三,南向让再,无非为矫伪之虚文,彼于刘章之欲戴乃兄,尚怀疑忌,宁有不欲称尊之理?况少帝兄弟,同时毙命,皆不过问,其居心更可见矣。夫贤如文帝,而不免怀私,此尧舜以后之所以终无圣主也。

第四十七回　两重喜窦后逢兄弟
　　　　　　　一纸书文帝服蛮夷

　　却说文帝闻母后到来,便率领文武百官,出郊恭迎。伫候片时,见薄太后驾到,一齐跪伏,就是文帝亦向母下拜。薄太后安坐舆中,笑容可掬,但令车骑将军薄昭,传谕免礼。薄昭早已下马,遵谕宣示,于是文帝起立,百官皆起,先导后拥,奉辇入都,直至长乐宫中,由文帝扶母下舆。登御正殿,又与百官北面谒贺,礼毕始散。这位薄太后的履历,小子早已叙过,毋庸赘述。见前文中。惟薄氏一索得男,生了这位文帝,不但母以子贵,而且文帝竭尽孝思,在代郡时,曾因母病久延,亲自侍奉,日夜不怠,饮食汤药,必先尝后进,薄氏因此得痊,所以贤孝著闻,终陟帝位。一位失宠的母妃,居然尊为皇太后,适应了许负所言,可见得苦尽甘回,凡事都有定数,毋庸强求呢。讽劝世人不少。

　　说也奇怪,薄太后的遭际,原是出诸意外,还有文帝的继室窦氏,也是反祸为福,无意中得着奇缘。随笔递入。窦氏系赵地观津人,早丧父母,只有兄弟二人,兄名建,字长君,弟名广国,字少君。少君甚幼,长君亦尚年少,未善谋生,又值兵乱未平,人民离析,窦氏与兄弟二人,几乎不能自存。巧值汉宫采选秀女,窦氏便去应选,得入宫中,侍奉吕后。既而吕后发放宫人,分赐诸王,每王五人,窦氏亦在行中。她因籍隶观津,自愿往赵,好与家乡接近,当下请托主管太监,陈述己意。主管太监却也应允,不意事后失记,竟将窦氏姓名,派入代国,及至窦氏得知,向他诘问,他方自知错误,但已奏明吕后,不能再改,只得好言劝慰,敷衍一番。窦氏洒了许多珠泪,自悲命薄,怅怅出都。同行尚有四女,途中虽不至寂寞,总觉得无限凄凉。那知到了代国,竟蒙代王特别赏识,选列嫔嫱,春风几度,递结珠胎。第一胎生下一女,取名为嫖,第二三胎均是男孩,长名启,次名武。当时代王夫人,本有四男,启与武乃是庶出,当然不及嫡室所生。窦氏却也自安本分,敬事王妃,并嘱二子听命四兄,所以代王嘉她知礼,格外宠爱。会值代王妃得病身亡,后宫虽尚有数人,总要算窦

第四十七回　两重喜窦后逢兄弟　一纸书文帝服蛮夷

氏为领袖，隐隐有继妃的希望，不过尚未曾正名。至代王入都为帝，前王妃所出四男，接连天逝，于是窦氏二子，也得头角崭露，突出冠时。有福人自会凑机，不必预先摆布。

　　文帝元年孟春之月，丞相以下诸官吏，联名上书，请豫立太子。文帝又再三谦让，谓他日应推选贤王，不宜私建子嗣。群臣又上书固请，略言三代以来，立嗣必子，今皇子启位次居长，敦厚慈仁，允宜立为太子，上承宗庙，下副人心。文帝乃准如所请，册立东宫，即以皇子启为太子。太子既定，群臣复请立皇后。看官试想！太子启既为窦氏所生，窦氏应该为后，尚何疑义？不过群臣未曾指名，让与文帝乾纲独断。文帝也因上有太后，须要禀承母命，才见孝思。当由薄太后下一明谕，饬立太子母窦氏为皇后，窦氏遂得为文帝继室，正位中宫，这叫做意外奇逢，不期自至。若使当年主管太监，不忘所托，最好是做了一个妾媵，怎能平空一跃，升做国母呢？彼时幽共二王，内有悍妇，若窦氏做他姬妾，恐怕还要枉死，何止不能为国母呢！

　　窦氏既得为后，长女嫖受封馆陶公主，次子武亦受封为淮阳王。就是窦后的父母，也由薄太后推类赐恩，并沐荣封。原来薄太后父母，并皆早殁，父葬会稽，母葬栎阳，自从文帝即位，追尊薄父为灵文侯，就会稽郡置园邑三百家，奉守祠冡。薄母为灵文夫人，亦就栎阳北添置园邑，如灵文侯园仪。薄太后以自己父母，统叨封典，不能厚我薄彼，将窦后父母搁过不提，乃诏令有司，追尊窦后父为安成侯，母为安成夫人，就在清河郡观津县中，置园邑二百家，所有奉守祠冡的礼仪，如灵文园大略相同。惺惺惜惺惺。还有车骑将军薄昭，系薄太后弟，时已得封为轵侯，因此窦后兄长君，也得蒙特旨，厚赐田宅，使他移居长安。窦后自然感念姑恩，泥首拜谢，待至长君奉旨到来，兄妹相见，当然忧喜交集，琐叙离踪。谈到季弟少君，长君却欷歔流涕，说是被人掠去，多年不得音问，生死未卜。窦后关情手足，也不禁涕泗滂沱，待至长君退出，遣人至清河郡中，嘱令地方有司，访觅少君，一时也无从寻着。

　　窦后正惦念得很，一日忽由内侍递入一书，展开一看，却是少君已到长安，自来认亲。书中述及少时情事，谓与姊同出采桑，尝失足堕地。窦后追忆起来，确有此事，因即向文帝说明，文帝乃召少君进见。少君与窦后阔别，差不多有十余年，当时尚只四五岁，久别重逢，几不相识，窦后未免错愕，不便遽认。还是文帝在座细问，方由少君仔细具陈，他自与姊别后，被盗掠去，卖与人家为奴，又辗转十余家，直至宜阳，时已有十六七岁了。宜阳主人，命与众仆入山烧炭，夜就山下搭篷，随便住宿。不料山忽崩塌，众仆约百余人，统被压死，只有少君脱祸。主人也为惊异，较前优待。少君又佣工数年，自思大难不死，或有后福，特向卜肆中问卜。卜人替他占得一卦，说他剥极遇复，便有奇遇，不但可以免穷，并且还要封侯。少君哑然失笑，疑为荒唐，不敢轻信。连我亦未必相信。可巧宜阳主人，徙居长安，少君也即随往。到了都中，正值文帝新立皇后，文武百官，一齐入贺，车盖往来，很是热闹。当有都人传说，谓皇后姓窦，乃是观津人氏，从前不过做个宫奴，今日居然升为国母，真正奇怪得很。少君听了传言，回忆姊氏曾入宫备选，难道今日的皇后，就是我姊不成？因此多方探听，果然就是姊氏，方大胆上书，即将采桑事列入，作为证据。乃奉召入宫，经文帝和颜问及，乃详陈始末情形。窦后还有疑意，因再盘问道："汝可记得与姊相别，情迹如何？"少君道："我姊西行时，我与兄曾送至邮舍，姊怜我年小，曾向邮舍中乞得米沉，为我沐头；又乞饭一碗，给我食罢，方才动身。"说至此，不禁哽咽起来。那窦后听了，比少君还要增悲，也顾不得文帝上坐，便起身流泪道："汝真是我少弟了！可怜可怜！幸喜得有今日，汝姊已沐皇恩，我弟亦蒙天佑，重来聚首！"说到首字，竟不能再说下去，但与少君两手相持，痛哭起来。少君亦涕泪交横，内侍等站立左右，也为泣下。就是坐在上面的文帝，看到两人情词凄切，也为动容。恻隐之心，人皆有之。待至两人悲泣多时，才为劝止，且召入后兄长君，叫他相会。兄弟重叙，更有一番问答的苦情，不在话下。

惟文帝令他兄弟同居，再添赐许多田宅，长君少君，方拜辞帝后，携手同归。右丞相周勃，太尉灌婴闻知此事，私自商议道："从前吕氏专权，我等幸得不死。今窦后兄弟，并集都中，将来或倚着后族，得官干政，岂非我等性命，又悬在两人手中？且彼两人出身寒微，未明礼义，一或得志，必且效尤吕氏，今宜预为加防，替他慎择师友，曲为陶熔，方不至有后患哩！"二人议定，随即上奏文帝，请即选择正士，与窦后兄弟交游。文帝准奏，择贤与处。窦氏兄弟，果然退让有礼，不敢倚势陵人。且文帝亦惩前毖后，但使他安居长安，不加封爵。直至景帝嗣位，尊窦后为皇太后，乃拟加封二舅，适值长君已死，不获受封，有子彭祖，得封南皮侯，少君尚存，得封章武侯。此外有魏其侯窦婴，乃是窦后从子，事见后文。

且说文帝励精图治，发政施仁，赈穷民，养耆老，遣都吏巡行天下，察视郡县守令，甄别淑慝，奏定黜陟。又令郡国不得进献珍物。海内大定，远近翕然。乃加赏前时随驾诸臣，封宋昌为壮武侯，张武等六人为九卿，另封淮南王舅赵兼为周阳侯，齐王舅驷钧为靖郭侯，故常山丞相蔡兼为樊侯。又查得高祖时佐命功臣，如列侯郡守，共得百余人，各增封邑，无非是亲旧不遗的意思。

过了半年有余，文帝益明习国事，特因临朝时候，顾问右丞相周勃道："天下凡一年内，决狱几何？"勃答称未知。文帝又问每年钱谷，出入几何？勃又详说不出，仍言未知。口中虽然直答，心中却很是怀惭，急得冷汗直流，

第四十七回 两重喜窦后逢兄弟 一纸书文帝服蛮夷

湿透背上。文帝见勃不能言,更向左边顾问陈平。平亦未尝熟悉此事,靠着那一时急智,随口答说道:"这两事各有专职,陛下不必问臣。"文帝道:"这事何人专管?"平又答道:"陛下欲知决狱几何,请问廷尉。就是钱谷出入,亦请问治粟内史便了!"文帝作色道:"照此说来,究竟君主管何事?"平伏地叩谢道:"陛下不知臣驽钝,使臣得待罪宰相,宰相的职任,上佐天子理阴阳,顺四时,下抚万民,明庶物,外镇四夷诸侯,内使卿大夫各尽职务,关系却很是重大呢。"真是一张利嘴。文帝听着,乃点首称善。文帝也是忠厚,所以被他骗过。勃见平对答如流,更觉得相形见绌,越加惶愧。待至文帝退朝,与平一同趋出,因向平埋怨道:"君奈何不先教我!"忠厚人总觉带呆。平笑答道:"君居相位,难道不知己职,倘若主上问君,说是长安盗贼,尚有几人,试问君将如何对答哩?"勃无言可说,默然退归,自知才不如平,已有去意。可巧有人语勃道:"君既诛诸吕,立代王,威震天下,首受厚赏,古人有言,功高遭忌,若再恋栈不去,祸即不远了!"勃被他一吓,越觉寒心,当即上书谢病,请还相印。文帝准奏,将勃免职,专任陈平为相,且与商及南越事宜。

南越王赵佗,前曾受高祖册封,归汉称臣。事见前文。至吕后四年,有司请禁南越关市铁器,佗因此动怒,背了汉朝,僭称南越武帝。且疑是长沙王吴回吴芮孙。进谗,遂发兵攻长沙,蹂躏数县,大掠而去。长沙王上报朝廷,请兵援应,吕后特遣隆虑侯周灶,率兵往讨。适值天时溽暑,士卒遇疫,途次多致病死,眼见是不能前行,并且南岭一带,由佗派兵堵住,无路可入,灶只得逗留中道,到了吕后病殁,索性班师回京。赵佗更横行无忌,用了兵威财物,诱致闽越西瓯,俱为属国,共得东西万余里地方,居然乘黄屋,建左纛,与汉天子仪制相同。文帝见四夷宾服,独有赵佗倔强得很,意欲设法羁縻,用柔制刚,当下命真定官吏,为佗父母坟旁,特置守邑,岁时致祭。且召佗兄弟属亲,各给厚赐,然后选派使臣,南下招佗。这种命意,不能不与相臣商议,陈平遂将陆贾保荐上去,说他前番出使,不辱君命,此时正好叫他再往,驾轻就熟,定必有成。文帝也以为然,遂召陆贾入朝,仍令为大中大夫,使他赍着御书,往谕赵佗。贾奉命起程,好几日到了南越,赵佗闻是熟客,当然接见。贾即取书交付,由佗接过手中,便即展阅,但见书中说是:

朕,高皇帝侧室子也,奉北藩于代,道路辽远,壅蔽朴愚,未尝致书。高皇帝弃群臣,孝惠皇帝即世,高后自临事,不幸有疾,日进不衰。诸吕为变,赖功臣之力,诛之已毕,朕以王侯吏不释之故,不得不立。乃者闻王遣将军隆虑侯书,求亲昆弟,诸罢长沙两将军。朕以王书罢将军博阳侯,亲昆弟在真定者,已遣使存问,修治先人冢。前日闻王发兵于边,为寇灾不止,当时长沙王苦之,南郡尤甚。虽王之国,庸独利乎?必多杀士卒,伤良将吏,寡人之妻,孤人之子,独人父母,得一亡十,朕不忍为也。朕欲定地犬牙相入者,以问吏,吏曰:高皇帝所以介长沙王也,朕不能擅变焉。今得王之地,不足以为大,得王之财,不足以为富,岭以南王自治之。虽然,王之号为帝,两帝并立,无一乘之使以通其道,是争也;争而不让,王者不为也。愿与王分弃前恶,终今以来,通使如故,故使贾驰谕,告王朕意。

赵佗阅毕,大为感动,便握贾手与语道:"汉天子真是长者,愿奉明诏,永为藩臣。"贾即指示御书道:"这是天子的亲笔,大王既愿臣服天朝,对着天子手书,就与面谒一般,应该加敬。"赵佗听着,就将御书悬诸座上,自在座前拜跪,顿首谢罪。贾又令速去帝号,佗亦允诺,下令国中道:"我闻两雄不并立,两贤不并世。汉皇帝真贤天子,自今以后,我当去帝制黄屋左纛,仍为汉藩。"贾乃夸奖赵佗贤明。佗闻言大喜,与贾共叙契阔,盛筵相待。款留了好几日,贾欲回朝报命,向佗取索复书。佗构思一番,亦缮成一书道:

蛮夷大长老夫臣佗昧死再拜,上书皇帝陛下:老夫故越吏也,针对侧室子句。高皇帝幸赐臣佗玺,以为南越王。孝惠帝即位,义不忍绝,所以赐老夫者厚甚。高后用事,别异蛮夷,出令曰:毋与蛮夷越金铁田器,马牛羊即予,予牡毋予牝。老夫处僻,马牛羊齿已长,自以祭祀不修,有死罪,使内史藩、中尉高、御史平凡三辈,上书谢罪皆不返。又风闻老夫父母坟墓已坏削,兄弟宗族与诛论,吏相与议曰:今内不得振于汉,外无以自高异,故更号为帝,自帝其国,非敢有害于天下。高皇后闻之大怒,削去南越之籍,使使不通,老夫窃疑长沙王谗臣,故敢发兵以伐其边。且南方卑湿,蛮夷中西有西瓯,其众半羸,南面称王;东有闽越,其众数千人,亦称王;西北有长沙,其半蛮夷,亦称王,老夫故敢妄窃帝号,聊以自娱。老夫处越四十九年,于今抱孙焉,然夙兴夜寐,寝不安席,食不甘味,目不视靡曼之色,耳不听钟鼓之音者,以不得事汉也。今陛下幸哀怜,复故号,通使汉如故,老夫死,骨不腐,改号,不敢为帝矣。谨昧死再拜以闻。

书既写就,随手封固,又取出许多方物,托贾带还,作为贡献,另外亦有赆仪赠贾。贾即别了赵佗,北还报命,及进见文帝,呈上书件,文帝看了一周,当然欣慰,也即厚赏陆贾,贾拜谢而退。好做富家翁了。嗣是南方无事,寰海承平,两番使越的陆大夫,亦安然寿终,小子有诗咏道:

  武力何如文教优,御夷有道在怀柔。
  诏书一纸蛮王拜,伏地甘心五体投。

未几就是文帝二年,岁朝方过,便有一位大员,病重身亡。欲知何人病逝,容至下回再表。

有薄太后之为姑,复有窦皇后之为妇,两人境遇不同,而其悲欢离合之情迹,则如出一辙,可谓姑妇之间,无独有偶者矣。语有之:塞翁失马,安知非福,两后亦如是耳。长君少君,不期而会,先号后笑,命亦从同,得绛灌之代为设法,择正士以保傅之,而长君少君,卒为退让之君子,是何莫非窦氏之幸福欤。赵佗横恣岭南,第以一书招谕,即顿首谢罪,自去帝制,可见推诚待人,鲜有不为所感动者。忠信之道,行于蛮貊,奚必劳师动众为哉!

第四十八回　遭众忌贾谊被迁　正闱仪袁盎强谏

却说丞相陈平,专任数月,忽然患病不起,竟至谢世。文帝闻讣,厚给赗仪,赐谥曰献,令平长子贾袭封。平佐汉开国,好尚智谋,及安刘诛吕,平亦以计谋得功。平尝自言我多阴谋,为道家所禁,及身虽得幸免,后世子孙,恐未必久安。后来传至曾孙陈何,擅夺人妻,坐法弃市,果致绝封。可为好诈者鉴。这且不必细表。惟平既病死,相位乏人,文帝又记起绛侯周勃,仍使为相,勃亦受命不辞。会当日蚀告变,文帝因天象示儆,诏求贤良方正,直言极谏。当由颍阴侯骑士贾山,上陈治乱关系,至为恳切,时人称为至言。略云:

臣闻为人臣者,尽忠竭愚,以直谏主,不避死亡之诛,臣山是也。臣不敢虚稽久远,愿借秦为喻,唯陛下少加意焉!

夫布衣韦带之士,修身于内,成名于外,而使后世不绝息。至秦则不然,贵为天子,富有天下,赋敛重数,音朔。百姓任罢,音疲。赭衣半道,群盗满山,使天下之人,戴目而视,倾耳而听。一夫大呼,天下响应,盖天罚已加矣。臣闻雷霆之所击,无不摧者,万钧之所压,无不靡者,今人主之威,非特雷霆也,势重,非特万钧也,开道而求谏,和颜色而受之,用其言而显其身,士犹恐惧而不敢自尽,又况于纵欲恣暴,恶闻其过乎!

昔者周盖千八百国,以九州之民,养千八百国之君,君有余财,民有余力,而颂声作。秦皇帝以千八百国之民自养,力罢不能胜其役,财尽不能胜其求,身死才数月耳,天下四面而攻之,宗庙灭绝矣。秦皇帝居灭绝之中,而不自知者何也?亡无也辅弼之臣,亡直谏之士,天下已溃而莫之告也。

今陛下使天下举贤良方正之士，天下之士，莫不精白以承休德，今已在朝廷矣，乃选其贤者，使为常侍诸吏，与之驰骋射猎，一日再三出，臣恐朝廷之懈弛，百官之堕于事也。陛下即位，亲自勉以厚天下，振贫民，礼高年，平狱缓刑，天下莫不喜悦。

臣闻山东吏布诏令，民虽老羸癃疾，扶杖而往听之，愿少须臾毋死，思见德化之成也。今功业方就，名闻方昭，四方向风，乃从豪俊之臣，方正之士，与之日日猎射，击兔伐狐，以伤大业，绝天下之望，臣窃悼之！诗曰：靡不有初，鲜克有终。臣不胜大愿，愿少衰射猎，以夏岁二月，定明堂，造大学，修先王之道，风行俗成，万世之基定，然后唯陛下所幸耳。古者大臣不得与宴游，方正修絜音洁之士，不得从射猎，使皆务其方以高其节，则群臣莫敢不正身修行，尽心以称大礼。如此则陛下之道，得所尊敬，然后功业施于四海，垂于万世子孙矣。

原来文帝虽日勤政事，但素性好猎，往往乘暇出游，猎射为娱，所以贾山反复切谏。文帝览奏，颇为嘉纳，下诏褒奖，嗣是车驾出入，遇着官吏上书，必停车收受，有可采择，必极口称善，意在使人尽言。当时又有一个通达治体的英材，与贾山同姓不宗，籍隶洛阳，单名是一谊字。少年卓荦，气宇非凡。贾谊是一时名士，故叙入谊名，比贾山尤为郑重。尝由河南守吴公，招置门下，备极器重。吴公素有循声，治平为天下第一，文帝特召为廷尉。随笔带过吴公，不没循吏。吴公奉命入都，遂将谊登诸荐牍，说他博通书籍，可备咨询，文帝乃复召谊为博士。谊年才弱冠，朝右诸臣，无如谊少年，每有政议，诸老先生未能详陈，一经谊逐条解决，偏能尽合人意，都下遂盛称谊才。文帝也以为能，仅一岁间，超迁至大中大夫。谊劝文帝改正朔，易服色，更定官制，大兴礼乐，草成数千百言，厘举纲要，文帝却也叹赏，不过因事关重大，谦让未遑。谊又请耕籍田、遣列侯就国，文帝乃照议施行。复欲升任谊为公卿，偏丞相周勃，太尉灌婴，及东阳侯张相如，御史大夫冯敬等，各怀妒忌，交相诋毁，常至文帝座前，说是洛阳少年，纷更喜事，意在擅权，不宜轻用。文帝为众议所迫，也就变了本意，竟出谊为长沙王太傅。谊不能不去，但心中甚是怏怏。出都南下，渡过湘水，悲吊战国时楚臣屈原，屈原被谗见放，投湘自尽。作赋自比。后居长沙三年，有鹏鸟飞入谊舍，停止座隅。鹏鸟似鸮，向称为不祥鸟，谊恐应己身，益增忧感，且因长沙卑湿，水土不宜，未免促损寿元，乃更作《鹏鸟赋》，自述悲怀。小子无暇抄录，看官请查阅《史》《汉》列传便了。

贾谊既去，周勃等当然快意。不过勃好忌人，人亦恨勃，最怨望的就是朱虚侯刘章，及东牟侯刘兴居。先是诸吕受诛，刘章实为功首，兴居虽不及刘章，但清宫迎驾，也算是一个功臣。周勃等与两人私约，许令章为赵王，兴居

第四十八回　遭众忌贾谊被迁　正闱仪袁盎强谏

为梁王,及文帝嗣位,勃未尝替他奏请,竟背前言,自己反受了第一等厚赏,因此章及兴居,与勃有嫌。文帝也知刘章兄弟,灭吕有功,只因章欲立兄为帝,所以不愿优叙。好容易过了两年,有司请立皇子为王,文帝下诏道:"故赵幽王幽死,朕甚怜悯,前已立幽王子遂为赵王,见四十七回。尚有遂弟辟彊,及齐悼惠子朱虚侯章,东牟侯兴居,有功可王。"这诏一下,群臣揣合帝意,拟封辟彊为河间王,朱虚侯章为城阳王,东牟侯兴居为济北王,文帝当然准议。惟城阳、济北,俱系齐地,割封刘章兄弟,是明明削弱齐王,差不多剜肉补疮,何足言惠!这三王分封出去,更将皇庶子参,封太原王,揖封梁王。梁、赵均系大国,刘章兄弟,希望已久,至此终归绝望,更疑为周勃所卖,啧有烦言。文帝颇有所闻,索性把周勃免相,托称列侯未尽就国,丞相可为倡率,出就侯封。勃未曾预料,突接此诏,还未知文帝命意,没奈何缴还相印,陛辞赴绛去了。

文帝擢灌婴为丞相,罢太尉官。灌婴接任时,已在文帝三年,约阅数月,忽闻匈奴右贤王,入寇上郡,文帝急命灌婴调发车骑八万人,往御匈奴,自率诸将诣甘泉宫,作为援应。嗣接灌婴军报,匈奴兵已经退去,乃转赴太原,接见代国旧臣,各给赏赐,并免代民三年租役。留游了十余日,又有警报到来,乃是济北王兴居,起兵造反,进袭荥阳。当下飞调棘蒲侯柴武为大将军,率兵往讨,一面令灌婴速师,自领诸将急还长安。兴居受封济北,与乃兄章同时就国,章郁愤成病,不久便殁。了过刘章。兴居闻兄气愤身亡,越加怨恨,遂有叛志,适闻文帝出讨匈奴,总道是关中空虚,可以进击,因即骤然起兵。那知到了荥阳,便与柴武军相遇,一场大战,被武杀得七零八落,四散奔逃。武乘胜追赶,紧随不舍,兴居急不择路,策马乱跑,一脚踏空,马竟蹶倒,把兴居掀翻地上。后面追兵已到,顺手拿住,牵至柴武面前,武把他置入囚车,押解回京。兴居自知不免,扼吭自杀。兴居功不及兄,乃敢造反,怎得不死。待武还朝复命,验明尸首,文帝怜他自取灭亡,乃尽封悼惠王诸子罢军等七人为列侯,惟济北国撤销,不复置封。

内安外攘,得息干戈,朝廷又复清闲,文帝政躬多暇,免不得出宫游行。一日带着侍臣,往上林苑饱看景色,但见草深林茂,鱼跃鸢飞,却觉得万汇滋生,足快心意。行经虎圈,有禽兽一大群,驯养在内,不胜指数,乃召过上林尉,问及禽兽总数,究有若干? 上林尉瞠目结舌,竟不能答,还是监守虎圈的啬夫,官名。从容代对,一一详陈,文帝称许道:"好一个吏目,能如此才算尽职哩?"说着,即顾令从官张释之,拜啬夫为上林令。释之字季,堵阳人氏,前为骑郎,十年不得调迁,后来方进为谒者。释之欲进陈治道,文帝叫他不必高论,但论近时。释之因就秦汉得失,说了一番,语多称旨。遂由文帝赏识,加官谒者仆射,每当车驾出游,辄令释之随着。此时释之奉谕,半晌不答,再由文帝重申命令,乃进问文帝道:"陛下试思绛侯周勃,及东阳侯张相如,人品若何?"文帝道:"统是忠厚长者。"释之接说道:"陛下既知两人为长者,奈何欲重任啬夫。彼两人平时论事,好似不能发言。岂若啬夫利口,喋喋不休。且陛下可曾记得秦始皇么?"文帝道:"始皇有何错处?"释之道:"始皇专任刀笔吏,但务苛察,后来敝俗相沿,竟尚口辩,不得闻过,遂致土崩。今陛下以啬夫能言,便欲超迁,臣恐天下将随时尽靡哩!"君子不以言举人,徒エ口才,原是不足超迁,但如上林尉之糊涂,亦何足用!文帝方才称善,乃不拜啬夫,升授释之为宫车令。

　　既而梁王入朝,与太子启同车进宫,行过司马门,并不下车,适被释之瞧见,赶将过去,阻住太子梁王,不得进去,一面援着汉律,据实劾奏。汉初定有宫中禁令,以司马门为最重,凡天下上事,四方贡献,均由司马门接收,门前除天子外,无论何人,并应下车,如或失记,罚金四两。释之劾奏太子梁王,说他时常出入,理应知晓,今敢不下公门,乃是明知故犯,以不敬论。这道弹章呈将进去,文帝不免溺爱,且视为寻常小事,搁置不理,偏为薄太后所闻,召入文帝,责他纵容儿子,文帝始免冠叩谢,自称教子不严,还望太后恕罪。薄太后乃遣使传诏,赦免太子梁王,才准入见。文帝究是明主,并不怪释之多事,且称释之守法不阿,应再超擢,遂拜释之为中大夫,未几又升为中郎将。会文帝挈着宠妃慎夫人,出游霸陵,释之例须扈跸,因即随驾同行。霸陵在长安东南七十里,地势负山面水,形势甚佳,文帝自营生圹,因山为坟,故称霸陵,当下眺览一番,复与慎夫人登高东望,手指新丰道上,顾示慎夫人道:"此去就是邯郸要道呢。"慎夫人本邯郸人氏,听到此言,不由的触动乡思,凄然色沮。文帝见她玉容黯淡,自悔失言,因命左右取过一瑟,使慎夫人弹瑟遣怀。邯郸就是赵都,赵女以善瑟著名,再加慎夫人心灵手敏,当然指法高超,既将瑟接入手中,便即按弦依谱,顺指弹来。文帝听着,但觉得嘈嘈切切,暗寓悲情,顿时心动神移,也不禁忧从中来,别增怅触。于是慨然作歌,与瑟相和。一弹一唱,饶有余音,待至歌声中辍,瑟亦罢弹。文帝顾语从臣道:"人生不过百年,总有一日死去,我死以后,若用北山石为椁,再加纻絮杂漆,涂封完密,定能坚固不破,还有何人得来摇动呢。"文帝所感,原来为此。从臣都应了一个"是"字,独释之答辩道:"臣以为皇陵中间,若使藏有珍宝,使人涎羡,就令用北山为椁,南山为户,两山合成一陵,尚不免有隙可寻,否则虽无石椁,亦何必过虑呢!"文帝听他说得有理,也就点头称善。时已日昃,因命驾还宫。嗣又令释之为廷尉。释之廉平有威,都下惮服。

　　惟释之这般刚直,也是有所效法,仿佛萧规曹随。他从骑尉进阶,是由袁盎荐引,前任的中郎将,并非他人,就是袁盎。盎尝抗直有声,前从文帝游幸,

第四十八回　遭众忌贾谊被迁　正闱仪袁盎强谏

也有好几次犯颜直谏,言人所不敢言。文帝尝宠信宦官赵谈,使他参乘,盎伏谏道:"臣闻天子同车,无非天下豪俊,今汉虽乏才,奈何令刀锯余人,同车共载呢!"文帝乃令赵谈下车,谈只好依旨,勉强趋下。已而袁盎又从文帝至霸陵,文帝纵马西驰,欲下峻阪,盎赶前数步,揽住马缰。文帝笑说道:"将军何这般胆怯?"盎答道:"臣闻千金之子不垂堂,百金之子不骑衡,圣主不乘危、不侥幸。今陛下驰骋六飞,亲临不测,倘或马惊车复,有伤陛下,陛下虽不自爱,难道不顾及高庙太后么?"文帝乃止。过了数日,文帝复与窦皇后、慎夫人,同游上林,上林郎署长预置坐席。待至帝后等入席休息,盎亦随入。帝后分坐左右,慎夫人就趋至皇后坐旁,意欲坐下,盎用手一挥,不令慎夫人就坐,却要引她退至席右,侍坐一旁。慎夫人平日在宫,仗着文帝宠爱,尝与窦皇后并坐并行。窦后起自寒微,经过许多周折,幸得为后,所以遇事谦退,格外优容。俗语说得好,习惯成自然,此次偏遇袁盎,便要辨出嫡庶的名位,叫慎夫人退坐下首。慎夫人如何忍受?便即站立不动,把两道柳叶眉,微竖起来,想与袁盎争论。文帝早已瞧着,只恐慎夫人与他斗嘴,有失闱仪,但心中亦未免怪着袁盎,多管闲事,因此勃然起座,匆匆趋出。明如文帝,不免偏爱幸姬,女色之盅人也如此! 窦皇后当然随行,就是慎夫人亦无暇争执,一同随去。文帝为了此事,打断游兴,即带着后妃,乘辇回宫。袁盎跟在后面,同入宫门,俟帝、后等下辇后,方从容进谏道:"臣闻尊卑有序,方能上下和睦,今陛下既已立后,后为六宫主,无论妃妾嫔嫱,不能与后并尊。慎夫人就是御妾,怎得与后同坐? 就使陛下爱幸慎夫人,只好优加赏赐,何可紊乱秩序,若使酿成骄恣,名为加宠,实是加害。前鉴非遥,宁不闻当时'人彘'么!"文帝听得"人彘"二字,才觉恍然有悟,怒气全消。时慎夫人已经入内,文帝也走将进去,把袁盎所说的言语,照述一遍。慎夫人始知袁盎谏诤,实为保全自己起见,悔不该错怪好人,乃取金五十斤,出赐袁盎。妇女往往执性,能如慎夫人之自知悔过,也算难得,故卒得保全无事。盎称谢而退。

会值淮南王刘长入朝,诣阙求见,文帝只有此弟,宠遇甚隆。不意长在都数日,闯出了一桩大祸,尚蒙文帝下诏赦宥,仍令归国,遂又激动袁盎一片热肠,要去面折廷争了。正是:

明主岂宜私子弟,直臣原不惮王侯。

究竟淮南王长为了何事得罪,文帝又何故赦他,待至下回说明,自有分晓。

贾谊以新进少年,得遇文帝不次之擢,未始非明良遇合之机。惜乎才足以动人主，而智未足以绌老成也。绛、灌诸人，皆开国功臣，位居将相，资望素隆，为贾谊计，正宜与彼联络，共策进行，然后可以期盛治。乃徒絮聒于文帝之前，而于绛、灌等置诸不顾，天下宁有一君一臣，可以行政耶！长沙之迁，咎由自取，吊屈原，赋鵩鸟，适见其无含忍之功，徒知读书，而未知养气也。张释之之直谏，语多可取，而袁盎所陈三事，尤为切要。斥赵谈之同车，所以防宵小；戒文帝之下阪，所以范驰驱；却慎夫人之并坐，所以正名义。诚使盎事事如此，何至有不学之讥乎？惟文帝从谏如流，改过不吝，其真可为一时之明主也欤！

第四十九回　辟阳侯受椎毙命
　　　　　　淮南王谋反被囚

却说淮南王刘长，系高祖第五子，乃是赵姬所出。赵姬本在赵王张敖宫中，高祖自东垣过赵，<u>当是讨韩王信时候</u>。张敖遂拨赵姬奉侍。高祖生性渔色，见了娇滴滴的美人，怎肯放过？当即令她侍寝，一宵雨露，便种胚胎。高祖不过随地行乐，管甚么有子无子，欢娱了一两日，便将赵姬撇下，径自回都。薄幸人往往如此。赵姬仍留居赵宫，张敖闻她得幸高祖，已有身孕，不敢再使宫中居住，特为另筑一舍，俾得休养。既而贯高等反谋发觉，事连张敖，一并逮治，<u>见前文</u>。张氏家眷，亦拘系河内狱中，连赵姬都被系住。赵姬时将分娩，对着河内狱官，具陈高祖召幸事，狱官不禁伸舌，急忙报知郡守，郡守据实奏闻，那知事隔多日，毫无复音。赵姬有弟赵兼，却与审食其有些相识，因即措资入都，寻至辟阳侯第中，叩门求谒。审食其还算有情，召他入见，问明来意，赵兼一一详告，并恳食其代为疏通。食其却也承认，入白吕后，吕后是个母夜叉，最恨高祖纳入姬妾，怎肯替赵姬帮忙？反将食其抢白数语，食其碰了一鼻子灰，不敢再说。赵兼待了数日不得确报，再向食其处问明。食其谢绝不见，累得赵兼白跑一趟，只得回到河内。

赵姬已生下一男，在狱中受尽痛苦，眼巴巴的望着皇恩大赦，偏由乃弟走将进来，满面愁惨，语多支吾。赵姬始知绝望，且悔且恨，哭了一日，竟自寻死。待至狱吏得知，已经气绝，无从施救。一夕欢娱，落了这般结果，真是张敖害她。只把遗下的婴孩，雇了一个乳媪，好生保护，静候朝中消息。可巧张敖遇赦，全家脱囚，赵姬所生的血块儿，复由郡守特派吏目，偕了乳媪，同送入都。高祖前时怨恨张敖，无暇顾及赵姬，此时闻赵姬自尽，只有遗孩送到，也不禁记念旧情，感叹多时。迟了迟了。当下命将遗孩抱入，见他状貌魁梧，与己相

第四十九回　辟阳侯受椎毙命　淮南王谋反被囚

似,越生了许多怜惜,取名为长,遂即交与吕后,嘱令抚养,并饬河内郡守,把赵姬遗棺,发往原籍真定,妥为埋葬。尸骨早寒,晓得甚么?吕后虽不愿抚长,但因高祖郑重叮嘱,也不便意外虐待。好在长母已亡,不必生妒,一切抚养手续,自有乳媪等掌管,毋庸劳心,因此听他居住,随便看管。

　　好容易过了数年,长已有五六岁了,生性聪明,善承吕后意旨,吕后喜他敏慧,居然视若己生,长因得无恙。及出为淮南王,才知生母赵姬,冤死狱中,母舅赵兼,留居真定,因即着人往迎母舅。到了淮南,两下谈及赵姬故事,更添出一重怨恨,无非为了审食其不肯关说,以致赵姬身亡。长记在心中,尝欲往杀食其,只苦无从下手,未便遽行。及文帝即位,食其失势,遂于文帝三年,借了入朝的名目,径诣长安。文帝素来孝友,闻得刘长来朝,很表欢迎,接见以后,留他盘桓数日。长年已逾冠,膂力方刚,两手能扛巨鼎,胆大敢为,平日在淮南时,尝有不奉朝命,独断独行等事,文帝只此一弟,格外宽容。此次见文帝留与盘桓,正合长意。一日长与文帝同车,往猎上苑,在途交谈,往往不顾名分,但称文帝为大兄。文帝仍不与较,待遇如常。长越觉心喜,自思入京朝觐,不过具文,本意是来杀审食其,借报母仇。况主上待我甚厚,就使把食其杀死,当也不致加我大罪,此时不再下手,更待何时!乃暗中怀着铁椎,带领从人,乘车去访审食其。食其闻淮南王来访,怎敢怠慢?慌忙整肃衣冠,出门相迎。见长一跃下车,趋至面前,总道他前来行礼,赶先作揖。才经俯首,不防脑袋上面,突遭椎击,痛彻心腑,霎时间头旋目晕,跌倒地上。长即令从人趋近,枭了食其首级,上车自去。

　　食其家内,非无门役,但变生仓猝,如何救护?且因长是皇帝亲弟,气焰逼人,怎好擅出擒拿,所以长安然走脱,至宫门前下车,直入阙下,求见文帝。文帝当然出见,长跪伏殿阶,肉袒谢罪,转令文帝吃了一惊,忙问他为着何事?长答说道:"臣母前居赵国,与贯高谋反情事,毫无干涉。辟阳侯明知臣母冤枉,且尝为吕后所宠,独不肯入白吕后,恳为代陈,便是一罪;赵王如意,母子无辜,枉遭毒害,辟阳侯未尝力争,便是二罪;高后封诸吕为王,欲危刘氏,辟阳侯又默不一言,便是三罪。辟阳侯受国厚恩,不知为公,专事营私,身负三罪,未正明刑,臣谨为天下诛贼,上除国蠹,下报母仇!惟事前未曾请命,擅诛罪臣,臣亦不能无罪,故伏阙自陈,愿受明罚。"强词亦足夺理。文帝本不悦审食其,一旦闻他杀死,倒也快心,且长为母报仇,迹虽专擅,情尚可原,因此叫长退去,不复议罪。长已得逞志,便即辞行,文帝准他回国,他就备好归装,昂然出都去了。中郎将袁盎,入宫进谏道:"淮南王擅杀食其,陛下乃置诸不问,竟令归国,恐此后愈生骄纵,不可复制。臣闻尾大不掉,必滋后患,愿陛下须加裁抑,大则夺国,小则削地,方可防患未萌,幸勿再延!"文帝不言可否,盎只好退出。

过了数日,文帝非但不治淮南王,反追究审食其私党,竟饬吏往拿朱建。建得了此信,便欲自杀,诸子劝阻道:"生死尚未可知,何必自尽!"建慨然道:"我死当可无事,免得汝等罹祸了!"遂拔剑自刭。吏人回报文帝,文帝道:"我并不欲杀建,何必如此!"遂召建子入朝,拜为中大夫。建为食其而死,也不值得,幸亏遇着文帝,尚得贻荫儿曹。

越年为文帝四年,丞相灌婴病逝,升任御史大夫张苍为丞相,且召河东守季布进京,欲拜为御史大夫。布自中郎将出守河东,河东百姓,却也悦服。布为中郎将,见前文。当时有个曹邱生,与布同为楚人,流寓长安,结交权贵,宦官赵谈,常与往来,就是窦皇后兄窦长君,亦相友善,曹邱生得借势敛钱,招权纳贿。布虽未识曹邱生,姓名却是熟悉,因闻曹邱生所为不合,特致书窦长君,叙述曹邱生劣迹,劝他勿与结交。窦长君得书后,正在将信将疑,巧值曹邱生来访长君,自述归意,并请长君代作一书,向布介绍。长君微笑道:"季将军不喜足下,愿足下毋往!"曹邱生道:"仆自有法说动季将军,只教得足下一书,为仆先容,仆方可与季将军相见哩。"长君不便峻拒,乃泛泛的写了一书,交与曹邱生。曹邱生归至河东,先遣人持书投入,季布展开一看,不禁大怒,既恨曹邱生,复恨窦长君,两恨交并,便即盛气待着。俄而曹邱生进来,见布怒容满面,却毫不畏缩,意向布长揖道:"楚人有言:得黄金百斤,不如得季布一诺,足下虽有言必践,但有此盛名,也亏得旁人揄扬。仆与足下同是楚人,使仆为足下游誉,岂不甚善,何必如此拒仆呢!"布素来好名,一听此言,不觉转怒为喜,即下座相揖,延为上客。留馆数月,给他厚贶,曹邱生辞布归楚,复由楚入都,替他扬名,得达主知。文帝乃将布召入,有意重任,忽又有人入毁季布,说他好酒使气,不宜内用,转令文帝起疑,踌躇莫决。布寓京月余,未得好音,乃入朝进奏道:"臣待罪河东,想必有人无故延誉,乃蒙陛下宠召。今臣入都月余,不闻后命,又必有人乘间毁臣。陛下因一誉赐召,一毁见弃,臣恐天下将窥见浅深,竟来尝试了。"文帝被他揭破隐衷,却也自惭,半响方答谕道:"河东是我股肱郡,故特召君前来,略问情形,非有他意。今仍烦君复任,幸勿多疑。"布乃谢别而去。

惟布有弟季心,亦尝以任侠著名,见有不平事件,辄从旁代谋,替人泄忿。偶因近地土豪,武断乡曲,由季心往与理论,土豪不服,心竟把他杀死,避匿袁盎家中。盎方得文帝宠信,即出与调停,不致加罪,且荐为中司马。因此季心以勇闻,季布以诺闻。相传季布季心,气盖关中,便是为此,这且不必细表。详叙季布兄弟,无非借古讽今。

且说绛侯周勃,自免相就国后,约有年余,每遇河东守尉,巡视各县,往往心不自安,披甲相见,两旁护着家丁,各持兵械,似乎有防备不测的情形。这叫做心劳日拙。河东守尉,未免惊疑,就中有一个促狭人员,上书告讦,竟诬称周勃谋反。文帝已阴蓄猜疑,见了告变的密书,立谕廷尉张释之,叫他派遣干员,逮勃入京。释之不好怠慢,只得派吏赴绛,会同河东守季布,往拿周勃。布亦知勃无反意,惟因诏命难违,不能不带着兵役,与朝吏同至绛邑,往见周勃。勃仍披甲出迎,一闻诏书到来,已觉得忐忑不宁,待至朝吏读罢,吓得目瞪口呆,几与木偶相似。披甲设兵,究有何益!还是季布叫他卸甲,劝慰数语,方令朝吏好生带着,同上长安。

　　入都以后,当然下狱,廷尉原是廉明,狱吏总要需索。勃初意是不肯出钱,偏被狱吏冷嘲热讽,受了许多腌臜气,那时只好取出千金,分作馈遗。狱吏当即改换面目,小心供应。既而廷尉张释之,召勃对簿,勃不善申辩,经释之面讯数语,害得舌结词穷,不发一言。还亏释之是个好官,但令他还系狱中,一时未曾定谳。狱吏既得勃赂,见勃不能置词,遂替他想出一法,只因未便明告,乃将文牍背后,写了五字,取出示勃。得人钱财,替人消灾,还算是好狱吏。勃仔细瞧着,乃是"以公主为证"五字,才觉似梦方醒。待至家人入内探视,即与附耳说明。原来勃有数子,长名胜之,曾娶文帝女为妻,自勃得罪解京,胜之等恐有不测,立即入京省父,公主当亦同来。惟胜之平日,与公主不甚和协,屡有反目等情,此时为父有罪,没奈何央恳公主,代为转圜。公主还要摆些身架,直至胜之五体投地,方嫣然一笑,入宫代求去了。这是笔下解颐处。

　　先是释之谳案,本主宽平,一是文帝出过中渭桥,适有人从桥下走过,惊动御马,当由侍卫将行人拿住,发交廷尉。文帝欲将他处死,释之止断令罚金,君臣争执一番,文帝驳不过释之,只得依他判断,罚金了事。一是高庙内座前玉环,被贼窃去,贼为吏所捕,又发交廷尉。释之奏当弃市,文帝大怒道:"贼盗我先帝法物,罪大恶极,不加族诛,叫朕如何恭承宗庙呢!"释之免冠顿首道:"法止如此,假如愚民无知,妄取长陵一抔土,陛下将用何法惩办?"这数语唤醒文帝,也觉得罪止本身,因入白薄太后,薄太后意议从同,遂依释之言办理罢了。插叙两案,表明释之廉平。此次审问周勃,实欲为勃解免,怎奈勃口才不善,未能辩明,乃转告知袁盎。盎尝劾勃骄倨无礼,见四六回。至是因释之言,独奏称绛侯无罪。还有薄太后弟昭,因勃曾让与封邑,感念不忘,所以也入白太后,为勃伸冤。薄太后已得公主泣请,再加薄昭一番面陈,便召文帝入见。文帝应召进谒,太后竟取头上冒巾,向文帝面前掷去,且怒说道:"绛侯握皇帝玺,统率北军,彼时不想造反,今出居一小县间,反要造反么?汝听了何人谗构,乃思屈害功臣!"文帝听说,慌忙谢过,谓已由廷尉讯明冤情,便当释放云云。太后乃令他临朝,赦免周勃。好在释之已详陈狱情,证明勃无反意，文帝不待阅毕，即使人持节到狱，将勃释免。

勃幸得出狱，喟然叹道："我尝统领百万兵，不少畏忌，怎知狱吏骄贵，竟至如此！"说罢，便上朝谢恩。文帝仍令回国，勃即陛辞而出，闻得薄昭、袁盎、张释之，俱为排解，免不得亲自往谢。盎与勃追述弹劾时事，勃笑说道："我前曾怪君，今始知君实爱我了！"遂与盎握手告别，出都去讫。勃已返国，文帝知他不反，放下了心。独淮南王刘长，骄恣日甚，出入用天子警跸，擅作威福。文帝贻书训责，长抗词答复，愿弃国为布衣，守冢真定。明是怨言。当由文帝再令将军薄昭，致书相戒，略云：

窃闻大王刚直而勇，慈惠而厚，贞信多断，是天以圣人之资奉大王也。今大王所行，不称天资。皇帝待大王甚厚，而乃轻言恣行，以负谤于天下，甚非计也。夫大王以千里为宅居，以万民为臣妾，此高皇帝之厚德也。高帝蒙霜露，冒风雨，赴矢石，野战攻城，身被疮痍，以为子孙成万世之业，艰难危苦甚矣。大王不思先帝之艰苦，至欲弃国为布衣，毋乃过甚！且夫贪让国土之名，轻废先帝之业，是谓不孝；父为之基而不能守，是为不贤；不求守长陵，而求守真定，先母后父，是谓不义；数逆天子之令，不顺言节行，幸臣有罪，大者立诛，小者肉刑，是谓不仁；贵布衣一剑之任，贱王侯之位，是谓不智；不好学问大道，触情妄行，是谓不祥。此八者危亡之路也，而大王行之，弃南面之位，奋诸、贲之勇，专诸、孟贲，古之力士。常出入危亡之路，臣恐高皇帝之神，必不庙食于大王之手明矣！昔者周公诛管叔放蔡叔以安周，齐桓杀其弟以反国，秦始皇杀两弟、迁其母以安秦，顷王亡代，即刘仲事见前文。高帝夺其国以便事，济北举兵，皇帝诛之以安汉，周齐行之于古，秦汉用之于今，大王不察古今之所以安国便事，而欲以亲戚之意望诸天子，不可得也。王若不改，汉系大王邸论相以下，为之奈何！夫堕父大业，退为布衣，所哀幸臣皆伏法而诛，为天下笑，以羞先帝之德，甚为大王不取也。宜急改操易行，上书谢罪，使大王昆弟欢欣于上，群臣称寿于下，上下得宜，海内常安，愿熟计而疾行之。行之有疑，祸如发矢，不可追已。

长得书不悛，且恐朝廷查办，便欲先发制人。当下遣大夫但等七十人，潜入关中，勾通棘蒲侯柴武子奇，同谋造反，约定用大车四十辆，载运兵器，至长安北方的谷口，依险起事。柴武即遣士伍开章，汉律有罪失官为士伍。往报刘长，使长南连闽越，北通匈奴，乞师大举。长很是喜欢，为治家室，赐与财物爵禄。开章得了升官发财的幸遇，自然留住淮南，但遣人回报柴奇。不意使人不慎，竟被关吏搜出密书，奏报朝廷。文帝尚不忍拿长，但命长安尉往捕开章。长匿章不与，密与故中尉简忌商议，将章诱入，一刀杀死，省得他入都饶舌。开章得享财禄，不过数日，所谓有无妄之福，必有无妄之灾。悄悄的用棺殓尸，埋葬肥陵，佯对长安尉说道："开章不知下落。"又令人伪设坟墓，植树表书，有"开章死葬此下"六字。长安尉料他捏造，还都奏闻，文帝乃复遣使召长。长部署未齐，如何抗命，没奈何随使至都。丞相张苍，典客行御史大夫事冯敬，暨宗正廷尉等，审得长谋反属实，且有种种不法情事，应坐死罪，当即联衔会奏，请即将长弃市。文帝仍不忍诛长，更命列侯吏二千石等申议，又皆复称如法。毕竟文帝顾全同胞，赦长死罪，但褫去王爵，徙至蜀郡严道县邛邮安置，并许令家属同往，由严道县令替他营室，供给衣食。一面将长载上辎车，派吏管押，按驿递解，所有与长谋反等人，一并伏诛。

长既出都，忽由袁盎进谏道："陛下尝纵容淮南王，不为预置贤傅相，所以致此。惟淮南王素性刚暴，骤遭挫折，必不肯受，倘有他变，陛下反负杀弟之恶名，岂不可虑！"文帝道："我不过暂令受苦，使他知悔，他若悔过，便当令他回国呢。"盎见所言不从，当然退出。不料过了月余，竟接到雍令急奏，报称刘长自尽，文帝禁不住恸哭起来。小子有诗咏道：

> 骨肉原来处置难，宽须兼猛猛兼宽。
> 事前失算临头悔，闻死徒烦老泪弹。

欲知刘长如何自尽，且至下回再详。

审食其可诛而不诛，文帝之失刑，莫逾于此。及淮南王刘长入都，借朝觐之名，椎击食其，实为快心之举。但如长之擅杀大臣，究不得为无罪，贷死可也，仍使回国不可也。况长之骄恣，已见一斑，乘此罪而裁制之，则彼自无从谋反，当可曲为保全。昔郑庄克段于鄢，公羊子谓其处心积虑，乃成于杀。文帝虽不若郑庄之阴刻，然从表面上观之，毋乃与郑主之所为，相去无几耶！况于重厚少文之周勃，常疑忌之，于骄横不法之刘长，独纵容之，昵其所亲，而疑其所疏，谓为无私也得乎？甚矣，私心之不易化也！

第五十回　中行说叛国降虏庭
缇萦女上书赎父罪

却说淮南王刘长被废，徙锢蜀中，行至中道，淮南王顾语左右道："何人说我好勇，不肯奉法？我实因平时骄纵，未尝闻过，故致有今日。今悔已无及，恨亦无益，不如就此自了吧。"左右听着，只恐他自己寻死，格外加防。但刘长已愤不欲生，任凭左右进食，却是水米不沾，竟至活活饿死。左右尚没有知觉，直到雍县地方，县令揭开车上封条，验视刘长，早已僵卧不动，毫无气息了。赵姬负气自尽，长亦如此，毕竟有些遗传性。当下吃了一惊，飞使上报。文帝闻信，不禁恸哭失声，适值袁盎进来，文帝流涕与语道："我悔不用君言，终致淮南王饿死道中。"盎乃劝慰道："淮南王已经身亡，咎由自取，陛下不必过悲，还请宽怀。"文帝道："我只有一弟，不能保全，总觉问心不安。"盎接口道："陛下以为未安，只好尽斩丞相御史，以谢天下。"盎出此言，失之过激，后来不得其死，已兆于此。文帝一想，此事与丞相御史，究竟没甚干涉，未便加诛。惟刘长经过的县邑，所有传送诸吏，及馈食诸徒，沿途失察，应该加罪，当即诏令丞相御史，派员调查，共得了数十人，一并弃市。冤哉枉也。并用列侯礼葬长，即就雍县筑墓，特置守冢三十户。

嗣又封长世子安为阜陵侯，次子勃为安阳侯，三子赐为周阳侯，四子良为东成侯，但民间尚有歌谣云：

一尺布，尚可缝；一斗粟，尚可舂，兄弟二人不相容。

文帝有时出游，得闻此歌，明知暗寓讽刺，不由的长叹道："古时尧舜放逐骨肉，周公诛殛管蔡，天下称为圣人，无非因他大义灭亲，为公忘私，今民间作歌寓讥，莫非疑我贪得淮南土地么？"乃追谥长为厉王，令长子安袭爵，仍为淮南王。惟分衡山郡封勃，庐江郡封赐，独刘良已死，不复加封，于是淮南析为三国。

长沙王太傅贾谊，得知此事，上书谏阻道："淮南王悖逆无道，徙死蜀中，天下称快。今朝廷反尊奉罪人子嗣，势必惹人讥议，且将来伊子长大，或且不知感恩，转想为父报仇，岂不可虑！"文帝未肯听从，惟言虽不用，心中却记念不忘，因特遣使召谊。谊应召到来，刚值文帝祭神礼毕，静坐宣室中。宣室即未央宫前室。待谊行过了礼，便问及鬼神大要。谊却原原本本，说出鬼神如何形体，如何功能，几令文帝闻所未闻，文帝听得入情，竟致忘倦，好在谊也越讲越长，滔滔不绝，直到夜色朦胧，尚未罢休。文帝将身移近前席，尽管侧耳听着，待谊讲罢出宫，差不多是月上三更了。文帝退入内寝，自言自叹道："我久不见贾生，还道是彼不及我，今日方知我不及彼了。"越日颁出诏令，拜谊为梁王太傅。

梁王揖系文帝少子，惟好读书，为帝所爱，故特令谊往傅梁王。谊以为此次见召，必得内用，谁知又奉调出去，满腔抑郁，无处可挥，乃讨论时政得失，上了一篇治安策，约莫有万余言，分作数大纲。应痛哭的有一事，是为了诸王分封，力强难制；应流涕的有二事，是为了匈奴寇掠，御侮乏才；应长太息的有六事，是为了奢侈无度，尊卑无序，礼义不兴，廉耻不行，储君失教，臣下失御等情。文帝展诵再三，见他满纸牢骚，似乎祸乱就在目前，但自观天下大势，一时不致遽变，何必多事纷更，因此把贾谊所陈，暂且搁起。

　　只匈奴使人报丧，系是冒顿单于病死，子稽粥嗣立，号为老上单于。文帝意在羁縻，复欲与匈奴和亲，因再遣宗室女翁主，汉称帝女为公主，诸王女为翁主。往嫁稽粥，音育。作为阏氏。特派宦官中行说，护送翁主，同往匈奴。中行说不欲远行，托故推辞，文帝以说为燕人，生长朔方，定知匈奴情态，所以不肯另遣，硬要说前去一行。说无法解免，悻悻起程，临行时曾语人道："朝廷中岂无他人，可使匈奴？今偏要派我前往，我也顾不得朝廷了。将来助胡害汉，休要怪我！"小人何足为使，文帝太觉误事。旁人听着，只道他是一时愤语，况偌大阉人，能有甚么大力，敢为汉患？因此付诸一笑，由他北去。

　　说与翁主同到匈奴，稽粥单于见有中国美人到来，当然心喜，便命说住居客帐，自挈翁主至后帐中，解衣取乐。翁主为势所迫，无可奈何，只好拚着一身，由他摆布。这都是娄敬害她。稽粥畅所欲为，格外满意，遂立翁主为阏氏，一面优待中行说，时与宴饮。说索性降胡，不愿回国，且替他想出许多计策，为强胡计。先是匈奴与汉和亲，得汉所遗缯絮食物，视为至宝，自单于以至贵族，并皆衣缯食米，诩诩自得。说独向稽粥献议道："匈奴人众，敌不过汉朝一郡，今乃独霸一方，实由平常衣食，不必仰给汉朝，故能兀然自立。现闻单于喜得汉物，愿变旧俗，恐汉物输入匈奴，不过十成中的一二成，已足使匈奴归心相率降汉了。"稽粥却也惊愕，惟心中尚恋着汉物，未肯遽弃，就是诸番官亦似信非信，互有疑议。说更将缯帛为衣，穿在身上，向荆棘中驰骋一周，缯帛触着许多荆棘，自然破裂。说回入帐中，指示大众道："这是汉物，真不中用！"说罢，又换服毡裘，仍赴荆棘丛中，照前跑了一番，并无损坏。乃更入帐语众道："汉朝的缯絮，远不及此地的毡裘，奈何舍长从短呢！"众人皆信为有理，遂各穿本国衣服，不愿从汉。说又谓汉人食物，不如匈奴的膻肉酪浆，每见中国酒米，辄挥去勿用。番众以说为汉人，犹从胡俗，显见是汉物平常，不足取重了。本国人喜用外国货，原是大弊，但如中行说之教导匈奴，曾自知为中国人否？

　　说见匈奴已不重汉物，更教单于左右，学习书算，详记人口牲畜等类。会有汉使至匈奴聘问，见他风俗野蛮，未免嘲笑，中行说辄与辩驳，汉使讥匈奴轻老，说答辩道："汉人奉命出戍，父老岂有不自减衣食，赍送子弟么？且匈奴素尚战攻，老弱不能斗，专靠少壮出战，优给饮食，方可战胜沙场，保卫家室，怎得说是轻老哩！"汉使又言匈奴父子，同卧穹庐中，父死妻后母，兄弟死即取兄弟妻为妻,逆理乱伦,至此已极。说又答辩道:"父子兄弟死后,妻或他嫁,便是绝种,不如取为己妻,却可保全种姓,所以匈奴虽乱,必立宗种。一派胡言。今中国侈言伦理,反致亲族日疏,互相残杀,这是有名无实,徒事欺人,何足称道呢!"这数语却是中国通弊,但不应出自中行说之口。汉使总批驳他无礼无义,说谓约束径然后易行,君臣简然后可久,不比中国繁文缛节,毫无益处。后来辩无可辩,索性厉色相问道:"汉使不必多言,但教把汉廷送来各物,留心检点,果能尽善尽美,便算尽职,否则秋高马肥,便要派遣铁骑,南来践踏,休得怪我背约呢!"可恶之极。汉使见他变脸,只得罢论。

向来汉帝遗匈奴书简,长一尺一寸,上面写着"皇帝敬问匈奴大单于无恙",随后叙及所赠物件,匈奴答书,却没有一定制度。至是说教匈奴制成复简,长一尺二寸,所加封印统比汉简阔大,内写"天地所生,日月所置,匈奴大单于,敬问汉皇帝无恙"云云。说既帮着匈奴主张简约,何以复书上要这般夸饰。汉使携了匈奴复书,归报文帝,且将中行说所言,叙述一遍,文帝且悔且忧,屡与丞相等议及,注重边防。梁王太傅贾谊,闻得匈奴悖嫚,又上陈三表五饵的秘计,对待单于。大略说是:

> 臣闻爱人之状,好人之技,仁道也,信为大操常义也,爱好有实,已诺可期,十死一生,彼将必至,此三表也。赐之盛服车乘以坏其目,赐之盛食珍味以坏其口,赐之音乐妇人以坏其耳,赐之高堂邃宇仓库奴婢以坏其腹,于来降者尝召幸之,亲酌手食相娱乐以坏其心,此五饵也。

谊既上书,复自请为属国官吏,主持外交,谓能系单于颈,笞中行说背,说得天花乱坠,议论惊人。未免夸张。文帝总恐他少年浮夸,行不顾言,仍将来书搁置,未尝照行。一年又一年,已是文帝十年了,文帝出幸甘泉,亲察外情,留将军薄昭守京。昭得了重权,遇事专擅,适由文帝遣到使臣,与昭有仇,昭竟将来使杀死。文帝闻报,忍无可忍,不得不把他惩治。只因贾谊前上治安策中,有言公卿得罪,不宜拘辱,但当使他引决自裁,方是待臣以礼等语。于是令朝中公卿,至薄昭家饮酒,劝使自尽。昭不肯就死,文帝又使群臣各著素服,同往哭祭。昭无可奈何,乃服药自杀。昭为薄太后弟,擅戮帝使,应该受诛,不过文帝未知预防,纵成大罪,也与淮南王刘长事相类。这也由文帝有仁无义,所以对着宗亲,不能无憾哩。叙断平允。

越年为文帝十一年,梁王揖自梁入朝,途中驰马太骤,偶一失足,竟致颠蹶。揖坠地受伤,血流如注,经医官极力救治,始终无效,竟致毕命。梁傅贾谊,为梁王所敬重,相契甚深,至是闻王暴亡,哀悲的了不得,乃奏请为梁王立后。且言淮阳地小,未足立国,不如并入淮南。惟淮阳水边有二三列城,可分

第五十回　中行说叛国降虏庭　缇萦女上书赎父罪

与梁国,庶梁与淮南,均能自固云云。文帝览奏,愿如所请,即徙淮阳王武为梁王,武与揖为异母兄弟,揖无子嗣,因将武调徙至梁,使武子过承揖祀。又徙太原王参为代王,并有太原。武封淮阳王,参封太原王,见四七、四八回中。这且待后再表。

惟贾谊既不得志,并痛梁王身死,自己为傅无状,越加心灰意懒,郁郁寡欢,过了年余,也至病瘵身亡。年才三十三岁。后人或惜谊不能永年,无从见功,或谓谊幸得蚤死,免至乱政,众论悠悠,不足取信,明眼人自有真评,毋容小子絮述了。以不断断之。

且说匈奴国主稽粥单于,自得中行说后,大加亲信,言听计从。中行说导他入寇,屡为边患,文帝十一年十一月中,又入侵狄道,掠去许多人畜。文帝致书匈奴,责他负约失信,稽粥亦置诸不理。边境戍军,日夕戒严,可奈地方袤延,约有千余里,顾东失西,顾西失东,累得兵民交困,鸡犬不宁。当时有一个太子家令,姓晁名错,音措,初习刑名,继通文学,入官太常掌故,进为太子舍人,转授家令。太子启喜他才辩,格外优待,号为智囊。他见朝廷调兵征饷,出御匈奴,因即乘机上书,详陈兵事。无非衒才。大旨在得地形、卒服习、器用利三事。地势有高下的分别,匈奴善山战,中国善野战,须舍短而用长;士卒有强弱的分别,选练必精良,操演必纯熟,毋轻举而致败;器械有利钝的分别,劲弩长戟利及远,坚甲铦刃利及近,贵因时而制宜。结末复言用夷攻夷,最好是使降胡义渠等,作为前驱,结以恩信,赐以甲兵,与我军相为表里,然后可制匈奴死命。统篇不下数千言,文帝大为称赏,赐书褒答。错又上言发卒守塞,往返多劳,不如募民出居塞下,教以守望相助,缓急有资,方能持久无虞,不致涣散。还有入粟输边一策,乃是令民纳粟入官,接济边饷,有罪可以免罪,无罪可以授爵,就入粟的多寡,为级数的等差。此说为卖官鬻爵之俑,最足误国。文帝多半采用,一时颇有成效,因此错遂得宠。

错且往往引经释义,评论时政。说起他的师承,却也有所传授。错为太常掌故时,曾奉派至济南,向老儒伏生处,专习《尚书》。伏生名胜,通尚书学,曾为秦朝博士,自秦始皇禁人藏书,伏生不能不取书出毁,只有《尚书》一部,乃是研究有素,不肯缴出,取藏壁中。及秦末天下大乱,伏生早已去官,避乱四徙,直至汉兴以后,书禁复开,才敢回到家中,取壁寻书。偏壁中受着潮湿,将原书大半烂毁,只剩了断简残编,取出检视,仅存二十九篇,还是破碎不全。文帝即位,诏求遗经,别经尚有人民藏着,陆续献出,独缺《尚书》一经。嗣访得济南伏生,以《尚书》教授齐鲁诸生,乃遣错前往受业。伏生年衰齿落,连说话都不能清晰,并且错籍隶颍川,与济南距离颇远,方言也不甚相通,幸亏伏生有一女儿,名叫羲娥,夙秉父传,颇通《尚书》大义。当伏生讲授时,伏女立在父侧，依着父言，逐句传译，错才能领悟大纲。尚有两三处未能体会，只好出以己意，曲为引伸。其实伏生所传《尚书》二十九篇，原书亦已断烂，一半是伏生记忆出来，究竟有无错误，也不能悉考。后至汉武帝时，鲁恭王坏孔子旧宅，得孔壁所藏书经，字迹亦多腐蚀，不过较伏生所传，又加二十九篇，合成五十八篇，由孔子十二世孙孔安国考订笺注，流传后世。这且慢表。

惟晁错受经伏生，实靠着伏女转授，故后人或说他受经伏女，因父成名，一经千古，也可为女史生色了。不没伏女。当时齐国境内，尚有一个闺阁名姝，扬名不朽，说将起来，乃是前汉时代的孝女，比那伏女羲娥，还要脍炙人口，世代流芳。看官欲问她姓名，就是太仓令淳于意少女缇萦。从伏女折入缇萦，映带有致。淳于意家居临淄，素好医术，尝至同郡元里公乘阳庆处学医。公乘系汉官名，意在待乘公车，如征君同义。庆已七十余岁，博通医理，无子可传，自淳于意入门肄业，遂将黄帝扁鹊脉书，及五色诊病诸法，一律授，随时讲解。意悉心研究，三年有成，乃辞师回里，为人治病，能预决病人生死，一经投药，无不立愈，因此名闻远近，病家多来求医，门庭如市。但意虽善医，究竟只有一人精力，不能应接千百人，有时不堪烦扰，往往出门游行。且向来落拓不羁，无志生产，曾做过一次太仓令，未几辞去，就是与人医病，也是随便取资，不计多寡。只病家踵门求治，或值意不在家中，竟致失望，免不得愤懑异常，病重的当即死了。死生本有定数，但病人家属，不肯这般想法，反要说意不肯医治，以致病亡。怨气所积，酿成祸祟。至文帝十三年间，遂有势家告发意罪，说他借医欺人，轻视生命。当由地方有司，把他拿讯，谳成肉刑。只因意曾做过县令，未便擅加刑罚，不能不奏达朝廷，有诏令他押送长安。为医之难如此。

意无子嗣，只有五女，临行时都去送父，相向悲泣。意长叹道："生女不生男，缓急无所用。"为此两语，激动那少女缇萦的血性，遂草草收拾行李，随父同行。好容易到了长安，意被系狱中，缇萦竟拚生诣阙，上书吁请。文帝听得少女上书，也为惊异，忙令左右取入，展开一阅，但见书中有要语云：

> 妾父为吏，齐中尝称其廉平，今坐法当刑，妾伤夫死者不可复生，刑者不可复属，虽欲改过自新，其道莫由，终不可得。妾愿没入为官婢，以赎父刑罪，使得改过自新也。

文帝阅毕，禁不住凄恻起来，便命将淳于意赦罪，听令挈女归家。小子有诗赞缇萦道：

> 欲报亲恩入汉关，奉书诣阙拜天颜。
> 世间不少男儿汉，可似缇萦救父还。

既而文帝又有一诏,除去肉刑。欲知诏书如何说法,待至下回述明。

与外夷和亲,已为下策,又强遣中行说以附益之,说本阉人,即令其存心无他,犹不足以供使令,况彼固有言在先,将为汉患耶! 文帝必欲遣说,果何为者? 贾谊三表五饵之策,未尽可行,即如晁错之屡言边事,有可行者,有不可行者。要之御夷无他道,不外内治外攘而已,舍此皆非至计也。错受经于伏生,而伏女以传;伏女以外,又有上书赎罪之缇萦。汉时去古未远,故尚有女教之留遗,一以传经著,一以至孝闻,巾帼中有此人,贾、晁辈且有愧色矣。

第五十一回　老郎官犯颜救魏尚　贤丞相当面劾邓通

却说文帝既赦淳于意,令他父女归家。又因缇萦书中,有"刑者不可复属"一语,大为感动,遂下诏革除肉刑。诏云:

诗曰:恺悌君子,民之父母。今人有过,教未施而刑已加焉,或欲改过为善,而道无由至,朕甚怜之! 夫刑至断肢体,刻肌肤,终身不息,何其痛而不德也! 岂为民父母之意哉? 其除肉刑,有以易之。

丞相张苍等奉诏后,改定刑律,条议上闻。向来汉律规定肉刑,约分三种,一为黥,就是面上刻字;二为劓,就是割鼻;三为断左右趾,就是把足趾截去。经张苍等会议改制,乃是黥刑改充苦工,罚为城旦舂;城旦即旦夕守城,见前注。劓刑改作笞三百,断趾刑改作笞五百,文帝并皆依议。嗣是罪人受刑,免得残毁身体,这虽是文帝的仁政,但非由孝女缇萦上书,文帝亦未必留意及此。可见缇萦不但全孝,并且全仁。小小女子,能做出这般美举,怪不得千古流芳了! 极力阐扬。后来文帝闻淳于意善医,又复召到都中,问他学自何师,治好何人? 俱由意详细奏对,计除寻常病症外,共疗奇病十余人,统在齐地。小子无暇具录,看官试阅《史记》中《仓公列传》,便能分晓。仓公就是淳于意,意曾为太仓令,故汉人号为仓公。

话分两头:且说匈奴前寇狄道,掠得许多人畜,饱载而去。见前回。文帝用晁错计,移民输粟,加意边防,才算平安了两三年。至文帝十四年冬季,匈奴又大举入寇,骑兵共有十四万众,入朝那,越萧关,杀毙北地都尉孙卬,又分兵入烧回中宫。宫系秦时所建。前锋径达雍县甘泉等处,警报连达都中。文帝亟命中尉周舍,郎中令张武,并为将军,发车千乘,骑卒十万,出屯渭北,保护长安。又拜昌侯卢卿为上郡将军,宁侯魏遫为北地将军,隆虑侯周灶为陇西将军,三路出发,分戍边疆。一面大阅人马,申教令,厚犒赏,准备御驾亲征。群臣一再谏阻,统皆不从,直至薄太后闻悉此事,极力阻止,文帝只好顺从母教,罢亲征议,另派东阳侯张相如为大将军,率同建成侯董赤,内史栾布,领着大队,往击匈奴。匈奴侵入塞内,骚扰月余,及闻汉兵来援,方拔营出塞。张相如等驰至边境,追蹑番兵,好多里不见胡马,料知寇已去远,不及邀击,乃引兵南还,内外解严。

　　文帝又觉得清闲,偶因政躬无事,乘辇巡行。路过郎署,见一老人在前迎驾,因即改容敬礼道:"父老在此,想是现为郎官,家居何处?"老人答道:"臣姓冯名唐,祖本赵人,至臣父时始徙居代地。"文帝忽然记起前情,便接入道:"我前在代国,有尚食监高祛,屡向我说及赵将李齐,出战巨鹿下,非常骁勇,可惜今已殁世,无从委任,但我尝每饭不忘。父老可亦熟悉此人否?"冯唐道:"臣素知李齐材勇,但尚不如廉颇、李牧呢。"文帝也知廉颇、李牧,是赵国良将,不由的抚髀叹息道:"我生已晚,恨不得颇、牧为将,若得此人,还怕甚么匈奴?"道言未绝,忽闻冯唐朗声道:"陛下就是得着颇、牧,也未必能重用哩。"这两句话惹动文帝怒意,立即掉转了头,命驾回宫,既到宫中,坐了片刻,又转想冯唐所言,定非无端唐突,必有特别原因,乃复令内侍,召唐入问。俄顷间唐已到来,待他行过了礼,便开口诘问道:"君从何处看出,说我不能重用颇牧?"唐答说道:"臣闻上古明王,命将出师,非常郑重,临行时必先推毂屈膝与语道:阃以内,听命寡人;阃以外,听命将军,军功爵赏,统归将军处置,先行后奏。这并不是空谈所比。臣闻李牧为赵将,边市租税,统得自用,飨士犒卒,不必报销,君上不为遥制,所以牧得竭尽智能,守边却虏。今陛下能如此信任么?近日魏尚为云中守,所收市租,尽给士卒,且自出私钱,宰牛置酒,遍飨军吏舍人,因此将士效命,戮力卫边。匈奴一次入塞,就被尚率众截击,斩馘无数,杀得他抱头鼠窜,不敢再来。陛下却为他报功不实,所差敌首只六级,便把他褫官下狱,罚作苦工,这不是法太明、赏太轻、罚太重么?照此看来,陛下虽得廉颇、李牧,亦未必能用。臣自知愚戆,冒触忌讳,死罪死罪!"老头子却是挺硬。说着,即免冠叩首。文帝却转怒为喜,忙令左右将唐扶起,命他持节诣狱,赦出魏尚,仍使为云中守。又拜唐为车骑都尉。魏尚再出镇边,匈奴果然畏威,不敢近塞。此外边防守将,亦由文帝酌量选用,北方一带,复得少安。自从文帝嗣位以来,至此已有十四五年,这十四五年间,除匈奴入寇外,只济北一场叛乱,旬月即平,就是匈奴为患,也不过骚扰边隅,究竟未尝深入。而且王师一出,立即退去,外无大变,内无大役,再加文帝蠲租减税,勤政爱民,始终以恭俭为治,不敢无故生风,所以吏守常法,民安故业,四海以内,

第五十一回　老郎官犯颜救魏尚　贤丞相当面劾邓通

晏然无事，好算是承平世界，浩荡乾坤。原是汉朝全盛时代。

但文帝一生得力，是抱定老氏无为的宗旨，就是太后薄氏，亦素好黄老家言。母子性质相同，遂引出一两个旁门左道，要想来逢迎上意，邀宠求荣。有孔即钻，好似寄生虫一般。有一个鲁人公孙臣，上言秦得水德，汉承秦后，当为土德，土色属黄，不久必有黄龙出现，请改正朔，易服色，一律尚黄，以应天瑞云云。文帝得书，取示丞相张苍。苍素究心律历，独谓汉得水德，公孙臣所言非是，两人都是瞎说。文帝搁过不提。偏是文帝十五年春月，陇西的成纪地方，竟称黄龙出现，地方官吏，未曾亲见，但据着一时传闻，居然奏报。文帝信以为真，遂把公孙臣视作异人，说他能预知未来，召为博士。当下与诸生申明土德，议及改元易服等事，并命礼官订定郊祀大典。待至郊祀礼定，已是春暮，乃择于四月朔日，亲幸雍郊，祭祀五帝。嗣是公孙臣得蒙宠眷，反将丞相张苍，疏淡下去。

古人说得好，同声相应，同气相求。有了一个公孙臣，自然倡予和汝，生出第二个公孙臣来了。当时赵国中有一新垣平，生性乖巧，专好欺人。闻得公孙臣新邀主宠，便去学习了几句术语，也即跑至长安，诣阙求见。文帝已渐入迷团，遇有方士到来，当然欢迎，立命左右传入。新垣平拜谒已毕，便信口胡诌道："臣望气前来，愿陛下万岁！"文帝道："汝见有何气？"平答说道："长安东北角上，近有神气氤氲，结成五采。臣闻东北为神明所居，今有五采汇聚，明明是五帝呵护，蔚为国祥。陛下宜上答天瑞，就地立庙，方可永仰神庥。"文帝点首称善，便令平留居阙下，使他指示有司，就五采荟集的地址，筑造庙宇，供祀五帝。平本是捏造出来，有什么一定地点，不过有言在先，说在东北角上，应该如言办理。当即偕同有司，出东北门，行至渭阳，疑神疑鬼的望了一回，然后拣定宽敞的地基，兴工筑祠。祠宇中共设五殿，按着东南西北中位置，配成青黄黑赤白颜色，青帝居东，赤帝居南，白帝居西，黑帝居北，黄帝居中，也是附会公孙臣的妄谈，主张汉为土德，是归黄帝暗里主持。况且宅中而治，当王者贵，正好凑合时君心理，借博欢心。好容易造成庙貌，已是文帝十有六年，文帝援照旧例，仍俟至孟夏月吉，亲往渭阳，至五帝庙内祭祀。祭时举起燧火，烟焰冲霄，差不多与云气相似。新垣平时亦随着，就指为瑞气相应，不若径说神气。引得文帝欣慰异常。及祭毕还宫，便颁出一道诏令，拜新垣平为上大夫，还有许多赏赐，约值千金，于是使博士诸生，摘集六经中遗语，辑成《王制》一篇，现今尚是流传，列入《礼记》中。《礼记》中《王制》以后，便是《月令》一篇，内述五帝司令事，想亦为此时所编。新垣平又联合公孙臣，请仿唐虞古制，行巡狩封禅礼仪。文帝复为所惑，饬令博士妥议典礼。博士等酌古斟今，免不得各费心裁，有需时日。文帝却也不来催促，由他徐定。

一日驾过长门，忽有五人站在道北，所着服色，各不相同。正要留神细瞧，偏五人散走五方，不知去向。此时文帝已经出神，暗记五人衣服，好似分着青黄黑赤白五色，莫非就是五帝不成。因即召问新垣平，平连声称是。未曾详问，便即称是，明明是他一人使乖。文帝乃命就长门亭畔，筑起五帝坛，用着太牢五具，望空致祭。已而新垣平又诣阙称奇，说是阙下有宝玉气。道言甫毕，果有一人手捧玉杯，入献文帝。文帝取过一看，杯式也不过寻常，惟有四篆字刻着，乃是"人主延寿"一语，不禁大喜，便命左右取出黄金，赏赐来人，且因新垣平望气有验，亦加特赏。平与来人谢赐出来，又是一种好交易。文帝竟将玉杯当作奇珍，小心携着，入宫收藏去了。平见文帝容易受欺，复想出一番奇语，说是日当再中。看官试想，一天的红日，东现西没，人人共知，那里有已到西边，转向东边的奇闻？不意新垣平瞎三话四，居然有史官附和，报称日却再中。想是有挥戈返日的神技。文帝尚信为真事，下诏改元，就以十七年为元年，汉史中叫做后元年。元日将届，新垣平复构造妖言，进白文帝，谓周鼎沉入泗水，已有多年，见前文。现在河决金堤，与泗水相通，臣望见汾阴有金宝气，想是周鼎又要出现，请陛下立祠汾阴，先祷河神，方能致瑞等语。说得文帝又生痴想，立命有司鸠工庀材，至汾阴建造庙宇，为求鼎计。有司奉命兴筑，急切未能告竣，转眼间便是后元年元日，有诏赐天下大酺，与民同乐。

　　正在普天共庆的时候，忽有人奏劾新垣平，说他欺君罔上，弄神捣鬼，没一语不是虚谈，没一事不是伪造，顿令堕入迷团的文帝，似醉方醒，勃然动怒，竟把新垣平革职问罪，发交廷尉审讯。廷尉就是张释之，早知新垣平所为不正，此次到他手中，新垣平还有何幸，一经释之威吓势迫，没奈何将鬼蜮伎俩，和盘说出，泣求释之保全生命。释之怎肯容情？不但谳成死罪，还要将他家族老小，一体骈诛。这谳案复奏上去，得邀文帝批准，便由释之派出刑官，立把新垣平绑出市曹，一刀两段。只是新垣平的家小，跟了新垣平入都，不过享受半年富贵，也落得身首两分，这却真正不值得呢！福为祸倚，何必强求！

　　文帝经此一悟，大为扫兴，饬罢汾阴庙工，就是渭阳五帝祠中，亦止令祠官，随时致礼，不复亲祭。他如巡狩封禅的议案，也从此不问，付诸冰阁了。惟丞相张苍，自被公孙臣夺宠，辄称病不朝，且年已九十左右，原是老迈龙钟，不堪任事，因此迁延年余，终致病免。文帝本欲重任窦广国，转思广国乃是后弟，属在私亲，就使他著有贤名，究不宜示人以私。广国果贤，何妨代相。文帝自谓无私，实是惩诸吕覆辙，乃有此举。乃从旧臣中采择一人，得了一个关内侯申屠嘉，先令他为御史大夫，旋即升迁相位，代苍后任。苍退归阳武原籍，口中无齿，食乳为生，享寿至百余岁，方才逝世。那申屠嘉系是梁人，曾随高祖征战有功，得封列侯，年纪亦已垂老，但与张苍相比，却还相差二三十年。平时刚方廉正，不受私谒，及进为丞相，更是嫉邪秉正，守法不阿。一日入朝奏事，瞥见文帝左侧，斜立着一个侍臣，形神怠弛，似有倦容，很觉得看不过去。一俟公事奏毕，便将侍臣指示文帝道："陛下若宠爱侍臣，不妨使他富贵，至若朝廷仪制，不可不肃；愿陛下勿示纵容！"文帝向左一顾，早已瞧着，但恐申屠嘉指名劾奏，连忙出言阻住道："君且勿言，我当私行教戒罢了。"嘉闻言愈愤，勉强忍住了气，退朝出去。果然文帝返入内廷，并未依着前言，申戒侍臣。

究竟这侍臣姓甚名谁？原来叫做邓通，现任大中大夫。通本蜀郡南安人，无甚才识，只有水中行船，是他专长。辗转入都，谋得了一个官衔，号为黄头郎。黄头郎的职使，便是御船水手，向戴黄帽，故有是称。通得充是职，也算侥幸，想甚么意外超迁，偏偏时来运至，吉星照临，一小小舵工，竟得上应御梦，平地升天。说将起来，也是由文帝怀着迷信，误把那庸夫俗子，看做奇材。先是文帝尝得一梦，梦见自己腾空而起，几入九霄，相距不过咫尺，竟致力量未足，欲上未上，巧来了黄头郎，把文帝足下，极力一推，方得上登天界。文帝非常喜欢，俯瞰这黄头郎，恰只见他一个背影，衣服下面，好似已经破裂，露出一孔。正要唤他转身，详视面目，适被鸡声一叫，竟致惊醒。文帝回思梦境，历历不忘，便想在黄头郎中，留心察阅，效那殷高宗应梦求贤故事，冀得奇逢。是读书入魔了。

是日早起视朝，幸值中外无事，即令群臣退班，自往渐台巡视御船。渐台在未央宫西偏，旁有沧池，水色皆苍，向有御船停泊，黄头郎约数十百人。文帝吩咐左右，命将黄头郎悉数召来，听候传问。黄头郎不知何用？只好战战兢兢，前来见驾。文帝待他拜毕，俱令立在左边，挨次徐行，向右过去。一班黄头郎，遵旨缓步，行过了好几十人，巧巧轮着邓通，也一步一步的照式行走，才掠过御座前，只听得一声纶音，叫道立住，吓得邓通冷汗直流，勉强避立一旁。等到大众走完，又闻文帝传谕，召令过问。通只得上前数步，到御座前跪下，俯首伏着。至文帝问及姓名，不得不据实陈报。嗣听得皇言和蔼，拔充侍臣，方觉喜出望外，叩头谢恩。文帝起身回宫，叫他随着，他急忙爬起，紧紧跟着御驾，同入宫中。黄头郎等远远望见，统皆惊异，就是文帝左右的随员，亦俱莫名其妙；于是互相推测，议论纷纷。我也奇怪。其实是没有他故，无非为了邓通后衣，适有一孔，正与文帝梦中相合，更兼邓字左旁，是一"登"字，文帝还道助他登天，应属此人，所以平白地将他拔擢，作为应梦贤臣。实是呆想。后来见他庸碌无能，也不为怪，反且日加宠爱。通却一味将顺，虽然没有异技，足邀睿赏，但能始终不忤帝意，已足固宠梯荣。不到两三年，竟升任大中大夫，越叨恩遇。有时文帝闲游，且顺便至通家休息，宴饮尽欢，前后赏赐，不可胜计。

独丞相申屠嘉,早已瞧不上眼,要想挫去此奴,凑巧见他怠慢失仪,乐得乘机面劾。及文帝出言回护,愤愤退归,自思一不做,二不休,索性遣人召通,令至相府议事,好加惩戒。通闻丞相见召,料他不怀好意,未肯前往,那知一使甫去,一使又来,传称丞相有命,邓通不到,当请旨处斩。通惊慌的了不得,忙入宫告知文帝,泣请转圜。文帝道:"汝且前去,我当使人召汝便了。"这是文帝长厚处。通至此没法,不得不趋出宫中,转诣相府。一到门首,早有人待着,引入正厅,但见申屠嘉整肃衣冠,高坐堂上,满脸带着杀气,好似一位活阎罗王。此时进退两难,只好硬着头皮,向前参谒,不意申屠嘉开口一声,便说出一个斩字!有分教:

严厉足惊庸竖胆,刚方犹见大臣风。

毕竟邓通性命如何,且至下回分解。

语有之:观过知仁。如本回叙述文帝,莫非过举,但能改过不吝,尚不失为仁主耳。文帝之惩办魏尚,罪轻罚重,得冯唐数语而即赦之,是文帝之能改过,即文帝之能全仁也。他如公孙臣干进于先,新垣平售欺于后,文帝几堕入谜团,复因片语之上陈,举新垣平而诛夷之,是文帝之能改过,即文帝之能全仁也。厥后因登天之幻梦,授水手以高官,滥予名器,不为无咎。然重丞相而轻幸臣,卒使邓通之应召,使得示惩,此亦未始因过见仁之一端也。史称文帝为仁君,其尚非过誉之论乎!

第五十二回　　争棋局吴太子亡身
　　　　　　　肃军营周亚夫守法

却说邓通进谒申屠嘉,听他开口便是一个"斩"字,吓得三魂中失去两魂,只好免冠跣足,跪伏地上,叩首乞怜。申屠嘉却厉声道:"朝廷是高皇帝的朝廷,一切朝仪,无论何等人员,均应遵守,汝乃一个小臣,擅敢在殿上戏玩?应作大不敬论,例当斩首?"说至此,便顾视左右府吏,连声喝道:"斩!斩!……"府吏满口答应,不过一时未便动手,但为申屠嘉助威恫吓邓通。通已抖做一团,尽管向嘉磕头,如同捣蒜,心中只望朝使到来,替他解救。那知头额已磕得青肿,甚至血流如注,尚不见有救命恩人,前来解危。真是急煞。那申屠嘉还是拍案连呼,定要将他绑出斩首,左右走将过来,正要用手绑缚,忽外面报有诏使,持节前来。申屠嘉方才起座,出迎诏使。使人见了申屠嘉,当即传旨道:"通不过是朕弄臣,愿丞相贷他死罪。"嘉奉到谕旨,始准将通释放,但尚向通吩咐道:"汝他日若再放肆,就使主上赦汝,老夫却不肯饶汝了。"通只得唯唯受教。诏使辞别申屠嘉，带通入宫。通见了文帝，忍不住两泪直流，呜咽说道："臣几被丞相杀死了！"文帝见他面目红肿，三分像人，七分像鬼，既好笑，又可怜，便召御医替他敷治，且叫他此后不宜冲撞丞相。通奉命维谨，不敢再有失礼。文帝宠爱如初，并擢通为上大夫。

　　汉自许负以后，相士不绝，辄与公卿等交游，每谈吉凶，尝有奇验。文帝既宠爱邓通，便召入一个有名相士，为通看相。相士直言不讳，竟说通相貌欠佳，将来难免贫穷，甚且饿死。文帝愀然不乐，竟把相士叱退，且慨然说道："通欲致富，有何难处？但只凭我一言，管教他富贵终身，何至将来饿死呢！"于是下一诏命，竟将蜀郡的严道铜山，赏赐与通，且许通自得铸钱。从前高祖开国，因嫌秦钱过重，约有半两，所以改铸荚钱，每文只重一铢半，径五分，形如榆荚，钱质太轻，遂致物价腾贵，米石万钱。文帝乃复改制，特铸四铢钱，并除盗铸法令，准人民自由铸钱。贾谊、贾山，皆上书谏阻，文帝不从。当时吴王濞管领东南，觅得故鄣铜山，铸钱畅行，富埒皇家。至是邓通也得铜山铸钱，与吴王东西并峙，东南多吴钱，西北多邓钱，邓通的富豪，不问可知。

　　惟通既得此重赐，自然感激不尽，无论如何污役，也所甘心。会当文帝病痈，竟至溃烂，日夕不安，通想出一法，代为吮吸，渐渐的除去败脓，得免痛苦。看官试想！这疮痈中脓血，又臭又腐，何人肯不顾污秽，用口吮去？独邓通情愿为此，毫无厌恶，转令文帝别生他感，触起愁肠。一夕，由通吮去痈血，漱过了口，侍立一旁，文帝向通启问道："朕抚有天下，据汝看来，究系何人，最为爱朕？"通未知文帝命意，但随口答道："至亲莫若父子，以情理论，最爱陛下，应无过太子了。"文帝默然不答。到了翌日，太子入宫省疾，正值文帝痈血又流，便顾语太子道："汝可为我吮去痈血！"太子闻命，不由的皱起眉头，欲想推辞，又觉得父命难违，没奈何屏着鼻息，向疮上吮了一口，慌忙吐去，已是不堪秽恶，几欲呕出宿食，勉强忍住。却是难受。文帝瞧着太子形容，就长叹一声，叫他退去，仍召邓通入吮余血。通照常吮吸，一些儿没有难色，益使文帝心为感动，宠昵愈甚。惟太子回到东宫，尚觉恶心，暗思吮痈一事，是由何人作俑，却使我也去承当？随即密嘱近臣，仔细探听。旋得复报，乃是邓通常入宫吮痈，免不得又愧又恨。嗣是与邓通结成嫌隙，待时报复，事见后文。

　　且说齐王襄助诛诸吕，收兵回国，未几便即病亡。襄子则嗣立为王，至文帝十五年，又复去世，后无子嗣，遂致绝封。文帝追念前功，不忍撤除齐国，又记起贾谊遗言，曾有国小力弱的主张，见治安策中。乃分齐地为六国，尽封悼惠王肥六子为王。长子将闾，仍使王齐，次子志为济北王，三子贤为菑川王，四子雄渠为胶东王，五子卬为胶西王，六子辟光为济南王。六王同日受封，并皆莅镇，待后再表。为后文七国造反伏案。

独吴王濞镇守东南，历年已久，势力渐充，既得铜山铸钱，见上文。复煮海水为盐，垄断厚利，国益富强。文帝在位，已十数年，并未闻吴王入朝，但遣子贤入觐一次，就与皇太子相争，自取祸殃。太子启与吴太子贤，本是再从堂兄弟，向无仇怨，此时因贤入朝，奉了父命，陪他游宴，当然和气相迎，格外欢洽。盘桓了好几天，相习生狎，渐觉得熟不拘礼，任意笑谈。吴太子身旁，又有随来的师傅，相偕出入，一淘儿逐队寻欢，除每日酣饮外，又复博弈消闲。两人对坐举棋，左立东宫侍臣，右立吴太子师傅，从旁参赞，各有胜负。彼此已赌赛了好几次，不免有些龃龉，太子启偶受讥嘲，已带着三分懊恼，只吴太子尚有童心，未肯见机罢手，还要与皇太子决一雌雄。太子启也不肯示弱，再与他下棋斗胜。方罫中间，各圈地点，到了生死关头，皇太子误下一着，被吴太子一子掩住，眼见得牵动全局，都要输去。皇太子不肯认输，定要将一着错棋，翻悔转来，吴太子如何肯依？遂起争论。再加吴太子的师傅，多是楚人，秉性强悍，帮着吴太子力争，你一言，我一语，统说皇太子理屈，一味冲撞。皇太子究系储君，从未经过这般委屈，怒从心上起，恶向胆边生，竟顺手提起棋盘，向吴太子猛力掷去，吴太子未曾防备，一时不及闪避，被棋盘掷中头颅，立即晕倒，霎时间脑浆迸流，死于非命。何苦寻死！

　　吴太子师傅等，当然喧闹起来，幸亏东宫侍臣，保护太子出去，奏明文帝。文帝倒也吃惊，但又不好加罪太子，只得训戒一番，更召入吴太子师傅等，好言劝慰。一面厚殓吴太子，令他师傅等送柩回吴。吴王濞悲恨交并，不愿收受，且怒说道：“方今天下一家，死在长安，便葬在长安，何必送来？”当下派吏截住棺木，仍叫他发回长安。文帝闻报，也就把他埋葬了事。从此吴王濞心存怨望，不守臣节，每遇朝使到来，骄倨无礼。朝使返报文帝，文帝也知他为子衔恨，原谅三分。复遣使臣召濞入京，意欲当面排解，释怨修和。偏濞不愿应召，托词有病，却回朝使。文帝又使人至吴探问，见濞并无病容，自然据实返报。文帝倒也惹动怒意，见有吴使入京，即令有司将他拘住，下狱论罪。已而又有吴使西来，贿托前郎中令张武，代为先容，才得面见文帝。文帝开言责问，无非是说吴王何故诈病，不肯入朝？吴使从容答语道："古人有言，察见渊鱼者不祥。吴王为子冤死，托病不朝，今被陛下察觉，连系使臣，近日吴王很是忧惧，唯恐受诛。若陛下再加急迫，是吴王越不敢入朝了。臣愿陛下不咎既往，使彼自新，人孰无良，得陛下如此宽容，难道尚不悦服么？"可谓善于措词。文帝听了，很觉有理，遂将所系吴使，一并放归，且遣人赍了几杖，往赐吴王，传语吴王年老，可使免朝。吴王濞自然拜命，不敢生心。

　　惟当时吴王不反，也亏有一人从中阻止，所以能使积骄积怨的强藩，暂就羁縻。是人为谁？就是前中郎将袁盎。盎屡次直谏，也为文帝所厌闻，把他

第五十二回 争棋局吴太子亡身 肃军营周亚夫守法

外调,出任陇西都尉。未几,即迁为齐相,嗣复由齐徙吴。盎有兄子袁种,私下谏盎道:"吴王享国已久,骄恣日甚,今公往为吴相,若欲依法纠治,必触彼怒,彼不上书劾公,必将挟剑刺公了!为公设法,最好是一切不问。南方地势卑湿,乐得借酒消遣,既可除病,又可免灾。只教劝导吴王,不使造反,便可不至生祸了。"盎依了种言,到吴后,如法办理,果得吴王优待。不过有时晤谈,总劝吴王安守臣道,吴王倒也听从,所以盎在吴国,吴王总算勉抑雄心,蹉跎度日。后来袁盎入都,吴王始生变志,这是后话。惟张武曾受吴赂,渐为文帝所闻,文帝并不说破,索性加赐武金,叫他自愧,以赏为罚。不可谓非文帝的权术呢!此事亦未足为训。

且说文帝自改元后,又过了好几年,承平如故,政简刑清,就是控御匈奴,也主张修好,无志用兵。当改元后二年时,复遣使致书匈奴,推诚与语,各敦睦谊,书中有"和亲以后,汉过不先"等语。匈奴主老上单于,即稽粥,见前文。亦令当户且渠两番官,当户且渠皆匈奴官名。献马两匹,复书称谢。文帝乃诏告全国道:

朕既不明,不能远德,使方外之国,或不宁息。夫四荒之外,不安其生,封圻之内,勤劳不处,二者之咎,皆由于朕之德薄,不能达远也。间者累年匈奴并暴边境,多杀吏民,边臣吏民,又不能谕其内志,以重吾不德,夫久结难连兵,中外之国,将何以自宁?今朕夙兴夜寐,勤劳天下,忧苦万民,为之恻怛不安,未尝一日忘于心,故遣使者冠盖相望,结辙于道,以谕朕志于单于。今单于反古之道,计社稷之安,便万民之利,新与朕俱弃细过,偕之大道,结兄弟之义,以全天下元元之民,和亲以定,始于今年。

过了两年,老上单于病死,子军臣单于继立,遣人至汉廷报告。文帝又遣宗室女往嫁,重申和亲旧约。军臣单于得了汉女为妻,却也心满意足,无他妄想。偏汉奸中行说,屡劝军臣单于伺隙入寇。军臣单于起初是不愿背约,未从说言,旋经说再三怂恿,把中国的子女玉帛,满口形容,使他垂涎,于是军臣单于竟为所动,居然兴兵犯塞,与汉绝交。文帝后六年冬月,匈奴兵两路侵边,一入上郡,一入云中,统共有六万余骑,分道扬镳,沿途掳掠。防边将吏,已有好几年不动兵戈,蓦闻虏骑南来,正是出人不意,慌忙举起烽火,报告远近。一处举烽,各处并举,火光烟焰,直达到甘泉宫。文帝闻警,急调出三路人马,派将统率,往镇三边。一路是出屯飞狐,统将是中大夫令勉;一路是出屯句注,统将是前楚相苏意;一路是出屯北地,统将系前郎中令张武。这三路兵同日出发,星夜前往,文帝尚恐有疏虞,惊动都邑,乃复令河内太守周亚夫,驻兵细柳,宗正刘礼,驻兵霸上,祝兹侯徐厉,驻兵棘门。内外戒严,缓急有备,文帝才稍稍放心。

过了数日,御驾复亲出劳军,先至霸上,次至棘门,统是直入营中,不先通报。刘、徐两将军,深居帐内,直至警跸入营,才率部将往迎文帝,面色都带着慌张,似乎事前失候,踧踖不安,文帝虽瞧料三分,但也不以为怪,随口抚慰数语,便即退出。两营将士,统送出营门,拜辞御驾,不劳细述。及移跸至细柳营,遥见营门外面,甲士森列,或持刀,或执戟,或张弓挟矢,仿佛似临敌一般。文帝见所未见,暗暗称奇,当令先驱传报,说是车驾到来。营兵端立不动,喝声且住,并正色相拒道:"我等只闻将军令,不闻天子诏!"语可屈铁,掷地作金石声。先驱还报文帝,文帝麾动车驾,自至营门,又被营兵阻住,不令进去。文帝乃取出符节,交与随员,使他入营通报。亚夫才接见来使,传令开门。营兵将门开着,放入车驾,一面嘱咐御车,传说军令道:"将军有约,军中不得驰驱!"文帝听说,也只好按辔徐行。到了营门里面,始见亚夫从容出迎,披甲佩剑,对着文帝行礼,作了一个长揖,口中说道:"甲胄之士不拜,臣照军礼施行。请陛下勿责!"文帝不禁动容,就将身子略俯,凭式致敬,并使人宣谕道:"皇帝敬劳将军。"亚夫带着军士,肃立两旁,鞠躬称谢。文帝又亲嘱数语,然后出营。亚夫也未曾相送,一俟文帝退出,仍然闭住营门,严整如故。文帝回顾道:"这才算是真将军了!彼霸上、棘门的将士,好同儿戏,若被敌人袭击,恐主将也不免成擒,怎能如亚夫谨严,无隙可乘呢?"说罢回宫,还是称善不置。

嗣接边防军奏报,虏众已经出塞,可无他虑,文帝方将各路人马,依次撤回,遂擢周亚夫为中尉。亚夫即绛侯周勃次子。勃二次就国,不久病逝。长子胜之袭爵,弟亚夫为河内守。闻老妪许负,尚是活着,素称善相,许负相人,屡见前文中。因特邀至署中,令他相视。许负默视多时,方语亚夫道:"据君贵相,何止郡守,再过三年,便当封侯。八年以后,出将入相,手秉国钧,人臣中独一无二了。可惜结局欠佳!"亚夫道:"莫非要犯罪遭刑么?"许负道:"这却不至如此。"亚夫再欲穷诘,许负道:"九年后自有分晓,毋待老妇哓哓。"亚夫道:"这也何妨直告。"许负道:"依相直谈,恐君将饿死。"亚夫冷笑道:"汝说我将封侯,已出意外,试想我兄承袭父爵,方受侯封,就使兄年不永,自有兄子继任,也轮不到我身上,如何说应封侯呢?若果如汝言,既得封侯,又兼将相,为何尚致饿死?此理令人难解,还请指示明白。"许负道:"这却非老妇所能预晓,老妇不过依相论相,方敢直言。"说至此,即用手指亚夫口旁道:"这两处有直纹入口,法应饿死。"许负所言相法,不知从何处学来。亚夫又惊又疑,几至呆若木鸡,许负揖别自去。说也奇怪,到了三年以后,亚夫兄胜之,坐杀人罪,竟致夺封。文帝因周勃有功,另选勃子继袭,左右皆推许亚夫,得封条侯。至细柳成名,进任中尉,就职郎中,差不多要入预政权了。

约莫过了年余,文帝忽然得病,医药罔效,竟至弥留。太子启入侍榻前,文帝顾语后事,且谆嘱太子道:"周亚夫缓急可恃,将来如有变乱,尽可使他掌兵,不必多疑。"却是知人。太子启涕泣受教。时为季夏六月,文帝寿数已终,瞑目归天,享年四十六岁。总计文帝在位二十三年,宫室苑囿,车骑服御,毫无增益,始终爱民如子,视有不便,当即取销。尝欲作一露台,估工费须百金,便慨然道:"百金乃中人十家产业,我奉先帝宫室,尚恐不能享受,奈何还好筑台呢?"遂将露台罢议。平时衣服,无非弋绨。弋,黑色;绨厚,缯。所幸慎夫人,衣不曳地,帷帐无文绣,所筑霸陵,统用瓦器,凡金银铜锡等物,概屏勿用。每遇水旱偏灾,发粟蠲租,唯恐不逮。因此海内安宁,家给人足,百姓安居乐业,不致犯法。每岁断狱,最多不过数百件,有刑措风。史称文帝为守成令主,不亚周时成康。惟遗诏令天下短丧,未免令人遗议,说他不循古礼,此外却没有甚么指摘了。小子有诗赞道:

> 博得清时令主名,廿年歌颂遍苍生。
> 从知王道为仁恕,但解安民便太平。

文帝既崩,太子启当然嗣位。欲知嗣位后事,容至下回说明。

文帝即位改元,便立皇子启为太子,彼时太子尚幼,无甚表见,至文帝二次改元,太子年已逾冠矣。吴太子入朝,与饮可也,与博则不可。况为区区争道之举,即举博局掷杀之,虽未始非吴太子之自取,然其阴鸷少恩,已可概见。即如邓通吮痈一事,引为深恨,通固不近人情,太子亦未免量狭。较诸乃父之宽仁,相去远矣。周亚夫驻军细柳,立法森严,天子且不能遽入,遑问他人。将才如此,原可大用,然非文帝有知人之明,几何不至锻炼成狱,诬以大逆乎?司马穰苴受知于齐景,孙武子受知于吴阖庐,周亚夫受知于汉文帝,有良将必赖明君,此良臣之所以择主而事也。

第五十三回 呕心血气死申屠嘉 主首谋变起吴王濞

却说太子启受了遗命,即日嗣位,是谓景帝。尊太后薄氏为太皇太后,皇后窦氏为皇太后,一面令群臣会议,恭拟先帝庙号。当由群臣复奏,上庙号为孝文皇帝。丞相申屠嘉等,又言功莫大于高皇帝,德莫大于孝文皇帝,应尊高皇帝为太祖,孝文皇帝为太宗,庙祀千秋,世世不绝。就是四方郡国,亦宜各立太宗庙，有诏依议。当下奉文帝遗命，令臣民短丧，且匆匆奉葬霸陵。至是年孟冬改元，就称为景帝元年。廷尉张释之，因景帝为太子时，与梁王共车入朝，不下司马门，曾有劾奏情事，见前文。至是恐景帝记恨，很是不安，时向老隐士王生问计。王生善谈黄老，名盛一时，盈廷公卿，多折节与交。释之亦尝在列。王生竟令释之结袜，释之不以为嫌，屈身长跪，替他结好，因此王生看重释之，恒与往来。及释之问计，王生谓不如面谢景帝，尚可无虞。释之依言入谢，景帝却说他守公奉法，应该如此。但口虽如此对付，心中总不能无嫌。才过半年，便将释之迁调出去，使为淮南相，另用张欧为廷尉。欧尝为东宫侍臣，治刑名学，但素性朴诚，不尚苛刻，属吏却也悦服，未敢相欺。景帝又减轻笞法，改五百为三百，三百为二百，总算是新政施仁，曲全罪犯。再加廷尉张欧，持平听讼，狱无冤滞，所以海内闻风，讴歌不息。

转眼间已是二年，太皇太后薄氏告终，出葬南陵。薄太后有侄孙女，曾选入东宫，为景帝妃，景帝不甚宠爱，只因戚谊相联，不得已立她为后。为下文被废张本。更立皇子德为河间王，阏为临江王，余为淮阳王，非为汝南王，彭祖为广州王，发为长沙王。长沙旧为吴氏封地，文帝末年，长沙王吴羌病殁，无子可传，撤除国籍，因把长沙地改封少子，这也不必细表。前后交代，界划清楚。

且说太子家人晁错，在文帝十五年间，对策称旨，已擢任中大夫。及景帝即位，错为旧属，自然得蒙主宠，超拜内史。屡参谋议，每有献纳，景帝无不听从。朝廷一切法令，无不变更，九卿中多半侧目。就是丞相申屠嘉，也不免嫉视，恨不得将错斥去。错不顾众怨，任意更张，擅将内史署舍，开辟角门，穿过太上皇庙的短墙。太上皇庙，就是高祖父太公庙，内史署正在庙旁，向由东门出入，欲至大道，必须绕过庙外短墙，颇觉不便。错未曾奏闻，便即擅辟，竟将短垣穿过，筑成直道。申屠嘉得了此隙，即令府吏缮起奏章，弹劾错罪，说他蔑视太上皇，应以大不敬论，请即按律加诛。这道奏章尚未呈入，偏已有人闻知，向错通报，错大为失色，慌忙乘夜入宫，叩阍进见。景帝本准他随时白事，且闻他夤夜进来，还道有甚么变故，立即传入。及错奏明开门事件，景帝便向错笑说道："这有何妨，尽管照办便了。"错得了此言，好似皇恩大赦一般，当即叩首告退。是夕好放心安睡了。

那申屠嘉如何得悉？一俟天明，便怀着奏章，入朝面递，好教景帝当时发落，省得悬搁起来。既入朝堂，略待须臾，便见景帝出来视朝。当下带同百官，行过常礼，就取出奏章，双手捧上。景帝启阅已毕，却淡淡的顾语道："晁错因署门不便，另辟新门，只穿过太上皇庙的外墙，与庙无损，不足为罪，且系朕使他为此，丞相不要多心。"嘉碰了这个钉子，只好顿首谢过，起身退归。回至相府，懊恼得不可名状，府吏等从旁惊问，嘉顿足说道："我悔不先斩错，乃

第五十三回　呕心血气死申屠嘉　主首谋变起吴王濞

为所卖,可恨可恨!"说着,喉中作痒,吐出了一口粘痰,色如桃花。府吏等相率大惊,忙令侍从扶嘉入卧,一面延医调理。俗语说得好,心病还须心药治,嘉病是因错而起,错不除去,嘉如何能痊？眼见是日日呕血,服药无灵,终致毕命。急性子终难长寿。景帝闻丧,总算遣人赐赙,予谥曰节,便升御史大夫陶青为丞相,且擢晁错为御史大夫。错暗地生欢,不消细说。

惟大中大夫邓通,时已免官,他还疑是申屠嘉反对,把他劾去。及嘉已病死,又想运动起复,那知免官的原因,是为了吮痈遗嫌,结怨景帝,景帝把他黜免,他却还想做官,岂不是求福得祸么？一道诏下,竟把他拘系狱中,饬吏审讯。通尚未识何因,至当堂对簿,方知有人告讦,说他盗出徼外铸钱。这种罪名,全是捕风捉影,怎得不极口呼冤。偏问官隐承上意,将假成真,一番诱迫,硬要邓通自诬,通偷生怕死,只好依言直认。及问官复奏上去,又得了一道严诏,收回严道铜山,且将家产抄没,还要令他交清官债。通已做了面团团的富翁,何至官款未还？这显是罗织成文,砌成此罪。通虽得出狱,已是家破人空,无从居食。还是馆陶长公主,记着文帝遗言,不使饿死,特遣人赍给钱物,作为赒济。怎晓得一班虎吏,专知逢迎天子,竟把通所得赏赐,悉数夺去。甚至浑身搜检,连一簪都不能收藏。可怜邓通得而复失,仍变做两手空空。长公主得知此事,又私下给予衣食,叫他托词借贷,免为吏取。通遵着密嘱,用言搪塞,还算活了一两年。后来长公主无暇顾及,通不名一钱,寄食人家,有朝餐,无晚餐,终落得奄奄饿死,应了相士的前言。大数难逃,吮痈何益。

惟晁错接连升任,气焰愈张,尝与景帝计议,请减削诸侯王土地,第一着应从吴国开手。所上议案,大略说是:

前高帝初定天下,昆弟少,诸子弱,大封同姓,齐七十余城,楚四十余城,吴五十余城,封三庶孽,半有天下。今吴王前有太子之隙,诈称病不朝,于古法当诛,文帝不忍,因赐几杖,德至厚也,当改过自新,反益骄恣,即山铸钱,煮海水为盐,诱天下亡人,潜谋作乱。今削亦反,不削亦反。削之其反亟,祸小,不削则反迟,祸大。末二语未尝无识。

景帝平日,也是怀着此念,欲削王侯。既得错议,便令公卿等复议朝堂,大众莫敢驳斥。独詹事窦婴,力言不可,乃将错议暂行搁起。窦婴字王孙,系窦太后从侄,官虽不过詹事,未列九卿,但为太后亲属,却是有此权力,所以不畏晁错,放胆力争。错当然恨婴,惟因婴有内援,却也未便强辩,只得暂从含忍,留作后图。景帝三年冬十月,梁王武由镇入朝,武系窦太后少子,由淮阳徙梁,事见前文。统辖四十余城,地皆膏腴,收入甚富,历年得朝廷赏赐,不可胜计,府库金钱,积至亿万,珠玉宝器,比京师为多。景帝即位,武已入觐二次,此番复来朝见,当由景帝派使持节,用了乘车驷马,出郊迎接。待至阙下,由武下车拜谒,景帝即起座降殿,亲为扶起,携手入宫。窦太后素爱少子,景帝又只有这个母弟,自然曲体亲心,格外优待。既已谒过太后,当即开宴接风,太后上座,景帝与武左右分坐,一母两儿,聚首同堂,端的是天伦乐事,喜气融融。景帝酒后忘情,对着幼弟欢欣与语道:"千秋万岁后,当将帝位传王。"武得了此言,且喜且惊。明知是一句醉话,不便作真,但既有此一言,将来总好援为话柄,所以表面上虽然谦谢,心意中却甚欢愉。窦太后越加快慰,正要申说数语,使景帝订定密约,不料有一人趋至席前,引卮进言道:"天下乃高皇帝的天下,父子相传,立有定例,皇上怎得传位梁王?"说着,即将酒卮捧呈景帝,朗声说道:"陛下今日失言,请饮此酒。"景帝瞧着,乃是詹事窦婴,也自觉出言冒昧,应该受罚,便将酒卮接受,一饮而尽。独梁王武横目睨婴,面有愠色,更着急的乃是窦太后,好好的一场美事,偏被那侄儿打断,真是满怀郁愤,无处可伸。随即罢席不欢,怅然入内。景帝也率弟出宫,婴亦退去。翌日,即由婴上书辞职,告病回家。窦太后余怒未平,且将婴门籍除去,此后不准入见。门籍谓出入殿门户籍。梁王武住了数日,也辞行回国去了。

　　御史大夫晁错,前次为了窦婴反对,停消议案,此次见婴免职,暗地生欢,因复提出原议,劝景帝速削诸王,毋再稽迟。议尚未决,适逢楚王戊入朝,错遂吹毛索瘢,说他生性渔色,当薄太后丧葬时,未尝守制,仍然纵淫,依律当加死罪,请景帝明正典刑。太觉辣手。这楚王戊系景帝从弟,乃祖就是元王刘交。即高祖同父少弟,殁谥曰元,前文中亦曾叙过。刘交王楚二十余年,尝用名士穆生、白生、申公为中大夫,敬礼不衰。穆生素不嗜酒,交与饮时,特为置醴,借示敬意。及交殁后,长子辟非先亡,由次子郢客嗣封。郢客继承先志,仍然优待三人。未几郢客又殁,子戊袭爵。起初尚勉绳祖武,后来渐耽酒色,无意礼贤,就使有时召宴穆生,也把醴酒失记,不为特设。穆生退席长叹道:"醴酒不设,王意已怠,我再若不去,恐不免受钳楚市了。"遂称疾不出。申公、白生,与穆生同事多年,闻他有疾,忙往探省。既入穆生家内,穆生虽然睡着,面上却没有甚么病容,当下瞧透隐情,便同声劝解道:"君何不念先王旧德,乃为了嗣王忘醴,小小失敬,就卧病不起呢?"穆生喟然道:"古人有言,君子见机而作,不俟终日。先王待我三人,始终有礼,无非为重道起见,今嗣王礼貌寝衰,是明明忘道了。王既忘道,怎可与他久居?我岂但为区区醴酒么?"申公、白生也叹息而出,穆生竟谢病自去。不愧知机。戊不以为意,专从女色上着想,采选丽姝,终日淫乐,所以薄太后丧讣到来,并没有甚么哀戚,仍在后宫,倚翠假红,自图快活,太傅韦孟,作诗讽谏,毫不见从,孟亦辞归。戊以为距都甚远,朝廷未必察觉,乐得花天酒地,娱我少年。那知被晁错查悉,竟乘戊入朝

第五十三回 呕心血气死申屠嘉 主首谋变起吴王濞

时,索取性命。还亏景帝不忍从严,但削夺东海郡,仍令回国。

错既得削楚,复议削赵,也将赵王遂摘取过失,把他常山郡削去。赵王遂即幽王友子,见前文。又闻胶西王卬,系齐王肥第五子,见前文。私下卖爵,亦提出弹劾,削去六县。三国已皆怨错,惟一时未敢遽动,错遂以为安然无忌,就好趁势削吴。正在兴高采烈的时候,忽来了一个苍头白发的老人,踵门直入,见了错面,即皱眉与语道:"汝莫非寻死不成?"错闻声一瞧,乃是自己的父亲,慌忙扶令入座,问他何故前来。错父说道:"我在颍川家居,却也觉得安逸,今闻汝为政用事,硬要侵削王侯,疏人骨肉,外间已怨声载道,究属何为?所以特来问汝!"错应声道:"怨声原是难免,但今不为此,恐天子不尊,宗庙不固。"错父遽起,向错长叹道:"刘氏得安,晁氏心危,我年已老,实不忍见祸及身,不如归去罢。"此老却也有识。错尚欲挽留,偏他父接连摇首,扬长自去。及错送出门外,也不见老父回顾,竟尔登车就道,一溜烟似的去了。错还入厅中,踌躇多时,总觉得箭在弦上,不得不发,只好违了父嘱,一意做去。

吴王濞闻楚、赵、胶西,并致削地,已恐自己波及,也要坐削。忽由都中传出消息,说是晁错议及削吴,果然不出所料,自思束手待毙,终属不妙,不如先发制人,或可泄愤。惟独力恐难成事,总须联络各国,方好起兵。默计各国诸王,要算胶西王最有勇力,为众所惮,况曾经削地,必然怀恨,何妨遣人前往,约同起事。计画已定,即令中大夫应高,出使胶西。胶西王卬,闻有吴使到来,当即召见,问明来意。应高道:"近日主上任用邪臣,听信谗贼,侵削诸侯,诛罚日甚。古语有言,刮糠及米。吴与胶西,皆著名大国,今日见削,明日便恐受诛。吴王抱病有年,不能朝请,朝廷不察,屡次加疑,甚至吴王胁肩累足,尚惧不能免祸。今闻大王因封爵小事,还且被削,罪轻罚重,后患更不堪设想了。未知大王曾预虑否?"卬答道:"我亦未尝不忧,但既为人臣,也是无法,君将何以教我?"应高道:"吴王与大王同忧,所以遣臣前来,请大王乘时兴兵,拚生除患。"卬不待说完,即瞿然惊起道:"寡人何敢如此!主上操持过急,我辈只有拚着一死,怎好造反呢?"高接说道:"御史大夫晁错,荧惑天子,侵夺诸侯,各国都生叛意,事变已甚,今复彗星出现,蝗虫并起,天象已见,正是万世一时的机会。吴王已整甲待命,但得大王许诺,便当合同楚国,西略函谷关,据住荥阳敖仓的积粟,守候大王,待大王一到,并师入都,唾手成功,那时与大王中分天下,岂不甚善!"卬听了此言,禁不住高兴起来,便即极口称善,与高立约,使报吴王。吴王濞尚恐变卦,复扮作使臣模样,亲至胶西,与卬面订约章。卬愿纠合齐、菑川、胶东、济南诸国,濞愿纠合楚、赵诸国。彼此说妥,濞遂归吴,卬即遣使四出,与约起事。

胶西群臣，有几个见识高明，料难有成，向卬进谏道："诸侯地小，不能当汉十分之二，大王无端起反，徒为太后加忧，实属非计！况今天下只有一主，尚起纷争，他日果侥幸成事，变做两头政治，岂不是越要滋扰么！"卬不肯从。利令智昏。旋得各使返报，谓齐与菑川、胶东、济南诸国，俱愿如约。卬喜如所望，飞书报吴，吴亦遣使往说楚、赵。楚王戊早已归国，正是愤恨得很，还有甚么不允？申公、白生，极言不可，反致触动戊怒，把二人连系一处，使服赭衣，就市司舂。楚相张尚、太傅赵夷吾，再加谏阻，竟被戊喝令斩首。狂暴至此，不亡何待。遂调动兵马，起应吴王。赵王遂也应许吴使，赵相建德内史王悍，苦谏不听，反致烧死。比戊还要残忍。于是吴、楚、赵、胶西、胶东、菑川、济南七国，同时举兵。

独齐王将闾，前已与胶西连谋，忽觉此事不妙，幡然变计，敛兵自守。还有济北王志，本由胶西王号召，有意相从，适值城坏未修，无暇起应，更被郎中令等将王监束，不得发兵。胶西王卬，因齐中途悔约，即与胶东、菑川、济南三国，合兵围齐，拟先把临淄攻下，然后往会吴兵。就是失机。惟赵王遂出兵西境，等候吴、楚兵至，一同西进，又遣使招诱匈奴，使为后援。

吴王濞已得六国响应，就遍征国中士卒，出发广陵，且下令军中道："寡人年六十二，今自为将，少子年甫十四，亦使作前驱，将士等年齿不同，最老不过如寡人，最少不过如寡人少子，应各自努力，图功待赏，不得有违！"军中听着命令，未尽赞成，但也不能不去，只好相率西行，鱼贯而出，差不多有二十万人。濞又与闽越、东越诸国，东越即东瓯。通使贻书，请兵相助。闽越犹怀观望，东越却发兵万人，来会吴军。吴军渡过淮水，与楚王戊相会，势焰尤威，再由濞致书淮南诸王，诱令出兵。淮南分为三国，事见前文。淮南王刘安，系厉王长冢子，尚记父仇，得濞贻书，便欲发兵，偏中了淮南相的计谋，佯请为将，待至兵权到手，即不服安命，守境拒吴。刘安不即诛死，还亏此相。衡山王勃，不愿从吴，谢绝吴使。庐江王赐，意在观望，含糊答复。吴王濞见三国不至，又复传檄四方，托词诛错。当时诸侯王共有二十二国，除楚、赵、胶西、胶东、菑川、济南与吴同谋外，余皆裹足不前。齐、燕、城阳、济北、淮南、衡山、庐江、梁、代、河间、临江、淮阳、汝南、广川、长沙共十五国加入同叛七国，合得二十二国。濞已势成骑虎，也顾不得祸福利害，竟与楚王戊合攻梁国。梁王武飞章入都，火急求援。景帝闻报，不觉大惊，亟召群臣入朝，会议讨逆事宜。小子有诗叹道：

> 封建翻成乱国媒，叛吴牵率叛兵来。
> 追原祸始非无自，总为时君太好猜。

景帝会议讨逆，当有一人出奏，请景帝御驾亲征，欲知此人为谁，待至下回再表。

申屠嘉虽称刚正,而性太躁急,不合为相。相道在力持大体,徒以严峻为事,非计也。观其檄召邓通,擅欲加诛,已不免失之卤莽。幸而文帝仁柔,邓通庸劣,故不致嫁祸己身耳。彼景帝之宽,不逮文帝,晁错之狡,远过邓通,嘉乃欲以待邓通者待晁错,适见其惑也。呕血而死得保首领,其犹为申屠嘉之幸事欤?若邓通之不死嘉手,而终致饿毙,铜山无济,愈富愈穷,彼之热中富贵者,不知以通为鉴,尚营营逐逐,于朝市之间,果胡为者?吴王濞首先发难,连兵叛汉,虽晁错之激成,终觉野心之未餍,名不正,言不顺,是而欲侥幸成功也,宁可得乎?彼楚、赵、胶西、胶东、菑川、济南诸王,则更为不度德、不量力之徒,以一国为孤注,其愚更不足道焉。

第五十四回　信袁盎诡谋斩御史　　遇赵涉依议出奇兵

却说景帝闻七国变乱,吴为首谋,已与楚兵连合攻梁,急得形色仓皇,忙召群臣会议。当有一人出班献策,请景帝亲自出征。这人为谁?就是主议削吴的晁错。景帝道:"我若亲征,都中由何人居守?"晁错道:"臣当留守都中。陛下但出兵荥阳,堵住叛兵,就是徐潼一带,暂时不妨弃去,令彼得地生骄,自减锐气,方可用逸制劳,一鼓平乱。"景帝听着,半晌无言。猛记得文帝遗言,谓天下有变,可用周亚夫为将,因即掉头左顾,见亚夫正端立一旁,便召至案前,命他督兵讨逆,亚夫直任不辞。景帝大喜,遂升亚夫为太尉,命率三十六将军,出讨吴、楚。亚夫受命即行。景帝遣发亚夫,正想退朝,偏又接到齐王急报,速请援师。景帝踌躇多时,方想着窦婴忠诚,可付大任,乃特派使臣持节,召婴入朝。既用周亚夫,又召入窦婴,不可谓景帝不明。婴已免官家居,使节往返,不免需时,景帝未便坐待,当然退朝入内。及婴与使臣到来,景帝正进谒太后,陈述意见。应该有此手续。婴虽违忤太后,被除门籍,但此时是奉旨特召,门吏怎敢拦阻?自然放他进去。他却趋入太后宫中,拜见太后及景帝。景帝即命婴为将,使他领兵救齐。婴拜辞道:"臣本不才,近又患病,望陛下另择他人。"景帝知婴尚记前嫌,未肯效力,免不得劝慰数语,仍令就任。婴再三固辞,景帝作色道:"天下方危,王孙即婴字,见上。谊关国戚,难道可袖手旁观么?"婴见景帝情词激切,又暗窥太后形容,也带着三分愧色,自知不便固执,乃始承认下去。景帝就命婴为大将军,且赐金千斤。婴谓齐固当援,赵亦宜讨，特保荐栾布、郦寄两人，分统军马。景帝依议，拜两人并为将军，使栾布率兵救齐，郦寄引兵击赵，都归窦婴节制。

婴拜命而出，先在都中，暂设军辕，即将所赐千金，陈诸廊下。一面招集将士，分委军务，应需费用，令就廊下自取。不到数日，千金已尽，无一入私，因此部下感激，俱乐为用。婴又日夕部署，拟即出发荥阳，忽有故吴相袁盎乘夜谒婴，婴立即延入，与谈时事。盎说及七国叛乱，由吴唆使，吴为不轨，由错激成，但教主上肯听盎言，自有平乱的至计。婴前时与错相争，互有嫌隙，此时听了盎言，好似针芥相投，格外合意。婴、错争论，见前回。因留盎住宿军辕，愿为奏达。盎暗喜道："晁错，晁错，看汝今日尚能逞威否？"原来盎与错素不相容，虽同为朝臣，未尝同堂与语，至错为御史大夫，创议削吴，盎方辞去吴相，回都复命，错独说盎私受吴王财物，应该坐罪，有诏将盎免官，赦为庶人。及吴、楚连兵攻梁，错又嘱语丞史，重提前案，欲即诛盎，还是丞史替盎解说，谓盎不宜有谋，且吴已起兵，穷治何益，错乃稍从缓议。偏已有人向盎告知，盎遂进见窦婴，要想靠婴势力，乘间除错。婴与他意见相同，那有不替他入奏。

景帝闻得盎有妙策，自然召见。盎拜谒已毕，望见错亦在侧，正是冤家相遇，格外留心。但听景帝问道："吴、楚造反，君意将如何处置？"盎随口答道："陛下尽管放怀，不必忧虑。"景帝道："吴王倚山铸钱，煮海为盐，诱致天下豪杰，白头起事，若非计出万全，岂肯轻发？怎得说是不必忧呢！"盎又道："吴只有铜盐，并无豪杰，不过招聚无赖子弟，亡命奸人，一哄为乱，臣故说是不必忧呢。"错正入白调饷事宜，急切不能趋避，只好呆立一旁，待盎说了数语，已是听得生厌，便从旁插入道："盎言甚是，陛下只准备兵食便了。"偏景帝不肯听错，还要穷根到底，详问计策，盎答道："臣有一计，定能平乱，但军谋须守秘密，不便使人与闻。"明明是为了晁错。景帝因命左右退去，惟错不肯行，仍然留着。盎暗暗着急，又向景帝面请道："臣今所言，无论何人，不宜得知。"何必这般鬼祟！景帝乃使错暂退，错不好违命，悻悻的趋往东厢。盎四顾无人，才低声说道："臣闻吴、楚连谋，彼此书信往来，无非说是高帝子弟，各有分土。偏出了贼臣晁错，擅削诸侯，欲危刘氏，所以众心不服，连兵西来，志在诛错，求复故土。诚使陛下将错处斩，赦免吴、楚各国，归还故地，彼必罢兵谢罪，欢然回国，还要遣什么兵将，费什么军饷呢！"景帝为了亲征计议，已是动疑，此次听了盎言，越觉错有歹心，所以前番力请亲征，自愿守都，损人利己，煞是可恨。因复对盎答说道："如果可以罢兵，我亦何惜一人，不谢天下！"盎乃答说道："愚见如此，惟陛下熟思后行。"景帝竟面授盎为太常，使他秘密治装，赴吴议和，盎受命而去。

第五十四回　信袁盎诡谋斩御史　遇赵涉依议出奇兵

晁错尚莫明其妙，等到袁盎退出，仍至景帝前续陈军事，但见景帝形容如旧，倒也看不出甚么端倪。又未便问及袁盎所言，只好说完本意，怅然退归。约莫过了一旬，也不见有特别诏令，还道袁盎无甚异议，或虽有异言，未邀景帝信从，因此毫无动静。那知景帝已密嘱丞相陶青、廷尉张欧等劾奏错罪，说他议论乖谬，大逆不道，应该腰斩，家属弃市。景帝又亲加手批，准如所奏，不过一时未曾发落，但召中尉入宫，授与密诏，且嘱咐了好几语，使他依旨施行。中尉领了密旨，乘车疾驰，直入御史府中，传旨召错，立刻入朝。错惊问何事？中尉诡称未知，但催他快快登车，一同前去。错连忙穿好冠带，与中尉同车出门。车夫已经中尉密嘱，一手挽车，一手扬鞭，真是非常起劲，与风驰电掣相似。错从车内顾着外面，惊疑的了不得，原来车路所经，统是都市，并非入宫要道。正要开口诘问中尉，车已停住，中尉一跃下车，车旁早有兵役待着，由中尉递了一个暗号，便回首向错道："晁御史快下车听诏！"错见停车处乃是东市，向来是杀头地方，为何叫我此处听旨，莫非要杀我不成！一面想，一面下车，两脚方立住地上，便由兵役趋近，把错两手反鞠，牵至法场，令他长跪听诏。中尉从袖中取出诏书，宣读到应该腰斩一语，那晁错的头颅，已离了脖项，堕地有声。_{叙得新颖}身上尚穿着朝服，未曾脱去。中尉也不复多顾，仍然上车，还朝复命。景帝方将错罪宣告中外，并命拿捕错家全眷，一体坐罪。_{诛错已不免失刑，况及全家！}旋由颍川郡报称错父于半月前，已服毒自尽，_{回应前回}。外如母妻子侄等，悉数拿解，送入都中。景帝闻报，诏称已死勿问，余皆处斩。可怜错夙号智囊，反弄到这般结局，身诛族夷，聪明反被聪明误，看错便可了然！这且毋庸细表。_{言之慨然}。

且说袁盎受命整装，也知赴吴议和，未必有效，但闻朝廷已经诛错，得报宿仇，不得不冒险一行，聊报知遇。景帝又遣吴王濞从子刘通，与盎同行。盎至吴军，先使通入报吴王，吴王知晁错已诛，却也心喜，不过罢兵诏命，未肯接受，索性将通留住军中，另派都尉一人，率兵五百，把盎围住营舍，断绝往来，盎屡次求见，终被拒绝，惟遣人招盎降吴，当使为将。总算盎还有良心，始终不为所动，宁死勿降。

到了夜静更深，盎自觉困倦，展被就睡，正在神思蒙眬，突有一人叫道："快起！快走！"盎猛被惊醒，慌忙起来，从灯光下顾视来人，似曾相识，唯一时叫不出姓名，却也未便发言。那人又敦促道："吴王定议斩君，期在诘朝，君此时不走，死在目前了！"盎惊疑道："君究系何人，乃来救我？"那人复答道："臣尝为君从史，盗君侍儿，幸蒙宽宥，感恩不忘，故特来救君。"盎乃仔细辨认，果然不谬，因即称谢道："难得君不忘旧情，肯来相救！但帐外兵士甚多，叫我如何出走？"那人答道："这可无虑。臣为军中司马，本奉吴王命令，来此围君,现已为君设策,典衣换酒,灌醉兵士,大众统已睡熟,君可速行。"盎复疑虑道:"我曾知君有老亲,若放我出围,必致累君,奈何奈何!"那人又答道:"臣已安排妥当,君但前去,不必为臣担忧!臣自有与亲偕亡的方法。"盎乃向他下拜,由那人答礼后,即引盎至帐后,用刀割开营帐,屈身钻出。帐外搭着一棚,棚外果有醉卒卧着,东倒西歪,不省人事,两人悄悄的跨过醉卒,觅路疾趋。一经出棚,正值春寒雨湿,泥滑难行。那人已有双屦怀着,取出赠盎,使盎穿上,又送盎数百步,指示去路,方才告别。盎黄夜疾走,幸喜路上尚有微光,不致失足。自思从前为吴相时,从史盗我侍儿,亏得我度量尚大,不愿究治,且将侍儿赐与从史,因此得他搭救,使我脱围。<small>盎之宽免从史,与从史之用计救盎,都从两方语意中叙出,可省许多文字。</small>但距敌未远,总还担忧,便将身中所持的旄节,解下包好,藏在怀中,免得露出马脚。自己苦无车马,又要著屦行走,觉得两足滞重,很是不便,但逃命要紧,也顾不得步履艰难,只好放出老力,向前急行。一口气跑了六七十里,天色已明,远远望见梁都。心下才得放宽,惟身体不堪疲乏,两脚又肿痛交加,没奈何就地坐下。可巧有一班马队,侦哨过来,想必定是梁兵,便又起身候着。待他行近,当即问讯,果然不出所料。乃复从怀中取出旄节,持示梁军,且与他说明情由。梁军见是朝使,不敢怠慢,且借与一马,使盎坐着。盎至梁营中一转,匆匆就道,入都销差去了。<small>侥幸侥幸。</small>

　　景帝还道盎等赴吴,定能息兵,反遣人至周亚夫军营,饬令缓进。待了数日,尚未得盎等回报,只有谒者仆射邓公入朝求见。邓公为成固人,本从亚夫出征,任官校尉,此次正由亚夫差遣,入报军情。景帝疑问道:"汝从军中前来,可知晁错已死,吴、楚曾愿罢兵否?"邓公道:"吴王蓄谋造反,已有好几十年,今日借端发兵,不过托名诛错,其实并不是单为一错呢!陛下竟将错诛死,臣恐天下士人,从此将箝口结舌,不敢再言国事了!"景帝愕然,急问何故?邓公道:"错欲减削藩封,实恐诸侯强大难制,故特创此议,强本弱末,为万世计。今计画方行,反受大戮。内使忠臣短气,外为列侯报仇,臣窃为陛下不取呢!"景帝不禁叹息道:"君言甚是!我亦悔恨无及了!"已而袁盎逃还,果言吴王不肯罢兵,景帝未免埋怨袁盎。但盎曾有言说明,要景帝熟思后行,是诛错一事,实出景帝主张,景帝无从推诿。且盎在吴营,拼死不降,忠诚亦属可取。于是不复加罪,许盎照常供职,一面授邓公为城阳中尉,使他回报亚夫,相机进兵。

　　邓公方去,那梁王武的告急书,一日再至。景帝又遣人催促亚夫,令速救梁。亚夫上书献计,略言楚兵剽轻,难与争锋,现只可把梁委敌,使他固守,待臣断敌食道,方可制楚。楚兵溃散,吴自无能为了。景帝已信任亚夫,复称依

第五十四回　信袁盎诡谋斩御史　遇赵涉依议出奇兵

议。亚夫时尚屯兵霸上，既接景帝复诏，便备着驿车六乘，拟即驰赴荥阳。甫经启行，有一士人遮道进说道："将军往讨吴、楚，战胜，宗庙安；不胜，天下危，关系重大，可否容仆一言？"亚夫闻说，忙下车相揖道："愿闻高论。" 如此虚心，怎得不克？士人答道："吴王素富，久已蓄养死士，此次闻将军出征，必令死士埋伏殽渑，预备邀击，将军不可不防！且兵事首贵神速，将军何不绕道右行，走蓝田，出武关，进抵洛阳，直入武库，掩敌无备，且使诸侯闻风震动，共疑将军从天而下，不战便已生畏了。"亚夫极称妙计，因问他姓名，知是赵涉，遂留与同行。依了赵涉所说的路途，星夜前进，安安稳稳的到了洛阳。亚夫大喜道："七国造反，我乘传车至此，一路无阻，岂非大幸！今我若得进据荥阳，荥阳以东，不足忧了！"当下遣派将士，至殽渑间搜索要隘，果得许多伏兵，逐去一半，擒住一半，回至亚夫前报功。亚夫益服赵涉先见，奏举涉为护军。更访得洛阳侠客剧孟，与他结交，免为敌用。然后驰入荥阳，会同各路人马，再议进行。

看官听说！荥阳扼东西要冲，左敖仓，右武库，有粟可因，有械可取，东得即东胜，西得即西胜，从来刘、项相争，注重荥阳，便是为此。至亚夫会兵荥阳，喜如所望，亦无非因要地未失，赶先据住，已经占了胜着。 说明形势，格外醒目。彼时吴中也有智士，请吴王先机进取，毋落人后，吴王不肯信用，遂为亚夫所乘，终致败亡。当吴王濞出兵时，大将军田禄伯，曾进语吴王道："我兵一路西行，若无他奇计，恐难立功，臣愿得五万人，出江淮间，收复淮南、长沙，长驱西进，直入武关，与大王会，这也是一条奇计呢！"吴王意欲照行，偏由吴太子驹，从中阻挠，恐禄伯得机先叛，请乃父不可分兵，遂致一条奇计，徒付空谈。嗣又有少将桓将军，为吴画策道："吴多步兵，步兵利走险阻，汉多车骑，车骑利战平地，今为大王计，宜赶紧西进，所过城邑，不必留攻，若能西据洛阳，取武库，食敖仓粟，阻山带河，号令诸侯，就使一时不得入关，天下已定，否则大王徐行，汉兵先出，彼此在梁、楚交界，对垒争锋，我失彼长，彼得我失，大事去了！"吴正濞又复狐疑，偏问老将。老将都不肯冒险，反说桓将军年少躁进，未可深恃。于是第二条良谋，又屏弃不用。 吴王该死。好几十万吴、楚大兵，徒然屯聚梁郊，与梁争战。

梁王武派兵守住棘壁，被吴、楚兵一鼓陷入，杀伤梁兵数万人。再由梁王遣将截击，复为所败。梁王大惧，固守睢阳，闻得周亚夫已至河雒，便即遣使求援。那知亚夫抱定本旨，未肯相救，急得梁王望眼将穿，一日三使，催促亚夫。亚夫进至淮阳，仍然逗留。梁王待久不至，索性将亚夫劾奏一本，飞达长安。景帝得梁王奏章，见他似泣似诉，料知情急万分，不得不转饬亚夫，使救梁都。亚夫却回诏使，用了旧客邓尉的秘谋，故意的退避三舍，回驻昌邑，深沟高垒,坚守勿出。梁王虽然愤恨亚夫,但求人无效,只好求己,日夜激励士卒,一意死守,复选得中大夫韩安国,及楚相张尚弟羽为将军,且守且战。安国持重善守,羽为乃兄死事,尚为楚王戊所杀,见前回。立志复仇,往往乘隙出击,力败吴兵,因此睢阳一城兀自支持得住。吴、楚两王,还想督兵再攻,踏破梁都。不料有探马报入,说是周亚夫暗遣将士,抄出我兵后面,截我粮道,现在粮多被劫,运路全然不通了。吴王濞大惊道:"我兵不下数十万,怎可无粮?这且奈何!"楚王戊亦连声叫苦,无法可施。小子有诗咏道:

老悖原为速死征,陵人反致受人陵。
良谋不用机先失,坐使雄兵兆土崩。

欲知吴、楚两王,如何抵制周亚夫,且待下回再叙。

　　晁错之死,后世多代为呼冤。错特小有才耳,其杀身也固宜,非真不幸也。苏子瞻之论错,最为公允,自发而不能自收,徒欲以天子为孤注,能保景帝之不加疑忌耶!惟袁盎借公济私,当国家危急之秋,反为是报怨欺君之举,其罪固较错为尤甚,错死而盎不受诛,错其原难瞑目欤!彼周亚夫之受命出征,以谨严之军律,具翕受之虚心。赵涉,途人耳,一经献议,见可即行,邓尉,旧客也,再请坚壁,深信不疑,以视吴王之两得良谋,终不能用,其相去固甚远矣。两军相见,善谋者胜,观诸周亚夫而益信云。

第五十五回　平叛军太尉建功　保孱王邻封乞命

　　却说吴、楚两王,闻得粮道被断,并皆惊惶,欲待冒险西进,又恐梁军截住,不便径行。当由吴王濞打定主意,决先往击周亚夫军,移兵北行。到了下邑,却与亚夫军相值,因即扎定营盘,准备交锋。亚夫前次回驻昌邑,原是以退为进,暗遣弓高侯韩颓当等,绕出淮泗,截击吴、楚粮道,使后无退路,必然向前进攻,所以也移节下邑,屯兵待着。既见吴、楚兵到来,又复坚壁相持,但守勿战。吴王濞与楚王戊,挟着一腔怒气,来攻亚夫,恨不得将亚夫大营,顷刻踏破,所以三番四次,逼营挑战。亚夫只号令军士,不准妄动,但教四面布好强弩,见有敌兵猛扑,便用硬箭射去,敌退即止,连箭干都似宝贵,不容妄发一支。吴、楚兵要想冲锋,徒受了一阵箭伤,毫无寸进,害得吴、楚两王,非常焦灼,日夜派遣侦卒,探伺亚夫军营。一夕,亚夫营中,忽然自相惊扰,声达中

第五十五回 平叛军太尉建功 保孱王邻封乞命

军帐下，独亚夫高卧不起，传令军士毋哗，违令立斩！果然不到多时，仍归镇静。持重之效。过了两天，吴兵竟乘夜劫营，直奔东南角上，喊杀连天，亚夫当然准备，临事不致张皇，但却能见机应变，料知敌兵鼓噪前来，定是声东击西的诡计，当下遣派将吏，防御东南，仍令照常堵住，不必惊惶，自己领着精兵，向西北一方面，严装待敌。部将还道他是避危就安，不能无疑，那知吴、楚两王，潜率锐卒，竟悄悄的绕出西北，想来乘虚踹营。距营不过百步，早被亚夫窥见，一声鼓号，营门大开，前驱发出弓弩手，连环迭射，后队发出刀牌手，严密加防。亚夫亲自督阵，相机指挥，吴、楚兵乘锐扑来，耳中一闻箭镞声，便即受伤倒地，接连跌翻了好几百人，余众大哗。时当昏夜，月色无光，吴、楚兵是来袭击，未曾多带火炬，所以箭已射到，尚且不知闪避，徒落得皮开肉裂，疼痛难熬，伤重的当即倒毙，伤轻的也致晕翻。人情都贪生怕死，怎肯向死路钻入，自去拚生，况前队已有多人陨命，眼见得不能再进，只好退下。就是吴、楚两王，本欲攻其无备，不意亚夫开营迎敌，满布人马，并且飞矢如雨，很觉利害，一番高兴，化作冰消，连忙收兵退归，懊怅而返。那东南角上的吴兵，明明是虚张声势，不待吴王命令，早已退向营中去了。亚夫也不追赶，入营闭垒，检点军士，不折一人。

又相持了好几日，探得吴、楚兵已将绝粮，挫损锐气，乃遣颍阴侯灌何等，率兵数千，前去搦战。吴、楚兵出营接仗，两下奋斗多时，恼动汉军校尉灌孟，舞动长槊，奋勇陷阵。吴、楚兵向前拦阻，被灌孟左挑右拨，刺死多人，一马驰入。孟子灌夫，见老父轻身陷敌，忙率部曲千人，上前接应。偏乃父只向前进，不遑后顾，看看杀到吴王面前，竟欲力歼渠魁，一劳永逸。那吴王左右，统是历年豢养的死士，猛见灌孟杀入，慌忙并力迎战。灌孟虽然老健，究竟众寡悬殊，区区一支长槊，拦不住许多刀戟，遂致身经数创，危急万分。待至灌夫上前相救，乃父已力竭声嘶，倒翻马上。灌夫急指示部曲，将父救回，自在马上杀开吴军，冲出一条走路，驰归军前。顾视乃父，已是挺着不动，毫无声息了。夫不禁大恸，尚欲为父报仇，回马致死。灌何瞧着，忙自出来劝阻，一面招呼部众，退回大营。这灌孟系颍阳人，本是张姓，尝事灌何父婴，由婴荐为二千石，因此寄姓为灌。灌婴殁后，何得袭封。孟年老家居，吴、楚变起，何为偏将，仍召孟为校尉。孟本不欲从军，但为了旧情难却，乃与子灌夫偕行。灌夫也有勇力，带领千人，与乃父自成一队，隶属灌何麾下。此次见父阵亡，怎得不哀？亚夫闻报，亲为视殓，并依照汉朝定例，令灌夫送父归葬。灌夫不肯从命，且泣且愤道："愿取吴王或吴将首级，报我父仇。"却有血性。亚夫见他义愤过人，倒也不便相强，只好仍使留着，惟劝他不必过急。偏灌夫迫不及待，私嘱家奴十余人，夜劫敌营。又向部曲中挑选壮士，得数十名，裹束停当，候至夜半，便披甲执戟，带领数十骑出寨，驰往敌垒。才行数步，回顾壮士，多已散去，只有两人相随，此时报仇心切，也不管人数多少，竟至吴王大营前，怒马冲入。吴兵未曾预防，统是吓得倒躲，一任灌夫闯进后帐。灌夫手下十数骑，亦皆紧紧跟着。后帐由吴王住宿，绕守多人，当即出来阻住，与灌夫鏖斗起来。灌夫毫不胆怯，挺戟乱刺，戳倒了好几人，惟身上也受了好几处重伤，再看从奴等，多被杀死，自知不能济事，随即大喝一声，拍马退走。吴兵从后追赶，亏得两壮士断住后路，好使灌夫前行。至灌夫走出吴营，两壮士中又战死一人，只有一人得脱，仍然追上灌夫，疾驰回营。灌何闻夫潜往袭敌，亟派兵士救应。兵士才出营门，已与夫兜头碰着，见他战袍上面，尽染血痕，料知已经重创，忙即扶令下马，簇拥入营。灌何取出万金良药，替他敷治，才得不死。但十余人能劫吴营，九死中博得一生，好算是健儿身手，亘古罕闻了！

　　吴王经他一吓，险些儿魂离躯壳，且闻汉将只十数人，能有这般胆量，倘或全军过来，如何招架得住，因此日夜不安。再加粮食已尽，兵不得食，上下枵腹，将佐离心，自思长此不走，即不战死，也是饿死。踌躇终日，毫无良法，结果是想得一条密策，竟挈领太子驹，及亲卒数千，黉夜私行，向东逃去。蛇无头不行，兵无主自乱，二十多万饥卒，仓猝中不见吴王，当然骇散。楚王戊孤掌难鸣，也想率众逃生，不料汉军大至，并力杀来。楚兵都饿得力乏，怎能上前迎战？一声惊叫，四面狂奔，单剩了一个楚王戊，拖落后面，被汉军团团围住。戊自知不能脱身，拔剑在手，向颈一横，立即毙命。可记得后宫美人否？亚夫指挥将士，荡平吴、楚大营，复下令招降敌卒，缴械免死。吴、楚兵无路可归，便相率投诚。只有下邳人周邱，好酒无赖，前投吴王麾下，请得军令，略定下邳，北攻城阳，有众十余万，嗣闻吴王败遁，众多离散，邱亦退归。自恨无成，发生了一个背疽，不久即死。吴王父子，渡淮急奔，过丹徒，走东越，沿途收集溃卒，尚有万人。东越就是东瓯，惠帝三年，曾封东越君长摇为东海王，后来子孙相传，与吴通好。吴起兵时，东越王曾拨兵助吴，驻扎丹徒，为吴后缓。回应五十四回。及吴王父子来奔，见他势穷力尽，已有悔心，可巧周亚夫遣使前来，嘱使杀死吴王，当给重赏，东越王乐得听命，便诱吴王濞劳军，暗令军士突出，将濞杀毙。六十多岁的老藩王，偏要这般寻死，所谓自作孽，不可活，与人何尤！但高祖曾说濞有反相，至是果验，莫非因相貌生成，到老也是难免吗？不幸多言而中。濞既被杀，传首长安，独吴太子驹，幸得逃脱，往奔闽越，下文自有交代。

　　且说周亚夫讨平吴、楚，先后不过三月，便即奏凯班师，惟遣弓高侯韩颓当，带兵赴齐助攻胶西诸国。胶西王卬，使济南军主持粮道，自与胶东、菑川，合兵围齐，环城数匝。回应前回。齐王将闾，曾遣路中大夫入都告急，景帝已将齐事委任窦婴，由婴调派将军栾布，领兵东援，至路中大夫进见，乃复续遣

第五十五回　平叛军太尉建功　保屏王邻封乞命

平阳侯曹襄,曹参曾孙。往助栾布,并令路中大夫返报齐王,使他坚守待援。路中大夫星夜回齐,行至临淄城下,正值胶西诸国,四面筑垒,无路可通,没奈何硬着头皮,闯将进去,匹马单身,怎能越过敌垒,眼见是为敌所缚,牵见三国主将,三国主将问他何来？路中大夫直言不讳。三国主将与语道:"近日汝主已遣人乞降,将有成议,汝今由都中回来,最好与我通报齐王,但言汉兵为吴、楚所破,无暇救齐,齐不如速降三国,免得受屠。果如此言,我当从重赏汝,否则汝可饮刀,莫怪我等无情!"路中大夫佯为许诺,并与设誓,从容趋至城下,仰呼齐王禀报。齐王登城俯问,路中大夫朗声道:"汉已发兵百万,使太尉亚夫,击破吴、楚,即日引兵来援。栾将军与平阳侯先驱将至,请大王坚守数日,自可无患,切勿与敌兵通和!"齐王才答声称是,那路中大夫的头颅,已被敌兵斫去,不由的触目生悲,咬牙切齿,把一腔情急求和的惧意,变做拚生杀敌的热肠。舍身谏主,路中大夫不愧忠臣！当下督率将士,婴城固守。未几即由汉将栾布,驱兵杀到,与胶西、胶东、菑川三国人马,交战一场,不分胜负。又未几由平阳侯曹襄,率兵继至,与栾布两路夹攻,击败三国将士。齐王将间,也乘势开城,麾兵杀出,三路并进,把三国人马扫得精光。济南军也不敢相救,逃回本国去了。如此不耐久战,造甚么反！

胶西王卬,奔还高密,即胶西都城。免冠徒跣,席稿饮水,入向王太后谢罪。王太后本教他勿反,至此见子败归,惹得忧愤交并,无词可说。独王太子德,从旁献议,还想招集败卒,袭击汉军。卬摇首道:"将怯卒伤,怎可再用？"道言未绝,外面已递入一书,乃是弓高侯韩颓当差人送来。卬又吃了一惊,展开一阅,见书中写着道:

　　奉诏诛不义,降者赦除其罪,仍复故土,不降者灭之。王今何处？当待命从事！

卬既阅罢,问明来使,始知韩颓当领兵到来,离城不过十里。此时无法拒绝,只好偕同来使,往见颓当。甫至营前,即肉袒匍匐,叩头请罪。既已做错,一死便了,何必这般乞怜！颓当闻报,手执金鼓,出营语卬道:"王兴师多日,想亦劳苦,但不知王为何事发兵？"卬膝行前进道:"近因晁错用事,变更高皇帝命令,侵削诸侯,卬等以为不义,恐他败乱天下,所以联合七国,发兵诛错。今闻错已受诛,卬等谨罢兵回国,自愿请罪!"颓当正色道:"王若单为晁错一人,何勿上表奏闻,况未曾奉诏,擅击齐国。齐本守义奉法,又与晁错毫不相关,试问王何故进攻？如此看来,王岂徒为晁错么？"说着,即从袖中取出诏书,朗读一周。诏书大意,无非说是造反诸王,应该伏法等语。听得刘卬毛骨皆寒,无言可辩。及颓当读完诏书,且与语道:"请王自行裁决,无待多言!"卬乃流涕道:"如卬等死有余辜,也不望再生了。"随即拔剑自刎。卬母与卬子,闻卬毕命,也即自尽。胶东王雄渠,菑川王贤,济南王辟光,得悉胶西王死状,已是心惊,又闻汉兵四逼,料难抵敌,不如与卬同尽,免得受刀。因此预求一死,或服药,或投缳,并皆自杀。七国中已平了六国,只有赵王遂,守住邯郸,由汉将郦寄,率兵围攻,好几月不能取胜。乃就近致书栾布,请他援应。栾布早拟班师,因查得齐王将闾,曾与胶西诸国通谋,不能无罪,所以表请加讨,留齐待命。齐王将闾,闻风先惧,竟至饮鸩丧生,布乃停兵不攻。会接郦寄来书,乃移兵赴赵。赵王遂求救匈奴,匈奴已探知吴、楚败耗,不肯发兵,赵势益危。郦、栾两军,合力攻邯郸城,尚不能下。嗣经栾布想出一法,决水灌入,守兵大惊,城脚又坏,终被汉军乘隙突进,得破邯郸。赵王遂无路可奔,也拚着性命,一死了事,于是七国皆平。

济北王志,前与胶西王约同起事,虽由郎中令设法阻挠,总算中止。见五三回。但闻齐王难免一死,自己怎能逃咎,因与妻子诀别,决计自裁。妻子牵衣哭泣,一再劝阻,志却与语道:"我死,汝等或尚可保全。"随即取过毒药,将要饮下。有一僚属公孙玃,从旁趋入道:"臣愿为大王往说梁王,求他通意天子,如或无成,死亦未迟。"志乃依言,遣玃往梁。梁王武传令入见,玃行过了礼,便向前进言道:"济北地居西塞,东接强齐,南牵吴越,北逼燕赵,势不能自守,力不足御侮。前因吴与胶西双方威胁,虚言承诺,实非本心。若使济北明示绝吴,吴必先下齐国,次及济北,连合燕赵,据有山东各国,西向叩关,成败尚未可知。今吴王连合诸侯,贸然西行,彼以为东顾无忧,那知济北抗节不从,致失后援,终落得势孤援绝,兵败身亡。大王试想区区济北,若非如此用谋,是以犬羊敌虎狼,早被吞噬,怎能为国效忠,自尽职务?乃功义如此,尚闻为朝廷所疑,臣恐藩臣寒心,非社稷利!现在只有大王能持正义,力能斡旋,诚肯为济北王出言剖白,上全危国,下保穷民,便是德沦骨髓,加惠无穷了!愿大王留意为幸!"不外恭维。梁王武闻言大悦,即代为驰表上闻,果得景帝复诏,赦罪不问。但将济北王徙封菑川。公孙玃既得如愿,自然回国复命,济北王志才得幸全。

各路将帅,陆续回朝。景帝论功行赏,封窦婴为魏其侯,栾布为鄃侯。惟周亚夫、曹襄等早沐侯封,不便再加,仍照旧职,不过赏赐若干金帛,算做报功。其余随征将士,亦皆封赏有差。自齐王将闾服毒身亡,景帝说他被人胁迫,罪不至死,特从抚恤条例,赐谥将闾为孝王,使齐太子寿,仍得嗣封。一面拟封吴、楚后人,奉承先祀。窦太后得知此信,召语景帝道:"吴王首谋造反,罪在不赦,奈何尚得封荫子孙?"景帝乃罢。惟封平陆侯宗正刘礼为楚王,礼为楚元王交次子,命礼袭封,是不忘元王的意思。又分吴地为鲁、江都二国,徙淮阳王余为鲁王,汝南王非为江都王。二王为景帝子,见五十三回。立皇子端为胶西王,彻为胶东王,胜为中山王。迁衡山王勃为济北王,庐江王赐为衡山王。济南国除,不复置封。

越年,立子荣为皇太子。荣为景帝爱姬栗氏所出,年尚幼稚,因母得宠,遂立为储嗣。时人或称为栗太子。栗太子既立,栗姬越加得势,遂暗中设法,想将薄皇后挤去,好使自己正位中宫。薄皇后既无子嗣,又为景帝所不喜,只看太皇太后薄氏面上,权立为后。见五十三回。本来是个宫中傀儡,有名无实,一经栗姬从旁倾轧,怎得保得住中宫位置?果然到了景帝六年,被栗姬运动成熟,下了一道诏旨,平白地将薄后废去。无故废后,景帝不为无过。栗姬满心欢喜,总道是桃僵可代,唾手告成,就是六宫粉黛,也以为景帝废后,无非为栗姬起见,虽然因羡生妒,亦唯有徒唤奈何罢了。谁知天有不测风云,人有旦夕祸福,栗姬始终不得为后,连太子荣都被摇动,黜为藩王。可怜栗姬数载苦心,付诸流水,免不得愤恚成病,玉殒香消。小子有诗咏道:

    欲海茫茫总不平,一波才逐一波生。
    从知谗妒终无益,色未衰时命已倾。

究竟太子荣何故被黜,待至下回再详。

  吴、楚二王之屯兵梁郊,不急西进,是一大失策,既非周亚夫之善于用兵,亦未必果能逞志。项霸王以百战余威,犹受困于广武间,卒至粮尽退师,败死垓下,况如吴、楚二王乎?灌夫之为父复仇,路中大夫之为主捐躯,忠肝义胆,照耀史乘,备录之以示后世,所以劝子臣也。公孙獲愿说梁王,以片言之请命,救孱主于垂危,亦未始非济北忠臣。假令齐王将间,有此臣属,则亦何至仓皇毕命。将间死而志独得生,此国家之所以不可无良臣也。彼七王之致毙,皆其自取,何足惜乎!

第五十六回　王美人有缘终作后
　　　　　栗太子被废复蒙冤

  却说景帝妃嫔,不止栗姬一人,当时后宫里面,尚有一对姊妹花,生长槐里,选入椒房,出落得娉娉婷婷,成就了恩恩爱爱。闺娃王氏,母名臧儿,本是故燕王臧荼孙女,嫁为同里王仲妻,生下一男两女,男名为信,长女名娡,一名妹儿。次女名息姁。未几仲死,臧儿挈了子女,转醮与长陵田家,又生二子,长名蚡,幼名胜。姁年已长,嫁为金王孙妇,已生一女。臧儿平日算命,术士说她两女当贵,臧儿似信非信。适值长女归宁,有一相士姚翁趋过,由臧儿邀他入室,令与二女看相。姚翁见了长女,不禁瞠目道:"好一个贵人,将来当生天子,母仪天下!"继相次女,亦云当贵,不过比乃姊稍逊一等。汉家相士,所言多验,想是独得秘传。臧儿听着,暗想长女已嫁平民,如何能生天子?得为国母?因此心下尚是怀疑。事有凑巧,朝廷选取良家子女,纳入青宫,臧儿遂与长女密商,拟把她送入宫中,博取富贵。长女姁虽已有夫,但闻着富贵两字,当然欣羡,也不能顾及名节,情愿他适。臧儿即托人向金氏离婚,金氏如何肯从,辱骂臧儿。臧儿不管他肯与不肯,趁着长女归宁未返,就把她装束起来,送交有司,辇运入宫。

　　槐里与长安相距,不过百里,朝发夕至。一入宫门,便拨令侍奉太子,太子就是未即位的景帝。壮年好色,喜得娇娃,姁复为希宠起见,朝夕侍侧,格外巴结,惹得太子色魔缠扰,情意缠绵,男贪女爱,我我卿卿,一朵残花,居然压倒香国。不到一年,便已怀胎,可惜是弄瓦之喜,未及弄璋。大器须要晚成。惟宫中已呼她为王美人,或称王夫人。美人系汉宫妃妾之称,秩视二千石。这王美人忆及同胞,又想到女弟身上,替她关说。太子是多多益善,就派了东宫侍监,赍着金帛,再向臧儿家聘选次女,充作嫔嫱。臧儿自送长女入宫后,尚与金氏争执数次,究竟金氏是一介平民,不能与储君构讼,只好和平解决,不复与争。此次由宫监到来,传说王美人如何得宠,如何生女,更令臧儿生欢。及听到续聘次女一事,也乐得惟命是从,随即受了金帛,又把次女改装,打扮得齐齐整整,跟着宫监,出门上车。

　　好容易驰入东宫,乃姊早已待着,叮嘱数语,便引见太子。太子见她体态轻盈,与乃姊不相上下,自然称心合意,相得益欢。当夜开筵与饮,令姊妹花左右侍宴,约莫饮了十余觥,酒酣兴至,情不自持。王美人知情识趣,当即辞去。神女初会高唐,襄王合登巫峡,行云布雨,其乐可知。比乃姊如何。说也奇怪,一点灵犀,透入子宫,竟尔缊缊化育,得孕麟儿。十月满足,产了一男,取名为越,就是将来的广川王。

　　乃姊亦随时进御,接连怀妊,偏只生女不生男。到了景帝即位这一年,景帝梦见一个赤彘,从天空中降下,云雾迷离,直入崇芳阁中,及梦觉后,起游崇芳阁,尚觉赤云环绕,仿佛龙形,当下召术士姚翁入问,姚翁谓兆主吉祥,阁内必生奇男,当为汉家盛主。景帝大喜,过了数日,景帝又梦见神女捧日,授与王美人,王美人吞入口中,醒后即告知王美人,偏王美人也梦日入怀,正与景帝梦兆相符。景帝料为贵兆,遂使王美人移居崇芳阁,改阁名为绮兰殿,凭着那龙马精神,与王美人谐欢竟夕,果得应了瑞征。待至七夕佳期,天上牛女相会,人

第五十六回　王美人有缘终作后　栗太子被废复蒙冤

间麟趾呈祥，王美人得生一子，英声初试，便是不凡。景帝尝梦见高祖，叫他生子名彘，又因前时梦彘下降，遂取王美人子为彘。嗣因彘字取名，究属不雅，乃改名为彻。王美人生彻以后，竟不复孕，那妹子却迭生四男，除长男越外，尚有寄、乘、舜三人，后皆封王。事且慢表。

且说王美人生彻时，景帝已有数男，栗姬生子最多，貌亦可人，却是王美人的情敌。景帝本爱恋栗姬，与订私约，俟姬生一子，当立为储君。后来栗姬连生三男，长名荣，次名德，又次名阏。德已封为河间王，阏亦封为临江王，见五十三回。只有荣未受封，明明是为立储起见。偏经王家姊妹，连翩引入，与栗姬争宠斗妍，累得栗姬非常愤恨。王美人生下一彻，却有许多瑞兆相应，栗姬恐他立为太子，反致己子失位，所以格外献媚，力求景帝践言。景帝既欲立荣，又欲立彻，迁延了两三年，尚难决定。惟禁不住栗姬催促，絮聒不休，而且舍长立幼，也觉不情，因此决意立荣，但封彻为胶东王。见前回。

是时馆陶长公主嫖，为景帝胞姊，适堂邑侯陈午为妻，生有一女，芳名叫做阿娇。长公主欲配字太子，使人向栗姬示意，总道是辈分相当，可一说便成。偏偏栗姬不愿联姻，竟至复绝。原来长公主出入宫闱，与景帝谊属同胞，素来亲昵，凡后宫许多妾媵，都奉承长公主，求她先容，长公主不忍却情，免不得代为荐引。乐得做人情。独栗姬素来妒忌，闻着长公主时进美人，很为不平，所以长公主为女议婚，便不顾情谊，随口谢绝。长公主恼羞成怒，遂与栗姬结下冤仇。统是妇人意见。那王美人却趁此机会，联络长公主，十分巴结。两下相遇，往往叙谈竟日，无语不宣。长公主说及议婚情事，尚有恨声，王美人乐得凑奉，只说自己没福，不能得此佳妇。长公主随口接说，愿将爱女阿娇，与彻相配，王美人巴不得有此一语，但口中尚谦言彻非太子，不配高亲。语语反激，才情远过栗姬。惹得长公主耸眉张目，且笑且恨道："废立常情，祸福难料，栗氏以为己子立储，将来定得为皇太后，千稳万当，那知还有我在，管教她儿子立储不成！"王美人忙接入道："立储是国家大典，应该一成不变，请长公主不可多心！"再激一句更恶。长公主愤然道："她既不中抬举，我也无暇多顾了！"王美人暗暗喜欢，又与长公主申订婚约，长公主方才辞去。王美人见了景帝，就说起长公主美意，愿结儿女姻亲。景帝以彻年较幼，与阿娇相差数岁，似乎不甚相合，所以未肯遽允。王美人即转喜为忧，又与长公主说明。长公主索性带同女儿，相将入宫，适胶东王彻，立在母侧。汉时分封诸王，年幼者多未就国。故彻尚在宫。长公主顺手携住，拥置膝上，就顶抚摩，戏言相问道："儿愿娶妇否？"彻生性聪明，对着长公主嬉笑无言。长公主故意指示宫女，问他可否合意？彻并皆摇首。至长公主指及己女道："阿娇可好么？"彻独笑着道："若得阿娇为妇，合贮金屋，甚好！甚好！"小儿生就老脸皮。长公主不禁大笑，就是王美人也喜动颜开。长公主遂将彻抱定，趋见景帝，笑述彻言。景帝当面问彻，彻自认不讳。景帝想他小小年纪，独喜阿娇，当是前生注定姻缘，不若就此允许，成就儿女终身大事，于是认定婚约，各无异言。长公主与王美人，彼此做了亲母，情好尤深，一想报恨，一想夺嫡，两条心合做一条心，都要把栗姬母子摔去。栗姬也有风闻，惟望自己做了皇后，便不怕他播弄。好几年费尽心机，才把薄皇后挤落台下，正想自己登台，偏有两位新亲母，从旁摆布，不使如愿。这也是因果报应，弄巧反拙呢！

景帝方欲立栗姬为后，急得长公主连忙进谗，诬称栗姬崇信邪术，诅咒妃嫔，每与诸夫人相会，往往唾及背后。量窄如此，恐一得为后，又要看见"人彘"的惨祸了！景帝听及"人彘"二字未免动心，遂踱至栗姬宫内，用言探试道："我百年后，后宫诸姬，已得生子，汝应善为待遇，幸勿忘怀。"一面说，一面瞧着栗姬容颜，忽然改变，又紫又青，半晌不发一言。一味嫉妒，全无才具，怎能免人挤排。待了多时，仍然无语，甚且将脸儿背转，遂致景帝忍耐不住，起身便走。甫出宫门，但听里面有哭骂声，隐约有"老狗"二字。本想回身诘责，因恐徒劳口角，反失尊严，不得已忍气而去。自是心恨栗姬，不愿册立。长公主又日来侦伺，或与景帝晤谈，辄称胶东王如何聪俊，如何孝顺，景帝也以为然。并记起前时梦兆，多主吉祥，如或立为太子，必能缵承大统。此念一起，太子荣已是动摇，再加王美人格外谦和，誉满六宫，越觉得栗姬母子，相形见绌了。

流光如驶，又是一年，大行官礼官。忽来奏请，说是子以母贵，母以子贵，今太子母尚无位号，应即册为皇后。景帝瞧着，不禁大怒道："这事岂汝等所宜言？"说着，即命将大行官论罪，拘系狱中，且竟废太子荣为临江王。条侯周亚夫，魏其侯窦婴，先后谏诤，皆不见从。婴本来气急，谢病归隐，只周亚夫仍然在朝，寻且因丞相陶青病免，即令亚夫代任，但礼貌反不及曩时，不过援例超迁罢了。看官听说！景帝决然废立，是为了大行一奏，疑是栗姬暗中主使，所以动怒。其实主使的不是栗姬，却是争宠夺嫡的王美人。王美人已知景帝怨恨栗姬，特嘱大行奏请立后，为反激计，果然景帝一怒，立废太子，只大行官为此下狱，枉受了数旬苦楚。后来王美人替他缓颊，才得释放，总算侥幸免刑。那栗姬从此失宠，不得再见景帝一面，深宫寂寂，长夜漫漫，叫她如何不愤，如何不病，未几又来了一道催命符，顿将栗姬芳魂，送入冥府！看官不必细猜，便可知彻为太子，王美人为皇后，是送死栗姬的催命符呢。

惟自太子荣被废，至胶东王彻得为太子，中间也经过两月有余，生出一种波折，几乎把两亲母的秘谋，平空打断。还亏王氏母子，生就多福，任凭他人觊觎，究竟不为所夺，仍得暗地斡旋。看官欲知觊觎储位的人物，就是景帝胞弟梁王武。梁王武前次入朝，景帝曾有将来传位的戏言，被窦婴从

第五十六回　王美人有缘终作后　栗太子被废复蒙冤

旁谏阻，扫兴还梁。见五十三回。至七国平定，梁王武固守有功，得赐天子旌旗，出警入跸，开拓国都睢阳城，约七十里，建筑东苑方三百余里，招延四方宾客，如齐人羊胜、公孙诡、邹阳，吴人枚乘、严忌，蜀人司马相如等，陆续趋集，侍宴东苑，称盛一时。公孙诡更多诡计，不愧大名，常为梁王谋画帝位，梁王倍加宠遇，任为中尉。及栗太子废立时，梁王似预得风闻，先期入朝，静觇内变，果然不到多日，储君易位。梁王进谒窦太后，婉言干请，意欲太后替他主张，订一兄终弟及的新约。太后爱怜少子，自然乐从，遂召入景帝，再开家宴。酒过数巡，太后顾着景帝道："我已老了，能有几多年得生世间，他日梁王身世，所托惟兄。"景帝闻言避席，慌忙下跪道："谨遵慈命！"太后甚喜，即命景帝起来，仍复欢宴。直至三人共醉，方罢席而散。既而景帝酒醒，自思太后所言，寓有深意，莫非因我废去太子，即将梁王接替不成。因特召入诸大臣，与他密议所闻。太常袁盎首答道："臣料太后意思，实欲立梁王为储君，但臣决以为不可行！"景帝复问及不可行的理由，盎复答道："陛下不闻宋宣公么？宋宣公见春秋时代。不立子殇公，独立弟穆公，后来五世争国，祸乱不绝。小不忍必乱大谋，故《春秋》要义，在大居正，传子不传弟，免得乱统。"说到此语，群臣并齐声赞成。景帝点首称是，遂将袁盎所说，转白太后。太后虽然不悦，但也无词可驳，只得罢议。梁王武不得逞谋，很是懊恼，复上书乞赐容车地，由梁国直达长乐宫。当使梁民筑一甬道，彼此相接，可以随时通车，入觐太后，这事又是一大奇议，自古罕闻。景帝将原书颁示群臣，又由袁盎首先反对，力为驳斥。景帝依言，拒复梁王，且使梁王归国。梁王闻得两番计策，都被袁盎打消，恨不得手刃袁盎，只因有诏遣归，不便再留，方怏怏回国去了。

景帝遂立王美人为皇后，胶东王彻为皇太子，一个再醮的民妇，居然得入主中宫，若非福命生成，怎有这番幸遇！可见姚翁所言，确是不诬。还有小王美人息姁，亦得进位夫人，所生长子越与次子寄，已有七龄，并为景帝所爱，拟皆封王。到了景帝改元的第二年，景帝三次改元，第一次计七年，第二次计六年，第三次计三年，史称第二次为中元年，末次为后元年。即命越王广川，寄王胶东，尚有乘、舜二幼子，后亦授封清河、常山二王。可惜息姁享年不永，未及乃姊福寿，但也算是一个贵命了。话休叙烦。

且说太子荣，既失储位，又丧生母，没奈何辞行就国，往至江陵。江陵就是临江国都，本是栗姬少子阏分封地，见前文。阏已夭逝，荣适被黜，遂将临江封荣。荣到国甫及年余，因王宫不甚宽敞，特拟估工增筑。宫外苦无隙地，只有太宗文皇帝庙垣，与宫相近，尚有余地空着，可以造屋，荣不顾后虑，乘便构造。偏被他人告发，说他侵占宗庙余地，无非投阱下石。景帝乃征令入都。荣不得不行，就在北门外设帐祖祭，即日登程。相传黄帝子累祖，壮年好游，致死道中，后人奉为行神。一说系共工氏子修。每遇出行，必先设祭，因此叫作祖祭。荣已祭毕，上车就道，蓦听得豁喇一声，车轴无故自断，不由的吃了一惊，只好改乘他车。江陵父老，因荣抚治年余，却还仁厚爱民，故多来相送。既见荣车断轴，料知此去不祥，相率流涕道："我王恐不复返了！"荣别了江陵百姓，驰入都中，当有诏旨传将出来，令荣至中尉处待质。冤冤相凑，碰着了中尉郅都，乃是著名的酷吏，绰号"苍鹰"，朝臣多半侧目，独景帝说他不避权贵，特加倚任。这大约是臭味相投，别有赏心呢！句中有刺。

先是后宫中有一贾姬，色艺颇优，也邀主眷。景帝尝带她同游上苑，赏玩多时，贾姬意欲小便，自往厕所，突有野彘从兽栏窜出，向厕闯入。景帝瞧着，不禁着忙，恐怕贾姬受伤，急欲派人往救。郅都正为中郎将，侍驾在旁，见景帝顾视左右，面色仓皇，却故意把头垂下，佯作不见。景帝急不暇择，竟拔出佩剑，自去抢救，郅都偏趋前数步，拦住景帝，伏地启奏道："陛下失一姬又有一姬，天下岂少美妇人？若陛下自去冒险，恐对不住宗庙太后，奈何为一妇人，不顾轻重呢！"景帝乃止。俄而野彘退出，贾姬也即出来，幸未受伤，当由景帝挈她登辇，一同还宫。适有人将郅都谏诤，入白太后，太后嘉他知义，赏赐黄金百斤。景帝亦以都为忠，加赐百金，嗣是郅都称重朝廷。也亏贾姬不加妒忌，才得厚赐。既而济南有一𰀀氏大族，约三百余家，横行邑中，有司不敢过问。景帝闻知，特命郅都为济南守，令他往治。都一到济南，立即派兵往捕，得𰀀氏首恶数人，斩首示众，余皆股栗，不敢为非。约莫过了一年，道不拾遗，济南大治，连邻郡都惮他声威，景帝乃召为中尉。

都再入国门，丰裁越峻，就是见了丞相周亚夫，亦只一揖，与他抗礼。亚夫却也不与计较。及临江王荣，征诣中尉，都更欲借此申威，召至对簿，装起一张黑铁面孔，好似阎罗王一般。荣究竟少年，未经大狱，见着郅都这副面目，已吓得魂胆飞扬，转思母死弟亡，父已失爱，余生也觉没趣，何苦向酷吏乞怜，不若作书谢过，自杀了事。主意已定，乃旁顾府吏，欲借取纸笔一用，那知又被郅都喝阻，竟叱令皂役，把他牵回狱中。还是魏其侯窦婴，闻悉情形，取给纸笔，荣写就一封绝命书，托狱吏转达景帝，一面解带悬梁，自缢而亡。却是可怜！狱吏报知郅都，都并不惊惶，但取荣遗书呈入。景帝览书，却也没有甚么哀戚，只命将王礼殓葬，予谥曰闵，待至出葬蓝田，偏有许多燕子，替他衔泥，加置冢上。途人见之，无不惊叹，共为临江王呼冤。小子有诗叹道：

> 入都拚把一身捐，玉碎何心望瓦全？
> 底事苍鹰心太狠，何如燕子尚知怜！

窦婴闻报，代为不平，便即入奏太后。欲知太后曾否加怜，待下回详细说明。

薄皇后为栗姬所排，无辜被废，而王美人又伺栗姬之后，并栗太子而挤去之，天道好还，何报应之巧耶？独怪景帝为守成令主，乃为二三妇人所播弄，无故废后，是为不义；无端废子，是为不慈。且王美人为再醮之妇，名节已失，亦不宜正位中宫，为天下母，君一过多矣，况至再至三乎！太子荣既降为临江王，欲求免祸，务在小心，旧有王宫，居之可也，必欲鸠工增筑，致有侵及宗庙之嫌，未免自贻伊戚。但晁错穿庙垣而犹得无辜，临江王侵庙地而即致加罪，谁使苍鹰，迫诸死地？谓其非冤，不可得也。夫有栗太子之冤死，益足见景帝之忍心，苏颖滨谓其忌刻少恩，岂过毁哉！

第五十七回　索罪犯曲全介弟
　　　　　　赐肉食戏弄条侯

却说窦婴入谒太后，报称临江王冤死情形，窦太后究属婆心，不免泣下，且召入景帝，命将郅都斩首，俾得雪冤。景帝含糊答应，及退出外殿，又不忍将都加诛，但令免官归家。未几又想出一法，潜调都为雁门太守。雁门为北方要塞，景帝调他出去，一是使他离开都邑，免得母后闻知，二是使他镇守边疆，好令匈奴夺气。果然郅都一到雁门，匈奴兵望风却退，不敢相逼。甚至匈奴国王，刻一木偶，状似郅都，令部众用箭射像，部众尚觉手颤，迭射不中。这可想见郅都声威，得未曾有哩！匈奴本与汉朝和亲，景帝五年，也曾仿祖宗遗制，将宗室女充作公主，遣嫁出去，但番众总不肯守静，往往出没汉边，时思侵掠。自从郅都出守，举国相戒，胆子虽怯，心下总是不甘，便由中行说等定计，遣使入汉，只说郅都虐待番众，有背和约。景帝也知匈奴逞刁，置诸不问。偏被窦太后得知，大发慈威，怒责景帝敢违母命，仍用郅都，内扰不足，还要叫他虐待外人，真正岂有此理！今惟速诛郅都，方足免患。景帝见母后动怒，慌忙长跪谢过，并向太后哀求道："郅都实是忠臣，外言不足轻信，还乞母后贷他一死，以后再不轻用了！"太后厉声道："临江王独非忠臣么？为何死在他手中，汝若再不杀都，我宁让汝！"这数句怒话，说得景帝担当不起，只好勉依慈命，遣人传旨出去，把郅都置诸死刑。都为人颇有奇节，居官廉正，不受馈遗，就使亲若妻孥，亦所不顾，但气太急，心太忍，终落得身首两分，史家称为酷吏首领，实是为此。持平之论。

景帝得使臣还报,尚是叹惜不已。忽闻太常袁盎,被人刺死安陵门外,还有大臣数人,亦皆遇害。景帝不待详查,便顾语左右道:"这定是梁王所为,朕忆被害诸人,统是前次与议诸人,不肯赞成梁王,所以梁王挟恨,遣人刺死;否则盎有他仇,盎死便足了事,何故牵连多人呢!"说着,即令有司严捕刺客,好几日不得拿获。惟经有司悉心钩考,查得袁盎尸旁,遗有一剑,此剑柄旧锋新,料经工匠磨洗,方得如此。当下派干吏取剑过市,问明工匠,果有一匠承认,谓由梁国郎官,曾令磨擦生新。干吏遂复报有司,有司复转达景帝,景帝立遣田叔、吕季主两人,往梁索犯。田叔曾为赵王张敖故吏,经高祖特别赏识,令为汉中郡守,见前文。在任十余年,方免职还乡。景帝因他老成练达,复召令入朝,命与吕季主同赴梁都。田叔明知刺盎首谋,就是梁王,但梁王系太后爱子,皇上介弟,如何叫他抵罪?因此降格相求,姑把梁王撇去,唯将梁王幸臣公孙诡、羊胜,当作案中首犯,先派随员飞驰入梁,叫他拿交诡、胜两人。诡、胜是梁王的左右手,此次遣贼行刺,原是两人教唆出来,梁王方嘉他有功,待遇从隆,怎肯将他交出?反令他匿居王宫,免得汉使再来捕拿。田叔闻梁王不肯交犯,乃持诏入梁,责令梁相轩邱豹及内史韩安国等,拿缉诡、胜两犯,不得稽延。这是旁敲侧击的法门,田叔不为无见。轩邱豹是个庸材,碌碌无能,那里捕得到两犯?只有韩安国材识,远过轩邱豹,却是有些能耐,从前吴、楚攻梁,幸赖安国善守,才得保全。见五十四回。还有梁王僭拟无度,曾遭母兄诘责,也亏安国入都斡旋,求长公主代为洗刷,梁王方得无事。此数语是补叙前文之阙。后来安国为诡胜所忌,构陷下狱,狱吏田甲,多方凌辱,安国慨然道:"君不闻死灰复燃么?"田甲道:"死灰复燃,我当撒尿浇灰!"那知过了数旬,竟来了煌煌诏旨,说是梁内史出缺,应用安国为内史。梁王不敢违诏,只好释他出狱,授内史职,慌得田甲不知所措,私下逃去。安国却下令道:"甲敢弃职私逃,应该灭族!"甲闻令益惧,没奈何出见安国,肉袒叩头,俯伏谢罪。这也是小人惯技。安国笑道:"何必出此!请来撒尿!"甲头如捣蒜,自称该死。安国复笑语道:"我岂同汝等见识,徒知侮人?汝幸遇我,此后休得自夸!"甲惶愧无地,说出许多感恩悔过的话儿,安国不复与较,但令退去,仍复原职。甲始拜谢而出。从此安国大度,称颂一方。惟至刺盎狱起,诡、胜二人,匿居王宫,安国不便入捕,又无从卸责,踌躇数日,乃入白梁王道:"臣闻主辱臣死,今大王不得良臣,竟遭摧辱,臣情愿辞官就死!"说着,泪下数行,梁王诧异道:"君何为至此?"安国道:"大王原系皇帝亲弟,但与太上皇对着高帝,与今上对着临江王,究系谁亲?"梁王应声道:"我却勿如。"安国道:"高帝尝谓提三尺剑,自取天下,所以太上皇不便相制,坐老栎阳。临江王无罪被废,又为了侵地一

第五十七回　索罪犯曲全介弟　赐肉食戏弄条侯

案,自杀中尉府。父子至亲,尚且如此,俗语有云,虽有亲父,安知不为虎?虽有亲兄,安知不为狼?今大王列在诸侯,听信邪臣,违禁犯法,天子为着太后一人,不忍加罪,使交出诡、胜二人,大王尚力为袒护,未肯遵诏,恐天子一怒,太后亦难挽回。况太后亦连日涕泣,惟望大王改过,大王尚不觉悟,一旦太后晏驾,大王将攀援何人呢?"怵以利害,语婉而切。梁王不待说毕,已是泪下,乃入嘱诡、胜,令他自图。诡、胜无法求免,只得仰药毕命。梁王命将两人尸首,取示田叔、吕季主,田、吕乐得留情,好言劝慰。但尚未别去,还要探刺案情,梁王不免加忧,意欲选派一人,入都转圜,免得意外受罪。想来想去,只有邹阳可使,乃嘱令入都,并取给千金,由他使用,邹阳受金即行。这位邹阳的性格,却是忠直豪爽,与公孙诡、羊胜不同,从前为了诡、胜不法,屡次谏诤,几被他构成大罪,下狱论死。亏得才华敏赡,下笔千言,自就狱中缮成一书,呈入梁王,梁王见他词旨悱恻,也为动情,因命释出狱中,照常看待。阳却不愿与诡、胜同事,自甘恬退,厌闻国政。至诡、胜伏法,梁王始知阳有先见,再三慰勉,浼他入都调护,阳无可推诿,不得不勉为一行。既入长安,探得后兄王信,方蒙上宠,遂托人介绍,踵门求见。信召入邹阳,猝然问道:"汝莫非流寓都门,欲至我处当差么?"邹阳道:"臣素知长君门下,人多如鲫,不敢妄求使令。信系后兄,时人号为长君,故阳亦援例相称。今特竭诚进谒,愿为长君预告安危。"信始竦然起座道:"君有何言?敢请明示!"阳又说道:"长君骤得贵宠,无非因女弟为后,有此幸遇。但祸为福倚,福为祸伏,还请长君三思。"长君听了,暗暗生惊。原来王皇后善事太后,太后因后推恩,欲封王信为侯。嗣被丞相周亚夫驳议,说是高祖有约,无功不得封侯,乃致中止。这也是补叙之笔。今阳来告密,莫非更有意外祸变,为此情急求教,忙握着阳手,引入内厅,仔细问明。阳即申说道:"袁盎被刺,案连梁王,梁王为太后爱子,若不幸被诛,太后必然哀戚,因哀生愤,免不得迁怒豪门。长君功无可言,过却易指,一或受责,富贵恐不保了。"庸人易骄亦易惧,故阳多恫吓语。长君被他一吓,越觉着忙,皱眉问计。阳故意摆些架子,令他自思,急得王信下座作揖,几乎欲长跪下去。阳始从容拦阻,向他献议道:"长君欲保全禄位,最好是入白主上,毋穷梁事,梁王脱罪,太后必深感长君,与共富贵,何人再敢摇动呢!"信展颜为笑道:"君言诚是,惟主上方在盛怒,应如何进说主上,方可挽回?"连说话都要教他,真是一个笨伯!阳说道:"长君何不援引舜事,舜弟名象,尝欲杀舜,及舜为天子,封象有庳。自来仁人待弟,不藏怒,不宿怨,只是亲爱相待,毫无怨言。今梁王顽不如象,应该加恩赦宥,上效虞廷,如此说法,定可挽回上怒了。"信乃大喜,待至邹阳辞出,便入见景帝,把邹阳所教的言语,照述一遍,只不说出是受教邹阳。景帝喜信能知舜事,且自己好摹仿圣王,当然合意,遂将怨恨梁王的意思,消去了一大半。可巧田叔、吕季主,查完梁事,回京复命,路过霸昌厩,得知宫中消息,窦太后为了梁案,日夜忧泣不休,田叔究竟心灵,竟将带回案卷,一律取出,付诸一炬。吕季主大为惊疑,还欲抢取,田叔摇手道:"我自有计,决不累君!"季主乃罢。待至还朝,田叔首先进谒,景帝亟问道:"梁事已办了否?"田叔道:"公孙诡、羊胜实为主谋,现已伏法,可勿他问。"景帝道:"梁王是否预谋?"田叔道:"梁王亦不能辞责,但请陛下不必穷究。"景帝道:"汝二人赴梁多日,总有查办案册,今可带来否?"田叔道:"臣已大胆毁去了。试想陛下只有此亲弟,又为太后所爱,若必认真办理,梁王难逃死罪;梁王一死,太后必食不甘味,寝不安席,陛下有伤孝友,故臣以为可了就了,何必再留案册,株累无穷。"景帝正忧太后哭泣不安,听了田叔所奏,不禁心慰道:"我知道了。君等可入白太后,免得太后忧劳。"田叔乃与吕季主进谒太后,见太后容色憔悴,面上尚有泪痕,便即禀白道:"臣等往查梁案,梁王实未知情,罪由公孙诡、羊胜二人,今已将二人加诛,梁王可安然无事了。"太后听着,即露出三分喜色,慰问田叔等劳苦,令他暂且归休。田叔等谢恩而退。吕季主好似寄生虫。从此窦太后起居如故。景帝以田叔能持大体,拜为鲁相。田叔拜辞东往,梁王武却谢罪西来。梁臣茅兰,劝梁王轻骑入关,先至长公主处,寓居数日,相机入朝。梁王依议,便将从行车马,停住关外,自己乘着布车,潜入关中,至景帝闻报,派人出迎,只见车骑,不见梁王,慌忙还报景帝。景帝急命朝吏,四出探寻,亦无下落。正在惊疑的时候,突由窦太后趋出,向景帝大哭道:"皇帝果杀我子了!"不脱妇人腔调。景帝连忙分辩,窦太后总不肯信。可巧外面有人趋入,报称梁王已至阙下,斧锧待罪。景帝大喜,出见梁王,命他起身入内,谒见太后。太后如获至宝,喜极生悲,梁王亦自觉怀惭,极口认过。景帝不咎既往,待遇如初,更召梁王从骑一律入关。梁王一住数日,因得邹阳报告,知是王信代为调停,免不得亲去道谢。两人一往一来,周旋数次,渐觉情投意合,畅叙胸襟。王信为了周亚夫阻他侯封,心中常存芥蒂,就是梁王武,因吴、楚一役,亚夫坚壁不救,也引为宿嫌。两人谈及周丞相,并不禁触起旧恨,想要把他除去。梁王初幸脱罪,又要报复前嫌,正是江山可改,本性难移。因此互相密约,双方进言。王信靠着皇后势力,从中媒蘖,梁王靠着太后威权,实行谗诬。景帝只有个人知识,那禁得母妻弟舅,陆续蔽惑,自然不能无疑。况栗太子被废,及王信封侯时,亚夫并来絮聒,也觉厌烦,所以对着亚夫,已有把他免相的意思。不过记念旧功,一时未便开口,暂且迁延。并因梁王未知改过,仍向太后前搬弄是非,总属不安本分,就使要将亚夫免职,亦须待他回去,然后施行。

第五十七回 索罪犯曲全介弟 赐肉食戏弄条侯

梁王扳不倒亚夫,且见景帝情意浸衰,也即辞行回国,不复逗留。景帝巴不得他离开面前,自然准如所请,听令东归。会因匈奴部酋徐卢等六人,叩关请降,景帝当然收纳,并欲封为列侯。当下查及六人履历,有一个卢姓降酋,就是前叛王卢绾孙,名叫它人。绾前降匈奴,匈奴令为东胡王。见前文。嗣欲乘间南归,终不得志,郁郁而亡。至吕后称制八年,绾子潜行入关,诣阙谢罪,吕后颇嘉他反正,命寓燕邸,拟为置酒召宴,不料一病不起,大命告终,遂至绾妻不得相见,亦即病死。惟绾孙它人,尚在匈奴,承袭祖封,此时亦来投降。景帝为招降起见,拟将六人均授侯封,偏又惹动了丞相周亚夫,入朝面谏道:"卢它人系叛王后裔,应该加罪,怎得受封?就是此外番王,叛主来降,也是不忠,陛下反封他为侯,如何为训!"景帝本已不悦亚夫,一闻此言,自觉忍耐不住,勃然变色道:"丞相议未合时势,不用不用!"亚夫讨了一场没趣,怅怅而退。景帝便封卢它人为恶谷侯,余五人亦皆授封。越日即由亚夫呈入奏章,称病辞官,景帝也不挽留,准以列侯归第,另用桃侯刘舍为丞相。舍本姓项,乃父名襄,与项伯同降汉朝,俱得封侯,赐姓刘氏。襄死后,由舍袭爵,颇得景帝宠遇,至是竟代为丞相。舍实非相材,幸值太平,国家无事,恰也好敷衍过去。一年一年又一年,已是景帝改元后六年,舍自觉闲暇,乃迎合上意,想出一种更改官名的条议,录呈景帝。先是景帝命改郡守为太守,郡尉为都尉。又减去侯国丞相的"丞"字,但称为相。舍拟改称廷尉为大理,奉常为太常,典客为大行,后又改名为大鸿胪。治粟内史为大农,后又改名大司农。将作少府为将作大匠,主爵中尉为都尉,后又改名右扶风。长信詹事为长信少府,将行为大长秋,九行为行人,景帝当即准议。未几又改称中大夫为卫尉,但改官名何关损益,我国累代如此,至今尚仍是习,令人不解。总算是刘舍的相绩。挖苦得妙。梁王武闻亚夫免官,还道景帝信用己言,正好入都亲近,乃复乘车入朝。窦太后当然欢喜,惟景帝仍淡漠相遭,虚与应酬。梁王不免失望,更上书请留居京中,侍奉太后,偏又被景帝驳斥,梁王不得不归。归国数月,常闷闷不乐,趁着春夏交界,草木向荣,出猎消遣,忽有一人献上一牛,奇形怪状,背上生足,惹得梁王大加惊诧。罢猎回宫,惊魂未定,致引病魔,一连发了六日热症,服药无灵,竟尔逝世。讣音传到长安,窦太后废寝忘餐,悲悼的了不得,且泣且语道:"皇帝果杀我子了!"回应一笔,见得太后溺爱,只知梁王,不知景帝。景帝入宫省母,一再劝慰,偏太后全然不睬,只是卧床大哭,或且痛责景帝,说他逼归梁王,遂致毙命。景帝有口难言,好似哑子吃黄连,说不出的苦闷,没奈何央恳长公主,代为劝解。长公主想了一策,与景帝说明,景帝依言下诏,赐谥梁王武为孝王,并分梁地为五国,尽封孝王子五人为王,连孝王五女,亦皆赐汤沐邑。太后闻报，乃稍稍解忧，起床进餐，后来境过情迁，自然渐忘。总计梁王先封代郡，继迁梁地，做了三十五年的藩王。拥资甚巨，坐享豪华，殁后查得梁库，尚剩黄金四十余万斤，其他珍玩，价值相等，他还不自知足，要想窥窃神器，终致失意亡身。惟平生却有一种好处，入谒太后，必致敬尽礼，不敢少违。就是在国时候，每闻太后不豫，亦且食旨不甘，闻乐不乐，接连驰使请安，待至太后病愈，才复常态。赐谥曰孝，并非全出虚诬呢。孝为百行先，故特别提叙。

梁王死后，景帝又复改元，史称为后元年。平居无事，倒反记起梁王遗言，曾说周亚夫许多坏处，究竟亚夫行谊，优劣如何，好多时不见入朝，且召他进来，再加面试。如或亚夫举止，不如梁王所言，将来当更予重任，也好做个顾命大臣，否则还是预先除去，免贻后患。主见已定，便令侍臣宣召亚夫，一面密嘱御厨，为赐食计。亚夫虽然免相，尚住都中，未尝还沛。一经奉召，当即趋入，见景帝兀坐宫中，行过了拜谒礼，景帝赐令旁坐，略略问答数语，便由御厨搬进酒肴，摆好席上。景帝命亚夫侍食，亚夫不好推辞，不过席间并无他人，只有一君一臣，已觉有些惊异，及顾视面前，仅一酒卮，并无匕箸，所陈肴馔，又是一块大肉，余无别物，暗思这种办法，定是景帝有意戏弄，不觉怒意勃发，顾视尚席道：尚席是主席官名。"可取箸来。"尚席已由景帝预嘱，假作痴聋，立着不动。亚夫正要再言，偏景帝向他笑语道："这还未满君意么？"说得亚夫又恨又愧，不得已起座下跪，免冠称谢。景帝才说了一个"起"字，亚夫便即起身，掉头径出。也太率性。景帝目送亚夫出门，喟然太息道："此人鞅鞅，与快怏通。非少主臣。"谁料你这般猜忌！亚夫已经趋出，未及闻知，回第数日，突有朝使到来，叫他入廷对簿。亚夫也不知何因，只好随吏入朝。这一番有分教：

烹狗依然循故辙，鸣雌毕竟识先机。汉高祖曾封许负为鸣雌亭侯。

究竟亚夫犯着何罪，待看下回便知。

若孔子尝杀少正卯，不失为圣，袁盎亦少正卯之流亚也，杀之亦宜。然孔子之杀少正卯，未尝不请命鲁君，梁王武乃为盗贼之行，潜遣刺客以毙之，例以擅杀之罪，夫复何辞！但梁王为窦太后爱子，若有罪即诛，是大伤母后之心，倘母以忧死，景帝不但负杀弟之名，且并成逼母之罪矣！贤哉田叔，移罪于公孙诡、羊胜，悉毁狱辞，还朝复命，片言悟主，此正善处人母子兄弟之间，而曲为调护者也。若周亚夫之忠直，远出袁盎诸人之上，盎之示直，伪也，亚夫之主直，诚也，盎以口舌见幸，而亚夫以功业成名，社稷之臣也，犹将十世宥之，以功能者，乃以直谏忤旨，赐食而不置箸，信谗而即召质，卒致柱石忠臣，无端饿死，庸非冤乎！黄钟毁弃，瓦釜雷鸣，古今殆有同慨焉。

第五十八回　嗣帝祚董生进三策
　　　　　　应主召申公陈两言

却说周亚夫到了大廷,已由景帝派出问官,责令亚夫对簿,且取出一封告密原书,交与阅看。亚夫览毕,全然没有头绪,无从对答。原来亚夫子恐父年老,预备后事,特向尚方掌供御用食物之官。买得甲楯五百具,作为他时护丧仪器。尚方所置器物,本有例禁,想是亚夫子贪占便宜,秘密托办,一面饬佣工运至家中,不给佣钱。佣工心中怀恨,竟说亚夫子偷买禁物,意图不轨,背地里上书告密。景帝方深忌亚夫,见了此书,正好作为罪证,派吏审问。其实亚夫子未尝禀父,亚夫毫不得知,如何辩说。问官还道他倔强负气,复白景帝。景帝怒骂道:"我亦何必要他对答呢?"遂命将亚夫移交大理。即廷尉,见前。亚夫子闻知,慌忙过视,见乃父已入狱中,才将原情详告。亚夫也不暇多责,付之一叹。及大理当堂审讯,竟向亚夫问道:"君侯何故谋反?"亚夫方答辩道:"我子所买,乃系葬器,怎得说是谋反呢!"大理又讥笑道:"就使君侯不欲反地上,也是欲反地下,何必讳言!"亚夫生性高傲,怎禁得这般揶揄,索性瞑目不言,仍然还狱。一连饿了五日,不愿进食,遂致呕血数升,气竭而亡,适应了许负的遗言。命也何如。

景帝闻亚夫饿死,毫不赗赠,但更封亚夫弟坚为平曲侯,使承绛侯周勃遗祀。那皇后亲兄王长君,却得从此出头,居然受封为盖侯了。莫非萦私!独丞相刘舍,就职五年,滥竽充数,无甚补益,景帝也知他庸碌,把他罢免,升任御史大夫卫绾为丞相。绾系代人,素善弄车,得宠文帝,由郎官迁授中郎将,为人循谨有余,干练不足。景帝为太子时,曾召文帝侍臣,同往宴饮,惟绾不应召,文帝越加器重,谓绾居心不贰,至临崩时曾嘱景帝道:"卫绾忠厚,汝应好生看待为是!"景帝记着,故仍使为中郎将。未几出任河间王太傅,吴、楚造反,绾奉河间王命,领兵助攻,得有战功,因超拜中尉,封建陵侯。嗣复徙为太子太傅,更擢为御史大夫。刘舍免职,绾循资升任,也不过照例供职,无是无非。至御史大夫一职,却用了南阳人直不疑。不疑也做过郎官,郎官本无定额,并皆宿卫宫中,人数既多,退班时辄数人同居,呼为同舍。会有同舍郎告归,误将别人金钱携去,失金的郎官,还道是不疑盗取,不疑并不加辩,且措资代偿。未免矫情。嗣经同舍郎假满回来,仍将原金送还失主,失主大惭,忙向不疑谢过。不疑才说明意见,以为大众蒙谤,宁我受诬,于是众人都称不疑为长老。及不疑迁任中大夫，又有人讥他盗嫂无行，徒有美貌。不疑仍不与较，但自言我本无兄，后来也因从击吴、楚得封塞侯，兼官卫尉，卫绾为相，不疑便超补御史大夫，两人都自守本分，不敢妄为。但欲要他治国平天下，却是相差得多呢！断然两人。

景帝又用宁成为中尉。宁成专尚严酷，比郅都还要辣手，曾做过济南都尉，人民疾首，并且居心操行，远不及郅都的忠清。偏景帝视为能吏，叫他主持刑政，正是嗜好不同，别具见解。看他诏令中语，如疑狱加谳，景帝中五年诏令。治狱务宽，后元年诏令。也说得仁至义尽，可惜是徒有虚文，言与行违，就是戒修职事，后一年诏令。诏劝农桑，禁采黄金珠玉，后三年诏令。亦未必臣民逖听，一道同风。可见景帝所为，远逊乃父，史家以文景并称，未免失实。不过与民休息，无甚纷更，还算有些守成规范。到了后三年孟春，猝然遇病，竟致崩逝，享寿四十有八，在位一十六年。遗诏赐诸侯王列侯马各二驷，吏二千石，各黄金二斤，民户百钱，出宫人归家，终身不复役使，作为景帝身后隆恩。

太子彻嗣皇帝位，年甫十有六岁，就是好大喜功、比迹秦皇的汉武帝。回顾本书第一回。尊皇太后窦氏为太皇太后，皇后王氏为皇太后，上先帝庙号为孝景皇帝，奉葬阳陵。武帝未即位时，已娶长公主女陈阿娇为妃，此时尊为天子，当然立陈氏为皇后。金屋贮娇，好算如愿。又尊皇太后母臧儿为平原君，连臧儿所生子田蚡、田胜，亦予荣封。蚡为武安侯，胜为周阳侯。臧儿改嫁田氏，已与王氏相绝，田氏二子怎得无功封侯？即此已见武帝不遵祖制。所有丞相御史等人，暂仍旧职。未几已将改年。向来新皇嗣统，应该就先帝崩后，改年称元，以后便按次递增，就使到了一百年，也没有再三改元等事。自文帝误信新垣平候日再中，乃有二次改元的创闻。见五十一回。景帝未知干蛊，还要踵事增华，索性改元三次，史家因称为前元、中元、后元，作为区画。武帝即位一年，照例改元，本不足怪，惟后来且改元十余次，有司曲意献谀，谓改元宜应天瑞，当用瑞命纪元，选取名号，因此从武帝第一次改元为始，迭用年号相系。元年年号，叫作建元，这是在武帝元鼎三年时新作出来，由后追前，各系年号，后人依书编叙，就称武帝第一年为建元元年。看官须知年号开始，创自武帝，也是一种特别纪念，垂为成例呢。标明始事，应有之笔。

武帝性喜读书，雅重文学，一经践祚，便颁下一道诏书，命丞相御史列侯郡守诸侯相等，举荐贤良方正、直言极谏之士。于是广川人董仲舒，菑川人公孙弘，会稽人严助，以及各处有名儒生，并皆被选，同时入都，差不多有百余人。武帝悉数召入，亲加策问，无非询及帝王治要。一班对策士子，统皆凝神细思，属笔成文，约莫有三五时，依次呈缴，陆续退出。武帝逐篇披览，无甚合意，及看到董仲舒一卷，乃是详论天人感应的道理，说得原原本本，计数千言。

第五十八回　嗣帝祚董生进三策　应主召申公陈两言

当即击节称赏,叹为奇文。原来仲舒少治《春秋》,颇有心得,景帝时已列名博士,下帷讲诵,目不窥园,又阅三年有余,功益精进。远近学子,俱奉为经师。至是诣阙对策,正好把生平学识,抒展出来,果然压倒群儒,特蒙知遇。武帝见他言未尽意,复加策问,至再至三。仲舒更迭详对,统是援据《春秋》,归本道学,世称为"天人三策",传诵古今。小子无暇抄录,但记得最后一篇,尤关重要,乃是请武帝崇尚孔子,屏黜异言。大略说是:

臣闻天者群物之祖,故遍复包含而无所殊。圣人法天而立道,亦溥爱而无私。春者天之所以生也,仁者君之所以爱也,夏者天之所以长也,德者君之所以养也,霜者天之所以杀也,刑者君之所以罚也,故孔子作《春秋》,上揆之天道,下质诸人情,书邦家之过,兼灾异之变,以此见人之所为,其美恶之极,乃与天地流通,而往来相应,此亦言天之一端也。夫天令之谓命,命非圣人不行,质朴之谓性,性非教化不成,人欲之谓情,情非制度不节,是故古之王者,上谨于承天意,以顺命也,下务明教化民,以成性也,正法度之宜,别上下之序,以防欲也。修此三者,而大本举矣。人受命于天,固超然异于群生,故孔子曰:天地之性,人为贵。明于天性,知自贵于物,然后知仁义,知仁义然后重礼节,重礼节然后安处善,安处善然后乐循理,乐循理然后谓之君子。

臣又闻之:聚少成多,积小致巨,故圣人莫不以晻与暗字通。致明,以微致显。是以尧发于诸侯,舜兴于深山,非一日而显也。盖有渐以致之矣。言出于己,不可塞也,行发于身,不可掩也,言行之大者,君子所以动天地也,故尽小者大,慎微者著。积善在身,犹长日加益而人不知也,积恶在身,犹火之销膏而人不见也,此唐虞之所以得令名,而桀纣之可为悼惧者也。

夫乐而不乱,复而不厌者,谓之道。道者万世无敝,敝者道之失也。夏尚忠,殷尚质,周尚文者,救敝之术,当用此也。道之大原出于天,天不变,道亦不变,是以禹继舜,舜继尧,三圣相授,而守一道,不待救也。由是观之,继治世者其道同,继乱世者其道变,今大汉继乱之后,若宜少损周之文致,用夏之忠者。

夫古之天下,犹今之天下,共是天下,古大治而今远不逮,安所缪戾而陵夷若是,意者有所失于古之道与?有所诡于天之理与?天亦有所分予,予之齿者去其角,傅之翼者两其足,是所受大者,不得取小也。古之所予禄者,不食于力,不动于末,与天同意者也。身宠而载高位,家温而食厚禄,因乘富贵之资力,以与民争利于下,民安能如之哉?民日被朘削,浸以大穷,死且不避,安能避罪,此刑罚之所以繁,而奸邪之所以不可胜者也。公仪子相鲁，至其家，见织帛，怒而出其妻，食于舍而茹葵，愠而拔之，曰吾已食禄，又夺园夫红女利乎？红读如工。夫皇皇求财利，尝恐乏匮者，庶人之意也。皇皇求仁义，惟恐不能化民者，大夫之意也。《易》曰：负且乘，致寇至。言居君子之位，而为庶人之行者，祸患必至也。若居君子之位，当君子之行，则舍公仪休之相鲁，无可为者矣。

且臣闻《春秋》大一统者，天地之常经，古今之通谊也。今师异道，人异论，百家殊方，指意不同，是以上无以持一统，法制数变，下不知所守。臣愚以为诸不在六艺之科，孔子之术者，皆绝其道，勿使并进。邪僻之说灭息，然后统纪可一，法度可明，民乃知所从矣。

这篇文字，最合武帝微意。武帝年少气盛，好高骛远，要想大做一番事业，振古烁今，可巧仲舒对策，首在兴学，次在求贤，最后进说大一统模范，请武帝崇正黜邪，规定一尊，正是武帝有志未逮，首思举行，所以深相契合，大加称赏。当下命仲舒为江都相，使佐江都王非。景帝子，见前。武帝既赏识仲舒，何不留为内用？丞相卫绾，闻得武帝嘉美仲舒，忙即迎合意旨，上了一本奏牍，说是各地所举贤良，或治申韩学，申商韩非。或好苏张言，无关盛治，反乱国政，应请一律罢归。武帝自然准奏，除公孙弘、严助诸人，素通儒学外，并令归去，不得录用。卫绾还道揣摩中旨，可以希宠固荣，保全禄位，那知武帝并不见重，反因他拾人牙慧，格外鄙夷。不到数月，竟将卫绾罢免，改用窦婴为丞相。婴系窦太后侄儿，窦太后尝与景帝说及，欲令婴居相位。景帝谓婴沾沾自喜，量窄行轻，不合为相，所以终不见用。武帝也未尝定欲相婴，意中却拟重任田蚡，不过因蚡资望尚浅，恐人不服，并且婴是太皇太后的兄子，蚡乃皇太后的母弟，斟情酌理，亦应先婴后蚡，所以使婴代相，特命蚡为太尉。太尉一官，前时或设或废，惟周勃父子，两任太尉，及迁为丞相后，并将官职停罢。武帝复设此官，明明是位置田蚡起见。蚡虽曾学习书史，才识很是平常，只有性情乖巧，口才敏捷，乃是他的特长。自从武帝授为武安侯，他亦自知才具不足，广招宾佐，预为计画。入朝时乃滔滔奏对，议论动人，武帝堕入彀中，错疑他才能迈众，欲加大位。为此一误，遂惹出后来许多波澜，连窦婴也要被他排挤，断送性命，这且待后再表。

且说窦婴、田蚡，既握朝纲，揣知武帝好儒，也不得不访求名士，推重耆英。适御史大夫直不疑免官，遂同举代人赵绾继任，并又荐入兰陵人王臧，由武帝授为郎中令。赵、王两人，既已受任，便拟仿照古制，请设明堂辟雍。武帝也有此意，叫他详考古制，采择施行。两人又同奏一本，说是臣师申公，稽古有素，应由特旨征召，邀令入议。这申公就是故楚遗臣，与白生同谏楚王，

第五十八回 嗣帝祚董生进三策 应主召申公陈两言

被罚司春。见五十三回。及楚王戊兵败自焚,申公等自然免罪,各归原籍。申公鲁人,归家授徒,独重诗教,门下弟子,约千余人。赵绾、王臧,俱向申公受诗,知师饱学,故特从推荐。武帝风闻申公重名,立即派遣使臣,用了安车蒲轮,束帛加璧,迎聘申公。

申公已八十余岁,杜门不出,此次闻有朝使到来,只好出迎。朝使传述上意,赍交玉帛,申公见他礼意殷勤,不得不应召入都。既到长安,面见武帝,武帝见他道貌高古,格外加敬,当下传谕赐坐,访问治道,但听申公答说道:"为治不在多言,但视力行何如。"两语说完,便即住口。武帝待了半晌,仍不闻有他语,两语够了。暗思自己备着厚礼,迎他到来,难道叫他说此二语,便算了事,一时大失所望,遂不欲再加质问,但命他为大中大夫,暂居鲁邸,妥议明堂辟雍,及改历易服与巡狩封禅等礼仪。申公已料武帝少年喜事,行不顾言,所以开口提出二语,待他有问再答。嗣见武帝不复加询,也即起身拜谢,退出朝门。赵绾、王臧,引申公至鲁邸,叩问明堂辟雍等古制,申公微笑无言。绾与臧虽未免诧异,但只道是远来辛苦,不便遽问,因此请师休息,慢慢儿的提议。那知宫廷里面,发生一大阻力,不但议事无成,还要闯出大祸,害得二人失职亡身,这真叫做冒昧进阶,自取祸殃哩。

原来太皇太后窦氏,素好黄老,不悦儒术,尝召入博士辕固取示老子书。辕固尚儒绌老,猝然答说道:"这不过家人常言,无甚至理。"窦太后发怒道:"难道定要司空城旦书么?"固知太后语意,是讥儒教苛刻,比诸司空狱官,城旦刑法,因与私见不合,掉头自退。固本善辩,从前与黄生争论汤武,黄生主张放狱,固主张征诛,景帝颇袒固说;此番在窦太后前碰了钉子,还是不便力争,方才退出。那窦太后怒气未平,且因固不知谢过,欲加死罪,转思罪无可援,不如使他入圈击彘,俾彘咬死,省得费事。恶之欲其死,全是妇人私见。亏得景帝知悉,不忍固无端致死,特令左右借与利刃,方才将彘刺死。太后无词可说,只得罢休。但每闻儒生起用,往往从中阻挠,所以景帝在位十六年,始终不重用儒生。及武帝嗣位,窦太后闻他好儒,大为不然,复欲出来干预。武帝又不便违忤祖母,所有朝廷政议,都须随时请命。窦太后对着他事,却也听令施行,只有关系儒家法言,如明堂辟雍等种种制度,独批得一文不值,硬加阻止。冒冒失失的赵绾,一经探悉,便入奏武帝道:"古礼妇人不得预政,陛下已亲理万几,不必事事请命东宫!"处人骨肉之间,怎得如此直率!武帝听了,默然不答。看官听说!绾所说的"东宫"二字,乃是指长乐宫,为太皇太后所居。长乐宫在汉都东面,故称东宫。诠释明白,免致阅者误会。自从绾有此一奏,竟被太皇太后闻知,非常震怒,立召武帝入内,责他误用匪人。且言绾既崇尚儒术,怎得离间亲属?这明明是导主不孝,应该重惩。武帝尚想替绾护辩,只说丞相窦婴，太尉田蚡，并言赵绾多才，与王臧一同荐入，所以特加重任。窦太后不听犹可，听了此语，越觉怒不可遏，定要将绾、臧下狱，婴、蚡免官。武帝拗不过祖母，只好暂依训令，传旨出去，革去赵绾、王臧官职，下吏论罪。拟俟窦太后怒解，再行释放。偏窦太后指二人为新垣平，非诛死不足示惩，累得武帝左右为难。那知绾与臧已拚一死，索性自杀了事。倒也清脱。小子有诗叹道：

才经拜爵即遭灾，祸患都从富贵来。
莫道文章憎命达，衒才便是杀身媒。

绾臧既死，窦太后还要黜免窦婴、田蚡。究竟婴、蚡曾否免官，待至下回再表。

武帝继文景之后，慨然有为，首重儒生，而董仲舒起承其乏，对策大廷，衮然举首。观其三策中语，持论纯正，不但非公孙弘辈可比，即贾长沙亦勿如也。武帝果有心鉴赏，应即留其补阙，胡为使之出相江都，是可知武帝之重儒，非真好儒也。第欲借儒生之词藻，以文致太平耳。申公老成有识，一经召问，即以力行为勉，譬如对症发药，先究病源，惜乎武帝之讳疾忌医，而未由针砭也。就令无窦太后之阻力，亦乌有济？董生去，申公归，而伪儒杂进，汉治不可问矣。

第五十九回　迎母姊亲驰御驾
　　　　　　访公主喜遇歌姬

却说窦婴、田蚡，为了赵绾、王臧，触怒太皇太后，遂致波及，一同坐罪。武帝不能袒护，只得令二人免官。申公本料武帝有始无终，不过事变猝来，两徒受戮，却也出诸意外，随即谢病免职，仍归林下，所有明堂辟雍诸议，当然搁置，不烦再提。武帝别用栢至侯许昌为相，武疆侯庄青翟为御史大夫，复将太尉一职，罢置不设。

先是河内人石奋，少侍高祖，有姊能通音乐，入为美人，<small>美人乃是女职，注见前。</small>奋亦得任中涓，<small>内侍官名。</small>迁居长安。后来历事数朝，累迁至太子太傅，勤慎供职，备位全身；有子四人，俱有父风，当景帝时，官皆至二千石，遂赐号为万石君。奋年老致仕，仍许食上大夫俸禄，岁时入朝庆贺，守礼如前；就是家规，亦非常严肃，子孙既出为吏，归谒时必朝服相见，如有过失，奋亦不欲明

第五十九回　迎母姊亲驰御驾　访公主喜遇歌姬

责,但当食不食,必经子孙肉袒谢罪,然后饮食如常,因此一门孝谨,名闻郡国。太皇太后窦氏,示意武帝,略言儒生尚文,徒事藻饰,还不如万石君家,起自小吏,却能躬行实践,远胜腐儒。因此武帝记着,特令石奋长子建为郎中令,少子庆为内史。建已经垂老,须发尽白,奋尚强健无恙,每值五日休沐,建必回家省亲,私取乃父所服衣裤,亲为洗濯,悄悄付与仆役,不使乃父得知,如是成为常例。至入朝事君,在大庭广众中,似不能言,如必须详奏事件,往往请屏左右,直言无隐。武帝颇嘉他朴诚,另眼相看。一日有奏牍呈入,经武帝批发下来,又由建复阅,原奏内有一个"马"字,失落一点,不由的大惊道:"马字下有四点,象四足形与马尾一弯,共计五画,今有四缺一,倘被主上察出,岂不要受谴么?"为此格外谨慎,不敢少疏。看似迂拘,其实谨小慎微,也是人生要务,故特从详叙。惟少子庆,稍从大意,未拘小谨,某夕因酒后忘情,回过里门,竟不下车,一直驰入家中。偏被乃父闻知,又把老态形容出来,不食不语。庆瞧着父面,酒都吓醒,慌忙肉袒跪伏,叩头请罪,奋只摇首无言。时建亦在家,见弟庆触怒父亲,也招集全家眷属,一齐肉袒,跪在父前,代弟乞情,奋始冷笑道:"好一个朝廷内史,为现今贵人,经过闾里,长老都皆趋避,内史却安坐车中,形容自若,想是现今时代,应该如此!"庆听乃父诘责,方知为此负罪,连忙说是下次不敢,幸乞恩恕。建与家人,也为固请,方由奋谕令退去,庆自此亦非常戒慎。*比现今时代之父子相去何如?* 嗣由内史调任太仆,为武帝御车出宫,武帝问车中共有几马?庆明知御马六龙,应得六马,但恐忙中有错,特用鞭指数,方以六马相答。武帝却不责他迟慢,反默许他遇事小心,倚任有加。*可小知者,未必能大受,故后来为相,贻讥素餐。* 至奋已寿终,建哀泣过度,岁余亦死,独庆年尚疆,历跻显阶,事且慢表。*夹入此段,虽为御史郎中令补缺,似承接上文之笔,但说他家风醇谨,却是借古箴今。*

且说弓高侯韩颓当,自平叛有功后,还朝复命,见五十五回。未几病殁。有一庶孙,生小聪明,眉目清扬,好似美女一般,因此取名为嫣,表字叫做王孙。武帝为胶东王时,尝与嫣同学,互相亲爱,后来随着武帝,不离左右。及武帝即位,嫣仍在侧,有时同寝御榻,与共卧起。或说他为武帝男妾,不知是真是假,无从证明。惟嫣既如此得宠,当然略去形迹,无论什么言语,都好与武帝说知。武帝生母王太后,前时嫁与金氏,生有一女,为武帝所未闻。见五十六回。嫣却得自家传,具悉王太后来历,乘间说明。武帝愕然道:"汝何不早言?既有这个母姊,应该迎她入宫,一叙亲谊。"当下遣人至长陵,暗地调查,果有此女,当即回报。武帝遂带同韩嫣,乘坐御辇,前引后随,骑从如云,一拥出横城门,*横音光。横城门为长安北面西门。* 直向长陵进发。

长陵系高祖葬地,距都城三十五里,立有县邑,徙民聚居,地方却也闹热,百姓望见御驾到来,总道是就祭陵寝,偏御驾驰入小市,转弯抹角,竟至金氏所居的里门外,突然停下。向来御驾经过,前驱清道,家家闭户,人人匿踪,所以一切里门,统皆关住。当由武帝从吏,呼令开门,连叫不应,遂将里门打开,一直驰入。到了金氏门首,不过老屋三椽,借蔽风雨。武帝恐金女胆怯,或致逃去,竟命从吏截住前后,不准放人出来。屋小人多,甚至环绕数匝,吓得金家里面,不知有何大祸,没一人不去躲避。金女是个女流,更慌得浑身发颤,带抖带跑,抢入内房,向床下钻将进去。那知外面已有人闯入,四处搜寻,只有大小男女数人,单单不见金女。当下向他人问明,知在内室,便呼她出来见驾。金女怎敢出头?直至宫监进去,搜至床下,才见她缩做一团,还是不肯出来。宫监七手八脚,把她拖出,叫她放胆出见,可得富贵。她尚似信非信,勉强拭去尘污,且行且却,宫监急不暇待,只好把她扶持出来,导令见驾。金女战兢兢的跪伏地上,连称呼都不知晓,只好屏息听着。一路描摹,令人解颐。

武帝亲自下车,呜咽与语道:"嚄! 惊愕之辞。大姊何必这般胆小,躲入里面?请即起来相见!"金女听得这位豪贵少年,叫她大姊,尚未知是何处弟兄。不过看他语意缠绵,料无他患,因即徐徐起立。再由武帝命她坐入副车,同诣宫中。金女答称少慢,再返入家门,匆匆装扮,换了一套半新半旧的衣服,辞别家人,再出乘车。问明宫监,才知来迎的乃是皇帝,不由的惊喜异常。一路思想,莫非做梦不成! 好容易便入皇都,直进皇宫,仰望是宫殿巍峨,俯瞩是康衢平坦,还有一班官吏,分立两旁,非常严肃,真是见所未见,闻所未闻。待到了一座深宫,始由从吏请她下车,至下车后,见武帝已经立着,招呼同入,因即在后跟着,缓步徐行。

既至内廷,武帝又嘱令立待,方才应声住步。不消多时,便有许多宫女,一齐出来,将她簇拥进去,凝神睇视,上面坐着一位雍容华贵的妇人,左侧立着便是引她同入的少年皇帝,只听皇帝指示道:"这就是臣往长陵,自去迎接的大姊。"又用手招呼道:"大姊快上前谒见太后!"当下福至心灵,连忙步至座前,跪倒叩首道:"臣女金氏拜谒。"亏她想着! 王太后与金女,相隔多年,一时竟不相认,便开口问着道:"汝就是俗女么?"金女小名是一"俗"字,当即应声称是。王太后立即下座,就近抚女。女也曾闻生母入宫,至此有缘重会,悲从中来,便即伏地涕泣。太后亦为泪下,亲为扶起,问及家况。金女答称父已病殁,又无兄弟,只招赘了一个夫婿,生下子女各一人,并皆幼稚,现在家况单寒,勉力糊口云云。母女正在泣叙,武帝已命内监传谕御厨,速备酒肴,顷刻间便即搬入,宴赏团圞。太后当然上坐,姊弟左右侍宴,武帝斟酒一卮,亲为太后上寿,又续斟一卮,递与金女道:"大姊今可勿忧,我当给钱千万,奴婢三百人,公田百顷,甲第一区,俾大姊安享荣华,可好么?"金女当即起谢,太后亦

第五十九回　迎母姊亲驰御驾　访公主喜遇歌姬

很是喜欢,顾语武帝道:"皇帝亦太觉破费了。"武帝笑道:"母后也有此说,做臣子的如何敢当?"说着,遂各饮了好几杯。武帝又进白太后道:"今日大姊到此,三公主应即相见,愿太后一同召来!"太后说声称善,武帝即命内监出去,往召三公主去了。

太后见金女服饰粗劣,不甚雅观,便借更衣为名,叫金女一同入内。俗语说得好,佛要金装,人要衣装,自从金女随入更衣,由宫女替她装饰,搽脂抹粉,贴钿横钗,服霞裳,着玉舃,居然像个现成帝女,与进宫时大不相同。待至装束停当,复随太后出来,可巧三公主陆续趋入。当由太后武帝,引她相见,彼此称姊道妹,凑成一片欢声。这三公主统是武帝胞姊,均为王太后所出,_{见五十六回}。长为平阳公主,次为南宫公主,又次为隆虑公主,已皆出嫁,不过并在都中,容易往来,所以一召即至。既已叙过寒暄,便即一同入席,团坐共饮,不但太后非常高兴,就是武帝姊弟,亦皆备极欢愉,直至更鼓频催,方才罢席。金女留宿宫中,余皆退去。到了翌日,武帝记着前言,即将面许金女的田宅财奴,一并拨给,复赐号为修成君。金女喜出望外,住宫数日,自去移居。偏偏祸福相因,吉凶并至,金女骤得富贵,乃夫遽尔病亡,想是没福消受。金女不免哀伤,犹幸得此厚赐,还好领着一对儿女,安闲度日。有时入觐太后,又得邀太后抚恤,更觉安心。

惟武帝迎姊以后,竟引动一番游兴,时常出行。建元二年三月上巳,亲幸霸上祓祭。还过平阳公主家,乐得进去休息,叙谈一回。平阳公主,本称阳信公主,因嫁与平阳侯曹寿为妻,故亦称平阳公主。_{曹寿即曹参曾孙。}公主见武帝到来,慌忙迎入,开筵相待。饮至数巡,却召出年轻女子十余人,劝酒奉觞。看官道平阳公主是何寓意?她是为皇后陈氏久未生子,特地采选良家女儿,蓄养家中,趁着武帝过饮,遂一并叫唤出来,任令武帝自择。偏武帝左右四顾,略略评量,都不过寻常脂粉,无一当意,索性回头不视,尽管自己饮酒。平阳公主见武帝看了诸女,统不上眼,乃令诸女退去,另召一班歌女进来侑酒,当筵弹唱。就中有一个娇喉宛转,曲调铿锵,送入武帝目中,不由的凝眸审视,但见她低眉敛翠,晕脸生红,已觉得妩媚动人,可喜可爱。尤妙在万缕青丝,拢成蛇髻,黑油油的可鉴人影,光滑滑的不受尘蒙。端详了好多时,尚且目不转瞬,那歌女早已觉着,斜着一双俏眼,屡向武帝偷看,口中复度出一种靡曼的柔音,暗暗挑逗,直令武帝魂驰魄荡,目动神迷。_{色不醉人人自醉。}平阳公主复从旁凑趣,故意向武帝问道:"这个歌女卫氏,色艺何如?"武帝听着,才顾向公主道:"她是何方人氏?叫做何名?"公主答称籍隶平阳,名叫子夫。武帝不禁失声道:"好一个平阳卫子夫呢!"说着,佯称体热,起座更衣。公主体心贴意,即命子夫随着武帝,同入尚衣轩。_{公主更衣室名尚衣轩。}好一歇不见出来，公主安坐待着，并不着忙。又过了半晌，才见武帝出来，面上微带倦容，那卫子夫且更阅片时，方姗姗来前，星眼微饧，云鬟斜軃，一种娇怯态度，几乎有笔难描。怕武帝耶？怕公主耶？平阳公主瞧着子夫，故意的瞅了一眼，益令子夫含羞俯首，拈带无言。好容易乞求得来，何必如此！武帝看那子夫情态，越觉销魂，且因公主引进歌姝，发生感念，特面允酬金千斤。公主谢过赏赐，并愿将子夫奉送入宫。武帝喜甚，便拟挈与同归，公主再令子夫入室整妆。待她妆毕，席已早撤，武帝已别姊登车。公主忙呼子夫出行。子夫拜辞公主，由公主笑颜扶起，并为抚背道："此去当勉承雨露，强饭为佳！将来得能尊贵，幸勿相忘！"子夫诺诺连声，上车自去。

　　时已日暮，武帝带着子夫，并驱入宫，满拟夜间，再续欢情，重谐鸾凤，偏有一位贪酸吃醋的大贵人，在宫候着，巧巧冤家碰着对头，竟与武帝相遇，目光一瞬，早已看见那卫子夫。急忙问明来历，武帝只好说是平阳公主家奴，入宫充役。谁知她竖起柳眉，翻转桃靥，说了两个"好"字，掉头竟去。这人究竟为谁？就是皇后陈阿娇。武帝一想，皇后不是好惹的人物，从前由胶东王得为太子，由太子得为皇帝，多亏是后母长公主，一力提携。况幼年便有金屋贮娇的誓言，怎好为了卫子夫一人，撇去好几年夫妻情分？于是把卫子夫安顿别室，自往中宫，陪着小心。陈皇后还要装腔作态，叫武帝去伴新来美人，不必絮扰。嗣经武帝一再温存，方与武帝订约，把卫子夫锢置冷宫，不准私见一面。武帝恐伤后意，勉强照行。从此子夫锁处宫中，几有一年余不见天颜。陈后渐渐疏防，不再查问，就是武帝亦放下旧情，蹉跎过去。

　　会因宫女过多，武帝欲察视优劣，分别去留，一班闷居深宫的女子，巴不得出宫归家，倒还好另行择配，免误终身，所以情愿见驾，冀得发放。卫子夫入宫以后，本想陪伴少年天子，专宠后房，偏被正宫妒忌，不准相见，起初似罪犯下狱，出入俱受人管束，后来虽稍得自由，总觉得天高日远，毫无趣味，还不如乘机出宫，仍去做个歌女，较为快活，乃亦粗整乌云，薄施朱粉，出随大众入殿，听候发落。武帝亲御便殿，按着宫人名册，一一点验，有的是准令出去，有的是仍使留住。至看到"卫子夫"三字，不由的触起前情，留心盼着。俄见子夫冉冉过来，人面依然，不过清瘦了好几分，惟鸦鬟蝉鬓，依然漆黑生光。子夫以美发闻，故一再提及。及拜倒座前，逼住娇喉，呜呜咽咽的说出一语，愿求释放出宫。武帝又惊又愧，又怜又爱，忙即好言抚慰，命她留着。子夫不便违命，只好起立一旁，待至余人验毕，应去的即出宫门，应留的仍返原室。子夫奉谕留居，没奈何随众退回，是夕尚不见有消息。到了次日的夜间，始有内侍传旨宣召，子夫应召进见，亭亭下拜。武帝忙为拦阻，揽她入怀，重叙一年离绪。子夫故意说道："臣妾不应再近陛下，倘被中宫得知，妾死不足惜，恐陛下亦许多不便哩！"武帝道："我在此处召卿，与正宫相离颇远，不致被闻。况我昨得一梦，见卿立处，旁有梓树数株，梓与子声音相通，我尚无子，莫非应在卿身，应该替我生子么？"日有所思，夜有所梦，武帝自解梦境，未免附会。说着，即与子夫携手入床，再图好事。一宵湛露，特别覃恩，十月欢苗，从兹布种。小子有诗咏道：

阴阳化合得生机，年少何忧子嗣稀？
可惜昭阳将夺宠，祸端从此肇宫闱。

子夫得幸以后，便即怀妊在身，不意被陈后知晓，又生出许多醋波。欲知后事，且看下回。

武帝与金氏女，虽为同母姊，然母已改适景帝，则与前夫之恩情已绝，即置诸不问，亦属无妨。就令武帝曲体亲心，顾及金氏，亦惟有密遣使人，给彼粟帛，令无冻馁之虞，已可告无愧矣。必张皇车驾，麾骑往迎，果何为者？名为孝母，实彰母过，是即武帝喜事之一端，不足为后世法也。平阳公主，因武帝之无子，私蓄少艾，乘间进御，或称其为国求储，心堪共谅，不知武帝年未弱冠，无子宁足为忧？观其送卫子夫时，有贵毋相忘之嘱，是可知公主之心，无非徼利，而他日巫蛊之狱，长门之锢，何莫非公主阶之厉也！武帝迎金氏女，平阳公主献卫子夫，迹似是而实皆非，有是弟即有是姊，同胞其固相类欤？

第六十回　因祸为福仲卿得官　寓正于谐东方善辩

却说卫子夫怀妊在身，被陈皇后察觉，恚恨异常，立即往见武帝，与他争论。武帝却不肯再让，反责陈后无子，不能不另幸卫氏，求育麟儿。陈皇后无词可驳，愤愤退去。一面出金求医，屡服宜男的药品，一面多方设计，欲害新进的歌姬。老天不肯做人美，任她如何谋画，始终无效。武帝且恨后奇妒，既不愿入寝中宫，复格外保护卫氏，因此子夫日处危地，几番遇险，终得复安。陈皇后不得逞志，又常与母亲窦太主密商，总想除去情敌。窦太主就是馆陶长公主，因后加号，从母称姓，所以尊为窦太主。太主非不爱女，但一时也想不出良谋，忽闻建章宫中，有一小吏，叫做卫青，乃是卫子夫同母弟，新近当差，太主推不倒卫子夫，要想从她母弟上出气，嘱人捕青。

青与子夫，同母不同父，母本平阳侯家婢女，嫁与卫氏，生有一男三女，长女名君孺，次女名少儿，三女就是子夫。后来夫死，仍至平阳侯家为佣，适有家僮郑季，暗中勾搭，竟与私通，居然得产一男，取名为青。郑季已有妻室，不能再娶卫媪，卫媪养青数年，已害得辛苦艰难，不可名状。谁叫你偷图快乐。只好使归郑季，季亦没奈何，只好收留。从来妇人多妒，往往防夫外遇，郑季妻犹是人情，怎肯大度包容？况家中早有数子，还要他儿何用？不过郑季已将青收归，势难麾使他去，当下令青牧羊，视若童仆，任情呼叱。郑家诸子，也不与他称兄道弟，一味苛待。青寄人篱下，熬受了许多苦楚，才得偷生苟活，粗粗成人。一日跟了里人，行至甘泉，过一徒犯居室，遇着髡奴，注视青面，不由的惊诧道："小哥儿今日穷困，将来当为贵人，官至封侯哩！"青笑道："我为人奴，想甚么富贵？"髡奴道："我颇通相术，不至看错！"青又慨然道："我但求免人笞骂，已为万幸，怎得立功封侯？愿君不必妄言！"贫贱时都不敢痴想。说罢自去。已而年益长成，不愿再受郑家奴畜，乃复过访生母，求为设法。生母卫媪，乃至平阳公主处乞情，公主召青入见，却是一个彪形大汉，相貌堂堂，因即用为骑奴。每当公主出行，青即骑马相随，虽未得一官半职，较诸在家时候，苦乐迥殊。时卫氏三女，已皆入都，长女嫁与太子舍人公孙贺，次女与平阳家吏霍仲孺相奸，生子去病。三女子夫，已由歌女选入宫中。青自思郑家兄弟，一无情谊，不如改从母姓，与郑氏断绝亲情，因此冒姓为卫，自取一个表字，叫做仲卿。这仲卿二字的取义，乃因卫家已有长子，自己认作同宗，应该排行第二，所以系一"仲"字，卿字是志在希荣，不烦索解。惟据此一端，见得卫青入公主家，已是研究文字，粗通音义。聪明人不劳苦求，一经涉览，便能领会，所以后此掌兵，才足胜任。否则一个牧羊儿，胸无点墨，难道能平空腾达，专阃无惭么？应有此理。

惟当时做了一两年骑奴，却认识了好几个朋友，如骑郎公孙敖等，皆与往还，因此替他荐引，转入建章宫当差。不意与窦太主做了对头，好好的居住上林，竟被太主使人缚去，险些儿斫落头颅。建章系上林宫名。亏得公孙敖等，召集骑士，急往抢救，得将卫青夺回，一面托人代达武帝。武帝不禁愤起，索性召见卫青，面加擢用，使为建章监侍中，寻且封卫子夫为夫人，再迁青为大中大夫。就是青同母兄弟姊妹，也拟一并加恩，俾享富贵。青兄向未知名，时人因他入为贵戚，排行最长，共号为卫长君。此时亦得受职侍中。卫长女君孺，既嫁与公孙贺，贺父浑邪，尝为陇西太守，封平曲侯，后来坐法夺封，贺却得侍武帝，曾为舍人，至是夫因妻贵，升官太仆。卫次女少儿，与霍仲孺私通后，又看中了一个陈掌，私相往来。掌系前曲逆侯陈平曾孙，有兄名何，擅夺人妻，坐罪弃市，封邑被削，掌寄寓都中，不过充个寻常小吏，只因他面庞秀美，为少儿所眼羡，竟撇却仲孺，愿与掌为夫妇。掌兄夺人妻，掌又诱人妻，可谓难兄难弟，

第六十回　因祸为福仲卿得官　寓正于谐东方善辩

不过福命不同。仲孺本无媒证,不能强留少儿,只好眼睁睁的由她改适。那知陈掌既得少妇,复沐异荣,平白地为天子姨夫,受官詹事。俏郎君也有特益。就是抢救卫青的公孙敖,也获邀特赏,超任大中大夫。

惟窦太主欲杀卫青,弄巧成拙,反令他骤跻显要,连一班昆弟亲戚,并登显阶,真是悔恨不迭,无从诉苦!陈皇后更闷个不了,日日想逐卫子夫,偏子夫越得专宠,甚至龙颜咫尺,似隔天涯,急切里又无从挽回,惟长锁蛾眉,终日不展,慢慢儿设法摆布罢了。伏下文巫蛊之祸。惟武帝本思废去陈后,尚恐太皇太后窦氏,顾着血胤,出来阻挠,所以只厚待卫氏姊弟,与陈后母女一边,未敢过问。但太皇太后已经不悦,每遇武帝入省,常有责言。武帝不便反抗,心下却很是抑郁,出来排遣,无非与一班侍臣,嘲风弄月,吟诗醉酒,消磨那愁里光阴。

当时侍臣,多来自远方,大都有一技一能,足邀主眷,方得内用。就中如词章、滑稽两派,更博武帝欢心,越蒙宠任。滑稽派要推东方朔,词章派要推司马相如,他若庄助、枚皋、吾邱寿王、主父偃、朱买臣、徐乐、严安、终军等人,先后干进,总不能越此两派范围。迄今传说东方朔、司马相如遗事,几乎脍炙人口,称道勿衰。小子且撮叙大略,聊说所闻。东方朔字曼倩,系平原厌次人氏,少好读书,又善诙谐。闻得汉廷广求文士,也想乘时干禄,光耀门楣,乃西入长安,至公车令处上书自陈,但看他书中语意,已足令人解颐。略云:

> 臣朔少失父母,长养兄嫂,年十二学书,三冬文史足用,十五学击剑,十六学诗书,诵二十二万言,十九学孙吴兵法,战阵之具,钲鼓之教,亦诵二十二万言。凡臣朔固已诵四十四万言,又尝服子路之言。臣朔年二十二,长九尺三寸,目若悬珠,齿若编贝,勇若孟贲,孟贲卫人,古勇士。捷若庆忌,吴王僚子。廉若鲍叔,齐大夫。信若尾生,古信士。若此可以为天子大臣矣。臣朔昧死再拜以闻。

这等书辞,若遇着老成皇帝,定然视作痴狂,弃掷了事。偏经那武帝的眼中,却当作奇人看待,竟令他待诏公车。公车属卫尉管领,置有令史,凡征求四方名士,得用公车往来,不需私费。就是士人上书,亦必至公车令处呈递,转达禁中。武帝叫他待诏公车,已是有心留用,朔只好遵诏留着。好多时不见诏下,惟在公车令处领取钱米,只够一宿三餐,此外没有甚么俸金,累得朔望眼将穿,囊资俱尽。偶然出游都中,见有一班侏儒,倭人名。从旁经过,便向他们恐吓道:"汝等死在目前,尚未知晓么?"侏儒大惊问故。朔又说道:"我闻朝廷召入汝等,名为侍奉天子,实是设法歼除。试想汝等不能为官,不能为农,不能为兵,无益国家,徒耗衣食,何如一概处死,可省许多食用?但恐杀汝无名,所以诱令进来,暗地加刑。"亏他捏造。侏儒闻言,统吓得面色惨沮,涕泣俱下。朔复佯劝道:"汝等哭亦无益,我看汝等无罪受戮,很觉可怜,现在特为设法,愿汝等依着我言,便可免死。"侏儒齐声问计,朔答道:"汝等但俟御驾出来,叩头请罪,如或天子有问,可推到我东方朔身上,包管无事。"说罢自去。侏儒信以为真,逐日至宫门外候着,好容易得如所望,便一齐至车驾前,跪伏叩头,泣请死罪。武帝毫不接洽,惊问何因?大众齐声道:"东方朔传言,臣等将尽受天诛,故来请死。"武帝道:"朕并无此意,汝等且退,待朕讯明东方朔便了。"

众始拜谢起去。武帝即命人往召东方朔。朔正虑无从见驾,特设此计,既得闻召,立即欣然赶来。武帝忙问道:"汝敢造言惑众,难道目无王法么?"朔跪答道:"臣朔生固欲言,死亦欲言,侏儒身长三尺余,每次领一囊粟,钱二百四十,臣朔身长九尺余,亦只得粟一囊,钱二百四十,侏儒饱欲死,臣朔饥欲死,臣意以为陛下求才,可用即用,不可用即放令归家,勿使在长安索米,饥饱难免一死呢!"武帝听罢,不禁大笑,因令朔待诏金马门。金马门本在宫内,朔既得入宫,便容易觌见天颜。会由武帝召集术士,令他射覆。是游戏术名。详见下句。特使左右取过一盂,把守宫复诸盂下,令人猜射。守宫虫名,即壁虎。诸术士屡猜不中,东方朔独闻信趋入道:"臣尝研究易理,能射此复。"武帝即令他猜射,朔分蓍布卦,依象推测,便答出四语道:

　　　　臣以为龙又无角,谓之为蛇又无足,跂跂脉脉善缘壁,是非守宫即蜥蜴。

武帝见朔猜着,随口称善,且命左右赐帛十匹,再令别射他物,无不奇中,连蒙赐帛。旁有宠优郭舍人,因技见宠,雅善口才,此次独怀了妒意,进白武帝道:"朔不过侥幸猜着,未足为奇。臣愿令朔复射,朔若再能射中,臣愿受笞百下,否则朔当受笞,臣当赐帛。"想是臀上肉作痒,自愿求笞。说着,即密向盂下放入一物,使朔射覆。朔布卦毕,含糊说道:"这不过是个窭数呢。"独言小物。郭舍人笑指道:"臣原知朔不能中,何必谩言!"道言未毕,朔又申说道:"生肉为脍,干肉为脯,著树为寄生,盆下为窭数。"郭舍人不禁失色,待至揭盂审视,果系树上寄生。那时郭舍人不能免笞,只得趋至殿下,俯伏待着。当有监督优伶的官吏,奉武帝命,用着竹板,笞责舍人,喝打声与呼痛声,同时并作。东方朔拍手大笑道:"咄!口无毛,声嗷嗷,尻益高!"尻读若考,平声。郭舍人又痛又恨,等到受笞已毕,一跷一突的走上殿阶,哭诉武帝道:"朔敢毁辱天子从官,罪应弃市。"武帝乃顾朔问道:"汝为何将他毁辱?"朔答道:"臣不敢毁他,但与他说的隐语。"武帝问隐语如何,朔说道:"口无毛是狗窦形,声嗷嗷是鸟

第六十回　因祸为福仲卿得官　寓正于谐东方善辩

哺毂声,尻益高是鹤俯啄状,奈何说是毁辱呢!"郭舍人从旁应声道:"朔有隐语,臣亦有隐语,朔如不知,也应受笞。"朔顾着道:"汝且说来。"舍人信口乱凑,作为谐语道:"令壶龃,侧加切。老柏涂,丈加切。伊优亚,乌加切。狋吽银。吽读若牛。牙。"朔不加思索,随口作答道:"令作命字解;壶所以盛物,龃即邪齿貌;老是年长的称呼,为人所敬;柏是不凋木,四时阴浓,为鬼所聚;涂是低湿的路径;伊优亚乃未定词;狋吽牙乃犬争声,有何难解呢?"舍人本胡诌成词,无甚深意,偏经朔一一解释,倒觉得语有来历;自思才辩不能相及,还是忍受一些笞辱,便算了事。是你自己取咎,与朔何尤。武帝却因此重朔,拜为郎官。朔得常侍驾前,时作谐语,引动武帝欢颜。武帝逐渐加宠,就是朔脱略形迹,也不复诘责,且尝呼朔为先生。

会当伏日赐肉,例须由大官丞官名。分给,朔入殿候赐,待到日昃,尚不见大官丞来分,那肉却早已摆着;天气盛暑,汗不停挥,不由的懊恼起来,便即拔出佩剑,走至俎前,割下肥肉一方,举示同僚道:"三伏天热,应早归休,且肉亦防腐,臣朔不如自取,就此受赐回家罢。"口中说,手中提肉,两脚已经转动,趋出殿门,径自去讫。群僚究不敢动手,待至大官丞进来,宣诏分给,独不见东方朔,问明群僚,才知朔割肉自去,心下恨他专擅,当即向武帝奏明。汝何故至晚方来?武帝记着,至翌日御殿,见朔趋入,便向他问道:"昨日赐肉,先生不待诏命,割肉自去,究属何理?"朔也不变色,但免冠跪下,从容请罪。武帝道:"先生且起,尽可自责罢了!"朔再拜而起,当即自责道:"朔来!朔来!受赐不待诏,为何这般无礼呢?拔剑割肉,志何甚壮!割肉不多,节何甚廉!归遗细君,情何甚仁!难道敢称无罪么?"细君犹言小妻,自谦之词。武帝又不觉失笑道:"我使先生自责,乃反自誉,岂不可笑!"当下顾令左右,再赐酒一石,肉百斤,使他归遗细君。朔舞蹈称谢,受赐而去。群僚都服他机警,称羡不置。

会东都献一矮人,入谒武帝,见朔在侧,很加诧异道:"此人惯偷王母桃,何亦在此。"武帝怪问原因,矮人答道:"西方有王母种桃,三千年方一结子,此人不良,已偷桃三次了。"武帝再问东方朔,朔但笑无言。其实东方朔并非仙人,不过略有技术,见誉当时,偷桃一说,也是与他谐谑,所以朔毫不置辩。后世因讹传讹,竟当作实事相看,疑他有不死术,说他偷食蟠桃,因得延年,这真叫做无稽之谈了。辟除邪说,有关世道。惟东方朔虽好谈谑,却也未尝没有直言,即据他谏止辟苑,却是一篇正大光明的奏议,可惜武帝反不肯尽信呢。

武帝与诸人谈笑度日,尚觉得兴味有限,因想出微行一法,易服出游。每与走马善射的少年,私下嘱咐,叫他守候门外,以漏下十刻为期,届期即潜率近侍,悄悄出会,纵马同往。所以殿门叫做期门。有时驰骋竟夕,直至天明,还是兴致勃勃,跑入南山,与从人射猎为乐,薄暮方还。一日又往南山驰射，践人禾稼，农民大哗，鄠杜令闻报，领役往捕，截住数骑，骑士示以乘舆中物，方得脱身。已而夜至柏谷，投宿旅店。店主人疑为盗贼，暗招壮士，意图拿住众人，送官究治。亏得店主妇独具慧眼，见武帝骨相非凡，料非常人，因把店主灌醉，将他缚住，备食进帝。转眼间天色已明，武帝挈众出店，一直回宫。当下遣人往召店主夫妇，店主人已经酒醒，闻知底细，惊慌的了不得。店主妇才与说明，于是放胆同来，伏阙谢罪。武帝特赏店主妇千金，并擢店主人为羽林郎。店主人喜出望外，与妻室同叩几个响头，然后退去。亏得有此贤妻，应该令他向妻磕头。

自经过两次恐慌，武帝乃托名平阳侯曹寿，多带侍从数名，防备不测。且分置更衣所十二处，以便日夕休息。大中大夫吾邱寿王，阿承意旨，请拓造上林苑，直接南山，预先估计价值，圈地偿民。武帝因国库盈饶，并不吝惜。独东方朔进奏道：

> 臣闻谦游静恧，天表之应，应之以福，骄溢靡丽，天表之应，应之以异。今陛下累筑郎台，郎与廊宇通。恐其不高也，弋猎之处，恐其不广也，如天不为变，则三辅之地，尽可为苑，何必盩厔鄠杜乎？
> 夫南山，天下之阻也，南有江淮，北有河渭，其地从汧陇以东，商洛以西，厥壤肥饶，所谓天下陆海之地，百工之所取资，万民之所仰给也。今规以为苑，绝陂池水泽之利，而取民膏腴之地，上乏国家之用，下夺农桑之业，其不可一也。且盛荆棘之林，大虎狼之墟，坏人冢墓，毁人家庐，令幼弱怀土而思，耆老泣涕而悲，其不可二也。斥而营之，垣而囿之，骑驰东西，车骛南北，纵一日之乐，致危无堤之舆，其不可三也。夫殷作九市之宫而诸侯叛，灵王起章华之台而楚民散，秦兴阿房之殿而天下乱，陛下奈何蹈之？粪土愚臣，自知忤旨，但不敢以阿默者危陛下，谨昧死以闻。

武帝见说，却也称善，进拜朔为大中大夫，兼给事中。但游猎一事，始终不忘，仍依吾邱寿王奏请，拓造上林苑。小子有诗叹道：

> 谐语何如法语良，嘉谟入告独从详。
> 君虽不用臣无忝，莫道东方果太狂！

上林苑既经拓造，遂引出一篇《上林赋》来。欲知《上林赋》作是何人？便是上文所说的司马相如，看官且住，容小子下回叙明。

陈皇后母子欲害卫子夫，并及其同母弟卫青，卒之始终无效，害人适以利人，是可为妇女好妒者，留下龟鉴。天下未有无故害人，而能自求多福者也。东方朔好为诙谐，乘时干进，而武帝亦第以俳优畜之。观其射覆之举，与郭舍人互相角技，不过自矜才辨，与国家毫无补益。至若割肉偷桃诸事，情同儿戏，更不足取，况偷桃之事更无实证乎？惟谏止拓苑之言，有关大体，厥后尚有直谏时事，是东方朔之名闻后世者，赖有此尔。滑稽派固不足重也。

第六十一回 挑婺女即席弹琴
别娇妻入都献赋

却说司马相如，字长卿，系蜀郡成都人氏，少时好读书，学击剑，为父母所钟爱，呼为犬子；及年已成童，慕战国时人蔺相如，赵人。因名相如。是时蜀郡太守文翁，吏治循良，大兴教化，遂选择本郡士人，送京肄业，司马相如亦得与选。至学成归里，文翁便命相如为教授，就市中设立官学，招集民间子弟，师事相如，入学读书。遇有高足学生，辄使为郡县吏，或命为孝弟力田。蜀民本来野蛮，得着这位贤太守，兴教劝学，风气大开，嗣是学校林立，化野为文。后来文翁在任病殁，百姓追怀功德，立祠致祭，连文翁平日的讲台旧址，都随时修葺，垂为纪念，至今遗址犹存。莫谓循吏不可为。惟文翁既殁，相如也不愿长作教师，遂往游长安，入资为郎，嗣得迁官武骑常侍。相如虽少学技击，究竟是注重文字，不好武备，因此就任武职，反致用违所长。会值梁王武入朝景帝，从吏如邹阳、枚乘诸人，皆工著作，见了相如，互相谈论，引为同志，相如乃欲往投梁国，索性托病辞官，竟至睢阳，梁都见前。干谒梁王。梁王却优礼相待，相如得与邹、枚诸人，琴书雅集，诗酒逍遥，暇时撰成一篇《子虚赋》，传播出去，誉重一时。

既而梁王逝世，同人皆风流云散，相如亦不得安居，没奈何归至成都。家中只有四壁，父母早已亡故，就使有几个族人，也是无可倚赖，穷途落魄，郁郁无聊。偶记及临邛县令王吉，系多年好友，且曾与自己有约，说是宦游不遂，可来过从等语。此时正当贫穷失业的时候，不能不前往相依，乃摒挡行李，径赴临邛。王吉却不忘旧约，闻得相如到来，当即欢迎，并问及相如近状。相如直言不讳，吉代为扼腕叹息。眉头一皱，计上心来，遂与相如附耳数语，相如自然乐从。当下用过酒膳，遂将相如行装，命左右搬至都亭，使他暂寓亭舍，每日必亲自趋候。相如前尚出见，后来却屡次挡驾，称病不出。偏吉仍日日一至，未尝少懈。附近民居，见县令仆仆往来，伺候都亭，不知是甚么贵客，寓居亭舍，有劳县令这般优待，逐日殷勤。一时哄动全邑，传为异闻。

临邛向多富人，第一家要算卓王孙，次为程郑，两家僮仆，各不下数百人。卓氏先世居赵，以冶铁致富，战国时便已著名。及赵为秦灭，国亡家灭，只剩得卓氏两夫妇，辗转徙蜀，流寓临邛。好在临邛亦有铁山，卓氏仍得采铁铸造，重兴旧业。汉初榷铁从宽，榷铁即冶铁税。卓氏坐取厚利，复成巨富，蓄养家僮八百，良田美宅，不可胜计。程郑由山东徙至，与卓氏操业相同，彼此统是富户，并且同业，当然是情谊相投，联为亲友。一日卓王孙与程郑晤谈，说及都亭中寓有贵客，应该设宴相邀，自尽地主情谊，乃即就卓家为宴客地，预为安排，两家精华，一齐搬出，铺设得非常华美；然后具柬请客，首为司马相如，次为县令王吉，此外为地方绅富，差不多有百余人。

王吉闻信，自喜得计，立即至都亭密告相如，叫他如此如此。总算玉汝于成。相如大悦，依计施行，待至王吉别去，方将行李中的贵重衣服，携取出来，最值钱的是一件鹔鹴裘，正好乘寒穿着，出些风头。余如冠履等皆更换一新，专待王吉再至，好与同行，俄而县中复派到车骑仆役，归他使唤，充作驺从。又俄而卓家使至，敦促赴席。相如尚托词有病，未便应召。及至使人往返两次，才见王吉复来，且笑且语，携手登车，从骑一拥而去。

到了卓家门首，卓王孙、程郑与一班陪客，统皆伫候，见了王吉下车，便一齐趋集，来迎贵客。相如又故意延捱，直至卓王孙等，车前迎谒，方缓缓的起身走下。描摹得妙。大众仰望丰采，果然是雍容大雅，文采风流，当即延入大厅，延他上坐。王吉从后趋入，顾众与语道："司马公尚不愿莅宴，总算有我情面，才肯到此。"相如即接入道："孱躯多病，不惯应酬，自到贵地以来，惟探望邑尊一次，此外未曾访友，还乞诸君原谅。"卓王孙等满口恭维，无非说是大驾辱临，有光陋室等语。未几即请令入席，相如也不推辞，便坐首位。王吉以下，挨次坐定，卓王孙、程郑两人，并在末座相陪。余若驺从等，俱在外厢，亦有盛餐相待，不消多叙。那大厅里面的筵席，真个是山珍海味，无美不收。

约莫饮了一两个时辰，宾主俱有三分酒意。王吉顾相如道："君素善弹琴，何不一劳贵手，使仆等领教一二？"相如尚有难色，卓王孙起语道："舍下却有古琴，愿听司马公一奏。"王吉道："不必不必，司马公琴剑随身，我看他车上带有琴囊，可即取来。"左右闻言，便出外取琴。须臾携至，当是特地带来。由王吉接受，奉交相如。都是做作。相如不好再辞，乃抚琴调弦，弹出声来。这琴名为绿绮琴，系相如所素弄，凭着那多年熟手，按指成声，自然雅韵铿锵，抑扬有致。大众齐声喝彩，无不称赏。恐未免对牛弹琴。正在一弹再鼓，忽闻屏后有环珮声，即由相如留心窥看，天缘辐凑，巧巧打了一个照面，引得相如目迷心醉，意荡神驰。究竟屏后立着何人？原来是卓王孙女卓文君。文君年才十七，生得聪明伶俐，妖冶风流，琴棋书画，件件皆精，不幸嫁了一夫，为欢未久，即悲死别，二八红颜，怎堪经此惨剧，不得已回到母家，孀居度日。此时闻得外堂上客，乃是华贵少年，已觉得摇动芳心，情不自主，当即缓步出来，潜

第六十一回　挑婺女即席弹琴　别娇妻入都献赋

立屏后。方思举头外望，又听得琴声入耳，音律双谐，不由的探出娇容，偷窥贵客，适被相如瞧见，果然是个绝世尤物，比众不同。便即变动指法，弹成一套凤求凰曲，借那弦上宫商，度送心中诗意。文君是个解人，侧耳静听，一声声的寓着情词，词云：

> 凤兮凤兮归故乡，遨游四海求其凰。有一艳女在此堂，室迩人遐毒我肠。何由交接为鸳鸯！凤兮凤兮从凰栖，得托子尾永为妃。交情通体必和谐，中夜相从别有谁！

弹到末句，划然顿止。已而酒阑席散，客皆辞去，文君才返入内房，不言不语，好似失去了魂魄一般。忽有一侍儿跟跄趋入，报称贵客为司马相如，曾在都中做过显官，年轻才美，择偶甚苛，所以至今尚无妻室。目下告假旋里，路经此地，由县令留玩数天，不久便要回去了。文君不禁失声道："他……他就要回去么？"情急如绘。侍儿本由相如从人，奉相如命，厚给金银，使通殷勤，所以入告文君，用言探试。及见文君语急情深，就进一层说道："似小姐这般才貌，若与那贵客订结丝萝，正是一对天成佳偶，愿小姐勿可错过！"文君并不加嗔，还道侍儿是个知心，便与她密商良法。侍儿替她设策，竟想出一条夤夜私奔的法子，附耳相告。文君记起琴心，原有中夜相从一语，与侍儿计谋暗合。情魔一扰，也顾不得甚么嫌疑，什么名节，便即草草装束，一俟天晚，竟带了侍儿，偷出后门，趁着夜间月色，直向都亭行去。

都亭与卓家相距，不过里许，顷刻间便可走到。司马相如尚未就寝，正在忆念文君，胡思乱想，蓦闻门上有剥啄声，即将灯光剔亮，亲自开门。双扉一启，有两女鱼贯进来，先入的乃是侍儿，继进的就是日间所见的美人。一宵好事从天降，真令相如大喜过望，忙即至文君前，鞠躬三揖。也是一番俟门礼。文君含羞答礼，趋入内房。惟侍儿便欲告归，当由相如向她道谢，送出门外，转身将门掩住，急与文君握手叙情。灯下端详，越加娇艳，但看她眉如远山，面如芙蕖，肤如凝脂，手如柔荑，低鬟弄带，真个销魂。那时也无暇多谈，当即相携入帏，成就了一段姻缘。郎贪女爱，彻夜绸缪，待至天明，两人起来梳洗，彼此密商，只恐卓家闻知，前来问罪，索性逃之夭夭，与文君同诣成都去了。

卓王孙失去女儿，四下找寻，并无下落，嗣探得都亭贵客，不知去向，转至县署访问，亦未曾预悉，才料到寡女文君，定随相如私奔。家丑不宜外扬，只好搁置不提。王吉闻相如不别而行，亦知他拥艳逃归，但本意是欲替相如作伐，好教他入赘卓家，借重富翁金帛，再向都中谋事，那知他求凰甫就，遽效鸿飞，自思已对得住故人，也由他自去，不复追寻。这谢媒酒未曾吃得，当亦可惜。

惟文君跟着相如，到了成都，总道相如衣装华美，定有些须财产，那知他家室荡然，只剩了几间敝屋，仅可容身。自己又仓猝夜奔，未曾多带金帛，但靠着随身金饰，能值多少钱文？事已如此，悔亦无及，没奈何拔钗沽酒，脱钏易粮。敷衍了好几月，已将衣饰卖尽，甚至相如所穿的鹔鹴裘，也押与酒家，赊取新酿数斗，肴核数色，归与文君对饮浇愁。文君见了酒肴，勉强陪饮，至问及酒肴来历，乃由鹔鹴裘抵押得来，禁不住泪下数行，无心下箸。相如虽设词劝慰，也觉得无限凄凉，文君见相如为己增愁，因即收泪与语道："君一寒至此，终非长策，不如再往临邛，向兄弟处借贷钱财，方可营谋生计。"相如含糊答应，到了次日，即挈文君启程。身外已无长物，只有一琴一剑，一车一马，尚未卖去，乃与文君一同登程，再至临邛，先向旅店中暂憩，私探卓王孙家消息。

旅店中人，与相如夫妇，素不相识。便直言相告道：卓女私奔，卓王孙几乎气死，现闻卓女家穷苦得很，曾有人往劝卓王孙，叫他分财赒济，偏卓王孙盛怒不从，说是女儿不肖，我不忍杀死，何妨听她饿死，如要我赒给一钱，也是不愿云云。相如听说，暗思卓王孙如此无情，文君也不便往贷。我已日暮途穷，也不能顾着名誉，索性与他女儿抛头露面，开起一爿小酒肆来，使他自己看不过去，情愿给我钱财，方作罢论。主见已定，遂与文君商量，文君到了此时，也觉没法，遂依了相如所言，决计照办。文君名节，原不足取，但比诸朱买臣妻，还是较胜一筹。相如遂将车马变卖，作为资本，租借房屋，备办器具，居然择日开店，悬挂酒旗。店中雇了两三个酒保，自己也充当一个脚色，改服犊鼻裈，即短脚裤。携壶涤器，与佣保通力合作。一面令文君淡装浅抹，当垆卖酒。系卖酒之处，筑土堆瓮。

顿时引动一班酒色朋友，都至相如店中，喝酒赏花。有几人认识卓文君，背地笑谈，当作新闻，一传十，十传百，送入卓王孙耳中。卓王孙使人密视，果是文君，惹得羞愧难堪，杜门不出。当有许多亲戚故旧，往劝卓王孙道："足下只有一男二女，何苦令文君出丑，不给多金？况文君既失身长卿，往事何须追究，长卿曾做过贵官，近因倦游归家，暂时落魄，家况虽贫，人才确是不弱，且为县令门客，怎见得埋没终身？足下不患无财，一经赒济，便好反辱为荣了！"卓王孙无奈相从，因拨给家童百名，钱百万缗，并文君嫁时衣被财物，送交相如肆中。相如即将酒肆闭歇，乃与文君饱载而归。县令王吉，却也得知，惟料是相如诡计，绝不过问。相如也未曾往会。彼此心心相印，总算是个好朋友呢。看到此处，不可谓非相如能屈能伸。

相如返至成都，已得僮仆资财，居然做起富家翁来，置田宅，辟园囿，就住室旁筑一琴台，与文君弹琴消遣。又因文君性耽曲蘖，特向邛崃县东，购得一井，井水甘美，酿酒甚佳，特号为文君井，随时汲取，造酒合欢。且在井旁亦造一琴台，尝挈文君登台弹饮，目送手挥，领略春山眉妩。酒酣兴至，翦来秋水

第六十一回 挑孽女即席弹琴 别娇妻入都献赋

瞳人，未免有情，愿从此老。何物长卿得此艳福。只是蛾眉伐性，醇酒伤肠，相如又素有消渴病，怎禁得酒色沉迷，恬不知返，因此旧疾复发，不能起床。^{特叙琐事以戒后人}亏得名医调治，渐渐痊可，乃特作一篇《美人赋》，作为自箴。可巧朝旨到来，召令入都，相如乐得暂别文君，整装北上。不多日便到长安，探得邑人杨得意，现为狗监，掌上林猎犬。代为先容，所以特召。当下先访得意，问明大略，得意说道："这是足下的《子虚赋》，得邀主知。主上恨不与足下同时，仆谓足下，曾为此赋，现正家居。主上闻言，因即宣召足下。足下今日到此，取功名如拾芥了。"相如忙为道谢，别了得意，诘旦入朝，武帝见了相如，便问："《子虚赋》是否亲笔？"相如答道："《子虚赋》原出臣手，但尚系诸侯情事，未足一观。臣请为陛下作《游猎赋》。"武帝听说，遂令尚书给与笔札。相如受笔札后，退至阙下，据案构思，濡毫落纸，赋就了数千言，方才呈入。武帝展览一周，觉得满纸琳琅，目不胜赏，遂即叹为奇才，拜为郎官。

当时与相如齐名，要算枚皋。皋即吴王濞郎中枚乘庶子。乘尝谏阻吴王造反，故吴王走死，乘不坐罪，仍由景帝召入，命为弘农都尉。乘久为大国上宾，不愿退就郡吏，莅任未几，便托病辞官，往游梁国。梁王武好养食客，当然引为幕宾，文诰多出乘手。乘纳梁地民女为妾，乃生枚皋。至梁王病殁，乘归淮阴原籍，妾不肯从行，触动乘怒，竟将她母子留下，但给与数千钱，俾她赡养，径自告归。武帝素闻乘名，即位后，就派遣使臣，用着安车蒲轮，迎乘入都。乘年已衰迈，竟病死道中。使臣回报武帝，武帝问乘子能否属文？派员调查，好多时才得枚皋出来，诣阙上陈，自称读书能文。原来皋幼传父业，少即工词，十七岁上书梁王刘买，^{即梁王武长子}得诏为郎，嗣为从吏所谮，得罪亡去，家产被收。辗转到了长安，适遇朝廷大赦，并闻武帝曾求乘子，遂放胆上书，作了自荐的毛遂。^{赵人，此处系是借喻}武帝召入，见他少年儒雅，已料知所言非虚，再命作《平乐馆赋》，却是下笔立就，比相如尤为敏捷，词藻亦曲赡可观，因也授职为郎。惟相如为文，虽迟必佳，皋却随手写来，片刻可成，但究不及相如的工整。就是皋亦自言勿如。惟谓诗赋乃消遣笔墨，毋庸多费心思，故往往诙谐杂出，不尚修辞。后人称为马迟枚速，便是为此。小子有诗咏道：

髦士峨峨待诏来，幸逢天子拔真才。
马迟枚速何遑问，但擅词章便占魁。

尚有朱买臣一段故事，不妨连类叙明，请看官续阅下回，自知分晓。

文君夜奔相如，古今传为佳话，究之寡廉鲜耻，有玷闺箴。而相如则尤为名教罪人，美其美而挑逗之，涎其富而污辱之，学士文人，果当如是耶！我国小说家，往往于才子佳人之苟合，津津乐道，遂致钻穴窥墙之行，时有所闻。近则自由择偶，不待媒妁，盖又变本加厉，名节益荡然矣。然文君既随相如，虽穷不怨，甚至当垆沽酒，亦所甘心，以视近人之忽合忽离，行同犬彘者，其得毋相去尚远耶？读此回，不禁有每况愈下之感云。

第六十二回　厌夫贫下堂致悔　　开敌衅出塞无功

却说吴人朱买臣，表字翁子，性好读书，不治产业，蹉跎至四十多岁，还是一个落拓儒生，食贫居贱，困顿无聊。家中只有一妻，不能赡养，只好与他同入山中，刈薪砍柴，挑往市中求售，易钱为生。妻亦负载相随。惟买臣肩上挑柴，口中尚呫哔不绝，妻在后面听着，却是一语不懂，大约总是背诵古书，不由的懊恼起来，叫他不要再念。偏是买臣越读越响，甚且如唱歌一般，提起嗓子，响彻市中。妻连劝数次，并不见睬，又因家况越弄越僵，单靠一两担薪柴，如何度日？往往有了朝餐，没有晚餐。自思长此饥饿，终非了局，不如别寻生路，省得这般受苦，便向买臣求去。买臣道："我年五十当富贵，今已四十余岁了，不久便当发迹了，汝随我吃苦，已有二十多年，难道这数载光阴，竟忍耐不住么？待我富贵，当报汝功劳。"语未说完，但听得一声娇嗔道："我随汝多年，苦楚已尝遍了，汝原是个书生，弄到担柴为生，也应晓得读书无益，为何至今不悟，还要到处行吟！我想汝终要饿死沟中，怎能富贵？不如放我生路，由我去罢！"买臣见妻动恼，再欲劝解，那知妇人性格，固执不返，索性大哭大闹，不成样子，乃允与离婚，写了休书，交与妻手。妻绝不留恋，出门自去。实是妇人常态，亦不足怪。

买臣仍操故业，读书卖柴，行歌如故。会当清明节届，春寒未尽，买臣从山上刈柴，束作一担，挑将下来，忽遇着一阵风雨，淋湿敝衣，觉得身上单寒，没奈何趋入墓间，为暂避计。好容易待至天霁，又觉得饥肠乱鸣，支撑不住。事有凑巧，来了一男一女，祭扫墓前，妇人非别，正是买臣故妻。买臣明明看见，却似未曾相识，不去睬她。倒是故妻瞧着买臣，见他瑟缩得很，料为饥寒所迫，因将祭毕酒饭，分给买臣，使他饮食。买臣也顾不得羞惭，便即饱餐一顿，把碗盏交还男人，单说了一个谢字，也不问男子姓名。其实这个男子，就是他前妻的后夫。前妻还算有情。两下里各走各路，并皆归家。

转眼间已过数年，买臣已将近五秩了。适会稽郡吏入京上计，计乃簿账之总名。随带食物，并载车内，买臣愿为运卒，跟吏同行。既到长安，即诣阙上

第六十二回　厌夫贫下堂致悔　开敌衅出塞无功

书，多日不见发落。买臣只好待诏公车，身边并无银钱，还亏上计吏怜他穷苦，给济饮食，才得生存。可巧邑人庄助，自南方出使回来，买臣曾与识面，乃踵门求见，托助引进。助却顾全乡谊，便替他入白武帝，武帝方才召入，面询学术。买臣说《春秋》，言《楚辞》，正合武帝意旨，遂得拜为中大夫，与庄助同侍禁中。不意释褐以后，官运尚未亨通，屡生波折，终致坐事免官，仍在长安寄食。又阅年始召他待诏。

是时武帝方有事南方，欲平越地，遂令买臣乘机献策，取得铜章墨绶，来作本地长官。富贵到手了。看官欲知买臣计议，待小子表明越事，方有头绪可寻。随手叙入越事，是萦带法。从前东南一带，南越最大，次为闽越，又次为东越。闽越王无诸，受封最早，汉高所封。东越王摇及南越王赵佗，受封较迟。摇为惠帝时所封，佗为文帝时所封，并见前文。三国子孙，相传未绝。自吴王濞败奔东越，被他杀死，吴太子驹，亡走闽越，屡思报复父仇，尝劝闽越王进击东越。回应前文五十五回。闽越王郢，乃发兵东侵，东越抵敌不住，使人向都中求救。武帝召问群臣，武安侯田蚡，谓越地辽远，不足劳师，独庄助从旁驳议，谓小国有急，天子不救，如何抚宇万方？武帝依了助言，便遣助持节东行，至会稽郡调发戍兵，使救东越。会稽守迁延不发，由助斩一司马，促令发兵，乃即由海道进军，陆续往援。行至中途，闽越兵已闻风退去。东越王屡经受创，恐汉兵一返，闽越再来进攻，因请举国内徙，得邀俞允。于是东越王以下，悉数迁入江淮间。闽越王郢，自恃兵强，既得逐去东越，复欲并吞南越。休养了三四年，竟大举入南越王境。南越王胡，为赵佗孙，闻得闽越犯边，但守勿战，一面使人飞奏汉廷，略言两越俱为藩臣，不应互相攻击，今闽越无故侵臣，臣不敢举兵，唯求皇上裁夺！武帝览奏，极口褒赏，说他守义践信，不能不为他出师。当下命大行王恢，及大司农韩安国，并为将军，一出豫章，一出会稽，两路并进，直讨闽越。淮南王安，上书谏阻，武帝不从，但饬两路兵速进。闽越王郢回军据险，防御汉师。郢弟余善，聚族与谋，拟杀郢谢汉，族人多半赞成。遂由余善怀刃见郢，把郢刺毙，就差人赍着郢首，献与汉将军王恢。恢方率军逾岭，既得余善来使，乐得按兵不动。一面通告韩安国，一面将郢首传送京师，候诏定夺。武帝下诏罢兵，遣中郎将传谕闽越，另立无诸孙繇君丑为王，使承先祀。偏余善挟威自恣，不服繇王，繇王丑复遣人入报。武帝以余善诛郢有功，不如使王东越，权示羁縻，乃特派使册封，并谕余善，划境自守，不准与繇王相争。余善总算受命。武帝复使庄助慰谕南越，南越王胡，稽首谢恩，愿遣太子婴齐，入备宿卫，庄助遂与婴齐偕行。路过淮南，淮南王安，迎助入都，表示殷勤。助曾受武帝面嘱，顺道谕淮南王，至是传达帝意，淮南王安，自知前谏有误，惶恐谢过，且厚礼待助，私结交好。助不便久留，遂与订约而别。

为后文连坐叛案张本。还至长安，武帝因助不辱使命，特别赐宴，从容问答。至问及居乡时事，助答言少时家贫，致为友婿富人所辱，未免怅然。武帝听他言中寓意，即拜助为会稽太守，使得夸耀乡邻。谁知助莅任以后，并无善声，武帝要把他调归。

适值东越王余善，屡征不朝，触动武帝怒意，谋即往讨，买臣乘机进言道："东越王余善，向居泉山，负嵎自固，一夫守险，千人俱不能上，今闻他南迁大泽，去泉山约五百里，无险可恃，今若发兵浮海，直指泉山，陈舟列兵，席卷南趋，破东越不难了！"武帝甚喜，便将庄助调还，使买臣代任会稽太守。买臣受命辞行，武帝笑语道："富贵不归故乡，如衣锦夜行，今汝可谓衣锦荣归了！"天子当为地择人，不应徒令夸耀故乡，乃待庄助如此，待买臣又如此。毋乃不经。买臣顿首拜谢，武帝复嘱道："此去到郡，宜亟治楼船，储粮蓄械，待军俱进，不得有违！"买臣奉命而出。

先是买臣失官，尝在会稽守邸中，寄居饭食，守邸如今之会馆相似。免不得遭人白眼，忍受揶揄。此次受命为会稽太守，正是吐气扬眉的日子，他却藏着印绶，仍穿了一件旧衣，步行至邸。邸中坐着上计郡吏，方置酒高会，酣饮狂呼，见了买臣进去，并不邀他入席，尽管自己乱喝。统是势利小人。买臣也不去说明，低头趋入内室，与邸中当差人役，一同噉饭。待至食毕，方从怀中露出绶带，随身飘扬。有人从旁瞧着，暗暗称奇，遂走至买臣身旁，引绶出怀，却悬着一个金章。细认篆文，正是会稽郡太守官印，慌忙向买臣问明。买臣尚淡淡的答说道："今日正诣阙受命，君等不必张皇！"话虽如此，已有人跑出外厅报告上计郡吏。郡吏等多半酒醉，统斥他是妄语胡言，气得报告人头筋饱绽，反唇相讥道："如若不信，尽可入内看明。"当有一个买臣故友，素来瞧不起买臣，至此首先着忙，起座入室。片刻便即趋出，拍手狂呼道："的确是真，不是假的！"大众听了，无不骇然，急白守邸郡丞，同肃衣冠，至中庭排班伫立，再由郡丞入启买臣，请他出庭受谒。买臣徐徐出户，踱至中庭，大众尚恐酒后失仪，并皆加意谨慎，拜倒地上。不如是，不足以见炎凉世态。买臣才答他一个半礼。待到大众起来，外面已驱入驷马高车，迎接买臣赴任。买臣别了众人，登车自去，有几个想乘势趋奉，愿随买臣到郡，都被买臣复绝，碰了一鼻子灰，这且无容细说。

惟买臣驰入吴境，吏民夹道欢迎，趋集车前，就是吴中妇女，也来观看新太守丰仪，真是少见多怪，盛极一时。买臣从人丛中望将过去，遥见故妻，亦站立道旁，不由的触起旧情，记着墓前给食的余惠，便令左右呼她过来，停车细询。此时贵贱悬殊，后先迥别，那故妻又羞又悔，到了车前，几至呆若木鸡。还是买臣和颜与语，才说出一两句话来，原来故妻的后夫，正充郡中工役，修

第六十二回　厌夫贫下堂致悔　开敌衅出塞无功

治道路,经买臣问悉情形,也叫他前来相见,使与故妻同载后车,驰入郡廨。当下腾出后园房屋,令他夫妻同居,给与衣食。不可谓买臣无情。又遍召故人入宴,所有从前叨惠的亲友,无不报酬,乡里翕然称颂。惟故妻追悔不了,虽尚衣食无亏,到底不得锦衣美食,且见买臣已另娶妻室,享受现成富贵,自己曾受苦多年,为了一时气忿,竟至别嫁,反将黄堂贵眷,平白地让诸他人,如何甘心? 左思右想,无可挽回,还是自尽了事,遂乘后夫外出时,投缳毕命。买臣因覆水难收,势难再返,特地收养园中,也算是不忘旧谊。才经一月,即闻故妻自缢身亡,倒也叹息不置。因即取出钱财,令她后夫买棺殓葬,这也不在话下。覆水难收,本太公望故事,后人多误作买臣遗闻,史传中并未载及,故不妄入。

且说买臣到任,遵着武帝面谕,置备船械,专待朝廷出兵,助讨东越。适武帝误听王恢,诱击匈奴,无暇南顾,所以把东越事搁起,但向北方预备出师。

汉自文景以来,屡用和亲政策,笼络匈奴。匈奴总算与汉言和,未尝大举入犯,惟小小侵掠,在所不免。朝廷亦未敢弛防,屡选名臣猛将,出守边疆。当时有个上郡太守李广,系陇西成纪人,骁勇绝伦,尤长骑射,文帝时出击匈奴,毙敌甚众,已得擢为武骑常侍,至吴、楚叛命,也随周亚夫出征,突阵搴旗,著有大功,只因他私受梁印,功罪相抵,故只调为上谷太守。上谷为出塞要冲,每遇匈奴兵至,广必亲身出敌,为士卒先,典属国官名。公孙昆邪,尝泣语景帝道:"李广材气无双,可惜轻敌,倘有挫失,恐亡一骁将,不如内调为是。"景帝乃徙广入守上郡。上郡在雁门内,距房较远,偏广生性好动,往往自出巡边。一日出外探哨,猝遇匈奴兵数千人,蜂拥前来,广手下只有百余骑,如何对敌? 战无可战,走不及走,他却从容下马,解鞍坐着。匈奴兵疑有诡谋,倒也未敢相逼。会有一白马将军出阵望广,睥睨自如,广竟一跃上马,仅带健骑十余人,向前奔去,至与白马将军相近,张弓发矢,飕的一声,立将白马将军射毙,再回至原处,跳落马下,坐卧自由。匈奴兵始终怀疑,相持至暮并皆退回。嗣是广名益盛。却是有胆有识,可惜命运欠佳。

武帝素闻广名,特调入为未央宫卫尉,又将边郡太守程不识,亦召回京师,使为长乐宫卫尉。广用兵尚宽,随便行止,不拘行伍,不击刁斗,使他人人自卫,却亦不遭敌人暗算。不识用兵尚严,部曲必整,斥堠必周,部众当谨受约束,不得少违军律,敌人亦怕他严整,未敢相犯。两将都防边能手,士卒颇愿从李广,不愿从程不识。不识也推重广才,但谓宽易致失,宁可从严。这是正论。因此两人名望相同,将略不同。

至武帝元光元年,武帝于建元六年后,改称元光元年。复令李广、程不识为将军,出屯朔方。越年,匈奴复遣使至汉,申请和亲。大行王恢,谓不如与他绝好,相机进兵。韩安国已为御史大夫,独主张和亲,免得劳师。武帝遍问群臣，群臣多赞同韩议，乃遣归番使，仍允和亲。偏有雁门郡马邑人聂壹，年老嗜利，入都进谒王恢，说是匈奴终为边患，今乘他和亲无备，诱令入塞，伏兵邀击，必获大胜。恢本欲击虏邀功，至此听了壹言，又觉得兴致勃发，立刻奏闻。武帝年少气盛，也为所动，再召群臣会议。韩安国又出来反对，与王恢争论廷前，各执一是。王恢说道："陛下即位数年，威加四海，统一华夷，独匈奴侵盗不已，肆无忌惮，若非设法痛击，如何示威！"安国驳说道："臣闻高皇帝被困平城，七日不食，及出围返都，不相仇怨，可见圣人以天下为心，不愿挟私害公。自与匈奴和亲，利及五世，故臣以为不如主和！"恢又说道："此语实似是而非。从前高皇帝不去报怨，乃因天下新定，不应屡次兴师，劳我人民。今海内久安，只有匈奴屡来寇边，常为民患，死伤累累，槥车相望。这正仁人君子，引为痛心，奈何不乘机击逐呢！"安国又申驳道："臣闻兵法有言，以饱待饥，以逸待劳，所以不战屈人，安坐退敌。今欲卷甲轻举，长驱深入，臣恐道远力竭，反为敌擒，故决意主和，不愿主战！"恢摇首道："韩御史徒读兵书，未谙兵略，若使我兵轻进，原是可虞，今当诱彼入塞，设伏邀击，使他左右受敌，进退两难，臣料擒渠获丑，在此一举，可保得有利无害呢！"看汝做来。

武帝听了多时，也觉得恢计可用，决从恢议，遂使韩安国为护军将军，王恢为将屯将军，太仆公孙贺为轻车将军，卫尉李广为骁骑将军，大中大夫李息为材官将军，率同兵马三十多万，悄悄出发。先令聂壹出塞互市，往见舍军臣单于，匈奴国主名，见前。愿举马邑城献虏。单于似信非信，便问聂壹道："汝本商民，怎能献城？"聂壹答道："我有同志数百人，若混入马邑，斩了令丞，管教全城可取，财物可得，但望单于发兵接应，并录微劳，自不致有他患了！"单于本来贪利，闻言甚喜，立派部目随着聂壹，先入马邑，俟聂壹得斩守令，然后进兵。聂壹返至马邑，先与邑令密谋，提出死囚数名，枭了首级，悬诸城上，托言是令丞头颅，诳示匈奴来使。来使信以为然，忙去回报军臣单于，单于便领兵十万，亲来接应，路过武州，距马邑尚百余里，但见沿途统是牲畜，独无一个牧人，未免诧异起来，可巧路旁有一亭堡，料想堡内定有亭尉，何不擒住了他，问明底细？当下指挥人马，把亭围住，亭内除尉史外，只有守兵百人，无非是了望敌情，通报边讯。此次亭尉得了军令，佯示镇静，使敌不疑，所以留住亭内，谁料被匈奴兵马，团团围住，偌大孤亭，如何固守？没奈何出降匈奴，报知汉将秘谋。单于且惊且喜，慌忙退还，及驰入塞外，额手相庆道："我得尉史，实邀天佑！"一面说，一面召过尉史，特封天王。却是倪来富贵，可惜舍义贪生。

是时王恢已抄出代郡，拟袭匈奴兵背后，截夺辎重，蓦闻单于退归，不胜惊讶，自思随身兵士，不过二三万人，怎能敌得过匈奴大队，不如纵敌出塞，还好保全自己生命，遂敛兵不出，旋且引还。既有今日，何必当初！韩安国等带领大军，分驻马邑境内，好几日不见动静，急忙变计出击，驰至塞下，那匈奴兵早已遁去，一些儿没有形影了，只好空手回都。安国本不赞成恢议，当然无罪，公孙贺等亦得免谴。独王恢乃是首谋，无故劳师，轻自纵敌，眼见是无功有罪，应该受刑。小子有诗叹道：

> 娄敬和亲原下策，王恢诱敌岂良谋。
> 劳师卅万轻挑衅，一死犹难谢主忧。

毕竟王恢是否坐罪，且看下回再详。

"贪"之一字，无论男妇，皆不可犯。试观本回之朱买臣妻，及大行王恢，事迹不同，而致死则同，盖无一非"贪"字误之耳，买臣妻之求去，是志在贪富，王恢之诱匈奴，是志在贪功，卒之贪富者轻丧名节，无救于贫，贪功者徒费机谋，反致坐罪。后悔难追，终归自杀，亦何若不贪之为愈乎！是故买臣妻之致死，不能怨买臣之薄情，王恢之致死，不能怨武帝之寡德，要之皆自取而已。世之好贪者其鉴诸！

第六十三回　执国法王恢受诛　骂座客灌夫得罪

却说王恢还朝，入见武帝，武帝不禁怒起，说他劳师纵敌，罪有所归。试问自己，果能无过否？王恢答辩道："此次出师，原拟前后夹攻，计擒单于，诸将军分伏马邑，由臣抄袭敌后，截击辎重，不幸良谋被泄，单于逃归，臣所部止三万人，不能拦阻单于，明知回朝复命，不免遭戮，但为陛下保全三万人马，亦望曲原！陛下如开恩恕臣，臣愿邀功赎罪，否则请陛下惩处便了。"武帝怒尚未息，令左右系恢下狱，援律谳案。廷尉议恢逗挠当斩，复奏武帝。武帝当即依议，限期正法。恢闻报大惧，慌忙嘱令家人，取出千金，献与武安侯田蚡，求他缓颊。是时太皇太后窦氏早崩，在武帝建元六年。丞相许昌，亦已免职。武安侯田蚡，竟得入膺相位，内依太后，外冠群僚，总道是容易设法，替恢求生，遂将千金老实收受，入宫白王太后道："王恢谋击匈奴，伏兵马邑，本来是一条好计，偏被匈奴探悉，计不得成，虽然无功，罪不至死。今若将恢加诛，是反为匈奴报仇，岂非一误再误么？"王太后点首无言，待至武帝入省，便将田蚡所言，略述一遍。武帝答道："马邑一役，本是王恢主谋，出师三十万众，望得大功，就使单于退去，不中我计，但恢已抄出敌后，何勿邀击一阵，杀获数人，借慰众心？今恢贪生怕死,逗留不出,若非按律加诛,如何得谢天下呢!"理论亦正,可惜徒知责人,不知责己。

王太后本与恢无亲,不过为了母弟情面,代为转言。及见武帝义正词严,也觉得不便多说,待至武帝出宫,即使人复报田蚡。蚡亦只好复绝王恢。千金可曾发还否？恢至此已无生路,索性图个自尽,省得身首两分。狱吏至恢死后,方才得知,立即据实奏闻,有诏免议。看官阅此,还道武帝决意诛恢,连太后母舅的关说,都不肯依,好算是为公忘私。其实武帝也怀着私意,与太后母舅两人,稍有芥蒂,所以借恢出气,不肯枉法。

武帝常宠遇韩嫣,累给厚赏。已见前文。嫣坐拥资财,任情挥霍,甚至用黄金为丸,弹取鸟雀。长安儿童,俟嫣出猎,往往随去。嫣一弹射,弹丸辄坠落远处,不复觅取。一班儿童,乐得奔往寻觅,运气的拾得一丸,值钱数十缗,当然怀归。嫣亦不过问。时人有歌谣道:"苦饥寒,逐金丸。"武帝颇有所闻,但素加宠幸,何忍为此小事,责他过奢。会值江都王非入朝,武帝约他同猎上林,先命韩嫣往视鸟兽。嫣奉命出宫,登车驰去,从人却有百余骑。江都王非,正在宫外伺候,望见车骑如云,想总是天子出来,急忙麾退从人,自向道旁伏谒。不意车骑并未停住,尽管向前驰去。非才知有异,起问从人,乃是韩嫣坐车驰过,忍不住怒气直冲,急欲奏白武帝。转思武帝宠嫣,说也无益,不如暂时容忍。待至侍猎已毕,始入谒王太后,泣诉韩嫣无礼,自愿辞国还都,入备宿卫,与嫣同列。王太后也为动容,虽然非不是亲子,究竟由景帝所出,不能为嫣所侮,非系程姬所产。乃好言抚慰,决加嫣罪。也是嫣命运该绝,一经王太后留心调查,复得嫣与宫人相奸情事,两罪并发,即命赐死。武帝还替嫣求宽,被王太后训斥一顿,弄得无法转圜,只好听嫣服药,毒发毙命。嫣弟名说,曾由嫣荐引入侍,武帝惜嫣短命,乃擢说为将,后来且列入军功,封案道侯。江都王非,仍然归国,未几即殁,由子建嗣封,待后再表。

惟武帝失一韩嫣,总觉得太后不肯留情,未免介意。独王太后母弟田蚡,素善阿谀,颇得武帝亲信。从前尚有太皇太后,与蚡不合,见前文。至此已经病逝,毫无阻碍,所以蚡得进跻相位。向来小人情性,失志便谄,得志便骄,蚡既首握朝纲,并有王太后作为内援,当即起了骄态,作福作威,营大厦,置良田,广纳姬妾,厚储珍宝,四方货赂,辇集门庭,端的是安富尊荣,一时无两。犹记前时贫贱时否？每当入朝白事,坐语移时,言多见用,推荐人物,往往得为大吏至二千石,甚至所求无厌,惹得武帝也觉生烦。一日蚡又面呈荐牍,开列至十余人,要求武帝任用。武帝略略看毕,不禁作色道:"母舅举用许多官吏,难道尚未满意么？以后须让我拣选数人。"蚡乃起座趋出。既而增筑家园,欲将考工地圈入,以便扩充。考工系少府属官。因再入朝面请,武帝又怫然道:

第六十三回 执国法王恢受诛 骂座客灌夫得罪

"何不径取武库？"说得蚡面颊发赤，谢过而退。为此种种情由，所以王恢一案，武帝不肯放松，越是太后母舅说情，越是要将王恢处死。田蚡权势虽隆，究竟拗不过武帝，只好作罢。

是时故丞相窦婴，失职家居，与田蚡相差甚远，免不得抚髀兴嗟。前时婴为大将军，声势赫濯，蚡不过一个郎官，奔走大将军门下，拜跪趋谒，何等谦卑，就是后来婴为丞相，蚡为太尉，名位上几乎并肩，但蚡尚自居后进，一切政议，推婴主持，不稍争忤。谁知时移势易，婴竟蹉跌，蚡得超升，从此不复往来，视同陌路，连一班亲戚僚友，统皆变了态度，只知趋承田氏，未尝过谒窦门，所以婴相形见绌，越觉不平。何不归隐？

独故太仆灌夫，却与婴沆瀣相投，始终交好，不改故态，婴遂视为知己，格外情深。灌夫自吴、楚战后，见五十五回。还都为中郎将，迁任代相，武帝初，入为太仆，与长乐卫尉窦甫饮酒，忽生争论，即举拳殴甫。甫系窦太后兄弟，当然不肯罢休，便即入白宫中。武帝还怜灌夫忠直，忙将他外调出去，使为燕相，夫终使酒好气，落落难合，卒致坐法免官，仍然还居长安。他本是颍川人氏，家产颇饶，平时善交豪猾，食客常数十人，及夫出外为官，宗族宾客，还是倚官托势，鱼肉乡民。颍川人并有怨言，遂编出四句歌谣，使儿童唱着道："颍水清，灌氏宁，颍水浊，灌氏族。"夫在外多年，无暇顾问家事，到了免官以后，仍不欲退守家园，但在都中混迹。居常无事，辄至窦婴家欢叙。两人性质相同，所以引为至交。

一日夫在都游行，路过相府，自思与丞相田蚡，本是熟识，何妨闯将进去，看他如何相待？主见已定，遂趋入相府求见。门吏当即入报，蚡却未拒绝，照常迎入。谈了数语，便问夫近日闲居，如何消遣？夫直答道："不过多至魏其侯家，饮酒谈天。"蚡随口接入道："我也欲过访魏其侯，仲孺可愿同往否？"夫本字仲孺，听得蚡邀与同往，就应声说道："丞相肯辱临魏其侯家，夫愿随行。"蚡不过一句虚言，谁知灌夫竟要当起真来！乃注目视夫，见夫身著素服，便问他近有何丧？夫恐蚡寓有别意，又向蚡进说道："夫原有期功丧服，未便宴饮，但丞相欲过魏其侯家，夫怎敢以服为辞？当为丞相预告魏其侯，令他具酒守候，愿丞相明日蚤临，幸勿渝约！"蚡只好允诺。夫即告别，出了相府，匆匆往报窦婴。实是多事。

婴虽未夺侯封，究竟比不得从前，一呼百诺。既闻田蚡要来宴叙，不得不盛筵相待，因特入告妻室，赶紧预备，一面嘱厨夫多买牛羊，连夜烹宰，并饬仆役洒扫房屋，设具供张，足足忙了一宵，未遑安睡。一经天明，便令门役小心侍候。过了片刻，灌夫也即趋至，与窦婴一同候客。好多时不闻足音，仰瞩日光，已到晌午时候。婴不禁焦急，对灌夫说道："莫非丞相已忘记不成！"夫亦愤然道：“那有此理！我当往迎。”说着便驰往相府，问明门吏，才知蚡尚高卧未起。勉强按着性子，坐待了一二时，方见蚡缓步出来。当下起立与语道："丞相昨许至魏其侯家，魏其侯夫妇，安排酒席，渴望多时了。"蚡本无去意，到此只好佯谢道："昨宵醉卧不醒，竟至失记，今当与君同往便了。"乃吩咐左右驾车，自己又复入内，延至日影西斜，始出呼灌夫，登车并行。窦婴已望眼欲穿，总算不虚所望，接着这位田丞相，延入大厅，开筵共饮。灌夫喝了几杯闷酒，觉得身体不快，乃离座起舞，舒动筋骸。未几舞罢，便语田蚡道："丞相曾善舞否？"蚡假作不闻。惹动灌夫酒兴，连问数语，仍不见答。夫索性移动座位，与蚡相接，说出许多讥刺的话儿。窦婴见他语带蹊跷，恐致惹祸，连忙起扶灌夫，说他已醉，令至外厢休息。待夫出去，再替灌夫谢过。蚡却不动声色，言笑自若。饮至夜半，方尽欢而归。即此可见田蚡阴险。

自有这番交际，蚡即想出一法，俛令宾佐籍福，至窦婴处求让城南田。此田系窦婴宝产，向称肥沃，怎肯让与田蚡？当即对着籍福，忿然作色道："老朽虽是无用，丞相也不应擅夺人田！"籍福尚未答言，巧值灌夫趋进，听悉此事，竟把籍福指斥一番。还是籍福气度尚宽，别婴报蚡，将情形概置不提，但向蚡劝解道："魏其侯年老且死，丞相忍耐数日，自可唾手取来，何必多费唇舌哩？"蚡颇以为然，不复提议。偏有他人讨好蚡前，竟将窦婴灌夫的实情，一一告知，蚡不禁发怒道："窦氏子尝杀人，应坐死罪；亏我替他救活，今向他乞让数顷田，乃这般吝惜么？况此事与灌夫何干，又来饶舌，我却不稀罕这区区田亩，看他两人能活到几时？"于是先上书劾奏灌夫，说他家属横行颍川，请即饬有司惩治。武帝答谕道："这本丞相分内事，何必奏请呢！"蚡得了谕旨，便欲捕夫家属，偏夫亦探得田蚡阴事，要想乘此讦发，作为抵制。原来蚡为太尉时，正值淮南王安入朝，蚡出迎霸上，密与安语道："主上未有太子，将来帝位，当属大王。大王为高皇帝孙，又有贤名，若非大王继立，此外尚有何人？"安闻言大喜，厚赠蚡金钱财物，托蚡随时留意。蚡原是骗钱好手。两下里订立密约，偏被灌夫侦悉，援作话柄，关系却是很大。何妨先发制人，径去告讦。蚡得着风声，自觉情虚，倒也未敢遽下辣手，当有和事老出来调停，劝他两面息争，才算罢议。

到了元光四年，蚡取燕王嘉刘泽子。女为夫人，由王太后颁出教令，尽召列侯宗室，前往贺喜。窦婴尚为列侯，应去道贺，乃邀同灌夫偕往。夫辞谢道："夫屡次得罪丞相，近又与丞相有仇，不如不往。"婴强夫使行。且与语道："前事已经人调解，谅可免嫌；况丞相今有喜事，正可乘机宴会，仍旧修好，否则将疑君负气，仍留隐恨了。"婴为灌夫所累，也是够了，此次还要叫他同行，真是该死！灌夫不得已与婴同行，一入相门，真是车马喧阗，说不尽的热闹。两人

第六十三回　执国法王恢受诛　骂座客灌夫得罪

同至大厅,当由田蚡亲出相迎,彼此作揖行礼,自然没有怒容。未几便皆入席,田蚡首先敬客,挨次捧觞,座上俱不敢当礼,避席俯伏。窦婴、灌夫,也只得随众鸣谦。嗣由座客举酒酬蚡,也是挨次轮流。待到窦婴敬酒,只有故人避席,余皆膝席。古人尝席地而坐,就是宾朋聚宴,也是如此。膝席是膝跪席上,聊申敬意,比不得避席的谦恭。灌夫瞧在眼里,已觉得座客势利,心滋不悦,及轮至灌夫敬酒,到了田蚡面前,蚡亦膝席相答,且向夫说道:"不能满觞!"夫忍不住调笑道:"丞相原是当今贵人,但此觞亦应毕饮。"蚡不肯依言,勉强喝了一半。夫不便再争,乃另敬他客,依次挨到临汝侯灌贤。灌贤方与程不识密谈,并不避席。夫正怀怒意,便借贤泄忿,开口骂道:"平日毁程不识不值一钱,今日长者敬酒,反效那儿女子态,絮絮耳语么?"灌贤未及答言,蚡却从旁插嘴道:"程、李尝并为东西宫卫尉,今当众毁辱程将军,独不为李将军留些余地,未免欺人?"这数语明是双方挑衅,因灌夫素推重李广,所以把程、李一并提及,使他结怨两人。偏灌夫性子发作,不肯少耐,竟张目厉声道:"今日便要斩头洞胸,夫也不怕!顾甚么程将军,李将军?"狂夫任性,有何好处?座客见灌夫闹酒,大杀风景,遂托词更衣,陆续散去。窦婴见夫已惹祸,慌忙用手挥夫,令他出去。谁叫你邀他同来?

夫方趋出,蚡大为懊恼,对众宣言道:"这是我平时骄纵灌夫,反致得罪座客,今日不能不稍加惩戒了!"说着,即令从骑追留灌夫,不准出门,从骑奉命,便将灌夫牵回。籍福时亦在座,出为劝解,并使灌夫向蚡谢过。夫怎肯依从?再由福按住夫项,迫令下拜,夫越加动怒,竟将福一手推开。蚡至此不能再忍,便命从骑缚住灌夫,迫居传舍。座客等未便再留,统皆散去,窦婴也只好退归。蚡却召语长史道:"今日奉诏开宴,灌夫乃敢来骂座,明明违诏不敬,应该劾奏论罪!"好一个大题目。长史自去办理,拜本上奏。蚡自思一不做,二不休,索性追究前事,遣吏分捕灌夫宗族,并皆论死。一面把灌夫徙系狱室,派人监守,断绝交通。灌夫要想告讦田蚡,无从得出,只好束手待毙。

独窦婴返回家中,自悔从前不该邀夫同去,现既害他入狱,理应挺身出救。婴妻在侧,问明大略,亟出言谏阻道:"灌将军得罪丞相,便是得罪太后家,怎可救得?"婴喟然道:"一个侯爵,自我得来,何妨自我失去?我怎忍独生,乃令灌仲孺独死?"说罢,即自入密室,缮成一书,竟往朝堂呈入。有顷,即由武帝传令进见。婴谒过武帝,便言灌夫醉后得罪,不应即诛。武帝点首,并赐婴食,且与语道:"明日可至东朝辩明便了。"婴拜谢而出。

到了翌晨,就遵着谕旨,径往东朝。东朝便是长乐宫,为王太后所居,田蚡系王太后母弟,武帝欲审问此案,也是不便专擅,所以会集大臣,同至东朝决狱。婴驰入东朝,待了片刻,大臣陆续趋集,连田蚡也即到来。未几便由武帝御殿，面加质讯，各大臣站列两旁，婴与蚡同至御案前，辩论灌夫曲直。为这一番讼案，有分教：

刺虎不成终被噬，飞蛾狂扑自遭灾。

欲知两人辩论情形，俟至下回再表。

王恢之应坐死罪，前回中已经评论，姑不赘述。惟田蚡私受千金，即恳太后代为缓颊。诚使武帝明哲，便当默察几微，撤蚡相位，别用贤良，岂徒拒绝所请，即足了事耶？况壹意诛恢，亦属有激使然。非真知有公不知有私也。窦婴既免相职，正可退居林下，安享天年，乃犹溷迹都中，流连不去，果胡为者！且灌夫好酒使性，引与为友，益少损多，无端而亲田蚡，无端而忤田蚡，又无端而仇田蚡，卒至招尤取辱，同归于尽，天下之刚愎自用者，皆可作灌夫观！天下之游移无主者，亦何不可作窦婴观也？田蚡不足责，窦婴灌夫，其亦自贻伊戚乎！

第六十四回　遭鬼祟田蚡毙命
　　　　　　　抚夷人司马扬镳

却说窦婴、田蚡，为了灌夫骂座一事，争论廷前。窦婴先言灌夫曾有大功，不过醉后忘情，触犯丞相，丞相竟挟嫌诬控，实属非是。田蚡却继陈灌夫罪恶，极言夫纵容家属，私交豪猾，居心难问，应该加刑。两人辩论多时，毕竟窦婴口才，不及田蚡，遂致婴忍耐不住，历言蚡骄奢无度，贻误国家。蚡随口答辩道："天下幸安乐无事，蚡得叨蒙恩遇，置田室，备音乐，畜倡优，弄狗马，坐享承平，但却不比那魏其、灌夫，日夜招聚豪猾，秘密会议，腹诽心谤，仰视天，俯画地，睥睨两宫间，喜乱恶治，冀邀大功。这乃蚡不及两人，望陛下明察！"舌上有刀。武帝见他辩论不休，便顾问群臣，究竟孰是孰非？群臣多面面相觑，未敢发言。只御史大夫韩安国启奏道："魏其谓灌夫为父死事，只身荷戟，驰入吴军，身被数十创，名冠三军，足为天下壮士，现在并无大恶，不过杯酒争论，未可牵入他罪，诛戮功臣，这言也未尝不是。丞相乃说灌夫通奸猾，虐细民，家资累万，横恣颍川，恐将来枝比干大，不折必披，丞相言亦属有理。究竟如何处置，应求明主定夺！"武帝默然不答，又有主爵都尉汲黯，及内史郑当时，相继上陈，颇为窦婴辩护，请武帝曲宥灌夫。蚡即怒目注视两人，汲黯素来刚直，不肯改言，郑当时生得胆小，遂致语涉游移。武帝也知田蚡理屈，

第六十四回　遭鬼祟田蚡毙命　抚夷人司马扬镳

不过碍着太后面子，未便斥蚡，因借郑当时泄忿道："汝平日惯谈魏其武安长短，今日廷论，乃局促效辕下驹，究怀何意，我当一并处斩方好哩！"郑当时吓得发颤，缩做一团，此外还有何人，再敢饶舌，乐得寡言免尤。<u>保身之道莫逾于此。</u>武帝拂袖起座，掉头趋入，群臣自然散归，窦婴亦去。

田蚡徐徐引退，走出宫门，见韩安国尚在前面，便呼与同载一车，且呼安国表字道："长孺，汝应与我共治一秃翁，<u>窦婴年老发秃。</u>为何首鼠两端？"首鼠系一前一却之意。安国沉吟半晌，方答说道："君何不自谦？魏其既说君短，君当免冠解印，向主上致谢道：'臣幸托主上肺腑，待罪宰相，愧难胜任，魏其所言皆是，臣愿免职。'如此进说，主上必喜君能让，定然慰留，魏其亦自觉怀惭，杜门自杀。今人毁君短，君亦毁人，好似乡村妇孺，互相口角，岂不是自失大体么？"田蚡听了，也觉得自己性急，乃对韩安国谢道："争辩时急不暇择，未知出此。长孺幸勿怪我呢！"及田蚡还第，安国当然别去。蚡回忆廷争情状，未能必胜，只好暗通内线，请太后出来作主，方可推倒窦婴。乃即使人进白太后，求为援助。

王太后为了此事，早已留心探察，闻得朝议多袒护窦婴，已是不悦，及蚡使人入白，越觉动怒，适值武帝入宫视膳，太后把箸一掷，顾语武帝道："我尚在世，人便凌践我弟，待我百年后，恐怕要变做鱼肉了！"<u>妇人何知大体？</u>武帝忙上前谢道："田、窦俱系外戚，故须廷论；否则并非大事，一狱吏便能决断了。"王太后面色未平，武帝只得劝她进食，说是当重惩窦婴。及出宫以后，郎中令石建复与武帝详言田、窦事实，武帝原是明白，但因太后力护田蚡，不得不从权办理。<u>事父母几谏，岂可专徇母意？</u>乃再使御史召问窦婴，责他所言非实，拘留都司空署内。<u>都司空系汉时宗正属官。</u>婴既被拘，怎能再营救灌夫，有司希承上旨，竟将灌夫拟定族诛。这消息为婴所闻，越加惊惶，猛然记得景帝时候，曾受遗诏云："事有不便，可从便宜上白。"此时无法解免，只好把遗诏所言，叙入奏章，或得再见武帝，申辩是非。会有从子入狱探视，婴即与说明，从子便去照办，即日奏上。武帝览奏，命尚书复查遗诏，尚书竟称查无实据，只有窦婴家丞，封藏诏书，当系由婴捏造，罪当弃市等语。武帝却知尚书有意陷婴，留中不发，但将灌夫处死，家族骈诛，已算对得住太后母舅。待至来春大赦，便当将婴释放。婴闻尚书劾他矫诏，自知越弄越糟，不如假称风疾，绝粒自尽。嗣又知武帝未曾批准，还有一线生路，乃复饮食如常。那知田蚡煞是利害，只恐窦婴不死，暗中造出谣言，诬称婴在狱怨望，肆口讪谤。一时传入宫中，致为武帝所闻，不禁怒起，饬令将婴斩首，时已为十二月晦日。可怜婴并无死罪，冤冤枉枉的被蚡播弄，陨首渭城，就是灌夫触忤田蚡，也没有甚么大罪，偏把他身诛族灭，岂非奇冤。两道冤气，无从伸雪，当然要扑到田蚡身上，向他索命。

元光五年春月，蚡正志得气骄，十分快活，出与诸僚吏会聚朝堂，颐指气使，入与新夫人食前方丈，翠绕珠围，朝野上下，那个敢动他毫毛，偏偏两冤鬼寻入相府，互击蚡身，蚡一声狂叫，扑倒地上，接连呼了几声知罪，竟致晕去。妻妾仆从等，慌忙上前施救，一面延医诊治，闹得一家不宁，好多时才得苏醒。还要他吃些苦楚，方肯死去。口眼却能开闭，身子却不能动弹。当由家人异至榻上，昼夜呻吟，只说浑身尽痛，无一好肉。有时狂言谵语，无非连声乞怨，满口求饶。家中虽不见有鬼魅，却亦料他为鬼所祟，代他祈祷，始终无效。武帝亲往视疾，也觉得病有奇异，特遣术士看验虚实，复称有两鬼为祟，更迭答击，一是窦婴，一是灌夫，武帝叹息不已，就是王太后亦追悔无及。约莫过了三五天，蚡满身青肿，七窍流血，呜呼毕命！报应止及一身，还是田氏有福。武帝乃命平棘侯薛泽为丞相，待后再表。

且说武帝兄弟，共有十三人，皆封为王。临江王阏早死，接封为故太子荣，被召自杀；江都王非，广川王越，清河王乘，亦先后病亡。累见前文。尚有河间王德，鲁王余，胶西王端，赵王彭祖，中山王胜，长沙王发，胶东王寄，常山王舜，受封就国，并皆无恙。就中要算河间王德，为最贤。德修学好古，实事求是，尝购求民间遗书，不吝金帛，因此古文经籍，先秦旧书，俱由四方奉献，所得甚多。平时讲习礼乐，被服儒术，造次不敢妄为，必循古道。元光五年，入朝武帝，面献雅乐，对三雍宫，辟雍，明堂，灵台，号三雍宫，对字联属下文。及诏策所问三十余事，统皆推本道术，言简意赅。武帝甚为嘉叹，并饬太常就肄雅声，岁时进奏。已而德辞别回国，得病身亡，中尉常丽，入都讣丧，武帝不免哀悼，且称德身端行治，应予美谥。有司应诏复陈，援据谥法，谓聪明睿知曰献，可即谥为献王，有诏依议，令王子不害嗣封。河间献王，为汉代贤王之一。故特笔提叙。

河间与鲁地相近，鲁秉礼义，尚有孔子遗风，只鲁王余，自淮阳徙治，不好文学，只喜宫室狗马等类，甚且欲将孔子旧宅，尽行拆去，改作自己宫殿。当下亲自督工，饬令毁壁，见壁间有藏书数十卷，字皆作蝌蚪文，鲁王多不认识，却也称奇。嗣入孔子庙堂，忽听得钟磬声，琴瑟声，同时并作，还疑里面有人作乐，及到处搜寻，并无人迹，惟余音尚觉绕梁，吓得鲁王余毛发森竖，慌忙命工罢役，并将坏壁修好，仍使照常，所有壁间遗书，给还孔裔，上车自去。相传遗书为孔子八世孙子襄所藏，就是《尚书》《礼记》《论语》《孝经》等书，当时欲避秦火，因将原简置入壁内，至此才得发现，故后人号为壁经。毕竟孔圣有灵，保全祠宇。鲁王余经此一吓，方不敢藐视儒宗。但旧时一切嗜好，相沿不改，费用不足，往往妄取民间。亏得鲁相田叔，弥缝王阙，稍免怨言。田叔自奉命到鲁，见前文。便有人民拦舆诉讼，告王擅夺民财，田叔佯怒道："王非汝

第六十四回　遭鬼祟田蚡毙命　抚夷人司马扬镳

主么？怎得与王相讼！"说着，即将为首二十人，各笞五十，余皆逐去。鲁王余得知此事，也觉怀惭，即将私财取出，交与田叔，使他偿还人民。还是好王。田叔道："王从民间取来，应该由王自偿。否则，王受恶名，相得贤声？窃为王不取哩！"鲁王依言，乃自行偿还，不再妄取。独逐日游畋，成为习惯。田叔却不加谏阻，惟见王出猎，必然随行，老态龙钟，动致喘息。鲁王余却还敬老，辄令他回去休息。他虽当面应允，步出苑外，仍然露坐相待。有人入报鲁王，王仍使归休，终不见去。待至鲁王猎毕，出见田叔，问他何故留着？田叔道："大王且暴露苑中，臣何敢就舍？"说得鲁王难以为情，便同与载归，稍知敛迹。未几田叔病逝，百姓感他厚恩，凑集百金，送他祭礼。叔少子仁，却金不受，对众作谢道："不敢为百金累先人名！"众皆叹息而退。鲁王余也得优游卒岁，不致负咎。这也是幸得田叔，辅导有方，所以保全富贵，颐养终身哩。叙入此段，全为田叔扬名。

武帝因郡国无事，内外咸安，乃复拟戡定蛮夷，特遣郎官司马相如，往抚巴蜀，通道西南。先是王恢出征闽越，见六十二回。曾使番阳令唐蒙，慰谕南越，南越设席相待，肴馔中有一种枸酱，味颇甘美。枸亦作蒟，音矩，草名，缘木而生，子可作酱。蒙问明出处，才知此物由牂牁江运来。牂牁江西达黔中，距南越不下千里，输运甚艰，如何南越得有此物？所以蒙虽知出处，尚觉怀疑。及返至长安，复问及蜀中贾人，贾人答道："枸酱出自蜀地，并非出自黔中，不过土人贪利，往往偷带此物，卖与夜郎国人。夜郎是黔中小国，地临牂牁江，尝与南越交通，由江往来，故枸酱遂得送达。现在南越屡出财物，羁縻夜郎，令为役属，不过要他甘心臣服，尚非易事呢。"蒙听了此言，便想拓地徼功，即诣阙上书，略云：

南越王黄屋左纛，地东西万余里，名为外臣，实一州主也。今若就长沙、豫章，通道南越，水绝难行。窃闻夜郎国所有精兵，可得十万，浮舰牂牁，出其不意，亦制越一奇也。诚以大汉之强，巴蜀之饶，通夜郎道，设官置吏，则取南越不难矣。谨此上闻。

武帝览书，立即允准，擢蒙为中郎将，使诣夜郎。蒙多带缯帛，调兵千人为卫，出都南下。沿途经过许多险阻，方至巴地筰关，再从筰关出发，才入夜郎国境。夜郎国王，以竹为姓，名叫多同，向来僻处南方，世人号为南夷。南夷部落，约有十余，要算夜郎最大。素与中国不通闻问，所以夜郎王坐井观天，还道是世界以上，惟我独尊。后世相传夜郎自大，便是为此。及唐蒙入见，夜郎王多同，得睹汉官威仪，才觉相形见绌。蒙更极口铺张，具说汉朝如何强盛，如何富饶，又把缯帛取置帐前，益显得五光十色，锦绣成章。夜郎王见所未见，闻所未闻，不由的瞪目伸舌，愿听指挥。比南越何如？蒙乃叫他举国内附,不失侯封,并可使多同子为县令,由汉廷置吏为助。多同甚喜,召集附近诸部酋,与他说明。各部酋见汉缯帛,统是垂涎,且因汉都甚远,料不至发兵进攻,乃皆怂恿多同,请依蒙约。多同遂与蒙订定约章,蒙即将缯帛分给,告别还都。入朝复命,武帝闻报,遂特置犍为郡,统辖南夷,复命蒙往治道路,由僰音卜。道直达牂牁江。蒙再至巴蜀,调发士卒,督令治道,用着军法部勒,不得少懈,逃亡即诛。地方百姓,大加惶惑,遂至讹言百出,物议沸腾。

事为武帝所闻,不得不另派妥员,出去宣抚,自思司马相如本是蜀人,应该熟悉地方情形,派令出抚,较为妥当。乃使相如赴蜀,一面责备唐蒙,一面慰谕人民。相如驰至蜀郡,凭着那粲花妙手,作了一篇檄文,晓谕各属,果得地方谅解,渐息浮言。莫谓毛锥无用。可巧西夷各部,闻得南夷内附,多蒙赏赐,也情愿仿照办法,归属汉朝,当即与蜀中官吏通书,表明诚意,官吏自然奏闻。武帝正拟派使调查,适相如由蜀还朝,正好问明原委。相如奏对道:"西夷如邛莋、音昨。冉駹,并称大部,地近蜀郡,容易交通,秦时尝通道置吏,尚有遗辙。今若规复旧制,更置郡县。比南夷还要较胜哩。"武帝甚喜,即拜相如为中郎将,持节出使,令王然、于壶充国、吕越人为副,分乘驿车四辆,往抚西夷。

此次相如赴蜀,与前次情形不同。前次官职尚卑,又非朝廷特派正使,所以地方官虽尝迎送,不过照例相待,没甚殷勤。到了此次出使,前导后呼,拥旌旄,饰舆卫,声威赫濯,冠冕堂皇。一入蜀郡,太守以下,俱出郊远迎,县令身负弩矢,作为前驱。道旁士女,无不叹羡,就是临邛富翁卓王孙,亦邀同程郑诸人,望风趋集,争献牛酒。相如尚高自位置,托言皇命在身,不肯轻与相见。卓王孙等只好恳求从吏,表示殷勤。相如才不便却还牛酒,特使从吏向他复报,全数收受。卓王孙还道相如有情,竟肯赏受,自觉得叨受光荣,对着同来诸亲友,喟然叹息道:"我不意司马长卿,果有今日!"诸亲友齐声附和,盛称文君眼光,毕竟过人。就是卓王孙拈须自思,也悔从前目光短小,未知当筵招赘,以致诸多唐突,不但对不住相如,并且对不住自己女儿!并非从前寡识,实是始终势利,故先后不同。于是顺道访女,即将文君接回临邛。昔日当垆,今日乘轩,也不枉一番慧眼,半世苦心。褒中寓贬。卓王孙复分给家财,与子相等。红颜有幸,因贵致富,相如亦得为妻吐气,安心西行。及驰入西夷境内,也是照着唐蒙老法,把车中随带的币物,使人赍去,分给西夷。邛莋冉駹各部落,原是为了财帛,来求内附。此时既得如愿,当然奉表称臣。于是拓边关,广绝域,西至沫若水,南至牂牁江,凿灵山道,架桥孙水,直达邛都。共设一都尉,十县令,归蜀管辖。规画已毕,仍从原路回蜀。

蜀中父老,本谓相如凿通西夷,无甚益处。原是无益。经相如作文诘难,蜀父老始不敢多言。卓王孙闻相如归来，亟将文君送至行辕。夫妻相见，旧感新欢，不问可知。相如遂挈文君至长安，自诣朝堂复命。武帝大悦，慰劳有加，相如亦沾沾自喜，渐有骄色。偏同僚从旁加忌，劾他出使时私受赂金，竟致坐罪免官。相如遂与文君寓居茂陵，不复归蜀。后来武帝又复记着，再召为郎。偶从武帝至长杨宫射猎，武帝膂力方刚，辄亲击熊豕，驰逐野兽，相如上书谏阻，颇合上意，乃罢猎而还。路过宜春宫，系是秦二世被弑处，相如又作赋凭吊，奏闻武帝。武帝览辞叹赏，因拜相如为孝文园令。既而武帝好仙，相如又呈入一篇《大人赋》，借谀作规。武帝见相如文，往往称为奇才。才人多半好色，相如前时勾动文君，全为好色起见，及文君华色渐衰，相如又有他念，欲纳茂陵女为妾，嗣得文君《白头吟》，责他薄幸，方才罢议。未几消渴病发，乞假家居，好多时不得入朝。忽由长门宫遣出内侍，赍送黄金百斤，求相如代作一赋。相如问明来使，得悉原因，免不得挥毫落墨，力疾成文。小子有诗叹道：

富贵都从文字邀，入都献赋姓名标。
词人翰墨原推重，可惜长门已寂廖！

究竟相如作赋，是为何人费心，待至下回再叙。

鬼神非尽有凭，而报应却真不爽。田蚡以私憾而族灌夫，杀窦婴，假使作威作福，长享荣华，则世人尽可逞习，何苦行善？观其暴病之来，非必窦婴、灌夫之果为作祟，然天夺之魄而益其疾，使其自呼服罪，痛极致亡，乃知善恶昭彰，无施不报，彼田蚡之但毙一身，未及全族，吾犹不能不为窦、灌呼冤也。西南夷之通道，议者辄以好大喜功，为汉武咎。吾谓拓边之举，非不可行，误在知拓土而不知殖民，徒买服而未尝柔服耳。若司马相如之入蜀，蜀中守令，郊迎前驱，卓王孙辈，争送牛酒，恍如苏季之路过洛阳，后先一辙。炎凉世态，良可慨也！本回曲笔描摹，觉流俗情形，跃然纸上。

第六十五回　窦太主好淫甘屈膝　公孙弘变节善承颜

却说司马相如，因病家居，只为了长门宫中，赠金买赋，不得已力疾成文，交与来使带回。这赋叫做《长门赋》，乃是皇后被废，尚思复位，欲借那文人笔墨，感悟主心，所以不惜千金，购求一赋。皇后为谁？就是窦太主女陈阿娇。陈后不得生男，又复奇妒，自与卫子夫争宠后，竟失武帝欢心。见前文。子夫越加得宠，陈后越加失势，穷极无聊，乃召入女巫楚服，要她设法祈禳，挽回武帝心意。楚服满口承认，且自夸玄法精通，能使指日有效。陈后是个女流见识，怎知她妄语骗钱？便即叫她祈祷起来。楚服遂号召徒众，设坛斋醮，每日必入宫一二次，喃喃诵咒，不知说些甚么话儿。好几月不见应验，反使武帝得知消息，怒不可遏，好似火上添油一般。当下彻底查究，立将楚服拿下，饬吏讯鞫，一吓二骗，不由楚服不招，依词定谳，说她为后咒诅，大逆无道，罪应枭斩。此外尚有一班徒众，及宫中女使太监，统皆连坐，一概处死。这篇谳案奏将上去，武帝立即批准，便把楚服推出市曹，先行枭首，再将连坐诸人，悉数牵出，一刀一个，杀死至三百余人。楚服贪财害命，咎由自取，必连坐至三百余人，冤乎不冤？陈后得报，吓得魂不附体，数夜不曾合眼，结果是册书被收，玺绶被夺，废徙长门宫，窦太主也觉惭惧，忙入宫至武帝前，稽颡谢罪。武帝尚追念旧情，避座答礼，并用好言劝慰，决不令废后吃苦，窦太主乃称谢而出。

本来窦太主是武帝姑母，且有拥立旧功，应该入宫谯责，为何如此谦卑，甘心屈膝？说来又有一段隐情，从头细叙，却是汉史中的秽闻。窦太主尝养一弄儿，叫做董偃。偃母向以卖珠为业，得出入窦太主家，有时挈偃同行，进谒太主。太主见他童年貌美，齿白唇红，不觉心中怜爱。询明年龄，尚只一十三岁，遂向偃母说道："我当为汝教养此儿。"偃母听了此言，真是喜从天降，忙即应声称谢。窦太主便留偃在家，令人教他书算，并及骑射御车等事。偃却秀外慧中，有所授受，无不心领神会，就是侍奉窦太主，亦能曲承意旨，驯谨无违。光阴易过，又是数年，窦太主夫堂邑侯陈午病殁，一切丧葬，皆由偃从中襄理，井井有条。窦太主年过五十，垂老丧夫，也是意中情事，算不得甚么苦孀。偏她生长皇家，华衣美食，望去尚如三十许人，就是她的性情，也还似中年时候，不耐嫠居。可巧得了一个董偃，年已十八，出落得人品风流，多能鄙事，自从陈午逝世，偃更穿房入户，不必避嫌。窦太主由爱生情，居然降尊就卑，引同寝处。偃虽然不甚情愿，但主人有命，未敢违慢，只好勉为效力，日夕承欢。老妇得了少夫，自然惬意，当即替他行了冠礼，肆筵设席，备极奢华。不如行合婚礼，较为有名。一班趋炎附势的官僚，相率趋贺。区区卖珠儿，得此奇遇，真是梦想不到。窦太主恐贻众谤，且令偃广交宾客，笼络人心，所需资财，任令恣取，必须每日金满百斤，钱满百万，帛满千匹，方须由自己裁夺。偃好似得了金窟，取不尽，用不竭，乐得任情挥霍，遍结交游。就是名公臣卿，亦与往来，统称偃为董君。

安陵人袁叔，系袁盎从子，与偃友善，无隐不宣。一日密与偃语道："足下私侍太主，蹈不测罪，难道能长此安享么？"偃被他提醒，皱眉问计。袁叔

第六十五回　窦太主好淫甘屈膝　公孙弘变节善承颜

道："我为足下设想，却有一计在此，顾城庙系汉祖祠宇，文帝庙。旁有揪竹籍田，主上岁时到此，恨无宿宫，可以休息。惟窦太主长门园与庙相近，足下若预白太主，将此园献与主上，主上必喜，且知此意出自足下，当然记功赦过，足下便可高枕无忧了。"偃欣然受教，入告窦太主，窦太主也是乐从，当日奉书入奏，愿献长门园，果然武帝改园为宫，袁叔却从中取巧，坐得窦太主赠金一百斤。可谓计中有计。

已而陈后被废，出居长门宫中，尚觉生死难卜，窦太主为亲女计，复为自己计，没奈何婢颜奴膝，入求武帝，至武帝面加慰谕，方才安心回家。袁叔复替偃画策，再向偃密进秘谋，偃即转告窦太主，令她装起假病，连日不朝。武帝怎知真伪？亲自探疾，问她所欲，窦太主故意唏嘘，且泣且谢道："妾蒙陛下厚恩，先帝遗德，列为公主，赏赐食邑，天高地厚，愧无以报，设有不测，先填沟壑，遗恨实多！故窃有私愿，愿陛下政躬有暇，养精游神，随时临妾山林，使妾得奉觞上寿，娱乐左右，妾虽死亦无恨了！"武帝答说道："太主何必忧虑，但愿早日病愈，自当常来游宴，不过群从太多，免不得要太主破费哩。"窦太主谢了又谢，武帝即起驾还宫。过了数日，窦太主便自称病愈，进见武帝。武帝却命左右取钱千万，给与窦太主，一面设宴与饮。席间谈笑，暗寓讽词，窦太主知他言中有意，却也未尝抵赖，含糊答了数语，宴毕始归。又阅数日，武帝果亲临窦太主家，窦太主闻御驾将到，急忙脱去华衣，改穿贱服，下身着了一条蔽膝的围裙，仿佛与灶下婢相似，乃出门伫候，待至武帝到来，伛偻迎入，登阶就座。武帝见她这般服饰，已是一眼窥透，便笑语窦太主道："愿谒主人翁！"天子无戏言，奈何武帝不知？窦太主听着，不禁报颜，下堂跪伏，自除簪珥，脱履叩首道："妾自知无状，负陛下恩，罪当伏诛，陛下不忍加刑，愿顿首谢罪！"亏她老脸。武帝又微笑道："太主不必多礼，且请主人翁出来，自有话说。"窦太主乃起，戴簪著履，步往东厢，引了董偃，前谒武帝。偃首戴绿帻，臂缠青韝，皆厨人服。随窦太主至堂下，惶恐匍伏。窦太主代为致辞道："馆陶公主庖人臣偃，昧死拜谒！"好一个厨宰。武帝笑着，特为起座，嘱赐衣冠，上堂与宴。偃再拜起身，入著衣冠。窦太主吩咐左右，开筵飨帝，奉食进觞，偃亦出来进爵，武帝一饮而尽，且顾左右斟酒，回敬主人，并命与窦太主分坐侍饮，居然是敕赐为夫妇。窦太主格外献媚，引动武帝欢心，饮至日落西山，方才撤席。及车驾将行，窦太主又献出许多金银杂缯，请武帝颁赐将军列侯从官，武帝应声称善，顾命从骑搬运了去。次日即传诏分赐，大众得了财帛，都感窦太主厚惠，无不倾心。窦太主本来贪财，所以平时积贮，不可胜计，且自窦太后去世，遗下私财，都归窦太主受用，此次为了董偃一人，却毫不吝惜，买动舆情。俗语有言，钱可通灵，无论何等人物，总教慷慨好施，自然人人凑奉，争相趋集。况且偃一时贵宠，连天子都叫他主人翁，还有何人再敢轻视？因此远近闻风，争投董君门下，其实这般做作，统是袁叔教他的妙计。总来一句。不烦琐叙。

　　窦太主既显出丑事，遂公然带偃入朝。武帝亦爱偃伶俐，许得自由往返。偃从此出入宫禁，亲近天颜，尝从武帝游戏北宫，驰逐平乐，系上林苑中台观名。狎狗马，戏蹴鞠，大邀主眷。会窦太主复入宫朝谒，武帝特为置酒宣室，召偃共饮，与主合欢。可巧东方朔执戟为卫，侍立殿侧，闻武帝使人召偃，亟置戟入奏道："董偃有斩罪三，怎得进来？"武帝问为何因？朔申说道："偃以贱臣私侍太主，便是第一大罪；败常渎礼，敢违王制，便是第二大罪；陛下春秋日富，正应披览六经，留心庶政，偃不遵经劝学，反以靡丽纷华，蛊惑陛下，是乃国家大贼，人主大蜮，罪无逾此，死有余辜！陛下不责他三罪，还要引进宣室，臣窃为陛下生忧哩！"朝阳鸣凤。武帝默然不应，良久方答说道："此次不妨暂行，后当改过。"朔正色道："不可不可！宣室为先帝正殿，非正人不得引入，自来篡逆大祸，多从淫乱酿成，竖刁为淫，齐国大乱，庆父不死，鲁难未平，陛下若不预防，祸胎从此种根了！"武帝听说，也觉悚然，当即点首称善，移宴北宫，命董偃从东司马门入宴，改称东司马门为东交门。改名曰交，适自增丑。惟武帝天姿聪颖，一经旁人提醒，便知董偃不是好人，赐朔黄金三十斤，不复宠偃。后来窦太主年逾六十，渐渐的头童齿豁，不合浓妆，董偃甫及壮年，怎肯再顾念老妪，不去寻花问柳？窦太主怨偃负情，屡有责言，武帝乘机罪偃，把他赐死。偃年终三十，窦太主又活了三五年，然后病殁。武帝竟令二人合葬霸陵旁。霸陵即文帝陵，见前文。

　　只废后陈氏，心尚未死，暗思老母做出这般歹事，尚能巧计安排，不致获谴，自己倘能得人斡旋，或即挽回主意，亦未可知。犹记从前在中宫时，尝闻武帝称赞相如，因此不惜重金，买得一赋，命宫人日日传诵，冀为武帝所闻，感动旧念。那知此事与乃母不同，乃母所为，无人作梗，自己有一卫氏在内，做了生死的对头，怎肯令武帝再收废后？所以《长门赋》虽是佳文，挽不转汉皇恩意，不过陈氏的饮食服用，总由有司按时拨给，终身无亏。到了窦太主死后，陈氏愈加悲郁，不久亦即病死了。收束净尽。

　　话分两头，且说陈废后巫蛊一案，本来不至株连多人，因有侍御史张汤参入治狱，主张严酷，所以锻炼周纳，连坐至三百余名。汤系杜陵人氏，童年敏悟，性最刚强。乃父尝为长安丞，有事外出，嘱汤守舍。汤尚好嬉戏，未免疏忽。至乃父回来，见厨中所藏食肉，被鼠啮尽，不禁动怒，把汤笞责数下。汤为鼠遭笞，很不甘心，遂熏穴寻鼠。果有一鼠跃出，被汤用铁网罩住，竟得捕获。穴中尚有余肉剩着，也即取出，戏做一篇谳鼠文，将肉作证，处它死刑，磔毙堂下。父见他谳鼠文辞，竟与老狱吏相似，暗暗惊奇，当即使习刑名，抄写

第六十五回 窦太主好淫甘屈膝 公孙弘变节善承颜

案牍。久久练习,养成一个法律家。嗣为中尉宁成掾属。宁成为有名酷吏,汤不免效尤,习与性成,尚严务猛。及入为侍御史,与治巫蛊一案,不管人家性命,一味罗织,害及无辜。武帝还道他是治狱能手,升任大中大夫,同时又有中大夫赵禹,亦尚苛刻,与汤交好,汤尝事禹如兄,交相推重。武帝遂令两人同修律令,加添则例,特创出见知故纵法,钳束官僚:凡官吏见人犯法,应即出头告发,否则与犯人同罪,这就是见知法;问官断狱,宁可失人,不可失出,失出便是故意纵犯,应该坐罪,这叫作故纵法。自经两法创行,遂致狱讼繁苛,赭衣满路。汤又巧为迎合,见武帝性好文学,就附会古义,引作狱辞。又请令博士弟子,分治《尚书》《春秋》。

《春秋》学要算董仲舒,武帝即位,曾将他拔为首选,出相江都。见前文。江都王非,本来骄恣不法,经仲舒从旁匡正,方得安分终身。那知有功不赏,反且见罚,竟因别案牵连,被降为中大夫。无非是不善逢迎。建元六年,辽东高庙及长陵高园殿两处失火,仲舒援据《春秋》,推演义理。属稿方就,适辩士主父偃过访,见着此稿,竟觑隙窃去,背地奏闻。武帝召示诸儒,儒生吕步舒,本是仲舒弟子,未知稿出师手,斥为下愚。偃始说出仲舒所作,且劾他语多讥刺,遂致仲舒下狱,几乎论死。偃之阴险如此,怎能善终?幸武帝尚器重仲舒,特诏赦罪,仲舒乃得免死。但中大夫一职,已从此褫去了。

先是菑川人公孙弘,与仲舒同时被征,选为博士,嗣奉命出使匈奴,还白武帝,不合上意,没奈何托病告归。至元光五年,复征贤良文学诸士,菑川国又推举公孙弘。弘年将八十,精神尚健,筋力就衰,且经他前次蹉跌,不愿入都,无奈国人一致怂恿,乃襆被就道,再至长安,谒太常府中对策。太常先评甲乙,见他语意近迂,列居下第,仍将原卷呈上。偏武帝特别鉴赏,擢居第一,随即召入,面加咨询。弘预为揣摩,奏对称旨,因复拜为博士,使待诏金马门。齐人辕固,时亦与选,年已九十有余,比弘貌还要高古。弘颇怀妒意,侧目相视。辕固本与弘相识,便开口戒弘道:"公孙子,务正学以立言,毋曲学以阿世!"弘佯若不闻,掉头径去。辕固老不改行,前为窦太后所不容,见前文。此次又为公孙弘等所排斥,仍然罢归。独公孙弘重入都门,变计求合,曲意取容,第一着是逢迎主上,第二着是结纳权豪。他见张汤方得上宠,屡次往访,与通声气。又因主爵都尉汲黯,为武帝所敬礼,亦特与结交。

汲黯籍隶濮阳,世为卿士,生平治黄老言,不好烦扰,专喜谅直。初为谒者,旋迁中大夫,继复出任东海太守,执简御民,卧病不出,东海居然大治。武帝闻他藉藉有声,又诏为主爵都尉,名列九卿。当田蚡为相时,威赫无比,僚吏都望舆下拜,黯不屑趋承,相见不过长揖,蚡亦无可如何。武帝尝与黯谈论治道,志在唐虞,黯竟直答道:"陛下内多私欲,外施仁义,奈何欲效唐虞盛治呢！"一语中的。武帝变色退朝，顾语左右道："汲黯真一个憨人！"朝臣见武帝骤退，都说黯言不逊，黯朗声道："天子位置公卿，难道叫他来作谀臣，陷主不义么？况人臣既食主禄，应思为主尽忠，若徒爱惜身家，便要贻误朝廷了！"说毕，夷然趋出。武帝却也未尝加谴，及唐蒙与司马相如往通西南夷，黯独谓徒劳无益，果然治道数年，士卒多死，外夷亦叛服无常。适公孙弘入都待诏，奉使往视，至还朝奏报，颇与黯议相同。偏武帝不信弘言，再召群臣会议，黯也当然在列。他正与公孙弘往来，又见弘与己同意，遂在朝堂预约，决议坚持到底，弘已直认不辞。那知武帝升殿，集众开议，弘竟翻去前调，但说由主圣裁。顿时恼动黯性，厉声语弘道："齐人多诈无信，才与臣言不宜通夷，忽又变议，岂非不忠！"武帝听着，便问弘有无食言？弘答谢道："能知臣心，当说臣忠；不知臣心，便说臣不忠！"老奸巨猾。武帝颔首退朝，越日便迁弘为左内史。未几又超授御史大夫。小子有诗叹道：

　　　　八十衰翁待死年，如何尚被利名牵！
　　　　岂因宣圣遗言在，求富无妨暂执鞭？

　　欲知后事如何，且至下回分解。

　　窦太主以五十岁老姬，私通十八岁弄儿，渎伦伤化，至此极矣。武帝不加惩戒，反称董偃为主人翁，是导人淫乱，何以为治？微东方朔之直言进谏，几何不封偃为堂邑侯也。张汤、赵禹，以苛刻见宠，无非由迎合主心。公孙弘则智足饰奸，取容当世，以视董子、辕固之守正不阿，固大相径庭矣。然笑骂由他笑骂，好官我自为之，古今之为公孙弘者，比比然也，于公孙弘乎何诛？

第六十六回　　飞将军射石惊奇
　　　　　　　愚主父受金拒谏

　　却说元光六年，匈奴兴兵入塞，杀掠吏民，前锋进至上谷，当由边境守将，飞报京师。武帝遂命卫青为车骑将军，带领骑兵万人，直出上谷，又使骑将军公孙敖，出代郡，轻车将军公孙贺出云中，骁骑将军李广出雁门。部下兵马，四路一律，李广资格最老，雁门又是熟路，总道是旗开得胜，马到成功。那知匈奴早已探悉，料知李广不好轻敌，竟调集大队，沿途埋伏，待广纵骑前来，就好将他围住，生擒活捉。广果自恃骁勇，当然急进，匈奴兵佯作败状，诱他入围，四面攻击，任汝李广如何善战，终究是寡不敌众，杀得势穷力竭，竟为所

第六十六回　飞将军射石惊奇　愚主父受金拒谏

擒。匈奴将士,获得李广,非常欢喜,遂将广缚住马上,押去献功。广知此去死多活少,闭目设谋,约莫行了数十里,只听胡儿口唱凯歌,自鸣得意,偷眼一瞧,近身有个胡儿,坐着一匹好马,便尽力一挣,扯断绳索,腾身急起,跃上胡儿马背,把胡儿推落马下,夺得弓箭,加鞭南驰。胡兵见广走脱,回马急追,却被广射死数人,竟得逃归。代郡一路的公孙敖,遇着胡兵,吃了一个败仗,伤兵至七千余人,也即逃回。公孙贺行至云中,不见一敌,驻扎了好几日,闻得两路兵败,不敢再进,当即收兵回来,总算不折一人。独卫青出兵上谷,径抵笼城,匈奴兵已多趋雁门,不过数千人留着,被青驱杀一阵,却斩获了数百人,还都报捷。全是运气使然。武帝闻得四路兵马,两路失败,一路无功,只有卫青得胜,当然另眼相待,加封关内侯。公孙贺无功无过,置诸不问,李广与公孙敖,丧师失律,并应处斩,经两人出钱赎罪,乃并免为庶人,看官听说!这卫青初次领兵,首当敌冲,真是安危难料,偏匈奴大队,移往雁门,仅留少数兵士,抵敌卫青,遂使青得着一回小小胜仗。这岂不是福星照临,应该富贵么?李广替灾。

　　事有凑巧,他的同母姊卫子夫,选入宫中。接连生下三女,偏此次阿弟得胜,阿姊也居然生男。正是喜气重重。武帝年已及壮,尚未有子,此次专宠后房的卫夫人,竟得产下麟儿,正是如愿以偿,不胜快慰!三日开筵,取名为据,且下诏命立禖祠。古时帝喾元妃姜源,三妃简狄,皆出祀郊禖,得生贵子。姜源生弃,简狄生契。武帝仿行古礼,所以立祠祭神,使东方朔、枚皋等作禖祝文,垂为纪念,一面册立卫子夫为皇后,满朝文武,一再贺喜,说不尽的热闹,忙不了的仪文。惟枚皋为了卫后正位,献赋戒终,却是独具只眼,言人未言。暗伏后文。武帝虽未尝驳斥,究不过视作闲文,没甚注意,并即纪瑞改元,称元光七年为元朔元年。是年秋月,匈奴又来犯边,杀毙辽西太守,掠去吏民二千余人,武帝方遣韩安国为材官将军,出戍渔阳。部卒不过数千,竟被胡兵围住,安国出战败绩,回营拒守,险些儿覆没全军,还亏燕兵来援,方得突围东走,移驻右北平。武帝遣使诘责,安国且惭且惧,呕血而亡。讣闻都中,免不得择人接任,武帝想了多时,不如再起李广,使他防边。乃颁诏出去,授广为右北平太守。

　　广自赎罪还家,与故颍阴侯灌婴孙灌强,屏居蓝田南山中,射猎自娱。尝带一骑兵出饮,深夜方归,路过亭下,正值霸陵县尉巡夜前来,厉声喝止。广未及答言,从骑已代为报名,说是故李将军。县尉时亦酒醉,悍然说道:"就是现任将军,也不宜犯夜,何况是故将军呢?"广不能与校,只好忍气吞声,留宿亭下,待至黎明,方得回家。未几即奉到朝命,授职赴任,奏调霸陵尉同行。霸陵尉无从推辞,过谒李广,立被广喝令斩首,广虽数奇,亦非大器。然后上书请罪,武帝方倚重广才,反加慰勉,因此广格外感奋,戒备极严。匈奴不敢进犯,且赠他一个美号,叫做"飞将军"。

右北平向多虎患,广日日巡逻,一面瞭敌,一面逐虎,靠着那百步穿杨的绝技,射毙好几个大虫。一日,复巡至山麓,遥望丛草中间,似有一虎蹲着,急忙张弓搭箭,射将过去。他本箭不虚发,当然射着。从骑见他射中虎身,便即过去牵取,谁知走近草丛,仔细一瞧,并不是虎,却是一块大石!最奇怪的是箭透石中,约有数寸,上面露出箭羽,却用手拔它不起。大众互相诧异,返报李广。广亲自往观,亦暗暗称奇,再回至原处注射,箭到石上,全然不受,反将箭镞折断。这大石本甚坚固,箭锋原难穿入,独李广开手一箭,得把石头射穿,后来连射数箭,俱不能入,不但大众瞧着,惊疑不置,就是李广亦莫名其妙,只好拍马自回。但经此一箭,越觉扬名,都说他箭能入石,确具神力,还有何人再敢当锋?所以广在任五年,烽燧无惊,后至郎中令石建病殁,广乃奉召入京,代任郎中令,事见后文。

惟右北平一带,匈奴原未敢相侵,此外边境袤延,守将虽多,没有似李广的声望,匈奴既与汉朝失和,怎肯敛兵不动,所以时出时入,飘忽无常。武帝再令车骑将军卫青,率三万骑出雁门,又使将军李息出代郡。青与匈奴兵交战一场,复斩首虏数千人,得胜而回。青连获胜仗,主眷日隆,凡有谋议,当即照行,独推荐齐人主父偃,终不见用。偃久羁京师,资用乏绝,借贷无门,不得已乞灵文字,草成数千言,诣阙呈入。书中共陈九事,八事为律令,一事谏伐匈奴。大略说是:

臣闻怒为逆德,兵为凶器,争为末节,盖务战胜,穷武事者,未有不悔者也。昔秦皇帝并吞六国,务胜不休,尝欲北攻匈奴,不从李斯之谏,卒使蒙恬将兵攻胡,辟地千里,发天下丁男,以守北河,暴兵露师,十有余年,死者不可胜数。又使天下飞刍挽粟,起自负海,转输北河,率三十钟而至一石,男子疾耕,不足于粮饷,女子纺绩,不足于帷幕,百姓靡敝,孤寡老弱,不能相养,天下乃始叛秦也。

及高皇帝平定天下,略地于边,闻匈奴聚于代谷之外,而欲击之。御史成进,进谏不听,遂北至代谷,果有平城之围。高帝悔之,乃使刘敬往结和亲,然后天下无兵戈之事。

夫匈奴难得而制,非一世也,行盗侵驱,所以为业也,天性固然,上及虞夏商周,固弗程督,禽兽畜之,不比为人。若不上观虞夏殷周之统,而下循近世之失,此臣之所以大恐,百姓之所疾苦也。且夫兵久则变生,事苦则虑易,使边境之民,靡敝愁苦,将吏相疑而外市,故尉佗、章邯,得成其私,而秦政不行,权分二子,此得失之效也。故周书曰:安危在出令,存

第六十六回 飞将军射石惊奇 愚主父受金拒谏

亡在所用。愿陛下熟计之而加察焉!

这封书呈将进去,竟蒙武帝鉴赏,即日召见,面询数语,也觉应对称旨,遂拜偃为郎中。故丞相史严安,与偃同为临淄人,见偃得邀主知,也照样上书,无非是举秦为戒,还有无终人徐乐,也来凑兴,说了一番土崩瓦解的危言,拜本上呈,具由武帝召入,当面奖谕道:"公等前在何处?为何至今才来上书?朕却相见恨晚了!"遂并授官郎中。主父偃素擅辩才,前时尝游说诸侯,不得一遇,至此时来运凑,因言见幸,乐得多说几语,连陈数书。好在武帝并不厌烦,屡次采用,且屡次超迁。俄而使为谒者,俄而使为中郎,又俄而使为中大夫,为期不满一载,官阶竟得四迁,真是步步青云,联梯直上。严安、徐乐,并皆瞠乎落后,让着先鞭。偃越觉兴高彩烈,遇事敢言。适梁王刘襄,刘买子。与城阳王刘延,刘章孙。先后上书,愿将属邑封弟,偃即乘机献议道:

古者诸侯,地不过百里,强弱之形易制,今诸侯或连城数十,地方千里,缓则骄奢,易为淫佚,急则恃强合纵,以逆京师,若依法割削,则逆节萌起,前日晁错是也。今诸侯子弟或十数,而嫡嗣代立,余虽骨肉,无尺地之封,则仁孝之道不宣。愿陛下令诸侯推恩,分封子弟,以地侯之,彼人人喜得所愿,靡不感德。实则国土既分,无尾大不掉之弊,安上全下,无逾于此。愿陛下采择施行。

武帝依议,先将梁王、城阳王奏牍,一律批准,并令诸侯得分国邑,封子弟为列侯,因此远近藩封,削弱易制,比不得从前骄横了。贾长沙早有此议,偃不过拾人牙慧,并非奇谋,然尚有淮南之叛。元朔二年春月,匈奴又发兵侵边,突入上谷、渔阳。武帝复遣卫青、李息两将军,统兵出讨,由云中直抵陇西,屡败胡兵,击退白羊、楼烦二王,阵斩敌首数千,截获牛羊百余万,尽得河套南地。捷书到达长安,武帝大悦,即派使犒劳两军。嗣由使臣返报,归功卫青。无非趋奉卫皇后。因下诏封青为长平侯,连青属下部将,亦邀特赏。校尉苏建,得封平陵侯,张次公得封岸头侯。

主父偃复入朝献策,说是河南地土肥饶,外阻大河,秦时蒙恬尝就地筑城,控制匈奴,今可修复故塞,特设郡县,内省转输,外拓边陲,实是灭胡的根本云云。但知迎合主心,不管前后矛盾。武帝见说,更命公卿会议,大众多有异言。御史大夫公孙弘,且极力驳说道:"秦时尝发三十万众筑城北河,终归无成,今奈何复蹈故辙呢?"武帝不以为然,竟从偃策,特派苏建,调集丁夫,筑城缮塞,因河为固,特置朔方、五原两郡,徙民十万口居住。自经此次兴筑,费用不可胜计,累得府库日竭,把文景两朝的蓄积,搬发一空了。

主父偃又请将各地豪民,徙居茂陵。茂陵系武帝万年吉地,在长安东北,新置园邑，地广人稀，所以偃拟移民居住，谓可内实京师，外销奸猾等语。武帝亦惟言是听，诏令郡国调查富豪，徙至茂陵，不得违延。也是秦朝敝法。郡国自然遵行，陆续派吏驱遣，越是有财有势，越要他赶早启程。时有河内轵人郭解，素有侠名，乃是鸣雌侯许负外孙，短小精悍，动辄杀人。不过他生性慷慨，遇有乡里不平事件，往往代为调停，任劳任怨，甚至自己的身家性命，亦可不顾。因此关东一带，说起郭解二字，无不知名，称为大侠，此次亦名列徙中。解不欲迁居，特托人转恳将军卫青，代为求免。青因入白武帝，但言解系贫民，无力迁徙。偏武帝摇首不答，待至青退出殿门，却笑顾左右道："郭解是一个布衣，乃能使将军说情，这还好算得贫穷么？"青不得所求，只好回复郭解，解未便违诏，没奈何整顿行装，挈眷登程。临行时候，亲友争来钱送，赆仪多至千余万缗，解悉数收受，谢别入关。关中人相率欢迎，无论知与不知，竞与交结，因此解名益盛。会有轵人杨季主子，充当县掾，押解至京，见他拥资甚厚，未免垂涎，遂向解一再需索。解却也慨与，偏解兄子代为不平，竟把杨掾刺死，取去首级。事为杨季主所闻，立命人入京控诉，谁知来人又被刺死，首亦不见。都下出了两件无头命案，当然哄动一时，到了官吏勘验尸身，察得来人身上，尚有诉冤告状，指明凶手郭解，于是案捕首犯，大索茂陵。解闻只潜遁，东出临晋关。关吏籍少翁，未识解面，颇慕解名，一经盘诘，解竟直认不讳。少翁越为感动，竟将他私放出关。嗣经侦吏到了关下，查问少翁，少翁恐连坐得罪，不如舍身全解，乃即自杀。解竟得安匿太原。越年遇赦，回视家属，偏被地方官闻知，把他拿住，再向轵县调查旧事。解虽犯案累累，却都在大赦以前，不能追咎。且全邑士绅，多半为解延誉，只有一儒生对众宣言，斥解种种不法，不意为解客所闻，待他回家时候，截住途中，把他杀死，截舌遁去。为此一案，又复提解讯质。解全未预闻，似应免罪，独公孙弘主张罪解，且说他私结党羽，睚眦杀人，大逆不道，例当族诛。武帝意依弘言，便命把郭解全家处斩，解非不可诛，但屠及全家，毋乃太酷。还是郭解朋友，替他设法，救出解子孙一二人，方得不绝解后。东汉时有循吏郭伋，就是郭解的玄孙，这些后话不提。

且说燕王刘泽孙定国，承袭封爵，日夕肆淫，父死未几，便与庶母通奸，私生一男。又把弟妇硬行占住，作为己妾。后来越加淫纵，连自己三个女儿，也逼之侍寝，轮流交欢。禽兽不如。肥如令郢人，上书切谏，反触彼怒，意欲将郢人论罪。郢人乃拟入都告发，偏被定国先期劾捕，杀死灭口。定国妹为田蚡夫人，事见六十三回。田蚡得宠，定国亦依势横行，直至元朔二年，蚡已早死，郢人兄弟乃诣阙诉冤，并托主父偃代为申理。偃前曾游燕，不得见用，至是遂借公济私，极言定国行同禽兽，不能不诛。武帝遂下诏赐死。定国自杀，国除为郡。定国应该受诛，与偃无尤。

朝臣等见偃势盛，一言能诛死燕主，夷灭燕国，只恐自己被他寻隙，构成罪名，所以格外奉承，随时馈遗财物，冀免祸殃。偃毫不客气，老实收受。有一知友，从旁诫偃，说偃未免太横，偃答说道："我自束发游学，屈指已四十余年，从前所如不合，甚至父母弃我，兄弟嫉我，宾朋疏我，我实在受苦得够了。大丈夫生不五鼎食，死就五鼎烹，亦属何妨！古人有言，日暮途远，故倒行逆施，语本伍子胥。我亦颇作此想呢！"

　　既而齐王次昌，与偃有嫌，又由偃讦发隐情。武帝便令偃为齐相，监束齐王。偃原籍临淄，得了这个美差，即日东行，也似衣锦还乡一般。那知福为祸倚，乐极悲生，为了这番相齐，竟把身家性命，一古脑儿灭得精光。小子有诗叹道：

　　　　谦能受益满招灾，得志骄盈兆祸胎。
　　　　此日荣归犹衣锦，他时暴骨竟成堆。

　　欲知主父偃如何族灭，待至下回叙明。

　　李广射石一事，古今传为奇闻，吾以为未足奇也。石性本坚，非箭镞所能贯入，夫人而知之矣，然有时而泐，非必无罅隙之留，广之一箭贯石，乃适中其隙耳。且广曾视石为虎，倾全力以射之，而又适抵其隙，则石之射穿，固其宜也，何足怪乎！夫将在谋不在勇，广有勇寡谋，故屡战无功，动辄得咎，后人惜其数奇，亦非确论。彼主父偃所如不合，挟策干进，一纸书即邀主眷，立授官阶，前何其难，后何其易，甚至一岁四迁，无言不用，当时之得君如偃者，能有几人？然有无妄之福，必有无妄之灾，此古君子所以居安思危也。偃不知此，反欲倒行逆施，不死何为？乃知得不必喜，失不必忧，何数奇之足惜云！

第六十七回　　失俭德故人烛隐
　　　　　　　　庆凯旋大将承恩

　　却说齐王次昌，乃故孝王将闾孙，将闾见前文。元光五年，继立为王，却是一个翩翩少年，习成淫佚。母纪氏替他择偶，特将弟女配与为婚。次昌素性好色，见纪女姿貌平常，当然白眼相看，名为夫妇，实同仇敌。纪女不得夫欢，便向姑母前泣诉。姑母就是齐王母，也算一个王太后，国内统以纪太后相称。这纪太后顾恋侄女，便想替她设法，特令女纪翁主入居宫中，劝戒次昌，代为调停，一面隐加监束，不准后宫姬妾，媚事次昌。纪翁主已经适人，年比次昌长大，本是次昌母姊，不过为纪太后所生，因称为纪翁主。汉称王女为翁主，说见前文。纪翁主的容貌性情，也与次昌相似。次昌被她管束，不能私近姬妾，索性与乃姊调情，演那齐襄公、鲁文姜故事，只瞒过了一位老母。齐襄与文姜私通，见《春秋左传》。纪女仍然冷落宫中。

是时复有一个齐人徐甲，犯了阉刑，充作太监，在都备役，得入长乐宫当差。长乐宫系帝母王太后所居，见他口齿敏慧，常令侍侧，甲因揣摩求合，冀博欢心。王太后有女修成君，为前夫所生，自经武帝迎入，视同骨肉，相爱有年。见五十九回。修成君有女名娥，尚未许字，王太后欲将她配一国王，安享富贵。甲离齐已久，不但未闻齐王奸姊，并至齐王纳后，尚且茫然，因此禀白太后，愿为修成君女作伐，赴齐说亲。王太后自然乐允，便令甲即日东行。主父偃也有一女，欲嫁齐王，闻甲奉命赴齐，亟托他乘便说合，就使为齐王妾媵，也所甘心。好好一个卿大夫女儿，何必定与人作妾？甲应诺而去，及抵齐都，见了齐王次昌，便将大意告知，齐王听说，却甚愿意。纪女原可撇去，如何对得住阿姊！偏被纪太后得知，勃然大怒道："王已娶后，后宫也早备齐，难道徐甲尚还未悉么？况甲系贱人，充当一个太监，不思自尽职务，反欲乱我王家，真是多事！主父偃又怀何意，也想将女儿入充后宫？"说至此，即顾令左右道："快与我回复徐甲，叫他速还长安，不得在此多言！"左右奉命，立去报甲，甲乘兴而来，怎堪扫兴而返？当下探听齐事，始知齐王与姊相奸。自思有词可援，乃即西归，复白王太后道："齐王愿配修成君女，惟有一事阻碍，与燕王相似，臣未敢与他订婚。"这数语，未免捏造，欲挑动太后怒意，加罪齐王，太后却不愿生事，随口接说道："既已如此，可不必再提了！"

甲怅然趋出，转报主父偃。偃最喜捕风捉影，侮弄他人。况齐王不肯纳女，毫无情面，乐得乘此奏闻，给他一番辣手，计画已定，遂入朝面奏道："齐都临淄，户口十万，市租千金，比长安还要富庶，此惟陛下亲弟爱子，方可使王。今齐王本是疏属，近又与姊犯奸，理应遣使究治，明正典刑。"武帝乃使偃为齐相，但嘱他善为匡正，毋得过急。偃阳奉阴违，一到齐国，便要查究齐王阴事。一班兄弟朋友，闻偃荣归故乡，都来迎谒。偃应接不暇，未免增恨。且因从前贫贱，受他奚落，此时正好报复前嫌，索性一并召入，取出五百金，按人分给，正色与语道："诸位原是我兄弟朋友，可记得从前待我情形否？我今为齐相，不劳诸位费心，诸位可取金自去，此后不必再入我门！"语虽近是，终嫌器小。众人听了，很觉愧悔，不得已取金散去。

偃乐得清净，遂召集王宫侍臣，鞫问齐王奸情。侍臣不敢隐讳，只好实供。偃即将侍臣拘住，扬言将奏闻武帝，意欲齐王向他乞怜，好把一国大权，让归掌握。那知齐王次昌，年轻胆小，一遭恐吓，便去寻死。偃计不能遂，反

第六十七回　失俭德故人烛隐　庆凯旋大将承恩

致惹祸,也觉悔不可追,没奈何据实奏报。武帝得书,已恨偃不遵前命,逼死齐王,再加赵王彭祖,上书劾偃,说他私受外赂,计封诸侯子弟,惹得武帝恨上加恨,即命褫去偃官,下狱治罪。这赵王彭祖,本与偃无甚仇隙,不过因偃尝游赵,未尝举用,自恐蹈燕覆辙,所以待偃赴齐,出头告讦。还有御史大夫公孙弘,好似与偃有宿世冤仇,必欲置偃死地。武帝将偃拿问,未尝加偃死罪,偏弘上前力争,谓齐王自杀无后,国除为郡,偃本首祸,不诛偃无以谢天下。武帝乃下诏诛偃,并及全家。偃贵幸时,门客不下千人,至是俱怕连坐,无敢过问。独洨县人孔车,替他收葬,武帝闻知,却称车为忠厚长者,并不加责。可见得待人以义,原是有益无损呢!借孔车以讽世,非真誉偃。

严安、徐乐,贵宠不能及偃,却得安然无恙,备员全身。高而危,何如卑而安。独公孙弘排去主父偃,遂得专承主宠,言听计从,主爵都尉汲黯,为了朔方筑城,弘言反复,才知他是伪君子,不愿与交。朔方事见六十五回。会闻弘饰为俭约,终身布被,遂入见武帝道:"公孙弘位列三公,俸禄甚多,乃自为布被,佯示俭约,这不是挟诈欺人么?"假布被以劾弘,失之琐屑。丞相、太尉、御史大夫称为三公。武帝乃召弘入问,弘直答道:"诚有此事。现在九卿中,与臣交好,无过汲黯,黯今责臣,正中臣病。臣闻管仲相齐,拥有三归,侈拟公室,齐赖以霸,及晏婴相景公,食不重肉,妾不衣帛,齐亦称治。今臣位为御史大夫,乃身为布被,与小吏无二,怪不得黯有微议,斥臣钓名。且陛下若不遇黯,亦未必得闻此言。"武帝闻他满口认过,越觉得好让不争,却是一个贤士。就是黯亦无法再劾,只好趋退。弘与董仲舒并学《春秋》,惟所学不如仲舒。仲舒失职家居,武帝却还念及,时常提起。弘偶有所闻,未免加忌,且又探得仲舒言论,常斥自己阿谀取容,因此越加怀恨,暗暗排挤。武帝未能洞悉,总道弘是个端人,始终信任。到了元朔五年,竟将丞相薛泽免官,使弘继任,并封为平津侯。向例常用列侯为丞相,弘未得封侯,所以特加爵邑。

弘既封侯拜相,望重一时,特地开阁礼贤,与参谋议,甚么钦贤馆,甚么翘材馆,甚么接士馆,开出了许多条规,每日延见宾佐,格外谦恭。有故人高贺进谒,弘当然接待,且留他在府宿食。惟每餐不过一肉,饭皆粗粝,卧止布衾。贺还道他有心简慢,及问诸待人,才知弘自己服食,也是这般。勉强住了数日,又探悉内容情形,因即辞去。有人问贺何故辞归?贺愤然说道:"弘内服貂裘,外著麻枲,内厨五鼎,外膳一肴,如此矫饰,何以示信?且粗粝布被,我家也未尝不有,何必在此求人呢!"自经贺说破隐情,都下士大夫,始知弘浑身矫诈,无论行己待人,统是作伪到底,假面目渐渐揭露了。只一武帝尚似梦未醒。

汲黯与弘有嫌,弘竟荐黯为右内史。右内史部中,多系贵人宗室,号称难治。黯也知弘怀着鬼胎，故意荐引，但既奉诏命，只好就任，随时小心，无瑕可指，竟得安然无事。又有董仲舒闲居数年，不求再仕，偏弘因胶西相出缺，独将仲舒推荐出去。仲舒受了朝命，并不推辞，居然赴任。胶西王端，是武帝异母兄弟，阴贼险狠，与众异趋，只生就一种缺陷，每近妇人，数月不能起床，所以后宫虽多，如同虚设。有一少年为郎，狡黠得幸，遂替端暗中代劳，与后宫轮流同寝。不意事机被泄，被端支解，又把他母子一并诛戮，此外待遇属僚，专务残酷，就是胶西相，亦辄被害死。弘无端推荐仲舒，亦是有心加害，偏仲舒到了胶西，刘端却慕他大名，特别优待，反令仲舒闻望益崇。不过仲舒也是知机，奉职年余，见端好饰非拒谏，不如退位鸣高，乃即向朝廷辞职，仍然回家。不愧贤名。著书终老，发明春秋大义，约数十万言，流传后世。所著《春秋繁露》一书，尤为脍炙人口，这真好算一代名儒呢。收束仲舒，极力推崇。

大中大夫张汤，平时尝契慕仲舒，但不过阳为推重，有名无实。他与公孙弘同一使诈，故脾气相投，很为莫逆。弘称汤有才，汤称弘有学，互相推美，标榜朝堂。武帝迁汤为廷尉，景帝时尝改称廷尉为大理，武帝仍依旧名。汤遇有疑谳，必先探察上意，上意从轻，即轻予发落，上意从重，即重加锻炼，总教武帝没有话说，便算判决得宜。一日有谳案上奏，竟遭驳斥，汤连忙召集属吏，改议办法，仍复上闻。偏又不合武帝意旨，重行批驳下来，弄得忐忑不安，莫明其妙。再向属吏商议，大众统面面相觑，不知所为。延宕了好几日，尚无良法，忽又有掾史趋入，取出一个稿底，举示同僚。众人见了，无不叹赏，当即向汤说知。汤也为称奇，便嘱掾属交与原手，使他缮成奏牍，呈报上去，果然所言中旨，批令照办。究竟这奏稿出自何人？原来是千乘人倪宽。倪宽颇有贤名，故从特叙。宽少学《尚书》，师事同邑欧阳生。欧阳生表字和伯，为伏生弟子，伏生事见前文。通《尚书》学，宽颇得所传。武帝尝置五经博士，公孙弘为相，更增博士弟子员，令郡国选取青年学子，入京备数。宽幸得充选，草草入都。是时孔子九世孙孔安国，方为博士，教授弟子员，宽亦与列。无如家素贫乏，旅费无出，不得已为同学司炊。又乘暇出去佣工，博资度活，故往往带经而锄，休息辄读。受了一两年辛苦，才得射策中式，补充掌故，嗣又调补廷尉文学卒史。廷尉府中的掾属，多说他未谙刀笔，意在蔑视，但派他充当贱役，往北地看管牲畜，宽只好奉差前去。好多时还至府中，呈缴畜簿，巧值诸掾史为了驳案，莫展一筹。当由宽问明原委，据经折狱，援笔属稿。为此一篇文字，竟得出人头地，上达九重。运气来了。

武帝既批准案牍，复召汤入问道："前奏非俗吏所为，究出何人手笔？"汤答称倪宽。武帝道："我亦颇闻他勤学，君得此人，也算是一良佐了。"汤唯唯而退，还至府舍，忙将倪宽召入，任为奏谳掾。宽不工口才，但工文笔，一经判

第六十七回　失俭德故人烛隐　庆凯旋大将承恩

案，往往有典有则，要言不烦。汤自是愈重文人，广交宾客，所有亲戚故旧，凡有一长可取，无不照顾，因此性虽苛刻，名却播扬。

只汲黯见他纷更法令，易宽为残，常觉看不过去，有时在廷前遇汤，即向他诘责道："公位列正卿，上不能广先帝功业，下不能遏天下邪心，徒将高皇帝垂定法律，擅加变更，究是何意？"汤知黯性刚直，也不便与他力争，只得无言而退。嗣黯又与汤会议政务，汤总主张严劲，吹毛索瘢。三句不离本行。黯辩不胜辩，因发忿面斥道："世人谓刀笔吏，不可作公卿，果然语不虚传！试看张汤这般言动，如果得志，天下只好重足而走、侧目而视了！这难道是致治气象么？"说毕自去。已而入见武帝，正色奏陈道："陛下任用群臣，好似积薪，后来反得居上，令臣不解。"武帝被黯一诘，半晌说不出话来，只面上已经变色。俟黯退朝后，顾语左右道："人不可无学，汲黯近日比前益憨，这就是不学的过失呢。"原来黯为此语，是明指公孙弘、张汤两人，比他后进，此时反位居己上，未免不平，所以不嫌唐突，意向武帝直陈。武帝也知黯言中寓意，但已宠任公孙弘、张汤，不便与黯说明，因即含糊过去，但讥黯不学罢了。黯始终抗正，不肯媚人，到了卫青封为大将军，尊宠绝伦，仍然见面长揖，不屑下拜。或谓大将军功爵最隆，应该加敬，黯笑说道："与大将军抗礼，便是使大将军成名，若为此生憎，便不成为大将军了！"这数语却也使乖。卫青得闻黯言，果称黯为贤士，优礼有加。

惟卫青何故得升大将军？查考原因，仍是为了征虏有功，因得超擢。自从朔方置郡，匈奴右贤王连年入侵，欲将朔方夺还。元朔五年，武帝特派车骑将军卫青，率三万骑出高阙，锐击匈奴，又使卫尉苏建为游击将军，左内史李沮为强弩将军，太仆公孙贺为骑将军，代相李蔡为轻车将军，俱归卫青节制，并出朔方。再命大行李息、岸头侯张次公为将军，出右北平，作为声援，统计人马十余万，先后北去。匈奴右贤王，探得汉兵大举来援，倒也自知不敌，退出塞外，依险驻扎。一面令人哨探，不闻有甚么动静，总道汉兵路远，未能即至，乐得快乐数天。况营中带有爱妾，并有美酒，拥娇夜饮，趣味何如。不料汉将卫青，率同大队，星夜前来，竟将营帐团团围住。胡儿突然遇敌，慌忙入报，右贤王尚与爱妾对饮，酒意已有八九分，蓦闻营帐被围，才将酒意吓醒，令营兵出寨御敌，自己抱妾上马，带了壮骑数百，混至帐后。待至前面战鼓喧天，杀声不绝，方一溜烟似的逃出帐外，向北急遁。汉兵多至前面厮杀，后面不过数百兵士，擒不住右贤王，竟被逃脱。还是忙中有智。惟前面的胡兵，仓皇接仗，眼见是有败无胜，一大半作为俘虏，溜脱的甚属寥寥，汉兵破入胡营，擒得裨王即小王。十余人，男女一万五千余人，牲畜全数截住，约有数十百万，再去追捕右贤王，已是不及，乃收兵南还。

这次出兵，总算是一场大捷，露布入京，盈廷相贺。武帝亦喜出望外，即遣使臣往劳卫青，传旨擢青为大将军，统领六师，加封青食邑八千七百户，青三子尚在襁褓，俱封列侯。青上表固辞，让功诸将，武帝乃更封公孙贺为南窌侯，李蔡为乐安侯，余如属将公孙敖、韩说、李朔、赵不虞、公孙戎奴等，也并授侯封。及青引军还朝，公卿以下，统皆拜谒马前，就是武帝，也起座慰谕，亲赐御酒三杯，为青洗尘。旷古恩遇，一时无两，宫廷内外，莫不想望丰仪，甚至引动一位孀居公主，也居然贪图利欲，不惜名节，竟与卫大将军愿结丝萝，成为夫妇。小子有诗叹道：

　　　　　　妇道须知从一终，不分贵贱例相同。
　　　　　　如何帝女淫痴甚，也学文君卓氏风！

　　究竟这公主为谁，试看下回续叙。

　　主父偃谓日暮途穷，故倒行逆施，卒以此罹诛夷之祸。彼公孙弘之志，亦犹是耳。胡为偃以权诈败，而弘以名位终？此无他，偃过横而弘尚自知止耳。高贺直揭其伪，而弘听之，假使偃易地处此，度未必有是宽容也。即如汲黯之为右内史，董仲舒之为胶西相，未免由弘之故意推荐，为嫁祸计。但黯与仲舒，在位无过，而弘即不复生心，以视偃之逼死齐王，固相去有间矣。夫天道喜谦而恶盈，偃之致死，死于骄盈，弘固尚不若偃也。彼卫青之屡战得胜，超迁至大将军，而汲黯与之抗礼，反且以黯为贤，优待有加，青其深知持满戒盈之道乎？弘且幸免，而青之考终，宜哉！

第六十八回　　舅甥踵起一战封侯
　　　　　　父子败谋九重讨罪

　　却说卫青得功专宠，恩荣无比，有一位孀居公主，竟愿再嫁卫青。这公主就是前时卫青的女主人，叫做平阳公主。一语已够奚落。平阳公主，曾为平阳侯曹寿妻，此时寿已病殁，公主寡居，年近四十，尚耐不住寂寞鳌帏，要想择人再醮。当下召问仆从道："现在各列侯中，何人算是最贤？"仆从听说，料知公主有再醮意，便把"卫大将军"四字，齐声呼答。平阳公主微答道："他是我家骑奴，曾跨马随我出入，如何是好！"如果尚知羞耻，何必再醮！仆从又答道："今日却比不得从前了！身为大将军，姊做皇后，子皆封侯，除当今皇上外，还有何人似他尊贵哩！"平阳公主听了，暗思此言，原是有理。

且卫青方在壮年，身材状貌，很是雄伟，比诸前夫曹寿，大不相同，我若嫁得此人，也好算得后半生的福气，只是眼前无人作主，未免为难。何不私奔！左思右想，只有去白卫皇后求她撮合，或能如愿。于是淡妆浓抹，打扮得齐齐整整，自去求婚。看官听说！此时候皇太后王氏，已经崩逝，约莫有一年了。王太后崩逝，正好乘此带叙。公主夫丧已阕，母服亦终，所以改著艳服，乘车入宫。卫皇后见她衣饰，已经瞧透三分，及坐谈片刻，听她一派口气，更觉了然，索性将它揭破，再与作撮合山。平阳公主也顾不得甚么羞耻，只好老实说明，卫后乐得凑趣，满口应允。俟公主退归，一面召入卫青，与他熟商，一面告知武帝，恳为玉成，双方说妥，竟颁出一道诏书：令卫大将军得尚平阳公主。不知诏书中如何说法，可惜史中不载！成婚这一日，大将军府中，布置礼堂，靡丽纷华，不消细说。到了凤辇临门，请出那再醮公主，与大将军行交拜礼，仪文繁缛，雅乐铿锵。四座宾朋，男红女绿，都为两新人道贺，那个不说是美满良缘！至礼毕入房，夜阑更转，展开那翡翠衾，成就那鸳鸯梦。看官多是过来人，毋庸小子演说了。卫青并未断弦，又尚平阳公主，此后将如何处置故妻，史皆未详，公主不足责，青有愧宋弘多矣。

　　卫青自尚公主以后，与武帝亲上加亲，越加宠任，满朝公卿，亦越觉趋奉卫青，惟汲黯抗礼如故。青素性宽和，原是始终敬黯，毫不介意。最可怪的是好刚任性的武帝，也是见黯生畏，平时未整衣冠，不敢使近。一日御坐武帐，适黯入奏事，为武帝所望见，自思冠尚未戴，不便见黯，慌忙避入帷中，使人出接奏牍，不待呈阅，便传旨准奏。俟黯退出，才就原座。这乃是特别的待遇。此外无论何人，统皆随便接见。就是丞相公孙弘进谒，亦往往未曾戴冠，至如卫青是第一贵戚，第一勋臣，武帝往往踞床相对，衣冠更不暇顾及。可见得大臣出仕，总教正色立朝，就是遇着雄主，亦且起敬，自尊自重人尊重，俗语原有来历呢。警世之言。黯常多病，一再乞假，假满尚未能视事，乃托同僚严助代为申请。武帝问严助道："汝看汲黯为何如人？"助即答道："黯居官任职，却亦未必胜人，若寄孤托命，定能临节不挠，虽有孟贲、夏育，也未能夺他志操哩。"武帝因称黯为社稷臣。不过黯学黄老，与武帝志趣不同，并且言多切直，非雄主所能容，故武帝虽加敬礼，往往言不见从。就是有事朔方，黯亦时常谏阻，武帝还道他胆怯无能，未尝入耳。况有卫青这般大将，数次出塞，不闻挫失，正可乘此张威，驱除强房。

　　那匈奴却亦猖獗得很，入代地，攻雁门，掠定襄、上郡，于是元朔六年，再使大将军卫青，出讨匈奴，命合骑侯公孙敖为中将军，太仆公孙贺为左将军，翕侯赵信为前将军，卫尉苏建为右将军，郎中令李广为后将军，左内史李沮为强弩将军，分掌六师，统归大将军节制，浩浩荡荡，出发定襄。青有甥霍去病，年才十八，熟习骑射，去病已见前文。官拜侍中。此次亦自愿随征，由青承制带去，令为嫖姚校尉，选募壮士八百人，归他带领，一同前进。既至塞外，适与匈奴兵相遇，迎头痛击，斩首约数千级。匈奴兵战败遁去，青亦收军回驻定襄，休养士马，再行决战。约阅月余，又整队出发，直入匈奴境百余里，攻破好几处胡垒，斩获甚多。各将士杀得高兴，分道再进，前将军赵信，本是匈奴小王，降汉封侯，自恃路境素熟，踊跃直前；右将军苏建，也不肯轻落人后，联镳继进；霍去病少年好胜，自领壮士八百骑，独成一队，独走一方；余众亦各率部曲，寻斩胡酋。卫青在后驻扎，专等各路胜负，再定行止。已而诸将陆续还营，或献上虏首数百颗，或捕到虏卒数十人，或说是不见一敌，未便深入，因此回来。青将军士一一点验，却还没有什么大损，惟赵信、苏建两将军，及外甥霍去病，未见回营，毫无音响。青恐有疏虞，忙派诸将前去救应。过了一日一夜，仍然没有回报，急得青惶惑不安。

正忧虑间，见有一将跟跄奔入，长跪帐前，涕泣请罪。卫青瞧着，乃是右将军苏建。便开口问道："将军何故这般狼狈？"建答说道："末将与赵信，深入敌境，猝被虏兵围住，杀了一日，部下伤亡过半，虏兵亦死了多人。我兵正好脱围，不意赵信心变，竟带了八九百人，投降匈奴。末将与信，本只带得三千余骑，战死了千余名，叛去了八九百名，怎堪再当大敌？不得已突围南走，又被虏众追蹑，扫尽残兵，剩得末将一人，单骑奔回，还亏大帅派人救应，才得到此。末将自知冒失，故来请罪！"青听毕建言，便召回军正闳、长史安、及议郎周霸道："苏建败还，失去部军，应处何罪？"周霸道："大将军出师以来，未曾斩过一员偏将，今苏建弃军逃还，例应处斩，方可示威。"闳、安二人齐声道："不可！不可！苏建用寡敌众，不随赵信叛去，乃独拼死归来，自明无贰，若将他斩首，是使后来将士，偶然战败，只可弃甲降虏，不敢再还了！"两人是苏建救星。青乃徐说道："周议郎所言，原属未合，试想青奉令专阃，不患无威，何必定斩属将！就使有罪当斩，亦宜请命天子，青却未便专擅呢。"军吏齐声称善，这便是卫青权术。因将建置入槛车，遣人押送至京。

惟霍去病最后方到，提着一颗血淋淋的首级，入营报功。这首级系是何人？据言系单于大父行借若侯产，接连由部兵绑进三人，乃是匈奴相国、当户，以及单于季父罗姑。这三人为匈奴头目，由去病活擒了来，此外斩首馘耳，大约二千有余。他自带着八百壮士，向北深入，一路不见胡虏，直走了好几百里，才望见有虏兵营帐，当即掩他不备，驰杀过去。虏兵不意汉军猝至，顿时溃乱，遂为去病所乘，手刃渠魁一人，擒住头目两人，把虏营一力踏破，然后回营报功。卫青大喜，自思得足偿失，不如归休，乃引军还朝。武帝因此次北征，虽得斩首万级，却也覆没两军，失去赵信，功过尽足相抵，不应封赏，但赐卫青千金。惟霍去病战绩过人,授封为冠军侯。还有校尉张骞,前曾出使西域,被匈奴截留十余年,颇悉匈奴地势,能知水草所在,故兵马不至饥渴。当由卫青申奏骞功,也受封博望侯。苏建得蒙恩赦,免为庶人。

赵信败降匈奴,匈奴主军臣单于已早病死,由弟左谷蠡王伊稚斜,逐走军臣子于单,自立有年。于单尝入塞降汉,汉封为陟安侯,未几病死,事在元朔三年。一闻赵信来降,便即召入,好言抚慰,面授为自次王,并将阿姐嫁与为妻。信当然感激,且本来是个胡人,重归故国,乐得替他设策,即教单于但增边幕,不必入塞,俟汉兵往来疲敝,方可一举成功。伊稚斜单于,依言办理,汉边才得少静烽尘。但自元光以后,连岁出兵,军需浩繁,不可胜数,害得国库空虚,司农仰屋。不得已令吏民出资买爵,名为武功,大约买爵一级,计钱十七万,每级递加二万钱,万钱一金,共鬻出十七万级,直三十余万金。嗣是朝廷名器,几与市物相似,但教有钱输入,不论他人品何如,俱好算做命官。试想这般制度,岂不是豪奴得志,名士灰心么!卖官鬻爵之弊,实自此始。

是年冬月,武帝行幸雍郊,亲祠五畤。即五帝祠,称畤不称祠,因畤义训止有神灵依止之意。忽有一兽,在前行走,首上只生一角,全体白毛。众卫士赶将过去,竟得将兽拿住,仔细看验,足有五蹄。当下呈示武帝,武帝瞧着,好似麒麟模样,便问从官道:"这兽可是麒麟否?"从官齐声答是麒麟,且言陛下肃祀明禋,故上帝报享,特赐神兽云云。无非献谀。武帝大悦,因将一角兽荐诸五畤。另外宰牛致祭,礼成驾归。途中又见一奇木,枝从旁出,还附木上,大众又不禁称奇。连武帝也为诧异,既返宫廷,又复召询群臣,给事中终军上奏道:"野兽并角,显系同本,众枝内附,示无外向,这乃是外夷向化的瑞应,陛下好垂裳坐待了。"亏他附会。武帝益喜,令词臣作《白麟歌》,预贺升平。有司复希旨进言,请即应瑞改元。改元每次,相隔六年,此时已值元朔六年初冬,本拟照例改元,不过获得白麟,愈觉改元有名,元狩纪元,便是为此。

谁知外夷未曾归化,内乱却已发生。淮南王安及衡山王赐,串同谋反,居然想摇动江山,亏得逆谋败露,才得不劳兵革,一发即平。安与赐皆淮南王长子,文帝怜长失国自杀,因将淮南故地,作为三分,封长子安、勃、赐为王。勃先王衡山,移封济北,不久即殁。赐自庐江徙王衡山,与安虽系兄弟,两不相容。安性好读书,更善鼓琴,也欲笼络民心,招致文士。门下食客,趋附至数千人,内有苏飞、李尚、左吴、田由、雷被、伍被、毛被、晋昌八人,最号有才,称为淮南八公。安令诸食客著作内书二十一篇,外书三十三篇,就是古今相传的《淮南子》。另有中篇八卷,多言神仙黄白术。黄金白银,能以术化,故称黄白术。武帝初年,安自淮南入朝,献上内书,武帝览书称善,视为秘宝。又使安作《离骚传》，半日即成，并上颂德，及《长安都国颂》。武帝本好文艺，见安博学能文，当然器重，且又是叔父行，更当另眼相看。当时武安侯田蚡，曾与安秘密订约，有将来推立意，语见六十三回。安为蚡所惑，乃生逆谋。建元六年，天空中出现彗星，当有人向安密说，说是吴、楚反时，彗星出现，光芒不过数尺，今长且竟天，眼见是兵戈大起，比前益甚。安也以为然，遂修治兵器，蓄积金钱，为待乱计。庄助出抚南越，安复邀留数日，结作内援。见六十二回。种种计画，尚恐未足，乃更想出一法，密嘱女陵入都，侦察内情。陵青年有色，又工口才，既到长安，借作内省为名，出入宫闱，毫无拘束。随身又带着许多金钱，仗着财色两字，结识廷臣，何人不喜与交往？抢先巴结的叫作鄂但，系故安平侯鄂千秋孙，年貌相符，便与通奸。第二人为岸头侯张次公，壮年封侯，气宇不凡，也与陵秘密往来，作为腻友。偷得馒头狗造化。陵得内外打通，常有密书传报淮南。

淮南王后姓蓼名荼，为安所爱。荼生一男，取名为迁，尚有庶长子不害，素失父宠，不得立储。因立迁为太子。迁年渐长，娶王太后外孙女为妃，就是修成君女金蛾。见前回。安本意欲攀葛附藤，想靠王太后为护符，偏偏王太后告崩，无势可援。又恐太子妃得烛阴谋，暗地报闻，遂又密嘱太子迁，叫他与妃反目，三月不同席。自己又阳为调停，迫迁夜入妃室，迁终不与寝。妃遂赌气求去，安乃使人护送入都，奏陈情迹，表面上尚归罪己子。武帝尚信为真言，准令离婚。迁少好学剑，自以为无人可及。闻得郎中雷被，素通剑术，欲与比赛高低，被屡辞不获。两人比试起来，毕竟迁不如被，伤及皮肤。迁因此与被有嫌。被自知得罪太子，不免及祸，适汉廷募士从军，被即向安陈请，愿入都中投效。安先入迁言，知他有意趋避，将被免官。被索性潜奔长安，上书讦安。武帝遣中尉段宏查办，安父子欲将宏刺死。还是宏命不该绝，一到淮南，但略问雷被免官事迹，并未讯及别情，且辞色甚是谦和。安料无他患，不如变计周旋，但托宏善为转圜。宏允诺而别，还白武帝。武帝召问公卿，众谓安格阻明诏，不令雷被入都效力，罪应弃市。武帝不从，只准削夺二县，赦罪勿问。安尚且愧愤道："我力行仁义，还要削地么？"这种仁义，自古罕闻。乃日夜与左吴等查考地图，整备行军路径，指日起军。

时庶长子不害，有男名建，年龄寖长，因见乃父失宠，常觉不平，暗中结交壮士，欲杀太子。偏被太子迁约略闻知，竟将建缚住，一再笞责。建更怨恨莫伸，遂使私人严正，入都献书道："臣闻良药苦口，乃足利病，忠言逆耳，也足利行。今淮南王孙建，材能甚高，王后荼及太子迁，屡思加害，建父不害无辜，又尝被囚系，日夜会集宾客，潜议逆谋，建今尚在，尽可召问，一证虚实，免得养痈贻患，累及国家。"武帝得书，又发交廷尉，转饬河南官吏，就便讯治。适有

第六十八回 舅甥踵起一战封侯 父子败谋九重讨罪

辟阳侯孙审卿，尝怨祖父为厉王长所杀，意图复仇，<u>淮南王长杀审食其事，见前文</u>。便密查安谋逆情迹，告知丞相公孙弘。弘又函饬河南官吏，彻底究治。河南官吏，迭接君相命令，怎敢怠慢？立将刘建传到详细讯明，建将淮南罪状，悉数推到太子迁身上，<u>统是怀私</u>。由问官录供奏闻。安得知此事，谋反益甚。

先是衡山王赐，入朝武帝，道出淮南，安迎入府中，释嫌修好，与商秘谋。赐原有叛意，得安联络，也即乐从，因退归衡山，托病不朝。安部下多浮嚣士，亦屡次劝安起兵，独中郎伍被，极言谏阻，安非但不听被言，且将被父母拘住，逼令同谋，被尚涕泣固谏。至建被传讯，事且益急，安仍向被问计，被乃说道："方今诸侯无异心，百姓无怨气，大王猝思起事，比吴、楚还要难成。必不得已，只好伪为丞相御史请书，徙郡国豪杰至朔方，又伪为诏狱书逮诸侯太子幸臣，使民间闻风怀怨，诸侯亦皆疑贰，然后遣辩士四出诱约，或可侥幸万一，还请大王审慎为是！"<u>被不能始终力争，也属自误</u>。安决意起反，遂私铸皇帝御玺，及丞相、御史、大夫、将军等印信，为作伪计。又拟使人诈称得罪，往投大将军卫青，乘间行刺。且私语僚属道："汉廷大臣，只有汲黯正直，尚能守节死义，不为人惑。若公孙弘等随势逢迎，我若起事，好似发蒙振落，毫不足畏呢！"

正部署间，忽由朝廷遣到廷尉监，<u>廷尉府中之监吏</u>。会同淮南中尉，拿问太子迁。迁急禀知乃父，立召淮南相与内史中尉，一并集议，即日发难。偏内史中尉，不肯应召，只有淮南相一人到来，语多支吾。迁料知不能成事，待相退出，索性寻个自尽。趋入别室，拔剑拟颈，毕竟心慌手颤，只割伤一些皮肤，已是不胜痛楚，倒地呻吟。外人闻声入救，忙将他舁到床上，延医敷治。安与后荼，亦急来探视。正在忙乱时候，突有一人入报道："不好了！不好了！外面已有朝使至此，领着大兵，把王宫围住了！"正是：

　　咎由自取难逃死，祸已临头怎解围？

究竟汉使如何围宫，待至下回表明。

　　卫青之屡次立功，具有天幸，而霍去病亦如之。六师无功，去病独能战捷，枭房侯，擒房目，斩房首至二千余级，虽曰人事，岂非天命！汉武诸将，首推卫、霍，一舅一甥，其出身相同，其立功又同，亦汉史中之一奇也。淮南王安，种种诡谋，心劳日拙，彼以子女为足恃，而讵知其身家之绝灭，皆自子女酿成之。家且不齐，遑问治国？尚鳃鳃然欲窥窃神器，据有天下，虽欲不亡，乌得而不亡！

第六十九回　勘叛案重兴大狱
　　　　　　　立战功还挈同胞

　　却说汉使领了大兵,遽将淮南王宫围住,淮南王安,还是一无预备,怎能抵敌?只好佯作不知,迎入朝使。朝使并不多说,当即指挥兵士,四处搜寻,好一歇寻出谋反证据,就是私造的各种玺印。安至此无可隐讳,只吓得面如土色,听他所为。汉使便将太子迁及王后荼,一并拿去,止留安在宫中,派兵监守。又出宫捕拿许多宾客,尽拘狱中。俗语有言:迅雷不及掩耳。这真好算似青天霹雳,令人不防。其实仍由刘安父子,自取祸殃。安前曾拘住伍被父母,硬要迫被同谋,被虽替安想出末策,自知凶多吉少,乃乘汉使到来,前去出首。汉使不便迟慢,因即调兵入宫,搜查证据,证据到手,便好拘人;一面遣人飞报朝廷,听候诏命。未几即有宗正刘弃,持节驰至淮南,来提一班案犯。安已服毒自尽,余犯押解到京,发交廷尉张汤审办。汤是个著名辣手,怎肯从宽?先将荼迁两人,定了死罪,推出枭首。复查出庄助与安有私,鄂但、张次公与安女通奸,同时拿问。安女陵无从奔避,当然拿到正法,随那父母兄弟,同入冥途。也快活得够了。还有一班淮南僚佐,与安通同谋反,汤不但悉数致死,并且悉数灭族。就是自行出首的伍被,亦谳成死刑。武帝爱被有才,拟从赦宥,汤独入请道:"伍被不能力谏,曾与叛谋,罪不可赦。"武帝不得已准议,乃将伍被处死。庄助本可邀赦,也由汤入朝固争,随即弃市。鄂但、张次公,却未闻伏诛,想是与汤有交,但坐奸罪,免官赎死罢了。汤又会同公卿,请逮捕衡山王赐,武帝却批驳道:"衡山王自就侯封,虽与安为兄弟,究未闻有同谋确证,不应连坐。"这数语批发下来,赐乃得免议,惟将淮南国除为九江郡,总算了案。

　　哪知余波未静,一仆一起,遂致衡山亦逆谋败露,同就灭亡。衡山王赐,本与安私下订约,专待淮南起兵,当即响应。嗣闻淮南失败,只好作罢。偏是人心不轨,天道难容,也与淮南复辙相似,弄得骨肉相残,全家毕命。赐后乘舒,生下二子一女,长子名爽,立为太子,少子名孝,女名无采。乘舒病殁,宠姬徐来继立为后,徐来亦生有男女四人。惟徐来以外,尚有一个厥姬,也曾得宠,两人素来相妒,不肯相下。至后位被徐来夺去,厥姬那里甘心?遂向太子爽进谗,伪言太子母乘舒,被徐来暗中毒死。太子爽信以为真,甚恨徐来,会徐来兄至衡山,爽侪与宴饮,伺隙行刺,仅得不死。两造结冤愈深,互相寻衅。赐少子孝,童年失母,归徐来抚养。徐来未尝爱孝,佯示仁慈。孝姊无采,已

第六十九回　勘叛案重兴大狱　立战功还挈同胞

经出嫁,与夫相忤,离归母家。无采年少思淫,怎肯守着活寡?竟与家客通奸。事为太子爽所闻,屡加诃斥,无采不知敛束,反与长兄有仇。徐来又故意厚待无采,联为臂助。转眼间孝亦长成,与徐来、无采,串同一气,谗毁太子。太子爽孤立无助,当然敌不过三人,往往触怒乃父,动遭笞责。刘赐妻子,与乃兄绝对相似,真是难兄难弟。

已而徐来假母,被人刺伤,如乳母相类。徐来硬指为太子所使。赐听信谗言,又将太子敲扑一番,父子遂积成怨隙,好似冤家一般。适赐有疾病,太子爽并不入视,亦假称有疾。徐来与孝,正好乘间进言,说出太子如何心喜,准备嗣位,惹得赐非常懊恼,便欲废爽立孝。徐来见赐有废立意,又想出一种毒计,意欲并孝陷害,好使亲生子广,起嗣王封。徐来有侍女善舞,为赐所宠,适为徐来所嫉忌,乃特纵令伴孝,日夕相亲,干柴碰着热火,怎能不爇?自然凑成一堆。太子爽闻孝奸姬侍,也觉垂涎,暗想弟烝父妾,我何不可遂烝父妻?况徐来屡加谗构,若能引与私通,定当易憎为爱,不至寻仇。想入非非。计画已就,便逐日入宫,向徐来处请安,并自陈前愆,立誓悔过。徐来不能不虚与周旋,取酒与饮,温颜慰劝。爽奉卮上寿,跪在徐来膝前,俟徐来接过酒卮,便将两手捧住两膝,涎脸求欢。徐来且惊且怒,忙将酒卮放下,将身离座,那衣襟尚被爽牵住,不肯放手,急得徐来振喉大呼,方才走脱。爽不能逞计,起身便走,回至住室,正想法免祸,那外面已有宫监进来,传述赐命,把爽拖曳了去。及得见赐面,还有何幸?无非把坐臀晦气,吃了几十下毛竹板子。爽号呼道:"孝与王侍女通奸,无采与家奴通奸,王奈何勿问?尽管笞责臣儿!臣儿愿上书天子,背王自去!"说着,竟似痴似狂,向外奔出。赐已气得发昏,命左右追爽,爽怎肯回头,及赐亲自出追,乃将爽牵回,械系宫中。孝反日见宠爱,由赐给与王印,号为将军,使居外家,招致宾客,与谋大事。

江都人枚赫、陈喜,先后往依,为孝私造兵车弓箭,刻天子玺及将相军吏印,待机发作。陈喜本事淮南王,淮南事败,乃奔投衡山,为孝画策。孝谋为太子,运动乃父,上书朝廷,废长立幼。太子爽虽然被系,总尚不至断绝交通,因嘱心腹人白嬴潜往长安,使他上书告变,说孝上烝父妾,且与父谋逆等情。书尚未上,嬴却被都吏拘住,讯出孝纳叛人等情,乃行文至沛郡太守,饬他速拿陈喜。喜未尝预防,竟被捉住。孝知已惹祸,也想援自首减罪的律例,自行告发,且归咎枚赫、陈喜等人。武帝又委廷尉张汤查办,汤怎肯放松?当然一网打尽,立遣中尉等驰往衡山,围住王宫。仍是一番老手段。赐惊惶自杀,赐后徐来,及太子爽、次子孝,与帮同谋反诸党羽,一古脑儿押至都中。经张汤一番审讞,悉数论罪。徐来坐蛊前后乘舒,爽坐告父王不孝,孝坐与王侍妾通奸,并皆弃市。所有党羽,亦皆伏诛,国除为郡。总计淮南、衡山两案,株累至好几万人，真是汉朝开国以后所仅闻。主意多出自张汤，武帝见汤谳词，都是死有余辜，自然不肯特赦，徒断送了许多生命。

　　时皇子据年已七岁，即册立为皇太子，储作国本，冀定人心。一面拟通道西域，再遣博望侯张骞，出使西方。骞为汉中人，建元中入都为郎。适匈奴中有人降汉，报称匈奴新破月氏，<small>音支。</small>阵斩月氏王首，取为饮器。月氏余众西走，常欲报仇，只恨无人相助云云。武帝方欲北灭匈奴，得闻此言，便欲西结月氏，为夹击匈奴计，惟因月氏向居河西，与汉不通音问，此时为匈奴所败，更向西徼窜去，距汉更远，急切欲与交通，必须得一精明强干的人员，方可前往。乃下诏募才，充当西使。廷臣等偷生怕死，无人敢行，只张骞放胆应募，与胡人堂邑父等相偕出都，从陇西进发。陇西外面，便是匈奴属地，骞欲西往月氏，必须经过此地，方可相通，乃悄悄的引了徒众，偷向前去。行经数日，偏被匈奴逻骑将他拘住，押送虏廷。骞等不过百人，势难与抗，只好怀着汉节，坐听羁留。匈奴虽未敢杀骞，却亦加意管束，不肯放归。一连住了十多年，骞居然娶得胡妇，生有子女，与胡人往来周旋，好似乐不思蜀的状态。匈奴不复严防，骞竟与堂邑父等伺隙西逃，奔入大宛国境。大宛在月氏北面，为西域中列国，地产善马，又多葡萄、苜蓿。骞等本未识路径，乱闯至此，当由大宛人把他截留。彼此问答，才得互悉情形，大宛人即报知国王。国王素闻汉朝富庶，但恨路远难通，一闻汉使入境，当即召见，询明来意。骞自述姓名，并言奉汉帝命，遣使月氏，途次被匈奴羁留，现幸脱身至此，请干派人导往月氏，若交卸使命，仍得还汉，必然感王厚惠，愿奉重酬。大宛王大喜，答言此去月氏，还须经过康居国，当代为通译，使得往达云云。骞称谢而出，遂由大宛王遣人为导，引至康居。康居国同在西域，与大宛毗邻，素来交好。既由大宛为骞介绍，乐得卖个人情，送他过去，于是骞等得抵月氏国。月氏自前王阵亡，另立王子为主，王夫人为辅，西入大夏，据有全土，更建一大月氏国。大夏在妫水滨，地势肥沃，物产丰饶，此时为月氏所据，坐享安逸，遂把前时报仇的思想，渐渐打销。骞入见国王，谈论多时，却没有甚么效果。又住了年余，始终不得要领，只好辞归。归途复入匈奴境，又被匈奴兵拘去，幸亏骞居胡有年，待人宽大，为胡儿所爱重，方得不死。会匈奴易主，叔侄交争，<small>即伊稚斜单于与兄子于单争国，事见前文。</small>国中未免扰乱，骞又得乘隙南奔，私挈胡地妻子，与堂邑父一同归汉，进谒武帝，缴还使节。

　　武帝拜骞为大中大夫，号堂邑父为奉使君。从前骞同行百人，或逃或死，大率无存，随归只有二人，惟多了一妻一子，总算是不虚此行，<small>不怕故妻吃醋么？</small>及定襄一役，骞熟谙胡地，不绝水草，应得积功封侯。<small>回应前回。</small>他却雄心未厌，又想冒险西行，再去一试，乃入朝献议道："臣前在大夏时，见有邛竹杖蜀

第六十九回　勘叛案重兴大狱　立战功还挈同胞

布,该国人谓买诸身毒。身音捐,毒音笃,即天竺二字之转音。臣查身毒国,在大夏东南,风俗与大夏相似,独人民喜乘象出战,国濒大川。依臣窥测,大夏去中国万二千里,身毒又在大夏东南数千里,该地有蜀物输入,定是离蜀不远。今欲出使大夏,北行必经过匈奴,不如从蜀西进,较为妥便,当不至有意外阻碍了。"武帝欣然依议,复令骞持节赴蜀,至犍为郡,分遣王然、于柏、始昌、吕越人等四路并出,一出駹,一出莋,一出邛,一出僰。音见前。駹莋等部,本皆为西夷部落,归附汉朝。见六十四回。但自元朔四年以来,内外不通,又多反侧,此次汉使假道,又被中阻,北路为氐駹所梗,南路为嶲音舍。及昆明所塞。昆明杂居夷种,不置君长,毫无纪律,见有外人入境,只知杀掠,不问谁何。汉使所赍财物,多被夺去,不得已改道前行,趋入滇越。滇越亦简称滇国,地有滇池,周围约三百里,因以为名。滇王当羌,为楚将军庄蹻后裔。庄蹻尝略定滇地,因楚为秦灭,留滇为王,后来传国数世,与中国隔绝多年,不通闻问。及见汉使趋入,当面问讯,才知汉朝地广民稠,乃好意款待汉使,代为觅道。嗣探得昆明作梗,无法疏通,乃回复汉使,返报张骞。骞亦还白武帝。

武帝不免震怒,意欲往讨,特就上林凿通一池,号为昆明池,使士卒置筏池中,练习水战,预备西讨。一面复擢霍去病为骠骑将军,使他带领万骑,出击匈奴。去病由陇西出击,迭攻匈奴守砦,转战六日,逾焉支山,深入千余里,杀楼兰王,枭卢侯王,擒住浑邪王子,及相国都尉,夺取休屠王祭天金人,斩获虏首八千八百余级,始奏凯还京。武帝赏去病功,加封食邑二千户。

过了数月,适当元狩二年的夏季,去病复与合骑侯公孙敖,率兵数万,再出北地,另派博望侯张骞,郎中令李广出右北平。广领骑兵四千人为前驱,骞率万骑继进,先后相去数十里。匈奴左贤王探知汉兵入境,亟引铁骑四万,前来抵御。途次与广相值,广只四千马队,如何挡得住四万胡骑?当即被他围住。广却神色不变,独命少子李敢,带着壮士数十骑,突围试敌。敢挺身径往,左持长槊,右执短刀,跃马陷阵,两手挑拨,杀开一条血路,穿通敌围,复从原路杀回,仍至广前,手下壮士,不过伤亡三五人,余皆无恙。颇有父风。军士本皆惶惧,见敢出入自如,却也胆壮起来,且闻敢回报道:"胡虏容易抵敌,不足为虑。"于是众心益安。广令军士布着圆阵,面皆外向,四面堵住,胡兵不敢进逼,但用强弓四射,箭如飞蝗。广军虽然镇定,究竟避不过箭镞,多半伤亡。广也令士卒返射,毙敌数千。嗣见箭干且尽,乃使士卒张弓勿发,自用有名的大黄箭,大黄弩名。专射敌将,每一发矢,无不奇中,接连射毙数人。胡儿素知广善射,统皆缩不前,惟四面守定圈子,未肯释围。相持至一日一夜,广军已不堪疲乏,个个面无人色,独广仍抖擞精神,力持不懈。俟至天明,再与胡兵力战,杀伤过当。胡兵终恃众勿退,幸张骞驱着大队,前来援应,方得击退胡兵,救出李广,收兵南回。广虽善斗,其如命何!那骠骑将军霍去病,与公孙敖驰出塞外,中途相失,自引部曲急进,渡居延泽,过小月氏,至祁连山,一路顺风,势如破竹,斩首三万级,虏获尤多,方才凯旋。武帝叙功罚罪,分别定论,广用寡敌众,兵死过半,功罪相抵,仅得免罚。张骞、公孙敖延误军期,应坐死罪,赎为庶人。只去病三次大捷,功无与比,复加封五千户,连部下偏将,如赵破奴等,皆得侯封。

是时诸宿将部下,俱不如去病的精锐,去病又屡得天佑,深入无阻,匈奴亦相戒生畏,不敢撄锋。至焉支、祁连两山,被去病踏破,胡儿为作歌谣云:"亡我祁连山,使我六畜不蕃息!失我焉支山,使我妇女无颜色。"这种歌谣,传入内地,去病声威益盛。武帝尝令去病学习孙吴兵法,去病道:"为将须随时运谋,何必定拘古法呢?"武帝又替去病营宅,去病辞谢道:"匈奴未灭,何以家为?"这数语颇见忠勇,为他人所未及。武帝益加宠爱,比诸大将军卫青。去病父霍仲孺,前在平阳侯家为吏,故得私通卫少儿。少儿别嫁陈掌,仲孺亦自回平阳原籍。去病初不识父名,至入官后,方才知悉。此次北伐回军,道出河东,查知仲孺尚存,乃派吏往迎,始得父子聚首。仲孺已另娶一妇,生子名光,仲孺善生贵子,却也难得!年逾成童,颇有才慧。去病视若亲弟,令他随行,一面为仲孺购置田宅,招买奴婢,使得安享天年,然后辞归。霍光随兄入都,补充郎官。大将军卫青,见甥立功致贵,与己相似,当然欣慰。父子甥舅,同时五侯,真个是势倾朝右,炬赫绝伦。

当时都中人私相艳羡,总以为卫氏贵显,全仗卫皇后一人,因编成一歌道:"生男无喜,生女无怒,独不见卫子夫,霸天下!"卫青虽偶有所闻,但也觉得不错,未尝相怪。无如妇人得宠,全靠姿色,一到中年,色衰爱弛,往往如此。卫皇后生了一男三女,渐渐的改变娇容,就是满头的鬓发,也脱落过半。武帝目为老妪,未免讨厌,另去宠爱了一位王夫人。这王夫人出身赵地,色艺动人,自从入选宫中,见幸武帝,也产下一男,取名为闳,与卫后确是劲敌。卫后宠不如前,卫氏一门,亦恐难保,当有一个冷眼旁观的方士,进策大将军前,与决安危,顿令卫青如梦初醒,依策照行。小子有诗叹道:

到底光荣仗女兄,后宫色重战功轻。
盛衰得失寻常事,何必营营逐利名!

欲知方士为谁,所献何策,容至下回说明。

昔袁盎论淮南王长事,谓文帝纵之使骄,勿为置严傅相,后世推为至论,吾意以为未然。淮南长之不得其死,与安、赐之并致夷灭,皆汉高贻谋之不善,有以启之耳。汉高宠戚姬而爱少子,酿成内乱,牝鸡当国,人彘贻殃,微平、勃之交欢,预谋诛逆,汉祚殆已早斩矣。淮南王长屡次谋叛,是谓无君,安与赐盖尤甚焉,匪惟无君,甚至举父子兄弟夫妇之道而尽弃之,安死于前,赐死于后,俱由家庭之自相残害,卒至覆宗,由来者渐,高祖实阶之厉欤?霍去病三次奏功,原邀天幸,而迎见乃父,提携季弟,孝友固有足多者。且匈奴未灭,何以家为之言,尤见爱国热诚。为将如霍嫖姚,正不徒以武功见称也。

第七十回　贤汲黯直谏救人　老李广失途刎首

　　却说大将军卫青,声华赫奕,一门五侯,偏有人替他担忧,突然献策。这人为谁?乃是齐人宁乘。是时武帝有意求仙,征召方士,宁乘入都待诏,好多日不得进见,累得资用乏绝,衣履不全。一日踯躅都门,正值卫青自公退食,他竟迎将上去,说有要事求见。青向来和平,即停车动问。乘行过了礼,答言事须密谈,不便率陈,当由青邀他入府,屏去左右,私下问明。乘方说道:"大将军身食万户,三子封侯,可谓位极人臣,一时无两了。但物极必反,高且益危,大将军亦曾计及否?"青被他提醒,便皱眉道:"我平时也曾虑及,君将何以教我?"乘又道:"大将军得此尊荣,并非全靠战功,实是叨光懿戚。今皇后原是无恙,王夫人已大见幸,彼有老母在都,未邀封赏,大将军何不先赠千金,预结欢心?多一内援,即多一保障,此后方可无虑了。"不以大体规人,但从钻营着想,确是方士见识。青喜谢道:"幸承指教,自当遵行。"说着即留乘寓居府中,自取出五百金,遣人赍赠王夫人母亲。王夫人母,得了厚赠,自然告知王夫人。王夫人复转告武帝,武帝却也心喜,惟暗想青素老实,如何无故赠金,乃乘青入朝,向他询及,青答说道:"宁乘谓王夫人母,尚无封赏,未免缺用,故臣特赍送五百金,余无他意。"武帝道:"宁乘何在?"青答称现在府中。武帝立即召见,拜乘为东海都尉。乘谢恩退朝,佩印出都,居然高车驷马,一麾莅任去了。片语得官,真正容易。

　　忽由匈奴属部浑邪王,入塞请降,由大行李息据情奏报,武帝恐有诈谋,因命霍去病率兵往迎,相机办理。说起这个浑邪王,本居匈奴西方,与休屠王结作毗邻。自从卫、霍两将军,屡次北讨,浑邪、休屠两王,首先当冲,连战连败,匈奴伊稚斜单于,责他连年挫失,有损国威,因派使征召,拟加诛戮。浑邪王方失爱子,大为悲戚。见前回。又闻单于将声罪行诛,怎得不忧怒交并?乃即约同休屠王,叛胡降汉。可巧汉李息奉武帝命,至河上筑城,浑邪王便遣人请降,求息奏闻。及霍去病领兵出迎,浑邪王往招休屠王邀同入塞。那知休屠王忽然中悔,延期不至,惹得浑邪王愤不可遏,引兵袭击,杀死休屠王,并有休屠部众,且将休屠王妻子,悉数拘系,牵迎汉军。隔河相望,浑邪王属下裨将,见汉兵甚众,多有畏心,相约欲遁。还是去病麾军渡河,接见浑邪王,察出离心将士,计八千人,一并处死。尚有四万余名,尽归去病带领,先遣浑邪王乘驿赴都,自率降众南归。武帝闻报,命长安令发车二千辆,即日往迎。长安令连忙备办,苦乏马匹,只好向百姓贳马。百姓恐县令无钱给发,多将马藏匿他处,不肯应命,因此马匹不能凑齐,未免耽延时日。武帝还道他有意捱延,饬令斩首,右内史汲黯忍耐不住,便入朝面诤道:"长安令无罪,独斩臣黯,民间方肯出马!"快人快语。武帝用目斜视,默然不答。黯复申说道:"浑邪王叛主来降,已由各县次传驿相送,也算尽情,何必令天下骚动,疲敝中国,服事夷人呢?"武帝乃收回成命,赦免长安令死罪。

　　至浑邪王入都觐见,授封漯阴侯,食邑万户,裨王呼毒尼等四人,亦皆为列侯。汉朝定例,吏民不得持兵铁出关,售与胡人。自浑邪王部众到京,沐赏至数十百万,便有钱财与民交易,民间不知法律,免不得卖与铁器,当被有司察出,收捕下狱,应坐死罪,多至五百余人。汲黯又复进谏道:"匈奴断绝和亲,屡攻边塞,我朝累年往讨,劳师无算,糜饷又无算,臣愚以为陛下捕得胡人,多应罚作奴婢,分赐将士,取得财物,亦宜遍赏兵民,庶足谢天下劳苦,消百姓怨气。今浑邪王率众来降,就使不能视作俘虏,亦何必优加待遇?今乃倾帑出赐,府库皆虚,又发良民传养,若奉骄子,愚民何知,总道朝廷如此厚待,不妨随便贸易,法吏乃援照边律,加他死罪,待夷何仁?待民何酷?重外轻内,庇叶伤枝,臣窃为陛下不取哩!"武帝听了,变色不答。及汲黯退出,乃向左右道:"我久不闻黯言,今又来胡说了。"话虽如此,但也下诏减免,将五百人从轻发落。汲黯也可谓仁人。

　　既而遣散降众,析居陇西、北地、上郡、朔方、云中五郡,号为五属国。又将浑邪王旧地,改置武威、酒泉二郡。嗣是金城河西,通出南山,直至盐泽,已无胡人踪迹。凡陇西、北地、上郡,寇患少纾,所有戍卒,方得减去半数,借宽民力。霍去病又得叙功,加封食邑千七百户。惟休屠王太子日磾,音低。由浑邪王拘送汉军,没为官奴。年才十四,输入黄门处养马,供役甚勤。后来武帝游宴,乘便阅马,适日磾牵马进来,行过殿下,为武帝所瞧见,却是一个相貌堂堂的美少年,便召至面前,问他姓名。日磾具述本末,应对称旨,武帝即令他沐浴,特赐衣冠,拜为马监。未几又迁官侍中,赐姓金氏。从前霍去病北征,曾获取休屠王祭天金人,见前回。故赐日磾为金姓,余见后文。日磾为汉室功臣,故特笔钩元。

第七十回　贤汲黯直谏救人　老李广失途刎首

惟自西北一带,归入汉朝,地宜牧畜,当由边境长官,陆续移徙内地贫民,使他垦牧。就是各处罪犯,亦往往流成,充当苦工。时有河南新野人暴利长,犯罪充边,罚至渥洼水滨,屯田作苦。他尝见野马一群,就水吸饮,中有一马,非常雄骏。利长想去拿捕,才近岸边,马早逸去,好几次拿不到手。乃想出一法,塑起一个泥人,与自己身材相似,异置水旁,并将络头绊索,放入泥人手中,使他持着,然后走至僻处,倚树遥望。起初见群马到来,望见泥人,且前且却,嗣因泥人毫无举动,仍至原处饮水,徐徐引去。利长知马中计,把泥人摆置数日,使马见惯,来往自如,乃将泥人搬去,自己装做泥人模样,手持络头绊索,呆立水滨。群马究是野兽,怎晓得暴利长的诡计?利长手足未动,眼光却早已觑定那匹好马,待他饮水时候,抢步急进,先用绊索,绊住马脚,再用络头,套住马头,任他奔腾跳跃,力持不放。群马统皆骇散,只有此马羁住,无从摆脱,好容易得就衔勒,牵了回来。小聪明却也可取。又复加意调养,马状益肥,暴利长喜出望外,索性再逞小智,去骗那地方官,佯言马出水中,因特取献。地方官当面看验,果见骅骝佳品,不等驽驷,当下照利长言,拜本奏闻。武帝正调兵征饷,有事匈奴,无暇顾及献马细事,但淡淡的批了一语,准他送马入都。小子就时事次序,下笔编述,只好先将调兵征饷的事情,演写出来。

自从武帝南征北讨,费用浩繁,连年入不敷出,甚至减捐御膳,取出内府私帑,作为弥补,尚嫌不足。再加水旱偏灾,时常遇着,东闹荒,西啼饥,正供不免缺乏。元狩三年的秋季,山东大水,漂没民庐数千家,虽经地方官发仓赈济,好似杯水车薪,全不济事,再向富民贷粟救急,亦觉不敷。没奈何想出移民政策,徙灾氓至关西就食,统共计算约有七十余万口,沿途川资,又须仰给官吏。就是到了关西,也是谋生无计,仍须官吏贷与钱财,因此糜费愈多,国用愈匮。偏是武帝不虑贫穷,但求开拓,整日里召集群臣,会议敛财方法。丞相公孙弘已经病死,御史大夫李蔡,代为丞相。蔡本庸材,滥竽充数,独廷尉张汤,得升任御史大夫,费尽心计,定出好几条新法,次第施行,列述如下:

(一)商民所有舟车,悉数课税。(二)禁民间铸造铁器,煮盐酿酒,所有盐铁各区及可酿酒等处,均收为官业,设官专卖。(三)用白鹿皮为币,每皮一方尺,缘饰藻缋,作价四十万钱。(四)令郡县销半两钱,改铸三铢钱,质轻值重。(五)作均输法,使郡国各将土产为赋,纳诸朝廷。朝廷令官吏转售别处,取得贵价,接济国用。(六)在长安置平准官,视货物价贱时买入,价贵时卖出,辗转盘剥,与民争利。

为此种种法例,遂引进计吏三人,居中用事,一个叫做东郭咸阳,一个叫做孔仅,并为大农丞,管领盐铁,又有一个桑弘羊,尤工心计,利析秋毫,初为大农中丞,嗣迁治粟都尉。咸阳是齐地盐商,孔仅是南阳铁商,弘羊是洛阳商人子,三商当道,万姓受殃。又将右内史汲黯免官,调入南阳太守义纵继任。纵系盗贼出身,素行无赖。有姊名姁,略通医术,入侍宫闱。当王太后未崩时,常使诊治,问她有无子弟,曾否为官,姁言有弟无赖,不可使仕。偏王太后未肯深信,竟与武帝说及。武帝遂召为中郎,累迁至南阳太守。穰人宁成,曾为中尉,徙官内史,以苛刻为治,见前文。旋因失职家居,积资巨万。穰邑属南阳管辖,纵既到任,先从宁氏下手,架诬罪恶,籍没家产,南阳吏民畏惮的了不得。既而调守定襄,冤戮至四百余人,武帝还说他强干,召为内史,同时复征河内太守王温舒为中尉。温舒少年行迹,与纵略同,初为亭长,继迁都尉,皆以督捕盗贼,课最叙功。及擢至河内守,严缉郡中豪猾,连坐至千余家,大猾族诛,小奸论死,仅阅一冬,流血至十余里。转眼间便是春令,不宜决囚,温舒尚顿足自叹道:"可惜可惜!若使冬令得再展一月,豪猾尽除,事可告毕了。"草菅人命,宁得长生!武帝也以为能,调任中尉。当时张汤、赵禹,相继任事,并尚深文,但还是辅法而行,未敢妄作。纵与温舒却一味好杀,恫吓吏民。总之武帝用财无度,不得不需用计臣,放利多怨,不得不需用酷吏,苛征所及,济以严刑,可怜一班小百姓,只好卖男鬻女,得钱上供,比那文景两朝,家给人足,粟红贯朽,端的是大不相同了。愁怨盈纸。

偏有一个河南人卜式,素业耕牧,尝入山牧羊,十余年,育羊千余头,贩售获利,购置田宅。闻得朝廷有事匈奴,独慨然上书,愿捐出家财一半,输作边用。武帝颇加惊异,遣使问式道:"汝莫非欲为官么?"式答称自少牧羊,不习仕官。使人又问道:"难道汝家有冤,欲借此上诉么?"式又答生平与人无争,何故有冤。使人又问他究怀何意?式申说道:"天子方诛伐匈奴,愚以为贤吏宜死节,富民宜输财,然后匈奴可灭。臣非索封,颇怀此志,故愿输财助边,为天下倡。此外却无别意呢。"使人听说,返报朝廷。时丞相公孙弘,尚未病殁,谓式矫情立异,不宜深信,乃搁置不报。弘不取卜式,未尝无识。及弘已逝世,式又输钱二十万,交与河南太守,接济移民经费,河南守当然上闻,武帝因记起前事,特别嘉许,乃召式为中郎,赐爵左庶长。式入朝固辞,武帝道:"汝不必辞官,朕有羊在上林中,汝可往牧便了。"式始受命至上林,布衣草履,勤司牧事。约阅年余,武帝往上林游览,见式所牧羊,并皆蕃息,因连声称善。式在旁进言道:"非但牧羊如是,牧民亦应如是,道在随时省察,去恶留善,毋令败群!"渐渐干进,意在言中。武帝闻言点首,及回宫后,便发出诏旨,拜式为缑氏令。式至此直受不辞,交卸牧羊役使,竟接印牧民去了。可见他前时多诈。

武帝因赋税所入,足敷兵饷,乃复议兴师北征,备足刍粮,乘势大举。元狩四年春月,遣大将军卫青,骠骑将军霍去病,各率骑兵五万,出击匈奴。郎中令李广，自请效力，武帝嫌他年老，不愿使行。经广一再固请，方使他为前将军，令与左将军公孙贺，右将军赵食其，后将军曹襄，尽归大将军卫青节制。青入朝辞行，武帝面嘱道："李广年老数奇，音羁，数奇即命蹇之意。毋使独当单于。"青领命而去，引着大军出发定襄。沿途拿讯胡人，据云单于现居东方，青使人报知武帝。武帝诏令去病，独出代郡，自当一面。去病乃与青分军，引着校尉李敢等，麾兵自去。这次汉军出塞，与前数次情形不同，除卫、霍各领兵十万外，尚有步兵数十万人，随后继进，公私马匹计十四万头，真是倾国远征，志在平虏。当有匈奴侦骑，飞报伊稚斜单于，单于却也惊慌，忙即准备迎敌。赵信与单于画策，请将辎重远徙漠北，严兵戒备，以逸待劳。单于称为妙计，如言施行。

卫青连日进兵，并不见有大敌，乃迭派探马，四出侦伺。嗣闻单于移居漠北，便欲驱军深入，直捣虏巢。暗思武帝密嘱，不宜令李广当锋，乃命李广与赵食其合兵东行，限期相会。东道迂远，更乏水草，广不欲前往，入帐自请道："广受命为前将军，理应为国前驱，今大将军令出东道，殊失广意，广情愿当先杀敌，虽死不恨！"青未便明言，只是摇首不答。广愤然趋出，怏怏起程。赵食其却不加可否，与广一同去讫。青既遣去李广，挥兵直入，又走了好几百里，始遇匈奴大营。当下扎住营盘，用武刚车四面环住，武刚车有巾有盖，格外坚固，可作营壁。系古时行军利器。营既立定，便遣精骑五千，前去挑战，匈奴亦出万骑接仗。时已天暮，大风忽起，走石飞沙，两军虽然对阵，不能相见。青乘势指麾大队，分作两翼，左右并进，包围匈奴大营。匈奴伊稚斜单于，尚在营中，听得外面喊杀连天，势甚汹汹，一时情虚思避，即潜率劲骑数百，突出帐后，自乘六骡，径向西北遁去。此外胡兵仍与汉军力战，两下里杀了半夜，彼此俱有死伤。汉军左校，捕得单于亲卒数人，问明单于所在，才知他未昏即遁，当即禀知卫青，青急发轻骑追蹑，已是不及。待到天明，胡兵亦已四散。青自率大军继进，急驰二百余里，才接前骑归报，单于已经远去，无从擒获，惟前面寘颜山有赵信城，贮有积谷，尚未运去等语。青乃径至赵信城中，果有积谷贮着，正好接济兵马，饱餐一顿。这赵信城本属赵信，因以为名。

汉军住了一日，青即下令班师，待至全军出城，索性放起火来，把城毁去，然后引归，还至漠南，方见李广、赵食其到来。青责两人逾限迟至，应该论罪，食其却未敢抗议。独广本不欲东行，此时又迂回失道，有罪无功，气得须髯戟张，不发一语。始终为客气所误。青令长史赍遗酒食，促令广幕府对簿，广愤然语长史道："诸校尉无罪，乃我失道无状，我当自行上簿便了！"说着，即趋至幕府，流涕对将士道："广自结发从戎，与匈奴大小七十余战，有进无退，今从大将军出征匈奴，大将军乃令广东行，迂回失道，岂非天命！广今已六十多岁，死不为夭，怎能再对刀笔吏，乞怜求生？罢罢！广今日与诸君长别了！"说至此，即拔出佩刀，向颈一挥，倒毙地上。小子有诗叹道：

老不封侯命可知，年衰何必再驱驰？
漠南一死终无益，翻使千秋得指疵。

将士等见广自刭，抢救无及，便即为广举哀。欲知后事，请看下回再详。

本回类叙诸事，无非为北征起见。浑邪王之入降，喜胡人之投诚也，长安令之拟斩，怒有司之慢客也；用计臣以敛财，进酷吏以司法，竭泽而渔，迫以刑威，何一不为筹饷征胡计乎？暴利长之献马，与卜式之输财，皆揣摩上意，乃有此举。独汲黯一再直谏，最得治体，御夷以道，救人以义，汉廷公卿，无出黯右，惜乎其硕果仅存耳。若李广之自请从军，全是武夫客气，东行失道，愤激自戕，非不幸也，亦宜也。而卫青固不足责云。

第七十一回　报私仇射毙李敢　发诈谋致死张汤

　　却说李广因失道误期，愤急自刭，军士不及抢救，相率举哀。就是远近居民，闻广自尽，亦皆垂涕。广生平待士有恩，行军无犯，故兵民相率畏怀，无论识广与否，莫不感泣。广从弟李蔡，才能远出广下，反得从征有功，封乐安侯，迁拜丞相。广独拼死百战，未沐侯封。尝与术士王朔谈及，朔问广有无滥杀情事？广沉吟半晌，方答说道："我从前为陇西太守，尝诱杀降羌八百余人，至今尚觉追悔，莫非为了此事，有伤阴骘么？"王朔道："祸莫大于杀已降，将军不得封侯，确是为此。"就是杀霸陵尉亦属不合。广叹息不已。至是竟刭身绝域，裹尸南归。有子三人，长名当户，次名椒，又次名敢，皆为郎官。当户蚤死，椒出为代郡太守，亦先广病殁，独敢方从骠骑将军霍去病，出发代郡。见前回。去病出塞二千余里，与匈奴左贤王相遇，交战数次，统得胜仗，擒住屯头王、韩王等三人，及虏将虏官等八十三人，俘获无算。左贤王遁去，遂封狼居胥山，禅姑衍山，登临瀚海，乃班师回朝。武帝大悦，复增封去病食邑五千八百户。李敢亦加封关内侯，食邑二百户。卫青功不及去病，未得益封，惟特置大司马官职，令青与去病二人兼任。赵食其失道当斩，赎为庶人。这次大举两军，杀获胡虏，共计得八九万名，汉军亦伤亡数万，丧失马匹至十万有余。功不补患。

第七十一回　报私仇射毙李敢　发诈谋致死张汤

惟伊稚斜单于仓皇奔窜,与众相失,右谷蠡王还道单于阵亡,自立为单于,招收散卒。及伊稚斜单于归来,方让还主位,仍为右谷蠡王。单于经此大创,徙居漠北,自是漠南无王庭。赵信劝单于休战言和,遣使至汉,重议和亲。武帝令群臣集议,或可或否,聚讼不休。丞相长史任敞道:"匈奴方为我军破败,正可使为外臣,怎得与我朝敌体言和?"武帝称善,因即令敞偕同胡使,北往匈奴。好数月不闻复命,想是由敞唐突单于,因被拘留。武帝未免怀忧,临朝时辄提及和亲利弊。博士狄山,却主张和亲。武帝未以为然,转问御史大夫张汤。汤窥知武帝微意,因答说道:"愚儒无知,何足听信!"狄山也不肯让步,便接口道:"臣原是甚愚,尚不失为愚忠;若御史大夫张汤,乃是诈忠!"虽是快语,但言之无益,徒然取死。武帝方宠任张汤,听狄山言,不禁作色道:"我使汝出守一郡,能勿使胡虏入寇么?"狄山答言不能。武帝又问他能任一县否?山又自言未能。至武帝问居一障,即障200。山不好再辞,只得答了一个能字。武帝便遣山往边,居守一障。才阅一月,山竟暴毙,头颅都不知去向。时人统言为匈奴所杀,其实是一种疑案,无从证明。不白之冤。朝臣见狄山枉送性命,当然戒惧,何人再敢多嘴,复说和亲?但汉兵疮痍未复,马亦缺乏,亦不能再击匈奴。只骠骑将军霍去病,闻望日隆,所受禄秩,几与大将军卫青相埒,青却自甘恬退,主宠亦因此渐衰。就是故人门下,亦往往去卫事霍,惟荥阳人任安,随青不去。

既而丞相李蔡,坐盗孝景帝园田,下狱论罪,蔡惶恐自杀。从子李敢,即李广少子,见父与从叔,并皆惨死,更觉衔哀。他自受封关内侯后,由武帝令袭父爵,得为郎中令。自思父死非罪,常欲报仇。及李蔡自杀,越激动一腔热愤,遂往见大将军卫青,问及乃父致死原由。两下稍有龃龉,敢即出拳相饷,向卫青面上击去。青连忙闪避,额上已略略受伤。嗣经青左右抢护,扯开李敢,敢愤愤而去。敢固敢为,惜太敢死!青却不动怒,但在家中调养,用药敷治,数日即愈,并不与外人说知。偏霍去病是青外甥,往来青家,得悉此事,记在胸中。

既而武帝至甘泉宫游猎,去病从行,敢亦相随。正在驰逐野兽的时候,去病觑敢无备,借着射兽为名,竟向敢猛力射去,不偏不倚,正中要害,立即毙命。当有人报知武帝,武帝还左袒去病,只说敢被鹿触毙,并非去病射死。专制君主,无人敢违,只好替敢拔出箭镞,舁还敢家,交他殓葬,便即了事。天道有知,巧为报复,不到一年,去病竟致病死。武帝大加悲悼,赐谥景桓侯,并在茂陵旁赐葬,特筑高塚,使像祁连山。令去病子嬗袭封。嬗之子侯,亦为武帝所爱,任官奉车都尉,后至从禅泰山,在道病殁。父子俱当壮年逝世,嬗且无嗣,终绝侯封。好杀人者,往往无后。

御史大夫张汤,因李蔡已死,满望自己得升相位,偏武帝不使为相,另命太子少傅庄青翟继蔡后任。汤以青翟直受不辞,未尝相让,遂阴与青翟有嫌,意欲设法构陷,只因一时无可下手,权且耐心待着。会因汤所拟铸钱,质轻价重,容易伪造,奸商各思牟利,往往犯法私铸。有司虽奏请改造五铢钱,但私铸仍然不绝,楚地一带,私钱尤多。武帝特召故内史汲黯入朝,拜为淮阳太守,使治楚民,黯固辞不获,乃入见武帝道:"臣已衰朽,自以为将填沟壑,不能再见陛下,偏蒙陛下垂恩,重赐录用。臣实多病,不堪出任郡治,情愿乞为中郎,出入禁闼,补阙拾遗,或尚得少贡愚忱,效忠万一。"武帝笑说道:"君果薄视淮阳么?我不久便当召君。现因淮阳吏民,两不相安,所以借重君名,前去卧治呢。"黯只好应命,谢别出朝。当有一班故友,前来饯行,黯不过虚与周旋,惟见大行李息,也曾到来,不觉触着一桩心事,惟因大众在座,不便与言。待息去后,特往息家回拜,屏人与语道:"黯被徙外郡,不得预议朝政,但思御史大夫张汤,内怀奸诈,欺君罔上,外挟贼吏,结党为非,公位列九卿,若不早为揭发,一旦汤败,恐公亦不免同罪了!"却是个有心人。息本是个模棱人物,怎敢出头劾汤?不过表面上乐得承认,说了一声领教,便算敷衍过去。黯乃告辞而往,自去就任。息仍守故态,始终未敢发言。那张汤却揽权怙势,大有顺我便生、逆我就死的气势。大农令颜异,为了白鹿皮币一事,独持异议。白鹿皮币见前文。武帝心下不悦,汤且视如眼中钉,不消多时,便有人上书讦异,说他阴怀两端,武帝即令张汤查办。汤早欲将异致死,得了这个机会,怎肯令他再生?当下极力罗织,却没有的确罪证,只有时与座客谈及新法,不过略略反唇,汤就援作罪案,复奏上去,谓颜异位列九卿,见有诏令不便,未尝入奏,但好腹诽,应该论死。武帝不分皂白,居然准奏。看官阅过秦朝苛律,诽谤加诛,至文帝时已将此禁除去,那知张汤,不但规复秦例,还要将"腹诽"二字,指作异罪,平白地把他杀死,岂非惨闻!异既冤死,又将腹诽论死法,加入刑律。比秦尤暴,汉武不得辞咎。试想当时这班大臣,还有何人再敢忤汤,轻生试法呢?

　　御史中丞李文,与汤向有嫌隙,遇有文书上达,与汤有关,文往往不为转圜。汤又欲算计害文,适有汤爱吏鲁谒居,不待汤嘱,竟使人诣阙上书,诬告文许多奸状。武帝怎知暗中情弊!当然将原书发出,仍要这老张查问。李文还有何幸,不死也要处死了。又了掉一个。那张汤正在得意,不料一日入朝,竟由武帝启问道:"李文为变,究系何人详知情实?原书中不载姓名,可曾查出否?"汤已知告发李文,乃是府史鲁谒居所为,此时不便实告,只得佯作惊疑,半响才答道:"这当是李文故人,与文有怨,所以告发隐情。"武帝才不复问,汤安然趋出,还至府中,正想召入谒居,与他密谈,偏经左右报告,说是谒居有病,未能进见。死在眼前,何苦逗刁。汤慌忙亲去探问,见谒居病不能兴,但在榻上呻吟,说是两足奇痛。汤启衾看明,果然两足红肿,不由的替他抚摩。一介小吏,乃得主司这般优待,真是闻所未闻。无奈谒居消受不起,过了旬月,竟尔呜呼毕命。谒居无子,只有一弟同居长安,家中亦没有甚么积储,一切丧葬,概由汤出资料理,不劳细叙。忽从赵国奏上一书,内称张汤身为大臣,竟替府史鲁谒居亲为摩足,若非与为大奸,何至如此狎昵,应请从速严究云云。这封书奏,乃是赵王彭祖出名。彭祖王赵有年,素性阴险,令人不测。从前主父偃受金,亦由他闻风弹劾,致偃伏诛。见前文。自张汤议设铁官,无论各郡各国,所有铁器,均归朝廷专卖,赵地多铁,向有一项大税款,得入彭祖私囊,至是凭空失去,彭祖如何甘心?故每与铁官争持。张汤尝使府史鲁谒居,赴赵查究,迫彭祖让交铁权,不得再行占据。彭祖因此怨汤,并恨及谒居,暗中遣人入都,密探两人过恶。可巧谒居生病,汤为摩足,事为侦探所闻,还报彭祖。彭祖遂乘隙入奏,严词纠弹。武帝因事涉张汤,不便令汤与闻,乃将来书发交廷尉。廷尉只好先捕谒居,质问虚实,偏是谒居已死,无从逮问。但将谒居弟带至廷中。谒居弟不肯实供,暂系导官。为少府所属,掌舂御米。一时案情未决,谒居弟无从脱累,连日被囚。会张汤至导官署中,有事查验,谒居弟见汤到来,连忙大声呼救。汤也想替他解释,无如自己为案中首犯,未便相应,只好佯为不识,昂头自去。谒居弟不知汤意,还道汤抹脸无情,很是生恨,当即使人上书,谓汤曾与谒居同谋,构陷李文。李文事使彼供出,造化亦巧为播弄。武帝正因李文一案,怀疑未释,一见此书,当更命御史中丞减宣查究。减宣也是个有名酷吏,与张汤却有宿嫌,既经奉命究治,乐得借公济私,格外钩索,好教张汤死心伏罪。

复奏尚未呈上,忽又出了一桩盗案,乃是孝文帝园陵中,所有瘗钱,被人盗去。这事关系重大,累得丞相庄青翟,也有失察处分,只好邀同张汤,入朝谢罪。汤与青翟,乃是面上交好,意中很加妒忌。当即想就一计,佯为允诺,及见了武帝,却是兀立朝班,毫无举动。青翟瞅汤数眼,汤假作不见,青翟不得已自行谢罪,武帝便令御史查缉盗犯,御史首领就是张汤。退朝以后,汤阴召御史,嘱他如何办法,如何定案。原来庄青翟既为丞相,应四时巡视园陵,瘗钱被盗,青翟却未知为何人所犯,不过略带三分责任。汤不肯与他同谢,实欲将盗钱一案,尽推卸至青翟身上,而且还要办他明知故纵的罪名,使他受谴免官,然后自己好代相位。那知御史隐受汤命,却有人漏泄出去,为相府内三长史所闻,慌忙报知青翟,替他设计,先发制汤。三长史为谁?第一人就是前会稽太守朱买臣,买臣受命出守,本要他预备战具,往击东越,嗣因武帝注重北征,不遑南顾,但由买臣会同横海将军韩说,出兵一次,俘斩东越兵数百名,上表献功。回应前六十二回。武帝即召为主爵都尉，列入九卿。越数年，坐事免官，未几又超为丞相长史。从前买臣发迹，与庄助同为侍中，雅相友善。张汤不过做个小吏，在买臣前趋承奔走。及汤为廷尉，害死庄助，见前文。买臣失一好友，未免怨汤。偏汤官运亨通，超迁至御史大夫，甚得主宠，每遇丞相掉任，或当告假时候，辄由汤摄行相事。买臣蹭蹬仕途，反为丞相门下的役使，有时与汤相见，只好低头参谒。汤故意踞坐，一些儿不加礼貌，因此买臣衔恨越深。还有一个王朝，曾做过右内史，一个边通，也做过济南相，俱因失官复起，权任相府长史，为汤所慢。三人串同一气，伺汤过失，此次闻汤欲害青翟，便齐声禀白道："张汤与公定约，面主谢罪，旋即负约，今又欲借园陵事倾公，公若不早图，相位即被汤夺去了。为公计画，请即发汤阴事，先坐汤罪，方足免忧。"青翟志在保位，听了三长史的言语，当然允许，且令三人代为办理。三人遂潜命吏役，往拿商人田信等，到案审讯。田信等皆为汤爪牙，与汤营奸牟利，一经廷审，严刑逼供，田信等只得招认。当有人传入宫中，武帝已有所闻，便召汤入问道："朝廷每有举措，如何商人早得闻知，莫非有人泄漏不成？"汤并不谢过，又佯为诧异道："大约有人泄漏，亦未可知。"一味使诈，总要被人看穿。

武帝闻言，面有愠色，汤亦趋退。御史中丞减宣，已将谒居事调查确凿，当即乘间奏闻。双方夹攻，不怕张汤不死。武帝越觉动怒，连遣使臣责汤，汤尚极口抵赖，无一承认。武帝更令廷尉赵禹，向汤诘问，汤仍然不服。禹微笑道："君也太不知分量呢！试想君决狱以来，杀人几何？灭族几何？今君被人讦发，事皆有据，天子不忍加诛，欲令君自为计，君何必哓哓置辩？不如就此自决，还可保全家族呢！"汤至此也自知不免，乃向禹索取一纸，援笔写着道：

　　臣汤无尺寸之功，起刀笔吏，幸蒙陛下过宠，忝位三公，无自塞责，然谋陷汤者，乃三长史也。臣汤临死上闻！

写毕，即将纸递交赵禹，自己取剑在手，拚命一挥，喉管立断，当然毙命。禹见汤已死，乃执汤书还报。汤尚有老母及兄弟子侄等，环集悲号，且欲将汤厚葬。汤实无余财，家产不过五百金，俱系所得禄赐，余无他物。史传原有是说，但复阅前文，恐是说亦未必尽信。汤母因嘱咐家人道："汤身为大臣，坐被恶言，终致自杀，还用甚么厚葬呢？"家人乃草草棺殓，止用牛车一乘，载棺出葬，棺外无椁，就土埋讫。先是汤客田甲，颇有清操，屡诫汤不宜过酷，汤不肯听信，遂有这般结局。家族保全，还算幸事。惟武帝得赵禹复报，览汤遗书，心下又不免生悔。嗣闻汤无余资，汤母禁令厚葬，益加叹息道："非此母不生此子！"说着，便命收捕三长史，一体抵罪。朱买臣、王朝、边通，骈死市曹。买臣妻如死后有知，可无庸追悔了。就是丞相庄青翟，亦连坐下狱，仰药自尽。武帝另用太子太傅赵周为丞相，石庆为御史大夫，命释田信出狱，使汤子安世为郎。惟同时酷吏义纵，已经坐罪弃市，还有王温舒，后来受赃，亦致身死族灭。温舒两弟及两妻家，且各坐他罪，一并族诛。光禄勋徐自为叹道："古时罪至三族，已算极刑，王温舒五族同夷，岂非特别惨报么？"义纵、王温舒，并见前文。至若御史中丞减宣，亦不得善终，独赵禹较为和平，总算保全首领，寿考终身。小子有诗咏道：

    天道由来是好生，杀人毕竟少公平，
    试看酷吏多遭戮，才识穹苍有定衡。

  是时武帝已五次改元，因在汾水上得了一鼎，号为元鼎。元鼎二年，得通西域。欲知西域如何得通，待至下回说明。

  李广未尝非忠臣，李敢亦未尝非孝子，乃皆以过激致死，甚矣哉血气之不可妄使也！卫青以广之失道，责令对簿，迫诸死地，已觉御下之不情。及为李敢所击伤，却退然自阻不愿报复，青亦渐知悔过欤？霍去病乃从旁挟忿擅射李敢，杀人者死，汉有明刑，即有议亲议贵之条，亦不过贷及一死，乌得曲为掩护，任其妄杀乎？夫惟如武帝之偏憎偏爱，而后权贵得以横行，甚至酷吏张汤，屡陷人于死罪，冤狱累累而不少恤。刀笔吏不可作公卿，汲长孺之言信矣！然势倾朝野而不能延命，智移人主而不足欺天，徒诩诩然逞一时之权诈，果奚益乎？观于霍去病之不寿，与张汤之自杀，而后世之得志称雄者，可废然返矣。

第七十二回 通西域复灭南夷
      进神马兼迎宝鼎

  却说匈奴西偏，有一乌孙国，向为匈奴役属。当时乌孙国王，叫作昆莫。昆莫父难兜靡，为月氏所杀，昆莫尚幼，由遗臣布就翎侯窃负而逃，途次往寻食物，把昆莫藏匿草间，狼为之乳，乌为之哺，布就知非凡人，乃抱奔匈奴。到了昆莫长成，匈奴已攻破月氏，斩月氏王，月氏余众西走，据塞种地，作为行巢。昆莫乘间复仇，借得匈奴部众，再将月氏余众击走。月氏徙往大夏，改建大月氏国。已见前文。所有塞种故土，却被昆莫占住，仍立号为乌孙国，牧马招兵，渐渐强盛，不愿再事匈奴。匈奴方与汉连年交战，无暇西顾，及为卫、霍两军所败，匈奴更势不如前，非但乌孙生贰，就是西域一带，前时奉匈奴为共主，至此亦皆懈体，各有异心。

武帝探闻此事，乃复欲通道西域，更起张骞为中郎将，令他西行。张骞入朝献议道："陛下欲遣臣西往，最好是先结乌孙；诚使厚赂乌孙王，招居前浑邪王故地，令断匈奴右臂，且与结和亲，羁縻勿绝，将见乌孙以西，如大夏等国，亦必闻风归命，尽为外臣了。"武帝专好虚名，但教夷人称臣，无论子女玉帛，俱所不惜。因此令骞率众三百人，马六百匹，牛羊万头，金帛值数千巨万，赍往乌孙。乌孙王昆莫，出来接见，骞传达上意，赐给各物。昆莫却仍然坐着，并不拜命。骞不禁怀惭，便向昆莫说道："天子赐王厚仪，王若不拜受，尽请还赐便了。"昆莫才起身离座，拜了两拜。骞复进词道："王肯归附汉朝，汉当遣嫁公主为王夫人，结为兄弟，同拒匈奴，岂不甚善！"昆莫听了，踌躇未决，乃留骞暂居帐中，自召部众，商议可否。部众素未知汉朝强弱，且恐与汉联和，益令匈奴生忿，多招寇患，所以聚议数日，仍无定论。

就中尚有一段隐情，更令昆莫左支右绌，不能有为。昆莫有十余子，太子早死，临终时曾泣请昆莫，愿立己子岑陬为嗣，昆莫当然垂怜，面允所请。偏有中子官拜大禄，强健善将，夙任边防，闻得太子病殁，自思继立，不意昆莫另立嗣孙，致失所望，于是招集亲属，谋攻岑陬。昆莫得知此信，亟分万余骑与岑陬，使他出御中子，自集万余骑为卫，防备不虞。国中分作三部，如何制治？且因昆莫年老，越觉颓靡不振，姑息偷安。夷狄无亲，可见一斑，汉乃以和亲为长策，实属非计。

骞留待数日，并未得昆莫确报，乃别遣副使，分往大宛、康居、月氏、大夏等国，传谕汉朝威德。各副使去了多日，尚未复命，那乌孙却遣骞归国，特派使人相送，并遗良马数十匹，作为酬仪。骞偕番使一同入朝，番使进谒武帝，却还致敬尽礼，并且所献良马，格外雄壮。武帝见了，不觉喜慰，遂优待番使，特拜骞为大行。骞受任年余，竟致病逝。又阅一年，才由骞所遣副使陆续还都，西域各国，也各派使人随来，于是西域始与汉交通，汉复再三遣使，西出宣抚。各国只知博望侯张骞，不知他人。各使亦讳言骞死，但说是由骞所遣，后人因盛传张骞凿空。<small>凿空谓开凿孔道。</small>且因骞尝探视河源，称为张骞乘槎入天河，其实黄河远源，并不在当时西域中，以讹传讹，不足为信。惟西域一带，地形广袤，东西六千余里，南北千余里，东接玉门、阳关，西限葱岭。葱岭以外，尚有数国。今据史传纪载，西域共三十六国，后且分作五十余国，与汉朝往来通使，计有南北二道，南北二道的终点，就是葱岭。小子录述国名如下：

   婼羌国， 楼兰国，后名鄯善。 且末国， 小宛国， 精绝国， 戎卢国， 扜弥国， 渠勒国， 于阗国， 皮山国， 乌秅国， 西夜国，

第七十二回　通西域复灭南夷　进神马兼迎宝鼎

蒲犁国、依耐国、无雷国、难兜国,以上为南道诸国。乌孙国、康居国、大宛国、桃槐国、休循国、捐毒国。与身毒不同,身毒不入西域传。莎车国、疏勒国、尉头国、姑墨国、温宿国、龟兹国、尉犁国、危须国、焉耆国、车师国,亦名姑师。蒲类国、狐胡国、郁立师国、单桓国,以上为北道诸国。大月氏国、大夏国、羁厕宾国、乌弋山离国、犁靬国、条支国、安息国、奄蔡国。以上为葱岭外诸国。

以上数十国,前时多服属匈奴,至此与汉交通,为匈奴所闻知,屡次发兵邀截,汉乃复就酒泉、武威两郡外,增置张掖、敦煌二郡,派吏设戍,严备匈奴。不意西北未平,东南忽又生乱,累得汉廷上下,又要调兵征饷,出定东南。

先是南越王赵胡,曾遣太子婴齐,入都宿卫,一住数年。见前文。婴齐本有妻孥,惟未曾挈领入都,不得不另娶一妇。适有邯郸人樛氏女子,留寓都中,高张艳帜,常与灞陵人安国少季,私相往来。婴齐却一见倾情,不管她品性贞淫,便即浼人说合。好容易得娶樛女,真是心满意足,快慰非常。未几生下一男,取名为兴。祸胎在此。后来赵胡病重,遣使至京,请归婴齐,武帝准他归省,婴齐遂挈妻子南旋。不久胡死,婴齐当即嗣位,上书报闻,且请令樛女为王后,兴为太子。武帝也即依议,但常遣使征他入朝。婴齐恐再被羁留,不肯应命,只遣少子次公入侍,自与樛女镇日淫乐,竟致尫瘵不起,中年毕命。太子兴继立为主,奉母樛氏为王太后。偏武帝得了此信,又要召他母子一同入朝。当下御殿择使,即有谏大夫终军,自请效劳,且面奏道:"臣愿受长缨,羁南越王于阙下!"谈何容易!武帝见他年少气豪,却也嘉许,便令与勇士魏臣等,出使南越。又查得安国少季,曾与樛太后相识,也令同往。

终军表字子云,济南人氏,年未弱冠,即选为博士弟子,步行入关。关吏给与一缯,终军问有何用?关吏指示道:"这是出入关门的证券,将来汝要出关,仍可用此缯为证。"缯系裂帛为之,用代符节。终军慨然道:"大丈夫西游,何至无事出关!"一面说,一面弃缯自去。果然不到两年,官拜谒者,出使郡国,建旄出关。关吏惊诧道:"这就是弃缯生,不料他竟践前言!"终军也不与多说,待至事毕还都,奏对称旨,得超迁至谏大夫。至是复出使南越,见了南越王兴,凭着那豪情辩口,劝兴内附,兴也自然畏服。偏是南越相吕嘉,历相三朝,权高望重,独与汉使反对,阻兴附汉。兴不免怀疑,入白太后,请命定夺。太后樛氏,也即出殿,召见汉使。两眼瞟去,早已瞧见那少年姘夫,当下引近座前,详问一番。安国少季即将朝廷意旨,约略相告,樛太后毫不辩驳,立即乐从,嘱兴奉表汉廷,愿比内地诸侯,三岁一朝。终军得表,遣从吏飞报长安。武帝复诏奖勉,且赐南越相吕嘉银印,及内史中尉太傅等印,余听自置,所有终军等人，都留使镇抚。

吕嘉始终不服，且闻安国少季出入宫禁，更觉怀疑，遂托疾不出，阴蓄异图。安国少季方与樛太后重续旧欢，非常狎昵，但恐吕嘉从中为变，不如劝樛太后带子入朝，自己好相偕北上，一路绸缪。樛太后虽饬治行装，惟意中却欲先除吕嘉，然后启行，乃置酒宫中，款待汉使。一面召入丞相以下诸官吏，共同入宴。吕嘉不得不往，惟嘉弟正为将军，在宫外领兵环卫。樛太后见嘉已列席，行过了酒，便向嘉顾语道："南越内属，利国利民，相君独以为不便，究属何意？"吕嘉听着，料知太后激动汉使，与他反对，因此未敢发言。汉使也恐嘉弟在外，不便发作，只好面面相觑，袖手旁观。樛太后不免着急，忽见吕嘉起身欲走，也即离座取矛，向前刺嘉。还是南越王兴，防有他变，慌忙起阻太后，将嘉放脱。淫妇必悍，实自取死。嘉回到府中，便思发难，转念王兴，并无歹意，倒也不忍起事。蹉跎蹉跎，又过数月，蓦闻汉廷特派前济北相韩千秋，与樛太后弟樛乐，率兵二千人，驰入边疆，乃亟召弟计议道："汉兵远来，必是淫后串同汉使，召兵入境，来灭我家，我兄弟岂可束手就毙么？"嘉弟系是武夫，一闻此言，当然大愤，便劝嘉速行大事。嘉至是也不遑多顾，便与弟引兵入宫。宫中未曾防备，立被突入，樛太后与安国少季，并坐私谈，急切无从逃避，由嘉兄弟持刀进来，一刀一个，劈死了事。死得亲昵。两人再去搜寻王兴，兴如何得免？也遭杀害。嘉索性往攻使馆，戕杀汉使，可怜终军魏臣等，双手不敌四拳，同时殉难。终军不过二十多岁，惨遭此祸，时人因称为终童。

嘉即下令国中道："王年尚少，太后系中国人，与汉使淫乱，不顾赵氏社稷，故特起兵除奸，另立嗣主，保我宗祧。"国人素属望吕嘉，统皆听命，无一异议，嘉乃迎立婴齐长子术阳侯建德为王，系婴齐前妻所生之子。自己仍为相国，且遣人通知苍梧王赵光。苍梧为南越大郡，光与嘉素有感谊，当然复书赞成。于是嘉壹意御汉，专待韩千秋到来，反令边境吏卒，开道供食，诱令深入。千秋也是矜才使气，请愿南来，一入越境，即与樛乐并驱进兵，攻破好几处城池，嗣见南越吏卒，殷勤接待，愿为向导，还道他震慑兵威，畅行无阻，谁知行近越都，相去不过四十里，突见越兵四面杀到，重重裹住。千秋只有二千人马，前无去路，后无救兵，眼见得同归于尽，无一生还。

嘉杀尽汉兵，遂函封汉使符节，使人赍送汉边，设词谢罪。边吏立即奏闻。武帝大怒，颁诏发罪人从军，且调集舟师十万，会讨南越。命卫尉路博德为伏波将军，出桂阳，下湟水；主爵都尉杨仆，为楼船将军，出豫章，下横浦；故归义越侯两人，同出零陵，一名严，为戈船将军，一名甲，为下濑将军；又使越人驰义侯遗，带领巴蜀罪人，发夜郎兵，下牂牁江，同至番禺会齐。番禺就是南越郡城，北有寻陿石门诸险，都被杨仆捣破，直进番禺。路博德部下多罪

第七十二回　通西域复灭南夷　进神马兼迎宝鼎

人,沿途逃散,只有千余人至石门,与仆相会。两军同路并进,到了番禺城下,仆攻东南,博德攻西北,仆想夺首功,麾着部众,奋力猛扑,越相吕嘉,督兵死守,坚拒不退。博德却从容不迫,但在西北角上,虚设旗鼓,遥张声势。一面遣人射书入城,劝令出降。城中已是垂危,又闻博德立营西北,将要夹攻,急得守将仓皇失措,往往缒城夜出,奔降博德。博德好言抚慰,各赐印绶,令他还城相招。适杨仆攻城不下,焦躁异常,督令部兵纵火烧城,东南一带,烟焰冲霄,西北兵民,都已魂飞天外,闻得出降免死,并有封赏的消息,自然踊跃出城,争向博德处投降。吕嘉及南越王建德,如何支持?也即乘夜逃出,窜投海岛。及杨仆破城直入,那路博德早进西北门,安坐府中。斗力不如斗智。仆费了许多气力,反让博德先入,很不甘心,便欲往捕南越君相,再图建功。博德却与仆笑语道:"君连日攻城,劳疲已甚,尽可少休!南越君相,便可擒到,请君勿忧。"仆尚似信非信。过了一两日,果由越司马苏弘,捕到建德,越郎都稽,捕到吕嘉。经博德讯验属实,立命处斩。当即飞章奏捷,保举苏弘为海常侯,都稽为临蔡侯,且奏章中亦备述杨仆功劳。仆始知博德善抚降人,用夷制夷,智略高出一筹,也觉得自愧勿如了。不由杨仆不服。戈船、下濑两将军,及驰义侯所发夜郎兵,尚未赶到,南越已平。就是苍梧王赵光,不待往讨,已经闻风胆落,慌忙投诚,后来得封为随桃侯。

自从南越事起,朝廷亟须筹饷,不得不催收租赋。倪宽正为左内史,待民宽厚,不加苛迫,遂致负租甚多,势且获谴。百姓闻宽将免职,竞纳租税,大家牛车,小家担负,全数缴齐,反得课最。宽仍然留任,且因此更结主知。还有输财助边的卜式,已由县令超任齐相,自请父子从军,往死南越。何其热心乃尔。武帝虽未曾准遣,却也下诏褒美,封式关内侯,赐金四十斤,田十顷,布告天下,风示百官。那知除卜式外,竟无一人继起请效,遂致武帝衔恨在心。巧值秋祭在迩,又行尝酎礼,秋祭曰尝,美酒曰酎。列侯例应贡金助祭,武帝借此泄恨,特嘱少府收验贡金,遇有成色不足,即以不敬论罪,夺去侯爵,百有六人。丞相赵周,不先纠举,连坐下狱,愤急自尽。连毙四相,毋乃太酷!另升御史大夫石庆为丞相,召齐相卜式为御史大夫。

已而车驾东巡,将往缑氏。行至左邑桐乡,正值南越捷报到来,甚是喜慰,便命桐乡为闻喜县。再行至汲县中新乡,又闻得吕嘉捕诛,因在新中乡添置获嘉县。且传谕南军,析南越地作为南海、苍梧、郁林、合浦、交趾、九真、日南、珠厓、儋耳九郡,诏路博德等班师回朝。博德已受封符离侯,至此更增食采,杨仆得加封将梁侯,外此封赏有差。惟越驰义侯遗,征兵赴越时,南夷且兰君抗命,杀毙使人,居然叛汉。遗奉诏回军,击死且兰君,乘胜攻破邛莋,连毙二酋,冉駹等国,并皆震慑,奉表归命。当由遗奏报朝廷,旋接武帝复诏,改且兰为牂牁郡,邛为越嶲郡,莋为沈黎郡,冉駹为汶山郡,广汉西白马两处为武都郡。嗣是夜郎及滇,先后降附,蒙给王印,西南夷悉平。

说也奇怪,东越王余善,也甘就灭亡,造起反来。余善尝拟从征南越,上书自效,当即发卒八千人,愿听楼船将军节制。楼船将军杨仆,到了番禺,并未见余善兵到,致书诘问,只说是兵至揭阳,为海中风波所阻。及番禺已破,询诸降人,才知余善且通使南越,阴持两端。仆乃请命朝廷,即欲移兵东讨。武帝因士卒过劳,决计罢兵,但令仆部下校尉,留屯豫章,防备余善。余善恐不免讨伐,索性先行称兵,拒绝汉道,号将军驺力为吞汉将军,自称武帝。汉帝死后称武,余善生前称武,也是奇闻。武帝乃再遣杨仆出兵,与横海将军韩说等分道入东越境。余善尚负嵎称雄,据险不下。相持数月,由故越建成侯敖,及繇王居股,合谋杀死余善,率众迎降,东越复平。武帝以闽地险阻,屡次反复,不如徙民内处,免得生心。乃诏令杨仆以下诸将,把东越民徙居江淮。杨仆等依诏办理,闽峤乃虚无人迹了。两越俱亡。

同时又有先零羌人,零音怜。为唐虞时三苗后裔,散处湟中,阴通匈奴,合众十余万,寇掠令居安故等县,进围枹罕。武帝起李息为将军,使偕郎中令徐自为,率兵十万,击散诸羌,特置护羌校尉,就地镇治,总算荡平。

武帝见诸事顺手,自然欣慰,因记起渥洼水旁,曾有异马产出,即颁诏出去,嘱令送马入都。这异马并非异产,不过由暴利长捏说出来,从中取巧。小子于前文中已经叙明。见六十九回。此时暴利长奉命献马,到了都中,由武帝亲自验看,果觉肥壮得很,与乌孙国所献良马,大略相同。武帝遂称为神马,或与乌孙马共称天马。《通鉴辑览》载此事于元狩三年,《汉书》则在元鼎四年,本书两存其说,故前后分叙。武帝方营造柏梁台,高数十丈,用香柏为梁,因以为名。这台系供奉长陵神君,神君为谁,查考起来,实是不值一辩。长陵有一妇人,产男不育,悲郁而亡。后来妯娌宛若,供奉妇像,说是妇魂附身,能预知民间吉凶。一班愚夫愚妇,共去拜祝,有求辄应,就是武帝外祖母臧儿,也曾往祷,果得子女贵显,遂共称长陵妇为神君。武帝得自母传,遣使迎入神君像,供诸碛氏观中。嗣因碛氏观规模狭隘,特筑柏梁台移供神像,且创作柏梁台诗体,与群臣互相唱和,谱入乐歌。复令司马相如等编制歌诗,按叶宫商,合成声律,号为乐府。及得了神马后,也仿乐府体裁,亲制一《天马》歌。歌云:

> 泰一况,泰一即天神,见后文。天马下。沾赤汗,沫流赭。志俶傥,精权奇。荣音蹻。浮云,晻上驰。驱容与,迣音逝万里。今安匹?龙为友。

天马歌成,马入御厩,暴利长非但免罪,且得厚赏。忽又由河东太守,奏称汾阴后土祠旁,有巫锦掘得大鼎,不敢藏匿,因特报闻。这汾阴地方的后土祠，本是元鼎四年新设，不到数月，便有大鼎出现，明明由巫锦暗中作伪，哄动朝廷。也是暴利长一般伎俩。偏武帝积迷生信，疑是后土神显示灵奇，将鼎报锡，当即派使迎鼎入甘泉宫，荐诸宗庙。武帝亲率群臣，往视此鼎，鼎状甚大，上面只刻花纹，并无款识。大众不辨新旧，但模模糊糊的说是周物，统向武帝称贺。独光禄大夫吾邱寿王，谓鼎系新式，怎得说是周鼎？语为武帝所闻，召入诘问，吾邱寿王道："从前周德日昌，上天报应，鼎为周出，故称周鼎。今汉自高祖继周，德被六合，陛下又恢廓祖业，天瑞并至，宝鼎自出，这乃汉宝，并非周宝，臣所以谓非周鼎呢！"武帝转怒为喜，连声称善，群臣亦喧呼万岁。吾邱寿王却得赐黄金十斤，武帝又亲作宝鼎歌，纪述休祥。小子有诗叹道：

虚伪何曾不易知，君臣上下并相欺。
唐虞尚有夸张事，况是秦皇汉武时。

过了月余，又有齐人公孙卿，上书说鼎。欲知他如何说法，容待下回再详。

张骞之凿空西域，后人或力诋其过，或盛称其功。吾谓凿空可也。凿空西域，乃徒以厚赂相邀，并未知殖民政策，是第耗中国之财，而未收拓土之效，宁非有损无益乎！惟断匈奴之右臂，使胡人渐衰渐弱，不复为寇，亦未始非中国之利。然则骞有过，骞亦未尝无功，谓其功过之相抵可耳。东南两越，自取灭亡，伏波楼船，侥天之幸，而武帝益因此骄侈矣。神马也，宝鼎也，无一非作伪之举，武帝岂真愚蠢？任彼所欺？意者其亦欲借此欺人欤？上下相欺，而汉道衰矣。

第七十三回　信方士连番被惑
　　　　　　行封禅妄想求仙

　　却说齐人公孙卿本是一个方士，因闻武帝新得宝鼎，也想乘时干进，胡乱凑成一书，叫做《札》书，怀挟入都，钻通了一条门路，把书献入。书中语多荒诞，内有黄帝得宝鼎，是辛巳朔旦冬至，今岁汉得宝鼎，适当己酉朔旦冬至，古今相符，足称盛瑞云云。武帝览书，很觉合意，遂召公孙卿入见，问此书为何人所作。卿随意捏造，说是受诸申公，且言申公已死，只有此书遗下。武帝信以为真，且问申公有无他语。卿又答道："申公尝谓大汉肇兴，正与黄帝时代，运数相合。大约高皇帝后，或孙或曾孙，圣圣相承，必有宝鼎出现，宝鼎一出，上与神通，应该封禅，重行黄帝故事。今宝鼎适符圣瑞，可见申公所言，真实不虚了。"武帝复问黄帝如何封禅？公孙卿乱说了一大篇，无非把岳宗泰岱，禅主云亭的套话，信口铺张。又把当时甘泉宫，指为黄帝时代的明庭，谓黄帝曾在明庭接见百神，后来采铜首山，铸鼎荆山，鼎成后龙垂胡须，下迎黄帝，黄帝乘龙登天，带去后宫及大臣七十余人；还有许多小臣，要想攀髯上去，髯被扯断，统皆坠下，连黄帝所带的弓衣，亦被震落，小臣无从再攀，只得抱弓悲号，因以鼎湖名地，乌号名弓。全是牵强附会。这番言词，武帝已听过许多方士，说及大略，不过公孙卿所谈，更觉得娓娓动听，遂不禁长叹道："朕如能学得黄帝，弃妻子也如敝屣哩！"当下拜卿为郎，使至太室候神，太室即嵩岳之一峰。既而卿入都面陈，谓缑氏城上有仙人迹，请武帝自往巡幸。上回所述驾幸缑氏，便是为了公孙卿一言，惟武帝也恐为所欺，曾向卿说道："汝莫非效文成、五利否？"卿答称人求神仙，神仙不须求人，应该宽假岁月，精诚感应，方得上迓仙人。

　　看官听说！这明是借端延宕，不负责任，比那文成、五利，更为狡猾。所以文成、五利，终致授首，公孙卿却得坐靡廪禄，逍遥了好几年。究竟文成、五利，姓甚名谁？小子前时无暇叙入，只好趁此补述出来。是倒戟而出之法。

　　自武帝迎供长陵神君图像，便有方士李少君，料知武帝迷信鬼神，入都献技。少君不娶妻，不育子，又不肯言籍贯年纪，但挟术周游，语多奇验。及抵长安，便有人替他揄扬，传达宫中。武帝便召见少君，亲加面试，取出一古铜器，令他说明何代所制。少君不待摩挲，立即答道："这是春秋时齐国所制，齐桓公十年，曾陈设柏寝中。"武帝不免称奇。原来铜器下面，曾有文字标识，如少君言，巧被少君猜着，自然目为异人。且少君容貌清癯，似非凡相，益令武帝起敬，赐他旁坐。少君因进言道："祠灶便能致物，致物以后，丹砂可化为黄金，并可益寿，蓬莱仙人，亦可得见。从前黄帝封禅遇仙，竟得不死，乘龙升天。就是臣活了数百年，亦亏得遨游海上，遇见仙人安期生，给臣食枣，形大如瓜，然后延年。"如哄小孩子一般。武帝听了，乃亲祀灶神，且遣方士入海，访寻蓬莱仙人。一面令少君炼砂成金，好多时未见炼成，那少君却已死去。仙枣想已泻出了。

　　武帝还疑他尸解成仙，很加叹息。可巧来了一个齐人少翁，也与少君一般论调，正好继续少君，说鬼谈仙。适值武帝宠姬王夫人，得病身亡，王夫人有子名闳，由王夫人病重时，以子相托。时武帝长子据，已册为太子，即卫皇后所生。闳当然不能立储，只好许为齐王，王夫人却也道谢。至王夫人死后，武帝追忆不忘，少翁即自言能致鬼魂相见如少时。武帝甚喜，便命少翁作起法来。少翁命腾出净室，四周张帷，并索取王夫人生前衣服，预备招魂。到了夜间，在帷外爇起灯烛，使武帝独坐待着，自己走入帷中，东喷水，西念咒，闹了两三个时辰，果有一个美貌女子，被他引至。武帝正向帷中痴望，见了这般美妇人，不觉出神，凝睇审视，身材等确与王夫人无二。急欲入帷与语，却被少

第七十三回　信方士连番被惑　行封禅妄想求仙

翁出帷阻住，转眼一看，美人儿已没有了。逐句写来，情伪毕露。武帝特作词寄感，列入乐府，词云："是耶非耶？立而望之，翩何姗姗其来迟！"语意原是约略模糊，并非确见，但尚拜他为文成将军，待以客礼，令他求仙。要他求仙，亦不应封为将军。

少翁乃请在甘泉宫中，增筑台观，绘塑许多奇形怪状的偶像，或称天神，或称地祇，或称为泰一神。泰一两字，源出古书，大约作上天的解释。当时燕齐方士，竞称天神，最贵要算泰一，五帝尚是泰一的佐使，故泰一当首先供奉。少翁也主此说，武帝方深信少翁，但教少翁如何主张，无不照办。无如神仙杳远，始终不肯光临，武帝也有些疑心起来。一日至甘泉宫，访问少翁，忽有一人牵过一牛，少翁便指示武帝道："这牛腹中当有奇书。"武帝乃命左右将牛牵住，立刻宰杀，剖腹审视，果有帛书一幅，上载文字，语多隐怪。经武帝看了又看，不由的猛然省悟，便将牵牛的人，拿下审问。一番吓迫，竟得实供，乃是少翁预知武帝到来，嘱将帛书杂入草中，使牛食下，意欲自显神通。那知书上文字，被武帝瞧破机关，知是少翁亲笔，再加供词确凿，眼见得少翁欺主，头颅落地。何苦作伪？

过了一年，武帝抱病鼎湖宫，多日不愈，遍求天下巫医，适有方士游水发根，说是上郡有巫，能通神语，善知吉凶。武帝即派人迎入，向他问病，巫便作神语道："天子何必过忧？不日自愈，可至甘泉宫相会。"当下使巫往住甘泉宫。说也奇怪，武帝果然渐瘥，乃亲至甘泉宫谢神，且就北宫中更置寿宫，特设神座，尊号神君。神不能言，但凭上郡巫传达，积录成书，名为《画法》。那上郡巫也是少翁流亚，借着神语，常说少翁枉死。武帝又不觉追悔起来。

乐成侯丁义，迎合意旨，荐上一个方士栾大，谓与少翁同师。武帝即使人往召栾大，大曾为胶东王刘寄家人，寄为景帝子，见前文。寄后系丁义姊，故义特荐引。及大应召入都，武帝见他身长貌秀，彬彬有礼，已是另眼相看。当下询及平时学术，大夸口道："臣尝往来海中，遇见安期、羡门等仙人，得拜为师，传授方术，大约黄金可成，河决可塞，不死药可得，仙人可致。惟因文成枉死，方士并皆掩口，臣虽蒙召，亦怎能轻谈方术哩！"武帝忙诡说道："文成食马肝致死，毋得误听！汝诚有此方术，尽可直陈，我却毫无吝惜呢！"大答说臣师统是仙人，与人无求，陛下必欲求仙，须先贵宠使臣，引为亲属，视若宾客，方可令他通告神人。武帝听了，尚恐大空言无术，不禁沉吟。大窥破上意，遂顾令御前侍臣，取得小旗数百杆，分插殿前，喝一声疾，即有微风徐徐过来，再加了几句咒语，风势益大，把几百杆小旗卷入空中，自相触击。顿时满朝臣吏，无不称奇，就是武帝亦见所未见，禁不住失声喝彩。俄而风定旗落，纷纷下地。不过一些觇风微术，实不足奇。武帝更加赞美，面授大为五利将军。又是一位特别将军。大不过道了一个"谢"字，扬长而出。武帝见大无甚喜色，料知他心尚未足，但国库方匮，急需金银，又因黄河决口未塞，河南屡有水患，闻得栾大具有是术，还惜甚么官爵印绶？一官未足，何妨再给数官，于是天士将军、地士将军、大通将军的官衔，联翩加封。才阅月余，大已佩了四将军印绶了。那知大连日入朝，仍没有甚么欢容。武帝索性依他要求，加封为乐通侯，食邑二千户，赐甲第，给童仆，所有车马帷帐等类，俱代为备齐，送交过去。待至布置妥当，再将卫皇后所生长公主，嫁与为妻。一介贱夫，平白地得此奇遇，出舆盖，入仆御，一呼百诺，颐指气使，又有娇滴滴的金枝玉叶，任他拥抱取乐，快活何如！武帝未曾求仙，他却做了活神仙了。武帝时常召宴，或且至大第酒叙，赏赐黄金至十万斤，此外各物，不可胜计。大若自能炼金，何必需此巨赏？自窦太主各将相以下，又皆依势逢迎，随时馈献。也想登仙么？武帝再命刻玉印，镂成"天道将军"四字，特派大臣夜着羽衣，立白茅上，授与栾大。大亦照此装束，长揖受印，这算是客礼相待，明示不臣。总计大入都数月，封侯尚主，身悬六印，富贵震天下。

　　好容易又过半年，武帝不免要去催促，叫他往迎神仙，大尚支吾对付。后来实不便延宕，只好整顿行装，辞过武帝，别了娇妻，亲赴海上寻师。武帝究竟聪明，密遣内侍扮做平民，一路随去。但见大到了泰山，惟辟地为席，拜祷一番，并没有仙师，出与相语。及祷毕后，无他异举，但在海岸边游玩数日，遂折回长安。无非记着家中的女仙。内侍见他这般捣鬼，既好笑，又好恨，一入都门，不待栾大进谒，先向武帝报知。武帝当然动怒，俟大入报，作色诘责。大还要捏造师言，被武帝唤出内侍，当面对质，不由栾大不服，遂将大拘系狱中，按律坐诬罔罪，腰斩市曹。只难为了卫长公主。

　　看官试想，这武帝已经觉悟，连诛文成、五利，应该将方士尽行驱逐，为何又听信这公孙卿呢？原来武帝不信文成、五利，并非不信神仙，他以为文成、五利两人，法术未高，所以神仙难致，若果得一有道的术士，当必有效，因此公孙卿进见以后，无非叫他再去一试。所有一切待遇，非但不及五利，并且不及文成。亲女儿不肯无故割舍了！卿受职较卑，不使人忌，再加手段圆猾，反好从此安身。还有封禅一语，乃是公孙卿独自提议，最合武帝意旨。当时司马相如已经病殁，他有遗书上奏，称颂功德，劝武帝东封泰山，武帝已为所动，再经公孙卿一说，便决议举行。只有封禅仪制，自秦后未曾照办，无从援据。就是司马相如家中，亦曾差人查问，他妻卓文君，谓遗书以外无他语。此妇尚未死么？武帝不得已责成博士，要他酌定礼仪。博士徐偃、周霸等，采取尚书周官王制遗文，拘牵古义，历久未决。还是左内史倪宽，谓封禅盛事，经史未详，不若由天子自行裁夺，垂定隆规。武帝乃亲自制仪，略与倪宽参酌可否。适卜式上言官卖盐铁，货劣价贵，不便人民，武帝不以为然，并因式不能文章，贬为太子太傅，特迁宽为御史大夫。总要揣摩求合，方可升官。

第七十三回　信方士连番被惑　行封禅妄想求仙

封禅礼定,武帝又想这般盛举,必先振兵释旅,方可施行。乃于元鼎六年秋季,诏设十二部将军,调齐人马十八万,扈驾巡边。十月初旬出发,自云阳北行,径出长城,登单于合,耀武扬威,遣侍臣郭吉往告匈奴,传达谕旨,略言东南一带,已皆荡平,南越王头,悬示北阙,单于能战,可与大汉天子,自来交锋;否则便当臣服,何必亡匿漠北云云。时伊稚耳单于已死,子乌维单于嗣立,听了吉言,不禁怒起,把吉拘住不放,自己也不发兵。武帝待了数日,不见回音,乃传令回銮。道过上郡县桥山,见有黄帝遗冢,顿觉起疑道:"我闻黄帝不死,为何留有遗冢?"公孙卿随驾在旁,亟答说道:"黄帝登天,群臣想慕不已,因取衣冠为葬。"武帝喟然道:"我若上天,想群臣当亦葬我衣冠哩。"说着即命备礼致祭。祭毕还长安,遣兵回营。转眼间便是孟春,东风解冻,正好趁时东封。当下启跸东巡,行经缑氏,望祭中岳嵩山,从官齐集山下,听得山中发声,恍似三呼万岁一般。恐又是公孙卿捣鬼。便即告知,武帝也只说听见,令祠官加增太室祠,以山下三百户为奉邑,号曰崇高。崇嵩二字,古文通用。再东行至泰山,山下草木,尚未生长,武帝令从吏运石上山,直立山顶,上刻铭词数语道:

　　事天以礼,立身以义;事父以孝,成民以仁。四海之内,莫不为郡县;四夷八蛮,咸来贡职。与天无极,人民蕃息,天禄永得。

立石既毕,遂东巡海上,礼祀八神。天主、地主、兵主、阴主、阳主、月主、日主、四时主。齐地方士,争来献书,统说海中居有神仙。武帝便命多备船只,使方士一并航海,往寻蓬莱仙人。且使公孙卿持节先行,遇仙即报。卿复称夜至东莱见有大人,长约数丈,近视即杳,但留巨迹。武帝听说,自至东莱亲视,足迹尚依稀可认,惟状类兽蹄,未免动疑。偏从臣也来启奏,谓路中遇一老翁,手中牵犬,说是欲见巨公,言毕不见。都是瞎说。武帝方信为真仙,再命随行方士,乘车四觅。自在海上守候多日,不见回音,乃回至泰山,行封禅礼。即就山下东方致祭,筑土为封,埋藏玉牒,牒中所说,无非求福求寿等语,旁人无从窥悉。又与奉车都尉霍子侯,同登山巅,秘密封土,禁人预闻。子侯名嬗,即去病子,武帝独加宠遇,故使得从行。越宿,从山北下,来禅肃然山。封禅礼成,还驻明堂。到了次日,群臣奏闻封禅各处,夜有祥光,凌晨复有白云拥护,引得武帝色动颜开。再由群臣一齐歌颂功德,武帝越加喜欢,遂下诏改称本年为元封元年,大赦天下。并忆封禅期内,连日晴和,并无风雨,当由天神护佑,或得从此接见神仙,也未可知。乃复至海上探望。但见云水苍茫,并没有神仙形影,怅立多时,心终未死,意欲亲自航海,往访蓬莱。群臣进谏不从,还是东方朔谓仙将自至,不可躁求,才将武帝劝止,不复进行。

适霍子侯感冒风寒,竟致暴死,想是成仙去了。武帝悲悼异常,厚加赗殓,饬人送柩回京。自己再沿海至碣石，终不得一见仙人，乃折向西行，过九原，入甘泉，总计费时五阅月，周行一万八千里，用去金钱巨万，赐帛百余万匹，全亏治粟都尉桑弘羊，职兼大农，置平准官，操奇计赢，才得逐年搜括，供给武帝游资。武帝因他理财有功，赐爵左庶长，金二百斤。弘羊尝自诩为计臣能手，谓民不加赋，国用自饶。独卜式斥他不务大体，专营小利。会因天气亢旱，有诏求雨，式私语亲属，谓不如烹死弘羊，自可得雨，何必祈祷？那知武帝方依任弘羊，怎肯把他加诛。

是秋有孛星出现天空，术士王朔，反指为德星，群臣依声附和，说是封禅瑞应。武帝大喜，乃至雍地，亲祀五畤，复回甘泉祀泰一神。自从方士称泰一最贵，特在甘泉设祠，号为泰畤。且定例三岁一郊，各畤中随时致祭，不在此例。元封二年，公孙卿又复上言，东莱有神人，欲见天子。武帝乃再出东巡，至缑氏县，拜卿为中大夫，使为前导，直赴东莱。偏是海山缥缈，云雾迷蒙，有甚么天神天仙？卿无从解说，又把那野兽脚迹，混充过去。武帝也不便穷诘，但托言天时屡旱，特为人民祈雨，来祷万里沙神祠。万里沙在东莱海滨，借此为名，掩饰天下耳目。还过泰山，又复望祀，再顺路至瓠子口。瓠子河决，已二十多年，武帝尝使汲黯、郑当时前往堵塞，屡堙屡决。更命汲黯弟仁，与郭昌等往修河防，积久无成。此次武帝亲临决口，先沉白马玉璧，致祭河神，随令从官一齐负薪，填塞决河。河旁本有数万人夫，随吏供役，至是见文武百官，尚且这般辛苦，怎得不格外效劳？薪柴不足，济以竹石，好在天晴已久，河水低浅，竟得凭借众力，堵住决河。又上筑一宫，名曰宣防。此举总算为民除患，但梁楚一带，受害已二十多年了。抑扬得当。

武帝还至长安，公孙卿恐车驾徒劳，仙无从致，将来必加严谴，因复想出一法，托大将军卫青进言，谓仙人素好楼居，不如增筑高楼，徐待仙至。武帝乃令长安作蜚廉观，甘泉作通天台，台址统高三四十丈。费了许多经营，仍使公孙卿持节供张，恭候神仙，另在甘泉宫添筑前殿。殿成以后，忽在殿房中生出一草，九茎连叶，大众都称为灵芝，立即上奏。武帝亲往看验，果然不差，乃作《芝房歌》，颁诏大赦。既而在汶上作明堂，复出巡江汉，由南而东，增封泰山，即就明堂礼祀上帝。小子不胜殚述，但作诗申意道：

谈仙说鬼尽无稽，英主如何也着迷？
累万黄金空掷去，水长山杳日沉西。

土木频兴，迷信不已，辽东突来警报，又起兵戈。欲知如何起衅，待至下回再叙。

观汉武之迷信神仙，几与秦皇同出一辙。秦始皇信方士，武帝亦信方士；秦始皇行封禅，武帝亦行封禅；秦始皇好神仙，武帝亦好神仙；秦始皇兴土木，武帝亦兴土木：凡始皇之所为，武帝皆踵而效之，尤有甚焉。始皇之信徐市、卢生也，不过使之奔走海上耳。武帝乃任以高爵，待若上宾，并举爱女而亦嫁之，且少翁戮而栾大复进，栾大诛而公孙卿又进，若明若昧，何其游移若此？要之皆贪心不足，妄冀长生，乃有此种种之谬举耳。夫养心莫善于寡欲，美意乃足以延年，以好货、好色、好战之人主，反思与天同休，宁有是理？秦皇误于前，汉武误于后，多见其不自量也。若非轮台之悔，则汉武之异于始皇者，果几何耶？

第七十四回　东征西讨绝域穷兵
　　　　　先败后成贰师得马

　　却说辽东塞外，有古朝鲜国，在黄海东北隅。周时封殷族箕子，为朝鲜主，传国四十一世，由燕人卫满侵入，逐去朝鲜王箕准，自立为王，建都王险城，攻略附近小邑，势力渐强，再传至孙右渠，诱致汉奸，阻遏汉使。武帝特遣廷臣涉何往责右渠，右渠不肯奉命，但遣裨酋送归涉何。何还渡小布溟水，入中国境，袭杀朝鲜裨酋，反奏称朝鲜不服，斩将报功，武帝不察底细，遽令何为辽东东部都尉。何喜如所望，受诏莅任，不意朝鲜出兵报复，攻入辽东，将何击毙。警报到了长安，武帝大怒，尽发天下死囚，充当兵役，特派楼船将军杨仆，及左将军荀彘，分领士卒，往讨朝鲜。

　　朝鲜王右渠，闻汉兵大举东来，连忙调发人马，堵住险要。杨仆从齐地出发，渡过渤海，入朝鲜境，前驱兵七千人，浮水轻进，径至王险城下。右渠只防辽东陆路，未防水道，蓦闻汉兵攻城，却也心惊。幸亏城中也有预备，方得乘城守御。嗣探得汉兵不多，督兵出战，两下奋斗多时，毕竟众寡不敌，汉兵败溃。杨仆走匿山中，十余日才敢出头，收集溃卒，退待荀彘。彘行至溟水，渡过西岸，正与朝鲜戍兵相值，连战数次，未得大胜。当有奏报入都，武帝闻两将无功，又遣使臣卫山，往谕右渠，晓示祸福。右渠也恐不能久持，顿首请降，令太子随同卫山，东行谢罪，并献马五千匹，及随行人众，不下万余。

　　卫山见朝鲜兵盛，疑有他变，先与荀彘会叙，互商一策，转告朝鲜太子，不得带兵，太子亦恐汉兵有诈，率众驰回。卫山不便再赴朝鲜，只好入朝复命。武帝问明原委，恨山失计，立命处斩，仍遣人催促两将进攻。卫山之死，失之过谨。荀彘乃驱军急进，迭破数险，直抵王险城，围攻西北两隅。杨仆也招集后队,进至城南。荀彘部下,统是燕代健儿,骁勇善战;杨仆部下,多系齐人,闻得前军败北,锐气已衰,因此不敢再斗。那荀彘日夕督攻,杨仆只按兵不动,右渠与荀彘力战,与杨仆讲和。相持数月,城尚无恙。彘屡约杨仆夹攻,仆但含糊答应,终未动手,也想学路博德了。遂致两将生嫌。事为武帝所闻,亟使前济南太守公孙遂,前往观兵,许他便宜从事。遂至彘营,彘当然归咎杨仆,与遂商定秘谋,召仆议事。仆因有诏使到来,不得不往,一见遂面,竟被遂喝令彘军,将仆拿下,且传谕仆众,归彘节制,自己总算毕事,匆匆复命。彘既并有两军,遂将全城围住,四面猛扑。城中危急万分,朝鲜大臣路人韩阴,与尼溪相参、将军王唊等,共谋降汉。偏偏右渠不从,路人韩阴、王唊,开城出降。尼溪相参,且号召党羽,刺杀右渠,献首汉营。荀彘正率军进城,不意城门又闭,朝鲜将军成己,婴城拒守。彘使降人招谕守兵,如再抗违,一体屠戮,守兵相率惊惶,共杀成己,一齐出降,朝鲜乃平。捷书入奏,武帝令分朝鲜地为四郡,叫作乐浪、临屯、玄菟、真蕃,召彘引师回朝。彘将杨仆囚入槛车,押归长安。途次非常得意,总道此番凯旋,定邀重赏,那知驰入都门,惊悉公孙遂被诛消息,才转喜为忧。没奈何入朝见驾,武帝不待详报,便责他与遂同罪,擅拘大臣,当即褫去衣冠,推出斩首。至杨仆贻误军机,亦当伏法,但念他平越有功,准得赎为庶人。平心而论,仆罪过彘,一赎一诛,岂非倒置!

　　同时又有将军赵破奴,与偏将王恢等,领兵西征,往击楼兰、车师。此王恢与前王恢同名异人。楼兰、车师两国,同为西域部落,见七十一回。阴受匈奴招诱,拦阻西行汉使,武帝因遣两将出讨。破奴佯言进击车师,暗率轻骑七百人,掩入楼兰,得将楼兰王擒住,然后移攻车师。车师闻风骇溃,被破奴捣破虏廷,结果是两国服罪,情愿内附。破奴乃请旨定夺,武帝封破奴为浞野侯,恢为浩侯,使他暂为镇抚,威示乌孙、大宛诸国。

　　乌孙前曾遣使献马,随中郎将张骞入朝,见七十二回。已而来使归国,报称汉朝强大,乌孙王昆莫,方悔从前不用骞言,更闻汉兵连破楼兰、车师,势将及己,乃急遣使至汉,愿遵旧约。武帝准如所请,但向来使征求聘礼。来使返报以后,当即送马千匹,作为聘仪。武帝取江都王建遗女,赐号公主,出嫁乌孙。江都王建,就是武帝兄刘非子,非殁建嗣,淫昏无道,上烝下淫,甚至迫令宫女,与犬羊处,同为笑乐,私刻皇帝玺绶,出入警跸,僭拟皇宫。当有人上书告发,由武帝派吏问罪,建惶恐自尽,家破国除,子女没入掖庭。至此乃遣令和亲,嫁与昆莫,昆莫立为右夫人。匈奴也欲招致乌孙,遣女往嫁,昆莫一并收纳,立为左夫人。惟昆莫年已老迈,怎禁得两国少妇,左右相陪?往往独居外帐,不敢入寝。江都公主,既悲远嫁,复适老夫,并与昆莫言语不通,服食皆异,不得已自治一庐,孑身居住。有时愁极无聊,免不得作歌告哀,歌云:

第七十四回　东征西讨绝域穷兵　先败后成贰师得马

吾家嫁我兮天一方,远托异国兮乌孙王。穹庐为室兮旃为墙,以肉为食兮酪为浆。居常思土兮心内伤,愿为黄鹄兮返故乡!

歌末有黄鹄一语,因相传为《黄鹄歌》。歌词传到长安,武帝颇为垂怜,屡通使问,赐给锦绣帏帐等类。昆莫也知精力不继,死在眼前,愿将公主让与岑陬。岑陬是昆莫孙,巴不得与公主为婚,只是公主自觉怀惭,未便下嫁,不得不上书武帝,恳求召归。武帝要想结好乌孙,共灭匈奴,竟回书劝她从俗。公主无奈,转嫁岑陬,朝为继祖母,暮作长孙妇,真是旷古异闻!虽然降尊就卑,却是以少配少,也还值得。及昆莫病死,岑陬继立,改王号为昆弥,与汉朝通问不绝。

武帝复出巡东岳,禅高里,山名,在泰山下。祠后土,临渤海,望祀蓬莱。再遣方士入海求仙,仍无音信,乃返入长安。忽然柏梁台上,陡起火光,不知如何失慎,致兆焚如!请得一位祝融神,可谓不虚此台。武帝惊惜不已。有方士越人勇之,却说越中风俗,凡有火灾,须亟改造,比前时格外高大,方足厌禳灾殃。武帝乃立命建筑,另择未央宫西偏,造起一座绝大的宫殿,中容千门万户,东凤阙,西虎圈,北凿太液池,又有渐台、蓬莱、方丈、瀛洲、壶梁诸名目,无非是想象神仙,凭空构筑。南面有玉堂、璧门、神明台、井干楼,再架飞阁跨城,直通未央宫,说不尽的繁华靡丽,描不完的轩敞崇闳。宫成后求迎神仙,始终不至,惟采选良家女子,收入宫中,相传掖庭簿载总数共一万八千人,有几个得蒙召幸,或拜容华,或充侍衣,总算列入妃嫔,得加俸禄。试想武帝如此好色,尚能延年益寿么?

是时已为元封七年,依照旧例,每六年必一改元,大中大夫公孙卿联络同官壶遂,及太史令司马迁等,上言历纪废坏,宜改正朔,御史大夫倪宽,主张夏正,乃废去前秦正朔,以正月为岁首,改元封七年为太初元年,诏令公孙卿等造太初历。阴历莫如夏正,武帝此举,尚算正时。嗣是色尚黄,数用五,更定官名,协订音律,又费了许多手续,才得成章。

会有西使回来,报称大宛国有宝马,在贰师城,不肯示人。武帝素闻宛马有名,乃特铸金为马,并加千金,使壮士车令等赍往大宛,愿易贰师城宝马。偏偏宛王不从,车令等一再商恳,终被拒绝,惹得车令怒起,诟骂宛王,且椎碎金马,携屑而还。谁知路过郁成,竟遇着番奴千人,阻住去路。车令等与他斗死,所携金币,眼见得被他夺去了。武帝闻报大怒,立拟命将出征。汉将本推卫、霍,霍去病早死,已见前文,就是卫青,亦已病亡,只落得赐谥表功,青殁后予谥曰烈。子卫伉等,虽然袭爵,却非将才,乃特选一贵戚李广利,使为贰师将军。

先是王夫人死后,后宫虽多妃妾,却无一能及王夫人。会有中山伶人李延年，入宫供奉，妙解音声，颇得武帝欢心。延年有妹，也善歌舞，又生得姿容秀媚，体态轻盈，当由平阳公主见她美丽，特为荐引。武帝立命召见，端的是天生尤物，比众不同。当下同入阳台，畅施雨露，仗着几番化育，种下胚胎，十月满足，生男名髆，后来封为昌邑王。延年因妹得官，拜为协律都尉，妹亦加封李夫人。这李夫人专宠后房，几与王夫人无二。偏她的命宫寿数，也与王夫人相同，子尚冲龄，母已病厄。武帝遍召名医，诊治无效，渐渐的容销骨瘦，将致不起。到了垂危时候，武帝殷勤探问，她偏用被蒙头，不肯见面，口中但言貌未修饰，难见至尊。武帝必欲一见，用手揭被，不料她转面向内，终不从命。及武帝退出，姊妹等入宫问候，未免说她违忤君心。她却唏嘘答说道："妇女以色事人，色衰便即爱弛，今我病已将死，形容非旧，若为主上所见。必致惹嫌，不复追念，难道尚肯顾我兄弟姊妹么？"语虽不错，但把身子作为玩物，终不脱妇女思想。众人听着，方才大悟，不到数日，红颜委蜕，玉骨销香。武帝大为悲悼，葬用后礼，命在甘泉宫绘画遗容。俗语说得好，日有所思，夜有所梦，武帝时思李夫人，遂致梦中恍惚，见李夫人赠与蘅芜，醒后尚有遗香，历久不散，因名卧室为遗芳梦室。李夫人事迹，正好趁此带出。

　　李夫人有二兄，除延年外，还有广利一人，娴习弓马，随侍宫廷。武帝不能无故加封，乃趁着大宛抗命，竟拜广利为将军，号为贰师，是教他往贰师城取马，故有是名。发属国骑兵六千，及郡国恶少年数万人，尽归贰师将军节制，带同前往。且命浩侯王恢为向导，出玉门，经盐泽，沿途统是沙碛，无粮可因，无水可汲，所过小国，统皆固守境界，不肯给食。汉兵忍不住饥渴，往往倒毙，及抵郁成，部下不过数千，随带干粮，又皆食尽。不得已为冒险计，先攻郁成。郁成王杀死汉使，早恐汉兵前来报复，严兵守候，至汉兵进攻，便即出战。汉兵虽拼死力斗，究竟食少势孤，不能取胜，反折伤了一半人马。广利料难再持，只得收军，退至敦煌，奏请罢兵。武帝曾听姚定汉言，谓大宛兵弱，三千人可以荡平，因此特派广利出去，俾他容易奏功，可授封爵。谁知广利丧师退还，反请罢休，正是大失所望，不由的动起怒来，遣使遮住玉门关，传谕广利军前，如有一人敢入此关，立即斩首！广利奉到此谕，没奈何留驻敦煌，静待后命。

　　武帝再想添兵征宛，偏来了匈奴密使，说由左大都尉所遣，愿杀儿单于，举国降汉，请汉廷发兵相应等语。武帝问明情形，当然大喜。原来匈奴主乌维单于，自遁居漠北后，用赵信计，阴备军实，阳求和亲。汉使王乌、杨信，相继通蕃，与订和约，乌维单于语多反复，不肯听命。武帝还道两人望浅，特派路充国佩二千石印绶，前往议和，反被匈奴拘住。武帝始知匈奴多诈，命将军郭昌领兵防边。嗣复遣昌往击昆明，虽多斩获，一时不能还镇，昆明事见前文。

第七十四回　东征西讨绝域穷兵　先败后成贰师得马

因调浞野侯赵破奴代任。会乌维单于病死，子詹师庐继立，尚在少年，号为儿单于。单于任性好杀，国人不安，匈奴左大都尉，方遣使至汉请降。武帝得此机缘，如何不喜，即将来使遣归，命将军公孙敖带领工役，至塞外筑受降城，一面授赵破奴为浚稽将军，饬令赴浚稽山，迎接匈奴左大都尉。

赵破奴率兵二万，到了浚稽山下，待久不至，使人探听虚实，才知匈奴左大都尉，谋泄被诛，因即引军南还。忽闻后面有呐喊声，料是胡兵追来，连忙翻身迎敌。待至胡兵行近，杀将过去，把他击走，捕得虏骑数千人，部兵亦伤亡多名。但经此一胜，总道匈奴没有后继，放心南归，距受降城只四百余里，因见天色已暮，随便安营，待且再行。营方扎定，遥见尘头大起，匈奴兵漫山遍野，骋骑前来，破奴不及移军，只好回营守着。那匈奴兵共有八万骑，一齐趋集，围住汉营，困得水泄不通。汉营乏水，如何解渴，破奴恐军心慌乱，黄夜潜出，自去觅水。离营未及百步，竟被胡兵窥见，一声呼啸，环绕拢来。破奴只有数十个随兵，怎能与敌？一古脑儿被他捉去。全是轻率所致。大将受擒，全营皆震，胡兵乘势猛攻，汉营大乱，一半战死，一半降番。儿单于喜出望外，再进兵攻受降城，还亏公孙敖闻风预备，乘城固守，不为所乘。胡兵攻打不下，方才罢去。

公孙敖拜本上闻，武帝易喜为忧，不得不集众会议。群臣多请罢宛兵，专力攻胡，武帝以宛为小国，尚不能下，如何能征服匈奴？并且西域诸国，亦将轻汉，乃决计向宛添兵，大赦罪犯，尽发各地恶少年，悉数当兵，佐以沿边马队，共得骑卒六万，步卒七万，备足饷械，接济贰师将军李广利，又发天下七科谪戍，使他运粮。七科：谓吏有罪一，亡命二，赘婿三，贾人四，原有市籍五，父母有市籍六，祖父母有市籍七。并派出都尉两员，一号执马，一号驱马，待至攻破大宛，便好牵马归来。注重在马，何贵畜贱人如此！李广利既得大兵，当然再往，沿途各小国，见汉兵此次重来，比前为威，倒也不免惊慌，乃皆出食饷军。惟有轮台一城，独闭门拒绝，广利挥兵屠城，乘势长驱，驰入宛境。宛王毋寡，遣将搠战，与汉兵前队相遇，前队兵共三万人，奋力击射，大破宛兵，宛将败回城中。广利经过郁成城，本拟一击泄恨，因恐宛人日久备厚，不如直攻宛都，乃绕出郁成，进薄宛都贵山城。城内无井，全仗城外流水，经汉兵四面围住，断绝水道，守兵当然危急。毋寡也觉惊惶，急遣人向康居国乞援。广利连日督攻，差不多有四旬余，方将外城攻破，擒住宛勇将煎靡。宛人失去外城，越觉焦急，康居兵又未见到来，于是诸贵官相与私谋道：“我王藏匿良马，戕杀汉使，因致汉将广利，大举来攻，目下外援不至，亡在旦夕，不如杀王献马，与汉讲和。万一汉将不从，我等方背城一战，死亦未迟。”大众并皆赞成，遂攻杀宛王毋寡，枭取首级，使人持至汉营，面见广利道："宛人未敢轻汉,咎在宛王一人,今已奉献王首,请将军勿再攻城。宛人当尽出良马,任令择取,且愿供给军粮。如将军不肯允许,宛人将尽杀良马,与决死战。且康居援兵,计日可至,里应外合,胜负难料,请将军熟权利害,何去何从!"广利想了又想,不若许和为善,商诸部将,部将亦无不主和,乃依了宛使,与订和约。宛使返入城中,始将马匹一齐献出,令汉兵自行择取,且赍送粮食至军。广利令两都尉物色良马,得数十匹,中等以下,三千余匹,又遣使入城,觇察情形。宛贵人昧察,接待尽礼,由使人还报广利。广利乃与宛人申约,立昧察为宛王,然后退师。

是时康居闻汉兵势盛,不敢过援。郁成王却是倔强,非但不肯服汉,反截杀汉校尉王申生,及故鸿胪壶充国。广利正想还击郁成,得了此报,愤不可遏,便令搜粟都尉上官桀,引兵往攻,破入城中。郁成王乘乱逃出,奔投康居。桀追入康居境内,移檄索郁成王,康居闻汉已破宛,不敢违命,因将郁成王缚送军前。桀令四骑士押往李广利营,途次恐被走失,互相熟商。还是上邽骑士赵弟,打定主意,竟拔剑出鞘,砍落郁成王首级,持报李广利。广利乃班师东归。这番出师,虽士卒不免阵亡,究竟未及一半。无如将吏贪取财物,虐待部下,遂致死亡甚众,首殣相望,及入玉门关,众不满二万人,马不过千余匹。武帝不遑责备,但见良马到手,便已如愿,遂封李广利为海西侯,食邑八千户。赵弟亦得封为新畤侯。上官桀等均有封赏,不劳细表。

惟武帝因宛马雄壮,比乌孙马为良,乃改称乌孙马为西极马,独名宛马为天马,并作天马歌云:

  天马徕,从西极,涉流沙,九夷服。天马徕,出泉水,虎脊两,化若鬼。天马徕,历无草,径千里,循东道。天马徕,执徐时,将摇举,谁与期?天马徕,开远门,竦予身,逝昆仑。天马徕,龙之媒,游阊阖,观玉台。

总计李广利出征大宛,先后劳兵十余万,历时共阅四年,结果只得了数十匹良马。小子演述至此,随笔写入一诗道:

  十万兵残天马来,玉门关外贰师回。
  冤魂载道愁云结,天子禽荒剧可哀。

大宛既平,西域诸国,未免震慑,多半遣子入传,武帝欲乘此军威,再伐匈奴。欲知后事,且看下回分解。

  本回专叙征伐,与上回情迹不同,而其希冀之心,则实出一辙。好神仙,不得不劳征伐,彼之希冀长生者,无非为安享奢华计耳。设非拓大一统之宏规,为天下雄主,则虽得长生,亦何足喜! 故不同者其迹,而相同者其心也。

朝鲜之灭，荀彘功多罪少，而独诛之；虑其专擅之为患，故用法独苛。乌孙之和，建女上书求归，而独阻之，欲其祖孙之世事，故渎伦不恤。至若征宛一役，则更为求马起衅，阅时四载，丧师糜饷不胜计，乃毫不之惜，反以良马来归，诩诩作歌。其心术尤可概见矣！语曰：止戈为武。武帝之得谥为武，其取义果安在乎？

第七十五回　入虜庭苏武抗节
　　　　　　出朔漠李陵败降

　　却说武帝既征服大宛，复思北讨匈奴，特颁诏天下，备述高祖受困平城，冒顿嫚书吕后，种种国耻，应该洗雪，且举齐襄灭纪故事，作为引证。齐襄复九世之仇，《春秋》大之，见《公羊传》。说得淋漓迫切，情见乎词。时已为太初四年冬季，天气严寒，不便用兵，但令将吏等整缮军备，待春出师。转眼间已将腊尽，连日无雨，河干水涸，武帝一再祈雨。且因《诗经》中有《云汉》一篇，系美周宣王勤政弭灾，借古证今，不妨取譬，乃特于次年岁首，改号天汉元年。

　　春光易老，日暖草肥，武帝正要命将出征，忽报路充国自匈奴归来，诣阙求见。当下召入充国，问明情形。充国行过了礼，方将匈奴事实，约略上陈。充国为匈奴所拘，事见前回。原来匈奴儿单于在位三年，便即病死，有子尚幼，不能嗣位，国人立他季父右贤王呴犁湖为单于。才及一年，呴犁湖又死，弟且鞮侯继立。恐汉朝发兵进攻，乃自说道："我乃儿子，怎敢敌汉？汉天子是我丈人行呢。"说着，即将汉使路充国等一律释回，并遣使人护送归国，奉书求和。武帝闻得充国报告，再将匈奴使人，召他入朝。取得来书，展览一周，却也卑辞有礼，不禁欣然。言甘心苦，奈何不思？乃与丞相等商议和番，释怨修好。

　　丞相石庆，已经寿终，可谓幸免。由将军葛绎侯公孙贺继任。贺本卫皇后姊夫，累次出征，不愿入相，只因为武帝所迫，勉强接印。每遇朝议，不敢多言，但听武帝裁决，唯命是从。前时匈奴拘留汉使，汉亦将匈奴使臣，往往拘留。至此中外言和，应该一律释放，乃由武帝裁决，将匈奴使人释出，特派中郎将苏武，持节送归，并令武赍去金帛，厚赠且鞮侯单于。

　　武字子卿，为故平陵侯苏建次子。建从卫青伐匈奴，失去赵信，坐罪当斩，赎为庶人。嗣复起为代郡太守，病殁任所。武与兄弟并入朝为郎，此次受命出使，也知吉凶难卜，特与母妻亲友诀别，带同副中郎将张胜，属吏常惠，及兵役百余人，出都北去，径抵匈奴。既见且鞮侯单于，传达上意，出赠金帛，且鞮侯单于并非真欲和汉，不过借此缓兵，徐作后图。他见汉朝中计，且有金帛相赠，不由的倨傲起来,待遇苏武,礼貌不周。武未便指斥,既将使命交卸,即退出庐庭,留待遣归。偏生出意外枝节,致被牵羁,累得九死一生,险些儿陷没穷荒。

当武未曾出使时,曾有长水胡人子卫律,与协律都尉李延年友善。延年荐诸武帝,武帝使律通问匈奴,会延年犯奸坐罪,家属被囚,卫律在匈奴闻报,恐遭株累,竟至背汉降胡。又是一个中行说。匈奴正因中行说病死,苦乏相当人士,一得卫律,格外宠任,立封他为丁灵王。律有从人虞常,虽然随律降胡,心中甚是不愿。适有浑邪王姊子缑王,前从浑邪王归汉,浑邪王事见前文。嗣与赵破奴同没胡中,意与虞常相同,两人联为知己,谋杀卫律,将劫单于母阏氏,一同归汉。凑巧来了副中郎将张胜,曾为虞常所熟识,常私下问候,密与胜谋,请胜伏弩射死卫律。胜志在邀功,不向苏武告知,竟自允许,彼此约定,伺隙即发,适且鞮侯单于出猎,缑王虞常,以为有机可乘,招集党羽七十余人,即欲发难。偏有一人甘心卖友,竟去报知单于子弟,单于子弟,立即兴师兜捕,缑王战死,虞常受擒。且鞮侯单于,闻变驰归,令卫律严讯此案。张胜始恐受祸,详告苏武,武愕然道:"事已至此,怎能免累?我若对簿虏庭,岂非辱国?不如早图自尽罢!"说着,即拔出佩剑,遽欲自刎。亏得张胜、常惠,把剑夺住,才得无恙。第一次死中遇生。武只望虞常供词,不及张胜,那知虞常一再遭讯,熬刑不起,竟将张胜供出。卫律便将供词,录示单于,单于召集贵臣,议杀汉使。左伊秩訾匈奴官名。劝阻道:"彼若谋害单于,亦不过罪及死刑,今尚不至此,何若赦他一死,迫令投降。"单于乃使卫律召武入庭,当面受辞。武语常惠道:"屈节辱命,就使得生,有何面目复归汉朝?"一面说,一面已将剑拔出,向颈欲挥。卫律慌忙抢救,抱住武手,颈上已着剑锋,流血满身,急得卫律紧抱不放,饬左右飞召医生。及医生趋至,武已晕去,医生却有妙术,令律释武置地,掘土为坎,下贮煴火,无焰之火。上覆武体,引足蹈背,使得出血,待至恶血出尽,然后用药敷治,果然武苏醒转来,复有气息。第二次死中遇生。卫律使常惠好生看视,且嘱医生勤加诊治,自去返报且鞮侯单于。单于却也感动,朝夕遣人问候,但将张胜收系狱中。

及武已痊愈,卫律奉单于命,邀武入座,便从狱中,提出虞常张胜,宣告虞常死罪,把他斩首,复向张胜说道:"汉使张胜,谋杀单于近臣,罪亦当死,如若肯降,尚可宥免!"说至此,即举剑欲砍张胜。胜贪生怕死,连忙自称愿降。律冷笑数声,回顾苏武道:"副使有罪,君应连坐。"武正色答道:"本未同谋,又非亲属,何故连坐?"律又举剑拟武,武仍不动容,夷然自若。律反把剑缩住,和颜与语道:"苏君听着!律归降匈奴,受爵为王,拥众数万,马畜满山,富贵如此。苏君今日降,明日也与律相似,何必执拗成性,枉死绝域哩!"武摇首不答,律复朗声道:"君肯因我归降,当与君为兄弟;若不听我言,恐不能再见我面了！"武听了此语，不禁动怒，起座指律道："卫律！汝为人臣子，不顾恩义，叛主背亲，甘降夷狄，我亦何屑见汝？且单于使汝决狱，汝不能平心持正，反欲借此挑衅，坐观成败，汝试想来！南越杀汉使，屠为九郡，宛王杀汉使，头悬北阙，朝鲜杀汉使，立时诛灭，独匈奴尚未至此。汝明知我不肯降胡，多方胁迫，我死便罢，恐匈奴从此惹祸，汝难道尚得幸存乎？"义正词严。这一席话，骂得卫律哑口无言，又不好径杀苏武，只好往报单于。这也好算苏武第三次重生了。

单于大为嘉叹，愈欲降武，竟将武幽置大窖中，不给饮食。天适雨雪，武啮雪嚼旃，数日不死。第四次死中遇生。单于疑为神助，乃徙武置北海上，使他牧羝。羝系牡羊，向不产乳，单于却说是羝羊乳子，方许释归。又将常惠等分置他处，使不相见。可怜武寂处穷荒，只有羝羊作伴，掘野鼠，觅草实，作为食物，生死置诸度外，但把汉节持着，与同卧起，一年复一年，几不知有人间世了。这是生死交关的第五次。

武帝自遣发苏武后，多日不见复报，料知匈奴必有变卦。及探闻消息，遂命贰师将军李广利，领兵三万，往击匈奴。广利出至酒泉，与匈奴右贤王相遇，两下交战，广利获胜，斩首万余级，便即回军。右贤王不甘败衄，自去招集大队，来追广利。广利行至半途，即被胡骑追及，四面围住。汉兵冲突不出，更且粮草将尽，又饥又急，惶恐异常。还是假司马赵充国，发愤为雄，独率壮士百余人，披甲操戈，首先突围，好容易杀开血路，冲出圈外，广利趁势麾兵，随后杀出，方得驰归。这场恶战，汉兵十死六七，充国身受二十余创，幸得不死。广利回都奏报，有诏召见充国，由武帝验视伤痕，尚是血迹未干，禁不住感叹多时，当即拜为中郎。充国系陇西上邽人，表字翁孙，读书好武，少具大志。这番是发轫初基，下文再有表见。也是特笔。

武帝因北伐无功，再遣因杅将军公孙敖出西河，因杅是匈奴地名。与强弩都尉路博德，约会涿邪山，两军东西游弋，亦无所得。侍中李陵，系李广孙，为李当户遗腹子，少年有力，爱人下士，颇得重名。武帝说他绰有祖风，授骑都尉，使率楚兵五千人，习射酒泉张掖，备御匈奴。至李广利出兵酒泉，诏令陵监督辎重，随军北进。陵乘便入朝，叩头自请道："臣部下皆荆楚兵，力能扼虎，射必命中，情愿自当一队，分击匈奴。"武帝作色道："汝不愿属贰师么？我发卒已多，无骑给汝。"陵奋然道："臣愿用少击众，无需骑兵，但得步卒五千人，便可直入虏庭！"太藐视匈奴。武帝乃许陵自募壮士，定期出发，且命路博德半路接应。博德资望，本出陵上，不愿为陵后距，因奏称现当秋令，匈奴马肥，未可轻战，不如使陵缓进，待至明春，出兵未迟。武帝览奏，还疑陵自悔前言，阴教博德代为劝阻，乃将原奏搁起，不肯依议。适赵破奴从匈奴逃归，报称胡人入侵西河，武帝遂令博德往守西河要道，另遣陵赴东浚稽山，侦察寇踪。时逢九月，塞外草衰，李陵率同步卒五千人，出遮虏障，障即戍堡等类。直至东浚稽山，扎驻龙勒水上。途中未遇一敌，不过将山川形势，展览一周，绘图加说，使骑士陈步乐，驰驿奏闻。步乐见了武帝，将图呈上，且言陵能得志。武帝颇喜得人，并拜步乐为郎，不料过了旬余，竟有警耗传来，谓陵已败没胡中。

原来陵遣归步乐，亦拟还军，偏匈奴发兵三万，前来攻陵。陵急据险立营，先率弓箭手射住敌阵，千弩齐发，匈奴前驱，多半倒毙。陵驱兵杀出，击退虏众，斩首数千级，方收兵南还。不意匈奴主且鞮侯单于，复召集左右贤王，征兵八万骑追陵。陵且战且走，大小至数百回合，斫死虏众三千名。匈奴自恃兵众，相随不舍，陵引兵至大泽中，地多葭苇，被匈奴兵从后纵火，四蓺陵兵。陵索性教兵士先烧葭苇，免得延燃，慢慢儿拔出大泽，南走山下。且鞮侯单于，亲自赶来，立马山上，遣子攻陵。陵拼死再战，步斗林木间，又杀敌数千人，且发连臂弓射单于。单于惊走，顾语左右道："这是汉朝精兵，连战不疲，日夕引我南下，莫非另有埋伏不成？"左右谓我兵数万，追击汉兵数千，若不能复灭，益令汉人轻视。况前途尚多山谷，待见有平原，仍不能胜，方可回兵。单于乃复领兵追赶。陵再接再厉，杀伤相当。适有军侯管敢，被校尉笞责，竟去投降匈奴，报称汉兵并无后援，矢亦将尽，只有李将军麾下，及校尉韩延年部曲八百人，临阵无前，旗分黄白二色，若用精骑驰射，必破无疑。汉奸可恨，杀有余辜。单于本思退还，听了敢言，乃选得锐骑数千，各持弓矢，绕出汉兵前面，遮道击射，并齐声大呼道："李陵、韩延年速降！"陵正入谷中，胡骑满布山上，四面注射，箭如雨下。陵与延年驱军急走，见后面胡骑力追，只好发箭还射，且射且行。将到鞮汗山，五十万箭射尽，敌尚未退。陵不禁太息道："败了！死了！"乃检点士卒，尚有三千余人，惟手中各剩空弓，如何拒敌？随军尚有许多车辆，索性砍破车轮，截取车轴，充作兵器。此外惟有短刀，并皆执着，奔入鞮汗山谷。胡骑又复追到，上山掷石，堵住前面谷口。天色已晚，汉兵多被击死，不能前进，只好在谷中暂驻。陵穿着便衣，孑身出望，不令左右随行，慨然语道："大丈夫当单身往取单于！"话虽如此，但一出营外，便见前后上下，统是敌帐，自知无从杀出，返身长叹道："此番真要败死了！"实是自来寻祸。旁有将吏进言道："将军用少击众，威震匈奴，目下天命不遂，何妨暂寻生路，将来总可望归。试想浞野侯为虏所得，近日逃归，天子仍然宽待，何况将军？"陵摇手道："君且勿言，我若不死，如何得为壮士呢！"意原不错。乃命尽斩旌旗，及所有珍宝，掘埋地中。复召集军吏道："我军若各得数十箭，尚可脱围，今手无兵器，如何再战？一到天明，恐皆被缚了！现惟各自逃生，或得归见天

第七十五回　入匈庭苏武抗节　出朔漠李陵败降

子,详报军情。"说着,令每人各带干粮二升,冰一片,借御饥渴,各走各路,期至遮房障相会。军吏等奉令散去,待到夜半,陵命击鼓拔营,鼓忽不鸣。陵上马当先,韩延年在后随着,冒死杀出谷口,部兵多散。行及里许,复被胡骑追及,环绕数匝。延年血战而亡,陵顾部下只十余人,不由的向南泣说道:"无面目见陛下了!"说罢,竟下马投降匈奴。错了,错了!如何对得住韩延年?部兵大半复没,只剩四百余人,入塞报知边吏。

边吏飞章奏闻,惟尚未知李陵下落。武帝总道李陵战死,召到陵母及妻,使相士审视面色,却无丧容。待至李陵生降的消息,传报到来,武帝大怒,责问陈步乐。步乐惶恐自杀,陵母妻被逮下狱。群臣多罪陵不死,独太史令司马迁,乘着武帝召问时候,为陵辩护,极言陵孝亲爱士,有国士风,今引兵不满五千,抵当强胡数万,矢尽援绝,身陷胡中,臣料陵非真负恩,尚欲得当报汉,请陛下曲加宽宥等语。武帝听了,不禁变色,竟命卫士拿下司马迁,拘系狱中。可巧廷尉杜周,专务迎合,窥知武帝意思,是为李广利前次出师,李陵不肯赞助,乃至无功;此次李陵降房,司马迁袒护李陵,明明是毁谤广利,因此拘迁下狱,看来不便从轻,遂将迁拟定诬罔罪名,应处宫刑。迁为龙门人氏,系太史令司马谈子,家贫不能赎罪,平白地受诬遭刑,后来著成《史记》一书,传为良史。或说他暗中寓谤,竟当作秽史看待。后人自有公评,无庸小子辨明。

武帝再发天下七科谪戍,及四方壮士,分道北征。贰师将军李广利,带领马兵六万,步兵七万,出发朔方,作为正路。强弩都尉路博德,率万余人为后应。游击将军韩说,领步兵三万人出五原,因杅将军公孙敖,领马兵万人,步兵三万人出雁门。各将奉命辞行,武帝独嘱公孙敖道:"李陵败没,或说他有志回来,亦未可知。汝能相机深入,迎陵还朝,便算不虚此行了!"敖遵命去讫,三路兵陆续出塞,即有匈奴侦骑,飞报且鞮侯单于。单于尽把老弱辎重,徙往余吾水北,自引精骑十万,屯驻水南。待至李广利兵到,交战数次,互有杀伤。广利毫无便宜,且恐师老粮竭,便即班师。匈奴兵却随后追来,适值路博德引兵趋至,接应广利,胡兵方才退回。广利不愿再进,与博德一同南归。游击将军韩说,到了塞外,不见胡人,也即折回。因杅将军公孙敖,出遇匈奴左贤王,与战不利,慌忙引还。自思无可报命,不如捏造谎言,复奏武帝。但言捕得胡房,供称李陵见宠匈奴,教他备兵御汉,所以臣不敢深入,只好还军。你要逗刁,看你将来如何保全?武帝本追忆李陵,悔不该轻遣出塞,此次听了敖言,信为真情,立将陵母及妻,饬令骈诛。陵虽不能无罪,但陵母及妻,实是公孙敖一人断送。

既而且鞮侯单于病死,子狐鹿姑继立,遣使至汉廷报丧。汉亦派人往吊,李陵已闻知家属被戮,免不得诘问汉使。汉使即将公孙敖所言,备述一遍,陵作色道："这是李绪所为，与我何干。"言下恨恨不已。李绪曾为汉塞外都尉，为虏所逼，弃汉出降，匈奴待遇颇厚，位居陵上。陵恨绪教胡备兵，累及老母娇妻，便乘绪无备，把他刺死。单于母大阏氏，因陵擅杀李绪，即欲诛陵，还是单于爱陵骁勇，嘱令避匿北方。俄而大阏氏死，陵得由单于召还，妻以亲女，立为右校王，与卫律壹心事胡。律居内，陵居外，好似匈奴的夹辅功臣了。小子有诗叹道：

> 孤军转战奋余威，矢尽援穷竟被围。
> 可惜临危偏不死，亡家叛国怎辞讥？

武帝不能征服匈奴，那山东人民，却为了暴敛横征，严刑苛法，遂铤而走险，啸聚成群，做起盗贼来了。欲知武帝如何处置，待至下回表明。

武帝在位数十年，穷兵黩武，连年不息，东西南三面，俱得戡平，独匈奴恃强不服，累讨无功。武帝志在平胡，故为且鞮侯单于所欺，一喜而即使苏武之修好，一怒而即使李陵之出军。试思夷人多诈，反复无常，岂肯无端言和？苏武去使，已为多事，若李陵部下，只五千人，身饵虎口，横挑强胡，彼即不自量力，冒险轻进，武帝年已垂老，更事已多，安得遽遣出塞，不使他将接应，而听令孤军陷没耶？苏武不死，适见其忠；李陵不死，适成为叛。要之，皆武帝轻使之咎也。武有节行，乃使之困辱穷荒；陵亦将才，乃使之沉沦朔漠。两人之心术不同，读史者应并为汉廷惜矣。

第七十六回　　巫蛊狱丞相灭门
　　　　　　　泉鸠里储君毙命

却说汉廷连岁用兵，赋役烦重，再加历届刑官，多是著名酷吏，但务苛虐，不恤人民。元封天汉年间，复用南阳人杜周为廷尉。杜周专效张汤，逢迎上意，舞文弄法，任意株连，遂致民怨沸腾，盗贼蜂起，山东一带，劫掠时闻。地方官吏，不得不据实奏闻，武帝乃使光禄大夫范昆等，著绣衣，佩虎符，号为直指使者，出巡山东，发兵缉捕。所有二千石以下，得令专诛。范昆等依势作威，沿途滥杀，虽擒斩几个真正盗魁，但余党逃伏山泽，依险抗拒。官兵转无法可施，好几年不得荡平。武帝特创出一种苛律，凡盗起不发觉，或已发觉不能尽诛，二千石以下至小吏，俱坐死罪。此法叫作沈命法，沈命即没命的意义。同时直指使者暴胜之，辄归咎二千石等捕诛不力，往往援照沈命法，好杀

第七十六回　巫蛊狱丞相灭门　泉鸠里储君毙命

示威。行至渤海，郡人隽不疑，素有贤名，独往见胜之道："仆闻暴公于大名，已有多年，今得承颜接辞，万分欣幸。凡为吏太刚必折，太柔必废，若能宽以济猛，方得立功扬名，永终天禄。愿公勿徒事尚威！"胜之见他容貌端庄，词旨严正，不禁肃然起敬，愿安承教。嗣是易猛为宽，及事毕还朝，表荐不疑为青州刺史。暴君不暴，亏有诤友，惟不疑亦从此著名了。又有绣衣御史王贺，亦偕出捕盗，多所纵舍，尝语人道："我闻活千人，子孙有封，我活人不下万余，后世当从此兴盛呢！"为王氏荣宠张本。

是时三辅，注见前文。亦有盗贼。绣衣直指使者江充，系是赵王彭祖门客，他尝得罪赵太子丹，逃入长安，讦丹与姊妹相奸，淫乱不法。丹坐是被逮，后虽遇赦，终不得嗣为赵王。武帝因他容貌壮伟，拜为直指使者，督察贵戚近臣。江充得任情举劾，迫令充戍北方。贵戚入阙哀求，情愿输钱赎罪，武帝准如所请，却得了赎罪钱数千万缗。却是一桩好生意。武帝以充为忠直，常使随侍。会充从驾至甘泉宫，遇见太子家人，坐着车马，行驰道中，当即上前喝住，把他车马扣留。太子据得知此信，慌忙遣人说情，叫充不可上奏。偏充置诸不理，竟去报告武帝。武帝喜说道："人臣应该如此！"遂迁充为水衡都尉。

天汉五年，改元太始，取与民更始的意思。太始五年，又改元征和，取征讨有功，天下和平的意思。这数年间，武帝又东巡数次，终不见有仙人，惟连年旱灾，损伤禾稼。至征和元年冬日，武帝闲居建章宫，恍惚见一男子，带剑进来，忙喝令左右拿下。左右环集捕拿，并无踪迹，都觉诧异得很。偏武帝说是明明看见，怒责门吏失察，诛死数人。实是老眼昏花。又发三辅骑士，大搜上林，穷索不获。再把都门关住，挨户稽查，闹得全城不安，直至十有一日，始终拿不住真犯，只好罢休。何与秦始皇时情事逼肖？武帝暗想如此搜索，尚无形影，莫非妖魔鬼怪不成，积疑生嫌，遂闹出一场巫蛊重案，祸及深宫。

自从武帝信用方士，辗转引进，无论男女巫觋，但有门路可钻，便得出入宫廷。就是故家贵戚，亦多有巫觋往来，所以长安城中，几变做了鬼魅世界。丞相公孙贺夫人，系卫皇后胞姊，见前。有子敬声，得官太仆，自恃为皇后姨甥，骄淫无度。公孙贺初登相位，却也战战兢兢，只恐犯法，及过了三五年，诸事顺手，渐渐放胆，凡敬声所为，亦无心过问。敬声竟擅用北军钱千九百万，为人所讦，捕系狱中。贺未免溺爱，还想替子设法，救出囹圄。适有阳陵侠客朱安世，混迹都中，犯案未获。贺上书武帝，愿缉捕安世为子赎罪，武帝却也应允，贺乃严饬吏役，四出查捕。吏役等皆认识安世，不过因安世疏财好友，暗中用情，任令漏网。此次奉了相命，无法解免，只好将他拿到，但与安世说及详情，免致见怪，安世笑语道："丞相要想害我，恐自己也要灭门了！"遂从狱中上书，告发丞相贺子敬声，与阳石公主私通，且使巫祷祭祠中，咒诅宫廷，又在甘泉宫驰道旁，瘗埋木偶等事。武帝览书大怒，立命拿下公孙贺，一并讯办，并把阳石公主连坐在内。廷尉杜周，本来辣手，乐得罗织深文，牵藤攀葛。阳石公主系武帝亲女，与诸邑公主为姊妹行，诸邑公主是卫皇后所生，又与卫伉为中表亲。伉本承袭父爵，后来坐罪夺封，伉为卫青长子，见七十四回。免不得有些怨言。杜周悉数罗入，并皆论死。贺父子皆毙狱中，卫伉被杀，甚至两公主亦不得再生，奉诏自尽。倒不如不生帝皇家。

武帝毫不叹惜，反以为办理得宜，所有丞相遗缺，命涿郡太守刘屈牦继任。屈牦系中山王胜子。胜为武帝兄弟，嗜酒好色，相传有妾百余，子亦有百二十人。此时胜已病逝，予谥曰靖。长子昌嗣承父位，屈牦乃是庶男，由太守入秉枢机。武帝恐相权过重，拟仿照高祖遗制，分设左右两相。右相一时乏人，先命屈牦为左丞相，加封澎侯。

惟武帝在位日久，寿将七十，每恐不得延年，时常引进方士，访问吐纳引导诸法，又在宫中铸一铜像，高二十丈，用掌托盘，承接朝露，名为仙人掌，得露以后，掺和玉屑，取作饮料，谓可长生，虽是一半谎言，却也未始无益。但武帝生性好色，到老不改。陈后后有卫后，卫后色衰，便宠王、李二夫人。王、李二夫人病逝，又有尹、邢两美姬，争宠后宫。尹为婕妤，邢号姪娥，女官名，貌美之称。两人素不会面。尹婕妤请诸武帝，愿与邢姪娥相见，一较优劣。武帝令她宫女，扮作姪娥，入见尹婕妤，尹婕妤一眼瞧破，便知是别人顶替。及邢姪娥奉召真至，服饰不过寻常，姿容很是秀媚，惹得尹婕妤目瞪口呆，半晌说不出话来，惟有俯首泣下。邢姪娥微笑自去。武帝窥透芳心，知尹婕妤自惭未逮，乃有此态。当下曲意温存，才算止住尹婕妤的珠泪。但从此尹、邢两人，不愿再见，后人称为尹邢避面，便是为此。夹入此事，也是一段汉宫艳史。

此外还有一个钩弋夫人，系河间赵氏女。相传由武帝北巡过河，见有青紫气，询诸术士，谓此间必有奇女子。武帝便遣人查访，果有一个赵家少女，艳丽绝伦，但两手向生怪病，拳曲不开，当由使人报知武帝。武帝亲往看验，果如所言，遂命从人解擘两拳，无一得释。及武帝自与披展，随手伸开，见掌中握着玉钩，很为惊异。于是载入后车，将她带回。既入宫中，便即召幸。老夫得着少妇，如何不喜？当即特辟一室，使她居住，号为钩弋宫。也是金屋藏娇的意思。称赵女为钩弋夫人，亦名拳夫人。过了年余，钩弋夫人有娠，阅十四月始生一男，取名弗陵，进钩弋夫人为婕妤。武帝向闻尧母庆都，怀孕十四月生尧，钩弋子也是如此，因称钩弋宫门为尧母门。或谓钩弋夫人，通黄帝素女诸术，能使武帝返老还童，仍得每夕御女，这是野史妄谈，断不可信。武帝质本强壮，所以晚得少艾，尚能老蚌生珠。不过旦旦伐性，总有穷期，到了征和改元，武帝病已上身，耳目不灵，精神俱敝。前次见有男子入宫，全是昏眊

第七十六回　巫蛊狱丞相灭门　泉鸠里储君毙命

所致；至公孙贺父子得罪，连及二女，更觉得心神不宁。一日在宫中昼寝，梦见无数木人，持杖进击，顿吓出一身冷汗，突然惊醒；醒后尚心惊肉跳，魂不守舍，因此忽忽善忘。

适江充入内问安，武帝与谈梦状，充却一口咬定，说是巫蛊为祟。<u>全是好事。</u>武帝即令充随时查办，充遂借端诬诈，引用几个胡巫，专至官民住处，掘地捕蛊，一得木偶，便不论贵贱，一律捕到，勒令供招。官民全未接洽，何从供起？偏充令左右烧红铁钳，烙及手足身体。毒刑逼迫，何求不得？其实地中掘出的木偶，全是充暗教胡巫，预为埋就，徒令一班无辜官民，横遭陷害，先后受戮，至数万人。<u>毒过蛇蝎。</u>太子据年已长成，性颇忠厚，平时遇有大狱，往往代为平反，颇得众心。武帝初甚钟爱，嗣见他材具平庸，不能无嫌，更兼卫后宠衰，越将她母子冷淡下去。还是卫后素性谨慎，屡戒太子禀承上意，因得不废。至江充用事，弹劾太子家人，卖直干宠，太子不免介意。<u>见前文。</u>嗣闻巫蛊案牵连多人，更有后言。充恐武帝晏驾，太子嗣位，自己不免受诛，乃拟先除太子，免贻后患。

黄门郎苏文，与充往来密切，同构太子。太子尝进谒母后，移日乃出。苏文即向武帝进谗道："太子终日在宫，想是与宫人嬉戏哩！"武帝不答，特拨给东宫妇女二百人。太子心知有异，仔细探察，才知为苏文所谗，更加敛抑。文又与小黄门常融、王弼等，阴伺太子过失，砌词蒙报。卫后切齿痛恨，屡嘱太子，上白冤诬，请诛谗贼。太子恐武帝烦扰，不欲渎陈，且言自能无过，何畏人言。已而武帝有疾，使常融往召太子，融当即返报，谓太子颇有喜容。及太子入省，面带泪痕，勉强笑语。当由武帝察出真情，始知融言多伪，遂将融推出斩首。苏文不得逞志，反断送了一个常融，不禁愤惧交并，便即告知江充。充乃请武帝至甘泉宫养疴，暗使胡巫檀何，上言宫中有蛊气隐伏，若不早除，陛下病终难瘥。

武帝正多日患病，一闻何言，当然相信，立使江充入宫究治。更派按道侯韩说，御史章戆为助，就是黄门苏文及胡巫檀何，亦得随充同行。充手持诏旨，率众入宫，随地搜掘，别处尚属有限，独皇后、太子两宫中，掘出木人太多。太子处更有帛书，语多悖逆，充执为证据，趋出东宫，扬言将奏闻主上。太子并未埋藏木偶，凭空发现，且惊且惧，忙召少傅石德，向他问计。石德也恐坐罪，因即献议道："前丞相父子与两公主卫伉等，皆坐此被诛，今江充带同胡巫，至东宫掘出木人，就使暗地陷害，殿下亦无从辨明。为今日计，不如收捕江充，穷治奸诈，再作计较！"太子愕然道："充系奉遣到来，怎得擅加捕系？"石德道："皇上方养病甘泉，不能理事，奸臣敢这般妄为，若非从速举发，岂不蹈秦扶苏覆辙么？"<u>扶苏事见前文。</u>太子被他一逼，也顾不得甚么好歹，便即假传诏旨，征调武士，往捕江充。卤莽之极。充未曾预防，竟被拿下，胡巫檀何，一并就缚，只按道侯韩说，是军伍出身，有些膂力，便与武士格斗，毕竟寡不敌众，伤重而亡。苏文、章赣，乘隙逃往甘泉宫。

太子在东宫待报，不到多时，即由武士拿到江充、檀何。太子见了江充，气得眼中出火，戟指怒骂道："赵虏，汝扰乱赵国，尚未快意，乃复欲构我父子么？"说着，即喝令斩充，并令将檀何驱至上林，用火烧死。虽是眼前快意，但未得实供，究难塞谤。一面使舍人无且，读若居。持节入未央宫，通报卫后，又发中厩车马，武库兵械，载运长乐宫卫士，守备宫门。何不亟赴甘泉宫自首请罪？苏文、章赣，奔入甘泉宫，奏言太子造反，擅捕江充。武帝惊疑道："太子因宫内掘发木偶，定然迁怒江充，故有是变，我当召问底细便了。"遂使侍臣往召太子。侍臣临行时，由苏文递示眼色，已经解意，又恐为太子所诛，竟到他处避匿多时，乃返白武帝道："太子谋反属实，不肯前来，且欲将臣斩首，臣只得逃归。"

武帝闻言大怒，欲令丞相刘屈氂往拘太子，可巧丞相府中的长史，前来告变。武帝问道："丞相作何举动？"长史随口答道："丞相因事关重大，秘不发兵。"武帝忿然道："人言藉藉，何容秘密？丞相独不闻周公诛管蔡么？"当下命吏写成玺书，交与长史带回。丞相屈氂，方闻变出走，失落印绶，实是没用家伙。心中正在惶急，忽见长史到来，持示玺书，屈氂乃取书展视，书中有云：

  捕斩反者，自有赏罚！当用牛车为橹，毋接短兵，多杀伤士众！坚闭城门，毋令反者得出，至要至嘱！

屈氂看毕，才问明长史往报情形。其实长史往报，也并非由屈氂差遣，就是对答武帝，亦属随机应命。及向屈氂说明，屈氂颇喜他干练，慰勉数语，即将玺书颁示出去。未几又有诏令传至，凡三辅近县将士，尽归丞相调遣。一朝权在手，便把令来行，当即调集人马，往捕太子。太子闻报，急不暇择，更矫诏尽赦都中囚徒，使石德及宾客张光，分领拒敌，并宣告百官，说是皇上病危，奸臣作乱，应该速讨云云。百官也毫无头绪，究不辨谁真谁假，但听得都城里面，喊杀声震动天地。太子与丞相督兵交战，杀了三日三夜，还是胜负未分。至第四日始有人传到，御驾已到建章宫，才知太子矫诏弄兵。于是胆大的出助丞相，同讨太子，就是民间亦云太子造反，不敢趋附。太子部下，死一个少一个，丞相麾下死一个反多一个，长乐西阙下，变作战场，血流成渠。枉死城中，恐容不住如许冤魂。太子渐渐不支，忙乘车至北军门外，唤出护军使者任安，给他赤节，令发兵相助。任安系前大将军卫青门客，与太子本来熟识，当面只好受节，再拜趋入，闭门不出。太子无法，再驱迫市人当兵，又战了两昼

第七十六回　巫蛊狱丞相灭门　泉鸠里储君毙命

夜，兵残将尽，一败涂地。石德、张光被杀，太子挈着二男，南走复盎门，门已早闭，无路可出。巧有司直田仁，瞧见太子仓皇情状，不忍加害，竟把他父子，放出城门。及屈牦追到城边，查得田仁擅放太子，便欲将仁处斩。暴胜之已为御史大夫，在屈牦侧，急与语道："司直位等二千石，有罪应该奏明，不宜擅戮。"屈牦乃止，自去详报武帝。武帝怒甚，立命收系暴胜之、田仁，并使人责问胜之，何故袒仁不诛。胜之惶惧自杀。<u>前怨究难幸免，但不族诛，还由晚盖之功。</u>武帝又遣宗正刘长，执金吾刘敢，收取卫后玺绶。卫后把玺绶交出，大哭一场，投缳毕命。<u>陈后由巫蛊被废，卫后亦由巫蛊致死，不可谓非天道好还。</u>卫氏家族，悉数坐罪，就是太子妃妾，无路可逃，也一并自尽。此外东宫属吏，随同太子起兵，并皆族诛。甚至任安受节，亦被查觉，拘入狱中，与田仁同日腰斩。

武帝尚怒不可解，躁急异常，群臣不敢进谏，独壶关三老令狐茂上书道：

　　臣闻父者犹天，母者犹地，子犹万物也。故天平地安，物乃茂盛，父慈母爱，子乃孝顺。今皇太子为汉嫡嗣，承万世之业，体祖宗之重，亲则皇帝之宗子也。江充布衣，闾阎之隶臣耳，陛下显而用之，衔至尊之命，以迫蹙皇太子，造饰奸诈，群邪错谬，太子进则不得上见，退则困于乱臣，独冤结而无告，不忍忿忿之心，起而杀充，恐惧逋逃，子盗父兵，以救难自免耳。臣窃以为无邪心。往者江充谮杀赵太子，天下莫不闻，今又构衅青宫，激怒陛下，陛下不察，即举大兵而求之，三公自将，智者不敢言，辩士不敢说，臣窃痛之！愿陛下宽心慰意，少察所亲，毋患太子之非，亟罢甲兵，勿令太子久亡，致堕奸人狡计。臣不胜惓惓，谨待罪建章阙，昧死上闻！

武帝得书，稍稍感悟，但尚未尝明赦太子。太子出走湖县，匿居泉鸠里，只有二子相随。泉鸠里人，虽然留住太子，但家况甚贫，只有督同家眷，昼夜织履，卖钱供给。太子难以为情，因想起湖县有一故友，家道殷实，不如召他到来，商决持久方法，乃即亲书一纸，使居停雇人往召。不料为此一举，竟致走漏风声，为地方官吏所闻。新安令李寿，率领干役，夤夜往捕，将太子居停家围住。太子无隙可走，便闭户自缢。<u>好去侍奉母后了。</u>惟二男帮助居停主人拦门拒捕，结果是同归于尽。<u>多害死了一家。</u>

李寿飞章上陈，武帝还依着前诏，各有封赏。后来查得巫蛊各事，均多不确，太子实为江充所迫，不得已出此下着，本意并不欲谋反，自悔前时冒失，误杀子孙！高寝郎车千秋，<u>供奉高祖寝庙。</u>又上书讼太子冤，略言子弄父兵，罪不过笞。皇子过误杀人，更有何罪？臣尝梦见白头翁教臣言此。<u>真善迎合。</u>武帝果为所动，即召见千秋。千秋身长八尺，相貌堂堂，语及太子冤情，声随泪下。武帝也为凄然道："父子责善，人所难言。今得君陈明冤枉，想是高庙有灵,使来教我呢!"始终迷信鬼神。遂拜千秋为大鸿胪,并诏令灭江充家,把苏文推至横桥上面,缚于桥柱,纵火焚毙。特在湖县筑思子宫,中有归来望思台,表示哀忱。小子有诗叹道:

> 骨肉乖离最可悲,宫成思子悔难追。
> 当年枚马如犹在,应赋《招魂》续《楚辞》!

太子既死,武帝诸子,各谋代立,又惹出一场祸祟来了。欲知如何惹祸,请看下回便知。

卫氏子夫,以歌女进身,排去中宫,得为继后,贵及一门,当其专宠之时,弟兄通籍,姊妹叨荣,何其盛也!公孙贺起家行伍,因妻致贵,出为将,入为相,彼岂知相位之难居,何不急流勇退?况有子敬声,骄奢不法,不教之以义方,反纵之为淫佚,既罹法网,尚思赎罪,几何而不沦胥以亡也。阳石、诸邑两公主,并遭连坐,皇女丧生,必及皇子。江充之谮,由来者渐,太子虑不自明,矫诏捕充,充固死有余辜,而父子相夷之祸,自此成矣。太子败而卫后死,卫后死而卫氏一门,存焉者寡。人生如泡影,富贵若幻梦,何苦为此献媚取荣耶?武帝南征北讨,欲为子孙贻谋,而反自杀其子孙,尤为可叹。思子宫成,归来台作,果何益乎?

第七十七回 悔前愆痛下轮台诏
授顾命嘱遵负扆图

却说武帝年至七十,生有六男,除长男卫太子据外,一为齐王闳,见七十三回。一为昌邑王髆,见七十四回。一为钩弋子弗陵,见前回。还有燕王旦,及广陵王胥,系后宫李姬所生。旦、胥二子,与闳同时封王,在宗庙中授册,格外郑重。事见元狩元年。闳已夭逝,燕王旦系武帝第三子,两兄俱死,依次可望嗣位,遂上书求入宿卫,窥探上意,偏武帝不许。贰师将军李广利,欲立己甥昌邑王髆为太子,屡与丞相刘屈牦商议。屈牦子娶广利女为妻,儿女私亲,当然允洽。征和三年,匈奴兵入寇五原、酒泉,汉廷闻报,即由武帝下诏,遣李广利率兵七万,往御五原;重合侯马通,率四万人出酒泉;稷音妒。侯商邱成,率二万人出西河。李广利陛辞登程,由刘屈牦送至渭桥,广利私下与语道:"君侯能早请昌邑王为太子,富贵定可长享,必无后忧。"谁知是催他速死?屈牦许诺而别。

广利麾兵出塞,到了夫羊句山,正与匈奴右大都尉等相遇,当即驱杀一阵,

第七十七回　悔前怨痛下轮台诏　授顾命嘱遵负扆图　　401

虏兵只有五千骑，战不过李广利军，当即败走，广利乘胜赶至范夫人城。城系边将妻范氏所筑，故有是名。马通军至天山，匈奴大将偃渠，引兵邀击，望见汉军强盛，不战而退，马通追赶不及，因即退还。商邱成驰入胡境，并无所见，乃收兵引归，回走数十里；忽由匈奴大将，与李陵率兵三万，从后追来，不得已翻身与战，击退胡兵，重复南行。偏胡兵且却且前，连番接仗，转战八九日，至汉军南临蒲奴水滨，力将胡兵击退，方得从容回来。两路兵已经言旋，只有李广利未归，武帝正在记念，蓦由内官郭穰，报告丞相屈牦与贰师将军密约，将立昌邑王为帝，丞相夫人且使女巫祈祷鬼神，诅咒主上。汉官妻女何好干预政治。武帝又勃然大怒，立拿屈牦下狱，查讯定谳，罪至大逆不道；便命将屈牦缚置厨车，腰斩东市，妻子并枭首华阳街。李广利妻子，亦连坐拘系。

当由广利家人，飞报军前。广利惶急失色。旁有属吏胡亚夫进言道："将军若得立大功，还可入朝自赎，赦免全家；否则匆匆归国，同去受罪，要想再来此地，恐不可复得了！"广利乃冒险再进，行至郅居水上，击败匈奴左贤王，杀毙匈奴左大将，还要长驱直入，誓捣虏庭。军中长史因广利违众邀功，料他必败，私议执住广利，缚送回国。不幸为广利所闻，立将长史处斩。广利知军心不服，下令班师，还至燕然山，不料胡骑前来报复，抄出燕然山南麓，截住去路。汉军已经疲乏，禁不住与虏再战，只好扎下营寨，休息一宵，再行打仗。到了夜半，营后忽然火起，复有胡兵杀入，汉军大乱，开营急走，偏前面被胡骑掘下陷坑，夜黑难辨，多半跌了下去。李广利虽未坠下，也觉得无路可走，前有深堑，后有大火，眼见得死在目前，自思侥幸得脱，也是一死，不若投降匈奴，还可求生。未必！未必！主见已定，便即下马请降。匈奴兵把他拥去，使见狐鹿姑单于，单于闻他是汉朝大将，特别待遇。后闻汉廷诛死广利妻子，更将己女配与广利为妻，尊宠在卫律上。律阴怀妒忌，欲害死广利，一时无隙可乘。待至年余，适值单于有病，祷治无效，律即买嘱胡巫，叫他入白单于，说是广利屡次入侵，得罪社稷，应该将他祭社，方可挽回。单于尊信鬼神，遂把广利拿下，广利还疑是单于无情，怒骂单于道："我死必灭匈奴！"何若早死，免致丧名。单于竟杀死广利，用尸祭祀。会连日大雪，畜产冻死，人民疫病，单于始记起广利前言，恐他作祟，特为立祠。看官试想，广利死后，不能向卫律索命，岂尚能灾祸匈奴么？是极。话休叙烦。

且说武帝因广利降胡，屠戮李氏一门，连前将军公孙敖、赵破奴等，亦皆连累族诛。公孙敖族诛，可为李陵母妻泄恨。惟自思许多逆案，都与巫蛊有关，究竟这班方士，有无神术，且多年求仙，终不见效，索性再往东莱，探视一番，乃再出东巡，召集方士，访问神仙真迹，大众都说是神山在海，屡被逆风吹转船只，不能前往。武帝欲亲自航行，群臣力谏不从。正拟登舟出发，海风暴起，

浪如山立,惊得武帝倒退数步,自知不便浮海,但在海滨流留十余日,启跸言
归。道出钜定,行亲耕礼;还至泰山,再修封禅,祀明堂,礼毕,乃召语群臣道:
"朕即位以来,所为狂悖,徒使天下愁苦,追悔无及。从今以后,事有伤害百
姓,悉当罢废,不得再行!"大鸿胪田千秋进言道:"方士竞言神仙,迄今无功;
可见是虚糜禀禄,应该罢遣。"武帝点首道:"大鸿胪说得甚是,朕当照行。"遂
命方士一律回去,不必空候神人,方士皆索然去讫。武帝亦即还都,随拜田千
秋为丞相,封富民侯。

搜粟都尉桑弘羊,上言轮台东偏,有水田五千余顷,可遣卒屯田,设置都
尉;再募健民垦荒,分筑亭障,借资战守,免致西域生心。武帝却不愿相从,又
下诏悔过,略云:

　　前有司奏,欲益民赋三十助边用,是重困老弱孤独也。今又遣卒田
轮台;轮台在车师千余里,前击车师,虽降其王,以辽远乏食,道死者尚数
千人,况益西乎!乃者贰师败没,军士死亡,离散悲痛,常在朕心。今又
请远田轮台,欲起亭障,扰劳天下,非所以优民也,朕不忍闻!当令务在
禁苛暴,止擅赋,力本农,修马复。养马者,得免徭役。令以补缺,毋乏武
备而已。

自经此一诏,武帝始不复用兵;就是从前种种嗜好,也一概戒绝。后人称
为《轮台悔诏》,便是为此。可惜迟了!未几,进桑弘羊为御史大夫,另任赵过为
搜粟都尉。过作代田法,令民逐岁易种,每耨草,必用土培根,根深能耐风旱,用
力少,得谷多,民皆称便。越年为征和五年,武帝志在革新,复下诏改元,不用甚
么祥瑞字样,但称为复元元年正月初吉,驾幸甘泉祀郊泰畤。及返入长安,丞相
田千秋因武帝连年诛罚,中外恟恟,特与御史以下诸官僚,借着上寿为名,劝武
帝施德省刑,和神养志,有玩听音乐、娱养天年等语。武帝又复下诏道:

　　朕之不德,致召非彝。自左丞相与贰师,阴谋逆乱,巫蛊之祸,流及
士大夫,朕日止一食者累月,何乐之足听?且至今余巫未息,祸犹不止,
阴贼侵身,远近为蛊,朕甚愧之,其何寿之有?敬谢丞相二千石,其各就
馆。书曰:"无偏无党,王道荡荡。"幸毋复言!

武帝此诏,虽似不从所请,却也知千秋词中有意,特加依畀。千秋本无才
名,又无功绩,由一言感悟主心,便得封侯拜相,不特汉廷视为异数,就是外国亦
当作奇闻。匈奴狐鹿姑单于,复遣使要求和亲,武帝亦遣使答报。狐鹿姑单于
问汉使道:"闻汉新拜田千秋为丞相,此人素无重望,如何大用?"汉使答道:"田
丞相上书言事,语皆称旨,因此超迁。"狐鹿姑笑道:"照汝说来,汉相不必定用
贤人,只须一妄男子上书,便好拜相了。"汉使无言可答,回报武帝;武帝责他应

第七十七回　悔前怨痛下轮台诏　授顾命嘱遵负扆图　403

对失辞，意欲拘令下狱，还是千秋代为缓颊，方得邀免。千秋敦厚有智，善觇时变，比诸前时诸相，较为称职，但也是适逢机会，有此光荣。虽有智慧，不如乘时。

到了夏盛时候，武帝至甘泉宫避暑，昼卧未起，忽听得一声异响，才从梦中惊寤，披衣出视，见有二人打架，一是侍中驸马都尉金日䃅，一是侍中仆射马何罗。武帝正拟喝止，那日䃅早朗声急呼道："马何罗反！"一面说，一面将马何罗抱住，用尽生平气力，得将马何罗扳倒，投掷殿下。当由殿前宿卫，缚住马何罗，经武帝面加讯鞫，果然谋反属实，遂令左右送交廷尉，依法治罪。马何罗系重合侯马通长兄，通尝拒击太子，绩功封侯，马何罗亦得入为侍中仆射。至江充族诛，太子冤白，何罗兄弟，恐致祸及，遂起逆谋。何罗出入宫禁，屡思行刺，只因金日䃅时常随着，未便下手。适日䃅患有小恙，因卧直庐，即直宿处。何罗自幸得机，遂与弟马通及季弟安成，私下谋逆，自己入刺武帝，嘱两弟矫诏发兵，作为外应。本拟贪夜起事，因殿内宿卫严密，挨至清晨，方得怀着利刃，从外趋入。可巧日䃅病已少减，早起如厕，偶觉心下不安，折回殿中，莫非有鬼使神差。方才坐定，见何罗抢步进来，当即起问。何罗不禁色变，自思骑虎难下，还想闯进武帝寝门，偏偏手忙脚乱，误触宝瑟，堕地有声，武帝所闻之异响，从此处叙明。怀中刃竟致失落。日䃅当然窥破，赶前一步，抱住何罗，连呼反贼。何罗不能脱身，把持许久，竟被日䃅掷翻，遂得破获。武帝又令奉车都尉霍光，与骑都尉上官桀，往拿马通、马安成。此上官桀与前文上官桀不同。两马正在宫外候着，接应何罗，不意两都尉引众突出，欲奔无路，束手就擒，并交廷尉讯办。依谋反律，一并斩首，全家骈诛。

日䃅履历，已见前文。惟日䃅母教子有方，素为武帝所嘉叹，病殁后，绘像甘泉宫，署曰休屠王阏氏。至日䃅生有两子，并为武帝弄儿，束发垂髫，楚楚可爱，尝在武帝背后，戏弄上颈。日䃅在前，瞋目怒视。伊子且走且啼道："阿翁恨我！"武帝便语日䃅道："汝何故恨视我儿？"日䃅不便多言，只好趋出，惟心中很觉可忧。果然长男渐壮，调戏宫人，日䃅时加侦察，得悉情状，竟将长男杀死。武帝尚未识何因，怒诘日䃅，经日䃅顿首陈明，武帝始转怒为哀，但从此亦加重日䃅。且日䃅日侍左右，从未邪视，有时受赐宫女，亦不敢与狎。一女年已及笄，武帝欲纳入后宫，偏日䃅不肯奉诏，武帝益称他忠谨，待遇日隆。难得有此好胡儿！此次手捽马何罗，得破逆案，自然倍邀主眷。

只武帝遭此一吓，愈觉心绪不宁，自思太子死后，尚未立储，一旦不讳，何人继位？膝下尚有三男，不若少子弗陵，体伟姿聪，与己相类；不过年尚幼稚，伊母钩弋夫人，又值青年，将来子得为帝，必思干政，恐不免为吕后第二。想来想去，只有先择一大臣，交付托孤重任，眼前惟有霍光、金日䃅两人，忠厚老成，可属大事。但日䃅究系胡人，未足服众，不如授意霍光，叫他预悉。乃特使黄门,绘成一图,赐与霍光。光字子孟,是前骠骑将军霍去病弟,前文中亦已叙过。他由去病挈入都中,得充郎官,累迁至奉车都尉、光禄大夫,出入禁闼,二十余年,小心谨慎,未尝有失。至是蒙赐图画,拜受回家,展开一览,是《周公负扆辅成王朝诸侯图》,即揣知武帝微意。图既不便奉还,且受了再说。武帝见霍光受图退去,不复再请,当然欣慰。第二着便想处置钩弋夫人,故意寻隙加谴。钩弋夫人脱簪谢罪,武帝竟翻转脸色,叱令左右侍女,把她牵扯出去,送入掖庭狱中。钩弋夫人入宫以后,从未经过这般委屈,此时好似晴天霹雳,出人意外,不由的珠泪盈眶,频频回顾。武帝见她愁眉泪眼,也觉可怜,不得已扬声催促道:"去去!汝休想再活了!"实是奇想。钩弋夫人还欲再言,已被侍女牵出,送交狱中,是夕即下诏赐死。北魏屡有此例,不意自武帝作俑。一代红颜,无端受戮,只落得一抔黄土,留碣云阳。或谓钩弋夫人尸解成仙,无非是惜她枉死,故有是说。当武帝忍心赐死时,曾顾问道:"外人有无异议?"左右答道:"人言陛下将立少子,如何先杀彼母?"武帝喟然道:"庸愚无识,何知朕意?从来国家生故,多由主少母壮所致,汝等独不闻吕后故事么?"左右听了,方才无言。

又阅一年,武帝因春日闲暇,就赴五柞宫游览。宫有五柞树,荫复数亩,故以名宫。武帝流连景色,一住数日,不料风寒砭骨,病入膏肓,遂致长卧不起,无力回宫。霍光随侍在侧,流涕启问道:"陛下倘有不讳,究立何人为嗣?"武帝答道:"君未知前日画意么?我已决立少子,君行周公事便了。"光顿首道:"臣不如金日磾。"日磾时亦在旁,亟应声道:"臣外国人,若辅幼主,徒使外人看轻,不如霍光远甚。"武帝道:"汝两人素性忠纯,朕所深知,俱当听我顾命。"二人方才退下,武帝又想朝上大臣,除丞相田千秋、御史大夫桑弘羊外,尚有太仆上官桀,颇可亲信,亦当令他辅政。乃便令侍臣草诏,翌日颁出,立弗陵为皇太子,进霍光为大司马、大将军,金日磾为车骑将军,上官桀为左将军,与丞相、御史一同辅政。五人奉诏入内,都至御榻前下拜。武帝病已垂危,不能多言,只是颔首作答,便麾令出外办事。这五人的资望,上官桀最为后进。桀系上邽人氏,由羽林期门郎,迁官未央厩令,武帝尝入厩阅马,桀格外留意,勤加喂养。既而武帝患病,好几日不到厩中,桀便疏懈下去。谁知武帝少愈,便来看马,见马多瘦少肥,便向桀怒骂道:"汝谓我不复见马么?"桀慌忙跪伏,叩首上言道:"臣闻圣体不安,日夕忧惧,所以无心喂马,乞陛下恕罪。"武帝听罢,便道他忠诚可靠,不但将他免罪,更擢使为骑都尉,至捕获马通兄弟,有功加官,得任太仆。看官阅此,就可知上官桀的品性了。暗伏下文。

且说武帝既传受顾命,病已弥留,越宿即驾崩五柞宫,寿终七十一岁,在位五十六年,共计改元十一次。并见上文。史称武帝罢黜百家,表章六经,重

第七十七回　悔前愆痛下轮台诏　授顾命嘱遵负扆图

儒术,兴太学,修郊祀,改正朔,定历数,协音律,作诗乐,本是一位英明的主子,即如征伐四夷,连岁用兵,虽未免劳师糜饷,却也能拓土扬威。只是渔色求仙,筑宫营室,侈封禅,好巡游,任用计臣酷吏,暴虐人民,终落得上下交困,内外无亲。亏得晚年轮台一诏,自知悔过,得人付托,借保国祚;所以秦皇汉武,古今并称,独武帝传位少子,不若秦二世的无道致亡,相差就在末着呢！论断公允。后人或谓武帝崩后,移棺至未央前殿,早晚祭菜,似乎吃过一般;后来奉葬茂陵,后宫妃妾,多至陵园守制,夜间仍见武帝临幸;还有殉葬各物,又复出现人世,遂疑武帝随尸解去。这种统是讹传,无容絮述。

大将军霍光等依着遗诏,奉太子弗陵即位,是谓昭帝。昭帝年甫八龄,未能亲政,无论大小事件,均归霍光等主持。霍光为顾命大臣领袖,兼尚书事,因见主少国疑,防有不测,日夕在殿中住着,行坐俱有定处,不敢少移。且思昭帝幼冲,饮食起居,需人照料,帝母钩弋夫人已早赐死,此外所有宫嫔,都属难恃,只盖侯王充妻室,为昭帝长姊鄂邑公主,方在寡居,家中已有嗣子文信,不必多管,正可乘暇入宫,叫她护持昭帝。于是加封鄂邑公主为盖长公主,即日入宫伴驾。谁知又种下祸根？内事琐屑,归盖长公主料理,当可无忧。外事与丞相、御史等参商,还有辅政两将军酌议,亦不至贻讥丛脞。那知过了数夕,夜半有人入报,说是殿中有怪,光和衣睡着,闻报即起,出召尚符玺郎,掌玺之官。向他取玺。光意以御玺最关重要,所以索取,偏尚符玺郎亦视玺如命,不肯交付,光不暇与说,见他手中执着御玺,便欲夺得,那郎官竟按住佩剑道:"臣头可得,御玺却不可得呢!"却是个硬头子！光始爽然道:"汝能守住御玺,尚有何说！我不过恐汝轻落人手,何曾要硬取御玺!"郎官道:"臣职所在,宁死不肯私交!"说毕,乃退。光乃传令殿中宿卫,不得妄哗,违命即斩。此令一出,并没有甚么怪异,待到天明,却安静如常了。是日即由光承制下诏,加尚符玺郎俸禄二等,臣民始服光公正,倚作栋梁。光乃追尊钩弋夫人为皇太后,谥先帝为孝武皇帝,大赦天下。小子有诗咏道:

　　　　知过非难改过难,轮台一诏惜年残。
　　　　托孤幸得忠诚士,尸骨虽寒语不寒。

未几已阅一年,照例改元,号为始元元年。这一年间,便发生一种谋反的案情,欲知祸首为谁？待至下回详叙。

太子据死,刘屈牦及李广利一诛一叛,是正所以促武帝之悔心,使之力图晚盖。意者天不亡汉,乃特为此种种之刺激欤！综观武帝生平,多与秦始皇相类,惟初政时尚有可观,至晚年轮台一诏,力悔前愆,更为秦皇之所未闻。武帝有亡秦之失,而卒免亡秦之祸者,赖有此耳!且命立少子,委任霍光,顾托得人,卒无李斯、赵高之祸,斯亦武帝知人之特长。本书叙武帝事迹,视他主为详,而于秦皇异同之处,隐隐揭出,明眼人自能体会,固不在处处互勘也。

第七十八回　六龄幼女竟主中宫
廿载使臣重还故国

却说燕王旦与广陵王胥,皆昭帝兄。旦虽辩慧博学,但性颇倨傲;胥有勇力,专喜游猎,故武帝不使为储,竟立年甫八龄的昭帝。昭帝即位,颁示诸侯王玺书,通报大丧。燕王旦接玺书后,已知武帝凶耗,他却并不悲恸,反顾语左右道:"这玺书封函甚小,恐难尽信,莫非朝廷另有变端么?"遂遣近臣寿西长、孙纵之等,西入长安,托言探问丧礼,实是侦察内情。及诸人回报,谓由执金吾郭广意言主上崩逝五柞宫,诸将军共立少子为帝,奉葬时并未出临。旦不待说完,即启问道:"鄂邑公主可得见否?"寿西答道:"公主已经入宫,无从得见。"旦佯惊道:"主上升遐,难道没有遗嘱!且鄂邑公主又不得见,岂非怪事!"昭帝既予玺书,想必载着顾命,旦为此语,明是设词。乃复遣中大夫入都上书,请就各郡国立武帝庙。大将军霍光,料旦怀有异志,不予批答,但传诏赐钱三千万,益封万三千户。此外如盖长公主及广陵王胥,亦照燕王旦例加封,免露形迹。旦却傲然道:"我依次应该嗣立,当作天子,还劳何人颁赐哩?"当下与中山哀王子刘长,中山哀王,即景帝子中山王胜长男。齐孝王孙刘泽,齐孝王即将闾,事见前文。互相通使,密谋为变,诈称前受武帝诏命,得修武备,预防不测。郎中成轸,更劝旦从速举兵。旦竟昌言无忌,号令国中道:

　　前高后时,伪立子弘为少帝,诸侯交手,事之八年。及高后崩,大臣诛诸吕,迎立文帝,天下乃知少帝非孝惠子也。我为武帝亲子,依次当立,无端被弃,上书请立庙,又不见听。恐今所立者,非武帝子,乃大臣所妄戴,愿与天下共伐之。

这令既下,又使刘泽申作檄文,传布各处。泽本未得封爵,但浪游齐燕,到处为家,此次已与燕王立约,自归齐地,拟即纠党起应。燕王旦大集奸人,收聚铜铁,铸兵械,练士卒,屡出简阅,克期发难。郎中韩义等,先后进谏,迭被杀死,共计十有五人。正拟冒险举事,不料刘泽赴齐,竟为青州刺史隽不疑所执,奏报朝廷,眼见是逆谋败露,不能有成了。隽不疑素有贤名,曾由暴胜之举荐,官拜青州刺史。见七十六回。他尚未知刘泽谋反情事,适由缾侯刘

第七十八回　六龄幼女竟主中宫　廿载使臣重还故国

成,淄川靖王建子,即齐悼惠王肥孙。闻变急告,乃亟分遣吏役,四出侦捕。也是泽命运不济,立被拿下,拘入青州狱中。不疑飞报都中,当由朝廷派使往究,一经严讯,水落石出,泽即伏法,且应连坐。大将军霍光等,因昭帝新立,不宜骤杀亲兄,但使旦谢罪了事。姑息养奸。迁隽不疑为京兆尹,益封刘成食邑,便算是赏功罚罪,各得所宜。

惟车骑将军金日磾,曾由武帝遗诏,封为秺侯,日磾以嗣主年幼,未敢受封,辞让不受。谁知天不永年,遽生重病,霍光急白昭帝,授他侯封。日磾卧受印绶,才经一日,便即去世。特赐葬具冢地,予谥曰敬。两子年皆幼弱,一名赏,拜为奉车都尉;一名建,拜为驸马都尉。昭帝尝召入两人,作为伴侣,往往与同卧起。赏承袭父爵,得佩两绶。建当然不能相比,昭帝亦欲封建为侯,特语霍光道:"金氏兄弟,只有两人,何妨并给两绶呢?"光答说道:"赏嗣父为侯,故有两绶;余子例难封侯。"昭帝笑道:"欲加侯封,但凭我与将军一言。"光正色道:"先帝有约,无功不得封侯!"持论甚正。昭帝乃止。

越年,封霍光为博陆侯,上官桀为安阳侯。光、桀与日磾同讨马氏,武帝遗诏中并欲加封,至是始受。偏有人入白霍光道:"将军独不闻诸吕故事么?摄政擅权,背弃宗室,卒至天下不信,同就灭亡。今将军入辅少主,位高望重,独不与宗室共事,如何免患?"光愕然起谢道:"敢不受教!"乃举宗室刘辟强等为光禄大夫。辟强系楚元王孙,年已八十有余,徙官宗正,旋即病殁。

时光易过,忽忽间已是始元四年,昭帝年正一十有二了。上官桀有子名安,娶霍光女为妻,生下一女,年甫六龄,安欲纳入宫中,希望为后,乃求诸妇翁,说明己意。偏光谓安女太幼,不合入宫。安扫兴回来,自思机会难逢,怎可失却,不如改求他人,或可成功,想了许久,竟得着一条门径,跑到盖侯门客丁外人家,投刺进见。丁外人籍隶河间,小有才智,独美丰姿。盖侯王文信,与他熟识,引入幕中,偏被盖长公主瞧着,不由的惹动淫心,她虽中年守寡,未耐嫠居;况有那美貌郎君,在子门下,正好朝夕勾引,与图欢乐。丁外人生性狡猾,何妨移篙近舵,男有情,女有意,自然凑合成双。又是一个窦太主。及公主入护昭帝,与丁外人几成隔绝。公主尚托词回家,夜出不还。当有宫人告知霍光,光密地探询,才知公主私通丁外人。自思奸非事小,供奉事大,索性叫丁外人一并入宫,好叫公主得遂私欲,自然一心一意,照顾昭帝。这就是不学无术的过失。于是诏令丁外人入宫值宿,连宵同梦,其乐可知。上官安洞悉此情,所以特访丁外人,想托他入语公主,代为玉成。凑巧丁外人出宫在家,得与晤叙。彼此密谈一会,丁外人乐得卖情,满口应承。待至安别去后,即入见盖长公主请纳安女为宫嫔。盖长公主本欲将故周阳侯赵兼女儿,赵兼为淮南厉王舅,曾见前文。配合昭帝,此次为了情夫关说,只好舍己从人,一力作成。

便召安女入宫，封为婕妤，未几即立为皇后。○六龄幼女，如何作后？

上官安不次超迁，居然为车骑将军。安心感丁外人，便思替他营谋，求一侯爵。有时谒见霍光，力言丁外人勤顺恭谨，可封为侯。霍光对安女为后，本未赞成，不过事由内出，不便固争；且究竟是外孙女儿，得为皇后，也是一件喜事，因此听他所为。惟欲为丁外人封侯，却是大违汉例，任凭安说得天花乱坠，终是打定主意，不肯轻诺。安拗不过霍光，只好请诸乃父，与光熟商。乃父桀与光，同受顾命，且是儿女亲家，平日很是莫逆，或当光休沐回家，桀即代为决事，毫无龃龉。只丁外人封侯一事，非但不从安请，就是桀出为斡旋，光亦始终不允。桀乃降格相求，但拟授丁外人为光禄大夫，光忿然道："丁外人无功无德，如何得封官爵，愿勿复言！"桀未免怀惭，又不便将丁外人的好处，据实说明，只得默然退回。从此父子两人，与霍光隐成仇隙了。○此处又见霍光之持正。

且说隽不疑为京兆尹，尚信立威，人民畏服，每年巡视属县，录囚回署，他人不敢过问。独不疑母留养官舍，辄向不疑问及，有无平反冤狱，曾否救活人命？不疑一一答说。若曾开脱数人，母必心喜，加进饮食；否则终日不餐。不疑素来尚严，因不敢违忤母训，只好略从宽恕。时人称不疑为吏，虽严不残，实是由母教得来，乃有这般贤举。○特揭贤母。好容易过了五年，在任称职，安然无恙。始元五年春正月，忽有一妄男子，乘黄犊车，径诣北阙，自称为卫太子。公车令急忙入报，大将军霍光不胜惊疑，传令大小官僚，审视虚实。百官统去看验，有几个说是真的，有几个说是假的，结果是不能咬实，未敢复命。甚至都中人民，听得卫太子出现，也同时聚观，议论纷纷。少顷有一官吏，乘车到来，略略一瞧，便喝令从人把妄男子拿下。从人不敢违慢，立把他绑缚起来，百官相率惊视，原来就是京兆尹隽不疑。○一鸣惊人。有一朝臣，与不疑友善，亟趋前与语道："是非尚未可知，不如从缓为是。"不疑朗声道："就使真是卫太子，亦可无虑。试想列国时候，卫蒯聩得罪灵公，出奔晋国，及灵公殁后，辄据国拒父，《春秋》且不以为非。今卫太子得罪先帝，亡不即死，乃自来诣阙，亦当议罪，怎得不急为拿问哩！"○临机应变，不为无识。大众听了，都服不疑高见，无言而散。不疑遂将妄男子送入诏狱，交与廷尉审办。霍光方虑卫太子未死，难以处置，及闻不疑援经剖决，顿时大悟，极口称赞道："公卿大臣，不可不通经致用；今幸有隽不疑，才免误事哩。"○谁叫你不读经书。看官阅此，应亦不能无疑，卫太子早在泉鸠里中，自缢身死。见七十六回。为何今又出现？想总是有人冒充，但相隔未久，朝上百官，不难辨认真伪，乃未敢咬定，岂不可怪！后经廷尉再三鞫问，方得水落石出，雾解云消。这妄男子系夏阳人，姓成名方遂，流寓湖县，卖卜为生。会有太子舍人，向他问卜，顾视方遂面貌，不禁诧异道："汝面貌很似卫太子。"方遂闻言，忽生奇想，便将卫太子在宫情形，

第七十八回　六龄幼女竟主中宫　廿载使臣重还故国

约略问明，竟想假充卫太子，希图富贵。当下入都自陈，偏偏碰着隽不疑，求福得祸，弄得身入囹圄，无法解脱。起初尚不肯实供，嗣经湖县人张方禄等，到案认明，无可狡饰，只得直供不讳。依律处断，罪坐诬罔，腰斩东市。真是弄巧成拙。这案解决，隽不疑名重朝廷，霍光闻他丧偶未娶，欲将己女配为继室，不疑却一再固辞，竟不承命。也是特识。后来谢病归家，不复出仕，竟得考终。

惟霍光自是器重文人，加意延聘。适谏议大夫杜延年，请修文帝遗政，示民俭约宽和。光乃令郡国访问民间疾苦，且举贤良文学，使陈国家利弊，当由一班名士耆儒，并来请愿，乞罢盐铁酒榷均输官。御史大夫桑弘羊，还要坚持原议，说是安边足用，全恃此策。经光决从众意，不信弘羊，才得榷酤官撤销，轻徭薄赋，与民休息，百姓始庆承平。可巧匈奴狐鹿姑单于病死，遗命谓嗣子年幼，应立弟右谷蠡王。偏阏氏颛渠与卫律密谋，匿下遗命，竟立狐鹿姑子壶衍鞮单于，召集诸王，祭享天地鬼神。右谷蠡王及左贤王等，不服幼主，拒召不至。颛渠阏氏方有戒心，自恐内乱外患，相逼到来，乃亟欲与汉廷和亲，遣使通问汉廷。汉廷亦遣使相报，索回苏武、常惠等人，方准言和。苏武困居北隅，已经十有九年。前时卫律屡迫武降，武执意不从。见七十五回。至李陵败降胡中，匈奴封陵为右校王，使至北海见武，劝武降胡。武与陵向来交好，未便拒绝，既经会面，不得不重叙旧情，好在陵带有酒食，便摆设出来，对坐同饮，侑以胡乐。饮至半酣，陵故意问武状况，武唏嘘道："我偷生居此，无非望一见主面，死也甘心！历年以来，苦难尽述。犹幸单于弟于靬王弋射海上，怜我苦节，给我衣食，才得忍死至今。今于靬王逝世，丁灵人复来盗我牛羊，又遭穷厄，不知此生果能重归故国否？"陵乘机进言道："单于闻陵素与君善，特使陵前来劝君，君试思子身居此，徒受困苦，虽有忠义，何人得知？且君长兄嘉，曾为奉车，从幸雍州棫阳宫，扶辇下除，除系除道。触柱折辕，有司即劾他大不敬罪，迫令自杀。君弟贤，为骑都尉，从祠河东后土，适值宦骑与黄门争船。黄门驸马被宦骑推堕河中，竟至溺死。主上令君弟拿讯宦骑，宦骑遁逃不获，无从复命，君弟又恐得罪，服毒自亡。太夫人已经弃世，尊夫人亦闻改嫁，独有女弟二人，两女一男，存亡亦未可知。人生如朝露，何徒自苦乃尔！陵败没胡廷，起初亦忽忽如狂，自痛负国。且母妻尽被拘系，更觉心伤。朝廷不察苦衷，屠戮陵家，陵无家可归，不得已留居此地。子卿！子卿！苏武表字，见前。汝家亦垂亡，还有何恋？不如听从陵言，毋再迂拘！"苏武内外情事，即由二人口中分叙。武听得母死妻嫁，兄殁弟亡，禁不住涔涔泪下，惟誓死不肯降胡。因忍泪答陵道："武父子本无功德，皆出主上成全，位至将军，爵列通侯，兄弟又并侍宫禁，常思肝脑涂地，报达主恩。今得杀身自效，虽斧铖汤镬，在所勿辞，幸毋复言！"李陵见不可劝，暂且忍住，但与武饮酒闲谈。今日饮毕，明日复饮，约莫有三五日。陵又即席开口道：“子卿何妨竟听陵言。”武慨答道：“武已久蓄死志，君如必欲武降，愿就今日毕欢，效死席前！"陵见他语意诚挚，不禁长叹道："呜呼义士！陵与卫律，罪且通天了！"说着，泣下沾襟，与武别去。

已而陵使胡妇出面，赠武牛羊数十头。又劝武纳一胡女，为嗣续计。_{尚欲笼络苏武。}武曾记着陵言，得知妻嫁子离，恐致无后，因也权从陵意，纳入胡女一人，聊慰岑寂。及武帝耗问，传达匈奴，陵复向武报知，武南向悲号，甚至呕血。到了匈奴易主，与汉修和，中外使节往来，武却全然无闻。汉使索还武等，胡人诡言武死，幸经常惠得闻消息，设法嘱通房吏，夜见汉使，说明底细，且附耳密谈，授他秘语，汉使一一受教，送别常惠。越宿即往见单于，指名索回苏武，壶衍鞮单于尚答说道："苏武已病死久了。"汉使作色道："单于休得相欺，大汉天子在上林中射得一雁，足上系有帛书，乃是苏武亲笔，谓曾在北海中，今单于既欲言和，奈何还想欺人呢！"这一席话，说得单于矍然失色，惊顾左右道："苏武忠节，竟感及鸟兽么？"乃向汉使谢道："武果无恙，请汝勿怪！我当释令回国便了。"汉使趁势进言道："既蒙释回苏武，此外如常惠、马宏诸人，亦当一律放归，方可再敦和好。"单于乃即慨允，汉使乃退。李陵奉单于命，至北海召还苏武，置酒相贺，且饮且说道："足下今得归国，扬名匈奴，显功汉室，虽古时竹帛所载，丹青所画，亦无过足下，惟恨陵不能相偕还朝！陵虽驽怯，但使汉曲贷陵罪，全陵老母，使得如曹沫事齐，盟柯洗辱，宁非大愿？_{曹沫见列国时。}乃遽收族陵家，为世大辱，陵还有何颜，再归故乡。子卿系我知心，此别恐成永诀了！"说至此，泣下数行，离座起舞，慷慨作歌道："经万里兮度沙漠，为君将兮奋匈奴，路穷绝兮矢刃摧，士众灭兮名已聩，老母已死，虽报恩，将安归？"苏武听着，也为泪下。俟至饮毕，即与陵往见单于，告别南归。

从前苏武出使，随行共百余人，此次除常惠同归外，只有九人偕还，唯多了一个马宏。宏当武帝晚年，与光禄大夫王忠，同使西域，路过楼兰，被楼兰告知匈奴，发兵截击，王忠战死，马宏被擒。匈奴胁宏投降，宏抵死不从，坐被拘留，至此得与武一同生还，重入都门。武出使时，年方四十，至此须眉尽白，手中尚持着汉节，旄头早落尽无余，都人士无不嘉叹。既已朝见昭帝，缴还使节，奉诏使武谒告武帝陵庙，祭用太牢，拜武为典属国，赐钱二百万，公田二顷，宅一区。常惠官拜郎中，尚有徐圣、赵终根二人，授官与常惠同，此外数人，年老无能，各赐钱十万，令他归家，终身免役。独马宏未闻封赏，也是一奇。_{想是官运未通。}

武子苏元，闻父回来，当然相迎。武回家后，虽尚子侄团聚，追思老母故妻，先兄亡弟，未免伤感得很。且遥念胡妇有孕，未曾带归，又觉得死别生离，更增凄恻。还幸南北息争，使问不绝，旋得李陵来书，借知胡妇已得生男，心下稍慰。乃寄书作复,取胡妇子名为通国,托陵始终照顾,并劝陵得隙归汉,好几月未接复音。大将军霍光与左将军上官桀,与陵有同僚谊,特遣陵故人任立政等,前往匈奴,名为奉使,实是招陵。陵与立政等,宴会数次,立政见陵胡服椎髻,不觉怅然。又有卫律时在陵侧,未便进言。等到有隙可乘,开口相劝,陵终恐再辱,无志重归,立政等乃别陵南还。临行时,由陵取出一书,交与立政,托他带给苏武。立政自然应允,返到长安复命。霍光、上官桀,闻陵不肯回来,只好作罢。独陵给苏武书,乃是一篇答复词,文字却酣畅淋漓。小子因陵未免负国,不遑录及,但随笔写成一诗道:

  子卿归国少卿降,陵字少卿。胡服何甘负故邦?
  独有杜陵留浩气,苏武杜陵人。忠全使节世无双。

  苏武回国以后,只隔一年,上官桀与霍光争权,酿成大祸,连武子苏元,亦一同坐罪。究竟为着何事?待小子下回叙明。

  武帝能知霍光之忠,而不能知上官桀之奸,已为半得半失。光与桀同事有年,亦未克辨奸烛伪,反与之结儿女姻亲;是可见桀之狡诈,上欺君,下欺友,手段固甚巧也。女孙不过六龄,乃由子安私托丁外人,运动盖长公主,侥幸成功,得立为后。推原由来,光不能无咎。假使盖长公主不得入宫,则六龄幼女,宁能骤登后位乎?至若苏武丁年出使,皓首而归,忠诚如此,何妨特授侯封,乃仅拜为典属国,致为外人所借口。陵复苏武书中,亦曾述及,而后来燕王旦之谋反,亦借此罪光。光忠厚有余,而才智不足,诚哉其不学无术乎!

第七十九回 识诈书终惩逆党
效刺客得毙番王

  却说上官桀父子,为了丁外人不得封侯,恨及霍光。就是盖长公主得知此信,也怨霍光不肯通融,终致情夫向隅,无从贵显,于是内外联合,视霍光如眼中钉。光尚未知晓,但照己意做去,忽由昭帝自己下诏,加封上官安为桑乐侯,食邑千五百户,光也未预闻,惟念安为后父,得受侯封,还好算是常例,并非破格,所以不为谏阻。女婿封侯,丈人亦加荣宠。安却乘此骄淫,庞然自大。有时得入宫侍宴,饮罢归家,即向门下客夸张道:"今日与我婿饮酒,很是快乐,我婿服饰甚华,可惜我家器物,尚不得相配哩。"说着,便欲将家中器具,尽付一炬,家人慌忙阻止,才得保存。安尚仰天大骂,哓哓不绝。会有太医监充国，无故入殿，被拘下狱。充国为安外祖所宠爱，当由他外祖出来营救，浼安父子讨情。安父桀，便往见霍光，请贷充国，光仍不许。充国经廷尉定谳，应处死刑，急得桀仓皇失措，只好密求盖长公主，代为设法。盖长公主乃替充国献马二十匹，赎罪减死，嗣是桀、安父子，更感念盖长公主的德惠，独与霍光添了一种深仇。桀又自思从前职位，不亚霍光，现在父子并为将军，女孙复为皇后，声势赫濯，偏事事为光所制，很觉不平。当下秘密布置，拟广结内外官僚，与光反对，好把他乘隙挫去。亲家变成仇家，情理难容。是时燕王旦不得帝位，常怀怨望，御史大夫桑弘羊，因霍光撤销榷酤官，子弟等多致失职，意欲另为位置，又被光从旁掣肘，不得如愿，所以与光有嫌。桀得悉两人隐情，一面就近联络弘羊，一面遣使勾通燕王，两人统皆允洽，串同一气，再加盖长公主作为内援，端的是表里有人，不怕霍光不入网中。

会值光出赴广明，校阅羽林军，桀即与弘羊熟商，意欲趁此发难；但急切无从入手，不如诈为燕王旦书，劾奏霍光过恶，便好定罪。商议已定，当由弘羊代缮一书，拟即呈入。不意霍光已经回京，那时只好顺延数日，待至光回家休沐，方得拜本进去。是年本为始元七年，因改号五凤，称为五凤元年，昭帝已十有四岁，接得奏牍，见是燕王旦署名。内容有云：

> 臣闻大司马大将军霍光，出都校阅羽林郎，道上称跸，令太官先往备食，僭拟乘舆。前中郎将苏武，出使匈奴，被留至二十年，持节重归，忠义过人，尽使为典属国。而大将军长史杨敞，不闻有功，反令为搜粟都尉。又擅调益幕府校尉，专权自恣，疑有非常。臣旦愿归还符玺，入宫宿卫，密察奸臣变故，免生不测。事关紧急，谨飞驿上闻。

昭帝看了又看，想了多时，竟将来书搁置，并不颁发出来。上官桀等候半日，毫无动静，不得不入宫探问，昭帝但微笑不答。少年老成。翌日霍光进去，闻知燕王旦有书纠弹，不免恐惧，乃往殿西画室中坐待消息。画室悬着《周公负扆图》，光诣室坐着，也有深意。少顷昭帝临朝，左右旁顾，单单不见霍光，便问大将军何在？上官桀应声道："大将军被燕王旦弹劾，故不敢入。"昭帝亟命左右召入霍光，光至帝座前跪伏，免冠谢罪，但闻昭帝面谕道："将军尽可戴冠，朕知将军无罪！"胸中了了。光且喜且惊，抬头问道："陛下如何知臣无罪？"昭帝道："将军至广明校阅，往返不到十日，燕王远居蓟地，怎能知晓？且将军如有异谋，何必需用校尉，这明是有人谋害将军，伪作此书。朕虽年少，何至受愚若此！"霍光听说，不禁佩服。此外一班文武百官，都不料如此幼主，独能察出个中情弊。虽未知何人作伪，也觉得原书可疑，惟上官桀与桑弘羊，怀着鬼胎，尤为惊慌。待至光起身就位，昭帝又命将上书人拿究，然后退朝。上书人就是桀与弘羊差遣出来，一闻诏命，当即至两家避匿，如何破获？偏昭帝连日催索，务获讯办。桀又进白昭帝道："此乃小事，不足穷究。"昭帝不从，仍然严诏促拿，且觉得桀有贰心，与他疏远，只是亲信霍光。桀忧恨交迫，嘱使内侍诉说光罪，昭帝发怒道："大将军是当今忠臣，先帝嘱使辅朕，如再敢妄说是非，便当处罪！"任贤勿贰，昭帝确守此言。

内侍等碰了钉子，方不敢再言，只好回复上官桀。桀索性想出毒谋，与子安密议数次，竟拟先杀霍光，继废昭帝，再把燕王诱令入京，刺死了他，好将帝位据住，自登大宝。却是好计，可惜天道难容。一面告知盖长公主，但说要杀霍光，废昭帝，迎立燕王旦，盖长公主却也依从。桀复请盖长公主设席饮光，伏兵行刺。更遣人通报燕王，叫他预备入都。

燕王旦大喜过望，复书如约，事成后当封桀为王，同享富贵，自与燕相平商议进行。平谏阻道："大王前与刘泽结谋；泽好夸张，又喜侮人，遂致事前发觉，谋泄无成。今左将军素性轻佻，车骑将军少年骄恣，臣恐他与刘泽相似，未必有成。就使侥幸成事，也未免反背大王，愿大王三思后行！"旦尚未肯信，且驳说道："前日一男子诣阙，自称故太子，都中吏民，相率喧哗。大将军方出兵陈卫，我乃先帝长子，天下所信，何至虑人反背呢！"平乃无言而退。过了数日，旦又语群臣道："近由盖长公主密报，谓欲举大事；但患大将军霍光与右将军王莽，此王莽系天水人，与下文王莽不同。今右将军已经病逝，丞相又病，正好乘势发难，事必有成，不久便当召我进京，汝等应速办行装，毋误事机！"众臣只好听命，各去整办。偏偏天象告警，燕都里面，时有变异。忽然大雨倾盆，有一虹下垂宫井，井水忽涸，大众哗言被虹饮尽；虹能饮水，真是奇谈。又忽然有群豕突出厕中，闯入厨房，毁坏灶瓺；又忽然乌鹊争斗，纷纷坠死池中；又忽然鼠噪殿门，跳舞而死，殿门自闭，坚不可开，城上无故发火；又有大风吹坏城楼，折倒树木；夜间坠下流星，声闻远近，宫妃宫女，无不惊惶。旦亦吓得成病，使人往祀葭水、台水。有门客吕广，善占休咎，入语旦道："本年恐有兵马围城，期在九十月间，汉廷且有大臣被戮，祸在目前了！"旦亦失色道："谋事不成，妖象屡见；兵气且至，奈何！奈何！"正忧虑间，蓦有急报，从长安传来。乃是上官桀父子，逆谋败露，连坐多人；并燕使孙纵之等，均被拘住了。旦吓出一身冷汗，力疾起床，再遣心腹人探听确音。果然真实不虚，同归于尽。

先是盖长公主，听了上官桀计议，欲邀霍光饮酒，将他刺死。桀父子坐待成功，预备庆赏。安且以为父得为帝，自己当然好为太子，非常得意，有党人私下语安道："君父子行此大事，将来如何处置皇后？"安勃然道："逐麋犬还暇顾兔么？试想我父子靠着皇后，得邀贵显；一旦人主意变，就使求为平民，且不可得。今乃千载一时的机会，怎可错过？"不如是，何至族灭？说着，且大笑不止。

不料谏议大夫杜延年，竟得知若辈阴谋，遽告霍光，遂致数载经营，一朝失败。这延年的报告，是从搜粟都尉杨敞处得来，杨敞由燕苍传闻。苍前充稻田使者，卸职闲居，独有一子为盖长公主舍人，首先窥悉，辗转传达，遂被延年告发。霍光一闻此信，自然入白昭帝。昭帝便与光商定，密令丞相田千秋，速捕逆党，毋得稽延。于是丞相从事任宫，先去诡邀上官桀，引入府门，传诏斩首；丞相少史王寿，也如法泡制，再去诱入上官安，一刀处死。桀父子已经伏诛，然后冠冕堂皇，派遣相府吏役，往拿御史大夫桑弘羊。弘羊无法脱身，束手受缚，也做了一个刀头鬼。虐民之报。盖长公主闻变自杀；丁外人当然捕诛。淫恶之报。苏武子元，亦与逆谋，甚至武俱连累免官，所有上官桀等党羽，悉数捕戮，乃追缉燕使孙纵之等，拘系狱中，特派使臣持了玺书，交付燕王旦。且未接朝使，先得急报，尚召燕相平入议，意欲发兵。平答说道："左将军已死，毫无内应。吏民都知逆情，再或起兵，恐大王家族都难保了！"旦也觉无济，乃在万载宫设席，外宴群臣，内宴妃妾，酒入愁肠，愈觉无聊。因信口作歌道："归空城兮犬不吠，鸡不鸣，横术术即道路。何广广兮，固知国中之无人！"歌至末句，有宠姬华容夫人起舞，也续成一歌道："发纷纷兮填渠，骨藉藉兮亡居，母求死子兮妻求死夫，徘徊两渠间兮，君子将安居？"环座闻歌，并皆泣下。华容夫人更凄声欲绝，泪眦荧荧。俄顷饮毕，旦即欲自杀，左右尚上前宽慰，妃妾等更齐声拦阻，蓦闻朝使到来，旦只得出迎使。朝使入殿，面交玺书，由旦展开审视道：

> 昔高皇帝王天下，建立子弟，以藩屏社稷。先日诸吕，阴谋大逆，刘氏不绝若发，赖绛侯诛讨贼乱，尊立孝文，以安宗庙；非以中外有人，表里相应故耶？樊、郦、曹、灌，携剑摧锋，从高皇帝耘锄海内，受赏不过封侯。今宗室子孙，曾无暴衣露冠之劳，裂地而王之，分财而赐之，父死子继，兄终弟及，可谓厚矣！况如王骨肉至亲，敌吾一体，乃与他姓异族，谋害社稷，亲其所疏，疏其所亲，有悖逆之心，无忠爱之义；如使古人有知，当何面目复奉斋酎见高祖之庙乎？王其图之。

旦览书毕，将玺书交付近臣，自悲自叹道："死了！死了！"遂用绶带自缢，妃妾等从死二十余人。华容夫人想亦在内。朝使即日返报，昭帝谥旦为刺王，赦免旦子，废为庶人，削国为郡。就是盖长公主子文信，亦撤销侯封。惟上官皇后未曾通谋，且系霍光外孙女，因得免议。封杜延年、燕苍、任宫、王寿为列侯。杨敞既为列卿，不即告发，无功可言，故不得加封。另拜张安世为右将军；杜延年为太仆；王䜣为御史大夫；仍由霍光秉政如初。张安世曾为光禄大夫，便是前御史大夫张汤子。杜延年由谏议大夫超迁，乃是前廷尉杜周子。父为酷吏，子作名臣，也算是力能干蛊了。却是难得。

第七十九回　识诈书终惩逆党　效刺客得毙番王

霍光有志休民，不愿再兴兵革；偏得乌桓校尉奏报，乃是乌桓部众，不服管束，时有叛心，应如何控御等语。乌桓是东胡后裔，从前为冒顿单于所破，余众走保乌桓、鲜卑二山，遂分为乌桓、鲜卑二部，仍为匈奴役属。至武帝时，攻入匈奴各地，因将乌桓人民徙居上谷、渔阳、右北平、辽东四郡塞外，特置乌桓校尉，就地监护，使他断绝匈奴，为汉屏蔽。既而乌桓渐强，遂思反侧。霍光正费踌躇，可巧得匈奴降人，上言乌桓侵掠匈奴，发掘先单于墓，匈奴方发兵报复，出二万骑往攻乌桓。光又另生一计，阳击匈奴，阴图乌桓。当下集众会议，护军都尉赵充国，说是不宜出师；独中郎将范明友，力言可击。光即告知昭帝，拜明友为度辽将军，率二万骑，赴辽东。且面嘱明友道："匈奴屡言和亲，仍然掠我边境，汝不妨声罪致讨。倘或匈奴引退，便可径击乌桓，掩他不备，定可取胜。"明友领命而去。行到塞外，果闻匈奴兵已经退去，当即麾兵捣入乌桓。乌桓才与匈奴交战，兵力疲乏，再加汉兵袭入，势难拒守，顿时纷纷窜匿，被明友驱杀一阵，斩获六千余人，奏凯班师。明友得受封平陵侯。同时又有平乐监傅介子，也得膺立功，获膺上赏。

介子北地人，少年好学，嗣言读书无益，从军得官。闻得楼兰、龟兹两国，叛服靡常，屡杀汉使，朝廷不得通问大宛，乃独诣阙上书，自请效命。好一个冒险壮夫！霍光颇为嘉叹，便命他出使大宛，顺路至楼兰、龟兹传诏诘责。介子受命即行，先至楼兰。楼兰当西域要冲，自经赵破奴征服后，向汉称臣。见七十四回。又苦匈奴侵伐，只得一面事汉，一面求好匈奴，两处各遣一子为质。当武帝征和元年，楼兰王死，国人致书汉廷，请遣还质子为王。适质子犯了汉法，身受宫刑，不便遣归，乃设词答复，叫他另立新王。汉廷又责令再遣质子，新王因复遣子入质，更遣一子往质匈奴。未几新王又死，匈奴即释归质子，令王楼兰。质子叫作安归，既回国中，当然得嗣父位。夷俗专妻继母，安归未能免俗，遂将继母据为妻室。忽有汉使驰至，征令入朝。安归怀疑未决，伊妻从旁劝阻道："先王尝遣两子入汉，至今未还，奈何再欲往朝呢？"想是贪恋新婚。安归乃拒绝汉使，复恐汉朝再来严责，索性归附匈奴，不与汉通，且为匈奴遮杀汉使。至傅介子到了楼兰，严词相诘，并言大兵将来讨罪。安归理屈词穷，倒也屈服，连忙谢过。介子因辞别安归，转赴龟兹，龟兹王也即服罪。会值匈奴使人自乌孙还寓龟兹，适被介子探悉，夜率从吏攻入客帐，竟将匈奴使人杀死，持首驰归。汉廷赏介子功，迁官中郎，得为平乐监。

介子又进白霍光道："楼兰、龟兹，反复不测，前次空言责备，未足示惩。介子前至龟兹，该国王坦率近人，容易受赚，愿往刺该王，威示诸国。"霍光徐徐答说道："龟兹道远，不如楼兰。汝果有此胆略，可先去一试便了。"介子乃募得壮士百人，赍着金帛，扬言是颁赐各国，奉诏西行。驰至楼兰，楼兰王安归,闻报介子又来,也即出见。介子与他谈数语,旁顾安归左右,卫士甚多,未便下手,因即退出。佯语番官道:"我奉天子命,远来颁赐,汝王应该亲自出迎,奈何如此简慢呢?我明日便要动身他去。"番官闻言,亟去报知安归。安归探得介子果然带来许多金帛,不由的起了贪心,立命备办酒席,往邀介子入宴,偏介子不肯应召,连夜整装,似乎行色匆匆。到了诘旦,安归先使人挽留,旋即亲率左右近臣,至客帐中回拜介子,且将酒肴,随后挑到,摆设起来,款待介子。介子怡然就席,故意将金玉锦绣,陈列席前,指示安归。安归目眩神迷,畅怀与饮,待至面色微醺,介子即起座与语道:"天子尚有密诏传达,请王屏去左右,方好面陈。"安归酒后忘情,竟命左右退出帐外,突见介子举杯掷地,便有十余壮士,从帐后持刀跃出,飞奔前来,正思急呼救命,那刀尖已斫中心窝,一声猛叫,倒地告终。贪财坏命。帐外番官,闻声吓走。介子却放胆出外,呼语大众道:"汝王安归,私结匈奴,屡戕汉使,得罪天子,故遣我来加诛。今汝王就戮,汝等无罪,汝王弟尉屠耆,留质汉廷,现已由大兵拥至,代就王位,汝等若敢妄动,恐不免玉石俱焚了!"大众闻言,只好唯唯听命。介子乃命番官各就原职,伫候新王尉屠耆,自枭安归首级,与壮士飞马入关,诣阙奏功。

霍光大喜,转达昭帝,命将安归首级,悬示阙下,封介子为义阳侯。即日召见尉屠耆,特赐鄯善王册印,并给宫女为夫人,派兵护送登程,由丞相、将军等祖饯横门,表示殷勤。尉屠耆质汉数年,无意中得此荣宠,自然泥首拜谢,上车西去。从此楼兰国改为鄯善,不再叛汉了。小子有诗戏咏道:

质子重归得履新,还都再见旧家亲。
穹庐寡嫂应无恙,曾否迎门再献身。

尉屠耆西行归国,汉廷连遇凶丧,甚至昭帝亦得病归天。欲知详情,下回再当续叙。

霍光之不死者亦仅耳!内有淫妇,外有权戚骄亲,圜起而谋一光,光孤而彼众,又当主少国疑之日,其危孰甚!幸而昭帝幼聪,首烛邪谋,以十四龄之冲人,能识燕王诈书,即以周成王视之,犹有愧色。光才智不若周公,而际遇比周为优,此乃天之默鉴忠忱,有以隐相之尔。上官桀父子,妄图篡逆,死有余辜。盖长公主淫而且恶,燕王旦贪而无亲,其速死也,不亦宜乎!范明友之破乌桓,傅介子之刺楼兰王,并得封侯,后人多轻视明友,推重介子。夫明友之得功,原非难事,介子以百人入虏廷,取番王首如拾芥,似属奇闻。然以堂堂中国,乃为此盗贼之谋,适足贻外人之口实,后有出使外夷者,其谁肯轻信之乎!宋司马温公之讥,吾亦云然。

第八十回　迎外藩新主入都
废昏君太后登殿

却说元凤四年，昭帝年已十八，提早举行冠礼，大将军霍光以下，一律入贺，只有丞相田千秋，患病甚重，不能到来。及冠礼告成，千秋当即谢世，谥曰定侯。总计千秋为相十二年，持重老成，尚算良相。昭帝因他年老，赐乘小车入朝，时人因号为车丞相。继任相职，就是御史大夫王䜣。䜣由邑令起家，累迁至御史大夫，超拜宰辅，受封宜春侯；却是步步青云，毫无阻碍，到了官居极阶，反至转运，才阅一载，便即病终。搜粟都尉杨敞，已升任御史大夫，至是继䜣为相。敞本庸懦无能，徒知守谨，好在国家大政，俱由大将军霍光主持，所以敞得进退雍容，安享太平岁月。庸庸者多厚福。至元凤七年元日，复改元始平，诏减口赋钱十分之三，宽养民力。从前汉初定制，人民年十五以上，每年须纳税百二十钱，十五岁以下准免。武帝在位，因国用不足，加增税则：人民生年七岁，便要输二十三钱；至十五岁时，仍照原制，号为口赋。昭帝嗣祚十余年，节财省事，国库渐充，所以定议减征，这也是仁爱及民的见端。

孟春过后，便是仲春，天空中忽现出一星，体大如月，向西飞去，后有众小星随行，万目共睹，大家惊为异事。谁知适应在昭帝身上，昭帝年仅二十有一，偏生了一种绝症，医治无效，竟于始平元年夏四月间，在未央宫中告崩。共计在位十三年，改元三次。上官皇后止十五岁，未曾生育，此外虽有两三个妃嫔，也不闻产下一男。自大将军霍光以下，都以为继立无人，大费踌躇。或言昭帝无子，只好再立武帝遗胤，幸尚有广陵王胥，是武帝亲子，可以继立。偏霍光不以为然，当有郎官窥透光意，上书说道："昔周太王废太伯，立王季；文王舍伯邑考，立武王；无非在付托得人，不必拘定长幼。广陵王所为不道，故孝武帝不使承统，今怎可入承宗庙呢？"光遂决意不立广陵王，另想应立的宗支，莫如昌邑王贺。贺为武帝孙，非武帝正后所出。但武帝两后，陈氏被废，卫氏自杀，好似没有皇后一般。当武帝驾崩时，曾将李夫人配飨。李夫人是昌邑王贺亲祖母，贺正可入承大统，况与昭帝有叔侄谊，以侄承叔，更好作为继子。遂假上官皇后命令，特派少府史乐成，宗正刘德，光禄大夫丙吉，中郎将利汉等，往迎昌邑王贺，入都主丧。光尚有一种微意，立贺为君，外孙女可做皇太后了。

昌邑王贺，五龄嗣封，居国已十多年，却是一个狂纵无度的人物，平时专喜游畋，半日能驰三百里。中尉王吉，屡次直谏，终不见从。郎中令龚遂，也常规正，贺掩耳入内，不愿听闻。遂未肯舍去，更选得郎中张安等人，泣求内用。贺不得已命侍左右，不到数日，一概撵逐，但与驺奴宰夫，戏狎为乐。一日，贺居宫中，蓦见一大白犬，项下似人，头戴方山冠，股中无尾，禁不住诧异起来。顾问左右，却俱说未见，乃召龚遂入内，问为何兆？遂随口答说道："这是上天垂戒大王，意在大王左右，如犬戴冠，万不可用，否则难免亡国了！"这是借端进谏。贺将信将疑，过了数日，又独见一大白熊。仍然召问龚遂，遂复答道："熊为野兽，来入宫室，为大王所独见。臣恐宫室将空，也是危亡预兆。天戒甚明，请王速修德禳灾！"贺仰天长叹道："不祥之兆，何故屡至？"遂叩头道："臣不敢不竭尽忠言，大王听臣所说，原是不悦；无如国家存亡，关系甚大。大王曾读《诗经》三百五篇，中言人事王道，无一不备。如大王平日所为，试问何事能合《诗》言？大王位为诸侯王，行品不及庶人，臣恐难存易亡，应亟修省为是！"贺也觉惊慌，但甫越半日，便即忘怀。未几又见血染席中，再召龚遂入问，遂号哭失声道："宫室便要空虚了！血为阴象，奈何不慎？"贺终不少悛，放纵如故。

及史乐成等由长安到来，时已夜深，因事关紧要，叫开城门，直入王宫。宫中侍臣，唤贺起视，爇烛展书，才阅数行，便手舞足蹈，喜气洋洋。一班厨夫走卒，闻得长安使至，召王嗣位，都至宫中叩贺；且请随带入京。贺无不乐从，匆匆收拾行装，日中启行。王吉忙缮成一书，叩马进谏，大略举殷高宗故事，叫他谅暗不言，国政尽归大将军处决，幸勿轻举妄动等语。贺略略一瞧，当即掷置，扬鞭径去，展着生平绝技，当先奔驰，几与追风逐电相似，一口气跑了一百三十五里；已到定陶，回顾从行诸人，统皆落后，连史乐成等朝使，俱不见到，没奈何停住马足，入驿守候。待至傍晚，始见朝使等驰至，尚有随从三百余人，陆续赶来，统言马力不足，倒毙甚多。原来各驿中所备马匹，寥寥无几，总道新王入都，从吏多约百人，少约数十人；那知贺手下幸臣，多多益善，驿中怎能办得许多良马，只好将劣马凑足，供他掉换，劣马不能胜远，自然倒毙。从吏却埋怨驿吏失职，倚势作威，不胜骚扰。龚遂却也从行，实属看不过去，因向贺面陈，请发还一半从吏，免多累坠，贺倒也应允。但从人都想攀龙附凤，如何肯中道折回？又况皆贺平时亲信，这一个不便舍去，那一个又要强从，弄到龚遂左右为难，硬挑出五十余名，饬回昌邑。还有二百多人，一同前进。

次日行至济阳，贺却要买长鸣鸡，积竹杖。这二物，是济阳著名土产，与贺毫无用处，偏贺竟停车购办，以多为妙。还是龚遂从旁谏阻，只买得长鸣鸡数只，积竹杖二柄，趱程再行。及抵弘农，望见途中多美妇人，不胜艳羡，暗使大奴善物色佳丽，送入驿中。大奴善奉了贺命，往探民间妇女，稍有姿色，强拉登车，用帷蔽着，驱至驿舍。贺如得异宝，顺手搂住，不管她愿与不愿，强与为欢。茕茕弱女，怎能敌得过候补皇帝的威势，只好吞声饮泣，任所欲为。难

第八十回　迎外藩新主入都　废昏君太后登殿

道不想做妃嫔么？事为朝使史乐成等所闻，谯让昌邑相安乐，不加谏阻。安乐转告龚遂，遂当然入问，贺亦自知不法，极口抵赖。遂正色道："果无此事。大奴善招摇撞骗，罪有所归，应该处罪。"善系官奴头目，故号大奴。当时立在贺侧，即由遂亲自动手，把他牵出，立交卫弁正法，趁势搜出妇女，遣回原家。可惜白受糟蹋。贺不便干预，只得睁着两眼，由他处置。

案已办了，更启行至霸上，距都城不过数里，早有大鸿胪等出郊远迎，请贺改乘法驾。贺乃换了乘舆，使寿成御车，龚遂参乘。行近广明东都门，遂向贺陈请道："依礼奔丧入都，望见都门，即宜举哀。"贺托词喉痛，不能哭泣。再前进至城门，遂复申前请，贺尚推说城门与郭门相同，且至未央宫东阙，举哀未迟。及入城至未央宫前，贺面上只有喜色，并无戚容。遂忙指示道："那边有帐棚设着，便是大王坐帐，须赶紧下车，向阙俯伏，哭泣尽哀。"贺不得已欠身下舆，步至帐前，伏哭如仪。还亏他逼出哭声。哭毕入宫，由上官皇后下谕，立贺为皇太子，择吉登基。自入宫以至即位，总算没有甚么越礼，尊上官皇后为皇太后。十五岁为太后，亦属罕闻。过了数日，即将昭帝奉葬平陵，庙号孝昭皇帝。

贺既登位，拜故相安乐为长乐卫尉。此外随来各吏属，都引作内臣，整日里与他游狎。见有美貌宫女，便即召入，令她侑酒侍寝。乐得受用。且把乐府中乐器，尽令取出，鼓吹不休。龚遂上书不报，乃密语长乐卫尉安乐道："王立为天子，日益骄淫，屡谏不听；现在国丧期内，余哀未尽，竟日与近臣饮酒作乐，淫戏无度，倘有内变，我等俱不免受戮了！君为陛下故相，理应力诤，不可再延！"安乐也为感动，转思遂力谏无益，自己何必多碰钉子，还是袖手旁观，由他过去。

惟大将军霍光，见贺淫荒无道，深以为忧；独与大司农田延年，熟商善后方法。延年道："将军为国柱石，既知嗣主不配为君，何不建白太后，更选贤能？"光嗫嚅道："古时曾有此事否？"延年道："从前伊尹相殷，尝放太甲至桐宫，借安宗庙，后世共称为圣人。今将军能行此事，也是一汉朝的伊尹呢！"引伊尹事，不免牵强。光乃引延年为给事中，并与张安世秘密计议，阴图废立。安世由霍光一手提拔，已迁官车骑将军，当然与光联络一气，毫无贰心。此外尚无他人，得知此谋。

会贺梦见蝇矢集阶，多至五六石，有瓦复住，醒后不知何兆，又去召龚遂进来，叫他占验。遂答道："陛下尝读过《诗经》，诗云：'营营青蝇，止于樊；恺悌君子，毋信谗言。'今陛下左右，嬖幸甚多，好似蝇矢丛集，所以有此梦兆。臣愿陛下亟摈昌邑故臣，不复进用，自可转祸为福。臣本随驾前来，请陛下首先放遂便了！"原来贺在昌邑时，曾有师傅王式，授《诗》三百五篇，所以遂时常提出，作为谏言。偏贺习与性成，并未知改，再经太仆丞张敞进谏，亦不见省，戏游如故。一日，正要出游，有光禄大夫夏侯胜进谏道："上天久阴不雨，臣下必有异谋，陛下将欲何往呢？"贺闻言大怒，斥为妖言惑众，立命左右将胜缚住，发交有司究办。有司转告霍光，光不禁起疑，暗思胜语似有因，或由张安世泄漏隐情，亦未可知。因即召诘安世，安世实未与胜道及，力白冤诬，愿与胜当面对质。光乃提胜到来，亲加研讯，胜从容答道："《洪范传》有言，皇极不守，现象常阴，下人且谋代上位。臣不便明言，故但云臣下有谋。"光不觉大惊，就是张安世在旁，亦暗暗称奇，因将胜贷罪释缚，复任原官。

　　自经胜一番进谏，几乎把密谋道破，眼见得废立大事，不宜再延。光即使田延年往告杨敞。敞虽居相位，并无胆识，听了延年话语，只是唯唯连声，那身上的冷汗，已吓出了不少。时方盛暑，延年起座更衣，敞妻为司马迁女，颇有才能，急从东厢趋出，对敞说道："大将军已有成议，特使九卿来报君侯，君侯若不亟允，祸在目前了！"足愧乃夫。敞尚迟疑未决，可巧延年更衣归座，敞妻不及回避，索性坦然相见，与延年当面认定，愿奉大将军教令。延年还报霍光，光即令延年、安世两人，缮定奏牍，妥为安排。翌旦至未央宫，传召丞相、御史、列侯，及中二千石、大夫博士，一同入议，连苏武亦招令与会。百僚多不知何因，应召齐集，光对众发言道："昌邑王行迹淫昏，恐危社稷，如何是好？"大众听了，面面相觑，莫敢发言，惟答了几个是字。田延年奋然起座，按剑前语道："先帝以幼孤托将军，委寄全权，无非因将军忠贤，足安刘氏。今群下鼎沸，社稷将倾，将军若不立大计，坐令汉家绝祀，试问将军死后，尚有面目见先帝乎？今日即当议定良谋，群僚中如应声落后，臣请奋剑加诛，不复容情！"光拱手称谢道："九卿应该责光，天下汹汹不安，光当首先蒙祸了！"大众才知光有大变，志在必行，若不相从，定遭杀害，乃俱离座叩首道："宗社人民，系诸将军，唯大将军令，无不遵教！"

　　光令群臣起来，从袖中取出奏议，遍示群臣，使丞相杨敞领衔，依次署名。名既署齐，遂引大众至长乐宫，入白太后，具陈昌邑王淫乱情形，不应嗣位。太后年才十五，有何主见，一唯光言听行。光请太后驾临未央宫，御承明殿，传诏昌邑群臣，不得擅入。贺闻太后驾到，不得不入殿朝谒。朝毕趋退，回至殿北温室中，霍光从后随入，指挥门吏，遽将室门阖住，不令昌邑群臣入内。贺惊问道："何故闭门？"光跪答道："皇太后有诏，毋纳昌邑群臣。"贺复说道："这也不妨从缓，何必这般惊人！"好似做梦。光不与多言，返身趋出。早由车骑将军张安世，麾集羽林兵，将昌邑群臣，驱至金马门外，悉数拿下，共得二百余人，连龚遂、王吉等一并在内，送交廷尉究治；一面报知霍光。光亟传入昭帝旧日侍臣，将贺监守，嘱他小心看护，毋令自尽，致贻杀主恶名。贺尚未知废立情事，见了新来侍臣，尚顾问道："昌邑群臣，果犯何罪，乃被大将军悉数驱逐呢？"侍臣只答言未知。俄有太后诏传至，召贺诘问。贺方才惶惧，问诏使道："我有何罪，偏劳太后召我？"诏使亦模糊对答。贺无法解免，只好随往，既至承明殿，遥见上官太后，身服珠襦，坐住武帐中，侍卫森列，武士盈阶，尚不知有甚么大事，战兢兢的趋至殿前，跪听诏命。旁有尚书令持着奏牍，朗声宣读道：

丞相臣敞，大司马、大将军臣光，车骑将军臣安世，度辽将军臣明友，前将军臣增，韩增。后将军臣充国，御史大夫臣义，蔡义。宜春侯臣谭，王谭。当涂侯臣圣，魏圣。随桃侯臣昌乐，赵昌乐。杜侯臣屠耆堂，太仆臣延年，杜延年。太常臣昌，大司农臣延年，田延年。宗正臣德，少府臣乐成，廷尉臣光，李光。执金吾臣延寿，李延寿。大鸿胪臣贤，韦贤。左冯翊臣广明，田广明。右扶风臣德，周德。故典属国臣武，即苏武。等，昧死言皇太后陛下：自孝昭皇帝弃世无嗣，遣使征昌邑王典丧，身服斩衰，独无悲哀之心，在道不闻素食，使从官略取女子，载以衣车，私纳所居馆舍。及入都进谒，立为皇太子，常私买鸡豚以食，受皇帝玺于大行前，就次发玺不封，复使从官持节，引入昌邑从官二百余人，日与遨游。且为书曰：皇帝问侍中君卿，使中御府令高昌，奉黄金千斤，赐君卿娶十妻。又发乐府乐器，引纳昌邑乐人，击鼓歌吹，作俳优戏。至送葬还宫，即上前殿，召宗庙乐人，悉奏众乐。乘法驾皮轩鸾旗，驱驰北宫桂宫，弄彘斗虎。召皇太后所乘小马车，使官奴骑乘，游戏掖庭之中，与孝昭皇帝宫人蒙等淫乱，诏掖庭令，敢泄言者腰斩。

上官太后听到此处，也不禁怒起，命尚书令暂且住读，高声责贺道："为人臣子，可如此悖乱么！"贺又惭又惧，退膝数步，仍然俯伏。尚书令又接读道：

取诸侯王列侯二千石绶，及墨绶黄绶，以与昌邑官奴。发御府金钱刀剑玉器彩缯，赏赐所与游戏之人。沉湎于酒，荒耽于色。自受玺以来，仅二十七日，使者旁午，持节诏诸官署征发，凡一千一百二十七事，失帝王礼，乱汉制度。臣敞等数进谏，不少变更，日以益甚，恐危社稷，天下不安。臣敞等谨与博士议，皆曰今陛下嗣孝昭皇帝后，所谓不轨，五辟之属，莫大不孝。周襄王不能事母，《春秋》曰："天王出居于郑！"由不孝出之，示绝于天下也。宗庙重于君，陛下不可以承天序，奉祖宗庙，子万姓，当废。臣请有司以一太牢，具告宗庙，谨昧死上闻。

尚书令读毕，上官太后即说一"可"字，霍光便令贺起拜受诏。贺急仰首说道："古语有言,天子有诤臣七人,虽无道,不失天下。"说得可笑。光不待说完,便接口道："皇太后有诏废王,怎得尚称天子?"说着,即走近贺侧,代解玺绶,奉与太后。使左右扶贺下殿,出金马门,群臣送至阙外。贺自知绝望,因西向望阙再拜道："愚戆不能任事!"说罢乃起。自就乘舆副车,霍光特送入昌邑邸中,才向贺告辞道："王所行自绝于天,臣宁负王,不敢负社稷,愿王自爱!臣此后不得再侍左右了。"随即涕泣自去。

群臣复请徙贺至汉中,光因处置太严,奏请太后仍使贺还居昌邑,削去王号,另给食邑二千户。惟昌邑群臣,陷王不义,一并处斩。只有中尉王吉、郎中令龚遂,素有谏章,许得减轻,髡为城旦。贺师王式,本拟论死,式谓曾授贺《诗》三百五篇,反复讲解,可作谏书,于是也得免死刑。那应死的二百余人,均被绑赴市曹,凄声号呼道："当断不断,反受其乱!"这两句的意思,乃是悔不杀光。但光不问轻重,一体骈诛,也未免任威好杀呢。小子有诗叹道:

> 国家为重嗣君轻,主昧何妨作变更。
> 只是从官屠戮尽,滥刑毕竟太无情。

贺既废去,朝廷无主,光请太后暂时省政,且迁胜为长信少府,爵关内侯,令授太后经术。胜系鲁人,素习尚书,至是即将生平所学,指示太后。但太后究是女流,不便久亲政务,当由百官会议,选出一位嗣主来了。欲知何人嗣立,且至下回再详。

昌邑王贺,非不可立。但选立之初,宜如何考察,必视贺有君人之德,方可遣使往迎,奈何躁率从事,不问贺之能否为君,便即贸然迎立耶?光以广陵失德,主张迎贺,就令不怀私意,而失察之咎,百喙奚辞。且贺在途中,种种不法,史乐成辈均已闻知,与其后来废立,亦何若预先慎重,遣还昌邑之为愈乎?况废立之举,侥幸成功,设有他变,祸且不测。伊尹能使太甲之悔过,而霍光徒毅然废立,专制成事,其不如伊尹多矣!然以后世之莽、操视之,则光犹有古大臣风,与跋扈者实属不同。善善从长,光其犹为社稷臣乎?

第八十一回　谒祖庙骖乘生嫌　嘱女医入宫进毒

却说霍光废去昌邑王贺,汉廷无主,不得不议立嗣君,好几日尚未能决。光禄大夫丙吉,乃向光上书道："将军受托孤重寄,尽心辅政,不幸昭帝早崩,迎立非人。今社稷宗庙,及人民生命,均待将军一举,方决安危。窃闻外间私议,所言宗室王侯,多无德望,惟武帝曾孙病已,受养掖庭外家,现约十八九岁,通经术,具美材,愿将军周谘众议,参及蓍龟,先令入侍太后,俾天下昭然共知,然后决定大计,天下幸甚!"光阅书后,遍问群臣,太仆杜延年也知病已有德,劝光迎立,此外亦无人异议。光复会同丞相杨敞等,上奏太后,略云:

孝武皇帝曾孙病已,年十八,师受《诗经》《论语》《孝经》,躬行节俭,慈仁爱人,可嗣孝昭皇帝后,奉承祖宗庙,子万姓,臣等昧死以闻。

上官太后,少不经事,不过名义上推为内主,要她取决,其实统是霍光一人主张;光如何定议,太后无不依从。实是一位女傀儡。当下准如所请,即命宗正刘德,备车往迎皇曾孙。皇曾孙病已,就是卫太子据孙。太子据尝纳史女为良娣,良娣系东宫姬妾,位居妃下。生子名进,号史皇孙。史皇孙纳王夫人,生子病已,号皇曾孙。太子据起兵败死,史良娣、史皇孙、王夫人并皆遇害,独病已尚在襁褓,坐系狱中。却值廷尉监丙吉,奉诏典狱,见了这个呱呱婴儿,未免垂怜。遂择女犯中赵、胡二妇,轮流乳养,每日必亲加查验,不令虐待,病已乃得保全。后来武帝养病五柞宫,闻术士言长安狱中,有天子气,因诏令长安各狱中,无论长幼,一律处死。王者不死,岂能擅杀?丙吉见诏使到来,闭门不纳,但传语诏使郭穰道:"天子以好生为大德,他人无辜,尚不可妄杀,何况狱中有皇曾孙呢?"郭穰只得回报武帝,武帝倒也省悟道:"这真是天命所在了!"乃更下赦书,所有狱中罪犯,一律免死。忽猛忽宽,已与乱命相似,惟因丙吉一言,活人无数,阴德可知。吉又为皇曾孙设法,欲将他移送京兆尹,先为致书相请,偏京兆尹驳还不受。皇曾孙已有数岁,常多疾病,赖吉多方医治,始得就痊。吉因他常留狱中,终属不妙,仔细调查,得知史良娣有母贞君,与子史恭,居住故乡,乃将皇曾孙送归史氏,嘱令留养。史贞君虽然年老,但见了外曾孙,当然怜惜,便振起精神,好生看养。至武帝驾崩,遗诏命将曾孙病已收养掖庭,病已乃复入都,归掖庭令张贺看管。贺即右将军张安世兄,前曾服侍卫太子,追念旧恩,格外勤养皇曾孙,令他入塾读书,脩脯由贺担任。皇曾孙却发愤好学,黾勉有成,渐渐的长大起来。贺知他成人有造,意欲把女儿配与为妻。安世发怒道:"皇曾孙为卫太子后裔,但得衣食无亏,也好知足。我张氏女岂堪与配么!"不脱俗情。贺乃另为择偶。适有暴室啬夫许广汉,暴音曝,系宫人织染处,啬夫,官名。生有一女,叫作平君,已许字欧侯氏子为妻,尚未成婚。欧侯氏子一病身亡,遂至婚期中断,仍然待字闺中。广汉与贺,前皆因案牵连,致罹宫刑。贺坐卫太子狱,广汉坐上官桀案,累得身为刑余,充当宫中差使。掖庭令与暴室啬夫,官职虽分高下,惟同为宫役,时常晤面,免不得杯酒相邀,互谈衷曲。一日两人酒叙,饮至半酣,贺向广汉说道:"皇曾孙年已长成,将来不失为关内侯。闻君有女待字,何不配与为妻呢?"广汉已有三分酒意,慨然应允。饮毕回家,与妻谈及,妻不禁怒起,力为阻止。还是广汉定欲践言,不肯悔约,且思掖庭令是上级官长,更觉未便违命,乃将皇曾孙的履历,说得如何尊贵,如何光荣。妇人家心存势利,听得许多好处,也不禁开着笑颜。描写逼真。于是依了夫言,将女许嫁。贺便自出私财,为皇曾孙聘娶许女,择日成礼。两情缱绻,鱼水谐欢。且皇曾孙更多了一个岳家,越有倚靠,更向东海澓中翁处,肄习《诗经》,暇时出游三辅,也去斗鸡走马,作为消遣。惟常留心风俗,所有闾里奸邪,吏治得失,颇能一一记忆,历数无遗。尤有一种异相,遍体生毛,起居处屡有光耀,旁人诧为奇事,皇曾孙亦因此自豪。

  昭帝元凤三年正月间,泰山有大石自立,上林中大柳已死,忽然重生。柳叶上虫食成文,约略辨认,乃是"公孙病已立"五字,中外人士,莫不惊疑。符节令眭孟,曾从董仲舒受习《春秋》,通谶纬学,独奏称大石自立,僵柳复起,必有匹夫起为天子,应该亟求贤人,禅授帝位。大将军霍光,说他妖言惑众,捕孟处斩。谁知所言果验,竟于元平元年孟秋,由宗正刘德迎入皇曾孙,至未央宫谒见太后,虽是天潢嫡派,已经削籍为民。光以为不便径立,特请诸太后,先封皇曾孙为阳武侯,然后由群臣奉上玺绶,即皇帝位。九死一生的皇曾孙,居然龙飞九五,坐登大宝,后来因他庙号孝宣,称为宣帝。宣帝嗣祚,例须谒见高庙。大将军霍光,骖乘同行,宣帝坐在舆中,好似背上生着芒刺,很觉不安。及礼毕归来,由车骑将军张安世,代光骖乘,宣帝方才安心,怡然入宫。侍御史严延年,却劾奏霍光擅行废立,无人臣礼。至此方言明是卖直。宣帝瞧到此奏,不便批答,只好搁置不提。

  未几丞相杨敞病终,升御史大夫蔡义为丞相,封阳平侯,进左冯翊田广明为御史大夫。义年已八十多岁,伛偻曲背,形似老妪,或谓光自欲专制,故用此老朽为相。当有人向光报知,光解说道:"义起家明经,从前孝武皇帝,尝令他教授昭帝,他既为人主师,难道不配做丞相么?"相术与师道不同,光此言似是而非。是时上官太后尚居未央宫,由宣帝尊为太皇太后,只是后位未定,群臣多拟立霍光小女,就是上官太后亦有此意。宣帝已有所闻,独下诏访求故剑,这乃是宣帝不弃糟糠,特借故剑为名,表明微意。群臣却也聪明,遂请立许氏为皇后。宣帝先册许氏为婕妤,嗣即令正后位。并欲援引先朝旧例,封后父广汉为侯。偏霍光出来梗议,谓广汉已受宫刑,不应再加侯封。光妻谋毒许后,实是因此发生。宣帝拗他不过,暂从罢论。

  蹉跎过了年余,始封广汉为昌成君。光见宣帝遇事谦退,持躬谨慎,料他没有意外举动,遂请上官太后还居长乐宫。上官太后当然还驾,光且派兵屯卫长乐宫,借备非常。已而腊鼓催残,椒花献颂,新皇帝依例改元,号为本始元年,下诏封赏,定策功臣。增封大将军霍光,食邑万七千户;车骑将军张安世,食邑万户,此外列侯加封食邑,共计十人,封侯计五人,赐爵关内侯计八人。霍光稽首归政,宣帝不许,令诸事俱先白霍光,然后奏闻。光子霍禹,及兄孙霍云、霍山,俱得受官。还有诸婿外孙,陆续引进,蟠据朝廷。宣帝颇怀猜忌,但不得不虚己以听,唯言是从。独大司农田延年,首倡废立大议,晋封阳城侯,免不得趾高气扬,自鸣得意。那知有怨家告讦,说他办理昭帝大丧,谎报雇车价值,侵吞公款至三千万钱,当由丞相蔡义,据事纠弹,应该下狱讯办。田延年索性负气,竟不肯就狱,愤然说道:"我位至封侯,尚有面目入诏狱么?"俄而又闻严延年劾他手持兵器,侵犯属车,更恨上添恨道:"这无非教我速死!我死便罢,何必多方迫我?"说着,竟拔剑自杀。后来御史中丞,反诘责严延年,谓既知田延年有罪,如何纵令犯法,亦当连坐;严延年弃官遁去,朝廷也不加追究。看官阅此,应知两延年一死一遁,都是性情过激,世所难容,终不免受人挤排,摔去了事!

　　宣帝不好过问,但凭霍光处置,惟自思本生祖考,未有号谥,乃令有司妥为议定。有司应诏奏称,谓为人后者为人子,不得私其所亲,陛下继承昭帝,奉祀陵庙,亲谥只宜称悼,母号悼后,故皇太子谥曰戾,史良娣号戾夫人。宣帝也即准议,不过重行改葬,特置园邑,留作一种报本的纪念。更立燕刺王旦太子建为广阳王,广陵王胥少子弘为高密王,越年复下诏追崇武帝,应增庙乐,令列侯二千石博士会议,群臣皆复称如诏。独长信少府夏侯胜驳议道:"孝武皇帝,虽尝征服蛮夷,开拓土宇,但多伤士卒,竭尽财力,德泽未足及人,不宜更增庙乐。"这数语说将出来,顿致舆论哗然,同声语胜道:"这是诏书颁示,怎得故违?"胜昂然道:"诏书非尽可行,全靠人臣直言补阙,怎得阿意顺旨,便算尽忠?我意已定,死亦无悔了!"又出一个硬头子。大众闻言,统怪胜不肯奉诏,联名奏劾,说他毁谤先帝,罪该不道。独丞相长史黄霸,不肯署名。复被大众举劾,请与胜一同坐罪。宣帝乃命将胜、霸二人,逮系狱中。群臣遂请尊武帝庙为世宗庙,且提出武帝在日,巡行郡国四十九处,概令立庙,别立庙乐,号为盛德文始五行舞,世世祭飨,与高祖、太宗庙祀相同,宣帝并皆依议,饬令照办。只胜、霸两人,久被拘系,好多时不闻究治。两人同在一处,彼此攀谈,却也不至寂寞。霸字次公,籍隶阳夏,少习法律,及长为吏,迁任河南郡丞,宽和得民。宣帝即位,因召为廷尉正,兼署丞相长史。此时被逮下狱,亲友都替他愁苦,他却遇着经师夏侯胜,正好乘闲请教,乞胜传授经学。胜言犯罪当死,何必读经?霸答道:"朝闻道,夕死犹可。况今夕尚未必果死哩!"可谓好学。胜乃讲授《尚书》,逐日不绝。直至本始四年,方才遇赦,后文再表。

且说乌孙国王岑陬,前纳继祖母江都公主为妻,仍然臣事汉朝。见前文。越数年后,江都公主病死,岑陬复乞和亲,汉廷因将楚王戊孙女解忧,号为公主,遣嫁岑陬。解忧尚无生育,岑陬却患了绝症,竟致不起。自思有子泥靡,出自胡妇,幼弱未能任事,不如托诸从弟翁归靡,教他代立为王;俟至泥靡长成,然后归还主位。主见已定,遂召翁归靡入帐,述及己意,翁归靡当然听命。及岑陬一死,便即称王,又见解忧年轻有色,也把她占为己妻。继祖母尚可为妻,何况从嫂?解忧只好随缘,与翁归靡结为夫妇,好合数年,得生三男二女,依次长成。长男名元贵靡,留在国中。次男名万年,出为莎车王。最幼名大乐,也为左大将。及昭帝末年,匈奴因乌孙附汉,连结车师,并攻乌孙,乌孙忙发兵守御。一面由解忧公主出面,飞书至汉,求请援师。汉廷得书,正拟调兵往救,适值昭帝驾崩,国事纷纭,无暇外顾。到了宣帝即位,复由解忧夫妇,上书敦促,并言专待汉兵,夹击匈奴。宣帝与霍光议定,大发关东精锐,分路出征。命御史大夫田广明为祈连将军,领四万余骑出西河;度辽将军范明友,领三万余骑出张掖;前将军韩增,领三万余骑出云中;后将军赵充国为蒲类将军,领三万余骑出酒泉;云中太守田顺为虎牙将军,领三万余骑出五原。五路大兵,共计得十六万余人,如火如荼,杀往匈奴。再遣校尉常惠,持节发乌孙兵,会师夹攻。

匈奴主壶衍鞮单于,闻得汉兵大至,亟将人民牲畜,奔徙漠北,塞外一空。汉将五路出师,但见秋高木落,遍地荒凉,并没有甚么胡兵,甚么胡马,好容易驰入胡境,搜得几个人畜,也不过是老弱陋劣,一时不及迁移,乃被捕获。五将陆续班师,由汉廷严核赏罚,田广明引兵先归,田顺诈报俘虏,皆被察出,下吏自杀。范明友、韩增、赵充国三人,也是半途折回,无功有罪。宣帝因已诛二将,不欲滥刑,特令从宽免议。

独校尉常惠,监护乌孙兵五万余骑,直入右谷蠡王庭内,擒住单于伯叔,及嫂居次,犹汉言公主。名王犁污,掳都尉千长以下三万九千余级,马牛羊驴七十余万头,饱载西归,返入乌孙。乌孙将掳取人畜,悉数自取,毫不分与常惠,反将常惠使节盗去。常惠无从追究,垂头丧气,驰还长安。何其疏忽至此!自料此番回都,必遭重谴,硬着头入报宣帝。宣帝却好言抚慰,面封惠为长罗侯,惠谢恩而退,喜出望外。后来探问同僚,才知宣帝因五将无功,还是乌孙兵得了大捷,虽然没有进益,也足令匈奴丧胆,免为汉患,所以叙功加封。寻且奉诏再使乌孙,令他赍着金帛,犒赏乌孙将士。惠乘机进奏,谓龟兹国前杀朝使,未曾加讨,应该顺道往攻。宣帝恐他多事,不肯照准。惟霍光密与惠言,许得便宜行事。惠遂往乌孙,宣诏颁赏,又矫命乌孙发兵,联合西域各国,进击龟兹。龟兹已经易主,后王绛宾,说是先人误听姑翼,因致得罪汉朝。当

第八十一回　谒祖庙骖乘生嫌　嘱女医入宫进毒

下将姑翼缚送军前，由惠喝令斩讫，当即罢兵回国。宣帝闻报，本欲责他专擅，因闻霍光暗中指使，只得作罢，但不复加赏，略示深衷。

谁知霍光专政，情尚可原，那光妻霍显，却是一个淫悍泼妇，公然阴谋诡计，下毒宫闱。说将起来，也是霍光治家不正，肇此祸阶。霍光元配东闾氏，只生一女，嫁与上官安为妻。东闾氏早殁，有婢名显，狡黠异常，为光所爱，曾纳为妾媵，生有子女数人。光便不他娶，就将显升做继室。显有小女成君，尚未字人，满望宣帝登台，好将成君纳入宫中，做个现成皇后。偏宣帝愿求故剑，令故妻许氏正位中宫，竟致霍显失望，满怀不平。日思夜想，拟把许后除去，怎奈一时不得方法，没奈何迁延过去。迟至本始三年正月，许皇后怀孕满期，将要分娩，忽然身体不适，寝食难安。宣帝顾念患难夫妻，格外爱护，遍召御医诊治，且采募女医入宫，俾得日夕侍奉，较为合宜。巧有掖庭户卫淳于赏妻，单名为衍，粗通医理，应募入侍。衍尝往来大将军家，与霍显认识有年，至是淳于赏因妻入宫，便与语道："汝何不往辞霍夫人，为我求得安池监。若霍夫人肯代白大将军，安池监定可补缺，比户卫好得多呢！"衍遵着夫嘱，径至霍家谒显，报告入宫侍后，并求派乃夫差缺。显触着心事，暗暗喜欢道："这番机会到了！"便引衍至密室，悄然与语。特呼衍表字道："少夫！汝欲我代谋差缺，我亦烦汝一件大事，汝可允我否？"衍应声道："夫人有命，敢不敬从！"显笑说道："大将军最爱小女成君，欲使极贵，特为此事，有劳少夫。"衍不解所谓，愕然问道："夫人所嘱，是何命意？"显即将衍扯近一步，附耳与语道："妇人产育，关系生死。今皇后因娠得病，正好将她毒死。天子若立继后，小女成君，就得册纳。少夫如肯为力，富贵与共，幸勿推辞！"顾前不顾后，全是悍妇偏见。衍闻显言，不禁失色，支吾对答道："药须由众医配合，进服时需人先尝，此事恐难为力。"显复冷笑道："少夫若肯代谋，何至无法。现我将军管辖天下，何人敢来多嘴？就使有缓急情事，自当出救，决不相累。只恐少夫无意，才觉难成。"衍沉吟良久，方答说道："有隙可图，自愿尽力。"总为富贵二字所误。显又再三叮嘱，衍应命辞归，也不及告知乃夫，私取附子捣末，藏入衣袋，径往宫中。

可巧许后临盆，生下一女，却是不做难产，安然无恙。不过产后乏力，还须调理，经御医拟定一方，合丸进服。淳于衍凑便下手，竟将附子取出，掺入丸内。附子虽是有毒，本来可作药饵，并非酖毒可比，但性热上升，不宜产后。许后哪里知晓，取到便吞，待至药性发作，顿时喘急起来，因顾问淳于衍道："我服丸药后，头觉岑岑，沉重之意。莫非丸中有毒不成？"衍勉强答说道："丸中何至有毒。"一面说，一面再召御医诊治。御医诊治后脉，已经散乱，额上冷汗淋漓，也不识是何因，才阅片刻，许后两眼一翻，呜呼归天！还幸微贱时已产一男，总算留得一线血脉。小子有诗叹道：

赢得三年国母尊,伤心被毒竟埋冤。
杜南若有遗灵在,好看仇家且灭门。杜南为许后葬处,见下回。

许后告崩,宣帝亲自视殓,悲悼不已。忽由外面呈入奏章,乃收泪取阅。欲知奏章内容,待至下回再表。

史称霍氏之祸,萌于骖乘,是骖乘一事,所关甚大。夫骖乘亦常事耳,张安世亦与谋废立,官拜车骑将军,更非常官,当其代光骖乘,宣帝得从容快意,何独于霍光而疑之。吾料霍光当日,必有一种骄倨之容,流露词色,令人生畏,此宣帝之所以踧踖不安也。田延年之自杀,祸起怨妒;而霍光不为救护,未免怀私。废立之议,倡自田延年,光不欲使为功首,故乐其死而恝视之。严延年之被逐,则实为劾奏霍光而起;御史中丞,诘责严延年,即非由光之授意,而巧为迎合,不问可知。至若常惠之通使乌孙,擅击龟兹,则全出光之指授。光固视宣帝如傀儡,归政之请,果谁欺乎?悍妻霍显,胆敢私嘱女医,毒死许后,何一非由光之纵成。后人或比光为伊、周,伊、周圣人,岂若光之悖戾为哉?

第八十二回　孝妇伸冤于公造福
　　　　　　淫妪失德霍氏横行

却说宣帝方悲悼许后,即有人递入奏章,内言皇后暴崩,想系诸医侍疾无状,应该从严拿究。宣帝当即批准,使有司拿问诸医。淳于衍正私下出宫,报知霍显,显引衍入内,背人道谢。一时未便重酬,只好与订后约。衍告别回家,甫经入门,便有捕吏到来,把她拘去。经问官审讯几次,衍抵死不肯供认,此外医官,并无情弊,自然同声呼冤。问官无法,一古脑儿囚系狱中。霍显闻知衍被拘讯,惊惶的了不得,俗语说得好,急来抱佛脚,那时只好告知霍光,自陈秘计。霍光听了,也不禁咋舌,责显何不预商。显泣语道:"木已成舟,悔亦无及,万望将军代为调护,毋使衍久系狱中,吐出实情,累我全家。"光默然不答,暗思事关大逆,若径去自首,就使保全一门,那娇滴滴的爱妻,总须头颅落地,不如代为瞒住,把淳于衍等一体开释,免得及祸。谁知祸根更大。乃入朝谒见宣帝,但言皇后崩逝,当是命数注定,若必加罪诸医,未免有伤皇仁;况诸医也没有这般大胆,敢毒中宫。宣帝也以为然,遂传诏赦出诸医,淳于衍亦得释出。许皇后含冤莫白,但依礼治丧,奉葬杜南,谥为恭哀皇后。霍显见大狱已解,才得放心,密召淳于衍至家,酬以金帛,后来且替她营造居屋,购置田宅婢

第八十二回　孝妇伸冤于公造福　淫妪失德霍氏横行

仆,令衍享受荣华。衍意尚未足,霍家财钱,却耗费了许多。显知阴谋已就,便为小女安排妆奁,具备许多珠玉锦绣,眼巴巴的望她为后。只是无人关说,仍然无效,没奈何再请求霍光,纳女后宫。光也乐得进言,竟蒙宣帝允许,就将成君装束停当,载入宫中。国丈无不愿为。所有衣饰奁具,一并送入。从来少年无丑妇,况是相府娇娃,总有一些秀媚状态。宣帝年甫逾冠,正当好色年华,虽尚追忆前妻,余哀未尽,但看了这个如花似玉的佳人,怎能不情动神移?当下优礼相待,逐渐宠幸。过了一年,竟将霍氏成君,册为继后。霍夫人显果得如愿以偿,称心满意了。原是快活得很,可惜不能长久。

先是许后起自微贱,虽贵不骄,平居衣服,俭朴无华,每五日必至长乐宫,朝见上官太后,亲自进食,谨修妇道。至霍光女为后,比许后大不相同,舆服丽都,仆从杂沓,只因上官太后谊属尊亲,不得不仿许后故事,前去侍奉。上官太后系霍光外孙女,论起母家私戚,还要呼霍后为姨母,所以霍后进谒,往往起立一劳,特别敬礼。就是宣帝亦倍加燕好,备极绸缪。

是年丞相义病逝,进大鸿胪韦贤为丞相,封扶阳侯。大司农魏相为御史大夫,颍川太守赵广汉为京兆尹。又因郡国地震,山崩水溢,北海琅琊,毁坏宗庙,宣帝特素服避殿,大赦天下,诏求经术,举贤良方正。夏侯胜、黄霸,才得出狱。回应前文。胜且受命为谏大夫,霸出任扬州刺史。胜年已垂老,平素质朴少文,有时入对御前,或误称宣帝为君,或误呼他人表字,君前臣名不应呼字。宣帝毫不计较,颇加亲信。尝因回朝退食,与同僚述及宫中问答。事为宣帝所闻,责胜漏言,胜从容道:"陛下所言甚善,臣非常佩服,故在外称扬。唐尧为古时圣主,言论传诵至今,陛下有言可传,何妨使人传诵呢!"宣帝不禁点首,当然无言。夏侯胜也会献谀。嗣是朝廷大议,必召胜列席。宣帝常呼胜为先生,且与语道:"先生尽管直言,幸勿记怀前事,自安退默。朕已知先生正直了!"胜乃随事献替,多见听从。继复使为长沙少府,迁官太子太傅,年至九十乃终。上官太后记念师恩,赐钱二百万,素服五日。宣帝亦特赐茔地,陪葬平陵。即昭帝陵,见前文。西汉经生,生荣死哀,惟胜称最。胜本鲁人,受学于族叔夏侯始昌。始昌尝为昌邑王太傅,通《尚书》学,得胜受授,书说益明,时人称为大小夏侯学。胜子孙受荫为官,不废先业,这也好算得诗书余泽呢。归功经术,寓意独深。

且说宣帝本始四年冬季,定议改元,越年元日,遂号为地节元年。朝政清平,国家无事,惟刑狱尚沿积习,不免烦苛。宣帝有志省刑,特升水衡都尉于定国为廷尉,令他决狱持平。定国字曼倩,东海郯县人。父于公,曾为郡曹,判案廉明,民无不服。郡人特为建立生祠,号为于公祠。会东海郡有孝妇周青,年轻守寡,奉姑惟谨。姑因家况素贫,全靠周青纺织为养,甚觉过意不去,且周青又无子嗣，不如劝令改嫁，免受冻馁，一连说至数次，青决意守节，誓不再醮，姑转告邻人道："我媳甚孝，耐苦忍劳，但我怜她无子守寡，又为我一人在世，不肯他适，我岂可长累我媳么？"邻人总道她是口头常谈，不以为意，那姑竟自缢，反致周青茕茕孑立，不胜悲苦。青有小姑，已经适人，平时好搬弄是非，竟向郯县中控告寡嫂，说她逼死老母。县官不分皂白，便将周青拘至，当堂质讯。青自然辩诬，偏县官疑她抵赖，喝用严刑。青自思余生乏味，不若与姑同尽，乃随口妄供，即由县官谳成死罪，申详太守。太守批令如议，独于公力争道："周青养姑十余年，节孝著名，断无杀姑情事，请太守驳斥县案，毋令含冤！"太守执意不从，于公无法可施，手持案卷，向府署恸哭一场，托病辞去。周青竟致枉死，冤气冲天，三年旱荒。后任太守，为民祈雨，全无效验，乃欲召问卜筮。可巧于公求见，由太守召入与语，于公乃将周青冤案，从头叙明。好在太守不比前任，立命宰牛，至周青墓前致祭，亲为祷告，并竖墓表。及祭毕回署，便觉彤云四布，霖雨连宵。东海郡三年告饥，独是年百谷丰收，民得少苏，自是都感念于公。天既知孝妇之冤，何不降灾郡守，乃独肆虐郡民，此理令人难解。

　　于公欣然归家，正值里门朽坏，须加修治。里人醵资估工，为缮葺计，于公笑语道："今日修筑里门，应比从前高大，可容驷马高车。"里人问他何故？于公道："我生平决狱，秉公无私，平反案不下十百，这也是一件阴德，我子孙可望兴隆，所以要高大门闾呢。"里人素敬重于公，如言办理，果然于公殁后，有子定国，出掌吏事，超列公卿。既任廷尉，哀矜鳏寡，罪疑从轻，与前此张汤、杜周等人，宽猛迥别。都下有传言云："张释之为廷尉，天下无冤民；张释之系文帝时人，见前文。于定国为廷尉，民自以不冤。"定国雅善饮酒，虽多不乱，冬月大审，饮酒越多，判断越明。又恨自己未读经书，辄向经师受业，学习《春秋》，北面执弟子礼，因此彬彬有文，谦和儒雅。大将军霍光，亦很加依重。至地节二年春三月，光老病侵寻，渐至危迫。宣帝躬自临问，见他痰喘交作，已近弥留，不禁泫然流涕。及御驾还宫，接阅光谢恩书，谓愿分国邑三千户，移封兄孙奉车都尉霍山，奉兄骠骑将军去病遗祀。当下将原书发出，交丞相御史大夫酌议，即日拜光子禹为右将军。未几光卒，宣帝与上官太后，均亲往吊奠，使大中大夫任宣等持节护丧，中二千石以下官吏，监治坟茔。特赐御用衣衾棺椁，出葬时候，用辒辌车载运灵柩，辒辌车为天子丧车，车中有窗闭则温，开则凉，故名辒辌车。黄屋左纛，尽如天子制度；征发畿卫各军，一体送葬，予谥宣成侯。墓前置园邑三百家，派兵看守。未免滥赐。丞相韦贤等，请依霍光谢恩书，分邑与山。宣帝不忍分置，令禹嗣爵博陵侯，食邑如旧。独封山为乐平侯，守奉车都尉领尚书事。御史大夫魏相，恐霍禹擅权专政，特请拜张安世为

第八十二回　孝妇伸冤于公造福　淫妪失德霍氏横行

大司马、大将军，继光后任。宣帝也有此意，即欲封拜。安世闻知消息，慌忙入朝固辞。偏宣帝不肯允许，但取消"大将军"三字，令安世为大司马、车骑将军，领尚书事。安世小心谨慎，事事不敢专主，悉禀宣帝裁定，宣帝始得亲政，励精图治。每阅五日，开一大会，凡丞相以下诸官，悉令列席，有利议兴，有害议革，周谘博访，民隐毕宣。至简放内史守相，亦必亲自召问，循名责实，尝语左右道："庶民所以得安，田里无愁恨声，全靠政平讼理，得人而治。朕想国家大本，系诸民生，民生大要，系诸良二千石，二千石若不得人，怎能佐朕治国呢？"已而胶东相王成，颇有循声，闻他招集流民，约有八万余口，宣帝即下诏褒扬，称为劳来不怠，赐爵关内侯，这是封赏循吏的第一遭。后来王成病死，有人说他浮报户口，不情不实，宣帝亦未尝追问。但教吏治有名，往往玺书勉励，增秩赐金，于是天下闻风，循吏辈出。下文自有交代。

且说地节三年，宣帝因储君未立，有碍国本，乃立许后所生子奭为皇太子，进封许后父广汉为平恩侯。复恐霍后不平，推恩霍氏，封光孙中郎将云为冠阳侯。那知霍氏果然觖望，虽得一门三侯，意中尚嫌未足，第一个贪心无厌的人物，就是光妻霍显。她自霍袭爵，居然做了太夫人，骄奢不法，任意妄为，令将光生前所筑茔制，特别扩充，三面起阙，中筑神道，并盛建祠宇辇阁，通接永巷。所有老年婢妾，悉数驱至巷中，叫她们看守祠墓，其实与幽禁无二。自己大治第宅，特制彩辇，黄金为饰，锦绣为茵，并用五彩丝绞作长绳，绾住辇毂，令侍婢充当车夫，挽车游行，逍遥快乐。日间借此自娱，夜间却未免寂寞，独引入俊仆冯殷，与他交欢。殷素狡慧，与王子方并为霍家奴，充役有年。霍光在日，亦爱他两人伶俐，令管家常琐事。惟子方面貌，不及冯殷，殷姣好如美妇，故绰号叫作子都。显系霍光继室，当然年齿较轻，一双媚眼，早已看中冯殷。殷亦知情识意，每乘光入宫值宿，即与显有偷寒送暖等情，光戴着一顶绿巾，尚全然不晓。家有姣妻，怎得再畜俊奴，这也是光种下的祸祟。及光殁后，彼此无禁无忌，乐得相偎相抱，颠倒鸳鸯。霍禹、霍山，也是淫纵得很，游侠无度。霍云尚在少年，整日里带领门客，架鹰逐犬，有时例入当朝，不愿进谒，唯遣家奴驰入朝堂，称病乞假。朝臣亦知他欺主，莫敢举劾。还有霍禹姊妹，仗着母家势力，任意出入太后、皇后两宫。霍显越好横行，视两宫如帷闼一般，往返自由，不必拘礼。为此种种放浪，免不得有人反对，凭着那一腔懊恼，毅然上书道：

臣闻《春秋》讥世卿，恶宋三世为大夫，及鲁季孙之专权，皆足危乱国家。自后元以来，后元为汉武年号，见前文。禄去王室，政由冢宰。今大将军霍光已殁，子禹复为右将军，兄孙山亦入秉枢机，昆弟诸婿，各据权势，分任兵官，夫人显及诸女，皆通籍长信宫，宫在长乐宫内，为上官太后所居。或贲夜呼门出入,骄奢放纵,恐渐不制;宜有以损夺其权,破散阴谋,以固万世之基,全功臣之世,国家幸甚!臣等幸甚!

这封书系由许广汉呈入,署名并非广汉,乃是御史大夫魏相所陈。相字弱翁,定陶人氏,少学《易》,被举贤良,对策得高第,受官茂陵令。迁任河南太守,禁止奸邪,豪强畏服。故丞相田千秋次子,方为洛阳武库令,闻相治郡尚严,恐自己不免遭劾,辞职入都,入白霍光。光还道相器量浅窄,不肯容故相次儿,当即贻书责备。嗣又有人劾相滥刑,遂发缇骑,拘相入都。河南戍卒,在都留役,闻知魏相被拘,都乘霍光公出,遮住车前,情愿多充役一年,赎太守罪。经光好言遣散,旋又接得函谷关吏报告,谓有河南老弱万余人,愿入关上书,请赦魏相。光复言相罪未定,不过使他候质,如果无罪,自当复任等语。关吏依言抚慰,大众方才散归。至相被逮至,竟致下狱,案无立证,幸得不死。经冬遇赦,再为茂陵令,调迁扬州刺史。宣帝即位,始召入为大司农,擢任御史大夫。至是愤然上书,也并非欲报私仇,实由霍氏太横,看不过去。因浼平恩侯许广汉代为呈递,委屈求全。<u>相有贤声,故笔下代为洗刷。</u>

宣帝未尝不阴忌霍家,因念霍光旧功,姑示包容,及览到相书,自无异言。相复托广汉进言,乞除去吏民副封,借免壅蔽。原来汉廷故事,凡吏民上书,须具正副二封,先由领尚书事将副封展阅一周,所言不合,得把正封搁置,不复上奏。相因霍山方领尚书事,恐他捺住奏章,故有此请。宣帝也即依从,变更旧制,且引相为给事中。霍显得知此事,召语禹及云、山道:"汝等不思承大将军余业,日夕偷安,今魏大夫入为给事中,若使他人得进闲言,汝等尚能自救么?"问汝果做何勾当?禹与云、山,尚不以为意。既而霍氏家奴与御史家奴争道,互生龃龉,霍家奴恃蛮无理,竟捣入御史府中,汹汹辱骂。还是魏相出来陪礼,令家奴叩头谢罪,才得息争。旋由丞相韦贤,老病乞休,宣帝特赐安车驷马,送归就第,竟升魏相为丞相。御史大夫一缺,就用了光禄大夫丙吉。吉曾保护宣帝,未尝自述前恩,此次不过循例超迁,与魏相同心夹辅,各尽忠诚。独霍显暗暗生惊,只恐得罪魏相,将被报复。且因太子奭册立以后,尝恨恨道:"彼乃主上微贱时所生,怎得立为太子?若使皇后生男,难道反受他压迫,只能外出为王么?"汝试自思系是何等出身?乃悄悄的入见霍后,叫她毒死太子,免为所制。霍后依着母命,怀着毒物,屡召太子赐食,拟乘间下毒。偏宣帝早已防着,密嘱保姆,随时护持。每当霍后与食,必经保姆先尝后进,累得霍后无从下手,只好背地咒骂,衔恨不休。<u>有是母必有是女。</u>宣帝留心伺察,觉得霍后不悦太子,心下大疑。回忆从前许后死状,莫非果由霍氏设计,遣人下毒,以致暴崩。且渐渐闻得宫廷内外,却有三言两语,流露毒案,因此与魏相密商,想出一种釜底抽薪的计策,逐渐进行。

第八十二回　孝妇伸冤于公造福　淫姬失德霍氏横行

当时度辽将军范明友,为未央卫尉,中郎将任胜,为羽林监,还有长乐卫尉邓广汉,光禄大夫散骑都尉赵平,统是霍光女婿,入掌兵权。光禄大夫给事中张朔,系光姊夫,中郎将王汉,系光孙婿。宣帝先徙范明友为光禄勋,任胜为安定太守,张朔为蜀郡太守,王汉为武威太守;复调邓广汉为少府,收还霍禹右将军印,阳尊为大司马,与乃父同一官衔;特命张安世为卫将军,所有两宫卫尉,城门屯兵,北军八校尉,尽归安世节制。又将赵平的骑都尉印绶,也一并撤回,但使为光禄大夫。另使许、史两家子弟,代为军将。

霍禹因兵权被夺,亲戚调徙,当然郁愤得很,托疾不朝。大中大夫任宣,曾为霍氏长史,且前此奉诏护丧,因特往视霍禹,探问病恙。禹张目道:"我有甚么病症?只是心下不甘。"宣故意问为何因,禹呼宣帝为县官,信口讥评道:"县官非我家将军,怎得至此?今将军坟土未干,就将我家疏斥,反任许、史子弟,夺我印绶,究竟我家有甚么大过呢?"宣闻言劝解道:"大将军在日,亲揽国权,生杀予夺,操诸掌握,就是家奴冯子都、王子方等,亦受百官敬重,比丞相还要威严。今却不能与前并论了。许、史为天子至亲,应该贵显,愿大司马不可介怀!"宣亦有心人,惜语未尽透辟。禹默然不答,宣自辞去。

越数日禹已假满,没奈何入朝视事。天下事盛极必衰,势盛时无不奉承,势衰后必遇怨谤,况霍氏不知敛束,怎能不受人讥弹?因此纠劾霍家,常有所闻。霍禹、霍山、霍云,无从拦阻,愁得日夜不安,只好转告霍显。显勃然道:"这想是魏丞相暗中唆使,要灭我家,难道果无罪过么?"妇人不知咎己,专喜咎人。山答说道:"丞相生平廉正,却是无罪,我家兄弟诸婿,行为不谨,容易受谤,最可怪的是都中舆论,争言我家毒死许皇后,究竟此说从何而来?"霍显不禁起座,引霍禹等至内室,具述淳于衍下毒实情。霍禹等不觉大惊,同声急语道:"这!这!……这事果真么?奈何不先行告知!"显也觉愧悔,把一张粉饰的黄脸儿,急得红一块,青一块,与无盐、嫫母一般。无盐、嫫母、古丑妇。小子有诗叹道:

> 不经贪贼不生灾,大祸都从大福来。
> 莫道阴谋人不觉,空中天网自恢恢。

欲知霍氏如何安排,容至下回续叙。

孝妇舍冤,三年不雨,于公代为昭雪,请太守祭茔表墓,即致甘霖之下降,是天道固非尽无凭也。天道有凭,宁有如霍显之毒死许后,纳入小女成君,而可得富贵之长保者?人有千算,天教一算,愈狡黠愈遭天忌,愈骄横亦愈致天谴;况霍显淫悍,霍禹、霍山、霍云,更游侠无度,如此不法,尚欲安享荣华,宁有是理？人即可欺，天岂可欺乎？逮至兵权被削，亲戚被徙，独不知谢职归田，反且蓄怨生谋，思为大逆，其自速灭亡也宜哉！观于霍氏之灭亡，而后之营营富贵者，可自此返矣。

第八十三回　泄逆谋杀尽后族
　　　　　矫君命歼厥渠魁

却说霍显心虚情怯，悔惧交并，霍禹对显道："既有此事，怪不得县官斥逐诸婿，夺我兵权，若认真查究起来，必有大罚，奈何奈何！"霍山、霍云，亦急得没有主意。还是霍禹年纪较大，胆气较粗，自思一不做二不休，将错便错，索性把宣帝废去，方可免患。比母更凶。忽又见赵平趋入道："平家有门客石夏，善观天文，据言天象示变，荧惑守住御星，御星占验，主太仆奉车都尉当灾，若非罢黜，且遭横死。"霍山正为奉车都尉，听了平言，更觉着忙。就是霍禹、霍云，亦恐自己不能免祸。正在秘密商议，又有一人进来，乃是云舅李竟好友，叫做张赦。云亦与交好，当即迎入，互相谈叙。赦见云神色仓皇，料有他故，用言探试，便由云说出隐情。赦即替他设策道："今丞相与平恩侯，擅权用事，可请太夫人速白上官太后，诛此两人，翦去宫廷羽翼，天子自然势孤。但教上官太后一诏，便好废去。"云欣然受教，赦也即告别。

不意属垣有耳，竟为所闻，霍氏家中的马夫，约略听见张赦计谋。夜间私议，适值长安亭长张章，与马夫相识，落魄无聊，前来探望，马夫留他下榻，他佯作睡着，却侧着耳听那马夫密谈，待至马夫谈完，统去就寝，便不禁暗喜，想即借此出头，希图富贵。心虽不善，但不如此，则霍氏不亡。朦胧半晌，已报鸡声，本来张章粗通文墨，至此醒来，又复打定腹稿，一至天明，即起床与马夫作别，自去缮成一书，竟向北阙呈入。宣帝本欲杜除壅蔽，使中书令传诏出去，无论吏民，概得上书言事。一面由中书令逐日取入，亲自披览。至看到章书，就发交廷尉查办，廷尉使执金吾官名。往捕张赦、石夏等人；已而宣帝又饬令止捕。

霍氏知阴谋被泄，越觉惊惶。霍山等相率聚议道："这由县官顾着太后，恐致干连，故不愿穷究。但我等已被嫌疑，且有毒死许后一案，谣言日盛，就使主上宽仁，难保左右不从中举发，一或发作，必致族诛。今不如先发制人，较为得计！"已经迟了。乃使诸女各报夫婿，劝他一同举事。各婿家也恐连坐，情愿如约。会霍云舅李竟，坐与诸侯王私相往来，得罪被拘。案与霍氏相连，有诏令霍云、霍山，免官就第，霍氏愈致失势。只有霍禹一人，尚得入朝办事。

第八十三回　泄逆谋杀尽后族　矫君命歼厥渠魁

百官对着霍禹,已不若从前敬礼,偏又经宣帝当面责问,谓霍家女入谒长信宫,注见前回。何故无礼？霍家奴冯子都等,何故不法？说得禹头汗直淋,勉强免冠谢罪。乃退朝回来,告知霍显以下等人,胆小的都吓得发抖,胆大的越激动邪心。显志忐不安,夜间梦光与语道：“汝知儿被捕否？”光果有灵,当先活捉冯子都,这全是霍显惊慌所致。霍禹也梦车声马声,前来拿人。母子清晨起床,互述梦境,并皆担忧。又见白昼多鼠,曳尾画地,庭树集鸦,恶声惊人。宅门无故自坏,屋瓦无风自飞,种种怪异,不可究诘。

　　地节四年春月,宣帝求得外祖母王媪,及母舅无故与武,当即称王媪为博平君,封无故为平昌侯,武为乐昌侯。许、史以外,又多了王门贵戚,顿使霍家相形见绌,日夜愁烦。霍山独怨恨魏相,侈然语众道：“丞相擅减宗庙祭品,如羔如兔蛙,并皆酌省。从前高后时,曾有定例,臣下擅议宗庙,罪应弃市。今丞相不遵旧制,何勿把他举劾呢！”霍禹、霍云,尚说此举只有关魏相,未足保家。因复另设一计,欲使上官太后,邀饮博平君,召入丞相、平恩侯等,令范明友、邓广汉引兵突入,承制处斩,趁势废去宣帝,立霍禹为天子。计议已定,尚未举行,又由宣帝颁诏,出霍云为玄菟太守,任宣为代郡太守。接连又发觉霍山过恶,系是擅写秘书,应该坐罪,不如意事,纷至沓来。霍显替山解免,愿献城西第宅,并马千匹,为山赎罪,书入不报。那知张章又探得霍禹等逆谋,往告期门官名。董忠,忠转告左曹杨恽,恽又转达侍中金安上。安上系前车骑将军金日磾从子,方得主宠,立即奏闻宣帝,且与侍中史高同时献议,请禁霍氏家族出入宫廷。侍中金赏,为日磾次子,曾娶霍光女为妻,一闻此信,慌忙入奏,愿与霍女离婚。

　　宣帝不能再容,当即派吏四出,凡霍氏家族亲戚,一体拿办。范明友先得闻风,驰至霍山、霍云家内,报知祸事。山与云魂胆飞扬,正在没法摆布,便有家奴抢入道：“太夫人第宅,已被吏役围住了！”山知不能免,取毒先服,云与明友次第服下,待至捕役到门,已经毒发毙命,惟搜得妻妾子弟,上械牵去。那霍显母子,未得预闻,竟被拘至狱中,讯出真情,禹受腰斩,显亦遭诛,所有霍氏诸女,及女婿、孙婿,悉数处死。甚至近戚疏亲,辗转连坐,诛灭不下千家。冯子都、王子方等,当然做了刀头鬼,与霍氏一门,同赴冥途去了。冯子都阴魂,又好与霍显取乐,只可惜要碰着霍光了。惟金赏已经去妻,幸免株连。霍后坐此被废,徙居昭台宫。金安上等告逆有功,俱得加封,安上受封都成侯,杨恽受封平通侯,董忠受封高昌侯,张章受封博成侯,平地封侯,张章最为侥幸。侍中史高,也得受封乐陵侯。

　　先是霍氏奢侈,茂陵人徐福,已知霍氏必亡,曾诣阙上书,请宣帝裁抑霍氏,毋令厚亡。宣帝留中不发,书至三上,不过批答了“闻知”二字。及霍氏

族灭,张章等俱膺厚赏,独不及徐福。有人为徐福不平,因代为上书道:

> 臣闻客有过主人者,见其灶直突,旁有积薪。客谓主人,更为曲突,远徙其薪,否则且有火患;主人默然不应。俄而家果失火,邻里共救之,幸而得息。于是杀牛置酒,谢其邻人,灼烂者在于上行,余各以功次坐,而不及言曲突者。人谓主人曰:"向使听客之言,不费牛酒,终无火患。今论功而请宾,曲突徙薪无恩泽,焦头烂额为上客耶?"主人乃悟而请之。今茂陵徐福数上书,言霍氏且有变,宜防绝之。向使福说得行,则国无裂土出爵之费,臣无逆乱诛灭之败。往事既已,而福独不蒙其功,惟陛下察之! 愿贵徙薪曲突之策,使居焦发灼烂之右。

宣帝览书,心下尚未以为然,但令左右取帛十匹,颁赐徐福;后来总算召福为郎,便即了事。时人谓霍氏祸胎,起自骖乘,见八十一回。宣帝早已阴蓄猜疑,所以逆谋一发,便令族灭。但霍光辅政二十余年,尽忠汉室。宣帝得立,虽由丙吉倡议,终究由霍光决定,方才迎入。前为寄命大臣,后为定策元勋,公义私情,两端兼尽。只是悍妻骄子,不善训饬,弑后一案,隐忍不发,这是霍光一生大错。惟宣帝既已隐忌霍光,应该早令归政,或待至霍光身后,不使霍氏子弟,蟠踞朝廷,但俾食大县,得奉朝请,也足隐抑霍氏,使他无从谋逆。况有徐福三书,接连进谏,曲突徙薪,也属未迟。为何始则滥赏,继则滥刑,连坐千家,血流都市。忠如霍光,竟令绝祀,甚至一相狎相偎的霍后,废锢冷宫,尚不能容,过了十有二年,复将她逐锢云林馆,迫令自杀。宣帝也处置失策,残刻寡恩。后世如有忠臣,能不因此懈体否! 孔光、扬雄未始不鉴此虑祸,遂至失策,是实宣帝一大误处。

宣帝既诛灭霍家,乃下诏肆赦,出诣昭帝陵庙,行秋祭礼。行至途中,前驱旄头骑士,佩剑忽无故出鞘,剑柄坠地,插入泥中,光闪闪的锋头,上向乘舆,顿致御马惊跃,不敢前进。宣帝心知有异,忙召郎官梁邱贺,嘱令卜《易》。贺为琅琊人氏,曾从大中大夫京房受教《易》学。房出为齐郡太守,宣帝求房门人,得贺为郎,留侍左右。贺正随驾祠庙,一召即至,演蓍布卦,谓将有兵谋窃发,车驾不宜前行。宣帝乃派有司代祭,命驾折回。有司到了庙中,留心察验,果然查获刺客任章,乃是前大中大夫任宣子。宣坐霍氏党与,已经伏诛。章尝为公车丞,逃往渭城,意欲为父报仇,混入都中,乘着宣帝出祠,伪扮郎官,执戟立庙门外,意图行刺。偏经有司查出,还有何幸? 当然枭首市曹。宣帝亏得梁邱贺,得免不测,因擢贺为大中大夫、给事中;嗣是格外谨慎。

为了立后问题,几踌躇了一两年。当时后宫妃嫔,共有数人得宠,张婕妤最蒙爱幸,生子名钦;次为卫婕妤,生子名嚣;又次为公孙婕妤,生子名宇;此外还有华婕妤,但生一女。宣帝本思立张婕妤为后,转思婕妤有子,若怀私意,便与霍氏无二,如何得保全储君;乃更择一无子少妒的宫妃,使登后位。拣来拣去,还是长陵人王奉光的女儿,入宫有年,已拜婕妤,可令她作为继后,母养太子。王奉光的祖宗,曾随高祖入关,得邀侯爵,至奉光时家已中落,斗鸡走狗,落拓生涯,宣帝曾寄养外家,得与相识。奉光有女十余岁,颇具三分姿色,只生就一个怪命,许字了两三家,往往克死未婚夫。到了宣帝嗣阼,奉光女尚未适人,宣帝追怀旧谊,发生异想,把她召入后宫,立命侍寝,赐过了几番雨露,王女幸得承恩,宣帝却也无恙。想是王女命中应配皇帝。后来霍后入宫,张婕妤又复继进,或挟贵,或恃色,惹得宣帝一身无暇顾及王女,遂致王女冷落宫中,少得入御。不过宣帝却还未忘,命王女为婕妤,得令享受禄秩。王女心已知足,安处深宫,一些儿没有怨言,膝下也无子女。至此竟由宣帝选就,册为继后,就把太子奭交付了她,嘱令抚育。张婕妤等都诧为异事,引作笑谈。惟王女虽得为后,仍不见宣帝宠遇,且情性甚是温和,毫不争夕,所以张婕妤等仍得相安,由她挂个虚名罢了。*正女知足不辱,却是一个贤妇。*

是时为宣帝六年,宣帝已改元二次,曾于五年间改号元康,内外百僚,竞言符瑞,连番上奏,说是泰山陈留,翔集凤凰,未央宫降滋甘露,宣帝归德祖考,追尊悼考即史皇孙,见八十一回。为皇考,特立寝庙,豁免高祖功臣三十六家赋役,令子孙世奉祭祀,赐天下吏爵二级,民一级,女子百户牛酒,鳏寡孤独高年粟帛。又颁诏大赦,省刑减赋,今特胪述于后:

《书》云:"文王作罚,刑兹无赦。"今吏修身奉法,未有能称朕意,朕甚愍焉!其赦天下,与士大夫励精更始。

狱者万民之命,所以禁暴止邪,养育群生也。使能生者不怨,死者不恨,则可谓文吏矣。今则不然,用法或持巧心,析律贰端,析律谓分破律条,贰端谓妄生端绪。深浅不平,增辞饰非,以成其罪。奏不如实,上无由知。此朕之不明,吏之不讲,四方黎民,将何仰哉?二千石其各察官属,勿用此人。吏或擅兴徭役,增饰厨传,厨谓饮食,传谓传舍。越职逾法,以取民誉,譬犹践薄冰以待白日,岂不殆哉!今天下颇被疾疫之灾,朕甚愍之,其令郡国被灾甚者,毋出今年租赋,俾民休息!

宣帝又因吏民上书,多因犯讳得罪,特改名为询,诏云:

闻古天子之名,难知而易讳也。今百姓多上书触讳以犯罪者,朕甚怜之,其更名询,诸触讳在令前者赦之!

宣帝方整顿内治,未遑外攘。忽由卫侯使冯奉世,报称莎车叛命,弑王戕使,由臣托陛下威灵,发兵讨罪,已得叛王首级,传送京师云云。宣帝并未尝遣讨莎车,不过因西域归附,前此所遣各使,屡不称职,乃依前将军韩增举荐,授郎官冯奉世为卫侯使,持节送大宛诸国使臣,遄返故邦。奉世系上党人,少学《春秋》,并读兵书,能通六韬三略,既奉宣帝诏命,遂与外使一同西行。及抵伊循城,闻得莎车内乱,有弑王戕使消息,便密语副使严昌道:"莎车王万年,前曾入质我朝。只因前王已殁,该国人请他为嗣,由朝使奚充国送往。今乃敢抗违朝命,大逆不道,若非发兵加讨,将来莎车日强,势难更制,西域各国,均受影响,岂不是前功尽废么!"严昌也是赞成,但欲遣人驰奏,请旨定夺。奉世独以为事贵从速,不宜迂缓。乃即矫制谕告诸国,征发兵马,得番众万五千人,进击莎车。莎车国人,本迎立万年为王,万年暴虐,不洽舆情,前王弟呼屠征,乘隙纠众,击毙万年,并杀汉使奚充国,自立为莎车王,且攻劫附近诸国,迫使联盟叛汉。至冯奉世征集番兵,掩至城下,呼屠征毫不预防,慌忙募兵抵御,已是不及,竟被奉世引兵攻入。呼屠征惶急自杀,国人不得已乞降,献出呼屠征头颅。奉世另选前王支裔为嗣王,遣回各国兵士,特使从吏赍呼屠征首,报捷长安;自与大宛使臣,西诣大宛。大宛国王,得知奉世斩莎车王,当然震慑,格外加敬,赠送龙马数匹,马似龙形,故名龙马。厚礼遣归。宣帝接得奉世捷报,即召见前将军韩增,称他举荐得人,且令丞相以下,会议赏功授封。丞相魏相等,均复奏道:"《春秋》遗义,大夫出疆,有利国家,不妨专擅。今冯奉世功绩较著,宜从厚加赏,量给侯封。"宣帝颇思依议,独少府萧望之谏阻道:"奉世出使西域,但令送客归国,未尝特许便宜。彼乃矫制发兵,擅击莎车,虽幸得奏功,究竟不可为法。倘若加封爵土,将来他人出使,喜事贪功,必且援奉世故例,开衅夷狄,恐国家从此多事了!臣谓奉世不宜加封。"望之所言,未免近迂。宣帝正欲综核名实,巩固君权,一得望之谏议,便不禁改易初心,待奉世还都复命,只命为光禄大夫,不复封侯。

谁知一波才平,一波又起。侍郎郑吉,曾由宣帝派往西域,监督渠犁城屯田兵士。吉更分兵三百人,至车师屯田,偏为匈奴所忌,屡遣兵攻击屯卒。吉率渠犁屯兵千五百人,亲至驰救,仍然寡不敌众,退保车师城中,致为匈奴兵所围。赖吉守御有方,匈奴兵围攻不下,方才引去。未几又复来攻,往返至好几次,累得吉孤守车师,不敢还兵。乃即飞书奏闻,请宣帝增发屯兵。宣帝又令群臣集议,后将军赵充国,谓自西域通道,方命就渠犁屯田,为控御计。此为武帝时事,借充国口中叙明,与上文冯奉世所述莎车乱事,文法从同。惟渠犁距车师,约千余里,势难相救,最好是出击匈奴右地,使他还兵自援,不敢再扰西域,庶几车师、尉犁,共保无虞等语。此计亦妙。宣帝正在踌躇,适丞相魏相上书云:

臣闻之,救乱诛暴,谓之义兵;兵义者王。敌加于己,不得已而起者,谓之应兵;兵应者胜。争恨小故,不忍愤怒者,谓之忿兵;兵忿者败。利人土地货宝者,谓之贪兵;兵贪者破。恃国家之大,矜民人之众,欲见威于敌者,谓之骄兵;兵骄者灭。此五者,非但人事,乃天道也。间者匈奴尝有善意,所得汉民,辄奉归之,未有犯于边境。虽争屯田车师,不足致意中。今闻诸将军欲兴兵入其地,臣愚不知此兵何名者也。今边郡困乏,父子共犬羊之裘,食草菜之实,常恐不能自存,难以动兵。军旅之后,必有凶年,言民以其愁苦之气,伤阴阳之和也。出兵虽胜,犹有后忧,恐灾害之变,因此以生。今郡国守相,多不实选,风俗尤薄,水旱不时。按今年计,子弟杀父兄,妻杀夫者,凡二百二十二人,臣愚以为此非小变也。今左右不忧此,乃欲发兵报纤介之忿于远夷,殆孔子所谓吾恐季孙之忧,不在颛臾,而在萧墙之内也。愿陛下与列侯群臣,详议施行!

宣帝既得相书,乃遣长罗侯常惠,出发张掖酒泉骑兵,往车师迎还郑吉。匈奴兵见有汉军出援,因即引去,吉率屯兵还渠犁。但车师故地,竟致弃去,仍复陷入匈奴。小子有诗叹道:

屡讨车师得荡平,如何甘失旧经营。
敛兵虽足休民力,坐隳前功也太轻。

欲知后事如何,且看下回分解。

霍氏之灭,光实酿成之。论者谓光之失,莫大于隐袒霍显,不发举其弑后之罪。吾谓显之弑后,即光果发举,亦属过迟。弑后何事?显罪固宜伏诛,光岂竟能免谴?误在元配东闾氏殁后,即以显为继室。显一狡婢耳,为大将军夫人,名不正,言不顺,失之毫厘,谬以千里,且教子无方,诒谋无术,霍禹、霍山、霍云等,无一式谷,几何而不至灭门耶。宣帝惩于霍氏之专擅,故当冯奉世之讨平莎车,因萧望之谏阻侯封,谓其矫制有罪,即停爵赏。夫《春秋》之义,大夫出疆,有利于国,专之可也。魏相之言,不为无据,而宣帝不从,其猜忌功臣之心,已可概见。然于许、史、王三家,第因其为直接亲戚,不问其才能与否,俱授侯封,厚此而薄彼,宣帝其能免萦私之诮乎?

第八十四回　询宫婢才识酬恩　擢循吏迭闻报绩

却说宣帝在位六七年,勤政息民,课吏求治,最信任的大员,一是卫将军张安世,一是丞相魏相。霍氏诛灭,魏相尝参议有功,不劳细叙。张安世却小心谨慎，但知奉诏遵行，未尝计除霍氏，且有女孙名敬，曾适霍氏亲属，关系戚谊。至霍氏族诛，安世恐致连坐，局促不安，累得容颜憔悴，身体衰羸。宣帝察知情伪，特诏赦他女孙，免致株连，安世才得放心，办事愈谨。安世兄贺，时已病殁，宣帝追怀旧惠，问及安世，才知贺子亦亡，只遗下一孤孙，年甫六龄，取名为霸。贺在时尝将安世季男彭祖，养为嗣子。彭祖又尝与宣帝同塾读书，因此宣帝询明底细，先封彭祖为关内侯。安世入朝固辞，宣帝道："我只为着掖庭令，与将军无关。"安世乃退。宣帝又欲追封贺为恩德侯，并置守冢二百家。安世复表辞贺封，且请减守冢家至三十户，宣帝总算依议，亲定守冢地点，使居墓西斗鸡翁舍。舍旁为宣帝少时游憩地，故特使三十家居住，留作纪念。已而余怀未忘，自思不足报德，便于次年下诏，赐封贺为阳都侯，予谥曰哀；令关内侯彭祖袭爵，拜贺孙霸为车骑中郎将，赐爵关内侯，食邑三百户。霸年幼弱，但予禄秩，不使任事。贺有大德，原应赡养孤孙，但赐禄则可，赐官则不可。惟安世因父子封侯，名位太高，复为彭祖辞禄，诏令都内别藏张氏钱，数约百万。安世持身节俭，身衣弋绨，妻虽贵显，常自纺绩，家童却有七百人，但皆使为农工商，勤治产业，积少成多，所以张氏富厚，胜过霍氏。不过安世约束子弟，格外严谨，终得传遗数世，不致速亡。这是保家第一要旨。

先是安世长子千秋，与霍光子禹，并为中郎将，同随度辽将军范明友，出击乌桓。及奏凯回来，进谒霍光，光问千秋战斗方略，与山川形势，千秋口对指画，毫不遗忘。至转问及禹，禹均已失记，但答言俱有文书，光不禁叹息道："霍氏必衰，张氏将兴了！"谁叫你不知教子？后来光言果验，张氏子孙，出仕不绝。时人谓昭、宣以后，汉臣世祚，要算金、张两家。金即金日䃅子孙，这且待后再表。

且说御史大夫丙吉，本与张贺同护宣帝，论起当时德惠，贺尚不及丙吉，只因吉为人深厚，绝口不道前恩。宣帝自幼出狱，尚是茫无知识，故但记及养生的张贺，未尝忆起救死的丙吉。可巧有一女子名则，尝为掖庭宫婢，保抱宣帝，至是已嫁一民夫，令他伏阙上书，自陈前功。宣帝全然忘记，特交掖庭令查讯，则供言御史大夫丙吉，曾知详细。掖庭令乃引则至御史府，验明真伪。吉见则后，面貌尚能相识，才说起前情道："事诚不虚，但汝尝保养不谨，受我督责，今怎得自称有功？惟渭城胡组，淮阳赵征卿，曾经乳养，却是有功足录呢！"即八十一回之赵、胡两妇。掖庭令乃转奏宣帝，宣帝再召问丙吉，吉因述胡、赵两妇保养情状。当下传诏至渭城淮阳，访寻两妇，俱已去世；只有子孙尚存，得蒙厚赏。则虽未及两妇辛勤，总觉得前有微劳，也特赐钱十万，豁免掖庭差役。并将则召入细问，则备述丙吉前事，宣帝方知吉有大恩。待则去后，便封吉为博阳侯，食邑千三百户。并将许、史两家子弟，如史曾、史玄、皆史恭子。许舜、许延寿等,两许皆广汉弟。曾与宣帝关系亲旧,一体封侯。就是少时朋友,及郡狱中曾充工役,亦各给官禄田宅财物,多寡有差,一面选用良吏,入朝治事。进北海太守朱邑为大司农,渤海太守龚遂为水衡都尉,东海太守尹翁归为右扶风,颍川太守黄霸,胶东相张敞,先后为京兆尹。

朱邑字仲卿,庐江人氏,少为桐乡啬夫,廉平不苛,吏民悦服,迁补北海太守,政绩卓著,推为治行第一。宣帝乃擢为大司农。性情淳厚,待人以德,惟遇人嘱托私情,独峻拒不允,朝臣颇加敬惮。所得禄赐,辄赒济族党,家无余财,自奉却很俭约。入任大司农五年,得病不起,遗言嘱子道:"我尝为桐乡吏,民皆爱我。后世子孙,向我致祭,恐反不如桐乡百姓,汝宜将我遗骸,往葬桐乡,休得有违!"言讫即逝。子遵父命,奉葬桐乡西郭,百姓果为起冢立祠,祭祀不绝。

龚遂字少卿,籍隶平阳,前坐昌邑王贺事,枉受髡刑,罚为城旦。见第八十回。至宣帝即位以后,适值渤海岁饥,盗贼蜂起,郡守以下,多不能制。丞相御史,便将龚遂登入荐牍,请令出守渤海,宣帝即召遂入见。遂年逾七十,体态龙钟,且身材本来短小,尤觉得曲背驼腰。宣帝瞧着,殊失所望,但已经召至,不得不开口问道:"渤海荒乱,足贻朕忧,敢问君将如何处置盗贼?"遂答道:"海滨遐远,未沾圣化,百姓为饥寒所迫,又无良吏抚慰,不得已流为盗贼,弄兵潢池。今陛下俯问及臣,意欲使臣往剿呢?还是使臣往抚呢?"宣帝道:"朕今选用贤良,原欲使抚人民,并非壹意主剿。"遂又答道:"臣闻治乱民如治乱绳,不应过急,须徐徐清理,方可治平。陛下既有意抚民,使臣充乏,臣愿丞相、御史,毋拘臣文法,得一切便宜从事,方可有成。"成竹在胸。宣帝点首允诺,并赐遂黄金百斤,令即为渤海守。遂叩谢而出,草草整装,乘驿入渤海境。郡吏发兵往迎,遂一概遣还。移檄属县,尽罢捕吏,所有操持田器的百姓,尽为良民,吏毋过问,惟持兵械,方为盗贼。盗贼得此命令,闻风解散。及遂单车至府,开发仓廪,赈贷贫民,并把旧有吏尉,去暴留良,使他安抚牧养。人民大悦,情愿安土乐业,不愿轻身试法,烽烟息警,阖郡咸安。渤海民风,向来奢侈,专务末技,不勤田作,遂以俭约率民,劝课农桑,教导树畜,民间或带持刀剑,悉令卖剑买牛,卖刀买犊,且亲加慰谕道:"汝等俱系好民,为何带牛佩犊呢?"百姓无不遵谕,勉为良民。才阅三四年,狱讼止息,吏民富饶。抚字之道,原应如此。宣帝嘉遂政绩,遣使召归。遂奉命登程,吏民恭送出境,望车泣别,议曹王生,独愿随行。王生素来嗜酒,旁人都说他酒醉糊涂,不应与偕,遂未忍谢绝,许得相从。自渤海至长安,王生连日饮酒,未尝进言,及已入都门,见遂下车赴阙,独抢前数步,径至遂后,高声呼遂道:"明府且止!愿有所白。"遂闻声回顾,视王生脸上,尚有酒意,不知他说甚话儿。但听王生语道:"天子如有所问，公不宜遽陈治绩，只言是圣主德化，非出臣力，愿公勿忘！"无非是教他贡谀，但对于专制君主，只应如此。遂颔首自行，既见宣帝，果然承问治状，便将王生所言，应答出去。宣帝不禁微笑道："君怎得此长者言语，乃来答朕？"确是明察。遂不敢隐讳，索性直陈道："这是议曹教臣，臣尚未知此道呢！"恰也老实。宣帝复问了数语，当即退朝。暗想遂年已老，不能进任公卿，乃命为水衡都尉，并授王生为水衡丞。未几遂即病殁，也是一位考终的循吏。

尹翁归字子兄，兄音况。世居平阳，迁住杜陵。少年丧父，依叔为生，弱冠后充当狱吏，晓习文法，又喜击剑，人莫敢当。适田延年为河东太守，巡行至平阳，校阅吏役，令文吏在东，武吏在西，翁归时亦在列，独伏不肯起，抗声说道："翁归文武兼备，愿听驱策！"左右目为不逊，惟延年暗暗称奇，令他起立，与语吏事，翁归应对如流。当由延年带归府舍，嘱使谳案，发奸摘伏，民无遁情。延年大加器重，历署吏尉。及延年内调，翁归亦迁补都内令，寻且拜为东海太守。廷尉于定国，系东海人，翁归奉命出守，不能不向他辞行，乘便问及东海民风。定国有邑子二人，欲托翁归带去，量为差遣，那知互谈多时，竟难出口，只好送他出门。返语邑子道："他是当今贤吏，不便以私相托；且汝两人，亦未能任事，我所以不好启齿呢！"邑子虽然失望，也觉得情真语确，只好罢休。那翁归到了东海，悉心查访，凡吏民贤否，及地方豪猾，一一载入籍中，然后巡行各县，按籍赏罚，善必劝，恶必惩。有郯县土豪许仲孙，武断乡曲，称霸一隅，历届太守，屡缉不获。翁归亲督捕吏，将他拘住，讯出种种罪恶，立命处死。嗣是民皆畏法，不敢为非，东海遂得大治。杀一儆百，也不可少。宣帝复调翁归为右扶风，翁归莅任，仍照东海办法，且访用廉平吏人，优礼接待。详询民间利害，闻有土豪败类，立命县吏拘拿，所至必获，惩罪如律。因此扶风治盗，称为三辅中第一贤能。

至若黄霸履历，已见前文。在八十二回中。惟霸出任扬州刺史，察吏安民，三载考绩，当然课最。有诏迁霸为颍川太守，特赐车中高盖，以示旌异。霸至颍川，宣谕朝廷德惠，使邮亭乡官，皆畜鸡豚，赡养贫穷鳏寡。然后颁布规条，嘱令乡间父老，督率子弟，按章举行。会有密事调查，因派一老成属吏，前往访察，毋得泄机。属吏依言出发，途次易服微行，不敢食宿驿舍，遇着腹饥的时候，但在市中买得饭菜，就食野间。忽有一乌飞下，把他食肉攫去，吏不及抢夺，只好自认晦气，食毕即行。待至事已查毕，回署复命，霸一见便说道："此行甚苦，乌鸟不情，攫去食肉，我已知汝委曲了！"吏闻言大惊，还疑霸遣人随着，无事不知，看来是不能隐蔽，只好将调查案件，和盘说出，详尽无遗。其实霸并未差人随去，不过平日在署，任令吏民白事。有乡民诣署陈情，霸问他途中所见，他即顺口说乌鸟攫肉等事，当由霸记在心中，见吏回来，乐得借端提及,使他不敢欺饰,才得真情。有时鳏寡孤独,死无葬费,由乡吏上书报明,霸即批发出去,谓有某所大木,可以为棺,某亭猪子,可以宰祭,乡吏依令往取,果如霸言,益奉霸若神明。境内奸猾,闻风趋避,盗贼日少,狱讼渐稀。许县有一县丞,老年病聋,督邮太守属吏。欲将他免官,向霸报告。霸独与语道:"许丞乃是廉吏,虽是年老重听,尚能拜起如仪,汝等正应从旁帮助,勿使贤吏向隅!"督邮只好退去。或问老朽无用,如何留住?霸答道:"县中若屡易长吏,免不得送旧迎新,多需费用。且奸吏得从中舞弊,盗取财物。就使换一新吏,亦未必果能贤明。大约治道,惟去其太甚,何必多此纷更呢?"自是所有属吏,各求寡过,霸亦不轻事变更,上下相安,公私交济。历观黄霸行谊,足称小知,未堪大受,故后来为相,不若治郡之有名。

适京兆尹赵广汉,因私怨杀死邑人荣畜,为人所讦,事归丞相、御史查办。案尚未定,广汉却刺探丞相家事,阴谋抵制。可巧丞相府中有婢自杀,广汉疑由丞相夫人威迫自尽,乃俟丞相魏相出祭宗庙时,特使中郎赵奉寿,往讽魏相,欲令相自知有过,未敢穷究荣畜冤情。偏魏相不肯听从,案验愈急。广汉乃欲劾奏魏相,先去请教太史,只言近来星象,有无变动。太史答称本年天文,应主戮死大臣。广汉闻言大喜,总道应在丞相身上,便即放大了胆,上告魏相逼杀婢女,当下奉得复诏,令京兆尹查问。广汉正好大出风头,领着全班吏役,驰入相府。刚值魏相不在府中,门吏无法禁阻,只好由他使威。他却入坐堂上,传唤魏夫人听审,魏夫人虽然惊心,不得已出来候质,广汉仗着诏命,胁令魏夫人下跪,问她何故杀婢?魏夫人怎肯承认?极口辩驳,彼此争执一番,究竟广汉不便用刑,另召相府奴婢,挨次讯问,也无实供。广汉恐魏相回来,多费唇舌,因即把奴婢十余人,带着回衙。魏夫人遭此屈辱,当然不甘,等到魏相回府,且泣且诉。魏相也容忍不住,立即缮成奏牍,呈递进去。宣帝见魏相奏中,略言臣妻未尝杀婢,由婢有过自尽。广汉自己犯法,不肯伏辜,反欲向臣胁迫,为自免计,应请陛下派员查明,剖分曲直云云。乃即将原书发交廷尉,令他彻底查清。廷尉于定国,查得相家婢女,实系负罪被逐,斥出外第,自致缢死,与广汉所言不同。司直官名。萧望之,遂劾奏广汉摧辱大臣,意图劫制,悖逆不道。恐也是投阱下石。宣帝方依重魏相,自然嫉恨广汉,当即褫职治罪,再经廷尉复核,又得广汉妄杀无辜,鞫狱失实等事,罪状并发,应坐腰斩。廷尉依律复奏,由宣帝批准施行,眼见得广汉弄巧成拙,引颈待诛。广汉为涿郡人,历任守尹,不畏强御,豪猾敛踪,人民乐业,所以罪名既定,京兆吏民,都伏阙号泣,吁请代死。宣帝意已决定,不肯收回成命,当将吏民驱散,饬把广汉正法市曹。广汉至此,也自悔晚节不终,但已是无及了!一念萦私,祸至泉首。

惟京兆一职，著名繁剧，自从广汉死后，调入彭城太守接任，不到数月，便至溺职罢官。乃更将颍川太守黄霸，迁署京兆尹。霸原是一个好官，奉调莅任，也尝勤求民隐，小心办公。谁知都中豪贵，从旁伺察，专务吹毛索瘢，接连纠劾，一是募民修治驰道，不先上闻；一是发骑士诣北军，马不敷坐；两事俱应贬秩，还亏宣帝知霸廉惠，不忍夺职，乃使霸复回原任，改选他人补缺。仅一年间，调了好几个官吏，终难胜任。后来选得胶东相张敞，入主京兆，才能称职无惭，连任数年。

敞字子高，平阳人氏，徙居茂陵，由甘泉仓长迁补太仆丞。昌邑王贺嗣立时，滥用私人，敞切谏不从。至贺废去后，谏牍尚存，为宣帝所览及，特擢敞为大中大夫。嗣复出为山阳太守，著有循声。山阳本昌邑旧封，昌邑王废，国除为山阳郡，地本闲旷，并非难治。只因刘贺返居此地，宣帝尚恐他有变动，特令敞暗中监守，毋使狂纵。敞随时留心，常遣丞吏行察。嗣又亲往审视，见贺身长体瘠，病痿难行，著短衣，戴武冠，头上插笔，手中持简，蹒跚出来，邀敞坐谈。敞用言探视，故意说道："此地枭鸟甚多。"贺应声道："我前至长安，不闻枭声，今回到此地，又常听见枭声了。"敞听他随口对答，毫无别意，就不复再问。但将贺妻妾子女，按籍点验。轮到贺女持辔，贺忽然跪下，敞亟扶贺起，问为何因？贺答说道："持辔生母，就是严长孙的女儿。"说完两语，又无他言。严长孙就是严延年，前因劾奏霍光，得罪遁去。及霍氏族灭，宣帝忆起延年，复征为河南太守。贺妻为延年女，名叫罗紨，他把妻族说明，想是恐敞抄没子女，故请求从宽。敞并无此意，好言抚慰。至查验已毕，共计贺妻妾十六人，子十一人，女十一人，此外奴婢财物，却是寥寥无几，并无什么私蓄。料知贺是沉迷酒色，迹等痴狂，不必虑及意外情事。因即辞别回署，据实奏闻。

宣帝方以为贺不足忧，下诏封贺为海昏侯，食邑四千户。海昏属豫章郡，在昌邑东面，贺奉诏移居后，昏愚如故。侍中金安上奏白宣帝，斥贺荒废无道，不宜使奉宗庙，宣帝但使贺得食租税，不准预闻朝廷典礼。已而扬州刺史柯，又复奏称贺有异志，与故太守卒吏孙万世交通。万世咎贺不杀大将军，听人夺去玺绶，实属失策，且劝贺谋为豫章王。贺亦自悔前误，意欲自立为王等情。宣帝虽将原奏发交有司，心中已知贺无材力，不能起事，所以有司复奏，请即逮捕，有诏谓不屑究治，只削夺贺邑三千户。贺入不敷出，未免忧愁，往往驾舟浮江，至赣水口愤慨而还，后人称为慨口。未几贺即病死。豫章太守一面报丧，一面上言贺尝暴乱，不当立后，宣帝因除国为县。后来元帝嗣位，始封贺子代宗为海昏侯，即得传了好几世。小子有诗叹道：

荒淫酒色太神昏，狂悖何能望久存。
多少废王捐首去，得全腰领尚蒙恩。

贺未死时，张敞已经调任胶东，欲知敞在胶东时事，待至下回表明。

尝读《战国策》文，见唐雎说信陵君云："人有德于我，不可忘；我有德于人，不可不忘。"此实为对己对人之要旨。如丙吉之有功不伐，固施恩不望报者；宣帝因宫婢一言，即封吉为博阳侯，亦可谓以德报德，不愧为贤。人不可无天良，宣帝之无德不报，即天良之发现使然。此其所以为中兴令主也。且其励精图治，选用循吏，尤得抚字之方。若朱邑，若龚遂，若尹翁归，若黄霸，若张敞，果皆以治绩著名，天下多一良吏，即为国家保全数万生灵，而推厥由来，则全赖有选用循良之人主，主德清明，循吏辈出，天下自无不治矣。阅此回，益信为政在人之说，亘古不易云。

第八十五回　两疏见机辞官归里
三书迭奏罢兵屯田

却说张敞久守山阳，境内无事，自觉闲暇得很。会闻渤海胶东，人民苦饥，流为盗贼。渤海已派龚遂出守，独胶东尚无能员，盗风日炽。胶东为景帝子刘寄封土，传至曾孙刘音，少不更事，音母王氏，专喜游猎，政务益弛，敞遂上书阙廷，自请往治。宣帝乃迁敞为胶东相，赐金三十斤。敞入朝辞行，面奏宣帝，谓劝善惩恶，必需严定赏罚，语甚称旨。因即辞赴胶东，一经到任，便悬示赏格，购缉盗贼。盗贼如自相捕斩，概免前愆，吏役捕盗有功，俱得升官，言出法随，雷厉风行，果然盗贼屏息，吏民相安。与龚遂治状不同。敞复谏止王太后游猎，王太后却也听从，深居简出，不复浪游。为此种种政绩，自然得达主知。

可巧京兆尹屡不称职，遂由宣帝下诏，调敞为京兆尹。敞移住京兆，闻得境内偷盗甚多，为民所苦，就私行察访，查出盗首数人，统是鲜衣美食，仆马丽都，乡民不知为盗首，反称他是忠厚长者，经敞一一察觉，不动声色，但遣人分头召至，屏人与语，把他所犯各案，悉数提出，诸盗皆大惊失色。敞微笑道："汝等无恐，若能改过自新，把诸窃贼尽行拿交，便可赎罪。"诸盗叩头道："愿遵明令！不过今日蒙召到来，必为群窃所疑，计惟请明公恩许为吏，方可如约。"敞慨然允诺，悉令补充吏职。诸盗乃拟定一计，告知张敞，敞亦依议，遣令回家。这番治盗又另是一番作用。诸盗既得为吏，在家设宴，遍邀群窃入饮。群窃不知是计，一齐趋贺，列席饮酒，大众喝得酩酊大醉，方才辞出。那知甫出门外，即被捕役拘住，好似顺手牵羊一般，无一漏网。及诣府听审，群窃还想抵赖,敞瞋目道:"汝等试看背后衣裾,各有记号,尚得抵赖么?"群窃自顾背后,果皆染着赤色,不知何时被污,于是皆惶恐伏罪,一一供认。敞按罪轻重,分别加罚,境内少去偷儿数百人,自然闾阎安枕,桴鼓稀鸣。此外治术,略仿赵广汉成迹。惟广汉一体从严,敞却严中寓宽,因此舆情翕服,有口皆碑。

只是敞生性好动,不尚小节,往往走马章台,长安市名。轻衣绔扇,自在游行。有时晨起无事,便为伊妻画眉,都下传为艳闻。盛称张京兆眉妩风流,豪贵又据为话柄,说他失了体统,列入弹章。多事。宣帝召敞入问,敞直答道:"闺房燕好,夫妇私情,比画眉还要加甚,臣尚不止为妇画眉呢!"对答得妙。宣帝也一笑而罢,敞亦退出。但为了这种琐事,总觉他举止轻浮,不应上列公卿,所以敞为京兆尹,差不多有八九年,浮沉宦署,终无迁调音信。敞亦得过且过,但求尽职罢了。

是时太子太傅疏广与少傅疏受,谊关叔侄,并为太子师傅,时论称荣。广号仲翁,受字公子,家居兰陵,并通经术,叔以博士进阶,侄以贤良应选。当时太子奭,年尚幼弱,平恩侯许广汉为太子外祖父,入请宣帝,拟使弟舜监护太子家事。宣帝闻言未决,召问疏广,广面奏道:"太子为国家储君,关系甚重,陛下应慎择师友,预为辅翼,不宜专亲外家,况太子官属已备,复使许舜参入监护,是反示天下以私,恐未足养成储德呢!"宣帝应声称善,待广退出,转语丞相魏相,相亦服广先见,自愧未逮。嗣是宣帝益器重疏广,屡加赏赐。太子入宫朝谒,广为前导,受为后随,随时教正,不使逾法。叔侄在位五年,太子奭年已十二,得通《论语》《孝经》。广喟然语受道:"我闻知足不辱,知止不殆,功成身退,方合天道。今我与汝官至二千石,应该止足,此时不去,必有后悔,何若叔侄同归故里,终享天年!"受即跪下叩首道:"愿从尊命!"广遂与受联名上奏,因病乞假。宣帝给假三月,转瞬期满,两人复自称病笃,乞赐放归。宣帝不得已准奏,加赐黄金二十斤。太子奭独赠金五十斤,广与受受金拜谢,整装出都。盈廷公卿,并故人邑子,俱至东都门外,设宴饯行。两疏连番受饮,谢别自去。道旁士女,见送行车马,约数百辆,两下里嘱咐珍重,备极殷勤,不禁代为叹息道:"贤哉二大夫!"及广受归至兰陵,具设酒食,邀集族党亲邻,连日欢饮。甚至所赐黄金,费去不少,广尚令卖金供馔,毫不吝惜。约莫过了年余,子孙等见黄金将尽,未免焦灼,因私托族中父老,劝广节省。广太息道:"我岂真是老悖,不念子孙,但我家本有薄产,令子孙勤力耕作,已足自存,若添置产业,非但无益,转恐有害,子孙若贤,多财亦足灰志;子孙不贤,反致骄奢淫佚,自召危亡。从来蕴利生孽,何苦留此余金,贻祸子孙!况此金为皇上所赐,无非是惠养老臣,我既拜受回来,乐得与亲朋聚饮,共被皇恩,为甚么无端悭吝呢?"看得穿,说得透。父老听了,也觉得无词可驳,只得转告疏

第八十五回 两疏见机辞官归里 三书迭奏罢兵屯田

广子孙。子孙无法劝阻,没奈何勤苦谋生。广与受竟将余金用罄,先后考终。相传二疏生时居宅,及殁后坟墓,俱在东海罗滕城。这也不必絮述。

且说二疏去后,卫将军大司马张安世,相继病逝,赐谥曰敬。许、史、王三家子弟,俱因外戚得宠,更迭升官。谏大夫王吉,前曾与龚遂,并受髡刑,见前文。嗣由宣帝召入,令司谏职。吉因外戚擅权,将为后患,已有些含忍不住,并且宣帝政躬清暇,也欲仿行武帝故事,幸甘泉、郊泰畤,转赴河东祀后土祠,又听信方士讹言,添置神庙,费用颇巨。吉乃缮书进谏,请宣帝明选求贤,毋用私戚,去奢尚俭,毋尚淫邪。语语切中时弊,偏宣帝目为迂阔,留中不报。吉即谢病告归,退居琅琊故里。吉少时常游长安,僦屋居住,东邻有大枣树,枝叶纷披,垂入吉家。吉妻趁便摘枣,进供吉食,吉还道是购诸市中,随手取唉。后知是妻室窃取得来,不禁怒起,竟与离婚,将妻撵回。东邻主人闻得王吉休妻,只为了区区枣儿,惹出这般祸祟,便欲将枣树砍去,免得伤情。嗣经里人出为排解,劝吉召还妻室,东邻亦不必砍树,吉始允从众议,仍得夫妇完聚。里人因此作歌道:"东家有树,王阳妇去;东家枣完,去妇复还!"原来吉字子阳,故里人称为王阳。吉又与同郡人贡禹为友,当吉为谏大夫时,禹亦出任河南令。时人又称诵道:"王阳在位,贡禹弹冠。"至吉乞休归里,禹亦谢归,出处从同,心心相印,真个是好朋友了。不略名人遗事。

惟宣帝不从吉议,依然迷信鬼神。适益州刺史王襄,举荐蜀人王褒,说他才具优长,宣帝当即召见,令作《圣主得贤臣颂》。褒应命立就,词华富赡,独篇末有雍容垂拱,永永万年,不必眇然绝俗等语。宣帝尚未以为然,但既经召至,暂令待诏金马门。褒有心干进,变计迎合,续制离宫别馆诸歌颂,铺张扬厉,方博宣帝欢心,擢褒为谏大夫。可巧方士上言,益州有金马碧鸡二宝,为神所司,可以求致。宣帝因问诸王褒,褒含糊对答,未曾详言。当由宣帝饬人致祭,褒亦乐得奉诏,正好衣锦还乡。其实金马碧鸡,乃是两山名号,不过一山似马,一山似鸡,因形留名,并非国宝。惟山上颇多神祠,褒应诏致祭,逐祠拜祷,有甚么金马出现,碧鸡飞翔?褒却在途中冒了暑气,竟致一命呜呼,无从复命。想是得罪山神,故令病死。益州刺史代为报闻,宣帝很加悼惜。只因求宝未获,反致词臣道毙,也渐悟是方士谎言。又经京兆尹张敞,奏入一本,极称方士狡诈,不应亲信,宣帝乃遣散方士,不复迷信鬼神了。还算聪明。

忽由西方传入警报,乃是先零羌酋杨玉,纠众叛汉,击逐汉官义渠安国,入寇西陲。羌人为三苗遗裔,种类甚多,出没湟水附近,附属匈奴。就中要算先零、罕幵二部,最为繁盛。自武帝开拓河西四郡,截断匈奴右臂,不使胡羌交通,并将诸羌驱逐出境,不准再居湟中。及宣帝即位,特派光禄大夫义渠安国,巡视诸羌。安国复姓义渠,也是羌种,因祖父入为汉臣,乃得承袭余荫。先零土豪，闻知安国西来，遣使乞求，愿汉廷恩准弛禁，令得渡过湟水，游牧荒地。安国竟代为奏闻，后将军赵充国，籍隶陇西，向知羌人狡诈，一闻此信，当即劾奏安国，奉使不敬，引寇生心。于是宣帝严旨驳斥，召还安国，拒绝羌人。先零不肯罢休，联结诸羌，准备入寇，且绕道通使匈奴，求为援助。赵充国探得秘谋，趁着宣帝召问时候，便谓秋高马肥，羌必为变，宜派妥员出阅边兵，预先戒备，并晓谕诸羌，毋堕先零诡谋。宣帝乃命丞相、御史，择人为使。丞相魏相，拟仍资熟手，再令义渠安国前往，有诏依议，复使安国西行。一误何可再误？安国驰至羌中，召集先零土豪三十余人，责他居心叵测，一体处斩。复调边兵，残戮羌首，约得千余级。先零酋杨玉，本已受汉封为归义侯，至此见安国无端残杀，也不禁怒气上冲，再加部众从旁激迫，忍无可忍，即日麾众出发，来击安国。安国方在浩亹，手下兵不过三千，突被羌人杀入，一时招架不住，拍马便奔。羌人乘势追击，夺去许多辎重兵械，安国也不遑顾及，只是逃命要紧，一口气跑至令居，闭城拒守，当即飞章入报，亟请援师。但知纵火，不能收火。

宣帝闻信，默思朝中诸将，只有赵充国最识羌情，可惜他年逾七十，未便临敌，乃特使御史大夫丙吉，往问充国，何人可督兵西征？充国慨然答道："欲征西羌，今日当无过老臣！"可谓老当益壮。丙吉返报宣帝，宣帝又遣人问道："将军今日出征，应用多少人马？"充国道："百闻不如一见，今臣尚在都中，无从遥决，臣愿驰至金城，熟窥虏势，然后报闻。但羌戎小夷，逆天背叛，不久必亡，陛下诚委任老臣，臣自有方略，尽可勿忧！"这数语传达宣帝，宣帝含笑应诺。充国即拜命起行，直抵金城，调集兵马万骑，指令渡河。又恐为虏骑所遮，待至夜半，先遣三营人马，衔枚潜渡，立定营寨，再由充国率师复渡。到了天明，已得全军过河，遥见虏骑数百，前来挑战。诸将请开营接仗，充国道："我军远来疲倦，不可轻动，况虏骑并皆轻锐，明明是诱我出营。我闻击虏以殄灭为期，小利切不可贪，当图大功！"说罢，遂下令军中，毋得出击，违令者斩。军士奉令维谨，自然坚守勿出。充国即密遣侦骑，探得前面四望峡中，并无守虏，乃复静候天晚，潜师夜进。逾四望峡，径抵落都山，方命下寨，欣然语诸将道："我料羌虏已无能为，若使先遣数千人马，守住四望峡中，我军宁能飞渡呢？"未几又拔寨西行，进至西部都尉府，作为行辕，安然住着。每日宴飨将士，但令静守，不准妄动。羌人连番搦战，始终不出一兵，直伺羌众退去，才遣轻骑追蹑，捕得生口数名，温颜慰问。听他答说，已知羌人互相埋怨，求战不得，各生贰心，乃即纵使归去，仍然按兵不发，坐待乖离。

从前先零、罕幵，本为仇敌，先零意欲叛汉，始遣人与罕幵讲和。罕幵酋长靡当儿，疑信参半，特使弟雕靡来见西部都尉，说是先零将反，都尉暂留雕靡，派人侦察，才阅数日，果得先零反状。又闻雕靡部下，亦有通同先零，与谋

第八十五回　两疏见机辞官归里　三书迭奏罢兵屯田

叛事,遂把雕靡拘住,不肯放归。充国将计就计,索性放出雕靡,当面抚慰道:"汝本无罪,我可放汝回去,但汝须传告各部,速与叛人断绝关系,免致灭亡。现今天子有诏,令汝羌人自诛叛党,诛一大豪,得赏钱四十万,诛一中豪,得赏钱十五万,诛一小豪,得赏钱二万,就是诛一壮丁,亦赏钱三千,诛一女子或老幼,每人赏千钱,且将所捕妻子财物,悉数给与。此机一失,后悔难追,汝宜谨记此诏,宣告毋违!"雕靡唯唯受命,欢跃而去。

会有诏使到来,报称天子大发兵马,得六万人,出屯边疆,作为声援。又由酒泉太守辛武贤奏请,愿分兵出击罕幵。充国与诸将会议道:"武贤远道出征,劳师费饷,如何取胜?况先零叛汉,罕幵虽与通和,并未明言助逆,现宜暂舍罕幵,独对先零。先零一破,罕幵自不战可服了!"诸将也以为然,遂即送回诏使,上陈计议,宣帝得书,又令公卿集议,群臣俱谓须先破罕幵,然后先零势孤,容易荡平。宣帝乃命乐成侯许延寿为强弩将军,辛武贤为破羌将军,合讨罕幵。且责充国逗留勿进,饬令从速进兵,遥为援应。充国又上书极陈利害,略言先零为寇,罕幵未尝入犯,今释有罪,讨无辜,起一难,就两害,实为非计。且先零欲叛,故与罕幵结好,今若先击罕幵,先零必发兵往助,交坚党合,不易荡平,故臣以为必先平先零,始可收服罕幵。宣帝见了此奏,方才省悟,乃报从充国计议。

充国因引兵至先零,先零已经懈弛,总道充国但守勿战,不意汉兵遽至,统皆骇走。充国虽率兵追逐,却是徐徐进行,并不急赶。部将请诸充国,愿从急进。充国道:"这是穷寇,不宜过迫,我若急进,彼无处逃生,必然拼死返斗,反致不妙。"诸将始无异言。及追至湟水岸旁,先零兵各自奔命,纷纷南渡。船少人多,半被挤溺,再加充国从后赶至,益觉心慌。越慌越慢,越慢越僵,好几百人,做了刀头鬼。还有马牛羊十万余头,车四千余辆,不能急渡,尽被汉兵夺来。惩创先零,已经够了。充国已经得胜,却不令兵士休息,反促令大众,驰入罕幵境内,只准耀武,不准侵掠。罕幵闻知,相率喜语道:"汉兵果不来击我了!"正堕老将计中。渠帅靡忘,守住罕幵边疆,遣人至充国军,愿听约束。充国飞书驰奏,道远未得复诏,那靡忘复自诣军前,来议和约。充国推诚相待,赐给酒食,嘱他还谕部落,毋结先零,自取灭亡。靡忘顿首谢罪,情愿遵嘱。充国便欲遣归,将佐等齐声谏阻,统说是未奉朝旨,不宜轻纵。充国道:"诸君但贪小利,不顾公忠,我且与诸君道来。"说到此句,诏书已至,准令靡忘悔罪投诚。充国不必再与将校絮谈,当即将靡忘放还。不到数日,便得罕幵酋长谢过书,全部效顺。充国喜如所望,移军再讨先零。适值秋风肃杀,充国冒寒得病,脚肿下痢,虽仍筹画军情,不得不报知宣帝。有诏令破羌将军辛武贤为副,约期冬季进兵。

偏先零羌陆续来降,先后共万余人,充国乃复变计主抚,督兵屯田,静待寇敝,因上屯田奏议,请罢骑兵,但留步兵万余人,分屯要害,且耕且守。这奏牍呈入阙廷,朝臣多半反对,说他迂远难成,宣帝因复诏道:"如将军计,虏何时得灭?兵何时得解?可即复奏!"充国乃再条陈利病道:

> 臣闻帝王之兵,以全取胜,是以贵谋而贱战。蛮夷习俗虽殊,然其欲避害就利,爱亲戚,畏死亡,一也。今虏失其美地荐草,荐草谓稠草。骨肉离心,人有叛志,而明主班师罢兵,但留万人屯田。顺天时,因地利,以待可胜之虏,虽未即伏辜,决可期月收效。臣谨将不出兵与留田便宜十二事,逐条上陈。步兵九校,吏士万人,因田致谷,威德并行,一也。排折羌虏,令不得居肥饶之地,势穷众涣,必至瓦解,二也。居民得共田作,不失农业,三也。军马一月之费,可支田卒一岁,罢骑兵以省大费,四也。至春省甲士卒,循河湟漕谷至临羌,示羌威武,五也。以闲暇时缮治邮亭,充入金城,六也。兵出,乘危侥幸;不出,令反叛之虏,窜于风寒之地,离霜露疾疫瘃堕之患,坐得必胜之道,七也。无径阻远追死伤之害,八也。内不损威武之重,外不令虏得乘间之势,九也。又无惊动河南大幵小幵,皆羌种。使生他变之忧,十也。治隍陿中道桥,令可至鲜水以制西域,信威千里,从枕席上过师,十一也。大费既省,繇役豫息,以戒不虞,十二也。留屯田得十二便,出兵失十二利,唯明诏采择!

是书奏入,宣帝又复报充国,问他期月期限,究在何时。且羌人若闻朝廷罢兵,乘虚进袭,屯田兵能否抵御?必须妥行部署,方可定夺。充国又奏称先零精兵,不过七八千人,分散饥冻,灭亡在即。待至来春虏马瘦弱,更不敢率众寇边,就使稍有侵掠,亦不足虑。现在北有匈奴,西有乌桓,俱未平服,不能不备。若顾此失彼,两处无成,于臣不忠,于国无福,请陛下明见赐决,勿误浮言!这已是第三次奏请罢兵屯田。宣帝每得一奏,必询诸众议,第一次赞成充国,十人中不过二三;第二次便有一半赞成了;第三次的赞成,十中得八。宣帝因诘责从前反对的朝臣。群臣无词可说,只得叩头服罪。丞相魏相跪奏道:"臣愚昧不习兵事,后将军规画有方,定可成功,臣敢为陛下预贺!"也是个顺风敲锣。宣帝始决依充国计策,诏令罢兵屯田。小子有诗赞充国道:

> 尚力何如且尚谋,平羌全仗幄中筹。
> 屯田半载收功速,元老果然克壮猷。

屯田策定,偏尚有人主张进攻。欲知是人为谁,待至下回再表。

两疏请老,后人或称之,或讥之。称之者曰:两疏为太子师傅,默窥太子庸懦,不堪教

导，故有不去必悔之言，见几而作，得明哲保身之道焉。讥之者曰：太子年甫十二，正当养正之时，两疏既受师傅重任，应合力提携，弼成君德，方可卸职告归，奈何以后悔为惧，遽尔舍去。是二说者，各有理由，未可偏非。但君子难进易退，与其素餐受谤，毋宁解组归田，何必依依恋栈，如萧望之终遭陷害乎？若赵充国之控御诸羌，能战能守，好整以暇，及请罢兵屯田，尤为国家根本之计，老成胜算，非魏相等所可几及，而宣帝卒专心委任，俾得成功。有是臣不可无是君，充国其亦幸际明良哉！

第八十六回　逞淫谋番妇构衅　识子祸严母知几

却说宣帝复报赵充国，准他罢兵屯田，偏有人出来梗议，仍主进击。看官道是何人？原来就是强弩将军许广汉，与破羌将军辛武贤。宣帝不忍拂议，双方并用，遂令两将军引兵出击，与中郎将赵卬会师齐进。卬即充国长子，既奉上命，不得不从，于是三路并发。许广汉降获羌人四千余名，辛武贤斩杀羌人二千余级，卬亦或杀或降，约得二千余人。独充国并不进兵，羌人自愿投降，却有五千余名。充国因复进奏，略称先零羌有四万人，现已大半投诚，再加战阵死亡，不下万余，所遗止四千人，羌帅靡忘，致书前来，情愿往取杨玉，不必劳我三军，请陛下召回各路兵马，免致暴露云云。宣帝乃令许广汉等不必进兵。好容易已过残冬，就是宣帝在位第十年间，宣帝已经改元三次，第五年改号元康，第九年复改号神爵。充国西征，事在神爵元年。至神爵二年五月，充国料知羌人垂尽，不久必灭，索性请将屯兵撤回，奉诏依议，充国遂振旅而还。有充国故人浩星赐，由长安出迎充国，乘间进言道："朝上大臣，统说由强弩、破羌二将，出击诸羌，斩获甚多，羌乃败亡。惟二三识者，早知羌人势穷，不战可服，今将军班师入觐，应归功二将，自示谦和，才不至无端遭忌呢！"论调与王生相同。充国叹息道："我年逾七十，爵位已极，何必再要夸功。惟用兵乃国家大事，应该示法后世，老臣何惜余生，不为主上明言利害！且我若猝死，更有何人再为奏闻！区区微忱，但求无负国家，此外亦不暇顾及了！"情势原与龚遂有别。遂不从浩星赐言，诣阙自陈，直言无隐。时强弩将军许广汉，已经旋师，只辛武贤贪功未归，由宣帝依充国言，饬令武贤还守酒泉，且命充国仍为后将军。

是年秋季，果然先零酋长杨玉，为下所戕，献首入关，余众四千余人，由羌人若零弟泽等，分挈归汉。宣帝封若零弟泽为王，特在金城地方，创立破羌、允衔二县，安置降羌，并设护羌校尉一职，拟选辛武贤季弟辛汤，前往就任。

充国方抱病在家，得知此事，力疾入奏，谓辛汤嗜酒，未可使主蛮夷，不如改用汤兄临众，较为得当。宣帝乃使临众为护羌校尉。既而临众因病免归，朝臣复举辛汤继任，汤使酒任性，屡侮羌人，果致羌人携贰，如充国言。事见后文。

　　惟辛武贤不得重赏，仍还原任，满腔郁愤，欲向充国身上发泄，只苦无计可施。猛然记得赵卬晤谈，曾云前车骑将军张安世，亏得乃父密为保举，始得重任，这事本无人知晓，正好把卬弹劾，说他泄漏机关，复添入几句谗言，拜本上闻。宣帝得奏，竟将赵卬禁止入宫。英主好猜，适中武贤狡计。卬少年负气，忿忿的跑入乃父营内，欲去禀白。情急惹祸，致违营中军律，又被有司劾奏，被逮下狱。卬越加惭愤，拔剑刎颈，断送余生。真是一个急性子。充国闻卬枉死，未免心酸，当即上书告老，得蒙批准，受赐安车驷马，及黄金六十斤，免官就第；后至甘露二年，病剧身亡。充国生前，已得封营平侯，至是加谥为壮，爵予世袭，也不枉一生劳勤了。急流勇退，还算充国知几，才得考终。

　　自从充国征服西羌，匈奴亦闻风生畏，未敢犯边。又值壶衍鞮单于病死，传弟虚闾权渠单于，国中乱起，势且分崩。胡俗素无礼义，父死可妻后母，兄死可妻长嫂，成为习惯，数见不鲜。壶衍鞮单于的妻室，系是颛渠阏氏，年已半老，犹有淫心，她想夫弟嗣立，自己不妨再醮，仍好做个现成阏氏。那知虚闾权渠，不悦颛渠，别立右大将女为大阏氏，竟将颛渠疏斥。颛渠不得如愿，当然怨望，适右贤王屠耆堂入谒新主，为颛渠所窥见。状貌雄伟，正中私怀，当下设法勾引，将屠耆堂诱入帐中，纵体求欢。屠耆堂不忍却情，就与她颠倒衣裳，演成一番秘戏图。嗣是朝出暮入，视同伉俪。可惜屠耆堂不能久住，绸缪了一两旬，不能不辞归原镇，颛渠势难强留，只好含泪与别。过了多日，才得重会，欢娱数夕，又要分离，累得颛渠连年悲感，有口难言。至宣帝神爵二年，虚闾权渠单于在位已有好几年了，向例在五月间，匈奴主须大会龙城，祷祀天地鬼神。屠耆堂当然来会，顺便与颛渠续欢。及会期已过，祭祀俱了，屠耆堂又要别去，颛渠私下与语道："今日单于有病，汝且缓归；倘得机缘，汝便可乘此继位了！"屠耆堂甚喜。又耽搁了数天，凑巧单于病日重一日，就与颛渠私下密谋，暗暗布置。颛渠弟都隆奇，方为左大且渠，匈奴官名。由颛渠嘱令预备，伺隙即发。也是屠耆堂运气亨通，竟得虚闾权渠死耗，当下召入都隆奇，拥立屠耆堂，杀逐前单于弟子近亲，别用私党。都隆奇执政，屠耆堂自号为握衍朐鞮单于，颛渠阏氏，竟名正言顺，做了握衍朐鞮的正室了。侥幸侥幸！

　　惟日逐王先贤掸，居守匈奴西陲，素与握衍朐鞮有隙，当然不服彼命，遂遣使至渠犁，通款汉将郑吉，乞即内附。吉遂发西域兵五万人，往迎日逐王，送致京师。宣帝封日逐王为归德侯，留居长安。一面令郑吉为西域都护，准立幕府，驻节乌垒城，镇抚西域三十六国，西域始完全归汉，与匈奴断绝往来。

第八十六回　逞淫谋番妇构衅　识子祸严母知几

匈奴单于握衍朐鞮，闻得日逐王降汉，不禁大怒，立把日逐王两弟，拿下斩首。日逐王姊夫乌禅幕上书乞赦，毫不见从，再加虚闾权渠子稽侯狦，系乌禅幕女夫，不得嗣位，奔依妇翁，乌禅幕遂与左地贵人，拥立稽侯狦，号为呼韩邪单于，引兵攻握衍朐鞮。握衍朐鞮淫暴无道，为众所怨，一闻新单于到来，统皆溃走，弄得握衍朐鞮穷蹙失援，仓皇窜死。颛渠阏氏未闻下落，不知随何人去了？都隆奇走投右贤王，呼韩邪得入故庭，收降散众，令兄呼屠吾斯为左谷蠡王，使人告右地贵人，教他杀死右贤王。右贤王系握衍朐鞮弟，已与都隆奇商定，别立日逐王薄胥堂为屠耆单于，发兵数万，东袭呼韩邪单于。呼韩邪单于拒战败绩，挈众东奔，屠耆单于据住王庭，使前日逐王先贤掸兄右奥鞬王，与乌籍都尉，分屯东方，防备呼韩邪单于。会值西方呼揭王，来见屠耆，与屠耆左右唯犁当户，谗构右贤王。屠耆不问真伪，竟把右贤王召入，把他处死。右地贵人，相率抗命，共讼右贤王冤情。屠耆也觉追悔，复诛唯犁当户。呼揭王恐遭连坐，便即叛去，自立为呼揭单于，右奥鞬王也自立为车犁单于，乌籍都尉复自立为乌籍单于。匈奴一国中，共有单于五人，四分五裂，还有何幸！同族相争，势必至此。

时为汉宣帝五凤元年，相传为凤凰五至，因于神爵五年，改元五凤。汉廷大臣，闻知匈奴内乱，竞请宣帝发兵北讨，灭寇复仇。独御史大夫萧望之进议道："春秋时晋士匄侵齐，闻丧即还，君子因他不伐人丧，称诵至今。前单于慕化向善，曾乞和亲，不幸为贼臣所杀，今我朝若出兵加讨，岂不是乘乱幸灾么？不如遣使吊问，救患恤灾，夷狄也有人心，必且感德远来，自愿臣服。这也是怀柔远人的美政哩！"宣帝素重望之，因即依议。原来望之表字长倩，系出兰陵，少事经师后苍，学习齐诗。后复向夏侯胜问业，博通书礼，当由射策得官，迁为谏大夫。已而出任牧守，调署左冯翊，累有清名，乃召入为大鸿胪。可巧丞相魏相，因病去世，御史大夫丙吉，嗣为丞相，望之进为御史大夫。宣帝因望之湛深经术，格外敬礼，所以言听计从。当下遣使慰问匈奴，偏匈奴内讧益甚，累得汉使无从致命，或至中道折回。那屠耆单于，用都隆奇为将，击败车犁、乌籍两单于，两单于并投呼揭。呼揭愿推戴车犁单于，自与乌籍同去单于名号，合拒屠耆单于。屠耆单于率兵四万骑，亲击车犁，车犁单于又败。屠耆方乘胜追逐，不料呼韩邪单于乘虚进击屠耆境内。屠耆慌忙返救，被呼韩邪邀击一阵，杀得大败亏输，惶急自刎。都隆奇挈着屠耆少子姑瞀楼头，遁入汉关。呼韩邪单于乘胜收降车犁单于，几得统一匈奴。偏屠耆单于从弟休旬王，收拾余烬，自立为闰振单于，就是呼韩邪兄左谷蠡王呼屠吾斯，亦自立为郅支骨都侯单于，出兵攻杀闰振，转击呼韩邪。呼韩邪连年战争，部下已大半死亡，又与郅支接仗数次，虽得力却郅支，精锐杀伤殆尽。乃从左伊秩訾王计议，引众南下，向汉请朝，并遣子右贤王铢娄渠堂入质，求汉援助，再击郅支，郅支也恐汉助呼韩邪，使子右大将驹于利受，入侍汉廷，请勿援呼韩邪。可谓为渊驱鱼。

时已为宣帝甘露元年了，宣帝至五凤五年，又改元甘露，大约因甘露下降，方有此举。自从神爵元年为始，到了甘露元年，中经八载，汉廷内外，却没有甚么变端，不过杀死盖、韩、严、杨四人，未免刑罚失当。就中只有河南太守严延年，还是残酷不仁，咎由自取，若司隶校尉盖宽饶，左冯翊韩延寿，故平通侯杨恽，并无死罪，乃先后被诛，岂非失刑？盖宽饶字次公，系魏郡人，刚直公清，往往犯颜敢谏，不避权贵。宣帝方好用刑法，又引入宦官弘恭、石显，令典中书。宽饶即上呈封事，内称圣道寖微，儒术不行，以刑余为周、召，以法律为诗书。又引韩氏易传云：五帝官天下，三王家天下，家以传子，官以传贤，譬如四时嬗运，功成当去等语。宣帝方主张专制，利及后嗣，怎能瞧得上这种奏章？一经览着，当然大怒，便将原奏发下，令有司议罪。执金吾承旨纠弹，说他意欲禅位，大逆不道，惟谏大夫郑昌，谓宽饶直道而行，多仇少与，还乞原心略迹，曲示矜全。宣帝那里肯从，竟饬拿宽饶下狱。宽饶不肯受辱，才到阙下，即拔出佩刀，挥颈自刎。

第二个便是韩延寿。延寿字长公，由燕地徙居杜陵，历任颍川东海诸郡太守，教民礼义，待下宽弘。至左冯翊萧望之升任御史大夫，乃将延寿调任左冯翊。延寿出巡属邑，遇有兄弟讼田，各执一词，延寿不加批驳，但向两造面谕道："我为郡长，不能宣明教化，反使汝兄弟骨肉相争，我当任咎！"说至此不禁泪下，两造亦因此惭悔，自愿推让，不敢复争。汉民尚有古风，所以闻言知让。延寿就任三年，郡中翕然，囹圄空虚，声誉比萧望之尤盛，望之未免加忌。适有望之属吏，至东郡调查案件，复称延寿在东郡任内，曾虚耗官钱千余万，望之即依言劾奏。事为延寿所闻，也将望之为冯翊时亏空廪牺官钱百余万，廪司藏谷，牺司养牲。作为抵制。且移文殿门，禁止望之入宫。望之当即进奏，说是延寿要挟无状，乞为申理。宣帝方信任望之，当然不直延寿，虽尝派官查办，终因在下希承风旨，只言望之被诬，延寿有罪，甚且查出延寿校阅骑士，车服僭制，骄侈不法等情，无非援上陵下。宣帝竟将延寿处死，令至渭城受刑，吏民泣送，充塞途中。延寿有子三人，并为郎吏，统至法场活祭乃父。延寿嘱咐道："汝曹当以我为戒，此后切勿为官！"三子泣遵父命，待父就戮后，买棺殓葬，辞职偕归。

延寿已死，未几便枉杀杨恽。恽系前丞相杨敞子，曾预告霍氏逆谋，得封平通侯，受官光禄勋。生平疏财仗义，廉洁无私，只有一种坏处，专喜道人过失，不肯含容。尝与太仆戴长乐有嫌，长乐竟劾恽诽谤不道，宣帝因免恽为庶

第八十六回　逞淫谋番妇构衅　识子祸严母知几

人。恽失位家居，以财自娱，适有友人孙会宗与书，劝他闭门思过，不宜置产业，通宾客。那知恽复书不逊，竟把平时孤愤，借书发挥，惹得会宗因好成怨，积下私仇。会值五凤四年，孟夏日食，忽有刍荛吏告恽不法，未肯悔过，日食告变，咎在此人。欲加之罪，何患无辞？宣帝得书，便命廷尉查办，当由孙会宗把恽复函，呈示廷尉，廷尉又转奏宣帝，宣帝见他语多怨望，遂说恽大逆不道，批令腰斩。恽因言取祸，坐致杀身，倒也罢了，还要把他全家眷属，充戍酒泉。又将恽在朝亲友，悉数免官。京兆尹张敞，亦被株连，尚未免职。敞使属掾絮舜，查讯要件，絮舜竟不去干事，但在家中安居，且语家人道："五日京兆，还想办甚么案情？"不意有人传将出去，为敞所闻。敞竟召入絮舜，责他玩法误公，喝令斩首。舜尚要呼冤，敞拍案道："汝道我五日京兆么？我且杀汝再说。"舜始悔出言不谨，无可求免，没奈何伸颈就刑。当有絮舜家人诣阙鸣冤。宣帝以敞既坐恽党，复敢滥杀属吏，情殊可恨，立夺敞官，免为庶人。敞缴还印绶，惧罪亡去。已而京兆不安，吏民懈弛，冀州复有大盗，乃由宣帝特旨，再召敞为冀州刺史。盗贼知敞利害，待敞莅任，各避往他处去了。

　　看官阅过上文三案，应知盖、韩、杨三人的冤情。惟严延年自被劾去官，逃回故里，见八十一回。后来遇赦复出，连任涿郡、河南太守，抑强扶弱，专喜将地方土豪，罗织成罪，一体诛锄。河南吏民，尤为畏惮，号曰屠伯。延年本东海人氏，家有老母，由延年遣使往迎。甫至洛阳，见道旁囚犯累累，解往河南处决。严母不禁大惊。行至都亭，即命停住，不肯入府。延年待久不至，自赴都亭谒母，母闭门拒绝。惊得延年莫名其妙，想必自己有过，不得已长跪门外，请母明示。好多时才见开门，起入行礼，但听母怒声呵责道："汝幸得备位郡守，管辖地方千里，不闻仁爱，专尚刑威，难道为民父母，好这般残酷么？"延年听着，方知母意，连忙叩首谢罪，且请母登车至府，亲为御车。至府署中，过了腊节，一经改岁，便欲还家。延年再三挽留，母愤然道："汝可知人命关天，不容妄杀，今乃滥刑若此，天道神明，岂肯容汝！我不意到了老年，尚见壮子受诛，我今去了，为汝扫除墓地罢了！"说毕驱车自去。妇人中有此先见，却是罕闻。

　　延年送母出城，返至府舍，自思母太过虑，仍然不肯从宽。那知过了年余，便遇祸殃。当时黄霸为颍川太守，与延年毗邻治民。延年素轻视黄霸，偏霸名高出延年，颍川境内，年谷屡丰，霸且奏称凤凰戾止，得邀褒赏。延年心愈不服，适河南界发现蝗虫，由府丞狐义出巡，回报延年。延年问颍川曾否有蝗？义答言无有，延年笑道："莫非被凤凰食尽么？"义又述及司农中丞耿寿昌，常作平仓法，谷贱时增价籴入，谷贵时减价粜出，甚是便民。延年又笑道："丞相御史，不知出此，何勿避位让贤，寿昌虽欲利民，也不应擅作新法。"狐义连碰了两个钉子,默然退出,暗思延年脾气乖张,将来不免遇害,我已年老,何堪遭戮,想到此处,就筮易决疑,又得了一个凶兆。看来是死多活少,不如入都告发,死且留名;于是悒悒登程,直至长安,劾奏延年十大罪恶,把封章呈递进去,便服毒自尽。宣帝将原奏发下御史丞,查得狐义自杀确情,当即报闻。再派官至河南察访,觉得狐义所奏,并非虚诬。结果是依案定罪,谳成了一个怨望诽谤的罪名,诛死延年。严母从前归里,转告族人,谓延年不久必死,族人尚似信非信,至此始知严母先见。严母有子五人,皆列高官,延年居长,次子彭祖,官至太子太傅,秩皆二千石,东海号严母为万石严妪。小子有诗赞严母道:

一门万石并称荣,令子都从贤母生。
若使长男终率教,渭城何至独捐生!

延年死后,黄霸且得进任御史大夫。欲知霸如何升官,容至下回说明。

女蛊之害人甚矣哉! 不特乱家,并且乱国,古今中外一也。观颛渠阏氏之私通屠耆堂,即致国内分崩,有五单于争立之祸,而雄踞北方之匈奴,自此衰矣。夫以迈迹自身之汉高,雄才大略之汉武,累次北征,终不能屈服匈奴,乃十万师摧之而不足,一妇人乱之而有余,何其酷欤! 若夫严母之智能料子,虽不足逭延年之诛,要未始非女中豪杰。且第一延年之杀身,而其余四子,俱得高官,未闻波及,较诸盖、韩、杨三家,荣悴不同,亦安知非严母之教子有方,失于一子而得于四子耶! 然后知败家者妇人,保家者亦妇人,莫谓哲妇皆倾城也。

第八十七回　杰阁图形名标麟史
　　　　　　锦车出使功让蛾眉

却说御史大夫一缺,本是萧望之就任。望之自恃才高,常戏谩丞相丙吉,吉已年老,不愿与较。望之心尚未足,又奏称民穷多盗,咎在三公失职,语意是隐斥丙吉。宣帝始知望之忌刻,特使侍中金安上诘问,望之免冠对答,语多支吾。丞相司直繇延年,繇音婆。素来不直望之,乘隙举发望之私事,望之乃降官太子太傅。黄霸得应召入京,代为御史大夫。才阅一年,丞相博阳侯丙吉,老病缠绵,竟致不起。吉尚宽大,好礼让,隐恶扬善,待下有恩。常出遇人民械斗,并不过问,独见一牛喘息,却使人问明牛行几里。或讥吉舍大问小,吉答说道:"民斗须京兆尹谕禁,不关宰相。若牛喘必因天热,今时方春和,牛非远行,何故喘息?三公当燮理阴阳,不可不察。"旁人听了,都说他能持大体。我意未然。

及丙吉既殁,霸代为丞相,相道与郡守不同。霸治郡原有政声,却非相才,所以一切措施,不及魏丙。一日见有鹡雀飞集相府,鹡音芬,或作鸱。雀形似雉,出西羌中,霸生平罕见,疑为神雀,遽欲上书称瑞。后来闻知由张敞家飞来,方才罢议。但已被大众得知,作为笑谈。从前所称凤凰庆至,想亦如是。既而霸复荐举侍中史高,可为太尉,又遭宣帝驳斥,略言太尉一官,罢废已久,史高系帷幄近臣,朕所深知,何劳丞相荐举等语。说得霸羞惭满面,免冠谢罪,嗣是不敢再请他事。霸为相时,已晋封建成侯,任职五年,幸得考终,谥法与丙吉相同,统是一个定字。惟黄霸的妻室,却是一个巫家女儿。从前霸为阳夏游徼,与一相士同车出游,道旁遇一少女,由相士注视多时,说她后来必贵。霸尚未娶妻,听了此语,便去探问该女姓氏,浼人说合。女父本来微贱,欣然允许,即将该女嫁霸为妻,谁知随霸多年,居然得为宰相夫人,并且所生数子,亦得通显,说也是一段佳话,闲文少表。

且说霸既病殁,廷尉于定国,正迁任御史大夫,复代霸为丞相。时为甘露三年,正值匈奴国呼韩邪单于款塞请朝,宣帝命公卿大夫,会议受朝礼节。丞相以下,俱言宜照诸侯王待遇,位在诸侯王下,独太子太傅萧望之,谓应待以客礼,位在诸侯王上。宣帝有意怀柔,特从望之所言,至甘泉宫受朝。自己先郊祀泰畤,然后入宫御殿,传召呼韩邪单于入见,赞谒不名,令得旁坐,厚赐冠带衣裳弓矢车马等类。待单于谢恩退出,又由宣帝遣官陪往长平,留他食宿。翌日宣帝亲至长平,呼韩邪上前接驾,当有赞礼官传谕单于免礼,准令番众列观。此外如蛮夷降王,亦来迎谒,由长平坂至渭桥,络绎不绝,喧呼万岁。呼韩邪留居月余,方遣令还塞,呼韩邪愿居光禄塞下,系光禄勋徐自为所筑之城。可借受降城为保障,宣帝准如所请,乃命卫尉董忠等,率万骑护送出境,且令留屯受降城,保卫呼韩邪,一面输粮接济。呼韩邪感念汉恩,壹意臣服。此外西域各国,闻得匈奴附汉,自然震慑汉威,奉命维谨。就是郅支单于亦恐呼韩邪往侵,远徙至坚昆居住,去匈奴故庭约七千里。到了岁时递嬗,也遣使入朝汉廷。九重高拱,万国来同,后人称为汉宣中兴,便是为此。提清眉目。

宣帝因戎狄宾服,忆及功臣,先后提出十一人,令画工摹拟状貌,绘诸麒麟阁上。麒麟阁在未央宫中,从前武帝获麟,特筑此阁,当时纪瑞,后世铭功,无非是休扬烈光的意思。阁上所绘十一人,各书官职姓名,惟第一人独从尊礼,不闻书名。看官欲知详细,由小子录述如下:

大司马大将军博陆侯姓霍氏。　　　卫将军富平侯张安世。
车骑将军龙额侯韩增。额音额。　　后将军营平侯赵充国。

丞相高平侯魏相。　　　　　　丞相博阳侯丙吉。
御史大夫建平侯杜延年。　　　宗正阳城侯刘德。
少府梁邱贺。　　　　　　　　太子太傅萧望之。
典属国苏武。

　　照此看来，第一人当是霍光，霍家虽灭，宣帝尚追念旧勋，不忍书名。外此十人，只有萧望之尚存，本应最后列名，为何独将苏武落后呢？武有子苏元，前坐上官桀同党，已经诛死，武亦免官。见前文。后来宣帝嗣位，仍起武为典属国，并将武在匈奴时所生一子，许令赎回，拜为郎官。即通国，见前文。神爵二年，武已逝世，宣帝因他忠节过人，名闻中外，故意置诸后列，使外人见了图形，觉得盛名如武，尚不能排列人先，越显得中国多材，不容轻视了！
　　先是武帝六男，只有广陵王胥，尚然存在。胥傲戾无亲，尝思为变，可惜兵力单薄，未敢发作，没奈何迁延过去。到了五凤四年，忽被人讦发阴谋，说他嘱令女巫，咒诅朝廷。宣帝遣人查访，果有此事，向胥提究女巫，胥竟把女巫杀死，希图灭口。那知廷臣已联名入奏，请将胥明正典刑。宣帝尚未下诏，胥已先有所闻，自知不能幸免，当即自缢，国除为郡。
　　宣帝立次子钦为淮阳王，三子嚣为楚王，四子宇为东平王，虽是援照成例，毕竟是树恩骨肉，信任私亲。还有少子名宽，为戎婕妤所生，年龄尚幼，未便加封。钦、嚣、宇三人生母，见第八十三回，故此处叙及戎婕妤。这数子中，要算淮阳王钦，最得宣帝欢心，一半由钦母张婕妤，色艺兼优，遂致爱母及子；一半由钦素性聪敏，喜阅经书法律，颇有才干，比那太子奭的优柔懦弱，迥不相同。宣帝尝叹赏道："淮阳王真是我子呢！"太子奭雅重儒术，见宣帝用法过峻，未免太苛，尝因入朝时候，乘间进言道："陛下宜用儒生，毋尚刑法。"宣帝不禁作色道："汉家自有制度，向来王霸杂行，奈何专用德教呢？且俗儒不达时宜，是古非今，徒乱人意，何足委任？"杂霸之言，亦岂真足垂示子孙。太子奭见父发怒，不敢再言，当即俯首趋去。宣帝目视太子，复长叹道："乱我家法，必由太子，奈何！奈何！"嗣是颇思易储，转想太子奭为许后所生，许后同经患难，又遭毒死；若将太子废去，免不得薄幸贻讥，因此不忍废立，储位如旧。
　　甘露元年，复命韦玄成为淮阳中尉。玄成系故相扶阳侯韦贤少子。韦贤年老致仕，见八十二回。生有四男，长名方山，已经早世，次子名弘，三子名舜，四子就是玄成。弘曾受职太常丞，得罪系狱。及贤病终，门生博士义倩等，矫托贤命，使季子玄成袭爵。玄成方为大河都尉，还奔父丧，才知有袭爵消息，暗思上有二兄，怎能越次嗣封？于是假作痴癫，为退让计。偏义倩等已将伪命出奏，宣帝即使丞相御史，传召玄成，入朝拜爵，玄成仍佯狂不理。那知丞相御史，却已窥出玄成隐情，竟复奏玄成并未真狂。幸有一侍郎，为玄成故人,恐玄成抗命得罪,亟从旁解说道:"圣主贵重礼让,应优待玄成,勿使屈志!"宣帝乃知玄成好意,仍使丞相御史,带引玄成入朝。玄成无法,只好应召诣阙,当由宣帝面加慰谕,迫令袭爵,玄成不能再让,方才拜受,寻即诏令玄成为河南太守,并将韦弘释放,使为泰山都尉。未几又召玄成入都,拜未央卫尉,调任太常,嗣复坐杨恽党与,免官归家;忽又起拜淮阳中尉,乃是宣帝为太子奭起见,特令退让有礼的韦玄成,辅导淮阳王钦,教他看作榜样,省得将来窥窃神器,酿成兄弟争端。这也是防微杜渐,苦心调剂的方法呢。

惟淮阳王钦虽然受封,还是留居长安,玄成亦未赴任。宣帝复因钦晓通经术,命与诸儒至石渠阁中,讲论五经异同。当时沛人施仇论《易》;齐人周堪、鲁人孔霸即孔子十三世孙。论《书》;沛人薛广德论《诗》;梁人戴胜论《礼》;东海人严彭祖即严延年弟。论《公羊传》;齐人公羊高传《春秋》。汝南人尹更始,与太子太傅萧望之等,论《穀梁传》。鲁人穀梁赤亦传《春秋》学。折衷取义,汇奏宣帝。宣帝亲加裁决,并设诸经博士,令习专书,修明经术,称盛一时。

忽由乌孙国遣到番使,呈上一书,乃是楚公主解忧署名,书中大意,系为年老思乡,乞赐骸骨,归葬故土。宣帝看他情词悱恻,也不觉凄然动容,当即派遣车徒,往迎楚公主解忧。

解忧本嫁乌孙王岑陬为妻,寻复改适嗣主翁归靡,生下三男两女,已见前文。见八十一回。翁归靡上书汉廷,愿立解忧所生子元贵靡为嗣,仍请尚汉公主,亲上加亲。宣帝不欲绝好,乃令解忧侄女相夫为公主,盛资遣往,特派光禄大夫常惠送行。甫至敦煌,接得翁归靡死耗,元贵靡不得嗣立,由岑陬子泥靡为王,常惠不得不驰书上奏。一面将相夫留住敦煌,自持节至乌孙,责他不立元贵靡。乌孙大臣,却是振振有词,谓前时岑陬遗言,原欲传国与子,不能另立元贵靡。亦见八十一回。常惠亦驳他不过,只好驰回敦煌,请将楚少主送归。宣帝复书批准,于是常惠即偕楚少主还都。那泥靡既得立为主,性情横暴,又将解忧强逼成奸,据为妻室。解忧已经失节,也顾不得甚么尊卑,连宵缱绻,又结蚌胎,满月即产一男,取名鸱靡。但解忧究竟将老,泥靡尚属壮年,一时为情欲所迫,占住后母,渐渐的迁情他女,便与解忧失和。此外一切举动,统是任意妄为,国人号为狂王。可巧汉使卫司马魏和意,及卫侯任昌同往乌孙,解忧得与相见,密言狂王粗暴,可以计诛。问汝何不早死?魏和意即与任昌商定秘谋,安排筵宴,邀请狂王过饮。狂王毫不推辞,竟来赴宴。饮到半酣,魏和意嘱使卫士,剑击狂王,偏偏一击不中,被狂王逃出客帐,飞马窜逸,不复还都。魏和意任昌,驰入都中,托言奉天子命,来诛狂王。番官多恨狂王无道,却无异言。那知狂王子细沉瘦,为父报仇,召集边兵,进攻乌孙都城。城名赤谷,四面被围。亏得西域都护郑吉,从乌垒城发兵往援,才得将细沉瘦逐去。吉收兵还镇,据实奏闻。宣帝使中郎将张遵等,持医药往治狂王,并赐金币。拿还魏和意任昌两人,责他矫诏不臣,按律当斩。狂王不过略受微伤,既由汉使赐药给金,如法调治,不久即愈,使张遵回朝谢命,自还赤谷城,仍王乌孙。偏又有翁归靡子乌就屠,在北山号召徒众,乘隙袭杀狂王,居然自立。

乌就屠出自胡妇,非解忧所生,汉廷当然不认为王,即命破羌将军辛武贤,领兵万五千人,出屯敦煌,声讨乌就屠,独西域都护郑吉,恐武贤出征乌孙,道远兵劳,胜负难料,不如遣人游说,令乌就屠自甘让位,免动兵戈。当下想出了一位巾帼英雄,浼她前去劝导,果然片言立解,远过行师。这人为谁?乃是解忧身旁一个侍儿,姓冯名嫽,西域称为冯夫人,足当彤笔。她随解忧至乌孙后,嫁与乌孙右大将为妻,生性聪慧,丰采丽都,本来知书达理。及出西域,仅阅数年,即把西域的语言文字,风俗形势,统皆通晓。解忧尝使持汉节,慰谕邻近诸国,颁行赏赐,诸国都惊为天人,相率敬礼。乌孙右大将,得此才妇,自然恩爱有加。惟右大将与乌就屠,素相往来,冯夫人当亦识面,所以郑吉遣使关白,令她往说乌就屠。冯夫人本是汉女,满口应承,立即至乌就屠居庐,开口与语道:"昆弥乌孙王号。今日乘势崛兴,可喜可贺!但喜中不能无忧,贺后不能不吊。"乌就屠惊问道:"莫非有意外祸变么?"冯夫人道:"汉兵已出至敦煌,想昆弥当亦知悉,昆弥自思,能与汉兵决一胜败否?"乌就屠踌躇半晌,方答说道:"恐敌不住汉兵。"冯夫人道:"昆弥既自知汉兵难敌,奈何尚欲称尊,一旦汉兵前来,必遭屠灭,何若见机知退,听命汉朝,还可借此保全,不失富贵。"却是一个女张良。乌就屠道:"我亦不敢长作昆弥,但得一个小号,我便向汉归命了。"冯夫人道:"这想是没有难处。"说着,即辞别乌就屠,还报西域都护郑吉。吉便将冯夫人说降乌就屠,详报朝廷。

宣帝得报,便欲一见冯夫人,召令入都。冯夫人应召东来,好几日到了阙下。报名朝见,彬彬有礼,举止大方,再加一张粲花妙舌,见问即答,应对如流。宣帝大喜,面命她作为正使,往谕乌就屠,别遣谒者竺次,与甘延寿,两人为副,一同登程。妇人作为朝使,千载一时。冯夫人拜别宣帝,持节出朝,早有人备着锦车,请她登舆。就是竺次、甘延寿两人,且向冯夫人参见,听从指示。冯夫人与谈数语,从容上车,向西径去。竺次、甘延寿,随后继进,直抵乌孙。乌就屠尚在北山,未入国都,冯夫人等往传诏命,叫乌就屠速至赤谷城,往会汉光禄大夫长罗侯常惠。原来宣帝遣还冯夫人时,又命常惠驰赴赤谷城,立元贵靡为乌孙王。所以冯夫人到了北山,常惠亦入赤谷城。至乌就屠往见常惠,惠即宣读诏书,册封元贵靡为大昆弥。惟乌就屠也不令向隅,使为小昆弥,乌就屠得如所望,当即乐从。常惠又与他分别辖地,大昆弥得民户六万余,小昆弥得民户四万余,割清界限,免致相争。

越两年余，元贵靡便即病逝，子星靡嗣立。楚公主解忧，年将七十，因上书乞归，得蒙宣帝慨允，派使往迎。解忧挈领孙男女三人，回至京师，入朝宣帝。宣帝见她白发皤皤，倍加怜惜，特赐她田宅奴婢，俾得养老。过了两年，解忧病殁，三孙留守坟墓，毋庸细表。

　　惟冯夫人曾随解忧回国，至解忧殁后，闻得乌孙嗣主星靡，懦弱无能，恐为小昆弥所害，乃复上书请效，愿仍出使乌孙，镇抚星靡。宣帝准奏，遣百骑护送出塞，后来星靡终得保全，冯夫人已嫁乌孙右大将，想总是功成以后，告老西陲了。冯夫人之殁，史传中未曾详叙，故特从活笔。小子有诗赞道：

锦车出塞送迎忙，专对长才属女郎。
读史漫夸苏武节，须眉巾帼并流芳。

　　越年有黄龙出现广汉，因改元黄龙。那知不到年终，宣帝忽然生起病来，欲知病状如何，待至下回再叙。

　　麟阁图形，计十一人，若黄霸、于定国、张敞、夏侯胜等，皆不得并列，似乎严格以求，宁少毋滥，然如杜延年、刘德、梁邱贺、萧望之四人，不过粗具丰仪，无甚奇绩，亦胡为参预其间，且苏子卿大节凛然，独置后列，虽为震慑外人起见，但王者无私，岂徒恃虚骄之威，所能及远乎？苏武后，复有冯夫人之锦车持节，慰定乌孙，女界中出此奇英，足传千古，惜乎重男轻女之风，已成惯习。宣帝能破格任使，独不令绘其像于麟阁之末，吾犹为冯夫人叹息曰："天生若材，何不使易钗而弁也！"

第八十八回　宠阉竖屈死萧望之　惑谗言再贬周少傅

　　却说黄龙元年冬月，宣帝寝疾，医治罔效；到了残冬时候，已至弥留。诏命侍中乐陵侯史高为大司马，兼车骑将军，太子太傅萧望之，为前将军，少傅周堪，为光禄大夫，受遗辅政。未几驾崩，享年四十有三。总计宣帝在位二十五年，改元七次，史称他综核名实，信赏必罚，功光祖宗，业垂后嗣，足为中兴令主。惟贵外戚，杀名臣，用宦官，酿成子孙亡国的大害，也未免利不胜弊呢！总束数语，也不可少。太子奭即日嗣位，是为元帝。尊王皇后为皇太后。越年改易正朔，号为初元元年，奉葬先帝梓宫，尊为杜陵，庙号中宗，上谥法曰孝宣皇帝。立妃王氏为皇后，封后父禁为阳平侯。禁即前绣衣御史王贺子，贺尝谓救活千人，子孙必兴，见前文。果然出了一个孙女，正位中宫，得使王氏一门，因此隆盛。王氏兴，刘氏奈何？

惟说起这位王皇后的履历，却也比众不同。后名政君，乃是王禁次女，兄弟有八，姊妹有四。母李氏，生政君时，曾梦月入怀，及政君十余龄，婉娈淑顺，颇得女道。惟父禁不修边幅，好酒渔色，娶妾甚多。李氏为禁正室，除生女政君外，尚有二男，一名凤，排行最长，一名崇，排行第四。此外有谭、曼、商、立、根及逢时，共计六子，皆系庶出。李氏性多妒忌，屡与王禁反目。禁竟将李氏离婚，李氏改嫁河内人苟宾为妻。禁因政君渐长，许字人家，未婚夫一聘即死。至赵王欲娶政君为姬，才经纳币，又复病亡。禁大为诧异，特邀相士南宫大有，审视政君。大有谓此女必贵，幸勿轻视。好似王奉先女。真是一对天生婆媳。禁乃教女读书鼓琴，政君却也灵敏，一学便能。年至十八，奉了父命，入侍后宫。会值太子良娣司马氏，得病垂危，太子奭最爱良娣，百计求治，终无效验。良娣且语太子道："妾死非由天命，想是姬妾等阴怀妒忌，咒我至死！"说着，泪下如雨。恐是推己及人。太子奭也哽咽不止。未几良娣即殁，太子奭且悲且愤，迁怒姬妾，不许相见。宣帝因太子年已逾冠，尚未得子，此次为了良娣一人，谢绝姬妾，如何得有子嗣。乃嘱王皇后选择宫女数人，俟太子入朝皇后，随意赐给，王皇后当然照办。一俟太子奭入见，便将选就五人，使之旁立，暗令女官问明太子何人合意？太子奭只忆良娣，不愿他选，勉强瞧了一眼，随口答应道："这五人中却有一人可取。"女官问是何人？太子又默然不答。可巧有一绛衣女郎，立近太子身旁，女官便以为太子看中此人，当即向皇后禀明，王皇后就使侍中杜辅，掖庭令浊贤，送绛衣女入太子宫。究竟此女为谁？原来就是王政君。政君既入东宫，好多日不见召幸，至太子奭悲怀稍减，偶至内殿，适与政君相遇，见她态度幽娴，修秾合度，也不禁惹起情魔，是晚即召令侍寝。两人年貌相当，联床同梦，自有一番枕席风光。说也奇怪，太子前时，本有姬妾十余人，七八年不生一子，偏是政君得幸，一索生男。甘露三年秋季，太子宫内甲观画堂，有呱呱声传彻户外，即由宫人报知宣帝。宣帝大喜，取名为骜，才经弥月，便令乳媪抱入相见。抚摩儿顶，号为太孙。嗣是常置诸左右，不使少离。无如翁孙缘浅，仅阅两载，宣帝就崩。太子仰承父意，一经即位，就拟立骜为太子。只因子以母贵，乃先将王政君立为皇后。立后逾年，方命骜为太子，骜年尚不过四岁哩。西汉之亡，实自此始。

且说元帝既立，分遣诸王就国。淮阳王钦，楚王嚣，东平王宇，始自长安启行，各莅封土。还有宣帝少子竟，尚未长成，但封为清河王，仍留都中。大司马史高，职居首辅，毫无才略，所有郡国大事，全凭萧望之、周堪二人取决。二人又系元帝师傅，元帝亦格外宠信，倚畀独隆。望之又荐入刘更生为给事

第八十八回　宽阁竖屈死萧望之　惑谗言再贬周少傅

中，使与侍中金敞，左右拾遗。敞即金日磾侄安上子，正直敢谏，有伯父风；更生为前宗正刘德子，即楚元王交玄孙。敏赡能文，曾为谏大夫，两人献可替否，多所裨益。惟史高以外戚辅政，起初还自知材短，甘心退让。后来有位无权，国柄在萧、周二人掌握，又得金、刘赞助萧周，益觉得彼盛我孤，相形见绌，因此渐渐生嫌，别求党援。可巧宫中有两个宦官，出纳帝命，一是中书令弘恭，一是仆射石显。二竖为病，必中膏肓。自从霍氏族诛，宣帝恐政出权门，特召两阉侍直，使掌奏牍出入。两阉小忠小信，固结主心，遂得逐加超擢。小人盅君，大都如此。尚幸宣帝英明，虽然任用两阉，究竟不使专政。到了元帝嗣阼，英明不及乃父，仍令两阉蟠踞宫庭，怎能不为所欺？两阉知元帝易与，便想结纳外援，盗弄政柄。适值史高有心结合，乐得通同一气，表里为奸。石显尤为刁狡，时至史第往来，密参谋议，史高惟言是从，遂与萧望之、周堪等，时有龃龉，望之等察知情隐，亟向元帝进言，请罢中书宦官，上法古时不近刑人的遗训，元帝留中不报。弘恭、石显，因此生心，即与史高计画，拟将刘更生先行调出。巧值宗正缺人，便由史高入奏，请将更生调署。元帝晓得甚么隐情，当即照准。望之暗暗着急，忙搜罗几个名儒茂材，举为谏官。

适有会稽人郑朋，意图干进，想去巴结望之，乘间上书，告发史高遣人四出，征索贿赂，且述及许、史两家子弟，种种放纵情形。元帝得书，颁示周堪，堪即谓郑朋谠直，令他待诏金马门。朋既得寸进，再致书萧望之，推为周召管晏，自愿投效，望之便延令入见，朋满口贡谀，说得天花乱坠，冀博望之欢心，望之也为欢颜。待至朋已别去，却由望之转了一念，恐朋口是心非，不得不派人侦察，未几即得回报，果然劣迹多端。于是与朋谢绝，并且通知周堪，不宜荐引此人，堪自然悔悟。只是这揣摩求合的郑朋，日望升官发财，那知待了多日，毫无影响。再向萧、周二府请谒，俱被拒斥。朋大为失望，索性变计，转投许、史门下。许、史两家，方恨朋切骨，怎肯相容，朋即捏词相诳道："前由周堪、刘更生教我为此，今始知大误，情愿效力赎愆。"许、史信以为真，引为爪牙。侍中许章，就将朋登入荐牍，得蒙元帝召入。朋初见元帝，当然不能多言，须臾即出。他偏向许、史子弟扬言道："我已面劾前将军，小过有五，大罪有一，不知圣上肯听从我言否？"许、史子弟，格外心欢。还有一个待诏华龙，也是为周堪所斥，钻入许、史门径，与郑朋合流同污，辗转攀援，复得结交弘恭、石显。恭与显遂嗾使二人，劾奏萧望之周堪、刘更生，说他排挤许、史，有意构陷；趁着望之休沐时候，方才呈入。

元帝看罢，即发交恭、显查问。恭、显奉命查讯望之，望之勃然道："外戚在位，骄奢不法，臣欲匡正国家，不敢阿容，此外并无歹意。"恭、显当即复报，并言望之等私结朋党，互为称举，毁离贵戚，专擅权势，为臣不忠，请召致廷尉云云。元帝答了一个"可"字，恭、显立即传旨，饬拿萧望之、周堪、刘更生下狱。三人拘系经旬，元帝尚未察觉。会有事欲询周堪、刘更生，乃使内侍往召，内侍答称二人下狱，元帝大惊道："何人敢使二人拘系狱中？"弘恭、石显在侧，慌忙跪答道："前日曾蒙陛下准奏，方敢遵行。"元帝作色道："汝等但言'召致廷尉'，并未说及下狱，怎得妄拘？"元帝年将及壮，尚未知"召致廷尉"语意，庸愚可知。恭、显乃叩首谢过。元帝又说道："速令出狱视事便了！"恭、显同声应命，起身趋出，匆匆至大司马府中，见了史高，密议多时，定出一个方法，由史高承认下去。翌晨即入见元帝道："陛下即位未久，德化未闻，便将师傅下狱考验。若非有罪可言，仍使出狱供职，显见得举动粗率，反滋众议。臣意还是将他免官，才不至出尔反尔呢！"元帝听了，也觉得高言有理，竟诏免萧望之、周堪、刘更生，但使出狱，免为庶人。郑朋因此受赏，擢任黄门郎。

才过一月，陇西地震，堕坏城郭庐舍，伤人无数，连太上皇庙亦被震坍。太上皇庙，即太公庙。已而太史又奏称客星出现，侵入昴宿及养舌星，元帝未免惊惶。再阅数旬，复闻有地震警报，乃自悔前时黜逐师傅，触怒上苍。因特赐望之爵关内侯，食邑六百户，朔望朝请，位次将军。又召周堪、刘更生入朝，拟拜为谏大夫。弘恭、石显，见三人复得起用，很是着忙，急向元帝面奏，谓不宜再起周、刘，自彰过失，元帝默然不答。恭、显越觉着急，又说是欲用周、刘，也只可任为中郎，不应升为谏大夫。元帝又为所蒙，但使周堪刘更生为中郎，忽明忽昧，却是庸主情态。嗣又记起萧望之博通经术，可使为相，有时与左右谈及意见。适为弘恭、石显所闻，惶急的了不得。就是许、史二家，得知这般消息，也觉日夕不安，内外生谋，恨不得致死望之。望之已孤危得很，谁料到事机不顺，有一人欲助望之，弄巧成拙，反致两下遭殃。这人非别，就是刘更生。

更生本与望之友善，只恐望之被小人所嫉，把他构陷，常思上书陈明，因恐同党嫌疑，特托外亲代上封事。内称地震星变，都为弘恭、石显等所致，今宜黜去恭、显，进用萧望之等，方可返灾为祥。这书呈入，即被弘恭、石显闻知，两人互相猜测，料是更生所为。便面奏元帝，请将上书人究治，元帝忽又依议，竟令推究上书人，上书人不堪威吓，供出刘更生主使是实，刘更生复致坐罪，免为庶人。谋之不臧，更生亦难辞咎。萧望之闻更生得祸，只恐自己株连，特令子萧伋上书，诉说前次无辜遭黜，应求伸雪。多去寻祸。元帝令群臣会议，群臣阿附权势，复称望之不知自省，反教子上书讼冤，失大臣体，应照不敬论罪，捕他下狱。元帝见群臣不直望之，也疑望之有罪，沉吟良久道："太傅性刚，怎肯就吏？"弘恭、石显在旁应声道："人命至重！望之所坐，不过语言薄罪，何必自戕。"元帝乃准照复奏，令谒者往召望之。石显借端作威，出发执金吾车骑，往围望之府第，望之陡遭此变，便思自尽。独望之妻从旁劝阻，谓不

第八十八回 宽阁竖屈死萧望之 惑谗言再贬周少傅

如静待后命。适门下生朱云入省，望之即令他一决。云系鲁人，夙负气节，竟直答望之，不如自裁。望之仰天长叹道："我尝备位宰相，年过六十，还要再入牢狱，有何面目？原不如速死罢！"便呼朱云速取鸩来，云即将鸩酒取进，由望之一口喝尽，毒发即亡。望之原是枉死，但亦有取死之咎。

谒者返报元帝，元帝正要进膳，听得望之死耗，辍食流涕道："我原知望之不肯就狱，今果如此！杀我贤傅，可惜可恨！"说到此处，又召入恭、显两人，责他迫死望之。两人佯作惊慌，免冠叩头。累得元帝又发慈悲，不忍加罪，但将两人喝退。传诏令望之子伋嗣爵关内侯，每值岁时，遣使致祭望之茔墓。一面擢用周堪为光禄勋，并使堪弟子张猛为给事中。

弘恭、石显，又欲谋害周堪师弟，一时无从下手，恭即病死。石显代恭为中书令，擅权如故。他闻望之死后，舆论不平，却想出一条计策，结交一位经术名家，自盖前愆。原来元帝即位，尝征召王吉、贡禹二人。二人应召入都，吉不幸道死，禹诣阙进见，得拜谏大夫，寻迁光禄大夫。吉、禹二人免归，见八十五回。朝臣因他明经洁行，交相敬礼，显更知禹束身自爱，与望之情性不同，乐得前去通意，亲自往拜。禹不便峻拒，只好虚与周旋。偏显格外巴结，屡在元帝面前，称扬禹美。会值御史大夫陈万年出缺，即荐禹继任，禹得列公卿，也不免感念显惠，所以前后上书，但劝元帝省官减役，慎教明刑。至若宦官外戚的关系，绝口不谈。且年已八十有余，做了几个月御史大夫，便即病殁，别用长信少府薛广德继任。

时光易逝，已是初元五年的残冬，越年改元永光，元帝出郊泰畤。礼毕未归，拟暂留射猎，广德进谏道："关东连岁遇灾，人民困苦，流离四方。陛下乃居听丝竹，出娱游畋，臣意以为不可！况士卒暴露，从官劳倦，还请陛下即日返宫，思与民同忧乐，天下幸甚！"元帝总算听从，立命回跸。是年秋天，元帝又往祭宗庙，向便门出发，欲乘楼船。广德忙拦住乘舆，免冠跪叩道："陛下宜过桥，不宜乘船！"元帝命左右传谕道："大夫可戴冠。"广德道："陛下若不听臣，臣当自刎，把颈血染污车轮，陛下恐难入庙了。"元帝莫明其妙，面有愠色。旁有光禄大夫张猛，亟上前解说道："臣闻主圣臣直，乘船危，就桥安，圣主不乘危，御史大夫言可从。"元帝方才省悟，顾语左右道："晓人应该如此。"遂令广德起来，命驾过桥，往返皆安，广德直声，著闻朝廷。可惜是注意小节。

偏自元帝嗣阼，水旱连年，言官多归咎大臣，车骑将军史高，丞相于定国，与薛广德同时辞职。元帝各赐车马金帛，准令还家，三人并得寿终。史高亦甘引退，还算不是奸邪。元帝因三人退职，召用韦玄成为御史大夫，未几即擢为丞相，袭父爵为扶阳侯。玄成父子，俱以儒生拜相，闾里称荣。他本是鲁国邹人，邹鲁有歌谣云："遗子黄金满篇，不如一经。"玄成为相，守正持重，不及乃父，惟文采比父为胜，且遇事逊让，不与权幸争权，所以进任宰辅，安固不摇。御史大夫一缺，即授了右扶风郑弘，弘亦和平静默，与人无忤。独光禄勋周堪，及弟子张猛，刚正不阿，常为石显所忌。刘更生时已失官，又恐堪等遭害，隐忍不住，复缮成奏章一篇，呈入阙廷，奏牍约有数千言，历举经传中灾异变迁，作为儆戒，大旨是要元帝黜邪崇正，趋吉避凶。出口兴戎，何如不言！石显见了此书，明知是指斥自己，越想越恨。转思刘更生毫无权位，不必怕他，现在且将周堪师弟除去，再作计较。于是约同许、史子弟，待衅即动。会值夏令天寒，日青无光，显与许、史子弟，内外进谗，并言周堪、张猛，擅权用事，致遭天变。元帝方信任周堪，不肯听信。谁知满朝公卿，又接连呈入奏章，争劾堪、猛二人，弄得元帝心中失主，将信将疑。始终为庸柔所误。

长安令杨兴，具有小材，得蒙宠幸，有时入见元帝，尝称堪忠直可用。元帝以为兴必助堪，乃召兴入问道："朝臣多说光禄勋过失，究属何因？"兴生性刁猾，听了此问，还道元帝已欲黜堪，即应声道："光禄勋周堪，不但朝廷难容，就使退居乡里，亦未必见容众口。臣见前次朝臣劾奏周堪，谓与刘更生等谋毁骨肉，罪应加诛。臣以为陛下前日，育德青宫，堪曾做过少傅，故独谓不宜诛堪，为国家养恩，并非真推重堪德呢！"利口喋喋。元帝喟然道："汝说亦是。但彼无大罪，如何加诛，今果应作何处置？"兴答说道："臣意可赐爵关内侯，食邑三百户，勿使预政，是陛下得恩全师傅，望慰朝廷。一举两得，无如此计。"元帝略略点头，待兴辞退，暗想兴亦斥堪，莫非堪真溺职不成。正在怀疑得很，忽又由城门校尉诸葛丰拜本进来，也是纠劾周堪、张猛，内说二人贞信不立，无以服人。元帝不禁懊恨起来，竟亲写诏书，传谕御史道：

  城门校尉丰，前与光禄勋堪、光禄大夫猛在朝之时，数称言堪、猛之美，今反纠劾堪、猛，实自相矛盾。丰前为司隶校尉，不顺四时修法度，专作苛暴以获虚威。朕不忍下吏，以为城门校尉。乃内不省诸己，而反怨堪、猛以求报举，告按无证之辞，暴扬难言之罪，毁誉恣意，不顾前言，不信之大也。朕怜丰耆老，不忍加刑，其免为庶人！

看官阅此诏书，应疑诸葛丰所为，也与杨兴相似。其实丰却另有原因，激成过举。元帝初年，丰由侍御史进任司隶校尉，秉性刚严，不避豪贵，且遵照汉朝故例，得持节捕逐奸邪，纠举不法。长安吏民，见他有威可畏，编成短歌道："间何阔，逢诸葛。"时有侍中许章，自恃外戚，结党横行，有门下客为丰所获，案情牵连许章身上，丰遂欲奏参许章。凑巧途中与许章相遇，便欲捕章下狱，举节与语道："可即停车！"章坐在车中，心虚情急，忙叫车夫速至宫门，车夫自然加鞭急趋，丰追赶不及，被章驰入宫门，进见元帝，只说丰擅欲捕臣。

元帝正欲召丰问明,适值丰封章上奏,历数章罪,元帝总觉丰专擅无礼,不直丰言,命收回丰所持节,降丰为城门校尉。丰很是气愤,满望周堪、张猛,替他伸冤,好几日不见音信。再贻书二人,自陈冤抑,又不见答。于是恨上加恨,还道周堪、张猛,也是投井下石,因此平时常称誉堪、猛,至此反列入弹章。实是老悖。一朝小忿,自误误人,元帝既削夺丰官,索性将周堪、张猛,也左迁出去,堪为河东太守,猛为槐里令。小子有诗叹道:

　　　　浊世难容直道行,明夷端的利艰贞。
　　　　小卿周堪字。也号通经士,进退彷徨太自轻。

堪猛既贬,石显权焰益张,免不得党同伐异,戮及无辜。欲知显陷害何人,俟至下回说明。

萧望之、周堪、刘更生三人,皆以经术著名,而于生平涵养之功,实无一得。望之失之傲,堪失之贪,更生则失之躁者也。丙吉为一时贤相,年高望重,望之且侮慢之,何有于史高,然其取死之咎,即在于此。周堪于望之死后,即宜引退,乃犹恋栈不去,并荐弟子张猛为给事中,植援固宠之讥,百口奚辞。刘更生则好为危论,非徒无益而又害之。夫不可与言而与之言,是谓失言,智者不为也。更生学有余而识不足,殆亦意气用事之累欤?若元帝之优柔寡断,徒受制于宦官外戚而已。虎父生犬子,吾于汉宣、元亦云。

第八十九回　冯婕妤挺身当猛兽　　　　　　　朱子元仗义救良朋

　　却说石显专权,怙恶横行。当时有个待诏贾捐之,为前长沙太傅贾谊曾孙,屡言石显过恶,因此待诏有年,未得受官。永光元年,珠崖郡叛乱不靖,朝廷发兵往讨,历久无功。郡在南粤海内,岛屿纷歧。自从武帝平定南越,编为郡县,居民叛服无常,屡劳征伐。元帝因连年未定,拟大举南征,为荡平计,贾捐之独上书谏阻道:"臣闻秦劳师远攻,外强中干,终致内溃。武帝秣马厉兵,从事四夷,役赋繁重,盗贼四起。前事可鉴,不宜蹈辙。现今关东饥荒,百姓多卖妻鬻子,法不能禁,这乃是社稷深忧。若珠崖道远,素居化外,不妨弃置。愿陛下专顾根本,抚恤关东为是。"不务殖民远地,但以弃置为宜,亦非良策。元帝将原书颁示群臣,群臣多半赞成,遂下诏罢珠崖郡,不复过问。

　　捐之言虽见用,仍然不得一官,郁郁久居,不堪久待。闻得长安令杨兴,新邀主眷,正好托他介绍,代为吹嘘。当下投刺请谒,互相往来,兴见捐之口才敏捷,文采风流,且是贾长沙后人,自然格外契合。彼此缔交多日,适值京兆尹出缺,捐之乘间语兴,呼兴表字道:"君兰雅擅吏才,正好升任京兆尹,若使我得见主上,必然竭力保荐。"兴亦呼捐之表字道:"君房下笔,言语妙天下,倘使君房得为尚书令,应比五鹿充宗,好得多了。"原来五鹿充宗,系顿丘地方的经生,与显为友,显曾引为尚书令,故兴特借着充宗,称美捐之。捐之闻言大笑道:"果使我得代充宗,君兰得为京兆尹。我想京兆系郡国首选,尚书关天下根本,有我两人,求贤佐治,还怕天下不太平么!"大言不惭。兴答说道:"我两人若要进见,却也不难,但教打通中书令关节,便可得志了。"捐之不禁愕然道:"中书令石显么! 此人奸横得很,我甚不愿与他结欢。"兴微哂道:"慢着! 显方贵宠,非得彼欢心,我等无从超擢。今且依我计议,暂投彼党,这也是枉尺直寻的办法呢!"捐之求官情急,不得已屈志相从,兴即与商定,联名保荐石显,请赐爵关内侯。并召用显兄弟为卿曹,再由捐之自出一奏,举兴为京兆尹。两奏先后进去,谁知早被石显闻知,先将贾、杨二人密谋,奏达元帝。元帝尚有疑意,待二人奏入,果如显言,乃即饬逮二人下狱,使后父王禁与显究治。禁与显复称贾、杨隐怀诈伪,更相荐誉,欲得大位,罔上不道,应即加严刑,有诏坐捐之死罪,兴减死一等,髡为城旦。可怜捐之热中富贵,反落得身首异处,兴虽免死,丢去了长安令,做了一个刑徒,求福得祸,何苦为此?可为钻营奔竞者鉴。

　　越年日食地震,变异相寻。东海郡经生匡衡,方入为给事中,元帝问以地震日食的原因,衡答言天人相感,下作上应,陛下能祗畏天戒,哀悯元元,省靡丽,考制发,近中正,远巧佞,崇至仁,匡失俗,自然大化可成,休征即至云云。元帝因衡奏对称旨,擢为光禄大夫,已而地又震,日又食,自永光二年至四年,迭遭警变。元帝因记起周堪、张猛,被贬在外,实是衔冤,乃责问群臣道:"汝等前言天变相仍,咎在堪、猛,今堪、猛外谪数年,何故天变较甚,试问将更咎何人?"群臣无词可答,只好叩首谢罪。元帝因复征拜堪为光禄大夫,领尚书事;猛为大中大夫,兼给事中。堪猛再入朝受职,总道元帝悔悟,此次总可吐气扬眉,那知朝上尚书,先有四人,统是石显私党。一个就是五鹿充宗,官拜少府,兼尚书令,第二个是中书仆射牢梁,第三、第四叫作伊嘉、陈顺,并皆典领尚书。堪与四人位置相同,口众我寡,怎能敌得过四奸? 再加元帝连年多病,深居简出,堪有要事陈请,反要石显代为奏闻,累得堪不胜郁愤,有口难言。俗语说得好,忧能伤人,况堪已垂老,如何禁受得起? 一日忽然病喑,嗫不成声,未几即殁。张猛失了师援,越觉孤危,遂被石显诳构,传诏逮系。猛不肯受辱,竟在宫车门前,拔剑自刭。石显未去,师弟何苦复来,显是自己寻死。刘

第八十九回　冯婕妤挺身当猛兽　朱子元仗义救良朋

更生闻知堪、猛死亡,倍增伤感,特仿楚屈原《离骚经》体,撰成《疾谗救危及世颂》凡八篇,聊寄悲怀;还幸自己命不该绝,未被害死,也好算是蒙泉剥果了。

且说元帝后宫,除王皇后外,要算冯、傅两婕妤,最为宠幸。傅婕妤系河南温县人,早年丧父,母又改嫁,婕妤流离入都,得事上官太后,善伺意旨,进为才人。上官太后赐给元帝,元帝即位,拜为婕妤。凭着那柔颜丽质,趋承左右,深得主欢,就是宫中女役,亦因她待遇有恩,并皆感激,常饮酒醑地,代祝延厘。好几年生下一女一男,女为平都公主;男名康,永光三年,封为济阳王,傅婕妤得进号昭仪。元帝对她母子两人,非常怜爱,甚至皇后太子,亦所未及。光禄大夫匡衡,曾上书规谏,劝元帝辨明嫡庶,不应得新忘故,移卑逾尊。元帝因令衡为太子太傅,但宠爱傅昭仪母子,仍然如故。傅昭仪外,便是冯婕妤最为得宠。冯婕妤的家世,与傅昭仪贵贱不同,乃父就是光禄大夫冯奉世。奉世曾讨平莎车,只因矫诏的嫌疑,未得封侯。见八十三回。元帝初年,始迁官光禄勋。既而陇西羌人,为了护羌校尉辛汤,嗜酒性残,激怒羌众,复致造反。元帝因奉世夙谙兵法,特使为右将军,领兵出击。丞相韦玄成,御史大夫郑弘等,主张屯戍,只肯发兵万人,奉世谓宜出兵六万,方可平羌。元帝初意尚如丞相御史所言,令率万二千人西行,及奉世到了陇西,绘呈地形,再申前议,元帝乃使太常任千秋为奋威将军,领兵六万,前往策应。奉世既得大队人马,果然一鼓破羌,斩首数千级,余羌并皆遁去,陇西复平。奉世班师复命,得受爵关内侯,调任左将军。子野王为左冯翊,父子并登显阶,望重一时。冯婕妤系奉世长女,由元帝纳入后宫,生子名兴,得拜婕妤,受宠与傅昭仪相似。

永光六年,改元建昭。好容易到了冬令,元帝病体已痊,满怀高兴,挈着后宫妃嫱,亲至长杨宫校猎,文武百官,一律从行。既至猎场,元帝在场外高坐,左有傅昭仪,右有冯婕妤,此外如六宫美人,不可胜述。文官远远站立,武官多去猎射,约莫有三五时辰,捕得许多飞禽走兽,俱至御前报功。元帝大悦,传谕嘉奖。到了午后,还是余兴未尽,更至虎圈前面,看视斗兽,傅昭仪、冯婕妤等当然随着。那虎圈中的各种野兽,本来是各归各栅,不相连合,一经汇集,种类不同,立即咆哮跳跃,互相蛮触。正在爪牙杂沓,迷眩众目的时候,忽有一个野熊,跃出虎圈,竟向御座前奔来。御座外面,有槛拦住,熊把前两爪攀住槛上,意欲纵身跳入。吓得御座旁边的妃嫔媵嫱,魂魄飞扬,争相后面窜逸。傅昭仪亦逃命要紧,飞动金莲,乱曳翠裾,半倾半跌的跑往他处。只有冯婕妤并不慌忙,反且挺身向前,当熊立住。*却是奇突！*元帝不觉大惊,正要呼她奔避,却值武士趋近,各持兵器,把熊格死。冯婕妤花容如旧,徐步引退,元帝顾问道:"猛兽前来,人皆惊避,汝为何反向前立住?"冯婕妤答道:"妾闻猛兽攫人，得人便止。意恐熊至御座，侵犯陛下，故情愿拚生当熊，免得陛下受惊。"元帝听了，赞叹不已。此时傅昭仪等已经返身趋集，听着冯婕妤的答议，多半惊服。只有傅昭仪不免怀惭，由愧生妒，遂与冯婕妤有嫌。妇女性情往往如此。冯婕妤怎能知晓，侍辇还宫。元帝就拜冯婕妤为昭仪，封婕妤子兴为信都王。昭仪名位，乃是元帝新设，比皇后仅差一级，前只有一傅昭仪，至此复有冯昭仪，位均势敌，差不多如避面尹邢，两不相下了。尹、邢为武帝时婕妤，事见前文。

中书令石显，见冯昭仪方经得宠，冯奉世父子又并列公卿，便拟倚势献谀。特将野王弟冯逡，代为揄扬，荐入帷幄。逡已为谒者，由元帝即日召见，欲将他擢为侍中。偏逡见了元帝，极言石显专权误国，触动元帝怒意，斥令退去，反将他降为郎官。石显闻知，当然快意，但与冯氏亦从此有仇，把从前援引的意思，变作排挤。

当时有一郎官京房，通经致用，屡蒙召问。房本与五鹿充宗，同为顿丘人氏，又同学《易经》，惟充宗师事梁邱贺，房师事焦延寿，师说不同，讲解互异。且充宗阿附石显，尤为房所嫉视，尝欲乘间进言，锄去邪党。一日由元帝召语经学，旁及史事，房遂问元帝道："周朝的幽、厉两王，陛下可知他危亡的原因否？"元帝道："任用奸佞，所以危亡。"房又问道："幽、厉何故好用奸佞？"元帝道："他误视奸佞为贤人，因此任用。"房复道："如今何故知他不贤？"元帝道："若非不贤，何至危乱？"房便进说道："照此看来，用贤必治，用不贤便乱。幽、厉何不别求贤人，乃专任不贤，自甘危乱呢？"元帝笑道："乱世人主，往往用人不明。否则自古到今，有甚么危亡主子哩！"房说道："齐桓公与秦二世，也尝讥笑幽、厉，偏一用竖刁，一信赵高，终致国家大乱，彼何不将幽、厉为戒，早自觉悟呢？"已是明斥石显。元帝道："这非明主不能见及，齐、桓秦二世，原不得算做明君。"房见元帝尚是泛谈，未曾晓悟。当即免冠叩首道："春秋二百四十年间，迭书灾异，原是垂戒将来。今陛下嗣位数年，天变人异，与春秋相似，究竟今日为治为乱？"元帝道："今日也是极乱呢！"房直说道："现在果任用何人？"元帝道："我想现今任事诸人，当不致如乱世的不贤。"房又道："后世视今，也如今世视古，还求陛下三思！"元帝沉吟半晌道："今日有何人足以致乱？"房答道："陛下圣明，应自知晓。"元帝道："我实不知，已知何为复用。"房欲说不敢，不说又不忍，只得说是陛下平日最所亲信，与参秘议的近臣，不可不察。元帝方接口道："我知道了！"房乃起身退出，满望元帝从此省悟，驱逐石显诸人。那知石显等毫不摇动，反将房徙为魏郡太守。房自知为石显等所忌，隐怀忧惧，但乞请毋属刺史，仍得乘传奏事，元帝倒也允许，房只得出都自去。

才阅月余，便由都中发出缇骑，逮房下狱。案情为房妇翁张博所牵连，因

第八十九回　冯婕妤挺身当猛兽　朱子元仗义救良朋

致得罪。博系淮阳王刘钦舅，钦即元帝庶兄。尝从房学《易》，以女妻房。房每经召对，退必与博具述本末。博儇巧无行，便将宫中隐情，转报淮阳王钦，且言朝无贤臣，灾异屡见，天子已有意求贤，请王自求入朝，辅助主上等语。钦竟为所惑，为博代偿债负二百万，博又报书敦促，诈言已贿托石显，从中说妥，费去黄金五百斤，钦复如数赍给。不料为石显所闻，当即讦发，博兄弟三人，并皆系狱，连京房亦被株连，系入都中定罪，案情为翁婿通谋，诽谤政治，诖误诸侯王，狡猾不道，一并弃市。房原姓李氏，推易得数，改姓为京。前从焦延寿学《易》，延寿尝谓京生虽传我道，后必亡身，及是果验。御史大夫郑弘，与房友善，房前为元帝述幽、厉事，曾出告郑弘，弘亦深表赞成。所以房弃市后，弘连坐免官，黜为庶人，进任匡衡为御史大夫。惟淮阳王钦，不过传诏诘责，由钦上表谢罪，幸得无恙。

接连又兴起一场冤狱，也是石显一手做成。坐罪的是御史中丞陈咸，与槐里令朱云。咸字子康，为前御史大夫陈万年子。万年好交结权贵，独咸与乃父不同，十八岁入补郎官，便是抗直敢言。万年恐他招祸，往往夜半与语，教他宽厚和平。咸在床前立着，听了多时，全与己意不合，但又不便反抗，索性置若罔闻，朦胧睡去。一个打盹，把头触着屏风，竟致震响，万年不禁怒起，起床取杖，意欲挞咸。咸方惊醒跪叩道："儿已备聆严训，无非教儿谄媚罢了！"原是一言可蔽。这语说出，累得万年无词可驳，也只得将咸喝退，上床就寝，不复与言。未几万年病死，咸刚直如前，元帝却重他材能，累迁至御史中丞。还有萧望之门生朱云，与咸气谊相投，结为好友，两人有时晤谈，辄诋斥石显诸人，不遗余力。可巧显党五鹿充宗，开会讲经，仗着权阉势力，无人敢抗，独朱云摄衣趋入，与充宗互相辩论，驳得充宗垂头丧气，怅然退去。都人士有歌谣云："五鹿岳岳，朱云折其角。"嗣是云名遂盛，连元帝也有所闻，特别召见，拜为博士，旋出任杜陵令，辗转调充槐里令。云因石显用事，丞相韦玄成等依阿取容，不如先劾玄成，然后再弹石显，于是拜本进去，具言韦玄成怯懦无能，不胜相位。看官试想，区区县令，怎能扳得倒当朝宰相，徒被玄成闻知，结下冤仇。会云因事杀人，被人告讦，谓云妄杀无辜，元帝因问韦玄成。玄成正怨恨朱云，便答言云政多暴，毫无善状。凑巧陈咸在旁，得闻此言，不由的替云着急，慌忙还家，写成一封密书，通报朱云。云当然惊惶，复书托咸，代为设法，咸即替云拟就奏稿，寄将过去，教云依稿缮成，即日呈进，请交御史中丞查办。计实未善。云如言办理，偏被五鹿充宗看见奏章，欲报前日被驳的羞辱，当即告知石显，批交丞相究治。陈咸见计画不成，又复通告朱云，云便逃入都门，与咸面商救急的计策。越弄越错。丞相韦玄成，派吏查讯朱云，不见下落，再差人探听消息，知云在陈咸家中，当下劾咸漏泄禁中言语，并且隐匿罪人,应一并捕治,下狱论罪。

元帝准奏,饬廷尉拘捕二人,二人无从奔避,尽被拿住,入狱拷讯。咸不肯直供,受了好几次搒掠,困惫不堪,自思受伤已重,死在眼前,忍不住呻吟悲楚。忽有狱卒走报,谓有医生入视,咸即令召入,举目一瞧,并不是甚么良医,乃是好友朱博。当下视同骨肉,即欲向他诉苦,博忙举手示意,佯与诊视病状,使狱卒往取茶水,然后问明咸犯罪略情,至狱卒将茶水取至,当即截住密谈,珍重而别。博字子元,杜陵人氏,慷慨好义,乐与人交,历任县吏郡曹,复为京兆府督邮。自闻咸得罪下狱,即移名改姓,潜至廷尉府中,探听消息。一面买嘱狱卒,假称医生,亲向狱中询问明白,然后求见廷尉,为咸作证,言咸冤屈受诬。廷尉不信,笞博数百,博终咬定前词,极口呼冤。好在韦玄成得了一病,缠绵床褥,也愿放宽咸案,咸才得免死,髡为城旦。朱云也得出狱,削职为民。但非朱博热心救友,恐尚未易解决,这才可称得患难至交呢!小子有诗赞道:

> 临危才见旧交情,仗义施仁且热诚。
> 谁似朱君高气节,救人狱底得全生。

越年,韦玄成病死,后任丞相,当然有人接替。欲知姓名,试看下回便知。

冯婕妤之当熊,绰有父风,彼虽一娉婷弱质,独能奋身不顾,拚死直前,殆与乃父之袭取莎车,同一识力。彼傅昭仪辈,宁能得此。然傅昭仪因是衔嫌,而冯婕妤卒为所倾,天胡不吊。反使妒功忌能者之得逞其奸,是正足令人太息矣。不宁唯是,天下之为主效忠者,往往为小人所构陷。试观元帝一朝,二竖擅权,正人义士,多被摧锄,除贾捐之死不足惜外,何一非埋冤地下。陈咸之不死,赖有良朋,否则石显、韦玄成,朋比相倾,几何不流血市曹也。宣圣有言,女子与小人为难养,诚哉其然!

第九十回　斩郅支陈汤立奇功　　嫁匈奴王嫱留遗恨

却说韦玄成死后,御史大夫匡衡,循例升任,另用繁延寿为御史大夫。匡衡虽尚正直,但见石显权势巩固,也不敢与他反对,只得顺风敲锣,做一个好好先生。石显有姊,欲与郎中甘延寿为妻,偏延寿看轻石显,不愿与婚,婉言谢绝。却有特识。显便即衔恨。建昭三年,甘延寿为西域都护骑都尉,与副校尉陈汤,同出西域,袭斩郅支单于,传首长安。朝臣多为甘、陈请封,独石显联

第九十回　斩郅支陈汤立奇功　嫁匈奴王嫱留遗恨

同匡衡，合词劝阻，舆论遂不直匡衡。

究竟甘、陈二人，何故袭斩郅支？说来却有一种原因。郅支单于徙居坚昆，怨汉拥护呼韩邪，不肯助己，拘辱汉使江迺始等，遣使求还侍子驹于利受。见八十六、八十七回。元帝许令回国，特遣卫司马谷吉送往，吉被郅支杀死。郅支自知负汉，又闻呼韩邪渐强，恐遭袭击。正想再徙他处，适康居国遣使迎郅支，欲令合兵，共取乌孙，郅支乐得应允，便引兵西往康居。康居王将己女嫁与郅支，郅支也将己女嫁与康居王，互相翁婿，也是罕闻。彼此结为婚姻，联兵往攻乌孙。直至赤谷城下，赤谷城为乌孙都，见前文。掠得许多人畜，方才还师。乌孙不敢追击，且将西近康居的地方，弃作荒地，所有旧时居民，一律东徙，免得遭殃。郅支恃胜生骄，即蔑视康居，凌虐康居王女。康居王女不肯服气，惹动郅支怒意，竟拔刀将她砍死。自至都赖水滨，役民筑城，民或少怠，便截斩手足，投入水中。二年余才得毕工，郅支入城居住，据险自固；屡遣使分往大宛诸国，征求岁贡。大宛国怕他强暴，不敢不依。汉廷尚以为谷吉未死，派使探问，才知吉被杀死。再使人索还尸骸，郅支不与，反将汉使羁住，佯求西域都护，自言僻居困厄，情愿归附大汉，遣子入侍。其实是设词相诳，意在缓兵。凶狡已极！西域都护郑吉，已老病归休，元帝乃特简甘延寿、陈汤两人，出镇乌垒城。

延寿字君况，北地郁郅人。汤字子公，山阳瑕邱人。延寿素善骑射，向以武力著名；汤却是文士出身，不拘小节，专好奇谋。既与延寿同至西域，所过山川城邑，无不注意。当下与延寿商议道：〝夷狄畏服大国，本性使然。前时西域，尝服属匈奴。今郅支单于迁移至此，自恃国威，侵陵乌孙、大宛，并为康居画策，谋吞二国。若乌孙、大宛，果被并吞，势必北攻伊列，西取安息，南击月氏，不出数年，西域诸国，且尽为所有了！且郅支骠悍善战，此时不图，必为西域大患，最好是先发制人，尽发屯田吏士，驱从乌孙部众，直指彼城。彼守备未坚，容易攻入，乘此斩郅支首，上献朝廷，岂不是千载一时的大功么？〞延寿也以为然，惟欲先奏后行。汤又劝阻道：〝朝廷公卿，怎知远谋？如欲奏闻，必不见从。〞延寿终以为不便专擅，未肯遽行。正思上书奏请，忽然得病，只好搁置一旁，从事医治。

约过了好几日，病治少瘥，忽闻外面人声马嘶，陆续不绝，忍不住跳落床下，向外查问，但见陈汤检阅兵马，前后来列，差不多有数万人，便喝声道：〝众兵到此，意欲何为！〞汤毫不敛缩，反按剑相叱道：〝大众齐集，往讨郅支，竖子尚敢阻众么！〞敢作敢言。说得延寿瞠目伸舌，不敢异议。及询明实情，才知汤乘着己病，矫制调来。那时箭在弦上，不得不发，只得与汤部勒兵士，分作六队，即日起行。三队从南道逾葱岭，由大宛绕往康居，延寿与汤自率三队，从北道过乌孙国都,入康居境。行至阗池西面,适值康居副王抱阗,领数千骑,侵赤谷城,掳得人畜回来,被汤麾兵截杀一阵,夺还人口四百七十人,交付乌孙大昆弥,牲畜留给军食。再西行入康居界,访闻康居贵人屠墨,与郅支不协,因使人召他至军,晓示祸福,屠墨自愿乞和。汤即与歃血为盟,遣令还抚部众,毋得抗汉,一面沿途揭示,不犯秋毫。途中复得屠墨从子开牟,使为向导,直向郅支居城进发。距城约三十里,扎定营盘。

可巧郅支差人到来,诘问汉兵何故到此？陈汤出应道:"汝单于上书归汉,愿遣侍子,故我朝特发兵相迎,因恐惊动左右,未便遽至城下,请单于送交妻孥,我等即当东归。"将计就计。使人返报郅支,郅支本为缓兵起见,设词诳汉。不意弄假成真,惹引汉兵入境,难道真个割舍妻子,送交汉营？当下再遣使诱约,但言行装未备,须宽限时期。汤只准宽限三两日,限满又去催促,郅支只管延宕。两下里使节往来,约有数次,汤忽然作色,怒对来使道:"我等为单于远来,劳兵糜饷,今到此多日,未见一名王贵人,来报实信,为何单于慢客至此？我等粮食将尽,人马困乏,再若延挨,势且不得生还,敢请单于速定筹画,毋得误我！"仍是以假应假。来使自依言回报,郅支虽亦知汉将诈谋,惟远来粮少,想是真情,但教谨守不理,汉兵无粮,不去何待？当下号令人马,分头拒守。城上悬着五彩旗帜,令数百人戴盔披甲,登陴序立。再用壮士百余人,夹门立阵,门下使游骑百余,往来巡逻。

布置甫定,见汉兵已鼓噪前来,百余游骑,却也不管好歹,就纵马来突汉兵,汉兵早已防着,张弓迭射,箭如雨注,得将胡骑射退。汉兵从后追击,遥见城上胡兵,拍手相招道:"能斗即来！"汉兵毫不怯惧,纷纷薄城,用箭仰射,飞上城头。城上守兵,退落城下;城门内外的壮士,亦皆敛入,把门关住。汉兵四面围城。城有两重,外用木城,内用土城,木城有隙,里面胡兵,射箭出来,伤毙汉兵数人。延寿与汤,愤不可遏,命兵士纵火烧城,木城遇火,立即延燃。胡兵抵御不住,多半逃入内城,只有数百锐骑,出外拦阻,统被汉兵射死。汉兵前拥刀牌,后持弩戟,一齐扑入木城,扫尽胡兵,然后再攻土城。郅支单于见汉兵势盛,意欲出走,转思汉兵经过康居,未闻开仗,定是康居挟嫌助汉,任令通道,且汉兵阵内,夹入西域各国兵马,眼见西域诸王,亦皆为汉效力,就使得脱重围,也是无路可奔。因此决计死守,兵马不足,连宫人亦驱登城楼,自己全身披挂,上城指挥。大小阏氏,约数十人,有几个颇能射箭,也弯着强弓,俯射汉兵。汉兵用楯为蔽,觑着空隙,还射上去,弓弦迭响,射倒大小阏氏数人。可谓直中红心。有一箭不偏不倚,正中郅支鼻上,郅支忍痛不住,退入城中。宫人越觉胆怯,自然随下。

汉兵方思缘梯登城,突闻康居发兵万余,来救郅支,王女已经被杀,想是郅

第九十回　斩郅支陈汤立奇功　嫁匈奴王嫱留遗恨

支女得宠康居，故以德报怨。延寿与汤，不得不暂缓扑城。时又天暮，且守住营寨，防备康居兵冲突。陈汤复想出一法，暗遣裨将带领偏师，悄悄的抄至康居兵后，举火为号，以便夹击。裨将奉命，乘夜行兵，无人窥悉。康居兵但顾前面，与城中人遥相呼应，喊声四震，奋突汉营。汉营坚壁勿动，待至逼近，方用硬箭射去，济以长枪大戟，迎头痛刺，任他康居兵如何强悍，也觉无孔可钻，一夜间驰突数次，俱被击却。看看天色微明，康居兵已皆疲倦，不意汉营中鼓声忽起，领兵杀出。康居兵急忙退后，回头一望，更不得了，但见火光四迸，烟焰中拥出许多汉兵，截住去路。吓得康居兵进退失据，被汉兵夹击一阵，好与斫瓜切菜相似，万余骑死了八九千，单剩得一二千人，抱头窜去。延寿与汤，既杀败康居兵马，乘势攻扑内城，四面架梯，冒险乘堞，顿将内城捣破。郅支挈同男女百余人，逃入宫中，汉兵纵火焚宫，阖宫大骇。郅支硬着头皮，拚命出战，怎禁得汉兵拥入，团团围住，一着失手，便被斫倒。军侯杜勋抢前一步，枭了郅支首级，携去报功。诸将士陆续入宫，杀毙阏氏、太子、名王以下千五百人，生擒番目百四十五人，收降胡兵千余人，搜得汉使节二柄，并前时谷吉所赍诏书。此外金帛牲畜等件，悉数搬取，由甘延寿、陈汤两主将，酌量分给，除赏赐部众，遍及各国随征兵士，全体腾欢。

　　先是延寿与汤，矫诏发兵，已经上书自劾，至阵斩郅支，复将首级献入长安，请悬诸藁街，威示蛮夷。藁街系长安市名，蛮夷使馆，尽在此处，故有是请。石显闻得延寿功成，大为拂意，先使丞相匡衡奏请，时当春令，应掩骸埋骼，不宜悬示虏首。偏车骑将军许嘉，右将军王商，谓春秋夹谷一会，齐优戏侮鲁君，孔子即令将优施处斩，盛夏施刑，首足两分，异门取出。今郅支逆命，幸得受诛，正宜悬示十日，方可埋葬。有诏从两将军议。匡衡见不从己奏，再与石显密商，同劾甘延寿、陈汤，矫制兴兵，功难抵罪；且陈汤私取财物，应即查办。元帝乃令司隶校尉，飞饬塞上官吏，按验陈汤吏士。汤上书自讼，略言臣与吏士，共诛郅支，万里还朝，应有使臣迎劳道路。今闻司隶校尉，反令地方官按验，是为郅支报仇，令臣不解。元帝得书，乃收回成命，令沿途县吏，具备酒食，供给西征回来的军士；及全师凯旋，论功行赏。石、显匡衡，复先后上奏，谓延寿、汤擅自兴兵，幸得不诛，若复加爵土，将来有人出使，各欲乘危侥幸，生事蛮夷，此风断不可开，免得国家贻患等语。元帝以甘、陈有功，意欲加封，只因石显、匡衡，是内外重臣，却也未便违议，踌躇累日，历久未决。此时刘更生已改名为向，请封甘、陈两人，大致说是：

　　郅支单于，囚杀使者，伤威毁重，群臣皆冈焉。陛下赫然欲诛之意，未尝有忘。西域都护延寿，副校尉汤，承圣旨，倚神灵，总百蛮之君，集城郭之兵，出百死，入绝域，遂陷康居，屠重城，斩郅支之首，扫谷吉之耻，勋莫大焉！臣闻论大功者，不录小过，举大美者，不疵细瑕。宜以时除过勿治，尊宠爵位，以劝有功，则国家幸甚！

这书呈入，元帝有词可借，方封延寿为义成侯，官长水校尉；赐汤爵关内侯，官射声校尉。一面告祠郊庙，大赦天下，群臣置酒上寿，庆赏了好几天。有故建平侯杜延年子杜钦，乘机上书，追述冯奉世前破莎车功绩，与甘、陈相同，亦宜补封侯爵，不没功臣。前也为冯昭仪献议。元帝因奉世已殁，且破灭莎车，乃是先帝时事，不便重翻旧案，因将钦议搁起不提。会御史大夫繁延寿又殁，朝臣多举荐大鸿胪冯野王，称他行能第一。野王系奉世子，由左冯翊入任大鸿胪。石显既与冯氏有嫌，自然仇视野王，当即入语元帝道："现在九卿中，原无过野王，可惜野王系冯昭仪亲兄，臣恐天下后世，还疑陛下偏私，专用后宫亲属呢！"巧言如簧，令人不觉。元帝闻言，不禁点首，遂别任太子少傅张谭，为御史大夫。奉世不得追封，当亦由石显作梗。

石显专以狡黠取宠，此次排挤野王，令元帝自然中计，他尚恐为人所斥，特向元帝密奏道："宫中有所征发，不论早晚，若夜间宫门早闭，不及呈入，请陛下准令开门。"元帝不知有诈，便即照允。显既邀允准，往往黉夜出取物件，故意延挨，待至宫门已闭，即传诏开门，几成惯例。果然有人劾奏石显矫诏开门，元帝付诸一笑，将原书取示石显，显忙跪下泣陈道："陛下过宠小臣，特加重任，群下无不忌嫉，争谋陷害，幸赖陛下圣明，不予严谴。此后愿仍归旧职，专备后宫扫除，免得他人侧目，臣死亦无遗恨了！"元帝听说，总道显所言非诬，格外垂怜，好言抚慰，并给厚赏。后来遇有劾显诸奏，概置不理，显越得专宠，毫无忌惮。牢梁、五鹿充宗等，倚显为援，固宠希荣。都人交口作歌道："牢耶，石耶！五鹿客耶！印何累累！绶何若若！"歌虽如此，传不到元帝耳中，所以元帝一朝，石显等安然无恙。事且慢表。

且说建昭五年以后，复改元竟宁。竟宁元年，呼韩邪单于自请入朝，奏诏批准，遂自塞外启行，直抵长安。他因郅支受诛，且喜且惧，所以此次朝见，面乞和亲，愿为汉婿，元帝也欲羁縻呼韩邪，慨然允诺。待至呼韩邪退朝，暗想前代曾有和亲故事，辄取宗室子女，充作公主，出嫁单于。今呼韩邪已经投降，迥非昔比，但将后宫女子，未曾召幸，随便选择一人，嫁与呼韩邪，便可了事。主见已定，即命左右取入宫女图，展览一周，任意提起御笔，点选一人，命有司代办妆奁，拣选吉日，将御笔点出的宫女，送交呼韩邪客邸，赐与完婚。待至吉期已届，那宫女装束停当，至御座前辞行。元帝不瞧犹可，瞧了一眼，竟是一个芳容绝代的丽姝，云鬟低翠，粉颊绯红，体态身材，无不合度，最可怜的是两道黛眉，浅颦微蹙，似乎有含着嗔怨的模样。及见她柳腰轻折，拜倒座下，轻轻的唪着娇喉道："臣女王嫱见驾。"芳名由她自呼，转觉得猗旎动人。元帝

第九十回　斩郅支陈汤立奇功　嫁匈奴王嫱留遗恨

忍不住问道："汝从何时入宫？"王嫱具述年月。元帝一想，该女入宫有年，为何并未见过？可惜如此美貌，反让与外夷享受，真正错极。本欲将她留住，又恐失信外人，且被臣民訾议，谤我好色，愈觉不妙。没奈何镇定心神，嘱咐数语，待她起身出去，拂袖入宫。再去查阅宫女图，十分中仅得两三分，还是草草描成，毫无生气。嗣又把已经召幸的宫人，比较一番，觉得画工精美，比本人要胜过几分，不由的大怒道："可恨画工，故意毁损丽容。若非作弊，定有他因！"当即传饬有司，查究画工为谁？有司遵将长安画工，一律传讯，当场查出，乃是杜陵人毛延寿，曾绘王嫱面貌，索贿不获，故意把花容玉貌，绘做泥塑木雕一般。案既审定，延寿欺君不道，谳成死刑。惟王嫱身世，应该略叙。

嫱字昭君，系南郡秭归人王穰女，当时被选入宫，例须先经画工摹绘，然后呈上御览，准备召幸。延寿本著名画家，写生最肖。只是生性贪鄙，屡向宫女索贿，宫女巴不得入宫见宠，大都倾囊相赠，延寿就从笔底上添出丰韵，能使易丑为妍。只有王昭君貌本天成，不烦藻采，她又生性奇傲，未肯无故费钱，因此毛延寿有心毁损，特将她易妍为丑，借泄私忿。元帝但凭画图选幸，怎知宫中有如此美人？到了昭君见面，才觉追悔，因将毛延寿处斩。延寿原是该死，只昭君自悲命薄，嫁了一个老番王，无可奈何，由他取乐。呼韩邪单于当然心欢，并向元帝上书，愿代为保塞，免得中国劳师。廷臣皆以为可行，惟郎中侯应，熟习边事，力言北塞边防，万不可撤。反复指陈利害，说得元帝憬然省悟，遂令车骑将军许嘉，传谕呼韩邪单于，略言中国边防，并非专御外患，实恐盗贼出塞，寇掠外人，单于虽怀好意，但尚有窒碍，不能遽从。呼韩邪单于乃愿罢前议，入朝辞行。带了王嫱出塞，号为宁胡阏氏。岁余生下一男，叫作伊屠牙斯。后来呼韩邪单于病死，长子雕陶莫皋嗣立，号为复株絫同累。若鞮单于，见昭君华色未衰，复占为妻室。一介女流，怎能反抗，况且胡俗得妻后母，乃是向来老例，昭君也只好降尊从俗，得过且过。旅复生了二女，长女为须卜居次，次女为当于居次。须卜、当于皆夫家氏族，居次注见前。昭君竟老死塞外，墓上草色独青，与他处黄草不同，当时呼为青冢。后人因她红粉飘零，远入夷狄，特为谱入乐府，名《昭君怨》。或说她跨马出塞，马上自弹琵琶，创成此调，如泣如诉，后来不从胡礼，服毒自尽。这都是为色生怜，凭空臆造，证诸史传，便可知是虚诬了。小子有诗叹道：

娄敬和亲号罪魁，宫妆辱没剧堪哀。
如何番虏投诚日，尚使红颜出塞来？

元帝既遣归呼韩邪，尚是纪念王昭君，愁绪无聊，怏怏成疾，便要从此归天了。欲知详情，下文再当细表。

郅支单于杀辱汉使,理应声罪致讨,上伸国威。元帝不使甘延寿、陈汤进讨郅支,其庸弱已可见一斑。汤为副校尉,名位不逮甘延寿,独能奋威雪耻,袭斩郅支,虽曰矫制,功莫大焉。况律以《春秋》之义,更觉无罪可言。匡衡号为经儒,乃甘媚权阉,妒功忌能,读圣贤书,顾如是乎?郅支既死,呼韩邪二次请朝,此时匈奴衰弱,何必再袭娄敬和亲之下计?直言拒绝,亦属无伤,仍给以宫女王嫱,徒使绝代丽姝,终沦异域,嗟何及欤!或谓元帝不贪女色,示信外夷,犹有君人之度,讵知王道不外人情,一夫不获,时予之辜,何忍摧残红粉,辱没蛮夷!如果见色不贪,尽可使之出嫁才郎,谐成嘉偶。天子且不能庇一美人,谓非庸弱得乎?"一去紫台连朔漠,独留青冢向黄昏。"读杜少陵诗,窃为之感慨不置云。

第九十一回　赖直谏太子得承基　宠正宫词臣同抗议

　　却说元帝寝疾,逐日加剧,屡因尚书入省,问及景帝立胶东王故事,即汉武帝。尚书等并知帝意,应对时多半支吾。原来元帝有三男,最钟爱的是定陶王康,系傅昭仪所出,见前文。初封济阳,徙封山阳及定陶,康有技能,尤娴音律,与元帝才艺相同。元帝能自制乐谱,创成新声,尝在殿下摆着鼙鼓,自用铜丸连掷鼓上,声皆中节,与在鼓旁直击相同,他人都不能及。独康亦擅此技,有乃父风,元帝赞不绝口,常与左右谈及。驸马都尉史丹,系前大司马史高长子,随驾出入,日侍左右,闻元帝称美定陶王,便向前直陈道:"陛下尝谓定陶王多材,臣愚以为材具称长,莫如聪敏好学的皇太子;若徒以丝竹鼓鼙为能,是黄门鼓吹郎陈惠、李微,高出匡衡,何妨使为丞相哩!"元帝听了,也不禁失笑。

　　已而中山王竟,得病遽殇。竟系元帝少弟,元帝初元二年,方授王封,年幼未能就国,留居都中,与太子骜同学,颇相亲爱。中山王殁,元帝挈着太子,同往吊丧,抚棺流涕,悲不自禁,独太子骜并无戚容,元帝怒说道:"天下有临丧不哀,可以仰承宗庙,为民父母么?"说着,旁顾左右,见史丹在侧,便诘问道:"汝言太子多材,今果何如!"丹忙中有智,即免冠叩谢道:"臣见陛下悲哀过甚,因戒太子不再涕泣,免增陛下感伤,臣罪当死!"既为太子辩护,又为自己表忠,好一个伶俐口才。元帝被他瞒过,怒气自平。到了元帝寝疾的时候,定陶王康与生母傅昭仪,朝夕入侍。傅昭仪狡黠过人,凭着那灵心慧舌,哄动元帝,改易太子,好把亲子补充储位。元帝颇为所惑,因欲援胶东王故例,讽示尚书。史丹又有所闻,探得傅昭仪母子,不在寝宫,竟大胆趋入,跪伏青蒲上面,尽管叩头。青蒲是青色画地,接近御床,向例只有皇后可登青蒲。史丹急不暇顾,又自恃为元帝近臣,不妨犯规强谏。元帝闻他叩头有声,开眼瞧着,见是史丹,乃惊问何因。丹涕泣陈词道:"太子位居嫡长,册立有年,天下莫不归心,今乃道路流言,传说太子不免动摇,如陛下果有此意,满朝公卿,必然死争,臣愿先自请死,为群臣倡!"保全嫡嗣,不失守经之义。元帝素信丹言,且知太子不应轻易,才喟然长叹道:"我本无此意,常念皇后勤慎,先帝又素爱太子,我怎好有违?现在我病日加重,恐将不起,愿汝等善辅太子,毋违我意!"丹乃歔欷起立,退出寝门。

又过数日,元帝驾崩,享年四十有二,在位十有六年,凡改元四次。太子鹜安然即位,是谓成帝。当时太皇太后上官氏早殁,皇太后王氏尚存,因尊皇太后王氏为太皇太后,母后王氏为皇太后,封母舅阳平侯王凤为大司马、大将军,领尚书事。是王氏揽权之始。奉葬先帝梓宫于渭陵,庙号孝元皇帝。越年改元建始,却有一件黜奸大计,足快人心。原来成帝居丧,朝政俱委任王凤,凤素闻石显奸刁,因即奏请成帝,徙显为长信太仆,夺去重权。丞相匡衡,御史大夫张谭,前曾阿附石显,此次见显失势,竟劾显种种罪恶,并及显党五鹿充宗等人。于是褫免显官,勒令回籍。显怏怏就道,病死途中。得全首领,大是幸事。少府五鹿充宗被谪为玄菟太守,御史中丞伊嘉也贬为雁门都尉,牢梁、陈顺,一并罢免,舆论称快。又有歌谣传闻道:"伊徙雁,鹿徙菟,去牢与陈实无价!"

惟匡衡、张谭,既将石显等劾去,总道前愆可盖,从此无忧,谁知恼动了一位直臣王尊,竟奏入一本,直言丞相御史,前知石显奸恶,并未纠弹,反与党合。今显罪已露,乃取巧弹奸,失大臣体,应该论罪!是极。成帝看了此奏,也知衡、谭有过,但甫经即位,未便遽斥三公,因将原奏搁置不理。衡得知此信,慌忙上书谢罪,乞请骸骨,缴上丞相、乐安侯印绶,成帝下诏慰留,仍将印绶赐还,并贬王尊为高陵令,顾全匡衡面子。衡始照旧行事。但朝臣多是尊非衡,为尊扼腕。尊系涿郡高阳人,幼年丧父,依伯叔为生,伯叔家况亦贫,嘱使牧羊,尊且牧且读,得通文字。嗣充郡中小吏,迁补书佐,郡守嘉他才能,特为保荐,尊遂以直言充选,擢为虢县令。辗转迁调,受任益州刺史。莅郡以后,尝出巡属邑,行至邛崃山,山前有九折阪,不易往来。从前王阳尝出刺益州,王阳即王吉。至九折阪前,慨然长叹道:"我承先人遗体,须当全受全归,为何屡经出险呢?"当下辞官自去,及尊过九折阪,记起王阳遗事,独使车夫疾驱向前,且行且语道:"这不是王阳的畏途么?王阳为孝子,王尊为忠臣,各行其志便了。"尊在任二年,又奉调为东平相。东平王刘宇,系元帝兄弟,少年骄纵,不奉法度。元帝知尊忠直敢为,特将他迁调过去。尊犯颜进谏,不畏豪威,宇好微行,尊即嘱令厩长,不准为宇驾马。宇亦无可如何,惟心中很是不悦。一日尊入庭谒宇，宇虽与有嫌，不得不延令就坐。尊亦窥透宇意，向宇进说道："尊奉诏来相大王，故人皆为尊作吊，尊闻大王素有勇名，也觉自危，今就职有日，不见大王勇威，不过自恃贵宠，才知大王无勇，如尊方算得真勇呢！"突兀得很。宇听了尊言，不禁变色，意欲把尊格杀，又恐得罪朝廷，眉头一皱，计上心来，因复强颜与语道："相君既自称有勇，腰下佩刀，定非常器，何妨与我一看？"尊注视宇面，屡次色变，料他不怀好意，但呼宇左右侍臣道："汝可为我拔刀，呈示大王！"说着，两手高举，听令侍臣拔刀，一面正色语宇道："大王毕竟无勇，乃欲设计陷尊，说尊拔刀向王，架诬罪名么？"真是急智。宇被尊说破隐情，暗暗怀惭，又久闻尊有直声，更致屈服。乃命左右特具酒席，邀令与宴，尽欢而散。无如宇母公孙婕妤，平生只有此子，很是宠爱，此时得为东平太后，见尊监视甚严，令子抱屈，不由的懊怒异常，妇人溺爱，煞是可恨！当即上书朝廷，劾尊倨傲不臣，妾母子事事受制，恐遭逼死等语。元帝览奏，见她情词迫切，不得不令尊免官。及成帝即位，大司马、大将军王凤，素慕尊名，因召为军中司马，奏补司隶校尉。偏后因劾奏匡衡、张谭，仍然坐贬。尊到官数月，不愿久任，即托病告归。

　　王凤也知尊负屈，究因事关丞相，未便左袒，只好听尊乞休，徐图召用。惟成帝待遇母党，格外从优，既使大将军王凤秉政，复封母舅王崇为安成侯、王谭、王商、王立、王根、王逢时，皆赐爵关内侯。凤与崇俱系太后同母弟，故凤先封侯，崇亦继封，各得食邑万户。王谭以下，统是太后庶弟，所以受封较轻。但数人并无功勋，只为了母后兄弟，都受侯封，爵赏未免太滥，廷臣俱不敢多言。可巧夏四月间，黄雾四塞，咫尺不辨，成帝也觉得奇异，有诏问公卿大夫，各谈休咎，毋得隐讳。谏大夫杨兴，及博士驷胜等，并说是阴盛侵阳，故有此变。从前高祖立约，非功臣不得封侯，今太后诸弟，无功并侯，为历朝外戚所未有，应加裁损等语。大将军王凤，得见此奏，当即上书辞职。偏成帝不肯照准，优诏挽留。是年六月，有青蝇飞集未央宫殿，绕满廷臣坐次；八月间又有两月相承，晨现东方；九月间夜现流星，长四五丈，委曲如蛇形，贯入紫宫。种种灾异，内外多归咎王氏，独成帝因母推恩，倚畀如故。还有太后母李氏，已与太后父王禁离婚，改嫁苟氏，见前文。生下一子，取名为参。太后既贵，使王凤等迎还生母，且欲援田蚡故例，封苟参为列侯，不知大体，无非是庸妇浅见。还是成帝稍有见识，谓田蚡受封，实非正当，苟参不应加封，但尚拜参为侍中水衡都尉。此外王氏子弟，除七侯外，无论长幼，悉授官禄，这真叫做因私废公，无益有害了！

　　且说成帝嗣祚，年方弱冠，正是戒色时候，偏成帝生性好色，在东宫时已喜猎艳图欢。元帝因母后被毒，不得永年，特选车骑将军平恩侯许嘉女儿，为

第九十一回　赖直谏太子得承基　宠正宫词臣同抗议

太子妃。许女秀外慧中，博通史事，并善书法，又与成帝年貌相当，惹得成帝意动神摇，好像得了仙女一般，镇日里相亲相爱，相偎相倚，说不尽的千般恩爱，万种温存。反跌下文。元帝令中常侍与黄门郎，前去探问两口儿情意，统回报是欢洽异常，顿使元帝欣慰，顾语左右道："汝等可酌酒贺我！"左右忙奉觞上寿，齐呼万岁。过了年余，许妃生下一男，阖宫庆贺。那知兰徵方验，玉质遽凋，徒落得一泡幻影，转眼成空。到了成帝登台，眼见这位专宠的许妃，应立为后。惟皇太后王氏，因许妃生儿不育，此外储宫里面，亦未闻有女生男，于是特传诏旨，采选良家女子，入备后宫。前御史大夫杜延年子钦，方为大将军武库令，进白大将军王凤道："古礼一娶九女，无非是承祖广嗣起见，今主上春秋方富，未有嫡嗣，将军何不上采古制，慎择淑女，早备嫔嫱？从来后妃贞淑，必有良嗣，若及今不图，待至储贰无人，另求少艾，将来争宠夺嫡，祸变且百出了！愿将军深思熟虑，毋贻后忧！"王凤闻言，也以为然，乃入告王太后。偏王太后拘守汉制，不愿法古，凤亦未便固争，只好遵循故事罢了。建始二年三月，册立许妃为皇后，专宠如故。

　　是年夏季大旱，越年秋令，又复霪雨连旬，直至四十余日，尚未放晴。长安人民，忽哄传大水将至，纷纷奔避，你争先，我恐后，老幼妇女，自相蹴踏，甚至伤亡多人。这消息传入宫中，成帝慌忙升殿，召入群臣，商议避水方法。王凤道："如果水势泛滥，陛下可奉两宫太后，乘船暂避，所有宫中后妃，随驾舟行，当可无忧，都中吏民，令他登城避水便了。"语尚未毕，左将军王商接入道：此王商与凤弟同名异人，履历详后。"古时国家无道，水尚不冒城郭，今政治和平，不闻兵革，上下相安，大水为何暴至？这必是民间讹言，断不可信。若再令百姓登城，岂不是更滋扰乱么！"长安地势甚高，原不至为水所湮，但必谓政治和平，愈启成帝骄淫，商亦未免失言。成帝方稍稍放心。商饬吏卒巡视城中，令民毋得妄动，约莫有三五时辰，民情少定，待至日暮，并没有大水到来，才知全城惊动，实为讹言所误。成帝因此重商，屡言商有定识，凤未免惭恨，自悔失言。

　　说起王商履历，乃是宣帝母舅乐昌侯王武子，王武见前文。武殁后袭爵为侯，居丧甚哀，且自愿推财相让，分给异母兄弟。廷臣因他孝义可风，交章荐举，得进任侍中中郎将。元帝时已迁官右将军，成帝复调任左将军，敬礼有加。不过成帝虽优待王商，究竟是疏不间亲，未及王凤的亲信。就是车骑将军平恩侯许嘉，本兼有两重亲谊，且又辅政有年，嘉系孝宣许皇后从弟，过继平恩侯许广汉，且系成帝后父，故云两重亲谊。偏成帝恐他牵制王凤，特将他大司马车骑将军的印绶，下诏收回。托言将军家重身尊，不宜再累吏职，特赐黄金二百斤，以特进侯就第。汉制凡列侯有功德者，赐号特进，位在三公以下。嘉家居岁余，便即逝世，予谥曰恭。惟许后宠尚未衰，后宫虽有婕妤数人，罕得进见。许后不再生男，只产了一个女儿，又致夭逝。太后与王凤等，屡忧成帝无子，成帝却不以为意，每日退朝，只在中宫食宿，与许后恩好甚深。许后虽非妒妇，但必欲令成帝爱情，移到妃嫔身上，亦所不愿，因此朝朝献媚，夜夜承欢。

建始三年十二月朔，日食如钩，夜间又地震起来，未央宫亦为摇动。成帝亦为不安，翌日下诏，令举直言敢谏之士，问及时政阙失。杜钦及太常丞谷永，同时奏对，并言后宫女宠太专，有碍继嗣。成帝明知他指斥许后，置诸不理。丞相匡衡，曾上疏规讽成帝，请戒妃匹，慎容仪，崇经术，远技能，未见成帝听从。及灾异迭见，复屡乞让位，成帝却优诏不许。会衡子昌为越骑校尉，酒醉杀人，坐罪下狱。越骑官属，与昌弟密谋，拟劫昌出狱，不幸谋泄，为有司所讦奏，有诏从严查办。衡闻信大惊，徒跣入朝，免冠谢罪。成帝尚留余地，谕令照常冠履，衡谢恩趋退。不意司隶校尉王骏等，又劾奏衡封邑逾界，擅盗田地，罪该不道，应罢官定罪。衡坐是褫职，免为庶人，余罪免致究治，还算是成帝的特恩。左将军王商得代衡职，拜为丞相；少府尹忠为御史大夫。建始四年正月，毫邑陨石有四，肥累陨石有二，成帝命罢中书宦官，特置尚书员五人。汉制尚书有四，至此更增一人。四月孟夏，天复雨雪，诏令直言极谏诸士，诣白虎殿对策。太常丞谷永奏对道：

　　方今四夷宾服，皆为臣妾，北无熏粥冒顿之患，南无赵佗吕嘉之难，三陲晏然，靡有兵革，诸侯大者乃食数县，不得有为，无吴、楚燕梁之势，百官盘互，亲疏相错，骨肉大臣，有申伯之忠，无重合马何罗弟通封重合侯。安阳上官桀。博陆霍禹。之乱，三者无毛发之辜，乃欲以政事过差，咎及内外大臣，皆瞽说欺天者也。窃恐陛下舍昭昭之白过，忽天地之明戒，听暗昧之瞽说，归咎于无辜，倚异乎政事，重失天心，不可之大者也。陛下即位，委任遵旧，未有过政，元年正月，白气起东方，四月黄雾四塞，复冒京师，申以大水，著以震蚀，各有占应，相为表里，百官庶士，无所归依，陛下独不怪与？白气起东方，贱人将兴之表也。黄雾冒京师，王道微绝之应也。夫贱人当起，而京师道微，二者甚丑，陛下诚深察愚臣之言，致惧天地之异，长思宗庙之计，改往返过，抗湛溺之意，解偏驳之忧，奋乾纲之威，平天复之施，使列妾得人人更进，犹尚未足也，急复益纳宜子妇人，毋择好丑，毋论年齿，广求于微贱之间，祈天眷佑，慰释皇太后之忧愠，解谢上帝之谴怒，则继嗣蕃滋，灾异永息矣。疏贱之臣，至敢直陈天意，斥讥帷幄之私，欲离间贵后盛妾，自知忤心逆耳，难免汤镬之诛，然臣苟不言，谁为言之？愿陛下颁示腹心大臣，腹心大臣以为非天意，臣当伏妄言之罪；若以为诚天意也，奈何忘国大本，背天意而从人欲？惟陛下审察熟念，厚为宗庙计，则国家幸甚！

看官阅到此文，应知谷永意中，全然帮着王凤。凤揽权用事，兄弟等并登显爵，已有人议论纷纷，统说天变屡见，实由王氏势盛所致。惟一班对策人士，都未敢明言指斥，不过模模糊糊，说了几句笼统话儿，便算塞责。谷永更趋炎附势，力为王氏洗刷，反嫁祸到许后身上，真是乖刁得很。此外还有武库令杜钦，也与谷永同一论调，果然揣摩得中，两人并列高第。永为首选，钦居第二，永得升官光禄大夫。明明是王凤主选。永字子云，籍隶长安，就是前卫司马谷吉子。吉出使匈奴，为郅支单于所杀，事见前文。钦字子夏，一目患盲，在家饱学，无心出仕。王凤闻他材名，罗致幕下，同时有郎官杜邺，也字子夏，学成登仕，时人因两杜齐名，不便区别，特号钦为盲杜子夏。钦恨人说病，独改制小冠，游行都市，于是都人改称杜邺为大冠杜子夏，杜钦为小冠杜子夏。钦感王凤提拔，阿附王凤，还有可说；永由阳城侯刘庆忌荐入，庆忌系故宗正刘德孙，袭封阳城侯。也欲倚势求荣，比盲杜且不如了！小子有诗叹道：

　　　　大廷对策贵摅诚，岂为权豪独徇情？
　　　　谁料书生充走狗，学成两字是逢迎。

　　王氏未去，弭灾无术，俄而淫霖下降，黄河决口，百姓又吃苦不堪了。欲知河患如何得平，且看下回再表。

　　元帝三男，惟太子骜为王太后所出，以嫡长论，应立为嗣，有何疑义？况储位固已鉴定乎？元帝为傅昭仪所惑，几致易储，史丹一再谏诤，义所当然。或谓太子骜若不得立，则王氏之祸，可以不兴，此说似是而实非。元帝不立骜，即立康，康好声色，必致淫荒，傅昭仪亦非易与者，观哀帝时之傅太后，可见一斑。天下事但当凭理做去，祸福安能逆料乎？彼许女之为太子妃，非以色进，太子骜和好无间，亦属伉俪常情，厥后太子即位，许氏为后，乐而不淫，宁致酿灾？乃变异迭闻，史不绝书，如果为戾气所感召，则王氏应难辞咎。杜钦、谷永，不导王凤以谦抑之德，反斥许后之宠爱太专。离间帝、后，构成嫌隙，祸水入而火德衰，罪由钦、永两人，宁特阿附权戚也哉！

第九十二回　识番情指日解围
　　　　　　违妇言上书惹祸

　　却说黄河为害，非自汉始，历代以来，常忧溃决，至汉朝开国后，也溃决了好几次。文帝时河决酸枣，东溃金堤，武帝时河徙顿丘，又决濮阳，元封二年，曾发卒数万人，塞瓠子河，筑宣房宫，后来馆陶县又报河决，分为屯氏河，东北入海，不再堵塞。至元帝永光五年，屯氏河淤塞不通，河流泛滥，所有清河郡属灵县鸣犊口，变作汪洋。时冯昭仪兄冯逡，方为清河都尉，请疏通屯氏河，分铎水力。元帝曾令丞相御史会议，估计用费，不免过巨，竟致因循不行。建昭四年秋月，大雨十余日，河果复决馆陶及东郡金堤，湮没四郡三十二县，田间水深三丈，隳坏官亭庐室四万余所。各郡守飞书上报，御史大夫尹忠尚说是所误有限，无甚大碍。成帝下诏切责，斥忠不知忧民，将加严谴。忠素来迂阔，见了这道严诏，惶急自尽。成帝亟遣大司农非调，调拨钱谷，赈济灾民，一面截留河南漕船五百艘，徙民避水。既而天晴水涸，民复旧居，乃拟堵塞决口，为嗣后计。犍为人王延世，素习河工，由杜钦保荐上去，命为河堤使者，监工筑堤。延世巡视河滨，估量决口，饬用竹篾为络，长四丈，大九围，中贮小石，由两船夹载而下，再用泥石为障，费时三十六日，堤得告成。可巧腊尽春来，成帝乘机改元，号为河平。塞一决口，何必改元？进延世为光禄大夫，赐爵关内侯。

忽由西域都尉段会宗，驰书上奏，报称乌孙小昆弥安犁靡，叛命来攻，请急发兵援应等语。究竟小昆弥何故叛汉，应由小子补叙略情。先是元贵靡为大昆弥，乌就屠为小昆弥，画境自守，彼此相安。元贵靡死，子星靡代为大昆弥，亏得冯夫人持节往抚，星靡虽弱，幸得保全。事见前文。后来传子雌栗靡，被小昆弥末振将遣人刺死。末振将系乌就屠孙，恐被大昆弥并吞，故先行下手，私逞狡谋。汉廷得信，立遣中郎将段会宗，出使乌孙，册立雌栗靡季父伊秩靡为大昆弥，再议发兵往讨末振将。兵尚未行，伊秩靡已暗使翎侯难栖，诱杀末振将，送归段会宗，使得复命。成帝以末振将虽死，子嗣尚存，终为后患，再令段会宗为西域都尉，嘱发戊巳校尉及各国兵马，会讨末振将子嗣。戊巳校尉系守边官名。会宗衔命复往，调了数处人马，行至乌孙境内，闻得小昆弥嗣立有人，乃是末振将兄子安犁靡，再探知末振将子番邱，虽未得嗣立，仍为贵官。自思率兵进攻，安犁靡与番邱必然合拒，徒费兵力，不如诱诛番邱，免得多劳。计画已定，遂留住部兵，只率三十骑急进，遣人往召番邱。番邱问明去使，只有骑兵三十，料不足患，便即带了数人，来见会宗。会宗喝令左右，缚住番邱，令他跪听诏书，内言末振将骨肉寻仇，擅杀汉公主子孙，应该诛夷；番邱为末振将子，不能逃罪。读到此处，即拔剑出鞘，把番邱挥作两段。番邱从人，不敢入救，慌忙返报小昆弥。小昆弥安犁靡当然动怒，率兵数千骑来攻会宗。

会宗退至行营，尚恐孤军深入，或致失利，因亟驰书请援。成帝亟召王凤入议，凤记起一人，便即荐举。是人为谁？就是前射声校尉陈汤。汤与甘延寿立功西域，仅得赐爵关内侯，已觉得赏不副功。延寿由长水校尉，迁任护军都尉,当即病殁,惟汤尚无恙。及成帝嗣立,丞相匡衡复劾汤盗取康居财物,不宜处位,汤坐是免官。康居曾遣子入侍,汤又上言康居侍子,非真王子,嗣经有司查验,复称王子是实,汤语涉虚诬,下狱论死。还是太常丞谷永替他奏免,才得贷罪出狱。惟关内侯的爵赏,因此被夺,降为士伍,沦落有年。王凤因汤熟谙外事,请成帝召问方略。成帝即宣汤入朝。汤前征郅支,两臂受湿,不能屈伸,当由成帝特别加恩,谕令免拜。汤谢恩侍立,成帝便将会宗原奏,取出示汤。汤既看罢,缴呈案上,当面推辞道:"朝中将相九卿,并属贤才,小臣老病,不足参议!"也是愤懑之词。成帝道:"现在国家有急,召君入商,君可勿辞!"汤方答说道:"依臣愚料,可保无忧。"成帝问为何因?汤申说道:"胡人虽悍,兵械未利,大约须胡人三名,方可当我一人。今会宗西行,非无兵马,何至不能抵御乌孙?况远道发兵,救亦无及,臣料会宗意见,并非必欲救急,实愿大举报仇,乃有此奏。请陛下勿忧!"成帝道:"据汝说来,会宗必不致被围,就使被他围住,也容易解散了。"汤屈指算罢道:"不出五日,当有吉音。"全凭经验得来,故能料事如神。成帝听说,喜逐颜开,命王凤暂停发兵,汤亦辞退。

果然过了四日,接到会宗军报,小昆弥已经退去。原来小昆弥安犁靡,进攻会宗,会宗也不慌忙,出营与语道:"小昆弥听着!我奉朝廷命令,来讨末振将,末振将虽死,伊子番邱,应该坐罪,与汝却是无干。汝今敢来围我,就使我被汝杀死,亦不过九牛亡一毛,汉必大发兵讨汝。从前宛王与郅支,悬首藁街,想汝应早闻知,何必自循覆辙哩!"安犁靡听了,也觉惊慌,但尚不肯遽服,设词答辩道:"末振将辜负汉朝,汉欲加罪番邱,何不预先告我?"会宗道:"我若预告昆弥,倘被闻风逃避,恐昆弥亦将坐罪;况昆弥与番邱,谊关骨肉,必欲捕交番邱,当亦不忍,所以我不便预告,免使昆弥为难。昆弥尚不知谅我苦衷么?"说得宛转。安犁靡无词可驳,不得已号泣退回。

会宗一面具奏,一面携着番邱首级,回朝复命。成帝赐爵关内侯,并黄金百斤。王凤因汤明足察几,格外器重,特奏为从事中郎,引入幕府,参决军谋。后来汤复因受赃得罪,免为庶人,病死长安。惟会宗再使西域,镇抚数年,寿已七十有五,不及告归,竟在乌孙国中逝世。西域诸国,并为发丧立祠,可见得会宗平日,威爱兼施,故得此报。了过陈汤、段会宗,省得后文重提。

还有一位直臣王尊,辞官家居,王凤又荐他贤能,召入为谏大夫,署京辅都尉,行京兆尹事。是时终南山有剧盗傰宗,纠众四掠,大为民害,校尉傅刚,奉命往剿,年余不能荡平。王凤因将尊推荐,嘱使捕盗。尊莅任后,盗皆奔避,地方肃清,尊得实授京兆尹,在任三载,威信大行。独豪贵以为不便,嗾使御史大夫张忠,出头弹劾,说尊暴虐未改,不宜备位九卿,尊遂致坐免,吏民争为呼冤。湖县三老公乘兴上书,力为尊代白无辜,乃复起尊为徐州刺史,寻迁东郡太守。东郡地近黄河,全仗金堤捍卫。尊至东郡,不过数月,忽闻河水盛涨,冲突金堤,急忙跨马往视,到了堤边,见水势很是湍急,奔腾澎湃,险些儿摇动金堤,当下督令民夫,搬运土石,准备堵塞。那知流水无情,所有土石掷下,尽被狂流卷去,反将堤身冲成几个窟窿。尊看危堤难保,急切也无法可施,只有恭率吏民,虔祷河神。先命左右宰杀白马,投入河中,自己高捧圭璧,恭恭敬敬的立在堤上,使巫代读祝文,情愿拚身填塞,保全一方民命。待祝文焚罢,祭礼告成,索性叫左右搭起篷帐,就堤住宿,听天由命。吏民数十万人,争向尊前叩头,请他回署,尊终不肯去,兀坐不动。俄而水势越大,浪迭如山,离堤面不过两三尺,堤上泥土,纷纷堕落,眼见得危在顷刻,无从挽回。吏民各顾生命,陆续逃散,只尊仍然坐着,寸步不离。身旁有一主簿,不敢劝尊他去,独垂头涕泣,拚死相从。却是一个义吏。那水势却也奇怪,腾跃数回,好似怕着王尊一般,回流自去。嗣是渐渐平静,堤得保全。可谓至诚感神。吏民闻水平堤立,复次第回来,尊又指示堤隙,饬令修堵,竟得无恙。白马三老朱英等,为民代表,奏称太守王尊,身当水冲,不避艰险,终得河平浪退,返危为安。诏令有司复勘,果如所奏,乃加尊秩中二千石,赐金二百斤。既而尊病殁任所,吏民争为立祠,岁时致祭,这也好算是汉朝循吏了。应该赞美。

　　河平二年正月,沛郡铁官冶无故失性,铁竟上飞。到了夏天,楚国雨雹,形大如釜,毁坏田庐。成帝犹未觉悟,且尽封诸舅为列侯,王谭为平阿侯,王商为成都侯,王立为红阳侯,王根为曲阳侯,王逢时为高平侯。五人同日受封,世因号为五侯。总计王禁八子,惟曼早世,余七子并沐侯封。汉代外戚,此为最盛。前宗正刘向,起为光禄大夫,成帝诏求遗书,令向校勘。向见王氏权位太盛,意欲借书进谏,乃因《尚书·洪范》,推演古今符瑞灾异,历详占验,号为"洪范五行论",呈入宫中。成帝亦知向寓有深意,但终不能抑损王氏,杜渐防微。丞相王商,虽然也是外戚,但与大将军王凤相较,势力大不相同。凤与商又有宿嫌,恨不得将王商除去。

　　会值呼韩邪病死,子复株累若鞮单于继立,特遣右皋林王伊邪莫演,入贡方物。伊邪莫演自称愿降,不愿回国,朝臣多言不妨受降。惟谷永、杜钦二人,谓单于称臣,无有贰心,今不应受彼逋逃,致生间隙,成帝乃遣还伊邪莫演。复株累若鞮单于探闻此信,虽未将伊邪莫演免职,但心中却感念汉德,因于河平四年,亲自入朝。成帝御殿召见,单于拜谒如仪。成帝与他问答数语,便命左右导他出朝。单于既出朝门,适遇丞相王商,也即趋前行礼。商身长八尺有余,状貌魁梧,仪容端肃,既与单于相揖,免不得慰劳一番。单于仰面视商,见他有威可畏,不由的倒退数步,立即辞出。当有人告知成帝,成帝叹道:"这才不愧为汉相了!"为此一语,被大将军王凤闻悉,越加生忌。

第九十二回　识番情指日解围　违妇言上书惹祸

　　冤家有孽，刚值琅琊郡内，连出灾异十余事，商派属吏前往查办。琅琊太守杨肜，音融。与王凤为儿女亲家。凤恐肜被参落职，忙向商说情道："灾异乃是天事，非人力所得挽回，肜尚有吏才，幸勿按问！"商竟不从，奏劾肜守郡不职，致干天谴，乞即罢官。成帝留中不报。王凤恨商不留情面，反且出来纠弹，遂欲乘隙构陷，借端报复。一时无过可寻，只说他闺门不谨，使私人耿定上书讦发。成帝阅书，暗思事关暧昧，并无确证，不如搁置不提。偏王凤进去力争，定要彻底查究，成帝乃将原书发出，令司隶校尉查办。商得知消息，也觉着忙，记起前时王太后曾欲选纳己女，充备后宫，当日因女有痼疾，不便允许，现在女病已愈，不若纳入，作为内援。可巧后宫侍女李平，新拜婕妤，方得上宠，正好托她进言，代为说合。于是密嘱内侍致意李婕妤，那知求荣反辱，越弄越糟。明人也走暗路，怎得不败！会值暮春日食，大中大夫张匡，上言咎在近臣，乞求召对。成帝使左将军史丹问匡，匡言商曾奸父婢，并与女弟淫乱，前耿定上书告讦，俱系实情。现方奉诏查办，商敢私怀怨恨，请托后宫，意图纳女，谋植内援，居心实不可问。臣恐黄歇、吕不韦故事，复见今日，亟宜将商免官，穷法究治，庶足上回天变，下塞人谋，乞将军代奏毋迟！史丹即将匡言转达成帝，成帝素器重王商，料知匡言未确，下诏勿问。王凤又入宫固争，方由成帝派遣侍臣，往收丞相印绶。成帝庸柔，酷肖乃父。商将印绶缴出，悔愤交并，惹得肝脉偾张，连吐狂血，不到三日，一命呜呼。朝廷予谥曰戾。所有王商子弟，曾在朝中为官，悉数左迁。一班趋附王凤的走狗，还要诣阙狂吠，夺商世封。成帝总算有些主见，不肯照议，仍许商长子安嗣爵乐安侯，一面超拜张禹为丞相。

　　禹字子文，河内轵县人氏，以明经著名。成帝为太子时，曾向禹受学《论语》，所以特加宠遇，赐爵关内侯，授官光禄大夫给事中，令与王凤并领尚书事。禹见凤专权秉政，内不自安，因屡次称病，上章乞休。成帝亦屡次慰留，赐金遗膳，优礼相待，累得禹不敢再请，只得迁延度日。及王商免职，竟受封安昌侯，擢为丞相。禹固辞不获，勉强就职，但也不过屡进屡退，随声附和，保全自己的老命罢了。一语断煞。

　　越年改元阳朔，定陶王刘康入朝。成帝友于兄弟，留令伴驾，朝夕在侧，甚见亲重。王凤恐他入与政权，从旁牵制，因援引故例，请遣定陶王回国。偏成帝体贴亲心，自思先帝在日，常欲立定陶王为太子，事不果行，定陶王却并不介意，居藩供职，现在皇子未生，他日兄终弟及，亦无不可，因此将他留住。就是王凤援例相请，也只好置诸不理。那知过了两月，又遇日蚀，凤复乘势上书，谓日食由阴盛所致，定陶王久留京师，有违正道，故遭天戒，宜亟令归国云云。但知责人，不知责己。成帝不得已遣康东归，康涕泣辞去，凤才得快意。独有一个京兆尹王章，直陈封事，将日食事归罪王凤。成帝阅罢，颇为感动，因复召章入对。章竟侃侃直陈，大略说是：

> 臣闻天道聪明，佑善而灾恶，以瑞异为符效。今陛下以未有继嗣，引近定陶王，所以承宗庙，重社稷，上顺天心，下安百姓，此正善事，当有祯祥；而灾异迭见者，为大臣专政故也。今闻大将军凤，猥归日食之咎于定陶王，遣令归国，欲使天子孤立于上，专擅朝事，以便其私，安得为忠臣？且凤诬罔不忠，非一事也。前丞相商，守正不阿，为凤所害，身以忧死，众庶愍之。且闻凤有小妇弟张美人，尝已适人，托以为宜子，纳之后宫，以私其妻弟。此三者皆大事，陛下所自见，足以知其余。凤不可令久典事，宜退使就第，选忠贤以代之，则乾德当阳，休祥至而百福骈臻矣！

成帝见章说得有理，欣然语章道："非京兆尹直言，朕尚未闻国家大计。现有何人忠贤，可为朕辅？"章答说道："莫如琅琊太守冯野王。"成帝点首，章乃趋退。这一席话，传到王凤耳中，凤顿时大怒，痛骂王章负义忘恩，意欲乘章入朝，与他拚命。还是盲杜足智多谋，亟劝凤暂从容忍，附耳说了数语，凤始消融怒气，依言做去。原来王章字仲卿，籍隶泰山郡钜平县，宣帝时已为谏大夫。元帝初年，迁官左曹中郎将，诋斥中书令石显，为显所陷，竟致免官。成帝复起章为谏大夫，调任司隶校尉。王凤欲笼络名臣，特举为京兆尹。章少时家贫，游学长安，只有一妻相随，偶然患病，困卧牛衣中。编乱麻为衣，覆蔽牛身。自恐将死，与妻诀别，眼中泪流个不住，那妻不禁发怒道："仲卿，汝太无志气！满朝公卿，何人比汝为优？疾病乃人生常事，为甚么涕泣不休，作此鄙态哩！"章妻却有丈夫气。章被她一激，精神陡振，病亦渐愈。及受职京兆尹，虽由王凤推荐，心中实不服王凤。待至王商罢相，定陶王遣归，益觉忍无可忍，遂缮成奏牍，函封待呈。章妻瞧着，连忙劝阻道："人当知足，独不念牛衣涕泣时么？"章已义愤填胸，不可复抑，竟摇首作答道："这非儿女子所能知晓，汝勿阻我！"越日便即呈入。又越二日，奉诏入对，接连又入朝数次。不意祸变猝来，骤令下狱，反觉得闺中少妇，尚有先见哩。小子有诗叹道：

> 牛衣困泣本堪怜，已得荣身好息肩。
> 何若见几先引去，与妻偕隐乐林泉！

欲知王章如何下狱，容待下回叙明。

本回所叙各节，俱与王凤相干连。凤之行谊，谓为权臣也可，谓为奸臣犹未可也。陈汤被劾失官，而凤独能举之。乌孙一役，不烦兵而自定，汤之智能料敌，即凤之明能举贤也。汤以外又举王尊，捕盗障河，不愧民誉，亦未始非由凤之知人。独于王商、王章两人，有意构陷，未免失德。但两王之死，不得谓全出无辜，谈彼短而恃己长，为王商一生之大玷，继以纳女一事，更足贻人口实。大丈夫当磊磊落落，遵道而行，顾效儿女子之所为，其能不贻讥当世，受人媒蘖乎！王章泣困牛衣，其志何鄙？及上书劾凤，其气何暴？彼既不愿附凤，则凤之荐为京兆尹，何勿慨然辞去，自洁其身？既已受职，则当视凤为知己，贻书规凤，亦无不可；凤若不从，去之尚未晚也。乃率尔纠弹，沽直适以召祸。名为读书有素，反不及一妇人之智，哀哉！

第九十三回　惩诸舅推恩赦罪　劈二美夺嫡宣淫

却说王凤深恨王章，听了杜钦计策上书辞职，暗中却向太后处乞怜。太后终日流涕，不肯进食，累得成帝左右为难，只得优诏慰凤，仍令视事。王太后尚未肯罢休，定欲加罪王章，成帝乃使尚书出头，劾章党附冯野王，并言张美人受御至尊，非所宜言。弹章朝入，缇骑暮出，立将章逮系下狱。廷尉仰承凤旨，谳成大逆，章知不可免，在狱自尽。章妻及子女八人，连坐下狱，与章隔舍居住。有女年甫十二，夜起恸哭道："前数夕间，狱吏检点囚人，我闻他历数至九，今夜只呼八人，定是我父性刚，先已去世了！"翌日问明狱吏，果系王章已死。当由廷尉奏报成帝，命将王章家属，充戍岭南合浦地方，家产籍没充公。合浦出产明珠，章妻子采珠为业，倒积蓄了许多钱财，后来遇赦回里，却还得安享余年。毕竟章妻多智。冯野王在琅琊任内，闻得王章荐己得罪，自恐受累，当即上书称病。成帝准予告假。假满三月，野王仍请续假，又蒙批准，遂带同妻子归家就医。王凤却嗾令御史中丞，劾野王擅敢归家，罪坐不敬，遂致免官。会御史大夫张忠病逝，凤又引入从弟王音为御史大夫，于是王氏益盛。王凤兄弟，惟崇先逝，此外谭、商、立、根、逢时五侯，门第赫奕，争竞奢华，四方赂遗，陆续不绝，门下食客甚多，互为延誉。独光禄大夫刘向，上书极谏道：

　　臣闻人君莫不欲安，然而常危；莫不欲存，然而常亡，失御臣之术也。夫大臣操权柄，持国政，鲜有不为害者。故《书》曰：臣之有作威作福，害于而家，凶于而国。孔子曰：禄去公室而政逮大夫，危凶之兆也。今王氏一姓，乘朱轮华毂者二十三人，青紫貂蝉，充盈幄内。大将军秉事用权，五侯骄奢僭盛，依东宫之尊，王太后时居东宫。假甥舅之亲，以为威重，尚书九卿，州牧郡守，皆出其门，称誉者登进，忤恨者诛伤，排摈宗室，孤弱公族，未有如王氏者也。夫事势不两大，王氏与刘氏不并立，如下有泰山之安，则上有累卵之危。陛下为人子孙，守持宗庙，而今国祚移于外亲，纵不为身，奈宗庙何？妇人内夫家而外父母家，今若此，亦非皇太后之福也。明者造福于无形，销患于未然，宜发明诏，吐德音，援近宗室，疏远外戚，则刘氏得以长安，王氏亦能永保，所以褒睦内外之姓，子子孙孙无疆之计也。如不行此策，田氏齐。复见于今，六卿晋。必起于汉，为后嗣忧，昭昭甚明。惟陛下留意垂察！

这书呈入，成帝也知向忠诚，当下召向入见，对向长叹道："君且勿言，容我深思便了！"向乃趋退，成帝终迟疑不决。蹉跎过了一年，王凤忽然得病，势甚危急，成帝亲往问疾，执手垂涕道："君若不讳，当使平阿侯嗣位。"凤在床上叩首道："臣弟谭虽系至亲，但行为奢僭，不如御史大夫音，平生谨饬，臣敢誓死相保。"成帝点首应允，又安慰了数语，当即回宫。看官欲知王凤保举从弟，不荐亲弟，实因谭平时骄倨，未肯重凤，独音百依百顺，与凤名为弟兄，好似父子一般，所以凤舍谭举音。未几凤即谢世，成帝依凤遗言，命音起代凤职，加封安阳侯。另使谭位列特进，注见前文。领城门兵。谭不得当国，未免与音有嫌。但音却小心供职，与凤不同。成帝得自由用人，擢少府王骏为京兆尹。骏即前谏大夫王吉子，凤擅吏才。及为京兆尹，地方称治，与从前赵广汉、张敞、王尊、王章，并有能名。都人常号尊、章、骏为三王，且并为称誉道："前有赵张，后有三王。"

成帝因畿辅无惊，四方平靖，乐得赏花醉酒，安享太平。起初许后专宠，惟在中宫取乐，廷臣还归咎许后身上，说她恃宠生妒，无逮下恩。其实是许后方在盛年，色艺俱优，故独邀主眷。至成帝即位十余年，许后年近三十，花容渐渐瘦损了，云鬓渐渐稀落了，成帝素性好色，见她面目已非，自然生厌。色衰爱弛，不特许后为然。于是移情妃妾，别宠一个班婕妤。班婕妤系越骑校尉班况女，生得聪明伶俐，秀色可餐。成帝尝游后庭，欲与同辇，班婕妤推让道："妾观古时图画，圣帝贤王，皆有名臣在侧，不闻妇女同游，传至三代末主，方有嬖妾。今陛下欲与妾同辇，几与三代末主相似，妾不敢奉命！"成帝听说，却也称善，不使同辇。王太后闻婕妤言，也为心喜，极口称赞道："古有樊姬，今有班婕妤！"樊姬系楚庄王夫人，谏止庄王畋游，见刘向《列女传》。班婕妤承宠有年，生男不育。适有侍女李平，年已及笄，丰姿绰约，也为成帝所爱，班婕妤遂使她荐寝，得蒙宠幸，亦封婕妤，赐姓曰卫。此外还有张美人，就是王凤所进。成帝普施雨露，始终不获诞一麟儿，秀而不实，徒唤奈何！也觉得对着名花，索然无味。巧有一个侍中张放，乃是故富平侯张安世玄孙，世袭侯爵，曾娶许后女弟为妻，貌似好女，媚态动人。成帝引与寝处，爱过嫔嫱，龙阳君宁能生子？

第九十三回　惩诸舅推恩赦罪　嬖二美夺嫡宣淫

越觉得白费精神。遂使他为中郎将，监长乐宫屯兵，得置幕府，仪比将军。放知成帝性好佚游，乘势怂恿，导引微行。成帝就去一试，先嘱期门郎在外候着，自己轻衣小帽，与放出宫，乘小车，跨快马，带同期门郎等，往来市巷，东眺西瞩，自在逍遥。从前成帝一出一入，都由王凤管束，不便轻动。此时凤已早死，王音但求无过，管甚么天子微行？莫谓阿凤无益。成帝一次出外，非常畅适，当然不肯罢休。每遇暇日，必与放同行，近游都市，远历郊野，斗鸡走狗，随意寻欢，所有甘泉、长杨、五柞诸宫，无不备历。放不必避忌，成帝却诡称为富平侯家人。皇帝原是乏味，不如侯门奴卒。

　　是年复改易年号，号为鸿嘉元年。丞相张禹老病乞休，罢归就第，许令朔望朝请，赏赐甚厚，用御史大夫薛宣为相，封高阳侯。宣字赣君，东海郯人，累任守令，迁官左冯翊。光禄大夫谷永，称宣经术文雅，能断国事，成帝因即召为少府，擢任御史大夫。至是且代禹为相，待后再表。越年三月，博士行大射礼，有飞雉来集庭中，登堂呼雊，嗣又飞绕未央宫承明殿，兼及将军、丞相、御史等府。车骑将军王音，才因物异上书，谏阻成帝微行。成帝游兴方浓，怎肯中止？仍然照常行动。一日经过一座花园，见园中耸出高台，台下有山，好与宫中白虎殿相似，禁不住诧异起来。当即指问从吏道："这是何家花园？"从吏答称曲阳侯王根。成帝忿然作色，立命回宫，召入车骑将军王音，严词诘责道："我前至成都侯第，见他穿城引水，注入宅中，行船张盖，四面帷蔽，已觉得奢侈逾制，不合臣礼。今曲阳侯又迭山筑台，规仿白虎殿，越不近情理了。如此过去，成何体统！"说得音哑口无言，只好免冠谢罪。成帝拂袖入内，音即起身趋出，归语王商、王根。商、根亦吓得发怔，意欲自加黥劓，至太后处谢罪。但黥面劓鼻，又觉耐不住痛，且是大失面子，将来如何见人，正在踌躇未定的时候，又有人入报道："司隶校尉及京兆尹，并由尚书传诏诘问，责他阿纵五侯，不知举发，现俱入宫谢罪去了。"商与根越加着急，嗣复有人赍入策书，付与王音。音展阅一周，内有最要数语道："外家日强，宫廷日弱，不得不按律施行。将军可召集列侯，令待府舍！"音也觉失色，详问朝使，并知成帝更下诏尚书，令查文帝诛薄昭故事，尤觉得瞠目伸舌，形色仓皇。商与根且抖个不住，待至朝使去后，还是音较有主意，先遣使人入请太后，乞为转圜。一面邀同王商、王立、王根，同去请罪，听候发落。音席藁待罪，商、立、根皆身负斧锧，俯伏阙下。约有一两个时辰，竟由内廷传出诏旨，准照议亲条例，赦罪勿诛。原来是银样镴枪头。四人方叩头谢恩，欢跃而归。

　　成帝既将王氏诸舅，惩戒一番，又复照常微行。偶至阳阿公主家，阳阿公主想是成帝姊妹，史传未详。与同宴饮。公主召集歌女数人，临席侑酒。就中有一个女郎，歌声娇脆，舞态轻盈，惹动成帝一双色眼，仔细端详，真个是妖冶绝伦，见所未见。待至宴毕起身，便向公主乞此歌姬，一同入宫，公主自然应允。成帝大喜，掣回宫中。帝泽如春，妾情如水，芙蓉帐里，款摆柔腰，翡翠衾中，腾挪玉体，妙在回旋应节，纵送任情，直令成帝喜极欲狂，惊为奇遇，欢娱夜短，曙色映帏，好梦回春，披衣并起。露出美人本色，弱不胜娇，溜来秋水微眸，目能传语。成帝越看越爱，越爱越怜，当即亲书纶旨，拜为婕妤。看官欲问她芳名，就是古今闻名的赵飞燕！画龙点睛。相传飞燕原姓冯氏，母系江都王孙女姑苏郡主，曾嫁中尉赵曼，暗地与舍人冯大力子万金私通，孪生二女。分娩时不便留养，弃诸郊外，三日不死，方始收归。天生尤物，岂肯轻死！长名宜主，次名合德。及年至数龄，赵曼病逝，二女俱送归冯家。又过了好几年，万金又死，冯氏中落，二女无家可依，流寓长安，投入阳阿公主家内，学习歌舞。宜主身材袅娜，态度翩跹，时人看她状似燕子，因号飞燕。合德肌肤莹泽，出水不濡，与乃姊肥瘠不同，但也是个绝世娇娃，凑成两美。飞燕既入宫专宠，合德尚在阳阿公主家中。当时后宫有一女官，叫做樊嬺，乃是飞燕的中表姊妹，成帝因她是飞燕亲戚，另眼相看，樊嬺遂献示殷勤，竟将合德美貌，上达御前。成帝忙命舍人吕延福，用着百宝凤舆，往迎合德。合德却装腔做势，谓必须奉有姊命，方敢入宫。延福还宫复命，成帝曲为体贴，料知合德隐情，恐遭姊妒，乃与樊嬺计议，先赐飞燕许多珍奇，特腾出一所别宫，铺设得非常华丽，名为远条馆，居住飞燕，买动飞燕欢心，然后使樊嬺乘间进言，托称皇嗣未生，正好将合德进御，为日后计。飞燕依了嬺言，便使宫人召入合德。合德巧为梳裹，打扮得齐齐整整，入朝至尊。成帝睁开龙目，注视红妆，但见她鬓若层云，眉若远山，脸若朝霞，肌若晚雪，端的是胡天胡帝，差不多疑幻疑仙。待至合德裣衽下拜，自陈姓氏，只觉得一片莺簧，已把那成帝神魂摄引了去，几不辨为何言何语。就是左右侍御，也不禁目荡心迷，失声赞美。只有披香博士淖方成，立在成帝背后，轻轻唾地道："这是祸水，将来定要灭火了！"独具只眼。成帝勉强按神，低声呼起，合德方才起来。即由成帝指令宫人，拥入后宫，自己亦随了进去。好容易等到天晚，即替合德卸装，轻轻的携入绣帏，着体便酥，胜过重裀氍毹，含苞渐润，快同灌顶醍醐。比诸乃姊欢会时，更别有一种风味，因赐号为温柔乡。描写赵家姊妹欢情，各合身分，不同泛填。尝叹语道："我当终老是乡，不愿效武帝求白云乡了。"

合德入宫数日，也即拜为婕妤。两姊妹轮流侍寝，连夕承欢，此外后宫粉黛，俱不值成帝一顾，只好自悲命薄，暗地伤心。独有正位中宫的许皇后，从前与成帝何等亲昵，此时孤帏冷落，心实不甘。有姊名谒，曾为平安侯王章妻室，王章系宣帝王皇后兄，王舜子。暇时入宫见后，后与谈及心事，谒亦替她忧愁。暗中代延巫祝，设坛祈禳。妇人迷信，最足坏事。不幸为内侍所闻，报达赵家姊妹。赵婕妤飞燕，正想恃宠夺嫡，得了这个消息，立刻告发，竟把咒诅宫廷的罪名，坐在许后身上，并牵连及班婕妤。成帝已经含怒，再加王太后主张严办，立将许谒拿究，问成死罪，即日加诛，并收回许后印绶，废处昭台宫。一面传讯班婕妤，班婕妤从容说道："妾闻生死有命，富贵在天，修正尚未得福，为邪还有何望？若使鬼神有知，岂肯听信谗说？万一无知，咒诅何益，妾非但不敢为，也是不屑为呢！"乐得坦白。成帝听说，颇为感动，遂命班婕妤退处后宫，不必再究。班婕妤虽得免罪，自思赵氏姊妹，从中谗构，将来难免被诬，不如想个自全方法，还可保身。当下思忖一番，凭着慧心妙腕，缮成一篇奏章，自请至长信宫供奉太后，遣宫人呈上成帝。成帝准如所请，班婕妤即移居长信宫，厮混度日。平居无事，吟诗作赋，消遣光阴，悯蕃华之不滋，借秋扇以自比，也未免留有余哀哩。毕竟红颜多薄命。

且说许后既废，当然轮着赵飞燕，入主中宫。成帝即欲择日册立，偏王太后因她出身微贱，尚有异言。成帝未便擅行，只得寻出一个说客，先向太后前讨情。可巧有个卫尉淳于长，乃是太后姊子，又生成一张利嘴，正好嘱充此任。果然数次关白，得蒙太后允许，乃改鸿嘉五年为永始元年，先封飞燕义父赵临为成阳侯，褒示恩宠，然后册后。赵临系阳阿公主家令，飞燕入公主家，曾因赵临同姓，拜为义父，所以无功受赏，得蒙荣封。真好运气。偏有谏大夫刘辅，上书抗议道：

> 臣闻天之所与，必先赐以符瑞，天之所违，必先降以灾变，此自然之占验也。昔武王周公，承顺天地，以飨鱼鸟之瑞，然犹君臣祗惧，动色相戒。况于季世，不蒙继嗣之福，屡受威怒之异者乎？虽夙夜自责，改过易行，妙选有德之世，考卜窈窕之女，以承宗庙，顺神祇，子孙之祥，犹恐晚暮。今乃触情纵欲，倾于卑贱之女，欲以母天下，惑莫大焉！俚语曰：腐木不可以为柱，人婢不可以为主。天人之所不平，必有祸而无福，市途皆共知之，朝廷乃莫敢一言，臣窃伤心！不敢不冒死上闻！

这篇奏议，明是大忤上意，成帝即令侍御史收捕刘辅，系入掖庭秘狱，朝夕待死。还亏大将军辛庆忌，右将军廉褒，光禄勋师丹，大中大夫谷永，联名保救，方将辅徙系诏狱，减死一等，释为鬼薪。自是无人敢谏，遂立婕妤赵飞燕为皇后，进赵合德为昭仪。一对姊妹花，同时并宠，花朝拥，月夜偎，风流天子，尝尽温柔滋味，快乐何如！

成帝特命在太液池中，造一大舟，自挈飞燕登舟游咏，嘱令歌舞。又使侍郎冯无方吹笙，亲执文犀簪轻击玉杯，作为节奏。舟至中流，大风忽至，吹得飞燕裙带飘扬，险些儿将身飞去。成帝急令冯无方救护飞燕，无方将笙放下，两手握住飞燕双履。飞燕本爱冯无方,由他紧握,索性凌风狂舞,且舞且歌。俄而风势少定,舞亦渐停,后人谓飞燕能作掌上舞,便是出此。舞罢兴阑,回棹拢岸,成帝与飞燕携手入宫,厚赐冯无方金帛,并许他出入中宫,取悦飞燕。情愿做元绪公。

飞燕本来淫荡,免不得有暧昧情事,成帝好像盲聋一般,由她胡行。飞燕得陇望蜀,复见侍郎庆安世,年轻貌美,雅善弹琴,便借琴歌为名,请成帝许令出入,成帝也即照允。飞燕遂与庆安世眉挑目逗,伺着成帝经宿妹处,就留住庆安世,同效于飞。嗣且因连年不育,妄思借种,查有多子的侍郎宫奴,往往诱与寝狎,逐日迎新。又恐为成帝所闻,另辟密室一间,托言供神祷子,无论何人,不得擅入。其实是密藏少年,恣意肆淫,好好一朵娇花,勾引狂蜂浪蝶,听令摧残,那里还能够生子呢!小子有诗叹道:

寡欲生男语不诬,纵淫安得望生珠?
绿巾奉戴君王首,毕竟延陵是下愚。延陵系成帝葬处,见下文。

飞燕这般淫荡,合德究属如何,且看下回续表。

观五侯之奢侈,与两赵婕妤之淫恣,可见得成帝之昏,不可救药,然未始非王太后一人酿成。成帝尚知刘向之忠意欲抑损外家,及见王商、王根之奢侈逾制,且欲按律加罪,非王太后之隐为袒护,则当商、根等待罪之时,亦何至遽行赦免乎?彼飞燕姊妹之入宫,虽由成帝好色,亲为选取;然微行之初,太后胡不预戒?不微行,则两赵无从选入,祸水自消。至于两赵承宠,阴谋夺嫡,讦许皇后诅咒之罪,就使查有实据,而不能不废许后,则继位中宫者,当莫如班婕妤。太后已知班婕妤之贤,乃犹为淳于长所惑,舍班立赵,浊乱宫闱,何其懵懵若此!彼成帝尚知有母,其如母德之不明何也!

第九十四回　　智班伯借图进谏
　　　　　　猛朱云折槛留旌

却说合德既受封昭仪,成帝命居昭阳宫,中庭纯用朱涂,殿上遍施髹漆,黄金为槛,白玉为阶,壁间横木,嵌入蓝田璧玉,饰以明珠翠羽。此外一切构造,无不玲珑巧妙,光怪陆离。所陈几案帷幔等类,都是世间罕有的珍奇,最奢丽的是百宝床,九龙帐,象牙簟,绿熊席,熏染异香,沾身不散。更兼合德芳体,丰若有余,柔若无骨,怪不得成帝昏迷,恋恋这温柔乡,情愿醉生梦死。合德生性,与乃姊大略相似,不过新承帝宠,自然稍加敛束,但将成帝笼络得住,叫他夜夜到来,便算得计。飞燕日思借种,远条馆中藏着男妾数十名,恣意欢娱,巴不得成帝不到,就使成帝临幸,也不过虚与周旋,勉强承应。成帝觉得飞燕柔情,不及合德,所以昭阳宫里,御驾常临,远条馆中,反致疏远。一夕成帝与合德叙情,偶谈及乃姊飞燕,有不满意。合德已知飞燕秘事,只恐成帝发觉,连忙解说道:"妾姊素性好刚,容易招怨,保不住有他人谗构,诬陷妾姊。倘或陛下过听,赵氏将无遗种了!"说至此,泫然泣下。好一腔手足情谊。成帝慌忙取出罗巾,替合德拭泪,并用好言劝慰,誓不至误信蜚言。有几个莽撞人物,得知飞燕奸情,出来告讦,都被处斩。飞燕遂得公然淫纵,毫无忌惮。

后来由合德与述前言,飞燕颇感她回护,特荐一个宫奴燕赤凤,表明谢忱。赤凤身长多力,体轻善跃,能超过几重楼阁,飞燕引与交欢,非常畅适,因此不忍独乐,使得分尝一脔。合德领略好意,趁着成帝至远条馆时,便约赤凤欢会,果然满身舒畅,比众不同。嗣是赤凤往来两宫,专替成帝效劳,只是远条馆与昭阳宫相隔太远,合德恐赤凤往来,未免不便,遂乞成帝另筑一室,与远条馆相连。成帝自然乐从,饬工赶造,数月告成,名为少嫔馆。合德便即移住,于是两处消息灵通,赤凤踪迹,随成帝为转移。后来成帝因赵氏姊妹,宠幸有年,并不得一男半女,也不能不别有所属,随意召幸宫人,冀得生男。为下文赵氏得罪伏笔。远条、少嫔两馆中,俱不见成帝踪迹,赤凤虽然有力,究没有分身法,惹得两姊妹含酸吃醋,几至失和。还是樊嫕力为调停,劝合德向姊谢罪,才复相协中冓丑事,也得暂免张扬。欲要人不知,除非己莫为。光禄大夫刘向,因采取诗书所载贤妃贞女,淫妇嬖妾,序次为《列女传》八篇,又辑传记行事,著《新序说苑》五十篇,奏呈成帝。且上书屡言得失,胪陈诸戒,无非请成帝轻色重德,修身齐家。成帝非不称善,但知善不用,也是枉然。

还有一件用人失当,种下了亡国祸根,险些儿把刘氏子孙,凌夷殆尽,汉朝的大好江山,竟沦没了一十八年。看官欲知何人为祟?就是那王太后从子王莽!大书特书。莽系王曼次子,曼早死不得封侯,长子亦遭短命。莽字巨君,事母维谨,待遇寡嫂,亦皆体心贴意,曲表殷勤。至若侍奉伯叔,交结朋友,礼貌更极周到,毫无惰容,又向沛人陈参,受习礼经,勤学好问,衣服如寒士相同。当时五侯子弟,竞为侈靡,席丰履厚,乘坚策肥,独莽不挟富贵,好为恭俭,居然像个孝悌忠信的人杰,博取盛名。伯父王凤病危,莽夕侍疾,衣不解带,药必先尝,引得凤非常怜爱。待到弥留时候,尚面托太后及帝,极口称贤。成帝因拜莽为黄门郎,迁官射声校尉。叔父王商,也称莽恭俭有礼,情愿将自己食邑,分给与莽。就是朝右名臣,亦皆交章举荐,成帝乃进封莽为新都侯,授官光禄大夫侍中。莽越加谦抑,折节下交,所得俸禄,往往赡给宾客,家无余财,因此名高诸父,闻望日隆。成帝优待外家,有加无已,王谭死后,即令王商入代谭职。已而王音又殁,复进商为大司马卫将军,使商弟立领城门兵。商因成帝耽恋酒色,淫荒无度,也引为己忧,尝入见王太后,请为面戒成帝。太后却也训告数次,商亦从旁微谏。无如成帝流连忘返,终不少悛。永始二年二月,星陨如雨,复遭日食,适值谷永为凉州刺史,入朝白事,成帝使尚书问永意见,商即乘便嘱永,叫他具疏切谏,永有恃无恐,遂将成帝过失,一一揭出,力请除旧更新。成帝大怒,立命侍御史收永下狱,商已预有所闻,亟使永出都回任。永匆匆就道,侍御史饬人往追,已经不及,也即复命。成帝怒亦渐平,不复穷究,但仍然淫佚如前。侍中班伯,乃是班婕妤胞弟,因病请假,假满病愈,入宫进谒,可巧成帝与张放等宴饮禁中,引酒满觞,任意笑谑。班伯拜谒已毕,也不多言,惟注视座右屏风,目不转瞬。成帝呼令共宴,班伯口中虽然应命,两眼仍注视屏风上的画图。成帝还道屏风上有甚怪象,忙即旁顾,但见屏上并无别物,只有绘着一幅古迹,乃是《商纣与妲己夜饮图》。原来为此。当下瞧透班伯微意,故意问道:"此图何为示戒?"班伯才对着成帝道:"沉湎于酒,微子所以告去,式号式呼,《大雅》所以示儆。诗书所言淫乱原因,无非因酒惹祸哩!"借画进规,不愧为班婕妤之弟。成帝始喟然叹息道:"我久不见班生,今日复得闻直言了!"张放等方恨班伯多嘴,不料成帝叹为直言,只好托词更衣,怏怏趋出。成帝也就令撤席,一番酒兴竟被班伯打断,不消多说。

会成帝入朝王太后,太后向他流涕道:"皇帝近日颜色瘦黑,也应自知保养,不宜沉湎酒色。班侍中秉性忠直,须从优待遇,使辅帝德。富平侯可遣令就国,慎勿再留!"成帝听了,只好应声而退。到了自己宫中,还不肯将张放遣去。丞相薛宣,御史大夫翟方进,俱由王商授意,联名奏劾张放,成帝不得已将放左迁,贬为北地都尉。过了数月,复召为侍中。王商复白王太后,太后怒责成帝,成帝无法,再出放为天水属国都尉。放临行时,与成帝相顾泣别。俟放去后,常赐玺书劳问。后来放归侍母疾,至母病愈,调任河东都尉;未几又召为侍中。真是情爱缠绵。那时丞相薛宣,已经夺职,翟方进升任丞相,再劾放不应召用。成帝上惮太后,下怕相臣,因赐放钱五百万,遣令就国。放感念帝恩,终日不忘,及成帝驾崩,连日哭泣,毁瘠而死。可惜是个龙阳君,若变做女子身,倒是为主殉节,也可流芳百世了。这是后语不提。

惟丞相薛宣,何故免官,事由太皇太后王氏,得病告崩,丧事办得草率,不尽如仪,成帝坐罪薛宣,免为庶人。连翟方进亦有处分,贬为执金吾。廷臣都为方进解免,争言方进公洁持法,请托不行,于是成帝复擢方进为相,封高陵侯。方进字子威,汝南上蔡人,以明经得官,性情褊狭,好修恩怨。既为丞相,如给事中陈咸,卫尉逢信,后将军朱博,钜鹿太守孙闳等,迭被劾去。咸忧恚成疾,竟致暴亡,但统是与方进有嫌,致遭排击。惟奏弹红阳侯王立,说他奸邪乱政,还算是不畏权贵,放胆敢言。至御史大夫一缺,委任了光禄勋孔光。

光字子夏,系孔子十四世孙。父名霸,曾师事夏侯胜,选为博士。宣帝时进任大中大夫,补充太子詹事,元帝赐霸关内侯,号褒成君。光为霸少子,年未二十,已举为议郎,累迁至光禄勋,典领枢机十余年,遵守法度,踵行故事,从未闻独出己见,争论大廷。所有宫中行事,虽对兄弟妻子,亦不轻谈。有人向光问及,谓长乐宫内温室中,栽种何树?光默然不应,另用他语作答。看似持重慎密,实在是借此保身,取容当世罢了!<small>断定孔光。</small>故南昌尉梅福,虽然辞职家居,却是心存君国,遇有朝使过境,往往托寄封事,成帝复置诸不理。至是复上书直谏,略云:

  士者国之重器,得士则重,失士则轻。臣闻齐桓之时,有以九九见者,<small>九九系算术,如今《九章》之类。</small>桓公不逆,今臣所言,非特九九也。自阳朔以来,群臣皆承顺上指,莫有执正,故京兆尹王章,面引廷争,戮及妻子,凡受罪被辱皆称为戮,非专主刑杀也。折直士之节,结谏臣之舌,天下以言为戒,最国家之大患也。往者不可及,来者犹可追,方今君命犯而主威夺,外戚之权,日以益隆,陛下不见其形,愿察其景。建始以来,日食地震,三倍春秋,水灾无与比数,阴盛阳微,金铁为飞,此何景也?亲戚之道,全之为上,今乃尊宠其位,授以魁柄,势陵于君,权隆于上,然后防之,亦无及已!

  这书呈入,也似石沉大海一般,并不见报。福自是读书养性,杜门不出,及王莽专政,越见得主柄下移,势且倾汉,遂抛妻撇子,一去不还。时人疑为仙去,后有人在会稽道上见他为吴市门卒,呼语不应。问诸旁人,代述姓名,并非梅福两字,才知他是移名改姓,自甘沦落了。<small>录述梅福言行,无非阐发幽光。</small>永始四年孟秋,日复食,越年改号元延,元旦天阴,日再食,孟夏无云闻雷,有流星随着日光,向东南行,四面如雨,自晡及昏,方才不见。到了新秋,星孛东井,天变迭现,成帝也觉惊心,不得不遍谘群臣,使他详陈得失。刘向正调任中垒校尉,<small>掌北军垒门,故称中垒。</small>应诏陈言,始终是归咎外戚。谷永方调任北地太守,也应诏入对,始终是归咎后宫。<small>两人宗旨不同。</small>这两件紧要大事,成帝目中,早已看过数次,都是不能照办,只好迁延度日。

  会值大司马卫将军王商病死,依次挨补,应使王立继任。立在南郡垦田数百顷,卖与县官,取值至一万万以上,为丞相司直孙宝所发,成帝乃舍立不用,超迁王根为大司马骠骑将军。根与故安昌侯张禹,素不相容。成帝独待禹甚优,前后赏赐无算,遇有国家大事,必遣使谘问。禹亦倚老卖老,求福得福,置田多至四百顷,前厅舆马,后庭丝竹,尚是贪心不足,还要寻块葬地,为身后计。适有平陵旁肥牛亭地,最为合意,<small>平陵为昭帝陵,见前文。</small>便上书乞请,求恩拨赐。成帝便欲允许,独王根入朝谏阻,谓肥牛亭与平陵毗连,乃是寝庙衣冠，出入要道，理难拨给，只好另赐别地云云。成帝不从，竟将肥牛亭地赐给张禹。根越加妒恨，屡次说禹短处。偏成帝暗暗忌根，每经根毁禹一次，必遣使向禹问遗。且因刘向等屡斥王氏，也欲与禹商决，亲往禹家面谈。既到禹家，值禹抱病在床，不便开口，惟至床前下拜，问候病情。禹在床上叩谢，使少子进谒成帝，拜罢便站立一旁。成帝温言慰问，禹欷歔道："老臣衰朽，死不足惜，膝下四男一女，三子俱蒙恩得官，一女远嫁张掖太守萧咸，老臣平日爱女，比诸男为甚，只恐老臣临死，不得一见女面，所以未免怀思呢！"成帝道："这有何难！我当调回萧咸，就近为官便了。"禹不能起身，使少子代为拜谢。成帝谕他免礼，少子乃起。禹尚欲替少子求官，碍难出口，惟两眼注视少子，作沉吟状。成帝已经窥透，面授禹少子为黄门郎给事中。禹心中只此两事，并得所请，自然喜欢。老年贪得。既令少子谢恩，复欲强起自拜，成帝忙叫他不必多礼，起身回宫；立调萧咸为弘农太守。待至禹疾已瘳，复亲临禹家，禹殛出门迎谒，延入内堂。由成帝问及安否，禹把仰叩天眷的套话，随口答讫。成帝屏去左右，就袖中取出奏牍数篇，交禹察看。禹展览一周，统是劾奏王氏专政，不由的满腹踌躇。自思年老子弱，何苦与王氏结冤，且前日为了葬地一事，更与王根有嫌，不若替他回护，以怨报德，使他知感为是。乃即答说道："春秋二百四十年间，日食三十余次，地震五次，或主诸侯相杀，或主夷狄内侵，实在天道微渺，人未易知。孔子圣人，且不语神怪，贤如子贡，犹不得闻性与天道，何况是浅见鄙儒！陛下能勤修政事，自足上迓天庥。现在新学小生，妄言惑人，愿陛下切勿轻信哩！"说着，即将奏牍呈还成帝。成帝愿安承教，辞别而去，王氏因此无恙。禹乐得卖情，不免告知亲友，当有人传到王根耳边，根果被笼络，易仇为亲，忙去谢禹，相得甚欢。此外王氏子弟，亦往来禹家，联为至好。

独有故槐里令朱云，前坐陈咸党与，罚为城旦，役满还家。闻得张禹祖护王氏，朋比为奸，又不禁激动忠忱，愤然诣阙，求见成帝。可巧成帝临朝，公卿等站立两旁，云行过拜跪礼，便朗声说道："满朝公卿，济济盈廷，上不能匡主，下不能泽民，无非是尸位素餐，毫不中用！孔子所谓鄙夫事君，患得患失，无所不至，臣愿乞赐上方斩马剑，断佞臣一人头，儆戒群臣！"声可震殿。成帝听他语言莽撞，已滋不悦，当即喝声问道："佞臣为谁？"云直答道："安昌侯张禹！"好胆量。成帝大怒道："小臣居下讪上，廷辱师傅，还当了得！"说着，复顾左右道："此人罪在不赦，应即拿下！"御史奉命，即将云扯出殿外。云攀住殿槛，不肯遽行，御史偏要把他拖去，彼此用力过猛，竟将殿槛折断。云大呼道："臣得从龙逢、比干，同游地下，也是甘心！但不知圣朝成为何朝？"说到此句，已由御史牵去。群臣为云所讥，都含怒意，独左将军辛庆忌，尚带侠气，忙免冠至御座前,解去印绶,叩头力谏道:"小臣朱云,素来狂直,著名当世,言果合理,原不宜诛;就使妄言,也乞陛下大度包容,臣敢拼死力争!"成帝怒尚未解,不肯照允,直至庆忌碰头出血,淋落座前,也不觉回心转意,命将朱云赦免。云始得放归。后来有司修治殿槛,成帝却面嘱道:"不必易新,但从坏处修补,令得留旌直臣!"成帝非全然糊涂,可惜辅导乏人。云返家后,不复出仕,常乘牛车闲游,到处欢迎,年至七十余,在家寿终。

元延三年春月,岷山崩,土石堕落江中,水道被壅,三日不流。刘向闻报,私下叹息道:"从前周岐山崩,三川告竭,幽王遂亡,岐山系周朝龙兴地,故主亡周;今汉家起自蜀郡,蜀地山崩川竭,便是亡汉的预兆!况前年星孛东井,从参及辰,辰为大火,本主汉德,乃被怪星闯入,显见是乱亡不远了!"

成帝燕乐如常,还道是内外无事,尽可安心度日,不过年逾四十,未得一男,却也不免加忧。赵家姊妹,又是嫉妒得很,自己好纳男妾,独不许成帝私迎宫人,或得生男。成帝鬼鬼祟祟,偷召宫婢曹晓女曹宫,交欢了两三次,得结珠胎,生下一男。成帝闻知,暗暗心欢,特派宫女六人,服侍曹宫。不意被赵合德察觉,矫制收宫下掖庭狱,迫令自尽,所生婴儿,也即处死,连六婢都不肯放松,勒毙了事。悍妇心肠,毒过蛇蝎。成帝怕着合德,不敢救护,坐看曹宫母子等毕命归阴。

还有一个许美人,住居上林涿沐馆中,每年必召入复室,临幸数次,也得产下一男。成帝使中黄门靳严,带同医生、乳媪,送入涿沐馆,叫许美人静心调养。又恐为合德所闻,踌躇多日,计不如自行告知,求她留些情面,免遭毒手。当下至少嫔馆中,先与合德温存一番,引开合德欢颜,方将许美人生男一事,约略说出。话尚未终,即见合德竖起柳眉,易喜为怒,起座指成帝道:"常骗我言从中宫来,如果在中宫,许美人何从生男?好好!就去立许美人为皇后罢!"一面说,一面哭,并且用手捣胸,把头触柱,闹得一塌糊涂。侍婢将她扶卧床上,她又从床上滚下,口口声声,说要回去。无非撒泼。成帝呆如木偶,好多时才开言道:"好意告汝,为何这般难言,令我不解!"合德只是哭闹,并未答言。时已天暮,宫人搬入夜膳,合德不肯就食,成帝也只好坐待,免不得用言劝解。合德带哭带语道:"陛下何故不食?陛下常誓约不负,今将何说?"成帝道:"我原是依着前约,不立许氏,使天下无出赵氏上,汝尽可放心了!"合德方才止哭,又经侍婢从旁力劝,勉强就座,略略吃了几颗饭粒。成帝也胡乱进餐,稍得疗饥,便令撤去。是夕留宿少嫔馆中,枕席上面,不知如何调停。嗣是每夕与合德同寝,约阅三五天,竟诏令中黄门靳严,向许美人索交婴孩,用苇编箧,装儿入少嫔馆中,由成帝与合德私下展视,不令人看,好一歇竟将苇箧上封缄,嘱令侍婢取出,发交掖庭狱丞籍武,使他埋葬僻处,休使人知。武乃在狱楼下掘坎埋儿,看官不必细问,就可知这个死儿,是被合德辣手加害了。先是都下曾有童谣云:"燕飞来,啄皇孙!"至是果验。小子有诗叹道:

燕燕双飞入汉宫,皇孙啄尽血风红。
古今不少危亡祸,半自蛾眉误主聪。

合德连毙两儿,成帝遂致绝嗣,不得不择人继承。欲知何人过继,待至下回说明。

成帝之世,非无正士,如班伯,如朱云,亦庸中佼佼者流,惜乎其皆非亲近之臣也。班伯疏而不亲,朱云卑而不近,片言进谏,幸则若班伯之见从,为益无多;不幸则若朱云之触怒,险遭不测,非辛庆忌之流血力争,几何而不为王仲卿乎!王氏首秉枢机,第知怙势,张禹望隆师傅,但务阿谀,再加飞燕姊妹之骄淫悍妒,啄尽皇孙,人事如此,不亡何待,遑论天道哉!故吾谓西汉之亡,不待哀、平,成帝固已早启之矣。

第九十五回　泄机谋鸩死许后　争座位怒斥中官

却说元延四年春正月,中山王刘兴,及定陶王刘欣,同时入朝。兴系成帝少弟,为冯昭仪所出,由信都移封中山,欣即定陶王刘康嗣子。康中年病殁,正妻张氏无出,惟妾丁姬生子名欣,由祖母傅昭仪抚养成人,得袭父爵。傅昭仪早为王太后,向有智略,闻得成帝无嗣,想把自己孙儿,承继过去,因此乘欣入朝,随令同行,并使傅相、中尉,一律相从。中山王兴,只带了太傅一人。两人入谒成帝,成帝见欣少年俊逸,却也生欢,特借端发问道:"汝何故带同许多官吏?"欣从容答道:"诸侯王入朝,依法得使二千石随行,臣想傅相中尉,秩皆二千石,故使同来。"成帝又问道:"汝平日所习何经?"欣答称习《诗》。成帝随意掇《诗》数章,令他背诵,欣记得烂熟,历诵无遗。又能讲解大义,亦无差谬。成帝连声称善,嗣又顾问刘兴道:"汝为何只带太傅一人?"兴竟不能答。成帝又问他曾习何经?兴答称《尚书》。及成帝令他背诵数篇,他却断断续续的答了数语,一半已经忘记。冯昭仪颇有干才,如何生此豚儿?成帝暗想兴年已三十有余,为何这般呆笨,反不如十六七岁的少年?因即挥令退去。欣亦随同趋出。成帝回入宫中,可巧欣祖母傅昭仪,亦来相见,成帝慰问路途

第九十五回 泄机谋鸩死许后 争座位怒斥中官

辛苦,且称她孙儿英敏,赞不绝口。傅昭仪谦逊一番,并言挈欣入朝,一是凑便问安,二是恐欣失仪,随时教导。成帝也谢她厚意,留住宫中。傅昭仪已谒过王太后,又至赵皇后、赵昭仪处,问讯一周。且嘱孙儿刘欣入宫遍谒,并使他往候大司马王根,随处周旋,面面俱到。最动人的金帛珍玩,随身带来,半赠两赵姊妹,半赂王根。俗语说得好,钱可通灵,赵氏姊妹,虽然锦衣玉食,但得了许多珍宝,也觉动心。就是王根亦贪得无厌,格外感情。于是互相庇护,共称刘欣多材,足为帝嗣。成帝非无此意,但尚望两赵生男,免得旁继。乃只为欣行了冠礼,遣还定陶;傅昭仪自然随归。赵家姊妹,殷勤饯别,席间由傅昭仪婉言请托,自在意中。至刘欣母子东返,刘兴早已遣归了。

好容易又是一年,赵氏姊妹仍然不育,交相怂恿,劝立定陶王欣为太子。王根亦上书申请,成帝乃决意立欣,改元绥和,使执金吾任宏,署大鸿胪,持节召欣入京。欣祖母傅昭仪,及欣母丁姬,俱送欣至都。御史大夫孔光,独上书请立中山王,想是由王立等嘱托。成帝不从,贬光为廷尉,但加封中山王兴食邑三万户,兴舅谏大夫冯参为宜乡侯,免致兴有怨言。同日立欣为皇太子,入居东宫。又思欣已过继,不便承祀共王刘康,康殁后,予谥曰共,共读如恭。乃另立楚孝王孙刘景为定陶王,使奉共王康祀。傅昭仪与丁姬,留寓定陶邸中,不得随欣入宫,未免怏怏。傅昭仪遂入求王太后,许得与太子相见。王太后商诸成帝,成帝说道:"太子入承大统,不应再顾私亲。"王太后道:"太子幼时,全靠傅昭仪抱养,好似乳母一般;若令她得见太子,想亦无妨。"实是违礼。成帝难违母意,准令傅昭仪入见太子。惟丁姬不在此例,只好向隅,待后再说。

惟孔光既经遭贬,改任京兆尹何武为御史大夫。武字君公,蜀郡郫县人,向来守法尽公,颇有政声。及为御史大夫,上言世事烦琐,宰相才不及古,却令他职兼三公,未免废弛,应仿古制建三公官。成帝以王根本为大司马,仍令守职,惟罢去骠骑将军官衔。即命何武为大司空,封氾乡侯,罢去御史大夫官衔,俸禄皆如丞相,与丞相并称三公。

已而王根病免,一时乏人接替,暂从缓议。偏侍中王莽,谋代根位,只恐被淳于长夺去,遂与王根说及,谓长见叔父病免,常有喜色,自言必可代任,且有种种不端情事,备细告知。根当然动怒,使莽入白王太后。长本王太后外甥,前次飞燕立后,赖长出力疏通,感念不置,尝劝成帝封长侯爵,成帝因封长为定陵侯。长迭得内援,势倾朝野,成帝时有赏赐,再加诸侯王岁时馈送,积资亿万,广蓄娇妻美妾,恣行淫乐。适有龙頟侯韩宝妻许嬺,为废后许氏胞姊,丧夫寡居,姿色未衰,长借吊问为名,一再勾引。妇人多半势利,见长尊荣无比,情愿委身事长,甘做小妻,卑污已极。长竟纳嬺为妾,嬺尚不知羞耻,堂堂皇皇的探视胞妹,直陈不讳。胞妹系废后许氏,方徙居长定宫,寂寞无聊,还想再承雨露，求为婕妤。姊妹情性相同，都是无耻。因取出从前私蓄，交嬺转送淳于长，托长至成帝前说情，力为挽回。长明知此事难言，只因见财起义，不忍割舍，乃想出一法，诡言将乘间入请，立为左皇后，使嬺如言转告。废后许氏总道长不去骗她，日夕盼望，有时召嬺入问，浼她催促。长反觉惹厌，故意使嬺入慰。接连致书与嬺，内容语意，多半揶揄许后，说她求欢太急，何不降尊就卑！也想娶为小妻么？真是坏蛋。许后有所需求，只好含羞忍气。不意有人传出，竟被王莽得知。莽向王根报明，无非为着此事，就是入白王太后，也是一五一十，详陈无隐。恐还要加添数语。惹得太后怒起，使莽转告成帝。成帝心尚爱长，不欲治罪，但遣令就国。长吃了一惊，自思无法转圜，不得已收拾行装，准备登程。忽来了王立长子王融，问他索求车马，意以为长既远行，势难把车骑尽行带去，不如留赠自己，却好现成使用。长与融本是中表弟兄，见面时却也应允。但尚想留住都中，屏人与谈，要他转求乃父，代为斡旋，并取出许多珍宝，送与王融。融一力承担，就将珍宝携回家中，向父告知。立前时不得辅政，疑由长暗中进谗，常在成帝面前，揭长过恶。此次见了珍宝，竟致得意忘言，忙入宫去见成帝，为长诉冤。成帝不禁起疑，默然不答，待立趋出，竟命有司彻底查究。有司明查暗访，察出王融私受长赂，便要派吏拿融。立方才悔恨，怨融自去惹祸，累及家门。融无词可说，自知闯了大祸，不如自尽，当即服毒毕命。贪夫结果。吏役到了融家，见融已死，便去回报，有司当即复奏，成帝越想越疑，索性捕长下狱，一再审讯，把长奸淫贪诈的详情，和盘托出，罪坐大逆，瘐死狱中。自作自受。妻子移徙合浦，母归故里。许嬺不知下落，想亦充戍合浦去了。成帝复使廷尉孔光，持鸩至长定宫，赐废后许氏自尽。可怜许后在位十四年，听了两个阿姊的邪言，既失位置，复丧性命。虽是自贻伊戚，也觉得可悲可悯呢！抑扬得当。红阳侯王立，勒令就国。

王莽发奸有功，且由王根荐令代位，遂拜为大司马。莽得秉国钧，欲使名誉高出诸父，特聘请远近名士，作为幕僚，所得赏赐，悉数分给宾佐，自己格外从俭，菲食恶衣，与平民相同。会莽母有疾，公卿列侯，各遣夫人探问，大都是绮罗蔽体，珠翠盈头。莽妻王氏，乃是故相宜春侯王䜣曾孙女，同姓不婚，莽既好名，何独不知守礼。急忙出门相迎，衣不曳地，裙仅蔽膝。各女宾还道她是仆妇，及密问左右，才知她是大司马夫人，都不禁诧异起来。莽妻接待女宾，分外周到，惟所供茶点，不过寻常数色。待大众问过太夫人，陆续辞归，各言大司马家俭约过人。莽得闻众言，私心暗喜，毋庸多表。全是矫诈。

且说绥和二年仲春，荧惑守心，丞相议曹李寻，上书丞相，说是灾祸将至，君侯难免当灾，应即与阖府官属，商议趋吉避凶的良策。丞相翟方进，览书惶惑，不知所为。果然不到数日，便有郎官贲丽，奏请天象告变，急须移祸大臣。

第九十五回 泄机谋鸩死许后 争座位怒斥中官

是翟方进的催命鬼。成帝听着,立召方进入朝,责他为相有年,不能燮理阴阳,致有种种灾异,宜善自为计,毋待朕言。方进免冠叩谢,惶然趋出,回至相府,也知不免一死,但尚望有生路可寻,未肯遽自引决。谁知过了一宵,又由朝使赍入策书,严加责备,且赐他上尊酒十石,养牛一头,叫他自裁。方进接到牛酒,想着汉家故例,牛酒赐给相臣,就是赐死的别名。没奈何硬着头皮,取出鸩酒一杯,忍心吞服,须臾毒发,便即倒毙。冤哉枉也。成帝还托言丞相暴亡,厚加赗恤,特赐乘舆秘器,并且亲往吊丧,掩耳盗铃,煞是可笑!

惟方进既死,丞相出缺,成帝选择廷臣,还是廷尉孔光,居官恭谨,可使为相。因先擢为左将军,再命有司拟定策文,铸成侯印,指日封拜孔光。是时梁王立系梁王揖七世孙。楚王衍宣帝孙,即楚王嚣子。入朝,已由成帝召见数次,预备翌旦辞行。成帝午后无事,便至少嫔馆餐宿,夜间不知为何欢娱,到了天色大明,赵昭仪合德先起,成帝也即起坐,才把袜带系就,忽然扑倒床上,不言不语,竟尔归阴。合德尚不知何因,连呼不应,用手微按,已无气息,不由的神色慌张,急命内侍宣召御医。等到医官入视,已是脉绝身僵,还有甚么回生妙方?那时只好报知太后,及内外要人。太后急忙趋视,亲抚帝体,肌冷如冰,当然号啕大哭,皇后赵飞燕等,陆续走集,统皆陪哭一场。及大众止哀,办理棺殓,太后召入三公,独缺丞相。当由王莽禀明,谓丞相已择定孔光接任,于是复召孔光,就灵前拜为丞相,封博山侯。好在策文印绶,俱已办就,即付与孔光领受。光拜谢后,即与王莽等料理大丧。越宿由太后下诏,令王莽、孔光,会同掖庭令查明皇帝起居,及暴病一切原因。莽接奉诏旨,乐得从严究治,迭派属吏至少嫔馆调查,细诘赵昭仪合德,气焰逼人。合德虽未尝毒死成帝,自思从前亏心各事,若一经逮问,断难隐讳,且要连累姊弟,一同坐罪。沉吟多时,觉得除死以外,已无别法,遂召集贴身侍婢,各给赏赐,嘱令毋谈前怨,自己仰药毙命。一缕芳魂,总算赶上鬼门关,往寻成帝去了。也是显报。

成帝在位二十六年,改元七次,寿终四十五岁。本来是体质强壮,状貌魁梧,俨然象个尊严天子,怎奈酒色过度,斲丧本元,遂致乐极亡阳,霎时晕死,后来奉葬延陵。太子欣入宫嗣位,是谓哀帝。尊太后王氏为太皇太后,皇后赵氏为太后。太皇太后王氏,喜谀寡断,傅昭仪谋立孙儿,常至长信宫伺候,竭力趋奉,就是丁姬也承欢献媚,孝敬有加,因此哀帝嗣位,太皇太后王氏,便令傅昭仪、丁姬两人,十日一至未央宫,与帝相见。又传旨询问丞相孔光,及大司马何武,谓定陶太后应居何宫?孔光素闻傅昭仪权略过人,若得入居宫中,将来必干预政事,挟制嗣君,所以复议上去,请另择地筑宫。何武未知光意,谓不如北宫居住,省得劳费。太皇太后依了武言,遂使哀帝诏迎定陶太后,入居北宫。傅昭仪即日移入,丁姬亦随同进去。北宫有紫房复道,与未央宫相通，傅昭仪得日夕往来，屡向哀帝要求，欲称尊号，并封外家亲属。哀帝甫经嗣阼，不敢自出主张，所以游移未决。巧有高昌侯董宏，得闻消息，意欲乘间迎合，上书引秦庄襄王故事，谓庄襄王本夏氏所生，过继华阳夫人；即位以后，两母并称太后，今宜据以为例，尊定陶共王后为帝太后。亏他寻出佐证。哀帝得书，正想依议下诏，偏大司马王莽，左将军师丹，联名劾宏。略言皇太后名号至尊，有一无二；宏乃引亡秦敝政，蛊惑圣明，应以大不道论罪。哀帝虽然不快，究因王莽为太皇太后从子，未便梗议，乃免宏为庶人。傅昭仪闻信大怒，立到未央宫，面责哀帝，定要速上尊号。哀帝无奈，入白太皇太后，太皇太后允如所请，乃尊定陶共王为共皇，定陶太后傅氏为定陶共皇太后，共皇妃丁姬为定陶共皇后。傅太后系河内温县人，早年丧父，母又改嫁，无亲兄弟，只有从弟三人，一名晏，一名喜，一名商。哀帝为定陶王时，傅太后欲亲上加亲，特取晏女为哀帝妃，至是即立晏女傅氏为后，封晏为孔乡侯。又追封傅太后父为崇祖侯，丁皇后父为褒德侯。丁皇后有两兄，长兄忠，已经去世，忠子满也得受封平周侯，次兄明方值中年，并封为阳安侯。哀帝的本生外家，已经加封，只好将皇太后赵氏弟钦，晋封新城侯，钦兄子䜣为成阳侯。王、赵、丁、傅四家子弟，并膺显爵，朱轮华毂，杂沓都中。

太皇太后王氏，置酒未央宫，拟邀集傅太后、赵太后、丁皇后等，一同会宴，共叙欢忱。国丧才毕，不宜大开筵宴，王政君也是多事。筵席且备，应设坐位，太皇太后坐在正中，自无疑义，第二位轮着傅太后，即由内者令官名。在正坐旁，铺陈位置，预备傅太后坐处。此外赵太后、丁皇后等，辈分较卑，当然置列左右两旁。位次既定，忽来了一位贵官，巡视一周，便怒目视内者令道："上面如何设有两座？"内者令答道："正中是太皇太后，旁坐是定陶傅太后。"道言未绝，便听得一声怪叫道："定陶太后，乃是藩妾，怎得与至尊并坐？快与我移下座来！"内者令不好违慢，只好将座位移列左偏。看官道是何人动怒？原来是大司马王莽。莽见座位改定，方才出去。已而太皇太后王氏，及赵太后、丁皇后等，俱已到来就席，哀帝亦挈同皇后傅氏，共来侍宴。只有傅太后不至，当下差人至北宫催请，好几次俱被拒绝，显见得傅太后为了坐位，已有所闻，不肯前来赴席。太皇太后不暇久待，乃嘱令大家饮酒。天厨肴馔，比不得吏民酒席，自然丰盛得很。但因傅太后负气不来，反累得满座不欢，饮不多时，当即散席，各归本宫。傅太后余怒未平，免不得迫胁哀帝，叫他撵逐王莽。哀帝尚未下诏，莽已得知风声，自请辞职。当即奉诏批准，特赐黄金五百斤，安车驷马，罢令就第。朔望仍得朝请，礼如三公。公卿大夫，尚称莽持正不阿，进退以义，有古大臣风。又入王莽彀中。

莽既免职，舆情都属望傅喜。喜已任右将军，学行纯正，志操清洁，傅家子弟,要算他最有令名。偏傅太后因喜常有谏诤,与己未协,不欲令他辅政,乃进左将军师丹为大司马,封高乐侯。喜亦托疾辞官,缴还右将军印绶,有诏赐金百斤,令食光禄大夫俸禄,归第养疴。大司空何武,尚书令唐林,皆上书留喜,谓喜行义修洁,忠诚忧国,不应无故遣归,致失众望。哀帝亦知喜贤良,一时为祖母所制,不能不留作后图。过了数日,接阅司隶校尉解光奏牍,乃是一本弹章,指斥著名权戚两人。正是:

由来仕路多艰险,益信人心好诡随。

欲知解光弹劾何人,容俟下回发表。

财能买命,亦足伤命;色可迷人,实足害人。试观淳于长之贪财得赇,复舍财请留,两罪并发,卒致杀身。王融贪财而死,许后舍财而死,财之误人生命,宁不大哉!成帝好色,得遇两美,其乐何如?然绝嗣由此,丧生亦由此,色之为害,最酷最烈。故财色二字,为古今之大戒,一为所蛊,其不至亡身灭种者几希!傅昭仪固尝以色进矣,为孙谋承正统,幸得逞志,顾所欲无厌,称尊号,争坐次,藉一己之幸遇,为种种之请求,妇德无极,信而有征。王莽命移坐位,似兢兢于嫡庶之分,言之成理,但窥其私意,仍不外为身家计。外戚争权,不顾王室,刘氏庸有幸乎!

第九十六回 忤重闱师丹遭贬
　　　　　害故妃史立售奸

却说司隶校尉解光,因见王莽去职,丁、傅用事,也来迎合当道,劾奏曲阳侯王根,及成都侯王况。况系王商嗣子,所犯过恶,俱见奏章,略述如后:

窃见曲阳侯王根,三世据权,五将秉政,天下辐辏,赃累巨万,纵横恣意,大治室第。第中筑造土山,矗立两市,殿上赤墀,门户青琐。游观射猎,使仆从被甲,持弓弩,陈步兵,止宿离宫。水衡官名。供张,发民治道,百姓苦其役。内怀奸邪,欲筦朝政,推近吏主簿张业为尚书,蔽上壅下,内塞王路,外交藩臣。按根骨肉至亲,社稷大臣,先帝弃天下,根不悲哀,思慕山陵未成,公然聘取掖庭女乐殷严、王飞君等,置酒歌舞,捐忘先帝厚恩,背臣子义。根兄子成都侯况,幸得以外亲继列侯侍中,不思报德,亦聘娶故掖庭贵人为妻,皆无人臣礼,大不敬不道。应按律惩治,为人臣戒!

哀帝自即位后,也因王氏势盛,欲加抑损,好得收回主权,躬亲大政。既有此意,奈何复封丁、傅。既将王莽免官,复得解光弹劾王根,当然中意,不过大不敬不道罪名,究嫌太重,且对着太皇太后,亦觉不情,乃只遣根就国,黜免况为庶人。到了九月庚申日,地忽大震,自京师至北方,凡郡国三十余处,城郭多被震坍,压死人民四百余人。哀帝因灾异过巨,下诏询问群臣,待诏李寻上书奏对道:

臣闻日者众阳之长,人君之表也。君不修道,则日失其度,晻昧无光。间者日光失明,珥蜺数作,珥蜺系日旁云气。小臣不知内事,窃以日视陛下,志操衰于始初多矣。唯陛下执乾纲之德,强志守度,毋听女谒邪臣之欺,与诸阿保乳母甘言卑词之托,勉顾大义,绝小不忍,有不得已,只可赐以货财,不可私以官位。臣闻月者众阴之长,妃后大臣诸侯之象也。间者月数为变,此为母后与政乱朝,阴阳俱伤,两不相便。外臣不知朝事,窃信天文如此,近臣已不足仗矣。唯陛下亲求贤士,以崇社稷,尊强本朝。臣闻五行以水为本,水为准平。王道公正修明,则百川理,落脉通,偏党失纲,则涌溢为败。今汝颍漂涌,与雨水并为民害,咎在皇甫卿士之属,唯陛下抑外亲大臣。臣闻地道柔静,阴之常义,间者关东地数震,宜务崇阳抑阴以救其咎。《传》曰:"土之美者善养禾,君之明者善养士。"中人皆可使为君子,如近世贡禹,以言事忠切,得蒙宠荣,当此之时,士之厉身立名者甚多。及京兆尹王章,坐言事诛灭,于是智者结舌,邪伪并兴,外戚专命,女官作乱。此行事之败,往者不可及,来者犹可追也。愿陛下进贤退不肖,则圣德清明,休和翔洽,泰阶平而天下自宁矣。

原来哀帝初政,也想力除前弊,崇俭黜奢。曾罢乐府官,及官织绮绣,除任子令,汉制凡吏二千石以上视事满三年,得任子弟一人为郎,不以德选,至此才命革除。与诽谤诋欺法,出宫人,免官奴婢,益小吏俸,政事皆由己出,海内颇喁喁望治。偏是傅太后从中干政,称尊号,植私亲,闹个不了,反使哀帝胸无主宰,渐即怠荒。仅阅半年,便致怠弛,无怪后来不长。李寻所言,明明是借着变异,劝勉哀帝,指斥傅太后。哀帝尚知寻忠直,擢为黄门侍郎,唯欲防闲太后,裁抑外家,实在无此能力,只好模糊过去。但朝臣已分为两派,一派是排斥傅氏,不使预政;一半是阿附傅氏,专务承颜。傅太后日思揽权,见有反对的大臣,定欲驱除,好教公卿大夫,联络一气,免受牵掣。大司空氾乡侯何武,遇事持正,不肯阿谀,傅太后心下不乐,密令私人伺武过失。适武有后母在家,往迎不至,即被近臣举劾,斥武事亲不笃,难胜三公重任。哀帝亦欲改易大臣,乃

第九十六回　忤重闱师丹遭贬　害故妃史立售奸　　507

令武免官就国,调大司马师丹为大司空。师丹系琅琊东武县人,表字仲公,少从匡衡学诗,得举孝廉,累次超擢,曾为太子太傅,教授哀帝。既受任为大司空,也与傅氏一派不合,前后奏章数十上,无非援三年无改的古训,规讽哀帝改政太急,滥封丁、傅。哀帝非不感动,但为傅、丁两后所压迫,也是无可如何。惟有一侍中傅迁,为傅太后从侄,人品奸邪,舆论不容,哀帝因将迁罢职,遣归故郡。不意傅太后出来干涉,硬要哀帝复还迁官,留任宫廷。哀帝无法,只好再将迁留住。丞相孔光,与师丹入朝面奏,谓诏书前后相反,徒使天下疑惑,无所取信,仍请将迁放归。哀帝说不出苦衷,装着痴聋一般,光、丹两人,不得已趋出,迁得为侍中如故。一官都不能黜陟,哀帝亦枉为天子乎!

　　先是掖庭狱丞籍武,见赵合德屡毙皇儿,很是不忍。尝与掖庭令吾丘遵密商,拟即告发。无如官卑职小,反恐多言惹祸,因致迁延。吾丘遵又复病殁,武更孤掌难鸣,只得作罢。到了哀帝嗣位,合德自杀,籍武尚然生存,不妨稍露宫中秘情,辗转流传。被司隶校尉解光闻悉,正好扳倒赵家外戚,使傅太后独擅尊荣。当下拜本进去,追劾赵昭仪忍心辣手,曾害死成帝嗣子两人,不但中宫女史曹宫等,冤死莫明,此外后宫得孕,统被赵昭仪用药堕胎。赵昭仪惧罪自尽,未彰显戮,同产家属,尚得尊贵如恒,国法何在?应请穷究正法等语。照此奏议,连赵太后亦不能免辜,赵钦等更不消说得。哀帝因自己入嗣,曾得赵太后调护,厚惠未忘,乃仅将赵钦、赵䜣夺爵,免为庶人,充戍辽西。钦、䜣封侯,见前回。赵太后不被干连,算是万幸。慢着!时朝廷已经改元,号为建平元年,三公中缺少一人,朝臣多推荐光禄大夫傅喜,乃拜喜为大司马,封高武侯。郎中令冷褒、黄门郎段犹,见喜得列三公,傅氏威权益盛,乐得凑机献媚。上言共皇太后与共皇后,不宜再加定陶二字,所有车马衣服,皆应称皇,并宜为共皇立庙京师。哀帝即将原奏发落,诏令群臣集议可否,群臣都随口赞成。独大司空师丹,首出抗议,大略如后:

　　古时圣王制礼,取法于天,故尊卑之礼明,则人伦之序正,人伦之序正,则乾坤得其位,而阴阳顺其节。今定陶共皇太后、共皇后,以定陶为号者,母从子,妻从夫之义也。欲立官置吏,车服与太皇太后相埒,非所以明尊无二上之义也。定陶共皇号谥,前已定议,不得复改。礼,父为士,子为天子,祭以天子,其尸服以士服,子无爵父之义,尊父母也。为人后者为之子,故为所后服斩衰三年,而降其父母为期服,明尊本祖而重正统也。孝成皇帝圣恩深远,故为共皇立后,奉承宗祀。今共皇长为一国太祖,万世不毁,恩义已备。陛下既继体先帝,持重大宗,承宗庙天地社稷之祀,义不可复奉定陶共皇,祭入其庙。今欲立庙于京师,而使臣下祭之,是无主也。又亲尽当毁,空去一国太祖不堕之祀,而就无主当毁不正之礼，非所以尊厚共皇也。臣丹谨议。

照这议论，原是至公至正，不可移易，丞相孔光，极力赞同，就是大司马傅喜，也以为丹言甚是，应该如议。独傅太后及傅、晏傅商等，共恨师丹，兼及孔光、傅喜，统欲把他摔去。第一着先从师丹下手，探得师丹奏草，由属吏私下抄出，传示外人，当即据事奏弹，劾他不敬。里面复有傅太后主张，迫令哀帝下诏，免丹官职，削夺侯封。给事中申咸、博士炔钦，炔音桂。联名上奏，称丹经行无比，怀忠敢谏，奏草漏泄，咎在簿书，与丹无与。今乃因此贬黜，恐失众心。那知诏书批斥，反将咸、钦贬秩二等。尚书令唐林，看不过去，复疏称丹罪甚微，受罚太重，中外人士，统说是宜复丹爵邑，使奉朝请，愿陛下加恩师傅，俯洽众心。哀帝乃复赐丹关内侯，食邑三百户，特擢京兆尹朱博为大司空。从前朱博救免陈咸，义声卓著，见八十九回。咸起为大将军长史，将博引入，为王凤所特赏，委任栎阳长安诸县令，累迁冀州刺史、琅琊太守，专用权术驾驭吏民，相率畏服。嗣奉召为光禄大夫，迁授廷尉，博恐为属吏所欺，故意召集属吏，取出累年积案，意欲判断，多与原判相符。属吏见他明察，不敢相欺，隔了一年，得擢为后将军，坐党红阳侯王立，免官归里。哀帝复征为光禄大夫，使任京兆尹。适值傅氏用事，要想联络几个廷臣，作为羽翼，遂由孔乡侯傅晏，与博往来，结为知交，至师丹罢免，便引博为大司空。博平时专重私情，不务大体，此次与傅晏交好，也是这般行为，从此位置益高，声名反减，居然变做傅家走狗了。一失足成千古恨！

傅太后既除去师丹，便要排斥孔光，因思孔光当日，曾请立中山王兴为嗣，兴已病死，兴母冯昭仪尚存。从前为了当熊一事，留下惭恨，未曾报复，现已大权在手，不但内除孔丞相，还要外除冯昭仪。也是冯昭仪命数该终，一不加防，被他诬成逆案，致令一位著名贤妃，舍生就死，遗恨千秋。实是可惜！

原来中山王兴，自增封食邑后，得病即亡。王妃冯氏，就是兴舅宜乡侯冯参女儿，生下二女，却无子嗣。兴乃另纳卫姬，得产一男，取名箕子，承袭王封。箕子年幼丧父，并且多病，医家号为肝厥症，不时发作，每发辄手足拘挛，指甲皆青，连嘴唇亦皆变色。冯昭仪只此一孙，当然怜爱，因见他病根不断，医药难痊，没奈何祷祀神祇，希图禳解。当熊侠妇，也要迷信鬼神，总之，不脱妇人性情。哀帝闻箕子有疾，特遣中郎谒者张由，带同医士，前往诊治。既至中山，冯昭仪依礼接待，并不怠慢。由素有疯病，留居数日，见医士调治未愈，不由得惹动愁烦，引起旧恙。喧呶了一两天，竟命从人收拾行装，匆匆回都，入朝复命。哀帝问及箕子痊否，由答言未痊。恼动哀帝怒意，叱令退出。另遣尚书责问，诘他何故速归？由连碰钉子，倒将神志吓清，疯病好了一大半，暗想自己病得糊涂，无端遽返，若没有回话手本，定要

第九十六回　忤重闻师丹遭贬　害故妃史立售奸

坐罪。事到其间，宁我负人，毋人负我，可恶！乃即捏词作答，只说中山王太后冯氏，私下嘱令巫觋，咒诅皇上及傅太后，事关机密，所以匆匆回报。尚书得了口供，慌忙入宫告知。哀帝尚未着急，傅太后已怒不可遏，亟召御史丁玄入内，嘱咐数语，叫他速往中山，尽法究办。丁玄是共皇后丁氏侄儿，与傅氏互相连结，奉命即往。一到中山，就将宫中吏役，以及冯氏子弟，拘系狱中，统共得百余人。由玄逐日提讯，好几天不得头绪，无从复奏。傅太后待了旬日，未见丁玄回音，再遣中谒者史立，与丞相长史大鸿胪丞，同往审讯。史立星夜就道，驰至中山，先与丁玄晤谈。丁玄因不得供词，未免皱着眉头，对立叹息。立却暗暗嘲笑，以为这般美差，可望封侯，乃丁玄如此没用，让我来占功劳，真是富贵逼人，非常侥幸。想到此处，跃跃欲试。当日提齐案卷，升堂鞫讯，一班案中人犯，挨次听审，平白地如何招供，自然一齐呼冤。立不分皂白，专用严刑拷讯，连毙数人，尚无供词。立也觉为难，情急智生，竟令诸人一齐退下，独将男巫刘吾提入，用了种种骗吓手段，教他推到冯昭仪身上，供称咒诅是实。刘吾竟为所赚，依言书供。立得此供词，再将冯昭仪女弟冯习，及寡弟妇君之，提到堂上，硬指她与冯昭仪通谋。冯习不禁怒起，开口骂立，立动了懊恼，喝令左右动刑，笞杖交下。一介弱妇，如何熬受得起，当堂毙命。史立杀有余辜！立见冯习死去，也觉着忙，因习是冯昭仪妹子，比不得寻常吏役，处死无妨，当下命将君之返系狱中；想了多少时候，得着一计，遂去召入医士徐遂成，与他密谈一番，嘱令承认。遂成是经张由带去，未曾回京，此次受了史立嘱托，便出作证人，依嘱诬供道："冯习与君之，曾对我密语云：'武帝有名医修氏，医好帝疾，赏赐不过二千万。今闻主上多病，汝在京想亦入治，就使治愈，也不得封侯，不如药死主上，使中山王代为皇帝，汝定可得侯封了！'"立听他说罢，佯作不信，经遂成指天誓日，决非虚诬。立越觉有词可借，竟唤出冯昭仪，面加责问，冯昭仪怎肯诬服，自然与立对辩。立冷笑道："从前挺身当熊，自甘拼死，勇敢何如？今日何这般胆怯呢！"冯昭仪听了，方才省悟，遂不屑与辩，愤然还宫。顾语左右道："当熊乃前朝事，且是宫中语言，史立如何得晓？这定是内廷有人陷我！我知道了，一死便罢！"语中已指傅太后。当即仰药自尽。

史立已将冯昭仪等咒诅谋逆等情，谎词奏报，有司即请诛冯昭仪。哀帝还觉不忍，只下诏废为庶人，徙居云阳宫，那知冯昭仪已死，史立第二次奏报，又复到来。哀帝以冯昭仪自尽，在未废前，仍命用王太后礼安葬，一面召冯参入诣廷尉。参少通《尚书》，前为黄门郎，宿卫十余年，严肃有威，就是王氏五侯，亦尝见惮；后来以王舅封侯，得奉朝请。此次无辜被陷，不肯受辱，遂仰天叹道："参父子兄弟，皆备大位，身至封侯。今坐被恶名，死何足惜！但恨地下对不住先人哩!"说至此,竟拔剑自刎。弟妇君之,与习夫及子,皆被株连,或自尽,或被戮,共死十七人。参女为中山王兴妃,免为庶人,与冯氏宗族徙归故郡。

颍川人孙宝,方为司隶校尉,目睹案情冤枉,心甚不平,因即奏请复审。傅太后正在快意,偏遇孙宝硬来干涉,当然动恼,便令哀帝不诏,将宝系狱。尚书令唐林,上书力争,也被贬为敦煌鱼泽障侯。汉官名。大司马傅喜,虽是傅太后从弟,却是情理难安,便与光禄大夫龚胜,一同进谏,请将孙宝复职。哀帝乃转白傅太后,傅太后尚不肯照允。嗣经哀帝一再求情,勉强许可,孙宝才得复还原官。张由首发有功,得受封关内侯,史立迁官中太仆。仍然不得封侯,何苦屈死多人?有几个公正人士,背地里俱嘲骂张、史二人,诬陷取荣,忍心害理,二人还得意洋洋,自诩得计。直至哀帝崩后,由孔光追劾二人过恶,夺官充戍,谪居合浦。但冯氏冤狱,未闻申雪,冯昭仪不得追封,毕竟是乱世纷纷,黑白混淆了。

惟傅太后既报宿仇,便想斥逐孔光,且因傅喜不肯为助,反去助人,心中越想越气,即与傅晏商议,谋斥二人。傅晏复邀同朱博,先后进谗,不是说孔光迂僻,便是说傅喜倾邪。建平二年三月间,遂策免大司马傅喜,遣他就国。越月又策免丞相孔光,斥为庶人。朱博曾奏请罢三公官,仍照先朝旧制,改置御史大夫,于是撤消大司空职衔,使博为御史大夫,另拜丁明为大司马卫将军。未几升博为相,用少府赵玄为御史大夫。博与玄方登殿受策,忽殿中传出怪响,声似洪钟,好一歇才得停止。殿中侍臣,左右骇顾,不知从何处发声,就是博与玄亦惊心动魄,诧为异闻。小子有诗叹道:

> 国家柱石待贤臣,小智如何秉国钧。
> 殿上一声传预报,荣身已是兆亡身。

究竟声从何来,且至下回续叙。

史称傅昭仪入宫,善事人,下至宫人左右,饮酒酹地,皆祝延之。不知此正固宠希荣之伎俩,使人堕入术中而不自觉者也。哲妇倾城,本诸古训,傅昭仪固一哲妇耳。哀帝之入嗣大统,全赖傅昭仪之营谋。即位以后,其受制于傅昭仪也,固意中事。善事人者,一变而为善害人。师丹持议甚正,即首黜之;傅喜以行义称为傅氏子弟中之翘楚,而傅昭仪犹不肯相容,何论他人?彼解光之阿旨献谀,劾奏赵氏,原为赵氏姊妹之恶报,犹可言也。冯昭仪何罪?竟以当熊之惭恨,信张由之诬,容史立之诈,卒使贤妃自尽,冯氏凌夷。妇人之心,多半褊刻,宁特赵氏姊妹云尔哉!朱博颇有能名,甘作傅家走狗,无惑乎不得其死也。

第九十七回　莽朱博附势反亡身　　美董贤阖家同邀宠

却说朱博、赵玄，登殿受策，闻得殿上发出怪声，都是提心吊胆，匆匆谢归。哀帝也觉有异，使左右验视钟鼓，并无他人搏击，为何无故发声？乃召回黄门侍郎扬雄，及待诏李寻，寻答说道："这是《洪范传》所谓鼓妖呢！"名称新颖。哀帝问何为鼓妖？寻又说道："人君不聪，为众所惑，空名得进，便致有声无形。臣谓宜罢退丞相，借应天变，若不罢退，期年以后，本人亦难免咎哩。"哀帝默然不答，扬雄亦进言道："寻言并非无稽，愿陛下垂察！即如朱博为人，强毅多谋，宜将不宜相，陛下应因材任使，毋致凶灾！"哀帝始终不答，拂袖退朝。内有祖母主张，小孙何得擅改？

朱博晋封阳乡侯，感念傅氏厚恩，请上傅、丁两后尊号，除去定陶二字。傅太后喜如所望，就令哀帝下诏，尊共皇太后傅氏为帝太太后，古今罕闻。居永信宫。共皇后丁氏为帝太后，居中安宫。并在京师设立共皇庙，所有定陶二字，并皆删去。于是宫中有四太后，各置少府太仆，秩皆中二千石，傅太后既列至尊，寖成骄僭，有时谈及太皇太后，竟直呼为老妪。亏得王政君素来和缓，不与计较，所以尚得相安。赵太后飞燕势孤失援，却去奉承傅太后，买动欢心，往往问候永信宫，不往长信宫。太皇太后虽然懊怅，但因傅氏权力方盛，也只有勉强容忍，听她所为。飞燕不得善终，已兆于此。

博与玄又接连上奏，请复前高昌侯董宏封爵，谓宏首议帝太太后尊号，乃为王莽、师丹所劾，莽、丹不思显扬大义，胆敢贬抑至尊，亏损孝道，不忠孰甚。宜将莽、丹夺爵示惩，仍赐还宏封爵食邑。哀帝当即批答，黜师丹为庶人，令莽出都就国。独谏大夫杨宣上书，略言先帝择贤嗣统，原欲陛下承奉东宫。注见前。今太皇太后春秋七十，屡经忧伤，饬令亲属引退，借避丁、傅，陛下试登高望远，对着先帝陵庙，能勿怀惭否？说得哀帝也为耸动，因复封王商子邑为成都侯。

会哀帝屡患痿疾，久不视朝，待诏黄门夏贺良，挟得齐人甘忠可遗书，妄称能知天文。上言汉历中衰，当更受命，宜急改元易号，方可益年延寿。哀帝竟为所惑，遂于建平二年六月间，改元太初，自号"陈圣刘太平皇帝"。那知祯祥未集，凶祸先来，帝太后丁氏得病，不到旬日，便即逝世。哀帝力疾临丧，忙碌数日，身体愈觉不适，索性奄卧床上，不能起身。幸由御医多方调治，渐渐就痊，遂命左右调查夏贺良履历。仔细钩考，实是一个妖言惑众的匪人。他平生并无技能，单靠甘忠可遗书，作为秘本。甘忠可也是妖民，曾制《天官历》《包平太平经》二书，都是随手掇拾，似通非通。忠可尝自称为天帝垂赐，特使真人赤精子传授。当时曾经光禄大夫刘向，斥他罔上惑民，奏请逮系，卒至下狱瘐死。向当哀帝初年去世，夏贺良乘隙出头，就将甘忠可邪说，奉为师傅，入都干进。可巧长安令郭昌，与他同学，遂替他转托司隶解光、待诏李寻，代为举荐。解光、李寻便将贺良登诸荐牍，奉旨令贺良待诏黄门。此次切实调查，报知哀帝，哀帝已知他学说不经，那贺良还不管死活，复奏言丞相御史，未知天道，不足胜任，宜改用解光、李寻辅政。自己寻死，尚嫌不足，还要添入两人。哀帝越加动怒，诏罢改元易号二事，立命捕系。贺良问成死罪，并将解光、李寻谪徙敦煌郡。解光阿附傅氏，应该至此，李寻未免遭累。

　　傅太后既减削王、赵二外家，独揽国权，自然快慰。只有从弟傅喜，始终不肯阿顺，实属可恨，应该将他夺去爵邑，方好出气。当下嘱令孔乡侯傅晏，商诸丞相朱博，要他追劾傅喜，夺去侯封。博欣然领命，待晏去后，即邀御史大夫赵玄到来，请他联名劾喜。赵玄迟疑道："事成既往，似乎不宜再提。"博变色道："我已应许孔乡侯了。匹夫相约，尚不可忘，何况至尊。君怕死，博却不怕死！"原是叫你去死。玄见他色厉词刚，倒也胆怯，只好唯命是从。傅又想出一法，恐单劾傅喜，反启哀帝疑心，索性将氾乡侯何武，亦牵入案中。当下缮成奏疏，内称何武、傅喜，前居高位，无益治道，不当使有爵土，请即免为庶人等语。这奏疏呈将进去，总道与师丹、王莽相同，立见批准，不料复诏未下，却由尚书令奉着密旨，召入赵玄，彻底盘问。玄始尚含糊，及尚书说明上意，已知是傅晏唆使，教玄自己委责，老实说明。玄性尚忠厚，不能狡赖，遂将晏嘱使朱博，傅强迫联名，备述一遍。当由尚书复报哀帝，哀帝立即下诏，减玄死罪三等，削晏封邑四分之一，使谒者持节召博入掖庭狱。博才知大错铸成，无法求免，不如图个自尽。当即对着谒者，取出鸩酒，一喝即尽，须臾毕命。鼓妖预兆，至是果验了！冰山未倒，先已杀身。

　　谒者见博已自刎，回宫销差。哀帝特进光禄勋平当为御史大夫，未几即升任丞相。当字子思，籍隶平陵，以明经进阶，官至骑都尉。哀帝因他经明禹贡，使领河堤。当尝奏称按经治水，只宜疏浚，不宜壅塞，须博求浚川疏河的名士，共同监役，方可奏功，哀帝却也依议。当有待诏贾让，具陈上中下三策。上策是顺河故道，中策是凿河支流，下策是随河筑防，时人叹为名言。贾让三策，随笔插入，是不没名论。平当专主中策，择要疏浚，河患少纾。至拜为丞相，正当建平二年的冬季，汉制冬月不封侯，故只赐爵关内侯。越年当即患病，哀帝召当入朝，意欲加封，当称病不起。家人请当强起受印，为子孙计，当喟然道:"我得居大位,常患素餐。若起受侯印,还卧而死,死有余罪。汝等劝我为子孙计,那知我不受侯封,正是为子孙计哩!"言之有理。说罢,遂命长子晏缮奏,乞请骸骨。哀帝尚优诏慰留,敕赐牛酒,谕令调养。当终不得愈,春暮告终,乃擢御史大夫王嘉为丞相。

嘉字公仲,与平当同乡,也以明经射策,得列甲科,入为郎官。累次超擢,竟登相位,封新甫侯。才阅数月,又出了一场重案,几与中山情迹相同,也有些含冤莫白,枉死多人。王嘉为相未久,不便强谏,只得袖手旁观,付诸一叹罢了!先是东平王宇,宣帝子。受封历三十三年,幸得考终,子云嗣为东平王。建平三年,无盐县中出二怪事。一是危山上面,土忽自起,复压草上,平坦如驰道状。一是瓠山中间,有大石转侧起立,高九尺六寸,比原址移开一丈,阔约四尺。远近传为异闻,哗动一时。无盐属东平管辖,东平王刘云,得知此事,总疑是有神凭依,即备了祭具,挈了王后谒等,同至瓠山,向石祀祷。自去寻祸。祭毕回宫,复在宫中筑一土山,也仿瓠山形状,上立石像,束以黄草,视作神主,随时祈祷。想是祈死。这消息传入都中,竟有两个揣摩求合的妄人,想乘此升官发财,步那张由、史立的后尘。一个叫做息夫躬,系河阳人。一个叫做孙宠,系长安人。躬与孔乡侯傅晏,籍贯相同,素来认识,又曾读过《春秋》大义,粗通文墨,遂入都夤缘,得为待诏。宠做过汝南太守,坐事免官,流寓都门,也曾上书言事,与息夫躬同为待诏朋友。待诏二字,并非实官,不过叫他留住都中,听候录用。两人都眼巴巴的望得一官,好多日不见铨选,怀金将尽,抑郁无聊。自从得着东平王祭石消息,躬便以为机会到来,密对宠笑语道:"我等好从此封侯了!"异想天开。宠亦嗤然道:"汝敢是痴心病狂么?"躬作色道:"我何曾病狂?老实相告,却有一个绝好机会。"宠尚未肯信,经躬邀至僻处,耳语了好多时,宠始心下佩服,情愿与躬同谋。躬遂悄悄的撰成奏疏,托中郎右师谭,转交中常侍宋弘,代为呈入。大略说是:

无盐有大石自立,闻邪臣附会往事,以为泰山石立,孝宣皇帝遂得宠兴。事见前文。东平王云,因此生心,与其后日夜祠祭,咒诅九重,欲求非望。而后舅伍弘,咒以医术幸进,出入禁门。臣恐霍显之谋,将行于杯杓;荆轲之变,必起于帷幄,祸且不堪设想矣!事关危急,不敢不昧死上闻。

看官试想,这荆轲、霍显两语,何等利害!就使是个聪明令主,也要被他耸动,何况哀帝庸弱,又是连年多病,能不惊心?当下饬令有司,驰往严办,结果是势驱刑迫,屈打成招,只说东平后谒,阴使巫傅恭婢合欢等,祠祭诅祝,替云求为天子。云又与术士高尚,占验天象。料知上疾难瘳,云当得天下。所以大石起立，与孝宣皇帝时相同。这种案词复奏上来，东平王夫妇，还有何幸？哀帝诏废云为庶人，徙居房陵。云后谒与后舅伍弘，一并处死。廷尉梁相，急忙谏阻，谓案情未见确实，应委公卿复讯。尚书令鞫谭，仆射宗伯凤，都与梁相同意，奏请照准。那知哀帝非但不从，反说三人意存观望，不知嫉恶讨贼，罪与相等，应该削职为民。三人坐免，还有何人再敢力争？东平王云，愤急自尽。谒与伍弘，徒落得身首两分，冤沉地下。那息夫躬得为光禄大夫，孙宠得为南阳太守。就是宋弘、右师谭，亦得升官。杀人市宠，可恨可叹！居心叵测，一至于此。

哀帝还想借着此案，封一幸臣。看官欲问他姓名，乃是云阳人董贤。父名恭，曾任官御史。贤得为太子舍人，年纪还不过十五六岁。宫中侍臣，都说他年少无知，不令任事，所以哀帝但识姓名，未尝相见。至哀帝即位，贤随入为郎，又厮混了一两年。会值贤传报漏刻，立在殿下，哀帝从殿中看见，还道是个美貌宫人，扮做男儿模样。当即召入殿中，问明姓氏，不禁省悟道："你就是舍人董贤么？"口中如此问说，心中却想入非非。私讶男子中有此姿色，真是绝无仅有，就是六宫粉黛，也应相形见秽，叹为勿如。于是面授黄门郎，嘱令入侍左右。贤虽是男儿，却生成一种女性，柔声下气，搔首弄姿，引得哀帝欲火中烧，居然引同寝处，相狎相亲。贤父恭已出为云中侯，由哀帝向贤问知，即召为霸陵令，擢光禄大夫。贤一月三迁，竟升任驸马都尉侍中，出常骖乘，入常共榻。一日与哀帝昼寝，哀帝已经醒寤，意欲起来，见贤还是睡着，不忍惊动。无如衣袖被贤体压住，无从取出，自思衣价有限，好梦难寻，竟从床头拔出佩刀，将袖割断，悄然起去。后人称嬖宠男色，叫做"断袖癖"，就是引用哀帝故事。想见当时恩爱远过后妃。及贤睡觉，见身下压着断袖，越感哀帝厚恩。嗣是卖弄殷勤，不离帝侧，就是例当休沐，也不肯回家，托词哀帝多病，须在旁煎药承差，小心伺候。南风烈烈，难道是无妨龙体？哀帝闻他已有妻室，嘱使回去欢聚，说到三番四次，贤终不愿应命。哀帝过意不去，特开创例，叫贤妻名隶宫籍，许令入宿直庐。又查得贤有一妹，尚未许字，因令贤送妹入宫，夤夜召见。凝眸注视，面貌与乃兄相似，桃腮带赤，杏眼留青，益觉得娇态动人，便即留她侍寝，一夜春风，绾住柔情，越宿即拜为昭仪，位次皇后。皇后宫殿，向称椒房，贤妹所居，特赐号椒风，示与皇后名号相联。就是贤妻得蒙特许，出入宫禁，当然与哀帝相见。青年妇女，总有几分姿色，又况哀帝平日，赏赐董贤，无非是金银珠宝，贤自然归遗细君。一经装饰，格外鲜妍。哀帝也不禁心动，令与贤同侍左右。贤不惜己身，何惜妻室，但教博得皇帝宠幸，管甚么妻房名节，因此与妻、妹二人，轮流值宿。俗语叫做和窠爵。

第九十七回　莽朱博附势反亡身　美董贤阖家同邀宠

哀帝随时赏给，不可胜算，复擢贤父为少府，赐爵关内侯。甚至贤妻父亦为将作大臣，贤妻弟且为执金吾。并替贤筑造大第，就在北阙下择地经营，重殿洞门，周垣复道，制度与宫室相同。又豫赐东园秘器，朱襦玉柙，命就自己万年陵旁，另茔一冢，使贤得生死陪伴，视若后妃。二十岁左右就替他起冢，显是预兆不祥。惟贤尚未得封侯，一时无功可言，不便骤赐侯爵。迁延了一两年，正值东平巨案，冤死多人，告发诸徒，平地受封。侍中傅嘉，仰承风旨，请哀帝将董贤姓名，加入告发案内，便好封他为侯。哀帝正合私衷，遂把宋弘除出，只说贤亦尝告逆，应与息夫躬、孙宠同膺懋赏，并封关内侯。一面恐傅太后出来诘责，特将傅太后最幼从弟傅商，授封汝昌侯。不意尚书仆射郑崇，却入朝进谏道："从前成帝并封五侯，黄雾漫天，日中有黑气。今傅商无功封侯，坏乱祖制，逆天违人，臣愿拚身命，担当国咎！"说着，竟将诏书案提起，诏书案系承受诏书，形如短几，足长三寸。不使哀帝下诏，扬长而去。忠直有余，智略不足。

崇系平陵人，由前大司马傅喜荐入，抗直敢言。每次进见，必著革履，橐橐有声，哀帝不待见面，一闻履声作响，便笑语左右道："郑尚书履声复至，想是又来陈言了！"道言甫毕，果见崇到座前，振振有词，哀帝却也十依七八。就是此次谏阻封侯，哀帝也想作罢，偏被傅太后闻悉，怒向哀帝道："天下有身为天子，反受一小臣专制么！"哀帝经此一激，决意封商为侯。傅太后母，曾改嫁为魏郡郑翁妻，见九十五回。生子名恽，恽又生子名业，至是亦封为信阳侯，追尊业父恽为信阳节侯。郑崇虽不能谏止封商，但素性戆直，不肯就此箝口，因见董贤宠荣过盛，复入内谏诤。哀帝最爱董贤，怎肯听信？当然要将他驳斥。尚书令赵昌，专务谄媚，与崇积不相容，遂乘间谮崇，诬崇交通宗族，恐有奸谋。哀帝乃召崇责问道："君门如市人，奈何欲禁遏主上？"崇慨然道："臣门如市，臣心如水，愿听查究！"哀帝恨崇答言不逊，命崇系狱逮治。狱吏又壹意迎合，严刑拷迫，打得崇皮开肉烂，崇却抵死不肯诬供。司隶孙宝，知崇为赵昌所诬，上书保救，略言崇搒掠将死，终无一辞，道路都替崇呼冤。臣恐崇与赵昌，素有嫌疑，因遭诬陷，愿将昌一并查办，借释众疑。哀帝竟批斥道："司隶宝附下罔上，为国蠹贼，应免为庶人！"宝被谪归田，崇竟病死狱中。

哀帝复欲加封董贤，先上傅太后尊号，称为皇太太后，买动祖母欢心。再令孔乡侯傅晏，赍着封贤诏书，往示丞相、御史。丞相王嘉，为了东平冤狱，尚觉不平，此时见诏书上面，又提及董贤告逆有功，不由的触起前恨，因与御史大夫贾延，并上封事，极力阻止。哀帝不得已延宕数月。后来待无可待，毅然下诏道：

昔楚有子玉得臣，晋公为之侧席而坐。近如汲黯，折淮南之谋，功在国家。今东平王云等，至有弑逆之谋，公卿股肱，莫能悉心聪察，销乱未萌。幸赖宗庙神灵,由侍中董贤等发觉以闻,咸伏厥辜。《书》不云乎?"用德彰厥善",其封贤为高安侯,孙宠为方阳侯,息夫躬为宜陵侯。

息夫躬性本狡险,骤得宠荣,便屡次进见哀帝,历诋公卿大夫。朝臣都畏他势焰,相率侧目。谏大夫鲍宣,慷慨进谏,胪陈百姓七亡七死,不应私养外亲,及幸臣董贤,就是孙宠、息夫躬等,并属奸邪,亟宜罢黜;召用故大司马傅喜,故大司空何武、师丹,故丞相孔光,故左将军彭宣,共辅国政,方可与建教化,图安危,语意很是剀切。哀帝因宣为名儒,总算格外优容,但把原书置诸高阁,不去理睬罢了。小子有诗叹道:

> 薰莸臭味本差池,黜正崇邪两不宜。
> 主惑如斯民怨起,汉家火德已全衰。

欲知鲍宣生平履历,俟至下回再详。

朱博计救陈咸,颇有侠气。乃其后晚节不终,甘附丁、傅,曲媚孔乡,劾傅喜,弹何武,意欲缘此固宠。不意反动哀帝之疑,坐陷诬罔之罪,仰药而死。富贵之误人大矣哉!东平冤狱,不减中山,息夫躬、孙宠,犹之张由、史立耳。哀帝不察,谬加封赏,且举董贤而羼入之,昏愚至此,可慨孰甚?然观《汉书·佞幸传》,高祖时有籍孺,惠帝时有闳孺,文帝时有邓通,武帝时有韩嫣,成帝时有张放,娈童弄儿,几已成为家法。董贤则以色见幸,且举妻、妹而并进之,无惑乎其得君益甚,受宠益隆也!特原其祸始,实自祖宗贻之。其父杀人,其子必且行劫,吾于哀帝亦云。

第九十八回　良相遭囚呕血致毙　　幸臣失势与妇并戕

却说谏大夫鲍宣,表字子都,系是渤海人氏。好学明经,家本清苦。少年尝受业桓氏,师弟相亲,情同父子。师家有女桓少君,配宣为妻。结婚时装束甚华,宣反愀然不悦,面语少君道:"少君家富,华衣美饰;我实贫贱,不敢当礼!"少君答道:"家大人平日重君,无非为君修德守约,故使妾来侍巾栉。妾既奉承君子,敢不唯命是从!"少君乃卸去盛装,送还母家,改著布衣短裙,与宣共挽鹿车,同归故里。宣家只有老母,由少君拜谒如仪,当即提瓮出汲,修行妇道,乡党共称为贤妇。<small>特叙桓少君事,好作女箴。</small>

既而宣得举孝廉,入为郎官,大司马王商闻宣高行,荐为议郎,大司空何

第九十八回 良相遭囚呕血致毙 幸臣失势与妇并戮

武复荐宣为谏大夫。宣不屑苟徇,所以上书切谏。哀帝置诸不理,宣亦无可如何。忽由息夫躬上言,近年灾异迭见,恐有非常变祸,应遣大将军巡边,斩一郡守,立威应变。毫无道理。哀帝即召问丞相王嘉,嘉当然奏阻,哀帝只信息夫躬,不从嘉言。建平四年冬季,定议改元,遂于次年元日,改称元寿元年,下诏进傅晏为大司马卫将军,丁明为大司马骠骑将军。两大将军同日简选,意欲遣一人出巡,依着息夫躬所言。那知是日下午,日食几尽,哀帝不得不诏求直言。丞相王嘉又将董贤劾奏一本,哀帝心中不怿。丹阳人杜邺,以方正应举,应诏对策,谓日食失明,是阳为阴掩的灾象。今诸外家并侍帷幄,手握重权,复并置大司马,册拜时即逢日食,天象告儆,不可不防!哀帝待遇丁、傅,不过为外家起见,特示尊崇,若论到真心宠爱,不及董贤,所以董贤被劾,全然不睬。至若丁、傅两家,遇人讥议,倒还有些起疑。接连是皇太太后傅氏,生起病来,不到旬日,呜呼哀哉!老姬的洪福也享尽了。先是关东人民,无故惊走,或持稻秆,或执麻秆,辗转付与,说是行西王母筹。有几个披发跣足,拆关逾墙,有几个乘车跨马,急足疾驰,甚至越过郡国二十六处,直抵京师。官吏禁不胜禁,只好由他瞎闹,愚民又多聚会歌舞,祀西王母。当时都下人士,借端谀颂,比太皇太后王氏为西王母,谓当寿考无疆。谁知却应在皇太太后傅氏身上,命尽归西。

傅氏既殁,哀帝又不禁记忆孔光,特派公车征召。俟光入朝,即问他日食原因,光奏对大意,也说是阴盛阳衰。哀帝方才相信,赐光束帛,拜为光禄大夫。董贤也乘时进言,将日食变象,归咎傅氏。巧为卸过。于是哀帝下诏,收回傅晏印绶,罢官归第。丞相王嘉,御史贾延,又上言息夫躬、孙宠罪恶。躬、宠已失奥援,无人代为保救,便即奉诏免官,限令即日就国。躬只好带同老母妻子,仓皇就道,既至宜陵,尚无第宅,不得已寄居邱亭。就地匪徒,见他行装累累,暗暗垂涎,夜间常去探伺,吓得躬胆战心惊。适有河内掾吏贾惠过境,与躬同乡,入亭问候。见躬形色慌张,询知情由,便教他折取东南桑枝,上画北斗七星,每夜披发北向,执枝诵咒,可以弭盗,又将咒语相告。躬信以为真,谢别贾惠,即依惠言办理,夜夜咒诅,好似疯人一般。偏有人上书告发,指为诅咒朝廷。当由哀帝派吏捕躬,系入洛阳诏狱。问官提躬审讯,但见躬仰天大呼,响声未绝,立即倒地。吏役忙去验视,耳鼻口中,统皆出血,咽喉已经中断,不能再活了。问官见躬扼喉自尽,越道他咒诅属实,不敢剖辩,因此再讯躬母,躬母名圣,白发皤皤,被问官威吓起来,身子抖个不住。问官愈觉动疑,迫令招供,只说是母子同谋,罪坐大逆不道,判处死刑。躬妻子充戍合浦。至哀帝崩后,孙宠及右师谭,也为有司所劾,追发东平冤狱,夺爵充戍,并死合浦郡中。这叫做天道好还,无恶不报哩!当头棒喝。

谏大夫鲍宣，又请起用何武、师丹、彭宣、傅喜，并遣董贤就国。哀帝遣宣为司隶校尉，征召何武、彭宣。独对着这位亲亲昵昵的董圣卿，贤字圣卿。非但不肯遣去，还要加封食邑二千户，伪托皇太太后遗命，颁发出来。丞相王嘉，封还诏书，力斥董贤谄佞，不宜亲近，结末有"陛下继嗣未立，应思自求多福，奈何轻身肆志，不念高祖勤苦"等语。这数句针砭入骨，大忤哀帝意旨。哀帝乃欲求嘉过失，记起中山案内，梁相鞫谭宗伯凤三人，一体坐免。独嘉复为保荐，迹近欺君。遂召嘉至尚书处责问，嘉只得免冠谢罪。不意光禄大夫孔光，觊觎相位，想把王嘉摔去。竟邀同左将军公孙禄，右将军王安，光禄勋马宫等，联名劾嘉，斥为罔上不道，请与廷尉杂治。独光禄大夫龚胜，以为嘉备位宰相，诸事并废，应该坐咎，若但为保荐梁相诸人，就坐他罔上不道的罪名，不足以示天下。哀帝竟从孔光等奏议，召嘉诣廷尉诏狱。当时相府掾属，劝嘉不如自裁，代为和药，进奉嘉前。嘉不肯吞服，有主簿泣语道："将相不应对狱官陈冤，旧例如此，望君侯即自引决！"嘉摇首不答。内使危坐门首，促嘉赴狱。主簿又向嘉进药，嘉取杯掷地道："丞相得备位三公，奉职负国，当服刑都市，垂为众戒！奈何作儿女子态，服药寻死呢？"说着，即出拜受诏，乘坐小车，径诣廷尉，缴出丞相新甫侯印绶，束手就缚。内使将印绶持报哀帝，哀帝总道王嘉闻命，定即自尽，及闻他径诣诏狱，越加气愤。立命将军以下至二千石，会同穷究。嘉不堪侵辱，仰天叹道："我幸得备位宰相，不能进贤退不肖，以是负国，死有余辜了！"大众问及贤不肖主名，嘉答说道："孔光、何武是贤人，董贤父子是不肖！我不能进孔光、何武，退董贤父子，罪原该死，死亦无恨哩！"将军以下，听嘉如此说法，倒也不能定谳。嘉系狱至二十余日，呕血数升，竟致绝命。看官试想王嘉致死，一半是孔光逼成，嘉却反称光贤，真正可怪。究竟光是何等样人？看到后文，才知他是个无耻小人了！一语断煞。

哀帝闻得王嘉遗言，遂拜孔光为丞相，起何武为前将军，彭宣为御史大夫。宣字子武，淮阳人氏，经明行修，由前丞相张禹荐为博士，累任郡守，入为大司农光禄勋右将军。哀帝本调他为左将军，嗣欲位置丁、傅子弟，乃将宣策免，赐爵关内侯，遣令归里。至是复蒙召入，哀帝转罢去御史大夫贾延，使宣继任。

会丞相孔光出视园陵，从吏向驰道中乱跑，有违法度，适为司隶鲍宣所见，喝令左右从事，拘住相府从吏，并把车马充公。光不甘受辱，虽未尝上书劾宣，但与同僚谈及，怨宣不情。当有人趋奉丞相，报知哀帝。哀帝正信任孔光，饬令御史中丞查办。御史使人捕宣从事，却受了一杯闭门羹。当下奏闻哀帝，劾宣闭门拒命，无人臣礼，大不敬不道。哀帝也不问曲直，立命系宣下狱。博士弟子王咸等，都称宣奉法从公，有何大罪？当即就太学中竖起长幡，号召大众道："如欲救鲍司隶，请集此幡下！"诸生听了此语，争先趋集，霎时间多至千余人。乘着孔光入朝，拦住车前，要他救免鲍宣。光见人多势众，不便驳斥，只好佯从众意，托言入朝奏请，定使鲍司隶无恙，众乃避开两旁，使光进去。光既入朝堂，怎肯为宣解免？奸猾可知。诸生复守阙上书，为宣讼冤。哀帝只许贷宣死罪，罚受髡钳，放至上党。宣见上党地宜农牧，又少盗贼，就将家属徙至上党，一同居住。那孔光既得报复私怨，自然快意，从此感激皇恩，但能博得哀帝欢心，无不如命。

哀帝复欲荣宠董贤，使居大位，巧值大司马丁明，怜惜王嘉，为帝所闻，因即将明免官，拟令董贤代任。贤故意推辞，哀帝乃进光禄大夫薛赏为大司马，赏受职才越数日，忽然暴亡，情迹可疑！于是决计令贤为大司马。策文有云：

> 朕承天序，唯稽古，建尔于公，以为汉辅。往悉尔心，统辟王也。元戎折冲绥远，匡正庶事，允执其中。天下之众，受制于朕，以将为命，以兵为威，可不慎与！

是时董贤年只二十有二，竟得超列三公，掌握兵权，真是汉朝开国以来，得未曾有。想是能摆龙阳君阵，故得超授。贤父恭迁光禄大夫，秩中二千石，贤弟宽信代为驸马都尉，此次董氏亲属，并得联翩入都，受职邀荣。从前丁、傅二外家，虽然贵显，尚没有董氏的迅速，这真可谓隆恩优渥了！从前孔光为御史大夫，贤父恭尝为光属吏，及贤为大司马，与光并列三公。哀帝却故意使贤访光，看光如何待贤？光却整肃衣冠，出门恭迎。见贤车已到门前，引身倒退。俟贤既至中门，复避入门侧，直待贤下车后，方延入厅中，低头便拜。拜毕起身，请贤上坐，自在下座陪着，好似卑职迎见长官，不敢乱礼。卑鄙至此，令人齿冷。及贤起座告辞，又恭恭敬敬的送出门外，请贤登车去讫，然后回入府中。贤很是高兴，还报哀帝。哀帝大喜，拜光两兄子为谏大夫常侍，光子放已经就职侍郎，故不另授。在光还道是喜出望外，那知人格已丧，这区区浮云富贵，有甚么稀罕呢？

时外戚王氏失势，只有平阿侯王谭子去疾，尚为侍中，去疾弟闳为中常侍。闳妻父中郎将萧咸，系故将军萧望之子。贤父恭，素慕咸名，欲娶咸女为次媳，特托王闳为媒，前去说合。闳不便推辞，只好转白萧咸，咸慌忙摇手，口中连说不敢当，一面屏去左右，密语闳道："董贤为大司马，册文中有'允执其中'一语，这是尧传舜的禅位文，并非三公故事，朝中故老，莫不惊奇！我女怎能与董公兄弟相配？烦汝善为我辞便了！"闳听罢即行，暗记前日策文，果有此语，难道汉室江山，真要让与董贤，越想越奇，又好笑，又好气，当下仍至董恭处复报，替萧家满口谦逊，只言寒门陋质，不敢高攀。恭尚以为故作谦辞，再向闳申说一番，闳已咬定前言，有坚却意。恭不禁作色，自言自叹道："我家何负天下？乃为人所畏如是！"试问汝家何益天下？闳见恭含着怒意，起身辞去。过了数日，哀帝置酒麒麟殿，召集董贤父子亲属，及一班皇亲国戚，共同宴叙。闳亦在旁侍饮，酒至半酣，哀帝笑视董贤道："我欲法尧禅舜，可好么？"贤陡闻此言，喜欢的了不得，但一时如何答说，也不禁暗暗沉吟。忽有一人进言道："天下乃高皇帝天下，非陛下所得私有。陛下上承宗庙，应该传授子孙，世世相继，天子岂可出戏言！"哀帝听说，举目一瞧，便是中常侍王闳，当下默然不悦，竟遣闳出归郎署，不使侍宴。左右都为闳生愁，恐闳因此得罪。太皇太后王氏，闻知此事，代闳谢过，哀帝乃复召闳入侍。闳却不肯中止，复上书极谏道：

  臣闻王者立三公，法三光，居之者当得贤人。《易》曰："鼎折足，复公餗。"喻三公非其人也。昔孝文皇帝幸邓通，不过中大夫；武皇帝幸韩嫣，赏赐而已，皆不在大位。今大司马卫将军董贤，无功于汉朝，又无肺腑之连，复无名迹高行以矫世，升擢数年，列备鼎足，典卫禁兵，无功封爵，父子兄弟，横蒙拔擢，赏赐空竭帑藏，万民喧哗不绝，诚不当天心也。昔褒神黾变化为人，实生褒姒，乱周国，故臣恐陛下有过失之讥，贤有小人不知进退之祸，非所以垂法后世也。

哀帝览书，也觉不欢，但因闳为太皇太后从子，不得不格外含容。前时法尧禅舜一语，未免失言，因此不置可否，模糊过去。会匈奴单于囊知牙斯，及乌孙大昆弥伊秩靡入朝。囊知牙斯乃是复株累若鞮单于少弟，复株累若鞮早死，传弟且糜胥，且糜胥又传弟且莫车，且莫车再传弟囊知牙斯，号为乌珠留若鞮单于。国势寖衰，因此历代事汉，来朝哀帝。参见已毕，由哀帝传旨赐宴，廷臣统在旁侍饮。乌孙大昆弥，当然在座，专顾饮酒，不暇张望。独囊知牙斯年少好奇，左右顾盼，蓦见廷臣中有一青年，唇红齿白，秀丽过人，坐位却在上面，居然首冠百僚。心中不禁诧异，遂向译员指问道："这位大员姓甚名谁？"译员尚未及答，已为哀帝所见。询及原因，便命译员答说道："这就是大司马董贤，年方逾冠，才德兼全，却是我朝的大贤。"董贤既是大贤，哀帝何不特赐双名！囊知牙斯晓得甚么董贤品行，一闻此语，便出席起贺，拜称汉得贤臣，哀帝很是心欢。待至宴罢，赏赐囊知牙斯，比乌孙王还要加厚，两番主谢恩回国。

  董贤已任大司马，比不得前此在宫，朝夕留侍，所以公事一了，回家休息。不防到了门首，一声怪响，门竟坍倒。贤吓了一跳，自思门第新筑，结构甚坚，且是妻父将作大匠监工，何至遽朽？再令左右检验土木，原是牢固得很，不知何故倒坏？心甚不安。次日有诏颁出，乃是修复三公职衔，贤为大司马如故。改称丞相为大司徒，即令孔光任职。迁御史大夫彭宣为大司空，封长平侯。这诏与贤毫不关碍，贤当然无虞。又过了一二旬，仍无变动情事，贤把那大门

第九十八回　良相遭囚呕血致毙　幸臣失势与妇并戮

倒坏的怪事，也淡淡忘却了。谁知内报传来，哀帝寝疾不起，急得贤神色慌张，立刻入宫省视，只见哀帝卧在床上，委顿异常，一时也不好细问，只得约略请安。哀帝不愿多言，含糊答了数语，惟口中呻吟不绝。贤也觉不佳，但思哀帝年未及壮，当不致一病即崩，自己宽慰自己，就在宫中留侍数日。偏偏哀帝病势日重，即于元寿二年六月中，奄然归天，年止二十有六，在位只有六年。

傅皇后及董昭仪等，入哭寝宫，贤感哀帝厚恩，也在寝门外号恸不休。蓦由太皇太后王氏到来，抚尸举哀，哀止即收取御玺，藏在袖中。一面召贤入问，丧事该若何调度。贤从未办过大丧，且因哀帝告崩，如寡妇失去情夫，三魂中失去二魂，竟至对答不出。好一位大司马。太皇太后方说道："新都侯莽，曾奉先帝大丧，熟习故事，我当令他进来助汝。"贤忙免冠叩首道："如此幸甚！"太皇太后立即遣使，召入王莽。莽倍道入都，进谒太皇太后，首言董贤无功无德，不合尸位，太皇太后点首称是。莽遂托太皇太后意旨，命尚书劾贤不亲医药，当即禁贤出入宫殿。贤闻知此信，慌忙徒跣诣阙，免冠谢罪。莽竟传太皇太后命令，就阙下收贤印绶，罢归就第。贤怅怅回家，自思莽如此辣手，定是来报前嫌，将来自己性命，总要被他取去，不如图个自尽，免得受诛。乃即与妻说明意见，妻亦知无可挽回，情愿同死，两人对哭一场，先后自杀。冥途中若遇哀帝灵魂，仍好前后承欢，怪不得哀帝称为大贤呢！

家人还道有大祸临门，不敢报丧，遽将董贤夫妇棺殓，黉夜埋葬。事为王莽所闻，疑他诈死，复嘱有司奏请验尸，自行批准。令将贤棺抬至狱中，开棺相验，果系不差。但因他棺用朱漆，殓用珠璧，又说他僭行王制，把贤尸拖出棺外，剥去衣饰，用草包裹，乱埋狱中。再劾贤父恭骄恣不法，贤弟宽、信淫佚无能，一并夺职，徙往合浦。家产发官估卖，约值钱四千三万万缗。贤平时厚待属吏朱诩，诩买棺及衣，至狱中收得贤尸，再为改葬，因即上书自劾，莽大为不悦，另寻诩罪，将他击死。大司徒孔光，专知贡谀献媚，当即邀同百官，推莽为大司马。前将军何武，后将军公孙禄，谓不宜委政外戚，自相荐举。太皇太后决意用莽，竟拜莽为大司马，领尚书事。莽自是手握大权，逐渐放出手段来了。小子有诗叹道：

　　　　幸臣死去大奸来，汉室江山已半灰。
　　　　毕竟妇人无远识，引狼入室自招灾！

欲知王莽如何举动，待至下回表明。

王嘉入相三年，守正不阿，不可谓非良相，惜乎不得其人，所遇非主耳！且其称美孔光，亦无知人之明。孔光阴险，恶过董贤父子，嘉知董贤父子之不肖，而不知孔光之为大奸，身被构陷，反以为贤，其致死也亦宜哉！司隶鲍宣，亦为孔光所排挤，仅得不死，而对于嬖幸之董贤，至不屑下拜，卑污若此，尚得谓之贤乎！董贤原有可杀之罪，但不当死于王莽之手，即其所劾罪案，亦不足以服人。孔光专媚于前，王莽专横于后，大奸之后，继以大憝，汉亦安能不亡？彼董贤之伏法，吾犹当为之称冤云。

第九十九回　献白雉罔上居功　惊赤血杀儿构狱

却说王莽既得专政，遂与太皇太后商议，迎立中山王箕子为嗣。箕子为哀帝从弟，就是刘兴嗣儿。兴母冯婕妤死后，箕子幸未连坐，仍袭王封。当下派车骑将军王舜，持节往迎。舜系王音子，为莽从弟，太皇太后素来爱舜，故特使迎主立功。舜奉命去讫，宫中无主，太皇太后又老，一切政令，全由莽独断独行。莽即将皇太后赵氏，贬为孝成皇后，皇后傅氏，逼令徙居桂宫。赵太后的罪状，是与女弟赵昭仪，专宠横行，残灭继嗣。傅后的罪状，是纵令乃父傅晏骄恣不道，未尝谏阻。罪案宣布以后，没一人敢与反对。莽索性追贬傅太后为定陶共王母，丁太后为丁姬，所有丁、傅两家的子弟，一律免官归里。傅晏负罪尤甚，令与妻子同徙合浦，独褒扬前大司马傅喜，召入都中，位居特进，使奉朝请。嗣复再废傅太后、赵皇后为庶人，二后皆愤恚自杀。论起四后优劣，赵太后生前淫恶，该有此报，傅太后专擅过甚，也应有此，丁姬因哀帝入嗣，不过母以子贵，未闻干政，傅后更无过失，就是傅晏擅权，也由哀帝主见，并非傅后从中请求。王莽怎得不分皂白，一概贬黜？况莽系汉朝臣子，怎得擅贬母后，无论丁、姬、傅后，不应被贬，即如赵飞燕的淫恶，傅昭仪的专擅，罪有攸归，也岂莽所得妄议！义正词严。太皇太后王氏，平时受着傅、赵二后的恶气，还道莽为己泄忿，暗地生欢。那知莽已目无尊亲，何事不可做得？履霜坚冰，由来者渐，奈何尚沾沾自喜呢！庸妪晓得甚么？

莽既连贬四后，恣所欲为，惟见孔光历相三朝，为太皇太后所敬重，不得不阳示尊崇。实是喜他阿谀。特引光女婿甄邯为侍中，兼奉车都尉。凡朝右百僚，但为莽所不合，莽即罗织成罪，使甄邯赍着草案，往示孔光。光不敢不依旨举劾，莽便持光奏章，转白太皇太后，无不邀允。于是何武、公孙禄，坐实互相标榜的罪名，一并免官，令武就国。董宏子武，嗣爵高昌侯，坐父谄佞，褫夺侯爵。关内侯张由，史太仆史立等，坐中山冯太后冤案，削职为民，充戍合浦。红阳侯王立，为莽诸父，成帝时遣令就国，哀帝时已召还京师，莽不免畏忌，又令孔光奏立前愆，请仍遣立就国。太皇太后亲弟，只立一人，不愿准奏。又经

第九十九回　献白雉罔上居功　惊赤血杀儿构狱

莽从旁撺掇,谓不宜专顾私亲,太皇太后无可奈何,只好命立回国。莽遂引用王舜、王邑王商子。为腹心,甄邯、甄丰主弹击,平晏平当子。领机事,刘歆刘向子。典文章,孙建为爪牙。布置周密,一呼百诺,平时欲有所为,但教微露词色,党羽即希承意旨,列入奏章。太皇太后有所褒奖,莽假意推让,叩首泣辞。其实是上欺姑母,下欺吏民,口是心非,自便图私罢了。

大司空彭宣,见莽挟权自恣,不愿在朝,遂上书乞休。莽恨他无端求退,入白太后,策免宣官,令就长平封邑。宣居长平四年,寿考终身。就是傅喜奉诏入都,也觉得孤立可危,情愿还国,莽亦许他归去,亦得寿终。莽因进左将军王崇为大司空,崇为王吉孙,与王太后母弟王崇同名异人。封扶平侯。

既而中山王箕子到来,由莽召集百官,奉着太皇太后诏命,拥他登基,改名为衎,是为平帝。年只九岁,不能亲政,即由太皇太后临朝。莽居首辅,百官总己以听。奉葬哀帝于义陵,兼谥孝哀皇帝。大司徒孔光,却也内怀忧惧,上书求乞骸骨。有诏徙光为帝太傅,兼给事中,掌领宿卫,供奉宫禁。所有政治大权,尽归莽手,与光无涉。莽想权势虽隆,功德未著,必须设一良法,方可笼络人心。踌躇数日,得了一策,暗使人至益州地方,嘱令地方官吏,买通塞外蛮夷,叫他假称越裳氏,献入白雉。地方官当即照办。平帝元始元年正月,塞外蛮人入都,说是越裳氏瞻仰天朝,特奉白雉上贡,莽即奏报太皇太后,将白雉荐诸宗庙。从前周成王时代,越裳氏来朝重译,也曾进献白雉,莽欲自比周公,故特想出此法。果然群臣仰承莽意,奏称莽德及四夷,不让周公旦。公旦辅周有功,故称周公,今大司马莽安定汉朝,应加称安汉公,增封食邑。太皇太后当即依议,偏莽装出许多做作,故意上表固辞,只说臣与孔光、王舜、甄丰、甄邯诸人,共定策迎立中山王,今请将孔光等叙功,臣莽不敢沐恩。太皇太后得了莽奏,不免迟疑。甄丰、甄邯等急忙上书,谓莽功最大,不宜使落人后。太皇太后乃谕莽毋辞。莽再三推逊,定要让与孔光等人,寻且称疾不起。太皇太后因封孔光为太师,王舜为太保,甄丰为少傅,甄邯为承安侯,然后乃颁诏召莽,入朝受赏。莽尚托病不至,真会装刁。再经群臣申请封莽,即日下诏,令莽为太傅,赐号安汉公,加封食邑二万八千户。莽始出受官爵名号,但将封邑让还。且为东平王云伸冤,使云子开明为东平王,奉云祭祀。又立中山王宇孙桃乡侯子成都,为中山王,奉中山王刘兴祭祀。再封宣帝耳孙三十六人,皆为列侯。此外王侯等无子有孙,或为同产兄弟子,皆得立为嗣,承袭官爵,皇族因罪被废,许复属籍,官吏年老致仕,仍给旧俸三分之一,赡养终身,下至庶民鳏寡,无不周恤。如此种种恩施,统由王莽创议施行,好教朝野上下,交口称颂,都说是安汉公的仁慈,把老太后、小皇帝二人,一概抹煞。真是好计。莽又讽示公卿,奏称太皇太后春秋太高,不宜亲省小事,此后惟封爵上闻，他事尽归安汉公裁决。太皇太后又复依议，于是朝中只知有王莽，不知有汉天子了。

惟当时一班朝臣，偶有私议，谓平帝入嗣大统，本生母卫姬未得加封，不免向隅。莽独惩丁、傅复辙，恐卫姬一入宫中，又要引进外家，干预国政。但若不加封卫姬，又未能塞住众口，乃遣少傅甄丰，持册至中山，封卫姬为中山孝王后，帝舅卫宝、卫玄，爵关内侯，仍然留居中山，不得来京。扶风功曹申屠刚，直言对策道："嗣皇帝始免襁褓，便使至亲分离，有伤慈孝，今宜迎入中山太后，使居别宫，使嗣皇帝得按时朝见，乐叙天伦，并召冯、卫二族，<small>平帝祖母冯婕妤，故云冯卫二族。</small>选入执戟，亲奉宿卫，免得另生他患。"<small>迎母则可，必召入外家宿卫，亦属未善。</small>这数语最中莽忌，莽当然驳斥，因不欲自己出名，特请太皇太后下诏，斥责申屠刚僻经妄说，违背大义，因即放归田里。<small>恩归自己，怨归太后。</small>刚被黜归还，有何人再敢多言？

越年二月，黄支国献入犀牛，廷臣相率惊异，都称黄支国在南海中，去京师三万里，向来未曾朝贡，今特献犀牛，想来又是安汉公的威德。正要上书献谀，偏又接得越巂郡奏报，说有黄龙出游江中。太师孔光，遂与新任大司徒马宫，以及甄丰、甄邯等三人，拟奉表称瑞，归德王莽。旁有大司农孙宝说道："周公上圣，召公大贤，彼此尚有龃龉，今无论遇着何事，都是异口同声，难道近人，果胜过周、召么？"众人听了，莫不失色，甄邯遂口称奉旨，暂令罢议。其实犀牛入献，也是买嘱出来，黄龙游江，未必果是真事。邯本与莽同谋，自觉情虚，所以情愿中止，但心中很仇视孙宝，不肯轻轻放过。当下嘱咐党羽，阴伺孙宝过失。适宝遣人迎接老母，并及妻子数人，母至中途，忽患老病，因折回弟家养疴，但遣妻子入都。当有司直陈崇，查得此事，立上弹章，斥宝宠妻忘母。莽即告知太皇太后，将宝免官。大司空王崇，不愿与群小联络，称病乞归。当有诏书批准，令崇解职，改用甄丰为大司空。光禄大夫龚胜，大中大夫邴汉，并皆辞官归里。胜系楚人，节行并茂。同郡人龚舍，与胜友善，胜尝荐为谏大夫，舍不肯就征，再召拜光禄大夫，仍然不起，平居以鲁《诗》教授生徒，年至六十八乃终，时人称为两龚。邴汉系琅琊人，亦有清行。兄子曼容，养志自修，为官不肯过六百石，稍有不合，当即辞归，因此名望益隆，几出汉右。莽尚欲借此市恩，优礼送归胜、汉。胜、汉明知莽奸巧，表面上只好道谢，两袖清风，飘然自去。<small>摆脱名缰，莫如此策。</small>

会当盛夏大旱，飞蝗为灾，莽不能视作祥瑞，只得派吏查勘，准备赈饥。一面奏请太皇太后，宜衣缯减膳，表率万民。自己也戒杀除荤，连日茹素，且愿出钱百万，献田三十顷，付诸大司农，助给灾黎。满朝公卿，见莽如此慷慨，也不得不捐田助宅，充作灾赈，共计有二百三十人。但第一发起，总要算安汉

第九十九回　献白雉冈上居功　惊赤血杀儿构狱

公王莽,一班灾民,仍说莽功德及人,莽又借着天灾,得了一种大名。处处使乖。已而得雨经旬,群臣联疏上陈,请太皇太后照常服食,又盛称安汉公修德禳灾,感格天心,果沛甘霖。

可巧匈奴有使人到来,入见王莽。莽问及王昭君二女,是否俱存。来使答言俱已适人,现并无恙,莽乘机说道:"王昭君系我朝遣嫁,既有二女遗传,亦应使他入省外家,顾全亲谊,烦汝转告汝主便了!"来使唯唯受教,谢别而去。过了月余,匈奴单于囊知牙斯,竟依着莽意,特遣王昭君长女云,曾号须卜居次,入谒宫廷。须卜居次,见前文。当由关吏飞章入报,莽闻信大悦,便令地方官好生接待,派妥吏护送来京。及须卜居次已到,莽即禀白太皇太后,说是匈奴遣女入侍,应该召见。太皇太后听着,也是心欢,立即传见须卜居次,须卜居次虽是番装,却尚不脱遗传性质,面貌颇肖王昭君,楚楚动人。再加中朝言语,也有好几句通晓,就是寻常礼节,亦约略能行,所以入见太皇太后,跪拜应对,大致如仪。太皇太后喜动慈颜,赐她旁坐,问过了许多说话,然后赐给衣饰等物,令她留住宫中。须卜居次生长朔方,所居所食,无非毳帐酪浆,此次得至皇宫中寄居数月,服罗绮,戴金珠,饱尝天厨珍馐,有何不愿?不过安汉公以下的走狗,又说得天花乱坠,归德安汉公,能使外人悦服,遣女入侍。就是太皇太后也道由莽德能及远,上下被欺,莽计又被用着了。

时光易过,又是一年,须卜居次怀念故乡,恳请遣归。太皇太后却不加阻,准令北返,临行时复厚给赏赐。须卜居次拜舞而去。平帝年仅一十二岁,情窦未开,但当须卜居次来往时,见她语言举动,半华半夷,很觉有些稀奇,所以每与相见,辄为注目。莽又凑着机会,转告太皇太后,应为平帝择婚,太皇太后自无异议。莽复采取古礼,谓宜援天子一娶十二女制度,方可多望生男,借广继嗣,当下诏令有司,选择世家良女,造册呈入。有司领命,采选数日,已得数十人,按年编次,呈将进去。莽先行展阅,见他所开选女,原是豪阀名家,但一半是王氏女儿,连己女亦有名在内。莽眉头一皱,计上心来,即携名册入内,面奏太皇太后道:"臣本无德,女亦无材,不堪入选,应即除名。"太皇太后听了,不知莽是何用意,俯首细思,想系莽不欲外家为后,故有此议。当下诏令有司,王氏女俱不得选入。那知王莽本意,正要想己女为后,好做个现成国丈;不过为了选名册中,多采入王氏女,只恐鱼目混珠,被他夺去。偏太皇太后无端误会,竟命将王氏女一概除去,岂不是弄巧成拙么?全是欲取姑与的狡计。正忧虑间,已有许多朝臣,伏阙上书,请立安汉公女为皇后,接连是吏民附和,都奏称安汉公功德巍巍,今当立后,奈何不选安汉公女,反去另采他家?说得太皇太后不能不从,只好依言选定。莽始尚推辞,继见太皇太后已经决意,乃申言臣女为后,亦当另选十一人,冀合古制。群臣又相率上议,竟言不必另选，免多后患。莽还要生出周折，一是请派官看验，一是请卜定吉凶。太皇太后因遣长府宗正、尚书令等，往视莽女，须臾复命，俱言女容窈窕，允宜正位中宫。再令大司徒、大司空，策告宗庙，兼及卜筮。太卜又奏称卜得吉兆，乃是金水旺相，父母得位，定主康强逢吉。谁知后来是乌焦巴弓！于是续议聘礼，遵照先代聘后故事，计黄金二万斤，钱二万万缗。莽仍请另选十一媵女，待至选就，自己只受聘礼钱四千万，还把四千万内腾出三千三百万，分给媵女各家，每家得三百万。群臣再奏称皇后受聘，只收受七百万钱，与媵女相去无几，应该加给。太皇太后复增钱二千三百万，合莽原留七百万缗，共计三千万，莽又腾出一千万，散给九族。群臣更寻出古礼，谓古时皇后父受封百里，今当举新野田二万五千六百顷，加封安汉公。莽慌忙固辞，乃不复加封。莽意原不止此。

　　后既聘定，由太史择定婚期，应在次年仲春吉日。莽家闻信，预备嫁奁，自然有一番忙碌。不意一夕有门吏出外，见有一人立在门前，才打了一个照面，便即窜去。门吏本认识此人，乃是莽长子宇妻舅吕宽，平日尝相往来，为何鬼鬼祟祟，逢人即避？此中定有蹊跷。正在怀疑，蓦闻有一阵血腥气，贯入鼻中，越觉奇怪得很。慌忙返身入门，取火出照，见门上血迹淋漓，连地上亦都沾湿，不由的毛骨悚然。亟入内报知王莽，莽怎肯不问？连夜遣人缉捕吕宽。次日即被捕到，仔细盘问，乃是莽子宇唆使出来。从前莽迎入平帝，只封帝母卫姬为中山王后，不许入都。见本回前文。卫后止有此子，不忍远离，免不得上书请求，莽仍然不从。独莽子宇，不直乃父，恐将来平帝长成，必然怀怨，不如预先筹谋，省得后悔。当下与师吴章，及妻兄吕宽，私下商议良策。章默想多时，方密告道："论理应由汝进谏；但汝父执拗，我亦深知，现在只有一法，夜间可用血洒门，使汝父暗中生疑，向我说起，我方好进言，劝他迎入卫后，归政卫氏便了。"吕宽拍手道："此计甚妙，便可照行。"宇知莽迷信鬼神，亦连声称善，遂托吕宽乘夜办理。宽遂出觅猪羊狗血，聚藏钵内，至夜间往洒莽门。冤冤相凑，撞见门吏，竟被发觉诡谋，不得不卸罪王宇。他想宇是莽子，定可邀恕，谁知莽毫无恩情，立刻将宇召入，问由何人主谋。宇答由吴师所教。莽竟缚宇，送交狱中，连宇妻吕焉一同连坐。越宿即逼宇自杀，吕焉腹中有孕，才令缓刑，复把吴章拿到，磔死市曹。狼心狗肺，至此已露。

　　章籍居平陵，素通《尚书》，入为博士，生徒负笈从游，约有一千余人。莽都视为恶党，下令禁锢。诸生统皆抵赖，不肯自认为吴章弟子，独有大司徒掾属云敞，自认章徒，且收抱吴章遗尸，买棺殓葬。都人士因此誉敞，就是莽从弟王舜，亦称敞见义必为，足比栾布。布收彭越首级事，见前文。莽专好沽名，因闻敞为众所称，倒也不敢加罪。惟甄邯等入白太皇太后，极称莽大义灭亲，当由太皇太后下诏道:"公居周公之位,行管蔡之诛,不以亲亲害尊尊,朕甚嘉之!"为此一诏,更激动贼莽狠心,一不做,二不休,索性杀尽卫氏支属,只留下帝母卫后一人。还有元帝女弟敬武公主,曾为高阳侯薛宣继妻,宣死后留居京师,屡言莽专擅不臣。莽查得宣子薛况,与吕宽为友,遂将他母子株连,迫令敬武公主自尽,处况死刑。外如莽叔父红阳侯王立,及从弟平阿侯王仁,王谭长子。乐昌侯王安,王商子。与莽未协,由莽假传太皇太后诏旨,并皆赐死。又杀死故将军何武,前司隶鲍宣,护羌校尉辛通,函谷都尉辛遵,水衡都尉辛茂,南郡太守辛伯等人,所有罪状,都坐与卫氏通谋。北海人逢萌,留寓长安,怅然语友人道:"三纲已绝,若再不去,祸将及身!"说着,即脱冠悬挂东城,匆匆出都。至家中挈领妻子,渡海东游,径往辽东避祸去了。小子有诗叹道:

　　　　洒血门前理固差,论心还是望持家。
　　　　无端杀尽诸亲属,难怪伊人逝水涯。

　　越年便是元始四年,平帝大婚期至,特派大员,往迎莽女。所有一切礼仪,且至下回再叙。

　　本回全叙王莽专恣,见得莽阴贼险鸷,与众不同。甫经起用,即贬废四后,彼岂尚有人臣之义耶?孝元后反喜其报怨,妇人之私,断不足与议大体。越裳氏之献白雉,何足言功?周公之称为元圣,固与白雉无关,况其由买嘱而致乎?厥后黄支献犀牛,越巂现黄龙,何一非侈饰祯祥,矫揉造作。即如须卜居次之入侍,与汉廷有何利益?而朝臣竟称为王莽功德,不值一噱!至若吕宽事起,亲子可杀,已非人情,甚且叔父从弟,无辜被害,是可忍,孰不可忍!宁待入宫逼玺,始无姑侄情乎?要之莽之篡汉,全由孝元后一人酿成,彼孔光等何足责哉!

第一百回　窃国权王莽弑帝
　　　　　　投御玺元后覆宗

　　却说元始四年春二月,平帝大婚。特遣大司徒马宫、大司空甄丰等,奉着乘舆法驾,至安汉公第恭迎皇后。莽令女儿装束齐整,出受皇后玺绶,登舆入宫。当有典礼官依着仪注,引着一十三岁的小皇帝,与莽女成婚。莽女年龄,与平帝相去不多,也未曾通晓礼节,全赖男女傧相,随时指导。礼成以后,颁诏大赦,三公以下,一律加赏。

太保王舜，邀集吏民八千余人，申请加封安汉公王莽。事下有司复议，议定大略，仍将莽所让还新野诸田，作为赏赐，采集伊尹、周公称号，命莽为宰衡，位居上公。赐莽母太夫人号为功显君，莽子安为褒新侯，临为赏都侯，加皇后聘金三千七百万。太皇太后当即依议，亲临前殿，授策封拜。莽率二子入朝，稽首辞让，不敢受赏。又要装腔。及趋退后，复上奏章，只愿受母功显君称号，余皆不受。太师孔光又出来谀莽，向太皇太后面奏道："安汉公勋德绝伦，所议封赏，尚未足以酬功，公虽谦抑退让，朝廷总当显秩酬庸，毋令固辞！"太皇太后又依言谕莽，莽仍求见太皇太后，叩头涕泣，坚辞封赏。装得像。太皇太后再召问孔光，光答言新野诸田，或可听他让还，功显君名号，止及一身，褒新、赏都两国，不过三千户，并非重赏，聘金加给，乃是尊重皇后，与安汉公无关，应再派大员推诚晓喻，勿受让词。王舜为莽从弟，助莽或犹可说，孔光实属可杀。太皇太后乃再命大司徒马宫，大司空甄丰，持节劝莽，莽方才拜受。惟所受例外聘金，又取出千万，赂遗太皇太后，下至宫娥彩女，无不沾润。且请尊太皇太后姊君侠为广恩君，妹君力为广惠君，君弟为广施君，三人均给汤沐邑。妇人女子，得了好处，当然大喜过望，交口誉莽。于是内外一致，莫不称莽为第一好人。

莽又求媚太皇太后，无所不至。暗想老年妇人，寂处深宫，定乏兴趣，不若导令出游，使她快意，遂入请太皇太后，四时出巡，存问孤寡。又是一个好题目。太皇太后果然合意，带领皇后及列侯夫人，乘辇巡幸。莽饬有司预备钱帛牛酒，随辇出发，到处查问孤儿寡妇，量为赐给，一班穷民，欢呼万岁。太皇太后已经大悦，再加辇迹所经，都是长安城外的名胜地方，有山可眺，有水可观，还有草木鸟兽，无奇不备，试想这老太后久处宫中，忽得别开生面，一扩眼界，还有甚么不怡情悦色哩！太皇太后有一弄儿，病居外舍，莽且亲往探视，弄儿感激非常，待至病愈，自然入白太皇太后。太皇太后尤为得意，觉得莽面面周到。就是古来孝子，想亦不过如斯，何况是一个侄儿，偏能这般孝顺，真好说独一无二了！那知他要夺你的家产！

莽既取悦太皇太后，还想笼络天下士人，特创议设立明堂、辟雍、灵台，踵行周制。想做周公原应如此。并筑学舍万间，招罗天下俊秀，齐集京师。一面立《乐》经，增博士员，考校士人优劣。贤能为师，愚陋为徒。各有廪饩，不使向隅。群臣又奏言周公摄政七年，制度乃定，今安汉公辅政四年，营作二旬，大功毕成，应请升宰衡，位置在诸侯王上。太皇太后便即许可。群臣具会议九锡隆礼，为莽崇封。莽心想九锡封典，乃是异数，自从辅政以来，虽得运动四方夷狄，南献白雉犀牛，北亦遣女入侍，只是东西两方，未入贡，应该再广招徕。招徕二字用得妙。乃复派遣心腹，多持金帛，贿通东夷、西羌，东献方物，西献鲜水海、即青海。允谷、盐池等地。莽特增置西海郡，派吏往治。一片荒陬，毫无生产，乃更令罪犯徙居，迫令垦牧。每年充发，多约数万，少约数千，罪犯不足，继以边民，百姓始渐有怨言了。

越年孔光病死，代以马宫。宫比孔光还要谄谀，促成九锡礼仪。且阴嘱吏民，陆续上书，请加赏安汉公。一时书奏杂陈，仅阅旬月，上书人数，总计共得四十八万七千余名，究竟是虚是实，后亦无从确查，大约是见字计数罢了。近来选举敝习，就是从此处学来。太皇太后，见得朝野上下，恭维王莽，遂决行九锡封典。九锡是一锡衣服，二锡车马，三锡弓矢，四锡斧钺，五锡秬鬯，六锡命圭，七锡朱户，八锡纳陛，九锡虎贲。这是古今特别厚赏，由太皇太后御殿亲行。莽上殿拜受，却不推辞，太皇太后更将楚王旧邸，赐给王莽。莽即令修筑，整刷一新，复改造祖庙，统用朱户纳陛，仿佛宫殿规模。会因采风使陈崇、王恽等八人，还朝复命，这八人系王莽所遣，叫他观风问俗。他却窥透王莽本意，出去游览一周，管甚么风俗醇浇，徒诌成了几句歌功谣、颂德诗，就来复报。莽都说他有功，尽封列侯。好运气。

当时郡国傅相，四方守令，均由采风使与他叙谈，嘱使上陈符瑞。大众统皆应命，独广平相班稚不肯遵行。琅琊太守公孙闳，反奏报灾荒，大司空甄丰，便劾闳捏造不祥、稚搁置嘉应，俱罪坐不道，应该捕诛。无理之至。当下由王莽批准，命将两人逮京。还是太皇太后有些慈心，与莽谈及，稚系班婕妤弟，为贤妃家属，宜加哀矜，莽乃将稚放归。闳下狱论死。莽又奏上市无二价，官无狱讼，邑无盗贼，野无饥民，道不拾遗，男女异路的古制，颁示天下。有人违法，应处象刑。看官听说！这"象刑"二字，出自《尚书》，凡刑人俱按律更衣，游行市曹，作为众戒。但也须由王道化成，方足使人无犯，那里靠着一道文告，就得见效？可笑王莽贼头贼脑，竟欲踵行古制，粉饰太平，天下甚大，岂真尽为莽所欺吗？况莽所行诸事，多是自相矛盾，忽而行仁，忽而逞威。从前吕宽事起，杀子及弟，并害叔父，此外无辜连坐，又有多人，一腔残忍，已见端倪。

至元始五年夏季，又欲发掘丁、傅两后坟墓，太皇太后不肯听从。莽却忿然力争道："傅氏、丁氏，曾怀着皇太太后、帝太后玺绶，今已明旨加贬，若不将玺绶取毁，如何行法？且傅氏更宜徙葬定陶，方足正名。"太皇太后只好应诺，但不准易棺，并须备椁作冢，祭用太牢。莽默然退出，即命有司督同工役，分掘二后坟茔。傅太后曾合葬渭陵，即元帝陵，见前。筑土甚高，工役开掘进去，费了无数气力。突闻一声响亮，土石崩颓，压毙了数百人，余众悉数逃回；丁姬合葬共皇园，甫经掘通椁门，忽有火光射出，烟焰高至四五丈。工役都吓得倒躲，经监工官饬令救火，方用水乱浇。等到火灭烟消，仔细看视，椁中器物，已尽被毁过,只有棺木不动。两处都逢怪象,并报王莽,莽尚不知悔,反奏称共王母前尝骄僭,触怒皇天,故致坍陷。丁姬葬亦逾制,火焚椁中。且两处棺木,并称梓宫,衣用珠玉,更非藩妾所宜,臣前拟只取玺绶,尚属非是,应改易棺木,并将丁姬改葬媵妾墓旁,方为顺天合理云云。太皇太后信为真言,居然许可,于是两棺俱发。傅氏椁中,臭达数里。其生也荣,其死也臭。吏役不得已塞鼻检视,取出玺绶珠宝,把尸骨另易他棺,草草葬讫。丁姬处也是照办。可怪的是丁姬棺上,突来燕子数千,口中统衔泥投棺,惹得工役亦为感动,力为建筑,固土厚封。独莽恐众人私议,令就二后墓上,遍种荆棘,作为瘅恶的榜样,垂戒后人。要说人恶,愈见己恶。

太师马宫,前曾与议傅太后尊谥,此时见莽追翻前案,心下不安,因上书自劾,愿乞骸骨。莽本因宫事事阿顺,无心追究,偏他胆小如鼷,自来请罪,一时无法挽留,不得已请太皇太后下诏,免太师官,以侯爵归第。这种事情,平帝全然不得参议。但平帝年已十四,知识渐开,闻得莽掘迁二后坟墓,也觉不平,并因莽杀尽舅家,单剩生母卫后一人,还不许相见,如此刻毒,实属容忍不住,所以与莽见面,常露愠色,背地里且有怨言。宫中侍役,多是王莽耳目,当然有人报知。王莽一想,皇帝小小年纪,竟要怨我,将来长成,还当了得!况汉室江山,已在掌握,所碍唯一女儿,他时亦好改嫁。我不如先发制人,较为得计!主见已定,也不商诸他人,待到是年腊日,进献椒酒,暗中置毒。汉以大寒后戌日为腊,并非除夕。平帝何从知晓,见酒便喝,一杯下肚,夜间便即发作,自呼腹痛,辗转呻吟。翌日由宫中传出,平帝得病甚剧,医治乏效。莽暗暗心喜,又恐被人瞧破,假意入宫问疾,装作愁眉泪眼一般。及至退出,复令词臣制成一篇祝文,情愿以身代帝,立赴泰畤祷告。再将祝文藏置金縢,故意嘱语群臣,不得多言。群臣以为金縢藏策,是周公故事,周公为了武王有病,愿甘代死,今安汉公也是如此,真是周公重生。那知平帝一条性命,已被贼莽断送,腹痛数日,竟致告崩。名目上是在位五年,活得一十四岁。

莽入临帝丧,伪作悲号,一面令殓用元服,尊谥为孝平皇帝,奉葬康陵,命官吏丧服三年。太皇太后因平帝无嗣,特召群臣会议立储。时元帝支裔已绝,只有宣帝曾孙五人为王,淮阳王缜、中山王成都、楚王纡、信都王景、东平王开明。及列侯四十八人。群臣拟就五王列侯中,推立一人,独王莽厉声道:"五王列侯,统系大行皇帝兄弟,不能相继为后,应就宣帝玄孙中选立。"群臣闻言,都不敢出声。莽利在立幼,故有此说。惟宣帝玄孙二十三人,莽独寻出一个最幼的玄孙,名叫作婴,父为广戚侯显,乃是楚王嚣曾孙,年仅二岁。托言卜相俱吉,应立为嗣。群臣怎敢抗议?全体赞成。先是泉陵侯刘庆上言,谓宜令

第一百回　窃国权王莽弑帝　投御玺元后覆宗

安汉公摄政,如周公相成王故事,议尚未行。此时又由前辉光谢嚣奏称,武功县长孟通,浚井得白石,上有丹书,文云:"告安汉公莽为皇帝。"前辉光就是长安,莽曾改定官名及十二州郡县界画,分长安为前辉光、后承烈二郡。谢嚣由莽荐举,又在都中,因即揣摩迎合,捏造符命。莽亟令王舜转白太皇太后,太皇太后作色道:"这是欺人妄语,不宜施行!"晓得迟了! 王舜道:"事已至此,无可奈何,莽亦但欲居摄,镇服天下,余无他意。"只可欺骗妇人。太皇太后不得已下诏道:

> 盖闻天生众民,不能相治,为之立君以统理之。君年幼稚,必有寄托而居摄焉,然后能奉天施而成地化。朕以孝平皇帝幼年,且统国政,几加元服,委政而属之。今短命而崩,呜呼哀哉! 已使有司征孝宣皇帝玄孙婴,入嗣孝平皇帝之后。玄孙年在襁褓,不得至德君子,孰能安之? 安汉公莽,辅政三世,制礼作乐,与周公异世同符。今前辉光嚣上言丹石之瑞,朕深思厥意,云为皇帝者,乃摄行皇帝之事也。其令安汉公居摄践阼,如周公故事。以武功县为安汉公采地,名曰汉光邑。所有居摄礼仪,令有司具奏以闻。

群臣接奉诏书,酌定礼仪,安汉公当服天子衮冕,负扆践阼,南面受朝,出入用警跸,皆如天子制度。祭祀赞礼,应称"假皇帝"。臣民称为"摄皇帝",自称"臣、妾"。安汉公自称曰"予"。若朝见太皇太后、皇帝、皇后,仍自称"臣"。这种不伦不类的礼议,呈将上去,有诏许可。转眼间已是正月,便改号为居摄元年。莽戴着冕旒,穿着衮衣,坐着銮驾,前呼后拥,到了南郊,躬祀上帝,祀毕至东郊迎春,又赴明堂行大射礼,亲养三老五更,<u>五更亦老人能知五行更代之事,周制尝设三老五更,故莽特仿行</u>。然后返宫。迟至春暮,方立宣帝玄孙婴为皇太子,号为孺子。尊平帝后为皇太后,使王舜为太傅左辅,甄丰为太阿右拂,<u>读若弼</u>。甄邯为太保后承。这项特别的官名,都是王莽创造出来。

才阅一月,便有安众侯刘崇起兵,前来讨莽。崇系长沙定王发六世孙,<u>定王发系景帝子</u>。闻得莽为假皇帝,遂与相张绍商议道:"莽必危刘氏,天下共知莽奸,莫敢发难,我当为宗族倡义,号召天下,同诛奸贼!"张绍很是赞成。崇不顾利害,单率部下百余人,进攻宛城。宛城守兵,却有数千,一经对仗,任你刘崇如何忠勇,也是多寡不敌。崇及绍俱死乱军中。崇族父嘉,绍从弟竦,未被杀死,只恐王莽追究,反诣阙谢罪。莽欲牢笼人心,下诏特赦。张竦能文,又替刘嘉做了一篇奏章,极力谀莽,且愿潴崇宫室,垂为后戒。何其无耻乃尔。莽览奏大喜,立即批准。褒封嘉为率礼侯,竦为淑礼侯,都人替他作歌道："欲求封，无过张伯松；力战斗，不如巧为奏！"伯松系竦表字。竦由他歌笑，大官大禄，总得安然享受了。群臣乘机上奏，略言刘崇谋逆，由安汉公权力太轻，今应许他重权，方可镇抚天下。太皇太后一想，莽已居摄，还有何权可加？再召王舜等入问，舜等谓宜除去"臣"字，朝见时也即称"假皇帝"。太皇太后已不能制莽，只好由他称呼。

偏是东郡地方，又有义兵崛起，传檄讨逆，为首的乃是郡守翟义。义为故丞相方进子，表字文仲，居官正直，因闻王莽种种要求，势将篡汉，不由的义愤填胸，遽谋起义。有甥陈丰，年只十八，却生得胆力兼全。义因召丰入议道："新都侯莽，摄天子位，故意择定幼主，号为孺子，将来必篡汉家。今宗室衰弱，外无强藩，没人敢抗国难，我父子受国厚恩，义当为国讨贼，汝意以为何如？"丰扬眉抵掌，朗声应诺。义尚恐陈丰一人，不能济事，再约同东郡都尉刘宇、严乡侯刘信，及信弟璜，共同起事；一面部勒车骑材官，招募郡中勇敢战士，准备出发，自称大司马柱天将军，推立刘信为天子。信系东平王云子，东平一案，人皆称冤，见九十七回。所以将他推戴，以便号召。当下传檄郡国，略言王莽鸩杀平帝，摄天子位，欲灭汉室，今天子已立，当恭行天罚等语。远近义士，见他名正言顺，却也慨然乐从。义克日兴师，自东郡行至山阳，约得十余万众。警报传到长安，莽不觉心惊，几乎食不下咽，慌忙召集党羽，决议迎敌，拜轻车都尉孙为奋武将军，成都侯王邑为虎牙将军，明义侯王骏为强弩将军，城门校尉王况为震威将军，忠孝侯刘宏为奋冲将军，震羌侯窦况为奋威将军，尽发关东兵甲，分道击义。

正在陆续进兵的时候，又有三辅土豪赵朋、霍鸿等，与义相应，趁着都中空虚，竟来攻打长安。莽远近受敌，愈觉着忙，亟令卫尉王级为虎贲将军，大鸿胪阎迁为折冲将军，领兵出御。赵朋、霍鸿，兵势甚盛，不下十余万名，到处放火，连未央宫前殿，都瞭见火光。莽又使甄邯为大将军，受钺高庙，总掌天下兵马，屯守城外。王舜、甄丰，昼夜巡行殿中。莽抱孺子婴至郊庙间，日夜祷告，且召语群臣道："昔周公辅相成王，管、蔡挟禄父叛周，今翟义亦挟刘信作乱，古时大圣人尚忧此变，况莽本斗筲，何堪遇此？"群臣都应声道："不经此变，如何得彰明圣德哩！"可谓善颂善祷。莽又仿《周书》作大诰，颁示天下，表明反位孺子的意思。果然计画精良，军士效力，七将军会齐陈留，与翟义等大战一场，先斩刘璜，后获翟义，只刘信逃得不知去向。义被捕至都中，磔死市曹。义有勇无谋，所以败死。七将军班师西行，移攻三辅。赵朋、霍鸿，探得翟义兵败，已经气馁，再加莽军大集，愈不能敌，勉强持过了年，终落得兵败身亡，同归于尽。

莽连得捷报，大喜过望，当即大封诸将，颁爵五等，意欲即日篡位，适值莽母功显君得病，只好在家侍奉，佯示孝思。迁延到了秋季，功显君方才死

第一百回　窃国权王莽弑帝　投御玺元后覆宗

去。莽只服缌缞，自言摄践祚，当承汉后，但令长孙王宗主丧素服三年。莽专援古例，敢问此例出自何朝？广饶侯刘京、车骑将军千人官名。扈云，太保属吏臧鸿，先后上书，竞言符瑞。京说是齐郡临淄县亭长辛当，梦见天使与语云："摄皇帝当为真皇帝，如若不信，但看亭中发现新井，便是确证。"次晨，辛当起来，往视亭中，果有新井，深至百尺。云说是巴郡有石牛出现，上有丹文。鸿说是扶风雍石，也有文字发表。石牛雍石，一并呈验。全是现造。莽欣然迎纳，还要加造数语，奏白太皇太后，谓雍石文共有八字，乃是"天告帝符，献者封侯"。看来天意难违，此后令天下奏事，不必称摄，并改居摄三年为初始元年，上应天命。太皇太后已悟莽奸诈百出，但权在莽手，不能不从。期门郎张充，颇怀忠义，密邀同志五人，刺杀王莽，改立楚王刘纡为帝。不幸谋泄，尽被杀死。

梓潼人哀章，素行无赖，挟诈求逞，暗制铜匮一具，上署两签，一署《天帝行玺金匮图》，一署《赤帝玺邦传与皇帝金策书》。自己扮作方士模样，黄衣黄冠，趁着黄昏时候，赍匮至高帝庙中，付与守吏。一经交代，匆匆引去。守庙官忙报王莽，莽密令人展视铜匮中语，略言摄皇帝莽，应为真天子，下署佐命十一人，一王舜，二平晏，三刘歆，四就是哀章本名，五甄邯，六王寻，七王邑，八甄丰，九王兴，十孙建，十一王盛。看毕后返报王莽，莽亦知是外人捏造，但正要他这般做作，方好侈言神命，篡窃国家。初始元年十二月朔，莽率群臣至高祖庙，拜受金匮神禅，还谒太皇太后，说了一派胡言。太皇太后正想诘驳，莽已见机趋出，改服天子冠裳，大摇大摆的走至未央宫前殿，居然登座。一班趋炎附势的官僚，居然向莽朝贺。莽喜逐颜开，立命左右写好诏旨，堂皇颁布，定国号曰新，即改十二月朔日为始建国元年正月朔日，服色旗帜尚黄，牺牲尚白。此诏一出，争呼新皇帝万岁。

莽下座回宫，自思得为天子，侥幸已极，只是传国御玺，尚在太皇太后手中，应该向她取索。便召王舜入内，嘱咐数语。舜应命即行，直至长乐宫中，向太皇太后要玺。原来孺子婴未立，玺归太皇太后执管。太皇太后骂舜道："汝等父子兄弟，蒙汉厚恩，尚无报答，今受人托孤，反敢乘机篡夺，不顾恩义？如此过去，恐狗彘将不食其余。天下岂有象汝等兄弟么？且莽既托言金匮符命，自作新皇帝，尽可自去制玺，还要这亡国玺何用？我是汉家老寡妇，死且旦夕，欲与此玺俱葬，汝等休得妄想！"迟了，迟了！说着，涕泣不止。侍女统皆下泪，舜亦俯首唏嘘。过了片时，舜乃仰头申说道："事已至此，臣等无可挽回；若莽必欲得玺，太后岂能始终不与么？"太皇太后沉吟半晌，竟取出御玺，狠命的摔在地上，且大骂道："我老将死，看汝兄弟能不灭族否？"舜也不答言，拾玺即出，缴与王莽。

莽见玺上已缺一角，问明王舜，知被太皇太后掷碎。不得已用金修补，终留缺痕。这玺乃是秦朝遗物，由秦子婴献与汉高祖，汉高祖留与子孙，至是暂归王莽。莽用冠军人张永言，改称太皇太后为新室父母皇太后。未几废孺子婴为定安公，号孝平皇后为定安太后，西汉遂亡。总计前汉十二主，共二百一十年。究竟王莽阴谋诡计，窃得汉家天下，能否长久享受，且孝元、孝平两后，及孺子婴等如何结局，当由小子续编《后汉演义》，再行详叙。惟有俚句二绝，作为《前汉演义》的煞尾声。诗曰：

百战经营造汉朝，谁知一旦付鸱鸮？
庸妪无术江山去，空使官僚著黑貂！莽改汉黑貂著黄貂，元后独令官吏黑貂，事见《后汉演义》。

得自子婴失亦婴，两朝授玺若同情。
从知报应由来巧，莫替刘家恨不平！

孝元皇后，无傅太后之骄恣，又无赵氏姊妹之淫荒，亦可谓母后中之贤者。乃过宠王莽，使其罔上行私，得窃国柄，是则失之愚柔，非失之骄淫也。莽知元后之易与，故设为种种欺媚，牢笼元后于股掌之中。追弑平帝而元后不察，迎孺子而元后不争，称"摄皇帝""假皇帝"而元后不问，徒怀藏一传国玺，不欲遽给，果何益耶？要之妇人当国，暂则危，久则亡。元后享年八十有余，历汉四世，不自速毙，宜乎汉之致亡也。呜呼元后！呜呼西汉！

中国历朝通俗演义

后汉演义

《后汉演义》自序

客岁编《前汉演义》,就二百一十年间之事迹,撮要演述,而于女宠外戚之祸,独详载无遗,举前辙所以戒后车也。乃者赓续汉事,复及东京,并暨西蜀。而窃按东京,历数与西京略同,而其亡国之厉阶,则亦肇自女宠,成于外戚。或者谓后汉之亡,宦寺方镇实尸之,于女宠外戚似无与焉。岂知木朽则虫生,墙罅则蚁入,不有女宠外戚之播弄于先,何有宦寺方镇之交讧于后?四星耀斗,百楹摧栋,阳弱阴强,刘轻曹重,其所由来者渐矣,谲辨之不早也。昔范蔚宗作《后汉书》,于后妃列传中,一则曰权归女主,再则曰委事父兄,三则曰终于陵夷,大运沦,神宝亡,盖嗟叹之不足,故长言之。他如外戚党锢等传中,且连类并书,又复特创新例,作《宦者传》,冠其文曰:"邓后以女主临政,帷幄称制,下令不出闱闼之间,不得不委用刑人,寄之国命。"又曰:"自曹腾说梁冀,竟立昏弱,魏武因之,遂迁龟鼎。"夫邓后,女宠也;梁冀,外戚也;曹腾,宦寺也;魏武,方镇也;穷原尽委,举一例百,不已昭然揭橥欤?洎乎昭烈偏安,聊延一线,而其后复为一黄皓所误,则宦官之流毒使然。诸葛公所痛恨于桓、灵者,不意于后主时又见之,良可慨已!惟史册浩繁,谁遑卒阅?至若编年纪事,各书不一而足,阅者更未免有汪洋之叹,反不若近代之通行《东西汉演义》暨《三国志演义》,则脍炙人口,俗之欢迎也。夫东西汉之叙事脱略,且多臆造,应为有识者所鄙夷。若罗氏所著之《三国志演义》,则脍炙人口,加以二三通人之评定,而价值益增。然与陈寿《三国志》相勘证,则粉饰者十居五六。寿虽晋臣,于蜀魏事不无曲笔,但谓其穿凿失真,则必无此弊。罗氏第巧为烘染,悦人耳目,而不知以伪乱真,愈传愈讹,其误人亦不少也。本编续《前汉演义》之体例,始于新莽之篡汉,终于司马氏之代魏,中历东汉蜀汉之二百数十年,事必纪实,语不求深,合正稗为一贯,俾雅俗之相宜,而于兴亡之大关键,如女宠,如外戚,酿而为阉祸,迫而为兵争,尤三致意焉。先民有言"文不苟作",鄙人固无当斯言,特以视附会荒唐、无关世道者,则相去殆有间欤?海内君子,幸鉴正之!中华民国十五年秋节,古越蔡东藩序。

后汉世系图 凡十二主共一百九十六年

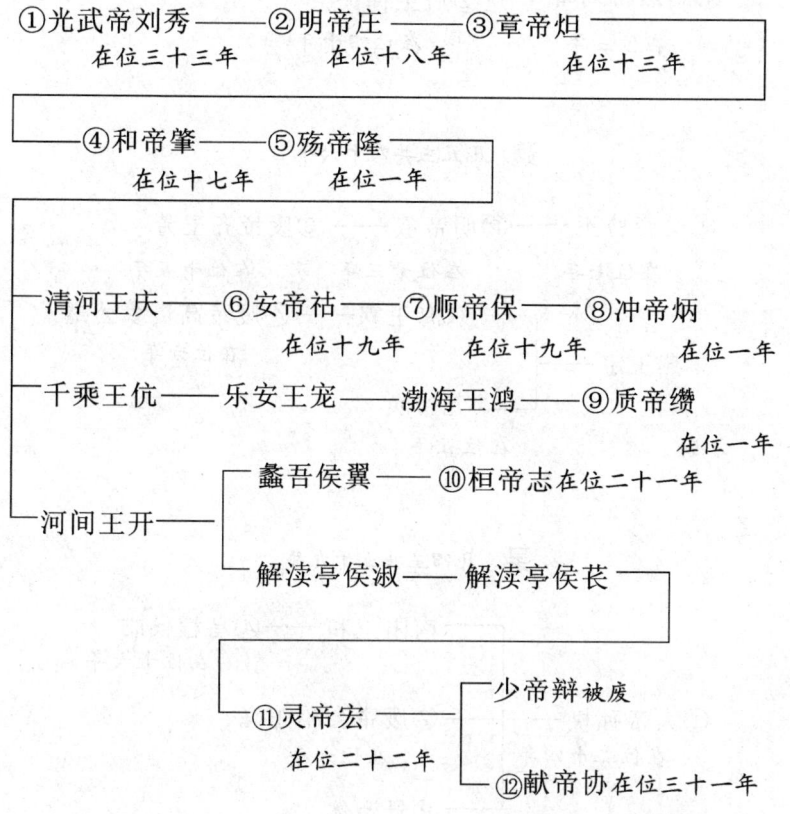

蜀汉 凡二主共四十三年

①昭烈帝刘备 —— ②后主禅
　在位三年　　　在位四十年

魏 凡五主共四十六年

①文帝曹丕 —— ②明帝叡 —— ③废帝齐王芳
　在位七年　　　在位十三年　　　在位十五年

燕王宇 ——┬── 东海王霖 —— ④废帝高贵乡公髦
　　　　　│　　　　　　　　　　在位六年
　　　　　└── 元帝奂
　　　　　　　在位五年

吴 凡四主共五十九年

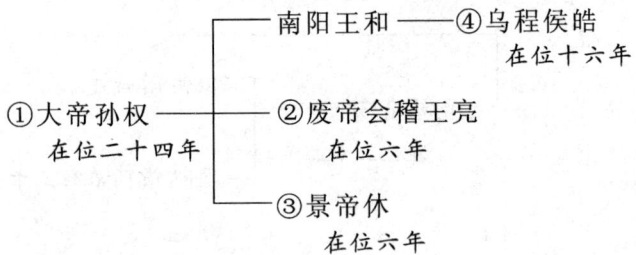

①大帝孙权 ——┬── 南阳王和 —— ④乌程侯皓
　在位二十四年│　　　　　　　　在位十六年
　　　　　　　├── ②废帝会稽王亮
　　　　　　　│　　在位六年
　　　　　　　└── ③景帝休
　　　　　　　　　 在位六年

第一回　假符命封及卖饼儿
　　　　惊连坐投落校书阁

　　有汉一代，史家分作两撅，号为前后汉，亦称东西汉，这因为汉朝四百年来，中经王莽篡国，居然僭位一十八年，所以王莽以前，叫作前汉，王莽以后，叫作后汉。且前汉建都陕西，故亦云西汉，后汉建都洛阳，洛阳在关陕东面，故亦云东汉。《前汉演义》，由小子编成百回，自秦始皇起头，至王莽篡国为止，早已出版，想看官当可阅毕。此编从《前汉演义》接入，始自王莽，结局三国。曾记陈寿《三国志》，谓后汉至献帝而亡，当推曹魏为正统。司马温公沿袭寿说，也将正统予魏，独朱子《纲目》，黜魏尊蜀，仍使刘先主接入汉统，后人多推为正论。咳！正统不正统，也没有甚么一定系绪，败为寇，成为王，古今来大概皆然，何庸聚讼？一部廿四史从何说起，便是此意。不过刘先主为汉景帝后裔，班班可考，虽与魏吴分足鼎峙，地方最小，只是就汉论汉，究竟是一脉相传，必欲拘拘然辨别正统，与其尊魏，毋宁尊蜀。罗贯中尝辑《三国演义》，名仍三国，实尊蜀汉，此书风行海内，几乎家喻户晓，大有掩盖陈寿《三国志》的势力。若论他内容事迹，半涉子虚，一般社会，能有几个读过正史？甚至正稗不分，误把罗氏《三国演义》，当作《三国志》相看，是何魔力，摄人耳目。小子不敢訾议前人，但既编《后汉演义》，应该将三国附入在内。《前汉演义》附秦朝，《后汉演义》附三国，首尾相对，却也是个无独有偶的创格。可谓夏夏独造。惟小子所编历史演义，恰是取材正史，未尝臆造附会；就使采及稗官，亦思折衷至当，看官幸勿诮我迂拘呢。

　　若要论及后汉的兴亡，比前汉还要复杂。王莽篡国，祸由元后，外戚为害，一至于此。光武中兴，惩前毖后，亲揽大权，力防外戚预政。明帝犹有父风，国势称盛。章帝继之，初政可观，史家比诸前汉文景，不意后来宠任后族，复蹈前辙。和帝以降，国事日非，外立五帝，安帝殇帝质帝桓帝灵帝。临朝六后章帝后窦氏，和帝后邓氏，安帝后阎氏，顺帝后梁氏，桓帝后窦氏，灵帝后何氏。妇人无识，贪揽国权，定策帷帟，委政父兄，嗣主积不能容，势且孤立，反因是倒行逆施，委心阉竖。于是宦官迭起，与外戚争持国柄，外戚骄横不慎，动辄为宦官所制，辗转消长，宦官势焰熏天，横行无忌，比外戚为尤甚，正人君子，被戮殆尽。天变起，人怨集，盗贼扰四方，不得已简选重臣，出为州牧，内轻外重，尾大不掉。势孤力弱的外戚，欲借外力为助，入清君侧，结果是外戚宦官，同归于尽，国家大权，归入州牧掌握。一州牧起，群州牧交逼而来，又酿成一番州牧纷争的局面，或胜或败，弱肉强食，董卓曹操，先后逞凶，天子且不知命在何时，还有甚么汉家命令？当时中原一带，尽被曹氏并吞，惟东南有吴，西南有蜀，力保偏壤，相持有年。曹丕篡汉，仅存益州一脉，不绝如缕，又复出了一个庸弱无能的呆阿斗，终落得面缚出降，赤精衰歇，都随鼎去，岂不可悲？岂不可叹？慨乎言之。总计自光武至章帝，是君主专政的时代，自和帝至桓帝，是外戚宦官更迭擅权的时代，自桓帝至献帝，是宦官横行的时代。若献帝一朝，变端百出，初为乱党交讧时代，继为方镇纷争时代，终为三国角逐时代，追溯祸胎，实启宫闱。母后无权，外戚宦官，何得专横？外戚宦官无权，乱党方镇，何得骚扰？古人有言："哲夫成城，哲妇倾城"，这是至理名言，万世不易呢。即如近数十年间之乱事，亦启自清慈禧后一人，可谓古今同慨。

大纲既布，须叙正文。且说王莽毒死汉平帝，又废孺子婴，把一座汉室江山，平白地占据了去，自称新朝，号为始建国元年，佯与孺子婴泣别，封他为定安公，改大鸿胪府为定安公第，设吏监守。所有乳母佣媪，不得与孺子婴通语，一经乳食，便把他锢置壁中。尊孝元皇后为新室文母，命孝平皇后为定安太后，一是姑母，一是女儿，所以仍得留居深宫。当下封拜功臣，先就金匮策书，按名授爵。这金匮是梓潼人哀章，私造出来，持至高庙，欺弄王莽，见《前汉演义》末回。王莽视为受命的符瑞，就借此物欺弄吏民。计金匮中所列新朝辅佐，共十一人，首列王舜、平晏、刘歆、哀章，莽号为四辅，令舜为太师安新公，晏为太傅就新公，歆为国师嘉新公，章为国将美新公，四辅以后，就是甄邯、王寻、王邑，莽又号为三公，令邯为大司马承新公，寻为大司徒章新公，邑为大司空隆新公。尚有四人号为四将，甄丰为更始将军，孙建为立国将军，王兴为卫将军，王盛为前将军。这一道新朝诏旨颁将出来，哀章是喜得如愿，买得一套朝衣朝冠，昂然诣阙，三跪九叩，谢恩就封。余如王舜、平晏、刘歆、甄邯、王寻、王邑、甄丰、孙建等八人，本是王莽爪牙，即日奉命受职。只有王兴、王盛两姓名，乃是哀章随笔捏造，当然无人承认，好几日没有影响，哀章不敢直陈，只是背地窃笑。偏王莽遣人四访，无论贫富贵贱，但教与金匮中姓氏相符，便命诣阙授官。事有凑巧，访着一个城门令史，叫做王兴，还有一个卖饼儿，叫做王盛，当即召他入朝，赐给衣冠，拜为将军。这两个凭空贵显，还道身入梦境，仔细审视，确是无讹，无端富贵逼人来，也乐得拜爵登朝，享受荣华。天落馒头狗造化。

莽又因汉家制度，未免狭小，特欲格外铺张，自称为黄帝虞舜后裔，尊黄帝为初祖，虞舜为始祖，凡姚、妫、陈、田、王五姓，皆为同宗，追尊陈胡公为陈胡王，田敬仲为田敬王，齐王建孙济北王安，为济北愍王。其实齐王建本姓田

第一回　假符命封及卖饼儿　惊连坐投落校书阁

氏,齐亡后尚沿称王家,因以为姓。莽借端附会,故由齐追及虞舜,由虞舜追及黄帝。_{硬要夸张。}立祖庙五所,亲庙四所,称汉高祖庙为文祖庙,凡惠、景以下诸园寝,仍令荐祀。惟汉室诸侯王三十二人,贬爵为公,列侯一百八十一人,贬爵为子,所有刚卯金刀的旧例,不得再行。向来汉朝吏民,于每年正月卯日,制符为佩,或用玉,或用金,或用桃木,悬以革带,一面有文字镌着云:"正月刚卯,"谓可避一年疫气。金刀乃是钱名,形如小刀,通行民间,莽以刘字左偏,有卯有金,右偏从刀,故将刚卯金刀,一律禁止,另铸小钱通用,径只六分,重约一铢。又欲仿行井田遗制,称天下田曰王田,人民不得私相买卖。如一家不满八口,田过一井,应将余田分给九族乡党。且不准私鬻奴婢,违令重罚,投御魑魅。后从国师刘歆奏议,遵照周制,立五均司市泉府等官。此外所有官职,多半改名,大约是不古不今的称号,_{胡弄一番,换名不换人,有何益处?后世亦多蹈此辙。}惟俸禄尚未酌定,往往有官无俸。后来又欲踵行封建,封了好几千诸侯,但用菁茅及四色土,作为班赏,并没有指定采邑,但给月钱数千,使居都中。看官试想,这种制度,果可行不可行呢?

正在喜事纷更的时候,忽由徐乡侯刘快,起兵讨莽,进攻即墨,莽方拟遣将往御,那即墨已传来捷报,刘快已经败死了。原来快系汉胶东恭王授次子,_{恭王授系景帝五世孙。}有兄名殷,嗣爵胶东王,莽降殷为扶崇公,殷未敢叛莽,独快却志在讨逆,纠众数千人,从徐乡趋即墨城,意欲踞城西向。偏即墨城中的吏民,闭城拒守,快众多系乌合,不能久持,渐渐溃散。守吏趁势杀出,把快击走,快竟窜死长广间。殷闻弟快起兵,惶恐得很,紧阖城门,自系狱中,一面上书谢罪。莽既得捷报,只命快妻子连坐,赦殷勿问。越年为始建国二年,莽恐刘氏余波,仆而复起,索性将汉室诸侯王,一体削夺,废为庶人。只有前鲁王刘闵,中山王刘成都,广阳王刘嘉,曾颂莽功德,侈陈符命,故仍得受封列侯。_{无耻之徒。}嗣复由立国将军孙建等,奏言:"汉氏宗庙,不当复在长安,应与汉室一同罢废。"莽欣然许可,惟言国师刘歆等三十二人,夙知天命,夹辅新朝,可存宗祀。歆女为皇子妃,使仍刘姓,余三十一人皆赐姓王氏,并改称定安太后为黄皇室主,示与汉绝婚。

定安太后虽是莽女,却与乃父性情不同,自从王莽篡位以后,镇日里闷坐深宫,愁眉不展,就是莽按时朝会,亦屡次托病,未尝一赴。莽还道她年方二九,不耐孀居,所以将她改号,好与择配,暗思朝中心腹,虽有多人,惟孙建最为效力,建有子豫,又是个翩翩少年,若与黄皇室主配做夫妻,恰是一对佳偶。当下召入孙建,与他密商,建欣然受命,归询子豫,也是喜出望外。得皇后为妻室,且是现成帝婿,有何不愿?于是想出一法,由豫盛饰衣冠,装束得与子都宋玉相似,带着医生,托词问疾,竟至黄皇室主宫中。宫中侍女,不敢拦阻,将他放入。豫得进谒黄皇室主,说是奉旨探视。黄皇室主大为惊异,又见他一双色眼,尽管向自己脸上瞟将过来,料知来意不佳,慌忙退入内室,传呼侍女,责她擅纳外人,亲加鞭扑。豫立在外面,听得内室有鞭扑声,当然扫兴而去,报知王莽。莽始知女儿志在守节,打消前议。

谁知此事一传,偏有一个绔袴郎君,艳羡黄皇室主,要想与她做个并头莲。这人为谁?乃是更始将军甄丰子甄寻。寻素来佻达,专喜渔色,前闻王莽要招孙豫为婿,不由的因羡生妒,背地含酸。后来豫事无成,寻私心窃幸,还道是大好姻缘,应该轮着自己身。*死在目前,还想快活*。朝夜思想,定下一计,便悄悄的自去施行。从前寻父甄丰,与王舜刘歆等,同佐王莽,不过依莽希荣,尚未欲导莽篡位,至符命诸说,纷然并起,丰等也不得不顺风敲锣,争言符瑞。莽既据国,尝遣五威将帅,分使五方,颁示符命四十二篇,笼络人心,因此符命诸说,充满天下。且内外官吏,一陈符命,往往封侯,有几个不愿捏造,辄互相嘲戏道:"汝奈何没有天帝除书?"统睦侯司命陈崇,*司命官名,由莽创造*。密白王莽道:"符命可暂用,不可久用,若长此过去,奸人都好借此作福,反致生乱。"莽点首无言,俟崇退出,即颁出命令,谓非五威将帅所颁,尽属无稽,应下狱论罪。嗣是符命伪谈,渐渐绝口。甄丰本为大司空,资格名位,不亚王舜刘歆,就是甄寻亦得受封茂德侯,官居侍中,兼京兆大尹。至莽封功臣,依照金匮符命,但拜丰为更始将军,使与卖饼儿王盛同列,不但与王舜刘歆等人,相去太远,甚且也不及弟,连甄邯都出丰上,丰父子当然怏怏。实在由丰素性刚强,平时未免唐突莽前,所以莽有意贬抑,借着符命为名,把丰贬置下列。丰子寻垂涎莽女,错疑莽真信符命,遂从符命上做出文章,先借别事一试,只说新室应当分陕,设立二伯,甄丰可为右伯,太傅平晏可为左伯,得周公召公故事。这道符命呈将进去,竟得王莽批准,令甄丰为右伯,使他西出。丰尚未行,寻越觉符命有效,又是一篇进陈,内言:"故汉氏平帝后,应为甄寻妻。"满望王莽再行准议,好教黄皇室主下嫁过来,做个乘龙娇客。哪知宫中传出消息,很是不佳,据言:"王莽怒气勃勃,谓黄皇室主为天下母,怎得妻寻?"寻才知弄巧成拙,若再不走,必被逮捕,当下密取金银,一溜烟似的逃出家门。不到半日,果有许多吏卒,来围甄第,入捕甄寻。甄丰尚未知寻所犯何罪,及问明情由,也吓得魂飞天外,急忙自己寻觅,意欲绑子入朝,为自免计。偏偏四觅无着,又经朝使坐索,迫令交出,一时无法对付,只好拚着老命,服毒自尽。朝使见甄丰已死,又入室搜捕,终不得寻,乃回去复命。

莽闻寻出走,下令通缉,一面穷究党羽,查得国师刘歆子侍中刘棻,棻弟长水校尉刘泳,及歆门人骑都尉丁隆,与大司空王邑弟左关将军王奇等,统是甄寻好友,一古脑儿拿入狱中,逐加讯问。数人因甄寻在逃,无从对质,自然

第一回　假符命封及卖饼儿　惊连坐投落校书阁

极口抵赖,不肯承认。案情悬宕多日,那在逃未获的甄寻,竟被获到。寻本跟着一个方士,逃入华山,蛰居多时,想到外面询探音信,适被侦吏遇着,便将他一把抓住,解入长安。他与刘棻等虽是友善,惟此番想娶故后,假托符命,全是他一人作主,未曾商诸别人,既经到案,却也自作自认,供称刘棻等不过相识,并未通谋。偏问官有心罗织,严刑逼供,没奈何将刘棻等牵扯在内。刘棻等已被扳入,百喙难辞,遂都连坐罔上不道的罪名,谳成死罪。倒是生死朋友,患难与共。还有刘棻的问业师,系是莽大夫扬雄,莽大夫三字头衔,乐得叙出。也做了此案的嫌疑犯,竟遭传讯。雄字子云,蜀郡成都人,素来口吃,却具才思,平时尝慕先达司马相如,每有著述,辄为摹仿。汉成帝时,由大司马王音举荐,待诏宫廷,献入《甘泉》《河东》二赋,得邀成帝特赏,授职为郎,嗣经哀平两朝,未获超迁,平居抑郁无聊,但借笔墨消遣,著成《太玄经》及《法言》。《法言》是摹拟《论语》,文尚易解,《太玄经》摹拟《周易》,语多难明。独刘歆借阅一周,尝语扬雄道:"《太玄经》词意深奥,非后生小子所能知,将来恐不免覆瓿呢。"瓿音部,是贮酱小瓮。话虽如此,意中却很重雄才,特令子棻拜雄为师,学习奇字。此时雄得为莽大夫,方在天禄阁校书,忽闻被刘棻案情牵连,要去听审。自思年过七十,何苦去受严刑,不如一死为愈,乃即咬定牙龈,竟从阁上跃下,跌了一个半死半活。我说他是条苦肉计。朝吏见他老年投阁,撞得头青面肿,很觉可怜,慌忙将他扶起,令人看守,自去返报王莽,具述惨状,且说他并未知情。莽才令免议,但命将甄寻刘棻等,一并诛死。

更有一种可笑的事情,莽欲仿行虞廷故事,流刘棻至幽州,放甄寻至三危,殛丁隆至羽山,三人已经就戮,却将他尸首载入驿车,辗转传致,号为三凶。此外牵连朝臣,也不下数百人。独扬雄九死一生,想去趋奉王莽,特著一篇《剧秦美新文》,谨敬呈入。时人因此作谣道:"惟寂寞,自投阁,爱清静,作符命。"为此一谣,文名鼎鼎的扬子云,遂致贻讥千古。雄至王莽天凤五年,方才病死。小子有诗咏扬雄道:

　　才高侪马算文豪,一落尘污便失操。
　　赢得头衔三字在,千秋笔伐总难逃。

扬雄投阁以后,却有一位铁中铮铮的老成人,为汉殉节,亘古流芳,与扬雄大不相同。欲知此人为谁,待至下回说明。

本回除楔子外,叙入王莽封拜功臣,爰照金匮符命,分授四辅三公四将,连卖饼儿亦得厕入。夫以王莽之狡诈,宁不知金匮之为伪造?其所以依书封拜者,无非为欺人计耳。不知欺人实即欺己,以卖饼儿为将军,宁能胜任?多见其速亡而已，宁待法令纷更，激成众怒，而始决莽之必亡耶？莽女为汉守节，不类乃父，尚有可称，何物甄寻，欲妻故后，其致死也固宜。刘棻丁隆等人，不免枉死，史家因其同为逆党，死不足惜，故不为辨冤。扬雄甘为莽大夫，投阁不死，反为《美新》之文以谄媚之，老而不死是为贼，区区文名，何足道乎？揭而出之，亦维持廉耻之一端也。

第二回　毁故庙感伤故后
　　　　挑外衅激怒外夷

　　却说前汉哀帝时候，有个光禄大夫龚胜，年高德劭，经明行修，他因王莽擅权，上书乞休，退归楚地原籍，家食自甘，不问世事。及莽已篡位，意欲罗致老成，特遣五威将帅，赍着羊酒，问候胜家，嗣又召为讲学祭酒，胜一再托疾，不肯应命。莽立夫人王氏为皇后，<u>即王盛女，见《前汉演义》。</u>生有四男，长子宇为了卫姬一案，被莽逼死，<u>卫姬系平帝生母，莽不令入宫，宇谋近卫姬，事泄被杀，亦见《前汉演义》。</u>次子获无故杀奴，亦由莽迫使自杀；三子安向来放荡，为莽所嫉，因立四子临为太子。且为临招致师友各四人，一是故大司徒马宫，令为师疑；一是故少府宗伯凤，令为傅丞；一是博士袁圣，令为阿辅；一是故京兆尹王嘉，令为保拂，<u>音弼</u>。这便叫做四师。又用故尚书令唐林为胥附，博士李充为奔走，谏大夫赵襄为先后，中郎廉丹为御侮，这便叫做四友。<u>胥附奔走先后御侮语，见《诗经》。</u>莽假古立官，故有是名。四师、四友以外，还欲添设师友祭酒，因再派吏至楚，使持玺书印绶，征胜入都。

　　吏奉莽命，到了楚地，料知胜不愿就征，预先邀同郡守县吏，及三老诸生，约千余人，齐集胜门，强为劝驾。胜自称病笃，奄卧床上，首向东方，朝服拖绅，方邀朝使入室，朝使入付玺书，并给印绶，胜当然辞谢，经朝使先劝后迫，定要胜应召入朝，胜喟然叹道："胜素愚昧，更兼老病侵寻，朝不保暮，若迫令起行，必死途中，转负新朝养老盛意，如何是好？"朝使听了，倒也不敢硬逼，退居郡舍，每阅五日，必与郡守一问起居，且向胜子及胜徒高晖，屡言朝廷厚意，将加侯封，就使病不能行，亦当出居传舍，示有行意，此事关系子孙，不可错过等语。晖等颇为所动，入内白胜，胜作色道："我受汉家厚恩，愧无以报，今年已老迈，旦暮入地，难道尚好出事二姓么？"说罢，即命二子预备后事，自己绝粒不食，饿至十有四日，气绝而亡，年终七十九岁。朝使闻得死耗，尚疑胜有诈谋，亲与郡守往吊，审视尸体，果已绝气，方才慨然辞去。胜家当即开丧，门徒毕集，代为料理。忽有一老翁策杖前来，径至灵帏前哭了一场，哭毕又叹惜道："薰以香自烧,膏以明自销,呜呼龚生,竟夭天年,非吾徒也!非吾徒也!"一面说,一面走,扬长自去。确是一奇。大众莫名其妙,也不知他何姓何名,后来到处查问,有人识他是个彭城隐士,年约百岁,姓名不传,但共号为彭城老父罢了。

朝使复报王莽,莽也为歔欷。未必真情。转思唐林唐尊纪逡诸人,俱系一时名士,幸已罗置朝端。尚有齐人薛方著名已久,亦应遣使招徕。乃更命安车驷马,往迎薛方,方向来使拜谢道:"尧舜在上,且有巢由,今明主方著唐虞盛德,小臣愿守箕颍高风,请善为我辞。"措词甚妙。使人回复朝命,备述方言,莽听他称颂自己,很觉惬意,遂不复再征。南郡太守郭钦,兖州刺史蒋翊,常因廉直得名,当王莽居摄时,已皆托病辞职,终身不起。又有沛人陈咸,此非前汉时陈万年子。曾为哀帝时尚书,莽杀何武鲍宣,见《前汉演义》。咸即惊叹道:"《易》称见机而作,不俟终日,我亦好从此去了。"当下谢职归田。莽篡汉后,召为掌寇大夫,仍称病不就。咸有三子参、丰、钦,俱已出仕,由咸陆续召归,杜门不出。平时尚用汉家祖腊,或说他未合时宜,咸勃然道:"我先人怎知王氏腊呢?"遂家居以终。此外还有齐人栗融,北海人禽庆苏章,山阳人曹竟,并以儒生为吏,因莽辞官。这都是洁身自好的志士,可法可传,比诸莽大夫扬雄,原是清浊不同呢!历举志士,维持风节。惟孝元皇后死后诔文,还是莽大夫扬雄所作,语虽寥寥,尚将他列入汉家,不把那新室文母四字,提叙出来。曾记得诔语有云:

太阴之精,沙麓之灵,作合于汉,配元生成,著其协于元城。

相传孝元皇后王政君,初生时曾有奇异,母李氏梦月入怀,方孕政君,所以诔文中说为太阴之精。政君为元城人,元城郭东,有五鹿墟,就是春秋时代的沙麓地方,春秋鲁僖公十四年,沙麓崩,《春秋传》作沙鹿。晋史卜得爻辞,见有阴为阳雄,土火相乘二语,尝叹为六百四十五年后,宜有圣女兴起,大约应在齐国田氏。是一个亡国妇人,何有圣女?王氏为齐王建后裔,见前回。王贺徙居元城,正当沙麓西偏,孙女便是王政君,为元帝后,经元成哀三朝,尚然健在。哀帝时由政君摄政,正与鲁僖公十四年,相隔六百四十五载,所以诔文中说为沙麓之灵。扬雄援据故事,叙入诔文,原为颂扬元后起见。但汉无元后,或不致为王莽所篡,是元后实系亡汉罪魁,何足称道。不过她见莽篡位,也觉悔恨,且莽改称元后为新室文母,与汉绝体,越令元后不安。莽又毁坏刘氏宗庙,连元帝庙亦被拆去,独为新室文母预造生祠,就将元帝庙故殿基址,作为文母篹食堂。篹音撰,具也。建筑告成,号称长寿宫。特请元后过宴,元后至新祠中,见元帝庙废彻涂地,不禁惊泣道:"这是汉家宗庙,当有神灵,为何无端毁去,颓坏无余?若使鬼神无知,何必设庙?倘或有知,我乃汉家妃妾,怎得妄踞帝堂,自陈馈食呢?"王莽听了,毫不介意,仍请元后入席,元后不得已坐下,勉强饮了几杯,便即起身告归,私语左右道:"此人慢神太甚,怎能久叨天祐?我看他败亡不远哩!"语虽近是,但试问由何人纵成?

莽见元后怏怏回去,料她心怀怨恨,不得不格外巴结,卖弄殷勤,所有一切奉养,常亲往检视,不使少慢。那元后却愈加愁闷,镇日里不见笑颜。汉制令侍中诸官俱著黑貂,莽独使改著黄貂,独元后宫中的侍御,仍著黑貂,且不从新莽正朔,每遇汉家腊日,自与左右相对,饮酒进食,总算度过残年。好容易过了五载,至王莽始建国五年二月,得病告终,享寿八十有四。若早死一二十年,当可少许免咎。莽为元后持三年服,奉柩出葬渭陵,虽与元帝合墓,中间却用沟夹开。所建新室文母庙中,岁时致祭,反令元帝配食,设座床下,这真叫做阴阳倒置,妇可乘夫了。想就是阴为阳雄之验。

惟元后在日,曾云王莽不得久安,莽总道是老妪恨语。那知元后殁时,已经内外变起,岌岌不宁。先是莽遣五威将帅王骏,率同右帅陈饶等,北抚匈奴,使单于交出汉玺,改换新朝图印,镌文为新匈奴单于章。匈奴乌珠留若鞮单于,即囊知牙斯。问明情由,才知汉朝绝统,另易新皇,却也没甚话说,就将图印换讫。陈饶恐单于变计,再求故印,即将原印用斧劈毁。到了次日,果由单于遣人持印,出语王骏道:"我闻汉朝制度,凡诸侯王以下印绶,才称为章,我虽受汉册封,原是称玺,今易去玺字,又加新字,是与中国臣下,毫无分别了!我不愿受此新章,仍须还我旧印为是。"陈饶闻言,将原印取示,已经分作数片,且与语及新朝体制,与汉不同。番使返白单于,单于知已受欺,待至莽将南归,便即勒兵朔方,伺隙入寇。

警报到了长安,莽正欲耀武塞外,特改号匈奴单于为"降奴服于"。莽生平无甚奇巧,不过善改名目。简派立国将军孙建等,募兵三十万人,约期大举,进击匈奴。且分匈奴国土为十五部,饬立前单于呼韩邪子孙十五人,同为单于。呼韩邪子孙,散处朔漠,各有职使,哪个肯来应命?莽乃再遣中郎将蔺苞,副校尉戴级,率兵万人,多赍金帛出塞,招诱呼韩邪诸子,前来听封。匈奴右犁汗王咸,居近中国,闻有金帛相赠,不免心动,因率子助、登二人,来会蔺苞戴级,蔺戴即传述莽命,拜咸为孝单于,赐给黄金千斤,杂缯千匹,助为顺单于,赐给黄金五百斤。咸受金后,便欲挈子同归,不意蔺苞戴级,将他二子截留,只准咸一人归廷,咸怏怏自去。蔺苞戴级,遂把助登传送长安,王莽大喜,封苞为宣威公,拜虎牙将军,级为扬威公,拜虎贲将军。事为乌珠留单于所闻,顿时大怒道:"先单于受汉宣帝恩,原不可负,今天子非宣帝子孙,如何得立!我岂肯从他伪命乎?"当下纵兵入塞,大杀吏民。莽得知消息,更选出十二部统将，令分率募兵三十万众，各赍三百日粮草，分道并出，为灭胡计。将军严尤，亦奉命与征，独上书谏莽道：

> 臣闻匈奴为害，所从来久矣，未闻上世有必征之者也。后世如周秦汉征之，亦未闻有得上策者，周得中策，汉得下策，秦无策焉。当周宣王时，猃狁内侵，至于泾阳，命将征之，尽境而还。其视戎狄之侵，譬犹蚊虻之螫，驱之而已，故天下称明，是谓中策。汉武帝选将练兵，约赍轻粮，深入远戍，虽有克获之功，胡辄报之，兵连祸结，三十余年，中国罢耗，罢音疲。匈奴亦创艾，而天下称武，是谓下策。秦始皇不忍小耻而轻民力，筑长城之固，延袤万里，转输之行，起于负海，疆境虽完，中国内竭，卒丧社稷，是谓无策。今天下遭阳九之厄，比年饥馑，西北边尤甚，若发三十万众，具三百日粮，必东援海岱，南取江淮，然后乃备，计其道里，一年尚未集合，兵先至者聚居暴露，师老械敝，势不可用，此一难也。边既空虚，不能奉军粮，内调郡国，不相及属，此二难也。计一人三百日食，须用粮十八斛，非牛力不能胜，牛又当自赍食料，加二十斛，重矣，胡地沙卤，辄乏水草，以往事揆之，军出未满百日，牛必尽毙，余粮尚多，人不能负，此三难也。胡地秋冬甚寒，春夏多风，多赍釜鍑薪炭，重不可胜，兵士又不服水土，动有疾疫之忧，故前世伐胡，不过百日，非不欲久，势有不能，此四难也。辎重自随，则轻锐者少，不得疾行，虏徐逃遁，势不能及，幸而逢虏，又累辎重，如遇险阻，衔尾相随，虏要遮前后，危且不测，此五难也。大用民力，功不可必立，臣窃忧之，今既发兵，宜纵先至者，令臣尤等深入霆击，但期创艾胡虏足矣。若必穷兵累日，转饷经年，非臣之所敢闻也。严尤助逆，本不足取，但其言可采，故录之。

王莽得书，不肯听从，仍饬照前旨办理。看官试想，这三十万兵士，三百日粮草，岂是容易所能办到？百姓又最怕当兵，最怕输粮，地方官刑驱势迫，东敲西逼，招若干壮丁，备好若干刍粟，还要陆续转运出去，不是雇船，就是装车，舟子车夫，又没有多少工资，统皆畏缩不前，眼见得有年无月，不能成事。严尤所言，还多从塞外立说，其实内地已不堪征求，民皆疲命，始终总是一死，不如去做盗贼，还可劫掠为生。国家之乱，大率如此。莽待了数月，闻得兵粮尚未办齐，更遣中郎"绣衣执法"各官，四面督促勒定严限，一班似虎似狼的奸吏，乐得依势作威，压迫州郡，于是法令愈苛，地方愈乱。那匈奴却屡为边寇，外患日甚一日，莽所遣派各将帅，都因兵饷未集，不敢出击，一听胡骑纵横边境，饱掠而去。从前北方一带，自汉宣帝后，好几代不见兵革，户口浸繁，牛马满野。至莽与匈奴构衅，人畜不及迁避，多被掠夺，又害得尸骸盈路，朔漠一空。莽尚望孝单于咸，肯为效力，牵制匈奴，所以咸子助登，入都以后，还是好生看待，优赐廪饩。助不幸病死，莽令登代为顺单于，哪知孝单于咸，前次出塞归廷，自恨为莽将所欺，便去告诉乌珠留单于，涕泣谢罪。乌珠留单于贬咸为于粟置支侯，且令他入寇中国，将功补过。咸乃令子角出没塞上，会同匈奴部众，骚扰不休。莽将陈钦王巡，出屯云中，分兵防堵，捕得匈奴游骑，讯知为咸子角部下，忙即报达王莽。莽当然发怒，立将顺单于登拿下，枭首市曹。

一波未平，一波又起，西夷钩町王弟承，起兵攻杀牂牁大尹周钦，扰乱西陲。钩町与牂牁相近，汉武帝时，征服西南，建置郡县，但蛮夷部酋，往往仍使王号。钩町王亡波，曾助汉兵平乱，得受册封，传至王莽时候，被莽派出五威将帅，传达朝命，硬要他贬王为侯。钩町王邯，系亡波支裔，自思未曾得罪，何故遭贬？免不得与五威将帅，略有违言。偏莽得了五威将帅报告，遽使牂牁大尹周钦，诱杀钩町王邯，全是鬼蜮手段。邯弟承为兄报仇，倾国大举，攻入牂牁，把钦击死。牂牁附近诸州郡，慌忙连合拒守，飞章上闻。莽正想专力灭胡，不防西夷也这般厉害，只好另简冯茂为平蛮将军，往讨钩町。茂方起行，又得益州警耗，乃是蛮夷部落，响应钩町，攻杀益州大尹程隆。莽闻蛮夷迭叛，恐冯茂兵少势孤，不足平蛮，乃令茂大发巴蜀犍为吏士，就地征饷，分讨蛮夷。这消息传到西域，各国亦皆有贰心。车师先叛，降入匈奴。戊己校尉刁护，戊己校尉，系汉时所置。遣吏属陈良、终带，扼守要害，免得匈奴车师串同入寇。陈良、终带潜怀反侧，竟将刁护刺死，胁掠吏士二千余人，也去投降匈奴。匈奴收纳良带，使为乌贲都尉。莽方想扫平匈奴，谁料到变端百出，连西域也是生乱，边吏胆敢刺死校尉，去做胡奴，那时无名火高起三丈，更派使至高句骊国，征发兵民，要他速渡辽河，夹攻匈奴。高句骊为汉武所灭，夷作郡县，虽遗种尚受侯封，却没有甚么兵甲，急切如何成行？偏王莽一再催逼，恼动高句骊遗众，索性拒绝莽使，也为寇盗。

嗣是东西南北诸边疆，无一不乱，弄得王莽顾此失彼，踟躇不安。未几焉耆国又叛，西域都护但钦被戕，越使王莽焦急，临朝时常带愁容。群臣见莽有忧色，还要当面献谀，只说是夷狄为乱，无伤圣德，不久便可荡平。莽亦意气方张，未肯悔过，但务剿袭古制，粉饰太平。自从小钱颁行，民感不便，莽更作金银龟贝钱布诸品，号为宝货，种类错杂，名目繁纷，民间愈觉烦扰，屏诸不用，但将汉朝遗留的五铢钱，卖买交易。莽乃将宝货停办，另铸五十大钱，使与一文小钱并行，所有汉朝的五铢钱，概令销毁，如百姓尚敢私藏，罪当投荒。官吏借端搜索，闹得鸡犬不宁，偶被搜出，即将全家充戍，如有私铸铜钱，责令五家连坐，一并充军。最可恶的是犯人夫妇充发出去，不准完聚，竟将妇女另行改配，或罚做军人奴婢，永不放还，这真是古今罕有的虐政。莽仿行周官王制，周官即《周礼》，王制即《礼记》。特置卒正连率，同帅。及大尹属令属长州牧，更分六乡六尉六队六服，合为万国，所有郡县名称，辄为变易，一郡易至五名，官吏都不能记忆。莽且自为得计，以为制度改定，天下自然平定。因此召集公卿，日夕会议，聚讼纷纭，甚至各处案件，申报上来，无暇批发出去，就是守令各官，也不遑考绩，听他作恶舞弊，贻害闾阎。每岁虽有"绣衣执法"，与十一公士，十一公，即前四辅三公四将等官，公之掾属称士。持节出巡，名为察吏善恶，稽民勤惰，实是纵他出刮地皮，到处索贿，死要铜钱。地方官怎肯破囊？无非是取诸民间，移作赆仪。有几处吏民抱屈，诣阙诉冤，亦被尚书搁置，连年守候，不得告归。至若拘系郡县，无故待质，也是沉滞得很，往往至莽下赦文，然后得出。这是乱时通病，不特新莽时为然。就是内外卫兵，本可一年交代，或且迟至三年，边兵陆续招赴，不下一二十万，都要仰食县官，县官无从取给，只好暴敛横征。五原代郡诸民，受祸最烈，为乱最早。莽不问民生疾苦，只知遣兵征剿，百姓外遭胡寇，内受兵灾，除死以外，几无他法。还亏匈奴乌珠留单于，一病遂死，右骨都侯须卜当，方执大权，素与于粟置支侯咸友善，把他拥立，劝咸与中国和亲，咸自称乌累若鞮单于，颇怨乌珠留将他贬号，也把乌珠留诸子降职，且尚未知子登死状，所以依着须卜当计议，遣使入塞，有意请和。莽查得须卜当妻，就是王昭君女须卜居次，因此封昭君兄子王歙为和亲侯，王飒为展德侯，使他赍着金币，往贺单于即位，伪言侍子登无恙，但教单于送出陈良、终带诸人，便可将登遣归。单于贪得莽赂，又欲与登相见，遂捕交陈良终带，及手杀刁护贼芝音等人。王歙兄弟，将良带等押解长安，莽援《周易》"焚如死如"的遗训，放起一把大火，把良带等推入火中，烧成灰烬！良带等原是该杀，但必用火烧，亦是过虐。下令召还诸将，罢归屯兵，一番劳师动众的大祸，总算暂时打消。是年王莽改元号为天凤元年。小子有诗咏道：

未谙武略想平胡，功未成时万骨枯。
买得罪人付一炬，可怜民命已难苏。

　　莽与单于言和，单于遣使报谢，并迎侍子登归国。登已早死，如何遣还？欲知王莽对付情形，容待下回再表。

　　偏爱者不明，好诈者必败，是二语好为王氏姑侄，作一注脚。孝元皇后之宠莽，全为爱莽而起，莽以媚术博姑母之欢，使之堕入计中而不之觉。迨莽篡窃汉祚，始悔偏爱之失策，晚矣。夫帝可弑，国可盗，则汉室宗庙，何不可毁？孝元后之且惊且泣，料莽不永，纯是妇人咒詈口吻，岂真能预测先机？且黑貂汉腊，何益夫家，大势已去，小节无论已。莽挟诈以欺国人，而不足以欺外夷，匈奴发难,边警迭闻,尚不肯从严尤之请,竟欲大举平胡,北征之师未出,而东西南三面,变端迭起,莽已旰食之不遑,尤复师心稽古,一何可笑。孔子所谓"反古之道,灾必及身",况如莽之身为乱贼,无在非诈乎?好诈必败,王莽其已事也。

第三回　盗贼如蝟聚众抗官
父子聚麀因奸谋逆

　　却说乌累单于,遣使至长安报谢,拟即迎登回国,王莽如何交得出?只托言登方病死,当令人送丧出塞,一面厚赆胡使,遣令归报。乌累单于又觉得为莽所欺,但因自己新立,威信未行,不能不暂时容忍,姑与言和。不过近塞戍兵,仍听劫掠,未尝禁止。莽闻边境未靖,还想讨伐匈奴,适值天变迭兴,彗星出现,乃不敢动兵。既而灾异不绝,日食无光,莽不知责己,但知责人。太师王舜,大司马甄邯,已经早死,莽独咎太傅平晏,免去尚书事省侍中兼职;又将继任大司马逯并,一并策免。哪知变异越多,时有所闻:当夏陨霜,草木枯死,盛暑时黄雾四塞,新秋后大风拔树,雨雹杀牛羊。至天凤二年仲春,日中现星,都下人民,讹言黄龙堕死黄山宫中,相率往观。莽自称黄德,不免寒心,令有司捕系百姓,问及讹言缘起,亦无从证实。适匈奴又遣使到来,求登尸骸,莽因复遣王歙等送登棺木,出至塞下,当由须卜当子大且渠奢,来迎登丧。歙等将棺木交讫,复传述莽命,另赠乌累单于金帛,叫他改号匈奴为恭奴,单于为善于。用了若干金帛,买出恭善两字,有何益处?并封须卜当为后安公,大且渠奢为后安侯,各给印绶,并赐多金。大且渠奢称谢而返,报知乌累单于。乌累单于利得金帛,就依了莽命,遇有使节往来,暂称恭奴善于。既得实惠,何惜虚名?莫谓胡儿不智!惟部兵入塞寇掠,仍然如故。

　　越年夏季,长平坂西岸堤崩,泾水不流,莽遣大司空王邑巡视。邑还朝奏状,偏有几个媚臣谐子,向莽上寿道:"'河图'所谓'以土填水',应该匈奴灭亡,速讨勿迟!"如何附会上去?莽以匈奴虽然言和,尚是寇盗不息,非大加惩创,不足示威。凑巧群臣有这种计议,正好趁势发兵,乃遣并州牧宋弘,及游击都尉任明等,先出屯边,准备北讨。复令五威将帅王骏,西域都护李崇,率同戊己校尉郭钦等,往抚西域,也欲仿汉武遗计,截断匈奴右臂,免得相连。王骏等到了西域,诸国多出郊迎接,奉献方物。骏因焉耆国前杀但钦,意欲乘便袭击,为钦报仇,当下使戊己校尉郭钦,与偏incident何封,另率精兵后进,自与李崇先行。焉耆国王刁猾得很,佯遣人恭迓骏崇,谢罪乞降。骏以为乐得前进,好使焉耆无备,可以得志。那知焉耆境内四布伏兵,一俟骏兵入境,突然杀出,把骏围住。李崇见不是路,拍马返奔,单剩骏陷入围中,冲突不出,竟致毙命。焉耆兵复追赶李崇,幸喜郭钦何封,率兵驰至,才得将崇救免,复麾众敌焉耆兵,焉耆兵也即退去,遗下老弱数百人,被郭钦等杀得精光,引兵归报。莽拜钦为填外将军,填同镇。封剑胡子;*剑音笈,绝也*。何封为集胡男;令李崇退镇龟兹,静待后命。

　　天下不如意事,十常八九。那平蛮将军冯茂,往击钩町,差不多已两三年,兵马调动了好几万,赋敛民财,值十取五,弄得怨声载道,仍一些儿没有功劳,反报称部下士卒,多染疫病,十死六七。顿时触动莽怒,立将冯茂召还,下狱论死。别遣宁始将军廉丹,统兵往剿。大发天水陇西骑士,及巴蜀吏民十万人,浩荡前进,转输相望。初至时还算得手,斩馘数千;后来蛮夷据险死拒,丹军渐至疲困,疫气熏蒸,粮道不继,仍落得无功而还。越巂蛮酋任贵,见官军再举无成,也乘隙为乱,杀死太守枚根,自称邛谷王。莽再想发兵继进,哪知内地乱民,已经蜂起,骚扰的了不得,还有什么余力,与蛮夷角逐呢?*这叫做剥床及肤。*

　　先是莽有事四夷,岁需浩大,特设出六筦名目,课税民间:一盐税,二酒税,三铁税,四名山大泽采办税,五赊贷税,六铜冶税。如有人违法不纳,即科重罪,贫民无自谋生,富民亦不能自保。当时草泽中间,已多伏莽,再加蠹胥猾吏,代为驱迫良民,叫他去投盗贼。于是愈聚愈众,到处揭竿。临淮人瓜田仪,依据会稽长州,首先发难。未几即有琅琊妇人吕母,也聚党数千人,入海为盗。吕母是一个老妪,为何胆敢作乱?她本来家况小康,未尝犯法,只因有子为海曲县吏,被县宰冤枉杀死,遂致吕母忿起,散财募士,招致少年百余人,攻入海曲,杀死县宰,取首祭子。自思祸已闯大,不能中止,索性逃入海中,明目张胆,去做强盗。就近的亡命无赖,陆续趋附,竟至一万多人。未几又有新市人王匡、王凤,也纠结徒众,出没江湖。原来荆州岁饥,人民无谷可食,都到野田间去采凫茈,*即荸荠*。烹食为生,你抢我夺,免不得有争斗情事。王匡、王凤,本是就地土豪,出与排解,处置公平,大众统皆悦服,愿受指挥。独地方官罔恤民艰,非但不知赈给,还要向他加征,饥民忿恨异常,遂推匡凤两人为首领,反抗官吏,聚众起事。南阳人马武,颍川人王常、成丹,也是著名盗目,闻风趋集,一同入伙,就借洞庭湖北的绿林山,作为巢窟。绿林山势甚险峻,可居可守,党徒聚至七八千人,四出打劫搬回山中。官吏虽派兵往捕,终因山高势险,不敢深入。一班绿林豪客,竟得快活逍遥。*后世称盗薮为绿林,便本此事。*同时南郡人张霸,江夏人羊牧,亦分头为盗,党羽亦不下万人。王莽连闻盗警,没奈何遣使招抚,叫他急速解散,方可赦罪。群盗方兴高采烈,怎肯听命?

使臣只好返报，莽问及盗贼情形，使臣禀白道："百姓因法禁烦苛，不得安居，力作所得，又不敷租税，就使闭门自守，还要被铸钱挟铜的邻伍，牵连犯罪，大众无从求生，只得去做盗贼了。"莽见他出言不逊，立即捧逐出朝，革职为民，另遣他人查办。他人不敢实报，复称乱民狡黠，应该捕诛；或谓时运适然，不久必灭。莽很觉惬意，辄命超迁，自己亲往南郊，祷天禳灾，采办五彩药石，熔一铜斗，象北斗形，长二尺五寸，号为威斗，谓可厌胜众盗。斗既铸成，付司命官掌管，莽出巡时，令他背负前行，入令在旁相随，仿佛与儿戏一般。无非欺人。

　　好容易混过一两年，已是天凤五年了。前此诸盗，一处不得荡平，反增添了好几处警耗。琅琊人樊崇，勇猛绝伦，为群盗所敬惮，奉为盗魁，盘踞莒县，一岁间聚至万余人。又有樊崇同郡人逄安，及东海人徐宣、谢禄、杨音，亦皆起应樊崇，转掠青徐二州间。再加刁子都，《汉书》作力子都。横行东海，独张一帜，亦在徐兖二州，打家劫舍，出没无常。莽改抚为剿，屡遣兵吏防御。偏是这班兵吏，只能欺贫压懦，不能获丑歼渠，一遇盗贼，大都畏缩不前，反被盗贼击退，这真徒唤奈何了。

　　天凤六年春月，莽因盗贼四起，特令太史推算三万六千岁历纪，决定六岁一改元，下书布告天下，自言当如黄帝升天，意在诳耀百姓，销解盗贼。谁知百姓已瞧透机关，知莽专事欺人，无一尊信，反加诽笑，群盗更无所畏忌，越聚越多。会匈奴乌累单于病死，弟舆继立，号为呼都尸道皋若鞮单于。他因乌累单于在世时，常得中国厚赂，至此也想骗取金银，特令须卜当子大且渠奢，入报嗣位日期，并献各种方物。莽又想入非非，召入和亲侯王歙，阴嘱秘谋，使他照计行事。歙依了莽命，带着一队人马，托词送奢，偕行出塞，使奢往召须卜当，同来领赏。须卜当转告单于，单于眼巴巴的望得财帛，一闻赏赐颁来，当然心喜，便令须卜当父子，往会和亲侯王歙。不意王歙见了须卜当，说是朝廷有旨，要他入都觐见。须卜当不禁诧异，但手下没甚兵士，只有两子随来，长子大且渠奢，又被王歙管束，不得脱身，乃命次子回报单于，自与奢入都见莽。莽见须卜当父子入朝，格外优待，面拜须卜当为须卜善于，兼后安公。看官道莽怀何意？无非欲诱服匈奴，他想匈奴易主，未见得服从中国，只有须卜当为王昭君女夫，素主和亲，若将须卜当立为单于，自然感恩降服，又恐须卜当身在匈奴，不便应允，所以将他诱来，特赐尊号，并拟出兵护送，使他归国为王。实是呆想。哪知呼都尸道皋单于，接得须卜当次子归报，非但不得财帛，且将须卜当父子劫去，气得两目圆睁，立即调动兵马，入寇边疆。是时严尤为大司马，知莽失计，曾劝莽勿迎须卜当，莽不肯听尤。及闻匈奴侵入边界，欲遣尤与廉丹，共击匈奴，赐姓征氏，号为二征将军，且面加慰勉，大致说

第三回　盗贼如蝟聚众抗官　父子聚麀因奸谋逆

是诛舆立当,舆即单于,名见上文。可使匈奴久服,一劳永逸。严尤独面驳道:"陛下且先忧山东盗贼,匈奴事且置作后图。"莽闻言变色,竟将严尤免官,改擢降符伯董忠为大司马,广募天下丁男,及死罪囚吏民奴,充作锐卒,并税天下吏民家资,三十取一,厚兵聚饷,出讨匈奴,又征集天下奇能异士,为冲锋选。说也可笑,竟有数人应召前来,或言能渡水不用舟楫,只用马匹接连,足渡百万兵士;或言出兵不费斗粮,但教服食药物,便能永久不饥;或言插翅能飞,一日远翔千里,不难窥探敌情。首二说未便立试,只自言能飞的技士,叫他当场试演。那人取出两翼,乃是鸟羽编成,系诸身上,两翼中间,绾住机纽,用手一扳,果然徐徐飞起,约数十步,便即堕落,不能再飞。也是后世飞机的滥觞,不可蔑视。莽亦明知无用,但欲激励他人,夸示外国,不得不随便收纳,使为理军,赏给车马。忽有凤夜即东莱不夜城,莽时改为凤夜。连帅韩博,保荐一人,用着大车四马,装载入都。这人叫做巨毋霸,生长蓬莱海滨,身长一丈,腰大十围,卧尝枕鼓,箸尝用铁,轺车不能载,三马不能胜,所以特用大车四马,载至阙下。王莽召见巨毋霸,果然是个硕大无朋的人物,却也暗暗称奇。待巨毋霸行过了礼,略问数语,便叫他充当卫士,随侍銮舆。巨毋霸谢恩退朝,那王莽忽然踌躇起来,暗思自己表字,叫做巨君,韩博应亦知悉,如何不令巨毋霸改名,公然敢触犯忌讳?并且毋霸两字,也觉可疑,莫非叫我毋行霸道,故意替他取这名字,侮弄朕躬?越想越恨,竟不管他是是非非,传旨召博入都,从重处罪。博还道荐贤有功,特蒙宠召,匆匆的赴都听命,不料一到阙下,便见卫士趋出,宣读莽诏,说他慢上不敬,绑出斩首。可怜博希旨求荣,反害得身首两分,不明不白。谁叫你去巴结逆莽。博既杀死,由莽命巨毋霸改名,号为巨母氏,取义在文母授玺,助己霸王的意思。巨字犯讳,何故不改?

越年本为天凤七年,莽依六岁改元的诏命,改号为地皇元年。春夏二季,只是筹备兵马,想击匈奴。适须卜当寄寓长安,不得回国,愁病而亡。莽令须卜当子大且渠奢,袭爵后安公,且将庶女陆逯任,嫁为奢妻,陆逯系莽女封邑,莽改称公主为任,故名陆逯任。奢得为莽婿,倒也安心住下。莽更加意抚慰,谓俟兵马调齐,总当送他回国,立为单于。无如莽有此想,天不相容,莽尝改称未央宫前殿,叫做王路堂,忽被一阵极大的秋风,吹倒许多墙壁。莽以为天变告儆,或由临为太子,安独向隅,舍长立幼,因致上干天怒。乃封安为新建王,临为统义阳王,撤销皇太子名称,聊自解嘲。

先是临母王氏,因二子宇获被杀,时常悲悼,涕泣失明。宇子名宗,曾封功崇公,私服天子衣冠,擅刻玺章,又由莽查出情弊,迫令自尽。宗姊妨为卫将军王兴夫人,诅姑杀婢,莽使中常侍豆恽责妨,并及王兴,䂂音带。兴夫妇又皆自杀。莽自娶王氏,又将孙女亦嫁王家,好古者奈何如是?莽后王氏,既哭二子,又哭孙儿孙女，遂致悲上加悲，激成疾病，奄卧不起，莽令临入侍母疾，日夕在侧。偏有一个黠婢原碧，生有三分姿色，楚楚动人，更兼口齿伶俐，眉目轻佻，王氏倚为心腹，宠爱逾恒。该女却不安本分，常向莽殷勤献媚，引得莽欲火上炎，往往瞒着王氏，与她演几出秘戏图。至临入宫奉母，时与原碧相见，原碧又卖弄风骚，勾动临心。临虽已娶刘歆女为妻，他觉得原碧姿容，比妻尤艳，况由她自来勾引，乐得移篙近舵，兜搭成欢。父子聚麀，倒是古训。俗语说得好："月里嫦娥爱少年"，临年正少壮，与原碧谐欢鱼水，比乃父大不相同，原碧很是快意。不过原碧既为莽所幸，怎得再与临私通？倘或发觉，坐致送命，因此喜中带忧，有时与临欢卧，装出一种嗟叹声，说出几句蹊跷话。临不禁心疑，搂住细问，才知她怕着这老厌物，自己也不觉吃惊。原碧又故意撒手，欲与临中断情缘，此时临已为所迷，怎肯中止？辗转思想，只有弑父一法，尚可免患，当下告知原碧，正中原碧心坎，既得除去眼中钉，复好做个现成妃子，那有不赞成之理？于是两人商定，待时下手。临妻刘愔，得父歆家传，能观星象，夜见金木二星，聚会一处，心知有异，趁着临回至东宫，即与临语道："星象告变，恐宫中将有白衣会。"临听了白衣会三字，想是指着丧服，大约莽命该死，谋将有成，心下当然暗喜，却未便与妻说明，支吾一番，又跑入中宫，告知原碧。原碧得了此信，正拟安排毒药，俟莽入宫，加入茗中，把他毒死。偏莽颁下诏书，贬临为统义阳王，迁出宫外，临只好向母告辞，又与原碧流涕诀别，姑从缓图。莽因妻病未痊，虽将临迁出东宫，尚未遣令就国。临既不得见慈母，又不得会情女，满怀怅望，愁极无聊，乃寄书与母，略言父皇待遇子孙，很是严酷，前次兄侄等多壮年早死，臣儿年亦及壮，恐母后不测，儿亦不知命在何时。王氏见书，愈增伤感，就将临书掷置案上，可巧莽入宫问疾，览着临书，又起了一种疑心，意欲彻底查问，及见妻病垂危，不便发作，因将临书藏入袖中，忿然趋出。过了数日，莽妻竟死，由莽饬令左右收殓，不准临入宫会丧，待至丧葬已毕，就要将临事追究，仔细考察。得知临与原碧通奸，当下召入法吏，拿下原碧，把她刑讯起来。原碧是个柔弱女子，禁不起粗鞭大杖，一经敲扑，就一五一十，供出实情，通奸以外，还有逆谋。当由问官详报，莽立命捶死原碧，并嘱心腹人刺毙问官，把尸首并埋狱中，省得他传扬出丑。掩耳盗铃，徒滋人怨。一面赐临鸩毒，逼命饮下，临不肯取饮，宁可自刭，拔刀刺胸，须臾毕命，莽赐谥曰缪。又有诏书付与刘歆，谓临本不明星学，事由临妻刘愔妄言，致临犯罪云云。这数语明是归咎刘愔，叫歆转嘱女儿。歆自恐坐罪，慌忙将女儿召去，责备一番。愔无从诉冤，含泪回来，服药自尽，这是地皇二年正月间事。这一月内，莽子新建王安，及莽孙公明、公寿，统皆病死，匝月四丧，莽还不自恐惧，反毁坏汉武汉昭两帝庙室，腾出空址，作为子孙葬地。看官试想

王莽所为,恶不恶,凶不凶呢?小子有诗叹道:

> 亲生骨肉且寻仇,事到其间也可休。
> 祸变至斯犹未悟,恶人到底不回头。

　　莽既这般凶恶,报应不远,自然要东反西乱,来杀这逆莽了。欲知后来乱事,且看下回再详。

　　古人有言:"外宁必有内忧",独王莽则先挑外衅,而内忧乃因之而起,此则莽自欲速祸,故有此变例耳。莽不欲用兵夷狄,则租税当不至过苛,租税不苛,则盗贼亦不至过繁,天下方受莽欺而不之察,若莽能噢咻示惠,逆取顺守,其或能保全身家,亦未可知。乃外夷未叛而莽独迫之,平民未乱而莽又殴之,何其悖谬若此!意者其天夺之魄而益其疾欤?况内有逆子,又有淫婢,暗设机谋,欲行大事,祸机伏于肘腋,莽之不死亦仅矣。然天不欲莽之死于儿女子手,姑使之自翦子孙,然后孤危莫救,供人脔割,足快众心。恶愈稔者报愈酷,非药死所足蔽辜也。

第四回　受胁迫廉丹战死
　　　　　图光复刘氏起兵

　　却说巨鹿地方,有一男子马适求,闻莽暴虐不道,意欲纠合燕赵壮士,入都刺莽,事为大司空掾属王丹所闻,立即上告,莽即发兵捕到马适求,把他磔死。又遣三公大夫,穷治党羽,辗转株连,杀毙郡国豪杰数千人。于是人心益愤,共思诛莽。魏成大尹李焉,素与卜人王况友善,况进语李焉道:"新室将亡,汉家复兴,君姓李,李音属征,音止。征有火象,当为汉辅,不久必有应验了。"焉深信况言,厚自期许。况又东凑西掇,集成谶文十万言,出示焉前。焉奉为秘本,嘱吏抄录,吏竟窃书逃走,入都报莽,莽忙命捕焉及况,下狱杀死。汝南人郅恽,研究天文历数,知汉必再受命,慨然上书,劝莽还就臣位,求立刘氏子孙,方能顺天应人,转祸为福。莽自然动怒,饬将恽拘系诏狱,转思恽未起逆谋,不过妄言无忌,情迹还有可原,因此格外加恩,下令缓决,后来下诏大赦,才得将恽释放。想是恽命未该死,故得重生。真正侥幸。莽见人心思汉,越起恶心,索性遣虎贲将士,携着刀斧,驰入汉高庙中,左斫右劈,毁损门窗户牖,又用桃汤赭鞭,鞭洒屋壁,即将高庙作为兵营,使轻车校尉住着。又记起王况谶文,谓汉室当兴,李氏为辅,因特拜侍中李棽为大将军扬州牧,赐名为圣,遣令统兵击贼。上谷人储夏,自请招降盗首瓜田仪,莽即授官中郎,使他招抚。储夏去了一趟，取得仪降书，返报王莽，请莽加恩封赏。莽又令储夏召仪入朝，面授官爵。谁知储夏再往，仪已死去，只得向莽复命。莽再命往求仪尸，厚加棺殓，代为起冢设祠，赐谥瓜宁殇男，想借此羁縻余盗。偏偏一盗甫死，又添出男女强盗两人，男强盗叫作秦丰，在南郡间纠众人，劫掠良民；女强盗叫作迟昭平，家居平原，粗通文字，擅长博弈，居然招集亡赖少年，约数千人，也想入山落草，做个一时无两的女大王。前有吕母，后有迟昭平，可谓无独有偶。莽闻报惊心，召集群臣，详询平盗方略。群臣尚应声道："这都是天囚行尸，命在漏刻，何必多忧？"独左将军公孙禄抗声道："盗贼蜂起，咎在官吏，现在太史令宗宣，迷乱天文，贻误朝廷；太傅唐尊，崇饰虚伪，偷窃名位；国师刘秀，即刘歆，详见后文。颠倒五经，毁灭师法；明学男官名。张邯，地理侯孙阳，造作井田，使民弃业；义和亦官名。鲁匡，创设六筦，毒虐工商；说符侯崔发，阿谀取容，壅塞下情，为陛下计，亟应诛此数人，慰谢天下。更宜罢讨匈奴，仍与和亲，休兵息民，方可图治。臣看新室大患，不在匈奴，却在这封域间呢！"对牛弹琴，徒失人格。这一席话，说得莽翘起短须，现出一张哭丧脸，遽命殿前虎贲，将禄驱出，但严令内外牧守，督捕盗贼。荆州盗王匡、王凤等，盘踞绿林，气焰甚盛，牧守接到莽诏，不敢违慢，只好选募壮士二万人，往讨绿林。王匡等出来迎击，大破官军，荆州牧自去督战，又被王匡等击败，夺去许多辎重，吓得荆州牧屁滚尿流，慌忙返奔。约行里许，忽突出一大队强徒，截住去路，为首一位彪形大汉，须眉似戟，手持一杆长矛，厉声呼道："好汉马武在此，尔等快留下头来！"后来马武降汉，称为中兴名将，故此处独留身分。荆州牧魂飞天外，忙命驱车旁逸，哪知马武的长矛，已刺入车中，回手一钩，立将车辕钩倒，把一个金盔铁甲的荆州牧，覆出地上。荆州牧已拚着一死，又听马武大叫道："我等为饥寒所迫，苛政所驱，不得已落山为盗，并非敢戕杀命官，怎奈汝等蠹吏，不思救民，反要虐民，岂不可恨！我今权寄下汝首，叫汝知过必改，勿再肆虐，如若不信，请看此人！"说着，手中矛起，刺死骖乘一将，呼啸而去。荆州牧方敢爬起，旁顾左右，已皆散走，只有一尸首横在地上，越觉得胆战心寒，勉强按定惊魂，呆立片刻，才见逃兵陆续趋回，七手八脚的竖起覆车，请令乘坐，急急的奔归州署，此后再不敢轻出击贼，但闭门高卧罢了。

王匡等杀败官军，复攻破竟陵城，转掠云社安陆，虏得妇女数十人，仍回绿林山中，纵欢取乐。百姓失去妻女，无从追寻，报官也是无益，徒落得家离人散，十室九空。皇天有眼，也不使绿林盗贼，安享温柔，蓦然降下一场大疫，把绿林山中的喽啰，瘟死无数，可见盗贼亦有恶报。盗目乃不敢安居绿林，分途引散。王常、成丹西入南郡，号为下江兵。王匡、王凤、马武，及支党朱鲔、张卬等北入南阳，号为新市兵。莽遣司命大将军孔仁，出徇豫州，再起严尤为讷言大将军，与秩宗大将军陈茂，同略荆州。两路已发，又接东海警报，盗魁樊崇，势甚猖狂，乃更命太师王匡，与更始将军廉丹，率兵讨崇。莽曾改更始将军

第四回　受胁迫廉丹战死　图光复刘氏起兵

为宁始将军,至此复称更始。是时郡国官吏,多畏盗如虎,不敢进剿,惟冀平连帅田况,素称勇敢,募得壮丁四万人,各给库械,明定赏格,刻石为约,樊崇等闻风知惧,相戒不入。况上书自请击贼,所向皆克,莽擢况领青徐二州牧事。况又上书自莽,略言:"盗贼始发,为势甚微,咎在地方长吏,不以为意,县欺郡,郡欺朝廷,实百言十,实千言百,朝廷忽略,不加督责,遂致蔓延连州。及遣发将帅,出击盗贼,又索郡县供张,竭资迎送,犹恐不足,尚有何心再顾盗贼?将帅复不能躬率吏士,奋勇前敌,每战辄为贼所创,遂致罢兵豢寇,酿成巨变。今洛阳以东,连年饥馑,米石数千钱,臣闻朝廷复遣太师与更始将军,东向讨贼,二人为爪牙重臣,兵多人众,沿途饥匮,何处供求?愚以为不如慎选牧尹,明定赏罚,叫他收合灾民,徙入大城,积藏谷食,并力固守,贼来攻城,急不得下,退亦无从掠食,势难久存,然后可剿可抚,攻必破,招必降。若徒然多遣将帅,劳苦郡县,恐为害且过盗贼,请陛下即日征还各使,俾郡县少得休息。臣况既蒙委任,二州以内,自可平定,愿陛下俯允臣言,定能奏效。"这一篇奏章,正是当时良策,偏莽阴加猜忌,疑他沮挠军心,遽召况为师尉大夫,另派别人替代。

况一入都,齐地遂空,樊崇等只畏田况,闻况奉调入朝,相率庆贺。可巧女盗吕母病死,余盗多散归樊崇,党羽益盛,遂有意窥齐,严申约束,杀人抵命,伤人偿创,居然定出军律,檄示山东。那莽太师王匡,与将军廉丹,奉命东征,就择定地皇三年孟夏,辞行出都,文武百官,都至都门外饯行。适值天下大雨,全军皆湿,有几个老成练达的长者,看着兵士带水拖泥,不禁背地长叹道:"是谓泣军,泣军不祥。"天雨也是常事,实因人心怨莽,才有是言。王匡廉丹,共率锐士十万人,长驱东进,沿途征饷索械,备极严苛,东人作歌谣云:"宁逢赤眉,莫逢太师;太师尚可,更始杀我。"原来樊崇闻匡丹东来,必有大战,恐党徒与官兵混斗,致不相识,因令徒众用朱涂眉,作为记号,嗣是号作"赤眉"。崇自申明纪律以后,稍禁掳掠,反不若官军过境,驱胁吏民,廉丹颇得军心,惟纵兵为虐,比匡尤甚,故时人有此歌谣。百姓恐慌得很,更兼饥不得食,大率扶老携幼,奔入关中。关吏次第报闻,差不多有数十万人,莽不得已开发仓廪,派吏赈饥,吏多贪污,窃取廪粟,饥民仍不得一饱,十死八九。中黄门王业,掌管长安市政,有事白莽,莽问及饥民情形,业诡答道:"这等皆是流民,并非真由饥荒,臣看他流寓都门,还是持粱齿肥呢!"乃出取市上所卖粱饭肉羹,入宫示莽,说是流民所食,大概如是。莽信作真言,遂以为关东饥荒,全是虚报,乃一再遣使至军,催促廉丹,赶紧剿贼。丹得书惶恐,夜召掾属冯衍,出书相示。衍乘间进说道:"海内人民,怀念汉德,好比周人追思召公,人所鼓舞,天必相从,将军今日,莫若屯据大郡,镇抚吏士,选贤与能,兴利除害,方可显扬功烈,保全福禄,何必冲锋陷阵,委身草野,反弄得功败名丧,贻笑后人呢?"丹摇首不答,衍乃退出。越宿即拔营再进,到了无盐,正值土豪索卢恢等,据城附贼,丹与王匡,麾兵进攻,一鼓直入，杀死索卢恢，斩首万余级。当即飞书告捷，莽遣中郎将赍着玺书，慰劳军士，晋封匡丹为公，赏赐有功将吏十余人。王匡既得荣封，急思荡平盗贼，探得赤眉别校董宪等，聚众数万，据住梁郡，乃遽令出兵击宪。廉丹进谏道："我军新拔坚城，不免劳乏，今且休士养威，徐徐进行！"匡忿然道："行军全靠锐气，既得胜仗，正好鼓勇深入，君若胆小，我愿独进。"说着，便号令军士，速赴梁郡，自己一跃上马，扬鞭出城。丹不好坐观，也只得带领亲兵，随后继进。行至成昌，望见前面排着贼阵，几与泰山相似，军士不战先慌，纷纷倒退，王匡连声喝阻，尚不肯止。那贼众已驱杀过来，势如潮涌，锐不可当，匡知不能支，也即退走，惯说大话，往往无能。贼众在后追赶，杀毙官军无数。匡抱头逃回，正与廉丹相值，高声说道："贼势浩大，不可轻敌，快逃走罢！"丹不觉瞋目道："能战方来，不能战便死，奈何遽走！"匡满面怀惭，俯首无言。丹越觉气愤，从怀中取出印绶符节，掷付与匡道："小儿可走，我为国大将，除死方休。"一面说，一面即跃马前进，突入贼军。贼一拥齐上，把丹困住垓心，丹格杀贼徒数十人，终因寡不敌众，力尽身亡。为莽战死，殊不值得。麾下校尉汝云、王隆等二十余人，同声说道："廉公已死，我等何为独生？"当即拚命血斗，并皆战死。只王匡已经走脱，不得不据实报闻，莽下书哀悼，谥丹为果公。国将哀章，自愿赴军平贼，也要出去送死了。莽即遣章东行，与王匡合力御盗。又使大将军阳浚屯兵敖仓，大司徒王寻统兵十万，镇守洛阳。嗣闻严尤、陈茂一军，先胜后败，未见得利，免不得焦灼万分，乃拟遣风俗大夫司国宪等，俱是莽时官名。分巡天下，饬除井田奴婢山泽六筅诸禁，与民更始。

书尚未发，忽觉得一声霹雳，突出一位汉家后裔，起兵南阳白水乡，即舂陵封地。要来讨灭王莽，索还汉室江山。真命天子出现，应该大书特书。这人为谁？乃是汉景帝七世孙，为长沙定王发嫡派，本姓是刘，单名为秀，表字文叔，身长七尺三寸，美髯眉，大口隆准，确是汉朝龙种，比众不同。从前景帝生长沙定王发，发生舂陵节侯买，买生郁林太守外，外生巨鹿都尉回，回生南顿令钦，钦娶湖阳樊重女为妻，生下三子，长名縯，次名仲，又次名秀。秀生时，适有嘉禾一茎九穗，因以秀字为名。九龄丧父，寄居叔父刘良家，成童后好稼穑。长兄縯，表字伯升，独有大志，好侠养士，常笑秀为耕佣，比诸高祖兄仲。秀受兄揶揄，也觉业农非计，乃入都求学，拜中大夫许子威为师，肄习尚书，能通大义，嗣因资用乏绝，仍然归家。秀有一姊，曾适新野人邓晨，彼此谊关郎舅，时相往来。一日邀秀至穰人蔡少公家，适值宾朋满座，叙谈朝事，晨与秀都是后生，幸得少公招呼，参坐末席。少公素习图谶，与大众述及谶语道："将来刘秀当为天子！"座中有一人起问道："莫非就是国师刘秀么？"原来莽臣刘歆，也尝究心谶纬，依着谶文，故意改名为秀，回应上文。所以座客闻少公言，还道是秀为国师，容易得为天子，故有是问。少公尚未及答，但听末座上笑声忽起，接说一语道："怎见得不是仆呢？"大众闻声瞧着，乃是刘秀发言，都不禁哄堂大笑。谁知果然是他。秀扬长趋出,晨亦告退。

宛人李守,曾为莽宗卿师,素好星历谶纪,尝私语子通道:"刘氏不久当兴,李氏必将为辅。"通将父语记诸心中,也想做个攀龙附凤的功臣。至新莽地皇三年,新市兵窜入南阳,平林人陈牧廖湛,也聚众千余人,起应王匡、王凤,号平林兵,闹得南阳境内,风鹤皆惊。李通从弟李轶,因向通进说道:"今日四方扰乱,想是汉室当兴,南阳宗室,只有伯升兄弟,泛爱容众,可与共谋大事,愿兄勿失此机!"通欣然道:"我意也是如此。"可巧刘秀来宛卖谷,通与轶乘便迎入,与商起义,秀并不推辞,即与订约,归告兄縯。縯自王莽篡位后,常怀不平,暗中散财倾产,结交豪杰,约莫有百余人,至此一齐召集,面与计议道:"王莽暴虐,海内分崩,今复枯旱连年,兵革并起,这是天亡逆莽的时候,我等正好举事,起复高祖旧业,平定万世了!"众豪杰统拍手赞成,乃分遣亲友四出,招募士卒,自发舂陵子弟,指日兴师,子弟视为畏途,各谋躲避,竞言伯升造反,必将杀我。嗣见刘秀亦穿着军装,披绛衣,戴大冠,不由的惊疑道:"他是有名谨厚,为何也这般装束,莫非果好起事么?"竟究是谨厚的好处。乃稍稍趋集,共得子弟七八千人,縯自称柱天都部,秀年方二十有八,助兄举义,专待李通兄弟到来。通使弟轶出招徒众,自在宛城暗暗布置,准备起应。不料事机未密,被人发觉,当由守吏带着兵役,来捕李通。通闻风逃去,通父守与全家眷属,不及奔避,尽被拘去。官吏立即报莽,莽立即下令族诛,共死六十四人。一事未成,便至倾家,也觉可怜。縯探得李通家属,俱被捕戮,料知通不能起应,乃使族人刘嘉,往说平林新市诸头目,求他帮助。嘉素有口才,凭着那三寸舌,说动了两路兵,彼此定议,合兵进攻长聚,又搗入唐子乡,诱杀湖阳县尉。沿途夺取财物,却是不少,盗众欲据为己有,刘氏子弟,也要分肥,两下里争夺起来,势且决裂,亏得刘秀临机应变,好言劝解族人,令将所得财物,尽畀两路盗兵,盗众方才喜欢,愿与刘秀共攻棘阳。棘阳守兵寥寥,两三日即得夺下,李轶邓晨,亦从他处招得壮丁,来会刘縯。縯拟进取宛城,率众至小长安聚,忽来了莽将甄阜、梁邱赐,带领兵马,截住中途。縯怎肯退还? 自然麾众接战,已杀得难解难分,暮见天空中降下大雾,笼住两军,咫尺不辨南北,莽军多系骑兵,趁势蹂踏,縯众统是徒步,如何支持?一时纷纷四散,溃走各方。此次縯倾寨前来,连家眷都带在后面,满望顺风顺势,直达宛城,不防途中遇着这般败仗,只好各走各路,顾不得家属存亡。刘秀亦匹马奔逃,路旁碰着女弟伯姬,急忙唤令上马,并骑前奔。走了半里,又与姊遇,复促令上马同逃。姊即邓晨妻室,单名为元,见秀已挟妹同走,怎好三人一马? 便扬手一挥道:"弟妹快走! 此时已不能顾我了! 毋令一齐丧命!"秀还想要劝,怎奈后面喊声震地,有追兵驱杀过来,那时只得急走,可怜姊元及三女儿,尽被追兵杀死。还有秀从兄刘仲,及族人数十,亦败死乱军中。縯退保棘阳,收集残兵,十去四五,及见秀与妹到来,心中稍慰。秀与述及姊元姊仲,陷入敌兵,恐怕不能生还,縯待了许久,未见踪迹,想是已死,禁不住涕泪交并。俄而新市、平林两路贼目,入见刘縯道："莽将甄阜、梁邱赐，已渡过潢淳，屯兵泚水，闻他兵势浩大，不下十万，所有辎重，悉数留住蓝乡，他却断桥塞路，示无还心，眼见得来夺棘阳，与我拚命，我等寡不敌众，弱不敌强，如何抵御？不如弃城先走，还可保全生命！"刘縯听了，很是焦急，只得好言劝慰，教他少安毋躁，另筹良谋。正惶惑间，忽有一人驰入，朗声呼道："下江兵已到宜秋，何不前去乞援呢？"刘秀在旁接口道："李兄前来，好了好了！"却是一条生路。縯尚未知来人为谁，及刘秀与他说明，才知便是李轶的从兄李通。当下延通入座，问及下江兵来历，通答说道："通未曾起事，家属先亡，只剩得子身孤影，奔走四方。探闻下江兵帅王常，颇有贤名，特地致书相招，邀他来攻宛城，今彼已到宜秋，又知君困守棘阳，所以急忙赶来，请君往会下江兵。"縯问通曾否熟识王常，通答说道："素来相识，何妨往见？我等俱有口舌，还是怕他不成？"刘縯大喜，即与通同行，并嘱秀随往，一径至宜秋军营。营兵见縯等驰至，问明来意，縯即答说道："愿见下江一位贤将，与议大事。"兵士当即入报。此时下江营内，王常以外，尚有成丹等人，共推王常出见，常乃迎入縯等，见縯兄弟姿表不凡，已是起敬。两下问答姓名，叙及军事，縯口讲指画，词辩滔滔，再加李通从旁参议，常顿时大悟道："王莽残虐，百姓思汉，今刘氏复兴，就是真主，常愿助君一臂，佐成大功。"豪爽得很。縯笑答道："事若得成，难道我家独享么？"当下面订契约，起座告别，常送出营外，还白党徒，成丹等齐声道："大丈夫既经起事，当思自主，何必依人？"常摇首道："王莽苛酷，致失众心，现在人皆思汉，蠢然欲动，所以我等得乘机起事，但欲建大功，必须应天顺人，若徒负强恃众，虽得天下，亦必复失，试想秦皇项羽，何等威武，尚致覆亡，何况我等布衣，啸聚草泽呢？今南阳诸刘，举族起兵，我看他来议诸人，统是英雄，非我辈所能及，若与并合，必成大功，这是上天保佑吾侪，不可错过！"成丹张卬，方才悦服，即与常引兵至棘阳，与縯相会，新市、平林诸兵，见有援兵到来，亦皆欢跃。这一番有分教：

漫道鲸鲵吞海甸，好看龙虎会风云。

欲知刘縯如何调度，且至下回叙明。

食人之禄，忠人之事，此为古今通论。但如廉丹之战死成昌，史家不言其死节，或反大书特书曰："赤眉诛廉丹。"夫赤眉贼耳，廉丹助逆，亦不过一贼而已，以贼杀贼，独书曰诛，词似过激。然即此可以见出处之大防，助逆而死，死且遭讥，为人臣者，顾可不择主而事乎？刘縯倡义，秀乃辅之，阅史者必以为秀之中兴，实赖长兄，不知秀亦非真事田产，无志光复者，观其"安知非仆"之言，已见雄心；乃绛衣大冠，身服军装，而族中子弟，谓谨厚者亦复如是，此正所以见秀之权略耳。遵时养晦，一飞冲天，秀之才实过乃兄，宜乎兄无成而弟独得国也。

第五回　立汉裔淯水升坛
破莽将昆阳扫敌

却说刘縯会合下江兵，气势复振，连新市、平林诸兵，亦改易去志，摩拳擦掌，专待厮杀。縯令各路兵分作六部，休息三日，大排筵宴，与各将士痛饮一宵，申立盟约，时已为新莽地皇三年十二月中。各将士过了三日，便请縯发令出兵，縯谓出兵尚早，当再缓数天。好容易到了除夕，大众方预备守岁，忽由縯传发军令，叫他潜师夜起，进袭蓝乡。蓝乡距棘阳城约数十里，莽将甄阜、梁邱赐，曾在该处留屯辎重，见前回。縯为劫粮起见，留秀守城，自率各路人马，偃旗息鼓，悄悄地行至蓝乡。蓝乡辎重屯聚，非无守兵，只因除夕守岁，大都饮酒至醉，睡梦甚酣，蓦被縯军攻入，连逃避都是不及，还有何心保守辎重？有几个脚长手快的，披衣急起，开步就逃，侥幸保住头颅；若少许迟慢，便做了刀下鬼奴。縯等扫尽守兵，就将所屯辎重，一古脑儿搬运回城，天色不过黎明，已经是正月元日了。縯又点齐军士，置酒犒劳，大众喜气洋洋，巴不得立攻沘水，诛死莽将。縯见士气可用，立命毕饮，引军再出，直向沘水进发。莽将甄阜、梁邱赐，方接得蓝乡败报，辎重尽失，急得仓皇失措，不意敌众复到眼前，没奈何出兵抵敌。縯分部兵为左右翼，使下江兵攻东南，自率本部攻西南。甄阜、梁邱赐，也分队接仗，阜拒縯众，赐敌下江兵。下江兵锐厉无前，才阅半时，便把赐阵突破，赐望后退走。甄阜方督兵奋斗，望见赐军已溃，不禁气沮，部下愈加汹惧，一动百动，尽皆散走，阜禁遏不住，随势返奔。偏后面有潢淳水阻住，急切无从飞渡，一大半不顾死活，纷纷投水，一小半是尚在徘徊，被后面追兵赶到，乱戮乱剁，杀毙了万余人。甄阜、梁邱赐心慌意乱，先后毙命。潢淳水中，又溺毙无数。尚有残众好几万人，得渡彼岸，统觅路逃生去了。寥寥数语，却写得有声有色。

莽将严尤、陈茂，闻知下江、新市诸兵，连合刘縯，杀毙甄阜、梁邱赐，料知宛城垂危，慌忙引着大军，前来守宛。早有探马报达刘縯。縯因宛城坚固，倘被莽兵守住，与前途大有妨碍，因即陈师誓众，焚积聚，破甑釜，鼓行直前。两军在淯阳相遇，縯匹马当先，持槊陷阵，各将士奋勇继进，一当十，十当百，百当千，杀得莽兵东逃西散，人仰马翻。严尤、陈茂，从未经过这般厉害，只恐丧掉性命，拍马走还，连部兵都不暇顾及。兵士见无主将，多半投械乞降，逃去的不过二三成。縯乘胜进攻宛城，查点降卒，不下二三万，自己部兵也有一二万，加入新市、平林、下江三大部，差不多有十万人，此外尚有陆续投附，今日数十，明日数百，真是多多益善，如火如荼。縯即扎下大营，命各军分布城外，把一座宛城，围得铁桶相似。诸将以兵多无主，不便统一，欲立刘氏为主，借从人望。南阳豪杰，均拟立縯，独新市、平林诸头目，惮縯威明，选出一个庸懦无能的人物，奉为汉帝。这人也是刘氏宗室，名玄字圣公，系是春陵侯买长子熊渠曾孙，前回所叙郁林太守外，就是熊渠少弟。与刘縯兄弟系出同支，曾在平林军中，列入头目，号为更始将军，生性懦弱，无甚勇略，新市渠帅王匡、王凤、朱鲔、张印，平林渠帅陈牧、廖湛，都欲利用刘玄，暗中定议，叫他做个傀儡皇帝，方好任所欲为。縯尚未闻知，及各渠帅与縯说明，縯始慨然道："诸将军欲推立汉裔，厚情可感，惟愚见略有不同，目下赤眉啸聚青、徐，有众数十万，若闻得南阳，已立宗室，必然照样施行，彼一汉帝，此一汉帝，两帝不能并立，怎能不争？况王莽未灭，宗室先自相攻，坐失威权，如何再能破莽？自古以来，首先称尊，往往不能成事，陈胜项羽可为前鉴，今春陵去宛三百里，尚未攻克，便想尊立，是使后人得乘吾敝，宁非失策？愚意不如暂称为王，号令军中，若赤眉所立果贤，我等不妨往从，当不至夺我爵位。否则西破王莽，东收赤眉，然后推立天子，也不为迟。"刘縯此议，未尝轻玄，而轻玄之意，自在言外。南阳诸将，听了縯语，当然称善，就是王常亦极口称同。不料新市党徒张印，怒目起座，拔剑击地，且悍然道："疑事无功，今日我等已经定议，不得再有二言！"縯只好含忍过去，默然无语。诸将见縯且如此，乐得做个好好先生，于是决议立玄，就在清水岸上，筑起一坛，择期二月朔日，立刘玄为皇帝。玄首戴帝冕，身服皇袍，由诸将帅拥登坛上，南面升座，大众都称臣拜贺。玄不敢坐定，战兢兢的起立座前，心中七上八下，好似小鹿儿乱撞。听得众人山呼万岁，不由的面庞发赤，冷汗直流。如此无用，何不固辞？待至朝贺礼毕，惘然下坛。回入营中，自有一班捧戴的臣工，预先拟定国号，称为更始。又封拜王匡、王凤为上公，朱鲔为大司马，刘縯为大司徒，陈牧为大司空，刘秀为太常偏将军，此外诸将，亦各有职使，不及备述。史家载是年为更始元年，削去王莽地皇年号。但是十月，莽亦被诛，事见后文。划清眉目。

且说王莽闻刘縯起兵，大加震惧，特悬出重赏，购缉刘縯，如有人将縯擒住，封邑五万户，赐金十万斤，位居上公。又令长安中官署，及天下乡亭，各绘縯像，每旦起射，作为厌胜。呆贼。一面佯示镇定，命有司广选淑女，得一百二十一人，送入都中，莽亲自审视，个个是美貌娉婷，最看中有一丽姝，乃是杜陵人史谌女儿，轻盈袅娜，艳冶无双，可惜薄命！当下选为继后，召入史谌，特给黄金三万斤，当作聘礼，还有车马奴婢，杂帛珍宝，不可胜计。莽年已六十有八，须发尽白，他却用煤涂发，用墨染须，假充壮年男子。且使史氏女出外复

第五回　立汉裔淯水升坛　破莽将昆阳扫敌　　565

入,载以凤辇,直至殿前下舆,由莽行亲迎礼,出殿迎女,至上西堂同牢合卺,备极隆仪。封史谌为和平侯,拜宁始将军,谌子二人,并授官侍中。又将一百二十名淑女、悉数纳入后宫,赐号和嫔美御,和为上号,计三人,禄秩如公;嫔为次号,计九人,禄秩如卿;又次为美,计二十七人,禄秩如大夫;又次为御,计八十一人,禄秩如元士。既要纵乐,何必附会古制,多设名目？这一百二十人添居宫内,意欲轮流召幸,可奈年力已衰,不能如愿。乃再征方士入宫,叫他制合仙药,务使返老为童,可御诸女。方士等有何仙术？无非把提神兴阳的药品,熔合成丸,供莽服食。莽略觉有济,勉力合欢,也是这一百二十个美人儿,数合遭晦,无端做那老贼的玩弄品！想莽贼亦自知速死,乐得肆淫。莽又大赦天下,饬令四方盗贼,一律解散,不咎既往,若有迷惑不返,将遣百万雄师,一体剿绝。复命各路将士,赶紧进兵,沿途遇贼来降,不得妄杀,否则合力殄灭云云。此等文书,连日颁发,约莫有好几十万。偏文告日多一日,乱端亦日盛一日,俄而刘玄称帝的消息,传入宫中,又俄而刘縯围宛,刘秀等又别攻颍川,下昆阳,拔郾县,入定陵,急得王莽无心纵乐,不得不召集群臣,会议发兵。当时只有大司空王邑,大司徒王寻,系莽心腹子弟,最算效忠,当由莽遣令至洛,大发郡国兵马,拟召集百万,号为虎牙五威兵,使邑便宜行事,得专封赏。邑乘驿先行,寻复继进,既到洛阳,分头征兵,好容易调动四十二万人,号称百万,直指昆阳。莽又选募知兵能人,得六十三家,人数有好几百,使至军前参谋。再命巨毋霸为垒尉,归王邑王寻节制。巨毋霸能役使猛兽,特至上林兽圈内,放出许多虎豹犀象,使作前驱,一路上张牙舞爪,耀武扬威,直抵王邑、王寻营中。就是严尤、陈茂,收合败兵,尚有二三万人,一并与王邑王寻会合,旌旗辎重,千里不绝,自从秦汉以来,没有见过这般大军,几乎好横行天下,无人敢当。反跌下文。刘秀正奉更始皇帝命令,带同王凤、王常、李轶等,连下数城,留守昆阳,闻得莽军大至,乃遣偏师数千人,往截阳关。数千人到了关前,正值莽兵远远驰来,望将过去,好似蚂蚁攒集,不胜指数。更奇怪的是前驱大将,身长体伟,面丑鬋张,坐下一乘极大的兵车,两面插着虎旗,带领一大群猛兽,摇尾前来,汉兵见所未见,不知是何妖魔,来助新莽,你也惊,我也慌,索性回头就跑,逃还昆阳。刘秀问他何故逃归？大众一片哗声,说得莽军如何厉害,如何怪异,不但守兵闻言大骇,连王凤、王常、李轶诸人,也是面面相觑,形色仓皇。衬跌刘秀。独刘秀从容自若,还像没事一般。王凤忍不住说道:"莽兵如此奇悍,来迫我城,小小昆阳,眼见是固守不住,何如知难先退,还得共保身家？"众皆应声如响,无一异词,刘秀慨然道:"今兵谷既少,突遇强寇,全靠将士并力抵御,方可图功,若望风解散,必至玉碎,万难瓦全。况宛城未下,不能相救,再加昆阳一破,寇众长驱直进,恐在宛诸部,亦被灭亡。诸公不思同心合胆,共立功名,反欲牢守妻子财物,难道妻子财物,果能就此保全么?"眼界独超。王凤等闻言发恨道:"刘将军有何胆略,竟敢如此?"秀一笑而起,诸将各分头理装,亟欲出走,忽又有探马报入,莽兵已至城北,迤逦数百里,不见后队,大约总有数十万人。诸将听了,越加失色,转思敌临城下,走亦嫌迟,只可别图良策,暂济眉急。当下无人可商,只有刘秀纡徐不迫,究未知他有何良谋,乃再与秀计议。秀答说道:"诸公若听我言,未必有败无成,今日城中只有八九千人,势难出战,幸亏城坚濠阔,尚可相持。但外无救兵,内乏现粮,最多亦不过守住旬余,眼前只有派出数人,至郾与定陵两县,招集守兵,背城一战,方可解围。究竟谁守谁出,还请诸公自认。"王凤因敌已凭城,不敢轻出,因高声答应道:"我愿居守!"秀再问何人敢出,好多时不闻声响,乃毅然直任道:"诸公既都愿守城,由秀自往。"言未毕,又有一将道:"我亦愿往!"全是激出来的。秀见是李轶应声,遂邀与同行,留王凤、王常居守,自率壮士十人,束装停当,待夜乃发,还有将军宗佻,见秀义勇可嘉,亦愿从行。共计有十三人,乘着天昏月黑,潜开南门,跨马衔枚,向南疾走。莽军初临城下,统在城北驻扎,休息一宵,约定诘旦攻城,未尝顾及城南,秀等十三骑竟得驰脱。也有天幸。

到了翌晨,王邑纵兵围攻昆阳,严尤向邑献议道:"昆阳虽小,城郭甚坚,今刘玄盗窃尊号,乃在宛城,我军不若乘锐趋宛,彼必骇走,宛城得胜,哪怕昆阳不服哩!"邑摇首道:"我前为虎牙将军,围攻翟义,一时不得生擒,便遭诘责,今统兵百万,遇城不拔,如何示威?我当先屠此城,喋血再进!"说着,即指挥部众,环绕昆阳城,约数十匝,列营百数,钲鼓声达数十里。一面竖起楼车,高十余丈,俯瞰城中,且用强弩乱射,箭如飞蝗,城中守兵,辄受箭伤,甚至居民汲水,统是背着门户,不敢昂头。再用冲车撞城,泥土粉坠如雨。王凤等提心吊胆,寝食不遑,没奈何投书乞降。王邑不许,自谓旦夕可下此城,要想杀个痛快,表扬声威。严尤复进谏道:"兵法有言,围城必阙一角,宜使守兵出走,免得死斗,况有兵逃出,亦可使宛下伪主望风破胆,岂不更善?"邑勃然道:"我正要屠尽此寇,还好纵令逃走么?"又不听尤言,意气甚豪。是夜有流星坠入营中,到了诘旦,复有黑气蔽营,状如山倒,当营陨下,营兵统皆惊伏,诧为奇事。覆败之兆。

约莫过了旬余,已是六月朔日,城中守卒,待援不至,已觉得无法再生,可巧刘秀、李轶等,悉发郾、定陵两邑守兵,冒险进援。两邑兵也不过万人,由秀自为前锋,领着步骑千人,向着王邑大营,远远挑战。王邑在营中遥望,见来兵寥寥无几,不值一扫,因只遣数千人出敌。秀麾兵猛进,斩首数十级,竟把敌兵吓退,诸将不禁喜跃道:"刘将军生平,见小敌尚有惧容,今遇大敌,反觉勇气百倍,真正奇极,我等愿前助刘将军。"不如是不成为刘将军。于是人人思

第五回　立汉裔淯水升坛　破莽将昆阳扫敌

奋,个个争先,随着刘秀追杀过去,又枭得数百颗头颅。邑闻前军败退,再遣数千人援应,也阻不住汉兵,反被他砍倒无数,只好纷纷倒退。刘秀得直抵城下,遥呼守兵道:"汝等无恐!宛下兵已悉数来援了!"看官听着,这是秀故意伪言,安定城中士心。城上守兵,虽略有所闻,但见来兵不多,尚未敢出城夹击。秀又使弁目佯堕军书,使王邑部兵拾去,书中无非说是宛兵大至,请守吏无恐等语。王邑得书,也觉惊心,但尚自恃人多势旺,足敷抵御,下令诸营不得妄动,自与王寻等列阵城西,依水待着。也欲摆背水阵么？昆阳城西北有滍川,东流入汝,王邑就在岸上踞住。刘秀选得敢死士三千人,直冲邑阵,统是以一当百,不顾死生。从来行军接仗,越惜命越是要死,越拚命越是得生,秀部下都是拚命,邑部下都是惜命,所以邑兵虽众,反不及秀军的厉害,好容易突入中坚,杀得邑兵七零八落。呆头呆脑的王寻,还想上前拦截,被刘秀大喝一声,吓退三步,秀部下的敢死士,知是敌营大将,一拥上去,你一刀,我一枪,把王寻砍落马下,立时毙命。王邑见王寻被杀,无心恋战,只有退走一法。各营复守着军令,不便出援,那汉兵胆气越壮,喊杀声震动天地,再加昆阳城内的守兵,望见援军得胜,也由王凤等带同出城,来凑顺风。莽军垒尉巨毋霸,本尚依令守营,耐心待命,及闻王寻阵亡,王邑退却,不由的咆哮起来,当即驱出猛兽,冲突汉兵。汉兵倒也着忙,只恐为兽所噬,稍稍住脚。蓦听得雷声大震,雨势狂奔,豁喇喇的几阵怪风,竟将虎豹犀象等吹转,反去冲动巨毋霸。巨毋霸弄得没法,也只好向后退走,后面就是滍川,退无可退,偏猛兽不省人事,尽管向巨毋霸挤去,巨毋霸立脚不住,扑通一声,坠入水中,身重脚沉,不能上跃,简直是无影无踪,漂入水国去了。这叫做巨而毋霸,名足副实。巨毋霸一死,各营皆震,统是不待军令,弃营乱跑。虎豹犀象等兽,还在岸边狂窜,往往连人带兽,并堕入水。水复骤涨,就使素善泅水的兵士,也落得无技可施,活活溺死。王邑、严尤、陈茂等,跨马凫水,亏得水中有许多死尸,替他填底,才得渡过彼岸,狂奔而去。刘秀传令军士,不必穷追,但命将敌营辎重,搬运入城,一时不能尽取,听令遗留,待至明日再取。所有数十万莽兵,除死亡数万人外,任他四逸,自与诸将缓辔入城,真是好整以暇。次日再令兵士出搬辎重,仍然不尽,接连搬运了好几日,还有零碎杂物剩下,付诸一火。这便是昆阳大捷,成就了汉室光复的首功。小子有诗赞道:

　　身当大敌反从容,一鼓能销百万锋。
　　水涨血流风效顺,天公毕竟助真龙。

　　昆阳解围,群情鼓舞,更可喜的是一座宛城,早由刘縯攻下了。欲知宛城攻克情形,待看下回分解。

刘伯升知首事之难成,劝诸将不必立玄,言固甚是。但伯升亦自犯首事之戒,若稍示退让,姑且韬晦,则使他人当其咎,而一己受其成,亦未始非权宜之善策。惜乎其英锋太露,为人所嫌,卒至宵小播弄,不得其死,可悲亦可悯也。若乃弟文叔,则深知此道矣,见小敌反怯,见大敌独奋,令人无从端倪。昆阳一战,以什不及一之兵士,能摧王邑王寻之军锋,是何神勇,得此奇捷,虽天心助顺,风雨齐来,然必有义勇之过人,始得仰邀天佑耳。史称昆阳一役,为汉室中兴之基础,本回摹写声容,亦觉笔酣墨舞,有其事不可无其文,勿遽以小说目之可也。

第六回　害刘缜群奸得计
　　　　诛王莽乱刃分尸

　　却说昆阳大捷以前,宛城守将岑彭,已经出降。彭字君然,系是棘阳人氏,居守本县。棘阳为刘缜所夺,彭率家属奔往甄阜,阜责他不能固守,拘彭母妻,令他立功赎罪。至阜败死,彭得挈领母妻,奔入宛城,与副将严说共守。刘缜等进军攻宛,约经数月,城中粮食已尽,望援不至,累得势穷力竭,只得与严说一同出降。诸将欲将彭处斩,缜独劝阻道:"彭系宛城吏士,尽心固守,不失为义!今既举大事,当表义士,不如封他官爵,方可劝降。"刘玄乃封彭为归德侯,隶缜麾下。岑彭亦中兴名臣,故详叙履历。宛城既下,再加昆阳解围,汉威大震,海内豪杰,往往起应,杀死牧守,自称将军,用刘玄更始年号,静待诏命。刘秀由昆阳出略颍川,屯兵巾车乡,擒住郡掾冯异,面加讯问。异字公孙,颍川郡父城人,少好读书,颇通兵法,曾为颍川郡掾,监督五县。当时留居父城,与父城县长苗萌为莽拒汉。及闻刘秀出兵略地,料他必来攻父城,父城守兵甚少,因欲向旁县招兵,孑身外出,不料被秀军擒住。押入见秀,异既供述姓名履历,复申说道:"异孑然一身,无关强弱,死亦何妨,但有老母留居城中,若明公肯释异见母,异愿归据五城,聊报公恩!"秀听他语诚意美,即纵令回去。异返至父城,对着苗萌,极言刘秀仁明,不如归降,萌依了异言,即与异出降刘秀,异为传檄四城,尽令归汉,秀即留异与萌,共守父城。

　　嗣是缜秀二人,威名日盛,新市、平林诸将,阴怀猜忌,尝向刘玄处进谗,以为刘缜不除,必为后患。刘玄本不识好歹,又被他一番浸润,当然动心,乃与诸将商定密谋,待机发作。会王凤、李轶等,自昆阳城输运粮械,接济宛城,诸将以为时机已至,即入献狡谋,借着犒军名目,大会中吏,缜当然在列。刘玄见缜佩剑,故意的说他奇异,欲即取视,缜性情豪爽,不知有诈,当即拔剑出

第六回　害刘䌓群奸得计　诛王莽乱刃分尸

鞘，付与刘玄。玄接剑在手，把玩不释，新市、平林诸将，不禁着急，忙使绣衣御史申屠建，献上玉玦，玄仍然不发一言。我说他还是厚道。诸将无可奈何，只暗怨刘玄无能，未几罢会，玄将剑仍付与䌓，返身入内，䌓携剑趋出，大众皆散。䌓舅樊宏，私下语䌓道："我闻鸿门大会，范增尝三举玉玦，阴示项羽，今日申屠建复献玉玦，我看他居心叵测，不可不防！"䌓似信非信，微笑无言。其实刘玄向䌓取剑，明是有人教他，待䌓将剑奉上，便好诬他谋弑罪名，把他杀死。偏玄迟疑未决，不敢照行，申屠建献入玉玦，就是叫玄速决的意思，玄又不省，总算䌓命尚未绝，才得脱身。但䌓以为刘玄庸弱，不足深虑，因此一笑作罢。独新市、平林诸将，未肯就此罢休，又去联络李轶，一同设法。轶本在刘䌓部下，不属新市、平林党派，偏他谄事新贵，卖友希荣，竟甘心做那两党爪牙，与谋除䌓。从前刘秀在宛，曾见轶行为奸诈，劝䌓不可信任，䌓以为用人不疑，待遇如故，谁知他反复无常，果如秀言。这是刘䌓粗豪之失。有部将刘稷，勇冠三军，当刘玄称帝时，稷怒说道："此次起兵讨逆，全是伯升兄弟两人做成，更始何功，乃敢称尊号呢？"玄颇有所闻，特授稷为抗威将军。稷不肯受命，玄遂与诸将陈兵数千人，召稷入问，不待开口，便将他拿下，喝令推出斩首。恼动了刘䌓一人，挺立玄前，极力固争。玄又觉没有主意，俯首踌躇。不意座旁立着朱鲔、李轶，左牵右扯，暗中示意，逼出刘玄说一"拿"字，道声未绝，已有武士十余人，跑到䌓前，竟将䌓反绑起来。䌓自称无罪，极口呼冤，偏偏人众我寡，不容分说，立被他推至外面，与稷同斩。一位首先起义的豪杰，竟枉送性命，徒落得三魂渺渺，驰入鬼门关去了。阅至此不禁长叹。

刘秀时在父城，闻得阿兄遇害，痛哭一场，当即起身诣宛，见了刘玄，并不多言，只引为己过。司徒官属，向秀迎吊，秀亦惟依礼答拜，不与私谈。又未敢为䌓服丧，一切起居饮食，仍如常时。有人问及昆阳战事，他却归功诸将，毫不自矜。何等深沉！原非乃兄所能及。刘玄见秀不动声色，反觉得自己怀惭，乃拜秀为破虏大将军，封武信侯，再遣王匡进攻洛阳，申屠建、李松等进攻武关。

两路兵马，领命去讫。那王莽闻得昆阳大败，险些儿心胆俱碎，还想诡托符命，镇压人心。明学男张邯，进言符命，妄引《易经》同人卦九三爻辞云："伏戎于莽，升其高陵，三岁不兴。"这三语说作当代的谶文，莽系帝名，升即刘伯升，高陵即高陵侯子翟义，伯升与义，在新室下暗伏兵戎，最多不过三岁，终不能兴。亏他援引，亏他解释。群臣听邯满口荒唐，未免窃笑，不过对着莽前，还只得顺旨阿谀，齐呼万岁。莽又令东方将士，解送罪犯数人入都，途次扬言是刘伯升等，已经擒获，特送入正法云云。百姓也知他是骗语，无人轻信，付诸一笑。假面具总要戳破。时有莽将军王涉，素信道士西门君惠，惠好谈天文谶记，尝语王涉道："谶文谓刘氏复兴，国师公姓名，就当应谶文了。"涉记着惠言，往告大司马董忠，复与忠屡至国师殿中，谈及谶纬，国师不应。既而王涉屏人与语道："涉欲与公共安宗族，奈何公不肯信涉呢？"国师就是刘歆，早已晓得谶文，因改名为秀。他见涉语真情挚，才答说道："我仰看天文，俯察人事，东方必能有成。"涉接口道："我知新都侯幼年多病，指莽父。功显君平素嗜酒，指莽母。未见得定有生育，现在新室皇帝，恐非我家所出。涉与莽同宗，故自称我家。现在董公指董忠。主中军，涉领宫卫，公长子伊休侯主殿中，歆长子名叠，封伊休侯，为莽中郎将。若能同心合谋，劫帝降汉，彼此宗族，都可保全，否则难免夷灭了！"歆不禁心动，赞成涉议，且语涉道："当待太白星出现，方可举事。"涉将歆言转告董忠，忠因司中大赘莽时官名。起武侯孙伋，亦尝主兵，不得不邀令同谋。伋却也许诺，归至家中，神色顿变，食不下咽，伋妻瞧着，料有他事，一经研诘，伋竟和盘说出。伋妻大惊，劝伋速去讦发，一对混帐夫妻。伋尚觉不忍，经妻舅陈邯得知，从旁怂恿，且云伋不自首，邯当独告，伋无可奈何，只得同去告发。莽忙使卫士分召忠等，忠方阅兵讲武，忽闻诏使到来，便欲应召，护军王咸进说道："谋久不发，恐致漏泄，不如斩使起事，免为人制！"忠不敢遽发，当即入朝。刘歆、王涉，也是奉召前来。莽先召忠入，使黄门官詧恽问状，忠含糊对答；即由中黄门把忠拿住，忠正拟拔剑自刎，又听得侍中王望传旨，但说出大司马反四字，已被中黄门锋刃交下，将忠砍死。莽意欲厌凶，再使虎贲诸士，持斩马剑分砍忠尸，盛以竹器，使用醯醢毒药白刃丛棘，搀杂器中，掘坎埋着，又是奇想。一面下令收捕忠族。惟不闻传召歆、涉二人，歆、涉已知忠被诛，料亦难免，并皆自杀，莽亦不加查究。看官道是何故？他因歆为勋戚，涉系宗室，统是心膂重臣，若将他声罪定罚，反致张扬内乱，不如令他自尽，反好暗瞒过去，因此不愿明言。且查得歆子伊休侯，素性恭谨，实未与谋，但免去中郎将官职，另授中散大夫。歆本汉宗正刘向子，饶有才名，能承父业，平居尝汇集群书，编成《七略》，上达汉廷：一辑略，二六艺略，三诸子略，四诗赋略，五兵书略，六术数略，七方技略。都下人士，无不因他广见博闻，啧啧称赏，只是助莽为逆，热中富贵，终弄到身死名裂，贻笑后人，这岂不是一朝失足，千古衔悲呢？语重心长，为文人者其听之！话休叙烦。

　　且说王莽内遭离叛，外覆师臣，愁得坐卧不安，未遑顾及军事，乃征还王邑为大司马，进张邯为大司徒，崔发为大司空，苗䜣为国师，自己但饮酒啖鱼，排遣愁闷，暇时又披览军书，倦辄假寐，不复就枕，连那一百二十个美人儿，也是无心顾及。忽又接得外来警报，乃是成纪人隗崔隗义，起兵应汉，推崔兄子嚣为上将军，移檄郡国，号召四方，所有雍州牧安定大尹，俱被杀死，凡陇西、

第六回　害刘缜群奸得计　诛王莽乱刃分尸

武都、金城、武威、酒泉、敦煌等郡县，统被夺去。急得莽愁上加愁，长叹了好几声，转思檄文上面，不知如何说法？密令心腹卫士西出，取得一纸，还都呈阅。莽见檄文所说，历数自己罪恶，约十余条，第一条就是鸩杀平帝。当下出坐王路堂，召集公卿，启示从前为安汉公时，代帝请命的策书，并装出一种涕泣情形，晓谕群臣。平帝有疾，莽仿周公遗事，藏策金縢。事见《前汉演义》。正在装腔作势的时候，又有两处急报传来，一是导江郡卒正公孙述，起兵成都；一是故钟武侯刘望，起兵汝南。莽以成都较远，公孙述又不是汉裔，倒还无甚要紧，只是刘玄未平，又出了一个刘望，却是可忧。未几又闻望自立为帝，连故将严尤陈茂，统去投降，不由的失声大叫道：“反了反了。”叫煞也是无益。亟派亲信将吏出都，探听虚实。好几日得了回报，方知刘望已死，严尤陈茂并皆伏诛。莽又觉手舞足蹈，连声呼道：“好好！”才说到第二个好字，复听得将吏接口道：“不好哩！刘望与严尤陈茂，统被刘玄部将刘信击死，现在刘信占住汝南了！”莽复惊起道：“有这等事么？”忽又有人驰入道：“不好了！不好了！”莽只说两个好字，反引出三个不好来。莽大骇道：“为什么大惊小怪？”那人说道：“刘玄部将王匡攻洛阳，申屠建李松攻武关，已是猖獗得很，今又有析县人邓晔、于匡，起兵相应，自称辅汉左右将军，攻入武关。武关都尉朱萌，已投降了他，右队大夫宋纲阵亡，连湖县都失守了！”索性将四方乱事，并作一束，随笔写下，较为突兀得势。莽闻武关攻破，已觉得藩篱撤去，势甚可危，再加湖县是京兆属县，也致失守，简直是寇入堂奥，祸等燃眉。当下无可为计，慌忙召入王邑、张邯、崔发、苗䜣四大臣，及一班文武百官，商量御寇要策。王邑等仓皇失色，不知所出，崔发独进言道："臣闻《周礼》及《春秋左传》，俱言国有大灾，宜哭以厌之，故《易》亦云先号咷而后笑，今事变至此，正宜号泣告天，亟求救解！"好一条良策。莽不待说毕，便起座道："快去快去！"说着即下殿乘舆，由群臣簇拥出城，直至南郊，降舆跪祷，自陈符命本末，且仰天泣语道："皇天既将大命授与臣莽，何不殄灭众贼？若使臣莽有罪，愿下雷霆殛死臣莽！"天将假手碟汝，不屑雷霆。说罢，拊胸大哭，哭止再祷，磕了无数响头，然后起立，再命词臣作告天策文，自陈功劳千余言，一面召集诸生小民，使他朝夕会哭，特命有司给与粥饭，视有哭得悲哀，并能朗诵策文，即拜为郎官。于是登舆回朝，策拜将军九人，号为九虎，令率北军精兵数万人，东出御寇。好像儿戏。待九虎临行时，要他送入妻子，作为抵押，每人又只给钱四千。此时宫中尚藏有六十匮黄金，一匮约万斤，此外各官署中，统有好几匮藏着，珠玉珍宝，尚不胜计，莽越加吝惜，只有每人四千文，作为赏赐。试想这般将士，尚肯为莽效力么？

九虎将至华阴回溪，据险自守，于匡率弓弩手数千人，登高挑战，邓晔率二万余众，从阌乡南山，绕道北行，直出回溪后面，突入九虎营垒。九虎将顾前失后，顿时慌乱，于匡从高阜望见眭军，当即驰下夹击，杀得九虎将大败亏输，夺路四逸。二虎将史熊、王况，诣阙待罪，莽问他余众何在？史熊王况对答不出，抽刀自刎。尚有四虎将窜去，不知下落，只郭钦、陈翚、成重三虎将，收集散卒，退保京仓。邓晔开了武关，迎入汉将李松兵马，共攻京仓，数日不下。晔使弘农掾王宪为校尉，率数百人渡过渭水，攻城略地，所过皆降。李松亦遣偏将韩臣等，西出新丰，杀败莽将波水将军，追奔至长门宫。诸县大姓，亦纠众来会，各称汉将，王宪乘势招集，直逼长安都城。莽赦城中囚犯，各给兵械，杀豨大猪名豨。与盟道："如有与新室异心，社鬼当记罪不贷。"盟毕饮血，令后父宁始将军史谌，带领出敌。谌至渭桥，各罪犯一哄而散，单剩谌一人一马，如何御寇？立即拍马逃回。城外各路兵士，乐得恃众横行，发掘莽祖父妻子坟墓，毁去棺椁，并将莽九庙明堂辟雍，尽付一炬，火光照彻城中，昼夜不绝。十月朔日，各兵攻入宣平城门，正值莽司徒张邯出巡，被大众劈头乱砍，立即倒毙。莽司马王邑，带回王林、王巡、邳恽等，分头堵御，哪里抵得住一班乱兵？勉强支持了一日，乱兵汹涌异常，各官府邸第，尽行逃亡。到了次日，城中少年朱弟、张鱼等，恐被掳掠，也投入乱兵，充作前导，火烧作法门，斧劈敬法闼，敬法殿之小门。哗声大呼道："反虏王莽，何不出降？"连呼了好几声，里面仍绝无声响。各少年恐有埋伏，不敢遽进，但烦劳那祝融氏作了先锋，接连放火，火势窜入掖廷，延及承明宫。宫中为莽女黄皇室主所居，就是汉平帝的皇后，莽女自投火中，还算节烈，故特为叙明后号。她见火已向迩，不能避免，遂望火泣下道："我何面目再见汉家？"说着竟奋身一跃，自投火中，眼见得乌焦巴弓，随那祝融氏去了。莽避居宣室前殿，但见宫人妇女等，披头散发，踉跄奔入道："奈何奈何？"莽亦没法相救，但披着绀服，青赤色为绀。佩着玺绂，手持虞帝匕首，令天文郎持栻在前，栻即近时星盘之类。自己回旋坐席，随着斗柄所在，且坐且语道："天生德于予，汉兵其如予何？"到死还要做作，可笑。转眼间又过了一夜，乱兵愈逼愈近，群臣仓皇趋进，劝莽避入渐台。莽已二日不食，头眩目晕，一时不能起行，由群臣扶掖出殿，南下阁道，西出白虎门，门外已有轻车待着，由莽登车前行，少顷已到渐台。渐台筑在池中，上架桥梁，四面皆水，群臣以有水可阻，因劝莽至此暂避。莽下车后犹抱持符命威斗，过桥登台，从官尚有千余人。司马王邑，日夕战守，累得人困马乏，返奔入宫，四处寻莽，不见形影，乃辗转至渐台，途中遇见子王睦，脱去衣冠，意欲逃生，邑怒叱道："我为大司马，汝为侍中，应该为主死节，为何逃去？"睦不得已退至台下，邑亦随入，父子共替莽固守。时乱兵已杀入殿中，狂呼狂叫道："反贼王莽何在？"适有宫女出室，颤声答应道："已往渐台。"大众遂赶至台前，围绕至数百重，望见桥梁已断，一时不能进去，只用强弩乱射。台上众官，亦接连放箭,两下里对射一阵,矢已皆尽。乱兵见台上无箭,便用板迭桥,蜂拥而入,王邑父子,及邠恽、王巡等,还想堵住台门,奋力接战,战至天暮,究竟众寡不敌,并皆战死。死得无名。乱兵攻入台门,拾级登台,台上尚有众官守着,又接斗了好多时,陆续毕命。著名的是苗䜣、唐尊、王盛、王揖、赵博,卖饼儿也结果了。以及中常侍王参等,均皆被杀。台上已无莽臣踪迹,单不见莽一人,校尉公宾就,已与众兵混做一淘,想去杀莽报功,蓦见有一人持着玺绶,从内室中出来,便问他道:"玺绶从何处得来?"那人回顾道:"就在内室!"正问答间,又有众兵到来,便由公宾引入室中,寻至西北角上,果有尸身卧着,仔细一认,正是王莽,当下乱刀分尸,劈做数十段,只有莽首为公宾所枭,持报王宪。其实下手杀莽,便是夺取玺绶的人物,那人本是商民,姓杜名吴。莽年三十八岁为大司马,五十一岁居摄,五十四岁称尊,六十八岁诛死,自居摄至伏诛,居然改元四次,共计一十八年。小子有诗叹道:

粉身碎骨有谁怜,死后还教臭万年。
用尽机心翻速祸,才知翘首有苍天。

王宪得了莽首,遂自称汉大将军,拥兵入宫。欲知王宪如何处置,待至下回叙明。

有大过人之材智,方有大过人之功业,观刘文叔之所为,而益信矣。当其昆阳大战,冒险直前,何等奋勇?及闻兄縯被害,束身诣宛,独能不动声色,躁释矜平,奸党不能害,刘玄不能杀,乃知刘縯之死,非无自取之咎,令乃弟处之,亦何至死于非命乎?莽至死且欲欺人,乱兵四逼,尚欲效法周孔,卒至身膏锋刃,授首他人,作伪心劳日绌,如莽其尤甚者也。而后世之机械变诈者,亦可以知返矣。

第七回　杖策相从片言悟主
　　　　坚冰待涉一德格天

却说王宪拥兵入宫,官吏已皆逃散,只有一班妇女,无从趋避,统是缩做一堆,抖得杀鸡相似。宪见妇女们多有姿色,免不得惹起淫心,当令众兵出外驻扎,只说是妇女无辜,不宜侵犯,但发出库藏金帛,分犒众兵。大众得了犒赏,却也应令趋出,独王宪住下东宫,到了夜间,就去传召一班美女,叫她们侑酒侍寝。就是王莽继后史氏,偷生怕死,也只好出见王宪,供他糟蹋,直闹得一塌糊涂。胜似嫁与老夫。宪居然穿帝服,乘法驾,向商人杜吴处,取得天子玺绶,出警入跸,也想做起皇帝来了。京仓守将郭钦等,闻得京师失守,王莽毙命,没奈何出降汉营。李松、邓晔,驰入都城,将军申屠建、赵萌,从后继至,查得王宪私怀玺绶,奸占后宫,即把他捕出斩首,宪只快活了三四日,也落得身首两分。乐极悲生,奈何不慎?当下取莽首级,派人传送至宛。刘玄命将莽首示众,百姓恨莽切骨,多去掷击,甚至将莽舌割下,切作数片,分啖立尽。刘玄因都城已下,会议行止,忽由洛阳传到捷报,乃是上公王匡,已将洛阳收降,缚住莽太师王匡,国将哀章,械送宛城。王匡缚王匡却是异闻。刘玄乃待了数日,等到囚犯解入,遭刑官问讯数语,立命诛死。哀章挟诈得官,至此也送命了。又闻得莽将李圣、孔仁,并见前文。俱皆败亡,豫洛肃清,诸将都劝玄暂都洛阳,不必远诣长安。玄本来没有决断,就依了众议,命破虏大将军刘秀,行司隶校尉事,先往洛阳整修宫府,以便定都。

　　秀自遭兄丧,不愿与闻政事,尝在官舍中闲居度日,想起从前游学长安时,曾自明志愿,留有二语云:"仕宦当作执金吾,官名。娶妻当得阴丽华。"现在身为大将军,比长安城中的执金吾,似乎还胜过一筹,独阴丽华年约及笄,未知她曾否适人?遂着人往探消息。丽华系南阳新野人,秀前适新野,见过一面,虽是淡妆素服,却生得姿容韶秀,落落大方。秀心中时常记着,以为娶妻不得如丽华,宁可终鳏,自古英雄多好色。所以在春陵时,年至二十有八,尚未成婚。也是丽华应配真龙,到了十有九岁,尚未许字,至刘秀着人探问,与丽华兄阴识谈及,识已无父,乐得与阿妹作主,叫她去做汉大将军妻室。丽华亦喜逢佳配,便由阴识与来人说明,托他还报。秀欣如所望,当即聘娶,六礼告成,两美合璧,自然如鱼得水,好合无尤。及秀奉玄命为司隶校尉,乃与阴氏告别,仍使归居新野,自率吏士径赴洛阳。于是置僚属,作文移,从事司察,一秉旧章。待至宫府修成,报知刘玄,玄择日起行。当时三辅官吏,京兆、左冯翊、右扶风,号为三辅。东迎刘玄,见玄麾下诸将,首戴冠帻,服近妇人,莫不暗中窃笑,惟见了司隶僚属,都不禁心喜道:"不图今日复见汉官威仪。"嗣是皆归心刘秀,不愿属玄。玄既都洛阳,遣使招降赤眉。樊崇等闻汉室复兴,却也有心归汉,因留部众分驻青、徐,自与部目二十余人,径投洛阳,入见刘玄。玄并封为列侯,未给国邑。崇等见刘玄没甚威仪,已失所望,又不得采邑分封,更难如愿,厮混了一二旬,乘隙出走,返入老营。分为二部,崇与逢安为一部,尚有徐宣、谢禄、杨音等党羽,另成一部,仍然反抗汉命,略地称兵。此外又出了一个淮南王,乃是庐江连帅李宪,曾由王莽命为偏将军,出徇江淮,因闻王莽被杀,遂据住庐江,自称淮南王。刘玄诸将,却无意东封,独谋北略,当下议派遣大将,往定河北。大司徒刘赐,继缵后任,系是刘玄从兄,独谓刘秀才可

第七回　杖策相从片言悟主　坚冰待涉一德格天

大用,应即遣往,朱鲔等意在阻秀,语多蹊跷,赐却一力保举,驳去众议,乃令秀行大司马事,持节渡河,镇抚州郡。蛰龙出海了。秀不带多兵,但率亲从数百骑逾河,沿途无犯,察官吏,明黜陟,赦囚徒,革除王莽苛禁,规复前汉官名,吏民大悦,争持牛酒迎接道旁,秀一律却还,婉言慰谕,无不欢呼。再前行至邺城,有一士人杖策追来,报名求见,秀立命延入,下座相迎。这人为谁?乃是南阳人邓禹,系东汉佐命元功,为将来云台二十八将的领袖。郑重言之。他少时游学长安,曾与秀同学,气谊相投,至是久别重逢,当然欢慰,寒暄甫毕,秀却笑问道:"我得承制封拜,仲华远来,莫非想做官么?"原来仲华是邓禹表字,故秀有是称。禹笑答道:"禹不愿为官。"秀又笑说道:"官不愿为,何苦仆仆风尘,前来寻我?"禹应声道:"但愿明公威加四海,禹得效尺寸功劳,垂名竹帛,便足称快了。"并非不愿做官,实想做个功臣。秀鼓掌大笑,就留禹同食同宿,与语军情。禹乘势进言道:"现今山东未安,赤眉等到处扰乱,动辄万计,更始乃是庸才,不能刚断,部下诸将,又没有什么豪杰,不过志在财帛,但顾目前,明公试想这等庸奴,岂能深谋远虑?尊主安民,将来四方分崩,必致败亡!从来帝王崛兴,必须天时人事,相与有成,今更始方立,天变不绝,便是不得天时;且中兴大业,岂凡夫所能胜任?便是不协人事。明公虽得为藩辅,终属受制他人,不能自主,依禹愚见,如公盛德大功,为天下所响服,何不延揽英雄,收服人心,立高祖大业,救万民生命,一反掌间,天下可定,胜似俯首依人,事事受制哩!"秀不觉大悦,"安知非仆"之志愿,从此激成。令禹常居左右,事必与商,且饬部众呼禹为邓将军。

先是秀居兄丧,阳为谈笑,阴寓悲伤,枕席间常有泪痕。父城留守冯异,当秀入洛阳时,路过父城,异尝开门出迎,奉献牛酒,秀乃令为主簿,使前县长苗萌为从事。异遂从秀至洛,且荐举同里铫期、铫音姚。叔寿、段建、左隆等,并为掾吏。嗣是异一心事秀,秀亦推诚倚任。异见秀平时纳闷,料知秀不忘乃兄,时为劝解。秀摇手道:"卿勿多言。"及秀往河北,得遇邓禹说了一篇独立的计议,异亦稍有所闻,也向秀进说道:"更始乱政,百姓失依,譬如人当饥渴,一遇饮食,容易充饱,今公专任方面,宜急分遣官属,徇行郡县,理冤结,布惠泽,方好收拾人心!"秀点首称善,依议施行。复北向至邯郸,骑都尉耿纯,出城迎谒,秀温颜接见,偕纯入城。纯字伯山,巨鹿宋子县人,父艾为王莽济平尹,至刘玄称帝,使李轶招抚山东,艾即请降,纯亦随见,轶使艾为济南太守,并因纯应对不凡,承制拜为骑都尉,授纯符节,令他抚集赵、魏各城。纯奉令往抚,留寓邯郸,因此得迎谒刘秀。秀待遇有恩,自然惬意,及趋退后,复见秀部下官属,各有法度,益加敬服,意欲格外结纳,特献马及缣帛数百匹。纯亦中兴名臣之一。故赵缪王子刘林,缪王为景帝七世孙,名元。尚在邯郸,入见刘秀道："赤眉现在河东，但教决水灌去，就使他众至百万，也好使作鱼鳖了。"秀以为此计太忍，默然不应，竟留耿纯守邯郸，自率邓禹、冯异等出徇真定。

刘林因计不见听，怏怏不乐，自思卜人王郎，向与友善，不若就去问卜，使决后来吉凶。郎素好诞言，见了刘林，便为道贺。林愕然问故，郎说道："谁不知刘氏当兴？君系刘氏宗室，难道不就此复封么？"林与言献计刘秀，不得见从，甚是可惜，郎又说道："君可径自称尊，何必仰仗别人？"林颇有难色，郎复进策道："我闻得王莽在日，曾由将军孙建，谓有妄男子武仲冒充成帝子子舆，已经诛讫，君本姓刘，何妨就作为子舆，号召四方？"《汉书·王莽传》，曾有武仲冒充子舆，谓为成帝小妻所生，今特借口补叙。林笑道："我自我，子舆自子舆，怎可混充？如我可冒充子舆，君亦尽可冒充了！"郎跃起道："君若肯助我起事，我就冒充刘子舆。"好好卖卜，也想称尊，真是该死。这一席笑语，竟至弄假成真，遂去连结赵国大豪李育、张参等，决议起兵。育与参本认识王郎，平时常向郎卜易，却有几句被郎说着，所以信郎甚深。此次郎欲起事，想他必有把握，因此慨然允许，就将家中私财，搬取出来，招募壮丁，不到旬日，就聚集至数千人。当下拥戴王郎，就在邯郸城内，据住官舍，南面称尊。邯郸百姓，晓得什么真假子舆，并且无拳无勇，如何反抗？只好让他去做皇帝。独有耿纯不服，与从吏夤夜出走，手中尚持着汉节，发取驿舍车马数十乘，载与俱驰，奔归宋子。至王郎派人捕纯，纯早已飏去。郎遂假称刘子舆，传檄郡国，略言圣公未知，误称帝号，翟义不死，已诣行宫，一派荒诞无稽的文告，布示远近，吏民哪里知晓？闻风响应。于是赵国以北，辽河以西，多半向郎上表，自请投诚。上谷太守耿况，已受刘玄使命，遣子弇驰赴长安，贡献方物。弇字伯昭，年方二十有一，与属吏孙仓、卫包偕行，道出宋子县，正值耿纯带领从兄䜣、宿、植等，约有数百人，起程北趋，弇与纯本不认识，见纯从行多人，不由的诧异起来，探问行人，才知邯郸有独立消息，称尊的叫做刘子舆，耿纯不肯从命，所以他往。弇乃与孙仓、卫包两人，共商行止，仓与包应声道："刘子舆既为成帝后人，应承正统，我等舍此不归，还想远行，果将何往？"弇不以为然，按剑叱责道："子舆小丑，终为降虏，我今至长安，与国家说明，渔阳、上谷的兵马，勇悍可用，然后求得使节，还出代郡，大约在途数十日，便可归至上谷，征发击骑，驱除小寇，好似摧枯拉朽，立见扫平，两君不识去就，恐误投匪人，转眼间就要灭族了！"弇未识破假子舆，又欲去投刘玄，亦非良策，惟知邯郸不能成事，也觉有识。仓、包未信弇言，竟悄然逃去，亡归王郎。只剩弇踯躅道旁，孤踪西向。忽有途人传说，谓刘秀转赴卢奴，自思卢奴与上谷相近，不如还投刘秀，较还得计，乃即返辔北行。

时耿纯已与秀相会，报知王郎为乱，势甚猖獗，秀恐幽、蓟一带，为郎所欺，因拟先定幽、蓟，还击王郎，可巧耿弇亦至，遂留为长史，与他同行至蓟州。

第七回　杖策相从片言悟主　坚冰待涉一德格天

既得入蓟州城,乃令功曹王霸,募兵市中,将攻邯郸。霸字元伯,系颍阳人氏,少为狱吏,慷慨有大志,前时秀略颍川,道出颍阳,得霸与俱,命为功曹令史,至此奉令募兵,偏市人无一应募,转用冷语相侵,霸不禁怀惭,还白刘秀。秀见人心未附,便拟南归,官属也都有归志,独耿弇进谏道:"明公从南方到此,大势未定,奈何南行?现在渔阳太守彭宠,与公有同乡谊,弇虽家世茂陵,但弇父方为上谷太守,耿弇籍贯,借他自述,省得另表。耿弇、王霸皆中兴之名臣,故叙笔不略。若征发两郡兵马,控弦万骑,直捣邯郸,还怕什么假子舆呢?"秀乃有留意,惟官属统思南归,相率喧哗道:"死且南首,奈何北行入囊中?"秀笑指耿弇道:"这是我北道主人,何用多募?"随即依了弇议,致书渔阳、上谷,征发援兵,时已为更始二年春月了。秀尚留住蓟城,专待两郡兵马到来,进击王郎。不料王郎移文至蓟,购索刘秀,标明十万户为赏格。有一个故广阳王刘嘉子接,嘉系武帝五世孙。贪得厚赏,纠众应郎,全城扰乱,讹言百出,纷纷说是邯郸兵至,将捉刘秀。秀因兵单将寡,不便久留,当即带领亲信将士,出南城门,城门已闭,由铫期斩关夺路,方得走脱。晨夜南驰,未敢轻入城邑,行至芜蒌亭,天寒风烈,食尽肠鸣,冯异至民间乞得豆粥,取供刘秀,秀勉强食讫,复起行至饶阳。一班从吏,连豆粥都不得觅食,真是饿肠辘辘,无力再行。秀乃伪称邯郸使人趋入驿舍,索供饮食,驿吏依言进供。偏是这班从吏,好像地狱中放出饿鬼,争先抢食,顷刻便尽。那驿吏当然动疑,自去槌鼓数十通,托言邯郸将军,不久便到,众皆失色,秀亦升车欲驰,忽然情急智生,徐徐还坐道:"既系邯郸将军到来,我等应当相见,不妨从缓!"一面说,一面传语驿吏道:"请邯郸将军入见!"催一句,愈妙。驿吏本是假语,偏刘秀要当起真来,哪里寻得出邯郸将军?只好含糊对答。秀方知驿吏诈谋,安坐了好多时,才起身呼众道:"邯郸将军,想是路上逗留,我等也不便久待了。"众皆应声而出,秀即上车驰去。赖有机变。仍然昼夜兼行,一路上蒙犯霜雪,冻得面无人色,肤皆破裂。吃得苦中苦,方为人上人。到了下曲阳,传闻邯郸追兵,即在后面,大众又惊慌得很,急趋至滹沱河。前驱候吏,还言河水长流,无船可渡,秀再命王霸往视,霸驰至河滨,但见流水潺潺,寒风猎猎,东西南北,并无一船,不由的嗟叹起来。转思追兵在后,死生总须一渡,不如扯一个谎,叫众人齐至河边,再作计较。乃趋还白秀道:"河冰方合,正好速渡。"此君也有应变才。众闻言大喜,开步便走。说也奇怪,待至大众临河,果然冰坚可涉,当即依次渡河,渡到对岸,冰又解散,霸暗暗称奇,一时也无暇说明。莫非人定胜天。及抵南宫,兜头刮起一阵大风,雨随风下,滴沥不绝,累得大众衣衫尽湿,冷不可当。又是一番苦楚。秀见道旁有一空舍,当即下车避入,好在空舍中贮有积薪,覆有宿麦,并且厨灶兼全,邓禹、冯异,就做了两个火夫,一蓺火,一抱薪,锅中煮饭,灶上烘衣。秀脱去外袍,烘了片时,略觉干燥,麦饭亦已煮熟,便由异盛了一碗,奉与刘秀,尚有余饭未尽,与众同食,不够半饱,但稍稍得过饭瘾,已算幸事。此时也不遑寻问主人,由秀登车复走,众亦随出。趋至下博,四面各有歧路,不知所从,俄有白衣老人,踉跄前来,并未问及行踪,即举手指示道:"努力努力!此去南行八十里,就是信都,信都太守,尚为长安守住此城,可以前往。"秀正要向他称谢,不意白衣老人回头急走,倏忽不见,大众不胜惊异,秀亦知白衣老人不是凡品,遂依他指导,径往信都。信都太守任光,表字伯卿,籍隶宛县,素性谨厚,少为县吏,汉兵至宛,见光衣服鲜明,意欲加害,亏得光禄勋刘赐,替他救免,荐为安集掾,寻拜偏将军,随秀至昆阳,同破王邑、王寻,得迁信都太守。及王郎僭号,传檄信都,光不肯服从,独与都尉李忠、县令万修等,协力固守。郡掾持檄劝光,光将他斩首示众,招集精兵四千人,为死守计。适刘秀狼狈到来,光正虑孤城难全,得秀亲至,喜出望外,立即开城迎入,吏民素闻秀仁名,亦皆欢呼万岁。秀略述途中苦况,并言王郎势大,恐难与敌,意欲还见刘玄,请兵北讨。任光见秀兵寥寥,自己亦不过数千部众,只有护秀西行的能力,没有助击王郎的军容,心下颇费踌躇,李忠、万修,亦谓不若派兵送秀,以便请兵。正迟疑间,忽报和戎太守邳彤来会,光当然出迎,与同见秀。彤字伟君,家世信都,曾为莽和成卒正,居下曲阳,前次秀徇河北,彤举城出降,因改名和成为和戎,使彤居守。彤感念秀德,故与任光同无贰心。<u>两人皆隶名云台,故分叙履历</u>。彼此相见益欢,共商行止。彤闻秀议定西行,慨然谏阻道:"海内吏民,歌吟思汉,已有数年,所以更始称尊,天下响应。今卜人王郎,假名乘势,集众乌合,虽得牢笼燕赵,究属根本未固,若明公号召二郡兵民,仗义往讨,何患不克?今欲舍此西归,非但空失河北,必且惊动关洛,堕威失机,甚非良策!试想明公西去,邯郸无事,必且缮兵整甲,长驱南来,吏民谁肯千里送公?统皆系念妻孥,中途逃归,人心一散,尚可复收么?"秀恍然道:"伟君所言甚是,我当照行。"遂留住信都,光即行文旁县,征发兵士,好几日只得四千人,秀尚嫌不足,欲向城头子路及刁子都两处借兵,当有一人闪出道:"不可不可!"正是:

　　　　莫呼将伯求为助,毕竟男儿当自强。

　　欲知何人出谏刘秀,待至下回报明。

　　邓禹杖策追秀,相见之下,从容计划,即进秀以兴汉之谋,此为中兴名臣所未及。故虽智不及良平,勇不及韩彭,而后人推为功臣之冠,良有以也。王郎僭号,刘接助虐,秀狼狈南趋,几不得免,豆粥麦饭,何等困穷?孟子所谓"天降大任于斯人,必先苦其心志,劳其筋骨,饿其体肤,然后动心忍性,增益其所不能。"彼刘秀亦犹是耳!必至如滹沱河之不得济,乃出神力以助之,河冰甫合,复继以大风雨,此正天之巧为磨炼也!非历过诸艰,宁能造成真主乎?

第八回　投真定得婚郭女
　　　　　平邯郸受封萧王

　　却说刘秀欲向城头子路,及刁子都处乞援,即有一人出为谏止,那人就是信都太守任光。光进说道:"城头子路、刁子都,俱是亡命盗贼,何足深恃?兵不在多,但教协力同心,自能成功。明公前破莽将时,尝以一敌十,何患王郎?"秀乃罢议。究竟这城头子路,乃是何人?他姓爰名曾,字子路,本东平人,曾与肥城人刘诩,起兵卢县城头,因号为城头子路,聚众至二十万,寇掠河济间。刘玄初立,曾与诩亦上表称贺,玄拜曾为东莱太守,诩为济南太守,皆行大将军事,暂示羁縻。刁子都起兵东海,前文已经叙及,见第三回。惟刁子都亦受刘玄封爵,拜扬州牧。后来城头子路、刁子都,皆为部下所杀,这且慢表。随笔了过。惟刘秀既听了任光,不愿乞援,遂拜任光为左大将军,兼信都都尉;李忠为右大将军,邳彤为后大将军,仍任和戎太守;万修为偏将军,并封列侯。李忠字仲都,东莱黄县人,万修字君游,扶风茂陵人,补叙履历,不略功臣。这数人皆身任军将,从秀出城,留南阳人宗广领信都太守事。耿纯自请回乡招兵,前来会师,秀即令去讫。任光多作檄文,颁示河北,文中伪云:大司马刘公,率城头子路、刁子都各兵,有众百万,从东方来,击诸反虏等语。河北吏民,本多为王郎所欺,望风听命,此次得了檄文,又不禁惶惑起来,转相告语,未知适从。秀挈众至堂阳县境,时已昏暮,趁着天色昏黑,扬旗纵火,散骑泽中,吓得堂阳县吏,魂魄飞扬,急忙开城迎降。转至贯县,县吏无法抵敌,也照堂阳一般,出城迎入。昌城人刘植,方聚兵数万,据城自守,当由秀使人招抚,植即投诚。秀使植为骁骑将军,仍领旧部,于是兵威少震。可巧耿纯亦招集宗族宾客,共二千余人,连老幼男女一并带来,与秀相见。秀使为前将军,封耿乡侯,纯从兄䜣、宿、植,并皆授职偏将军,拨兵为助,令他兄弟前抚宋子城,县吏却也听命。纯使䜣、宿、植归烧庐舍,然后返报。秀问纯何故毁及家庐,纯答说道:"明公单车出使,镇抚河北,本没有甚么重赏,可以饵人,不过靠着平时德惠,曲示怀柔,才见士众乐附,所过皆降。今邯郸自立,北州疑惑,纯虽举族归命,老弱皆行,犹恐宗人宾客,或有异心,仍然逃归,因此烧去庐舍,绝他返顾,方能使他凝神壹志,服事明公哩!"秀不禁赞叹。再命纯带领前军,北向出发,降下曲阳,进攻中山。秀亦率众继进,得拔卢奴,再传檄至边郡,令他共击邯郸,郡县又陆续响应。惟故真定王刘扬,聚众十余万,联合王郎,未肯归附。秀颇以为忧,骁骑将军刘植献议道:"植与扬有一面交,愿借三寸不烂之舌根,说使归降!"秀闻言大喜,便令植往说刘扬。植只带得随身数骑,径往真定,过了数日,便即返报道:"扬已被植说下了,但扬欲与公结为姻亲,植亦替公承认,事同专擅,特来请罪。"秀惊疑道:"我尚无子女,如何联姻?有妹伯姬,又许字李通为继室,已有成议了。"应上起下。植答说道:"扬有甥女郭氏,愿奉箕帚。"秀又以曾娶阴氏为嫌,植笑答道:"天子一娶九女,诸侯且一娶三女,两妻也不得为多,况刘扬新附,若不与结为姻亲,如何可恃?植所以擅事代允哩!"谢媒酒稳当了。秀乃心喜,即令植赍着金币,送作聘礼,自己也即随往,扬率众迎接,开馆延宾,择了一个黄道吉日,即将甥女郭圣通,装束停当,送至宾馆,与秀成婚。秀见郭氏丰容盛鬋,华服靓妆,虽不及阴丽华的秀雅,却也纤秾合度,不等凡姝。当下行过了礼,洞房合卺,并枕交欢,不消细叙。嗣闻女父郭昌,素有义行,曾将田宅财产数百万,让与异母兄弟,名著全国。女母刘氏,乃是真定恭王普女儿,普为景帝七世孙。生长王家,独循礼教,持身节俭,有贤母风。秀想父母如此,该女当必不俗,因此由爱生敬,由敬生宠,比从前待遇阴氏,加厚三分。叙明郭氏家族,复伏下被废祸根。

　　过了数日,就出击元氏、房子二县,先后攻下。再进至鄗,鄗城县长,却也不敢迎敌,投书请降;偏有大姓苏氏,不愿迎秀,竟去召入王郎将吏李恽,率兵来敌汉军。当有探马报知耿纯,纯请秀暂留驿舍,自领前军埋伏城隅,专待李恽到来。恽不防有伏,昂然驰至,被纯挺马突出,兜头一枪,把李恽刺落马下,各兵惊溃,纯乘胜抢入城中,得将鄗城据住。查得大姓苏氏头目,杀死数人,余皆崩角稽首,不敢违命。鄗城一下,移军进攻柏人,王郎大将李参,方在柏人驻扎,听得汉军前来,便引兵至要路截击,两下交锋,汉军很是奋勇,杀得李参招架不住,奔还柏人。刘秀麾兵追赶,直抵城下,扑攻数日,不能得手。适有汉中校尉贾复,长史陈俊,奉着汉中王刘嘉命令,诣营下书。此刘嘉与前文广阳王同名异人。秀立即召见,取阅来书,才知嘉已得势,定都南郑,收降武当山草寇延岑,集众数十万人,此次与秀通问,意在联盟,且将贾复、陈俊,荐入秀营,俾作臂助。秀览毕大悦,赐令二人旁坐。问明履历,二人答称同居南阳,不过互分县籍,复字君文,系南阳冠军县人,俊字子昭,系南阳西郑县人。书法见前。秀与嘉系出同支,嘉为舂陵侯刘买玄孙,是秀族兄,王莽时被黜为民,刘玄即位,封嘉为汉中王,秀因族兄举荐人材,定必不谬,且看他英姿吐属,确非庸常,乃即拜复为破虏将军,俊为安集掾。两人方拜命趋出,忽有弁目入报道:"舍中儿犯法不谨,被军令祭遵格毙了!"祭,读如债。秀勃然道:"祭遵敢擅杀我舍儿么?"

第八回　投真定得婚郭女　平邯郸受封萧王

说着,顾令左右,即欲捕遵。主簿陈副在侧,忙进说道:"公尝欲军队整齐,今遵奉法不避,明明是仰承公令,怎得言罪?"秀乃省悟,赦遵不究,且进拜遵为刺奸将军。尝语诸将道:"诸卿当慎防祭遵,他敢杀我舍中儿,必不肯私庇诸卿哩!"甚得用人之道。诸将听了,当然畏服祭遵。遵字弟孙,颍川颍阳人,少好经书,家本饶富,独遵如贫人,恶衣菲食,及丧母时,亲自负土起坟,县吏目为鄙吝,屡加侵侮,遵乃散财结客,击杀县吏,时人因此惮遵,至秀破王邑王寻,还过颍阳,遵孑身投谒,居秀门下,遂得逐渐知名。遵亦中兴名臣。

秀军久围柏人,兼旬不克,或劝秀留此无益,不如移军巨鹿,进图东北,秀乃引兵略巨鹿郡,拔广阿城。夜间披览地图,见邓禹在旁,便指示道:"天下郡国甚多,现在什只得一,汝前言反掌可定,谈何容易?"禹答说道:"方今海内扰乱,人望明君,如望慈母,总教有德便兴,不在大小缓急哩!"要言不烦。秀一笑而罢。越宿再拟进兵,忽闻外面哗声不绝,急忙传问,有人报称渔阳、上谷兵马,已到城外,恐是由王郎遣来。帐下诸将,听了此言,未免失色。秀将信将疑,亲登城楼,俯首诘问,蓦见来军中跃出一人,倒身下拜,仔细审视,不是别人,乃是蓟城相失的耿弇。当下大喜过望,即命开城延入,详问一番。弇备述颠末,方知渔阳、上谷兵马,实是耿弇招来。先是蓟城乱起,弇迟走一步,未及相随,待至混出城门,追了数里,仍然不及,自思前行无益,不如北还上谷,发兵助秀。当下掉头急走,归见父况,请发兵急攻邯郸。况正接得王郎檄文,踌躇莫决,既闻弇言,便即集众会议,功曹寇恂,门下掾闵业同声道:"邯郸猝起,未可信响,今闻大司马秀,系刘伯升母弟,尊贤下士,何不相从?"况皱眉道:"邯郸方盛,我不能独拒,如何是好?"寇恂道:"今上谷完固,控弦万骑,正可详择去就,恂愿再东约渔阳,齐心合众,邯郸便可荡平了。"况颇以为然,乃遣恂东往渔阳。时渔阳太守彭宠,亦由王郎移檄,促令归附,宠部下多欲从郎,独安乐令吴汉,护军盖延,狐奴令王梁,劝宠从秀,宠也觉狐疑。吴汉出止外亭,尚欲设法谏宠,适有一儒生趋至,面目文秀,汉召与共食,询及道路传闻。生言邯郸所立,实非刘氏,只有大司马刘公,所至归心。吴汉大喜,便诈为秀书,征发渔阳兵士,嘱生持往见宠,且使具述所闻。生如言持去,汉复随入,两人先后白宠,方将宠心说动。可巧寇恂驰到,证明邯郸伪主,请宠速发突骑二千人,步兵千人,与上谷会师,同攻邯郸。宠依言发兵,即令吴汉、盖延、王梁为将,与恂偕行。南经蓟郡,偏遇王郎大将赵闳,并力杀去,将闳砍死。恂使吴汉等守待界上,匆匆报知耿况,况即照渔阳兵数,调发出来,亦令三人为将,一是寇恂,一是耿弇,一是上谷长史景丹。三人领兵出境,与吴汉等相会,六条好汉,所向无前,沿途击斩王郎将士,约三万级,连下涿郡、中山、巨鹿、清河、河间等二十二县,直抵广阿。摹写声容,数语已足。遥见城上遍悬大汉旗帜,便由景丹勒马高呼道:"城守为谁?"守兵答道:"是汉大司马刘公!"其声震耳。丹等大喜,便令耿弇前导,共至城下。适值刘秀登城,弇一见便拜,起身入城,具述大略。秀即使弇迎入诸将,诸将一一参见,秀看他个个威武,统系将才,便依次问明籍贯姓字:寇恂答称昌平人,字子翼;景丹答称栎阳人,字孙卿;吴汉答称宛人,字子颜;盖延答称安阳人,字巨卿;王梁字君严,与盖延籍贯相同;俱是二十八将中人,籍贯姓氏由他自述,与初叙耿弇时略同。耿弇前已从秀,当然不必问答了。秀问毕大悦道:"邯郸将帅,屡言发渔阳、上谷兵,我亦谓将发二郡兵马,聊与相戏,不意二郡将吏,果为我前来,我当与诸君共图功名便了。"于是宰牛设宴,大飨将士,待至饮毕,立即开城出兵,东赴巨鹿,令景丹、寇恂、耿弇、吴汉、盖延、王梁六人,俱为偏将军,一面承制封拜,遥授耿况、彭宠为大将军,并封列侯。军至巨鹿,正遇刘玄所遣尚书仆射谢躬,亦率兵来讨王郎,两下会合,将巨鹿城团团围住,守将王饶,固守不下。忽由信都传来急报,乃是城中大姓马宠,潜降王郎,迎纳郎将,执住留守宗广,及右大将军李忠家属。忠不禁大怒,因马宠弟随为校尉,当即召入,把他格死,诸将皆大惊道:"君家属在人手中,奈何格死人弟?"忠慨然道:"为国忘家,敢纵贼不杀乎?"秀闻言赞美,便使忠还救家属,忠尚不肯往,旋闻刘玄已遣兵攻破信都,乃使忠还行太守事。王郎又遣将倪宏、刘奉,率数万人来救巨鹿,秀率部将至南<ruby>巒<rt>音怜</rt></ruby>逆战,前军失利,景丹麾使突骑出击,纵横驰骤,大破敌兵,倪宏等仓皇遁去,秀欣然道:"我闻朔方突骑,乃天下精兵,今果所见不虚了!"道言甫毕,即由耿纯献议道:"久围巨鹿,徒致疲敝,不若往攻邯郸,邯郸一破,巨鹿不战自服了!"说得甚是。秀乃留将军邓满攻巨鹿,自督将士进攻邯郸,连战皆捷,直抵邯郸城下。王郎势穷力蹙,使谏议大夫杜威至军,奉书乞降。秀责王郎伪充刘氏,罪在不赦,杜威不肯承认,还说王郎是成帝遗体,秀奋然道:"就是成帝复生,天下且不可得,况是个假子舆呢?"快语。威复说道:"明公以仁信著名,今日邯郸既降,亦应封邯郸主为万户侯。"秀又答道:"他敢冒充汉裔,待以不死,也算宽仁,还要想做万户侯么?"威知不可说,转身自去。秀督兵猛攻,又过了二十多日,城内不能支持,王郎少傅李立,夜开城门,纳入汉兵,王郎刘林,从后门出走,觅路窜去。秀将王霸,与臧宫、傅俊等人,夤夜追郎,郎被追及,一介卜人,何来武勇? 立被王霸一刀劈死,枭了首级。只有刘林不知去向,无从追寻。当即携首归报,秀录霸功劳,加封王乡侯,连臧宫、傅俊等,亦并给厚赏。臧宫字君翁,颍川郏人,初为亭长,继入下江兵中,转从刘秀,屡立战功;俊字子卫,亦为颍川襄城县亭长,襄城为俊故里,合族聚居,及秀至襄城,俊投入秀军,家族被莽吏收诛,故秀与王邑交战时,俊争先突阵,杀敌最多。两人俱列入云台。两人与霸同郡,甚是投契,在军中常与霸

第八回　投真定得婚郭女　平邯郸受封萧王

同营。惟霸善驭士卒，恤死抚伤，事必躬亲，所以后来刘秀即位，任霸为偏将军，兼领宫、俊两部兵马，另用宫、俊为骑都尉，事见后文。

且说刘秀既收复邯郸，诛死王郎，所有郡县吏民，与王郎往来文书，悉令毁去，顾语诸将道："好使反侧子自安。"一面部署吏卒，支配各营，众言愿属大树将军。看官道大树将军为谁？原来是偏将军冯异。异为人谦退不矜，与诸将相遇，常引车避道，进退皆有表识，秩序井井；每当休息时候，诸将并坐论功，独异屏居大树下，毫不置议，因此军中呼异为大树将军。秀闻众言，也为赞许，待异益厚。护军朱祐，系南阳宛人，素与刘秀兄弟交游，留居幕中，至是从容语秀道："更始不君，未能定国，惟公有日角相，_{中庭骨起状如日，故云日角。}天命所归，不宜自误！"秀不待说毕，便笑语道："快召刺奸将军，收逮护军。"_{文叔也会使诈。}祐乃不敢复言。会由长安使至，持入刘玄封册，封秀为萧王，即令罢兵西归，另派苗曾为幽州牧，韦顺为上谷太守，蔡充为渔阳太守。秀暗暗惊异，面上却未曾流露，照常迎入使人，依册受封。又复细询来使，始知刘玄迁都长安，大封功臣，所以自己亦得封拜。究竟刘玄如何迁都？如何授封？应该就此叙明：自从刘玄由宛迁洛，居住了四个月，长安军将申屠建、李松，屡遣人请玄入关，玄乃令刘赐为丞相，入关缮修宫室，更始二年二月，宫室复旧，遂由申屠建、李松等，迎玄至长安，入长乐宫，升坐前殿，郎吏两旁站立，玄面有怍容，惟俯首摩席，不敢仰视。_{实是无用。}诸将朝贺已毕，李松、赵萌，劝玄封功臣为王，朱鲔独抗议道："从前高祖有约，非刘氏不王，今宗室且未曾加封，如何得封他人？"松与萌乃请先封宗室，后封诸臣，于是封刘祉为定陶王，_{祉系刘玄族兄。}刘庆为燕王，_{庆系刘秀族兄。}刘歙为元氏王，_{歙为刘秀族父。}刘嘉为汉中王，_{嘉并见前。}刘赐为宛王，_{赐亦刘秀族兄。}刘信为汝阴王。_{信为赐从子。}宗室毕封，乃封王匡为沘阳王，王凤为宜城王，朱鲔为胶东王，王常为邓王，申屠建为平氏王，陈牧为阴平王，张卬为淮阳王，廖湛为穰王，胡殷为随王，李通为西平王，李轶为舞阴王，成丹为襄邑王，宗佻为颍阴王，尹尊为郾王。独朱鲔辞不受命，乃令鲔为左大司马，又使赵萌为右大司马，李松为丞相，共秉内政。命刘赐、李轶镇抚关东，李通镇荆州，王常行南阳太守事。赵萌有女，颇具姿色，由萌纳入后宫，大得玄宠。因此玄委政赵萌，萌专权自恣，任情予夺，群小膳夫，都向萌极力逢迎，萌各授官爵，俱着锦衣，长安有歌谣云："灶下养，中郎将。烂羊胃，骑都尉。烂羊头，关内侯。"为此种种腐败，遂致关中人士，大失所望。

至刘秀得平邯郸，遣使告捷，玄乃封秀为萧王。秀受命后，不由的惶惑不定，昼卧邯郸宫温明殿中，默想方法。耿弇乘间趋入，向秀说道："吏民死伤甚多，弇愿归上谷，添招兵马。"秀应声道："王郎已破，河北略平，还要添甚么兵马？"弇答道："王郎虽破，兵革方兴，圣公无才，定难成事，恐不久便将败灭了。"秀惊起道:"卿失言了,我当斩卿!"弇又说道:"大王待弇,情同父子,弇所以敢披赤心。"秀半晌才说道:"我何忍害卿?卿且说明!"弇申说道:"百姓患苦王莽,复思刘氏,闻汉兵起义,莫不欢腾,如脱虎口,复归慈母。今圣公为天子,诸将擅命山东,贵戚纵横都内,政治昏乱,比莽更甚,怎能不败?大王功名已著,天下归心,若决计自取,传檄可定,否则恐转归他姓了!"前有邓禹,后有耿弇,前推后挽,自见成功。秀听了弇言,点头无语。忽又有一人进言道:"大王请听弇言,幸勿迟疑!"秀瞧将过去,乃是虎牙将军铫期。小子有诗咏道:

> 明良会合最称难,要仗臣心一片丹。
> 莫道攀龙原易事,庸材何自庆弹冠?

欲知铫期如何陈词,容至下回再叙。

刘秀既娶阴丽华,复纳郭氏女为室,阴先郭后,理应以阴为正妻,郭为次妻。乃以刘赐见助之故,加宠郭氏,厥后且立郭氏为后,名不正,则言不顺,无怪其凶终隙末也。本编于秀娶阴氏,不过标题,而独于郭女之成婚,特为揭出,所以志先事之未慎耳。王郎之败,本意中事,以之敌秀,不亡何待?惟玄于入关以后,委政宵小,不思笼络刘秀,徒假以萧王之虚名,令秀速归,是正所以促其离心耳。蛟龙得势,志在奔腾,宁待耿弇、铫期之谏阻乎?

第九回　斩谢躬收取邺中 毙贾强扬威河右

却说虎牙将军铫期,趁着耿弇进言的时候,也入内白秀道:"河北地近边塞,人人习战,号为精勇,今更始失政,大统垂危,明公据有山河,拥集精锐,如果顺从众心,毅然自主,天下谁敢不从?请明公勿疑!"秀闻言大笑道:"卿尚欲如前称趋么?"原来铫期出蓟州城时,为众所阻,期奋戟大呼道:"趋!"众皆披靡,方得出城。看官道"趋"字何义,古时惟天子出入,才得警跸,跸与趋同,乃是"辟除行人"的意思。秀因期直前勇往,气敌万夫,平时很加器重,所以有此戏言。于是决计自立,出见长安来使,与言河北未平,不便还都,来使只好辞去。其实邯郸内外,原已早平,就是巨鹿,也相继投降,秀不过设词拒复,未肯西归。从此秀自据一方,竟谢绝了更始皇帝。句中有刺。是时梁王刘永,擅命睢阳,永为梁孝王八世孙,更始元年由刘玄使永袭封。公孙述称王巴蜀,见第六回。李宪自立为淮南王,见第七回。秦丰自号楚黎王,见第四回。张步起琅琊,董宪

第九回　斩谢躬收取邺中　毙贾强扬威河右

起东海、延岑起汉中、田戎起夷陵，并置将帅，侵略郡县。又有铜马、大肜、高湖、重连、铁胫、大枪、尤来、上江、青犊、五校、檀乡、五幡、五楼、富平、获索等贼，乘势蜂起，名目繁多，多约一二十万，少约数万，大约不下数十万众，所在寇掠。秀拟出兵四讨，先遣吴汉北往，调发各郡兵马，幽州牧苗曾已到，不肯听命，被吴汉拔剑出鞘，乘曾不备，把他砍死。当下夺得兵符，四处征调，北州震慑，莫不望风而从，发兵来会，共计得数万骑，由汉引兵南行。还有耿弇亦奉着秀令，至渔阳、上谷二县征兵，亦收斩韦顺、蔡充，苗曾、韦顺、蔡充共见前回。招得许多突骑，南下返报。可巧秀出至清阳，接着两路人马，自然喜慰。便拜吴汉、耿弇为大将军，往讨铜马贼。铜马贼帅东山荒秃、上淮况等，方在鄡城，鄡音泉。闻得刘秀引军进攻，意欲先发制人，立即遣众挑战。秀却令各军坚壁不动，伺贼至他处劫掠时，却潜出偏师，截击要路，夺回财物，一面断贼粮道。贼求战不得，求食无着，勉强支持数日，累得饥乏不堪，黉夜遁去。汉军从后追蹑，到了馆陶，大破贼众，一大半弃械乞降，尚有余众四窜。适值高湖、重连两路贼兵，从东南来，与铜马余众会合，又来抵御汉军。秀乃鼓励兵士，进至蒲阳交战，复将贼众杀得大败。贼势穷力蹙，只好投降。秀封贼目为列侯，贼尚不自安，只恐将来有变。秀窥知贼意，饬令各军归营，自乘轻骑巡行各寨，降众方相语道："萧王推心置腹，亲疏无二，我等能不替他效死么？"嗣是全体悦服。秀因将降众分配各营，得众数十万，因此关西号秀为"铜马帝"。莫非权略。

秀又探得赤眉别帅，与青犊、上江、大肜、铁胫、五幡，合十余万众，在射犬城，当即乘锐进击，连毁数十营垒，贼皆西遁。秀顺道南略，招谕河内吏民。河内太守韩歆，举城出降。歆同邑人岑彭，前曾受刘玄封爵，得为归义侯，见第六回。嗣为淮阳都尉，道阻不得就任，乃至河内依歆。歆既出降，彭亦进见，面语刘秀道："彭蒙前司徒矜全，未曾报德，今复得遇大王，愿为大王效力！"秀温语奖勉，即令彭与吴汉，往击邺城。邺城由谢躬居守，从前与刘秀共定邯郸，还屯邺中，见前回。秀南击青犊，曾使人语躬道："我追贼至射犬，必能破贼，尤来在射犬山南，必当惊走，若仗君威力，击此散房，定可一鼓歼灭了！"躬亦称好计。及秀破青犊，尤来果北走隆虑山，躬留将军刘庆，及魏郡太守陈康守邺，自率将士往击尤来。偏偏穷寇死斗，锋不可当，躬反吃了一大败仗，遁还邺城。秀因躬留邺中，动遭牵掣，此次乘躬外出，先遣辩士说下陈康，然后轻兵继进，径入城中。谢躬尚全无所闻，还至城下，门正开着，便纵辔进去，不意城门左右，埋伏汉军，一声鼓号，便把躬拖落马下，用绳捆住。岑彭尚欲数躬罪状，独吴汉瞋目道："何必再与鬼徒说话？"道言未绝，已从腰间拔出佩剑，手起剑落，把躬劈作两段。当下枭首徇众，众皆慑伏，不敢异言。躬亦南阳人氏，与刘秀同乡，前曾与秀相识，同事刘玄，至此积不能容。躬妻尝密诫道："君与刘公积有嫌隙,乃不知预备,恐遭暗算!"躬视为迂谈,终为所戮。就是躬妻亦被陈康拘禁,连将军刘庆也被拘住,结果是难免一死,同归于尽。臣殉主,妻殉夫,也似不可厚非。

吴汉、岑彭,既平定邺城,仍使太守陈康留戍,自引部兵回报刘秀。秀欲乘胜北上,略定燕赵,自思长安孤危,将来必为赤眉所破,因又拟遣兵西出,伺衅并吞。乃拜邓禹为前将军,特分麾下精兵二万人,属禹调度,所有偏裨以下,许得自选,指日西行。禹即部署粗定,向秀告辞,秀复问禹道:"更始虽入关中,朱鲔、李轶等,尚据守洛阳,若我辈北去,将军又复西行,他必来窥我河内。河内新定,地方完富,不可不择人居守。究竟是何人可使,还请将军教我。"禹答说道:"偏将军寇恂,文武全材,足当此任。"秀点首称善,遂召恂入帐,面授恂为河内太守,行大将军事。恂先辞后受,并请任贤为助。秀因中说道:"从前高祖尝任用萧何,关中无阻。我今举河内委公,愿公坚守转运,给足军粮,率厉士马,能勿使他兵北渡,便是现今的萧鄧侯。萧何曾封酂侯。至若扼住河上,为公外援,我自当另遣良将便了。"恂拜谢而去。秀再命冯异为孟津将军,使统魏郡河内各兵马,屯守河上,拒遏洛阳,异亦受命启行。既至孟津,择要筑垒,屏蔽河内,河内太守寇恂,越得安心筹备,具糇粮,治器械,接济北军,源源不绝。萧王刘秀,自然放胆北进,往击北寇去了。

是时刘玄方封李轶为舞阴王,田立为穰丘王,使与大司马朱鲔,白虎公陈侨,带领部曲,号称三十万众,保守洛阳,又令武勃为河南太守,管领粮食。闻得刘秀北行,将乘虚进攻河内,冯异早已料着,特写了一书,遣人投与李轶,书中略云:

　　愚闻明镜所以照形,往事所以知今。昔微子去殷而入周;项伯叛楚而归汉;周勃迎代王而黜少帝;霍光尊孝宣而废昌邑,彼皆畏天知命,睹存亡之符,见废兴之事,故能成功于一时,垂业于万世也!苟令长安尚可扶助,延期岁月,亦恐疏不间亲,远不逾近,公岂真能安居一隅哉?今长安坏乱,赤眉临郊,王侯构难,大臣乖离,纲纪已绝,四方分崩,异姓并起,是故萧王跋涉霜雪,经营河北。方今英俊云集,百姓风靡,虽邠歧慕周,不足以喻。公诚能觉悟成败,亟定大计,论功古人,转祸为福,在此时矣!若待猛将长驱,严兵围城,虽有悔恨,亦无及已!

李轶得书,踌躇了好多时,暗想从前起事,本与刘秀兄弟,很相亲爱,悔不该陷没刘縯,构成嫌隙。现在刘玄庸弱,不足有为,赤眉渠帅樊崇、逄安、谢禄、杨音等,分道入关,樊崇等见第七回。西兵连败,长安危急,眼见他不能久存,若又事刘秀,恐触彼前嫌,复难自全,不得已含糊作复,交与来使带回。冯异正待使归报,既得复书,忙展开一阅,但见书中写着:

轶本与萧王首谋造汉,结死生之约,同荣枯之计;今轶守洛阳,将军镇孟津,俱据机轴,千载一会,思成断金。唯期转达萧王,愿进愚策,以佐国安人。

冯异览罢,已知轶意,当然喜慰。反间计已得告成了。遂只留数千人屯守,自督锐卒万余,北攻天井关,连拔上党两城,再回师河南,略定成皋以东十三县,削平各堡,收降至十余万众。河南太守武勃,闻得成皋一带,俱降冯异,不由的愤惧交乘,忙率兵万人,往徇成皋。到了士乡亭边,正值冯异引兵到来,两下相见,不及答话,便即彼此交锋。异军素皆整炼,又皆是百战雄师,无人可敌,偌大武勃,怎能抵挡得住?大约交战了一二时,勃众多半败退,独有勃不顾死活,还想上前厮杀,巧巧碰着大树将军,_{见前}。横刀拦住,刀戟相交,不到几个回合,但听得砉的一声,勃首已经落地,_{太不经杀}。败兵慌忙逃散,一半儿做了刀头鬼,冯异趁势攻下河南。果然李轶在洛,不发一兵,坐听武勃授首,袖手旁观。异因李轶践言,才将轶原书报知刘秀。秀此时已至河北,连破尤来、大枪、五幡等贼,追至顺水北面,突被贼众袭击,仓猝抵御,竟为所败。秀只率数骑急走,后面有群贼追来,刃及马腹,马负痛欲倒,亏得秀纵身一跃,投落岸下。说时迟,那时快,将军耿弇,带同突骑王丰等,前来寻秀,见秀危急万分,当即奋力杀贼,砍死贼目数人,方将余贼击退。王丰见秀在岸下,忙下马引秀,把他扶起岸上,执辔相授。秀足已受伤,抚住丰肩,方得上马。耿弇上前请安,秀顾弇微笑道:"几为贼笑!"_{是镇定语}。言未已,又有贼众鼓噪前来,耿弇忙弯力射,箭无虚发,射倒前驱贼数名,贼始骇退,弇乃保秀入范阳。余众为贼所迫,前已四散,及贼已退归,才敢趋集,诸将大半聚首,互问主子,都云不见,众皆错愕,不知所为。大将吴汉道:"卿等但期努力,就使我王失踪,尚有王兄子等在南阳,何患无主呢?"诸将听着稍稍安心。过了数日,才知秀已退保范阳,乃相偕往会。秀得收集将士,搜乘补阙,不到旬日,军势复振,乃复进兵安次,再击贼众。贼众飘忽无常,一党败去,一党复来,秀军虽连日得胜,终究相持不下,五校贼尤为猖獗,竟斗不退。恼动了一位强弩将军,姓陈名俊字子昭,籍隶南阳,目无北虏,杀到难解难分的时候,挺身突出,与贼渠短兵相搏,拖贼下马,格去贼手利刃,挥拳击贼,中脑毙命。再持短刀杀入贼队,所向披靡,贼方才胆落,纷纷窜去。俊又当先追击,直赶至二十余里,斫死贼目数人,然后驰还。刘秀望见叹息道:"战将若尽能如此,还有何忧?"_{力赞陈俊,与前文分叙中兴功臣,同体异文}。正赞叹间,陈俊已到面前,报称贼众已退入渔阳。秀且喜且忧道:"渔阳险固,贼若负嵎自守,倒也未易荡平!"俊答说道:"贼众轻佻,无粮可因,全恃剽掠为生计,最好是我出轻骑,绕过贼前,谕令百姓坚壁清野,阻绝贼锋,贼进不得食,退无所据,自然解散,不战可平了!"秀依计而行,即遣俊带领轻骑,驰出贼前,巡视民间堡砦,劝令缮守,且代为瞭望保护,所有田野积聚,一并收藏。贼众无从掠取,果然饥乏,逐渐散去,刘秀益称俊为神算。

正要遣将平贼,适接到冯异捷报,附上李轶原书,秀览罢后,即手书报异,略言季文多诈,切勿轻信。季文即李轶字。一面将原书颁示守尉,饬令戒备,部将多以为非策。哪知萧王秀是计中有计,将乘此借刀杀人,报复兄仇。也是李轶自取其祸,不得谓刘秀忌刻。约阅月余,轶竟被人刺死,主使的乃是朱鲔。鲔与轶同守洛阳,分领部曲,本来是没甚嫌隙,至轶书宣露,鲔始知轶有异谋,使人毙轶。复遣部将苏茂、贾强,领兵三万余人,渡过巩河,直攻温邑,再由鲔自率数万兵马,进捣平阴,牵制冯异。警报与雪片相似,迭传河内,太守寇恂,当即勒兵出城,移文属县,谕令发卒御敌,同会温下,军吏都向恂谏阻,谓宜待众军毕集,方可前往。恂慨然道:"温邑为郡城屏蔽,失去温邑,郡城将如何保守呢?"遂不从众议,驱兵急进。既至温下,诸县兵亦陆续到来,就是冯异也遣兵来援,士马四集,旌旗蔽空。恂令士卒乘城,大呼刘公兵到,接连喧噪了好几声,望见敌军阵动,便麾兵出击,踊跃直前。敌军里面的苏茂,最是胆怯,不战先溃;贾强勉力支持,禁不住恂军奋迅,只好退去。一经退走,阵伍便乱,那寇恂如何肯舍?自然招呼各军,并力追来,渐渐逼至河滨。苏茂渡河先遁,茂部下多半溺死;贾强迟了一步,即被恂军围住,一时冲突不出,竟至战死。武勃不武,贾强不强,何况一庸弱的刘玄呢?残众不及渡河,都为恂军所获。恂长驱渡河,拟迫洛阳,可巧冯异亦引兵过河,击朱鲔途次,与恂会师,同至洛阳城下,环攻了一昼夜。见城上守兵尚盛,料非旦夕可下,乃收兵退归,各向刘秀处报捷。秀闻河内有警,唯恐失守,及恂书传入,方大喜道:"我原知寇子翼可重任呢?"子翼即寇恂字,见前文。诸将联翩入贺,并上尊号,秀摇首不答。忽有一将闪出道:"大王自甘谦退,难道不顾宗庙社稷么?今宜先即尊位,然后可言征伐,否则彼此从同,究竟谁王谁贼?"快人快语。秀闻声审视,见是前锋将马武,不禁作色道:"将军休得妄言,莫谓钢刀不利呢!"想是言不由衷。武乃趋退。

先是武为绿林豪客,表字子张,也是南阳人氏。自从刘玄称尊,武与刘秀同事刘玄,共破王寻,因此倾心刘秀,后来又随谢躬同攻王郎,王郎破灭,谢躬受诛,武乃投入刘秀麾下,充当前锋。秀爱他材勇,颇加信任,至此独拒绝所请,引军还蓟。马武履历至此补出。复令马武为先驱,耿弇、景丹等为后应,吴汉为统帅,出兵数万,穷追尤来等贼,斩首至三千余级,直至俊靡,方才班师。余贼窜入辽西辽东,为乌桓貊人所抄击,杀掠殆尽。惟都护将军贾复,追五校贼至真定,十荡十决,大破贼党,身上亦受了许多创痕,退卧营中,几不能起。当下报达刘秀,秀大惊道:"贾复勇敢绝伦,我尝不令他自统一军,正恐他轻敌致伤,今果至此,岂不是失我名将?我闻他妻室有孕,如若生女,将来即为我子妇,幸得生男,我女即嫁彼为媳,不使他忧及妻子呢!"叙得体。这一番言语,传入复耳,复格外感激,静心调养,竟得渐痊。因即驰赴蓟城,与秀相见,秀慰劳甚厚,待遇益隆。复字君父,亦南阳人,少时习尚书学,师事舞阴人李生,李生见复英姿卓荦,许为将相器。后事汉中王刘嘉,任为校尉。及刘秀出略河北,复辞嘉从秀,战必先登,不顾身家,真定一战,受伤颇重,危而复安,好算得一大幸事。复亦二十八将之一。小子有诗赞道:

摧锋陷阵敢争先,勇士轻生不受怜。
幸有天心阴鉴佑,伤痕复合庆生全。

贾复至蓟,正值同僚诸将,共议劝进,复当然列名。究竟刘秀曾否允议,待看下回自知。

刘秀之出师河北,为蛟龙出水之权舆,而其危难之处,亦不亚于昆阳遇敌之时。东北有群贼,西南有群敌,秀以孤军支柱其间,一或失算,即有跋前疐后之虞,岂非危难交迫乎?幸而吴汉、岑彭,诱斩谢躬,邺城下而不忧牵掣;寇恂、冯异,击毙贾强,河内固而不患侵陵,故本回事迹颇繁,而独以二事为标目,揭其要也。若夫贼众乌合,本不足道,驱而逐之,尚非难事,然顺水一役,以智勇深沉之汉光武,且为贼党所乘,几不得脱,战事岂可轻言乎?故刘氏之得中兴,虽曰人事,岂非天命?

第十回　光武帝登坛即位　　淮阳王奉玺乞降

却说刘秀在蓟,诸将又共思劝进,表尚未上,偏秀又下令启行,从蓟城转至中山,大众只好整装随行。及已到中山城下,秀尚无意逗留,不过入城休息,权宿一宵,诸将趁此上表,请秀速上尊号。秀仍不许,诘旦复出城南趋,行至南平棘城,又经诸将面申前议,秀答说道:"寇贼未平,四面皆敌,奈何遽欲称尊呢?"诸将见秀无允意,正欲退出,将军耿纯奋进道:"士大夫捐亲戚,弃乡土来归大王,甘冒矢石,无非欲攀龙附凤,借博功名,今大王违反众意,不肯正位,士大夫望绝计穷,尽有去志,恐大众一散,不能复合,大王亦何苦自失众心呢?"秀沉吟半响,方答说道:"待我三思后行。"口吻已渐软了。说着,复前行至鄗,沿途接得两处军报,一是平陵人方望等,从长安劫取孺子婴,到了临泾,立婴为帝,自称丞相,当被刘玄闻知,遣部将李松往攻,一场交战,望被击毙,连孺子婴亦死乱军中。婴自被王莽废黜,黜居定安公第中,及年近弱冠,尚不能识猪狗,莽尝以女孙妻婴,即王宇女。及莽已受诛,婴才得自由,不料方望等把他劫去,硬加推戴,做了一个月傀儡皇帝,竟致毙命,这真叫做祸不单行呢! 了过孺子婴。还有一个公孙述,击走刘玄部将李宝,已自立为蜀王,此时复听了功曹李熊谀言,僭称帝号,纪元龙兴。述字子阳,本系茂陵人氏,因自成都发迹,遂号为成家,即用李熊为大司徒,使弟光为大司马,恢为大司空,招集群盗,奄有益州。刘秀闻得孺子婴惨死,尚为叹惜,惟公孙述胆敢称帝,未免不平,因思一不做,二不休,不如依了诸将的计议,乘时正位,免落人后。主见已定,再召冯异至鄗,与决可否。异奉命进谒,从容献议道:"更始必败,天下无主,欲保宗庙,唯仗大王,大王正应俯从众请,表率万方!"秀答说道:"我昨夜梦赤龙上天,醒后尚觉心悸,恐帝位是不易居呢!"异听言甫毕,忙下席拜贺道:"天命所归,精神相感,还有甚么疑义? 若醒后心悸,这是大王素来慎重,乃有此征,不足为凭。"秀尚未及答,忽有军吏入报道:"有一儒生从关中来,自称为大王故人,愿献祥符。"秀问及姓名,军吏答称姓强名华。秀猛然记着,便向军吏说道:"我少年游学长安,曾有同舍生强华,今既到来,应该由他进见便了。"军吏闻言,便返身出帐,引入强华。秀起座相迎,顾视强华,形容非旧,状态犹存,当然有几分认识,便向他寒暄数语,然后询及来意。强华从袖中取出一函,双手捧呈,秀接过一阅,封面上标明"赤伏符"三字,及被阅内文,开首有三语云:

刘秀发兵备不道,四夷云集龙斗野,四七之际火为主。

秀看这三语,已觉费解,乃复质问强华。强华道:"大汉本尚火德,赤为火色,伏有藏意,故名赤伏符。所云四七之际,四七为二十八,自从高祖至今,计得二百二十八年,正与四七相合。四七之际火为主,乃是火德复兴,应该属诸大王,愿大王勿疑。"借口释义。秀开颜为笑道:"这果可深信么?"强华道:"谶文相传,为王瑞应,强华何敢臆造呢?"究是何人所造,我愿一问。秀乃留华食宿,与谈古今兴废事宜,夜半乃寝。翌晨即由诸将递入表文,大略说是:

受命之符,人应为大,万里合信,不议同情,周之白鱼,曷足比焉? 今上无天子,海内淆乱,符瑞之应,昭然著闻,宜答天神,以塞群望。

秀批准众议,乃命有司就鄗南设坛,择日受朝。有司至鄗城南郊,看定千秋亭畔,五成陌间,筑起坛场,高约丈许。并拣选六月己未日,为黄道吉辰,请萧王刘秀即皇帝位。届期这一日,巧值天高气爽,旭日东升,萧王刘秀,戴帝冕,服龙袍,出乘法驾,由诸将拥至南郊,燔柴告天,禋六宗,祀群神,祝官宣读祝文,文云:

第十回　光武帝登坛即位　淮阳王奉玺乞降

皇天上帝，后土神祇，眷顾降命，属秀黎元，为人父母，秀不敢当。群下百辟，不谋同辞，咸曰：王莽篡位，秀发愤兴兵，破王寻、王邑于昆阳，诛王郎、铜马于河北，平定天下，海内蒙恩，上当天地之心，下为元元所归。谶记曰：刘秀发兵捕不道，卯金修德为天子。与赤伏符又不同？秀犹固辞，至于再，至于三，群下佥曰：皇天大命，不可稽留。秀敢不敬承？钦若皇天，祇承大命。

祝文读毕，祭礼告终，萧王刘秀，缓步登坛，南面就座，受文武百官朝贺，改元建武，颁诏大赦，改名鄗邑为高邑。是年本为更始三年六月，史家因刘秀登基，汉室中兴，与刘玄失败不同，所以将正统归于刘秀，表明建武为正朔，且因秀后来庙号，叫做光武，遂沿称为光武皇帝。小子依史演述，当然人云亦云，此后将刘秀二字搁起，改名光武帝，看官不要驳我前后矛盾呢！*特笔叙明。*

且说刘玄称尊三载，毫无建树，部下诸将，多半离心。再加赤眉称兵入关，守将闻风瓦解，因此关中大震。河东守将王匡、张卬，又为汉前将军邓禹所破，奔回长安，私下语诸将道："河东已失，赤眉且至，我等不如先掠长安，径归南阳，事若不成，复入湖池为盗，免得在此同尽呢！"诸将均以为然，遂由张卬入白刘玄，劝玄为东归计。玄默然不应，面有愠色，卬乃退出。是夕即由刘玄下令，使王匡、陈牧、成丹、赵萌等出屯新丰，李松移军掫城，守边拒寇。张卬心甚怏怏，复与将军申屠建等密谋，欲劫刘玄出关，仍行前计，建等亦皆赞成。还有御史大夫隗嚣，就是前时自称上将军，应玄招抚，入关受职，*隗嚣见第六回。*至是闻光武即位，也劝玄见机让位，归政河北。玄哪里肯从？嚣因与张卬等通谋，指日劫玄，不料为玄所闻知，竟诱申屠建入殿，伏甲发出，把建杀死。一面遣人召嚣，嚣早已防着，称疾不入。玄遂使亲兵围住嚣第，并捕张卬，嚣与门客突围夜出，奔还天水。卬却号召部曲，返击玄宫。玄亲督卫士，且守且战，那知卬纵火烧门，烈焰飞腾，急得刘玄走投无路，慌忙开了后门，挈领妻子车骑百余人，奔往新丰，投依赵萌。萌女为刘玄夫人，*见第八回。*见玄夫妇狼狈来奔，当即迎纳。玄与谈及张卬叛乱，并疑王匡等亦有异志，意欲一并除去。萌乃替玄设计，诡传玄命，并召王匡、陈牧、成丹三人，入营议事。陈牧、成丹，闻召即至，突被萌兵杀出，砍死了事。只有王匡命未该绝，偏偏迟了一步，当有人通知风声，匡急忙拔营入都，与张卬合兵拒玄。*玄既庸弱无能，还要猜忌他人，安得不亡？*玄遣赵萌收抚陈牧、成丹两营，往攻长安。张卬、王匡据城相持，连日未下。玄再遣使至掫城，召还李松，自与松督兵援萌，猛扑长安城门。张卬、王匡，出战败绩，分头窜去。玄乃得返入长安，故宫被毁，残缺不全，因徙居长信宫。

怎奈内讧未平，外寇又至，那赤眉渠帅樊崇等，竟从华阴长驱驰入，迫近长安。先是赤眉部众,分道西进,见前回。连败刘玄诸将,会集华阴。适有方望弟方阳,欲为兄望报仇,因迎谒樊崇,乘间献议道:"更始荒乱,政令不行,故使将军得至此地,今将军拥众甚盛,西向帝都,乃尚无一定名号,反使人呼为盗贼,如何可久?计不如求立宗室,仗义讨罪,那时名正言顺,自不致有人反抗了!"崇徐答道:"汝言亦自有理,我当照行。"原来崇部下有一齐巫,尝托词景王附身,为崇所信。景王就是高帝孙刘章,当时曾与平吕氏,复安刘宗,得由朱虚侯晋封城阳王,殁谥曰景。齐巫借此惑众,或笑巫妄言不道,动辄致病。因此部众亦惮服齐巫,并及景王。崇得方阳计议,颇思求立景王后裔。齐巫亦乘机怂恿,乃决意探访景王后人。可巧军中掠得刘氏子二名,一名茂,一名盆子,二人原是一门弟兄,盆子最幼,为樊崇右校刘侠卿牧牛,呼为牛吏。侠卿查问盆子履历,确是景王嫡派,当下报知樊崇。崇尚嫌他出身卑微,不足服众,因再四觅景王支裔,共得七十余人,及与盆子兄弟,互叙世系,惟前西安侯刘孝,及盆子兄弟,总算是直接景王。崇乃率众进至郑县,令在城北筑起坛场,设立景王神主,祷告一番,然后书札为符,共备三份,置诸箧中。两份系是空札,惟一份写着上将军三字。上将军的名义,系是樊崇创说,以为古时天子将兵,尝称上将军,因将这三字作为代名。刘孝年长,先就箧中摸取,启视札中,不得一字。刘茂继进,也摸了一个空札。独盆子取得上将军符号,樊崇遂扶盆子南向,领众朝谒,再拜称臣。盆子年仅十五,披发跣足,敝衣垢面,蓦见诸将下拜,不禁大骇,惶急欲啼。比刘玄还要不如。樊崇忙劝慰道:"不必惊恐,好好藏符!"盆子因惧成愤,竟将符号啮破,掷弃坛下,仍然还依侠卿。侠卿为制绛衣赤帻,轩车大马,使得服御乘坐,盆子反视为不便,往往偷易旧衣,出与牧儿闲游。侠卿乃将盆子锢居一室,不准出入,就是樊崇等亦未尝问候,不过假名号召,愚弄人民。崇本欲自为丞相,因不能书算,才将丞相职衔,让与徐宣,自为御史大夫,使逄安为左大司马,谢禄为右大司马,他如杨音以下,尽为列卿,或称将军。于是向西再进,直抵高陵,张卬、王匡便往迎降,反导樊崇等入攻长安。刘玄闻赤眉到来,亟遣将军李松,领兵出御,自与赵萌闭城拒守。侍郎刘恭,系是刘盆子长兄,前曾入关事玄,受封式侯,此次闻赤眉拥弟为帝,来攻都城,不得不诣狱待罪。玄无暇究治,但望李松杀退赤眉,尚可求全。哪知李松败报,传入都中,不但松军败死多人,连松都被活擒了去。玄心慌意乱,忙召赵萌入议战守,偏是待久不至,再四催促,反报称不知去向,累得玄仓皇失措,顿足呼天。忽又有一吏入报道:"陛下快走!赤眉已入都城了!"玄颤声道:"何人敢放赤眉入城?"吏答说道:"就是李松弟李泛。"玄不及再问,抢步出宫,上马独行。奔至厨城门,门已大开,加鞭急驰,蓦听后面有妇女声,连呼陛下,且云陛下何不谢城?于是速忙下马,向城门拜了两拜,这是何礼?

令人不解。再上马出城，落荒遁去。

樊崇等既得李松，使人走语城门校尉李泛，叫他速开城门，方活乃兄。泛为救兄起见，当然开门纳入，赵萌等统皆投降。补叙明白。刘恭尚留狱中，及闻刘玄出走，乃脱械出狱，追寻玄至渭滨，才得相见。右辅都尉严本，托词从玄，阴怀叵测，欲将刘玄献与赤眉。为邀功计，因此劫玄至高陵，领兵监守。樊崇等虽入长安，不得俘玄，遂颁令远近，说是圣公来降，圣公即刘玄字，见前。封为长沙王，若过二十日，虽降勿受。玄已穷蹙得很，得此命令，只好遣刘恭往递降书。当由樊崇等准令投降，使谢禄召玄进见。玄随禄还都，肉袒登殿，殿上坐着十有五龄的小牛吏，倒也没甚凶威，只两旁站着许多武夫，统是粗眉圆眼，似黑煞神一般，吓得刘玄不敢抬头，没奈何屈膝殿廷，奉上玺绶。何如一死？刘盆子不发一言，旁有丞相徐宣，代为传命，总算说了"免礼"二字，玄始敢起立。张卬、王匡等人，怒目视玄，手中按着佩剑，各欲拔刀相向。还是谢禄心怀不忍，急引玄退坐廷下。卬等尚未肯干休，又经谢禄代为说情，刘恭极力吁请，仍然无效。卬与匡同白盆子，必欲杀玄报怨。盆子有何主见？只是闭口无言，卬不待应允，便挥玄出去，玄含泪趋出。刘恭追呼道："臣已力竭，愿得先死！"说罢，即拔出佩剑，意图自刎。亏得樊崇眼快，慌忙下殿阻恭。恭请崇赦免刘玄，方可不死。崇乃还告盆子，请赦玄为畏威侯。盆子自然许可，就是张卬等亦惮崇势力，未便遽抗，玄始得暂保头颅，就借谢禄居宅，作为寄庐。刘恭又进告樊崇，谓应实践前言，封玄为王，借示大信。崇也以为然，方封玄为长沙王。惟光武帝闻玄破败，犹怀前谊，有诏封玄为淮阳王，所以史家相传，但把淮阳王三字，作为刘玄的头衔。至若赤眉授玄的封爵，却搁过不提，这且毋庸絮表。看官莫视作闲笔。惟刘玄既依着谢禄，更兼刘恭随时保护，幸得苟且偷生。也不过是个寄生虫。无如赤眉暴虐，苛待吏民，京畿三辅，即京兆、左冯翊、右扶风。不堪受苦，还觉得刘玄为主，较为宽平，因拟纠众入都，将刘玄救出虎口，仍把他拥戴起来，好与赤眉为难。可巧光武帝所遣的邓禹，扫平河东，渡河西进，沿途严申军律，不犯秋毫。关中人民才将救取刘玄的计策，暂从搁置，专待邓禹到来。外如关西一带的百姓，已是扶老携幼，往迎禹军，禹辄停车慰勉，俯从民望，百姓无不感悦，真个欢声载道，喜气盈衢。禹部下亟请入关，偏禹老成持重，不欲速进，独面谕诸将道："我兵虽多，不耐久战，且前无寇粮，后乏馈运，一或深入，反多危险！赤眉新拔长安，粮足气盛，未可猝图，必须待他群居致变，方得下手，现不若往略北道，就食养兵，俟衅乃动，一鼓可下，何必劳敝将士，与这盗贼拚命呢？"部将才不复多言。禹即北徇栒邑，所过郡县，陆续归附。惟长安人民，眼巴巴的望着王师，不意禹军迂回北去，愈望愈远，好多时没有影响，又欲试行前计，盗取刘玄。张卬等恨玄切骨，一得消息，正好借这名目，把玄杀死，当下与樊崇等说明利害。崇亦觉得留玄贻患，乃召谢禄入商，嘱使杀玄。禄尚不忍许，卬勃然道："诸营长多欲篡取圣公，一旦失去，合兵来攻，公岂尚能自存乎？"说得谢禄也为所动，退至宅中，伪言至郊外阅马，邀玄同行。玄只得从去，及出诣郊外，由禄指示兵士，将玄挤落马下，用绳缢死。是夕为刘恭所闻，方把尸骸收殓，草草藁葬。两年有余的过渡皇帝，弄到这般结局，也觉可怜。莫非自取。后来邓禹入长安，接奉光武帝诏谕，为玄徙葬霸陵。玄有三子求、歆、鲤，奉母往洛阳，俱得封爵。求受封为襄邑侯，承玄遗祀；歆为谷孰侯；鲤为寿光侯，这都是光武帝的例外隆恩。小子有诗叹道：

>不是真龙是假龙，玄黄血战总成凶。
>圣公一死犹称幸，妻子安然沐帝封。

刘玄死时，光武帝已入洛阳。欲知光武帝入洛情形，且至下回再叙。

少康复夏，宣王绍周，历史上传为美谈，若汉光武之中兴，亦夏少康、周宣王之流亚耳。自鄗南即位，而帝统有归，当时之盗名窃字者，至此始逐渐湮没。盖明月出而爝火无光，理有固然，亦何足怪？必假强华之呈入谶文，资为号召，得毋犹迹近欺人乎？彼庸弱如刘玄，与光武相差甚远，乃欲拥众称尊，是真所谓不度德、不量力者。况古人有言，无为祸首，将受其咎。项羽百战百克，犹难免垓下之败亡，何物刘玄，敢贪天位？无惑乎其肉袒奉玺，逃死不遑也。然玄以弱败，非以暴亡，子孙得受世禄，虽曰幸事，亦有由来，项王无嗣，更始有儿，读史者可知所鉴矣。

第十一回　刘盆子乞怜让位 宋司空守义拒婚

却说光武帝即位以后，曾授大将军吴汉为大司马，使率朱鲔、岑彭、贾复、坚镡等十一将军，往攻洛阳。洛阳为朱鲔所守，拚死拒战，数月不下。光武帝自鄗城出至河阳，招谕远近。刘玄部将廪丘王田立请降。前高密令卓茂，爱民如子，归老南阳，光武帝特征为太傅，封褒德侯。茂为当时循吏，故特夹叙。一面遣使至洛阳军前，嘱岑彭招降朱鲔。彭尝为鲔校尉，持帝书入洛阳城，劝鲔速降。鲔答说道："大司徒被害时，鲔曾与谋。指刘縯冤死事。又劝更始皇帝，毋遣萧王北伐，自知罪重，不敢逃死，愿将军善为我辞！"彭如言还报，光武帝

第十一回　刘盆子乞怜让位　宋司空守义拒婚

笑说道："欲举大事，岂顾小怨？鲔果来降，官爵尚使保全，断不至有诛罚情事。河水在此，我不食言！"彭复往告朱鲔，鲔因孤城危急，且闻长安残破，无窟可归，乃情愿投诚。当由彭遣使迎驾，光武帝遂自河阳赴洛。鲔面缚出城，匍伏请罪。光武帝令左右扶起，替他解缚，好言抚慰。鲔当然感激，引驾入城。光武帝驻跸南宫，目睹洛阳壮丽，与他处郡邑不同，决计就此定都。洛阳在长安东，史称光武中兴为后汉，亦称东汉，便是为此。回应前文，语不厌烦。光武帝封朱鲔为扶沟侯，令他世袭。这也未免愧对乃兄。鲔不过一个寻常盗贼，侥幸得志，但教保全富贵，已是满意，此后自不敢再有贰心了。

　　御史杜诗，奉着诏命，安抚洛阳人民，禁止军士侵掠。独将军萧广，纵兵为虐，诗持示谕旨，令广严申军纪，广阳奉阴违，部兵骚扰如故。遂由诗面数广罪，把他格死，然后具状奏闻。光武帝嘉诗除害，特别召见，加赐棨戟。棨戟为前驱兵器，仿佛古时斧钺，汉时惟王公出巡，始得用此；杜诗官止侍御，也得邀赐，未始非破格殊荣。嗣是骄兵悍将，并皆敬惮，不复为非，洛阳大安。惟前将军邓禹，已由光武帝拜为大司徒，令他迅速入关，扫平赤眉。禹尚逗留栒邑，未肯遽进，但遣别将分攻上郡诸县；更征兵募粮，移驻大要，留住冯愔、宗歆二将，监守栒邑。谁知冯愔、宗歆，权位相等，彼此闹成意见，互相攻杀，歆竟被愔击毙。愔非但不肯服罪，反欲领兵攻禹。累得禹无法禁遏，不得已奏报洛阳。邓禹实非将才。光武帝顾问来使道："冯愔所亲，究为何人？"使臣答称护军黄防。光武帝又说道："汝可回报邓大司徒，不必担忧；朕料缚住冯愔，就在这黄防身上呢！"来使唯唯自去。光武帝便遣尚书宗广，持节谕禹，并嘱他暗示黄防。果然不到月余，防已将愔执住，交与宗广，押送都门。是时赤眉肆虐，凌辱降将，王匡、成丹、赵萌等，不为所容，走降宗广。广与共东归，行至安邑，王匡等又欲逃亡，为广所觉，一一诛死，但将冯愔缚献朝廷。愔膝行谢罪，叩首无数。光武帝欲示宽大，贷罪勿诛；叛命之罪，不可不诛，光武虽智足料人，究难为训。一面再促邓禹入关。

　　禹自冯愔抗命，军威稍损，又复徘徊河北，未敢南行。于是梁王刘永，自称为帝，见第九回。招致西防贼帅佼强，联络东海贼帅董宪，琅琊贼帅张步，据有东方。还有扶风人窦融，累代仕宦，著名河西，尝与酒泉太守梁统等友善，归附刘玄，授官都尉。至是因刘玄败死，为众所推，号为大将军，统领河西五郡，武威、张掖、酒泉、敦煌、金城，称为河西五郡。抚结豪杰，怀辑羌胡。此外又有安定人卢芳，诈称武帝曾孙刘文伯，煽惑愚民，占据安定，自称上将军西平王，且与匈奴结和亲约。匈奴迎芳出塞，立为汉帝，复给与胡骑，送归安定，声焰渐盛。就是隗嚣奔还天水，见第十回。仍然招兵买马，蟠踞故土，自为西州上将军。三辅耆老士大夫，避乱往奔，嚣无不接纳，引与交游。以范逡为师友，赵秉、苏衡、郑兴为祭酒，申屠刚、杜林为持书，马援、王元等为将军，班彪金丹等为宾客，人才济济，称盛一时。邓禹闻他名震西州，乃遣使奉诏，命嚣为西州大将军,使得专制凉州朔方事宜。嚣答书如礼,与禹连和。禹乃放心南下,往击赤眉。

赤眉将帅,虽奉刘盆子为主,但不过视同傀儡,无一禀命。建武元年腊日,赤眉等置酒高会,设乐张饮,刘盆子出坐正殿,中黄门等持兵后列。酒尚未行,大众离座喧呼,互相争论。大司农杨音,拔剑起詈道:"诸卿多系老佣,今日行君臣礼,反敢扰乱至此,难道宫殿中好这般儿戏么?若再不改,格杀毋悔!"大众听了,并皆不服,霎时间闹做一堆,口舌纷争,拳械并起。刘盆子慌得发抖,幸经中黄门扶他下座,躲入后庭。杨音见不可当,只好却走。乱众大掠酒肉,饱嚼一顿,还想入内杀音。卫尉诸葛稚,勒兵入卫,格毙乱党百余人,方得少定。余众陆续散去,稚始引兵退出,杨音亦得驰归。惟刘盆子遭此一吓,不敢出头,但与中黄门同卧同起,苟延性命。当时掖庭里面,尚有宫女数百人,赤眉置诸不问。不去掠做婢妾,还算有些礼义。可怜这班宫女,镇日幽居,无从得食,或在池中捕鱼,或就园中掘芦菔根,即萝卜根。胡乱煮食,终究是不得疗饥,死亡累累,积尸宫中。尚有乐工若干人,衣服鲜明,形容枯瘦,出见刘盆子,叩首求食。盆子使中黄门觅得粮米,每人给与数斗,才得一时救饥,未几又复绝粮,仍做了长安宫中的饿鬼。俗语说得好:"宁作太平犬,毋为乱世人。"照此看来,原非虚言。建武二年元旦,赤眉等又复大会,聚列殿廷。式侯刘恭,料知赤眉无成,已在前夜密教盆子,嘱使让位。是日樊崇以下,俱请盆子登殿受朝。盆子尚有惧意,勉强跟着刘恭,慢步出来。恭即开口语众道:"诸君共立恭弟为帝,厚意可感;但恭弟被立一年,扰乱日甚,恐将来徒死无益,情愿退为庶人,更求贤才为主,唯诸君省察!"崇等随声作答道:"这皆崇等罪愆,与陛下无涉!"恭复固请让位。突有一人厉声道:"这岂是式侯所得专主?请勿复言!"恭被他一驳,惶恐避去。盆子记着兄言,急解下玺绶,向众下拜道:"今蒙诸君推立天子,仍无一定纪律,党徒四掠,人民怨愤,盆子自知无能,所以愿乞骸骨,退避贤路。必欲杀死盆子,下谢臣民,盆子亦无从逃避。若承诸君不弃,曲赐矜全,贷我一死,感且无穷!"说着,涕洒如雨。亏他记忆,不忘兄教。樊崇等见他情词悱恻,不禁生怜,乃皆避席顿首道:"臣等无状,辜负陛下,从今以后,不敢放纵,请陛下勿忧!"语毕皆起,抱持盆子,仍将玺绶佩上,盆子号呼多时,终由樊崇等竭力劝解,护送入内。待大众退出后,各闭营自守,不复出掠。三辅同声称颂,所有避乱的百姓,争还长安,市无虚舍。不意赤眉等贼心未改,连日不得劫掠,已皆仰屋欷歔,且人民返集都中,免不得携筐提箧,载货同归。赤眉越加垂涎,又复出营打劫,一倡百和,索性大掠一番,无论财货粮食,一古脑儿取夺得来。蓦闻汉大司徒邓禹,领兵西来,大众无心对敌,遂收取珍宝,纵火焚阙,把宫廷付诸一炬,方将刘盆子载出,拔队西行。众号称百万,自南山转掠城邑,驰入安定北地,沿途所过,鸡犬皆空。邓禹已经入关,探得长安空虚,倍道进兵,径入长安,屯兵昆明池,大飨士卒。嗣率诸将斋戒三日，礼谒高庙，收集十一帝神主，遣使奉诣洛阳。光武帝加封禹为梁侯，此外各功臣亦晋封侯爵，各赐策文。文云：

> 在上不骄，高而不危；制节谨度，满而不溢。敬之戒之，传尔子孙，长为汉藩！

封赏已毕，便就洛阳建置宗庙社稷，并在城南设立郊天祭坛，始正火德，色仍尚赤。正在制礼作乐的时候，突接到真定警报，乃是真定王刘扬，与绵蔓县贼勾通，私下谋反。光武帝乃遣将军耿纯，持节往幽、冀间，借着行赦为名，探验虚实，便宜行事。扬为郭夫人母舅，从前光武帝尝投依真定，得纳郭氏，结为姻亲。见第八回。至光武即位，扬忽阴生异志，不愿称臣。他与光武帝世系相同，均为高祖九世孙，又尝项上患瘿，故诡造谶文，说是"赤九之后，瘿扬为主"，意欲借此欺人，传闻远近。纯既至真定，留宿驿舍，探得扬造作讹言，谋反属实，乃邀扬相见。扬因纯母为真定刘氏，颇有亲谊，料纯不敢为难，且胞弟让与从兄绀，俱各拥兵万人，势亦不弱，怕甚么一介朝使？于是带领将士，及兄弟二人，昂然出城，亲至驿舍中拜会。纯出舍相迎，延扬入内，备极敬礼，复请扬兄弟一同面谈。扬兄弟不以为意，就令将士留待门外，大踏步趋入舍中。纯与他周旋片刻，只说有密诏到来，当闭门宣读，俟门已扃闭，立即指麾从吏，把扬兄弟三人拿下。扬兄弟还自称无罪，经纯详诘反状，说得他有口难分。诏命一传，三首骈落。当下开门径出，宣布扬兄弟逆案，举首示众，众皆瞠目无言。纯又谓汝曹无罪，应该奏闻天子，立扬亲属，仍为汝主。众情尤为悦服，喏喏连声，遂引纯入真定城。纯慰抚刘扬家属，叫他静听后命，方才还报。光武帝果封扬子德为真定王，使承宗祀，真定复平。想仍为了郭夫人面上。

上党太守田邑，举部请降。光武帝使邑持节，招降河东军将鲍永。永即前司隶校尉鲍宣子，宣为王莽所杀，永伏居上党，以文学知名。更始二年，征永出仕，迁擢尚书仆射，行大将军事，镇抚河东。永领兵赴任，击破青犊等贼，得超封中阳侯。至刘玄破败，三辅道绝，光武帝遣使诏谕，永尚有难意，拘系使人。及田邑持节招降，方知刘玄已死，乃释放来使，遣散部曲，封上将军列侯印绶，但与故客冯衍等，幅巾束首，径诣河内见驾。光武帝召永入问道："卿拥有重兵，今已何往？"永离席叩首道："臣前事更始，不能保全故主，负惭实甚，若再拥众求荣，更觉无颜。所以一并遣散，束身来归。"光武帝作色道："卿言亦未免自大呢！"说着，即挥永使退。时怀县守吏为刘玄亲将，负固不服，光武帝遣将往击，多日不克，乃更召永与语，使永招降。永与守吏素来相识，奉命往抚，片言即下。帝始大喜，拜永为谏议大夫，引令对食，且赐他上商里宅，永拜辞不受。寻闻东海盗帅董宪，分兵扰鲁，因拜永为鲁郡太守，拨兵数千，使他平乱。永受命即行，独永客冯衍，向有才名，与永来归，也想博取爵位，借展才能。偏光武帝恨他迟迟来降，废黜不用，衍未免失望。永就职时，私自慰衍道："从前高祖诛丁公，赏季布，俱有微权，今我与君同遇明主，何必过忧？"衍意终未释。后来做了一任曲阳令，诛获剧盗，仍然不得超迁，坎壈终身，惟著述甚富，传诵当时。后人谓光武知人，尚失冯衍，几拟衍为贾长沙即贾谊。董江都一流人物，说亦难信，看官但阅《冯衍列传》，自有分晓，毋庸小子晓晓了。叙入鲍永，所以阐扬桓鲍夫妇之前行，至附评冯衍，阴短文人，亦自有特见。

且说光武帝援据谶文，始登大位，因见人心悦服，诸事顺手，乃将《赤伏符》作为秘本，事多仿行。符中曾有谶语云："王梁主卫作玄武。"玄武系水神名号，光武帝以为司空一职，管领水土，想符中玄武名目，当是司空代词。可巧王梁为野王县令，当即遣使召入，擢梁为大司空。王梁履历已见第八回中。梁自随光武帝，平定邯郸，便令他出宰野王。至入任司空，才未称职，年余罢去，改用长安人宋弘。弘曾为哀平时侍中，王莽使为共工，及赤眉入关，胁弘就职，弘投入渭水，经家人救出，佯作死状，始得免归。光武帝闻他清正有操，特征为大中大夫。弘正色立朝，仪容端肃，更为光武帝所称赏，乃迁为大司空，使代王梁后任，加封枸邑侯。弘持身俭约，所得俸禄，分赡九族，因此位列公卿，不脱寒素。光武帝体贴入微，徙封弘为宜平侯。宜平采邑，比枸邑为多。弘仍分给族里，家无余资。尝荐沛人桓谭为给事中，为帝鼓琴，辄作繁声。弘朝服坐府中，召谭加责，不稍徇情。既而光武帝大会群臣，复使谭入殿弹琴。弘正容直入，惹得谭手足失措，弹不成声。光武帝未免惊异，顾问桓谭。谭尚未及答，弘离席免冠，顿首谢罪道："臣荐谭入侍，无非望他忠诚辅主，称职无愧。不料他诡道求合，反令朝廷耽悦郑声，这是臣所荐非人，理应坐罪！"光武帝闻言改容，仍令戴冠，嘱谭退席，不复听琴。弘更别求贤士，引为侍臣。一夕入宫进谒，见御座旁所列屏风，尽绘列女。光武帝屡次顾及，弘即从旁进规道："未见好德如好色，圣训果不谬呢！"光武帝听着，即命将屏风撤去，向弘微笑道："闻善即改，卿以为何如？"弘答说道："陛下德业日新，臣不胜喜庆呢！"光武帝有二姊一妹，长姊名黄，次姊名元。元即邓晨妻室，先已殉难。见前文第四回。妹名伯姬，已嫁李通为继室。建武二年，追封次姊元为新野长公主，又封长姊黄为湖阳长公主，妹伯姬为宁平长公主。召通入卫，封固始侯，拜大司农。独湖阳长公主，方在寡居，光武帝怜她岑寂，特与语及大臣优劣，微窥姊意。公主说道："我看朝上大臣，莫如大司徒宋公，威容德器，非群臣所可及！"光武点首道："我知道了。"光武颇重名节，奈何欲姊再醮？待至宋弘进见，乃令公主坐在屏后，自出语弘道："俗语有言：'贵易交，富易妻，'这也是常有的人情，卿可知此否？"弘正色道："臣闻贫贱交，不可忘；糟糠妻，不下堂!"光武帝不待说毕,便回顾公主道:"事不谐了!"公主怏怏返入,弘亦徐徐引退,一场婚议,从此打消。小子有诗赞宋弘道:

> 夫宜守义妇宜贞,礼教昌明化始成。
> 毕竟宋公能秉正,糟糠不弃两全名。

帝姊不得再婚,帝后却已册定。欲知何人为后,请看下回再详。

刘永、刘扬,虽系汉家支裔,与盗贼不同,然皆非帝王气象,不足有为,遑问一刘盆子?但盆子固非欲为帝者。一介童子,为盗所掠,得充牧牛小吏,幸全生命,已自知足。无端被迫,胁使为帝,惶怖之念,出自真诚,观其承受兄教,向众宣言,亦非蚩蚩无知者比。厥后之得保首领,廪禄终身,亦天之所以报其谨厚耳。永、扬皆死,而盆子不死,有由来也。彼湖阳长公主之寡居,度其年已逾三十,就令不耐守孀,光武亦宜正言晓谕,完彼贞节。万一不可,亦惟有代为择偶已耳。乃使之自择大臣,且令其坐诸屏后,公然炫鬻,微宋弘之守正不阿,岂非导人为不义之行,使之易妻娶孀乎?光武为中兴令主,犹有此失,而宋公之威容德器,诚哉其不可及欤!

第十二回 掘园陵淫寇逞凶 张挞伐降王服罪

却说建武二年五月,册立郭贵人为皇后,子强为皇太子。郭氏即刘扬甥女,随驾入洛。当光武帝即位时,得产一男,取名为强。时阴丽华也迎入洛阳,阴丽华见第七回。与郭女同受封贵人。丽华容色,实过郭女,并且性情和顺,毫无妒意,光武帝本欲立她为后,她却以为郭氏有子,理应正位中宫,且郭氏生长王家,与自己出身不同,所以情甘退逊,将后位让与郭氏。看到后来,实可不必。光武帝乃立郭氏为后,就将二岁幼儿,作为储君。这且待后再表。帝又分封宗室,封叔父良为广阳王;后来徙封赵王。族父歙为泗水王;族兄祉为城阳王;歙子终为淄川王;追谥兄缤为齐武王;仲为鲁哀王;缤子章授封太原王;后来徙封齐王。仲殁无子,命缤次子兴过继,袭封鲁王。封爵已定,乃再拟荡平群寇。惟一时人心未靖,乱端不已,除上文所述诸渠魁外,尚有渔阳太守彭宠,破虏将军邓奉,相继造反,警信频闻。提叙一笔,暗伏下文。光武帝虽遣将出讨,但尚无暇全力对付,只好先就近处着手,次第廓清。自从刘玄败死,诸将吏散处南方,未肯归命洛阳。光武帝召集诸将,会议出师,当下向众宣言道："郾城最强，次为宛城，何人敢率兵进击？"语未绝口，即有一人突出道："臣愿攻郾城！"光武帝见是执金吾贾复，就笑说道："执金吾前去击郾，朕复何忧？宛城当属大司马便了！"复领兵自去。另遣大司马吴汉，往略宛城。郾城守将尹尊，曾由刘玄封为郾王，与贾复相持月余，城中食尽，因即出降。就是宛城，为宛王刘赐所守，一经吴汉兵到，退保沟阳，未几亦即归降。两处先后报捷，光武帝因赐本族兄，前曾共事，所以召赐入见，封为慎侯。再命贾复进略召陵、新息，统得平定。

　　复有部将过颍川郡，妄杀良民，正值河内太守寇恂，调往颍川，立即拘复部将，枭首示众。复引为己耻，顾语左右道："寇恂敢杀我部将，藐我太甚，我当前去见恂，手刃此仇！"遂自颍川进发。<small>粗莽可笑。</small>恂闻复挟怨前来，料无好意，故不愿与见。姊子谷崇语恂道："崇为军将，应带剑侍侧，就使有变，也可抵挡得住，相见何妨？"恂摇首道："我闻蔺相如不畏秦王，独为廉颇屈志，彼区区赵国，尚知先公后私，难道我反悍然不顾么？"<small>好寇君。</small>乃饬属县盛设酒肴，遇有执金吾军入界，全体供给，一人须兼二人饮食，县吏自然遵令，不敢怠慢。恂托辞出迎，行至中途，因疾折回。复正勒马待着，按剑欲试，不意恂已驰归，惹得怒上加怒，亟欲勒兵追恂。偏部兵已皆被酒，不愿进行，复亦孤掌难鸣，只好罢休。恂使谷崇具状奏闻，光武帝召复班师，并征恂入朝。恂奉命进谒，见复在御座前，急起欲避。光武帝与语道："天下未定，两虎怎得私斗？朕当与两卿和解，互释前嫌。"说着，赐令共坐，宴叙甚欢。及退出殿外，复令同车并出，两人曲体主心，自然释怨平争，言归于好，恂复辞回颍川去了。

　　大司马吴汉，方自宛城往略南阳，忽报檀乡贼与五校贼会合，寇掠魏郡清河。光武帝召汉还师，自督诸将至内黄，进击五校贼，大破贼众，收降至五万余人。适值吴汉领兵来会，乃将军事付汉，折回都中。汉与檀乡贼连战数次，无不获胜，斩馘数万，降服数万。先是檀乡贼徒，统是刁子都余党。<small>刁子都见前文。</small>子都为部曲所杀，余众转走檀乡，后纠集他处盗匪，号为檀乡贼，共计得十余万名。及为吴汉所败，或死或降，所余无几，遁入西山，再推贼目黎伯卿为渠帅。伯卿负嵎数月，仍被吴汉捣破，窜死崖谷间，河右复安。光武帝接得捷书，亲往慰抚，增封吴汉采邑，由舞阳侯晋封广平侯。此外随汉同征，尚有建义大将军朱祐，大将军杜茂，执金吾贾复，扬化将军坚镡，偏将军王霸，骑都尉刘隆、马武、阴识等，亦各有功绩，俱得奖叙。朱祐字仲先，南阳宛人，曾从刘氏起义，转战有年。杜茂字诸公，南阳冠军人，自光武帝出徇河北，投入麾下，效力戎行。坚镡字子伋，颍川襄城人，尝为郡县掾吏，颇有干才，或向帝前推荐，方得召用，积功为扬化将军。惟刘隆字元伯，本与光武帝同宗，乃父名礼，前与安众侯刘崇讨莽，并皆败死，隆年尚幼，幸得免祸，后来游学长安，

第十二回 掘园陵淫寇逞凶 挞伐降王服罪

刘玄召为骑都尉，隆见玄不能成事，托词迎取家眷，转至河内从光武帝，光武帝使仍旧职，加封列侯。四人俱列二十八将中，故特提叙。至若贾复、王霸、马武履历，已见前文，不复追叙。独阴识为阴贵人兄，受封阴乡侯，光武帝因他从军有功，拟加封邑。识叩头固让道："臣托属掖庭，累加爵土，不可以示天下，幸勿加恩！"光武帝见他意诚，乃不复加封。识小心谨慎，未尝以贵戚自骄，就是出征有功，亦谦退不伐，因此为士论所称。却是难得。

光武帝慰劳已毕，复遣汉还定南阳，连下涅阳、郦穰、新野诸城。复与偏将军冯异，北击五楼、五幡诸残贼，所向皆捷。偏大司徒邓禹，入关抚民，又经赤眉还寇长安，屡战不利，竟从长安退至高陵，兵士饥困，几难成军。于是光武帝另费踌躇，不得不改遣他将，往讨赤眉。赤眉前次出关西行，意欲入陇，回应前回。陇右方为隗嚣所据，遣将杨广统率锐卒，迎头截击，杀得赤眉七零八落，慌忙回走，所掠财物，抛弃殆尽。道出阳城山谷中，适遇大雪，冻死多人，尸骸满道，没奈何再返长安。他想长安内外，十室九空，无从再掠，且长安已由邓禹守住，料不易入，不如往发汉朝陵寝，或可劫取遗藏，免致落空。乃一哄而往，闯入园陵，守陵吏民，逃得精光，赤眉得任意掘坟。最注意的是后妃各冢，连棺椁尽被劈开，有几椁用玉匣为殓，尸皆未烂，面目如生。查汉制收殓后尸，自腰以下，用玉为札，长一尺，阔二寸半，垂至两足，用黄金缕缀系，叫做玉匣，尸骸得借宝玉精华，历久不朽。谁知这种奢华的制度，反使各女尸身后不安，当时短命致死，颜色未衰，却被赤眉贼触动淫心，竟把她剥去衣服，赤条条的卧在地上，侮辱一番。这也可谓生死交。更可怪的是吕后遗骸，全然不变，面色反比生时娇嫩，至此也竟受污。待到污辱以后，尸才变色，这难道是生前淫妒，应该受此恶报么？吕后死时，年已将迈，乃遭此报，定是天道恶淫，故孔圣谓丧欲速朽。独霸陵为文帝遗冢，文帝素尚俭德，如所幸慎夫人等，衣不曳地，想来总没有什么厚殓，故赤眉不去发掘，幸得保全。更有杜陵为宣帝墓所，却由汉中豪帅延岑，引众居守，赤眉不敢过犯，安然如故。延岑系南阳人，也是一个绿林流亚，起兵汉中，杀败汉中王刘嘉，据境称雄。刘嘉向关中乞师，刘玄尚未败没，特遣部将李宝，领兵往会，与嘉并击延岑。岑寡不敌众，乃由汉中北出散关，进屯杜陵。他虽往来剽掠，迹同盗贼，但与赤眉相比，尚觉得稍有纪律，差胜一筹。邓禹闻赤眉发掘陵寝，亟令将士往击，反为赤眉所败，伤亡甚众。禹乃督兵自出，行至云阳，又接长安警耗，被赤眉乘虚捣入，长安失守，累得禹无路可归。会闻赤眉将逢安，往攻延岑，也想伺隙进袭。好容易到了长安城下，正要麾兵攻扑，偏又来了赤眉将谢禄，一场交战，禹又败走，不得已退至高陵。军中随带粮食，本属有限，渐渐的食尽囊空，势难久持，因特奏报洛阳，急求接济。光武帝筹画再四，已知邓禹兵敝，不堪再用。此时惟有偏将军冯异,智勇兼优,可代禹任,乃特召异入见,嘱令西征。异拜命出都,光武帝亲送至河南,赐异车马宝剑,并面嘱道:"三辅人民,迭遭变乱,生灵涂炭,无所依诉,今遣卿讨贼,并非欲卿略地屠城,期在平定安集,救民疾苦。朕看诸将亦多健斗,往往未善抚循,独卿平日能驭吏士,所以委卿重任,卿此行须除暴安良,勿负朕望!"保民而王,莫之能御。异顿首受教,拜别车驾,向西进发。途中宣布威德,民皆畏服,群盗多降。光武帝还居洛阳,连接冯异军书,知异威爱并用,定能胜任,乃决计召还邓禹,专任冯异。会得邓禹奏称,刘玄旧将廖湛联合赤眉,并攻汉中,汉中王刘嘉,出谷迎战,大破寇众,阵斩廖湛,嘉因军士乏食,就谷云阳,正好乘便招抚云云。光武帝准禹所请,令禹传诏谕嘉,禹当然照行。嘉妻为来歙女弟,歙系光武帝姑子,与帝戚谊相关,因即劝嘉从命。嘉始浼禹转达表文,自请效顺,将表文驿递洛阳,并言廖湛一死,赤眉失势,近日赤眉将逢安,又被延岑击败,约毙十余万人,臣料赤眉不久必灭,俟臣筹足军食,便可一鼓歼灭等语。先生休矣!何必妄想?光武帝已遣异代禹,不改初衷,因复颁诏寄禹,略云:

> 卿慎毋与穷寇争锋,赤眉无谷,自当东来,吾以饱待饥,以逸待劳,折棰笞之,非诸将忧也,卿其速归,无得复妄进兵!

邓禹得诏,尚以无功为耻,未肯遽归洛阳。可巧三辅大饥,人自相食,城郭皆空,白骨蔽野,赤眉无从掳掠,果然东下,余众还有二十万人。光武帝得知消息,使破奸将军侯进等出屯新安,建威大将军耿弇等出屯宜阳。出发时复传谕道:"贼若东走,可引宜阳兵会新安;贼若南走,可引新安兵会宜阳。"一面令冯异择险邀击,决歼此虏。创业之主,必有良谋。异奉命进驻华阴,正值赤眉东来,即扼要拒击,先后六十余日,交战至数十仗,多胜少败,收降赤眉将卒五千余人。

未几已是建武三年,朝命异为征西大将军,节制西行人马,且促邓禹交代,限期还都。禹还想鼓励饥卒,邀击赤眉,仍然失利,才率车骑将军邓弘等东归。途次与冯异相遇,又欲与异共攻赤眉。贪功之心,何竟至此?异从容道:"异与贼相拒数十日,虽得俘获贼将,但贼众尚多,须推示恩信,徐徐招诱,未可遽劳兵力!且皇上已遣诸将分屯渑池,使异在西夹击,彼此并力,一举聚歼,乃是万全的计策。公不若遵旨东还,待异荡平此虏便了。"禹听了异言,还道异不肯分功,益加猜忌。就是邓弘亦有此私意,决欲一战,遂自请为先锋,引兵遽进。赤眉齐来接仗,交战多时,见弘军微有饥容,却不望前进,反向后退。弘军当然追逼,赤眉抛弃辎重,纷纷却走,弘军尚不知是计,但见辎重车上,有豆载着,争相掬食,顿致行伍散乱,无心恋战。不防赤眉翻身杀转,猛击

第十二回　掘园陵淫寇逞凶　张挞伐降王服罪

弘军，弘军已经乱伍，仓猝间不能成列，自然四溃，弘亦只得返奔。邓禹在后面望着，忙邀冯异一同往援，两人并辔驰往，麾动部兵，截杀赤眉。复酣斗了好一歇，赤眉稍稍退去。还是诱敌。异驱向禹进谏道："赤眉小却，并非真败，我军已多饥倦，宜暂休息，毋使前进！"禹不肯听异，反驱兵急进。异未便停马，相偕进军，蓦听得几声胡哨，赤眉等四面兜集，踊跃来前。禹与异慌忙对敌，怎禁得赤眉涌至，驰突入阵，把禹异两军冲作数截。禹异两军，已是饥乏得很，望见敌势汹涌，统皆怯战，觅路乱逃。禹亦自知不支，但率亲兵二十四骑，冲开血路，径向宜阳奔去。邓弘已早经遁走，不知去向，单剩得冯异一军，也是东逃西散，如何支持？异急走至回溪阪，溪长四里，旁有峭壁，状甚陡峻。异弃马逾溪，与麾下数人跃登峻阪，方得驰脱。这番战仗，汉军死伤至三千余人，余皆散逸。还亏冯异脱身回营，下令收集溃卒，军士方知异无恙，黄夜奔投，复得万人，守住营壁。越日复由异整兵募众，遍召各处城堡戍卒，一并会聚，再与赤眉约期会战。赤眉恃胜生骄，轻视冯异，待至战期已届，便令万人为前驱，凌晨挑战。异早经部署，申定号令，一闻寇至，但使锐卒一二千人，出营交锋。赤眉见异军寥寥，越加蔑视，存了一种灭此朝食的妄想，悉众来围异军。异乃纵兵大出，与赤眉鏖战一场，两下里旗鼓相当，兵刃交接，呐喊声震动远近，好容易杀到日昃，还是未分胜败，相持不舍。异却把红旗一招，突有一支人马，向赤眉阵中搅入，衣服与赤眉相同，赤眉错认是自己党羽，慌忙招呼，谁料到劈头一撞，都害得颈血模糊，十死五六。赤眉后队，顿时大乱。再经异麾军纵击，杀毙赤眉，不可胜计。看官道这支人马，究从何处杀来？原来冯异知赤眉势盛，但凭力敌，未易杀退，所以预先设计，令壮士千人，改服赤眉衣饰，夜伏道旁，约用红旗为号，叫他捣乱贼军。果然赤眉中计，一败涂地。当由异军追至崤底，截住男女八万人，谕令降者免死。八万男女，一体匍伏，束手归诚。尚有残众十余万，东走宜阳。将恃谋，不恃勇，于此可见。异驰书报捷，光武帝特赐玺书云：

  赤眉破平，士卒劳苦，始虽垂翅回溪，终能奋翼渑池，可谓失之东隅，收之桑榆，方论功赏，以答大勋。

玺书既下，光武帝复亲率六军，至宜阳截住赤眉。赤眉正拚命东走，到了宜阳，见前面戈铤耀日，旌旗蔽天，当中拥着汉天子御驾，黄屋大纛，八面威风。吓得赤眉叫苦不迭，如樊崇、逢安等人，经过百战，杀人未尝眨眼，至此亦仓皇失措，不知所为。当下经众会议，只有乞降一法，乃遣刘恭持书请降。恭既至汉营，得见光武帝，行过了礼，呈上降表。光武帝准令降顺，恭面请道："盆子率百万众降陛下，敢问陛下如何待遇？"光武帝接说道："待他不死便罢。"王言如纶。恭因即返报,盆子率徐宣以下三十余人,肉袒归降,献上所得传国玺绶,并将所有兵甲,悉数缴付,堆积宜阳城外,高与熊耳山相齐。光武帝令县厨赐食,降众正苦饥馁,随到随食,总算十万余人,并得一饱。光武帝见降贼甚多,恐有反复,特就次日清晨,大陈兵马,遍布洛水岸旁,令盆子等随驾观兵,且顾语盆子道:"汝自知当死否?"盆子跪答道:"罪原当死,但求陛下恩赦呢!"光武帝微笑道:"儿亦太黠,宗室中原无愚人!"说至此,又顾问樊崇等道:"汝等曾悔降否?朕愿遣汝等回营,鸣鼓相攻,再决胜负,可好么?"好权术。徐宣等叩头道:"臣等出长安东都门,君臣计议,已愿归命圣德,惟百姓可与图成,难与虑始,所以未曾遍告。今日得降,如脱去虎口,得依慈母,诚喜诚欢,还有什么悔恨呢?"光武帝语徐宣道:"卿可谓铁中铮铮、庸中佼佼了!"乃敛兵归营。更谕诸降将道:"汝等大为不道,所过成墟,屠老弱,溺社稷,污井灶,残暴已极,本应骈诛。但朕念汝等尚有三善:攻破城邑,几遍天下,妻妇未尝弃易,算是一善;立君能用宗室,算是二善;他贼乘乱立君,待至危急,往往弑君持首,乞降邀功,独诸卿尚知大义,奉主来降,算是三善。朕所以网开三面,法外行仁,此后总宜洗心革面,共享太平!"降将都一齐跪下,齐呼万岁。光武辨论善恶,亦俱得当。光武帝挥众令起,启行还都,令降将分居洛阳,每人赐宅一区,田二顷,余众给资遣归。惟杨音与帝叔刘良有旧,良先依刘玄,玄败没时,独良得杨音礼待,才得免害。因此光武帝为叔报德,封音为关内侯,得与徐宣安享天年。刘恭替刘玄报仇,刺死谢禄,系狱自首,亦得贷死。独樊崇、逄安,居洛数月,又想造反,谋泄被诛。不死胡为?光武帝矜怜盆子,赏赐甚厚,使为叔父良部下郎中。盆子病目失明,方令免官,尚给荥阳均输官地,食税终身。小子有诗咏道:

牛吏何堪作帝王,崤山一跌便沦亡。
得全首领犹云幸,总为童儿质尚良。

赤眉已平,余寇犹炽,免不得再加征伐,劳动王师。欲知后来情事,且看下回续叙。

项羽掘始皇冢,后人以凶残嫉之,顾未有如赤眉之甚者。赤眉不法,发掘园陵,裸辱女尸,阅《汉书·刘盆子传》中,载入此事,谓有玉匣附殓者,多被淫秽,姓氏不概传,独于吕后则标明之。意者其亦嫉吕后生前之奢淫,特揭此以为后人戒欤?邓禹已入长安,不能捍卫陵寝,咎实难辞,乃复以饥疲之卒,贪功邀战,屡致失利,甚且累及冯异,同致覆师。微异之奋翼渑池,则赤眉东来,众尚二十万,即如光武之勒兵亲征,截击宜阳,胜负亦未可料,安能不战屈人乎？光武能专任冯异，卒成大功。至若刘盆子之降，待以不死，陈兵示威，笑语屈贼，光武固一英辟也欤？而樊崇、逄安之自外生成，终遭诛殛，何一非恶贯满盈之果报也！

第十三回　诛邓奉惩奸肃纪 戡刘永献首邀功

却说赤眉既降，关中无主，盗贼又乘机蜂起，各据一隅。下邽有王歆，新丰有芳丹，霸陵有蒋震，长陵有公孙守，谷口有杨周，陈仓有吕鲔，汧骆有角闳，长安被张邯占住，各称将军，互相攻击。独延岑屯据杜陵，击破赤眉将逄安，意气自豪，再移部众入蓝田，僭称武安王，分置牧守，居然想做关中霸主。闻得征西大将军冯异进兵，亟诱同张邯等众，共攻异军。一番接仗，竟被异军杀毙千余人。张邯等战败先逃，延岑亦向东南窜去。异进驻上林苑中，号令远近，先抚后剿，所有前时附近诸堡砦，附属延岑，至此都向异投诚。异又遣复汉将军邓晔，辅汉将军于匡，领兵追岑。到了析县，正值岑督众围城，一遇邓晔等到来，慌忙解围对敌，偏部众惩着前败，不敢再战，裨将苏臣等投械先降。岑不敢再持，奔归南阳，又被汉建威大将军耿弇等，迎头截击，斩首三千余级，生擒将士五千余人。岑势孤力竭，但率数骑奔投秦丰，嗣复转诣西蜀，下文自有交代。惟邓奉本光武帝姊夫邓晨兄子，从征有功，官拜破虏将军。自吴汉出略南阳，兵多侵暴，连邓奉故乡新野县中，亦遭蹂躏。奉返省乡里，庐舍荡然，不由的怒气填胸，竟纠合流氓，造起反来。乡里遭殃，何妨劾奏吴汉，奈何造反？当即攻入淯阳，逐去守兵。顾应前回。尚有堵乡人董欣，杏聚人许邯，亦纠众应奉，四出骚扰。董欣攻入宛城，拘住南阳太守刘欣，幸汉扬化将军坚镡，尚未远去，一闻宛城失守，便引兵夜至城下，使壮士悄悄登城，斩关纳入兵士，一鼓而进。欣未曾防备，势难招架，只好弃城窜去，逃归堵乡。光武帝时已闻警，亟授岑彭为征南大将军，使讨邓奉、董欣，且拟添将助彭。适值王常自邓来归，常ы前时下江帅，与光武帝同破莽军，转事刘玄。玄曾命常为廷尉大将军，封知命侯，进爵邓王。至是方挈眷入洛，谒见光武。光武帝与语道："王廷尉良苦，每念前时与同艰险，无日忘怀！奈何至今始来相见哩？"常顿首谢道："臣蒙大命，得效鞭策，始遇宜秋，继会昆阳，幸赖陛下威武，终破大敌。更始不量臣愚，委任南州。赤眉入关，伤心失望，以为天下复失纲纪。今闻陛下即位河北，如日重明，臣等得见阙廷，虽死亦无遗恨了！"光武帝笑说道："我与卿戏言，不必介意，今得见卿，南顾无忧了。"遂指常语诸将道："王将军曾率下江诸将，辅翼汉室，心如金石，真好算是忠臣呢！"于是面授常为汉忠将军，使与朱祐贾复、耿弇、郭守、刘宏、刘嘉、耿植等，一同南下，由征南大将军岑彭节制。彭率众至杏聚，击破许邯，邯穷蹙始降。再顺便进攻堵乡，董欣向邓奉乞援，奉率锐卒万余，往救董欣，两人并力拒守。岑彭等连攻数月，尚不能克。到了建武三年夏间，光武帝下诏亲征，带领六军出都。行至叶县，适遇董欣别将数千人，沿途拦阻，车驾不得前进，正要麾兵开道，巧值彭亦引兵杀到，前后夹攻，一霎时扫得精光。光武帝进军堵阳，邓奉不禁胆怯，夜奔淯阳。董欣独力难支，自缚出降。积弩将军傅俊，骑都尉臧宫，奉着帝命与岑彭等追赶邓奉，驰抵小长安，得及奉兵，当然再战。奉抵死格拒，酣斗经时，互有杀伤。蓦闻光武帝亲来接应，车骑大至，汉军越加奋勇，杀死奉兵无数，奉欲逃无路，迫急乃降。光武帝记奉前功，且由吴汉起衅，拟从赦宥。岑彭与耿弇进谏道："邓奉背恩造反，致王师暴露经年，罪无可逭！若不诛奉，何以惩恶？"说得光武帝不便徇情，乃将奉正法示众。国法原是难容。惟许邯、董欣，幸得贷免。光武帝启驾还都，但使岑彭与傅俊、臧宫等三万余人，南击秦丰去了。

过了月余，得虎牙大将军捷报，说是刘永授首，睢阳报平。究竟刘永如何败死？应该详叙情形。永在睢阳僭称帝号，专据东方。见十一回。内有沛人周建等为爪牙，外有佼强、董宪、张步等为羽翼，除国都睢阳外，如济阴、山阳、沛楚、淮阳、汝南等二十八城，俱归管辖，差不多将青、兖、徐三州包括了去。光武帝曾拜盖延为虎牙大将军，使与降将苏茂，相偕东征。茂本刘玄部将，前与朱鲔共守洛阳，鲔既出降，茂亦归命。及随盖延东行，独不肯受延节制，分军自去，掠得数县，据住广乐，反向刘永处遣使称臣。永拜茂为大司马，封淮阳王。盖延独进攻睢阳，且奏达苏茂叛状，光武帝再遣驸马都尉马武，骑都尉刘隆，护军都尉马成，偏将军王霸等，往助盖延，为延副将，合攻睢阳城。彼此经过好几次战仗，城中兵不能取胜，闭门死守。两下里复相持数旬，延尽收田间禾麦，作为军粮，守兵无粮可因，渐生恟惧，当被延军窥出间隙，缘梯夜登，入城击永。永不知所措，亟引兵走出东门，延等追杀一阵，横尸遍野，只剩得骑士数十人，保住刘永家属，奔往虞城。虞城人不愿纳永，反将永母及妻子，一并杀死，永仓皇走脱，得抵谯邑。永将苏茂、佼强、周建等，合兵三万余人，至谯救永，永复得成军，再拟拒延。延连拔薛城、沛城，斩鲁郡太守梁邱寿，及沛郡太守陈修，长驱追永。永率苏茂等三将军，至沛西逆战，又吃了一大败仗。不得已再弃谯城，转奔湖陵，苏茂奔还广乐，惟佼强、周建，还是与永同行，未曾舍去。

盖延乘胜略地，收抚沛楚、临淮各城。光武帝也遣大中大夫伏隆，持节使

第十三回　诛邓奉惩奸肃纪　戮刘永献首邀功

青、徐二州,招谕郡国。青徐群盗,多望风请降。就是琅琊盗帅张步,亦迎谒伏隆,敛兵听命。隆许为归报,嘱步静候朝旨,步乃使掾吏孙昱,随隆诣阙,贡献鳆鱼。鳆似蛤,即石决明。光武帝迁隆为光禄大夫,仍使隆赍着诏书,拜步为东莱太守。隆即与步掾孙昱,仍向东行。哪知为刘永所闻,忙遣人立步为齐王,并封东海贼帅董宪为海西王。步贪得王爵,欲背隆约。及隆持诏前来,竟摆起国王的架子,拒诏不受。隆探悉情隐,因向步晓谕道:"高祖与天下约,非刘氏不得封王;今君果去逆效顺,总不失为万户侯,何必贪受伪封,但顾目前,不顾日后哩?"步不以为然,惟留隆共守青、徐二州,隆愤然道:"君不受朝命,必有后悔!我奉命到此,谕君反正,岂肯随君附逆?我就此返报便了。"说着,持节欲行,步却麾动左右,把隆拘住,锢居一室。隆缮就密书,交付从吏,嘱使乘间脱身,归报朝廷。从吏一住数日,觑得步兵防检少疏,乘夜逸出,好容易奔还洛阳,把隆书呈递进去。光武帝立即展阅,但见书中写着:

  臣隆奉使无状,受执凶逆,虽在困厄,授命不顾。步固桀骜,属吏知其反叛,心不附之,愿以时进兵,无以臣隆为念!臣隆得生到阙廷,受诛有司,此其大愿;若令没于寇手,以父母昆弟长累陛下。愿陛下与皇后太子永享万国,与天无极!臣隆待死上言。

光武帝览罢,知隆已陷入寇中,亟召隆父伏湛,示隆来书,且流涕与语道:"隆节同苏武,忠诚贯日,朕却恨他不如姑许,自求生还哩!"这是无聊慰语,莫被光武瞒过。湛泣拜而退。湛为济南伏胜九世孙,世传经学。伏胜为秦时耆儒,见《前汉演义》。高祖伏孺,徙居琅琊郡东武县;父伏理曾为高密太傅。湛承父荫,补充博士弟子员;王莽时为"绣衣执法";刘玄入关,使为平原太守;光武帝即位,闻湛才名,征拜尚书,令订旧制。至是因伏隆被执,意欲加慰湛心,擢任公卿。时邓禹已早还都中,自愧无功,缴上大司徒及梁侯印绶,光武帝赐还侯印,但将大司徒一职,悬缺不补。回应前回。此次拟迁擢伏湛,正好使他代任大司徒,乃即日锡命,使行大司徒事。未几即命他实授,加封阳都侯,一面调遣大司马吴汉,率同骠骑大将军杜茂等,会攻刘永。并拟另派别将,专讨张步。忽由幽州牧朱浮,驰使告急,请速济师。顿令光武帝不遑东顾,又要筹及北防。

这朱浮告急的原因,便是为了彭宠造反,逼迫幽州。彭宠本为渔阳太守,尝发突骑助光武军,得平王郎。至光武正位,封赏功臣,如宠所遣的吴汉、王梁,皆位跻三公,宠仍守原官,不获超迁,因此不平。光武帝也未免负宠。幽州牧朱浮,年少好客,尝向渔阳征取粮米,充作廪饩。宠不肯照发,且有怨言。浮致书责宠,讥他为辽东白豕,只好夸示辽阳,不足比衡河右。宠得书越加恨浮，浮更密表譖宠，光武帝乃征宠入都。宠请与浮一同就征，奉诏不许，宠遂怀疑惧。宠妻素好干政，劝宠不必应征，尽可自主；此外属吏亦无人劝行，于是迁延不发。宠有从弟子后兰卿，随光武帝居洛阳，光武帝因遣令谕宠，宠留住子后兰卿，竟出兵二万余人，往攻朱浮。又因上谷太守耿况，也是功高赏薄，与己相同，不妨诱与同反。于是一再遣使，驰诣上谷。哪知有去无来，所遣使人，俱被耿况斩首了。彭宠造反，前回已曾提及，此外所叙各事，参观前文便知。光武帝闻朱浮被攻，曾遣游击将军邓隆，引兵援浮。隆与浮立营太远，呼应不灵，被宠兵突破隆营，隆仓猝走脱，部下多死。浮不能相救，只好还守蓟城，与宠相拒。既而涿郡太守张丰，也与宠连兵，自称无上大将军。宠得一帮手，气焰越张，索性大举围蓟。朱浮不敢出战，惟飞章入洛，乞请援师。

光武帝得报，想了数日，一时腾不出兵马粮饷，乃令来使还报，教他静守毋战，俟筹足军实，方可来援等语。浮又固守了好几月，城中粮尽，人自相食，那外面却攻扑甚急，险些儿陷没全城，就使弃城不顾，也是无路可出，眼见得危急万分，朝不保暮。亏得上谷太守耿况，遣到两三千骑兵，冲破围城一角，浮得趁此机会，开城杀出，由上谷兵在外接应，才得走脱。只蓟城吏民，不及随行，上谷兵又复退去，无人相救，没奈何出降宠军。宠既得蓟城，复陷右北平、上谷数县，遂自称燕王，北通匈奴，南结张步，又收集朔方遗贼，称雄一隅。光武帝时思北讨，但恐刘永未平，一或远征，免不得顾此失彼，患生眉睫，所以耐心待着，只望盖延、吴汉两军，早日平永，便好移师北行。偏偏事多周折，波浪层生，前次睢阳城已经攻下，只逃脱了刘永一人。及盖延往略沛楚，永又从间道还至睢阳，睢阳人又反城迎永。盖延再去围攻，急切又不能得手。惟吴汉一军，行至广乐，与永将苏茂连战数次，茂奔广乐见上文。茂败入城中。吴汉督兵猛攻，四面架起云梯，将要登城，不防来了一个周建，带着大队十多万人，救茂击汉。汉自率轻骑，前去截击，虽是敌众我寡，倒也未尝胆怯。一场混战，毕竟杀不过茂众，看看将败退下去，汉不禁性起，怒马向前，挺戟突阵，刺死敌兵数人。蓦然来了一箭，射中马首，马负痛一蹶，把汉掀翻地下，幸亏左右将士，抢前力救，才得将汉扶归。汉膝上受伤，不能起立，困卧榻上，诸将只得闭垒自固，一听周建入城。到了日晚，吴汉尚病不能兴，未免呻吟。杜茂等入语道："大敌在前，公乃因伤久卧，恐致摇动众心，还请详察。"汉听言未毕，便跃然起坐，裹创出帐，椎牛飨士，下令军中道："贼众虽多，统皆乌合，胜不相让，败不相救，并没有什么忠义。今日为诸君立功时候，杀贼封侯，在此一举，望诸君勉力。"麾下不禁鼓舞，齐称得令，将士同心，不忧不胜。于是士气复振，待旦厮杀。到了昧爽，城中已有鼓角声，传入汉营。汉知周建等又来挑战，遂选四部精兵黄头、吴河等，黄头系首戴黄巾，为敢死士。及乌桓突骑三千余人，作为先驱,自督诸将随出,号令全军,闻鼓齐进,退后立斩。当下大开营门,严阵以待。望见周建领兵出来,即由汉亲自擂鼓,蓬蓬勃勃,激动士气,前驱奋勇杀出,后军继进,一古脑儿冲入建军。建军抵挡不住,立即返奔,被汉军快马追上,守卒不及闭门,顿至门前挤住,彼此争入,结果是全城捣毁,周建苏茂,夺路遁去。汉入城安民,留杜茂、陈俊居守,自率兵追蹑建、茂,直抵睢阳。建与茂入城见永,相偕守御。汉会同盖延,昼夜急攻。城中被困,已将百日,兵吏皆有菜色,再加建、茂败兵,从外窜至,人数虽是较多,粮食越加不济,没奈何保住刘永,溃围出走。延军截住辎重,从后追击。永等拚命乱跑,将抵酂城,众已四散,连建、茂亦自去逃生。只有永将庆吾,还是跟着,眉头一皱,计上心来,竟悄悄的拔出佩刀,向永脑后劈去,永未曾预防,当然被杀,庆吾遂枭了永首,迎献延军。延令庆吾携首入都,伏阙呈报,庆吾得受封为列侯。好侥幸。

永弟防尚守住睢阳,闻得永已毙命,也开城出降。独永子纡随着建、茂,同至垂惠。建、茂因立纡为梁王,收合余烬,再图起复。永将佼强走保西防,仍与建、茂等,遥为声援,共保刘纡。纡且使人至剧城,传报嗣立情状,剧城为张步所居,正在拥兵拓土,夺得齐地十二郡,傥然自大。既接刘纡使命,意欲尊纡为帝,自称定汉公。也想摹仿王莽么?独琅琊太守谏阻道:"梁王尝归附刘宗,所以山东听命,今若尊立彼子,恐众情未必翕从。且齐人多诈,不可不防!"步乃罢议,但将来使遣归。王闳即王莽从弟,王谭子,颇有胆略,为莽所忌,遣为东郡太守。至刘玄为帝,闳率东郡三十余万户,拜表降玄,玄因令闳移守琅琊。张步起事,受永封爵,闳与战不胜,单骑见步,步陈兵相见,怒目视闳道:"步有何过,乃为君所不容,屡次见攻?"闳按剑道:"闳为大汉太守,奉命守土,今文公张步字。拥兵相拒,不服朝命,闳只知讨贼,管什么有过无过呢?"步为闳所折,不禁心服,遂离席跪谢,陈乐献酒,待遇如上宾礼,仍使闳守郡如故。闳此次进谏,是知刘纡不能成事,意欲张步仍归顺洛阳。步但不愿帝纡,未肯从洛,且杀死洛阳使臣伏隆,据境自雄。正是:

狐鼠徒知争窟穴,蟪蛄原不识春秋。

张步尚是专横,彭宠却已速死。究竟宠何故毙命,请看官续阅下回。

邓奉为邓晨兄子,与光武帝咸谊相关,乃以新野被掠之嫌,遽敢造反,实属罪无可贷。光武帝之欲加赦宥,未免徇私。岑彭耿弇,共请正法,所言甚当。卒之叛臣伏罪,国法得伸,光武帝之曲从众请,诚哉其以公灭私也。刘永亦高祖后裔,名位与光武相类,光武可帝,永亦未尝不可帝;但永之才智,不逮光武,必欲据有青齐,抗衡河洛,不败何待?不死胡为?惟庆吾既为永臣,乃乘永穷蹙之时,遽加手刃,携首求功,光武帝竟封为列侯,毋乃过甚。帝尝语盆子诸臣,谓其奉主来降,不失为善,是明知弑臣之非义,奈何犹加封赏也?耿弇诸将,能谏阻光武之赦奉,不知谏阻光武之封吾,其亦一得一失也欤!

第十四回　愚彭宠卧榻丧生
　　　　　智王霸举杯却敌

却说彭宠僭称燕王,已阅年余。光武帝意欲亲征,预备六军出发,文武百官,未敢异议。独大司徒伏湛上疏谏阻,略云:

> 臣闻文王受命,而征伐五国,犬戎密须耆邗崇。必先询之同姓,然后谋于群臣,加占蓍龟以定行事,故谋则成,卜则吉,战则胜,然后俟时而动,三分天下而有其二。陛下承大乱之后,受命而兴,出入四年,灭檀乡,制五校,降铜马,破赤眉,诛邓奉之属,不为无功。今京师空匮,资用不足,未能服近而先事边外,似属非宜。且渔阳之地,逼接北狄,黠虏困迫,必求其助。又今所过县邑,尤为困乏,大军远涉二千余里,士马罢劳,转粮艰阻。今兖、豫、青、冀中国之都,寇贼纵横,未及归化。渔阳以东,本备边塞地,贡税微薄,安平之时,尚资内郡,况今荒耗,岂足先图?而陛下舍近务远,弃易就难,四方疑怪,百姓怨惧,诚臣之所惑也。愿远览文王重兵博谋,近思征伐前后之宜,顾问有司,使极愚诚,采其所长,择之圣虑,以中土为忧念,则不胜幸甚!

光武帝览疏,方才罢议。但使建义大将军朱祐,建威大将军耿弇,征虏将军祭遵,骁骑将军刘喜等,出略北方。涿郡太守张丰,叛应彭宠,为宠屏蔽,祭遵以张丰不除,无从灭宠,乃引军先行。倍道至涿郡城下,一鼓登城,城中大乱,张丰仓猝欲奔,被功曹孟宏立缚住,献与遵军。丰素信方术,有道士向丰谀媚,谓丰当为天子,且用五彩囊裹住一石,令丰系诸肘后,伪云石中有玉玺,俟得就尊位,方可剖取。丰信为真言,因即谋反。此次做了罪囚,推至遵前,遵诘问反状,丰尚述道士讹言,举肘示遵。遵令将五彩囊解下,取出一石,用椎击破,并无玉玺,便掷石示丰,丰始知被诈,仰天叹道:"当死无恨。"真是呆鸟。遵即命推出斩首,传诣洛阳。光武帝闻张丰伏诛,撤去渔阳羽翼,当然心慰。惟因岑彭往击秦丰,数月不得捷音,见前回。乃将朱祐调回,使助岑彭。留祭遵屯良乡,刘喜屯阳乡,使耿弇进击渔阳。弇因父况与宠同功,迹近嫌疑,且

第十四回　愚彭宠卧榻丧生　智王霸举杯却敌

无兄弟留侍京师，益恐遭忌，未敢独进。因上书求还洛阳，愿将渔阳事让与祭遵。光武帝览悉内容，即下诏赐弇道："将军尝举宗相依，为国忘家，功效卓著，今何嫌何疑，反欲求征？且屯兵涿郡，勉图方略，平叛课功。"弇接到诏谕，乃暂驻涿郡，并作书禀父，请况为国效力，夹攻彭宠。况得书后，已知弇意，便遣弇弟耿国入侍。光武帝嘉况忠诚，晋封况为隃糜侯。会因彭宠出兵两路，分攻祭遵、刘喜，一路由宠引兵数万，自击祭遵；一路使弟纯领着匈奴骑兵，约有好几千人，往击刘喜。纯行至军都，忽刺斜里突出一彪人马，大刀阔斧，拦住厮杀，纯不及措手，慌忙倒退。有两个匈奴统将，不识利害，向前接战，谁知上谷骑士，比胡骑还要厉害，左冲右突，无人敢当。且有一位青年骁将，横槊当先，飘飘飞舞，锋刃到处，流血淋漓，两个匈奴军将，都做了无头鬼奴，余众自然骇散，纯亦逃归。看官道来将为谁？就是耿况次子耿舒。<small>倒戟而出。</small>况曾遣谍骑，往探渔阳消息，既知彭纯出发，即遣次子耿舒，率锐邀截。纯却不曾防备，适被耿舒横击一阵，败回渔阳。军都<small>乃是县名，</small>本已附属彭宠，此次由耿舒乘胜进攻，也是唾手得来。宠闻彭纯败还，军都失守，不由的心惊胆落，连忙引兵折回，自保巢穴，尚恐祭遵、刘喜，与耿况连兵捣入，日夕不安。就是渔阳城内的百姓，也是担忧得很，未遑宁处。

蹉跎过了数月，已是建武五年。彭宠妻夜卧床间，恍恍惚惚，觉得自己裸体登城，被髡徒推堕城下，骇极大呼，才得惊寤，醒后始知是一场噩梦，大为惶惑。越夕由宠升堂，闻火炉下有虾蟆声，阁阁乱鸣，宠将火炉移开，并不见有虾蟆形迹，再令左右掘地寻觅，亦无影响。为此种种怪异，便召卜人筮易，术士望气，统云不必防外，但当防内。宠闻言细思，只有从弟子后兰卿，由洛阳到来，<small>见前回。</small>莫非蓄有阴谋，潜图为变？乃将他调戍边防，不令居内。且欲祀神禳灾，先期斋戒，移居静室。苍头子密等三人，见宠心绪烦乱，后必无成，遂暗中密谋，拟将宠夫妇杀死，往降汉营。当下伺宠卧着，趋将进去，把宠缚住床上，再出告外吏，说是大王斋禁，令众归休。待外吏散去，又伪传宠命，收缚奴婢，分置密室，然后召出宠妻。宠妻不知何因，趋入斋室，蓦见宠被绳捆住，忍不住惊叫道："叛奴造反！"说到反字，已被子密等揪住头发，用掌击颊，打得宠妻面目红肿，不敢作声。<small>谁叫你嗾宠造反？</small>宠慌忙大呼道："快为诸将军办装，不必多言！"子密等乃释放宠妻，随她入取宝物，但留一奴守宠。宠顾语道："汝为我所爱，想为子密胁迫至此，若肯解我缚，当使女珠嫁汝，家中财物，与汝同分！"守奴颇为所动，出视户外，见子密尚未他去，因不敢替宠释缚。子密等取得金玉珍宝，复将宠妻牵入宠室，迫使缝两缣囊，盛贮各物，宠妻不敢不从。到了缣囊缝就，已经夜半，子密又放开宠手，使他亲写手敕，谕告城门将军，但言今遣子密等往报子后兰卿，速即开门，毋令稽留。宠已同傀儡一般，如言写就，子密便拔刀在手，刴落宠头；转身把宠妻也是一刀，首随刀落。当即取两首盛入囊中，与宠书一并携着，出室跨马，赚开城门，径奔洛阳。斋室门至晓不开，外吏敲门不应，越垣进去，见宠夫妇尸身委地，各无头颅，不禁大骇。当下召齐官属，查缉凶手，早已不知去向。尚书韩立等，收殓宠夫妇遗尸，立宠子彭午为王，召入子后兰卿为将军。才经数日，又被国师韩利，枭取午首，持献汉征虏将军祭遵。遵驰诣渔阳，夷宠家族，然后遣使奏闻。就是子密亦驰至阙下，呈上宠夫妇首级，光武帝封子密为不义侯。既云不义，如何封侯？

北方既平，只有东南一带，尚未告靖。征南大将军岑彭，与秦丰部将蔡宏相持，累月不见胜负，光武帝已遣朱祐往助，复传诏责彭逗留。彭且惧且奋，不待祐至，便夜勒兵马，佯云当西向进击，又故意纵去俘虏，使他还报秦丰。丰即悉众西行，邀击彭军。彭却引兵潜渡沔水（主战场在江汉一带），悄悄东进，袭破丰将张扬。又从川谷间伐木开道，进捣黎邱。黎邱是秦丰巢穴，在西方接得警报，慌忙还救。彭与诸将驻营东山，严兵待着。丰与蔡宏贪夜攻彭，彭开营迎击，大破丰军，丰遁还黎邱。蔡宏被彭军追及，回马再战，一个失手，头已落地，彭遂进逼黎邱。秦丰相赵京，方守宜城，惧威出降。彭据实上奏，光武帝进封彭为舞阴侯，拜赵京为成汉将军。彭引京同围黎邱，就是建义大将军朱祐，也领兵会彭，共攻秦丰。丰有女夫田戎，尝拥众夷陵，自称扫地大将军，闻得秦丰被围，惊惶得很，即欲降服洛阳。惟丰有数妻，一妻母家姓辛，有兄辛臣，曾在田戎帐下，入谏田戎道："今四方豪杰，各据郡国，洛阳地处四塞，未必稳固，不如按甲敛兵，静待时变！"戎摇首道："强大如秦王，尚为征南所围，何况是我？我已决计降汉了！"本意原是不错。乃留辛臣守夷陵，自率众沿江沂沔，进向黎邱，拟至岑彭处请降。不意辛臣盗取珍宝，弃去夷陵，先从间道降彭，但作书招戎。戎恨他前后反复，且恐他先进谗言，祸将不测，因此未敢降汉，反说是往救秦丰，与丰合兵，表里相应。岑彭留朱祐围城，自引兵攻击戎营，又是好几月不下。后来戎支持不住，连战皆败，部将伍公投降彭军，戎逃归夷陵。光武帝亲至黎邱，慰劳吏士，封赏至百余人。探得城中势弱，兵只千余，粮亦将尽，不久可克，乃令朱祐独攻黎邱，使彭与积弩将军傅俊，往讨田戎。一面谕令秦丰，出降免死。丰复命不逊，乃将军事委任朱祐，期在必克，自己启驾还都。彭与俊移军夷陵，尽力攻扑。戎出兵搏战，伤亡不算，遂将夷陵弃去，向西逃走。彭追至秭归，因戎越山奔蜀，不便穷追，方才班师。独朱祐围攻秦丰，丰自知孤危，忙向外郡飞召党羽，还援巢穴。适有丰将张康，从蔡阳进援，与祐军鏖战兼旬，并将粮食输送秦丰，城内又复得食，拚命坚守。祐分兵绕出张康营后，先断张康粮道，然后鼓动部曲，捣入康营，康军

第十四回　愚彭宠卧榻丧生　智王霸举杯却敌

自然溃乱,不战便走。祐从后追击,将抵蔡阳,巧值截粮军回来,拦住康前,康进退无路,免不得手忙脚乱,被祐赶至马前,一刀砍死。祐枭取康首,回示黎邱守兵。守兵俱有惧色,但因粮食未尽,还想坐守过去。至建武五年夏间,兵尽粮竭,丰无法可施,只得与母妻九人,肉袒出降。祐因丰入都,光武帝责他负嵎不服,罪无可赦,因即谕令正法,敕祐还师。又了结一个盗首。另遣捕虏将军马武,骑都尉王霸,往攻垂惠,再击刘纡。纡向海西王董宪求救。宪正拟率众赴援,不意兰陵守将贲休,举城降汉,遂致宪怒气上冲,先去围攻兰陵。虎牙大将军盖延,方屯楚郡,闻得兰陵被围,愿与平狄将军庞萌,同援兰陵。光武帝答诏道:"宪巢窟在郯,若直捣郯城,兰陵自可解围了。"这却是釜底抽薪的妙计。盖延奉诏,领兵出发,途次屡接兰陵警报,危在旦夕,不得已先诣兰陵。董宪但遣偏将挑战,由延军一阵击退,长驱入城。入城也是失着。过了一宵,宪竟纠合大队,合围兰陵。延始知中计,引兵突出,方去攻郯。一误再误。光武帝得报,急传谕责延道:"朕令将军先去攻郯,无非欲掩他不备,使他情急还援,将军失算,先救兰陵,不能击退贼众,尚欲往攻郯城,贼既知备,兰陵益危,岂不是一举两失之?"延等已至郯城,不能复返,只好奋力督攻,果然守备甚固,累攻不下。那兰陵城已被宪陷入,贲休战死,枉送了一条性命。独刘纡待宪不至,使苏茂出招徒党。茂收得五校遗众,还救垂惠,约有四千余人,截击汉军粮路。汉骑都尉马武,闻信驰救,见茂来军不多,意在轻视,正在交战时候,城中复突出周建,引兵夹击,武腹背受敌,慌忙冲开血路,奔至王霸营前,大呼求救。霸佯作痴聋,坚壁不出,军吏统劝霸出军,霸摇首道:"茂招集亡命,来势甚锐,马都尉已经败还,但望我军出援,士无斗志,若我军开营接战,军心不一,势必两败。今我闭营固守,示不相援,贼必乘胜轻进,逼压马军,马军无援可恃,不得不拚死与战,待至贼众疲乏,我出乘彼敝,何忧不胜?诸君但听我号令便了!"军吏方才退去,整甲待命。已而苏茂、周建,带着两路兵马,围裹马军。马武见霸不肯出救,愤然下令,与茂建决一死斗,两下里喊杀连天,撼动山谷。约有两三个时辰,霸尚按兵不动,营中壮士路润等,忍耐不住,截发请战,霸乃下令出救,却不开前门,独引精骑潜出后帐,绕至敌军背后,喧呼入阵。茂与建正双战马武,蛮横得很,谁料后队已乱,来了一位金盔铁甲的大将军,摆动一杆方天画戟,左挑右拨,破入中坚。建急忙回马接战,未及三合,胁上已为戟所伤,负痛亟走。苏茂瞧着,也即舍了马武,觅路退回。马武正危急万分,见来将击退茂建,当然大喜,仔细审视,正是王霸。便将前时恨霸的心思,变作感激,索性再奋余勇,驱杀一阵。霸部下统是生力军,踊跃追击,杀得敌众大败亏输,奔入城中,霸与武才收兵回营。又越两日,茂建复鼓众出来,独至王霸营前挑战,霸却安坐营中,与军吏饮酒作乐,谈笑自如。

又要作怪。突有一贼箭飞来，将近霸颊，霸用手中所执的酒杯，轻轻格去。杯系铜制，但听得叮当一声，箭坠席前，军吏统皆变色，霸镇定如故，徐语军吏道："苏茂带着客兵，来救此城，我料他粮食不足，所以一再挑战，幸图一胜。今我闭营休士，以逸待劳，便是不战屈人，指日可下了。"军吏似信非信，好容易俟至日暮，营外已无哗声，敌皆退尽。夜半有逻骑入报，谓茂建不得入城，奔往他方。霸抬须微笑道："我已知他不能久持了。"军吏又请发兵往追，霸又笑道："穷寇勿追，况在昏夜？料他亦无能为呢！"越宿由城中守将周诵，递到降书，霸慨然允降，与马武勒兵入城。周诵当然迎谒，不必絮述。惟周诵究是何人？为何不顾茂建，径来降汉？原来诵系周建兄子，与建有嫌，且因苏茂招来贼众，不守法度，徒耗粮食，城中积粟已罄，势必俱尽，因此拒绝茂、建，决计降汉。惟刘纡本在城中，猝然闻变，亟率卫士数十骑，夺门出走，奔往西防，投依佼强。周建负创未愈，又恨兄子之变，怒不可遏，激动创痕，流血不止，就在途中毙命。茂走至下邳，与董宪合军。时盖延攻郯未克，顿兵城外，忽由平狄将军庞萌，起了歹意，竟嗾动军士，反袭延营。延猝不及防，仓皇走脱，北渡泗水，沉舟毁桥，方得截住庞萌。萌本为下江盗首，转依刘玄，玄令为冀州牧，使随谢躬同攻王郎，郎死后躬亦被戮，见前文。乃归降光武。平时颇知逊顺，为光武帝所信爱，尝谓托孤寄命，非萌莫属，因拜为平狄将军。知人则哲，惟帝其难之。至是与盖延共讨董宪，诏书独不及庞萌，萌暗里怀疑，且因延违诏无功，恐延嫁祸己身，所以遽叛。延具状奏闻，光武帝不禁大愤，且与诸将玺书道："我尝称庞萌为社稷臣，卿等能勿笑我妄言否？老贼罪当族诛，愿卿等各厉兵秣马，会集睢阳，待我亲往督战。"这玺书颁发出去，随即启跸亲征，行抵蒙城，闻知彭城失陷，太守孙萌，为萌所执，几至被杀。还亏郡吏刘平，伏住太守身上，泣求代死，方得释免。光武帝不遑休息，留下辎重，竟率轻骑驰赴亢父。日已将暮，从臣奏请停跸，不得邀允，再驰越十余里，始至任城留宿。庞萌自号东平王，探悉车驾亲征，飞报董宪。宪令刘纡入兰陵，苏茂、佼强，合助庞萌。萌亟移屯桃城，阻住车驾来路。桃城距任城仅六十里，总道御跸亲临，定有一场恶战，谁料待了三日，并无音响。不由的大惊道："前闻汉帝远来，昼夜兼行，疾驰至数百里，今乃高坐任城，不发一兵，究是何意？真正令人不解呢！"乃与茂、强等猛攻桃城，城中已知帝驾在迩，可以无恐，自然安心静守。萌连攻二十余日，仍不能下。忽由光武帝亲督大军，前来援应，车骑如云，驺从如雨，所有吴汉、王常、盖延、马武、王霸等百战良将，一齐会集，尽抵桃城。庞萌等望尘先怯，没奈何硬着头皮，率众迎敌，仿佛似卵敌石，如蛾扑火，不消半日，已经十死四五。苏茂、佼强，引兵先溃，庞萌也落荒窜去。小子有诗咏道：

用人容易识人难，误把忠奸一例看。
　　犹赖庙谟能补过，叛臣一举便摧残。

　桃城围解，光武帝入城犒赏，休军数日，复启行南下。欲知驾幸何地，且至下回再表。

　彭宠与耿况，同助光武，宠因功高赏薄，怏怏失望，且又为朱浮所激，卒至反戈，情迹虽似可原，然耿况不反，而宠独反，宠将何以自解乎？宠妻一妇人耳，不以大义劝夫，反且促成叛乱，祸生梦寐，衅起帷廧，其夫妇同死也宜哉！惟宠为逆，而光武讨之，子密既为宠奴，竟敢手刃其主，亦一逆也！光武明知其非义，乃封以侯爵，又以不义为名，不义可侯，谁愿守义？以视庆吾之得受侯封，其误尤甚。及秦丰伏诛，董宪未灭，刘纡以睢阳余孽，奔赴宪军，死灰复燃。盖延失计，马武又败，幸有智勇深沉之王霸，能战能守，谈笑却戎。光武帝录取人才，胜任者多，不胜任者少，此所以一失之彭宠，再失之庞萌，而终无碍于中兴也。

第十五回　奋英谋三战平齐地　困强虏两载下舒城

　却说光武帝自桃城启行，转幸沛郡，亲祠高庙，复进至湖陵，探得董宪、刘纡，合众数万，屯据昌虑，因即督兵往攻。到了蕃县，与昌虑相隔百里，忽又由探马走报，董宪招诱五校余贼，进逼建阳。诸将以贼来较近，请即出击，光武帝面谕道："五校远来，粮必不继，食尽自退，何必与群贼争命呢？不如坚壁待敝，自足制胜！"与前回王霸语意，大致相同。诸将乃奉谕静守。过了数日，五校食尽，果然引去。惟庞萌、苏茂、佼强三人，自桃城败走后，辗转奔依董宪。宪拥众生骄，不甚戒备，光武帝却探知消息，督率将士，驰至昌虑。不待安营布阵，便使将士分攻宪营，四面并举。宪慌忙分兵四防，勉强支持了三昼夜，被汉军捣破营壁，一齐突入，刀枪杂进，好似斫瓜切菜一般。宪不能再持，跨马急奔，庞萌亦与宪同走，逃往缯山。苏茂不及偕行，走依张步，刘纡乱窜出营，惟佼强解甲请降。光武帝既得大捷，再遣吴汉率军追剿，宪与萌复自缯山潜出，招集散卒百余骑，还入郯城。吴汉等从后追至，宪萌兵微将寡，自知不能守郯，再奔朐城。吴汉不肯遽舍，仍然追去。朐城属东海郡，形势险固，储粮颇多，宪萌依次扼守，就是吴汉乘间围攻，倒也不能遽下。惟刘纡穷无所归，东跑西走,厮混了好几日,被随兵高扈剁落头颅,持献汉营。

光武帝因梁地已平,还幸鲁地,致祭孔子。且使建威大将军耿弇,进兵向剧声讨张步。步闻耿弇将至,亟遣部将费邑屯兵历下,又分兵驻守祝阿,另就泰山钟城等处,列营数十,专待交锋。耿弇渡河直进,先攻祝阿,半日即下,却故意开城一角,纵令守兵逸去。守兵齐奔钟城。钟城人闻祝阿失陷,当然恟惧,你也逃,我也走,只剩得空垒数所,阒寂无人。弇却不往夺取,反引兵转攻巨里。巨里为费邑弟费敢所守,当然报闻费邑。弇使人到处砍树,扬言将填塞坑堑,一面严令军中,促修战具,限期三日,当力破巨里城。这消息又为费邑所闻,邑恐乃弟失守,自率锐卒三万余人,来救巨里。耿弇得报,喜语诸将道:"我正欲诱他前来,今他果中我计,是自来送死了!"遂派将士三千人,直压巨里城下,自引精兵万人,往截费邑来路,择得一座高山,上冈伏着。那费邑仗着锐气,驱兵过来,才到山前,只听山上一声鼓响,竖起一面大旗,上书一个"耿"字,随风飘荡,却没有一人下山。邑伫望多时,不见人影,便顾语部曲道:"这是疑兵,不必怕他!"说着,仍挥军前进,哪知山上的鼓声,又复继起,并有数百人出现山顶,持械欲下。邑又待了半晌,仍然不见下来,又要纵辔前行,偏是鼓声越紧,旗帜越多,迷眩耳目,令人莫测。原是一条疑兵计。猛听得一声呐喊,已有无数人马,冲入军中。邑急忙对敌,怎禁得来兵势盛,好似生龙活虎,不可捉摸;且军心已经散乱,无复行列,越弄得手足无措,血肉横飞。邑正要退走,不防一大将跃马来前,劈头一刀,不及趋避,慌忙把头一偏,却晦气了左臂,竟被砍断。邑痛彻心腑,自然昏晕过去,撞落马下,再由来将顺手砍下头颅,了结性命。好头颅已被人取去了,军中失了主帅,顿时大溃,迟逃一步的,都登鬼箓。看官不必细猜,便可知汉将耿弇,计斩费邑,先用旗鼓乱彼耳目,然后从山旁绕出,骤入彼阵,使邑措手不迭,马到成功。费敢在巨里城中,已知乃兄来援,拟即出兵接应,无奈城下有汉兵数千,堵住城门,未便轻出,弇之拨兵压城,原是为此。只好登陴遥望,守待援军。蓦见汉兵大至,先驱执着长竿,血淋淋的悬着一颗首级,急切里尚难辨认,但闻汉兵高呼道:"这是费邑头颅,汝等细看,若再不出降,也要与这头颅相似了!"费敢审颜察貌,果是兄首,不由的涕泪交流。守卒莫不惊慌,无心守御,黉夜出走,敢亦遁归剧城。弇入城收取积聚,又分兵连下四十余垒,得平济南。

张步亟使弟蓝,率兵二万守西安,更征集诸郡吏士万余人守临淄,两城相隔四十里。弇进抵画中,居二城间,饬诸将校部署人马,约五日后会攻西安。与前计大同小异。至五日期届,诸将校齐集听命,弇令大众蓐食,夜食床蓐间,故曰蓐食。待旦至临淄城。护军荀梁,因军令与前不符,入帐申请道:"攻临淄不如攻西安,临淄有急,西安必且往救;西安有急,临淄却不能赴援,且前令原

第十五回　奋英谋三战平齐地　困强虏两载下舒城

会攻西安,何必改约?"弇哂然道:"汝不知兵机,无怪相疑。西安虽小,却甚坚固,蓝兵又精,未易攻克。若临淄名为大城,守兵乃是乌合,一鼓可下。我前言将攻西安,明是声东击西的计策,今我不攻西安,独攻临淄,掩人无备,容易得手。临淄一下,西安亦孤,张蓝与步隔绝,必且亡去,一举两得,莫如此计。否则顿兵坚城,死伤必多,就使得克,张蓝必还奔临淄,并兵合势,与我相持,我深入敌地,复无转输,不出旬月,便是束手坐困了。奈何攻西安,不攻临淄?"荀梁方默然退去。弇即乘夜出兵,径攻临淄,城内果不及备,半日即下。再拟移攻西安,那张步已弃城遁去,奔回剧城。于是荀梁等拜服弇谋。弇乃揭榜安民,严禁军中掳掠,惟张步罪在不赦,若自来受死,毋得轻纵,手到擒来。这数语传入剧城,步不禁大笑道:"我自兴兵以来,战胜攻取,如尤来、大枪十数万众,我且踹营破灭,今大耿兵不如彼,又皆转战疲劳,反说出这般大言,要想擒我,岂不可笑?看我与彼一战,究竟谁胜谁负?"正要诱你出来。当下与三弟张蓝、张弘、张寿,及大枪降盗重异等兵,号称二十万,进至临淄城东,连营数里,指日攻城。弇闭城严守,不与争锋。事为光武帝所闻,恐弇寡不敌众,驰书劳问。弇复奏道:"臣得据临淄,深沟高垒,守备有余,张步从剧县来攻,疲劳饥渴,臣不与交战,待他气竭欲归,当发兵追击,用逸待劳,用实击虚,约阅旬日,步首可坐致了。"这复文已呈递行在。弇乃出兵淄水,列阵岸旁。重异领着旧部,径来挑战。弇军即欲迎战,偏弇故意示怯,反令各军退回小城,但使都尉刘歆,及泰山太守陈俊,分兵列阵,驻扎城下。重异疑弇军怯战,越逼越紧,就是张步,亦自恃兵众,随后涌至,冲动刘歆、陈俊两军,歆与俊不得不战,遂即督兵接仗,奋斗起来。临淄本属齐都,旧有王宫,宫中有台,半已圮毁,惟基址尚存。弇登台瞭望,见城外两军交战,势甚汹涌,因即下台跨马,麾动健卒,跃出东门,向步军横突过去。步连忙拦阻,阵势已乱,被弇兵一场蹂躏,伤毙甚多。急得步招架不住,忙令弓弩手放箭射弇,弇用盾遮护,且战且进,突有一流矢穿入弇股。弇仍不惊慌,但执刀截去箭镞,督兵如故。毕竟步兵多势盛,虽然杀伤不已,还是不肯退去,战至日暮,方才败却。弇亦鸣金收军,翌晨复勒兵出列城下。光武帝时在鲁地,接得弇书,尚自放心不下,因引军东行,亲往救弇,先遣人向弇报知。弇方拟与步再战,陈俊进说道:"强寇势盛,不如闭营休士,静待驾至,再与决斗未迟!"弇奋然道:"乘舆且至,臣子当椎牛酾酒,接待百官,奈何反以贼虏遗君父呢?"说毕,遂出兵待战。适值步众趋至,便接住厮杀,自旦及暮,大破步众,积尸满濠。弇料步将退,特令偏师绕出步背,分伏两旁。待至天昏月黑,步果引退,才行半里,两面伏兵突出,纵横驰骤,所向披靡,步众都有归志,不意冤家路狭,竟碰着两支催命军,并且昏黑不辨,如何对敌?只好夺路乱奔。偏弇军很是厉害,在后力追,逃得越快,追亦愈紧,步抱头先窜,后队往往剩落,都做了无头的僵尸,直至巨昧水上,去临淄城已八九十里,追兵方渐渐缓行;但沿路收截辎重,约有二千余车,饱载而回。究竟谁胜谁负?过了数日,光武帝驾至临淄,弇率诸将从容迎谒,拜伏道旁,当由帝面慰数语,令弇等起身入城。及车驾进至齐王故宫,下舆升座,大飨群臣。酒酣席散,再由光武帝赐谕耿弇,嘉奖功绩,略云:

> 昔韩信破历下以开基,今将军攻祝阿以发迹,此皆齐之西界,功足相仿。而韩信袭击已降,见《前汉演义》。将军独拔劲敌,其功乃难以信也!又田横烹郦生,及田横降,高帝诏卫尉即郦商。不听为仇,张步前亦杀伏隆,若步来归命,吾当诏大司徒释其怨,又事尤相类也。将军前在南阳,建此大策,常以为落落难合,有志者事竟成也!

先是光武帝尝幸舂陵,亲祠园庙,大会故人父老,置酒旧宅,欢宴竟日,耿弇曾扈驾同行。及启驾还都,弇曾向驾前献议,请收上谷兵,定彭宠,取张丰,平张步等。光武帝大为嘉纳,依议进行。后来张丰受擒,彭宠授首,弇皆与征有功。至是弇受命专征,复得击走张步,所以末数语中,说他有志竟成。弇再拜谢奖。光武帝休息一宵,便即与弇进攻剧城。步经过一番大创,才知耿弇多谋,不可力敌。晓得迟了。且闻光武帝亲来督攻,越加惊慌。张蓝、张弘、张寿,比步还要胆小,分兵自去;步亦停足不住,弃城出奔。城中无主,待到御跸临城,自然开门迎降。弇不暇进城,再引兵穷追张步,步往奔平寿。可巧苏茂出招旧部,得万余人,来援张步。步与语及战败情形,茂作色道:"善战如延岑,又率着南阳健卒,尚被耿弇击走,见第十三回。大王奈何遽攻彼营?茂一出即还,难道不能少待么?"步艴然道:"负负,事已至此,也不必再说了。"已而弇军大至,纷纷薄城,步不敢出战,惟与茂婴城拒守。光武帝使人招步,嘱令斩茂来降,不失封侯。步竟将茂杀死,自奉茂首,出诣弇营,肉袒请降。弇送步至剧城,请光武帝发落;自入城中安抚兵民。见步众尚有十多万人,因特竖起十二郡旗帜,鸣鼓示众,使步兵各自认旗上郡名,分立旗下。步兵依令分投,再由弇检点名数,嘱令毋哗。一面收验辎重,尚有七千余车,当即酌给步众,使他得资归乡,众皆拜谢去讫。步至剧城,匍伏谢罪,光武帝不食前言,封步为安邱侯,并传诏赦免步弟,步弟蓝、弘、寿相继归降。就是琅琊太守王闳,亦诣剧投诚。光武帝迁陈俊为琅琊太守,并使弇荡平余贼,自率张步还都,令与妻子同居洛阳。陈俊入琅琊境,盗贼皆散。弇略地至城阳,尽降五校余党,齐地悉平,乃振旅还朝。张步居洛未久,复起异心,潜挈妻子逃奔临淮,意欲再招旧部,入海为盗,被琅琊太守陈俊截住,立即击死;妻子一体骈诛。可为伏隆雪恨。话分两头。

第十五回　奋英谋三战平齐地　困强虏两载下舒城

且说齐地告平以后，忽忽间又阅一载，就是建武六年，一交春令，便得了两处捷音。小子不能双管齐下，只好依次写来。自从李宪据住庐江郡，僭号淮南王，见第七回。至建武三年，居然自称为帝，也设立九卿百官，管辖九城，有众十余万，区区九城，也想做皇帝么？越年由汉扬武将军马成，奉诏讨宪。马成字君迁，系南阳郡棘阳县人，少为县吏，光武帝前徇颍川，使成守郏，至光武移军河北，成弃官渡河，屡从征伐。建武纪元，迁官护军都尉，越四年授扬武将军，使率诛虏将军刘隆，振威将军宋登，射声校尉王赏，调发会稽丹阳九江六安四郡兵马，进攻舒城。马成为二十八将之一，前文已叙过二十七将，至成乃毕。舒城为李宪根据地，设守甚严，马成到了城下，巡阅一周，见他城高濠阔，已觉得不易攻取，并且城上守兵，多半雄壮，甲仗等又很鲜明，断非指日可下。乃择地安营，但求自固，不求进取。一面上表洛阳，具述情势，谓须俟一二年后，方可报功。光武帝复谕马成，准他便宜行事。成遂坚壁不动，宪屡出挑战，始终严守，数月不接一仗。惟分兵袭宪粮道，截夺了好几次，于是逐渐围城，四面筑栅，还是以守为攻。宪复遣兵冲突，屡被击退。直至建武六年，城中食尽，乃鼓励将士，并力扑城，不到旬日，便即攻入。宪拚命杀出，连妻子都不及带走，落荒窜逸。马成将李氏家属，全体诛戮，更遣将追捕李宪。隔了两日，有人持首来献，问明底细，乃是宪部吏帛意杀宪来降。马成乃传首诣阙，乘势略定九城，江淮悉平。成奏凯班师，晋封平舒侯；帛意亦得邀封渔浦侯。同时吴汉亦攻下朐城，擒住董宪妻孥。宪与庞萌夜走赣榆，乘虚袭入，偏为琅琊太守陈俊所闻，亟引兵往攻。宪、萌无兵可守，再走泽中，途穷日暮，四顾仓皇，随从只有数十骑，又都是刀残械缺，甲胄不全。宪不禁唏嘘道："数年称王，一朝覆灭，妻被人掳，子被人掠，家亡国破，尚有何言？"说至此，顾语从骑道："诸卿依我数年，为我所累，流离辛苦，竟弄到这般结局，岂不可怜？此后请各择羁栖，努力自爱！"骑士等听了此言，并皆涕下。猛觉得后面尘起，又有追兵杀来，宪、萌忙即飞奔，行近方与，竟被来将追及，一阵扫荡，宪即毙命，首级为来将取去。来将乃是吴汉部下的校尉韩湛，湛枭取宪首，复追觅庞萌。萌从乱军中逃出，夜无可归，趋入方与人黔陵家内。黔陵见他狼狈情形，一再盘诘，由萌说出真名真姓，陵佯为留宿，趁他睡熟时候，取刀杀萌，把首级送往吴汉军前。汉即将宪、萌二首，传诣洛阳，并报明韩湛、黔陵两人的功劳，两人俱得沐封侯。黔陵封侯，比诸庆吾、帛意等较为得当。山东亦平，各将吏奉诏西归。小子有诗咏道：

扰扰中原太不平，真人崛起渐澄清。
鼠偷狗窃俱无效，才识兴王莫与勍。

东征已毕,光武帝乃续议西征。欲知西征详情,容至下回再叙。

　　张步拥兵数年,据有齐地,初事刘玄,继臣刘永,彼亦以尊刘为得计,奈何托身非人,独于白水真人而忽之。意者其亦如朱鲔等之戴圣公,樊崇等之戴盆子,如其易与而阳奉之欤?伏隆被杀,耿弇出征,彼尚恃强生骄,大言不惭。迨三战以后,铩羽请降,宜其惩前毖后,安老洛阳;乃犹潜逃临淮,妄图入海,一误再误,不死何待?大盗毙而良将功成,此识时者之所以为俊杰也。马成攻舒,两载乃下,智略似未及耿弇,然卒能扫锄强虏,肃清江淮,其亦一人杰矣哉!彼吴汉等之得平董宪、庞萌,未始无功,但宪与萌已成弩末,汉犹积久而后平之,其功尤出马成下。观本回叙事之有详略,便知功绩之有高下云。

第十六回　诣东都马援识主　　图西蜀冯异定谋

　　却说建武六年夏月,光武帝因关东平定,乃拟西略陇蜀,先抚后攻。蜀地为公孙述所据,称王称帝,自霸一方。惟陇西一带,要算隗嚣为西州领袖,名盛一时。公孙述两见前文,隗嚣为西州大将军,见十一回。嚣前曾附汉,助击赤眉,尝受汉大司徒邓禹署爵,号为西州大将军,专制凉州朔方事宜。及赤眉平定,嚣特遣使上书,称颂功德。光武帝答书示谦,用敌国礼。会陈仓人吕鲔拥众数万,与公孙述联合,入寇三辅。汉征西大将军冯异,且战且守;嚣复遣兵助异,击走吕鲔。异与嚣俱上书言状,光武帝手书报嚣,格外嘉奖。书中有云:

　　　　慕乐德义,思相结纳。昔文王三分,犹服事殷,但驽马铅刀,不可强扶。数蒙伯乐一顾之价,伯乐为古时之善相马者。而苍蝇之飞,不过数步,即托骥尾,得以绝群。将军南拒公孙之兵,北御羌胡之乱。指卢芳。是以冯异西征,得以数千百人,蹀躞三辅。微将军之助,则咸阳已为他人擒矣。今关东寇贼,往往屯聚,志务广远,多所不暇,未能观兵成都,与子阳角力。子阳系公孙述表字。如令子阳到汉中三辅,愿因将军兵马,旗鼓相当。倘肯如言,蒙天之福;即智士计功割地之秋也。管仲曰:"生我者父母,成我者鲍子。"自今以后,手书相闻,勿用旁人解构之言。

第十六回　诣东都马援识主　图西蜀冯异定谋

　　看官阅到此书,应知光武帝待遇隗嚣,也好算是推诚相与了。时公孙述已经称帝,特用大司空扶安王印绶,遣使授嚣。嚣因光武帝相待不薄,未便背汉,特将来使斩首,出兵防边。述闻报大怒,即日发兵击嚣。嚣连破述军,述亦无可如何,置作缓图。适关中汉将,屡上书请攻西蜀,光武帝将原书寄嚣,意欲使嚣会师同讨。嚣以为时机未至,因遣长史上书,极言三辅单弱,刘文伯在边,卢芳诈称刘文伯,见第十一回。未宜谋蜀。光武帝始疑嚣阴持两端,音问渐疏,就使略通信使,也与对待群臣一般,不少假借。因此嚣亦改易初衷,渐有异图。嚣有部将马援,表字文渊,系扶风郡茂陵县人,曾祖父马通,尝仕汉为重合侯,因坐兄马何罗叛案,伏法受诛。见《前汉演义》。援再世不显,少年又复丧父,依兄为生,具有大志。长兄况另眼相看,尝谓援当大器晚成。未几况竟病殁,援守制期年,不离墓侧。又敬事寡嫂,不正衣冠,未敢相见。叙此以告人弟。嗣为扶风郡督邮,押送罪犯至司命府,王莽尝置司命官,纠察吏民。罪犯辗转哀号,援不觉动怜,纵使他去,自己亦亡命北地。会遇王莽行赦,乃寓居牧畜。过了几年,得有牛马羊数千头,谷数万斛,附近人士,多往归附。援尝语宾客道:"大丈夫穷当益坚,老当益壮!"宾客亦叹为至言。及王莽末年,四方兵起,援复叹息道:"人生积蓄财产,须要周济亲朋;否则徒为守钱奴,有何益处?"鄙吝者其听之!乃将家产分给兄弟故旧,自着羊裘皮裤,转游陇汉间,后来寄寓西州。适值隗嚣奔还天水,收揽人才,因即招援入幕,使为绥德将军,与参谋议。援与公孙述少同里间,素相认识,至是嚣满怀犹豫,联汉联蜀未能决定,特使援先往蜀中,觇察虚实。援既到成都,总道述相见如旧,欢语平生。谁知述盛设仪仗,方延援入,彼此一揖,略谈数语,便令援出居客馆。一面替援制就衣冠,向宗庙中大会百官,特设宾座,邀援入宴。述坐着銮驾,旗旄警跸,呵道前来,既入庙门,才下舆见援,屈躬示敬。当下开筵相待,备极丰腆。酒至半酣,便令左右取入衣冠,送至援前,愿授援侯封官大将军。援起座语述道:"天下久乱,雌雄未定,公孙不吐哺走迎国士,与图成败,乃徒知修饰边幅,如木偶相似,这般情形,怎能久留天下士呢?"说罢,就拱手告辞,掉头径去。匆匆返至西州,入语隗嚣道:"子阳乃井底蛙,未知远谋,妄自尊大,不如专意东方为是!"独具只眼。嚣乃使援再奉书洛阳。援行抵阙下,报过了名,即由中黄门引见光武帝。光武帝在宣德殿下,袒帻坐迎,笑颜与语道:"卿遨游二帝间,今来相见,令人生惭!"援顿首称谢道:"当今时代,不但君择臣,臣亦择君;臣本与公孙述同县,少相友善,前次臣往蜀中,述乃盛卫相见,今臣远来诣阙,陛下安知非刺客奸人,为何简易若此?"光武帝复笑说道:"卿非刺客,乃是一个说客呢。"援答说道:"天下反复,盗名窃字的,不可胜数,今见陛下恢廓大度,同符高祖,才知帝王自有真哩。"光武帝因留援在都,常使从游。

过了数月,方使大中大夫来歙,持节送援,西归陇右。隗嚣见援回来,很是欢昵,与同卧起,详问东方流言,与京师得失。援因进说道:"前到洛都,引见十余次,每与汉帝接谈,自朝至暮,确是一位英明主子,比众不同。且开心见诚,毫无隐蔽,阔达多大略,与高帝智识相同。又博览政事,文辞无比,真是古今罕见哩!"嚣复问道:"究竟比高帝何如?"援答说道:"略觉不如,高帝无可无不可,今上颇好吏士,动必如法,又不喜饮酒。"说到此句,嚣不禁作色道:"如卿所言,比高帝还胜一筹!怎得说是不如呢?"既而大中大夫来歙,去后复来,传旨谕嚣,并劝嚣遣子入侍。嚣闻刘永、彭宠,均已破灭,乃遣长子恂随歙诣阙。马援亦挈家偕往,同至洛阳。光武帝使恂为胡骑校尉,封镌恙侯。惟马援居洛数月,未得要职,自思三辅地旷,最宜屯垦,因上书求至上林苑中,自去屯田。光武帝准如所请,援乃辞去。光武帝不遽用援,未知何意? 独隗嚣虽遣子入侍,终不免心怀疑贰,尝与部吏班彪,谈及秦汉兴亡沿革,且谓应运迭兴,不当再属汉家。彪却谓汉德未衰,必当复兴。嚣尚不以为然,彪退作《王命论》,反复讽示。论文有云:

昔尧之禅舜曰:"天之历数在尔躬。"舜亦以命禹。洎于稷契,咸佐唐虞,至汤武而有天下。刘氏承尧之祚,尧据火德而汉绍之,有赤帝子之符,故为鬼神所福飨,天下所归往。由是言之,未见运世无本,功德不纪,而可崛起在此位者也。俗见高祖兴于布衣,不达其故,至比天下于逐鹿,幸捷而得之,不知神器有命,不可以智力求也。悲夫!此世之所以多乱臣贼子者也。夫饿馑流隶,饥寒道路,所愿不过一金;然终转死沟壑,何则?贫穷亦有命也!况乎天子之贵,四海之富,神明之祚,可得而妄处哉?故虽遭罹厄会,窃其权柄,勇如信布,强如梁籍,成如王莽,然卒润镬伏锧,交醢分裂。又况么么,远不及数子,而欲暗干天位者乎?昔陈婴之母,以婴家世贫贱,猝富贵不详,止婴勿王。王陵之母,知汉王必得天下,伏剑而死,以固勉陵。夫以匹妇之明,犹能推事理之致,探祸福之机,而全宗祀于无穷,垂策书于春秋,而况大丈夫之事乎?是故穷达有命,吉凶由人,婴母知废,陵母知兴,审此二者,帝王之分决矣。英雄陈力,群策毕举,此高祖之大略,所以成帝业也。若乃灵瑞符应,其事甚众,故淮阴留侯,谓之天授,非人力也。英雄诚知觉寤,超然远览,渊然深识,收陵婴之明分,绝信布之觊觎,拒逐鹿之瞽说,审神器之有授,毋贪不可冀,为二母之所笑,则福祚留于子孙,天禄其永终矣!

嚣见了此文,仍然未悟。彪见他执迷不返,遂托故辞去,避迹河西。河西五郡大将军窦融,与彪同籍扶风郡,窦融见第十一回。闻彪去嚣来游,即遣使延入，辟为从事，待若上宾。彪乃替融画策，知无不言。先是融僻居河西，与洛阳隔绝音问，惟随着隗嚣，遵受建武正朔，嚣尝发给将军印绶，与通往来。及嚣有异志，特遣辩士张玄，游说河西，劝融联络陇蜀，为合纵计。融曾召部属计议，部吏多谓汉承尧运，历数延长，今皇帝姓名，实应图谶，且宅中主治，兵甲最强，将来必当统一天下，务请倾心结纳，毋惑异言云云。融乃婉谢张玄，遣令回去。及得见班彪，听他计议，更决意事汉，使他撰成表文，交与长史刘钧，驰诣洛阳。光武帝将有事陇蜀，亦发使招谕河西，途次与钧相遇，乃即偕钧同还。钧入阙上书，由光武帝好言慰劳，特赐盛宴，并令折回复谕，授融为凉州牧，赐金二百斤。融自是有绝嚣意，虽尚通使节，不过虚与应酬。嚣矜己饰智，自比周父，每欲僭称王号。河南开封人郑兴，曾为凉州刺史，免官寓居，得嚣敬礼，引为祭酒，兴因一再谏嚣，毋徒自尊。嚣意虽不怿，倒也未敢遽违正议，毅然称王。兴已窥悉嚣意，特借归葬父母为名，辞嚣东归。见机而作。还有茂林人杜林，素有志节，由嚣破格优待，引为治书。林见嚣反复无常，不愿屈事，屡次托疾告辞。嚣不肯令归，且出令道："杜伯山，林字伯山。天子不能臣，诸侯不能友，譬如伯夷叔齐，耻食周粟，今且暂为师友，待至道路清平，必使遂志！"到了建武六年，三辅早平，林弟成正当病逝，乃许送丧回籍。林已东去，嚣复生悔，密遣刺客杨贤，追杀杜林。即此可见嚣之必败。贤追至陇坻，见林亲推鹿车，护送弟丧，不由的感叹道："现当乱世，谁知行义，我虽小人，何忍杀义士？"乃随林出陇，掉头亡去。林始得安抵扶风。

看官听说：隗嚣部下的豪杰，第一个要推马援，马援以外，如班彪、郑兴、杜林，统是博学多闻，饶有见识。嚣不能慰留，自失羽翼，遂至黄钟毁弃，瓦釜雷鸣。一班贪功徼利的鄙夫，怂恿嚣前，要想他为皇为帝，迫入阱中。当时有一个部将王元，靠着三分膂力，藐视中原人物，便乘机语嚣道："从前更始入关，四方响应，天下喁喁，相望太平，一旦败坏，大王几无处安身。竟称嚣为大王。今南有子阳，北有文伯，江湖海岱，王公十数，尚欲信儒生迂谈，弃千乘宏基，羁旅危国，希图万全。这真是覆辙相循，求得反失。现在天水完富，士马精强，元请以一丸泥，为大王东封函谷关，乃是万世一时的机会。否则蓄养士马，据险自守，旷日持久，静待世变，就使图王不成，也足称霸。总之大鱼不可离渊，神龙失势，穷等蚯蚓，愿大王三思为是。"嚣未曾听罢，已经颔首，及听毕以后，不由的眉飞色舞，意气洋洋。独治书申屠刚进谏道："愚闻人与必天归，汉帝乃是天授，非全是人力所能为。今玺书屡至，委国全信，欲与将军共同吉凶，试想一介布衣，尚且不负然诺，况万乘至尊，何致背约？将军若疑虑却顾，自招祸变，恐不免上负忠孝，下愧当世呢！"嚣听了刚言，又觉得愀然不乐，俯首沉吟。实是一个多疑少断的人物。刚乃趋出，元亦引退。嚣总不欲终事汉室，且依了王元的后策，徐起图功。乃再遣部吏周游诣阙，佯表殷勤。

游道出关中，过征西大将军冯异营前，竟为仇家所杀。于是谣言纷起，谓异将自为咸阳王，不服汉命，故杀嚣使。甚至有人上书劾异，居然以假当真。异入关已三年有余，除暴安良，人民悦服，闻得流言摇惑，心不自安，因上书乞请还都，亲侍帷幄。光武帝优诏不许，但使宋嵩西往，赍示弹章。异惶恐陈谢，申请入朝。光武帝方图陇蜀，欲与异面商，乃准令入谒。异既至阙下，叩首行礼，光武帝顾语群臣道："这是我起兵时主簿，为我披荆棘，定关中，功劳很大呢！"说着，又旁令中黄门，取出珍宝衣服钱帛，当面赐异。异受赐再拜，光武帝谕令起坐，温言与语道："芜蒌亭豆粥，滹沱河麦饭，至今不忘，恨尚无以报卿。"事见前文。异复起身拜谢道："臣闻管仲对齐桓公，愿君毋忘射钩，臣无忘槛车，君臣相勉，终霸齐国！臣今愿陛下毋忘河北时，臣亦不敢忘陛下隆恩！"异被获邀赦，亦见前文。光武帝大喜，召异同入内庭，与商陇蜀事宜。光武帝说道："朕因将士久劳，本欲将二子置诸度外，怎奈公孙述未肯敛迹，隗嚣又阴持两端，将来必为朕患，卿意究应如何处置？"异答说道："臣看两人分据西南，非大加惩创，终难降服，臣虽不才，愿为国家效力！"光武帝又说道："关中为陇蜀要冲，最关紧要，卿亦未便遽离，必不得已，朕当亲至长安，调度兵马，先行讨蜀。"异乃申陈陇蜀地势，及行军纪略，差不多有数千言，至日昃方才退出。嗣复引见数次，定议讨蜀，始辞回关中。前时异受命西征，未挈家眷，至此接奉特旨，令带妻子同行，无非是坦怀相待的意思。

是时公孙述方收集延岑、田戎两军，令岑为大司马，封汝宁王；戎亦邀封翼江王。延、岑奔蜀，见十三回。田戎奔蜀，见十四回。特使部将任满，与戎同出江关，沿途收戎旧部，窥取荆州诸郡。一面妄引谶纪，说是孔子作《春秋》，尊周尚赤，周尚赤。共得十二公；汉亦用赤帜，自汉高至平帝，中加吕后称制，也是十二代，历数已尽，一姓不能再兴。又引《录运法》中遗语，谓"废昌帝，立公孙"；尚有《括地象》云："帝轩辕受命公孙氏握"；《援神契》云："西太守，乙卯金"。述曾任蜀郡太守，故把"西太守"三字，作为己证，且将"乙"字作"轧"字讲解，谓将轧绝卯金。种种附会，诱惑人心。再因《掌文》中常刻"公孙帝"三字，诩作奇瑞，移书远近。光武帝尚不欲遽讨，作书贻述，内云：

图谶言公孙即宣帝也，代汉者当涂高，君岂高之身耶？乃复以《掌文》为瑞，王莽何足效乎？君非吾乱臣贼子，仓猝中人皆欲为君事耳，何足数也！君日月已逝，妻子弱小，当早为定计，可以无忧。天下神器，不可力争，宜留三思！是书原不能折服公孙述。

第十六回　诣东都马援识主　图西蜀冯异定谋

书后署名，称述为公孙皇帝，称呼亦误。述置诸不答。部下有骑都尉荆邯，向述献议，请急速发兵东向，令田戎出据江陵，延岑出汉中，定三辅，又收降天水陇西，与汉争衡。述召问群臣，博士吴柱等，多言不宜远出；有弟名光，亦劝述依险自固。累得述欲前又却，瞻顾徬徨。也是隗嚣一流人。延岑、田戎，屡请发兵，述又以为降将难恃，未足深信。惟出入警跸，添置仪卫，夸示表面上的威风。且立两幼子为王，使食犍为、广汉各数县。左右谓成败难定，将士暴露，不应遽封皇子，专顾私恩，述亦不从。于是人心懈体，阴兆土崩。光武帝恨述倔强，势难罢手，当即亲幸长安，谒祠园陵。各陵前被赤眉毁掘，已由冯异入关，修葺告成。回应十二回，亦不可少。及光武帝谒祠已毕，遂命建威大将军耿弇，虎牙大将军盖延等七军，从陇道伐蜀。兵将启行，先遣来歙赍奉玺书，往谕隗嚣，令他即日发兵，夹击公孙述。歙已迁官中郎将，一到天水，即将玺书交付与嚣，嚣阅书后，好多时不发一言。歙问他愿否出兵，嚣仍不应。歙不禁愤起，奋然责嚣道："朝廷以君知臧否，识废兴，并将手书赐示足下，足下曾效忠国家，遣子入侍，今乃接书不决，忽思背约，上叛君，下负子，忠信何在？恐不久便要族灭哩！"说得隗嚣作色起座，投袂欲入。歙欲拔剑刺嚣，究竟嚣多卫士，无从下手，乃杖节出厅，登车欲行。偏由嚣将王元，目顾兵士，意图害歙；嚣亦怒不可遏，竟使牛邯追歙，用兵围住。还是他将王遵谏阻，谓两国相争，不斩来使，况歙为汉帝外兄，郑重将命，歙为光武姑子，见前。加刃无益，徒激彼怒！伯春嚣子恂字。留质洛阳，何苦以一子易一使，不如遣归为是！嚣尚以爱子为念，乃纵歙使归，惟使王元领兵万骑，出据陇坻，伐木塞道，阻住汉军前行。这一番有分教：

一着误施全局去，三军尽覆满城哀。

隗嚣既抗阻汉军，免不得有一场战事。欲知胜负如何，待至下回再详。

　　公孙述据蜀自雄，隗嚣负陇自固，当其号令一隅，延揽物望，亦若庸中佼佼者流，以视赤眉、铜马，固相去有间矣。然述多夸而嚣多疑，疑与夸，皆非霸王器也。马援笑述为井底蛙，而劝嚣事汉，已料二子之不足有为。及东至洛阳，见光武帝之脱帻相迎，即有君择臣、臣择君之语，一见倾心，愿效奔走，援诚不愧智士，抑光武帝之驾驭英雄，令人心服故也？至若冯异之遭人谗构，而光武不以为疑，且以河北故事相劝勉，然后进图讨蜀，与定密谋。大树将军，原非彭宠、庞萌可比。然非光武之推诚相与，亦安能感人肺腑乎？且光武不忘河北之难，异不忘槛车之恩，君臣一德，安不忘危，以此定国，有余裕矣。彼隗嚣公孙述辈，曷足以知之？

第十七回 抗朝命甘降公孙述
重士节亲访严子陵

却说王元奉着隗嚣命令,出据陇坻,阻遏汉军。汉军尚未知确音,贸然前往,途次遇着来歙,也不过说是隗嚣拒命,未及王元出兵情形。耿弇、盖延诸将,以为陇坻一带,尚无阻碍,待至来歙别归,即匆匆赶路,期在速进。那知王元已安排妥当,静待汉军。汉军行近陇坻,见前途塞住木石,已觉惊心,但尚未遇兵将,还想进去。当下将木石搬徙,徐徐引入,好容易开通一路,走了一程,又是七丫八杈,横截道路;再辟再走,费去了许多气力,还是不能尽通。并且羊肠峻阪,逐步崎岖,害得军不成伍,马不成群。蓦闻陇上鼓角齐鸣,一彪军从高趋下,持着长枪大戟,奔向汉军。汉军已人困马倦,如何抵敌?没奈何倒退下去。那敌势很是凶悍,再加领兵主将,就是隗嚣部下主战的王元,锐气方张,迫人险地,满望一鼓荡平汉军,怎肯轻轻放过?汉军叫苦连天,慌忙退走,已是不及,前队多被杀死,后队自相蹴踏,又伤毙了许多。耿弇、盖延,虽都是能征惯战,怎奈势不相敌,无法可施,也只好引兵出险,且战且行。何故轻进?王元紧追不舍,又来了隗嚣大队,漫山蔽谷,悉众前来。汉军只恨脚短,逃得不快。嚣与元步步进逼,一些儿不肯放松,恼了汉捕虏将军马武,激励勇士,返身断后,手持一杆长戟,向嚣兵冲杀过去,勇士一齐随上,击毙追兵数百人。嚣兵乘兴进来,不防有这场回马阵,倒吓得脚忙手乱,一齐退去,嚣与元也恐有失,鸣金收回,汉军才得退入长安。

光武帝时已还都,闻诸将败还,亟令耿弇移军漆邑,祭遵移军汧城,使吴汉等保守长安,另遣冯异出屯栒邑。异奉命即往,行至半路,有探马报称嚣将行巡,来攻栒邑,兵已下陇。异申令将士,倍道亟进。部将统言虏兵方盛,不可与争,宜择地安营,徐思方略。异勃然道:"虏兵临境,幸得小胜,便思深入,若栒邑被取,三辅动摇,岂不可虑?兵法有言:'攻者不足,守者有余。'我若得先至据城,用逸待劳,便可阻住虏马,并不是急欲与争呢!"确是有识之言。乃长驱急驰,竟得入城,但使将士静守,偃旗息鼓,待着敌军。行巡引众至城下,见城上毫无守备,总道是唾手可取,不如休息片时,再行督攻。部众得令,并皆下马散坐,无复纪律。异从城楼上悄望,备悉虏情,当即击鼓扬旗,麾兵杀出。行巡未及防备,当然着忙,部下越加惊乱,上马亟奔,被异追杀数十里,斩获无算,方才收军回城。同时祭遵在汧,亦得击走王元军,汉军复振。北地诸豪长耿定等,俱闻风献表,背嚣降汉。马援在上林苑屯田,上书阙廷,具陈破嚣计画,且言,"臣非负嚣,嚣实负臣,臣初次诣阙,嚣曾与约事汉,不料他反复如此,所以臣愿献密议,决除此虏。"光武帝因召援进见,面询方略。援请先翦羽翼,继攻腹心。光武帝乃给发突骑五千,带领前往,便宜从事。援即往来游说,离间嚣将高峻、任禹等人。嚣自觉势孤,始上书谢过,略云:

吏民闻大兵猝至,惊恐自救,臣嚣不能禁止。兵有大利,不敢废臣子之节,亲自追还。昔虞舜事父,大杖则走,小杖则受。臣虽不敏,敢忘斯义!今臣之事,在于本朝,赐死则死,加刑则刑,如遂蒙恩,更得洗心,死骨不朽!

书至阙下,诸将以嚣虽陈谢,言仍不逊,请光武帝诛嚣质子,大举入讨。光武帝心尚未忍,复使来歙至汧,传递复谕。谕云:

昔柴将军柴武。与韩信书云:信系韩王信,非淮阴侯。"陛下宽仁,诸侯虽有亡叛而后归,辄复位号,不诛也。"以嚣文吏晓义理,故复赐书,深言则似不逊,略言则事不决。今若束手听命,复遣恂弟诣阙,则爵禄获全,有浩大之福矣。吾年垂四十,在兵中十载,不为浮语虚词,如不见听,尽可勿报!

嚣得谕后,已知光武帝察破诈谋,竟不作答。凉州牧窦融,遣弟友上书,自陈忠悃。适因隗嚣叛命,道梗不通,友从中途折回,另遣司马席封,从间道至长安,呈上书奏。光武帝答书慰藉,情意兼至。融乃贻书责嚣,语多剀切,由小子再录如下:

伏维将军国富政修,士兵怀附,亲遇厄会之际,国家不利之时,守节不回,承事本朝。后遣伯春即嚣子恂,见上。委身于国,无疑之诚,于斯有效。融等所以欣服高义,愿从役于将军者,良为此也。而忿悁之间,改节易图,君臣分争,上下接兵,委成功,造难就,去纵义,为横谋,百年累之,一朝毁之,岂不惜乎?殆执事者贪功建谋,以至于此,融窃痛之。当今西州地势局迫,民兵离散,易以辅人,难以自建。计若失路不返,闻道犹迷,不南合子阳,则北入文伯耳。夫负虚交而易强御,恃远救而轻近敌,未见其利也。融闻智者不违众以举事,仁者不违义以要功,今以小敌大,于众何如?弃子徼功,于义何如?且初事本朝,稽首北面,忠臣节也。及遣伯春,垂涕相送,慈父恩也。俄而背之,谓吏士何?忍而弃之,谓留子何?自起兵以来,转相攻击,城郭皆为邱墟,生民转于沟壑,今其存者,非锋刃之余,则流亡之孤。迄今伤痍之体未愈,哭泣之声尚闻,幸赖天运少还,而将军复重其难，且使积疴不得遂瘳，幼孤复将流离，其为悲痛，尤足愍伤，言之可为酸鼻，庸人且犹不忍，况仁者乎？融闻为忠甚易，得宜实难。忧人太过，以德取怨，知且以言获罪也。区区所献，惟将军省焉！想是班彪手笔。

融既贻嚣书，专待使人返报。过了旬日，使人回来，甚是懊怅，报称被嚣斥归。融也觉动怒，召集河西五郡太守，部署兵马，并上疏行在，请示师期。光武帝优诏褒美，且因融七世祖广国，为孝文皇后亲弟，文帝后窦氏，见《前汉演义》。曾封章武侯，谊关姻戚，特赐汉祖外属图等，表示情好。一面敕令右扶风太守，修理融父坟墓，祭用太牢。所有四方贡献珍物，往往转赐与融，使命不绝。融当然感激，毁去嚣所给将军印绶，令武威太守梁统，刺死嚣使张玄，更发兵攻入金城，大破嚣党先零羌、封何，夺得牛马羊万头，谷数万斛，充作军实，守候车驾西征。嚣因汉军压境，河西失和，自觉孤立无助，不得已遣使诣蜀，称臣乞援。仍要向人称臣，何苦背汉？述封嚣为朔宁王，遣兵往来，与为犄角。嚣正拟发兵内犯，又闻得汉将冯异，夺去安定、上郡各城，因即率步骑三万人，往攻安定。行抵阴繁，适与冯异相遇，交战数次，不获一胜，怏怏引还。再令别将攻汧，又为祭遵所破，退回天水。两番跋涉，统是空劳，反丧失了若干士卒，若干刍粮。嚣将王遵，屡次进谏，俱不见纳，会得来歙招降书，因潜挈家属径投洛阳，诣阙请降，得拜大中大夫，封向义侯。光武帝欲亲往讨嚣，偏遇日食告变，乃暂罢军事。诏求直言，并敕公卿以下，举贤良方正各一人。先是建武五年，光武帝尝访求高士，得周党、王良等人，三征始至。周党字伯况，籍隶太原，素有清节，王莽篡位，更托疾杜门，足迹不涉乡里。及征车迭至，不得已奉命诣阙，布衣敝巾，坦然入见。到了光武帝座前，虽然跪伏，却是未尝呼谒，但自言山野布衣，不谙政事，仍请放还云云。光武帝并未加责，叫他退朝候命。独博士范升，上疏奏劾道：

　　臣闻尧不须许由、巢父，而建号天下；周不待伯夷、叔齐，而王道以成。伏见太原周党等，蒙受厚恩，使者三聘，乃肯就车；及陛见帝廷，党不以礼屈，伏而不谒，偃蹇骄悍，有失臣道。党等文不能演义，武不能死君，钓采华名，希得三公之位。臣愿与坐云台之下，考试图国之道，倘不如臣言，臣愿伏虚妄之罪；果党等敢私窃虚名，夸上求高，亦当罪坐不敬，为天下戒。臣昧死上闻。

光武帝览毕，将原疏颁示公卿，另行下诏道：

　　自古明王圣主，必有不宾之士，伯夷、叔齐，不食周粟；太原周党，不受朕禄，亦各有志焉。其赐帛四十匹，许遂所志。

第十七回　抗朝命甘降公孙述　重士节亲访严子陵

党受诏即归,与妻子隐居渑池,著书成上下篇,寿考终身。邑人共称党为贤,设祠致祭,岁时不绝。惟东海人王良,受官沛郡太守,迁任大中大夫,进为大司徒司直,在位恭俭,妻子不入官舍,布被瓦器,如寒素时。司徒史鲍恢,因事至东海,过候王家,良妻布裾曳柴,方从田间归来,恢素未相识,错疑是良家佣妇,便昂然与语道:"我为司徒掾属,便道至此,欲见王司直夫人!"良妻答道:"妾身便是!掾史得无劳苦么?"恢不禁惊讶,慌忙下拜,并问良妻有无家书。良妻答称:"在官言官,不敢以家事相烦。"恢叹息而还。贤妇风范,比义夫尤为难得。后来良因病辞归,病愈后应征复起,道出荥阳,探访故友。故友不肯出见,但传语道:"不有忠言奇谋,乃窃取大位,岂不可耻?奈何尚仆仆往来,不自惮烦呢?"良听了此言,未免自惭,乃谢病归里,终不就征。此外尚有太原人王霸,隐居养志,亦被征入都,引见时称名不称臣。有司向霸诘问,霸答道:"天子有所不臣,诸侯有所不友,原是儒生本分呢!"时大司徒伏湛免官,进用尚书令侯霸为大司徒。侯霸素重王霸名,情愿推贤让能。王霸独乞病告归,偕妻逃隐,茅屋蓬户,安享余年。又如北海人逄萌,雁门人殷谟,累征不起,并为逸民。

最著名的乃是七里滩边的钓夫,羊裘一袭,遗范千秋,小子述及姓名,想看官应亦早有所闻,此人非别,本姓是庄,单名为光,表字子陵,会稽郡余姚县人,汉史避明帝名讳,改庄为严。因此后人只称他为严子陵先生,不叫他做庄子陵。特别提出,复特别辨明。光武帝少时游学,曾与他一同肄业,到了光武即位,他却移名改姓,避家他去。光武帝忆念故人,令会稽太守访问踪迹,不见下落;再令海内各处搜求,亦无影响。光武帝终不肯忘怀,口述形容,使画工绘成肖像,到处物色。"天下无难事,总教有心人。"果然有人奏报,说在齐国境内,有一男子身披羊裘,屡钓泽中,面目与画图相似。光武帝大喜道:"这定是子陵无疑了!"仿佛得宝。忙命有司备安车,携玄纁,往齐礼聘。严光接着,尚未肯自道姓名,只说是:"朝廷误征。"使臣哪里肯放?不论他是真是假,定要请他上车,三请三却,毕竟一难当十,被朝使手下的随员,前推后挽,竟将他拥至车上,飞驰入都。光武帝闻光到来,尚防他乘间逸去,特命就舍北军,妥给床褥,使太官主膳之官。朝夕进膳,奉若神明。大司徒侯霸,与光为旧识,忙使部属侯子道,奉书问候。光踞坐床上,启书读讫,半晌才顾问道:"我与君房相别已久,侯霸字君房。君房素有痴疾,今得为三公,痴疾可少愈否?"奇人奇语。子道答道:"位居鼎足,怎得再痴?"光正色道:"既无痴疾,为何遣汝来此?"子道接口道:"司徒闻先生辱临,本欲即来问候,适因公务匆忙,未能脱身,愿俟日暮稍闲,前来受教。"光又笑道:"汝言君房不痴,这岂不是痴想么?天子使人征我,三请方来,我尚不欲见人主,难道就先见人臣?"子道听罢,也不便多与絮聒，但求光复书还报。光托言手不能书，只好口授，因接说道："君房足下，位至鼎足，甚善。怀仁辅义天下悦，阿谀顺旨要领绝！"说到末语，便即住口。子道再欲请益，光大笑道："君莫非来买菜么？求益何为？"原是够了。子道乃返报侯霸，霸将光语录出，封奏进去。光武帝微哂道："这也是狂奴故态，不足计较！"说着，即命驾出宫，亲往访光。早有人向光报闻，光置诸不理，高卧如故，佯作闭目熟睡状。亦太娇情。光武帝亲至床前，见光袒腹卧着，因用手抚腹道："咄咄子陵，何故不肯相助为理？"光仍然不起，良久始张目熟视，也不陈谢，但答说道："从前唐尧有天下，帝德远闻，尚有巢父洗耳。士各有志，奈何相迫如是？"光武帝喟然道："子陵，我竟不能屈汝么？"乃升舆还宫。既而令侯霸邀光入阙，略迹谈情，与叙旧事，光始从容坐论，不复倨傲。光武帝婉颜问光道："君看我比前日何如？"光答道："似胜往时！"光武帝鼓掌大笑，留光食宿，与同寝卧。光用足加帝腹上，伪作鼾声，好一歇方才移去。到了诘旦，即由太史入奏，谓客星侵犯御座，状甚危迫。光武帝笑说道："朕与故人子陵共卧，难道便上感天象么？"因面授光为谏议大夫，光并不称谢，亦不辞行，拂袖自去。返至富春山中，仍旧做那耕钓生涯，年至八十乃终。今浙江省桐庐县南，有严陵濑，与七里滩相接，背后有山，叫做严山，山下有石，能容十人，就是严光钓鱼处，俗呼为严子陵钓台。地因人传，流芳百世，可见得亮节高风，比那封侯拜相，还要光荣十倍哩！热中者可以返省。这且搁过不提。

且说渔阳告平以后，光武帝尝使茂陵人郭伋，就任渔阳太守。伋镇抚百姓，纠除群盗，境内咸安。惟卢芳窃据北塞，屡引匈奴兵入寇，大为边患。伋复整勒士马，修缮堡寨，阻绝胡骑南下，一尘不惊，人民得安居乐业，户口日蕃，中外都称为贤太守。会因大司空宋弘，有事免职，朝臣多举伋代任。光武帝以卢芳未平，不便将伋内调，所以未曾允议。建武七年春三月晦日，太史又奏称日食，有诏令百官各上封事，毋得言圣。当时杜林、郑兴等人，弃嚣归乡，见前回。统由光武帝闻名召入，各授官职：林为侍御史，兴为大中大夫。此次因变陈言，谓应俯从众议，调任郭伋为大司空，且言日月交会，数应在朔，今日食每多在晦，乃是月行太速，故有此变。君为日象，臣为月象，君元急故臣下促迫，致见咎征，望陛下垂意洪范，勉思柔克等语。光武帝也优诏褒答，惟仍不愿调回郭伋，却令妹夫李通代任。通首先倡义，弼成大业，身尚公主，仍然谦恭自持，不敢骄盈，故得保全爵位，以功名终。富贵寿考，全赖谦冲。太傅褒德侯卓茂，已经病殁，特赐棺茔地，表彰耆硕。叙笔载明生卒，亦无非阐扬名士。并因前侍御史杜诗，累任沛、郡汝南各都尉，所在称治，乃更调任南阳太守。南阳为光武帝故乡，从龙诸臣，半出南阳，历任太守，反视为畏途，只恐得罪贵戚。及杜诗莅郡，兴利除害，政治清平，无论贵贱，一体禽服。又修治陂池，广拓土田，在郡数年，家给人足，时人比诸前汉的召信臣。信臣曾为南阳太守，也是一位施德行惠的好官。南阳人所以传出两语云："前有召父，后有杜母。"小子亦有一诗，录述于后：

> 黄堂太守一麾来，万汇全凭只手栽。
> 召父已亡推杜母，养民毕竟仗贤才。

转眼间又是一年，光武帝顾念陇西，又要遣将往讨了。欲知何人西征，待至下回发表。

隗嚣据有西州，自称上将军，因时乘势，崛起图功，原不必定居人下。迨既受邓禹之承制封拜，则君臣之名义已定，又何得再怀反侧乎？设当光武讨蜀之时，率兵效命，功且十倍窦融，他日即不得封王，公侯可坐致也。乃惑于訾言，反复不定，始则助汉而诛蜀使，继且叛汉而为蜀臣，同一屈膝，朝秦暮楚胡为者？况洛阳如旭日，而蜀如朝露，一可恃，一不可恃，于可恃者而背之，不可恃者而亲之，甚矣其愚也！彼如严子陵之孤身高蹈，抗礼阙廷，后世不讥其无君，反称其有节，诚以其敝屣富贵，超出俗情，云台诸将，且不能望其项背，遑论隗氏子哉！若周党、王霸、逢萌诸人，亦子陵之流亚，而王良其次焉者也，然亦足以风矣。

第十八回　借寇君颍上迎銮
　　　　　　收高峻陇西平乱

却说建武八年春月，中郎将来歙，与征虏将军祭遵，奉命西征，进取略阳。遵在途遇病，折回都中，独歙率精兵二千余人，伐山开道，绕出番须、回中，直抵略阳城下。守将叫做金梁，在城安坐，一些儿没有豫备，等到城外鼓声大作，方才登陴瞭望，足未立定，头已不见。怪语。原来歙远道进行，实为偷袭城池起见，途中并未声张，到了城下，还是悄悄的整备云梯，架住城堞，一经办妥，方击鼓麾众，缘梯直上。可巧金梁跑上城来，正好凑那歙兵的快手，一刀劈去，适中头颅，呜呼哀哉！城中失了统将，或逃或降，才阅片时，便由歙据住略阳城。有溃卒走报隗嚣，嚣大惊道："这军从何处进来？有这般神速哩！"话尚未毕，王元、行巡诸部将，已闪出两旁，请即发令出军。嚣使元拒陇坻，巡守番须口，王孟塞鸡头道，牛邯戍瓦亭，自率大众数万人，围攻略阳。略阳为西州要冲，自为歙所攻入，飞章奏捷，光武帝闻报大喜，笑语诸将道："来将军得攻克略阳,便是捣入隗嚣腹心,心腹一坏,肢体自然渐解了!"忽又由吴汉等,呈上表章,报称出师应歙。光武帝又复懊恨道:"谁叫他进兵?须知隗嚣失去要城,必悉锐往攻,略阳城坚可守,旷日不下,嚣兵必敝,那时方好乘危进兵了!"知己知彼,百战不殆。说着,忙遣使持节西出,追还吴汉等人,听令来歙独守略阳。并非弃歙,实已早知歙才。隗嚣率众往攻,把略阳城团团围住,四面攻扑,终不能下。公孙述亦遣部将李育、田弇,助嚣攻歙,亦不能克。好容易过了两三月,一座略阳城,仍然无恙,惹得隗嚣发急,斩木筑堤,决水灌城,费尽无数计画。歙督兵固守,随机肆应,箭已放尽,即毁屋断木,作为兵器,誓死不去。光武帝闻略阳围急,乃下诏亲征,部署既定,便即启行。光禄勋郭宪进谏道:"东方初定,车驾未可远征。"光武帝摇首不答,宪拔出佩刀,截断乘舆中马缰,帝终不从。西行至漆邑,诸将亦多言王师重大,不宜深入险阻,累得光武帝也费踌躇,不能遽决。适值马援夤夜到来,报名求见,光武帝立即召入,与商军情,且述及群议,使定行止。援驳去众口,独伸己见,力言隗嚣将士,已兆土崩,王师一进,必破无疑。又在帝前聚米为山,指画形势,详陈路径,何处可攻,何处可守,说得明明白白,昭然可晓。光武帝不禁大悟道:"虏已在我目中了!"次日早起,即麾军大进,抵高平第一城。凉州牧窦融,率领五郡太守,及羌虏小月氏等番兵前来相会,共计得步骑数万人,辎重五千余车。光武帝置酒待融,遍犒来军,趁着兴高采烈的时候,合兵上陇,分道深入,势如破竹。隗嚣闻报,自知不能抵敌,退保天水,略阳城才得解围。大中大夫王遵,自弃嚣归汉后,得帝宠眷,参与军谋,王遵降汉,见前回。此次随驾西征,因与嚣将牛邯,素相友善,遂奏明光武帝,作书招邯。书云:

> 遵前与隗王歃盟为汉,自经历虎口,践履死地,已十数矣。于时周洛以西,无所统一,故为王策,欲东收关中,北取上郡,进以奉天人之用,退以惩外夷之乱,数年之间,冀圣汉复存,当挈河陇奉旧都以归本朝,生民以来,臣人之势,未有便于此时者也。而王之将吏,群居穴处之徒,人人抵掌,欲为不善之计。遵与孺卿即邯字。日夜所争,害几及身者,岂一事哉?前计抑绝,后策不从,所以吟啸扼腕,垂涕登车,幸蒙封拜,得延论议,每及西州之事,未尝敢忘孺卿之言。今车驾大众,已在道路,吴、耿骁将,云集四境,而孺卿以奔离之卒,拒要厄,当军冲,其形势何如哉?夫智者睹危思变,贤者泥而不滓,管仲束缚而相齐,黥布杖剑以归汉,去愚就义,功名并著。今孺卿当成败之际,遇严兵之锋,宜断之心胸,参之有识,毋使古人得专美于前,则功成名立,在此时矣。幸孺卿图之!

牛邯得书,观望了好几日,觉得西州一隅,终非汉敌,不如依书投降,乃谢

第十八回　借寇君颍上迎銮　收高峻陇西平乱

绝士众，奔诣行在。光武帝慰勉有加，亦拜为大中大夫。邯为隗嚣部下的骁将，一经归汉，全体瓦解，不待王师云集，已是望风趋附。约阅一月，嚣将十三人，属县十六城，兵士十余万，俱向行在乞降。嚣惶惧的了不得，亟使王元赴蜀求援，自挈妻子奔往西城，投依大将军杨广。就是蜀将田弇、李育，一时也不能还蜀，退保上邽。光武帝到了略阳，来歙率众出郊，迎驾入城。当下置酒高会，因歙攻守有功，赐坐特席，位居诸将上首，至欢宴已毕，又赐歙妻缣一千匹，歙当然拜谢。光武帝又进幸上邽，驰诏告嚣道："汝若束手自归，保汝父子相见，不咎既往，必欲终效黥布，亦听汝自便！"嚣仍不答报。甘为黥布，有死而已。光武帝传诏诛恂，即嚣子。使吴汉、岑彭围西城，耿弇、盖延围上邽，加封窦融为安丰侯，融弟友为显亲侯，此外五郡太守，亦俱封列侯，一古脑儿遣令还镇。融尚自请从军，另求派员代镇凉州，光武帝复谕道："朕与将军如左右手，乃屡执谦退，转失朕望，其速返原镇，勉抚士民，毋擅离部曲！"这数语柔中寓刚，反令融爽然若失，拜辞行在，率众西去。光武帝调度各军，满拟即日平嚣，然后凯旋。忽接到都中留守大司空李通奏报，略言颍川盗起，河东守兵亦叛，京师骚动，请即回銮靖寇云云。光武帝不禁叹息道："悔不从郭子横言，今始觉费事了！"横即郭宪字，语见上文。说罢，即自上邽起程，昼夜东行，马不停蹄。途次赐岑彭等书云："两城若下，便可将兵南击蜀虏。人生苦不知足，既平陇，复望蜀，每一发兵，头发皆白，未知何日能肃清哩！"这是聪明人口吻。及既还洛阳，幸尚安谧，前颍川太守寇恂，已入任执金吾，扈跸往还，随侍左右。光武帝因与语道："颍川逼近京师，亟应平乱，朕思卿前守颍川，盗贼屏迹，今仍委卿前往，当可立平。卿忠心忧国，幸勿辞劳！"恂答说道："颍川人民，素来轻狡，闻陛下远逾险阻，有事陇蜀，遂不免为匪徒所惑，乘间思逞；今若乘舆南向，先声夺人，贼必惶怖归死，怎敢抗命？臣愿执锐前驱便了。"光武帝乃使命驾南征，使恂先驱。直至颍川，果然盗贼尽骇，沿路跪伏，自请就诛。恂禀命驾前，但诛盗首数人，余皆赦免。郡中父老，夹道迎恂，且共至驾前匍伏，乞复借寇君一年。为官者，不当如是耶？光武帝勉从众请，乃留恂暂居长社，安抚吏人，收纳余降，自率禁军还宫。适东郡济阴县亦有盗贼，警报入都，光武帝再遣大司空李通，与大将军王常，领兵剿捕。又因东光侯耿纯，尝为东郡太守，威信并行，因召他诣阙，拜为大中大夫，使与大兵共赴东郡。东郡闻纯入界，无不欢迎，盗贼九千余人，皆诣纯乞降，大兵不战而还。诏即令纯为东郡太守，连任五年，境内帖然。后来病殁任所，赐谥成侯。东汉功臣，多能牧民，如纯，如恂，其尤著者。

且说吴汉、岑彭，围住西城，月余未下，光武帝传诏至军，叫他遣归赢卒，但留精锐，免得虚糜粮食等语。汉情急邀功，未肯遽遣，又探得杨广病死，城中失恃，越想并力攻城，日夕不息，军令倍严，吏士日久苦役，不免逃亡。嚣将王捷，登城大呼道："汉军听着！我等为隗王守城，誓死无二，必欲与我相持过去，愿以颈血相厉，我为首倡，请汝等看来！"说到末语，竟拔刀挥颈，血溅头殊，身尚立着，好一歇方才扑倒。何故乃尔？汉军见他无故自杀，统皆诧异，又想他人人拚命，就使攻下城池，亦必有一场恶斗。眼见是性命相搏，彼此俱难免伤亡，惧心一起，不觉气馁，遂致易勇为怯，懈弛下去。岑彭因持久不克，想出一计，分兵至谷水下流，用土堵住，使水势涌入城中。谷水由西至东，绕过西城，下流被遏，水无去路，自然向城中灌入，渐涨渐高，距城头仅及丈许，守兵虽然惆惧，却还未肯出降。蓦听得城南山上，鼓声四震，有一大队披甲勇士，长驱驰下，先行执着一杆大旗，上书一个斗方大的"蜀"字，炫人眼目，且乘风大呼道："蜀兵有百万人到来了。"一面说，一面直迫汉垒。汉军猝不及防，竟被冲破，且因来军大声恫吓，多半骇散。暮气已深，怎能再战？吴汉、岑彭，也不能支持，觅路退去。就是谷水下流的汉兵，都一哄儿逃得精光。其实蜀兵只有五千人，由嚣将王元借来，用了一条虚喝计，竟得吓退汉军，安然入城，城内水已骤退，复得安居。王元且勒兵复出，来追汉兵。汉兵已经乏粮，且恐蜀兵大至，无心恋战，遂由吴汉下令，焚去辎重，逐步退走。待至王元追来，还亏岑彭返斗一阵，击走王元，才得全师东归。惟校尉温序，为嚣将荀宇所获，迫令降嚣。序怒叱道："叛虏怎敢迫胁大汉将军？"说着，持节乱挝，打倒数人。宇众大愤，争欲杀序，宇摆手道："这是当代义士，可给彼剑！"乃拔剑付序，序接剑在手，亟拈须衔入口中，顾语左右道："既为贼所杀，毋令须污血！"说毕，把剑一横，魂归天上。不没忠臣。从事王忠，随序陷虏，荀宇却令他收殓序尸，送归洛阳。光武帝特赐墓地，并召序三子为郎。序本太原人氏，留葬洛中，乃是旌示忠臣的意思。

　　自从吴汉等引兵退还，耿弇、盖延亦撤围引归，独祭遵尚留屯汧城。未几已是建武九年，遵病殁营中，讣至洛阳，光武帝悲悼异常，令冯异驰领遵营，派员护丧东归。遵为人廉约小心，克己奉公，所得赏赐，尽给士卒，家无私财，身无华服，取士专用儒术，对酒设乐，必雅歌投壶，饶有儒将风规。遵妻裳不加缘，相夫克俭，惟生男不育，终致无嗣。遵兄午买女送遵，使为遵妾，遵为国忘家，却还不受，临殁时不言家事，但遗嘱从吏，只用牛车载丧，薄葬洛阳。及丧至河南，有诏令百官先会丧所，然后由车驾素服亲临，哭奠尽哀，予谥曰成，葬后尚就墓御祭，顺道存问家属。遵妻当然拜谒。光武帝见他家无婢妾，室宇萧条，不由的悲感道："怎得忧国奉公，如祭征虏一流名将呢？"嗣后帝思遵不忘，辄加叹息。无非是借励诸将。惟自冯异接任，吏士亦俱悦服，驻守如故。独隗嚣不愿再居西城，移居冀邑，复遣兵分略各城，于是安定、北池、天水、陇西，

第十八回　借寇君颍上迎銮　收高峻陇西平乱

复为嚣有。只因粮饷不继,屡患乏食,嚣又积劳成病,多卧少起,没奈何出城谋食,惟得了数斛大豆,粗粝不堪下咽,越觉恚愤得很,还入城中,病即加剧,不久便死。部将王元、周宗等,立嚣少子纯为王,总兵据冀,仍向公孙述处称臣乞援。述将田弇、李育,已经归蜀,述复使田弇北行,惟将李育留住,换了一个赵匡,与弇同至冀城,援助隗纯。汉将冯异,奉诏进讨,相持未下。公孙述欲大举攻汉,为纯纾忧,特使翼江王田戎,大司徒任满,南郡太守程泛,率兵数万人下江关,攻入巫峡,拔夷陵、夷道二县,据住荆门、虎牙两山,横江架桥,并设关楼,面水倚山,结营自固,差不多有进窥两湖、退挟三川的威势。汉大司马吴汉等,尚屯兵长安,光武帝特使来歙监军,马援为副,观察陇蜀情势,取示进止。歙因上书献策道:

> 公孙述以陇西、天水为藩蔽,故得延命假息,今若平荡二郡,则述智计穷矣。宜益选兵马,储积资粮,昔赵之将帅多贾人,高帝悬之以重赏,今西州新破,兵民疲馑,若招以财谷,则其众可集。臣知国家所给非一,用度不足,然有所不得已也。

光武帝览奏,乃诏令有司备谷六万斛,用驴四百头输运,尽至汧城交卸,积作西征军需。到了秋高马肥,兵精粮足,特遣歙为统帅,率同征西大将军冯异、建威大将军耿弇、虎牙大将军盖延、扬武将军马成、武威将军刘尚等,共攻天水。冯异已与蜀将田弇、赵匡,会战数十次,蜀兵伤亡过半,再加耿弇等率兵会集,士气百倍,大破蜀兵,阵斩田弇、赵匡。独隗纯留居冀城,使王元等驻扎落门,依险拒守;还有高平第一城,又为嚣将高峻所据,未肯服汉。于是冯异等进攻落门,耿弇等进攻第一城,两路分攻。越年未下,冯异且在军抱病,竟至谢世,光武帝赐谥节侯,令异长子彰袭爵,且复议亲征西州。执金吾寇恂,已自长社还洛,仍然随驾起行。既至关中,恂叩马谏道:"长安道里居中,应接近便,安定陇西,闻车驾出驻长安,必然震惧,自当望风来降,若必以万乘之尊,亲履险阻,实非所宜,颍川前辙,不可不戒!"也说得是。光武帝不以为然,驱车再进,直抵汧城,方使恂招降高峻。峻本已由马援说下,受汉封为关内侯,拜通路将军,所以汉军出入,峻常为引导,不致阻碍。援说高峻,见前回。及吴汉等败还长安,峻乃复归故营,据住高平,坚守不下。寇恂奉诏谕峻,峻遣军师皇甫文出谒,语多倨傲,貌亦骄盈,两下里辩驳一番,惹动寇恂怒意,顾令左右缚文,拟置死刑。文尚不肯服礼,反唇相讥,诸将向恂进谏道:"高峻拥兵万人,且多强弩,西遮陇道,连年不下,今欲将峻招降,奈何反杀峻使?"恂瞋目道:"要斩便斩,怕他甚么?"说着,即命把文处斩,将首级与文随员,使他带归。且嘱令传语道:"军师无礼,已经正法,欲降即降,不降固守!"

斩钉截铁。这数语传将进去，峻竟开城出降，迎纳汉军。诸将莫名其妙，都向恂请问道："杀死来使，反得降峻，究是何因？"恂答说道："皇甫文系峻腹心，受遣来会，我看他辞意不屈，必无降志。我若将他放还，反损军威，惟杀死了他，使峻胆落，自不得不降了。"诸将才拜贺道："寇君神算，我等不及。"恂将峻解往行在，幸得免诛。中郎将来歙，因落门尚未攻破，即与耿弇、盖延等，鼓励将士，猛扑不休。守兵不能再支，各有降意，周宗、行巡、苟宇、赵恢，拥着隗纯，开门出降；独王元引着残部，突围奔蜀，陇右乃平。光武帝令将隗氏宗族，徙居京师，自率寇恂等还朝。后来隗纯复与宾佐数十人，潜逃朔方，行至武威，被地方官捕住，杀死了事。小子有诗咏道：

> 敢将螳臂当王车，一举三年便覆家。
> 父死子降犹受戮，可怜全族半虫沙。

得陇望蜀，光武帝已操成算。至建武十一年春间，遂遣大司马吴汉，率同刘隆、臧宫、刘歆三将，与征南大将军岑彭，会师伐蜀。毕竟蜀地能否荡平，再至下回分解。

陇右未平，颍川又乱，处兴亡绝续之交，其欲制治也难矣。幸有寇恂扈驾南征，节钺一临，盗贼四伏，非素得民心者，其能若是乎？父老遮道，乞借寇君，莫谓小民果蚩蚩也。厥后西赴高平，斩皇甫文于城下，成算在胸，卒收劲敌，不战屈人，寇君有焉。他若耿弇七军，轻进致败，吴汉诸将，劳师无功，谋之不臧，乌能制胜？视寇君有愧色矣。独祭征虏公而忘私，国而忘家，人皆去而彼独留，功未竟而命先陨，何怪光武帝之哀恸逾恒乎？要之云台诸将，非无优劣，本书叙人述事，自有阳秋，阅者于夹缝中求之，即知所区别矣。

第十九回　猛汉将营中遇刺　伪蜀帝城下拚生

却说征南大将军岑彭，自引兵下陇后，不与陇西战事，但在津乡驻兵，防御蜀军。津乡地近江关，江关为蜀兵所踞，堵塞水陆，负嵎自雄。岑彭屡督兵往攻，终因江关险阻，不能奏功。光武帝乃遣大司马吴汉，率同刘隆、臧宫、刘歆三将，调发荆州兵六万余人，骑五千余匹，行抵荆门，与彭会师。彭曾备有战舰数十艘，所用水手，统从各郡募集，不下一二千名。吴汉谓水手无用，多费粮食，拟酌量遣归。想是惩着西域前辙，哪知情势不同。彭独言蜀兵方盛，今靠

第十九回　猛汉将营中遇刺　伪蜀帝城下拚生

水战得利,方可深入,怎宜遽减水手?两下里互有龃龉,特表达洛阳,请旨定夺。光武帝复谕道:"大司马惯用步骑,未习水战,荆门事决诸征南公,大司马毋得掣肘"云云。明见千里。彭得伸己见,越加感奋,当下号令军中,募攻浮桥,有人先登,应受上赏。俗语说得好:"重赏之下,必有勇夫。"遂由偏将军鲁奇,应募前驱,鼓桹直上。可巧东风狂急,吹满征帆,奇船顺势向前,直冲浮桥。桥旁设有攒柱,丛木为柱。柱上有反扎钩,钩住奇船,早被蜀兵瞧着,齐来截击。奇拚死与斗,且令随兵燃着火炬,飞掷桥楼,火随风猛,风促火腾,那桥楼是用木造成,一经燃烧,势不可遏。复有许多黑焰,迷乱蜀兵眼目,如何再能打仗?又加岑彭等率着众舰,顺风并进,所向无前,蜀兵大乱,溺毙至数千人。蜀大司徒任满,措手不及,被鲁奇一刀砍死。蜀南郡太守程泛,下桥欲奔,被刘隆跃登岸上,手到擒来。只有蜀翼江王田戎,飞马逃生,得还江州。岑彭等驰入江关,禁止军中掳掠,沿途人民,都奉献牛酒,迎劳彭军。彭辞还不受,面加慰谕,百姓大悦,开门争降。当下露布告捷,举刘隆为南郡太守,并录叙鲁奇首功。有诏悉依彭议,命彭为益州牧,所下各郡,即由彭兼行太守事。彭进军江州,探得城内积粮尚多,料不易下,但留偏将冯骏围攻,自引兵直指垫江,攻破平曲,取得粮米数十万斛,分给各军。大司马吴汉,攻克夷陵,筹备露桡数百艘,露桡,船名。桡系小楫,露系在外,故名露桡。在后继进。还有护军中郎将来歙,虎牙大将军盖延等,亦引兵入蜀。蜀中大震,公孙述忙授王元为大将军,使与领军环安,出拒河池。凑巧来歙、盖延,两路杀到,即与元安两军接战,自午至暮,大破蜀兵,斩馘数千。元与安狼狈奔回,歙等复捣破下辨城,麾军再进,至夜深时,方才下营。军中不遑安寝,但凭几假寐,守待鸡鸣。不料双目蒙眬的时候,忽觉心中一阵奇痛,惊醒睡魔,用手抚胸,有物格住,不瞧犹可,剔灯审视,乃是亮晃晃的匕首,插入胸前,血流不止,连忙叫起帐后卫士,使请盖将军入营。盖延闻信,飞奔进来,见歙已遭毒手,禁不住泪下潸潸,不能仰视。歙瞋目叱延道:"虎牙何敢作此态!今我为刺客所伤,无从报国,故呼君嘱托军事,乃反效儿女子哭泣么?须知刃虽在身,尚能勒兵斩公,奈何不察?"歙之不得其死,恐亦由性暴所致。延勉强收泪,愿听歙遗命。歙乃使从吏取过纸笔,自写遗表道:

> 臣夜人定后,为何人所贼,伤中臣要害,不敢自惜,诚恨奉职不称,以为朝廷羞。夫理国以得贤为本,大中大夫段襄骨鲠可任,愿陛下裁察!又臣兄弟不肖,终恐被罪,陛下哀怜,数赐教督。

写到末句,实已忍不住苦痛,把笔掷去,抽刃出胸,大叫一声,竟尔气绝。盖延大恸一场,替他棺殓,立遣人赍歙遗表,驰奏殿廷。光武帝闻报大惊,省书流涕,特赐给策文,追赠歙征羌侯印绶,予谥节侯。另命扬武将军兼天水太守马成,继歙后任。一面部署六军,亲出征蜀,由洛阳进次长安。公孙述闻得车驾亲征,亟使部将王元、延岑、与吕鲔、公孙恢等,悉众出拒广汉,及资中要隘;又遣他将侯丹率二万余人,屯守黄石。岑彭令臧宫领兵五万,从涪水至平曲,截住延岑,自分兵引还江州,另溯都江上流,往袭侯丹,出丹不意,把他击走。当即倍道急进,日夕不停,直驰二千余里,径抵武阳。武阳守吏,立即骇走,只有一座空城,被彭安然据住。彭再使锐骑进击广都,距成都仅数十里,势若风雨,无人敢当。公孙述高坐成都,总道汉兵尚相持平曲,隔离尚远,不料岑彭从黄石进兵,数日间即至广都,反绕出延岑等背后,不由的慌张万分,举手中杖掷击地上,顿足狂呼道:"汉军有这般迅速,莫非神兵不成?"你已倒运,自然有此急变。当下募兵出守广都,并飞报延岑等人,叫他分兵还援。延岑方陈兵沉水,与臧宫相持不决。宫因兵多食少,转输不继,正觉得进退两难,不能持久,适光武帝遣使诣岑彭营,有马七百匹。宫得知此信,情急智生,竟伪传诏命,截留来马,使骑士跨马张旗,登山鼓噪,一面麾动战船,逆流而上,两岸夹着步骑各军,进薄蜀营,呼声动地,旗影蔽天。延岑正接到成都警信,忐忑不定,又见汉军水陆大集,越觉惊忙。登高遥望,对山复有许多敌骑,由高趋下,几不知有多少兵马,会集来攻。大众都是股栗,回头就跑,延岑亦急忙返奔,霎时间旗靡辙乱,好似风卷残云,向西四散。臧宫纵兵追击,但教刀快戟长,乐得把头颅多剁几颗。蜀兵怎敢还手?尽管向前急奔。越是逃得快,越是死得多,最便宜的是弃械乞降,倒还有一条生路,不致毙命。所有辎重粮草,统让送了汉军。总算慷慨。延岑只引了数十骑,走回成都。臧宫军至平阳乡,收得降兵,差不多有十多万人。全蜀精锐,已经荡尽,就是一向主战的王元,也束手无策,举众来降。非但对不住隗嚣,也恐对不住公孙述。光武帝连得捷音,尚欲招降公孙述,遣使致书,晓示祸福,并举大义相勉,誓不相害。述览书叹息,出示心腹将常少、张隆,少与隆俱劝述降汉。述瞿然道:"废兴由命,天下岂有降天子么?"还要夸口。少、隆等不敢再言,自思亡在旦夕,相率忧死。

光武帝因平蜀有日,不必亲往督军,下令回銮,将入都城,忽有急报传来,乃是征南大将军舞阴侯岑彭,又被公孙述遣人刺死。彭自进军广都,所驻营地,叫作彭亡,当时未知地名,因即下寨,及有人传报,彭始知地名不祥,拟即徙往别处。适有一弁目来降,自称为公孙述亲随,被挞来奔。彭不防有诈,收入帐下,到了夜半,竟被降卒混入,把彭刺死。当由大中大夫郑兴,代领部曲,飞使奏闻。彭治军有法,秋毫无犯,邛谷王任贵,闻彭威信,数千里驰使输诚,并贡方物,光武帝方重加倚任,满望他进扫成都,特授懋赏;一闻被刺,当然生

第十九回　猛汉将营中遇刺　伪蜀帝城下拚生

悲，遂将任贵所献各物，尽赐彭妻子，且赐谥彭为壮侯。一面敕大司马吴汉，即日进军，继彭入讨。吴汉接诏，便由夷陵出发，率三万人溯江直上，至鱼涪津。述已遣将魏党、公孙永，踞住津口，结筏自固。吴汉挥动将士，一鼓击退，乘胜进围武阳，又遇述婿史兴来援，把他痛击一阵，扫得精光，兴单骑逃免。会有诏令至吴汉营，嘱汉直取广都，据蜀心膂，汉奉命急进，揭入广都城，守兵尽遁，再遣轻骑绕成都市桥，成都吏民，无不震惊，将士等陆续夜遁，述虽严刑示惩，尚不能止。那光武帝虽屡次闻捷，还恐成都兵众，总有一番鏖斗，所以必欲降述，因复颁书谕述道："勿以来歙、岑彭，受害自疑，今若亟来诣阙，保汝宗族安全，否则后悔难追！"述得书后，仍无降意。总要做个死皇帝。甚至江州为冯骏所夺，田戎已被擒去，还想坚持到底，不肯转头。光武帝待述复报，始终不至，乃复传谕吴汉道："成都虽困，守兵尚有十余万，不可轻敌！卿但坚据广都，勿与争锋，待他力屈计穷，前去奋击，自然一战可下了！"吴汉急欲邀功，未肯依谕，竟率步骑二万人，进逼成都；去城约十余里，阻江为营，中架浮桥，自引兵立营江北；使副将武威将军刘尚，率万余人，屯江南，相去二十余里；当下奏达朝廷，具陈进兵安营情况，且谓可立破成都。光武帝大惊失色，忙亲书手谕道："近敕公千条万端，奈何临事错乱？既已轻敌深入，又与尚隔江立营，缓急不能相倚；若贼出兵缀公，别遣大众攻尚，尚营一破，公还能站得住么？速速引还广都，幸勿急攻！"英主见识，毕竟过人。这道手谕，交付亲将，叫他飞寄吴汉，究竟途程辽远，朝发不能夕至，那吴汉果为述将所困，险些儿败没麾中。原来公孙述因汉军相迫，特遣部将谢丰、袁吉，率众十余万，分作二十余营，并出攻汉。又命别将万余人，渡江击尚，使他不能相救。汉与谢丰等大战一日，竟至挫衄，退入营中。谢丰、袁吉，便将汉营围住。汉待尚不至，料知尚被牵制，无法驰援，乃召集将士，面加鼓励道："我与诸君逾越险阻，转战千里，无攻不胜，得入深地。今与刘尚两处受围，声援隔绝，祸且不测，计惟潜师救尚，并力御贼，诚能同心合力，人自为战，大功可成；否则一败无遗，如何报命？成败在此一举，愿诸君努力！"诸将齐声应诺。赖有此尔。于是飨士秣马，闭营三日，固守勿出。谢丰等攻扑数次，亦不得入，索性不去挑战，专待汉军食尽，然后再攻。哪知汉伺他懈弛，夜半开营，引军疾走，竟得渡过江南，驰入尚营。谢丰等尚未察觉，等到天明，望见汉营中旗帜高张，烟火不绝，还道汉营如故，哪知吴汉已与刘尚合军，击退江南蜀兵，蜀兵走入谢丰营中，丰等才悔中计，莫非半死不成？不得已分兵南渡，攻击汉尚。汉与尚早已守候，见他越江过来，不待蜀兵成列，便张开左右两翼，夹击过去。蜀兵仓猝，接仗已觉着忙，再加两面受敌，越发招架不住，不过人数众多，总想勉力支撑，幸图一胜。偏汉兵越斗越勇，蜀兵愈战愈怯，渐渐的势不相当，败退下去。袁吉一个失手，竟被汉将砍倒，结果性命。两将中死了一人，顿时全军慌乱，如山邃倒。谢丰麾军急退，自为后拒。恰巧吴汉追到，与谢丰交战数合，砉的一声，已把丰头脑劈去，倒毙马下，蜀兵大溃。汉与尚追杀一阵，毙敌无算，获甲首五千余级，方才勒兵回营。适值朝使亦至，交付光武帝手书。吴汉阅罢，不禁伸舌，幸亏转败为功，还好有言相答；乃即留尚拒述，自领兵还驻广都，具状奏闻，深自引责。光武帝又复谕道："公还广都，很属得宜，述必不敢舍尚击公，若彼先攻尚，公可从广都赴援，彼此相应，破述无疑了。"汉懔遵谕旨，不敢违慢，待至蜀兵来攻，方才应敌。果然述兵屡出，由汉率军屡击，八战八克，复逼成都。还有臧宫一支人马，也得拔绵竹，破涪城，斩公孙恢，长驱直达，与吴汉共会成都城下，并力合攻，捣入外郭。急得公孙述不知所措，慌忙召入汝宁王延岑，向他问计。岑答说道："男儿当死中求生，怎可束手待毙？今唯有倾资募士，决一死战。若能击退汉兵，财物复可积聚，何足介怀？"述乃悉出金帛，募得敢死士五千人，充作前锋，使岑统领残兵，作为后继。一声号令，麾众齐出，几似疯狗一般，逢人便噬。吴汉见来势凶猛，勒军遽退，至市桥中拣一旷地，列阵待着。岑令前锋鸣鼓挑战，暗率部众绕道，袭击吴汉背后。汉只遏前敌，不及后顾，竟被延岑冲破后队，搅乱阵势。汉军腹背受敌，当然溃散，汉被挤入水中，几至灭顶，亏得眼明手快，攀住马尾，马系汉素常骑坐，能识人意，方得将汉徐徐引出。好在臧宫兵尚未邃溃，百忙中援应一阵，蜀兵始退，汉得安回营中。<small>兵事真不可测。</small>检查兵士，丧失尚不过千余人，只是粮食将尽，不过七日可支，乃令阴具船只，伺隙欲归。谒者张堪，方奉使命劳军，输送缣帛，在途又受官蜀郡太守，驰诣成都，闻得军中乏粮，汉有退志，因亟往见汉，谓述亡在即，不宜退师。汉勉从堪议，使臧宫屯兵咸门，自在营中偃旗息鼓，故意示弱，诱令蜀兵出战。约阅三日，公孙述亲出搏战，直攻汉营；令延岑往敌臧宫，两路并举。岑拚命死斗，三合三胜，宫几难支持，忙使人向汉求援。汉与述已战了半日，未分胜负，急切不便援宫，但见述兵已有饥色，特使护军高午唐邯，领着锐卒万人，向述众横击过去。这支兵马，乃是汉留住营中，故意不发，待至述兵已疲，才令突出。述不防有此生力军，挺击过来，连忙号召将士，拦阻兵锋，已是不及。高午持槊急进，猛刺述胸，述痛不可耐，撞落马下，左右抵死救护，才得扶起述身，舁至车上，逃入城中。延岑在咸门酣战，得知述负伤消息，当然惶急，鸣金退回，反被臧宫还杀一阵，伤了许多人马。好容易入城见述，述已晕过两次，经岑唤醒，勉强睁眼一看，不禁下泪，模糊说了数语，无非是嘱咐后事，挨到日暮，便即毙命。岑为具棺殓，草草办就，到了翌晨，自觉无术拒守，乃开城出降。吴汉等纵辔入城，枭述尸首，传诣洛阳，尽屠公孙氏家族，并将延岑处斩，戮及妻孥，再纵火烧述宫室，付诸一炬，是为建武十二年事。述欲称帝时,曾梦有人与语云:"八厶子系,十二为期。"醒后告知妻室,妻答说道:"朝闻道,夕死尚可,况期限十二呢?"想是急思为后,故有此语,但不知杀头时候,可追悔否?述因即僭号。至是全家灭亡,刚刚应了十二为期的梦兆。妖梦是践。光武帝闻汉入城屠掠,遣使责汉,又谕副将军刘尚道:"城降三日,吏民从服,孩儿老母,人口万数,一旦纵兵放火,居心何忍?汝系宗室子孙,尝居吏职,奈何亦为此残虐?仰视天,俯视地,未必相容,大非朕伐罪吊民的初意呢!"一将功成万骨枯,故王者耀德不观兵。

先是述尝征广汉人李业为博士,业称疾不起,述惭不能致,使人持药酒相迫。业抚膺叹道:"古人云:'危邦不入,乱邦不居。'我情愿饮药便了。"遂服毒自尽。述又聘巴郡人谯玄,玄亦不应,述又劫以毒药。玄慨然道:"保志全高,死亦何恨?"遂对使受药。玄子瑛叩头泣血,愿出千万钱赎父,方得幸免。至成都残破,玄已早终。更有蜀人王皓、王嘉,亦不肯事述。述先将他妻子系住,胁令出仕。皓对来使说道:"犬马尚且识主,况我非犬马,怎得妄投?"说着,竟拔剑自刎。述竟将他妻子杀死。王嘉闻皓自杀,也即戕生。犍为人费贻,漆身为癞,佯狂避征;同郡任永、冯信,都伪托青盲,巧辞征命。此次光武帝因蜀地告平,申命吴汉等访求遗逸,方得查出数人志节,奉诏表李业闾,祀谯玄以中牢,为王皓、王嘉伸冤,抚恤后裔,特诏费贻、任永、冯信入都,面授官职。永、信同时病殁,惟贻入见后,拜为合浦太守。此外如述将程乌、李育,颇有才能,亦由光武帝下诏叙用,不令向隅。又追赠述故臣常少为太常,张隆为光禄勋。常少、张隆,见前文。于是西土悦服,莫不归心。小子有诗咏道:

　　抚我为君虐我仇,安民有道在怀柔。
　　井蛙小丑何知此?身死家亡地让刘。

蜀地平定,吴汉等振旅还朝。欲知后事如何,且看下回再表。

　　公孙述一夸夫耳,无他功能,乘乱窃据,但以僻处西陲,依险自固,故尚得苟延岁月,僭号至十有二年。及关东已平,王师西指,述不能用荆邯之策,空国决胜,乃徒豢二三刺客,戕来歙,害岑彭,何济于事?彼既不愿为降天子,何勿堂堂正正,与决胜负?成固甚善,败亦有名,仅恃此鬼蜮伎俩,暗杀汉将,汉将岂能一一被刺乎?来歙、岑彭,不幸遇刺,而吴、汉臧宫诸将,长驱直前,进捣成都,述尚欲死中求生,背城借一,卒至洞胸坠马,亡国覆宗。诈术果可恃耶?不可恃耶?项羽谓天实亡我,非战之罪;公孙述谓废兴有命,是皆不度德,不量力,一败涂地,乃诿诸天命,无聊之语,可笑亦可悯也!

第二十回　废郭后移宠阴贵人　诛蛮妇荡平金溪穴

　　却说蜀地告平，全军凯旋，凉州牧窦融，上表称贺，有诏令融与五郡太守，一同入朝。融遂与武威太守梁统、张掖太守史苞、酒泉太守辛彤、敦煌太守竺曾、金城太守库钧，奉诏入都。既抵阙下，即缴上安丰侯凉州牧印绶。光武帝赐还侯印，即日召见，赏赐恩宠，无与伦比。寻拜融为冀州牧，融辞不就任。适大司空李通，因病去职，由扬武将军马成，暂行代理，未尽胜任，乃进融为大司空；并授梁统为大中大夫。凉、冀二州，另行简员镇守。好在陇蜀已平，西北无事，只有卢芳伪称刘文伯，连结匈奴乌桓，常为边患。屡见前文。骠骑大将军杜茂等，奉诏往讨，历久未平，芳部将随昱留守九原，阴通汉军，欲胁芳降汉。芳与十余骑逃入匈奴，昱即诣阙请降，得拜五原太守，封镌胡侯。后至建武十六年间，芳复入居高柳，遣使奉上降书。光武帝乃立芳为代王，令他和辑匈奴。芳申请入朝，奉诏批准。及芳南至昌平，又遇朝使传谕，叫他折回。芳不免疑惧，仍背汉投胡，既而病死。自是函夏无尘，全国统一。光武帝增封功臣，得三百六十五人，外戚封侯，计四十五人，惟宗室诸王，却为了将军朱祐计议，反降封为公侯。如赵王良、由广阳徙封。齐王章、即刘缜长子。鲁王兴、缜子过继刘仲，均见前。三人统称为公。长沙王兴、真定王德、即刘杨子。河间王邵、中山王茂四人，俱景帝后裔。统称为侯。更封孔子后裔孔安为宋公，周公后裔姬常为卫公，此外宗室封侯，共一百三十七人。光武帝久在兵间，厌心武事，且知天下疲耗，益欲息肩，自陇蜀平定后，非遇急警，不复言兵。皇太子强，年已十余，有时侍侧，问及攻战方略，光武帝正色道："从前卫灵公问陈，孔子不对，此事非尔所宜问呢！"此实一权宜之语，并非至训。邓禹、贾复，知帝欲偃武修文，不愿功臣拥众京师，乃投戈讲道，修明儒学。耿弇等亦缴还大将军印绶，并以列侯就第。朱祐尝荐贾复端重，可为宰相，光武帝置诸不答。惟移封邓禹为高密侯，使食四县。贾复为胶东侯，使食六县。李通已封固始侯，位兼勋戚，因得与邓禹、贾复，参议国家大事，恩遇从隆。其余功臣数百人，不过给与廪禄，令他安享太平，不复重用。保全功臣，莫如此策。至若朝廷宴会，辄召功臣集饮，济济盈堂，无不守礼。光武帝当大宴时，历问群臣道："卿等若不得遇朕，果有何为？"邓禹起答道："臣尝学问，可做一文学掾吏。"光武帝笑道："这也未免太谦了！卿志行修整，可官功曹。"及问至马武，武答言："臣粗具膂

第二十回 废郭后移宠阴贵人 诛蛮妇荡平金溪穴

力,可为守尉,督捕盗贼。"光武帝又笑说道:"且自己不为盗贼,做个亭长罢了!"武平素嗜酒,任气使性,常在御前折辱同列,故光武帝随事加诫,略示裁抑。但功臣稍有过失,帝必曲为优容,所有远方进贡珍甘,亦尝先赐列侯,不少悭吝。故功臣皆怀德畏威,不生怨望,安上全下,比那高祖时代,迥然不同。这是光武帝的识量过人,故有是良法美意,卓越古今。应该称扬。

独骠骑大将军杜茂,尚留守北方,备御匈奴。光武帝不欲劳兵,特使吴汉等北往,督徙边民,尽入内地,但谕茂缮治城障,阻住胡烽。茂令兵士屯田筑堡,毋敢少疏。会因军吏冤杀无辜,遂致连带免官,减削食邑,由修侯降为参蘧乡侯,另命蜀郡太守张堪为骑都尉,使他往领茂营。匈奴闻茂去职,乘隙进攻,兵至高柳,被张堪督兵邀击,大破胡兵,飞章告捷。光武帝因令茂为渔阳太守,兼辖军民。茂赏善罚恶,公正无私,吏士并乐为用。匈奴以高柳被挫,再图报复,竟发万骑入渔阳。才入境内,即有数千健卒,当头截住,仿佛与长城相似,丝毫不能动摇。再加张堪领着后队,鸣鼓继进,锐厉无前,把胡骑冲得七零八落。匈奴将帅,连忙奔还,十成中已丧失了四五成,从此畏堪如神,不敢近塞。堪乃劝民耕稼,特就狐奴地方,开稻田八千余顷,不到数年,桑麻菽麦,偏地芃芃。百姓踊跃作歌道:"桑无附枝,麦穗两歧;张公为政,乐不可支!"总计堪守郡八载,户口蕃庶,物阜民康。光武帝欲征堪内用,堪竟病逝,有诏褒扬政绩,赐帛百匹。堪字君游,系南阳郡宛县人,少时已有志操,号为圣童,入蜀时不私秋毫,布被终身。中兴循吏,杜诗以外,要算张堪。<small>赞美循吏,借以风世。</small>

沛郡太守韩歆,亦刚直有声,建武十三年间,大司徒侯霸病逝,特擢歆为大司徒。歆就职后,每好直言,尝在帝前指天画地,不少隐讳。光武帝未免动怒,歆仍不少改,在任二年,坐被谴归。未几又颁诏申责,歆愤激自杀,子婴亦死。都人士替他呼冤,为帝所闻,乃追赐钱谷,具礼安葬。<small>遇主如光武,且以直言贾祸,遑问他人。</small>后来欧阳歙、戴涉,相继为大司徒,俱坐罪论死,光武帝亦稍稍严急了。最错误的是废后一事,为光武帝平生大累。事在建武十七年间。光武帝既立郭氏为皇后,嫡子强为皇太子,相安有年,<small>见十二回。</small>郭后复生子四人,一名辅,一名康,一名延,一名焉。阴贵人亦生五子,长名阳,次名苍,次名荆,又次名衡,名京。尚有一子名英,为许美人所出。许美人无宠,当夕甚稀,故只生一男。就中总算这位阴贵人,最得宠爱,光武帝有时出征,尝命阴贵人随行。阴贵人初次生男,曾在元氏县中分娩,彼时从征彭宠,适当有娠,故在行辕中产儿,取名为阳,两颊甚丰,至十岁时能通《春秋》,光武帝目为奇童。<small>夺嫡之兆,已寓于此。</small>建武十五年,大司马吴汉等,上书请封皇子,三奏乃许。使大司空窦融告庙,封皇子辅为右翊公,英为楚公,阳为东海公,康为济南公，苍为东平公，延为淮阳公，荆为山阳公，衡为临淮公，焉为左翊公，京为琅琊公。这是因年序封，故与上文叙次不同。诸子受封，才及月余，有诏令天下州郡，检核垦田户口。刺史太守，依诏施行，次第奏报。独陈留吏牍中夹入一纸，上书二语云："颍川弘农可问，河南南阳不可问。"光武帝瞧着，问所从来，吏人谓由长寿街上拾取，误夹牍中。这是因光武好谶引惹出来。光武帝因疑生怒，顿有愠色。东海公阳，年才十二，适侍帝后，便乘间进言道："河南帝城，必多近臣，南阳帝乡，必多近亲；田宅逾制，不便细问，故有是言！"光武帝大悟，再使虎贲将穷诘吏人，吏人无从隐蔽，所对如东海公语。光武乃更遣谒者巡行河南南阳，纠察长吏，实地钩考，免得徇私。但自此爱阳有加，自悔立储太早，不得使阳为冢嗣。天下事不宜生心，一有芥蒂，免不得形诸词色。郭皇后暗中窥透，当然怀嫌，因此对着帝前，往往冷嘲热讽，语带蹊跷。光武帝积不能容，遂致夫妻反目，动有违言。到了十七年冬月，竟突然下诏道：

  皇后怀势怨怼，数违教令，不能抚循他子，训长异室。宫闱之内，若见鹰鹯，既无关雎之德，而有吕、霍之风，岂可托以幼孤，恭承明祀？今遣大司徒戴涉、时涉尚未坐罪。宗正刘吉，持节往谕，其上皇后玺绶。阴贵人乡里良家，归自微贱，自我不见，于今三年。两句援引《诗经》，为追忆之词。宜奉宗庙为天下母。异常之事，非国休福，不得上寿称庆，特颁诏以闻。

  诏既颁发，群臣互相错愕，莫敢发言。郭皇后只好缴出印绶，徙居别宫。那色艺兼优的阴贵人，竟得超居中宫，母仪天下。句中有刺。殿中侍讲郅恽进奏道："臣闻夫妇情好，父子间尚且难言，况属在臣下，怎敢参议？但望陛下慎察可否，勿令天下贻议社稷，方可无忧！"光武帝答道："卿能曲体朕意，朕亦不为已甚哩！"乃暂不易储，更进郭后次子辅为中山王，号郭后为中山太后。余如东海公阳以下，俱进封为王。嗣且命赵、齐、鲁三公，均复王爵，这且待后再表。

  且说光武帝即位以后，尝出幸舂陵，亲祠先人园庙，旋又改舂陵乡为章陵县，永免徭役，比拟高祖时代的丰沛。至建武十七年冬季，复至章陵祭祖，治旧宅，观田庐，置酒作乐，大会宗室，无论男妇老幼，并得列席。酒至半酣，诸母相与絮语道："文叔光武帝小字，见前文。少时谨信，与人交际，无甚款曲，不过柔顺有容，素无争忤。谁料今日尊荣至此！"光武帝凑巧听见，不由的接口道："我御天下，亦欲以柔道为治，并不致后先矛盾哩！"说着，鼓掌大笑。诸宗室相率腾欢，至日暮方才散席。越宿由光武帝谕令有司，为宗室尽建祠堂，然后命驾起行，还至宫中，已将残腊。倏忽间又是建武十八年了，孟春无事，

第二十回 废郭后移宠阴贵人 诛蛮妇荡平金溪穴

过了一月,忽得蜀郡警报,乃是守将史歆,据住成都,自称大司马,猝攻太守张穆,穆逾城走入广都,飞书乞援。光武帝亟令大司马吴汉,率同臧宫、刘尚二将,领兵万余,往讨史歆。汉至武都,再发广汉、巴蜀三郡兵马,进围成都,数旬即下,把史歆擒斩了事。宕渠人杨伟、朐䏰人徐容等,本已为史歆诱惑,各纠众数千人,与歆相应。吴汉等既收复成都,再乘桴沿江,进至巴郡。杨伟、徐容,闻风骇走,终被汉军擒诛,余党皆降,徙居南郡长沙。蜀郡复平,汉等还朝复命。

不意南方交趾,突出了两个蛮女,公然聚众造反,寇掠岭南六十余城。吕母、迟昭平后,复出了两个蛮女,甚是奇特。两蛮女叫做征侧、征贰,本是一对姊妹花,为麓冷县洛将女儿。麓冷音縻零,交趾僻处南海,从前未设郡县,为土人所分据,随地垦田,有洛王、洛将、洛民等名。面貌不过寻常,身材很是长大,力举千钧,霸占一方。侧尤骁勇,已嫁与朱䳒人诗索为妻,她却不安家室,惟与妹征贰玩刀耍枪,练习武艺。及刀枪纯熟,自谓技艺无敌,想做一个南方女大王。可号为井底雌蛙。于是号召徒众,待机即发。适交趾太守苏定,执法相绳,饬令缴械散众,不得生事。侧与贰遂愤然发难,攻陷郡城,苏定出走,南方大乱。九真、日南、合浦各蛮夷,哗然起应,郡守纷纷内避,被她闹得一塌糊涂,所有岭南六十余城,并罹兵阨。侧竟自立为王,令贰为大将,两蛮女振动雌威,名闻远近。警报传到洛阳,光武帝怎能坐视?便选出虎贲中郎将马援,使为伏波将军,令与扶乐侯刘隆,督率楼船将军段志等,南下讨贼。援前为大中大夫,与来歙同为监军。见十八回。歙尝奏言陇西侵残,羌种杂沓,非马援不能平定。光武帝因拜援为陇西太守,援连破叛羌,征服余众,缮城治坞,辟田劝耕,陇西以安。嗣被召为虎贲中郎将,屡得进见,尝与光武帝谈论兵法,意俱相合。再出讨皖城妖人李广,一鼓即平。这是补叙之笔。至是复受命南征,航海前进。军至合浦,段志得着急病,竟至逝世。援令弁目护丧归葬,自与刘隆并领水军,水尽登岸,辟山通道,得达浪泊。征侧方安据交趾,南面称尊,总道是天高地迥,任所欲为,蓦闻汉军已至浪泊,也不禁吃了一惊。当下升帐点兵,得数万人,使妹征贰为先锋,自为后应,至浪泊中搦战。两阵相交,金鼓连天,约莫有两三个时辰,蛮众究竟乌合,敌不过百战雄师,一败便走,势若散沙。征侧、征贰,但靠着两臂蛮力,目无中原,至此才知王师厉害,觅路逃走。援驱军追杀,斩首数千级,收降万余人,女流究属无用,不堪一战。趁势至交趾城下,四面围攻。征侧自觉孤危,即与征贰商议道:"我与汝奋臂一呼,远近响应,不到数月,得攻克六十余城,满望杀往岭北,进据中原,哪知中朝天子,遣到精兵猛将,锐不可当,现今坐困危城,如何是好?"征贰想了多时,才答说道:"据妹子看来,此城断不可守,不如奔往金溪穴中,扼险自固,就使猛将如云,亦不能捣破此穴,待他粮尽引退，我等复好出据此城了。"征侧点首称善，随即弃城夜遁。马援闻知，率众力追，行抵金溪，连战数阵，蛮众除杀死外，多半溃散。惟征侧、征贰两姊妹，拚命逃走，得入金溪穴中，穴甚深邃，四围有大山包住，只有一口可通，也是险厄得很。侧与贰窜入此穴，使残众堵住穴口，大有一夫当关，万夫莫开的形势。援率众到了穴前，察视四周，除穴口外，竟是无缝可钻，倒也踌躇得很。自思航海南来，费尽千辛万苦，得入此地，倘若畏难即退，岂不是尽隳前功？况且留此两妇，终究是将来祸祟，理应斩草除根，方免后患。于是下令军士，随山伐木，就谷口筑起巨栅，容纳全师；再命游骑巡弋四围，截阻蛮众，想得几个俘虏，询问路径，或有一线可通，便好令他向导，捣杀进去。谁知一住半月，竟无人迹，山上瘴气熏蒸，军士一不小心，往往触瘴致疾，真个是欲退不得，欲进不能。援却抱定主意，誓灭此虏，勉令将士围住谷口，一面分兵略定各郡，收聚粮食，输运军前。征侧、征贰总以为汉军无法，定必速退，且穴中曾备有粮草，足资一年，但教安心耐守，自可解围。<small>螺蚌缩入壳中，能长此不开么？</small>不意过了数月，汉兵不退，又过数月，仍然不退，直至岁暮年阑，汉兵尚在谷外扼住，未曾退去。穴内粮食，已将告罄，且水道亦被汉兵塞断，涓滴不见流入，害得又饥又渴，无可为生。勉强过了残冬，已是建武十九年正月。侧与贰不能再伏穴中，只得驱众杀出，众兵已困惫不堪，没奈何硬着头皮，冲出谷口，汉兵早已出栅待着，见一个，杀一个，见两个，杀一双，吓得蛮众又复倒退。马援知蛮众不济，传令投降免死，蛮众听着，遂一齐抛去兵械，匍匐乞降。惟征侧、征贰两人，罪在不赦，只得不管死活，舍命格斗，结果是跌倒地上，双双就擒，当由汉军缚住，推至马援面前，两人跪倒磕头，哀求饶命。马援作色道："无知贱婢，也想抗拒天朝，今日还想求生么？"说毕，即令刀斧手将两人推出，一同枭首，献入都中。<small>恐洛阳城中，难得见此好头颅？</small>有诏封援为新息侯，食邑三千户。援乃宰牛酿酒，大犒将士，且笑且语道："我从弟少游，与我志趣不同，尝谓人生在世，但教饱食暖衣，乘下泽车，跨款段马，做一个郡县掾吏，老守坟墓，乡里间称为善人，也好知足，何必奔波劳碌，妄求功名？我当初意不谓然，今至浪泊西里，转战年余，下潦上雾，毒气弥漫，仰视飞鸢摇摇，似堕水中，卧念少游平生时语，几不可得。还亏诸君戮力，得破二妇，乃先受恩赏，独得佩金拖紫，食采封侯，真令我且喜且惭了！"将士等都离席跪伏，喧呼万岁。援复令起饮，至醉方散。越日又率楼船大小二千余艘，战士二万余名，四处搜捕余孽，斩获五千余人，岭南乃平。援再至交趾，设立铜柱，上书："大汉伏波将军马援建此。"然后振旅而还。小子有诗咏道：

> 何来蛮女敢称雄，负险经年扼谷中。
> 幸有老成操胜算，坚持到底庆成功。

欲知马援还朝情形,待至下回再详。

光武帝能容功臣,独不能容一妻子,废后之举,全出私意,史家多讥其不情。吾谓光武之误,不在于废后之时,而在于立后之始。阴氏女娶于先,郭氏女纳于后,岂可因出身之贵贱,为后先之倒置乎?况"娶妻当得阴丽华",光武帝已有成言,本昵爱之初衷,得相攸于微贱,正应立彼为后,不负前盟。故剑可求,杜陵之遗规犹在,何得以郭氏之早生皇子,超列中宫?古人有言:"慎厥初,惟厥终",未有初基不慎,而可与之图终者也。彼征侧、征贰,以南方之妇女,敢尔称兵,想亦由戾气所钟,故有此异事耳。幸而伏波往讨,务绝根株,千里奔波,一年耐久,卒得擒二妇于窟穴之间。倘非坚持不敝,贯彻始终者,亦安能若是耶?伏波铜柱,照耀千秋,宜哉!

第二十一回　洛阳令撞柱明忠　日逐王献图通款

却说马援讨平交趾,振旅还朝,将抵都门,朝中百官,或与援素有交谊,并皆出都远迎。待援到来,彼此下马欢叙,就在驿馆中休息片时。平陵人孟冀,系援老友,亦在座中,当即起身称贺。援笑说道:"我望先生劝善规过,奈何亦作此俗谈?从前伏波将军路博德,开置南方七郡,见《前汉演义》。不过受封数百户,今我不过擒斩二妇,略具微劳,乃得叨封大邑,滥沐恩荣,功薄赏厚,如何持久?究竟先生如何教我?"谦谦君子。冀答谢道:"愚实未足知此。"援又说道:"方今匈奴乌桓,尚扰北边,我还想自请出击,男儿要当拚死边野,用马革裹尸还葬。怎能僵卧床上,在儿女子手中讨生活呢?"老当益壮,此公固不负前言;但亦未始非后来谶语。冀接入道:"既为烈士,原该如此。"大众亦无不赞叹。随即相偕入都,由援诣阙复命,奏明一切。光武帝当然慰劳一番,特赐援兵车一乘。援谢恩退朝,复因从征军士,除战死外,遇疫身亡,差不多十中四五,乃具录上闻,请得许多银粮,抚恤兵士家属,慰死安生,这且无庸细表。

且说建武十九年正月,五官中郎将张纯,及太仆朱浮等计议,谓人子当事大宗,降私亲,应为本支先祖,增立四庙。光武帝览奏后,自思昭、穆次第,当为元帝后裔,乃追尊宣帝为中宗,更祀昭帝、元帝于太庙,成帝、哀帝平帝于长安,舂陵节侯以下于章陵,各设太守令长,为典祠官。正在制礼作乐的时候,忽报河南原武县中,出了一班妖贼,为首的叫做单臣傅镇,拘住守吏,据有县城，自称大将军。光武帝特遣前辅威将军臧宫，发黎阳营兵数千人，往讨贼众。原武城内，积粟甚多，贼得据粮坚守，累攻不克，反丧亡了若干士卒。光武帝未免忧劳，特召集公卿王侯，商议方略。群臣多请悬赏购募，东海王阳独进说道："妖巫胁众为乱，势难久持，就中必有心中悔恨，意欲出亡，只因外围紧急，无从脱身，没奈何拚命死守。今宜敕军前缓围，纵令出城，贼众解散，渠魁孤立，一亭长亦足擒斩了。"*足智多谋，可称肖子。*光武帝甚以为然，即遣使传谕军前，令臧宫缓围纵贼，果然，贼众陆续出奔，顿致城内空虚。宫得一鼓入城，击毙单臣傅镇，原武遂平。嗣是光武帝愈爱东海王，只有皇太子强，自母后被废后，常不自安；又见东海王逐日加宠，越觉生忧。殿中侍讲郅恽，遂进白太子强道："殿下久处疑位，上违孝道，下近危机。从前殷高宗为一代令主，尹吉甫亦千古良臣，尚因纤芥微嫌，放逐孝子。《家语》载：*曾参出妻，不复再娶，尝谓高宗以后，妻杀孝子，尹吉甫以后，妻放伯奇，吾上不及高宗，中不比吉甫，何如不娶？*至若《春秋》大义，母以子贵，为殿下计，不如引愆让位，退奉母氏，方为不背所生，毋亏圣教呢！"太子强听了恽言，便表请让位，愿为外藩。光武帝不忍遽许，强又密托诸王近臣，再三恳请，乃决意易储，当即下诏道：

　　《春秋》之义，立子以贵。东海王阳，皇后之子，宜承大统。皇太子强，崇执谦退，愿备藩国，父子之情，重久违之，其以强为东海王。此诏。

　　强奉诏后，便缴上太子印绶，即日册立东海王阳为太子，改名曰庄。惟郭后母子，虽皆被废，光武帝顾念郭氏亲属，恩尚未衰。郭况为故后亲弟，受封绵蛮侯；郭竟为故后从兄，尝官骑都尉，从征有功，受封新郪侯；竟弟匡亦得封发干侯；郭梁为故后从父，早死无子，有婿陈茂，且因外戚贻恩，封南䜌侯。*弦读若绵。*况谦恭下士，颇得声誉，光武帝亦格外恩宠，更徙封况为阳安侯，食邑比前加倍。至建武二十年间，徙封中山王辅为沛王，即令中山太后郭氏为沛太后，*即郭皇后，见前文。*又进况为大鸿胪，车驾屡至况第，会集公卿列侯，一同宴饮，赏赐况金银缣帛，不可胜计。京师称况家为金穴。况母刘氏，素号郭主，至病殁时，由光武帝临丧送葬，百官大会，并迎况父郭昌遗柩，由真定至洛阳，与郭主合葬。追赠昌为阳安侯，予谥曰思。这也算是光武帝不忘旧情，所以有此恩遇呢！*虽属厚恩，究难补憾。*话休絮烦，惟帝姊湖阳长公主，经宋弘拒婚后，*见十一回。*总算守嫠全节，光武帝格外怜悯，厚赐财物。因此公主得豢养家奴，数以百计。家奴中良莠不齐，有几个狡悍苍头，往往倚势作威，横行都市，甚至白日杀人，避匿主家，地方官不便往捕，致成悬案。会公主出外闲游，即令苍头骖乘，昂然从行。*究竟不似节妇行为。*洛阳令董宣，正因前案未了，屡次候着，可巧碰见了公主苍头，正是杀人要犯，便即驻车下马，拦住公主辇前，不令前行。公主不免动怒，欲叱董宣。宣拔出佩刀，画地有声，直斥公

第二十一回　洛阳令撞柱明忠　日逐王献图通款

主纵奴为暴，罪当连坐。一面令苍头下车，词色甚厉，苍头无奈，下车谢罪。哪知董宣竟不容情，把手中宝刀一挥，将苍头劈作两段；然后放公主过去。公主究是女流，一时不便与争，只好悻悻的驰还宫中，向帝前哭诉一番。妇人不知己过，专用这般伎俩。光武帝也不禁动怒，立召宣入，责他冲撞公主，令左右执箠挞宣。宣叩头道："愿乞容臣一言，然后处死！"光武帝勃然道："汝尚有何言？"宣答说道："陛下圣德中兴，乃令长公主纵奴杀人，如何制治天下？臣不须箠，请自杀便了！"说着，用头撞柱，血流满面。光武帝听言辨色，也觉得董宣理直，怒为少平，因嘱小黄门官名。将宣扶住，不使再撞，但令他叩谢公主。宣不肯依谕，再由小黄门揿住宣头，叫他对公主叩首。宣两手据地，终不肯俯。公主顾光武帝道："文叔为布衣时，藏匿亡命，吏役不敢至门，今贵为天子，反不能威行一令么？"光武帝笑答道："天子与布衣不同。"究竟是聪明主子。说至此，复语宣道："强项令可即出去！"宣依谕即出。寻复有诏嘉宣守法，特赐钱三十万。宣拜受恩赐，散给诸吏。从此宣搏击豪强，威震都下。宣字少平，陈留人，都人为作歌道："桴鼓不鸣董少平。"后来在任五年，因病去世，年已七十四岁。有诏遣使临视，只一布被覆尸，妻子相向对泣，内室惟大麦数斛，敝车一乘，使人还报光武帝。帝很是叹惜，命用大夫礼安葬。史家因他历任守令，好刚任杀，特列入酷吏传中，虽是尚宽禁暴的意思，但看他不畏豪强，非常廉洁，究竟是一位好官。试问古今以来的守令，能有几个似董少平呢？可为董君吐气。光武帝待遇董宣，还算不薄，惟对着三公，却是不肯轻轻放过。自从大司徒韩歆，逼令自杀；见前文。继任大司徒戴涉，又为了太仓令奚涉罪案，失察下狱，竟坐死刑；并将大司空窦融，牵入在内，亦令罢官。独大司马吴汉，就职有年，未尝遇谴，平时谨慎小心，持重不苟，一经出师，朝受诏，夕即就道，并没有甚么留滞。至若从驾出征，或有挫失，诸将皆惶惧不安；惟汉意气自如，仍然整理器械，训勉士卒。光武帝尝使人觇视，得知情状，每叹为吴公大材，隐若敌国，所以一心委任，到老不衰。汉妻孥因汉出兵，偶买田宅，汉还家诘责道："将士在外，粮饷不足，奈何多买田宅哩？"说着，即将田宅分给兄弟外家。总计汉居官二三十年，不筑一第；夫人先死，薄葬小坟。至建武二十年间，一病不起，光武帝亲往临视，问所欲言，汉答说道："臣本愚蒙，无甚知识，但愿陛下慎勿轻赦哩！"轻赦二字，怎能包括大政？汉此语亦未免有失。及车驾还宫以后，汉即谢世，有诏予谥曰忠。发北军五校轻车甲士送葬，如前汉大将军霍光故事。另任中郎将刘隆为骠骑大将军，行大司马事。擢广汉太守蔡茂为大司徒，太仆朱浮为大司空，这也不必细表。

单说伏波将军马援，有志从戎，不遑宁处，尝因匈奴乌桓，屡扰北方，震惊三辅，因此复自请防边。光武帝乃令援出屯襄国，令百官祖饯都门，黄门郎梁松、窦固，时亦在列。援顾语二人道："人生幸得贵显，当使可贱，如卿等长欲富贵，须居高思危，小心自保，幸勿轻弃鄙言！"两人口虽答应，心中却未以为然。原来松为大中大夫成义侯梁统长子，曾尚帝女舞阴公主，固为窦融弟显亲侯友长子，亦尚帝女涅阳公主。两人俱得为馆甥，贵宠逾恒，总道是与国同休，怕甚么意外变故？援与梁统窦友，同官为僚，尝相来往，因恐他嗣子青年，挟贵致骄，故出言相诫。未始非一片好意，谁知反种下祸根。语毕即行，引兵自去。说起这个乌桓国，本是东胡支裔。西汉初年，匈奴单于冒顿，剸灭东胡，余众奔回乌桓、鲜卑二山，分为二部，在乌桓山一支，就号作乌桓国，在鲜卑山一支，亦号作鲜卑国。《前汉演义》中亦曾叙及。二部苟延残喘，仍不得不臣服匈奴。及武帝时卫青霍去病为将，屡破胡虏，匈奴乃衰，乌桓乃徙入内地，分居上谷、渔阳、右北平、辽东诸郡间，背胡事汉，生齿渐蕃。昭帝元凤年间，乌桓欲报前仇，出掘匈奴单于祖墓，匈奴复击破乌桓。大将军霍光，曾遣度辽将军范明友，率二万骑往辽东，邀击匈奴。匈奴兵已早出境，明友转袭乌桓，斩获甚多。嗣是乌桓复与汉有隙，匈奴部酋，乘间引诱乌桓，连兵寇汉，直至光武中兴，仍然不息。事迹虽已见《前汉演义》，但此书亦不能不叙。马援出屯襄国，部署兵马，越年领三千骑出五阮关，掩袭乌桓。乌桓兵先已扬去，援追赶一程，只斩得虏首百级，收兵南归。乌桓却狡黠得很，伺援班师，复来尾追。还亏援星夜趋还，才得全师；但马已死了千余匹。鲜卑与中国，本不相通，因见乌桓扰边，屡有劫掠，也不禁暗暗垂涎；再加匈奴亦遣人招诱，自然利欲熏心，同来生事。建武二十一年秋间，鲜卑引万余骑入塞，寇掠辽东。太守祭肜，系故征虏将军祭遵从弟，素有勇略，能开三百斤强弩。至是闻鲜卑入境，自率数千人迎击，披甲持刀，当先陷阵，部兵一拥齐上，杀死虏众多人，虏兵统皆骇走，急不择路，各跃入断涧中，溺毙过半。祭肜穷追出塞，斩首至三千余级，获马好几千匹。于是鲜卑震怖，不敢入犯。可巧匈奴亦连年旱荒，人畜多死，也不能南下寇汉，朔方少安。先是西域各国，已为汉属；王莽篡位，贬易侯王，西域因此瓦解，转降匈奴。匈奴征求无厌，诸国皆不堪命，且闻光武中兴，汉威再震，乃复遣使入洛，乞请内附。光武帝因天下初定，未遑外事，竟谢绝番使，不从所请。莎车王贤，承袭祖父遗业，雄长西域，未肯臣事匈奴，特与鄯善王安，贡献方物，再求属汉。廷臣如窦融等，并上言莎车王事汉，初衷不改，宜加赐位号，毋失彼望。光武帝乃赐贤西域都护印绶，及车旗锦绣等物。前汉本有西域都护，中经丧乱，此官乃废。偏敦煌太守裴遵，得知此事，独奏称夷狄无信，不可假以大权，遂致光武帝翻悔前言，收还西域都护印绶，另命贤为汉大将军。出尔反尔，亦属不合。贤从此怀恨，虽将印绶缴还，尚诈称大都护，蒙骗各国。各国未识真假，只得听命。贤逐渐骄横，意欲并吞西域，先向各国苛求赋税,稍不如意,便发兵相迫。各国敌他不过,没奈何请命洛阳,遣子入侍,愿另简都护,镇定西陲。无如光武帝坚持初意,见了各国侍子,但用金帛为赏,一律遣归。各国闻信,忙与敦煌太守裴遵檄文,托他代为申奏,仍请留侍子,置都护,威惩莎车。遵当然代奏,光武帝迁延不报,各国侍子,久留敦煌,均怀归志,竟分途潜返。莎车王贤,知汉廷无意西方,遂致书鄯善,劝令绝汉。鄯善王安,不纳贤书,且将来使杀死,贤因发兵报怨,攻入鄯善。鄯善王迎战败绩,逃往山中。贤复移兵袭杀龟兹王,并有龟兹国土,气焰益张。鄯善王安,再上书洛阳,复请遣子入侍,速简西域都护。光武帝使人复谕道:"朝廷方偃武修文,不欲劳师勤远,若诸国力不从心,东西南北,尽请自便。"这也太觉迂拘。鄯善王得此复谕,乃与车师等国,悉附匈奴。匈奴在前汉时代,呼韩邪单于入朝归命,与汉和亲,娶得汉宫美人王昭君,产下一男,叫做伊屠知牙师。惟呼韩邪已有二妻,生了数子,故伊屠知牙师不得继立,至呼韩邪死后,长子雕陶莫皋嗣为单于,号称复株累若鞮单于。雕陶莫皋奉母遗训,传国与弟,弟且糜胥,得嗣立为搜谐若鞮单于。且糜胥再传弟且莫车,为车牙若鞮单于。且莫车又传弟囊智牙斯,为乌珠留单于。囊智牙斯在位时,正值王莽篡汉买嘱匈奴,改授新匈奴单于章。至囊智牙斯病殁,弟咸入嗣,名乌累若鞮单于。咸复传弟呼都而尸道皋若鞮单于,名叫作舆。舆弟就是伊屠知牙师,应由右谷蠡王进为左贤王,左贤王即匈奴储君,累世单于,往往经过此职。偏舆心想传子,诬杀伊屠知牙师。当时恼动了一个贵官,系是日逐王比,为乌珠留单于长子,私下怨恨道:"依兄终弟及的制度,右谷蠡王应该序立,否则我为前单于长子,应该由我继承,怎得诬杀右谷蠡王,妄思立子呢?"差不多似吴公子光。自是与舆有嫌,庭会稀疏。舆竟立子乌达鞮侯为左贤王,且派遣心腹,监领比部下士卒。既而舆死,乌达鞮侯立为单于。未及一年,又复病逝,弟蒲奴进承兄位。适值旱蝗为灾,赤地数千里,人马死亡大半,蒲奴恐中国出师,乘隙进击,乃遣使入塞,至渔阳乞求和亲,复敦旧好。光武帝亦遣中郎将李茂,传达复命。独日逐王比,满怀怨望,无从发泄,也密遣汉人郭衡,赍奉匈奴地图,南诣西河,恳请内属。前时由舆所派的心腹将士,监领比众,至此忙报知蒲奴,请即诛比。比弟斩将王*亦一官名*。在蒲奴帐下,得悉风声,慌忙驰报乃兄,比且惧且愤,遂召集八部兵四五万人,说明蒲奴兄弟,不当为主;并为伊屠知牙师伸冤。八部酋长,相率赞成,遂即联同一气,共抗蒲奴。蒲奴遣兵讨比,见比护众自固,不敢进攻,靡然退去。于是八部共推比为主,仍袭先祖遗名,叫做呼韩邪单于,一面款塞通诚,愿为藩蔽。光武帝闻报,询问公卿,众谓天下初定,中国空虚,不应受此降虏。惟五官中郎将耿国,援据孝宣帝故事,力请受降。光武帝依耿国言,许令归附。比遂自称呼韩邪单于,向汉称臣,作为外藩。匈奴从此分为南北了。小子有诗咏道：

招携怀远本仁声，况复胡人自款诚。
夷狄浸衰中国利，朔方从此少兵争。

南匈奴奉藩称臣，汉廷上下，共相庆贺。忽由南方传来急报，乃是武威将军刘尚，战殁蛮中。究竟如何战殁，待至下回叙明。

兼听则明，偏听则暗，人情大都如此，而抚有国家者，尤不可不三复斯言。试观光武帝为中兴令主，犹以女兄一言，几欲置董宣于死地。曾亦思皇亲犯法，庶民同罪？公主纵奴杀人，罪应连坐，乃反欲因董宣之守法，加以不测之诛，可乎不可乎？微董宣之直言无隐，挤死撞柱，则光武且为公主所蒙，而宣且枉死矣！此偏听之所以最易生憎也。尤可怪者，西域内附，一再却还，至日逐王比，款塞通诚，议者犹以拒绝为得计，夫不能自强，即闭关坚守，亦难免外侮之内侵。幸耿国排除众议，独伸己见，而光武帝亦恍然知悟，慨允投诚，可见西域之谢绝，实由无人为之谏诤耳。兼听则明，斯事亦其一证乎？

第二十二回　马援病殁壶头山　　单于徙居美稷县

却说洞庭湖西南一带，地名武陵，四面多山，山下有五溪分流，就是雄溪、樠溪、酉溪、沅溪、辰溪。这五溪附近，统为蛮人所居，叫作五溪蛮。相传蛮人是槃瓠种，槃瓠乃是犬名。古时高辛氏帝喾，屡征犬戎，犬戎中有个吴将军，勇敢绝伦，无人可敌。帝喾乃悬赏购募，谓有人能得吴首，当配以少女。部下尚无人敢去，独有一犬，为宫中所蓄，毛具五彩，取名槃瓠，它虽然不能人言，却是能通人性，竟潜至犬戎寨下，啮死吴将军，衔首来归。帝喾以犬虽有功，究竟人畜两途，不便践约，还是少女为父守信，自愿下就槃瓠。槃瓠负女入南山，作为夫妇，生了六男六女，互相配偶，辗转滋生，日益繁盛。这是无稽之谈，不足尽信。历代多视为化外，听他自生自养，只有他出来骚扰，不得不用兵征剿，稍平即止。建武二十三年，蛮酋单程等，又出掠郡县，由武威将军刘尚，奉诏往征，沿途遇着蛮众，一击便走，势如破竹。安知非诱敌计？尚以为蛮众无能，乐得长驱深入，好乘此捣穴平巢，谁知越走越险，越险越艰，满眼是深山穷箐，愁雾浓烟。此时正是建武二十四年春季，点明年月。天方暑湿，瘴气熏人，军士不堪疲乏，尚亦自觉难支，正拟回马退归，忽蛮峒中钻出许多蛮人，持刀

第二十二回　马援病殁壶头山　单于徙居美稷县

执械,蜂拥前来。那时尚不及奔回,只好舍命与争。怎奈蛮众四至,数不胜计,霎时间把尚军围住,尚冲突不出,力竭身亡;手下都被杀尽,无一生还。未始非平蜀时候,屠戮蜀人之报。蛮众得了胜仗,愈无忌惮,便出寇临沅。临沅县令飞章告急,并陈明刘尚败没情形。光武帝又遣谒者李嵩,及中山太守马成,引兵前往,虽得保住临沅一城,终究是惩尚覆辙,未敢轻进。光武帝待了数月,不见捷音,免不得与公卿谈及,面有忧容。伏波将军马援,已自襄国还朝,闻得蛮众不平,复向光武帝前,自请出征。兵乃凶事,何苦常行。光武帝沉吟半晌,方与语道:"卿年已太老了!"援不待说毕,便答道:"臣年虽六十有二,尚能披甲上马,不足言老。"光武帝仍然沉吟,援急欲一试,便走至殿外,取得甲胄,穿戴起来,再令卫士牵过战马,一跃登鞍,顾盼自豪,示明可用。光武帝在殿内瞧着,不禁赞叹道:"矍铄哉是翁!"乃命援出征。带同中郎将马武耿舒刘匡、孙永等人,并军士四万余人,经秋出发,故友多送援出都,援顾语谒者杜愔道:"我受国厚恩,年老日暮,常恐不得死所,今得受命南征,万一不利,死亦瞑目;但恐权豪子弟,在帝左右,或有訾言,耿耿此心,尚不能无遗恨呢!"实是谶语。杜愔闻言,也觉得援语不祥,惟不便出口,只好劝慰数语,珍重而别。

　　看官阅过前回,应知援前次北征,曾规诫梁松、窦固二人,二人不能无嫌,其实援与二人,积有嫌隙,尚不止为此一事。从前援尝有疾,梁松往援家问候,直至援榻前下拜,援高卧如故,不与答礼。及松去后,诸子并就榻问援道:"梁伯孙松字伯孙。系是帝婿,贵重朝廷,公卿以下,无不惮松,大人奈何不为答礼?"援慨然道:"我为松父友,彼虽贵,难道可不识尊卑么?"诸子才不敢再言。但松即从此恨援。援有兄子严、敦,并喜讥议廷臣,援引为己忧,当出军交趾时,亦尝致书诫勉,教他谨言慎行,勉效龙伯高,毋效杜季良。伯高名述,当时为山都长,季良名保,为越骑司马。会保有仇人上书,劾保蔽群惑众,并连及梁松、窦固,说他与保交游,共为不法;一面觅得马援《诫兄子书》,作为证据。光武帝览奏后,召责松、固,且示及援书,松、固叩头流血,方得免罪,但将保褫职,擢述为零陵太守。自经此两番情事,松与固并皆嫉援,松且尤甚。援亦知两人挟嫌,恐他从中逸构,故与杜愔谈及后患。既知两人为患,何必定要出征。不过因皇命在身,未遑他顾,所以引军南下,冒险直前,途中饱历风霜,到了下隽,已是腊尽春来的时候。援在下隽县城中,度过残年,即使人探明武陵路径,计有两道可入,一从壶头山进去,路近水险;一从充县进去,路远地平。中郎将耿舒,谓不如就充县进行,较为妥当。援却拟舍远就近,免得旷日费粮。将帅各持一议,再由援上书奏明,无非说是急进壶头,扼贼咽喉,成功较速等语。光武帝当然从援,复诏依议。援遂由下隽出发,行至临乡,距壶头山约数十里,蛮众已闻援将至,出来堵截,被援驱杀一阵,斩获至二千余人,蛮众四散,尽向竹林中逃去。援命军士四处追寻，不见一贼，乃即进诣壶头山。壶头山高一百里，广袤至三百里，是第一著名的天险；再加急湍深滩，千回百折，几乎没有一片坦途，费了若干时日，才寻出一块平原，扎下营寨。举头相望，见蛮众已在高冈守着，堵住隘口，虽有千军万马，一时也杀不上去，援只得耐心静守，俟机再动。怎奈一住数日，并无机会，天气忽尔暴热，瘴疠交侵，士卒多染疫身亡，援亦不免困惫，乃穿壁为屋，入避炎气。有时闻蛮众鼓噪，不得不力疾出来，防备不测，甚至喘息频频，还要三令五申，亲厉将士。左右见他尽瘁王事，无不叹惜，有几个且为涕下。中郎将耿舒，系建威大将军耿弇胞弟，因见前议不用，终致顿兵壶头，饱尝艰苦，心中很觉不平，遂寄书与弇，大略说是：

> 前舒上书当先击充，粮虽难运，而兵马可用，军人数万，争欲先奋，今壶头竟不得进，大众怫郁，行且坐死，诚可痛惜！前到临乡，贼无故自至，若夜击之，即可殄灭。伏波类西域贾胡，到一处辄止，以是失利，今果疾疫，皆如舒言。

耿弇得书，恐舒困顿蛮中，连忙将原书入奏。光武帝乃授梁松为虎贲中郎将，使他赍诏责援，且代监军。这个差事，想是由梁松运动得来。及松行抵壶头，援已病殁，松正好借端报怨，飞书上闻，不但劾援贻误军机，并诬援在交趾时，曾取得无数珍宝，满载而归，甚至与援同行的马武，及于陵侯侯昱等，昱系前大司徒侯霸子。亦交章毁援，俱云援载宝还朝，确有此事。光武帝信以为真，立遣使收还新息侯印绶，还想追论援罪。至援柩运归，妻子不敢报丧，惟在城西买田数亩，草草槁葬，宾客故人，莫敢往吊。援妻子尚恐被谴，与援兄子严草索相连，诣阙请罪。光武帝方颁出松书，令他自阅。妻子才知为松所诬，连忙上书诉冤，书上至第六次，辞甚哀切，方得从宽。原来援在交趾时，尝饵薏苡仁，俗呼米仁。得祛风湿，轻身益气，后来功成将归，特因南方薏苡，颗粒较大，因收买数斛，载回家中。那知松等诬为珠宝，几遭奇祸，僚友不为一言，还是前云阳令朱勃，与援同郡，独诣阙上书，为援讼冤。书云：

> 臣闻王德圣政，不忘人之功；采其一善，不求备于众。故高祖赦蒯通，即蒯彻，避汉武讳，改彻为通。而以王礼葬田横，大臣旷然，咸不自疑。夫大将在外，谗言在内，微过辄记，大功不计，诚为国之所慎也！昔章邯畏口而奔楚，燕将据聊而不下，岂其甘心末规哉！末规犹言下计。悼巧言之伤类也！
>
> 窃见故伏波将军新息侯马援，拔自西州，钦慕圣义，间关险难，触冒万死，孤立群贵之间，旁无一言之佐；驰深渊，入虎口，宁自知得邀七郡之使，膺封侯之福耶？建武八年，车驾西讨隗嚣，国计狐疑，众营未集，援建

第二十二回 马援病殁壶头山 单于徙居美稷县

宜进之策,卒破西州。及吴汉下陇,冀路断隔,唯狄道为国坚守,士民饥困,寄命漏刻;援奉诏西使,镇慰边众,乃招集豪杰,晓谕羌戎,卒救倒悬之急,存几亡之城,兵全师进,因粮敌人。陇、冀略平,而独守空郡,兵动有功,师进辄克,诛锄先零,缘入山谷,猛怒力战,飞矢贯胫。又出征交趾,土多瘴气,援与妻子生诀,无悔吝之心,遂斩灭征侧,克平一州。间复南讨,立拔临乡,师已有功,未竟而死,吏士虽疫,援不独存。夫战或以久而立功,或以速而致败,深入未必为得,不进未必为非,人情岂乐久屯绝地,不思生归哉?惟援得事朝廷二十二年,北出塞漠,南渡江海,触冒蛮瘴,为国捐躯,乃名灭爵绝,国士不传,海内不知其过,众庶未闻其毁,卒遇三夫之言,横被诬罔之谗,三夫见《韩子》,即三人,言市中有虎之讹。家属杜门,葬不归墓,怨隙并兴,宗亲怖栗,死者不能自讼,生者莫为伸冤,臣窃伤之!臣闻《春秋》之义,罪以功除,圣王之亲臣有五义,若援所谓以死勤事者也。愿下公卿平援功罪,宜绝宜续,以厌海内之望!臣年已六十,常伏田里,窃感栾布哭彭越之义,冒陈悲愤。战栗阙庭,伏乞明鉴。

这书呈入,光武帝始许援归葬旧茔。好在武陵蛮亦已乞降,由监军宋均奏报,于是援事更不追问了。看官阅此,应疑前次征蛮,何等艰难,后来收降蛮众,为何又这般容易?说将起来,仍不得不归功马援。援在壶头数月,军士原劳顿不堪,蛮众登高拒守,不得下山,也是饥困得很。谒者宋均,本在援营监军,探得蛮众疲敝,意欲矫制归降,得休便休。惟援已病殁,军中无主,何人敢赞同均议?均却毅然说道:"忠臣出境,有计议可安国家,何妨专命西行!"乃矫制调伏波司马吕种,赍着伪诏,驰入蛮营,晓示恩信;一面鸣鼓扬旗,作进攻状。蛮酋单程,不免惶惧,因与吕种定约,情愿投降。种返报宋均,均复邀单程出见,好言宣抚,特为设置长吏,事毕班师。途次先遣使上书,自言矫制有罪,听受处分。光武帝略罪论功,待均还朝,敕赐金帛。惟马援四子,不得嗣封,援葬后亦无赠恤明文,但置诸不论罪罢了。未免寡恩。是时大司空朱浮免官,进光禄勋杜林为大司空,林受任数月,又复去世,大司徒蔡茂亦殁。乃更擢陈留太守玉况为大司徒,太仆张纯为大司空。既而玉况又卒,光武帝又记起前议,要想变易旧章。原来故建义大将军朱祐,曾奏称唐虞时代,契作司徒,禹作司空,并无大字名号,圣贤且未敢称大,后人岂易当此?应令三公并去大名,以法经典,奏入不报。此时朱祐已殁,遗疏尚存,又值蔡杜等人,接连病逝,光武帝以大字不祥,不如追从祐议,令二司不得称大,并改大司马为太尉。即日将行大司马事刘隆,免去职衔,另授太仆赵熹为太尉,大司农冯勤为司徒。特叙此事,为下文叙述各官标明沿革。熹与勤无甚奇勋,特以从驾有年,积劳已久,得膺上选。惟司空张纯,为前汉富平侯张安世玄孙,世袭封爵,敦谨有守,建武初先来朝谒,故仍使复国。建武五年,拜为大中大夫,使率颍川突骑,安集荆、徐、扬各州,管领粮道,接济诸将帅军营,颇称有功。嗣又屯田南阳,迁五官中郎将。有司奏称前代列侯,若非宗室,不宜复国,光武帝因纯有勋劳,未忍削夺,但徙封武始侯,比富平禄食减半。及继杜林为司空,志在萧规曹随,即萧何曹参,见《前汉演义》。清静无为,故亦无特迹可纪。光武帝亦注重安民,不喜纷更,故自中原平定以后,惟简用二三老成人,作为三公。如蔡茂、杜林诸徒,半是清廉有操,靖共尔位,虽与开国功臣,劳逸不同,但太平时候,得此守法奉公的大吏,也可谓称职无惭了。持论平允。至若守、令中间,却有几个著名的循吏:桂阳太守卫飒,九真太守伍延,卢江太守王景,都是为民兴利,教养有方。还有江陵令刘昆,遇着火灾,向火叩头,火竟灭熄,再迁为弘农太守,弘农多山,山中有虎,并皆负子渡河。事为光武帝所闻,特召昆入问道:"前在江陵,反风灭火,后守弘农,虎北渡河,究竟有何德政,能致是事?"昆答说道:"这也不过偶然遇此呢!"却是真话。左右听了,不禁窃笑。光武帝独赞叹道:"这真是忠厚长者,言无虚饰,若他人作答,不是自夸,便是贡谀了!"遂命书诸策中,面授昆为光禄勋,昆始谢恩退去。未几又有前京兆掾第五伦,管领市政,素有清名。光武帝召伦入见,与语政事,伦奏对称旨,遂拜伦为会稽太守。伦莅政后,为政廉平,民皆称颂,备述贤吏,不没循声。光武帝也有意劝廉,增置吏俸,禄养既足,方使专心牧民,这未始非上以是求,下以是应呢!重禄劝官,本是要道。

且说匈奴日逐王比,既自立为单于,向汉称藩,时人遂称比为南单于。光武帝特遣中郎将段郴,音琛。副校尉王郁,往授南单于玺绶,且准令入居云中。南单于欣然受命,一面遣子入侍,奉表谢恩。光武帝复嘉谕南单于,使得徙居西河郡美稷县,并授段郴为中郎将,王郁为副,嘱他留戍西河,拥护南单于。南单于亦设置诸侯王,助汉捍边。凡云中、五原、朔方、北地、定襄、雁门、上谷、代八郡边民,前时避寇内徙,至此各赐钱谷,悉数遣归。独北匈奴单于蒲奴,恐南单于导引汉兵,乘间进击,乃将从前所掠汉民,陆续放还,且遣使至武威郡,乞请和亲。武威太守据实奏闻,光武帝令群臣集议,连日不决。皇太子庄进言道:"南单于新来归附,北虏自恐见伐,故前来请和;若遽尔允许,恐南单于将有贰心,不如勿受为是。"光武帝乃复谕武威太守,谢绝来使。朗陵侯臧宫,扬虚侯马武,却联名上书,请击北匈奴,略谓匈奴贪利,不知礼信,穷乃稽首,安即侵盗,现在北虏饥荒,疲困乏力,万里死命,悬诸陛下,诚使命将出塞,招募羌胡,厚加购赏,并力攻击,不出数年,定可平虏等语。光武帝不愿依议,独下诏答复道:

《黄石公记》曰:"柔能制刚,弱能制强。舍近谋远者,劳而无功;舍远谋近者,逸而有终。故曰:务广地者荒,务广德者强,有其有者安,贪人有者残。残灭之政,虽成必败。"今国无善政,灾变不息,百姓惊惶,人不自保,而复欲远事边外乎!孔子曰:"吾恐季孙之忧不在颛臾。"且北狄尚强,而屯田警备,传闻之事,恒多失实。诚能举天下之半,以灭大寇,岂非至愿!苟非其时,不如息民。诸王侯公卿,其各知朕意!

越年为建武二十八年,北匈奴又遣使诣阙,贡马及裘,更请和亲,并请音乐,且求率西域诸国胡客,一同朝贡。光武帝再令三公以下,商议可否。当有一位文学优长的掾史,胪陈计议,拜表上闻。正是:

明主倦勤惟偃武,词臣弭笔且和戎。

欲知何人具奏,所奏何词,容待下回再叙。

光武帝优待功臣,独于伏波将军马援,轻信梁松之谗,立收印绶,不使归葬,后人多讥光武之寡恩,为盛德累,固矣!夫马援之进军壶头,尝上书奏闻,明邀俞允,即使失策,光武亦不能辞责,况不过兵士劳顿,并无败军覆师之罪,光武何嫌?乃以梁松一言,暴怒至此。意者其由松为帝婿,有舞阴公主之媒孽其间,乃激成此举欤?援既知蜚言之可惧,而不先引身乞退,自蹈祸机,殆亦明于料人,昧于责己耳!南单于款塞通诚,不妨受降,惟不宜徙入内地,华夷之界,不可不严,一或溃防,后患匪浅。汉虽未遭其害,而典午适当其祸,推原祸始,不能不为光武咎。光武对内则失之伏波,对外则失之南单于,为政固非易事哉。

第二十三回　纳直言超迁张佚
　　　　　信谶文怒斥桓谭

却说北匈奴一再求和,公卿等聚议纷纷,尚难解决。独司徒掾班彪,陈述己见,请光武帝暂与修和,并为草拟诏书,大略如下:

　　臣闻孝宣皇帝敕边守尉曰:"匈奴大国,多变诈,交接得其情,则却敌折冲;应对失其宜,则反为所欺。"今北匈奴见南单于来附,惧谋其国,故屡乞和亲;又远驱牛马,与汉合市,重遣名王,多所贡献,斯皆外示富强,以相欺诞也。臣见其贡益重,其国益虚;求和愈数,为惧愈多。然今既未获助南,则亦不宜绝北,羁縻之义,理无不答。谓可颇加赏赐,略与所献相当,明加晓告以前世呼韩邪郅支行事。报答之辞,必求适当,今立稿草并上曰：下文是代诏书口吻。"单于不忘汉恩，追念先祖旧约，欲修和亲，以辅身安国，计议甚高，为单于嘉之！往者匈奴数有乖乱，呼韩邪、郅支，自相仇隙，并蒙孝宣帝垂恩救护，故各遣侍子，称藩保塞。其后郅支忿戾，自绝皇泽；而呼韩、附亲，忠孝弥著。及汉灭郅支，遂保国传嗣，子孙相继。今南单于携众向南，款塞归命，自以呼韩嫡长，次第当立，而侵夺失职，猜疑相背，数请兵将，归扫北庭，策谋纷纭，无所不至。惟念斯言不可独听，又以北单于比年贡献，欲修和亲，故拒而未许，将以成单于忠孝之义。汉秉威信，总率万国，日月所照，皆为臣妾，殊俗百蛮，义无亲疏，服顺者褒赏，叛逆者诛罚，善恶之效，呼韩、郅支是也。今单于欲修和亲，款诚已达，何嫌而欲率西域诸国，俱来献见！西域国属匈奴与，属汉何异！单于数连兵乱，国内虚耗，贡物裁以通礼，何必献马裘！今赍杂缯五百匹，弓鞬韣丸一，矢四发，遗单于，又赐献马左骨都侯、右谷蠡王，并匈奴官名。杂缯各四百匹，斩马剑各一。单于前言先帝时，所赐呼韩邪竽瑟箜篌皆败，愿复裁赐。念单于国尚未安，方厉武节，以战攻为务，竽瑟之用，不如良弓利剑，故未以赍。朕不爱小物，于单于便宜，所欲遣驿以闻。"

光武帝得书后，颇觉彪言有理，即照他所拟草诏，缮发出去，所有赏赐各物，亦俱如彪言。北匈奴受诏而去。会值沛太后郭氏，即废后。见二十一回。得病身亡，光武帝命从丰棺殓，使东海王强奉葬北邙。并使大鸿胪郭况子璜，得尚帝女淯阳公主，进璜为郎。亲上加亲，还是不忘故后的意思。且因东海王强去就有礼，加封鲁地，特赐虎贲、旄头、钟簴等物，徙封鲁王兴为北海王。兴系齐武王刘缜子，见前文。惟自东海王强以下诸兄弟，虽俱受王封，还是留居京都，未尝就国。当时诸王竞修名誉，广结交游，门下客多约数百，少亦数十人。王莽从兄王仁子磐，自莽被灭后，幸得免祸，家富如故，平时雅尚气节，爱士好施，著名江淮间。旋因游寓京师，与士大夫往来，名誉益盛，列侯公卿，喜与接谈，就是诸王邸中，亦常见王磐足迹。故伏波将军马援，有一侄女，嫁磐为妻。援却不甚爱磐，且闻他出入藩邸，愈为磐忧，尝与姊子曹训道："王氏已为废族，为子石计，磐字子石。理应屏居自守，乃反在京浪游，妄求声誉，我恐他不免遭殃呢！"已而复闻磐子肃来往北宫，及王侯邸第，乃复语司马吕种道："国家诸子并壮，不与立防，听令交通宾客，将来必起大狱！卿等须预先戒慎，免得株连！"观人不可谓不审，料事不可谓不明。吕种似信非信，总道诸王势大，可以无虞，因此将援言撇诸脑后，也在藩邸中奔走伺候，曲献殷勤。哪知郭氏殁后，便有人诣阙上书，说是王肃父子，漏网余生，反得为王侯宾客，终恐因事生乱，亟宜加防。光武帝览书生愤，便饬郡县收捕王肃父子，并及诸王宾佐，辗转牵引，系狱至千余人。吕种亦遭连坐，不禁悔叹道："马将军真神人呢！"但祸已临头，嗟亦无及，就使没有甚么大罪，到此已玉石不分，无从辩诉。冤冤相凑，又出了一种杀人的巨案。从前刘玄败没，光武帝尝封玄子鲤为寿光侯。鲤记念父仇，迁怨刘盆子兄弟，因将盆子兄故式侯刘恭，乘间刺死。鲤与沛王辅友善，案情且连及沛王。故鲤坐罪下狱，沛王亦一同被系。光武帝恨上加恨，遂将王肃父子，并诸王宾客，相率处死。沛王系狱三日，经王侯等力为救请，才得释出，乃一并遣令归国，不得仍留京师。诸王奉诏，不得不入朝辞行，分道去讫。

皇太子庄，春秋渐高，留居东宫，光武帝欲为选师傅，辅导储君，因向群臣咨问，令他各举所知。太子舅阴识，已受封原鹿侯，官拜执金吾，群臣俱上言太子师傅，莫如阴侯。独博士张佚进说道："今陛下册立太子，究竟为天下起见呢？还是为阴氏起见呢？为阴氏起见，阴侯原可为太子师傅；若为天下起见，应该选用天下贤才，不宜专用私亲！"光武帝点头称善，且顾语张佚道："欲为太子置师傅，正欲储养君德，为天下计；今博士且能正朕，况太子呢？"当下拜佚为太子太傅，佚直任不辞，受职而退。还有太子少傅一缺，另任博士桓荣，各赐辎车、乘马等物。荣沛郡人，资望比张佚为优，少时游学长安，师事博士朱普，习尚书学，家贫无资，佣食自给，十五年不归问家园。及朱普病殁，送丧至九江朱家，负土成坟，遂在九江寓居，教授生徒，多至数百人。王莽末年，天下大乱，荣怀藏经书，与弟子逃匿山谷，虽时常饥困，尚是讲学不辍。待乱事既平，乃复出游江淮，仍以教授为生。建武十九年，始得辟为大司徒掾属，年已六十有余。弟子何汤，为虎贲中郎将，在东宫教授《尚书》。光武帝尝问汤师事何人，汤以荣对，乃召荣入见，令他讲解《尚书》，确有特识，因即擢为议郎，亦使教授太子。寻复迁为博士，常在东宫留宿，朝夕讲经。太子庄敬礼不衰，及为太子少傅，荣已七十余岁，乃大会诸生，具列车马印绶，欢颜语众道："今日得蒙厚恩，全由稽古得力，诸生可不加勉么？"以学术博取富贵，志趣亦卑，桓荣一得自矜，不足为训。越二年复改任太常，事见后文。

且说建武三十年仲春，光武帝命驾东巡，行至济南，从驾诸臣，俱表陈光武帝功德，宜就泰山行封禅礼，光武帝不许，毅然下诏道：

> 朕即位三十年，百姓怨气满腹，吾谁欺，欺天乎！曾谓泰山不如林放乎！何事污七十二代之编录！若郡县远遣吏上寿，盛称虚美，必髡，令屯田。特诏。

诏书既下，群臣既不敢复言，待至光武帝东巡已毕，即奉驾还宫。好容易过了两载，已是建武三十二年，光武帝偶读《河图会昌符》，谶记书名。有云："赤刘之九，会命岱宗。"不由的迷信起来，暗想前次东巡，群臣都劝我封禅，彼时我未见此书，还道封禅无益，所以驳斥。今谶文如此云云，莫非真要我行此古礼？乃命虎贲中郎将梁松等，按索河洛谶文，计得九世封禅，共三十六事。不知从何书查出。司空张纯等，即希旨上书，奏请封禅，略云：

自古受命而帝，治世之隆，必有封禅以告成功焉。《乐·动声仪》曰：动声仪，系《乐》纬篇名。"以雅治人，风成于颂。"有周之盛，成康之间，郊祀封禅，皆可见也。《书》曰："岁二月东巡狩，至于岱宗，柴。"则封禅之义也。说得牵强。伏见陛下受中兴之命，平海内之乱，修复祖宗，抚存万姓，天下旷然，咸蒙更生，恩德云行，惠泽雨施，黎元安宁，夷狄慕义。《诗》曰："受天之祜，四方来贺。"今摄提之岁，《尔雅》云："太岁在寅，曰摄提格。"苍龙在寅，德在东宫，太岁号苍龙。宜及嘉时，遵唐帝之典，继孝武之业，以二月东巡狩，封于岱宗。明中兴，勒功勋，复祖统，报天神，禅梁父，祀地祇，传祚子孙，万世之基也。谨拜表上闻。

这书呈入，便蒙批准。未免自相矛盾。司空张纯，忙将汉武帝封禅旧例，纂辑成编，呈将进去。光武帝以汉武故事，尝有御史大夫从行，此次援照旧仪，就命纯比御史大夫，伴驾东出。择定二月初吉，启行出都，沿途仪仗，比前较盛。既到东岳，便柴望岱宗，封泰山，禅梁父，俱如汉武成制。惟刻石文，另行撰就，无非是歌功颂德的套话，小子无暇记录。但封禅礼告成以后，准备回銮，不料张司空骤然得病，医药罔效，延挨了三五日，一命鸣呼。想是东岳请他修文去了。光武帝不免扫兴，当即拨司空从吏，护丧西归，自己亦匆匆还宫。惟既行封禅礼，不得不循例大赦，蠲免泰山郡一年田租，且改建武三十二年为中元元年。擢太仆冯鲂为司空，使继纯职。哪知司徒冯勤，也是一病不起，惹得光武帝越加懊怅，暂时不令补缺，直至孟冬时候，方授司隶校尉李欣为司徒。群臣尚壹意贡谀，竞言祥瑞，或谓京中有醴泉涌出，或谓都下有赤草丛生，就是四方郡国，也奏称甘露下降，说得百灵效顺，四海蒙庥。君有骄心，必有佞臣。一班公卿大夫，且上言天下清宁，祥符显庆，宜令太史撰集，传诸来世。还是光武帝虚灵不昧，未肯听许，所以史官只略载一二，不尽铺张。会值孟冬蒸祭，冬祭曰蒸，见《礼记》。光武帝使司空告祠高庙，先日颁诏云：

昔高皇帝与群臣约，非刘氏不王，吕太后贼害三赵，赵幽王友，赵恭王恢，赵隐王如意。专王吕氏。赖社稷之灵，禄产伏诛，天命几坠，危朝更安。吕太后不宜配食高庙，同祧至尊。薄太后母德慈仁，孝文皇帝贤明临国，子孙赖福，延祚至今。其上薄太后尊号曰高皇后，配食地祇，迁吕太后庙主于园，四时上祭，垂为永典，毋愆尔仪。

嗣是起明堂，筑灵台，作辟雍，又在北郊设立方坛，主祀地祇，略与南郊祭天坛相似，惟形式不同。费了若干工役，才得告成，乃宣布图谶，昭示天下。先是光武帝从强华言，援据《赤伏符》谶文，乃即帝位。见前文。及四方寇乱，依次削平，越觉得谶文不爽，迷信甚深，给事中桓谭，尝上书规谏道：

第二十三回　纳直言超迁张佚　信谶文怒斥桓谭

臣闻人情忽于见事，而贵于异闻。观先王之所记述，咸以仁义正道为本，非有奇怪虚诞之事。盖天道性命，圣人所难言也，自子贡以下，不得而闻，况后世浅儒，能通之乎？今诸巧慧小才伎数之人，增益图书，矫称谶记，以欺惑贪邪，诖误人主，焉可不抑远之哉！臣谭伏闻陛下穷折方士黄白之术，甚为明矣；而乃欲听纳谶记，又何误也！其事虽有时合，譬犹卜数只偶之类。陛下宜垂明听，发圣意，屏群小之曲说，述五经之正义，略雷同之俗语，详通人之雅谋，则不必索诸虚无，太平自庶几矣！臣自知愚戆，谨冒死上陈。

光武帝览疏，甚是不怿。及建筑灵台，择视地点，又欲决诸谶文，谭复极言谶文不经，光武帝大怒道："桓谭非圣不法，罪当处死！"谭不胜惊惧，叩头流血，方蒙宽宥，惟尚降谭为六安郡丞。谭怏怏就道，得病即死，年已七十余岁。何不早去？又有大中大夫郑兴，因光武帝语及郊祀，拟从谶文取断，兴直答道："臣不览谶文。"光武帝作色道："卿不览谶文，莫非不信谶么？"兴慌忙叩谢道："臣素愚昧，书多未读，并非不信谶文。"光武帝方才无语，但终不留任内用。后来兴被侍御史讦奏，说他出使成都时，私买奴婢，应该加罪，遂谪兴为莲勺令。兴赴任后，正欲缮修城郭，以礼教民，又奉朝命免官，归老开封原籍。兴素好古学，尤通《左氏》、《周官》，善长历数，如杜林、桓谭诸人，往往向兴问业，取承意旨，故世言《左氏春秋》，多半宗兴学说。兴归里后，但至阌乡授徒，三公屡加征辟，不肯复起，得以寿终。识见比桓谭为高。子众能承父学，下文自有交代。

未几已是中元二年，光武帝已六十三岁，还是昧爽视朝，日昃乃罢，暇时辄召入公卿郎将，与谈经义，至夜静方才就寝。皇太子庄，常伺间进言道："陛下明若禹汤，独不似黄老养性，未免过劳，愿从此颐养精神，优游自适。"光武帝摇首道："我乐为此事，并不觉疲劳呢！"话虽如此，究竟年老力衰，不堪烦剧，竟于中元二年二月间，染病日剧，在南宫前殿中，寿毕归天。总计光武帝在位，共三十三年，起兵舂陵，迭经艰险，终能光复旧物，削平群雄，可见他智勇深沉，不让高祖。至天下已定，务用安静，退武臣，进文吏，明慎政体，总揽权纲。并且崇尚气节，讲求经义，耳不听郑声，手不持玩好，与王侯等持盈保泰，坐致太平，比那高祖谩骂儒生，诛夷功臣，纵吕后祸刘，实是相差得多哩！也是确评。惟妻妾易位，嫡庶乱序，嬖幸梁松，薄待马援，晚年尚迷信图谶，侈志东封，这虽是瑕不掩瑜，免不得有伤盛德呢！小子有诗咏道：

　　郁葱佳气早呈祥，帝业重光我武扬。
　　三十三年膺大统，功多过少算明王。

苏伯阿善望气，顾视舂陵乡，尝叹语云："气佳哉，郁郁葱葱然！"

光武帝崩，太子庄当然嗣位，是为孝明皇帝。欲知明帝即位情形，待至下回再详。

光武帝惩诸王之滥交，并令就国，乃慎选太子师傅，为储养计。阴识本太子母舅，原不宜为太子师，张佚斥群臣之谬论，请择用天下贤才，议固近是，乃其后居然自任，未闻有至德要道，进勖东宫，岂太子果不必指导欤？《后汉书》不为张佚列传，想因其无行可述，故略而不详。至少傅桓荣，独详为记载，有褒美意，但观其夸示诸生，称为稽古之力，但亦一借学沽名，骏而不醇。荣且如此，佚更可知，光武之因言举人，得毋为佚所欺乎？桓谭以善琴干进，尤不足道；及论图谶之不经，却是持正之谈。彼郑兴之学识，较谭为优，而光武帝俱斥而远之，亦思依谶东封，有何效益。匝月而张纯病死，逾年而车驾宾天，谶语果可信耶？不可信耶？光武邈矣！后之人幸勿过事迷信也。

第二十四回　幸津门哭兄全孝友　图云台为后避勋亲

却说明帝继承大统，即日正位，年已三十，命太尉赵熹主持丧事。时经王莽乱后，旧典多散佚无存，诸王前来奔丧，尚与新天子杂坐同席，藩国官属，亦得出入宫省，与朝廷百官无别。熹独正色立朝，横剑殿阶，扶下诸王，辨明尊卑；复奏遭谒者，监视藩吏，不得擅入，诸王且并令就邸，只许朝夕入临；整礼仪，严门卫，内外肃然。不可谓非赵熹才能。尊皇后阴氏为皇太后，奉葬光武帝于原陵，庙号世祖。光武帝曾有遗言：一切葬具，俱如孝文帝制度，务从节省，不得妄费。因此多从朴实，屏去纷华。志此以见光武之俭。山阳王荆，为明帝同母弟，性独阴刻，专喜害人。当闻丧入临时，哭亦不哀，且伪作飞书，用函密封，嘱使苍头冒充郭况家奴，送交东海王强。强展开一阅，大为惊异。但见书中写着：

君王无罪，猥被斥废，而兄弟至有束缚入牢狱者；指沛王辅事，见前文。太后失职，别守北宫，及至年老，远斥居边，海内深痛，观者鼻酸。及太后尸柩在堂，洛阳吏以次捕斩宾客，至有一家三尸伏堂者，痛亦甚矣！今天下有丧，弓弩张设甚备，梁松佽虎贲吏曰："吏以便宜从事，见有非法，而拘常制封侯，难再得也！"郎官窃恶之，为王寒心屏息。今天下方欲思刻害王以求功，宁有量耶？若归并二国之众，东海与鲁。可聚百万，君王为之主，鼓行无前，功易于泰山破鸡子，轻于四马载鸿毛，此汤武兵也。今

第二十四回　幸津门哭兄全孝友　图云台为后避勋亲

年轩辕星有白气,星家及喜事者,皆云白气者丧,轩辕女主之位。又太白前出西方,至午犹现,主兵当起。又太子星色黑,日辄变赤,黑为病,赤为兵,请王努力从事!高祖起亭长,先帝兴白水,何况于王为先帝长子,本故副主哉?上以求天下,事必举;下以雪沉没之耻,报死母之仇,精诚所加,金石为开。当为秋霜,毋为槛羊;虽欲为槛羊,又可得乎?窃见诸相工言王贵天子法也。人主崩亡,闾阎之伍,尚为盗贼,欲有所望,何况王耶?夫受命之君,天子所立,不可谋也。今嗣帝乃人之所置,强者为右,愿君王为高祖、先帝所志,毋为扶苏秦始皇长子。将闾,秦始皇庶子。徒呼天也。

是书却无署名,不过来人传言,谓是大鸿胪郭况亲笔。强亦不暇细讯,但将来使执住,解送阙下,并将原书呈入。明帝命将使人系狱,不令穷治,惟留心访察。知系山阳王荆所为,谋害东海王,自思荆为胞弟,未便举发,不如暂从隐秘。但遣荆出止河南宫,至丧葬事毕,首先令荆还国。一面颁发诏令道:

方今上无天子,下无方伯,若涉渊水,而无舟楫。夫万乘至重,而壮者虑轻,实赖有德左右小子。高密侯禹,元功之首;东平王苍,宽博有谋;其以禹为太傅,苍为骠骑将军。弼予小子,钦哉惟命!

原来东平王苍,系明帝同母长弟,少好经书,具有智略,明帝素与友爱,因特留任骠骑将军,位居三公上。高密侯邓禹,年已垂老,自从关中东归,深居简出,不求荣利,有子十三人,各使学成一艺,修整闺门,教养子孙,俱可为后世法则。光武帝在位时,曾因他杖策定谋,足为功首,所以特加宠异,至是复拜为太傅,进见时却令东向,待若宾师。臣当北面,东向系宾师之位。禹就职逾年,已是永平纪元,朝贺以后,即患癃疾,好容易延至五月,禄寿告终。明帝优加赙赠,予谥曰元。分禹封为三国,令禹长子震嗣爵高密侯,次子袭封昌安侯,三子珍封夷安侯。接连是东海王强,亦已病故,讣至阙下,明帝从阴太后出幸津门亭,遥为举哀,使司空冯鲂持节至鲁,护理丧事。诸王及京师亲戚,一体会葬,予谥恭王。强本封东海,嗣加鲁地。见前。从前鲁恭王余,景帝子。好筑宫室,建造灵光殿,规模宏敞,虽经变乱,此殿独存。光武帝怜强无罪,自愿逊位,故特加给鲁地,令他徙居鲁殿,安享天年。偏强寿命不永,殁时只三十四岁。遗疏以子政不肖,未便袭封,愿仍还东海郡,让还鲁地。明帝不忍依议,仍使政承袭旧封。果然政纵淫渔色,行检不修。后至中山王焉病逝时,焉系郭后所出,见前。政往中山送葬,见焉妾徐姬,姿容韶秀,竟将她诱取了去,据为己妾。又盗迎掖庭出女,载入都中,日夕图乐。鲁相及豫州刺史,奏请诛政,有诏但削去薛县,薄惩了事,政幸得令终。这是后话不表。已为章帝时事。

且说西海一带，西海即青海。向为羌人杂居地，秦初有无弋爰剑，为秦所拘，乘间脱去，匿居岩穴间。嗣出与劓妇相遇，谐成夫妇，劓女自耻失容，常用发覆面，羌人遂沿为习俗。且因爰剑匿穴不死，必有后福，遂共推为酋长，徙居河湟。后来子孙日蕃，各自为种，或因地得名，或因人得名。秦汉时叛服靡当，汉武帝始遣将军李息，讨平群羌，特置护羌校尉。宣帝因先零羌寇边，复使后将军赵充国，击破先零，屯田设戍。元帝时又有叛羌，再遣右将军冯奉世出剿，才得平定。自从爰剑五传至研，颇称豪健，威服诸羌，子孙遂以研为种号。再传八世，又出了一个烧当，雄武与研相同，子孙更自名为烧当种。王莽末年，中原大乱，四夷内侵，羌人亦还据西海，入寇金城。时隗嚣据有陇西，不能平羌，索性发粟接济，诱他拒汉。嗣经来歙、马援两将军，一再征讨，羌势少衰。独烧当玄孙滇良，为先零、卑湳诸羌所侵，发愤图强，招携怀远，竟得收集各部，袭破先零、卑湳，据有两羌土地。滇良死后，子滇吾嗣，辗转收抚各羌种，教他攻取方略，作为渠帅。羌种沿革，已见大略。中元二年秋间，滇吾与弟滇岸等，带着步骑五千人入寇陇西。陇西太守刘盱，出兵拒战，为羌所败，丧亡五百余人。滇吾得了胜仗，趁势号召诸羌，于是为汉役属的羌人，亦起应滇吾，相率犯边。明帝方才嗣立，忙遣谒者张鸿，领兵出塞，会同陇西长史闲飒，共讨滇吾。哪知到了允吾县唐谷间，中了滇吾的埋伏计，四面兜击，全军覆没。于是再起马武为捕虏将军，使与监军使者窦固，中郎将王丰，右辅都尉陈欣等，调集兵士四万人，大击滇吾。行至金城郡浩亹水，正值羌众前来，马武系百战老将，便当先冲锋，奔杀过去。羌众不能抵敌，向后退去，武得斩首六百级，乘胜追抵洛都谷。谷中两面削壁，不便驱驰，羌人却得依险返攻，来战汉军，汉军措手不及，前队多死。还亏马武行军有律，不致自乱，徐徐的退出谷外，安就坦途。羌众却也狡黠，掉头自去，相引出塞。武检点军士，已伤毙了千余人，尚幸全军锐气，未尽消失，乃复整阵追击，直抵塞外。羌人总道汉军败退，不致再追，乐得放心安胆，解甲韬弓，信口唱着番歌，向西归去。不意汉兵从后杀到，吓得羌众魂散魄驰，人不及甲，马不及鞍，又没有山谷可以暂避，偏偏在东西邯间，碰着大敌。东西邯有水分流，中央筑亭，叫作邯亭，邯亭左右，邯水分绕，因名东西邯。这乃是往来大道，并无险阻，汉兵正好纵击，大杀一阵，剁落四千六百颗头颅，擒住一千六百个生口。滇吾、滇岸拼命逃生，余众或降或奔，不在话下。武乃振旅还朝，得增封邑八百户。越二年，武即病终。垂暮得功，比伏波福运为优。

同时辽东太守祭肜，亦遣偏将讨赤山乌桓，斩将搴旗，大获胜仗，威声四震，绝塞无尘。所有沿边屯卒，各请罢归，俾得休息。明帝因羌胡远遁，四海无惊，正好追承先志，修明礼教。乃与东平王苍等，议定南北郊祀礼仪，及冠

第二十四回　幸津门哭兄全孝友　图云台为后避勋亲

冕车服制度，宗祀光武帝于明堂，登灵台，望云物，临辟雍，行大射礼。总算是父作子述。嗣复援照古制，就辟雍养老，创设三老五更；三老知天地人三事，五更知五行更代，并不是有三人五人。当下拜李躬为三老，桓荣为五更。三老服都纻大袍，织纻为美布，故曰都纻。戴进贤冠，即古淄右冠。扶玉杖；杖端刻玉为鸠，故称鸠杖，亦号玉杖。五更衣冠，与三老相同，惟玉杖不扶。明帝先至辟雍礼殿，就坐东厢，遣使用蒲轮安车，往迎三老五更。待他到来，由宾阶升堂，明帝亦起座相迎，作揖如仪。三老就东面，五更就南面，三公设几，九卿正履，明帝亲袒割牲，执酱而馈，执爵而酳，祝哽在前，祝噎在后，实行那夏商周的遗制。及养老礼成，始引太学弟子升堂，由明帝自讲经义，徐为引伸，诸儒执经问难，冠带缙绅，都来观听，环列桥门，以亿万计。于是赐荣爵关内侯，三老五更，皆以二千石禄养终身。李躬事不见列传，且未得侯封，不知何故令为三老？荣年已逾八十，屡因衰老乞归。明帝但加赏赐，不令告退，且始终以师礼相待，未尝失敬。荣由少傅调任太常，明帝犹随时存问，往往亲临太常府中，使荣就东面坐着，特设几杖，召集公卿百官，及荣门生数百人，向荣问业。诸生或向帝请益，帝辄谦让道："太师在是，不必问我！"至罢讲散归，尽把太官供具，移赐与荣。荣有疾病，太官、太医奉诏往视，陆续不绝。既而疾笃，由荣上疏谢恩，让还爵土。明帝又亲往问候，入街下车，拥经而前，抚荣垂涕，面赐床茵帷帐，刀剑衣被，好多时方才别归。自是公卿问疾，不敢复乘车到门，步至荣室，悉拜床下。及荣寿终，明帝亦亲自变服，临丧举哀，赐葬首阳山。荣长子雍早殁，少子郁应当袭爵，郁愿让封与兄子汛，明帝不许，郁乃受封，所得租赋，仍畀兄子，明帝甚以为贤，召为侍中。郁之贤，实过乃父。惟明帝既尊礼师傅，复追忆功臣，特就南宫云台中，图绘遗像，共得二十八将，再加王常、李通、窦融、卓茂四侯，合成三十二人。当时诸人多已物故，赖有云台遗迹，表著千秋，特将官爵姓名，照录如下：

　　太傅高密侯邓禹　　　　　中山太守全椒侯马成
　　大司马广平侯吴汉　　　　河南尹阜成侯王梁
　　左将军胶东侯贾复　　　　琅琊太守祝阿侯陈俊
　　建威大将军好畤侯耿弇　　骠骑大将军参蘧侯杜茂
　　执金吾雍奴侯寇恂　　　　积弩将军昆阳侯傅俊
　　征南大将军舞阳侯岑彭　　左曹合肥侯坚镡
　　征西大将军阳夏侯冯异　　上谷太守淮阳侯王霸
　　建义大将军鬲侯朱祐　　　信都太守阿陵侯任光
　　征虏将军颍阳侯祭遵　　　豫章太守中水侯李忠
　　骠骑大将军栎阳侯景丹　　右将军槐里侯万修

> 虎牙大将军安平侯盖延　　太常灵寿侯邳彤
> 卫尉安成侯铫期　　　　　骁骑将军昌成侯刘植
> 东郡太守东光侯耿纯　　　城门校尉朗陵侯臧宫
> 捕虏将军扬虚侯马武　　　骠骑将军慎侯刘隆
> 横野大将军山桑侯王常　　大司空固始侯李通
> 大司空安丰侯窦融　　　　太傅褒德侯卓茂

这三十二人的籍贯，小子在前文中，俱已叙明，故不赘述。惟自邓禹至刘隆，共二十八将，并佐光武帝中兴，相传为上应二十八宿，或竟说他是星君下凡，这未免穿凿附会，不值一辩，所以小子亦不敢妄录。但将云台所纪，史官所采，依次列入罢了。尚有伏波将军马援，也是个中兴功臣，光武帝误听梁松，把他薄待，难道明帝也将他失记么？说来又有原因，还请看官听着：马援元配贾氏，早殁无子，继娶蔺氏，生有四子三女，少子客卿，幼即岐嶷，六岁能应接诸公，专对宾客，援甚加钟爱，因名为客卿。自援家遭谗失势，客卿亦哭父病亡，蔺夫人不胜悲悼，尝患怔忡，外事由援子廖、防等主持，内事由援女料理。少女年仅十岁，才逾二姊，独能整办家事，驾驭僮仆，且勤且俭，事若成人；惟因生性好劳，常患疾苦。蔺夫人令卜人占验，卜人说道："此女虽有小恙，将来必当大贵，卜兆实美不胜言。"旋又召相士审视诸女，相士又言少女极贵，他日当为国母，不过子嗣稍艰，若养他人子为子，比亲生还要加胜哩！蔺夫人虽然心喜，但因遭际多艰，也未敢信为真言。援兄子严，见叔父被谗，祸由梁松、窦固，不胜愤懑，本来与窦家结婚，为此将她离绝。且闻从妹生有贵相，特为求进掖庭，是时光武帝尚未崩逝，严即上书吁请道：

> 臣叔父援辜恩不报，而妻子特获恩全，戴仰陛下，为天为父。人情既得不死，便欲求福。窃闻太子诸王妃匹未备，援有三女，大者十五，次者十四，小者十三，仪状发肤，上中以上；皆孝顺小心，婉静有礼，愿下相工，简其可否？如有万一，援不朽于黄泉矣。又援姑姊妹，并为成帝婕妤，葬于延陵，臣严幸得蒙恩更生，冀因缘先姑，当充后宫。谨冒死以闻。

这书呈入，总算蒙旨恩准，派遣宫监，至援家选女，仔细端详，第三女最为韶秀，乃将她选入东宫。女年尚只十三，却能奉承阴后，旁接同列，礼仪修备，人无间言。后来年渐长成，越加顾晰，又生成一头美发，光润细长，常笼发四起，梳成大髻，尚觉有余，再将发梢绕髻三匝，方无余发。眉不施黛，惟左眉角稍有小缺，略加点染。身长七尺二寸，亭亭玉立，袅袅花姿，又能不妒不悍，上下咸安。看官试想如此淑媛，能不令人怜爱么？明帝未即位时，已是宠爱异常，至嗣承大统，便册为贵人。永平二年，竟立贵人马氏为后。可巧云台绘像,与立后同时,东平王苍至云台观图,独不见有马援遗容,便转问明帝道:"何故不画伏波将军遗像?"明帝但微笑不答。揣明帝的用意,无非因援为后父,不便列入,省得他人滋议,其实是举不避亲,何妨列入?明帝意欲示公,反觉得不免怀私呢!小子有诗咏道:

> 薏苡冤深已掩忠,云台又复未铭功。
> 伏波若有遗灵在,地下应悲主不公。

马援不列云台,马后却传名千古,欲知马后懿行,待至下回续叙。

储君被废,往往不得其死,独东海王强,随遇而安,乃得令终。强固贤者,明帝亦未尝非贤,观其不信蜚言,亲爱如故;及闻强病殁,奉母后至津门亭,哭泣尽哀,宁非情义兼至者耶?然强年方逾壮,即致病殁,亦何莫非由几经忧虑,乃促天年,追溯厉阶,吾犹不能无咎于光武也!惟明帝嗣位以后,功臣多已凋谢,邓禹、马武,岿然仅存,一则进为太傅,半载即终;一则出平叛羌,未几亦殁。明帝追念功臣,绘像云台,共得三十二人,垂为纪念,此亦未始非扬激之方。但以马伏波之关系后戚,特为避贤,未免为一偏之见,彰善瘅恶,当示大公,若必以亲疏别之,则陋矣。

第二十五回　抗北庭郑众折强威
赴西竺蔡愔求佛典

却说马皇后正位中宫,尚无子嗣,惟后前母姊女贾氏,亦得选列嫔嫱,产下一男,取名为炟,后爱炟如己出,抚养甚勤,尝语左右道:"人未必定自生子,但患爱养不至呢!"嗣又因皇子不多,每加忧叹,见有后宫淑女,辄为荐引,既得进御,待遇尤优。阴太后尝称她德冠后宫,故命立为后。平居能诵《周易》,好读《春秋》《楚辞》,尤喜阅《周官》董仲舒书,持躬节俭,但用大练为裙,不加缘饰。每月朔望,诸姬入朝,见后袍衣粗疏,反疑是绮縠制成,就近注视,方知是寻常粗帛,禁不住微笑起来。后已知众意,随口解嘲道:"这缯特宜染色,所以取用,幸勿多疑。"后宫莫不叹息。明帝尝欲试后才识,故意将群臣奏牍,令后裁阅,后随事判断,并有条理,独未敢以私事相干。幸遇贤后,不妨相试,否则启后宫干政之渐。有时明帝出游,后辄谓恐冒风寒,婉言规谏。一日车驾往游濯龙园,六宫妃嫔,多半相随,独皇后不往,妃嫔等素蒙后爱,俱请明帝召后同行,明帝笑说道:"皇后不喜逸乐,来亦不欢,不如由她自便罢!"后来后闻帝言,也不以为愠,但遇帝游览,往往称疾不从。是时国家全盛,海内承平,明帝政躬有暇,屡至濯龙园消遣。园近北宫,因欲增筑宫室,与园相连,当下传谕有司,召集工匠,大加兴筑。适值天气亢旱,盛夏不雨,尚书仆射钟离意,特诣阙免冠,上疏切谏道:

> 伏见陛下以天时小旱,忧念元元,降避正殿,躬自克责。而比日密云,终无大润,岂政有未得天心者耶?昔成汤遭旱,以六事自责曰:"政不节耶?使民疾耶?宫室荣耶?女谒盛耶?苞苴行耶?谗夫昌耶?"窃见北宫大作,人失农时,此所谓宫室荣也。自古非苦宫室小狭,但患人不安宁,宜且罢止,以应天心。臣意以匹夫之才,得叨重禄,擢备近臣,不胜愚款,昧死上闻。

明帝览疏,当即答谕道:"汤引六事,咎在一人,其冠履,勿谢。"意乃整冠而退。是日即下诏停止工作,减省不急,果然天心默应,即沛甘霖。会明帝赐降胡十缣,尚书郎误十为百,转交大司农。大司农登入计簿,复奏上去,被明帝察破过误,顿时大怒,立召尚书郎入责,将加笞杖。钟离意慌忙入谒,叩头代请道:"过误乃是小失,不足重惩;若以疏慢为罪,臣当首坐。臣位大罪重,郎官位小罪轻,请先赐臣谴便了!"说罢即解衣待缚。明帝闻言,怒始渐平,仍令衣冠如故,并贷免尚书郎。意乃拜谢趋出。惟明帝素好讥察,发人隐私,每遇大臣有过,辄加面斥,近侍尚书以下,且亲手提曳,不肯少恕。尝因事怒斥郎官药崧,甚至自执大杖,欲加敲扑;崧惧走床下,明帝怒甚,连声疾呼道:"郎出郎出!"崧答说道:"天子穆穆,诸侯煌煌,未闻人君,自起撞郎?"_{紧急时,尚能韵语,却是绝好口才。}明帝听着,倒也转怒为笑,掷杖赦崧。崧才出床下,谢恩乃去。但朝臣唯恐忤旨,莫不惴栗,独钟离意犯颜敢谏,屡次封还诏书,同僚有过被谴,辄为救解。明帝亦知他忠诚,终因直道难容,出为鲁相。意本会稽郡山阴人,以督邮起家,至鲁相终身。药崧河内人,性亦廉直,官终南阳太守。虎贲中郎将梁松,永平初已迁官太仆,松恃势益骄,屡作私书,请托郡县,致被明帝发觉,饬令免官。松尚不知改省,反阴怀怨望,捏造飞书,讪谤朝廷,结果仍事发坐罪,下狱论死。_{终为马伏波所料。}先是明帝为太子时,常与山阳王荆,令梁松持取缣帛,往聘郑众。众即前大中大夫郑兴子,有通经名,见二十三回。性独持正,既与梁松晤谈,便慨然答道:"太子储君,无外交义,就是藩王,亦不宜私交宾客。旧防具在,还请为我婉辞!"松复劝驾道:"长者有意,不宜故违。"众正色道:"犯禁触罪,何如守正致死?"遂将缣帛却还,不肯就聘。及松罹死罪,松友连坐多人。众虽与松相识,终因却聘一事,得免干连,明帝且召众为明经给事中,再迁众为越骑司马,仍兼给事如故。会北匈奴又乞请和亲,

第二十五回 抗北庭郑众折强威 赴西竺蔡愔求佛典

明帝特遣众北行,持节报命。南匈奴须卜骨都侯,闻知汉与北庭修和,内怀嫌怨,意欲叛汉。因通使北匈奴,请他发兵相迎。众出塞后,探悉情形,遂缮好奏牍,嘱从吏驰递阙廷,大致谓宜速置大将,防遏二虏交通。明帝乃命就塞外置度辽营,使中郎将吴棠行度辽将军事,出驻五原;再遣骑都尉秦彭,出屯美稷,监制南、北两匈奴。惟郑众径诣北庭,见了北单于,长揖不拜,北单于面有愠色,左右喧呼道:"汉使何不下拜!"众勃然答道:"众为汉臣,只拜天子,不拜单于。"北单于益怒,令左右曳众出帐,派兵围守,不与饮食。众语虏众道:"单于不欲与大汉和亲,倒也罢了;既欲和亲,应该优待汉使。须知和亲以后,谊关甥舅,不啻君臣,奈何与使人为难呢?如必迫众下拜,众宁可自杀,不愿屈膝。"说着,拔出佩刀,意欲自刎。虏众不禁慌张,一面劝众息怒,一面转报单于。单于恐众或自尽,有碍和议,乃改颜相待,更遣使人随众还都。朝议又拟遣众往报,众不愿再行,因上书陈请道:

  臣伏闻北单于所以要致汉使者,欲以离南单于之众,坚西域三十六国之心也。又当扬汉和亲,夸示邻敌,令西域欲归化者,局促狐疑,怀土之人,绝望中国耳!汉使既到,便偃蹇自骄;若复遣之,虏必自谓得谋,其群臣之劝虏归汉者,亦不敢复言。如是则南庭动摇,乌桓亦有离心矣。南单于久居汉地,具知形势,万一离析,必为边害,今幸有度辽之众,扬威北陲,虽勿报答,不敢为患。惟陛下裁察!

明帝览书,不肯照准,仍令众即日北往。众复上言道:"臣前奉使北庭,不为匈奴下拜,单于尝遣兵围臣,幸得脱免,今衔命再往,必见陵折。臣诚不忍持大汉节,屈膝毡裘,如令臣为匈奴所屈,实损大汉威灵,故请陛下俯察愚忠,收回成命!"云云。明帝依然不听,一味专制。众不得已出发,途中尚再四上书,固争不已,惹得明帝性起,竟饬使召还,系众下狱。后因匈奴使至,面问众与单于争礼情形,匈奴使臣据实对答,且言众意气壮勇,不亚苏武,明帝乃赦免众罪,遣归田里。

东平王苍,以至亲辅政,声望日隆,不免有位高震主的嫌疑,乃连上数疏,奉还骠骑将军印绶,情愿退守屏藩。明帝不忍拂意,许他归国,仍将骠骑将军印发还,使得兼职。此外三公却改易数人,永平三年,太尉赵熹,司徒李欣,皆免官,另任南阳太守虞延为太尉,左冯翊郭丹为司徒。越年丹复免职,连司空冯鲂,一并罢去,改用河南尹范迁为司徒,太仆伏恭为司空。又越二年,皇太后阴氏寿终,年已六十,尊谥光烈,合葬原陵。九江太守宋均,<small>即前伏波监军,矫制平蛮</small>。自莅任后,政宽刑简,百姓又安。向来郡中多虎,随处安设槛阱,终难免患,均命将槛阱撤去,虎患反息。有人谓虎已渡江东行,故得弭患。后来邻郡多蝗，独飞至九江境，辄东西散去，不害禾稼，因此名传远近。明帝闻均贤名，征拜尚书令，每有驳义，多合上意。均尝语僚友道："国家每喜文法廉吏，以为足以止奸。均见文吏好为欺谩，廉吏只知洁身，实与百姓无益；常思伏阙谏诤，无如积习难返，一时尚未可进言，他日总当一伸素愿呢！"未几均被调为司隶校尉，终不得言，有人向明帝报闻，明帝亦为称善，但也未能遽改旧俗，只好迁延过去。忽夜间梦一金人，顶上含有白光，驰行殿庭，正要向他诘问，那金人突然飞升，向西径去。不由的惊醒转来，开目一瞧，残灯未灭，方知是一场春梦。诘旦视朝，向群臣述及梦境，群臣俱不敢率答。独博士傅毅进言道："臣闻西方有神，传名为佛，佛有佛经，即有佛教。从前武帝元狩年间，骠骑将军霍去病，出讨匈奴，曾得休屠王所供金人，置诸甘泉宫，焚香致礼，现在已经乱后，金人当不复存。今陛下梦见的金人，想就是佛的幻影呢！"梦兆亦何足凭，傅毅乃以佛对，也是多事。这一席话，引起明帝好奇思想，遂遣郎中蔡愔、秦景，西往天竺，求取佛经。天竺就是身毒国，身毒读如捐笃，即天竺之转音，今印度国便是。距洛阳约万余里，世称为佛祖降生地。佛祖叫作释迦牟尼，为天竺迦维卫国净饭王太子，母摩耶氏梦天降金人，方才有娠，生时正当中国周灵王十五年，天放祥光，地涌金莲，已有一种特别预兆。及年至十九，自以为人生在世，离不开生老病死四字，欲求解脱方法，惟有屏除嗜欲，自去静修。乃弃家入山，日食麻麦，参悟性灵。经过了十有六年，方得成道，独创出一种教旨，传授生徒。教旨又分深浅，浅义的名小乘经，深义的名大乘经。小乘经有地狱轮回诸说，无非劝化愚民；大乘经有明心见性诸说，乃是标明真谛，这也是一种独得的学识。不过与儒家不同，儒家讲修齐平治，佛氏主清净寂灭；修齐平治，是人己兼顾的，清净寂灭，是专顾自己的。也是确论。相传佛祖释迦牟尼，尝在鹿野苑中，论道说法。又至灵山会上，拈花示众，借灯喻法。从前天竺多邪教，能使水火毒龙，好为幻术，当释迦苦修时，邪教多去诱惑，释迦毫不为动。及道术修成，摧制一切，众邪帖服，都信心皈依，愿为弟子。男号比邱，女号比邱尼，剃须落发，释累辞家。释迦教他防心摄行，悬示五大戒：一戒杀；二戒盗；三戒淫；四戒妄言；五戒饮酒。这五戒外，尚有许多细目，男至二百五十戒，女至五百戒。总计释迦在世，传教阅四十九年，甚至天龙人鬼，并来听法。后至拘尸那城圆寂，圆寂便是尸解的意思。或说他圆寂以后，复从棺中起坐，为母说法，待至说毕，忽空中现出三昧火，把棺焚去，本体化作丈六金身，涌起七尺圆光，顶上肉髻，光明透彻，眉间有白毫，毫中空右旋，宛转如琉璃筒，俄而不见。语太荒唐，不足听信。弟子大迦叶与阿傩等五百余人，追述遗绪，辑成经典十二部，嗣是辗转流传，渐及西域。惟中国在秦汉以前，未闻有佛教名目，武帝时始携入金人，才有佛像。哀帝元寿元年，西域大月氏国，使伊存至长安,能诵佛经,博士弟子秦景宪,请他口授,语多费解,因此也不以为意。至蔡愔、秦景,奉了明帝诏令,出使天竺,经过了万水千山,饱尝那朝风暮雾,方才到天竺国,访问僧徒。天竺人迷信佛教,僧侣甚多,闻有中国使人到来,却也欢迎得很,彼合掌、此拱手,虽是言语不通,尚觉主宾相洽;且有翻译官互传情意,更知中使奉命求经,于是取出经典,举示二人。愔与景学问优长,在洛阳都城中,也好算是文人领袖,偏看到这种经典,字多不识,还晓得什么经义?幸有沙门摄摩腾、竺法兰,略知中国语言文字,与愔、景二人讲解,尚可模糊领略,十成中约晓一二成。沙门就是高僧别号,住居寺中,愔、景与他盘桓多日,好似方外交一般,遂邀他同往中原,传授道法。两沙门也欲观光,慨然允诺,遂绘就释迦遗像,及佛经四十二章,用一白马驮着,出寺就道。绕过西域,好容易得至洛阳,愔、景入阙报命,并引入摄、竺两沙门,谒见明帝。两沙门未习朝仪,奉旨得从国俗,免拜跪礼,何必如此?惟呈上佛像佛经,由明帝粗阅大略。佛像与梦中金人,未必适符,但也不暇辨别异同。所有佛经四十二章只看了开卷数语,已是莫明其妙,急切不便索解,想总是玄理深沉。遂命就洛城雍门西偏,筑造寺观,供置佛像,即使摄、竺两沙门,作为住持,就是驮经东来的白马,亦留养寺中,取名为白马寺。寺内更造兰台石室,庋藏佛经,表明郑重的意思。这便是佛经传入中国的权舆。表明眉目。明帝日理万机,有什么空闲工夫,研究那佛经奥义?王侯公卿以下,多半是不信佛道,当然不去顾问;只有楚王英身处外藩,闻得佛经东来,意欲受教,特遣使入都,向二沙门访求佛法。二沙门录经相示,楚使亦茫乎若迷,不过将如何斋戒,如何拜祭,得了一些形式,返报楚王英。英遂照式持斋,依样膜拜,在楚宫中供着佛像,朝夕顶礼,祈福禳灾。适当永平八年,有诏令天下死罪,得入缣赎免。楚王英也遣郎中赍奉黄缣、白绔三十匹,托鲁相转达朝廷。表文有云:

> 托在藩辅,过恶累积,欢喜大恩,奉送绵帛,以赎愆罪。

明帝瞧着,很觉诧异,煞是奇怪。当即颁下复谕道:

> 楚王诵黄老之微言,尚浮屠之仁祠,洁斋三月,与神为誓,何嫌何疑?恐有悔吝,其将缣帛发还,以助伊蒲塞桑门之盛馔。特此报闻。伊蒲塞亦僧徒别名,语本天竺,桑门即沙门。

楚王英接得复谕,颁示国中,于是借信佛为名,交通方士,创制金龟玉鹤,私刻文字,冒作祯祥。哪知后来竟求福得祸,化祥为灾,好好一位皇帝介弟,反弄得削藩夺爵,亡国杀身。小子有诗叹道:

> 无功无德也封王,只为天潢属雁行。
> 我佛有灵宁助逆,贪心不足总遭殃。

楚狱将起，先出了一种藩王逆案。欲知何人构逆，容待下回表明。

郑众出使匈奴，抗礼不屈，幸得脱身南归，是固可谓不辱使命者矣。明帝必欲令众再往，是使之复入虎口，于国无益，于身有害，无惑乎众之一辞再辞也。况众已具陈情迹，言之甚详，而明帝犹未肯听纳，强迫忠臣于死地，果胡为者？及召还系狱，嫉众违命，微庞使言，则罪及忠臣，几何不令志士短气耶？明帝对于药崧，欲自杖之，对于郑众，乃轻系之，虽其后闻言知悟，而度量之褊急，可以概见，盖已不若乃父矣。洎乎梦见金人，即令蔡愔、秦景等，万里西行，往求佛法，夫修齐平治之规，求诸古训而已足，奚必乞灵于外族？就令佛家学说，亦有所长，究之畸人之偏身，未及王道之中庸，而明帝乃引而进之，反开后世无父无君之祸，是亦一名教罪人耳。邱琼山之讥，岂刻论哉？

第二十六回　辨冤狱寒朗力谏
　　　　　　送友丧范式全交

却说广陵王荆，自奉诏还国后，仍然怀着异图，应二十四回。暗中引入术士，屡与谋议，且日望西羌有变，可借防边为名，称兵构乱。事为明帝所闻，特将他徙封荆地。荆越加恚恨，至年已三十，复召相工入语道："我貌类先帝，先帝三十得天下，我今亦三十岁，可起兵否？"相工支吾对付，一经趋出，便向地方官报明。地方官当即奏闻，朝廷遣使责问，荆因逆谋发觉，不免惊惶，自系狱中。明帝尚不忍加罪，仍令衣租食税，惟不得管属臣吏，另命国相中尉，代理国事，慎加约束。荆犹不肯改过，潜令巫祝祈祷，为禳解计。国相中尉只恐自己坐罪，详报上去，廷臣即劾他诅咒，立请加诛。诏尚未下，荆已自杀，胆小如此，何必主谋？明帝因荆为同母弟，格外怜恕，仍赐谥为思王。嗣且封荆子元寿为广陵侯，食荆故国六县，又封元寿弟三人为乡侯。荆死逾年，东平王苍入朝，时在永平十一年。寓居月余，辞行归国。明帝送至都门，方才与别。及还宫后，复怀思不置，特亲书诏命，遣使赍给东平太傅，诏曰：

　　辞别之后，独坐不乐，因就车归，伏轼而吟，瞻望永怀，实劳我心。诵及《采菽》，以增叹息。《采菽》见《诗经》，系天子答诸侯诗。日者问东平王："处家何等最乐？"王言："为善最乐。"其言甚大，启予多矣。今送列侯印十九枚，诸王子年五岁以上能趋拜者，皆令带之，王其毋辞。

原来光武帝十一子，惟临淮公衡，未及王封，已经殂逝，尚有兄弟十人，除

第二十六回　辨冤狱寒朗力谏　送友丧范式全交

明帝得嗣统外，要算东海王强，及东平王苍，最为循良。强逾壮即殁，事见前文；苍却持躬勤慎，议政周详，比东海王更有才智，所以保全名位，备荷光荣。独楚王英为许美人所生，许氏无宠，故英虽得沐王封，国最贫小。明帝嗣阼，系念亲亲，却也屡给赏赐，并封英舅子许昌为龙舒侯。偏英心怀非望，居然有觊觎神器的隐情，前次访求佛法，并不是有心清净，实欲仗那佛氏灵光，呵护己身。嗣是私刻图印，妄造灵符。到了永平十三年间，忽有男子燕广，诣阙告变，弹劾楚王英，说他与渔阳人王平、颜忠等，造作图书，谋为不轨等语。明帝得书，发交有司复查。有司派员查明，当即复奏上去，略称楚王英招集奸猾，捏造图谶，擅置诸侯、王公、将军、二千石，大逆不道，应处死刑。明帝但夺英王爵，徙英至丹阳泾县，尚赐汤沐邑五百户；又遣大鸿胪持节护送，使乐人奴婢妓士鼓吹随行。英仍得驾坐辎軿，带领卫士，如有游畋等情，准卫兵持弓挟矢，纵令自娱。子女既受封侯主，悉循旧章，楚太后许氏，不必交还玺绶，仍然留居楚宫。时司徒范迁已殁，调太尉虞延为司徒，复起赵熹行太尉事。楚王谋泄，先有人告知虞延。延因藩戚至亲，未便举发，延捱了好几日，即由燕广上告，惹动帝怒，且闻虞延搁住不奏，传诏切责，延惧罪自尽。又枉死了一个。楚王英至丹阳，得知延不为奏明，尚且遭谴，自己恐再撄奇祸，索性也自杀了事。事闻阙下，有诏用侯礼葬祭，赗赠如仪，封燕广为折奸侯。一面且穷治楚狱，历久不解，自京师亲戚，及郡国吏士，辗转牵连，嫌重处死，嫌轻谪徙，差不多有千人；尚有数千人被系，淹滞狱中。何必兴此大狱？先是光武帝舅樊宏，曾受封寿张侯，光武帝母为樊重女，见前文。宏子鯈承袭父爵，累世行善，戒满守谦。明帝因东平王苍，亲而且贤，特将寿张县移益东平，改封鯈为燕侯。鯈弟鲔尝求楚王英女为子妇，鯈从旁劝阻道："前在建武年间，我家并受荣宠，一门五侯，樊宏兄弟，并得封侯。当时只教一语进谏，便是子得尚主，女得配王，不过天道忌盈，贵宠太过，适足招灾，所以可为不为。今我家已不如前，怎得再联姻帝族？且尔只有一子，为何弃诸楚国呢？"鲔不愿从谏，竟为子赏娶得英女。及楚狱一起，鯈已早逝，明帝曾闻鯈前言，且追怀旧德，令鯈诸子俱得免坐。英尝私录天下名士，编成簿籍，内有吴郡太守尹兴姓名，是簿被有司取入，按名逮系，不但将尹兴拘入狱中，甚且连掾史五百余人，俱执诣廷尉，严刑拷讯。诸吏不胜痛楚，多半致死，惟门下掾陆续，主簿梁宏，功曹驷勋，备受五毒，害得肌肤溃烂，奄奄一息，终无异词。续母自吴中至洛阳，烹羹馈续。续虽经毒刑，却是辞色慷慨，未尝改容，及狱吏替续母进食，续不禁下泪，饮泣有声。狱吏诧问原因，续且泣且语道："母来不得相见，怎得不悲？"狱吏本未与续说明，又怪他何由得知？还要细问，续答说道："这羹为我母所调，故知我母必来。我母平日截肉，未尝不方，断葱以寸为度，今见羹中如是，定由我母到此，亲调无疑。"说至此,更涕泪不止。孝思可嘉。狱吏乃转达有司,有司具状奏闻,明帝也不觉动怜,才将尹兴等一并释放,使归原籍,禁锢终身。虽得不死,痛苦已吃得够了。

颜忠、王平,连坐楚狱,情罪最重,自知不能幸生,索性信口扳诬,竟将隧乡侯耿建、郎陵侯臧信、护泽侯邓鲤、曲成侯刘建等,一古脑儿牵引进去。四侯到廷对簿,俱云与颜忠、王平,素未会晤,何曾与谋?问官不敢代为表白,还想将他们诬坐。侍御史寒朗,亦尝与问,独以为四侯蒙冤,使他们退处别室,再提平、忠二人出讯,叫他们说明四侯年貌。二人满口荒唐,无一适符,朗遂入阙复陈,力为四侯辩诬。明帝作色道:"汝言四侯无罪,平、忠何故扳引?"朗亦正容答道:"平、忠两人,自知犯法不赦,所以妄言牵引,还想死中求生!"明帝又问道:"汝既知此,何不早奏?"越问越呆。朗答说道:"臣虽察知四人冤情,但恐海内再有人告讦,故未敢遽行奏陈。"明帝不禁怒骂道:"汝敢首持两端么?"竟是使气。说着,即回顾左右道:"快将他提出去!"左右不敢怠慢,便牵朗欲出。朗又说道:"愿伸一言而死,小臣不敢欺君,无非欲为国持正罢了!"明帝道:"他人有否与汝同情?"朗答言无有。明帝复问道:"汝何故不与三府共商?"三府,即三公府。朗伸说道:"臣自知罪当族灭,不敢多去累人。"明帝问他何故族灭?朗复说道:"臣奉诏与讯罪犯,将及一年,既不能穷极奸状,乃反为罪人讼冤,料必将触怒陛下,祸且族灭;但臣终不敢不言,尚望陛下鉴臣愚诚,翻然觉悟!臣见决狱诸人,统说是妖恶不道,臣民共愤,与其失出,宁可失入,免得后有负言,因此问一连十,问十连百。就是公卿朝会,陛下问及得失,亦无非长跪座前,上言旧制大逆,应该惩及九族,今蒙陛下大恩,止及一身,天下幸甚。及退朝归舍,口虽不言,却是仰屋叹息,暗暗呼冤,惟无人敢为直陈。臣自知死罪,理在必伸,死亦无恨了。"明帝意乃少解,谕令退去。过了两日,车驾亲幸洛阳,按录囚徒,得理出千余人。时适天旱,俄而大雨,明帝亦为动容,起驾还宫。夜间尚恐楚狱有冤,傍徨不寐,起坐多时,马皇后问明情由,亦劝明帝从宽发落,于是多半赦免。唯颜忠、王平,不得邀赦,竟在狱中自尽。侍御史寒朗自悔监狱不严,就系廷尉,明帝不欲穷治,只将朗免去官职,释归薛县故乡。任城令袁安,擢为楚郡太守,莅任时,不入官府,先理楚狱,查得情迹可矜,即具奏请赦。府丞掾吏,并叩头力争,谓纵容奸党,应与同罪,断不宜率尔上陈。安奋然道:"如有不合,太守愿一身当罪,决不累及尔曹!"也是一条硬汉。到了复谕下来,果皆许可,得全活四百余家。明帝且下诏大赦,凡谋反大逆,及诸不应宥诸囚犯,尽令免死,许得改过自新。一面敦教劝学,尚德礼贤,凡皇太子及王侯公卿子弟,莫不受经。又为外戚樊氏、郭氏、阴氏、马氏诸子立学南宫,号为四姓小侯,特置五经师,讲授经义。他如期门、羽林

第二十六回　辨冤狱寒朗力谏　送友丧范式全交

诸吏士，亦令通孝经章句。此风一行，人皆向学，连匈奴亦遣子肄业，愿冰陶熔。义士如范式、李善等，俱由公府辟举，破格录用。

式字巨卿，山阳人氏，少游太学，与汝南人张劭为友，劭字元伯，游罢并告归乡里，式与语道："二年后拟过拜尊亲。"劭当然许诺。光阴易过，倏忽两年，劭在家禀母，请具馔候式，母疑问道："两年阔别，千里结言，难道果能践约么？"劭答说道："巨卿信士，必不误期。"母乃为备酒餐，届期果至，升堂拜饮，尽欢乃去。已而劭疾不起，同郡人郅君章、殷子征，日往省视，劭叹息道："可惜不得见我死友！"子征听了，却忍耐不住，便问劭道："我与君章，尽心视疾，也可算是死友了，今尚欲再求何人？"劭鸣咽道："君等情谊，并非不厚，但只可算为生友，不得称为死友；若山阳范巨卿，方可为死友哩！"郅、殷两人，未曾见过范式，并觉得似信非信。越数日，劭竟告终，时式已为郡功曹，梦见劭玄冠垂缨，曳履前呼道："巨卿！某日我死，某日当葬，君若不忘，能来会葬否？"式方欲答言，忽然惊觉，竟至泣下。翌日具告太守，乞假往会，太守不忍拂意，许令前往。式即素车白马，驰诣汝南。劭家已经发丧柩至圹旁，重量逾恒，不肯进穴，劭母抚棺泣语道："元伯莫非另有他望么？"乃暂命停柩。移时见有单车前来，相距尚远，劭母即指语道："这定是范巨卿！"及素车已近，果然不谬。式至柩前，且拜且祝道："行矣元伯！死生异路，永从此辞。"寥寥十二字，已令人不忍卒读。众闻式言，并皆泣下。式即执绋引柩，柩已改重为轻，当即入穴。式又留宿圹间，替他监工，待至墓成，并为栽树，然后辞去。如此方不愧死友。后来式又诣洛阳，至太学中肄业，同学甚众，往往不及相识。有长沙人陈平子，与式未通謦咳，却已知式为义士。一夕罹疾，服药无效，逐日加剧，势且垂危，妻子含泪侍侧，平子欷歔与语道："我闻山阳范巨卿，信义绝伦，可以托死。我殁后，可将棺木舁置巨卿户前，必能为我护送归里，汝切勿忘！"言毕再强起作书，略说旅京得病，不幸短命，自念妻弱儿幼，未能携榇归籍，素仰义士大名，用敢冒昧陈请，求为设法，倘得返葬首丘，存殁均感云云。书既写就，嘱妻使人送与范式，掷笔即逝。妻子依嘱办理。式方出门，未遇使人，至事毕归寓，见门前遗置棺木，已觉惊异，及入门省视案上，拾得平子遗书，展阅一周，竟至平子寓所，替他妻子安排。令得引柩回家，且亲送至临湘，距长沙止四五里，乃将平子原书取出，委诸柩上，哭别而去。平子尚有弟兄，闻知此事，亟往追寻，那范式已早至京师，不及相见了。此事比前事尤难。长沙官吏，也有所闻，因乘掾属上计时，汉制郡国州县，每岁应入呈计簿，故称上计。表奏范式行状，三公争欲罗致，驰书征召，式尚不肯起；嗣经州吏举为茂才，方才诣阙受官，累迁至荆州刺史。式既到任，行巡至新野县，县吏当然相迎。前有导骑一人，伛偻前来，式似曾相识，就近审视，确是同学友孔嵩，便把臂与语道："汝莫非孔仲山么?"仲山系嵩表字,嵩南阳人,家贫亲老,特隐姓埋名,为新野县佣卒,至此不便再讳,只好直认。式复叹息道:"尔我尝曳裾入都,同游太学,我蒙国厚恩,位至牧伯,尔乃怀道隐身,下侪卒伍,岂不可惜?"嵩笑答道:"侯嬴长守贱业,*侯嬴,系战国时魏人,年七十,为大梁门卒,信陵君闻名,往聘,嬴不肯起。晨门自愿抱关,见《论语》。*孔子欲居九夷,士不得志,贫贱乃是本分,何足叹息呢?"*也是一个志士。*式敕县吏派人代嵩,嵩以为受佣未毕,不肯退去。及式还官舍,当即上登荐牍,未几即由公府辟召。嵩就征赴都,途次投宿下亭,有数盗前往窃马,闻知为嵩所乘,互相责让道:"孔仲山乃南阳善士,怎可盗他坐骑呢?"*盗亦有道。*遂将马送还,当面谢罪。后来式迁庐江太守,嵩亦官至南海太守,并有循声。可见得义士所为,穷达不移,正自有一番德业哩! 就是李善亦南阳人氏,从前本为李元家奴,建武中南阳患疫,元家相继病殁,惟孤儿续才生数旬,家资却有千万,诸奴婢互相计议,欲将婴儿杀死,分吞财产。善独力难支,潜负续逃隐瑕丘,亲自哺养,乳竟流汁,得饲孤儿,历尽许多艰苦,方得将续逐渐养成。续稍有知识,即奉善若严父,有事辄长跪请白,然后敢行。闾里都为感化,相率修义。及续年十岁,善挈续归里,诉诸守令,守令乃捕系诸奴婢,一鞫即服,分别诛戮,仍将旧业归续收管,嗣是善义声远闻。时钟离意方为瑕丘令,上书荐善,有诏令善及续并为太子舍人,公府复引善入幕,委治烦剧,事无不理,因再迁至日南太守。善从京师赴任,道出南阳,过李元墓,预脱朝服,持锄刈草,亲治鼎俎,供诸墓前,跪拜垂涕道:"君夫人!善在此!"及祭毕后,尚留居墓下,徘徊数日,然后辞去。既至日南,惠爱及民,怀来异俗。再调为九江太守,途中遇病,仓猝寿终。续为善持服,如丧考妣,后来亦官终河南相,以德报德,两贻令名,岂不是行善有福么?*唤醒世人。*独叶令王乔,具有幻术,每月朔望,尝自县诣阙入朝,独不见有车骑相随,朝臣并惊为异事,明帝亦为动疑,密令太史伺乔踪迹。太史复称乔将至时,辄有双凫从东南飞来,于是静待凫至,举网抛凫,变做一舄。诏令尚方官名。验视,乃是前时赐给尚书官属,舄尚如新。尤奇怪的是当乔入朝,叶县门下鼓自能发声,响彻京师。后来空中有一玉棺,徐降至叶县大庭,吏人用力推移,终不能动。乔恍然曰:"想是天帝召我呢!"乃沐浴衣服,僵卧棺中。俄而属吏就视,已无声息,越日才为盖棺,舁葬城东,土自成坟。是夕县中牛皆流汗喘乏,好是负重过甚,疲惫不堪,百姓益以为神,替他立庙,号叶君祠。吏民祠祷,无不应验;若有违犯,立致祸殃。或说他即仙人王子乔,即周灵王太子晋,相传为吹笙缑岭,跨鹤升天。是真是假,小子亦无从证实,但究不如范式、李善等人,可为世法呢! 小子有诗咏道:

>淑世应当先淑身,子臣弟友本同伦。
>试看义士临民日,不借仙传化自神。

还有高尚不仕的志士,也有数人,待至下回再表。

广陵王荆,与楚王英罪案相同,而楚狱独连坐数千人,岂楚事更甚于荆事耶?荆有三十举兵之言,见诸史传,谅必非后人虚诬。英则私造图书,而镌刻之为何文,未尝详载,是荆之罪证已明,而英之罪证,尚有可疑。英死而案已可了矣,乃辗转牵引,连累无穷,至寒朗抴生力辩,方得少回君意,何明帝之嫉视楚狱若此?意者其以英为许氏所出,不若荆之为同母弟欤?然以同母异母之嫌,意为轻重,明帝亦未免不明矣。若范式、李善,信义可风,为古今所罕有,类叙以风后世,著书人固自有苦心也。

第二十七回　哀牢王举种投诚
　　　　　　匈奴兵望营中计

却说东汉初年的高士,最著名的是严子陵,子陵已见前文。后来复有扶风人梁鸿,与妻孟光,偕隐吴中。鸿字伯鸾,父让尝为王莽时城门校尉,迁官北地,使奉少皞祭祀,遭乱病殁,鸿无资葬父,用席裹尸,草草瘗埋。后来受业太学,博通经籍,因落魄无依,不得已至上林苑中替人牧豕,偶然失火,延及邻居,当即过问所失,用豕作偿,邻主人尚嫌不足,乃愿为作佣,服劳不懈。乡间耆老,见鸿非常人,免不得代为气忿,交责佣主,佣主人始向鸿谢过,将豕还鸿。鸿不受而去,仍归扶风。里人慕鸿高义,争与议婚,鸿一一辞谢。惟同县孟氏有女,年已三十,体肥面黑,力能举臼,尝择配不嫁,父母问为何因?女答说道:"须得贤洁如梁伯鸾,方可与婚。"貌陋而心独明。父母闻言,便托人代达女言,传入鸿耳。鸿喜得知己,就向孟女家纳聘,女既许字,即预制布衣麻屦,及筐筥织绩等具,及吉期已届,不得不盛饰前往。相处七日,鸿不与答言,孟女乃跪请道:"妾闻夫子高义,择偶颇苛,妾亦谢绝数家,今得为夫妇,两意相同,乃七日不答,敢不请罪?"鸿方与语道:"我欲得布衣健妇,俱隐深山,今乃着绮罗,敷粉黛,岂鸿所愿?鸿所以不便与亲呢!"孟女道:"夫子深甘高隐,妾自有衣服预备,何必劳心?"说着,即退入内室,不消片时,已将盛饰卸尽,改易布衣椎髻,操作而前,鸿大喜道:"这才不愧为梁鸿妻,能与我同志了!"因名孟女曰光,字曰德曜。同居数月,毫无间言,孟光独发问道:"妾闻夫子欲隐居避患,今奈何寂然不动,莫非欲低头相就么?"鸿从容答道:"我正欲徙居哩!"一面说,一面即摒挡行李,搬入霸陵山中,耕织为业,琴书自娱;暇时搜集前代高士,如四皓以来二十四人,共为作颂,借以为励。四皓,并隐居商山,见《前汉演义》。后来复隐姓改名,与妻子避居齐鲁间,转适吴中,依居富家皋伯通庑下,替人赁舂。每日归餐,孟光已具食以待,不敢在鸿前仰视,举馔相饷,案与眉齐。事为皋伯通所闻,不禁诧异道:"彼既为人作佣,能使妻相敬如此,定非凡人。"乃邀鸿在家食宿,鸿得闭门著书,共十余篇。已而病剧,始将真姓名相告,且出言相托道:"我闻延陵季子,曾葬子嬴博间,不归乡里,亦愿举此相托,幸勿令我子奔丧回乡。"伯通面为许诺。及鸿已殁,伯通为寻葬穴,至吴要离冢旁,得有隙地,便欣然道:"要离烈士,伯鸾清高,可令相近,地下当不致岑寂了。"恐怕是志趣不同。安葬已毕,孟光挈子拜谢,仍回扶风去讫。鸿有友人高恢,少好黄老,尝隐居华阴山中,与鸿互相往来,及鸿东游思恢,尝作诗云:"鸟嘤嘤兮友之期,念高子兮仆怀思;想念恢兮爰集兹,嗣终因道远音稀。"不复相见,恢亦终身不仕,相继告终。还有扶风人井大春,单名为丹,少时亦在太学受业,通五经,善谈论,京中人相语云:"五经纷纶井大春。"建武末年,沛王辅等,留居北宫,皆好宾客,遣使请丹,并不能致。信阳侯阴就,为阴皇后弟,向五王求钱千万,谓能使丹应召。五王即出资相给。阴就却暗嘱吏役,出丹不意,把他强劫至府,故意用菜饭饷食。丹推案起立道:"丹以为君侯能供甘旨,故强邀至此,奈何如此薄待呢?"就闻言后,乃改给盛馔,并亲自陪食,食毕就起,左右进辇。丹从旁微笑道:"夏桀常用人驾车,君侯岂也愿为此么!"两语甫毕,盈庭失色,就不得已用手挥辇,徒步趋入,丹亦扬长自去,卒得寿终,这且不消细叙。

且说明帝在位十余年,国家方盛,四海承平,只有汴渠历年失修,常患河溢,兖豫百姓,屡有怨咨。明帝意欲派员修治,适有人荐乐浪人王景,善能治水,乃召景诣阙,令与将作谒者官名。王吴,调发兵民数十万,往修汴堤。汴渠自荥阳东偏,至千乘河口,延袤约一千余里,王景量度地势,凿山开涧,防遏要冲,疏决壅积,每十里立一水门,使水势更相回注,不致溃漏,于是修筑堤防,得免冲激。好容易缮工告竣,已是一年有余,糜费以百亿计。但东南漕运,全赖汴渠,从前河汴合流,水势泛滥,运船往往出险,至王景监工修治,分泄河汴水道,漕运方可无忧了。是时哀牢夷酋柳貌,率众五万余户,乞请内附,明帝当然照准,遣使抚,乘便勘验地形。哀牢先世有妇人沙壹,独居牢山,捕鱼为生,一日至水中捕鱼,偶触一木,感而成孕,产下男孩十人。忽水中木亦浮出为龙,飞向牢山,九孩骇走,一孩尚未能行,背龙坐着,龙伸舌舐儿,徐徐引去。沙壹时亦惊避,待龙去后,返觅十孩,却是一个不少,惟幼孩从容坐着,毫不慌张。沙壹系是蛮人,声同鸟语,常谓背为九,坐为隆,因名幼孩为九隆。语近荒诞。后来诸孩长大,九兄以幼弟为父所舐,必有吉征,乃共推为王。可巧牢山下有一夫一妇,生得十女,适与沙壹十儿相配,遂各娶为妻室,

第二十七回　哀牢王举种投诚　匈奴兵望营中计

真是无巧不成话。辗转滋生，日益繁衍。九隆回溯所生，不忘本来，因令种裔各刻画身体，状似龙鳞，且背后并垂一尾，缀诸衣上。到了九隆病死，世世相继，遂就牢山四面，分置小王，随地渔猎，逐渐散处，惟与中国相距甚远，未尝交通。至建武二十三年间，哀牢王贤栗，督率部众，乘筏渡江，击邻部鹿茤，鹿茤人不及预备，多被擒获。不意天气暴变，雷雨交作，大风从南方刮起，撼动江心，水为逆流，翻涌至二百余里，筏多沉没，哀牢人溺死数千名。贤栗心尚未死，再遣六部酋进攻鹿茤。鹿茤部酋正拟兴兵报怨，闻得哀牢又来扰境，当即倾众出战。这番接仗，与前次大不相同，鹿茤人个个愤激，个个勇敢，杀得哀牢部众东倒西歪。哀牢六王，不知兵法，还想与他蛮斗，结果是同归于尽。残众抢回尸骸，分别藁葬，当夜被虎发掘，把尸骸一顿大嚼，食尽无遗。贤栗得报，方才惊恐，召集部众与语道："我等攻掠边塞，也是常事，今进击鹿茤，偏遭天谴，摧残至此，想是中国已有圣帝，不许我等妄动，我等不如通使天朝，愿为臣属，方算上策。"大众齐声应诺。乃于建武二十七年间，率众东下，至越嶲太守郑鸿处乞降。鸿当即奏闻，有诏封贤栗为哀牢王，令他镇守原地。嗣是岁来朝贡。到了永平十二年，哀牢王贤栗早死，嗣王叫做柳貌，又挈五万户内附。明帝遣使勘抚，得接复报，遂决议建设郡县，即将柳貌属境，分置哀牢、博南二县，罢去益州西部都尉，特置永昌郡，并辖哀牢、博南，始通博南山，度兰沧水。惟山深水湍，跋涉维艰，行人多视为畏途，尝作歌云："汉德广，开不宾，度博南，越兰津，度兰沧，为他人。"中国人素惮冒险，即此可见一斑。歌谣虽是如此，但往来使人，每岁不过数次，却也无甚关碍。再加西部都尉郑纯，调任永昌太守，为政清平，化行蛮貊，自哀牢王柳貌以下，各遵约束，岁贡维谨，西南一带，帖然相安，不在话下。

　　惟北匈奴阳为修和，阴仍寇掠，回应二十三回。仆射耿秉，耿弇从子。屡上书请击北匈奴，明帝尚不欲遽讨，令显亲侯窦固，及太仆祭肜等，商议进止。众议以为应遣将出屯，相机进取。明帝乃拜耿秉为驸马都尉，副以骑都尉秦彭，窦固为奉车都尉，副以骑都尉耿忠，弇子。并为置从事司马，出屯凉州。转瞬间已是永平十六年，耿秉等急欲邀功，奏请出塞北伐，明帝因命祭肜出征，使与度辽将军吴棠，征集河东、河西羌胡各兵，及南单于兵万一千骑，出高阙塞；再遣窦固、耿忠，率酒泉、敦煌、张掖甲卒，及卢水羌胡万二千骑，出酒泉塞；耿秉、秦彭率武威、陇西、天水募兵，及羌胡万骑，出居延塞；骑都尉来苗、护乌桓校尉文穆，率太原、雁门、上谷、渔阳、右北平、定襄各郡兵马，及乌桓、鲜卑兵万余骑，出平城塞，四路兵共伐北匈奴。窦固、耿忠行至天山，适与北匈奴西南呼衍王相遇，一番交绥，斩首至千余级，追杀至蒲类海，取得伊吾庐地，特置宜禾都尉，留吏士屯田伊吾庐城。耿秉、秦彭，袭击北匈奴南部勾林王，颇有杀获，进至绝幕六百余里，直抵三沐楼山，四望无人，乃收兵南归。来苗、文穆，至勾河水上，虏皆奔走，无从截夺，也即退回。祭彤、吴棠与南匈奴左贤王信，出高阙塞，驰行九百余里，不见一虏，只前面有一山相阻，山势不甚高峻，信却指为涿邪山，说是冈峦回阻，不便前进，因勒马下寨，好几日不闻动静，只好却还。其实王信与祭彤，两不相合，所以妄言误事。嗣经朝廷察觉，说棠与彤逗留畏懦，将他革职，召还系狱。彤系故征虏将军祭遵从弟，素性沈毅，屯边有年，信及外夷，此次坐罪被系，当然有人替他救解，不过数日，便即释出。彤且惭且恨，竟至呕血不止，临终嘱语诸子道："我蒙国厚恩，奉命出征，不能立功报国，死且怀惭；从前所得赐物，理应一律呈还，汝等能承我志，当自诣军营，效死戎行，聊补我恨！"言讫遂逝。遗恨无穷。长子逢依嘱上簿，具呈遗言。明帝已知彤忠诚，再拟任用，陡闻彤病重身亡，不胜惊悼，因召逢入见，详问乃父病状，悲叹不已，抚恤有加。及彤葬后，次子参遵父遗命，投入奉车都尉窦固营中，随征车师，后文另表。乌桓、鲜卑，统慕祭彤威信，有时使人入京，每过彤冢，必拜谒号泣。辽东吏民，因彤前为太守，却寇安边，追怀功德，特为立祠致祭，四时不懈。生虽失荣，死俱含哀，可见得公道尚存，虽死犹生呢？好作后人榜样。

是年秋季，北匈奴复大举入寇，直指云中，太守廉范，督率吏士，出城拒敌。吏见虏众势盛，恐自己兵少难支，乃请范回城保守，移书他郡求援。范微笑道："我自有却敌的方法，何用多忧！"说着，遂令军士安营静守，不准妄战。好在虏兵初至，倒也有意休息，未尝相逼。俄而日暮，范令军士各交缚两炬，三头爇火，环绕营外，好似有千军万马，趋集拢来。虏兵远远望见，总道是汉救兵至，不禁惶骇，正拟俟旦退兵，不防汉营中已扬旗鸣鼓，出兵前来。那时不知有多少兵马，还是走为上计，一声哗噪，弃营尽走，却被范驱杀一阵，送脱了几百颗头颅。尚恐汉兵追蹑，狼狈急奔，甚至自相践踏，伤亡至千余人，嗣是不敢再向云中。范字叔度，系杜陵人，世为边郡牧守。独范父客死蜀中，范年十五，闻讣哀恸，往迎父丧。蜀郡太守张穆，为范祖廉丹故吏，厚资赆范，范一无所受。携榇东行，路过葭萌，载船触石，竟致破没，范两手抱柩，随与俱沉。幸由旁人怜范孝义，并力捞救，才得免死。柩亦捞起，舁归安葬。乃诣都求学，师事博士薛汉，终得成名。既而薛汉连坐楚狱，伏法受诛，楚狱，见前回。故人门生，莫敢过问，惟范收尸殓葬，为有司所奏闻。明帝大怒，召范入责道："薛汉与楚王同谋，交乱天下，汝不与朝廷同心，反敢收殓罪人，难道不畏王法么？"范叩头道："臣自知无状，但以为汉等受诛，身已伏辜，尸骸暴露，臣与汉谊属师生，不忍漠视，因此草草收殓，罪当万死！"明帝听着，怒亦少平，因复问道："卿是否廉颇后人，与前右将军褒、大司马丹，有亲属关系否？"范答说道：

第二十七回　哀牢王举种投诚　匈奴兵望营中计

"褒系臣曾祖,丹系臣祖考呢!"明帝叹道:"怪不得有此胆量,朕嘉卿知义,权贯卿罪!"范乃叩谢而退。孝义可风,故特详叙。自是义声益著,得举茂才,再迁为云中太守。却敌有功,名扬中外,嗣复历任武、威武都二郡太守。随俗化导,并有政绩,再调守蜀郡。蜀俗素尚词辩,互讼短长,范每以醇厚相励,禁止告讦。成都民物丰盛,邑宇逼仄,旧制禁民夜作,冀免火灾,百姓更相隐蔽,屡兆焚如。范撤销旧令,但严令储水,火一触发,得水即灭,百姓称便。乃讴歌范德,编成数语云:"廉叔度,来何暮? 不禁火,民安作,平生无襦今五袴!"范在蜀数年,坐事免归,居家考终。先是范与洛阳人庆鸿为刎颈交,始终不渝,时人谓前有管鲍,管仲、鲍叔。后有庆廉。庆鸿亦慷慨好义,位至琅琊、会稽二郡太守,所至俱有政声,不消絮述。会由益州刺史朱辅,报称白狼王唐菆等,菆音丛。慕化归义,献上歌诗三章,重译以闻。明帝颁下史官,备录歌诗,第一章是《远夷乐德歌》,歌云:

　　大汉是治,与天意合。吏译平端,不从我来。闻风向化,所见奇异。多赐缯布,甘美酒食。昌乐肉飞,屈伸悉备。蛮夷贪薄,无所报嗣。愿主长寿,子孙昌炽!

次章为《远夷慕德歌》,歌云:

　　蛮夷所处,日入之部。慕义向化,归日出主。圣德深恩,与人富厚。冬多霜雪,夏多和雨。寒温时适,部人多有。涉危历险,不远万里。去俗归德,心向慈母。

末章为《远夷怀德歌》,歌云:

　　荒服之外,土地硗确。食肉衣皮,不见盐谷。吏译传风,大汉安乐。携负归仁,触冒险狭。高山岐峻,缘崖磻石。木薄发家,百宿到洛。父子同赐,怀抱匹帛。传告种人,长愿臣仆!

白狼以外,又有槃木等百余部落,俱在西南寨外,素与中国不相往来,至此皆举种称臣,奉献方物。端的是东都昌盛,不让西京。小子有诗咏道:

　　　哀牢内附白狼归,万里蛮荒仰汉威。
　　　读罢夷歌三迭曲,炎刘火德庆重辉。

南夷既已归附,乃更从事西戎,又出了一位大名鼎鼎的英雄,底定前功。欲知此人为谁,待至下回发表。

哀牢为西南夷之一部,龙种之说,实属讹传。彼夷人未知文教,数典忘祖，故诞言以夸示部众耳。班书虽援有闻必录之例，但以讹传讹，愈足滋惑。近儒谓中国无信史，说虽过甚，要亦不能无讥。历代史家，首推迁、固，彼且如此，遑论自郐以下乎？祭肜等四路出兵，无功而返，肜竟因此坐罪，呕血致死，论者惜之。廉范独以寡击众，有却敌之大功，而且历任郡守，迭著循声，此正当亟为褒扬，风励后世，较诸梁鸿、井春诸人，第知正己，未及正人者，固尤为有关世道也。

第二十八回　　使西域班超焚虏
御北寇耿恭拜泉

却说奉车都尉窦固，前与诸将出讨北匈奴，他将俱不得功赏，独固军至天山，斩获颇多，加位特进。固本前大司空窦融从子，父友曾受封显亲侯，友殁固嗣，又曾尚涅阳公主，显荣无比。明帝因他旧住河西，熟悉边情，所以委令北伐。及天山战胜，功出人上，复有诏令耿秉诸将，并受固节度。固得有专阃权，遂欲踵行汉武故策，招抚西域，截断匈奴右臂，用夷制夷。当下派使西行，特选出一个智勇深沉的属吏，令与从事郭恂，同往西域。这人为谁？乃是故文吏班彪少子超。彪擅长文辞，官至望都长而终。长子固，字孟坚，九岁即能属文，及年已成人，博通书籍，所有九流百家诸言，无不穷究。明帝召诣校书部，使为兰台令史，撰述史传。有弟名超，字仲升，少有大志，不修细节。当兄固应诏时，自与母随入都中，至官署中充作书佣，终日劳苦，所得寥寥，尝投笔愤慨道："大丈夫无他志略，尚当效傅介子、张骞，立功异域，博取侯封！怎能郁郁久事笔墨间呢？"傅、张立功，并见《前汉演义》。左右听了，都不禁暗笑，超奋然道："小子怎知壮士志，奈何笑人？"男儿当自强。既而与相士叙谈，问及将来穷达，相士道："今日一布衣，他日当封侯万里！"超笑问原因，相士指超面道："君燕颔虎颈，飞行食肉，这就是万里侯相呢！"未几果得朝廷特诏，令超与兄固同官，亦得拜兰台令史。就职年余，又复因事免官，独窦固器重超才，殷勤款接，及出握兵符，遂调超为假司马。前次追虏至伊吾庐城，超尝执戈前驱，得胜回营，事见前回。至此与郭恂同使西域，奉令即行。

自光武帝修文偃武，不愿用兵，西域一带，由他自主。因此车师、鄯善等国，又去依附匈奴。见二十一回。莎车王贤，恃强用兵，并吞于阗、大宛诸国，使部将君得率兵监守。于阗遣将休莫霸，收合余众，攻杀君得，自立为王。莎车王贤，当即大愤，督领诸国数万人，往攻休莫霸。偏又为休莫霸所败，伤亡过半，贤脱身走归。休莫霸进围莎车，身中流矢，方才退兵，途次殒命。国相

第二十八回　使西域班超焚虏　御北寇耿恭拜泉

苏榆勒等，共立休莫霸兄子广德为王。时龟兹王则罗，为国人所杀，则罗本莎车王贤少子，国人既敢杀死则罗，当然不服莎车，龟兹为莎车所并，亦见二十三回。又恐莎车往攻，索性联属匈奴，先击莎车。两下里争战不休，互有杀伤。于阗王广德，正好乘他疲乏，使弟仁督兵万人，直逼莎车城下。莎车王贤连被兵革，不堪再增一敌，没奈何遣使出城，至广德营中请和，愿将己女配与广德。广德踌躇半晌，方才允诺。待贤将女送交，便一拥而去。好容易过了一年，莎车城外，复来了于阗兵马，差不多有三四万人。莎车王贤登城俯眺，遥见广德押住阵后，跨马扬鞭，指挥如意，乃高声呼语道："汝为我女夫，无端兴兵相犯，究欲何为？"广德答说道："正因王为我妇翁，久不相见，所以前来问候！今愿请王出城结盟，再修前好。"贤听了此言，又似广德无意构衅，但既欲修盟，为何带来许多人马？当下狐疑不决，因向国相且运商议。且运忙说道："广德为大王女婿，谊关至戚，何妨出见？"贤遂释去疑团，坦然出城。广德跃马相迎，彼此问答，未及数语，忽由广德一声暗号，突出壮士数十名，拥至莎车王贤马前，把贤拖落马下，捆绑起来。贤尚想且运出救，那知且运正私召广德，叫他前来捉贤，一见广德得手，便大开城门，纳入于阗兵马，趁势将贤妻子，一并拿下。当即由广德留下将士，与且运同守莎车，自押贤等归国，未几竟将贤杀死。大约是妆奁未足，故将头颅赔送。匈奴闻莎车被灭，恐广德乘此强盛，将为己害，乃征发龟兹、焉耆、尉黎等国骑兵，得三万人，统以五将，合围于阗。广德料不能敌，遣使乞降，并出长子为质，每岁贡给罽絮等物。匈奴乃退，另立莎车王贤子齐黎为莎车王，广德心惮匈奴，未敢与争。惟西域诸国，要算广德最强，次为鄯善国王。鄯善自服属匈奴后，国内无事。见二十一回。

　　鄯善嗣王广休养生息，势亦日昌，班超与郭恂等先到鄯善，国王广却殷勤款待，礼意甚周。越数日忽渐疏懈，超密语吏属道："诸君可知鄯善薄待么？我想鄯善王广，必因有北虏使来，未识所从，故礼不如前，智士能明几知微，况已情迹昭著呢？"道言甫毕，适有鄯善役使，来饷酒食，超故意问道："匈奴使来已数日，今在何处？"鄯善本讳莫如深，不意被超一口道破，还道超已有所闻，只好和盘说出。超将役使留住，闭门不放，潜集吏士三十余人，与共饮酒，酒至半酣，蓦然语众道："卿等与我共来绝域，本欲建立大功，邀取富贵，今虏使才到数日，国王广礼意浸衰，倘彼见我吏属寥寥，出兵拘拿，械送匈奴，恐我等骸骨，徒为豺狼所食，奈何！奈何！"吏士闻言，俱愁眉相答道："事已如此，只得甘苦同尝，死生愿从司马！"遣将不如激将。超奋起道："不入虎穴，怎得虎子？为今日计，唯有乘着昏夜，火攻虏使，彼不知我等多少，定然惊骇，我若得将虏使击毙，鄯善自然胆落，功成名立，在此一举了！"大众听着，又觉得危疑起来，半晌才说道："请与郭从事熟商！"超瞋目道："吉凶决在今夜，郭从事系文俗吏，闻此必恐！一或谋泄，反致速死，如何算得壮士呢？"仍是激将。众见超面带怒容，未免慑服，乃愿从超计。超即命吏士整束停当，待至夜半，率众三十余人，径奔匈奴使营。可巧北风大起，吹彻毛骨，众且前且却，尚有惧容，超与语道："这正是天助成功，尽可放胆前行，无庸顾虑！"说着，遂令十人持鼓，绕出虏帐后面，且密嘱道："如见有火光，即当鸣鼓大呼，万勿失约！"十人领命去讫。又使二十人各持箭械，趲至虏帐，夹门埋伏。超自率数骑，顺风纵火，前后鼓噪声同时响应，虏使从梦中惊醒，走投无路，仆从越加惶怖，顿致大乱。超首先突入虏营，格毙三人，吏士一拥齐上，竟将虏使击毙，并杀虏使随兵三十余人，一面纵火焚营，把虏众百余名，一齐烧死。时已天明，超率众返告郭恂，恂方得闻知，不禁大骇。真是饭桶。既而俯首沉吟，超已知恂意，举手与语道："从事虽未同行，但休戚与共，超亦岂欲独擅己功？"恂乃心喜，面有欢容。因人成事，还想分功。超即召鄯善王广，取示虏使首级，广吓得面色如土，再经超宣汉威德，叫他从今以后，勿得再与北虏交通，否则虏首可作榜样，幸毋后悔！广连忙伏地叩头，唯唯听命，遂纳子为质，随超还报。窦固大喜，且陈超功，并请选使再抚西域。明帝览奏，欣然说道："智勇如超，何不再遣，还要派什么别人？"当下拜超为军司马，令他续成前功。窦固奉命，因复遣超西往于阗，并欲拨兵为助。超答说道："于阗国大路遥，就使带兵数百，亦不足济事，多反为累，超但将前时从行三十六人，往彼宣抚，相机处置，便已敷用了。"言毕遂行。

　　好多日才抵于阗，于阗王广德，雄视西域，虽尝接见超等，却是傲然自若，不甚敬礼，且召巫入问向背。巫假意祷神，费了许多做作，方张目说道："神有怒意，谓于阗王何故竟欲向汉？汉使有骃马骑来，可取以祠我！"广德素来迷信，即使人向超求马。超已侦得巫言，谓须巫亲自来取，巫竟如言趋至，超不与多言，突拔佩刀劈巫，砉然一声，巫首落地，有胆有识。便持了巫首，进示广德，且将前时制服鄯善情形，当面陈述，令广德自择进止。广德惊出意外，派人调查鄯善，果有虏使被杀、遣子入质等情，乃亦决计附汉，不属匈奴。匈奴本有将吏留守于阗，监护广德，广德即暗地发兵，攻杀匈奴将吏，携首献超。超随身带有金帛，当即出赠广德，与广德以下诸官属。夷人素性贪利，得了馈遗，自然额手相庆，愿听约束。于阗、鄯善为西域望国，两国既已归汉，余国多半听从，依次遣子入侍。西域与汉绝交，已有六十五年，至此乃复与汉往来，奉汉正朔。独龟兹王建，为匈奴所立，未从汉命，并据有天山北道，攻杀疏勒王，另使龟兹贵人兜题，为疏勒主。疏勒在于阗西北，超意欲袭取，就从间道入疏勒境，先遣从吏田虑，往抚兜题，拨吏士十余人随往，临行嘱虑道："兜题非疏勒种，国人必不用命，卿前去招抚，若彼不即降，可乘虚执取，切勿有误！"

第二十八回　使西域班超焚虏　御北寇耿恭拜泉

虑也有干略，应声即往。到了兜题所居的槃橐城，报名进见，兜题却无降意，语多含糊。虑见他卫卒寥寥，即回引从士，抢步上前，立将兜题拖下，用绳捆住。兜题左右，不过数人，没一个前护兜题，统去躲闪一旁。虑得将兜题牵出，飞驰白超。超亟往疏勒，尽招该国将吏，慷慨与语道："龟兹无道，横行劫杀，汝等正当为故主报仇，奈何降虏？"国人答以力不从心，只好缓图。超又说道："我乃大汉使臣，来抚汝国，汝能从我号令，何患狡虏？现在故主有无遗裔，应该迎立为王！"国人答言故主无子，只有兄子榆勒尚存。超即命迎入，使王疏勒，更名为忠，国人大悦。当下牵入兜题，遍问大众道："此人可杀否？"众齐称可杀，超却喟然道："杀一庸夫，有何益处？不如把他放还，使龟兹知大汉威德，不在多诛。"众又相率赞成。超乃命将兜题释缚，叫他归告龟兹王，速即降汉。兜题幸得免死，诺诺连声，拜谢而去。此等人，原不值污刀。超既抚定疏勒，遣人往报窦固。固正奉诏出师，往讨车师，因檄超暂留疏勒，不必遽归，自与驸马都尉耿秉、骑都尉刘张，领兵出敦煌，越塞至蒲类海，击破白山虏兵，直入车师。车师向分前后二庭，前王居交河城，后王居务涂谷，相去约数百里，从前尝附属西汉，汉衰乃转归匈奴。窦固入车师境，因虑后王道远，山路崎岖，不如就近攻击前王。独耿秉谓车师前王，乃后王安得子，若先攻后王，并力取胜，那时前王自服，不待劳师。固沉吟未决，秉奋身起座道："秉愿前行！"说着，即出营上马，挥兵北进，众军不得已随行。至务涂谷相近，攻破虏垒，斩首数千级，后王安得大恐，慌忙出门迎秉，脱帽长跪，抱秉马足，俯首乞降。秉引与见固。固令安得招降前王，前王当然听命。车师全定，乃奏请复置西域都护，分设戊己校尉。当下简选陈睦为都护，司马耿恭为戊校尉，留屯车师后王部金蒲城，谒者关宠为己校尉，留屯前王部柳中城。固班师入塞，静候朝命，朝旨令他罢兵还京，固不敢违慢，自然南归。

　　未几已是永平十八年仲春，北匈奴闻汉兵已归，便遣左鹿蠡王率二万骑兵，往攻车师后庭。车师后王安得，本来庸弱，不能抵拒，当即飞使至金蒲城，向耿恭处乞援。恭部下不过二三千人，未便多出，但令司马领兵三百，往救安得。看官试想，三百人如何济事？一至务涂谷旁，不值虏军一扫。匈奴兵杀尽汉兵，气焰愈盛，立即捣入务涂谷，乱斫乱杀，可怜车师后王安得，也被剁死乱军中。虏骑乘胜长驱，进薄金蒲城，耿恭乘城搏战，预用毒药涂上箭镞，待至虏骑蚁附，即令吏士四射，且射且呼道："汉家箭有神助，若被射着，必有奇变！"虏骑不免中矢，顾视创痕，果皆沸裂，于是人人皆惊。凑巧天起狂风，继以暴雨，恭军正在上风，顺势逆击，杀伤甚众。匈奴兵益疑恭为神，相顾错愕道："汉兵深得神佑，我等枉送性命，不如罢休！"乃相率引去。恭料匈奴必再窥西域，乃巡视疏勒城旁，此非疏勒国城。见有涧水可固，因即引兵据住。到了春去夏来,房骑果复大至,来攻疏勒城。恭悬赏募士,得壮夫数千名,前驱陷阵,自率兵吏随后继进,击破房骑,杀获颇多。房尚未肯弃去,屯驻城下,堵住涧水,不使流入城中。恭回城拒夺,因军士无从得水,也觉焦灼,急命在城中阱井,掘地深十五丈,不得涓滴,害得全军皆渴,不得已压笮马粪,取汁为饮。恭仰天长叹道:"我闻从前李贰师,即李广利。尝拔佩刀刺山,涌出飞泉,今汉德重昌,岂无神明默佑?我当虔诚祷祝便了!"遂整肃衣冠,向井再拜,且拜且祝,约阅片时,竟有泉水奔出,滔滔不绝,大众皆称万岁。是即至诚格天。恭令吏士暂且勿饮,运水上城,和泥涂补,并沃水示房,房兵诧异道:"汉校尉真是神灵,何可再犯?"一声喧哗,万骑齐遁。恭也不去追赶,缮城自固罢了。

且说明帝在位,已阅一十八年,皇子炟为马后所爱,已早立为太子,年已二九。此外尚有八子,俱系后宫妃嫔所出,长名建,封千乘王,幼年殇逝;次名羡,封广平王;又次名恭,封巨鹿王;又次名党,封乐成王;又次名衍,封下邳王;又次名畅,封汝南王;又次名恭,封常山王;最幼名长,封济阴王。诸王年皆童稚,均留居京师,未曾就国。明帝尝亲定封域,每国不过数县,比诸兄弟所封,才得一半。马皇后进言道:"诸子只食采数县,得毋太嫌减损么?"明帝答道:"我子岂宜与先帝子相同?但得岁入二千万,供彼衣食,已不为不足了。"意在言外,非徒俭约而已。当时司空伏恭,已经罢职,改任大司农牟融为司空。司徒邢穆,接续虞延后任,回应二十五、二十六回。就职两年,适值淮阳王延,骄恣无度,延系明帝异母弟,为废后郭氏所出,已见前文。有人上书劾延,说他与姬兄谢弇,及姊婿韩光,招致奸猾,造作图谶,尝有祷禳咒诅等情。事下案验,连邢穆也受嫌疑,下狱论死,弇与光并皆伏法,惟延得因亲减罪,徙封阜陵,止食二县。另用大司农王敏为司徒。未几敏又病殁,召汝南太守鲍昱入都,擢为司徒。昱即故司隶鲍宣孙,前鲁郡太守鲍永子。宣娶桓少君为妻,鹿车回里,善修妇道,时人称为桓鲍,与梁孟齐名。梁鸿、孟光见前回。永与昱先后出仕,桓少君尚福寿康宁,昱尝从容进问道:"太夫人可忆挽鹿车时否?"少君应声道:"先姑有言,存不忘亡,安不忘危,我怎敢相忘呢?"可巧鲍宣女,亦一贤妇。既而少君寿终,永丁忧回籍,服阕复入任司隶校尉,守法不阿,权威敛手,终因抗直忤旨,出为东海相,病终任所。昱初为高都长,诛暴安良,再迁为司隶校尉,奉法守正,有祖父风。三世为司隶校尉,却是难得。旋出为汝南太守,筑陂捍田,政绩卓著。及代王敏为司徒,明帝特赐他钱帛什器,彰奖功能,昱子德亦得除为郎官,可见得善人遗泽,数世不衰。鲍宣虽然枉死,子孙终得显官,扬名后世,乃祖有知,也应含笑。就是桓少君的四德三从,从此亦扬徽彤管,并美留芳。小子有诗赞道:

　　　　　　修德由来获报隆,蝉联三代振家风。
　　　　　　须眉巾帼同千古,挽鹿齐心贯始终。
　　鲍昱得列三公,甫经年余,国内忽遭大丧,乃是明帝驾崩。事须详表,试看下回自知。

　　西汉有张骞,东汉有班超,皆一时人杰,不可多得。吾谓超之功尤出骞上,骞第以厚赂结外夷,虽足断匈奴右臂,而浪糜金帛,重耗中华,虽曰有功,过亦甚矣。超但挈吏士三十六人,探身虎穴,焚杀虏使,已见胆力;厥后执兜题,定疏勒,指挥任意,制敌如神,而于中夏材力,并不妄费,此非有大过人之才智,宁能及此？耿恭以孤军屯万里外,两却匈奴,始以药矢吓虏,具征谋略,继以拜井得泉,更见精诚,守边如恭,何需长城为哉？惜乎陈睦、关宠,皆不恭若,车师将定而仍未定,此古人之所以闻謦思将也。

第二十九回　　拔重围迎还校尉
　　　　　　　抑外戚曲诲嗣皇

　　却说永平十八年秋月,明帝患病不起,在东宫前殿告崩,享年四十八岁。遗诏无起寝庙,但在光烈皇后更衣别室,庋藏神主。光烈皇后,即阴皇后,见二十五回。前时所筑寿陵,椁广一丈二尺,长一丈五尺,不得逾限,万年后只许扫地为祭,四时设奠,如有违命,当以擅议庙制加罪。故宫廷遵照遗言,未敢加饰。在位十八年,谨守建武制度,不稍逾越。外戚不得封侯干政,馆陶公主系明帝女弟,为了求郎,明帝不许,惟赐钱千万,并语群臣道:"郎官上应列宿,出宰百里,一或失人,民皆受殃,所以不便妄授呢!"群臣齐称帝德,百姓亦安居乐业,共庆承平。不过明帝好尚刑名,察察为治,所有楚王英及淮阳王延狱案,牵累多人,未免冤滥。至如求书天竺,也觉多事,反启邪说诬民的流弊,这也是美中不足,隐留遗憾哩!抑扬悉当。话休叙烦,且说太子炟已将冠,即日嗣位,是为章帝。奉葬先帝于显节陵,庙号显宗,谥曰孝明皇帝,尊马皇后为皇太后。迁太尉赵憙为太傅;司空牟融为太尉,并录尚书事;进蜀郡太守第五伦为司空。伦履历已见前文,在蜀郡时,政简刑清,为各郡最,故章帝擢自疏远,俾列三公。忽由西域迭传警报,乃是焉耆、龟兹二国,连结北匈奴,攻没都护陈睦。北匈奴亦出兵柳中城,围攻汉校尉关宠。朝廷方有大丧,未遑发兵救急。车师亦为北匈奴所诱,叛汉附虏,与匈奴兵共攻疏勒城。校尉耿恭,督励军士,登陴拒守,好几月不得解围,储粟已空,没奈何煮铠及弩,取食筋革。

恭与士卒推诚相与,誓无贰志,所以众虽饥疲,仍然死守。北单于知恭已困,必欲生降,因遣使招恭道:"如肯降我,当封为白屋王,妻以爱女!"恭佯为许诺,诱使登城,用手格毙,焚磔城上。北单于大怒,更益兵围恭;恭再接再厉,坚守如故,一面遣使求援。柳中城亦危急万分,再三乞救。有诏令公卿会议,司空第五伦谓嗣君初立,国事未定,不宜劳师远征。似是而非。独司徒鲍昱进议道:"今使人置身危地,急即相弃,外增寇焰,内丧忠臣,岂非大失?若使权时制宜,后来得无边事,尚可自解;倘匈奴藐视朝廷,入塞为寇,陛下将如何使将?望彼效忠?况两部兵只有数千,匈奴连兵围攻,尚历旬不下,可见他兵力有限,不难击走。今诚使酒泉、敦煌二太守,各率精骑二千人,多张旗帜,倍道兼行,出赴急难,臣料匈奴疲敝,必不敢当,大约四十日间,便可还军入塞了!"章帝依议,乃使征西将军耿秉,出屯酒泉,行太守事;即令酒泉太守段彭,与谒者王蒙、皇甫提,调发张掖、酒泉、敦煌三郡人马,及鄯善骑士,共得七千余人,星夜赴援,终因道途辽远,未能遽至。时已改岁,下诏以建初纪元。适值京师及兖、豫、徐三州,连月不雨,酿成旱灾,章帝令发仓赈给,且下咨消灾弭患的方法。校书郎杨终上疏,略谓近时北征匈奴,西开三十六国,百姓频年服役,转输烦费,怨苦所积,郁为戾气,请陛下速行罢兵,方足化戾成祥云云。司空第五伦,亦赞同终议,独太尉牟融,与司徒鲍昱,上言征伐匈奴,屯戍西域,乃是先帝遗政,并非创行,古人有言,三年无改,方得为孝,陛下不必因此加疑,但当勤修内政,自可回天。昱又专名上书,谓臣前为汝南太守,典治楚狱,即楚王英事。逮系至千余人,或死或徙,窃念大狱一起,冤累过半,且被徙诸徒,骨肉分离,孤魂不祀,更为可悯;今宜一切赦宥,蠲除锢禁,能使死生得所,当必上迓休祥!章帝乃诏令楚案连坐,及淮阳事牵累,流成远方,尽可回里,共计得四百余家,相率称颂。会接酒泉太守段彭捷书,报称进击车师,攻交河城,斩首三千八百级,获生口三千余人,北匈奴骇退,车师复降。章帝阅毕,当然心慰,不再发兵,但交河城与柳中相近,同在车师前庭。段彭等所得胜仗,只能救出关宠,未遑顾及耿恭。适值关宠积劳病殁,谒者王蒙等,欲引兵东归,独耿恭军吏范羌,时在军中,固请迎恭同还。诸将不敢前进,惟给范羌兵二千人,从山北绕行。途次遇着大雪,平地约高丈许,还亏羌不辞艰险,登山过岭,吃尽辛苦,方得到疏勒城。城中夜闻兵马声,疑是虏骑凭陵,登城俯瞰,互相惊哗。范羌忙遥呼道:"我就是范羌,汉廷遣我来迎校尉哩!"城上闻言,始欢呼万岁,开门出迎,相持涕泣。越宿恭与俱归,只挈亲吏二十六人,出疏勒城,余众任他逃生。恭行未里许,后面尘头大起,虏骑陆续追至,当由恭率范羌等,且战且走,经过许多危险,才生入玉门关。亲吏已死了一半,只余一十三人,统是衣履穿决,困顿不堪。中郎将郑众守关,乃为恭等具汤沐浴,并

第二十九回　拔重围迎还校尉　抑外戚曲诲嗣皇

出衣冠相赠,一面上疏奏陈恭功略云:

> 耿恭以单兵固守孤城,当匈奴之冲,对数万之众,连月逾年,心力困尽,凿山为井,煮弩为粮,出于万死,无一生之望;前后杀伤丑虏,数千百计,卒全忠勇,不为大汉耻。恭之节义,古今未有,宜蒙显爵,以厉将帅,不胜幸甚。

章帝得奏,尚未答复,恭已驰入洛阳,司徒鲍昱,复奏恭节过苏武,应加爵赏。乃拜恭为骑都尉,恭司马石修,为洛阳市丞,张封为雍营司马,范羌为共丞,余九人皆补授羽林军将。赏亦太薄。恭母先殁,恭追行丧制,有诏使五官中郎将马严,赍赐牛酒,劝令释服,夺情就职。恭既退闲,奈何不许追服?寻复迁恭为长水校尉,恭只得受命,莅任去讫。章帝不欲再事西域,诏罢戊己校尉,及都护官,召还班超。超尚寓居疏勒国,奉诏将归,疏勒国全体惊惶,不知所措。都尉黎弇流涕道:"汉使弃我,我必复为龟兹所灭,与其后日死亡,不如今日魂随汉使,送与东归!"说罢,即引刀自刎。超虽然悲叹,究因皇命在身,未敢迟留,便启行至于阗国。国中王侯以下,闻知超越境东归,并皆号泣,各抱超马脚,相持不舍。超大为感动,留抚于阗,越旬日复至疏勒。疏勒两城,已投降龟兹,与尉头国连兵背汉。超率吏士斩捕叛徒,击破尉头,疏勒始得复安。于是拜本陈状,仍请留屯西域,章帝才收回前命,准超后议,事且慢表。且说马太后平素谦抑,从未举母家私事,有所干请,就是兄弟马廖、马防、马光,虽得通籍为官,终明帝世未尝超迁,廖止为虎贲中郎,防与光止为黄门郎。及章帝嗣位,即迁廖为卫尉,防为中郎将,光为越骑校尉。廖等倾身交结,冠盖诸徒,争相趋附。司空第五伦恐后族过盛,将为国患,因抗疏上奏道:

> 臣闻忠不隐讳,直不避害,不胜愚狷,昧死自表。《书》曰:"臣无作威作福,其害于而家,凶于而国。"《传》曰:"大夫无境外之交,束脩之馈。"近代光烈皇后,虽友爱天至,而卒使阴就归国,徙废阴兴宾客。其后梁、窦之家,互有非法,明帝即位,竟多诛之。自是洛中无复权威,书记请托,一皆断绝。又谕诸戚曰:"苦身待士,不如为国,戴盆望天,事不两施。"臣常刻著五脏,书诸绅带。而今之议者,复以马氏为言。窃闻卫尉廖以布三千匹,城门校尉防以钱三百万,私赡三辅衣冠,知与不知,莫不毕给。又闻腊日亦遗其在洛中者钱各五千。越骑校尉光,腊日用羊三百头,米四百斛,肉五千斤。臣愚以为不应经义,惶恐,不敢不以闻。陛下情欲厚之,亦宜有以安之!臣今言此,诚欲上忠陛下,下全后家,伏冀裁察。

疏入不报,且欲加给诸舅封爵,独马太后不从。建初二年四月,久旱不雨,一班谄附权戚的臣工,且奏称不封外戚,致有此变;未知他从何处说起。有司请援照旧典,分封诸舅。章帝即欲依议,马太后仍坚持不许,且颁敕晓谕道:

凡言事者,皆欲媚朕以邀福耳!一语道着。昔王氏五侯,同日俱封,黄雾四塞,不闻澍雨之应。见《前汉演义》。夫外戚贵盛,鲜不倾覆,故先帝防慎舅氏,不令在枢机之位,又言我子不当与先帝子等,今有司奈何欲以马氏比阴氏乎?且阴卫尉即阴兴,系阴后兄弟。天下称之,省中御者至门,未尝不衣冠相见,此蘧伯玉之敬也!伯玉,春秋时卫人。新阳侯指阴兴弟就,曾封新阳侯。虽刚强,微失理法,然有方略,据地谈论,一朝无双。原鹿贞侯,指阴兴兄识,曾封原鹿侯,殁谥曰贞。勇猛诚信。此三人者,天下选臣,岂可及哉?是马氏不逮阴氏远矣!吾不才,夙夜累思,常恐亏先后之法,有毛发之罪,故不惮屡言,而亲属尤犯之不止,治丧起坟,又不时觉,是吾言之不立,而耳目为之塞也!吾为天下母,而身服大练,食不求甘,左右但着帛布,无香熏之饰者,欲以身率下也!以为外亲见之,当伤心自敕,但笑言太后素好俭耳。前过濯龙门上,见外家问起居者,车如流水,马如游龙,苍头衣绿,领袖正白,顾视御者,不及远矣。故不加谴怒,但绝岁用而已,冀以默愧其心,而犹懈怠,无忧国忘家之虑。知臣莫若君,况亲属乎?吾岂可上负先帝之旨,下亏先人之德,重袭西京败亡之祸哉?特此布诏以闻。

这诏传出,群臣自不敢复言。惟章帝览着,不胜感叹,再向太后面请道:"汉兴以后,舅氏封侯,与诸子封王相同,太后原谦德虚衷,奈何令臣独不加恩三舅呢?且卫尉年高,两校尉常有疾病,如或不讳,使臣遗恨无穷,今宜及时册封,不可稽留!"马太后抚然道:"我岂必欲示谦,使帝恩不及外戚?但反复思念,实属不应加封。从前窦太后欲封王皇后兄,窦太后,即文帝后,王皇后,即景帝后。丞相周亚夫,上言高祖旧约,无军功不侯;今马氏无功国家,怎得与阴、郭两后,佐汉中兴,互相比拟?试看富家贵族,禄位重迭,譬如木再结实,根必受伤,决难持久。况士大夫私望侯封,无非为上奉祭祀,下图温饱起见。今祭祀已受大官赐给,衣食更叨御府余资,如此尚嫌不足,还想更得一县,岂非过贪?我已深思熟虑,决勿加封,幸毋多疑!从来人子尽孝,安亲为上;今屡遭变异,谷价数倍,正当日夕忧惶,不安坐卧,奈何先营外封,必欲违反慈母苦衷?我素性刚急,有胸中气,不可不顺!待至阴阳调和,边境清静,然后再行汝志,也不为迟,我庶可含饴弄孙,不再预闻政事了!"义正词严,不意宫廷中有此贤母。章帝听了,只好俯首受教,唯唯而退。马太后又手诏三辅,凡马氏姻亲,如有嘱托郡县,干乱吏治,令有司依法奏闻。太后母蔺氏丧葬,筑坟微高,太后即传语弟

第二十九回　拔重围迎还校尉　抑外戚曲诲嗣皇

兄,立命减削。外亲有义行上闻,辄温言奖勉,赏给禄位;否则召入加责,不假词色。倘或车服华美,不守法度,即斥归田里,杜绝属籍。于是内外从化,被服如一,诸戚震恐,不敢逾僭。又在濯龙园中,左置织室,右设蚕房,分派宫人学习蚕织;太后尝亲去监视,饬修女工。又与章帝晨夕相叙,谈论政事,并教授小王《论语》经书,雍容肃穆,始终不怠。备录后德,可作彤史之助。

至建初三年,册立贵人窦氏为皇后。后为故大司徒窦融曾孙女,祖名穆,父名勋,并骄诞不法,坐罪免官。融年近八十乃殁,赐谥戴侯,赙赠甚厚;独因子孙不肖,尝令谒者监护窦家。嗣由谒者劾穆父子,居家怨望,乃勒令窦氏家属,各归扶风原籍。惟勋曾尚东海王强女沘阳公主,许得留住京师。偏穆又赂遗郡吏,乱法下狱,与子宣俱死,勋亦坐诛。惟勋弟嘉颇尚修饰,从未违法,乃授爵安丰侯,使奉融祀。勋遗有二女,貌皆丽姝。女母沘阳公主,常忧家属衰废,屡次召问相士,详叩二女吉凶。相士见了长女,俱言后当大贵。女年六岁,即能为书,家人皆以为奇。至建初二年,二女并选入后宫,风鬟雾鬓,丰姿嫣然,并且举止幽娴,不同凡艳。家虽中落,尚不脱大家风度。章帝已闻女有才色,屡问傅母,及得见芳容,果然倾城倾国,美丽无双。当下引见太后,太后亦不禁称赏,另眼相看。时宫中已有宋梁诸贵人,为章帝所宠爱;至二窦女入宫后,压倒群芳,居然夺宠。长女性尤敏慧,倾心承接,不但能曲承帝意,直使宫廷上下,莫不想望丰采,相率称扬。次年三月,竟得立为皇后,女弟亦受封贵人。可惜两女虽有美色,却未宜男,入宫承宠,候已两年有余,不得一子。惟宋贵人已有一男,取名为庆,章帝急欲立储,乃立庆为皇太子。窦皇后未便阻挠,但心中很是怏怏,免不得从此挟嫌了。貌美者,心多阴毒,试看下文自知。会因烧当羌豪滇吾子迷吾,连结诸种,入寇金城,杀败太守郝崇诏,烧当羌,见二十四回。转寇陇西汉阳,杀掠尤甚。章帝乃命马防为车骑将军,令与长水校尉耿恭,调集兵士三万人,出讨叛羌。司空第五伦谓贵戚不宜典兵,上书谏阻,章帝不从。防即受命专征,大破羌人,斩首虏四千多名,余众或降或溃;惟封养种豪布桥等二万余人,尚屯驻望典谷,负嵎不下。防又与恭进击,复得大胜,布桥亦穷蹙请降。当下露布告捷,奉诏征防还都,留恭剿抚余种。恭复选有斩获,声威远震,所有众羌十三种,约数万人,皆诣恭投诚。先是恭出陇西,曾奏称故安丰侯窦融,前在西州,甚得羌胡腹心,子固复击白山,功冠三军,宜使他镇抚河西;车骑将军马防,不妨屯军汉阳,借示威重。这也是为防画策,免他远劳,哪知防反恨恭荐引他人,夺他权威,因此奉诏还都,即嗾令监营谒者李谭,劾恭不忧军事,被诏怨望。章帝不察真伪,反将有功无罪的耿校尉,严旨催归,遽令下狱;侥幸得免死罪,褫职回里,饮恨而终。汉待功臣,毕竟刻薄。马防竟得逞志,权焰愈张。到了建初四年,海内丰稔,四境清平,有司复请加封诸舅,章帝遂封防为颍阳侯,廖为顺阳侯,光为许侯。马太后未曾豫闻,及封册已下,才得知晓,不由的喟然道:"我少壮时,但愿垂名竹帛,志不顾命;今年已垂老,尚谨守古训,戒之在得,所以日夜惕厉,思自降损,居不求安,食不念饱,长期不负先帝,裁抑兄弟,共保久安。偏偏老志不从,令人唏嘘,就使百年以后,也觉得赍恨无穷了!"廖、防、光等闻太后言,乃上书让邑,愿就关内侯。章帝不许,始勉受侯封,退位就第。是年太后寝疾,不信巫祝小医,戒绝祷祀,未几竟崩,尊谥为明德皇后,合葬显节陵。小子有诗赞道:

俭节高风已足钦,谦尊更见德深沉。
东都母范能常在,国柄何由属妇壬。

明德太后葬后,章帝顾及私恩,加封生母。欲知封典如何,待至下回再表。

耿恭以孤军出屯塞外,部下吏士,不过数千,累撄强虏之口,能战能守,百折不挠,此诚为东汉良将,非人可及。为章帝计,正宜亟选大员,拔恭出围;乃段彭等第救关宠,不救耿恭,微范羌,恭之不遭陷没者仅矣。至郑众、鲍昱,相继上请,犹第拜恭为骑都尉,未就侯封;而于马氏私戚,必欲与之爵赏,何其私而忘公,不顾大局耶?马太后谦抑为怀,始终不欲加封兄弟,观其殷勤教诲,语语出自至诚,不第为皇室计,抑亦为母家计。而章帝终违慈训,致贻长恨之叹,甚且信马防之谗间,屈死耿恭,章帝其亦有惭为子,有愧为君矣乎?而明德马后,则固足千古矣!

第三十回　请济师司马献谋
　　　　巧架诬牝鸡逞毒

却说章帝生母,本是贾贵人,见二十五回。因为马太后所抚养,故专以马氏为外家,未尝加封生母;就是贾氏亲族,也无一人得受宠荣。至马太后告崩,乃策书加贾贵人赤绶,汉制贵人,但服绿绶,惟诸侯王得用赤绶。安车一驷,宫人二百,御府杂帛二万匹,大司农黄金千斤,钱二千万,安享终身。这也毋庸细说。惟校书郎杨终,上言国家少事,应即讲明经义,近年文士破碎章句,往往毁裂大体,不合圣贤微旨,当仿宣帝博征群儒,讲经石渠阁故事,永为后世模范云云。于是召令诸儒集白虎观中,考订五经,辩论异同,使五官中郎将魏应承制发问,侍中淳于恭应制条奏。章帝亲自临决,汇编白虎议案,辑成一书;后世所传《白虎通》,就是本此。当时有侍中丁鸿,表字孝公,系是颍州郡人,父名綝,曾受封陵阳侯,綝殁后,鸿当袭封,独托称有疾,愿将遗封让弟,朝廷不许。鸿奉父安葬,把缞绖悬挂坟前,私下逃去。行至东海,与友人鲍骏相遇,骏问明行踪,出言相责道:"古时伯夷季札,身居乱世,权行己志;今汉室重兴,正当宣力王事,汝但因兄弟私恩,绝父遗业,如何可行?"鸿不禁感动,垂涕叹息,乃还就陵阳。鲍骏复上书荐鸿,具陈经学至行,乃有诏征鸿为侍中,并徙封鲁阳乡侯。及白虎观开门讲经,鸿亦列席,据经论难,陈义最明,诸儒俱自愧不逮,时人因为传扬云:"殿中无双丁孝公。"此外尚有少府成封,校尉桓郁,即桓荣子。兰台令史班固,见前。与雍丘人楼望,平陵人贾逵,以及广平王羡,明帝子,见前。并皆得与讲席,著有令名。越年为建初五年,二月朔日食,诏求直言极谏,大略说是:

  朕新离供养,忧怹众著,上天降异,大变随之,诗不云乎,亦孔之丑;又久旱伤麦,忧心惨切。公卿以下,其举直言极谏,能指朕过失者各一人;遣诣公车,将亲览问焉。其以岩穴为先,勿取浮华!

未几又诏令清理冤狱,虔祷山川,略云:

  《春秋》书"无麦苗",重之也。去秋雨泽不适,今时复旱,如炎如焚,为备未至。朕之不德,上累三光,震栗忉忉,痛心疾首。前代圣君,博思咨诹,虽降灾咎,辄有开匮反风之应,今予小子徒惨惨而已。其令二千石理冤狱,录轻系,祷五岳四渎及名山,能兴云致雨者,冀蒙不崇朝遍雨天下之报,务加肃敬焉。

到了五月,复下诏云:

  朕思迟直士,迟读若治,有待望之意。侧席异闻,其先至者各以发愤吐懑,略闻子大夫之志矣;皆欲置于左右,顾问省纳,建武诏书尝曰:"尧试臣以职,不直以言语笔札。"直犹但也。今外官名旷,并可以补任,有司其铨叙以闻。

看官览到此诏,可知章帝诏求直士,亦无非虚循故事,非真出自至诚;否则直士征庸,理应置诸左右,常令补过,为什么调补外官呢?讥评得当。内外臣僚,窥透意旨,待至得雨以后,即由零陵献入芝草,表称祥瑞。既而泉陵地方,又说有八黄龙出现水中。正在铺张扬厉的时候,太傅赵熹,遽尔病终。司徒鲍昱,已代牟融后任,融于建初四年病殁。进任太尉,另用南阳太守桓虞为司徒。自赵熹病殁逾年,昱复随逝,乃更擢大司农邓彪为太尉。老成迭谢,何足称祥?忽由西域留守军司马班超,拜本入朝,大致在请兵西征,原文录后:

臣窃见先帝欲开西域，故北击匈奴，西使外国，鄯善、于阗，即时向化，今拘弥、莎车、疏勒、月氏、乌孙、康居，复愿归附，欲共并力，破灭龟兹，平通汉道。若得龟兹，则西域未服者，百分之一耳。臣伏自念卒伍小吏，荷蒙拔擢，愿从谷吉效命绝域，庶几张骞弃身旷野。谷吉为元帝时人，张骞为武帝时人，俱见《前汉演义》。昔魏绛列国大夫，尚能和辑诸戎；况臣奉大汉之威，而无铅刀一割之用乎？前世议者，皆曰取三十六国，号为断匈奴右臂，今西域诸国，自日之所入，莫不向化，大小欣欣，贡奉不绝，唯焉耆、龟兹，独未服从。臣前与官属三十六人，奉使绝域，备遭艰厄，自孤守疏勒，于今五载，胡夷情意，臣颇识之，问其城郭大小，皆言倚汉与依天等。以是观之，则葱岭可通，龟兹可伐。今宜拜龟兹侍子为其国王，系前时入侍者。以步骑数百送之，与诸国连兵进讨，数月之间，龟兹可平。以夷狄攻夷狄，计之善者也。超之得计在此。臣见莎车疏勒，田地肥广，不比敦煌鄯善间也。兵可不费中国，而粮食自足。且姑墨、温宿二王，特为龟兹所置，既非其种，更相厌苦，其势必有为我所降者；若二国来降，则龟兹自破。愿下臣章，参考行事，诚有万分，死复何恨？臣超区区，特蒙神灵，窃冀未便僵仆，目见西域平定，陛下举万年之觞，荐勋祖庙，布大喜于天下，则臣超幸甚，国家幸甚！

原来超在疏勒，已与康居、于阗、拘弥三国，合兵万人，击破姑墨石城，斩首七百级，因此欲乘势进兵，荡平西域，所以恳切陈词，亟请济师。章帝也知超非虚言，拟派吏士助超。适有平陵人徐干，与超同志，奋身诣阙，愿往为超助。章帝即令干为假司马，率领弛刑及义从千人，即日西行。弛刑，谓课功赎罪诸徒；义从，谓奋愿从行之士。超日夜待兵，已是望眼欲穿，并因莎车叛附龟兹，疏勒都尉更觉得忧劳，顾番辰亦有异志虑，凑巧干军驰至，遂相偕出击番辰，一鼓破敌，斩首千余级，番辰遁去。超更欲进攻龟兹，自思西域诸国，乌孙颇强，正好借他兵力，与约夹攻。乃奏称乌孙大国，控弦十万，故武帝尝妻以公主，至宣帝时，终得彼力，远逐匈奴；今正可遣使招慰，与其合兵，用夷攻夷，莫如此举。章帝也以为然，方遣使慰谕乌孙。使节未归，流光易逝，倏忽间已是建初七年，正月初吉，沛王辅、济南王康、东平王苍、中山王焉，联翩入朝。章帝先遣谒者出都远候，分给貂裘、食物、珍果，又使大鸿胪持节郊迎，再由御驾亲视邸第，预设帷床，钱帛器物，无不具备。至四王入都诣阙，赞拜不名，且由章帝起座答礼。礼毕入宫，再用辇迎接四王，至省阁乃下。帝亦兴席改容，欢然叙旧，使皇后出宫亲拜，四王皆鞠躬辞谢，不敢当礼。嗣是款留多日，直至春暮，方许诸王归国。但因东平王苍，老成重望，弁冕天潢，用再手诏挽留。直至仲秋已届，大鸿胪窦固，奏请将苍遣归，才得允许。特给苍手诏云：

第三十回　请济师司马献谋　巧架诬妃鸡逞毒

骨肉天性，诚不以远近为亲疏，然数见颜色，情重昔时。念王久劳，思得还休，欲署大鸿胪奏，不忍下笔，顾授小黄门，系受诏颁发之官。中心恋恋，恻然不能言。

苍得诏后，入阙谢赐，随即辞行，章帝亲送至都门，流涕叙别，复赐乘舆服御，珍宝钱帛，以亿万计。苍还国遇疾，逾年竟殁，赗赠独隆，派使护丧，且令四姓小侯，及诸国王主，一体会葬，予谥曰宪，子忠袭爵。叙笔特详，无非善善从长之意。总计光武帝十一子，至苍殁后，仅留四人，为沛王辅，济南王康，中山王焉；以外尚有阜陵王延，在明帝时已曾削封，见二十八回。建初中复被人讦发，说他谋为不轨，又贬爵为侯。琅琊王京，时已病逝。后来惟沛王辅最贤，身后留名。济南王康，及中山王焉，屡有过失，还幸章帝顾念亲亲，不忍加罪，才得保全。就是阜陵侯延，亦仍复王爵，安享余年。这也是章帝的厚德。只是夫妇父子间，凶终隙末，终害得不夫不父，有累贤明。说来又有特因，应该约略补叙。章帝已立太子庆，庆母为宋贵人，已见前回。惟宋贵人父名扬，为文帝时功臣宋昌八世孙，原籍平林，扬以恭孝著名，隐居不仕。胞姑为马太后外祖母，马太后闻扬有二女，才艺俱优，因选入东宫，得侍储君。章帝即位，并封二女为贵人，大贵人生庆，立为太子；扬因此入为议郎，赏赐甚厚。尚有前太仆梁松二侄女，亦入宫为贵人，小贵人生皇子肇，这四贵人位置相同，并承恩宠。惟宋大贵人素善侍奉，前时供应长乐宫，即马太后所居之宫。躬执馈馔，为马太后所垂怜，子庆得为储嗣，也是马太后从中主张。惟窦皇后暗怀妒忌，视宋贵人母子，仿佛眼中钉一般。至马太后崩逝，后得恃宠生奸，尝与母沘阳公主，图害宋氏。外令兄弟窦宪、窦笃，伺扬过失，内令女侍阉竖，探刺宋贵人动静，专谋架陷。俗语说得好："明枪易躲，暗箭难防。"宋贵人偶然得病，欲求生菟为药饵，菟即药品中菟丝子。特致书母家，嘱令购求；谁料此书被窦后截住，竟将它作为话柄，诬言宋贵人欲作蛊道，借生菟为厌胜术，咒诅宫廷。当下在章帝前，装出一副愁眉泪眼的容态，日夜谮毁宋贵人母子，且言宋贵人必欲为后，情愿将正宫位置，让与了她。曲摹妒妇口吻。章帝正与窦后非常恩爱，怎能不为所惑？遂将宋贵人母子，渐渐生憎，不令相见。窦皇后见章帝中计，辗转图维，想把那太子庆捽去，方好除绝根株，终免祸患。只是自己虽得专宠，终无生育，女弟轮流当夕，也总觉闭塞不通，毫无怀妊消息。这叫做秀而不实。百计求孕，始终无效，不得已求一替代的方法，把那小梁贵人所生的皇子，移取过来，殷勤抚育，视若己生。移花接木，终非良策。一面复阴使掖庭令，诬奏宋贵人通书前情，请加案验。章帝为色所迷，已弄得神昏颠倒，就批准掖庭令奏议，使他钩考。天下事欲加人罪，何患无辞？不但将宋贵人说成大恶，并连那太子庆亦诬作穷凶，一篇复奏。便由章帝下诏，废太子庆为清河王，立子肇为皇太子。诏书有云：

> 皇太子有失惑无常之性，爱自孩乳，至今益彰。恐袭其母凶恶之风，不可以奉宗庙，为天下主。大义灭亲，况降退乎？今废庆为清河王。皇子肇保育皇后，承训褓褓，导达善性，将成其器，盖庶子慈母，尚有终身之恩，岂若嫡后事正义明哉？今以肇为皇太子，使传谨守宗桃，钦哉惟命。

太子既废，复出宋贵人姊妹，锢置丙舍，再依小黄门蔡伦考验。二姊妹当然不肯诬服，偏蔡伦阴承后旨，曲为锻炼，竟说二贵人咒诅属实，请付典刑。当即奉到复诏，移徙二贵人至暴室中。暴室，署名，为宫女疾病时所居。可怜姊妹花自悲命薄，愤不欲生，彼仰药，此服毒，同时毙命。宋扬削职归里。最可恨的是郡县有司，投井下石，更将扬砌入罪案，捕系狱中，还亏扬友人张峻、刘均等，替扬奔走解释，方得免罪。扬虽得出狱，悲伤憔悴，当即病亡。清河王庆，年尚幼弱，却能避嫌畏祸，不敢提及宋氏。太子肇本与相亲，晨夕过从，庆越加谦谨，勉博太子欢心。太子肇尝入白章帝，言庆并无恶意，章帝乃嘱皇后抚视，所有一切衣服，令与太子齐等，庆始得幸全。惟梁氏自松得罪后，家属并坐徙九真，松事，见二十五回。大、小二梁贵人，系没入掖庭，得承恩宠，小梁贵人幸得一男，进为储君，合家亦蒙赦还，欣然相庆。哪知为诸窦所闻，又恐梁氏得志，急忙转报窦后。窦后本已加防，一闻消息，就再掉动长舌，谗毁梁氏二贵人。并言贵人父竦，潜图不轨，欲为兄松复仇。章帝竟令汉阳太守郑据，捕竦入狱，冤冤枉枉，构成罪名，竦坐是瘐死，家属复徙九真。看官试想！这大、小二梁贵人，尚能安然无恙么？美人善忧，况经此父死家亡，怎得不五中崩裂，两命同捐，鸣呼哀哉。四贵人相继毕命，何若为平民妻，尚得相安！阴贼险狠的窦皇后，陷害了宋、梁二家，尚嫌不足，更追恨及明德马太后，纳入大小梁贵人，先得专宠；并且马氏兄弟，均列枢要，也欲趁势除尽，省得夺权；于是与兄弟内外毗连，构陷马氏。马氏已失内援，未知敛抑；马廖颇能自守，但秉性宽缓，不能约束子弟；防与光尝大起第观，食客常数百人，奴婢仆从，不可胜计，积资巨亿，往往购置洛阳美田，防且多牧马畜，赋敛羌胡。不念乃父裹尸时么？为此种种骄盈，已不免惹人讥议，更有窦氏从中媒蘖，自然上达九重。章帝不忍惩治，但再三加诫，随时监束。嗣是马氏威权日替，宾客亦衰。廖子豫贻书友人，语多怨诽，适为窦氏私党所闻，上表弹劾，并奏称马防兄弟，奢侈逾僭，浊乱圣化，应悉令免官，徙就封邑。章帝准议。惟因光前遭母丧，哀毁逾恒，比二兄较为尽孝，因特留住京师，助祭先后；不过一切要职，已经褫去，眼见是前盛后衰，远不相符了。天下无不散的筵席。窦后兄宪，得进任虎贲中郎将，弟笃亦迁授黄门侍郎。兄弟亲幸，并侍宫省，一班豪门走狗，朝秦暮楚，又

第三十回　请济师司马献谋　巧架诬牝鸡逞毒

竟至窦氏兄弟门前,奔走伺候,趋承唯谨。窦宪恃势日横,凡王侯贵戚,莫不畏惮。沁水公主明帝女。有园田数顷,颇称肥美,宪强欲购买,但给钱值,公主不敢与较,只好饮泣吞声。此外尚有何人敢与争论?独司空第五伦不甘缄默,上疏陈请道:

> 臣得以空疏之质,当辅弼之任,素性驽怯,位尊爵重,拘迫大义,思自策励,虽遭百死,不敢择地,又况亲遇危言之世哉?伏见虎贲中郎将窦宪,椒房之亲,典司禁兵,出入省闼,年盛志美,卑谦乐善,此诚其好士交结之方。然诸出入贵戚者,类多瑕衅禁锢之人,尤少守约安贫之节;士大夫无志之徒,更相贩卖,云集其门,众煦飘山,聚蚊成雷,盖骄佚所从生也!三辅议论者至云,以贵戚废锢,当复以贵戚洗濯之,犹解酲当以酒也。诐险趋势之徒,诚不可亲近。臣愚愿陛下中宫,严饬宪等闭门自守,无妄交通士大夫,防其未萌,虑于无形,令宪永保福禄,君臣交欢,无纤介之隙。此臣之所至愿也!臣不胜愚戆,谨此上闻。

章帝得疏,颇为留意,会与窦宪偕出巡幸,路过沁水公主园田,故意指问,急得宪满口支吾,不敢详对,章帝始知传闻是实。及还宫后,召宪严责道:"汝擅夺公主园田,可知罪否?朕恐汝如此骄横,与赵高指鹿为马,有何大异?从前永平年间,先帝尝令阴党、阴博、邓迭三人,互相纠察,故豪戚莫敢犯法;当时诏书切切,犹以舅氏田宅为言。今贵如公主,尚被枉夺,何况平民?国家弃汝,不啻孤雏腐鼠,有何足惜!汝自想该不该呢?"这数语很是严厉,几把窦宪的魂灵儿,撵往九霄云外,慌忙匍伏磕头,好似捣蒜一般。正在惶急万分,忽听得屏后微动,莲步悠扬,走出一位袅袅婷婷的丽姝,前来解围。好了!好了!救苦救难的观世音来了!正是:

> 外戚横行终忤主,内言巧唝竟回天。

欲知丽姝为谁,待至下回说明。

用夷攻夷,原攘夷之上策,但亦必才如班超,方足收功,否则平房不足,启衅有余,几何而不丧师偾事耶!章帝驭将用人,不为无识,至待遇亲族,亦尚有恩。独于朝夕相亲之窦皇后,不能察知情伪,屡受其欺而不觉。始则二宋贵人,死于非命;继则二梁贵人,又复遭诬,并以忧死。同一抱衾与裯之妇女,岂无情谊之相关,乃以色艺之少差,竟使后来居上,坐被谮间,何其薄幸若此?宋氏废,梁氏徙,而马氏亦间接夺权,色之蛊人,顾若是其甚耶?盖自章帝溺爱衽席,开子孙无穷之祸,而后之好色者不知所鉴;无惑乎牝鸡败家,代有所闻也。

第三十一回　诱叛王杯酒施巧计　弹权戚力疾草遗言

　　却说窦宪被章帝切责,非常震惧,叩首不遑,幸从屏后走出丽姝,冉冉至章帝前,毁服减妆,代为谢罪。这人为谁？便是六宫专宠的窦皇后,外戚窦宪的亲女弟。她闻阿兄遭责,恐致受谴,因即趋出外庭,仗着一副媚容,替兄乞怜,力图解免。章帝见她愁眉半蹙,粉面微皱,一双秋水灵眸,含着两眶珠泪,几乎垂下,就是平时的百啭莺喉,至此也呜咽欲绝,卿真多虑,我见犹怜,不由的把满腔怒意,化作冰消。窦皇后又半折柳腰,似将下跪,当由章帝连呼免礼,轻轻把她扶住；一面令窦宪起来,叫他退去。宪得了这护身符,当然易惧为喜,再行叩谢,然后起身趋出。章帝挈着窦后,返入后宫,不消细述。惟窦宪虽得免罪,却已为章帝所憎嫌,不复再加重任。所以宪在章帝时代,只做了一个虎贲中郎将,未闻迁调,但守着本身职务,旅进旅退罢了。这还是章帝一隙之明。新任洛阳令周纡,持正有威,不畏强御,甫行下车,即召问属吏,使报大族主名。属吏止将闾里豪强,对答数人,纡厉声道："我意在详问贵戚,如马、窦两家,子弟若干？照汝所说,统是卖菜佣姓名,何足计较？"属吏闻言,不禁惶恐,才将马、窦子弟,约略报了数名。纡又嘱咐道："我只知国法,不顾贵戚,如汝等卖情舞弊,休来见我！"属吏唯唯,咋舌而退。纡乃严申禁令,有犯必惩。贵介子弟,却也不敢犯法,多半敛迹,京师肃清。一夕黄门侍郎窦笃出宫归家,路过止奸亭,亭长霍延,截住车马,定要稽查明白,方许通过。笃随身有仆从数人,倚势作威,不服调查,硬将霍延推开。延拔出佩剑,高声大喝道："我奉洛阳令手谕,无论皇亲国戚,夜间经过此亭,必须查究。汝系何人？敢来撒野！"也是个硬头子。窦氏仆从哪里肯让,还要与他争论,笃亦不免气忿,在车中大叫道："我是黄门侍郎窦笃,从宫中乞假归来,究竟可通过此亭否？"亭长听了,才将剑收纳鞘中,让他过去。笃心尚不甘,再加仆从怂恿,即于次日入宫,劾奏周纡纵吏横行,辱骂臣家。章帝明知笃言非实,但为了皇后情面,不能不下诏收纡,送入诏狱。纡在廷尉前对簿,理直气壮,仍不少挠,廷尉也弄得没法,只好据实奏陈。章帝竟批令释放,暂免洛阳令官职,未几又擢任御史中丞。可见章帝原有特识,不过曲为调停,从权黜陟,此中也自有苦衷呢！*若抑若扬,措词甚妙。*

　　建初八年,乌孙国遣使入朝,乞请修好,就是招谕乌孙的汉使,也同与东

第三十一回　诱叛王杯酒施巧计　弹权威力疾草遗言

归。回应前回。章帝甚喜，即授超为将兵长史，特赐鼓吹幢麾；并擢徐干为军司马，别遣卫侯李邑，护送乌孙使人返国，且赐乌孙大、小昆弥等锦帛。大小昆弥，系乌孙国王名，详见《前汉演义》。李邑方到于阗，闻得龟兹将攻疏勒，恐道途中梗，不敢前行，反上书奏称西域难平，长史班超，拥娇妻，抱爱子，安乐外国，无内顾心，所有先后奏请，均不可从等语。事为班超所闻，不禁长叹道："身非曾参，乃蒙三至谗言，恐不免见疑当世了！"曾参事，见《战国策》。当下将妻斥去，上书沥陈苦衷。章帝知超忠诚，因传诏责邑道："超果拥妻抱子，属下千余人，岂不思归，怎能尽与同心？汝但当受超节度，就商行计，不必妄言！"又复书谕超，谓邑若至卿处，可留与从事。邑无奈诣超，超不露声色，另派干吏与乌孙使臣，同至乌孙，劝乌孙王遣子入侍。乌孙王唯命是从，即出侍子一人，送至超处。超令李邑监护乌孙侍子，偕往京师。军司马徐干语超道："邑前曾毁公，欲败公功，今何不依诏留邑，另遣他吏入京，护送乌孙侍子？"超微笑道："我正为邑有谗言，留彼无益，所以令他回京，且内省不疚，何恤人言？如必留邑在此，称快一时，如何算得忠臣呢？"及邑返京后，却也不敢再毁班超。章帝因乌孙内附，侍子入朝，益信超言非虚。越年改号元和，特遣假司马和恭等，率兵八百，西行助超。超既得增兵，复征发疏勒、于阗人马，共击莎车。莎车闻超出兵，特想出一法，阴使人赍着重赂，往饵疏勒王忠，叫他联合莎车，背叛班超。此计却是厉害。疏勒王忠果为所愚，竟将重赂收受，与超反对，出保乌即城。超猝遭此变，忙立疏勒府丞成大为王，召回出发兵士，假道攻忠。乌即城本来险阻，不易攻入，超军围城数月，竟未攻下。忠复向康居乞援，康居出兵万人，往救乌即城，累得起进退彷徨，愈难为力。于是分头侦察，探得康居国与月氏联姻，往来甚密，乃亟派吏多赍锦帛，往馈月氏王，托使转告康居，毋为忠援。月氏王也是好利，当即允许，立将超意转达，财可通神，莫怪夷狄。康居顾全亲谊，还管甚么疏勒王忠？一道密令，转至乌即城中，反使部众将忠缚归。乌即城既失援兵，又无主子，只得举城降超。惟忠被康居执去，幸得不死，羁居了两三年，与康居达官交好，费了若干唇舌，又得借兵千人，还据损中，且与龟兹通谋，欲攻班超。龟兹却令忠向超诈降，然后发兵进击，以便里应外合。忠依计施行，遂缮好一封诈降书，写得恭顺异常，使人投呈超前。超展书一阅，已知情意，因即召语来使道："汝主既自知悔悟，誓改前愆，我亦不追究既往，烦汝代去传谕，请汝主速回便了！"来使大喜，即去返报。超密嘱吏士，叫他如此如此，勿得有误。吏士奉令，自去安排，专待忠到来受擒。忠还道班超中计，只率轻骑数十人，贸然前来。超闻忠已至，欣然出迎，两下相见，忠满口谢罪，超随口劝慰。彼此谈叙片刻，似觉得胶漆相投，很加亲昵。好一个以诈应诈。吏士早已遵着超嘱，陈设酒肴，邀忠入席，超亦陪饮，帐下更作军乐,名为侑酒,实是助威。酒过数巡,超把杯一掷,即有数壮士持刀突出,抢至忠前,如老鹰抓小鸡一般,把忠拿下,反绑起来。忠面色如土,还要自称无罪。超怒目责忠道:"我立汝为疏勒王,代汝奏请,得受册封。浩荡天恩,不思图报,反敢受莎车煽惑,背叛天朝,擅离国土,罪一。汝盗据乌即城,负险自固,我军临城声讨,汝不知愧谢,抗拒至半年有余,罪二。汝既至康居,心尚未死,尚敢借兵入据损中,罪三。今又诈称愿降,投书诳我,意图乘我不备,内外夹攻,罪四。有此四罪,杀有余辜,天网昭彰,自来送死,怎得再行轻恕哩?"这一席话,说得忠哑口无言,超即令推出斩讫。不到半刻,已由军士献上忠首,超令悬竿示众。立传将士千人,亲自督领,驰往损中。损中留屯康居兵,守候消息,不防班超引军趋到,一阵斩杀,倒毙至七百余人,只剩了二三百残兵,命未该绝,仓皇遁去,南道乃通。越年又改元章和,超复调发于阗诸国兵二万余人,往击莎车。莎车向龟兹乞师,龟兹王与温宿、姑墨、尉头三国,联兵得五万人,自为统帅,驰救莎车。超闻援兵甚众,未便力敌,筹画了好多时,便召入于阗王及将校等与语道:"敌众我寡,势难相持,不若知难先退,各自还师。于阗王可引兵东行,我却从西退回。但须待至夜间,听我击鼓,方好出发,免得为敌所乘呢!"说至此,便有侦骑入报道:"龟兹诸国兵马,已经到来,相距不过数里了!"超令于阗王及将校等各归本营,闭垒静守,听候鼓号。大众如言退去。超进攻莎车时,沿途已获住侦谍数人,系诸帐后。到了黄昏时候,故意释放,令得还报军情。龟兹王闻报大喜,亲率万骑,西向击超;使温宿王率八千骑,东向截于阗王。超登高遥望,见各虏营喧声不绝,料他已出发东西,便返入营中,密召亲兵数千人,装束停当,待至鸡鸣,悄悄地引至莎车营前,一声号令,驰马突入。莎车营兵,因闻超军将还,放心睡着,哪知帐外冲进许多兵马,惊起一瞧,统是汉军模样,急得东奔西窜,不知所措。超麾令部众,四面兜击,斩首五千余,尽夺财物牲畜,且令军士大呼道:"降者免死!"莎车兵无路可走,相率乞降;就是莎车王亦势孤力竭,只好屈膝投诚。超收兵入莎车城,再去传召全营将校,及于阗国王。于阗王等正因夜间未得鼓声,不免诧异,及得超传召,才知超计中有计,格外惊服。遂共入莎车城中,向超贺捷。龟兹、温宿诸王,探闻消息,也觉为超所算,未战先怯,各退归本国去了。自经超有此大捷,西域都畏超如神,不敢生心;就是北匈奴亦闻风震慑,好几年不来犯边。章帝得专意内治,巡视四方,修贡举,省刑狱,除妖恶党禁,免致株连,戒俗吏矫饰,务尚安静;赐民胎养谷,每人三斛;婴儿无父母亲属,及有子不能养食,俱廪给如律,不得漠视。

临淮太守朱晖,善政得民,境内作歌称颂道:"强直自遂,南阳朱季。"晖为南阳宛人。章帝幸宛闻歌,即擢为尚书仆射。鲁人孔僖,涿人崔骃,同游太学,

第三十一回　诱叛王杯酒施巧计　弹权戚力疾草遗言

并追论武帝尊崇圣道,有始无终,邻舍生即讦驷、僖诽谤先帝,讥刺当世,事下有司。驷诣吏受讯;僖上书自讼,略言武帝功过,垂著《汉书》,自有公评。陛下即位以来,政教未失,德泽有加,臣等亦何敢寓讥? 就使陛下视为讥刺,有过当改,无过亦宜含容,奈何无端架罪云云。章帝得书省览,下诏勿问;且拜僖为兰台令史,旌美直言。庐江毛义,素有清名,南阳人张奉,慕名往候。才经坐定,忽有吏人传入府檄,召义为安邑令。义喜动颜色,捧檄入内。奉转目义为鄙夫,待义复出,即起座辞归。后闻义遭母丧,丁艰回籍,及服阕后,屡征不起。奉乃赞叹道:"贤士原不可测,往日捧檄色喜,实是为亲屈志;今乃知毛君节操,实异常人!"章帝亦得闻义名,征义就官,义仍然谢绝。乃赐谷千斛,并令地方官随时存问,不得慢贤。还有任城人郑均,洁身自好,有兄尝为县吏,贪赃受赇,屡谏不悛,均竟脱身为人佣,积得工资若干,归授乃兄,且垂涕与语道:"财尽尚可复得,为吏坐赃,终身捐弃,不能复赎了!"兄闻言感动,改行从廉。未几兄殁,均敬事寡嫂,抚养孤侄,情礼备至。州郡交章举荐,均终不应征。建初三年,司徒鲍昱,致书辟召,又不肯赴。至六年时,由公车特征,不得已入都诣阙。章帝即使为议郎,再迁为尚书,屡纳忠言。旋即因病乞休,解组回里,一肩行李,两袖清风,仍然与寒素相等。章帝东巡过任城,亲至均舍,见均家室萧条,感叹不已,因特赐尚书禄俸,赡养终身。时人号为白衣尚书,垂名后世。看似赞美章帝,实是阐表诸贤。只会稽人郑弘,为宣帝时西域都护郑吉从孙,少为灵文乡啬夫,乡官名。爱人如子,迁官驺令,勤行德化,道不拾遗。再迁淮阴太守,境内适有旱灾,弘循例行春,课农桑,赈贫乏,随车致雨,汉制各郡太守,当春巡行属县,是谓行春。又有白鹿群至,夹毂护行。弘问主簿黄国道:"鹿来夹毂,主何吉凶?"国拜贺道:"仆闻三公车辐,尝绘鹿形,明府他日必为宰相!"弘付诸一笑,亦无幸心。建初八年,奉调为大司农,奏开零陵、桂阳岭路,通道南蛮。先是交趾七郡,贡献转运,必从东冶航海,风波不测,沉溺相继,至南岭开通,舍舟行陆,得免此患。弘在职二年,省费以亿万计。时海内屡旱,民食常苦不足,国帑却是有余,弘又请省贡献,减徭役,加惠饥民。章帝亦颇以为然,下诏采行。元和元年,太尉邓彪免官,即令弘继任太尉。弘见窦氏权盛,恐为国害,常劝章帝随时裁抑。言甚剀切,章帝亦温颜听受,但优容窦氏,仍然如常。无非碍着妣后。虎贲中郎将窦宪,职兼侍中,出入宫禁,虽未敢公然骄恣,却是密结臣僚,引为心腹。尚书张林,洛阳令杨光,党同窦宪,贪残不法。弘忍无可忍,至元和三年间,极言弹劾,嘱吏缮陈。吏与杨光有旧交,先往告光,光闻言大惧,亟诣窦门求救。窦宪忙入白章帝,劾弘泄漏枢机,失大臣体。章帝问为何因? 窦即先将弘所上弹章,约略陈述。已而弘奏呈上,果如宪言。章帝不能无疑,便令左右传诏责弘,且收弘印绶,另任大司农宋由为太尉。弘始知为属吏所卖,径诣廷尉待罪。旋复有诏赦弘,弘因乞骸骨归里,好几日不得复诏,顿令弘积愤成疾,奄卧不起。临危时尚强起草疏,力斥窦宪,仿古人尸谏的遗意。是卫史鱼故事。疏中有数语最为扼要,录述如下:

> 窦宪奸恶,贯天达地,海内疑惑,贤愚嫉恶,谓宪何术以迷主上?近日王氏之祸,昢然可见!陛下处天子之尊,保万世之祚,而信谗佞之臣,不计存亡之机;臣虽命在晷刻,死不忘忠,愿陛下诛四凶之罪,以餍人鬼愤结之望!

这书呈入,章帝始遣医往视,弘已病终。妻子遵弘遗嘱,悉还从前赐物,但将布衣为殓,素木为棺,轻车减从,奔丧还乡。章帝亦不加赗赠,听令自便。这却未免辜负好官,有私外戚哩!郑弘既殁,司空第五伦,也老病乞休,有诏准令退位,惟终身赏给二千石俸秩,而加赐钱五十万,公宅一区。伦奉公尽节,言事不肯模棱,性质悫,少文采,在位以贞白见称,时人比诸前朝贡禹,后来寿逾八十,考终家中。太仆袁安,奉命继任。安字邵公,汝阳县人,祖父良,习《易》著名,安少承祖训,得举孝廉,累任阴平任城令长,迁守楚郡,再为河南尹,政号严明,吏民畏服。嗣由太仆超迁司空,守正如故。未及期月,又代桓虞为司徒,光禄勋任隗继为司空。隗字仲和,系故信都太守阿陵侯任光嗣子,好黄老言,品性清廉,与袁安并为三公,时称得人。博士曹褒,奏请考成汉礼,诏下公卿集议,安与隗各无异言,独词臣班固,谓宜广集诸儒,共议得失。章帝叹道:"古谚有言:'筑室道谋,三年不成。'今欲集儒议礼,必致聚讼不休,互生疑异,笔不得下。从前帝尧作大章乐,一夔已足,何必多人?"乃即拜褒为侍中,举汉初叔孙通所订《汉仪》十二篇,令褒改订,且与褒语道:"此制散略,多不合经,今宜依礼条正,使可施行!"褒乃援据古典,参入《五经谶记》,依次辑录,自天子至庶人,凡冠、昏、丧、祭各制度,具列无遗,共成百五十篇。匆匆奏入,章帝未遑详阅,也不令有司平议,当即收付礼官,遽令施行。及章帝崩后,群臣多言褒擅更礼制,不足为法,因将新礼百五十篇,一并弃掷败字簏中。小子有诗叹道:

> 绵蕞朝仪不足征,操觚改制亦难凭。
> 一朝大礼谈何易,草草宁堪作准绳?

欲知章帝何时告崩,待至下回再表。

疏勒王忠,为超所立,乃以莎车之厚赂,甘心背超,戎狄之贪利忘义,可见一斑。幸超能将计就计,不烦血刃,缚而诛之,南道复通。或谓超专以诈计御房,故房亦报以诈谋。讵知兵不厌诈,本诸古训,宋襄、陈余,为千古笑,况施诸戎狄间乎?厥后拔莎车,却龟兹诸国,老成胜算,游刃有余,而西域乃为之胆落。盖御房之道,智略为先,兵力次之,不如是不足以挫彼凶横也!超真一人杰矣哉!章帝明知窦宪之奸,未能远斥,至郑弘一再进谏,又不见用,反且为窦宪所欺,收弘印绶,何其自相矛盾一至于此?意者其宁违忠谏,毋负椒房,而因有此刺谬欤?范书谓孝章以下,渐用色授,恩隆好合,遂忘淄蠹。数语实抉透章帝一生之大病。吕东莱讥其优柔寡断,盖犹非真知章帝者也。

第三十二回 杀刘畅惧罪请师
系郅寿含冤毕命

却说章帝在位十三年,已经改元三次,承袭祖考遗业,国势方隆,事从宽简,朝野上下,并称乂安。章帝春秋方富,做了十余年的太平皇帝,优游度日,好算是福禄两全。偏至章和二年孟春,忽然得病,竟至弥留,顾命无甚要嘱,但言毋起寝庙,如先帝旧制。俄而崩逝,年只三十一岁。窦皇后素性机警,即召兄弟入宫,委任枢要;一面立太子肇为帝,当日嗣位,是谓和帝。和帝甫及十龄,怎能亲政?当由窦宪兄弟,召集公卿,提出要议,尊窦皇后为皇太后,临朝训政。公卿等畏惮权威,不敢生异。当即酌定临朝典礼,颁诏施行。到了春暮,奉葬章帝于敬陵,庙号肃宗。窦太后欲令兄宪秉政,宪尚有所顾忌,未敢遽握总枢,因让诸前太尉邓彪,召为太傅。彪字智伯,与中兴元勋高密侯邓禹同宗,父名邯,曾官渤海太守,受封鄳乡侯。彪少有至行,见称乡里,旋遭父丧,愿将遗封让与异母弟,因此益得令名,为州郡所辟召;累迁至桂阳太守,亦有政声,入为太仆,升任太尉,居官清白,为百僚式。后来因病乞休,回籍已有四五年,至是复由公车征入,接奉窦太后特诏道:

> 先帝以明圣奉承祖宗至德要道,天下清静,庶事咸宁。今皇帝以幼年茕茕在疚,朕且佐助听政,外有大国贤王,并为藩屏,内有公卿大夫,统理本朝,恭己受成,夫何忧哉?然守文之际,必有内辅,以参听断。侍中宪朕之元兄,行能兼备,忠孝尤笃,是阿妹个人私言。先帝所器,亲受遗诏,当以旧典辅斯职焉!遗诏亦未必及宪。宪固执谦让,节不可夺,今供养两宫,宿卫左右,厥事已重,亦不可复劳以政事。故太尉邓彪,元功之族,三让弥高,海内归仁,为群贤首;先帝褒表,欲以崇化。今彪聪明康强,可谓老成黄耇矣!其以彪为太傅,赐爵关内侯,录尚书事。百官总己以听,朕

庶几得专心内位。于戏！读如呜呼。群公其勉率百僚，各修厥职，爱养元元，绥以中和，称朕意焉！"

彪受命供职，名为朝中领袖，但国家大权，实操诸窦氏手中。窦宪虽守侍中原职，却是内干机密，出宣诏命。窦笃升任虎贲中郎将，笃弟景、瓌，并得入为中常侍。宫廷内外，只知有窦氏兄弟，不知有太傅邓彪。彪且做了窦氏的傀儡，窦氏有所施为，辄令彪代奏，彪不能不依，窦遂得任所欲为。宪父勋尝坐罪致死，见前文。谒者韩纡，与劾勋案，此时纡已病殁，宪却为父报仇，潜令门客刺杀纡子，割得首级，往祭父墓。窦太后亦为快意，置诸不问。都乡侯畅，系齐武王刘縯孙，入京吊丧，多日不归，私与步兵校尉邓迭亲属，互相往来。迭有母名元，出入宫中，为窦太后所亲爱，畅即厚礼馈遗，托她入白太后，为己吹嘘。元直任不辞，入宫一二次，即为说妥，由太后特旨召见。畅喜如所愿，进见太后，极力谄媚，叩了好几个响头，说了好几句谀词。妇人家最喜奉承，见畅口齿伶俐，礼貌谦卑，不由的引动欢肠，当作好人看待，问答了好多时，才令退去。未几复蒙召入，历久始出。又未几再蒙召入，居然有说有笑，格外投机。莫非要演吕后审食其故事么？宫中谁敢多嘴，只有窦宪瞧着，很是不悦，暗想太后一再召畅，定有隐情，畅若得宠，必致夺权，宁止夺权而已。不如先发制人，结果性命，再作后图。主见已定，便暗嘱壮士，伺畅行踪，乘机下手。畅正满志踌躇，专望太后赐他好处，按日至屯卫营中，听候好音，不防背后跟着刺客，一不见机，竟致饮刃，晕倒地上，断命送终。刺客早已扬去。卫兵见了畅尸，当然骇愕，立即报闻。窦太后得知消息，很是惊悼，与汝有何关系？即令窦宪严拿凶手。宪反将杀人大罪，卸到畅弟利侯刚身上，说他兄弟不和，因此有变。窦太后信为真言，就饬侍御史与青州刺史，查究刚等罪状。原来刚封邑在青州，故兼令青州刺史考治。尚书韩棱，上言贼在京师，不宜舍近就远，恐为奸臣所笑。窦宪得了此语，恐棱疑及己身，急请太后下诏责棱。究竟贼胆心虚。棱虽然被责，仍旧坚执前言。三公皆袖手旁观，莫敢发议，独太尉掾何敞，进说太尉宋由道："畅系宗室肺腑，茅土藩臣，来吊大忧，上书须报，乃亲在武卫，致此残酷。奉法诸吏，无从缉捕，踪迹不明，主名不定。敞得备股肱，职典贼曹，意欲亲往纠察，力破此案！偏二府执事，二府谓司徒、司空。以为朝廷故事，三公不与闻贼盗，公纵奸慝，无人问咎。敞不忍坐视，愿充此役！"宋由乃许令查缉。司徒、司空二府，闻敞前往钩考，亦遣侦吏随行，"天下无难事，总教有心人。"结果查得刺畅凶手，实系窦宪主使，当即奏白太后。太后勃然大怒，立向窦宪问状。何必盛怒至此？宪亦无从抵赖，匍匐谢罪。太后竟将宪锢置内宫，有意加谴。宪恐遭诛戮，自请出击北匈奴，图功赎死。

是时北匈奴岁饥，部众离叛，邻国四面侵扰，优留单于为鲜卑所杀，北庭大乱。南单于屯屠何新立,上表汉廷,请乘北房纷争,出兵征伐,破北成南,并为一国,令汉家无北顾忧。窦太后得表,取示执金吾耿秉,秉极言可伐,独尚书宋意上书谏阻,因未定议,窦宪乃想此出去,为逃死计。究竟窦太后顾念同胞,未忍将长兄处死,不过一时气愤,把他锢禁;转思宪既有志图功,乐得遣他出去,得能立功异域,也好塞住众口,免消失刑。于是依了宪议,且命为车骑将军,使执金吾耿秉为征西将军,为宪副将,发兵讨北匈奴。宪得出宫部署,仍然威震一时。兵尚未出,忽接护羌校尉邓训捷报,乃是击走羌豪迷唐,收服群羌等语。先是元和三年,烧当羌迷吾,与弟号吾率领羌众,复来犯边。陇西郡督烽掾李章,颇有智略,独不举烽火,暗地号召戍卒,埋伏要隘。号吾见陇西无备,轻骑入境,陷入伏中,慌忙突围返奔,偏值李章紧紧追来,强弓一发,射伤号吾坐骑,号吾被马掀下,为章所擒。章执住号吾,将献诸郡守,号吾乞怜道:"我既被擒,也不畏死,但杀死一我,无损羌人,不如放我生还,我当永远罢兵,不再犯塞了。"章以为说得有理,遂转禀太守张纡,纡乃放还号吾。号吾果解散羌众,各归故地,迷吾亦退居河北归义城。至章和元年,护羌校尉傅育,贪功启衅,募人阴构诸羌,令他自斗。羌人不肯从令,复生异心,走依迷吾。育发诸郡兵数万人,即欲击羌,大兵未集,仓猝出师,迷吾徙帐远去。育尚不肯罢休,自率三千骑穷追,恼动迷吾毒性,设伏三兜谷旁,邀截育军。育夜至谷口,尚不设备,顿致伏兵齐起,两面掩击,把育军杀死无算,育亦做了无头鬼奴。真是自去送死。还幸各郡兵赴救,拔出残众一二千人,迷吾引去。败报到了京师,有诏令张纡为护羌校尉,出驻临羌。迷吾复入寇金城,纡遣从事司马防,领兵截击,大破迷吾,迷吾乃致书乞降。纡佯为允许,待迷吾挈众到来,陈兵大会,置酒犒众,密将毒药置入酒中,羌众饮酒中毒,陆续倒地;迷吾亦筋软骨酥,不省人事,纡得指麾兵士,一一屠戮,且剁落迷吾首级,祭傅育墓,再发兵袭击迷吾余众,斩获数千人。诱杀迷吾计,与班超相同,但超诛诈降,纡戮真降,情迹悬殊,不能并论。迷吾子迷唐,独得逃脱,恨父被害,有志复仇,遂与诸羌种结婚交质,誓同休戚,据住大、小榆谷,与纡为难。纡不能制服,拜表请兵,朝廷因纡赚杀诸羌,很是失计,因将纡免官召还,改任故张掖太守邓训代为护羌校尉。训字平叔,系故高密侯邓禹第六子,少有大志,厌文尚武,禹尝斥为不肖。哪知训熟习韬略,善抚兵民,章帝时已任乌桓校尉,与士卒同甘苦,大得众心,番房惮训恩威,不敢近塞。嗣复调任张掖太守,边境清宁。及张纡免职,公卿多举训往代,因令改官。训莅任未几,迷唐即领兵万骑,来至塞下,一时未敢攻训,先胁令小月氏胡人,从早投服。小月氏胡,尝散居塞内,约有数千名,就中多勇健富强,不服羌种。汉吏辄随时羁縻,令拒羌人,他却能用少制众,为汉效力;只因平时有功少赏,所以依违两可,向背无常。此次迷唐招降,威驱利迫,胡人倒也不愿相从,誓与死斗。训察知情迹,便派吏安抚诸胡,叫他不必致死,自当一体保护。吏佐以为羌胡相攻,于我有利,待他两下俱疲,正好出兵尽灭,为何无端禁护,留下后患?训却出言指驳道:"近因张纡失信,群羌大动,屡来犯边。综计塞下屯兵,多至二万,按时给饷,空竭府藏,尚不能有备无患,凉州吏民,命悬呼吸。今尚欲羌胡相攻,羌败胡盛,胡亡羌兴,终为我害,哪能一举灭尽?且诸胡反复无定,俱因我恩信未厚,所以致此!今若因彼迫急,用德怀柔,彼必感激厚恩,乐为我用。服胡平羌,就在此着,汝等亦怎知大计哩?"成竹在胸。当下大开城门,召入群胡妻子,安处城中,严兵守卫。羌人无从胁掠,相继引去。胡人果然感德,并言汉吏常欲图我,今邓使君待我有恩,开门纳我妻子,使免兵刃,这却是我重生父母,怎得不依?于是群集训前,跪伏叩头道:"唯使君命!"训乃简选壮丁,择得数百人,使为义从,推诚相待。胡俗耻言病死,每遇病危,即用刀自刭,训闻降胡有疾,辄使人拘持缚束,禁令自裁,但给他医治,往往服药得痊,胡人愈加感动,无论男妇长幼,莫不归仁。旋复赏赉诸羌,使相招诱。迷唐叔父号吾,便率种人八百户来降。训全数收纳,妥为抚慰;一面征发湟中秦胡羌兵四千人,出塞掩击迷唐,斩首虏六百余级,得马牛羊万余头。迷唐抵敌不住,弃去大、小榆谷,逃入颇岩谷中,羌众亦逐渐散去。训方上书奏捷,汉廷共庆得人。既而和帝改年号为永元,春光初转,塞外雪消,迷唐欲复归故地,屡遣侦谍,往来榆谷,为训所闻,训亟发湟中兵六千人,使长史任尚为将,叫他缝革为船,置诸筏上,乘夜渡河,袭取颇岩谷。迷唐猝不及防,被任尚乘隙掩入,斩首千余,获生口二千人,马牛羊三百余头。迷唐仓皇走脱,收集余众,西奔千余里,诸羌种遂尽叛迷唐。烧当种豪酋东号,情愿内附,稽颡归命,余众亦款塞纳质。训抚绥诸羌,威信大行,随即遣散屯兵,各令归郡,惟留弛刑徒二千余人,分田屯垦,兼修城堡,务为休息罢了。实是邓禹肖子。

且说车骑将军窦宪,部署人马,已将就绪,便拟辞阙请行。因恐出征以后,子弟犯法,特使门生赍书,投递尚书郅寿,托他回护家属,毋令得罪。哪知郅寿铁面无私,竟将窦氏门生,拘送诏狱,且上书极陈宪罪,比诸王莽。宪当然大愤,便欲设法害寿。寿尚不以为意,入朝遇宪,当面讥刺,说他大起第宅,擅兴兵甲,种种不法,显犯国章。宪怎肯服罪?自然争论廷前。偏是寿始终不让,仍是厉声正色,侃侃直谈。宪理屈词穷,转向太后前进谗,劾寿私买公田,诽谤宫廷。窦太后正在临朝,听得寿声浪甚高,也嫌他倨嫚无礼,便褫去寿职,命左右执送廷尉。廷尉阿旨承颜,谳成死罪,当即复奏,廷臣莫为解免。独太尉掾何敞,破案有功,得升任侍御史,此时又不忍袖手,即上书进谏,略云:

寿以机密近臣,匡救为职,若怀默不言,其罪当诛!今寿违众正议,

第三十二回 杀刘畅惧罪请师 系郅寿含冤毕命

以安宗社,岂其私耶?臣所以触死瞽言,非为寿也!忠臣尽节,以死为归,臣虽不知寿,度其甘心安之,但不欲圣朝行诽谤之诛,以伤晏安之化,杜塞忠直,垂讥无穷!臣敞谬与机密,言所不宜,罪名明白,当填牢狱,先寿僵仆,万死有余!

窦太后接阅敞书,才命减寿死罪,谪徙合浦。寿愤不欲生,竟致自刎;家属幸得免徙,仍归西平故乡。寿即郅恽子,郅恽事,见前文。窦宪既害死郅寿,气焰越盛,且因启行在即,越摆出大将威风,颐指气使。三公九卿,也有些过不去,因联名上书,谏阻北伐。接连奏了好几本,终不见报,太尉宋由,未免惊疑,不敢再行署奏,诸卿亦多半退缩。惟司徒袁安,司空任隗,还是守正不移,甚至免冠朝堂,极力固争,仍不见从。侍御史鲁恭,素怀忠直,因再详陈利害,抗疏切谏道:

陛下亲劳圣恩,日昃不食,忧在军役,诚欲以安定北陲,为民除患,定万世之计也。臣伏独思之,未见其便。社稷之计,万人之命,在于一举。数年以来,秋稼不熟,民食不足,仓库空虚,国无储积;又新遭大忧,人怀恐惧,陛下方在谅阴,阴读如暗。天子居丧之名。三年听于冢宰,百姓阙然,三时不闻警跸之音,莫不怀思皇皇,欲有求而不得。今乃以盛春之月,兴发军役,扰动天下以事戎狄,诚非所以垂恩中国,改元正时,由内及外也。万民者,天之所生;天爱其所生,犹父母之爱其子,一物有不得其所者,则天气为之舛错,况于人乎?故爱人者必有天报。昔太王重人命而去邠,故获上天之祐。夫戎狄者,四方之异气也,蹲夷踞肆,与鸟兽无别,若杂居中国,则错乱天气,污辱善人,是以圣王之制,羁縻不绝而已。今边境无事,正宜修仁行义,尚于无为,令家给人足,安业乐产。夫人道乂于下,则阴阳和于上,祥风时雨,覆被远方,夷狄自重泽而至矣!盖以德胜人者昌;以力胜人者亡!今匈奴为鲜卑所创,远藏于史侯河西,去塞数千里,而欲乘其虚耗,利其微弱,是非义之所出也!前太仆祭肜,远出塞外,不见一胡而兵已困,白山之难,不绝如綖,都护陷没,指陈睦。士卒死者如积,读若膋。迄今被其辜毒。孤寡哀思之心未弭,奈何复袭其迹,不顾患难乎?今始征发,而大司农调度不足,使者在道,分部督促,上下相迫,民间之急,亦已甚矣!三辅并凉少雨,麦根枯焦,牛死日甚,此其不合天心之验也!群僚百姓,咸曰不可,陛下独奈何以一人之计,弃万人之命,不恤其言乎?上观天心,下察人志,足以知事之得失。臣恐中国且不为中国,岂徒匈奴而已哉?唯陛下留圣恩,休罢士卒以顺天心,天下幸甚!

这篇奏章,也好算是痛哭流涕,说得激切,偏窦太后情深骨肉,置若罔闻,鲁恭亦只好罢论。惟鲁恭颇有异政，脍炙人口。他系扶风郡平陵县人，童年丧父，哀毁逾成人，嗣入太学习鲁诗，讲诵不辍，因此成名。章帝初年，召恭至白虎观讲经，为太尉赵憙所荐举，拜中牟令，专务德化，不尚刑罚。邻境有蝗虫为灾，独不入中牟界内。袁安方为河南尹，恐传闻失实，特遣掾属肥亲往视，果然不谬。恭与肥亲偕行阡陌，并坐桑下，见白雉过集座前，适有童儿在侧，亲顾语童儿道："何不捕执此雉？"童儿笑道："雉方怀雏！"亲不待说毕，瞿然起立，向恭告别道："我奉公到此，实欲觇君政绩，今虫不犯境，便是一异；化及鸟兽，便是二异；我若久留，反劳贤令供给，多致不安，请从此别！"言讫自行，返报袁安，安亦大为惊异。嗣又闻得中牟署内，生有嘉禾，乃即奏报朝廷，极言恭以德化民，屡迓天庥。章帝因征恭入阙，擢为侍御史。后人尝称鲁恭三异，作为口碑。小子亦有诗赞道：

  鲁公德政起中牟，阖邑兴仁俗不偷。
  草木昆虫皆沐化，一时三异足千秋！

  窦太后不从恭奏，仍遣窦宪等北征；且迁窦笃为卫尉，窦景为奉车都尉，颁发国帑，为造邸第。免不得物议沸腾，又有人出来谏阻了。欲知何人进谏，待至下回表明。

  刘畅以外藩奔丧，事毕即当返镇，乃恋恋不去，求见太后，果何为者？窥其意不特具幸进心，并且为求欢计。窦太后以美丽闻，度其年不过三十，色尚未衰，畅之欲为审食其也明矣。史称其素行邪僻，言简意赅，太后屡次召见，几已入彀，微窦宪之从旁下手，几何而不为雄狐之刺耶？然究竟不当擅杀藩臣，讳无可讳，乃欲出师徼功，自赎死罪；太后又为所惑，竟允宪议；杀一人且不足，尚欲举千万人之生命，作为孤注，何其忍也？郅寿直言谏诤，反致得罪，蒙冤自尽，而三公九卿，又屡谏不从，偏憎偏爱，固妇人之常态，而国纪已为之毁裂矣！太傅邓彪，名为总己，乃片言不发，袖手旁观，其负国也实甚，国家亦焉用彼相为哉？

第三十三回　登燕然山夸功勒石
　　　　　　　闹洛阳市渔色贪财

  却说窦太后许兄北征，又为弟筑宅，当有一位正直著名的大臣，再加谏阻。看官欲知他姓名，就是侍御史何敞，谏草中大略说是：

  臣闻匈奴之为桀逆久矣！平城之围，嫚书之耻，此二辱者，臣子所为

第三十三回　登燕然山夸功勒石　闹洛阳市渔色贪财

捐躯而必死,高祖吕后,忍怒含怨,舍而不诛。伏惟皇太后秉文母之操,文母,即周文王妃太姒。陛下履晏晏之姿,匈奴无逆节之罪,汉朝无可惭之耻,而盛春东作,兴动大役,元元怨恨,咸怀不悦!而猥复为卫尉笃、奉车都尉景缮修馆第,弥街绝里,臣虽斗筲之人,窃自惊异。以为笃、景亲近贵臣,当为百僚表仪。今众军在道,朝廷忧劳,百姓愁苦,而乃遽起大第,崇饰玩好,非所以垂令德,示无穷也!宜且罢工匠,专忧北边,恤民之困,保存元气。匪惟为宗庙至计,抑亦窦氏之福也!自知昧死,不敢不闻。

　　奏入不省。敞亦平陵人氏,与鲁恭同乡,两人谏草,并光史乘。还有尚书仆射朱晖,已经乞病告归,亦上疏力阻北征,仍不见从。晖字文季,籍贯已见前文,在三十一回中。幼年丧父,具有至性,年十三,适遭世乱,与外家奔入宛城,道遇贼党,劫掠妇女衣饰,众皆股栗,晖独舞刀向前道:"财物可取,诸母衣不可得,今日为朱晖死日,愿与拚命!"贼见其身小志壮,倒也惊怜,哑然失笑道:"童子可收刀,我从汝!"说罢,呼啸自去。强盗也有善心。后来入朝为郎,乘便入太学肄业,进止有礼,名重儒林。新阳侯阴就,慕晖贤名,躬自往候,晖避匿不见。及东平王苍,辟为掾吏,晖知苍为贤王,方才应召。苍格外敬礼,待若上宾。同邑耆儒张堪,素有学行,尝在太学见晖,与为忘年交,且把臂与语道:"他日当以妻子托朱生!"晖因堪为先达,不敢遽对,别后不复相见。及堪殁后,晖闻堪妻子贫困,乃自往问候,给赡养资。晖少子颉怪问道:"大人未与堪为友,何故赈给?"晖答谕道:"堪虽不与我久交,但尝以知己相托,我不忍忘怀,所以有此一举呢!"晖又与同郡陈揖友善,揖早逝世,有遗腹子,尝由晖出资周济,使得成人。及桓虞为南阳太守,召晖长子骈为吏,晖却另荐他友,不使骈往。虞叹为义士,名誉益隆。嗣由临淮太守,入为尚书仆射,以谠直闻;告老后尚因事陈言,真所谓进思尽忠,退思补过了!补述朱晖轶事,亦为通俗教育之一则。

　　且说车骑将军窦宪,奉了皇太后的宠命,与耿秉等同出朔方。至鸡鹿塞,度辽将军邓鸿,自稒阳塞来会,就是南单于屯屠何,亦由满夷谷出兵,来迎汉将。各军大集涿邪山,当由宪调动人马,分遣副校尉阎盘,司马耿夔、耿谭,与南单于合兵万骑,进抵稽落山。适值北单于领众到来,两下交战,自午至暮,大败北虏。北单于抱头窜去,余众奔溃。窦宪得前驱捷报,亲率大军追击,诸部直至私渠北鞮海,斩名王以下万三千级,获生口、马、牛、羊、橐驼百余万头,收降北匈奴种落八十一部,约得二十余万人。史传虽有此语,恐亦未免夸张。宪与秉共登燕然山,出塞已三千余里,自谓声威远震,旷古无伦,遂令中护军班固,作文录石,表扬功德。固本擅长文辞,曾由兰台令史,迁官玄武司马,丁母丧去官。服阕后,正遇窦宪出征,招令同行,使为中护军,并兼参议。此时奉着宪命,遂得抒展长才,撰了一篇冠冕堂皇的铭词,冠以序文。文云:

维永元元年秋七月,有汉元舅车骑将军窦宪,寅亮圣明,登翼王室,纳于大麓,惟清缉熙,乃与执金吾耿秉,述职巡御,理兵于朔方。鹰扬之校,螭虎之士,爰该六师,暨南单于、东乌桓、西戎、氐羌侯王君长之群,骁骑三万,元戎轻武,长毂四分,云辎蔽路,万有三千余乘,勒以八阵,莅以威神,玄甲耀日,朱旗绛天。遂陵高阙,下鸡鹿,经碛卤,绝大漠,斩温禺以衅鼓,血尸逐以染锷;温禺、尸逐,并匈奴诸王名号。然后四校横组,星流彗扫,萧条万里,野无遗寇。于是域灭区单,返旗而旋。考传验图,穷览其山川,遂逾涿邪,跨安侯,水名。乘燕然,蹑冒顿之区落,冒顿读若墨特,系匈奴先世祖名,见《前汉演义》。焚老上之龙庭。冒顿子稽粥,号老上单于。上以摅高文之宿愤,光祖宗之玄灵;下以安固后嗣,恢拓境宇,振大汉之天声。兹所谓一劳而久逸,暂费而永宁者也!乃遂封山刊石,昭铭上德,其辞曰:"铄王师兮征荒裔,剿凶虐兮截海外,夐其邈兮亘地界,封神邱兮建隆碣,熙帝载兮振万世。"

　　文既撰就,当即镌刻石上,班师南归。但遣军司马梁讽等,带领千骑,并携金帛,再向北方进行。沿途宣扬国威,服从有赏,不服从加诛。北虏甫经荒乱,闻得此令,自然争相趋附,求给赏赐,先后招降万余人。进抵西海,北单于正在避匿,探得汉官前来行赏,也即出迎。讽宣传诏命,嘱令归化天朝,拜受恩赐,北单于稽首受命。讽因劝导北单于,教他修复呼韩邪故事,保国安民。呼韩邪事,见前文。北单于甚喜,即率众与讽俱还。至私渠海,才知汉兵已经入塞,乃只遣弟右温禺鞮王奉贡入侍,随讽诣阙。宪因北单于未肯亲来,竟将他侍弟遣还,不与修和。南单于屯屠何馈宪古鼎,鼎容五斗,旁有篆文云:"仲山甫鼎其万年,子子孙孙永保用。"仲山甫,周人。宪将鼎进呈太后。太后大喜,且因宪立有大功,即使中原将持节慰劳,拜宪为大将军,封武阳侯,食邑二万户。宪还想沽名,辞还封爵,太后未许,经宪再三固辞,乃暂罢侯封,但使为大将军。旧制大将军位置在三公下,独宪立功回朝,威震宫廷,朝臣多阿谀取容,奏请宪位次太傅,居三公上。窦太后自然乐从,颁诏如议。于是大开仓府,分赐将吏,查得从征诸军士,系是诸郡二千石子弟,悉令为太子舍人。越年七月,复由窦太后下诏道:

　　　大将军宪,往岁出征,克灭北狄,朝加封赏,固让不受,舅氏旧典,并蒙爵土。其封宪冠军侯,邑二万户;笃为郾侯,景为汝阳侯,瓖为夏阳侯,各六千户,以示楙赏。其毋辞!

　　窦笃、窦景、窦瓖,并皆受封,惟宪仍让还,更率兵出镇凉州。征西将军耿秉,自班师回朝后,亦得封美阳侯,官拜光禄勋。另遣侍中邓迭行征西大将军

第三十三回　登燕然山夸功勒石　闹洛阳市渔色贪财

事，佐宪赴镇。北单于以侍弟遣还，复使车谐储王等，款塞请朝，愿见大使。宪据实奏闻，即令中护军班固署中郎将，与司马梁飒，出迎北单于。偏南单于欲扫灭北庭，只恐北单于受汉保护，不得逞志，因发兵掩击北单于。北单于负创遁去，妻子被擒。班固等至私渠海，未得与北单于相见，折回凉州。南单于致书与宪，请即乘胜扫北。宪本来贪功，乐得依他计议，筹备兵马，至永元三年仲春，风和草长，复遣左校尉耿夔，司马任尚，出居延塞，往击北单于。星夜驰行，已出塞好几千里，未见北单于踪迹，再令侦骑四出探寻，方知北单于远驻金微山。山在漠北，去塞约五千多里，从前汉兵北征，从未到过此地。北单于挈领家属，至此匿踪，总道是个安乐窝，可以无恐，哪知汉将耿夔，执戈前驱，穷搜房穴，竟趋至金微山下，围住庐庭，任尚等又随后继进，并力杀入。虏众不及措手，顿时乱窜，北单于慌忙逃避，已为流矢所伤，忍痛奔命，竟尔走死。所有名王以下五千余人，或被杀，或被拘，连单于母阏氏，也一古脑儿做了囚奴。老番妇，有何用处？耿夔等扫荡庐庭，乃收兵南归。窦宪拜本奏捷，叙夔首功，有诏封夔为栗邑侯。惟窦宪既平北匈奴，功勋无比，势倾朝野，用耿夔、任尚等为爪牙，邓迭、郭璜为心腹，班固、傅毅为羽翼，刺史守令，多出窦门，苞苴公行，毫无忌惮。司徒袁安，司空任隗，却还有一些刚骨，不肯从风尽靡，因联名举发二千石等因赂得官，共四十余人。窦太后不便回护，只好将他罢去。惟窦氏兄弟，引为大恨，不过因安、隗两人，素负重望，未敢中伤。还想顾全名誉，未可厚非。河南尹王调，洛阳令李阜，谄媚窦氏，得叨禄位，莅任后举动自由，却被尚书仆射乐恢，上书奏弹。窦瓌闻知，欲替二人说情，往候乐恢，恢竟拒绝不见，瓌怏怏回车。恢妻从旁劝谏道："古人尝容身避害，何必多言取祸？"恢叹急道："我在朝为官，怎忍素餐？非但王、李二人，不宜轻纵，就是窦氏一家，我亦要直言纠弹呢！"说着，因复上疏抗谏道：

　　臣闻百王之失，皆由权移于下，大臣持国，常以势盛为咎。伏念先帝圣德未永，早弃万国，陛下富于春秋，纂成大业，诸舅不宜干正王室，以示天下之私！《经》曰："天地乖迕，众物夭伤；君臣失序，万人受殃；政失不救，其极不测。"方今之宜，上以义自割，下以谦自引，则四舅可保爵土之荣，皇太后永无惭负宗庙之忧，诚策之上者也！

看官试想，窦太后方宠任兄弟，怎肯为了乐恢一疏，便将他权位削去。恢待了数日，不见批答，乃再称病乞休。诏令太医视疾，恢遽称疾笃，另荐任城人郭均，成阳人高风为代。偏又有诏令为骑都尉，恢复上疏辞谢道：

　　臣受国厚恩，无以报效。夫政在大夫，孔子所嫉；世卿持权，《春秋》所戒。圣人恳恻，不虚言也。近世外戚富贵，必有骄溢之败。今陛下思慕山陵,未遑政事,诸舅宠盛,权行四方,若不能自损,诛罚必加。臣寿命垂尽,临死竭愚,唯蒙留神!

这书呈将进去,竟邀批准,听还印绶,恢乃缴印归里。他本京兆长陵人,幼有孝行,父亲为县吏,身犯重罪,下狱待刑,恢年才十一,日至狱门,昼夜号泣,县令不禁垂怜,释亲出狱。及恢年渐长,笃志好学,成为名儒。京兆尹张恂,召恢为户曹史,秉公守法,请托不行。后任郡守,坐法被诛,故人莫敢往吊,恢独奔丧,致干吏议,终因义侠可风,从宽减免。后为功曹,同郡杨政,常当众毁恢,恢反举政子为孝廉。自是声容益著,为众所称。想是政子果可举孝廉,否则,亦未免矫情。朝臣亦交章荐举,征拜议郎,迁至尚书仆射。偏因直言遭谴,免官还乡。更可恨的是大将军窦宪,恨恢不休,又嘱托京兆尹严加管束,不使自由。京兆尹希承宪旨,越觉得狐假虎威,督饬吏属,时去监察。恢虽居住家中,仿佛与囹圄无二,不由的郁愤填胸,仰药自尽。门弟子俱往吊丧,缞绖送葬,不下数百人;就是乡间百姓,无不衔哀。惟窦宪前杀郅寿,后杀乐恢,威焰逼人,炙手可热,还有何人不顾生死,再去老虎头上搔痒?窦氏得愈加骄横,兄弟四家,竞营台榭,穷极土木。窦笃且得加位特进,窦景迁官执金吾,窦瓌升授光禄勋,蟠踞内外,倾动京师。瓌少读经书,尚知敛范,笃与景并皆恣肆,景且尤甚。汉制执金吾属下,向有缇骑二百人,景尚嫌不足,加入家僮门役。游行都市,见列肆有珍宝玩物,辄强行夺取,不给价值。民间妇女,具有姿色,便勒令送入府中,作为妾媵;倘若不从,即将家属硬行扳诬,充作罪犯。甚至僮仆等亦贪财渔色,相率效尤,强取人物,霸占民妇,不可胜计。商廛民宅,往往关门闭户,如避寇仇。有司莫敢举奏,还是窦太后留心外事,稍有所闻,乃免去景官,使就朝请。景爵如旧,故仍得朝请。汉制春日朝,秋日请。出瓌为魏郡太守。但窦氏族中,尚有十余人得为显宦:城门校尉窦霸,乃是窦宪叔父,霸弟褒,为将作大匠,褒弟嘉为少府,此外为侍中及大夫郎。就是宪婿郭举,亦得为射声校尉,举父郭璜,并为长乐少府。即长乐宫之少府。互相连结,表里为奸。永元三年十月中,和帝出幸长安,宣召窦宪,至行宫相会。宪奉命后,自凉州入关,谒见车驾,尚书以下,统至十里外迎接,且拟向宪跪伏,齐称万岁。丑极。独尚书韩棱正色道:"古人有言:'上交不谄,下交不渎!'窦大将军虽功勋赫耀,究竟是个人臣,如何得呼为万岁呢?"明明白白。大众闻言,倒也知惭,因即罢议。尚书左丞王龙,私向窦宪车从,奉献牛酒,被棱察出情弊,奏明和帝,罚为城旦。棱颖川人,素有胆略,与仆射郅寿、尚书陈宠并称。宪得知消息,虽然怀恨,却也无可如何。待至谒见已毕,仍回凉州,和帝亦即还宫。越年由宪奏称北单于走死,弟右谷蠡王於除鞬自立为单于,率众数千,款塞投诚,应即赐给册封,特置中郎将领护,如南单于故事云云。忽欲灭房,忽欲存房,究属何为?有诏令公卿会议,太尉宋由等,以为可行,独袁安、任隗谓北房既灭,当令南单于返居北庭,并领降众,不必再立北单于,多增一房。说本甚是,偏廷臣多逢迎权戚,互有异言。安恐宪议得行,又独出奏驳道:

　　臣闻功有难图,不可豫见;事有易断,较然不疑。伏惟光武帝之立南单于者,欲为安南定北之策也!恩德甚备,故匈奴遂分,边境无患。孝明皇帝奉承先意,不敢失坠,赫然命将,爰伐塞北。洎乎章、和之初,降者十万人,议者欲置之滨塞,东至辽东,太尉宋由,光禄勋耿秉,皆以为失南单于心,决不可行,先帝从之。陛下奉承鸿业,大开疆宇,大将军远师讨伐,席卷北庭,此诚宣扬祖光,崇立弘勋者也,宜审其终,以成厥初。伏念南单于屯,先父举众归德,自蒙恩以来,四十余年,三帝积累,以遗陛下,陛下深宜遵述先志,成就其业。况屯首倡大谋,空尽北房,辄而弗图,更立新降,以一朝之计,违三世之规,失信于所养,建立于无功。由与秉本与旧议,而欲背弃先恩,夫言行君子之枢机,赏罚理国之纲纪,《论语》曰:"言忠信,行笃敬,虽蛮貊行焉。"今若失信于一屯,则百蛮不敢复保誓矣!又乌桓、鲜卑,新杀北单于,凡人之情,咸畏仇雠,今立其弟,则二房怀怨,兵食可废,信不可去。且汉故事,供给南单于,费值岁亿九十余万,西域岁七千四百八十万;今北庭弥远,其费过倍,是乃空尽天下,而非建策之要也。言虽愚昧,实关至计,伏惟裁察!

这篇奏章,乃是司徒府椽周紫属稿。紫庐江人,学行俱优,安有所奏,多出紫手。窦氏门客徐齮,私下吓紫道:"窦氏已遣刺客图君,君奈何不思保身,尚为司徒尽言?"紫慨然道:"紫一江淮孤生,得备宰士,就使被害,也所甘心!已有言谨诫妻孥,若猝遇飞祸,不必殡殓,任令尸骸暴腐,冀得感悟朝廷,此外尚有何求呢?"这数语斥退徐齮,却也未尝招灾。越是拼死,越是不死。惟窦宪闻安奏驳,亦再三陈请,与安辩难,甚至引光武诛韩歆、戴涉故事,为恫喝计。安终不少移。但窦氏有太后作主,终从宪议,竟遣大将军左校尉耿夔,持册封於除鞬为北单于;并令任尚为中郎将,持节屯伊吾,监护北庭,如南单于旧例。惹得司徒安忧愤成疾,竟致不起。小子有诗叹道:

　　徒知扫房已非谋,况复兴戎更启忧。
　　尽有危言终不用,老臣遗恨几时休?

欲知司徒安病殁情事,容待下回叙明。

窦宪请伐北匈奴,袁安以下,多半谏阻,而窦太后独违众议,假宪以权,竟立大功,似乎儒臣之守经,未及权戚之达变。不知章、和之交,北匈奴已将衰灭,一南单于即足以制之,奚必劳大众,兴大役,然后有成?窦宪贪天之力,以为己功,勒铭燕然,虚张声势,何其诞也?且阳辞侯封,阴攫兵柄,兄弟姻戚,满布朝堂,害直臣,植私党,而窦景更纵使家奴,略人妇女,夺人财货。稔恶至此,未闻宪有言相诫,宪之为宪可知矣!至若除一北单于,更立一北单于,出尔反尔,说更不经。吾料窦宪当日,必有私取略遗之举,特史家未之载耳。天道恶盈,几何而不倾覆哉?

第三十四回　黜外戚群奸伏法　歼首虏定远封侯

却说司徒袁安,郁郁告终,汉廷失了一位元老,都人士无不痛惜,只有窦氏一门,却称快意。也不长久了。太常丁鸿,代袁安为司徒。鸿系经学名家,砥砺廉隅,为和帝所特拔。和帝年已十四,也知窦氏专权自恣,必为后患,故选鸿代安,倚作股肱。会当季夏日食,鸿即借灾进规,上书言事道:

臣闻日者阳精,守实不亏,君之象也;月者阴精,盈毁有常,臣之表也。故日食者臣乘君,阴陵阳;月满不亏,下骄盈也。昔周室衰季,皇甫之属,专权于外,党类强盛,侵夺主势,则日月薄食。故《诗》曰:"十月之交,朔日辛卯;日有食之,亦孔之丑。"《春秋》日食三十六,弑君三十二,变不空生,各以类应。夫威柄不以放下,利器不以假人,览观往古,近察汉兴,倾危之祸,靡不由之。是以三桓专鲁,田氏擅齐,六卿分晋,诸吕握权,统嗣几移,哀、平之末,庙不血食。故虽有周公之亲,而无其德,不得行其势也。今大将军虽欲束身自约,不敢僭差;然而天下远近,皆惶怖承旨。刺史二千石,初蒙除授,虽已奉符印,受台敕,不敢便去,久者至数十日,背王室而向私门,此乃上威损,下权盛也。人道悖于上,效验见于天,虽有阴谋,神照其情,垂象见戒,以告人君。间者月满先节,过望不亏,此臣骄溢背君,专功独行也。陛下未深觉悟,故天重见戒,诚宜畏惧,以防其祸。《诗》云:"敬天之怒,不敢戏豫。"若敕政责躬,杜渐防萌,则凶妖销灭,害除福凑矣。夫坏崖破岩之水,源自涓涓;干云蔽日之木,起于葱青,禁微则易,救末者难。人莫不忽于微细,以致其大;恩不忍诲,义不忍割,去事之后,未然之明镜也。臣愚以为左官外附之臣,依托权门,谄谀以求容媚者,宜行一切之诛。间者大将军再出,威振州郡,莫不赋敛吏人,遣使贡献。大将军虽不受,而物不还主,部署之吏,无所畏惮,纵行非法,不伏罪辜。故海内贪猾,竞为奸吏,小民嗟吁,怨气满腹。臣闻天不

第三十四回　黜外戚群奸伏法　歼首虏定远封侯

可以不刚，不刚则三光不明；王不可以不强，不强则宰牧纵横。宜因大变，改正匡失，以塞天意。

这封奏章，若被窦太后接阅，当然不欢。偏和帝已留心政治，密嘱小黄门收入奏牍，须先呈阅一周，再白太后，因此丁鸿一疏，得达主知。即命鸿兼官卫尉，屯南北宫。是时邓迭已受封穰侯，与窦宪同镇凉州。迭弟步兵校尉磊，与母元出入长乐宫，为窦太后所宠爱；宪婿郭举，亦得邀宠。彼此互争权势，两不相容，势将决裂。和帝已有所闻，很是焦灼，默想内外大臣，多是窦氏耳目，只有司空任隗与司徒丁鸿，不肯依附窦氏，尚可与谋。但若召入密商，必致机关漏泄，转恐速祸。想来想去，惟有钩盾令郑众，素有心计，不事豪党，且平时尝随侍宫中，可免嫌疑。因此俟众入侍，屏去左右，与议弭患方法。十四岁的小皇帝，便能谋除权戚，可谓聪明，特惜商诸宦官，未及老成，终致流弊无穷。众请先调回窦宪，一体掩戮，方可无虞。计固甚是，然已可见中官之毒谋。和帝依言，乃颁诏凉州，但言南、北两匈奴，已皆归顺，可弛边防，大将军宜来京辅政为是。一面往幸北宫，借白虎观讲经为名，召入清河王庆，共决大计。庆即前时废太子，为窦太后所谮，贬爵为王，见前文。和帝素与相爱，留居京师。此时召庆入议，也知他衔怨窦氏，必肯相助。庆果代为设法，欲援据前朝《外戚传》，作为引证，免致太后违言。惟《外戚传》不便调取，只千乘王伉，藏有副本，当由庆前往借阅，托言备查。原来章帝遗有八子，除和帝及清河王外，尚有伉、全、寿、开、淑、万岁六人。伉年最长，为后宫姬妾所出，生母无宠，史不留名，章帝时已封为千乘王。全已早殇。寿母为申贵人，开、淑万岁母氏，亦未详史策，大约与伉母相同。和帝永元二年，封寿为济北王，开为河间王，万岁尚幼，至永元五年，始封广宗王，一病即殇。补叙章帝子嗣，笔不渗漏。惟和帝因伉为长兄，常相尊礼。伉见庆借取《外戚传》，也不问明底细，立即取给。庆得书便归，夜纳宫中，和帝仔细披阅，如文帝诛薄昭，武帝诛窦婴，昭帝诛上官桀，宣帝诛霍禹等故事，并见《前汉演义》。虽俱载及，却是简略得很，因复令庆转告郑众，使他钩考详情。正在秘密安排的时候，窦宪、邓迭等奉诏还都，和帝函使大鸿胪持节郊迎，赏犒军吏，多寡有差。时已天晚，宪等不及诣阙，须待翌日入朝。文武百官，已皆黾夜往候，如蝇附膻。哪知是夜已有变动，把邓迭兄弟、郭璜父子，一古脑儿拘系狱中。仿佛天空霹雳。自从和帝与郑众等定谋，专待宪至，即行发作。一闻宪已入都，立由郑众奉御车驾，夜入北宫，传命司徒兼卫尉官丁鸿，严兵宿卫，紧闭城门，速调执金吾、五校尉等，分头往拿邓迭兄弟及郭璜父子。邓迭方回家卸装，与弟磊等畅叙离情；郭璜父子，正迎谒窦宪，事毕归家，执金吾等奉诏往拿，顺手牵来，一个没有逃脱。窦宪尚倦卧家中，未曾闻知，一到天明，门外已遍布缇骑，由门吏传报进去，方才惊起。出问情由,偏已趋入谒者仆射,宣读诏书,收还印绶,改封为冠军侯,促使就国。宪只得将印绶缴出。待至朝使出门,使人探问兄弟消息,俱已勒还官印,限令就封。俄而邓氏郭氏诸家,统来报知凶信,累得窦宪瞠目结舌,不知所为。也只有这般伎俩么?嗣复闻邓迭兄弟,郭璜父子,俱皆绑赴市曹,明正典刑。又不多时,来了许多吏役,查明宗族宾客,一齐驱出,撵归原籍。已而执金吾到来,传布严诏,催宪启行,就是窦笃、窦景、窦瓌三人,亦俱促就道,不准逗留。宪拟至长乐宫告辞,面乞转圜,偏执金吾不肯容情,催趣益急。再密令家人通书长乐宫,又被外兵搜出,拿捉了去。于是力尽计穷,没奈何草草整装,出都自去。笃、景、瓌亦分路前往。随身只许挈领妻孥,所有广厦大宅,一律封闭,豪奴健仆,一律遣散。都中人民,统皆称快,偌大的侯门贵戚,倏忽成空。倪来富贵,原同幻梦。和帝策勋班赏,称郑众为首功,封为大长秋。官名。更钩考窦氏余党,贬黜多人,连太尉宋由,亦遭连坐,饬令罢职。由惧罪自尽。太傅邓彪,慌忙告病乞休,和帝因他年老龙钟,不忍苛求,听令辞职归里,彪幸得考终。司空任隗,亦即病逝。当时惟大司农尹睦,宗正刘方,常与袁安、任隗,同抗窦氏,和帝乃擢睦为太尉,兼代太傅,方为司空。并特简严能吏员,嘱使往督窦宪兄弟,逼令自杀。河南尹张酺,奉职无私,常因窦景家奴,击伤市卒,立派吏役多人,捕奴抵罪。景又使缇绮侯海等五百人,殴伤市丞,复由酺拿住侯海,充戍朔方。至窦氏得罪,朝旨森严,酺却请从宽典,慨然上疏道:

> 臣实蠢愚,不及大体,以为窦氏既伏厥辜,而罪刑未著,后世不见其事,但闻其诛,非所以垂示国典,贻之将来,宜下理官与天下平之。方宪等宠贵,群臣阿附,唯恐不及,皆言宪受顾命之托,怀伊、吕之忠;今严威既行,又皆言当死,不复顾其前后,考折厥衷。臣伏见夏阳侯瓌,每存忠善,前与臣言,常有尽节之心,检敕宾客,未尝犯法。臣闻王政骨肉之刑,有三宥之义,宁过厚,毋过薄。今议者为瓌选严能相,恐其迫切,必不完全,宜量加贷宥,以崇厚德!

和帝览疏,乃有意免瓌,惟将宪、笃、景三人,遣吏威迫,先后毕命。光禄勋窦固早死,未及坐罪;安丰侯窦嘉,本奉前司空窦融祭祀,入为少府,至是亦免官就国,总算还保存食邑,尚得自全。中护军班固,为窦氏党羽,和帝但将他褫职了事。偏是洛阳令种竞,前被固家奴醉骂,怀恨未忘,此次正好假公济私,竟将固捕系狱中,日加笞辱。固年已六十有余,怎禁得这般凌虐?一时痛愤交迫,遂至捐生。竞自知闯祸,不得不罗织固罪,奏明死状,有诏将竞免官,狱吏抵死。固曾为兰台令史,奉诏修撰《前汉书》,见前文。大致粗备,尚缺八表及天文志,他人不能赓续,只有固妹班昭,博学多才,特征入东观藏书阁中,

第三十四回 黜外戚群奸伏法 歼首虏定远封侯

属令续成。班昭字惠班，一名姬，为同郡扶风人曹寿妻。寿字世叔，不幸早亡，佳人多薄命，但不如是不足成班昭之名。昭誓志守节，行止不苟。及奉诏入宫，贞操如故，后宫多奉为女师，号曰大家。家读如姑。惟西域长史班超，虽系班固兄弟，但在外有年，鲜与窦氏往来，当然不致得罪，且已积功升官，拜为西域都护。超自攻克莎车后，威扬西域，远近震慑。回应三十一回。独月氏国王曾遣兵助汉，击破车师，因此致书班超，欲与汉朝和亲，求尚公主。超不肯转奏，竟将来书掷还。月氏王心下不平，即于永元二年，遣副王谢领兵七万，进攻班超。超部下不过数千，欲召集各国兵马，又是缓不济急，遂致士心惶惶，相惊失色。超独从容镇静，并无忧容，且召语吏士道："月氏兵势虽盛，但东逾葱岭，远道至此，粮运必然不继，怎能久持？我若固守城堡，坚壁清野，彼必饥蹙求降，不过数十日，便可无事，何容过虑呢？"吏士亦无他策，只好依令奉行。月氏副王谢，自恃骁勇，前驱挑战；超督众坚守，旬月不出一兵。谢屡攻不下，又未得与超接仗，决一胜负，看看粮食将尽，不得不分兵抄掠。谁知四面都是荒野，并无粮草可取，一时情急思援，特遣使赍着金银珠玉，往赂龟兹，向他乞粮济师。偏早被班超料着，预遣兵往伏东境，待月氏使经过路旁，齐出袭击，尽行杀毙。当即枭了首级，并金银珠玉，悉数取回，向超缴令。超却把月氏使首，悬出城外，使谢闻知。谢果然大惊，遣使请罪，愿得生还。超语来使道："汝国无故犯我，罪有所归。我已知汝粮尽势穷，本当发兵乘敝，令汝片甲不回。但我朝方主怀柔，不尚屠戮，且汝既知罪，我亦乐得放汝回去。但此后须要每年贡献，休得误期，否则明日决战，莫怪无情！"来使唯唯听命，回营报谢。谢已但望生还，还有何心恋战？因即再遣使致书，愿如超约。超遂纵令西归，并不出追。恩威两尽，不怕月氏不降。谢当然感激，返告国王，说得超如何智勇，还是岁贡方物，尚可无忧。月氏王也觉惊心，依了谢言，岁贡如仪。

这消息遍传西域，龟兹、温宿、姑墨三国，并皆震恐，也遣人谢罪乞降，超乃据实奏闻。前次都护陈睦败殁，汉廷拟弃去西域，撤销都护，及戊、巳校尉等官。至超复收服西域，乃将旧官重设，即擢超为西域都护，军司马徐干为长史。并使龟兹侍子白霸归国为王，特令司马姚光，护送西行。光至西域，与超会商进止。超以龟兹本有国王，叫作尤利多，若使立白霸，尤利多必将抗拒；计惟带兵同往，方足示威，压倒尤利多。光闻言大喜，即与超同往龟兹，龟兹国王尤利多果欲拒绝白霸，嗣见来兵甚众，料知难敌，只好俯首帖耳，推位让国。超即使尤利多随着姚光，共诣京师。尤利多不敢不从，便偕光出龟兹城，东往洛阳。超尚恐龟兹反复，特留居龟兹它乾城，使徐干屯驻疏勒。于是西域诸国，大半归顺。只有焉耆、危须、尉犁三国，因前时攻没陈睦，未敢遽降。至永元六年孟秋，超发龟兹、鄯善等八国兵马，合七万名，并及吏士、贾客千四百人,共讨焉耆。兵入尉犁国境,先遣使晓谕三国道:"汉都护率兵前来,无非欲镇抚三国,如三国果改过向善,宜遣酋长迎师,都护当为国宣恩,赏赐王侯以下,各有彩帛;若再执迷不悟,敢抗天威,恐大兵入境,玉石俱焚,虽欲面缚出降,也已无及了!"焉耆王广,听到此语,即遣人探视超军,果然兵多将众,如火如荼,当下望风胆怯,忙遣左将北鞬支赍奉牛酒,出迎超军。超闻北鞬支曾为匈奴侍子,归秉国权,乃面加诘责道:"汝为匈奴侍子,莫非尚欲臣事匈奴么? 我率大兵至此,汝王不即出迎,想是汝在旁挠阻,所以迟来?"北鞬支慌忙答辩,不肯认罪。超反回嗔作喜道:"汝既未曾挠阻,可即归告汝王,自来犒军!"说着,即令取帛数匹,赏给北鞬支,北鞬支拜谢而去。军吏向超进议道:"何不便杀北鞬支?"超摇首道:"汝等但知张威,未知立功。北鞬支在焉耆国中,威权甚重,若未入彼国,先将他杀死,适令彼国惊疑,设备守险,拚死相争,我如何得至焉耆城下呢?"无往不用智谋。军吏始皆拜服。超即麾军进行,至焉耆国界,为河所阻。河上本架桥梁,叫做苇桥,本是焉耆国第一重门户。北鞬支回国,恐超军随入,故将桥梁拆去,杜绝交通。超在桥旁虚设营寨,但留老弱数百人,使他在营外司爨,晨夕为炊,自率大队绕道驰入。越山度岭,得于七月晦日,至焉耆城二十里外安营立寨,遣人促焉耆王犒师。焉耆王广,方因北鞬支返报,与商迎超事宜,不防超军已经深入,将到城下,那时心乱神昏,急欲挈众入山,共保性命。北鞬支以为无虞,但教广出城迎超,奉献方物,便可保全。已入班超计中。议尚未定,焉耆左侯元孟,从前尝入质京师,得蒙放归,心中尚感念汉德,乃密遣人报超,谓国王将入山保守。超不待说完,驱出斩首,示不信用,并与诸国王定一会期,扬言当重加赏赐。焉耆王广,遂与北鞬支等三十人,如期出会;惟国相腹久等十七人,惧诛远遁。尉犁王汛,也闻令趋至,独危须王不至。超大陈军士,传召二王入帐,甫经坐定,超即怒目诘广道:"危须王何故不至? 腹久等何故逃亡?"两语说出,便顾令吏士,把二王以下诸人,全数拿下,押至陈睦所居故城,设立陈睦神主,就香案前绑住俘虏,一刀一个,杀得干干净净。陈睦有知,当亦喜出意外。当将二叛王首级,解送京都;一面纵兵抄掠,斩首五千余级,获生口万五千人,马畜牛羊三十余万头,更立焉耆左侯元孟为焉耆王。自留焉耆城半年,抚定人民。自是西域五十余国,俱纳质内附,重译来廷。和帝下诏酬庸,特封超为定远侯。诏曰:

> 往者匈奴独擅西域,寇盗河西,永平之末,城门昼闭。先帝深愍边氓,婴罹寇害,乃命将帅击右地,破白山,临蒲类海,取车师城。诸国震慑,相率响应,遂开西域,置都护。而焉耆王舜,舜子忠,独谋悖逆,恃其险隘,复没都护,并及吏士。先帝重元元之命,惮兵役之兴,故使军司马班超,安集于阗以西。超遂逾葱岭,迄县度,出入二十二年,莫不宾从,改

立其王,而绥其人,不动中国,不烦戎士,得远夷之和,同异俗之心,而致天诛,蠲宿耻,以报将士之仇。司马法曰:"赏不逾月。"欲人速睹为善之利也。其封超为定远侯,邑千户,以示国家报功之至意。

超受封拜爵,宿愿终偿,万里侯相的预言,至是果验。小子有诗赞道:

> 投笔从戎胆略豪,积功才得换征袍。
> 漫言生相原应贵,要仗胸中贯六韬。

西域已为超所平,北房西羌,尚是叛服无常,屡劳征讨。欲知详情,试看下回续表。

先王立法,凡仆从侍御诸臣,悉选正士为之,所以弼主德,杜祸萌也。后世不察,乃以阉人充选,名为禁掖设防,实为宫廷养患。如和帝之欲除窦氏,不能直接外臣,但与郑众设策,计虽得行,而宦官窃权之祸,自此始矣,窦宪等俯首服罪,实属无能,孤雏腐鼠之言,不为不验;设非窦太后之纵容姑息,宪等皆不过碌碌庸材,何至骄横不法,自取覆亡乎?班固文人,党附窦氏,始至杀身;独班超能立功异域,终得封侯。大丈夫原应自奋,安能久事笔砚间?观于超之有志竟成,而固之无志可知,一荣一辱,优劣判焉,乃知人生处世,立志为先,慎毋媚世谐俗为也!

第三十五回　送番母市恩遭反噬
　　　　　　得邓女分宠启阴谋

却说北单于於除鞬,本由窦宪主议,因得嗣立。宪本欲派兵护送,使归北庭,嗣因召还得罪,乃致中止。於除鞬闻窦氏伏辜,竟不待朝命,叛汉自去。汉廷得报,亟令将兵长史王辅,会同中郎将任尚,率领数千骑穷追。途中尚托词护送,使於除鞬不生疑心。於除鞬探悉谣传,果然中计,遂被汉兵追及,冲杀过去。於除鞬还疑汉兵误认,拍马向前,用言分辩。谁知汉长史王辅舞动大刀,抢步出阵,一声吆喝,竟将於除鞬劈落马下,结果性命。虏众慌忙四走,已是不及逃生,汉兵四面兜杀,但见得头颅滚滚,血肉横飞,霎时间便屠尽残虏,阒寂无人了。实为窦宪所害。王辅等还兵报捷,当有优诏褒奖,不消絮叙。惟南单于屯屠何,忽然病死,由弟左贤王安国嗣立;安国素乏声威,国人不甚信服。左谷蠡王师子,为安国从兄,狡黠多力,屡与汉兵掩击北庭,受汉赏赐,因此国中多敬惮师子,轻视安国。安国得为单于,师子当然为左贤王,因恐功高遭忌，不就左贤王庐帐，独徙居五原界中。安国果然怀嫌，笼络北庭降胡，欲图师子。每召师子会议，师子辄称病不往；汉度辽将军皇甫棱，亦保护师子，使得安居。安国怀愤益甚，上表汉廷，指斥皇甫棱，汉廷将棱免官，改任执金吾朱徽，行度辽将军事。但尚有一个中郎将杜崇，与皇甫棱同镇北方，未曾掉换，仍然守棱遗制，反对安国。安国再上书讦崇。崇却先令河西太守截住北使，不许通使，且转告朱徽谓安国有叛汉意，徽即与崇联衔会奏，略称安国疏远故明，亲近新降，欲杀左贤王师子等，背叛汉廷，请饬西河安定上郡一带，严兵固守，以防不测。和帝览奏，令公卿集议方法。公卿等复言夷情难测，应派干员至单于庭，与杜崇、朱徽等，观察动静，如有他变，即令便宜从事云云。和帝如言施行。徽、崇闻命，立即发兵击单于庭，安国闻汉兵猝至，弃帐遁去。待至汉兵南归，复引众往攻师子，师子预先察悉，急率部众入曼伯城，及安国追到城下，门已早闭，不能攻入，乃移驻五原，与师子相持。朱徽遣吏调停，安国不从，因与杜崇发诸郡兵马，往讨安国。安国两面受敌，支持不住，当然惊惶。安国舅骨都侯喜为等，恐并遭诛灭，不得已格杀安国，迎立师子。南庭原无异议，独北庭降胡，感念安国遗惠，欲与复仇，夤夜袭师子庐帐，师子几为所乘。还亏汉安集掾王恬，率卫士往援师子，击走北庭降胡。怎奈降胡愈聚愈众，共计有十五部，二十余万人，统皆蠢动，另立前单于屯屠何子逢侯为单于，肆行焚掠，奔驰出塞。若先使屯屠何北归就令，彼有内乱，亦不至扰动边疆。汉廷再遣光禄卿邓鸿行车骑将军事，与越骑校尉冯柱，会合朱徽、任尚等，统领汉胡兵四万余众，出讨逢侯。南单于师子，与杜崇同屯牧师城，专待汉兵到来，会师北进。偏逢侯先发制人，竟率万余骑围牧师城，连日攻扑。可巧邓鸿至美稷县，距牧师城不过数十里，逢侯乃闻风解围，向满夷谷退去。邓鸿至牧师城下，再与师子、杜崇等，共追逢侯至大城寨，斩首三千余级，得生口万余人。冯柱亦自率偏师，追击逢侯别部，斩首四千余级。任尚更率乌桓、鲜卑等众，往满夷谷邀击逢侯，复得大捷，先后斩首万七千余级。逢侯带着残众，向北窜去，汉兵不能远追，只好退归。朝议以邓鸿沿途逗留，致失逢侯，召还论罪。旋复因朱徽、杜崇，轻挑边衅，并皆逮归，统令下狱，鸿、徽、崇三人，前后致死。但留冯柱屯守五原，另任雁门太守庞奋，行度辽将军事。但从此朔漠一带，又分作南北二部，扰攘频年，后文再表。

且说匈奴纷争的时候，羌人亦乘机思逞，再行犯边。前次羌众慑伏，全仗护羌校尉邓训，恩威两济，驾驭有方，所以全羌畏怀，不敢叛乱。永元四年，训竟病殁，羌胡如丧父母，朝夕哭临，且家家为训立祠，祷祀不绝。独迷唐回居颇岩谷，阴生幸心。回应三十二回。蜀郡太守聂尚，奉调为护羌校尉，他见邓训得羌人心，也想设法羁縻，沽恩市惠，乃遣译使招抚迷唐，叫他洗心

第三十五回　送番母市恩遭反噬　得邓女分宠启阴谋

归化,仍得还住大、小榆谷。真是多事。迷唐常思规复故地,唯恐后来校尉,与邓训智勇相同,因此未敢遽发;凑巧来了译使,招回榆谷,正是喜出望外,当即挈领部属,仍至大、小榆谷中居住。且使祖母卑缺,至聂尚处拜谢厚恩。聂尚大喜,统道迷唐受抚,出自真诚,即遣人迎入卑缺,格外优待,并出金帛相赠。及卑缺辞归,复亲送至寨下,为设祖帐饯行;又令译使田氾等五人,护送至榆谷中。看官试想,这狼子野心的迷唐,岂是区区小惠,所可牢笼?他遣祖母入谢,明明是巧为尝试,来觇虚实,既见聂尚无威可畏,乐得乘此反侧。于是拘住田氾等人,召集诸羌,把氾等当做牛羊,破胸取血,滴入酒中,使大众各饮一杯,约为同心,再图入寇。羌众本没有什么知识,忽散忽聚,可从即从,当下奉迷唐为酋长,听从命令,进扰金城。聂尚不能制服,反向朝廷乞援。廷议自然归咎聂尚,把他褫职,改命居延都尉贯友代任。贯友惩尚覆辙,主张讨伐,先遣译使分谕诸羌,诱以财帛,令他解散。诸羌又贪得贿赂,与迷唐背盟,不肯相从。贯友乃遣兵出塞,掩击大、小榆谷,擒住首虏八百余人,夺得麦数万斛。惟迷唐又得幸免,逃出谷外。贯友未肯罢休,特在榆谷附近的逢留河旁,筑城坞,作大航,建造河桥,为大举计。迷唐却也惊恐,率众远徙,至赐支河曲避居。到了永元八年,友复逝世,令汉阳太守史充,继任护羌校尉。充决计扫灭迷唐,大发湟中羌胡出塞进攻,不意人多势杂,趋向不同,反被迷唐击败,伤亡至数百人。聂尚以主抚败事,史充又以主剿丧师,统是无材所致。充坐罪免归,再调代郡太守吴祉往代。越年迷唐又率众八千人,入犯陇西,胁迫塞内诸羌,共为盗寇。诸羌复多与联合,共得步骑三万名,击破陇西守兵,杀死大夏县长,蹂躏人民。警报传达京都,诏遣行征西将军事刘尚,及越骑校尉赵世,调集汉羌胡兵三万人,出讨迷唐。尚屯狄道,世屯枹罕,再由尚司马寇盱,督诸郡兵,四面并进,声势甚盛,吓得迷唐胆战心惊,忙将老弱弃去,奔入临洮南山。尚等从后追蹑,好容易攻入山谷,与迷唐鏖斗一场,斩虏千余人,获马牛羊万余头,迷唐败走。汉兵死伤,却也不少,未敢再进,乃收兵退回。是年,皇太后窦氏告崩,尚未及葬,忽由梁松子扈,令从兄禮古禅字。上书三府,即三公府。略称汉家旧典,崇贵母氏,梁贵人亲育圣躬,不蒙尊号,乞求申议等语。先是梁贵人自尽,由宫人草草藁葬,并不发丧;和帝时尚幼稚,向由窦后抚养,还道窦后是自己生母,不复忆及梁贵人。宫廷内外,都畏惮窦氏势力,何人敢与和帝说明隐情?至窦氏既败,方有人约略提及,但窦太后尚是生存,究竟还未便尽言。待到梁禮上书,正值太尉尹睦病终,由张酺进任太尉,酺召禮讯明颠末,方才入白和帝。和帝始知为梁氏所生,不禁悲恸,且泣且问道:"卿意以为何如?"酺答说道:"春秋大义,母以子贵,故汉兴以来,帝母无不尊显。臣愚以为宜亟上尊号,追慰圣灵,并应存录诸舅,顾全亲谊,方为两安。"和帝点首道:"非卿言,朕几罹不孝了!"酺退出后,又有奏章呈入,署名为南阳人樊调妻梁嫕,音意,就是和帝生母梁贵人的胞姊,和帝当即披阅,但见纸上写着:

> 妾嫕同产女弟贵人,前充后宫,蒙先帝厚恩,得见宠幸,皇天授命,诞生圣明。而为窦宪兄弟所见谮诉,使妾父竦冤死牢狱,骸骨不掩;老母孤弟,远徙万里。独妾幸免,逸伏草野,常恐没命,无由自达。今遭值陛下神圣之运,亲统万几,群物得所,窦宪兄弟奸恶,既伏辜诛,海内旷然,各获其宜。妾得苏息,拭目更视,乃敢昧死自陈所天。妾闻太宗即位,指汉文帝。薄氏蒙荣;即薄太后。宣帝继统,史族复兴。宣帝祖母史良娣遭难,嗣封史恭三子为侯。妾门虽有薄史之亲,独无外戚余恩,诚自悼伤。妾父既冤,不可复生。母氏年逾七十,及弟棠等,远在绝域,不知死生。愿乞收竦朽骨,使母弟得归故郡,则施过天地,存殁幸赖矣!

和帝看到末句,亟命中常侍掖庭令,传召梁嫕入宫。嫕已在阙下候命,一经宣召,当即入宫陈明。情词确凿,并无欺饰,掖庭令复报和帝,和帝因即引见。嫕举止大方,谈吐明白,说到母家蒙冤情事,禁不住珠泪盈眶,和帝亦为流涕。遂留嫕止宫中,旬月乃出,赏赐衣被钱帛,第宅奴婢,加号梁夫人。擢樊调为羽林左监。调系樊宏族孙,宏即光武帝母舅,曾为光禄大夫。是时司徒丁鸿,早已病逝,由司空刘方继任司徒,用太常张奋为司空。三公联名上奏,太尉张酺亦列在内。请依光武帝黜吕后故事,请贬窦太后尊号,不准与章帝合葬。和帝踌躇再四,究竟抚育有年,不忍依议,乃下诏答复云:

> 窦氏虽不遵法度,而太后常自减损。朕奉事十年,深维大义;礼,臣子无贬尊上之文,恩不忍离,义不忍亏。案前世,上官太后亦未闻降黜,昭帝后上官氏,父安谋反被诛,后位如故。其勿复议!

手诏既下,群臣无复异言,乃奉窦太后梓宫,与章帝合葬敬陵,和帝此举,不失忠厚。尊谥为明德皇后。复将生母梁贵人,改行棺殓,追服丧制,与姊梁大贵人俱葬西陵,谥曰恭怀皇后。且追封梁竦为褒亲侯,予谥曰愍。即遣中使与嫕及梁松子扈,同赴汉阳,迎回竦丧,竦死汉阳狱中,见前文。特赐东园画棺,玉匣重衾,东园署名,主司棺椁。就恭怀皇后陵旁,建造坟茔,由和帝亲自送葬,百官毕会。征还梁竦家属,封竦子棠为乐平侯,棠弟雍为乘氏侯,雍弟翟为单父侯;食邑各五千户,位皆特进,赏赐第宅、奴婢、车马、兵弩等类。就是梁氏宗族,无论亲疏,俱得补授郎官。梁氏复转衰为盛,宠遇日隆。皇恩不可过滥,矫枉过正,又种下一段祸根。清河王庆,亦乞诣生母宋贵人茔前,祭扫致哀,和帝当然允许,并诏有司四时给祭。庆垂涕语左右道:"生虽不获供养,终得

第三十五回　送番母市恩遭反噬　得邓女分宠启阴谋

奉承祭祀,私愿已足。倘再求作祠堂,恐与恭怀皇后相似,复涉嫌疑。欲报母恩,昊天罔极,此身此世,遗恨无穷了!"嗣又上言外祖母王氏,年老罹忧,病久失医,乞恩准迎入京师,使得疗疾。有诏许如所请,宋氏家属,亦得并至都中。庆舅衍、俊、盖、暹等,并补授为郎。惟窦氏从此益衰,夏阳侯窦瓌,就国后虽得幸存,终因贷给贫人,致遭廷谴,徙封罗侯,不得役属吏士。贵盛时,受人货贿,尚且无罪;衰落时出资货人,反触朝章,世态炎凉,即此可见。及梁棠兄弟,奉诏还都,路过长沙,与罗县相距甚近,竟顺道往胁窦瓌,逼令自杀。和帝方加恩诸舅,不复查问。可见得天道无常,一反一复,荣耀时不知谦抑,总难免家破身亡,贻讥后世呢! 当头棒喝。

且说和帝春秋日盛,尚未立后。后宫里面已选入数人,入宫最早,承宠最隆,要算是前执金吾阴识的曾孙女儿。识为光烈皇后阴氏兄,即光武帝继后阴丽华。世为帝戚。阴女年少聪慧,知书识字,面貌亦秀丽动人,因此亦选入掖庭,即邀恩宠,受封贵人,永元八年,立为皇后。偏又有一位世家闺秀,相继充选,门阀不亚阴家,姿色且逾阴后,遂令施、旦争妍,施、旦即西施、郑旦。尹、邢斗艳,尹、邢两婕好,皆武帝时宫妃,事见《前汉演义》。正宫不免摇动,终落得桃僵李代,燕去鸿来。是女为谁? 乃是故护羌校尉邓训女,前太傅高密侯邓禹孙。母阴氏,系光烈皇后侄女,生女名绥,五岁时已达书礼。祖母很加钟爱,亲为剪发,因年高目昏,误伤女额,女忍痛不言。旁人见她额上有血,未免惊问,女答说道:"非不知痛,实因太夫人垂怜及我,倘若一呼,转伤老人初意,所以只好隐忍哩!"五岁弱女,能体贴老人心意,却是难得。左右俱为叹羡。六岁能作篆书,十二岁通《诗经》《论语》,诸兄每读经传,辄从旁问难。母阴氏常嘲语道:"汝不学针黹,专心文学,难道想做女博士么?"女乃昼习妇工,暮读典籍,家人戏呼为女学生。父训亦另眼相看,事无大小,辄与详议。当阴后入选时候,女亦与选;适值父训病殁,在家守制,因此谢却。女日夕哭父,三年不饮酒食肉,憔悴毁容,几至人不相识,又共称为孝女。女尝梦两手扪天,荡荡正青,若有钟乳状,乃仰首舐饮。醒后亦自以为奇,询诸占梦,占者谓尧梦登天,汤梦咶天,咶与舐通。这统是帝王盛事,吉不胜言。又有相士得见女容,也是极口夸奖,称为成汤骨相。可惜是个女身。家人闻言,私相庆贺,不过未敢明言。太傅邓禹在世时,常自叹道:"我统兵百万,未尝妄杀一人,后世必有兴旺的子孙。"禹从子陔,亦谓兄训为谒者时,修石臼河,岁活数千人,天道有知,家必蒙福。及女年十六,丧服早阕,衣食如常,竟出落得丰容盛鬋,广额修眉,如此方为福相。身长七尺二寸,肌肤莹洁,好似玉山上人。宫中复将她选入,大小粉黛,俱相对无颜。和帝年将及冠,正是好色华龄,一经瞧着,怎肯放过? 当晚即挈入寝室,谐成好梦。一宵恩爱,似漆投胶,越日即册为贵人。好在这邓贵人承宠不骄,恭慎如故,平时进谒阴后,必小心伺候,战战兢兢,待遇同列,务极撝谦;就是侍女隶役,亦皆好意抚驭,毫无倨容。因此阖宫悦服,誉满一时。只有一人未惬,奈何?偶然感冒,竟致罹疾,和帝忙令邓氏家属,入视医药,许得自由往来,不限时日。邓贵人反屡次陈请道:"宫禁甚重,乃使外家得自由出入,上令陛下弛防,下使贱妾蒙谤,这乃是上下交损,妾实不愿叨此异恩!"和帝不禁赞叹道:"他人以得见亲属为荣,今贵人反以为忧,深自抑损,真非常人可及哩!"嗣是益邀帝眷,宠逾正宫。邓贵人仍然谨饬,并不矜张。每当六宫宴会,诸妃妾竞加修饰,簪珥衣服,焕然一新,独邓贵人淡妆浅抹,自在雍容。平时衣服,或与阴后同色,当即解易;若与阴后同时进见,不敢并行,不敢正坐;每承上问,必逡巡后对,不敢与阴后同言。和帝知她劳心曲体,辄顾语道:"贵人修德鸣谦,幸毋过劳!"既而阴后不育,邓贵人亦未得怀妊,后宫虽间有生产,辄致夭殇,贵人乃屡称有疾,另选她女入御,冀得孳生。独阴后相形见绌,妒恨日深,外祖母邓朱,出入宫掖,阴后常密与计议,拟令巫祝咒死邓贵人,然后泄恨。谁知邓贵人未曾遇祸,和帝却抱病垂危,阴后忿极,密语左右道:"我若得志,不使邓氏再有遗类!"外祖母亦曾姓邓,且邓贵人由阴氏所出,彼此咸谊相关,岂无香火情?乃存心如此,何妇人之阴狠乃尔?偏宫人多得邓贵人厚惠,竟将密语传告,邓贵人流涕道:"我尝竭诚尽心,侍奉皇后,乃不为所谅,竟致获罪于天!妇人虽不必从死,但周公请代,武王有疾,周公祷告三王,愿以身代死,事见《周书》。越姬自杀,越姬为勾践女,楚昭王妃,昭王有疾,姬先自杀,事见《列女传》。传为盛德,我当先自引裁,上报帝恩,中免族祸,下不使阴氏贻讥人齮,虽死亦得瞑目了!"人齮即咸夫人事,见《前汉演义》。说着,即欲仰药自尽。适宫人赵玉在旁,慌忙劝阻,且诈言帝疾已痊,可以无虞,贵人乃止。越日和帝果瘳,渐渐的把阴后密言,传入帝耳,于是阴后愈为和帝所憎。眼见得长秋宫中,要让与她人作主了!汉称中宫,为长秋宫。小子有诗叹道:

螽斯麟趾尽呈祥,樛木怀仁百世芳。
试看桐宫终饮恨,何如大度示包荒!阴后废居桐宫,详见下回。

毕竟阴后被废与否,待至下回再详。

夷狄无亲,非贪即狡,与其失之过爱,毋宁失之过咸。窦宪既灭北匈奴,复立於除鞬,卒有后来之叛去;幸而王辅一出,叛虏授首,而北寇复平。至南单于之纷争,亦由杜崇等之左袒师子,致启兵戎。若聂尚之护送畔缺,见好迷唐,更不足道矣。迷唐为邓训所逐,徙居穷谷,防之且不暇,何可招之使归,与跖蹻言仁义?匪徒无益,反且招尤,聂尚遗事其明证也。窦太后崩而梁氏复盛，邓贵人进而阴氏浸衰，外戚之兴亡，莫非由于妇女之播弄。自作之而自受之，故梁、窦易势，阴、邓易位。观于此而知妒妇之不可为也！史称邓贵人德冠后宫，称扬不绝；然观于后日之称制终身，不肯还政，意者其入宫之始，毋亦心灵手敏，巧于夺嫡欤？而阴后之褊浅难容，自诒伊戚，则固出邓氏下矣。

第三十六回　鲁叔陵讲经称帝旨
　　　　　曹大家上表乞兄归

却说阴皇后妒恨邓贵人，已被和帝察觉，随时加防，到了永元十四年间，竟有人告发阴后，谓与外祖母邓朱等，共为巫蛊，私下咒诅等情。和帝即令中常侍张慎，与尚书陈褒，会同掖庭令，捕入邓朱，并二子邓奉、邓毅，及后弟阴轶、阴辅、阴敞，一并到案，严刑拷讯。三木之下，何求不得？当即录述口供，证明咒诅属实，应以大逆不道论罪，定谳奏闻。和帝已与阴后不和，见了张慎等复奏，也不愿顾及旧情，便命司徒鲁恭，持节至长秋宫中，册废皇后阴氏，徙居桐宫。鲁恭由侍御史擢至光禄勋，累蒙宠信。会司徒刘方，坐罪自杀，继任为光禄勋吕盖，不久又罢，遂升恭为司徒。恭奉命废后，后已无计可施，只得缴出玺绶，搬向桐宫居住。长门寂寂，闷极无聊，即不气死，也要愁死。况复父纲仰药，弟辅毙狱，外祖母邓朱，及母舅奉、毅，并皆为刑杖所伤，陆续毙命。阴邓两姓家属，都被充戍日南，单剩了自己一身，凄惶孤冷，且悔且愤，且愤且悲，镇日里用泪洗面，茶也不饮，饭也不吃，终落得肠断血枯，遽登鬼箓。谁叫你度量狭窄。宫人报闻和帝，总算发出一口棺木，草草殓讫，即日舁出宫外，藁葬平亭。邓贵人闻阴后被废，却还上书劝阻，太觉得假惺惺了。和帝当然不从。贵人即自称疾笃，不敢当夕，约莫有好几旬，有司请续立皇后，和帝说道："皇后为六宫领袖，与朕同体，承宗庙，母天下，岂可率尔册立？朕思宫中嫔御，只邓贵人德冠后庭，尚可当此！"这数语为邓贵人所闻，连忙上书辞谢，让与后宫周、冯诸贵人。好容易又是月余，和帝决计立邓贵人为后，贵人且让至再三，终因优诏慰勉，方登后位。也好算得大功告成了，宫廷内外，相率庆贺；梦兆相法，果如前言。小子因一气叙下，未便间断，免不得中多阙漏，因再将和帝亲政后事，略述数条：和帝崇尚儒术，选用正士，颇与乃父相似。沛人陈宠，系前汉尚书陈咸曾孙，咸避莽辞职，隐居不仕，见《前汉演义》。常戒子孙议法，宁轻毋重。及东汉中兴，咸已早殁，孙躬出为廷尉左监，谨守祖训，未敢尚刑。宠即躬子，少为州郡吏掾，由司徒鲍昱辟召，进为辞曹，职掌天下讼狱，多所平反；且替昱撰《辞讼法》七卷，由昱上呈，颁为《三府定法》。嗣复累迁为尚书，与窦氏反对，出为泰山、广汉诸郡太守，息讼安民。窦氏衰落，宠入为大司农，代郭躬为廷尉。躬通明法律，矜恕有声，任廷尉十余年，活人甚众。及躬病逝，由宠继任，往往用经决狱，务在宽平，时人以郭陈并称，交口揄扬。惟司空张奋免职，后任为太仆韩棱，棱以刚直著名，迭见前事，当然为众望所归。太尉张酺，因病乞休，尝荐魏郡太守徐防自代，和帝进大司农张禹为太尉，征徐防为大司农。禹襄国人，族祖姑曾适刘氏，就是光武帝祖母；祖况随光武北征，战殁常山关；父歆为淮阳相。禹笃厚节俭，师事前三老桓荣，得举孝廉，拜扬州刺史。尝过江行巡，吏民谓江有伍子胥神灵，不易前渡，禹朗声道："子胥有灵，应知我志在理民，怎肯害我？"甚是。言毕，鼓楫径行，安然无恙。后来历行郡邑，决囚察枉，民皆悦服。嗣转兖州刺史，亦有政声。入为大司农，吏曹整肃，及擢拜太尉，正色立朝，为朝廷所倚重。徐防沛人，亦有令名，祖宣父宪，皆通经术，至防世承家训，举孝廉，乃入为郎。体貌矜严，品行慎密，累迁至司隶校尉，又出为魏郡太守。和帝因张酺荐引，召为大司农。适司空韩棱逝世，太常巢堪代任，未能称职，乃进防为司空。防留意经学，分晰章句，经训乃明。就是司徒鲁恭，亦以通经致用。恭弟丕更好学不倦，兼通五经。章帝初年，诏举贤良方正，应举对策，约有百余人，独丕同时应举，得列高第，除为议郎，迁新野令，视事期年，政绩课最。擢拜青州刺史，后复调为赵相。门生慕名就学，追随辄百余人，关东人互相传语云："五经复兴鲁叔陵。"叔陵即丕表字。东汉自光武修文，历三传而并尚经学，故士人多以此见誉，亦以此致荣。旋复调任东郡、陈留诸太守，坐事免官，侍中贾逵，独奏称丕道艺深明，宜加任用，不应废弃，和帝乃再征为中散大夫。永元十三年，帝亲幸东观，取阅藏书，召见侍中贾逵、尚书令黄香等，讲解经义，丕亦在列。贾逵为贾谊九世孙，累代明经，至逵复专精古学，尝作《左氏传国语解诂》五十一篇，献入阙廷，留藏秘馆，入拜为郎；又奉诏撰《尚书古文同异》，及《齐鲁韩诗与毛氏异同》，前汉时，辕固为齐诗，申公为鲁诗，韩婴为韩诗，毛苌为毛诗。并作《周官解诂》，凡十数卷，皆为诸儒所未及道，因此名重儒林。和帝迁逵为左中郎将，改官侍中，领骑都尉，内参帷幄，兼职秘书，甚见信用，盈廷俱推为经师。逵以经学成名，故特从详叙。黄香为江夏人，九岁失母，号泣悲哀，几致灭性，乡人称为至孝。年十二，为太守刘护所召，使居幕下，署名门下孝子，香得博览经典，殚精道术，京师称为天下无双，江夏黄童。嗣入为尚书郎，超迁至尚书令。看官试想！这贾侍中、黄尚书两人，一个是累代家传，一个是少年博学，平时讲贯有素，一经问答，统是口若悬河，不假思索。偏鲁叔陵与他辩难，却是独出己见，持论明通，转使贾、黄两宿儒无词可驳，也不免应对支吾。和帝顾视鲁丕，不禁称善，特

第三十六回　鲁叔陵讲经称帝旨　曹大家上表乞兄归

赐冠帻履袜,并衣一袭。此时却难为贾、黄。丕谢赐而退,越日复上疏道:

臣以愚顽显备大位,犬马气衰,猥得进见,论难于前,无所甄明,衣服之赐,诚为优过。臣闻说经者传先师之言,非从己出,不得相让;相让则道不明,若规矩准绳之不可枉也。难者必明其据,说者务立其义;浮华无用之言,不陈于前,故情思不劳,而道术愈章。法异者各令自说师法,博观其义,览诗人之旨意,察《雅颂》之终始,明舜、禹、皋陶之相戒,显周公、箕子之所陈,观乎人文,化成天下。陛下既广纳謇謇以开四聪,无令刍荛以言得罪,既显岩穴以求仁贤,无使幽远独有遗失,则言路通而人才进,人才进而经说明,天下可不劳而理矣!

为此一疏,和帝乃下诏求贤,令有司选举明经洁行,使侍经筵,且敕边郡各举孝廉。敕书有云:

幽并凉州户口率少,边役众剧,束修良吏,进仕路狭。朕惟抚接夷狄,以人为本,其令缘边郡口十万以上,岁举孝廉一人,不满十万,二岁举一人,五万以下三岁举一人。

看官阅此,应疑和帝既令边郡各举孝廉,何故限人限岁,严格如此?哪知孝不易得,廉亦难能,且边郡人民,华夷杂处,性质多半愚蒙,尚未开明文化,能有几个孝子,几个廉士呢?这且无容细叙。且说凉州西偏,屡有寇患,叛羌迷唐,自被刘尚、赵世等击走,奔往塞外,汉兵引归。回应前回。廷议且谓尚、世畏懦,不敢穷追,应该坐罪,乃逮入诏狱,并令免职。议亦太苛。谒者王信,代领尚营,屯驻枹罕;谒者耿谭,代领世营,屯驻白石。谭复悬赏购募,招诱羌人,羌众又陆续来归。天下无难事,总教现银子。迷唐见部众离散,复起惊慌,因遣人乞降。谭令迷唐自至,方可允许。迷唐不得已趋诣汉营,谭与信会同受降,且遣迷唐诣阙投诚;余众不满二千,统皆饥乏,暂入居金城,拨给衣食。及迷唐入京,朝谒已毕,和帝令他还居榆谷,不得再叛。迷唐未便多言,拜辞西行。奈何复纵之使去?到了塞下,却不肯再回故地,他想榆谷附近,汉人已造河桥,往来甚便,如何保守得住?因致书护羌校尉吴祉,托言种人饥饿,不肯远归。吴祉得书,还道他是真言,多赐金帛,令得籴谷购畜,便即出塞。不料迷唐心变,至金城挈领部众,顺便钞掠湟中诸胡,满载而去。王信、耿谭、吴祉,统皆坐罪,又致夺职还乡,改用酒泉太守周鲔为护羌校尉。永元十三年秋季,迷唐复至赐支河曲,率众犯塞。周鲔与金城太守侯霸,调集诸郡兵士,湟中小月氏胡,合三万人出塞,行至允川,未见羌踪。鲔安营驻扎,使侯霸前往探哨。霸骁勇敢战,在途巡逻,忽与迷唐相遇,毫不畏缩,即向前突阵,锐不可当,羌众慌忙退走,已晦气了四百多人,做了枉死的无头鬼。霸复驱兵追剿,急得羌众走投无路，多半匍伏乞降，共计有六千余口。迷唐只带了数百残骑，奔往赐支河北，伏匿岩谷间。及霸飞章告捷，汉廷因周鲔逗留，未曾与战，饬令还都论罪；擢霸为护羌校尉。置校尉如弈棋，也属不宜。既而安定降羌烧当种叛乱，由郡守发兵剿灭，没入妇女，尽为奴婢。于是四海及大、小榆谷，无复羌寇。隃麋相隃麋为东汉侯国。曹凤，上书献议道：

> 西戎为害，前世所患，臣不能纪古，且以近事言之：自建武以来，其犯法者常从烧当种起事。所以然者，以其居大、小榆谷，土地肥美，又近塞内，诸种易以为非，难以攻伐，南得杂种以广其众，北阻大河，因以为固，又有西海鱼盐之利，缘山滨水，以广田畜，故能强大。常雄诸种，恃其权勇，招诱羌胡；今者衰困，党援坏沮，亲属离叛，余兵不过数百人，窜走穷荒。臣愚以为宜及此时，建复西海郡县，规固二榆，广设屯田，隔塞羌、胡交通之路，遏绝狂狡窥伺之谋；又殖谷富边，省委输之役，国家可无西顾之忧矣！

和帝览书，发交公卿会议，俱云可行。乃复置西河郡，即拜凤为金城西部都尉，出屯龙耆。嗣金城长史上官鸿，复开置归义、建威屯田二十七部，霸亦增置东、西邯屯田五部，及留逢二部，总计得三十四部。功将垂成，后因安帝永初元年，诸羌复叛，竟至中辍。惟迷唐孤弱失援，终至病死。有一子款塞来降，户口不满数千，西陲暂得少安。至若西北一带，自从班超抚定西域，各国归命，变乱不生。惟超由明帝永平十六年，奉命西行，直至和帝永元十二年，尚未得归，先后约三十载，超年将七十，思归故里。适值超掾史甘英，奉超令欲赴大秦，即罗马国。行至条支，即阿剌。西临大海，为安息人所劝阻，中道折回；安息国献入狮子，及条支大鸟，超因遣子勇偕同外使，共诣洛阳，特拜疏乞归道：

> 臣闻太公封齐，五世葬周；狐死首丘，代马依风。《韩诗外传》云："代马依北风，飞鸟扬故巢。"夫周、齐同在中土，千里之间，犹且如此，况远处绝域如小臣，能无依风首丘之思哉？蛮夷之俗，畏壮侮老，臣超犬马齿殄，常恐年衰，奄忽僵仆，孤魂弃捐。昔苏武留匈奴中，尚十九年，今臣幸得奉节，带金银，护西域，如自以寿终屯部，诚无所恨；然恐后世或因臣沦没西域，举以为戒。臣不敢望到酒泉郡，但愿生入玉门关。老病衰困，冒死瞽言。谨遣子勇随献物入塞。及臣生在，令勇目见中土，亦所慰心。望阙哀鸣，伏冀垂鉴。

这疏呈入，和帝因超居西域，得外人心，急切无人可代，只得暂从搁置，俟后再图。转眼间又是二年，超久待朝命，杳无消息。但闻妹昭入宫续史，为后宫

师,因特寄与一书,浼令设法求归。昭本善文,援笔立就奏章,伏阙上陈。略云:

妾同产兄西域都护定远侯超,幸得以微功特蒙重赏,爵列通侯,位二千石,天恩殊绝,诚非小臣所当被蒙。超之始出,志捐躯命,冀立微功,以自陈效。会陈睦之变,道路隔绝,超以一身奔走绝域,晓譬诸国。因其兵众,每有攻战,辄为先登,身被创痍,不避死亡,赖蒙陛下神灵,尚得延命沙漠。至今积三十年,骨肉生离,不复相识,所与相随时人士,皆已物故。超年最长,今且七十,衰老被病,头发无黑,两手不仁,耳目不聪明,扶杖乃能行,虽欲竭尽其力,以报塞天恩,迫于岁暮,犬马齿索。蛮夷之性,悖逆侮老,而超旦暮入地,久不见代,恐开奸宄之源,生逆乱之心。而卿大夫咸顾目前,莫肯远虑,如有猝变,超之气力,不能从心,便为上损国家累世之功,下弃忠臣竭力之效,诚可痛也!故超万里归诚,自陈苦急,延颈遥望,三年于今,未蒙省录。妾窃闻古者十五受兵,六十还之,亦有休息,不任职也。缘陛下以至孝理天下,得万国之欢心,不遗小国之臣,况超得备侯伯之位?故敢触死为超求哀,匄超余年,一得生还,复见阙庭,使国家永无劳远之虑,西域无仓猝之忧,超得长蒙文王葬骨之恩,子方哀老之惠。子方姓田,为战国时魏文侯师,文侯弃老马,子方为弃马非仁,收而养之。诗云:"民亦劳止,汔可小康;惠此中国,以绥四方。"超有书与妾生诀,恐不复相见。妾诚伤超以壮年竭忠孝于沙漠,疲老则便捐死于旷野,诚可哀怜。如不蒙救护,超后有一旦之变,如国家何?妾冀幸超家蒙赵母卫姬先请之贷,赵母谓赵括母,惧括败,先请得不坐罪。卫姬系齐桓公姬,桓公与管仲谋伐卫,桓公入,姬先请卫罪。并见《列女传》。愚憨不知大义,触犯忌讳。无任翘切待命之至。

和帝见了此奏,不禁感动,乃召超还朝,命中郎将任尚代为都护。超欣然奉命,与尚交代。尚问超道:"君侯在西域三十余年,远近畏怀,末将猥承君后,任重才浅,还求明诲!"超喟然道:"超已年老,耳目失聪,任君屡当大任,经验必多,何待超言?但既承明问,敢不竭愚!塞外吏士,本非孝子顺孙类,皆因平时犯罪,徙补边屯;戎狄又性同禽兽,难养易败,今君来此抚驭,他不足虑,只性太严急,还宜少戒。水清无大鱼,察政不得下和,宜改从简易,宽小过,总大纲,便可收效了!"尚虽然谢教,心下却未以为然,待超去后,私语亲吏道:"我以为班君必有奇谋,谁料他所言止此,平淡无奇,何足为训?"平淡中却寓至理,奈何轻视?遂把超言置诸脑后,不复记忆。超至洛阳,诣阙进谒,和帝慰劳数语,令为射声校尉。超素患胸疾,至是益剧,入朝不过月余,便致告终,年七十一。和帝遣使吊祭,赗遗颇厚,令长子班雄袭爵。小子有诗咏道:

久羁外域望生还，奉诏登途入玉关。
老病已成身遽逝，此生终莫享余闲！

班超如此大功，生虽封侯，死不予谥；那宦官郑众居然得加封为鄛乡侯，真是有汉以来，闻所未闻了！欲知后事，试看下回续叙。

经者常也，六经即常道也。圣贤之所以垂训，国家之所以致治，于是乎在。自秦火一炬以后，简残编断，得诸爨余者，往往阙略不全。汉儒重兴经学，意为笺注，已失古人精义；但先王之道，未坠于地，则犹赖汉儒之力耳。鲁丕在东观讲经，能折贾、黄二宿儒之口，当非强词夺理者可比。本回特从详叙，所以表章经术，风示后世。经废则常道不存，安得不乱且亡也？班超有抚定西域之大功，年老不得召归，幸有同产女弟之博学贞操，为后宫所师事，方得以一篇奏牍，上感九重。至超归而月余即殁，狐死首丘，吾犹为超幸矣！夫苏武归而仅为典属国，班超归而仅得射声校尉，至病逝后，并谥法而且靳之，汉之薄待功臣久矣！无惑乎李陵之降虏不返也！

第三十七回　立继嗣太后再临朝
　　　　　　　解重围副尉连毙虏

却说郑众封侯，乃是汉廷创例，和帝因他诛窦有功，班赏时又辞多就少，所以格外宠遇，竟给侯封。哪知刑余小人，只可备供洒扫，怎得视若公卿？就使郑众驯良可取，有功不矜，究不能封他为侯。贻讥作俑，这便是教猱升木，引蚁决堤。光武帝辛苦经营的天下，要为了郑众封侯，自启厉阶，终落得七乱八糟，不可收拾呢！引起下文乱事。话休叙烦，且说永元十五年间，孟夏日食，有司以阴气太盛，奏遣诸王就国。日食，乃天道之常，就使果应人事，亦为邓后临朝预兆，奈何归咎诸王，请令就国？穿凿附会，殊属可笑。原来和帝性情友爱，遵循乃父故事，令兄弟留居京师。及有司奏请遣发，和帝尚不忍分离，有诏作答道：

　　　　日食之异，责由一人。诸王幼稚，早离顾复，弱冠相育，常有"蓼莪、凯风"之哀。"蓼莪、凯风"见《诗经》。选懦仁弱之意。之恩，知非国典，且复须留。

未几又是冬日，和帝出祠章陵旧宅，光武帝改舂陵乡为章陵县，事见建武六年。令诸王一律从行。祠毕后大会宗室，饮酒作乐，备极欢洽。嗣又顺道进

第三十七回　立继嗣太后再临朝　解重围副尉连毙虏

幸云梦，至汉水滨方拟再诣江陵，忽接到留守太尉张禹奏章，乃是谏阻远游，和帝乃还。清河王中傅卫沂，与清河王庆并同随驾，沿途索赃，得千余万缗，事被和帝察觉，派吏鞫治，并责庆不先举发。庆答复道："沂位居师傅，选自圣朝，臣本愚昧，但知言从事听，不便纠察，所以未得先闻。"和帝听了，颇以奏对合宜，待抄出卫沂私赃，一并赐庆。庆辞让不许，乃拜受而退。太尉张禹，亦得蒙特赏；此外留守诸官，及随从诸臣并各赐钱帛有差。会岭南例贡生龙眼荔枝，十里一置，马递日置。五里一候，司望日侯。互相传送，昼夜不辍。临武县长唐羌，具陈贡献劳苦情形，且请和帝勿重滋味。乃有诏禁止贡献，饬太官毋受珍馐。这是和帝美政，故特表明。越年司徒鲁恭，因事免官，迁司空徐防为司徒，进大鸿胪陈宠为司空。宠已由廷尉进官大鸿胪。又越年改号元兴，大赦天下，凡宗室因罪削籍，并得赐复。既而雍地忽裂，时人讶为不祥。待至十二月间，和帝不豫，逐日沉重，竟至告崩，享年只二十七岁，在位一十七年。当时储君未立，后宫生子多殇，往往视宫中为凶地，遇有生育，辄使乳媪抱出宫外，寄养民间。及车驾将崩，群臣尚未知皇嗣下落，无从拥立，不得不禀明邓后，请旨定夺。邓后却知后宫生子，遗存二人，长子名胜，素有痼疾，未便迎立；少子名隆，生才百日，已在宫外寄养，乃即令迎入，立为太子。当夜即位，尊邓后为皇太后，临朝听政。不到半月，便已改岁，定年号为延平元年，进太尉张禹为太傅，司徒徐防为太尉，参录尚书事，百官总己以听。邓太后以帝在襁褓，欲令重臣入居禁内，乃令张禹留卫宫中，五日一归府；并擢光禄勋梁鲔为司徒，使继徐防后任，备位三公。封皇兄胜为平原王，奉葬和帝于慎陵，庙号穆宗。总计和帝在位十七年，英明仁恕，有祖父风，少年即能摈除窦氏，收揽权纲；后来尊儒礼士，纳谏爱民，凡蠲租减税，赈饥恤贫诸诏，史不绝书；遇有灾异，辄延问公卿，谕令极言得失，前后符瑞，得八十一处，皆自称德薄，抑而不宣。可惜天不假年，未壮即殁。只晚年荣封郑众，以致宦官继起用事，这乃是和帝一生遗累，种下绝大祸根。祸足亡国，故不惮烦言。丧葬既毕，清河王庆等，始俱令就国。庆追念和帝德惠，衔哀不已，甚至呕血数升，力疾就道。邓太后格外体恤，许得置中尉内史，所赐什物，皆取自和帝乘舆，俾作纪念。且因嗣皇幼弱，恐有不测，乃留庆长子祜，与嫡母耿姬，仍居清河邸中，以备非常。既有此虑，不如先立皇子胜，何必舍长立幼？一面使宫人归园，特赐周、冯两贵人策书道：

　　朕与贵人托配后庭，共欢等列，十有余年。不获福祐，先帝早弃天下，孤心茕茕，靡所瞻仰，夙夜永怀，感怆发中。今当以旧典分归外园，惨结增叹，《燕燕》之诗，曷能喻焉？《燕燕》为卫庄姜送戴妫诗。其赐贵人以王青盖车、采饰辂骖马各一驷，黄金三十金，杂帛三千匹，白越四千端；布名。冯贵人未有步摇环珮，亦加赐各一具，聊为赠别，不尽唏嘘。

周冯两贵人，奉策拜赐，辞别出宫，至园寝中陪侍山陵去了。邓太后复接连下诏，大赦天下，凡建武以来得罪被锢，皆复为平民。又减节太官、导官、尚方、内署所供服食，太官掌御厨，导官掌择御米。自非陵庙祭祀，食米不得导择，朝夕惟一肉一饭，不得妄加。郡国贡献，悉令减半，斥卖上林鹰犬，蠲省离宫别馆米炭，所有掖庭侍女，及宗戚没入诸官婢，一律遣归，各令婚嫁。会因连月下雨，郡国或患水灾，即敕二千石据实详报，为除田租刍藁，不得欺隐。各处淫祀，不入祀典，概令罢免。这都是邓太后初次临朝的美政。总束一语。既而司空陈宠病殁，命太常尹勤为司空，且进虎贲中郎将邓骘为车骑将军。骘系邓训长子，为邓太后亲兄，表字昭伯，少时为窦宪府掾，及女弟立为贵人，乃与诸弟并为郎中，和帝尝欲加封邓骘，为邓后所推让，故迁官止虎贲中郎。及后既临朝，遇有一切政务，不能不引骘入议，较免嫌疑，因擢骘为车骑将军，仪同三司。三司就是三公，汉官中向无此名，自骘为始。太后临朝，势必引用外戚，后来一跌赤族，可慨可叹！骘颇知敛抑，且受祖父邓禹遗训，居安思危。但女弟既为太后，年仅花信，不便屡见大臣，自己托在同胞，出入较便，只好勉强受命，就职任事。光阴易过，又是仲秋，那小皇帝竟感冒风寒，仓猝天殇，年仅二岁，殡殓崇德前殿中。邓太后忙与骘密商，议及继统事宜。好在清河王庆子祜，尚留邸中，当由邓太后创议迎立，骘亦赞成。再由骘商诸公卿，亦无异言，便亟夜使骘持节，用王青盖车迎祜入宫，先授封长安侯，然后准备嗣位。邓太后即下诏道：

先帝圣德淑茂，早弃天下，朕奉嗣皇，夙夜瞻仰日月，冀望成就。岂意猝然颠沛，天年不遂，悲痛厥心！朕惟平原王素婴痼疾，未便继承。念宗庙之重，思继嗣之统，惟长安侯质性忠孝，小心翼翼，能通诗论，笃学乐古，仁惠爱下，年已十三，有成人之志。亲德系后，莫宜于祜。《礼》："昆弟之子犹己子。"《春秋》之义："为人后者为之子。"不以父命辞王父命，其以祜为孝和皇帝嗣，奉承祖宗，案礼议奏。

公卿等依诏定议，复奏进去；又由宫中撰就策命，交付太尉张禹，引祜受策。当由禹对祜宣读道：

惟延平元年秋八月癸丑，皇太后曰：咨长安侯祜，孝和皇帝，懿德巍巍，光于四海。大行皇帝古称帝丧为大行，大行者，不返之意。不永天年，朕惟侯系孝章帝世嫡皇孙，谦恭慈顺，在孺而勤，宜奉宗庙，承统大业。今以侯嗣孝和皇帝后，其君临汉国，允执厥中，一人有庆，万民赖之！皇帝其勉之哉！

张禹读罢，持策与祜，祜拜受后，再由禹奉上玺绶，乃拥祜即皇帝位，是为

第三十七回　立继嗣太后再临朝　解重围副尉连毙虏

安帝。公卿以下，循例谒贺。但因安帝年甫十三，未能亲政，仍由邓太后临朝。越月将崇德前殿的殡宫，奉葬康陵，幼主无谥，且无庙号，只称作殇帝罢了。安帝本与嫡母耿姬，同居清河邸中，帝既入承大统，耿姬不便独留，邓太后即使中黄门送她归国。惟安帝生母叫作左姬，左姬字小娥，有姊字大娥，系犍为人，伯父圣坐妖言伏诛，家属俱没入掖庭，二娥当然在列，并有才色，小娥更善史书，能词赋，为众所称。会和帝命赐诸王宫人，清河王庆素闻二女艳名，特贿托宫中保姆，求得二娥。好容易得遂心愿，将二娥拨至清河邸中，庆得左拥右抱，其乐陶陶。废太子也想纵欢么？小娥有娠生子，便是安帝。相传安帝幼时，屡有神光照室，又有赤蛇蟠护床中，近视又复不见，因此称奇。这多是附会之谈，实则安帝入嗣，由乃父无辜被废，天道有知，巧为转移而已。年至十岁，好学史书，和帝亦叹为奇童，暇辄召见，与谈文字。只大、小二娥，却是始终薄命，做了清河王的姬妾，还是没福消受，一对姊妹花，相继沦谢。好花不久长。到了安帝入嗣，二娥已逝世有年了。清河王庆，就国逾年，也是形销骨损，病入膏肓，至耿姬返后，病即垂危，乃嘱清河中大夫宋衍道："清河土薄，不堪茔葬，我意欲至我母坟旁，掘穴下棺。自思朝廷大恩，尚应赐筑祠室，俾得母子并食，魂灵有所依庇，死后亦无遗恨了！"说至此，即令宋衍缮就遗表，乞将骸骨赐葬亡母来贵人旁，越宿竟逝，年才二十有九。遗表传达京师，邓太后也觉含哀，函遣司空尹勤持节，与宗正同往吊祭，特赐龙旗九旒，虎贲百人，饰终典仪，尽仿东海王强故事。一面使掖庭令送左姬遗棺，与庆合葬广丘，谥曰孝王，长子虎威袭封。越年为永初元年，邓太后又封宋衍为盛乡侯，并分清河为二国，封虎威弟常保为广川王，这且待后再表。且说车骑将军邓骘，自与太后定策立嗣后，不欲常居禁中，屡求还第，太后乃准如所请。骘有四弟，长弟京时已去世；次弟悝得升任城门校尉；三弟弘亦得为虎贲中郎将；季弟阊尚为郎中。邓太后复增封骘为上蔡侯，悝为叶侯，叶音摄。弘为西平侯，阊为西华侯，食邑各万户。骘以定策有功，加邑三千户。邓太后前为兄弟辞封，此时何遽封为侯？骘表辞不获，出都谢使，复恳切上陈，大略说是：

　　臣兄弟庸秽，无能可采，谬以外戚，遭值明时，托日月之末光，被云雨之渥泽，并统列位，光昭当世，不能宣赞风美，补助清化，诚惭诚惧，不胜疚心。陛下躬天然之姿，体仁圣之德，遭国不造，仍罹大忧，开日月之明，运独断之虑，援立皇统，奉承太宗，圣策定于神心，休烈垂于不朽，本非臣等所能补效万一。而猥推嘉美，并享大封，伏闻诏书，惊惶惭怖。追睹前世倾覆之诫，退自思念，不寒而栗。臣等虽无逮及远见之虑，犹有庶几戒惧之情，常聚母子兄弟，内相敕厉，冀以端悫畏慎，一心奉戴，上全天恩，下完性命。刻骨定分，有死无二，终不敢横受爵土，以增罪累，惶窘征营，昧死待命。

邓太后接阅骘书,尚不肯许,骘再申前请,且欲窜迹穷荒,于是太后收回成命,召令还都;惟封生母阴氏为新野君,以万户供汤沐邑。虎贲中郎将邓弘,素治欧阳尚书,欧阳生字伯和,师事伏生,为前汉武帝时人。太后乃令他入傅安帝,自己亦从曹大家受经,兼习天文算数,昼治政事,夜览书籍,习以为常。好算是巾帼丈夫,可惜阴盛阳衰。偏是内忧少靖,外患又迭起不休,西域都护任尚,不肯依从班超遗诫,专务苛察,致失众心,西域诸国又相率叛汉,围攻任尚。尚上书求救,汉廷令北地人郎中梁慬为西域副校尉,使率河西四郡羌胡五千骑,星夜赴援。慬尚未至,尚已解围,因复据实报闻,有诏征尚还都,另任骑都尉段禧为都护,西域长史赵博为骑都尉,同驻龟兹它乾城。城中形势狭隘,梁慬往阅一周,谓西域方有变志,此城如何可守?乃特访龟兹王白霸,与述朝廷厚恩,嘱使勿负,且言龟兹势孤,当邀都护等入城共守。白霸本由汉廷遣归,得立为王,见三十四回。听了梁慬议论,当然乐允;惟吏士同声谏阻,霸乃不从。梁慬见众有贰心,急命从吏飞报段禧,请即引兵入龟兹城。禧遂与赵博率兵八九千至龟兹国都。龟兹部众,恨王招入汉军,却去联结温宿、姑墨两国兵马,来攻白霸,共计有数万人,环绕龟兹城下,势甚汹汹。白霸原是惊惶,连段禧、赵博两人,亦自悔仓猝失图,被他围住。独梁慬毫无惧色,慷慨誓师,出城奋击,三战三胜。叛众自恃势盛,虽屡经败衄,尚未肯退。慬出战一次,还守数日,出战两次,又还守数日,相持至好几月,看得叛众疲敝,索性与段禧、赵博等,并力出战,大杀一阵,刀过处血风乱洒,槊落处胡马齐倾,叛众抵挡不住,自然尽溃,温宿、姑墨两国败兵,也即散走。慬复引兵追击,大振余威,复枭得许多头颅,夺得许多牲畜。总计先后斩虏首万余级,获生口千余人,骆驼牛羊万余头,力写梁。龟兹乃定。慬等自然奏捷。无如龟兹以外,余国尚未肯服从,遂致道路梗塞,奏报不通,待至捷书到达,差不多有百余日。一班公卿大夫,统是顾近忽远,并言西域遥隔,向背无常,朝廷多耗饷糈,吏士屯田,连年劳苦,为费亦巨,不如取销都护,迎师回朝为是。邓太后亦不欲劳兵,依了众议,就遣骑都尉王弘,发关中兵,及西陲羌胡,往迎段禧、赵博、梁慬等,及伊吾卢、柳中屯田诸吏士。看官听着!班定远数十年的劳绩,至此乃甘心弃去,尽隳前功,说将起来,统是任尚一人,贻误大事。可见得安内攘外,全仗人才,一或误用,未有不立时败坏呢!慨乎言之。朝廷大臣,不知另举才能,出镇西域,反以为撤销都护,可无外患。谁知一误不足,还要再误,为了迎还西师一役,又惹出羌人的变乱来了。先是烧当羌酋东号,挈众内附,见三十二回。有子麻奴,随父同降,寓居安定。东号死后,麻奴继立,种人滋生日繁,散居河西诸郡县。吏人豪右,往往目为贱种,随时差役,积成众怨。及王弘奉命征调,发遣金城、陇西、汉阳诸羌,使迎西师,羌人还疑是调署西域,往往裹足不前。郡县官吏,严行逼迫,约有数千百骑,到了酒泉,复不愿出关,陆续逃避。官吏当作叛羌相待,发兵邀截,非杀即拘,或把他旧居庐落,尽行毁去。于是诸羌益惊,哄然尽溃,麻奴亦支撑不住,也西走出塞。先零别种滇零,与钟羌诸种,反得乘隙为乱,据住陇道,大为寇掠。一时不得兵械,就将竹竿当作戈矛,板案充作盾牌,四出滋扰。郡县官无法抵敌,不得不连章奏闻,邓太后乃使车骑将军邓骘,发兵征羌;再用任尚为征西校尉,令归邓骘节制,一同西行。小子有诗叹道:

> 良言不纳总无成,轻骧前功罪岂轻。
> 如此庸材犹屡用,边陲何日得澄清?

邓骘、任尚西行征羌,究竟能否制服羌人,待至下回再叙。

邓后以贤德见称,迹其行谊,殆亦得半失半,瑜不掩瑕。和帝崩后,应援立嗣以长之大经,谘询群臣,然后定议,奈何遽以生经百日之婴儿,骤使嗣位?谓非贪立幼主,希揽政权,其谁信之?及幼主已殇,又徒与亲兄定策,迎立清河王子祜,一朝元首,乃出自兄妹二人之私意,试问国家建置三公,果何为乎?且临朝未几,即封兄弟四人为侯,违反祖制,专顾私亲,而其他之煦煦为仁,转不足道。微邓骘等之犹知退让,几何而不为窦氏也?洎乎西域变起,措置失常,梁懂有却寇之材,不使专阃,反听朝臣鄙议,甘举西域而尽弃之,定远有知,能无隐恫?况弃西域而复构西羌,虽属内外之失人,究由宫廷之失策!诗曰:"哲夫成城,哲妇倾城。"邓后虽非倾城之妇人,其亦不能无讥乎?

第三十八回　勇梁慬三战著功　智虞诩一行平贼

却说车骑将军邓骘与征西校尉任尚等,出讨诸羌,因各郡兵马尚未到齐,乃留屯汉阳,但遣前哨数千骑,窥探诸羌动静。不意到了冀西,突与钟羌相遇,急切不能抵敌,竟被杀死千余人,余众狼狈逃归。可巧西域副校尉梁慬驰归,行抵敦煌,奉诏为邓骘援应,因即引兵转赴张掖,击破诸羌万余人,斩获过半。再进至姑臧,羌豪三百余人,畏威乞降,慬曲为晓谕,遣还故地,各羌豪喜跃而去。是年边疆未靖,腹地多灾,郡国十八处地震,四十一处雨水,二十八处大风雨雹。太尉徐防,司农尹勤,相继引咎,上书辞职。邓太后准令免官,三公以灾异罢免,实自此始。命太傅张禹为太尉,太常周章为司空。宦官郑乡侯郑众,及尚方令蔡伦,乘机干政,为邓太后所宠幸。外戚宦官,更迭干政,有何好处？司空周章，屡次规谏，并不见用。章素性戆直，因见外戚宦官，内外蒙蔽，邓太后始终未晤，免不得愤激起来，当下密结僚友，谋诛邓骘兄弟，及郑众、蔡伦诸人，并且废去太后嗣皇，改立平原王胜。事尚未发，竟致漏泄机关，把章褫职；章自知不免，忙即服毒自尽。是何等事，乃敢仓猝妄行？死不累家，尚是侥幸！颍川太守张敏，入为司空；司徒梁鲔病逝，仍起鲁恭为司徒。鲁恭免官，见前回。越年二月，遣光禄大夫樊准、吕仓，分巡冀兖二州，赈济灾民。准上移民政策，谓赈给不足济事，应将灾民徙置荆、扬熟郡。邓太后依准所议，民得少苏。会仲夏大旱，邓太后亲幸洛阳寺，令若卢狱中囚犯，解入寺中，面加讯问。官之所居曰寺，若卢狱为少府所掌，主鞫将相大臣。有一囚徒犯杀人罪，实是屈打成招，冤枉牵累，当时已奄奄一息，由吏役扛抬至前，可怜他举头四顾，尚不敢言，太后察出情隐，温言讯鞫，具得实情，乃将囚徒释免，收系洛阳令抵罪。行未还宫，甘霖大降，群臣喧呼万岁。太后虽有心恤囚，但以一妇人，亲加讯鞫，究非国法所宜。未几又接任尚败报，复致忧劳。原来车骑将军邓骘，出屯经年，因使任尚及从事中郎司马钧，带领各部兵马，出讨羌豪滇零，到了平襄，与滇零等接仗多时，尚军大败，伤亡至八千余人，慌忙遁回。此人原不堪典军。滇零得了胜仗，竟自称天子，招集武都、参狼、上郡、西河诸羌种，东犯赵魏，南入益州，攻杀汉中太守董炳，转掠三辅，气焰甚盛。湟中诸县，粟石万钱，百姓死亡，不可胜计。朝廷既要转饷输兵，又欲发粟赈民，弄得日夜徬徨，不知所措。故左校令庞参，坐法遭谴，充作若卢狱中工作，特令子俊上书道：

  方今西州流民扰动，而征发不绝，水潦不修，地力不复，重以大军，疲之以远戍，农功消于转运，资财竭于征发，田畴不得垦辟，禾稼不得收入，搏手困穷，无望来秋，百姓力屈，不复堪命。臣愚以为万里运粮，远就羌戎，不若总兵养众，以待其疲。车骑将军邓骘，宜且振旅，留征西校尉任尚，使督凉州士民，转居三辅，休徭役以助其时，止烦赋以益其财，令男得耕种，女得织纴。然后蓄精锐，乘懈沮，出其不意，攻其不备，则边民之仇报，奔北之耻雪矣。臣身负罪戾，自知昧死，区区一得，不敢不闻，伏希赐鉴。

邓太后得书后，尚在踌躇。适光禄大夫樊准，自冀州回京复命，闻得庞参上书言事，具属可行，且素知参材足任事，因上疏荐参道：

  臣闻鸷鸟累百，不如一鹗。昔孝文皇帝悟冯唐之言，而赦魏尚之罪，使为边守，匈奴不敢南向。夫以一臣之身，折方面之难者，选用得也！臣伏见故左校令河南人庞参，勇谋不测，卓尔奇伟，高材武略，有魏尚之风，前坐微法，输作经时，今羌戎为患，大军西屯，臣以为如参之人，宜在行伍。惟明诏采前世之举，观魏尚之功，免赦参刑，以为军锋，必有成效，

第三十八回　勇梁慬三战著功　智虞诩一行平贼

宣助国威不难矣！谨此上陈，惟陛下裁察之。

为此一疏，参得蒙恩赦罪，进拜谒者，奉使西行，监督三辅诸军，屯田防边。且诏令梁慬进屯金城。慬得三辅军报，知叛羌随处骚扰，迫近园陵，乃即引兵往击，转战武功、美阳间，武功、美阳皆县名。身先士卒，连败羌众，夺还被掠生口多人，截获马畜财物，不可殚述。邓太后得慬捷书，心下少慰，特用玺书劳勉，委慬剿抚诸羌，节制各军；一面从庞参计议，征还邓骘，但留任尚屯兵汉阳。骘奉诏东归，途次又接太后恩诏，拜为大将军。骘并无功劳，何得升官？可见太后全是为私。既至都门，大鸿胪持节出迎，中常侍赍牛酒犒劳，王侯以下，相率候望，络绎道中。及诣阙入谒，复特赐束帛车马，真是宠灵显赫，震耀京师。若使扫平诸羌，不知如何待遇？太后既优待邓骘，不得不加赏任尚，遂封尚为乐亭侯，食邑三百户。败军之将，且得封侯，邓太后真是愦愦。惟将护羌校尉侯霸召还，说他不能驭羌，黜为庶人，也是冤枉。即令前西域都护段禧，代为护羌校尉。怎奈羌势日盛，终不能制，永初三年孟春，三辅告急，因复遣骑都尉任仁，督领诸郡屯兵，往援三辅。仁屡战屡败，羌众越加猖獗，当煎勒姐种羌，攻陷破羌县，钟羌攻陷临洮县，连陇西南部都尉，都被擒去。司徒鲁恭，年近八十，乞请致仕，乃改任大鸿胪夏勤为司徒。勤既就职，日虑国用不足，往往仰屋兴嗟，不得已商诸太尉张禹，及司空张敏，援照前汉入粟拜爵的故例，联名上奏，许令吏民纳入钱谷，得为关内侯，或虎贲羽林郎，及五官大夫府吏缇骑营士各有差。邓太后见三公同意，自然准议。无如天灾屡降，常患饥荒，上半年河洛水溢，京师大饥；下半年并凉水溢，人自相食。接连又传到许多警报，海贼张伯路等，寇掠沿海九郡，渤海、平原剧贼刘文河、周文光等，遥与勾连，搅乱得一塌糊涂。还有代郡、上谷、涿郡间，又由乌桓、鲜卑两路叛胡，一再入犯，杀败五原太守，伤毙郡中长吏。南匈奴骨都侯，阴助乌桓、鲜卑，也是逆焰滔天，不可收拾；甚且南单于亦背叛汉朝，把美稷守将耿种围住，危急非常。那时汉廷将相，无从隐讳，当然奏白邓太后。邓太后很是着忙，只好与亲兄邓骘等会议，一路一路的调遣人马，前去征讨。出剿海贼的一路，委任了侍御史庞雄；出救五原一路，委任了车骑将军何熙；出击南单于一路，委任了辽东太守耿夔；又调梁慬行度辽将军事，使出为耿夔后应。军书四达，蕃鼓齐鸣，不但汉廷当日，忙乱得什么相似，就是小子一支秃笔，从今追叙，也觉得东顾西应，煞费精神了。我说是好看得很。侍御史庞雄，出剿海贼，究竟贼众乌合，不能抵敌王师，张伯路屡败乞降；渤海平原等剧贼，也望风瓦解，四处避匿。庞雄遽报肃清，有诏迁雄为中郎将，令他引兵西行，往副车骑将军何熙。那辽东太守耿夔，与行度辽将军事梁慬，统皆百战名将，一经会师，便向美稷城进发，行至属国故城，遇着南匈奴部酋奥鞬日逐王，约有三千余骑，截住途中,夔当先冲阵,懂在后继进,两将似生龙活虎一般,搅入匈奴阵中,三千人不值一扫,奥鞬日逐单骑走脱,所有辎重什物,尽被汉军夺来。

此时南单于师子,已早病亡,从弟檀嗣立为单于。永初三年六月间,曾诣阙入朝,随从有一降虏的汉人,叫作韩琮,朝毕还国,琮与语道:"关东水潦为灾,兵民统皆饥死,若发兵进击,必可得志!"单于檀为琮所惑,因此叛汉兴兵,围攻美稷。至日逐王子身败还,才知汉军仍然厉害,但还以为未曾亲睹,总要自己督兵,与汉军决一雌雄,方肯罢休。乃将美稷撤围,亲率精骑八千人,来敌汉军。凑巧与梁懂相遇,懂部下不过二三千人,单于大喜,总道以众敌寡,无患不胜,当下麾动骑兵,将懂围住。哪知懂全不惧怕,披甲持槊,跃马突阵,部曲各持械随上,一荡一决,十荡十决,把虏骑冲作数截,不能成围,只好退去;南单于檀,也是顾命要紧,奔还虎泽,未几又移寇常山。梁懂与耿夔合兵万人,倍道往援,南单于又复却还。车骑将军何熙,已到五原,击退乌桓、鲜卑叛胡,庞雄亦至,熙适瘿疾,闻得常山被攻,因遣雄驰救。及雄到常山,虏兵已退,遂与梁懂等会合,共得万六千人,进攻虎泽。南单于两番败走,已经胆落,又见汉军连营并进,布满旷野,越吓得魂魄飞扬,遂召责韩琮道:"汝言汉人尽死,今是何等人到来,有此声威哩?"琮无辞可答,匍匐谢罪,当被单于斥退。*琮本汉人,乃敢讶虏为寇,死有余辜,南单于轻信琮言,也是笨鸟。*即遣奥鞬日逐王,至梁懂营中乞降;懂训斥一番,且令单于檀自来谢过,方可赦罪。单于檀接得复报,已是无可奈何,只得徒跣面缚,出来投诚。懂与庞雄耿种等,排开兵马,列成数大队,各执兵械站着,然后传出号令,召檀进见。檀到了案前,不待斥责,已是把头乱捣,爆得怪响。经懂责他忘恩负义,不堪污刃,所以贷死,此后不得再作妄想,且须遣子为质,方才还军。檀慌忙承认,誓不复叛。方由懂等许令起来,改容相待,叫他回帐送出侍子。檀诺诺而去,不到半日,便遣子为质,且缴还前时所掠的汉民。懂等乃班师就道,移至五原。五原地方,尚有乌桓余党,出没往来,再经梁懂等领兵回击,斩获多人,残众乃降。车骑将军何熙,病不能起,竟致去世,汉廷实授梁懂为度辽将军,镇守塞下,召还中郎将庞雄,擢为大鸿胪。惟耿夔得功最少,且因他不能穷追单于,在道逗留,应该处罚,乃左迁为云中太守。北方一带,总算弭平。惟海贼张伯路,悔罪乞降,隔了一年,又复与渤海、平原贼相连,攻入厌次县,戕杀长官。诏遣御史中丞王宗,督同青州刺史法雄,征集幽、冀兵数万人,大举从事,连破贼党。会有赦书到来,解散贼众,贼众以军未解甲,不敢投诚。王宗听部佐计议,意欲乘间出击,法雄独进谏道:"兵系凶器,战乃危机,勇不足恃,胜不可必。贼若航海入岛,未易荡平,今正可宣布赦书,罢兵解严,使他解散胁从,然后轻兵裹甲,歼除贼首,这乃所谓事半功倍呢!"*确是弭盗良策。*宗方才称善,收兵敛迹,但将

第三十八回　勇梁慬三战著功　智虞诩一行平贼　739

赦书宣示贼党,令将所掠人物,一体交还,许令免死。贼遵令而行,嗣见东莱郡兵,尚未解甲,因复遁匿海岛中,惟胁从多半散去,只剩了张伯路等几个头目。过了月余,岛中无粮可用,乃入内地劫掠,法雄早已严兵待着,把他截住,见一个,杀一个,见两个,杀一双,伯路等并皆授首,海贼乃平。三路并了。是时独叛羌未服,屡扰西陲,羌豪滇零,且进寇褒中。汉中太守郑勤,移兵驻防。汉廷因任尚久戍无功,传旨召归,令率吏民还屯长安。谒者庞参,复致书邓骘,谓宜徙边郡难民,入居三辅。骘颇以为然,且欲弃去凉州,专戍朔方。因召公卿等会议,公卿等尚有异辞,骘慨然道:"譬如敝衣已破,并二为一,尚可完补;若非如此办法,恐两不可保了!"大众听了此言,只得勉强赞成。光禄勋李修,方因张禹病免,代为太尉。幕下有一个智士,方拜郎中,姓虞名诩,字升卿,系陈国武平县人。诩以谋略见称,故履历从详。少时失怙,孝养祖母,县吏举为顺孙。及既为郎中,闻邓骘决弃凉州,甚以为疑,自觉官小职卑,未便入朝驳议;只有新任太尉李修,本是当道主人,不妨直言相告,托他挽回,因即向修建议道:《通鉴辑览》误作张禹,此时禹已免官,应从《虞诩列传》。

　　窃闻公卿定策,当弃凉州,求之愚心,未见其便。先帝开拓土宇,劬劳后定,而今惮小费,举而弃之,一不可也。凉州既弃,即以三辅为塞,则园陵单外,二不可也。谚曰:"关西出将,关东出相。"观其习兵壮勇,实过余州,今羌胡所以不敢入据三辅,为心腹之患者,以凉州在后故也。凉州士民,所以摧坚折锐,蒙矢石于行阵,父死于前,子战于后,无返顾之心者,为臣属于汉故也。今若弃其疆域,徙其人民,安土重迁,必生异志,倘猝然发难,因天下之饥乱,乘海内之虚弱,豪雄相聚,席卷而东,虽贲育为卒,太公为将,犹恐不足以御之。如此则函谷以西,园陵旧京,非复汉有,此不可三也!议者喻以补衣犹有所完,诩恐其疽食浸淫而无限极也。

李修既得诩议,大为感悟,便进诩与语道:"若非汝言,几误国家大事;但欲保凉州,须用何策?"诩答说道:"今凉州扰动,人情不安,防有他变。诚使朝中公卿,收罗该州豪杰数人,作为掾属,又引牧守子弟,授为散官;外示激扬,令他感激,内实拘致,防他为非,凉州有何难保呢?"这一席话,说得李修频频点首,当即入朝再议,公卿等俱同声称善。好似墙头草一般。邓骘见口众我寡,只好取消前议,但心中很是不平,意欲伺隙害诩。设心如此,全是憸人行径。会闻朝歌贼宁季聚众数千,攻杀长史,猖狂日甚,州郡不能制,乃即命诩为朝歌长,促令指日到任。竟欲借刀杀人。故旧都为诩加忧,同时往吊,诩反笑说道:"志不求安,事不避难,乃是人臣的职分!若不遇盘根错节,如何得见为利器呢?"早有成算。说罢,当即束装就道,直抵朝歌,先谒河内太守马棱,棱叹息道:"君系儒生,应在朝就职，参赞谋犹，为何奉使到此？"诩答说道："诩奉遣时，士大夫俱来吊诩，也道是诩无能为。诩既为人臣，何敢避难？诩思朝歌为韩、魏郊野，背太行，山名。临大河，去敖仓只百里，青、冀人民，流亡万数，贼不知开仓招众，劫库兵，守城皋，断天下右臂，可见他实无大志，不足为忧。惟目前贼势新盛，未可争锋，兵不厌权，愿明府宽假锗策，勿与拘牵，诩自然有法平贼呢！"棱慨然许诺。此公也特具青眼。诩即告别就任，悬赏购募壮士，分列三等：上等是专行攻劫；中等是好为偷盗；下等是不事家产，游荡失业。这三等莠民，令掾史以下，各举所知，招罗得数百人，由诩亲自挑选，汰弱留强，尚得百余。当下设酒与宴，许贷前罪，嘱使投入贼中，诱令劫掠，一面伏兵待着。等到贼众前来，便由伏兵突出，并力兜拿，得擒斩数百人；余贼经此巨创，不敢出头。诩又想到别法，潜召缝纫为业，家况贫穷的男妇，叫他佣作贼衣，缝就记号，另许优给工资，遣令依计办理。百姓已恨贼切骨，得了诩命，自然往觅贼巢，替贼缝衣。贼众不知秘谋，待衣缝就，便往市里游行，不意为捕役所察，辄被拿住。捕役尚未肯与他说明，顿令贼犯莫名其妙，惊为神明，于是贼皆骇散，朝歌复安。小子有诗赞道：

> 不经盘错不成材，功业都从患难来。
> 试读升卿虞氏传，一回叹赏一惊猜。

诩既平贼，上书报功，邓骘至此，也无可如何了。欲知后事，且看下回再表。

邓骘统兵征羌，逾年两败，何功足言？及召之使归，反擢为大将军。任尚既失西域，复衄平襄，乃赏以侯封，汉廷之赏罚倒置，莫如此时！夫当日之号为良将者，无过梁慬，慬连败羌人，复制服南单于，功无与比，委以专阃，游刃有余；且胡人既服，正可调彼征羌，削平叛寇，奈何满朝将相，仓皇失措，反欲轻弃凉州耶？虞诩为国宣猷，保全西土，邓骘反视若仇敌，徙治朝歌，非诩之智能平贼，则陷谋士于群贼之中，天下皆引以为戒，不敢复闻朝廷事矣。吾嫉邓骘，吾尤不能无慊于邓太后云。

第三十九回 作女诫遗编示范
拒羌虏增灶称奇

却说永初四年九月，邓太后母新野君患疾，新野君见前文。太后亲往省母，连日留侍，未见还宫，三公上表固请，方才返驾。安帝此时已十有七岁，何不

第三十九回　作女诫遗编示范　拒羌虏增灶称奇

共请还政？既而新野君病剧,再去送终临丧,极尽悲哀,棺殓时给用长公主赤线,特赠东园秘器,玉衣绣衾,东园秘器,注见前。使司空张敏持节护丧,仪比清河王临终遗制,谥曰敬君,清河王临终,见三十七回。又赐布三万匹,钱三千万。邓骘等辞还钱布,并乞退位守制,还居里第。太后尚未肯许,询诸曹大家班昭,昭因上疏复陈道:

> 伏惟皇太后陛下,躬盛德之美,隆唐虞之政,辟四门而开四聪,采狂夫之瞽言,纳刍荛之谋虑,妾昭得以愚朽身当盛明,敢不披露肝胆,以效万一!妾闻谦让之风,德莫大焉!故典坟述美,神祇降福。昔夷齐去国,天下服其廉高;太伯违邠,孔子称为三让,所以光昭令德,扬名于后者也。《论语》曰:"能以礼让为国,于从政乎何有!"由是言之,推让之诚,其旨远矣。今国舅深执忠孝,引身自退,而以方陲未靖,拒而不许,如后有毫毛加于今日,诚恐推让之名,不可再得。缘见逮及,故敢昧死竭其愚诚,自知言不足采,聊以示虫蚁之赤心,伏冀鉴察。

邓太后素师事班昭,因即听从,许令骘等还第终丧,且封昭子曹成为关内侯。昭此时续著汉史,已经垂成,昭续《汉书》,见三十四回。出示士大夫,多半未解。故伏波将军马援从孙融,与昭同郡,得为校书郎,至阙下从昭受读。融兄名续,少甚敏慧,七岁通《论语》,十三明《尚书》,十六治《诗》,博览群经,又通《九章算术》。邓太后闻续才名,亦召入东观,使他参考《前汉书》,再为校正。故《前汉书》百二十卷,除班氏兄妹编著外,续亦略有损益,然后大成。见《曹大家传》。班昭复作《女诫》七篇,作为内训:第一篇标目,是卑弱二字,第二篇是夫妇,第三篇是敬慎,第四篇是妇行,第五篇是专心,第六篇是曲从,第七篇是和叔妹,总计不下数千言,流传后世,近俗呼为女四书。小子无暇尽述,但记得她有一序文,照录如下:

> 鄙人愚暗,受性不敏,蒙先君之余宠,赖母师之典训,年十有四,执箕帚于曹氏,于今四十余载矣。战战兢兢,常惧黜辱,以增父母之羞,以益中外之累;夙夜劬心,勤不告劳,而今而后,乃知免耳。吾性疏顽,教导无素,恒恐子谷负辱清朝,《后汉书》引三辅《决录注》云:子谷即曹成子。圣恩横加,猥赐金紫,即授封关内侯事。实非鄙人庶几之望也。男能自谋矣,吾不复以为忧也。但伤诸女方当适人,而不渐训诲,不闻妇礼,惧失容他门,取羞宗族。吾今疾在沈滞,性命无常,念汝曹如此,每用惆怅,闲作《女诫》七章,愿诸女各写一通,庶有补益裨助,汝身去矣,其勖勉之!

校书郎中马融,见了七篇《女诫》,特为抄录,归示妻女,嘱令讲习,所以逐渐流传,千古不磨。此外尚有赋、颂、铭、诔、问注、哀辞、书论、上疏、遗命,凡十六篇。至昭殁后，由子妇丁氏编成全集，自撰《大家赞》一则，附入集中，姑媳能文，可作彤史佳话。昭有夫妹曹丰生，亦有才慧，尝作书与昭论难，词亦可观。当昭逝世时，年已七十有余，邓太后且素服举哀，厚加赗赠，特派使臣监护丧事。这真好算作士女班头，生荣死哀了！才德如曹大家，应该褒扬。当时尚有广陵人姜诗妻，河南人乐羊子妻，也有贤名，并垂不朽。姜诗为广陵人，事母至孝，妻为同郡庞盛女，奉事尤谨。姜母好饮江水，去家约六七里，庞氏随时往汲，携归奉母。一日适遇大风，归家较迟，致母渴不能耐，诗因怒责庞氏，将她斥归。庞氏涕泣出门，借寓邻舍，日夕纺绩，托邻媪转遗姜母，数月间馈问不绝。姜母不免惊异，详问邻媪，邻媪始据实相告。姜母且感且惭，忙嘱诗召还庞氏，格外怜爱。庞氏益曲体母心，始终无违。有子少长，为姑汲流，竟致溺死，庞氏恐姑哀伤，未敢相告，但托言出外求学，未便常归。姜母更好嗜鱼鲙，又不愿独食，夫妇尝合力勤作，得资买鱼，为鲙供母，并令邻媪作陪，冀博母欢。既而孝感动天，有涌泉流出舍侧，每旦必双鲤跃起，使供母膳。庞氏亦再得生子，不致绝嗣。地方官吏，因举诗为孝廉，入拜郎中。寻复出宰江阳，颇有治绩，居官数年，病殁任所。人民为诗立祠，并将诗妻庞氏，一并绘像供奉。姜门双孝，流播千秋。举此可以劝孝。乐羊子妻，姓氏失传。羊子尝出外游行，拾得遗金一饼，还家示妻，妻瞿然道："妾闻志士不饮盗泉水，廉士不受嗟来食，齐黔娄赈饥，见饿者与语曰：'嗟！来食！'饿者以其无礼，竟不食死。奈何贪利拾遗，自污清行哩？"羊子大惭，亟将遗金还掷原地，一面寻师求学。逾年还，妻跪问归家理由，羊子道："久别怀思，并无他故。"妻起身取刀，趋近机前，指示羊子道："此织生自蚕茧，成自机杼，积缕累寸，积寸累尺，积累不已，方成丈匹，今若割断，便是自弃前功，终至无成。夫子既出外求学，应该学成乃归；若中道辍业，便与断机无异了！"羊子慌忙拦阻，情愿再出求学，妻始将刀放下。羊子遂去，七年不返。羊子尚有老母，妻殷勤奉养，又尝远馈羊子。会有邻鸡误入园中，羊子母竟盗鸡宰食，妻对鸡不餐，潸然泪下。母怪问何因，妻答说道："自伤居贫，使食有他肉。"母方有惭色，将鸡弃去。嗣有盗贼入门，逼妻受污，妻操刀趋出，盗见她执刀，便把羊子母劫住，且威吓道："汝若释刀从我，当使两全；否则先杀汝姑！"羊子妻举首仰天，长叹一声，竟举刀刎颈，流血毙命。盗也觉惊愕，舍去羊子母，扬长自去。羊子母报闻太守，太守捕盗抵罪，赐她缣帛，依礼安葬，号曰贞义。举此可以劝节。后来尚有汉中人陈文矩继妻，表字穆姜，生有二男，前妻亦有四子，文矩出为安众令，在任病故，穆姜与诸子携榇归葬。四子以穆姜本非生母，每有憎嫌；穆姜却慈爱温仁，加意抚养，衣食一切，比亲子还要加倍。邻人语穆姜道："四子不孝，可谓已甚，何不与之分居，免得受嫌？"穆姜答说道："我方欲以仁义相导，令他自知迁

第三十九回 作女诫遗编示范 拒羌虏增灶称奇

善,奈何反与分居呢?"邻人乃怀惭退去。嗣因前妻长子陈兴,遇疾甚笃,穆姜亲调药食,昼夜探问,不厌烦劳。好几月始疗兴疾,兴方才感悟,起呼三弟道:"继母仁慈,出自天授,我兄弟不识恩养,行同禽兽,虽母德从此益隆,我辈过恶,也从此益深了!"*使他自悟,方为善教。*说着,遂挈三弟诣南郑狱中,具陈母德,且述自己从前不孝,乞许就狱治罪。县令却暗暗称奇,往白郡守。郡守提讯四子,四子陈述如前,郡守乃劝谕道:"汝等既自知不孝,革面洗心,此后可在家侍奉,格外孝谨,借赎前愆,既往不咎,权从贷免罢了!"四子方相引归家,共至穆姜前跪下,愿受家法。穆姜道:"知过能改,还有何言?"说着,那郡中已遣吏至门,代为旌表,且免除全家徭役;穆姜率诸子拜谢。嗣是兴等悉遵母训,并为良士。穆姜年至八十余乃殁,遗命薄葬,不得好奢,诸子奉行维谨,见称乡曲。*举此可以劝惩。*这三妇的德性,与曹大家相较,看似贵贱不同,行为互异;但试看古今妇女,能有几人懿言美行,得如三妇?怪不得史册流芳,推为贤媛呢!这且按下不提。

且说邓太后为母服丧,逾年乃毕,复因天时久旱,亲幸洛阳狱录囚,理出死罪三十六人,余罪八十人,方才还宫。至永初七年正月,率命妇等往谒宗庙,与安帝交献亲荐,礼毕乃还,诏省时物二十三种。古礼:"天子入祭宗庙,与后并献。"此时皇后尚未册立,所以母子交献如仪。待到安帝二十二岁,方册立贵人阎氏为后。阎氏母为邓弘姨,故得册立,后文自有交代。惟屡年羌寇不绝,边警频闻,汉中太守郑勤,战死褒中,*郑勤出屯褒中,见前回。*主簿段崇,与门下史王宗、原展,奋身捍勤,并皆斗死。骑都尉任仁,出援三辅,战无一胜,*亦见前回。*部下兵又不守纪律,乃由朝廷派遣缇骑,将仁絷归,下狱处死。护羌校尉段禧病殁,接替乏人,不得不再起侯霸,使他出屯张掖,防御羌人。*侯霸见黜,俱见前回。*羌众转寇河内,百姓多南奔渡河,络绎不绝。北军中侯朱宠,奉命率五营兵士,往守孟津;*屯骑、越骑、步兵、长水、射声,为五营。*并有诏令魏郡、赵国、常山、中山数处,缮筑坞候六百十六所,分段御边。偏是沿边长吏,多籍隶内郡,不愿在外战守,纷纷请徙郡县人民,暂避寇难;朝廷亦弄得没法,乃令陇西徙治襄武,安定徙治美阳,北地徙治池阳,上郡徙治衙县。这令一下,四郡长吏,当然大喜,急促人民徙居,自己也好避开虎口。*我能往,寇亦能往,岂趋避所能了事?*无如百姓多恋居故土,不愿徙去,惹动官吏怒意,伤吏役刈去禾稼,撤去墙屋,毁去营堡,除去积聚,硬迫百姓移徙。可怜百姓流离分散,颠沛道旁,老弱转沟壑,妇女踬山谷,一大半送命归阴;只有一小半壮丁,还能勉强支撑,随官流徙,侥幸生存。*比羌寇还要厉害。*前征西校尉任尚,已经免官,再奉召为侍御史,出击叛羌。至上党牛头山,与羌众交锋数次,幸得胜仗,羌众散走,河内少安。乃撤回孟津屯兵,仍戍洛阳。俄而汉阳贼杜琦,及弟季贡,与同郡王信,聚众通羌,夺据上邽城,自称安汉将军,散布伪檄。汉阳太守赵博,潜遣刺客杜习,混入上邽,枭得杜琦首级,还献郡守。赵博以闻,诏封习为讨奸侯,赐钱百万;再令侍御史唐喜,领兵往讨杜季贡、王信。信等据住樗泉营,被唐喜一鼓攻破,斩首六百余级,信亦伏诛。惟季贡逃脱,奔依滇零。适滇零病死,子零昌继为羌酋,年尚幼弱,未知大计,但使季贡为将军,别居丁奚城。这统是永初五六七年间的事情。到了永初八年,改号元初,又出了一个羌豪号多,为当煎勒姐诸羌总帅,抄掠武都汉中。巴郡有一种蛮人,当前汉开国时,曾受高祖恩诏,免输租赋,蕃息多年,因闻羌人屡扰汉中,所以奋然投效,愿为汉助。蛮俗好用板楯,与敌相斗,时人号为板楯蛮。这板楯蛮约有数千,与汉中五官掾程信会师,出击号多,号多败走,退屯陇道,与零昌合。护羌校尉侯霸,率同骑都尉马贤,复掩击号多,杀毙二百余人,号多复遁。越年侯霸病终,即令前谒者庞参接任。参招诱号多,恩威并用,号多乃率众请降。参遣号多入朝,蒙给侯印,使还原镇;参亦移治令居,专顾河西通道,防御零昌。既而屯骑校尉班雄,<small>即班超子</small>。出屯三辅。左冯翊司马钧,奉命行征西将军事,督率右扶风仲光,安定太守杜恢,北地太守盛包等,合兵八千余人,与庞参分道出讨零昌。参部下亦有七八千,行至勇士县东首,为杜季贡所邀击,失利引还。独司马钧等进攻得胜,乘虚入丁奚城。季贡方击退庞参,回至城下,见城上已插汉帜,并不返攻,便即窜去。<small>明明有诈</small>。钧令仲光、杜恢、盛包三人,领兵数千,出刈羌禾,临行时亦嘱他谨慎,不得分兵。光等违钧节度,四处刈禾,只管深入,被季贡伏兵掩杀,不能相救。钧恨光等不遵号令,虽有所闻,也不赴援,终至光等败没。季贡复乘胜杀来,钧见孤城难守,又复走还。<small>光等有应死之咎,钧坐视不救,罪亦相同</small>。事为朝廷所闻,敕将司马钧、庞参,一并逮系狱中。又因北地、安定、上郡三处,并遭羌害,特使度辽将军梁慬,遣发边兵,救拔三郡吏民,徙入扶风界内。慬即遣南单于兄子优孤涂奴,引兵往徙,事毕回来,慬以涂奴有劳,先给羌侯印绶,然后报闻。哪知朝廷责他专擅,也召慬还都下狱。还亏校书郎中马融,力请赦免庞参、梁慬二人,始蒙贷死;惟司马钧无人救解,自尽狱中。于是诏令马贤为护羌校尉,且将班雄调回,迁任尚为中郎将,督屯三辅。<small>始终不忘此人</small>。朝歌长虞诩,已调为怀令,进谒任尚,乘便献议道:"《兵法》有言:'弱不攻强,走不逐飞!'这乃自然定理。今叛羌类皆骑马,日行数百里,来如风雨,去似断弦,若欲使步兵追击,如何能及?故虽屯兵二十余万,旷日持久,毫无效用。为使君计,莫如罢诸郡兵,各令出钱数千,就二十人兵饷,移买一马,可得万骑;万骑兵逐虏数千,尾追掩击,不患无功,这岂不是利民却敌,一举两得么?"<small>此议尚无甚奇特,如何他人未曾想着?</small>尚大喜道:"君言甚是。"当即令诩主稿,奏达京师,复诏尽如诩议。尚汰兵买马,选得轻骑万人,袭击丁奚城。杜季贡仓猝出御,终不能支,尚军得斩首四百级,获马、牛、羊数千头,回营报功。尚复上书奏捷,邓太后乃器重虞诩,擢诩为武都太守。诩率吏属赴任,行近陈仓、崤谷间,探得前面有羌众数千,截住要道,遂停车不进,扬言须请兵保护,方可前行。羌众信以为真,分掠旁县,诩得乘虚冲过。星夜急走,每日驰行百余里,且每一驻足,必令吏士各作两灶,逐日加倍,好容易至武都。属吏私下怀疑,至是方向诩启问道:"古时孙膑行军,逐日减灶,今公乃令逐日加增;且兵法尝云:'日行不过三十里,所以防备不虞。'今乃日行至二百里,究为何因?"诩笑答道:"寇众我寡,徐行必被追及,速行方可远害;我令汝曹增灶,无非示虏不测,虏见我灶日增,总道是郡兵来迎,众多行速,不宜追我,因此我得无忧。从前孙膑减灶,故意示弱;我今却欲示强,情势不同,虚实互异,汝等何必多疑?"属吏方才省悟,憬然退出。嗣闻羌人因诩脱走,果来追诩,及见诩逐日增灶,然后却还,吏士越佩服诩谋。诩查阅郡兵,不满三千,又费踌躇,外面又传入警报,谓有羌众万人,围攻赤亭。诩急令军士操演箭法,约阅二三旬,技射并精,乃令羸兵至赤亭诱敌,有退无进。羌众踊跃追来,将到城下,诩因发出弓弩手数百名,先用小弩,后用强弓。小弩不能及远,只有数十步可射,羌众以为矢力甚弱,不足为惧,遂猛扑城壕,并力急攻;诩再发号令,使弓弩手各用强弩,且命二十人专射一羌,发无不中,中无不踣,羌众前队多死,当然骇退。诩复亲率吏士,出城奋击,毙羌甚多,余羌退至数里外下营,诩亦收兵还城。翌日大开城门,环列士众,从东郭门入北郭门,复自北郭门入东郭门,回转数周,屡换军装。仍与增灶法同意,先后用一疑兵计。羌人遥望诩兵,不知有多少,士卒互相惊吓,仓皇夜走。到了浅水滩边,跃马乱渡,忽听得一声鼓号,有许多官兵杀出,齐声大呼道:"羌奴快留下头来!"正是:

  一呼已破群羌胆,百变尤奇太守谋。

  欲知浅水滩旁的官兵,从何而来,容待下回说明。

  本回叙述曹大家遗事,并录《女诫》序文,实为《列女传》增一色彩。至若姜、乐、陈三妇,亦随笔叙入,并非画蛇添足,殆有鉴夫人心不古,女教益衰,不得不胪述前型,为女界留一榜样,作者之寓意甚深,其用心亦良苦也。《后汉书·列女传》中,尚有一周郁妻,不能谏夫,竟致自尽,盖犹有遗憾存焉;略而不记,去取从严,比《范史》且更进一层矣。虞诩增灶,千古称奇,厥后之奇谋迭出,更见智能。自永初元年,羌人为乱,连扰至十余年,将士络绎,不绝于途,求一谋略如虞诩,不可再得,汉亦可谓无人,而诩之名乃益盛。谁谓白面书生,不可与语行军哉?

第四十回　驳百僚班勇陈边事
　　　　　　畏四知杨震却遗金

　　却说羌众奔渡浅水滩，被官军一声呼喝，已是心惊胆落；再加夜色昏暗，辨不出官兵若干，但觉得刀槊纵横，旌旗错杂，吓得羌众拚命乱跑，所有辎重，尽行弃去，命里该死的，统做了滩中水鬼，余皆逃散，再不敢还寇武都。其实这班官军，只有四五百名，由虞诩遣伏滩旁，料知羌众必从此返奔，正好乘夜掩杀，果然不出所料，大获胜仗，官军奏凯还城。诩犒劳已毕，复出巡四境，审视地势，添筑营垒百八十所，招还流亡，赈贷贫民，疏凿水道，开垦荒田。初到郡时，谷每斗千钱，盐石八千，户口只一万三千，及任职三年后，米斗八十，盐石四百，民增至四万余户，家给人足，一郡大安。此之谓为政在人。邓太后特简从兄邓遵为度辽将军，邀同南单于檀，及左谷蠡王须沈，合兵万骑，同至灵州，击破羌豪零昌，斩首八百级，有诏封须沈为破虏侯，并赐南单于以下金帛有差。至元初三四年间，中郎将任尚，也遣兵击破丁奚城，乘势招募敢死士，往攻北地，得捕诛零昌妻孥，搜得零昌父子僭号文书，把庐帐尽行毁去。尚再买结当阗种羌榆鬼等五人，使他投入杜季贡寨中，伺隙刺死季贡，携首归报；由尚替榆鬼请封，得受封破羌侯。季贡遇鬼，安得不死？三辅一带，羌势少衰。惟余羌流入益州，势尚蔓延，朝廷曾使中郎将尹就往讨，好多日不能荡平，乃将就征还坐罪，改命益州刺史张乔代领就军。乔剿抚并用，羌众或降或逃，渐归平靖。任尚已进为护羌校尉，再购募效功种羌号封，刺杀零昌，号封得受封为羌王。零昌虽死，尚有谋主狼莫，拥兵北地，未肯降附。于是尚与骑都尉马贤，合击狼莫，相持至两月余，与狼莫大战富平河畔，斩首五千，狼莫乃遁。诸羌自是知惧，次第诣邓遵营，橄械投降，陇右始平。惟狼莫在逃未获，由邓遵募得羌人雕何，伪寻狼莫，幸与相遇，狼莫引为腹心，终被刺死，将首级献与邓遵。遵报称大功垂成，且具陈雕何劳绩，诏封遵为武阳侯，食邑三千户；雕何亦得为羌侯。惟任尚与遵争功，互有龃龉，遵劾尚虚报虏首，并受赃至千万以上，邓太后偏信遵言，赫然震怒，竟派大员拘拿任尚，用槛车囚入都中。有司仰承凤旨，锻炼成狱，即将尚推出市曹，枭首示众，家产俱籍没充公。尚有罪时，可诛而反赏，此次平羌，不为无功，且反弃市，真正令人不解！看官听说！自从羌人叛乱十余年，调兵遣将，岁时不绝，军需用去二百四十余亿，兵士死亡，不可胜数。至零昌、狼莫刺死，群羌瓦解，三辅益州，方得不闻寇警；但并、凉二州，

第四十回　驳百僚班勇陈边事　畏四知杨震却遗金

从此耗敝，就是国家府库，亦用尽无余，汉廷元气，已渐就销磨了。到了元初七年间，立皇子保为太子，复改年号为永宁元年。皇子保为后宫李氏所生，安帝本欲立李氏为后，嗣因阎姬入宫，<small>阎氏名姬。</small>饶有姿色，专宠后房，且与邓太后戚谊相关，遂得由贵人进为皇后。<small>阎姬为邓弘姨妹所生，已见前回。</small>事在元初二年。阎后素性妒忌，视李氏如眼中钉，竟将李氏鸩死，惟保得仅存。安帝待后生男，五六年不得一产，乃立保为太子。阎后无法谏阻，只得由他册立。内外臣僚，方入宫庆贺，忽由敦煌太守曹宗，呈入奏章，请发兵击北匈奴，并取西域。原来西域为汉廷所弃，各国复为北匈奴所制，连兵寇边。敦煌太守曹宗，曾奏荐掾吏索班，使行长史事，出屯伊吾，招抚西域。车师前王及鄯善王，复闻风请降。永宁元年，车师后王军就，连结北匈奴兵马，攻杀索班，并击走车师前王，略有北道。曹宗乃表请北征，报怨雪耻。邓太后以事关重大，不得不召集群臣，会议进止。群臣以羌寇初平，疮痍未复，不如闭住玉门关，免得劳师。太后犹豫未决，继思前西域军司马班勇，为前定远侯班超次子，颇有父风，不妨召令与议。勇奉召入阙，独与众议未合，别伸己见，大略说是：

> 昔孝武皇帝患匈奴强盛，兼总百蛮，以逼障塞，于是开通西域，离其党羽，论者以为夺匈奴府藏，断其右臂。嗣遭王莽篡逆，征求无厌，胡夷怨毒，遂以背叛。光武中兴，未遑外事，故匈奴负强，驱率各国；及至永平，再攻敦煌，河西诸郡，城门昼闭。孝明皇帝独抒庙策，命虎臣出征西域，故匈奴远遁，边境得安；及至永元，莫不内属。间者羌人叛乱，西域复绝，北虏遂遣责诸国，备其逋租，高其价值，严以期会，鄯善车师，皆怀愤怨，思乐事汉，其路无从；前所以时有叛者，皆以牧养失宜，还为其害故也！今曹宗徒耻于前负，而不寻出兵故事，犹未度当时之宜也。夫徼功塞外，万无一成，若兵连祸结，悔无所及。况今府藏未充，师无后继，是示弱于远夷，暴奢仆。短于海内，臣愚以为不可许也！旧敦煌郡有屯兵三百人，今宜复之，复置护西域副校尉，居于敦煌，如永元故事。又宜遣西域长史，将五百人屯楼兰，西当焉耆、龟兹径路，南强鄯善、于阗心胆，北捍匈奴，东近敦煌，然后可徐图招怀，服西域而却北虏也！臣勇谨议。

这议既上，便由各尚书诘问道："今立副校尉，如何称便？但置长史屯楼兰，有何利益？"勇答说道："从前永平末年，始通西域，初遣中郎将居敦煌，复置副校尉住车师，既足节度胡虏，又禁止汉军侵扰，所以外域归心，匈奴畏威。今鄯善王尤还，为汉人外孙，若匈奴得志，尤还必死。彼等虽行同鸟兽，也知趋利避害，若使长史出屯楼兰，楼兰与鄯善相近，自足使尤还安心。故愚见以为便利呢！"道言甫毕，又有长乐卫尉镡显，廷尉綦母参，司隶校尉崔据，同声出驳道："朝廷前弃西域，无非因西域无益中国，反多糜费，所以决计弃去。今车师已属匈奴，鄯善未可保信，一旦反复，试问班司马能保北虏不为边害么？"口亦厉害。勇复答道："朝廷分建郡国，各置州牧，岂不是防寇诘奸，安民利国么？若州牧能长保治安，勇亦愿捐此身首，长保匈奴不为边害！试想今日能通西域，北虏势必衰微，自不致常为我害。若再不遣置校尉，分屯长史，西域诸国，更觉绝望；望绝必屈就北虏，合兵窥我，恐沿边诸郡，将屡为所侵，河西城门，终日长闭，不能复开了！照此看来，为了目前惜费，反令北虏势盛，难道是长久计策么？"驳得好。镡显等理屈词穷，只好默然。忽又有一人出诘道："今若更置校尉，西域必络绎遣使，要索无厌。若一概给与，必致耗费无穷；不与便启彼异心；一旦为匈奴所迫，又要向我求救，徒致烦扰，有损无益，何必多此一举哩？"此说更属牵强。班勇瞧着，乃是太尉掾属毛轸，便开口辩难道："今若将西域让与匈奴，匈奴果肯感念汉恩，不再犯边，倒也罢了；否则匈奴得西域租赋，养兵蓄锐，来犯我境，是适为仇雠增富，暴夷增势，如何可行？勇请再置校尉，意在令西域内向，杜北虏外侵，免得费财耗国，常为我忧！且西域诸国，无他需求，不过使节往来，稍费廪饩；若为此拒绝，俾归北虏，北虏必与西域并力，入寇并、凉，那时不能不防，不能不御，劳师糜饷，不可胜计！何止千亿百亿呢？"仍是引申前意。毛轸听了，也只得哑口无言。邓太后见班勇所议，确有至理，因复敦煌郡营兵三百人，置西域副校尉，使居敦煌。鄯善诸国，始无异志。惟匈奴与车师国，尚是连兵入寇，钞掠河西，待至班勇出屯，方见战功，后文再表。

且说前大将军邓骘，自母丧还第后，与诸兄庐墓守制，还算勉尽孝思。季弟阊哀恸过甚，竟至骨立，尤得时誉。及服阕后，邓太后召令复职，仍授前封，骘等固辞，乃止令并奉朝请，遇有大议，方诣阙参谋。已而邓弘病逝，邓太后亲服齐衰，安帝亦服缌麻，并往吊丧。有司请追赠弘骠骑将军，封西平侯，太后因弘有遗言，不愿加赠，但赐钱千万，布万匹。骘等复辞还不受，乃诏令大鸿胪持节，就弘灵前，封弘子广德为西平侯。嗣因弘曾为帝师，备有劳绩，复封广德弟甫德为都乡侯。都乡由西平分出，名为两侯，食邑实未尝加增，不过虚示显荣罢了。旋复封邓京子珍为阳安侯，兼职黄门侍郎。不意邓弘殁后，未及三年，邓悝、邓阊，相继谢世，皆遗言薄葬，不受爵赠。早死为幸。太后并如所言，惟封悝子广宗为叶侯；阊子忠为西华侯，自是邓氏兄弟五人，惟骘尚存。何不速死？免有后责！骘子凤官拜侍中，尝与尚书郎张龛书，极称郎中马融才能，说他应居台阁。又复受中郎将任尚赠马，尚坐罪弃市，见上文。凤惧连坐，先在骘前自首，骘髡妻及凤，以谢天下，舆论称贤。邓太后尝征和帝弟济北、河间王子女，济北王寿，河间王开，俱见三十四回。凡四十余人，又邓氏近亲

第四十回　驳百僚班勇陈边事　畏四知杨震却遗金

子孙三十余人，为开邸第，教学经书，亲自监试，威爱兼施。且诏敕从兄河南尹邓豹，越骑校尉邓康等云：

吾所以引纳群子，置之学官者，实以方今承百王之敝，时俗浅薄，巧伪滋生，五经衰缺，不有化导，将遂陵迟，故欲褒崇圣道，以匡失俗。《传》不云乎："饱食终日，无所用心，难矣哉！"今末世贵戚，食禄之家，温衣美食，乘坚驱良，而面墙无术，不识臧否，斯故祸败所从来也！永平中，四姓小侯，皆令入学，所以矫俗厉薄，返诸忠孝。先公既以武功书之竹帛，兼以文德教化子孙，故能束身修心，不触刑网。诚令儿曹上述祖考休烈，下念诏书本意，则足矣。其勉之哉！

邓氏子弟，素承训诫，虽似保泰持盈，有所顾忌，但声势已是赫耀，宫廷内外，无不曲意趋承。时三公已皆易人，太尉李修，已经去世，后任为大司农司马苞，不久又殁，代以太仆马英；司空张敏罢职，改任太常刘恺为司空；未几司徒夏勤免官，进刘恺为司徒，用光禄勋袁敞为司空。三公为汉廷重官，故每有沿革，备叙不遗。敞为故司徒袁安子，廉正不阿，与邓氏子弟有嫌。尚书郎张俊，有私书与敞子，述及省中秘议，当时尚无人知晓。俊有同僚朱济、丁盛，品行不修，为俊所嫉，意欲上书弹劾，偏两人得悉风声，转浼同官陈重、雷义，代为缓颊。陈、雷俱豫章人，向系好友，并有义行，陈重得举孝廉，让与雷义，义当然不受，两人交让数次，太守张云，因相继并举，均得入为尚书郎。乡里有谣传云："胶漆自谓坚，不如雷与陈。"随笔叙入雷陈交谊，是消纳法。此次为朱济、丁盛所托，两人不知他品行失检，只因同僚相委，不便固却，乃转告张俊，乞免奏弹。俊年少气盛，怎肯听从？雷陈亦乐得辞退，复告朱济、丁盛。济与盛越加衔恨，遂私赂侍史，使求俊短，得俊与敞子书稿，便即封好上奏。朝廷因他漏泄省事，拘俊下狱，且责袁敞教子不严，交通郎官，策免司空官职。敞愤急自尽，俊坐罪论死。亏得他文艺素优，在狱上书侃侃论辩，邓太后爱他文辞，特驰诏赦免死刑。俊已被刑官推出都门，引颈待戮，死里逃生，可谓侥幸万分。敞子亦得免死，并赐复敞官，仍用三公礼殓葬，继任为太常李郃。郃未几罢官，复另任卫尉陈褒。司徒刘恺，与李郃同时罢免，特简太常杨震为司徒。震字伯起，弘农郡华阴县人，父名宝，习欧阳尚书，注见前。隐居不仕。相传宝年九岁时，出游华阴山北，见一黄雀为鸱鸮所伤，坠落树下，被蝼蚁困住，宝心怀不忍，将雀取归，置巾箱中，饲食黄花，百余日毛羽丰满，纵令飞去，是夕有黄衣童子入见，向宝再拜道："我乃西王母使者，蒙君仁爱，拯我灾厄，谨酬白环四枚，令君子孙清白，位登三公，有如此环！"说毕，将环呈上，宝方才接受，转眼间童子已杳，诧为奇事。后来娶妻生子，取名为震。震少年丧父，能承遗志,博通经籍,家贫无资,课徒为生,暇辄亲植菜蔬,供养老母,门生替他种植,震却不愿,特拔起更种,免得弟子服劳,诸儒交口相赞道:"关西孔子杨伯起。"嗣复有鹳雀衔三鳝鱼,飞集讲堂前,有都讲取鱼进说道:"蛇鳝为卿大夫服,鳝数有三,便是三台预兆,先生当从此升迁了!"酬环衔鳝事,趁手叙明。时震年已至五十,果由大将军闻名辟召,得举茂才。四迁至荆州刺史。调任东莱太守,道经昌邑,县令王密,本由震举荐茂才,至是乘夜进谒,献金十斤。震勃然道:"故人知君,难道君不知故人么!"密答说道:"暮夜进馈,何人知晓?"震摇首道:"天知地知,汝知我知,共有四知,何谓无知?"说着,举金掷还,密怀惭引退。震就任年余,又转为涿郡太守,持身廉介,不受私谒,子孙常蔬食步行。或劝震少营产业,留贻子孙,震正色道:"使后世称我为清白吏,便是贻泽子孙,比较贻金积产,好得多哩!"四世贵显,赖此余泽。元初四年,征入为大司农,永宁元年,升任司徒,朝野无不钦慕,就是邓太后亦另眼相看。惟安帝年将及壮,邓太后尚未还政,临朝如故。先是郎中杜根,奏请归政嗣皇,语甚切直,惹动太后盛怒,令用缣囊盛根,下杖扑死。刑罚亦奇。弃尸城外,竟得复苏,逃奔宜城山中,为酒家保,埋名避难。还有平原郡吏成翊世,亦奏请太后归政,坐罪系狱。越骑校尉邓康,因宗族盛满为忧,屡劝太后恬退深宫,太后不从,康谢病不朝。太后使侍婢探视,侍婢本由康家入宫,服事太后多年,当时老年内侍,多称中大人,所以待婢奉命视康,及门通名,亦以中大人自呼,康召婢入内,厉声呵叱道:"汝出自我家,敢自称中大人么?"说得侍婢满面羞惭,回宫复命,便诬康心存怨望,诈称有疾。太后不禁怒起,竟将康罢免官职;但存夷安侯旧封,遣令就国,削绝属籍。若非邓氏支裔,性命休矣。及永宁二年仲春,太后不豫,咳逆唾血,尚力疾起床,乘辇出殿,召见侍中尚书,顺便至太子宫中监视。还宫后大赦天下,赐诸园贵人,及王侯公主钱帛有差。到了春暮,病势日笃,竟尔归天,享年四十一岁,临朝至十有八年。小子有诗咏道:

屈指临朝十八年,母仪虽美总贪权。
千秋书法留遗憾,何若含饴马氏贤!
马氏指明帝后。

欲知邓太后临终后事,待至下回再详。

却武穷边,古有明戒!然既已奏功于当日,不应隳绩于后时!试思班超以二三十年之劳苦,得定西域,而却北匈,乃以后任非才,一旦轻弃,岂不可惜?勇承父志,再议屯边,朝臣多以为非计,即史家亦谓其复图西域,致贻河西以寇虏之忧。不知西域不通,河西亦未必免寇,勇之驳斥群僚,并非强词夺理。且观其后来出屯,终复父业,坐言起行,勇固为定远肖子乎!杨震不受遗金,四知之言,可质天地;并欲清白传子孙,卒能贻泽后人,休光四世。后之为子孙计者,何其熏心富贵,但知贻羨,未知贻德耶?而关西夫子杨伯起,卒以此传矣。

第四十一回　黜邓宗父子同绝粒
祭甘陵母女并扬威

却说安帝永宁二年三月,邓太后驾崩,安帝方得亲政。尊谥邓太后为和熹皇后,与和帝合葬慎陵。自从邓太后临朝以来,连年水旱,四夷外侵,盗贼内起,几至岌岌不安。还亏邓太后宵旰勤劳,知人善任,每闻民饥,辄达旦不寐,减膳撤乐,力救灾厄,故天下复安,岁仍丰穰。平时施恩布惠,常有所闻,就是废后阴氏家属,本已由和帝诏命,充戍日南,见三十六回。邓太后不念旧恶,仍令赦归,给还资财五百万。这都是太后宽仁,非寻常妇女可及。平望侯刘毅,尝上书安帝,请令史官著《长乐宫圣德颂》,虽不免献谀贡媚,却也非全出虚夸。不过临朝日久,未肯还政,邓氏外戚,总不免加恩太厚,遂致见讥当世,贻祸母家,下文便见叙明。小子且说安帝亲政,已将太后梓宫,奉葬慎陵,当即有一班希旨承颜的大臣,请追上安帝本生父母尊号。奏疏有云:

> 昔清河孝王至德淳懿,孝王即清河王谥法,见三十七回。载育明圣,承天奉祚,为郊庙主。汉兴高皇帝尊父为太上皇,宣帝号父为皇考,序昭穆,置园邑,太宗之义,旧章不忘。宜上尊号曰孝德皇,皇妣左氏曰孝德后,孝德皇母宋贵人,追谥曰敬隐后,以存《春秋》"母以子贵"之大义,并彰陛下孝思维则之隆规,谨此奏闻。

安帝得奏,当然准议,遂告祠高庙,使司徒持节,与大鸿胪奉策书玺绶,至清河追上尊号;并添置园邑,号孝德皇墓为甘陵;又追封敬隐后父宋杨为当阳侯,予谥曰穆,杨四子皆封列侯。孝德皇元妃耿姬尚存,尊为甘陵大贵人。嫡母为贵人,生母为皇后,嫡庶倒置,究属不宜。耿贵人为牟平侯耿舒孙女,舒即故好畤侯耿弇弟,两姓袭封;孙耿宝尚嗣侯爵,为耿贵人兄,乃召使监羽林军,侯封如故。又封帝妹侍男等四人,皆为长公主,锡类推恩,备极优渥。句中有刺。惟因中常侍蔡伦,前承窦后意旨,附会成狱,逼令宋贵人自尽,即敬隐后事,见前文。此时回溯前冤,特令伦自诣廷尉,追究罪状。伦料难免辱,即沐浴整衣,饮药毕命。伦与剿乡侯郑众,皆为邓太后所宠,尝受封龙亭侯,众已早死,伦尚为长乐太仆,时人因他功足抵罪,颇为叹惜。原来伦有才学,并有巧思,在宫中监作器械,无不精工;且有一种特别的制造,流行后世,就是古今通用的字纸。古时书契,多用竹简编成,笔或用铁,或用竹木,蘸墨为书。自秦蒙恬用兽毛作笔,柔软耐用,于是竹简亦改为缣帛。但简重缣贵,总嫌未便,经伦独出心裁,采用树皮麻头,及破布鱼网,捣煮如法,摊晒成纸,遂为后人所利用,时称为"蔡侯纸"。嗣伦且奉诏校书,监同通儒谒者刘珍,与博士良史等,并诣东观勘正经籍,功亦颇多。只为了屈死宋贵人一案,遂至不得令终,咎虽自取,但宦官中却也不能多得呢!褒贬得当。一蟹不如一蟹,果有中常侍江京、李闰等,相继并起,取悦安帝,得窃政权。还有安帝乳母王圣,盘踞宫掖,亦得肆行无忌,与江京等朋比为奸,遂致兴起大狱,要推翻那邓氏外戚,乘间徼功。

先是安帝兄平原王胜,多病伤生,殁后无嗣,邓太后令千乘王伉孙得过继。伉系和帝长兄。得父宠已改封乐安王,得因过继与胜,袭封平原王。未几得又病逝,亦无子息,乃再命河间王开子翼为平原王,仍奉胜祀。翼容止翩翩,温文尔雅,邓太后爱他韶秀,留住京师。安帝少时,亦号聪明,所以得立。及年既逾冠,喜昵群小,失德颇多,转为邓太后所嫌。乳母王圣,常恐安帝被废,密与江京、李闰等,伺察太后颜色,报闻安帝,语中免不得带着蹊跷,叫安帝预先加防。安帝还道他是好人,引作心腹,暗中却怨邓太后寡恩。及太后既崩,加封宋、耿二族,尚先封邓骘为上蔡侯。嗣由王圣等妄想图功,屡谈邓氏短处,再加后宫女寺,从前受过邓太后责罚,正好乘此报怨,遂诬告邓悝、邓弘、邓闾,曾从尚书邓访,查取废帝故事,谋立平原王。王圣与江京、李闰,复从旁煽惑,不由安帝不信,况安帝素有心迹,自然一齐发作,便嘱令有司追奏邓氏兄弟,尝图废立,罪坐大逆。当日即有复诏批准,废去邓弘子西平侯广德,都乡侯甫德,邓京子阳安侯珍,邓悝子叶侯广宗,邓闾子西华侯忠,一古脑儿俱为庶人。邓氏子弟封侯,俱见前回。邓骘本应连坐,因前时未曾与谋,但徙封罗侯,遣令就国;宗族一体免官,勒归原籍。并抄没邓骘等资财田宅,充戍尚书邓访,及访妻子等至远方。郡县官吏,更仰承上意,迫令广宗及忠,并皆自尽。惟广德兄弟,与阎后有中表谊,因得不死,寓居都中。阎后母为邓弘姨,见三十九回。邓骘见家族被诬,无从诉枉,又闻王圣等从中媒孽,料知将来亦多凶少吉,一时忧愤交并,索性不饮不食,由他饿死了事。子凤见乃父绝粒,也即断食,一同毕命。骘从弟河南尹邓豹,度辽将军武阳侯邓遵,将作大匠邓畅,得知同宗并坐大罪,吓得心绪不宁,辗转图维,还是速死为上,免得逮系取辱,因皆服毒而终。只前越骑校尉邓康,前被太后削去属籍,徙往夷安,此时却得特邀宠命,征为太仆。邓康被黜,见四十回。平原王翼,也坐贬为都乡侯,遣归河间。亏得翼闭门谢客,不再与闻政事,方得幸免。朝臣自三公以下,莫敢进谏,惟大司农朱宠痛骘无辜遇祸,不忍不言,乃舆榇诣阙,肉袒上书。书

第四十一回 黜邓宗父子同绝粒 祭甘陵母女并扬威

中说是:

> 伏惟和熹皇后,圣善之德,为汉文母。兄弟忠孝,同心忧国,宗庙有主,王室是赖;功成身退,让国逊位,历世外戚,无与为比,当享积善履谦之祐。而横为宫人单词所陷,利口倾险,反乱国家,罪无申证,狱不讯鞫,遂令骘等罹此酷滥,一门七人,死非其命,骘父子及豹、遵、畅与广宗、忠,并死七人。尸骸流离,冤魂不返,逆天感人,率土丧气。宜收还冢次,宠树遗孤,奉承血祀,以谢亡灵。臣自知言出必死,但愿陛下俯纳臣言,臣虽碎首,亦无遗恨矣!舆榇待罪,生死唯命。

这封书奏,却是激切得很,安帝颇为动容。偏故司空陈宠子忠,劾宠党同邓氏,竟致免官。从前和熹皇后初正中宫,三公欲追封后父训为司空,陈宠时亦在朝,谓无故事可援,打消廷议,因此邓氏与宠有嫌。宠子忠素有才誉,父殁后浮沉郎署,不能得志,所以朱宠上言,忠不愿为邓氏洗罪,竟将朱宠劾去。<u>统是器小不堪。</u>哪知人心未死,公论犹存,百姓也为邓氏呼冤,连上封章,吁请公卿代陈。安帝不得已加遣郡县,责他逼迫广宗等人;且令骘等遗榇,还葬洛阳,派使致祭,祠以中牢;邓氏宗戚,亦使还居都中,这且无庸细叙。惟邓氏既除,安帝得报复私嫌,遂改永宁二年为建光元年,大赦天下,封江京、李闰为列侯,且令阎后兄弟阎显、阎景、阎耀,入为卿校,并典禁兵。中常侍樊丰、刘安、陈达,皆为京、闰羽翼,互作党援;乳母王圣,权势甚盛,甚至圣女伯荣,亦得出入宫掖,交通贿赂。妇女阉寺,互相炀蔽,累得安帝昏迷日甚,耳目不聪。太尉马英,已经病逝,再起前司徒刘恺为太尉。恺与司空陈褒,不过以资格充选,无甚材能;独司徒杨震,看得妇寺干政,忍不住热忱上进,即抗疏上奏道:

> 臣闻政以得贤为本,治以去秽为务。是以唐虞俊乂在官,天下咸服,以致雍熙。方今九德未事,嬖幸充庭。阿母王圣,出自贱微,得遭千载,奉养圣躬,虽有推燥居湿之勤,前后赏惠,过报劳苦,而无厌之心,不知纪极,外交嘱托,扰乱天下,损辱清朝,尘点日月。《书》诫牝鸡牡鸣,《诗》刺哲妇丧国。昔郑严公<u>即郑庄公,明帝讳庄,故改庄为严。</u>从母氏之欲,恣骄弟之情,几至危国,然后加讨,《春秋》贬之,以为失教。夫女子小人,近之喜,远之怨,实为难养。《易》曰:"无攸遂,在中馈。"言妇人不得与于政事也。宜速出阿母,令居外舍,断绝伯荣,莫使往来,令恩德两隆,上下俱美。尤愿陛下绝婉娈之私,割不忍之心,留神万机,戒慎拜爵,减省献御,损节征发;令野无鹤鸣之叹,朝无小明之悔,大东不兴于今,劳止不怨于下。《鹤鸣》《小明》《大东》《劳止》俱诗名,并见《小雅》。拟踪往古,比德哲王,岂不休哉?

这疏呈入,安帝竟取示王圣。圣略通文墨,看到这奏,自然忿懑得很,佯至安帝面前，自陈被诬，且泣请出宫。安帝正加宠遇，怎肯听她出去？反用好言劝慰，待遇益优；圣女伯荣，当然照常出入，毫无禁忌。时有泗水王刘歙从曾孙瓌，久居京师，生成一副媚骨，专与王圣母女交通。泗水王歙，为光武族父，传国至孙护，无子国除。伯荣年已及笄，见瓌放诞风流，惹动情窦，免不得与他笑谑。瓌正欲挑逗伯荣，凑巧针锋相对，自然不待媒妁，先偷试雨意云情，枕畔密盟，愿与偕老，然后向王圣说明，再行六礼。好一个自由结婚，若生今之世，必称她为文明女子。一对野鸳鸯，变作真鹣鲽，卿卿我我，越觉情浓。伯荣遂替瓌入宫乞封，居然得邀恩准，使袭故朝阳侯刘护封爵，并官侍中。可谓妻荣夫贵。护为刘歙曾孙，且年龄比瓌为轻，不过早殁无嗣，因致绝封；瓌为护再从兄，怎得牵合过去？司徒杨震，又不禁愤激，再行上疏道：

> 臣闻高祖与群臣约，非功臣不得封，故经制父死子继，兄亡弟及，以防篡也。伏见诏书封故朝阳侯再从兄瓌，袭护爵为侯；护同产弟威，今犹见在。臣闻天子专封，封有功；诸侯专爵，爵有德。今瓌无他功行，但以配阿母女，一时之间，既位侍中，又至封侯，不稽旧制，不合经义，行人喧哗，百姓不安。陛下宜览镜既往，顺帝之则，勿使贻讥将来，则表率先端，垂誉无穷矣。

奏入不报，安帝既沉湎酒色，委政外戚、内阁，及王圣母女，就是边疆有事，亦置诸度外，不愿与闻。烧当羌酋麻奴，自奔徙出塞后，虽伏居不动，终未肯向汉投诚。护羌校尉马贤，亦因他首鼠两端，不甚抚恤，遂致麻奴党羽忍良等，俱有怨言，于是怂恿麻奴，并寇湟中，转攻金城诸县。还算马贤引兵剿抚，解散诸羌，杀败麻奴。麻奴穷蹙饥困，方至汉阳太守耿种处乞降。耿种据实奏闻，安帝也无心详察，但令有司援照前例，假给金印紫绶，并赐金银彩缯，算作了事。嗣由鲜卑寇居庸关，云中太守成严，及功曹杨穆，同时战殁；鲜卑复移掠雁门、定襄，并及太原。警报传达京师，亦未闻发兵防讨，只晦气了边疆百姓，被他掠去若干，饱载而去。安帝置若罔闻，反至宠臣冯石家内，连日留饮，经旬方归。也好算是无愁天子。石为故阳邑侯司空冯鲂孙，冯鲂为司空，见前文。鲂子柱曾尚明帝女获嘉公主，石得袭爵获嘉侯，兼官卫尉。生平无他伎俩，专能逢迎上意，取悦一时，却是希宠梯荣的好手段。所以安帝格外加宠，时有赏赐；且进石子世为黄门侍郎，世弟二人并为郎中。是年秋冬二季，郡国水灾，多至二十七处，地震至三十五处，安帝反令翌年改元，号为延光元年。接连又是京师雨雹，或如斗大，损及室庐；未几京外郡县，又报地震，又报大水，安帝仍然不理，耽乐如故。高句骊为武帝时所灭，夷作郡县，东道始通。见《前汉演义》。至王莽篡位，发高句骊人伐匈奴，高句骊人不愿西行，亡奔塞

第四十一回 黜邓宗父子同绝粒 祭甘陵母女并扬威

外,遂为寇盗。东汉初兴,复遣使朝贡,因得赐复王封。明章以来,贡使不绝;及安帝嗣立,四方多难,高句骊亦停止贡献,抄掠辽河东西。建光元年,高句骊王宫,复率马韩、濊貊诸部落,进攻辽东,太守蔡讽,出战阵亡,宫复往围玄菟城,几被陷没,幸亏城北有扶余国,与汉廷通好有年,急遣子尉仇台领兵二万余人,来救玄菟,才得与郡守姚光,合破高句骊兵,宫乃遁还。既而宫死,子遂成立,姚光请乘丧往讨,朝议多半赞成,惟陈忠已擢任尚书仆射,援据《春秋》大义,不伐人丧,谓宜遣使往吊,且责让前罪。安帝巴不得疆场无事,遂从忠请。幸喜事还顺手,去使西归复命,谓高句骊嗣王遂成,情愿降汉,将前时所掠人口,一并放还,当即驰诏赦罪,东陲少安。招抚高句骊事,却还办理合宜,不得为陈忠咎。只姚光素性戆直,专喜纠发奸慝,幽州刺史冯焕,也与姚光相类,怨家遂伪造玺书,谴责两人;又矫诏传饬辽东都尉庞奋,叫他收系光、焕,就地取决。奋不知有诈,遽令属吏赍诏杀光,复往幽州治焕。焕闻得光已被戮,连及自己,不如先时自尽,免得受刑。焕子熴却颖悟过人,劝父忍待须臾,察视真伪。待至辽东使人持诏到来,细阅诏书,果有疑窦,乃拒诏不受,竟上书自讼冤屈。朝廷果不知此事,立征庞奋到京,下狱抵罪。看官试想! 庞奋所接的伪诏,想总由宫廷奸慝,主使出来,否则奋亦有口,岂能不辩? 为何但将奋坐罪,并未究及主名哩? 显见是安帝糊涂。安帝嫡母耿姬,居守甘陵,乳母王圣,及瓌妻伯荣,奉诏往祠陵庙,并省视耿大贵人。当即备齐车马,召集仆从,凡宫中大小宦官,及屯卫兵士,多半随行。王圣算是正使,高坐车中,威仪烜赫;伯荣算作副使,乘车先驱,绣帷高卷,故意露出娇容。但见她巧蟠凤髻,淡扫蛾眉,满头珠翠,遍体绫罗,上身披着全红猩氅,下面系着五彩蝶裙,仿佛是出塞昭君,可比那入吴西子。沿途经过郡县,所有当差官吏,都是望风伺候,先日绸缪。道里不平,发民缮治;驿传未足,派吏补充。一切供张,统皆安排妥当,专待二贵使到来。好容易盼到使车,便不管命官体统,就在石榴裙下,屈膝叩头。伯荣首先承受,竟尔端坐不动,由他拜跪。甚至河间王开,及列侯二千石,俱出郊迎谒,甘拜下风。莫非想作刘瓌么? 等到伯荣母女,驱车过去,又取出许多金帛,献作赆仪,此外千乘万骑,亦统有馈赠。及行至甘陵,清河嗣王延平,是时清河王庆子虎威已殁,无嗣,由乐安王宠子延平过继。亦已在陵旁恭候,见了伯荣母女,也是望车拜倒,执礼甚恭。待祭过陵庙,谒过耿大贵人,徐徐的回京复命。那伯荣母女,已是出尽风头,贮满私囊,这正是一场好差事哩! 小子有诗叹道:

骏奔宗庙贵钦承,淫女如何使祭陵?
浊乱如斯君不悟,履霜宁特兆坚冰!

伯荣母女，回朝复命，当有一个朝右大臣，闻知伯荣母女路上的威风，出头弹劾，欲知此人为谁，容待下回报明。

炎炎者灭，隆隆者绝，高明之家，鬼瞰其室，是为莽大夫扬雄遗言。雄之行谊不足称，但其言确有至理，豪宗贵戚，往往不能逃出数语。试观邓骘兄弟，守祖宗遗训，尚知敛抑，而卒为妇寺所诬，横罹大狱，七人毙命，全族遭殃。骘且如此，遑论窦宪、耿宝诸人乎？王圣以乳养之劳，竟得干政，淫女伯荣，尤为骄横，连结中官，交通外戚，安帝不加检束，反令其出祭园陵，清河贤王地下有知，度亦不愿享此淫妇之主祭也！而清河王延平，与河间王开等，奴膝婢颜，尤为可耻。悍姬淫女，且大出风头，汉之为汉可知矣！

第四十二回　班长史捣破车师国
　　　　　杨太尉就死夕阳亭

却说伯荣母女，奉命祭陵，骄纵不法，上干天变，下致人怨。尚书仆射陈忠，也不禁激发天良，缮疏上奏道：

臣闻位非其人，则庶事不叙；庶事不叙，则政有得失；政有得失，则感动阴阳，妖变为应。陛下每引灾自厚，不责臣司；臣司狃恩，莫以为负，故天心未得，灾异荐臻。青、冀之城，淫雨决河；孙、岱之滨，海水坌溢；兖、豫蝗螟滋生；荆、扬稻收俭薄；并凉二州，羌戎叛戾；加以百姓不足，府帑虚匮，自西徂东，杼柚将空。臣闻《洪范》五事，一曰貌，貌思恭，恭作肃；貌伤则狂而致常雨。春秋大水，皆为君上威仪不穆，临莅不严，臣下轻慢，贵幸擅权，阴气盛强，阳不能禁，故为淫雨。陛下以不得亲奉孝德皇园庙，遣中使致敬甘陵，朱轩軿马，相望道路，可谓孝至矣。然臣窃闻使者所过，威权翕赫，震动郡县，王侯二千石，至为伯荣独拜车下，仪体上僭，侔于人主；长史惶怖谴责，或邪谄目媚，发民修道，缮理亭传，多设储偫，征役无度，老弱相随，动有万计，赂遗仆从，人数百匹，颠踣呼嗟，莫不叩心。河间托叔父之属，河间王开为安帝叔父。清河有灵庙之尊，指清河王延平。及剖符大臣，皆猥为伯荣屈节车下，陛下不问，必以陛下欲其然也！伯荣之威，重于陛下，陛下之柄，在于臣妾，水灾之发，必起于此。昔韩嫣托副车之乘，受驰视之使，江都误为一拜，而嫣受欧刀之诛。刑人之刀谓欧刀。臣愿明主严天元之尊，正乾纲之位，职事巨细，皆任贤能，不宜

第四十二回　班长史捣破车师国　杨太尉就死夕阳亭

复令女使,干错万机。重察左右,得无石显泄漏之奸;尚书纳言,得无赵昌谮崇之诈;公卿大臣,得无朱博阿傅之援;外属近戚,得无王凤害商之谋。自韩媪以下故事,并见《前汉演义》。若国政一由帝命,王事每决于己,则下不得偪上,臣不能干君,常雨大水,必当霁止,四方众异,亦不能为害矣!

安帝得疏,并不知悟,反封乳母王圣为野王君。有识诸徒,俱为扼腕。忠尝因安帝亲政,奏请征聘贤才,宣助德化,又荐引杜根、成翊世等,入朝录用。杜根因请邓太后归政,扑死复苏,为宜城山中酒保,至是乃为忠所闻,派吏征召,入为侍御史。成翊世亦与杜根同罪,系狱有年,也亏陈忠保救,得为尚书郎。此外尚有几个隐士,曾由内外臣工荐举,特下征车,偏数人志行高洁,不愿投身危乱,相率固辞,史家播为美谈,垂名后世。相传汝南人薛包,年少失恃,父娶后妻,不愿抚包,把他逐出,包日夜号泣,不忍远离。后母怂恿乃父,横加鞭挞,不得已在户外栖宿,每旦复入内洒扫。谁知又触动父怒,不准他栖宿户外,乃至里门旁暂居,晨昏定省,依然如故。父母倒也感惭,仍使还家同住。及父母相继亡故,诸弟求分产异居,包不能止,因将家财按股照分,惟自己情愿认亏,瘠田、敝器、老奴婢,悉归自取;后来诸弟屡次破产,辄复赈给,因此人人称他孝友。名达朝廷,安帝召为侍中,包誓死不肯就职,乃许令归里,在家考终。同时汝南尚有黄宪,表字叔度,父为牛医,宪少年好学,履洁怀清,年方十四,与颍川人荀淑相遇,淑目为异器,相揖与语,终日方去,临别握手道:"君真可为我师表哩!"郡人戴良,才高性傲,独见宪必正容起敬,别后归家,尚惘然如有所失。良母辄已料着,便问良道:"汝复见牛医儿么?"良答道:"儿不见叔度,自谓相符;及既相见,毕竟勿如,叔度原令人难测哩!"还有同郡陈蕃、周举,亦常相告语道:"旬月不见黄生,鄙吝心又复发现了!"太原人郭泰,少游汝南,先访袁闳,不宿即去,转访黄宪,累月乃还。或问泰何分厚薄,泰与语道:"奉高器量,奉高系袁闳字。譬诸泛滥,质非不清,尚易挹取;叔度汪洋,若千顷波,澄不见清,淆不见浊,这才是不可限量了!"宪初举孝廉,旋辟公府,友人劝他出仕,宪亦未峻拒,到了京师,不过住了一二月,便即告归。延光元年病终,只四十八岁,天下号为征君。黄宪以外,又有周燮,也是汝南人氏,学行深沉,隐居不仕,郡守举他为贤良方正,均以疾辞。尚书仆射陈忠,更为推荐,安帝特用玄纁羔币,优礼致聘,燮仍不起,宗族俱劝令就征,燮慨然道:"君子待时而动,时尚未遇,怎得轻动呢?"他如南阳人冯良,少作县吏,沉滞多年,三十岁奉县令檄,往迎督邮,途次忽然幡悟,裂冠毁衣,遁往犍为求学,十年不归,妻子都以为道死,替他服丧,不意他学成归来,励节隐居,朝廷亦遣使往征,始终谢病,不入都门。这虽是甘心肥遁,别具高风,但也是有托而逃,所以为此避人避世呢!类叙高人,仍是箴励末俗。

且说南单于檀降汉后,北方幸还少事,就是前单于屯屠何子逢侯,与师子构衅,奔往北塞,见前文。至此亦部众分散,无术支持,仍然款塞请降。汉廷从度辽将军计议,徙逢侯居颍川郡,时度辽将军尚为邓遵。免得复乱。独北匈奴出了呼衍王,收集遗众,得数万人,又复猖獗,常与车师寇掠河西。亦见前文。朝议又欲闭住玉门关,专保内地。敦煌太守张珰,独上书陈议,分作上、中、下三策,上策请即发酒泉及属国吏士,先击呼衍王,再发鄯善兵讨车师,双方并举,依次讨平,为一劳永逸之至计;中策谓不能发兵,可置军司马将士五百人,出据柳中,令河西四郡供给军糈,尚得相机进行,安内攘外;下策谓弃去西域亦应收鄯善王等,徙入塞内,省得借寇赍粮,树怨助虏。这三议却是有条有理,毫不说谎,安帝将原奏颁示公卿,令他酌定可否。尚书仆射陈忠,拟采用张珰中计,因上疏说明道:

> 臣闻八蛮之寇,莫甚北虏。汉兴,高祖窘平城之围,太宗屈供奉之耻,故孝武愤怨,深惟长久之计,命遣虎臣浮河绝漠,穷破虏廷。当斯之役,黔首陨于狼望之北,财币糜于卢山之壑,狼望、卢山,皆匈奴地名。府库殚竭,杼柚空虚,算至舟车,资及六畜,夫岂不怀?虑久故也。遂开河西四郡,以隔绝南羌,收三十六国,断匈奴右臂。是以单于孤持,鼠窜远藏!至于宣元之世,遂备藩臣,关徼不闭,羽檄不行。由此察之,戎狄可以威服,难以化狎。西域内附日久,区区东望叩关者数矣,此其不乐匈奴慕汉之效也。今北虏已破车师,势必南攻鄯善,弃而不救,则诸国从矣。若然则虏财贿益增,胆势愈殖,威临南羌,与之交连,恐河西四郡,自此危矣。河西既危,不得不救,则百倍之役兴,不赀之费发矣。议者但念西域悠远,恤之烦费,不见先世苦心勤劳之意也。方今边境守御之具不精,内郡武卫之备不修,敦煌孤危,远来告急;复不辅助,内无以慰劳吏民,外无以威示百蛮,蹙国减土,经有明戒。臣以为敦煌宜置校尉,案旧增四郡屯兵,以西抚诸国,庶足折冲万里,震怖匈奴。谨此上闻。

这疏经安帝批准,且因前时班勇所陈,与忠议相合,遂令勇为西域长史,率兵五百人,出屯柳中。勇议见前文。勇受命即行,既至楼兰,即因鄯善诚心归汉,传诏奖勉,特加该王三绶。复派吏招抚龟兹。龟兹王白英,尚怀疑未服,勇再开诚示信,加意怀柔,白英乃自知悔罪,约同姑墨、温宿二王,自行面缚,向勇乞降。勇亲为解缚,好言慰抚;令各处发步兵骑士,共讨车师。白英等既已投诚,自然从命,当下凑集万余人,受勇调度,直入车师前庭。前庭已归后王军就占领,军就仍居后庭,由北匈奴伊蠡王守住伊和谷,回应前文。被

第四十二回　班长史捣破车师国　杨太尉就死夕阳亭

勇冲杀过去，不到多时，便捣破房营，伊蠡王遁去；尚有军就留戍的兵士，及前庭被胁诸降卒，约有六七千名，见匈奴兵尚被击走，哪里还敢抵敌？当即逃去了一二千人，余皆跪伏军前，稽颡听命。勇全数收抚，共得五千人，仍令住居车师前庭，自至柳中屯田。柳中距前庭只八十里，呼应甚便，可以无虞。勇拟暂从休养，筹备刍粮，俟至士饱马腾，再击车师后王。好容易已越一年，系延光四年。春光和煦，塞外寒消，草木已渐生长，正好乘此兴师。勇遂发敦煌、张掖、酒泉三郡兵马，共六千骑，又征鄯善疏勒及车师前部兵，亦不下五六千，由勇亲自督率，往攻车师后王军就。军就亦领兵万余人，出庭迎敌，不意班勇部下，统是勇壮得很，一阵交锋，已被杀得人仰马翻，军就连忙退回，部众已丧失了好几千名。一时惶急失措，欲向北匈奴求援，又恐道远难及，没奈何硬着头皮，再图守御。偏来兵厉害得很，乘胜直入，锐不可当，部众出去招架，不是惊散，就是杀死。霎时间庭中大乱，只见外面大刀阔斧，一齐杀来，此时欲逃无路，还想拚死再战，蓦听得一声箭响，仔细审视，那箭镞已到面前，慌忙把头一偏，右肩上适被射着，痛不可耐，竟致晕倒。待至苏醒转来，四肢早经捆住，不能动弹；还有匈奴使人，也在旁边陪绑，束作一堆。俄而有数人驰至，把他两人扛抬了去，好似牛羊一般，直至汉前长史索班死处，作为祭品。号炮两振，军就与匈奴使人，头皆落地，魂灵儿从头中飞向鬼门关上挂号去了。不愿同生，但愿同死，两语可为两人写照。班勇既枭斩军就，传首京师，露布报捷。自是车师前后庭，又得开通，西域各国，复震慑汉威，陆续归附。真个是父作子述、两世重光呢！好肖子。

　　安帝闻得西域复通，心又放宽，乐得逍遥自在，倒把那班勇功绩，搁置一旁，并没有甚么赏赉。且当时廉直大臣，第一个要算司徒杨震。永宁二年秋季，迁震为太尉，似乎知人善任，偏是小人道长，君子道消，结果是易明为昏，崇邪黜正，终落得朝廷柱石，化作尘沙，说来既觉可痛，尤觉可叹！太尉刘恺，因病免官，由震继为太尉，另用光禄勋刘熹为司徒。帝舅耿宝，已拜大鸿胪，特为宦官李闰兄弟说情，托震录用。震不肯相从，宝一再往候，且与震语道："李常侍为国家所重，欲令公辟除乃兄，主上亦曾允许，宝唯有传达上命罢了！"震正色道："如朝廷欲令三府辟召，应先敕下尚书，但凭私嘱，不敢闻命！"宝见震定意拒绝，悻悻自去。后兄阎显，亦进任执金吾，向震有所荐托，震亦不许。司空陈褒，已经罢去，后任为宗正刘授。他想讨好贵戚，一得风声，不待请托，便辟召李闰兄，及阎显意中的私亲，旬日间并见超擢。嗣复有诏为野王君造宅，王圣为野王君，见前文。大兴工役，中常侍樊丰，及侍中周广、谢恽等，更相煽惑，倾动朝廷。震为汉家首辅，实属忍无可忍，因再上书力谏道：

臣闻古者九年耕，必有三年之储，故尧遭洪水，人无菜色。臣伏念方今灾害滋甚，百姓空虚，不能自赡，重以螟蝗，羌虏钞掠，三边震扰，战斗之役，至今未息，兵甲军粮，不能复给，大司农帑藏匮乏，殆非社稷安宁之福！伏见诏书为阿母兴起第舍，合两为一，合两坊为一宅里。雕修缮饰，穷极巧技；今盛夏土王，而攻山采石，转相迫促，为费巨亿。周广、谢恽兄弟，与国无肺腑枝叶之属，依倚近幸奸佞之人，与樊丰、王永等，分威共权，属托州郡，倾动大臣，宰司辟召，承望旨意，招徕海内贪污之人，受其货赂，至有赃锢弃世之徒，复得显用；黑白混淆，清浊同源，天下喧哗，为朝结讥。臣闻师言，上之所取，财尽则怨，力尽则叛；怨叛之人，不可复使。故曰："百姓不足，君谁与足？"惟陛下度之！

　　这书呈入，好似石沉大海一般，并不见答。樊丰、周广、杨恽等，统皆切齿，就是野王君王圣母女，亦视若仇雠，恨不将震即日挫去。且因安帝不从震言，越好肆无忌惮，匪但王圣第宅，造得非常工巧，连樊丰等一班权阉，也胆敢捏造诏书，调发司农钱谷，大匠现徒材木，各起冢舍园池，役费无数。遂致变异相寻，京都地动。杨震因屡谏不从，愤闷已极，何不引退？因岁暮不便陈词，勉忍至次年正月，申上直言道：

　　臣备台辅，不能奉宣德化，调和阴阳；去年十一月四日，京师地动。臣闻师言："地者阴精。"当安静承阳，而今动摇者，阴道盛也。其日戊辰，三者皆土，位在中宫，此中臣近官持权用事之象也！臣伏惟陛下以边境未宁，躬自菲薄，宫殿垣屋倾倚，枝柱而已，无所兴造，欲令远近咸知政化之清流，商邑之翼翼也。而亲近幸臣，骄溢逾法，多发徒士，盛修第舍，卖弄威福，道路喧哗，众听闻见，地动之变，近在城郭，殆为此发！又，冬无宿雪，春节未雨，百僚焦心，而缮修不止，诚致旱之征也。《书》曰："僭恒旸若。"臣无作福作威玉食，唯陛下奋乾坤之德，弃骄奢之臣，以掩妖言之口，奉承皇天之戒，无令威福久移于下，则阳长阴消，天地自无不交泰矣！

　　震言虽然激切，怎奈安帝已为群小所蒙，任他如何说法，始终不理。且嬖幸愈加侧目，往往在安帝旁谤毁杨震，安帝已渐觉不平。惟震为关西名儒，群望所归，若一时将他除去，免不得物议沸腾，摇动大局，所以群小尚有畏心，未敢无端加害。尚知畏清议么？会有河间男子赵腾，诣阙上书，指陈时政得失，安帝不禁怒起，说他无知小民，也来多嘴，当即诏令有司，捕腾下狱。中官最恨谤言，私下嘱托有司，谳成"讪上不道"的罪名，处腾死刑。杨震身为太尉，怎能坐视不救？乃复上疏谏诤，略云：

臣闻尧舜之世,谏鼓谤木,立之于朝;殷、周哲王,小人怨詈,则还自敬德。所以达聪明,开不讳,博采负薪,极尽下情也。今赵腾所坐,激讦谤语,为罪与手刃犯法有差,乞为加恩,全腾之命,以诱刍荛、舆人之言,则国家幸甚!

安帝得疏,仍然不听,竟把赵腾处死,伏尸市曹。伯起!伯起!何不起身亟去?是年为延光三年,安帝想往外面游览,借着望祀岱宗的名目,出都东巡。文武百官,多半扈行,独太尉杨震,及中常侍樊丰等,却都留住京都,未尝随去。丰等因乘舆外出,越好擅用帑藏,移修第宅。原来为此,故未随行。偏被太尉掾高舒,召大匠令史等,底细考核,查出丰等前时捏造伪诏,呈与杨震。震因安帝东巡,未便举发,只好待回銮后,然后奏闻。何不飞使驰奏?丰等闻信,很是慌张,日夕与党羽密商,意欲先发制人,为自保计。也是杨伯起命运该绝,不先不后,竟有星变逆行的天象,被阉党作为话柄,构成邪谋。一俟安帝回来,将到都门,急忙先去迎谒,伪言还宫须待吉时,请安帝至太学中,暂时休息,应吉乃入。安帝还道他是真心爱主,当即依议。及驾入太学,丰等得乘间密奏,说是太尉杨震,袒庇赵腾,前因陛下不从所请,心怀忿怼,意图构逆,所以上见星变,显示危机,请陛下先行收震,方可入宫。安帝尚未肯信,踌躇半晌,方语樊丰道:"震为名士,难道也如此不法么?"丰应声道:"震为邓氏故吏,邓氏既亡,怪不得震有异心了!"谗口可畏,震由邓骘辟举,见前文。安帝愕然点首,便夜遣中使,往收太尉印绶,策免震官。震不防有此一举,既被权阉占了先着,悔亦无益,当将印绶交出,坦然归第,闭门韬晦,谢绝交游。哪知安帝还宫以后,擢耿宝为大将军,宝与震挟有宿嫌,又由樊丰等从旁煽构,竟奏称震不服罪,仍怀怨望。有诏遣震归里。震奉诏即行,至夕阳亭,慨然语诸子门人道:"人生本有一死,死不得所,也是士人常事。我叨居宰辅,明知奸臣狡猾,不能驱除;嬖女倾乱,不能禁遏,有何面目再见日月?我死后可用杂木为棺,粗布为被,盖形掩体,已自知足,不必归就墓次,添设祭祠了!"说毕,即饮鸩而死,时已七十余岁。小子有诗叹道:

　　　　　　拚死何如预见机,网罗陷入已难飞。
　　　　　　夕阳亭下沉冤日,应悔当年不早归!

　　杨震已死,樊丰等尚不肯干休,还要设法摆布,欲知他如何逞毒,待至下回叙明。

　　西域诸国,势如散沙,各酋长亦皆庸鄙,无一有为,但得中国良将一人,出而镇抚,便得制驭各国,使之帖服,非若冒顿父子之桀骜难驯也!试观班氏父子之出使，不待劳师费财，即此用夷攻夷之一策，已能指挥如意，无往不宜，谁谓外域之不可以驭乎？惟安内之谋，比攘外为尤亟，安帝有一杨震而不能用，反且听信群小，黜逐正人，汉之纲纪，自此紊矣！惟震为关西名士，当知以道事君之义，合则留，不合则去，胡为乎刺刺不休，坐听谗人之构陷，而未能自拔也？彼薛包、黄宪、周燮、冯良诸人，则偶乎远矣。

第四十三回　秘大丧还宫立幼主
诛元舅登殿滥封侯

却说樊丰等闻杨震已死，还不肯干休，密遣心腹赴弘农郡，嘱令太守移良，派吏至陕，阻住震丧，不准他携榇归葬；并令震诸子充当苦役，走驿传书。路人共知冤情，代为流涕。野王君王圣，与大长秋江京，<small>大长秋中官名。</small>连结樊丰等一班权阉，复要寻事生风，谋易储位，见好中宫。先将太子保乳母王男，厨监邴吉，构成死刑，流徙家属；然后与阎皇后串同一气，谗毁太子，及东宫属下的官僚。阎后尝鸩死太子生母李氏，<small>见前文。</small>只恐太子长成以后，察悉毒谋，必图报复，因此处心积虑，欲将太子除去。且太子保已逾十龄，为了王男、邴吉两人，无端致死，时常叹息。阎后及王圣、江京等，见太子已有知识，越觉情急，遂日夜至安帝前，诉说太子过恶。安帝本爱宠阎后，再加她三寸妙舌，一副娇容，装出许多泪眼愁眉，就使明知架诬，也要顾妻舍子，<small>枕席之言，最易动听。</small>况又有乳母王圣，幸臣江京、樊丰，从旁证实，几把那十龄童子，当作枭獍一般。看官试想这糊涂皇帝，尚能不入他彀中么？<small>妇寺之所以可畏者，如此。</small>当下召集公卿，拟废太子。大将军耿宝，首先赞成。惟太仆来历，与太常桓焉，廷尉张皓，同声梗议道："经有常言，人生年未满十五，过恶尚不及身；且王男、邴吉，果有逆谋，亦未肯与童年说知，皇太子怎能预闻？应亟选贤良保傅，辅导礼义，自能弼成储德。若遽欲废立，事关重大，请圣恩且从宽缓，不可速行！"安帝不省，竟废太子保为济阴王，使居德阳殿西钟下。于是太仆来历，邀同光禄勋祋讽，<small>祋，丁外反，姓也。</small>宗正刘玮，将作大匠薛皓，侍中闾邱弘、陈光、赵代、施延，及大中大夫朱伥等十余人，共诣鸿都门，力白太子无过，吁请收回成命。安帝闻知，勃然变色，竟使中常侍草就诏旨，至鸿都门宣读道：

父子一体，天性自然；以义割恩，为天下也！历、讽等不识大典，而与群小共为喧哗，外见忠直，而内希后福，饰邪违义，岂事君之礼？朝廷广开言事之路，故且一切假贷；若怀迷不返，当显明刑书，毋贻后悔！

第四十三回　秘大丧还宫立幼主　诛元舅登殿滥封侯

这诏读罢,除太仆来历外,统皆失色,薛皓更汗流浃背,慌忙叩首道:"诚如明诏!"语才说毕,即由来历从旁呵叱道:"薛君近作何言,奈何遽先背约?大臣处置国事,难道好这般反复么?"皓又惧又惭,觑隙自去。祋讽、刘祎等,料知谏诤无益,依次引退。实是首鼠两端。来历独居宿阙下,好几日不肯退回,惹动安帝懊恼,使中常侍往谕尚书,叫他共劾来历。诸尚书不敢不遵,遂推陈忠领衔,劾历迹近要君,失人臣礼。陈忠奈何复为此举?安帝有词可借,便将历褫去官职,削夺国租,且黜历母武安长公主,不准入宫。原来历字伯珍,为故征羌侯来歙曾孙。歙子名褒,褒子名棱,皆袭侯爵。棱且尚明帝女武安公主,殁后公主尚存。子历既得嗣封,复因帝室姻戚,入朝登仕,由侍中迁至太仆,平素刚方持正,与权阉杜绝往来,至是因言得罪,闭户伏居,不与亲友交通,亲友亦无敢过问,可见得群阴交沍,天地晦盲了!是年京师及郡国地震,共二十三次,大水雨雹,共三十六次,安帝毫不知儆,反于永光四年二月,趁着和风丽日,鼓动游兴,挈了娇娇滴滴的阎皇后,带同国舅阎显兄弟,并及宠竖江京、樊丰等人,出都南巡。六龙并驾,五凤齐飞,驺从如云,旗旄如雨,说不尽的繁华烜赫,看不完的锦绮罗丛,沿途官吏,盛设供张,忙个不了。只是百姓又都遭殃,把卖男鬻女的血钱,供作龙舆凤辇等行乐费。藻不妄抒。好容易到了宛城,安帝忽然不豫,饮食无味,寒热交侵,乐极生悲。忙令御医诊视,服药罔效。那时不便再行,只好中途折回,才抵叶县,已是病入膏肓,不可再救,眼睁睁的看着阎后,及阎显兄弟等人,想传下两三句遗嘱,怎奈痰已上壅,不能出口,一刹那间,两目上翻,呜呼归天。在位一十九年,年止三十有二。阎后记得雨露深恩,不禁大哭,阎显兄弟,与江京、樊丰等在旁,连忙向后摆手,叫令休哭。待后收泪,即密语道:"今皇上晏驾途中,济阴王尚在京师,倘被大臣拥立,必为所害,我等将身无死所了!"阎后听着,也觉着忙,急向大众问计。到底三五权阉,有些奸计,劝阎后秘不举哀,但言安帝病剧,移乘卧车,至入都后,方可发丧。阎后依计施行,便将帝尸置入卧车内,兼程还都,路上仍省问起居,及朝夕进食。鬼鬼祟祟的过了四日,方得驰入都中,尚佯遣司徒刘熹,往祷郊庙社稷,吁天请命。俟至晚间,方由宫中传出哀耗,令即治丧;一面迎立济北王寿子北乡侯懿为嗣,尊阎后为皇太后,授阎显为车骑将军,仪同三司。济阴王保,闻丧入哭,却被内侍阻住,不得上殿,但许在梓宫外面,遥望举哀。可怜保有冤莫白,有口难言,徒向那灵帷前大恸一场,几致晕倒地上,好多时方才趋出,接连不饮不食,约有数日。内外群僚,见他童年负屈,又能曲尽孝思,莫不歔欷流涕,代抱不平。为后文迎立张本。北乡侯懿,尚在冲龄,阎太后贪立幼君,所以与阎显等定策禁中,迎立幼主。既已即位,然后奉安帝梓宫,出葬恭陵。阎太后即日临朝,阎显揽政。显却阴忌大将军耿宝,及野王君王圣,中常侍樊丰等人，于是交欢三公，密图进行。时卫尉冯石，迭经超迁，已代杨震为太尉，冯石见四十一回。阎显且奏闻太后，擢石为太傅，进司徒刘熹为太尉，参录尚书事，起前司空李郃为司徒。石本是个唯唯诺诺的人物，又蒙显一力保举，当然惟命是从；刘熹、李郃，也得拔茅连茹，感激不遑，何人再与阎氏反对？阎显遂与三公同奏一本，弹劾大将军耿宝，中常侍樊丰，侍中谢恽、周广，乳母野王君王圣，结党营私，罪俱难逭云云。阎太后立即下诏，饬拿樊丰、谢恽、周广下狱，严刑拷讯，三人受不起痛苦，并皆毙命。贬耿宝为辛侯，宝服毒自尽；王圣母女，流徙雁门。当日威风，而今安在？于是擢阎景为卫尉，耀为城门校尉，耀弟晏为执金吾，兄弟并处权要，威福自由。前车覆，后车鉴，奈何仍然不知？过了数月，幼主懿冒寒得病，病且日剧。中常侍孙程，前曾为邓太后服役，与樊丰、江京等志趣不同，因见樊丰虽死，江京尚存，要想自己出头，总非容易，朝思夜想，不如迎立济阴王，把阎显、江京等一概推倒，乃是绝好机会，稳取侯封。主见已定，即往语济阴王谒者兴渠道："济阴王本系嫡统，并无失德，先帝误信谗言，遂致废黜。若北乡侯一病不起，正好将王迎入，摔去江京、阎显，事必可成！"渠喜答道："此计甚善，幸亟安排！"孙程即退约私党，秘密筹备。先是中黄门王康，曾为太子保府史，太子被废，康常叹愤，又长乐太官、王国，与程素来莫逆，彼此会商，各愿效劳。十月二十七日，幼主懿竟尔殒世，阎显替太后画策，再征诸王子弟，择为帝嗣。诸王俱在外藩，中使往返需时，未能骤至，孙程忙连络十八人，约于十一月二日，共诣德阳殿西钟下。届期十八人俱到，姓氏官职，备录如下：

王国长乐太官丞。 王康 黄龙 彭恺 孟叔 李建 王成 张贤 史汎 马国 王道 李元 杨佗 陈予 赵封 李刚 魏猛 苗光以上并为中黄门。

十八人聚集一处，与孙程议定密谋，截衣为誓。待至次日夜间，各持利械，闯入章台门，直登崇德殿。内侍江京、刘安、李闰、陈达四人，守卫殿中，蓦见孙程等拥入，不知何因。京仗着累年威势，出来呵止，才说一语，已被孙程拔出短刀，砍落京首。刘安、陈达、李闰，惊慌的了不得，连忙向内逃入；偏是心下愈急，脚下愈慢，走了几步，即为孙程、王康追及，一刀一个，杀毙刘安、陈达。凶狡何益？只有李闰还是活着，抖做一堆，众人又欲将他杀死，独孙程向众摇手，但用刀搁住闰肩，厉声与语道："今日当迎立济阴王，汝若赞成，无得摇动，否则立诛！"闰已吓倒地上，浑身乱颤，忙应了几个诺字。原来闰在宫中，颇有权术，为内外所畏服，所以程胁使同事，不愿加刃。既得闰连声允诺，乃扶闰起来，共至德阳殿西钟下，迎入济阴王保，拥他登位。保年才十一，是为顺帝。孙程等宣传诏命，遍召尚书仆射以下，扈从帝驾，转幸南宫云台；程

第四十三回　秘大丧还宫立幼主　诛元舅登殿滥封侯

等留守省门，捍蔽内外。阎显时在禁中，听报顺帝即位，惊愕失措，不知所为。实是没用的东西。小黄门樊登，见显双眉紧蹙，踟蹰不安，便向前献计，劝即用太后诏旨，传入越骑校尉冯诗，虎贲中郎将阎崇，守住朔平门，调兵御变。显如言颁诏，当即来了校尉冯诗，阎太后授诗符印，且与语道："能得济阴王，封万户侯；得李闰封五千户侯。"诗受印即出。显尚虑诗兵寥寥，特使樊登与诗偕行，至左掖门外号召吏士。哪知诗阳奉阴违，一出禁门，遽将樊登格杀，扬长自去。卫尉阎景闻报，急从省中还至外府，召集卫兵数百人，欲进盛德门。孙程传顺帝诏敕，令尚书郭镇，引羽林军出捕阎景。镇方卧病，闻命跃起，立刻点齐值宿羽林军，趋出南止车门，兜头碰着阎景，便扬声说道："阎卫尉下车听诏！"说着，即一跃下马，持节宣读诏书。景不肯下车，且怨叱道："这诏从何而来？"一面说，一面即拔剑出鞘，来斫郭镇。镇眼明手快，早已闪过一旁，掣出佩剑，刺入车中，喝一声着，景即从车中扑出，一个斤斗，仰堕地上。镇左右各持长戟，双管齐下，叉住景胸，因即将景擒住。景兵统皆溃散。当由郭镇送景入狱，景已受重伤，夜分即死。越宿辰刻，复遣使入宫，向阎太后索取玺绶。阎太后无可如何，不得不将玺绶交出，转呈顺帝。顺帝既得玺绶，便出御嘉德殿，使侍御史持节收系阎显，及显弟耀晏，一并下狱，各处死刑；并将阎太后迁居离宫。又是一贵戚推翻，报应何速？尚书令刘光等，乘机上奏道：

> 昔孝安皇帝圣德明茂，早弃天下，陛下正统，当奉宗庙，而奸臣交构，遂令陛下龙潜藩国，群僚远近，莫不失望。天命有常，北乡不永；汉德盛明，福祚孔章。近臣建策，左右扶翼，内外同心，稽合神明。陛下践祚，奉遵鸿绪，为郊庙主，承续祖宗无穷之烈，上当天心，下餍民望。而即位仓猝，典章多缺，请条案礼仪，分别具奏，臣等不胜待命之至。

未几即有复诏颁出，准如所请，令有司参考旧议，规定新制。一面开南北宫门，撤销屯兵，大封功臣。诏书有云：

> 夫表功录善，天下之通义也。故中常侍长乐太仆江京、黄门令刘安、钩盾令陈达，与故车骑将军阎显兄弟，谋议恶逆，倾乱天下，中黄门孙程、王康、长乐太官丞王国等，怀忠愤发，戮力协谋，遂归灭元恶，以定王室。《诗》不云乎？"无言不仇，无德不报。"程为谋首，康、国协同，其封程为浮阳侯，食邑万户；康为华容侯，国为郦侯，各九千户；中黄门黄龙为湘南侯，食邑五千户；彭恺为西平昌侯，孟叔为中庐侯，李建为复阳侯，各四千二百户；王成为广宗侯，张贤为祝阿侯，史汎为临沮侯，马国为广平侯，王道为范县侯，李元为褒信侯，杨佗为山都侯，陈予为下隽侯，赵封为析县侯，李刚为枝江侯，各四千户；魏猛为夷陵侯，食邑二千户；苗光为东阿侯，

食邑千户。朝廷量功加赏,无偏无私,尔众侯其因功加愍,毋忽朕命!

看官记着:这就叫做十九侯。前时窦氏伏法,封侯唯一郑众,食邑只千五百户,已为有识所忧;此次多至十九人,推孙程为首功,封邑竟至万户,阉人得志,无逾此时。从此汉朝与宦官共天下,眼见得贻祸无穷,不亡不止了!扼要语。李闰先未预谋,故不得加封。孙程且迁官骑都尉,并得了许多金银钱帛的赏赐;就是王康以下,亦量予金帛有差。做着一注大买卖。又诏谕司隶校尉,除阎氏兄弟及江京等私亲外,悉从宽贷。用王礼葬北乡侯,起来历为卫尉。赦免王男、邴吉等家属,尽令还京,各给钱币。光禄勋祋讽、宗正刘祎、侍中闾邱弘等,均已去世,诸子皆选入为郎;侍中施延陈光、赵代,及大中大夫朱伥等,皆见拔用。后至公卿,安平人崔瑗,前由阎显辟为掾吏,见显迎立北乡侯,有失众望,免不得代为寒心,意欲乘间谏显,劝他改立济阴王,捕诛江京、刘安、陈达等人。怎奈显终日沉醉,始终不得进言,乃告长史陈禅,邀与共入求见。禅恐难挽回,迟疑未决,遂致瑗孤掌难鸣。迁延了好多日,阎氏果败,瑗亦坐斥,门人苏祇,欲上书陈述前情,替瑗解免,瑗止令勿为。陈禅已进署司隶校尉,召瑗与语道:"君何不听门生上书,乃自甘坐废呢?"瑗答说道:"前时虽有此论,未曾举行,譬如儿女子屏人私语,怎得当真?愿使君不复出口,瑗从此告辞了!"说毕遂行,还至安平,杜门绝迹。州郡闻他狷介,再行辟举,屡征不起,韬晦终身。惟杨震门人虞放陈翼,闻知樊丰、周广等诛死,却回忆师恩,诣阙陈书,追讼震冤。朝右亦共称震忠,乃下诏除震子牧、秉为郎,震有五子,牧、秉最为著名,事见后文。赐钱百万,许将遗柩改葬华阴潼亭,远近亲友,俱来会葬。先期十余日,有大鸟高约丈余,飞集柩前,俯仰悲鸣,泪下霑地,及安葬已毕,方才飞去。会葬诸人,都为称奇,郡吏亦举状上闻,可巧天灾不已,朝廷愈惜震枉死,因敕郡守致祭墓前,祠以中牢,且用诏书代策道:

故太尉震,正直是与,俾匡时政;而青蝇点素,同兹在藩,《诗》云:"营营青蝇,止于樊。"樊、藩同义。上天降威,灾害屡作,尔卜尔筮,惟震之故。朕之不德,用彰厥咎,山崩栋折,我其危哉?今使太守丞以中牢具祠,魂而有灵,傥其歆享。

震冤既雪,舆论益伸,时人更为立石墓旁,图刻大鸟形状,留作纪念。忠臣义士,到底流芳,比那一班权戚幸臣,死且遗臭,相去不啻天渊呢!后人其听之。就是如阎后一流妇女,位正椒房,身为国母,也算巾帼中的第一领袖,只为了贪心不足,弄得声名两败,徙居离宫。司隶校尉陈禅,更指斥阎太后生性妒忌,与顺帝无母子恩,请再徙居别馆,不当复行朝见礼。此议一倡,群臣相率赞成,好好一位太后娘娘,几乎要贬入冷宫,不见天日了。小子有诗咏道：

> 乾道主刚坤道柔，骄痴妒悍总招尤。
> 机关算尽徒增慨，十载雌风一旦休。

究竟阎太后再徙与否，容至下回再表。

安帝嗣子，只一济阴王，阎后先鸩死其母，复及其子，明明立为储君，乃交谮而废之，彼且自诩为得计，庸讵知阎氏赤族，已隐兆于此耶？《传》有之："众怒难犯，专欲难成。"阎后之构废济阴王，众怒之所由丛也；迎立北乡侯，专欲之所由败也。欲巧反拙，转利为害，而阎氏亡矣！孙程之谋立济阴王，即为阎氏专政之反动力。阎氏兄弟，固有可诛之罪，特惜其诛阎氏者，不出于三五公卿，而出于十九宦官，宦官得志，祸比外戚为尤烈。十九人同日封侯，汉家之气运已尽。幸而顺帝幼聪，尚能驾驭，故其祸不致遽发耳。然贻谋不臧，终为后世太息，读史至十九侯受封，已不禁为之长太息矣。

第四十四回　救忠臣阉党自相攻　应贵相佳人终作后

却说阎太后既徙居离宫，复被陈禅一疏，又将别徙，累得阎太后愁上加愁，悲复增悲。谁叫你有势行尽？还亏司徒掾周举，替她斡旋，进语司徒李郃道："昔瞽瞍尝欲杀舜，舜事瞽愈谨；郑武姜谋杀庄公，庄公誓决黄泉；秦始皇怨母失行，与母隔绝，后来终从颖考叔、茅焦谏议，复修子道；书传播为美谈。今诸阎新诛，太后幽居离宫，若悲愁生疾，一旦不讳，主上将如何号令天下？陈禅所议非是，倘误从禅议，后世将归咎明公，恐明公亦无从解免了！今宜密表朝廷，仍率群臣朝觐太后，上餍天心，下副人望，方不失国家治道呢！"郃被他感动，因即上书陈述，毋从禅言，且请顺帝往朝太后。时已岁暮，倏忽逾年，改元永建，下诏大赦，顺帝乃率百官往朝阎太后。阎太后未免惭沮，并因母族衰亡，忧伤不已，害得花容憔悴，病骨支离，夜间梦寐不安，辄见顺帝生母李氏，前来索命，免不得悔恨交并，妇人心肠，能容得几多惆怅？顿致病体日重，一命呜乎。不死何为？顺帝仍援据旧典，为阎太后成服发丧，奉柩出葬，与安帝合瘗恭陵，谥曰安思皇后。司隶校尉陈禅，因前次上议不合，把他免官，召前武都太守虞诩，入朝代任司隶校尉。诩莅任仅及数月，即奏劾太傅冯石，太尉刘熹，阿附权贵，不宜在位。应该举劾。顺帝准奏，便将冯石、刘熹免官，改用太常桓焉为太傅,大鸿胪朱宠为太尉。司徒李郃,亦患病乞休,另命长乐少府朱伥接任。朝廷为了虞诩一言,竟致三公并免,群臣已不禁心寒;诩又续劾中常侍程璜、陈秉、孟生、李闰等,私受货赂,虽数人未遭严谴,终惹起同僚侧目,讥诩过苛。会当盛暑,狱中罪囚甚多,当由公卿劾诩不审天时,至盛夏且多系无辜,为吏人患。诩闻自己被劾,亟上书自讼道:

　　臣闻法禁者俗之堤防,刑罚者人之衔辔。今州曰任郡,郡曰任县,更相诿责,百姓怨穷;以苟容为贤,尽节为愚。臣所发举赃罪,不止一二,三府以下,恐为臣所奏,遂加诬劾。臣将从史鱼死,即以尸谏耳!

　　顺帝看了,也知诩心怀忠贞,不复加罪。惟中常张防,时方用事,每有请托受取等情弊,诩屡次案验,屡次不报。惹动诩忿懑不堪,竟自系廷尉,上书待罪道:

　　昔孝安皇帝任用樊丰,遂交乱嫡统,几亡社稷。今者张防复弄威柄,国家之祸,将重至矣!臣不忍与防同朝,谨自系以闻,无令臣袭杨震之迹,则不胜幸甚。

　　这书呈入,张防当然着忙,亟至顺帝前哭诉,说是虞诩加诬。顺帝也为所迷,派有司从严鞫讯,二日中传考四狱,狱吏劝诩自裁,诩奋然道:"宁伏欧刀,表示远近,不愿轻自捐生!"硬头子。会宦官孙程、张贤等,颇怜诩直言获谴,相率入宫,为诩营救。想是忌防夺权,故借题发挥。既见顺帝,即由孙程面奏道:"陛下与臣等谋事时,常恨奸臣误国,今首正大位,乃自蹈此辙,如何得轻议先帝呢?司隶校尉虞诩,为陛下尽忠,反受拘系;常侍张防,赃罪确凿,转得法外逍遥。今上天已经垂象,客星守羽林,占主宫中有奸臣,宜急收防下狱,借塞天变,毋致贻殃!"顺帝听着,面向后顾,防正在背后,面有愠色。孙程已瞧入眼中,竟大声叱防道:"奸臣张防,何不下殿!"防虽承帝宠,究竟拗不过孙程,只好趋就东厢。程又向顺帝催促道:"陛下宜急收防,毋使从阿母求情!"看官阅至此语,应疑阿母何人?原来乃是顺帝乳母宋娥。顺帝入立,娥亦与谋,故得干预政权,程备悉内情,故有此语。前有王圣,后有宋娥,真是无独有偶。顺帝尚犹豫未决,再召问尚书,以便决议。尚书贾朗,素与防善,竟答称防实无辜,诩独有罪。顺帝因谕孙程等道:"汝等且出,容我再思!"程等不得已趋退。诩子𫖮率同门生百余人,各举白幡,在宫门外候着。凑巧中常侍高梵,乘车出来,𫖮等遂向他陈冤,甚至叩头流血。向宦官叩头流血,阉人之势力可知。梵下车劝慰,并愿为诩申冤,大众同声道谢。梵乃折回宫中,竭力谏诤,乃赦诩出狱,徙防戍边。贾朗等六人,罪坐阿党,贬谪有差。孙程再上言诩有大功,不应废置,顺帝因复征诩为议郎,越数日迁诩尚书仆射。诩又举荐议郎左雄,

第四十四回　救忠臣阉党自相攻　应贵相佳人终作后

雄南郡涅阳人，以抗直闻名，故诩荐表中有云：

> 臣见方今公卿以下，类多拱默，以树恩为贤，尽节为愚，至相戒曰："白璧不可为，容容多厚福。"伏见议郎左雄，数上封事，至引陛下身遭难厄，以为徵戒，实有王臣蹇蹇之节。周公谟成王之风，宜擢在喉舌，必有匡弼之益。臣非敢援引私人，实为国家进一忠臣，以广言路，而成至治，伏惟垂鉴。

顺帝采用诩议，进拜雄为尚书，嗣又擢为尚书令。雄有犯无隐，所言皆明达政体，顺帝颇知嘉纳，无奈为阉竖所把持，不能尽用，多半为纸上空谈罢了。孙程等十九侯，自恃功高，往往上殿相争，不守臣节，顺帝已积不能容，当由有司仰承风旨，奏称孙程等干乱悖逆，久留京都，必为大患。顺帝即诏令程等免官，徙封远县，促令就国。司徒掾周举，独向司徒朱伥进言道："主上在西钟下时，若非孙程等协力定谋，怎能入承大统？今遽忘大德，苛录微疵，如或道路夭折，转使主上滥杀功臣，贻讥后世！明公何不乘他未去，亟为上表转圜？"前劝李郃奏请朝后，尚有情理可说，此时却替阉人解免，太自失资格了。伥沉吟道："今诏旨方有怒意，我独上表谏阻，必致罪谴，如何可行？"举又说道："明公年过八十，位为台辅，不乘此时竭忠报国，尚有何求？就使因言得罪，犹不失为忠臣。若以举言为不足采，请从此辞！"保全几个阉人，怎得为忠？怎能报国？伥乃如言上表，果得顺帝依从，还十九侯原封，不过遣使就国的命令，仍然照行。过了年余，复召还十九侯，后文再表。

且说顺帝即位以后，尚未知生母何人，至永建二年夏月，方得左右陈明，乃知生母李氏，曾藁葬洛阳城北。当下因感生哀，亲至瘗所致祭，用礼改葬，追尊李氏为恭愍皇后，号园寝为恭北陵。已而司徒朱伥老病侵寻，不能任事，太尉朱宠却因事免官，顺帝乃进太常刘光为太尉，光禄勋许敬为司徒。惟司空一职，自宗正刘授接任后，见四十二回。中经顺帝入嗣，又换易了两人：刘授免职，另用少府陶敦；陶敦免职，又另用廷尉张皓。皓与许敬俱有重名，敬历任三朝，从未昵近贵戚，所以窦、邓、耿、阎四族，迭起迭仆，士大夫辄被牵连，独敬素守清洁，毫不污染；皓为安帝废储一事，与桓焉、来历等相率廷争，为士论所推重，见前回。至此擢为司徒，也是顺帝回忆前情，特加倚界。皓籍隶武阳，敬籍隶平舆，地以人传，毋容琐叙。

顺帝又欲征求隐士，闻得鲁阳人樊英，遁居壶山，屡征不起，乃更用策书玄纁，优礼敦聘。英尝习京氏易，京氏及京房见《前汉演义》。得通星算，善能推步灾异，远方人士，往往负笈从游。尝有暴风从西方吹来，英语门人道："成都市必有大火，非禳解不可！"说着，遂汲水含口，向西喷去，并令门人记录日时。后有蜀客到来，传言某日大火，幸东方起一黑云，须臾大雨，火乃得灭。门考证时日,果属相符,因此奉若神明。州郡礼请不应,安帝初召为博士,亦不就征,及顺帝备礼聘英,英仍然病辞。郡吏奉诏逼迫,硬把他载入车中,驰诣京师,英坚称病笃,不肯下舆。朝命连舆推入,直抵阙廷,英尚偃蹇不拜。顺帝瞧着,却也动怒,作色与语道:"朕能生君,能杀君;能贵君,能贱君;能富君,能贫君!君何故敢慢朕命?"英从容答道:"臣由天授命,命当死即死,陛下怎能生臣?怎能杀臣?臣见暴君如见仇雠,入朝尚且不愿,求甚么贵官?平居环堵自安,南面王不易真乐,怕甚么贱役?陛下怎能贵臣?怎能贱臣?禄不以道,虽万钟不受,独行己志,虽箪食不厌,陛下怎能富臣?怎能贫臣?"倔强语恰有至理。这一席话,说得顺帝无词可驳,怒亦渐平,乃令出就太医,服药疗疾,月致羊酒。过了两年,顺帝复为英设坛席,令公车导入阙中,尚书持奉几杖,视若宾师,英不得已退就臣礼,受职五官中郎将。未几又称病告辞,有诏命为光禄大夫,许得归养。朝廷遇有灾异,尝遣使致问,英所言必验;惟在朝应对,无甚奇猷,故时人或讥他纯盗虚声,不堪大用。独闻英家居时,偶然患疾,妻使奴婢拜问所苦,英必下床答拜。颍川陈实,少从英学,免不得暗暗称奇,便向英问明答拜的原因,英答说道:"夫妻共奉祭祀,取义在齐,奈何可不答礼呢?"后英至七十余岁,在家考终。同时又有处士杨厚、黄琼,就征入朝。厚字仲宣,广汉郡新都县人,通术数学,入阙进谒,预陈汉至三百五十年,当有厄运,不可不戒,顺帝命为议郎。黄琼字世英,就是江夏人黄香子。香博学能文,世称江夏黄童,见前文。后官终魏郡太守。琼承父荫,拜为太子舍人,丁忧归里,服阕不起。及与杨厚并下征车,琼未便违慢,登车至纶氏县,称疾不进,有诏命县吏敦迫,不得已再行就道。前司徒李郃子固,少年好学,改名求师,得为通儒,平时雅慕琼名,因从琼途中贻书道:

闻公车已度伊洛,近在万岁亭,岂即事有渐,将顺王命乎?先贤谓伯夷隘,柳下惠不恭,故《传》曰:"不夷不惠,可否之间",盖圣贤居身之所珍也。诚遂欲枕山栖谷,拟迹巢由,斯则可矣;若当辅政济民,今其时也!自生民以来,善政少而乱俗多,必待尧舜之君,此为志士,终无时矣。尝闻语曰:"峣峣者易缺,皦皦者易污。"《阳春》之曲,和者必寡,盛名之下,其实难副。近鲁阳樊君,即指樊英。被征初至,朝廷特设坛席,如待神明,虽无大异,而言行所守,亦无所缺;乃毁谤布流,应时折减者,岂非以观听望深,声名太盛乎?自顷征聘之士,功业多无所采,是故俗论皆言处士纯盗虚声,愿先生弘此远谋,令众人叹服,一雪此言耳!

琼得书后,入朝拜官,亦为议郎,屡因灾异上书,颇邀采用,未几迁任尚书仆射,秉忠如故。顺帝时尚童年,独能虚心禽受,亦好算作东汉明君。惟西域

第四十四回　救忠臣阉党自相攻　应贵相佳人终作后

长史班勇，平番有功，安帝时未曾加赏，顺帝永建二年，反因他出击焉耆，后期坐罪，逮系狱中，这却未免薄待功臣，太觉寡恩了！先是班勇勘定车师，更立后庭故王子加特奴为王，再使别校捕诛东且弥王，亦另立新主，车师等六国悉平。勇复大发诸国兵，击北匈奴，逐走呼延王，虏众二万余人皆降，车师一带，无复虏迹，城郭皆安。独焉耆国王元孟，未肯降服，由勇拜表奏闻，汉廷特遣敦煌太守张朗，率领河西四郡兵三千人，助勇进讨。勇征集诸国兵马，得四万余人，分为两路，往攻焉耆。使朗从北道进行，自率部众驰入南道，约会焉耆城下。朗先尝坐罪，意欲彻功自赎，遂星夜前进，直抵爵离关，焉耆兵开关搦战，被朗驱杀一阵，斩获至二千余人，残众败奔国都。焉耆王元孟，当然惊慌，急遣使至朗营求降，朗不待勇至，先期入焉耆国，受降而还。实是失信。勇在途次接得张朗军报，只好折回，据实上奏。偏有诏责他后期，召还系狱，好多日才得释出。还是因他前功足录，加恩贷罪，但官职已经褫免。勇郁愤成疾，返至家中，不久即殁。父子累建大功，徒落得身后萧条，岂不可叹？还有一种冤屈的事情，说来尤令人生愤。勇兄班雄，袭父遗封，曾为屯骑校尉，迁官京兆尹，病殁任所，子始袭爵，得尚清河孝王女阴城公主。公主为顺帝姑母，恃贵生骄，因骄思淫，竟引少年入帷，与他交欢。班始不愿做元绪公，自然与有违言，那公主却放胆横行，竟挈奸夫同坐帷中，召始进去，叱令跪伏床下。男儿总有一些气骨，看到这般情形，怎肯忍耐？顿时无名火高起三丈，立即出帷取刀，把一对奸夫淫妇，砍作四段。恰是快事。当有人报知顺帝，谁知顺帝不咎公主，单责始持刀行凶，立将始拿交诏狱，腰斩东市！甚至始同产兄弟，亦皆处死。惨乎不惨？冤乎不冤呢？这是永建五年间事。明明是导以纵淫。且说顺帝年至十五，举行冠礼，转眼间已是一十八岁，应该册立皇后。时后宫已有四位贵人，并得承宠。顺帝左右为难，意欲祷神探筹，卜定后位。尚书仆射胡广，与尚书郭虔、史敞等，联名进谏道：

窃见诏书，以立后事大，谦不自专，欲假之筹策，决疑灵神。篇籍所记，祖宗典故，未尝有也。恃神任筮，既不必当贤；就使得人，犹非德选。夫岐嶷形于自然，倪天必有异表，倪天之妹，见《诗经·大雅》。倪，譬喻也。宜参良家，简求有德，德同以年，年钧以貌，稽之典经，断之圣虑，政令犹汗，往而不返，诏文一下，形诸四方。臣等职在拾遗，忧深责重，是以焦心竭虑，冒昧陈闻。

顺帝阅过谏章，也觉得所言有理，乃决诸己意，特就四贵人中，选出一位梁氏女来，册作中宫。梁女名妠，就是和帝生母梁贵人的侄孙女，父名商，袭父乘氏侯雍遗爵，雍为梁谦次子，见前文。官拜黄门侍郎。永建三年，选商女及妹，并入掖庭，俱为贵人，擢商为屯骑校尉。商女降生时，有红光发现室中，阖家称为奇事；及女粗有知识，便喜习女工，并好读书，九岁能诵《论语》，治《韩诗》，即韩婴所传之诗。颇知大义，常将列女图画，置诸座右，作为鉴戒。父商尝语诸弟道："我先人全济河西，活人无算，虽大位不继，积德必报；若庆流子孙，当就在此女身上呢！"不望子而望女，所见亦谬，故女可兴家，子卒赤族。已女年十三，与姊同充选后宫，相工茅通，见女容止过人，便向顺帝前再拜称贺道："这所谓日角偃月，相法上应当极贵，臣相人颇多，未见有这般贵相哩！"顺帝令太史卜兆，亦得吉占，因即封为贵人，特加宠遇，屡命侍寝，梁女尝从容辞谢道："妾闻阳道以博施为德，阴道以不专为义；螽斯衍庆，百福乃兴。伏愿陛下普施雨露，俾得均泽，使小妾得免罪谤，已是深感皇恩了！"顺帝闻言，深以为贤，乃于永建七年正月，特在寿安殿中，册立梁贵人为皇后，赐后父商安车驷马，并增国土，迁官执金吾，布诏大赦，改永建七年为阳嘉元年。过了一载，又封商子冀为襄邑侯，连顺帝乳母宋娥，亦得受封山阳君。尚书令左雄，一再进谏，语甚切至。疏中有云：

> 臣闻人君莫不好忠正而恶谗谀，然而历世之患，莫不以忠正得罪，谗谀蒙幸者，盖听忠难，从谏易也。夫刑罪，人情之所甚恶，贵宠，人情之所甚欲，是以时俗为忠者少，而习谀者多；故令人主数闻其美，稀知其过，迷而不悟，以至于危亡。臣伏见诏书，顾念阿母旧德宿恩，欲特加显赏。案尚书故事，无乳母爵邑之制，惟先帝时阿母王圣为野王君，圣造生谗贼废立之祸，生为天下所咀嚼，死为海内所欢快。今阿母躬蹈俭约，以身率下，群僚蒸庶，莫不向风；而与王圣并同爵号，惧违本操，失其常愿。臣愚以为凡人之心，理不相远，其所不安，古今一也。百姓深惩王圣倾覆之祸，民萌之命，危于累卵，常惧时世复有此类，怵惕之念，未离于心，恐惧之言，不绝于口。乞如前议，岁以千万给奉阿母，内足以尽恩爱之欢，外可不为吏民所怪。梁冀之封，事非机急，宜过灾厄之运，然后平议可否，封冀未迟。幸陛下裁察焉！

自左雄有此奏牍，梁商乃为子冀辞封，顺帝尚未肯遽允，章至数上，乃收回封冀成命。独山阳君宋娥，不闻让还，适值京师地震，緱氏山崩，那謇謇谔谔的左伯豪，又不能不乘机进谏，再贡忠忱。左雄字伯豪。小子有诗咏道：

野王以后又山阳，徒顾私恩乱旧纲。
独有名臣持大体，不辞苦口砭膏肓。

欲知左雄如何进言，顺帝曾否从谏，请看官续阅下回，便见分晓。

孙程之迎立济阴王,并非持正,实欲邀功;厥后之保全虞诩,指斥张防,并非怜忠,实欲沽直。小人未尝无为善之时,但其所以为善者,亦不免为营私计耳。及观其上殿争功而肺肝具见,微顺帝之童年聪颖,徙封就国,遽削其权,孙程等宁能终安乎?周举号称正士,乃反请朱伥救解,甚矣!其徒知小节,不顾大体也!梁后具有贵相,与窦后略同,正位以后,虽不若窦后之妒悍,然其后临朝专政,不能裁抑兄弟,终酿成梁冀之祸。梁商谓庆流子孙,应兴此女,庸讵知兴宗在此,覆宗亦即在此耶?夫贤德如马皇后,而马氏且未尽令终,如商所言,徒见其鄙陋而已,何足道哉?

第四十五回　进李固对策膺首选　举祝良解甲定群蛮

却说尚书令左雄,因见梁冀辞爵,宋娥独不让封,乃复借着地震山崩的变异,再上封章,略云:

> 先帝封野王君,汉阳地震,今封山阳君,而京城复震,专政在阴,其灾尤大。臣前后謦言,封爵至重,王者可私人以财,不可以官,宜还阿母之封,以塞灾异。今冀已高让,山阳君亦宜崇其本节,毋蹈愆尤,则所保者大,国安而山阳君亦安矣。

宋娥闻得左雄再三谏诤,亦有畏心,乃向顺帝辞还封号;偏顺帝专徇私恩,不肯照准,于是山阳君封号如故,左雄所言,依然无效,但雄名由此益著。雄尝因州郡荐举,类多失实,特奏请察举孝廉,必年满四十,诸生试家法,即一家之学。文吏课笺奏,乃得应选;若有茂才异行如颜渊、子奇,方可不拘年齿。子奇齐人,年十八,齐君使宰东阿,阿县大化。顺帝依议,颁诏州郡。会广陵郡有孝廉徐淑,应举入都,年未四十,台郎诘以违格,淑答说道:"诏书有如颜渊、子奇,不拘年齿,故本郡以臣充选!"郎官无言可驳,转告左雄,雄召淑入见,莞尔与语道:"昔颜渊闻一知十,孝廉能闻一知几呢?"说得淑无从对答,默然退归。尚书仆射胡广,曾与雄议不合,出为济阴太守,所举数人,并皆失当,坐是免官。此外尚有牧守滥举,亦遭罢黜。惟汝南人陈蕃,颍川人李膺,下邳人陈球等三十余人,才足应选,得拜郎中。安丘人郎顗,素有声誉,由顺帝特征入阙,面问灾异,顗详上条陈,大要在修德禳灾,且荐举议郎黄琼,茂才李固。顺帝命顗为郎中,顗辞病不就,飘然竟去。忽由洛阳令奏报宣德亭边,平地无故自裂,阔约八十五丈,顺帝乃令公卿所举各士人,入朝对策。峨峨髦士,挟策干时,遂皆摛藻扬华,发挥己见。就中名士颇多,如扶风人马融,南阳人张衡,亦俱在列。所上策文,由顺帝亲自展览,内有一篇佳作,系详言时政得失,不涉虚浮,当即拔为第一。看官欲赏识此文,由小子抄录如下:

  臣闻王者父天母地,宝有山川,王道得,则阴阳和穆;政化乖,则崩震为灾,斯皆关诸天心,效于成事者也。夫化以职成,官由能理。古之进者,有德有命;今之进者,唯财与力。伏闻诏书务求宽博,嫉恶严暴,而今长吏多杀伐致声名者,必加迁赏,其存宽和无党援者,辄见斥逐,是以淳厚之风不宣,雕薄之俗未革。虽繁刑重禁,何能有益?前孝安皇帝变乱旧典,封爵阿母,因造妖孽,使樊丰之徒,乘权放恣,侵夺主威,改乱嫡嗣,至令圣躬狼狈,亲遇其艰。既拔自困殆,龙兴即位,天下喁喁,属望风政。积敝之后,易致中兴,诚当沛然,思惟善道,而论者犹云方今之事,复同于前。臣伏从山草,痛心伤臆!诚以汉兴以来,三百余年,贤圣相继,十有八主,岂无阿乳之恩?岂忘爵赏之宠?然上畏天威,俯案经典,知义不可,故不封也。勤谨之德,但加赏赐,足以酬其劳苦;至于裂土开国,实乖旧典。闻阿母体性谦虚,必有逊让,陛下宜许其辞国之高,使成万安之福。

  夫妃后之家,所以少完全者,岂天性当然?但以爵禄尊显,专总权柄,天道恶盈,不知自损,故至颠仆。先帝宠遇阎氏,位号太疾,故其受祸曾不旋时。老子曰:"其进锐者,其退速也。"今梁氏戚为椒房,礼所不臣,尊以高爵,尚可然也;而子弟群从,荣显兼加,永平建初故事,殆不如此;宜令步兵校尉冀,及诸侍中还居黄门之官,使权去外戚,政归国家,岂不休乎?

  又,诏书所以禁侍中、尚书、中臣子弟,不得为吏,察孝廉者,以其秉威权、容请托故也。而中常侍在日月之侧,声势振天下,子弟禄任,曾无限极,虽外托谦默,不干州郡,而谄伪之徒,望风进举。今可为设常禁,同之中臣。

  昔馆陶公主为子求郎,明帝不许,见前文。赐钱千万,所以轻厚赐、重薄位者,为官人失才,害及百姓也。窃闻长水司马武宣、开阳城门侯羊迪等,无他功德,初拜便真,此虽小失,而渐坏旧章。先圣法度,所宜坚守,政教一跌,百年不复。《诗》云:"上帝板板,下民卒瘅";刺周王变祖法度,故使下民将尽病也。今陛下之有尚书,犹天之有北斗也。斗为天喉舌,尚书亦为陛下喉舌。斗斟酌元气,运乎四时;尚书出纳王命,敷政四海,权尊势重,责之所归,若不平心,灾眚必至,诚宜审择其人,以辅圣政。今与陛下共理天下者,外则公卿、尚书,内则常侍、黄门,譬犹一门之内,一家之事,安则共其福庆,危则通其祸败。刺史、二千石,外统职事,内受法则。夫表曲者影必邪,源清者流必洁,犹叩树本而百枝皆动也。《周颂》曰:"薄言振之,莫不震迭。"此言动之于内,而应之于外也。由此言之,本朝号令,岂可蹉跌?间隙一开,则邪人动心;利竞暂启,则仁义道塞。刑罚不能复禁,化导以之寝坏。此天下之纪纲,当今之急务。陛下宜开石室,陈图书,招会群儒,引问得失,指摘变象,以求天意。其言有中理,即时施行,显拔其人,以表能者,则圣听日有所闻,忠臣尽其所知。又宜罢退宦官,去其权重,第置常侍二人,方直有德者,省事左右;小黄门五人,才智闲雅者,给事殿中。如此则论者厌塞,升平可致也。臣所以敢陈愚瞽冒昧自闻者,倘或皇天欲令微臣觉悟陛下,陛下宜熟察臣言,怜赦臣死。臣言有尽而意不尽,伏维垂鉴。

看官道这篇策文,是何人所作?原来就是南郑人李固,即故司徒李郃的令子。固五察孝廉,再举茂才,皆不应召,至是为卫尉贾建所举,乃诣阙献词。顺帝特加鉴赏,置诸高第。即日令乳母宋娥,出居外舍,并责诸常侍干预政权。诸常侍悉叩头谢罪,朝廷肃然,因拜固为议郎。马融前曾为校书郎中,因上《广成颂》,隐寓讥刺,忤旨被黜,及此次对策,乃复使与固同官。张衡南阳人,表字平子,素善机巧,更研精天文《阴阳》历算,尝作浑天仪,著《灵宪算罔论》,造候风地动仪,为前人所未有。当时已为太史令,衡不慕荣利,故累年不迁,好几载才得为侍中。这都由阉人当道,排摈清流,虽有名士,终致沉抑下僚,不获大用。浮阳侯孙程等,就国年余,仍复召还京师,命与王道、李元,同拜骑都尉。_{回应前回。}嗣复迁程为奉车都尉,程竟病死,追赠车骑将军印绶,赐谥刚侯。程临终遗言,愿将封邑传与弟美,顺帝将封邑中分一半畀孙美承受,一半使程养子寿袭封,这也是汉朝特别的创格。到了阳嘉四年,居然垂为定例,诏令宦官养子,俱得为嗣,承袭封爵。御史张纲,就是司空张皓子,皓为留侯张良六世孙,居官正直,至阳嘉元年病殁。纲少通经学,砥砺廉隅,既受任为御史,目睹顺帝宠遇宦官,引为已忧,慨然叹息道:"秽恶满朝,不能致身事君,扫清宫禁,虽得幸生,也非我所愿哩!"当下缮就奏折,入朝进呈,奏中说是:

《诗》曰:"不愆不忘,率由旧章。"溯自大汉初隆,及中兴之世,文、明二帝,德化尤盛,观其理为易循易见,但恭俭守节,约身尚德而已。中官常侍,不过两人,近幸赏赐,裁满数金,惜费重民,故家给人足。夷狄闻中国优富,任信道德,所以奸谋自消,而和气盛应。顷者以来,不遵旧典,无功小人,皆有官爵,富之骄之,而复害之,非爱人重器、承天顺道者也!伏愿陛下少留圣恩,割损左右,以奉天下,则治道其庶几矣!

书入不报。是时三公已换易数人,太傅桓焉,太尉朱宠,司徒许敬,皆相继罢去；用大鸿胪庞参为太尉，录尚书事，宗正刘崎为司徒，又因司空张皓出缺，进太常王龚为司空。太傅本非常职，暂从缓设。太尉庞参，就职至三年有余，最号忠直，内侍等不便舞弊，屡加潜毁，司隶亦党同阉竖，上书纠弹，独广汉郡上计掾段恭，力为庞参洗刷，请顺帝专心委任，顺帝乃任参如故。不料参后妻嫉妒，竟将前妻子推入井中，猝遭溺死，洛阳令祝良，与参有隙，当即入太尉府查勘属实，立时报闻，参因坐免，改任大鸿胪施延为太尉。越二年，施延免职，又起参为太尉。参年老多病，逾年寿终，司空张龚，继参后任。太常孔扶，迁官司空，未几又改用光禄勋王卓。司徒刘崎，亦坐事免官，特擢大司农黄尚为司徒。惟梁后父执金吾梁商，奉命为大将军，独不愿就任，托疾固辞，顺帝使太常奉策，就第册拜，商不得已诣阙受命。汉阳人巨览，上党人陈龟，并有才行，当由商辟为掾属；李固、周举，亦由商特召，入为从事中郎。固见商谦和有余，刚断不足，乃上笺讽商道：

> 昔春秋褒仪父以开义路，贬无骇以闭利门；夫义路闭则利门开，利门开则义路闭也。前孝安皇帝，内任伯荣、樊丰之属，外委周广、谢恽之徒，开门受赂，署用非次，天下纷然，怨声满道。今上初立，颇存清静，未能逾年，稍复堕损，左右党进者，日有迁拜；守死善道者，滞涸穷路，而未有改敝立德之方。又，即位以来，十有余年，圣嗣未立，群下系望。可令中宫博简嫔媵，兼采微贱宜子之人，进御至尊，顺助天意。若有皇子，母自乳养，无委保妾医巫，以致飞燕之祸。明将军望尊位显，当以天下为忧，崇尚谦省，垂则万方，而新营祠堂，费工亿计，非以昭明令德，崇示清俭。自数年以来，灾怪屡见，近无雨润，而沉阴郁泱，官省之内，容有阴谋。孔子曰："智者见变思形，愚者睹怪讳名。"天道无亲，可为祗畏。如近者月食既于端门之侧，既，尽也。月者大臣之体也，夫穷高则危，太满则溢，月盈则缺，日中则移，凡此四者，自然之数也。天地之心，福谦忌盛，是以贤达功遂身退，全名养寿，无有怵迫之忧。诚令王纲一整，道行忠立，明公踵伯成之高，唐虞时为诸侯，至禹即位，弃官归耕，事见《庄子》。全不朽之誉，岂与此外戚凡辈，耽荣好位者，同日而论哉？固狂夫下愚，不达大体，窃感故人一饭之报，况受顾遇而可不尽言乎？愚者千虑，必有一得，幸赐裁览！

梁商亦知固效忠，但素性优柔，终不能用。宦官十九侯中，孙程早死，王康、王国、彭恺、王成、赵封、魏猛等，亦陆续病亡，惟黄龙、杨佗、孟叔、李建、张贤、史汛、王道、李元、李刚九人，与乳母宋娥，交相蛊蔽，贿赂公行。太尉王龚，每恨宦官揽权，志在匡正，因极陈诸阉过恶，请即放斥。阉党不免惊惶，各使宾客诬奏

第四十五回　进李固对策膺首选　举祝良解甲定群蛮　777

龚罪,顺帝竟偏听谗言,命龚自白。李固闻知,即进告梁商,为龚辩诬,且谓三公望重,不应赴廷对簿,请即代为表明,毋令王公蒙冤。商乃入白顺帝,才得无事。商子冀,鸢肩豺耳,两眼直视,口吃不能明言,少时游荡无行,酒色自娱,凡博弈蹴鞠诸技,却是般般精通,又喜臂鹰走狗,骋马斗鸡,此外却无甚材能,不过略通书计。为了椒房贵戚,得列显阶,初为黄门侍郎,转迁侍中虎贲中郎将,及越骑步兵各校尉,至父商为大将军,冀竟代任执金吾。阳嘉五年,改号永元,调冀为河南尹。冀居职暴恣,多为不道。洛阳令吕放,进见梁商,偶然谈及冀过,商当然责冀,冀恨放多嘴,竟遣人伏候道旁,俟经过时,把他刺死。且恐乃父察悉,伪言放为仇家所刺,请使放弟禹为洛阳令,严行捕讯。禹接任后,总道是与冀无干,但将宗亲宾佐,逐加拷问,冤冤枉枉死了一百多人。冀一出手,便冤死多人,怪不得后来要杀皇帝?梁商尚被冀瞒过,顺帝更不必说了。是年武陵蛮叛乱,幸得新任太守李进,领兵讨平,且简选良吏,抚循蛮夷,郡境乃安。过了一年,象林蛮区怜等,纠众为乱,攻县廨,戕长吏,骚扰的了不得。交趾刺史樊演,发交趾、九真兵二万余人,往救象林,兵士不愿远行,倒戈返攻,还亏樊演乘城拒守,觑隙出击,得将叛兵驱散,城郭无恙。但叛兵投入蛮帐,蛮众益盛。适侍御史贾昌,出使日南,闻得叛蛮猖獗,亟与州郡官吏,并力合讨,怎奈岭路崎岖,蛮众负嵎自固,官兵不能与敌,战辄失利,反为所围。贾昌等飞书乞援,诏令公卿百官,会议方略,群臣等请特简元戎,大发荆、扬、兖、豫兵马,往讨叛蛮;独大将军属下从事中郎李固,力驳众议,独献良谟,大致说云:

　　蛮荒辽远,用兵最艰,若荆、扬无事,发之可也。今二州盗贼,盘结不散,武陵、南郡,蛮夷未辑,长沙、桂阳,数被征发,如复扰乱,必更生患,其不可一也。又兖、豫之人,猝被征发,远赴万里,无有还期,诏书迫促,必致叛亡,其不可二也。南州水土温暑,加有瘴气,致死亡者,十必四五,其不可三也。远涉万里,士卒疲劳,及至岭南,不堪复斗,其不可四也。军行日三十里,而兖、豫去日南九千余里,三百日乃到,计人粟五升,用米六十万斛,不计将吏驴马之食,但负甲自致,费便若此,其不可五也。军之所在,死亡必众,不足御敌,当复更发,其不可六也。九真、日南,相去千里,发其吏民,犹且不堪,何况苦四州之卒,以赴万里之艰哉,其不可七也。前中郎将尹就,讨益州叛羌,益州谚曰:"虏来尚可,尹来杀我。"后就征还,以兵付刺史张乔;乔因其吏,旬月之间,破殄寇虏。此发将无益之效,州郡可任之验也。宜更选有勇略仁惠任将帅者,以为刺史太守,悉使共住交趾。今日南兵单无谷,守既不足,战又不能,可一切徙其吏民,北依交趾,还募蛮夷,使自相攻,转输金帛以为其资;有能反间致头首者,许以封侯裂土之赏。前并州刺史祝良,性多勇决;又南阳张乔,前在益州,有破虏之功,皆可任用。昔太宗加魏尚为云中守，哀帝即拜龚舍为泰山太守，今宜师其遗意，拜良等便道之官，则不待劳师，自可收效，而蛮疆之绥辑不难矣。"

这议一创，公卿等却多以为然，不复坚持成见。于是拜祝良为九真太守，张乔为交趾刺史，即日就道，同赴岭南。乔至交趾，开示恩信，解散胁从，叛众或降或归，不复生乱。良到九真，单车入蛮穴中，晓谕祸福，示以至诚，蛮众亦俯首帖耳，愿遵约束，投降至数万人，俱为良筑造府舍，仍复前观，岭外复平。朝廷未接捷音，尚使公卿等各举猛士，选为将帅。尚书令左雄，时已调任司隶校尉，独将前冀州刺史冯直，保举上去。偏尚书周举，谓冯直尝坐赃免官，如何得列入荐牍？因此劾雄所举非人，免不得有阿私情弊。雄以周举得为尚书，也由自己推荐，此次恩将仇报，太觉不情，当下往诘周举道："我素重君才，故敢进言，谁知反害及自身！"举慨然答道："昔赵宣子任韩厥为司马，厥反戮宣子仆，宣子语诸大夫道：'可以贺我！'今君不以举为不才，谬升诸朝，举不敢向君阿谀，致贻君羞。不料君意与古人不同，举始自知得罪了！"雄听了举言，忙改容称谢道："吾过，吾过！幸勿介意！"遂拱手别归。时人称举为善规，雄为善改，统是当时贤士，名不虚传。还有一班窃权揽势的宦官，乘机举用私人，竞卖恩势。独大长秋良贺，清俭退厚，一无所举，顺帝暗暗诧异，召问原因，贺直答道："臣生自草莽，长居宫禁，天下人才，臣未知悉，又与士类素乏交游，怎敢滥举？昔卫鞅因景监介绍，得见秦王，智士已料他不终，若使臣妄举数人，恐士人不以为荣，反且因此见辱了！"顺帝闻言，也为叹息不置。但内侍如贺，实是不可多得。此外多招权纳贿，往往酿成祸阶，永和四年元月，中常侍张逵，竟矫诏捕人，险些儿构兴大狱，连累无辜。小子有诗叹道：

刑余腐竖总难容，蟠踞宫廷定兆凶。
亦有驯良堪任使，古今能有几人逢？

欲知张逵矫诏情事，容至下回分解。

顺帝亦中智之君，观其召试群儒，能举李固为首选，退乳母，责阉人，宫禁肃然，其与乃父之庸暗不君，似不可同日语矣。然一时之明察，终不敌群小之欺蒙，虽有直臣，挽回无几。意者其尚有遗传性之留存，明于初而昧于终欤？梁商以谦退称，亦卒蹈优柔之失，有子如冀，不能教以义方，遑问他事。李固讽商之言，尚未能直揭其弊，而商且不用，时人称商为顺帝贤辅，其然岂其然乎？及固荐引祝良、张乔之抚蛮，而四府均赞成固议，卒得成功。度其时商为首弼，且握兵权，必有为之主宰其间者，况固为从事中郎，亦由商所辟召？盖亦一邓骘之流亚而已。语有之："善善从长，恶恶从短"，则商固非无一长之足采之。

第四十六回　马贤战殁姑射山
　　　　　　　张纲驰抚广陵贼

　　却说中常侍张逵，素行狡黠，善能希旨承颜，得邀主眷。只是汉宫里面的宦官，多至千百，几不胜数，彼争权，此夺宠，所以互相奔竞，迭起不休。当时张逵以外，尚有小黄门曹节，及曹腾、孟贲等，俱为顺帝所昵爱，揽权用事。甚至后兄梁冀，及冀弟不疑，常与往来，结为至交。大将军梁商，亦未尝禁止，反令儿辈通好权阉，作为护符，朝臣莫敢与抗。只张逵相形见绌，满怀不平，遂串同山阳君宋娥，及黄龙、杨佗、孟叔、李建、张贤、史汎、王道、李元、李刚等九侯，诬奏大将军梁商，与曹腾、孟贲等阴图废立，请即加防。顺帝却正容答道："必无此事！朕想汝等共怀妒忌，故有此言！"逵等都不禁失色，当即退出。只逵因妒生恨，因恨生惧，自思一不做，二不休，不如冒险一试，先除曹腾、孟贲，再作后图。当下捏造伪诏，收捕腾、贲下狱。好大胆子，想是活得不耐烦，故有此举。顺帝闻知，勃然大怒，立饬拿住张逵，交付法司，一经拷讯，水落石出，便将逵推出市曹，一刀两段。乳母宋娥，夺爵归田；黄龙等九侯，遣令就国，削去国土四分之一；释出曹腾、孟贲，守职如故。自是阉党十九侯中，除已死及被黜外，只有广平侯马国，下隽侯陈予，东阿侯苗光，总算保全爵邑，富贵终身。也是这三人，不欲争权，故得幸免。这且搁过不表。

　　且说陇西塞外的杂羌，自经麻奴降服后，幸得少安。见前文。既而麻奴病死，弟犀苦嗣为烧当羌酋，阴有贰心，又嗾动钟羌叛汉，寇掠凉州。护羌校尉马贤，引兵出击，斩首千余级，余众多降，贤得进封都乡侯。嗣贤坐事征还，代以右扶风韩皓；皓不久复罢，由张掖太守马续继任。钟羌酋良封等，又复为乱，入寇陇西、汉阳，有诏再起马贤为谒者，前往镇抚。贤至陇西，马续已击败良封，再由贤调发陇西吏士，及羌胡各骑兵，追封出塞，斩首千八百级；封穷蹙失势，被贤击毙，亲属俱降。贤复进剿钟羌支族且昌等，亦获大胜，且昌等率诸种十余万众，诣梁州刺史处投诚。汉廷乃仍使贤为护羌校尉，调马续为度辽将军。续莅任四年，恩威两济，颇得民心。独南匈奴左部句龙王吾斯、车纽等，恃强不法，竟率三千余骑，入寇西河，复煽惑右贤王，合兵七八千人，进围美稷，杀死朔方代郡各长吏。度辽将军马续，因与中郎将梁并，乌桓校尉王元，发边兵及羌胡骑士，共二万余人，掩击吾斯、车纽等联兵，斩馘颇多。吾斯、车纽虽然败衄，却是屡散屡聚，随处骚扰。汉廷遣使赍诏，往责南单于，单于休利，本未预谋，不得已脱帽避帐，至中郎将梁并处谢罪。并却好言抚慰，遣令归庭。未几并因病乞休，后任为五原太守陈龟。龟以南单于不能驭下，外顺内叛，逼令自杀。又欲徙单于近亲，入居内郡，遂致胡人生贰，各有违言。朝廷因他办理不善，逮还都中，下狱免官。大将军梁商，拟招降叛胡，不欲多劳兵戎，乃上表申议，略云：

> 匈奴寇叛，自知罪大，穷鸟困兽，犹图救死，况种类繁炽，不可殚尽。今转战日增，三军疲苦，虚内给外，非中国之利。窃见度辽将军马续，素有谋谟，且典边日久，深晓兵要，每得续书，与臣策合。宜令续深沟高垒，以恩信招降，宣示购赏，明其期约，如此则丑类可服，国家无事矣。

顺帝依言，诏令马续招降叛虏，毋得一意用兵。梁商又致书与续道：

> 中国安宁，忘战日久。良骑野合，交锋接矢，决胜当时，此戎狄之所长，而中国之所短也；强弩乘城，坚营固守，以待其衰，此中国之所长，而戎狄之所短也。宜务先所长，以观其变，设购开赏，宣示反悔，勿贪小功，以乱大谋，是所至要！

马续既接朝旨，复得商书，当然专心招抚，敛威用恩。南匈奴右贤王部抑鞮等，率领万三千口，诣续乞降，惟吾斯、车纽，仍然未服。吾斯且推车纽为单于，东引乌桓，西收羌胡等数万人，攻破京兆虎牙营，戕上郡都尉及军司马，转掠并、凉幽、冀四州。未曾大挫强虏，徒欲一意主抚，亦为启寇之阶。朝廷尚主张退守，但徙西河治离石，上郡治夏阳，朔方治五原。待至寇势日迫，警报时闻，乃遣中郎将张耽，招集幽州、乌桓诸郡营兵，出讨叛虏。耽有胆略，善抚士卒，军中乐为效死，行至马邑，与虏兵相值，一阵横扫，枭得虏首三千级，生擒无算。车纽与诸豪帅、骨都侯等，心惊胆落，匍匐请降。惟吾斯窜去，嗣复收拾余烬，再来寇边。耽与马续合兵奋击，追至谷城，大破吾斯；吾斯遁入天山，与乌桓兵依险自固。耽穷兵深入，逾涧攀崖，猱升而上，连斩乌桓渠帅，夺还被掠人畜，不可胜计。吾斯复遁，虏势乃衰。偏是北寇渐稀，西羌复炽，甚至蹂躏三辅，烽火连天。原来且昌羌等投降以后，余羌亦多被马贤击走，陇右却安静了年余。已而烧当羌酋那离等复叛，又为马贤所诛。贤奉调为弘农太守，另任来机、刘秉为并、凉二州刺史。机与秉出都时，往辞大将军梁商，商与语道："古称戎狄荒服，蛮夷要服，是说他荒忽无常，全在镇抚得人，临事制宜，毋拂彼性。今二君素性嫉恶，太分黑白，孔子所谓人而不仁，疾之已甚，必致激乱，何况蛮夷戎狄哩？愿二君务安羌胡，防大敝小，方可无虞！"既知二君性刻，何勿上表谏沮？机等虽然应命，但本性难移，怎能遽改？到任以后，苛待群羌，多所扰发，于是且冻、傅难、钟羌等复叛，攻掠金城、湟中，入寇三辅，杀害长吏，毒

第四十六回　马贤战殁姑射山　张纲驰抚广陵贼

虐生民。朝廷闻警，急将机、秉二人逮还，特拜马贤为征西将军，使骑都尉耿叔为副，带领左右羽林五校士，及诸郡兵十万人，出屯汉阳。大将军梁商虑贤年老难任，请改用大中大夫宋汉，顺帝不从。贤在途稽留，多日不进，时马融为武都太守，上书进谏道：

今杂种诸羌，转相钞掠，宜及其未并，亟请深入，破其支党，而马贤等处处留滞。羌胡百里望尘，千里听声，今逃匿避回，漏出其后，则必侵寇三辅，为民大害。臣愿请贤所不可，用关东兵五千，裁假部队之号，尽力率厉，埋根行首，以先吏士；三旬之后，必克破之。臣少习学艺，不更武职；猥陈此言，必受诬罔之辜。昔毛遂厮养，为众所嗤，终以一言，克定从要。从读如纵。臣又闻吴起为将，暑不张盖，寒不披裘；今贤野次垂幕，珍肴杂沓，儿子侍妾，事与古反。臣惧其将士将不堪命，必有高克溃破之忧也！高克，郑人，见《左传》。

书入不报。安定人皇甫规，闻马贤不恤军事，料其必败，亦据实上闻，顺帝既不从融言，怎肯听信皇甫规？当然搁置不理，惟遣使催促马贤进兵。贤进抵汉阳，尚是无心进战。至永和六年正月，且冻羌分道入寇，掠武都，烧陇关，蔓延甚盛，贤不得已挈领二子，及骑士五六千名，出御射姑山。羌众设伏以待，诱贤入谷，四面趋集，把贤困在垓心，贤与二子左冲右突，终不得脱，徒落得父子同殉，暴骨沙场。败报传达京师，顺帝未免叹息，特赐马贤家布三千匹，谷千斛，封贤孙为舞阳亭侯；更遣侍御督录征西营兵，抚恤死伤。惟羌众得了大胜，势焰益张。向来羌人分作两派，居住安定、北地、上郡西河边境，号为东羌；居住陇西、汉阳、金城边境，号为西羌。至是东西连合，愈聚愈多，就中有一班巩唐羌，更是蛮野，趁着汉兵败衄，长驱深入，自陇西直抵三辅，焚园陵，扰关中，杀伤长吏。郃阳令任颉，引兵截击，因寡不敌众，竟至阵亡。独武威太守赵冲，击败巩唐羌，斩首四百余级，收降二千余人，有诏令护羌校，总督河西四郡兵马，便宜行事。安定时亦被兵，郡将因皇甫规智略过人，命为功曹，使率甲士八百人，出遏叛羌。规首冒锋刃，挥兵杀敌，斫死羌人前驱数名，羌众骇退，安定解严，乃举规为上计掾，诣都报册。规乘便上疏，自请效力，疏中有云：

臣比年以来，数陈便宜，羌戎未动，察其将反；马贤始出，知其必败，误中之言，皆可考据。臣每维贤等拥众四年，未有成功，悬师之费，且百亿计，出于平民，回入奸吏，故江湖之人，群为盗贼。青、徐荒饥，襁负流散。夫羌戎溃叛，不由承平，皆由边将失于绥驭，乘常守安，则加侵暴，苟竞小利，则致大害，微胜则虚张首级，军败则隐匿不言。军士劳怨，困于猾吏,进不得快战以邀功,退不得温饱以全命,饿死沟渠,暴骨中原;徒见王师之出,不闻振旅之声。酋豪泣血,惊惧生变,是以安不能久,叛则经年,臣所以搏手叩心而增叹者也。愿假臣两营二郡,屯列坐食之兵五千,出其不意,与护羌校尉赵冲,共相首尾。土地山谷,臣所晓习;兵势巧便,臣已更之;可不烦方寸之印,尺帛之赐,高可以涤患,下可以纳降。若谓臣年少官轻,不足用者,凡诸败将,非真由官爵之不高,年齿之不迈也!臣不胜至诚,没死自陈,翘首待命。

顺帝览疏,因规资轻望浅,不肯委任,规乃出都归郡。会巩唐羌复寇北地,北地太守贾福,与赵冲合兵出讨,失利退还,羌众复转寇武威。顺帝闻羌寇充斥,凉州震惊,乃复徙安定北地吏民,入居扶风冯翊;一面使执金吾张乔,行车骑将军事,引兵万五千人,屯守三辅。既而护羌校尉赵冲,招降罕种羌五千余户,复连败烧何、烧当等羌,羌众乃散匿塞外,边患少纾。诏罢张乔屯兵,仍使还都。适大将军梁商得病,医治无效,顺帝亲往省问,见商卧不能起,料知危险,因问及后事,商且喘且答道:"尚书周举,从前坐事免官,由臣召为从事中郎,此人清高中正,可以重任,愿陛下留意!"周举免官复起,借商口中补叙,但商知举之忠,奈何不知子之恶?顺帝允诺,嗣见商无他言,便即辞去。商更召嘱诸子道:"我实不德,享受多福,生不能辅益朝廷,死或致耗费帑藏,如衣衾饭唅、玉匣珠贝等类,何益朽骨?况边境不宁,盗贼未息,岂尚可为我一人,虚糜国库?俟我气绝,即当载至冢舍,当即殡殓;殓已开冢,冢开即葬。祭食如我生存时,毋用三牲。孝子当善述父志,不宜违我遗言!"说毕即逝。诸子呈报遗命,顺帝不听,特赐东园寿器,涂以朱漆,饰以银镂,并玉匣什物二十八种,钱三百万,布三千匹,予谥忠侯。及出葬时,命兵车甲士护丧,皇后亲送,顺帝至宣阳门遥望灵輀,并作诔云:"孰只忠侯,不闻其音?背去国家,都兹玄阴,幽居冥冥,靡所宜穷。"这诔文派员往读,即令商长子冀嗣封乘氏侯,并承父职为大将军,冀弟不疑为河南尹,且进周举为谏议大夫,一是报商旧绩,一是从商遗言。偏梁冀贪婪骄恣,与乃父大不相同,所有正人君子,俱为冀所不容。会值荆州盗起,连年不安,顺帝使李固为荆州刺史。固妥为慰抚,赦过宥罪,许贼更新,贼目夏渠等自缚归罪,由固遣令晓示,群贼一律反正,全州肃清。独南阳太守高赐等,受赃惧罪,恐为固所按考,特派心腹,使载金入都,重赂梁冀。冀爱财如命,悉数收受,即替他千里移檄,嘱固从宽。固不阿权贵,纠察愈严,高赐等复向冀乞怜,冀竟左迁固为泰山太守。泰山亦多盗贼,郡守尝屯兵千人,随处防剿,终不能平;固到任后,却将屯兵罢遣归农,但留战士百余人,嘱令四处招诱,不到一年,贼皆弭散。惟他处牧守,多是贪污阘茸,但知巴结上官,不知安辑百姓,因此流离载道,半为盗贼。可恨这班牧守,讳无可

第四十六回　马贤战殁姑射山　张纲驰抚广陵贼

讳,剿不胜剿,又只好归咎人民,奏报朝廷。顺帝特改永和七年为汉安元年,大赦天下,分遣侍中杜乔,及光禄大夫周举、郭遵、冯羡、栾巴、张纲、周栩、刘班等八人,巡行州郡,宣谕威德,表举贤良。如刺史二千石有贪污不法,即驰驿举劾;二千石以下,许得便宜收系。乔等拜命即行,惟张纲年齿最少,气节独高,出京不过里许,至洛阳都亭,竟将车轮埋藏地下,慨然说道:"豺狼当道,安问狐狸?"当下缮好奏疏,还都呈入,弹劾大将军梁冀,及河南尹梁不疑,开篇即云:

　　大将军冀,河南尹不疑,蒙外戚之援,荷国厚恩,以豺茛之资,居阿衡之任,不能敷扬五教,冀赞日月,而专为封豕长蛇,肆其贪叨,甘心好货,纵恣无厌,多树谄谀,以害忠良,诚天威所不赦!大辟所宜加也!

后文又条陈冀等十五罪,说得淋漓透彻,慷慨激昂。史传中,止言无君之心,十五罪未曾详叙故事,故本书亦只从略。时梁冀妹为皇后,内宠方盛,诸梁姻族,布满内外,纲却不顾利害,言人未言,廷臣都为震栗。幸顺帝知他忠直,未尝加谴,但不过将原奏搁起,置诸度外罢了。冀因此恨纲,辄思借端中伤。适广陵贼张婴,聚众数万,攻杀刺史二千石,寇乱徐、扬间,非常猖獗;前任郡守,只求兵马卫护城廨,无一敢讨。冀乃嘱使尚书,举纲为广陵太守。纲单车赴任,但率郡吏十余人,径诣婴垒。婴不知何因,闭垒拒纲,纲手书谕婴道:"我奉诏宣慰,并非征讨,汝等不必惊慌,且容我入垒明言,从与不从,悉听汝便,何必闭门拒我,自示张皇呢?"婴见纲来意和平,乃开门出迎,拜伏道旁。纲亲为扶起,偕行入垒,延令就座,问所疾苦。婴答言官吏暴虐,不得不变计逃生。纲随机晓谕道:"前后二千石,多肆贪暴,致君等怀愤相聚,二千石原是有罪,但君等所为,亦属非义。今主上仁圣,欲以文德服人,特遣我来此抚慰,意在荣以爵禄,不愿迫以刀锯,这正是君等转祸为福的时会了!若闻义不服,天子必赫然震怒,征调荆、扬、豫、兖大兵,云集垒前,岂不危甚?试想用弱敌强,怎得为明?弃善取恶,怎得为智?去顺效逆,怎得为忠?身死嗣绝,怎得为孝?背正从邪,怎得为直?见义不为,怎得为勇?利害得失,关系非轻,请君自择去就便了!"婴听纲说毕,不禁泣下道:"荒裔愚民,不能自达朝廷,坐遭侵枉,遂致啸聚偷生,譬诸鱼游釜中,喘息须臾,不遑后顾。今明府开诚晓谕,使婴等再见天日,尚有何言?但恐既陷不义,一经投械,终不免拿戮呢!"纲与婴指天为誓,必不爽约,婴乃决计投诚。俟纲别去,遂遍告部众万余人,至次日齐至郡廨,与妻子面缚归降。纲再单车入垒,置酒大会,遣散叛党,任他自去。又亲为婴卜居宅,视田畴,凡子弟欲为郡吏,皆量材召用,众情悦服,南州晏然。纲论功当封,偏被梁冀从中阻挠,因此罢议。惟顺帝尚器重纲才,将加擢用，张婴等闻知消息，上书乞留，乃任纲如故。纲在郡一年，忽然抱病，竟至告终，年才三十有六。百姓扶老携幼，俱至府舍哭临；张婴等五百余人，并身服縗绖，执杖送葬，奉梓至武阳归葬，即由婴等负土为坟，顷刻即成。莫谓盗贼中必无善人！事为朝廷所闻，也下诏叹息，拜纲子续为郎中，赐钱百万，小子有诗赞道：

> 敢弹首恶竟埋轮，出守防奸独布仁。
> 柔亦不茹刚不吐，宽严两济是能臣！

同时尚有几个好官，政声卓著，待小子下回报明。

兵不可常用，常用必败；将不可久任，久任必亡。如汉之马贤，防边有年，屡破羌人，未始非一时名将；但功多则易起骄心，位高则易生佚志，观马融之劾奏马贤，谓其野次垂幕，珍肴杂遝，儿子侍妾，事与古反，是何莫非骄佚之所酿而成？天下有骄且佚者，而尚能胜敌徼功乎？姑射一役，父子俱死，非不幸也，宜也！张纲埋轮，力劾梁冀，虽未足扫除豺狼，而直声已流传千古。至徙纲为广陵守，单车谕贼，不杀一人，而万贼归降，梁冀本欲借贼以害纲，而纲反得收贼以愧冀，乃知天下事总在人为，直道而行，艰险固不必计也！惟忠贤如纲，而不使永年，天若无知而实有知，观于李固、杜乔之枉死，而纲之早殁，实为幸事；天之保全名臣，固不在命之修短间欤。

第四十七回　立冲人母后摄政　毒少主元舅横行

却说顺帝时代的名吏，却也不少，除张纲抚定广陵外，尚有洛阳令任峻，冀州刺史苏章，胶东相吴祐。峻能选用人才，各尽所长，发奸如神，爱民如子，洛阳大治。章为冀州刺史，有故人为清河太守，贪赃不法，俟章行巡至郡，当然迎谒，章置酒与宴，畅叙甚欢，太守喜说道："人皆有一天，我独有二天。"章微笑道："今夕苏儒文与故人饮酒，乃是私恩，儒文系苏章表字。明日为冀州刺史按事，却是公法，公私原难并论呢！"这一席话，说得太守忸怩不安；果然到了次日，即被挂入弹章，罢官论罪。州吏闻章秉公无私，自然不敢枉法，全境帖然。吴祐政从仁简，民不忍欺，啬夫孙性，私赋民钱，市衣奉父，父怒说道："汝尚敢欺吴公么？快去向吴公伏罪，还可恕汝！"性惶惧自首，具述父言，祐与语道："汝以亲故受污名，还可原谅，古人所谓观过知仁，便是为此。但汝父

第四十七回　立冲人母后摄政　毒少主元舅横行

确系老成,汝当归谢,所有衣服,仍奉遗汝父便了!"性乃拜谢而去。祐遇民事讼,往往闭阁自责,然后讯问两造,多方晓谕,不尚典刑,或身自至乡,曲为和解,因此闾阎悦服,囹圄空虚。苏章宴友,吴祐还衣,后人或讥为好名,但试问后世有几多贤吏?就是巡行州郡的八使,当时号为八俊。只张纲中道折还,出守广陵,病终任所;余如杜乔、周举等人,亦皆不避权贵,所上弹章,统是梁氏姻亲,及宦官党羽。可奈宫廷里面,都由宵小把持,任他如何弹劾,只是搁置不理。嗣经侍御史种暠,复行案举,方得黜去数人。杜乔到了兖州,表奏泰山太守李固,政绩为天下第一,因召入为将作大匠,再迁为大司农。太尉王龚,因病告归,太常桓焉,及司隶校尉赵峻,相继为太尉。司空王卓病终,光禄勋郭虔继任,嗣又改用太仆赵戒。就是司徒黄尚卸任后,亦接连换易两人,一是光禄勋刘寿,一是大司农胡广。惟当时梁冀用事,三公九卿,统唯唯诺诺,无所可否。惟前太尉王龚子畅,入为尚书,倒还有些乃父风规,不偏不党。汉安二年,匈奴句龙王吾斯,复率众寇并州,畅荐茂陵人马寔为中郎将,出使防边。寔募人刺杀吾斯,送首洛阳;越年又进击余党,收降乌桓余众七十余万口。朝廷下诏褒美,赐钱十万;一面册立南匈奴守义王兜楼储为单于,使他还镇南庭。兜楼储前时入朝,留居洛阳,至是由顺帝临轩,亲授玺绶,特赐车服,并命太常大鸿胪等,祖饯都门,作乐侑酒,待至饮毕,兜楼储乃拜辞还国。南庭有此主子,自然不忘汉恩,较为恭顺,北顾幸可无忧。惟西陲一带,经护羌校尉赵冲出镇,剿抚并用,连破烧何、烧当诸羌,羌种前后三万余户悉降。后来护羌从事马玄,忽生异图,背冲出塞,羌众亦叛去不少。冲追击叛羌,遇伏战殁,诏封冲子义为义阳亭侯。但冲虽阵亡,羌亦衰耗,再加梁并为左冯翊,招降叛羌离湳、狐奴等,陇右少安。*回应前回。* 到了汉安三年,顺帝年已及壮,尚未立嗣,梁皇后以下,多半不育,只后宫虞美人,生下一子,取名为炳,年才二岁,顺帝乃立炳为太子,改汉安三年为建康元年,颁诏大赦。适侍中杜乔,还京复命,遂拜为太子太傅;又命侍御史种暠为光禄大夫,在承光宫中监护太子。一夕由中常侍高梵,单车迎太子入见,杜乔等向梵索诏,梵答言由帝口授,并无诏书,乔惶惑失措,不知所为,种暠独拔剑出鞘,横刃当车道:"太子为国家储贰,民命所系,今常侍来迎,不持诏书,如何示信?暠宁死不从此命!"梵起初尚恃有帝谕,倔强不服,及见暠色厉词严,倒也理屈词穷,无从辩驳,因即驰还复奏。顺帝颇称暠持重,更用手诏往迎太子,太子乃入。杜乔出宫赞叹道:"种公可谓临事不惑呢!"种暠字景伯,河南洛阳人,杜乔字叔荣,河内林虑人。两人都被举孝廉,致身通显,并号名臣。未几出暠为益州刺史,乔却迁官大司农,再迁为大鸿胪。是年八月,顺帝不豫,数日即崩,年终三十,在位与安帝相同,也是一十九年。群臣奉太子炳即位,尊梁后为皇太后。两龄嗣主,如何亲政?当然援照前例,由皇太后梁氏临朝。进太尉赵峻为太傅,大司农李固为太尉,参录尚书。越月奉顺帝梓宫,出葬宪陵,庙号敬宗。是日京师及太原、雁门地震,三郡水涌土裂。有诏令举贤良方正,并使百僚各上封事,极陈时政得失。前安定上计掾皇甫规,奉诏奏对道:

> 伏惟孝顺皇帝初勤王政,纪纲四方,几以获安;后遭奸伪,威分近习,畜货聚马,戏谑时间,又因缘嬖幸,受赂卖爵,轻使宾客,交错其间,天下扰扰,从乱如归,故每有征战,鲜不挫伤,官民并竭,上下穷虚。臣在关西,窃听风声,未闻国家有所进退,而威福之来,咸归权幸。陛下体兼乾坤,聪哲纯茂,指梁太后。摄政之初,拔用忠贞,指用李固。其余纲维,多所改正,远近翕然,望见太平。而地震之后,雾气白浊,日月不光,旱魃为虐,盗贼纵横,流血川野,庶品不安,谴诫屡至,殆以奸臣权重之所致也。其常侍尤无状者,亟宜黜遣,披扫凶党,收入财贿,以塞民怨,以答天诫。今大将军梁冀,河南尹不疑,处周召之任,为社稷之镇,加与王室世为姻族,今日立号,虽尊可也! 惟宜增修谦节,辅以儒术,省去游娱不急之务,割减庐第无益之饰。夫君者舟也,民者水也,群臣乘舟者也,将军兄弟,操楫者也。若能平志毕力,以度元元,所谓福也;如其怠弛,将沦波涛,可不慎乎? 夫德不称禄,犹凿墉之址,以益其高,岂量力审功,安固之道哉? 凡诸宿猾、酒徒、戏客,皆耳纳邪声,口出诌言,甘心逸游,倡造不义,亦宜贬斥,以惩不轨;令冀等深思得人之福,失人之累。又在位素餐,尚书怠职,有司依违,莫肯纠察,故使陛下专受诌谀之言,不闻户牖之外。臣诚知阿谀有福,直言贾祸,然岂敢隐心以避诛责乎? 臣生长边远,希涉紫庭,怖慑失守,言不尽意,昧死以闻。

这篇奏对,是专从权戚嬖幸上立言,梁冀瞧着,先已忿恨,即黜规下第,授官郎中,规知不可为,托疾辞归。州郡望承意旨,常欲陷害皇甫规,规深居韬匿,但以《诗》《易》教授门徒,幸得不死。时扬、徐盗贼复盛,扬州贼范容等,据住历阳;九江贼马勉,攻入当涂,居然自称皇帝,也建立年号,封拜百官,号党羽徐凤为无上将军。就是广陵降贼张婴,自张纲病殁后,又生变志,仍然号召党羽,扰乱堂邑江都。梁太后正拟会集公卿,选将出讨,只因年残春转,朝廷改元永嘉,百僚连日庆贺,无暇问及军情。待至庆贺事毕,幼主忽罹重疾,一瞑不醒,年才三岁,宫中忙乱得很。梁太后因扬、徐盗盛,恐国有大丧,愈致惊扰,特使中常侍诏谕三公,拟征集诸王列侯,然后发丧。太尉李固进言道: "嗣皇虽幼,犹是天下君父,今日崩亡,人神感动,岂有身为臣子,反可互相隐讳? 从前秦始皇病崩沙邱,胡亥、赵高,隐匿不发,卒至扶苏被害,秦即乱亡;

第四十七回　立冲人母后摄政　毒少主元舅横行

近北乡侯病逝,阎后兄弟及江京等,亦共隐秘,致有孙程推刃等事。这乃天下大忌,不可不防!"实是防备梁冀,故有此言。梁太后乃依固议,即夕发丧。惟顺帝只有嗣子一人,嗣子已殁,不得不别求旁支,入承大统。因征清河王蒜,及渤海王子缵,同入京师。蒜系清河孝王庆曾孙,缵乃乐安王宠孙,宠即千乘王伉子,见前回。蒜年已长,缵尚只八岁。太尉李固欲立长君,特语大将军梁冀道:"今当立嗣君,宜择年长有德,及躬与政事,夙有经验的人才,方可主治国家,愿将军审详大计,如周、霍立文、宣,毋效邓、阎二后,利立幼君!"冀不肯从,与梁太后秘密定议,竟迎缵入南宫,授封建平侯,即日嗣位,是谓质帝,仍由梁太后临朝,遣蒜还国。于是议为前幼主安葬,卜兆山陵。李固又进谏道:"方今寇盗充斥,随处都宜征剿,军兴用费,势必加倍,况新建宪陵,劳役未休,前帝年尚幼弱,可即就宪陵茔内,从旁附筑,费可减去三分之一。从前孝殇皇帝奉葬康陵,也是这般办法,今何妨依据前制呢。"梁太后复从固言,将前幼主梓宫出葬,谥为冲帝,墓号怀陵。固遇事匡正,辄见信用,黄门内侍,多半黜遣,天下都想望承平。独梁冀专欲好猜,每相忌嫉,再加阉人从中播弄,共作蜚语,架诬固罪。梁太后却不肯听信,因得无事。固又与太傅赵峻,司徒胡广,司空赵戒等,荐举北海人滕抚,有文武才,可为将帅。有诏拜抚为九江都尉,往讨扬、徐诸贼。抚连战连胜,破斩马勉及徐凤、范宫等,因进抚为中郎将,都督扬、徐二州军事。抚又进至广陵,击毙张婴,尚有历阳贼华孟,自称黑帝,亦为抚领兵击死,东南乃平。越年改元本初,诏令郡国各举明经,诣太学受业,岁满课成,拜官有差。自是公卿皆遣子入学,生徒多至三万余人,学风称盛。扬、徐一带,又已平靖,西北两隅,也还安宁,正好偃武修文,日新政治。偏是贵戚梁冀,挟权专恣,恃势横行,甚至大逆不道,公然做出弑君的事情来了。原来质帝年虽幼冲,却是聪明得很,常因朝中会议,公卿满廷,独目顾梁冀道:"这正是跋扈将军呢!"聪明反被聪明误。冀听了此言,大为忿恨,暗想如此少主,已是这般厉害,若待至长成,如何了得!不如除去了他,另立一人。乃暗嘱内侍,置毒饼中,呈将进去,质帝吃了数枚,才阅片时,便致腹中作怪,烦闷不堪,因召问太尉李固道:"食饼腹闷,得水尚可活否?"冀在旁接口道:"恐饮水后或致呕吐,不如不饮为是!"语尚未毕,那质帝已捧住胸腹,直声大叫,霎时间晕倒地上,手足青黑,呜呼哀哉。李固伏尸举哀,大哭一场。少顷梁太后到来,亦泪下潸潸。固停住了哭,面奏太后,请彻底查究侍臣,梁太后含糊答应。固欲再与梁冀说明,左右旁顾,并不见冀踪迹,乃退了出去。适司徒胡广,司空赵戒,闻丧哭临,固待他哭毕,出外与商善后事宜,且恐冀更另立幼主,因邀二人一同署名,致书与冀道:

天下不幸,仍遭大忧,皇太后圣德临朝,摄统万机,明将军体履忠孝,忧存社稷,而频年之间,国祚三绝。今当立帝,膺天下重器,诚知太后垂心,将军劳虑,必详择其人,务求圣明;然愚情眷眷,窃独有怀。远寻先世废立旧仪,近见国家践阼前事,未尝不询访公卿,广求群议,令上应天心,下合众望。且本初以来,政事多谬,地震宫庙,彗星竟天,正是将军忧劳之日。《传》曰:"以天下与人易,为天下得人难。"昔昌邑之立,昏乱日滋;霍光忧愧发愤,悔之折骨。自非博陆忠勇,延年奋发,大汉之祀,几将缺矣?至忧至重,可不熟虑?悠悠万事,惟此为大;国之兴衰,在此一举,唯明将军图之!博陆,即霍光封邑,事见《前汉演义》。

梁冀得书,方召百官入议。李固与胡广、赵戒,及大鸿胪杜乔,都请立清河王蒜,说他谊属尊亲,德昭中外,正好入主宗祧。冀默不一答,仍无成议。先是平原王翼,被贬为都乡侯,遣归河间,见四十一回。翼父开时尚生存,愿将蠡吾县为翼封邑,上表请命,朝廷准议,乃改封翼为蠡吾侯。翼殁后,由子志袭封。志酷肖乃父,面目清扬,可惜是个皮相。当顺帝告崩时,曾入都会葬,为梁太后所亲见,太后尚有女弟,意欲与志为婚,合成佳偶,只因国有大丧,一时未便与议,所以遣令归国。迁延至两年有余,志年已十五,乃由梁太后召令入朝,与商婚事。适值质帝暴崩,议立新主,梁冀意中,即欲将志拥立,好做那双料国舅,永久擅权。国舅也有双料,真是奇语。不料三公会议,多主张清河王蒜,与己意殊不相合,急切又未便开口,只得闷闷无言。及公卿等退出后,时已天暮,冀吃过夜膳,正在踌躇,忽由中常侍曹腾等入见,希旨说冀道:"将军累代为椒房姻戚,秉摄万机,宾伍如云,免不得稍有过失。清河王夙号严明,若果得立,恐将军必致受祸!不如立蠡吾侯,富贵当可长保哩!"冀皱眉道:"我亦有此意,但公卿等未肯赞成,奈何?"腾复说道:"将军据有重权,令出必行,何人敢违?"冀不待说毕,奋然起座道:"我……我意决了!"冀本口吃,两我字形容毕肖。腾等欣然辞去。翌晨冀重集公卿,倡议立蠡吾侯志,怒目轩眉,语甚激切,胡广、赵戒以下,俱为冀所震慑,同声接应道:"惟大将军命!"独固与杜乔,坚持初议,尚有辩驳,冀不令多言,竟厉声喝道:"罢会!……罢会!"语毕竟入。固亦趋出,尚望冀舍志立蒜,再贻冀书,反复申论。冀略略一阅,掷置地上。先向梁太后请下诏书,将固策免,然后至夏门亭迎入蠡吾侯志,即夕即位,夏门系洛阳西北门,门外有万寿亭。是为桓帝。梁太后犹临朝政,安葬质帝于静陵,追尊河间王开为孝穆皇,蠡吾侯翼为孝崇皇;孝穆皇陵号乐成陵,孝崇皇陵号博陵。帝生母匽氏,本蠡吾侯翼媵妾,至是在园守制,亦得尊为博园贵人。越年改元建和,正月朔日,便报日食,诏令三公九卿,各言得失;到了四月,京师地震,又诏大将军公卿等,荐举贤良方正,及直言极谏各一人。看官试想!豺狼久已当道,欲要纠正时政,必为所噬,有几个肯拚出性命,去膏豺

第四十七回　立冲人母后摄政　毒少主元舅横行

狼口吻？如果有贤良方正，也不愿出仕乱世。至若直言极谏，更不必论了！司徒胡广，已代李固为太尉，会因盛夏日食，将广策免，进杜乔为太尉。且追论定策功勋，益封梁冀食邑万三千户；冀弟不疑为颍阳侯；不疑弟蒙为西平侯；冀子清为襄邑侯。又封中常侍刘广等，皆为列侯。太尉杜乔，守正不阿，独上书谏阻道：

陛下越从藩臣，龙飞即位，天人属心，万邦攸赖，不急忠贤之礼，而先左右之封，伤善害德，兴佞长谀！臣闻古之明君，褒罚必以功过，末世暗主，诛赏各缘其私。今梁氏一门，宦者微孽，并带无功之绶，裂劳臣之土，其为乖滥，胡可胜言？夫有功不赏，为善失其望；奸回不诘，为恶肆其凶。故陈资斧而人靡畏，班爵赏而物无劝。苟遂斯道，岂伊伤政为乱而已，丧身亡国，可不慎哉！

书奏不省。从前乔为大司农时，永昌太守刘君世，铸黄金为文蛇，拟献梁冀，事为益州刺史种暠所劾，致将金蛇没入国库，归与大司农收管。梁冀尚欲索取，伪与乔言，借观金蛇，乔知冀不怀好意，婉词拒绝，冀因此挟嫌。冀有小女病死，公卿都前往吊丧，乔独不赴，又为冀所衔恨。至迎立桓帝时，又与李固等反抗冀议，冀更觉切齿。不过梁太后素知乔忠，乃进乔为太尉。乔抗直如故，复谏阻冀等加封，言不见听，徒增冀恨。桓帝由梁氏得立，自然允从婚议，愿纳冀妹为后。冀想乘此大出风头，拟令桓帝特备隆仪，迎娶乃妹，偏杜乔据执旧典，只准照前汉时惠帝纳后故事，毫不增饰。冀因乔为首辅，也不便硬与争论，惟心中芥蒂益深。及冀妹既纳为皇后，冀势力益张。适都中又复地震，遂归咎首辅杜乔，将他策免，进司徒赵戒为太尉，封厨亭侯；司空袁汤为司徒，封安国侯；汤由太仆升任。起前太尉胡广为司空，封安乐侯。三公各得侯封，遂皆党同梁氏，唯命是从，只有李固、杜乔，不肯附梁，免不得为所倾陷，要同时绝命了。小子有诗叹道：

邪正由来不并容，保身何若且潜踪。
先机未悟终罹祸，过涉难逃灭顶凶！

欲知李固、杜乔，如何毕命，且看下回续叙。

顺帝告崩，子炳嗣立，梁皇后援例临朝，犹可说也。但不当专信乃兄，委以重任。冀本一浮荡子耳，梁后关系同胞，岂无所闻？皇甫规首先进谏，言之甚详，奈何顾恋亲谊，不为国家大局计乎？夫以明德、和熹两后之贤，而母族犹不免中落，梁后夙号知书，尝引《列女图》以为鉴戒，吾未闻古今列女，好为是以私废公也！冲帝夭折，莫如迎立长君，乃偏听冀言，舍蒜立缵，其贪权固位之心,已可想见!至质帝遇毒,顷刻暴崩,若使梁后未知冀谋,奈何不从李固之言,彻底查究?晋赵穿弑灵公于桃园,赵盾归不讨贼,史以赵盾弑君书之。例以《春秋》大义,梁后亦与有罪焉!况为妹联婚,复立桓帝,李固、杜乔,同时抗谏,卒不见从;冀固首恶,试问谁纵之而谁使之耶?吾以是知妇人之仁,终无当于大体云。

第四十八回　父死弟孤文姬托命
　　　　　　夫骄妻悍孙寿肆淫

却说李固、杜乔,虽相继免职,尚在都中居住;何不速归?外戚中宦,统因他平素抗直,引为大患。桓帝即位以后,宦官唐衡、左悺等,共入内进谗道:"陛下前当即位,李固、杜乔,首先抗议,谓陛下不应奉汉宗祀,真正可恨!"桓帝听了,也不禁愤怒起来。会值甘陵人刘文,与南郡妖贼刘鲔交通,讹言清河王当统天下,意欲立蒜邀功,当下劫住清河相谢暠,持刀胁迫道:"我等当立王为天子,君当为公,否则与君不便!"暠不肯听从,怒目相叱,致被刘文等杀死。清河王蒜,素来严重,颇有纪律,闻得国相被劫,忙令王宫卫兵,出去救护。卫士等见暠被杀死,当然奋力与斗,刘文、刘鲔,部众无多,一时抵敌不住,立即遭缚,推至清河王面前,还有何幸,自然奉命伏诛。偏朝廷不谅苦衷,反信奸人蜚语,劾蒜不能无罪,坐贬为尉氏侯。蒜本无反意,遭此冤诬,愤不欲生,竟仰药自尽。死得冤苦,但亦等诸匹夫匹妇之为谅,不足成名。梁冀趁此机会,诬称李固、杜乔,与刘文、刘鲔通谋,请逮捕治罪。梁太后素知乔忠,不许捕乔,冀即收李固下狱,迫令诬供。固怎肯承认?固有门生王调,贯械上书,替固讼冤;还有河内赵承等数十人,亦自伏斧锧,诣阙通诉。梁太后诏令赦固,固得释出狱;行至都市,百姓统欢呼万岁。梁冀闻报大惊,复入白太后,极言固买服人心,必为后患,不如趁早伏法。梁太后尚未允许,冀竟擅传诏命,复将固捕入狱中。固自知不免,因在狱中缮好手书,托狱吏转交太尉赵戒,司空胡广,书中略云:

固受国厚恩,是以竭尽股肱,不顾死亡,志欲扶持王室,比隆文宣。何图一朝梁氏迷谬,公等曲从,以吉为凶,成事为败乎!汉家衰微,从此始矣。公等受主厚禄,颠而不扶,倾覆大事,后之良史,岂有所私?固身已矣,于义得矣,夫复何言!

赵戒、胡广得了固书,明知固是当代忠臣,为冀所害,但若出头救固,也恐

第四十八回　父死弟孤文姬托命　夫骄妻悍孙寿肆淫

触忤权奸，非惟富贵不保，连身家亦且难存，因此不敢代诉，只是心中悲愧，长叹流涕罢了。千古艰难,惟一死。此外公卿大臣，名位较卑，乐得袖手旁观，免遭横祸。可怜一位为国尽忠的李子坚，子坚即李固字。竟就此死于非命，年五十有四。冀既杀李固，复使人胁迫杜乔道："请早裁决，尚可保全妻子！"乔未受明诏，怎肯为了梁冀私言，便去就死。到了次日，冀遣骑士至乔第探视，并不闻有哭声，乃入白太后，极言乔怨望不道，也不待太后命令，即捕乔下狱，当夜暴亡。并将固、乔二尸，置诸城北，榜示四衢，说他串通叛逆，故加死刑，并下令有人哭临，一并同罪。固弟子郭亮，年始成童，游学洛阳，闻得固遭枉死，即左执章钺，右执铁锧，诣阙上书，乞收固尸。朝廷不许，亮即往哭固丧，守尸不去。夏门亭长呵叱道："李杜二公，身为大臣，不知安上纳忠，乃反构造逆谋，君何为敢犯诏书，轻试刑法呢？"亮慨然道："皇天畀亮生命，使得戴乾履坤；李杜二公，何人不替他称冤？亮惟义是动，不计生死，何必大言吓我？"说得亭长亦为叹息，顾亮再说道："人生既处今世，天虽高，不敢不跼，地虽厚，不敢不蹐，耳目甚近，幸毋妄言！"亭长亦有心人。既而南阳人董班，亦至固尸旁恸哭，留连不去。杜乔故掾杨匡，自陈留奔丧，星夜入都，犹著前时赤帻，托为夏门亭吏，守卫尸丧，驱逐蝇虫。三人守至十有二日，由司隶察状奏闻，梁太后也为垂怜，尽加赦宥，且听令收葬二尸。董班送固丧还汉中，杨匡送乔丧还河内，家属都随榇归里。先是李固策免太尉时，已遣三子基、兹、燮还乡，燮年才十三，有姊文姬，嫁与同郡赵伯英为妻，贤慧过人，因见兄弟回里，便即过问情由，且叹且泣道："李氏恐从此灭亡了！自从祖考以来，积德累仁，奈何至此？"遂密与二兄基、兹熟商，豫匿季弟，托言遣往京师，里人都信以为真。未几难作，郡守接得冀书，收固三子，基、兹被捕，并死狱中；独燮由文姬藏匿，幸免毒手。文姬尚忧难保，因召父门生王成入室，流涕与语道："君在先公门下，素有义声，今当以孤子相托，李氏存亡，系诸君身，愿君勿辞！"成即应声道："凤受师恩，敢不如命？"好义徒！文姬乃将燮交与王成，成偕燮沿江东下，入徐州境，使变姓名为酒家佣，自己卖卜市中，仍与燮相往来。燮有暇即从成受学，朝夕不懈。酒家知非常人，意欲以女妻燮；女年已及笄，也料燮不居人下，情愿委身相事，于是择吉成礼，伉俪甚谐。却是一出奇缘记。燮勤学如故，遂得淹通经籍。后来梁冀伏辜，赦书屡下，并求李固后嗣，燮始将本末详告酒家，酒家具礼遣归，方得为父追服，重会姊弟，复入朝拜为议郎，事且慢表。且说建和二、三年间，国政虽出权门，内外尚幸无事，惟灾异常有所闻；二年五月，北宫掖廷中德阳殿，及左掖门被火，车驾仓猝奔徙，避居南宫；三年六月，洛阳地震，宪陵寝屋，俱被震坍；七月间廉县雨肉，形似羊肺，或如手掌，远近称奇；八月中有孛星出天市垣，京都大水；九月地震二次，山崩五处。太尉赵戒，因灾免官,迁司徒袁汤为太尉,大司农张歆为司徒。梁太后下诏自责,令有司赈恤流民,掩埋饿莩,务崇恩施,禁止苛刻。越年正月,太后不豫,乃归政桓帝,大赦天下,改元和平。小子因将归政诏书,录述如下:

> 曩者遭家不造,先帝早世。永维太宗之重,深思嗣续之福,询谋台辅,稽之兆占;既建明哲,克定统业,天人协和,万国咸宁。元服已加,桓帝于建和二年行冠礼。将即委付,而四方盗窃,颇有未靖,故假延临政,以须安谧。幸赖股肱御侮之助,残丑消荡,民和年稔,普天率土,遐迩洽同;远览复子明辟之义,近慕先姑归授之法,阎皇后被迁离宫,本非自愿,诏文中曲为转圜。及今令晨,皇帝称制,群公卿士,虔供尔位,戮力一意,勉同断金,展也大成,则所望矣!

梁太后既经归政,即在长乐宫养疴,迭召侍医诊治,多日无效,反致增剧,勉强起床,出幸宣德殿,召见宫省官属,及诸梁兄弟,本拟面加嘱咐,因痰喘未平,只得令左右草诏,用纸代言道:

> 朕素有心下结气,近且加以浮肿,逆害饮食,寝至沈困。比读若毗。使内外劳心请祷,私自忖度,日夜虚劣,不能复与群公卿士,共相终竟,援立圣嗣,恨不久育养,见其终始。今以皇帝及将军兄弟,委付股肱,其各自勉焉!

颁诏后还宫,越二日即致逝世,享年四十有五,尊谥顺烈皇后,合葬宪陵。桓帝生母匽贵人尚存,当由桓帝仰报慈恩,遣司徒张歆持节奉策,往诣博园,尊匽贵人为孝崇皇后,号住室为永乐宫,得置太仆少府等官,如长乐宫故事。所有朝廷政治,名为桓帝亲政,实仍在梁冀掌握中。当时颍川郡有两大耆儒,一个就是荀淑,表字伯和,出为当涂长;一个乃是陈寔,表字仲弓,出为太丘长。两人并有令名,又相友善。淑有八子,俭、绲、靖、焘、汪、爽、肃、旉,并承家学,克肖乃父,时人号为八龙。颍阴令苑康,比诸古时高阳氏才子八人,因名荀氏居里曰高阳里。寔亦有六子,长次最贤,长名纪,字元方,次名谌,字季方,齐德同行,与父寔并称三君;郡人谓元方难为兄,季方难为弟。元方子群,幼亦颖慧,寔尝过访荀淑,使长子御车,次子执杖,嫡孙年小,并载车中。淑闻寔至,令三子靖应门,五子爽行酒,俭、绲等相继进食,孙彧亦在稚年,引坐膝前。两家合宴,当然尽欢。不意上感天文,德星并集,朝中太史,即奏称五百里内,有贤人相聚。大将军梁冀,但知作威作福,管甚么贤人不贤人?嗣由光禄勋少府等,举淑为贤良方正,入朝对策,淑策文中多讥刺贵幸,为冀所忌,徙补朗陵侯相,莅事明理,世号神君。既而弃官归隐,家居数年,至六十七岁病终,时为桓帝建和三年。从前李固、杜乔,尝师事荀淑,还有同郡人李膺,亦奉淑为师,淑殁时，膺已为牧守，自表师丧，郡县均为立祠。寔尚生存无恙，惟因权幸擅权，志不苟合，所以一官小试，终就沉沦，后文再当表见，姑从缓叙。类叙荀淑、陈寔，不没名士。

　　梁冀嫉忠害良，终不少改，和平元年，且得增封食邑万户，连前封合三万户。弘农人宰宣，巧为迎合，上言大将军功比周公，应加封妻孥，今既封诸子，妻亦宜加号邑君。有诏依议，遂封冀妻孙寿为襄城君，兼食阳翟租，岁入五千万，加赐赤绂，仪比长公主。这位襄城君孙寿，却是一个非常淫悍的妇人，面貌却很是艳冶，善为妖态。眉本细长，却故意蹙损，作曲折形，叫做愁眉；目本莹彻，却轻拭眼眶，作泪盯状，叫做啼妆；不似愁而似愁，不必啼而似啼，也是不祥之兆。发本黑软，却半脱不梳，成一懒髻，使它斜敧半偏，叫做堕马髻；腰本轻柔，行动时却摆动莲钩，好似瘦弱不禁，叫做折腰步；齿本整齐，巧笑时却微涡梨颊，好似牙床作痛，叫做龋齿笑。龋音矩，齿痛貌。引得梁冀格外怜爱，格外宠惮，稍一忤意，便装娇撒痴，吵得全家不安。冀本好色，为妻所制，未能自由纵欲，也不免心存芥蒂。可巧父死丁忧，托言城西守制，与妻异居，其实同一美人友通期，日夕肆淫，借居丧庐，为藏娇屋，任情取乐。看官欲问友通期的来历，乃是一个歌妓，由冀父商购献顺帝，事君当进贤士，奈何购献美人？商之行为可见一斑。顺帝留住后宫，时因通期有过，仍然发还梁家，梁商遣令出嫁，偏冀心爱通期，待至商殁，便嘱门下食客，暗将通期诱来，借偿夙愿。怎奈艳妻独处，已有所闻，俟冀他出，竟率健奴，突入丧庐，搜索通期；通期未曾预防，竟被寿揪住云髻，先赏她几个耳光，然后交与家奴，把她牵归。通期本生得一头美发，由寿用剪截去，再将她花容玉面，用刀彝开，更迫令脱去外衣，笞掠至数百下，打得通期无从申诉，痛苦不堪。冀归庐闻报，吃一大惊，慌忙趋至岳家，向妻母叩头似蒜，请她至妻前说情，饶放通期。寿母乃往与缓颊，寿始将通期放归，冀急去探视，见她创痕累累，鬓影星星，禁不住肉痛起来。当即替她抚摩，婉言谢过，并延名医调治，外敷内补，好几日才得告痊。通期感冀厚意，仍然与冀续欢，亲昵如故；未几私生一男，取名伯玉，匿不敢出。偏又为孙寿所探悉，竟令子胤带着家奴，各持刀械，闯入友氏家内，不论男女老幼，一概杀死；只有冀私生子伯玉，平时常藏匿复壁中，幸得漏网，不致污刃。梁胤已灭尽友氏，扬长归报。独冀亲往勘视，惨不忍睹，忙着人买棺收殓，一一埋葬；心中虽衔恨妻孥，但畏妻如虎，未敢返家诘责，只把那私生子格外珍惜，重价雇一乳媪，育养民间，时令藏匿。自己也不愿回家，另在外舍居住。孙寿见冀挟嫌不归，也去另寻主顾，为娱乐计。可巧有个太仓令秦宫，曾在冀家充过奴仆，面目俊俏，口齿伶俐，因为冀所怜爱，荐为县令。他却并未赴任，仍在冀家出入往来，甚至深房密室，也得进出无阻。孙寿竟垂青眼，有所役使，往往令宫充当。宫小心伺候，曲尽殷勤，寿见他体心贴意，越加喜欢，有时辄屏去左右，与宫私谈，耳环厮磨，情绪密切。看官试想！这秦宫是个有名的狡徒，岂有不瞧透芳衷，欢颜相接？又况寿华色未衰，阃威又盛，这种主顾，真是毕世难逢，乐得放大了胆，趁这四目相窥的时候，将孙寿轻轻搂住。寿故作娇嗔，叱他无礼，那娇躯却全不动弹，一任秦宫拥入罗帏，解带宽衣，成就好事。好一场桃花运。嗣是宫内作情郎，外为宠竖，几乎大将军门下，要算他一人最出风头；且刺史二千石入都，求见大将军，必先谒赂秦宫，然后得通姓氏。宫又为冀夫妇互相调停，仍归和好，且劝他夫妇对街筑宅，穷极精工，左为大将军府，右为襄城君第，堂寝皆有阴阳奥室，连房洞户，曲折通幽，四围窗壁，统是雕金为镂，绘彩成图，此外尚有崇台高阁，上触云霄，飞梁石磴，下跨水道，差不多与秦朝阿房宫相似。又复广开园囿，采土筑山，十里九坂，取象崤函，山上罗列草木，驯放鸟兽，葱笼在望，飞舞自如。冀与寿共乘辇车，游观第内，前歌僮，后乐妓，鸣钟吹管，铿锵盈路，或且连日继夜，恣为欢娱。既而府第冶游，尚嫌不足，再至近畿一带，广拓林囿，周遍近畿；又在河南城西，增设兔苑，绵亘数千里，移檄各处，调发生兔，刻毛为志，人或误犯，罪至死刑。冀二弟尝私遣门役，出猎上党，冀侦得消息，恐他杀伤生兔，立派家卒往捕，杀死至三十余人。另在城西构造别墅，收纳奸亡，或取良家子女，悉为奴婢，名曰："自卖人"。寿又向冀谮毁诸梁，黜免外官数人，阴令孙氏宗族补缺。孙氏宗亲，都是贪婪不法，各遣私人调查富户，诬以他罪，捕入拷掠，令出金钱自赎，稍不满意，辄予死徙。扶风富豪孙奋，性最悭吝，冀遗以乘马，向他贷钱五千万，奋只出三千万缗借冀，冀竟大怒，移檄太守，冒认奋母为府中守藏婢，说他盗去白金十斛，紫金千斤，应该追缴。太守奉命维谨，即拘孙奋兄弟，逼令缴出原赃，奋等并无此事，怎肯承认，活活地被他敲死，资产悉被籍没，数至一亿七千余万缗，乱世时代，原不应拥资自豪。一大半献与梁冀，冀方才泄恨。嗣复派使四出，远至塞外，广求异物。去使多恃势作威，劫夺妇女，殴击吏卒，累得吏民痛心疾首，饮恨吞声。侍御史朱穆，本系梁氏故吏，因贻书谏冀道：

> 古之明君，必有辅德之臣，规谏之官，下至器物，各铭书成败，以防遗失。故君有正道，臣有正路，从之如升堂，违之如赴壑。今明将军地有申伯之尊，位为群公之首，一日行善，天下归仁，终朝为恶，四海倾覆。顷者官民俱匮，加以水虫为害，京师诸官，费用增多，诏书发调，或至十倍，各言官无现财，皆出诸于民，搒掠敲剥，强令充足。公赋既重，私敛尤深，牧守长吏，多非德选，贪聚无厌，遇民如虏，或绝命于棰楚之下，或自贼于迫切之求。又掠夺百姓，皆托之尊府，遂令将军结怨天下，吏民酸毒，道路叹嗟。昔秦政烦苛，百姓土崩，陈胜奋臂一呼，天下鼎沸；而面谀之臣，犹

言安宁,讳恶不悛,卒之灭亡。又永和之末,纲纪少弛,颇失民望,裁四五岁耳,而财空户散,下有离心,马勉之徒,乘敝而起,荆扬之间,几成大患;见前回。幸赖顺烈皇后,初政清静,内外向心,仅乃讨定。今百姓戚戚,困于永和,内非仁爱之心,所得容忍,外非守国之计,所宜久安也。夫将相大臣,均体元首,共舆而驰,同舟而济,舆倾舟覆,患实共之。岂可去明即昧,履危自安,主孤时困而莫之恤乎?宜时易宰守之非其人者,减省第宅园池之费,拒绝郡国馈遗,内以自明,外解人惑;使挟奸之吏,无所依托,司察之臣,得尽耳目。宪度既张,远迩清壹,则将军身尊事显,德耀无穷。天道明察,无言不信,惟冀省览!

冀得书不省,但援笔批答道:"如君所言,难道仆果无一可么?"何事为可,请汝说来。穆知冀怙过,不便再谏,只好付诸一叹。越年元旦,桓帝御殿,受文武百官朝贺,冀竟带剑入朝,忽左班闪出一人,大声叱冀,不令趋入,且使羽林虎贲诸将,把冀佩剑夺下,冀倒也心惊,跪伏阶前,叩头谢罪。正是:

殿上直声应破胆,阶前权威也低头。

欲知冀曾否受谴,待至下回说明。

李固杜乔,号称忠直,而于质帝遇毒之时,既不能挢生讨贼,复不能避祸归田,得毋忠有余而智不足者耶?然无辜被害,远近呼冤,彼苍亦隐为垂怜。特生郭亮、董班、杨匡诸义士,拚死收骸,复有李女文姬,智能料事,明足知人,托孤弟于王成之手,而遗嗣得全。待至梁氏族灭,而李、杜之后裔犹存,为善者其亦可无惧欤?梁冀凶悍无比,而独受制于艳妻,先贤所谓身不行道,不行于妻子,有明征焉。且冀私诱友通期,而冀妻即私通秦宫,我淫人妻,人亦淫我妻,报应之速,如影随形。冀至此犹不知悟,反穷极奢侈,愈逞凶威,是殆所谓天夺之魄,而益其疾者,朱穆一谏,亦宁能挽回乎?

第四十九回　忤内侍朱穆遭囚
　　　　　　　就外任陈龟拜表

却说梁冀带剑入朝,突被殿前一人,叱令退出,夺下佩剑,这人乃是尚书张陵,素有肝胆,故为是举。冀长跪谢过,陵尚不应,当即劾冀目无君上,应交廷尉论罪。桓帝未忍严谴,但令冀罚俸一年,借赎愆尤,冀不得不拜谢而退。河南尹梁不疑,尝举陵孝廉,闻陵面叱乃兄,即召陵与语道:"举公出仕,适致自罚,未免出人意外！"陵直答道："明府不以陵为不才，误见擢叙，今特申公宪，原是报答私恩，奈何见疑？"与周举同一论调。不疑听了，未免生惭，婉言送别。独冀因不疑举荐张陵，致被纠弹，当即迁怒不疑，嘱令中常侍入白桓帝，调不疑为光禄勋。不疑知为兄所忌，让位归第，与弟蒙闭门自守，不闻朝政。冀便讽令百官，荐子胤为河南尹。胤一名胡狗，年才十六，容貌甚陋，不胜冠带，都人士见他毫无威仪，相率嗤笑，惟桓帝特别宠遇，赏赐甚多。和平二年，又改号元嘉。春去夏来，天时和暖，桓帝乘夜微行，竟至梁胤府舍，欢宴达旦，方才还宫。是夕大风拔树，到了天明，尚是阴雾四塞，曙色迷离。故太尉杨震次子秉，已由郎官迁任尚书，上书谏帝微行，未见信用。俄而天旱，俄而地震，诏举独行高士。安平人崔寔即崔瑗子，崔瑗见四十三回。被举入都，目睹国家衰乱，嬖幸满朝，料知时不可为，乃称病不与对策，退作政论数千言，隐讽时政。小子特节录如下：

　　自尧舜之帝，汤武之王，皆赖明哲之佐、博物之臣，故皋陶陈谟而唐虞以兴，伊箕作训而殷周用隆。及继体之君，欲立中兴之功者，曷尝不赖贤哲之谋乎？凡天下所以不理者，常由人主，承平日久，习乱安危，或荒耽嗜欲，不恤万几；或耳蔽箴诲，厌伪忽真；或犹豫歧路，莫适所从；或见信之佐，括囊守禄；或疏远之臣，言以贱废；是以王纲纵弛于上，智士郁伊于下。悲夫！自汉兴以来，三百五十余岁矣，政令垢玩，上下怠懈，风俗雕敝，民庶巧伪，百姓嚣然，咸复思中兴之救矣。且济时拯世之术，岂必体尧蹈舜，然后乃理哉？期于补隙决坏，譬犹枝柱邪倾，随形裁割，要措斯世于安宁之域而已！夫为天下者，自非上德，严之则治，宽之则乱。何以知其然也？近观孝宣皇帝，明于君人之道，审于为政之理，故严刑峻法，破奸宄之胆，海内清肃，天下密如，荐勋祖庙，享号中宗。及元帝即位，多行宽政，卒以堕损，威权始夺，遂为汉室基祸之主。政道得失，于斯可鉴！盖为国之法，有似理身，平则养疾，疾则功焉。夫刑罚者，治乱之药石也，德政者，兴平之梁肉也，以德教除残，是以梁肉治疾也，以刑罚治平，是以药石供养也。方今承百王之敝，值厄运之会，自数世以来，政多恩贷，驭委其辔，马骇其衔，四牡横奔，皇路险倾，方将钳勒鞭辀以救之，以木衔口，曰钳；辀，为车辕；鞭，犹束也。岂暇鸣和鸾、清节奏哉？昔高祖令萧何作九章之律，有夷三族之令，黥、劓、斩趾、断舌、枭首，故谓之具五刑。文帝虽除肉刑，当劓者笞三百，当斩左趾者笞五百，当斩右趾者弃市，右趾者既殒其命，笞挞者往往至死，虽有轻刑之名，其实杀也。当此之时，民皆思复肉刑。至景帝元年，乃下诏曰："加笞与重罪无异，幸而不死，不可为民。"乃定律减笞轻捶，自是之后，笞者得全。以此言之，文帝乃重刑，非轻之也，以严致平，非以宽致平也。必欲行若言，当大定其

第四十九回　忤内侍朱穆遭囚　就外任陈龟拜表

本，使人主师五帝而式三王，荡亡秦之俗，振先圣之风，弃苟全之政，蹈稽古之踪，复五等之爵，立井田之制，然后选稷、契为佐，伊、吕为辅，乐作而凤皇仪，击石而百兽舞，若不然，则多为累而已。

这篇政论，并非劝朝廷尚刑，不过因权幸犯法，有罪不坐，贪吏溺职，有过不诛，所以矫时立说，主张用严。看官若视为常道，便变成刻薄寡恩了。揭出宗旨，免为暴主借口。高平人仲长统，得读寔政论，喟然叹道："人主宜照录一通，置诸座右！"这也是规戒庸主的意思。惟儒生清议，怎能邀格君心？梁冀是当道豺狼，顺帝还当他麟凤相待，意欲再加褒崇，特令公卿议礼。时赵戒、袁汤、胡广迭为太尉，光禄勋吴雄为司徒，太常黄琼为司空。胡广本模棱两端，因见梁氏势盛，遂称冀功德过人，应比周公，锡以山川土田。独司空黄琼进议道："可比邓禹，合食四县！"这八字，亦硬逼出来。于是有司折衷申议，奏定加冀殊礼，入朝不趋，履剑上殿，谒赞不名，礼比萧何，增封四县，礼比邓禹，赏赐金帛、奴婢、彩帛、车服、甲第，礼比霍光，每朝会与三公异席，十日一评尚书事。梁冀得此荣宠，还是贪心不足，心下怏怏。会桓帝生母匽氏病终，即孝崇皇后。桓帝至洛阳西乡举哀，命母弟平原王石为丧主，王侯以下，悉皆会葬，礼仪制度，比诸恭怀皇后。即顺帝生母梁贵人，事见前文。惟匽氏子弟，无一在位，这全由梁冀擅权，心怀妒忌，因此不令匽氏一门，得参政席。至元嘉三年五月，复改元永兴，黄河水涨，经秋愈大，冀州一带，河堤溃决，洪水泛滥，田庐尽成泽国，百姓流亡，至数万户。有诏令侍御史朱穆为冀州刺史。穆奉命即行，才经渡河，县令邑长，只恐穆举劾隐愆，解印去官，约有四十余人。及穆到郡后，果然纠弹污吏，铁面无私，有几个惶急自杀，有几个锢死狱中。宦官赵忠，丧父归葬，僭用玉匣，穆因他籍隶安平，属己管辖，特遣郡吏按验情实。吏畏穆严明，不敢违慢，竟发墓剖棺，出尸勘视，果有玉匣佩着，乃将赵忠家属逮捕下狱。谁知赵忠不肯认错，反向桓帝前逞刁，奏称穆擅发父棺，私系家眷；再加梁冀恨穆进规，也为从旁诬蔑，顿致桓帝大怒，立遣朝使拘穆入都，交付廷尉，输作左校。左校署名属将作大匠管理，凡官吏有罪，令入左校工作，亦汉朝刑罚之一种。当时激动太学生数千人，共抱不平，推刘陶为领袖，诣阙上书，代讼穆冤，学生干政自此始。略云：

伏见前冀州刺史朱穆，处公忧国，拜州之日，志清奸恶。诚以常侍贵宠，父兄子弟，布在州郡，竟为虎狼，噬食小人，故穆张理天纲，补缀漏目，罗取残贼，以塞天意。由是内官咸共恚疾，谤讟烦兴，谗隙仍作，极其刑谴，输作左校。天下有识，皆以穆同勤禹、稷，而被共、鲧之戾，若死者有知，则唐帝怒于崇山，重华怼于苍墓矣！舜葬于苍梧之野，故曰苍墓。当今中官近习，窃持国柄，手握王爵，口含天宪，运赏则使饿隶富于季孙，呼噏则令伊、颜化为桀、跖；而穆独抗然不顾身害，非恶荣而好辱，恶生而好死也，徒感王纲之不振，惧天网之久失，故竭心怀忧，为上深计。臣等愿髡首系趾，代穆校作，不愿使忠臣之抱屈蒙冤也！谨此上闻，无任翘切。

桓帝得书，方将穆赦出，放归南阳故里。穆即故尚书令朱辉孙，表字公叔，年五岁，便以孝闻，后由孝廉应举，入为议郎，再迁侍御史，廉直有声，尝作《崇厚论》以儆世，称诵一时。至是罢归乡里，太学生刘陶等，又奏称朱穆、李膺，履正清平，贞高绝俗，实是中兴良佐、国家柱臣，应召使入朝，夹辅王室，必有效绩可征云云。原来颍川人李膺，为故太尉李修孙，在安帝时，见前回。操守清廉，与朱穆齐名，也是由孝廉进阶，累迁至青州刺史，嗣复转调渔阳、蜀郡诸太守，更任乌桓校尉。鲜卑屡兴兵犯塞，膺率步骑，临阵出击，亲冒矢石，裹创迭战，得破强虏万余，斩首至二千级，鲜卑始不敢窥边。寻因事免官，退居纶氏县中，教授生徒，及门常不下千人。刘陶等素重膺名，故与朱穆一同举荐，偏桓帝不肯听从，遂致名贤屈抑，沉滞至好几年。惟是君子道消，小人道长，上干天怒，灾异相寻，下丛民怨，盗贼四起。陈留贼李坚，自称皇帝；长平贼陈景，自号黄帝子；南顿贼管伯，自称真人；扶风人裴扰，亦自称皇帝。尚幸徒众乌合，不足为，一经郡县发兵围捕，先后伏诛。只泰山琅琊贼公孙举、东郭窦等，聚众较多，叛官戕吏，连年不平。到了永兴三年正月，复改号为永寿元年，大赦天下，与民更新。公孙举等顽抗如故，还有南匈奴左奥鞬台耆，及且渠伯德，左奥鞬、且渠，皆匈奴官名。纠合虏骑，入寇美稷，东羌亦举种相应，亏得安定属国都尉张奂，东抚北征，收群寇，破奥鞬，降伯德，羌、胡始定。过了一载，鲜卑都酋檀石槐，率同虏骑三千名，入寇云中。相传檀石槐生时，很是奇异，父为投鹿侯，尝从匈奴军，三年始归，妻竟生下一子，就是檀石槐。投鹿侯向妻诘责，妻谓昼行闻雷，仰视天空，有雹入口，吞而成孕，乃生此男。投鹿侯似信非信，决意将婴儿弃去，因即投掷野中。我亦不信，有此异闻。妻私语家令，仍然收养。年至十四五岁，勇健有智略，别部酋长抄取檀石槐母家牛羊，檀石槐单骑追击，所向无前，尽将牛羊夺回，由是各部畏服。待至壮年，越加智勇，施法禁，平曲直，莫敢违犯，遂共推为大人。檀石槐乃立庭弹汗山，招兵买马，逐渐强盛。及寇掠云中，警报似雪片一般，传达京师，桓帝乃再起李膺为度辽将军，使他防御鲜卑。鲜卑素惮膺威，望风震慑，当将所掠男女牲畜，尽行弃置，出塞自去。膺也不复穷追，安民设障，塞下自安。

独公孙举等骚扰青、徐，尚未平靖，赢县地当要冲，贼踪出没，大为民害。朝廷闻警，由诸尚书简选能员，得了一个颍川人韩韶，使为赢长。韶贤名卓著，一经到任，贼皆远徙，相戒不敢入境；流民万余户，仍得安然还乡。只是庐舍已

第四十九回　忤内侍朱穆遭囚　就外任陈龟拜表

空,一时无从得食,免不得待哺嗷嗷。韶即开仓赈饥,主吏谓未得上命,力争不可,韶慨然道:"能起沟壑中人,复得生活,就使因此伏罪,也足含笑九泉了!"为民忘身,是谓好官。流民得粟疗饥,生全无算,郡守亦素知韶贤,并不加罪。时称颍川四长,一是荀淑,一是陈寔,见前回。一是钟皓,还有一人就是韩韶。皓初为本郡功曹,后迁任林虑长,不久即去。李膺尝将皓比诸荀淑,往往语人道:"荀君清识难尚,钟君至德可师,两贤原无分轩轾呢!"皓兄子瑾,亦好学慕古,有退让风。瑾母就是膺姑,膺祖修累言瑾有志操,邦有道不废,邦无道得免刑戮,因复将膺妹配瑾为妻。瑾迭被州郡辟召,始终不起。膺谓瑾太无皂白,瑾转告诸皓。皓叹息道:"昔齐国武子好招人过,终为怨本;诚欲保身全家,原不如守真抱璞,何必就征?"嗣是叔侄并皆隐处,不复出山,终得抱道自重,高尚终身。惟韩韶为嬴县长,只能保全县境,不能顾及他县,贼众飘逸山东,往来莫测,良民辄被劫掠,怨苦异常,地方长官不得已申奏朝廷,请派大员督剿。是时太尉胡广,因日食免官,进司徒黄琼为太尉,光禄勋尹颂为司徒。颂因东方多盗,特举议郎段颎,拜为中郎将,引兵东讨。颎本故西域都护段会宗从曾孙,_{前汉元帝时,会宗为西域都护。}世传武略,技击称长,又能洞明兵法,善抚士卒,此次出剿群贼,正如虎入羊群,连战皆捷,先毙东郭窦,继斩公孙举,累年逋寇,一鼓荡平。颎得受封列侯,长子亦进拜郎中。光阴易过,倏又为永寿四年,仲夏日食,太史令陈授上言日食变异,咎在大将军梁冀。冀不禁大愤,立将陈授下狱,搒死杖下。已而飞蝗为灾,遍及京师,桓帝不知返省,但务改元,到了夏尽秋来,还要改年号为延熹元年,真是多事。且将太尉黄琼策免,再起胡广为太尉。已而南匈奴及乌桓鲜卑,连同入寇,度辽将军李膺已调入为河南尹,乃使京兆尹陈龟为度辽将军,出镇朔方。龟临行时,曾上疏白事道:

> 臣龟蒙恩累世,驰骋边陲,虽展鹰犬之用,顿毙胡虏之庭,魂骸不返,荐享狐狸,犹无以塞厚责、答万分也!臣闻三辰不轨,擢士为相;蛮夷不恭,拔卒为将。臣无文武之才,而忝鹰扬之任,上惭圣明,下惧素餐,虽没躯体,无所云补。今西州边鄙,土地堵埆,鞍马为居,射猎为业,男寡耕稼之利,女乏机杼之饶,守塞候望,悬命锋镝,闻急长驱,去不图返。自顷年以来,匈奴数攻营郡,残杀长吏,侮略良细,战夫身膏沙漠,居民首系马鞍,或举国掩户,尽种灰灭,孤儿寡妇,号哭空城,野无青草,室如悬磬,虽含生气,实同枯朽。往岁并州水雨,灾螟互生,老者虑不终年,少壮惧于困厄。陛下以百姓为子,百姓以陛下为父,焉可不日昃劳神,垂抚循之恩哉? 唐尧亲舍其子,以禅虞舜者,是欲民遭圣君,不令遇恶主也!故古公杖策,其民五倍;文王西伯,天下归之,岂复舆金辇宝,以为民惠乎? 近孝文皇帝感一女子之言,除肉刑之法,体德行仁,为汉贤主。陛下继中兴之统,承光武

之业,临朝听政,而未留圣意。且牧守不良,或出中官,惧逆上旨,取过目前。呼嗟之声,招致灾害,胡虏凶悍,因衰缘隙;而令仓库殚于豺狼之口,功业无铢两之效,皆由将帅不忠,聚奸所致!前凉州刺史祝良,初除到州,多所纠罚,太守令长,贬黜将半,政未逾时,功效卓然,实应赏异以劝功能;改任牧守,去斥奸残。又宜更选匈奴、乌桓、护羌中郎将、校尉,简练文武,授之法令;除并、凉二州今年赋役,宽赦罪隶,扫除更始;则善吏知奉公之福,恶者觉营私之祸,胡马可不窥长城,塞下自无候望之患矣!

这疏呈入,桓帝倒也有些省悟,改选幽、并二州刺史,并自营郡太守都尉以下,亦多所变更;蠲除并凉一年租赋,俾民少苏。及陈龟到任,州郡震栗,鲜卑也不敢犯塞,节省费用,岁约亿万。偏大将军梁冀与龟有隙,说他沮毁国威,沽取功誉,不为胡虏所畏,龟因坐罪征还,免官回里。嗣复征为尚书,累劾梁冀罪状,请即加诛,也是个倔强汉。桓帝始终不报。龟自知忤冀,必为所害,索性绝粒不食,七日乃殁。西域胡夷并凉民庶,统为举哀,吊祭龟墓。那匈奴、乌桓等虏兵,闻得陈龟去职,复来寇边,朝廷乃调属国都尉张奂,为北中郎将,往御匈奴乌桓。奂至塞下,正值虏众焚掠各堡,烽火连天,戍兵无不惊惶,独奂安坐帐中,谈笑自若,暗中却派人离间乌桓,使他掩击匈奴,捣破营帐,斩得匈奴别部屠各渠帅。再由奂统兵进讨,匈奴大恐,悔罪请降。奂因南单于车居儿即兜楼储子。叛服无常,将他拘住,奏请改立左谷蠡王。桓帝不许,仍使放还车居儿,征归张奂,命种暠为度辽将军。暠招携怀远,赏罚分明,羌、胡相率效命,四境帖然。暠乃去烽燧,除候望,绥静中外,化光天日,连年抢攘的朔方,至此始得扫尘氛了。小子有诗叹道:

> 防边尚易用人难,要仗臣心一片丹。
> 果有忠贤司阃外,华夷何患不同安!

欲知后事如何,且看下回分解。

崔寔政论,为桓帝失刑而设,然或误会其意,则为祸愈烈。桓帝之误,非不知用刑,误在当刑不刑,不当刑而刑耳。试观朱穆掘尸,见忤中官,立被逮归,输作左校,微刘陶等之上疏申救,则直臣蒙垢,常为刑徒,虽欲免归而不可得矣。然则桓帝之犹有一得者,在用刑之尚未过暴耳,若误会崔寔之言,几何而不为桀、纣耶?李膺、段颎、陈龟、张奂、种暠诸人,皆文武兼才,相继任用,无不奏功,可见桓帝当日尚有一隙之明;陈龟临行上疏,而桓帝亦颇采用,是未始不可与为善。惜为权威宦官所把持,以致忠贤之不得久任耳。桓帝固失之优柔,而欲以严刑救之,毋乃慎欤?

第五十回　定密谋族诛梁氏
嫉忠谏冤杀李云

却说桓帝皇后梁氏，专宠后庭，靠了姊兄荫庇，恣极奢华，所有帷帐服饰，统是光怪陆离，为前代皇后所未备。及乃姊顺烈皇后告崩，帝眷渐衰，后既无子嗣，复好妒忌，每闻宫人怀孕，往往设法陷害，鲜得保全。桓帝不免衔恨，只因心惮梁冀，未敢发作，不过足迹罕至中宫，惹得梁后郁郁成疾，至延熹二年七月，一命归阴，当依后礼殡殓，出葬懿陵。惟梁氏一门，前后七人封侯，三女得为皇后，六女得为贵人，父子俱为大将军，夫人女食邑称君又有七人，子尚公主又有三人，外如卿将尹校，共五十七人，真是一时无两，备极尊荣。盛极必衰。梁冀专擅威柄，独断独行，无论大小政治，统归他一人裁决，宫卫近侍，都是梁家走狗，莫不希旨承颜。凡遇百官迁召，必先进谒冀门，上笺谢恩，然后敢转诣尚书，受命赴任。下邳人吴树，得除宛令，向冀辞行。冀宾戚多在宛县，因即向树嘱托，树答说道："小人奸蠹，比屋可诛，明将军为椒房懿戚，位居上将，应该首崇贤善，借补朝阙，宛邑凤号大都，名士甚众，今树进谒明将军，得蒙侍坐，承诲多时，未闻称一名士，乃徒以私人相托，树不敢闻！"逆耳之言，独不畏死么？冀默然不答，面有愠色，树即辞去。既至宛邑，便调查梁氏宾戚，好几个贻害民间，竟饬属吏收捕下狱，按法处治，百姓统皆戴德，独梁冀怀恨益深。后来迁补荆州刺史，又复向冀谒辞，冀佯为设宴，暗地里置毒酒中，树饮罢出门，须臾毒发，竟致倒毙车中。又有辽东太守侯猛，不去谒冀，冀诬以他罪，腰斩市曹。郎中袁著，年甫十九，见冀凶横日甚，不胜愤闷，乃诣阙上书道：

> 臣闻仲尼叹凤鸟不至，河不出图，自伤卑贱，不能致也。今陛下居得致之位，又有能致之资，而和气未应，贤愚失序者，势分权臣，上下壅隔之故也！夫四时之运，功成则退，高爵厚宠，鲜不致灾。今大将军位极功成，可为至戒；宜遵悬车之礼，高枕颐神。《传》曰："木实繁者披枝害心。"若不抑损权盛，将无以全其身矣！左右闻臣言，将侧目切齿；臣特以童蒙见拔，故敢忘忌讳。昔舜禹相戒，无若丹朱，周公戒成王，无如殷王纣，愿除诽谤之罪，以开天下之口，则臣等幸甚！天下幸甚！

梁冀得悉此书，气冲牛斗，即遣属吏捕著。著托病伪死，结蒲象人，买棺出葬，偏被冀察破诈谋，嘱吏四处侦缉，竟被拿获，立即笞死。太原人郝絜胡武，与著友善，冀竟屠武家，枉死至六十余人，絜自知不免，仰药毕命。安帝嫡母耿贵人殁后，从子耿承，得封林虑侯，冀向承求贵人遗珍，不得如愿，即杀死承家族十余人。涿郡崔琦，善属文，为冀所重，因作《外戚箴》讽冀，冀召琦入责，琦奋然道："琦闻管仲相齐，乐闻谤言，萧何佐汉，令吏书过。今将军累世台辅，位比伊周，乃德政未闻，黎民涂炭，尚不思结纳忠良，自救祸败，还要钳塞士口，杜蔽主聪，难道必欲使玄黄改色，鹿马易形么？"说得冀无言可对，但遣琦归里。琦匆匆就道，中途为骑士所捕，杀死了事。这骑士的来历，不必细猜，便可知梁冀所遣了。不如是何致赤族？桓帝闻冀累杀无辜，也为惋惜；再加冀声色过人，每经朝会，只有冀可以发言，天子且不好抗议，因此桓帝积畏生忿，常抱不平。和熹皇后从子邓香，生女名猛，秀丽动人，香中年病殁，妻宣再嫁梁纪。纪系冀妻孙寿母舅，寿见猛色美，引入掖庭，得封贵人。冀欲认猛为己女，使她改姓为梁，又恐猛姊夫邴尊，方为议郎，或有漏泄情事，因使门客刺死邴尊，且欲将猛母宣一并刺死，才好灭口。真是无法无天。宣家在延熹里，与中常侍袁赦毗邻，冀遣刺客夜登赦屋，越入宣家，赦闻屋上有声，疑是盗至，立即鸣鼓会众，围捕刺客，好容易拿住一人，面加讯问，方知由梁冀差来，意在刺宣。赦急往宣家报明。宣因己女得为贵人，便入宫与语。贵人即转告桓帝，桓帝怒不可遏，起身如厕，有小黄门唐衡相随，因顾问道："宫中左右，何人与梁氏不和？"衡答说道："中常侍单超，小黄门左悺，前至河南尹梁不疑家，稍稍失礼，便被不疑拘他兄弟，收入洛阳狱中，超与悺踵门谢罪，才得释放。中常侍徐璜、黄门令具瑗，亦与梁氏有嫌，不过口未敢言，容忍至今。"桓帝不待说毕，便摇手道："我知道了！"写出慌张情状。当下由厕还宫，即召超悺入室，低声与语道："梁将军兄弟，专柄多年，胁迫内外，公卿以下，无人敢抗，朕意欲将他除去，常侍等意下如何？"要除即除，奈何向阉人问计？超、悺齐声道："祸国奸贼，当诛已久，臣等才皆庸劣，还乞圣裁！"桓帝又道："常侍等以为可诛，与朕同意，但须秘密定谋，方无他患！"超、悺又答说道："果欲除奸，亦非真是难事，但恐陛下不免狐疑！"桓帝道："奸臣胁国，理应伏辜，还有何疑？"乃更召徐璜、贝瑗入内，与定密议，且由桓帝亲啮超臂，出血为盟。超复申说道："陛下既已决计，幸勿再言，梁氏耳目甚多，一或败露，祸且不测！"说罢，便即退去。为此一番密议，果有人报知梁冀，惟所谋情事，尚未宣露。冀已心疑超等，亟使中黄门张恽入省宿卫，预备不虞。贝瑗饬吏收恽，说他无故入省，欲图不轨，当即拥帝御殿，召诸尚书入谕密谋，即使尚书令尹勋，持节出勒丞郎以下，使皆执械守住省阁，尽收符节，缴入省中。一面由黄门令贝瑗，招集左右厩驺，及虎贲羽林剑戟士，合得一千余人，会同司隶校尉张彪，往围冀第。

第五十回　定密谋族诛梁氏　嫉忠谏冤杀李云

并令光禄勋袁盱,收冀大将军印绶,降封冀为都乡侯。冀仓皇失措,仰药自杀;实是无用。妻孙寿,亦无路逃生,也即将鸩酒饮下,一同毙命,愁眉啼妆,悉成幻影,只可惜丢下秦宫。冀子河南尹梁胤,与叔父屯骑校尉梁让、亲从卫尉梁淑、越骑校尉梁忠、长水校尉梁戟等,尽被拘入;还有孙寿内外宗亲,亦皆连坐,无论老幼,全体诛戮,弃尸市曹。冀弟不疑及蒙,先已病死,幸免追究,余如公卿列校刺史二千石,坐死数十人。太尉胡广,司徒韩縯,尹颂病殁,由縯继任。司空孙朗,并因阿附梁冀,一并坐罪,减死一等,免为庶人。四府故吏宾客,黜免至三百余人,朝廷为空。这事起自仓猝,中使交驰,官府市里,鼎沸数日,才得安定,百姓莫不称庆。有司隶冀家产,变卖充公,合得三十余万万缗。诏减天下税租半数,所有梁冀私园,悉令开放,给与贫民耕植,普及隆恩。就是安葬懿陵的梁皇后,亦追加贬废,降称贵人冢。封单超为新丰侯,食邑二万户;徐璜为武原侯,贝瑗为东武阳侯,各万五千户;左悺为上蔡侯,唐衡为汝阳侯,各万三千户,这便叫作五侯。尚书令尹勋以下,计有功臣七人,皆封亭侯,勋为都乡亭侯,霍谞为邺都亭侯,张敬为西乡侯,欧阳参为仁亭侯,李玮为金门亭侯,虞放为吕都亭侯,周永为高迁乡亭侯。策文有云:

> 梁冀奸暴,浊乱王室,孝质皇帝聪明早茂,冀心怀忌畏,私行弑毒;永乐太和即匽皇后。亲尊莫二,冀又遏绝,禁还京师,使朕离母子之爱,隔顾复之恩,祸深害大,罪衅日滋。赖宗庙之灵,及中常侍单超、徐璜、贝瑗、左悺唐衡,尚书令尹勋等,激愤建策,内外协同,漏刻之间,桀逆枭夷,斯诚社稷之祐,臣下之力。宜班庆赏,以酬忠勋,其封超等五人为县侯,勋等七人为亭侯;其有余功足录,尚未邀赏者,令有司核实以闻。

这诏下后,单超复奏称小黄门刘普赵忠等,亦并力诛奸,应加封赏,乃复封刘赵以下八阉人为乡侯,与十九侯相去未远。从此宦官权力,日盛一日,势且不可收拾了。贵人邓猛,因色得宠,一跃为桓帝继后;后母宣得受封长安君。桓帝尚未知邓后本姓,还道她是梁家女儿,只因梁氏得罪,特令她改姓为薄;后来有司奏称后父邓香,曾为郎中,不宜改易他姓,于是使皇后复姓邓氏,追赠香为车骑将军,封安阳侯,香子演为南顿侯。演受封即殁,子康袭爵,徙封沘阳侯;长安君宣,亦徙封昆阳侯,食邑较多,赏赐以巨万计。进大司农黄琼为太尉,光禄大夫祝恬为司徒,大鸿胪盛允为司空;初置秘书监官。黄琼首举公位,志在惩贪,特劾去州郡赃吏,约十余人;独辟召汝南人范滂,使为掾吏。滂有清节,尝举孝廉,得受命为清诏使,按察冀州。滂登车揽辔,有志澄清,行入州郡,墨吏不待举劾,便已辞去。滂还都复命,迁官光禄勋主事。时陈蕃为光禄勋,由滂入府参谒,蕃不令免礼,滂怀愤投版,笏也。弃官径归。黄琼嘉他有守,故既登首辅,当即辟召。适有诏令三府掾属,举奏里谣,借核长吏臧否。滂即劾奏刺史二千石,及豪党二十余人,尚书嫌滂纠劾太多,疑有私故,滂答说道:"农夫去草,嘉禾乃茂;忠臣除奸,王道乃清。若举劾不当,愿受显戮!"尚书见他理直气壮,也不能再诘,只所劾诸人,未尽黜免。滂知时未可为,仍然辞去。光禄勋陈蕃,转任尚书令,荐引处士徐稺、姜肱、韦著、袁闳、李昙五人,有诏用安车玄𫖯,征令入朝,五人皆辞不就征。说起五人品行,俱有贞操,名重一时。徐稺字孺子,南昌人氏,家素寒微,稺力田自赡,义不苟取,持身恭俭,待人礼让,乡民统皆畣服,屡辟不起。陈蕃为豫章太守,聘稺入幕,使为功曹,稺一谒即退,不愿署官。蕃越加敬礼,与他结交,每邀稺入府叙谈,至暮未散,特设一榻留宿,待稺去后,便将榻悬起,他客不得再眠,及朝廷礼聘人至,声价益高。姜肱为广戚人,表字伯淮,平居以孝友闻,尝与二弟仲海季江,同被共寝。一日与季弟偕赴郡县,途中遇盗,持刃相遇,肱与语道:"我弟年幼,父母所怜,又未聘娶,若杀我弟,宁可杀我!"季江亦急说道:"我兄齿德在前,驰誉国家,怎可轻死?我愿受戮,聊代兄命!"真是难兄难弟。盗见他兄弟争死,不由的发起善心,收刀入鞘,但将两人衣服褫去。两人到了郡中,郡守见肱无衣服,当然惊问,肱托言他故,终不及盗。盗闻风感悟,俟肱归家,即踵前谢罪,送还衣服。肱却用酒食相待,好言遣去。郡县举肱有道方正,并皆不就。韦著字休明,籍隶平陵,隐居讲授,不闻世事。袁闳系故司徒袁安玄孙,家世贵盛,惟闳洁身修行,耕读自安。李昙世居阳翟,少年丧父,继母酷烈,服事益恭,常躬耕奉母,所得四时珍味,必先进母前,母亦化悍为慈,乡里共称为孝子,惟不求仕进,高隐以终。还有安阳人魏桓,亦以狷洁著名,由桓帝下诏特征,友人多劝他入都。桓反诘问道:"士子出膺仕版,必须致君泽民,今试问后宫千数,可遽损否?厩马万匹,可遽灭否?左右权豪,可遽去否?"友人徐徐答道:"这却未必!"桓嚣然道:"使桓生行死归,与诸君有何益处呢?"遂却还征车,终不就官。<small>阐发幽元。</small>桓帝征求名士,本没有甚么诚意,来与不来,由他自便,只对着故旧恩私,却是不吝爵赏,广逮恩施。中常侍侯览,献缣五千匹,便赐爵关内侯,又将他列入诛冀案内,进封高乡侯。览本无功,尚且借端影射,得受荣封,何况单超、贝瑗等五侯,自然格外贵显,因宠生骄,倾动中外。白马令李云,露布上书,移副三府,内有数语最为激切,略云:

> 梁冀虽恃权专擅,流毒天下,今以罪行诛,犹召家臣扼杀之耳,而猥封谋臣至万户以上,高祖闻之,得毋见非?西北列将,得毋懈体?古者有云:"帝者,谛也",今官位错乱,小人谄进,财货公行,政化日损;尺一拜用,尺一,指诏书。不经御省,是帝欲不谛乎?

第五十回　定密谋族诛梁氏　嫉忠谏冤杀李云

桓帝看到"帝欲不谛"四字,震怒异常,立命有司逮云下狱,使中常侍管霸,与御史廷尉,共同审讯,将处严刑。弘农掾杜众,闻云因忠谏获罪,也不禁鼓动侠肠,即向朝廷请愿,与云同死。桓帝愈怒,并饬将众拘送廷尉。陈蕃已改官大鸿胪,与太常杨秉,洛阳市长沐茂,郎中上官资,并上疏乞赦云罪,有诏切责,免蕃秉官,降茂资官秩二等。管霸见人心未顺,也在桓帝前跪请道:"李云草泽愚儒,杜众郡中小吏,情词狂戆,不足加罪。"桓帝呵叱道:"帝欲不谛,是何等语?常侍乃欲曲恕彼罪么?"说至此,复顾令小黄门传谕狱吏,将李云杜众处死,于是嬖宠益横。太尉黄琼,自思力不能制,乃称疾不起,桓帝尚未许休致,越二年始令免官,进太常刘矩为太尉。司徒祝恬已殁,代以司空盛允,不久复罢,可巧度辽将军种暠,召入为大司农,遂令暠继为司徒。司空一职,由太常虞放继任,又擢中常侍单超为车骑将军。超得握兵权,势焰益盛。前大鸿胪陈蕃,免归逾年,又由朝廷征为光禄勋。蕃见桓帝封赏逾制,内宠日多,更不禁愤然欲言,因上疏进谏道:

　　臣闻有事社稷者,社稷是为,有事人君者,容悦是为。今臣蒙恩圣朝,备位九卿,见非不谏,则容悦也。夫诸侯上象四七,谓二十八宿。垂耀在天,下应分土,藩屏上国;高祖之约,非功臣不侯。乃左右以无功博赏,至乃一门之内,侯者数人,故纬象失度,阴阳谬序,稼用不成,民用不康。臣知封事已行,言之无及,诚欲陛下如是而止!又近年收敛,十伤五六,民不聊生;而采女数千,食肉衣绮,脂油粉黛,不可资计。鄙谚云:"盗不过五女门",以女足贫家也;今后宫之女,岂不足贫国乎?是以倾宫嫁而天下化,纣作倾宫,藏纳美女,武王克殷,乃归倾宫之女于诸侯。楚女悲而西宫灾;鲁僖公废楚女,居西宫,因兆火灾。且聚而不御,必生忧悲之感,以致水旱之困。夫狱以禁止奸违,官以称才理物;若法亏于平,官失其人,则王道有缺,天下人民,皆将谓狱由怨起,爵以贿成。伏思不有臭秽,则苍蝇不飞。陛下果采求得失,择从忠贤,尺一选举,悉委尚书三公,使褒责诛赏,各有所归,岂不幸甚?

这篇奏疏,总算蒙桓帝采用一二条,放出宫女五百余人,降邑侯邓万世黄携为乡侯,仍旧是无关轻重。复起前太常杨秉为河南尹。秉莅任未几,又与权阉单超相忤,竟致得罪。先是超弟匡为济阴太守,受赃枉法,为兖州刺史第五种所闻,种即第五伦曾孙。使从事卫羽案验,查出赃五六十万缗,因即上书劾匡兄弟。匡未免惊惶,阴嘱刺客任方刺羽。羽早已防着,把方捕获,囚系洛阳。匡复恐杨秉出头,再加穷究,乃密令方突狱逃亡。尚书召秉责问,秉直答道:"方本无罪,罪在单匡,但教逮匡入都,下狱考治,自然水落石出,无从逃隐了！"这一番议论，本来是公正无私，偏单超在内把持，反诬秉私放任方，嫁祸单匡，竟将秉免官坐罪，输作左校，且将第五种构成他罪，充徙朔方。会值天气久旱，秉得遇赦，独第五种奉诏流徙，险些儿死于非命，不得生还。小子有诗叹道：

> 直臣报国敢偷生，被害阉人太不平。
> 留得一丝残命在，好教忠义两成名！
> 末句为下文伏案。

欲知第五种何故濒死，下回自当叙明。

梁冀之恶，比窦宪为尤甚，而其受祸也亦烈。窦宪伏法，未及全家，阎显受诛，尚存太后；若梁冀一门骈戮，即妻族亦无一孑遗，甚至三公连坐，朝右一空，设非平时稔恶，何由致此？天道喜谦而恶盈，福善而祸淫，观诸梁冀夫妇，而为恶者当知所猛省矣！惟前有十九侯，后有五侯，权威之伏莽，必假诸阉人之手，汉廷其尚有人乎？桓帝经此大变，犹不自悟，复滥逮恩私，厌闻谠论，李云语稍激切，即置之死地；杜众吁请代死，又加毒刑，有帝如此，宁非帝欲不谛耶？虽有善者，其如帝之不谛何哉？

第五十一回　受一钱廉吏迁官
劾群阉直臣伏阙

却说第五种见忤权阉，被徙朔方，已是冤屈得很，哪知单超更计中有计，叫他前往朔方，实是一条死路，不使生归。蛇蝎心肠。原来朔方太守董援，乃是单超外孙，一闻第五种将到，自然摩厉以须，即欲将种处死。种前为高密侯相，尝优待门下掾孙斌，斌此时已入京当差，侦知超谋，亟语友人闾子直甄子然道："盗憎主人，由来已久；今第五使君当投畀土，偏有单超外孙，为彼郡守，是明明前去送死哩！我意欲追援使君，令得免难；若我奉使君回来，计惟付汝二人，好为藏匿，方可无虞！"闾甄二人齐声应诺。于是斌率侠客数人，星夜追种；行至太原，幸得相遇，当然格毙送吏，由斌下马让种，斌随后步行，一昼夜行四百里，才得脱归，就将种交与闾甄二家，匿处数年。至单超已死，徐州从事臧旻，为种讼冤，始得邀赦还乡，正命考终。幸有义友。惟单超于延熹二年病死，诏赐东园秘器，及棺中玉具；到了出葬时候，复发五营骑士，与将作大匠，筑造坟茔，更令将军侍御史护丧，备极显赫。嗣是左悺贝瑗徐璜唐衡等四

第五十一回　受一钱廉吏迁官　勃群阉直臣伏阙

侯，越觉骄横，统皆起第宅，筑楼观，穷工极巧，备极繁华；又多取良人美女，充作姬妾，衣必绮罗，饰必金玉，几与宫中妃嫔相似，假夫妻有何乐趣？所有仆从婢媪，亦皆乘车出入，倚势作威。都中人为作短歌道："左回天，贝独坐；徐卧虎，唐两堕。"两堕，谓随意所为，不拘一格，或作"两为雨"者，误。四侯权焰熏天，只苦不能生育，于是收养螟蛉，或取自同宗，或乞诸异姓，甚且买奴为子，谋袭封爵；兄弟姻戚，都得乘势攀援，出宰州郡。单超弟安，得为河东太守；弟子匡，得为济阴太守；左悺弟敏，得为陈留太守；贝瑗兄恭，得为沛相；徐璜弟盛，得为河内太守；兄子宣，得为下邳令。这班权阉家属，统是无德无能，但知作威作福，可怜那无辜百姓，枉受折磨，无从呼吁。就中有下邳令徐宣，尤为暴虐，莅任以后，有所需求，定要弄他到手，不管甚么理法。故汝南太守李暠，籍隶下邳，生有一女，却是美貌似花，守身如玉。宣早闻她德容兼工，求为姬妾。李暠虽已去世，究竟是故家世族，怎肯将黄堂太守的女儿，配做阉人子弟的次妻？当然设词谢绝。哪知宣怀恨在心，既做了下邳令，就潜遣吏卒，闯入暠家，竟将暠女劫取了来，暠女宁死不从，信口辱骂，惹得徐宣性起，指挥奴仆，将暠女褫去外衣，赤条条的绑于柱中，要她俯首受污；暠女倔强如故，宣反易怒为笑，取出一张软弓，搭住箭干，戏把暠女作为箭靶，接连射了好几箭，断送了名媛性命；反掷弓地上，大笑不止；当下将女尸拖出；藁葬城东。令人发指。暠家失去娇女，自然向太守鸣冤；偏太守惮宣威势，不敢案验，一味的延宕过去，经暠家再三催请，终无音响。可巧有个东海相黄浮，刚正著名，不畏强御，当由暠家具词申控，果然朝进冤词，夕蒙批准。下邳为东海属县，浮正好秉公办理，立饬干吏传到徐宣，面加讯鞫，宣尚狡词抵赖，再将宣家属一并拘入，无论老少长幼，各自审问，免不得有人招认，一经质对，宣亦无从狡展；惟还仗着乃叔势力，不肯服罪，浮竟命左右褫宣衣冠，将他反剪，喝令推出斩首。掾史以下，争至浮前谏阻，浮奋然道："徐宣国贼，淫凶无道，今日杀宣，明日我即坐罪，死亦瞑目了！"好一个铁面官。说着，即起座出辕，亲自监斩，榜罪通衢，暴尸市曹，都中无不称快。独徐璜得宣死耗，大为怨恨，便入白桓帝，捏造谎言，只说黄浮得了私贿，妄害侄儿；桓帝信以为真，即将浮革职论罪，输作左校。嗣复令左悺兄胜，为河东太守，皮氏县长赵岐，耻为胜属，即日弃官归里；岐为京兆人氏，总道归田守志，可以无虞，哪知京兆尹换一新官，乃是唐衡兄玹，与岐有隙，诬称岐窃帑逃回，饬吏收捕；岐先得风声，走匿他处，吏役无可报命，索性把岐家族，尽行拘去，迫令将岐交出，岐闻全家被系，奔窜益远，哪里还敢投案？唐玹即将岐家族数十人，一体骈戮，只有岐隐姓埋名，逃至北海市中，卖饼为生。北海人孙嵩，见岐仪容雅秀，料非凡品，因即载与俱归，藏置复壁中。后来诸唐失势，岐乃复出，再拜并州刺史。事见后文。

且说太尉黄琼，因病免官，继任为太常刘矩。矩系沛人，前为雍邱令，以礼化民，民有争讼，辄传引至前，提耳训告，说是忿恚可忍，县署不可入，使他归家自思，两造闻言感悟，往往罢去，因此狱讼空虚，循声卓著；累迁为朝中首辅，颇号得人。未几司空虞放，亦因事免归，再召黄琼为司空，琼固辞不获，勉强就职，月余复乞休归去；乃进大鸿胪刘宠为司空。宠籍隶东莱，曾出守会稽，除烦苛，禁非法，郡中大治，被征为将作大匠，仆被起行，途遇五六老叟，各赍百钱，奉作贶仪。宠慰谕道："父老远来送行，得毋太苦？"诸老叟齐声道："山谷衰民，未识朝仪，但知前时太守，专务苛征，郡吏奉令催迫，日夜不绝，无人敢安；今自明府下车以来，吏不追呼，犬不夜吠，小民何幸，得遇使君？乃闻朝廷征公内用，无从挽留，不得已来此送公，明知百钱不足为贶，惟思公两袖清风，不愿多受，区区奉敬，聊表诚意罢了！"宠温颜答道："我政何能尽如叟言？只是烦劳父老，未便却情。"说至此，即将诸老叟所奉各钱，选出大钱一枚，总算收受，余皆却还，遂与诸老叟拱手告别；后人称为刘宠一钱，便是为此。可传不朽。宠入都为将作大匠，转调大鸿胪，超迁司空，与刘矩同为东汉良辅，且当时司徒种暠，亦有重名，三人齐心辅政，阉竖等稍稍敛迹，号称清平。故太尉李固幼子燮，奉诏征入，见四十八回。向姊文姬辞行，文姬戒燮道："我家血食将绝，幸存我弟，得延一脉，重见天日，此去不患不得官，惟得官以后，宜杜绝交游，勿妄往来，更不可恨及梁氏，或有怨言；否则牵连主上，祸且重至了！"好姊姊。燮唯唯而去，入朝得为议郎。已而王成病逝，燮追忆旧恩，依礼奉葬，每遇四节，必特设上宾位置，虔诚奉祀，王成保护李燮，亦见前文。这也可谓以德报德，不负恩人了。延熹三四年间，西羌复叛，护羌校尉段颎，屡次出讨，无战不捷；可奈羌众刁顽，出没无常，此去彼来，彼仆此起，累得河西一带，鸡犬不宁。烧当烧何诸羌，先寇陇西金城，已被段颎击退；嗣又有先零羌零吾羌等，进寇三辅，转入并凉二州，段颎复调集湟中义从诸兵，前去堵截。偏凉州刺史郭闳，贪功忌能，多方牵掣颎军，使不得进，义从诸兵，役久思归，陆续溃叛；郭闳且上书劾颎，反咎他不能抚下，遂致朝廷震怒，逮颎下狱，输作徒刑。河西失一长城，羌众愈炽。时皇甫规为泰山太守，平定剧贼叔孙无忌，威震一方，他本家居安定，熟悉羌情，因闻叛羌猖獗，志在奋效，乃即慨然上疏道：

　　自臣受任，志竭愚钝，实赖兖州刺史牵颢之清猛，中郎将宗资之信义，得承节度，幸无咎誉。今猾贼就灭，泰山略平，复闻群羌并皆反逆，臣生长邠岐，年已五十有九，昔为郡吏，再更叛羌，预筹其事，有误中之言；臣素有痼疾，恐犬马齿穷，不报大恩，愿乞尤官，备单车一介之使，劳来二辅，宣国威泽，以所习地形兵势，佐助诸军。臣穷居孤危之中，坐观郡将，已数十年矣,自鸟鼠山至东岱,其病一也。力求猛敌,不如清平,勤明吴孙,未若奉法,前变未远,臣诚戚之;是以越职尽其区区,伏赐垂鉴。

这疏呈入,有诏令规为中郎将,使持节监关中兵,往讨诸羌。规受命西行,既至凉州,立即部署兵马,出击羌众,斩首至八百级,羌众乃退;规复晓谕威信,随机招抚,相率畏怀,互为劝降,投诚至十数万人。到了次年,沈氏羌又入寇张掖酒泉,规发降羌往御,适值暮春霪雨,疫气熏蒸,军中陆续传染,十死三四,规亲至营帐,巡视将士,三军感奋,壁垒一新,羌人望风震慑,遣使乞降。安定太守孙儁,属国都尉李翕,督军御史张禀,贪残狼藉,多杀降羌;凉州刺史郭闳,汉阳太守赵熹,又皆倚恃权贵,不遵法度,规按罪条奏,或免或诛,羌人更不胜感激,翕然听命。沈氏羌豪滇昌饥恬等,带领十余万口,共诣规营,长叩请罪;当由规善言抚慰,扶令起身,延入座中,晓示祸福利害,滇昌等应声如响,欢跃而去。看官试想!如皇甫规这番功绩,应该从优议叙,晋锡崇阶;谁知朝中腐竖,因他劾去私党,且没有甚么私赠,竟在桓帝面前,交相谮构,反谮规贿嘱群羌,虚词降服。桓帝糊涂得很,遽下玺书责规。规忧愤交并,因复上书自讼道:

四年之秋,戎蠢丑虔,爰自西州,侵入泾阳,旧都惧骇,朝廷西顾,明诏不以臣愚驽怠,使率军就道;幸蒙威灵,得振国命,羌戎诸种,大小稽首,所省之费,约一亿以上,以为忠臣之义,不敢告劳,故耻以片言自及微效。然比方先事,庶免罪悔,前践州界,先奏郡守孙儁,次及属国都尉李翕,督军御史张禀;旋又劾凉州刺史郭闳,汉阳太守赵熹,陈其过恶,执据大辟。凡此五臣,支党半国家,下至小吏,所连及者复有百余,吏托报将之怨,子思复父之耻,载赘驰车,怀粮步走,交构豪门,竞流谤讟。云臣私贿诸羌,仇以钱货。若臣以私财,则家无担石,如物出于官,则文簿易考。就臣愚惑,信如言者,前世尚遗匈奴以宫姬,镇乌孙以公主,今臣但费千万以怀叛羌,则良臣之才略,兵家之所贵,将有何罪负义违理乎?自永初以来,将出不少,覆军有五,动资巨亿,有旋车完封,输入权门,而名成功立,厚加爵赏;今臣还督本土,纠举诸郡,绝交离亲,戮辱旧故,众谤阴害,固其宜也!臣虽污秽,廉洁无闻,今见复没,耻痛实深,《传》称鹿死不择音,谨冒昧略上!

桓帝得书,虽然免谴,但仍将规召还都中,使为议郎。中常侍徐璜左悺,尚欲向规求赂,屡遣私人问规功状,规终不一答;璜等恼羞成怒,再将前案提起,迫规就吏。规毅然对簿,词不少屈。亲友属僚,多劝规从权贬节,且各欲为规酿资,馈遗权阉,规誓死不从。于是罗织成狱,说是余寇未绝,坐系廷尉,罚令至左校署充工；可悲，可叹！幸亏三公从中解救，又有太学生张凤等三百余人，诣阙陈书，代规鸣冤，规始得赦罪，罢遣归家。会南中变起，长沙零陵一带，盗贼啸聚，进攻桂阳，艾县贼又相继响应，焚长沙，掠益阳；零陵武陵诸蛮，复乘势蠢动，四出劫掠。御史中丞盛修，奉诏往讨，反为贼败；南郡太守李肃，弃城逃生；主簿胡爽，叩马谏净，被肃杀死，朝廷捕肃处斩；荫恤爽子，特令太常冯绲为车骑将军，督兵剿贼。绲见前时所遣将帅，往往被宦官陷害，因请中常侍一人偕行，监察军费，乃命张敞监军；前武陵太守应奉，有德及民，舆情翕服，绲又调令同往。及抵长沙，便使奉晓谕贼众，贼果释械请降；进击武陵蛮，斩首四千级，受降十余万，荆州平定。绲归功应奉，荐为司隶校尉，自乞骸骨归里，有诏不许。惟宦官向绲索赂不得如愿，遂嗾使监军张敞，奏称绲挈美婢二人，戎服从军，又至江陵勒石纪功，妄为夸张，请下吏案验；尚书令黄㒞，谓绲无罪，才得罢议。赵年桂阳复乱，由太守陈奉讨平，绲终坐此免官。狐鼠凭城，难为功狗。前冀州刺史朱穆，复起为尚书，目睹宦官骄横，不忍缄默，因申疏力谏道：

案本朝故事，中常侍参选士人，建武以后，乃悉用宦者，自延平以来，浸益贵盛，假貂珰之饰，处常伯之任，天朝政事，一更其手，权倾海内，宠贵无极，子弟亲戚，并荷荣任，故放滥骄溢，莫能禁御。凶狡无行之徒，媚以求官，恃势怙宠之辈，渔食百姓，穷破天下，空竭小民，愚臣以为可悉罢省，遵复往初，率由旧章；更选海内清净之士，明达国体者，以补其处，则陛下可为尧舜之君，众僚皆为稷契之臣，兆庶黎民，蒙被圣化矣！

疏入不省，朱穆待了数日，未见批答，乃入朝进见，伏阙面陈道："臣闻汉家旧典，尝置侍中中常侍各一人，省览尚书事，又有黄门侍郎一人，传发书奏，这三人统用士族。自和熹太后临朝，不接公卿，始用阉人为常侍小黄门，通命两宫，嗣是以后，权倾人主，穷困天下，今宜一律罢遣，博选耆硕，与参政事，方可追复前规，再臻盛治。愿陛下勿疑！"桓帝听着，默不一答，面上且现出怒容。穆伏不肯起，当由左右传旨令退，好多时方才起来，徐徐退去。宦官恨穆切直，屡加诋毁，穆愤不得伸，疽发背上，未几病终，享年六十有四。总计穆居官数十年，蔬食布衣，家无余产，公卿共表穆立节忠清，虔恭机密，守死善道，宜蒙旌宠；桓帝乃下诏褒叙，追赠穆为益州太守。先是穆父颉为陈相，修明儒术，颉殁后，由穆与诸儒考依古义，谥为贞宣先生；及穆病逝，陈留人蔡邕，复与门人述穆体行，谥为文忠先生。前太尉黄琼，家居二年，老病益剧，自思权阉当道，未能力除，常引为己憾。特草成遗疏千言，使人赍至阙廷，由小子节录如下：

> 陛下初从藩国,爰升帝位,天下拭目,谓见太平;而即位以来,未有胜政。诸梁秉权,竖宦充朝,重封累职,倾动朝廷;卿校牧守之选,皆出其门,羽毛齿革明珠南金之宝,殷满其室,富拟王府,势回天地;言之者必族,附之者必荣,忠臣惧死而杜口,万夫怖祸而木舌;塞陛下耳目之明,更为聋瞽之主。故太尉李固杜乔,忠以直言,德以辅政,念国忘家,陨殁为报,而坐陈国议,遂见残灭,贤愚切痛,海内伤惧。又前白马令李云,指言宦官罪秽宜除,皆因众人之心,以救积薪之敝;弘农杜众,知云所言宜行,惧云以忠获罪,故上书陈理之,乞同日而死;所以感悟国家,庶云获免。而云既不辜,众又并坐,天下尤痛,益以怨结,故朝野之人,以忠为讳。尚书周永,昔为沛令,素事梁冀,借其威势,坐事当罪,越拜令职;及见冀将衰,乃阳毁示忠,遂因奸计,亦取封侯;又黄门协邪,群辈相党,自冀兴盛,腹背相亲,朝夕图谋,共构奸宄,临冀当诛,无可设巧,复记其恶,以要爵赏。陛下不审别真伪,复与忠臣并时显封,使朱紫共色,粉墨杂蹂,所谓抵金玉于沙砾,碎珪璧于泥涂,四方闻之,莫不愤叹。臣至顽駑,世荷国恩,身轻位重,勤不补过;然惧于永殁,负衅益深,敢以垂绝之日,陈不讳之言,庶有万分,无恨三泉。

这本奏章,也是自知必死,尽言规主;怎奈桓帝沉迷不醒,看了这班刑余腐竖,好似再造恩人,无论他如何凶横,总是不忍撵逐,坐使赤胆忠心的黄世英,琼字世英。饮恨以终。讣闻朝廷,总算予谥忠侯,追赠车骑将军。小子有诗叹道:

临死犹闻上谏章,良言未用志难偿。

臣躯虽逝忠常在,赢得千秋一字香。

黄琼既殁,四方名士,争往会葬,多至六七千人;独有一儒生前来吊丧,举动行止,与众人迥不相同。欲知此人来历,待至下回表明。

东汉时代,循吏颇多,往往升任三公,匡辅王室,而朝政未闻有起色者,君失其明,内蔽群小,而三公不能久任故也。试观刘宠之卸任会稽,仅受一钱,其生平之廉洁可知;及擢任司空,与刘矩种暠同心辅政,应不难坐致太平,然而庸主之昏迷如故,虽有良辅,无能为力;况置三公如弈棋,不久而皆闻罢免耶?段颎皇甫规冯绲等,并有功加罪,朱穆力诤而不用,黄琼死谏而不从,汉之为汉,大势可知。宁待党锢祸起,正士一空,而始见东京之沦替欤?

第五十二回　导后进望重郭林宗
易中宫幽死邓皇后

　　却说黄琼殁后，会葬至六七千人，就中有一儒生，行至冢前，手携一筐，从筐中取出絮包，内裹干鸡，陈置墓石，再至冢旁汲水，即将干鸡外面的絮裹，漉入水内，絮本经酒渍过，入水犹有酒气，当下取絮酹墓，点点滴滴，作为奠礼；复向筐内探出饭包，借用白茅，然后拜哭尽哀，起身携筐，掉头竟去。会葬诸人，先见他举动异常，不便过问，惟在墓旁敛坐默视，到了该生去后，方交头接耳，猜及姓名。太原人郭泰，首先开口道："这定是南昌高士徐孺子呢！"陈留人茅容，素善高谈，便应声道："郭公所言，想必无讹；容当追往问明便了！"说着，即据鞍上马，向前急追，约行数里，果得追及，问明姓氏，确系徐稚，表字孺子。容便沽酒设肉，与为宾主，两人小饮颇酣，性情款洽。容乘间谈及国事，稚微笑不答；惟问至稼穑，方一一相告。待至饮罢，彼此起身揖别，稚始与语道："为我谢郭林宗，泰字林宗。大树将颠，非一绳所能维，何必栖栖皇皇，不遑宁处呢？"见识独高。容即返告郭泰，泰不禁叹息。或向泰进言道："茅生非不可与言，孺子乃未肯与谈国事，岂非失人？"泰摇首道："孺子为人，清廉高洁，饥不可得食，寒不可得衣，今为季伟饮食，明是视为知己，刮目相看；若不答国事，便所谓智可及，愚不可及哩！"看官听说，这季伟就是茅容表字，容家居陈留，年至四十余，在野躬耕，与同侪避雨树下，众皆蹲踞，惟容整襟危坐，郭泰适过道旁，见容造次尽礼，就揖容与语，借着寻宿为名，意欲寓居容家；容坦然允诺，留泰归宿。黎明即起，杀鸡为黍，泰总道是饷客所需，未免过意不去，哪知容是杀鸡奉母，及与泰共餐，只有寻常菜蔬，未得一䁖。泰食毕与语道："君真高士，郭林宗尚减牲缩膳，储待宾客，君乃孝养老母，好算是我良友了！"因劝令从学，终成名士。泰明能知人，素好奖引士类，后进多赖以成名。巨鹿人孟敏，尝负甑堕地，不顾而去，可巧泰与相值，召问敏意，敏直答道："甑已破了，回顾何益？"泰见他姿性敏快，亦劝令游学，果得成名。陈留人申屠蟠，九岁丧父，哀毁过礼，服阕犹不进酒肉，约十余年；当十五岁时，闻得同郡孝女缑玉，为父报仇，杀死夫从母兄李士，被系狱中，他即邀集诸生，替玉讼冤道："如玉节义，足为无耻子孙，隐加激励；就使不遇明时，尚当旌表庐墓，况一息尚存，遭际盛明，怎得不格外哀矜呢？"颇有侠气。外黄令梁配，览书感动，乃减玉死罪，但处轻刑。乡人称为义童。惟因家世贫贱，不得已佣作漆工，泰闻蟠义

第五十二回　导后进望重郭林宗　易中宫幽死邓皇后

侠有声,特往与相见,假资勉学,蟠遂得以经艺名家。此外教授子弟,不下千人,惟不愿出仕,故太尉黄琼等,屡次辟召,泰终不应。有人从旁劝驾,泰喟然道:"我夜观乾象,昼察人事,天已示废,如何再能支持呢?"话虽如此,但尚周游京邑,诱掖后进,不遗余力。

时有蒲亭长仇香,以德化民,尝令子弟就学,期年大化;有顽民陈元不孝,被母告发。香亲至元家,为陈人伦孝行,反复晓谕,元不禁感泣,立誓悔过,终为孝子。考城令王奂,闻香贤名,召为主簿,且与语道:"君在蒲亭,使陈元不罚而化,政绩可嘉;但古人有言:'嫉恶如鹰鹯。'君得毋尚少此志么?"香答说道:"鹰鹯究不若鸾凤,香所以不愿出此哩!"奂叹息道:"枳棘非鸾凤所栖,百里非大贤所驻;今日太学诸生,曳长裾,哗声誉,皆不若主簿,何苦郁郁居此,埋没一生?"香辞以无资,奂持捐俸一月,遣令入都。栽培名士,当效郭王。香既进太学,与同郡符融毗连邻舍。融性喜交游,宾客不绝,见香闭门自处,便乘暇过语道:"京师为人文渊薮,英雄四集,君奈何不与结交?"香闻言正色道:"天子设太学,难道使诸生徒骋游谈么?"说得符融嗒然若丧,俯首趋出。既而融转告郭泰,泰投刺往访,与谈数语,当即起拜道:"君足为泰师,不止为泰友哩!"嗣香学成归里,仍然杜门谢客,无心仕进,隐居终身;惟泰往来如故,虽系屠沽卒伍,向他问业,无不收受。陈国童子魏昭,慕泰重名,踵前相请道:"经师易遇,人师难求,愿为先生供给洒扫!"泰即令为弟子,随时指导,旋即成材。扶风人宋果,行为粗暴,太原人贾淑,性情险恶,皆经泰曲示裁成,化为善士。因此远近景仰,无不归怀。泰尝至陈梁间,途中遇雨,巾坠一角,时人乃故意仿效,号为"林宗巾",可见得人心向慕,远近从同了。前光禄勋主事范滂,与泰相识,或问范滂道:"郭林宗究系何等人?"滂应声道:"隐不违亲,贞不绝俗;天子不得臣,诸侯不得友。此外非我所敢知呢!"后来泰丁母忧,悲戚过甚,竟至呕血,杖而后起,出视庐前,见有生刍一束,置诸地上,因即问明旁人,才知有人吊丧,置刍自去。当下因感生慨道:"这又是徐孺子所为!《诗经》有云:'生刍一束,其人如玉。'我有何德,足以当此?"其实徐稚寓意,仍教他蛰居空谷,毋致縻维的意思,就是徐稚前祭黄琼,亦无非追怀旧谊,自表余情,并不是慕琼勋名,来赶这场热闹。从前琼在家授徒,稚辄过访经义,及琼备历显阶,却绝迹不赴,琼遣吏辟召,亦俱谢绝。他如陈蕃为豫章太守时,悬榻待稚,稚间或往来;见前文。嗣闻蕃入为尚书令,也不复往谒;蕃将稚名登诸荐牍,又屡征不起,蕃却在朝多年,屡退屡进,平时辄因事匡谏,往往未见施行。无道则隐,何不效徐孺子?先是侍中爰延,在宫值差,桓帝尝问延道:"卿视朕为何如主?"延以中主相对,桓帝又问为何因,延复说道:"尚书令陈蕃,任事即治;中常侍黄门,与政即乱。臣故知陛下可与为善,可与为非。"论颇平允。桓帝虽随口称善,进延为五官中郎将,但究不能重任陈蕃。会因客星经犯帝座,延又劝桓帝任贤去邪,终不见从,延称病引去;蕃仍守原职,未闻乞休。及调任光禄勋,正值车驾出幸河南,校猎广成苑中,陈蕃上疏谏阻,略言时当三空,不应畋游,三空是田野空,朝廷空,仓库空,却是确中时弊,并非虚言;偏桓帝游兴方浓,未肯中止,再加一班左右近臣,巴不得乘舆出幸,好乘此予取予求,自饱欲壑。于是奉驾南行,沿途需索,不可胜计,到了罢猎回宫,已皆贪囊充牣,喜跃而归。小人无一不贪财。

太尉刘矩,司空刘宠,俱因灾异相寻,坐谴免官,司徒种暠,又复病殁,桓帝特进太常杨秉为太尉,卫尉许栩为司徒,周景为司空。秉即杨震次子,父子相继为太尉,士论称荣;周景在卫尉任内,正直无私,素与杨秉气谊相投,至同列台阶,遂联名上奏,请将中官子弟,悉数罢斥,桓帝总算依从,黜免使匈奴中郎将燕瑗、青州刺史羊亮、辽东太守孙谊等五十余人,再起皇甫规为度辽将军,往镇朔方。规莅任数月,即奏举武威太守张奂,才略兼优,宜为主帅,自己愿为奂副。朝廷准如所请,乃迁奂为度辽将军,规为使匈奴中郎将。奂本酒泉人氏,曾为梁冀故吏,坐党梁氏,致遭禁锢;皇甫规常与友善,荐牍七上,乃得起为武威太守。武威僻处西陲,民多愚野,经奂严加赏罚,济以教养,风俗一新,百姓无不悦服,为立生祠;至迁任度辽将军,并得皇甫规为辅,爱威并用,夷夏归心,幽并二州,安静了好几年。惟桓帝耽情游乐,屡思南巡,自广成苑校猎以还,倏忽一载,乃复鼓动游兴,托言至章陵祭祖,启跸出都,章陵即春陵县,事见前文。翠华一出,扈从万计,比前此校猎广成时,热闹加倍,途次征求费役,更形骚扰;独护驾从事胡腾,看不过去,上言天子无外,乘舆所幸,即为京师,臣请以荆州刺史,比司隶校尉,臣自同都官从事。桓帝依议施行,腾乃得严申约束,遇有阉宦私索等情,立令州县报闻,州县如有徇隐,罪与同科,得此一举,才觉纪律肃然,莫敢干扰。车驾到了章陵,谒祭园庙,颁赐守令以下,多寡有差;再启行至云梦泽,临览汉水,复还幸新野,遍祀湖阳新野两公主各祠,两公主,系光武帝祠。然后返驾入都,时已为延熹八年的残腊了。越年正月,诏遣中常侍左悺,前往苦县,致祭老子。真是多事,且由宦官主祭,老子有灵,岂肯就飨。待至左悺复命,凑巧权阉得罪,悺亦被劾,声势隆隆的左回天,到此亦无术求生,只好自寻死路了。说起权阉得罪的祸根,起自益州刺史侯参。参为中常侍侯览亲弟,倚兄势力,贪暴横行,凡民间财产丰富,即诬以大逆,诛灭全家,没入财物,前后得赃无数,怨积全州。事为太尉杨秉所闻,因即据实纠弹;有诏用槛车逮参,参在道自杀。京兆尹袁逢,至旅舍阅参行李,共有三百余车,统载金银珍玩,光耀满目,特上书报闻,秉乃再劾侯览,请一并放黜,语云:

第五十二回 导后进望重郭林宗 易中宫幽死邓皇后

臣案国旧典,宦竖之官,本在给使省闼,司昏守夜;而今猥受过宠,执政操权,其阿谀取容者,则因公襃举,以报私惠;有忤逆于心者,必求事中伤,肆其凶忿;居法王公,富拟国家,饮食极肴膳,仆妾盈绮素,虽季氏专鲁,穰侯擅秦,穰侯即秦昭王舅。何以尚兹?案中常侍侯览弟参,贪残元恶,自取祸灭,览固知衅重,必有自疑之意,臣愚以为不宜复见亲近;昔齐懿公刑邴歜之父,夺阎职之妻,而使二人参乘,卒有竹中之难,《春秋》书之,以为至戒。盖郑詹来而国乱,事见《公羊传》。四佞放而众服;四佞,即四凶。以此观之,容可近乎?览宜即屏斥,投畀有虎,若斯之人,非恩所宥,请免官送归本郡,全其余生,则忧足弭而为德亦大矣。

桓帝览奏,还是不忍罢览,再令尚书召秉掾属,用言诘问道:"公府外职,乃奏劾近官,经典汉制,曾有此故事否?"掾吏答道:"春秋时,赵鞅兴甲晋阳,入除君侧,经义不以为非,传谓除君之恶,唯力是视,汉丞相申屠嘉,面责邓通,文帝且为请释,本朝故事,三公职任,无所不统,怎说不能奏劾近官呢?"理由充足。尚书无词可驳,还白桓帝;桓帝不得已罢免览官。司隶校尉韩縯,复奏列左悺罪恶,及悺兄太仆左称;悺与称胆怯心虚,自恐不能逃罪,并皆仰药毕命。縯又劾具瑗兄恭,历任沛相,受赃甚多,亦应按赃治罪,诏即征恭下狱。瑗入宫陈谢,缴还东乡侯印绶。桓帝令瑗免官,贬为都乡侯,瑗归死家中。时单超唐衡早卒,徐璜亦死,子弟本皆袭封,至此并降为乡侯,这就是五侯的结局。只有左悺自尽,余皆令终,不可谓非幸遇。皇后邓氏,专宠后庭,母族均叨恩宠,兄子康已早封淮阳侯,康弟统复袭后母封邑,得为昆阳侯,邓后曾宣,曾封昆阳君,至是,宣殁,故令统袭封。统从兄会,却袭后父香封爵,得为安阳侯,统弟秉,又受封淯阳侯,就是后叔父邓万世,尝拜官河南尹,与桓帝并坐博弈,宠幸无比。约莫有六七年,邓后色已浸衰,桓帝又别选丽姝,充入后宫,先后不下五六千人,就中总有几个容貌超群,赛过邓后,桓帝得新忘旧,自然把邓后冷淡下来;邓后不免怀忿,时有怨言,又因桓帝所宠,莫如郭贵人,因与她积成仇隙,互搬是非。郭贵人甫承宠眷,一言一语,皆足移情,桓帝素来昏庸,怎能不为所蛊敝?那郭贵人乐得媒孽,遂把那邓后行止,随时谮毁,说得她如何骄恣,如何妒忌,惹动桓帝怒意,于延熹八年正月,废去皇后邓氏,撺往暴室,活活幽死。河南尹邓万世,及安阳侯邓会,并连坐下狱,相继瘐死;邓统等亦逮系暴室,褫夺官爵,黜归本郡,财产俱没入县官,邓氏复败。前度辽将军李膺,再起为河南尹,适值宛陵大姓羊元群,自北海郡罢官归来,赃罪狼藉,膺表陈元群罪状,欲加惩治;哪知元群行赂宦官,反说膺挟嫌中伤,竟将膺罢官系狱,输作左校。前车骑将军冯绲,复入为将作大匠,迁官廷尉,案验山阳太守单迁,因他情罪从重,笞死杖下;迁为故车骑将军单超亲弟,中官与有关系,遂飞章构成绳罪,亦与李膺同为刑徒。中常侍苏康管霸,霸占良田美产,州郡不敢诘,大司农刘祐,移书州郡,将二阉占有产业,悉数没收。二阉当然泣诉桓帝,桓帝大怒,亦将刘祐下狱论罪,输作左校。太尉杨秉,正欲为三人讼冤,不意老病侵寻,竟致不起。秉中年丧妻,不复续娶,居官以清白见称,绰有父风,尝自谓我有三不惑,酒、色与财,及病殁时,年已七十有四。桓帝赐茔陪陵,特进陈蕃为太尉,蕃奉诏固辞道:"不愆不忘,率由旧章,臣不如太常胡广;齐七政,训五典,臣不如议郎王畅;聪明亮达,文武兼资,臣不如弛刑徒李膺;愿陛下就三人中,简贤授职,臣却不敢滥厕崇阶!"桓帝优诏不许,蕃乃受命就任,入朝白事,屡言李膺冯绲刘祐三人冤屈,应即日赦宥,赐还原职,桓帝置诸不答;蕃复跪请再三,反复陈词,备极恳切,仍未见桓帝允许,乃流涕起去。司隶校尉应奉,见蕃屡请不准,独上疏申讼道:

昔秦人观宝于楚,昭奚恤莅以群贤,梁惠王玮其照乘之珠,齐威王答以四臣;夫忠贤武将,国之心膂。窃见左校弛刑徒前廷尉冯绲,大司农刘祐,河南尹李膺等,执法不挠,诛举邪臣肆之以法,众庶称宜;昔季孙行父亲逆君命,逐出莒仆,于舜之功二十有一,今膺等投身强御,毕力至罪,陛下既不听察,而猥受谮诉,遂令忠臣同愆元恶,自春迄冬,不蒙降恕,遐迩观听,为之叹息。夫立政之要,记功忘失,是以景帝舍安国于徒中,景帝时,韩安国为梁大夫坐法抵罪,后复起为梁内史。宣帝征张敞于亡命。敞为京兆尹,杀人亡命,会冀州乱,复征为刺史。前绲讨蛮荆,均吉甫之功;周尹吉甫征服猃狁。祜数读若朔。临督司,有不吐茹之节;膺威著幽并,遗爱度辽;今三隅蠢动,王旅未振,《易》称雷雨作解,君子以赦过宥罪,乞原膺等,以备不虞,是臣等所无任翘望者也。

经此一疏,却蒙桓帝听从,便将三人赦罪。陈蕃屡言不听,应奉一疏即行,为蕃计已可引身退去。已而桓帝拟立继后,意在采女田圣,圣家世微贱,独生得妖娆艳冶,姿态绝伦,桓帝得了此女,又将郭贵人撇诸脑后,日夕与田圣同处,相狎相倚,如漆投胶;因此欲将圣册立为后。司隶应奉,伏阙固诤,力言田氏单微,不足为天下母。太尉陈蕃,亦申言后宜慎选,不如册立窦贵人,却是世家旧戚,足配圣躬。桓帝无可如何,乃立窦贵人为继后。后为窦融玄孙窦武女儿,即章帝后从祖弟的孙女,入宫未几,得为贵人,既已正位中宫;父武得进任城门校尉,受封槐里侯。惟窦后姿色,不及田圣,桓帝因公论难违,勉强册立,所以御见甚稀,有名无实;那桓帝的爱情,仍然专属田圣一人。小子有诗叹道:

溺情无过绮罗丛,欲海沉迷太不聪。
二十年来昏浊甚,徒教妇寺乱深宫!

欲知后事如何,且看下回续叙。

隐不违亲,贞不绝俗,乃郭林宗一生确评。林宗生遭衰世,已知大局之不可复支,惟悲天悯人之衷,始终未尝,不得已栽培后进,使之成材,为斯文留一线之光;孔孟之辙环天下,教授生徒,犹是志耳。彼陈蕃李膺诸人,知进而不知退,毋乃昧机。且于邓后之废死,蕃正在朝辅政,不闻出言谏诤,延至继立中宫,方谓田氏微贱,不如选立窦贵人,夫邓后何罪?不过为儿女私嫌,竟遭幽死;窦后何德?乃请立为后;厥后北寺之冤,已隐伏于后位之废立时矣。徐孺子尝诫郭林宗,而于下榻之陈蕃,反未闻预为规谏,抑独何也?

第五十三回　激军心焚营施巧计
　　　　　　　信谗构严诏捕名贤

却说桂阳太守陈奉,前已剿平长沙贼党,见五十二回。复破灭桂阳贼李研,桂阳乃安。惟余贼卜阳潘鸿等,逃入深山,伏处年余,觑得兵防少弛,又四出劫掠,蹂躏居民;还有艾县残贼,亦与卜潘二贼连合,大为民患。荆州刺史度尚,颇有胆略,招募蛮夷杂种,悬赏进讨,大破贼众,连平三寨,夺得珍宝甚多。卜潘二贼,仍窜入山谷间,党羽犹盛,尚欲穷捣贼巢,殄绝根株;只士卒已腰囊满盈,不愿冒险再入,彼此逍遥自在,各无斗志;尚乃想出一法,向众扬言道:"卜阳潘鸿,乃是多年积贼,能战能守,未易驱除,我兵已经劳苦,且与贼相较,还是彼众我寡,一时不便轻进;今宜征发诸郡兵马,并力击贼,方可图功,尔等可随时习劳,出外射猎,毋使游惰,待至诸郡兵到,大举进剿,岂不是一劳永逸么?"士卒闻言,很是喜悦,当即成群结队,共出游猎,每日获得禽兽,充入庖厨,足供大嚼,众情愈加踊跃,遂至倾寨俱出,四处弋射,尽兴始归;不意到了营旁,统是惊心怵目,叫苦连天;原来那几座营盘,都已变做灰烬,所有平时珍积,被祝融氏收拾尽净了。却是奇绝。看官阅此,还道是营中失火,谁知却是度尚的秘计。尚见军心懈弛,无非为骄富所致,因特诱他出猎,密令心腹将士,暗地纵火,毁去各营,使他失所凭借,然后可以再用。大众未知尚谋,正在自悔自恨,涕泪交并,可巧尚来营巡视,故意顿足道:"我令汝等出猎习劳,实为平贼起见,今营中无故被毁,致失汝等蓄积,怕不是由贼狡计,前来放火么?这都是我失防闲,致遭此害,我定要向贼求偿呢!"说至此,见大众并皆感泣,又继续宣言道:"卜潘二贼的财货,足富数世,诸君若能努力击贼,便可悉数取来,区区小失,不足介意,明日就进捣贼巢便了!"虽是一番权谋,但欲驱策骄兵,亦不得不尔。众皆应声道："愿如尊命！"尚心中大喜，饬各军秣马蓐食，待旦即发。未几已是黎明，便传出号令，全军启行，自己亦披挂上马，扬鞭急进，驰抵贼寨，卜阳潘鸿等贼，甫经起食，一些儿没有防备，被官军长驱杀入，如削瓜刈草一般，卜潘二贼，弃食出奔，由吏士抢步赶上，乱刀交挥，任他两贼如何凶悍，已剁得有头无尾，血肉模糊；余贼大半饮刀，剩了几个脚长的毛奴，虽得侥幸逃生，也已心胆交碎，情愿改过自新，变做平民；荆州大定，群寇悉平。尚以功得封右乡侯，调任桂阳太守；越年征还京师，改命任胤为桂阳太守。荆州兵目朱盖等，戍役日久，财赏不足，复愤恚作乱，与桂阳贼胡兰等合并，共计三千余人，进攻桂阳，焚掠郡县。任胤胆小如鼷，弃地逃走；贼众辗转迫胁，多至数万，移扰零陵。太守陈球，婴城拒守，掾吏向球进说道："贼势甚盛，明公不如挈家避难，尚可自全！"球勃然发怒道："太守分国虎符，受任一方，岂可顾全妻孥，折损国威？如敢再言奔避，立斩勿贷！"掾吏乃咋舌退去。球即削木为弓，断矛为矢，引机扳发，射死贼党多人。贼攻城不下，因决城外流水，灌入城中，球相视地势，据高屯兵，反引水淹贼，贼众惊骇，乃将流水泄去。内外相拒十余日，全城无恙。朝廷再授尚为中郎将，使率幽冀黎阳乌桓步骑二万六千人，往救零陵，尚连败贼众，又与长沙太守抗徐等，调集各郡士卒，合力讨击，大破胡兰。兰急不择路，骤马乱奔，尚督兵追及，张弓搭箭，射倒兰马，兰颠扑地上，当由眼快脚快的军士，赶出一刀，了结贼命；余贼失去头颅共约三千五百级，朱盖等窜往苍梧。诏赐尚钱百万，抗徐等亦受赏有差。尚系山阳人，徐系丹阳人，两人为同时名将。至朱盖等入苍梧境，复被交趾刺史张磐击退，仍还荆州，后来为零陵太守杨璇讨平，这且无庸细表。

且说李膺遇赦后，复起为司隶校尉，他本生性刚直，不肯诡随，虽已迭经挫折，仍然风裁严峻，执法不阿。小黄门张让弟朔，为野王令，贪残无道，甚至刑及孕妇，一闻膺为校尉，便即惧罪入京，匿居乃兄第舍。果然膺闻风往捕，亲率吏卒至让家，四处搜寻，不见形影，及见室有复壁，即令吏卒毁壁入视，得将张朔觅着，一把抓住，押赴洛阳狱中，讯鞫得供，立即处斩。让遣人说情，已经无及；没奈何入诉桓帝，谓膺专擅不法。桓帝召膺入殿，当面诘责，问他何故不先奏请，便即行诛？膺从容答说道："昔晋文公执卫成公，归诸京师，《春秋》不以为非；《礼》云公族有罪，虽加三宥，有司尚可执宪不从。且孔子为鲁司寇，七日即诛少正卯，今到官已越一旬，自恐稽迟获罪，不意反欲速见讥；就使臣罪至死，还望陛下宽限五日，使臣得殄除元恶，然后退就鼎镬，也所甘心了！"元恶何能尽除？徒使权阉侧自，膺亦可以休矣！桓帝听着，因他理直气壮，不能再诘，乃旁顾张让道："这是汝弟有罪，应该加戮，不得专咎司隶呢！"遂令膺退去，张让亦只好趋出。嗣是黄门常侍，皆屏足帖息，虽经休沐，不敢复出

第五十三回　激军心焚营施巧计　信谗构严诏捕名贤

宫省;桓帝怪问原因,众阉并叩头泣语道:"畏李校尉!"是时朝廷日乱,纲纪颓弛,惟膺不屈不挠,好似中流砥柱,士人或得邀容接,辄相欣庆,号为登龙门。龙将烧尾,奈何?奈何?太尉陈蕃,荐引议郎王畅,进为尚书,出任河南太守,奋厉刚猛,与李膺齐名;太学诸生三万余人,常钦慕陈蕃李膺王畅等人,交口赞美,编出三语道:"天下楷模李元礼,不畏强御陈仲举,天下俊秀王叔茂。"元礼仲举叔茂,便是李膺陈蕃王畅三人的表字。自从太学生有此标榜,遂致中外承风,竞相臧否,孰忠孰奸,孰贤孰不肖,往往意为褒贬,信口歌谣。于是君子小人,辨别甚清,君子与君子为一党,小人与小人为一党,小人只知为恶,党派却结得牢固,不至分争。君子与君子,有时为了学说不同,政见不同,却互生龃龉,又从一党中分出两党来,两党相诽,久持不下,反被小人从旁窃笑,乘隙攻入,得将党人二字,加到君子身上。暗君不察,疑他结党为非,听信谗言,滥加逮捕,闹得一塌糊涂,这就叫做党祸。小人原属可恨,君子亦不能无咎。

　　看官听着,待小子叙明东汉党祸的源流。一朝大狱,应该特别叙明。先是桓帝为蠡吾侯时,曾向甘陵人周福受业,及入承大统,便擢福为尚书;又有甘陵人房植,曾一任河南尹,也有重名。福字仲进,植字伯武,乡人替他作歌道:"天下规矩房伯武,因师获印周仲进。"据此两语,似乎房植的名望,驾过周福,惟两人既相继通显,自然各置宾僚;福门下无不助福,往往优福劣植,植门下无不助植,又往往优植劣福,两造互争优胜,积不相容,免不得各树党徒,浸成仇隙,党人的名号,就从甘陵的周房两家,发生出来。既而汝南太守宗资,用范滂为功曹,南阳太守成瑨,用岑晊为功曹,并委他褒善纠违,悉心听政,二郡又有歌谣道:"汝南太守范孟博,南阳宗资主画诺;南阳太守岑公孝,弘农成瑨但坐啸。"宗资南阳人,成瑨弘农人,孟博系范滂表字,公孝系岑晊表字,歌中寓意,是归美范滂岑晊二人,名为功曹,实与太守无二,冤冤相凑,衅启南阳。宛县人张泛,为桓帝乳母外亲,拥有资财,工雕刻术,尝琢玉镂金,私贿中官,中官与为莫逆交,往来甚密,泛得恃势骄横,肆行无忌,宛吏不敢过问。南阳功曹岑晊,因宛县为南阳属地,特劝太守成瑨,捕泛入狱,泛慌忙通讯中官,乞为救护,中官即为代请,颁下赦文,晊又促瑨诛死张泛,然后宣诏施赦。小黄门赵津,家居晋阳,贪残放恣,太原太守刘瓆,亦将津捕入狱中,遇赦不赦,把津处死。中常侍侯览,时已复官,即使张泛妻上书讼冤,并向桓帝前潛诉瑨瓆,说他不奉诏命,罪同大逆。桓帝顿时大怒,立征瑨瓆下狱,饬令有司审谳,有司仰承中旨,复称两人俱当弃市。同时山阳太守翟超,使张俭为督邮,巡视全境。侯览家在防东,残害百姓,大起茔冢,俭举奏览罪,被览从中搁置,壅不上闻,惹得俭容忍不住,竟督吏役,毁去览冢,籍没资财。览怎肯罢休?泣诉桓帝，归罪太守翟超，超又被逮下狱，当由有司定案，与前东海相黄浮同科，并输左校。黄浮事，见五十一回。司空周景，时已免官，由太常刘茂代任，太尉陈蕃，邀茂一同入谏，请赦瑨璆超浮四人，桓帝不从，中常侍复从中媒孽，茂恐为所构，不敢复言。独陈蕃不甘隐默，再上疏力谏道：

> 臣闻齐桓修霸，务为内政，《春秋》于鲁，小恶必书，宜先自整饬，后乃及人。今寇贼在外，四肢之疾，内政不理，心腹之患；臣寝不能寐，食不能饱。实忧左右日亲，忠言以疏，内患渐积，外难方深，陛下超从列侯，继承天位，小家蓄产，百万之资。子孙尚耻愧失其先业，况乃产兼天下，受之先帝，而欲懈怠以自轻忽乎？即不爱己，不当念先帝得之勤苦耶？前梁氏五侯，毒遍海内，天启圣意，收而戮之，天下之议，冀当小平；明鉴未远，覆车如昨。而近习之权，复相煽结，小黄门赵津，大猾张泛等，肆行贪虐，奸媚左右；前太原太守刘瓆，南阳太守成瑨，纠而戮之，虽言赦后，不当诛杀，原其诚心，在于去恶。至于陛下，有何悁悁？而小人道长，荧惑圣聪，遂使天威为之发怒，各加刑谪，已为过甚；况乃重罚，令伏欧刃乎？又前山阳太守翟超，东海相黄浮，奉公不挠，嫉恶如仇，超没侯览财物，浮诛徐宣之罪，并蒙刑坐，不蒙赦恕；览之骄纵，没财已幸，宣犯衅过，死有余辜！昔丞相申屠嘉，召责邓通，洛阳令董宣，折辱公主，而文帝从而请之，光武加以重赏，未闻二臣有专命之诛。而今左右群竖，恶伤党类，妄相交构，致此刑遣，臣闻是言，当复啼诉。陛下深宜割塞近习预政之源，引纳尚书朝省之事，公卿大官，五日一朝，简练清高，斥黜佞邪，如是天和于上，地洽于下，休祯符瑞，岂远乎哉？陛下虽厌恨臣言，臣但知为国效忠，冀回上意，用敢昧死奏闻！

桓帝览疏，非但不从蕃请，并且下诏责蕃；黄门中常侍等，恨蕃加甚，只因蕃为名臣，一时未敢加害，故蕃尚居官如故。平原人襄楷，诣阙陈书，力为瑨瓆讼冤，终不见报；会因河水告清，楷以为清属阳，浊属阴，河水当浊而反清，是阴欲乘阳之兆；又桓帝尝就濯龙宫中，亲祀老子，用郊天乐，楷书中亦曾提及，谓黄老清虚，好生恶杀，省欲去奢，今陛下厉行诛罚，博采妇女，全与黄老相反，祭祀何益？词意很是激切，桓帝惟置诸不理。楷复上书纠劾宦官，文中有云："殷纣好色，妲己是出；叶公好龙，真龙游廷。今黄门常侍，并犯天刑，陛下乃宠遇日甚，臣愚以为继嗣未兆，实坐此弊！"这数语激动一班阉竖，大起哗声。桓帝年已逾壮，未得一子，也不免触起懊恼，即召楷入朝，令尚书问状。楷直答道："古时本无宦官，自武帝末年，屡游后宫，始令阉人侍从，设置官职，这乃先朝弊政，不足为法！"尚书等斥楷违经诬上，应即论罪，竟把楷收送洛阳

第五十三回　激军心焚营施巧计　信谗构严诏捕名贤

狱中，还是桓帝搁置不提，才免死刑。符节令蔡衍，议郎刘瑜，表救成瑨刘瓆，言亦切直，并坐罪免官；瑨与瓆竟搒死狱中，惟岑晊张俭，在逃未获。瑨瓆毕命，事由晊俭二人启衅，及瑨瓆死，而晊俭逃生，以义相绳，未免负疚。俭有清名，望门投止，辗转至东莱，匿李笃家。外黄令毛钦，闻风往捕，笃与语道："张俭知名天下，所为无罪，明府素行清正，何忍拘及名士？"钦抚笃背道："蘧伯玉耻独为君子，足下如何自专仁义？"笃又答道："笃虽好义，明府今日，也分得一半了！"钦叹息自去，笃复送俭出塞，方得幸存。晊窜往齐鲁，亲友亦竞为收容，惟前新息长贾彪，闭门不纳；彪曾有重望，在新息长任内，见贫民多弃子不育，特严令禁止，有犯与杀人同科，数年间户口蕃庶，民间称为贾父。至不纳岑晊一事，为众所疑，彪喟然道："《传》云：'相时而动，无累后人！'公孝要君致衅，自贻伊戚，我岂可私相容隐么？"足令岑晊自愧。后来晊走匿江夏山中，得疾乃终。一案未了，一案又起，河内有术士张成，颇善占验，预料朝廷当赦，纵子杀人。司隶校尉李膺，收捕成子下狱，越日果有诏大赦，成子应当脱罪，膺独援杀人抵命的故例，不肯轻恕，竟将成子加诛。成尝挟术干时，交通宦官，宦官便替成报怨，嗾使弟子牢修上书，劾膺交结太学游士，共为部党，诽谤朝廷，败坏风俗。桓帝误为听信，严旨逮捕党人，班行郡国，布告天下，案经三府。当由太尉陈蕃，展览党人名籍，俱系海内闻人，便皱眉捻须道："今欲逮捕诸人，统是忧国忠公，驰誉四海的名士；就使子孙有过，尚应十世加宥，况本身未著罪状，奈何无端收捕呢？"说着，遂将党人名籍却还，不肯署名。桓帝越加动怒，索性将司隶校尉李膺，罢官系狱；株连太仆杜密，御史中丞陈翔，及陈实范滂等，共二百余人，陆续捕入；或已闻风避匿，经有司悬金购募，务获到案。党人并非大盗，为何这般严酷？

　　杜密颍川人，累迁北郡泰山太守，调任北海相，监视宦官子弟，有恶必惩；及去官还家，每见守令，多所陈托。同郡刘胜，亦自蜀郡告归，闭门扫轨，不复见客。颍川太守王昱，尝向密称美刘胜，说他清高绝俗，密知昱讽己，奋然说道："刘胜位为大夫，见礼上宾，乃知善不荐，闻恶无言，隐情惜己，自同寒蝉，这乃是当世罪人！密却举善纠恶，使明府赏罚得中，令闻休扬，岂非有裨万一么？"无道则隐，奈何不知？昱闻言怀惭，待遇加厚。嗣入朝为尚书令，迁官太仆，嫉恶甚严，与李膺名行相次，时人号为李杜；膺既得罪，密自然不能脱身，与同连坐。陈翔系汝南人，官拜议郎，出任扬州刺史，尝举发豫章太守王永，私赂中官，吴郡太守徐参，倚兄中常侍徐璜权势，在职贪秽，永与参因此被黜，宦竖与他结嫌，亦将他列名党案，逮入狱中。陈实本与宦官无仇，不过因名盛遭忌，致被罗织。有人劝实逃亡，实叹息道："我不就狱，众无所恃？"乃挺身入都，自请囚系。范滂本反对俭人，一闻逮捕，便昂然入狱，狱吏谓犯官坐系，应祭皋陶,滂正色道:"皋陶为古时直臣,若知滂无罪,且当代诉天帝;如或不然,祭亦何益?"众闻滂言,并皆罢祭。度辽将军张奂,已就征为大司农。由中郎将皇甫规升任度辽将军,闻朝廷大兴党狱,遍拘名士,自耻不得与列,径拜表上陈道:"臣前荐大司农张奂,便是附党,又臣输作左校时,由太学生张凤等为臣讼冤,便是党人所附;臣应同入党案,受罪坐罚!"桓帝得书,却搁置一旁,并不批答。想是宦竖与规无嫌。就中恼了一位大臣,复毅然申奏,力为党人辩诬,正是:

谗口嚣嚣真罔极,忠言谔谔总徒劳。

欲知何人出为辩诬,容至下回再表。

　　国家设兵,原以防盗,盗去不击,乌用兵为?观度尚之计激军心,似以诈谋使人,不足为法,然尚之所用以击贼者,乃蛮夷杂种耳;平素未曾训练,第因一时之募集,驱使从戎,若非设法以鼓动之,安能令其再接再厉,捣平贼巢耶?故尚之所为,权道也,非正道也!孔子所谓可与权者,尚其有焉。若李膺等虽素怀刚正,而当国家无道之秋,不如洁身远害,天地闭,贤人隐,古有明言,乃以一时之矫激,祸及海内,宁非愚忠?徐孺子谓大木将颠,非一绳所能维;郭林宗谓天之所废,不可复支,正洞明权变之言,故卒能超然于党祸之外;刘胜甘作寒蝉,亦此物此志云尔。李杜虽忠,其如未识权宜何也?

第五十四回　　驳问官范滂持正
　　　　　　嫉奸党窦武陈词

　　却说桓帝延熹八年,大兴党狱,缉捕至二百余人,恼动了一位大臣,不忍坐视,因复上疏极谏,这人为谁?就是太尉陈蕃。疏中有云:

臣闻贤明之君,委心辅佐,亡国之主,讳闻直辞;故汤武虽圣,兴由伊吕,桀纣迷惑,亡在失人。由此言之,君为元首,臣为股肱,同体相须,共成美恶者也。伏见前司隶校尉李膺、太仆杜密、太尉掾范滂等,滂曾为太尉黄琼掾吏。正身无玷,死心社稷,以忠忤旨,横加考案,或禁锢闭隔,或死徙非所,杜塞天下之口,盲聋一世之人,与秦焚书坑儒,何以为异?昔武王克殷,表闾封墓;今陛下临政,先诛忠贤,遇善何薄?待恶何优?夫逸人似实,巧言如簧,使听之者惑,视之者昏;然吉凶之效,存乎识善,成败之机,在于察言。人君者,摄天地之政,秉四海之维,举动不可以违圣

第五十四回　驳问官范滂持正　嫉奸党窦武陈词

法，进退不可以离道规，谬言出口，则乱及八方，何况髡无罪于狱、杀无辜于市乎？昔禹巡狩苍梧，见市杀人，下车而哭之曰："万方有罪，在予一人！"故其兴也勃焉。又青徐灾旱，五谷损伤，民物流迁，茹菽不足，而宫女积于房掖，国用尽于罗绮，外戚私门，贪财受赂，所谓禄去公室，政在大夫，昔春秋之末，周德衰微，数十年间，无复灾眚者；天之于汉，恨恨无已，恨恨犹眷眷也。故殷勤示变，以悟陛下，除妖去孽，实在修德。臣位列台司，忧责深重，不敢尸禄惜生，坐观成败，如蒙采录，使身首分裂，异门而出，所不恨也！

桓帝已信任宵小，决除党人，看了陈蕃奏疏，也疑他是党中魁硕，大为拂意；再加阉竖乘隙进谗，交毁陈蕃，遂传出一道诏旨，责蕃辟召非人，将他罢免，再起周景为太尉。景颇持躬亮直，但见蕃因言获戾，未敢再陈；此外更乐得置身局外，箝口避灾。迁延过了一年，党人尚未邀赦，当由前新息长贾彪，义愤填膺，在家叹语道："我不西行，大祸不解！"因即辞家入都，进谒城门校尉窦武，及尚书霍谞，请为党人申理。武乃缮疏进奏道：

　　臣闻明主不讳讥刺之言，以探幽暗之实；忠臣不恤谏争之患，以畅万端之事；是以君臣并熙，名奋百世。臣幸得遭盛明之世，逢文武之化，岂敢怀禄逃罪，不竭其诚？陛下初从藩国，爱登圣祚，天下逸豫，谓当中兴；自即位以来，未见善政，梁邓诸恶，虽或诛灭，而常侍黄门，续为祸虐，欺罔陛下，竞行谲诈，自造制度，妄爵非人，朝政日衰，奸臣日盛。伏寻西京放恣王氏，佞臣执政，终丧天下，今不虑前事之失，复循覆车之轨，臣恐秦二世之难，必将复及，赵高之变，不朝则夕！近者奸臣牢修，造设党议，遂收前司隶校尉李膺、太仆杜密、御史中丞陈翔、太尉掾范滂等，逮考连及数百人，旷年拘系，事无左证。臣惟膺等建忠抗节，志在王室，此诚陛下稷契伊吕之佐，而虚为奸臣贼子之所诬枉，天下寒心，海内失望，惟陛下留神澄省，即时理释，以厌人鬼嗢嗢之心！臣闻古之明君，必须贤佐以成政道；今台阁近臣陈蕃胡广，及尚书朱寓荀绲刘祐魏朗刘矩尹勋等，皆国之贞士，朝之良佐，尚书郎张陵妫皓范康杨乔边韶戴恢等，文质彬彬，明达国典，内外之职，群材并列；而陛下委任近习，专树饕餮。外干州郡，内干心膂，宜以次贬黜，案罪纠罚，抑夺宦官欺国之封，案其无状诬罔之罪，信任忠良，平决臧否。使邪正毁誉，各得其所，则咎征可消，天应可待矣！

窦武既将疏呈入，复缴上城门校尉及槐里侯印绶，自愿罢官，桓帝不许，仍将印绶发还。尚书霍谞，又表请释放党人，桓帝亦稍稍感悟，乃使中常侍王甫，就狱讯问。时党人皆锢住北寺狱中，为黄门所管辖。一应人犯，类皆三木囊头，奄立阶下，王甫依次传入，逐加诘问，有几个略为辩白，有几个不愿多谈；滂独数次前进。王甫启口诘滂道："君为人臣，不知忠国，反勾结部党，自相褒举，评论朝廷，虚词交构，究竟意欲何为？宜供出实情，不得欺饰！"滂答说道："孔子有言：'见善如不及，见恶如探汤。'滂欲使善善同清，恶恶同污，不料朝廷反目为朋党，难道善反为恶，恶反为善么？"甫又诘问道："如君等互相推举，迭为唇齿，稍有不合，即加排斥，这是何意？"滂仰天长叹道："古人修善，自求多福，今日修善，反陷大戮；身死以后，愿将尸首埋葬首阳山侧，上不负皇天，下不愧夷齐！"慨当以慷。甫听了滂言，也憮然改容，乃命并解桎梏，返报桓帝。李膺等又多引入宦官子弟，说他同党，宦臣亦不禁惶惧，乃向桓帝进言，以为天时当赦，桓帝才将狱中二百余人，一概释放；但尚留名三府，禁锢终身。一面下诏改元，号为永康。范滂出狱后，往候尚书霍谞，并不为谢，或咎滂何不谢谞，滂答语道："春秋时叔向坐罪，祁奚入援，未闻叔向谢恩，祁奚炫惠，滂亦效法古人，何必称谢？"叔向祁奚皆晋人。说毕，即出都还至汝南。南阳士大夫，在道欢迎，有车数百辆，滂叹息道："这乃反使我速祸哩！"遂从间道还乡，不复见客。余人亦统皆归里。从前钩党诏下，郡国都希旨举奏，多至百数；惟平原相史弼，不奏一人，诏书前后迫促，髡笞掾吏，且使从事坐待传舍。弼往见从事，谓平原实无党人。从事作色道："青州六郡，五郡有党，敢问平原有何治化，独无党人？"弼亦峻词相拒道："先王疆理天下，划界分境，水土异宜，风俗不同，他郡有党，平原自无，怎得相比？若徒知趋承上司，诬害良善，是平原民居，户户可入党籍了！弼宁死不敢从命！"也是个硬头子。从事且惭且恨，回朝复旨。将加弼罪名，会因党禁从宽，只令弼罚俸一年；平原士人，幸免牵连，这都是史弼的厚惠，保全甚多。会稽人杨乔，由城门校尉窦武荐引，入朝为郎。乔容仪伟丽，奏对详明，桓帝爱他才貌，欲将公主配乔；乔见群阉当道，正士一空，料知将来无甚善果，因即上书固辞。桓帝不许，定要将爱女嫁乔为妻，且令太史择吉成婚，乔竟誓死相拒，绝粒数日，一命告终。好一个现成帝婿，弃去不为，反且如此拚生，真是奇闻！无非是想做夷齐。

是年仲夏，京师及上党地裂；到了仲秋，东方大水，渤海溃溢，郡国官吏，转受中官嘱托，讹言瑞应，巴郡报称黄龙现，西河报称白兔来，魏郡报称嘉禾生、甘露降，种种虚诬，无一非贡谀献媚，取悦上心。大司农张奂，因鲜卑乌桓复叛，受命为中郎将，再出督幽并凉三州，及度辽乌桓二营。乌桓素闻奂威名，不战即降；独鲜卑大酋檀石槐，恃勇不服，虽然引兵暂退，仍复觊觎边疆。朝廷虑不能制，遣使封檀石槐为王，拟与和亲。檀石槐不肯受命，自分属地为

第五十四回　驳问官范滂持正　嫉奸党窦武陈词

东西北三部，各置酋长管领，有时辄出掠幽并凉诸州。桓帝方耽恋酒色，宠幸金壬，私幸天下无事，只有西北一带，稍闻寇患，无庸多忧，不如及时行乐，与采女田圣等，朝夕纵欢，享受温柔滋味；待至精髓日涸，疾病交侵，尚封田圣等九女为贵人，勉与绸缪，结果是脾肾皆亏，无可救药，好好一个三十六岁的皇帝，竟至德阳前殿，奄卧不起，瞑目归天。*淫荒之主，怎得延年？* 总计桓帝在位，改元多至七次，为东汉时所仅见，历数亦不过二十一年。三立皇后，无一嫡嗣，此外贵人数十，宫女百千，也不闻诞育一男。*寡欲方可生男，否则，多妻何益？* 窦皇后情急失措，急召乃父窦武，入议立嗣，武复转问侍御史刘儵，拟向宗室中选立贤王，儵沉吟良久，方答出一个解渎亭侯宏。宏系河间王开曾孙，祖名淑，父名苌，世封解渎亭侯，母为董氏，宏袭封侯爵，年才十二。儵举宏为对，明明是奉承窦后，好教她援引故例，借口嗣君幼弱，亲出临朝。窦武告知窦后，果然隐合后意，即使儵持节迎宏，偕同中常侍曹节，与中黄门虎贲羽林兵千人，星夜驰往河间，迓宏入都。先是桓帝初年，京师有童谣云："城上乌，尾毕逋，公为吏，子为徒，一徒死，百乘车，车班班，入河间，河间姹女工数钱，以钱为室金为堂，石上慊慊舂黄粱，梁下有悬鼓，我欲击此丞卿怒。"当时有人听此童谣，无从索解。及窦氏定策禁中，迎宏至夏门亭，由窦武带领群臣，奉宏入宫，即皇帝位，才将童谣起头的八语，逐条推测，有迹可寻。城上乌二句，是譬喻桓帝高居九重，专知聚敛；公为吏二句，是言蛮夷叛逆，父为军吏，子为卒徒，同时外征；一徒死二句，是前一人出征死事，后又遣兵车继讨；车班班二句，是刘儵至河间迎宏，更明白易解了；尚有后五语未曾应验，仍留作疑团，无人剖晰。后来宏即位二年，母董氏进为太后，喜积金钱，鬻官得贿，充满堂室，才知姹女数钱两语，已为谶兆；至石上慊慊三语，乃指董太后贪心未足，常使人舂黄粱为食，忠臣义士，欲击鼓谏阻，反被丞卿怒斥。可见得自古童谣，俱非无因，但不知由何人创造，成此预谶哩！*半属后人附会，不能援作铁证。* 闲文少表。

且说桓帝告崩，已是永康元年的残冬，及解渎亭侯宏入宫即位，已在次年正月，是为灵帝，当即改元建宁。窦后已早自尊为皇太后，临朝称制；不待桓帝出葬，便将贵人田圣等一并处死，泄除宿忿，开手即杀宫妃，怪不得后来多难。一面授窦武为大将军，首握朝纲。太尉周景，因病乞休旋即逝世，司徒许栩，已先罢职，由太常胡广继任；司空刘茂，亦已免官，代任为光禄勋宣酆。窦太后追溯前事，忆及自己得正位中宫，全赖陈蕃周景两人；*见五十二回。* 景已病殁，无可报德，乃特进陈蕃为太傅，使与大将军窦武，及司徒胡广，参录尚书事；复将司空宣酆免职，迁长乐卫尉王畅为司空；奉葬桓帝于宣陵，追尊嗣皇祖淑为孝元皇，夫人夏氏为孝元皇后，父苌为孝仁皇，墓号慎陵，母董氏生存无恙，号为慎园贵人，又加封窦武为闻喜侯，武子机为渭阳侯，从子绍为鄠侯，靖为西乡侯，一门四人，同沐侯封。当由涿郡人卢植，代为寒心，特献书讽武道：

　　　　植闻嫠有不恤纬之事，漆室有倚楹之戒，"嫠不恤其纬，而忧宗周之陨。"语见《左传》，漆室女倚柱悲吟，忧国伤怀，事见《列女传》。忧深思远，君子之情。夫士立诤友，义贵切磋，《书》陈谋及庶人，《诗》咏询于刍荛，植诵先王之书久矣，敢爱其瞽言哉！今足下之于汉朝，犹旦奭之在周室，建立圣主，四海有系，诸公以为吾子之功，于斯为重；天下聚目而视，攒耳而听，谓准前事，将有景风之祚。窃绎春秋之义，王后无嗣，择立就长，年均以德，德均则决之卜筮；今同宗相后，披图按牒，以次建之，何勋之有？岂横叨天功，以为己力乎？宜辞大赏，以全身名，又比者世祚不竟，仍求外嗣，可谓危矣！而四方未宁，盗贼伺隙，恒岳渤碣，尤多奸盗，将有楚人胁比，尹氏立朝之变，并见《春秋》。宜依古礼，置诸子之官，征王侯爱子，宗室贤才，外崇训导之义，内息贪利之心，简其良能，随用爵之，是亦强干弱枝之道也！

　　窦武得书，总道嗣君新立，大权在握，一时断不至变动，何必听信植言，自弃富贵？当下将来书搁置，不复留意。窦太后更封太傅陈蕃为高阳乡侯，中常侍曹节为长安乡侯；节当然乐受，惟蕃累疏固辞，章至十上，竟不受封。但与大将军窦武，同心辅政，征用前司隶李膺，太仆杜密，宗正刘猛，庐江太守朱寓等，并列朝廷；又引前越巂太守荀昱为从事中郎，前太邱长陈实为掾吏，共参政事；志在除奸，窦太后也却悉心委任，言听计从。不过妇女见识，容易动授，往往喜人谀言，厌闻正论。灵帝有乳母赵娆，随帝入宫，宫中号为赵夫人，性情狡黠，善揣人意，镇日里入侍太后，话长论短，深得太后欢心；还有一班女尚书，系内官总名。也俱受赵娆笼络，串同一气，日夕营私，中常侍曹节王甫等，复诣事太后，与赵娆等朋比为奸，交相煽蔽，太后反皆视为好人，有所请求，无不允许，因此屡出内旨，封拜多人。以阴遇阴，更易相惑。看官试想，如女子小人的荐引，何有贤才？太后误为听信，不待窦武陈蕃商量，便即授命，武与蕃不便封驳，又不忍坐视，自然懊怅异常。蕃嫉恶尤甚，尝与武会晤朝堂，私下语武道："曹节王甫等，在先帝时，已操弄国权，浊乱海内，百姓汹汹，无不痛心；今若不设计诛奸，后必难图！"武点首称善，蕃心下大喜，推席而起，欢颜别去。武乃复引同志尹勋为尚书，令刘瑜为侍中，冯述为屯骑校尉，密商大计。适值五月朔日，日食告变，有诏令公卿以下，各言得失，蕃即前往语武道："昔御史大夫萧望之，为一石显所困，竟致自杀，况今有石显数十辈呢？近如李杜诸公，祸及妻子，皆由权阉煽乱，正士罹殃，蕃年将八十，尚有何求？但欲为朝廷除害，佐将军立功，所以暂留不去；今正可为了日食，斥罢宦官，上塞天变,且赵夫人及女尚书,摇惑太后,亦宜屏绝。请将军从速措置,毋贻后忧!"武依了蕃言,便进白太后道:"向来黄门常侍,只令给事省内,看守门户,主管近署财物,今乃使干预政事,谬加重任,子弟布列,专为贪暴,天下汹汹,都为此故,宜一概诛黜,扫清宫廷!"窦太后徐答道:"汉朝故事,世有宦官,但当稽察有罪,酌量加惩,怎可同时尽废呢?"武乃先讦中常侍管霸苏康,挟权专恣,应即加诛,太后总算依议,当由武收捕管霸苏康,下狱处死。武又请诛曹节等人,偏太后犹豫未忍,迁延不报,陈蕃不暇久待,即上疏申请道:

臣闻言不直而行不正,则为欺乎天而负乎人;危言极意,则群凶侧目,祸不旋踵,钧此二者,臣宁得祸,不敢欺天也!今京师嚣嚣,道路喧哗,竞言曹节侯览公乘昕王甫郑飒,与赵夫人诸女尚书,并乱天下,附从者升进,忤逆者中伤,方今一朝群臣,如河中木耳!泛泛东西,耽禄畏害,陛下前始摄位,顺天行诛,苏康管霸,并伏其辜,是时天地清明,人鬼欢喜;奈何数月复纵左右?元恶大奸,莫此之甚!今不急诛,必生变乱,倾危社稷,其祸难量,愿出臣章宣示左右,并令天下诸奸,知臣嫉恶,不敢为非,则宫禁清而治道可冀矣。

蕃上此疏,满望太后感念旧惠,如言施行,谁知太后仍然搁起,并不听用。去恶宜速,岂空言所可济事?况太后是个女流,难道能纤手除奸吗?那一班油头粉面的妖娆,及口蜜腹剑的腐竖,已是愤恨异常,竟与这窦武陈蕃,势不两立了!俗语说得好:"和气致祥,乖气致戾。"为了朝局水火,遂致上苍示儆,发现端倪。小子有诗叹道:

天变都从人事生,吉凶悔吝兆先呈。
漫言冥漠无凭证,星象高悬已著明。

欲知天变如何,待至下回详叙。

观范滂对簿之词,原足上质鬼神,下对衾影;即其不谢霍谞,非特自白无私,且免致中官借口,谤及谞身,滂之苦衷,固可为知者道,难为俗人言也;然时当乱世,正不胜邪,徒为危言高论,终非保身之道,此范滂之所以终不免耳。及桓帝告崩,窦后临朝,陈蕃有德于窦后,而进列上公,窦武更位极尊亲,手握兵柄,二人同心,协谋诛奸,似乎叱嗟可办;然必不动声色,密为掩捕,使妇寺无从预备,一举尽收,然后奏白太后,声罪加诛,吾料太后亦不能不从,肃清宫禁,原反手事耳!计不出此,乃徒向太后絮聒,促令除奸,何其寡谋乃尔?且陈蕃疏中,固尝云危言极意,则群凶侧目,祸不旋踵,彼既明知诛恶之宜速,处事之宜慎,奈何尚请宣示左右耶?谋之不臧,语且矛盾,识者已知其无能为矣。

第五十五回　驱蠹贼失计反遭殃　感蛇妖进言终忤旨

却说灵帝元年八月，太白星出现西方，侍中刘瑜，颇知天文，暗思星象示儆，危及将相，免不得瞻顾彷徨，因即上奏太后道："太白侵入房星，光冲太微，象主宫门当闭，将相不利，奸人为变，宜亟加防！"一面又致书窦武陈蕃，略言星辰错缪，不利大臣，请速决大计，毋自贻祸。武与蕃乃再协商，筹定计议，先令朱寓为司隶校尉，刘祐为河南尹，虞祁为洛阳令，然后奏免黄门令魏彪，另用小黄门山冰代任，且使冰入白太后，收捕长乐尚书郑飒，送入北寺狱中。陈蕃向武进言道："若辈既经收捕，便当处死，何必送他入狱，多烦考讯哩？"蕃言甚是，但徒杀一郑飒，何足济事？武不肯从，即使山冰会同尚书令尹勋，侍御史祝瑨，就狱讯飒；飒供词连及曹节王甫，勋与冰即据词复奏，使侍中刘瑜呈入。武踌躇满志，总道曹节王甫等有权无力，唾手可取，不必防备他变，遂放心出宫，归府待信。蜂虿尚且有毒，况权阉蟠踞有年，怎可不为之备？刘瑜呈入奏章，也即退出；不料出纳奏章的内官，持了奏本，先去告知长乐宫内的五官史朱瑀。瑀闻郑飒被收，已怀疑惧，且与曹节王甫等人，素相亲善，彼此互为倚托，自然时刻留心；当下索取奏本，私自展阅，看了数行，已经怒起，及阅毕后，更觉忍耐不住，自言自语道："中官不法，自可诛夷；我辈何罪？乃尽欲加诛呢？"说着，眉头一皱，计上心来，便大声喧呼道："陈蕃窦武，奏白太后，将废帝为大逆，此事如何了得？"一面说，一面遍召长乐宫从吏，夤夜入商。当时应召驰至，计得共普张亮等十七人，歃血共盟，谋诛窦武陈蕃，然后报告曹节王甫。节仓猝惊起，入语灵帝道："外间喧呶，将不利圣躬，请速出御德阳前殿，宣诏平乱！"宵小诡谋，煞是可畏！灵帝年才十三，怎知内外隐情？当即依了节言，出御前殿。节与阉党拔剑相随，踊跃趋出，乳母赵娆，亦从至殿中，在旁拥护，传令闭诸禁门，召入尚书官属，取出亮晃晃的白刃，胁作诏书；尚书官属，无不贪生，就使心恨阉人，到此亦为威所迫，不敢不依言缮写。节也托称帝意，拜王甫为黄门令，使他持节至北寺狱，收系尹勋山冰。冰等时已就寝，闻有中使到来，急忙披衣出迎，兜头一看，乃是王甫，且见他张目宣诏，声势汹汹，心下不禁怀疑，返身复入；甫即抢上一步，厉声吒喝道："山冰汝敢不奉诏么？"道言未绝，手中已拔出佩剑，竟向山冰背后劈去，刀光一闪，冰已倒地。尹勋也从梦中惊醒，出外接诏，又被王甫手起剑落，结果性命。

第五十五回　驱蠹贼失计反遭殃　感蛇妖进言终忤旨

甫即就狱中放出郑飒,还入长乐宫,竟去劫迫太后,索取玺绶,窦太后尚未起床,玺绶已被人取出,献与王甫。汝不忍人,人将忍汝!甫令谒者守住南宫,扃阁门,断复道,令郑飒等持节,及侍御史谒者,往捕窦武陈蕃。武闻变驰入步兵营,与兄子步兵校尉窦绍,张弓拒使,射死数人,且召集北军五校士数千人,屯守都亭,向众宣令道:"黄门常侍等造反,汝等能尽力诛奸,当有重赏!"军士尚将信将疑,勉听武命。郑飒慌忙奔还,报知曹节王甫;节复矫诏令少府周靖行车骑将军,使与护匈奴中郎将张奂,率五营兵士讨武。奂方自北方受征,还都不过二三日,未知底细,一闻宫中急诏,当即奉命出来,与靖会合。王甫又招集虎贲羽林诸将士,出来应奂,途中遇着陈蕃,与官属诸生八十余人,持刀入承明门,将至尚书门前,八十余人,何足济事?此来意欲何为?因即摆开兵马,将蕃截住;蕃等攘臂奋呼道:"大将军忠心卫国,黄门胆敢叛逆,怎得反诬窦氏呢?"甫应声诟詈道:"先帝新弃天下,山陵未成,武有何功,乃父子兄弟,并得侯封,时常设乐张宴,妄取掖庭宫人,私下纵欢,旬日间积资巨万?这四语是诬陷窦武。大臣若此,尚得说是有道么?公为宰辅,且与相阿党,岂非不忠?此外更不必说了!"说着,即指挥军士,将蕃围住,蕃拔剑叱甫,词色愈厉,甫悍然不顾,竟令军士一拥齐上,拘拿陈蕃;蕃年已垂老,又没有甚么武力,所领官属诸生,多是文质彬彬,如何敌得住军吏?眼见是束手就缚,无策逃生。总计蕃等八十余人,一大半被他捕去,押送北寺狱中。黄门从官,统是权阉羽翼,见了陈蕃捕到,便奋拳伸足,相率殴踢道:"死老魅尚敢减损我等人员,剥夺我等廪饩么?"蕃怎肯忍气,自然反唇相讥,恼动这班狐群狗党,报告曹节王甫,索得伪诏,将蕃害死。时已天明,张奂引兵出屯朱雀掖门,王甫领军继至,差不多有数千人,与窦武两下对垒;甫又使军士大呼武军道:"窦武为逆,汝等皆系禁兵,应当宿卫宫省!为什么从逆抗命?如肯翻然知悟,反正来降,朝廷自当加赏,毋得多疑!"营府素畏服中官,且见张奂王甫等,自内出来,持节指麾,总应亲受帝命,方得如此张皇,因此心怀顾虑,不愿助武。张奂领兵多年,善觇敌势,遥望武军懈弛,就麾军进攻,气势甚锐;武军既已疑武,复遭奂军压迫,料知情势不佳,不如见机往降,还可免罪受赏,于是彼弃甲,此倒戈,纷纷投入奂军。自朝至暮,武手下只剩百余骑,怎能支持?不得已拍马逃走;武从子绍亦即随奔。奂与王甫驱军追击,到了洛阳都亭,得将武等围住;武与绍惶急万分,自思无路可脱,先后拔剑自刎。奂即将二人枭首,缴与王甫,甫令悬首都亭,示众三日;奂有重名,应知窦武忠正,奈何助奸戮忠?本编以追杀窦武,归咎张奂,具有良史笔法。随即还兵收捕窦氏宗族,及亲戚宾佐,一体骈戮;惟将窦武妻妾贷死,徙往日南。先是窦武生时,与一蛇同出母胎,家人未敢杀蛇,送往林中;及武母殁后,举棺出葬,有大蛇蜿蜒到来,用首触柩,泪血并流,历时乃去;智士已目为不祥,至是始验。

武有孙辅,年只二岁,亏得掾吏胡腾,闻风先至武家,将辅抱匿他处,才得幸存。他如侍中刘瑜,与屯骑校尉刘述,均被捕戮,家族诛夷。曹节王甫,复迫窦太后徙往南宫;且乘隙报怨,诬称虎贲中郎将刘淑,暨前尚书魏朗,俱与窦武等通谋,遣吏捕拿,二人皆愤急自尽。余如公卿以下,前经窦武陈蕃荐举,尽行黜免,甚至两家门生故吏,无一逃罪,悉数禁锢。

议郎巴肃,本与武等同谋,曹节等未明情迹,但因他为武等荐引,免官归里,后来查悉肃与通谋,复派朝使前往拘戮;肃得知消息,不待朝吏到家,便诣县投案。县吏素重肃名,解去印绶,欲与俱亡。肃慨然道:"既为人臣,有谋不敢隐,有罪不逃刑;肃本与谋除奸,不幸失败,何敢逃罪?愿随窦陈二公于地下,使后世知有渤海巴肃,如君盛情,死且感念,今实不愿相累呢!"可谓义士。县令很是叹息,将肃交与朝使。朝使宣诏诛肃,肃引颈就刑,毫无惧容。铚令朱震,为太傅陈蕃故友,弃官入都,收葬蕃尸;蕃家属或死或徙,只有蕃子逸在逃,向震投依,震尚恐被捕,嘱逸隐姓埋名,避匿甘陵县境。后来果被发觉,系震下狱,一再考讯,胁令供逸所在,震抵死不肯承认,甚至全家被拘,连日榜掠,仍然不得实供,方得将案情延搁;直至黄巾贼起,朝廷大赦,震始得释,逸亦安归。就使窦武遗骸,亦由胡腾收埋。武孙辅,赖腾保护,与令史张敞,遁入零陵,诈云已死,自己改名谋生,以辅为子,费尽许多辛苦,养辅成人,替他娶妇,及赦诏屡颁,尚未敢遽言本姓;至献帝建安年间,荆州牧刘表,辟辅为从事,方知辅为窦武后裔,使还窦氏,仍奉武祀。这也是天鉴孤忠,不使绝后,所以有朱震胡腾诸义士,极力保全;虽是颠连困苦,终得一线留遗。试看那宦官后来结果,究竟还是忠臣子孙,垂亡不亡,勿谓乱世时代,果可怙恶不悛哩!苦口婆心。

且说曹节王甫等害尽忠良,扬扬得志,节迁官长乐卫尉,封育阳侯;甫迁官中常侍,仍守黄门令如故;宋瑀共普张亮等,皆为列侯;张奂仍拜大司农亦受侯封。嗣奂悔悟前失,深恨为曹节等所卖,上书固让,缴还侯印,有诏不许。悔已迟了。越年三月,灵帝尊母董贵人为孝仁皇后,由慎园迎入都中,特置永乐宫奉养,如皇太后仪。过了月余,有青蛇从空坠下,蟠绕御座,历久方去;翌日又遇大风雨雹,霹雳四震,拔起大木百余株;有诏令群臣直言。大司农张奂因乘机上疏道:

> 臣闻风为号令,动物通气;木生于火,相须乃明;蛇能屈伸,配龙腾蛰;顺至为休征,逆来为殃咎,阴气专用,则凝精为雹。故大将军窦武,太傅陈蕃,或志宁社稷,或方直不回,前以谗胜,并伏诛戮,海内默然,人怀震愤。昔周公葬不如礼,天乃动威;周成王葬周公于成周,天大雷电,以风偃禾拔木,乃改葬于毕示不敢臣,语见《尚书大传》。今武蕃忠良,未邀明宥,妖眚之来,皆为此也,宜急为改葬,徙还家属;其从坐禁锢,一切蠲除。又皇太

第五十五回　驱蠹贼失计反遭殃　感蛇妖进言终忤旨

后虽居南宫,而恩礼不接,朝廷莫言,远近失望,宜思大义顾复之报,以全孝道而慰人心,则国家幸甚!

灵帝看到此疏,却也感动,转语中常侍等,欲亲往南宫定省,中常侍等并皆色变,慌忙拦阻;究竟灵帝年纪尚轻,胸无主宰,又复延宕过去。司徒胡广,已代陈蕃为太傅,录尚书事。广一任司空,再任司徒,三登太尉,又迁太傅,居官三十余年,颇能炼达故事,熟悉朝章,只是素性优柔,专知和颜悦色,取媚当时,所以同流合污;任令宫廷如何变乱,一些儿不遭迁累。京师有俚语云:"万事不理问伯始,天下中庸有胡公。"伯始即胡广表字,万事不理,却是胡广一生的确评;若中庸二字,乃是圣贤至德,难道逢迎为悦的胡广,也能当此美名?可见舆论悠悠,非真足信。此外如宗正刘宠,代王畅为司空,进任司徒,再继刘矩为太尉;平素清廉有余,刚断不足,故虽忧心时事,究未敢直言贾祸,匡正朝廷。至若许栩许训等,相继为司徒,刘嚣桥玄等,相继为司空,才具不过平常,在任又属不久,更无容赘述了。表明四府沿革,免致渗漏。张奂见四公在位,各无建白,因又与尚书刘猛等,共荐李膺等足备三公,曹节王甫,闻言衔恨,当即请旨谴责;奂与猛自囚廷尉,数日始得释出,尚令罚俸三月,聊示薄惩。郎中谢弼,蒿目时艰,满怀愤懑,特上书奏谏道:

臣闻和气应于有德,祆异生乎失政。上天告谴,则王者思其愆;政道或亏,则奸臣当其罚。夫蛇者阴气所生;鳞者甲兵之符也。《鸿范传》曰:"厥极弱时,则有蛇龙之孽。"又荧惑守亢,荧惑与亢,皆星名。徘徊不去,在有近臣谋乱,发于左右;不知陛下所与从容帷幄之内,亲信者为谁,宜急放黜,以消天戒。臣又闻惟虺惟蛇,女子之祥;伏惟皇太后定策宫闱,援立圣明。《书》云:"父子兄弟,罪不相及。"窦氏之诛,岂宜咎延太后,幽隔空宫?愁感天心,如有雾露之疾,陛下当有何面目以见天下?昔周襄王不能敬事其母,夷狄遂致交侵,孝和皇帝不绝窦氏之恩,前世以为美谈。礼为人后者为之子,今以桓帝为父,岂得不以太后为母哉?《援神契》曰:《援神契》纬书名。"天子行孝,四夷和平。"方今边境日蹙,兵革蜂起,自非孝道,何以继之?愿陛下仰慕有虞蒸蒸之化,俯思凯风慰母之念!臣又闻爵赏之设,必酬庸勋,开国承家,小人勿用;今功臣久疏,未蒙爵秩,阿母宠私,乃享大封;大风雨雹,亦由于兹。又故太傅陈蕃,辅相陛下,勤身王室,夙夜匪懈,而见陷群邪,一旦诛灭,其为酷滥,骇动天下,门生故吏,并罹徙锢;蕃身已往,人百何赎,宜还其家属,解除禁锢。夫台宰重器,国命所系,今之四公,惟刘宠断断守善,余皆素餐致寇之人,必有折足复铼之凶,《易》曰:"鼎折足,复公铼。"铼,鼎实也。折足复铼,喻不胜任。可因灾异,并加罢黜! 亟征故司空王畅,司隶李膺,并居政事,庶灾变可消,国祚惟永。臣山薮顽暗,未达国典,伏见陛下因变求言,明诏令公卿以下,无有所隐;用敢不避忌讳,冒死渎陈,惟陛下裁察。

这书呈入,阉党大哗,即欲将弼加罪;但因灵帝为了邪妖天变,下诏求言,若遽至收弼,不免与前诏相背,乃只说他党同罪人,不宜在位,出谪为广陵府丞;弼不愿就职,辞官回家,阉宦尚未肯干休,查得弼家居东郡,特简曹节从子绍为东郡太守,前往监束。绍即诬构弼罪,将他拘系,几次讯鞫,硬要他供认罪伏;弼明明无辜,怎肯自诬? 终落得刑杖交加,枉死狱中。暗无天日。故太尉杨秉子赐,方进为光禄勋,灵帝常令他侍讲殿中,问及蛇妖征验,赐博通经术,因即据经奏对道:

> 臣闻和气致祥,乖气致戾;休征则五福应,咎征则六极至。夫善不妄来,灾不空发;王者心有所维,意有所想,虽未形颜色,而五星为之推移,阴阳为其变度。以此而观,天之与人,岂不符哉?《尚书》曰:"天齐乎人,假我一日。"我,指君主言,此为《尚书》中语。是其明征也。夫皇极不建,则有蛇龙之孽,《诗》云:"惟虺惟蛇,女子之祥。"故春秋两蛇斗于郑门,昭公殆以女败;昭公之立,由于祭仲女之泄谋,逐去厉公,故得入立,至蛇斗见兆,昭公遇弑,故云以女败。康王一朝晏起,关雎见机而作。佩玉晏鸣,关雎叹之。事见《鲁诗》,今已佚亡。夫女谒行则逸夫昌,逸夫昌则苞苴通,故殷汤以此自戒,终济亢旱之灾。商初七年大旱,汤祈天自责,卒得大雨。惟陛下思乾刚之道,别内外之宜,崇帝乙之制,受元吉之祉,见"易泰卦"。抑皇甫之权,割艳妻之爱,见《诗·小雅》。则蛇变可消,祯祥立应。殷戊宋景,其事甚明,殷王太戊时,桑榖拱生于朝,太戊修德,而桑榖死;宋景公时,荧惑守心,景公修德,而星退舍,并见《史记》。幸垂察焉。

看赐奏对,也是隐斥权奸;不过语从含混,未尝指明阉党,但就妇女上立说。此时灵帝尚未立后,只有乳母赵娆,一介女流,未能周知外情,因此赐尚得无恙;惟所请各条,终归无效,徒付诸纸上空谈罢了。小子有诗叹道:

> 衰朝谁复重忠贤,主暗臣邪总不悛!
> 尽有良言无一用,何如刘胜作寒蝉?

内政虽乱,外事还幸顺手,当由边疆传入捷报,乃是东西羌一律讨平。欲知功出何人,待至下回再表。

窦武之死,其失在玩;陈蕃之死,其失在愚。彼曹节王甫等,蟠踞宫廷,根深蒂固。太后嗣主，俱在若辈掌握之中；即使谋出万全，尚恐投鼠忌器，奈何事已发作，尚出轻心耶？武之误事不一端，而莫甚于出宫归府，不先加防；蕃与武密谋已久，仍不能为万全之计，至闻变以后，徒率官属诸生，持刃入承明门，岂寥寥八十余人，遂足诛锄阉党乎？诛阉不足，送死有余，何其愚也？然则二族之横被诛夷，迹固可悯，而实由自取。刘瑜尹勋以下，更不足讥焉，张奂为北州豪杰，甘作阉党爪牙，罪无可恕；至妖异迭见，乃请改葬蕃武，朝谒太后，欲盖已往之愆，宁可得耶？谢弼官卑秩微，犯颜敢谏，虽曰徒死，不失为忠，是又不得以张奂例之矣。

第五十六回　段颎百战平羌种
　　　　　曹节一网殄名流

　　却说并凉外面的羌种，叛服无常，自从段颎皇甫规等，依次出讨，屡破羌人，西境少安；至段颎皇甫规先后被谮，征还受罪，羌众复炽。见五十一回。规已起任度辽将军，独颎尚输作刑徒；未得起复。会西州吏民，陆续诣阙，为颎讼冤，颎乃得免罪入朝，拜为议郎，出任并州刺史。会有滇那等羌，入寇武威酒泉张掖诸郡，焚掠庐舍，势甚猖狂，凉州几被陷没。朝廷闻警，乃复命颎为护羌校尉，乘驿赴任，滇那等素惮颎威，不待交锋，便即请降。还有当煎勒姐诸羌种，互相勾结，抗拒如故，颎连年出击，屡破诸羌；当煎勒姐诸羌人，并皆败北；再由颎率兵穷追，转战山谷间，大小经数十次，共斩首二万三千级，获生口数万人，马牛羊八万余头，收降部落万余，西羌瓦解；颎因功得封都乡侯。既而鲜卑诱引东羌，与共盟诅，使寇河西，中郎将张奂，方出督幽并凉三州，见五十四回。主张招抚；东羌或率种愿降，惟先零羌不肯从命。再由度辽将军皇甫规，遣使宣谕先零；先零朝降暮叛，狡黠异常，嗣复进掠三辅；奂乃遣司马尹端董卓出击，阵斩房首万余人，三辅少安。董卓始此。时尚为桓帝末年，有诏问颎以驭羌方略，颎独驳去规奂两人计划，力主征讨，朝廷准如所议，听令出兵。颎即率兵万余人，赍半月粮，进剿先零羌；自彭阳直指高平，行抵逢义山，望见前面布满羌人，辎重牲畜，累累不绝，颎众不免惊惶；独颎神色自如，下令军中，分为数队，前张强弩，次持长矛，又次挟利刃，共列三重，再用轻骑分驻两旁，成左右翼，然后召语将士道：“今去家已数千里，进可图功，退必尽死！各应努力向前，祸福安危，决在今日了。"亦一激将法。随即向众大呼，麾令杀敌，众皆应声腾跃，逐队奋进，先驱为强弩队，扯弓并射，箭如飞蝗，羌众纷纷避箭；阵势已动，当由长矛利刃两队，乘隙杀入，一番乱搅，好似虎入羊群，无坚不破；再由颎亲率左右两翼，包抄过去，虏众大骇，顿时大溃，颎从后追剿，斩首至八千余级，获牛羊二十八万头，乃收兵回营，露布告捷。适灵帝即位，窦太后临朝，进拜颎为破羌将军，赐钱二十万，召颎子一人为郎中；敕中藏府颁给金钱彩物，犒赏军前，颎既奉诏，复领轻骑追羌，驰出桥门谷，进抵走马水，侦知败羌屯集奢延泽中，即倍道兼行，一昼夜行二百余里，果见羌众在前，麾骑突上，喊杀声震动天地，羌众不意颎至，无暇抵敌，都是回头就跑，略略迟慢，便把性命丢脱；及逃至向落川，距奢延泽已数十里，方见颎军止追，乃收集溃羌，暂图休息。颎又遣骑司马田晏，率五千人出羌东，假司马夏育，率二千人出羌西；东西并进，夹攻逃羌。羌人也已预防，持械待着，可巧田晏先至，便兜头拦住，与晏鏖斗，晏部下只五千人，未及羌众半数，致为羌人所围。两下里拼死力争，正杀得难解难分，那西路已驰到，夏育攻入围场，援应晏军，晏趁势杀出，与育驱击羌众，羌众复败，窜至令鲜水上，倚流自固。晏使人飞报颎营，颎自往接应，会同晏育两军，再向前行。到了令鲜水旁，军士已皆饥渴，水为羌众所据，无从汲饮，当由颎勒众齐进，驱虏过水，虏连败心惊，因复却走，颎军才得取水解渴，炊饭疗饥；饥渴既解，精神又振，更逾水击羌，且战且追，直抵灵武谷。羌众背山为阵，拟决一死战；颎见他立住不动，已料透羌人心意，索性披甲先登，怒马突阵，又是一激将法。将士无不感奋，相率随上，一当十，十当百，杀得羌众弃甲曳兵，四处奔散。颎复穷追至三日三夜，斩馘无算；到了泾阳，军士皆脚下生茧，方停足不追，余羌俱窜入汉阳山谷间。颎拟休养数旬，再进军荡平余羌。适中郎将张奂，奏称东羌虽破，余种难尽，段颎性轻志急，胜负无常，不如用恩济威，庶无后悔，朝廷乃止颎再进，谕令审慎。颎已决志平羌，复书申请道：

  臣本知东羌虽众，而软弱易制，所以前陈愚虑，思为永宁之算；而中郎将张奂，谓虏强难破，宜用招降，圣朝明鉴，信纳謷言，故臣谋得行；奂计不用，事势相反，遂怀猜恨，信叛羌之诉，饰词润意，云臣兵累见折衄，又言羌一气所生，不可诛尽，山谷广大，不便穷搜，流血污野，伤和致灾。臣伏念周秦之际，戎狄为害，中兴以来，羌寇最盛，诛之不尽，虽降复叛，今先零杂种，累以反复，攻没县邑，剽掠人物，发冢露尸，祸及死生，上天震怒，假手行诛。昔邢为无道，卫国伐之，师兴而雨，臣动兵涉夏，连获甘澍，岁时丰稔，人无疢疫；上占天心，不为灾伤；下察人事，众和师克，自桥门以西，落川以东，故官县邑，更相通属，非为深险绝域之地，车驰安行，无应折衄。案奂为汉吏，身当武职，驻军二年，不能平寇，徒欲修文戢戈，招降狡敌。诞辞空说，僭而无征，何以言之？昔先零为寇，赵充国徙令居内；煎当乱边，马援迁之三辅，始服终叛，至今为梗；故远识之士，以为深忧。今旁郡

第五十六回　段颎百战平羌种　曹节一网殄名流

户口单少,数为羌所创毒,而欲令降徒,与之杂居,是犹树枳棘于良田,养虺蛇于内室也!故臣奉大汉之威,建长久之策,欲绝其根本,不使能殖,本规三年之费,用计五十四亿;今才期年,所耗未半,而余寇残烬,将向殄灭。臣每奉诏书,军不内御,愿卒斯言,一以委臣,临时量宜,不失权便,务使羌虏殄而西徼常安,则臣庶足报国恩于万一,区区此意,不尽欲言。

时朝廷方有内变,宰辅权阉,互相私斗,至有窦陈骈戮等事,未遑顾及外情,所以颎虽复奏,不闻详细批答;但遣谒者冯禅,抚慰汉阳散羌,羌众正在穷蹙,情急愿降,受抚约四千人。段颎闻报,复上言春令方交,百姓甫在野农耕,羌虽暂降,县官无廪粟济给,必当复为盗贼,不若乘虚进兵,一鼓平羌等语,朝廷又搁置不报。颎竟自发兵,再击东羌;行至凡亭山,与羌垒相距四五十里,即命田晏夏育,率五千人屯据山上,羌人率众来争,蚁聚山下,仰首大呼道:"田晏夏育曾否在此?可来与我决一死生!"无非是恐吓伎俩。晏育听了,当然动愤,便鼓励将士,下山力战,卒破群羌;羌众向东奔溃,走入射虎谷中,分守诸谷上下门。颎欲乘此殄虏,先遣千人,截羌去路,结木为栅,广二十里,长四十里;又命晏育等率七千人,衔枚夜上西山,结营穿堑,俯临羌垒,更使司马张恺等,率三千人上东山,与为犄角。羌酋望见山上旗帜,才觉惊慌,亟引众来攻东山,断截水道,颎自领步骑往援,杀退羌众,乘胜会集东西山将士,进攻射虎谷上下门,一鼓捣破,遍搜深岩穷谷,屠戮殆尽。共诛羌酋以下万九千级,夺得牛马驴骡毡裘庐帐,不可胜计,未免太酷,颎之不得令终,当亦由好杀所致。单剩冯禅所抚四千人,尚获生全,分置安定汉阳陇西三郡,于是东羌乃平。统计段颎两年用兵,先后经百八十战,斩首凡三万八千六百余级,获牲畜至四十二万七千五百余头,费用四十四亿,军士只死亡了四百余人。朝廷论功行赏,进封颎为新丰侯,食邑万户。颎驭军仁恕,士卒罹伤,辄亲自省视,手为裹创,在营数年,未尝一日安寝,上下甘苦同尝,故人人感德,乐为效死。当时皇甫规张奂,并以防边著名,颎与他鼎足并峙。规字威明,奂字然明,颎字纪明,三人皆籍隶凉州,世称为凉州三明,这且待后再表。

且说李膺杜密等人,自经陈窦失败,复致连坐,一体废锢。偏是声名未替,标榜益高,前此尝号窦武陈蕃刘淑为三君,三君皆死,海内无不痛惜。此外尚有八俊八顾八及八厨诸名称,八俊就是李膺杜密荀昱王畅刘祐魏朗赵典朱㝢,俊字的意义,无非说他是人中英杰;八顾系是郭泰东慈巴肃夏馥范滂尹勋蔡衍羊陟,顾字的意义,谓能以德引人;八及乃是张俭岑晊刘表陈翔孔昱范康檀敷翟超,及字的意义,谓能导人追宗;八厨便是度尚张邈王孝刘儒胡母班秦周蕃向王章,厨字的意义,谓能仗义疏财。这三十二人,除尹勋巴肃被戮外,统尚留存,士人竞相景慕;惟阉竖视为仇雠,每下诏书,辄申党禁。中常侍侯览,为了张俭毁冢一事,衔怨甚深,见五十三回。嘱使乡人朱并上书告俭。并素奸邪,为俭所弃,当然仰承览意,诬称俭与同乡二十四人,私署名号,图危社稷,封章朝上,诏令夕颁,即饬有司严捕俭等。长乐卫尉曹节,复讽朝臣奏发钩党,请将故司空虞放,及李膺杜密朱寓荀昱刘儒翟超范滂诸人,一并逮治。灵帝年方十四,召问曹节等道:"如何叫做钩党?"节应声道:"就是私相钩结的党人!"灵帝又问道:"党人有何大恶,乃欲加诛?"节又答道:"谋为不轨!"灵帝更问道:"不轨欲如何?"节直答道:"欲图社稷。"灵帝乃不复言,准令逮治。看他所问数语,好似痴呆,怪不得为宵小所迷。李膺有同乡士人,得知风声,急往语膺道:"祸变已至,请速逃亡!"膺慨然道:"事不辞难,罪不逃刑,方不失为臣;我年已六十,死生有命,去将何往?"乃径诣诏狱,终被掠死;妻子徙边,门生故吏,并被禁锢。侍御史景毅子顾,为膺门徒,尚未及谴,毅独叹息道:"本谓膺贤,遣子师事,怎得自幸漏名,苟安富贵呢?"遂自表免归,时人称为义士。汝南督邮吴导,奉诏往捕范滂,滂家居征羌县中,导至驿舍,闭户暗泣。滂闻声即悟道:"这定是不忍捕我,为我生悲哩!"当下赴县诣狱。县令郭揖,见滂大惊,出解印绶,引与俱亡,且与语道:"天下甚大,何处不可安身?君何故甘心就狱?"滂答说道:"滂死方可杜祸,何敢因罪累君?况母年已老,滂若避死,岂不是更累我母么?"揖乃遣吏迎滂母子,使与诀别。滂向母拜辞道:"季弟仲博,素来孝敬,自能奉养,儿愿从我父龙舒君共入黄泉,滂父显,曾为龙舒侯相。存亡并皆得所,望母亲割舍恩情,勿增悲感,譬如儿得病身亡罢了!"母闻言拭泪,复咬牙徐语道:"汝今得与李杜齐名,死亦何恨?若既获令名,又求寿考,天下事恐未必有此两全呢!"此母亦一奇妇人。滂长跪受教,起身嘱子道:"我欲使汝为恶,恶岂可为?使汝为善,我生平原不为恶!"说至此,不禁呜咽,挥手令去,遂随吴导入都,亦即被掠死狱中。余如前司空虞放,司隶校尉朱寓,沛相荀昱,任城相刘儒,山阳太守翟超等,并皆被捕,一并冤死,妻子皆流往边疆。

更可恨的是权阉肆毒,任意株连,平日稍有嫌隙,即把他名列党籍,非锢即戮,或与宦官素无仇怨,但有重名,播闻远近,亦就指为党人,一网打尽。因此党狱连坐,共死百余人。再令州郡捕风捉影,辗转钩连,或死或徙,或废或禁,又不下六七百人。惟郭泰名列八顾中,却能和光同尘,不为危言激论,所以怨祸不及,幸得免累,但探闻正人名士,枉死甚众,不由的悲从中来,私自挥泪道:"《周诗》有言:'人之云亡,邦国殄瘁。'今汉室亦蹈此辙,灭亡恐不远了!但未知瞻乌爰止,究在谁屋呢?""瞻乌爰止,于谁之屋"亦《诗经》中语。独张俭亡命未归,始终不得捕获,侯览定欲杀俭,令郡国严缉到案,如有收匿,与俭同罪。郡国官吏,应命侦查,四处搜缉,遇有前时留俭的人家,便即收讯,笞杖交下,往往至死。鲁人孔褒,与俭为至交,俭曾亡奔褒门,褒适外出,有弟融年

第五十六回 段颎百战平羌种 曹节一网殄名流

才十六，出门应客。俭询知褒不在家，面有窘色，融转叩行踪，俭又因他年轻，未便遽告，免不得言语支吾。融即笑语道："兄虽外出，难道我不能为君作主么？"乃留俭居宿，数日方去。郡吏闻风往捕，俭已脱走，遂将褒融二人，系狱就讯。融首先认罪道："俭来融家，原有此事，今已他去，未知何往；惟融兄在外，融实留俭，若要坐罪，融愿承当，与兄无涉！"褒待融说毕，当即接口道："彼来求我，弟本不知，罪当坐褒。"郡吏得供，反致疑惑不定，因复传讯孔母。孔母答道："妾夫已殁，应为家长，家事处分，应归家长担任，妾甘心认罪！"郡吏见他一门争死，仍难定谳，乃将供词申奏朝廷，有诏竟令褒坐罪，释母及融；融由是显名。史称融为孔子二十世孙，表字文举，父名伷，曾为泰山都尉。融幼有异禀，年四岁时，与诸兄食梨，舍大取小，家人问为何因？融答说道："我乃小儿，法当取小梨。"家属便呼奇童。不愧为孔氏子孙。及年十岁，随父诣京师，适李膺为河南尹，严肃门禁，除当代名士，及通家世好外，概不接见，融欲往视膺，独至膺府门前，顾语门吏道："我是李公通家子弟，特来求见，敢烦通报！"门吏见他年幼有仪，料非凡品，因即入内白膺。膺以为通家子弟，不能不许他进见，特令门吏引入；及见面后，并不相识，惟觉融趋承尽礼，举止大方，却也暗暗称奇。乃开口问融道："童年到此，定必高明，但未识令祖令父，与仆果有恩旧否？"融从容道："先祖孔子，与明公先祖李老君，同德类义，相为师友，可见得是累世通家了！"虽似辩言，却有至理。膺不禁叹赏，宾佐亦啧啧称羡。大中大夫陈炜后至，阖座便将融言转告，炜顺口说道："小时了了，大未必奇！"融应声道："如君所言，少小时宁可呆笨，勿可聪明么？"炜不能答。膺却大笑道："高明若此，他日必为伟器！"融乃辞去。越三年，即丁父忧，哀恸逾恒，扶而后起，乡里又称为孝子；至与兄褒争死法庭，孝且兼悌，自然名誉益隆。孔融少年履历，随笔叙过。惟张俭已出塞远扬，终得免戮，只晦气了几个亲友。陈留人夏馥，即前八顾中之一。闻俭亡命，牵累多人，不禁窃叹道："孽由己作，空污良善；一人逃死，祸及万家，还要求甚么生活呢？"遂剪须发，逃入林虑山中，自隐姓名，为治家佣，日亲烟炭，形容毁瘁，阅二三年，无人知为夏馥。馥弟静载送缣帛，反惹动馥怒，愤然与语道："弟奈何载祸相饷？幸速携还！"静乃退归。汝南人袁闳，恐遭党累，意欲投迹深山，只因老母尚存，未便远遁，乃筑土室，不设门户，但开一小窗，孑身伏处室中，从窗间纳入饮食；母或思闳，有时往视，闳方开窗应答，母去便将窗掩住；虽兄弟妻孥，不得相见，如是历十有八年，竟在土室中病终。故太丘长陈寔，家居颍川，也是一时名士，与中常侍张让同乡，让遭父丧，郡吏并皆会葬，惟名士裹足不前，实却屈节往吊，让因此感实，所有颍川名士，赖实解免，多得全身。陈留人申屠蟠，前闻李膺范滂等，非议朝政，为世所重，独引为深忧道："昔战国时代，处士横议，国君且拥彗先驱,后来终有焚书坑儒的大祸;今日恐复见此事了!"遂避迹梁砀间,因树为屋,自同佣人,及钩党狱兴,蟠得脱然无累,徜徉终日。小子有诗咏道:

箕山颍水尚逃名,乱世如何反自鸣?
多少英雄流血后,才知智士善全生。

蹉跎过了二年,灵帝行加冠礼,颁下赦文,惟党人不赦。阉人凶焰,横亘神州。欲知后事变迁,且看下回续叙。

西羌之为汉患,历有年所,诚能举兵荡平,未始非一劳永逸之计;然吾闻圣王之待夷狄,叛则讨之,服则舍之,非好为姑息养奸,实体上天好生之德,不忍芟夷至尽也。张奂主抚,段颎主剿,皆属一偏之见;虽后来颎得平羌,然斩首至三万八千余级,得无所谓血流汗野,伤和致灾乎?况外侮可平,内蠹不可去,钩党狱兴,名流尽殄;曹节王甫等之斲丧国脉,比羌患不啻倍蓰,豺狼当道,安问狐狸?张纲可作,吾知其愤且益甚矣。惟李膺杜密范滂诸人,不知韬晦待时,徒以一朝之标榜,祸及身家,株连亲友,是岂不可以已乎?而郭林宗申屠蟠辈,则倜乎远矣。

第五十七回　葬太后陈球伸正议
　　　　　　规嗣主蔡邕上封章

却说窦太后徙居南宫,已经二年,灵帝并未往省,张奂谢弼,相继进谏,俱为阉人所阻,事见前文。会灵帝选定皇后宋氏,朝廷称贺,宋氏为执金吾宋酆女,由建宁三年选入掖庭,册为贵人,越年正位中宫,晋封酆为不其乡侯。后既正位,当然至永乐宫朝见灵帝生母孝仁皇后,即董贵人,见五十五回。独未闻过谒南宫。既而灵帝天良发现,暗思自己入承帝统,全仗窦太后从中主持,大恩究不可忘,因于十月朔日,率群臣往朝南宫,亲至窦太后前,奉馈上寿;窦太后亦改忧为喜,畅饮尽欢。黄门令董萌,素受窦太后恩眷,至此见灵帝省悟,乐得乘间进言,屡为窦太后诉冤;灵帝乃常遣董萌过省,一切供奉,比前加倍。偏曹节王甫等,引为深恨,反诬萌谤讪永乐宫,下狱处死,窦太后又失一臂助。灵帝复为阉党所迷,将南宫置诸脑后,不再往朝。越年颁诏大赦,改元熹平。中常侍侯览,调任长乐宫太仆,骄奢益甚,夺人妻女,破人居屋,怨满通衢,甚至同党亦被他侵迫,互生嫌疑;有司始得举劾览罪,策收印绶,下狱自杀。多行不义,必自毙。惟曹节王甫揽权如故,窦太后为节甫所排,频年抑郁,饮恨不

第五十七回　葬太后陈球伸正议　规嗣主蔡邕上封章

休,嗣闻生母复流死日南,连尸骸都不得归葬,益觉得哀思百结,无限酸辛。_{也是自贻伊戚。}古人有言,女子善怀,况如窦太后的始荣终悴,不堪回首,怎能不怵怵成疾,促丧天年? 熹平元年六月,竟在南宫中病逝。阉竖积怨窦氏,但用衣车载太后遗骸,出置城南市舍;曹节王甫,居然入白灵帝,请用贵人礼殡殓。灵帝摇首道:"太后亲立朕躬,统承大业,朕方自愧不孝,怎得反降太后为贵人哩?"_{还算有些良心。}于是棺殓如仪,举哀发丧。曹节等复欲别葬太后,进冯贵人配祔桓帝,灵帝未以为然,因诏令公卿集议朝堂,特派中常侍赵忠监议。_{仍用阉人监议,可见曹节等势力。}时太傅胡广已死,太尉刘宠早经免职,后任又掉换数人,继起为太仆李咸。咸自超迁太尉后,屡患疾病,告假养疴,闻得朝廷集议,欲将窦太后别葬,因即力疾起床,令家人捣好椒毒,取纳袖中,便与妻子诀别道:"若窦太后不得配食桓帝,我誓不生还了!"说着,遂乘舆入朝,遥见群僚已萃集一堂,差不多有数百人,乃下车徐进,按席坐着;好一歇不闻人声,彼此面面相觑,无敢先言,因也暂忍须臾。少顷由赵忠开口道:"诸公既已到齐,应该即时定议!"坐旁方有人起立道:"皇太后以盛德良家,母临天下,宜配先帝,何必多疑?"咸闻言正中心坎,忙视发言的大臣,乃是廷尉陈球,正思接口赞成,那赵忠已微笑道:"陈廷尉既有此意,应即操笔立议!"球并不推辞,就取过纸笔,随手草成数行,遍示大众。但见纸上写着:

　　皇太后自在椒房,有聪明母仪之德;遭时不造,援立圣明,承继宗庙,功烈至重。先帝晏驾,因遇大狱,迁居空官,不幸早逝,家虽获罪,事非太后;今若别葬,诚失天下之望。且冯贵人冢,尝被发掘,骸骨暴露,魂灵污染,生平固无功于国,何足上配至尊? 臣球谨议。_{冯贵人冢,尝为盗所发,事在建宁三年。}

大众览毕,都无异词,惟赵忠面色陡变,强颜语球道:"陈廷尉创建此议,可谓胆略独豪。"球应声道:"陈窦已经受冤,皇太后尚无故幽闭,臣常痛心,天下亦无不愤叹;今日为国直言,就使朝廷罪臣,臣也甘心!"这数语更拂忠意,顿时扬眉张目,欲出恶声。咸至是不能再忍,便起语道:"臣意与廷尉陈球相同,皇太后不宜别葬。"群僚听着,方才同声附和道:"应如此言!"公等碌碌,所谓因人成事者也。忠自觉势孤,未便多嘴,乃悻悻入内;李咸陈球等也陆续退归。偏是曹节王甫,尚在灵帝前力争,说是梁后家犯恶逆,别葬懿陵,_{即桓帝后。}武帝尝黜废卫后,以李夫人配食,今窦氏罪深,怎得合葬先帝等语。李咸探知消息,因复抗疏力谏,略云:

　　臣伏惟章德窦后,虐害恭怀,安思阎后,家犯恶逆,而和帝无异葬之议,顺朝无贬降之文;事并见前文。至于卫后,孝武皇帝身所废弃,不可以为比。今长乐太后，尊号在身，亲尝称制，且援立圣明，光隆皇祚，太后以陛下为子，陛下岂得不以太后为母？子无黜母，臣无贬君，宜合葬宣陵，一如旧制！臣咸谨昧死以闻。

灵帝览奏，决计依议，始奉窦太后梓宫，合葬宣陵，追谥为桓思皇后。既而朱雀阙下，发现无名揭帖，有"曹节王甫，幽杀太后，公卿皆尸位苟禄，莫敢忠言，天下当大乱"云云。曹节王甫，慌忙报知灵帝，自白无辜。有诏令司隶校尉刘猛，从严查缉，十日一比，猛因谤书切直，不愿急捕，迁延至一月有余，未得主名。节甫遂劾猛玩宕，左迁为谏议大夫。适护羌校尉段颎，班师东归，入为御史中丞，阉党素与往来，颇相友善，因此奉诏代猛，受任司隶校尉。当下派吏四出，捕得太学游生等千余人，拘系狱中，逐日考讯，亦无左证；徒累得一班士子，冤苦吞声。曹节等又嘱颎追劾刘猛，摭拾他罪；猛因此落职，罚作左校刑徒。颎为平羌功臣，何苦作阉人走狗？大司农张奂，调任太常，因与宦官屡有违言，致为所忌，且与段颎争论羌事，积不相容；并见前两回中。又有前司隶校尉王寓，依倚权阉，向奂有所请托，奂谢绝不允，遂由寓设词构陷，劾奂曾阿附党人，罪坐废锢。段颎更欲投井下石，逐奂回籍，授意郡县，迫令自裁。奂不胜惶惧，因致书谢颎道：

  小人不明，得过州将，司隶管辖河南洛阳三辅三河弘农七郡，奂回籍经过，故书称州将。千里委命，以情相归，足下仁笃，照其辛苦；使人未返，复获邮书，恩诏分明，前已写白，而州期切迫，无任屏营，父母朽骨，孤魂相托，若蒙矜怜，壹流咳唾，则泽流黄泉，施及冥冥，非奂生死所能报塞。夫无毛发之劳，而欲求人丘山之用，此淳于髡所以拍髀仰天而笑者也。诚知言必见讥，然犹不能无望，何者？朽骨无益于人，而文王葬之；死马无所复用，而燕昭宝之；党同文昭之德，岂不大哉？凡人之情，冤则呼天，穷则叩心；今呼天不闻，叩心无益，诚自伤痛，俱生圣世，独为匪人；孤微之人，无所告诉，如不哀怜，便为鱼肉，企心东望，无所复言。

颎得书后，也觉得心生恻隐，不忍害奂，乃饬州郡好意看待，送奂西归。奂既返敦煌，闭户著书，不闻世事，才得幸全。未几又由中常侍王甫，察得渤海王悝，与同党郑飒董腾交通，密告段颎，使他从速查究；颎又奉命维谨，再兴大狱，惨戮多人。这渤海王悝，系是桓帝亲弟，前曾袭封蠡吾侯，桓帝系蠡吾侯翼长子，入嗣帝位，故令弟悝袭封，事见前文。嗣因渤海王鸿，身后无子，乃令悝过继，承鸿遗封，得为渤海王。鸿为质帝生父，即千乘王伉孙。桓帝延熹八年，有司奏悝有邪谋，因降悝为瘿陶王，只食一县；悝潜谋复国，尝使人入都钻营，贿托中常侍王甫，代为申请，得能仍复旧封；当谢钱五千万缗，王甫满口应许。既

第五十七回 葬太后陈球伸正议 规嗣主蔡邕上封章

而桓帝驾崩,遗诏赐复悝封,悝喜如所望;惟探得复封原因,乃是桓帝顾念亲亲,有此遗命,并非由王甫代为转圜,于是将五千万钱的原约,视为无效。哪知甫贪婪得很,屡遣心腹吏向悝索钱,始终不得如愿,乃阴伺悝过,为报怨计。先是朝廷迎立灵帝,道路曾有流言,谓渤海王悝,恨不得立,蓄有异图,当时亦无暇详究;后来中常侍郑飒,与中黄门董腾,串通渤海,常有书信往来,为王甫所侦知,遂令段颎出头告发,收郑飒等,送北寺狱,锻炼周章。尚书令廉忠,也是王甫爪牙,阿附甫意,诬奏郑飒等谋迎立悝,大逆不道;再经曹节从旁证实,不由灵帝不信,立即诏饬冀州刺史,拘悝下狱;复遣大鸿胪宗正廷尉三官,同赴渤海,逼悝自尽。悝有妃妾十一人,子女十七人,伎女二十四人,皆系死狱中。就是傅相以下诸僚属,亦责他辅导不忠,冤冤枉枉的杀死多人。郑飒董腾,既由廉忠指为祸首,哪里还能生活,自然一并受诛。<small>飒应处死,余实可怜。</small>甫得进封冠军侯,曹节亦增邑四千六百户;宫廷内外,要算曹王二宦官权势最盛,父兄子弟,并为公卿列校,牧守令长,布满天下。节弟破石为越骑校尉,贪淫骄纵,探得营吏妻有美色,即胁令献入,营吏怎敢违抗?只好与妻诀别,嘱使前往;哪知妻却有烈性,晓得三从四德,执意不行,结果是服毒自尽,完名全节。<small>可哀可敬,惜乎姓氏失传。</small>破石闻知,尚责营吏防守不严,革去职使。看官你道是冤不冤呢?惨不惨呢?<small>艳福原难消受,况是一个寻常营吏。</small>

嘉平二年,春季大疫,病死甚多,夏季地震,海水四溢;灵帝不知反省,往往归咎大臣,太尉李咸免官,进司隶校尉段颎为太尉,司徒桥玄许栩,司空许训来艳杨赐,先后任免,命大鸿胪袁隗为司徒,太常唐珍为司空,颎与宦官通同一气,故得超迁。隗系故太尉袁汤第三子,承父遗荫,少历显宦,中常侍袁赦,认与同宗,常相推重,所以隗得进列三公。珍乃故中常侍唐衡弟,显是宦官亲党,台辅诸公,并作群阉耳目,国事更不问可知了。<small>堂堂宰辅,援系腐竖,可耻孰甚!</small>会稽人许生,首先发难,自称越王,传檄四方,指斥时政,不到月余,聚众万数,东攻西略,占夺了好几座城池;诏令扬州刺史臧旻,丹阳太守陈寅,并力剿贼,好多日不能扫平。许生反僭号阳明皇帝,连败官军,还是吴郡司马孙坚,具有智勇,召募壮士千余人,作为臧旻陈寅的先驱,才得一再破贼,捣入会稽,枭下了许生头颅,戡定东南。<small>孙坚始此。</small>但已是两年扰乱,被难的人民,害得十室九空,试问从何处求偿呢?灵帝方宠信宦官,听令横行,管甚么民间疾苦?四府三公,又多仰阉人鼻息,专严党禁;且议出一种钳制吏职的规条,叫做"三互法"。凡世俗有姻谊相关,及两州人士,不得交互为官,名为革除情弊,实是杜绝朋党。自是选用牧守以下,辄多禁忌,辗转需时。幽并二州,屡有寇患;鲜卑骑士,出没塞下,庸吏被黜,狡吏乞休,往往悬缺不补,防务更坏。议郎蔡邕上书进谏道:

> 伏见幽冀旧壤,铠马所出,比年兵饥,渐至空耗;今者百姓虚悬,万里

萧条，阙职经时，吏人延属，而三府选举，逾月不定，臣窃怪之！论者每云当避三互，不得不出以审慎，愚以为三互之禁，禁之薄者，今得申以威灵，明其宪令，在任之人，岂不戒惧？顾斤斤然坐设三互，自生留阂耶？昔韩安国起自徒中，朱买臣出于幽贱，并以才宜还守本邦；又张敞亡命，擢授剧州，岂宜顾循三互，继以末制乎？三公明知二州之要，所宜速定，当越禁取能，以救时敝，而不顾争臣之义，苟避轻微之科，选用稽滞，以失其人。臣愿陛下上则先帝，蠲除近禁，其诸州刺史器用可换者，无拘日月三互，以差厥中，则责成有属，而边境可期宁谧矣！

书奏不省，邕亦不便再谏，只好容忍过去。惟邕字伯喈，籍隶陈留；六世祖勋，前汉时曾为郿令，嗣因王莽篡位，弃官入山，高隐以终；及邕父棱亦素行清白，殁谥为贞定公。邕事母至孝，与叔父从弟三世同居，不分财产，乡里交相推美，名重一时。又平居博览书史，兼及术算音律诸学，雅善鼓琴，桓帝时五侯骄恣，征邕入都，欲命他鸣琴悦耳，邕行至偃师，称疾折回，不肯赴召；至桥玄为司徒，辟为掾属，方才应命。未几受官郎中，校书东观；又未几迁为议郎。邕因五经文字，拾自烬余，沿讹袭谬，疑误后学，乃与五官中郎将堂谿儿、光禄大夫杨赐、谏议大夫马日磾等，奏请正定六经文字；灵帝本好经学，当即依议。邕即手录五经，用古文篆隶三体，依次缮成，镌碑刻石，竖立太学门外，使后学得所取正；于是中外士子，多来摹写，每日车马杂沓，填塞街衢。通经所以致用，徒正书法，实为末事。灵帝亦自造《皇羲篇》五十章，颁示天下；又使能文善赋的生徒，待制鸿都门。嗣且如能工尺牍，<small>书板为牍，长一尺，所以抄录词赋。</small>及善书鸟篆，亦引召至数十人；侍中祭酒乐松贾护，又招徕了许多俗士，使他奏陈闾里趣闻，冀动上听。果然灵帝年少好奇，看了这班俗士奏本，好似燕书郢说，无奇不搜，乐得朝披暮阅，消遣闲情；一面饬使源源续陈，优给廪饩。还有几个市贾小民，不知他如何运动，得称为宣陵孝子，名闻廊庙，居然受拜郎中，暨太子舍人。<small>好造化。</small>永昌太守曹鸾，痛心时事，以为收揽俗子，何如赦宥名流？乃特为党人申讼，书中有云：

夫党人者，或耆年渊德，或衣冠英贤，皆宜股肱王室，左右大猷者也。而久被禁锢，辱在涂泥；谋反大逆，尚蒙赦宥；党人何罪，独不开恕乎？所以灾异屡见，水旱洊臻，皆由于斯；宜加恩赦宥，以副天心！不胜万幸。

鸾将此书呈入，还望灵帝俯首采纳，立赦党人；不意赦书并未下降，缇骑却已到来，竟令鸾缴出印绶，褫去冠带，平白地加上锁链，牵入槛车，送至槐里狱中。槐里令且奉诏审问，阴承风旨，刑讯了好几次，打得曹鸾皮开肉绽，体无完肤。鸾又气又痛，绝食数天，一道忠魂，遽归冥府。灵帝还说应该处死，

第五十七回　葬太后陈球伸正议　规嗣主蔡邕上封章

更下诏州郡,重申党禁,坐及五族,连门生故吏的父子兄弟,亦须免官禁锢,不准起复;这真是错中加错,冤上添冤了!古人说得好:"天视由民,天听由民。"当此政刑两失,民情愤郁,怎能不上感天心?俄而疾风暴雨,俄而震雷陨雹,禾稼受害,大木皆拔;最奇的御殿后面,槐树被风掀起,又复倒竖。灵帝也觉惊心,下诏引咎,且令群臣各陈政要,俾见施行。蔡邕因复上封事道:

臣伏读圣旨,虽周成遇风,询诸执事;宣王遭旱,密勿只畏,无以或加。臣闻天降灾异,缘象而至,霹雳数发,殆刑诛繁多之所生也。风者天之号令,所以教人也,夫昭事上帝,则自怀多福;宗庙致敬,则鬼神以著;国之大事,实先祀典,天子圣躬所当恭事。臣自在宰府,及备朱衣,迎气五郊,而车驾稀出;四时致敬,屡委有司,虽有解除,犹为疏废,故皇天不悦,显此诸异。《洪范传》曰:"政悖德隐,厥风发屋折木。"坤为地道。《易》称女贞,阴气愤盛,则当静反动,法为下叛。夫权不在上,则雹伤物,政有苛暴,则虎狼食人,贪利伤民,则蝗虫损稼;且本年六月二十八日,太白与月相迫,兵事恶之,鲜卑犯塞,所从来远矣。今之出师,未见其利,上违天文,下逆人事,诚当博览众议,从其安者。臣不胜愤懑,谨条陈七事以闻。

七事大纲:一肃祭祀,二纳忠谏,三求贤才,四去谗人,五屏浮士,六严考课,七惩诈伪,通篇约有数千言,不及细录。灵帝积迷不返,怎能悉见施行?但至初冬迎气北郊,总算车驾亲行;此外如宣陵孝子等,已授太子舍人,到此乃出为丞尉罢了。小子有诗叹道:

信谗愎谏最堪忧,七事徒陈愿莫酬。
果使见机宜早作,多言无益反招尤。

是年秋日,更发兵北讨鲜卑,蔡邕又伸前议,谏阻北征。欲知灵帝是否肯从,且至下回再叙。

窦太后徙居南宫,虽由自取,然于窦武陈蕃之欲诛权阉,太后固未尝与谋;曹节王甫非不知太后之无能为,但既杀窦武,不能不归狱太后,为斩草除根之计;其所以逼徙南宫,不即害死者,尚恐清议难逃耳。然灵帝为太后所援立,应知感念旧恩,入宫一谒,又复绝迹不朝,至于太后殁后,且因阉竖之议为改葬,瞻顾彷徨,微陈球之抗议于先,李咸之赞同于后,几何不令太后之遗恨无穷也!蔡邕一文学士,所陈奏议,未始非守正之谈,然或嫌迂远,或涉虚浮,才有余而忠不足,吾于邕犹有余憾焉。但曹鸾一言而即遭掠死,国家无道之秋,固未足与陈说论者。邕之所失,在可去而不去耳,文字之间,固无容苛求也。

第五十八回　弃母全城赵苞破敌
蛊君逞毒程璜架诬

却说鲜卑大酋檀石槐，自恃强盛，未肯服汉，且连年寇掠幽并诸州；朝廷以田晏夏育两人，曾随段颎破灭诸羌，勋略俱优，特任田晏为护羌校尉，夏育为乌桓校尉，分守边疆。既而晏坐事论刑，意欲立功自赎，特使人入托王甫求为统将，愿击鲜卑；夏育亦有志徼功，上言鲜卑寇边，自春至秋，不下三十余次，请征幽州诸郡兵马，出塞往讨，大约一冬二春，便可殄灭鲜卑等语。灵帝乃召群臣会议，或可或否，聚讼纷纷。议郎蔡邕，前曾谓不宜用兵鲜卑，至此仍坚持前议，再行申说道：

自匈奴遁逃，鲜卑强盛，据其故地，称兵十万，才力劲健，意智益生；加以关塞不严，禁网多漏，精金良铁，皆为贼有，汉人逋逃，为之谋主，兵利马疾，过于匈奴。昔段颎良将，习兵善战，有事西羌，犹十余年；今育晏才策，未必过颎，鲜卑种众，不弱于曩时，而虚计二载，自许有成，若祸结兵连，岂得中休？当复征发众人，转运无已，是为耗竭诸夏，并力蛮夷。夫边陲之患，手足之疥癣，中国之困，胸背之痈疽；方今郡县盗贼，尚不能禁，况此丑虏，而可伏乎？昔高祖忍平城之耻，吕后弃嫚书之诟；方之于今，何者为甚？天设山河，秦筑长城，汉起塞垣，所以别内外，异殊俗也。苟无蹙国内侮之患则可矣，岂与群螳较胜败，争往来哉？虽或破之，岂可殄尽？夫专胜者未必克，挟疑者未必败；众所谓危，圣人不任，朝议有嫌，明主不行也。昔淮南王安谏伐越曰："天子之兵，有征无战。"言其莫敢校也，今欲以齐民易丑虏，皇威辱外夷，就如其言，犹已危矣；况乎得失夫可量也？臣闻守边之术，李牧善其略；保塞之论，严尤申其要，遗业犹在，文章俱存；循二子之策，守先帝之规，臣曰可矣。幸垂察焉。

灵帝见了邕议，竟不肯从。王甫在内，蔡邕何能抗争？即拜田晏为破鲜卑中郎将，使领万骑出云中，作为正师；再令夏育出高柳，中郎将臧旻出雁门，作为偏师，三路并进，约有三四万人，出塞二千余里，方与鲜卑兵相遇。鲜卑大酋檀石槐，召集东西中三部头目，来敌汉军，汉军远行疲乏，不堪一战；那檀石槐以逸待劳，尽锐争锋，叫汉兵如何招架？眼见得纷纷败下，为虏所乘，晏育旻三将，各自顾全生命，回头乱跑，所有辎重车徒，尽行弃去，甚至所持汉节，也

第五十八回　弃母全城赵苞破敌　蛊君逞毒程璜架诬

并抛失；三路人马，十死七八，只剩得残骑数千，零零落落，奔回原营。朝廷闻报，拘还晏育旻三将，并下诏狱；由三将倾家出赀，赎为庶人。鲜卑既得胜仗，寇掠尤甚。广陵令赵苞，素有清节，政教修明，蒙擢为辽西太守，地当虏冲，由苞缮治城堡，训练士卒，战守有资，屹为重镇；就职逾年，乃遣使至甘陵故里，迎接老母妻孥，好多日不见到来，未免系念。忽有候吏入报道："鲜卑兵万余人，突来犯边，前锋已经入境，不久要到城下了！"苞闻报大怒道："蠢尔鲜卑，敢来犯我疆界么？我当前去截击，使他片甲不回，方免后患！"说着，即召齐将士，慷慨晓谕，饬令为国效忠，将士等皆踊跃从命；当下调集兵马二万骑，由苞亲自督领，出城搦战。约行了一二十里，便见前面尘头大起，虏兵蜂拥前来。于是倚险列阵，截住虏踪，那虏众被苞阻住，也即停止；苞正拟麾兵突上，不料敌阵中驱出囚车，约有数具，左右各押着虏兵，持刃大喝道："赵苞快下马受缚，免得诛灭全家！"苞闻声出马，举目一瞧，好似万箭穿胸，险些儿晕倒地上。原来囚车里面，不是别人，正是白发毵毵的老母，与那娇颜稚齿的妻儿。自从苞饬迎家眷，母妻等相偕赴任，路过柳城，遇着鲜卑游骑，把他们掠去，询知为辽西太守眷属，即挟为奇货，号召骑士万余人，进攻辽西，意欲借此胁苞。苞见家眷被劫，怎不惊心？况母子恩情，何等深重？此时为虏所缚，惨同羊豕，若要不降，必致杀母；若要遽降，岂不负君？进退彷徨，激出了许多涕泪，凄声遥语道："为子无状，本欲将所得微俸，奉养朝夕，不意反为母祸！昔为母子，今为王臣，至我不得顾私毁公，罪当万死！如何塞责？"说至此，即听母声遥应，呼己小字道："威豪！人各有命，怎得相顾自亏忠义？从前王陵母陷入楚中，对着汉使，伏剑勉陵；我愿效陵母，尔亦当如陵忠汉便了！"苞待母说罢，竟打定主意，回首大呼道："大小将士，幸与我努力杀贼，上雪国耻，下报家仇！"道言未绝，即由军吏一齐杀出，骤马上前；虏兵凶横得很，一声喊起，把苞母及妻子等，立刻杀死，取首级掷入苞军，苞军虽然急进，已是不及救护，但抢得数具囚车，及车内的无头尸骸。苞母原是贤烈，苞亦未免太忍。苞至此悲愤填膺，还顾甚么利害，当即挺刃当先，与虏拼命，部下二万人，也个个激动义愤，执着大刀阔斧，冒死搞入鲜卑阵中，霎时间摧破虏阵，刺死虏兵无算，虏众不可支持，自然四溃；苞赶至数十里外，见残虏已鼠窜出境，只得收兵还城；随将母妻子各尸，买棺殡殓，上表陈述军情，且请辞职归葬。灵帝得表，忙即遣使吊慰，加封苞为鄃侯，准令还葬母尸，厚赐赙恤。苞奉诏回乡，已将母尸等葬讫，顾语乡人道："食禄避难，不得为忠；杀母全义，亦不得为孝；我还有甚么面目觍息人世呢？"乡人欲上前劝解，不料苞骤然心痛，用手椎胸，呕出紫血数升，突至仆倒地上，乡人忙扶他异入家中，奄卧床间，只呼了几声母亲，便即灵魂出窍，驰往冥途去寻那老母妻孥了。阅至此，令人酸鼻。苞本为中常侍赵忠从弟，与忠素不相协,耻谈门族,就官以后,从未致忠一书;所以苟既病殁,忠亦不为请谥,但教自己威福不致损失,管什么兄弟宗亲?灵帝亦只宠左右,不看重内外臣工。太傅一职,悬缺不补,太尉司徒司空三官,一岁数易,段颎为太尉后,复由陈耽许训刘宽孟戫数人互为交替;只刘宽尚知自好,廉慎有余。到了熹平七年间,日食地震,相继不绝,反无缘无故的下诏改元,号为光和,大赦天下。太尉孟戫罢免,竟授常山人张颢为太尉。颢为中常侍张奉弟,因兄得官,出为梁相,适有喜鹊飞翔府前,由役吏与鹊为戏,用竿拨鹊,便致堕落,役吏忙去拾取,哪知鹊滚地一变,化成圆石,役吏非常惊愕,取石献颢,颢命将圆石椎破,内有金印,印上有"忠孝侯印"四个篆文,因此喜出望外,便致书兄奉,夸为瑞征。鹊何能变石?想俱由张颢捏造出来。奉入侍时,觑隙与灵帝谈及,又托永乐宫门吏霍玉,代为揄扬,灵帝竟为所惑,召颢入都,使为太常;未几即迁官太尉,想他做个太平宰相。余如司徒司空,亦换去袁隗唐珍杨赐刘逸陈球袁滂来艳等人,更迭就任,多约数月,少只数旬。看官试想,世上能有这般大材,速成治道么?无非依宦官为进退。光和元年四月,都中又闻地震,侍中署内,有雌鸡变作雄鸡;到了五月,有白衣人入德阳殿内,与中黄门桓贤相遇。贤喝问何事,白衣人却厉声道:"梁德夏叫我上殿,汝为何阻我?"贤不知梁德夏为何人,正要将他扭住,详讯来历,偏赶到白衣人身前,一手抓去,落了个空,白衣人也不知去向了;贤不胜骇异,查问宫廷内外,亦不闻有梁德夏,只好约略奏报,留作疑案。至六月间,又有黑气堕入温德东庭中,长十余丈,形状似龙,好一歇方才散去;再过一月,有青虹出现玉堂殿庭,种种怪异,人相惊扰。灵帝乃召光禄大夫杨赐,谏议大夫马日磾,议郎蔡邕张华,太史令单扬等,诣金商门,引入崇德殿,使中常侍曹节王甫两人,就问灾异原因,并及消变方法。惟杨赐蔡邕,引经据谶,奏对较详,节与甫还白灵帝,灵帝又特诏问邕,使他直陈得失,许用皂囊封上。汉制惟奏闻密事,得用皂囊封入。邕见灵帝推诚下问,不必再有忌讳,乃直揭时弊,密上封章道:

> 臣伏惟陛下圣德允明,深悼灾咎,褒臣末学,特垂访及,斯诚输肝沥胆之秋,岂可顾患避害,使陛下不闻至戒哉?臣伏思诸异,皆亡国之怪也;天于大汉,殷勤不已,故屡出祆变,以当谴责,欲令人君感悟,改危即安。今灾眚之发不于他所,远则门垣,近在寺署,其为监戒,可谓至切。蜺堕鸡化,皆妇人干政之所致也;前者乳母赵娆,贵重天下,生则资藏侔于天府,死则丘墓逾于园陵,此时赵娆已死。两子受封,兄弟典郡;继以永乐宫门吏霍玉,依阻城社,又为奸邪。今道路纷纷,复云有程大人者,察其风声,将为国患,宜严为提防,明设禁令,深惟赵霍,以为至戒。今圣意勤勤,思明邪正。而闻太尉张颢,为玉所进;光禄勋伟璋,有名贪浊;又长

第五十八回　弃母全城赵苞破敌　蛊君逞毒程璜架诬

水校尉赵玹,屯骑校尉盖升,并叼时幸,荣富优足;宜念小人在位之咎,退思引身避贤之福! 伏见廷尉郭禧,纯厚老成;光禄大夫桥玄,聪达方直;前太尉刘宠,忠实守正,并宜为谋主,数见访问。夫宰相大臣,君之四体,委任责成,优劣已分,不宜听纳小吏,雕琢大臣也。又尚方工伎之作,鸿都辞赋之文,可且消息,以示惟忧。《诗》云:"敬天之怒,不敢戏豫。"天戒诚不可戏也。宰府孝廉,士之高选,近者以辟召不慎,切责三公;而今并以小文超取选举,开请托之门,违明王之典,众心不餍,莫之敢言。臣愿陛下忍而绝之,思惟万几,以答天望。圣朝既自约厉,左右近臣,亦宜从化;人自抑损,以塞咎戒,则天道亏满,鬼神福廉矣。臣以愚戆,感激忘身,敢触忌讳,手书具对。夫君臣不密,上有漏言之戒,下有失身之祸,愿寝臣表,无使尽忠之吏,受怨奸仇,则臣虽万死,感且不朽矣。

灵帝启封展阅,却也不胜叹息。曹节适立在后面,早已眈眈注视,只恨相距太远,一时看不清楚,又未便抢前明视,正在心中躁急;凑巧灵帝起座更衣,乃即趋近一瞧,已知大略,虽于自己无甚关碍,但据蔡邕劾奏诸人,统是自己同党,总不免暗里怀嫌;当下传告左右,遂将蔡邕表奏的内容,宣扬出去。咎在灵帝一人。邕与大鸿胪刘郃,素不相平,叔父蔡质,方为卫尉,又与将作大匠阳球有隙,球即中常侍程璜女夫。想系程璜的干女婿,否则程璜是阉人,怎得有女? 璜因邕章奏中,曾有程大人将为国患等语,恐他指及己身,不如先发制人,免被劾去;乃阴使人飞章发密,诬称蔡邕叔侄,屡将私事托郃,郃不肯相从,遂致邕怀怨望,谋害郃身。灵帝又为所迷,即令尚书向邕诘状,邕上书自讼道:

臣被召问,以大鸿胪刘郃,前为济阴太守,臣属吏张宛,休假百日,汉制吏休假百日,例当免职。郃为司隶,又托河内郡吏李奇,为州书佐,及营护故河南尹羊陟,侍御史胡母班,郃不为用,致怨之状,臣屏营怖悸,肝胆涂地,不知死命所在。窃自寻案,实属宛奇,不及陟班,小吏进退,无关大体;臣本与陟姻家,岂敢申助私党? 如臣叔侄欲相伤陷,当明言台阁,具陈恨状;所缘内无寸事,而谤书外发,宜令臣对与郃参验。臣得以学问特蒙褒异,执事秘馆,操管御前,姓名貌状,微简圣心。今年七月,臣诣金商门,问以灾异,赍诏申旨,诱臣使言,臣实愚戆,唯识忠荩,出言忘躯,不顾后害;遂讥刺公卿,内及宠臣,实欲以上抒圣虑,救消灾异,为陛下建康宁之计。陛下不念忠臣直言,宜加掩蔽,诽谤猝至,便用疑怪,尽心之吏,岂得容哉? 诏书每下百官,各上封事,欲以改政思谴,除凶致吉,而言者不蒙延纳之福,旋被陷破之祸,今皆杜口结舌,以臣为戒,谁敢为陛下尽忠孝乎? 臣季父质连见拔擢,位在上列,臣被蒙恩渥,数见访逮;言事者因此欲陷臣父子，破臣门户，非复发纠奸伏，补益国家者也。臣年四十有六，孤特一身，得托名忠臣，死有余荣；恐陛下于此，不复闻至言矣！臣之愚戆，职当咎患，而前者所对，质不及闻。而衰老白首，横见引逮，随臣摧没，并入陷坑，诚冤诚痛！臣一入牢狱，当为楚毒所迫，促以饮章。饮，犹隐也，言原告姓名，无可对问。辞情何缘复问，死期垂至，冒昧自陈，愿身当辜戮，乞质不并坐，则身死之日，犹更生之年也。惟陛下加餐，为万姓自爱！

邕书虽似详明，可奈程璜在内反对，定要将邕加害，坚请灵帝收邕下狱，彻底查讯；灵帝本来糊涂，因即依议，邕遂被拘至洛阳狱中，连蔡质一并逮治。有司不敢忤旨，且受程璜暗中嘱托，锻炼成谳，奏称邕私怨废公，谋害大臣，罪坐大不敬，应该弃市；幸亏邕命不该绝，得着一个大救星，从中缓颊，才得起死回生。这大救星不属公卿，却仍出自中常侍间，姓吕名强，表字汉盛，与程璜同为阉人，同作内官，偏生性与璜等不同，倒是一个清正公忠的好侍臣。鹤立鸡群，应加褒扬。他知蔡邕无罪，不忍坐视，便挺身出来，至灵帝前叩首保邕，力为诉冤；灵帝乃使强传诏，减邕死罪一等，受髡钳刑，充戍朔方，质亦坐徙，家属同科。将作大匠阳球，得知此信，忙使刺客预伏要路，待邕出都就戍，将他刺死；哪知刺客颇感邕义，佯为受命，索给路费，至钱财到手，却一溜烟似的逃向他处，竟不返报。球候久不至，料知无成，再遣使人赍着金帛，追赂戍所监守官。监守官得了贿赂，反将详情告邕，教他戒备；因此邕与质等幸得生存。偏宫闱中又起风波，帝后间且遭逸构，好好一位宋皇后，并无什么大过，竟为逆阉王甫所潛，遽致身死家灭，说将起来，更觉令人发指。宋后不过中姿，且简言寡笑，未善趋承，因此正位以后，并不得宠，后宫妃妾，各思乘机夺嫡，互播蜚言，灵帝已不免怀疑；渤海王悝妃宋氏，系是宋后的姑母，悝被王甫陷害，夫妇同死，见前回。甫恐宋后报怨，趁机下手，约同大中大夫程阿，捏言宋后听信左道，咒诅皇上；再经妃嫔等从旁诬证，构成冤狱，遂由灵帝下诏废后，收还玺绶，徙居至暴室中，活活幽死，后父酆及兄弟等，并皆被诛。后来宫内侍臣，怜后无辜，各出私囊，凑集钱物，收葬后尸，及酆父子遗骸，归葬宋氏旧茔皋门亭。小子有诗叹道：

历朝废后总伤伦，况复逸言出寺人。

汉季外家多赤族，冤如宋氏最酸辛！

宋后枉死，王甫等权焰益张。当有一位公正的尚书，上书进规，欲知尚书姓名，容至下回再详。

赵苞之弃母全城,后人多悯其全忠,而惜其昧义;夫君与亲一也,亲不可弃,犹之君不可忘,为赵苞计,不如退兵守城,徐为设法,或啗以重利,或佯为乞降,务使母得生还,然后再谋却敌;万一不能如愿,则为君弃母,亦为后人所共谅,奈何锐图杀贼,忍视老母之遽膏锋刃乎?故苞之失不在于昧义,而在于少智;设令智士处此,当不若是之冒昧进战也。蔡邕之屡谏不从,已可引去;乃尚徘徊于廊庙之间,致为奸人所陷害。微吕强,身家已夷灭矣,邕其亦有才无智欤?若曹节程璜诸人,罪不容于死,何足责焉。

第五十九回　诛大憝酷吏除奸
　　　　　　受重赂妇翁嫁祸

　　却说涿人卢植,前曾献书窦武,劝令辞封让贤,武不能用,遂致枉死,见五十四回。嗣由朝廷征为博士,出拜九江卢江各郡太守,并有政绩,入补议郎,转为侍中,进授尚书。植身长八尺二寸,声如宏钟,少时与北海人郑玄,并师事马融,博古通今,能识大义。融为明德皇后从侄,明德皇后,即明帝后马氏。家富才豪,不拘小节,居处服饰,好尚奢华,常在高堂中悬绛纱帐,前授生徒,后列女乐,弟子依次讲授,免不得纷心靡丽,窥及声色。独植受学数年,未尝转眄,却是难能。融以是另眼相看。及学成辞归,亦阖门教授生徒,秉性刚毅,有志济时,光和元年,已迁擢为尚书,见宋氏无辜遭祸,与各种秕政相寻,不由的触动热诚,因上阵八事,请即施行。语繁不及备录,由小子撮要如下:

　　一、用良,谓宜使州郡核举贤良,随方委用。二、原禁,谓历届党锢,多非其罪,应悉加赦宥。三、御疠,谓宋后家属,无罪横尸,致成疫疠,当一律妥埋,以安游魂。四、备寇,谓侯王之家,赋税减削,愁穷思乱,必致非常,宜使给足,以防未然。五、修体,应征有道之人,若郑玄诸徒,陈明洪范,禳解灾咎。六、尊尧,谓郡守刺史,一月数迁,宜依黜陟,以彰能否,纵不九载,可满三岁。尧帝时,九载考绩,故植以尊尧为条目,但当时三公屡易,不止郡守刺史,植言尚失之偏见。七、御下,谓请谒希荣诸敝习,概宜禁塞,迁举之事,责成主者。八、散利,谓天子之体,理无私积,宜弘大务,蠲略细微。

　　这八事陈将进去,灵帝竟无一采行;惟宋后家属,听令内侍收葬,不再过问。太尉张颢,任职半年,无甚建树,且因天灾迭见,把他免官,用太常陈球为太尉;又司空来艳病殁,进屯骑校尉袁逢为司空。逢即前司徒袁隗胞兄,承父袁汤遗荫,袭爵安国亭侯,灵帝入嗣,逢曾居官太仆,预议迎立,故尝增封三百户。隗先为司徒,逢继为司空,虽是世家显宦,实由中常侍袁赦推荐,故先后超迁。附阉宦以增荣,行谊可知。隐士袁闳,就是逢隗从子,常私语家人道:"我先公福祚留贻,后世不能修德承家,乃好慕荣利,与乱世争权,恐不免为晋三却了!"三却,并为晋厉公所杀,事见《春秋》《左传》。为此居安思危,所以蛰居土室,久伏不出;遇有从父馈遗,一介不受,甚至母殁丁忧,亦未闻出室送葬;乡人目为狂生。哪知他无穷感慨,激成畸行,从前箕子佯狂,接舆避世,都操这种主意,看官幸勿视同怪物呢!回应五十六回。陈球凤怀忠直,做了两个月太尉,便被阉党排挤,借着日食为名,坐致策免,更任光禄大夫桥玄为太尉。玄亦有重名,历任司徒司空,均因朝廷昏乱,无力挽回,自劾求去。灵帝因他素孚物望,屡罢屡召,及升任太尉,就职月余,又复托病乞休,有诏赐假养疴;又逾两月,仍以衰病告辞,乃再起段颎为太尉,使玄食大中大夫禄俸,就医里舍。玄有十龄幼子,独游门外,猝有三盗持杖,把玄子执登门楼,向玄求货。玄不肯照给,遣使往报司隶校尉,促令捕盗。时将作大匠阳球,调任司隶,接得玄报,忙率河南尹洛阳令等,围守玄家,但恐盗杀玄子,未敢过迫。玄瞋目大呼道:"奸人无状,玄岂为了一子性命,轻纵国贼么?"遂迫令进攻,阳球乃驱众入室,将要登楼,盗已将玄子杀死,然后下楼拚命,被众格毙。玄因上书奏请,凡天下有掳人勒赎等情,并当严捕治罪,不准以财货相赎,开张奸路。于是盗贼无从要挟,劫质罕闻,都下粗安。

偏灵帝因内帑未充,尝嫌桓帝不能作家,特想出一条敛钱的方法,就西园开张邸舍,卖官鬻爵,各有等差,二千石官阶,定价二千万;四百石官阶,定价四百万;如以才德应选,亦须照纳半价,或三分之一;令长等缺,随县好丑,定价多寡;富家先令入钱,贫士至赴任后,加倍输纳。明明是叫他剥民。这令一下,无论何种人物,但教有钱可买,便可平地升官,一班蝇营狗苟的鄙夫,乐得明目张胆,集资买缺;将来总好在百姓身上,取偿厚利。因此西园邸内,交易日旺,估客如林。好一座贸易场。灵帝见逐日得钱,盈千累万,自然喜欢。还有永乐宫中的董太后嗜钱如命,闻得灵帝有这般好买卖,也即出来分肥,且令灵帝扩张生意,就是三公九卿,亦可出卖。灵帝却也遵教,不过少存顾忌,暗令左右私下贸易,公价出钱千万,卿价百万。约阅数月,内库充牣,永乐宫中,亦满堆金钱。灵帝大喜,召问侍中杨奇道:"朕比桓帝何如?"奇系杨震曾孙,震长子牧孙。颇有祖风,承问即答道:"陛下与桓帝,亦犹虞舜比德唐尧!"答得甚妙。灵帝作色道:"卿真强项!不愧杨震子孙,他日死后,必复致大鸟了!"大鸟事,见前文。遂出奇为汝南太守,奇亦不愿在内,拜命即去。过了一年,即光和二年。春令大疫,遣中常侍等出施医药,接连是暮春地震,孟夏日食,灵帝专

第五十九回　诛大憝酷吏除奸　受重赂妇翁嫁祸

归咎大臣，策免司徒袁滂，司空袁逢，另任大鸿胪刘郃为司徒，太常张济为司空；惟太尉段颎，独得内援，不致免官。

谁知天下事多出人料，往往求福得祸，乐极生悲。颎所恃惟王甫，甫恶贯满盈，伏法受诛，连颎也因此坐罪，一并送命。甫有养子二人，一名萌，曾为司隶校尉，转任永乐少府；一名吉，亦为沛相，平时皆贪暴不法，吉尤残酷，凡杀人皆磔尸车上，榜示大众，夏月腐烂，用绳穿骨，传示一郡，臭气熏途，远近俱为疾首。吉却靠甫声势，任至五年，杀人万计。阳球为将作大匠时，尝闻报发愤道："若阳球得为司隶，断不令此辈久生！"阳球亦酷吏之一，且陷害蔡邕，罪恶亦甚，惟为吉动愤，尚算秉公。已而果为司隶校尉，方拟举劾王甫父子，适甫使门生王彪，至京兆境内，估榷官财物七千余万，多受私贿，为京兆尹杨彪所发。彪系杨赐子。甫正休沐里舍，颎亦方以日食自劾，还府待命。阳球闻彪已上弹章，又乘甫颎等不在宫廷，当即入阙面陈，极言甫颎等种种罪状；灵帝也觉动怒，即命阳球查究此事。球受命出朝，立派全班吏役，先拿王甫段颎，再拘甫养子永乐少府萌，并将沛相吉，一并逮至，收系洛阳狱中，亲加审讯，严词逼供。王甫等狡赖异常，怎肯招认？那阳球是著名酷吏，从前历任守令，理奸惩恶，动辄骈诛，至是积愤多时，怎肯轻轻放过？当下喝令左右，取出多少刑具，加在甫身，甫熬刑不住，甚至晕绝，良久始苏。萌仰首语球道："我父子果当伏诛，也请顾念先后任使，稍为宽假，贷我老父！"萌前为司隶，故有此语。球拍案叱道："尔等罪大恶极，死有余辜！尚欲论及先后，想我宽假么？"萌乃对骂道："尔前事我父子，不啻奴仆；奴仆敢反侮主人，临厄相挤，恐尔亦将自及了！"无瑕者，乃可录人，球未能免疵，故遭此反詈。球怒上加怒，再令左右将萌拖倒，用泥塞口，棰楚交至，立即挞死；甫与吉亦同毙杖下，颎亦自杀。球令将甫尸露置夏城门，大书揭示道："贼臣王甫。"一面籍没甫产，家属尽徙南方。甫既伏辜，球尚欲劾去曹节等人，因敕中官从事道："且先去权贵大猾，然后议及余子。若公卿豪右如袁家儿辈，从事自能办理，何烦校尉费心？"既欲尽除宵小，不宜先自泄谋。这数语传达出去，权臣莫不震惧，连曹节也不敢出宫。会冲帝母虞贵人病逝，发丧出葬。冲帝为虞美人所出，事见前文，惟加封贵人，系灵帝时事。百官送殡往还，曹节等亦曾在列。节见甫尸暴露，不禁洒泪道："我辈可自相食，奈何使犬舐余汁哩？"说着，又嘱诸常侍勿留里舍，亟相引入殿，面白灵帝道："阳球乃有名酷吏，不宜使作司隶，纵令毒虐！"灵帝点首，即命节传诏，徙阳球为卫尉。球方因虞贵人安葬，奉命祭陵，节托尚书令即日召球，促就卫尉职任。球闻召驰回，进见灵帝，叩首陈请道："臣原无奇才，猥蒙陛下委为鹰犬，得诛王甫段颎诸奸，但尚是狐狸小丑，未足宣示天下。愿再假臣一月，必食豺狼鸱枭，各使伏辜！"说至此，更叩头流血，但闻殿上呵声道："卫尉敢抗诏不从么？"球尚不肯止，至呵叱再三，不得已受职拜谢，怏怏趋出。曹节等又不必避忌，横行如故，中常侍朱瑀，与节相类。郎中审忠，不忍缄默，乃抗疏上奏道：

> 臣闻理国，得贤则安，失贤则危；故舜有臣五人，而天下治，汤举伊尹，不仁者远。陛下即位之初，未能亲揽万几，皇太后念在抚育，权时摄政，故中常侍苏康管霸，应时诛殄。太傅陈蕃，大将军窦武，考其党羽，志清朝政，朱瑀曹节等，知事觉露，祸及其身，遂兴造逆谋，作乱王室，撞蹋省闼，执夺玺绶，迫胁陛下，聚会群臣，离间骨肉母子之恩，遂诛蕃武及尹勋等。因共割裂城社，自相封赏，父子兄弟，备蒙尊荣，素所亲厚，布在州郡，或登九列，或据三司；不惟禄重位尊之贵，而苟营私门，多蓄财货，缮修第舍，连里竟巷。盗取御水，以作渔钓，车马服玩，拟于天家，群公卿士，杜口吞声，莫敢有言，州牧郡守，承顺风旨，故蛊蝗为之生，夷寇为之起。天意愤盈，积十余年。故频岁日食于上，地震于下，所以谴戒人主，欲令觉悟。昔殷高宗以雊雉之变，获中兴之功；近者神祇启悟陛下，发赫斯之怒，诛及王甫父子，路人士女，莫不称善，若除父母之仇。诚怪陛下复忍孽臣之类，不悉殄灭。昔秦信赵高，以危其国，吴使刑人，身遘其祸；春秋时，吴子余祭，使阍守舟，为阍所弑。今以不忍之恩，赦夷族之罪，奸谋一成，悔亦何及？臣为郎十五年，皆耳目闻见，瑀等所为，诚皇天所不复赦。愿陛下留漏刻之听，裁省臣表，扫灭丑类，以答天怒，与瑀考验，有不如言，愿受汤镬之诛，虽妻子并徙，亦臣所甘之如饴者也！谨不胜翘切待命之至。

忠将此疏呈入，早已拚生待诏，不意似石沉大海一般，多日不见复报。还是大幸。中常侍吕强，与曹节等志趣不同，由灵帝封为都乡侯，强固辞不受，因闻审忠陈言不省，也续陈一疏道：

> 臣闻高祖立约，非功臣不侯，所以重天爵，明劝戒也。中常侍曹节等，品卑人贱，谄谀媚主，佞邪徼宠，有赵高之祸，未受轘裂之诛；陛下不悟，妄授茅土，开国承家，小人是用，又并及家人，重金兼紫，交结邪党，下毗群佞，阴阳乖剌，稼穑荒芜，民用不康，罔不由兹。臣诚知封事已行，言之无及，所以冒死干触，进陈愚忠者，实愿陛下损改既谬，从此一止。臣又闻后官采女，数千余人，衣食之费，日数百金，近时谷虽贱，而户有饥色，案法当贵，而令更贱者，由赋发繁数，以解县官，寒不敢衣，饥不敢食。民有斯厄，而莫之恤，宫女无用，填积后庭，天下虽复尽力耕桑，犹不能供。昔楚女悲愁，西宫致灾；注见前。况终年积聚，岂无愁怨乎？又承诏

第五十九回　诛大憝酷吏除奸　受重赂妇翁嫁祸

书当于河间故国,起解渎之馆,陛下龙飞即位,虽从藩国,然处九天之高,岂宜有顾恋之意?且河间疏远,解渎邈绝,而欲劳民殚力,未见其便。又今外戚四姓之家,及中官公族无功德者,造起馆舍,约有万数,楼阁相接,丹青素垩,不可殚言,丧葬逾制,奢丽过礼,竞相仿效,莫肯矫正。《谷梁传》曰:"财尽则怨,力尽则怼。"此之谓也。又闻前召议郎蔡邕,对问于金商门,邕不敢怀道迷国,而切言极对,毁刺贵臣,讥呵宦竖,陛下不密其言,至令宣露,群邪膏唇拭舌,竞欲咀嚼,造作飞条,陛下同受诽谤,致邕刑罪,室家徙放,老幼流离,岂不负忠臣哉?今群臣皆以邕为戒,上畏不测之诛,下惧刺客之害,臣知朝廷不得复闻忠言矣。故太尉段颎,武勇冠世,习于边事,垂发服戎,功成皓首,历事二主,勋烈独昭,陛下既已式序,位登台司,而为司隶阳球所诬胁,一身既毙,而妻子远播,天下恻怆,功臣失望,宜征邕更加授任,反颎家属,则忠臣路开,众怨以弭矣!

灵帝得疏,仍然不省。前太尉陈球,方为永乐少府,志在除奸,特与司徒刘郃结交,秘密筹谋。郃兄倏尝为侍中,因与大将军窦武同党,连坐致死,郃为兄衔怨,故亦欲诛灭权阉,冀销宿恨。事未及发,球复致书劝郃道:

公出自宗室,位登台鼎,天下瞻望,社稷镇卫,岂得雷同容容?无违而已!今曹节等放纵为害,而久在左右,又公兄侍中,受害节等,永乐太后所亲知也,今可表徙卫尉阳球为司隶校尉,以次收节等诛之,政出圣主,天下太平,可翘足而待也!

郃见球书,意亦相同,但恐节等势大,未敢遽决。会有尚书刘纳,触忤宦官,被贬为步兵校尉,因闻郃欲报兄仇,特向郃进谒,谈及曹节等贻祸国家,不可不除。郃皱眉自叹道:"我亦常作此想,只因宦竖耳目甚多,一或不慎,事尚未成,反恐受祸。"纳慨然道:"公为国栋梁,危不持,颠不扶,焉用彼相?"焉,作何字解,本出《论语》。郃方答说道:"承君勖我,敢不勉力?但君亦须为我臂助!"纳应声道:"这却不待公嘱,纳已愿为效死了!"死期原是将至。郃忆陈球来书,拟使阳球复职,阳为诛奸能手,理应先与说明,乃乘暇会球,表明情意;球本有此志,自然极口赞成。怎奈屏后有一小妻,在内悄立,已听得明明白白。这小妻正是中常侍程璜女儿,待球送客入内,方才回房,两人面色,都与常时不同,球本偏爱小妻,料已被窃听了去,不如和盘说出,叫她先报程璜,说明诛死节等,与璜无干;倘能相助,事后当共享富贵。计非不妙,惟与妇寺会商,多难成事。那小妻满口答应,即托词归宁,转告乃父。程璜虽与曹节同党,但节等果死,内政可以自专,未始非利,乐得卖个情面,由他做去;因嘱女儿返报阳球,许守秘密。偏被曹节闻风,自去见璜,先说了一派兔死狐悲的话儿,感动璜心,再从袖中取出黄金,置诸几上,作为赠礼;随后复用虚词恫吓,说得程璜又惊又惧,又感又惭,不由的倾吐肺腑,竟将阳球所报的密谋,一一告知。女夫也不管了。节且邀同程璜,及党羽等入白灵帝,齐声奏请道:"刘郃等常与藩国交通,声名狼藉,近又与步兵校尉刘纳,永乐少府陈球,卫尉阳球,私遗书疏,谋为不轨,若非从速捕治,旦夕必有祸变!臣等死不足惜,恐有碍圣躬,所以急切奏闻!"灵帝见他人多语合,谅非虚诬,不禁大发雷霆,命节等带领卫士,往拿刘郃刘纳陈球阳球,四人无从抗辩,各束手受缚,同入狱中,眼见是棰楚交施,依次毕命。小子有诗叹道:

    外言入阃本非宜,秘策如何嘱爱姬?
    弄巧不成终一跌,杀身害友悔嫌迟!

  过了一年,灵帝又要册立皇后了,欲知何人为后,待至下回报明。

  汉季之中常侍,谁不曰可杀?惟庸主如桓灵,方信而用之。虽阉党亦有自相残灭之时,但与正士相抗,则一致同谋,曹节所谓我辈自相残食,不使犬得舐汁,即此意也。阳球之欲歼阉党,未始非志士所为,观其严鞫王甫父子,五毒交加,虽曰酷虐,而施诸凶竖,尚为相当之报应,不足为阳球责也。独球既嫉视权阉,乃纳程璜之女,列作宠姬,卒至机事不密,终为小妻所误,而轻丧生命,是宁非自作自受乎?且刘郃陈球诸人,亦横遭牵累,同时毕命,可慨孰甚?《传》有之,"谋及妇人,宜其死也"。璜女不欲害其夫,而其夫卒因此致毙,此女子小人所以不可与谋也夫!

第六十回　挟妖道黄巾作乱
　　　　　毁贼营黑夜奏功

  却说宋皇后被废后,忽忽间已过两年,尚未册立继后,六宫无主,当由内外臣工,一再申请,乞立继后,以宣阴化;灵帝乃立贵人何氏为皇后。后出身微贱,本是一个屠家女儿,父名真,家居南阳,营业积资,每思攀援权贵,博些微名,凑巧宫中招选采女,遂囊金出都,赂遗中官,得将女儿充选;也是这女应该大贵,生成一副花容玉貌,比众不同,身长七尺一寸,肌肤莹艳,骨肉婷匀。灵帝素来好色,瞧着这个美人儿,哪有不喜欢的道理?衾裯使抱,列作小星,几度春风,含苞结种,十月满足,生下一男,取名为辩。时后宫常生子不育,灵帝恐再蹈覆辙,特令乳媪抱辩出宫,寄养道人史子眇家,号曰史侯。名为皇帝,

第六十回　挟妖道黄巾作乱　毁贼营黑夜奏功

何亦做村妪思想？因即册何女为贵人，甚有宠幸，至是竟得立为皇后，征后兄进为侍中，嗣复追封后父真为车骑将军，兼舞阳侯，号后母兴为舞阳君。后性刚多忌，既得正位，尚恐他人夺宠，随时加防。偏有赵国佳人王氏，为前五官中郎将王苞孙女，也得应选入宫，姿色与何后相同，才具比何后较胜，能书能算，应对尤长，灵帝又不肯放过，再令她入侍巾栉，好几次鸾颠凤倒，更种成欢叶爱苗，灵帝因她身怀六甲，晋号美人。汉制宫中妃嫔，贵人以下为美人。何皇后略有所闻，侦察愈严，常图陷害；还是王美人生性聪敏，备豫不虞，有时进谒正宫，往往用帛束腰，不令大腹宣露。无如胎中儿日大一日，美人腹亦日胀一日，累得王氏朝夕不安，只恐隐瞒不住，当下购服堕胎药，饮将下去，满望胎得堕落，还可保全性命；哪知药竟无灵，胎终不动，夜间复得梦兆，屡次负日前行，心中暗想：莫非应生贵子，未便使堕？于是不再服药，听天由命，也是这个胎中儿该有三十年帝号，所以安居腹中，无论如何刺激，总得保存过去。好容易过了十月，不坼不劈，脱离母胎，侍女报知灵帝，灵帝自然心欢，替他取下一名，是一协字。协既产出，王美人身尚未健，须服药调治；那何后阴谋设计，密遣心腹内侍，赍着鸩毒，走至王美人宫内，觑隙置入药中，王美人虽然伶俐，究竟防不胜防，服毒以后，呜呼毕命！可怜。灵帝闻丧，亲往验视，看她四肢青黑，料是中毒，禁不住泪下潸潸；再经查究起来，察出何后下毒情由，顿时怒不可遏，即欲将何后废去。慌得何后又惊又惧，急忙贿嘱曹节、张让等人，代为缓颊，竭力斡旋。果然钱可通神，奸能蒙主，曹节等从中吁请，得使何后位置，仍然稳固，毫不动摇。惟灵帝预防一着，令将王美人所生子协，寄居永乐宫，请董太后留心抚养；董太后却一口应承，协始安然无恙，免遭暗算。灵帝尚悼亡心切，凭生平才学，撰成《追德赋》《令仪颂》两篇，词旨缠绵，如泣如诉。但身为天子，不能庇一妇人，终觉得乾纲失纽，薄幸贻讥，虽有哀词，无从共谅；因此遗制失传，徒有篇名流播罢了。惟灵帝不但好色，并且好游，特在洛阳宣平门外，筑起两座大花园，署名筀圭苑，分列东西，东筀圭苑，周一千五百步，西筀圭苑，周三千三百步；又在两苑旁增造灵昆苑，规制与两苑相同，苑中布置，备极繁华，小子也无暇细述。灵帝尚嫌不足，更在阿亭道筑造台观，高至四百尺，又特置园圃署，用宦官为令，再就后宫中设市列肆，使诸采女相率贩卖，由灵帝自作肆主，易服为商，握算持筹，估赢较绌。其实灵帝究非商人，怎知情伪？所有肆中货物，辄被诸采女窃去，甚至彼多此少，人有我无，弄得暗争明斗，吵闹不休，只瞒过灵帝一双眼睛。灵帝反自鸣得意，昼督诸女贸易，夕拥诸女酣宴，把朝政置诸不顾，一味儿纵乐寻欢。宫女以外，尚有一班阉人子弟，入宫服役，玩弄狗马，灵帝俱赏赐爵禄，使着进贤冠带绶。进贤冠，系汉朝文官服饰。又往往用四驴驾车，由帝亲自执辔，驰驱苑中，京师互相仿效,驴价与马价相齐。有时郡国贡献方物,必令先输例钱,纳入中署,叫作导行费,一人聚敛,四海沸腾。中常侍吕强,夙具忠诚,因上疏进规道:

> 天下之财,莫不生之阴阳,归之陛下,本无公私之别;而今尚书方敛诸郡之宝,中御府积天下之缯,西园引司农之藏,中厩聚太仆之马;而所输之府,辄有导行之财,调广民困,费多献少,奸吏因其利,百姓受其敝;又阿媚之臣,好献其私,容谄姑息,自此而进。旧典选举,委任三府,三府有选,参议掾属,咨其行状,度其器能,受试任用,责以成功,若无可察,然后付之尚书,尚书举劾,请下廷尉复按虚实,行其赏罚。今但任尚书,或复敕用,如是三公得免选举之负;尚书亦复不坐,责赏无归,岂肯空自苦劳乎?夫立言无显过之咎,明镜无见疵之尤,如恶立言以记过,则不当学也;不明镜之见疵,则不当照也。愿陛下详思臣言,不以记过见疵为责,则圣德懋而天下安矣!

灵帝沉迷不醒,怎肯听从?四府三公,又多凭宦官好恶,随势进退,还有什么公是公非?自从太尉段颎,与司徒刘郃,相继诛死,后任为刘宽、杨赐,两人皆负重望,足谐舆论;惟司空张济,趋奉权阉,赃私狼藉。哪知宽与赐任职年余,并皆罢去,独张济居位如故,另用许馘为太尉,陈耽为司徒。馘品行贪鄙,不亚张济;惟陈耽尚有清操,不久免职,再起袁隗为司徒。三公并系阉人党羽,浊乱可知。天变人异,历年不绝,日食星孛,河决山崩,最奇怪的是洛阳女子,生下一个婴儿,两头四臂,似人非人,为此种种妖异,遂引出无数妖人来了。时钜鹿郡有张氏弟兄三人,长名角,次名宝,又次名梁。角读书不成,误入左道,自号大贤良师,诱惑愚民,设坛讲授,所谈一切,无非是假托黄老,以伪乱真。会值民间大疫,十病九危,角得乘间行私,查得几个医疫古方,锉合成药,用水煎汁,倾入瓶内,为人治病,病人踵门求药,他便将药水取出,假意烧符持咒,令病人跪拜坛前,然后给药与饮,有数人命不该死,饮下药水,果得病退身安,于是奉角为神,辗转称扬;每日至角处求医,多约百余人,少亦数十。角复自称为太平道人,另遣门徒周游四方,转相诱惑,大约过了十多年,凡青、徐、幽、冀、荆、扬、兖、豫八州人民,无不知有张大贤良师,交相倾慕,甚且弃卖财产,争赴张门,奔波跋涉,虽死不辞。因此十余年间,徒众多至数十万名,郡县未识角意,反誉角善道教化,为民所归。独司徒杨赐引为深忧,尝与掾吏刘陶相语道:"张角等诳惑百姓,必为后患,现今势已蔓延,若即令州郡捕讨,恐反激成速变。我意欲饬刺史二千石,简别流人,各使归籍,待至邪党散去,贼目自孤,那时派吏往捕,不劳可获!卿以为此法善否?"果行是言,何至骚扰八方?陶应声道:"这正如孙子

第六十回　挟妖道黄巾作乱　毁贼营黑夜奏功

所云：'不战屈人'，怎得谓非善策呢？"赐即将所拟计策，列入奏章，条陈上去，多日不见施用，赐乃因病乞休。刘陶更申前议，乞请照行，略言张角阴谋日甚，四方谣言，谓角等潜入京师，觊觎朝政，欲图不轨，州郡互相忌讳，不欲上闻，宜亟下明诏，购捕角等，赏以国土，有敢回避，与贼同科。灵帝仍不以为意，将原疏留中不报。

角逍遥法外，私置三十六方，大方万余人，小方六七千，各立渠帅，位等将军；何不尽称道人？讹言"苍天当死，黄天当立，岁在甲子，天下大吉。"老天也有生死语，真奇怪。阴令徒党混入京中，夜用白土为书，自京城寺门，以及大小官署，皆写成甲子二字。甲子岁次，就是灵帝光和第七年，大方贼帅马元义，先收荆、扬无赖徒数万人，与张角约期起兵，自己辇运金帛，至京师贿通中常侍，约为内应。中常侍曹节已死，赵忠、张让、夏恽、郭胜、段珪、宋典、孙璋、毕岚、栗嵩、高望、张恭、韩悝等十二人，皆得封侯，贵盛无比；又有封谞、徐奉，亦得邀宠，但不及赵忠、张让的威权。灵帝尝谓"张常侍是我父，赵常侍是我母"，所以两人势焰直同皇帝。阉人可呼为父母，张角等应不愧为祖师。封谞、徐奉虽是赵忠、张让的羽翼，但因势力不及两人，也未免阳奉阴违；既得马元义私赂，遂不顾灵帝恩眷，竟与他订定私约，愿为内援。元义大喜，立即报知张角，约期三月五日，内外并起。角有门徒唐周，独上书告变，于是遣吏密捕元义，一鼓擒住，就在洛阳市中，处以辕刑，且诏令三公司隶，查究宫省直卫，及内外吏民，遇有与角交通，当即处死，诛杀至千余人；并敕冀州刺史，严拿张角兄弟。角等闻事已败露，星夜举兵，自称天公将军，号弟宝为地公将军，梁为人公将军，所有徒众，统令头上包裹黄巾，作为标记，因此时人呼为黄巾贼。角党三十六方，同时响应，燔烧官府，劫掠州郡，遂致烽火连天，中外俱震。灵帝迭接警报，也觉得焦急起来，乃命何皇后兄进为大将军，加封慎侯，使率左右羽林兵五营，出屯都亭；复就函谷、太谷、广成、伊阙、辕辕、旋门、孟津、小平津八关，派员扼守，赐名八关都尉，严遏黄巾。偏是贼势浩大，官军多望风披靡，莫敢争锋，警信传达京师，几乎一日数至；灵帝不得已大会群臣，共议讨贼方法。北地太守皇甫嵩，方述职还都，入朝与议，力请赦除党禁，并发中藏私钱，西园厩马，班赐军前，鼓励士心。这两事为灵帝所厌闻，但到此无可如何的时候，也不便固执成见，因再询诸中常侍吕强。强乘势进言道："党锢久积，人情怨愤，若再不赦宥，将与张角合谋，为患滋甚，后悔无及！今请先考核左右，诛贪惩浊，复大赦党人，察量二千石刺史能否拨乱致治，虽有盗贼，亦无虑不平了！"灵帝乃颁下赦书尽弛党禁，凡从前坐罪被徙诸徒，一体放还；独张角不赦。遂诏求列将子孙，大发天下精兵，使尚书卢植为北中郎将，督领北军五校士，往讨张角，再进皇甫嵩为左中郎将，谏议大夫朱儁为右中郎将，共发五校三河骑兵，并募壮丁四万余人，分讨颍川黄巾贼。三将俱晓畅戎机，热心报国，一经简选，当即分道进兵；途次探悉盗贼诡谋，尚有勾通内侍消息，自然据实奏陈。封谞、徐奉，曾私交贼党马元义，元义诛死，两人慌忙得很，只恐谋泄并诛，因将所得金帛，转赠张让，求他代为转圜；让即为入白，寥寥数语，便把封、徐两人的逆谋，刷洗净尽。阿父训令，为皇儿的应该服从。至三将奏报到京，灵帝复诘责诸常侍道："汝等常谓党人欲危社稷，概令禁锢，今党人且为国用，汝等反敢通贼，应斩与否，可令汝等自说！"诸常侍连忙跪下，叩头流涕道："这皆是王甫、侯览等所为，臣等实未知情，乞陛下恩宥！"好一条推诿法。灵帝见他们哀求情状，又不禁心中怜惜，谕令起身；但将封谞、徐奉两人，下狱治罪。诸常侍尚怀疑惧，陆续求退，各自诏还京外子弟，不令为吏。灵帝还要温语慰留，叫他们安心守职。独吕强看不过去，劝灵帝速惩逆党，毋再养奸，灵帝才诛封谞、徐奉，余皆不问。赵忠、夏恽，与封、徐交谊颇深，遂共谮吕强，谓与党人共毁朝廷，屡读《霍光传》，志在废立，且强兄弟出为郡吏，并贪秽不法，应即究治。灵帝不察真伪，便令小黄门持剑召强。强不觉动怒道："我死，内乱不可复止！大夫欲尽忠国家，怎能坐对狱吏，枉受棰楚呢？"说着，便取过小黄门手中持剑，向颈一挥，流血毕命。死得可惜。小黄门见强已自杀，当即返报。赵忠等又进逸言道："强未知所问，便即自尽，显系情虚畏罪，惶急轻生！尚有强亲族留存，须再加明审，休使漏网！"灵帝因复收强亲属，没入财产。侍中向栩，上书论事，讥刺阉党，又为张让所诬，说他与张角通谋，欲为内应，即收送黄门北寺狱，把他处死。郎中张钧，复上书指斥宦官，有云：

> 窃惟张角所以能兴兵作乱，万民所以乐附之者，其源皆由十常侍多放父兄子弟、婚亲宾客，典据州郡，辜榷财利，侵掠百姓；百姓之冤，无所告诉，故谋议不轨，聚为盗贼，宜斩十常侍，悬首南郊以谢百姓！又遣使者布告天下，方可不烦师旅，而大寇自消矣。

灵帝得书，取示张让等人，叫他们自阅。又要断送张钧性命了。让等看毕，统吓得形色仓皇，各免冠徒跣，叩首谢罪，乞自诣洛阳诏狱，并出家财补助军饷。何不依他？灵帝又心怀不忍，谕令起着冠履，照常办事，且愤然道："钧真狂奴，难道十常侍中，竟无一善人么？"张让等始谢恩而退。钧却不管死活，申疏如前，益惹动权阉怒意，阴嘱御史构成钧罪，拘系狱中，指为学黄巾道，榜死杖下。前司徒杨赐，复起拜太尉，代许馘后任，灵帝召赐入问，商及讨贼事宜，赐上言欲禁外寇，先黜内奸，明明是救时良策。偏灵帝心怀不悦，竟将赐免官，

第六十回　挟妖道黄巾作乱　毁贼营黑夜奏功

改用太仆邓威为太尉,并罢去司空张济,特遣大司农张温为司空;一面诏饬三中郎将,限期平贼。左中郎将皇甫嵩、右中郎将朱儁,各统一军,驰赴颍川。儁与黄巾贼波才相遇,两下交锋,儁军败退;波才进攻皇甫嵩,嵩暂避贼锋,退保长社,凭城自固。各处黄巾贼,闻得官军败退,越加猖狂,南阳黄巾贼张曼成,攻杀太守褚贡;汝南太守赵谦,又被黄巾贼杀败;幽州刺史郭勋,及太守刘卫,均为黄巾贼所杀。那颍川黄巾贼波才,复乘胜进围长社,皇甫嵩婴城拒守。部下兵不过数千,俯瞰城下贼众,约有数万,不由的相顾失色。嵩下令军中道:"贼势虽盛,我自有计破他,汝等但能静守,听我号令,包管破贼!"军士闻知,稍稍安定,协力守城,波才攻扑数次,因城上矢石交下,不能得手。时当仲夏,天气溽暑,贼众多结草为营,罢战乘凉,嵩乃召语军吏道:"兵有奇变,不在多寡,今贼众依草结营,正好用计破灭了!"军吏问是何计,嵩不慌不忙,说出一条火攻的计策,且嘱咐道:"贼众借草自蔽,一遇火烧,必致四延,延烧以后,还有不惊乱么?我若乘势出兵,四面绕击,定可大胜,灭贼建功,就在今夜哩!"军吏听着,齐称好计。嵩即令军士各束草炬,每人一扎,待至黄昏将静,俱执炬登城;可巧大风四起,天昏如墨,各军士用火爇炬,齐向贼营中抛去,草遇火燃,火随风炽,霎时间烟焰冲天,贼众大惊。嵩复使锐士开门出城,四逼贼营,再纵火大呼,声彻郊野,城上亦举燎相应,慌得贼众骇愕万分,不知所措;嵩又从城中鼓噪而出,麾动部兵,驰突贼阵,贼皆股栗,觅路乱奔。经嵩驱兵进击,杀得群贼尸横遍野,血落成渠。转眼间已是天明,忽又有一彪军杀到,截住贼众去路,为首一员将弁,细目长须,仪容不俗,看官欲问他来历,乃是一位汉末枭雄,特奉朝命,来此杀贼。正是:

　　欲平贼党非难事,且看枭雄已出场。

欲知此人为谁,且待下回报明。

　　黄门用事,引出黄巾,以内贼召外贼,古今来衰乱之征,大都如是,何疑乎张角?角之所为,殆亦一篝火狐鸣之小智耳。封谞、徐奉,与贼相应,灵帝既已察觉,应立申国宪,置诸死刑,顾必待诸内外之奏请,晚矣!且张让等日侍左右,亦有通贼之嫌,乃姑息勿诛,使之反噬正人;吕强为内侍中之忠且直者,而迫之使死,向栩、张钧,皆以直言受戮,昏愦如此,天下宁有不乱乎?皇甫嵩用火攻计,燔烧贼众,此为兵法上之所易知者;但施诸乌合之贼,即此已足。波才小丑,原不足道;而张角之破灭,亦借此为先声之举,莫谓皇甫非良将才也!

第六十一回　曹操会师平贼党
　　　　　　朱儁用计下坚城

　　却说黄巾贼波才，被中郎将皇甫嵩击败，觅路乱奔，途次又为官军所阻；为首将领，乃是骑都尉曹操。奸雄发轫。操字孟德，小名阿瞒，系沛国谯郡人，本姓夏侯氏，因父嵩为中常侍曹腾养子，故冒姓为曹；少时机警过人，长好游猎，放浪无度，不治生产。有叔父恨操无行，尝白诸曹嵩，嵩因即责操，操心中记着，偶与叔父相值，即翻身倒地，状若中风；叔父忙向嵩报明，嵩急往抚视，操已起立。嵩问操道："汝病已全愈否？"操答言无病，嵩复问道："汝叔谓汝中风，怎说无病？"操佯作惊疑道："儿并未中风，想系叔父恨儿，乃有是言！"父可欺，何人不可欺？嵩信以为真，遂听令放荡，不复过问。乡人见他斗鸡走狗，行同无赖，相率鄙夷，独梁人桥玄，曾为太尉。南阳人何颙，不同俗见，视操为命世才，尝语操道："天下将乱，非人才不能济事，将来欲安天下。所赖惟君！"何颙亦言汉室将亡，惟操可安天下。未免高视阿瞒。操因此自负，常与两人往来。桥玄复嘱操道："君尚未有名，可交许子将，当得蜚声，幸勿自误！"操应命自去。这许子将系许劭表字，劭为前司徒许训从子，籍隶汝南，具知人鉴，与从兄靖，俱负重名，凡乡里人物，一经评骘，往往垂为定论。他且性好褒贬，每月一更，故汝南人称他为月旦评。及操往见劭，劭正为郡功曹，延操入室，互谈世事，操却应对如流，惟劭随便酬酢，或吐或茹，累得操烦躁起来，禁不住质问道："操奉桥公训诲，特来访君，君素善衡鉴，请看操为何如人？"劭微笑不答。已经瞧透。操愤然道："见善即当称善，见恶即当言恶，奈何善恶不分，徒置诸不答呢？"劭为操所逼，方应声道："汝系治世能臣，乱世奸雄！"确是至论。操毫不动怒，反大喜道："君真可谓知己了！"操亦自认为奸雄。遂别劭还里。年二十，得举孝廉，进拜郎官，调任洛阳北部尉，甫入廨舍，即缮治四门，特设五色棒十余条，悬挂门首，一面张示立禁，如有违犯，不论贵贱，一体棒责；小黄门蹇硕，方得灵帝宠眷，有叔父提刀夜行，适犯禁令，操饬左右将他拿住，用棒打死。嗣是豪贵敛迹，无人敢犯，操遂扬名中外，迁顿丘令，复受征为议郎。黄巾贼起，朝廷授操骑都尉，使率军士数千人，往助皇甫嵩朱儁，讨颍川贼。操引兵驰抵长社，正值贼众败走，乐得乘贼危急，截杀一阵，贼众心慌意乱，哪里还敢对敌？但得冲开死路，连忙抱头窜去，操挥兵杀贼多人，夺得旗鼓马匹，不可胜计。待至残贼尽遁，皇甫嵩亦领兵赶到，与操相会，自然欢

第六十一回　曹操会师平贼党　朱儁用计下坚城

洽，当下合兵追贼，长驱直进，朱儁亦到来会师，三路兵联成大队，逐贼出境；波才等收众再战，复为官军所败，击毙至数万人，颍川乃平。皇甫嵩上表告捷，有诏封嵩为都乡侯，嵩益加感奋，邀同朱儁曹操，进讨汝南、陈国诸贼；贼目波才，方逃至阳翟，打家劫舍，抢夺民粮，一闻嵩等又到，慌忙集众对敌，已是不及，嵩、儁、操三面兜拿，得将残贼剿灭净尽，波才无路可奔，眼见是妻子就戮了。么么小丑，有什么好结果？嵩等再驰抵西华，适有贼目彭脱，在该地狙獗害民，未曾经过大敌，冒冒失失，来与嵩等接仗，交战至一二时，已被嵩等捣破阵势，纷纷溃散，嵩下令招降，贼多匍匐乞命，彭脱见不可支，夺路遁去；汝南陈国诸贼众，俱至嵩营投诚，两郡又平。嵩上书白状，将首功让诸朱儁，并言操亦杀贼有功，这是皇甫嵩好处。朝廷加封儁为西乡侯，赐号镇贼中郎将，迁操为济南相；复令嵩讨东郡，儁讨南阳，操赴济南任事，于是三人受诏，分途告别。是时北中郎将卢植，连破张角，斩获至万余人，角走保广宗，由植追至城下，筑围凿堑，造作云梯，正拟誓众登城，为歼贼计；不意都中来了小黄门左丰，赍着诏书，来视植军，植瞧他不起，勉强迎入，淡淡的酬应一番，丰含有怒意，匆匆辞行，或劝植厚送赆仪，植摇首不答，听令还都。丰星夜驰归，入白灵帝道："广宗贼容易破灭，可惜卢中郎固垒息军，连日不动，臣看他是要留待天诛了！"灵帝听了，不禁怒起，立派朝使带着槛车，拘植入都，另调河东太守董卓为东中郎将，代植后任。说起这个董卓，本是陇西郡临洮县人，表字叫作仲颖，素性粗猛，兼有膂力，平时能带着两鞬，左右驰射。鞬即弓袋。陇西一带，羌胡杂居，卓尝往来寨下，交结羌豪，羌豪见卓多力，并皆畏服，桓帝末年，曾入为羽林郎，从中郎将张奂征羌，得为军司马，转战有功，见前文。迁拜郎中，赐缣九千匹。卓慨然道："我得叙功，全靠军士。"乃将缣分赏军士，一无所私。后来如何专欲自恣？嗣出任并州刺史，转为河东太守，至是奉诏为东中郎将，持节至广宗军营。军中因卢植被拘，心怀不服，再加卓颐指气使，满面骄倨，越使军心生贰，不愿效劳；张角却从城中突出，来攻董卓，卓麾兵与战，兵皆退走，卓亦禁遏不住，只好返奔；却被张角追至下曲阳，夺去许多辎重，角满载还城，留弟张宝屯守，与卓相拒。卓自知不敌，没奈何上表乞师，灵帝严旨遣卓，勒令罢职，特遣皇甫嵩进兵讨角。嵩正进剿东郡，生擒黄巾贼卜已，斩首七千余级，荡平郡境，既接朝廷诏命，移讨张角，便兼程驰诣广宗。角得了重病，不能起床，既善符水，何不自医？但遣季弟梁出城迎战。梁部下多系剧贼，且新得战胜，气焰甚张，嵩军虽亦精锐，但两下里旗鼓相当，接战多时，兀自不分胜负；嵩鸣金收军，退至十里外下寨，闭营休士，静觇贼变。翌日令谍骑往探，见城外贼营如昨，惟众心惶惶，似有大故，仔细侦查，才知张角已死。当即向嵩报知，嵩喜出望外，传令军士，三更造饭，五更攻贼，军士依令部署，待至鸡鸣,一拥齐出,由嵩亲自督领,直抵贼阵。贼未肯让步,出营厮杀,约莫战到午后,贼党渐渐疲乏,阵势少乱,嵩急鸣战鼓,驱兵向前,兵士各猛力齐进,冲破贼阵,东斫西刹,滚落许多贼头。贼众骇奔,张梁也欲逃回,偏被官军杀至,不及回马,拚着死命,左右遮拦,百忙中一着失手,已为官军搠倒,从马上跌落马下,已经死去,再经兵刃交加,立成糜烂;只首级由快手割去尚是完全无缺,向嵩报功。嵩见张梁已死,乘势抢城,城中贼夺门出走,又由嵩分兵追杀,赶至河滨,贼忙不择路,齐投河中,河水大涨,湮没了好几万人,嵩得入广宗;见署中摆着棺木,料是张角尸骸,即令破棺戮尸,传首京师;惟角弟宝尚驻守下曲阳,未曾伏诛,乃复邀同钜鹿太守郭典,往击张宝,连战连捷,阵斩宝首,余贼多降,差不多有十余万众。事见《皇甫嵩传》。罗氏《三国演义》谓宝由贼党严政所杀,不知何据?三张并了,贼渠已歼,首功应推皇甫嵩,当由灵帝论功行赏,进嵩为左车骑将军,领冀州牧,封槐里侯。嵩请减免冀州一年田租,暂苏民困,有诏依议。百姓为嵩作歌道:"天下大乱兮市为墟,母不保子兮妻失夫,赖得皇甫兮复安居。"嵩在军中,善能抚循士卒,故甚得众心;及治理民政,恩威兼济,莫不畏怀。独有一前信都令阎忠,挟策干时,劝嵩入清君侧,创建奇功,大略说是:

> 昔韩信不忍一餐之遇,而弃三分之业,利剑已扬其喉,方发悔恨之叹者,机失而谋乖也。今主上势弱于刘项,将军权重于淮阴,指㧑足以振风云,叱咤可以兴雷电,赫然奋发,因危抵颓;崇恩以绥先附,振武以临后服;征冀方之士,动七州之众,羽檄先驰于前,大军响振于后,蹈流漳河,饮马孟津,诛阉宦之罪,除群凶之积,虽童儿可使奋拳以致力,女子可使褰裳以用命,况厉熊罴之卒,因迅风之势哉?功业已就,天下已顺,然后请呼上帝,示以天命,混齐六合,南面称制,移宝器于将兴,推亡汉于已堕,实神机之至会,风发之良时也。夫既朽不雕,衰世难佐,若欲辅难佐之朝,雕朽败之木,是犹逆坂走丸,迎风纵棹,岂云易哉?且今竖宦群居,同恶如市,上命不行,权归近习,昏主之下,难以久居,不赏之功,逸人侧目,如不早图,后悔无及矣!议虽不经,却是奇论。

嵩见了这种议论,未敢遽从,因召忠面语道:"嵩实庸才,不足与语此举,且人未忘主,天不祐逆;若妄想大功,转致速祸,不如委忠本朝,谨守臣节,就使遭谗,也不过放废而止;死有令名,犹且不朽。如君所言,乃系反常,嵩不敢闻命!"嵩犹足为社稷臣,非操卓所得比。忠见计议不用,因即亡去。后来梁州贼王国等,劫忠为主,号为车骑将军,忠感恚致疾,竟致毕命;这且搁过不提。且说镇贼中郎将朱儁,往略南阳,南阳黄巾贼张曼成,屯众宛下,约百余日,为南

第六十一回　曹操会师平贼党　朱儁用计下坚城

阳新任太守秦颉击毙。贼党更推赵弘为帅,余焰复盛,攻陷宛城,有众十数万。朱儁到了南阳,与太守秦颉,及荆州刺史徐璆,合兵万八千人,围攻赵弘,两月不下。廷臣闻儁日久无功,奏请征儁问罪,司空张温进谏道:"古时秦用白起,燕任乐毅,并皆旷年历岁,方得克敌;中郎将朱儁,前讨颍川,已著功效,今引师南指,必有方略,将来自足平贼,臣闻临军易将,兵家所忌,何若宽假时日,责令成功?"灵帝乃止,但传诏军前,促令急攻。儁慷慨誓师,定期歼贼;可巧赵弘领众出城,前来劫营,被儁军一鼓杀出,并力上前,将弘刺死。余贼逃回城中,又推了一个贼目,叫作韩忠,婴城固守;儁探得城中贼党,尚有数万,自恐兵少难敌,乃张围结垒,特筑土山,高出城头,俯瞰城内动静。儁登高凝视,沉吟良久,忽得了一条奇计,便返入垒中,擂鼓发兵,使攻城西南隅,贼帅韩忠,忙率众守御西南,儁却悄悄的带领亲兵,约有四五千人,绕至东北,架梯命攻,佐军司马孙坚,奋勇先登,引兵入城;韩忠闻东北失守,吓得魂驰魄散,忙弃去西南隅,退保内城,遣人乞降。徐璆、秦颉,及儁部下司马张超,俱欲收降息兵,儁独不许,且表明意见道:"行军要诀,须察时宜,往往有形同势异,不可拘执。从前秦项纷争,民无定主,故高祖尝纳降赏附,劝示群雄;今海内一统,惟黄巾贼胆敢造反,若乞降即纳,如何劝善?贼急乃请降,绥复图变,纵敌长寇,终非良策,不若讨平为是!"说着,即将贼使叱去,更督兵力攻内城,贼众料无生路,冒死抵拒,无懈可乘。儁再登土山,默视城中,司马张超,随侍在侧,儁回顾张超道:"我已想得破城的方法了:贼因外围周匝,内城逼急,乞降不受,欲出不得,没奈何与我死战;试想万人一心,尚不可当,况多至数万呢?我意在暂时撤围,纵敌出城,贼既得出,必无心恋战,势散心离,方容易破灭了!"儁颇知兵法。张超听了,很是赞成,当下传令撤围,退出外城。贼帅韩忠,不知是计,还道儁军有变,因此退去,于是号召贼众,倾城出追,儁且战且行,诱忠离城十余里,然后翻身杀转,与贼鏖斗,且更分兵抄出贼后,断贼归路。韩忠正在厮杀,回望后面亦有官军旗帜,才知中了儁计,急忙拍马退回,偏儁军不肯放松,步步紧逼,无法脱身;后面的官兵,也来夹攻,害得腹背受敌,进退两难,不得已横冲出去,觅路逃生。怎奈贼势愈蹙,官军愈张,待至有路可奔,已是遍地贼尸,惨不忍睹;有一大半弃去韩忠,各走各路,忠只好落荒狂窜,飞马乱逃。约走了数十里,身已疲困,马亦劳乏,手下不过数百骑,正拟下马休息,不意官军从后追到,一霎时围裹拢来,四面八方,都是黑森森的旌旗,亮晃晃的刀械,就使韩忠背上生翼,也是无从飞去,眼见得存亡呼吸,命在须臾;忠尚想求生,凄声乞降。当有军吏报知朱儁,儁许令投诚,解围一面,放出忠马;忠至儁前叩首悔过,儁还恐忠有狡谋,令左右将他缚住,牵至城下。城内已虚若无人,任令官军进去,忠亦随入,甫过城闉,突有一将兜头拦住,手起剑落,把忠劈作两段。看官道是何人杀忠?原来是南阳太守秦颉,颉恨忠前次固守,多费兵力,所以不从儁令,将忠杀死;无故杀降,亦属非理。儁未免叹息,但因颉从征有功,不便发作,只好含忍过去。哪知溃贼多闻风生疑,仍然啸聚,再拥孙夏为头目,还屯宛境,要想夺回城池。儁接得探报,趁着贼心未固,急引兵往攻孙夏;夏复败走,窜入西鄂城南的精山中,儁未敢轻纵,追蹑贼踪,穷搜山谷,斩首至万余级,贼乃骇散,不复成群,宛城始安。儁一再奏捷,受封右车骑将军,振旅班师。先是护军司马傅燮,随嵩儁等出讨黄巾,尝在营中抒发谠论,上陈阙廷,及转战南北,屡歼贼渠,积功甚多,应加懋赏;偏中常侍赵忠,嫉燮直言,从中谗毁,不但掩没燮功,还要将燮治罪,幸灵帝尚有微明,回忆燮奏牍中,曾有预言,因此不欲罪燮,模糊过去;但如傅燮的汗马功劳,却已搁过一旁,也不复提及了。小子有诗叹道:

    国家赏罚有明经,宵小谗言怎可听?
    功罪不分昏愦甚,从知灵帝本无灵!

欲知傅燮所陈何词,容至下回补叙。

  黄巾之平,皇甫嵩为首功,朱儁其次焉者也。曹操虽奉命出讨,往助嵩、儁,但不过因人成事,略有微劳,而本回标目,特举操名者,殆因操之发迹,实始于此;他日之挟天子,令诸侯,为三国时代之第一奸雄,不得不大书特书,预为揭示耳,非真主宾倒置也。朱儁与皇甫嵩齐名,而谋略不及皇甫嵩,颍川之役,微皇甫嵩,儁且一蹶不振矣;若汝南、陈国之平贼,亦赖嵩为主帅,而儁得分功,至移讨宛城,两月不下,必待朝廷之督促,方苦心焦思,用谋破贼,然亦幸遇赵弘、韩忠之犷悍无谋,乃得为儁所算耳。惟罗氏《三国演义》,演写张角等种种妖术,且将刘、关、张三人,亦夹入嵩、儁二军中,语多臆造,不足为据;本回概不阑入,所以存其真也。

第六十二回　起义兵三雄同杀贼
　　　　　　拜长史群寇识尊贤

  却说护军司马傅燮,系北地灵州人氏,本字幼起,嗣慕南容三复白圭,南容,春秋时鲁人,事见《鲁论》。乃改字南容。身长八尺,仪表过人,郡将举燮为孝廉,因得出仕;后闻郡将丁忧,也弃官行服,借报知遇;及为护军司马,独谓国家大患,不在贼寇,实在阉人,所以从军出征,尚在营中拜表道:

第六十二回　起义兵三雄同杀贼　拜长史群寇识尊贤

臣闻天下之祸，不由于外，皆兴于内；是故虞舜升朝，先除四凶，然后用十六相，明恶人不去，则善人无由进也。今张角起于赵、魏，黄巾乱于六州，此皆衅发萧墙，而祸延四海也。臣受戒任，奉辞伐罪，始到颍川，战无不克，黄巾虽盛，不足为庙堂忧也。臣之所惧，在于治水不自其源，末流弥增其广耳。陛下仁德宽容，多所不忍，故阉竖弄权，忠臣不进，诚使张角枭夷，黄巾变服，臣之所忧，甫益深耳。是扼要语。何者？夫邪正之人，不宜共国，亦犹冰炭不可同器；彼知正人之功显，而危亡之兆见，皆将巧词饰说，共长虚伪。夫孝子疑于屡至，市虎成于三夫，若不详察真伪，忠臣将复有杜邮之戮矣。秦白起死于杜邮事。陛下宜思虞舜四罪之举，速行谗佞放殛之诛，则善人思进，奸凶自息。臣闻忠臣之事君，犹孝子之事父也，子之事父，焉得不尽其情？使臣身备鈇钺之戮。陛下稍用其言，国之福也。

自嵩有此奏，方得感动灵帝，幸免遣罚，惟有功不封，只命为安定都尉。还有豫州刺史王允，与讨黄巾，搜得贼中文件，有中常侍张让宾客私书。允将原书奏报，灵帝召让诘责，让叩头陈谢，且言："书从外来，安知非诈，不能作为确证"云云。说得灵帝也起疑心，竟被他花言巧语，瞒骗过去。让既得免罪，索性诬允欺君罔上，应该逮治，灵帝竟偏信让言，逮允下狱。及朱儁班师回朝，授为光禄大夫，宫廷内外，庆贺贼平，灵帝不胜喜慰，诏改光和七年为中平元年。时将岁暮，还要改元，真是多此一举。惟颁出一道赦文，却便宜了好几个罪犯：王允亦遇赦得释，就是前北中郎将卢植，囚解进京，减死一等，也因此释放出狱，还复自由。回应前文，笔不渗漏。再经皇甫嵩上书举植，盛称植行师方略，乃复起植为尚书。植有一个高足弟子，与植同郡，乘乱起兵，出讨黄巾余孽，立了一些功劳，由校尉邹靖，登名荐牍，使列仕版，就职安喜县尉。这人为谁？乃汉景帝子中山靖王刘胜裔孙，名备字玄德。特笔提出，表明汉裔。胜子贞尝封涿县陆城亭侯，因酎金欠佳，坐谴革爵，汉武时宗庙祭祀，命宗藩献金，号为酎金，酎金不佳，例当夺封。贞遂留居涿县，好几传生出刘备。备祖雄与父弘，世为郡县吏，弘早病逝，单剩下妻子二人，家乏遗资，寡妇孤儿，形影相吊，不得已贩履织席，权作生涯。住宅东南角上，有大桑树，高约五丈余，浓荫满地，好似车盖一般，往来行人，互相诧异，里民李定，颇知相法，谓此家必出贵人。备幼时尝与村儿共戏树下，指树与语道："我将来当乘此羽葆盖车。"少成若天性。叔父刘子敬，闻言相戒道："汝勿妄语，恐灭我门！"何胆小乃尔？备乃不复言。年至十五，母使游学，因与同宗刘德然、辽西公孙瓒，俱往拜卢植为师。德然父元起，独怜备家贫，出资赒给。元起妻劝阻道："我与彼各自一家，为何不惜钱财，时常给与。"不脱村妇心性。元起叹道："我同宗中有此佳儿，定非凡器，奈何不分财济贫呢？"既而备年力渐强，身体日壮，长至七尺五寸，耳大垂肩，手垂过膝，目能自顾两耳，性喜狗马，又爱音乐；惟与人相接，宽厚和平，语言不烦，喜怒不形，豪侠少年，往往乐与交游，备亦好士不倦，休休有容。当时有两大壮士，同至备家，得备欢迎，遂结为生死交，始终不渝。一个是河东解县人，姓关名羽，初字长生，改字云长，朱颜赭面，凤眼蚕眉，美须髯，擅膂力，在本县杀死土豪，逃难亡命，奔至涿郡，适与刘备相遇，谈论甚欢，遂成至友；一个是世居涿郡，姓张名飞，表字翼德，《三国志》作益德。豹头环眼，燕颔虎须，平素粗豪使酒，直遂径行，独见了刘备、关羽，却是沉潜相投，格外莫逆。莫非前缘。相传三人尝结义桃园，誓为异姓兄弟，不愿同日生，只愿同日死。备年最长，次为关羽，又次为张飞，依序定称，不啻骨肉，食同席，寝同床，出入必偕，不离左右。会闻黄巾贼起，意欲仗义起兵，为国讨贼，只苦粮草马匹，无从筹办；三个异姓弟兄，单靠着六条臂膀，如何成事？正愁虑间，凑巧有豪贩两人，引着伙伴，驱马前来，刘备眼快心灵，即向两人问讯，彼此互答，才知两人是中山大商，贩马为业，一叫张世平，一叫苏双。当由备延入庄中，置酒相饷，殷勤款待，两人申说沿途多贼，不便贩卖，所以奔投僻处，为避寇计；备即与语道："我正欲纠集义徒，前往杀贼，可惜手无寸铁，无财无马，甚费踌躇。"两人便同声接入道："这有何难？我等当量力相助便了！"少顷饮毕，即取出白金数百两，良马数十匹，慨然持赠。也是侠客。备乐得领受，谢别二客，就招集乡勇，铸造兵械。备自制双股剑，关羽制青龙偃月刀，张飞制丈八蛇矛，各置全身盔甲，配好马匹，领着徒众，往投校尉邹靖。靖见三人气宇轩昂，不禁起敬，因即留居麾下，待至黄巾入境，便率三人同去截击。云长的宝刀，翼德的利矛，初发新硎，连毙剧贼，就是刘玄德的双剑，也得诛寇数人，发了一回大利市。句法新颖。邹靖得了三雄，立将黄巾贼驱出境外，上书奏闻，不没备功；朝廷因备起自布衣，只予薄赏，但命备为安喜县尉。

备奉命就职，辞了邹靖，带着关、张二人，同诣安喜。约有数月，忽由都中颁下诏书，凡有军功得为长吏，当一律汰去。备也为惊心，转思县尉一职，官卑秩微，去留听便，何妨静候上命。又过了好几日，闻郡守遣到督邮，已入馆舍，县令忙去迎谒，备亦不得不前往伺候；哪知督邮高自位置，只许县令进见，不准县尉随入，备只得忍气退回。翌日又整肃衣冠，至馆门前投刺求谒，待了多时，才有一人出报，说是督邮抱病，不愿见客。备明知督邮藐视县尉，托词拒见，一时又不便发怒，勉强耐着性子，懊怅回来。关张两人，见备两次空跑，问明情由，禁不住愤急起来。张飞更性烈如火，便欲至馆舍中抓出督邮，向他权借头颅，刘备一再禁阻，飞阳为顺从，觑得一个空隙，竟抢步趋出，与督邮算账去了。俄而备查及张飞，不见形影，料他必去闯祸，慌忙带着关羽等人，驰

第六十二回 起义兵三雄同杀贼 拜长史群寇识尊贤

往督邮馆舍;将至门前,已听得一片喧闹,声声骂着害民贼。老张声音,初次演写。备急走数十步,才见督邮被张飞揪住,且骂且打,放开巨掌,在督邮头上乱捶,当即高声喝住。督邮又痛又愤,已是神志昏迷,及闻备喝阻声音,方将灵魂儿收转躯壳,喘息一番,复要拉着架子,向备叱问道:"这……这个野奴!乃是由汝差来么?"备尚未及答,督邮又说道:"我奉命到此,正要黜逐汝等狂夫,汝却目无尊长,反且差人打我,敢当何罪?"这数语激动备怒,也不禁接口道:"我也奉府君密教,特来拿汝?"此君也要使诈了。张飞在旁,闻备亦这般说法,胆气又壮,仍将督邮一把抓去,遥望左近有一系马桩,便牵过督邮,攀落马桩旁边的柳条,当作绳索,将督邮缚住桩上,再用柳条为鞭,尽力扑打,差不多有一二百下;快人快事。备又上前阻住张飞。飞大嚷道:"兄长积功甚大,只得了一个小小官儿,不做便罢,我今杀死这贼!却为民间除一污吏,有何不可?"说至此,竟回取佩刀,要将督邮结果性命。吓得督邮浑身发抖,不能不改口哀求道:"玄德公恕我无知,乞饶性命!"何前倨而后恭?备方转怒为笑道:"汝早知如此,我等自然好好伺候,何必受此一顿痛打哩?"说至此,便取出印绶,系督邮颈上,且与语道:"烦汝交还印绶,我也不愿在此为官,当与汝长辞了!"言已即回。张飞正取刀来杀督邮,当由备将他拦转,共返署中,草草收拾行装,飘然引去。那督邮手下,非无从卒,但看了张飞虎威,统皆自顾性命,不敢向前;等到张飞已经去远,才敢走至树旁,解放督邮,督邮满身疼痛,由从卒扶至馆舍,医治了好几日,方得少痊,还报郡守。郡守详申省府,遣人捕拿,刘、关、张三人早已远扬他方,无从拘获了。《三国志·刘先主纪》谓先主入缚督邮,杖二百,罗氏《演义》属诸张飞,较为合理,姑从之。

且说中平二年二月,南宫云台,忽然失火,毁去灵台、乐成等殿,延及北阙,复向西燃烧,如章德殿和欢殿等,尽被毁去,宫中宿卫,竭力抢救,四面沃水,偏似火上添油,越浇越猛;等到火势渐息,已是大半乌焦,所有龙台凤阁,尽变做瓦砾荒场,残焰熊熊,尚是不绝,半月后始火尽烟消。灵帝不知修省,仍拟兴工再筑,规复原状,可奈国库告罄,一时腾不出这般巨款,未免忧劳;中常侍张让、赵忠,为帝设法,请加征天下田赋,每亩十钱,积少成多,已足修复宫室,更铸铜人。灵帝当即依议,颁诏郡国,按亩加征。乐安太守陆康,上疏谏阻,略言春秋时代,鲁宣税亩,即生螽灾。哀公增赋,孔子以为非理,怎可聚夺民物,妄兴土木,违弃圣训,自蹈危亡?这数语原是激切,与张让、赵忠等大相反对。让与忠即谮康谤毁圣明,等诸亡国,应以大不敬论罪。有诏用槛车征康,囚诣廷尉;还亏侍御史刘岱,力为解免,方得贷罪归田。于是诏发州郡材木文石,令内侍督工监造,内侍贪得无厌,往往向州郡索赂,稍不如意,便说他材木文石,不能合用,强令折价贱卖,另行购办;至第二次解到都下，又不肯即受，终致材料朽腐，宫室连年不成。又遣西园驺从，分道四出，督促州郡。州郡官吏，欲免罪谴，不得不贿托朝使，乞为转圜，一面却克剥百姓，私加赋税，作为挹注；暗地里还想中饱若干。看官试想，百姓已困苦不堪，那上供朝廷的款项，实行报解，十成中不过四五成。朝廷尚嫌不足，令牧守荐举茂才孝廉，俱当责助修宫钱；甚至简放官吏，亦必使先到西园，议定缴价，然后得赴任供职。新简钜鹿太守司马直，素有清名，西园允许减价，但尚索钱三百万，直怅然道："为民父母，顾可剥夺人民，上应时求，这却非我所忍为呢！"遂辞疾不行，迭经朝廷催迫，没奈何单车就道。到了孟津，复上书极谏时弊，并致书家人，与他永诀，竟服药自杀。衰乱时代，原是速死为幸。灵帝得直遗疏，稍稍感动，乃暂罢修宫钱，惟大小官吏，仍须纳资西园，方得到任。司徒袁隗因事免官，继任为廷尉崔烈。烈本冀州名士，至是因宫中傅母程夫人，纳钱五百万，才得超迁，但名誉因此骤衰。灵帝尚嫌价值太廉，顾语左右道："悔不少靳诏命，若昂价求沽，定可得千万钱！"亏他说出。程夫人从旁应声道："崔公名士，怎肯买官？赖我设法张罗，方能得此，难道尚嫌不足么？"灵帝听了，也不加责，一笑作罢。市侩家也不应如此，堂堂帝室，乃有这般笑话，真是古今罕闻。

惟是朝政日非，吏民交怨，免不得流为盗贼，一倡百和，所在横行，盗目各有绰号，不可殚述，大约声如雷震，便号为雷公；骑坐白马，便号为白骑；多须号为氐根，或号髭丈八；大眼就号作大目；他如浮云、白雀、杨凤、眭固、苦蝤等名目，各有所因，传为绰号；大群约二三万，小群亦六七千。常山贼褚燕，轻勇趫捷，贼党呼为飞燕，互相惮服，陆续趋附，依黑山为巢穴，愈聚愈众，多至百万人，时号黑山贼。河北郡县，无不受害，朝廷不能讨，遣使饵以官爵，诱令投诚；褚燕乃上表乞降，诏授燕为平难中郎将，使领河北诸山谷事。燕虽尝拜命，仍旧纵众殃民，未肯帖然就范，朝廷也无可如何，得过且过，置作缓图。惟陇西一带，驻守非人，湟中杂胡，乘势图变，推胡人北宫伯玉为将军，勾结先零羌种，与枹罕河关诸盗，一同作乱。金城人边章、韩遂，素有胆略，著名西州，群盗劫入寨中，使主军政，攻掠州郡，戕杀金城太守陈懿，及护羌校尉伶征。陇右刺史左昌，拥兵不救，长史盖勋，极言力谏，反触动昌怒，但给勋数百人，使他出屯河阳，抵御贼锋；更派从事辛曾、孔常，与勋同往，阳为助守，阴实监制，意欲伺勋偾绩，然后加罪。哪知勋素孚物望，连盗贼都不敢相侵。边章等绕出河阳，竟至冀城攻昌。昌忙使人移檄，召还辛曾、孔常、盖勋。曾等疑不肯赴，勋怒说道："古时庄贾后期，穰苴奋剑，本列国时齐国故事。公等不过位居从事，难道还比古时监军权力更重么？"庄贾曾为齐监军，故勋言若是。曾等闻言知惧，乃与勋还兵救昌。勋至城下，见边章指挥群盗，猖獗异常，因高声呼章道:"汝本望重西州,奈何反联合寇贼,违叛朝廷?"章答说道:"左使君若早从君言,发兵临我,庶可自改,今负罪已重,势难再降,计惟退避三舍,权谢高贤!"说罢,即引军撤围,扬长自去。既而左昌玩寇坐罪,革职去官;后任刺史,叫作宋枭。或作宋泉。枭见陇右多盗,拟令民讲读经书,使知大义,想是一个迂儒。乃召勋与语道:"凉州人民寡学,故屡致叛乱,今不如多写孝经,遍使诵习,待至家谕户晓,乱自可弭了!"勋答说道:"昔太公封齐,崔杼弑君,伯禽侯鲁,庆父篡位,齐鲁岂乏士人,何为至此?今不亟求靖难方法,徒欲济以文治,恐不止结怨一州,反将取笑朝廷,勋以为决不可行!"枭不以为然,竟将己意申奏,果被诏书诘责,召令还京。会新任护羌校尉夏育,为羌人所围,勋率州兵往援,终因众寡不敌,败退下来;羌众随后尾追,勋部下多半溃散,单剩得百余骑兵,还算跟着。勋结阵自固,怎奈羌人四蹙,孤弱难支,百余骑又战死一半,勋亦身中三创,马又负伤,不能再战,索性下马危坐,指着木表道:"我当就死此地,为国殉身,也不足惜了!"羌众见勋已力尽,各欲上前杀勋,独有一羌渠跃马拦阻道:"盖长史乃系贤人,汝等若将他杀死,岂非负天?"羌人也知重贤。勋闻言审视,系是勾就种羌帅滇吾,向曾相识,但此身已拚着一死,不愿向滇吾说情,因瞋目叱骂道:"死反虏,晓得什么天道?快来杀我罢了!"滇吾毫不动怒,反趋近勋旁,下马相见,且愿让马与勋;勋仍不肯允,滇吾乃挥动徒众,把勋拥去,到了自己寨中,请勋上坐,呼众罗拜,再出酒肴相待,备极殷勤。转瞬间已是旬日,方拨羌骑数十人,送勋入寨,回至汉阳。朝廷闻勋忠义动人,征为讨虏校尉。小子有诗咏道:

> 羌虏猖狂也畏天,持刀未敢害忠贤。
> 一营罗拜申诚意,赢得名臣姓氏传。

勋虽生还,寇终未平,满朝公卿,又为了凉州乱事,会议征讨事宜。欲知如何定议,请看下回便知。

　　刘先主起自寒微,以一贩履织席之贫民,独能具有大志,交结英雄,为国讨贼,较诸曹阿瞒之已为朝吏,奉遣出兵,其难易固属不同,其忠义亦自有别,正不特一为汉裔,一为阉奴巳也。关、张两人,或刚或暴,而与刘先主交游,偏能沉瀣相投,誓同生死,此正可见刘先主之驾驭英雄,自有令人倾倒、乐为用命者,怒鞭督邮一事,阅者称快,安得举天下后世之贪官污吏,尽付英雄之鞭笞乎?盖勋位不过长史,独能远谐物望,为世所钦;边章已入寇党,避而远之;滇吾本为虏帅,敬而礼之。盗贼夷狄,犹向慕贤者若此,人生亦何苦纵恶,而自丧声名,甘为此万年遗臭也?

第六十三回　请诛奸孙坚献议　拚杀贼傅燮捐躯

却说凉州乱事，连年未平，朝臣奉诏会议，又觉得聚讼盈廷，莫衷一是；司徒崔烈，且欲弃去凉州。时安定都尉傅燮，已入为议郎，亦得与议，听了崔烈言论，不由的鼓动热肠，正色厉声道："司徒可斩！斩了司徒，天下乃安！"好大胆！三语说出，四座皆惊，烈亦为变色；尚书欲顾全崔烈面目，不得不劾燮妄言。灵帝召燮问状，燮从容答道："凉州为天下要冲，国家藩卫，今牧御失人，乃使一州叛逆，烈为宰辅，不思弭寇，反欲轻弃万里疆场；若使虏众得居此地，士劲甲坚，入寇内地，试问国家将如何抵御？这岂不是社稷深忧么？"灵帝乃依了燮言，诏令左车骑将军皇甫嵩，回镇长安，相机讨贼。贼党边章、韩遂等，入掠三辅，嵩引兵出战，得将贼党击退。偏中常侍张让、赵忠，与嵩有嫌，反说他屡战无功，徒縻军饷；灵帝竟不分皂白，收还嵩左车骑将军印绶，降嵩为都乡侯。原来嵩讨张角时，路过邺中，见赵忠宅居逾制，奏请没收，张让又向嵩求赂钱五千万，嵩亦不许，两人由此生恨，屡谋害嵩；且因嵩平张角，称为首功，若把嵩摔去，好将功劳夺归内廷，自己可以受赏。果然阴谋得遂，嵩被排斥。昏昏沉沉的汉灵帝，坐受群小荧惑，说是前讨张角，内侍参议有功，竟封张让、赵忠等十三人为列侯。独不记张让通贼书么？一面使司空张温，代为车骑将军，并召前中郎将董卓，使为破虏将军，归温节制，出讨凉州诸贼。温调集诸郡兵马，约得十余万人，进屯善阳，边章引众来攻，温与战失利，卓亦败退。已而时届仲冬，天气严冷，夜间有流星如火，光长十余丈，照彻贼营，贼众疑为不祥，欲归金陵；卓得此消息，心下大喜，复邀同右扶风鲍鸿等，向晨攻贼；贼皆有归志，不愿力战，一哄儿弃营西走，倒被卓等驱杀一阵，斩首数千级，还营报功。温令卓往讨叛羌，另派荡寇将军周慎，追击边章。章方败走榆中，据城固守，慎即欲进攻。前佐军司马孙坚，方由温奏调至军，参议军事，坚因向慎献策道："贼新入榆中，必无粮储，定当由外输入；坚愿得万人，截贼粮道，将军率大兵为后应，贼不能久守，自然骇走；若窜入羌中，并力往讨，便可荡平，凉州得从此安靖了！"慎不从坚议，遂引兵围榆中城。边章闻慎军将到，先拨分贼党，往驻葵园；待至慎军攻城，坚守勿战，却密令葵园贼众，断慎粮道。慎乏食生惊，弃去辎重，狼狈遁还。

就是董卓一路人马，行抵望垣北隅，突遇羌胡大队，蜂拥前来，急切不能

第六十三回　请诛奸孙坚献议　拚杀贼傅燮捐躯

退避,致为所围,兵既被困,饷又不继,急得董卓彷徨终日,左思右想,幸得了一条良策,立命军士照行。卓本倚水立营,就从水旁筑起一坝,佯为捕鱼,暗中却将水势堵塞,腾出淤地,乘着宵深更静,拔寨潜走,悄悄的从坝下过军,待贼闻知,出来追击,卓军已经过尽,决塞放水,反将贼众淹死多人,贼慌忙走还;卓得全师引归,反屯扶风。适边章与韩遂争功,两不相协,章致书张温,自请投降,实是一缓兵计。温乐得应允,收兵退回长安,并将前后军情,奏报阙廷。灵帝览奏,见战功多出董卓,因特封卓为鳌乡侯,食邑千户,调任并州牧;当下颁诏付温,使温转告董卓。卓已得知封侯消息,便即志高气盈,睥睨一切,及温使人往召,竟不奉命。温待久不至,再遣属吏赍诏召卓,卓方徐徐到来,入帐见温,并未谢及奏叙的惠德,且满面露着骄容,居然有压倒张温的气象。已是跋扈。温看不入眼,出言谯让,卓竟反唇相讥,并谓西征诸将,全属无用,若非我董卓功劳,怎能使贼畏服?温又愤然与语道:"边章等名虽乞降,心实难恃,将军既智勇兼全,还当再接再厉,扫平群贼,方得上报国恩!"卓亦抗声说道:"贼已降我,无故往攻,岂不是自失威信么?卓志在杀贼,却不愿师出无名!"说着便起座自去。温见卓如此倨傲,也不起送,但闷闷的坐在帐中。旁边恼了一位参军,向前密语道:"将军奈何放卓出营?"温见是孙坚,便屏去左右,问为何因?坚答说道:"卓不自知罪,反敢大言不惭,将军何不申明军法,说他不肯应召,有违节度,立命斩首?"温惊顾道:"卓颇有威名,若将他杀死,西行何依?"坚慨然道:"明公亲率大军,威震天下,何恃一卓?况卓有三罪,不杀何待?卓抗辞不逊,慢言无礼,便是一罪;边章、韩遂,跋扈经年,理当按时进讨,卓反谓不宜往攻,沮军疑众,便是二罪;卓受任无功,应召稽留,乃尚趾高气扬,妄自尊大,便是三罪。古时名将,杖钺临众,往往先斩悍将,借示威名;如穰苴斩庄贾,魏绛戮杨干,故事可征,并非创例;今明公不忍诛卓,纵令骄恣,自亏威重,后悔恐无及了!"温若果听坚言,何至养痈贻患?温终不能决,挥坚使退,坚乃趋出,叹惜不已。未几有诏书颁到长安,进温为太尉,三公在外拜命,由温为始。温虽不能除卓,但颇重坚才,荐为议郎。坚为将来东吴始祖,小子应将他出身履历,补叙详明。

　　坚字文台,系吴郡富春县人,就是孙武子后裔,世为郡吏,历代祖墓,并在富春城东,墓上辄有五色云罩住,光延数里。乡父老少见多怪,常互相告语道:"这非寻常云气,看来孙氏子孙,必将兴旺了!"及坚母怀妊,梦有人剖腹出肠,取绕吴郡阊门,不禁失声大呼,突致惊寤,回忆梦境,尚觉可怖;翌日出告邻母,邻母劝慰道:"安知非将来吉征?何必多忧?"既而生子名坚,头角峥嵘,状貌伟岸。好容易长大成人,出为县吏。十七岁时,与父共载船至钱塘,遥见有海贼数十人,掠得商人财物,在岸上分赃,坚即白父道:"速击海贼!"

父摇手阻坚,嘱勿妄动。哪知坚已取得一刀,划船近岸,耸身跃上,大呼杀贼,手中刀东西指挥,如招人状;壮哉文台!贼惊出意外,还道坚招呼官军,当即抛弃财物,分头窜散。坚尚持刀追去,刹死一贼,携首还船。嗣是扬名郡县,由郡守召为郡尉,迁官司马。会稽贼许生造反,逾年未平,亏得坚召募勇士,会合州郡兵马,阵斩许生父子。见前文,《三国志》作许昌。刺史臧旻,上奏坚功,朝命未尝加赏,但使他做了三任县丞。至黄巾乱起,始由右中郎将朱儁保荐,历年从军,前文中已经叙及,无庸小子絮述了。

惟自张温出征后,司空一职,悬缺不补,会灵帝查阅案牍,得杨赐、刘陶所上奏章,曾云遣散张角党羽,然后诛及渠魁,事见前文。当时置诸不理,遂致蔓延。此时张角虽平,前言俱在,灵帝也自觉悔悟,因加封赐为临晋侯,使代张温为司空;且封刘陶为中陵乡侯,使任谏议大夫。赐就职不过月余,便即病殁,灵帝也为辍朝三日,素服举哀,优加赗赠,令公卿以下会葬,予谥文烈。长子杨彪袭爵。那谏议大夫刘陶,既入为言官,常思补衮尽职,因复上疏言事道:

> 臣闻事之急者,不能安言,心之痛者,不能缓声。窃见天下前遇张角之乱,后遭边章之寇,每闻羽书告急之声,心灼内热,四体惊悚。今西羌逆类,私署将帅,皆多段颎时吏,晓习战阵,识知山川,变诈万端;臣常惧其轻出河东冯翊,抄西军之后,东至函谷,据厄高望。今果已攻河东,恐更豕突上京,如是则南道断绝,车骑之军孤立,关东破胆,四方动摇,威之不来,呼之不应,虽有田单陈平之策,亦计无所施。况三郡人民,皆已奔亡,南出武关,北徙壶谷,冰骇风散,唯恐在后,今其存者尚十之三四,军吏士民,悲愁相守,民有百走退死之心,而无一前斗生之计;西寇寝前,去营咫尺,胡骑分布,已至诸陵。将军张温,天性精勇,而主者旦夕迫促,军无后殿,假令失利,其败不救。臣自知言数见厌,而言不自裁者,以为国安则臣蒙其庆,国危则臣亦先亡也。谨复陈当今要急八事,乞须臾之间,深垂纳省,则国家幸甚,臣等幸甚!

书中所陈八事,不能尽述,大旨无非归罪宦官,说他欺君害民,酿成大乱。中常侍张让、赵忠等,得悉陶书,无不切齿,遂共白灵帝道:"前因张角事发,诏书晓示威恩,臣等并皆改悔;今四方安静,陶乃嫉害圣政,专言盗贼;试想州郡并未上闻,陶何由得知底细?显见他与贼通情,所以先来恫喝,要想把臣等尽置死地,方好任所欲为。愿陛下勿为所欺!"是为肤受之愬。灵帝视让、忠如父母,总道他痛痒相关,不至诬妄,遂下诏遣陶,收系黄门北寺狱。狱为黄门所掌,当然归阉人鞫问,横加搒掠。陶自知必死,张目顾问宦官:"朝廷已经省悟,

第六十三回　请诛奸孙坚献议　拚杀贼傅燮捐躯

加恩臣身,今为何又误信谗言?陶恨不与伊吕同俦,反与三仁并命!"殷有三仁,即微子、箕子、比干。说至此,竟用手扼吭,气闭身亡。前司徒陈耽,亦尝反抗宦官,张让、赵忠,索性将他罗织在内,拘系狱中,亦被掠死。赵忠反超任车骑将军。忠欲位置私人,更追论讨贼功臣,凡从前并未从军,只教是阉党走狗,多纳贿赂,便说他与讨黄巾,奏请授官。执金吾甄举,往见赵忠道:"傅南容前在东军,有功不侯,天下失望;今将军亲当重任,应该进贤理屈,下副众心!"忠也为点首,待甄举辞去后,即遣弟城门校尉赵延,往访傅燮,乘间与语道:"南容肯稍答我常侍,万户侯便可立致了!"燮正色道:"人生通塞,乃是命中注定,若有功不赏,何莫非命?燮岂可妄求私赏哩?"说得赵延无言可答,返报乃兄。乃兄忠越加衔恨,惟因燮为众所推,未敢加害;但将他调任汉阳太守。燮抵任数月,已是中平三年。贼帅韩遂,杀死同党边章,及北宫伯玉,纠众十余万,进围陇西,太守李相如,不能御贼,反与贼连和,猖獗益甚。汉阳贼王国,又自号合众将军,起应韩遂,四出寇掠。凉州刺史耿鄙,号召六郡兵马,进讨贼众,令治中陈球为先驱。球素性贪婪,为民所怨,鄙亦未协舆情,傅燮知鄙出必败,乃向鄙进谏道:"使君统政日浅,民未知教。孔子有言:'以不教民战,是谓弃民。'今若率平素不教诸人,越陇讨贼,恐十举十危。且贼闻大军将至,必万众一心,与为对垒,锋不可当。使君又统领新兵,上下未和,万一内变,虽悔何追?愚意不若息军养威,明赏必罚,阴加训练,贼得逍遥境外,必谓我决不能战,自致骄盈,由骄生衅,同恶相残;使君率已教人民,讨已离盗贼,尚患不能奏功么?今不为万全计策,反自就危途,窃为使君不取呢!"鄙自恃兵多,不从燮言,即日引军起行。甫经狄道,果有别驾应贼,先杀陈球,后杀耿鄙。鄙司马扶风人马腾,亦拥兵不救,自主一方。王国韩遂等,遂进围汉阳;城中兵少粮尽,燮尚拚死守住。贼党中有北地胡骑数千,与燮同里,夙受燮恩,见燮登城抵御,各跪叩城下,愿送燮还乡;燮将他叱退。燮子干年甫十三,从父在任,知父性刚气锐,恐不能免,因向燮跪谏道:"国家昏乱,致令大人不容朝廷;今天下已叛,孤城决难自守,乡里羌胡,夙怀恩德,欲送大人弃城归里,大人不如从权允许,还乡以后,率励义徒,俟至天下有道,再出未迟!"燮听得数语,便慨叹道:"汝难道知我必死么?古人有言:'圣达节,次守节。'我闻暴如殷纣,伯夷且不食周粟,饿死首阳;今朝廷昏德,尚不如纣,我岂可自绝伯夷?况前时不能高隐,居位食禄,怎得见危即去?我已决死此地,汝有才智,后当自勉!主簿杨会,便是我程婴,可以托孤,我死亦瞑目了!"程婴保孤事,见列国晋时。干流涕哽咽,不能复言,左右亦皆泣下。忽由故酒泉太守黄衍,叩城求见,燮传令放入,干乃起入帐后,待衍进来。燮延令入座,问明来意,衍实为王国所遣,来作说客,因开口语燮道:"成败事已可预知,君能先机起事,上可为霸王事业,下亦不失为伊吕,看来天下终非汉有,明府如果有意,衍等当奉为君师,愿受驱策,幸勿失此时机哩!"燮不禁变色,拔剑置席道:"汝亦做过大汉臣吏,反为贼来下说词么?本当斩汝,徒污我刃,我权寄汝头颅,回报叛贼,毋再妄想!"衍怀惭自去。燮即传齐将士,开城搦战,与贼众接仗多时。贼众自恃势盛,上前围燮,环绕数匝,燮尚冒死冲突,格毙贼党数十人;怎奈兵残力竭,外无援应,终落得捐躯殉国,毕命沙场。燮子干由杨会护出,得归故里。朝廷闻燮阵亡,赐谥壮节,且予干世荫。后来干已长成,具有才名,仍得出仕,官至扶风太守。可见得忠臣有后,食报非迟。当时还有一位名贤,在家寿终,大将军何进,遣使吊祭,海内赴丧,多至三万余人。这人为谁?就是前太邱长陈实。实为太邱长后,隐居不出,党锢狱兴,实亦连坐,系狱得释;嗣因中常侍张让父丧,屈节往吊,故颍川党人,幸得全宥。见前文。实居乡有年,平心率物,遇有争讼,辄求判正,无不悦服;里人多感叹道:"宁为刑罚所加,毋为陈公所短。"会遇岁歉民饥,有窃贼夜入实家,隐踞梁上,实已瞧见,故意不言,但呼子孙训戒道:"人不可不自勉,恶人非生性使然,传染恶习,遂致不返;试看梁上君子,便可了然!"贼在梁上听着,大惊投地,叩头谢罪。实徐语道:"看君状貌,不似恶人,若能改过迁善,自可不虑贫困了!"乃令子孙取绢二匹,赠与窃贼,贼拜谢而去;非陈仲弓,不能为此。于是一县无复盗窃。前太尉杨赐及司徒陈耽,入朝拜官,群僚毕贺,赐等以实未为相,自己反先登台辅,尝引为惭恨;大将军何进等,屡次派人敦聘,实终不肯出,婉谢来使道:"实久谢人事,饰巾待终罢了,幸君善为我辞!"嗣后闭门悬车,栖迟养老,至中平四年夏季,考终家中,享寿八十四岁;吊祭诸徒,共至墓前瞻拜,代为刊石立碑,谥曰文范先生。遗有六子,纪谌最贤,孙群亦有盛名,事见后文。小子有诗赞道:

> 到底仁人克善终,光前裕后子孙隆。
> 宣城书法今犹在,千古争传陈仲弓。
> 《后汉书》为宋宣城太守范晔所著。

老成凋谢,丧乱弘多,欲知后来变端,且至下回胪叙。

　　董卓曾受朝命,归车骑将军张温节制,温召卓不至,显违主帅,其跋扈情形,已见一斑。孙坚劝温诛卓,温独不从,虽若谨守臣道,不敢专诛,但闻以外将军制之,汉文曾有明训,温果能为国除奸,就使得罪被戮,较诸他日之受害于卓,为益多矣。哀哉温之临事寡断,卒酿成无穷之祸也。傅燮困守孤城,可去不去,迹亦近拘;然城存与存,城亡与亡,本人臣之大义,幼子泣请而不从,庶使进言而被斥,见危授命,大义凛然,虽死且不朽矣!语云:"板荡识忠臣!"信然!

第六十四回　登将坛灵帝张威
　　　　　　入宫门何进遇救

　　却说灵帝中平年间,朝政日紊,国势愈衰,灵帝只知信任阉人,耽情淫乐。今岁造万金堂,明岁修玉堂殿;铸铜人四具,分置苍龙、玄武门外;制黄钟四架,分悬玉堂、云台殿中;又特在平门左右,用铜范成天禄虾蟆,天禄兽名。中设机捩,口中喷水,谓可除秽辟邪。种种构造,统系掖庭令毕岚监工。就是一班刑余腐竖,亦无不建筑第宅,侈拟皇宫,灵帝常登台顾景,为消遣计;赵忠等恐他望见私第,向前进言道:"人主不宜登高,登高恐百姓乖离!"出自何典?是即赵高指鹿为马之类。忠亦姓赵,总算善承世德。灵帝遂不敢登台,阉党益肆行无忌,但教瞒过一人耳目,还怕甚么百官万民?哪知内蠹不休,适召外侮,西羌连年扰攘,未曾告平,鲜卑豪酋檀石槐,虽已病死,部落犹众,仍然出没塞下,屡寇幽、并诸州。他如腹地的盗贼,真是群起如毛,几难尽述。江夏散兵赵慈,戕杀南阳太守秦颉,纠众作乱,幸亏荆州刺史王敏,发兵破灭,得诛赵慈。未几中牟令落皓,及主簿潘业,又被荥阳贼杀死,当由河南尹何苗督师往剿,毙贼多人,暂时告靖。长沙贼区星,零陵贼观鹄,又相继造反,朝廷命议郎孙坚出守长沙,先斩区星,后斩观鹄,荆湖始平。偏渔阳人张纯、张举,接连发难,攻杀右北平太守刘政,辽东太守杨终及护乌桓校尉公綦稠;举自称天子,纯号弥天将军,同掠幽、冀二州。外如休屠各胡,亦乘隙为变,入寇西河,击杀郡守邢纪,转攻并州,刺史张懿与战,不幸败亡。黄巾余孽郭太等,因西河为胡所掠,也在白波谷揭竿,联络胡人,分扰太原河东。左屠各胡复胁迫南单于,一同叛命,骚扰朔方。冀州刺史王芬,因见乱端四起,日夜戒备,累得寝食不安;适故太尉陈蕃子逸,自成所赦归,往谒王芬,谈及天下大乱,俱由阉竖专权所致,芬亦为叹息。旁有术士襄楷在座,奋袖起谈道:"天文不利宦官,看来黄门常侍,均要族灭了!"陈逸大喜道:"果有此事,不但国家可安,即如我先人埋冤地下,亦得从此伸雪,含笑九原!"芬亦接口道:"若果天象有凭,芬愿为国家驱除阉贼!"襄楷指手画脚,力言阉人夷灭,不出一二年。语颇不谬,但未识何人能除阉党?为术终疏。芬乃召集豪俊,筹备饷械,上书言盗贼日滋,攻劫郡县,宜厚蓄兵马,分途剿平。灵帝不加理会,且欲北巡河间旧宅,指日起行。芬等闻信,遂欲用兵劫驾,尽诛黄门常侍,乘势废立。济南相曹操,已入拜议郎,与芬本系相知,芬因操足智多谋,遂使人与言秘计,乞为内援。操摇首道："废立二字，乃天下最不祥的名目；古人惟伊尹、霍光，行过此事。伊、霍位居首辅，诚能动众，所以事出有成；今诸君未及古人，漫思造作非常，期在必克，这岂不是求安反危，图福得祸么？"阿瞒毕竟性灵。遂嘱来使还白王芬，务求慎重，切勿卤莽从事。芬尚未信操言，又召平原人华歆、陶邱洪，共定大计。洪欲应召前往，歆急为劝阻道："废立大事，伊、霍不过幸成，芬才疏望浅，怎能成事？不如勿行！"洪乃中止。会北方有赤气亘天，夜半愈盛，横贯东西，太史奏言北方有阴谋，不宜出巡，灵帝乃无心北幸，并敕王芬罢兵。俄而征芬还都，芬疑是秘谋泄露，不敢应命，当即解去印绶，私走平原；尚恐朝廷拘拿，仓皇自尽。陈逸襄楷，幸得免累，就是议郎曹操等，亦毫不牵连，这都是芬谋未泄，故俱得无恙；徒断送王芬一命罢了。死得无名。

且说太常刘焉，本前汉鲁恭王后裔，鲁恭王名余，系景帝子。徙居竟陵，因属汉朝宗室，得通仕籍，由中郎迁至太常。他见朝政多阙，祸乱相寻，乃建言刺史、太守，由赂得官，刻剥百姓，乃致离叛，应急选清名重臣，出任牧伯，剿抚兼施，方可削平世乱等语。这计议尚未得行，有侍中董扶与焉友善，私下与语道："京师将乱，闻益州分野，却有天子气，未知属诸何人？"焉含糊对答，心下却觊觎非常，恨不得即赴益州。可巧益州乱起，刺史郤俭苛敛害民，为黄巾余党马相所杀，相僭称皇帝。钞掠巴蜀，警耗连达都中，刘焉得复申前议，进白灵帝，灵帝即命焉为益州牧，封阳城侯，出平蜀郡，焉喜如所望，受命即行。到了荆州东界，前途多盗，不便西进，逗留了好多日；也是他时来福凑，官运亨通，益州伪皇帝马相，被益州从事贾龙起兵，连战皆捷，诛戮无遗，因遣史卒迎焉入蜀，奉为州主。益州治所，本在雒县，焉以郤俭被杀，恐多不利，乃徙治绵竹，招携纳叛，笼络人心。侍中董扶，闻焉既得志，亦求为蜀郡西部属国都尉，灵帝准令赴蜀，扶便西往，为焉参谋，不必细述。同时宗正刘虞，也是汉家支派，为东海王强后人，强为光武帝子。以孝廉被举，累迁至幽州刺史，恩信及民，内外禽服，后来因事去官；至黄巾作乱，复起为甘陵相，亦善抚绥，进为宗正，奉职无阙。自张纯、张举作乱渔阳，幽州大扰，灵帝已遣骑都尉公孙瓒往讨，复因虞前在幽州，为民所服，乃特命为幽州牧，持节赴镇。汉制设州统郡，州有刺史，位置在郡守上，但比郡国守相，尚差一等；汉成帝时，方改称州牧，位次九卿，权同守相；光武中兴，又规复旧制，仍改州牧为刺史；自经刘焉、刘虞两人任命，于是复有州牧，得操重权，中原分裂，就从此开端了。为群雄割据张本。灵帝迭闻寇警，也不免忧从中来，默思小黄门蹇硕，身材壮健，具有武略，比诸车骑将军赵忠，强弱不同，不如令他专任戎事，保护宫廷；乃将赵忠撤销兵权，特授蹇硕为上军校尉，屯卫西园。蹇硕以下，更设校尉七人。虎贲中郎将袁绍，为中军校尉；屯骑校尉鲍鸿，为下军校尉；议郎曹操，为典军校尉；

第六十四回　登将坛灵帝张威　入宫门何进遇救

赵融为助军左校尉；冯芳为助军右校尉；赵冯并为议郎。谏议大夫夏牟为左校尉；淳于琼为右校尉，琼亦为谏议大夫。俱归蹇硕调度，共称西园八校尉。七人为宦官爪牙，俱不值得。

会由术士望气告变，说是京师将有大兵，恐致两宫喋血，灵帝意图厌禳，特征四方兵会集京师，就平乐观作讲武场，观中筑一大坛，上建十二重华盖，高约十丈，坛东北另设小坛，复建九重华盖，高约九丈。四面张着赤帜，分列步骑数万人，结成方阵，借壮外观。灵帝亲擐甲胄，跨马临军，使大将军何进为前驱，秉旄仗钺，直抵坛前，御驾就大坛驻足，自立大华盖下；复用手挥进，令趋就小坛，在小华盖下立着，然后传令各军，操演阵法，军士一齐应令，万马齐奔，东驰西驱，前后继进，形色上似甚整齐；映入灵帝眼中，但觉得五花八门，赏心夺目。你要张幕看戏！大众即演戏一出与你看看。当下想入非非，竟自称一个徽号，叫做无上将军；就令左右书在旗上，作为大纛，向前导引，随即纵辔离坛，跃马四驰，就阵中绕行一周。只听得军吏喧声，齐呼万岁，不由的兴致越高，精神越奋；再兜了两个圈子，方将兵符交付何进。返驾入宫。讨虏校尉盖勋随着，即回首顾语道："朕今日讲武，规模如此，卿以为善否？"勋应声道："臣闻先王耀德不观兵，今寇贼远距京师，陛下乃在都中列阵，臣恐未足扬威，徒自黩武罢了！"灵帝听着，忽觉感悟道："卿言甚是！朕见卿恨晚，群臣从未有此言呢！"勋拜谢而退，途遇中军校尉袁绍，略述问答情形，且与语道："主上聪明过人，但为左右所蔽，不免荧惑，真是可惜！"绍即前司空袁逢庶子，素好游侠，目睹阉寺擅权，素加愤恨，至是听得勋言，便邀至私宅，谋诛阉党，彼此约定，待机乃发。太尉张温，时已征还，左迁为司隶校尉；温举勋为京兆尹；灵帝方欲使勋内任，随时顾问，不愿相离，偏蹇硕等忌勋正直，劝灵帝依从温言，乃拜勋为京兆尹。勋既被外调，所有机谋，眼见得不能如约了。忽闻凉州贼警，日甚一日，陈仓为贼渠王国所围，危急异常，灵帝复拜皇甫嵩为左将军，并使董卓为前将军，受嵩节制，同救陈仓。嵩与卓合兵二万人，行至中途，屯兵不进，卓请速赴陈仓，嵩独未许，卓愤然道："卓闻智士不后时，勇士不留决；将军受命前来，无非为陈仓起见，速救方可保城，否则必为贼有了！"嵩驳斥道："君言错了！从来百战百胜，不如不战屈人。陈仓虽小，城守完固，王国虽强，未必能攻下坚城；我待贼疲敝，然后出兵往击，贼乃骇溃，这乃所谓不战屈人哩！"卓拗他不过，只得静待。约莫过了八十多日，陈仓尚是守住，王国却解围退去；嵩闻国退去，便下令军中，从速追击。卓又入请道："兵法有言穷寇勿追，今我兵追国，便是与兵法相背了！试想困兽犹斗，况国尚势盛，怎可穷追哩？"嵩复驳说道："我前不速击，是避贼锐气，今欲往追，是乘贼势衰；国众已走，莫有斗志，不得以穷寇相比。君且为后拒，试看我前驱追贼，必能成功，不怕王国不死哩！"已操胜算。说罢，即麾军前进，使卓为后应，果然连得胜仗，斩首万余级，国竟窜死；卓自愧无功，遂与皇甫嵩有嫌。越年征卓为少府，令将部曲归嵩管辖；卓诡词乞留，迁延不赴。嵩兄子郦在军中，向嵩进言道："本朝失政，天下倒悬；若欲安危定倾，责在叔父，次为董卓。今叔父与卓有怨，势不两容。卓奉诏委兵，乃上书抗辩，已是逆命，又因京师浊乱，踌躇不进，更是怀奸；且卓凶戾无亲，将士不附，叔父现为元帅，何妨声罪致讨，上显忠义，下除凶害，岂不是桓文盛业么？"嵩叹息道："专命有罪，专诛亦未尝无罪；为今日计，不如据实陈奏，请主上自行裁夺便了！"遂不从郦言，但上了一篇弹文。灵帝颁诏责卓，卓恨嵩益深；嵩原不能讨卓，灵帝也不能制卓，卓坐是专恣，要从此斫丧汉室了！张温可诛卓而不诛，皇甫嵩可讨卓而不讨，虽是两人胆怯，亦关汉朝气数。

惟王国窜死，凉州略平；幽州由两张作乱，尚未平定。自称弥天将军的张纯，曾做过中山守相，失官以后，因凉州叛乱，致书前车骑将军张温，愿督同乌桓突骑，往徇凉州，温置诸不答，纯遂与同郡张举，攻杀校尉太守，霸占一隅。就是张举亦尝任泰山太守，失职生怨，谋不轨，居然想身登九五，南面称尊。上文用总叙法，略而不详，故此处再用补笔。骑都尉公孙瓒，奉使出征。瓒本前中郎将卢植门徒，见前文。由小吏起家，辽西侯太守奇瓒状貌，妻以爱女，瓒从此发迹，随军有年。至是往讨两张，引兵至蓟，适值张纯攻略蓟中，由瓒一马当先，率军直上，奔入贼阵，贼皆披靡。瓒追杀至数十里外，方才安营。纯既败走，复去诱同乌桓部酋邱力居等，再寇渔阳、河间、渤海，进入平原，瓒更引兵往击，至石门山，大破贼众，纯等远走塞外，连妻子尽行弃去；张举亦立脚不住，随纯同奔。瓒却未肯回马，追贼出塞，向北深入，进至辽西管子城，反为邱力居等所围，相持至二百余日，粮尽食马，马尽食弩楯，险些儿饿死全军，犹幸天降大雪，虏亦饥寒，撤围远去，直奔柳城，瓒乃得驰归。有诏进瓒为降虏校尉，封都亭侯。可巧幽州牧刘虞，亦持节到任，与瓒相见，瓒再拟扫虏，虞独欲招降，探得张纯、张举两人，遁入鲜卑，因遣使至鲜卑中，晓谕利害，劝令送两张首级。鲜卑酋步度根、檀石槐孙。犹豫未决，纯客王政，却将纯刺死，枭首送虞，邱力居素慕虞名，亦遣使请降；公孙瓒独心怀忮忌，阴使人邀截胡使，胡使探悉情由，绕道诣虞。虞乃上书请罢屯兵，但留瓒率万人驻守右北平。瓒始终未惬，遂与虞结下怨仇，连年不解了。与董卓相去不远。灵帝因虞有功，拟加重赏；会值太尉马日䃅免官，乃超拜虞为太尉。自从张温降职司隶，后任太尉，两年中改换四五人，如司徒崔烈、大司农曹嵩、永乐少府樊陵，以及射声校尉马日䃅，迭升迭降，好似弈棋一般；就是光禄大夫许相，继杨赐为司空，再代崔烈为司徒，也不过历职年余，终致罢免；惟光禄勋丁宫，迁任司空、司徒，还

第六十四回　登将坛灵帝张威　入宫门何进遇救

算任职较长；司空刘弘，也是由光禄勋超迁，才略都不过平庸。且当群阉擅权时候，三公俱若赘疣，窃位苟禄，备员全身，乃是当日三公的避灾总诀，无庸一一絮述了。语虽简略，意仍周匝。

且说中平六年四月，灵帝有疾，卧床数日，不能视朝，公卿以下，各请册立太子，杳无复音；待至旬余，不闻召入大臣，宣扬末命。只上军校尉蹇硕，却出入寝宫，得与灵帝商决后事。始终信任宦官。正想依旨宣布，不料灵帝病变，仓猝归阴。硕秘不发丧，矫诏召大将军何进，入受顾命。进接了诏旨，匆匆入宫；甫至宫门，正与硕司马潘隐相遇。隐举手示意，叫他休入。进与隐本系故交，慌忙退归营中，隐亦随至，向进报告道："御驾已崩，蹇硕欲杀将军，迎立皇子协为帝，愿将军另图至计！"进不觉大惊，亟引兵往屯百郡邸，汉时郡国百余，皆置邸。京师总邸，叫作百郡邸。静听后命。俄而何后又派人召进，进详细问明，方敢驰入，究竟宫内有何隐情，由小子直道其详；原来灵帝长子辩，为何后所生，轻佻无仪，灵帝意欲舍嫡立庶，又恐何后与兄，共有违言，所以迟延未发。上军校尉蹇硕，为灵帝所亲信，早已窥透上意，密劝灵帝遣进西征，灵帝当即依议，命进西击韩遂；进亦知灵帝不怀好意，未肯轻出，乃奏遣袁绍募兵徐、兖，俟绍还都，方可西行。蹉跎了一二年，灵帝病竟不起，自知顾命难宣，没奈何与蹇硕密商，叫他拥护次子；硕欲先诛何进，然后立皇次子协，偏又为潘隐所败露，不能逞谋，乃只好听命何后，立皇长子辩为嗣主。进既已问明原委，自然放胆入宫，奉皇子辩即位，尊何后为皇太后。辩年才十四，未能亲政，当由何太后临朝，大赦天下，改元光熹；灵帝尚未发丧，何便要改元？封皇弟协为渤海王，命后将军袁隗为太傅，与何进同录尚书事。进既秉朝政，遂思除去蹇硕，为报怨计，可巧袁绍还京，为进参谋，不但欲将硕加诛，且拟尽诛宦官，扫清宫禁。进因袁氏累世贵宠，引绍为助，且征何颙为北军中候，荀攸为黄门侍郎，郑泰为尚书，与同心腹，期在必成。蹇硕亦暗地加防，因致中常侍赵忠、宋典等密书，使同党郭胜投递；胜与进同籍南阳，素相关照，竟趋至大将军府，出书示进。进展书一阅，不由的吃了一惊。正是：

　　　　外戚内阉争死命，败家亡国兆凶机。

欲知书中所说何事，容至下回叙明。

整军经武，本人主之要图，况盗贼四起，寇乱相寻，宁尚可不修武备耶？但因灵帝之所为，则以兵事为儿戏，张威不足，召辱有余；蹇硕一阉竖耳，遽授为上军校尉，袁绍以下，皆归节制，试思天下有义勇之将士，肯听阉人之驱策欤？袁绍辈不足道，智如曹操，乃甘就职，正其所以为奸雄也。若平乐观中之讲武,设坛张盖,夸示威风,灵帝自以为耀武,而盖勋乃以黩武为对,犹非知本之谈。黩武二字,惟汉武足以当之,灵帝岂足语此?彼之所信任者,妇寺而已,如皇甫嵩、朱儁诸才,皆不知重用;甚至一病不起,犹视蹇硕为忠贞,托孤寄命,《范史》谓灵帝负扆,委体宦孽,征亡备兆,小雅尽缺,其亦所谓月旦之定评也乎?

第六十五回　元舅召兵泄谋被害　权阉伏罪奉驾言归

却说何进见了郭胜,就胜手中取书展览,顿致惊惶失色。书中约有数百言,有数语最足惊人,略云:

<blockquote>大将军兄弟秉国专朝,今与天下党人,谋诛先帝左右,扫灭我曹,但知硕典禁兵,故且沉吟。今宜共闭上阁,急捕诛之!</blockquote>

进踌躇多时,方问郭胜道:"赵常侍等已知悉否?"胜答说道:"彼虽知悉,亦未肯与硕同谋;大将军但嘱黄门令,收诛蹇硕,片语便可成功了。"进依了胜言,即使胜转告黄门令,诱硕入宫,当即捕戮,一面宣示硕罪。所有硕部下屯兵,概不干连,移归大将军节制,屯兵得免牵累,自然愿听约束,各无异言。惟骠骑将军董重,为永乐宫中董太后从子,本与何进权势相当,两不相下;再加皇次子协,寄养永乐宫,颇得董太后宠爱,所以董太后与重密谋,拟劝灵帝立协为储,将来好挟权自固。偏与灵帝说了数次,灵帝始终为难,不便遽决,终致所谋无成;及何后临朝,何进秉国,只恐董氏出来干政,辄加裁抑。董太后很是不平,东宫愤詈道:"汝恃乃兄为将军,便敢鸱张怙势,目无他人?我若令骠骑断何进头,势如反掌,看他如何处置呢?"大言何益?语为何太后所闻,即召进入商,叫他除去董氏,免致受害。进即出告三公,及亲弟车骑将军何苗,共奏一本,略言孝仁皇后常使故中常侍夏恽。永乐太仆封谞等,交通州郡,婪索货赂,珍宝尽入西省,败坏国纪,向例藩后不得留居京师,舆服有章,膳羞有品;今宜仍遵祖制,请永乐后仍还本国,不得逗留云云。这奏章呈将进去,立由何太后批准,派吏迫董太后出宫;何进且举兵围骠骑府,勒令董重交出印绶;重惶急自杀,董太后亦忽然暴崩。或谓由何进使人下毒,事关秘密,史笔未彰,大约是不得善终,含冤毕命。一双空手见阎王,何苦生前作恶?中外人士,多为董氏呼冤,才不服何进所为了。何太后乃为灵帝发丧,出葬文陵;总计灵帝在位二十一年,寿只三十有四。补叙灵帝历数,笔不少漏。就是董太后遗柩,

第六十五回　元舅召兵泄谋被害　权阉伏罪奉驾言归

亦发归河间，与孝仁皇合葬慎陵；渤海王协，却被徙为陈留王。校尉袁绍，复向何进献议道："前窦武欲诛内竖，反为所害，无非因机事不密，坐赍忠谋；当时五营兵士，俱畏服中宫，窦反欲倚以为用，怪不得自取灭亡。今将军兄弟，并领劲兵，部曲将吏，又皆系英俊名士，乐为效命，事在掌握，这真是天赞机缘呢！将军宜为天下除患，垂名后世，幸勿再迟！"进也以为然，遂入白太后，请尽黜宦官，改用士人。何太后沉吟半晌，方答说道："中官统领禁省，乃是汉家故事，何必尽除？且先帝新弃天下，我亦未便与士人共事，得过且过，容作缓图。"妇人之仁，往往误事。进不敢再争，唯唯而出。袁绍迎问道："事果有成否？"进蹙眉道："太后不从，如何是好？"绍急说道："骑虎难下，一或失机，恐将遭反噬了！"进徐答道："我看不如杀一儆百，但将首恶加罪，余何能为？"绍又说道："中官亲近至尊，出纳号令，一动必至百动，岂止杀一二人，便可绝患？况同党为恶，何分首从？必尽诛诸竖，方可无忧！"进本是优柔寡断的人物，终不能决。哪知张让、赵忠等，已微闻消息，忙用金珠玉帛，赂遗进母舞阳君，及进弟何苗，与为结好。天下无难事，总教现银子，当由舞阳君母子，屡至太后宫中，替宦官善言回护，曲为调停，并言大将军专杀左右，权力太横，非少主福。得了金银，连骨肉都可不顾，阿堵物之害人如是？说得太后也为动容，竟与进渐渐疏远，不复亲近。进越觉失势，未敢遽谋；独袁绍在旁着急，又为进划策，请召四方猛将，及各处豪杰，引兵入都，迫令太后除去阉人。失之毫厘，谬以千里。进依了绍计，即欲檄召外兵，主簿陈琳谏阻道："谚云：'掩目捕雀，是讥人自欺！'试想捕一微物，尚且不宜欺掩，况国家大事呢？今将军仗皇威，握兵权，龙骧虎步，高下在心，若欲诛宦官，如鼓洪炉，如燎毛发，容易得很；但当从权立断，便可成功，乃今欲借助外臣，嗾令犯阙，这所谓倒持干戈，授人利柄，非但无功，反且生乱呢！"进置诸不睬，竟令左右缮好文书，遣使四出。典军校尉曹操，闻信窃笑道："自古以来，俱有宦官，但世主不宜假彼权宠，酿成祸乱；若欲治罪，当除元凶，一狱吏便足了事，为何纷纷往召外兵，自贻伊戚？我恐事一宣露，必致失败呢！"见识原高，乃不去进谏，其奸可知。已而前将军董卓，自河东得檄，即嘱来使返报，指日入京；进闻报大喜，侍御史郑泰入谏道："董卓强忍寡义，贪欲无厌，若假以政权，授以兵柄，将来必骄恣不法，上危朝廷；明公望隆勋戚，位据阿衡，欲除去几个权阉，何须倚卓？且事缓变生，殷鉴不远，但教秉意独断，便可有成。"进仍不肯听。泰出语黄门侍郎荀攸道："何公执迷不悟，势难匡辅，我等不如归休了！"攸尚无去意，独泰毅然乞归，退去河南故里，安享天年。所谓见机而作，不俟终日。尚书卢植，亦劝进止卓入都，进愎谏如故；且遣府掾王匡、骑都尉鲍信，还乡募兵，并召东都太守乔瑁，屯兵成皋，武猛都尉丁原，率数千人至河内，纵火孟津，光彻城中。就是董卓也引兵就

道,从途中遣使上书,请诛宦官,略云:

> 中常侍张让等,窃幸承宠,浊乱海内;臣闻扬汤止沸,莫若去薪,溃痈虽痛,胜于养毒,昔赵鞅兴晋阳之甲,以逐君侧之恶,今臣鸣鼓如洛阳,请收让等,以清奸秽,不胜万幸!

何太后得了此书,还是游移观望,不肯诛戮宦官;实是不能。何苗亦为诸宦官袒护,慌忙见进道:"前与兄从南阳入都,何等困苦?亏得内官帮助,得邀富贵。国家政治,谈何容易?一或失手,覆水难收,还望兄长三思!现不若与内侍和协,毋轻举事!"进听了弟言,又累得满腹狐疑,忐忑不定。乃使谏议大夫种邵,赍诏止卓,卓已至渑池,抗诏不受,竟向河南进兵。邵晓谕百端,劝他回马,卓疑有他变,令部兵持刃向前,竟欲害邵,邵也无惧色,瞋目四叱,且责卓不宜违诏;卓亦觉理屈,才还驻夕阳亭,遣邵复命。袁绍闻知,惧进变计,因向进胁迫道:"交扆已成,形势已露,将军还有何疑,不早决计?倘事久变生,恐不免为窦氏了!"进乃令绍为司隶校尉,专命击断,从事中郎王允为河南尹,绍使洛阳武吏,司察宦官;且促董卓等驰驿上书,谓将进兵平乐观中。何太后乃恐慌起来,悉罢中常侍小黄门,使还里舍;惟留进平日私人,居守省中,诸常侍小黄门等,皆诣进谢罪,任凭处置。进与语道:"天下汹汹,正为诸君贻忧。今董卓将至,诸君何不早去?"众闻言,默然趋退。绍复劝进从速决议,进又不肯从。一个是多疑少决,逐日迁延;一个是有志求成,欲速不达;两人虽是同谋,不能同意。直至绍再三怂恿,仍激不起懦夫心肠。如何干事。绍竟私行设法,诈托进命,致书州郡,使捕中官亲属,归案定罪。越弄越坏。中官得此消息,遂至惊慌。张让子妇,系何太后女弟,让急不暇择,跑回私第,一见子妇何氏,便匍匐地下,向她叩头,奇极。慌得他子妇连忙跪下,惊问何因。让流涕说道:"老臣得罪,当与新妇俱返故乡;惟自念受恩累世,今当远离宫殿,情怀恋恋,愿得再见太后,趋承颜色,然后退就沟壑,死亦瞑目了!"原来为了此事,俗语谓"欲要好,大做小。"想即本此。子妇见让这般情形,自然极力劝慰,情愿出头转圜,让乃起身他去。让子妇匆匆出门,亟往见母亲舞阳君,乞向太后处说情,仍令张让等入侍,太后毕竟女流,难拂母命,不得不任事如故。偏何进为袁绍所逼,入白太后,面请答应下去,于是尽诛中常侍以下。并选三署郎官,监守宦官庐舍;何太后不答一言,进只得退出。有其兄,必有其妹,始终误一疑字。张让、段珪等,见进入宫,早已动疑,潜遣私党蹑踪随入,伏壁听着,具闻何进语言,当即返告让、珪,让、珪遂悄悄定计,又令私党数十人,各怀利刃,分伏嘉德殿门外,且诈传太后诏命,召进议事;进还道太后依议,贸然竟往,甫入殿门,已由张让等待着,指进发言道:"天下扰扰,责在将军,怎得尽归罪我侪?

第六十五回　元舅召兵泄谋被害　权阉伏罪奉驾言归

从前王美人暴殁,先帝与太后不协,几致废立,我等涕泣解救,各出家财千万为礼,和悦上意始得挽回;事见前文。今将军不忆前情,反欲将我等种类,悉数诛灭,岂非太甚?现在我等也不能再顾将军,赌个死活罢了!"无瑕者,乃可戮人,进亦太不自思。进无言可对,瞿然惊起,离座欲出,让哪里还肯放过?招呼伏甲,汹汹直上,尚方监渠穆,拔刀争先,奋力砍进,进手无寸铁,如何招架,竟被渠穆砍倒地上,再是一刀,枭落首级。自寻死路,怎得不死?段珪就擅写诏敕,命故太尉樊陵为司隶校尉,少府许相为河南尹,罢去袁绍、王允两人;这伪诏颁示尚书,各尚书不免生疑。卢植与进有旧,更为惊愕,急至宫门外探信,且请大将军出宫共议,不料宫内有人大呼道:"何进谋反,已经伏诛!"声才传出,即掷出一个鲜血淋淋的头颅,植慌忙审视,正是进首,当即俯首拾起,驰入大将军营中,取示将士,将吏吴匡、张璋,且悲且愤,挥兵直指南宫;就是袁绍亦已闻变,立遣从弟虎贲中郎将袁术,往助吴匡、张璋。宫门尽闭,由中黄门持械守阁,严拒外兵,袁术等在外叫骂,迫令宫中交出张让等人,好多时不见影响,天已垂暮,索性在青琐门外,放起火来,火势猛烈,照彻宫中。张让等也觉惊心,入白太后,只言大将军部兵叛乱,焚烧宫门,太后尚未知进死,惊惶失措,当被让等掖住太后,并劫少帝陈留王,及宫省侍臣,从复道往走北宫。

尚书卢植,早已料到此着,擐甲执戈,在阁道窗下守候,遥见段珪等拥逼太后,首先入阁,便厉声呼道:"珪等逆贼,既害死大将军,还敢劫住太后么?"珪乃将太后放松,太后急不择路,就从窗外跳出,植急忙救护,幸得免伤。始终难免一死,何如死在此时?是时袁术、吴匡、张璋等,已攻入南宫,搜诛阉竖,止得小太监数名,杀死了事,独未见常侍黄门等人。适值袁绍趋至,术等具述情形,绍即与语道:"逆阉虽众,今日已无生路,逃将何往?惟樊陵、许相两人,甘为逆党,不可不除!"说着,即矫诏召入樊陵、许相,一并处斩,可巧车骑将军何苗,也闻警驰来,绍即与潜赴北宫,行抵朱雀阙下,兜头碰见中常侍赵忠,立由绍麾众拿下;忠自北宫前来探视,冤冤相凑,被绍拘住,自然叱令枭首。忠见何苗在旁,还想求救,凄声呼语道:"车骑忍见死不救么?"苗虽未答说,却已侧目向绍,似有欲言不言的苦衷,无非为他平日馈遗。待至忠首砍落,更不禁露出惨容。吴匡等素怨何苗不与乃兄同心,且见他形色惨沮,越觉可疑,遂传语部兵道:"车骑与杀大将军,吏士能为大将军报仇否?"道言未绝,众皆应命,当即把苗抓去,砍作两段,弃尸苑中。兄弟同死,可谓两难?绍尚想拦阻,已是不及,乃引众突入北宫,关住大门,分头搜寻阉党,见一个,杀一个,见十个,杀十个,无论老少长幼,但看他颔下无须,尽行杀毙,接连杀至三千余人;有几个本非宦官,只因年轻须少,也被误杀,同做刀下鬼奴。想是与阉党同命,应该同日致死。只张让、段珪诸权阉,尚未伏诛,料他伏处内宫,守住太后少帝陈留王,于是引兵再进，深入搜查；惟何太后孑身留着，余皆不见，至问及太后，太后亦不甚明悉，但言尚书卢植，救我至此，卢尚书向我说明，皇帝兄弟，被张让等劫出宫外，不知何往，现卢尚书已保驾去了。绍乃仍请何太后摄政，并派官吏往追少帝陈留王。究竟少帝陈留王两人，被张让等劫往何方？原来张让、段珪，因外兵已入北宫，势难再留，乃与残兵数人，劫迫少帝兄弟，步出北门，夜走小平津；公卿无一相从，连传国玺都不及携取。到了夜半，才由尚书卢植，及河南中部掾闵贡，相继赶来，贡手下带得步卒数人，既谒过少帝兄弟，便叱责张让、段珪道："乱臣贼子，尚想逃生，我今日却不便饶汝了！"说着，即拔剑出鞘，信手乱挥，劈倒了几个阉奴；独张让、段珪，陪立少帝左右，急切无从下手，因用剑锋指示，勒令自杀；让与珪无力抗拒，没奈何向帝下跪，叩首泣辞道："臣等死了，愿陛下自爱！"语罢起身，见前面便是津涯，因急走数步，一跃入水，随波漂去。这真叫做浊流了。

　　贡见让、珪等皆死，乃与卢植扶住少帝兄弟，觅路趋归。少帝与陈留王向在宫中抚养，年龄尚稚，从未走过夜路，并且满地荆棘，七高八低，天色又黑暗得很，虽是有人扶着，尚觉得步步为难；幸有流萤三五成群，透出微光，飞到身旁，好似前来导引，因此尚见路影，踯躅南行。约走数里，路旁始有民家，门外置有板车，下有轮轴，闵贡瞧着，便令随卒取车过来，也无暇敲门问主，就请少帝兄弟，并坐车上，由步卒在后推轮，慢慢儿行到雒驿，听得驿中柝声，已转五更，天空中雾露迷蒙，少帝等又皆困倦，料难再行，才就驿舍中留宿。俄顷便已天明，卢植先起，面白少帝，愿赴召公卿，来此迎驾，少帝当然依议，植即辞去。闵贡以驿舍不便久留，也即动身，驿舍中只有两马，一马请少帝独坐，贡与陈留王共坐一马，出舍南驰；方有朝中公卿，陆续趋到，扈驾同趋。经过北邙山下，忽见旌旗蔽日，尘土冲天，有一大队人马到来，截住途中，百官统皆失色，少帝辩更觉惊慌，吓得涕泪交流，不知所措。惊弓之鸟。嗣见旌旗开处，突出一员大将，眉粗眼大，腰壮体肥，穿着满身甲胄，径至驾前，群臣惊顾，并非别人，乃是前将军董卓，稍稍放心。慢着。卓本在夕阳亭候命，经袁绍伪书敦促，因引兵再进，至显阳苑，望见都中火起，料有急变，便夤夜趱程，驰抵都城西偏，天已破晓，探悉公卿前去迎驾，因亦移兵北向，往迓少帝；可巧在北邙山前相遇，就跃马进谒。陈留王见帝有惧色，传诏止卓，当由侍臣向前，高声语卓道："有诏止兵！"卓张目道："诸公为国大臣，不能匡正王室，至使乘舆摇荡，卓前来迎驾，并非造反，为什么反要禁阻呢？"侍臣无语可驳，乃引卓谒帝。帝惊魂未定，好似口吃一般，不能详言，还是陈留王从容代达，抚慰以外，并略述祸乱原因，自始至终，无一失言。小时了了，大未必佳。卓暗暗称奇，隐思废立，面上尚不露声色，即请御驾还宫。先是京师有童谣云："侯非侯，王非王，千乘万骑上北邙。"至是果验。及少帝还宫后,即日颁诏,大赦天下,改光熹年号为昭宁,只传国玺已经失去,查无下落。汉已垂危,还要甚么传国玺?

骑都尉鲍信,前奉何进差遣,从泰山募兵还都;既见时局大变,就往白袁绍道:"董卓拥兵入都,必有异志,今不早图,必为所制,可乘他新至疲劳,乘隙捕诛,除去此獠,国家方有宁日呢!"绍惮卓多兵,且因国家新定,未敢遽发,免不得语下沉吟,信长叹数声,拱手告退,仍引还所招新兵,弃官归里。小子有诗咏鲍信道:

良谋不用便还乡,智士见机幸免殃。
若使后来常匿采,沙场未必致身亡。
鲍信战死兖州,事见后文。

袁绍不敢诛卓,卓遂肆行无忌,欲逞异图。究竟卓如何横行,待至下回再表。

何进之谋诛宦官,反为所害,其事与窦武相同,而情迹少异。武之失,在于轻视宦官;进之失,则又在重视宦官。轻视宦官,故有临事出阁之疏,为人所制而不之觉;重视宦官,故有驰檄召兵之误,被人暗算而不之防,要之皆才略不足,优柔寡断之所致耳。且与武同谋者为陈蕃。蕃以文臣而致败,败在迂拘;与进同谋者为袁绍,绍以武臣而致败,败在粗豪。然蕃死而绍不死,卒得歼灭阉竖二千人,此由若辈恶贯已盈,必尽歼乃可以彰天罚,天始假手绍等,使之屠戮,非真视蕃为少优也。况引狼入室,绍实主谋,鲍信进诛卓之方,犹不失为中计,而绍又不能信从;绍非特害进,并且覆汉,其罪亦弥甚矣!若太后少帝及陈留王,被劫宦官,几濒于死,妇人小子,知识愚蒙,任人播弄,尚不足怪焉。

第六十六回　逞奸谋擅权易主
　　　　　　讨逆贼歃血同盟

却说董卓引兵入都,步骑不过三千人,自恐兵少势孤,不足服众,遂想出一法,往往当夜静时,发兵潜出,待至诘旦,复大张旗鼓,趋入营中,伪言西兵复至,都中人士,竟被瞒过,还道日夜增兵,不知多少。既而何进兄弟所领部曲,均为卓所招徕,卓势益盛。武猛都尉丁原,表字建阳,有勇善射,何进曾令他屯兵河内,威吓宫廷;见前文。及众阉伏诛,少帝还驾,乃征原为执金吾。原麾下有一主簿，少年英武，力敌万人，姓吕名布，字奉先，籍隶九原，为原所爱，待遇极优。卓欲笼络吕布，特遣心腹吏李肃，与布结交，赠他名马一匹，叫作赤兔，浑身如火，每日能行千里，此外尚有许多珍宝，作为送礼，引得布心花怒开，非常感激。肃却说出一种交换条件，叫他刺杀丁原，转投董卓。可恶。布竟为财物所卖，不管甚么主仆情义，觑个空隙，将原刺死，携首送入卓营。卓盛筵相待，备极殷勤，面许布为骑都尉，布大喜过望，屈膝下拜，愿认卓为义父。主仆不可恃，父子果可恃么？卓复取出金帛若干，令布招诱丁原旧部，尽归麾下；因此卓声焰益横。会天雨不止，卓讽有司上奏，劾免司空刘弘，即由自己代任；又闻得蔡邕才名，征令入都。邕为中常侍程璜所谮，流戍朔方，嗣遇赦得还，尚恐不免，亡命江湖十二年，取柯亭竹为笛，得焦尾桐为琴，徜徉山水，倒也放浪自由；偏董卓派吏征召，与邕相遇，迫令就道，邕称疾不赴。卓得吏返报，不禁大怒道："我力能诛人家族，蔡邕敢违我命，是自寻灭门大祸，休想再逃！"说着，又檄令州郡召邕，即日诣府，否则逮狱问罪。邕不得已入都见卓，卓使为祭酒，敬礼有加，阅日迁官侍御史，又阅日转补侍书御史，又阅日擢拜尚书，三日间周历三台，荣宠的了不得。旋有诏出邕为巴郡太守，复由卓留为侍中。卓已得握大权，遂有心废立，自思袁氏四世三公，可倚为党援，压服人心，因擢举前司徒袁隗为太傅，且召司隶校尉袁绍，婉颜与语道："今上冲暗，不合为万乘主，每念灵帝昏庸，令人愤喟；今陈留王年虽较稚，智却过兄，我意欲立他为帝，卿意以为何如？"绍直答道："汉家君临天下，垂四百年，恩泽深厚，兆民仰戴；今上尚值冲年，未有大过宣闻天下，公欲废嫡立庶，恐众心未服，还请三思！"卓勃然道："天下事操诸我手，我欲废立，谁敢不从？"绍又答道："朝廷岂无公卿？公亦不宜专断，且绍亦须禀明太傅，方可报命。"卓闻言愈怒，拔剑置案道："竖子敢尔！岂谓董卓刃不利么？"全无大臣体态。绍亦奋然道："天下健夫，岂独董公？"一面说，一面也横引佩刀，作揖而出，匆匆趋至上东门，解去印绶，悬诸门首，当即跨马加鞭，自奔冀州去了。引狼入室，不为狼吞，还是幸事。卓尚不肯罢议，遂召集百僚，会议大事，公卿以下，不敢不至。卓首先开口道："皇帝暗弱，不足奉宗庙，安社稷，今欲仿伊尹、霍光故事，改立陈留王，可么？"大众听了，彼此相觑，莫敢发言。卓又继说道："我闻霍光定策，延年按剑，如有人敢阻大议，应该军法从事！"忽有一人出答道："昔太甲既立不明，伊尹乃放诸桐宫，昌邑王嗣位仅二十七日，罪过千余，故霍光将他废去，改立宣帝；今皇上春秋方富，行未有失，怎得以前事相比呢？"卓不禁大愤，怒目瞋视，乃是尚书卢植，当即拔剑起立，恶狠狠的向植扑去，植离席趋避，百官皆散；卓尚未肯干休，追植出来，旁边走过侍中蔡邕，将卓拦住，劝他息怒；议郎彭伯，亦趋前谏卓道："卢尚书海内大儒，有关人望，若先加害，反使

第六十六回 逞奸谋擅权易主 讨逆贼歃血同盟

天下不安!"卓乃止步不追;惟怒尚未解,趋入朝堂,迫令他尚书草诏,罢免植官。植匆匆出都,恐卓遣人行刺,绕道还乡;果然卓派吏往追,长途未见植踪,方才退归。卓复将废立草议使人持示太傅袁隗,隗不敢反抗,报称如议。九月甲戌日,卓至崇德前殿,会同太傅袁隗等,胁何太后策废少帝,说是皇帝在丧不哀,无人子礼,不宜为君,应该废立,当由太傅袁隗,扶出少帝,解去玺绶,使就北面,何太后为威所迫,未敢发言,只有珠泪两行,滔滔不绝。妇人只此伎俩。哪知董卓厉害得很,不但废去少帝,还要幽禁太后,因复当众宣议道:"太后尝逼死永乐太后,背妇姑礼,无孝顺心;古时伊尹放太甲,霍光废昌邑王,著在典册,后世称扬,今太后宜如太甲,皇帝宜如昌邑,方可上追成宪,下慰舆情!"百官闻言,虽然意中反对,但畏卓凶横,只好唯唯从命。卓即令尚书缮好册文,在朝宣读道:董卓敢颁册文,莫非汉祖宗不成?

　　孝灵皇帝,不究高宗眉寿之祚,早弃臣子,皇帝承绍,海内侧望;而帝天姿轻佻,威仪不恪,在丧慢惰,缞如故焉,凶德既彰,淫秽发闻,损辱神器,忝污宗庙;皇太后教无母仪,统政荒乱,永乐太后暴崩,众论惑焉,三纲之大,天地之纪,而乃有阙,罪之大者。陈留王协,圣德伟茂,规矩邈然,丰下兑上,有尧图之表;居丧哀戚,言不及邪,岐嶷之性,有周成之懿;休声美称,天下所闻,宜承洪业,为万世统,可以承宗庙,兹废皇帝为弘农王,皇太后还政,徙居永安宫;谨奉陈留王为皇帝,应天顺人,以慰臣民之望。

　　尚书读毕,即由卓率领百僚,拥出陈留王协,奉上皇帝玺绶,掖登御座,南面受朝;就是废帝辩,亦使列朝班,以兄拜弟,陈留王协年才九岁,睹此情形,很觉不安,但已为董卓所制,不得不权示镇定,拱手受成,史家称为献帝,就是汉家的末代主儿。当下颁诏大赦,改昭宁元年为永汉元年。少帝于四月嗣位,九月被废,相距仅五月间,改元两次。至献帝既立,又复改元,一岁中有四个年号,也是奇闻。朝贺既毕,献帝还宫,卓即勒令弘农王辩,带同宫妃唐姬,出居外邸;一面迫何太后迁居永安宫。何太后只得迁移,但满腔悲愤,无处发泄,免不得带哭带骂,口口声声,咒诅董卓老贼。亲手铸成大错,骂卓何益?徒自速死。当有人报知董卓,卓派吏赍着鸩酒,至永安宫中,胁令何太后饮下;何太后求生不得,一吸立尽,毒发而亡。你要害死王美人、董太后,自然有此惨报。计自献帝登基,相距不过三日,卓令献帝至奉常亭举哀,公卿但白衣会葬,不成丧礼;惟与灵帝尚得合墓,追谥为灵思皇后。董卓且因永乐太后,与己同姓,力为报怨,既将何太后鸩死,复查得何苗遗骸,已经有人棺殓,索性再令剖发,把尸支解,抛掷道旁;又拘苗母舞阳君,一并处死,裸弃枳棘中,不准收葬。《后汉书·何皇后纪》,舞阳君为乱兵所杀,惟《三国志》及《纪事本末》皆云由卓杀死,今从之。卓自为太尉,奉老母为池阳君,令太尉刘虞为大司马,大中大夫杨彪为司空,进豫州刺史黄琬为司徒;凡公卿以下,至黄门侍郎子弟,各得选一人为郎,服役省禁,补前时宦官遗缺;至若承宣帝命,伺候皇后,专委侍中给事黄门侍郎,分充职使,共计得一十二人。又追理陈蕃、窦武,及诸党人宿冤,悉复爵位,遣使吊祭,擢用子孙。所有宦官家产,一体抄没,纤毫不遗。卓复自封郿侯,加斧钺虎贲;未几又晋位相国,入朝不趋,赞拜不名,剑履上殿。使司徒黄琬为太尉,司空杨彪为司徒,光禄勋荀爽为司空。爽为前当涂长荀淑子,幼年好学,十二岁能通《春秋》、《论语》;至桓帝时,入拜郎中,陈言不用,弃官自去;嗣因钩党狱兴,遁居海上十余年。董卓入朝废立,虽然凶暴,尚欲牢笼物望,要结人心。尚书周毖,城门校尉伍琼,因劝卓力矫前弊,征用天下名士;卓乃命召荀爽及陈纪、即陈实子。韩融、系前嬴县长韩韶子。郑玄、申屠蟠,蟠与玄谢病不至。爽为吏所迫,受命为平原相,行至宛陵,复调回都中,迁官光禄勋,视事只阅三日,即超拜司空。陈纪、韩融,皆不得已就征,纪为侍中,融为大鸿胪。卓又举尚书韩馥为冀州牧,侍中刘岱为兖州刺史,孔伷为豫州刺史,张邈为陈留太守,张咨为南阳太守,数人皆非卓亲旧,得邀简放,总算是推贤进士,冀博美名。惟回忆袁绍抗命,尚有余恨,特悬赏购拿,严令迭下;周毖、伍琼,却与绍为故交,乘间说卓道:"废立大事,原非常人所能为;袁绍不达大体,因惧出奔,并无他志。今若购拿过急,反至激成变乱,袁氏树恩四世,门生故吏,充满天下,万一与公相拒,收豪杰,聚徒众,独霸一方,恐山东非公所有了,不如从宽赦宥,拜为郡守,绍喜得免罪,必且感公,何至再生他变呢?"卓乃拜绍为渤海太守,封邟乡侯,又使袁术为后将军,曹操为骁骑校尉。术终恐罹祸,奔往南阳;操亦不愿事卓,出都东归。罗氏《演义》中有曹操献刀事,史传不载,恐系附会。行至成皋,过故人吕伯奢家,适伯奢外出,家中留有五子,与操素相认识,当然接待,留操食宿;操本是个多心人,夜卧床中,不遑安枕,忽闻宅后有磨刀声,不禁跃起,侧耳细听,又模模糊糊的有快杀两字,更觉动疑,暗想我背卓潜逃,莫非卓已派人到此,叫他杀我? 不如速走为是,当下启扉欲行,偏被吕子闻知,出来挽留,形色似觉慌张,益足令人生怖,于是不问虚实,竟拔出佩刀,劈死吕子;转思一不做,二不休,索性闯入后宅,杀个净尽,吕家未曾防着,见操持刀进来,不及逃避,被操一阵乱斫,除伯奢五子外,又杀死妇女三人;搜至厨下,却见一猪被缚,尚未宰割,才知自己错疑,误杀好人,不由的凄然泪下,嗣又转念道:"宁我负人,毋人负我!"操之奸由此二语。遂掉头不顾,亟夜出奔。道出中牟,正遇亭长巡逻见操夜行带刀,疑为匪类,把他拦住;问讯姓氏,操不肯自说姓名,语多支吾,亭长疑上加疑,便将操执送县

第六十六回　逞奸谋擅权易主　讨逆贼歃血同盟

中。县廨有一功曹，曾与操见过一面，知为乱世英雄，因向县令前代为缓颊，始得释放。罗氏《演义》指县令为陈宫，史无实据，故亦从略。操侥幸脱身，匆匆东去。卓因操不别而行，也曾行文缉拿，但自恃威权，以为无人敢抗，就使操等不服，潜踪自去，也是无关轻重，不足为忧；所以拿获与否，未尝严究。且因得志以后，恋及财色，尝纵兵搜索豪富，见财便取，见色便房，号为搜牢。洛中贵戚甚多，往往积有资财，拥娇妻，蓄美妾，坐享荣华，一经搜牢令下，都害得倾家荡产，连床头的美人儿，也被掠入相国府中，不知生死。董卓在府中坐待，每遇兵士抢掠回来，必亲自查验，最贵的珍宝，输入内藏，最好的妇女，充入下陈；余皆散给将士，令得分尝一脔。也算是与众同乐。卓尚嫌不足，又从宫中取出采女，无论已幸未幸，但教姿色可人，便即牵归；甚至娇娇滴滴的公主，亦被他掠回，每日逼令侍寝，轮流取乐。可怜这妙年女郎，含苞未吐，枉遭那硕大无朋的淫贼，恣情蹂躏，求生不得，求死不能，岂不是无辜招殃么？总是怕死之故。

　　转瞬间已是年暮，有诏除光熹、昭宁、永汉三个年号，仍称中平六年，越年元旦，乃改号初平，百官俱先至相国府贺谒，然后由董卓带领入宫，朝见献帝。及退班散去，卓回至府中，召集一班粉面油头，通宵筵宴，醉赏升平。约莫过了旬余，又要安排元宵灯席，大庆团圆。忽由外面递入警报，乃是关东牧守，合兵声讨，公然要他身家性命，取谢国人；卓也不禁着忙，再令干吏往探消息，原来事起东郡，由太守桥瑁发生。瑁为故太尉桥玄族子，曾为兖州刺史，颇著循声；及调任东郡太守，正值董卓废立，逆恶昭彰，海内豪雄，多欲起兵讨卓，只因先发无人，未敢轻举，瑁有志讨逆，亦恐势孤力弱，不足济事，乃诈作三公密敕，移书州郡，陈卓罪恶，征兵赴难。时冀州牧韩馥，由卓推举，到任数月，探得渤海太守袁绍，日夕募兵，有图卓意，自思渤海隶属冀州，正好遣吏监束，使绍不得妄动，方得报卓知遇；主见已定，偏接到桥瑁移文，展阅一周，又累得满腹狐疑，乃召问诸从事道："今果当助董氏呢？还是助袁氏呢？"语尚未毕，即有治中从事刘子惠，挺身出答道："起兵为国，何论袁董？"两言可决。馥被他提醒，面有惭色，乃致书与绍，听令起兵。绍得韩馥赞成，越加胆壮，遂派使四出，约同举义。东郡太守桥瑁，与冀州牧韩馥，当然如约。绍从弟后将军袁术，山阳太守袁遗，也即响应；还有豫州刺史孔伷，兖州刺史刘岱，陈留太守张邈，广陵太守张超，河内太守王匡，均复书答绍，同时并举。前典军校尉曹操，逃归陈留，散家财，募义徒，为讨卓计，又得孝廉卫兹，出资帮助，集成了五千人，一闻袁绍起事，即率兵往会。就是前骑都尉鲍信，引兵返里，并未遣散，反多招了万余名，合得步兵二万，骑兵七百，辎重五千余乘，与弟鲍韬督练成军，援应各州郡义师。袁绍引军至河内，与王匡合兵；韩馥留驻邺城，督运军粮；袁术屯鲁阳，余军屯集酸枣，设坛祭天，歃血为盟。各牧守互相推让，莫敢先登，突有广陵郡功曹臧洪撩衣登坛，操盘歃血，当即向众宣言道：

　　汉室不幸，皇纲失统；贼臣董卓，乘衅纵害，祸加至尊，虐流百姓，大惧沦丧社稷，翦复四海。今由渤海太守袁绍等，纠合义兵，并赴国难，凡我同盟，齐心戮力，以致臣节；陨首丧元，必无二志。有渝此盟，俾坠其命，无克遗育，皇天后土，祖宗明灵，实共鉴之！

　　洪字子原，系广陵人，为故匈奴中郎将臧旻子，前曾举孝廉为郎，因乱弃官，还隐家中；太守张超，延为功曹，起兵向义，实由洪怂恿出来。洪身长八尺，状貌魁梧，声如闳钟，当登坛宣众时，说得慷慨激昂，声泪俱下，大众听了，无不动容。歃血既毕，遂由各牧守推选盟主，群言袁绍四世三公，应为领袖；绍辞让至再，经大众合词要求，然后应允。徒以门生推举，未免失真。绍自号车骑将军，领司隶校尉，使曹操行奋武将军，一面传檄天下，历数董卓罪恶，杀有余辜。于是长沙太守孙坚，承檄起兵，袭杀荆州刺史王睿，直指南阳；前西园假司马张杨，回籍募兵，道经上党，接得绍檄，也即在上党发难，纠合义徒数千人，进趋河内。共计讨卓人马，先后得十有四路，陆续会集，伐鼓渊渊，振旅阗阗，也好算得一场豪举了。反衬下文。小子有诗叹道：

　　　　仗义联盟德不孤，为王讨逆效前驱。
　　　　当年若果同心力，元恶何忧不立诛？

　　既而檄文传入京师，连董卓亦得瞧着，卓又惊又愤，复想出一条逆谋，嘱使郎中令李儒照行。欲知他如何行逆，下回再当说明。

　　少帝之废，谁致之？何太后致之也！何太后以屠家女，得为国母可称万幸，假令知足不辱，谦尊而光，则衅隙无自而生，祸难即可不作；何至母子兄弟，同归于尽，而国祚且为之阴移欤？夫惟其鸩死王美人，逼死董太后，念念为嗣子计，又念念为母族计，而后苍苍者乃嫉恶之。千里草，何青青？正天之巧为驱集，所以死悍后而彰恶报也。董卓为汉末乱贼，人人得而诛之；关东各路之兴师，名正言顺，谁曰不宜？独惜各牧守有讨贼之举，而无讨贼之才；且推袁绍为牛耳长，使主齐盟，绍固一引卓祸汉者，奈之何以门望相推也？当时之智勇较优，厥惟曹操、孙坚二人，然观于后来，皆非汉家柱石，韩馥以下无讥焉。罗氏《演义》，乃更以孔融、陶谦、马腾、公孙瓒羼入之，四子并未讨卓，安能与列？虽曰小说，亦不应穿凿失真，一至于此也。

第六十七回　议迁都董卓营私
遇强敌曹操中箭

却说郎中令李儒,受了董卓的密嘱,依言行事。看官道是何谋?原来卓因关东兵起,檄文指斥罪恶,第一件便是废去少帝。暗思少帝虽已废为弘农王,但尚留居京邸,终为后患,不如斩草除根,杀死了他,免得他虑;乃嘱李儒往鸩弘农王。儒即携鸩酒至弘农王邸中,托词上寿,举酒献王道:"请饮此酒,可以辟邪!"弘农王摇手道:"我无疾,何须饮此酒?想是汝来毒我呢!"儒逼令取饮,弘农王皱眉不答,儒竟张目道:"董相国有令,怎得不从?就使不饮此酒,难道还想延年么?"为虎作伥,可恨可杀。时王妃唐姬在侧,情愿代饮,儒又叱道:"相国并不令汝死,怎得相代?"弘农王自知难免,遂与唐姬永诀,涕泣作歌道:

> 天道易兮我何艰?弃万乘兮退守藩!逆臣见迫兮命难延,逝将去汝兮适幽玄!

歌罢,且令唐姬起舞。唐姬且舞且泣,且泣且歌道:

> 皇天崩兮后土颓,身为帝兮命夭摧;死生路异兮从此乖,奈我茕独兮心中哀!

弘农王闻歌悲咽,相向失声。李儒在旁催逼道:"相国立等回报,岂一哭便能了事么?"弘农王乃取过鸩酒顾语唐姬道:"卿为王妃,不能再为吏民妻,幸此后自爱!"唐姬泣不能仰,弘农王已将鸩酒饮下,须臾毒发,晕死地上,年只一十五岁。或云十八岁。李儒见王已死,当即返报董卓。唐姬抚尸枕股,大哭一场,待至棺殓粗毕,复有吏人前来,迫姬出邸,姬对柩拜别,归赴颍川母家。父瑁曾为会稽太守,见女青年守嫠,意欲改嫁,姬矢志靡他,因听令居住,后文慢表。

且说董卓既鸩死弘农王,乃召百僚会议,欲大发兵马,出击关东各路义师。突有一人插嘴道:"为政在德不在众!"卓才听得一语,便怒目注视,见是尚书郑泰,便叱问道:"如卿所言,兵果无用么?"泰答说道:"泰非谓兵可勿用,但以为山东诸牧守,虽然发难,不必烦劳大兵。试想光武以来,中国无警,百姓安逸,忘战日久。仲尼有言:'不教民战,是谓弃之。'今山东州郡连结,看似强盛,实皆乌合,不能为害,这是第一件不烦大兵;明公起自西州,出为国将，练习兵事，屡践战场，名振当世，人怀慑服，这是第二件不烦大兵；袁本初绍字本初。系公卿子弟，生长京师，张孟卓邈字孟卓。乃东平长者，坐不窥堂，孔公绪徒清谈高论，吹枯嘘生，并无甚么韬略，足为公敌，这是第三件不烦大兵；山东将士，素少精悍，勇不若孟贲，捷不若庆忌，但教偏师一出，即可成功，这是第四件不烦大兵；就使果有健将，也是尊卑无序，王命不加，徒然恃众怙力，星分棋峙，胜不相让，败不相救，怎肯同心共胆，持久不敝？这是第五件不烦大兵；泰虽诡词对卓，但此条实为泰所料，不幸多言而中。关西诸军，夙习兵事，近来又屡与羌斗，妇女尚能戴戟操矛，张弓发矢，况为勇夫壮士，使当关东散卒，定可全胜，这是第六件不烦大兵；现在天下所畏，无过并凉人及羌胡义从，公得收作爪牙，遣使拒敌，譬如驱虎赴羊，一可当百，何庸多兵自扰？这是第七件不烦大兵；且明公将吏，统是干城腹心，周旋日久，恩信相结，忠诚可任，智谋可恃，少许足胜人多许，这是第八件不烦大兵；泰闻战有三亡，以乱攻理者亡，以邪攻正者亡，以逆攻顺者亡，今明公秉国平正，讨灭阉竖，忠义卓著，有此三德，待彼三亡，奉辞伐罪，何人敢当？这是第九件不烦大兵；东州郑玄，学赅古今，北海邴原，清高直亮，众望所归，足为儒生矜式，彼诸将若就询计划，非不可虑，但燕赵六国，终为秦灭，吴、楚七国，卒败荥阳，成败利害，凭诸理势，如郑玄邴原诸人，怎肯赞成逆谋，造乱长寇？这是第十件不烦大兵。明公若因刍议所陈，稍有可采，正不必四出征发，惊动天下；否则弃德恃众，反损威望，非徒无益，反且有害呢！"这一番话，说得董卓呵呵大笑，满口夸奖道："公业泰字公业。真不愧智士呢！"遂面授泰为将军，使统诸军，出击关东，泰也觉暗喜，拜谢而出。

看官阅过前文，应知郑泰已经归里，为何又出任尚书？回应前文。原来董卓搜罗名士，征泰入朝，泰不得已，应召而至，受职尚书。他见卓凶横不道，也想设法除奸，一时无从下手，巧遇关东兵起，乐得乘间进言，好教卓倚作股肱，可以联络外人，暗中摆布。及卓使为将军，正中心坎，当即部署兵马，即拟起行；谁知有人窥透泰意，向卓效忠道："郑公业智略过人，尝思结谋外寇，今反资以兵甲，令就党与，窃为明公担忧呢！"卓乃止泰出兵，留为议郎，嗣是格外加防，特擢义子吕布为中郎将，侍卫左右，行止不离。难道就靠得住么？侍御史扰龙宗，诣卓白事，未解佩剑，即由卓叱他无礼，呼布击死。越骑校尉伍孚，代为不平，尝在朝服内，披着小铠，怀着利刃，意欲伺便刺卓。一日入阁启事，交代明白，便即辞出；卓因孚素有重望，特别敬礼，起送数步，孚见卓亲身相送，还道命该断绝，就故意回头拦阻，乘隙取出藏刀，向卓砍去；卓眼明手快，立即侧身闪过，再仗着两臂气力，牵住孚腕，不使再动；那吕布早已瞧着，抢前救卓，将孚揪倒地上。卓怒问道："谁教汝反？"孚亦回詈道："汝非我君，我非汝臣,有什么反不反呢？汝乱国弑主,罪大恶极,天下孰不想食汝肉,寝汝皮！今日是我死日,故来诛汝。可惜可恨,不能磔汝市朝,以谢天下！"卓闻言益怒,立命将孚牵出,置诸极刑。或说即伍琼,但史称琼与周慈同死,当是两人。孚既杀死,警报日急,不但关东军事,日有所闻；还有白波贼帅郭太,连年骚扰,聚众至十余万,寇太原,破河东,气焰甚盛。白波贼见前文。卓亟遣女夫中郎将牛辅往讨白波贼,另派中郎将徐荣等,带领重兵,出屯近畿,阻遏关东各路人马。会都中有童谣云："西头一个汉,东头一个汉,鹿走入长安,方可无斯难。"卓偶有所闻,证诸图谶,亦是汉运将终,因即思迁都长安,借避兵锋。当下与公卿商议,公卿等皆不欲西迁,只是惮卓凶威,未敢反抗,大都默默无言。时车骑将军朱儁,方为河南尹,卓因儁多年宿将,外示亲昵,阴实嫉忌,恐他交通关东,乃表迁儁为太仆,使副相国,即日派出朝使,赍诏召儁。儁辞不肯受,且语朝使道："国家西迁,必辜民望,且反足示弱,使关东益张声势,殊属非宜。"朝使诘问道："召君受拜,君乃谢绝,不问迁都事宜,君偏龂龂有词,这是何故？"儁答说道："臣本不才,怎堪为相国副手？若迁都计议,须公诸舆论,何妨直言？"朝使又问道："迁都尚未决定,事不外闻,君果从何处得来？"儁微笑道："董相国已商诸公卿,且与臣亦曾说过,所以得闻。"朝使不能再诘,乃返报董卓,取消太仆成命。卓复大集百僚,再议迁都事宜,太尉黄琬,司徒杨彪,司空荀爽等,并皆列席,卓先倡议道："昔高祖都关中,计十有一世,及光武帝都洛阳,至今也十有一世；我看天运循环,应仍还都长安,方为适宜。"大众仍面面相觑,莫敢发言。惟司徒杨彪起语道："移都改制,事关重大,即如盘庚迁亳,实避河患,殷民尚且胥怨,必待再三晓谕,始无异辞；今无故迁都,必致百姓惊动,糜沸蚁聚,反且增忧,不如仍旧为是！"卓驳说道："石苞室谶,曾云汉终十一帝,若非速迁,难道就此罢休么？"彪复说道："石苞谶语,多属邪言,不可凭信,况关中经王莽祸乱,未曾修复,所以光武帝改都洛邑,今历年已久,百姓安乐,何必迁乔入谷,自蹈危机？"卓作色道："关中物产丰饶,形势利便,故秦得并吞六国；若因宫阙残破,陇右材木甚多,运输最便,杜陵南山下,有瓦窑数千处,并工营造,指日可成,百姓何足与议？尽管西迁便了！"彪又说道："关东方起乱兵,若闻我迁都,必更西进,不可不防！"卓狞笑道："这更可无虑了！我既迁居长安,居高临下,势若建瓴,且有陇西劲旅,驱逐乱众,可令他出沧海之外,请君不必劳心！"彪尚将易动难安,宁逸毋劳,絮絮的说了数语,惹得董卓性起,扬眉张须道："公欲阻挠大计么？"太尉黄琬从旁婉劝道："这系国家大事,杨公所言,未始无见,还请三思！"卓斜目视琬,忿然不答。司空荀爽,见卓声色逼人,恐害及彪等,乃从容进言道："相国本意,想亦不愿多劳,无非因山东兵起,未可立平,所以迁地为良,据关自固,这也是秦汉开国的至计呢！"

聊为解嘲。卓听得此说,意乃少解,面色渐平。黄琬、杨彪、荀爽等,也即退出。卓竟借灾异为名,奏免黄琬、杨彪二人,另进光禄勋赵谦为太尉,太仆王允为司徒。适尚书周毖,与城门校尉伍琼,同至卓前,谏阻迁都,卓并不一睬,二人又复力谏。卓不觉触起前恨,拍案痛叱道:"卓入朝时,二君劝用善言,故卓辄依议;今韩馥等受官赴任,反举兵图卓;袁绍为二君所保荐,今且为戎首,若再听二君计议,恐卓命要从此断送了!卓不负二君,二君负卓太甚!"说至此,竟翻转脸皮,叱令左右牵出两人,同时斩首。二人虽是枉死,不得与伍孚并论。复使司隶校尉宣璠,率领吏士,往杀太傅袁隗,及太仆袁基;系袁术兄。所有两家眷属,无论男女老小,全体骈戮,共死五十余人,把一大堆尸骸,载至春城门外,同埋一穴。黄琬、杨彪,尚留寓都中,只恐连坐被诛,慌忙至相国府中,自谢前时失言;卓嘉他悔过,复表琬、彪为光禄大夫。琬为黄琼孙,彪为杨震曾孙,畏死媚贼,俱未免有愧祖风。

随即决计西迁,先使文武百官,扈跸出都,再驱洛阳人民数百万口,尽徙长安;宫廷内外,没一人情愿西行,只为董卓所迫,不敢不草草整装,准备起程。哪知董卓凶恶得很,严定限期,不准挨延时日,豪家富室,总有若干财产,匆匆不及安排,吁请宽限,卓却斥他违命不道,派吏收捕,斩首示威,并将财产籍没,充作军糈。可怜官民人等,弃其田园庐舍,只带得些须细软物件,扶老携幼,仓皇就道;随着献帝车驾,陆续前行,途中步骑驱蹙,更相践踏,再经道旁盗窃乘隙偷夺,无论贫富贵贱,都害得颠沛流离,饥苦冻馁,甚至饿莩载道,暴骨盈途。谁为为之?孰令致之?卓尚拥着兵马,屯驻洛阳笔圭苑中,饬令军士纵火,尽毁宫庙民庐,二百里内,统成赤地,鸡犬不留。于己无益,何苦为此?又使吕布发掘诸陵,及公卿以下坟墓,收取珍宝,充入私囊。难道自己好长生不老,受享终身?一面再遣将士,出击关东诸军。会闻河内太守王匡,进兵河阳津,窥取洛阳;卓用疑兵前往挑战,潜使锐卒从小平津偷渡,绕出匡军背后,前后夹攻,大破匡军,拿住许多军士,各将布帛缠束,外用膏油浇灌,然后引火焚身,从下至上,好多时才得烧死,号声震地,臭气熏天,真是耳不忍闻,目不忍睹。那王匡败还河内,报知袁绍,绍正得悉隗基族灭,很是悲愤,檄令各军猛进,不料匡军败还,各路夺气,连袁绍也不胜彷徨。本初原是无能。奋武将军曹操宣言道:"举义兵,诛暴乱,大众已合,还有何疑?设使董卓挟持天子,据守旧京,东向以临天下,虽无道横行,尚足为患,今乃焚烧宫阙,劫迁车驾,海内震动,不知所归,这真是天怒人怨,诛锄首恶的时机。若能并力西讨,一战就可平定了!"到底还是曹阿瞒。各军帅皆虎头蛇尾,莫敢先进,绍亦逡巡不发。国仇家怨,不思急报,做甚么盟主?只陈留孝廉卫兹,本来与操同志,至此亦欲与操同行,商诸太守张邈,得兵数千,愿为操助。操毅然独进,自率部曲为先锋,

第六十七回　议迁都董卓营私　遇强敌曹操中箭

使卫兹为后进，经成皋，达荥阳，一路顺风，所向披靡。董卓闻操为先锋，西向进兵，沿途连破数垒，劲气直达，不由的惶急起来，暗想关东人马，不下数十万，若随操继进，人多势盛，如何抵敌？不若用缓兵计，使人修和，乃遣大鸿胪韩融，少府阴循，执金吾胡母班，将作大匠吴循，越骑校尉王瑰，东出宣慰，劝令罢兵。袁绍等当然不从，拘戮胡母班、吴循、王瑰，袁术亦执杀阴循，惟韩融素有名德，释令西归。卓闻报大怒，飞饬中郎将徐荣，扼住汴水，不准放过关东一卒；又拨锐兵助荣。荣奉卓命，在汴水旁严行防守，可巧曹操驰至，即开营搦战，两军对阵，荣兵比操兵约多数倍，操兵突遇劲敌，一见便惊，各有退志，还是操慷慨誓师，引兵突出，与荣大战一场，自午前杀至日昃，兀自支撑得住。荣见部兵战操不下，抽出锐骑，专攻操阵中坚，又使余众开张两翼，包围操军。操军已经战乏，禁不住荣军围裹，只好各顾生命，分头乱跑；惟有几个曹氏亲将，如曹仁、曹洪、夏侯惇、夏侯渊等，还算保住曹操，舍命冲突。操料不能支，拍马返奔，偏后面追军，喊杀不绝，天时又至昏暮，路黑难行，正在危急万分的时候，猛听得弓弦声响，连忙闪避，已是不及，项下已中了一箭，接连又是一声，马随声倒，把操倾翻地上；当有敌兵数人，竟来杀操。亏得曹洪驰至，抢刀赶散，复一跃下马，将操扶起，拔镞裹疮，掖令坐上己马，自愿步行。操顾洪道："我弟岂可无马？倘或追兵到来，如何厮杀！"洪应声道："天下可无洪，不可无公！"从兄弟尚且如此，同胞当如何？操正在叹息，后面喊声复至，乃加鞭急走；行约里许，前面忽火炬通明，又有一军趋至，操与洪俱不胜惊忙，及仔细审视，乃是后军卫兹，方才放心。兹到了操前，见操狼狈得很，也不暇多说，拥操回马，连夜趋还酸枣。酸枣屯兵，共有数路，差不多有十数万人，张邈、刘岱、桥瑁、袁遗诸太守，均按兵不动，镇日里置酒高会，快活消遣。操目睹情形，向众愤语道："诸公在此屯留，莫非待贼坐毙不成？如肯听我计，最好请袁本初引河内众士，移至孟津酸枣间，诸公分守成皋，据敖仓，塞轘辕大谷，制贼死命；再使袁公路术字公路。率南阳兵甲，攻入武关，耀威三辅，然后可深沟高垒，勿与彼战，但用疑兵左出右入，使彼自相惊乱，必亡无疑；今兵以义动，专在此徘徊观望，惹人耻笑，窃为诸公不取哩！"张邈等微哂道："孟德新败，锐气方挫，只好休养数日，再作良图。"全然不关痛痒。操闻言益愤，掉头径出，自与曹洪、夏侯惇等，东赴扬州，进见刺史陈温，及丹阳太守周昕，勉以忠义，共讨董卓。二人亦庸碌无奇，只因碍着情面，拨给兵士四千人。操乃还至龙亢，夜宿帐中，忽帐外哗声四起，急忙起视，但见烟尘缭乱，火势炎炎，一时不暇细问，想必是营兵谋变，当下拔剑在手，冲将出去，砍倒了十数人；可巧曹洪、夏侯惇等亦执械进护，才得将乱兵驱散，扑灭余火。彻底调查，只有五百人不动，由操用言奖勉，乘夜起行；沿途复招得壮士千余人，仍至河内。闻得刘岱、桥瑁,互相仇杀,瑁竟被岱刺死,改任王肱为东郡太守,操不禁嗟叹道:"逆恶未除,先自推刃,如何得成事呢?"

好容易过了残年,关东诸将,发生一种议论,要推立幽州牧刘虞为帝,虞为汉室支裔,已见前文,自莅任幽州后,招携怀远,课农劝耕,开上谷胡市,通渔阳盐铁,民安物阜,颇称小康。青、徐士庶,避难归虞,约有百万余口,经虞收视抚恤,各得重生,董卓尝拜虞为大司马,且进加太傅,只因道路梗塞,使命难通,所以虞仍守原任,安镇一方。关东牧守,因闻洛都西迁,天子幼冲,未卜存亡,乃拟奉虞为主。袁绍却也乐从,转询曹操,操慨然道:"我等举兵西向,远近莫不响应,无非因师出有名,乃得致此;今幼主微弱,受制贼臣,非有昌邑亡国之罪孽,乃一旦改易,是我等亦将为董贼了!诸君如欲北面,我却仍然西向,不改初心。"说得袁绍哑口无言,再使人致书袁术,术答书不从。看官阅此,几疑袁术曹操,宗旨相同,其实术已阴图自立,操尚有志效忠,试阅后文,自见分晓。小子有诗叹道:

谋国只应定一尊,如何横议欲分门?
袁曹抗辩非无理,心迹犹难共比论。

究竟袁绍等曾否立虞,待至下回再详。

山东兵起,董卓遣将出御,未闻败衄,而忽议西迁,意者其即由贼胆心虚,有以慑其魄而夺其气欤?然于伍孚行刺,则杀之;于周毖、伍琼之进谏,则亦杀之;于袁隗、袁基之有关绍、术,则又杀之;穷凶极恶,何其残忍乃尔?且屠戮富人,焚毁宫室,二百里内,不留鸡犬,虽如秦政、项羽立暴虐,亦未有过于是者。诚使袁绍等同心戮力,联镳西进,则以顺攻逆,何患不胜?乃貌若相合,心实相离,口血未干,私争已启,徒赖一气盛言宜之曹操,亦何能济?汴水之败,非操之罪,乃诸牧守之罪耳?寡不可敌众,弱不可敌强,愚夫犹且知之,且牧守逗留不进,任令操之孤军深入,不败何待?操虽败犹奋,尚欲募兵再往,此时之曹阿瞒,固不可骤然加责也。若袁绍诸人,其固所谓尸居余气者乎?

第六十八回　入洛阳观光得玺
　　　　　　出磐河构怨兴兵

却说袁绍等欲推戴刘虞,虽经曹操、袁术二人梗议,但尚未肯罢休,即遣故乐浪太守张岐,赍书至幽州劝进。虞厉声叱责道:"今天下崩乱,主上蒙尘,

第六十八回　入洛阳观光得玺　出磐河构怨兴兵

我受国厚恩,恨未能扫清国耻,诸君各据州郡,正宜戮力王室,同诛首恶,奈何反造作逆谋,来相垢污呢?"说着,便掷还来书,拒绝张岐。岐扫兴还报,袁绍、韩馥再遣使诣幽州,请虞领尚书事,承制封拜;虞复不听,并将使人斩首,杀使亦未免过甚。于是众议乃息。但袁绍等始终不进,渐至兵疲粮尽,陆续解散。独长沙太守孙坚,豪气逼人,自荆州至南阳,有众数万,向太守张咨借粮,咨不肯发给。坚即假称急病,愿将部众交咨接管,咨也恐有诈,率五六百骑至坚营,坚令部将佯与周旋,自从后帐突出,直至咨前,举剑一挥,剁落咨首;咨部下五六百人,无不股栗,情愿投诚。坚至城内取得军粮,即转赴鲁阳城,与袁术相见,术表坚行破虏将军,领豫州刺史;坚乃向术约定,自往冲锋,由术输粮接济,当下引兵急进,所向无前。董卓闻报,忙调中郎将徐荣,截击坚军;荣素有勇略,先引轻骑驰抵梁县,令大队从后继进。坚方屯兵梁东,探得荣兵不多,未以为意;谁知到了夜间,营外火起,竟有敌兵前来劫营。坚也曾防着,一闻有变,便披挂上马,引众出战,既至营外,从火光中望将过去,但见四面八方,统是敌军旗号,也不禁暗暗生惊,自思营垒已陷入围中,万难保守,不如令部兵各自为战,得能杀出重围,再作计较。于是下令军中,分队冲杀,坚亦自当一队,驱率亲兵,拚命杀出;待至跳出围外,只有亲将祖茂,及残骑数十人随着。那敌兵尚不相舍,在后急追,茂劝坚脱下赤帻,与自己盔帽掉换,让坚先走,留身断后,坚急驰得脱。独茂为敌骑所蹙,情急智生,把赤帻挂在冢间柱上,悄悄下马,走伏草中,敌骑望见赤帻,四面绕集,环至数匝,想就此活捉孙坚;有几个胆大的军士,奋拳张臂,抢步前拿,一声怪响,倒把拳头爆回,血染淋漓,仔细辨认,才知是个石柱,并不是个孙坚,只得叹声晦气,转身引去。这是黑夜中贪功之失。

茂亦得脱逃,归见孙坚,坚很是喜慰,夤夜收集败卒,尚得一二万人;次日复部署成军,移屯阳人聚。徐荣闻报,又领兵往攻;坚此时已惩前前辙,不敢浪战。先令亲将程普、韩当、黄盖诸人,三伏以待,看到敌军近攻,方亲出诱敌,战至数合,便拍马返奔。徐荣部下有一骁将,叫做华雄,平时出入敌阵,无人敢当,至此见坚已败逃,就不顾得失,挺身出追,部军自然随上,荣见坚军寥寥,也道是众可制寡,挥军直上。坚引敌入伏,一声号令,程普、韩当、黄盖先后杀出,围住华雄。雄仗着一柄大刀,左招右架,还是勉强支持,不防箭声四起,利镞攒飞,一刀如何敌百矢?眼见得附贼骁雄,身受重创,倒毙马下。罗氏《演义》中谓为关羽所杀,真善附会。雄既射死,所领部兵,也被坚军杀尽。待至徐荣到来,得知前军覆没,慌忙退回,累得自相践踏,辙乱旗靡;再经坚军驱杀一阵,十死五六,匆匆逃归。败报传入洛阳,董卓亟使陈郡太守胡轸为大督护,义子中郎将吕布为骑督,领兵东出,助荣击坚。轸自恃年长,瞧布不起,预在军中扬言道："今日出军,须先斩一青绶,方可使士卒效命,杀敌扬威。"布不胜愤懑,待行至广成,去阳人聚约数十里,遂不愿再进,让轸先往。轸因人马困乏,也拟休息一宵,待旦进攻,夜间在旷野安营,不及设栅,军士远来疲倦,统皆解甲就寝。约莫睡了片刻,蓦听得有人大呼道:"贼来了!快走!"各军从梦中惊起,四散狂奔,甲不及披,马不及乘,统皆弃去;就是胡轸也觅路乱跑。急走了十余里,并不闻有敌军影响,究竟声从何来?实是吕布欺轸的诡计。好容易等到天明,再至原处,拾取兵械,不意尘头大起,果有敌兵杀到,为首大将,正是破虏将军孙坚。轸军都皆失色,回头就逃,稍迟一步,便被坚军杀死,轸复仓皇窜还,直至数十里外,后面才无追兵。最奇怪的,吕布一军,不知去向;待了多时,方有溃军趋集,十成中已丧失四五成,惟吕布仍然不见。那时轸垂头丧气,自思不能再战,只好奔回洛阳。及入报董卓,见布已在侧,方知布早趋还,连忙叩头谢罪,好在布亦投鼠忌器,但言坚军势盛,未尝指斥轸过,轸始得免谴;由卓说了且退二字,好似皇恩大赦,再磕了几个响头,起身出外去了。大是幸事。

　　孙坚既两得胜仗,遣人报知袁术,且催术运粮济师。术误听谗言,惟恐坚得洛阳,不能再制,遂勒粮不发。坚得去使归报,即乘夜驰白袁术,用杖画地道:"坚与董卓,本无怨隙,所以挺身前来,不顾生死,一是为国家讨贼,二是为将军报仇!今大勋垂捷,将军乃听人谗构,不发军粮,无怪吴起抱恨西河,乐毅转投赵国呢!"术面有惭色,不得已拨粮给坚。坚还屯阳人聚。可巧卓遣将军李傕,来求和亲。坚勃然大怒道:"卓逆天无道,荡覆王室,若不夷他三族,悬首示众,我虽死不能瞑目,尚欲向我和亲么?"说罢,传令将傕撵出。何不将他枭首?也可预除一贼。傕回洛复命,卓尚欲张皇威武,镇定人心,乃遣兵往阳城。适值民间结社祀神,男女毕集,兵士突然闯进,尽杀男子,枭首系住车辕,并将妇女全数掠归,歌呼入城,只说是攻贼大获;卓令将首级焚去,所掠妇女分赏兵士。忽有军吏入报道:"孙坚兵入大谷,距此止九十里了!"卓当然着急,顾见长史刘艾在旁,便与语道:"关东各军,屡次败衄,皆无能为;独孙坚颇能用人,与我为难,当传语诸将,小心对敌。我当亲出督战,与决雌雄!"说着,即命吕布为先锋,自为元帅,出城迎敌。行抵诸皇陵间,见坚军奋勇杀来,气势甚锐,当令布持戟出战。坚使程普、韩当等,敌住吕布,自率精骑直捣中坚,来攻董卓。卓将李傕、郭汜,慌忙拦阻,统被坚一人杀退。卓看坚骁勇异常,也为震悚,当即策马回走;帅旗一动,全军皆乱,吕布虽然多力,不能不舍敌保卓,踉跄西奔;卓不愿入洛,竟与布同走渑池。坚得驰入洛阳,扫除宗庙,祠以太牢,凡董卓所掘陵寝,饬军吏一体掩护,使复原状;又分兵出新安、渑池间,追击卓兵。卓使中郎将董越、段煨等,分守要隘,自与吕布径赴长安。孙坚闻卓西去,也不亲追,但

第六十八回　入洛阳观光得玺　出磐河构怨兴兵

在洛阳城内,四面巡逻,筹备修筑;怎奈满城瓦砾,到处荒凉,教坚从何着手,徘徊凭吊,禁不住流涕唏歔。忽见城南有一道豪光,向空冲起,凝成五色,不知是何物作怪;因即驰将过去,凝神细视,乃是井口发光,如釜中蒸气一般,袅袅不绝,井栏上面镌有"甄官井"三字;再从井中俯瞩,尚有流水停住,深不见底,无从辨明。当下饬令军士,先将井水汲干,然后用一辘轳,载兵入井,须臾复出,取得一匣,捧呈与坚。坚启匣看视,乃是一方玉玺,回圆四寸,上有五龙交纽,下有篆文,镌着"受命于天,既寿永昌"八字,惟旁缺一角,用金镶补。坚料是秦汉二朝的传国宝,不由的玩弄一番;但不知如何缺角,如何投井。及仔细追查,才知王莽篡位时,由孝元皇后掷给玺绶,致缺一角;至少帝为张让所逼,由北宫出走小平津,仓猝间不及携玺,那掌玺的内侍,只恐被人夺去,索性投入井中;_{应前文。}后来内侍被杀,无人得知,因此久沉井底,延至孙坚入洛,方始发现。坚既得了传国玺,顿生异想,当即携玺还营,住了一宿,便令军士拔寨齐起,趋回鲁阳。欲知无限意,尽在不言中。

袁绍久屯河内,探知孙坚入洛,也想乘势进兵,无如各路兵马已多散归,再加冀州牧韩馥,阴持两端,揸粮不发,又致绍进退两难。绍客逢纪献议道:"将军欲举大事,乃徒仰人资给,如何自全?"绍答说道:"我亦虑此,但冀州兵强,我亦无法与争。"纪复说道:"何不致书公孙瓒,叫他进攻冀州?韩馥乃一庸才,若遇瓒相攻,必然骇惧,公可遣一辩士,为陈祸福,不患馥不让位呢!"绍依计而行,果得公孙瓒允许,兴兵攻冀州。馥遣兵出御,俱为所败,正焦急间,有两人踉跄趋入道:"车骑将军袁绍,已从河内退兵,还驻延津了!"馥注视两人,乃是荀谌、郭图,曾为门下宾客,便启问道:"两君如何知晓?"谌答道:"现由袁甥高干,前来报闻,因此知晓。"馥惊喜道:"莫非他前来救我么?"谌又说道:"公孙瓒率燕代健士,乘胜南下,锋不可当;袁车骑亦乘此东向,不先不后,居心亦属难料。谌等颇为将军加忧!"馥皱眉道:"如此奈何?"谌接入道:"袁绍为当世人杰,岂肯为将军下?若瓒攻北面,绍攻西面,区区孤城,亡可立待!但思袁氏与将军有旧,且系同盟,今不如举州相让,归与袁氏;袁氏得冀州,必感将军德惠,厚待将军,还怕甚么公孙瓒呢?"馥性本怯懦,又听他说得天花乱坠,便即依议,拟遣使往迎袁绍。长史耿武、别驾关纯、治中李历等,相率进谏道:"冀州带甲百万,支粟十年,真好算做天府雄国;今袁绍孤客穷军,仰我鼻息,譬如婴儿,在股掌中,一绝哺乳,就可立毙,奈何反举州相让呢?"馥摇首道:"我本袁氏故吏,才又不及本初,让贤避位,古人所贵,诸君何必多疑?"耿武等只得退去。从事赵浮程奂,又入谏道:"袁本初军无斗粮,势必离散,浮等愿出兵相拒,不出旬月,定可退敌,将军但当闭阁高枕,自可无忧!何用拱手让人?"馥又不听,竟遣子赍着印绶,送与袁绍,迎他入城;自挈家眷出廨,徙居前中常侍赵忠旧宅。袁绍引兵直入，自领冀州牧，使韩馥为奋威将军，但只畀他虚衔，并没有什么兵吏。所有馥部下旧属，一律撤换，另用从事沮授为监军，田丰为别驾，审配为治中，许攸逄纪荀谌郭图为谋主，分治州事。好好一位冀州牧韩馥，弄得无权无柄，反致寄人篱下，事事受人监束，始悔为荀谌郭图所卖，悄悄的逃出州城，往投陈留太守张邈。后有绍使至陈留，与邈屏人私语，馥疑是图己，竟至惶急自尽，这真叫作自诒伊戚了。人生原如幻梦，一死便休，试看袁绍结果，亦未必胜过韩馥。

惟曹操屯兵河内，已有多日，见绍引众自去，各路人马，亦皆解散，料知讨卓无成，也只得自寻出路。鲍信与操为莫逆交，虽由绍表为济北相，仍然随操。至是与操议道："袁绍名为盟主，因权专利，将自生乱，恐一卓未除，一卓又起；为将军计，若急切除绍，恐亦难能，不如进略大河以南，静待内变，再作计较。"操叹为至言。可巧黑山贼党十余万，即褚燕党羽事，见六十二回。寇掠东郡，太守王肱，不能抵敌，弃城逃生。操即引兵往击，至濮阳杀败贼众，收复东郡，尚向袁绍处报捷；绍因表操为东郡太守。颍川荀彧，为荀淑孙，少时便有才名，何颙尝称为王佐才；及天下大乱，彧率宗族奔冀州，欲依韩馥，馥已避位，乃进见袁绍，绍却优礼相待，视若上宾。彧见绍才疏志鄙，料不能成大业，乃转投曹操，操迎入与语，见彧应答如流，不禁大喜道："君真可为我子房哩！"居然以高祖自居。遂令彧为奋武司马，事必与商。操复尽驱黑山贼出境，东郡咸安。右北平屯将公孙瓒，前由袁绍嗾使，出击冀州牧韩馥；至绍夺馥位，瓒亦退兵。幽州牧刘虞，与瓒宗旨未合，积有宿嫌，见六十四回。但表面上还彼此含容，互相往来。虞子和方为侍中，随献帝迁至长安，献帝仍思东归，使和潜出武关，绕道诣虞，令虞率兵迎驾。远道求援，也是妄想。和道出南阳，得见袁术，与语帝意，术竟将和留住，嘱令作书与虞，愿与虞会师西行。及虞得和书，拟遣数千骑南下，适为公孙瓒所闻，以为术有异志，劝虞留兵不发；虞不肯听信，竟促骑兵登程，瓒又恐术闻风生怨，亦遣从弟越引兵诣术，阴教术拘和仇虞。太觉取巧。和得知风声，觑隙北遁，行至冀州，又被袁绍截住，绍因术不肯戴虞，复书无礼，已觉不平；见前回。术又与公孙瓒书，谓绍非袁氏子，于是兄弟相构，仇隙越深。绍使部将周昂为豫州刺史，与孙坚争领豫州。术令公孙越助坚攻昂，坚将昂击走；惟越身中流矢，竟至毙命。术乃发回越丧，并怂恿公孙瓒，令就近图绍。瓒得书愤愤道："我弟越死，祸由袁绍；且绍赖我得冀州，未闻割地相酬，今反害死我弟，此仇不报，枉为丈夫！"谁叫你听人唆使？且不怨袁术独怨袁绍，意亦太偏。当下出屯磐河，为攻绍计。绍未免心虚，尚想与瓒释怨，特将渤海太守印绶，授瓒从弟公孙范，遣令赴任。范抵郡后，反率渤海兵助瓒，与瓒破灭黄巾余贼，夺取甲仗资粮，不可胜计；瓒威震河北，遂决

第六十八回　入洛阳观光得玺　出磐河构怨兴兵

计攻绍。且先上表长安,数绍十罪,文云:

臣闻皇羲以来,君臣道著,张礼以导民,设刑以禁暴。今行车骑将军袁绍,托承先轨,爵任崇浮,而性本淫乱,情行浮薄,昔为司隶,值国多难,太后承摄,何氏辅朝,绍不能举直错枉,而专为邪媚,招徕不轨,贻误社稷,至使丁原焚烧孟津,董卓造为乱始,绍罪一也;卓既无礼,帝主见质,绍不能开设权谋,以济君父,而弃置节传,迸窜逃亡,忝辱爵命,背违人主,绍罪二也;绍为渤海太守,当攻董卓,而默选戎马,不告父兄,至使太傅一门,累然同毙,不仁不孝,绍罪三也;绍既兴兵,涉历二载,不恤国难,专自封殖,乃专引资粮,专为不急,刻剥无方,百姓嗟怨,绍罪四也;逼迫韩馥,窃夺其州,矫刻金玉,以为印玺,每有所下,辄皂囊施检,文称诏书,昔亡新僭侈,渐以即真,观绍所拟,将必阶乱,绍罪五也;绍令星工伺望妖祥,赂遗财货,与共饮食,刻期会合,攻钞郡县,此岂大臣所当施为?绍罪六也;绍与故虎牙都尉刘勋,首共召兵,勋降服张扬,累有功效,而以小忿,枉加酷害,信用逸懸,济其无道,绍罪七也;故上谷太守高焉,故甘陵相姚贡,绍以贪婪横责其钱,钱不备具,二人并命,绍罪八也;春秋之义,子以母贵,绍母亲为傅婢,地实微贱,据职高重,享福丰隆,有苟进之志,无虚退之心,绍罪九也;此三条借此补叙。长沙太守孙坚,领豫州刺史,遂能驱走董卓,扫除陵庙,忠勤王室,其功莫大,绍遣小将盗居其位,断绝坚粮,不得深入,使董卓久不服诛,绍罪十也。昔姬周政弱,王道陵迟,天子迁徙,诸侯背叛,故齐桓立柯会之盟,晋文为践土之会,伐荆楚以致菁茅,诛曹卫以章无礼;臣虽阔茸,名非先贤,蒙被朝恩,负荷重任,职在鈇钺,奉辞伐罪,誓与诸将州郡,共讨绍等!若大事克捷,罪人斯得,庶续桓文忠诚之效,攻战形状,当前后续闻。

此表上后,即进攻冀州,各州郡不能御瓒,多半服从;瓒乃令部将严纲为冀州刺史,田楷为青州刺史,单经为兖州刺史。还有前安喜尉刘备,奔走有年,当山东讨卓时,亦思仗义从军,嗣闻各军解散,乃与关羽、张飞走依公孙瓒。回应前文。瓒与备本系同学,自然欢迎,且使为平原相。备见瓒部下有一少将,身长八尺,相貌堂堂,武力与关、张相类,遂密与结纳,引为至交。正是:

英雄独有赏心处,豪杰应当刮目看。

欲知少将姓名,待至下回再叙。

讨卓一役,惟曹孟德与孙文台,挺身犯难,尚足自豪。曹以孤军致败,虽败犹荣;孙文台反败为胜,卒能逐走董卓,攻克洛阳,观其祠宗庙,修陵寝,遣将西进,何其壮也? 迨得玉玺于甄官井中,即拔营东归,而其志乃骤变矣。夫关东各军,非不欲诛卓徽功,特以卓势犹盛,惮不敢发;有孙文台之三战三克,得播先声,则懦夫亦当知奋,诚使再为号召,联镳齐进,诛卓亦易易耳。乃得玺即还,卷甲无言,谓非阴怀异志,谁其信之? 惜乎坚之有初鲜终也。彼公孙瓒之与袁绍,忽合忽离,合不为公,离益营私,其性情之反复,殊不足道。然袁绍身为盟主,不能雪国耻,复家仇,徒为欺人夺地之谋,其罪比瓒为尤甚。瓒虽不足讨绍而数绍十罪,并非虚诬,本回备录全文,所以诛绍之心,而于瓒固不屑播扬也。

第六十九回　骂逆贼节妇留名
　　　　　　遵密嘱美人弄技

　　却说公孙瓒部下的骁将,姓赵名云,表字子龙,乃是常山郡真定人氏。本属冀州管辖,袁绍据住冀州,士多趋附;独云往依公孙瓒。瓒且喜且嘲道:"闻贵州人多愿从袁氏,君独何心,乃来依我?"云答说道:"天下汹汹,未知孰是,百姓方苦倒悬,但得仁政所在,便当依托,正不必计及远近呢!"瓒闻言大悦,留居麾下,款待颇优。嗣云见瓒行同市井,不足图成,也自悔进身太急;凑巧来了刘备,气谊相投,遂与结好,就是关、张两人,亦视为知己,常相往来。惺惺惜惺惺。至备赴平原,邀云同行,且代白瓒前,乞云为助,瓒允如所请,备与云即同赴平原去了。不但赵云不宜放去,即刘、关、张三人,亦不宜轻离,以是知瓒之失人。袁绍闻瓒军来攻,郡邑多叛,已有戒心,又恐他约同袁术,南北并举,更不可当,乃遣使至荆州,说通刺史刘表,使他牵制南阳,免得双方夹攻。表字景升,籍隶高平,少有才名,列入八俊,八俊见前文。灵帝末年,曾为北军中候,至荆州刺史王睿,为孙坚所杀,坚向西行,表奉诏为荆州刺史,乘虚入城,略定江表,因通使袁绍,愿合兵讨卓,出屯襄阳,作为后应。后来绍赴冀州,表终按兵不发,惟与绍仍使命不绝,绍因此托他防术。术也恐为表所袭,致书孙坚,令攻荆州,坚即进兵往攻。表遣部将黄祖逆战,被坚杀得大败亏输,奔还襄阳,坚驱兵大进,竟将襄阳城围住。表夜遣黄祖等出袭坚营,坚当先迎敌,亲斩敌兵百余人;程普、韩当等挥军继进,杀获甚多,黄祖不获回城,却引了残骑数百,窜入岘山。坚恃勇轻进,驰至山下,见黄祖等已进山坳,尚不肯住马,猛力赶上,后军尾随不及,只有轻骑数十人,与坚同行。黄祖遁匿林间,从月光下望见坚马,便令骑将吕公等,弯弓射坚,杂以巨石,坚尚用槊拨箭,且拨且进,不料顶上来一巨石,不及闪避,竟被压下,一声怪响,脑浆迸流,死于非命,年止三十七岁。好勇者往往不得其死。坚已惨死,黄祖等即踊出林外,把坚骑

第六十九回　骂逆贼节妇留名　遵密嘱美人弄技

一律杀尽,舁去坚尸,下山驰回。程普、韩当等正率军寻坚,不料城中亦杀出蒯越、蔡瑁等人,来援黄祖,两下里争杀一场,互有死伤。黄祖、蒯越、蔡瑁竟合兵自去,程普、韩当再至岘山中寻视,只有各骑兵尸首,独不见有孙坚,料知凶多吉少,还营休息。未几天明,襄阳城上,已将坚首悬出,吓得程普诸人,没法摆布;还是孝廉桓楷,与表相识,自愿入城请尸,费了一番唇舌,得将坚尸首领回,归葬曲阿,程普等亦皆退归,下文再表。

且说袁绍既南连刘表,牵制袁术,遂督领全军,出拒公孙瓒。行至界桥,正与瓒军相遇,瓒众约三万人,列成方阵,又分突骑万匹,为左右翼,军容甚盛,绍令部将麹义,领精兵八百人,左挟楯,右挟弓,作为前驱。瓒见来军寥寥,纵骑冲击。义令军士用楯为蔽,屹立不动,待至瓒军将近,将楯撤开,弯弓竞射,呼声动地,瓒军多被射倒,自然退却。义麾军猛进,兜头碰着严纲,正是瓒所新命的冀州刺史,两马并交,被义舞动大刀,劈落马下。绍将颜良、文丑,俱是有名的猛将,望见义前驱得胜,怎肯落后?当即拍马继进,双槊并举,搅入瓒阵,钩倒帅旗,瓒军大乱,纷纷遁去。绍在后尚有数里,闻瓒军已溃,料无他虑,乐得下马暂憩,只有亲兵数百骑随着,不防瓒引步卒二千人,从间道抄至面前,将绍围住,矢如雨下。绍有别驾田丰,时在绍侧,欲扶绍入短墙中,暂避敌锋,绍脱鍪投地道:"大丈夫当向前斗死,怎得入墙内偷生呢?"说着,也麾军对射,与瓒相持。可巧麹义亦还军相救,将瓒击退,瓒始引去。既而瓒复出兵龙凑,与绍再战,又复失利,乃退还蓟城,不复亲出。

那时穷凶极恶的董卓,却早已安安稳稳的到了长安,在陕公卿,统已出城恭候,拜迎车下。先是左将军皇甫嵩,屯兵扶风,与京兆尹盖勋,共谋讨卓。卓预先防备,征嵩为城门校尉,勋为议郎。嵩长史梁衍,劝嵩不必就征,嵩惧卓势盛,未敢违抗,乃入都就职;勋不能独立,也只可应征还都。嗣嵩任御史中丞,勋迁任越骑校尉,并扈跸西迁,履任逾年,闻得董卓将至,不能不随同百官,共出迎卓。卓与嵩积有微嫌,见前文。见嵩亦拜谒车前,禁不住志得气骄,呼嵩表字道:"义真可服我否?"嵩惭谢道:"凡夫肉眼,但顾目前,不图明公竟得至此!"卓捻髯说道:"鸿鹄本有远志,燕雀怎能知晓?"嵩又答道:"嵩与明公皆为鸿鹄,只明公今日变成凤凰,怪不得鸿鹄落后呢?"变正为诡,太无气节。卓乃对嵩一笑,总算释嫌。惟与卫尉张温,结恨如故,见前文。一入长安,便诬温交通袁术,拘系狱中,且胁朝廷下诏,加官太师,位在诸侯王上,车服僭侈,不亚乘舆;进弟旻为右将军,兼封鄠侯;兄子璜为侍中,领中军校尉,并典兵事,外如宗族亲戚,多居显要,子孙虽在髫龀,俱得拜爵,男受侯封,女号邑君。会闻孙坚战死岘山,更以为大患已除,无人敢侮,乃在长安城东隅,择一隙地,构造大厦,作为太师邸第;再至郿县依山筑垒,迭石为城,内造宫室府库,积谷可支三十年,号为郿坞，亦称万岁坞；自云事成，当雄据天下，万一不成，退守坞中，也足娱老。

卓生平本来好色，至老益淫，特派亲吏四出，采选民间少女八百人，入居坞中，尚有九十岁的老母，与一班妻妾子孙，悉数迁入坞内，坐享奢华；此外金玉珍宝，锦绣绮罗，逐日运积，不可胜数。故度辽将军皇甫规，去世有年，遗有寡妇孤儿，还居安定原籍。规元配早卒，继妻颇有才名，工草书，善属文，又生得天然秀媚，历久未衰，不知何人报知董卓，令卓艳羡异常，遽用軿辎百乘，马二十匹，奴婢钱帛，充途塞道，往聘规妻；规妻毅然拒绝，不愿就聘。卓怎肯罢休？再三催逼，先啖重利，继迫淫威，规妻自知不免，索性毁容易服，自诣卓门，长跪陈情，词甚凄切。卓出视规妻，虽是黯淡无华，仍然姿容未减，一双色眼，惹起淫魔，恨不即刻搂来，与同欢乐；当下开言劝解，说出许多好处，使她心动。偏规妻不肯从命，任卓舌吐莲花，只是峻颜相拒，顿时惹动卓怒，令左右拔刀围住，且与语道："孤令出必行，四海风靡，难道汝一妇人，敢不相从么？"规妻听了，突然起立，指卓叱骂道："汝本羌胡遗种，毒痛天下，尚以为未足么？我先人清德奕世，皇甫氏文武上才，为汉忠臣，岂若汝人面兽心，行同狗彘？汝死在旦夕，还敢向汝君夫人前，欲行非礼，真正妄想！我若怕汝，也不敢前来了！"读至此，可浮一大白。卓被她一骂，无名火高起三丈，即使左右揪住规妻发髻，系住车辕，横加鞭挞。规妻顾语道："何不从重下手，速死为惠？"俄顷气绝，弃尸野外，当有人悯她贞节，私为殡葬，后世绘成图像，号为礼宗。千古不朽。卓尚余恨未消，无从排解，因特赴郿坞消遣，出都启行。郿坞与长安相隔，约二百六十里，亦须三五日可到。卓临行时，百官俱至横门外饯别，设帐置筵，备极丰腆，饮至半酣，适有北地降卒数百人，前来报到，卓即号令卫士，把降卒为下酒物，先截舌，次斩手足，又次凿眼目，再用大镬烹煮，呼号声震彻都门。座中与宴诸官僚，吓得魂不附体，或至战栗失箸，卓独当筵大嚼，谈笑自如。忽又记起卫尉张温，在狱未死，竟命吕布诣狱提温，将他笞死市曹，然后起座撤席，向司徒王允拱手，嘱托朝事，登车自去。允字子师，为太原祁县人，尝与同郡人郭泰友善，泰许允为王佐才；后以军吏进阶，出刺豫州，与左中郎将皇甫嵩，右中郎将朱儁等，剿抚黄巾贼党，立有巨勋；嗣为权阉所陷，下狱遇赦，起为从事中郎，转河南尹；回应前文。寻且入拜太仆，代杨彪为司空。董卓迁都关中，允悉收聚兰台石室诸书，随驾入关，故经籍具存，不致被毁。时卓尚留住洛阳，朝政大小，委允主持，允亦曲意取容，事多白卓，卓因结为密友，无嫌无疑。其实允是买动卓心，好教卓不复加防，暗地里得设法图卓。前太尉黄琬，复为司隶校尉，与允同志，还有尚书郑泰，也尝朝夕过从，决定密谋，表请护羌校尉杨瓒，行左将军事，执金吾士孙瑞为南阳太守，并率兵出武关，托名往攻袁术，乘间取卓，然后奉驾还洛，仍复旧都。哪知卓却刁猾

第六十九回　骂逆贼节妇留名　遵密嘱美人弄技

得很,不准举兵,遂致允计无成;一挫。允乃荐瓒为尚书,瑞为仆射,引作臂助,徐为后图。会河南尹朱儁,移守洛阳,潜与山东诸将交通,东出中牟,移书州郡,招兵讨卓。徐州刺史陶谦,遣兵助儁,推儁行车骑将军事,他郡亦稍有资给。允在内闻警,亟遣使至郿坞,报知董卓,卓即日入朝,允欲使杨瓒等出征,又复为卓所疑,只调亲将李傕、郭汜等,领兵拒儁。允尚望儁杀败傕汜,乘胜入关,自己可作内应,偏偏不如所料,儁竟败退,卓得大安。二挫。司空荀爽,本意亦欲除卓,未遂而殁。从孙荀攸,少有智略,入拜黄门侍郎,潜与尚书郑泰、长史何颙、侍中种辑等,同谋刺卓;就是允亦曾预闻,事机将成,又被卓略悉风声,收系颙攸,颙忧愤自杀,攸却无惧色,在狱仍言论自若,卓查无实据,故得缓刑。惟郑泰却逃出关外,东奔袁术,术举泰为扬州刺史,泰就道得病,竟致暴亡,图卓事又致失败。三挫。允日思除奸,历久不能得志,累得形神憔悴,眠食彷徨,幸喜卓只疑他人,未曾疑到自己身上,还好留待时机,再行设策。卓见允面色尪瘠,总道是为己分劳,格外体恤,表封允为温侯,食邑五千户,允固辞不受。仆射士孙瑞进言道:"执谦守约,须依时宜,公与董太师并位俱封,乃欲独崇高节,怎得称为和光呢?"允闻言感悟,乃受封二千户,并至卓府中称谢。卓很自喜慰,又欲自号尚父,问诸左中郎将蔡邕。邕已由侍中迁官中郎将。邕劝阻道:"昔周武受命,太公为师,辅佐周室,翦除暴商,故尊为尚父,今明公功德,非止巍巍,但欲比诸尚父,还当少待,宜俟关东平定,车驾仍还旧京,庶几名足称实,无人非议了!"卓乃罢议。会遇夏季地震,卓又向邕谘询,邕复答说道:"地震乃阴盛侵阳,臣下逾制的现象,公平时所乘青盖车,远近以为非宜,宜从简省!"卓亦依邕议,改乘皂盖车。但卓甚刚愎,邕恐因言取祸,常欲避去,卒因无路可奔,延宕了一两年。当决不决,终归于尽。初平三年春季,霖雨至六十余日,尚未晴霁,司徒王允与士孙瑞、杨瓒等,登台祈晴,觑着一息空隙,再提前谋。瑞进说道:"自从岁暮至今,太阳不照,霖雨积旬,昼阴夜阳,雾气交侵,此时若不除奸,后患无穷。愿公速图,毋再迟延!"允点头会意,回至府中,踌躇多时,自思从董卓义子吕布着手,方好进步,乃取家藏珠宝馈送吕布,布当然拜谢,嗣是互相往来,结成好友。允又想到少年心性,一喜财,二喜色,有了财物作饵,还须得一美人儿,献示殷勤,才可笼络吕布。主见已定,随时物色,可巧有一歌妓貂蝉,秀外慧中,非常伶俐,允即召入府中,厚意接待,视若己女。貂蝉不见史传,但证诸稗史,传闻凿凿,谅非无稽。好容易已有数月,貂蝉感念允恩,阴图报答,见允常皱眉不乐,欲言不言,因乘左右无人的时候,向允探问。允正欲与她言明,便引至密室,与谈密谋,貂蝉慨然道:"贱妾蒙大人厚恩,恨无以报,今既有此谋,就将贱妾献与吕布,叫他刺杀董卓便了!"允复叹道:"布与卓情同父子,岂肯为汝一言,便去行刺?事若不成,我王氏且灭门了!"貂蝉听了,也不禁沉吟。允徐徐说道:"我有一计,可以使布杀卓,但未知汝能照行否?"貂蝉应声道:"愿听尊命,虽死不辞!"允乃附耳与语,说明如此如此,惹得那貂蝉花容,忽红忽白,待至说毕,方毅然答道:"果与国家有益,贱妾亦何惜一身?谨从钧命便了!"却是一位女英雄。允又恐她轻自泄谋,再三叮嘱,经貂蝉对天设誓,才向貂蝉下拜,为国家而拜。貂蝉惊伏地上,待允起身,方才告退。越日即由允特设盛筵,邀布夜宴,酒至数巡,即召貂蝉侍席,貂蝉满身艳装,冉冉出来,行同拂柳,翩若惊鸿,到了吕布座前,先道万福,然后轻抬玉手,提壶代斟。布见她一双柔荑,已是销魂,再睁眼看那芳容,真个国色天姿,见所未见,更厉害的是秋波一动,竟把那吕奉先的灵魂儿,摄了过去;待听到王允语音,有"将军请酒"四字,方觉似梦初醒,魂返躯壳。饮过一杯,又是一杯,接连是两三杯,统觉得沁人心脾,迥异寻常。匪酒之为美,美人之贻。允再令貂蝉歌舞侑觞,貂蝉振娇喉,运轻躯,曼声度曲,长袖生姿,尤引得吕布耳眩目迷,心神俱醉;铿然一声,歌罢舞歇,竟至布座前告辞,凝眸一笑,返身即去。神仙归洞府。布目送归踪,尚是痴望,好一歇方顾问王允道:"此女何人?"允答言女貂蝉。布又问及曾否字人,允又答言未字;布尚赞不绝口。允竟直说道:"将军如不嫌鄙陋,谨当使侍巾栉!"布跃起道:"司徒公是否真言?"允微笑道:"淑女当配英雄,英雄莫如将军,还恐小女无才,不合尊意,怎得说是虚言呢?"布倒身下拜道:"果承司徒公见赐,恩德无量,誓当图报!"允即与约定吉期,然后送女,布喜跃而去。

　　过了两三日,允伺布外出,请卓过宴;卓盛驾赴约,由允朝服出迎,大排筵席,水陆毕陈。卓高坐正位,允在旁相陪,且饮且谈,说了许多谀词,哄动卓意,俟卓已微醺,仍令貂蝉出堂歌舞,脆生生的歌喉,娇怯怯的舞态,倾倒一时。卓本是个色鬼,见了这般好女郎,怎不心爱?便问及此女来历,允直称歌妓,不言义女。卓赞美道:"这真可谓绝无仅有了!"允即答道:"既蒙太师见赏,便当上献!"卓不禁大喜,待至酒阑席散,便命貂蝉随卓同去。一详一略,笔不板滞。嗣为吕布所知,跑至王允府中,责允负约,允却佯说道:"太师谓允有义女,配与将军,特亲来接取,允怎敢推阻?只好使小女随行,想是太师看重将军,故有此举,将军奈何怪允?且去问明太师,与小女结婚便了!"布似信非信,返入太师府中,探听下落,那心上人竟被董卓占住,布怒气填胸,复去问允。允尚劝解道:"这恐是府中人误传,太师望重一时,怎肯奸占子妇?莫非因吉期未到,因此迟留,请将军再去探明为是。"布是个有勇无谋的人物,听了允言,又回去探问;可巧董卓入朝,便大踏步入凤仪亭,正与貂蝉相遇。貂蝉见了吕布,便泪下如丝,哽咽不止;布看她泪容满面,好似带雨梨花,复惹动一副情肠,替她拭泪。貂蝉且泣且语道:"将军休污贵手,妾身已为太师所占,只望得见将军一面,死也甘心。今幸如妾愿,从此永诀!妾为王司徒义女,许侍将军箕帚,生平愿足,不意堕入诈谋,被人强占,此身已污,不能再事将军,罢!罢!"说到第二个罢字,竟撩起衣裾望荷花池内便跳。布忙抢前一步,抱住纤腰,曲意温存;貂蝉若迎若拒,似讽似嘲,急得布罚起咒来,非取貂蝉,誓不为人。正絮语间,突有一人趋入,声如牛吼,布转身一看,不是别人,正是那义父董卓,慌忙向外逃走;卓顺手取得一戟,挺矛刺布,布手快脚快,把戟格开,飞步跑出,卓身肥行慢,追赶不上,乃用戟掷布,布已走远,戟亦不及。卓怒责貂蝉,又被貂蝉花言巧语,说是布来调戏,亏得太师救了性命,卓为色所迷,由她哄骗过去。这便是女将军兵谋。布却趋至司徒府中,一五一十,告知王允。允低头佯叹,仰面佯视,说出几句抑扬反复的话儿,挑动布怒,竟致拍案大呼,拟杀老贼。继又转念道:"若非关系父子,布即当前往!"允微笑道:"太师姓董,将军姓吕,本非骨肉,掷戟时岂尚有父子情么?"这数语提醒吕布,奋身欲行,即想去杀董卓;还是允把他拦住,与他耳语多时,布一一应允,定约而去。小子有诗咏道:

> 帷中敌国笑中刀,纤手能将贼命操。
> 虽是司徒施巧计,论功首属女英豪。

欲知如何诛卓,容待下回表明。

本回标目,以两妇为总纲,皇甫妻固烈妇也,拚生骂贼,足愧须眉;若貂蝉者,其亦一奇女子乎?司徒王允,累谋无成,乃遣一无拳无勇之貂蝉,以声色为戈矛,反能制元凶之死命,红粉英雄,真可畏哉!或谓妇女以贞节为大防,如皇甫妻之宁死不辱,方为全节;彼貂蝉既受污于董卓,又失身于吕布,大节一亏,虽有他长,亦不足取。庸讵知为一身计,则道在守贞,为一国计,则道在通变,普天下之忠臣义士,猛将谋夫,不能除一董卓,而貂蝉独能除之,此岂尚得以迂拘之见,蔑视彼姝乎?或谓貂蝉为他人所捏造,故不见史传,然观唐李贺《吕将军歌》云:"搉搉银盘摇白马,傅粉女郎大旗下。"可见当时必有其人。貂蝉!貂蝉!吾爱之重之!

第七十回　元恶伏辜变生部曲
　　　　多财取祸殃及全家

却说初平三年,献帝有疾,好多日不能起床,至孟夏四月,帝疾已瘳,乃拟亲御未央殿,召见群臣。太师董卓,也预备入朝,先一日号召卫士临时保护，复令吕布随行。布趋入见卓，卓恐他记念前嫌，好言抚慰，布亦谢过不遑，唯唯受教。并非遵卓命令，实是遵允计议。是夕有十数小儿，立城东作歌道："千里草，何青青？十日卜，不得生！"当有人传报董卓，卓不以为意。次日清晨，甲士毕集，布亦全身甲胄，手持画戟，守候门前。骑都尉李肃，带领勇士秦谊、陈卫、李黑等，入内请命，布与肃打了一个照面，以目示意，肃早已会意，匆匆径入；未几复出语布道："太师令肃等前驱，肃在北掖门内，恭候驾到便了！"布向肃点首，肃即驰去。原来布与肃为同郡人，前次说布归卓，未得重赏，不免怏怏，见前文。惟与布交好如故，布因引做帮手，同谋诛卓。及肃既前去，又阅多时，这位恶贯满盈的董太师，内穿铁甲，外罩朝服，大摇大摆，缓步出来，登车安辔，驱马进行，两旁兵士，夹道如墙。吕布跨上赤兔马，紧紧随着，忽前面有一道人，执着长竿，缚布一方，两头书一口字，连呼"布！布！"卓从车中望见，叱问为谁；声尚未绝，已由卫士驱去道人。卓虽觉诧异，但以为陈兵夹护，自府中直至阙下，防卫周匝，谅无他虞，乃放胆再进。将至北掖门前，马忽停住，昂首长嘶，卓至此不禁怀疑，回语吕布，意欲折回。布答说道："已至阙前，势难再返，倘有意外，有儿在此，还怕甚么？"正怕是你。说着，即下马扶轮，直入北掖门。卫兵多在门外站住，只布驱车急进，蓦见李肃突出门旁，觑准卓胸，持戟直搠，谁料卓裹甲在身，格不相入；肃连忙移刺卓项，卓用臂一遮，腕上受伤，堕倒车上，大呼吕布何在？布在后厉声道："有诏讨贼！"卓怒骂道："庸狗也敢出此么？"以狗噬贼，正合身分。道言未绝，布戟已刺入咽喉，李肃又复抢前一刀，枭取首级。布即从怀中取出诏书，向众宣读，无非说是卓为大逆，应该诛夷，余皆不问。内外吏士，仍站立不动，齐呼万岁。看官道诏书何来？乃是尚书士孙瑞，早已缮就此诏，密授与布，布得临时取出，宣告大众；大众都怨卓残暴，无人怜惜，所以视死不救，反共欢呼。还有一班百姓，恨卓切骨，闻得卓已伏诛，交相庆贺，舞蹈通衢。司徒王允，喜如所望，即使吕布回抄卓家，又令御史皇甫嵩，率兵往屠郿坞。布跨马急去，驰入太师府内，所有董氏姬妾，一概杀死，单剩一个美人儿貂蝉，载回私第。总算如愿以偿，可惜已变做残商。皇甫嵩到了郿坞，攻入坞门，先将董旻、董璜剁毙，再领兵杀将进去，遇着一个白发皤皤的老妪，携杖哀诉道："乞恕我死！"嵩定睛一瞧，乃是卓母，便赏她一刀，分作二段。他如董氏亲属，不分男女老幼，尽行处斩，只所藏良家妇女，一体释放。再将库中搜查，得黄金二三万斤，银八九万斤，珍奇罗绮，积如丘山，当由嵩指挥兵士，一古脑儿搬入都中。时已天暮，见市中有一尸横路，脂膏涂地，尸脐中用火燃着，光明如昼，嵩惊异得很，问明守尸小吏，才知是贼臣董卓的遗骸。先是袁隗等为卓所害，埋尸青城门外，见前文。至卓造郿坞，恐尸骨为他人所盗，复搬至坞中；卓

第七十回　元恶伏辜变生部曲　多财取祸殃及全家

既诛灭,袁氏门生故吏,得往坞中拾骨收葬,且将董氏亲属的尸骸,取至袁氏墓前,焚骨扬灰,不使再遗。报应更惨。

献帝命司徒王允录尚书事,进吕布为奋威将军,加封温侯,共秉朝政。允再查究董氏党羽,或黜或诛。左中郎将蔡邕,在座兴嗟,为允所闻,便勃然怒叱道:"董卓逆贼,几亡汉室,今日伏诛,普天称庆;君为王臣,乃顾念私恩,反增伤痛,岂不是同为逆党么?"邕起谢道:"邕虽不忠,颇闻大义,怎肯背国向卓?但卓族骈诛,并及僚属,一时生感,遂致叹惜;自知过误,还乞见原!倘得黥首刖足,俾得续成《汉史》,皆出公惠,邕亦得稍赎愆尤。"允闻言益怒,竟令左右系邕下狱,众官为邕救解,皆不见从。太尉马日䃅亦谏允道:"伯喈蔡邕字,见前文。旷世逸才,多识汉事,当令续成《汉史》为一代大典;今坐罪尚微,若遽处死刑,恐失人望。"允摇首道:"昔武帝不杀司马迁,使作谤书,留传后世;今国祚中衰,四郊多垒,若再使佞臣伴侍幼主,执笔舞文,不但无补圣德,并使我辈亦蒙讪议,我所以不便轻恕哩!"日䃅退语同僚道:"王公恐将无后呢!善人足为国纪,制作乃是国典,今欲灭纪纲,废典章,怎能长久?眼见是为祸不远了!"邕非无罪,但处死未免太甚,日䃅之言不为无见。允竟嘱令狱吏,将邕逼死狱中。是时卓婿牛辅,方移兵陕州,防御朱儁,校尉李傕、郭汜、张济等,击败儁军,大掠陈留、颍水诸县,所过为墟。吕布使骑都尉李肃,先讨牛辅,辅出兵与战,将肃杀败,肃竟遁还。布怒责道:"汝如何挫我锐气?敢当何罪!"肃因诛卓有功,仍不得迁官,亦怀怨望,免不得反唇相讥,布怎肯忍受?竟命左右推肃出辕,枭首军门;可为丁原泄忿。遂欲亲往击辅。辅素惮布勇,阴有戒心,手下兵士,亦皆惶惧,一夕数惊,辅知不可留,收拾金宝,带得家奴胡赤儿等数人,弃营夜走。赤儿贪辅财物,竟将辅刺死,献首长安。布既得辅首,复商诸王允,拟传诏河南,尽诛李傕、郭汜诸将,允抚然道:"此辈未尝有罪,不宜尽诛!"布又请将董卓私财,颁赐公卿将校,允又不从。允与布虽同执朝政,但看布是一介武夫,未娴文事,所以国家政事,往往独断独行,不与布商。布又意气自矜,未肯相下,遂致两人生隙,意见不同。允与仆射士孙瑞商议,拟下诏赦卓部曲,继复自忖道:"彼既党逆,不应轻赦,且俟将来再说。"嗣又欲悉罢李、郭等军,或劝可委任皇甫嵩出统各部,俾镇陕州,允亦迟疑不决。当断不断,反受其乱。李傕、郭汜等部兵,俱系凉州丁壮,当时有讹言传出,谓朝廷将尽诛凉州人,李、郭、张三将,互相告语道:"蔡伯喈为董公亲厚,尚且坐罪。今我等既不见赦,复欲使我解兵,今日兵解,明日即尽被鱼肉了!"当下议定一法,使人诣长安求赦,允仍不许,傕等益惧,不知所为,意欲各自解散,逃归乡里。讨虏校尉贾诩,本在牛辅麾下,辅死后,奔投傕军,因即献议道:"诸君若弃军东走,一亭长便足缚君,不如相率西进,攻扑长安,为董公报仇,事得幸成，奉国家以正天下；否则走亦未迟。"一言丧邦，诩实祸首。傕等遂传谕部曲道："京师不下赦文，我等总难免一死，今欲死中求生，计惟力攻长安，战胜可得天下，不胜当抄掠三辅，夺取妇女财物，西归故乡，尚可延命。"全是盗贼思想。大众听着，应声如雷，随即一拥齐出，倍道西行。王允闻警，召入凉州弁目胡文才、杨整修二人，忿然与语道："关东鼠子，果欲何为？卿等可呼与同来，听我发落！"片语可憎群虎么？胡杨虽受命东往，心下很是不平，到了傕等营内，反言允布异心，劝他急进。傕等沿路收兵，所有牛辅部下诸散卒，悉数趋附，还有董卓旧将樊稠、李蒙等，亦同时会合，数约十余万人，直抵长安。吕布登城拒守，相持八日，部下有蜀兵生变，潜开城门，纳入外兵，傕等纵兵四掠，阖城鼎沸，吕布仗戟与战，自辰至午，虽得刺死多人，怎奈乱兵甚众，并且拚死进来，前仆后继，越战越勇，布亦禁遏不住，部兵又多散去；不得已杀开血路，出走青琐门，使人招王允同奔。允长叹道："若蒙社稷威灵，得安国家，乃允所素愿，万一无成，允惟有一死以谢。主上幼冲，所恃惟允，临难苟免，允不忍为，请为允传语关东诸公，努力国家，易危为安，允死亦瞑目了！"人之将死，其言也善。布乃将卓头悬诸马下，带领残骑数百人，东出武关，投奔袁术去了。

　　傕等逐走吕布，遂率众围攻宫门，卫尉种拂愤然道："为国大臣，不能禁暴御侮，反使乱徒白刃向宫，去将安往？"说着，即带着卫士，出宫力战，终因寡不敌众，受创捐躯；傕与汜突入南掖门，杀死太仆鲁旭、大鸿胪周奂、城门校尉崔烈、越骑校尉王颀，此外吏民约死万人。王允扶献帝上宣平门楼，俯瞰外兵，几如排墙相似，势甚汹汹。献帝尚有主宰，呼语傕等道："卿等放兵纵横，究怀何意？"傕等望见帝容，还算尽礼，即伏地叩头道："董卓为陛下尽忠，乃为吕布所杀，臣等前来，系是替卓报仇，非敢图逆；待事毕以后，当自诣廷尉受罪！"献帝又让道："布已出走，卿等如欲执布，尽可往追，奈何围攻宫门？"傕等又答道："司徒王允，与布同谋，请陛下遣允出来，由臣等面问底细！"允得闻此言，挢生下楼，出语傕等道："王允在此，汝曹有何话说。"傕等皆起指斥王允道："太师何罪，被汝害死？"允张目道："董卓罪不胜诛，长安士民，一闻卓死，无不称庆，汝等独不闻么？"傕等复驳说道："太师就使有罪，与我等无干，何故不肯赦免？"允复叱道："汝等党逆害民，怎得说是无罪？即如今日称兵犯阙，岂非大逆？尚有何说？"傕等不与多言，竟挥兵将允拥去，且逼献帝大赦天下，并自署官职，表请除授。献帝不得已，颁下赦书，授傕为扬武将军，汜为扬烈将军，樊稠、张济等皆为中郎将。傕既得志，遂收司隶校尉黄琬，与王允并系狱中；复召左冯翊宋翼，右扶风王弘，入朝听命。翼弘皆太原人，与允同郡，允使镇三辅，倚为外援，弘不愿应召，遣使语宋翼道："李傕、郭汜，因我二人在外，故尚未害王公，若今日就征，明日俱族，计将安出？"翼答说道："祸

第七十回　元恶伏辜变生部曲　多财取祸殃及全家

福原是难料,但朝命亦究不可违。"弘使又语翼道:"山东兵起,无非为了董卓一人,今卓虽伏诛,党羽益横,若举兵声讨,入清君侧,料山东亦必响应,这乃是转祸为福的良谋呢!"翼不从弘言,便即入都,弘不能独立,也只好诣阙。甫进都门,便被军吏拘住,交付廷尉,先杀黄琬,继杀王允,又继杀宋翼王弘。弘与司隶校尉胡种有隙,种欲修旧怨,促令处斩。弘临刑时,望见宋翼在侧,向他唾詈道:"宋翼竖儒,不足与议大计,胡种幸灾乐祸,宁得久存?我死且不饶此人!"及弘死仅数日,种辄见弘在旁,用杖扑击,不胜痛楚,未几遂死。全是心虚所致。李傕恨允最深,将允尸陈诸市曹,并杀允妻子,及宗族十余人;惟兄子晨陵,得脱身亡归。天子感恸,百姓丧气。平陵令赵戬,本允故吏,独弃官至京,收葬允尸,后亦无恙。仆射士孙瑞,前曾与谋诛卓,口不言功,故幸得免祸。傕汜追寻卓尸,已无余骨,只有残灰尚在,收入棺中,移葬郿坞。墓门方启,突有狂风暴雨,吹向墓中,霎时间水深数尺,变穴成潭,经工役将水泄去,然后下窆;哪知风雨复至,水势又涨,仍把棺木漂出,一连三次,由工役抢堵墓门,草草封讫;哪知天空中又起霹雳,一声怪响,震开墓穴,接连又是一声,棺亦劈碎,连残灰俱被卷去,无从寻觅了。天道难容。

太尉马日䃅,与傕等无甚嫌怨,由傕等推为太傅,录尚书事,傕迁车骑将军,领司隶校尉,汜为后将军,樊稠为右将军,张济为镇东将军,并受封列侯。济出屯弘农,傕汜稠共握朝政,令贾诩为左冯翊,拟给侯封,诩推让道:"诩不过为救命计,幸得成事,何足言功?"乃改授诩为尚书典选。诩方才就职,李傕恐关东牧守,声罪致讨,特表请简派重员,东行宣慰。乃遣太傅马日䃅,及太仆赵岐,出赴洛阳,宣扬国命。百姓不知内容,望见朝廷使节,却额手相庆道:"不图今日复见朝使冠盖呢!"时兖州刺史刘岱,出讨黄巾余孽,战败身死,黄巾复盛,号称百万;东郡太守曹操,从郡吏陈宫计议,乘虚入兖州,自为刺史。济北相鲍信,会同曹操,迭击黄巾,黄巾众盛,操兵寡弱,战辄失利;嗣经操抚循激厉,乘间设奇,方转败为胜,终得击退黄巾。惟鲍信战死,尸无下落,操四觅不得,刻木为像,亲自祭奠,哭泣尽哀;实是笼络众心。众志益奋,追黄巾至济北,大杀一阵,黄巾败却,一大半弃械投降,操得降卒三十万众,汰弱留强,随时训练,号为青州兵。至赵岐奉诏东行,操出城远迎,备极殷勤。就是袁绍公孙瓒两人,争夺冀州,转战不息,一经岐代为和解,便两下罢兵。岐又与约奉迎车驾,期会洛阳,更南行至陈留,往说刘表;偏偏途中得病,累月不痊,勉强到了荆州,病益加剧,缠绵床褥,于是洛阳期会的预约,竟至无效。也是献帝该遭巨劫。那太傅马日䃅,行抵南阳,招诱袁术,术阴怀异志,将他留住,诈言借节一观,竟致久假不归;日䃅一再求去,始终不允,气得日䃅肝阳上沸,呕血而亡。独曹操既领兖州,颇思效法桓文,徐图霸业。平原人毛玠,素有智略,由操辟为治中从事，玠亦劝操西迎天子，号令诸侯。操即遣使至河内，向太守张扬借道，欲往长安，扬不欲遽允。定陶人董昭，曾为魏郡太守，卸任西行，为扬所留，因劝扬交欢曹操，毋阻操使；并为操代作一书，寄与长安诸将，令操使赍往都中。李傕郭汜得书后，恐操有诈谋，拟将操使拘住。还是黄门侍郎钟繇，谓关东人心未靖，唯曹兖州前来输款，正当厚意招徕，不宜拘使绝望，于是傕汜优待操使，厚礼遣归。

操乃搜罗英俊，招募材勇，文武并用，济济一堂，自思有基可恃，理当迎养老父，共叙天伦。因遣泰山太守应劭，往琅琊郡迎父曹嵩。嵩为中常侍曹腾养子，官至太尉，当然有些金银财宝，储蓄家中，自从去官还谯，复避卓乱，移迹琅琊，家财损失有限，此时接得操书，不胜欢喜，便挈了爱妾，及少子曹德，并家中老少数十人，押着辎重百余辆，满载财物，径向兖州前来。道出徐州，又得牧守陶谦派兵护送，总道是千稳万当，一路福星，不料变生意外，祸忽临头，行抵泰山郡华费间，竟被谦将张闿杀死，全家诛戮，不留一人。究竟是否陶谦主使，还是张闿自己起意呢？谦字恭祖，籍隶丹阳，少时尝放浪不羁，及长乃折节好学，以茂才见举，得为卢令，再迁至幽州刺史，居官清白，著有廉名。嗣调任徐州刺史，剿灭黄巾余党，下邳贼阙宣作乱，僭号天子，又由谦督兵剿平，且屡遣使，间道入贡，谨守臣节，朝廷加谦为安东将军徐州牧，封溧阳侯。陈寿作《陶谦传》语多不慊，寿推尊曹操，故叙谦多诬，实难尽信。及李傕、郭汜诸将，兴兵入关，挟主怙权，谦特推河南尹朱儁为太师，并传檄牧伯，约同讨逆，偏儁就征入朝，任官太仆，遂致谦计无成，事竟中止。嗣闻曹操有志勤王，正欲向他结交，可巧操父过境，乐得卖个人情，特派都尉张闿，领兵护送。闿系黄巾贼党，战败降谦，毕竟贼心未改，看了曹嵩许多辎重，暗暗垂涎，至夜宿旅舍间，觑隙下手，先将曹德杀毙；曹嵩闻变，亟率爱妾逃至舍后，穿墙欲出，怎奈妾体肥胖，一时不能脱身，那张闿已率众杀入，逃无可逃，没奈何扯住爱妾，避匿厕旁，结果是为闿所见，左劈右剁，同时毕命。为财而死，为色而死，可见财色最是误人。曹氏家小，亦被杀尽，只有应劭逃脱，不敢再复曹操，便弃官投依袁绍。张闿劫得曹家辎重，也奔赴淮南去了。曹操方因袁术北进，有碍兖州，特督兵出拒封邱，击败术军。术还走寿春，逐去扬州刺史陈瑀，自领州事。操尚想乘胜进击，适值一门骈戮的信息，传入军中，险些儿将操惊倒，顿时哭了又骂，骂了又哭，口口声声，要与陶谦拚命。待至哭骂已毕，遂在军中易服缟素，誓报父仇。留谋士荀彧程昱等，驻守鄄、范、东阿三县，自率全部人马，浩浩荡荡，杀奔徐州。小子有诗叹道：

> 杀父仇难共戴天，如何盛怒漫相迁？
> 愤兵一往齐流血，到底曹瞒太不贤！

欲知徐州战事,待至下回再详。

以千回百折之计谋,卒能诛元恶于阙下,孰不曰此为司徒王允之功?顾王允能除董卓,而不能弭催汜诸将之变者,何也?一得即骄,失之太玩耳。催、汜诸将,助卓为虐,必以王允之不赦为过,亦非至论。但允若能出以小心,如当日除卓之谋,溃其心腹,翦其爪牙,则何不可制其死命?乃目为鼠子,睥睨一切,卒使星星之火,遍及燎原。允虽死,犹不足以谢天下,而酿祸之大,尤甚于董卓怙势之时;然则天下事岂可以轻心掉耶?若曹嵩之被害,亦何莫非由嵩之自取?嵩若无财,宁有此祸?然吕伯奢之全家,无故为操所屠,则曹氏一门之受害,谁曰不宜。杀人之父,人亦杀其父,杀人之兄,人亦杀其兄,古人岂欺我哉?观诸曹嵩而益信云。

第七十一回 攻濮阳曹操败还 失幽州刘虞絷戮

却说曹操为父复仇,亲督全队人马,直入徐州。徐州自陶谦就任后,扫平贼寇,抚辑人民,百姓方得休息,耕稼自安。不意曹兵大至,乱杀乱掠,连破十余城,不问男女老小,一律屠戮,可怜数十万生灵,望风奔窜,尚难逃生;结果是同入泗水,积尸盈渠。陶谦连得警报,只好发兵拒敌,才出彭城,已遇操兵杀来,两下相见,便即奋斗,操麾众直上,势如潮涌,叫陶谦如何抵挡,没奈何退保郯县。郯城虽小,势颇险固,操追至城下四面猛扑,终不能入;乃往攻睢陵、夏邱等邑,焚掘一空,连鸡犬都无遗类,总算是为父报仇。断笔冷隽。谦急得没法,遣使至青州求救。青州刺史田楷,意欲赴援,但恐操兵势大,独力难支,乃致书于平原相刘备,瞩令同行。田楷与刘备俱由公孙瓒委任,事见前文。备方东援北海相孔融,往讨黄巾余孽管亥。说来又有一段遗闻,不得不随笔补叙。

孔融履历,已见前文。弱冠以后,当由州郡荐举,屡征不就,寻由三府辟召,乃入为司空掾,迁官虎贲中郎将;会董卓废立,因融不愿阿附,出为北海相,立学校,讲儒术,礼贤下士,禁暴安良。适有黄巾贼管亥,纠众侵掠,猖獗异常,融出拒都昌,为贼所围。东莱人太史慈,尝避难赴辽东,有母家居,由融随时赡给,融在都昌城被困,可巧慈还家省母,母因嘱慈往赴融急,借报夙惠。慈即徒步前往,突围入城;复奉融命,再出至平原乞援,慈素来娴习骑射,箭无虚发,因此出入围中,贼不敢近。既至平原,即入见刘备道:"慈系东莱鄙人,与孔北海亲非骨肉，谊非乡里，但因北海高义，当与分灾，故特来乞师。今贼目管亥，围攻都昌，北海危急万分，好义如君，谅不忍袖手旁观，坐听成败呢！"措词亦善。备敛容答说道："孔北海也知世间有刘备么？"慨然自负。乃与关张两人，率同精兵三千，往救北海。

关、张本来骁勇，太史慈亦武力过人，三条好汉，杀入贼垒，好似虎入羊群，纵横无敌，管亥走死，余贼尽散，都昌当然解围。孔融出城迎接，邀备入宴，犒赏备军，不消细说。待至备还平原，青州使人，已待守了两三天，相见后，交付田楷书信，由备阅毕，毫不推辞，便率军至青州，与田楷会师，共救陶谦。曹操攻郯不下，粮食将尽，又探得田楷、刘备，合军来援，自知不能取胜，引兵退去。田楷闻操兵已还，当即折回。独刘备至郯城会谦，谦见备仪表出群，格外敬礼，且留备同居，表为豫州刺史；备一再告辞，经谦殷勤劝阻，使屯小沛，作为声援。备难却盛意，只得依言，引军至小沛城，修葺城垣，抚谕居民，百姓也爱戴。备屡丧嫡室，至此得了一个甘家女儿，作为姬妾。那甘氏生得姿容绰约，妩媚清扬，艳丽中却寓端庄，袅娜间不流轻荡，尤妙在肌肤莹彻，独得天成，尝与玉琢美人，并座斗白，玉美人尚逊色三分；刘备虽具有大志，不在女色上计较妍媸，但有此丽姝，自然欢爱，遂令她摄行内事，视若正妻。语有分寸，不涉猥亵。

好容易过了数旬，闻得曹操又进攻陶谦，来夺徐州，备感谦厚待，不得不引兵往援；行至郯城东隅，正值操兵杀来，千军万马，势不可当。备恐为所围，麾众亟退，操追了一程，见备军去远，便移兵再攻郯城。陶谦很是焦灼，拟欲出走丹阳，勉强守了一宵，操军忽然退去，到了天明，城外已寂静无人了。原来陈留太守张邈，本与操相友善，从前关东兵起，邈列同盟，操亦相从，盟主袁绍，尝有骄色，邈正议责绍，绍不甘忍受，使操杀邈；操独谓天下未定，不宜自相鱼肉，因此邈得安全，遇操益厚。操攻陶谦时，以死自誓，曾语家属道："我若不还，可往依孟卓。"即张邈字。哪知张邈竟弃好背盟，私下结交吕布，使布潜入兖州，进据濮阳。

说来也有原因，自吕布奔出武关，往依袁术，术留居幕下，款待颇优，布不安本分，恣兵钞掠，乃为术所诘责，转投河内太守张杨；嗣复舍杨赴冀州，助袁绍击褚燕军，恃功暴横，又遭绍忌，乃再遁还河内。反复无常，终非大器。路过陈留，由张邈遣使迎入，宴叙尽欢，临别时尚把臂订盟，缓急相救。邈亦多事。待布去后，又闻九江太守边让，为了讥议曹操一事，被操捕戮，连妻子一并杀死，邈自是不直曹操，且怀着兔死狐悲的观念，未免心忧。可巧兖州从事陈宫，也因让有才名，无辜遭害，见得曹操有我无人，不能常与共事，意欲乘隙离操，另择他主；适操再攻徐州，嘱宫出屯东郡，宫即密书致邈道："方今天下分

第七十一回　攻濮阳曹操败还　失幽州刘虞絷戮

崩,豪杰并起,君拥众十万,地当四战,抚剑顾盼,也足称豪,乃反受制人下,岂非太愚。近日州军东出,城内空虚,君不若迎入吕布,使作前驱,袭取兖州。布系天下壮士,善战无前,必能所向摧陷。兖州既下,然后观形势,待世变,相机而动,也不难纵横一时呢?"背操则可,迎布也可不必。邈依了宫计,遂与弟广陵太守张超,联名招布。布正东奔西走,无处安身,一得邈等招请,仿佛喜从天降,立即带着亲从数百骑,直赴陈留。邈接见后,更拨千人助布,送往东郡。当由陈宫迎入,推布为兖州牧,传檄郡县,多半响应,惟鄄范东阿三城,由操吏荀彧、程昱等扼守,坚持不动。

彧亟使人报知曹操,操乃收军急回,途次复接警报,系是吕布已夺去濮阳,陈宫且进攻东阿,一时忧愤交集,恨不得即刻飞归,星夜遄返,得驰入东阿城,幸有程昱守住,尚然无恙。昱向操慰语道:"陈宫叛迎吕布,事出不意,几至全州尽失,今惟三城尚得保全,昱已遣兵截住仓亭津,料宫不能飞渡,想此城当可无虞了!"操忙执昱手道:"若非汝固守此城,我且穷无所归呢!"遂令昱为东平相,移屯范城;嗣又得荀彧军报,谓已守住鄄城,击退吕布,布仍还屯濮阳,请急击勿失。操掀髯微笑道:"布有勇无谋,既得兖州,不能进据东平,截断亢父泰山通道,乘隙邀击,乃徒屯兵濮阳,有何能为,眼见是不足虑呢!"布原失策,但操为此语,要先在镇定军心。遂引兵往攻濮阳。吕布出城拒操,仗着一枝画戟,直奔曹军。曹军素知布勇,未战先怯,及见布左挑右拨,果然厉害得很,当即纷纷返奔。操还想禁遏,不意势如山崩,自相践踏,反将操马挤倒。那吕布更骤马直前,挺戟刺操,还亏曹洪、曹仁、夏侯惇等,拚命抵敌,才得挡住吕布,救起曹操。第一次死里逃生。当下且战且行,直返至十里外,布方收兵还城,操始好择地安营。

到了夜间,由操想出一法,立下军令,要去袭击濮阳西偏的屯营;这屯营是吕布预先设置,与城内为犄角,操遣侦骑探悉情形,所以乘夜前往,欲使布恃胜无备,折彼羽翼。当下悄悄出寨,仍由操亲自督领,直抵濮阳城西,一声喊呐,杀入营中,果然营内未曾预防,得被操军捣破,逐去守军,占了营垒。部署未定,突由布将高顺,驱军杀来,操不得不麾兵抵敌,两下混战,将及天明,东方鼓声大震,吕布亲引兵杀到,急得操不能再留,只好弃寨走还。偏偏布截住归路,不肯放行,曹仁、曹洪等虽然敢战,却非吕布敌手,连番冲突,均被吕布击退;自清晨斗至日昃,已有数十百回合,伤亡甚众,仍无出路可寻,操不禁性起,拍马先进,自去突阵。不料布阵内梆声骤响,发出许多硬箭,射住操马,任你如何大胆,也未敢冒险再进。正在进退彷徨的时候,忽跃出一员猛将,姓典名韦,手持双戟,驰出操前,顾语从人道:"虏来十步然后呼我。"兵士听罢,看到敌已近前,便向韦大呼道:"十步到了。"韦仍然不动,复与语道:"五步乃呼我。"兵士又呼称五步已到。韦手中已取得十余戟,连番掷刺,一戟一人,应手而倒,无一虚发,当下戮死十余人,余皆惊走。韦再执着双戟,冲杀过去,布军并皆惧,纷纷避开,连布亦禁遏不住;顿被韦荡开血路,引着后军,奋勇杀出,曹仁、曹洪、夏侯惇等,保住曹操,并力向前,好容易突过布阵,天色已暮。布也无心恋战,听令过去,操得匆匆走脱,驰回营中。第二次死里逃生。当下重赏典韦,加官都尉,引置左右。韦系陈留人氏,勇悍无敌,本在太守张邈部下,充当牙役,嗣因不得升官,转投夏侯惇,战必居先,杀敌有功,得拜司马,至是更为操所擢用,自然感激驰驱,为操效死。隐伏后文。

那吕布返入濮阳,与陈宫再行商议,设法破操;宫查得濮阳城中,田氏最富,口丁数百,童仆数千,乃教布捏造书信,托名田氏,诈降曹操,愿为内应。布即依计办理,使人投书操营。操因两次失败,愤无可泄,一得田氏愿降书报,便不察虚实,立即重赏使人,约期夜间,里应外合,使人喜跃而出,返报吕布,布即四置伏兵,悄悄待着。是夜月色朦胧,星月掩映,操带着将士,衔枚疾进,直至城下,但见东门大开,不禁暗喜,当命典韦为前导,夏侯惇为后劲,自率曹仁、曹洪诸将,居中驱入,一进城阃,前面并无一人,才觉可疑;意欲叫转典韦,不令轻进,偏韦已冒冒失失,不管前途厉害,有路便走,与操相距颇远,急切无从招回,操恐失一爱将,不得已驰马再进。突听得一声炮响,鼓角齐鸣,四面喊声,同时俱起,仿佛如江翻海沸一般,操料知中计,忙拨回马头,急转东门,不料前面烟焰冲霄,火光骤起,截住去路,敌骑复围绕拢来,喧声聒耳,不是杀操,就是擒操。急得操五内如焚,眼见得东门难出,只好觑隙他走,跑往北门,偏途次遇着敌兵,不放操行,操手下的将士,又多失散,不能上前厮杀;没奈何转趋南门。南门也有敌兵守住,又是不能出去,乃再向北门狂窜,兜头碰着一员大将,挺戟过来,火光中隐约辨认,不是别人,正是吕布。为操急杀。操情急智生,反从容揽辔,低头趋过,布因东门里面,不见曹操,便疑操往奔别门,所以回马寻捉,既与曹操相遇,应该一戟刺死,偏见他揽辔徐行,又在昏夜中间,看不清曹操面目,总道操没有这般大胆,定是别人;乃横戟喝问道:"曹操何在?"操用手遥指道:"前面骑黄马的,想是曹操。"真聪明!真灵变!道言未绝,布便纵马前去。当面错过,可见得吕布卤莽。操亟返奔东门,恰好与典韦相遇,引操杀出,路旁统是残薪败草,余焰未消,韦用双戟拨开火堆,冒险冲出,操紧紧随着,亦得驰脱。曹仁、曹洪、夏侯惇等,正在门外待着,拥操回营。第三次死里逃生,真是万幸。

操欲安定人心,当夜检点人马,丧失了一二千名,尚幸将吏无伤,余外焦头烂额的兵士,却也不少,由操亲自抚慰,并笑语道:"我急欲灭贼,以致误中诡计,此后誓必攻下此城,方消我恨。"将士见操谈笑自若,才各自安心,陆续

第七十一回 攻濮阳曹操败还 失幽州刘虞絷戮

归帐。次日操复早起,饬营中亟办攻具,连夜制造,三五日已得完备,复督众攻城。吕布督众拒守,矢石交下,操军亦无隙可乘,嗣是一守一攻,相持至三阅月,彼此俱精疲力尽,勉强支持。会值蝗虫四起,食尽禾稻,军中无从得食,操乃退回鄄城。濮阳城内,也是十室九空,布亦只好往山阳就食,权且罢兵。

是时大司马幽州牧刘虞,与公孙瓒嫌怨越深,瓒纵兵四掠,由虞上表陈诉,瓒亦劾虞揩粮不给,互相诋毁。朝廷方有内忧,李傕郭汜等互争权势,管甚么牧守相争。瓒愈欲图虞,特在蓟城东南,筑一小城,引兵驻扎,为逼虞计。虞愁恨交并,屡邀瓒面论曲直,瓒竟不肯往;虞乃征兵十万,出城讨瓒。瓒不意虞兵猝至,拟弃城东奔,及登陴俯视,见虞兵行伍不整,旗帜错乱,料知虞无能为,因留守不出。虞又爱民庐舍,不令焚毁,且申禁部众道:"毋伤民兵,但诛一伯珪罢了!"瓒字伯珪。部众虽是遵令,但丝毫不得掠取,已是兴味索然,再经城下逗留,屡攻不下,更觉得疲惫不堪,各有归志。瓒却连日登城,窥望敌容,起初虽不甚严肃,还有些雄赳赳的气象,后来逐渐倦怠,暮气日深;乃决意出击,简募壮士数百人,缒城夜出,因风纵火,慌得虞军东逃西窜,不战先溃,瓒趁势出城,直捣虞营,虞营已经自乱,怎经得瓒军捣入,霎时四散,只剩得一座空垒。虞率亲从狼狈逃回,谁料瓒军追至,突入城闉,没奈何挈同妻子,出奔居庸关,瓒尚不肯舍,乘胜追攻;虞众逃散殆尽,只有残兵数百,如何防守,相拒三日,关城被陷,虞也受擒。所有全家眷属,一古脑儿做了俘囚。

瓒收兵还蓟,将虞锢住一室,尚使他管领文书,署名钤印,适有朝使段训,奉诏到来,加虞封邑,监督六州。又拜瓒为前将军,晋封易侯,瓒捺定诏书,诬虞与袁绍通谋,欲称尊号,且请训矫诏斩虞;训尚不肯从,瓒用兵威胁迫,不问训应允与否,遽令兵士把虞牵出,硬邀训同往市曹,号令一下,虞首落地,又将虞妻子,尽行骈戮,即遣使人携虞首级,解往长安。虞素有仁声,北州吏民,无不感叹。故常山相孙瑾,幽州掾张逸、张瓒等,忠义奋发,愿与虞同死。瓒竟令交斩,孙瑾等骂不绝口,至死方休。尚有虞故吏尾敦,在途潜伏,要截瓒使,夺去虞首,用棺埋葬。瓒留训为幽州刺史,上书奏报,其实是借训出面,要他做个傀儡;所有幽州措置,全由瓒一人主持。

瓒意气益豪,复想出图冀州。袁绍也曾防着,因欲南连曹操,与同攻瓒,乃派吏至鄄城,劝操徙居邺中,互相援应。操新失兖州,军食又罄,颇思将计就计,应允下去。东平相程昱闻报,忙驰至见操道:"将军欲与袁绍连和,迁家居邺,此事果已决断否?"操答说道:"原有此事。"昱接口道:"将军此举,大约是临事而惧,昱以为未免太怯了!试想袁绍据有燕赵,志在并吞天下,力或有余,智却不足。将军今迁家往邺,自思能北面事绍否?昔田横为齐壮士,犹不甘为高祖臣,难道将军聪明英武,反情愿为绍下么?"操徐答道:"我何尝甘心事绍,但兖州已大半失去,恐难存身,所以暂与连和,再图良策。"昱又说道:"兖州虽然残缺,尚有三城,战士且不下万人,智勇如将军,若再招罗智士,募集壮丁,合谋并力,再图大举,不但可规复兖州,就是霸王事业,也是计日可成哩!"操不禁鼓掌道:"汝言甚是,我便依汝。"说着,即召入绍使,与言迁居不便,叫他回去复绍,绍使辞归。操于是购粮募兵,招贤纳士,休养数旬,再拟与吕布决一雌雄。小子有诗咏道:

  寄人篱下本非谋,暂挫其锋未足忧。
  善战不亡垂古训,桑榆尚可望重收。

欲知操布复战情形,待至下回再叙。

  曹操虽智略过人,而经验未深,遂至事多失败。观其为父复仇,不问其父之为何人所杀,徒逞毒于徐州百姓,任情屠戮,是谓忿兵,忿兵必败。陶谦兵微将寡,原不能与操敌;然有陈宫之内变,与吕布之外入,几比败军之祸为尤甚。微荀彧、程昱二人,则兖州尽失,操且穷无所归矣!此而不悛,尤复力攻濮阳,三战三败,可见忿兵之不足恃,操得幸免,乃天意不欲亡操,非操之智略果优也。刘虞为汉室名裔,恩信夙孚,乃以战略之未娴,谬思讨瓒,卒至身死家亡,为天下笑!盖以楚得臣之忿,兼宋襄公之愚,其不至为人禽戮者几希,区区小惠,不足道焉。

第七十二回　糜竺陈登双劝驾
　　　　　　李傕郭汜两交兵

  却说曹操欲再攻吕布,移屯东阿,进袭定陶。济阴太守吴资,已与吕布连合,急引兵保守南城,一面向布乞援;布率军驰至,被曹操扼险要击,输了一阵。操复攻定陶,连日不下。布将薛兰、李封,留屯钜野,与定陶相距不远,操恐他援应定陶,因分兵围定陶城,自引健将典韦等,往攻钜野,捣破薛李屯营;及吕布闻信驰救,又被曹军击退,薛兰、李封,先后战死,操得占住钜野,复至乘氏县追击吕布。

  忽由徐州传来消息,乃是陶谦病殁,把徐州让与刘备。禁不住大怒道:"刘备不劳一兵,坐得徐州,天下事有这等容易么?况陶谦是我仇人,我不得手刃谦头,亦当往戮谦尸,今且移捣徐州,报复大仇,然后再来灭布,也是不迟。"道言甫毕,即有一人入谏道:"不可不可!"操闻声瞧视,乃是谋臣荀彧,

第七十二回 糜竺陈登双劝驾 李傕郭汜两交兵

便问他何故不可？彧即答道："昔高祖保关中，光武帝据河内，类皆深根固本，方得经营天下，进足胜敌，退足坚守；故虽有困败，终成大业。今将军首事兖州，得平山东，河济为天下要地，仿佛关中河内，怎得因一时小失，便弃置不顾呢？操以子房比荀彧，或亦以高祖光武拟曹操。况我军已破薛兰、李封，先声已振，再勒兵收麦饷军，进击吕布，无虑不克；布既破灭，便可南占扬州，共讨袁术，临兵淮泗，不怕徐州不为我有；若今日舍布东行，布必乘虚进袭，我多留兵，便不足取徐，我少留兵，又不足守兖，兖州尽失，徐州未取，岂不是一举两失么？"操尚愤愤道："陶谦已死，刘备新任，民心未定，兵力又虚，我若往取徐州，势如反掌，有何难事。"彧微笑道："只恐未必，陶谦虽死，刘备继起，彼惩去年覆辙，自惧危亡，势且辗转结援，合力抗我，现在时当仲夏，东方麦已收入，一闻敌至，必坚壁清野，固垒坐待，攻不能克，掠无所得，不出旬日，全军皆困，况前攻徐州，遍加威罚，子弟念父兄遗耻，拚死相争，胜负更难预料；就使得破徐州，人心未服，待至我军一移，亦必反侧，这真叫做舍本逐末，易安就危，图远忽近，愿将军熟思后行。"洞中利害。操乃不复移军，专与吕布对垒，且令兵士四处割麦，作为军粮。百姓晦气。

蓦有探马入报，吕布与陈宫等，率兵万余，前来攻城。操因兵士四出，一时不及召回，忙驱百姓登城，无论男妇，一齐充役，自率守兵出城拒敌。好多时不见布至，又有探骑入报道："布军至西面大堤旁，探望许久，又复退去了！"操大笑道："这是吕布恐我有伏，故欲进又止，彼见堤南多林，容易伏兵，所以动疑；哪知是太觉多心了！明日布必来烧林，然后再进，我却偏要设伏，看他能逃我计中么？"是谓知彼知己。待至夜间，便召曹仁、曹洪道："汝两人可至堤旁，约距林南里许，引兵下伏，俟我亲去挑战，诱布赶来，两下杀出，休得有误。"曹仁、曹洪领命去讫。

到了翌晨，西面烈焰冲天，果然吕布前来烧林，操喜语道："不出我所料，今日定当破布了！"遂麾军出营，前往搦战，行至堤畔，布已将林木遍焚，并无一人杀出，即放胆再进，才越半里，正与操军相遇，两下交战，操佯败急走，布以为前面无林，驱军急进，不意伏兵从堤下突起，竟将布军冲成两撅；布顾前失后，当然着忙，再加操引军杀转，猛将典韦，双戟很是厉害，除吕布无人敢当，布已心慌意乱，也不暇与韦赌胜，当即拍马退回，仓皇中杀开走路，部兵已折去多人；操军直追至布营，天色已晚，方才引归。布经此一败，锐气尽丧，便夤夜遁去。是不及曹操处。陈留太守张邈，闻得布军败走，料知操必来报怨，乃使弟超保着家属，守住雍邱，自向袁术处求救。操攻拔定陶，就移攻雍邱城，城内守备单微，待援不至，竟至失陷，超惶急自尽，家小等均被操军杀死。邈至扬州，亦为从吏所杀，一门殄绝，情状惨然。实是陈宫害他，然亦可为轻率者戒。

嗣是兖州复归曹操，操自称兖州牧，不过上了一道表文，声明情迹罢了。

吕布失去兖州，又害得无地自存，只好挈着家眷，奔投徐州。徐州刺史陶谦，殁时已六十三岁，临终这一夕，嘱语别驾糜竺道："我死以后，非刘备不能安此州，汝曹可迎他为主，毋忘我言。"说毕遂瞑。竺为谦棺殓，即率州人至小沛，迎备入刺徐州；备辞不敢当。下邳人陈登，表字元龙，夙具大志，弱冠后得举孝廉，除授东阳长，养老恤孤，视民如伤，陶谦表登为典农校尉，劝民耕桑，广兴地利，至是亦随竺迎备。见备不肯受任，便向前力劝道："今汉室陵夷，海内倾覆，立功立业，莫如今日，徐州殷富，户口百万，欲屈使君抚临州事，使君正可借此发迹，奈何固辞？"备尚推让道："袁公路术字公路。近据寿春，此君四世三公，众望所归，何妨请他兼领徐州？"登答说道："公路骄豪，不足拨乱，今欲为使君纠合步骑十万，上足匡主济民，创成霸业，下足割地守境，书功竹帛，若使君不见听许，登等却未敢轻舍使君哩！"

备还有让意，真耶假耶？可巧北海相孔融到来，由备延入，谈及徐州继续事宜；融便说道："我此来正为此事，诚心劝驾，君今欲让诸袁公路，公路岂是忧国忘家的大臣！我看他虽据扬州，不过冢中枯骨，何足介意，今日徐州吏民，俱已爱戴使君，天与不取，反受其咎，将来恐悔不可追了！"备乃勉从融议，由小沛移居徐州，管领州事。适值吕布来奔，备因他进袭兖州，得解徐围，与徐州不为无功，所以出城迎入，摆酒接风，席间互道殷勤，颇称欢洽；罢席后送居客馆。过了两三日，布设宴相酬，备亦赴饮，酒至数巡，布令妻妾出拜，格外亲昵，想貂蝉应亦在列。到了醉后忘情，就呼备为弟，有自夸意；备见布语无伦次，未免不谐，但表面上仍然欢笑，不露微隙，及宴毕告辞，方令布出屯小沛。布意虽未慊，究属不便争论，越宿即与备叙别，自往小沛去了。为下文袭取徐州张本。

且说李傕、郭汜等，在朝专政，已越二年，献帝加行冠礼，改元兴平，追谥本生妣王氏为灵怀皇后，改葬于文昭陵，时献帝已十有六岁了。四府三公，换易数人，太尉迭更四次，乃是皇甫嵩、赵忠、朱儁、杨彪，相继承受。司徒迭更三次，若赵谦，若淳于嘉，若赵温，有名可稽。司空更换了四次，系是循资超迁，先为淳于嘉，次为杨彪，又次为赵温，温进职司徒，后任叫作张喜，由卫尉升任，统共得十余人，大都无从建树，只好随俗浮沉，与时进退，一切军国重权，俱归李傕、郭汜等掌握。

傕欲招抚陇西，特使人买嘱马腾、韩遂等，饵以重赏，征令入朝；马腾韩遂见前文。腾与遂各贪厚利，乃率众共诣长安，朝廷命遂为镇西将军，遣还凉州，

腾为征西将军，留屯郿县。腾虽得官爵，心尚未足，更向李傕索赂，傕不肯照给，遂致触动腾怒，与傕有嫌。谏议大夫种劭，为故太常种拂子，前次傕

第七十二回　糜竺陈登双劝驾　李傕郭汜两交兵

等犯阙时,拂曾遇害,亦见前文。劭欲报父仇,恨傕甚深;且见傕等拥兵逼主,为国大患,乃与侍中马宇,左中郎将刘范,共拟招腾入都,为诛傕计,腾亦与盗贼无异,招腾诛傕即得成功,未必遽安,劭等所见亦误。密使往返;腾即允诺,进兵至长平观中。傕料有内应,先行搜查,种劭等情虚出走,同奔槐里;樊稠、郭汜及傕兄子李利,由傕遣攻腾军,腾交战失利,奔走凉州。樊稠督兵追赶,驰马疾行;李利既不力战,又致落后,被稠促召至军,怒目叱责道:"人欲枭汝父头颅,还敢这般玩愒,难道我不能斩汝么?"利无奈谢罪,随稠再进。行抵陈仓,凑巧韩遂兵至,来援马腾,韩见腾等军败绩,乃勒马相待;至樊稠先驱追来,便上前拦阻道:"我等所争,并非私怨,不过为王室起见,遂与足下本属同乡,何苦自相残杀,不若彼此罢兵,释嫌修好为是。"稠听他说得有理,乐得息事,与遂握手言别,还入都中。傕又遣他再攻槐里,种劭、马宇、刘范等,并皆战死,于是迁稠为右将军,郭汜为后将军。稠复请赦韩遂、马腾二人,安定凉州,方好一意东略,免得西顾。有诏依议,免韩马二人前罪,使腾为安狄将军,遂为安降将军,惟出关东略之计议,傕尚在踌躇,未肯遽允;稠却再三催促,自请效力,反令傕疑窦益深。李利记着前嫌,复向傕密报,述及韩樊共语事,傕不禁大怒道:"军前密谈,定有私意,若不速除此人,后必噬脐。"遂与利商定计划,借会议军事为名,邀稠入室,稠还道他是准议发兵,欣然前往。谁知入座甫定,即由傕呼出健卒,持刀直前,把稠劈死。一面宣告稠罪,说他私通韩、马,与有逆谋,诸将似信非信,互生疑谤,连郭汜亦内不自安。

　　傕欲交欢郭汜,屡请汜入室夜宴,或请留宿,汜妻甚妒,只恐汜有他遇,从旁劝阻。一夕傕复邀汜饮,汜被妻牵住,设词婉谢。偏傕格外巴结,竟遣人携肴相赠,汜妻即捣豉为药,置入肴中,待至汜欲下箸,妻便说道:"食从外来,怎得便食。"当即用箸拨肴,取药示汜道:"一栖不两雄,妾原疑将军误信李公。"说着,向汜冷笑。妒态示绘。汜才知妻含有妒意,力自辩诬,妻却带笑带劝道:"总教将军不往李府,妾自然无疑了。"汜应声许诺。转瞬间已是兼旬,又将前言失记,至傕家饮得大醉,踉跄归来,一入室门,呕哕满地。汜妻泣语道:"将军尚不信妾言么?明明中毒,奈何奈何!"说着,汜亦焦急起来,搥胸言悔,还是汜妻替他设法,忙用粪绞汁,令汜饮下。汜顾命要紧,没奈何掩鼻取饮,未几心中作恶,复吐出若干秽物,稍觉宽怀;你不肯听从阃命,就要罚你吃屎。随即愤然说道:"我与李傕共同举兵,每事相助,奈何反欲害我,我不先发,还能自全么?"越宿就检点部曲令攻李傕。

　　傕闻汜无故来攻,更怒不可遏,出兵拒战,辇毂以下,居然大动干戈,无法无天。傕且遣兄子李暹,率数千人围住宫门,胁迁车驾,太尉杨彪,出语李暹道:"自古帝王不闻有徙居臣家,君等举事,当合人心,为何轻率若此!"暹抗声道：“我家将军，恐郭汜入宫为逆，故遣我迎驾，暂避凶焰，君敢来相阻，莫非与汜通谋不成？”彪不便再言，入白献帝。献帝新立皇后伏氏，甫越三日，便遭此变，急得无法可施。李傕用车三乘，入宫促逼，一乘载献帝，一乘载伏后，一乘由傕吏贾诩、左灵共载，监押帝后至李傕营，天子已成傀儡，由他播弄，余如宫廷侍臣，还有甚么主意？只好随着乘舆，步行同出。傕复纵兵入宫，掠妃妾，掳财物，所有御库金帛，悉数搬至李傕营中；更可恨的是放起火来，把宫阙一律毁尽。董卓毁洛阳宫阙，李傕毁长安宫阙，两京为墟，呜呼炎汉。

献帝到了傕营，虽由傕另设御幄，供奉衣食，但比那宫中安养，迥不相同，累得献帝寝食不遑，日夕担忧。乃命太尉杨彪、司空张喜、尚书王隆、光禄勋邓渊、卫尉士孙瑞、太仆韩融、廷尉宣璠、大鸿胪刘邵、大司农朱儁等，至郭汜营内讲和。汜不肯依议，反将群臣留住，逼令同攻李傕。杨彪勃然道：“群臣共斗，一劫天子，一拘公卿，古今曾有是理么？”还讲甚么道理？汜闻言起座，拔剑指彪，凶威可怖，彪却无惧色，正容答语道：“卿尚不念国家，我亦何敢求生！”中郎将杨密，忙上前劝止，汜才罢手。但尚未肯放还群臣，仍与李傕相争不息，傕召羌胡数千人，分给御物缯彩，令他攻汜，且谓诛汜以后，当加赏宫人妇女。汜亦阴贿傕党中郎将张苞，约为内应，自率众夜攻傕营，矢及御幄。傕慌忙出拒，仓猝间闻有箭声，亟向右侧闪过，那左耳上已中了一箭，忍痛拔去，血流如注，忽又有烟焰从营后出来，料知有人图变，更觉惊惶；幸亏都将杨奉，引兵援应，方将汜兵杀退，再查及营后火光已经消灭，独不见中郎将张苞，才知苞阴通郭汜，纵火未成，奔投汜营去了。

傕经此一吓，免不得顾前防后，遂将献帝迁居北坞，使校尉监守坞门，隔绝内外，饮食不继，侍臣均有饥色。献帝向傕求米五斗，牛骨五具，分给左右。傕怒说道：“朝夕上饭，何用米为？”乃只把臭牛骨送入。献帝见了，不胜懊恨，便欲召傕责问。侍中杨琦急奏道：“傕自知所为悖逆，欲动车驾往池阳，愿陛下暂时容忍，静待后机。”献帝乃低头无语，用巾拭泪罢了！末代皇帝，实是难做。司徒赵温，见献帝为傕所制，因致书与傕，语多责备。傕又欲杀温，经傕弟李应劝解，才得罢议。惟傕迷信鬼怪，常使道人及女巫，击鼓降神，诳惑部兵，又为董卓作祠北坞，屡往祷祭。每当祭后，顺道省视献帝，不释甲械，奏对时亦言语不伦，或称帝为明陛下，或呼作明主；且言郭汜种种不道，应该加诛。献帝只好随他意旨，而为敷衍。傕欣然出语道：“明陛下真贤圣主！”嗣是无害帝意。

献帝复遣谒者皇甫郦，往与两造解和，郦先诣郭汜营，用言婉劝，汜颇有允意。转至李傕处调停，傕独不肯从，悻悻与语道：“我有讨吕布的大功，辅政四年，三辅清静，为天下所共闻，郭多汜小名为多。系盗马虏，怎敢与我抗衡，且擅劫公卿，罪在不赦，我所以定欲加诛，君为凉州人，看我方略士众，足胜郭

第七十二回　麋竺陈登双劝驾　李傕郭汜两交兵

多否？"郦听他语言不逊，也忍无可忍，便应声道："古时有穷后羿，自恃善射，不思患难，终归灭亡，近如董公强盛，亦致身亡族灭；可见得有勇无谋，反足取祸。今将军身为上将，持钺仗节，子孙宗族，多居显要，国恩亦岂可遽负？且郭多劫质公卿，将军胁迫至尊，孰轻孰重，不问可知，张济、杨奉诸人，尚知将军所为非是，将军若再不悔悟，恐一旦众叛亲离，虽悔无及了！"语虽切直，究非和事佬声口。傕怎肯听服，呵令出去。

郦趋出营中，遇着侍中胡邈，前来探信，郦即呼语道："李傕不肯奉诏，词多悖逆。"邈急摇手道："毋为此言，徒自取辱。"郦瞋目道："胡敬才，邈字敬才。汝亦国家大臣，奈何也作此语，郦累世受恩，得侍帷幄，君辱臣死，义所当然！今若为李傕所杀，莫非天命，何惧之有！"邈不待说毕，匆匆还白献帝，献帝恐郦得罪李傕，急遣人召还。傕果遣虎贲将王昌呼郦，昌鉴郦忠直，纵令还报，只说是追郦不及，入报李傕，且劝傕不宜多戮直臣，傕乃无言。及郦还白献帝，诏令他免官归里。郦与故太尉皇甫嵩同族，嵩已病殁；郦以忠直闻名，幸得不死，这未始非天眷忠诚，才得脱离虎口呢！寓劝于褒。献帝尚恐傕怀怒，特擢傕为大司马，位重三公。傕归功诸巫，重赏金帛，独不及将士。部将杨奉，至是越不愿事傕。潜与傕军吏宋果，谋杀傕奉还天子，不幸谋泄，果为傕所杀，奉得逃脱，傕众亦陆续叛去。

可巧镇东将军张济，引兵入都，进谒献帝，请宣诏谕和傕汜，并愿奉驾东幸弘农，献帝自然乐从，当下遣使持诏，分谕傕、汜两人，傕、汜尚有异言。经使臣仆仆往来，直至十次，方得言和，汜乃释放群臣，杨彪等并皆告归。惟朱儁因愤成病，已先释出，回家便死。何不早死数年，免丧英名。张济促驾登程，择定兴平二年七月甲子日，启跸就道。偏有羌胡数千人，窥探御帐，喧声杂呼道："李将军尝许我宫人，今可蒙颁给否？"献帝听着，心上加忧，因遣侍中刘艾，商诸贾诩。诩由李傕荐举，已拜为宣义将军，既奉上命，乃召语羌胡酋帅，许予封赏，叫他禁止部属，不得罗唣；羌胡方皆引去。既而启跸期届，由群臣拥护帝后，登车出宣平门，将过吊桥，突有骑士数百人，拦住桥上，不许乘舆过去，惹得献帝又惊又恼，大费踌躇。正是：

　　　　困龙失势遭虾戏，毒蟒回头遭蝎来。

毕竟献帝能否出险，容至下回再详。

　　陶谦识刘备为英雄，愿让徐州，不可谓非知人。备之一再谦让，或谓其故为谦饰，亦岂真能知者！徐州为曹操所必争，只因吕布入兖，不得已回顾根本，彼固未尝须臾忘徐州也！备知兵力之不足敌操，故不愿承受。迨经陈登、孔融等之力为劝驾,方许兼领,而于吕布之奔至,欢然迎入,仍为合力拒操起见,备之用心亦艰且苦矣。李傕、郭汜之乱,始误于王允,继误于种劭,允与劭皆图报君亲,而计划未良,不但杀身,并且祸国。厥后乃因一汜妻之播弄,遂致两贼寻仇,兵争不已,一劫天子,一质公卿,汉室纪纲,扫地尽矣!宣圣有言,女子小人,最为难养,斯固千古不易之定论矣。

第七十三回　御跸蒙尘沿途遇寇　危城失守抗志捐躯

　　却说献帝出宣平门,突被乱兵阻住,当由护驾诸臣,探问来因。兵士齐声道:"我等奉郭将军令,把守此桥,不准吏民自由往来。"侍中刘艾出诘道:"吏民不得往来,天子也不得往来么?"兵士尚云须亲见天子,方可取信。侍中杨琦便高揭车帷,刘艾又大呼道:"天子在此,快来见驾。"兵士乃向前审视,献帝亦面谕道:"诸兵何敢迫近至尊,快快退去。"兵士乃却,让车驾过桥东行。夜抵霸陵,从臣皆饥,由张济分给干粮,才得一饱。李傕不愿随驾,已出屯池阳。郭汜仍引兵追上,献帝命张济为骠骑将军,郭汜为车骑将军,杨定为后将军,定亦董卓旧部。杨奉为兴义将军,皆封列侯;又使牛辅旧将董承为安集将军,同赴弘农。郭汜独不愿东往,请献帝转幸高陵,献帝遣人谕汜道:"弘农与洛都相近,容易奉祀郊庙,幸卿勿疑。"汜不肯受诏。献帝遂终日不食,懊怅异常。汜乃云可幸近县,及行至新丰,汜又欲胁帝还郿。侍中种辑,密告杨定、董承、杨奉,约与抗阻。汜见人众我寡,乃弃军径入南山,余党夏育高硕等,还想承汜遗意,劫帝西归,遂在营外纵火图乱。杨定、董承拥帝后入杨奉营,夏育等便来劫驾,还是杨定、杨奉,内应外护,杀退夏育等众,才得无恙。越宿复奉驾起行,到了华阴,宁辑将军段煨,出营迎谒,供献帝后服御,及公卿以下资粮,且请乘舆过幸营中。偏杨定与煨有隙,联结董承、杨奉等人,诬煨交通郭汜,希图劫驾。挟天子为奇货,故以小人之腹,度君子之心。献帝疑信参半,未加煨罪,定与奉遽引兵攻煨,煨亦出兵相拒,连战十余日,未分胜负。惟煨遣使供奉,仍然不绝,并上书自陈心迹,不敢生贰。当由献帝遣令侍臣,替他和解,方得息争。这叫做和事皇帝。不意一波才平,一波又起,那李傕、郭汜二人,又复连合,来追乘舆。忽离忽合,是谓小人之交。杨定闻傕、汜又至,恐不能敌,索性弃去帝后,走还蓝田。中途被郭汜截击,落荒逃窜,单骑走亡荆州。本欲扶主逞强,反致弃君逃命,贪心不足者,可引以为鉴。还有张济亦生贰心,谋至杨奉营内,夺还乘舆。杨奉窥知情状,即与董承夜奉车驾,潜走弘农。及张济闻知,

第七十三回　御跸蒙尘沿途遇寇　危城失守抗志捐躯

尾追不及，竟会合李、郭两军，一同赶来。杨奉、董承不得不督兵力战，毕竟众寡不敌，杀得大败亏输，从臣卫侍，纷纷挤入东涧，多半溺死，所有御物国籍，抛弃殆尽，单剩得帝后两车，由董承拚死保护，方得走脱。射声校尉沮俊，受伤坠马，为傕所执，傕问左右道："此人尚可活否？"俊大骂道："汝等为逆，劫迫天子，使公卿遭害，宫人流离，自来乱臣贼子，未有这般凶恶，将来不被人诛，必遭天殛，我为主效命，死且留名，不似汝等遗臭万年哩！"傕闻言愤甚，掣出佩剑，将俊杀死。再纵兵大掠弘农，鸡犬一空。献帝挈了伏后，仓皇东走，窜入曹阳境内，天已垂暮，无处栖身，没奈何露宿一宵。杨奉收集败兵，与董承会议道："我军已败，不堪再战，只好向他处乞援，方可抵敌追兵。"董承也以为然。两人想了多时，远处不及呼救，只河东一隅，尚有故白波贼帅李乐、韩暹、胡才，及南匈奴右贤王去卑等，可以招抚，叫他速来救驾；一面用缓兵计，遣人与傕等议和，佯为周旋。既而李乐等陆续趋至，共约得骑士数千，董承杨奉令他充当先锋，往攻傕等。傕等遥望旗帜，乃是河东援兵，顿觉心惊，不由的退却下去。李乐、韩暹、胡才诸人，并辔追击，再加董承、杨奉，从后继进，大破傕等，斩获无算，待傕等逃至数十里外，始收军还营。诘旦再奉驾东驱。约行数里，后面尘头大起，傕、汜、济三路人马，又分头赶到，原来傕等探得河东援兵，不过数千，更知白波贼众，向系乌合，不足深虑，因复驱兵来追。董承李乐，忙保驾先走，杨奉、韩暹、胡才，及匈奴右贤王去卑，率兵断后。谁料傕、汜、济三面夹攻，横冲直扫，把杨奉等截作数撅；奉等队伍大乱，伤毙甚多。傕、汜济乘胜肆威，见人便杀，光禄勋邓渊，廷尉宣璠，少府田芬，大司农张义，奔避不及，俱为所害。司徒赵温，太常王绛，卫尉周忠，司隶校尉管郃，被傕截住，几遭毒手，还亏贾诩竭力解免，方幸重生。*也有幸有不幸*。董承李乐，随献帝走不数里，背后追兵大至，李乐狂呼道："事急了！请天子上马速行。"献帝哽咽道："不可，百官何辜，朕怎忍舍去。"*还不失为仁主之言*。李乐等且战且走，彼此卫士，前奔后追，连缀至四十里，才得至陕。日光又暮，追兵少缓，乃结营自守；将士十丧七八，虎贲羽林军，不满百人，傕、汜、济三路叛兵，辄绕营叫呼，侍从等相惊失色，各谋散去。李乐请献帝乘夜渡河，东走孟津，投依关东诸牧守。太尉杨彪道："夜渡岂可无船，且从人尚多，何能一一尽渡。"李乐道："且待我前去寻船，如有船可渡，当举火为号，请君等保帝同来。"彪应声许诺。待乐去后，约历更许，见河滨火光冲起，料知船已备就，乃拥帝出营，徒步夜走。伏皇后云鬓蓬松，花容惨淡，从未经过这般苦楚，至此也只好跟着献帝，踽踽同行。后兄伏德，一手扶后，一手尚挟绢十匹。*也是个死要财帛*。被董承瞧入眼中，心下不平，竟使符节令孙徽从卒，上前争夺，格毙一人，连伏皇后衣上，也为血迹所污。伏皇后吓得发抖，亟牵住献帝衣裾，涕泣求救，献帝出言呵止，争端方息。及至河滨，河中只有船一艘，泊住岸边，天寒水涸，岸高数丈，叫帝后如何下去。亏得伏德手中，残绢尚存，乃将绢裹住帝身，用两人拽住绢端，轻轻放下。伏德尚有勇力，背负皇后，一跃下船。杨彪以下，依次下投，船中已有数十人，不能再容，董承、李乐，即跳落船头，解缆欲驶，吏卒等多不得渡，争扯船缆。承与奉用戈乱击，剁落手指，不可胜计。早有侦骑报知李傕，傕等出兵往追，见帝后已经东渡，不能截回，惟将岸上未渡士卒，一并掠去。卫尉士孙瑞，亦不得从渡，徘徊岸上，突被乱兵杀死。尚幸李傕等专务劫掠，不遑东追，帝后始得渡到彼岸，跟跄登陆，步行数里，才抵大阳，天色已大明了。董承、杨奉各至民间搜取车马，毫无所得，只有牛车一乘，取载帝后，余皆联步相随。趋至安邑，河内太守张扬，河东太守王邑，方得车驾蒙尘的消息。扬使人奉米，邑使人奉帛，献帝拜扬为安国将军，邑为列侯。李乐、韩暹、胡才等，又举荐党徒数十人，各授官职，印不及刻，但用锥划石，粗成字迹，便即颁发；帝后居棘篱间，门无关闭，群臣议事，就借茅舍作为朝堂，简直是不成体统了。献帝尚恐傕等渡河，特使太仆韩融，西赴弘农，与他讲和。傕等掠得子女玉帛，颇已满欲，乃许从融议，放还所掠吏士，及乘舆器物等类。杨奉、韩暹，便欲就安邑建都，太尉杨彪等，俱拟东还洛阳，文吏拗不过武弁，只好暂时驻驾，徐待后图。献帝命韩暹为征东将军，李乐为征北将军，胡才为征西将军，使与董承杨奉，并秉朝政。适值蝗虫四起，岁旱无禾，从官无从得食，但取菜果为粮；眼见是不能安居，可巧张杨自野王来朝，也请献帝还都洛阳，杨奉等仍有违言，杨乃复回野王去了。

是时关东重望，首推二袁，袁术复蓄异图，隐然有帝制自为的思想，怎肯西向救主；袁绍虽未敢称帝，但因冀州新定，也不愿轻离。从事沮授进谏道："将军累代辅政，世笃忠贞；今朝廷播越，宗庙残毁，为将军计，正应西迎帝驾，安宫邺中，挟天子足以令诸侯，蓄士卒足以讨不庭，名正言顺，事必有成，愿将军勿失此机。"原是最好机会。绍颇被感动，有出兵意，偏有两人入阻道："汉室久衰，势难再兴。且英雄并起，各据州郡，连徒聚众，动辄万计。这好似嬴秦失鹿，先得可王的时势了！今若迎入天子，动须表闻；从命即失权，违命即被谤，不如勿行。"授见是同僚郭图、淳于琼出来阻挠，即驳说道："今奉迎天子，既合大义，又得时宜，若不早图，必落人后。授闻权不失机，功在速捷，请将军急自裁断，毋惑人言。"绍听了三人议论，各执一是，又累得迟疑不决。即此可见袁曹之成败。会闻东郡太守臧洪，背绍自主，绍遂将迎驾问题搁置不顾；竟发兵围攻东郡，数月不下。东郡本属冀州管辖，臧洪得为太守，也是由绍简放出去；当曹操围雍丘时，见前文。张超曾向洪乞救，洪尝为超功曹，因联兵往讨董卓，慷慨宣言，见前文。得邀袁绍赏识，留参帷幄，嗣即使领青州，盗贼屏息；

乃复调任东郡。他本生有侠气,好济人急,一闻张超求援,便徒跣号泣,向绍请师。绍与操尚无怨隙,不愿援超,超竟被灭族,洪由是怨绍,绝不与通。绍恨他背惠,驱兵往攻,偏洪誓死固守,历久相持,绍尚爱洪多才,不忍遽迫,乃令里人陈琳,作书晓谕,力劝洪悔罪投诚;洪竟执意不屈,复书约千余言,略云:

仆本因行役,谬窃大州,恩深分厚,宁乐今日;自被兵接刃,登城望主人之旗鼓,感故友之周旋,抚弦搦矢,不觉流涕之满面也,何者?自以辅佐主人,无以为悔,主人相接,过绝等伦,盖幸赞襄大事,共尊王室。乃者本州见侵,洪系广陵人,故称雍为本州。郡将遘厄,杖策乞师,一再见拒,使洪故君遂至沦灭;区区微节,无所获伸,斯所以忍悲挥戈,收泪告绝者也。昔张景明超字景明。亲登坛歃血,奉辞奔走,卒使韩牧让印,主人得地,指韩馥让位时。曾几何时?不蒙观过之贷,反受赤灭之祸;足下试思,景明负主人乎?抑主人负景明乎?吾闻之,义不背亲,忠不违君,故东宗本州以为亲,援中扶郡将以安社稷,一举二得以徼忠孝,未敢为非。足下乃欲使吾轻本忘家,倾向主人,主人之于我也;年为吾兄,分为笃友,道乖告去以安君亲,亦可谓顺矣!若吾子之言,则包胥宜致命于伍员,不应号哭于秦庭乎?足下或者见城围不解,救兵未至,感亲邻之义,推平生之好,以为屈节而苟生,胜于守义而倾覆也。昔晏婴不降志于白刃,南史不曲笔以求生,故身著图像,名垂后世。主人苟鉴谅苦衷,正当返旆退师,治兵邺垣,西向迎驾,岂可徒盛怒暴威于吾城下哉?行矣孔璋,琳字孔璋。足下徼利于境外,臧洪授命于君亲,吾子托身于盟主,臧洪策名于长安,子谓余身死而名灭,仆亦笑子生死而无闻焉!悲哉本同而末离,努力努力!夫复何言。

陈琳得了复书,当即呈示袁绍。绍阅书中来意,已知洪倔强到底,不肯再降;乃增兵急攻东郡。臧洪昼夜督守,害得力竭身疲,不得已遣二司马,缒城夜出,南赴徐州,向吕布处告急。看官!你想吕布方寄食小沛,自顾不遑,怎能往救臧洪?洪待了旬余,毫无影响,更兼粮尽矢穷,朝不保暮;因召集吏士,涕泣与语道:"袁氏无道,所图不轨,且不救洪郡将。洪为义所迫,不得不死;诸君与洪有别,毋与此祸,可就城未陷时,挈眷逃生,洪从此与诸君永诀了!"吏士皆垂泪答道:"明府与袁氏本无嫌怨,只为了本州郡将,自致困迫。明府不忍舍故主,我等也何忍遽舍明府呢?"于是同心誓死,守一日,算一日。初尚掘鼠为食,煮筋充饥;及至鼠无可掘,筋亦俱尽,内厨只有粝米三斗,由主簿据实启闻,谋为馈粥。洪叹息道:"我何甘独食?可作薄粥,分饷众人。"至粥已煮就，召众共饮，须臾立尽；洪复取出爱妾，亲自下手，把她杀死，烹肉啖众。众皆涕泗滂沱，莫能仰视。可比唐张巡先声，但与巡相较，亦有微异。结果是人人枵腹，同为饿莩。等到城池陷没，男妇七八千名，已皆死尽，无一叛亡；洪亦气息奄奄，坐被擒去。绍盛设帷帐，大会诸将，令将洪推至面前，拈须与语道："臧洪何相负如此，今日可服我否？"洪据地瞋目道："诸袁事汉，四世三公，可谓受恩深重！今王室衰乱，不能急往扶翼，反且觊觎非望，屈害忠良。可惜洪兵少势孤，不能推刃乱臣，为国报仇，有什么服不服呢？"责绍无君，却有至理。绍不禁怒起，叱令左右推出斩首。忽有一人出阻道："将军首举大义，本欲为天下除暴；今乃先诛忠义，上违天心，下乖人望，且臧洪抗命，实为故将效节，将军应该格外鉴原，奈何加戮？"绍闻声瞧着，乃是前东郡丞陈容，与洪同籍，便怒叱道："汝已被臧洪遣出，寄居我侧，怎得尚私袒臧洪？"容顾绍道："人生只凭仁义，不徇爱憎，蹈义为君子，背义为小人，容宁与臧洪同死，不愿与将军同生！"也是硬汉。绍怒上加怒，亦令左右牵容出帐，与臧洪同受死刑。列席诸将，无不叹惜，或私相告语道："奈何一日杀二烈士。"还有臧洪遣往求救的两司马，自小沛还报，探得城陷洪死，亦皆自杀。可见得汉末士人，尚重气节，得失利害，在所不计，要死就死罢了！言下有感慨意。

　　绍既杀死臧洪，又欲进图幽州。幽州为公孙瓒所据，日渐骄矜，记过忘善，黜正崇邪。八字是致亡原因。前幽州从事鲜于辅，潜集州兵，欲为刘虞报仇，州民多怀虞恨瓒，乐为效死。燕人阎柔，素有恩信，为胡人所悦服；辅即推为乌桓司马，令他招诱胡骑，一同攻瓒。瓒所置渔阳太守邹丹，闻风防御，被辅柔连兵进攻，把丹击死。又探得刘虞子和，留居袁绍幕下，尚然存在，见前文。乃相率至冀州，欲将刘和迎归；袁绍当然允许，并遣大将麹义，领兵十万，护送刘和，长驱入幽州境。公孙瓒连忙出阻，麾下兵却也不少，但与麹义等交锋，一边是劲气直达，一边是观望不前，眼见是有败无胜。鲍邱一战，瓒军大败，好头颅被敌斫去，约有二万余颗，瓒遁还蓟城，不敢出头。代郡上谷右北平等处，皆响应鲜于辅刘和等军，戕吏叛瓒，瓒越觉孤危。先是幽州有童谣云："燕南垂，赵北际；中央不合大如砺，惟有此中可避世。"瓒得闻歌谣，暗想燕赵交界，莫如易地；因即由蓟徙易，缮垒自固。复设围堑十重，就堑筑室；内分数层，每层高五六丈，悬梯相接，中层最高，由瓒自居，熔铁为门，屏除左右。但令姬妾旁侍，凡男子七岁以上，不准擅入，遇有文书往来，辄悬绁上下，以免需人传递；又饬妇女习为大声，宣扬教令。一切谋臣猛将，罕得接见，嗣是群下懈体，雍隔不通。或问瓒何故为此？瓒喟然道："我北驱群胡，南扫黄巾，方谓天下可一麾而定；哪知海内愈乱，兵革迭兴，看来非我所能荡平，不如休兵息民，静待时变。兵法有云：'百楼不攻。'今我设楼橹数十重，积谷三百万斛,可以安食数年,食尽此谷,再作后图便了。"看官阅此,应无不笑瓒为愚,只是命未该绝,还有两三年的运数,所以曲义等捣入境内,为了粮运不继,引军退去;反被瓒追击一阵,夺得许多车仗,满载而回。曲义还报袁绍,只言瓒势尚盛,未可遽灭。袁绍乃暂缓进兵,但心中总想并吞幽州,方肯罢手;那迎驾勤王的大计划,反拱手让诸别人。这真叫做一着弄错,满盘尽输,岂不是大可惜么?小子有诗叹道:

> 欲图大业在乘时,一念蹉跎便觉迟。
> 尽有机宜甘自误,袁曹从此判雄雌。

欲知迎驾大功,属诸何人,且看下回续叙。

李傕、郭汜,贼也;张济、杨奉、董承,亦无一非贼;至如李乐、韩暹、胡才,则固以贼自鸣,更不足道矣。堂堂天子顾委身于贼臣之手,尚有何幸?其所以间关跋涉,苟延残喘者,贼胆尚虚,未敢公然篡逆也。当时之力,与勤王足成大业者,莫如袁绍。向使从沮授之计,西向迎驾,光复东京;则上足媲齐桓晋文,下亦不失为曹阿瞒,何至身名两败,死且无后乎?若臧洪之所为,迹同小谅,未足与语大受。但观其复琳一书,与责绍数语,辄以未安王室为咎,是固犹以忠义为切劘,安汉不足,愧绍则固有余也。后人以烈士称之,不亦宜哉?

第七十四回 孟德乘机引兵迎驾
奉先排难射戟解围

却说董承、杨奉等,护着献帝车驾,驻扎安邑,一住过年,改元建安。太尉杨彪等,名为三公,毫无政权,行止进退,俱由武夫作主,文臣不得过问。杨奉等拟就安邑定都,独董承欲奉驾还洛,与杨奉等更生龃龉,奉竟遣将军韩暹,袭击董承。承奔往野王,投依张杨,杨决意调兵迎驾,使归旧都;乃令董承先赴洛阳,修筑宫室,并致书荆州刺史刘表,请他为助。表却履书如约,陆续派遣兵役,输送资粮,总算是有心王室,戮力从公。杨奉、韩暹等闻信知惧,出屯险要,拒绝张杨董承;还是献帝下谕譬解,令他扈跸入洛,奉与暹方才奉诏,还至安邑,护驾东行。惟胡才、李乐,仍留居河东,不愿相随,时已为建安元年秋季了。建安年号最久,且为汉朝末代正朔,故一再提明。七月初旬,献帝驾至洛阳,宫阙尚未修成,暂借故常侍赵忠第宅,作为行宫;郊祀上帝,大赦天下。张杨在中途迎驾,一同至洛,先就南宫督修殿宇,半月告竣,号为杨安殿,自志己功；便请帝后迁居杨安殿，且语诸将道："天子当与天下共戴，朝廷自有公卿大臣，不劳我辈干涉，杨当出御外难便了。"乃辞归野王。杨奉亦出屯梁地，韩暹、董承，并留宿卫。献帝封赏功臣，命张杨为大司马，兼安国将军，杨奉为车骑将军，韩暹为大将军，领司隶校尉，皆假节钺。惟洛阳宫府，已被董卓毁尽，急切不能修复，除杨安殿外，尚是瓦砾成堆，荆榛满目。八字写尽荒凉。百官无处安身，暂就破壁颓垣，作为栖处；并且无粮可因，遣人向州郡征求，十无一应。自尚书郎以下，往往亲出采稆，野谷曰稆。煮食充饥，甚至朝夕不继，往往饿死；或被兵士沿途劫夺，辄遭格毙。这消息传到兖州，雄心勃勃的曹阿瞒，遂欲托名勤王，挟主称雄。见识原高人一等。部下将吏，多言山东未定，不宜轻出，且韩暹、杨奉，负功恣睢，未可猝制，不如从缓为是。独荀彧进说道："昔晋文公纳周襄王，终成霸业；高祖为义帝缟素，天下归心，近自董卓倡乱，天子播越，将军首举义兵，徒因山东扰乱，未敢远赴关右，但尚分遣将吏，冒险通使，上达朝廷，是将军志在效忠，人所共晓。今乘舆旋轸东京，义士思汉，人民怀旧，诚因此时上奉帝驾，下从物望，便是大顺，内秉至公，外服雄杰，便是大略，首持仁义，旁招英俊，便是大德；四方虽有逆节，亦何能为？韩暹、杨奉，出身盗贼，更不足虑了。若一失此机，让人占先，将来恐无此机会呢！"曹操大喜道："文若所言，正合我意。"遂遣中郎将曹洪，引兵西进。将至洛阳，偏为董承等所阻，用兵扼险，不许交通。时骑都尉董昭，方由河内至安邑，随驾入洛，迁职议郎；他本与曹操结交，见前文。因复为操设法，冒名作书，寄与杨奉，略云：

操与将军闻名慕义，便推赤心；今将军拔万乘之艰难，反之旧都，翼佐之功，超世无俦，何其休哉！方今群凶猾夏，四海未宁，神器至重，事在维辅；必须众贤以清王轨，诚非一人所能独建。心腹四肢，实相恃赖，一物不备，则有阙焉！将军当为内主，操为外援，操有粮，将军有兵，有无相通，足以相济，死生契阔，相与共之。

奉得书甚喜，即表荐操为镇东将军，袭父嵩爵，为费亭侯。操正在汝南颍川一带，征剿黄巾余党；斩贼目黄邵，收降贼党何仪、何曼，回军驻许，接到洛阳诏使，得袭侯爵，尚不过循例拜命，无甚惬意。过了数日，又接得董承来书，邀令速诣洛阳，方喜如所望；即日引兵起程，与曹洪中途会合，直抵东都。董承本欲拒操，阻洪西进，此次为了韩暹专恣，遇事牵掣，所以变易初心，召操入卫。何进召董卓，董承召曹操，统是引狼入室，自速危亡。操既至洛阳，先将大队人马，驻扎都城内外；然后登殿朝谒，三呼如仪，献帝赐操平身，宣谕慰劳，操拜谢而退。出见董承，承与语韩暹罪状，操并忌张杨，连章劾奏；暹惧诛即走，奔

第七十四回　孟德乘机引兵迎驾　奉先排难射戟解围

往大梁。献帝因暹杨扈跸有功,不愿加惩,诏令免议;张杨无罪可言,操之劾杨,全是私心。独假操节钺,领司隶校尉,录尚书事。操得揽政权,严核功罪,有罪请诛,有功请赏。于是杀三人,封十三人,追赠一人,胪述如下:

尚书冯硕,侍中壶崇,仪郎侯祈并处死刑。卫将军董承,辅国将军伏完,侍中丁冲种辑,尚书仆射钟繇,尚书郭溥,御史中丞董芬,彭城相刘艾,左冯翊韩斌,东郡太守杨众,议郎罗邵、伏德、赵蕤并封列侯。故射声校尉沮俊追赠为弘农太守。

看官听说!这辅国将军伏完,便是伏皇后的父亲,籍隶琅琊,八世祖就是伏湛,系东汉开国功臣,官终大司徒,完得袭世爵为不其侯;曾尚桓帝女阳安公主,生子女二人,子即议郎伏德,女即伏皇后。伏后履历,就此补叙明白。卫将军董承,从驾有功,献帝又选董女为贵人,选承为车骑将军;伏董两家,统算是皇家贵戚了。缀此一笔,为下文两家诛夷伏案。议郎董昭,已迁官符节令,操与他情好甚深,遂引与同坐,向他问计。昭答说道:"将军兴义师,诛暴乱,入朝天子,辅翼王室,这真所谓当代桓文,功业无比哩!但昭看诸将异心,未必服从,今若留此匡辅,诸多未便,不若移驾都许,方为上策;但朝廷播越有年,新还旧京,方冀少安,今复徙驾,必滋众议。昭闻行非常事,乃有非常功,愿将军临事果断,勿涉迟疑。"操抬须道:"我意也是如此,惟杨奉在梁,拥有重兵,可无他变否?"昭又答道:"奉虽拥众,素乏党援,尝思与将军交好;镇东费亭侯的封典,全是奉一手造成,将军可随时遣使,厚为馈谢,慰悦奉心;一面明告内外,但言京都无粮,只好奉驾迁许,往彼就食,奉为人有勇寡谋,必不遽疑,待他出师相阻,将军已好奉驾至许了!"操欣然称善,遣使诣奉,厚遗金帛,自己入朝面奏,请献帝东幸许城,免致乏粮。献帝不得不从,群臣皆畏操兵威,莫敢异议。当即指日登程,道出轘辕,东向进行。操预恐有人劫驾,步步为营,且使曹洪等分领锐卒,往伏阳城山谷中,专防杨奉前来。奉得操馈赠,倒也无心劫驾;惟韩暹奔梁依奉,从旁怂恿,乃出兵邀击,才抵阳城,被曹洪等发伏并起,左右夹攻,杀得大败而回。操得安然抵许,筑宫殿,立宗庙社稷,奉帝居住;进操为大将军,封武平侯。太尉杨彪,司空张喜,见操大权独揽,并皆辞职。操复请献帝下诏,严责袁绍,说他地广兵多,不务勤王,专自树党,擅相攻伐。自失时机,便被他人借口。绍乃上书申辩,且请献帝转幸鄄城;献帝出书示操,操当然批驳,但请授绍为太尉。诏使到了冀州,绍怒说道:"曹操已濒死数次,赖我救活,今反挟持天子,敢来令我么?"谁叫你不先迎驾。遂拒诏不受。操得使人归报,恐绍兴兵来争,乃请将大将军一职,暂让与绍,并封绍为邺侯,绍仍辞还侯封,惟与操不复争论。操自为司空,行车骑将军事,当即声讨杨奉,责他出兵阳城,敢图犯驾,罪同大逆,应坐诛夷等语。诏檄先传,兵马继发,张旗鸣鼓,直捣大梁。杨奉、韩暹开营逆战,俱被曹军杀败;惟奉有部将徐晃,骁勇过人,驰突无前,操诱令归降;奉既失良将,复丧士卒,弄得势孤力竭,只好弃营东走。韩暹恃奉为生,当然与奉同行,奔往扬州,投归袁术去了。<small>为后文联合袁术,合攻吕布伏案。</small>

曹操最忌杨奉,既得除去,很是喜慰,乃表荀彧为侍中尚书令;彧子修为军师,郭嘉为司空祭酒。两荀皆颍川名士,智略俱优,郭嘉字奉孝,也是颍川人氏;少有远图,往投袁绍幕下,及见绍多谋少决,乃去绍还乡。操令彧访求才俊;彧即荐嘉才能,召与操语,相见恨晚,操谓嘉必佐成大业,嘉亦谓操真吾主,两荀一郭,参谋帷幄,真是如虎生翼,势力益张。<small>句中有刺。</small>余如曹洪、曹仁、夏侯惇、夏侯渊,<small>惇族弟。</small>及典韦、李典、乐进、于禁、徐晃等,皆为操属下猛将,各得封官;又征前北海相孔融,为将作大匠。融在北海,喜交宾客,尝自叹道:"座上客常满,樽中酒不空,我亦可无忧了!"在郡六年,颇得民心,惟与袁曹不相往来。绍子谭为青州刺史,引兵攻融,自春及夏,战无虚日,兵士大半伤亡,所存只数百人,流矢雨集,戈矛内接;融尚隐隐几读书,谈笑自若;及城被陷没,乃奔往东山。<small>迂疏士,实不中用。</small>操素闻融名,乃征融为将作大匠。融尝师事北海人郑玄,特替他另立一乡,号为郑公乡,会因黄巾入境,玄避居徐州,数年乃还。融既入许,操亦征玄为大司农;玄托病不至,在家考终。<small>却是高士。</small>玄尝笺注经书,凡百余万言,齐鲁间称为经师;所以身虽没世,遗籍流传。操复令羽林监枣祗为屯田都尉,骑都尉任峻为典农中郎将。祗本姓棘,由先人避难易姓,至祗始出仕;曾为东阿令,助操守城,不为吕布所陷,操因此亲信。祗见岁旱涝饥,军食不足,乃创议屯田许下,为固本计。任峻为河南中牟人,操起兵时,峻为县中主簿,劝中牟令杨原举城应操,得操欢心,操将从妹许与为妻,引为戚侣。峻与祗戮力劝耕,才阅数年,得积谷数百万斛,且令州郡各置田官,所在丰饶。操因此得用兵四方,不劳输运,卒能战胜攻取,兼并群雄;曹氏功臣,祗峻当居首列呢!<small>比诸两荀一郭,殊不让让,可惜都为虎作伥。</small>话分两头。

且说刘备管领徐州已阅年余,仍用糜竺、陈登为辅,并引北海人孙乾为从事,韬甲敛兵,与民休息。不意袁术自扬州起兵,来与刘备争夺徐州,术自得扬州后,号称徐州伯,专务张皇。时当李傕等挟权秉政,欲结术为外援,特请旨授术为左将军,封阳翟侯。术阳为受命,阴欲代汉为帝,取快一时,且少年时已见谶文,谓当涂高应当代汉;<small>当涂高,系是魏字。《魏志·文帝纪》载:"故白马令李云遗言,当涂高者,魏也。魏阙当道高大。"谶文所云,阴寓以魏代汉之意。</small>暗思自己名字,适应谶文,古者百家为里,里十为术,术为邑中大道,可作涂字解释;路亦为涂,名与字俱相暗合。<small>术字公路。</small>又因袁氏系出陈

第七十四回　孟德乘机引兵迎驾　奉先排难射戟解围

国,为帝舜后;舜以土德王天下,土德属黄,黄可代赤。汉秉火德五行,火生土,故云,以黄代赤。遂常思代汉,僭号称尊。前时孙坚得玺,为术所闻;见前文。坚死岘山,丧归曲阿。玺为坚妻吴氏所藏,术乘她奔丧还里,拘留坚妻,索交玉玺。玺既到手,便拟称帝,为主簿阎象等所阻,权就迁延。惟思徐扬二州,壤地毗连,能得并吞徐州,拓地较广,庶几僭号天子,较为有名,于是调遣将士,侵入徐州界内。刘备闻术兵犯境,不得不亲出抵御;乃令张飞留守下邳,即徐州治所。自与关羽等往屯盱眙,交战数次,未分胜负。不料袁术致书吕布,令他袭取下邳,许助军粮。布素好反复,竟不顾地主情谊,反颜从术,悄悄的引兵东下,由小沛进袭徐州。守将张飞,性喜嗜酒,醉后又不免使性,怒责徐州旧将曹豹,鞭笞数十。豹为此挟嫌,开城迎布,飞仓猝迎敌,已是不及,只好杀出东门,奔往盱眙,连刘备的家眷,都失陷城中。酒之误事也如此。备正与术军相持,突见张飞狼狈奔来,问明情由,才知下邳被吕布夺去;那时顾家情急,只好引兵退回,与布争论。偏偏距城数里,全军皆溃,不得已转走广陵,收集散卒,再作后图。可巧糜竺孙乾等,从下邳逸出,仍来依备。竺本饶家产,尝至洛阳为贾,归遇美妇,求竺同载,经竺慨然允许,令妇上车,行及数里,并未斜睨妇人;妇感谢下车,临别语竺道:"我为天使,当往烧东海糜竺家,感君共载,故特相告。"竺惊问道:"可禳免否?"妇人道:"天命难违,君当亟归,搬徙人财,一过日中,便无及了!"言讫不见。竺慌忙还家,挈眷出门,所有财物,约略搬出;果然日中火发,屋宇尽焚,惟遗资尚存,不致大损。好义之报。此次本与张飞同守,飞为布所袭,仓猝走脱,竺收拾细软,带领眷属,混出城门,追寻刘备,至广陵相遇。备询及眷属,竺言在城内尚安,但有布兵监护,无法解救,故不能偕来;备当然叹息。竺携有一妹,年已及笄,遂进奉巾栉,为备解忧;且将随身所带的金银,一律取出,充作军资。备赖以不困,孤军复振,乃寄书与布,略述旧情,请他送还家眷,互释嫌疑。布与备本无仇隙,为了一时贪念,遂致背好起兵,既入徐州,究竟天良未泯;所以刘备家小,仍令兵士保护,不得入犯。嗣复遣使诣术,索取军粮。术竟欲悔约,谓必须擒获刘备,方可践言。布得了此报,恨术无信,仍拟与刘备讲和。适得备书递到,乐得照允,且许备还屯小沛,备乃驰回小沛城,布亦派吏送出甘夫人。甘、糜相见,却也情同姊妹,式好无尤。一番挫折的刘玄德,虽失去下邳,反得了两美并头,不可谓非转祸为福了。语意隽永。

独袁术探得布复和备,复思设计离间,又遣使驰至徐州,愿为子求婚布女,结作姻亲,且助布米麦各若干斛;布又复大喜,礼遣来使,愿如所约。仍是贪心未泯。术得使人返报,即命部将纪灵等,领兵数万,进攻小沛,备使孙乾,向布求援，布不愿援备；经乾揭破术谋，说是小沛不保，徐州亦必不独存；布又被提醒，亲往救备。纪灵正引兵大进，直抵小沛城下，不防吕布亦骤马趋至，与纪灵相对安营，纪灵不知布助何人，派吏问明。布答说道："我与袁公路既结姻好，理当相助，明日请纪将军过营便了。"纪灵得报甚喜，待至翌日，径诣布营，甫入营门，蓦见刘备在座，不禁大惊，转身退回；谁知营中趋出吕布，一把扯住，不得动弹。便骇问道："将军是否欲杀纪灵？"布答言非是，又问是否邀灵杀备，布亦说非是，害得纪灵莫明其妙，只是发愣。但听布呵呵大笑道："布性不喜斗，转喜解斗，玄德乃是我弟，今为将军所攻，布愿代为调停，各息兵争！"说至此，即将纪灵拉入帐中，令与刘备相见。备也由吕布邀至，故先在座，见了纪灵，不由的惊诧起来。布偏叫他行相见礼，彼此没法，勉强作揖，只心中俱忐忑不定，各怀猜疑。布顾语二人道："我劝两君罢兵讲和，恐两君尚不见信，待我决诸天命，天意倘使汝两君息争，两君不得有违。"二人含糊答应，尚未知他如何处置，布却令左右搬出酒肴，与二人共宴，左纪灵，右刘备，自己居中。饮过三巡，布令左右取过画戟，至辕门外面插定。因笑语纪灵刘备道："两君可看我射戟，如或射中，君等应各自罢兵；否则，安排厮杀，与布无涉，如不从布言，布即视作仇敌，不能以亲友相待了！"纪灵刘备均无异言。布便起座取弓，搭上雕翎，就从座旁射将出去，飕的一声，那箭镞如鹰隼腾空，远飞至百数十步外，不偏不倚，正中画戟小枝；帐内帐外，无一不高声喝采。我亦喝采。小子有诗赞道：

　　　　一箭能销两造兵，温侯也善解纷争。
　　　　辕门射戟传佳话，如听当年嚆矢声。

　　布射中画戟，便掷弓地上，笑顾纪灵、刘备，要他罢兵。究竟两人是否乐从，待至下回详叙。

　　迎驾入许，为汉魏兴衰之一大关键；魏因此而兴，汉即因此而亡。然观于当日之时势，微曹操迎驾之举，则建安正朔，尚不能延至二十余年。杨奉、韩暹等，但知劫驾，不知佐治，若令其长此秉政，其亡汉也益速！袁绍资望独优，不能上法桓文，尊王定霸；袁术且有异图，妄思代汉。刘备本为汉胄，而兵少势孤，不足有为，余子碌碌，均非英杰，所差强人意者，惟一曹操。操之迎驾入许，彼时尚第欲为五霸，固未尝有心篡汉也。立宗庙，定社稷，光复汉室，诚能守此不变，操亦何愧为汉室功臣乎？若吕布为反复小人，始依备，继袭备，后复和备，始终误一贪字，安望有成。但观其保护备家，不屑淫掠，至射戟一事，更为刘备排难，此亦未始非豪侠所为。后之朝亲暮仇者，且不布若，可胜慨哉！

第七十五回　略横江奋迹兴师　　下宛城痴情猎艳

却说吕布掷弓地上,笑顾纪灵、刘备道:"这是天意令汝罢兵呢!"备即起座献觞,向布道谢;惟纪灵面有难色,既不便悔赖前言,又不好满口应允,沉吟半响,方对布道:"将军天威,令人敬服,灵自当遵命,但如何回报主人?"布应声道:"这有何难!由布修书一函,即烦将军带回便了。"纪灵不能不允,起身告辞;布且与两造约定,明日续宴,并与纪灵饯行。纪灵因未得布书,只好留屯一宵。到了次日,复与刘备共集布营,两下宴叙,比昨日稍为欢洽;待至饮罢,布乃出书给与纪灵,彼此揖别,纪灵拔营自归。备迎布入城,免不得盛筵相待,伸谢德惠,宾主尽兴,布乃辞了刘备,回下邳城。那纪灵回报袁术,呈上布书,术阅书大怒,拟亲自攻布;还是纪灵力为谏阻,谓吕布只可计取,不可力敌,且与他联成姻好,务令除去刘备,方可图布。借婚姻为吞并,古今军阀如出一辙。术方才忍耐,仍与吕布通使,虚作应酬,一面从孙策计议,使策出定江东。策即孙坚长子,表字伯符,本居寿春,少年英达,喜结交游。舒人周瑜,字公瑾,与策同年,亦具大志,闻得策慷慨好友,遂自舒城至寿春,一见倾心,约为昆仲,策长瑜两月,瑜便事策如兄,劝策徙家至舒,并让道南大宅,俾策全家居住,登堂拜母,有无与共。及策年十七,方思出立功名,不意凶信传来,策父坚败殁岘山;坚死岘山见前文。策哀恸异常,即偕母吴氏,迎榇东归。策舅吴景,方为丹阳太守,因拟将父榇安葬曲阿;曲阿为丹阳所辖,道过扬州,偏被袁术截住,胁令策母交出玉玺,策母无奈取交,才得释去。策有从兄孙贲,将叔父坚遗众数千,也交与袁术接管,术使贲为丹阳都尉。广陵人张纮,避难江东,博通经术,策屡次往访,具述志趣,且殷勤询问道:"方今汉祚中微,天下扰扰,四方枭杰,各拥众营私,不务大义,先君与袁氏共破董卓,功业未就,偏为黄祖所害。策虽庸稚,有志复仇,欲往从袁扬州,求得先君余众,东据吴会,西略荆襄,报怨雪恨,为朝廷外藩;君若以为可行,幸乞赐教。"纮方丁母忧,婉词逊谢;再由策鸣咽陈词,声泪俱下,纮才为感动,慨然作答道:"卓荦少年,有此大志,何患不成?最好先投丹阳,收兵吴会;然后据长江,奋威德,复仇洗耻,匡君泽民,功业且高出桓文,岂止守藩了事?待纮服阕,当与君同好,共图南济,君却先往建功便了!"策复说道:"策有老母,并弱弟三人,可否相托,使策不致忧家?"纮毫不推辞,当即许诺。也是季布流亚。策乃径诣寿春,入谒袁术道:"亡父曾从长沙入讨董卓,与明使君共会南阳,同盟结好,不幸遇难,勋业不终;策感念先人遗志,欲自凭结,还请明使君垂察微诚,济师雪恨。"术见他英姿豪爽,语言明达,禁不住暗暗称奇,但尚未肯将策父旧部,直捷拨还,因语策道:"我已用贵舅为丹阳太守,贤从兄为都尉;丹阳为三吴要地,不乏健儿,汝可往彼招募便了。"

策乃与汝南吕范,族人孙河,同往丹阳。策舅吴景,当然接纳,且嘱策归迎母弟,同至丹阳。策遂返至舒城,奉母吴氏,及弟权、翊、匡,与一幼妹,共抵曲阿,依父庐墓旁居住;辗转召募壮士,得数百人,寻为泾县贼帅祖郎所袭,丧失过半。没奈何再往见术,涕泣拜求,愿给还亡父部曲,术始将孙坚遗众拨出千余人,交策收领。仍然不肯全给。表拜策为怀义校尉,且谓当迁任九江太守。策拜谢而出,收集乃父旧部,自立一营,故将程普、韩当、黄盖等,亦归麾下。有一骑士犯令私逃,奔入术营,匿居内厩,策察知情隐,率吏掩捕,牵出斩首;因诣术谢罪。术答说道:"叛兵应当共恨,不杀何待,毋庸言谢!"术此语又似明白。策乃趋退。军中始知策胆略,不敢轻视,就是术部将乔蕤、张勋,亦皆服策英明,互相敬礼。术尝自叹道:"使我有子如孙郎,死亦无恨了!"话虽如此,惟心中总不免怀忌。九江太守出缺,仍不肯使策代任,另用丹阳人陈纪接任。后向庐江太守陆康,征米三万斛,不得如愿,乃遣策攻康;临行与语道:"日前错用陈纪,致负前言,今烦卿攻拔庐江,便当令卿为庐江守了!"策领兵往攻,力战数次,得将陆康逐去。据有全城,向术报捷。谁知术又召策回郡,另委故吏刘勋为庐江太守;策自是恨术,不过因兵力未充,勉从术命,将庐江城交与刘勋,怏怏引归。适朝廷遣侍御史刘繇,东下为扬州刺史,州治本在寿春,因寿春为袁术所据,乃改至曲阿,逐去丹阳太守吴景,及都尉孙贲。景与贲退居历阳,报知袁术。术愤不可遏,即使故吏惠衢为扬州刺史,更命吴景为督军中郎将,与孙贲共击刘繇。心目中已无汉帝。繇令部将樊能、于麋、陈横屯江津,张英屯当利口,分头防守。吴景等屡攻不克,丹阳人朱治,前为孙坚校尉,此时复归孙策,劝策往助吴景,收取江东。策因进白袁术道:"亡父前在江东,本有旧惠,今愿助舅氏共略横江,横江得下,可招募土著人士,能得三万兵甲,上佐明公,天下可不难平定了!"术知策隐怀怨望,但闻刘繇据住曲阿,兵力不弱,且有会稽太守王朗,为繇后援,总道策未能与敌,乐得听他出去,败死无怨。好良心!遂令策为折冲校尉,行殄寇将军事。策部下兵只千余人,马只数十匹,容易部署,即日启行,途中招徕宾从,陆续趋集;及抵历阳,差不多有五六千人了!策母吴氏,及弟妹五人,已随吴景至历阳,策谒母即行,乘便寄书周瑜,请他出师;瑜有从父周尚方为丹阳太守,由瑜前往省视,途次接得策书,遂向丹阳贷粟借兵,顺道迎策。策大喜道:"公瑾远来,我事必谐了!"遂进攻

第七十五回　略横江奋迹兴师　下宛城痴情猎艳

横江,捣入当利口,击走守将张英,与吴景孙贲等会师;再破樊能等军,渡江入牛渚营,尽得粮谷战具,军势大振。一鸣惊人。

时有彭城相薛礼,下邳相笮融,俱走依刘繇,推繇为盟主;礼据秣陵城,融屯县南,策先领兵攻融,融出营交战,被策击败,伤亡五百余人,奔入营中,不敢再出。策移攻秣陵,日夕猛扑,慌得薛礼手足无措,乘夜溃走。策得入秣陵城,安抚居民,禁兵侵掠,忽有探马入报,乃是樊能、于麋等,复袭夺牛渚营,断策归路;策奋然起座,当即督兵回攻,大破樊能于麋。擒获万余人,能麋等统皆遁去,因复转击笮融。融令弓弩手分伏营门,待策趋近,一声号令,万矢齐飞,策尚用槊拨箭,不肯遽退,百忙中不免一疏,股上突然中箭,翻身落马;左右忙将策救起,用车载策,驰还牛渚营。将佐俱入帐问安,策已拔去箭镞,用药敷搽,笑语诸将道:"我伤未及重,何至落马? 此中寓有深谋,汝曹可说我已死,举哀退兵,笮融必来追我,我就好设法擒融了!"诸将俱拍手称善。策即遣将置伏,一一办妥,然后令军士佯哭,拔寨齐起。早有细作报知笮融,融果遣部将于兹,率兵追策;策军尚是伪退,诱兹入伏,四面攒击,立将于兹射死,扫尽余军。于兹却是个替死鬼。策乘胜复逼融营,融正想接应于兹,出兵就道,忽有一彪人马杀到,首领为一赳赳少年,厉声大呼道:"孙郎在此,叫笮融速来受死!"自称孙郎趣甚。融不意孙策复生,驱军亟遁,策追杀数里,得了许多甲胄,方才还军;本编皆采自《吴志》,与罗氏《三国演义》情事略殊。于是破海陵,陷湖孰江乘,直指曲阿。刘繇闻策军将至,急忙整备兵械,为守御计。可巧太史慈前来省繇,繇因太史慈与己同郡,不得不传入相见。慈入帐行礼,繇自居前辈,不过欠身作答,且问慈道:"闻汝曾依孔北海,今日何故到此?"慈答说道:"北海早已解围,现闻明公亦至受敌,故特来效力,愿为前驱!"北海事见前文。繇却淡淡的相答道:"我亦知汝忠勇,可惜少未更事;既来助我,可为侦察敌情,待破敌后,迁擢未迟!"不识英雄,怎能破敌? 慈失望而出。或谓慈英武过人,不妨使为大将,繇摇首道:"我若重用子义,子义即太史慈字。许子将能无笑我么?"子将即许劭,善操月旦评事,见前文。待至策军已经近城,驻营神亭,慈只率骑卒二人,前往侦探,突与孙策相遇,将慈阻住。策有从骑十三人,就是韩当、黄盖诸宿将;慈本未识策,但看他青年威武,料知不是常人,便喝问道:"谁为孙策?"策见慈独饶胆量,也觉称奇,即应声道:"只我便是?"好汉识好汉。慈又说道:"人人皆怕汝孙郎,我太史慈独不怕汝! 可能与我交战百合否?"策笑答道:"要战就战,我岂怕汝? 且愿与汝独身自斗,免得说我恃多欺寡哩!"说着,即令韩当等退后,自己纵马向前,与太史慈大战数十合,不分胜负。慈喝采道:"好孙郎,名不虚传。"一面说,一面拍马便走。策怎肯舍慈,且追且呼道:"休得用诈败计诱我,我总要擒汝方回!"慈尽管前走,策尽管后追,彼此跑了数里，慈忽兜回马头，与策再战；大约又是数十合，策觑隙刺慈，慈眼明手快，纵辔一跃，槊中马首，马忍痛一俯，慈亦把头一低，背上短戟，被策掣去。策正在得意，不防慈又复跃起，竟将策兜鍪取去，两人正在相持，韩当等已经赶到，刘繇亦遣将觅慈，又复混战，俄而两下俱有大军驰至，天色垂暮，始各鸣金收军。太史慈还见刘繇，繇反责他轻战启衅，禁令再出。不但慈灰心懈体，连他将也觉不平，于是人人生贰，不愿替繇尽力，终致城池失守，繇奔丹徒，太史慈亦西走泾县。

　　曲阿遂由孙策占住，入城安民，秋毫无犯。又檄告诸县，凡刘繇、笮融等部曲来降，不究既往，人民愿来从军，一门得免徭役，否亦听令自便。才阅旬日，趋附甚众，约得现兵二万余人，马千余匹，威震江东。策遣吏迎接家眷，还居曲阿，自引兵出徇会稽。吴景欲先平吴中群盗，然后南下。策慨然道："吴中盗贼，只有严白虎最强，但素无大志，容易成擒；一俟会稽平定，还扫鼠辈，好似拉朽摧枯，值得甚么费力呢？"遂引众渡浙江，进取会稽。会稽太守王朗，意欲出拒；功曹虞翻，谓策起兵东来，无人敢当，不如暂避为是。朗未肯听从，发兵拒敌，一再败衄，索性弃城夜遁，浮海至东冶。策又从后大破朗军，朗乃请降。策遂自领会稽太守，仍用虞翻为功曹，待以客礼，惟王朗不得复职，留居幕下。再引兵还讨严白虎，白虎料不能敌策，坚守勿出，且使弟舆至策营请和。策闻舆有勇名，意欲面试短长，乃延舆入帐，与谈和约，且待以酒肴；酒至半酣，策故作醉状，拔剑砍席，舆吓得一跳，耸身欲走，策笑语道："闻君矫健异常，聊以戏君，非有他意！"舆答说道："白刃当前，不得不尔。"实自献丑。策不待说毕，便取过手戟，向舆掷去，应手刺倒，当即鸣鼓进兵。白虎所恃惟弟，弟舆一死，如失左右臂，勉强开营搦战，哪里敌得过策军，遂北走余杭，终至窜死。虎遇狮儿，不死何为？策乃使吴景为丹阳太守，孙贲为豫章太守，朱治为吴郡太守；礼聘广陵人张纮，彭城人张昭等为参谋，居然与袁术抗衡，不复再承术命。术闻报大愤，便欲兴兵攻策。部将纪灵、桥蕤等入帐劝阻，谓宜先取徐州，后伐江东。术问取徐方法。纪灵答道："吕布刘备，同在徐州，必为大患；今仍须履行前计，使吕布攻杀刘备，自翦羽翼，那时一鼓掩击，便可稳取徐州。"术乃依议，再派使人往说吕布，提及婚议，且谓刘备在小沛城，招军买马，如何不防？布着人探听，果闻备集兵万余人，遂率兵往围小沛。备自知难敌，索性带领家小，与关羽张飞两人，杀出重围，竟奔许都，投依曹操。操方礼贤下士，笼络人心；一闻刘备来奔，便即迎入，待若上宾。备具述吕布逼迫情形，操慰语道："布本无信义，徒恃勇力；将来当助君擒布，尽请纾忧。"备起座称谢。操复置酒宴备，至晚方罢，送备出居客馆。程昱进言道："备亦一当世英雄，志不在

第七十五回　略横江奋迹兴师　下宛城痴情猎艳

小,今不早图,必为后患。"操默然不答。待昱退出,适值郭嘉入见,操即与述昱言。嘉接口道:"昱所见未尝不是,但明公提剑起义,为百姓除暴,推诚仗信,招罗豪健,犹恐未逮;今备有英名,穷蹙来归,若遽行加害,是使智士各启危疑,别图择主,试问公将与何人共定天下呢?"也是备不该死,故有郭嘉相救。操喜答道:"卿言正合我心。"翌日即举备为豫州牧,拨兵数千人助备,令至沛城就任,东击吕布;备即日辞行,挈眷引兵,出赴沛城。

操还想亲出接应,与备共灭吕布,忽由南阳传来军报,乃是张济南攻穰城,中箭身死;从子绣代领遗众,屯兵宛城,用贾诩为谋士,连结刘表,意图犯阙。操大怒道:"么么小丑,也想跳梁,我当先除此竖,然后讨布便了!"遂大兴兵马,亲督诸将,出讨张绣。绣闻操督军自至,颇有惧色,即与贾诩商议;诩亦谓操兵方强,挟主令众,未易抵敌,不如遣使求和。绣乃令诩至操营通款,诩凤长应对,见了曹操,不过三言两语,便使曹操倾心。操欲留诩为辅,便与语道:"卿尝为尚书,迁拜宣义将军,今何不随我入朝?我当表卿复任。"诩答说道:"自从御驾东迁,诩即缴还印绶,西走华阴,转投南阳;今得张绣厚待,不忍遽弃,蒙公厚惠,愿以他日为期。"隐伏下文。操允从和议,送诩出帐,殷勤嘱别。诩还报张绣,绣即亲至操营,当面投诚,操自无异言,温语遣归。惟一时未曾退兵,尚在宛城驻扎;一日挈着长子昂,与从子安民,跨马出营,游览形势。遥见一轻车徐徐过来,中坐淡妆妇人,缟衣素袂,飘飘若仙,再瞧那一副芳容,红白相间,真个是桃腮杏靥,秀色可餐。操生平本来好色,弱冠前已娶妻丁氏,纳妾刘氏;嗣见娼家女卞氏有姿,复购作媵姬,大加宠爱,携入洛都。董卓为乱,操避难东行,不及挈回卞氏,洛中讹传操死,或劝卞氏图欢,卞氏不从,誓以死殉,莫谓娼女无节。乱事少定,卞氏得出都归操,操敬爱有加。及见了宛城少妇,比卞氏更增妩媚,禁不住色眩神迷,最厉害的是少妇秋波,也把操瞬了又瞬,更觉脉脉含情,勾魂动魄。少顷间车行已过,操犹用目注送,看她入城自去,才回营中,心下未肯舍割,密使从子安民,探听该妇下落。安民去了半日,当即返报。原来是张绣叔母,张济继妻,操喟然叹惜,拟作罢论。偏安民逢迎操意,谓济死已久,寡妇何妨取来,谅绣亦无可如何。说得操怦怦心动,待至日光垂暮,令安民带着数十骑士,往取该妇。全是为色所迷,遂致不顾利害。好容易将该妇取到,引入后帐,拜倒操前,操起座相扶,挽住该妇玉腕,该妇全然不避,一任操牵引柔荑,低首无语;及操问明名姓,果系济妻邹氏。当下在帐后开筵,与邹氏相坐欢饮,灯光旁映,四目相窥;男有情,女有意,不由的痴心惓惓,软语喁喁。到了酒阑灯炧,看撤席空,一对宿世冤家,居然就军营中,作了洞房,相偎相抱,并枕同衾,彻夜的凤倒鸾颠,几不知东方既白了!小子有诗咏道:

> 女色原为肇祸媒,倾城倾国不胜哀。
> 谁知一代奸雄魄,也被孀姝勾引来。

露水情缘,欢娱无限,当有人报知张绣,绣不禁大怒,欲与操拚命,究竟如何争闹,待至下回说明。

孙伯符以童稚之年,即能结交名士,奋志功名;其锐气之特达,原不在乃父下。及乞师进取,攻略江东,袁术非不加忌,卒之纵虎出柙,俾得横行。或谓术不先害策,酿成尾大不掉之弊,吾意以为策非负术,实术之不能用策,有以致之也。曹操为乱世奸雄,乘机逐鹿,智略过人。袁绍、袁术诸徒,皆不足与操比,遑论一张绣乎?乃宛城既下,遽为一孀妇所迷,流连忘返,几至身死绣手,坐隳前功。董卓之死也,衅由妇人;操之不死于妇人之手,盖亦仅耳!谚云:"色上有刀。"诚哉是言!

第七十六回 策十胜郭嘉申议 劝再进贾诩善谋

却说张绣既降曹操,闻得操奸占叔母,不由的怒气上冲,便与贾诩密议,谋袭操营。操为色所迷,日夕与邹氏取乐,竟至忘归;惟邹氏自觉情虚,只恐为绣所闻,前来干涉,因此喜中带忧,劝操加防。操笑说道:"我有大将典韦,守卫营门,就使千军万马,也所不惧;况我非长久居此,过了三五日,就要动身,卿随我回去,安享荣华便了!"何不速行? 话虽如此,但亦隐有戒心,探得绣麾下健士,首推胡车儿,特使左右暗地结交,馈赠巨金,叫他乘间刺绣;不意车儿受金以后,反向绣报知。绣迫不及待,就在夜间号召将士,往攻操营。操令典韦夜守营门,总道是一夫当关,万夫莫入,将与邹氏安心作乐,别无他忧。黄昏已过,重效于飞,孀雨尤云,倍觉缱绻;渐觉得神情疲倦,魂梦迷离,竟呼呼的睡熟了!典韦虽奉令守门,因见夜静更深,也已解甲就寝。蓦听得一声呐喊,急忙跃起,驰至门首,已是光火四彻,有无数人马刀械,杀入营门。韦即挺身出阻,仗着双戟,挡住许多兵器,还有余隙可刺敌兵,戮倒了数十人,敌众不敢前进;却从旁栅攻入,累得韦不及兼顾,狂呼乱跳,回旋阻拦;随身尚有十数壮丁,亦皆拚死角斗,以一当十。偏敌人愈来愈多,又用长矛攒刺,几与芦苇相似。韦身无片甲,上下被数十创,兀自死战,一战辄摧数矛,两战辄摧数十矛,待至戟已残缺,不堪复用;左右又死伤殆尽,敌众得环近韦身,四面攻击,韦索性掷去双戟,徒手搏人;提起两个敌卒,代作双戟,抵御敌军,又打倒

第七十六回　策十胜郭嘉申议　劝再进贾诩善谋

了八九人,敌复退却,再掣出短刀,向前乱劈,砍下好几十个头颅;身上受伤益重,不能复支,乃大吼一声,血流如注,倒地而亡。敌军尚不敢近,及见韦全然不动,方上前枭取首级,掷入后营。此时的曹操,早已惊醒,与邹氏一同起床,慌忙从营后跨马,逃了出去。长子曹昂,与从子曹安民,也飞马赶上,保护曹操。至敌兵搜寻帐后,只有一张合欢床,并不见曹操踪迹;料他由营后逃走,遂并力追赶。驰至清水河边,遥见前面有数人急奔,定是曹操无疑;当下用弓搭箭,接连射去,曹安民中箭先亡,曹操马亦受伤,不能再驰。还是曹昂让马与操,操得跃马渡河,好好的一个爱子,一个情妇,抛弃对岸,从此死别,不复相见了！不肯与情妇同死,终嫌薄幸！看官阅此,恐不免惹起疑团,曹操引军至宛,想总有几万人马,为何张绣劫营,独有一典韦守着,他将并未往援啊？原来操得邹氏,昼夜宣淫,也防军中异议,特遣各将巡视他处,慰谕旁县;就使尚有余兵,亦令散驻宛下,未尝相聚,只留着亲子亲侄,与猛将典韦,带领亲兵千人,守住本营。到了张绣掩袭,营兵从睡梦中惊起,俱已骇走,所以无人抵敌。单有典韦挡住营门,死战多时,终至送脱性命。但当日若无典韦,曹操万难逃脱,恐早与邹氏同入冥途了。闲话休表。

且说曹操渡过清水,方由诸将闻风驰至,护操还都。行至舞阴,才闻典韦丧生,不禁流涕。便募间谍往觅遗骸,幸得取回,厚加棺殓,亲自祭奠,恸哭一场,乃派吏送丧,归葬襄邑;授韦子满为郎中,自引军驰回许都,再拟整顿兵马,攻绣复仇。忽闻袁术在寿春僭号,置六宫,设百官,祠南北郊,自称仲氏。操不禁微哂道:"此子也配做皇帝么？"乐得揶揄。道言未绝,又由军吏呈上一书,当即启视,署名系是大将军冀州牧袁绍,语多傲慢。顿时触动操怒,把书藏下,默不一言,左右见操有愠色,未敢进问。约莫有两三天,尚觉操心神未定,坐立不安。侍中钟繇私问同僚荀彧道:"曹公近日似患心疾,莫非为了征宛失利么？"彧摇首道:"胜败乃兵家常事,曹公决不为此;近日必有他虑,待我往询,自见分晓！"说罢,即别繇谒操。操不待彧言,便出袁绍书示彧。心心相印,不劳问答。俟彧阅毕,便与语道:"我欲往讨不义,恐兵力未敌,如何是好？"彧欲作答,巧值祭酒郭嘉进来,抢先接入道:"古今成败,但视智愚,不在强弱;刘项存亡,公所深知。今绍有十败,公有十胜,绍虽称强,何足深虑？绍繁礼多仪,公纯任自然,便是道胜;绍以逆动,公以顺取,便是义胜;绍失之过宽,公能济以猛,便是智胜;绍用人多疑,专任私人,公立贤有方,不问远近,便是度胜;绍多谋少决,坐失机宜,公能断大事,应变无穷,便是谋胜;绍高谈揖让,徒务虚名,公至诚待人,实事求是,便是德胜;绍见人饥寒,非不知恤,但往往顾近略远,公与绍相反,近事或有所忽,远虑却无不周,便是仁胜;绍大臣争权,谗言惑乱,公御下以道,浸润不行,便是明胜;绍不识是非,赏罚失当,公洞察贤否，黜陟咸宜，便是文胜；绍自大好夸，未知兵要，公以少克众，用兵如神，便是武胜。据此看来，胜负已分，怕他甚么？"操闻言喜慰道："如卿所言，绍必败，孤必胜，但孤方自愧无德，何足当此？"老奸巨猾。嘉又说道："明公不必过谦，惟徐州吕布，实心腹大患；今绍方与公孙瓒相持，我当乘他远出，东取吕布。否则我欲攻绍，布必袭我，为害正不浅哩！"彧亦接说道："吕布未除，河北亦必难图。"操皱眉道："我所虑尚不止此！倘绍更侵扰关中，西略羌胡，南诱蜀汉，是彼势益强，我势益弱；区区兖、豫，还能保守得住么？"有此心事，怪不得坐立不安。彧答说道："关中将帅，惟马腾、韩遂最强，今若抚以恩德，与彼连和，虽未能长久相安，目前总可无虑！彧知侍中钟繇，夙具智略，若托付西事，定能弭兵，公可免西顾忧了！"操点头道："此议甚善。"当即令左右缮表，荐举钟繇为司隶校尉，持节出督关中诸军；献帝惟言是从。即遣繇往镇长安，繇贻书腾、遂，为陈祸福；腾、遂俱遣子入侍，誓无贰心。操得安心东略，拟出兵先攻吕布。

嗣闻布与袁术结亲，又恐术为布援，未易攻下；乃改用反间计，特使奉车都尉王则，赍奉诏书，往拜吕布为左将军。且由操备书与布，令王则一同带去。王则尚未至徐州，袁术已遣使韩胤，向布求婚，布当即应允，连夜备办妆奁，送女前往。韩胤自然偕行。布既遣女出嫁，入廨休息，忽由沛相陈珪，扶病求见；布不知何因，延入与语，珪开口道："袁术叛汉称帝，将军奈何与彼和亲？"布瞿然道："这……这也何妨？"珪申说道："孙策借兵袁术，得取江东，今尚不肯帝袁，抗词拒绝，策拒袁术借口叙明。试想骄侈如术，可成得大事么？况曹公方奉迎天子，翊赞国政，一旦奉诏讨逆，海内响应，术必灭亡！将军与彼结婚，显系从逆，能勿因此及祸么？"数语已足吓布。布不禁变色，俯首沉吟。珪复说道："为将军计，最好是通使朝廷，协同曹公；既足保名，复足安身，比诸与术结婚，祸福利害，相差甚远哩！"布蹙额道："我女已去，怎得复回？"珪急答道："去尚未久，尽可追还！"布听了此语，立遣轻骑往追；才阅半日，已得将女追回，并拘住韩胤，监禁狱中。珪复劝布解胤入许，即举子陈登为使。原来就是登父，可谓举不避亲。布尚在踌躇，可巧朝使王则到来，开读诏书，赍给左将军印绶，布欣然拜受；则又出操私书，交布展阅，内容多敬慕语，喜得布手舞足蹈，厚待王则，优礼饯归，并遣陈登持了谢表，随则入都。临行时与登密谈，要他代白曹操，荐为徐州牧；登谓宜解胤入都，自得所望，布亦乐允，就将胤推入槛车，令登带去。登至许都，呈入谢表，谒见曹操，操闻韩胤一并解到，立命处斩。真是枉死。登因白操道："吕布有勇无谋，轻于去就，明公宜早图为是！"操喜答道："我素知布狼子野心，不宜久养，卿父子善察情伪，幸为我从中代谋。"登应声如命，操即表增珪秩为二千石，登为广陵太守；且留登数日，方许

第七十六回　策十胜郭嘉申议　劝再进贾诩善谋

告归。尚握登手叮咛道："东方事尽行付卿，卿勿相忘！"登喏喏受教，驰回徐州，报知吕布，具述父子邀恩，独不及徐州牧事。布不觉怒起，拔剑斫几道："汝父劝我协同曹操，绝婚公路，今我所求不得，汝父子乃得叨显贵，是明明为汝父子所卖，还敢回来见我么？"始终不脱孩儿气，怎得成事？登夷然自若，从容答说道："登见曹公，原为将军进言，谓养将军譬如养虎，当令食肉得饱，不饱且将噬人；曹公独批驳登言，比将军如养鹰，饥可为用，饱即扬去，所以未肯实授州牧，将军自思，究竟何如？"布转怒为笑道："曹操竟视我为鹰么？"一语甫毕，当有探卒入报道："袁术遣大将张勋、桥蕤，与韩暹、杨奉连兵，步骑数万，分作七道，来攻徐州了！"布大惊道："我兵不逾万，马不满千，如何敌得住袁术？"说着，复瞋目视登道："都是汝父教我绝婚，惹出此祸，汝速去叫父前来，为我敌术；如不能敌，休想活命！"登大笑道："将军为何这般懦弱，登看袁术七军，好似七堆腐草，立可扫平。"是谓元龙豪气。说到此语，那陈珪已经趋至，复由布问及御敌方法。珪即说道："珪正为此事前来，今袁术虽起七军，势同乌合，韩暹、杨奉，未必果为术用；但教将军作书相招，定可倒戈，若术果亲至，保为将军擒术哩！"布乃说道："作书通使，仍须烦卿父子，幸勿推辞。"珪答说道："我子登一人能为，毋烦老朽。"说罢即去。登即为布缮就书牍，当先交布阅过，大略说是：

> 二将军拔大驾来东，有元功于国，当书勋竹帛，万世不朽。今袁术造逆，当然诛讨，奈何与贼联兵攻布？布有杀董卓之功，与二将军俱为功臣，可因今共击破术，建功于天下，此时不可失也！

布览毕大喜，便遣登持书前去。过了数日，登趋回报布道："韩暹、杨奉，愿为内应，专候将军进兵，会同击术，不致有误！"布因即起兵，带同张辽、高顺、陈宫、臧霸等一班将吏，出城迎敌。行至数十里外，与术将张勋相遇，勋未敢交锋，闭营自守，静待各军接应；布即压营结垒，相去仅数百步。俄而喊声大起，韩暹、杨奉两军杀到，勋望见两路旗帜，总道他前来相助，当即开营出战，不意暹与奉反招呼吕布，三面夹击，杀得张勋叫苦连天，慌忙引兵奔还。逃至汝滨，士卒堕水溺死，不可胜计。布与暹、奉二军，乘胜南下，直指寿春，水陆并进，沿途大掠。行抵钟离，见有重兵把守，乃投书讥术，还渡淮北。术接得败报，方率健卒五千，亲至淮上，与布等隔水相望。布令部兵辱骂一场，班师径归。韩暹、杨奉欲与布同至徐州，布将所掠财物，分赠二人，令他留屯徐、扬交界，防御袁术，二人乃依言分驻，免不得纵兵四出，劫掠平民。豫州牧刘备，方在沛城，闻得暹、奉为殃，诱令入宴；阴嘱关羽、张飞，突至席间，把他两人杀死，余众闻变骇散，民得少安。当时与暹、奉挟帝东行，尚有胡才、李乐，留屯河东，乐自病死，才被怨家所害；就是李、郭、张、樊四将，同时作乱，樊稠为李傕所杀，张济战死穰城，郭汜入居郿坞，也由部将伍习刺死，但剩得李傕一人，收拾残众，混迹关西，宁辑将军段煨，奉诏往讨，阵斩李傕，诛及三族。可见天道昭彰，无恶不报，人生何苦作奸行暴，累得身家绝灭，宗族凌夷呢？当头棒喝。

惟曹操得知袁术败耗，方拟东图吕布，忽又接到陈国警信，乃是陈王刘宠，明帝子敬王羡的曾孙。与陈相骆俊，俱为刺客所伤，相继殒命。这刺客系由袁术差遣，术向陈乞粮不获，故有此举。操想术如此不道，乐得声罪致讨，先灭淮南，再攻徐州；乃表请东征，即日检阅三军，亲出讨术。术闻操大举东来，弃军急走，但留部将桥蕤、李丰、梁纲、乐就等，居守蕲阳。操引众围城，一鼓突入，把桥蕤等尽行擒斩，再追术至淮上，术渡淮窜去，操乃还师。途次遇一壮士许褚，挈众来归，自称沛国谯人，与操同籍；操见他身逾八尺，腰大十围，容貌壮伟，气象粗豪，料他必有勇力，便问他所长何技？许褚答道："生平无他技能，但力能任重，足举百钧，从前汝南多贼，褚尝倒曳牛尾，行百余步，才得将贼吓退，故乡族党赖褚保全。闻明公礼罗豪俊，故挈众归诚，投效麾下。"操尚恐他所言未实，令他曳牛试技，果如所言；乃喜抚褚背道："卿真可为我樊哙哩！"又想做汉沛公了。当下面授褚为都尉，引入宿卫，就是与褚同来的武夫，亦因他各具膂力，仍令归褚管辖，号为虎士。自从典韦死后，得褚为继，也算是无独有偶，视亡若存，操复得高枕无忧了！可惜邹氏不能复生。及行抵叶县，闻得张绣结合刘表，谋袭许都，操便令许褚为先锋，移军至宛，就在清水旁追祭亡将，哭至失声；将吏都上前劝慰，操流涕道："他将尚可瘗置，惟典韦在此捐躯，令我余哀未忘哩！"还有一位邹夫人更觉可哀。正唏嘘间，探马报刘表将邓济，进据湖阳，为绣声援。操即下令将士，速击湖阳；许褚奉令先行，操亦继进，将至湖阳城下，许褚已擒济还报，操录褚为首功，将济斩首。湖阳城不攻自降，再分兵略舞阴，也即攻下。乃进围穰城，穰城由张绣亲守，见操军声势甚盛，不敢出战，惟飞使向刘表求援。表遣兵救绣，截操后路。操正拟分兵抵御，突接许都来函，系由侍中荀彧所发，内称袁绍有袭许意，不如速归；但归途务请小心。操复彧书道："刘表屯兵安众，断我归路，我若一退，绣追我后，表扼我前，原是危道。我已定有良策，一到安众，必能破绣，愿君勿忧！"此书既发，立即撤围西归。到了安众地界，果然后有追兵，前有阻卒，操却令军士贪夜凿险，作伪遁状，暗中用部兵分伏两旁，自率骑士待着。绣表两军，联合入险，为尾追计，不防伏兵突发，左右夹攻；再加操纵骑迎击，大败联合军，伤亡无数，余众遁还。先是绣欲追操，贾诩曾预为谏阻，绣不肯从，果致败回，绣始悔不用诩言；诩却劝绣道："今可再往追操，必获大胜。"绣颓然道："我军已

第七十六回　策十胜郭嘉申议　劝再进贾诩善谋

败,奈何复追?"诩答说道:"兵有变通,此番往追,如若不胜,诩甘坐罪!"绣乃收集散卒,亲自追去。操兵果不敢回战,尽将辎重抛弃,仓皇遁去;绣尚驱众追赶,突有一彪人马,前来截住,为首将弁,大呼李通在此,休得逞威。绣见有援军,方才退回。李通也即还军,送操入许。

通系江夏人氏,表字文达,以勇侠得名;建安初,归依曹操,操令他为中郎将,出屯汝南西境。及闻操出攻张绣,正引兵来会大军,凑巧操军退归,为绣所追;便从刺斜里突出,截住绣兵,操方得全师入都,通得超拜裨将军,封建功侯。惟张绣夺得许多辎重,还至穰城,由贾诩郊迎贺捷。绣笑问道:"前用精兵追退军,公云必败;后用败卒追胜兵,公谓必胜;今果尽如公言,究竟从何料着?"诩答说道:"这也是容易知晓,将军虽善用兵,究非操敌;操未尝败衄,急急退兵,必因许都有事,所以驰回,他防我军追击,定使劲兵断后,严堵我军;故诩知我军必败。及操已得胜,总道我军不至复追,安心回去;将军掩他不备,追杀过去,就使不能擒操,败操自有余了! 故诩知我军必胜。"一经道破,人人易知。绣乃省悟,很加佩服。荆州兵仍然还镇,毋庸细表。

且说曹操既归许都,使人探视袁绍行踪,未曾出发,才觉放心。忽由沛地驰到急足,呈上要书,乃是刘备为吕布所攻,飞乞援师;操问明来使,方知吕布复通好袁术,进攻刘备,当下遣夏侯惇领兵数千,往援沛城。原来备与布失和后,互生嫌怨,彼此相图。布在徐州,使人诣河内买马,运至中途,被备略夺了去;布当然动愤,立遣部将高顺、张辽等,率兵攻沛,备自恐不支,因向许都求救。惇行至沛城,尚未安营,不防高顺部下,有锐骑七百余人,叫做陷阵军,所向无前,乘隙攻惇。惇慌忙接战,不到数合,已被高顺踏破行阵,部兵四散,急得惇脚忙手乱。正拟拍马返奔,左目上突然中箭,鲜血直流,一时忍痛不住,险些儿堕落马下,幸亏亲兵拥护出险,始得逃生。那高顺既击走夏侯惇,又还攻沛城,适值刘备带着关、张出城,接应夏侯惇。谁知惇已败退,正与高顺相遇,只好迎战,偏张辽袭备背后,竟将关、张二人冲散,单剩得刘备一军,寥寥无几,如何支持? 且前后俱无去路,不得已骤马斜奔,窜往梁地。沛城里面只有孙乾、糜竺等,几个文人,哪里还能固守?眼见得全城被陷,署舍一空,好好两位甘、糜二夫人,束手遭囚,由高顺派兵监押,送往徐州去了。前只甘氏被掳,此次又添一糜氏,为英雄妇却亦甚难。小子有诗叹道:

不经险难不艰贞,多少英雄血铸成。
只是娉婷双弱质,迭遭兵祸可怜生。

欲知刘备后事,且至下回再详。

曹操之所虑者，惟一袁绍；然献帝播迁，绍不先迎驾，反让操之挟主争雄，其无能为可知矣！十胜十败之说，原多谀语。而操之必胜，绍之必败，自在意中，虽非郭嘉、荀彧，犹能料及，即操亦何尝不自知之明，其所以徘徊瞻顾者，恐张绣、刘表之掎其左，吕布、袁术之掣其右也。攻张绣、攻袁术，再攻吕布，看似闲着，实是要算；诸子得除，然后可专力河北，锐攻袁绍。诸葛公谓曹操用兵，仿佛孙吴，固有见而云然尔。然一攻绣而濒死宛城，再攻绣而几厄贾诩；以操之智，且不免百密一疏，为敌所乘，彼吕布辈何足道焉！

第七十七回　愎谏招尤吕布殒命
　　　　　　　推诚待士孙策知人

　　却说刘备奔至梁地，仓皇穷蹙，几无所归；忽见前面来了无数人马，张着曹字旗号，飘飘前来。备暗想道："莫非曹操自来救我吗？"及军已行近，走马过问，果由曹操亲来讨布。备即自述姓名，叫曹兵引往见操。操与备相晤，便亲握备手道："孤督兵来迟，致令玄德受惊，幸勿见怪！"权术可爱。备拜谢盛情，且言败状。操复说道："我接夏侯惇败报，方知吕布势盛，沛城难免失守，所以督兵亲来；但吕布是一无谋匹夫，必为我败，玄德放心，看我指日擒布。"说得到，做得到。说着，遂与备并辔齐进，直指彭城。时夏侯惇伤目未瘥，已由操召回许都，令他调养。惟余兵在途中接着，仍然随操东行，既至彭城，守将侯谐，不顾好歹，竟敢开城出战，操将许褚，上前接斗；约有数合，便将侯谐活捉了来。彭城无主，自然被陷，操令将彭城兵民，一体屠戮；何亦残虐至此？再引军进攻下邳。广陵太守陈登，挈众迎操，为操先驱；浩浩荡荡，杀到下邳城下。布亲出交锋，战辄失利，乃回保城中，不敢再出。操军四面设栅，昼夜围攻；关羽、张飞，也收合残兵，来会刘备，与操军并力攻城。布登城督守，俯视操兵如蚁，不免惊心；可巧有一箭飞上，箭镞中贯着一书，由军吏取视吕布。布拆开细阅，系是操劝己投降，不失侯封；布执书下城，商诸陈宫，意欲出降。宫因前时背操迎布，恐无生路，乃极力劝阻，且为布定策道："操军远来，势难久持，将军可率步骑出屯城外，宫率余众闭守城内，操若攻将军，宫即出攻操背；若转来攻城，将军即引兵回救，互相呼应，作为掎角，不出旬日，操兵粮尽，自然退去。那时好并力追击，无虑不胜了！"未始非计。高顺亦接说道："公台所言甚善！宫字公台。将军出屯，非但可作为掎角，并可截操粮道；操若乏粮，不走何待？"说得布易惧为喜，即令高顺助宫守城，自己收拾戎装，即拟出城立营。到了晚间，入语妻妾，妻严氏劝阻道:"宫与顺素不相和,若将军一出,两人岂肯同心守城?倘有差失,将军如何自立?且曹氏尝厚待公台,不啻骨肉,公台尚舍彼归我;今将军待遇公台,未必出曹氏右,乃欲委全城,托妻子,孤军远出,一旦有变,妾岂得复为将军妻么?"妇人从一而终,难道吕布有失,便好作他人妇?布听了妻言,又觉沉吟。严氏复流泪道:"妾前在长安,已为将军所弃,亏得庞舒匿护妾身,才幸与将军再聚;不料今日又欲弃妾,妾始终难免一死,尽听将军自便,毋以妾为念!"补述前事,意在反跌,比上文还要厉害!布怎忍割舍,只好用言温存,决不他去,一面使属吏许汜、王楷,缒城夜出,悄悄的混过敌垒,至袁术处乞援。术怒问道:"布不与我女,反将我使人致死,理当失败;我且欲向他问罪,他还想我往救么?"汜、楷齐声道:"这为曹操反间计所误,今已知悔,故向明上求援!术已僭号,故呼为明上。明上若不援布,与自败何异?布为操所破,明上恐亦不免了!"术面色渐平,乃与语道:"布既自知前误,可送女前来,我当遣兵救他便了!"汜与楷不便再言,只好返报吕布。布情急无奈,不得不将女遣嫁;但城外满布敌兵,如何送去?想了又想,得了一计,俟至夜半,用绵缠住女身,背负上马,提戟出城。好一条送亲方法,但严氏不肯令布出城,此时何故漫许?才行数十步,已被曹军察觉,上前截住。布挺戟当先,后面又有张辽等将,跟杀上去,倒也冲破了好几重。怎奈操军变计,不用兵刃接斗,但用弓矢攒射,飞矢雨集,无缝可钻;布虽多力,究竟没有避箭方法,且恐爱女中箭,无益有损,没奈何退入城中。

　　河内太守张杨,素与布善,闻布为操所围,出兵东市,遥为声援。不意部将杨丑,谋叛张扬,竟将杨刺死,拟传首送操;他将眭固,替杨复仇,复纠众杀毙杨丑,北通袁绍,屯驻射犬,终未敢东出援布。布只得振作精神,与陈宫等拚死拒守。约莫过了月余,操攻城不下,也有归志。荀攸、郭嘉入谏道:"吕布屡败,锐气已挫,陈宫虽智,性多迟疑;今布气未复,宫谋未定,乘此急攻,自可擒布,奈何无故退兵呢?"操拈须说道:"顿兵城下,积久必疲,奈何?"郭嘉道:"可决沂泗两河,灌入城中。"操欣然道:"此计甚善,应即照行。"说着,即分拨将士,令他决水灌城,不到一日,城内外变作水乡,滔滔不绝,操军尽徙居高阜,坐待内变。布日夕守城,幸尚不致疏忽,至城被水淹,禁不住惶急起来;登城四望,遍地汪洋,当然愁眉双锁,露出惧容。操军在高阜瞧着,且笑且呼道:"吕布何不速降!"布答语道:"卿曹幸毋困我,我便当自首明公。"陈宫在侧,独怒目视布道:"逆贼曹操,怎得称为明公?今若出降,如卵投石,尚能自全么?"布无奈下城,与妻妾饮酒解闷。过了翌晨,揽镜自照,形容已消瘦许多,不由的失惊道:"我瘦损至此,想是为酒所误;此后应严禁为是。"遂下令城中,不得酿酒。自己戒酒,却禁别人酿酒,一何可笑。会有部将侯成,失去名马数匹,连忙查究,幸得取回,诸将向侯成道贺,各馈酒肉;侯成恐有违军令,先将酒肉分献与布。布大怒道:"我方禁酒,汝等偏酿酒入献,藐我太甚!无非欲谋我不成?"一面说,一面令将成处斩;还是他将宋宪、魏续等,代为跪求,方许贷死,尚命杖责数十下。侯成惭愤交并,潜与宋宪、魏续密谋,待至夜间,竟率众为乱,突把陈宫、高顺拘住,开城出降。吕布闻变,慌忙趋登白门楼。待至天色熹微,楼下已遍集操军;剑戟声与哗噪声,杂作一团。布自觉势穷,见左右尚有数人,便顾语道:"汝等从我无益,不如取我首级,往献曹操,尚可邀功。"左右不忍杀布,却劝布下楼降操,或可保全身家;布急得没法,依议下楼。操军见了,都七手八脚,来捉吕布;布已经求降,不便动手,只好由他绑缚,军士尚恐吕布力大,格外缚紧,牵送至曹操座前。操已引军入城,泄去水势,升帐高坐,诸将侍立两旁,布被军士牵入,望见曹操,便大呼道:"布被缚太急,请赐从宽。"操笑语道:"缚虎不得不急。"布复说道:"明公所患,当莫如布;布今已心服了,天下不足忧,公为大将,布为公副,何事不能成功哩!"操素知布勇,意欲收用,免不得心下踌躇;凑巧刘备进来,即欠身延坐。布复顾备道:"玄德公!汝为座上客,布为阶下囚,何不代布一言,从宽发落?"大丈夫视死如归,何必向人乞怜?备闻言微笑。操语备道:"公意如何?"备且笑且答道:"公不见丁原、董卓么?"一语已足。操不禁点首。布戟手指备道:"大耳儿最无信义,令人可恨!"汝亦知有信义否?忽有一人入呼道:"要死就死!何必多言?"布见是高顺,徒呼负负。原来高顺屡次谏布,布不肯听,因此及难。操亦知顺忠勇,劝顺投降。顺复大呼道:"宁死不降!"倒是烈士。布又见高顺左右,站着宋宪、魏续两人,复指语曹操道:"布待诸将不薄,若辈叛布负德,明公何不加诛?"操驳说道:"闻君听妻妾言,违诸将计,怎得称为不薄呢?"布默然不答。悔已迟了。操即命将布、顺牵出,一同缢死,然后枭首。及陈宫推至,操与语道:"公台!卿尝自谓智计有余,今果如何?"宫叹恨道:"吕布不从宫言,所以致此;若肯从我计,何至成擒!"操又说道:"今日当如何处置?"宫大声道:"为臣不忠,为子不孝,应该受死!"双关语。操又道:"卿不惜死,可记得老母否?"宫慨然道:"宫闻以孝治天下,不害他人父母;宫母存亡,听诸公命。"操又问宫妻子如何?宫复答道:"圣王施仁,罪不及孥,妻子存否,亦惟公命。"说罢,即欲趋出。操问宫何往?宫毅然道:"出去就死,尚有何言?"操不禁起座,流涕相送。猫哭老鼠,假慈悲。至宫受戮后,操使人抚恤宫母妻子,不使失所;就是吕布妻小,亦载回许都,免令连坐。不知貂蝉曾否在内。布将张辽、臧霸皆降,前尚书令陈纪、纪子群,在布军中,亦为操所录用;还有吴敦、尹礼、孙观等,并命臧霸招致,各授官职,令守青、徐沿海诸境。刘备妻妾甘、糜二夫人,幸尚无恙,复得重会,悲喜兼并。独操邀备回许,只留将军车胄,居守徐州,权任刺

第七十七回　愎谏招尤吕布殒命　推诚待士孙策知人

史,加封陈登为伏波将军,仍守广陵;自与备率军西归,饮至犒赏,不消细叙。

且说孙策既略定江东,即与袁术分张一帜,为独立计。至袁术僭号,策致书与术,责他不忠。术大失所望,愁沮成疾,但未肯取消帝制;终致策与术绝交,上表献帝,自陈心迹。曹操称策为猘儿,欲加笼络;特使议郎王辅,赍诏东行,拜策为骑都尉,袭爵乌程侯,领会稽太守,使讨袁术。策受命后,复遣张纮赴许,贡献方物。操又表策为讨逆将军,进封吴侯;留张纮为侍御史,且征还前会稽太守王朗,使为谏议大夫。策已得荣封,声望日隆,江东人士,陆续趋附,得众数万;因令周瑜还镇丹阳。适袁术令从弟胤为丹阳太守,接替周尚后任。尚为瑜从父,既已卸职,便邀瑜同返寿春,瑜不得不从。尚引瑜见术,术看他仪表非凡,欲令为将;瑜独固辞,但自求为居巢长,术未识瑜意,当即依允。瑜即日辞行,到了居巢,闻得临淮人鲁肃,慷慨好施,就率数百人往访,乘便贷粮。实是试肃。肃一见倾心,便指家中储米两囷,分赠与瑜,每囷约三万斛;瑜以为与肃初会,便得他一囷厚赠,益信肃名不虚传,遂握手论交,订为知己,方才告辞。肃别瑜后,忽接袁术使命,令署东城县长,他阳为拜受,潜挈家中老幼,及同志少年百余人,竟诣居巢,就瑜商议。瑜问明来意,即呼肃表字道:"子敬与我同意,我亦知术终无成,故乞得此差,以便东行。"说着,即弃官整装与肃渡江,使肃家留居曲阿旧宅,自偕肃往见孙策。策闻瑜复至,亲出迎瑜;瑜导肃相见,策与谈数语,亦知肃非常人,改容敬礼,且授瑜为建威中郎将,给兵二千人,骑五十匹,使偕肃出屯牛渚营;自领兵往讨丹阳贼帅祖郎,亲与搏战,活擒归营。郎匍伏谢罪,策微笑道:"我前在曲阿,被尔无端掩袭,砍破马鞍,今被我擒来,本应处死;但自念创军立业,不宜记嫌,尔诚能自知前过,我当赦汝!不必惊慌。"郎接连叩头,情愿投诚。策即命释缚,署为门下贼曹。绎贼之官。

会闻刘繇旧将太史慈,窜居芜湖山中,结众数千人,自称丹阳太守,出略泾县,号召山越,欲与刘繇复仇,策复提兵往讨,连战数次,未能得手;嗣至勇里设伏,诱慈入险,才得将慈执住。策亲与解缚,笑握慈手道:"尚记得神亭时么?若尔时为卿所获,可相害否?"慈亦笑答道:"也未可知。"策大笑道:"今当与君同休戚,幸卿毋嫌!"说着,即携慈入,延令上坐,咨问进取方法。慈谦让道:"破军之将,何足论事?"策婉驳道:"昔韩信得李左车,谘询大计,终得成功;今策欲向卿决疑,愿卿勿辞!"惟能虚心用人,才为英雄。慈乃说道:"刘军新破,士卒离心,若至四散,恐难复聚,愚意欲出抚余众,引为公助,未知公可相信否?"策起谢道:"这正为策所深愿,明日日中,望卿归来。"慈应声即去。诸将进谏道:"太史慈如何纵去?恐明日必不复还。"策摇首道:"子义乃青州名士,素尚信义,决不相欺。"能知人,方能用人。诸将似信非信。到了次日,策预备酒食,立竿候影,影至日中,太史慈果挈众归报。策下座相迎道:"卿真信人,不负策一番赏识呢!"遂命左右搬出酒肴,与共欢饮,至暮方散。越宿即署为门下督,使与祖郎同作前驱,班师还吴。嗣闻刘繇转奔豫章,得病身亡,余众万余人,欲奉豫章太守华歆为主,歆尚未敢受;策即进太史慈为折冲中郎将,遣令前往招安。且语慈道:"刘繇受命朝廷,名正义顺,我非敢与繇相抗,只因我先君遗众数千,尽属袁公路,不得不借此索兵,进据曲阿;我本遣从兄贲往守豫章,终因朝廷简授华子鱼,留贲不遣。子鱼即华歆字,孙贲为豫章太守,由策所授,事见前文;至此借策叙明前后,方不至矛盾。公路僭逆,我即与绝交,可见我非真叛汉,不守臣节。今刘繇遽亡,恨我不及与他面辩;今繇子在豫章,未知华子鱼待遇如何,亦未知旧部肯否相依?卿可往宣我意,慰谕该部。该部愿来,便与同来,不愿来亦听彼自便,并看华子鱼能否抚民?一切劳卿裁夺,需兵若干,也由卿自酌罢!"慈答说道:"将军量同桓文,宥慈死罪,慈当尽死报德;今奉命往抚,并非与争,兵不宜多,多兵反使滋疑,数十人便足敷用了!"说罢,即出外治装,隔宿起行。程普等进言道:"慈若出使,必北去不还!"策慨然道:"子义舍我,将依何人?"知彼知己。翌晨为慈送行,亲至昌门饯别,把腕与语道:"何时可还?"慈答称约六十日。两下分手,一出一归,左右尚谓遣慈非计。策作色道:"诸君勿复言,我知子义不轻然诺,行必践言,何至负我?"已而两月届期,慈果回吴,报称华子鱼无他方略,但期自守。策拊掌大笑道:"我亦料子鱼不过如此。"

转眼间已是建安四年,策正拟出兵西略,可巧袁术病死江亭,策扬眉吐气道:"袁皇帝也病死么?"不意上下数千年,有两个袁皇帝。究竟袁术如何病死,当时由策使人探明;小子也正好随笔补叙。自袁术僭号称尊,骄盈益甚,后宫数百,皆服绮罗,餍粱肉,独未肯赡给穷民。故司隶冯方家眷,避乱扬州,有女甚美,为术所羡,就令吏士强取入宫,列作嫔嫱,宠幸无比。后宫诸妇,各相妒忌,竟将冯女扼死,悬诸厕梁。术还道她别怀抑郁,投缳毕志,当即恸哭一场,厚礼丧葬。嗣是悼亡益甚,酿成心疾;又因孙策不肯相助,引为深忧,再加将士屡败,粮食告空,不得已毁去宫室,走向灊山,奔依部将雷薄、陈兰。谁知两将已有贰心,把他拒绝,士卒又沿途离散,害得他忧惶迫切,不知所为;乃遣使至冀州,愿将帝号让与袁绍。绍子谭方为青州刺史,寄书迎术。术改辕北往,道出徐州,偏有大军截住;探明何事,乃是刘备奉曹操令,在此邀击,自知不足敌备,慌忙退还。那后军辎重,已被备军夺去,没奈何欲南归寿春,行至江亭,距寿春尚八十里。时当盛暑,粮饷皆绝,只剩麦屑三十斛,分给随从,供不敷求,自己但食粗粝,不能下咽,欲乞蜜浆止渴,又无所得,不由的大呼道:"袁术袁术!奈何至此?"说到此语,胸前作恶,哇的一声,呕出许多狂血,接连不已,竟至斗余，倒毙床上。一场皇帝梦至此告终。妻子等抚尸哭罢，草草棺殓，携榇奔庐江，欲依太守刘勋。前广陵太守徐璆，闻得术有传国玺，纠众还截，迫将玉玺缴出，方准过去。术妻无法，出玺付璆。一报还一报，璆始引众退去，自赴许都献玺，得拜高陵太守。一代国宝，总算是仍还故主，可惜也不能久有了！*为曹氏篡汉伏笔。*庐江太守刘勋，本为袁术部将，术家来奔，当然收纳，又招集袁术部曲，得数万人，兵势颇盛，苦未足食。事为孙策所闻，正好乘间西略；便召周瑜为中护军，部署兵马，即日起行。瑜献计道："刘勋新得术众，若与交战，必费兵力；最好是劝他往取上缭；上缭豪民，各自举帅，拥粮甚多，勋必垂涎。待他往取，我借出讨黄祖为名，乘虚掩入，一举可得庐江了！"策闻言大喜，即遣使赍书与勋，加赠珠宝。果然勋利令智昏，出攻上缭，策与瑜倍道进兵，行抵石城，令从兄贲辅两人，率兵八千，往屯彭泽，截勋归路；自偕瑜领兵二万人，往袭皖城。皖城为庐江治所，因勋他出，守兵不多，蓦闻策兵到来，并皆骇散。策得长驱入城，掳住刘勋妻子，就是袁术家属，亦尽作俘囚，部众除溃走外，统皆投降；惟策素严军律，不许残掠，所有术、勋两家妻小，均令释放，仍加抚养，余如子女玉帛，概不妄取。独访得乔公二女，皆有国色，因遣人礼聘，得邀乔公允许，送入一对姊妹花；策纳大乔，瑜纳小乔。小子有诗咏二乔道：

　　两英雄配两婵娟，作合天成算有缘。

　　可惜郎君皆不寿，红颜自古福难全。

　　郎才女貌，谐成伉俪，当然两情相惬，恩爱缠绵。嗣复接得孙贲捷报，已经击走刘勋，真是喜气重重，无求不遂了！欲知孙贲战胜后事，待至下回叙明。

　　　　吕布之勇，足以敌曹操，而智谋之不逮操也远甚！操之图布也久矣！督师东来，目无吕布；但布若能用陈宫之计，内外呼应，犄角相援，则操亦未必有成；就使挫失，布在城外，亦可远走，何至为操所擒乎？乃始则被惑于妇人，继则见嫌于部将，虎为人缚，摇尾乞怜，嗟何及哉！刘备之劝操杀布，亦知布之反复图己，终为后患，故借丁原董卓事以晓操；而布乃死，而备乃得去一害，是固非徒为操计也。孙策继承父志，略定江东。而于祖郎之不报宿嫌，已昭大度；至擒太史慈于勇里之间，更能释缚周谘，坦然相与。一遣慈而不疑，再遣慈而仍不疑，慈固信士，然何莫非由策之推心置腹，有以致之。用人如策，乃足使人效死，袁术反是，宜其失猘儿之心，身死江亭，终为人笑也。

第七十八回　穿地道焚死公孙瓒
害国戚勒毙董贵妃

却说刘勋为孙策所欺，出攻上缭，上缭土豪，皆坚壁清野，敛守城中，勋竟无所得，屯兵海昏，为攻城计。忽闻孙策袭击皖城，慌忙退回；路过彭泽，被孙贲、孙辅截击一阵，败走流沂，遣使至夏口，向江夏太守黄祖处求援；祖遣舟师五千人援勋。当由孙贲申报孙策，策督兵亲往，大破勋军；勋逃往许都，勋部兵二千余人，及黄祖所遣战船数百艘，俱为策军所获。策得乘胜西进，锐击黄祖，祖率水军迎敌，并向刘表乞师。表遣从子虎，及部将韩晞，率长矛队五千人，助祖拒策；一场交绥，晞竟战死，虎亦逃回。黄祖孤立无助，也即退走，船械尽失，连妻子一概抛去，士卒杀溺至数万人。策乃回徇豫章，屯营椒邱，使功曹虞翻，招降华歆；歆有文无武，怎能御策？当即派吏欢迎，待策至豫章，自服葛巾出谒。策因歆素有才望，执子弟礼，待若上宾。于是实授孙贲为豫章太守，且分豫章为庐陵郡，增置郡守，即令孙辅任职，留周瑜镇守巴邱，旋师入吴。小子叙到此处，不得不将刘备事迹，赶紧接入。是用笔过峡处。先是备随操入许，得见献帝，献帝与叙宗系，应呼备为叔，当然慰劳有加；操且表举备为左将军，出同车，坐同席，待遇甚优。惟备见操揽权逼主，隐怀不平，只因兵力甚微，无法报国，不得不容忍过去。操更诬称故太尉杨彪，私通袁术，收系狱中；还亏将作大匠孔融、侍中荀彧、许令满宠等，力为解救，始得赦出。议郎赵彦，恨操专横，上书劾操，为操所杀。操请献帝出猎许田，操射得一鹿，群臣错疑为献帝所射，齐呼万岁，操直受不辞。刘备与关羽等，随驾同猎，羽见操如此无礼，愤欲杀操，经备从旁阻止，方才住手；献帝也为怏怏，罢猎回宫。默思盈廷大臣，只有车骑将军董承，位兼勋戚，尚可与言，但无端宣召，又露形迹；不得已密令董贵人制就玉带一条，把手书藏入带中，用线缝好，赐与董承。承心知有异，剖视带中，得见密诏，乃与将军吴子兰、王子服，及长水校尉种辑等，阴谋诛操。并邀同左将军刘备，共预密盟，备因谊关宗室，不能不允，但因操势方强，应从缓图，不可欲速，一面恐操生疑，就寓宅后园种菜，韬晦待时。会操邀备小宴，并坐饮酒，谈及四方枭杰，掀髯笑语道："今天下英雄，唯有使君与操。"话未说完，备不觉一惊，竟将手中所执的匕箸，失落席下。方图韬晦，忽被曹操叫破，怎得不惊？可巧天公做美，空中起了一个霹雳，响震厅堂；备即借此语操道："天威如此，怪不得圣人有言：迅雷风烈必变呢！"为此一语，得将

第七十八回　穿地道焚死公孙瓒　害国戚勒毙董贵妃

自己失惊的情状,轻轻瞒过。及袁术欲奔往青州,备遂向操讨差,愿率关张等,前去邀击。操遣裨将朱灵、路昭,偕备同行,名为帮助,实使监制。哪知备既离虎口,得遂鸿飞,岂是朱、路两庸将所得牵掣?一到徐州,截得袁术若干辎重,即使朱灵、路昭返报;自与关、张抵下邳城,伪传操令,诱刺史车胄出迎。车胄刺徐州及刘备截袁术,俱见前文。车胄不知是计,开城迎备,兜头碰着关羽,手起刀落,把胄劈做两段;当即枭首入城,只言车胄谋反,所以处死,余众无辜,一律免罪。兵民也未识真假,但教保全生命,自无异言。备省视家属,甘、糜二夫人相安如故,却也放心。插叙一笔,为下文再失妻小张本。便留关羽守下邳城,自往小沛招集散兵,约得万人;复恐曹操遣兵来攻,特遣从吏孙乾,通好袁绍,倚为外援。绍方击死公孙瓒,得并幽州,原想南下攻操,既由刘备使命,乐得与他连和;即遣孙乾归报,备稍稍纡忧。但回忆公孙瓒为同学旧友,一跌赤族,不免伤心;且自别瓒以后,南救陶谦,正值赵云丧兄,辞归常山,好几年不与相见,亦未知他寄身何处?后文不及赵云,恐致阅者怀疑,故此处急忙补叙。死别生离,俱劳感念,不得不北向歔欷。究竟公孙瓒如何战死?亦应就此叙明。瓒徙居易城,高处层楼,见前文。袁绍屡攻不克,贻书慰解,欲与释憾连和,瓒独不答,增修守备。且语长吏关靖道:"当今四方虎争,无一能坐我城下,袁本初虽强,亦奈何我不得呢。"绍得闻此语,便大举攻瓒,各守将接连告急,瓒并不赴援,反语左右道:"我若往救一人,人人都想我救,不肯力战了。"全是呆话。守将待援不至,或降或溃,绍军长驱直进,竟抵城下。瓒又急得没法,遣子续求救黑山,待久不至,乃欲自领突骑,出迎黑山援军,侵入冀州,横断绍后,偏经关靖谏阻,说是:"主将一出,城必失陷,不如坚守待援,可却绍军。"瓒因即罢议。

已而黑山贼帅张燕,即褚燕改姓为张。使人诣瓒,报称起兵十万,来救易城,瓒当然大喜。过了旬日,仍然不至,乃复使人赍书促燕,且嘱子续引兵速来,举火为号,以便内应。不意瓒使出城,被绍军擒去,搜得瓒书,将计就计,便分兵埋伏北郊,纵火诱瓒。瓒还道由续举火,忙开北门,引军出应,哪知伏兵突起,奋击瓒军,瓒慌忙奔还,部众已伤亡大半,剩得残骑数百,逃回城中。绍督兵合围,暗凿地道,通瓒楼下,瓒重楼寂处,未曾知晓。嗣由绍军在地穴内,用柱燃楼,楼辄倾倒,瓒始知难免,先缢死妻子姊妹,然后引火自焚,一道冤魂,随了祝融回禄,同往南方;部将田楷战死。关靖叹道:"我若不阻将军出城,或得济事,今乃至此,我闻君子陷人危地,必与同难,将军既死,我岂尚可独生么?"遂拍马赴敌,力战而亡。史称靖本酷吏,谄事公孙瓒,乃得邀宠,但观其甘与同殉,尚有忠忱。黑山贼帅张燕,闻易城已破,当然罢兵。瓒子公孙续无家可归,流离朔方,旋为屠各胡所杀。

绍送瓒首入许都，曹操暗中加忌，对着绍使，说他未奉朝命，擅取幽州。绍使归报，触动绍怒，即欲兴兵攻操。监军沮授进谏道："近讨公孙瓒，师出历年，百姓疲敝，仓廪空虚，未可轻动。不如务农息民，养足锐气；然后进屯黎阳，规划河南，作舟楫，缮器械，分兵四出，令彼不得安，我乃用逸待劳，方可得志。"从事田丰，亦与授言相同。独郭图审配，希承绍意，主张出兵。授又说道："授闻救乱诛暴，方为义兵；恃众凭强，乃为骄兵。义兵无敌，骄兵必败。今曹操奉天子，令天下，若我军往攻，名义既乖，且曹氏法令既行，士卒精练。比那公孙瓒安坐受敌，全然不同。若不察敌情，驱众求胜，胜未可必，败实可忧！窃为明公不取哩。"郭图等仍然抗辩，决计南下。且谮授不从主意，未便监军，绍竟为所惑，分设三督，使授与郭图、淳于琼，各典一军，调兵十万，选马万匹，指日南行，为攻操计。

操正使曹仁、史涣诸将，出略河北，击毙张杨，遣将眭固，攻下射犬城。眭固北通袁绍，屯驻射犬，见前文。操亦自至河上，遥助军威。嗣闻绍将南来，乃还驻敖仓，与诸将会议进止，诸将恐绍军势盛，难与争锋。操奋然道："我知袁绍为人，志大而智小，色厉而胆落，忌克而少威，兵多而分划不明，将骄而政令不一；土地虽广，粮草虽丰，徒为我资，何惧之有？"虽是安定众心，但袁绍之失，实尽此数语。乃使臧霸等东进青州，防御袁谭，留于禁屯河上，复因官渡为南北要冲，派兵严堵，自还许都，安排粮械，准备敌绍。一面分遣辩士，招抚张绣刘表。绣与操有隙，见了操使，听他一番词辩，却也有些动情，因此迟疑不决。

适袁绍亦遣使招绣，绣无所适从，特召贾诩入商。诩未曾申议，便顾语绍使道："劳汝归谢袁本初，兄弟尚不相容，怎能容天下国士呢？"说得绍使无言可对，匆匆别去。绣惊诧道："奈何拒绝袁氏？"诩直答道："袁本初怎能成事，将军往从，徒自取祸。"绣接说道："难道便投曹操么？"诩接说道："不如往从曹公！"绣皱眉道："袁强曹弱，操又与我有仇，怎可往从？"诩申说道："正惟如此，所以宜从。曹氏方奉承天子，一宜从；袁氏方强，即去从彼，必不见重，曹氏尚弱，得我必喜，二宜从；曹氏既来招将军，岂尚记嫌，必且格外加亲，昭示大度，三宜从。将军勿再怀疑，即日往从便了！"诩既劝绣降操，前日何不玉成邹氏，吾恐邹氏有知，死不瞑目。绣乃带领亲从，与诩同赴许都，投降曹操。操见绣大喜，亲握绣手，欢颜抚慰，并开筵接风，殷勤款待。越日即引绣朝见献帝，面举绣为扬武将军，诩为执金吾，献帝自然依议；待朝退后，复愿与绣结婚，聘绣女为庶子均妇，绣也觉乐从，安居都下。前日失去一位叔母，此时复赔了一个女儿，种种吃亏，尚有何乐？

惟刘表观望不前，未肯遽与操合，操因刘表多疑少决，不足深虑，乃待诸后图。适孔融表荐一人，姓祢名衡，字正平，系平原少年，说他淑质贞亮，英才

第七十八回　穿地道焚死公孙瓒　害国戚勒毙董贵妃

卓烁,见善若惊,嫉恶若仇,有鸷鸟累百,不如一鹗等语。操即使人召衡,衡素刚傲,不肯事操,一再托病,谢绝操使,并有狂言讥操。操闻报后,未免愤怒;但因衡素有才名,不便加刃,惟遣兵吏迫衡入府,衡无可再辞,昂然趋至,长揖不拜。操亦不命坐,由他站立,衡仰天叹道:"四海虽大,恨乏人才。"操瞋目道:"许都新建,贤士四集,怎得谓尚乏人才?"衡抗答道:"大儿孔文举,_{即孔融。}小儿杨德祖,_{系弘农人杨修。}尚有才名。余子碌碌,皆不足数!"操狞笑道:"想汝甫入皇都,未识朝中才士,就是我幕下文武,何一非才。"衡微哂道:"公以为才,何人敢说是不才;但据衡看来,统是一姓家奴,毫无干济。荀彧但可使吊丧;荀攸但可使守墓;程昱但可使关门闭户;郭嘉但可使白词念赋;张辽但可使击鼓鸣金;许褚但可使牧牛放马;乐进但可使取状读诏;李典但可使传书送檄;吕虔但可使磨刀铸剑;满宠但可使饮酒食糟;于禁但可使负版筑墙;徐晃但可使屠猪杀犬;夏侯惇可称完体将军;曹子孝可呼要钱太守。_{子孝即曹仁字。}此外更不必说了!"_{痛快淋漓!}操怒问道:"汝有何能?"衡答说道:"上期致君,下期泽民,不似那庸夫坐食,但务逢迎!"操怒说道:"闻汝纯盗虚声,徒善击鼓,可在我门下做一鼓吏罢!"衡也不推辞,应声趋退,操不容外出。待至次日,即大集宾佐,置酒宴会,使鼓吏在阶下挝鼓。鼓吏例当易服,皆改装而入,衡独踽踽登阶,见鼓便击,迭成渔阳三挝,章节悲壮,如骂如讽,座上客听入耳中,俱为动容。三挝已毕,衡进至操前,为吏所阻,且叱衡道:"鼓吏何不改装?乃敢轻进!"衡并不答言,竟将衣服脱去,裸体立着,孔融也在座间,只恐衡得罪曹操,麾令下堂。衡退至鼓旁,徐徐更衣,又复三挝,声愈激越,挝罢自去。操笑语宾佐道:"本欲辱衡,衡反辱孤。"阖座并皆不欢,席终散归。惟孔融心下未安,出责祢衡道:"正平,大雅君子,可如是么?"衡默不一语,融再述操礼贤诚意,嘱衡往谢,衡沉吟半晌,方才允诺。融乃复入见操,谓衡有狂疾,现已清醒,当来谢罪,操点头会意;待融去后,饬门吏不得阻客,专望衡至。等到日暮,由门吏跟跄入报道:"大胆祢衡,敢在营门外面,用杖棰地,呼号叫骂,语多狂悖,请收案治罪。"操艴然道:"祢衡竖子,我欲杀他,不啻雀鼠,惟此人颇有虚名,人将谓我不能容物,所以加诛,今我有一法,叫他往谕刘表便了。"_{却是一条好法儿。}于是传令出去,叫衡前往荆州,招降刘表,限他越宿起行,且预嘱门下谋士,在城南饯行。到了翌晨,便命骑士促衡登程,衡尚不欲往,经骑士再四催逼,乃草草收拾行李,上马出城。但见南门外摆着酒肴,有一簇人马待着,只好下骑相见,哪知一班衣冠楚楚的人物,名为饯行,俱端然坐着,并不起迎。衡用目四顾,失声大哭,大众不能不问,衡挥泪道:"坐为冢,卧为尸,我与尸冢相对,怎得不悲。"说罢,仍然上马,加鞭径去。大众还报曹操,操笑说道:"我不杀衡,自然有人杀衡,看他狂生能活到几时?"

言未已，忽有人入报道："刘备在徐州勾通袁绍，谋袭都城。"操愤愤道："备前遣还朱灵、路昭，擅杀车胄，我正要讨伐，他还敢前来谋我么？"长史刘岱，方在操侧，听了操言，即自请效力，东出击备。此刘岱与前兖州刺史同名异人，兖州刺史刘岱已死，罗氏《三国演义》并作一人，实是误会。操乃令与中郎将王忠，引兵万人，往攻徐州。岱、忠两人，本来是没甚智略，一到徐州境内，便已遇着备军，当下摆好阵势，请备答话，备纵马出见，岱责备忘恩负义，难逃一死。备从容答道："我非敢有背曹公，实因车胄谋害，不得不将他杀死，请二将军返报曹公，免伤和气。"岱、忠齐声道："何人信汝谎言，快快下马受缚，免得我等动手！"备不禁失笑道："曹公自来，胜负或未可知，如汝等碌碌庸才，就是来了一百个，我也不怕。"当面嘲笑。岱、忠听着，双槊并举，上前攻备，备背后已突出关羽、张飞，把他截住，四将四骑，绕场厮杀，岱、忠哪里是关、张敌手，不到数合，便即败走，关、张驱杀一阵，由备鸣金收军，方才退回。岱、忠窜至数十里外，方敢下营；遣人至许都报操，再请济师。操因残腊已届，勉强忍耐，拟在许都度过新年，乃亲出攻备，好容易已是建安五年。

　　车骑将军董承，见操专横日甚，潜使人致书刘备，使作外援，自为内应，一面与吴子兰、王子服等，暗地安排，日夕筹备；谁知事机不密，竟为操所探悉，立即遣派兵吏，把董承等一并拿下，拘系狱中。操带剑入宫，竟向献帝索交董贵人，献帝方与伏后闲坐，谈及曹操弄权，互相叹息，蓦见操抢步趋入，满面怒容，不由的大惊失色。操开口道："董承不道，竟敢谋反，请陛下即日治罪。"献帝嗫嚅道："董承系朝廷勋戚，如何也至谋反呢？"操又说道："老臣迎驾至此，并未尝有负陛下，董承自恃国戚，竟想害死老臣，臣若被害，陛下恐亦连及，岂不是谋反么？"献帝道："果有实据否？"操张目道："证据昭然，并非诬陷，陛下如袒护董承，莫非教他杀臣不成？"全是无赖徒口吻。献帝本有密诏谕承，至此越觉心虚，只好说是："董承有罪，当依法惩治。"操厉声道："尚有董承女儿，在宫伴驾，应该连坐。"说着，即喝令卫士往拿董贵人，卫士不敢不依，去了半晌，便将董贵人牵出。操复向献帝道："此女应即处死。"献帝呜咽道："董女方怀妊数月，俟分娩后，治罪未迟。"操悍然道："无论董女尚未生育，就使已生子嗣，亦当尽戮，怎得留下种子，为母报仇？"竟欲绝龙种耶？与弑逆何异？献帝听了此语，吓出一身冷汗，连话儿都说不出来，看那董贵人的惨容，更似万箭穿胸，异常痛苦，再听得一声呼叱，竟将董贵人拖出宫去，急得献帝说出数语道："曹公！汝若能相辅，幸勿过甚，否则不妨相舍。"操掉头不顾，趋出宫外，令将董贵人勒死！再至朝堂，晓示刑官，令将董承、吴子兰、王子服、种辑等，一并斩首，并夷三族。可怜一班奉诏图奸的大臣，竟至全家诛戮，惨不忍闻！小子有诗叹道：

敢将毒手逞宫闱,凄绝扆皇空泪挥。
为语古今名阃女,生生莫作帝王妃!

曹操既杀死董承等人,复督兵出攻刘备,欲知刘备能否敌操?且至下回详叙。

公孙瓒之致死,其失与袁术相同。术死于侈,瓒亦未尝不由侈而死。观其建筑层楼,重门固守,妇女传宣,将士解散,彼且诩诩然自夸得计。一则曰吾有积谷三百万斛,食尽此谷,再觇时变。再则曰当今四方虎争,无一能坐吾城下。谁知绍兵骤至,全城被围,鼓角鸣于地中,柱火焚于楼下,有欲免一死而不可得者,较诸袁术之结局,其惨尤甚!《传》有之,"侈为恶之大。"非虚言也!若张绣刘表,亦皆碌碌不足道,以视祢正平之渔阳三挝,俱有愧色。正平虽狂,骂曹一事,却是痛快!曹操犹不知悛!竟诛夷国戚,勒毙皇妃,操之目无汉帝,至此尽露。而陈寿作《三国志》,尚事事回护操贼,操得为忠,王莽如何为逆乎?

第七十九回　袁本初驰檄疗风疾　孙伯符中箭促天年

却说曹操整缮军马,出攻刘备。诸将恐袁绍南下,乘虚袭许,多有异言。操独谓刘备人杰,定宜早除;还有祭酒郭嘉,亦赞成操意,说是绍性多疑,来必迟缓,不如先击刘备,较为得计。操遂督兵出都,直达徐州,刘备闻报,自知寡不敌众,急遣从事孙乾,驰往冀州,向绍乞援。绍因幼子有疾,无意进兵。别驾田丰进谏道:"曹刘相争,未可猝解,何不乘机袭许,既可杀备,又可灭操。"绍唏嘘道:"我三子中,惟少子尚最中我意,今不幸罹疾,累我忧劳,尚有何心再谈军事。"说着,即遣归孙乾,但言子疾得瘥,才可出救,乾无奈别归。田丰趋退,用杖击地道:"欲图天下,乃因婴儿得病,坐失机会,岂不可惜么?"此机一失,袁曹成败从此分了!绍终不变计,敛兵如故。刘备日夕待援,至孙乾归报,方知绍无心出救,只好督率张飞,引众出敌。操兵约数万人,比备兵多过数倍,就使张飞骁勇,究竟敌不住操兵;操且令部众分作数路,前后左右,四面杀入,顿致刘备、张飞,不能相顾,及两人杀出重围,彼此失散,又被操军遮断归路,不能再回小沛城。飞向芒砀山窜去,备竟走青州。

操得攻下小沛,复移军转攻下邳,下邳由关羽把守,就是甘、糜二夫人,也居住城中。操军漫山遍野,奔至城下,把全城团团围住,关羽屡次杀出,均被操军截回。操令张辽招降关羽,羽想自己单刀匹马,尚可突围,惟二嫂俱系女流,如何得脱?没奈何与张辽定约,只降汉,不降曹;且与刘备义同生死,若闻备投向何方,即当往依云云。为关公保全身分,故采入稗史中语。张辽返报曹操,操一一允许;再由辽告知关羽,羽乃出降。操挈羽归许,羽偕二嫂同行,沿途寄宿馆驿,操令羽与二嫂同室,羽秉烛达旦,坐读《春秋》,彻夜不倦。操自此重羽,回都以后,拜羽为偏将军,待遇甚厚,五日一大宴,三日一小宴;并将吕布遗下的赤兔马,转赠予羽。羽虽然拜谢,心下总不忘刘备。操尝使张辽探试羽意,羽慨答道:"我亦感曹公厚惠;但与刘将军誓同生死,义不可忘,我终不能常留此地,但须立功报效曹公,方敢辞去。"两面顾到,情至义尽。辽闻言叹息,回报曹操。操不禁赞美道:"好义士!事主不忘本,恨不能叫他久留呢!"辽答道:"羽受公恩,谓必当立功以报,想一时总不至遽去。"操点首道:"我所以称他义士呢。"足令奸雄心服。

过了旬余,操患头风,痛卧病床上。忽由左右呈入一纸,由操取阅,乃是一篇檄文。但见纸上写着:

盖闻明主图危以制变,忠臣虑难以立权,是以有非常之人,然后有非常之事;有非常之事,然后立非常之功。夫非常者,固非常人所拟也。曩者强秦弱主,赵高执柄,专制朝命,威福由己,终有望夷之祸,污辱至今,及臻吕后,禄产专政,擅断万机,决事省禁,下陵上替,海内寒心,于是绛侯朱虚,绛侯周勃;朱虚侯刘章。兴戎奋怒,诛夷逆乱,尊立太宗,故能道化兴隆,光明显融,此则大臣立权之明表也。司空曹操,祖父腾故中常侍,与左悺徐璜,并作妖孽,饕餮放横,伤化虐民,父嵩乞匄携养,因赃假位,舆金辇璧,输货权门,窃盗鼎司,倾覆重器。操赘阉遗丑,本无令德,僄狡锋侠,好乱乐祸,幕府昔统鹰扬,扫夷凶逆,续遇董卓,侵官暴国,于是提剑挥鼓,发命东夏,方收罗英雄,弃瑕录用,故遂与操参咨策略,谓其鹰犬之才,爪牙可任,至乃愚佻短虑,轻进易退,伤夷折衄,数丧师徒,幕府辄复分兵命锐,修完补辑,表行东郡太守;领兖州刺史,被以虎文,授以偏师,奖就威柄,冀获秦师一克之报。引用《春秋》秦孟明事。而操遂乘资跋扈,肆行酷烈,割剥元元,残贤害善,故九江太守边让,英才俊逸,天下知名,直言正色,论不阿谄,身被枭悬之戮,妻孥受灰灭之咎。自是士林愤痛,民怨弥重,一夫奋臂,举州同声,故躬破于徐方,地夺于吕布,彷徨东裔,蹈据无所。幕府唯强干弱枝之义,且不登叛人之党,指吕布。故复援旌擐甲,席卷赴征,金鼓响振,布众破沮,拯其死亡之患,复其方伯之任,是则幕府无德于兖土之民,而有大造于操也。后会銮驾东返,群贼乱政,时冀州方有北鄙之警,匪遑离局,故使从事中郎徐勋,就发遣操,使缮

第七十九回　袁本初驰檄疗风疾　孙伯符中箭促天年

修宗庙,冀卫幼主。是袁绍自己回护之笔。而便放志专行,胁迁省禁,卑侮王官,败法乱纪,坐领三台,专制朝政,爵赏由心,刑戮在口,所爱光五宗,所恶灭三族,群谈者蒙显诛,腹议者受隐戮,道路以目,百官箝口,尚书记朝会,公卿充员品而已!故太尉杨彪,历典三司,享国极位,操因睚眦,被以非罪,搒楚并兼,五毒俱至,触情放愆,不顾宪章。又议郎赵彦,忠谏直言,议有可纳,是以圣朝含听,改容加锡,操欲迷夺时权,杜绝言路,擅收立杀,不俟报闻。又梁孝王为先帝母弟,坟陵尊显,松柏桑梓,尤宜恭肃,而操率将校吏士,亲临发掘,破棺裸尸,略取金宝,至令圣朝流涕,士民伤怀!操攻徐州,焚庐发墓,连及梁孝王冢,操知而不问。又特署发邱中郎将,摸金校尉,亦是深文之笔。所过隳突,无骸不露,身处三公之官,而行桀虏之态,殄国虐民,毒流人鬼,加以细政惨苛,科防互设,罾缴充蹊,坑阱塞路,举手挂网罗,动足蹈机陷;是以兖豫有无聊之民,帝都有嗟吁之怨,历观古今书籍,所载贪残虐烈无道之臣,于操为甚!幕府方诰外奸,未及整训,加绪含容,冀可弥缝,而操豺狼野心,潜包祸谋,乃欲摧挠栋梁,孤弱汉室,除灭忠正,专为枭雄,往岁伐鼓北征,讨公孙瓒,强寇桀逆,拒围一年,操因其未破,阴交书命,欲托助王师,以相掩袭,故引兵造河,方舟北济,会其行人发露,瓒亦枭夷,故使锋芒坐缩,厥图不果。今复屯据敖仓,阻河为固,乃欲以螳螂之斧,御隆车之隧!幕府奉汉威灵,折冲宇宙,长戟百万,骁骑千群,奋中黄育获之士,骋良弓劲弩之势,并州越太行,青州涉济漯,大军泛黄河以角其前;荆州下宛叶而犄其后。雷集虎步,并集虏廷,若举炎火以焫飞蓬,复沧海而沃漂炭,有何不消灭者哉?方今汉道陵迟,纲弛纪绝,圣朝无一介之辅,股肱无折冲之势,方畿之内,简练之臣,皆垂头搨翼,莫所凭恃,虽有忠义之佐,胁于暴虐之臣,焉能展其节,操又以精兵七百,围守宫阙,外托宿卫,内实拘执,惧其篡虐之萌,因斯而作,此乃忠臣肝脑涂地之秋,烈士立功之会,可不勖哉!未及董承父女事,想袁绍尚未闻知。今操矫命称制,遣使发兵,恐边远州郡,过听给与,违众旅叛,旅助也。举以丧名,为天下笑,则明哲不取也。即日幽、并、青、冀,四州并进,郡邑亦各整义兵,罗落境界;举武扬威,并匡社稷,则非常之功,于是乎著。其得操首者,封五千户侯,赏钱五千万!部曲偏裨将校诸吏降者,勿有所问。广宣恩信,班扬符赏,布告天下,咸使知圣朝有拘迫之难。如律令!

操阅罢檄文,不由的汗流浃背,连头风病都皆发散,一跃而起。顾问左右道:"这想是袁绍传来的檄文,文笔却佳,可惜武略不足呢!"遂遣侦骑四出,往探绍军动静。

绍因幼子患病，不愿援备，及备奔至青州，由刺史袁谭迎入。谭系绍长子，曾由备举为茂才，至是格外敬礼，作书报绍；绍亲至邺中，迎备入冀州，便拟起兵攻许。田丰复入谏道："曹操既破刘备，班师回许，许都已不复空虚，未便进攻，且操善用兵，更难轻敌，今将军据有四州，依山带河，诚能外结英雄，内修农战，然后简选精锐，作为奇兵，乘虚迭出，分扰河内，彼救左，我击右；彼救右，我击左。我尚未劳，彼已大困，不出三年，操可坐灭了！"亟肆以疲之，多方以误之，确是古今良策。绍不肯依言，丰再三强谏，致忤绍意，竟将丰械系狱中；特令记室陈琳，草就檄文，数操罪恶，颁行远近。琳前为大将军主簿，避乱至冀州，由绍用为记室，本来是一支大手笔，所以传檄至许，能令操头风忽痊，叹为奇文。

绍即调齐四州人马，共十余万，进攻黎阳；特遣大将颜良，攻白马城。监军沮授，预料绍不能胜操，只因田丰得罪，未敢再谏，临行时取出家资，分给宗族道："主骄卒惰，轻出必败，扬雄有言：'六国蚩蚩，为嬴弱姬。'今日情势，却是相似，我此行恐不复返了！"至绍遣颜良攻白马城，乃进谏道："良虽骁勇，但性情促狭，不宜专任。"绍仍不听。东郡太守刘延，因白马被围，向操告急。操已探得袁绍出兵，正拟亲往拒敌，一闻刘延告急，当即倍道趋救；关羽亦辞过二嫂，随操同行。意在报操。将至白马，军师荀攸白操道："敌众我寡，宜遣偏将西出延津，作为疑兵，待绍西向防堵，我乃直达白马城，掩他不备，定能擒住颜良了。"操依计而行，果闻绍中计西往，当即进逼颜良，压营立阵。良不意操兵骤至，仓猝接战，甫经出营，在麾盖下指挥兵士；不料突来了一位大刀将军，骤马直前，冲开甲仗，手起一刀，向颜良面上劈入，良措手不及，竟被他砍落马下，枭取首级；回马出阵，如入无人之境。看官道是将为谁？原来就是立功报曹的关云长。河北兵士，失了主将，当然大乱，操军乘势追杀，斩获甚多，余众皆遁，白马解围。操见了颜良首级，即录关羽为首功，表封汉寿亭侯，一面移屯河西。

绍闻颜良战死，顿时大怒，亟渡河来追操军。沮授又谏绍道："胜负变化，不可不详，今宜留驻延津，分守官渡，量敌后进，方为善策。"绍哪里肯从！还有骁将文丑，与颜良并名河北，并相友善，誓为颜良报仇，愿作先锋；且闻颜良为关羽所杀，特邀刘备同往一行，验明虚实。绍即令先往，并使刘备继进，备毫不推辞，欣然同去。也欲探听关公消息；且若不与文丑同行，更足惹疑取祸。绍亦督领大军，随后渡河，沮授行至河滨，望流兴叹道："上骄下贪，不败何待；悠悠黄河，奈何遽渡呢！"说罢，即托称有疾，向绍辞职，绍又不肯许；惟裁减沮授属部，归入郭图管领，授无奈渡河，至延津南岸，方由绍下令安营，专待前军消息。文丑领兵急进，遥见操军在南陂驻扎，不过数千人，惟马匹散放

第七十九回　袁本初驰檄疗风疾　孙伯符中箭促天年

甚多，明是诱敌。当下纵兵抢马。操军大呼道："贼军来了！请急收马匹。"操独不顾，好狡猾。荀攸向前摇手道："这正是诱敌计，何必收回？"说到此句，回顾操容，作微笑状，乃退不复言。荀攸亦乖。说时迟，那时快，文丑兵已争抢马匹，行伍错乱，操却麾军进击，大破丑军。丑自恃有力，还想拚命力战，不防操军中突出一将，提刀截住，交战数合，又将丑劈下马来，这人就是新任汉寿亭侯关羽。史传只称羽斩颜良，不及文丑，但稗史俱归功关公，今从之。刘备尚在后部，因文丑被杀，操兵追赶过来，也只得退回。绍连失大将二员，不禁夺气，待至刘备回军，起初尚没甚话说，及探闻颜良文丑俱死关羽手中，禁不住怒气冲冠，欲向刘备问罪。还是刘备能言善辩，谓当招回关羽，共灭曹操，说得绍又心动，便令备致书相招，自屯军阳武县境，与操相持。

　　操还想再战，会闻黄巾余党刘辟，起兵汝南，响应绍军，连下河南诸郡县，许都戒严，那时不得不回顾根本，只好退军官渡，令将士等闭垒固守，自率关羽等回许。羽至许都，方接到刘备来书，乃告知二嫂，将累次所得赏赐，封置库中，送还汉寿亭侯印绶，作书辞操。操将印绶发还，遣使慰留；羽亲往告辞，操托故不见。于是羽迫不及待，竟备车载好甘、糜二嫂，带了十余名旧役，即日起行，把印绶悬挂堂上，余物一概不取；但将赤兔马乘坐了去。当有人报知曹操，操很是叹惜。诸将请引兵追还，操摇首道："不忘故主，来去分明，真是天下第一义士，我前已许约，未便失信，听他自去，不必追还了！"是奸雄过人处。羽奉二嫂驰出都门，一路无阻。稗史中有过关斩将事，未免附会，操既不愿追还，自无阻碍，故不从稗史。

　　途次有一骑士奔来，叩马拦阻，羽勒缰视明，并非别人，乃是刘备亲吏孙乾。因问他何故到此？乾答说道："刘将军投奔袁绍，颇见优待；惟因绍性多疑，部将又互相猜忌，恐将来未必有成，所以向绍讨差，往会汝南刘辟，恐公未知情迹，误投绍军，或反被害，特使乾前来关照，今幸得相遇，请转往汝南便了！"羽乃与乾拍马南行，路过古城得见张飞。飞还道羽降曹操，挺着长矛，恶狠狠的与羽拚命，亏得甘、糜二夫人，从旁劝解，并述历来艰苦，飞始掷矛至地，向羽哭拜，是谓莽将。导入城中，设宴话旧。羽令飞保护二嫂，暂住古城，自与孙乾同赴汝南，往会刘备。哪知备又还赴绍军，原来操遣曹仁为将，往击刘辟，辟众究系乌合，战败即奔，备无可依止，只好仍投袁绍，累得关公奔走南北，白费艰辛，没奈何再向北行，待至后文再表。

　　且说孙策吞并江东，通好曹操。操方经营河北，无暇顾及江南，又因策英武迈众，特加笼络，许将弟女配策季弟匡，又为次子章取孙贲女，礼辟策弟权翊。策亦知操为奸雄，虚与酬应，通使往来。嗣闻操出拒袁绍，也想进袭许都，奉迎献帝，乃密治军马，届期待发，忽由巡江将吏，拿住细作一名，密书一

封,解送策前。策披书阅毕,不禁大怒,看官道是何书?由小子略述如下:

> 孙策骁勇,与项籍相似,宜加贵宠,召还京邑,彼若被诏,不得不还;否则常留外镇,必为后患!

书末署名,乃是吴郡太守许贡。策怒问细作,才知贡阴通曹操,故有是书。当下派吏召贡,托名议事;贡尚未知使人被获,便即趋至,策取书示贡,贡还想抵赖,即与寄书人对质,贡无从再辩,呆如木偶。策呵叱道:"汝欲断送我性命么?"遂顾令左右,将贡牵出,绞死了事。

策性喜微行,更好游猎,功曹虞翻,常为谏阻,策亦知翻忠,终未能改。一日带了骑士数名,出猎西山,突有一鹿趋过马前,急驰而去。策即纵马逐鹿,马甚雄骏,捷足如飞,从骑都不能及,偏鹿亦向前腾跃,窜入林中。<small>此鹿亦孙策冤家。</small>策尚不肯舍,向林探望,鹿却不知去向,只有三人持弓立着,策便疑问道:"汝等何人?"三人答系韩当部兵,在此射鹿。策还有疑意,且行且顾,不意一箭飞来正中面颊,当下忍痛拔箭,取弓回射,一人应弦倒地。尚有两人大呼道:"我等是许贡家客,特来与主人报仇!"说着,即用箭乱射。策用弓抵拒,一箭未了,又是一箭,正危急间,从骑已到,一拥上前,把两人砍作肉泥。策面上受伤,流血不止,忙纵马归来,命医调治,医称箭头有毒,必须静养,不宜动怒,过了百日,方可无虞。

看官试想,这孙伯符年少气锐,怎肯百日不出,安养府中?勉强休息数天,觉得创痕渐愈,遂召集将佐,出阅城楼;凭眺良久,闻得城下有喧哗声,当即俯首一瞧,见有许多士民,绕住道人,团围下拜,不由的忿怒起来,正要顾问将佐,不料将佐亦纷纷下楼,迎拜道人。策勃然怒道:"是何妖人?惑众至此,左右快与我擒来!"左右齐声道:"这道人叫做于吉,普施符水,救人百病;地方上呼为于神仙,未可轻拿。"策愈怒道:"汝等敢违命令么?"一语说出,左右不敢不遵,只得下城去拿于吉,策亦回至府舍,专待于吉拿到。未几已将于吉拥至,策拍案道:"汝敢妖言惑众,罪应斩首!"于吉答道:"贫道在曲阳泉上,得神书百余卷,依方疗病,并未惑人,何致坐罪?"策叱道:"想汝就是张角余党,若不加诛,贻害无穷。"说至此,即欲将吉处斩,将吏各上前劝阻,惹得策怒上加怒,喝令立斩于吉。忽由屏后趋出内侍,口传太夫人命令,召策入语,策乃命将于吉暂系狱中,入谒母夫人吴氏。吴太夫人语策道:"于先生亦助军作福,医护将士,不宜加害。"策懊恨道:"于吉妖妄,煽惑众心,儿方阅城楼,将佐等多弃儿下楼,往拜妖道,母亲试想儿为城主,号令不行,反使妖道逞志,还当了得么?"言未已,外面又有连名保章递入,乞赦于吉。策盛怒复出,又欲杀吉,还是将吏想出一法,说是天方干旱,可令于吉祈雨,如若不应,再杀未迟。策乃命从狱中提出于吉,令他祷雨,缚置地上,就烈日中晒了多时。吉念念有词,果然黑云四合,大雨滂沱。于吉若果能祷雨,何至不能逃生?这恐是史乘误传,不足尽信。将士等无不腾欢,争至吉前,释缚称谢。策瞧入眼中,越加忿恨,竟抢步趋出,拔剑在手,喝开众人,把于吉挥作两段,且命将吉尸陈诸市曹,不准收殓;越宿复使人往视吉尸,报称不知所在。想是由将士偷葬。策又欲追究,可巧母夫人吴氏趋至,向策泣语道:"汝连日瘦损,奈何尚不知静养呢?"策乃揽镜自照,一声惊呼,金疮迸裂,晕倒地上。小子有诗叹道:

暴虎冯河死亦宜,圣人垂戒不吾欺。
猢儿逐鹿犹遭厄,才信躬行贵自持。

欲知孙策性命如何?并至下回再详。

　　陈琳一檄,原是杰作,后世尚脍炙人口,无惑乎曹操之惊为绝倒,一跃而起也。惟他人处此,必怒不可遏,而操独目笑存之,操之所以过人者无他,即此不动声色,处变如常耳!至若关羽既降,立功白马,即决然舍去,羽之义原足以服操,操之信亦足以孚羽,盖不失信于一人,乃足以驭千万人,操固人杰,惜乎其心术不纯,终至播恶也。若孙策之少年盛气,虽若可以有为,而意气未平,卒遭仇人之暗算,或谓其冤杀于吉,被祟而亡。夫于吉亦何能祟策,策之死实受伤于许贡之三客耳。然于吉之戮非其罪,究不得谓策之明刑。古人云:"有容德乃大。"如策之度量褊浅,虽天假之年,亦未必能建大功,故舍德论才,吾不能不首推阿瞒云。

第八十回　焚乌巢曹操屡施谋
　　　　　　奔荆州刘备再避难

　　却说孙策揽镜照形,遂致晕倒,究竟为着何事?原来镜中现出于吉,令策生惊,所以倒地,及经左右舁置床上,竭力施救,方得复苏。自知不能再起,乃召长史张昭等入嘱道:"中国方乱,不能遽平,我得据有吴越,地控三江,吴淞江、钱塘江、浦阳江。根本既立,本思与卿等共图大业,不意天不永年,无可挽回,卿等可善辅我弟,静观成败。"说至此,顾见弟权在侧,便将印绶取交,且语权道:"决机战阵,与天下争衡,卿不如我;举贤任能,各使尽心,安保江东,我不如卿。卿宜念父兄创业艰难,毋自贻误。"权涕泣拜受,策又与母吴氏,妻乔氏等诀别,瞑目竟逝,年止二十六岁。难为大乔。权见策已殁,哭倒床前,张昭从旁劝止道："这时非一哭所能了事,应勉承先志为是。"乃使权易服,扶他上马,使出巡军;且率僚属上表朝廷,下饬内外文武百官,照旧供职,周瑜在巴丘闻讣,星夜奔丧,驰入吴会,权令与张昭共掌国事,一面料理丧葬,措置如仪。时权年方冠,各属地未尽服从,幸亏张昭、周瑜,悉心辅弼,招贤求治,始得复安,太夫人吴氏,亦明达事机,在内筹划,诸政毕理。

既而许都遣回张纮,令为会稽东部都尉,且赍奉诏书,授权为讨虏将军,领会稽太守。纮前为孙策所遣,入贡方物,曹操留他为侍御史,差不多有两三年。至袁曹相争,策欲袭许,颇有风声传入都中,自操以下,俱有戒心;独郭嘉料策轻佻无备,必为匹夫所制,未足深忧,果然不出所料,策即殒命。操得策凶耗,便欲乘丧东略。侍御史张纮,谓乘丧非义,倘或不克,反致弃好成仇,不如羁縻为是。名为曹氏,实助孙权。操乃表权为讨虏将军,即使纮东还辅权,劝权内附,纮因此奉诏归吴,权母吴太夫人,因权尚年少,委纮与张昭共事,纮随时献替,知无不言。

周瑜复荐入鲁肃,说他才足匡时,权即引为宾佐。又有琅琊人诸葛瑾,表字子瑜,避乱江东,敏达有识,权亦闻名延入,待若上宾,嗣即令为长史,转中司马。他如汝南人吕蒙,擅长军事,令为别部司马,教练甚勤。会稽人骆统,素孚物望,令为功曹,行骑都尉事。统尝劝权尊贤接士,勤求民隐。下蔡人周泰,寿春人蒋钦,余姚人董袭,庐江人陈武,皆随策有年,转战立功。泰字幼平,曾随权居守宣城,突遇山贼围攻,权几为所害,亏得泰翼权出围,身中数十创,死里逃生,因此权倚若心膂,待遇较优。尚有吴人陆绩,年六岁往谒袁术,术出橘为饷,绩怀藏三枚,至拜别时,橘竟堕地。术笑语道："陆郎来此作客,乃怀橘引去么?"绩跪谢道："欲归遗老母。"术乃叹为奇儿。至孙策在吴,与张昭、张纮等共谈武治,绩年少末坐,起身遥答道："管仲相齐桓公,九合诸侯,不用兵车,孔子亦谓远人不服,须修文德,今闻诸公徒尚武力,绩虽童蒙,未敢赞同,还请诸公三思!"名论不刊。说得张昭等俱为动容,策亦另眼相看,后来绩博览群书,兼通历数,事权为奏曹掾,以忠直闻。此外一班旧将,如程普、韩当、黄盖、太史慈等,并戮力辅权,江东基业,得从此渐固了。总叙一段,见得孙权守业,全赖得人之力。

且说曹操既表封孙权,羁縻东方,乃复出临官渡,与袁绍决战。绍屯兵阳武,探得操再出督师,也欲引军前进。沮授进谏道："我军虽众,勇猛不若彼军;彼军虽精,粮储不若我军;彼军利战,我军利守。最好是坚持不动,待至彼军粮尽,不战亦溃,还怕不能制胜么?"绍怒叱道:"汝怎得屡沮士心,看我前去破操,再来问汝!"说着,便麾军大出,进逼官渡,择地立营,绵亘至数十里。操亦分营抵御,发兵挑战。绍军锐气方盛,并力杀出,无人可当,曹军招架不

第八十回　焚乌巢曹操屡施谋　奔荆州刘备再避难

住,且战且退,还丧失了好多人马,操亲率精兵援应,方得战退绍军,收军回营。过了两日,整军再出,又复失利,乃还营静守,徐觇敌变。绍却至操营外面,四筑土山,上设高橹,令弓弩手登楼射箭,飞入操营,操兵大惊,慌忙用盾蔽身,尚有数人中箭毕命。操见军心慌乱,忙集谋士商议,想出一种御敌器械,连夜制造,叫作发石车,车中储石,扳机发动,能击空至数丈以上,车既造成,便向着土山,冲击上去,石势激射,毁坏楼橹,绍军无处藏躲,多被打得头破血流,因骇呼为霹雳车。此即后世用炮之滥觞。嗣是绍军不敢登高放箭,操营少安。绍又令军士夜凿地道,欲通操营,操命在营内四面掘堑,环水自固,绍亦计无所施。两下里持至月余,操军渐疲,粮又不继,各将士多有归志,累得操亦踌躇莫决,自思侍中荀彧,留守都中,不如派人往询,令决进退,乃使人赍书致彧。数日即得彧复书,操急忙展览,书中略云:

> 绍悉众聚官渡,欲与公决胜负,公以至弱当至强,若不能制,必为所乘,是天下之大机也。且绍布衣之雄耳!能聚人而不能用,以公之神武明哲,而辅以大顺,何向而不济,今谷食虽少,未若楚汉在荥阳成皋间也。是时刘项不肯先退者,以为先退则势屈也。公以十分居一之众,划地而守之,扼其喉而不得进,已半年矣,情见势竭,必将有变,此用奇之时,不可失也,惟明公图之!

操阅书后,决计不退,但令侦骑四探敌踪。忽由徐晃部将史涣,拿住绍谋一人,问明敌情,得知绍遣将韩猛,至冀州运粮,即日可至,因报知徐晃。晃转白曹操,荀攸在旁进议道:"绍将韩猛,恃勇轻敌,若使良将绕道往击,定可得胜。"操问何人可使?攸即举徐晃。晃亦自愿效力,便率史涣等往截韩猛。猛押粮车数千乘,将到官渡,适被徐晃截住,两下厮杀,倒也是个敌手,不防史涣潜至猛后,放起一把火来,焚毁粮车,遂致猛心慌意乱,拍马返奔。晃驱军杀上,与史涣合烧辎重,数千辆粮车,统化劫灰,乃引兵回报,得操奖叙,自不必说;独韩猛剩了一双空手,回见袁绍,绍即欲斩猛,经众官一再劝解,才得免死。

绍复遣兵运粮,特选大将淳于琼,带领万骑,驻扎乌巢,保护运兵来往。也算惩前毖后,可惜仍遣醉汉。琼领命自去。沮授复入白道:"琼出屯乌巢,尚系孤军,未足深恃,可另遣偏将蒋奇,作为支队,巡弋乌巢,既可防操,又可援琼,庶不致误。"绍摇首不答,授怅怅趋出。又由谋士许攸入谏道:"操兵本来不多,今悉众拒我,许都必虚,若遣军袭许,幸得攻克,可奉帝讨操,操必成擒,就令未下,亦好使操首尾奔命,破操也不难了!"确是妙计。绍仍然不从。攸尚欲有言,忽由统军审配趋入,报称攸家属犯法,应拘系论罪,绍遂怒目顾攸道:"汝不能正家,还敢向我饶口么?"说得攸且惭且愤,奋然出帐,自思与操有旧，径奔操营。操闻攸来奔，跣足出迎，抚掌笑语道："子远肯来，事无不济了！"子远即攸表字，操延攸入座，殷勤问计。攸先说道："我曾劝绍轻兵袭许，首尾夹攻。"操不待说毕，便惊顾道："子远奈何施此毒计？"攸接入道："公不必惊惶，袁绍无知，未肯听我，反将我家属收系，所以背绍来奔。"操喜答道："绍不能用君，怎得不败？"攸复反诘道："公今尚有几何粮饷？"操答言可支一年，攸冷笑道："这怕未必？"操又言足支半年，攸拂袖遽起，向操作色道："公不欲破袁氏么？奈何相欺！攸当告辞。"操忙将攸挽住，低声与语道："军中不便明言，实告子远，军粮只有一月了！"攸又笑道："我料公粮食垂尽了！内无粮草，外无救援，危急在目前了！"操皱眉道："子远既不弃旧交，惠然肯来，应当为我设法。"攸乃说道："绍有辎重万余，囤积乌巢，派淳于琼把守，琼嗜酒无备，公可用轻骑掩袭，焚彼积聚，不出三日，绍军自乱，尚有不败么？"操闻言大喜，优待许攸。

  操即选马步兵五千人，密制袁军旗帜，乘夜至乌巢劫粮；留曹洪、荀攸守营，使许攸同住营中；自己披甲上马，带同许褚、徐晃等一班猛将，及五千人马，至黄昏后起行，人负薪，马衔枚，打着袁军旗号，从间道急走，直指乌巢。乌巢距绍营约四十里，淳于琼虽奉令把守，但恃有大营为蔽，自谓无虞。且酷嗜杯中物，喝得酩酊大醉，高枕卧着，四更将尽，陡闻寨外有哗剥声，方才惊醒，起视全营，已是火光四射，如同白昼。慌忙召兵迎敌，兵士皆脚忙手乱，毫无纪律，如何敌得住曹军？曹军四面杀入，捣破琼营。琼尚有三分醉意，气力不加，勉强上马出战，兜头碰见许褚，接住厮杀，约有六七回合，手臂一松，便被许褚劈落马下，部众亦斗死千人，余皆溃散。操令将士焚毁积谷，烈焰熊熊，光彻百里，绍营中亦得瞧着，便有巡兵入报，绍恐乌巢有失，急欲遣将往援。郭图献议道："操军若攻乌巢，寨内必空，我何勿往劫彼寨哩？"绍喜说道："此计甚妙。就使操能破琼，我已拔彼大寨，彼亦穷无所归。"遂命部将张郃、高览，往袭操营。郃进说道："操善用兵，营内必然预备，不如先往救琼，若琼被一破，粮被焚劫，我等俱束手成擒了。"绍答说道："我自有区处，汝等尽管往袭操营，我当遣蒋奇往援乌巢便了。"郃乃与高览同行，才至操营外面，一声号炮，左有曹洪，右有荀攸，各引兵两路杀来，郃与览分头抵敌，尚是不能支持，只好败回。郭图闻信，自愧失计，遂进白袁绍道："郃等以败为喜，不肯效力，现已报称退回。"绍顿时大怒，立派营弁召回二人，从重治罪。营弁驰告郃、览，郃、览俱恐受诛，索性返奔操营，自请投降。曹洪正收兵回营，闻得郃、览来降，疑不敢受。荀攸道："郃等战败惧诛，故来乞降，尚有何疑？"洪乃开营纳入，专待操自来发落。操尚在乌巢，焚粮未尽，正值蒋奇引兵趋至，操军见援兵到来，忙请分兵迎敌。操大喝道："贼至背后，回战未迟！"及蒋奇进

第八十回　焚乌巢曹操屡施谋　奔荆州刘备再避难

攻,乃麾兵返斗,许褚徐晃,双马突出,夹击蒋奇。蒋奇措手不及,立被杀死,众又骇奔;操也不追赶,但看辎重焚尽,方令将绍兵尸骸,各割一鼻,牛马各割唇舌,引军自归。

到了营中,由曹洪引见张郃、高览。操好言抚慰,留居麾下;并使人将人鼻兽舌,取示绍军。原来为此!绍军汹惧,自相惊扰,操又四布谣言,谓将驱兵攻邺,绝绍归路,绍军疑为实事,纷纷溃归,连绍亦惊惶失措,与长子谭微服跨马,单骑渡河,操接得侦报,督兵追去,已不及擒绍父子。但截住残兵数万,呼令归降,残兵无路可走,无奈降操。操见未出真诚,悉数坑毙。残虐得很!又擒得绍监军沮授,操与授本系相识,令左右替他释缚,授大呼道:"我非降将,既已受擒,情愿一死!"操慰语道:"本初无谋,不知用君,今丧乱未定,方当与君共图大事,幸毋执迷!"授抗声道:"叔父母弟,悬命袁氏,若蒙公惠,速死为福!"操又说道:"我若早能得君,天下已平定了!"因厚礼相待,使留帐下。授在营中盗马,仍欲奔还,被操将察出破绽,当即白操。操见授终不为用,方命处斩,仍为礼葬。是笼络士心处。操驰入绍营,见有文书一束,多系都人交通信札,即令一律焚去,且语大众道:"当绍强盛时,我尚不能自保,何况众人?"又收得财物等件,尽赏将士,众皆欢跃;惟操营内粮食已尽,绍营中亦无粮可因,乃移军至安民就食,休养疲兵,再图进取。

那袁绍渡河奔归,神色沮丧,走入黎阳北岸屯营,戍将蒋义渠出帐迎接,绍握手与语道:"兵败至此,今日当以首领付卿!"义渠力为劝解,并避帐居绍,使得传宣号令,招谕溃卒,兵士稍稍趋集,寻觅父子兄弟,多半散亡。渠且泣且语道:"向若从田别驾言,当不至此!"这语为袁绍所闻,绍亦自悔,顾语护军逢纪道:"我前日不听田丰,致有此败,我今归去,羞见此人。"逢纪即进谗道:"丰在狱中,闻主公败还,抚手大笑,自谓不出所料。"绍大怒道:"竖儒竟敢笑我么?"遂遣吏杀丰。丰羁狱已久,由狱吏入报绍军败状,丰太息道:"我今死了!"狱吏惊讶道:"主公败回,必自悔前事,释君出狱,大加重用。"丰摇首道:"军若得胜,主公心喜,或将赦我,今战败自惭,我有何望?"说着,果有绍使到来,传命杀丰,丰因即自到。人之云亡,邦国殄瘁。是时冀州城邑,相率生贰,绍收集散卒,分道四略,稍得平定。

独刘备南北驱驰,两次投绍,复两次离绍,道出邺城,得与赵云相遇,阔别有年,重复聚首,当然喜如所望。再至汝南招寻刘辟,途中始会见关羽,又是一番悲喜交并。再由羽述及甘、糜二夫人,与张飞同住古城。乃亟诣古城相见,夫妇团圆,弟兄欢聚。再加糜竺、孙乾等亲从毕集,仿佛重光日月,再造家乡。好容易过了几宵,备因古城狭小,不堪久住,决计挈家引侣,偕往汝南,四觅刘辟,不见下落;惟刘辟余党龚都,却占住汝南,迎备入城。未几得袁绍败信，备语关张二人道："我见绍外宽内忌，党与纷岐，已料非曹操敌手，前次到了汝南，已欲与绍脱离，适值曹军到来，不得已再往依绍；嗣见绍不听良谋，败亡在迩，我所以再与绍言，叫他南连刘表，乘机乞使，复得南来。绍不必虑，所虑惟操，只恐此地亦未能安居哩！"借备口中，叙离绍始末。正在踌躇未定，便有侦骑入报道："曹操部将蔡阳，领兵入境，想是来攻此城。"张飞跃起道："我愿去取蔡阳首级！"关羽、赵云亦愿同往，备允他出敌，三员虎将，连镳并出，不到半日，便取得蔡阳头颅，欣然回城。备又喜又惊道："我斩蔡阳，操必自至，彼方胜袁绍，锋不可当，不如径投刘表为是。"张飞道："操果到来，何妨再战！难道操能必胜么？"关羽却说："频年依人，终非了局，且待操果亲至，再作计较。"备乃留居汝南，使人专探曹军举动。过了数旬，果有急报传至，乃是曹操亲督大军，杀奔前来，备忙令束装起行，张飞还要出战，经备阻止，匆匆带领家小，及关张赵等将吏，驰出南门，直抵荆州。汝南城内，只剩了龚都一人，亦知不能拒操，仓皇避去。至曹操到了城下，已是虚若无人，由他进城，操总算禁止侵掠，出榜安民，当即顺道还许，与荀彧商议道："我本想渡河灭绍，偏被刘备据住汝南，拊我背后，不得不移军往讨。今闻备往奔刘表，我意欲乘势南下，攻取荆州，君意以为何如？"彧答道："袁绍新败，部众离心，不乘此时略定河北，乃欲移军江汉，倘绍收合余烬，乘虚出袭公后，公将如何对待呢？"操乃罢议，就在许都过年。至建安七年正月，复进军官渡，规图河北。

袁绍已还冀州，惭愤成疾，吐血不止，顿时惶急了一个继妻，借着侍疾为名，日夜进言，劝立少子，累得绍益增愁闷，病势日增。原来绍有三子，长名谭，次名熙，幼名尚，尚为继妻刘氏所出，面目清扬，为绍所爱。刘氏早请立尚为嗣，绍因舍长立幼，恐遭物议，特使谭出继兄后，出为青州刺史；当时沮授等已有异言，绍却向众解释道："我欲令诸子各镇一州，试验才能，方好择立后嗣。"乃又使次子熙为幽州刺史；独留尚不遣，还有并州刺史一缺，派外甥高干赴任。至官渡一役，绍将谭、熙等尽行调集，不幸为操所算，败回河北，命谭熙等回镇本州；且令河上各戍营，坚壁勿战。残年将尽，忽病呕血，娇妻爱子，涕泣床前，已是愁上增愁，闷中加闷。谁料曹操又进军官渡，捣破仓亭，急得绍鲜血直喷，昏倒床上；妻子等慌忙呼唤，虽得苏醒片时，但已时气喘声嘶，不能详嘱，少顷间两眼一翻，呜呼归阴！狂费一生心血。绍妻刘氏，亟召入审配、逢纪，托称遗命，立尚为嗣。配与纪皆与谭有隙，情愿事尚，即奉尚主丧，颁谕四州。绍有宠妾五人，并来举哀，刘氏不禁动恼，指挥卫士，把五妾一并杀害；且令髡发毁面，指尸叱骂道："汝等生前献媚将军，恃色邀宠，今在我掌握，教汝死且无颜，免得再去卖俏了！"如此妒悍，安能有后。袁谭闻丧奔至，不得为嗣，很是怏怏。尚使谭为车骑将军，出屯黎阳，并令逢纪监军，谭因黎阳为拒

操要冲,请尚拨添重兵,尚但给数千人马,并传语逄纪,催谭速行,遂致谭忍无可忍,索性杀死逄纪,自往黎阳去了。小子有诗叹道:

> 兄弟如何竟阋墙?外兵未入内先伤。
> 追原祸变非无自,乃父贻谋太不臧!

谭至黎阳,正值操军进攻,究竟谭能否敌操?待至下回再表。

曹操处处能用谏,袁绍处处是慢谏,即此已见袁、曹之兴亡,不待战而始决耳。况粮饷为行军之根本,军若无粮,败可立待。袁绍一失之韩猛,再失之于淳于琼,用人不明,贤否倒置,是尚能与操争胜乎?刘备能知绍之必败,其智识远出绍上;操亦目备为英雄,故绍败而不急追,反于势孤力弱之刘备,却郑重视之,麾之于汝南之间,使备不得息肩。操之窘备,亦甚矣哉!彼袁绍既自误其身,复遗误其子,身死以后,两子相争,卒致覆祚,以坐跨幽、冀之袁本初,反不若奔走南北之刘玄德,善败下亡,卒能创业垂基,与曹氏抗衡终古也!才与不才之判,固如是欤?

第八十一回 守孤城审配全忠
嫁二夫甄氏失节

却说袁谭出屯黎阳,才阅数日,即闻曹军杀到。谭手下不过数千人马,如何抵得住大队曹军?只好向袁尚处告急。尚本不欲救谭,只因黎阳一失,关系非轻,乃自率兵往援,与谭共战曹军;连败数次,没奈何闭城固守。另遣河东太守郭援,会同并州刺史高干,共向平阳进兵,意图牵制曹军;且阴与关中将马腾通书,使他遥应。腾颇有允意。司隶校尉钟繇,方出督关中,见前文。探闻消息,也亟遣使往抚马腾,极陈利害,并约腾同御敌兵,腾乃遣子超领兵万人,与繇相会。繇即偕超出发,行抵汾河,适值郭援渡河西来。援本为繇外甥,繇专心助曹,不暇顾及私谊,便麾兵急击,掩他不备;校尉庞德,素有勇力,执刀前驱,兜头遇着郭援,当即交锋,不到十合,已将援首级取去。援众大乱,无论已渡未渡,一古脑儿逼入水中,溺死过半;高干闻败,也即退回。庞德携着郭援首级,向繇报功,繇见了援首,不禁下泪。德深为诧异,嗣知繇与援有甥舅谊,复入帐谢罪。繇怃然道:"援虽我甥,今为国贼,理应加诛,何故言谢?"繇徒知援为国贼,不知操亦一国贼。徒忠于操,殊不足道。遂驰书告操,请操免忧。操接得捷音，不必西顾，便猛攻黎阳，谭、尚两人保守不住，走还邺城。操督兵追击，刈麦为粮，还想乘胜攻邺，会闻祢衡为黄祖所杀，且喜且愤，召语将佐道："祢衡狂士，我能容受，他人怎肯相寄？我已料他必死了！明是借刀杀人。但衡是由我遣去，黄祖敢杀我使，也是藐我；我总要前去问罪。免致小视。"衡赴荆州，见前文。郭嘉即乘间进说道："何不就移讨荆州？"语尚未毕，诸将谓谭、尚将灭，奈何移师？嘉又说道："谭、尚本不相睦，急乃连兵，缓必生变，我正好乘此退去，南向荆州；待他兄弟阋墙，然后再进，庶一鼓可灭了。"家必自毁，然后人毁之。操抚须称善。但留部将贾信，屯守黎阳，自率大军还许，搜乘补卒，南攻刘表。表前时接见祢衡，也知衡为北方才士，优礼相待；嗣因衡傲慢不恭，乃遣往江夏，使见黄祖；祖亦慕衡名，命掌文牍。长子射音亦。尤好文辞，尝托衡作《鹦鹉赋》，文不加点，援笔立成，词旨甚是典赡，大为射所赞赏，视衡如宾师一般。后来黄祖在舰中宴客，衡亦与座，酒后抢白起来，衡骂祖为死么，祖性褊急，欲令军士挞衡；谁知衡骂詈不休，惹动祖怒，竟将衡一刀杀死，年止二十六。祖子射，徒跣来救，已是不及；祖亦酒醒知悔，厚加棺殓。但死已无知，有何益处？衡原自取，祖亦贻讥。八字公评。

　　曹操计毙祢衡，反得借衡为名，进攻刘表，正是妙策；军至西平，忽由袁谭遣使辛毗，叩营求见。操召毗入问，毗答言谭、尚相攻，谭败奔平原，事关危急，情愿向公投诚，乞公援助；操乃召将佐会议。群下多谓谭、尚衰乱，已不足忧，刘表方强，应趁早平定，免为后患；独荀攸进说道："天下多事，群雄逐鹿；刘表坐拥江汉，不能展足四方，无志可知；袁氏据有四州，带甲数十万，若使二子和睦，共守成业，势且永固不摇；今兄弟构衅，理难两全，我不乘隙相图，待他并合为一，力雄势厚，也难制服，机不可失，幸即移师！"见识高人一筹。操也以为然，允即援谭，遣毗先归，自督兵再至黎阳。谭、尚本同走邺中，及曹操南还，谭意欲追操，请尚举兵相从，尚又觉动疑，不肯依议，谭当然怀愤；再加郭图辛评两人，在旁撺掇，就不遑后虑，引兵攻尚。尚兵较多，谭兵较少；一场冲突，谭又败走。别驾王修，自青州援谭，谭更欲还军攻尚，修谏阻道："兄弟犹左右手，譬如与人将斗，自断右手，尚能向人争胜么？况兄弟不亲，何人可亲？彼谗人离间骨肉，为害甚大，愿将军立诛谗佞，讲信修睦，自足安内攘外，横行天下！"语亦激切。谭终执定己见，率兵回攻。哪知尚却已赶来，就南皮城外接仗，谭复失利，败奔平原，尚追至平原城下，督兵围攻。郭图等又劝谭降操，向操求救，谭更为所惑，乃使辛毗乞师；待毗既归报，操亦进兵。尚自然得知消息，忙撤围还邺；部下闻操军大至，俱有惧色，吕旷、高翔两将，竟叛尚降操。偏谭谋招致旷、翔，阴刻将军印信，使人赍给二人；二人既诚心归操，反取印白操。操微笑不答，欲知言外意，尽在不言中。且派吏至平原，令为子整说婚，愿聘

第八十一回　守孤城审配全忠　嫁二夫甄氏失节

谭女,谭不敢不从;操又借口乏粮,引军暂退。好狡诈。尚总道是操已还军,可以无虑,但留审配守邺,复督军往攻平原。审配更献书与谭道:

配闻良药苦口利于病,忠言逆耳利于行,愿将军缓心抑怒,终省愚辞!盖《春秋》之义,国君死社稷,忠臣死君命,苟图危宗庙,剥乱国家,亲疏一也。是以周公垂涕以毙管蔡之狱,季友歔欷而行叔牙之诛,何则?义重人轻,事不获已故也。昔先公出将军以续贤兄,立我将军以为嫡嗣,上告祖灵,下书谱谍,海内远近,谁不备闻?何意凶臣郭图,妄画蛇足,曲辞谄媚,交乱懿亲,致令将军忘孝友之仁,袭阋沈之迹,阋伯实沈为高辛氏子,日寻干戈,以相征讨。语见《春秋》《左传》。放兵钞突,屠城杀吏,冤魂痛于幽冥,创痍被于草棘。我州君臣,若拱默以听执事之图,则惧违《春秋》死命之节。且诒太夫人不测之患,损先公不世之业,岂不痛哉?伏惟将军至孝蒸仁,发于岐嶷,友于之性,生于自然,章之以聪明,行之以敏达。览古今之举措,睹兴败之征符,何意奄然沉迷,堕贤哲之操;积怨肆忿,取破家之祸;翘企延颈,待望仇敌,委慈亲于虎狼之牙,以逞一朝之忿。言之伤心,闻者流涕。若乃天启尊心,革图易虑,则我将军当匍匐呼号于将军股掌之上,配等亦当敷躬布体,以听锧斧之刑。如又不悛,祸将及之,愿熟详吉凶,以赐环玦!配再拜以闻。

看官试想!谭与弟尚,已经势不两立,怎肯为了审配一言,幡然变计?于是再向操乞援,催令进兵攻邺,牵制尚军。操原要待谭求救,然后再进,既接谭使,便麾动人马,直指邺城。审配闻操兵复至,急忙整缮守具,为御敌计,一面使武安长尹楷,屯兵毛城,接济粮饷。配将冯札,阴蓄异志,开门待操,操兵前队千余人,踊跃趋入;才有一小半进城,城上大石如飞,没头没脑的掷击下来,操兵闪避不及,正想退去,猛听得豁喇一声,放下闸板,将门掩住,把操兵内外隔断。操兵陷入城内,约有三百多名,无路可奔,立被守兵围裹,杀得一个不留,连冯札也因此毕命。原来审配闻变,赶急登城,指挥士卒,掷石下埵,所以操兵虽入,并不慌张,反结果了三百人性命。配亦能军。至操随后赶到,奋怒攻城,但见矢石齐下,无缝可钻,乃令大小三军,绕城驻扎,且攻且围,好几日不能得手;因想出许多方法,筑土山,掘地道,仰瞰俯临,伺隙掩击。那审配却是能耐,日夕严防,一些儿没有疏虞;再加尹楷随时运粮,源源不绝,所以全城镇定,累日坚持。极写审配忍耐,反衬曹操智计。操连攻不下,特留曹洪等围邺,自引兵往击毛城;正值尹楷输粮赴邺,被操在途截夺,大破楷军。又分兵拔邯郸,降易阳、涉县,剪去邺城羽翼,仍然还军邺城,索性将土山地道,一律毁撤,专命军士凿堑城外,周围四十里,广约丈许,深只数尺。审配在城上遥望，见他开濠甚浅，不以为意；谁知操计中有计，到了夜间，却使军士掘深濠堑，竟至二丈有余，沟通漳水，灌入城中。配至此悔不早争，误中操计，但已是无及，不得已悉众登陴，聊避洪流，又阅数日，粮食垂罄，饿死多人。可巧袁尚率兵回援，前锋已至阳平亭，距邺城只十七里，探马报入操营，诸将谓尚军驰归，必将死斗，不如避彼锐气，再作计较。操扬言道："尚若从大道趋至，我当避彼；若由小路至此，心已先怯，一战便可成擒了！"料敌甚明。嗣经探马续报，尚果从小路还援，操大喜道："我料尚是无能为呢！"遂令曹洪等堵住守兵，自去对敌袁尚。尚已至阳平，就夜间举火为号，遥示城中，城中亦举火相应，两下里得通消息，满望内应外合可破曹军；偏偏待至天明，曹军却杀到阳平，并不闻审配影响。尚将马延、张顗，望见曹操势盛，未战先降，他将统皆骇走，尚亦只好返奔；所有辎重器械，尽行抛弃，甚至印绶节钺，亦为操兵所得。操也不穷追，引还邺下。

　　审配曾出兵城北，想去接应袁尚，适被曹洪截回，退守城中；及操又还攻，将阳平所获物件，取示守兵，兵心大沮。审配尚誓众固守道："操军已疲，料难久持；且幽州必来相援，何患无主？汝等但坚守死战便了！"操再拟猛攻，正值袁谭遣使辛毗，复来操营，操令毗招降审配。毗至城下，呼配与语，配大怒道："袁氏兄弟，全由汝兄辛评，与郭图党同挑拨，以致失和，甘召外侮，今汝兄家属已系狱中，他日拿住汝曹，当一并枭首，上谢先君！尚敢向我招降么？"说着弯弓欲射，慌得辛毗连忙退回。原来袁谭去邺时，郭图、辛毗等家眷，俱得随行，独辛评妻子迟走一步，为尚所收，所以系住狱中，无从逃脱；及辛毗返报曹操，操知配决计不降，冒矢督攻，箭彻车盖，指挥如故，入夜不休。审配自守东南隅，令兄子审荣抵御西北；荣不愿坐毙，竟献门迎操，操军当然拥入。配在东南角楼上，遥见西北失守，亟遣人驰诣狱中。杀毙辛评全家，自率残兵下城巷战，战到兵尽力穷，倒地受擒。时辛毗入救兄家，已嫌太晚，回到操营，巧巧碰着审配，被兵士押解过来，冤家相见，格外眼红，即举起手中马鞭，乱挞配首道："死奴也有今日么？"配亦反詈道："狗辈破我冀州，恨不诛汝！"及入见曹操，操颇怜配忠壮，有意劝降。乃故意问配道："汝知献门为谁？"配答言未知。操说是审荣所献，配愤愤道："儿辈无行，乃竟至此！"操又说道："孤至城下督兵，何箭多乃尔？"配厉声道："恨少恨少！"操尚慰语道："卿为袁氏尽忠，不得不然；今已成擒，还有何说？"配直答道："城亡与亡，何必多言？"语可屈铁。操犹豫未忍，辛毗在旁号哭道："兄家一门遭戮，乞速杀此贼，借慰冤魂！"配瞋目视毗道："汝为降虏，配作忠臣；生不如死，可速杀我！"操方令左右牵出，置诸死刑。配叱刑士道："我主在北，不应南面受诛！"乃听令北向引颈受戮。虽死犹生。操命将遗尸棺殓，茔葬城北，然后出营入城。

第八十一回　守孤城审配全忠　嫁二夫甄氏失节

次子曹丕,年方十八,随父从军,当即跃马先驱,径诣府舍;府中已由操兵监守,见了曹丕进来,当然让入。丕提剑下马,径入后堂,但见一中年妇人,兀坐垂泪,膝下有一少妇跪着,用首枕膝,乱发蓬头,作颤动状;丕瞧入眼中,见少妇发光可鉴,已是动情,遂按剑问道:"汝等为谁?"中年妇人答说道:"我为袁将军妻刘氏。"又用左手遮少妇玉颈,右手指着道:"这是次男熙妻甄氏,年轻胆怯,幸乞垂怜!"妒妇也不能不丢脸了。丕和颜道:"既系刘夫人,我当代为保全;可令新妇举头,不必惊慌。"刘氏乃推起少妇,嘱令道谢。丕留心注视,已哭得花容狼藉,脂粉模糊,但一种娇羞情态,已是欲盖弥彰,动人怜惜;当下揽袖近前,替她拂拭,一经去垢,露出庐山真面,端的是桃腮杏脸,妖艳绝伦。烈妇被人牵臂,且断腕全贞,熙妻任令曹丕拭面,其不贞可知。丕即自述姓名,叫她放心,刘氏闻是曹操世子,忙令甄氏下拜裣衽,且与语道:"此后可不至忧死了!"总教人尽可夫,何致遽死?甄氏含羞拜毕,偷觑丕容,正是一位翩翩少年,英姿潇洒,仪表风流,不由的勾动芳心,含情脉脉。丕痴立多时,忽听外面人声嘈杂,乃掉头趋出,往迎乃父;适曹操已入府厅,升帐上坐,问及袁氏家属,丕抢步上前道:"袁家只有姑媳两人,尚存内室,狼狈相依,幸乞怜恕!"操点首道:"我与本初起兵讨逆,誓同患难,不幸为好不终,致兴兵革;如果全家投顺,应该一视同仁,何况妇女呢?"奸雄狡词。这数语正中曹丕心坎,便入内引出袁氏姑媳,使见曹操。操见甄氏花貌雪肤,也为叹赏,便问刘氏道:"汝家如何止留二人?"刘氏答道:"子妇等并皆远出,惟次媳愿侍妾身,所以尚留在此;现蒙世子曲意保全,实为万幸。"操已闻言知意,旁顾曹丕,见他两目钉住甄氏,几不转瞬,益知丕暗里寓情,遂嘱丕引还二妇,安心居住;一面下令安民,豁免租赋一年,百姓自然喜悦,相率安堵。操遂置酒高会,宴集将佐,就是袁氏姑媳,也并馈酒肉,一例看待。将佐饮毕,均向操申谢,独许攸醉意醺醺,顾操大言道:"阿瞒若非我相助,恐未能坐得此州!"操不禁动怒,强颜为笑道:"汝言亦是,当录汝首功!"攸狂笑自去。死期将至,还在梦中。操复上表奏捷,有诏授操为冀州牧,操拜受诏命,愿将兖州让还。将佐俱入帐道贺,惟曹丕却尚怏怏。俗语说得好:"知子莫若父。"当由操使人作伐,愿娶熙妻甄氏为子妇,刘氏不敢不从,商诸甄氏,也无异言,当下就府舍为礼庐,择吉成婚。待至洞房合卺,并蒂谐欢,柳絮随风,轻狂乏力,桃花逐浪,含笑无言;两口儿枕席绸缪,不消絮述。只委屈了幽州刺史袁熙,叫他去做死乌龟,未免不甘。还有将作大匠孔融,已调任大中大夫,闻得操为子娶妇,就是袁熙妻室,因戏致操书道:"昔武王伐纣,尝以妲己赐周公,想明公有心希古,敢不拜贺?"操得书后,还道融博学多闻,定有所见。后来与融晤谈,问及前书来历,融笑答道:"这是由愚衷揣度得来,当时武王明圣,谅不致戮及美人,赐与周公,岂不是两美相谐么？"语足解颐，可惜招尤。操方知融语带讥嘲，蓄恨谋害，事见下文。

且说曹操既得冀州，复想并吞幽、并诸州；幽州刺史高干，闻风纳款，自请归降，操仍令干守原职。会闻袁尚窜入中山，为谭所攻，复走幽州，谭收得尚众，还屯龙凑，有自主意；乃遣使贻书责谭背约，与他绝婚，当即出兵进击。谭不能敌操，退保南皮；操追至城下，围攻了一两月，尚未能拔。时已为建安十年正月，腊尽春来，残雪初霁，操为议郎曹纯所激，亲执枹鼓，促兵登城，兵士并力直上，搴旗斩将，齐集城楼。谭下城出走，甫离北门，突被曹洪截住，心慌力怯，由洪大喝一声，劈落马下；郭图、辛评尚在城内，俱为操军所擒，操命把郭图斩首，但将辛评贷死。青州别驾王修，正从乐安运粮回来，得知谭已被杀，便下马号哭道："无主何归？"乃径诣操营，乞收葬谭尸；操嘉修忠义，准如所请，仍使修至乐安运粮。乐安太守管统，不肯降操，操嘱修取统首级，修不忍杀统，执统诣操，代请赦罪，操也即依从，且留修为司空掾。郭嘉劝操延揽名士，借孚众望。操因随处招致，但有才艺可称，即辟为掾属，独不赦袁绍记室陈琳，悬赏购缉，竟得擒来。小子有诗叹道：

下笔千言气亦雄，冀州一破术皆穷。
若非曹氏怜才切，颈上难逃剑血红。

欲知陈琳性命如何，容至下回表明。

审配为袁氏旧臣，始不闻以立长之经劝袁绍，继不闻以友于之义谏袁尚，亡袁之咎，配亦难辞；但观其誓守孤城，死不降曹，亦有足多者。本回于配之守邺，叙述独详，盖即善善从长之意，不忍没其忠也。独于甄氏之再适曹丕，却未肯下一曲笔，可褒则褒，可贬则贬；古称妇人从一而终，夫死尚当守节，胡为袁熙未亡，甄氏即背夫改适耶？至若曹丕之霸占人妻，与曹操之妄纳子妇，皆为名教罪人，贬甄氏，正所以贬操丕也。人情孰不贪生而恶死，况属妇人？而迫命改醮者，实由操、丕，操、丕之不道可知矣。

第八十二回　　出塞外绕途歼众虏
　　　　　　　　顾隆中决策定三分

却说陈琳被曹军擒住，解至操前，操盛怒相待；及见琳温文尔雅，不禁起了怜才的念头，即霁颜问琳道："卿前为本初作檄，但可罪状孤身，奈何上及祖父呢？"琳答说道："箭在弦上，不得不发，公今罪琳，琳亦知罪了；活琳惟公，

第八十二回　出塞外绕途歼众房　顾隆中决策定三分

杀琳亦惟公。"操听了琳言，怒意益平，遂赦免琳罪，使与陈留人阮瑀，同为记室。袁氏旧臣崔琰，曾劝绍守境述职，不宜用兵，绍不肯听，终败官渡；后来谭尚交争，各欲用琰，琰托疾并辞，为尚所囚，亏得陈琳营救，才释归河东；至是琳与操说及，操遂召琰为别驾从事。琰应召到来，操与语道："孤查本州户籍，可得三十万甲兵，故向称大州。"琰从容道："今天下分崩，九州幅裂，二袁兄弟，日寻干戈，冀民暴骨原野，未闻王师布德，存问风俗，救民涂炭，乃先估计甲兵，似非敝州士女想望明公的本意，望明公见察！"操乃改容称谢，视若上宾，使为世子丕师傅，留居邺城。不为丕求淑女，虽有贤傅，恐亦寡效。自己部署人马，欲往攻幽州；忽由袁熙部将焦触、张南，使人投递降书，内称慕风归义，已将袁尚袁熙，逐奔乌桓，特此报闻；操当然大喜，特派吏宣慰，表封焦触、张南为列侯。已而并州刺史高干，举兵守壶口关，复与操绝；操遣部将乐进、李典，率兵往攻，多日不下。河内人张晟，河东掾卫固、范先等，又纠众应干，转寇渑崤间；操用荀彧计，议调西平太守杜畿，为河东太守。畿抵任后，阳与固先联络，暗中却解散叛众，使不相连；再由操遥结马腾，使击固先，里应外合，便将固先擒斩，再移兵讨灭张晟，河东复安；独高干据住并州，负嵎如故。建安十一年正月，操亲率大军，出击壶口关，围攻至两月有余，关上守兵，不堪疲敝，因开关纳入曹军。高干闻壶口失守，无险可恃，不得已留吏守城，自诣匈奴求救。匈奴久已服汉，不愿与操构衅，当即拒绝高干。干率数骑驰回，途次闻知并州降操，害得无家可归，乃南奔荆州。道过上洛，被都尉王琰截住，斩首献操，并州又为操有了。袁绍属地，至此悉亡。先是山阳人仲长统，游学至并州，得干优待，屡问世事，统直答道："君具有雄志，惜乏雄才，也知好士，未能择贤；愚颇为君代虑，愿预先戒慎，勿务高深！"干闻言不乐，微露愠意，统即辞去；及干败死，果如统言。荀彧素知统才名，特举为尚书郎，操便即引用。操复顺道东略边疆，黑山豪帅张燕，率众十万人来降，受封列侯；独海贼管承，不肯归附。操使李典、乐进为先锋，击走承众，承窜入海岛，操乃还师，至邺城度过残冬。经春行赏，奏封功臣二十余人为列侯，且特陈荀彧功状，彧已受封万岁亭侯，至此更增封千户；又欲进爵三公，或使荀攸再三辞让，方才停议。操尝谓忠正密谋，抚宁内外，莫如文若，次为公达。文若即荀彧字，公达即荀攸字。彧封侯后，攸亦得封陵树亭侯，叔侄并荣，一时称最。操且将爱女嫁彧长子，联为姻娅，好算是相得益欢了。或妻为中常侍唐衡女，今得操女为子妇，比妻尤荣。

且说袁尚、袁熙，奔往乌桓。乌桓部酋蹋顿，为故王印力居从子，占住辽西偏隅，素与袁氏相往来，袁绍曾立他为单于，使家奴冒充己女，遣嫁蹋顿，蹋顿未知真假，遂认绍为妇翁，聘问不绝；及尚、熙往奔，当然迎纳，拨众相助，使复故土。早有幽州边吏报达曹操，操便拟北伐，先凿平虏泉州二渠，作为运道，然后指日出师。诸将皆有疑议，或谓尚、熙垂亡，蹋顿未必为用；或谓大军北征，刘表、刘备，将乘间袭许，不可不防。独郭嘉与操同意，排斥众议道："袁氏厚待乌桓，蹋顿不忘旧惠，必为效力；若袁尚兄弟，号召华夷，大举入寇，青、冀、幽、并随在可危；彼刘表不过一坐谈客，自知才不足驭刘备，未肯重任，备亦未必乐为表用，两人异心，断难成事，公虽虚国远征，亦可无忧，但放心前往便了。"操因即起行，既至易城，欲下令休息，郭嘉又进议道："兵贵神速，况千里袭人，更宜掩彼不备，最好是留住辎重，只令轻骑速进，猝临乌桓，必可破虏，愿公勿疑。"操接说道："卿言甚是。但北路崎岖，无人引导，却也难行。"嘉又答道："公若留心访察，何至无人？"操如言探访，果得右北平人田畴。畴曾为幽州牧刘虞从事，虞为瓒所杀，畴适自长安北还，哭祭虞墓，险遭拘戮，嗣有人替他解免，始得脱归；见前文。袁绍灭瓒，遣使招畴，授将军印，畴辞不就。操使传命，一召即来，当由操延入谘问，畴直答道："畴志不在官，所以愿见明公，实因乌桓不道，害我乡贤，畴早思往讨，苦未能逮；今得公北征，为民除害，畴敢不前来，勉献刍言？"操相见恨晚，即拜畴为蓚县令，畴不愿就职，但引操军进次无终。时方溽暑，大雨时行，海滨污下，泞滞不通，虏众又分扼蹊径，无路可通，操乃复向畴问计，畴献策道："此路原未易交通，水浅时不通车马，水涨时不载舟船，若要向前进兵，处处为难，惟旧北平郡治在平冈，道出卢龙，可达柳城；自从建武以来，行人稀少，尚有一径可通，今虏众无知，总道大军就此北进，但教守住要口，便可无虞；若使改道从卢龙口，潜越险阻，直捣虏巢，蹋顿虽强，不怕不为公所掳了。"操自然乐从，扬言退军，且在路旁署木为表，上刻数语道："今当夏暑，道路不通，且俟秋冬，乃复进军。"欺虏已足。随即令田畴为向导。改从卢龙口进兵，堑山堙谷，潜行五百余里，乃通白檀，历平冈，涉鲜卑庭，东指柳城。蹋顿得侦骑还报，总道操军已退，不必严防；偏操军悄悄进行，距柳城仅百余里，才得闻知，当下仓皇部署，带同袁尚兄弟，领数万骑，出截操军。操正抵白狼山，与敌相遇，遥见虏众甚盛，部下多有惧色，操登山望虏，顾语部将张辽道："虏众不整，虽多无益，卿可为我先驱擒虏！"辽应声下山，当先突阵，许褚、徐晃、于禁等，随后继进，立将敌阵捣破。蹋顿正在惊惶，不防张辽杀到，兜头一槊，刺落马下，眼见得不能活命了。尚、熙早知曹兵厉害，又见蹋顿落马，慌忙返奔，虏众大溃。操下令招降，胡汉兵民，先后投诚，共得二十余万口；遂整军驰入柳城，表封田畴为亭侯，畴向操固辞，操乃中止。嗣探得袁尚兄弟，奔投辽东太守公孙康，诸将请进击辽东，操微笑道："不必不必！尚与熙自投死路，管教康送首到此，还费甚么兵力呢？"大众将信将疑，操却分兵屯守柳城，自率诸将还师。将士伤亡无几，只郭嘉不服水土，竟至得病，返至易城，病重而亡，年只三十有八。操亲为祭奠，哭泣尽哀，荀攸等从旁劝解，操与语道："诸君年龄，与孤相等，惟奉孝最少，我欲托彼后事，不期中年夭折，岂非云命？"乃表述嘉功，请加封谥，嘉已受封洧阳亭侯，至是复追增封邑八百户，予谥曰贞，令子郭奕袭爵。正拟由易还邺，忽由辽东遣使到来，献上首级二颗，一是尚首，一是熙首，未知甄氏闻之，曾否泪下。诸将俱服操先见，但尚未知操如何料着，因齐声问操，请操析疑。操笑说道："公孙康素畏尚、熙，今尚、熙穷蹙往投，我若急击，彼且并力拒我，惟我已退兵，免彼后虑，彼乐得杀死尚、熙，向我示惠，这是情理上应有事件，诸君但未细思哩！"众将方皆拜服。

究竟公孙康杀死尚、熙，是何意见，应该就此表明：康父名度，本系辽东人氏，由董卓举为辽东太守，乘乱自主，号称辽东侯，领平州牧；东伐高句骊，西击乌桓，又越海收东莱诸县，独霸一方。操因辽东路远，但欲奉诏羁縻，拜度为武威将军，封永宁乡侯，度怒说道："我已自王辽东，还要甚么永宁乡侯？"遂将所赐印绶，搁置武库中。既而度死康嗣，就将永宁侯封，转给弟公孙恭。袁绍据冀州时，尝欲并吞辽东，未得如愿；及尚、熙败走，途中私相谋议道："我兄弟为操所攻，致失四州，今不如投奔公孙康，康若出见，就好把他格毙，得了辽东，尚可借地容身哩。"四州且一并失去，还欲窥伺辽东，真是妄想。不意公孙康比他狡诈，待至二人报到，预先埋伏甲士，然后延令入见。二人佩剑进去，才至中门，便由甲士突出，把他抓住，连拔剑都来不及，只好束手受缚，牵置门外。时已初冬，塞外早寒，尚为风所吹，求给坐席，熙怅然道："头颅且远行万里，要席何用？"爱妻已向人送暖，自可死心塌地。果然席不得给，反赠他一碗刀头面，同时毕命，康即将两首献入曹军。操表封康为襄平侯，拜左将军；并将尚首悬竿示众，下令敢哭者斩。袁氏故吏牵昭独设祭举哀，操却叹为义士，举作茂才；田畴也往吊祭，操亦不问，不顾前令，全是奸雄手段。惟仍欲封畴为侯，畴以死自誓，决不就封，但挈家族三百余人，随操同返邺中。操见畴志决词坚，乃不予封邑，使为议郎，何不并议郎辞去。一面养兵蓄锐，再图南略。会闻荆州牧刘表，遣刘备出屯新野，为北伐计；乃遣部将夏侯惇、于禁等，率兵万人，南行拒备。备自汝南奔依刘表，光阴易过，倏忽五年。建安六年九月，备奔荆州，此时已建安十二年了。曹操北攻袁氏，即劝表乘虚袭许，表素无大志，不愿远图。果不出郭嘉所料。及袁氏败亡，操回邺城，表复觉生悔，乃邀备与宴道："前日不用君言，坐失机会，很觉可惜！"备反慰语道："今天下分裂，干戈四起，前失机会，怎知日后不得再逢？但教后此毋误，就不必追恨了。"话虽如此，心中总不免惆怅。少顷起座如厕，自视髀肉复生，不觉潸然泪下，回至席间，面上尚有泪痕，为表所见，向备诘问。备实告道："备尝身不离鞍，髀肉皆消,今久不骑马,髀里肉生,日月如流,老已将至,功业却毫无建树,所以不能无悲呢!"表乃遣备出屯新野,备宴毕即行。既至新野,得与颍川人徐庶相遇,延为宾佐,凑巧操将夏侯惇、于禁,引军来攻,庶为备划策,自烧屯粮,出城南走;惇与禁疑备怯战,麾兵急追,不意伏兵四起,掩击一阵,杀得夏侯惇等七零八落,收拾残众,逃回鄴中。

备复至新野,待庶益厚,庶语备道:"南阳有诸葛孔明,世称卧龙,将军亦愿相见否?"备忙说道:"既有这般名士,怎不愿见? 但比君才具何如?"庶答说道:"孔明尝自比管仲乐毅,如庶不才,怎得相拟?"备又说道:"君既与彼相知,请即劳君一行,邀与俱来。"庶摇首道:"此人可就见,不可屈致,将军宜枉驾相顾,或可出来预谋;否则虽厚礼招聘,恐卧龙未必出山呢。"备听了庶言,乃留庶与赵云等守城,自偕关、张二人轻车简从,径往南阳。一时访不着孔明,只遇一襄阳名士司马徽,两造叙述姓名履历,才知徽字德操,隐居不仕。备虽与徽初次会面,但见他道貌清癯,料非庸俗,因叩问世事,并乞相助,徽答语道:"山野鄙夫,未识时务,识时务须求俊杰,此间有伏龙凤雏,皆济世才,得一人便可定天下。"备问伏龙凤雏,姓甚名谁? 徽答称诸葛孔明、庞士元。备即说道:"此来正欲访卧龙先生,可惜未遇。"徽答说道:"卧龙高卧隆中,若果诚心相访,当肯出见,幸勿轻视此人。"备唯唯谢教,方才告别。越日又往隆中,访问孔明。隆中系是山名,在襄阳城西二十里,为南阳属地。孔明名亮,本系琅琊郡阳都县人,就是故司隶校尉诸葛丰后裔,父珪早卒,亮与弟均随叔父玄,徙居南阳。玄与刘表有旧,旋亦病殁,亮遂就隆中结一草庐,躬耕陇畔,好为《梁父吟》。平居与博陵人崔州平,汝南人孟公威,颍川人石广元,常相往来;就是徐庶,亦与为知友。徐庶等学务精纯,惟亮独持大体,尝与庶等晤叙道:"君等出仕,可至刺史郡守。"及庶等问亮志趣,亮微笑不答。<small>自命不凡。</small>他知刘备过访,未肯遽见,第二次复谢绝,直至备三次枉顾,方才出迎。备见亮身长八尺,貌秀神怡,头戴纶巾,<small>纶音关。</small>身披鹤氅,飘飘然如神仙中人,不由的肃然起敬,便向亮拜手道:"久闻先生大名,如雷贯耳;前已两次晋谒,留告姓名,今日得蒙接见,不胜荣幸。"亮从容答礼,亦自道歉衷,彼此谦逊一番,各归坐位。备始自述本意,请亮出山,亮推辞道:"索性愚野,无志功名,将军如忧国忧民,还请另访高士。"备慨然道:"德操元直,并极称扬,先生不出,如何安国? 如何定民?"亮乃笑问道:"将军意欲如何?"备移坐密告道:"汉室倾颓,奸臣窃命,主上蒙尘已久,备不度德量力,欲为天下声明大义;只恨智浅术短,迄无所成。惟私心耿耿,不甘作罢,所以敬候先生,幸乞赐教。"亮因说道:"自从董卓构乱以来,豪雄并起,跨州连郡,不可胜数;曹操比诸袁绍,名微众寡,乃竟并吞袁氏,转弱为强,虽赖天时,亦借人谋。今操已拥众百万,挟天子令诸侯,此实不可与争锋;孙权据有江东,已历三世,国险民附,贤能乐为彼

第八十二回　出塞外绕途歼众虏　顾隆中决策定三分

用,根基已固,不可轻图,只能与他结好,恃为外援,荆州北据汉沔,利尽南海,东连吴会,西通巴蜀,自古称为用武之地,主不得人,决难坐守,天今留待将军,将军可有意否?还有益州险塞,沃野千里,向号天府,高祖尝得此以成帝业;今刘璋暗弱,张鲁在北,民殷国富,不知存恤,草野智士,望得明君。将军为帝室世胄,信义著闻四海,总揽英雄,思贤如渴,若跨有荆益,保守岩阻,西和诸戎,南抚夷越,外结孙权,内修政治,待天下有变,可命一上将,自荆州出向宛洛,将军自率益州众士,出向秦川,百姓必且箪食壶浆,欢迎将军,岂不是霸业可成,汉室可兴么?"规划分明,了如指掌。备喜答道:"先生所言,足开茅塞,但愿不弃庸陋,出山相助,俾备得随时领教。"亮又推让道:"将军雅意,本当敬从,但亮疏懒已久,恐多废事,未敢应命。"备黯然道:"先生具此大才,不肯为备屈驾,备原不幸,汉且垂亡。"说至此,语带哽咽,竟至泪下。肝胆如揭。亮不禁感激,因即允诺。备乃命关张入拜,留赠玄𫄨束帛,亮不肯受,经备再三诚恳,方才收下。亮有妻黄氏,为沔南耆士黄承彦女,发黄面黑,才德独优,亮不嫌丑陋,竟纳为妇。南阳人有谣言云:"莫作孔明择妇,止得阿承丑女。"亮听人嘲笑,独谐伉俪,毫无闲言。梁孟以后,应推诸葛夫妇。至是令弟均,奉嫂家居,自与刘、关、张三人,同至新野,当由徐庶等接入,故人聚首,当然相亲;徐庶走马荐诸葛,出自罗氏《三国演义》,按《蜀志·诸葛传》中,庶尚留新野,未曾诣操,今从之。备更待亮若师,情好日密。关、张二人,颇有疑议,备独与语道:"我得孔明,仿佛如鱼得水,幸勿复言。"关、张乃止。可见得才如诸葛,唯刘备方能揽用,自是君臣相得,言听计从,三分天下的政策,就此开始了。小子有诗咏道:

　　茅庐三顾感情真,前席才将伟略陈。
　　未届壮年才冠世,知公不是等闲人。亮出山时,年方二十七岁。

过了数日,备与亮方商议整军,忽由刘表遣人致书,邀备至荆州议事。欲知备曾否应召,且至下回再详。

　　田畴不肯事袁绍,独于曹操之北伐,一召便来,虽为乡里报怨,愿诛蹋顿,然蹋顿为汉虏,操亦一汉贼耳。就使蹋顿可诛,而袁氏二子,不应迫之同毙!畴曾得袁氏之征辟,知己之感,宁独无之?岂可因前日之未往,即视袁氏如眼中钉,必歼灭之而后快乎?然则袁尚兄弟之毕命,下手者为公孙康,实则畴实使之。吾不知畴何憾于袁氏,何德于曹操也。及尚首揭竿,向之吊祭,侯封所及,誓死固辞,此特矫情干誉之为,有识者固已齿冷矣。必如诸葛孔明之隐处南阳,不屑轻出,待至刘备三顾,勤勤恳恳,方效驱驰,名士之出处,如此慎重,岂田畴辈所得望其项背乎?三国人才众矣,如孔明者,其固超类轶群哉!

第八十三回　入江夏孙权复仇
　　　　　　　走当阳赵云救主

　　却说刘备接得荆州来书,即与诸葛亮商议行止,亮答说道:"想是因黄祖败死,故请将军,往议抵御东吴,将军不妨前去,亮愿随行。"备闻言甚喜,便偕亮出城,同诣荆州。看官欲知黄祖败死情形,还须从源至委,补叙一番。先是孙权继承先业,安踞江东,见前文。曹操恐权强盛,责令遣子入侍,为抵质计。权与张昭等会议,犹豫未决,独周瑜入白吴太夫人,极言送质非计,吴太夫人乃嘱权道:"公瑾与伯符同年,相差只有一月,我视公瑾如子,汝当事公瑾如兄,不得违议!"慧眼识人。权唯唯受教,遂不应操命。惟权弟孙翊,出任丹阳太守,好酒渔色,未洽众心;督将妫览,郡丞戴员,尝为翊所责,阴怀不平,密与翊亲吏边鸿结为心腹,有害翊意。可巧孙权为父报仇,出攻黄祖,览、员两人趁势发作,嘱使边鸿行刺,适丹阳属县令长,诣郡大会,翊出见后,送客至门,被鸿在后刺死。翊妻徐氏,秀外慧中,颇善数理,曾卜得一卦,爻象大凶,劝翊不宜会客,翊不听妻言终遭奇祸;徐氏抚尸大恸,并饬将佐等速拿凶手。妫览戴员,便将边鸿拿住,不待问讯,当即处斩。览遂入居军府中,强取翊家姬妾,及左右侍御;并因徐氏姿色可人,亦思占为己妾。徐氏阳为许诺,但言须俟至晦日,设祭除服,方可成婚;暗中却召入旧将孙高、傅婴,授与密计。到了晦日,设祭堂上,尽哀易服,沐浴熏香,浓装艳裹,好像另做新人模样,且派侍婢出室邀览;览喜如所望,也即盛服进去,徐氏从容迎入,待览坐定,一声暗号,突出孙高两将,双刃并举,剁落览首;一面伪传览命,邀员入宴,也即处死。徐氏再着丧服,持得两贼首级,往祭翊墓,军士方共称为智妇。实是烈妇。孙权在椒邱闻报,急回丹阳,见二贼已经授首,索性尽诛逆党,擢孙高两人为牙门将,令守丹阳;接归徐氏,及孤儿松,厚加抚养,保全节孝。独权母吴太夫人,悼翊非命,积哀成疾,奄忽一两年,终至不起,弥留时召见张昭等,托付后事,悠然而逝。权依礼丧葬,守制逾年,复议往伐黄祖。还有少年都尉凌统,因父操从征江夏,为黄祖部将甘宁射死,志在复仇,自请冲锋效力;权即亲督军马,克期出发。适由都尉吕蒙,引一降将进见,问及姓名,就是凌统仇人甘宁,表字兴霸,他本巴郡临江人,少好游侠,杀人亡命,奔走江湖间;后来折节读书,往投刘表,表不能用,因是东行入吴。道出夏口,被黄祖留住军中,一再立功,不见重赏,祖部下军将苏飞,替宁保举,反为祖所呵斥,飞乃更为设法,调宁为鄂县长,使他自图去就,宁始得脱身入吴。因恐前时射杀吴将,

第八十三回　入江夏孙权复仇　走当阳赵云救主

求荣反辱，故先见吕蒙，探问凶吉，蒙一力担承，决无他害，乃引宁见权。权亦开诚相见，谈及江夏情形，宁进策道："今汉祚日微，曹操擅权，必为篡窃。荆南为操所必争；刘表素无远虑，诸子又劣，万难保守，将军若不早图，恐操将捷足先得了！今请先取黄祖，祖年已昏耄，专嗜货利，不修战备，有船无兵，有兵无律，将军往攻，必能灭祖；祖既破灭，鼓行西进，楚关一下，巴蜀亦可规取了！"宁策恍似诸葛孔明。权大喜道："复仇雪恨，就在此举呢！"权志但在复仇上，故下文得半而止。当下命周瑜为大督，率同吕蒙董袭凌统诸将，充作先驱，即使甘宁为前导，溯江上行。至沔口前面，有两大艨艟，挡住要隘，鼓声一响，艨艟中千弩齐发，箭如雨集；吴军不得前进，董袭凌统，分募敢死士各百人，令被重甲，乘舟执刀，冒矢冲入，斫断艨艟缆索，艨艟分流，吴军便得大进。黄祖忙令都督陈就，带领水军，鼓棹迎战，被吕蒙甘宁等，一阵驱杀，就军大败，蒙亲枭就首，进攻江夏，祖将苏飞，开城出战，又为所擒；黄祖挺身出走，由吴军追杀过去，斫死祖身，取首报功。于是周瑜、孙权，先后入江夏城，函盛祖首，拟归祭孙坚墓前；尚有一函制就，将盛苏飞首级。飞向甘宁求救，宁传语道："彼若不言，宁岂忘心？"会权为诸将犒劳，置酒大会，宁下席泣拜道："宁若不得苏飞，早死沟壑，怎能效命麾下？今飞罪当夷戮，乞将军开恩一线，为宁赦飞！"以德报德，不愧义士。权动容道："今为卿赦飞，飞若逃去，卿肯受责否？"宁又答道："飞已蒙赦，感恩不浅，还肯逃走吗？如果逃去，宁头当代入函中！"权乃命将飞释出槛车，且召令与宴。飞入谢权恩，正欲随宁就坐，忽席间有一人跃起，拔剑出鞘，竟刺甘宁，宁慌忙趋避，连苏飞亦窜一隅；诸将忙起座拦住。权亦起身惊视，仗剑的，并非别人，就是凌统，因即出言劝解道："兴霸射死卿父，彼时各为其主，不得不尔；今同聚一堂，只好不念旧仇，愿卿息怒！"统叩头大哭道："父仇不共戴天，统岂可与仇人共席？"说得权也为欷歔，因令宁领兵五千，带着苏飞，出屯当口，宁拜谢自去，席亦遽撤。权未免扫兴，掳得男女万余口，班师径回。

这时候正是刘表着忙，邀入刘备同议拒吴，诸葛亮早已料着，劝备模糊对付。备见了刘表，只言宜详探军情，再图抵敌。表因使人再探，返报权已回军，表乃放下了心；但邀备与宴，酒至半酣，表叹息道："我年已老，诸子又皆不才，看来我死以后，此州非君莫属了！"备惊起避席道："公何出此言？备怎敢当此重任？况公子皆贤，幸勿过忧！"表再欲有言，听得屏后有环珮声，乃不复出口。备亦从旁窥透，起身告辞，退至客馆，与亮述及，亮笑语道："将军何不承认下去？"备摇首道："景升刘表字。待我颇厚，我若夺彼位置，岂非薄情？我决不忍出此！"亮喟然道："将军仁厚过人，但恐将来多费谋力了！"料定后文。正谈论间，外间来了表子刘琦，因即延入，琦说了几句套话，便请屏人密谈。亮不待备命，立即趋出。琦乃向备泣拜，悄悄的谈叙片时，备眉头一皱，计上心来，因与琦附耳数言，琦始别去。原来琦为刘表长子，少年失恃，表娶继室蔡氏，生子名琮，蔡氏因琦非己出，常劝表舍长立幼，且并娶侄女为琮妇。表溺爱后妻，免不得被他人蛊惑，所以立嗣问题，始终未定。这位蔡夫人，又硬要干政，每遇表会见宾客，往往隔屏窃听，所以备入宴时，有环佩声，传出外庭，便是蔡氏私听秘言。释明上文。琦年已长成，恐为后母所害，日夜危疑，因此向备求计。备嘱他转问诸葛，又知亮小心慎重，未肯代谋，乃特为设法，令琦照行。次日备佯称未适，使亮答拜刘琦，琦延入密室，自述苦况，求亮指教。亮默然不答，琦乃邀亮游览后园，共上高楼，琦复长跪求计，亮尚辞谢道："这乃公子家事，外人怎敢与谋？"说着便欲下楼，哪知楼梯已经撤去，此非亮中备计，实防外人窃听，故有是举。琦复哀请道："今日上不至天，下不至地，言出君口，但入琦耳，先生奈何尚未赐教？"亮乃低语道："公子应阅史事，独不闻申生在内而危，重耳在外而安么？"这两语将琦提醒，当即拜谢，便取梯接楼，送亮出去。亮返告刘备，备已知秘计，就拟向刘表辞行，凑巧表复来邀备，备闻召即入。表蹙额道："江夏重地，必须得人接守，我欲遣长子往镇，未识可否？"备已知琦从中运动，因即怂恿道："黄祖性暴，所以致祸，长公子宽厚仁恕，必能爱民，况有亲子弟为外藩，更足免虑，又何不可？"表又说道："闻曹操在邺中整兵，意将南下，如何是好？"备即答道："备愿出屯樊城，幸请免忧！"表当然乐允。备即起辞，回馆整装，顺便接取家眷，是时甘夫人已生有一儿，取名为禅，表字公嗣；甘夫人尝梦吞北斗，故又为禅取一乳名，叫做阿斗。阿斗生于建安十二年，至是已将周岁了。特志年岁。备见他体质壮伟，恰也心欢，当下使禅母子，乘坐一车，又用一车，载着糜夫人，自与亮跨马同行。至新野召集关张等人，一古脑儿移入樊城。才阅数旬，忽由荆州来了急使，说是主公病重，请将军速临一诀。备欲召问孔明，偏值孔明外出，迫不及待，只好带了赵云，匆匆至荆州。趋入刘表寝室，见表病已垂危，不禁泪下，表亦感动流涕，与语道："前与君谈及后事，谅君尚未忘怀？"备接入道："备当竭力辅佐公子，不敢负托！"表复说道："我子不才，奈何奈何？"备又劝慰道："公子并能守城，何必多虑？"表拱手道："全仗贤弟教导，愚兄就要长别了！"郑重托孤，未始无见，其如疏不间亲何？说罢，痰喘不止，备不便多坐，当即辞退。偏由表妻舅蔡瑁，及他将蒯越，邀备会议善后事宜，备只好暂留外厅，与之议事。瑁、越二人，佯与备商及立嗣问题，备沉吟无语。俄有一人入语道："曹操已发兵邺中，来取荆州！"说至此，以目视备；备见是山阳人伊籍，素在刘表幕下，相识有年，此时两目相对，料知有异，乃伪起如厕。籍亦随往，低声语备道："蔡瑁心怀不良，公宜急走。"备不禁着忙，亏得籍导至后园，开门引出；备尚忧无马，籍答说道："籍已将公坐骑，牵到此处，请公上马速行。"备又言赵云在外，尚未得知，

第八十三回　入江夏孙权复仇　走当阳赵云救主

恐遭毒手，籍复说道："籍当往报赵将军，请公先行一步。"备乃加鞭疾驰，直出西门，再经里许，前面有一檀溪，阔约数丈；清流激湍，映带潆洄，备所乘马，叫作的卢，颇甚雄骏，惟额边生有白点，相马家谓不利主人，备却听诸命数，仍然乘坐。及至檀溪，眼见是不能飞越，回顾后面，又见尘头大起，想有追兵到来，一时情急无奈，只好跃马下溪，马足陷入淤泥，几乎蹶倒，备惊惶道："的卢的卢，今日果要害我了？"话才说完，那马竟一跃三丈，跳过彼岸。殆有神助。备惊魂未定，似醉似痴，猛听得夹岸大呼道："使君何故遽去？"这一声方将备叫醒，遥顾对岸，是蔡瑁人马，也不暇答话，纵马驰去。瑁亦暗暗诧异，收军自回，途次遇见赵云，问及刘备，瑁答言已经回去；云已得伊籍通报，故无心详问，策马自行。到了檀溪，又为备吃一大惊。返问守门军士，各言刘使君跃过檀溪，千真万确，云乃绕道至樊城，果然备已早归，安然无恙。既而伊籍亦至，报称表已病殁，刘琦省疾被拒，仍回江夏；蔡瑁、蒯越，已立表次子刘琮为主了。从伊籍口中叙过，省却许多文字。诸葛亮在旁叹息道："刘琮竖子，怎能守此荆州？若不早图，必为操有。"伊籍接口道："何不借吊丧为名，袭取荆州？"亮拍手赞成，备独不愿，但派吏至荆州吊丧罢了。此时却失之过厚。

且说曹操既平河北，即思南取荆州，因恐朝右大臣，从中牵掣，索性奏罢三公，自为丞相；用崔琰为西曹掾，毛玠为东曹掾，司马朗为主簿，司马懿为文学掾。懿即朗弟，系河内温县人，朗字伯达，懿字仲达，崔琰尝谓朗不及懿，故操特引用；懿佯称风痹，不肯就职，经操察知懿诈，欲加收禁，懿始出就职。懿甫出现，即怀诈意，曹操何必定要使诈？操安排已定，便拟整军南下，适大中大夫孔融，奏称王畿以内，不宜封建诸侯，又谓天下粗定，疮痍未复，不宜兴师。明明与曹操反对，操当然怀恨，御史大夫郗虑，与融有隙，竟诬融在北海时，招合徒众，图为不轨，入朝后暗通孙权，讪谤朝廷，且与祢衡互相赞扬，衡谓仲尼不死，融答颜回复生，大逆不道，应坐诛夷。操有词可借，便令廷尉系融下狱。融有二子，并在幼年，闻父被收，尚对坐弈棋，左右劝令急走，二子说道："覆巢下何有完卵！"道言甫毕，缇骑已至，把融妻及二子，一并拘去，与融同斩东市，暴尸示众。京兆人脂习为融故友，尝戒融刚直太过，恐遭奇祸，融终因此遇害。习往抚融尸，嚎啕大哭，有人报知曹操，操命人执习，习长叹道："文举融字文举。已死，我亦不愿求生了！"操又偏不使习死，将他释放。习遂将融全家尸首，收殓埋葬，操亦不复问，便督率大队人马，疾驱南来。才抵宛城，荆州大震，蔡瑁、蒯越，慌张失措，掾属傅巽王粲等，想出一条乞降的末策，入内白琮。琮庸稚无能，有何主见？琮母蔡氏，至此也急得没法，不得不顾全性命，情愿将荆州全土，献与曹操；痴心立爱，终归无效。遂命王粲缮好降表，派吏送去。刘备留屯襄城，闻得操军南下，亟使人问琮，琮尚讳言降曹，未肯详告；直至操军已到新野，方遣掾吏宋忠，诣备报命，备才知琮已降操，且惊且怒道："汝曹既欲降操，何不早告？今曹军已至，方来报我，可惜可恨！"说着，复拔剑指忠道："今虽断汝首级，尚未足泄恨，但大丈夫已经临别，杀人何为？汝可速去，教刘琮自思罢了。"忠抱头出去。备急与诸葛亮等，会议行止，亮进言道："上策莫如取襄阳，下策只好走江陵；若待操军大至，区区樊城，如何能保守哩？"备踌躇半晌，方开口道："据宋忠言，刘琮已赴襄阳，迎候曹操，今往取襄阳，势必害琮；刘荆州临殁时，向我托孤，我不能保护彼子，反去加害，他日死后，有何面目再见刘荆州？我意不如径往江陵。"备之失机在此，备之留名亦在此。乃悉众尽行。路过襄阳，在城下驻马呼琮，琮惧不敢出，蔡瑁等且登城拒备，乱箭射下，备不得已，至襄阳城东，拜辞表墓，涕泣而去。荆襄士民，见备如此仁慈，不愿相舍，竟陆续赶上，随备同行。备抵当阳，众至十余万，辎重数千辆，不能急走，每日只行十余里，将佐多向备进议道："此去江陵，程途尚远，急宜倍道疾趋，方能速至，况士民相随，不能争战，虽多无益；若还要兼顾，恐曹操兵到，免不得玉石俱焚了。"备流涕道："欲济大事，全赖人心，人愿归我，我何忍弃去？"诸葛亮接说道："将军既不忍弃民，应遣云长先赴江夏，借得战船数百艘，速来接应，方可无虞。"备依言遣羽，羽即驰去，亏有此着。备仍徐行如故。忽有探马走报道："曹操已亲率大军，长驱追来了！"备因使张飞断后，赵云保护家小，孙乾、糜竺、伊籍等，照顾百姓，自与诸葛亮、徐庶，缓辔同行。

哪知曹操煞是厉害，既由刘琮迎入襄阳，便调琮为青州刺史，勒令东往，所有蒯越以下，悉数截留，阳封蒯越等为列侯，阴实剪琮羽翼，不使相从；一面自率轻骑万人，兼程追备。一日一夜，得越三百余里，径达当阳。备正在前进，猝闻曹军从后追到，还想保全百姓，挥令同行，诸葛亮着急道："祸在眉睫，奈何迟延？"遂促备疾驰，自与徐庶护备同进。哪知曹军已从后掩至，单靠一张飞截击，也是拦阻不住。曹军冲入前面，顿将大众驱散，连甘、糜二夫人，也只好各走各路，不能相顾。赵云仗着一杆长枪，左挑右拨，杀开一条血路，已不见甘、糜二夫人，再从乱军中杀入，得将甘夫人觅着，引回长坂坡。可巧张飞已走至坡上，据桥立马，见赵云送到甘夫人，便让令过桥，问及婴儿阿斗，知由糜夫人抱去，云不顾死活，再回旧路，一枝枪神出鬼没，无人敢当，好多时杀散曹军，救出糜夫人。糜夫人身已受伤，尚抱住阿斗，不肯释手，见了赵云，方将阿斗交付与云，一跃入枯井中，竟至殉难。史传中未见载明，姑从罗氏《演义》。云不遑捞尸，即将阿斗裹入怀中，单骑走回。张飞尚立在长坂桥上，等候赵云。云方至桥畔，后面追兵又至，忙呼飞求援，飞应道："有我在此，请君放心！"遂让开一步，令云过桥。须臾，曹军大至，飞令手下二十余骑，在桥后伏着，自己横矛桥上，瞋目大呼道："我是燕

人张翼德也,可来与我决一死战!"这声呼喝,好似空中起一霹雳,吓得曹军纷纷倒退,没一人敢上桥与争。小子有诗咏道:

一声叱咤敌先惊,长坂桥头独著名。
身是燕人张翼德,好凭七字作长城。

张飞既吓退曹军,乃拆断桥梁,拍马见备。欲知备再走与否,试看下回便知。

黄祖本无才智,而孙坚死于祖手;孙策又不能亲复父仇,命为之,势为之也。坚阻于命,策限于势;至权承父兄之业,用瑜、蒙诸将,一出再出,方举黄祖而枭夷之,春秋之义大复仇,如孙仲谋者,其固不愧为令子乎?曹操谓生子至如孙仲谋,若刘景升诸儿,与豚犬等,原非虚言。但刘景升亦非杰出才,偷息荆襄,不思展足,其无能已可概见;至如惑后妻,远长子,卒至身死未几,全州归曹;而于真诚坦白之刘玄德,若即若离,反使其仓皇奔走,濒死当阳,玄德不负景升,景升实负玄德耳。赵云百战长坂坡,保全甘夫人母子,可谓忠臣;而糜夫人甘心殉难,亦可谓贤妻。孙徐氏以不死报夫仇,刘糜氏以宁死全夫嗣,俱足为彤史生光云。

第八十四回　召周郎东吴主战　破曹军赤壁鏖兵

却说刘备奔走途中,幸有张飞断后,始得脱难。及见赵云救回甘氏母子,又闻糜夫人伤亡,禁不住百感交萦,潸然泪下。到了张飞驰至,报称毁桥拒敌,备失声道:"桥梁不断,曹军尚恐有伏,未敢追来,今已拆去,彼料我胆怯,必然追我,不如速走罢!"遂带领残众,从小路斜投汉津。行抵沔口,后面果有追兵驰至。正在惊惶,那江中有许多船只,扬帆驶到,船头立一大将,披甲横刀,正是云长关羽;名字并举,乃是特笔。备转忧为喜,忙率众人登舟。羽留心审视,独不见糜夫人,便向备问明,备太息道:"甘氏母子,尚亏是子龙救回,子龙入围数次,或说他北投曹操,我料子龙必不弃我,果然仗着百战,救回妻孥,糜氏已经殉难了!"羽悲愤道:"往日猎许田时,若从羽言,可不至有今日的困厄!"备答道:"当时投鼠忌器,所以劝止,若天道辅正,怎知不转祸为福呢?"说着,遥见追兵将到,急命开船;羽说是不妨,江夏太守刘公子,悉众来援,就在后面。道言未绝,果由刘琦引船千艘,顺流来会。羽索性挥兵登岸,要与曹军决个胜负。就是张飞、赵云，亦跃至岸上，与羽驱杀过去，曹军又皆吓退，反被关、张、赵三将，夺取许多甲仗，方才回船。当下招集溃众，次第趋集，备等稍稍安心。独徐庶未见老母，很是担忧，备欲遣将往寻，有归卒禀报道："徐母已被曹军拘去了！"庶不禁流涕，即起身辞备道："本欲与将军共图大业，今失去老母，方寸已乱，不能为谋，请从此别！"备亦欷歔道："卿莫非往投曹营么？"庶泣答道："欲全老母，不得不尔；但此心仍属将军，决不为操设谋！"说至此，又与诸葛亮告辞道："孔明大才，必能弼成王业，庶虽去，亦得放怀了。"于是舍舟登陆，由备、亮等送至十里外，始与诀别。《三国志·诸葛亮传》详载此事。庶归曹操，系在备当阳败后，且庶母亦不闻自杀，与罗氏《演义》不同。庶径诣曹营，幸母未死，乃留住曹操麾下，后由操表为御史中丞，这且搁过不提。庶母若死，庶亦不肯依操，可见罗氏附会之失。

且说刘备等返至船中，方命解缆行驶。到了夏口，适与东吴使人鲁肃相遇，彼此接见，互道殷勤。肃本来请命孙权，欲与刘备联络，共拒曹操，因借吊问荆州为名，乘便见备。可巧备自当阳败走，在途晤谈，肃即探试备意，问欲何往，备佯答道："前与苍梧太守吴臣有旧，拟即往投。"以假应假。肃素忠厚，便直说道："苍梧僻处岭南，何足为助？愚意不如东投孙氏，孙讨虏聪明仁惠，敬贤礼士，江左英豪，都愿归附；曹操表权为讨虏将军，见前文。今为君计，最好是与他联络，共御曹军。"说到拒曹是鲁肃一生宗旨。备尚未及答，诸葛亮即从旁插嘴道："刘使君与孙将军，素未会面，如何轻投？"肃笑答道："令兄子瑜，现为江东长史，与肃友善，肃愿偕君同至江东，既可令兄聚首，复可与孙将军共议大事。"亮乃语备道："事机已急，愿奉命往见孙将军，合谋拒操。"本有此意，偏待鲁肃相邀，才肯说出。备点首允诺，亮即偕肃登舟，共赴江东。时曹操已进据江陵，复拟东下，孙权出屯柴桑，观望成败。肃引亮入见，权起座相迎，延亮入座。亮见权方颐大口，目有精光，料非庸主可比，因开口说权道："海内大乱，将军起兵据有江东，刘豫州亦收众汉南，与曹操并争天下，两主志趣相同，真所谓无独有偶了。"徐徐引入。权皱眉道："今曹操拥兵百万，顺流东来，或为我主战，或为我主和，究竟和为是，战为是呢？"亮又答道："曹操芟夷群雄，平河北，破荆州，威震四海，虽有英雄，无从用武；故刘豫州遁逃至此，将军请自为计！若能举吴越兵众，与中国抗衡，不如早与操绝；否则按兵束甲，北面事操，尚可偷息苟安。今将军外似服从，内实犹豫，当断不断，祸至无日了。"用反激语。权不禁作色道："刘豫州何不降操？"亮续说道："田横一青齐壮士，犹守义不辱，况刘豫州为汉室胄裔，英才盖世，众士并皆仰慕；事若不济，也是天命使然，怎肯卑躬屈节，甘心事操呢？"再激再厉。权至此亦勃然道："我不能举全吴土地十万甲兵，俯首事人，计已决了！非刘豫州莫与敌操，但刘豫州新遭败衄，如何能抵制操军？"亮申说道："刘豫州虽新败当阳，尚有关羽水军，不下万人,刘琦合江夏战士,亦在万人以上,操众远来疲敝,闻他追刘豫州,日夜行三百余里,古所谓强弩之末,势不能穿鲁缟,就是此意;《兵法》亦垂诫云:'必蹶上将军。'且北方人士,不习水战,荆州百姓,为操所迫,并非心服,可见操非真不可敌呢!将军诚能督选猛将,统兵数万,与刘豫州协力同心,必能破操;操破亦必北返,荆吴势盛,鼎足形成,就在此举了。"仍是三分决策。权大喜道:"先生伟论,令人敬服,孤当与刘豫州合拒曹军。"遂命肃引亮出帐,使与诸葛瑾相见。瑾字子瑜,就是鲁肃所说的江东长史,本为亮兄,避乱东吴,因即臣事孙氏。补前文所未及。兄弟重逢,自有一番密谈,不消絮述。惟孙权既闻亮言,便召群下,会议出兵;适曹操遣使致书,由权展阅,书中略云:

　　近者奉辞伐罪,旌麾南指,刘琮束手;今治水军八十万众,愿与将军会猎于吴,将军其留意焉!已露骄态。

权览毕后,取示群下,大众统皆失色,长史张昭说道:"曹操挟天子威望,用兵四方,若欲拒绝,名不正,言亦不顺;况将军足以拒操,惟赖长江,今操得荆州,据有艨艟战舰,沿江东来,是长江天险,已无所用,不如往迎为便。"余众亦多附和昭言,独鲁肃不发一语,嗣见权入内更衣,当即随入,权已知肃意,握手与语道:"卿意如何?"肃答说道:"众议专欲误将军,众可降操,独将军不应迎操。"权更问何因,肃又答道:"如肃等降操,名位未必遽失,就使失位,也得安然还乡;将军降操,将归何处?愿早定大计,毋惑众言。"权叹息道:"子敬所言,正合我意;但欲敌操军,须用何人督师?"肃接口道:"莫如周瑜。"权从肃议,立即使人至鄱阳,召瑜入商。瑜方在鄱阳湖督练水军,奉召即至。权与言和战情形,瑜奋然道:"操名为汉相,实是汉贼,将军承父兄遗烈,奄有江东,地方数千里,兵精粮足,当为汉家除残去害,奈何往迎汉贼哩?"快人快语。权徐答道:"我并不欲迎操,只恐众寡不敌,故召卿一商。"瑜扬眉说道:"操今东来,实犯数忌,北土未平,马腾、韩遂,尚在关西,为操后患,操乃一意东略,就是一忌;南人善水战,北人善陆战,操竟舍鞍马,仗舟楫,弃长用短,与吴越争衡,就是二忌;时值隆冬,天气盛寒,马无藁草,就是三忌;驱中原士众,远涉江湖,不习水土,必生疾病,就是四忌。操犯此数忌,多兵何益?将军擒操,正在今日,瑜愿将精兵数万人,出屯夏口,保为将军破贼,将军勿忧。"慨当以慷。权听了瑜言,投袂起说道:"老贼久欲篡汉,只忌二袁、吕布、刘表与孤数人,今数雄已灭,唯孤尚存,孤与老贼,势不两立,卿言当击,甚合孤意,这是皇天以卿授孤哩。"瑜又说道:"将军可决意否?"再逼一句。权拔剑斫案,斫去一角,向众宣言道:"诸将吏如再言迎操,可视此案!"张昭等在侧,并皆失色,瑜乃辞去。当由鲁肃见瑜,具述诸葛亮求援情事,瑜即令肃邀亮,亮与瑜相见,寒暄已毕,谈及军事,亮笑语道:"一傅众咻,恐孙将军尚有疑虑,应该替他剖解,使知操军虚实,了然无疑,方可成事。"瑜闻言称善。待亮别后,日已垂暮,吃过夜餐,乃复入见孙权道:"诸人劝将军迎操,无非因操虚张声势,说有八十万众,所以惊惶;其实操军断无此数,操所得北方兵士,不过十五六万,且久战成疲,至若荆州降兵,至多不过七八万,尚怀疑贰,试想以疲兵疑卒,沿江东来,人数虽多,实不足惧。瑜得精兵五万,便可制操了。"权起抚瑜背道:"公瑾所言,足释我疑。张子布等,子布即张昭字。各顾妻孥,毫无远见,大失孤望,独卿与子敬,与孤同心,孤已选得三万人,备齐粮械,烦卿与子敬、程普,即日先发,孤当再集军马,为卿后应;卿前军倘不如意,便还兵就孤,孤誓与操亲决一战,更无他疑。"至是始决计主战了。瑜乃告退。

　　翌日即命周瑜程普为左右督,鲁肃为赞军校尉,领兵三万,往会刘备,并力敌操。程普在诸将中,年齿最长,乃反为瑜副,未免怏怏;及见瑜调署人马,井井有条,才为叹服。瑜见诸葛亮智出己上,欲招与同事,特向孙权陈明,令诸葛瑾留亮仕吴。权当然告瑾,瑾奉命留亮,亮反邀瑾同行,瑾乃返报道:"瑾弟亮已委质刘氏,义无二心,弟不留吴,亦犹瑾不往刘;且彼此既合力拒操,也不必计及亲疏了。"权因复告瑜,瑜便与亮同行,辞过孙权,联樯西进,行至樊口,刘备已守候多日,既见东吴水军,便使糜竺犒军致意。瑜语糜竺道:"我本欲见刘豫州,共议良策,只因身统大军,不便轻离;若刘豫州肯屈驾来临,深慰所望。"竺应声还报,备即单舸往会,问瑜带得若干兵马,瑜答称三万人,备尚嫌太少,瑜微笑道:"兵不在多,恃在将才;刘豫州但看瑜破操便了!"自负语。备赞了数语,当即辞回,自去安排将士,助瑜攻操。瑜统军再进,舟抵赤壁,与操军前驱相遇,两下交锋,操军败退,瑜收军结营,屯驻南岸;操亦驻军北岸,夹岸相持。惟操军多系北人,不服南方水土,动辄呕吐,筋疲力软,未堪争锋,所以逗留不战;瑜亦未得胜算,静觇敌变。转眼间已阅旬余,操见江中波浪,时作时止,舟军一经颠簸,便患晕眩,因此想出一法,把各舰连环锁住,免得动摇。罗氏《演义》谓为庞统献计,亦系附会。吴将黄盖,探知曹军动静,便向周瑜献计道:"寇众我寡,难与久持,操军方钩连船舰,首尾相衔,但教用火一烧,不怕不走。"瑜微笑道:"我亦早有此意,但操军沿江巡弋,恐不容我舰过去,如何纵火?"盖跃起道:"何勿用诈降计!"瑜鼓掌道:"此计非公复盖字公复。不行,可先使人献书曹操,操若中计,便可成功。"盖奉令修书,交与周瑜阅过,待至夜静,乃派人送去。史传中未及阚泽,故不屑叙。是夜寒月横空,水天一色,操对月感怀,与将佐痛饮数杯。乘着三分酒兴,出寨登舰,眺览夜景,忽见乌鹊一丛,向南飞去,不由的取过一槊,横搁船头,信口作歌道:

　　　　对酒当歌,人生几何?譬如朝露,去日苦多。慨当以慷,忧思难忘;

第八十四回　召周郎东吴主战　破曹军赤壁鏖兵

何以解忧？惟有杜康。杜康作酒。青青子衿，悠悠我心；但为君故，沉吟至今。呦呦鹿鸣，食野之苹；我有嘉宾，鼓瑟吹笙。皎皎明月，何时可辍？忧从中来，不可断绝。迭言忧字，便是不吉之兆。越陌度阡，枉用相存；契阔谈宴，心念旧恩。月明星稀，乌鹊南飞；绕树三匝，何枝可依？山不厌高，水不厌深；周公吐哺，天下归心。

歌方罢唱，暮有军吏入报，谓东吴有人献书，操即将吴使召见，由吴使呈上书信，就阅灯下。书中系吴将黄盖署名，但见纸上写着：

盖受孙氏厚恩，常为将帅，见遇不薄；然顾天下事，当知大势，用江东六郡山越之人，以当中国百万之众。众寡不敌，海内所共见也。东方将吏，无有愚智，皆知其不可，唯周瑜、鲁肃偏怀浅戆，意未解耳。今日归命，志在择主，乞保吴民。瑜所督领，自易摧破。交锋之日，盖为前部，因事变化，效命在近。书不尽言。此书本《吴志·周瑜传》。

操看了又看，回环数次，方问吴使道："汝由黄盖遣来，莫非诈降不成？"吴使极言黄盖诚意，操又说道："黄盖如果愿降，当授高爵，我处不必答复，但烦汝口述便了。"吴使自然归报，黄盖大喜，即转告周瑜，瑜令盖预先筹备，待令乃发。盖选得轻舸十艘，预备燥荻枯柴，满载船中，灌以火油，上覆赤幔，船头插一青龙旗，船尾各系走舸，布置停当，专待周瑜号令。瑜却未敢遽发，只因隆冬时候，常有西北风，独少东南风，操军在北，非东南风如何纵火？所以迁延不决，特请诸葛亮密商。亮素知天文，已料定冬至节边，有东南风，便起座道："亮不才，颇能祈风，当为君借助一帆，可好么？"风安可借？故先叙明来历。瑜大喜过望，便请亮择地设坛，自去祈祷。过了一日一夜，果然东南风渐起，瑜不胜诧异，使人视亮，亮已轻舟一叶，自往樊口，回见刘备去了。于是瑜即下令，悉众夜发，使黄盖再致书曹操，说是待夜来降，但看船上有青龙幡，便是降船。操得书后，尚信为真情，俟至黄昏，亲率将佐出营，眼巴巴的望盖来降。智谋如操，也为所愚，可见行军不易。约阅片时，星光闪烁，月色迷蒙，江中刮起一阵大风，扑面生寒，侵人肌骨；操尚不以为意。忽见对岸有许多军舰，顺风前来，隐约有青龙旗飘动，操迎风开颜道："黄盖果来降了！"程昱、贾诩等在侧，齐声语操道："来船甚众，不可不防，且东南风刮得利害，倘彼因风纵火，如何抵敌？"操不禁省悟，已经迟了。传令各船将弁，小心戒备，且派巡船出探虚实。号令才下，那敌船已经驶近，相距不过二里，霎时间火焰冲天，被狂风卷火过来，烧及曹军各舰，军士连忙援救，已是无及，但见得火趁风威，风助火势，烧了这船，延及那船，船又被铁环锁住，急切里无从奔避，再加来船乘风突入，接连放火，不但北船被毁，甚至岸上营寨，亦皆延烧。可怜操军焦头烂额，扑通扑通的都投入水中。操见不可支，还想从岸上逃走,幸亏张辽驾一小舟,上前救操,操得跳入舟中,如飞遁去。黄盖从火光中瞧着,连忙追操,不防一箭飞来,正中肩窝,翻身落水;后面便是韩当水军,盖在水中大呼求救,为当所闻,急令军士将盖捞起,拔箭易衣,送回大营医治。当代盖追操,操部下尚有残舰,随操遁走。哪知东吴舟师,相继驶集,就是吴大都督周瑜,亦乘船擂鼓,从后追来,操军十死七八,余亦多半受伤。赤壁山成火焰国,扬子江作死人堆,曹操在水路中,逃了数十里,方敢登岸,百忙中寻了一匹快马,扳鞍上坐,向北急奔;吴兵也上岸紧追,还亏操部下诸将陆续赶到,保护操身,且战且走。谁料刘备也遭到关、张、赵诸将,沿路追截,杀开一重,又是一重,等到重围杀透,东方已明,检点残兵,不过数千骑了。操拟奔南郡,就华容道小路进行,较为近便,偏偏疾风未息,暴雨又来,一阵淋沥,害得曹操等拖水带泥,不堪狼狈,路上泥淤马足,壅滞难行,操令羸兵负草填堑,骑乃得过;羸兵已尽疲乏,等到堑坑填满,不能再进,往往卧倒道旁。操等只恐追兵又至,跃马前奔,也不管羸兵死活,蹀躞过去。罗氏《演义》中,有关公放操一段,史传中并无其事,故亦从略。好多时才到南郡,操兵已寥寥无几了。操仰天长叹道:"今日若郭奉孝犹存,当不使孤至此!"说着复大哭道:"哀哉奉孝!痛哉奉孝!惜哉奉孝!"诸将佐统皆惭沮,勉强安息一宵,越日由操升帐,命征南将军曹仁、横野将军徐晃,留守江陵,折冲将军乐进,出守襄阳,布置已毕,乃下坐跨马,自回许都。这一番赤壁鏖兵,若非孙刘合力,瑜亮并智,哪里杀得过曹军?可见得曹军一熸,乃有吴蜀,虽曰天命,亦赖人谋。小子有诗咏道:

一火延烧百里军,神州从此定三分。
老天有意存刘裔,权把东风借使君。

周瑜等追至南郡,曹仁已备好兵马,与瑜对敌。欲知后来胜负,且至下回说明。

予幼时阅《三国演义》,至赤壁一战,联篇叙述,多至七八回,每叹罗氏演写此役,最为刻意经营之作;及年稍长,得见陈寿《三国志》与各种史籍,乃知罗氏所述,多半附会,虽未始不足餍阅者之目,空中楼阁,总觉太虚,且反足滋后人之疑窦,毋亦所谓得半失半欤?祈风之说,尤为荒诞。诸葛公犹是人耳,宁有幻术?假使诸葛公有此神奇,则当阳长坂之时,何至为操所追,使刘玄德之抛妻撒子,奔走仓皇乎?即此以观,罗氏且自相矛盾,无从自解矣。本编简而不漏,信而有征,虽不若罗氏之烘云托月,而实事求是,不等虚诬。盖借说部以传真,非假辞说以斗靡,亦何苦荒诞为也?至若赤壁一役,为三分鼎足之所由始,书中已详言之,不赘述焉。

第八十五回　续嘉耦老夫得少妻
　　　　　　上遗笺壮年悲短命

　　却说周瑜引兵至南郡,与曹仁夹江相持,曹仁固守勿战,瑜亦未便急攻;甘宁独请进取夷陵,瑜乃拨兵三千,付宁带去,驶至夷陵,一鼓即下。曹仁闻夷陵失守,分兵往援,竟将夷陵城围住,宁向瑜求救,瑜欲统兵救宁,又恐曹仁出击,累得进退两难。吕蒙进说道:"但留凌公绩在此,凌统字公绩。蒙与都督往援,当可从速解围。蒙保公绩,能十日固守,不致有误。"瑜乃令凌统守住营寨,自与吕蒙等赴援;到了夷陵城下,击退曹兵,夺得战马三百匹,当即驰回。凌统果然无恙,屯兵北岸,相机进攻。孙权闻瑜大捷,亦引兵自攻合肥,连日不克。曹操遣将军张喜,率众驰援,许久未至,扬州别驾蒋济,伪言援至,遣使赍书语城中,为孙权巡兵所获,得书呈阅,权信为真情,撤围退去。那刘备却用诸葛亮计议,表举刘琦为荆州刺史,分遣关、张、赵三将,往取武陵、长沙、桂阳、零陵,嗣经三将先后略定四郡。就中有一段却婚轶闻,为赵云生平亮节,可法可传,不应从略。云奉刘备命令,往略桂阳,桂阳太守赵范,开城迎降,邀云入宴;云坦然直入,与范对饮,彼此虽非同族,却是同姓,杯酒言欢,很觉融洽。到了兴酣意畅,复由范邀入后园游览,片时洗盏更酌,接连如是数觥,范托词更衣,既入复出,引着一少年美妇,姗姗前来,行至赵云座旁,嫣然含笑,替云斟酒,云连忙避席,辞不敢当。再举目看那丽姝,淡妆浅抹,缟衣綦巾,恰似一枝秋后海棠,愈白愈艳,但究不知她为谁眷属,是何意见?一时又未便遽问,只好拱手为礼。那妇人却斜送秋波,把云上下打量一回,方才辞去。文君原是多情,怎奈武夫不比文人,空负那一片雅意。云方才就座,问及该妇来历,范答说道:"这是家嫂樊氏,青年寡居,令人怅惜。"云听这数语,越加诧异,原是怪事。正要出言责范,范又说道:"守节为妇人难事,范探明家嫂意见,亦思他适,但必择一出色英雄,方肯改嫁,天缘凑巧,幸遇将军,又与范为同姓,如将军不嫌寒陋,愿为玉成。"云不禁动恼,勉强答语道:"云与卿同姓,卿兄即我兄,卿嫂即我嫂,奈何使我乱伦?这事断不敢闻命。"说得范无词可答,满面生惭。云当即辞出,尚恐范心下芥蒂,暗中为变,乃命部兵昼夜加防,并遣急足,往迎刘备。及刘备闻信到来,范竟先逃去,云具白辞婚情事,备笑语道:"这也无妨!"云应声道:"赵范新降,情未可测,云怎敢遽应彼请?况彼令寡嫂改嫁,既使失节,又甘背兄,无礼无义,心迹可知。天下不少美女人,云岂可为此堕行哩？"备当然赞叹，遂授云为偏将军，领桂阳太守。云将赵范家眷，及寡嫂樊氏，遣兵护送回籍，自在桂阳就职。备又尊诸葛亮为军师，兼职中郎将，使督零陵、桂阳、长沙三郡，量收赋税拨充军实。长沙太守韩玄，零陵太守刘度，武陵太守金旋，自降备后，仍使为官。又有攸县守将黄忠，年老力强，亦来请降，由备录用。就是庐江营帅雷绪，也率部曲数万人归备，备乃得所措手，开创初基。偏是好事多磨，悲歌又起，似玉似花的甘夫人，竟为了长坂一役，受惊成疾，缠绵床褥，好容易延过一年，竟致不起，玉殒香消，备迭次悼亡，无限伤感，不在话下。为后娶孙夫人伏笔。

且说吴督周瑜，围攻江陵，积久未下；瑜年壮气盛，定欲力破此城，反被曹仁用诱敌计，佯开城门，与瑜厮杀，瑜恐军士未肯尽力，跃马当先，亲自掠阵。仁诈败回城，等到瑜追至城旁，却预使部将伏住城楼，觑准瑜身，飕的一箭，中瑜右胁，翻身落马，仁复从城中杀出，意欲擒瑜。幸由韩当、徐盛一班吴将，截住仁军，救瑜回营；吴兵自相践踏，伤亡甚多，江陵城却不损分毫。瑜拔出箭头，虽然用药调治，却是肿痛难消，好多日不能督军。仁闻瑜不能起，屡来挑战，瑜力疾上马，突出阵前，大声呼道："曹仁匹夫，可认得周郎么？"仁军大惊，俱皆骇退，倒被瑜驱杀一阵，毙敌无数。从此曹仁气沮，待援不至，没奈何弃城北走，瑜得入江陵城，报捷至吴。孙权命瑜领南郡太守，屯兵江陵；程普领江夏太守，寄治沙羡；吕范领彭泽太守；吕蒙领寻阳令；召鲁肃等还吴。曹操得江陵败报，不胜惭恨，适因九江人蒋干，雅擅口才，谓与瑜为故交，可以招降，操即令前往。干布衣葛巾，至江陵投刺见瑜，瑜出厅迎干，笑呼干字道："子翼远来良苦，但莫非为曹氏作说客么？"一语道破。干只好设词道："干与足下，相别有年，遥闻芳烈，特来叙阔，并观盛仪，奈何疑我为说客呢？"瑜又笑道："我虽未及夔旷，夔，舜臣；师旷，晋国人。闻弦赏音，已知雅曲了。"原来瑜少精音律，乐有阙误，瑜一闻即知，既知必顾，干与瑜有旧，当然识瑜有顾曲癖，故瑜即说此解嘲。既而留干共饮，引观仓库军资，及服饰器玩，更向干笑语道："丈夫处世，既得人主知遇，名为君臣，实同骨肉，言行计从，祸福与共，就是苏张更生，郦贾复出，亦无从容喙，足下幸不为说客，否则岂能移人，恐反致绝交了。"这一席话言，弄得干有口难宣，因即告别。罗氏《演义》载此事于赤壁战前，证诸《周瑜本传》，应在战后。返报曹操，称瑜雅量高致，非言辞所得招徕，操亦无法，只得休养疮痍，徐图报怨，江东得以无事。孙权闻鲁肃还吴，与诸将出城迎肃，及肃既相见，向权下拜，权亦下马答礼，因与语道："子敬劳苦，孤今日出城迎卿，卿以为显扬否？"肃直答道："尚未！尚未！"大众俱为愕然，肃举鞭徐说道："愿将军威德，旁讫四海，总括九州，得成帝业，再用安车蒲轮，迎肃入辅，肃始觉显扬了。"权抚掌大笑，偕肃入城，欢宴竟日。肃具言赤壁大捷，

第八十五回　续嘉耦老夫得少妻　上遗笺壮年悲短命

也亏刘氏相助,所以成功,此后应当始终并力,方可拒曹,权也以为然。会值刘琦病殁,权乃使备领荆州牧,且使周瑜分南岸地,属备管辖;备乃得移屯油口,改名公安。权有妹年已逾笄,尚未字人,闻备连丧妻妾,因拟将妹嫁备,作为继室。备亦有意联吴,乐从婚议,待至两造说妥,应由备至东吴亲迎,诸葛亮语备道:"将军此行,忧喜参半;亮不怕孙权,但怕周瑜,瑜非真心愿和,还是鲁肃从中调停,才议和亲,将军如必欲赴吴,往返皆须从速,且宜择人护卫,方保无虞?"遂将赵云调回,随备同行。备既至江东,由权迎入,两人初次会面,自有一种特别酬酢,无容细叙。但彼此统是汉末英雄,谈到投机时候,也觉心心相照,欢洽逾恒。惺惺惜惺惺。权代择吉期,留备在东吴成婚,备亦只好应允。转瞬间便已届吉,就把客馆中铺设停当,准备行礼。等到万灯齐灿,双炬联辉,便有一班乐府仙仗,引入銮舆,恭请新人登堂,与备交拜。百余侍婢,簇拥了一位珠围翠绕的佳人,步上红毯,立在右侧;备亦整肃衣冠,至左首参拜天地,大礼告成,同入洞房。堂上客犹未散,免不得由备复出,与为周旋,大约酒阑席散,已是斗转月横的时候,备送客出馆,返入房中,新夫人当然未寝,惟两旁刀枪森竖,杀气腾腾,侍婢等俱佩剑侍立,仿佛娘子军出征气象。原是一座好战场。吓得备大惊失色,忙问何因。侍婢答道:"郡主少好武事,随身不离兵器,故有此布置。"备又说道:"今夕不妨暂去。"侍婢转告孙夫人,孙夫人微哂道:"厮杀半生,尚畏兵器乎?"此夜武事,却是有别。乃命侍婢撤去刀枪,并脱佩剑,自己也卸了华服,改作浅妆;灯光交映,四目相窥,一个是英气未衰,丰神奕奕,一个是雌威已敛,态度雍容,是过来人合解温存,为奇女子不加羞涩。写孙夫人处,自得身分。等到三敲更鼓,四屏娇鬟,两人便携手入帏,谐成燕好,阳台巫峡,乐趣可知。接连住了月余,备虽身入温柔乡,却也记起荆州来了,一日过见孙权,说起荆州故吏,多半相依,所得分土,还恐未足容众,加承厚惠,乞借荆州全土云云。权不及深思,慨然许诺,备起座称谢,且欲即日辞归,经权一再挽留,尚未得返。已被江陵太守周瑜闻知,飞使上书道:

> 刘备以枭雄之姿,有关、张、赵云诸将,更得诸葛为谋,必非久屈人下者,愚意宜留备在吴,为筑宫室,多给美女玩好,以娱其耳目;分此数人,各置一方,然后使如瑜者,得挟与攻战,大事定矣,今猥割土地,以资业之,且纵令西归,恐蛟龙得云雨,终非池中物也,愿将军熟图之!

权得瑜书,出示鲁肃、吕范诸人,范谓宜从瑜言,独肃驳说道:"将军虽神武命世,势力尚不及曹操;操志在报败,仍思夺还荆州,今不若将荆州借给,遣彼归抚,令当操军要冲,外足拒曹,内足蔽吴,方为上计。"计固甚是。权听了肃言,又觉他说得有理,遂不坚留备。备稍有所闻,遂商恳孙夫人,即欲乘隙西归,孙夫人却也豪爽,执定嫁夫随夫的主意,收拾细软,当即起程。备但留书辞权,自与赵云等轻舟西去。待至权得览备书,亟乘飞云大船,亲率鲁肃、张昭等十余人,追送备行,竟得相及;备从容见权,具言曹操方眈视荆州,不能不返,权亦未尝诘责,惟置酒饯别,且邀孙夫人过宴。鲁肃等未便列席,避入后仓。酒至半酣,备低声语权道:"公瑾文武兼全,为万人杰,只恐他器量远大,未必肯久为人臣,愿公预防为是。"也欲谮毁周瑜耶?权含笑无言,待至宴罢,备夫妇仍出登轻舸,扬帆径去;权亦退归。事见《周瑜本传》,罗氏《演义》响壁虚造,究属不经。及备至公安,由诸葛亮等接入,备语亮道:"天下智士,所见略同,前日先生虑孤东行,也是为此;若仲谋信从周瑜,恐孤不能与卿等再见哩。"诸葛亮等并皆起贺,一面开筵庆赏,喜气盈庭。备复重赏赵云,留居麾下,不复再回桂阳;且作书寄吴,索借荆州。适周瑜自江陵诣吴,问权何故纵备,权以防操为辞。瑜复说道:"曹操新败,忧在腹心,未能遽与将军构衅,刘备方结姻好,一时当不致失和;但备不窥吴,必将图蜀,最好是先发制人,瑜愿偕奋威将军仲异,名瑜,系孙坚弟静次子,时为丹阳太守。同取巴蜀,即留仲异居守彼地,与马腾子超结援,瑜再还与将军夺据襄阳,向北蹙操,方可图功。操若得破,刘备更可无虑了。"权应声称善,即使瑜归整军马,为取蜀计。瑜返至江陵,途中得病,尚力疾至巴丘阅操,且嘱孙瑜速赴夏口;并请孙权致书刘备,预为关照,免受牵制。权乃使人至公安,赍书与备,略云:

  刘璋不武,不能自守;若使曹操得蜀,则荆州危矣。今欲先攻取璋,次取张鲁,一统南方,虽有十操,无所忧也。

  看官,这刘璋张鲁,究是何人?璋即益州牧刘焉少子,曾任奉车都尉,留居京师,献帝使璋抚焉,焉不愿报命,索性使璋随侍蜀中;沛人张鲁,系五斗米道张陵孙,世承祖业,流寓蜀中,鲁父衡早殁,鲁母颇有姿色,兼通鬼道,出入焉家,得焉亲信,恐不免暗作鬼戏。焉遂令鲁为督义司马,出屯汉中。既而焉生背疽,竟致暴亡,璋得袭职为益州刺史。张鲁积渐骄恣,不服璋命,璋竟杀鲁母,与鲁成仇。鲁母始实通鬼道。鲁就据住汉中,自号师君,大行鬼道,号学徒为鬼卒,学道有年,进号祭酒,所行制度,约略与黄巾相似。璋屡与争战,互有杀伤,因此双方对峙,未分胜负。刘备与璋,统是汉室苗裔,既得权书,便出示诸葛军师,诸葛亮进议道:"要取益州,何劳东吴?今且作缓兵计,复书相报,再作计较。"备即令亮缮好复书,交与吴使带回。吴使归报孙权,由权展阅,但见书中说是:

  益州民富地险,刘璋虽弱,足以自守。今将军出师蜀汉,转运万里,欲使战克攻取,举不失利,此孙吴之所难也。孙膑吴起为古良将。议者见

第八十五回　续嘉耦老夫得少妻　上遗笺壮年悲短命

曹操失利于赤壁,谓其力屈,无复远志;试思操三分天下,已有其二,将欲饮马于沧海,观兵于吴会,何肯守此坐老乎?若转攻蜀汉,授操以隙,使得乘间东下,甚非计也。且备与璋,托为宗室,冀凭英灵,以匡汉朝;今璋即得罪于左右,备独悚惧,非所敢闻,愿加宽贷,谨布腹心。

权将来书阅毕,即寄示周瑜,瑜怎肯罢手,仍催孙瑜引兵就道。孙瑜颇谙韬略,与周瑜又相契合,两人同名,应该投契。当即由丹阳发兵,溯江至夏口,遥见前面排列战舰,阻住去路,不得不向他问明。忽有一人遥呼道:"请吴将答话!"孙瑜望将过去,乃是荆州牧刘备,便与言奉命取蜀,备朗声答道:"君欲取蜀,请从他道,备已贻书孙将军,劝他得休便休,若必欲取蜀,备当披发入山,决不敢为天下失信哩!"瑜再欲有言,备竟退入船中,累得孙瑜无法再进,又不好与他交战,自伤和气;只得麾舟退回,报知周瑜。瑜正想督军继进,接得此信,不由的忿怒异常,俗语说得好:"怒气伤肝",周瑜得病未愈,哪禁得一番盛怒?顿致口吐狂血,晕倒地上,经左右昇瑜至床,已是气息奄奄,延医调治,始终无效;自知病终不起,因令书记草一遗笺,口授数语道:

　　瑜以凡才,昔受讨逆将军之遇,指孙策。委以腹心,遂荷荣任,统御兵马,志执鞭弭,自效戎行,规定巴蜀,次取襄阳,凭赖威灵,谓若在握;至以不谨,道遇暴疾,延医疗治,有加无已,人生有死,修短命也,诚不足惜;但恨微志未展,不得复奉效命耳。方今曹操在北,疆场未静;刘备寄寓,有似养虎;天下事尚未知终始,此朝士旰食之秋,至尊垂虑之日也。鲁肃忠烈,临事不苟,可以代瑜。人之将死,其言也善,倘或可采,瑜虽死不朽矣。

口授至此,已喘急的了不得,复大呼道:"既生瑜,何生亮?"呼罢即亡,寿止三十六岁。毕竟美人薄命,小乔又复丧夫。当由部将替他棺殓,并将遗书飞报孙权。权流泪叹惜道:"公瑾有王佐才,今忽短命,孤赖何人?"及阅瑜遗笺,举肃自代,因即命肃为奋武校尉,使至巴丘,代领瑜营。瑜有两子一女,奉榇还吴,权加意抚恤,后来女配权子登,长子循得尚权女,拜骑都尉,颇有父风。循又早卒,弟胤官兴业都尉,封都乡侯,这且慢表。

且说鲁肃往代瑜任,道出寻阳,晤见寻阳令吕蒙。蒙系汝南人,少年好武,不读经书,经孙权勖令求学,方专心攻习,手不释卷。肃与蒙相见,蒙置酒款待,谈论古今时事,各中窾要,肃起抚蒙背道:"吕子明,蒙字子明。我不意卿才如此,竟非复吴下阿蒙了!"蒙笑答道:"士别三日,当刮目相看,大兄何轻事觑人?"肃乃进拜蒙母,珍重言别。及抵江陵,仍执定前意,请暂将荆州,借与刘备,权复书依议,于是召孙瑜还守丹阳,把江陵南郡等地,借备管领。备令诸葛亮守南郡,关羽守江陵,张飞守秭归,自驻潺陵。曹操闻周瑜死耗,心下甚喜,正拟亲颁手书,嘱曹仁等再取荆州,忽又接到探报,乃是孙权将荆州借备,不觉转喜为惊,举笔投地,乃将进取荆州问题,暂从搁置。自就邺中,造一铜雀台,随时游赏,且更迭下令,访求才士,不计名节,但尚智谋。此为曹阿瞒意中之才士。嗣复让还三县,故意鸣谦,自称出仕本意,但望为国家讨贼立功,得一侯爵,他日死后,题志墓道,号为"汉故征西将军曹侯之墓",于愿已足;适值国家多难,举兵四讨,幸得削平群慝,位至宰相,贵显已极,尚复何望?但若今日无孤,正不知几人称王,几人称帝? 或见孤兵势强盛,疑有异志,实为大谬,周文王三分有二,尚服事殷,私心耿耿,每怀古人;本拟解职就国,但恐兵柄一解,为人所害,慕虚名,受实害,窃所未甘;如果人人心服,何必防害? 惟封邑可得辞去,今且上还阳夏、柘、苦三县,只食武平万户,少减孤责,且期免谤云云。说来似属娓娓可听,一经明眼人瞧着,早已知他饰辞欺人,欲盖弥彰了。小子有诗叹道:

心同王莽口周文,汉贼何曾知有君?
怪底后人多踵智,好将伪语诳同群。

曹操虽自言无他,但拓土争雄的思想,日甚一日,免不得又要动兵了。欲知他何处用兵,待至下回续叙。

孙权以妹妻刘备,详阅史传,并非计出周瑜,而罗氏《演义》,谓瑜使用美人计,弄假成真,说得周瑜如何刁狡,诸葛亮如何神奇,褒之太过,毁之亦太甚。虽系小说,究不应如是雌黄,得是书以矫正之,则足以存史之真,而不至为野乘所误耳。周瑜年第逾壮,方可有为,乃以意气之未除,遽致短命,不无可惜。至若三气周瑜之说,亦属无稽,尽信书不如无书,况燕谈郢说乎?

第八十六回　拒马儿许褚效忠
　　　　　　迎虎主刘璋失计

却说关西一带,向由马腾、韩遂驻扎,两人本相和好,结为异姓弟兄,嗣因部曲相侵,竟成仇敌。曹操奉承诏命,替他和解,征马腾为卫尉,使腾子超代领部众。操欲往攻汉中,先遣亲将夏侯渊,发兵河东,与关中督军钟繇相会。关西诸将,闻事生疑,马超少年好勇,更恐操征父入朝,不怀好意,又复联同韩遂,及侯选、程银、李湛、张横、梁兴、成宜、马玩、杨秋八部兵马,会师十万,进

第八十六回　拒马儿许褚效忠　迎虎主刘璋失计

攻潼关。操得知警报，便加罪马腾，阖家下狱；据《马超传》中，超起兵后，为操所败，操始灭马家。可见罗氏《演义》所叙无据。当即命曹仁率同诸将，驰往守关，嘱使坚壁勿战，然后亲督大军，从后继进。建安十二年七月，出发邺中，使子丕为五官中郎将，与奋武将军程昱等，留守邺城，此外谋臣猛将，统皆从操西行。好容易到了潼关，与超夹关立营，或谓关西兵士，多习长矛，非精选前锋，不能与敌，操掀须微笑道："战与不战，主权在我，贼众虽持长矛，我若使他无所用处，怎能便刺诸君？但看我破贼便了。"乃但令将士固守，潜遣朱灵、徐晃二将，率步骑兵四千人，渡蒲坂津，沿河屯扎。马超闻曹军分扎河滨，料操必将北渡，来袭背后，乃急向韩遂献议道："操军若得至河北，势难与敌，超愿引兵截住渭河，使他不得北渡，彼远来乏粮，不消二十日，河东粮尽，怎能不走？到那时我军追击，必获全胜。"遂答说道："何必如此？待他半渡时，出兵奋击，岂不更快么？"遂计未始不是，但不若超计之完善。超意虽未惬，但也以为不失中计，专探听南岸消息。翌晨得探马走报，曹操已带领全军，将要渡河了，超亟率部众万余人，驰往截击。遥见操踞坐南岸，麾兵渡河，便即纵马过去，直前奔操，操尚端坐不动，好胆略。旁由许褚大叫道："贼来了，请丞相赶紧下船！"操还说贼至无妨，回头一瞧，相距不过百余步，倒也心惊，因即起身离座。许褚忙将操拖了过去，正要登舟，超已杀到，亏得操手下亲从，拚命敌住，操才得下船。岸上余兵，半被超军杀死，剩得若干残卒，逃回河边，争欲上船避敌，船重将覆，许褚竟执刀乱砍，把船旁危立的兵士，都劈落水中，急命水手开船西驰。哪知南岸的马超，麾兵攒射，箭如飞蝗，曹操船上的水兵，尽被射死；连船中士卒，亦多中箭倒毙。许褚恐操受伤，左手举马鞍蔽操，右手握木篙撑船，再用两足夹舵，向西摇去。操至此也叹息道："马儿不死，我无葬地了！"适有渭南县令丁斐，在南岸散放牛马，作为敌饵，超众不免贪利，都去夺取牲畜，无心追操，操方得安抵北岸。

至蒲坂下营，割须弃袍事，不见史册，故亦不载。将士等各来请安，操大笑道："我今日几为小贼所困，幸得许仲康救我。"仲康即许褚字。许褚接说道："还幸南岸有牛马四放，贼争取牛马，始得渡河。"操亟问牛马为何人所放，褚亦不知，至派人访问，才知由丁斐所为，当即擢斐为典军校尉，并加厚赐。一面饬诸将带同兵役，就河岸筑起甬道，由北至南，甬道外多张旌旗，作为疑兵，暗中却用舟载兵，偷过渭水，筑造浮桥，便在渭南结营立栅。偏又为马超所闻，屡来冲突，营不得立，地又多沙，栅树便倒，害得操无计可施。忽来了一个娄子伯，黄冠野褐，向操献计，不知此是何人？说是秋尽冬来，天气骤冷，但教夜间起沙为城，用水灌沃，凌晨凝冱，一日可成；操依言施行，果得奏功。超急来攻击，已是不及，乃与韩遂会计，黉夜劫营。不防曹操预先设伏，反把超军围住，经超奋力杀出，已伤折了许多人马。超经此一败，锐气顿挫；又见韩遂等不肯努力，专靠自己一人厮杀，越觉怏怏。此反间计之所由来也。韩遂本来无能，更欲易战为和，向操议款，超怀着满腔懊闷，不愿争议，听令遣人求和，遂即派人至操营，自请割地纳质，各息兵戈。操不肯遽允，独贾诩进言道："彼来求和，何妨慨许？明日与韩将军相见便了！"说着，以目视操，操已经会意，即遣来使返报。至来使去后，又问贾诩道："计将安出？"诩附耳语操，说是如此如此，操鼓掌称善，越日排队出营，专请韩遂会叙。操与遂父同举孝廉，又与遂同时出仕，两下相见，只把旧事重谈，并不提起军情。超在遂后面，相距颇远，听不出什么问答，惟欲乘间刺操，骤马向前，蓦见操背后立着一人，怒目持刀，好似地煞星一般，因不敢率尔举手，但向操问道："汝军中虎侯为谁？"操回顾许褚，褚厉声道："即我便是！"超不复多言，勒马便回；遂亦与操罢谈。正要话别，遂军各上前观操，操扬鞭与语道："汝等欲观曹公么？曹公与人无异，并非四目两足，不过智识较多呢！"说至此便向遂拱手，径回营中，遂亦自归。超不能再忍，就问操有何言，遂答称操无他说，止叙旧谊，说得超越起疑心。过了一宵，又由操贻书与遂，书中多半改窜，遂展书阅毕，正在惊讶，忽由超入帐索书，取过一看，越看越疑，总道是韩遂有心改抹，悻悻趋出；越宿与成宜、李堪两军，率兵攻操。操先令轻骑接战，约阅多时，一声鼓响，发出两翼，抄击超军，超支持不住，向后倒退，成宜李堪，被操军包裹了去，先后战死，操军愈奋，超军愈怯，韩遂又不肯援超，超只好西奔，遂亦遁去。操麾兵追超，至数十里外方回，关中复安。操下令班师，凉州参军杨阜，进见曹操道："马超骁勇，不亚吕布，羌胡等并皆畏服，苦大军遽归，不复设备，恐陇上诸郡，终非国家所得有哩。"以曹操为国家，都是被欺。操闻阜言，不免迟疑，会得河间警信，乃是土豪田银、苏伯等作乱，乃决计还军，令阜辅冀州刺史韦康，镇守河北，留夏侯渊屯长安，使为援应，自引兵还邺中。遣将讨平田银、苏伯，然后上书奏报，且请诛马腾家族，于是马腾阖门一二百口，并受诛夷，虽由超私忿忘亲，毕竟是曹瞒毒手杀人，如刈草芥呢！一语断定。

　　且说益州刺史刘璋，袭父遗业，因与张鲁屡年战争，也恐人心未服，特向朝廷上表，且遣使致意曹操。操承帝命，令璋领益州牧，加封振威将军。璋庶兄瑁，为平寇将军，瑁忽发狂疾，竟致殒命。为下文刘备纳瑁妻伏笔。既而璋复遣别驾张松，向操修好，操方击破马超，还兵至邺，见了张松，颇有骄态，傲不为礼。松即日回蜀，劝璋绝操，璋疑虑道："我若绝操，操兵必来进攻，如何抵敌？"松答说道："将军如何舍近图远？好好一个宗亲，不去结交，却要去孝敬曹操，真令人不解了！"璋问为何人，松即把刘备大名，陈说出来，璋又虑无人可使，松又举荐一人，叫作法正。正籍隶扶风，曾为益州军

第八十六回　拒马儿许褚效忠　迎虎主刘璋失计

议校尉,有所陈请,不得施行,所以居常抑郁,每与松谈及世事,互相叹息。至此由松推举,叫他出使,他却故意推让,经璋面命至再,方赴荆州。好多时才得归来,具言刘备宽仁长厚,足为外援,又退见张松,独谓备雄武过人,可以奉作州主,松亦怀有此意,乐得与正定谋,待时乃动。会值曹操命钟繇发兵,进逼汉中,张松即乘机说璋道:"操兵西来,势不可当,若既据汉中,必入巴蜀,将军将如何抵御呢?"璋怆然说道:"我正为此担忧,未知卿有无良策?"松答说道:"莫若先迎刘豫州,刘豫州为将军宗室,且与曹操有仇,必能帮辅将军,同心并力;今趁操军未入汉中,亟请刘豫州来蜀,使讨张鲁,鲁必破灭,鲁灭以后,益州无虞,操军虽来,也是无能为呢。"拒狼引虎,终要噬人。说得刘璋喜出望外,即命正调兵四千人,往迎刘备;正奉命欲行,突有一人趋入道:"不可不可!刘备素有英名,岂肯屈居人下?今诏令入蜀,视若部曲,彼必不服,待以客礼,免不得喧宾夺主,客得安如泰山,主人却危如垒卵,决不可从!"璋见是主簿黄权,进来谏阻,便怫然道:"曹操若长驱入境,试问汝能抵拒否?"权答说道:"益州不少将士,宁独一权?倘曹兵入境,权愿与诸将深沟高垒,据险固守,也未必定为操胜呢。"璋摇首道:"单靠本州将士,怎能敌操?待至兵败地失,还有何幸?"权再欲有言,璋竟不令多说,叫他出任广汉长,权只好去讫。又有从事王累,亦阻璋迎备,璋亦不听,遂使法正起行。正到了荆州,刘备诸葛亮以下,很表欢迎,比初次还要优待。正即向备献策道:"如明公大才,何必局促居此?益州天府,刘牧庸愚,公若不取,必为操有;现宜从速进行。张别驾又为内应,何患不成?"备踌躇道:"刘季玉璋字季玉。与我同宗,我不忍夺取,还须从长计议。"

正谈话间,有文吏趋入,扬眉与语道:"天与不取,反受其咎,愿将军勿疑。"刘备瞧着,乃是副军师庞统,便欠身邀坐。庞统就是庞士元,号为凤雏,籍出襄阳。见前文。吴督周瑜,尝契重统才,当夺取江陵时,曾荐统为南郡太守;未几瑜殁,统送丧至吴,吴人陆绩、顾劭、全琮等,皆与统交结,引统入见孙权,权见他面貌不扬,淡漠相待,仍令还守原职。统返至南郡,适荆州借与刘备,由诸葛亮前来接取,见前回。亮与统本来熟识,且关亲谊,统为庞德公从子,德公尝娶亮姊为妻,故云亲谊。当即代作荐书,使统诣备。统复向鲁肃辞行,肃正欲与备结好,许令前去。及备得见统,也与孙权一般思想,但使他为耒阳县令,统到任后,高卧不治,被备下令免官。可巧鲁肃使至,遗书通问。书中询及庞士元,谓士元非百里才,当使为治中别驾,方得展彼骥足等语。备尚以为疑,及诸葛亮面与备言,详述统历来闻望,备始猛忆道:"彼就是司马德操所说的凤雏么?"亮答言正是,且谓德操雅善知人,世因称他为水镜先生。补前文所未及。备忙邀入庞统,亲自谢过,进为治中从事,嗣且拜为副军师中郎将,待遇与亮相同。及法正愿献益州，备尚迟疑未决，因即入帐怂恿，劝备速行。备尚拟从缓，统申说道："荆州荒残，人物凋敝，且东有孙吴，北有曹操，如何得志？今益州户口百万，土广财富，可资大业，奈何不往？"备半晌方说道："我与曹操，常相水火，操以急，我以宽，操以暴，我以仁，操以谲，我以忠；今若贪利忘义，食言背信，不但操将笑我，天下亦且叛我，如何行得？"非虑曹操，实怕孙权。统微笑道："将军但知守经，未知达变；方今四海流离，不能拘守一道，汤武尝兼弱攻昧，不失为顺，若事机顺手，得取益州，封畛大国，亦不失为信义；今日不取，徒为人利，将军原是有损，刘璋岂真有益吗？"备不禁心动，乃遣法正归报刘璋，约期相见。待正既去，复请诸葛亮决议，亮所说略如统言，因留亮居守荆州，关、张、赵三将为辅；自己带同庞统，及黄忠、魏延诸将，令步卒数万人，西赴益州。刘璋先得法正归报，已知备即日将至，便令地方官吏，沿途供张，不得有慢，至备既入境，官吏都出郊迎接，馈遗不绝。行抵巴郡，太守严颜，独拊膺叹息道："这叫做独坐深山，引虎自卫呢！"话虽如此，但既奉璋命，不得不照例供给。备得一路无阻，直抵涪城，刘璋亲率步骑三万余人，至涪城迎备。黄权又复力阻，璋终不从。王累且倒悬州门，俟璋出城，抗声强谏，璋仍置诸不理，累竟用刀割绳，跌毙城下。璋使法正为先驱，驰白刘备。正已与张松筹定密计，见备后，便劝备乘会袭璋，备摇首不答。庞统进说道："今若在会所执璋，一举便可得益州了。"备蹙然道："初入他国，恩信未著，仓卒欲行此事，莫谓益州无人，遂不用正谋。"既而刘璋已到涪城，与备会面，叙及世系，应该兄弟相称，当下略迹言情，备极欢洽，今日合宴，明日会饮，差不多有数十天。璋推备行大司马，领司隶校尉，备亦推璋行镇西大将军，领益州牧，互相标榜，互相敬重，几比同胞兄弟，还要亲昵三分。璋乃请备出击张鲁，备毫不推辞，由璋厚加资给，握手送行。

备北至葭萌关，接到荆州报信，乃是孙夫人由吴迎去，备子禅本与偕行，幸由张飞、赵云，将禅截回云云；未几又得孙权致书，说是曹操攻吴濡须坞，兵锋甚盛，乞备还援。原来孙权从张纮议，由吴会徙居秣陵，改号建业，筑造石头城；即金陵，为六朝建都之始基。又用吕蒙计策，就濡须水口，创设船坞，预备拒曹。旋闻刘备西入益州，自背前言，权不禁大怒道："猾虏乃敢如此么？"妹倩为猾虏，妹亦可呼为猾妹。遂潜遣舟船迎妹。赵云受刘备嘱托，管理家事，此时巡弋江面，便截住孙夫人，又得张飞为助，夺还刘禅，但放孙夫人过去。权既将妹迎还，便想进袭荆州，不防曹操已乘隙东来，进攻濡须坞口，权与备失和被操利用，可见鲁肃之主张和备实为上计。权急出师堵御，与操对垒多日。操见权军伍整齐，防堵严密，也极口称赞道："生子当如孙仲谋，若刘景升诸子，真是豚犬，有何用处？"既而得权来书，内言春水方生，公宜速去;又云足下不死,孤不得安。操笑语诸将道:"权不欺我!"遂撤军西归。权本欲移攻荆州,恐曹操以退为进,乃寄书刘备,致意乞援,令备不得安取益州。备得信生怒道:"彼无故劫我妻孥,尚敢向我求援么?"庞统道:"吴不欲我得益州,故借求援为名,促我还师,我既到此地,怎肯空回?现在却有三计,请将军自择。"备当然愿闻,统便说道:"今若潜遣精兵,昼夜兼道,径袭成都,璋既不武,又无预备,我军猝至,一举便定,这是上计;杨怀、高沛,为璋名将,现方据守白水关,曾闻他上书谏璋,毋纳我军,我正好因孙曹相争,伪言还顾荆州,即日东归,杨、高二将,喜我退师,必来送行,我就将他擒住斩首,长驱捣入,乃是中计;若退还白帝城,空回荆州,徐作后图,便变做下计了!"备答说道:"愿从中计。"当下贻书刘璋,只言曹操东攻孙吴,荆州地处要冲,也属可危,备不得不还兵自顾,幸借精兵万人,粮万斛,返击曹操,俟操退兵,再讨张鲁未迟。这书到了成都,璋展览后,自思迎备入蜀,本为灭鲁拒操起见,今备还援荆州,与己无益,还要借索如许兵粮,殊属不情;且除张松法正外,无论文武官吏,多言备不可亲,也未免有所感动,因止给羸兵四千人,劣米五千斛,交与刘备。备怒对来使道:"我为益州讨御强敌,师劳力殚,今汝主靳财吝赏,如何得使将士效死哩?"来使返报刘璋,张松在旁听着,还道备真要东归,忙遣法正驰告道:"今大事将成,如何舍此他去?请亟进兵为要。"哪知备尚未进兵,松谋已为乃兄所泄,乃兄叫作张肃,曾为广汉太守,一闻松谋,恐灭门遭累,竟去报告刘璋。璋至此如梦初醒,捕系张松,立命斩首,且令关隘守将,不得复与刘备交通,但已是无及了。小子有诗咏张松道:张松献西川地图,亦属后人附会,概不羼入。

> 食禄应思勉效忠,如何卖主妄邀功?
> 西川未去头先落,奸猾由来少善终。

张松方死,刘备已进赚杨怀、高沛,把他拘戮,欲知被戮情形,下回再行详叙。

马超猛将,韩遂庸奴,两人皆非曹操敌手。但操先轻视马超,当引兵北渡时,危坐不动,微许褚之翼操下船,几已为马超所毙矣。及已知超勇,始用贾诩计议,立马语遂,抹书间超,超刚而遂愚,适堕操计,此用兵之所以尚谋也。刘璋暗弱,即使不迎刘备,亦未必常能守成;益州不为备有,亦必为曹操所取耳。但张松法正并为璋臣,璋可辅则辅之,不可辅则去之;必卖主而求荣,殊非人臣之道,松之受诛宜也!法正特幸而脱祸耳,是可为后世之不忠者戒焉。

第八十七回　失冀城马超奔难
　　　　　　逼许宫伏后罹殃

　　却说刘备用庞统中计,佯欲东归,即遣人至白水关,报告杨怀、高沛二将;杨高巴不得刘备东归,亲出送行,突被备军擒住,说他居心不良,立命斩首,遂占据白水关,进拔涪城。是时法正才到,始知备系诈言东归,当即入贺。备留住法正,探听成都消息,得悉张松被诛,关隘不通,益州从事郑度,向璋献计,教他坚壁清野,固垒勿战,免不得心下担忧。因即转问法正,正慰解道:"刘璋无谋,终不能用此计,请将军放心。"果然璋不从度言,但遣部将刘璝、冷苞、张任、邓贤等,引兵拒备,累战皆败,退保绵竹。备置酒大会,宴集将士,饮至半酣,顾语庞统道:"今日宴会,不可谓不乐了!"统直答道:"伐人家国,反以为乐,仁主用心,不宜如此。"备已酒意醺醺,听得统言,很觉逆耳,便作色道:"武王伐纣,前歌后舞,难道不算为仁主么?卿言殊不合理,可速退去!"统大笑而出;备亦因醉入寝,一睡竟夕。翌旦方起,自觉前言未忘,深加后悔,遂延统入厅,向他谢过;统却不答谢,谈笑自若。备复说道:"昨日言论,我为最失。"统方答道:"君臣俱失,何必追忆?"善于分谤。备乃开颜大笑,欢叙如恒。既而刘璋复遣吴懿、李严、费观诸将,出御备军,先后败挫,反皆降备,备军益强;分遣诸将略定蜀地。冷苞、邓贤战死,张任、刘璝,退至雒城,璋子循奉了父命,至雒助守。任素有胆力,屡出冲围,虽屡被击退,气不少衰;备与庞统商定计策,诱任出城,引过雁桥,把桥拆断,前后夹攻,害得任进退无路,为备所擒。备劝任投降,任抗声道:"忠臣岂肯复事二主?速死为幸。"备始令推出斩首,收尸礼葬;任死雁桥,在庞统未死之前,史可复按;罗氏《演义》指为任之受擒出自诸葛,且雁桥上加一"金"字,不知何据。且命诸军四面筑垒,并力围城。刘循、刘璝,不敢再出,但从严防守,积久未懈,城中所需粮食,又由刘璋源源接济,故相持逾年,尚得守住。备正在焦急,忽接到葭萌关来书,乃是守将霍峻,报称张鲁诱降,已经叱退;现由璋将扶禁向存等来攻,正由峻设法抵御等语。原来备自葭萌关还袭益州,留中郎将霍峻守关,部兵不过千人,张鲁遣将杨帛招峻,峻怒叱道:"我头可得,城不可得!"帛乃退出。嗣由刘璋遣兵万余人,从阆水上攻,统将就是扶禁向存,亏得峻战守有方,尚得以少制众。惟备得了此信,越觉加忧,既不便分兵援峻,又恐巴东有警,截断后路;不得已致书荆州,请诸葛亮派兵相助。独庞统急欲邀功,亲出督军,猛攻雒城,城上矢如雨下,

第八十七回　失冀城马超奔难　逼许宫伏后罹殃

竟将统射中要害，回营毕命。落凤坡诸说，亦属无稽。

备失去庞统，如断右臂，飞使邀请诸葛军师，入蜀参谋。诸葛亮已遣张飞西行，至此闻庞统又殁，不得不亲身入蜀；乃将荆州全权，尽委关羽，自率赵云等，溯江西进。时张飞已至巴郡，为太守严颜所遏，不得前往。飞用诱敌计，擒住严颜，瞋目呵叱道："大军到此，汝何故不降，反敢拒战？"颜亦抗语道："汝等不道，侵犯我州，我州只有断头将军，没有降将军！"飞闻言愈怒，顾令左右道："快把这老匹夫，砍下头来！"颜神色不变，向飞笑语道："要砍便砍，盛怒何为？"说得飞也为心软，竟下座释颜，延诸上座，优礼相待；颜感飞厚遇，乃许投诚。莽张飞也有奇谋。飞遂令颜为前导，畅行无阻，直抵雒城，与备会师。诸葛亮亦令赵云先驱，从外水经过江阳犍为，所至皆降，也得至雒城相会。雒城固守年余，已经力乏，怎禁得备军大至？不由的慌乱起来。刘循开城夜遁，刘璝为乱军所杀，雒城遂为备有了。备正思进攻成都，有人报知张鲁援蜀，特遣骁将马超，领兵西来。超素有勇名，为备所知，当即与商诸葛亮，亮笑答道："将军勿忧，但遣一辩士往说，便可招降。"乃留意简选，得了一个建宁人李恢，前为郡中督邮，方来投备，雅善口才，遂遣令前往。究竟马超如何投依张鲁，又如何助鲁援蜀，说来又是话长，不得不从简补叙。

超自为曹操所败，西奔凉州，果如杨阜所料，略夺陇上诸郡，回应前文。又复进攻冀州；刺史韦康，忙遣别驾阎温，告急长安。不料温出水关，被超擒斩，急得韦康没法，只好请降。杨阜哭谏不从，竟开门迎超，超却将韦康杀死，独用杨阜为参军，自称征西将军，领并州牧，督凉州军事。长安屯将夏侯渊，闻信驰救，反为超所杀败，只好退还。会阜遇妻丧，乞假归葬，路过历城，得见抚夷将军姜叙，叙与阜为中表弟兄，当然延入。阜面有戚容，叙还道他是悼亡心切，不便多问。及进谒叙母，索性泪下不止，叙忍不住诘问道："妻殁不妨续娶，何必过哀？"阜摇首道："何从为此？"叙复问何因，阜凄然道："守城不能完，主亡不能死，恨无面目再见尊亲；但阜无权无勇，不能力讨超贼，独怪兄拥兵历城，忍心坐视，咎亦难辞，《春秋》书赵盾弑君，便是此意。"叙慨叹道："我非不欲讨超，实恐超勇悍过人，急切难图。"阜又说道："超强暴无义，非真难除。"叙母亦接口道："汝不早图，尚待何时？即如韦使君遇难，亦岂尽由义山负责？阜字义山。汝亦与有过失呢！人谁不死？死得有名，奈何不为？汝若虑我年老，我已将生死置诸度外，毋劳汝忧。"叙母亦一女丈夫，可惜见理未明。叙乃与校尉赵昂、尹奉等，合谋讨超。又由阜致书冀城，潜结军吏梁宽、赵衢，使为内应，安排已定。惟赵昂有子名丹，在超麾下，昂引为己忧，归语妻室，妻厉声道："为君父雪耻，陨首亦属无妨？何况一子呢！"又一奇妇人，但究不知谁为君父。昂意乃决，遂据住祁山，与姜叙、杨阜，同声讨超。叙、阜两人，进兵历城,超听赵衢诡议,亲出拒战,留衢与梁宽守城。及与叙、阜交锋,不能得利,引兵退归;哪知城门紧闭,连呼不应,但掷出头颅数枚,超不瞧犹可,瞧了一遍,险些儿坠落马下。看官!这是何故?原来是娇妻爱子的首级。有勇无谋,如何保家?当下越悲越怒,恨不把城池踏破;可奈姜叙、杨阜及赵昂等,两面杀到,只好回头就走。赵昂子丹,由超带着,就将他一刀两段。复悄悄的掩袭历城,竟得冲入,搜获姜叙老母,用刀搁颈,逼令召叙回来,叙母大骂道:"汝乃背父逆子,杀君恶贼,为天地所不容!尚敢横行人世么?"说到末句,头已落地。

杨阜闻历城失守,忙引兵还援,与超交战城下,拚死力斗,身中五创,尚不肯退。嗣由姜叙、赵昂等,一齐杀到,方将超众杀败;超乃南走汉中,投依张鲁。鲁令超为都讲祭酒,且因超妻子被戕,欲把爱女嫁为继室。或谓超不知爱亲,怎能爱人?鲁乃罢议。超从鲁乞师,往围祁山。姜叙等又向夏侯渊告急,渊使偏将张郃,率五千军先行,自督万人继进,击走超军;复移兵长离,大破韩遂残众,然后还师。超败回汉中,鲁以为超无能为,礼貌浸衰。鲁将杨伯等,更欲害超,超当然愤悒。适刘璋失去雒城,急不暇择,反使人向鲁求救。鲁与璋本系世仇,怎肯赴急?偏马超欲乘此图功,愿去取蜀。鲁乐得遣超一行,阳助刘璋,阴图刘璋。超有部将二人,一系从弟马岱,一系南安人庞德,并皆勇敢。德适遇疾,不能从军,留居汉中养疴。超只偕岱西进,由鲁拨兵数千,给令同行。到了武都,正值李恢奉刘备命,前来招降。恢本来善辩,再加超乞得此差,原为避祸起见,一经恢巧言说合,自然语语投机,当下随恢同进,直指成都。刘备已自雒城进发,先至成都城下,既得马超来降消息,便欣然说道:"我定可得益州了!"乃潜分兵数千,使会超军,嘱令屯驻城北,交逼刘璋。璋还道马超来援,登城俯问,哪知超扬鞭仰指,口口声声,叫璋出降刘豫州,吓得璋面色如土,几乎跌倒。经左右扶璋下城,璋长叹道:"不听忠言,悔无及了!"庸主往往如此。会由刘备遣从事简雍,入劝璋降。璋城中尚有兵士三万人,谷帛足支一年,吏民多欲死战。璋流涕道:"我父子在州二十余年,并无恩德加及百姓,百姓为璋攻战数年,已害得膏血涂野,璋何忍再令死斗,使无孑遗?不如出降为民罢了。"说得群下都为流泪,璋无可奈何,只得与简雍并舆出城,径诣备营。备开门迎璋,面加抚慰,复偕璋入城安民,所有璋私储财物,一并检还,令佩振威将军印绶,徙居公安。一面大开筵宴,遍飨士卒,取库中金银,分赏将吏,多寡有差。备自领益州牧,进诸葛亮为军师将军,黄忠为讨虏将军,魏延为牙门将军,糜竺为安汉将军,简雍为昭德将军,孙乾为秉忠将军,伊籍为左将军从事中郎,马超为平西将军,法正为蜀郡太守,兼扬武将军;旧益州太守董和,得掌军中郎将,并署左将军府事,旧广汉长黄权得为偏将军;尚有严颜、吴懿、费观、李严、秦宓、许靖、费诗、孟达、彭羕等一班降官,约数十人，并皆录用。独零陵人刘巴，夙负才名，曾由备具书招致，巴不背从，反自交趾入蜀，奔依刘璋；及璋迎备，巴一再谏阻，拟备为虎，终不见听，乃闭门称疾。备攻成都，即下令军中，谓有人害巴，诛及三族。故成都既下，得巴甚喜，令为左将军西曹掾，巴无奈受命。璋将扶禁向存，前尝围攻葭萌关，逾年不克，至成都围危，两将当然撤还，被守将霍峻，追击一阵，向存授首，扶禁遁去。备因霍峻有功，授峻为梓潼太守，全蜀悉平。惟刘璋家眷，已俱随璋东徙，只有璋寡嫂吴氏，为刘瑁妻，即吴懿妹，依兄居住，仍在成都。吴氏少时，有相士谓当大贵，璋父刘焉，因娶为子妇。偏偏结褵未几，竟丧所天，相士所言，似乎未验。想由相士未便详说，留此缺陷。到了备据益州，独少内助，孙夫人已经还吴，备恨她迹同专擅，且与孙夫人虽为夫妇，仿佛一闺中敌国，随时加防，故由她大归，不愿再迓。于是左右从吏，竟将懿妹吴氏，向备关说。备使人觇视，华颜未老，丰韵犹存，却也有些合意；但自思与瑁同族，未免含嫌，何必定纳髦妇？不但同宗有嫌！乃更问法正。正答说道："晋文且纳怀嬴，比诸将军，相去何如？将军尽可从权呢。"恐是逢君之恶。备乃决纳吴氏，重整鸾凤，领略温柔滋味。这且不必絮谈。

且说法正得掌重任，外统都畿，内参帷幄，无德不酬，无怨不报，常擅杀仇人数名。或请诸葛亮转达刘备，预加抑制，亮独驳说道："主公在公安时，北畏曹操，东惮孙权，内复为孙夫人所制，日夜不安，幸得法孝直入为羽翼，导引西翔，今主公已得高飞，难道孝直独应下降么？"但口中虽有此论，心下也不无微嫌，遂改订治蜀条例，概从严峻。法正语亮道："昔高祖入关，约法三章，公初至益州，亦应缓刑弛禁，借慰民望，奈何反从严峻呢？"正要你知法守正！亮正色道："君但知一不知二，秦尚苛法，高祖不得不从宽；今刘璋暗弱，德政不举，威刑不肃，蜀土人士，无法已久，我今以法率民，法行然后知恩，以爵限吏，爵加然后知荣，恩荣并济，上下有节，方可挽回宿弊，否则恐复蹈故辙了。"法正也为佩服，渐自敛戢，不敢犯禁。吏民亦各守法规，比那前时的上疲下玩，已好得许多，这就叫作乱国用重典呢。且说曹操攻吴不克，撤兵还邺，休息了一两年，但时常示意左右，表扬功德；有诏令操剑履上殿，入朝不趋，赞拜不名。既而长史董昭，复谓操宜进爵国公，加九锡礼。侍中荀彧，独向昭驳说道："曹公本仗义兴师，匡朝宁国，岂徒为安富尊荣起见？君子当爱人以德，不宜谄谀若此。"昭怀惭而退；偏被曹操闻知，暗生忿恨。会值彧有小恙，乞假数日，操竟借馈食为名，使人持送一盒；及彧揭视，乃系一个空器，并没有甚么珍馐，遂长叹数声，服毒自尽。死得迟了。彧子恽讣告曹操，操佯为举哀，予谥曰敬，令恽袭爵为侯。越年建安十八年。由御史大夫郗虑，赍奉册书，命操为魏公，兼加九锡。策文有云：

朕以不德，少遭愍凶，越在西土，迁于唐卫，当此之时，若缀旒然；幸天诱厥衷，诞育丞相，保又我皇家，弘济于艰难，朕实赖之。今将授君典礼，其敬听朕命。

昔者董卓不道，挠乱王纲，赖君首启戎行，得平大憝；后及黄巾，反易天常，侵我三州，延及平民，君又剪之，以宁东夏，此则君之功也。韩暹、杨奉，专用威命，君则致讨，克黜其难，遂迁许都，造我京畿，设官兆祀，不失旧物，此又君之功也。袁术僭逆，肆于淮南，慑惮君灵，用丕显谋，蕲阳之役，桥蕤授首，积威南迈，术以陨溃，此又君之功也。回戈东征，吕布就戮，乘辕将返，张杨殂毙，眭固伏罪，张绣稽服，此又君之功也。袁绍逆乱天常，谋危社稷，凭恃其众，乘兵内侮，君奋其武怒，运其神策，致届官渡，大歼丑类，俾我国家，拯于危坠，此又君之功也。济师洪河，拓定四州，袁谭、高干，咸枭其首，海盗奔迸，黑山顺轨，此又君之功也。乌桓三种，崇乱二世，袁尚因之，逼据塞北，束马悬车，一征而灭，此又君之功也。刘表背诞，不供贡职，呈师首路，威风先逝，百城八郡，交臂屈膝，此又君之功也。马超成宜，同恶相济，滨据河潼，求逞所欲，殄之渭南，献馘万计，遂定边境，抚和戎狄，此又君之功也。鲜卑丁零，重译而至，单于白屋，请吏率职，此又君之功也。君有定天下之功，重之以明德，班叙风俗，旁施勤教，恤慎刑狱，吏无怀慝；敦崇帝族，表继绝世，旧德前功，罔不咸秩。虽伊尹格于皇天，周公光于四海，方之蔑如也。我为阿瞒羞死。

朕以眇眇之身，托于兆民之上，永思厥艰，若涉渊水；非君攸济，朕无任焉！今以冀州之河东、河内、魏郡、赵国、中山、常山、钜鹿、安平、甘陵、平原凡十郡，封君为魏公，锡君玄土，苴以白茅，其为丞相领冀州牧如故，又加君九锡。其敬听朕命，简恤尔众，时亮庶功。用终尔显德，对扬我高祖之休命。

当时九锡典礼，一是车马，大辂戎辂各一。二是衣服，衮冕之服，赤舄副焉。三是乐悬，王者之乐。四是朱户，户用朱色。五是纳陛，所以登阶。六是虎贲，三百人。七是铁钺，八是弓矢，九是秬鬯圭瓒。操既得此异数，应思如何报答，哪知他愈贵愈横，愈荣愈恶，不但建宗庙，立社稷，置尚书侍中，六卿僭拟皇家；甚且一朝国母，也被曹操害死，连二子也送入黄泉，说来尤令人发指。先是董贵人遇害，伏皇后内不自安，尝与父伏完手书，数操罪恶，乞完伺隙密图。完虽尝授职辅国将军，却是性甘恬退，不愿与曹操争权，所以接得后书，始终未发。至操为魏公，伏完已殁过三四年了。操有三女，长名宪，次名节，又次名华，长次俱纳入皇宫，惟季女尚幼，在闺待年，拟及笄时，续行送入。莽只献入一女，操却纳入三女，总算忠心。献帝并封为贵人。甫越期年，不意伏后致父书信,竟被伏家怨仆,偷献曹操,操不禁大怒,立入宫中,胁迫献帝,废去伏后。献帝踌躇未忍,操不待许可,便使尚书令华歆,代草诏书,逼帝盖印。书中有云:

> 皇后伏后名寿。得由卑贱,登显尊极,自处椒房,二纪于兹,既无任姒徽音之美,文王母太任,武王母太姒。又乏谨身养己之福,而阴怀妒害,包藏祸心,弗可以承天命,奉祖宗;今使御史大夫郗虑,持节策诏,其上皇后玺绶,退避中宫,迁于他馆。呜呼伤哉!寿自取之,未致于理,为幸多焉!

诏至中宫,伏皇后惊出意外,不敢不将后玺缴出,正想出徙别馆,忽闻外面人声嘈杂,好似来捕大盗一般,吓得伏后三脚两步,急至复壁间躲避。谁知助操为虐的华歆,引兵入宫,四觅不见,竟由歆破壁得后,麾兵动手,兵士尚有难色,歆竟亲揪后发,拖至外殿。适值献帝与郗虑坐谈,见后披发跣足,状甚凄惨,不禁泪下。伏后泣语道:"竟不能复相活么?"献帝呜咽道:"我亦不知命在何时!"又顾语郗虑道:"郗公!天下果有是事么?"那华歆不由分说,竟牵伏后入暴室中,与后所生二皇子,一体鸩死。小子叙至此处,随书一绝句道:

> 诛奸无力反招灾,巾帼拚生剧可哀。
> 前有董妃后伏后,魂兮可向许官来!

伏后已死,伏氏家族,骈戮至百余人,华歆方向操复命。欲知歆为何等人物,待至下回表明。

马超多勇无谋,卒致上害父母,下及妻孥;设非投入刘备,则其身尚不能保,遑问与曹操为敌乎?姜叙母及赵昂妻,名为劝忠,实则知其一不知其二,仍不过为妇人女子之见,无足取焉。刘备之取成都,势固难已,而情究未安;至纳刘瑁妻为继室,尤足贻讥后世,"操以暴我以仁"之说,殆亦未免欺人欤?若操之所为,黯无天日,贵妃可杀,皇后可弑,其与篡逆相去,能有几何?假令老而不死,否知其繁阳受禅,固不待曹丕也!

第八十八回　见外使奸雄代捉刀
　　　　　　察重伤功臣邀赐盖

却说华歆弑了伏后,并戮伏氏家族,然后复报曹操,操当然心喜,录为首功,寻且表歆为军师。说起华歆履历,本来是有些名望,曾与北海人管宁、邴原，为同学友，时号三人为一龙，歆为龙头，原为龙腹，宁为龙尾。但歆佯为高尚，阴实贪惏。宁尝在园种蔬，锄地见金，掉头不顾，歆却在旁拾视，然后掷下。宁见歆如此举措，已怀鄙薄。一日同坐观书，闻户外有车马声，宁不为所动，独歆弃书出观，自是宁与歆割席，不复与友；后来宁庐居山谷，终身不仕。邴原虽由曹操辟召，入为丞相征事，但仍闭门自守，非公事不出，两人志趣，俱有足称。惟歆得为豫章太守，已归服孙吴，嗣复得曹操征命，往投许都，参司空军事。荀彧死后，竟代彧为尚书令，竭诚事操，居然为虎作伥，弑起皇后来了。比操尤恶。惟献帝自伏后死后，悲怀未释，操却进言道："臣女已并邀宠御，次女最贤，可立为中宫。"献帝无奈，遂于建安二十年正月，册立曹贵人节为皇后。百官因是魏公操女儿，格外谀颂，且并至曹操府中拜贺，自不消说。只难为了曹操长女，名为阿姊，却要向妹子朝参。

操复起兵西征，命夏侯渊、张郃为先锋，自率诸将为后应，往图汉中。张鲁闻报，忙与弟张卫商议，鲁谓操兵势大，不如出降；独卫以为汉中险阻，可以拒操，遂号召兵马，据守阳平关。关在丛山峻岭中，却是天然险要，居然有一夫当关，万夫莫开的形势。操连攻旬月，竟不能下，欲引兵退归。西曹掾郭谌入帐谏阻，略言："鲁兄弟同守异心，必有内变，不如缓待时机，总可得志。"操却想出一计，扬言退军，拔寨齐起。张卫闻得操兵引回，即出关追击，哪知行至半途，突有野鹿数千头，掩入卫军，卫军自相惊溃，阵势遂乱。不意操将后军变做前军，蜂拥杀来，卫如何抵挡？当即奔回。操兵复乘胜进逼，四面围攻，守兵已无斗志，纷纷遁去，卫亦只好夜走，与张鲁窜入巴中。鲁临行时，左右请尽毁仓库，免为敌资，鲁独慨然道："我本欲归命国家，只苦意不得达，今不得已出奔巴中，仓廪府库，应归国有，奈何毁去？"当下一律封藏，方才西走。操既入阳平关，一路无阻，直抵南郑，见鲁封库自去，料有降意，便遣人慰谕张鲁，叫他前来投诚，不失侯封。鲁复书愿降，操便派吏往迎，待以客礼，拜鲁为镇南将军，封阆中侯。鲁五子及部将阎圃等，亦各得封爵，还有马超遗将庞德，也降操受封。操乃令鲁就国，留夏侯渊张郃，同守汉中，即日下令班师。主簿司马懿献议道："刘备以诈力虏刘璋，蜀人尚未归心，今公已得汉中，益州必然震动，若乘胜进攻，定致瓦解，圣人不能违时，亦不应失时哩。"操笑答道："人生苦不知足，既得陇，还望蜀么？"遂不听懿言，起行还邺。即此可见懿之贪狡更过于操。

先是操妻丁氏无出，妾刘氏生子昂，殉难宛城。见前文。操复纳娼女卞氏，生子丕、彰、植、熊，遂得专宠。操竟以妾为妻，废黜丁氏，进卞氏为继室。操本来不知礼义。植性机警，才又敏赡，尝作《铜雀台赋》，援笔立就，彬彬可观，操独加宠爱，欲立植为嗣子。问诸贾诩，诩默然不答，及操再三诘问，诩始

第八十八回 见外使奸雄代捉刀 察重伤功臣邀赐盖

微笑道："适有所思，思袁本初、刘景升父子呢！"一语足矣。操大笑而止。已而丁仪杨修等，复屡誉植才，劝操立嗣，操又觉动疑，密书问及百官，尚书崔琰独露板作答道："春秋大义，立子以长，五官将指丕。仁孝聪明，宜承正统，琰愿誓死守道，不敢违经。"操得书后，未免叹息。且因植为琰侄婿，不私所亲，更加推重。琰尝荐举钜鹿人杨训，辟为丞相属掾；至操自汉中引归，群吏复议进操为王，杨训更发表称颂，备极阿谀，琰览表不悦，即贻书责训道："省表事佳耳，时乎时乎！会当有变！"操竟令左右入白献帝，取得诏命，晋爵魏王。可巧南匈奴单于呼厨泉，遣使入朝，并谒贺魏王操。操恐仪容不足服众，特使琰作为替身，自己执刀旁立，琰眉目疏朗，须长四尺，甚有威重，所以操有此举。及外使谒毕自归，单于呼厨泉，问及魏王德仪，使人笑答道："魏王原非凡姿，但捉刀人，却是真正英雄。"独具只眼。呼厨泉乃亲自入朝，为操所留，岁给钱帛刍米，如列侯例。但使右贤王去卑，监管匈奴。嗣且分匈奴为五部，令呼厨泉子弟，皆作部长，选汉人为司马，充作部监，意在分铄庞势，不令猖獗。但胡人多散居内地，无复防闲，华夷界限，逐渐溃裂，不可谓非曹操作俑哩。特笔提叙。操自以为威德及远，无人可比。嗣探得崔琰书语，说是会当有变，遂目为怨谤，收琰下狱，罚充徒隶。一夕登台玩赏，想是铜雀台上。望见植妻乘车出游，满身衣绣，装束得非常艳丽，心下不禁愤恨，竟罢赏归家，逼令自尽。复因植妻为琰兄女，迁怒及琰，亦将琰赐死，时人无不为琰呼冤。东曹掾毛玠，伤琰无辜，作文哀吊，亦被逮系；幸由僚佐桓阶和洽，代为申理，始得释出，免官归里。

　　操因南匈奴已服，忽记起故中郎将蔡邕，有女名琰，陷入匈奴，乃特遣使赍金北去，将琰赎归。琰字文姬，博学多才，兼精音律，邕尝夜坐鼓琴，琴弦忽断，琰知为第二弦，邕疑琰偶然猜着，再鼓再绝，琰复答称第四弦，并无差谬。嗣嫁与河东卫仲道为妻，不幸夫死无子，归宁母家。及邕为王允所杀，家室流离，琰竟被胡人掳去，没入右贤王帐下，生得二子，作《胡笳十八拍》，流传远近。操与邕素相善，故特赎琰归国，令再嫁屯田都尉董祀为继妻。有才无节，终留遗憾。祀甫得才妇，竟致犯法，当坐死罪。文姬太无帮夫运。琰蓬头跣足，诣操乞免，操正大会宾客，冠笏盈堂，有属吏入白数语，操因顾语宾客道："蔡伯喈女在外，诸君亦愿一见否？"宾客齐称愿见。操即令吏引琰入厅，琰至阶前下跪，为夫乞免，措词甚哀，满座皆为改容，操语琰道："情实可矜，但文状已去，如何是好。"琰泣答道："明公厩马万匹，虎士成林，何惜一快足，不为援手哩？"操也被感动，乃即饬属吏，驰递赦书，贷祀死罪。且嘱琰起身入厅，赐琰头巾履袜，因即顾问道："令先人遗传文籍，可曾留藏否？"琰答说道："昔亡父赐书四千余卷，流离涂炭，所存无几，今所诵忆，只四百余篇。"操又说道："今当派文吏十人,就夫人处录述。"琰接口道:"妾闻男女有别,礼不亲授,乞给纸笔,真草唯命。"操乃遣琰归家,使琰随时录送。琰将曹娥碑文一并录入。碑文为邯郸淳所撰,独文后有八字云:"黄绢幼妇,外孙齑臼。"为琰父邕所题。操瞧这八字,不解所谓。查及曹娥履历,乃是顺帝年间的孝女,女父盱为巫祝,在上虞江迎婆婆神,堕水溺死,捞尸不获。曹娥年仅十四,沿江号哭,阅十有七日,也投入江中,背负父尸,同浮江面,里人因为埋葬。事在顺帝汉安二年。后来县长度尚,复为改葬,就在墓道旁立碑,使弟子邯郸淳为文。邕南游吊古,就在碑后续题八字,时人都莫名其妙,连足智多谋的曹阿瞒,也被难倒。转问左右文吏,独有主簿杨修,能识邕意,谓黄绢系由丝染色,色旁加系,便是"绝"字;幼妇即少女,少女拼成一字,便是"妙"字;外孙为女之子,女旁加子,便是"好"字;齑味属辛,臼受辛器,便是受旁辛字,合成"辞"字;总计是"绝妙好辞"一语。操不禁叹服,但亦未免忌修多才,阴为加防。不脱奸雄故智。叙入此段,实为二女写照。

　　好容易已是建安二十六年,操因孙权不服,复出师东下,进至居巢。权先遣部将吕蒙,攻拔皖城,擒住庐江太守朱光;嗣又由权亲率大军,进围合肥。合肥在皖城北,由操将张辽李典乐进居守;操预防孙权进攻,致与密函,谓待敌至乃发。及吴军大至,张辽等始敢发书,书中只有三语云:"若孙权到来,张、李将军出战,乐将军守城,勿得同出。"李典、乐进,尚以众寡不敌为疑,辽独慨然决战,典与进始无异言。当下募得敢死士八百人,椎牛夜饮,诘旦开城猝发,辽挺戟先驱,陷入权营,直至权麾盖前面。权走登高阜,挥兵围辽,绕至数匝。辽十荡十决,无人敢当,再加李典引兵援应,也是踊跃无前。自清晨战至日中,吴人夺气,辽与典乃徐徐引归,登城固守,众心始安。权围城逾旬,竟不能拔,撤兵东归,自与诸将断后;尚在逍遥津北,不意被辽察悉,遽率步骑掩至,权将吕蒙、甘宁,急忙抵敌,还是招架不住。张辽仗戟突入,领兵围权,幸亏权亲将凌统,翼权出围,再回马与辽接战,不使再进,权得驰上津桥,放马过去。哪知桥南已被辽军拆断,相隔丈余,慌得权仓皇失措,进退两难;牙将谷利,请权退后数步,自在马后扬鞭一击,马始奋足腾跃,飞过桥南。凌统截住张辽,血战多时,左右尽死,统亦身受数创,料知权已走脱,方才奔回。吕蒙甘宁,也都败退,沿津逃生。权得部将贺齐舟师,下船避敌,遥见将士等绕河散走,急令贺齐划船接下,方得渡回。贺齐流涕谏权道:"此后,主公须当自重,不可轻敌,今日几危险不测了。"权答说道:"谨当铭心,不但书绅。"乃收军回保濡须,抚视疮痍,缓图报复。

　　适为了荆州问题,龃龉多日,方得解决;详情见下。忽报曹操亲督大兵,来到居巢,权不得不整军迎敌。操兵号称四十万,权兵只七万人,客主异

第八十八回　见外使奸雄代捉刀　察重伤功臣邀赐盖

形,吴人多有惧色。何不记及赤壁时耶？甘宁独挺身效命,愿为前锋,权拨精兵三千人,随宁先进。宁选得健儿百人,俟夜与饮,各尽一觞,当即披甲上马,引百骑潜袭曹营;到了营旁,拔开鹿角,呐喊而入。曹军惊惶失措,被甘宁等左劈右斫,斩首至数十级,宁尚欲冲突进去,里面却用车仗穿连,排若铁桶,无隙可钻,操真能军。宁只得左右驰逐,喧噪了好多时;及见曹营中举火如星,兵马汇集,便领兵还寨,百骑中不折一人,因即夜报孙权。权喜说道:"孟德有张辽,孤有兴霸,足与相敌了。"遂赐宁绢十疋,刀百口。既而两军大战,水陆分争。吴将徐盛董袭,督领舟师,至水口鏖斗,盛杀得性起,登岸冲锋;袭守船击鼓,陡有暴风刮来,荡覆数舟,兵士请袭避去,袭仗剑大喝道:"将受君命,在此防贼,怎得弃船自去？敢有复言者斩！"说至此,狂飙尤甚,白浪滔天,袭坐船被覆,竟致溺死。徐盛孤军深入,幸得陆军接应,不致陷没。但操军究竟势大,东一支,西一队,把吴军冲作数截,权数被围住,幸有周泰保护,脱围退走。偏将军陈武,竟致战死,各将纷纷引还,驰入濡须坞中;操亦收军引去。权检点士卒,伤失颇多,自思战虽失利,还亏诸将努力,得免大损,乃设宴犒劳;行酒至周泰前,权令泰解衣,见泰创痕累累,问及所苦,泰迭述前后受创,约数十处,并言为主效力,虽死不恨。权不禁流涕道:"卿为孤兄弟,不惜身命,被创数十,肤如刻划,孤亦何心,敢不视卿如骨肉呢？从此当与卿同休戚,借报战功。"说着,亲起把盏,连酌三大觥,泰且饮且谢,尽醉方休。待泰回营时,命将自己麾盖,移与护送;越日复另制青盖为赐,特示宠荣。惟与操相拒月余,不能取胜,乃从张昭等计议,令都尉徐详,至操营请和。操亦因江东难下,许从和议,留夏侯惇、曹仁、张辽三将,屯守居巢,自回邺中。权亦进周泰为平虏将军,使督濡须;引兵还都。才阅数旬,即由陆口屯将鲁肃,报称病重求代,权派吏问疾,赍给医药,一时尚未令卸职,叫他在任养疴。

时肃年未满五十,本是服官从政的时候,因平居为国经营,煞费心力,所以未老即老,病不能兴。他始终主张联刘,荆州借备,谋出一人。当备取益州时,权令诸葛瑾索还荆州,关羽不允,几至失和,还是肃出为周旋,请羽单刀相会,面述权命,请羽把荆州缴还。羽勃然道:"乌林一役,赤壁在江南,乌林在江北,故不妨互言。左将军身在行间,戮力破敌,难道独无一块土相酬,乃尚来索地么？"肃亦正色道:"前与刘豫州相遇长坂,豫州为操军所败,计穷力竭,将图远窜,当由肃转报吾主,特加矜愍,不爱土地兵甲,力却曹军;又因刘豫州无地可容,权借荆州,今刘豫州既已得蜀,仍将荆州占住,背德失好,恐难免天下耻笑。肃闻贪而弃义,必为祸阶,今君身当重任,奈何不以义相辅,反欲以力相争,有伤和气呢？"两人所说,俱非无理。羽尚未及答,旁有为羽握刀的随将,叫做周仓,瞋目大呼道:"天下土地,惟德所与,难道必归汝东吴么?"羽佯叱周仓道:"这是国家大事,汝有何知?乃亦来多言,可速出去,"仓已会意,立即出外,驾舟迎羽。羽即与肃告别,说是当转达左将军,从长商议,语毕即行。肃复与刘备直接交涉,备乃许分荆州,就湘水为界,自长沙、江夏、桂阳以东属吴,自南郡、零陵、武陵以西,仍为备有,权亦允议,再使诸葛瑾与备订约,始得息争。肃竟于建安二十二年病殁,权亲自临丧,赙赠甚厚。荆州人士,俱为叹息;连诸葛亮亦为发哀。后任为吴左护军吕蒙。蒙生性狡诈,与鲁肃心术不同,于是孙刘和谊,渐致破裂。那曹阿瞒反得一意西略,幸而天意三分,不使曹氏混一,所以汉中地已得复失,反被刘备夺去。操本使夏侯渊为都护将军,督同张郃、徐晃诸将,屯守汉中,且命丞相长史杜袭,为驸马都尉,留督汉中事,张郃奉操军令,进略三巴;刘备方令张飞驻守巴西,与郃相拒至五十余日,飞用了一计,袭破郃营,郃败还南郑,飞乃向备告捷。法正乘间说备道:"曹操西降张鲁,得定汉中,不乘此入图巴蜀,乃留夏侯渊张郃屯守,匆匆北返,这非由操智不及、力尚未足哩!今观渊郃才略,未必能胜我将帅,我正好进取汉中,为蜀屏蔽,此机不可再失了。"备乃留诸葛亮居守成都,即用法正为参谋,率诸将进兵汉中。行过巴西,由张飞出迎大军,备即命飞移屯下辨,且遣马超、吴兰为助,自率诸将,进次阳平关。操闻刘备东出,亟命夏侯渊等拒备,另遣曹洪领兵,往争下辨。张飞使马超、吴兰出战,兰竟阵亡,超收军入城,与张飞合力拒守。备在阳平关上,遣将攻夏侯渊等,亦未得大捷,乃再贻书诸葛亮,促令济师。亮再拨兵二万人赴关,特遣老将黄忠为统帅,往助刘备。自经黄忠一行,遂使曹氏大将,就此丧元。正是:

倚老不妨重卖老,妙才未必果多才。夏侯渊字妙才。

欲知后来交战情形,待至下回再表。

捉刀一事,见得曹操浑身诡谲。即如接见外使,本在无足重轻之例,乃必令崔琰为代,岂非多事?琰敢代操,操已隐忌之矣;置琰于死,岂仅为书语之不逊耶?且赎文姬所以沽名,妒杨修所以嫉才,操之举措,纯然为老奸伎俩;欺一时尚可,欺后世固不可也!孙权不能敌张辽,安能敌曹操?一败于逍遥津,再败于濡须口,仅赖周泰等之挤生翼护,才得脱围,可见赤壁之战,微孙刘之合力,则东吴未必幸存。云长之拒索荆州,非真强词夺理,而鲁肃以联刘为本旨,始终不变,盖诚有见乎大者。鲁肃殁而孙刘之好破;孙刘失好,而曹氏篡汉之局成;故鲁肃之存亡,不第关系吴蜀已也。

第八十九回　得汉中刘玄德称王
失荆州关云长殉义

　　却说黄忠率领援师驰至阳平关，备与夏侯渊相拒，已经逾年，既得黄忠来助，遂命为先锋，出关南行，渡过沔水，择得定军山要隘，安营下寨。夏侯渊闻报，当即引兵来争，一面奉书曹操，请速接应。操遂亲督全军，西指汉中，先遣使诫渊道："为将当有怯弱时，不可徒恃勇力；勇为体，智为用，有勇无智，一匹夫敌。还宜谨戒为是！"老瞒未始不知人，可惜垂诫太迟。渊不肯少改，定欲争踞定军山。法正劝备坚壁不动，徐俟敌变。那心粗气暴的夏侯渊，麾动部众，一再进搏，俱被备军射退；待至日昃，渊军锐气已衰，势将退去。法正语备道："敌兵已懈，可乘间进击了！"备即令黄忠，登高临下，一鼓作气，忠骤马当先，跃下山来，突入夏侯渊阵中，敌皆披靡。渊正思亲出抵敌，陡与忠马相值，奉然一声，便将渊首劈落马下。益州刺史赵颙，急来救渊，已是不及，遂接住黄忠，交战数合，又被黄忠劈死。备见忠已经得手，策军继进，杀得曹军东逃西散，好似天崩地塌一般。还是张郃引军援应，才得收拾败卒，奔回营中。督军杜袭，与渊司马郭淮，因军中骤失主帅，莫由禀命，势且益危，乃权推郃为军主，勒兵按阵，军心稍定；一面飞报曹操，敦请进兵。备已得大胜，临兵汉水，意欲东渡；只因夹岸有曹兵守住，恐他半渡截击，只好从缓。忽见汉水对面，尘头大起，有许多人马到来，料知曹操亲至，不禁笑语道："操虽自来，也无能为，我此番定得汉川了！"已有把握。遂敛众据险，不与交锋。操亦未敢进逼，但与备军隔水相持，约阅旬余，未分胜负。黄忠探得操军运粮，多在北山下屯聚，便欲引军袭取，备乃令黄忠先进，赵云后继。忠自欲邀功，但与云约定期间，过期方令云进援。看官试想曹操专喜劫人粮草，岂有自己运粮，不加重防的道理？黄忠恃勇轻进，悄悄的渡过汉水，直抵北山，果见粮车蚁聚，一声呐喊，杀将过去，看守兵当然骇走，忠正拟向前夺取，不防连珠炮响，曹军两面杀到，一是张郃，一是徐晃，统是曹操手下的猛将。还亏黄忠一柄大刀，左招右架，冲开一条走路，且战且行。赵云在营中候信，已过黄忠所约的期间，尚未见还，乃出营瞭望，遥见黄忠为操将所追，败奔回来，当即怒马直前，让过黄忠，截住操兵。操兵虽众，却被赵云挺枪突入，搅乱阵势，驰骤了好多时，方才退回。张郃、徐晃，怎肯相舍？仍然从后追来。云还至营中，令兵士掩旗息鼓，大开营门，但令两旁伏住弓弩手，静待敌军，自己匹马单枪，伫立营外，郃与晃追至云营，见云孤身独立，不觉称奇，好一歇方敢向前，望云奔来，云仍然不动，惟把手中枪从后一挥，箭如雨注，攒射曹兵，曹兵统皆骇走。再加天色昏黄，不知云有多少伏兵，免不得自相践踏，仓皇奔命。云更鸣鼓尾追，吓得曹兵纷纷投水，溺毙无数。云将曹兵驱过汉水，夺得许多甲械，乃收兵回营。越日由备至云处亲视战处，不禁赞美道："子龙一身都是胆呢！"胆大还须心小，子龙非仅胆大。

　　乃复搜乘补卒，与操坚持。操军不得一胜，又遇疫气传染，十死二三，不由的怀着退志。忽由许中传到急警，乃是少府耿纪，司直韦晃，太医令吉本，猝然生变，射伤督军王必；必与典农中郎将严匡，合兵讨平等语。原来操在邺中，常留长史王必，督领许中军事。必与京兆人金祎友善，互相通问；祎系前汉宰辅金日磾后裔，慷慨任侠，自思世为汉臣，不愿事魏，所以谋夺必军，暗结耿纪、韦晃、吉本诸人，拒操迎备。待至建安二十三年的元夜，许中悬灯庆贺，王必亦在营中宴饮，席尚未终，变忽骤起，营外一片火光，照彻营内，必慌忙上马，出营逃生；忙乱中遇着一箭，正中左肩，忍痛逃往金祎家门，意图躲避。祎家闻有叩门声，还道祎等成功归来，漫然相应道："王长史已杀死了么？"必才知祎实同谋，忙转身投入严匡营内，匡即号召兵马，出攻乱党。耿纪等本无军士，只带了家仆数百名，东冲西突，哪里敌得过严匡？金祎、吉本，相继战死，耿纪、韦晃被擒，枭首市曹；诸家老小，尽坐诛夷，匡与必乃联名报操。操心虽慰，总尚不能无忧；嗣复得知王必病死，更加系念，于是拟班师退去。但从此弃掉汉中，心又不甘，因复欲与刘备大战一场，才定行止，当下使人约战，夹水列阵。备用法正计议，使黄忠、赵云等，潜渡上流，绕出曹军旁面，冲击过去，一面用舟渡兵直攻操阵。操只顾前面，不防两旁有敌军杀入，只得分兵对敌，自己徐徐引退，备得安渡汉水，进逼操军。操再整军出战，备遣养子刘封出马，向前突阵，操即令徐晃截住厮杀，且扬鞭指语道："卖履儿惯使假子冲锋，若叫我黄须儿来，看汝假子能相敌否？"语尚未毕，封已退去。操正思麾兵追击，忽闻备营中金鼓齐鸣，又未便轻进，因使人往召黄须儿。黄须儿系操子彰，膂力过人，能手格猛兽，不避险阻；惟颏下生须如铁，色却纯黄，故呼为黄须儿。及黄须儿奉命西来，操已退入长安了。原来操因屡战无功，退至斜谷时，当晚餐庖人呈入鸡汤，由操且食且饮，适由帐下弁目，入请夜间口号，操随口说出"鸡肋"两字，弁目不敢细问，便传令出去，将士不知所谓。独主簿杨修，连夜束装欲归，旁人惊问何因，修答说道："鸡肋两字，寓有深意，弃之不甘，食之无味，据此看来，是必归无疑了！"将士等听到此言，便各整归装。事为曹操所闻，查诘大众，俱言由杨修所教，操忌修益甚。但看众情已有退志，料难再战，不若弃去汉中，即日旋师，于是拔寨齐起，退还长安。途中与曹彰

第八十九回　得汉中刘玄德称王　失荆州关云长殉义

相遇，嘱令同回，黄须儿难违父命，也即折还。刘备遂得据有汉中。并得降将王平，乃是曹操麾下的署理校尉，素知汉中地理，遂引备将刘封、孟达，攻破房陵，再进略上庸，收降太守申耽，汉中大定，群僚遂表请备为汉中王。备再三推辞，嗣经群臣固请，方才勉允，即于建安二十三年七月，在沔阳筑设坛场，陈兵列众，由群佐拥备登坛，备戴王冠，披王服，佩王玺绶，受群下谒贺。礼成以后，立夫人吴氏为王后，子禅为王太子，进许靖为太傅，法正为尚书令，关羽为前将军，张飞为右将军，马超为左将军，黄忠为后将军，赵云为翊军将军。此外文武百僚，俱进位有差，留镇远将军魏延，留守汉中，兼领汉中太守，自引大军，还治成都。军师诸葛亮，当然出迎，备握手道故，具极欢洽。据《亮列传》中，亮并未随攻汉中，故本回从正史，不从罗氏《演义》。亮劝备表奏献帝，缴还左将军宜城亭侯印绶，备自然照行。亮复进言道："黄忠名望，与关、马不同，从前马超来降，云长尚欲与较优劣，今使忠与彼同列，彼必不服，宜从斟酌。"备笑答道："我自能向彼解说，军师勿忧。"

先是关羽尝与亮书，谓马超人才，可比何人，亮尝答书道："孟起马超字。兼资文武，雄烈过人，也不愧为一时人杰；但却是黥英布。彭越。流亚，只可与翼德等并驾齐驱，尚未能及髯公的绝伦超群呢。"羽素美须髯，故亮称为髯公。自羽得此书后，始无异言，至是由司马费诗，奉使荆州，授羽印绶；羽见了费诗，问及他将爵位，知黄忠得授职后将军，与己并肩，不由的愤愤道："大丈夫岂可与老兵同列？请君将印绶赍还。"这是云长傲气。诗从容道："君侯也太固执了。从前萧、曹与高祖并起，最为亲旧，及韩信亡命后至，却擢为统帅，嗣且封王爵，位出萧、曹上，萧、曹并不以为嫌，今汉中王与君侯，譬犹一体，休戚相关，不过按功行赏，宜擢黄忠，并无他意，君侯当体王苦衷，不宜以名位高下，爵禄多少，心存芥蒂呢。"羽闻言感悟，因即受命，且愿乘势攻取襄樊，面托费诗归报。刘备壮羽忠奋，准如所请，羽乃部署人马，慷慨誓师，使糜芳守江陵，傅士仁屯公安，责令输粮济师，不得有违；当下自督将士，往攻樊城。樊城为操将曹仁所守，探得关羽兵至，即飞书报操，请即济师。操遣于禁为统将，庞德为先锋，带领七队人马，星夜援樊。既至樊城，与仁相见，仁令于禁等屯兵樊北，作为声援。及羽兵进迫城下，内有曹仁守住，外有于禁、庞德等接应，羽急切不能取胜，也觉愁烦；可巧秋凉水涨，霖雨连宵，汉江一带，两岸泛滥，羽登高瞭望水势，默有所会，计上心来，便令部兵筹备舟筏，暗遣子平往堵江口，灌决樊城。樊北地势较低，首当水冲，于禁庞德，全未防及，一夕风雨大作，洪水暴涨，于禁所领七军，都不知水从何至，仓皇乱窜，吓得于禁魂胆飞扬，急往堤上避水。独庞德跃马水中，尚无惧色，时已黎明，忽听得鼓声大震，来了许多战船，顺水杀来，德据住堤上，未肯退去。哪知来舰上一齐放箭，状若飞蝗，操兵多被射倒，德尚张弓挟矢，向他对射，相拒了好多时，日已亭午，水势益高，连堤上亦将淹没。魏将董衡、董超，劝德降敌，德大怒道："我受魏王厚恩，怎肯降人？"说着即将二董劈分四段，德亦非曹魏故吏，奈何甘殉曹氏？复顾语督军成何道："我闻良将不怕死，烈士不毁节，今日是我死日了；卿亦当努力死战，勿负国恩。"成何依令向前，立被射落水中，余众大骇，都向敌舰中奔入，弃械请降。连于禁亦偷生乞命，匍伏长堤，束手受缚。独庞德提着大刀，跃入堤边一小船，砍倒船中军士，用刀作橹，意欲驶往樊城，偏兜头遇一大筏，竟被撞翻，德随船落水，方为所擒。关羽大获全胜，升帐讯囚，于禁跪伏乞怜，由羽发往江陵，系狱待刑；及讯至庞德，德兀立不跪。羽与语道："汝兄柔现在汉中，汝旧主马超，亦在蜀中为大将，汝何不早降？"德怒目答道："匹夫敢叫我投降么？魏王方带甲百万，威震天下，汝刘备乃系庸才，怎能与敌？我今日死，明日汝亦不得生了！"羽当然愤起，遂命将德推出斩首，给棺埋葬。复乘水势未退，麾令大小将校，分坐战船，进薄樊城。是夕暂宿舟中，恍惚有野猪进来，啮住左足，忍不住失声叫痛，因致惊醒，方觉是南柯一梦。旁有关平在侧，问及何因，羽自述梦状，且因足上余痛犹存，亦知凶多吉少，不免叹息。平请羽退还荆州，羽慨然道："我年近六旬，死亦何憾？况樊城将下，奈何遽归？"过刚必折。待至天明，即挥兵攻城，城中已变成泽国，内外水溢，垣墙逐渐摧陷，守兵搬土运石，填塞罅隙，尚忧不逮；再加羽军进攻，累得守吏日夜不安。或语守将曹仁道："危城难保，恐将不支，不若乘舟夜走，尚可全身。"仁也觉自危，转语参军满宠，宠谏阻道："洪水骤至，岂能久存？不数日自当退去，且魏王以此城托付将军，正望将军力当冲要，若弃城北走，恐黄河以南，皆非国家所有了！"这一席话，说得曹仁亦为感奋，毅然誓众，与城存亡，大众始有固志。羽连攻数日，竟不能克，乃分兵往取襄阳，收降刺史胡修，及太守傅方；再命襄阳兵进扰郏下。河南土豪，望风响应，警报连达邺中。曹操先闻于禁败降，庞德被杀，不禁长叹道："我于于禁，三十年故交，奈何反不及庞德呢？"因封德二子为列侯。及闻关羽进兵至郏，威震河南，遂与将吏会商，拟移徙许都，避羽锐气。这是曹操狡诈处。忽有二人闪出道："于禁等为水所没，并非力竭败亡，不足深惧，臣等以为刘备、孙权，外亲内疏，若使关羽得志，权必不愿，何勿致书孙权，叫他潜蹑羽后？且许割江南地封权，权当必乐从；彼既起兵，羽回救不遑，何敢再争樊城呢？"曹操瞧着，一是司马懿，方为军司马，一是蒋济，方为西曹掾，操掀须笑道："两卿所见甚是，应即照行。"遂使人致书东吴，并令宛城屯将徐晃，引兵援樊。嗣接孙权复书，愿依操命，攻羽自效，操当然放心。

先是孙权从鲁肃计议，与羽结好，至吕蒙代肃任后，尝欲图羽，_{回应前文。}权尚欲先取徐州，后据荆州，蒙谓徐州易取难守，不如取羽为宜。权还有疑

第八十九回　得汉中刘玄德称王　失荆州关云长殉义

意,又遣使至江陵,为子求婚羽女,羽不肯许婚,反将吴使叱回。毕竟太傲。权因动怒。及曹操致书相约,便即依允,密饬吕蒙进图荆州。蒙复疏道:"羽往攻樊城,仍留重兵驻守江陵,无非为防蒙起见,蒙常有病,请召还建业,托名养疴,另遣他人代任,羽以为东顾无忧,必调兵尽赴襄樊,蒙却潜军直进,攻彼无备,一举便可成功了。"权依了蒙言,即召蒙还都;蒙复举陆逊自代。逊系吴人,字伯言,为权侄婿,官拜定威校尉,年少多才,未经大任,权虑他望轻资浅,未足代蒙。蒙面答道:"正惟逊未有远名,非羽所忌,故特为荐举;蒙知逊外敛内明,必能任重,幸勿多疑。"权乃令逊为偏将军,任右都督,代蒙守陆口。逊奉命到任,即作书贺羽,备极谦恭。言甘者心必苦。羽竟为所欺,不加后防,且调江陵兵,合攻樊城。是时操将徐晃,已出援曹仁,屯兵阳陵坡。羽闻徐晃将至,急围樊城,尽力督攻;正指挥间,不料城上偷放一箭,正中左臂,箭头敷有毒药,镞虽拔去,毒已入骨,遂致肿痛未消,不能运动。幸亏得沛人华佗,夙长医术,延请调理,佗谓毒陷骨中,必须割骨去毒,方可无恙。羽便伸臂令治,毫无难色。将吏都入帐探视,由羽邀与共饮,右手执杯,左手剖臂,一任华佗刲刮,血满盘器,仍然引酒举蓛,谈笑自如。及刲刮已毕,用药敷治,缝裹合口,臂即自能展舒,痛苦自消;羽欣然道谢,留佗夜宴,酬以百金。越宿佗即告辞,劝羽息怒静养,方可复原。羽志在讨曹,怎肯中止?且因天晴水退,樊城仍未能克,越觉焦灼,营中兵士日众,粮食不继,屡向糜芳、傅士仁催索,未见时至;禁不住大怒道:"他二人敢慢我军令,他日回军,定当尽法惩治。"遂行文再催,反至杳无影响。羽不得已,拨兵至湘关截取吴米,聊济军需,谁知米虽截得,那吕蒙已潜领舟师,扮作商船,使白衣人摇橹过江,掩至江陵,招降糜芳、傅士仁,竟将南郡公安,一并取去。云长之后路已断。羽尚未闻知,仍想力攻樊城,城几垂陷,忽由徐晃统兵杀来。羽与晃本系故交,当即拍马往迎,既与徐晃见面,各在马上寒暄数语,晃突然回顾将卒道:"谁能取得云长首级,当重赏千金。"羽惊讶道:"公明晃字。何骤出此言?"晃朗声答道:"晃为国家大事,怎敢因私废公?况素知云长效忠刘备,今南郡公安已被吴将吕蒙袭入,云长且进退无路,不死将何待呢?"恶极。说罢,即挥兵齐进。羽亦引军抵敌,约有几个回合,羽部下都系念江陵,并皆溃退;任你力敌万人的关云长,也只好且战且走。不料樊城里面的曹仁,又复冲出,与徐晃合兵夹攻,羽兵大乱,引将士急奔襄阳。就是偃城四冢的屯兵,已由晃射入军书,说明荆州失守,纷纷记念家室,相率奔还。羽退至沔口,尚疑晃摇惑军心,下令驻营,探听荆州确耗。偏接侦骑回报,果然糜芳、傅士仁,挟嫌降吴,荆州尽失,顿致悔恨交并,箭疮复裂;急切无从设法,勉依将吏计议,使人致书吕蒙,责他背盟夺地。及去使还报,谓由蒙格外优待,所有关公全眷,及从军将士诸家属,无不周恤,秋毫无犯,惟言荆州本是吴地,所以收还。愈甘愈毒。说得羽恨上加恨,奋髯张目道:"好奸贼!我虽死尚不饶汝!"遂遣使至刘封、孟达处乞援,一面引兵渡江,再欲夺还荆州。行至半途,正值吕蒙陆逊,分兵邀击,把羽军困在垓心,经羽奋力杀出,部众多被荆州士兵,招诱回去,单剩数百骑亲从将吏,走保麦城。再使人催召刘封、孟达,两人竟不奉羽命,托言山郡初附,未便出师。眼见得这位关公,势穷援绝,没奈何弃去麦城,夜出西奔,随身只有子关平及周仓等十余人。行至临沮,伏兵骤发,吴将朱然、潘璋,左右杀出,羽不能再战,夺路急走;前面山径丛杂,夜色昏蒙,一脚踏空,跌入陷坑,潘璋部下马忠,领兵追至,竟将关公父子,一并擒去。看官试想,关公是一位忠肝义胆的丈夫,岂肯临危怕死?孙权虽欲劝降他,却誓不承认,遂致杀身成仁,父子同尽;周仓等亦皆为主捐躯。罗氏《演义》谓关平为关公养子,史传但言子平,今从之。小子有诗叹道:

赤胆忠心誓报刘,越江讨贼死方休。
东吴不念东风惠,万古江潮咽恨流。

欲知关公殒后情形,待至下回便知。

刘玄德据荆益,定汉中,智谋如曹阿瞒,且敛锋避锐,此正蜀汉全盛时代。及关羽北击樊城,锐意讨曹,正应妥选良将,代守南郡,使羽得免后顾之虑;况当时蜀中安堵,赵云、黄忠,并在左右,何一不可遣往?乃令羽孤军无继,卒致败亡,此其误非尽在关公,玄德实尸其咎,诸葛孔明亦与有责焉。或谓孔明预知天数,未便救羽,此则为罗氏《演义》所荧惑,不足取信。荆州为巴蜀下游,关系甚大,若果如罗氏所言,则孔明尤为忍人,不为预筹良策,坐令父子捐躯,荆土全失,何其忍心若是?君相有造命之权,宁可同常人之徒诿天数乎?若关公之败,失之过刚,吕蒙虽胜,不能无罪;亲汉贼而仇汉裔,蒙亦何心?此后人之所以深嫉吕,而不能忘怀于鲁子敬也。

第九十回　济父恶曹丕篡位
　　　　接宗祧蜀汉开基

却说吴王孙权,闻报荆州得手,也亲至江陵,犒赏军士。至关公父子遇害,大功告成,乃大会将士,置酒称庆,并释出魏将于禁,令共列席。禁亦知愧否?吕蒙为首功,陆逊为次,分坐权侧。权进酒数觥,欢然与语道:"孤自嗣业以来,幸得公瑾子敬及子明诸人,公瑾破孟德,拓荆州,雄才大略,不幸早亡;

第九十回　济父恶曹丕篡位　接宗祧蜀汉开基

子敬初见孤时,便谓宜逆击孟德,力排众议,劝孤重任公瑾,后开霸业,这是第一件快事,既知孟德宜拒,此时何反投孟德？后虽劝借荆州与玄德,未免计短,但不能掩彼所长；子明少时,孤即知他具有胆略,可比公瑾,今果能夺还荆州,不负孤言,孤当与子明共保富贵,进爵铭功。"蒙离席谢奖,拜跪下去。权正起座相扶,不意蒙陡然倒地,满口谵言,自骂吕贼,惊得权缩手倒退,忙令左右,掖起蒙身,舁入内室,一团高兴,化作冰消,草草终席,入内探视,蒙尚胡言乱道,不省人事。权亟宣召医官,多方诊治,仍未见效。入夜且叫骂益甚,权连夜出令,谓有人能疗蒙疾,赏赐千金。偏是阴灵缠绕,药石无灵,好容易过了一宵,才觉蒙有些知觉,当即拜蒙为南郡太守,封孱陵侯,赐钱一亿,黄金五百斤。蒙自知不久,俟权入视时,当面固辞,权教他静心保养,幸勿纷心。至亭午颇能下食,权更为欣慰。哪知他到了黄昏,病又发作,忽痛詈,忽惨呼,比昨宵尤为喧闹,权再自临视,被蒙厉声叱出,不得已使巫祝请命,延至夜半,蒙竟七窍流血,呜呼毕命,年止四十有二。大小将士,统猜是关公索命,连权亦将信将疑。莫谓无神！一面为蒙棺殓发丧出埋,一面将关公尸骸,用侯礼安葬；只首级已经往献曹操,不能追回。操已督军出驻摩陂,援应樊城,既闻关羽败退,乃还屯洛阳。会值吴使至洛,献上羽首,操举首一瞧,见他英灵未泯,面色如生,不由的吃一大惊,乃令刻木为身,葬用侯礼。但经此一吓,头风复作,好几日卧床不起。访得名医华佗,疗疾如神,急忙派人召至,佗用针砭治,随手即瘥,瘥后又发,佗谓非剖洗不可,操愤然道："头可劈么？"佗申答道："大王如不愿剖洗,针治只能救一时,不能救数年。"操但令针治,佗知不可愈,诈言家中妻病,须归视再来,及归去后,竟不复往。操屡呼不应,饬吏拘佗下狱,拟成死罪。或谓佗善医人,不宜处死。操怒说道："彼欲斫我头,怎可再留？且天下亦何至少此鼠辈呢。"到死尚且疑人。遂催吏杀佗。佗临死时,出书一卷与狱卒道："感君善事,愿将此持赠,可以活人。"狱卒畏法不敢受,佗竟索火毁书,服毒自尽。或谓狱卒受书回家,被妻取焚,经狱卒上前抢救,已只剩得一两页,就是阉鸡阉猪等小法,所有解剖诸术,尽成灰烬,不复流传,这真所谓千古遗恨呢。操不但杀佗,并致良方俱毁,即此已为千古罪人。

　　佗既死后,操头风终不得痊,反且加剧,自思主簿杨修,依附子建,且为袁氏外甥,将来我死,他必导建为非,乱坏我家,因诬修泄漏机密,勒令自杀。既而吴使又至,呈入孙权书笺,劝操为帝。操阅书毕,颁示属僚,且语众道："是儿欲使我居炉火上么？"当有侍中陈群,尚书桓阶,盛称曹操功德,宜应天顺人,速正大位。陈群为仲弓孙,何亦如此龌龊？操笑说道："孔子有言：'施于有政,是亦为政。'若天命果当属我,我就做周文王罢了。"明是教子篡逆。遂表授孙权为骠骑将军,封南昌侯,领荆州牧,遣吏赍敕,偕吴使同赴荆州。看官！

你道孙权何故媚操？他自占取荆州，只恐刘备出师报复，自己抵敌不住，所以向操献媚，求他援助；操亦狡猾得很，给他高爵，使拒刘备，两下私意，无非是叫人出头防御刘备起见。究竟刘备西据成都，作何举动？备与关羽情同骨肉，岂有闻羽败亡，不加痛愤？当下与大小将士，一体举哀，追谥羽为忠义侯，令羽子关兴袭封。即日部署人马，讨吴报仇。惟自诸葛亮以下，多言是先当伐魏，然后讨吴，一时议论纷纭，尚难解决。蹉跎逾年，由洛阳传到消息，乃是曹操病死，于是备一意恨吴，无心及魏。魏且横行无忌，公然做出篡逆的事情了。建安二十五年正月，是年为后汉末年，故大书特书。曹操病倒洛阳，不遑回邺，镇日里心绪不宁，精神恍惚，一夕梦见有马同槽共食，醒来不知主何吉凶，阿瞒虽智，要亦难详。转问许多谋士，或说是禄马吉兆，应受天禄，无非谄媚。操也不复疑。但一经合眼，往往看见男女冤魂，环立床侧。想是伏后董妃等出现。因疑及洛阳故宫，未便寄住，特使大匠苏越，另造建始殿，以便移居。越素知濯龙祠旁有一极大梨树，高十余丈，可建栋梁，当即禀明曹操，督工采伐，才砍数斧，树中忽漂出血来，众工不敢再斫，越亦大为诧异，匆匆返报。操尚未信，力疾乘车，自去看验，拔剑试斫，树血飞溅身上，淋漓满体，打了好几个寒噤，慌忙返车，易衣奄卧，从此不能再起。到了病笃，方密嘱近臣，谓安葬以后，须置七十二疑冢，免人发掘；又遗命后宫姬妾，分取名香，此后须勤习女工，卖履自给。说到此处，已是口舌蹇涩，不能再言，少顷即逝，年终六十有六。从前方士左慈，自言为庐江人，尝入见曹操，列坐末席，与客共饮，席间珍馐俱备，惟少松江鲈鱼，慈独索铜盘，使贮清水，自用短竿钓取，连得数尾。操又谓恨乏蜀姜，慈向西举手一挥，姜即从空落下，座客无不喝采，偏操满怀猜忌，目顾左右，欲就座上执慈，慈却避入壁中，倏忽不见。操更觉惊忙，派兵侦缉，明明见慈在市上，追将过去，慈向人丛中一混，市人统变做慈状，不辨真假，及仔细审视，真左慈已经走远，扬长自去。嗣复在阳城山头，得见左慈，兵役又急忙追逐，慈走入群羊，由兵役牵住群羊，归操自讯，操知不可得，令就群羊中宣告道："我本无意杀君，聊试君术，幸勿隐身！"还想骗他。道言甫毕，空中忽现一左慈，拍手大笑道："土鼠随金虎，奸雄一旦休！"操命左右射慈，慈又不见，此后遂不知所往。操死时正当子年寅月，适如慈言。

操子丕留守邺中，接到丧讣，即欲嗣位，侍臣谓须俟诏命，方可嗣立，尚书陈矫大声道："王薨于外，爱子在侧，倘或生变，岂非摇动社稷么？"遂传王后卞氏慈命：立丕为魏王，操嘱及分香卖履，而于继统大事，反不提及，实是乖刁。尊卞氏为王太后，然后报答献帝。先立后奏，目已无君。御史大夫华歆，本操私党，立逼献帝下诏，命丕袭封，仍为丞相魏王，领冀州牧。丕既受诏命，乃出郊迎丧，奉操遗榇，安葬西陵，追谥曰武。何不谥为文王？丕弟彰、植、熊等，俱来奔

第九十回　济父恶曹丕篡位　接宗祧蜀汉开基

丧,彰已受封鄢陵侯,植亦受封临淄侯,与丕、熊均为同母弟;熊不久即逝。此外尚有异母弟十余人,一并会葬。史传载操有二十五子,数子早殇。彰多力,植多文,二人素为操所爱,丕恐他夺位,蓄猜已久,甫经丧毕,便欲遣令就国。彰本期大用,一闻消息,便怏怏自去;植待遣乃行。丕留华歆为相国,进大中大夫贾诩为太尉,大理王朗为御史大夫,侍中陈群为尚书。群请立九品法,分贤愚为九等,使州郡各置中正,官名。区别等第,借便黜陟,丕即依议施行。上品无寒门,下品无贵族,弊由此起。又选主簿贾逵为豫州刺史,逵明经知兵,受操宠眷,尝护操丧还邺,主持丧务。曹彰问及先王玺绶,被逵正色拒绝。丕因此德逵,授任豫州,锄强抑暴,兴利除弊,为吏民所称仰。丕复布告天下,令以豫州为法,封逵为关内侯。丕即欲篡汉,特仿汉高祖光武故事,率领甲士数十万,南巡谯城,遍召故乡父老,各给宴饮,谯城为曹氏故里。并设伎乐百戏,欢宴终宵。可巧蜀将孟达,遥奉降书,愿举上庸城属魏,丕授达为新城太守。武都氐王杨仆,挈种内附,丕使入居汉阳郡。一面亲笔下令,自陈威德,于是谐子媚臣,或报称黄龙出现,或报称凤凰来仪。丕即授意左中郎将李伏,太史丞许芝,令与华歆、贾诩、陈群、王朗等,先入许都,胁令献帝禅位。献帝以为曹操已死,可望亲政,因改建安二十五年为延康元年,与民更始。哪知一班新朝走狗,竟来逼令让国,要他拜献江山,献帝大吃一惊,不禁泪下。李伏即抗声奏请道:"孔子玉版中,已有预言,谓定天下,出魏公子桓。今魏王表字,适合谶文,丕字子桓。所以祯祥毕集,嘉应显然,陛下即宜应天顺人,仿行圣朝禅让故事。"说到此语,许芝也接说道:"臣职司天象,默察星纪,魏当代汉,就是证诸图谶,语却尽符。《春秋·汉合孳》云:'汉以魏,魏以征。'《春秋·佐助期》云:'汉以许昌失天下。'故白马令李云上书,曾言许昌气见诸当涂高,当涂高便是魏阙,魏当代汉,自许昌始。《易·运期》又云:'鬼在山,禾女连,王天下。'鬼、女、禾三字,拼成魏字,天数如此,陛下亦怎可违天?"种种佐证,不知如何捏造出来。献帝无言可答,只是两袖拭目,泪湿龙袍。还有华歆等更疾言厉色,几乎要将献帝吞噬下去。皇后可弑,皇帝自然可废。献帝尚未肯承认,忽外面有许多甲士,持械入殿,气焰很是厉害,慌得献帝起座返奔。华歆等竟抢步追入,直至中宫,曹皇后闻声出迎,见献帝形色慌张,惊问何事,献帝泣说道:"汝兄欲夺我帝位呢。"曹后听着,禁不住竖起柳眉,让过献帝,阻住华歆等人,开口叱骂道:"汝等希图富贵,敢造逆谋,试想我父功盖寰区,尚且始终事汉,我兄嗣位未几,便思攘窃神器,应不至此,总是汝等撺掇出来。"华歆听了,也无惧色,只因曹后是魏王丕妹,不得不略顾面目,权将天命人事的套话,敷衍数语。若非曹丕之妹,又要动手拖发了。曹后全然不采,歆等不得已暂退。越日闻曹丕已将到许,又会合群臣,力请献帝出殿,献帝被逼不过,勉强出来。

华歆等已草就禅诏,硬迫献帝颁行,献帝含糊答应,当即遣御史大夫张音,赍诏送丕。丕行至曲蠡,接诏展读道:

> 朕在位三十有二载,遭天下荡覆,幸赖祖宗之灵,危而复存;然仰瞻天文,俯察民心,炎精之数既终,行运在乎曹氏,是以前王既树神武之绩,今王又光曜明德,以应其期,历数昭明,信可知矣。夫大道之行,天下为公,选贤与能,故唐尧不私于厥子,而名播于无穷,朕羡而慕焉。今其追踵《尧典》,禅位于魏王,王其勿辞!

丕读诏毕,心下甚喜,但形式上未便遽受,不得不上表推辞,即遣张音返报。华歆等忙驰书劝进,一面胁献帝交出玺绶。献帝流涕道:"玺绶由皇后收藏,不在朕身。"歆等因再向曹后求玺,曹后仍然不与,乃转报曹丕,丕竟遣曹洪、曹休两族人,引兵入宫,劫取玺绶。曹后料不能坚持,将玺绶掷抵轩下,且泣且语道:"天不祚尔!"曹洪得玺,未便亲交曹丕,再由华歆等续缮诏书,仍使张音持玺献丕。更可恨的是硬要帝女二人,充作魏嫔,一齐献去。好算是善法《尧典》。丕在曲蠡待诏,见张音奉玺到来,并有娇娇滴滴的两帝女,随玺同至,真是喜气重重,大快所望。但见禅诏有云:

> 惟延康元年十月乙卯,皇帝曰:"咨尔魏王,夫命运否泰,依德升降,三代卜年,著于春秋,是以天命不于常,帝王不一姓,由来尚矣。汉道陵迟,为日已久,安顺以降,世失其序,冲质短阼,三世无嗣,皇纲肇亏,帝典颓沮,暨于朕躬,天降之灾,遭无妄厄运之会,值炎精幽昧之期。变兴辇毂,祸由阉竖,董卓乘衅,恶甚浇豷,逢蒙子,见《夏纪》。劫迁省御太仆官庙,遂使九州幅裂,强敌虎争,华夷鼎沸,螳蛇塞路。当斯之时,尺土非复汉有,一夫岂复朕民?幸赖武王德膺符运,奋扬神武,芟夷凶暴,清定区夏,保乂皇家。今王缵承前绪,至德光昭,声教被四海,仁风扇鬼区,是以四方效琛,人神响应;天之历数,实在尔躬。昔虞舜有大功二十,而放勋禅以天下;大禹有疏导之绩,而重华禅以帝位。汉承尧运,有传圣之义,加顺灵祇,昭天明命,厘降二女,以嫔于魏,使持节行御史大夫事太常音,奉皇帝玺绶;王其永终万国,敬御天威,允执其中,天禄永终。敬之哉!"

丕得此诏,即欲老实接受,还是太尉贾诩等,叫他再还玺绶。丕乃将帝女二人留住,先行受用;丕妹为帝后,则帝女应为丕甥,丕可谓善效楚成王了。再使张音将玺奉还。至第三次下诏,内有天不可违,众不可拒,重华不逆尧命,大禹不辞舜位等语,仍由音赍玺奉丕,丕不复再让,命在繁阳亭,筑受禅坛,择于十月庚午,代汉登基。公卿列侯,及大小将吏,届期至坛下候驾等候;片时由侍从拥着魏王,乘舆到了坛前,由丕徐徐下车,升坛受玺,南面称尊。文武百官,

第九十回　济父恶曹丕篡位　接宗祧蜀汉开基

拜倒坛下，齐称万岁。即位礼成，丕下坛祭告天地，望燎乃返。顾语群臣道："舜禹受禅，我今方知道了！"恐不像汝所为。遂驰入许都，改延康元年为黄初元年，国号魏，废献帝为山阳公，曹后为山阳公夫人，勒令出宫就封；惟仍得用汉天子礼乐，算做另眼看待。追尊父操为武皇帝，庙号太祖，称母卞氏为皇太后。改号相国为司徒，御史大夫为司空，余官亦多易旧名。就是郡国县邑，亦陆续改称，许县变作许昌县，算是魏国首都。又在洛阳大营宫室，作为陪都。这消息传入蜀中，但言曹丕篡汉，未及汉帝下落，或谓汉帝已经遇害。汉中王刘备，即为发丧成服，遥谥献帝为孝愍皇帝，蜀中一班将佐，遂劝备绍承汉统，即日正位，备不从所请。将佐等又援引谶纬，撮拾嘉符，再三怂恿，仍未见从。会由刘封奔还成都，谓孟达、申耽，并皆叛去，反引魏兵袭封，封寡不敌众，只好奔回。备怒叱道："汝知荆州危急，并不往救，今反敢来见我么？"封答说道："孟达从中挠阻，孤身不能赴援，所以中止。"备不待说毕，即喝声道："我闻汝与孟达不和，故达敢阻挠，汝当思食人禄，忠人事，怎得复听达言？我若贷汝，如何服人？"封跪伏求饶，适诸葛亮在侧，备顾语道："封罪当诛否？"亮答称"凭王裁夺"四字，备乃赐封自尽。封临死自叹道："我悔不听孟子度言！"子度就是达字，这语传入备耳，才知达降魏后，曾有书招封，封毁书斩使，致为所逐，备不免生悔，懊怅了好几天。封本姓寇，为长沙刘氏外甥，备至荆州时，尚未生禅，因留封为养子。封颇有膂力，随诸葛亮入益州，转战有功，乃得受职副中郎将。诸葛亮虑封刚暴，后终难制，故不为请免，听令加诛。封之罪固不免于死。转瞬月余，亮与许靖等，会衔上笺，申请正位。略云：

　　比闻曹丕篡位，湮没汉室，窃据神器，劫迫忠良，酷烈无道，人鬼忿毒，咸思刘氏。今上无天子，海内惶惶，靡所式仰。群下前后上书者，八百余人，咸称述符瑞，图谶明征，吁称绍德。伏惟大王出自孝景皇帝中山靖王之胄，本支百世，乾祇降祚，圣姿硕茂，神武在躬，仁复积德；爱人好士，是以四方归心焉。宜即帝位，以纂二祖，绍嗣昭穆，光复旧物，天下幸甚！录劝进书，与专言符谶，一味虚谀者不同。

刘备览笺，尚欲固辞，再经诸葛亮等，进陈兴灭继绝的大义，乃准如所请，令博士许慈，议郎孟光，订定礼仪，就在成都武担山南，筑坛登位，并昭告天地，由祝礼官代读祝文道：

　　维建安二十六年四月丙午，延康改元，备尚未接诏，故文中仍用建安年号。皇帝备敢用玄牡，昭告皇天上帝，后土神祇。汉有天下，历数无疆。曩者王莽篡盗，光武皇帝震怒致诛，社稷复存。今曹操阻兵安忍，戮杀主后，滔天泯夏，罔顾天显。操子丕，载其凶逆，窃据神器，群臣将士，以为社稷骥废，备宜修之，嗣武二祖，恭行天罚。备虽否德，惧忝帝位，询于庶民，外及蛮夷，佥曰天命不可以不答，祖业不可以久替，四海不可以无主，率土式望，在备一人。备畏天明命，又惧汉邦将湮于地，谨择元日，与百僚登坛，受皇帝玺绶，修燔瘗告，类于天神。类系祭名。惟神飨祚汉家，永绥四海，垂于无穷！

祝告既毕，受百僚朝贺，颁诏大赦，改元章武，仍称汉帝。史家号为蜀汉，示与后汉有别。且因刘备殁后，庙谥昭烈，又沿称昭烈皇帝。惟陈寿作《三国志》，但称为蜀。寿本魏人，出仕晋朝，晋受魏禅，不得不微辞寓意，惟始终称备为先主，与《吴志》直呼孙权不同，是寿亦隐以正统予蜀，与朱子《纲目》书法名异实同。小子此后演述，就沿称备为先主。自是中土三分，势成鼎足。未几吴亦改年黄武，寻且称帝，居然是三帝并峙了。惟蜀承汉统，幅员虽小，名号最正。刘先主既已正位，进诸葛亮为丞相，许靖为司徒，置百官，立宗庙，祫祭高祖以下诸世系；立夫人吴氏为皇后，子禅为皇太子。典制粗定，便欲兴师东下，讨吴雪耻。忽有一将进谏道："国贼曹操，并非孙权，陛下不应置魏先吴。"先主听着，默然不悦，那将军又继续陈词，讲出一段绝大的理由。小子录述至此，即随写一诗道：

君父仇深兄弟轻，后先应自辨分明。
忠臣伏阙陈言后，英主如何不听行？

欲知何人进谏，申明理义，请看下回再详。

司马温公退居洛阳，阅陈寿《三国志》，识破一事，谓操留遗嘱，下至分香卖履，如家人婢妾，莫不处置详尽，独无一语及禅代之事，其意以为禅代乃子孙所为，吾固未尝教之也，此正为操之大奸处。然操尝以周文王自拟，亦何曾不教丕篡汉乎？且温公既知操之奸，不应有帝魏寇蜀之书法，陈寿尚称刘备为先主，温公何嫌何疑，乃必以正统予魏也？本回就事论事，未尝明辨，而于魏、蜀之称帝，前后写来，自觉邪正之不同，文人手笔，具有阳秋，岂必断断然评论善恶哉？

第九十一回　陆伯言定计毁连营　　刘先主临危传顾命

却说刘先主筹备军马，意欲伐吴，有一将军伏阙谏阻，谓当先行伐魏。看官！这是何人？原来是翊军将军赵云。云先言魏为国贼，比吴为重，未见先

第九十一回　陆伯言定计毁连营　刘先主临危传顾命

主听从，乃复申谏道："曹操虽死，子丕篡位，陛下宜出图关中，扼住河渭上流，声讨逆贼；臣料关东义士，必将裹粮策马，欢迎王师。待魏既讨灭，吴亦可不劳而服了。"至理名言。先主终不肯从，再经诸葛亮联名奏阻，稍有回意；忽有一大将，踉跄趋入，拜伏先主座前，抱足大哭。先主瞧着，乃是车骑将军张飞，飞已由右将军升任车骑将军。不由的潸然泪下。飞且哭且语道："桃园盟誓，陛下奈何遽忘，不为二兄报仇？"先主答道："朕早欲讨吴，百官谓先宜讨魏，是以稽迟。"飞急说道："陛下不去，臣愿自往。"确是急性子。先主道："朕怎忍令卿独去？卿可速回阆州，起兵来会，惟有一语相诫，幸勿嗜酒，迁怒部下；既加鞭挞，不得再令在左右，至要至嘱！愿卿勿忘！"飞奉命即去。先主乃决计兴师，无论何人进谏，统皆拒绝。留丞相诸葛亮辅太子禅，居守成都，先主譬亮为鱼水。水不并行，鱼安得活。自率诸军东下。是时黄忠已殁，罗氏《演义》谓忠曾随军东出，中箭阵亡。按诸史志，忠殁在建安二十五年，可知罗氏附会之误。马超出镇凉州，只有赵云，是老成宿将，先主因他谏阻东征，不使前驱，但令他督运军粮，作为后应。此外所率将士，多系新进，毅然出都。益州从事秦宓，叩马力谏，面陈天时不利，违天行师，恐防有失；说得先主怒从心起，竟将宓下狱羁囚，俟回师时再行定罪，遂麾兵东下，直指秭归。途次接得阆州来表，总道是张飞遣至；及取阅表文，乃是飞营内都督署名，不禁惊诧道："难道飞已死了么？"忙展开一阅，果系飞怒挞左右，为帐下将张达、范强所害，携首投吴。顿时放声大哭，更触起关公遗痛，号恸不休，将佐等从旁力劝，方才收泪，追谥飞为桓侯。查得飞长子苞，已经早亡，乃令次子绍袭爵。史传载苞早夭，罗氏《演义》无稽可知。正在下诏抚恤，忽由东吴来了使人，呈上一笺，系由南郡太守诸葛瑾差来，先主已有愠色，撕开函封，但见笺中有数语云：

　　陛下以关羽之亲，何如先帝？荆州大小，孰与海内？俱应仇嫉，谁当先后？若审此数，易于反掌矣。

先主阅到此处，即掷笺委地，喝将来使斩讫，还是将佐援引古义，奏言两国相争，不斩来使；且诸葛瑾为丞相兄，更宜曲为顾全，从宽贷宥。先主才命赦死，喝将来使逐回。原来吴主孙权，闻刘先主督师东来，兵势甚盛，料他志切报复，不能轻敌，因命诸葛瑾作书求和。或谓瑾不可恃，恐将借此降蜀，权摇首道："孤与子瑜，为生死交，从前孔明来吴，孤使子瑜留住孔明，子瑜谓弟不留吴，犹瑾不往刘，此言可贯神明；今难道反有贰心么？"嗣得瑾遣人报命，果言蜀无和意。已而张达、范强，复献到张飞首级，权只好收纳，但自思越弄越坏，万难言和，乃亟遣部将李异、刘阿等，率兵四万，往御秭归。一面向魏上表，称臣纳贡，并送魏将于禁等还魏，为乞援计。魏王曹丕，当即受降，群臣皆贺,独侍中刘晔进谏道:"孙权无故求降,必因蜀兵大举,自恐难敌,又虑我乘隙进攻,国将不保,所以委地称藩,今不若出师渡江,进袭江东,蜀攻外,我攻内,吴必不支;吴亡蜀孤,怎能久持?这便是一举两得的至计。"丕答说道:"彼既来降,我反加讨,是适令天下疑沮,如何能怀柔远人?"遂不听晔言,遣归吴使,并使太常邢贞,赍册至吴,封孙权为吴王,加九锡礼。贞到了江东,孙权亲率百官,出城迎接。甘心事魏,便是逆党。贞昂然前来,见了孙权,并不下车,恼了吴长史张昭,厉声叱责道:"礼无不敬,法无不肃,君乃敢自尊大,藐我江南,莫非我江南果无寸刃么?"争此小节,抑何太晚?贞乃下车相见,偕权入城,宣读魏诏,取交封印,由权北面拜受。中郎将徐盛在侧,且愤且泣道:"盛不能奋身致命,为国家取魏吞蜀,反令吾主屈身受封,岂不可耻么?"贞听得盛言,不禁叹语道:"江东将相如此,当不至久居人下呢。"权盛筵待贞,留居三日,贞乃辞归。权复遣中大夫赵咨报谢,咨入谒曹丕,丕即向问道:"吴王为何等主?"咨便答道:"聪明仁智,雄略兼优。"丕微笑道:"这也太觉过夸了。"咨又答道:"并非由臣过夸,能用鲁肃,不失为聪;能拔吕蒙,不失为明;既获于禁,终未加害,不失为仁;安取荆州,兵不血刃,不失为智;据有三州,虎视四方,乃竟能屈身陛下,岂非雄略兼优么?"丕复问道:"吴王亦曾学问否?"咨便答道:"吴王任贤使能,志存经略,有暇即熟览经史,但不似书生寻章摘句,徒事咿唔。"丕又问:"吴可征否?"咨正色道:"大国有征伐雄师,小国亦有备御良策。"丕谓:"吴不畏魏么?"咨答言:"吴国带甲百万,江汉为池,何必畏人?"丕改容道:"吴如大夫才辨,能有几人?"咨应声道:"聪明特达,约有八九十人,若以臣为例,却是车载斗量,不可胜数。"丕乃说道:"如卿可谓不辱使命了。"当下待遇如礼,越日遣归。惟丕仍不欲助吴,坐观成败,只是按兵不动。那吴将李异、刘阿等,军行至秭归,与蜀将吴班、冯习等相遇,一场交战,吴军败退。孙权闻报,不免彷徨,默思盈廷将佐,只有陆逊才略过人,乃特授逊为大都督,面授节钺,使督同朱然、潘璋、韩当、徐盛、宋谦、鲜于丹、孙桓诸将,领兵五万,出拒蜀兵。逊以年轻望浅为辞。权令他便宜从事,先斩后奏,于是逊受命启行。孙桓为权族子,父名河,出继姑母俞氏,嗣仍复姓为孙,年方二十有五,得拜安东中郎将;状貌魁梧,饶有勇略,权尝称为宗族颜渊。至是随逊西行,愿充前锋,逊慨然允诺,桓即带领偏师,驰至彝陵。适来了蜀将吴班,便与交锋,当先突阵。班见桓气势凶猛,引军便退,诱桓至彝道间,骤鸣鼓角,号召伏兵。但见蜀兵四起,弥山盈谷,向桓杀来。桓虽然骁勇,究竟寡不敌众,被蜀军困在垓心;桓率部下竭力冲围,竟由桓杀得性起,掷去长槊,拔出短刀,冒险冲突。可巧吴将朱然,引兵来援,才得杀透重围,奔回彝陵。吴班引军再进,把城围住,桓使朱然向逊求救,逊独不肯发兵。诸将俱上帐前请道:"孙安

第九十一回　陆伯言定计毁连营　刘先主临危传顾命

东系是公族,今为敌所困,奈何不救?"逊徐答道:"彝陵城高粮足,孙安东又得士心,定能坚守,不致疏虞;待我出军破备,安东自然解围了。"诸将复道:"都督欲与备交锋,请即传令,末将等便当前往。"逊微笑道:"且慢。"诸将道:"既不救彝陵,复不击刘备,难道待蜀兵自毙么?"逊变色道:"我自有计破蜀,诸君但当各守营垒,阻敌前进,毋得违我号令。"诸将乃退。韩当、徐盛等,统是宿将,心已轻逊,又见他逗留不进,越觉愤闷,俱相率私叹道:"用此书生为都督,江东休了!"反跌下文。且说刘先主已到秭归,连接捷报,当然欣慰。嗣闻吴用陆逊督军,统兵五万,在猇亭东南屯营,料知必有剧战,因令各军严行加防,准备厮杀。待了旬余,不见动静,乃拟亲出攻逊;

治中从事黄权进谏道:"吴人耐战,我军又沿流直下,易进难退,况吴魏近时通和,陆逊多智,未始非待魏进兵,为夹攻计。臣愿效力前驱,抵当吴寇,陛下宜为后镇,静守要隘,方无他虞。"先主不从,但命权为征北将军,督守江北,防御魏人,自率诸将东进,直抵猇亭。吴将闻先主亲至,各向陆逊前请战,逊与语道:"刘备举军东下,锐气方盛,不宜急攻,待他日久敝生,一举且可破灭了。"诸将不信,还欲争辩,逊拔剑置案道:"备为天下枭雄,曹操尚且生畏,今与我交兵,正是劲敌;诸君并受国恩,当思计出万全,共剪此虏;仆虽书生,受命主上,正惟仆能忍辱负重,故托付全权;军法如山,不应轻犯,如有妄言生事,立当斩首!"说至此,面色如铁,非常森严,诸将不敢再言,悻悻退出。好多日不闻战令,那蜀军却遍地扎营,自巫峡延至猇亭,约有数十万屯,前部督叫作张南,大督就是冯习,且由刘先主调回吴班,引兵数千,就吴营面前立寨。吴将忍耐不住,又复请战,陆逊只是不允。韩当、徐盛等齐声道:"如若不胜,愿按军法。"逊引诸将出营,遥望多时,扬鞭西指道:"前面山谷中,隐笼杀气,必有伏兵,彼欲诱我入伏,可以掩击,我岂肯堕他诡计?故不允诸君出战!"诸将听了,尚暗暗冷笑,不得已,随逊回营。过了三日,班竟退兵,山谷间果有蜀兵,拥着主子,徐徐回去,吴将方知逊先见。惟相持数月,未见逊出一谋,总不免笑他庸懦,逊却上表孙权,指日破蜀。诸将闻悉,不知他葫芦里卖什么药,互有疑言;蹉跎蹉跎,逊与蜀军相拒,差不多过了半年,好坚忍。时阅盛暑,红日炎炎,蜀军大营,移至树林间屯驻,借便纳凉,逊也未尝发兵截击。到了翌晨,忽召入诸将道:"今日方可破蜀了。愿大家努力!"诸将道:"破蜀当在初时,今令蜀兵深入五六百里,连营相望,又持久至七八月,彼已固守要隘,怎能破得?"逊笑说道:"备转战一生,更事甚多,今率锐东来,初至时必思虑周详,未易与敌;及屯留多日,未得逞志,兵疲意沮,计不复生,欲破此虏,正在此时。"遂命鲜于丹引兵往攻,韩当、徐盛为后应,陆续前去,不到半日,三将败回,入帐禀报道:"蜀兵势大,难与争锋,末将等攻他一营,各营齐至,首尾相应，因此致败。"逊答道："我已有破蜀计策，今夕定可成功，诸君可早食晚餐，入帐授计。"未几，日已西昃，将士等饱食一餐，入听号令，逊方说出"火攻"二字，分拨诸将，各执火具，往烧蜀营。刘先主在营夜坐，正与将佐等谈论军机，从事程畿道："近日军营上面，有黄气罩住，长十余里，广数十丈，恐与全军有碍，不可不防。"先主道："吴军屡战屡败，怕他甚么？"骄必败！畿答说道："陆逊多谋，恐有狡计。"先主道："朕使侍中马良，安抚五溪蛮夷，昨得奏报，谓已一体响应，俟他毕集，与陆逊大战一场，看他如何敌我？"营上黄气，与安抚溪蛮，俱借口叙过。

正谈论间，忽由军吏入报道："吴兵来攻，各屯火起。"先主忙说道："快快传语冯习、张南等将，小心迎敌。"军吏方出，又有一人趋入道："冯、张二营，已被吴兵毁破了。"先主大惊，忙披甲上马，出营瞭望，四面八方，火光缭绕，连树木俱被延烧，渐渐的侵及御营，并且喊声四震，不知有多少吴兵，前来劫营。蓦见将军傅彤，踉跄前来，报称冯习、张南，并皆阵亡，吴兵很是厉害，请速回銮。先主即使傅彤断后，自率亲军西走，一面令从事程畿，往谕水师，上岸援应。程畿自去，傅彤随驾徐行。到了马鞍山，吴军四面环集，进退无路，不得已上山驻扎，令傅彤据住山口，堵御吴兵。遥见火势燎原，熊熊不绝，好容易俟至天明，望得长江一带，尸骸重迭，随流而下。先主且愤且惭道："我乃为陆逊竖子所折辱，岂非天数？"不能尽诿诸天。言未已，又有军弁趋至道："吴军放火烧山，傅将军危急万分，请御驾速行裁夺。"先主乃决意再走，领兵杀下，冲突了好几次，仍然不能出围。未几又是傍晚，吴兵各去晚餐。稍稍宽缓，傅彤拚命杀出山口，让过先主，请他前行，自率残兵，截住吴军。吴军竞来环击，彤与他力战多时，看看手下垂尽，还是挺枪死斗，吴兵叫他投降，彤呵声道："吴狗！大汉将军，岂肯降汝？"说着，复格死吴兵数人，身受重创，力竭捐躯。死且不朽。先主仓皇西奔，后面吴兵穷追，又复大至，乃令将士脱甲塞路，纵火焚甲，断住追兵。吴兵拨去残甲，仍然追赶。蜀兵沿路溃散，只剩得骑士百余，尚随先主，先主长叹道："我命休了！"道言甫毕，前面有蜀兵趋至，为首大将，乃是翊军将军赵云，先主方转忧为喜，忙令他截住吴兵，自引百余骑，入白帝城。云本在江州督粮，因见东南火光冲天，不知前军胜败，因领兵前来，亏得有此一举，方得杀退敌兵，保回主驾。此外蜀中将士，多半伤亡。从事程畿，奉命往招水军，水军已被吴兵掩击，逃得精光；畿乘得孤舫，溯江徐退。从吏催畿道："追兵将至，何不速驶？"畿慨然道："君辱臣死，我岂可畏死偷生？"既而吴兵果到，围住畿船，畿拔剑自刎。足与傅将军并光昭史。尚有蛮王沙摩阿，挈众从蜀，亦至战死。余如蜀将杜路、刘宁等，穷蹙投吴；镇北将军黄权，被吴兵截断，却引兵投魏去了。

第九十一回　陆伯言定计毁连营　刘先主临危传顾命

　　魏主曹丕,闻蜀兵连营七百里,知蜀必败,群臣问为何因,丕与语道:"刘备不晓兵机,岂有连营七百里,尚可拒敌?兵法有言:'包原隰险阻而成军,必为敌擒。'江东捷书将至了。"过了七日,吴果呈入捷书,丕却令吴送子入质,吴置诸不答。丕即命曹休等出洞口,曹仁出濡须,曹真等围南郡,三路兵约有数万,同时攻吴。前可攻而不攻,至此乃欲攻吴!丕亦徒知料人,不能察己。吴兵既得胜蜀,欲进攻白帝城,陆逊独下令班师,适值彝陵围解,孙桓来见陆逊,逊慰劳一番,桓语逊道:"前因公连日不救,未免滋疑,今始知公调度有方,终得破蜀,但何故不乘胜进攻呢?"逊答语道:"曹丕外托助我,内实谋我,我若穷兵入蜀,必为所算。"乃收军东归。将返荆州,果闻魏兵三路进攻,当即飞报孙权,遣将防堵。权已闻知消息,使将军吕范等,率水师拒曹休,诸葛瑾拒曹真,朱桓拒曹仁,决意与魏绝好,改元黄武,临江把守。曹丕闻吴抗命,也自许昌督师南下,接应三路兵马。刘晔复谏阻道:"吴方破蜀,上下齐心,况复襟江带湖,到处可守,不如缓攻为是。"丕不肯从,竟引军至宛城,忽接得探马来报:曹休出兵洞口,颇得胜仗,嗣由吴军援应,休被杀败,只好退回。丕方才惊讶。旋又有人报称曹仁败还,部将常雕阵亡,王双被擒,丕更觉心惊。只有曹真一路,围攻江陵,尚无音响,丕方遣夏侯尚督领水军,往助曹真。江陵守兵,适患疫病,吴将诸葛瑾等,不能却敌,险些儿支持不住;可巧陆逊遣到朱然,带着舟师万人,与夏侯尚鏖斗一场,尚兵败溃,曹真孤军失势,不得不报告曹丕,丕乃懊怅道:"悔不用刘晔言,多事劳师。"说着,即遣使召还曹真及曹休曹仁两军,并还洛阳。吴主孙权,尚恐蜀人报怨,未敢追击魏兵;且将王双送还。曹丕乐得示惠,虚言慰谕,自回许昌去了。

　　且说刘先主奔回白帝城,还想收合余烬,再行讨吴。可奈七万余人,死亡大半,溃卒虽然渐集,不过一二万名,还是焦头烂额,疲敝不堪,一时如何成军?惹得先主又悔又恨,又恨又悲。嗣由东吴传来耗闻,乃是孙夫人得知兵败,误传先主被害,竟濒江遥祭,投江殉节。说本《枭姬传》。先主本因她无故归吴,置诸度外,不料她有这般贞烈,未免有情,谁能遣此?遂至怏怏成病,起居不适。赵云等请回成都,又不见许;且因白帝城为鱼复县治所,就改县名为永安,馆舍为永安宫。会由吴使至白帝城,报称孙夫人丧信,并请罢兵息争。无非因与魏绝交,故有是使。先主含糊答应,也遣大中大夫宗玮,赴吴报命。惟心中总不能无嫌,终日里郁郁寡欢,忘餐废寝。看官试想!刘先主年逾六十,怎能禁得起这般神伤?迁延半年,终致不起,遂召丞相诸葛亮,及尚书令李严等,到永安宫,听受遗命。章武三年二月,亮等到了永安,尚有先主庶子鲁王刘永,梁王刘理,一同随至,俱到先主榻前问安。先主见了诸葛亮,歔欷与语道:"朕不能用丞相言,悔已无及了。"亮劝慰道:"陛下须善自珍摄,幸勿再忆故事。"先主道："命数已终,看来是无可挽回;惟与丞相契合有年,深蒙辅导,乃智短命穷,将成长别,奈何奈何!"说至此,泪流满面。亮亦不禁涕下,但见先主精神未敝,不致遽危,故尚忍泪劝解,率众暂退;只留二王侍侧。嗣是逐日入省,就是留居成都的官僚,亦陆续到来请安。成都令马谡,系侍中马良弟,良有兄弟五人,并有才名。良字季常,谡字幼常,余亦以常字为号,惟良眉中有白毛,里谚谓马氏五常,白眉最良。良奉命抚慰五溪,及猇亭败后,归路遮断,竟至遇害。诸葛亮尝器重马谡,特荐为成都令。至是请安已毕,退出行宫,越宿由亮入视,先主顾语道："马谡言过其实,不可大用,君宜留意。"亮应命而退,到了孟夏,先主病已垂危,乃召诸葛丞相等,托孤寄命。正是:

覆辙自知由智短,托孤尚幸得人贤。

欲知刘先主顾命如何,且至下回详叙。

曹操之败于赤壁,一骄字致之;刘先主之败于猇亭,亦未始非误于一骄耳。夫献帝之为魏所篡,与关公之为吴所害,皆先主之大仇也。然权其轻重,则仇魏为先,而仇吴为后,赵云之谏,最明大义。就使志欲报吴,但命一二将东出可也。乃孤注一掷,连营七百里,旷日持久,卒败于陆逊之手,虽曰天命,岂非人事?且无猇亭之败,先主或尚得永年,亦未可知。或谓诸葛公坐守成都,既不能出救关公,又不能出救先主,陈寿谓其将略非所长,并非刻论;是说也,余亦疑之。

第九十二回　　尊西蜀难倒东吴使
　　　　　　平南蛮表兴北伐师

却说刘先主病到弥留,宣扬遗命,丞相诸葛亮,尚书令李严等,并侍榻前。先主顾亮道："君才十倍曹丕,必能安邦定国,终成大事。嗣子可辅,劳君匡辅;若不可辅,君可自取。"先主亦知嗣子禅不才。亮慌忙拜倒道："臣敢不竭股肱,效忠贞,誓死毋贰,勉报圣恩?"先主乃命李严代作遗诏,留嘱嗣君。且唤永、理二兄弟至前,叫他父事丞相,不得有违。又与翊军将军赵云,叮咛数语,无非是托他辅国,说至此,长叹一声,瞑目竟逝,享寿六十三岁。诸葛亮主持丧事,棺殓如仪,使李严为中都护,留镇永安,自率百官奉丧还成都。太子禅年方十七,在都留守,不遑奔丧,但出都门,守候梓宫;及灵榇已到,迎入正殿,举哀行礼。礼毕展读遗诏,诏云:

第九十二回　尊西蜀难倒东吴使　平南蛮表兴北伐师

朕初得疾,但下痢耳;后转杂他病,殆不自济。人年五十,不称夭,朕已六十有余,何所复恨?不复自伤。但以汝兄弟为念。勉之勉之!勿以恶小而为之,勿以善小而不为!惟贤惟德,乃可服人!汝父德薄,不足效也!汝兄弟当父事丞相,更求闻达,无替朕命!

太子禅拜受遗诏,亮即请禅嗣位,改元建兴,是为后主。崇谥先主为昭烈皇帝,奉葬惠陵;尊皇后吴氏为皇太后,颁诏大赦。益州从事秦宓,已得释狱,由亮选为益州别驾。宓少有才名,也是法正一流人物。亮因法正早殁,尝叹为孝直若在,必不令主上东征,就使东行,也不致一败若此;故秦宓因谏得罪,亮甚为叹惜,至赦免后,随即录用。后主封亮为武乡侯,开府治事;嗣复使领益州牧,政无巨细,皆归裁决,后主惟拱手受成。亮约官职,修法制,信赏必罚,风化肃然。忽闻益州者帅雍闿,戕杀益州太守,叛蜀附吴,亮因新遭大丧,未便动兵,且意在和吴伐魏,故决计缓征。广汉太守邓芝,方入为尚书,窥知亮意,请向东吴修好。亮欣然道:"我早有此意,一时苦乏使才,今始幸得人了。"芝问为谁,亮答言莫如使君,芝亦不辞,奉命即行。吴王孙权,正再迁鄂县,改名鄂为武昌,作为吴都。百忙中补叙此文。闻蜀中遣使到来,心下狐疑,不肯即见。芝待了两日,作书致权道:"臣今到此,非但为蜀,并且为吴,若大王不愿见臣,臣就去了。"权得阅此书,即召芝入见,芝行礼毕,便开口问权道:"大王,今日欲与魏和呢?抑与蜀和呢?"权答说道:"孤非不欲和蜀,但恐蜀主幼国小,不足敌魏,所以怀疑。"芝应声道:"大王为命世英雄,诸葛亮亦一时俊杰,蜀有重险,吴有三江,若互为唇齿,进可兼并天下,退可鼎足峙立;今大王甘心事魏,魏必征大王入朝,索王子入侍,一不从命,便当奉辞伐叛,蜀亦顺流进取,臣恐大王两面受敌,江东地不能复有了。请大王熟思!"权沉吟良久道:"君言亦是,孤当与蜀连和,烦君先归通报,孤当遣使订盟便了。"芝乃辞归。倏忽间已过一年,吴乃遣中郎将张温报聘。温至成都,后主当即接见,并由诸葛丞相等,优礼相待,与申盟好。温谈笑自若,颇有傲容,过了两日,便辞行东还。丞相亮带领百官,亲与饯行;独秦宓不至。亮屡使人敦促,好多时未见到来,温疑问道:"尚待何人?"亮答言益州学士秦宓。既而宓至,温即笑问道:"君为益州学士,究竟所学如何?"宓正色道:"蜀中三尺童子,尚皆就学,何况我辈?"温接问道:"君既宿学,必知天文,天可有头否?"问得无谓。宓随口答一"有"字。温问在何方?宓答:"天在西方。《诗》云:'乃眷西顾。'可知西方有头。"温问天有耳否?宓又答道:"天处高听卑。《诗》云:'鹤鸣于九皋,声闻于天。'若天无耳,如何得闻?"温问天有足否?宓复引《诗》言,"天步艰难"一语,证明有足。温又问天有姓否?宓答言姓刘。温问宓如何知晓?宓答称天子姓刘,可以推知。随口道来,都成妙谛。温复说道:"日生于东,"宓不待说毕,就接口道:"日虽东升,至西必没。"说得温瞠目结舌,不敢再言。芝却把天道盈虚,转诘张温,温无词可答,急得汗流浃背,满面生惭;还是诸葛亮替他排解,方勉强饮了数杯,逡巡告别。亮复令邓芝偕行,既至武昌,请温先报孙权,然后进见,权与语道:"两国通好,若得同心灭魏,天下太平,从此可二主分治,岂非快事?"芝直答道:"天无二日,民无二王,如得灭魏,尚未识天命所归;但使君各茂德,臣各尽忠,那时势均力敌,或当再起战争,必待统一以后,方得太平致治哩。"权大笑道:"君何诚款乃尔!"因厚礼送归。嗣是吴蜀又往来如初了。总结一笔。

惟魏主曹丕,闻得吴蜀联盟,自知不妙,便召群臣商议,即欲起兵伐吴。侍中辛毗进谏道:"天下新定,土广民稀,骤欲劳师,未必果利;为今日计,不若养民屯田,待十年后,足食足兵,方可吞吴并蜀,混一天下。"十年为期,并非迂言。丕雄心勃勃,十个月且不肯待,怎肯待至十年以后?当下叱退辛毗,进司马懿为尚书仆射,留镇许昌。此为司马氏篡魏之兆。看官!听说丕多亲弟,又有长子,为何不嘱子弟监国,却叫司马懿留守?说来又有特因,可得就此补叙:丕弟彰植,同为卞太后所生,因丕素性猜忌,为魏王时,就将二弟遣往就国。见前文。丕妻甄氏,容既绝世,发尤美观,尝将万缕青丝,挽就云鬟,号灵蛇髻,光泽可鉴。她本为袁熙妇,当再嫁曹丕时,植也为艳羡,只因丕捷足先得,无奈让兄,惟心中未免失望,颇有怨言,丕益加妒恨。植既出封临淄,监国灌均,阴承丕意,劾植使酒悖慢,遂由丕征植入朝,意欲加诛,还亏卞太后从中保护,才得不死。但尚限令七步成诗,即以兄弟为题,不准直说,植随口答咏道:"煮豆燃豆萁,豆在釜中泣,本是同根生,相煎何太急?"丕听了此诗,心稍知感,恨终未除,特贬植为安乡侯。会因丕多内宠,除献帝二女外,见前文。尚有郭、李、阴、三贵人,最宠爱的乃是郭氏。郭氏为安平人郭永女,少即秀慧,永号为女王;长成后艳名愈噪,为丕所闻,遂纳为姬妾,格外爱怜。郭氏不特善媚,并且善谋,丕得立为太子,也是受教阃中,所以宠郭尤甚。至丕既篡汉,进郭氏为贵嫔,本想立她为后,只因甄氏尚存,一时未便发表。郭氏却谋夺后位,多方谗间,丕竟为所迷,将甄氏留置邺中,且说她心怀怨望,平白地将她赐死。何若早死邺中,为袁熙殉节。郭氏无出,独甄氏有一子名叡,为丕所爱,丕立郭氏为后,就将叡交与郭氏,令她抚养。叡生性聪颖,明知母死由后,但不得不勉承后颜,谨问起居。到了十五岁时,随丕出猎,见有大小二鹿,由丕一箭射去,大鹿即毙,丕令叡射小鹿;叡凄然道:"陛下已射死鹿母,怎忍再杀鹿子?"丕不禁心动,将弓掷下,罢猎回宫。未几即封叡为平原王,但终不使为太子。就是彰、植二弟,虽照例增封,彰为任城王,植为鄄城王,毕竟不见亲信。所以丕亲出伐吴,独使司马懿居守许昌,这也是天心播弄,特令他亲疏倒置呢。

第九十二回　尊西蜀难倒东吴使　平南蛮表兴北伐师

丕复特置龙舟，亲自乘坐，督率大小战船数千艘，由蔡颍二水入淮，越过寿春，直至广陵。吴将徐盛，奉命防御，故意把战舰匿入港中；至曹丕舟达江北，远远眺望，并不见一船，未免诧异，一时不敢轻进，就在江北停泊一宵。翌日起视，忽见江南一带，连城绵亘，城楼上插满旗械，遍列士卒，丕不觉大惊，且望且叹道："魏虽有武骑千群，至此都成无用；江南人物如此，未可进图呢。"语尚未毕，蓦有巨风刮起，白浪滔天，龙舟在水中狂簸，险些儿不能支持；丕急改乘小舟，仓皇北返，各战舰亦没命逃归。一场兴作，空去空来，风师原巧弄曹丕。惟江南一带城楼，究从何来？原来是吴将徐盛，乘着夜色迷蒙的时候，放舟出港，排列江滨，舟中预备假城疑楼，沿江张设，士卒统是芦苇缚成，外罩军衣，惟旗械是真；可巧秋江盛涨，岸阔雾浓，魏自曹丕以下，都不能仔细端详，遂至吓退，吴得不劳一卒，安堵依然。蜀相诸葛亮，闻知吴魏相攻，料他无暇侵蜀，乃筹足军饷，定议南征。适永昌功曹吕凯，府丞王伉，接连上书，报称雍闿势盛，屡次入寇；更有牂牁太守朱褒，与越嶲夷王高定，皆叛应雍闿，随处骚扰。亮因调齐兵马，辞别后主，督兵南下。成都令马谡，已由亮署为参军，送亮出都，亮与语道："与君共谋数年，今可更惠良规，免得误事。"谡答说道："南中蛮人，自恃险远，不服王化，就使兴师入境，所向皆捷，窃恐今日得破，明日复叛，若必杀尽遗种，永除后患，亦非仁人所忍为；且须连年积月，或可奏功。谡闻用兵伐人，攻心为上，攻城为下，心战为上，兵战为下；丞相此次南征，最好使他心服，方可一劳永逸呢。"却是高见。亮笑答道："君言甚是，我亦有此意呢。"谡送行至数十里外，亮始遣还成都，自率大军径进。蛮人素无纪律，怎能敌得过王师？再加诸葛亮用兵有方，事事占人先着，因此所向无阻，势如破竹。当下自越嶲进兵，斩雍闿，诛高定，传檄诸郡，剿抚兼施。门下督马忠，隶籍牂牁，自请效力，亮便拨兵与忠，叫他前往。才阅半月，即得忠捷书，谓朱褒已经受戮，牂牁复安，叛房头目，诛灭已尽。

本来是大功告成，可以旋师，偏有一蛮酋孟获，收合雍闿余众，出拒蜀兵。亮探得孟获生平，虽无智略，却甚骁悍，为夷汉所畏服，因此打定主意，决将孟获收为己用，使他死心塌地，庶无后虞。孟获不识军谋，一味蛮抗，战了一次，便由亮诱他入伏，一鼓擒住，亮问他心服否？获抗言不服；亮却藏过精兵，故意使羸卒站列，令他周视。获更笑说道："向不知汝兵虚实，被汝诱获，今看汝兵，不过如此，有何难胜呢？"蛮子蛮语。亮因纵使回去，整军再战。获返至蛮寨，纠众来劫亮营，又被亮预设机谋，四面兜拿，复擒孟获。获仍然不服，亮更纵还。获渡过泸水，负险自固。时当五月，溽暑熏蒸，水中又无船只可行，蜀兵俱畏难欲退，亮下令道："我兵若归，房必再出，我去彼来，我来彼去，何时始得平定？今惟有再接再厉，渡泸进去，捣穴平蛮，就在此举，愿大众努力，后当重赏。"兵士听了,方才踊跃起来。亮即命将士潜造木筏,至夜间悄悄渡泸,直抵蛮峒;孟获自恃险固,并不加防,待至蜀兵深入,仓猝迎敌,好容易又被蜀军擒去。亮仍不加诛,令获还峒,获更避入深巢,又为蜀兵所破。直至七纵七擒,获无处可容,方才拜服。亮尚欲遣归再战,获泣谢道:"丞相天威,无坚不摧,南人誓不复反了!"是谓攻心。遂引蜀兵入滇池,奉亮如神,无论蛮子蛮妇,并来拜谒。亮好言抚慰,仍令孟获管理蛮众,听蜀政令,众皆欢跃去讫。罗氏《演义》满纸捏造。什么朵思大王,什么木鹿大王,什么祝融夫人,好像《封神传》、《西游记》一般,看似五花八门,实则十虚九幻,不值识者一噱。或请亮留置官吏,与孟获同守蛮方,亮慨然道:"设官有三不易,留官必当留兵,兵无所食,必将生变,是一不易;蛮人屡败,父兄伤亡,免不得记恨官兵,互生衅隙,是二不易;汉蛮易俗,当然异情,留官抚治,怎肯相信?是三不易。今我不留人,不运粮,但使他相安无事便了,若欲令彼同化,容待他年。"于是下令凯旋,孟获率众拜送,并献金银丹漆耕牛战马,作为军用。亮分犒将士,一无所私。唯途中往返,辄患暑疫,经亮采查药物,合锉为末,用瓶收贮,每人各给一瓶,遇有中暑中疫等症,吹鼻即解,故盛暑行军,奔波万里,得免死亡。今药肆所售"诸葛行军散",就是当时留下的秘方,这且无庸絮述。且说诸葛亮班师回国,饮至行赏,人人欣悦,朝野清平。南中复按时进贡,各呈方物。亮复与民休息,安养两年,国富民饶,乃拟出师北伐,规复中原。时魏主曹丕,已经病殁,遗嘱中军大将军曹真、镇军陈群、抚军司马懿等,立平原王叡为太子,即日嗣位。叡谥丕为文帝,尊太后卞氏为太皇太后,皇后郭氏为太后,即用一班顾命大臣,秉持国政,统驭四方。吴主孙权,乘丧进攻,围江夏城。魏太守文聘,登陴拒守,坚持不下。吴将诸葛瑾,转击襄阳,也被司马懿击退;权乃收军东归。诸葛亮却缓了一年,然后兴师。外使中都护李严,移屯江州,护军陈到驻永安,作为东防;内使中部督向宠,典宿卫兵;尚书陈震、侍中郭攸之费祎董允、长史张裔、参军蒋琬,分治宫府诸事。乃上《出师表》一篇,陈明宗旨。表云:

> 臣亮言:先帝创业未半,而中道崩殂。今天下三分,益州疲敝,此诚危急存亡之秋也。然侍卫之臣,不懈于内,忠志之士,忘身于外者,盖追先帝之殊遇,欲报之于陛下也。诚宜开张圣听,以光先帝遗德,恢弘志士之气;不宜妄自菲薄,引喻失义,以塞忠谏之路也。宫中府中,俱为一体,陟罚臧否,不宜异同。若有作奸犯科及为忠善者,宜付有司,论其刑赏,以昭陛下平明之治;不宜偏私,使内外异法也。侍中侍郎郭攸之、费祎、董允等,此皆良实,志虑忠纯,是以先帝简拔以遗陛下。愚以为宫中之事,事无大小,悉以咨之;然后施行,必能裨补阙漏,有所广益。将军向宠,性行淑均,晓畅军事;试用于昔日,先帝称之曰能,是以众议举宠为

第九十二回　尊西蜀难倒东吴使　平南蛮表兴北伐师

督。愚以为营中之事,事无大小,悉以咨之,必能使行阵和穆,优劣得所也。亲贤臣,远小人,此先汉所以兴隆也;亲小人,远贤臣,此后汉所以倾颓也。先帝在时,每与臣论此事,未尝不叹息痛恨于桓、灵也。数语最关紧要,谁知后主他日,又用黄皓。侍中、尚书、长史、参军,此悉贞亮死节之臣也,愿陛下亲之信之,则汉室之隆,可计日而待也。臣本布衣,躬耕于南阳,苟全性命于乱世,不求闻达于诸侯。先帝不以臣卑鄙,猥自枉屈,三顾臣于草庐之中,谘臣以当世之事,由是感激,遂许先帝以驱驰。后值倾覆,受任于败军之际,奉命于危难之间,尔来二十有一年矣。先帝知臣谨慎,故临崩寄臣以大事也。此诸葛自述要语。受命以来,夙夜忧叹,恐托付不效,以伤先帝之明。故五月渡泸,深入不毛。今南方已定,兵甲已足,当奖帅三军,北定中原,庶竭驽钝,攘除奸凶,兴复汉室,还于旧都。此臣所以报先帝,而忠陛下之职分也。至于斟酌损益,进尽忠言,则攸之、祎、允之任也。愿陛下托臣以讨贼兴复之效;不效,则治臣之罪,以告先帝之灵。若无兴德之言,则责攸之、祎、允等之咎,以彰其慢。陛下亦宜自谋,以谘诹善道,察纳雅言,深追先帝遗诏,臣不胜受恩感激。今当远离,临表涕泣,不知所云。

这表上陈,系在建兴五年三月间,后主禅年已逾冠,立故车骑将军张飞女为后,生男育女,年富力强;只是生性庸懦,未识大体,一切军国重事,幸由诸葛丞相处理。诸葛既表请北伐,后王自然依从,当下催趱人马,次第出发,振旅阗阗,伐鼓渊渊,由阳平关进兵,往驻汉中。写得堂堂皇皇,不愧为北伐之师。小子有诗咏道:

　　三分鼎足早纤筹,受托讨曹志更遒。
　　史笔煌煌称北伐,紫阳书法足千秋。

蜀兵出驻汉中,当有探马报达许昌。欲知魏主叡如何抵敌,且看下回说明。

　　欲承汉不得不伐魏,欲伐魏不得不和吴,诸葛公之所以出此者,全为时势所迫,非真不欲报先主之耻也。为吴使则遣邓芝,难吴使则命秦宓,折冲樽俎,用当其才,此尤为诸葛公之妙算。至若南征孟获七纵七擒,盖不如是不足以服蛮人之心。南蛮不服,终无由专心北伐耳。然必如罗氏《演义》之荒诞成文,几似诸葛公之具有神术,毋乃惑人?中国小说,往往谈仙说怪,酿成近世义和团之乱;救国不足,病国有余,罗氏其流亚也!《前出师表》一篇,内外兼顾,备极殷勤,录此可见诸葛公之仗义,阅此益知诸葛公之效忠。

第九十三回 失街亭挥泪斩马谡
返汉中授计歼王双

却说诸葛亮领兵伐魏,已出汉中,屯驻石马城。魏主曹叡,甫经嗣位,改元太和,闻得蜀兵进攻,即欲亲出御敌。散骑常侍孙资,谓南郑斜谷,险阻异常,不宜劳师进取,但命大将据守要害,自足震慑寇敌,静镇疆场,叡乃罢议。但进抚军将军司马懿,为骠骑大将军,都督荆、豫二州诸军事,屯兵宛城,堵御东西。大将军曹真,都督关右,专拒蜀兵。新城太守孟达,本来由蜀投魏,孟达降魏事,见前文。与魏侍中桓阶,将军夏侯尚友善,尚阶相继病殁,达心不自安。事为诸葛亮所闻,嘱中都护李严招达,达复书如命;偏魏兴太守申仪,与达有隙,时常侦伺,一闻达阴通蜀使,即报知曹叡,叡令司马懿相机进讨。懿佯为慰解,暗中却调动兵马,潜赴新城。达得懿书,迟疑未决,因遣人访问诸葛亮。亮令达赶紧加防,毋堕懿计。达尚复书与亮道:"宛城距洛阳八百里,至新城且一千二百里,若司马懿前来,亦当表闻魏主,往返须一月间事,达城池已固,自足拒懿,幸请放怀。"这书递至石马城,亮阅毕惊叹道:"达必为司马懿所擒了!"果然不到半月,便由达飞书乞援,内称达举事八日,懿兵即到城下,神速异常,请即发兵相救。亮又叹为无及,不得已派遣偏师,往援新城。兵方就道,孟达败死的消息,便即传到,亮乃将偏师调回,合力北向。行至南郑,镇北将军魏延出迎,亮即使延为丞相司马,统领前军。延献议道:"魏令夏侯楙都督长安,楙系惇子,曾娶操女为妻,年少志骄,毫无谋略,延愿得精兵五千,取道褒中,沿秦岭东进,绕出子午谷,不过旬日,可到长安;楙闻延掩至,必不敢持久,弃城东走,丞相可从斜谷,进与延会合,并力一举,咸阳以西,便可平定了。"计却甚是。亮摇首道:"此计甚危,不如安从坦道,方保万全。"延又说道:"丞相从大道进兵,彼必沿路防守,旷日持久,何时得取中原?"亮慨叹道:"天若祚汉,何患不胜?"遂不从延计,延怏怏退出。暗伏下文。亮佯言由斜谷取郿,却使赵云为镇东将军,邓芝为扬武将军,据住箕谷,作为疑兵;一面亲率诸军,进攻祁山,队伍整齐,号令严肃。南安、天水、安定三郡,闻风请降。惟天水太守马遵,正与参军姜维,功曹梁绪等,案行属县,闻得蜀兵已至祁山,郡县响应,料知无路可归,拟往投上邽,维劝遵仍归郡治,遵疑维有异志,夤夜自去。维还至天水郡中,吏民已相率降蜀,闭门拒维,害得维进退维谷,没奈何奔投蜀营。维本天水郡冀县人,字伯约,少读兵书,熟谙韬略。亮引与共语，皆中机要，当然心喜，遂举维为仓曹掾，加号奉义将军。事依《姜维本传》，不同罗氏《演义》。

魏大将军曹真，方督兵守郿，哪知蜀兵却西出祁山，连下南安、天水、安定三郡，急切无分身法，只好飞报魏主，请派将扼守关西。魏主叡遂起兵五万，使右将军张郃为前驱，自为后应，同至长安，并调司马懿由东会师，共击蜀兵。蜀将马超，时已早殁，不略马超。只有超从弟马岱，从军出征，岱勇略不及马超，虽为蜀将，未堪大任，故亮得三郡，不复令再镇凉州。会亮闻张郃、司马懿合兵来攻，遂召诸将与语道："魏兵两路前来，必攻街亭，街亭为汉中咽喉，非得大将把守，不能无虞。"参军马谡，正随亮北伐，便向前请命道："谡愿往守街亭。"魏延、吴懿，亦愿前往，亮因谡素有智略，不致误事，遂使谡统兵二万人，出屯街亭。临行时再三叮嘱，叫他坚守城寨，毋得疏忽；且使王平为偏将军，与谡同往；又遣魏延等往驻阳平关，遥应马谡。也算严密。谡与王平行至街亭，见街亭前面有山，便欲引兵登冈，据山立寨。平独谓宜据城守栅，阻住敌锋，不宜屯兵山上，谡傲然不从。平复说道："倘敌兵前来围山，计将若何？"谡笑答道："居高临下，势若建瓴，敌若来围，我即麾兵四下，还怕不能杀退么？"平又说道："倘敌兵断我水道，又将若何？"谡大笑道："我既能杀退敌兵，还怕他断甚么水道？"平还要苦谏，谡瞋目道："丞相行事，尚且每事问我，汝怎得挠我兵谋？"也是误一"骄"字。平知不可阻，乃请分兵相应，作为犄角。谡恨平违令，只拨兵千人给平，平引兵据城听令。马谡上山，平遣人走报祁山大营。哪知司马懿、张郃两军，黉夜杀到，谡尚据住山顶，扬旗招飐，自鸣得意。待至翌晨，魏兵已环集山麓，把山围住，谡麾兵杀下，魏兵全然不动，惟用强弩仰射，蜀兵多被射倒，只好退回。谡尚欲与敌拚命，驱兵再下，一连冲杀数次，毫无效力。张郃更堵住水道，不放蜀兵汲水，蜀兵无从饮食，当然自乱。嚷至夜半，竟纷纷下山，投降魏营，谡禁遏不住，尚望王平救应。看官试想：平手下只有千人，哪里杀得过十多万魏兵？他也曾努力相救，半途被魏兵截回，没奈何坚壁自持，保全危寨。谡待援不至，无法把守，只得率兵窜出山谷，向西逃走。魏兵截杀一阵，二万人所存无几，还亏魏延从阳平关杀来，方得将谡救出。延见魏兵气势甚盛，不敢恋战，忙与谡退保阳平关。王平自知难守，在城中佯鸣鼓角，作进兵状，暗中却收集溃卒，徐徐退去。魏将张郃，疑他诱敌，不敢进逼，平得全师引归。好王平。

司马懿不去追谡，却统兵径趋祁山，来攻诸葛亮大营。亮接王平军报，已知马谡误事，急忙退回西城，且檄令天水诸郡守吏，齐回汉中，并饬赵云邓芝，收军还阳平关。忽报司马懿统兵十余万，蜂拥前来，城中留兵不多，欲趋往阳平关，已是不及。将士等并皆失色，亮独谈笑自若，但说无妨。如此镇定，方可将兵。待懿兵将到,传令城上偃旗,城中息鼓,大开四门,每门令军役洒扫,不准妄动,自引小童两人,携琴登城,在城楼上焚香操琴。有胆有识。司马懿当先跃马,来攻西城,遥见诸葛亮如此布置,不禁大疑,端详了好多时,一些儿没有破绽,乃麾令退兵。部将问为何因,懿与语道:"我闻亮不入子午谷,煞是谨慎;今大开城门,岂肯这般疏略?明明是诱我入城,为掩杀计。我宜速退,休为所算。"说毕自去。亮见司马懿退兵,不由的鼓掌大笑。参佐问亮道:"司马懿号称能军,为何忽来忽去?"亮笑说道:"懿知我谨慎,不肯弄险,他见我如此模样,必疑有伏,所以退去;我料他不走大路,必沿北山遁去,今还要送他一程,截留一些辎重,也不负他一番奔走哩。"说着即派部将吴懿等,速赴北山,只准在山谷中呐喊,不准厮杀,如敌有辎重,即可夺取,运回阳平关便了。吴懿等奉命即行,亮率参佐等出了西城,赶归阳平关。那司马懿果为亮所料,绕走北山,蓦闻后面喊声大震,总道是蜀兵追来,慌忙抛弃辎重,没命跑去。吴懿等谨依将令,不敢追袭,但将辎重运回阳平关。亮已退入阳平关内,由魏延、马谡等接着。谡跪伏请罪,亮作色道:"汝违我节度,几至倾覆全师;若非明正军法,何以服众?"谡泣答道:"丞相视谡如子,谡亦视丞相如父,今自知偾事,罪该万死;但愿丞相思殛鲧兴禹故事,谡虽死,亦感深恩。"亮不禁挥泪道:"汝若早听王平计议,何致此败?今事已至此,不能挠法,汝家小自当抚恤,汝子与我子相等,不必挂怀。"说至此,即令左右将谡推出;斩首徇众,仍令缝合尸骸,具棺埋葬;且亲自临祭,月给谡家钱米,抚养遗孤。先公后私。亮更太息道:"先帝尝谓谡言过实,不可大用,今果应此言,自愧不明,致误军事。谡果有罪,我亦难辞。"遂拟上表自劾,可巧赵云、邓芝,自箕谷退归,缴还军令,云自言无功,应受惩戒。亮问明邓芝,芝言魏将曹真,率兵追袭,幸由云亲身断后,步步为营,始得全军归来。亮歆歆道:"街亭军退,兵将不复相顾,箕谷军退,兵将并不相失,可见用兵在人,原不在多寡呢。"云尚有军资带还,亮使分赏将士。云答称军士无利,何为有赏?且暂贮库中,作为冬赐;亮点首称善。因即表请自贬,云亦附表请惩。后主得表,召问蒋琬、费祎,祎等谓应从亮言,暂行降职,乃贬亮为右将军,行丞相事;降赵云为镇军将军,使蒋琬赍诏至营。亮受诏后,留琬共饮,琬语亮道:"昔楚杀得臣,晋文公然后心喜;今天下未定,遽杀马谡,自失智士,岂不可惜?"亮流涕答道:"孙武所以能制胜天下,全赖法严;今四海分裂,兵交方始,若复废法,何以治军?"琬劝亮回成都,亮摇首道:"奉诏讨贼,奈何罢休?"琬复说道:"如再欲伐魏,必须增兵。"亮怅然道:"街亭败退,非由兵少,实由亮误用马谡,致有此败;不肯诿让。今当减兵省将,明罚思过,惩覆辙,慎将来,且望在朝诸公,勤补吾阙,然后事可定,贼可灭,功可蹻足而待了。"琬当然佩服,旋即辞去。亮乃考劳勤,扬壮烈,引咎责

第九十三回 失街亭挥泪斩马谡 返汉中授计戮王双

躬,厉兵讲武,再作后图。既而吴鄱阳太守周鲂用诈降计诱魏攻皖,魏扬州牧曹休,误听鲂言,当即发兵;魏王曹叡,又使司马懿向江陵,建威将军贾逵向东关,三道俱进。吴用陆逊为大都督,朱桓、全琮为副,领兵击休。休恃众深入,被吴兵邀击石亭,大破休军,休奔回夹石。又由吴兵追及,险些儿不能脱身,还亏贾逵兼道援休,才得幸免;所有军士粮械,丧失垂尽。司马懿中道折还,休惭愤成疾,疽发背上,不久即死。继任为魏将满宠,老成持重,控御有方,遂成重镇。独诸葛亮闻吴人败魏,复欲乘隙北伐。正要调动军马,不料镇军将军赵云病亡,亮大为恸惜,后主禅亦甚悲悼,两次救护,安得不悲?追谥云为顺平侯,令云长子统袭封。群臣谓失一大将,不宜兴师,独诸葛亮锐意北伐,未肯中止。乃更上表奏闻道:

先帝虑汉贼不两立,王业不偏安,故托臣以讨贼也。慷慨激昂。以先帝之明,量臣之才,故知臣伐贼,才弱敌强也。然不伐贼,王业亦亡;惟坐而待亡,孰与伐之?是故托臣而勿疑也。臣受命之日,寝不安席,食不甘味,思惟北征,宜先入南,故五月渡泸,深入不毛,并日而食,臣非不自惜也。顾王业不可偏安于蜀都,故冒危难以奉先帝之遗意,而议者谓为非计;今贼适疲于西,又务于东,兵法乘势,此进趋之时也。谨陈其事如左:高帝明并日月,谋臣渊深,然涉险被创,危然后安。今陛下未及高帝,谋臣不如良、平,而欲以长策取胜,坐定天下,此臣之未解一也。刘繇、王朗,各据州郡,论安言计,动引圣人,群疑满腹,众难塞胸,今岁不战,明年不征,使孙策坐大,遂并江东,此臣之未解二也。曹操智计殊绝于人,其用兵也,仿佛孙吴;然困于南阳,险于乌巢,危于祁连,逼于黎阳,几败北山,殆死潼关,然后伪定一时尔;况臣才弱,而欲以不危而定之,此臣之未解三也。曹操五攻昌霸不下,四越巢湖不成,任用李服,而李服图之,委任夏侯,而夏侯败亡;先帝每称操为能,犹有此失,况臣驽下,何能必胜?此臣之未解四也。自臣到汉中,中间期年耳;然丧赵云、阳群、马玉、阎芝、丁立、白寿、刘郃、邓铜等,及曲长屯将七十余人,突将无前,賨叟青羌散骑武骑一千余人,此皆数十年之内,所纠合四方之精锐,非一州之所有;若复数年,则损三分之二也,当何以图敌?此臣之未解五也。今民穷兵疲,而事不可息,事不可息,则住与行,劳费正等,而不及早图之,欲以一州之地,与贼持久,此臣之未解六也。夫难平者事也,昔先帝败军于楚,当此时,曹操拊手,谓天下已定。然后先帝东连吴越,西取巴蜀,举兵北征,夏侯授首,此操之失计,而汉事将成也。然后吴更违盟,关羽毁败,秭归蹉跌,曹丕称帝。凡事如是,难可逆料,臣鞠躬尽瘁,死而后已。注重在此二语。至于成败利钝,非臣之明,所能逆睹也。

这道表文，蜀人称为《后出师表》，后主惟亮是从，随即批准。亮复引兵数万，道出散关，进围陈仓。魏大将军曹真，使将军郝昭，守陈仓城。昭字伯道，太原人氏，知兵善战，智勇兼全。智能敌蜀，勇足保城，故特详叙履历。既至陈仓，当即缮城修郭，筹足守具，及亮兵攻城，已是坚固得很。亮累攻不下，特遣郝昭乡人靳详，诣城下招降，昭在城楼上应声道："魏家科法，君所深知，我已为魏臣，誓死毋惑，请君不必多言。但教回报诸葛，能攻即攻，不能攻即退。"详知不可动，便还营告亮。亮再遣详至城下，与语顺逆利害，毋贻后悔，昭奋然道："前言已定，何劳再说！我与君原是相识，恐箭头无眼，不能识君呢。"说至此，即拈弓搭箭，欲射靳详。详慌忙退回，亮也觉动怒，麾兵猛攻。城上矢石如雨，无隙可乘，亮特制云梯数十具，四面攀登。昭用炙箭注射，梯被烧断，兵皆坠死。亮再用火冲车攻城，昭又用绳索穿石，猛力掷下，冲车皆折。亮更遣人运土填堑，暗掘地道入城，昭内筑重濠，横截地穴，使蜀兵无从钻入。好容易已越兼旬，城完如故。曹真遣将军费耀援昭，魏主叡亦使张郃驰救。亮正虑军食不继，又闻魏兵大至，乃撤围引归，但授魏延密计，使他领兵断后。延徐徐退回，忽后面扬起飞尘，喊声逼紧，料有魏兵追来，延令部兵张旗先行，自率锐骑数十，伏林箐中，静候魏将。魏将乃是王双，望见前面旗帜，挥兵急追。延待他骣马跑过，却握刀突出，大喝一声，不俟王双回头，便从他背后劈去，连肩带头，砍落马下。魏兵见主将毙命，当然骇散。延得驱杀一阵，枭得许多首级，然后返入汉中，向亮缴令。亮休养月余，又是冬尽春来，时为建兴七年。乃再遣部将陈式，出攻武都、阴平二郡。魏雍州刺史郭淮，引兵驰援，与陈式相持数日；亮用奇兵助式，击退郭淮，遂得攻下二郡城池，留将把守，自回汉中。后主禅复拜亮为丞相，亮尚固辞，经诏使费祎相劝，然后受命。嗣闻吴主称帝，遣使至蜀，拟与蜀平分中原。蜀臣聚讼纷纭，多主绝交，亮仍拟和吴，入都觐见后主；后主正因吴事未决，向亮谘问。亮陈议道："孙权意图僭号，非自今始，我朝与他修好，无非为声援起见；今若加显绝，仇我必深，更当移兵东戍，与彼角力，彼贤才尚多，将相辑睦，划江自固，守御有余，我却屯兵上游，坐而待老，反使北贼得计，甚非良图，故不如仍与周旋，俟北伐得志，东略未迟。"后主唯唯受教，遂使卫尉陈震，往吴庆贺，权依礼相待，与申盟誓，约定平魏以后，豫、青、徐、幽四州归吴，兖、冀、并、凉四州归蜀，惟司州以函谷关为界，震如约西归。当时三国鼎峙，魏地最大，有州十三，除上文所说九州外，尚有荆、扬、秦、凉四州，但只得片土，未据全境。吴只有荆、扬、交、广、郢五州，荆、扬且与魏分据。蜀土最小，仅得遂州，惟分益为梁；又得凉、交二州边隅，算作四州。从前汉武帝时，分中国全土为十三郡，不列郢、广、郢、广二州名，乃是由吴分置出来。详明地理，万不可少。吴孙权久欲称帝，因畏魏东下，所以迟迟；

及见魏兵东西致败,乃放胆称尊。吴臣趁势献谀,谓有黄龙出现武昌,因即改黄武八年,为黄龙元年,追尊父坚为武烈皇帝,兄策为长沙桓王,立子登为太子,进陆逊为上大将军,诸葛恪为太子左辅,张休为太子右弼。休为张昭少子,昭已年老,入朝贺权,褒赞功德。权笑说道:"假使如张公计,早为魏仆,恐今已乞食了。"指赤壁事。说得张昭伏地惭汗,谢罪而出。当即上书乞休,由权封为娄侯,食邑万户,归家不起,又得享寿八年,至八十一岁乃终。权复还都建业,留上大将军陆逊,辅太子登,驻守武昌。这消息传入蜀都,诸葛亮因权还江东,更可免忧,复欲北向讨魏。部署了好几月,已是建兴八年的夏季,忽有警报传入,乃是魏将曹真、司马懿两路进兵,来夺汉中。正是:

西陲方见三军集,北寇先闻两道来。

欲知魏兵如何寇蜀,且看下回再详。

甚矣哉,知人之难也!以诸葛孔明之才识,犹且失之马谡,况他人乎?谡前进攻服南蛮之议,为孙吴兵法所未详,乃独出己见,卒如所言,是谡固非不足行军者;且在营参议,语多扼要,而于街亭一役,偏不从孔明之节度,王平之计议,上山被困,坐失要区,论者几目为天命使然。然刘先主尝谓谡言过实,不可大用;孔明误用而偾事,咎有攸归,固不能尽诿诸天也。空城计一事,史传中列入小注,疑为未确。但故老相传已久,不便略去,果有此役,诸葛其亦危矣哉。及再攻陈仓,遇郝昭之善守,累攻不下。惟退兵之时,得斩王双。魏将多才,而蜀仅得一诸葛,至鞠躬尽力而后已。北伐北伐,名称虽正,其如将佐之乏人何也?

第九十四回　木门道张郃毙命
五丈原诸葛归天

却说魏大将军曹真,收复南安、天水、安定三郡,自恃有功,尚想出师报怨,乃上书曹叡,请由斜谷攻蜀,数道并进,可以大克。真是贪心不足。叡依了真言,便命大将军司马懿,溯汉西上,与真会攻汉中。司空陈群上言,斜谷险阻,转运为难,不宜遽从真议。实系不欲攻蜀。叡转询曹真,真又表从子午谷进兵,群又言未便,真却不待复诏,当即启行。蜀丞相诸葛亮,接得警报,即引兵出汉中,分屯成固赤阪,严营待敌。一面召李严率兵二万,至汉中会师,表严子丰为江州都督,继严后任。东顾无忧,故可调严并力。会值秋雨兼旬,山谷水溢,曹真自长安出发,随在阻滞,就途月余,尚不能度子午谷。当由魏太尉华歆、少府杨阜、散骑常侍王肃等,迭请班师,魏主叡乃召还曹真。司马懿本来乖刁,当然借天雨为名,按兵不进。亮却遣司马魏延,西入羌中,招抚羌众,与魏雍州刺史郭淮,大战阳溪,斩获甚众,奏凯而还。时长史张裔病殁,亮迁蒋琬为长史。琬字公琰,籍隶湘乡,尝随先主入蜀,受命为广都长,沉湎不治;先主意欲加诛,独亮器重琬才,代为请免。及后主嗣立,亮遂举琬为参军,进任长史。琬尝筹足饷糈,供给军用,故亮每出师,馈运无阙。亮每言公琰托志忠雅,可属大事。到了建兴九年仲春,亮复兴师伐魏,进攻祁山。魏曹真已升任大司马,抱病甚重,不能督军,乃调司马懿西屯长安;未几真即去世,由子曹爽袭爵。为后文懿杀曹爽伏笔。懿得握军事全权,即使部将费曜、戴陵,率精兵四千,保守上邽,自偕将军张郃等,往救祁山。张郃请分守雍郿,懿谓兵分势散,适为敌擒,因悉众西行。亮闻懿亲来援应,偏不去迎战,但留王平攻祁山,自率魏延、姜维等,从间道往攻上邽。守将费曜、戴陵,仓皇出战,哪里是蜀兵对手?四千人几被杀尽,还亏雍州刺史郭淮,领兵援应,才得救回。二将闭城静守,天气清和,陇上麦熟,亮令军士四散割麦,作为兵粮。郭淮等不敢出争,只遣人飞报司马懿,促令还援,懿急忙回军。行抵上邽城东,适值蜀将魏延、姜维等,分路杀来,当即下令军中,结阵自固,只许放箭,不许出战。魏延、姜维,左右夹攻,都被魏兵射退,不得已收军回营。司马懿能军。懿却敛兵依险,坚壁拒蜀,蜀将一再挑战,只是不出。亮引军还抵卤城,懿反从后追逼,亦至卤城东偏下寨。亮使魏延、高翔、吴班等将,分头埋伏,自往懿营掦战,懿仍然不出;蜀兵在懿营外百般辱骂,懿置若罔闻。恼动了大将张郃,入帐语懿道:"蜀兵远道来攻,请战不得,知我利在不战,必将变计困我;为今日计,不如与彼一决,如得胜仗,彼自退去,祁山亦可解围了。"懿摇首道:"诸葛亮军孤食少,便要退兵,我兵将来追击,自可得胜,何必定要急斗哩?"郃又说道:"正惟敌军将退,越好追击,且众志皆奋,何患不胜?"懿终是不从,反且依山掘濠,为久屯计。以守为战,却是好计。忽有二将趋入道:"蜀兵又来挑战了!"懿接口道:"由他挑战,我总固垒不动,看他有何妙法?"二将齐声道:"人言公畏蜀如虎,岂不可耻?况我军比蜀较多,难道竟不能一战么?"懿被他一激,也有些忍耐不住,乃语二将道:"既如此说,可传语各营,指日决战。"二将得令趋出,便向各营通报。这二将叫作贾栩、魏平,年少气盛,既已分头传令,便即摩拳擦掌,专等厮杀。过了两日,懿召诸将入议道:"欲击蜀兵,必须两道并进,一路攻卤城,一路救祁山,使他不得相顾,方可奏功。"张郃出应道:"郃愿往祁山。"懿乃拨兵万人,令郃引去,自率大军出战。亮闻懿营中有鼓角声,料他发兵前来,便授计与魏延、高翔、吴班三将,使他分头行事,自率大队出城,就城外布

第九十四回　木门道张郃毙命　五丈原诸葛归天

成阵势，从容待着。好整以暇。约阅片时，便见懿兵过来，亮却令前军用连臂弓，射住懿兵。连臂弓由亮特制，一弓能连射十箭，懿兵虽然锐悍，究竟禁不住许多箭镞，一再冲激，都被射回。待至锐气少衰，忽蜀阵内一声鼓号，万军潮涌，猛扑过来，懿忙督众截住；甫经交锋，刺斜里杀到一支人马，乃是蜀将高翔的旗号，当即分兵对敌，抵死不退。谁知后面喊声大震，蜀将吴班，又复杀到，懿始大惊，麾兵退回。蜀兵三路追击，懿且战且行，才经半途，蓦见一彪军横截路中，为首一员大将，拍马舞刀，大呼魏延在此，吓得懿魂驰魄散，几乎坠马，幸亏骁将贾栩、魏平等，保住懿身，奋力夺路，才得走脱。这番交战，蜀兵大捷，斩获甲首三千级，衣铠五千领，战具不可胜计。懿得脱归营，埋怨部将好战，致有此败。

嗣是决计坚守，不敢再出。张郃闻懿兵败，却也即退还，两下又相持旬月。魏将郭淮，调集雍凉劲卒，拟从间道往袭剑阁，偏被蜀营探卒侦知，飞报大营，诸葛亮便派兵守险，使姜维、马岱等，带领前去。长史杨仪，报称现存八万人，四万人应该更替，现因来兵未到，新旧难继，只得暂从权变，留屯一月，方可遣归。亮微笑道："我自统兵以来，未曾失信，今既到了更替的时候，理应如约遣还，且应归军士，想已束装待返，家中父母妻子，并皆悬望，就使大敌当前，我却不能临危失信，乃令他如期归去便了！"欲留故纵。仪出传亮命，军中偏不愿速行，共称丞相大恩，死且难报，愿留营再战，誓扫魏兵。正持论间，忽由李平差到，参军狐忠，督军成藩，呈上平书，请亮即日还师。亮不免惊疑，但想李平是老成宿望，当必另有所见，且平方督主粮运，粮若不继，亦难行军，因决意退归。先遣狐忠、成藩还报，一面召集将士，示以归意，且谓魏兵追来，须努力退敌。将士等都想再战，听到班师命令，尚觉失望，欲要他力敌追兵，巴不得杀敌多人，借报恩遇；所以军令一下，齐声相应。亮复说道："诸君肯努力杀敌，还有何说？但死战也是无益，我当诱彼至木门道，并力围攻，就使他有千军万马，也不能脱逃了。"当下遣人至祁山，嘱令老将王平，乘夜潜退；自在卤城拔寨齐起，却是堂堂皇皇，还向汉中。早有魏谍报知司马懿，懿再使探明虚实，果然卤城内外，不见蜀兵，乃笑语诸将道："蜀兵已退，何人敢去追击？"部将都称愿往，惟张郃默不一言，懿目视张郃道："将军意见，莫非是不宜追去？"郃答说道："兵法有言：'归军勿追'。"语见《张郃传》。懿微哂道："公亦未免前勇后怯了。"为此一语，激得张郃性起，竟奋然道："郃临阵至今，向不落后，要追就追，岂肯怯敌？"懿复语道："公为前驱，我为后应，但教兵多将奋，不怕诸葛诡计。"说罢即令轻骑万人，随郃先行，自率三万人继进。郃长驱直往，追及蜀兵，蜀将魏延，回马与战，约有数十回合，方才徐退。郃步步紧逼，不肯相舍，延又回战数次。及见张郃后面尘沙飞起，料有魏兵踵至，索性引兵急奔，甚至兵士弃甲抛戈，塞满道路。郃亦恃有后军接应，放心再赶。延驰入木道中，道路逼狭，佯作人马蹴乱的情形，诱郃追来。郃骤马急进，已入窄径，两旁统是高阜，一声炮响，万矢齐下，可怜张郃不及回马，已被飞矢射中右膝，倒毙马下。魏兵跟入道中，都被射死；只有后队仓皇逃回，又被蜀兵驱杀多名，幸由司马懿驰至，让过败卒，截住蜀兵。蜀兵如熊如虎，锐不可当，懿知是难敌，翻身急退，已丧失了千余人。蜀将魏延，依着亮命，不复穷追，收兵自归。亮已早入汉中，会晤李平。看官！这李平为谁？原来就是中都护李严，严改名为平，自亮调入汉中，叫他督运，他因夏天多雨，恐粮不能继，拟劝亮还军；及与亮相见，又满口支吾，反欲归咎狐忠、成藩。亮不屑与辩，径入成都，面奏后主。后主方得平表，谓亮佯退诱贼，亮乃取呈李平手书，劾他颠倒迷罔，居心不良，因黜平为庶人，徙置梓潼；惟仍用平子丰为中郎将，参赞军事。_{罪不及孥，纯然王道。}亮乃劝农讲武，推演兵法，作八阵图，立石为表，俾便练习。又命军吏采办材木，制成牛马，内用机捩转旋，自能行动，可运粮米，叫做木牛流马；预约三年以后，再行出征。魏将司马懿，返入长安，当然不敢寇蜀，但敕诸将，严守要害罢了。

且说魏主叡即位以后，仍守乃父遗志，专任异姓，不重同宗。任城王曹彰，在曹丕黄初二年，便已暴亡；独甄城王曹植尚存，徙封雍邱，再徙浚仪，很不满意。会因入朝许宫，得见金缕玉带枕，为甄夫人故物，更不免触动旧怀，格外悲悼，_{回应前文。}还经洛水，作《感甄赋》，可歌可泣。_{何劳阿叔这般多情？}魏主叡嗣位时，虽已追谥生母甄夫人为文昭皇后，但于甄夫人冤死情形，尚未详悉。相传甄夫人死不成殓，甚至披发覆面，用糠塞口，就中都由郭后暗地安排，一手掩住，不令叡知。叡虽郭后抚养成人，但尚有李贵人暗受丕嘱，从中监护，所以叡得无恙，安然嗣位。哪知天下事若要不知，除非莫为，郭后害死甄夫人种种情弊，却被曹植一一侦悉。太和四年，太皇太后卞氏病殁，植还都奔丧，乘间白叡，述及甄夫人惨死情状，叡尚疑信参半，密询庶母李贵人，才知植言非诬，不胜悲愤。因命甄夫人兄子甄象，以中郎将兼代太尉，持节赴邺，改葬甄夫人，号朝阳陵，且改封植为陈王。植虽得增封，仍然不获大用，就国以后，得病即亡，谥曰思王。叡复搜植遗著，得赋颂诗铭，杂论百余篇，内有一篇《感甄赋》，迹近嫌疑，改名《洛神》，这且毋庸细表。惟叡尝立毛氏为皇后，出入同辇，伉俪甚谐。嗣复得河西大族郭氏女，美丽无双，拜为夫人，宠逾毛后。郭氏生女名淑，数月而夭，叡哀痛异常，适甄后从孙甄黄，亦致幼殇，因特替他阴配，取棺合葬，为女子谥立庙，并追封甄黄为列侯，且令举朝素服。司空陈群，少府杨阜，联名谏阻，均不见听。_{溺爱至此，古今罕闻。}既而为避灾计，与郭夫人出幸摩陂，特筑景福承光殿，作为

第九十四回 木门道张郃毙命 五丈原诸葛归天

行宫。忽闻摩陂井中，出现青龙，便挈郭夫人往观，井中果隐见鳞甲，蛇耶？龙耶？遂号摩陂为龙陂，改太和七年，为青龙元年。寻且想入非非，命郭夫人从弟郭德，过继甄黄，承袭亡女淑封爵，淑为平原懿公主，德即袭封平原侯。德为郭夫人从弟，即为叡女淑从舅。从舅可为甥女继子，真是荒谬。并常至郭太后前，诘问甄后死状，郭太后忿然道："先帝自赐彼死，与我何干？况汝为人子，何必追仇死父，为前母逼死后母呢？"叡更加气愤，凡郭太后饮食服用，故意裁减，气得郭太后有口难言，郁郁致死。叡令内侍棺殓，使如甄后故事，惟表面上治丧如仪。郭太后生平，颇知守俭，不好音乐，又能抑损母族，力戒骄奢，只因逸妒甄氏，终至结局不良，天道好还，莫谓善恶无报呢！*暮鼓晨钟。*会因山阳公病逝，魏主叡总算尽礼，素服举哀，仍许用天子礼丧葬，墓号禅陵，追谥为孝献皇帝。东汉自光武帝起，至献帝止，共历八世，凡十二主，得国二百九十六年；献帝在位三十一载，被篡后，又阅十四年，寿终五十有四。孙康嗣为山阳公，再传二世，至晋怀帝永嘉年间，五胡乱华，山阳公秋被杀，祚绝国亡。*总结汉事，笔无渗漏。*

献帝方葬，忽有军报传入许昌，乃是蜀相诸葛亮，与吴主孙权，东西进攻，两国各兴兵十万，浩荡前来。魏主叡亟使将军秦朗，督兵二万，往长安会合司马懿，一同拒蜀，自率将士东行，抵敌吴师。吴主权正出兵巢湖，进攻合肥新城，并遣陆逊等入江夏沔口，西指襄阳；孙皓等入淮北，向广陵、淮阴。魏主叡也遣将分堵，惟自乘龙舟东下，直达寿春，援应合肥。合肥守将满宠，欲设一欲取姑与的计策，佯弃合肥新城，诱敌至寿春城下，合兵围攻，叡却不从，但使宠饬众坚守，静待援应。会陆逊献策孙权，愿出奇兵，截叡归路，不幸使人被魏逻骑所得，计不得行。吴将诸葛瑾闻知，忙即报逊。逊方催人栽种菜菽，自与诸将弈棋，闲暇如常，瑾不胜惊异。逊见他慌张情状，不待详说，便与语道："军机漏泄，我已探知，但若遽退，敌必来追，岂非危道么？"说罢，复邀瑾入后帐，密嘱数言，瑾欣然趋出，仍督舟师向襄阳城；逊亦催动陆军，与瑾并进。襄阳守将刘劭，本已接到叡令，出兵攻瑾，一闻陆逊亲出，慌忙退还。逊至白河口潜遣部将周峻等，分略江夏、新市、安陆、石阳；魏兵俱不敢出，任他来去自由。*极写逊才。*那吴主权督攻新城，反被满宠招募壮士，毁去攻具，权失利退归。逊闻吴主已退，然后徐徐引还，毫无损失，安然抵镇。孙韶等也即回军。魏王叡素闻逊名，还恐他截击后路，既闻吴兵东返，也不愿进逼，回棹西行；诸将请径赴长安，合兵击蜀。叡独说道："吴既却兵，蜀自丧胆，司马大将军，自足制敌，无烦我亲往了。"遂遄返许昌。嗣接司马懿军报，谓蜀兵出屯五丈原，未分胜负，现惟以守为战，彼若粮尽，自然退师等语。叡揣知懿意，饬令懿约束诸将，坚壁拒敌。原来懿与诸葛亮战过数次，败多胜少，此次闻亮进攻，当然打定主意，但守勿战。当亮出军渭南时，懿即引兵渡渭，背水立寨，且语诸将道："亮若出武功，依山东进，却是可忧；若西出五丈原，便可无虑了。"这也是安定军心的巧言。嗣闻亮果屯五丈原，乃使郭淮据住北山，为犄角计，及蜀兵到了北原，已由郭淮扼守，进击无效，因即退去。亮已命运粮军士，用着木牛流马，运米集斜谷口，尚恐日久告罄，特派兵屯田，散处渭滨；惟严申禁令，不准侵扰居民，兵民相安无事，亮亦欣慰，满望就地得粮，好与司马懿坚持到底，免得奔波往返，再致徒劳。一面使人送下战书，促懿出战，无论斗将斗兵斗阵，任懿自择。懿只是不出，经亮催逼不过，方才出斗阵法。亮布成八卦阵，懿亦认识，及遣戴凌等攻打，按着兵书，嘱令前往。哪知戴凌等一入阵中，辨不出甚么方向，没头乱撞，终被蜀兵个个擒住，亮命把魏兵剥去衣甲，一律放回，叫他转语司马懿，要懿自来攻阵。懿佯约明日，收兵还营，竟不复出。亮使人责懿背约，懿始终忍辱，置诸不答。及亮贻懿巾帼女服，懿假意笑说道："孔明竟视我作妇女么？"好一番忍耐工夫。说着，厚待来使，问及孔明寝食，及事情烦简，使人答道："诸葛公夙兴夜寐，凡罚在二十以上，皆须亲览，日食不过数升。"懿闻言大喜。及使人辞去，即顾语将佐道："孔明食少事烦，不能长久了。"诸将以为遣我女服，受辱太甚，俱请一战泄忿，懿禁遏不住，故意表请出战。魏主叡见了表文，询及卫尉辛毗，毗谓懿志在拒守，恐将佐违言，欲得诏旨压服，方免群议，叡也以为然，<u>毗是司马知己</u>。乃令毗持节传诏，只准守，不准战。事为蜀护军姜维所闻，入告诸葛亮道："敌营内有辛毗到来，定是如懿所愿，不复出战了。"亮叹息道："懿本无战志，不过佯为请战，借此服众；古称将在外，君命有所不受，若果能制我，何必千里请战呢？"

　　嗣是懿竟不出，相持至三月有余，亮郁愤成疾，渐致不起。后主闻信，忙遣仆射李福省视，并询大计，亮略与谈论，遣福返报。福已经辞去，数日复来，亮病愈加重，见了福面，便与语道："我知君来意，后事不暇细谈，可尽问蒋公琰。"福又说道："公琰后谁可大任？"亮答言费文伟。福再问其次，亮却不答，<u>汉祚已终，不消再说</u>。惟召入杨仪、姜维，密嘱后事，并及退军方法，且令左右扶起榻中，出营四望。时正黄昏，夜色沉沉，忽有一大星，自东北来，色赤有芒，流至西南，欲向营中坠下，亮不禁失色，哇的一声，呕出了一口鲜血，接连尚带着喘声，左右见不可支，扶令返寝，亮顾杨仪姜维道："天象如此，命已难延，只恨不能与诸君讨贼了！"遂口授遗表，令仪写讫。挨至夜半，竟尔寿终，享年五十有四，时为蜀汉建兴十二年八月二十三日。<u>详志月日，遗恨无穷</u>。小子有诗叹道：

　　　　危厦徒凭一木支，明知艰险且驱驰。
　　　　臣心未已臣躬瘁，遗表流传两出师。

杨仪、姜维,遵嘱办事。欲知如何措置,请看下回再叙。

木门道之射死张郃,可为马谡泄恨;谡非死于诸葛,实死于张郃之手。郃为魏著名大将,街亭一役,郃实主之;诸葛公计毙此獠,马谡有知,能无快意?至若吴蜀联盟,东西夹攻,本为一时之胜算,乃吴兵无功而退,蜀与司马懿相持数月,天丧诸葛,赍恨而终,此非天之佑魏,实天之阴欲启晋也。不然,如曹操父子之篡汉,曹叡之举措乖谬,宁反能仰邀天眷乎?惟罗氏《演义》演写诸葛之六出祁山,说成许多奇诞,与七擒孟获相同,按诸史事,十虚七八;且诸葛尝六出汉中,并非六出祁山,褒扬失实,何若存真之为愈也!

第九十五回　王子均昌言平乱　公孙渊战败受擒

却说杨仪、姜维,依着诸葛亮遗嘱,秘不发丧,但将尸骸安载车上,拔营徐退。当有魏谍,报知司马懿,懿闻诸葛亮已死,放胆追来,将及蜀兵,忽见蜀兵回旗鸣鼓,前来截击,并有一派喧声,齐呼司马懿休走,此番中计,快来受死! 司马懿听着,拍马便奔,魏兵都弃甲曳兵,仓皇逃命,跑了好几十里,不见后面动静,方才停住。再使人探听蜀兵虚实,回报蜀兵尽退入斜谷,扬起白旗,为亮发丧,懿再转身往追,驰至赤岸,毫无影响,料知蜀兵去远,只得退还。越乖越丑。途人有歌谣云:"死诸葛,走生仲达。"懿听见后,却也不恼,但宣言解嘲道:"我能料生,不能料死。"忍辱含垢,却是司马懿一生特长。及回视蜀兵营垒,无一不布置有方,因即叹美道:"孔明真天下奇才哩!"又顾语诸将道:"国家有福,敌丧良才,从此可高枕无忧了。"遂引回长安,表陈魏主,不消细说。

且说蜀兵已入斜谷,扬幡举哀,全体素服,方将故丞相遗骸,妥为棺殓,然后扶榇南归。将登阁道,遥见前面火光冲天,喊声盈路,杨仪、姜维不知何因,急忙令人探问,返报前军帅魏延,截住去路,不放杨长史过去。原来魏延自恃才勇,藐视杨仪,只因仪为丞相长史,不得不稍从含忍,及丞相病殁,仪欲令延断后,先令司马费祎,往探延意,延勃然道:"丞相虽亡,难道就不去击贼?杨仪等为丞相官属,尽可奉丧还葬,我仍当留此讨贼。且杨仪何人?敢令魏延断后哩?"祎劝解道:"这是丞相遗命,不宜有违。"延瞋目道:"丞相若依我计,已早至长安;我今官居前军帅征西大将军,受封南郑侯,应继丞相后任,杨仪不必托名丞相,使君诳我,可即将兵符缴来。"祎知不可说,支吾对付,飞马回报。仪乃与姜维商议,维想出一法,从槎山小路进发,绕出栈道,昼夜兼行,抄到魏延背后。延闻仪等已至南谷,亟往谷口迎击,并奏称杨仪造反;仪亦劾延作乱。两表递入成都,后主方得李福还报,说是丞相亮寿终,免不得悲恸逾恒;忽又接得延、仪二人的讦奏,心下大惊,急召侍中董允,留府长史蒋琬,入示二人表文,询明顺逆。允与琬齐声道:"臣等愿保杨仪,不保魏延。"后主道:"丞相新亡,两人便自相争杀,岂非大患?"蒋琬答道:"丞相非不知魏延骄戾,只因他勇力过人,妥为驾驭;臣料丞相必有遗策,授与杨仪,请陛下勿忧。"蒋琬料事如见,不负诸葛所托。后主稍稍放心,专待延、仪二人消息。仪等到了南谷,令王平为先行。平至谷口,适与魏延相遇,彼此各摆开兵马,互相答话,平叱延道:"汝何敢造反?"延亦叱平为叛党,挥兵击平。平扬鞭指语道:"丞相待汝军士,何等厚恩?今丞相骨尚未寒,汝等为何从逆?况汝等俱系蜀人,不乘此时回家团聚,静候赏赐,反且助延为乱,自取灭门,汝等试想,该不该呢?"道言甫毕,延部下同声应响,纷纷散去,魏延大怒,挥刀出战。平接住厮杀,未及数合,又有马岱,来助王平,延虽多力,终因部卒尽散,不敢恋战,拍马返奔。马岱从后追去,王平留报杨仪。史鉴或称何平,按诸《王平传》中,平本养外家何氏,后复姓王,且传文载入前屯祁山,及迎击魏延诸事,故本编独书王平。仪闻魏延败窜,乃偕平西进。未几,即由马岱回军,持入延首,仪用足蹴踏道:"贼奴!尚敢作恶么?"遂表请夷延三族。仪亦过甚,怎能善终?先是延梦头上生角,问诸占梦赵直,直诈言麟角呈祥,必主吉兆,及退语密友道:"角字上从刀,下从用,头上用刀,必遭大凶。"至是果验。延并非欲反,实因与仪有隙,妄思除仪代亮,哪知舆情不服,害得势孤力竭,身败家亡,这也可谓自作孽不可活呢。留府长史蒋琬,欲分主忧,特出宿卫各营,出都赴难,行约数十里,得接杨仪军报,延已受诛,乃退回成都。过了两日,仪等奉亮遗榇,已至都门。后主带领百官,亲出迎丧,哭声载道,当下扶榇入城,暂停丞相府中。亮子瞻,年尚幼弱,一切丧葬,尽由蒋琬等监理。杨仪呈亮遗表,即由后主展阅,略云:

> 伏闻生死有常,难逃定数;死之将至,愿尽愚忠。臣亮赋性愚拙,遭时艰难,分符拥节,专掌钧衡;兴师北伐,未获成功。何期病入膏肓,命垂旦夕,不及终事陛下,饮恨无穷。伏愿陛下清心寡欲,约己爱民,达孝道于先皇,布仁恩于宇下;提拔幽隐,以进贤良,屏斥奸邪,以厚风俗。臣家有桑八百株,田十五顷,子孙衣食,自有余饶,至于臣在外任,随身所需,悉仰于官,不别治生,以长尺寸;臣死以后,不使内有余帛,外有赢财,以负陛下也。

后主阅罢,复潸然泪下,随即传旨卜葬,杨仪面奏道:"丞相已有遗言,命

葬汉中定军山,因山为坟,但足容棺罢了。"后主依议,择期奉葬,又拟定谥法,加予册文道:

> 维君体资文武,明叡笃诚,受遗托孤,匡辅朕躬,继绝兴微,志存靖乱;爰整六师,无岁不征,神武赫然,威震八荒,将建殊功于季汉,参伊周之巨勋。如何不吊?事临垂克,遘疾陨丧!朕用伤悼,肝心若裂。夫崇德序功,纪行命谥,所以光昭将来,刊载不朽。今使使持节左中郎将杜琼,赠君丞相武乡侯印绶,谥君为忠武侯。魂而有灵,嘉兹宠荣。呜呼哀哉!呜呼哀哉!

后来朝野官民,追念亮恩,屡请立庙致祭,乃筑祠沔阳,四时享祀。诸葛瞻年至十五,拜为骑都尉,得尚公主,后文再表。后主谨从亮议,进蒋琬为尚书令,总统国事;吴懿为车骑将军,出督汉中。忽闻吴增兵巴丘,数约万人,后主不胜惊疑,亟问蒋琬,琬请一面添兵永安,防备不测;一面保举中郎将宗预,出使东吴,探明动静。后主一律依从,遂遣宗预东行,预至吴都。吴主权反诘他添兵永安,是何意见?预答说道:"江东增戍巴丘,西蜀增戍白帝城,无非为事势所迫,不劳细问。"权欣然道:"卿真不亚邓伯苗;芝字伯苗。我闻诸葛丞相病殁,恐魏人乘丧侵蜀,故就巴丘增兵,遥为蜀援,并无他意。"预又答道:"东西联盟,和好已久,当然彼此相关;陛下且增戍援蜀,难道蜀可不增戍应吴么?"权乃优礼待预,并使预代达己意,决不负约。预拜谢西归,报知后主,后主当然喜慰,蜀中亦闻信咸安。独杨仪返成都后,虽得进拜中军师,却已撤销兵权,有名无实,仪自谓才逾蒋琬,资望又比琬为优,乃反位出琬下,未免怨望;后军师费祎,暇时过谈,仪慨然道:"曩时丞相初亡,我若举军就魏,何至落寞如此?"祎假意劝慰,及辞退后,密将仪言入告,后主遂废仪为庶人,徙置汉嘉郡。仪至徙所,心愈不平,还要上书诽谤,结果是一道诏旨,收系郡狱,仪惭愤自杀。不至夷族,还算幸事。于是迁蒋琬为大将军,即授费祎为尚书令。琬举止不苟,喜怒不形,祎应事敏速,识悟过人,两人同心辅政,力守诸葛成规,故蜀安如故,魏与吴亦敛兵守境,好几年不动刀兵。百姓之福。独魏主叡坐享承平,恣意淫乐,既作许昌宫,又治洛阳宫,起昭阳太极殿,筑总章观,高十余丈,徭役不休,农桑失业。司空陈群等,上书力谏,辄不见从,且欲铲平北邙,上筑台观;卫尉辛毗,中书郎王基,少府杨阜,交章谏诤,方才罢议。魏青龙三年秋季,洛阳华殿被焚,叡问太史令高堂隆道:"汉柏梁殿失火,尝大起宫殿,作为厌胜,卿可识此义否?"高堂隆道:"这乃越巫所为,不合古训,愿陛下毋惑邪言。"叡不以为然,立命博士马钧,征发民夫数万,昼夜督造,穷极技巧,殿前有九龙环绕,号为九龙殿。又引縠水,通过殿前,旁设玉井绮栏,神龙吐出,蟾蜍合受。马钧更仿造指南车，叫作司南车，俾叡得随意游幸。并在殿北设立八坊，专选美貌妇女，序居坊中，最上封贵人，次封夫人，就中有数人知书识字，特任为女尚书，出纳章奏。他如歌姬舞伎，采女宫娥，不可胜计。殿外特造芳林园，搜罗奇花名卉，珍禽异兽，中凿陂池，编列画舫，每舫贮佳丽数人，教以楫棹越歌，俱臻灵妙。叡随时游幸，遇有中意的美人儿，当即召御，未有虚夕。谁知连宵跨凤，累岁绝麟，叡已越壮年，未得一子，廷尉高柔，请叡简省侍女，育精养神，方可"螽斯衍庆"云云。叡虽然优诏报闻，却仍是肆淫不已，寻且就宗室中，取得二儿，一名芳，一名询，充作己子，即立芳为齐王，询为秦王。

　　皇后毛氏，性颇端淑，与叡向无闲言，自郭夫人专宠后，遂将毛后爱情渐渐移到郭后身上；回应前文。后来贵人以下，承接甚多，更将毛后撇置中宫，不复过问。一日叡游芳林园，郭夫人等并皆随行，独毛后不与，郭夫人问叡道："何不一请皇后同行？"恐是故意诘问。叡频频摇首，且嘱左右，不得通报中宫。及既至园中，赏花饮酒，备极欢娱，直至日落西山，方才回宫。毛皇后怆怀失宠，郁郁寡欢，镇日里望断乘舆，免不得嘱托宫娥，探听魏主行止，适有人得知游园消息，走报毛后，毛后益觉怏怏，甚至一宵废寝。翌日早起，特至西宫外候着，等到日上三竿，方见叡乘辇出来，当即迎前笑问道："陛下昨游北园，可极乐否？"说尚未毕，但见叡勃然变色，满脸怒容，禁不住吓退三步，叡掉头径去。到了傍晚，竟由宫官赍入谕旨，劝令毛后自尽。可怜毛皇后又悲又愤，又愤又悔，想到无可奈何的时候，竟取过鸩酒，一口吸干，转瞬毒发，便致暴亡。前有甄后，后有毛后，可谓两次同命。叡尚恨左右违旨，擅敢漏泄，不问是否通报，竟杀死了十余人。不过表面上说不过去，伪言毛后暴崩，依礼丧葬，加谥曰悼，号后墓为愍陵，是年为魏青龙五年。茌县茌音仕。报称黄龙出现，青变为黄，已寓死兆。有司乐得献谀，说是魏得地统，宜改正朔，易服色，一新观听。叡遂改元景初，建丑为正，服色尚黄，牺牲尚白。又用太史令高堂隆奏议，在南北郊，营方圆二丘，圜丘祀天，方丘祀地，诏称曹氏系出有虞，应以虞帝舜配天，皇祖武皇帝配地。武皇帝即曹操，见前文。已而徙长安诸钟簴，及秦始皇所铸铜人，汉武帝所制承露盘，尽至洛阳。铜人重不可致，留置霸城，承露盘在途折断，声闻数十里，叡乃另采别铜，铸成铜人二个，号为翁仲，分列司马门外；更铸铜龙铜凤，置内殿前，龙高四丈，凤高三丈余。有何用处？还要在芳林园中，增筑土山，限令三日告就，土役无暇，即令公卿群僚，荷畚担土，好容易堆成高阜，上植松竹杂木，作为美观。司徒掾董寻，太子舍人张茂，陆续奏谏，始终无效。高堂隆得病将死，口占遗疏，请叡黜奢崇俭，亲亲任贤，也徒博得区区褒赠，赍志以终。只有大将军司马懿，进官太尉，位高责重，却是片言不

第九十五回　王子均昌言平乱　公孙渊战败受擒

发,噤若寒蝉。数语已足诛心。嗣由幽州刺史毌丘俭,报称公孙渊僭号燕王,改元绍汉,置官吏,诱胡虏,纠众入寇,骚扰北方,叡乃亟召司马懿入朝,与议讨渊。渊为辽东太守公孙度孙,父名康,曾斩袁尚袁熙首级,献与曹操,操表封为广平侯。见前文。康死时,渊尚幼弱,官属立康弟恭。恭庸劣不能治事,及渊年渐长,胁夺恭位,上表曹丕,丕意在羁縻,拜渊为扬烈将军,领辽东太守。未几,渊与魏有贰,遣使至吴,愿为吴藩,吴主权乃使太常张弥,执金吾许晏等,赍着金宝珍货,航海授渊,且封渊为燕王。渊又恐魏人讨伐,收没货赂,诱杀张弥、许晏,传首至魏,魏进渊为大司马,封乐浪公。刁狡至此,宁能久存?吴主权,闻渊反复,即欲督兵讨渊,陆逊薛综,连章谏阻,权方中止。谁知渊又贪心不足,复欲背魏,对着魏使,时出恶声。幽州刺史毌丘俭,奉魏王命,赍玺书征渊,渊竟发兵抗俭,俭因众寡不敌,退还幽州。渊遂自称燕王,屡寇魏境,毌丘俭乃表请济师。太尉司马懿为了讨渊一事,奉召入都,谒见曹叡,叡问及方略,懿答言得兵四万,自足破贼。叡又问道:"卿料渊行动若何?"懿又答道:"渊若弃城预走,乃是上计,据守辽东,抗拒大军,乃是中计,若坐守襄平,便成下计,必为臣所擒了。"叡问渊能行上计否?懿谓渊徒凶狡,不知兵谋,定出下计;叡复问大军往还,应需几时?懿预约往百日,攻百日,还百日,又须休息六十日,大约满足一年,就可了事。武侯已殁,应让司马争雄。叡闻言大喜,便令懿带兵启程。公孙渊闻懿出讨,也觉心惊,又遣使向吴称臣,谢罪乞援。吴主权欲戮渊使,嗣经谋臣羊衜等计议,衜即古道字。阳为许援,阴图乘隙,所以发兵驻境,静观成败。那司马懿驱兵大进,直指辽东,渊令部将卑衍、杨祚,分率步骑数万,屯踞辽隧,设堑二十余里,堵遏懿兵。懿用胡遵为先锋,引兵挑战。渊令杨、衍守寨,自出交锋,被遵杀退,自是坚守不出。也想学袭司马懿旧法么?懿笑语诸将道:"贼不与我战,欲我老师糜饷,粮尽退兵,我岂肯为贼所料?且贼众多在此处,巢穴必虚,我不如潜攻襄平,一举破贼哩。"乃多张旗帜,佯作南行,卑衍等尽锐南追。懿却潜渡济水,北趋襄平。至衍等察觉,转向北进,却被懿用伏兵掩击,杀得七零八落,窜往首山。懿兵追入山中,卑衍战死,杨祚乞降,于是懿得进围襄平。公孙渊出战失利,退守危城。会值秋雨兼旬,辽水暴涨,运粮船直达城下,平地水深三尺,懿兵行立不便,各欲移营,懿反下令军中,敢言移营者斩。都督令史张静,入帐固请,竟被斩首,悬竿示众,军人乃不敢再动。城中见懿营阻水,乐得出外樵牧,魏军司马陈珪,请出兵截击,懿独不从。珪疑问道:"太尉前攻上庸,昼夜兼进,故能立拔坚城,擒斩孟达;今远来反缓,又纵贼樵牧,究是何意?"懿笑答道:"孟达兵多粮少,我粮多兵少,若非急进,出彼不意,怎能取胜?今贼众我寡,贼饥我饱,何必速攻?正当任彼内乱,然后纵兵合击,可以聚歼,倘或掠彼牛马,截彼樵采,是驱令远走,反为不妙。"陈珪听了,方才拜服。既而天雨晴霁,懿乃分兵合围,四筑土山,登高俯攻,矢石不绝,守兵死伤甚多,并且粮食垂尽,不能再支,只得遣使请和,懿怒斩来使,送还首级,檄令渊自缚来营。渊窘急无法,再令亲臣卫演求降,愿送子入质,懿忿然道:"军事大要有五,能战当战,不能战当守,不能守当走,不能走当降,不能降当死;何必遣子为质,多来絮聒?"说罢即叱演使归。<u>司马大出风头。</u>先是渊家有犬,冠帻绛衣,上屋驰行,民居午炊,有小儿蒸死甑中;襄平北市,土中生肉,周围数尺,头目口鼻俱全,独无手足;占验家已预知凶兆,说是有形不成,有体无声,国必灭亡。至是围城紧急,夜有流星数十丈,从首山东北,坠下襄平城东南,自公孙渊以下,并皆惊骇。又值卫演返报,无术图存,不得已挈子公孙修等,突出南门。懿早已防着,预令先锋胡遵,屯兵梁水,等到渊父子逃来,便即截住,后面又由大兵追上,立把渊父子擒住。司马懿已攻入城中,搜获公孙渊家族,及吏士七千余人。可巧渊父子解到,懿即喝令斩首,并将所获人犯,一体诛夷,筑成京观;惟渊首传送洛阳。渊叔恭为渊所囚,许得释放,俾存一脉。凡中原人流寓辽东,听令还乡,辽东遂平,懿亦班师。途次接得朝旨,喻令回镇长安,及行到河内,偏来了宫使辟邪,叫懿速至洛阳。正是:

　　　　内旨两岐成柄凿,外臣一入据钧衡。

究竟懿行止如何,待至下回续表。

　　魏延、杨仪,心术相同,延不过早为发作,自速其死耳。若仪之与费祎言,谓不若前时就魏,是延之所未及设想者;而仪欲为之,其居心尤出延下。微诸葛丞相之善为驾驭,几何而不先作乱也?曹叡奢淫无度,违理蔑伦,种种荒谬,俱足亡国,而反得平定辽东,擒斩公孙渊父子,是所谓天夺之鉴,而益其疾也。司马懿为莽操流亚,功不显,位不高,乌得擅权窃国?公孙死而司马益崇,魏之不亡亦仅矣。谁谓荒淫之主,能贻厥子孙哉?

第九十六回　承遗诏司马秉权　缴印绶将军赤族

　　却说魏主叡淫荒过度,酿成疾病,年仅三十有五,已害得骨瘦如柴,奄奄不起;当下立郭夫人为皇后,命燕王宇为大将军。宇为曹操庶子,与叡素来亲善,故叡欲嘱咐后事。又使领军将军夏侯献,武卫将军曹爽,曹真子。屯骑校

第九十六回　承遗诏司马秉权　缴印绶将军赤族

尉曹肇,曹休子。骁骑将军秦朗等,与燕王共同辅政。偏有中书监刘放、中书令孙资,意图揽权,不愿燕王等入辅,每思乘间进谗,苦未得隙。会接司马懿班师奏报,燕王宇便向叡请旨,令懿仍回镇长安。叡已不能治事,任令燕王主持。一夕,叡气喘不休,宇恐有急变,自去宣召曹肇等,与谋大计。独曹爽侍侧未退,刘放、孙资,急排闼泣奏道:"陛下若有不讳,后事果付托何人?"叡惨然道:"卿尚不闻朕用燕王么?"放申奏道:"先帝有诏,藩王不得辅政,且陛下方病,曹肇、秦朗等,托词入省,辄与宫人戏言,燕王并不监束,反拥兵宫外,不令臣等进奏,这与古时的竖刁、赵高,尚有何异?况太子幼弱,未能亲政,外有强寇,内有奸壬,恐国家从此多事了。臣久叨恩宠,不忍漠视,故敢冒死入陈。"所谓胀受之恩。叡不禁怒起,急问刘放道:"卿以为谁可大任?"放见曹爽在旁,不便立异,便举爽代宇;资亦随口赞同。叡即顾爽道:"卿自思能胜任否?"爽汗流浃背,不能措词,放急伸足踢爽,爽才逼出一语道:"臣……臣愿死奉社稷。"曹真生此庸儿,何能保家?放、资又接入道:"太尉懿才略过人,可参大政。"叡点首称善,放便欲请旨召懿。适值曹肇趋入,放、资乃避出殿外,叡与语及召懿情事,肇涕泣固谏,引董卓事为戒,何不即引曹操?叡又觉心动,不愿召懿。待至肇退,放、资又即趋进,极言肇有异心,叡复依放言,嘱令草诏,放答说道:"请陛下自作手书。"叡歔欷道:"我已病重,不能执笔。"放竟取过文具,握住叡手,勉强书诏,草草告成,便赍出大言道:"有诏免燕王等官,不得再停殿省中。"燕王宇性本温和,当即出去,献、肇、朗三人,亦无法可施,流涕归第。放即令内使辟邪,驰召司马懿。懿见前后诏旨两岐,料知宫中有变,星夜赶至洛阳,入宫求见。叡握懿手与语道:"朕忍死待君,今得相见,托付后事,我无遗恨了。"否则,懿怎得揽权?懿顿首受命。叡复召入齐、秦二王,与懿相揖;又指齐王芳语懿道:"这就是他日储君,请卿审视,勿误勿忘!"懿非目盲,应早认识。又教芳前抱懿颈,懿流涕道:"陛下放心!难道不忆及先帝临崩,曾将陛下嘱臣么?"叡开颜道:"如此甚好。愿卿与爽,共辅此子便了。"乃即立芳为皇太子,曹爽为大将军,懿仍守官太尉,辅导东宫。越宿、叡即告终。曹爽、司马懿,奉太子芳即位。芳年才八岁,或谓系任城王曹楷子。楷即彰子。尊皇后郭氏为皇太后,追谥叡为明皇帝,葬高平陵。加爽、懿侍中职衔,并假节钺,都督中外诸军事,录尚书事。一切兴作,皆托称遗诏,即令罢免。便是懿笼络人心的手段。爽、懿各领兵三千人,轮流宿卫,权势相埒;惟爽年轻望浅,常事懿如父,每事谘访,不敢专行,懿亦佯为谦抑,故尚得相安。

时有东平人毕轨,南阳人何晏、邓扬、李胜,沛人丁谧,并有才名,挟策干进。魏主叡在位,曾说他浮华躁竞,屏黜不用,偏爽引为僚佐,一经秉政,便相继录用,视若腹心。晏等即为爽划策道:"国家重权,不宜轻委异姓,今可入白天子，加懿为太傅，外示推重，内慎防维，此后尚书奏事，先白大将军，免为懿所牵掣，大权庶不致旁落了。"为爽划策，看似尽心，实欲以傀儡待爽。爽闻言称善，遂推懿为太傅，且举弟羲为中领军，训为武卫将军，彦为散骑常侍。又徙吏部尚书卢毓为仆射，即令何晏代任，进邓飏、丁谧为尚书，毕轨为司隶校尉，李胜为河南尹，拔茅连茹，交相庆贺。黄门侍郎傅嘏，密语爽弟曹羲道："何平叔晏字平叔。外静内躁，銛巧好利，将来必摇惑君门；幸转达大将军，毋轻委任。"羲即将嘏言告爽，爽方恃晏为心膂，怎肯信嘏？反说嘏从中谗构，把他黜免。嗣复出卢毓为廷尉，寻且罢官；众论多为毓讼冤，乃更用毓为光禄勋。大将军长史孙礼，亮直不挠，为晏等所嫉忌，出为扬州刺史，司马懿冷眼旁观，早已窥透情隐，但因爽尚存礼貌，姑与周旋，不加干涉。这是郑庄公待段秘诀。越年改元正始，迁中书监刘放为左光禄大夫，中书令孙资为右光禄大夫。定是司马懿荐举。又越年孟夏，爽与何晏等选色征歌，饮酒作乐，正在兴高采烈的时候，忽由门吏入报道："吴兵三路入寇，警报已到过数次。"爽不禁失色道："有这等事么？看来只好请太傅主张。"急来抱佛脚。何晏等亦计无所出，但促爽入朝，与司马懿会议军情，爽不得已，离席出门。趋至朝堂，朝中侍臣，亟向爽问计，爽谓须待太傅计事，当下遣人往迎司马懿。惟知懿托辞有疾，不肯到来。爽惶急无措，忙入见少主芳，请旨召懿。懿尚诿诸曹爽，谓俟臣疾少愈，便当入朝；乐得摆点架子。爽更觉着急，再使光禄勋卢毓，赍诏向懿问计，懿才出答道："芍陂为淮南要冲，现由将军王陵把守，可以无忧，惟樊城、柤中两处，柤读为祖。必须大将往援，方能却敌。"毓还朝复旨，朝臣瞩望曹爽，劝令东征。爽未经大敌，不敢出师。转眼间已越数日，樊城被吴将朱然围住，柤中亦为诸葛瑾所攻，连章告急，许洛两都，人心惶惶，司马懿乃自称病愈，出议军事。时乎？时乎？适值王陵报捷，击退吴将全琮，淮南解严。吴兵三路分写，又是一种笔墨。懿进议道："柤中民夷十万，流离无主，樊城被围逾月，紧急万分，大将军方握兵权，奈何坐视不救哩？"还要推与曹爽。爽无词可答，只好自说无才，特候太傅定夺。何晏在旁发言道："樊城坚固，易守难攻，敌众屯兵城下，不战亦疲，但用长策制御，自足屈人。"懿微哂道："疆场骚动，主少国疑，不乘此时出师却贼，如何安定社稷？大将军能往则往，如若不能，懿年虽老，愿督军一行。"明明是奚落曹爽。朝臣闻懿愿出师，当然赞成，懿即调动人马，克日南征。少帝芳亲率百官，送至津阳城门外。懿拜别而去。才经旬月，便得捷书，樊城解围，吴兵夜遁，柤中亦击退吴人，于是宣诏班师。太傅司马懿振旅而还，献俘行赏，又有一番张皇气象，毋庸细述。独曹爽相形见绌，未免减色，邓飏、李胜，劝爽相机立功，方足敌懿。事有凑巧，闻得蜀大将军蒋琬，进任大司马，出屯涪城，谋袭魏境。爽即听飏胜等言，自请伐蜀。司马懿谓蜀未进兵，何用劳师？因复迁延了两三年。

第九十六回　承遗诏司马秉权　缴印绶将军赤族

　　是时蜀后张氏已殁，更立后妹为继后，长子璿为太子，次子瑶为安定王，改建兴十六年，为延熙元年。车骑将军吴懿，又病亡出缺，诸军皆归蒋琬节制，监军姜维为副。琬与维分驻汉中及涪城。至延熙六年，琬抱病甚重，因令姜维屯涪城，另简镇北大将军王平，往守汉中。魏曹爽得此消息，复拟攻蜀。还有征西将军夏侯玄，为爽姑子，附和爽议，怂恿兴师。司马懿再出劝阻，爽不肯从，乃于魏正始五年，<small>即蜀延熙六年，</small>春日发兵，与玄会师长安；计得十余万众，逾骆谷，逼汉中，声焰甚盛。蜀兵在汉中驻守，不满三万，诸将各有惧色，拟婴城固守，静待涪城援军；镇北大将军王平，独宣言道："此去涪城约千里，援兵怎能骤至？倘贼众攻入阳平关，就为大患，不可不防。"说罢，即遣护军刘敏，引兵万人，往据兴势山，多张旗帜，绵亘百里，兴势山为关口保障，与关内互相呼应，便成重镇。魏兵为兴势所阻，不能前进；长安运饷多艰，沿途跋涉，非但役夫奔命，辄致道亡，甚至牛马亦相继僵仆。爽与玄屯兵月余，粮食将尽，寸筹莫展；玄复接懿手书，内称《春秋》责大德重，兴势至险，已为蜀兵所据，万难进兵，若再不知退，恐必致覆军，究由何人负责？故先咨照等语。明见万里，<small>究竟要算此老。</small>玄即将懿书转告曹爽。爽未肯遽归，忽由探马入报，蜀已任尚书费祎为大将军，统兵来援，爽知不可敌，方与玄议决退师。还至三岭，<small>沈岭、衙岭、分水岭，为汉中入骆谷通道。</small>岭间已满布蜀兵，旗帜上面，表明汉大将军费字样，吓得魏兵人人胆怕，个个心寒。爽到此无路可走，只得令玄为先锋，自为后应，硬着头皮，麾兵过去，接连冲突数次，才得杀开血路，越岭奔回；所有辎重甲仗，抛弃殆尽，十万人丧亡过半，狼狈还都。<small>徒为司马懿所笑。</small>蜀大将军费祎，奏凯还朝，受封成乡侯。蒋琬本兼益州刺史，因见祎才略冠时，固让州职，乃令祎兼刺益州，侍中董允，代祎为尚书令，佐祎辅政。越年蜀太后吴氏寿终，接连是大司马蒋琬，尚书令董允，得病去世；蜀人称诸葛亮、蒋琬、费祎、董允，为四圣相，亦号四英，至是惟祎尚存。祎用曹选郎陈祇为侍中，祇多技巧，好行小智，与黄门丞黄皓相昵。皓素来便佞，见宠后主，惟畏一公忠体国的董休昭；<small>休昭即董允字。</small>董殁后，皓无所忌惮，又由陈祇入侍，遂得朋比为奸。且后主从此亲政，擢皓为中常侍，"亲小人，远贤臣"，诸葛公苦口垂箴，终成空论，免不得日就倾颓了。<small>令人三叹。</small>

　　且说曹爽旋师后，不知引咎，仍任首辅；少主芳虽已加元服，立后甄氏，究竟年龄尚稚，不过十五六岁，未识贤愚。郭太后深居宫中，守着曹丕遗诏，不预外事，<small>魏黄初三年，记令群臣不得奏事太后，后族不得辅政。</small>所以曹爽丧师，无人纠劾，爽越得专恣，植党营私，骄奢无度。郭太后稍有违言，爽即徙太后，居永宁宫，派人管束。且至宫中搜寻美女，见有姿色可人，不论她曾否召幸，便即取去。魏主叡身后遗妾，封过才人，也被爽强取数名，藏入窟室，轮流奸淫。

好算得内无怨女。他如饮食衣服,僭拟天子尚方,珍玩充牣府中;又建重楼画阁,雕宇峻墙,昼与私党纵饮,夜与姬妾交欢,真个是事事称心,无求不遂。爽弟羲深以为忧,屡次泣谏,爽终不从;有时与弟训彦等,出外游畋,日暮不归。司农桓范进谏道:"将军总万机,典禁兵,不宜与兄弟并出;若有人闭城拒绝,谁为纳入?还乞三思。"爽瞋目道:"何人敢为此事?汝太多心。"范无奈趋退。独太傅司马懿,又复称疾,累月不出。河南尹李胜,欲回官故乡,求爽表荐,爽即表胜为荆州刺史。胜向懿辞行,见懿拥被卧着,令二婢左右分侍,目眨口蹇,似乎不省人事,胜连叫数声,才应响道:"汝为何人?"胜答语道:"河南尹李胜,今奉诏命,调为荆州刺史,特来拜辞;不意太傅竟病体至此。"懿为喘息道:"并州么?君……君受屈此州,地近朔方,须好好防备。"胜急说道:"当刺本州,并非并州。"懿故意错说道:"君从并州来么?"胜复答道:"现奉调为荆州刺史。"懿才大笑道:"年老耳聋,未解君言,君今还官本州,威德壮烈,好建奇勋;可惜我死在旦夕,不得复见了。"胜复以吉人天相为解,懿欷歔道:"人生总有一死,只我子师、昭两儿,才浅识短,还望君等念我旧情,代为照拂;且请将我意,代达大将军。"说至此,声带呜咽,旁顾二婢,用手指口,似作渴状,亏他装做。一婢取汤与饮,懿将口就汤,不能尽吸,流下沾襟,一婢忙取襟揩拭,累得懿不堪疲乏,气竭声嘶。活像将死情状。胜不便再说,因即告辞,当由懿子师、昭二人,送出门外。胜飞马至曹爽家,向爽报告道:"司马公尸居余气,形神已离,可无再虑了。"爽亦大喜。胜别过曹爽,自去赴任。何晏、邓扬等,闻懿病笃,无不开怀。平原人管辂,雅善卜易,远近著名,晏延至家内,与辂论《易》,邓扬亦闻声趋至,列座倾听,约阅片时,便问辂道:"君自谓善易,何故语中不及'易'义?"辂应声道:"善《易》不言'易'。"晏含笑赞辂道:"可谓要言不烦。但我有疑虑,烦君一卜。"辂问有何疑,晏与语道:"我位可至三公否?且连日梦见青蝇聚鼻,究为何兆?"辂接口道:"这亦何必卜易?从前元恺辅舜,周公佐周,并皆和惠谦恭,享受多福。今君侯位尊势重,人鲜怀德,徒多畏威,恐非小心求福的道理。且鼻为天柱,与山相似,高而不危,贵乃长守,今梦集青蝇,适被沾染,亦非吉兆,位峻必颠,轻豪必亡,愿从此哀多益寡,非礼勿履,然后三公可至,青蝇可驱了。"煞有至理。扬嘲笑道:"这也不过是老生常谈。"辂复应声道:"老生见不生,常谈见不谈。"说罢便拂袖径去。路过舅家,为述与何邓二人语意,舅惊问道:"何邓方握重权,汝奈何出言唐突?"辂怡然道:"与死人语,何必避忌?"舅又问道:"何谓死人?"辂详解道:"邓扬行步,筋不束骨,脉不制肉,起立倾倚,若无手足,此为鬼躁;何晏视候,魂不守宅,血不华色,精爽烟浮,容若槁木,此为鬼幽;眼见得死期将至,怕他甚么?"一目了然。舅尚是不信,斥辂为狂,辂亦自归。哪知过了残年,果然应验,竟如

第九十六回　承遗诏司马秉权　缴印绶将军赤族

辂言。

　　魏正始九年正月,少主芳出谒高平陵,曹爽兄弟,及私党并随驾出都,独司马懿称病已久,未尝相从,爽总道是懿病将死,毫不加防。哪知懿与师、昭二子,已经伺隙多日,此番得着机会当即发难,勒兵闭城,使司徒高柔,假节行大将军事,据曹爽营,太仆王观行中领军事,据曹羲营,然后入白郭太后,只言爽奸邪乱国,应该废斥。郭太后为了迁宫一事,颇恨曹爽,当即允议。太尉蒋济,尚书令司马孚,为懿草表,由懿领衔劾爽,使黄门赍出城外,往奏少主;懿自引亲兵,诣武库取械授众,出屯洛水桥。爽有司马鲁芝,留住大将军府中,暮闻变起,即欲出城见驾。商诸参军辛敞,敞狐疑不决,转询胞姊辛宪英,宪英为太常羊耽妻,秀外慧中,谈言多中,既见敞跄跄进来,便问何事?敞急说道:"天子在外,太傅谋变,我姊尚未闻知么?"宪英微笑道:"太傅此举,不过欲杀曹大将军呢。"敞又问道:"太傅可能成功否?"宪英道:"曹将军非太傅敌手,成败可知。"明于料事,可谓女诸葛。敞复问道:"如姊言,敞可不必出城?"宪英道:"怎得不出?职守为人臣大义,常人遇难,尚思顾恤,况为人执鞭,事急相弃,岂非不祥?我弟但当从众便了。"敞即趋出,与鲁芝引数十骑,夺门径去。早有人报知司马懿,懿因司农桓范,素有知略,恐他亦出从曹爽,乃托称太后命令,召范为中领军。范欲应命,独范子谓车驾在外,不可不从,范遂出至平昌城门,门已紧闭,守吏为范旧属司藩,问范何往?范举手中版相示,诈称有诏召我,幸速开门。藩欲取视诏书,范怒道:"汝系我旧吏,怎得阻我?"藩不得已,开门纵范,范顾语藩道:"太傅谋逆,汝可速随我去。"藩闻言大惊,追范不及,方才退回。司马懿闻范出走,急语蒋济道:"智囊已往,奈何?"济笑答道:"驽马恋栈豆,怎肯信任智囊?请公勿忧。"懿即召侍中许允,尚书陈泰,使往见爽,叫他速自归罪,可保身家。待许、陈二人去后,又召殿中校尉尹大目,婉言相告道:"君为曹将军故人,烦为致意曹将军,免官以外,别无他事;如若不信,可指洛水为誓。"无非是牙痛咒。大目亦依言去讫。那曹爽尚随着少主,射鹰走犬,高兴得很;忽有黄门驰至驾前,下马跪呈,少主芳接受后,启封览表,但见上面写着:

　　　　臣懿言:臣昔从辽东还,先帝诏陛下秦王及臣,升御床,把臣臂,深以后事为念。臣谓太祖操、高祖丕亦属臣后事,皆为陛下所见,无所忧苦,万一有变,臣当以死奉明诏。今大将军爽,背弃顾命,败乱国宪,内则僭拟,外则专权,破坏诸营,尽据禁兵,群官要职,及殿中宿卫,皆易用私人;又以黄门张当为都监,伺察至尊,离间二宫,伤害骨肉,天下汹汹,人怀疑惧,此非先帝诏陛下,及引臣升御床之本意也!臣虽朽迈,敢忘往言?太尉臣济,尚书令臣孚等,皆以爽有无君之心,兄弟不宜典兵宿卫,奏永宁宫皇太后,令敕臣如奏施行。臣因敕主者及黄门令,罢爽羲训吏兵,以候就第,不得逗留,以稽车驾;否则即以军法从事!臣力疾出屯洛水浮桥,伺察非常,谨此上闻!

　　少主芳阅罢,交与曹爽,爽目瞪口呆,面如土色。俄而鲁芝、辛敞到来,报称城门四闭,太傅懿出屯洛水桥,请大将军速定大计。爽与兄弟等商议,俱无良策,可巧桓范亦到,下马语爽道:"太傅已变,大将军何不请天子幸许都,调兵讨逆?"爽皇然道:"如卿言,我家属尽在城中,必遭屠戮了。"真是驽马。范见爽当断不断,又顾语羲道:"若不从范言,君等门户,岂尚能保全?试想匹夫遇难,还想求生,今君等身随天子,号令四方,谁敢不应?奈何自投死地呢?"羲亦默然。范复进议道:"此去许昌,不过一宿可至;关南有大将军别营,一呼即应,所忧惟有谷食,幸范带有大司农印章,可以征发。事在急行,稍迟便要遇祸了。"道言甫毕,许允、陈泰又至,传达懿言,请爽兄弟归第,可保身家。爽更觉滋疑。未几又由尹大目驰至,谓太傅指洛水为誓,但要大将军免去兵权,余无他意。爽信为真言,稍展愁眉;时已天晚,便留宿伊水南岸,发屯田兵数千名,聊充宿卫,自在帐中,执刀徘徊,直至五鼓,尚无把握。范入帐催逼道:"事已燃眉,何尚未决?"爽举刀投地道:"我虽免官,尚不失为富家翁。"休想。范大哭出帐道:"曹子丹即曹真。也算好人,奈何生汝兄弟,愚同豚犊。我不意到了今日,坐汝族灭哩。"待至天明,爽竟白少主,自愿免官,并把大将军印绶,解付董允、陈泰,赍还洛阳。主簿杨综,慌忙谏阻道:"公挟主握权,何事不可为?怎可轻弃印绶,徒就东市呢?"爽尚自信道:"太傅老成重望,谅不食言。"呆极。遂将印绶付给许、陈自去。爽兄弟奉主还宫,懿当然迎驾,且听令爽等还家。是夕即由懿遣兵围住爽第,越日即由廷尉奏称,谓已拿讯黄门监张当,却将先帝才人,私送爽第,且与爽兄弟三人,及何晏、邓飏、丁谧、毕轨、李胜等,一同谋反,约于三月间举事,司农桓范,知情不报,应该连坐。于是分头拿捕,结果是一同下狱,陆续斩首,并夷三族。桓范之死,实由替爽划策,并非出城之过。鲁芝、辛敞、杨综三人,亦为有司所收,谳成重罪,懿独慨然道:"彼三人各为其主,不必处刑。"仍是笼络人心。当下释出三人,使复旧职。辛敞出狱自叹道:"我若不谋诸我姊,险些儿陷入非义了。"小子有诗赞辛宪英道:

　　　　变起争权事可知,教忠仍使守纲维。
　　　　羊家智妇辛家姊,留播千秋作女师。

　　还有一位烈妇,也是扬名彤史,千古流芳。欲知烈妇为谁,下回再当报明。

曹爽一庸奴耳，不度德，不量力，竟以一时之徼幸，入为首辅，就使小心谨慎，犹难免复餗之凶；况淫奢无度，酒色是酖，何晏、邓扬诸人，毫无伟略，引为谋士，兄弟中仅一曹羲，犹有一隙之明，而爽不肯从，其能保家保国乎？当日即无司马懿，吾知爽亦未必不亡也。惟懿之奸雄，不亚曹操，始则纵爽，继则赚爽，终则拒爽，玩爽于股掌之上，卒使爽无噍类，何居心之阴鸷若是！然回忆操之欺人，与懿略符，天生一操，又生一懿，正冥冥中之巧为安排，于爽乎何恤也？而后世之机械变诈者，可知所返矣！

第九十七回　猛姜维北伐丧师　　老丁奉东兴杀敌

却说曹爽被诛，祸及宗族，无论男妇老幼，一概丧生。惟爽从弟文叔早亡，妻夏侯氏，青年无子，乃父夏侯文宁，欲令女改嫁，女名令女，号泣不从，甚至截耳出血，誓不他适；及爽被诛，令女适归宁母家，不致累及。文宁方为梁相，上书与曹氏绝婚，又使家人讽女改嫁。令女佯为允诺，悄悄的趋入寝室，取刀割鼻，蒙被自卧，女母迭呼不应，揭被审视，血满床席，不禁大骇。家人忙为敷药，且劝解道："人生世上，如草上轻尘，何苦出此？况夫家夷灭已尽，尚与何人守节呢？"令女泣语道："仁人不以盛衰改节，义士不以存亡易心；曹氏盛时，尚欲保终，及今衰亡，便思背弃，这与禽兽何异？我宁死不肯出此。"贞节可风。家人闻言，无不感动，乃听令守节。事为司马懿所闻，也觉起敬，因使令女乞子自养，为曹氏后。烈女足怵奸雄。还有晏妻金乡公主，系是操女，为操妃杜夫人所出，性情端淑，夙有贤名，晏自诩风流，雅好修饰，粉白不去手，行步顾影，无丈夫气，时人号为傅粉何郎。惟性亦渔色，又尝嗜酒，日与曹爽等为长夜饮，不问家事。金乡公主归语母杜夫人道："晏为恶日甚，恐难保身家。"杜夫人还疑公主妒忌，笑言诘责；谁料晏阅时无几，竟至杀身。晏有一男，年才五六岁，由杜夫人取匿宫中，遣人向司马懿缓颊，请勿连坐；懿素闻公主贤明，并看公主同母兄沛王林情面，乃赦他母子，不复加诛。但晏好清谈，与夏侯玄、荀粲、王弼等，引为同调，虽身已受戮，尚煽余风，魏晋清谈之流弊，实自晏始。特志祸根。这且慢表。

且说司马懿计杀曹爽，得专政权，光禄大夫刘放、孙资等，咸称懿有大功，应升任丞相，并加九锡；少主芳不敢违议，便使太常王肃，赍册授命，懿固辞不受，方将册命收回。是年改元嘉平，即蜀汉延熙十二年，后主禅进监军姜维为卫将军，与费祎并禄尚书事。维具有胆略，尝欲继丞相亮遗志，北伐中原，独费祎不以为然,隐加裁制,但使维统兵万人,不令逾限。且与维相语道:"我等才智,远不及丞相,丞相尚未能戡定中原,何况我辈?不如保国安民,静待能人,今不可希冀侥幸,轻举妄试,一或挫失,后悔无及了。"未始非持重之言。维因权在祎手,不便与争,只好蹉跎过去。会有一魏将奔入蜀境,叩关请降,自述姓名,叫作夏侯霸,当由关吏报知姜维。维惊疑道:"霸系夏侯渊次子,与蜀有仇,何故前来乞降;莫非怀诈不成?"渊死于定军山,事见前文。维系魏人,应该知霸履历。遂嘱关吏严行盘诘,嗣接关吏复报,才知霸为曹爽外弟,官拜护军,归魏征西将军麾下,爽被诛后,玄奉诏入朝,改派雍州刺史郭淮代任;霸与淮有隙,又恐坐爽亲党,必将及祸,不得已奔入蜀中,路过阴平,仓皇失道,甚至随身粮尽,杀马为食,步行荆棘,履穿足破,千辛万苦,始得入蜀逃生。既已情真语确,当然由维召入,霸跪伏地上,泣诉前情,维亲为扶起,用言抚慰。复引霸入见后主,后主亦慰劳一番,令为维参军,霸拜谢而出。维问霸道:"司马懿专政,未知他来窥我国否?"霸答说道:"懿方营立家门,无暇顾及外事,惟钟士季年少有才,他日得志,必为蜀患。"维问钟士季为谁?霸谓故太傅钟繇子,现为秘书郎。维听到此语,乃欲先机伐魏,遂上表固请,奉诏出师。夏侯霸随维同行,到了雍州境内,审视地势,见有曲山可据,即引兵占住,分筑二城,使部将勾安、李韶居守,自募羌胡遗众,往略诸郡。魏征西将军郭淮,急令雍州刺史陈泰往攻二城。泰发雍州兵前往,把二城团团围住,令他水汲不通,城中无水可取,将士枯渴;亏得初冬下雪,融作饮料,尚得苟延残喘。维闻二城被困,引兵趋救,方至牛头山,即被陈泰阻住,泰才识练达,料知维军来援,必过此山,故就山设垒,亲自守候。维连日攻扑,终不能克,突有探骑入报道:"魏将郭淮,前来援泰,先驱已渡过洮水了。"维亟与夏侯霸商议道:"郭淮进至洪水,定来截我归路,如何是好?"霸皱眉道:"看来不如速退,免得丧师。"维乃令霸先行,自为断后,星夜退归。那曲山二城,待援不至,守将勾安、李韶,无术图存,只好降魏。姜维初次出师,便丧二将,不利可知。独维还入汉中,心下未惬,因拟约吴夹攻,遣使东下。

吴主孙权,年已昏耄,为了许多内宠,遂致嫡庶争权,内政尚且丛脞,还有何心外略?所以对着蜀使,模糊应付,当即遣归。自从吴主权称帝以来,差不多有二十余年,初次纪元黄龙,越三年改号嘉禾,又越六年,改号赤乌,又越十三年,改号太元。权元妃谢氏无出,纳妾生子,长名登,次名虑,登已立为太子,虑未冠而亡。权有外弟徐琨女新寡,貌美无双,为权所羡,复纳为妃。琨父名真,真妻为权姑母,琨女初嫁陆尚,尚卒,乃为权妃,事见史传。谢氏恚恨成病,不久即殁。权使徐氏抚养子登,登得为太子,群臣请立徐氏为后。偏后宫又有步氏袁氏,及王氏两夫人,步氏亦有姿色,与徐氏可称伯仲,徐氏性妒,步氏量

第九十七回　猛姜维北伐丧师　老丁奉东兴杀敌

宏,故权复右袒徐氏,终至后位不定。步氏无子,只生二女,长名鲁班,小字大虎,前配周瑜子循,后适全琮;次名鲁育,又字小虎,前配朱据,后适刘纂。何孙氏多再醮妇。至徐氏病殁,步氏因未曾生男,亦不得为后。袁氏即袁术女,品性最良,也无子嗣,步氏又不幸疾终,权欲立袁氏为后,袁氏以无子固辞。两王夫人,一生和、霸二子,一生子休。后来权复得一犯女潘氏,娇小玲珑,使充妾媵,几度春风,生子名亮。赤乌四年,太子登卒,和依次立为太子;和弟霸受封鲁王,群臣谓母以子贵,应立和母王氏为后,权颇欲依议。哪知全公主即鲁班。与和母有嫌,屡进谗谤,权竟信女言,常责和母,和母王夫人无从辩白,忧郁致死,和亦因此失宠。和弟霸为权所爱,与和同居东宫,礼秩如一,群臣多上书谏诤,权乃命分宫别僚,二子自是生嫌。霸阴谋夺嫡,交结朝臣杨竺、全寄、吴安、孙奇等人,谗构乃兄,权渐为所惑,嫉和益甚。上大将军陆逊,已代顾雍为丞相,仍守武昌,闻得太子兄弟,不相和协,因上书切谏,略言:"太子正统,鲁王藩臣,当使宠秩有差,然后上下得安。"权置诸不理,逊书亦数上,仍无影响。太子太傅吾粲,请遣鲁王出镇夏口,并出戍杨竺等,不准留京,词尤激切,反触权怒。霸、竺乘间潛粲,粲愤无可诉,致书陆逊,自鸣不平,偏又被霸竺所闻,诬他交通外臣,蓄谋不轨,竟致下狱毙命。权复遣使责逊,逊年已垂老,禁不住连番愤闷,也即病终。逊子抗为建武校尉,代领逊众,送葬东还;权召抗入问。抗陈乃父苦衷,声泪俱下,权稍稍感悟,才知霸、竺所言,不情不实,于是霸宠亦衰。后宫里面的潘夫人,尚在华年,独承恩宠,眼见和、霸二子,俱已失爱,乐得乘机献媚,为子谋储;且与全公主往来日密,并纳公主侄孙女全氏为子妇。权可纳姑母孙女为妃,亮亦何妨娶阿姊之侄孙女为妻? 于是彼此益亲,日在吴主权面前,谗毁和、霸,劝立幼子孙亮。权内惑宠妃,外信爱女,遂欲废和立亮,密语侍中孙峻道:"子弟不睦,恐将蹈袁氏覆辙;指袁谭、袁尚。若使朕不为变计,后患且无穷了。"峻为权叔父孙静曾孙,有姊为全尚妻,尚女嫁亮,亲上加亲,当然祖亮母子,赞成权议。惟权虽有此言,尚因废储事大,难免众谤,复延宕了好几年。

赤乌十二年间,右大司马全琮病殁,全公主又致守嫠,年近四十,还是好淫,因孙峻壮年伟岸,即多方勾引,与他私通。乃母步氏以仁惠称,不意生此坏女。两下里暗地绸缪,密商长策,决拟将太子和捽去,改立孙亮,方好久图富贵,安享欢娱。未必。峻入侍吴主时,遂肆意诬蔑太子,惹动吴主宿嫌,竟将太子和幽锢别室。骠骑将军朱据,尚书仆射屈晃固谏不听,两人泥首自缚,连日伏阙,请赦太子,终不见许。无难营军督陈正,五营军督陈象,吴置左右无难营,又置五营,各设军督。上书切谏,反致族诛。据与晃且被牵入殿,各杖百下,谪据为郡丞,斥晃归里;太子和被废为庶人,徙置故鄣。鲁王霸亦同时赐死。霸党杨竺、全寄、吴安、孙奇等，一体受诛，遂立少子亮为太子，亮母潘氏，居然被象服，著翚衣，进位皇后，统掌吴宫。吴王改年太元，便是为了册立潘后，有此特举。惟潘后得如所望，免不得恃宠生骄，比那前时的柔媚情形，迥不相同。吴主权亦瞧透三分，始悟太子和无辜，转生怜惜。是年八月朔日，天空中忽起大风，江海汹涌，平地水深八尺，吴主先陵所种松柏，尽被拔起，直飞到建业城南门外，倒插路旁，权因此受惊成疾，月余不能视事。到了仲冬，才觉少瘥，乃亲祀南郊，途次又冒风寒。及还宫后，复至患肿，意欲召和入侍，全公主及侍中孙峻，中书令孙弘，力言不可，方才罢议。好容易挨过残年，权病不能起，命立故太子和为南阳王，使居长沙；王夫人子休为琅琊王，使居虎林；还有一子名奋，乃是后宫中仲姬所出，年比太子亮少长，授封齐王，使居武昌。过了月余，权稍有起色，有司奏称凤凰来仪，乃复改年神凤。不料皇后潘氏，遽尔暴亡，权力疾往视，见潘项下有痕，舌不能藏，料有他故，因令左右秘密调查。嗣得察出破绽，乃是潘后待下甚暴，各有怨言，她见权老病垂危，即使宫人出问中书令孙弘，考察汉吕后称制故事。宫人因潘后临朝，必好残杀，不如先机下手，俟她夜间熟睡，竟将她项中扼死。权亦知她咎由自取，但看到惨死情状，不免悲愤交并，乃将与谋行凶的宫人，杀死数名。嗣是心绪不宁，病益沉重，又拖延了两三月，气绝身亡，寿已七十有一。太子太傅诸葛恪，太常滕胤，中书令孙弘，侍中孙峻，将军吕据，并受顾命，立太子亮为嗣主，夹辅朝政。弘与恪积不相容，意欲矫诏诛恪，商诸孙峻，峻反向恪报知，恪遂诱弘议事，把他杀死。然后为权发丧，追谥权为大帝。亮既嗣位，改元建兴，进恪为帝太傅，胤为卫将军，领尚书事，孙峻以下，俱进爵有差。

恪为诸葛瑾长子，少年颖悟，词辩过人，权闻名召见，欲试恪才，特遣人牵入一驴，用笔题面云："诸葛子瑜"。子瑜就是瑾表字，瑾面似驴，故以此为戏。<small>天子无戏言，权以驴戏瑾，亦太失体。</small>恪即跪请道："乞赐笔更添二字。"权将笔给恪，恪在诸葛子瑜下，添入"之驴"二字，举座称奇，权亦为称赏，便把驴赐恪。恪年甫弱冠，便拜为骑都尉太子登宾友，已而升任抚越将军，出平山越，更擢任威北将军，封都乡侯，望重一时。惟瑾谓恪非保家子，引为深忧。及瑾病殁，恪自矜才智，好陵上位，丞相陆逊，辄贻书相诫，恪不少悛。既而逊又去世，恪竟得为大将军，代领逊众，驻节武昌。吴主权病笃，召恪受遗，恪遂为首辅，欲收时望，缓逋责，除关税，宣布惠泽，远近腾欢，乃修筑东兴堤，左右倚山，夹筑两城。堤在巢湖东面，久废不治，恪恐湖水泛滥，并为吴魏冲道，故集众兴修，使全端留略二将，分守二城。复因休奋二王，封地濒江，关系重要，恐他据境谋变，特将琅琊王休，徙封丹阳，齐王奋徙封豫章。奋不肯遵行，由恪致笺恫吓，然后迁往。恪有族叔诸葛诞，仕魏为征东将军，

第九十七回　猛姜维北伐丧师　老丁奉东兴杀敌

闻吴修堤筑城,当即详报魏廷,请先机伐吴。时司马懿已死,长子师进任抚军大将军,代父执政,颇善诞言;再加征南将军王昶、征东将军胡遵、镇东将军毌丘俭,各献军谋,力主东征,师遂令诸葛诞集兵七万,会同胡遵,直攻东兴。又遣王昶攻南郡,毌丘俭攻武昌,三路进发,探报驰达江东。诸葛恪忙率同将士,昼夜兼行,往救东兴,吴冠军将军丁奉,老成练达,愿为前驱,恪令他将吕据、留赞、唐资三人,引兵二万,与奉并进;自率二万人为后应。奉向吕据等申议道:"兵多行缓,若被贼据险,难与争锋,我宜速往,君等随后接应,方可无虞。"说着遂率麾下三千人,轻舸前行,顺风扬帆,两日余即达东关,据住徐塘。魏将胡遵,已在湖滨,筑造浮桥,渡过军士,结营东兴堤上,分兵攻扑两城,三日不下。适值天寒雨雪,未便急攻,遵高坐营中,与将佐置酒豪饮,闻得吴兵来援,乃遣将探望,返报吴兵寥寥,不过二三千人,遵不以为意,仍然畅饮;仿佛酒鬼。但命兵士数百人,守住营门。丁奉见魏兵未出,即拢船近岸,顾语部众道:"取封侯爵赏,正在今日,愿诸君努力。"说着,即脱去战袍,轻装持刀,一跃登堤,兵士亦相率解甲,甚至袒裼露臂,左执楯,右执刀,随奉上岸。魏兵瞧着,以为天寒至此,不战先僵,相率大笑,谁知丁奉用刀一挥,众皆踊跃,直扑魏营,魏兵始仓皇入报。魏前部督韩综、桓嘉,起座出战,摇头摆脑的趋至营外,曲摹醉态。可巧碰着丁奉,一刀砍来,正中韩综头颅,倒毙地上,综系东吴叛将,屡为吴害,奉正欲枭取首级,不防桓嘉一戟刺来,亏得奉眼明手快,用刀格开,嘉酒尚未醒,倒退了两三步,被奉趋前一刀,砍伤左肩,又复倒地。魏兵见两将毕命,统皆逃入营中,奉得从容枭首,麾兵再进,三千吴兵,冲入魏营,胡遵即上马对敌,哪禁得吴兵厉害?所向无前,慌忙弃去前屯,退入后寨。可巧吴将吕据、留赞、唐资等,陆续杀到,眼见得魏兵骇走,连后寨都不能保守,你贪生,我怕死,纷纷向浮桥渡回,人多桥坏,溺死了好几万人;胡遵飞马先走,幸得逃命,所有辎重甲仗,尽被吴兵搬归。魏将王昶、毌丘俭,接得胡遵败报,也烧屯退回。诸葛恪行至东兴,赏劳诸将,奏凯还朝;特将叛将韩综首级,献入大帝庙中,声罪报功,恪得加封阳都侯,领荆扬二州牧,都督中外诸军事。

　　越年,恪复欲出兵伐魏,群僚固谏不从,当即遣司马李衡,西行至蜀,约同举兵。蜀大将军费祎,方被降将郭修刺死,将佐多不愿出师;独卫将军姜维,有志北伐,以为有机可乘,不行何待?乃率数万人出石营,经董亭,进围狄道。诸葛恪得李衡归报,也领兵入淮南,环攻新城。魏大将军司马师,用主簿虞松计,使毌丘俭等堵御吴兵,坚壁勿战;另檄征西将军郭淮、雍州刺史陈泰,尽发关中士卒,速援狄道。淮与泰奉檄驰援,甫抵洛门,那姜维已探知消息,自恐粮食不继,撤围引去,诸葛恪却尚屯兵新城,连日督攻。城将陷落,守将张特,佯为乞降,只言魏法须守城百日,方可出降,家族免罪,今被围已九十余日,乞恩许满限,然后开城拜纳等语;恪信为真言,饬兵缓攻。不意特乘夜修城,补阙完残,至次日登城大呼道:"我情愿斗死,岂肯降汝吴狗?"特为一牛之称,牛固不宜事狗。恪闻言大怒,再饬攻城,竟不能克,军士锐气已衰,更兼天气蒸闷,多半遇疫,死亡相继,恪尚虐待将士,说他不肯尽力,众益离散。魏将毌丘俭等且乘敝进援,吴兵大恐,不战自溃,恪也只好逃归。沿途散失军械,不可胜计,于是吏民失望,怨毋交乘,恪不自引责,反苛求将吏过失,或诛或黜,累日不绝。且恐他人暗算,累得精神恍惚,寝食不安。先是恪出兵淮南,整装将行,忽有一人满身素服,趋入阁中,内吏问为何事?那人谓至寺院迎僧,为亲超荐,不意误走至此内,吏将他叱出,转语外门守卒,俱言持械把门,并不见有一人进来,大众都为诧异。及出行后,舟车左右,时有白虹环绕,家中厅屋栋梁,无故自断,家人都目为不祥,替恪担忧,恪却安然归家,总算幸事;但与恪语及,恪也觉惊心。一日早起盥洗,闻水中有血腥气,连易数盆,血腥如故,待至戴冠加衣,衣冠上亦有腥气,正惊疑间,忽侍中孙峻,赍诏到来,召恪入宴。恪亦防有他变,诈言腹疾,不便饮酒,峻忙说道:"天子设宴宣召,欲与太傅共议大事,请太傅力疾一行;若因御酒不便下饮,尽可自赍药酒,随身带去。"以诈应诈。恪因峻素来亲信,计划周到,料无他谋,乃令峻先行,自易朝服出门。门内豢有黄犬,突至恪前,衔住恪衣,恪愕然道:"犬不欲我出门么?"乃还坐片刻,少顷复出,犬衔衣如故,恪不禁动怒道:"犬亦敢来戏我么?"遂令卫士将犬赶出,登车入朝。散骑常侍张约朱恩,为恪爪牙,呈递密书,劝恪毋入。恪省书欲归,适遇太常滕胤,问将何往?恪以腹痛甚剧为辞,胤答说道:"既已到此,应该一见主上,方可告归。"恪踌躇多时,又由孙峻出来敦促,乃剑履上殿。这一番有分教:

列席未终头已落,覆巢以下卵无完。

恪既入殿,究竟有无祸变,试看下回便知。

姜维之主张北伐,欲继诸葛遗志,非不足嘉?所惜者有志乏才耳。费祎阴加裁制,不令兴师,亦为知己知彼之论。然伐亦亡,不伐亦亡,诸葛武侯之《后出师表》,详哉言之。天不祚汉,武侯殂于中寿,姜维才不逮武侯,而又辅佐无人,此北伐之所以寡效也。牛头山一役,未得寸土,既丧二将,先声已挫,后事可知,蜀其尚能长存乎?孙权承父兄遗业,任才尚计,史谓其有勾践遗风,乃内宠相寻,晚年益愦,废长立幼,乱本已成;诸葛恪、孙峻诸徒,皆不足托孤寄命,而权则倚为心膂,嘱令辅政。恪修缮湖堤,筑城自固,尚为保境之良策;东兴破敌,功由丁奉,班师东返,遽沐侯封,恪之幸也。乃小胜即骄,穷兵不已,至于新城顿挫,犹且不知引咎,作福作威,虽欲不亡,乌可得耶?语有之:"小时了了,大未必佳。"观诸葛恪而益信;若孙峻则更不足齿矣。

第九十八回　司马师擅权行废立
毌丘俭失策致败亡

却说诸葛恪剑履上殿,见过吴主孙亮,列席饮酒,恪辞不能饮,无非防他下毒。孙峻即进言道:"太傅有药酒带来,何勿敢取饮?"恪即命从人取入,放心酌饮。酒至数巡,亮托称更衣,起座入内,峻亦如厕,脱去长袍,改着短服,怀刀趋出,大声说道:"有诏收诸葛恪。"恪惊起拔剑,尚未出鞘,峻已一刀斫至,剁落恪首。散骑常侍张约,坐在恪旁,急掣恪剑砍峻,峻向右一闪,稍伤左手,右手亟持刀劈约,约趋避不及,右臂中断,殿侧已先伏甲士,一齐突出,把约杀死。座上诸官,统皆惊走。峻复宣言道:"恪谋逆已诛,余人无罪,尽可归座。"大众听着,乃复留片刻,旋即辞去。峻令甲士舁出二尸,用苇席包裹,竹篾扎缚,投诸城外石子岗;一面遣令甲士往收诸葛恪妻孥。恪妻正在室中,见有一婢进来,带着血腥,禁不住掩鼻诘问,婢忽跃起道:"诸葛公乃为孙峻所杀,冤乎不冤?"道言甫毕,恪子竦建,踉跄趋入,哭报乃父被诛,捕吏将至,请母亟奔。恪妻听了,也不及举哀,慌忙出门登车,与二子逃出都门;偏被骑督刘承追至,把他们围住,尽行拿下,押还都市,一齐枭首。恪甥都乡侯张震,及常侍朱恩等,连坐处死,并夷三族。临淮人臧均,表请收葬恪尸,辞多凄恻,乃听令收埋。当时建业有童谣云:"诸葛恪,芦苇单衣篾钩落;于何相求成子阁?"成子阁,即石子岗别名,钩落就是苇带,至是谣言果验。这谋杀诸葛恪的计议,出自孙峻,峻得受拜丞相大将军,都督中外诸军事,加封富春侯。太常滕胤,本未预谋,且为恪子竦妇翁,因乞辞职。峻笑语道:"鲧禹犹不相及,滕公为何出此?"遂仍使守位,且进爵高密侯。南阳王和妃张氏,为恪甥女,峻为此收和印绶,且逼和自尽。胤可免罪,和何故受诛? 和接到朝命,与张妃泣别,张妃凄然道:"吉凶当相随,妾终不独生。"遂与和一同服毒,相继毙命。和妾何氏,独叹息道:"若皆从死,何人抚孤?"乃留育和子皓、德、谦、俊四男。皓即为东吴末主,后文再表。

且说魏主曹芳嗣位已十余年,正始九年,嘉平六年,共十有五年。仍用夏正,一切政事,俱归司马氏裁决。司马懿前杀曹爽,威震朝野,到了临死这一年,尚杀扬州都督王凌，及凌甥兖州刺史令狐愚，说他谋立楚王彪，请旨赐彪自尽，并将诸王公锢置邺中，派人管束，不准与郡国交通。补叙之笔。及司马师继懿辅政，权过乃父，魏主芳年已逾冠，一些儿没有主权，当然不乐。嘉平三年，芳后甄氏病逝，越年立光禄大夫张缉女为继后，缉不得与政，反令避嫌家居，亦怀怨望。太仆李恢，有子名丰，少有清名，为世所称，独恢严令约束，饬令闭门谢客。与诸葛恪父子情迹相同。恢既去世，丰遂出为尚书仆射，司马师且擢他为中书令。丰与夏侯玄亲善，玄自被召入都后，因为曹爽亲属，致削兵权，但得了一个太常职衔，居常怏怏，辄与丰秘密商议，诛司马氏，为爽复仇。丰子韬得尚齐长公主，官拜给事中，父子常入侍宫廷，参预机要，魏主芳亦视为心腹，与语司马氏专横情状，往往流涕。丰虽为司马氏所拔擢，但心常属夏侯玄，隐恨司马师，更兼魏主涕泪相嘱，因即一力担承，愿除权蠹；且使韬转告后父张缉，联为指臂，缉当然相从。嘉平六年二月，魏主芳拟封后宫王氏为贵人，丰暗与黄门监苏铄、永宁署令乐敦，冗从仆射刘贤等，私下定谋，拟俟魏主临轩，召诛司马师，即令夏侯玄代为大将军，张缉为骠骑将军。就使司马师被诛，尚有昭在，计亦未周。

　　谁知事机不密，为师所闻，立遣舍人全褰，引兵召丰；丰也知谋泄，不敢不往。既与司马师相见，一再盘诘，丰不禁动恼道："汝父子包藏祸心，将图篡逆，可惜我无力诛汝，死亦当为厉鬼以击贼。"师勃然大怒，便令武士执着刀环，猛击丰腰，丰即刻晕毙。师遂遣吏收捕夏侯玄，及后父张缉，交付廷尉钟毓。毓亲自讯玄，玄正色道："我有何言？随汝定谳罢了。"毓乃令玄系狱，自作谳词，流涕示玄，玄不加辩论，当即点首。待至谳词呈入，公卿等都惮师威权，不敢异议，遂将玄、缉二人，斩首东市，玄颜色不变，引颈就刑。玄子韬以尚主赐死，再执苏铄、乐敦、刘贤等，一体交斩，并夷三族。师意未足，带剑入宫，见了魏主芳，便瞋目道："张女何在？"芳战栗道："谁为张女？"师厉声道："就是张缉女儿！"芳起揖道："张缉有罪，该女并未知情，乞大将军宽恕。"皇帝丢脸，但亦忆及乃祖逼宫时候？师又说道："逆犯女儿，就使未尝知情，亦岂可为国母？应该即日废置。"芳俯首无言，师竟逼令张后出宫，可怜张后毁妆易服，哭辞魏主，由内侍拥出宫门，幽锢别室。与伏皇后何异？师方才趋出，始令词臣草诏，废去皇后张氏，不到数日，张氏暴亡，想是被司马师谋死了。毒逾乃父。魏主曹芳，无法可施，只得册王氏为贵人，即将王氏续立为后，后父奉车都尉王夔，迁官光禄大夫，受封广明乡侯。但芳虽不能制师，始终怀嫌，师亦心下忌芳，潜谋废立。适蜀将姜维，复出陇西，收降魏狄道长李简，进拔河间、临洮诸县，司马师接得警耗，拟调亲弟安东将军司马昭，引兵拒蜀。当即入白魏主，请旨召昭，昭留守许昌，奉召入见，魏主芳至平乐观劳师，中领军许允，与

第九十八回　司马师擅权行废立　毌丘俭失策致败亡

魏主左右侍臣，欲乘间杀昭，勒兵收师，当下密奏曹芳，芳亦允议。及昭入辞行，芳见他威风凛凛，不由的胆战心惊，因将密谋搁起，未敢遽发。偏昭乖刁得很，微有所觉，退白乃兄司马师，师嘱暂留洛阳，觇察内外动静。一时查不出什么确音，只有许允屡次入内，与魏主背地私议，乃即诬他擅散官物，谪戍乐浪郡，且遣壮士夤夜追上，把允刺死。手段真辣。会接陇右守将徐质军报，与蜀兵连战数次，击死蜀将张嶷，蜀兵已退，姜维三次无功，即从魏将口中叙过。师乐得表留亲弟，与议废立事宜。昭狠戾不亚乃兄，极口赞同，师遂入朝，大会群臣，首先倡议道："今主上荒淫无道，亵近娼优，听信谗言，闭塞贤路，几与汉昌邑王相同，若长此守位，必危社稷，敢问诸公意见何如？"群僚并皆畏师，只好随声附和道："伊尹放太甲，霍光废昌邑王，俱为安定社稷起见；今日事亦惟公命。"师欣然道："诸公既以伊霍望师，师亦何敢避责呢？"说着，即从袖中取出奏稿，令众署名，众见奏稿，是请命太后，说得曹芳如何昏愚，如何淫乱，明明是十有九虚，但欲违师命，必致诛夷，乃依次署讫。使人呈入永宁宫，郭太后本不预外政，看到这般奏本，默不一言。师在朝候信，且与群僚议定，将迎立彭城王据为嗣君，惟太后复命好多时不见颁到，因再遣大鸿胪郭芝入问。芝驰至永宁宫，见太后与魏主芳对坐，并带愁容，芝竟顾芳道："大将军欲废陛下，改立彭城王。"太后道："待我面见大将军，从容决议。"芝作色道："太后有子不能教，今大将军已与群臣商决，勒兵坐待，尚有何言？"简直似太上皇训令。太后无词可答，不禁泪下，俄而复有人驰入，手持齐王印绶，交与曹芳，令他退就旧藩，芳知不可留，拜辞太后，与郭芝同至殿中，别过百僚，出乘王车，竟赴故邸。为主无权，不如勿为。有几个忠厚官员，送了一程，太尉司马孚，悲不自胜，余亦未免欷歔；独司马师昂然自若，复使郭芝往索玺绶，太后与语道："彭城王据是武帝庶子，为先皇季叔，若果迎立，试问将我置诸何地？且明帝从此绝嗣，大将军想亦未安，我意不如迎立高贵乡公髦，髦系文帝长孙，明帝从子，准诸古礼，小宗应继大宗，可与大将军谨议，再来报我。"芝听了此言，倒也不便驳斥，便出告司马师。师也觉正论难违，只好依命，使芝再白太后，仍取玺绶。太后道："高贵乡公小时，即由我见过他，既入嗣，我当亲交玺绶便了。"徒保玺绶，也是无益。芝复出告师，师乃遣使持节，往迎高贵乡公髦，一面肃清宫禁，降王皇后为齐王妃，勒令出宫就邸，专待曹髦到来。髦系明帝弟，东海定王霖子，正始五年，受封高贵乡公，年才十四，既至洛阳，群臣迎拜西掖门，髦下车答拜，礼官谓不必答礼，髦正色道："我亦人臣，今奉太后征召，未知何事，怎得见了群僚，便不答拜呢？"十四岁便能如此，聪慧可知。说着，即步行入殿，郭太后早已闻知，在太极殿东堂坐待，及髦拜见后，嘱咐数语，交与玺绶，髦固辞不获，方受玺易衣，御殿登座，朝见百官，即改嘉平六年为正元元年，大赦天下。假大将军司马师黄钺，入朝不趋，奏事不名，剑履上殿，其余文武百官，亦封赏有差。废立既得增封，何妨篡弑？

未几，已是一年上元，庆贺方才告毕，忽报扬州都督毌丘俭，与刺史文钦，托名讨逆，渡淮前来。司马师方病目瘤，延医割治，在府养病，闻得此报，急召河南尹王肃，尚书傅嘏，中书侍郎钟会等，入议军情；且与语道："我本欲亲征叛乱，可惜目瘤未愈，不能出行。"钟会起答道："此事非大将军亲出，恐一时未能荡平。"王肃等亦赞成会议，师蹶然跃起道："诸君既勉我亲征，我亦顾不得目疾了。"遂命弟昭兼中领军，暂摄朝政，自乘软舆督军，命荆州刺史王基为监军，向东进发。基向师献议道："淮南人民，非真思乱，不过为俭等胁迫而来，若大军一临，必然瓦解，基愿统率前军，速往平乱。"师欣然依议，基即星夜进兵，先将南顿城据住。毌丘俭因王凌死后，代督扬州，素与夏侯玄、李丰友善，玄、丰受诛，俭亦不安，因与刺史文钦结交。钦本与曹爽同乡，为爽所爱，乃得擢用。爽与玄、丰二人，同为司马氏所害，故钦、俭并恨司马氏。曹芳被废，俭子甸请父兴师，乘机讨逆，俭乃矫托郭太后密诏，移檄州郡，号召兵马，讨司马师；自率州兵渡淮，行至项城，探悉王基据守南顿城，乃就项城驻扎，使健足赍书至兖州，往招刺史邓艾。艾字士载，籍隶棘阳，口吃不能急言，尝自呼艾艾，少年丧父，为人牧牛，每见高山大泽，辄留心形势，时人笑他为痴；独同郡吏见他聪慧，给资使学，终得成材。初入为太尉掾，继迁尚书郎，出参征西军事，任南安太守，调擢兖州刺史，有所规划，无不合宜，因此与钟士季齐名。为钟、邓二人入蜀张本。此次接着俭使，看罢来书，竟随手扯碎，且将俭使斩讫，立率万余人，趋乐嘉城，与师相应。师命镇南将军诸葛诞，由安风出取寿春，征东将军胡遵，由青州出谯宋地，截俭归路，自引兵往就邓艾。适文钦进袭乐嘉城，猝与师遇，不战即却。钦子鸯年方十八，骁勇绝伦，独无惧色。且请与钦夜袭师营，分兵夹攻，钦从东进，鸯从西入。父子计议已定，待到夜半，鸯率壮士，至师营前，鼓噪杀入，师本善行军，自有预备，当即传令坚守营门，不准妄动。将士虽遵令守住，怎奈营外的喧声，愈响愈震，师病卧帐中，惊愤交并，急得目睛突出，痛不可耐，但又未便呻吟，强为镇定，啮被皆破，好容易挨至黎明，营尚未陷。那文鸯专待父至，两路进攻，哪知钦竟不到，日已高升，只得引兵退去。行未里许，后面来了许多追兵，统将乃是司马班，鸯匹马单枪，回头杀入，无人敢当，纷纷倒退，鸯乃复去。司马班又麾兵追鸯，鸯返战六七次，杀死班兵六七百名，班不敢再进，鸯乃徐徐引还。途次始遇见乃父，问明情由，系是夜间失道，不得已觅路归来，鸯很是叹惜。父不及子，奈何？及还抵项城，毌丘俭已经遁去。原来吴丞相孙峻，闻俭出兵逾淮，料知扬州空虚，乘间进攻寿春。再加诸葛诞亦出安风津，向寿春进发，俭闻得此信，慌忙走

第九十八回　司马师擅权行废立　毌丘俭失策致败亡

还。钦父子孤军无继，也只得弃了项城，奔回寿春。背后忽有一人追呼道："文刺史何不暂留数日，乃如此急走呢？"钦回顾来骑，乃是尹大目，便骂他负爽旧恩，助师为逆，大目尚欲有言，钦竟弯弓欲射，大目且却且语道："罢了罢了！幸各努力！"说毕即返。其实大目是有心曹氏，来报师目突出，教他留守项城，静心待变；偏钦闻言不悟，竟致大目白走一遭。心粗胆怯，怎能成事？至行近寿春，闻得城中已溃，无家可归，没奈何投降孙峻去了。毌丘俭逋出项城，意欲南归，被胡遵截杀一阵，部兵四散，乃北走慎县，随身已无一卒，独至水草中暂憩，适为安风津民张属所见，把他射死，献首军前。俭子甸未曾随父，逃往新安，终被捕诛。尚有甸子弟数人，亦奔投吴军。吴军方至橐皋，诸葛诞已入寿春，孙峻料已无及，也即引还。司马师已平定淮南，即令诞都督扬州，自率大军还都。甫抵许昌，目痛愈剧，一经朦胧，便见夏侯玄、李丰、张缉等，立在面前，自知性命不保，不能至洛，可巧司马昭前来省疾，便即嘱咐后事，语尚未毕，眼中一声怪响，鲜血直流，顿致毙命。昭取得乃兄印绶，即总督人马，上表讣闻。魏主髦令昭留屯许昌，援应内外。昭询诸中书侍郎钟会，会劝昭回驻洛南，昭不待朝命，便即引归。魏主髦无可奈何，只得使昭继承兄职，嗣是大权复归昭有了。也可谓兄终弟及了。

且说蜀将姜维，探知司马师已死，复议乘间伐魏，大将军张翼，以为国小民劳，不宜黩武，劝维守险自固，为休养计。维不肯依议，竟请准朝命，与车骑将军夏侯霸等，率兵数万，进兵枹罕。魏征西将军郭淮已殁，由雍州刺史陈泰升任，新刺史姓王名经，轻率寡谋，引兵出拒，两军会战洮西。维令夏侯霸绕出经后，前后夹攻，经军大败，丧师无算，乃退保狄道城。维欲进攻狄道，张翼又谏阻道："大功已立，可止则止；若再行进兵，恐如画蛇添足，将隳前功。"维反恨他阻挠，驱军径进，魏征西将军陈泰，夤夜往援，就狄道城东南山上，鸣鼓举烽，张皇声势；再加兖州刺史邓艾，也受了朝旨，迁官安西将军，领兵来助陈泰，维闻两路兵到，急收兵退驻钟堤。四次无功。泰与邓艾相会，置酒谈兵，将佐毕集，俱谓蜀兵却退，未敢再来。艾独笑说道："洮西方败，彼必思乘胜再举，是一当来攻；彼屯兵汉中，容易出发，且知我将易兵新，更思乘隙，是二当来攻；彼用船行，我从陆行，我劳彼逸，是三当来攻；狄道陇西南安祁山，皆为边境，我须四处把守，彼得一路直进，是四当来攻；彼出南安陇西，可资羌谷，若出祁山，可就食陇麦，是五当来攻；我料他不出一年，就要前来了。"知己知彼，百战百胜。将佐始服艾远虑，交口称善。艾往屯祁山，逐日练兵，专待敌至。越年魏主髦改元甘露，就是蜀汉后主禅延熙十九年，蜀将姜维，进位大将军，又自钟堤出兵，北向祁山，途中探得祁山有备，乃改趋南安。偏为邓艾所料，引兵往据武城山，截住蜀兵去路，山势险峻，蜀兵连攻不克，维又欲移攻上邽，檄令镇西大将军胡济会师，就留夏侯霸屯武城山，自率部众，黉夜渡渭，潜向上邽进发。走至天明，见两面山路崎岖，不便驰骤，正在疑虑，前驱已返报道："此处名为段谷，谷后旗帜飘扬，恐有伏兵。"维变色道："段谷名称未佳，不如退师。"遂掉头回走，不料邓艾却挥兵杀来，兜头拦住，蜀兵已经心慌，更加道途逼窄，不能成列，被艾军一阵截击，杀得七零八落。维还望胡济来援，哪知待久不至，只好向前冲突，艾却纵兵兜围，不令窜逸，维兵越战越少，幸亏夏侯霸前来救应，才得拔出，姜维奔回汉中。这番姜维败回，丧失甚多，实皆被邓艾占了先着，处处设防，所以维有此败。第五次又失败了。嗣是蜀人怨维，维亦上表自贬，降为后将军，仍行大将军事。过了一年，魏扬州都督诸葛诞，又起兵讨司马昭，于是吴蜀两国，亦各东西出兵。小子有诗叹道：

阵云扰扰起神州，未壹舆图战不休。
汉土三分数十载，可怜尸血满江流。

欲知诸葛诞何故讨昭，且看下回分解。

有曹操之废伏后，乃有司马师之废张后。操废后而止，至废帝一事，留待其子曹丕；而师独以一身兼之，既废张后，复废魏主芳，乱贼效尤，比前为甚。无怪后事之愈出愈凶。然使前无曹操父子，后亦必无司马师兄弟；天鉴不远，加倍相偿，世人欲为子孙计，亦何勿稍留余地乎？毌丘俭等之讨司马师，史笔尝嘉予之，然才不逮志，终致覆灭。俭子甸知讨贼之义，而不能为父先驱，坐致赤族；文钦有子，似胜毌丘，然子有勇而父无谋，其曷能济？此所以俟起俟仆也。然天欲覆曹而生司马氏，岂容毌丘俭之讨贼有成乎？

第九十九回　满恶贯孙綝伏诛
　　　　　　竭忠贞王经死节

却说诸葛诞驻节寿春，坐镇扬州，他本与夏侯玄、邓扬诸人，互相标榜，号为八达，至玄等夷灭，诞力不敌司马氏，乃隐忍不发。及毌丘俭等发难，复助司马师平乱，因得代俭位置，且进封高平侯，加官征东大将军。但自思王凌、毌丘俭，相继诛夷，恐不免再蹈覆辙，乃赦罪犯，蓄死士，散财赡众，收结人心，且借口防吴，更请添兵筑城，为自固计。初志已出毌丘俭下。司马昭方秉国政，颇有疑意，长史贾充，请借慰劳为名，遣使观变，昭即使充至寿春，与诞相见。诞留充宴饮，与语时事，充用言探试道："洛中诸贤，皆愿禅代，君以为何如？"

第九十九回　满恶贯孙綝伏诛　竭忠贞王经死节

诞不禁作色道："君非贾豫州嗣子么？充系豫州刺史贾逵子。世受国恩，奈何出此妄言？"充惭沮道："充不过将人言告公。"诞不待词毕，又厉声道："洛中有变，我当效死报国，身为人先。"何不与毌丘俭等同时报国。充已知诞意，饮罢告辞，返报司马昭，并向昭献议道："诞在扬州，颇得众心，不如征令入都，免为后患。"昭蹙眉道："恐诞未必肯来。"充又说道："充亦知他未肯应召，但召他不至，反速祸小，否则反迟祸大，愿明公裁察。"昭乃请旨，征诞为司空。诞果然迟疑，且见诏书中云，可将兵符，交与扬州刺史乐綝，更觉得乐綝从中倾轧，不由的愤嫉交乘，当即带领数百骑，径赴扬州，佯言将奉诏入洛，与綝辞行。綝不知有诈，迎诞入厅，诞便指挥骑士，一拥上前，吓得綝逃至楼上，终被杀死，于是诞征兵聚粮，准备起事；且遣长史吴纲，送少子靓入质东吴，称臣乞援。吴相孙峻，骄淫无道，国人侧目，司马桓虑，将军孙仪等，先后谋峻，俱被杀死。全公主与峻私通，往来日久，因前曾谮害太子和，妹夫朱据，与妹朱公主，均有异言。据已贬死，惟妹尚存。全公主余恨未消，竟诬妹与孙仪通谋，朱公主复致坐死。是何戾气，出此淫悍残忍之妇人？峻年未四十，恶贯满盈，忽患心痛，自称为诸葛恪所击，半日即毙，后事属诸从弟孙綝。綝已为偏将军，至是进任侍中，拜武卫将军，领中外诸军事。骠骑将军吕据，素嫉孙綝，遂与诸督将连衔，表荐卫将军滕胤为丞相，綝独奏调胤为大司马，使他出镇武昌。胤尚未行，据已由江都回来，使人告胤，共黜孙綝。綝得知消息，遣从兄孙宪，引兵御据，且促胤即日赴镇。胤不肯依言，反勒兵自卫，綝遂奏称胤谋反，率军攻胤，将胤杀死，并夷三族。胤不自量力，死亦自取。据既失内应，复为孙宪所阻，害得进退两难，或劝据北行奔魏，据慨然道："我若为叛臣，有何面目对我先人？"遂服毒自尽。据为故大司马吕范次子，自杀以后，由綝奏为叛首，亦夷三族。吴主亮下诏改元，号为太平。亮嗣位时，改元建兴，越二年改元五凤，五凤三年，又改号太平。进綝为大将军，封永宁侯。綝从兄宪引兵还都，未得升迁，且见綝倨傲无礼，心甚怏怏，因与将军王惇，同谋诛綝，不幸事泄，惇即受诛，宪亦自杀。过了一年，正值诸葛诞遣子入质，称臣请救，綝方欲图功耀威，当然乐从，便命将军全端、全怿、唐资等，与降将文钦父子，领兵三万，往救寿春。

魏大将军司马昭，闻得诸葛诞起兵，急忙入宫面奏，逼令魏主髦亲征，且请郭太后慈驾同行。挟天子并挟太后，无非防有内变。郭太后及魏主髦，不敢不从，当由昭调集大兵二十六万，陆续东下，自拥两宫车驾，出屯丘头，使镇东将军王基，与安东将军陈骞，领兵十万，进图寿春。基等方至城下，吴将全端、全怿等，已先入寿春城中，助诞固守；基挥兵围城，再向司马昭请兵十万，把寿春四面环住，围得水泄不通，文钦等屡出犯围，均被击退，吴又遣将军朱异率三万人至安丰，为寿春外援。魏亦令将军石苞，督同兖州刺史周泰、徐州刺史胡质等,击败朱异。异走报孙綝,綝乃大发士卒,出屯镬里,仍使异同将军丁奉黎斐等,引兵五万,再救寿春。异将辎重留屯都陆,自出黎浆,不意魏将石苞等,又复杀来,异与战失利,仍然失败。还有魏泰山太守胡烈,潜引精兵五千,从间道绕出都陆,把朱异所留的辎重,一炬成灰;异兵丧粮尽,不得已仍回见孙綝。綝怒责道:"汝两次失败,何颜见我?"异以魏兵势大为辞,綝复叱道:"再去决一死战,不必向我饶舌。"异答言有兵无粮,不能再往。綝拍案道:"谁叫汝辎重被毁?到此还敢违我令么?"一味蛮话。异尚欲再辩,綝竟拔剑起座,把异劈为两段。异为东吴名将,骤被杀死,将士都有违言,綝自知支持不住,索性退归吴都。适吴将全怿兄子炜仪,因讼得罪,奉母奔魏,可巧司马昭亲来督攻,即收纳炜等,且伪作炜书,嘱炜从人,赍送寿春,递与全怿。书中大意,说是孙綝还都,责诸将救诞无功,罪及家族,因此奔魏逃命。怿得书惶急,即与全端,带领部众,出城降魏,寿春城内,兵力益孤。诞部将蒋班、焦彝,劝诞背城一战,诞又不从,二人料诞必败,也出降魏军。寿春自被围后,差不多已有半年,勉强过了残冬,粮食垂尽,诞屡次突围,终不能脱。文钦向诞献议,请将北兵尽行驱出,但留吴兵,与诞坚守,方可省食,诞不禁起疑,钦说至再三,诞勃然大怒道:"汝教我尽去北军,连我也好送死了!"说着即拔刀砍死文钦。钦子文鸯、文虎,闻乃父被杀,当然痛愤,便逾城奔投魏营,军吏请按他前罪,一并加诛,司马昭独解说道:"钦敢叛国,应受族诛,但今却不应出此。钦子穷迫来降,若将他诛戮,反使城内守兵誓死拒我,岂不可虑?"乃召入鸯、虎二人,面加抚慰,更表为偏将军,封关内侯。能收能放,奸谲不亚史瞒。一面使骑士数百人,绕城大呼道:"文钦子尚不见诛,反加封赏,汝等何不早降,同受爵禄呢?"守兵听着,俱被诱动,往往缒城出降,昭乘势攻城,一日一夜,便得登陴,杀入城中。诸葛诞率亲兵数百人,开城欲走,被魏司马胡奋追及,一刀毕命,奋指挥部曲,将诞亲兵,一齐缚住,劝令投诚。谁知他都不肯降,杀一个,劝一个,随劝随杀,竟至杀尽,并将诸葛诞全家诛戮,夷及三族。吴将唐咨降魏,惟偏将军于诠,慨然太息道:"大丈夫受命行军,不能救人,反甘屈节,我所不为。"说罢,竟免胄突阵,致为乱军所杀。可见吴大帝于地下。司马昭安民已毕,查点吴兵,乞降不下一二万人。或谓吴兵家小,尽在江南,将来必有他变,不如坑死了事,昭摇首道:"古时良将出师,全国为上,但教元恶歼除,何必多戮他人?"遂令降卒分布三河,听令安处,拜唐咨为安远将军,咨以下有裨将数人,亦各予名位,众皆悦服。司马昭子孙得为帝数年,未始非这件阴功。惟昭欲乘胜伐吴,由镇东将军王基谏阻。又闻蜀将姜维,复出汉中,乃留基都督扬州,自率大军西归。途次接得邓艾军报,乃是蜀兵已经却退,昭得放心,还抵丘头,奉着两宫车驾,回到洛阳,群臣又称昭功德应授荣封,魏主髦乃令昭为相

第九十九回　满恶贯孙綝伏诛　竭忠贞王经死节

国,封晋公,加九锡,昭尚推辞再四,方将成命收回,这且待后再表。

且说吴大将军孙綝,引兵还都,威名虽挫,骄横如故。吴主亮年已十六,亲揽政事,见綝专权好杀,未免不平,往往因綝入朝,设词问答,綝辄为所窘,乃托疾不朝。使弟据为威远将军,入宫宿卫,恩为卫将军,干为偏将军,闿为长水校尉,分屯诸营,为自固计。吴主亮尝翻阅旧案,得见朱公主死状,疑有冤诬,乃召问全公主,全公主胆虚心怯,反谓朱公主罪证,是由朱据二子熊、损所言。熊已督虎林,损亦督外都,亮责他有心害母,立使将军丁奉,赍诏赐死。损妻为孙峻妹,綝因上书谏阻,亮独不从。全公主恐祸及己身,故意讨好亮前,叙述孙綝兄弟罪恶,被孙峻奸污有年,乐得借此出气。亮遂与她谋诛孙綝,且引将军刘承,密商计划。亮妃为全尚女,时已立为皇后,尚子纪为黄门侍郎,亮召入与语道:"孙綝遇事专擅,藐我太甚,若不早图,必将及祸;卿父为中军都督,烦为密告,叫他严整军马,我当亲率各营,围取孙綝,但切勿使卿母闻知,妇人不晓大事,且为綝从姊,倘或漏泄,贻误非轻!"纪唯唯受教,出告父尚。尚素无远虑,竟向妻孙氏漏泄,孙氏即使人报綝。但顾母家,不顾夫族,妇人误事,往往如此。綝闻报大怒,夜使弟恩袭执全尚,并在苍龙门外,诱杀刘承,然后引兵围宫。亮亦愤不欲生,上马带鞬,持弓欲出,且语近侍道:"我为大帝嫡子,在位已五年,中外大臣,孰敢不从?贼敢这般放肆么?"也是一厢情愿。近侍等向前拦住,极力谏阻,全后也已闻知,与亮乳母一同趋至,牵住亮衣,不令外出,亮叱全后道:"汝父糊涂,败我大事!"全后本有姿色,更兼泪容满面,令人生怜,惹得亮欲行又止,将弓掷地,一面使人召纪。纪对来使道:"臣父奉召不谨,负上实甚,臣无颜再见陛下。"说至此,竟拔剑自刎。可谓烈士。使人当即返报,亮不胜叹息,尚想设法解围,哪知孙綝敢作敢为,嘱使光禄勋孟宗,往告太庙,废亮为会稽王,且列亮罪状,班告远近。尚书桓彝,不肯署名,被綝当场杀死,又遣中书郎李崇,带兵入宫,夺取玺绶,迫亮夫妇出宫,由将军孙耽,押送就国,亮始终无法,只好挈眷去讫。綝复徙全尚至零陵,全公主至豫章;尚在途中,又被綝使人刺死。独不刺全公主,莫非尚为亡兄顾全私爱么?綝欲自立为主,恐众情不服,商诸典军施正,正劝綝迎立琅琊王休。綝乃令宗正孙楷,与中书郎董朝,迎休入都。休尝梦见乘龙上天,有首无尾,惊为奇事。是不得传子之兆。至是启行至曲阿,有老人于休前请道:"事久变生,愿大王速行。"休乃兼程入都,留驻便殿。孙恩奉上玺绶,三让乃受,即日登正殿嗣位,下令大赦,改元永安。孙綝自称草莽臣,缴还印绶节钺,乞避贤路。死期将至,何必做作?休特旨慰谕,命綝为丞相荆州牧,恩、干、闿皆晋爵加官,余亦封赏有差。

先是丹阳太守李衡,因休徙封丹阳,见前文。屡加侵侮,衡妻习氏,劝谏不从。衡上书乞徙他郡,乃改迁会稽;至休入嗣位,衡惧休报怨,意欲奔魏。习氏复谏道:"君本布衣,荷蒙先帝拔擢,未曾报德,乃反虐待诸王,自贻嫌衅,一误已足,奈何再叛主降虏呢?"义正词严。衡皱眉道:"今将奈何?"习氏道:"琅琊王素好声名,当不至肆行报复,但为君计,须先诣狱请罪,妾料君不但免祸,并可复官。"衡听了妻言,自诣建业,入狱待罪。果然奉诏赦免,说他在君为君,不必多疑,仍令还郡治事,并加威远将军职衔。辛敞有姊,李衡有妻,并录之以示女界。后来衡欲治产,习氏又屡次加诫,但在武陵,种橘千株,故卒得令终。惟孙𬘭一门五侯,并典禁兵,权倾人主;吴主休阳示恩宠,内实加防。𬘭尝奉酒入宫,向休上寿,休谦谢不受,𬘭乃持酒至张布府中,与布共饮。酒后触起私怨,便向布直告道:"我前废少主,朝臣多劝我自立,我为今上贤明,故迎他为君,今我奉酒上寿,反致见拒,莫非疑我不成?看来只好变计呢。"布方超任左将军,为休心腹,与𬘭别后,即入宫密报。休很是不安,没奈何优给赏赐,遇𬘭请求,无不勉从。𬘭佯请出屯武昌,调兵给仗,擅取武库兵器。将军魏邈,与卫士施朔,便入奏道:"𬘭必将谋变,不可不防。"休因急召张布密议,布举荐老将丁奉,可任大事,休乃再征奉入宫,与谋诛逆。奉答说道:"丞相兄弟,支党甚多,不易猝制;好在腊日将到,大会群臣,待𬘭入席,便可下手,内属左将军布,外属老臣便了。"休闻言大喜,即嘱布奉两人,秘密行事,并令魏邈、施朔为助。未几已届腊会,先一夜间大风拔木,飞石扬沙,杀一孙𬘭,何干天怒?想是适逢其会。𬘭也觉惊心,托言有疾,不愿赴会,偏中使屡来敦促,只好应召。家人从旁劝阻,𬘭勃然道:"朝命已至,何惮不往?万一有变,可令府中放火为号,我自当速归。"言讫遂行,到了朝堂,百官统皆待着,迓𬘭入殿,连吴主休亦起座相迎,𬘭行过了礼,昂然高坐,当即开宴聚饮。酒至半酣,望见殿外浓烟冲起,即诧言何处失火,起座欲归。休忙劝止道:"外兵甚多,何劳丞相出视?"𬘭不肯应命,离席便行,张布举杯一掷,便有武士突出,立将孙𬘭拿下。吴主休喝声道:"斩!"𬘭慌忙跪叩道:"乞贷一死,愿徙交州。"休怒叱道:"汝何不徙滕胤吕据等人?"𬘭复碰头道:"愿没为官奴。"休又叱道:"汝何不使胤据为奴?"两诘甚妙。布即将𬘭押出殿门,一刀斩讫,持首示众道:"罪止孙𬘭,余皆不问。"殿内外听了此言,俱肃静无声。俄而丁奉牵入孙恩、孙干,亦由休叱令枭首;惟孙𫘝乘船北走,由魏邈、施朔追去,终得擒诛;孙𬘭兄弟家属,一概骈戮;追夺孙峻官爵,剖棺戮尸;改葬诸葛恪滕胤等冢。廷臣或请为恪立碑,吴主休驳说道:"盛夏出师,徒丧士卒,不可谓能;受遗辅政,身死贼手,不可谓智;怎得无端立碑呢?"驳得甚是。惟休妃为朱据女,母即休姊朱公主。以甥女为妻,亦太悖谬。朱公主为峻所杀,埋尸石子岗,无从辨识,惟有老宫人尚记主衣,再使两巫至乱冢前祷祝,夜见有一妇人,从冈上来,冉冉入冢,因即开验,果如宫人所言,乃得改葬。册朱妃为皇后,立子𩅦为太子,𩅦读如弯。封

第九十九回　满恶贯孙綝伏诛　竭忠贞王经死节

南阳王和子皓为乌程侯,皓弟德为钱塘侯,谦为永安侯。所有与谋诛綝诸将,如张布、丁奉等,并膺懋赏,江东乃安。惟吴得诛逆臣孙綝,魏却反弑嗣主曹髦,下手是舍人成济,主使实大将军司马昭。语似老吏断狱。先是魏宁陵井中,两现黄龙,群臣上表称贺,魏主髦独叹息道:"龙为君象,上不在天,下不在田,乃屈居井中,有何祥瑞可言?"遂作《潜龙诗》以自讽云:

> 伤哉龙受困,不能跃深渊;上不飞天汉,下不见于田;蟠居于井底,鳅鳝舞其前;藏牙伏爪甲,嗟我亦同然!

这诗为司马昭所闻,很是不悦,乃复阴图废立。每见魏主曹髦,辄用言讥嘲,惹得髦忍无可忍,乃召侍中王沈,尚书王经,散骑常侍王业,私下与语道:"司马昭居心叵测,路人皆知,我不能坐受废辱,今当与卿共讨此贼。"经当即谏阻道:"昔鲁昭公不忍季氏,散走失国,为天下笑;今大权久归司马氏,内外公卿,俱为彼爪牙,不顾顺逆,陛下宿卫空虚,甲兵单弱,如何能出讨权臣?还乞慎重三思。"髦愤然起座道:"我已决意出讨,虽死不惧,况未必遽死哩。"说着,即从袖中取出诏书,投诸地上,自往永宁宫禀白太后去了。太觉卤莽。王沈等踉跄趋出,沈即语王经道:"此事只好往白司马公,免致同尽。"业也以为然,独王经不从,二人径走告司马昭。昭即通知中护军贾充,叫他整兵防备。那魏主髦自永宁宫出来,竟不顾利害,但集殿中宿卫,及苍头官童数百人,鼓噪出宫,自己拔剑升辇,当先押队,直奔止车门。门外有屯骑校尉司马伷,系是昭弟,当即引兵拦住;髦厉声喝退,向前再行。方至南阙,见贾充带着兵士数千,前来迎战,髦呼喝不住,两下竟厮杀起来。太子舍人成济,颇有勇力,随充军前,便问充道:"此事究应如何处置?"充悍然道:"司马公养汝何用?正为今日!"济复问道:"当杀呢?当缚呢?"充复答道:"杀死便了,何必多问。"济遂挺矛趋进,驰至辇前,髦尚大喝道:"我为天子,贼臣怎得无礼?"济并不答话,横矛直刺,髦用剑招架,挡不住成济的长矛。霎时间胸际受伤,撞落辇下,济再顺手一刺,刃透背上,呜呼毕命。这叫做螳臂挡车,自不量力。卫士童仆等,统皆逃散,充竟往报司马昭,昭假意大惊,自投地上。太傅司马孚闻变奔往,手枕髦股,且哭且语道:"陛下被杀,实由臣罪!"身为太傅,不能事前调护,徒哭何益?当下命从吏棺殓髦尸,异入偏殿,司马昭趋至殿中,召群臣会议,百官皆至,独陈泰已为尚书仆射,在都不入。昭令泰舅荀顗往召,泰欷歔道:"时人谓泰可比舅,今舅反不如泰呢。"泰子弟俱劝泰一行,泰素服入朝,先至灵前,恸哭一番,然后见昭。昭佯为流涕道:"今日事该如何办理?"泰泣答道:"独斩贾充,稍可以谢天下。"昭沉吟半响。又复问道:"再思至次。"泰朗声道:"只有比此更进,何次可言?"昭乃不复问,令左右为太后作诏,诬髦忤逆不孝，意图弑母，宜废为庶人；尚书王经，敢逢君恶，亦应重惩等语，当即使人至永宁宫，迫令太后钤印，即日颁发。昭却与司马孚等联衔，请用王礼葬髦，吾谁欺？欺天乎？惟拘王经全家入狱。经尚有老母，亦被囚系，经因向母叩谢道："不孝子累及慈亲，奈何奈何？"母反破涕为笑道："人谁不死？但恐死不得所！今因此并命，死亦何恨呢？"比滂母更胜一筹。越日王经全家就诛，满城士民，无不泪下。司马昭见人心未死，乃归罪成济，派兵收捕。济不肯就拘，裸体登屋，丑诋司马昭，把他主使贾充，及所有弑君阴谋，和盘说出。却是痛快，但汝何故从逆？嗣经兵士四面放箭，济无从逃避，当然射倒，临死尚骂不绝口，昭竟夷济三族。小子有诗叹道：

> 王经报主甘从死，成济弑君亦受诛。
> 等是身家遭绝灭，流芳遗臭两悬殊。

欲知嗣立何人，且至下回续表。

孙綝出救诸葛诞，弃师而归，犹且骄横如故，安能久存？吴主亮若能濡忍以待，则如休之所为，未必不能为之。盖綝之怀逆，与司马昭相同，而才力之不逮昭也远甚。昭父兄累建功勋，为人畏服，綝无是也；昭之智不让父兄，倾动内外，朝臣俱受彼牢笼，綝又无是也。綝兄孙峻，作恶多端，及身幸得免诛，而綝则丧师辱国，众怨交乘，捽而去之，固易事耳。亮所托非人，因致失败，非綝之不易诛也。魏主髦卤莽从事，仿佛孙亮，亮且不能诛綝，髦亦安能诛昭？南阙遇弑，莫非其自取耳。惟王经见危授命，始则进谏，继则抗逆，身虽被戮，名独流芳，而经母亦含笑就刑，贤母忠臣，并传千古，以视成济之为虎作伥，亦夷三族。其相去为何如乎？

第一百回　失蜀土汉宗绝祀　篡魏祚晋室开基

却说司马昭既诛成济，遂议另立嗣君，决迎燕王宇子璜为魏主；使长子中垒将军司马炎，行中护军事，持节至永次县，常道乡，迎璜入都。璜为常道乡公，年方十五，既入洛阳，即至永宁宫，谒过太后，登殿嗣位，更名为奂，改号景元，进司马昭为相国，封晋公，加九锡礼，昭仍然固辞。何必做作？是年故汉献帝夫人曹节病殁，追谥为献穆皇后，丧葬礼仪，皆依汉朝故例。特笔书此，以志曹女之犹不忘汉。越年，又命司马昭晋爵，昭谦让如故。又越年十月，洮阳递入

第一百回　失蜀土汉宗绝祀　篡魏祚晋室开基

军报,乃是蜀姜维复为大将军,出兵攻魏。昭令安西将军邓艾,过意严防。先是蜀汉主禅延熙二十一年,改元景福,正值魏兵出攻寿春,蜀将姜维,欲乘虚北伐,特率数万人,通道骆谷,进攻长城。此长城系是县名,非秦所修筑之长城。魏安西将军邓艾,与长城都督司马望,坚壁拒维,相持不下。及魏平寿春,司马昭还师,维乃引还。是补前文未详之阙。但自姜维执掌军政,主张北伐,至此已经过六次,差不多是连年兴师,蜀民当然愁苦。中散大夫谯周,曾作《仇国论》讽维,维尚无回意。尚书令陈祗,与中常侍黄皓,在内用事,扰乱国政。已而祗死,后主禅用仆射董厥为尚书令,尚书诸葛瞻为仆射;嗣且进厥、瞻为将军,共平尚书事,命侍中樊建为尚书令。厥本义阳人,曾仕丞相府中令史,诸葛亮常称为良士。瞻即亮子,得尚公主,位兼勋亲,但两人素性慎重,未能力除黄皓。独樊建不与皓往来,皓累承宠眷,蒙蔽后主,伐异党同,右将军阎宇,与皓亲善,皓欲黜去姜维,以宇为代。维察知阴谋,入白后主道:"皓奸巧专恣,将败国家,请陛下速诛此人。"后主笑答道:"皓一趋走小臣,有何能为?从前董允嫉皓,朕常以为过甚,卿幸勿介意。"说着,复呼皓出谢姜维,维不便多言,当即趋出。好一个和事天子。至景耀五年,维又欲伐魏,车骑将军廖化,劝阻不从,退语亲属道:"兵不戢,必自焚,伯约姜维字。恐难逃此语呢!上语本《左传》。智既未优,力又未足,乃用兵无厌,何以自存?"果然维进攻洮阳,前锋夏侯霸,中箭阵亡;维与邓艾交战侯和城下,又复失利,只得退还。姜维七伐中原,至此了了,罗氏《演义》添入计赚王瓘一回,称作八伐,不知何指?黄皓遂乘间进谗,请令阎宇代维,后主虽未依言,心下却有疑意。维在途中,得知消息,乃自请种麦沓中,不复还都。才阅两月,即得魏人窥蜀消息,上表后主,请遣左右车骑将军张翼、廖化,督领兵马,出镇阳平关,及阴平桥头,防备不虞。后主接得此表,乃与黄皓计议,皓复奏道:"这又是姜维贪功,故有此表。臣料蜀中天险,魏人亦未必敢来,陛下如尚怀疑,都中有一师巫,能知未来,可传旨问明。"后主遂令皓往问师巫,未几返报,谓巫已请得神言,说是陛下后福无穷,何来外寇?全是搞鬼。后主信以为真,乐得耽情酒色,坐享太平,所有姜维表文,置诸不理。适有都乡侯胡琰妻贺氏,美丽绝伦,因入宫朝见皇后,被留经月,方许还家。琰疑贺氏与后主私通,竟呼家卒至贺氏前用履挞面,差不多有数十百下。看官试想!好好一张俏庞儿,能禁得这般糟蹋么?琰俟家卒挞罢,将妻驱出。可怜贺氏哭哭啼啼,竟至宫中面诉冤情;后主见她面目青肿,不禁大怒,立命左右拘琰下狱,饬有司从重定谳,谳文有云:"卒非挞妻之人,面非受履之地,罪当弃市!"于是琰处斩。时人因琰罪轻法重,越生疑议,遂致舆情失望,怨谤交乘,后主似痴聋一般,全无知觉。且自姜维上表后,过了半年,并不见魏兵入境,益觉得黄皓忠诚,远过姜维。

谁知霹雳一声,震动全蜀,魏兵竟三路杀到,势如破竹,管教那岩疆失守,全蜀沦亡。魏大将军司马昭,因蜀人屡次犯边,意欲遣客入蜀,刺死姜维,从事中郎荀勖道:"明公当堂堂整整,出师讨蜀,奈何令刺客西行,无名无望呢?"说得司马昭跃然心动,遂拟大举攻蜀。朝臣多以为未可,独钟会竭力赞成,昭即令会为镇西将军,都督关中,部署人马,再使邓艾为征西将军,与会并进。艾以蜀未有衅,屡陈异议,昭遣主簿师纂,为艾司马,再三劝勉,艾无奈奉命。本非情愿,已为后文埋根。约阅数月,钟会已筹足饷械,便统率十余万人,分从骆谷斜谷子午谷,直趋汉中。邓艾督三万余人,自狄道入沓中,牵掣姜维。再令雍州刺史诸葛绪,督三万余人,自祁山往武卫桥头,绝维归路。三路魏兵,同时出发,又由昭遣廷尉卫瓘,持节监军。瓘行过幽州,由刺史王戎出迎,与瓘宴叙。席间谈及行军得失,戎与语道:"道家有言,为而不恃,可见得成功不难,保守为难呢。"瓘复述参军刘实微言,谓钟、邓二人,必能破蜀,但皆不得生还。戎微笑道:"我意亦然,君应守秘密,且看将来。"瓘乃尽兴而去。从前刘先主手定汉中,曾在阳平关外,分置边戍,严防外寇;至姜维用事,谓不如敛兵聚谷,退守汉寿及汉乐二城,较为简省;寇若攻关,势难遽拔,待他粮尽引还,可由诸城并出搏击,自足歼敌等语,后主依议施行。因将各边戍撤退,惟饬将军傅佥,守住关隘,王含、蒋斌,分戍汉乐二城。外户不守,撤屯引敌,这是姜维第一失计。此次钟会进兵,遂得长驱无阻,直达阳平关下。自督诸军攻关,使前将军李辅,与护军荀恺,各率万人,往围汉城、乐城,使他隔绝不通。阳平关本来险峻,守将傅佥,扼住关口,任凭钟会有十万大军,一时总难飞越。惟佥恐寡不敌众,忙遣使飞报成都,乞师相助。未几来了一个蒋舒,本为武兴军督,由后主调他助佥。佥意在坚守,舒偏要出战,两人各执一是,结果是佥仍守关,舒出迎敌。谁料舒出关以后,竟向魏营乞降,反引魏先锋胡烈,同来叩关。佥在关上俯瞩,明明是蒋舒还军,当然开关接入。关门甫辟,魏兵如潮涌进,乱杀守兵,佥始知为舒所卖,下关格斗,力杀魏兵数十人,自己身受重伤,血满袍铠,当下用剑拟颈,忍痛力挥,一道忠魂,往寻乃父傅彤去了。父子同为蜀死,节足光汉乘。魏兵入关,钟会率队进来,得了许多粮草甲仗,很是喜慰,便即犒赏军士,就在关上休息一宵。越日得李辅荀恺军报,乃是汉、乐二城,已经归降,会就放胆前进,行经定军山,忽见阴云布合,愁雾迷蒙,几乎连前面路径,都不可辨。会亟问降将蒋舒道:"山上有无神庙?"舒答言并无庙宇,只有蜀故丞相诸葛亮墓,全蜀将亡,怪不得阴云愁惨。会怃然道:"诸葛公遗惠及民,理应致祭。"遂谨备牲醴,亲往墓前祷祀,且誓言入蜀以后,决不妄杀一人,待至祷毕,云雾徐开,然后再进。

后主闻汉中失守,急遣左右车骑张翼、廖化,及辅国大将军董厥,领兵拒

第一百回　失蜀土汉宗绝祀　篡魏祚晋室开基

魏,迟了！迟了！且遣使向吴求援,一面下令大赦,改景耀六年,为炎兴元年。姜维尚在沓中,闻得魏兵进攻,慌忙调兵抵御,可巧邓艾引兵杀到,便与对垒,相持了好几日。忽由探马来报,汉中失守,傅佥战死,维大惊道:"汉中一失,我无归路,只好速退罢。"当下拔寨齐退。行至强川口,后面追兵又至,维无心恋战,且斗且走,丧失部兵多人。将抵阴平,后有探马走报道:"魏将诸葛绪,进据桥头,截我去路。"维闻言沉吟,想命军士改向北行,扬言将截击绪后。绪果为所绐,退兵三十里,四面窥探,并无蜀军,哪知维已还向桥头,趋回剑阁去了。蜀将廖化、张翼、董厥等,奉命拒魏,正与姜维相遇,维谓剑阁险阻,必可固守,不如并力扼住,待敌粮尽退归,再可规复汉中。廖化等也以为然,遂合兵同至剑阁,依险分屯,果然钟会兵至,无隙可乘,就是邓艾、诸葛绪,一齐趋集,也是屡攻不克,徒费奔波。会知难欲退,偏邓艾冒险进取,引兵自行,惟诸葛绪仍与会合军。会因艾不受节制,迁怒及绪,密奏绪畏懦无功,竟将他槛车送归,所有绪兵三万人,悉归会管辖。会且留攻剑阁,专探邓艾消息。艾却率领部曲,就阴平僻道,趋入前面,都是丛山峻岭,渺无人迹;艾不顾艰险,勒令军士逢山开道,遇水架桥,到了危崖峭壁的地方,却用毡裹住身体,先滚下去,将士等不敢落后,如法遵行,及至无毡可裹,各用绳索束腰,攀木挂树,鱼贯而进。艾不久即死,何苦为此。途次尚有二废垒,虚无一人,艾指示将佐道:"此间空垒尚存,想诸葛孔明在日,定必派兵把守,今已废置,是天使我成功了。"及行近江油,路渐平坦,总计所经路险,约有七百余里,部众在途伤亡,亦不下数千人,自是有进无退,只好拚死杀入。江油守将马邈,漫不加防,一闻艾兵已到城下,吓得魂飞胆落,慌忙开城迎降。蜀卫将军诸葛瞻,方守涪城,闻得江油被陷,忙调兵抵御;尚书郎黄崇,劝瞻急出据险。瞻因兵尚未集,不便遽出,才阅两日,魏兵已将险要占去,眼见得涪城难守,不得已退保绵竹。艾令子忠及司马师纂,引兵追瞻,被瞻一鼓击退,还见邓艾,报称敌未可击。艾大怒道:"存亡利害,在此一举,若非冒死进击,难道还有生路么?"忠与纂乃复驰去,与瞻再战。这番接仗,与前次迥不相同,魏兵俱怀死志,锐不可当,瞻正虑招架不住,偏又有大队杀来,乃是邓艾自来接应,两军杀至日暮,蜀兵四散,瞻与尚书黄崇,并皆阵亡。瞻子尚年将弱冠,登城遥望,见父瞻陷入阵中,不禁恸哭道:"我父子荷国重恩,应该效死,只恨朝廷不早斩黄皓,致有此祸！今我父已死,我何生为?"遂策马杀出,格毙魏兵数名,也即捐躯。父死忠,子死孝,不愧为武侯子孙。艾遂杀入绵竹城,守兵尽溃。绵竹距成都,只百余里,败报早发夕至,急得后主禅束手无策,忙召朝臣商议,或谓宜东出奔吴,或谓且避往南中七郡,惟光禄大夫谯周,谓不如降魏,后主迟疑未决,流涕还宫。何不叫师巫退敌?

是时吴太后与梁王理,皆早殁,鲁王永徙封甘陵,不在都中,余如张后及太子璇等,毫无主见,只有在旁陪泪。忽有一人趋入道:"如果势穷力屈,祸败必及,便当父子君臣,背城一战,同死社稷,方好见先帝于地下!奈何遽欲出降呢?"后主瞧着,乃是第五子北地王刘谌。刘禅庸主,不意有此奇儿。原来后主有七子,长名璇,已立为太子,次为安定王瑶,又次为西河王琮,时已去世。又次为新平王瓚,第五子就是北地王谌,六子恂,封新兴王,七子虔,封上党王,谌最号英明,故有此谏。后主怒说道:"童子何知?也来多言!"谌大哭道:"先帝创业艰难,一旦拱手让人,岂不可惜?谌宁死不受辱呢。"后主将他叱退。俄而谯周复入报道:"魏兵将到城下,陛下若依臣言,还可保全爵禄,必无他虞,臣愿至魏营力争,决不使陛下罹灾。"后主听到此语,心下稍宽,总教性命可保,何惜屈膝?乃使周缮就降表,与侍中张绍,驸马都尉绍良,同赴艾营请降。艾方至雒城,得表大喜,答书有"微子归周,当为上宾"等语,因遣绍良持书返报,自率部兵,径诣成都,后主面缚舆榇,出城降艾。艾令焚榇释缚,好言抚慰,仍令还宫安民,是日北地王刘谌,挈妻子至昭烈庙中,哭拜一番,起拔佩剑,先杀妻子,然后自杀,虽死犹生。汉至此乃亡。总计蜀汉自先主开基,称帝三年,后主禅嗣位四十年,合得四十三年,独纪蜀汉历数,隐宗紫阳书法。三汉共二十六主,总计得四百六十九年。再加一笔。邓艾既入成都,禁止将士掳掠,独收锏黄皓,意欲加诛,皓赂艾左右,终得免死。奈何不诛此竖?艾依东汉邓禹故事,承制拜后主为车骑将军,太子诸王,各有封职;但使后主驰书剑阁,饬令姜维降魏。维闻诸葛瞻败死,还援成都,行至郪县,接得后主敕书,踌躇多时,乃令部兵还降钟会,就是廖化、张翼、董厥诸将,亦偕维同降,将士统皆愤激,拔刀斫石,尚欲与魏兵决一死战,经维密为晓示,方随至会营。会素闻姜维才名,开营迎入,莞然笑语道:"伯约来此何迟?"维流涕道:"维不能保主,本当一死,因闻将军仁明英武,故不惜来降,今日至此,尚为太速呢。"会听了此语,忙起握维手,引置上座,与谈心腹,并使维依旧领兵,维自然暗喜,遂导会至涪城驻扎。会闻艾恃功专断,心甚不悦,艾又上书司马昭,请乘胜伐吴,并封降王刘禅父子,使吴人望风畏服云云。昭表封艾为太尉,会为司徒,独未肯遽从艾请。特檄监军卫瓘谕艾,叫他事须先报,不得专行。艾奋然道:"大夫出疆,苟利社稷,何妨专命?艾惟知《春秋》大义,怎得无端牵掣呢?"说得瓘无词可答,走白钟会。蜀将姜维,得此知信,便进语钟会道:"公自入蜀以来,算无遗策,今反位出艾下,已伏内疑;维闻陶朱沼吴,泛舟绝迹,张良破楚,辟谷全身;公何不上效古人,保功立名呢?"故意反激。会笑答道:"君言错了!我年强仕,何能行此?"维接口道:"公若不愿高蹈,凭公智力,何事难为?无烦老夫陈策了。"明是逼他谋反。会乃屏去左右,与维议定秘谋,即与卫瓘联名上书,白艾反状。

第一百回　失蜀土汉宗绝祀　篡魏祚晋室开基

司马昭既防邓艾，复防钟会，先请魏主下诏，囚艾解京，一面使钟会进兵成都，一面令贾充将兵入斜谷，自奉魏主出屯长安。着着防到，昭才实过钟、邓。会接到诏敕，便欲麾兵直进，维急劝会道："艾若拒公，必且劳动兵戈，不如先遣监军卫瓘，前去收艾，然后进兵不迟。"会极口称善，立遣卫瓘引兵百骑，往拘邓艾，自率全军继进。瓘却也乖巧，明知前去收艾，危险异常，他却就夜间驰往成都，待晓入城，托言有要事密商，径至邓艾卧室中。艾尚高卧未起，瓘竟叱从兵将艾缚住，艾子忠起身入问，亦为所执，因厉声大呼道："奉诏收邓艾父子，余皆不问。"当下牵艾父子入槛车。待至艾部众齐集，意欲阻挠，偏城外已由钟会大军，一拥直入，众乃不敢再动，听钟处置，会入城谕众，各守专职，但派遣将吏将艾父子押送洛阳。忽由魏廷颁到哀诏，乃是郭太后病亡，会乘机谋变，佯召诸将举哀，驱置一室，待至哀毕，突从怀中取出一纸，向众宣言道："太后有遗诏颁来，使会入讨司马昭。"诸将问昭有何罪？会拔剑置案道："南阙弑君，罪状昭然，诸君如甘心从逆，请试吾剑！"众皆惊愕，勉强应命。会却将诸将锢住室中，不准私出，独卫瓘诈称有疾，得居外廨。会因瓘手下无兵，许令自由；复与维密议起兵，使为先驱，维一口应承，但言诸将未服，不可不防。会即举剑示维道："有此物在，何必多忧？"维大喜趋出，往报后主禅道："愿陛下忍辱数日，便可使社稷复安，日月重明了。"哪知汉祚已终，不能再挽，才隔一宵，就起变端。魏护军胡烈，亦被锢禁室中，独子渊尚在外面，烈使亲兵出外取食，嘱他寄语，伪言钟会已作大坑，并办就大杖数千，将驱众尽死坑中。渊闻语大惊，传告诸军，一夕皆遍，到了日中，由渊击鼓召众，顷刻便集至万人，杀入殿中。会方与姜维共坐内殿，密商出兵事宜，蓦闻殿外有鼓噪声，会惊起道："莫非是外兵变乱么？"维答说道："就使有变，一击便了！"语尚未毕，乱兵已经趋入。会急拔剑出御，忽被一箭射着，仓猝倒地；维尚欲救会，忽觉心痛难当，乃仰天大呼道："我计不成，岂非天命？"说至此，就举剑自刎，须臾毕命。_{人定不能胜天。}乱兵将会杀死，再剖维腹，胆大如卵，并皆咋舌，于是乘势杀掠，骚扰全城。胡烈等也穿屋驰出，一同行凶，不但姜维家属，尽遭屠戮，甚至蜀太子璇，及蜀将数人，也为所害；蜀民死亡无数，积尸盈途，_{想是百姓应该遭劫。}还亏卫瓘出来弹压，好几日才得平安。邓艾旧部将吏，飞骑追艾，幸得相遇，忙将艾父子，放出槛车，仍向成都回来。将至绵竹，见有一彪军驰至，艾仔细审视，先驱为部将田续，当即拍马相迎。续忽手起一刀将艾劈落马下，艾子忠向前救父，又被续顺手杀死。看官！这是何因？原来续前越阴平，畏难不进，被其叱辱一番，心中记恨，此次为卫瓘所遣，叫他袭杀邓艾父子，免得艾还蜀报仇，续只说是奉诏诛逆，无人敢抗，当即持首还报。既而贾充入蜀，遂将后主禅等，共徙洛阳。蜀臣惟秘书令却正，及殿中督张通，随禅北行。司马昭已奉主回洛,待禅到来,封他为安乐公。昭邀禅与宴,命奏蜀乐,却正等并皆感伤,禅乃嬉笑自若。昭乃语贾充道:"此人可谓无心,就使诸葛亮尚存,亦难保护,何况是一姜维呢?"乃复问禅道:"颇思蜀否?"禅答说道:"此间乐,不思蜀了!"安乐公名符其实。待至宴毕,禅辞别回邸,却正入语道:"主公前次失言,倘他日再如前问,应流涕相答,说是先人坟墓,远在蜀中,怎能不思?"禅点首记着,后来果由昭再问,禅依却正言答昭,只苦一时无泪,乃闭目作态。昭忽问道:"此语何似却正所言?"禅开目惊视道:"诚如尊命!"昭不禁失笑,左右亦吃吃有声。禅乃憪然告退,但亦得使人不疑,安享余生。至晋泰始七年,方才病终,倒也活得六十有五岁,这且搁过不提。呆人呆福。

且说吴主休嗣位六年,因蜀使告急,曾遣大将军丁奉向寿春,偏将丁封、孙异向沔中,为蜀声援;嗣闻蜀已入魏,乃令各军退回,惟心中不能无忧,奄忽成疾,猝致不起。遂召丞相濮阳兴入宫,嘱咐后事,休已不能言,但握住兴手,使太子𩅦出拜,算是托孤的遗命,是夕遂殁。兴却与左将军张布商议,谓蜀已新亡,势将及吴,太子𩅦年尚幼弱,恐难保国,不如迎立乌程侯皓,较为得计,布也即赞成,遂入宫禀白朱后。朱后是一柔顺的女流,潜然答道:"我一寡妇人,何知大虑?但凭卿等裁决罢了。"妇道尚柔,此处似因柔召祸,但误在兴布,不能为朱氏咎。兴等趋出,便迎皓嗣位,改年元兴。当即为休发丧,奉葬定陵,追谥休为景皇帝。皓为休从子,既已入嗣休位,例应尊休后朱氏为太后,且群臣已将太后玺绶,送入宫中。偏皓将玺绶夺还,但号朱氏为景皇后,独崇谥父和为文皇帝,尊庶母何姬为太后,封休子𩅦为豫章王,勒令就国。立妃滕氏为后,系是故卫将军滕胤族女,父名牧,得封高密侯,拜卫将军。皓初次颁发优旨,如发仓廪,赈贫乏,放宫女,出苑禽等事,倒还有些贤明;后来骄淫不道,沉湎酒色,丞相兴与将军布未免生悔,轮流进谏。皓竟目为怨谤,杀毙两人,寻且逼死朱后,及后二子,残虐如此,怎得久存?那魏大将军司马昭,平蜀有功,始受封相国晋公,及九锡典礼。太尉王祥,司徒何曾,司空荀𫖮,又请加封昭为晋王,昭亦直受不辞。至此已无庸做作了。一班趋炎附势的臣僚,就将禅让的典礼,争先呈入,昭因东吴未平,还想少待,唯命长子炎为副相国;百官又趁势逢迎,表进炎为抚军大将军。越年,为魏主曹奂咸熙二年,昭已立炎为世子,复进称太子。未几昭死,炎嗣为相国晋王,迁魏司徒何曾为晋丞相,令骠骑将军司马望,为晋司徒。魏主奂名为人君,早与傀儡无异,左右侍臣无一非司马氏爪牙。好容易在位六年,还是司马昭不肯受禅,才得迁延时日。无非想学曹操。及炎承父爵,不肯再缓,端的要帝制自为了。与曹丕何异?是年秋季,襄武县中,报称有大人出现,身长三丈余,迹长三尺二寸,白发黄巾,拄杖自呼道:"我乃民王,传语兆民,国运将改,从此太平!"言讫不见。真耶?伪耶?何

第一百回 失蜀土汉宗绝祀 篡魏祚晋室开基

曾等遂推为晋瑞,向炎劝进,炎佯为推辞,偏朝臣已逼令魏主,就南郊筑受禅坛,择于咸熙二年十二月壬戌日禅位。转眼间已是届期,百官至晋王府前,请炎受禅,炎居然戴冕旒,服衮衣,乘辇出来,由大众拥至南郊,下车登坛,早有黄门官捧着皇帝玺绶,敬谨上献。炎接受后,当燔柴告天,一如魏受汉禅故事,*真好报应*。礼毕还朝,御殿受贺,国号晋,改元泰始。废魏主奂为陈留王,即日徙居金墉城。奂含泪别去,太傅司马孚,拜辞故主,流涕欷歔道:"臣年老将死,尚不失为大魏纯臣哩。"*自称自赞*。未几又徙奂至邺城,直至晋太安元年寿终,追谥为元皇帝。废主曹芳,由齐王降封为邵陵公,殁时追谥为厉。余如魏氏诸王,皆降封为侯,魏历五主而亡。独吴至太康元年,方为晋灭,事见《晋史演义》中。汉事已完,墨干笔秃。小子只有绝诗两首,作为本编的煞尾声。诗曰:

　　春陵起义汉重光,后嗣昏庸又致亡。
　　赢得蜀中延一线,谁知宦竖且贻殃?

　　妇寺原为乱国媒,群雄扰攘亦堪哀。
　　试看两汉同三国,多少兵民付劫灰!

　　姜维才不逮诸葛,而欲与魏争胜,连岁出师,致民劳苦,不可谓非失计。然如后主之昏愚,亲小人,远贤臣,就使维不伐魏,蜀亦宁能久存乎?况维闻魏人窥蜀,即表请遣将守险,而为一黄皓所误,卒至魏兵三路,长驱直入;是咎在黄皓,于维无尤也。剑阁守险,钟会屡攻不克,而邓艾从阴平进兵,直趋涪城,诸葛瞻不依黄崇之议,让敌深入,猝至战死,是咎在诸葛瞻,于维亦无尤也。成都虽危,尚堪背城借一,后主宁从谯周,不从北地王谌,面缚出降,坐丧蜀土,是咎在后主,于维更无尤也。至大势已去,维尚诈降钟会,意图规复,乃不幸失败,一死谢国,维之报主,至矣尽矣! 天不祚蜀,何维之足尤乎? 若夫司马氏之篡魏,实为天道之循环,不有曹操父子之作俑于前,何有司马昭之效尤于后? 故篡魏者晋,实则魏自诒之也。而晋之亡,当于《晋史》中寻其源,故不赘云。